Rowohlt Jahrhundert

Herausgegeben von Bernd Jentzsch
Band 2

Robert Musil

DER MANN
OHNE
EIGENSCHAFTEN

Roman

II
Aus dem Nachlass
Herausgegeben
von Adolf Frisé

Rowohlt

Neu durchgesehene und verbesserte Ausgabe 1978
Mit einem Nachwort von Adolf Frisé
Anmerkungen, Abkürzungen und Register
am Schluss des Bandes

50. – 59. Tausend August 1992

Veröffentlicht im Rowohlt Taschenbuch Verlag GmbH,
Reinbek bei Hamburg, Mai 1987
Copyright © 1978 by Rowohlt Verlag GmbH,
Reinbek bei Hamburg
Umschlaggestaltung Peter Wippermann
(Foto des Autors: Ullstein Bilderdienst)
Gesamtherstellung Clausen & Bosse, Leck
Printed in Germany
1990-ISBN 3 499 40002 2

D ENN DIE WELTGESCHICHTE IST
mindestens zur Hälfte eine Liebesgeschichte!

Aus dem Nachlaß

ZWANZIG 1937/38 IN DRUCK GEGEBENE, IN DEN KORREKTUR-
FAHNEN INDES WEITERBEARBEITETE UND WIEDER ZURÜCKGE-
ZOGENE KAPITEL, DIE BAND 2 VON 1932/33 (II/1) FORTSET-
ZEN (II/2), ABER NOCH NICHT ABSCHLIESSEN SOLLTEN.

Nach der Begegnung

Der Mann, der am Grab des Dichters in Agathes Leben getreten war, Professor August Lindner, sah, talwärts steigend, Bilder der Rettung vor sich.

Hätte sie ihm beim Abschied nachgeblickt, so wäre ihr der stocksteif den steinigen Weg hinabtänzelnde Gang dieses Mannes aufgefallen, denn es war ein eigenartig heiterer, stolzer, und doch ängstlicher Gang. Lindner trug seinen Hut in der Hand und strich sich zuweilen übers Haar; so wohlig frei war ihm zumute geworden.

«Wie wenig Menschen» sprach er zu sich selbst «haben eine wahrhaft mitfühlende Seele!» Er malte sich eine Seele aus, die sich ganz in den Mitmenschen hineinzuversetzen vermöchte, seine verborgensten Schmerzen mitleiden und sich in seine tiefe Schwäche hinablassen könnte: «Welche Aussicht ist das!» rief er sich zu. «Welch eine wunderbare Nähe göttlichen Erbarmens, welcher Trost und welcher Feiertag!» Sodann fiel ihm aber ein, wie wenig Menschen es gebe, die ihrem Nebenmenschen auch nur aufmerksam zuzuhören vermöchten; denn er gehörte zu den Gutgesinnten, die vom Hundertsten ins Hundertstel kommen, ohne einen Unterschied daran zu finden. «Wie wenig ernst gemeint sind zum Beispiel die gewöhnlichen Fragen nach unserem Wohlergehen» dachte er. «Man braucht bloß einmal ausführlich zu antworten, wie einem wirklich ums Herz ist, und sieht sich bald genug einem gelangweilten und geistesabwesenden Blick gegenüber!»

Nun, *er* hatte sich dieses Fehlers nicht schuldig gemacht! Nach seinen Grundsätzen war, den Schwachen zu schützen, die notwendige und besondere Gesundheitslehre des Starken, der ohne solche wohltuende Selbstbeschränkung allzu leicht der Roheit verfällt; und auch die Bildung bedurfte des Liebeswerks gegen die ihr einwohnenden Gefahren. «Wer uns bedeuten will, was ‹universelle Bildung› sei» – bestätigte er sich nun durch innerlichen Zuruf, von einem plötzlich gegen seinen pädagogischen Fachgenossen Hagauer geschleuderten Blitz köstlich erfrischt – «dem sollte wahrhaftig zuerst geraten werden: erfahre, wie dem anderen zumute ist! Durch Mitleid wissend, es bedeutet tausendmal mehr, als durch Bücher wissend sein!» Anscheinend war es eine alte Meinungsverschiedenheit, was er da einerseits an dem liberalen Begriff der Bildung, anderseits an der Gattin seines Amtsbruders ausließ, denn Lindners Brillen blickten wie zwei Schilde eines doppelgewaltigen Kämpfers in die Runde. In Agathes Gegenwart war er befangen gewesen; wenn sie ihn dagegen jetzt gesehen hätte, wäre er ihr wie ein Offizier vorgekommen, aber wie ein Offizier einer keineswegs leichtsinnigen Truppe. Denn eine wahrhaft männliche Seele ist hilfsbereit, und sie ist hilfsbereit, weil sie männlich ist. Er warf die Frage auf, ob er angesichts der schönen Frau richtig gehandelt habe, und erwiderte sich: «Es wäre falsch, wenn die stolze Forderung der Unterordnung unter das Gesetz denen überlassen bliebe, die zu schwach dafür sind; und es wäre ein entmutigender Anblick, wenn bloß geistlose Pedanten die Hüter und Bildner der Sitte sein dürften; darum ist den Lebendigen und Starken die Pflicht auferlegt, aus ihrem Kraft- und Gesundheitsinstinkt nach Zucht und Grenze zu verlangen: sie müssen die Schwachen stützen, die Gedankenlosen rütteln und die Zügellosen anhalten!» Er hatte den Eindruck, es getan zu haben.

So wie die fromme Seele der Heilsarmee sich der Uniform und militärischer Gebräuche bedient, hatte Lindner gewisse soldatische Gedankenformen in seinen Dienst genommen, ja er scheute nicht einmal vor Zugeständnissen an die «Machtmenschen» Nietzsches zurück, der dem bürgerlichen Geiste jener Zeit noch ein Stein des Anstoßes, Lindner aber auch ein Wetzstein war. Er pflegte von Nietzsche zu sagen, man könne nicht behaupten, daß er ein schlechter Mensch gewesen wäre, wohl aber seien seine Lehren übertrieben und lebensfremd, und der Grund liege darin, daß er das Mitleid verwerfe; denn so habe er nicht die wunderbare Gegengabe des Schwachen erkannt, daß dieser den Starken zart mache! Und seine eigenen Erfahrungen dem nun entgegensetzend, dachte er voll froher Absicht: «Die wahrhaft großen Menschen huldigen keineswegs einem öden Ichkultus, sondern sie erzeugen in den anderen das Gefühl ihrer Erhabenheit dadurch, daß sie sich zu ihnen hinabbeugen, ja, wenn es sein muß, für sie opfern!» Er blickte einem jungen Liebespaar, das, sehr verschlungen, herauf- und ihm entgegenkam, siegesgewiß und mit freundlichem Tadel, der zur Tugend ermuntern sollte, in die Augen. Es war aber ein recht ordinäres Liebespaar, und der junge Strolch, der seinen männlichen Teil bildete, kniff die Augenlider zusammen, als er diesen Blick erwiderte, streckte unvermittelt die Zunge heraus und sagte: «Bäh!» Lindner, der auf diese Verhöhnung und gemeine Drohung nicht vorbereitet war, erschrak: aber er tat, als bemerke er sie nicht. Er liebte die Tatkraft, und sein Blick suchte nach einem Schutzmann, der in der Nähe sein sollte, die öffentliche Sicherheit der Ehre zu gewährleisten; aber sein Fuß stieß dabei an einen Stein, die hastige Bewegung des Stolperns scheuchte einen Schwarm Sperlinge auf, der sich an Gottes Tisch über einem Haufen Pferdemist gütlich getan hatte, das Aufschwirren der Spatzen warnte Lindner und ließ ihn im letzten Augenblick, ehe er schmählich stürzte, mit einer tänzerisch bemäntelten Bewegung über das Doppelhindernis hinweghüpfen. Er blickte nicht zurück, und nach einer Weile war er sehr zufrieden mit sich. «Fest wie ein Diamant und zart wie eine Mutter muß man sein!» dachte er mit einer alten Definition aus dem siebzehnten Jahrhundert.

Er hätte, da er auch die Tugend der Bescheidenheit schätzte, zu keiner andern Zeit etwas Ähnliches in Ansehung seiner selbst behauptet, aber solche Erregung des Blutes ging von Agathe aus! Hinwieder bildete es den negativen Pol seiner Gefühle, daß dieses himmlisch zarte Weib, das er in Tränen gefunden hatte, wie der Engel die Magd im Tau – oh, er wollte sich nicht überheben, aber wie doch Nachgiebigkeit gegen Poesie gleich überheblich macht! – er fuhr darum strenger fort: daß diese unselige Frau im Begriffe stand, ein in die Hand Gottes abgelegtes Gelübde zu brechen; denn als das sah er ihr Begehren nach Ehescheidung an. Er hatte es ihr leider nicht mit der erforderlichen Entschiedenheit von Angesicht zu Angesicht – Gott, welche Nähe nun wieder in diesen Worten! – er hatte es ihr also leider nicht entschieden genug vorgestellt; er entsann sich bloß, im allgemeinen von zu lockeren Sitten und den Schutzmitteln gegen sie gesprochen zu haben. Der Name Gottes war übrigens dabei gewiß nicht über seine Lippen gekommen, es wäre denn als inhaltslose Redensart; und die Ungezwungenheit, der unbefangene, man mochte geradezu sagen, der respektlose Ernst, womit ihn Agathe gefragt hatte, ob er an Gott glaube, verletzte ihn selbst noch in der Erinnerung. Denn der wahrhaft Fromme gestattet sich nicht, einfach einem Einfall zu folgen und in roher Unverhülltheit an Gott zu denken. Ja, in dem Augenblick, wo sich Lindner dieser Zumutung entsann, verabscheute er Agathe, als wäre er auf eine Schlange getreten. Er faßte den Beschluß, sollte er je in die Lage kommen, seine Ermahnungen bei ihr zu wiederholen, durchaus nur die kräftige Vernunft walten zu lassen, die den irdischen Angelegenheiten angemessen und deshalb auf der Welt sei, weil nicht jeder ungezogene Mensch mit seinen längst entschiedenen Verwirrungen Gott bemühen dürfe; und darum begann er sich ihrer auch gleich jetzt zu bedienen, und es fiel ihm manches Wort ein, das einer Strauchelnden zu sagen wäre. Zum Beispiel, daß die Ehe keine Privatangelegenheit, sondern eine öffentliche Einrichtung sei; daß sie die erhabene Aufgabe habe, das Verantwortlichkeits- und Mitgefühl zu entfalten, und die ein Volk stählende Aufgabe, den Menschen auch im Ertragen von harten Schwierigkeiten zu üben; ja vielleicht, wenngleich es nur mit größtem Taktgefühl anzubringen wäre, daß sie gerade bei längerer Dauer auch den besten Schutz gegen das Übermaß der Begierde darstelle. Er hatte vom Menschen vielleicht nicht mit Unrecht die Vorstellung eines Sackes voll Teufel, der fest zugebunden werden müsse, und den Bund sah er in unerschütterlichen Grundsätzen.

Wie dieser teilnahmsvolle Mann, dessen körperliches Teil, außer in der Länge, in keiner Richtung überschüssig geraten war, die Überzeugung erlangt hatte, daß man sich auf Schritt und Tritt bezähmen müsse, das war freilich ein Rätsel, das sich erst dann leicht löste, wenn man den Vorteil kannte. Als er schon am Fuß der Hügel angelangt war, kreuzte ein Zug Soldaten seine Bahn, und er sah mit zärtlicher Rührung auf die verschwitzten jungen Männer, die ihre Kappen in die Nacken geschoben hatten und mit ihren von Ermüdung abgestumpften Gesichtern wie ein Zug verstaubter Raupen aussahen. Sein Abscheu vor dem Leichtsinn, womit Agathe die Frage der Ehescheidung behandelt hatte, wurde bei diesem Anblick träumerisch durch eine Freude daran gemildert, daß solches seinem freigeistigen Fachgenossen Hagauer widerfahren solle, und diese Regung war immerhin geeignet, ihn wieder an das unentbehrliche Mißtrauen gegen die menschliche Natur zu erinnern. Er nahm sich also vor, Agathe – sollte sich die Gelegenheit dazu wirklich und ohne sein Verschulden noch einmal darbieten – unnachsichtig vor Augen zu führen, daß die ichsüchtigen Kräfte letzten Endes doch nur zerstörend wirken, und daß sie ihre persönliche Verzagtheit, mochte sie noch so groß sein, der sittlichen Erkenntnis unterzuordnen habe, daß der wahre Prüfstein des Lebens erst das Zusammenleben ist.

Aber ob sich die Gelegenheit dazu noch einmal darbieten werde, war offenbar erst der Punkt, wohin die geistigen Kräfte Lindners so angeregt drängten. «Es gibt viele Menschen mit edlen Eigenschaften, die bloß noch nicht in einer unerschütterlichen Überzeugung gesammelt sind» gedachte er Agathe zu sagen; aber wie sollte er es tun, wenn er sie nicht wiedersähe; und doch widerstritt der Gedanke, daß sie ihn aufsuchen könnte, allen seinen Vorstellungen von zarter und unberührter Weiblichkeit. «Man müßte es ihr denn mit aller Entschiedenheit sogleich vor Augen halten!» nahm er sich vor, und weil er nun einmal diesen Vorsatz gefaßt hatte, zweifelte er auch nicht mehr daran, daß sie wirklich kommen werde. Er ermahnte sich lebhaft, die Gründe, die sie zu ihrer Entschuldigung anführen sollte, selbstlos mit ihr zu durchleben, ehe er sie von ihren Irrtümern überzeuge. Mit unbeirrbarer Geduld wollte er sie ins Herz treffen, und nachdem er sich auch das vorgestellt hatte, senkte sich ein edles Gefühl brüderlicher Achtsamkeit und Fürsorge in sein eigenes Herz, eine geschwisterliche Weihe, von der er bemerkte, daß sie überhaupt auf den Beziehungen ruhen sollte, die die Geschlechter zueinander unterhalten. «Die wenigsten Männer» rief er erbaut aus «haben eine Ahnung davon, welches tiefe Bedürfnis edle weibliche Wesen nach dem Edel-Mann haben, der schlicht mit dem Menschen in der Frau verkehrt, ohne durch geschlechtliche Gefallsucht gleich gestört zu werden!» Es mußten ihm diese Gedanken Flügel geliehen haben, denn er wußte nicht, wie er zu der Endstelle der elektrischen Straßenbahn gelangt sei, stand aber plötzlich vor ihr und nahm, ehe er einstieg, die Brille ab, um sie von dem Dunst zu reinigen, mit dem sie die erhitzenden inneren Vorgänge beschlagen hatten. Dann schwang er sich in eine Ecke, blickte in dem leeren Wagen um sich, machte das Fahrgeld bereit, sah dem Schaffner ins Gesicht und fühlte sich ganz auf dem Posten, in der bewundernswerten Gemeinschaftseinrichtung, die man Städtische Straßenbahn nennt, die Rückreise anzutreten. Durch ein wohliges Gähnen strömte er die Müdigkeit des Spaziergangs aus, um sich für neue Pflichten zu straffen, und faßte die erstaunlichen Abschweifungen, denen er sich ergeben hatte, in dem Satz zusammen: «Sich selbst zu vergessen, ist doch dem Menschen das Gesündeste, was es gibt!»

40

Der Tugut

Es gibt gegen die unberechenbaren Regungen eines leidenschaftlichen Herzens nur ein zuverlässiges Mittel: streng bis zum letzten durchgehaltene Planmäßigkeit; und ihr, die er beizeiten erworben hatte, verdankte Lindner sowohl die Erfolge seines Lebens als auch den Glauben, von Natur ein leidenschaftsstarker und schwer zu disziplinierender Mann gewesen zu sein. Er stand des Morgens früh auf, Sommer und Winter um die gleiche Stunde, und wusch sich an einem kleinen eisernen Waschtisch Gesicht, Hals, Hände und ein Siebentel seines Körpers, jeden Tag natürlich ein anderes, worauf er den übrigen Körper mit einem nassen Handtuch abrieb, so daß das Bad, dieser zeitraubende und wollüstige Vorgang, auf einen Abend aller zwei Wochen beschränkt werden konnte. Es lag darin ein kluger Sieg über die Materie; und wer je Gelegenheit gehabt hat, die unzureichenden Waschgelegenheiten und unbequemen Betten zu betrachten, mit denen sich historisch gewordene Persönlichkeiten begnügt haben, der wird sich kaum der Mutmaßung entschlagen können, daß zwischen eisernen Betten und eisernen Männern ein Zusammenhang bestehen müsse, wenn wir ihn auch nicht übertreiben wollen, da wir sonst gleich auf Nägelbetten schlafen dürften. Hier war dem Nachdenken also überdies eine vermittelnde Aufgabe gestellt, und nachdem sich Lindner im Widerschein anregender Beispiele gewaschen hatte, nützte er denn auch das Abtrocknen nur mit Maß dazu aus, dem Körper durch geschickte Benutzung des Handtuches einige Bewegung zu geben. Ist es doch eine verhängnisvolle Verwechslung, die Gesundheit auf den tierischen Teil des Menschen zu gründen, geistiger und sittlicher Adel sind es vielmehr, woraus die körperliche Widerstandsfähigkeit hervorgeht; und wenn das auch nicht immer auf den einzelnen zutrifft, so trifft es dafür umso sicherer im großen zu, denn die Kraft eines Volkes ist die Folge des rechten Geistes, und nicht gilt es umgekehrt. Lindner hatte darum seinen Abreibungen auch eine besondere und sorgfältige Ausbildung angedeihen lassen, die es vermied, mit rücksichtslosem Zugreifen den üblichen männlichen Götzendienst zu treiben, dafür· aber die ganze Persönlichkeit beteiligte, indem er die Bewegungen seines Körpers mit schönen inneren Aufgaben verband. Er verabscheute besonders die halsbrecherische Anbetung der Schneidigkeit, die, von außen kommend, nun auch schon in seinem Vaterland manchem als Ideal vorschwebte; und sich von ihr abzuwenden, gehörte ganz und gar zu seinen Morgenübungen. Er ersetzte sie bei diesen mit großer Umsicht durch ein staatsmännischeres Verhalten im turnerischen Gebrauch seiner Gliedmaßen und verband Anspannung der Willenskraft mit rechtzeitiger Nachgiebigkeit, Schmerzüberwindung mit verständiger Menschlichkeit, und wenn er als abschließende Mutübung etwa über einen umgelegten Stuhl sprang, so geschah es mit ebenso viel Zurückhaltung wie Selbstvertrauen. Eine solche Entfaltung des ganzen Reichtums an menschlichen Anlagen machte ihm seine Leibesübungen, seit er sie vor einigen Jahren aufgenommen hatte, zu wahren Tugendübungen.

Soviel wäre im Fluge aber auch gegen den Ungeist vergänglicher Selbstbehauptung zu sagen, der sich, unter dem Schlagwort der Körperpflege, des an sich gesunden Gedankens des Sports bemächtigt hat, Zusätzliches indes noch gegen die besondere weibliche Form dieses Ungeistes als Schönheitspflege. Lindner schmeichelte sich, zu den wenigen zu gehören, die Licht und Schatten auch da richtig zu verteilen wüßten, und so, wie er bereit war, dem Zeitgeist allenthalben einen unverderbten Kern zu entnehmen, anerkannte er auch die sittliche Verpflichtung, so gesund und wohlgefällig zu erscheinen wie nur möglich. Er selbst pflegte sorgfältig jeden Morgen Bart und Haar, hielt seine Nägel kurz und peinlich sauber, nahm etwas Brillantine aufs Haupt und etwas schützende Salbe auf die tagsüber viel erduldenden Füße: wer dagegen möchte leugnen, daß es ein Zuviel an dem Körper gewidmeter Aufmerksamkeit ist, womit eine weltliche Frau ihren Tag verbringt? Sollte es aber wirklich nicht anders sein können – er kam Frauen gerne zart entgegen, weil sich unter ihnen auch die von hochmögenden Männern befinden konnten – als daß Badewässer und Gesichtsbäder, Salben und Packungen, Hand- und Fußkünsteleien, Knetmeister und Haarkünstler einander in kaum unterbrochener Folge ablösen, so empfahl er als Gegengewicht solcher einseitigen

Körperpflege den von ihm in öffentlicher Rede geprägten Begriff der inneren Schönheitspflege, oder kurz Innenpflege. Möge uns beispielsweise die Reinigung an die innere Reinheit mahnen, die Salbung an die Pflichten gegen die Seele, die Massage an die Hand des Schicksals, worin wir uns befinden, und die Feilung der Fußspitzen daran, daß wir auch im noch tiefer Verborgenen ein schöner Anblick sein sollen. So übertrug er sein Bild auf die Frauen, überließ es ihnen aber selbst, die Einzelheiten den Bedürfnissen ihres Geschlechts anzupassen.

Freilich hätte es geschehen können, daß ein Unvorbereiteter durch den Anblick, den Lindner beim Schönheits- und Gesundheitsdienst, vollends aber während des Waschens und Abtrocknens darbot, zum Lachen gereizt würde: denn seine Bewegungen riefen, bloß körperlich betrachtet, die Vorstellung eines sich vielfach wendenden Schwanenhalses hervor, der außerdem nicht aus Rundung, sondern aus dem spitzen Element von Knie und Ellbogen bestand; die von der Brille befreiten, kurzsichtigen Augen blickten märtyrerhaft in die Weite, als ob man ihren Blick nahe beim Auge abgeschnitten hätte, und unter dem Bart warfen sich die weichen Lippen im Schmerz der Anstrengung auf. Wer aber geistig zu sehen verstand, der konnte wohl das Schauspiel erleben, äußere und innere Kräfte in reiflich überlegter gegenseitiger Hervorbringung zu sehn; und wenn Lindner dabei an die armen Frauen dachte, die Stunden im Bade- und Ankleidezimmer verbringen und die Phantasie einseitig durch Leibeskultus erhitzen, so konnte er sich selten des Gedankens erwehren, wie gut es ihnen täte, wenn sie einmal ihm zusehen könnten. Harmlos und rein begrüßen sie die moderne Körperpflege und machen sie mit, weil sie in ihrer Unkenntnis nicht ahnen, daß solche große dem tierischen Teil gewidmete Aufmerksamkeit allzu leicht Ansprüche in diesem weckt, die das Leben zerstören können, wenn man sie nicht in strenge Dienstbarkeit nimmt!

Überhaupt verwandelte Lindner schlechthin alles, womit er in Berührung kam, in eine sittliche Forderung; und ob er sich in Kleidern befand oder nicht, war jede Stunde des Tags bis zum Eintritt traumlosen Schlafs von einem wichtigen Inhalt ausgefüllt, dem sie ein für allemal vorbehalten blieb. Er schlief sieben Stunden; seine Lehrverpflichtung, die das Ministerium mit Rücksicht auf seine wohlgelittene schriftstellerische Tätigkeit eingeschränkt hatte, forderte drei bis fünf Stunden des Tages von ihm, in denen schon die Vorlesung über Pädagogik inbegriffen war, die er wöchentlich zweimal an der Universität abhielt; fünf zusammenhängende Stunden – das sind fast zwanzigtausend Stunden in einem Jahrzehnt! – waren dem Lesen vorbehalten; zweieinhalb Stunden dienten der ohne Stockung aus dem inneren Gestein seiner Persönlichkeit wie eine klare Quelle fließenden Niederschrift seiner eigenen Arbeiten; die Mahlzeiten beanspruchten täglich eine Stunde für sich; eine Stunde war dem Spaziergang gewidmet und zugleich der Erbauung an großen Fach- und Lebensfragen, während eine andere dem beruflich bedingten Ortswechsel und zugleich dem gewidmet blieb, was Lindner das kleine Nachdenken nannte, der Sammlung des Geistes auf den Gehalt der eben vergangenen und der kommenden Beschäftigung; andere Zeitstücke hinwieder waren, teils ein für allemal, teils im Rahmen der Woche wechselnd, für An- und Auskleiden, Turnen, Briefe, Wirtschaftsangelegenheiten, Behörden und nützliche Geselligkeit vorgesehen. Auch ist es natürlich, daß die Ausführung dieses Lebensplans nicht nur nach seinen großen und strengen Linien erfolgte, sondern noch allerhand Besonderheiten mit sich brachte, wie den Sonntag mit seinen nicht alltäglichen Pflichten, den größeren Überlandspaziergang, der alle vierzehn Tage stattfand, oder das Vollbad, und daß sie auch tägliche Doppeltätigkeiten enthielt, die noch nicht erwähnt werden konnten und zu denen beispielsweise der Umgang Lindners mit seinem Sohn während der Mahlzeiten gehörte, oder beim raschen Ankleiden die Übung des Charakters in der geduldigen Überwindung von unvorhergesehenen Schwierigkeiten.

Charakterübungen solcher Art sind nicht nur möglich, sondern auch überaus nützlich, und Lindner hatte eine ursprüngliche Vorliebe für sie. «In dem Kleinen, was ich recht tue, sehe ich ein Bild von allem Großen, was in der Welt recht getan wird» stand schon bei Goethe zu lesen, und in diesem Sinn kann eine Mahlzeit so gut wie ein Schicksalsauftrag als Pflegestatt der Selbstbeherrschung und Siegesstatt über die Begehrlichkeit dienen; ja an dem allen Überlegungen unzugänglichen Widerstand eines Kragenknopfes vermag der tiefer blickende Sinn geradezu den Umgang mit Kindern zu erlernen. Lindner betrachtete natürlich Goethe keineswegs in allem als Vorbild; aber welch köstliche Demut hatte er nicht schon daraus gewonnen, daß er mit Hammerschlägen einen Nagel in die Wand zu treiben versucht hatte, einen zerrissenen Handschuh selbst zu stopfen unternahm oder eine verdorbene Klingel wieder herstellte: schlug er sich dabei auf die Finger oder stach er sich hinein, so wurde der hervorgerufene Schmerz, wenn auch nicht gleich, so doch nach einigen entsetzlichen Sekunden, von der Freude am industriösen Geist der Menschheit überwunden, der sogar in solchen geringfügigen Fertigkeiten und ihrem Erwerbe steckt, wessen sich der Gebildete heute zu seinem allgemeinen Nachteil hochmütig überhoben dünkt! Mit Behagen hatte er dann Goetheschen Geist in sich wiederauferstehen fühlen und es umso mehr genossen, als er sich über des Klassikers praktische Liebhaberei und gelegentliche Freude an besonnener Handfertigkeit dank der Verfahren eines neueren Zeitalters doch auch hinausgehoben fühlte. Lindner war überhaupt

frei von Vergötzung des alten Autors, der in einer erst halb aufgeklärten, und darum die Aufklärung überschätzenden, Welt gelebt hat, und
nahm sich ihn mehr im liebenswürdig Kleinen zum Vorbild als im
Ernsten und Großen, ganz abgesehen von der berüchtigten Sinnlich-
keït des verführerischen Ministers.

Seine Verehrung war also sorgfältig abgewogen. Trotzdem machte
sich seit einiger Zeit in ihr eine merkwürdige Verdrießlichkeit gelten,
die Lindner oftmals zum Nachdenken reizte. Immer schon hatte er
geglaubt, eine richtigere Auffassung vom Heldischen zu besitzen als
Goethe. Von Scävolas, die ihre Hände ins Feuer stecken, Lukrezien,
die sich durchbohren, oder Judithen, die den Bedrängern ihrer Ehre
das Haupt abschlagen – «Motiven», die Goethe jederzeit bedeutsam
gefunden hätte, obzwar er sie nicht selbst behandelt hat – hielt Lindner
nicht viel; ja er war sogar trotz der Autorität der Klassiker überzeugt,
daß diese Männer und Frauen, die für ihre persönlichen Überzeugungen Verbrechen begangen haben, heutigentags nicht sowohl auf den
Kothurn als vielmehr in den Gerichtssaal gehörten. Er setzte ihrem
Hang zu schweren Körperverletzungen eine «verinnerlichte und soziale» Auffassung des Mutes entgegen. In Gespräch und Gedanke ging
er sogar so weit, eine reiflich überlegte Eintragung ins Klassenbuch
darüber zu stellen, oder die verantwortliche Erwägung, wie seine
Wirtschafterin wegen voreiligen Eifers zu tadeln sei, weil man dabei
nicht nur seinen eigenen Leidenschaften folgen dürfe, sondern auch
die Gründe des anderen berücksichtigen müsse. Und wenn er so etwas
aussprach, hatte er den Eindruck, in wohlanstehendem Zivilkleid eines
späteren Jahrhunderts auf das bombastische moralische Kostüm eines
älteren zurückzublicken.

Der Hauch von Lächerlichkeit, der mit solchen Beispielen verbunden war, entging ihm durchaus nicht, aber er nannte ihn das Lachen
des Geistespöbels; und er hatte zwei feste Gründe dafür. Erstens behauptete er nicht nur, daß sich *jeder* Anlaß gleich gut zur Stärkung wie zur
Schwächung der menschlichen Natur benutzen lasse; sondern es erschienen ihm Anlässe kleinerer Art sogar zur Kräftigung geeigneter
als die großen Gelegenheiten, denn durch die glanzvolle Ausübung
der Tugend wird unwillkürlich auch die menschliche Neigung zu
Überhebung und Eitelkeit gefördert, wogegen die unscheinbare alltägliche Ausübung schlechthin aus ungewürzter und reiner Tugend
besteht. Zweitens aber durfte eine planvolle Bewirtschaftung des moralischen Volksguts (diesen Ausdruck liebte Lindner, neben dem soldatischen Wort «Zucht», wegen des Bäurischen und zugleich Fabriks-
neuen, das an ihm ist) auch deshalb die «kleinen Gelegenheiten» nicht
verschmähen, weil der gottlose, von «Liberalen und Freimaurern» auf-
gebrachte Glaube, daß die großen menschlichen Leistungen gleichsam

aus einem Nichts hervorgehn, mochte man es auch Genie nennen, schon damals im Veralten war. Das geschärftere Licht der öffentlichen Aufmerksamkeit ließ den «Helden», den frühere Zeit zu einer überheblichen Erscheinung gemacht hatte, bereits als einen unermüdlichen Kleinarbeiter erkennen, der sich zum Entdecker durch dauernden Lernfleiß vorbereiten, als Athlet seinen Körper so ängstlich behandeln muß wie ein Opernsänger seine Stimme, und als politischer Volkserneuerer vor unzähligen Versammlungen immer das gleiche zu wiederholen hat. Und davon hatte Goethe – der zeit seines Lebens doch ein bequemer Bürger-Aristokrat geblieben war – noch keine Ahnung gehabt, Lindner aber sah es kommen! Darum war es auch verständlich, daß er Goethens besseres Teil gegen dessen vergängliches in Schutz zu nehmen meinte, wenn er das Bedachtsam-Umgängliche, das jener in so erfreulichem Maße besaß, dem Tragischen vorzog; auch ließe sich wohl vertreten, daß es nicht unüberlegt geschah, wenn er sich aus keinem anderen Grunde, als weil er ein Pedant war, für einen von gefährlichen Leidenschaften bedrohten Menschen hielt.

Wahrhaftig ist es denn auch bald danach eine der beliebtesten menschlichen Möglichkeiten geworden, sich einem «Regime» zu unterwerfen, was mit demselben günstigen Erfolg gegen die Fettleibigkeit angewendet wird wie in der Politik und im geistigen Leben. Dabei werden Geduld, Gehorsam, Regelmäßigkeit, Gleichmut und andere sehr ordentliche Eigenschaften zu Hauptbestandteilen des Menschen im Privatzustand, während alles Ungezügelte, Gewaltsame, Süchtige und Gefährliche, dessen er, als ein Wildromantiker, doch auch nicht entbehren mag, seinen vortrefflichen Sitz im Regime hat. Wahrscheinlich ist diese merkwürdige Neigung, sich einem Regime zu unterwerfen, oder ein anstrengendes, unangenehmes und dürftiges Leben nach den Vorschriften eines Arztes, Sportlehrers oder anderen Tyrannen zu führen, obgleich man es mit ebenso gutem Mißerfolg auch unterlassen könnte, schon ein Ergebnis der Bewegung zum Arbeiter-, Krieger und Ameisenstaat, dem sich die Welt annähert: aber da lag auch die Grenze, die zu überschreiten Lindner nicht mehr fähig war und an die sein Blick nicht mehr sehend hindrang, weil es ihm sein Goethisches Erbteil verbot.

Wohl war seine Frömmigkeit von keiner Art, die sich damit nicht vertragen hätte, überließ er doch das Göttliche Gott, und auch die unverdünnte Heiligkeit den Heiligen; aber er konnte den Gedanken nicht fassen, auf seine Persönlichkeit zu verzichten, und es schwebte ihm als Ideal der Welt eine Gemeinschaft vollverantwortlicher sittlicher Persönlichkeiten vor, die als zivile Gottesstreitmacht zwar wider die Unbeständigkeit der niederen Natur kämpfe und den Alltag zum Heiligtum mache, dieses aber auch mit den großen Werken der Kunst und

Wissenschaft schmücke. Hätte jemand seine Tageseinteilung nachgezählt, so wäre ihm darum auch aufgefallen, daß sie in jeder Abwandlung bloß dreiundzwanzig Stunden ergab, es fehlten also noch sechzig Minuten auf einen vollen Tag, und von diesen sechzig Minuten waren vierzig ein für allemal dem Gespräch und liebevollen Eingehn auf die Bestrebungen und die Wesensart anderer Menschen zugedacht, wozu er auch den Besuch von Kunstausstellungen, Konzerten und Vergnügungen rechnete. Er haßte diese Veranstaltungen. Sie verletzten fast jedesmal durch ihren Inhalt sein Gemüt, und nach seinen Begriffen tobte sich in diesen planlosen und überschätzten Erbauungen die berüchtigte Nervenstörung der Gegenwart aus, mit ihren überflüssigen Reizen und ihren echten Leiden, mit ihrer Unersättlichkeit und ihrer Unbeständigkeit, ihrer Neugierde und ihrem unvermeidlichen Sittenverfall. Er lächelte sogar erschüttert in seinen dünnen Bart, wenn er bei solchen Anlässen «Männlein und Weiblein» mit erhitzten Wangen der Kultur götzendienern sah. Sie wußten nicht, daß die Lebenskraft durch Einengung gesteigert wird, und nicht durch Zersplitterung. Sie litten alle unter der Angst, keine Zeit für *alles* zu haben, und wußten nicht, daß Zeit haben nichts anderes heißt, als *keine* Zeit für alles zu haben. Lindner hatte erkannt, daß die schlechte Nervenverfassung nicht von der Arbeit und ihrer Eile komme, die man in diesem Zeitalter anschuldige, sondern, im Gegenteil, von der Kultur und Humanität ausgehe, von den Ruhepausen, der Unterbrechung der Arbeit, den freigelassenen Minuten, wo der Mensch sich selbst leben möchte und etwas sucht, das er für schön halten könnte oder für ein Vergnügen oder für wichtig: diese Minuten sind es, aus denen die Miasmen der Ungeduld, des Unglücks und der Sinnlosigkeit aufsteigen. So empfand er, und wäre es nach ihm gegangen, das heißt, nach den Gesichten, die er in solchen Augenblicken hatte, so hätte er alle diese Kunststätten mit eisernem Besen ausgekehrt, und es hätten Feste der Arbeit und Erbauung, kurz angebunden an das tägliche Tun, die Stelle jener angeblichen Geistesereignisse eingenommen; es wäre eigentlich nichts zu tun gewesen, als von einem ganzen Zeitalter wenige Minuten täglich fortzunehmen, die ihr krankes Dasein einer falsch verstandenen Liberalität verdanken. Aber es ernsthaft und öffentlich und anders als in einigen Anspielungen zu vertreten, dazu hatte er nie die Entschiedenheit aufgebracht.

Und Lindner blickte plötzlich auf, denn er fuhr während dieser Gedankenträume ja noch immer mit der Straßenbahn, und fühlte sich gereizt und beklommen, wie es von Unentschlossenheit und Verhindertsein kommt, und hatte für einen Augenblick den verworrenen Eindruck, die ganze Zeit über an Agathe gedacht zu haben. Es geschah ihr auch die Ehre, daß ein Unwille, der arglos als Freude an Goethe begonnen hatte, nun mit ihr verschmolz, obwohl kein Grund dafür zu erkennen war. Gewohnheitsmäßig ermahnte sich darum Lindner selbst: «Widme einen Teil deiner Einsamkeit dem ruhigen Nachdenken über deinen Nächsten, zumal wenn du nicht mit ihm übereinstimmen solltest: vielleicht wirst du dann, was dich abstößt, besser verstehen und benutzen lernen und wirst seine Schwäche zu schonen und seine Tugend zu ermutigen wissen, die möglicherweise bloß eingeschüchtert ist!» flüsterte er mit stummen Lippen. Es war einer der Kernsätze, die er gegen das fragwürdige Treiben der sogenannten Kultur geprägt hatte und in denen er gewöhnlich die Gelassenheit fand, dieses zu ertragen; aber der Erfolg blieb aus, und Gerechtigkeit war offenbar nicht das, was ihm diesmal fehlte. Er zog die Uhr. Es bestätigte sich, daß er Agathe mehr Zeit geschenkt hatte, als ihm gegeben war. Aber er hätte es nicht tun können, wenn in seinem Tagesplan nicht restliche zwanzig Minuten für unvermeidliche Zeitverluste vorgesehen gewesen wären; und es zeigte sich, daß ihm von diesem Verlustkonto, diesem Notvorrat an Zeit, dessen kostbare Tropfen das vermittelnde Öl in seinem Tagwerk waren, selbst an diesem ungewöhnlichen Tag noch zehn Minuten übrig sein würden, wenn er sein Haus betreten werde. Wuchs dadurch sein Mut? Es fiel ihm ein anderer seiner Lebenssprüche ein, schon zum zweitenmal heute: «Je unerschütterlicher die Geduld in dir wird,» sagte Lindner zu Lindner «desto sicherer wirst du den andern ins Herz treffen!» Und ins Herz zu treffen, das bereitete ihm ein Vergnügen, das auch dem Heldischen seiner Natur entsprach; daß so Getroffene niemals zurückschlagen, spielte dabei keine Rolle.

41

Die Geschwister am nächsten Morgen

Auf diesen Mann kamen nun Ulrich und seine Schwester abermals zu sprechen, als sie sich am Morgen nach dem plötzlichen Verschwinden Agathes aus der Gesellschaft bei ihrer Kusine von neuem sahen. Tags zuvor hatte auch Ulrich bald nach ihr die streitbar angeregte Versammlung verlassen, war aber nicht mehr dazu gekommen, sie zu fragen, warum sie ihm auf und davon gegangen wäre; denn sie hatte sich eingeschlossen und entweder schon geschlafen oder mit Absicht die leise Frage des Lauschenden, ob sie noch wache, ohne Antwort gelassen. So schloß der Tag, wo sie dem wunderlichen Fremden begegnet war, ebenso launenhaft ab, wie er begonnen hatte. Auch am nächsten Tag war keine Auskunft von ihr zu erlangen. Ihre wirklichen Empfindungen kannte sie selbst nicht. Wenn sie an den bei ihr eingedrungenen

Brief ihres Ehemanns dachte, den sie sich ein zweites Mal zu lesen nicht überwinden konnte, obwohl sie ihn von Zeit zu Zeit neben sich liegen sah, so erschien es ihr unglaubwürdig, daß seit seinem Empfang kaum ein Tag vergangen sein sollte; so oft hatte sie inzwischen ihren Zustand gewechselt. Manchmal dünkte sie, daß auf diesen Brief wahrhaftig das Schauerwort: Gespenster der Vergangenheit angewandt werden müßte; trotzdem fürchtete sie sich auch wirklich vor ihm. Und zuweilen erregte er in ihr bloß ein kleines Unbehagen, das auch der unverhoffte Anblick einer stehengebliebenen Uhr erregen könnte; zuweilen aber versetzte es sie in unfruchtbares Nachdenken, daß die Welt, aus der er kam, den Anspruch hatte, die wirkliche für sie zu sein. Was sie innen nicht einmal leise berührte, umgab sie außen unabsehbar und hielt dort noch immer zusammen. Unwillkürlich verglich sie damit, was sich zwischen ihr und ihrem Bruder seit dem Eintreffen dieses Schreibens ereignet hatte. Das waren vor allem Gespräche, und obwohl eines von diesen sie sogar dazu gebracht hatte, an Selbstmord zu denken, war sein Inhalt vergessen, wenn auch wahrscheinlich noch auferstehensbereit und nicht verschmerzt. Es hatte also eigentlich auch wenig zu bedeuten, worüber ein Gespräch geführt wurde, und ihr herzergreifendes jetziges Leben gegen den Brief abwägend, empfing sie den Eindruck einer tiefen, beständigen, unvergleichlichen, aber machtlosen Bewegung. Sie fühlte sich von alledem an diesem Morgen teils matt und ernüchtert, teils zärtlich und unruhig, wie es ein Fiebernder nach dem Sinken der Temperatur ist.

In diesem Zustand voll lebendiger Hilflosigkeit sagte sie plötzlich: «So teilzunehmen, daß man selbst erlebt, wie einem andren zumute ist, muß unbeschreiblich schwer sein!» Zu ihrer Überraschung entgegnete Ulrich sogleich: «Es gibt Menschen, die sich einbilden, es zu können.» Er sagte es ungelaunt und anzüglich und hatte sie nur halb verstanden. Bei ihren Worten wich etwas zur Seite und gab einem Ärger Raum, der tags zuvor zurückgeblieben war unerachtet dessen, daß er ihn verächtlich finden sollte. Damit war diese Aussprache fürs erste zu Ende.

Der Morgen hatte einen Regentag gebracht und die Geschwister in ihrem Haus eingeschlossen. Die Blätter der Bäume glänzten öde vor den Fenstern wie nasses Linoleum; der Fahrdamm hinter den Lücken des Laubs spiegelte wie ein Gummischuh. Die Augen mochten den nassen Anblick kaum anfassen. Agathe bereute ihre Bemerkung und wußte nicht mehr, warum sie sie getan hatte. Sie seufzte und begann von neuem: «Die Welt erinnert heute an unsere Kinderzimmer.» Sie spielte damit auf die kahlen Oberstuben in ihres Vaters Haus an, mit denen sie beide ein verwundertes Wiedersehen gefeiert hatten. Das mochte weit hergeholt sein; aber sie fügte hinzu: «Es ist die erste Traurigkeit des Menschen inmitten seines Spielzeugs, die immer wiederkehrt!» Unwillkürlich war die Erwartung nach dem andauernd guten Wetter der letzten Zeit wieder auf einen schönen Tag gerichtet gewesen und erfüllte darum den Sinn mit versagter Lust und ungeduldiger Schwermut. Ulrich blickte jetzt auch zum Fenster hinaus. Hinter der grauen, rinnenden Wasserwand gaukelten unausgeführte Entwürfe von Ausflügen, freies Grün und endlose Welt; und vielleicht geisterte dahinter auch der Wunsch, einmal allein zu sein und sich wieder frei nach allen Seiten zu regen, dessen süßer Schmerz die Passionsgeschichte und auch schon die Wiederauferstehung der Liebe ist. Er wandte sich, irgend etwas davon noch im Ausdruck des Gesichts und Körpers, zu seiner Schwester um, und beinahe heftig fragte er sie: «Ich gehöre wohl nicht zu den Menschen, die auf andere teilnehmend eingehen können?»

«Nein, wirklich nicht!» erwiderte sie und lächelte ihn an.

«Aber gerade, was solche Menschen sich einbilden,» fuhr er fort, denn erst jetzt hatte er verstanden, wie ernst ihre Worte gemeint waren, «daß man miteinander leiden könnte, vermögen sie sowenig wie irgendwer. Sie haben höchstens die Geschicklichkeit von Krankenschwestern, daß sie erraten, was ein Bedürftiger gerne hört –»

«Also müssen sie doch wissen, was ihm wohltut» wandte Agathe ein.

«Durchaus nicht!» wiederholte Ulrich hartnäckiger. «Wahrscheinlich trösten sie überhaupt nur dadurch, daß sie reden: wer viel redet, entlädt das Leid des andern tropfenweise, wie ein Regen die Elektrizität einer Wolke. Das ist die bekannte Milderung eines jeden Kummers durch das Mittel der Aussprache!»

Agathe schwieg.

«Solche Menschen wie dein neuer Freund» meinte Ulrich nun herausfordernd «wirken vielleicht auch, wie es manche Hustenmittel tun: sie beseitigen nicht den Katarrh, aber sie lindern seinen Reiz, und dann heilt er oft von selbst aus!»

Er hätte unter allen anderen Umständen die Zustimmung seiner Schwester erwarten dürfen, aber die seit gestern wunderlich gesonnene Agathe mit ihrer plötzlichen Schwäche für einen Mann, dessen Wert Ulrich bezweifelte, lächelte unnachgiebig und spielte mit ihren Fingern. Ulrich sprang auf und sagte eindringlich: «Aber ich kenne ihn doch, wenn auch nur flüchtig; ich habe ihn einigemal reden hören!»

«Du hast ihn sogar einen ‹faden Esel› genannt» schaltete Agathe ein.

«Und warum nicht?» verteidigte es Ulrich. «Menschen wie der wissen noch weniger als irgendwer mit einem andern zu fühlen! Sie wissen nicht einmal, was es bedeutet. Sie fühlen einfach die Schwierigkeit, die ungeheuerliche Zweifelhaftigkeit dieses Anspruches nicht!»

Da fragte Agathe: «Weshalb erscheint dir denn der Anspruch zweifelhaft?»

Nun schwieg Ulrich. Er zündete sich sogar eine Zigarette an, um zu bekräftigen, daß er darauf nicht antworten werde, hatten sie doch tags zuvor genug darüber gesprochen! Auch Agathe wußte das. Sie wollte keine neue Erklärung herausfordern. Diese Erklärungen waren so bezaubernd und so vernichtend, wie in den Himmel zu schaun, wenn darin graue, rosa und gelbe Städte aus Wolkenmarmor zu sehen sind. Sie dachte: «Wie schön wäre es, wenn er nichts sagte als: ‹Ich will dich lieben wie mich selbst, und dich kann ich eher so lieben als alle anderen Frauen, weil du meine Schwester bist!›» Und weil er es nicht sagen wollte, nahm sie eine kleine Schere und schnitt sorgfältig einen Faden ab, der irgendwo hervorragte, so, als wäre es augenblicklich auf der ganzen Welt das einzige, was ihre volle Aufmerksamkeit verdiene. Ulrich sah dem mit der gleichen Aufmerksamkeit zu. Sie war in diesem Augenblick allen seinen Sinnen verführerischer denn je gegenwärtig, und etwas von dem, was sie verbarg, erriet er, wenn auch nicht alles. Denn sie hatte indessen Zeit zu dem Beschluß: wenn Ulrich vergessen könne, daß sie den fremden Mann selbst auslache, der sich anmaßte, hier helfen zu können, solle er es jetzt auch nicht von ihr erfahren. Und außerdem hatte sie doch auch ein erwartungsvolles Vorgefühl von Lindner. Sie kannte ihn nicht. Aber daß er ihr selbstlos und überzeugt seine Hilfe anbot, mußte ihr wohl Vertrauen eingeflößt haben, denn eine frohe Tonart des Herzens, harter Posaunenklang von Wille, Zuversicht und Stolz, ihrem eigenen Zustand wohltätig entgegengesetzt, schienen sie hinter aller Komik des Falls erfrischend anzublasen. «Mögen Schwierigkeiten noch so groß sein, sie bedeuten nichts, wenn man ernstlich will!» dachte sie und wurde dabei unversehens von Reue erfaßt, so daß sie nun das Schweigen ungefähr so brach, wie eine Blume gebrochen wird, damit sich zwei Köpfe darüber beugen können, und ihrer ersten Frage die zweite hinzufügte: «Erinnerst du dich denn noch, daß du immer gesagt hast, liebe den Nächsten, ist von einer Pflicht so verschieden wie ein aus der Seligkeit kommender Wolkenbruch von einem Tropfen Zufriedenheit?»

Sie staunte über die Heftigkeit, mit der Ulrich ihr antwortete: «Die Ironie meines Zustands ist mir nicht unbekannt. Seit gestern, und wahrscheinlich immer, habe ich nichts getan, als ein Heer aufzustellen von Gründen dafür, daß diese Liebe zu diesem Nächsten nicht ein Glück sei, sondern eine ungeheuer großartige, halb unlösbare Aufgabe! Nichts könnte also begreiflicher sein, als daß du Schutz davor bei einem Menschen suchtest, der von alledem keine Ahnung hat, und ich an deiner Stelle täte es auch!»

«Aber es ist doch gar nicht wahr, daß ich es tue!» versetzte Agathe kurz.

Ulrich konnte nicht umhin, ihr einen so dankbaren wie mißtrauischen Blick zuzuwerfen: «Es stünde kaum dafür, daß man davon redete» versicherte er. «Ich habe es eigentlich auch nicht tun wollen.» Er zauderte einen Augenblick und fuhr fort: «Aber sieh, wenn man schon einen anderen lieben muß wie sich selbst, und liebt ihn noch so sehr, bleibt es doch eigentlich Betrug und Selbstbetrug, weil man einfach nicht mitfühlen kann, wie ihn der Kopf schmerzt oder der Finger. Es ist etwas völlig Unerträgliches, daß man an einem Menschen, den man liebt, nicht wirklich teilnehmen kann, und es ist etwas völlig Einfaches. So ist die Welt eingerichtet. Wir tragen unser Tierfell mit den Haaren nach innen und können es nicht ausstreifen. Und diesen Schreck in der Zärtlichkeit, diesen Albtraum der steckenbleibenden Annäherung, den erleben die regelrecht guten, die ‹kurz und guten› Menschen nie. Was sie ihr Mitgefühl nennen, ist sogar ein Ersatz dafür, der zu verhindern hat, daß sie etwas vermissen!»

Agathe vergaß, daß sie soeben etwas gesagt hatte, das einer Lüge so ähnlich war wie keiner Lüge. Sie sah, daß in Ulrichs Worten die Enttäuschung von der Vision eines An-einander-Teilhabens durchleuchtet war, vor der die gewöhnlichen Beweise der Liebe, Güte und Teilnahme ihre Bedeutung verloren; und sie verstand, daß er darum von der Welt öfter als von sich sprach, denn man mußte sich wohl mitsamt der Wirklichkeit ausheben wie eine Tür aus der Angel, wenn das mehr als eitel Träumerei sein sollte. In diesem Augenblick war sie weit weg von dem Mann mit dem schütteren Bart und der schüchternen Strenge, der ihr wohltun wollte. Sie vermochte es aber nicht zu sagen. Sie sah Ulrich bloß an, dann sah sie weg, ohne zu sprechen. Dann tat sie irgend etwas, dann sahen sie einander wieder an. Das Schweigen machte nach kürzester Zeit den Eindruck, daß es schon Stunden währe.

Der Traum, zwei Menschen zu sein und einer –: in Wahrheit war die Wirkung dieser Erdichtung in manchen Augenblicken der eines über die Grenzen der Nacht getretenen Traumes nicht unähnlich, und auch jetzt schwebte sie zwischen Glaube und Leugnung in einem solchen Gefühlszustand, daran die Vernunft nichts mehr zu bestellen hatte. Es war erst die unbeeinflußbare Beschaffenheit der Körper, wovon das Gefühl in die Wirklichkeit zurückgewiesen wurde. Diese Körper breiteten vor dem suchenden Blick ihr Sein, da sie einander doch liebten, zu Überraschungen und Entzückungen aus, die sich erneuten wie ein in den Strömen des Begehrens schwebendes Pfauenrad; aber sobald der Blick nicht bloß an den hundert Augen des Schauspiels hing, das die Liebe der Liebe gibt, sondern zu dem Wesen einzudringen versuchte, das dahinter dachte und fühlte, verwandelten sich diese Körper in grausame Kerker. Es fand sich wieder einer vor dem andern, wie schon so oft zuvor, und wußte nichts zu sagen, weil zu allem, was die Sehnsucht noch zu sagen oder zu wiederholen gehabt hätte, eine allzuweit hinübergebeugte Bewegung gehörte, für die es keinen Stand und Boden gab.

Und nicht lange, so wurden darüber unwillkürlich auch die körperlichen Bewegungen langsamer und erstarrten. Vor den Fenstern erfüllte noch immer der Regen die Luft mit seinem zuckenden Vorhang aus Tropfen und den einschläfernden Geräuschen, durch deren Eintönigkeit die himmelhohe Öde herabfloß. Es schien Agathe Jahrhunderte her zu sein, daß ihr Körper einsam sei; und die Zeit rann, als rinne sie mit dem Wasser vom Himmel. Im Zimmer war jetzt ein Licht wie ein ausgehöhlter Silberwürfel. Blaue, süßliche Schärpen von Rauch achtlos verbrennender Zigaretten umschlangen sie und Ulrich. Sie wußte nicht mehr, ob sie bis ins Innerste empfindlich und zärtlich sei oder ungeduldig und schlecht auf ihren Bruder zu sprechen, dessen Ausdauer sie bewunderte. Sie suchte sein Auge und fand es erstarrt wie zwei Monde in dieser unsicheren Atmosphäre schweben. Und in demselben Augenblick geschah ihr nun, was nicht aus ihrem Willen zu kommen schien, sondern von außen, daß das quellende Wasser vor den Fenstern plötzlich fleischig wurde wie eine aufgeschnittene Frucht und seine schwellende Weichheit zwischen sie und Ulrich drängte. Vielleicht schämte sie sich oder haßte sich deswegen sogar ein wenig, aber eine völlig sinnliche Ausgelassenheit – und gar nicht nur, was man Entfesseln der Sinne nennt, sondern auch, ja weit eher, ein freiwilliges und freies Ablassen der Sinne von der Welt! – begann sich ihrer zu bemächtigen; und sie konnte dem gerade noch zuvorkommen und es vor Ulrich sogar verbergen, indem sie mit der schnellsten aller Ausreden, daß sie etwas zu besorgen vergessen hätte, aufsprang und das Zimmer verließ.

42

Auf der Himmelsleiter in eine fremde Wohnung

Kaum war das vollbracht, faßte sie aber den Beschluß, daß sie den sonderbaren Mann aufsuchen werde, der ihr seine Hilfe angeboten hatte, und schritt sogleich an die Ausführung. Sie wollte ihm gestehen, daß sie nicht mehr wisse, was sie mit sich beginnen solle. Sie hatte keine deutliche Vorstellung von ihm; ein Mensch, den man unter Tränen gesehen hat, die in seiner Gesellschaft auftrockneten, wird nicht leicht jemand so erscheinen, wie er wirklich ist. Darum dachte sie unterwegs über ihn nach. Sie glaubte nüchtern nachzudenken; aber in Wahrheit geschah es noch ganz phantastisch. Sie eilte durch die Straßen und trug vor ihren Augen das Licht aus ihres Bruders Zimmer.

Rechtes Licht sei es aber gar nicht gewesen, überlegte sie; eher mochte sie sagen, daß alle Dinge in dem Zimmer plötzlich die Fassung verloren hätten, oder eine Art von Verstand, der sonst wohl an ihnen sein mußte. Sollte es aber so sein, daß bloß sie selbst die Fassung verloren hätte, oder ihren Verstand, so wäre das auch nicht nur auf sie beschränkt gewesen, denn es hatte doch auch in den Dingen eine Befreiung erweckt, worin es sich von Wundern regte. «Im nächsten Augenblick hätte es uns aus den Kleidern geschält wie ein silbernes Messer, ohne daß wir auch nur einen Finger wirklich gerührt hätten!» dachte sie.

Allmählich beruhigte sie sich aber jetzt an dem Regen, der ihr harmloses, graues Wasser prasselnd auf Hut und Mantel schüttete, und ihre Gedanken nahmen eine gemäßigtere Art an. Vielleicht half auch die einfache, in Eile übergeworfene Kleidung dabei mit, denn sie lenkte ihre Erinnerung auf schirmlose Schulmädelwege und unschuldige Zustände zurück. Die Wandernde entsann sich sogar unerwartet einer arglosen Sommerszeit, die sie mit einer Freundin und deren Eltern auf einer kleinen Insel im Norden verbracht hatte: dort hatten sie zwischen der harten Herrlichkeit von Himmel und Meer einen Nistplatz der Seevögel entdeckt, eine Mulde voll von weißen, weichen Vogelfedern. Und nun wußte sie es: der Mann, zu dem es sie hinzog, erinnerte sie an diesen Nistplatz. Die Vorstellung freute sie. Allerdings hätte sie es sich zu jener Zeit, angesichts der strengen Aufrichtigkeit, die zum Bedürfnis der Jugend nach Erfahrung gehört, wohl kaum durchgehen lassen, daß sie sich dermaßen unlogisch, ja eben jugendlich-unreif, wie sie es jetzt mit Fleiß geschehen ließ, bei der Vorstellung des Weichen und Weißen einem überirdischen Grausen überlasse. Dieses Grausen galt Professor Lindner; aber auch das Überirdische galt ihm.

Die Ahnung voll Gewißheit, es stehe alles, was ihr begegne, in märchenhafter Verbindung mit etwas Verborgenem, war ihr aus allen erregten Zeiten ihres Lebens bekannt; sie spürte es als eine Nähe, fühlte es hinter sich und hatte die Neigung, auf die Stunde des Wunders zu warten, wo sie nichts zu tun hätte, als die Augen zu schließen und sich zurückzulehnen. Ulrich aber sah in überirdischen Träumereien keine Hilfe, und seine Aufmerksamkeit schien meistens davon in Anspruch genommen zu sein, den überirdischen Inhalt unendlich langsam in einen irdischen zu verwandeln. Agathe erkannte darin den Grund, warum sie ihn binnen vierundzwanzig Stunden jetzt schon zum drittenmal verlassen hatte, fliehend in der wirren Erwartung von etwas, das sie in Obhut nehmen und von den Mühsalen, oder auch nur von der Ungeduld ihrer Leidenschaften ausruhen lassen sollte. Sobald sie sich dann beruhigte, war sie wieder selbst an seiner Seite und sah alle Heilsmöglichkeit in dem, was er sie lehrte; und auch jetzt hielt dies eine Weile an. Als sich ihr aber die Erinnerung an das, was zu Hause «beinahe» geschehen wäre – und eben doch nicht geschah! – wieder lebhafter aufdrängte, war sie auch wieder bis ins Innerste ratlos. Bald wollte sie sich nun einreden, daß ihnen der unendliche Bereich des Unvorstellbaren zu Hilfe gekommen wäre, wenn sie noch einen Augenblick ausgeharrt hätten, bald warf sie sich vor, daß sie nicht abgewartet habe, was Ulrich tun werde; schließlich aber träumte sie davon, daß es das richtigste gewesen wäre, einfach der Liebe nachzugeben und auf der schwindlichten Himmelsleiter, die sie hinanstiegen, der überforderten Natur eine Ruhestufe einzuräumen. Doch da kam sie sich, kaum war dieses Zugeständnis gemacht, wie eines der unfähigen Märchengeschöpfe vor, die nicht an sich halten können und in ihrer weibischen Schwäche vor der Zeit das Schweigen oder ein anderes Gelübde brechen, worauf alles unter Donner zusammenfällt.

Richtete sich jetzt ihre Erwartung wieder auf den Mann, der sie Rat finden lassen sollte, so hatte er nicht nur die großen Vorteile für sich, die der Ordnung, der Gewißheit, der gütigen Strenge und einem zusammengenommenen Betragen von einer unartig verzweifelten Aufführung verliehen sind; sondern es war diesem Unbekannten auch die besondere Auszeichnung zu eigen, daß er gefühllos und gewiß von Gott sprach, als verkehre er täglich in dessen Hause und könne zu verstehen geben, daß man dort alles verachte, was bloß Leidenschaft und Einbildung sei. Was mochte ihr also bei ihm bevorstehen? Als sie sich diese Frage stellte, drückte sie den Fuß heftiger im Lauf an den Boden und atmete die Kälte des Regens ein, damit sie ganz nüchtern werde; und da wurde ihr denn recht wahrscheinlich, daß Ulrich, wenn er auch einseitig über Lindner urteile, es doch richtiger tue als sie, denn vor den Gesprächen mit ihm, als ihr Eindruck von jenem noch ursprünglich war, hatte sie selbst auch recht spöttisch von dem Guten gedacht. Sie wunderte sich über ihre Füße, die sie dennoch zu ihm trugen, und nahm sogar einen in der gleichen Richtung fahrenden Stellwagen, damit es schneller von statten gehe.

Zwischen Menschen geschüttelt, die wie grobe, nasse Wäschestücke waren, hatte sie es schwer, ihr inneres Gespinst ganz zu erhalten, aber sie stand mit erbittertem Gesicht und schützte es vor dem Zerreißen. Sie wollte es heil zu Lindner bringen. Sie verkleinerte es sogar. Ihr ganzes Verhältnis zu Gott, wenn dieser Name denn schon auf eine solche Abenteuerlichkeit angewandt werden sollte, beschränkte sich darauf, daß ein Zwielicht jedesmal vor ihr aufging, wenn das Leben zu bedrückend und widerwärtig oder, was das neue war, zu schön wurde. Da hinein rannte sie dann suchend. Das war alles, was sie ehrlich davon zu sagen wußte. Und ein Ergebnis hätte es nie gehabt. So sagte sie sich unter Stößen. Und dabei bemerkte sie, daß sie jetzt eigentlich auch recht neugierig darauf war, wie sich ihr Unbekannter aus diesem Geschäft ziehen werde, das ihm gleichsam in Stellvertretung Gottes anvertraut wurde; mußte er doch zu solchem Behuf von dem großen Unzugänglichen auch etwas Allwissenheit abbekommen haben, weil sie sich unterdes, eingeklemmt zwischen allerhand Menschen, fest vorgenommen hatte, ihm um keinen Preis gleich ein volles Geständnis abzulegen. Als sie ausstieg, entdeckte sie aber merkwürdigerweise die tief versteckte Überzeugung in sich, daß es diesmal anders kommen werde als sonst und daß sie entschlossen sei, auch auf eigene Faust das ganz Unfaßbare aus dem Zwielicht ans Licht zu holen. Vielleicht hätte sie dieses übertreibende Wort rasch wieder ausgelöscht, wenn es ihr überhaupt zu Bewußtsein gekommen wäre; aber dort war an der Stelle kein Wort, sondern bloß ein überraschtes Gefühl, das ihr Blut emporwirbelte, als wäre es Feuer.

Der Mann, auf den so leidenschaftliche Gefühle und Einbildungen unterwegs waren, saß indessen in Gesellschaft seines Sohnes Peter bei der Mittagsmahlzeit, die von ihm, einer guten Regel älterer Zeiten folgend, noch zur wirklichen Mittagsstunde eingenommen wurde. In seiner Umgebung gab es keinen Luxus oder, wie man in deutscher Sprache besser sagt, keinen Überfluß; denn das deutsche Wort eröffnet uns den Sinn, den das fremdländische verschließt. So hat auch Luxus die Bedeutung des Überflüssigen und Entbehrlichen, das müßiger Reichtum ansammeln mag; Überfluß dagegen ist nicht sowohl überflüssig, und insofern gleichbedeutend mit Luxus, als vielmehr auch überfließend und bedeutet dann eine leicht über den Rahmen schwellende Polsterung des Daseins oder jene überschüssige Bequemlichkeit und Weitherzigkeit des europäischen Lebens, die nur den ganz Armen fehlt. Lindner unterschied diese zwei Begriffe des Luxus, und ebensosehr Luxus im ersten seiner Wohnung fehlte, war er im zweiten Begriff darin vorhanden. Schon wenn sich die Eingangstür öffnete und den mäßig großen Vorraum darbot, empfing man diesen eigentümlichen Eindruck, von dem nicht zu sagen war, wovon er kam. Sah man sich dann um, so fehlte keine der Einrichtungen, die dazu geschaffen sind, dem Menschen durch eine nützliche Erfindung zu dienen: Ein Schirmständer, aus Blech gelötet und mit Email bemalt, sorgte für den Regenschirm. Ein Laufteppich mit derben Fasern nahm den Schuhen den Schmutz ab, den die Abstreifbürste noch daran gelassen haben mochte. In einer Tasche an der Wand staken zwei Kleiderbürsten, und auch der Rechen zum Aufhängen der Überkleidung fehlte nicht. Eine Glühbirne erhellte den Raum, sogar ein Spiegel war vorhanden, und alle diese Geräte waren aufs beste gewartet und wurden rechtzeitig erneuert, wenn sie Schaden nahmen. Aber die Glühbirne hatte die geringste Lichtstärke, bei der man gerade noch etwas ausnehmen kann; der Kleiderrechen hatte bloß drei Haken; der

Spiegel faßte bloß vier Fünftel eines Erwachsenengesichts; und die Dicke wie die Güte des Teppichs waren gerade so groß, daß man noch den Fußboden hindurchspürte und nicht in Weichheit versank: Mag es übrigens vergeblich sein, durch solche Einzelheiten den Geist der Örtlichkeit zu beschreiben, so brauchte man doch bloß einzutreten und empfand ihn im ganzen als etwas eigentümlich Anwehendes, das nicht streng und nicht lässig, nicht wohlhabend und nicht arm, nicht würzig und nicht geschmacklos, sondern eben etwas so bejahend aus zwei Verneinungen Hervorgehendes war, wie es sich am besten durch das Wort: Mangel an Verschwendung ausdrücken läßt. Das schloß aber, wenn man die inneren Räume betrat, ein Gefühl für Schönheit, ja sogar das des Behagens keineswegs aus, die sich allenthalben bemerken ließen. An den Wänden hingen gerahmte Prachtstiche, das Fenster neben Lindners Schreibtisch war durch ein buntes Schaustück aus Glas geziert, das einen Ritter darstellte, der mit spröder Bewegung eine Jungfrau von einem Drachen befreite, und in der Wahl einiger bemalter Vasen, die schöne Papierblumen enthielten, in der Anschaffung eines Aschenbechers durch den Nichtraucher, sowie in den vielen Kleinigkeiten, durch die gleichsam ein Sonnenstrahl in den ernsten Pflichtkreis fällt, den die Erhaltung und Betreuung eines Hauswesens darstellt, hatte Lindner gerne einen freien Geschmack walten lassen. Immerhin drang überall die zwölfkantige Strenge der Zimmerform gerade noch durch alles hindurch wie eine Erinnerung an die Härte des Lebens, deren man auch in der Annehmlichkeit nicht vergessen soll; und selbst dort, wo, aus vergangenen Zeiten herrührend, noch etwas weiblich Undiszipliniertes, ein Kreuzstichdeckchen, ein Polster mit Rosen oder ein Unterröckchen von Lampenschirm, diese Einheitlichkeit durchbrach, war sie stark genug, das schwelgerische Element daran zu hindern, daß es ganz aus ihrem Rahmen falle.

Trotzdem war Lindner an diesem Tag, und nicht zum erstenmal seit dem gestrigen Tage, beinahe um eine Viertelstunde zu spät zur Mahlzeit erschienen. Der Tisch war gedeckt; die Teller, je drei vor jedem der beiden Plätze aufeinandergestellt, sahen ihn mit dem runden Blick des Vorwurfs an; die Messerbänkchen aus Glas, auf denen Messer, Löffel und Gabel wie Kanonenrohre von der Lafette starrten, und die eingerollten Servietten in ihren Ringen waren aufmarschiert wie eine Armee, die ihr General im Stich gelassen hat. Lindner hatte flüchtig die Post zu sich gesteckt, die er sonst vor dem Essen zu öffnen pflegte, war schlechten Gewissens ins Speisezimmer geeilt und wußte nun in seiner Befangenheit nicht, was ihm dort eigentlich zustieß – es mochte wohl etwas Ähnliches wie Mißtrauen sein, da im gleichen Augenblick von der anderen Seite, und ebenso eilig wie er, sein Sohn Peter eintrat, als hätte er dazu bloß auf den Vater gewartet.

Der Tugut und der Tunichtgut
Aber auch Agathe

Peter war ein recht beträchtlicher, ungefähr siebzehnjähriger Bursche,
in dem sich die abschüssige Größe Lindners mit einer breiteren Körperlichkeit durchdrungen und verkürzt hatte; er reichte seinem Vater
nur an die Schultern, aber sein Kopf, der einer eckig-runden großen
Kegelkugel glich, saß auf einem Nacken von strammem Fleisch, dessen Umfang für einen Oberschenkel von Papa ausgereicht hätte. Peter
hatte statt in der Schule auf einem Fußballplatz geweilt und unseliger-
weise am Heimweg ein Mädchen angesprochen, dem seine männliche
Schönheit das halbe Versprechen eines Wiedersehens abrang: dadurch
in Verspätung, hatte er sich heimlich in die Wohnung und an die Tür
des Speisezimmers geschlichen, unschlüssig bis zum letzten Augenblick, wie er sich ausreden werde, hatte aber zu seiner Überraschung
niemand im Zimmer gehört, war hineingestürzt, und gerade im Begriff, die gelangweilte Miene langen Wartens aufzusetzen, wurde er
jetzt sehr verlegen, als er mit seinem Vater zusammenprallte. Sein
rotes Gesicht überzog sich mit noch röteren Flecken, er ließ augenblicklich einen großen Wortschwall los und schielte seinen Vater ängstlich an, wenn er glaubte, daß dieser es nicht bemerke, wogegen er sein
Auge furchtlos in das väterliche springen ließ, wenn er es auf sich
gerichtet fühlte. Das war ein wohlberechnetes und oft erprobtes Verhalten, das die Aufgabe erfüllte, den Eindruck eines bis zur Unklugheit
offenen und unbeherrschten jungen Mannes zu erwecken, der alles
imstande sein könnte, bloß das eine nicht, etwas zu verbergen. Aber
wenn das nicht genügte, so schreckte Peter auch nicht davor zurück,
sich scheinbar versehentlich unehrerbietige oder andre seinem Vater
mißliebige Worte entschlüpfen zu lassen, die dann wie Spitzen wirkten, die den Blitz anzogen und von gefährlicheren Bahnen ablenkten.
Denn Peter fürchtete seinen Vater wie die Hölle den Himmel, mit
dem Ehrgefühl des schmorenden Fleisches, auf das der Geist hinab-
blickt. Er liebte das Fußballspiel, und selbst dabei liebte er es mehr,
mit sachkundiger Miene zuzusehn und gewichtige Urteile zu fällen,
als sich selbst anzustrengen. Er hatte vor, Flieger zu werden und eines
Tags Heldentaten zu vollbringen; er stellte es sich aber nicht als ein
Ziel vor, für das man arbeiten müsse, sondern als eine persönliche Anlage, wie eben Wesen, zu denen das gehört, eines Tags fliegen können.
Auch daß seine Abneigung zu arbeiten im Widerspruch zu den Lehren
der Schule stehe, beeinflußte ihn nicht: Dieser Sohn eines anerkannten

Pädagogen legte überhaupt keinen Wert darauf, von seinen Lehrern geachtet zu werden; es genügte ihm, körperlich der Stärkste in seiner Klasse zu sein, und wenn ihm ein Mitschüler zu gescheit vorkam, so war er bereit, durch einen Fausthieb gegen Nase oder Magen das Verhältnis wieder erträglich zu gestalten. Bekanntlich kann man auch auf diese Weise ein geachtetes Dasein führen, und sein Verfahren hatte bloß den einen Nachteil, daß er es zu Hause gegen seinen Vater nicht anwenden konnte, ja daß dieser davon möglichst wenig erfahren durfte. Denn vor dieser geistigen Autorität, die ihn erzogen hatte und sanft umklammert hielt, brach Peters Ungestüm zu jammernden Versuchen der Auflehnung zusammen, die Lindner senior das klägliche Geschrei der Begierden nannte. Von klein auf mit den besten Grundsätzen vertraut gemacht, hatte es Peter schwer, sich ihrer Wahrheit zu verschließen, und vermochte seiner Ehre und Wehrhaftigkeit nur durch einen indianischen Gebrauch von Kriegslisten genugzutun, die den offenen Wortkampf mieden. Zwar bediente er sich, um sich seinem Gegner anzupassen, auch vieler Worte, doch ließ er sich dabei niemals zu dem Bedürfnis herab, die Wahrheit zu reden, was nach seiner Auffassung unmännlich und geschwätzig war.

So sprudelten auch dieses Mal sogleich seine Beteuerungen und Grimassen, fanden aber keine Gegenwirkung auf seiten des Meisters. Professor Lindner hatte eiligst das Kreuz über der Suppe geschlagen und aß ernst, schweigend und hastig. Nur zuweilen ruhte sein Auge kurz und ohne Sammlung auf dem Scheitel seines Sohnes. Dieser Scheitel war an diesem Tag mit Kamm, Wasser und viel Pomade durch das dicke, braunrote Haar gezogen wie eine Schmalspurbahn durch unwillig ausweichendes Walddickicht. Fühlte Peter den Blick seines Vaters darauf ruhn, so senkte er den Kopf, um mit dem Kinn die rote, schreiend schöne Krawatte zu verdecken, die sein Erzieher noch nicht kannte. Denn einen Augenblick später konnte sich der Blick sanft an einer solchen Entdeckung erweitern und der Mund ihm folgen, und Worte hervorbringen von der «Unterwerfung unter die Parolen von Hanswursten und Laffen» oder von «sozialer Gefallsucht und knechtischer Eitelkeit», die Peter kränkten. Diesmal geschah aber nichts, und erst nach einer Weile, während die Teller gewechselt wurden, sagte Lindner gütig und unbestimmt – es war nicht einmal sicher, ob er die Krawatte meine oder nur von einem unbewußt aufgenommenen Anblick zu seinem Mahnwort bestimmt werde: «Menschen, die noch sehr mit ihrer Eitelkeit zu kämpfen haben, sollten in ihrer äußeren Erscheinung alles Auffallende meiden...!»

Peter benutzte diese unerwartete Charakterabwesenheit seines Vaters, um eine Geschichte von einem Ungenügend vorzubringen, das er aus Ritterlichkeit erhalten haben wollte, weil er, nach einem

Kameraden geprüft, sich mit Absicht unvorbereitet gezeigt habe, um diesen, angesichts unerhörter Anforderungen, die für Schwächere einfach unerfüllbar seien, nicht in den Schatten zu stellen.

Professor Lindner schüttelte bloß den Kopf dazu.

Aber als der Mittelgang abgetragen wurde und die Nachspeise auf den Tisch kam, begann er nachdenklich und behutsam: «Sieh, gerade in den Jahren des größten Appetits kann man die folgenreichsten Siege über sich gewinnen, und zwar nicht etwa durch ungesundes Hungern, sondern *nach* ausreichender Ernährung durch gelegentlichen Verzicht auf ein Lieblingsgericht!»

Peter schwieg und zeigte kein Verständnis dafür, aber sein Kopf bedeckte sich wieder bis über die Ohren mit lebhaftem Rot.

«Es wäre verfehlt,» fuhr sein Vater bekümmert fort «wenn ich dich für dieses Ungenügend strafen wollte, denn da du überdies kindisch lügst, liegt noch ein solcher Mangel an sittlichem Ehrbegriff vor, daß man den Boden erst urbar machen muß, auf dem die Strafe wirken kann. Ich verlange darum von dir nichts, als daß du das selbst einsiehst, und bin sicher, daß du dich dann auch selbst bestrafen wirst!»

Dies war der Augenblick, wo Peter lebhaft auf seine schwache Gesundheit hinwies wie auch auf seine Überarbeitung, die in letzter Zeit sein Versagen in der Schule verursacht haben könnten und ihn außerstand setzten, seinen Charakter durch Verzicht auf den letzten Gang zu stählen.

«Der französische Philosoph Comte» erwiderte Professor Lindner darauf gelassen «pflegte nach dem Essen an Stelle des Desserts auch ohne besonderen Anlaß ein Stück trockenen Brots zu kauen, bloß um dabei an diejenigen zu denken, die nicht einmal trockenes Brot haben. Es ist ein feiner Zug, der uns daran erinnert, daß *jede* Übung in der Enthaltsamkeit und Einfachheit eine tiefe soziale Bedeutung hat!»

Peter hatte schon längst eine äußerst unvorteilhafte Vorstellung von der Philosophie, aber auch die Dichtkunst brachte ihm sein Vater nun in üble Erinnerung, denn er fuhr fort: «Auch der Dichter Tolstoi sagt, die Enthaltsamkeit sei die erste Stufe zur Freiheit. Der Mensch hat viele knechtische Begierden, und damit der Kampf gegen alle erfolgreich sei, muß man bei den elementarsten beginnen: der Eßsucht, dem Müßiggang und der Sinnenlust.» – Professor Lindner pflegte eines dieser drei Worte, die in seinen Ermahnungen oft vorkamen, so unpersönlich wie das andere auszusprechen; und lange, ehe Peter mit dem Wort Sinnenlust eine bestimmte Vorstellung zu verbinden vermochte, hatte er schon den Kampf gegen sie an der Seite des Kampfes gegen Eßsucht und Müßiggang kennengelernt, ohne sich etwas anderes dabei zu denken als sein Vater, der sich nichts mehr dabei zu denken brauchte, weil er sicher war, daß damit der Elementarunterricht in der Selbstbestimmung beginne. Auf diese Weise kam es, daß Peter an einem Tag, wo er die Sinnenlust zwar auch noch nicht in ihrer begehrtesten Gestalt kannte, ihr aber doch schon um die Röcke strich, zum erstenmal davon überrascht wurde, daß er gegen ihre lieblose, von seinem Vater gewohnheitsmäßig ausgeführte Verbindung mit Eßsucht und Müßiggang plötzlich zornigen Widerwillen empfand; er durfte es bloß nicht geradeswegs ausdrücken, sondern mußte lügen und rief aus: «Ich bin ein schlichter Mensch und kann mich nicht mit Dichtern und Philosophen vergleichen!» Wobei er trotz seiner Erregung die Worte nicht unbedacht wählte.

Sein Erzieher schwieg darauf.

«Ich habe Hunger!» fügte Peter noch leidenschaftlicher hinzu.

Lindner lächelte schmerzlich und verächtlich.

«Ich gehe zugrunde, wenn ich nicht genügend zu essen bekomme!» plärrte Peter beinahe.

«Die erste Erwiderung des Menschen auf alle Eingriffe und Angriffe von außen, geschieht mittels der Stimmwerkzeuge!» belehrte ihn sein Vater.

Und das «klägliche Geschrei der Begierden», wie Lindner es nannte, erstarb. Peter wollte an diesem besonders männlichen Tag nicht weinen, aber die Forderung, beredten Verteidigungsgeist zu entwickeln, lastete furchtbar auf ihm. Es fiel ihm durchaus nichts mehr ein, und er haßte in diesem Augenblick sogar die Lüge, weil man sprechen muß, um sich ihrer zu bedienen. In seinen Augen wechselte Mordgier mit Klagegeheul. Als es so weit gekommen war, sagte Professor Lindner gütig zu ihm: «Du mußt dir ernsthafte Übungen in der Schweigsamkeit auferlegen, damit nicht der unbedachte und ungebildete Mensch in dir rede, sondern der besonnene und erzogene, von dem Worte ausgehn, die Friede und Festigkeit bringen!» Und dann dachte er mit freundlichem Antlitz nach. «Ich habe, wenn man andere gut machen will, keinen besseren Rat,» eröffnete er das Ergebnis, zu dem er kam, seinem Sohn «als daß man selbst gut sei; auch Matthias Claudius sagt: ‹Ich kann nichts anderes aussinnen, als daß man selbst sein muß, wie man die Kinder machen will›!» Und mit diesen Worten schob Professor Lindner gütig und entschieden die Nachspeise von sich, obgleich es seine Lieblingsspeise Milchreis mit Zucker und Schokolade war, ohne sie zu berühren und seinen Sohn durch solche liebende Unerbittlichkeit zwingend, zähneknirschend das gleiche zu tun.

Da geschah es, daß die Wirtschafterin hereinkam und Agathe anmeldete. August Lindner richtete sich verstört auf. «Also doch!» sagte eine schrecklich deutliche stumme Stimme zu ihm. Er war bereit, sich entrüstet zu fühlen, aber er war auch bereit, brüderliche Milde zu empfinden, die sich mit feinem moralischen Tastsinn einfühlt, und diese zwei Gegenspiele, mit einem großen Gefolge von Prinzipien, begannen eine wilde Jagd durch seinen ganzen Körper zu veranstalten, ehe es ihm gelang, den einfachen Befehl zu geben, daß die Dame ins Empfangszimmer geführt werde. «Du erwartest mich hier!» sagte er streng zu Peter und entfernte sich großen Schrittes. Peter aber hatte etwas Ungewöhnliches an seinem Vater bemerkt, er wußte bloß nicht was; immerhin gab es ihm so viel Leichtsinn und Mut, daß er sich nach dessen Abgang und nach kurzem Zögern einen Löffel voll Schokolade in den Mund strich, die zum Überstreuen bereitstand, dann einen Löffel Zucker und schließlich einen großen Löffel voll Reis, Schokolade und Zucker, was er mehrmals wiederholte, ehe er die Schüsseln auf alle Fälle wieder glättete.

Und Agathe saß eine Weile allein in der fremden Wohnung und wartete auf Professor Lindner, denn dieser ging in einem andern Zimmer von einer Seite zur andern und sammelte seine Gedanken, ehe er dem schönen und gefährlichen Weib entgegentrat. Sie sah um sich und fühlte plötzlich eine Angst, als hätte sie sich in den Ästen eines geträumten Baums verstiegen und müßte fürchten, aus seiner Welt von gewundenem Holz und tausenden Blättern nicht mehr heil zurückzufinden. Eine Fülle von Einzelheiten verwirrte sie, und in dem dürftigen Geschmack, der sich in ihnen aussprach, verschränkte sich auf das merkwürdigste eine abweisende Herbheit mit einem Gegenteil, für das sie in ihrer Aufregung nicht gleich ein Wort fand. Das Abweisende mochte dabei vielleicht an die gefrorene Steifheit von Kreidezeichnungen erinnern, doch sah das Zimmer auch aus, als röche es großmütterlich verzärtelt nach Arznei und Salbe, und es schwebten altmodische und unmännliche, mit unangenehmer Geflissentlichkeit auf das menschliche Leiden gerichtete Geister in dem Raum. Agathe schnupperte. Und obwohl die Luft nichts als ihre Einbildungen enthielt, sah sie sich von ihren Gefühlen nach und nach weit zurückgeführt und erinnerte sich nun an den bänglichen «Geruch des Himmels», jenen halb entlüfteten und seiner Würze entleerten, an den Tuchen der Sutanen haften gebliebenen Weihrauchduft, den ihre Lehrer einst an sich getragen hatten, als sie ein Mädchen war, das gemeinsam mit kleinen Freundinnen in einem frommen Institut erzogen wurde und keineswegs in Frömmigkeit erstarb. Denn so erbaulich dieser Geruch auch für Menschen ist, die das Richtige mit ihm verbinden, in den Herzen der heranwachsenden weltlich-widerstrebenden Mädchen bestand seine Wirkung in der lebhaften Erinnerung an Protestgerüche, wie sie Vorstellung und erste Erfahrungen mit dem Schnurrbart eines Mannes oder mit seinen energischen, nach scharfen Essenzen duftenden und von Rasierpuder überhauchten Wangen verbinden. Weiß Gott, auch dieser Geruch hält nicht, was er verspricht!

Und während Agathe auf einem der entsagungsvollen Lindnerschen Polsterstühle saß und wartete, schloß sich nun der leere Geruch der Welt mit dem leeren Geruch des Himmels unentrinnbar um sie zusammen wie zwei hohle Halbkugeln, und eine Ahnung wandelte sie an, daß sie im Begriff sei, eine unachtsam überstandene Lebensschulstunde nachzuholen.

Sie wußte nun, wo sie war. Zaghaft-bereit, versuchte sie, sich dieser Umgebung anzupassen und der Lehren zu gedenken, von denen sie sich vielleicht zu früh hatte abwenden lassen. Aber ihr Herz scheute bei dieser Willigkeit wie ein Pferd, das keinem Zuspruch zugänglich ist, und fing in wilder Angst zu laufen an, wie es geschieht, wenn Gefühle da sind, die den Verstand warnen möchten und keine Worte finden. Trotzdem versuchte sie es nach einer Weile abermals; und um es zu unterstützen, dachte sie dabei an ihren Vater, der ein liberaler Mann gewesen war und für seine Person immer einen etwas seichten Aufklärungsstil zur Schau getragen hatte, unerachtet dessen er aber den Entschluß aufbrachte, sie einer Klosterschule zur Erziehung zu übergeben. Sie fühlte sich geneigt, das als eine Art Versöhnungsopfer aufzufassen und als den von heimlicher Unsicherheit erzwungenen Versuch, einmal das Gegenteil von dem zu tun, wovon man überzeugt zu sein meint: und weil sie sich jeder Inkonsequenz verwandt fühlte, mutete sie die Lage, in die sie sich selbst gebracht hatte, dabei einen Augenblick lang als eine geheimnisvolle unbewußt-töchterliche Wiederholung an. Aber auch dieser zweite, freiwillig geförderte fromme Schauer war nicht von Bestand; und anscheinend hatte sie ein für allemal, als sie in allzu seelsorgliche Obhut gesteckt worden, die Fähigkeit verloren, für ihre bewegten Ahnungen den Ankerplatz in einem Glauben zu finden: Denn sie brauchte bloß wieder ihre Umgebung zu mustern, und mit dem grausamen Spürsinn, den die Jugend für den Abstand hat, der zwischen der Unendlichkeit einer Lehre und der Endlichkeit des Lehrers besteht, ja auch leicht dahin führt, von dem Diener auf den Herrn zurückzuschließen, sah sie sich von dem sie umrahmenden Heim, darin sie sich gefangen begeben und erwartungsvoll niedergelassen hatte, plötzlich unaufhaltsam zum Lachen gereizt.

Doch grub sie unwillkürlich die Nägel in das Holz des Sessels, denn sie schämte sich der Unschlüssigkeit. Und am liebsten hätte sie dem Unbekannten, der sich der Tröstung anmaßte, alles, was sie bedrückte, jetzt so rasch wie möglich und auf einmal ins Gesicht geschleudert, so er bloß geruht hätte, sich endlich zu zeigen: Den bösen Handel mit dem Testament – völlig unverzeihlich, wenn man es ohne Trotz überlegt. Hagauers Briefe, ihr Abbild so abscheulich verzerrend wie ein schlechter Spiegel, ohne daß sich die Ähnlichkeit ganz hätte leugnen lassen. Dann wohl auch, daß sie diesen Mann vernichten wollte, nun

aber doch nicht wirklich töten; und daß sie ihn einst wohl geheiratet
hätte, aber auch nicht wirklich, sondern blind vor Selbstverachtung.
Es gab lauter ungewöhnliche Halbheiten in ihrem Leben; aber schließlich hätte dann auch, alles vereinend, die zwischen Ulrich und ihr
schwebende Ahnung zur Sprache kommen müssen, und diesen Verrat
konnte sie ja doch nie und nimmer begehen! Sie fühlte sich unwirsch
wie ein Kind, dem stets eine zu schwere Aufgabe zugemutet wird.
Warum wurde das Licht, das sie manchmal sah, jedesmal gleich wieder
verlöscht wie eine durch weites Dunkel schwankende Laterne, deren
Schimmer von der Finsternis bald eingeschluckt, bald freigegeben
wird?! Sie war aller Entschließung beraubt, und zum Überfluß entsann
sie sich, daß Ulrich einmal gesagt habe, wer dieses Licht suche, der
müsse über einen Abgrund, der keinen Boden und keine Brücke hat.
Glaubte er also zuinnerst selbst nicht an die Möglichkeit dessen, was
sie gemeinsam suchten? So dachte sie, und obwohl sie nicht wirklich
zu zweifeln wagte, fühlte sie sich doch tief erschüttert. Niemand
konnte ihr also helfen als der Abgrund selbst! Dieser Abgrund war
Gott: ach, was wußte sie! Mit Abneigung und verächtlich musterte sie
die Brücklein, die hinüberführen wollten, die Demut des Zimmers,
die fromm an den Wänden angebrachten Bilder, alles das, was ein ver-
trauliches Verhältnis zu ihm vortäuschte. Sie war ebenso nahe daran,
sich selbst zu demütigen, wie sich mit Grausen abzuwenden. Und am
liebsten wäre sie wohl noch einmal davongelaufen; als sie sich aber
erinnerte, daß sie immer davonlief, fiel ihr noch einmal Ulrich ein,
und sie kam sich «furchtbar feig» vor. Das Schweigen zu Hause war
doch schon wie eine Windstille gewesen, die dem Sturm vorangeht,
und von dem Druck dieses Herannahens war sie hierhergeschleudert
worden. So sah sie es jetzt an, nicht ganz ohne ein aufkommendes
Lächeln; und da lag es auch nahe, daß ihr noch etwas einfiel, das Ulrich
gesagt hatte, denn er hatte irgend einmal gesagt: «Niemals findet sich
ein Mensch selbst völlig feig; denn wenn er vor etwas erschrickt, so
läuft er genau so weit davon, daß er sich wieder als Held vorkommt!»
Und da saß sie also!

44

Eine gewaltige Aussprache

In diesem Augenblick trat Lindner ein und hatte sich ebensoviel zu
sagen vorgenommen wie seine Besucherin; aber es kam alles anders,
als sie sich einander gegenüber befanden. Agathe ging gleich mit
Worten zum Angriff über, die zu ihrem Erstaunen weitaus gewöhn-

licher ausfielen, als es ihrer Vorgeschichte entsprochen hätte. «Sie erinnern sich wohl, daß ich Sie gebeten habe, mir einiges zu erklären» begann sie. «Ich bin jetzt da. Ich weiß noch gut, was Sie gegen meine Scheidung gesagt haben. Vielleicht habe ich es seither sogar besser verstanden!» Sie saßen an einem großen, runden Tisch, und die ganze Länge seines Durchmessers trennte sie. Agathe fühlte sich, im Verhältnis zu den letzten Augenblicken ihres Alleinseins, gleich im ersten Augenblick dieses Beisammenseins tief gesunken, dann aber auf festem Boden; sie legte dort das Wort Scheidung wie einen Köder aus, obwohl ihre Neugierde, Lindners Meinung zu erfahren, auch aufrichtig war.

Und dieser antwortete wirklich fast in demselben Augenblick: «Ich weiß recht wohl, warum Sie diese Erklärung von mir verlangen. Man wird Ihnen zeitlebens eingeflüstert haben, daß der Glaube an Übermenschliches und der Gehorsam gegen Gebote, die in diesem ihren Ursprung haben, dem Mittelalter angehöre! Sie haben erfahren, solche Märchen seien durch die Wissenschaft abgetan worden! Sind Sie aber dessen gewiß, daß es wirklich so ist?!»

Agathe bemerkte zu ihrer Überraschung, daß sich ungefähr bei jedem dritten Wort seine Lippen unter dem schütteren Bart wie zwei Angreifer aufrichteten. Sie gab keine Antwort.

«Haben Sie darüber nachgedacht?» fuhr Lindner streng fort. «Kennen Sie die wahre Unzahl von Fragen, die damit zusammenhängen? Ich sehe: Sie kennen sie nicht! Aber Sie haben eine großartige Handbewegung, mit der Sie das abtun, und wissen wahrscheinlich nicht einmal, daß Sie bloß unter dem Einfluß fremden Zwanges handeln!»

Er hatte sich in die Gefahr gestürzt. Es blieb ungewiß, an welche Einflüsterer er dabei dachte. Er fühlte sich fortgerissen. Seine Rede war ein langer Tunnel, den er durch einen Berg gebohrt hatte, um jenseits über eine Vorstellung: «Lügen freigeistiger Männer» herzufallen, die dort in prahlerischem Licht prangte. Er meinte weder Ulrich noch Hagauer, aber er meinte beide, er meinte alle. «Und wenn Sie auch nachgedacht hätten» – er rief es mit kühn ansteigender Stimme aus – «und von diesen Irrlehren überzeugt wären: daß der Körper nichts als ein System toter Korpuskeln sei, die Seele ein Drüsenspiel, die Gesellschaft ein Lumpenbündel mechanisch-wirtschaftlicher Gesetze; und sogar, wenn das richtig wäre, wovon es weit entfernt ist – so würde ich doch solchem Denken das Wissen von der Wahrheit des Lebens absprechen! Denn was sich Wissenschaft nennt, hat nicht die geringste Zuständigkeit, mit ihrem äußerlichen Verfahren das zu erklären, was als innere, geistige Gewißheit im Menschen lebt. Die Lebenswahrheit ist ein anfangloses Wissen, und die Tatsachen des wahren Lebens werden nicht durch Beweis vermittelt: wer lebt und leidet, hat sie in sich selbst als die geheimnisvolle Macht höherer Ansprüche und als die lebendige Deutung seiner selbst!»

Lindner war aufgestanden. Seine Augen blitzten wie zwei Kanzelredner auf der von seinen langen Beinen gebildeten Höhe. Er sah mit Machtgefühlen auf Agathe hinab. «Warum spricht er gleich so viel?» dachte sie. «Und was hat er gegen Ulrich? Er kennt ihn kaum, und spricht doch offenkundig gegen ihn!?» Da gab ihr die weibliche Übung im Erregen von Gefühlen, schneller, als es Nachdenken vermocht hätte, die Gewißheit ein, daß Lindner nur deshalb so spräche, weil er in einer lächerlichen Weise eifersüchtig sei. Sie sah mit einem bezaubernden Lächeln zu ihm auf. Er stand groß, schwank und bewaffnet vor ihr und kam ihr wie eine kampflustige Riesenheuschrecke aus vergangenen Erdzeitaltern vor. «Du lieber Himmel,» dachte sie «jetzt werde ich wieder etwas sagen, das ihn ärgert, und er wird wieder hinter mir drein laufen: Wo bin ich?! Welches Spiel treibe ich?!» Es verwirrte sie, daß sie von Lindner zum Lachen gereizt wurde und doch einzelne seiner Worte nicht ohneweiters los wurde, wie «anfangloses Wissen» oder «lebendige Deutung»: so fremde Worte in der Gegenwart, aber ihr heimlich vertraut, als hätte sie selbst sie immer gebraucht, ohne daß sie sich erinnern konnte, diese Ausdrücke früher auch nur gehört zu haben. Sie dachte: «Es ist schauerlich, aber einzelne seiner Worte hat er mir schon wie Kinder ins Herz gesenkt!»

Lindner bemerkte, daß er auf sie Eindruck gemacht habe, und diese Genugtuung versöhnte ihn ein wenig. Er sah eine junge Frau vor sich, an der Erregung und gespielte Gleichgültigkeit, ja selbst Keckheit verdächtig zu wechseln schienen: und da er ein genauer Kenner der Frauenseele zu sein glaubte, ließ er sich davon nicht beirren, sondern wußte, daß die Versuchung zu Hochmut und Eitelkeit für schöne Frauen außerordentlich groß sei. Er konnte überhaupt ein schönes Gesicht selten ohne eine Beimischung von Mitleid betrachten. Damit ausgezeichnete Menschen waren nach seiner Überzeugung fast immer Märtyrer ihrer glänzenden Außenseite, die sie zu Dünkel verführte, und seinem schleichenden Gefolge von Herzenskälte und Äußerlichkeit. Immerhin kann es aber auch vorkommen, daß hinter einem schönen Antlitz eine Seele wohnt, und wieviel Unsicherheit hat sich denn nicht oft schon hinter Hochmut, wieviel Verzweiflung unter Leichtsinn verborgen! Oft sind das sogar besonders edle Menschen, denen bloß die Hilfe richtiger und unerschütterlicher Überzeugungen abgeht. Und Lindner wurde nun nach und nach wieder ganz davon überwältigt, daß sich der erfolgreiche Mensch in die Stimmung des vernachlässigten hineinzuversetzen habe; und als er dies tat, wurde er gewahr, daß die Form von Agathes Antlitz und Körper jene liebliche Ruhe besitze, die nur dem Großen und Edlen zu eigen ist, ja das Knie in den Falten der Umhüllung erschien ihm sogar als das einer Niobe. Es setzte ihn in Erstaunen, daß sich ihm gerade dieser Vergleich aufdränge, der seines Wissens keinesfalls passend sein konnte, aber anscheinend hatte sich darin der Adel seines moralischen Schmerzes selbsttätig mit der verdächtigen Vorstellung vieler Kinder verbunden, denn er fühlte sich nicht minder angezogen als geängstigt. Er bemerkte nun auch den Busen, der in raschen, kleinen Wellen atmete. Es wurde ihm schwül zumute, und wäre ihm nicht abermals seine Weltkenntnis zu Hilfe gekommen, so hätte er sich sogar ratlos gefühlt: sie flüsterte ihm aber im Augenblick der höchsten Verfänglichkeit zu, daß dieser Busen etwas Unausgesprochenes umschließen müsse, und daß dieses Geheimnis nach allem, was er wußte, mit der Scheidung von seinem Kollegen Hagauer zusammenhängen dürfte; und das rettete ihn aus beschämender Torheit, indem es ihm augenblicklich die Möglichkeit bot, sich die Enthüllung dieses Geheimnisses an Stelle der des Busens zu wünschen. Er tat es aus ganzer Kraft, und die Verbindung von Sünde mit der ritterlichen Tötung des Sündendrachens schwebte ihm dabei in glühenden Farben vor, ähnlich wie sie auf der Glasmalerei in seinem Arbeitszimmer leuchteten.

Agathe unterbrach dieses Nachsinnen mit einer Frage, die sie in gemäßigtem, ja verhaltenen Ton an ihn richtete, nachdem sie sich wieder gefaßt hatte. «Sie haben behauptet, daß ich unter Einflüsterungen, unter einem fremden Zwang handle: was haben Sie damit gemeint?»

Lindner hob verblüfft den Blick, der auf ihrem Herzen geruht hatte, zu ihren Augen. Was ihm noch nie widerfahren war, er wußte nicht mehr, was er zuletzt gesagt hatte. Er hatte in dieser jungen Frau ein Opfer des freien Geistes gesehen, der die Zeit verwirrt, und hatte es über seiner Siegesfreude vergessen.

Agathe wiederholte ihre Frage mit einer kleinen Veränderung: «Ich habe Ihnen anvertraut, daß ich mich von Professor Hagauer scheiden lassen will, und Sie haben mir erwidert, daß ich unter Einflüsterungen handle. Es könnte mir nützen, zu erfahren, was Sie darunter verstehen. Ich wiederhole Ihnen, daß keiner der landläufigen Gründe ganz zutrifft; nicht einmal die Abneigung ist nach den Maßen der Welt unüberwindlich gewesen. Ich bin bloß überzeugt worden, daß sie nicht überwunden werden darf, sondern unermeßlich vergrößert werden soll!»

«Von wem?»

«Das ist eben die Frage, die Sie mir lösen helfen sollen.» Sie sah ihn wieder mit einem sanften Lächeln an, das sozusagen abscheulich tief ausgeschnitten war und den inneren Busen entblößte, als läge nur noch ein schwarzes Spitzentuch darüber.

Unwillkürlich schützte Lindner davor das Auge mit einer Bewegung der Hand, die seine Brille zu richten vorgab. Die Wahrheit war, daß Mut in seinem Weltbild als auch in den Gefühlen, die er Agathe entgegenbrachte, dieselbe ängstliche Rolle spielte. Er gehörte zu denen, die erkannt haben, daß es den Sieg der Demut erleichtert, wenn sie den Hochmut zuvor mit der Faust niederstreckt, und seine gelehrte Natur hieß ihn keinen Hochmut so bitterlich fürchten wie den der freien Wissenschaft, die dem Glauben vorwirft, daß er unwissenschaftlich sei. Hätte man ihm gesagt, daß die Heiligen mit ihren leer und bittend erhobenen Händen veraltet seien und gegenwärtig mit Säbel, Pistole oder noch neueren Instrumenten in der Faust dargestellt werden müßten, so möchte ihn das empört haben, aber die Waffen des Wissens wollte er dem Glauben nicht vorenthalten sehen. Das war beinahe zur Gänze ein Irrtum, aber nicht er allein beging ihn; und darum war er über Agathe mit Worten hergefallen, die in seinen Veröffentlichungen einen ehrenvollen Platz verdient hätten – und ihn dort wahrscheinlich auch einnahmen –, der sich ihm Anvertrauenden gegenüber aber fehl am Ort gewesen waren. Da er den Sendling ihm feindlicher Weltteile, den ein gütiges oder dämonisches Geschick in seine Hände gegeben, nun bescheiden nachdenklich vor sich sitzen sah, spürte er das selbst und war in Verlegenheit, was er antworten solle. «Ach!» sagte er, möglichst allgemein und wegwerfend, und traf zufällig nicht weit vom Richtigen: «Ich habe den Geist gemeint, der heute herrscht und junge Menschen befürchten läßt, daß sie dumm, ja sogar unwissenschaftlich erscheinen könnten, wenn sie nicht allen modernen Aberglauben mitmachen. Was weiß ich, welche Schlagworte Ihnen im Sinn liegen mögen: Ausleben! Lebensbejahung! Kultur der Persönlichkeit! Freiheit des Denkens oder der Kunst! Jedenfalls alles, nur nicht die Gebote der ewigen und einfachen Moral.»

Die glückliche Steigerung: «dumm, ja sogar unwissenschaftlich» erfreute ihn durch ihre Feinheit und hatte seinen Kampfgeist wieder aufgerichtet. «Sie werden sich wundern,» fuhr er fort «daß ich im Gespräch mit Ihnen auf Wissenschaft Wert lege, ohne davon unterrichtet zu sein, ob Sie sich viel oder wenig mit ihr befaßt haben –»

«Gar nicht!» unterbrach ihn Agathe. «Ich bin eine unwissende Frau.» Sie betonte es und schien daran, vielleicht mit einer Art von Schein-Unheiligkeit, Vergnügen zu haben.

«Aber es ist Ihr Milieu!» berichtigte Lindner mit Nachdruck. «Und ob Freiheit der Sitten oder der Wissenschaft, in beiden drückt sich dasselbe aus: der von der Moral losgelöste Geist!»

Agathe empfand auch diese Worte wieder als nüchterne Schatten, die gleichwohl von etwas Dunklerem herfielen, das ihnen in der Nähe war. Sie war nicht gesonnen, ihre Enttäuschung zu verbergen, offenbarte sie aber lachend; «Sie haben mir letzthin den Rat gegeben, nicht an mich zu denken, und reden selbst immerzu von mir» gab sie dem Mann vor ihr spöttisch zu bedenken.

Dieser wiederholte: «Sie haben Angst, sich unzeitgemäß vorzukommen!»

In Agathes Augen zuckte es ärgerlich. «Ich bin ratlos, so wenig paßt auf mich, was Sie sagen!»

«Und ich sage Ihnen: ›Ihr seid teuer erkauft, werdet nicht Knechte der Menschen!‹» Die Vortragsweise, die zur ganzen Verkörperung in Widerspruch stand wie eine schwere Blüte zu einem schwachen Stengel, erheiterte Agathe. Sie fragte dringlich und beinahe rauh: «Also, was soll ich tun? Ich erhoffe mir von Ihnen eine bestimmte Antwort.»

Lindner schluckte und wurde dunkel vor Ernst. «Tun Sie, was Ihre Pflicht ist!»

«Ich weiß nicht, was meine Pflicht ist!»

«Dann müßten Sie sich Pflichten suchen!»

«Ich weiß doch nicht, was Pflichten sind!»

Lindner lächelte grimmig. «Da haben wir ja gleich die Freiheit der Persönlichkeit!» rief er. «Eitel Spiegelung! Sie sehen es doch an sich: wenn der Mensch frei ist, ist er unglücklich! Wenn der Mensch frei ist, ist er ein Phantom!» fügte er, aus Verlegenheit die Stimme noch etwas mehr hebend, hinzu. Dann senkte er sie aber wieder und schloß mit Überzeugung: «Pflicht ist, was die Menschheit in richtiger Selbsterkenntnis gegen ihre eigene Schwäche aufgerichtet hat. Pflicht ist ein und dieselbe Wahrheit, die alle großen Persönlichkeiten bekannt oder auf die sie ahnungsvoll hingewiesen haben. Pflicht ist das Werk jahrhundertelanger Erfahrung und das Ergebnis des Seherblicks der Begnadeten. Pflicht ist aber auch, was selbst der einfachste Mensch im geheimen Innern genau kennt, wenn er nur aufrichtig lebt!»

«Das war ein von Kerzen durchzitterter Gesang» stellte Agathe anerkennend fest.

Unliebsam war, daß Lindner auch fühlte, daß er falsch gesungen habe. Er hätte etwas anderes sagen sollen, getraute sich aber nicht zu erkennen, worin die Abweichung von der echten Stimme seines Herzens bestehe. Er gestattete sich bloß den Gedanken, daß dieses junge Wesen von seinem Mann tief enttäuscht sein müsse, da es so dreist und verbittert gegen sich selbst wüte, und daß es trotz alles Tadels, den es herausfordere, eines stärkeren Mannes würdig wäre; er hatte aber den Eindruck, daß auf diesen Gedanken ein noch weitaus gefährlicherer folgen wolle. Indessen schüttelte Agathe aber langsam und sehr entschlossen den Kopf; und mit der unwillkürlichen Sicherheit, mit der ein erregter Mensch vom andern zu dem verführt wird, was die bedenkliche Lage ganz zum Sturz bringt, fuhr sie fort: «Aber wir sprechen von meiner Scheidung! und warum sagen Sie da heute nichts mehr von Gott? Warum sagen Sie nicht einfach zu mir: ‹Gott befiehlt, daß Sie bei Professor Hagauer bleiben!›? Ich kann mir nämlich nicht vorstellen, daß er so etwas befehlen mag!»

Lindner zuckte unwillig die hohen Schultern; ja, er schien mit ihrer auffahrenden Bewegung fürwahr selbst in die Höhe zu schweben. «Ich habe nie mit Ihnen davon gesprochen, das haben bloß Sie versucht!» verwahrte er sich schroff. «Und was das übrige betrifft, glauben Sie nur ja nicht, daß sich Gott um die kleinen selbstischen Händel unseres Gefühls kümmert! Dafür ist sein Gesetz da, das wir zu befolgen haben! Oder dünkt Sie das nicht heldisch genug, da doch der Mensch heute in allem das ‹Persönliche› will? Nun, dann setze ich Ihren Ansprüchen ein höheres Heldentum entgegen, das der heroischen Unterwerfung!»

Jedes Wort davon besagte bedeutend mehr, als sich ein Laie erlauben sollte, wäre es selbst nur in Gedanken; Agathe hinwieder konnte zu so grobem Hohn bloß unaufhörlich lächeln, wollte sie nicht gezwungen sein, daß sie aufstehe und ihren Besuch abbreche, und sie tat es natürlich mit so sicherer Geschicklichkeit, daß sich Lindner immer wirrer gereizt fühlte. Er gewahrte seine Einfälle beunruhigend aufsteigen und immer mehr eine glühende Trunkenheit verstärken, die ihn der Besinnung beraubte und von dem Willen widerhallte, den störrischen Sinn zu brechen und vielleicht die Seele zu retten, der er sich gegenüber sah. «Unsere Pflicht ist schmerzhaft!» rief er aus. «Unsere Pflicht mag widerwärtig und ekelerregend sein! Glauben Sie nur ja nicht, daß ich der Anwalt Ihres Gatten sein will und von Natur auf seiner Seite stehe. Aber Sie müssen dem Gesetz gehorchen, weil es das einzige ist, was uns dauernd Friede gewährt und uns vor uns beschützt!»

Agathe lachte ihn jetzt aus; sie hatte die Waffe erraten, die ihr die Wirkungen an die Hand gaben, die von ihrer Scheidung ausgingen, und sie drehte das Messer in der Wunde um. «Ich begreife von dem allen wenig» sagte sie. «Aber darf ich Ihnen aufrichtig einen Eindruck bekennen? Wenn Sie zornig sind, werden Sie ein wenig schlüpfrig!»

«Ach, lassen Sie das!» verwies es Lindner. Er prallte zurück und hatte nur den einen Wunsch, so etwas um keinen Preis zuzulassen. Er hob abwehrend die Stimme und beschwor das vor ihm sitzende sündliche Phantom. «Der Geist darf sich nicht dem Fleisch unterwerfen und seinen Reizen und Schauern! Nicht einmal in der Form des Abscheus! Und ich sage Ihnen: Es mag die Beherrschung des fleischlichen Unwillens, welche die Schule der Ehe anscheinend von Ihnen verlangt hat, schmerzlich sein, so dürfen Sie ihr doch nicht entfliehn. Denn es lebt im Menschen ein Verlangen nach Befreiung, und wir dürfen so wenig die Knechte des Abscheus unseres Fleisches sein wie die seiner

Wollust! Das ist es doch offenbar, was Sie haben hören wollen, denn sonst wären Sie nicht zu mir gekommen!» – schloß er, nicht minder großartig als hämisch. Er stand hochgereckt vor Agathe, die Bartfäden bewegten sich um seine Lippen. Noch nie hatte er solche Worte zu einer Frau gesprochen außer zu seiner verstorbenen eigenen, und da waren die Gefühle andere gewesen. Denn jetzt waren sie mit Wollust untermischt, als schwänge er eine Geißel in der Faust, den Erdball zu züchtigen, und zugleich waren sie ängstlich, als schwebte er gleich einem entführten Hut auf der Höhe des bußpredigerlichen Wirbelsturms, der ihn erfaßt hatte.

«Da haben Sie soeben wieder merkwürdig gesprochen!» bemerkte Agathe leidenschaftslos und wollte seine Unverschämtheit jetzt mit einigen trockenen Worten abstellen; doch dann ermaß sie den ungeheuren Absturz, der ihm bevorstünde, und zog es vor, sich sanft zu demütigen, indem sie einhielt und mit einer Stimme, die scheinbar plötzlich von Reue verdunkelt worden war, fortfuhr: «Ich bin bloß deshalb gekommen, weil ich wollte, daß Sie mich führen.»

Lindner, in ratlosem Eifer, schwang die Wortgeißel weiter; ihm ahnte, daß ihn Agathe mit Absicht in die Irre treibe, aber er fand nicht zurück und vertraute sich der Zukunft an. «Lebenslänglich an einen Mann gefesselt zu sein, ohne körperliche Neigung zu empfinden, ist gewiß eine schwere Strafe» rief er aus. «Aber hat man sich diese nicht gerade dann, wenn der Partner unwürdig ist, dadurch zugezogen, daß man auf die Zeichen des inwendigen Lebens nicht genug geachtet hat?! Viele Frauen lassen sich doch von äußeren Umständen betören, und wer weiß, ob man nicht gestraft wird, um aufgerüttelt zu werden!» Plötzlich überschlug sich seine Stimme. Agathe hatte seine Worte mit zustimmender Kopfbewegung begleitet; aber daß sie sich Hagauer als betörenden Verführer vorstellen sollte, war zuviel für sie gewesen, und ihre heiteren Augen verrieten es. Lindner, aufs äußerste irregemacht, schmetterte in der Fistel: «Denn der die Rute spart, der haßt sein Kind, der es aber liebt, züchtiget es!»

Der Widerstand seines Opfers hatte aus dem auf sicherer Warte hausenden Lebensphilosophen nun vollends einen Dichter von Strafen und ihren erregenden Begleitumständen gemacht. Er war von einer ihm unbekannten Empfindung berauscht, die aus einer innigen Verbindung der moralischen Zurechtweisung, durch die er seinen Besuch stachelte, mit einer Aufreizung seiner ganzen Männlichkeit hervorging und die man symbolisch, wie er nun selbst einsah, als wollüstig bezeichnen konnte.

Aber die «arrogante Eroberin», die von der leeren Eitelkeit ihrer weltlichen Schönheit doch endlich zur Verzweiflung hätte getrieben werden sollen, knüpfte sachlich auch an seine Drohungen mit der

Rute an und fragte still: «Von wem werde ich gestraft? An wen denken Sie? Denken Sie an Gott?»

Und das ließ sich nicht aussprechen! Lindner verlor plötzlich den Mut. Schweiß stand zwischen seinen Haaren. Es war unmöglich, in einem solchen Zusammenhang den Namen Gottes zu nennen. Sein Blick, der wie eine zweizinkige Gabel vorgestreckt war, zog sich langsam von Agathe zurück. Agathe fühlte das. «Er kann es also auch nicht!» dachte sie. Sie empfand eine wahnwitzige Lust, an diesem Menschen weiter zu zerren, so lange, bis das aus seinem Mund hervorginge, was er ihr nicht preisgeben wollte. Doch für diesmal war es genug; das Gespräch war an seiner äußersten Grenze angelangt. Agathe verstand, daß es nur eine glühende, und in der Glut durchsichtig gewordene, Ausrede gewesen war, um das Entscheidende nicht sagen zu müssen. Übrigens wußte auch Lindner jetzt, daß alles, was er vorgebracht, ja alles, was ihn erregt hatte, ja die Übertreibung selbst, nur der Angst vor Übertreibungen entsprungen war, als deren zuchtloseste er es ansah, sich dem, was von hohen Worten verhüllt bleiben soll, mit fürwitzigen Sinnes- und Gefühlswerkzeugen zu nahen, wozu ihn offenbar diese übertriebene junge Frau drängte. Er nannte es bei sich jetzt «eine Verletzung der Dezenz des Glaubens». Denn während dieser Augenblicke strömte das Blut aus Lindners Kopf zurück und nahm seine ordentliche Bahn wieder auf; er erwachte wie ein Mensch, der sich weit weg von der Tür seines Hauses nackend dastehen findet, und erinnerte sich, daß er Agathe nicht ohne Trost und Belehrung fortschicken dürfe. Tief aufatmend trat er von ihr zurück, strich seinen Bart und sagte verweisend: «Sie haben ein unruhiges und phantastisches Selbst!»

«Und Sie haben eine eigentümliche Art von Galanterie!» entgegnete Agathe kühl, denn sie hatte jetzt keine Lust mehr auf eine Fortsetzung.

Lindner fand es indes zu seiner Wiederherstellung erforderlich, noch etwas zu sagen: «Sie sollten in der Schule der Wirklichkeit lernen, Ihre Subjektivität unerbittlich in die Zügel zu nehmen, denn wer das nicht kann, dessen Phantasie und Einbildung wird ihn gar zu bald am Boden schleifen...!» Er hielt ein, denn die sonderbare Frau zog noch immer die Stimme ganz unerwünscht aus seiner Brust. «Wehe dem, der sich von der Sitte loslöst, er löst sich von der Wirklichkeit los!» fügte er leise hinzu.

Agathe zuckte die Achseln. «Ich hoffe Sie das nächste Mal bei uns zu sehen!» schlug sie vor.

«Da muß ich doch erwidern: Nie!» verwahrte sich Lindner plötzlich und nun ganz irdisch. «Zwischen Ihrem Bruder und mir bestehen Gegensätze der Lebensauffassung, die einen Verkehr besser meiden lassen» fügte er als Entschuldigung hinzu.

«Also werde wohl ich fleißig in die Schule der Wirklichkeit kommen müssen» gab Agathe ruhig zur Antwort.

«Nein!» wiederholte Lindner, vertrat ihr dabei aber merkwürdigerweise beinahe drohend den Weg; denn sie hatte sich mit jenen Worten zum Gehen angeschickt. «Das darf nicht geschehen! Sie dürfen mich Kollege Hagauer gegenüber nicht in die zweideutige Lage bringen, daß ich ohne sein Wissen Ihre Besuche empfange!»

«Sind Sie immer so leidenschaftlich wie heute?» fragte Agathe spöttisch und zwang ihn dadurch, ihr den Weg freizugeben. Sie fühlte sich jetzt am Ende schal, aber gekräftigt. Die Angst, die Lindner vor ihr verriet, zog sie zu Handlungen hin, die ihrem wahren Zustand fremd waren; während aber die Forderungen ihres Bruders sie leicht entmutigten, gab ihr dieser Mann die Freiheit zurück, ihr Inneres nach Willkür zu regen, und es tröstete sie, ihn zu verwirren.

«Habe ich mir vielleicht etwas vergeben?» fragte sich Lindner, nachdem sie gegangen war. Er steifte die Schultern und marschierte einigemal im Zimmer auf und ab. Schließlich beschloß er, den Verkehr fortzusetzen, und faßte sein Unbehagen, das dabei sehr groß war, in die soldatischen Worte: «Man muß den festen Willen zur Tapferkeit gegenüber allem Peinlichen haben!»

Peter aber war, als Agathe aufbrach, vom Schlüsselloch fortgehuscht, wo er nicht ohne Staunen belauscht hatte, was sein Vater mit der «großen Gans» anhebe.

45

Beginn einer Reihe wundersamer Erlebnisse

Bald nach diesem Besuch wiederholte sich das «Unmögliche», das Agathe und Ulrich beinahe schon körperlich umschwebte, und es geschah wahrlich, ohne daß irgenderlei geschah.

Die Geschwister kleideten sich zu einer Abendunterhaltung um, es war niemand als Ulrich im Haus, Agathe zu helfen, sie hatten nicht rechtzeitig begonnen und waren darum eine Viertelstunde lang in lebhaftester Eile gewesen, als eine kleine Pause eintrat. Auf den Lehnen und Flächen des Zimmers lag Stück für Stück fast noch der ganze Kriegsschmuck ausgebreitet, der von einer Frau bei solcher Gelegenheit angelegt wird, und Agathe bückte sich soeben über ihren Fuß, mit der ganzen Aufmerksamkeit, die das Anziehen eines dünnen Seidenstrumpfs erfordert. Ulrich stand ihr im Rücken. Er sah ihren Kopf, den Hals, die Schulter und diesen beinahe nackten Rücken; der

Körper bog sich über dem emporgezogenen Knie ein wenig zur Seite, und am Hals rundete die Spannung des Vorgangs drei Falten, die schlank und lustig durch die klare Haut eilten wie drei Pfeile: die liebliche Körperlichkeit dieses Bilds, der sich augenblicks ausbreitenden Stille entsprungen, schien ihren Rahmen verloren zu haben und ging so unvermittelt und unmittelbar in den Körper Ulrichs über, daß dieser seinen Platz verließ und, nicht ganz so bewußtlos, wie ein Fahnentuch vom Wind entrollt wird, aber auch nicht mit bewußter Überlegung, auf den Fußspitzen näher schlich, die Gebeugte überraschte und mit sanfter Wildheit in einen dieser Pfeile biß, wobei sein Arm die Schwester umschlang. Dann ließen Ulrichs Zähne ebenso vorsichtig die Überfallene los; die rechte Hand hatte ihr Knie umfaßt, und während er mit dem linken Arm ihren Körper an seinen drückte, riß er sie auf emporschnellenden Beinsehnen mit sich in die Höhe. Agathe schrie dabei erschrocken auf.

Bis dahin hatte sich alles ebenso übermütig und scherzhaft abgespielt wie vieles zuvor, und mochte es auch in den Farben der Liebe gestreift sein, so doch nur mit der eigentlich schüchternen Absicht, deren gefährlichere ungewöhnliche Natur unter solchem heiter vertraulichen Kleid zu bergen. Aber als Agathe ihr Erschrecken überwand und sich nicht sowohl durch die Luft fliegen als vielmehr in dieser ruhen fühlte, von aller Schwere plötzlich entbunden und an deren Stelle von dem sanften Zwang der allmählich langsamer werdenden Bewegung gelenkt, bewirkte es einer jener Zufälle, die niemand in seiner Macht hat, daß sie sich in diesem Zustand wundersam besänftigt vorkam, ja aller irdischen Unruhe entrückt; mit einer das Gleichgewicht ihres Körpers verändernden Bewegung, die sie niemals hätte wiederholen können, streifte sie auch noch den letzten Seidenfaden von Zwang ab, wandte sich fallend ihrem Bruder zu, setzte gleichsam noch im Fall das Steigen fort, und lag niedersinkend als eine Wolke von Glück in seinen Armen. Ulrich trug sie, ihren Körper sanft an sich drückend, durch das dunkelnde Zimmer ans Fenster und stellte sie neben sich in das milde Licht des Abends, das ihr Gesicht wie Tränen überströmte. Trotz der Kraft, die alles erforderte, und des Zwangs, den Ulrich auf seine Schwester ausgeübt hatte, kam ihnen das, was sie taten, merkwürdig entlegen von Kraft und Zwang vor; man hätte es vielleicht wieder mit der wundersamen Inbrunst eines Bildes vergleichen können, das für die Hand, die es von außen ergreift, nichts als eine lächerliche, angestrichene Fläche ist. So hatten sie denn auch nichts im Sinn als den leiblichen Vorgang, der ihr Bewußtsein ganz erfüllte, und doch besaß er neben seiner Natur als harmloser, ja anfangs sogar etwas derber Scherz, der alle Muskeln in Bewegung setzte, eine zweite Natur, die äußerst zart alle Gliedmaßen lähmte und zugleich mit einer unsagbaren Empfindlichkeit umstrickte. Sie schlangen fragend einander die Arme um die Schultern. Der geschwisterliche Wuchs der Körper teilte sich ihnen mit, als stiegen sie aus einer Wurzel auf. Sie sahen einander so neugierig in die Augen, als sähen sie dergleichen zum erstenmal. Und obwohl sie das, was eigentlich vorgegangen sei, nicht hätten erzählen können, weil ihre Beteiligung daran zu inständig war, glaubten sie doch zu wissen, daß sie sich soeben unversehens einen Augenblick inmitten dieses gemeinsamen Zustands befunden hätten, an dessen Grenze sie schon so lange gezögert, den sie einander schon so oft beschrieben und den sie doch immer nur von außen geschaut hatten.

Prüften sie es nüchtern, und verstohlen taten sie das beide, so bedeutete es freilich kaum mehr als einen reizenden Zufall und hätte sich im nächsten Augenblick, oder wenigstens mit der Wiederkehr einer Beschäftigung, in nichts auflösen sollen; trotzdem geschah das nicht. Im Gegenteil, sie verließen das Fenster, machten Licht, nahmen ihre Tätigkeit wieder auf, standen aber doch bald von ihr ab; und ohne daß sie sich darüber hätten verständigen müssen, ging Ulrich an den Fernsprecher und teilte dem Hause, wo sie erwartet wurden, mit, daß sie nicht kämen. Er hatte da schon den Abendanzug an, aber Agathes Kleid hing noch ungeschlossen die Schulter hinab, und sie bemühte sich eben erst, ihrem Haar eine gesittete Ordnung zu geben. Der technische Beiklang seiner Stimme im Gerät und die Verbindung mit der Welt, die sich herstellte, hatten Ulrich nicht im geringsten ernüchtert; er setzte sich seiner Schwester gegenüber, die in ihrer Beschäftigung einhielt, und nichts war, als ihre Blicke einander da begegneten, so gewiß, wie daß die Entscheidung gefallen sei und jedes Verbot ihnen nun gleichgültig wäre. Trotzdem kam es anders. Ihr Einverständnis tat sich ihnen mit jedem Atemzug kund; es war ein trotzig erlittenes, sich endlich vom Unmut der Sehnsucht zu erlösen, und es war ein so süß erlittenes, daß sich die Vorstellungen der Verwirklichung beinahe von ihnen losrissen und sie schon in der Einbildung vereinten, wie der Sturm einen Schaumschleier den Wellen voranpeitscht: aber ein noch größeres Verlangen gebot ihnen Ruhe, und sie vermochten nicht, noch einmal aneinander zu rühren. Sie wollten es beginnen, aber die Gebärden des Fleisches waren ihnen unmöglich geworden, und sie fühlten eine unbeschreibliche Warnung, die mit den Geboten der Sitte nichts zu tun hatte. Es schien sie aus der Welt der vollkommeneren, wenn auch noch schattenhaften Vereinigung, von der sie zuvor wie in einem schwärmerischen Gleichnis genossen hatten, ein höheres Gebot getroffen, eine höhere Ahnung, Neugierde oder Voraussicht angehaucht zu haben.

Die Geschwister verharrten nun verwirrt und nachdenklich, und nachdem sie ihre Empfindungen besänftigt hatten, fingen sie zögernd zu sprechen an.

Ulrich sagte, sinnlos, wie man in die Luft spricht: «Du bist der Mond –»

Agathe verstand es.

Ulrich sagte: «Du bist zum Mond geflogen und mir von ihm wiedergeschenkt worden –»

Agathe schwieg: Mondgespräche sind so von ganzem Herzen verbraucht.

Ulrich sagte: «Es ist ein Gleichnis. ‹Wir waren außer uns›, ‹Wir hatten unsere Körper vertauscht, ohne uns zu berühren›, sind auch Gleichnisse! Aber was bedeutet ein Gleichnis? Ein wenig Wirkliches mit sehr viel Übertreibung. Und doch wollte ich schwören, so wahr es unmöglich ist, daß die Übertreibung sehr klein und die Wirklichkeit fast schon ganz groß gewesen ist!»

Er sprach nicht weiter. Er dachte: «Von welcher Wirklichkeit spreche ich? Gibt es eine zweite?»

Verläßt man hier das Gespräch der Geschwister, um einer Vergleichsmöglichkeit zu folgen, von der es zumindest mitbestimmt wurde, so wäre wohl zu sagen, daß diese Wirklichkeit fürwahr am nächsten mit der abenteuerlich veränderten in Mondnächten verwandt war. Begreift man doch auch diese nicht, wenn man in ihr bloß eine Gelegenheit zu etwas Schwärmerei sieht, die bei Tag besser unterdrückt bleibt, muß sich vielmehr, wenn man das Richtige bemerken will, das ganz Unglaubliche vergegenwärtigen, daß sich auf einem Stück Erde wirklich alle Gefühle wie verzaubert ändern, sobald es aus der leeren Geschäftigkeit des Tags in die empfindungsvolle Körperlichkeit der Nacht taucht! Nicht nur schmelzen die äußeren Verhältnisse dahin und bilden sich neu im flüsternden Beilager von Licht und Schatten, sondern auch die inneren rücken auf eine neue Weise zusammen: Das gesprochene Wort verliert seinen Eigensinn und gewinnt Nachbarsinn. Alle Versicherungen drücken nur ein einziges flutendes Erlebnis aus. Die Nacht schließt alle Widersprüche in ihre schimmernden Mutterarme, und an ihrer Brust ist kein Wort falsch und keines wahr, sondern jedes ist die unvergleichliche Geburt des Geistes aus dem Dunkel, die der Mensch in einem neuen Gedanken erfährt. So hat jeder Vorgang in Mondnächten die Natur des Unwiederholbaren. Er hat die Natur des Gesteigerten. Er hat die der uneigennützigen Freigebigkeit und Entäußerung. Jede Mitteilung ist eine neidlose Teilung. Jedes Geben ein Empfangen. Jede Empfängnis vielseitig verflochten in die Erregung der Nacht. So zu sein, es ist der einzige Zugang zum Wissen dessen, was vor sich geht. Denn das Ich behält in diesen Nächten nichts zurück, keine Verdichtung ąes Besitzes an sich selbst, kaum eine Erinnerung; das gesteigerte Selbst strahlt in eine grenzenlose Selbstlosigkeit hinein. Und diese Nächte sind voll des unsinnigen Gefühls, daß etwas geschehen werde, wie es noch nie dagewesen sei, ja wie es sich die verarmte Vernunft des Tages nicht einmal vorstellen könne. Und nicht der Mund schwärmt, sondern der Körper, vom Kopf bis zu den Füßen, ist über dem Dunkel der Erde und unter dem Licht des Himmels in eine Erregung eingespannt, die zwischen zwei Gestirnen schwingt. Und das Flüstern mit den Gefährten ist voll einer ganz unbekannten Sinnlichkeit, die nicht die Sinnlichkeit einer Person ist, sondern die des Irdischen, des in die Empfindung Dringenden überhaupt, die plötzlich enthüllte Zärtlichkeit der Welt, die unaufhörlich alle unsere Sinne berührt und von unseren Sinnen berührt wird.

Wohl hatte Ulrich nie eine besondere Vorliebe zum Mondscheinschwärmen an sich wahrgenommen; doch wie man gewöhnlich das Leben ohne Gefühl hinunterschlingt, so hat man manchmal viel später seinen geisterhaft gewordenen Geschmack auf der Zunge: und derart fühlte er alles, was er an solcher Schwärmerei versäumt hatte, alle achtlos und einsam, ehe er seine Schwester kannte, verbrachten Nächte plötzlich als silberübergossenes unendliches Gebüsch, als Mondflecken im Gras, als hangende Apfelbäume, singenden Frost und vergoldete Schwarzwässer wieder. Es waren lauter Einzelheiten, die nicht zusammenhingen und nie beisammen gewesen waren, die sich nun aber wie der Duft vermengten, der aus vielerlei Kräutern eines berauschenden Getränks aufsteigt. Und als er das Agathe sagte, fühlte sie es auch.

Darum faßte Ulrich das alles, was er gesagt hatte, schließlich zu der Behauptung zusammen: «Was uns mit dem ersten Augenblick einander zugewandt hat, ließe sich recht ein Leben der Mondnächte nennen!» Und Agathe atmete tief auf. Das mochte heißen, was es wolle; und wahrscheinlich hieß es: Warum weißt du aber nicht auch einen Zauber dagegen, daß es uns im letzten Augenblick trennt?! Sie seufzte so natürlich und vertraulich, daß sie nicht einmal selbst davon wußte.

Und wieder hob damit eine Bewegung an, die sie zueinander neigte und auseinander hielt. Jede starke Erregung, die zwei Menschen gemeinsam bis ans Ende erlebt haben, hinterläßt in ihnen die nackte Vertraulichkeit der Erschöpfung; selbst der Streit tut das, und umwieviel mehr nicht die Zärtlichkeit von Gefühlen, die das Mark schier zu einer Flöte aushöhlen! So hätte nun auch Ulrich, als er sie wortlos klagen hörte, Agathe beinahe doch gerührt umarmt, und entzückt wie ein Liebhaber am Morgen nach den ersten Stürmen. Seine Hand berührte schon ihre Schulter, die noch immer entblößt war, und sie zuckte bei dieser Berührung lächelnd zusammen; aber in ihren Augen zeigte sich auch gleich wieder die ungewollte Abmahnung. Sonderbare Bilder entstanden nun in seinem Kopf: Agathe hinter Gittern. Oder sie, aus wachsender Entfernung ihm ängstlich winkend, von der trennenden Gewalt fremder Fäuste fortgerissen. Dann wieder war er selbst nicht nur der ohnmächtig Verabschiedete, sondern ähnlich auch der Trennende... Vielleicht waren das ewige Bilder des Liebeszweifels, bloß im Durchschnittsleben verbraucht, vielleicht auch nicht. Er hätte gerne davon zu ihr gesprochen, doch blickte Agathe jetzt von ihm weg und zu dem offenen Fenster hin und stand zögernd auf. Das Fieber der Liebe war in ihren Körpern, aber diese wagten keine Wiederholung, und jenseits des Fensters, dessen Vorhänge fast offenstanden, befand sich das, was ihnen die Einbildungskraft entführt hatte, ohne die das Fleisch nur roh oder mutlos ist. Als Agathe die ersten Schritte in diese Richtung tat, löschte Ulrich, ihr Einverständnis erratend, das Licht aus, um den Blick in die Nacht freizumachen. Der Mond war hinter den Fichtenwipfeln emporgekommen, deren grün glimmendes Schwarz sich schwerblütig von der goldblauen Höhe und der blaß glitzernden Weite abhob. Unwillig musterte Agathe das tiefe, kleine Stück Welt.

«Also doch nicht mehr als Mondscheinromantik?!» fragte sie.

Ulrich sah sie ohne Antwort an. Ihr blondes Haar wurde im Halbdunkel neben der weißlichen Nacht feurig, ihre Lippen waren von Schatten geöffnet, ihre Schönheit war schmerzlich und unwiderstehlich.

Wahrscheinlich stand aber auch er ähnlich vor ihrem Blick, mit blauen Augenhöhlen in weißem Gesicht, denn sie fuhr fort: «Weißt du, wie du jetzt aussiehst? Wie der ‹Pierrot Lunaire›! Es mahnt zur Vorsicht!» Sie wollte ihm ein wenig Unrecht antun, in ihrer Erregung, die sie beinahe weinen machte. In der bleichen Maske des mondlich-einsamen Pierrots waren sich vor Zeiten doch alle jungen unnützen Leute schmerzvoll-launisch vorgekommen, kreidebleich gepudert bis auf die blutstropfenroten Lippen und von einer Kolombine verlassen, die sie niemals besessen hatten; es drückte also die Vorliebe für Mondnächte beträchtlich ins Lächerliche hinab. Aber Ulrich pflichtete, zu seiner Schwester anfangs größer werdendem Weh, bereitwillig bei. «Auch das ‹Lache Bajazzo!› hat schon tausenden Spießbürgern den Rücken kalt vor innerster Zustimmung gemacht, wenn sie es singen hörten» versicherte er bitter. Dann aber fügte er leise und einflüsternd hinzu: «Dieser ganze Gefühlskreis *ist* eben verdächtig! Und doch siehst du in diesem Augenblick so aus, daß ich alle Erinnerungen meines Lebens dafür hingeben möchte!» Agathes Hand hatte die Ulrichs gefunden. Ulrich fuhr leise und leidenschaftlich fort: «Unsere Zeit versteht unter der Seligkeit des Gefühls bloß das Gefühlsselige und hat den Mondrausch zu einer sentimentalen Ausschweifung entwürdigt. Ihr ahnt nicht recht, daß er entweder eine unverständliche geistige Störung sein müßte oder das Fragment eines anderen Lebens ist!»

Diese Worte – gerade weil sie vielleicht übertrieben – hatten den Glauben und damit die Flügel des Abenteuers. «Gute Nacht!» sagte Agathe unerwartet und nahm sie mit sich. Sie hatte sich losgemacht und zog den Vorhang so hastig zu, daß das Bild der beiden im Mondschein Stehenden wie auf einen Schlag verschwand; und ehe Ulrich Licht machte, gelang es ihr, aus dem Zimmer zu finden.

Ulrich ließ ihr überdies Zeit. «Du wirst in dieser Nacht so ungeduldig schlafen wie vor dem Aufbruch zu einem großen Ausflug» rief er ihr nach.

«Ich will es auch tun!» klang als Antwort in das Schließen der Tür.

46

Mondstrahlen bei Tage

Als sie sich am Morgen wiedersahen, war es von weitem zuerst so, wie man in einer gewöhnlichen Wohnung auf ein ungewöhnliches Bild stößt, ja wie man in der frei zerstreuten Natur ein bedeutendes Bildwerk sichtet; da erhebt sich unvermutet in sinnlicher Verwirklichung eine Insel der Bedeutung, eine Erhöhung und Verdichtung des Geistes aus der flüssigen Niederung des Daseins! Als sie dann aber aufeinander zutraten, waren sie befangen, und von der vergangenen Nacht war in ihren Blicken nur die Ermattung zu spüren, die sie mit zärtlicher Wärme beschattete.

Wer weiß, ob die Liebe übrigens ebenso bewundert würde, wenn sie nicht müde machte! Als sie die Nachwehen der gestrigen Aufregung gewahrten, beglückte es sie von neuem, wie Liebesleute stolz darauf sind, daß sie vor Lust fast gestorben wären. Trotzdem war die Freude, die sie aneinander fanden, nicht nur ein solches Gefühl, sondern war auch eine Erregung des Auges: Die Farben und Formen, die sie sich darboten, waren aufgelöst und grundlos, und doch scharf hervorgehoben wie ein Strauß von Blumen, der auf einem dunklen Wasser treibt. Sie waren nachdrücklicher begrenzt als sonst, aber auf eine Weise, daß sich nicht sagen ließ, ob es an der Deutlichkeit der Erscheinung liege oder an deren tieferen Bewegtheit. Der Eindruck gehörte sowohl dem bündigen Bereich der Wahrnehmung und Aufmerksamkeit an als auch dem ungenauen des Gefühls; und gerade das machte ihn zwischen Innen und Außen schweben, wie der angehaltene Atem zwischen Einatmen und Ausatmen schwebt, und ließ, in einem eigentümlichen Gegensatze zu seiner Stärke, nicht leicht unterscheiden, ob er der Welt des Körperlichen angehöre oder bloß der erhöhten inneren Anteilnahme sein Entstehen verdanke. Die beiden wollten das auch nicht unterscheiden, denn eine Art von Scham der Vernunft hielt sie zurück; und auch noch durch längere folgende Zeit zwang es sie dazu, voneinander Abstand zu halten, obschon ihre Empfindlichkeit von Dauer war und wohl den Glauben erregen konnte, es hätte sich mit einmal der Verlauf der Grenzen sowohl zwischen ihnen als auch gegen die Welt ein wenig verändert.

Es war wieder Sommerwetter geworden, und sie hielten sich viel im Freien auf: im Garten blühten Blumen und Sträucher. Wenn Ulrich eine Blüte betrachtete – was nicht gerade eine alte Gewohnheit des einstmals Ungeduldigen war –, so fand er jetzt manchmal des Ansehns kein Ende und, um alles zu sagen, auch keinen Anfang. Wußte er zufällig den Namen zu nennen, so war es Rettung aus dem Meere der Unendlichkeit. Dann bedeuteten die goldenen Sternchen auf einer nackten Gerte «Goldbecher», und jene frühreifen Blätter und Dolden waren «Flieder». Kannte er den Namen aber nicht, so rief er wohl auch den Gärtner herbei, denn dann nannte dieser alte Mann einen unbekannten Namen, und alles kam wieder in Ordnung, und der uralte Zauber, daß der Besitz des richtigen Wortes Schutz vor der ungezähmten Wildheit der Dinge gewährt, erwies seine beruhigende Macht wie vor zehntausenden Jahren. Doch konnte es auch anders kommen und geschehn, daß sich Ulrich einem solchen Zweiglein und Blütlein verlassen und ohne Helfer gegenüber fand, und nicht einmal Agathe da war, mit der man die Unwissenheit teilen konnte: dann schien es ihm mit einemmal ganz unmöglich zu sein, das helle Grün eines jungen Blattes zu verstehen, und die geheimnisvoll begrenzte Formenfülle eines kleinen Blütenbechers wurde zu einem von nichts unterbrochenen Kreis unendlicher Abwechslung. Zudem hatte ein Mann wie er, wenn er sich nicht belog, was schon um Agathes willen nicht geschehen durfte, kaum die Möglichkeit, an ein verschämtes Stelldichein mit der Natur zu glauben, dessen Raunen und Augenaufschlagen, Gottseligkeit und stummes Musizieren vielmehr das Vorrecht einer besonderen Einfalt ist, die sich einbildet, wenn sie kaum den Kopf ins Gras lege, kitzle sie Gott schon am Hals, obzwar sie an Wochentagen nichts dawider hat, daß die Natur auch an der Fruchtbörse gehandelt wird. Ulrich verabscheute diese Schleudermystik zu billigstem Preis und Lob, die im Grunde ihrer beständigen Gottergriffenheit über die Maßen liederlich ist, und überließ sich da eher noch der Ohnmacht, eine zum Greifen deutliche Farbe mit Worten zu bezeichnen oder eine der Formen zu beschreiben, die auf so gedankenlos eindringliche Art für sich selbst sprachen. Denn das Wort schneidet nicht in solchem Zustand, und die Frucht bleibt am Ast, ob man sie gleich schon im Mund meint: das ist wohl das erste Geheimnis der taghellen Mystik. Und Ulrich bemühte sich, es seiner Schwester zu erklären, wenn auch in der verhohlenen Absicht, daß es nicht eines Tags wie eine Täuschung verschwinden möge.

Dadurch griff aber nach dem leidenschaftlichen Zustand einer des ruhigeren, ja manchmal fast zerstreuten Gespräches ziemlich um sich, der ihnen zum Schirm voreinander diente, obzwar sie ihn ganz durchschauten. Sie lagen gewöhnlich im Garten auf zwei großen Liegestühlen, die sie immer der Sonne nachschleppten; diese Frühsommersonne schien zum millionstenmal auf den Zauber, den sie alljährlich anrichtet; und Ulrich sagte da manches, das ihm gerade durch den Kopf ging und sich behutsam rundete wie der Mond, der jetzt ganz blaß und ein wenig schmutzig war, oder auch wie eine Seifenblase: Und so geschah es denn, und zwar recht bald, daß er auf den vertrackten und von vielen verwünschten Widersinn zu sprechen kam, daß alles Verstehen eine Art von Oberflächlichkeit voraussetzte, einen Hang zur Oberfläche, was sich in dem Wort «Begreifen» überdies ausspreche und damit zusammenhänge, daß die ursprünglichen Erlebnisse ja nicht einzeln, sondern eines am andern verstanden und dadurch unvermeidlich mehr in die Fläche als in die Tiefe verbunden würden. Er fuhr dann fort: «Wenn ich also behaupte, dieser Rasen hier vor uns sei grün, so klingt das sehr bestimmt, aber ich habe nicht eben viel gesagt. In Wahrheit nicht mehr, als wenn ich dir von einem vorbeigehenden Mann erzählt hätte, er gehöre der Familie Grün an. Und, du lieber Himmel, wie viele Grün gibt es! Da ist es gleich besser, ich begnüge mich mit der Erkenntnis, dieser grüne Rasen sei eben rasengrün, oder gar er sei grün wie ein Rasen, auf den es vor kurzem ein wenig geregnet hat –» Er blinzelte träg über die junge sonnenbeschienene Grasfläche und meinte: «So möchtest du es doch wahrscheinlich wirklich beschreiben, denn du bist von Kleiderstoffen im Anschaulichen geübt. Ich dagegen könnte die Farbe vielleicht auch messen: Sie dürfte schätzungsweise eine Wellenlänge von fünfhundertvierzig Millionstelmillimetern besitzen; und da wäre dieses Grün nun doch scheinbar gefangen und auf einen bestimmten Punkt angenagelt! Da entspringt es mir aber auch schon, denn sieh: an dieser Bodenfarbe ist doch auch etwas Stoffliches, das sich mit Farbworten überhaupt nicht bezeichnen läßt, weil es anders ist als das gleiche Grün in Seide oder Wolle. Und nun sind wir wieder bei der tiefen Erleuchtung, daß grünes Gras eben grasgrün ist!»

Agathe fand es, zum Zeugen angerufen, sehr verständlich, daß man nichts verstehen könne, und entgegnete: «Ich rate dir, sieh einmal einen Spiegel in der Nacht an: er ist dunkel, er ist schwarz, du siehst beinahe überhaupt nichts; und doch ist dieses Nichts ganz deutlich etwas anderes als das Nichts der übrigen Finsternis. Du ahnst das Glas, die Verdopplung der Tiefe, irgendeine noch zurückgebliebene Fähigkeit zu schimmern – und doch gewahrst du gar nichts!»

Ulrich lachte über die Bereitwilligkeit seiner Schwester, dem Wissen gleich die Ehre ganz abzuschneiden; er meinte beiweitem nicht, daß Begriffe keinen Wert hätten, und wußte wohl, was sie leisten, auch wenn er nicht gerade so tat. Was er ausheben wollte, war das Unfaßbare der Einzelerlebnisse, der Erlebnisse, die man aus einem naheliegenden Grund allein und einsam bestehen muß, auch wenn man zu zweien ist. Er wiederholte: «Das Ich erfaßt ja seine Eindrücke und Hervorbringungen niemals einzeln, sondern immer in Zusammenhängen, in wirklicher oder gedachter, ähnlicher oder unähnlicher Übereinstimmung mit anderem; so lehnt alles, was Namen hat, aneinander in Hinsichten, in Fluchten, als Glied von großen und unüberblickbaren Gesamtheiten, eins auf das andere gestützt und von gemeinsamen Spannungen durchzogen. Aber darum steht man auch,» fuhr er plötzlich anders fort «wenn aus irgendeinem Anlaß diese Zusammenhänge versagen und keine der inneren Ordnungsreihen anspricht, allsogleich wieder vor der unbeschreiblichen und unmenschlichen, ja vor der widerrufenen und formlosen Schöpfung!» Damit waren sie denn wieder an den Punkt zurückgekehrt, von wo sie ausgegangen; aber Agathe fühlte darüber die dunkle Schöpfung, den Abgrund Welt, den Gott, der ihr helfen sollte!

Ihr Bruder sagte: «Das Verstehen macht einem unstillbaren Staunen Platz, und das geringste Erlebnis – dieses Fähnchen Gras oder die sanften Laute, wenn deine Lippen da drüben ein Wort aussprechen – wird unvergleichbar, welteinsam, hat eine unergründliche Selbstischkeit und strömt eine tiefe Betäubung aus...!»

Er schwieg, drehte einen Grashalm unschlüssig in der Hand und horchte zunächst erfreut zu, wie Agathe, scheinbar so unzergrübelt wie ungründlich, die Leiblichkeit des Gesprächs wiederherstellte. Denn sie erwiderte jetzt: «Wenn es trockener wäre, möchte ich mich auf den Rasen legen! Laß uns fortreisen! Ich wollte so gern auf einer Wiese liegen, bescheiden zur Natur zurückgekehrt wie ein weggeworfener Schuh!»

«Aber das heißt auch nur, aus allen Gefühlen entlassen sein» wandte Ulrich ein. «Und Gott allein mag wissen, was aus uns werden sollte, wenn nicht auch sie in Scharen aufträten, diese Lieben und Hasse und Leiden und Güten, die scheinbar jedem allein gehören. Wir wären wohl aller Fähigkeiten des Handelns und Denkens beraubt, denn unsere Seele ist für das geschaffen, was sich wiederholt, und nicht für das, was ganz aus der Reihe tritt –» Er war bedrückt, glaubte ins Nichts vorgestoßen zu sein, und sah mit unruhiger und gekrauster Stirn prüfend das Gesicht seiner Schwester an.

Aber Agathes Gesicht war noch klarer als die Luft, die es umgab und mit ihrem Haar spielte, als sie nun aus dem Gedächtnis etwas zur Antwort gab. «Ich weiß nicht, wo ich bin, noch suche ich mich, noch will ich davon wissen, noch Kunde haben. Ich bin so eingetaucht in der Quelle seiner Liebe, als wäre ich im Meere unter Wasser und könnte von keiner Seite irgendein Ding sehen oder fühlen als Wasser.»

«Woraus ist das?» fragte Ulrich neugierig und entdeckte da erst, daß sie ein Buch in Händen hielt, das sie seiner eigenen Bibliothek entnommen hatte.

Agathe entzog es ihm und las vor, ohne Antwort zu geben: «Ich habe alle meine Vermögen überstiegen bis an die dunkle Kraft. Da hörte ich ohne Laut, da sah ich ohne Licht. Dann wurde mein Herz grundlos, meine Seele lieblos, mein Geist formlos und meine Natur wesenlos».

Nun erkannte auch Ulrich den Band und lächelte, und da erst sagte Agathe: «Aus deinen Büchern.» Und beendete aus dem Gedächtnis, das Buch schließend, ihre Wiedergabe mit der Anrufung: «Bist du du selbst, oder bist du es nicht? Ich weiß nichts davon, ich bin dessen unkundig, und ich bin meiner unkundig. Ich bin verliebt, aber ich weiß nicht in wen; ich bin weder treu noch ungetreu. Was bin ich doch? Ich bin selbst meiner Liebe unkundig; ich habe das Herz von Liebe voll und von Liebe leer zugleich!»

Ihr gutes Gedächtnis arbeitete auch sonst nicht gern seine Erinnerungen zu Begriffen um, sondern bewahrte sie sinnlich-einzeln auf, wie man sich Gedichte merkt; weshalb eine schwer beschreibliche Mitbeteiligung des Körpers und der Seele immer an ihren Worten war, wenn sie selbst noch so unauffällig sprach. Ulrich entsann sich des Auftritts vor dem Begräbnis seines Vaters, wo sie die wildschönen Verse Shakespeares zu ihm gesprochen hatte. «Wie wild ist ihr Wesen doch im Vergleich mit meinem!» dachte er. «Wenig habe ich mir heute zu sagen erlaubt!» Er überprüfte die Erklärung der «taghellen Mystik», die er ihr gegeben hatte: Alles in allem war das nicht mehr, als daß er die Möglichkeit vorübergehender Abweichungen von der gewohnten und bewährten Ordnung des Erlebens zugegeben hatte; und wenn man es so auffaßte, folgten ihre Erlebnisse bloß einem etwas gefühlvolleren Grundgesetz als dem der gewöhnlichen Erfahrung und glichen kleinen Bürgerskindern, die in eine wandernde Schauspielertruppe geraten sind. Mehr hatte er also nicht zu sagen gewagt, obschon jedes Stück Raum zwischen ihm und seiner Schwester seit Tagen voll unvollendeter Geschehnisse war! Und allmählich begann er sich mit der Frage zu beschäftigen, ob sich nicht doch mehr glauben ließe, als er sich zugestanden habe.

Nach der lebhaften Gipfelung der Wechselrede hatten sich Agathe und er wieder in ihre Stühle zurückfallen lassen, und die Stille des Gartens deckte die verklungenen Worte zu. Insofern als gesagt worden, daß sich Ulrich mit einer Frage zu beschäftigen begonnen hätte, muß freilich berichtigt werden, daß viele Antworten ihren Fragen vorangehen wie ein Eiliger seinem geöffnet flatternden Mantel. Es war ein überraschender Einfall, was Ulrich beschäftigte, und forderte eigentlich auch nicht Glauben, sondern rief durch sein Auftreten Erstaunen hervor und den Eindruck, daß solche Eingebung wohl nie wieder vergessen werden dürfte, was in Ansehung ihrer Ansprüche etwas unbehaglich war. Ulrich war es gewohnt, nicht sowohl gottlos als vielmehr gottfrei zu denken, was nach Art der Wissenschaft heißt, jede mögliche Wendung zu Gott dem Gefühl zu überlassen, weil sie das Erkennen doch nicht zu fördern, sondern bloß ins Unwegsame zu verführen vermag. Und er zweifelte auch in dieser Minute nicht im mindesten daran, daß dies das einzig Richtige sei, sind doch die handgreiflichsten Erfolge des Menschengeistes schier erst entstanden, seit er Gott aus dem Weg geht. Aber der Einfall, der ihn heimsuchte, sagte: «Wie, wenn nun gerade dieses Ungöttliche nichts wäre als der zeitgemäße Weg zu Gott?! Jede Zeit hat noch einen anderen ihren stärksten Geisteskräften entsprechenden Gedankenweg dahin gehabt; wäre es also nicht unser Schicksal, das Schicksal eines Zeitalters der klugen und unternehmenden Erfahrung, alle Träume, Legenden und ausgeklügelten Begriffe nur deshalb zu leugnen, weil wir uns auf der Höhe der Welterforschung und -entdeckung wieder ihm zuwenden und zu ihm ein Verhältnis der beginnenden Erfahrung gewinnen werden?!»

Dieser Schluß hatte gar keine Beweiskraft, das wußte Ulrich; ja, er sollte den meisten sogar als Verkehrtheit erscheinen, und das focht ihn nicht an. Auch er selbst hätte ihn eigentlich nicht denken dürfen: Das wissenschaftliche Verfahren – so hatte er es doch erst kurz zuvor als rechtmäßig erläutert – besteht, außer aus Logik, daraus, daß es die an der Oberfläche, an der «Erfahrung» gewonnenen Begriffe in die Tiefe der Erscheinungen senkt und diese aus jenen erklärt; man verödet und verflacht das Irdische, um es beherrschen zu können, und der Einwand lag nahe, daß man das nicht auch auf das Überirdische ausdehnen dürfe. Aber diesen Einwand bestritt jetzt Ulrich: die Wüste ist kein Einwand, sie ist seit je eine Geburtsstätte himmlischer Gesichte gewesen; und überdies, Aussichten, die noch nicht erreicht sind, lassen sich auch nicht vorhersehen! Es entging ihm dabei, daß er sich vielleicht noch in einem zweiten Gegensatz zu sich selbst befand, oder in eine Richtung geraten war, die von der seinen abbog: Paulus nennt den Glauben die zuversichtliche Erwartung von Dingen, die man erhofft, und die Überzeugung von Dingen, die man nicht sieht; und der

Gegensatz zu dieser aufs Greifen bedachten Bestimmung, die zur Überzeugung der Gebildeten geworden ist, gehörte zum stärksten, was Ulrich im Herzen trug. Der Glaube als eine Verkleinerungsform des Wissens war seinem Wesen zuwider, er ist immer «wider besseres Wissen»; dagegen war es ihm gegeben, in der «Ahnung ‹nach› bestem Wissen» einen besonderen Zustand und ein Fahrtengebiet für unternehmende Geister zu erkennen. Es sollte ihn später noch manche Mühe kosten, daß sich dieser Gegensatz jetzt abgeschwächt hatte, aber vorläufig bemerkte er nichts davon, denn es gab in dieser Minute einen Schwarm von Nebeneinfällen, der ihn beschäftigte und vergnügte.

Er griff Beispiele heraus. Das Leben wurde immer gleichförmiger und unpersönlicher. In alle Vergnügungen, Erregungen, Erholungen, ja selbst in die Leidenschaften drang etwas Typenhaftes, Mechanisches, Statistisches, Reihenweises ein. Der Lebenswille wurde breit und flach wie ein vor der Mündung zögernder Strom. Der Kunstwille war sich schon selbst beinahe verdächtig geworden. Es hatte den Anschein, daß die Zeit das Einzelwesen zu entwerten beginne, ohne doch den Verlust durch neue gemeinschaftliche Leistungen ersetzen zu können. Das war ihr Gesicht. Und dieses Gesicht, das so schwer zu verstehen war; das er einmal geliebt und in den Schlammkrater eines tief dröhnenden Vulkans umzudichten versucht hatte, weil er sich jung fühlte wie tausend andere; und von dem er sich, wie diese Tausende, abgewandt hatte, weil er des entsetzlich mißgestalten Anblicks nicht Herr wurde: dieses Gesicht verklärte sich, wurde ruhig, listigschön, und leuchtend von innen durch einen einzigen Gedanken! Denn wie, wenn Gott selbst es wäre, der die Welt entwertet? Gewänne sie damit nicht auf einmal wieder Sinn und Lust? Und müßte er sie nicht schon entwerten, wenn er ihr auch nur um den kleinsten Schritt näher käme? Und wäre es nicht schon das einzige wirkliche Abenteuer, auch nur den Vorschatten davon wahrzunehmen?! Diese Überlegungen hatten die unvernünftige Folgerichtigkeit einer Reihe von Abenteuern und waren so fremd in Ulrichs Kopf, daß er zu träumen meinte. Er spähte zuweilen vorsichtig zu seiner Schwester hinüber, als müßte er fürchten, daß sie wahrnähme, was er treibe, und einige Male erblickte er dabei ihren blonden Kopf wie Licht im Licht vor dem Himmel, und die Luft, die in ihrem Haar spielte, sah er auch mit den Wolken spielen.

Wenn das geschah, hob nämlich auch sie sich ein wenig in die Höhe und blickte sich staunend um. Sie versuchte sich dann vorzustellen, wie es wäre, aus allen Gefühlen des Lebens entlassen zu sein. Selbst der Raum, dieser sich immer gleichbleibende, gehaltlose Würfel, sei nun wohl verändert, dachte sie. Wenn sie die Augen eine Weile geschlossen hielt und dann wieder öffnete, so daß der Garten unberührt in ihren Blick trat, als wäre er eben erst erschaffen worden, bemerkte sie so deutlich und unkörperlich wie eine Vision, daß die Richtung, die sie mit ihrem Bruder verbinde, unter allen anderen ausgezeichnet sei: Der Garten «stand» um diese Linie, und ohne daß sich an den Bäumen, Wegen und anderen Stücken der wirklichen Umgebung etwas geändert hätte, wovon sie sich leicht überzeugen konnte, war alles auf diese Verbindung als Achse bezogen und dadurch in einer sichtbaren Weise unsichtbar verändert. Es mochte widerspruchsvoll klingen; sie hätte aber ebensogut auch sagen können, daß die Welt dort süßer sei, vielleicht auch leidvoller: das Merkwürdige war, daß man es mit den Augen zu sehen meinte. Überdies lag etwas Auffälliges darin, daß alle die umgebenden Gestalten auf das unheimlichste verlassen dastanden, aber auch, auf das unheimlichste entzückend, belebt waren, in dem Anschein eines zarten Todes oder einer leidenschaftlichen Ohnmacht, als wären sie soeben von etwas Unnennbarem verlassen worden, was ihnen eine geradezu menschliche Sinnlichkeit und Empfindlichkeit verlieh. Und etwas Ähnliches wie am Eindruck des Raums hatte sich überdies am Gefühl der Zeit ereignet; dieses fließende Band, die rollende Treppe mit ihrer unheimlichen Nebenbeziehung zum Tod schien in manchen Augenblicken stillzustehn, und in manchen floß sie ohne Verbindung dahin. Während eines einzigen äußeren Augenblicks konnte sie innen verschwunden sein, ohne eine Spur davon, ob sie eine Stunde oder eine Minute ausgesetzt habe.

Einmal überraschte Ulrich seine Schwester bei diesen Versuchen und erriet wohl etwas von ihnen, denn er sagte leise und lächelnd: «Es gibt eine Weissagung, daß für die Götter ein Jahrtausend nicht mehr als ein Öffnen und Schließen ihres Auges sei!» Dann lehnten sie sich beide wieder zurück und hörten weiter den Traumreden der Stille zu.

Agathe dachte: «Alles das hat bloß er zustande gebracht; und doch zweifelt er jedesmal, wenn er lächelt!» Aber die Sonne fiel mit ihrer beständig niederkommenden Wärme zart wie ein Schlafmittel auf seine geöffneten Lippen, das fühlte Agathe an den ihren und wußte sich eins mit ihm. Sie versuchte sich in ihn hineinzuversetzen und seine Gedanken zu erraten, was zwischen ihnen eigentlich als unerlaubt galt, weil es von außen kam und nicht aus der schöpferischen Teilnahme; als eine Abweichung aber umso heimlicher war. «Er will nicht, daß es bloß eine Liebesgeschichte werden soll» dachte sie; und fügte hinzu: «Das ist auch mein Geschmack.» Und gleich darauf dachte sie: «Er wird keine andre Frau nach mir lieben, denn dies ist keine Liebesgeschichte mehr; das ist überhaupt die letzte Liebesgeschichte, die es geben kann!» Und sie fügte hinzu: «Wir werden wohl eine Art Letzte Mohikaner der Liebe sein!» Sie war auch dieses Tons gegen sich selbst im Augenblick fähig, denn wenn sie sich ganz ehrlich Rechenschaft ablegte, so war natürlich auch dieser verzauberte Garten, worin sie sich mit Ulrich befand, mehr Wunsch als Wirklichkeit. Sie glaubte nicht wirklich, daß schon das Tausendjährige Reich begonnen haben könnte, trotz dieses nach festem Boden klingenden Namens, den Ulrich einmal angegeben hatte. Sie fühlte sich sogar sehr verlassen von ihren Wunschkräften, und wo sonst ihre Träume entstanden, sie wußte nicht wo, bitter nüchtern. Sie entsann sich, daß sie vor der Zeit Ulrichs eigentlich leichter imstande gewesen war sich einzubilden, ein wacher Schlaf, wie der, worin ihre Seele jetzt schaukelte, vermöchte sie hinter das Leben zu geleiten, in ein Wachsein nach dem Tode, in Gottes Nähe, zu Mächten, die sie holen kämen, oder bloß neben das Leben zu einem Aufhören der Begriffe und einem Übergang in Wälder und Wiesen von Vorstellungen: es war ja nie klar geworden, was das sei! So gab sie sich nun Mühe, sich dieser alten Vorstellungen zu entsinnen. Aber es kam ihr nur noch eine Hängematte in Erinnerung, zwischen zwei ungeheure Finger gespannt und von einer unendlichen Geduld geschaukelt; dann ein stilles Überragtwerden, wie von hohen Bäumen, zwischen denen man sich emporgehoben und verschwunden fühlt; und schließlich ein Nichts, das einen auf unbegreifliche Weise greifbaren Inhalt hatte –: Das waren wohl alle die Zwischengebilde von Eingebung und Einbildung, an denen ihr Verlangen einst Trost gefunden hatte. Aber waren es denn wirklich bloß Zwischen- und Halbgebilde gewesen? Zu ihrem Erstaunen begann Agathe etwas sehr Merkwürdiges allmählich aufzufallen. «Wahrhaftig,» dachte sie «es ist so, wie man sagt: es geht einem ein Licht auf! Und es verbreitet sich, je länger es dauert!» Denn was sie sich einst eingebildet hatte, war doch wohl fast in allem das, was jetzt ruhig und ausharrend dastand, sooft sie den Blick auf Ausschau schickte! Lautlos war es in die Welt getreten. Freilich war – anders, als es vielleicht ein buchstabengläubiger Mensch erlebt hätte – Gott ihrem Abenteuer fern geblieben, aber dafür war sie auch nicht mehr in diesem Abenteuer allein: das waren die zwei einzigen Änderungen, durch die sich die Erfüllung von der Vorankündigung unterschied, und zwar zugunsten irdischer Natürlichkeit.

47

Wandel unter Menschen

In der Zeit, die nun folgte, zogen sie sich von ihren Bekannten zurück und setzten sie dadurch in Erstaunen, daß sie jede Einladung ablehnten und sich auf keine Weise erreichen ließen. Sie waren viel zu Hause, und wenn sie ausgingen, vermieden sie Orte, wo sie Menschen antreffen konnten, die demselben Gesellschaftskreis angehörten wie sie, besuchten aber Vergnügungsstätten und kleine Theater, wo sie sich davor sicher fühlten; und im allgemeinen folgten sie, sobald sie das Haus verließen, einfach den Großstadtströmungen, die ein Bild der Bedürfnisse sind und mit gezeitenmäßiger Genauigkeit die Menschen je nach der Stunde an bestimmten Orten zusammenpressen oder von dort absaugen. Es vergnügte sie, an einer Lebenshaltung teilzunehmen, die sich von der ihren unterschied und ihnen die Verantwortung für diese zeitweise abnahm. Noch nie war ihnen die Stadt, worin sie lebten, so schön und so fremd zugleich vorgekommen. Die Häuser boten in ihrer Gesamtheit ein großes Bild dar, auch wenn sie einzeln oder im einzelnen gar nicht schön waren; der Lärm strömte durch die hitzeverdünnte Luft wie ein an die Dächer reichender Fluß dahin; in dem starken, von der Straßentiefe gedämpften Licht sahen die Menschen leidenschaftlicher und geheimnisvoller aus, als sie es wahrscheinlich verdienten. Alles klang, sah aus, roch – so unersetzlich und unvergeßlich, als gäbe es zu verstehen, wie es sich in seiner Augenblicklichkeit selbst vorkomme; und die Geschwister nahmen diese Einladung, sich der Welt zuzuwenden, nicht ungern an.

Sie gerieten dabei an einen bemerkenswerten Zwiespalt. Die Erlebnisse, die sie selbst einander nicht offen mitteilten, sonderten sie von den anderen Menschen ab; aber die gleiche ungewisse Leidenschaft, die sie unvermindert weiter fühlten und die sich nicht an einem Verbot gebrochen hatte, sondern an einer Verheißung, hatte sie auch in einen Zustand versetzt, der Ähnlichkeit mit den schwülen Unterbrechungen einer körperlichen Vereinigung besaß. Die Lust ohne Ausweg war wieder in den Körper zurück gesunken und erfüllte ihn mit einer Zärtlichkeit, die so unbestimmt war wie ein letzter Herbsttag oder ein erster Frühlingstag. Trotzdem liebten sie gar nicht jeden Menschen, den sie sahen, und alles, was geschah: sie spürten bloß den schönen Schatten des «Wie es wäre» davon auf ihr Herz fallen, und dieses konnte der sanften Täuschung weder völlig glauben, noch konnte es sich ihr ganz entziehen. Es schien, daß sie durch ihre Gespräche und ihre Enthaltung, durch ihre Erwartung und deren vorläufige Grenze empfindlich für die Schranken geworden waren, die dem Gefühl von der Wirklichkeit gesetzt werden, und nun zuhauf die eigentümlich zweiseitige Beschaffenheit des Lebens gewahrten, das jede große Bestrebung durch eine niedrige dämpft. Diese zweiseitige Beschaffenheit bindet an jeden Fortschritt einen Rückschritt, an jede Kraft eine Schwäche, und sie gibt keinem ein Recht, das sie nicht anderen nähme, ordnet keine Verwicklung, ohne neue Unordnung zu stiften, und scheint sogar das Erhabene nur hervorzurufen, um es in der nächsten Stunde mit dem Platten verwechseln zu können. Ein geradezu unlösbarer und tief notwendiger Zusammenhang verbindet scheinbar alle hochgestimmten menschlichen Bemühungen mit der Verwirklichung ihres Gegenteils und macht das Leben über alle Parteiungen hinweg für geistige Menschen schwer erträglich.

Dieses Aneinanderhaften der Ehr- und Kehrseite des Lebens ist sehr verschieden beurteilt worden. Fromme Menschenverächter sehen darin einen Ausfluß der irdischen Hinfälligkeit; Donnerkerle das saftigste Lendenstück des Lebens; Durchschnittlinge fühlen sich in diesem Widerspruch so wohl wie zwischen ihrer rechten und linken Hand; und Korrekte sagen, die Welt sei nicht geschaffen, um menschlichen Vorstellungen zu entsprechen. Aber umgekehrt, sind diese doch geschaffen, um ihr zu entsprechen, und warum bringen sie das im Bereich des Rechten und Schönen niemals zuwege?! Wie gesagt, Ulrich war der Meinung, daß dies der Erzeugung und Erhaltung eines mittleren Lebenszustands diene, der es mehr oder minder dem Zufall überläßt, das menschliche Genie mit der menschlichen Dummheit zu mischen, wie dieser Zustand denn auch selbst aus solcher Mischung hervorgeht; und er hatte das schon vor langer Zeit einmal mit den Worten ausgesprochen, daß der Geist keinen Geist habe, und vor ganz kurzer Zeit erst hatte er an dem Abend bei Diotima wieder ausführlich davon gesprochen als von der großen Unordnung der Gefühle. Aber kurz oder lang her, und wenn es auch noch so nahe gelegen hätte, in den gleichen Gedanken fortzufahren, sobald Ulrich damit begann, hatte er die Empfindung, daß solche Worte um einige Tage zu spät aus seinem Mund kämen. Es fehlte ihm diesmal oft das Verlangen, sich mit Angelegenheiten die ihn nicht unmittelbar angingen zu befassen, denn seine Seele war bereit, sich der Welt mit allen Sinnen hinzugeben, wie immer diese auch wäre. Sein Urteil spielte dabei sogut wie keine Rolle. Es bedeutete sogar fast nichts dafür, ob ihm etwas gefiel oder nicht, denn es ergriff ihn einfach alles mehr, als er verstehen konnte. Das war ein so allgemeiner wie ein im kleinen und einzeln zu jedem haltender Zustand, ja manchmal ganz ohne Gedanken und körperlich; wenn es aber eine Weile gedauert und ein volles Maß erreicht hatte, wurde es ihm unangenehm oder erschien ihm lächerlich, und er war dann auf ebenso unbegründete Weise, wie er sich hingab, auch bereit, diese Hingabe wieder zurückzunehmen.

Und Agathe erging es auf ihre Art nicht viel anders. Ihr Gewissen war manchmal bedrückt und erwartete oder erschuf sich neue Bedrückungen von seiten der Welt, die sie zurückgelassen hatte und die sich trotzdem rings um sie voll Kraft ankündigte. In der tausendfältigen Betriebsamkeit, die Tag und Nacht ausfüllt, wäre wohl nicht eine einzige Aufgabe zu finden gewesen, an der sie mit ganzem Herzen hätte teilnehmen mögen; und wessen sie sich selbst unterfing, dem sollte von den andern nichts so sicher wie Tadel oder Geringschätzung, wenn nicht gar Verachtung sein. Es lag ein merkwürdiger Friede darin! Vielleicht darf gesagt werden, in Veränderung eines Sprichworts, daß ein schlechtes Gewissen beinahe ein noch besseres Ruhekissen darbietet als ein gutes, wenn es nur schlecht genug ist: Die unablässige Nebentätigkeit des Geistes in der Absicht, aus allem Unrecht, in das er verwickelt ist, ein gutes persönliches Gewissen als Abschluß zu gewinnen, ist dann eingestellt und läßt dem Gemüt eine ungemessene Unabhängigkeit zurück. Eine zarte Einsamkeit, ein himmelhoher Hochmut gossen zuweilen ihren Glanz auf diese Weltausflüge. Neben den eigenen Empfindungen konnte dann die Welt plump aufgeblasen erscheinen wie ein Fesselballon, den Schwalben umkreisen, oder dadurch mut. mut. zu einem Hintergrund erniedrigt (sein), der klein war wie ein Wald am Rand des Gesichtskreises. Die verletzten bürgerlichen Verpflichtungen klangen wie ein fern und roh andringendes Geräusch; sie waren unwichtig, wenn nicht unwirklich. Eine ungeheure Ordnung, die zuletzt nichts ist als eine ungeheure Absurdität, das war dann die Welt. Und doch hatte auch jede Einzelheit, die ihr begegnete, die gespannte, die hoch-seiltänzerische Natur des Einmal-und-nicht-wieder, die Natur der Entdeckung, die zauberisch bestellt ist und keine Wiederholung zuläßt; und wenn sie davon sprechen wollte, so geschah es in dem Bewußtsein, daß sich kein Wort zweimal sagen lasse, ohne den Sinn zu verändern.

Das Weltverhalten der Geschwister war also zu dieser Zeit keine ganz einwandfreie Äußerung sicheren Wohlwollens und enthielt auf eigene Art Zuneigung und Abneigung nebeneinander in einem wie ein Regenbogen schwebenden Zustand der Rührung, statt daß sich diese Gegensätze seßhaft gemischt hätten, wie es dem seiner selbst gewissen Zustand der Alltäglichkeit entspricht. Damit hing es zusammen, daß sich in den auf die seltsame Nacht folgenden Tagen auch der Ton ihrer Gespräche veränderte; der Anklang des Schicksals schwächte sich ab, und der Fortschritt wurde ungebundener, ja mitunter verflüchtigte er sich in ein spielendes Flattern der Worte. Trotzdem bedeutete das nicht sowohl ein Zaudern aus Mutlosigkeit als vielmehr ein ungeregeltes Erweitern der Lebensgrundlage ihres eigenen Abenteuers. Sie suchten Unterstützung an der Betrachtung der gewöhnlichen Lebensgestaltung und waren im geheimen sicher, daß auch deren Gleichgewicht bloß eine Vortäuschung sei. Auf diese Weise kam es, daß ihre Unterhaltung eines Tags eine Richtung einschlug, in der sie trotz des Schwankens ausharrte. Ulrich fragte: «Was bedeutet eigentlich der Auftrag: Liebe deinen Nächsten wie dich selbst?»

«Liebe auch den Fernsten wie dich selbst, bedeutet es!» gab Agathe mit der zärtlichen Nachsicht zur Antwort, auf die ihr Bruder in Fragen der Menschenliebe nun schon Anspruch hatte.

Aber Ulrich gab sich nicht zufrieden. «Und was bedeutet es: Liebe, was du nicht kennst? Liebe, wen du nicht kennst, obwohl ihr überzeugt sein dürftet, daß ihr euch nach geschlossener Bekanntschaft mißfallen werdet? Schließlich also: liebe ihn, obschon du ihn kennst?!» wiederholte er ausführlicher.

«Das ist offenbar die Lage, worin sich die meisten Menschen befinden, ohne daß sie es sich anfechten lassen!» erwiderte Agathe. «Sie setzen Zweifel und Vertrauen ineinander!»

«Sie sehen zum voraus im Gebot der Liebe nicht mehr als das vernünftige Verbot, einander Schaden zuzufügen, wenn es keinen Zweck hat» schlug Ulrich vor.

Aber Agathe sagte, das wäre die lahme Nutzregel: ‹Was du nicht willst, daß dir man tu, das füg auch keinem andern zu!› Und es könne unmöglich der ganze Sinn des hochherzig-leidenschaftlichen und heiter-freigebigen Auftrags sein, daß man einen fremden Menschen liebe, ohne auch nur zu fragen, wer er sei!

«Vielleicht ist dieses ‹Liebe!› darin nur ein Ausdruck, der sich einen viel zu großen Schwung genommen hat, um die Widerstände zu überwinden?!» gab nun Ulrich zu bedenken. Aber Agathe bestand darauf, daß es wirklich: «Liebe ihn!» und: «Ohne jeden besonderen Grund!» bedeute und daß davon nichts abzudingen wäre, so daß Ulrich nachgab. «Es hat den Sinn: Liebe ihn trotz deiner Kenntnis!» räumte er ein. «Und ehe du ihn kennst!» wiederholte Agathe und bekräftigte es noch einmal: «Jedenfalls: ohne daß du ihn kennst!»

Plötzlich hielt sie aber inne und sah ihren Bruder verdutzt an. «Aber was liebt man denn eigentlich an einem Menschen, wenn man ihn überhaupt nicht kennt?!» fragte sie ungeduldig.

So hatte die rasch hin und her spielende Frage verschiedene Formen angenommen. Ulrich beeilte sich jetzt aber nicht, seiner Schwester behilflich zu sein. Er meinte, etwas lieben, hieße, es anderem vorzuziehn, und das setze wohl doch ein gewisses Kennen voraus.

«Sich selbst lieben aber fast alle Menschen am meisten, und kennen sich am wenigsten?!» warf Agathe nun ein.

«Die wahre Liebe ist unabhängig von Verdienst und Lohn» bestätigte es Ulrich in nachahmend-moralisierendem Tonfall und mit einem Achselzucken.

«Da stimmt etwas nicht!»

«Da stimmt vieles nicht!» meinte er.

«Und wenn man alles liebt? Wenn man, wie heute, die ganze Welt lieben muß? Was liebt man dann? Du wirst sagen: nichts Besonderes!» fragte ihn Agathe lachend.

«Fällt dir nicht auch auf, daß es heute geradezu stört, wenn uns zufällig ein Mensch begegnet, der so schön ist, daß man darüber etwas

Persönliches sagen müßte?» fragte er sie.

«Dann gilt das Gefühl nicht der wirklichen Welt und den wirklichen Menschen!» sagte sie mit Bestimmtheit.

«Dann haben wir also die Frage zu beantworten, welchem Teil von diesen es gilt, oder welcher Umgestaltung und Verklärung des wirklichen Menschen und der wirklichen Welt!» sagte Ulrich mit leiserem Nachdruck.

Nach einer kleinen Weile erwiderte Agathe mit schüchternem Gewissen darauf: «Vielleicht ist gerade das der wirkliche Mensch?!» Ulrich schüttelte aber in zögernder Abwehr den Kopf.

Der Inhalt dieser fragenden Behauptung hatte wohl eine tief durchschimmernde Augenfälligkeit für sich. Es war die Luft und Lust dieser Tage so heiter und zärtlich, daß unwillkürlich der Eindruck entstand, Mensch und Welt müßten sich darin so zeigen, wie sie wirklich wären: Ein kleiner übersinnlich-abenteuerlicher Schauer war in dieser Durchsichtigkeit, wie er in der fließenden Durchsichtigkeit eines Baches ist, die den Blick an den Grund gelangen, dem schwankend ankommenden aber dort die farbig geheimnisvollen Steine wie eine Fischhaut erscheinen läßt, unter deren Glätte sich, was er zu erfahren geglaubt hat, nun erst recht unzugänglich verbirgt. Agathe brauchte ihren Blick bloß ein wenig zu lösen, so konnte sie, von Sonnenschein umgeben, das Gefühl empfangen, in einen übernatürlichen Bereich geraten zu sein; es fiel ihr dann für eine kleinste Weile ganz leicht zu glauben, sie habe sich mit einer höheren Wahrheit und Wirklichkeit berührt oder sei zumindest an eine Seite des Daseins geraten, wo ein hinterirdisches Pförtchen aus dem Erdgarten heimlich hinüber ins Überirdische weise. Wenn sie aber ihrem Blick wieder eine gewöhnliche Spannung zuteil werden und das Leben prall hineinströmen ließ, so sah sie, was gerade da sein mochte: etwa ein Fähnchen, das lustig, aber ohne alle Hintergründigkeit von der Hand eines Kindes geschwenkt wurde, einen Polizeiwagen mit Gefangenen, dessen schwarzgrüner Lackanstrich im Licht blitzte, einen Mann mit einer farbigen Mütze, der zufrieden den Mist kehrt, und schließlich eine Abteilung Soldaten, deren geschulterte Gewehre die Läufe gegen den Himmel richteten. Und das alles war wohl von etwas übergossen, das mit Liebe Verwandtschaft hatte, auch schienen alle Menschen bereit zu sein, sich mehr als sonst diesem Gefühl zu öffnen: aber zu glauben, nun sei wirklich das Reich der Liebe da, das wäre wohl doch ebenso schwer, sagte Ulrich, wie sich einzubilden, daß in diesem Augenblick kein Hund beißen und kein Mensch Böses tun könne.

Ebenso erging es allen anderen Erklärungsversuchen, die mit diesem darin verwandt waren, daß sie dem alltäglichen, erdrunden, bösguten, aber immerhin vorhandenen Menschen irgendeinen entlegenwahren entgegensetzen. Die Geschwister musterten sie einen nach dem anderen durch und glaubten keinem. Da gibt es das Gefühl, daß die Natur an solchen Festtagen alles hervorkehre, was in ihren Geschöpfen an heimlicher Güte und Schönheit liege. Dann gibt es die schon eher psychologischen Erklärungen, daß sich der Mensch in dieser durchsichtigen Hochzeitsluft zwar nicht als ein magisch-anderer erzeige, aber doch so liebenswert zur Schau trage, wie er es sein möchte und sich selbst sehe: seine Eigenliebe und einwärts schauende Nachsicht gleichsam wie Honig ausschwitzend. Und endlich gibt es auch noch die Abwandlung, daß die Menschen ihren guten Willen zeigten, der sie zwar nicht hindern kann, Schlechtes zu tun, aber an solchen Tagen wunderbarerweise aus dem bösen Willen, der sie gewöhnlich beherrscht, unversehrt hervorkommt wie Jonas aus dem Fischbauch. Die allerkürzeste Erklärung von der man hört aber ist die, daß es der unsterbliche Teil des Menschen sei, der durch den sterblichen schimmere. Allen diesen Unterstellungen war es nun gemeinsam, daß sie den wahren Menschen in einen Teil des Menschen verlegten, der zwischen den unwesenhaften übrigen nicht zur Geltung kommt; und wenn dessen ahnungsvolle Berührung ein deutlich nach oben gerichteter Vorgang war, so gab es auch noch eine zweite, nicht weniger reichhaltige Gruppe von Erklärungen, bei der sich dieser Vorgang ebenso deutlich nach unten richtet: Es sind alle die, worin der Mensch seine natürliche Unschuld durch geistigen Hochmut und allerlei Unglück der Zivilisation verloren haben soll. Es gibt also zwei wahre Menschen, die vor dem Gemüt bei gleicher, immer wiederkehrender Gelegenheit überaus pünktlich auftreten, doch lagen nun diese beiden – der eine himmlischer Übermensch, der andere kreatürlicher Untermensch – zu den entgegengesetzten Seiten des wirklichen Menschen. Und Ulrich sagte schließlich trocken: «Als gemeinsam, und auch recht bezeichnend, bleibt sonach nur übrig, daß der Mensch den wahren Menschen auch in den Augenblicken seiner Güte nicht in sich selbst sucht, sondern sich selbst ‹plus oder minus› etwas anderem dafür hält!»

Damit waren die Geschwister aber von einem Grenzfall der so fraglichen, so sanft alles verbindenden Liebe zum andren geraten, und Agathe seufzte, nicht ohne Anmut, ärgerlich auf. «Dann bleibt von allem also nur eine ‹Stimmung› übrig!» rief sie enttäuscht aus. «Es scheint die Sonne. Man gerät in einen Gemütszustand!»

Ulrich ergänzte es. «Die sozialen Instinkte dehnen sich im Sonnenschein aus wie das Quecksilber in der Thermometerröhre, auf Kosten der egoistischen, die ihnen sonst ungefähr die Wage halten. Nichts andres vielleicht!»

«Also ein ‹unbewußter Drang› wie bei einem Schulmädel oder einem Schulbuben!» fuhr Agathe fort. «Sie möchten die ganze Welt küssen und wissen nicht warum! Mehr können also auch wir nicht sagen?»

Sie waren plötzlich des Fühlens müde; und es geschah manchmal, daß sie über einem solchen Gespräch, das nur von ihrem Empfinden handelte, dieses verabsäumten. Auch weil die Überfülle des Gefühls, die nirgends einen Ausweg fand, eigentlich schmerzte, vergalten sie es ihr zuweilen mit ein wenig Undankbarkeit. Als sie aber beide so gesprochen hatten, sah Agathe ihren Bruder rasch von der Seite an. «Das wäre» versicherte sie «zu wenig gesagt!»

Und in dem Augenblick, wo sie es sagte, fühlten beide wieder, daß sie nicht bloß an einer persönlichen Einbildung hingen, sondern eine unabsehbare Wirklichkeit vor sich hätten. In der überflutenden Stimmung schwebte Wahrheit, unter dem Schein war Wirklichkeit, Weltveränderung blickte schattenhaft aus der Welt! Es war allerdings eine merkwürdig kernlose, nur halbgreifliche Wirklichkeit, deren sie sich gewärtig fühlten; und eine altvertraute, vertraut-unvollendbare Halbwahrheit, die um Glaubwürdigkeit buhlte: keine Allerweltswirklichkeit und Wahrheit für alle Welt, sondern eben bloß eine geheime für Liebende. Aber offenbar war sie auch nicht bloß Willkür oder Täuschung, und ihre geheimste Einflüsterung sprach: «Du solltest dich mir bloß ohne Mißtrauen überlassen, dann wirst du die ganze Wahrheit erfahren!» Es war so schwer, sich davon Rechenschaft zu geben, weil die Sprache der Liebe eine Geheimsprache ist und in ihrer höchsten Vollendung so schweigsam wie eine Umarmung.

Der Gedanke ›Geheimsprache‹ bewirkte, daß sich Agathe dunkel entsann, es stehe geschrieben: «Wer in der Liebe bleibt, der bleibt in Gott und Gott in ihm. Wer nicht lieb hat, der kennt Gott nicht.» Sie wußte nicht, wo.

Ulrich dagegen überlegte, weil sie zuvor gesagt hatte, daß es «bloß eine Stimmung» wäre, einen Gedanken, der so süß-nüchtern wie Flötenklang war. Man hätte nämlich bloß anzunehmen, daß eine solche Stimmung der Verliebtheit nicht immer nur ein vorübergehender Ausnahmezustand sei, sondern daß sie auch über die Gelegenheit hinaus der Dauer und Ausbreitung fähig wäre, mit andern Worten, man hätte nichts vorauszusetzen, als daß einer auch allein und seinem dauernden Wesen nach ein Liebender sein könne, so wie er ein Gleichgültiger sein kann, und käme mit den Folgen zu einer völlig veränderten Lebensweise, ja voraussichtlich zu einer ganz ungewöhnlichen Welt, die sich in seinem Kopf abmalt, ohne daß er doch als ein Geisteskranker gelten dürfte. Dieser Gedanke, daß alles anders sein könnte durch einen einzigen Schritt, ja durch eine Bewegung, der sich das Gemüt bloß zu überlassen hätte, war äußerst verführerisch. Und plötzlich fragte Ulrich neugierig seine Schwester: «Was, meinst du, geschähe, wenn wir jetzt einen von diesen da anhielten und zu ihm sagten: ‹Bleib bei uns, Bruder!› oder: ‹Halt an, vorbeieilende Seele!›?»

«Er dürfte uns verblüfft anschauen» erwiderte Agathe.

«Und dann seine Schritte scheu verdoppeln oder einen Schutzmann herbeirufen!» vollendete es Ulrich.

«Wahrscheinlich würde er denken, mit gutmütigen Irren zusammengeraten zu sein» fügte nun Agathe hinzu.

«Wenn wir ihn aber mit den Worten anschrieen: ‹Sie Verbrecher, Sie gemeines Subjekt!›, so dürfte er uns wahrscheinlich nicht für verrückt halten,» bemerkte Ulrich vergnügt «sondern bloß für ‹Andersdenkende›, für ‹Angehörige einer andern Partei›, die an ihm Ärgernis genommen haben!»

Agathe zog lächelnd die Augenbrauen zusammen, und dann blickten sie mitsamt wieder in den Menschenstrom, der sie begleitete und ihnen entgegenkam. Gemeinsam fühlten sie abermals die Selbstvergessenheit und Macht, das Glück, die Güte, die tiefe und hohe Befangenheit, die im Innern einer Menschenbrüderschaft, und es sei auch nur die zufällige einer belebten Straße, vorherrschen, so daß man nicht glaubt, daß es auch Schlechtes und Trennendes geben könne; und ihr eigenes Sein, das scharf begrenzte und schwere Hineingestellt-sein, dieses Grundglück und diese Grundfeindschaft, hob sich wunderlich davon ab. Sie dachten dasselbe; aber sie dachten auch verschieden, ohne daß es bemerklich wurde. Sie errieten einander; und manchmal rieten sie auch falsch. Und allmählich ging eine Trägheit, ja Lähmung des Denkens von diesem doppelperlenartigen Nebeneinander in der Schale der Welt aus, wie es Ulrich ein wenig spöttisch nannte, und dann lachten sie zur Abwehr über einander oder über irgend etwas.

Als sich das wiederholte, sagte aber Agathe: «Ich bin immer so traurig, wenn wir über uns lachen müssen; und ich weiß nicht, warum ich lachen muß.»

Darauf erwiderte Ulrich: «Nichts ist ja komischer, als die Augen zur Wirklichkeit aufzuschlagen, wenn sie noch seelenvoll sind!»

Aber Agathe ging nicht darauf ein; sie wiederholte: «Alles bleibt so ungewiß. Es zieht sich scheinbar zusammen und dehnt sich dann wieder gestaltlos aus. Es erlaubt nichts zu tun, und die Untätigkeit wird auch unerträglich. Ich vermag ja auch nicht zu sagen, daß ich diese Menschen wirklich liebe oder daß ich diese wirklichen Menschen liebe, wie sie da vor uns sind. Ich fürchte, unsere eigenen Gefühle sind recht unwirklich!»

«Ihnen selbst geht es aber untereinander genau so!» entgegnete Ulrich. «Sie möchten sich lieben, doch halten sie im entscheidenden Augenblick Abneigung für natürlicher und gesünder! So geht es allen gleich: Wir empfinden ein mögliches Leben gebrochen durch das wirkliche!»

«Aber dann erkläre mir doch,» erwiderte empört Agathe «warum zur Liebe immer eine Kirche oder ein Bett gehört!»

«Um Himmelswillen,» beschwichtigte Ulrich lachend seine Gefährtin «sprich heimlicher!» Er berührte mit den Fingerspitzen ihre Hand und fuhr geheimnisvoll scherzend fort: «Was du und ich im Nahen sind, dürfen im Weiten auch alle sie heißen: die Ungetrennten und Nichtvereinten!»

Es war keine Behauptung; bloß ein schmeichelndes Wortgebilde, ein Scherz, ein offenes Wölkchen aus Worten; und sie wußten, daß sich auserwählt zu fühlen das billigste Zaubermittel und sehr jugendlich sei: Trotzdem stieg Ulrichs Geschwisterwort an beiden langsam von der Erde bis über den Kopf empor. Auch Agathe flüsterte nun scherzend: «Manchmal fühlt man von einem Schleier seinen eigenen Atem heiß wie ein Paar fremder Lippen zurückkommen: So täuschend oder wirklich kommt es mir manchmal vor, daß ich du bin!» gab sie zur Antwort, und ihr leises Lachen zog hinter sich das Schweigen wie einen Vorhang zu, als es verklang.

In solcher wechselnden Art sprachen sie also über einen Vorwurf, dem die ernste Wißbegierde von Millionen Liebespaaren gilt, die sich hundertmal im Tage fragen, ob es wahr und wirklich sei, daß sie sich lieben, und wie lange es dauern könne; ohne daß diese freilich befürchteten, auch ebensolche Merkwürdigkeiten heraufzubeschwören.

48

Liebe macht blind. Oder Schwierigkeiten,
wo sie nicht gesucht werden

Ein anderes dieser weltzugewandten Gespräche verlief so: «Wie stünde es dann um das sowohl berühmte als auch gerne erlebte Geschehnis der Liebe zwischen zwei sogenannten ‹Personen verschiedenen Geschlechts›?» wandte Ulrich ein. «Man liebt doch wohl zum Teil wirklich den Menschen, den man zu lieben glaubt.»

«Aber im ganzen macht man sich aus ihm bloß eine Puppe!» fiel Agathe unwillig ein.

«Immerhin, was er dabei so meint und denkt und ist, hat auch seinen Reiz!»

«Solange man ihn liebt! Weil man ihn liebt! Aber nicht umgekehrt! Hat man erst verstanden, wie es der andere meint, ist nicht bloß, wie es immer heißt, der Zorn entwaffnet, sondern meist auch die Liebe!» –

Wieder war es Agathe, die diese leidenschaftliche Antwort gab. Ulrich lächelte. Sie mußte einigemal heftig mit dem Kopf gegen die Wand gegangen sein.

«Es können einem aber auch zuerst die Meinungen gefallen, das spielt sogar anfangs oft eine Rolle: die bekannte wunderbare Übereinstimmung; später kann man es allerdings nicht mehr verstehn» sagte er vermittelnd und fragte: «Aber die Werke? Kommt es der Liebe auf die Werke an?»

«Nur soweit sie die Gesinnung beweisen. Oder der Einbildung eine Art Denkmalhaltung geben!»

«Aber wir haben doch soeben gefunden, daß es auf die Gesinnung nicht sehr ankommt?!» erinnerte Ulrich neckend.

«Es kommt überhaupt auf nichts an!» rief Agathe aus. «Nicht auf das, was er ist, nicht auf das, was er meint, nicht auf das, was er will, und nicht auf das, was er tut! Manchmal verachtet man doch einen Menschen und liebt ihn trotzdem. Und manchmal liebt man einen Menschen und hat das heimliche Gefühl, daß dieser Mensch mit Bart oder Busen, den man vermeintlich schon lange kennt und ... schätzt ... und der unaufhörlich von sich redet, eigentlich nur zu Besuch bei der Liebe ist. Man könnte seine Gesinnung und seine Verdienste weglassen, man könnte sein Schicksal ändern, man könnte ihn mit einem andern Bart und anderen Beinen ausstatten: man könnte beinahe ihn selber weglassen und liebte ihn dennoch! – Soweit man ihn eben überhaupt liebt» fügte sie abschwächend hinzu.

Ihre Stimme hatte einen tiefen Klang, mit einer unruhigen Helligkeit in ihrer Tiefe wie von einem Feuer. Nun setzte sie sich schuldbewußt nieder, weil sie in ungewolltem Eifer von ihrem Stuhl aufgesprungen war.

Ulrich faßte das Ergebnis ausgleichend zusammen: «Beide Widersprüche sind immer vorhanden und bilden ein Viergespann: Man liebt einen Menschen, weil man ihn kennt und weil man ihn nicht kennt; und man kennt ihn, weil man ihn liebt, und kennt ihn nicht, weil man ihn liebt. Und manchmal steigert sich das so, daß es sehr fühlbar wird. Das sind dann die bekannten Augenblicke, wo Venus durch Apoll und Apoll durch Venus auf einen leeren Haubenstock blickt und sich höchlich darüber verwundert, vorher dort etwas anderes gesehen zu haben. Ist weiterhin die Liebe stärker als das Erstaunen, so kommt es zu einem Kampf zwischen diesen beiden, und manchmal geht daraus die Liebe – wenngleich verzweifelt, erschöpft und unheilbar verwundet – als Siegerin hervor. Ist sie aber nicht so stark, so kommt es zu einem Kampf zwischen den Personen; zu Beleidigungen, die es wieder gutmachen sollen, daß man der Einfältige gewesen sei, ... zu fürchterlichen Einbrüchen der Wirklichkeit, ... zu Entehrungen bis ins letzte –» Er hatte diese Unwetter der Liebe oft genug mitgemacht, um sie gemächlich beschreiben zu können.

Agathe unterbrach ihn. «Ich finde aber, daß diese ehelichen und unehelichen Ehrenaffären gewöhnlich doch sehr überschätzt werden!» wandte sie ein.

«Die ganze Liebe wird überschätzt! Der Wahnsinnige, der in seiner Sinnestäuschung ein Messer zückt und damit einen Unschuldigen durchbohrt, der gerade an der Stelle seiner Halluzination steht –: in der Liebe ist er der Normale!» sagte Ulrich und lachte.

Auch Agathe sah ihn lächelnd an.

Ulrich wurde ernst. «Es ist ja sonderbar genug, denken zu müssen, daß wirklich keine zwei Menschen von selbst übereinstimmen, ohne daß ihre Meinungen und Überzeugungen mehr oder weniger gewaltsam beeinflußt werden» bemerkte er nachdenklich, und das Gespräch nahm dadurch für eine Weile eine etwas andere Art an.

Die Geschwister saßen in Ulrichs Zimmer zu beiden Seiten des langen, dunkel glänzenden, aus schwerem Holz verfertigten Arbeitstisches, dessen Mitte jetzt leer war, weil Ulrich anscheinend nichts arbeitete. Sie hatten jedes faul einen Arm aufgestützt und blickten auf ein kleines Pferdchen aus Papiermasse, das zwischen ihnen in dem leeren Mittelfeld stand.

«Sogar im Denken, wo alles doch logisch und sachlich zusammenhängt,» fuhr Ulrich fort «anerkennt man die überlegene Überzeugung eines anderen gewöhnlich bloß dann vorbehaltlos, wenn man sich ihm auch auf irgendeine andere Weise unterwirft, sei es als einem Vorbild und Führer, sei es als einem Freund oder einem Lehrer. Ohne ein solches Gefühl, das nicht zur Sache gehört, macht man sich fremde Meinung aber stets nur mit dem stillschweigenden Einspruch zu eigen, daß sie bei einem selbst noch besser aufgehoben sei als bei ihrem Urheber; wenn man nicht gar die Absicht hat, diesem Kerl überhaupt erst zu zeigen, welche ungeahnte Bedeutung seinen Gedanken zukommt! Und gar in der Kunst wissen wir meisten Leute wohl, daß es uns unmöglich wäre, was wir lesen, sehen und hören, selbst zustande zu bringen; aber wir haben doch das gönnerhafte Bewußtsein, wenn wir bloß überhaupt könnten, so könnten wir es gleich auch besser! Und vielleicht muß es so sein und liegt in der tätigen Natur des Geistes, der sich ja nicht füllen läßt wie ein leerer Topf,» schloß Ulrich «sondern sich alles wirkend aneignet und wahrhaft an-eignen muß.»

Er hätte aber gerne noch etwas gesagt, das ihm anschließend einfiel, und es ließ ihn nicht ruhen, so daß er, ehe Agathe erwidern hätte können, schon seinen Zweifel aussprach. «Wir sollten uns aber auch fragen,» schlug er vor «welches Leben entstünde, wenn sich alles das nicht so ungünstig verhielte. Liegt denn nicht – als Gegenspiel zu der

äußeren Roheit, womit unsere Gesinnung zuletzt behandelt sein will –
in dem anderen Grenzfall, in dem des widerstandslosen Aufnehmens
fremder Gesinnung, in der vollen Hingabe an die Gefühle eines andern,
ja schon in dem reinen Einverständnis mit einem zweiten Verstand, ein
Glück, das krankhaft zart ist, ja beinahe ein widergeistiges Glück? Und
wie ließe sich dieses Licht herstellen ohne den Schatten?» Dieser Gedanke wäre es ihm wert gewesen, das Gespräch verweilen zu lassen;
aber obwohl er auch Agathe fürwahr nicht fremd war, lagen ihr im
Augenblick kleinere Sorgen näher. Sie sah ihren Bruder eine Weile
stumm an, bekämpfte, was sie anwandelte, und entschloß sich dann
doch zu der gekränkten, so gleichmütig wie möglich vorgebrachten
Frage, ob er also zu der gereiften Überzeugung gelangt wäre, daß niemals «auch nur zwei Menschen» eines Sinnes sein könnten, und auch
Liebende unter gar keinen Umständen.

Ulrich war schon nahe daran, durch eine Bewegung auszudrücken,
daß dies weder wirklich zu nehmen noch der Rede wert sei, als ihm
der verstellte Eifer seiner Schwester auffiel; er mußte ein Lächeln über
diese verdächtige Wißbegierde verbergen, verlor aber darüber seine
ernste eigene und geriet wieder in die unterbrochene, bachartig flüch-
tende Heiterkeit der anfänglichen Scherzrede zurück. «Du hast doch
selbst damit begonnen, die Liebe gering zu machen!» gab er zur
Antwort.

«Lassen wir es dabei!» verordnete Agathe großmütig. «Lassen wir es
dabei, daß man gerade in der Liebe nicht übereinstimmt. Aber im gewöhnlichen Leben, das gewiß nichts weniger als liebevoll ist, haben
doch alle möglichen Menschen, das wirst du zugeben, gleiche Überzeugungen, und das spielt dort eine große Rolle!»

«Sie glauben bloß, sie zu haben!» fiel nun Ulrich wieder ein.

«Sie stimmen überein!»

«Sie werden übereingestimmt! Die Menschen sind wie ein Feuer,
das sofort auseinanderzüngelt, wenn nicht ein Stein darauf liegt!»

«Aber es gibt doch zum Beispiel allgemein herrschende Meinungen?»
fragte Agathe in der Absicht, mit ihrem Bruder Schritt zu halten.

«Und da sagst du es selbst!» entgegnete Ulrich. «Herrschende! Da es
nötig ist, daß wir übereinstimmen, sind natürlich unzählige Einrichtungen vorhanden, die es äußerlich besorgen und innerlich vortäuschen. Sie gehen nicht immer fein zu Werke, um uns Menschen eines
Sinnes zu machen. Suggestion, Gewalt, Einschüchterung, Gedankenlosigkeit, Feigheit und ähnliches spielt keine ganz kleine Rolle dabei.
Das Wirken dieser Einrichtungen ist meistens mit etwas Niedrigem
und Entsittlichendem versetzt. Aber laß ihre Einflüsse auch nur einen
Augenblick aussetzen und überlasse ihr Geschäft der Vernunft, so wirst
du ganz wenig später sehen, daß die Menschheit zu schnattern und in

Zorn zu geraten beginnt, wie Irre durcheinandergeraten, wenn die Aufsicht nachläßt!»

Agathe erinnerte sich der Spaziergänge, wo bei schönem Wetter alles mit allem vorbehaltlos einverstanden war und die Menschen, wenn sie auch wahrscheinlich bloß glaubten, einander zu lieben, doch zumindest voll Aufmerksamkeit füreinander waren und voll einer beinahe feierlichen Freundlichkeit und Neugierde. Es lag nahe zu erwähnen, daß Liebe eben doch das einzige auf der Welt sei, was eines Sinnes mache, und in allen Spielarten freiwillig von beiden Seiten.

«Aber Liebe ist doch gerade eine von den Übereinstimmungsmaschinen. Sie hat die segensreiche Wirkung, daß sie blind macht!» hielt Ulrich dem entgegen. «Liebe *macht* blind: Die Hälfte aller Rätsel der Nächstenliebe, die wir uns aufgegeben haben, liegt schon in diesem einen Satz beschlossen!»

«Es ließe sich höchstens noch hinzufügen: Liebe macht auch sehen, was nicht da ist» behauptete Agathe und schloß nachdenklich: «Eigentlich liegt dann in diesen 2 Sätzen alles, was man in der Welt braucht, um trotz ihr glücklich zu sein!»

In unmittelbarer Anknüpfung war aber bloß das kleine Pferdchen aus Papiermasse, das zwischen ihnen ganz allein in der Mitte des Tisches stand, schuld an ihrem Gespräch. Es war kaum eine Spanne hoch; sein Hals war niedlich geschwungen; das Braun seines Fells war ebenso zart und satt wie der Magen eines fünfzehnjährigen Mädchens, das beinahe, und doch noch nicht, zu viel Torte gegessen hat; und seine Mähne und sein Schweif, seine Hufe und seine Zügel waren von einem und demselben tiefsten Schwarz. Es war ein Hofequipagenpferd, aber wie in der Sage oft zwei Götter zu einem verwachsen sind, war es in der Form eines Pferdes auch eine Schachtel mit Zuckerwerk. Dieses Pferdchen hatte Ulrich in der Auslage eines vorstädtischen Zuckerbäckers entdeckt und sogleich erworben, denn er kannte es aus seiner Kindheit und hatte es damals so heftig geliebt, daß er sich kaum erinnern konnte, es je besessen zu haben. Zum Glück erhalten sich solche Kaufmanns-Dichtungen manchesmal einige Menschenalter lang und wandern bloß mit der Zeit von den Mittelpunkten des Geschäftslebens in die Auslagen der anspruchsloseren Stadtviertel. Diesen Fund hatte Ulrich also dann ehrfürchtig aufgestellt und schon vorher seiner Schwester die Bedeutung der Gattung erklärt. Das Zuckerpferd war ein naher Verwandter jener magischen Zirkustiere, der Löwen, Tiger, Pferde und Hunde, die zur gleichen, der Kinderzeit Ulrichs auf den Anschlägen von Wanderzirkussen gelebt hatten und aus ihrem zum Greifen nahen, aber ebenen Dasein so wenig von dem darin wühlenden Blick ins voll ausgewachsene Leben vorgerufen werden konnten, wie das Pferdchen nicht durch die Glasscheibe sprang. Agathe hatte das bald verstanden, denn auf diese Weise gehörte das Konditorpferdchen in die große Familie der Kinderliebhabereien, die hinter ihren Wünschen her sind wie hinter dem zuckenden Flug eines Schmetterlings, bis sie dann allerdings ihr Ziel erreichen und bloß ein entwestes Ding vorfinden. Und die Geschwister hatten, auf Liebeswegen der Kindheit zurückirrend, das Pferd sogar aufgemacht und mit den gemischten Gefühlen, die dem Öffnen einer Gruft entsprechen, darin eine Sorte runder, flacher, mit Zuckerkörnern bestreuter Zeltchen vorgefunden, die sie seit Jahrzehnten nicht mehr gesehen zu haben glaubten und mit vorsichtigem Entdeckermut kosteten.

Dieses kleine seelisch-magnetische Ding, das vor ihr stand, hatte Agathe nachdenklich-gedankenlos während der Pause betrachtet, die nach den letzten mit Ulrich gewechselten Bemerkungen entstanden war. Vielleicht trat in den Fernen dieser Versonnenheit nachträglich aus den verflossenen Worten über Sinnesgleichheit und -verschiedenheit auch die Vorstellung der Ungetrennten und Nichtvereinten hervor und verband sich nun seltsam mit der Kindergesellschaft: schließlich landete Agathe am anderen Zeitufer der Stille, ohne zu wissen, wie lange die Unterbrechung gedauert habe, und nahm darum das Gespräch wieder so auf, wie es stehen geblieben war, indem sie mit so unvermittelter Lebhaftigkeit fragte, als wäre etwas vergessen worden: «Aber es muß doch nicht jede Liebe blind machen?!»

Und auch Ulrich war sofort wieder dienstfertig bereit, sich dem enteilten Wortwechsel nachzustürzen, als wäre er nicht sicher, wie lange er sich abseits umhergetrieben habe. «Laß uns nachsehen!» schlug er vor und spielte das nächstbeste Beispiel aus: «Mutterliebe?»

«Eine Affenliebe, sagt man» gab Agathe zur Antwort.

«Liebt jedenfalls blind. Liebt im voraus. Läßt sich durch nichts stören» stellte Ulrich fest und fuhr sogleich fort: «Und ihr Gegenstück, die Kindesliebe?»

«Ist das überhaupt eine Liebe?» fragte Agathe.

«Es ist sehr viel Selbstsucht, Schutztrieb und ähnliches in ihr» meinte Ulrich, fügte aber hinzu, daß sie auch, zumindest auf gewissen Altersstufen, eine wirkliche Leidenschaft sein könne, und fragte dann als nächstes nach der Freundesliebe.

Wieder einigten sie sich, daß nur die Jugend die Zeit für leidenschaftliche Freundschaften sei.

«Ehrliebe?» fragte Ulrich.

Agathe zuckte die Achseln.

«Tugendliebe?»

Sie wiederholte ihre Bewegung. Doch besann sie sich und sagte: «Vielleicht bei Heiligen oder Märtyrern mag sie eine Liebe sein.»

«Aber dann ist sie offenbar auch eine Leidenschaft der Weltüberwindung oder ähnliches,» warf Ulrich ein «eine oppositionelle Leidenschaft und jedenfalls etwas, worin sich vieles verwickelt hat.»

«Aber auch in der Ehrliebe mag sich vieles verwickeln!» trug Agathe nach.

«Machtliebe?» fuhr Ulrich fort, ihren Einwand nur durch ein Kopfnicken bestätigend.

«Das ist wohl ein Selbstwiderspruch.»

«Vielleicht» pflichtete Ulrich bei. «Man sollte glauben, daß Gewalt und Liebe einander ausschlössen.»

«Aber sie *tun* es doch nicht?» rief Agathe nun aus, die sich inzwischen anders besonnen hatte. «Sieh: Bezwungen werden! Gar für Frauen ist Geliebt- und Gezwungenwerden überhaupt kein Widerspruch!»

An die Möglichkeit solcher Erfahrungen in der Vergangenheit seiner Schwester erinnert zu werden, nahm Ulrich ungleich auf: einmal verlangte es ihn nach wissender Vorstellung, ein andermal nach der uranfänglichen Unwissenheit der Götter. Dieses Mal überlegte er mit finsterem Gesicht, was er erwidern solle, und sagte schließlich unfreiwillig zögernd und ausführlich: «Die Wortverknüpfung ist in dem Fall ja zweideutig. Alle Macht ist niedrig vor der Liebe, und wenn sie diese erniedrigt, so –»

«Wir wollen uns nicht aufhalten lassen,» unterbrach ihn Agathe und stellte eine neue Frage: «Wahrheitsliebe?»

«Das mußt du doch gut wissen!» fügte sie, da er noch immer zögerte, mit scherzendem Vorwurf hinzu, denn seine lang dauernden Bemühungen um Richtigkeit versetzten sie doch manchmal in Ungeduld.

Aber das Gespräch war bereits gehemmt und ging langsam in die Breite. «Auch da sind die richtigen Begriffe nicht leicht zu trennen» entschied Ulrich. «Man kann die Wahrheit auf vielerlei Art lieben: entweder so wie die Ehre oder als Macht oder als Tugend, und auch wie reines Quellwasser und Atemluft, oder auch wie –»

«Ist denn das Liebe?» unterbrach ihn wieder Agathe. «So kann man auch Spinat lieben!»

«Und warum nicht?! Auch die Vorliebe ist eine Liebe. Es gibt da viele Übergänge» entgegnete Ulrich. «Und zumal Wahrheitsliebe ist eines der widerspruchvollsten Worte. Ist der Begriff Wahrheit darin stärker, so wird die Liebe umso kleiner, und schließlich kann man das ehrliche oder gar das nützliche Bedürfnis nach Wahrheit kaum noch eine Liebe nennen; wird aber der Begriff der Liebe darin stark und zu dem, was du einzig und allein Liebe nennen möchtest, so hört eigentlich die Wahrheit auf –»

«Wahrheit entsteht leider bei kaltem Blut» bemerkte Agathe anzüglich.

«Wahrheit von der Liebe zu verlangen, ist ebenso verkehrt, wie Gerechtigkeit vom Zorn zu fordern» stimmte Ulrich zu. «Gefühl ist ihr abträglich.»

«Oh vielleicht ist das nur Männergeschwätz?!» versicherte ihm Agathe.

«Es ist so: Die Liebe verträgt Wahrheit, aber die Wahrheit verträgt keine Liebe» bestätigte Ulrich. «Die löst die Wahrheit auf.»

«Aber wenn sie die Wahrheit auflöst, dann hat sie eben keine Wahrheit?» fragte Agathe mit dem Ernst des unwissenden Kindes, das die Geschichte, die es sich zum zwanzigstenmal erzählen lassen will, genau kennt.

«Eine neue Wahrheit hebt an» erzählte Ulrich. «Sobald einem Menschen die Liebe nicht als irgendein Erlebnis begegnet, sondern als das Leben selbst, oder mindestens als eine Art des Lebens, kennt er einen Schwarm von Wahrheiten. Wer ohne Liebe urteilt, nennt das Ansichten, persönliche Auffassungen, Subjektivität, Willkür; und bei ihm ist es auch nur das. Aber der Liebende weiß von sich, daß er nicht unempfindlich gegen die Wahrheit ist, sondern überempfindlich. Er befindet sich in einer Art Enthusiasmus des Denkens, wo sich die Worte bis zum Grund öffnen. Er versteht dann in jeder Hinsicht mehr, als nötig ist. Er kann sich vor einem unerschöpflichen Überfluß kaum retten. Und er fühlt, daß jedes genaue Verstehenwollen das nur verscheuchen könnte. Ich will nun nicht behaupten, daß dies wirklich eine andere Wahrheit ist – denn Wahrheit ist nun einmal bloß die eine –, aber es ist ein Hundert Möglichkeiten, die wichtiger als Wahrheit sind; es ist, um es schärfer auszudrücken, etwas, wodurch alle Wahrheit die ihr beigelegte Wichtigkeit verliert. Man darf vielleicht sagen: die Wahrheit ist das eindeutige Ergebnis bei einem Verhalten zum Leben, das wir keineswegs eindeutig als das wahre Verhalten empfinden!» fuhr Ulrich fort, erfreut, weil ihm diese Beschreibung zum erstenmal genauer zu glücken schien, und zog nun den Schluß: «Wahrscheinlich bedeutet das Umschwärmtsein von Wahrheit also nichts anderes, als daß ein Liebender zugänglich ist für alles, was geliebt, und also gewollt, gedacht und in Worten niedergelegt worden ist; für alle Widersprüche, die ja doch die von fühlenden Wesen sind; für alles Gemeine sogar, wenn sich ein Wort gefunden hat, das es mütterlich aufhob. Die Entscheidungszeichen der Wahrheit und Moral sind für ihn verdrängt worden durch die sanfte Macht überall erwachenden Lebens; sie bleiben vorhanden, aber Fruchtbarkeit und Fülle haben sie überwachsen. Wer liebt, dem sind Wahrheit und Täuschung gleich geringfügig, und doch erscheint ihm das nicht als Willkür: Nun ist das wohl bloß ein verändertes persönliches Verhalten, aber ich möchte sagen, zuletzt hängt es doch davon ab, daß unter der siegreich gebliebenen

Wirklichkeit unzählige Möglichkeiten liegen, die auch hätten wirklich werden können. Der Liebende erweckt sie. Alles scheint ihm plötzlich anders zu sein, als man glaubt. Er wird aus einem Bürger dieser Welt ein Geschöpf unzähliger Welten –!»

«Und das *ist* doch – eine andere Wirklichkeit!» rief Agathe aus.

«Nein!» sagte Ulrich zögernd. «Ich weiß es wenigstens nicht. Es ist bloß der uralte Gegensatz zwischen Erkenntnis und Liebe, dessen Vorhandensein immer behauptet worden ist.»

Agathe lächelte ihm verwirrt-ermunternd zu.

«Nein!» wiederholte Ulrich. «Das Rechte ist das noch immer nicht!»

Das Lächeln verschwand. «Also müssen wir unser Geschäft noch einmal aufnehmen, sonst kommen wir auch da nicht zu Ende» schlug Agathe drollig bekümmert vor, und mit einem Seufzer begann sie von neuem: «Was ist Liebe zum Geld?»

«Du hast gesagt, so etwas sei überhaupt keine Liebe» fiel auch Ulrich wieder ein.

«Aber du hast gesagt, es gibt Übergänge» setzte Agathe dagegen.

«Schönheitsliebe?» fragte Ulrich, darüber hinweggehend.

«Man sagt doch, Liebe mache auch einen häßlichen Menschen schön» erwiderte Agathe, einer plötzlichen Eingebung folgend. «Liebt man nun etwas, weil es schön ist, oder wird es schön, weil es geliebt wird?»

Ulrich fand diese Frage bedeutend, aber unangenehm. So erwiderte er: «Vielleicht ist Schönheit wirklich nichts anderes als Geliebtwordensein. Was einmal geliebt worden ist, dessen Schön-sein-Können ist hervorgekehrt worden. Und wahrscheinlich entsteht Schönheit überhaupt auf keine andere Weise als die: daß etwas einem Menschen gefällt, der auch die Kraft besitzt, anderen eine Art Wiederholungsanweisung zu geben.» Er fügte aber anzüglich hinzu: «Trotzdem sind Männer, die, wie Freund Lindner, der inneren Schönheit nachstellen, bloß komisch!»

«Feindesliebe?» fragte Agathe lachend.

«Schwierig!» erwiderte Ulrich. «Vielleicht ein Überrest des magisch-religiösen Menschenfressens.»

«Dafür ist Lebensliebe einfach» meinte Agathe. «Damit ist doch überhaupt keinerlei Vorstellung verbunden, das ist einfach ein blinder Trieb.»

«Jagdleidenschaft?»

«Vaterlandsliebe? Heimatliebe? Nekrophilie? Naturliebe? Pferdchenliebe? Vergötterung? Backfischliebe? Haßliebe?» schüttete Agathe in einem hervor, hob die Arme gerundet und ließ sie mit einer mutlosen Gebärde in den Schoß sinken.

Ulrich antwortete mit einem Achselzucken und einem Lächeln. «Liebe verwirklicht sich auf viele Arten und in den verschiedensten

Beziehungen. Aber was liegt dem gemeinsam zu Grunde? Was ist in allen diesen Lieben das Fluidum und was bloß seine Kristallisation? Was ist zumal dieses ‹Liebe!›, das auch allein auftreten und dann die ganze Welt erfüllen kann?» fragte er und zeigte wenig Hoffnung auf Antwort. «Selbst wenn jemand ernsthafter die verschiedenen Formen vergleichen wollte,» fuhr er fort «so fände er voraussichtlich bloß ebenso viele Gefühle vor wie äußere Zustände und Verhalten. Unter allen diesen Umständen kann man lieben; aber nur, weil man auch verabscheuen oder gleichgültig bleiben kann: dadurch hebt sich das Gemeinsame undeutlich als etwas gerade noch Liebesartiges heraus.»

«Aber heißt denn das nicht bloß, daß die volle Liebe nicht der Erfahrung entspricht?!» unterbrach ihn Agathe. «Und wer bezweifelt das? Es ist doch gerade das Entscheidende! Wenn es sie gibt, so wird sie von ganz anderer Art sein als alles, womit sie sich vermengt, um aufzutreten!»

Nun unterbrach Ulrich: «Was bewiese denn das? Diese Liebe wäre als Gefühl und als Handlung ohne Grenzen, es entspräche ihr also kein Verhalten.»

Agathe horchte gespannt auf. Sie wartete auf ein letztes Wort. «Und was tut man, wenn es kein Verhalten gibt?» fragte sie.

Ulrich verstand ihre kunstlose Frage. Aber er zeigte sich auf eine längere Dauer dieser Erkundungsfahrten gefaßt; er zuckte bloß entsagend die Achseln und gab einen Scherz zur Antwort: «Zu lieben scheint beiweitem nicht so einfach zu sein, wie die Natur glauben macht, weil sie jedem Stümper das Werkzeug dazu anvertraut hat!»

49

General von Stumm läßt eine Bombe fallen.
Weltfriedenskongreß

Ein Soldat darf sich durch nichts abschrecken lassen. Und so gelang General Stumm von Bordwehr als dem einzigen, zu Ulrich und Agathe vorzudringen; vielleicht war er aber auch der einzige, dem sie es nicht ganz unmöglich gemacht hatten, da denn auch Weltflüchtlinge vorsehen können, daß ihnen aller vierzehn Tage die Post nachkommt. Und als er sie jetzt durch seinen Eintritt in der Fortsetzung ihres Gespräches störte, rief er befriedigt aus: «Leicht ist es nicht gewesen, alle Hindernisse des Vorfelds zu überwinden und in die Hauptstellung einzudringen!», küßte Agathe ritterlich die Hand und wandte sich besonders an sie mit den Worten: «Ich werde ein berühmter Mann sein, bloß weil ich Sie gesehen habe! Alle Welt fragt, welches Ereignis die

Unzertrennlichen verschlungen habe, verlangt nach Ihnen, und ich bin gewissermaßen der Beauftragte der Gesellschaft, ja des Vaterlands, die Ursache Ihres Verschwindens zu entdecken! Ich bitte, mich damit zu entschuldigen, falls ich zudringlich erscheinen sollte!»

Agathe hieß ihn willkommen, wie es sich gehört; aber weder sie noch ihr Bruder vermochten sogleich, ihre Geistesabwesenheit vor ihrem Besucher zu verbergen, der als die verkörperte Schwäche und Unvollständigkeit ihrer Träume vor ihnen stand; und als General Stumm wieder von Agathe zurückgetreten war, setzte eine merkwürdige Stille ein. Agathe stand an der einen Langseite des Tisches, Ulrich an der anderen, und der General, wie ein von plötzlicher Windstille befallenes Segelschiff, ungefähr in der Mitte des Wegs zwischen ihnen beiden. Ulrich war im Begriff, seinem Besucher entgegen zu gehn, kam aber nicht von der Stelle. Stumm bemerkte jetzt, daß er wirklich gestört habe, und überlegte, wie er die Lage retten könnte. Auf allen drei Gesichtern lag der verzerrte Ansatz eines freundlichen Lächelns. Diese steife Stille dauerte kaum den Teil eines Augenblicks; doch gerade da fiel Stumms Blick auf das kleine Pferdchen aus Papiermasse, das vereinsamt wie ein Monument zwischen ihnen allen in der Mitte des leeren Tisches stand.

Die Hacken zusammenziehend, wies er mit der flachen Hand feierlich darauf und rief erleichtert aus: «Aber was ist denn das?! Ich gewahre in diesem Hause den großen Tiergötzen, das heilige Tier, das angebetete Idol der Reiterei?!»

Bei dieser Bemerkung Stumms löste sich auch Ulrichs Befangenheit, und nun auf ihn zueilend, sich aber doch auch an seine Schwester wendend, versicherte er lebhaft: «Es ist zwar ein Wagenpferd, aber im übrigen hast du es wunderbar erraten! Wir sprechen nämlich wirklich gerade von Idolen und ihrer Entstehung. Und nun sage einmal: Was liebt man, welchen Teil, welche Umformung und Verklärung liebt man, wenn man seinen Nächsten liebt, ohne ihn zu kennen? Inwiefern ist die Liebe also abhängig von der Welt und Wirklichkeit, und inwiefern verhält es sich umgekehrt?»

Stumm von Bordwehr hatte seinen Blick fragend auf Agathe gerichtet.

«Ulrich spricht von diesem kleinen Ding hier» versicherte sie etwas betreten und wies auf das Konditorpferdchen. «Er hat früher einmal eine Leidenschaft dafür gehabt.»

«Das ist aber hoffentlich schon recht lange her» äußerte sich Stumm verwundert. «Denn wenn ich nicht irre, ist es doch eine Bonbonniere!?»

«Das ist keine Bonbonniere!» beschwor ihn Ulrich, der von der lästerlichen Lust gepackt wurde, sich mit ihm darüber zu unterhalten. «Freund Stumm! Wenn du dich in ein Sattelzeug verliebst, das dir zu teuer ist, oder in eine Uniform oder in ein Paar Reitstiefel, die du in einer Auslage siehst: was liebst du da?»

«Du redest schamlos! So etwas *liebe* ich nicht!» verwahrte sich der General.

«Leugne nicht!» versetzte Ulrich. «Es gibt Leute, die Tag und Nacht von einem Kleiderstoff oder einem Reisekoffer träumen können, den sie in einer Auslage gesehen haben; und ein wenig davon hat jeder schon kennengelernt; und auch dir ist es zumindest mit deiner ersten Leutnantsuniform so ergangen! Und da wirst du wohl zugeben, daß dieser Stoff oder Koffer unbrauchbar sein kann und daß man auch gar nicht in der Lage zu sein braucht, ihn wirklich begehren zu können: also ist keine Erfahrung leichter zu machen als die, daß man etwas liebt, ehe man es kennt und ohne es zu kennen. Darf ich dich übrigens daran erinnern, daß du Diotima gleich auf den ersten Blick geliebt hast?!»

Diesmal blickte der General pfiffig auf. Agathe hatte ihm mittlerweile Platz angeboten und hatte ihn auch mit einer Zigarre versorgt, weil ihr Bruder seiner Pflicht vergaß; er war von blauen Wölkchen umsäumt und sagte unschuldig: «Sie ist seither ein Lehrbuch der Liebe geworden, und Lehrbücher habe ich schon auf der Schule nicht so recht geliebt. Aber ich bewundere und achte diese Frau noch immer» fügte er mit einer würdigen Gelassenheit hinzu, die neu an ihm war.

Ulrich beachtete sie leider nicht gleich. «Alles das sind Idole» fuhr er fort, seine an Stumm gerichteten Fragen zu entwickeln. «Und nun siehst du deren Entstehung. Die in unsere Natur gelegten Triebe brauchen nur ein Mindestmaß an äußerer Begründung und Rechtfertigung; sie sind ungeheure Maschinen, die sich durch einen kleinen Schalter in Bewegung setzen lassen. Sie statten dafür den Gegenstand, dem sie gelten, aber auch nur so weit mit Vorstellungen aus, die einer Prüfung standhalten könnten, als es etwa dem Flackern von Licht und Schatten im Schein einer Notbeleuchtung entspricht –»

«Halt!» bat Stumm aus der Dampfwolke. «Was ist ‹Gegenstand›? Sprichst du jetzt wieder von den Stiefeln und dem Koffer?»

«Ich spreche von der Leidenschaft. Von der Sehnsucht nach Diotima gerade so wie von der nach der verbotenen Zigarette. Ich möchte dir deutlich machen, daß jedes affektive Verhältnis zuerst durch vorläufige Wahrnehmungen und Vorstellungen angebahnt wird, die der Wirklichkeit angehören; daß es sogleich aber auch selbst Wahrnehmungen und Vorstellungen hervorruft, die es in seiner Weise ausstattet. Kurz, der Affekt rückt sich den Gegenstand zurecht, wie er ihn braucht, ja erschafft ihn, so daß er schließlich einem Gegenstand gilt, der, auf solche Art zustandegekommen, nicht mehr zu erkennen wäre. Aber er ist ja auch nicht für die Erkenntnis bestimmt, sondern eben für eine

Leidenschaft! Dieser aus der Leidenschaft entstehende und in ihr schwebende Gegenstand,» schloß Ulrich nun, zum Anfang zurückkehrend «ist natürlich etwas anderes als der Gegenstand, an den sie sich äußerlich heftet und nach dem sie greifen kann, und das gilt also auch von der Liebe. Ich liebe ‹dich›, ist eine Verwechslung; denn ‹dich›, diese Person, von der die Leidenschaft hervorgerufen wird und die man mit Armen greifen kann, glaubt man zu lieben, und die von der Leidenschaft hervorgerufene Person, dieses wildreligiöse Gebilde, liebt man wirklich, aber sie ist eine andere.»

«Wenn man dich hört,» unterbrach Agathe ihren Bruder mit einem Vorwurf, der ihre innere Teilnahme verriet «so sollte man meinen, daß man die wirkliche Person nicht wirklich liebt und eine unwirkliche wirklich –!»

«Genau das habe ich sagen wollen, und ähnliches habe ich auch schon von dir gehört.»

«Aber in Wirklichkeit sind die beiden schließlich doch eins!»

«Das ist ja gerade die Hauptverwicklung, daß die der Liebe vorschwebende Person in jeder äußeren Beziehung von der wirklichen Person vertreten werden muß, ja mit ihr eins ist. Dadurch kommt es zu allen den Verwechslungen, die dem einfachen Geschäft der Liebe etwas so anregend Gespenstisches verleihen!»

«Vielleicht wird aber auch die wirkliche Person erst in der Liebe ganz wirklich? Vielleicht ist sie vorher nicht vollständig?!»

«Aber der Stiefel oder Reisekoffer, von dem man träumt, ist in Wirklichkeit doch kein anderer als der, den man auch kaufen könnte!»

«Vielleicht entsteht auch der Reisekoffer erst zu Ende, wenn man ihn liebt!»

«Mit einem Wort, man kommt zu der Frage, was wirklich sei. Die alte Frage der Liebe!» rief Ulrich ungeduldig und doch befriedigt aus.

«Ach, lassen wir den Reisekoffer!» Es war zum Erstaunen der beiden die Stimme des Generals, die ihr Scheingefecht unterbrach. Stumm hatte behaglich ein Bein über das andere gezwängt, was ihm, wenn es einmal gelungen war, große Sicherheit verlieh. «Bleiben wir bei der Person» fuhr er fort und lobte Ulrich: «Du hast bis jetzt manches wieder hervorragend schön gesagt! Die Menschen glauben ja immer, daß nichts einfacher ist, als einander zu lieben, und dann muß man ihnen jeden Tag vorhalten: ‹Verehrteste, das ist nicht so einfach wie bei der Äpfelfrau!›» Höflich wandte er sich zur Erklärung dieses mehr militärischen als zivilen Ausdrucks an Agathe: «Die Äpfelfrau, Gnädigste, zitiert man bei uns, wenn einer sich etwas leichter vorstellt, als es ist. In der Höheren Mathematik, zum Beispiel, wenn beim abgekürzten Dividieren einer gleich so stark abkürzt, daß er, mir nichts, dir nichts, bei einem falschen Resultat ist! Dann hält man ihm die Äpfelfrau vor, und das wird dann halt auch sonst angewendet, wo ein gewöhnlicher Mensch bloß sagen möchte: das ist nicht so einfach!» Nun wandte er sich wieder an Ulrich und fuhr fort: «Deine Wissenschaft von den zwei Personen interessiert mich deshalb so sehr, weil auch ich den Leuten allemal sage, daß man den Menschen nur in zwei Teilen lieben kann: in der Theorie, oder wie du sagst, als vorschwebende Person, soll man ihn meinetwegen lieben; aber in der Praxis muß man streng, und schließlich auch hart, mit ihm verfahren! So ist es zwischen Mann und Frau, und so ist es überhaupt im Leben! Die Pazifisten zum Beispiel, mit ihrer Liebe ohne Schuhsohlen, ahnen davon nicht das mindeste, und ein Leutnant versteht zehnmal mehr von der Liebe als diese Dilettanten!»

Stumm von Bordwehr machte durch seinen Ernst, durch die Abgewogenheit seiner Rede, nicht zuletzt sogar durch die Kühnheit, mit der er, trotz Agathes Gegenwart, die Frau zum Gehorchen verurteilt hatte, den Eindruck eines Mannes, mit dem sich Wichtiges ereignet hat und der sich nicht ohne Erfolg bemüht hat, es zu bemeistern. Aber Ulrich hatte das noch immer nicht erfaßt und schlug vor: «Entscheide also du, welcher Person eine Liebe in Wahrheit gilt und welche Person bloß der Figurant ist!»

«Das ist mir zu hoch» versicherte Stumm ruhig, zog Atem aus der Zigarre und fügte gelassen hinzu: «Ich habe mich gefreut, wieder zu hören, wie schön du sprichst; aber im ganzen sprichst du doch so, daß man sich fragen möchte, ob es denn wirklich deine einzige Beschäftigung ist. Ich muß gestehn, daß ich erwartet habe, dich nach deinem Verschwinden bei, weiß Gott, wichtigeren Geschäften anzutreffen!»

«Stumm, das ist wichtig!» rief Ulrich aus. «Denn die Weltgeschichte ist mindestens zur Hälfte eine Liebesgeschichte! Natürlich mußt du alle Arten der Lieben zusammennehmen!»

Der General nickte widerstrebend. «Das mag schon so sein.» Er verschanzte sich hinter das Geschäft, eine neue Zigarre zu beschneiden und anzuzünden, und knurrte: «Aber dann ist die andere Hälfte eine Geschichte des Zorns. Und man soll den Zorn nicht geringschätzen! Ich bin seit einiger Zeit ein Spezialist der Liebe und weiß das!»

Jetzt verstand Ulrich endlich, daß sein Freund sich verändert habe, und bat ihn neugierig, zu erzählen, was ihm widerfahren sei.

Stumm von Bordwehr sah ihn eine Weile an, ohne zu antworten, dann sah er Agathe an, und endlich erwiderte er, so daß nicht recht zu unterscheiden war, ob es gereizt oder genußvoll verzögert geschehe: «Oh, es wird dir vielleicht kaum der Rede wert erscheinen im Vergleich mit deinen Beschäftigungen. Bloß das eine ist geschehen: Die Parallelaktion hat ein Ziel gefunden!»

Diese Nachricht von etwas, dem so viel Anteilnahme geschenkt worden war, wenn auch keine echte, hätte selbst einen unaufgelockerten Zustand der Abgeschlossenheit durchschlagen müssen, und als Stumm seine Wirkung sah, war er mit dem Geschick versöhnt und fand seine alte, arglose Mitteilungsfreude für längere Zeit wieder. «Wenn du es vorziehst, kann ich ebenso gut auch sagen: Die Parallelaktion hat ein Ende gefunden!» bot er entgegenkommend an.

Ganz nebenbei war das geschehen: «Wir haben uns alle schon so daran gewöhnt gehabt, daß nichts geschieht, aber immer etwas geschehen soll» erzählte Stumm. «Und da hat auf einmal jemand anstatt eines neuen Vorschlags die Nachricht gebracht, daß heuer im Herbst ein Welt-Friedens-Kongreß tagen wird, und noch dazu hier bei uns!»

«Das ist sonderbar!» meinte Ulrich.

«Wieso sonderbar? Wir haben doch nicht das geringste davon gewußt!»

«Das meine ich ja gerade.»

«Also da hast du ja auch nicht ganz unrecht» pflichtete ihm Stumm von Bordwehr bei. «Es wird jetzt sogar behauptet, daß es eine vom Ausland lancierte Nachricht gewesen sein soll. Der Leinsdorf und Tuzzi haben geradezu vermutet, daß es sich um eine russische Intrige gegen unsere vaterländische Aktion handeln könnte, wenn nicht am Ende gar um eine reichsdeutsche. Denn du mußt bedenken, daß wir doch erst in vier Jahren fertig zu sein brauchen, so daß es ganz gut möglich wäre, daß man uns in etwas hineinhetzen will, das wir gar nicht beabsichtigen. Die Versionen gehen darüber auseinander; aber die Wahrheit hat sich nicht mehr feststellen lassen, obwohl wir natürlich sofort überall hingeschrieben haben, um etwas Näheres zu erfahren. Merkwürdigerweise hat man auch schon überall von diesem pazifistischen Kongreß gewußt – ich versichere dir: in der ganzen Welt! Und bei Privaten gerade so wie in Redaktionen und Staatskanzleien! – doch hat man angenommen, oder es ist eben ausgesprengt worden, daß er von uns ausgeht und zu unserer großen Weltaktion gehört, und ist bloß verwundert gewesen, weil von uns auf keinerlei Anfragen und Rückfragen eine vernünftige Antwort gekommen ist. Vielleicht hat sich jemand einen Jux mit uns gemacht; der Tuzzi hat uns ein paar von diesen Einladungen zum Friedenskongreß unauffällig verschaffen können: die Unterschriften waren zwar recht naiv nachgemacht, aber das Briefpapier und der Stil sind wirklich wie echt gewesen! Natürlich haben wir uns dann auch an die Polizei gewandt, und die hat rasch herausgefunden, daß die ganze Ausführung auf einen Ursprung hierzulande zurückweist, und dabei ist auch herausgekommen, daß es wirklich solche Leute hier gibt, die einen Weltfriedenskongreß im Herbst einberufen möchten – weil da nämlich eine

Frau, die einen pazifistischen Roman geschrieben hat, ich weiß nicht wie viel Jahre alt wird oder, falls sie schon gestorben sein sollte, alt geworden wäre: Aber diese Leute haben mit der Ausstreuung, die uns betroffen hat, wie sich bald herausgestellt hat, nachweisbar nicht das geringste zu tun; und auf diese Weise ist der Ursprung also im Dunkel geblieben» meinte Stumm verzichtend, aber mit der Befriedigung, die jede gut zu Ende gebrachte Erzählung gewährt. Die anstrengende Darlegung der Schwierigkeiten hatte sein Gesicht mit Schatten überzogen, doch jetzt brach die Sonne seines Lächelns durch diese Ratlosigkeit hindurch, und mit einem so unbefangenen wie treuherzigen Zug von Verachtung fügte er noch hinzu: «Das Merkwürdigste ist ja, daß alle Welt einverstanden gewesen ist mit so einem Kongreß oder daß wenigstens keiner hat nein sagen wollen! Und jetzt frage ich dich: was bleibt einem da übrig; besonders wenn man schon vorausgesagt hat, daß man etwas unternehmen wird, was der ganzen Welt ein Vorbild sein soll, und immer die Parole der Tat ausgegeben hat?! Wir haben einfach vierzehn Tage wie die Wilden arbeiten müssen, damit das wenigstens hinterdrein so ausschaut, wie es sozusagen unter anderen Umständen im vorhinein ausgeschaut hätte. Und so haben wir uns der organisatorischen Überlegenheit der Preußen – vorausgesetzt, daß es überhaupt die Preußen gewesen sind! – eben gewachsen gezeigt. Wir nennen es jetzt eine Vorfeier. Den politischen Teil behält dabei die Regierung im Auge, und wir von der Aktion bearbeiten mehr das Festliche und Kulturmenschliche, weil das für ein Ministerium einfach zu belastend ist –»

«Aber eine sonderbare Geschichte bleibt es immerhin!» versicherte jetzt Ulrich ernst, obwohl er über diesen Ausgang lachen mußte.

«Halt ein historischer Zufall» sagte der General zufrieden. «Solche Mystifikationen sind schon oft von Wichtigkeit gewesen.»

«Und Diotima?» erkundigte sich Ulrich vorsichtig.

«Ja, die hat freilich Amor und Psyche schleunigst beiseite stellen müssen und entwirft jetzt zusammen mit einem Maler den Trachtenfestzug. ‹Die Stämme Österreichs und Ungarns huldigen dem inneren und äußeren Frieden› wird er heißen» berichtete Stumm und wandte sich nun flehend an Agathe, als er bemerkte, daß auch sie die Lippen zum Lächeln verzog. «Ich beschwöre Sie, Gnädigste, wenden Sie nichts dagegen ein und gestatten Sie auch ihm keinen Einwand!» bat er. «Denn der Trachtenfestzug und wahrscheinlich eine Militärparade sind das einzige, was bis jetzt von den Feierlichkeiten feststeht. Es werden die Tiroler Standschützen über die Ringstraße marschieren, denn die geben mit ihren grünen Hosenträgern, den Hahnenfedern und den langen Bärten immer ein malerisches Bild ab; und dann sollen auch noch die Biere und Weine der Monarchie den Bieren und Weinen der übrigen Welt huldigen. Aber schon da besteht zum Beispiel noch keine Einigung darüber, ob nur die österreichisch-ungarischen Biere und Weine denen der übrigen Welt huldigen sollen, damit der liebenswürdige österreichische Charakter umso gastlicher hervorkommt, als man auf eine Gegenhuldigung verzichtet; oder ob auch die ausländischen Biere und Weine mitmarschieren dürfen, damit sie den unsrigen huldigen, und ob sie dafür Zoll zahlen müssen oder nicht. Jedenfalls ist das eine sicher, daß es bei uns einen Festzug ohne Menschen, die in altdeutschen Kostümen auf Faßwagen und Bierpferden sitzen, nicht geben kann und noch nie gegeben hat; und ich kann mir bloß nicht vorstellen, wie das im Mittelalter selbst gewesen ist, als die altdeutschen Kostüme noch nicht alt gewesen sind, und nicht einmal älter ausgeschaut haben als heutzutage ein Smoking!?»

Nachdem diese Frage zur Genüge gewürdigt worden war, stellte Ulrich aber eine bedenklichere. «Ich möchte wissen, was unsere nicht-deutschen Nationen zu dem Ganzen sagen werden!»

«Das ist einfach: sie werden mitmarschieren!» versicherte Stumm vergnügt. «Denn wenn sie es nicht tun, so kommandieren wir ein böhmisches Dragonerregiment in den Festzug und machen Hussitenkrieger aus ihm, und ein Ulanenregiment ziehen wir als die polnischen Türkenbefreier Wiens an.»

«Und was sagt Leinsdorf zu diesen Plänen?» fragte Ulrich zögernd.

Stumm stellte das übergelegte Bein neben das andere und wurde ernst. «Der ist allerdings nicht gerade entzückt» gab er zu und erzählte, daß Graf Leinsdorf niemals das Wort «Festzug» in Gebrauch nehme, sondern auf das halsstarrigste daran festhalte, «die Demonstration» zu sagen. «Wahrscheinlich liegen ihm noch die Demonstrationen im Sinn, die er erlebt hat», meinte Ulrich, und Stumm pflichtete ihm bei: «Er hat schon des öfteren zu mir gesagt», berichtete er, «wer das Volk auf die Straße führt, lädt damit eine große Verantwortung auf sich, Herr General! Genau so, als ob ich etwas dafür oder dagegen tun könnte! Dazu müßtest du aber freilich auch wissen, daß wir seit einiger Zeit ziemlich oft beisammen sind, er und ich –»

Stumm setzte aus, als wolle er Zeit für eine Frage lassen, als aber weder Agathe noch Ulrich diese stellten, fuhr er vorsichtig fort: «Es ist Seiner Erlaucht nämlich noch eine Demonstration widerfahren. Auf einer Reise, in B..., ist er in jüngster Zeit sowohl von den Tschechen als auch von den Deutschen beinahe verprügelt worden.»

«Aber warum denn?» rief Agathe teilnehmend aus, und auch Ulrich zeigte seine Neugierde.

«Weil er als Friedensstifter bekannt ist!» verkündete Stumm. «Die Friedens- und Menschenliebe ist nämlich in Wirklichkeit nicht so einfach –»

«Wie bei der Äpfelfrau!» fiel Agathe lachend ein.

«Eigentlich habe ich sagen wollen, wie bei einer Bonbonniere», verbesserte sie Stumm und fügte diesem bedächtigen Tadel für Ulrich noch die Anmerkung für Leinsdorf hinzu: «Trotzdem wird ein Mann wie er, wenn es einmal beschlossen ist, das Amt, das ihm zufällt, voll und ganz ausfüllen!»

«Welches Amt denn?» fragte nun Ulrich.

«Jedes!» versicherte der General. «Er wird auf der Festtribüne neben dem Kaiser sitzen, natürlich nur in dem Fall, daß sich Seine Majestät auf eine Festtribüne setzt; und außerdem entwirft er die Huldigungsadresse unserer Völker, die er dem Allerhöchsten Herrn überreichen wird. Wenn das aber vorläufig selbst alles sein sollte, so bin ich überzeugt, daß es das nicht bleiben wird; denn wenn er keine andern Sorgen hat, so macht er sich sofort welche: eine so tatkräftige Natur ist er! Jetzt möchte er übrigens dich sprechen» ließ Stumm versuchsweise einfließen.

Ulrich schien es zu überhören, war aber aufmerksam geworden. «Leinsdorf ‹fällt› doch kein Amt ‹zu›?!» fragte er mißtrauisch. «Seit er lebt, ist er immer der Knopf auf der Fahnenstange gewesen!»

«Ja –» meinte General Stumm mit Vorbehalt. «Ich will eigentlich auch nichts gesagt haben; er bleibt natürlich immer ein hoher Herr. Aber schau, da hat mich, zum Beispiel, der Tuzzi unlängst beiseite genommen und hat vertraulich zu mir gesagt: ‹Herr General! Wenn mich in einer finsteren Gasse ein Mann anstreift, so trete ich zur Seite; wenn er mich aber in der gleichen Lage freundlich fragt, wieviel Uhr es ist, dann greife ich nicht nur nach der Uhr, sondern taste auch nach der Pistole!› Was sagst du dazu?»

«Was sollte ich dazu sagen? Ich verstehe den Zusammenhang nicht!»

«Das ist eben jetzt die Vorsicht der Regierung», erklärte Stumm. «Sie denkt bei einem Weltfriedenskongreß an alle Möglichkeiten, während der Leinsdorf schließlich doch immer seine eigenen Ideen hat.»

Ulrich begriff plötzlich. «Also mit einem Wort: Leinsdorf soll jetzt von der Spitze verdrängt werden, weil man Angst vor ihm hat?!»

Darauf erwiderte der General nicht unmittelbar. «Er läßt dich durch mich bitten, daß du die guten Beziehungen zu deiner Kusine Tuzzi wieder aufnehmen sollst, damit man erfährt, was vorgeht: Ich sage es gerade heraus, er hat es natürlich zurückhaltender ausgedrückt» berichtete Stumm. Und nach kurzem Zaudern fügte er entschuldigend hinzu: «Sie sagen ihm halt nicht alles! Aber schließlich ist das eben die Gewohnheit der Ministerien: wir sagen uns doch untereinander auch nicht alles!»

«In welchen Beziehungen ist denn mein Bruder eigentlich zu unserer Kusine gestanden?» fragte jetzt Agathe.

Ahnungslos versicherte Stumm, in der freundlichen Täuschung befangen, daß er gefällig scherze: «Er ist eine geheime Liebe von ihr!» und fügte nun gleich auch ermunternd für Ulrich hinzu: «Ich weiß ja nicht, was zwischen euch vorgefallen ist, aber sie bedauert es sicher! Sie sagt, du bist ein so unentbehrlich schlechter Patriot, daß du allen Feinden des Vaterlands großartig gefallen müßtest, die sich schließlich bei uns ja wohlfühlen sollen. Das ist doch eigentlich nett von ihr? Nur den ersten Schritt kann sie natürlich nicht tun, nachdem du dich so eigensinnig zurückgezogen hast!»

Der Abschied wurde von da an etwas einsilbig, und es bedrückte Stumm sehr, nachdem er im Zenith gestanden, glanzlos untergehen zu sollen.

So erfuhren Ulrich und Agathe schließlich etwas, das ihre Züge wieder erheiterte und auch das Antlitz des Generals freundlich rötete. «Den Feuermaul sind wir los!» berichtete er, zufrieden damit, daß es ihm noch rechtzeitig eingefallen sei, und er fügte voll Verachtung für die Menschenliebe des Dichters hinzu: «Das hat jetzt ohnehin keinen Sinn mehr!» Auch der «ekelerregende» Beschluß aus der letzten Sitzung, daß man niemand zwingen dürfe, für fremde Ideen zu sterben, wogegen es jeder für seine eigenen tun solle, auch dieser von Grund aus friedenstiftende Beschluß war, wie sich nun zeigte, gemeinsam mit allem, was der Vergangenheit angehörte, gefallen und auf des Generals Einspruch nicht einmal mehr zu Protokoll genommen worden. «Eine Zeitschrift, die ihn abgedruckt hat, haben wir unterdrückt; solches übertriebene Gerede glaubt jetzt ja doch kein Mensch mehr!» ergänzte Stumm diese Mitteilung, was angesichts der Vorbereitungen zu einem pazifistischen Kongreß nicht ganz klar anmutete. Agathe nahm denn auch die jungen Leute ein wenig in Schutz, und selbst Ulrich erinnerte schließlich seinen Freund daran, daß Feuermaul doch nicht an dem Zwischenfall schuld gewesen sei. Da machte Stumm aber keine Schwierigkeiten und gab zu, daß Feuermaul, den er im Haus seiner Schutzherrin kennengelernt habe, ein reizender Mensch sei. «So voll Anteilnahme für alles! Und wirklich geradezu aus freien Stücken gut!» rief er anerkennend aus.

«Aber dann wäre er doch durchaus eine schätzenswerte Bereicherung für diesen Kongreß!» warf Ulrich abermals ein.

Aber Stumm, der sich inzwischen ernstlich zum Gehen angeschickt hatte, schüttelte lebhaft den Kopf. «Nein! Ich kann es nicht so kurz ausdrücken, worauf es ankommt» sagte er entschlossen. «Aber der Kongreß soll nicht übertrieben sein!»

50

Agathe findet Ulrichs Tagebuch

Dieweil Ulrich dem Fortgehenden selbst das Geleite gab, führte Agathe, dem inneren Tadel zum Trotz, etwas aus, das sie sich blitzartig
vorgenommen hatte. In einer Lade des Arbeitstisches waren ihr schon
vor der Unterbrechung durch Stumm lose liegende Papiere aufgefallen, und dann ein zweites Mal in seiner Gegenwart; und zwar beidemal durch eine unterdrückte Bewegung ihres Bruders, die den Eindruck
hervorgerufen hatte, er wolle sich im Gespräch auf diese Papiere
berufen, könne sich aber nicht dazu entschließen, ja verwehre es sich
mit Vorsatz. Ihre Vertrautheit mit ihm hatte sie das mehr erahnen als
begründet erraten lassen; und auf die gleiche Weise verstand sie auch,
daß sich das Verhohlene auf sie und ihn beziehen müsse. Darum öffnete
sie die Lade, nachdem er kaum das Zimmer verlassen hatte, und tat
dies, mochte es berechtigt sein oder nicht, in einem Gefühl, das rasche
Entscheidungen fordert und moralische Bedenken nicht zuläßt. Aber
die vielfach durchstrichenen, lose zusammenhängenden und nicht
immer leicht zu entziffernden Aufzeichnungen, die ihr in die Hand
fielen, zwangen ihrer leidenschaftlichen Neugierde alsbald ein lang-
sames Zeitmaß auf.

«Ist Liebe ein Gefühl? Diese Frage mag im ersten Augenblick unsinnig wirken, so gewiß scheint es zu sein, daß die ganze Natur der
Liebe eine Fühlen sei; umso mehr überrascht die richtige Antwort:
denn das Gefühl ist wahrhaftig das wenigste an der Liebe! Bloß als
solches betrachtet, ist sie – kaum so heftig und mächtig und jedenfalls
weniger deutlich ausgeprägt als ein Zahnschmerz.»

Der zweite, ebenso wunderliche Vermerk lautete: «Ein Mann vermag seinen Hund und seine Frau zu lieben. Ein Kind kann einen Hund
zärtlicher lieben als ein Mann seine Frau. Jemand liebt seinen Beruf,
ein anderer die Politik. Am meisten lieben wir wohl allgemeine Zustände; ich meine – wenn wir sie nicht gerade hassen – jenes undurch-
schaubare Zusammenwirken von ihnen, das ich ‹das Stallgefühl› nennen mag: wir sind erfreut in unserem Leben zu Hause wie ein Pferd
in seinem Stall!

Aber was bedeutet es, alles dieses, das so verschieden ist, mit dem
gleichen Wort ‹lieben› zu verbinden?! Da hat sich in meinem Kopf,
neben Zweifel und Spott, ein uralter Gedanke niedergelassen: Alles in
der Welt ist Liebe! Liebe ist das sanfte, göttliche, von Asche verdeckte,
aber unauslöschliche Wesen der Welt! Ich wüßte nicht zu sagen, was
ich unter ‹Wesen› verstehe; aber wenn ich mich ohne Sorge dem

ganzen Gedanken überlasse, empfinde ich ihn mit einer merkwürdig natürlichen Gewißheit. Wenigstens für Augenblicke.»

Agathe errötete, denn die nächsten Eintragungen begannen mit ihrem Namen. «Agathe hat mir einmal Bibelstellen gezeigt; ich erinnere mich noch ungefähr an den Wortlaut und habe mir vorgenommen, ihn aufzuschreiben: ‹Alles, was in der Liebe geschieht, geschieht in Gott. Denn Gott ist Liebe.› Und eine zweite sagte: ‹Die Liebe ist von Gott, und wer Gott liebt, der ist von Gott geboren.› Diese beiden Stellen stehen offensichtlich miteinander in Widerspruch: das eine Mal kommt die Liebe von Gott, das andre Mal ist sie Gott selbst!

Die Versuche, das Verhältnis der ‹Liebe› zur Welt auszudrücken, scheinen also selbst den Erleuchteten nicht wenig Schwierigkeiten zu machen; wie sollte da nicht erst der unbelehrte Verstand versagen! Daß ich sie das Wesen der Welt genannt habe, ist nichts als Ausrede gewesen; es läßt all die Wahl offen, daß ich sage, diese Feder und dieser Tintennapf, mit denen ich schreibe, beständen in Wahrheit aus Liebe oder sie täten es in Wirklichkeit. Denn wie in Wirklichkeit? Bestünden sie dann aus Liebe, oder wären sie deren Folge, ausgestaltende Erscheinung oder Andeutung? Sind sie selbst, schon sie selbst, Liebe, oder ist das erst ihre Gesamtheit? Sollen sie von Natur Liebe sein, oder ist von der Wirklichkeit einer Übernatur die Rede? Und wie verhält es sich mit dem: in Wahrheit? Ist das eine Wahrheit für den geschärfteren Verstand oder eine für den begnadeten Unverstand? Ist es die Wahrheit des Denkens oder eine unvollständige symbolische Beziehung, die erst in der um Gott versammelten Universalität der Geistesgeschehnisse ihre Bedeutung voll enthüllen wird? Was davon habe ich gesagt? Ungefähr nichts und alles!»

«Ebensogut hätte ich von der Liebe auch sagen können, daß sie die göttliche Vernunft, der neuplatonische Logos sei. Ebensogut anderes: Liebe ist der Schoß der Welt; der sanfte Schoß des sich selbst nicht begreifenden Geschehens. Und abermals verschieden: O Meer der Liebe, von dem nur der Ertrinkende, nicht der Darüberfahrende weiß! Alle diese hinweisenden Rufe fristen ihre Bedeutung bloß davon, daß einer so wenig Wort hält wie der andere.

Am ehrlichsten ist das Gefühl: wie winzig ist die Erde im Himmelsraum, und wie ist der Mensch, nichtiger als das kleinste Kind, auf Liebe angewiesen! Aber das ist nichts als der nackte Schrei nach ihr, und keine Spur von Antwort!»

«Doch darf ich vielleicht in dieser Weise sprechen, ohne meine Worte ins Leere überzutreiben: Es gibt einen Zustand in der Welt, dessen Anblick uns verstellt ist, den aber die Dinge manches Mal da oder dort freigeben, wenn wir uns selbst in einem auf besondere Art erregten Zustand befinden. Und nur in ihm erblicken wir, daß die Dinge ‹aus Liebe› sind. Und nur in ihm erfassen wir auch was es bedeutet. Und nur er ist dann wirklich, und wir wären dann wahr.

Das wäre eine Beschreibung, von der ich nichts zurücknehmen müßte. Aber ich habe freilich auch nichts, es zu ihr zuzufügen!»

Agathe staunte. Ulrich hielt sich in diesen heimlichen Aufzeichnungen viel weniger als sonst zurück. Und obwohl sie verstand, daß er sich das auch vor sich selbst nur mit dem Vorbehalt des Heimlichen gestatte, meinte sie ihn doch dabei so vor sich zu sehen, daß er unschlüssig und gerührt die Arme gegen etwas öffne.

Die Aufzeichnungen fuhren nun fort: «Auch das ist ein Einfall, auf den beinahe die Vernunft selbst verfallen könnte, allerdings nur eine etwas aus ihrer ruhenden Lage geratene Vernunft: sich den Allliebenden als den Ewigen Künstler vorzustellen. Er liebt die Schöpfung, solange er sie schafft, von den fertigen Teilen wendet sich seine Liebe aber ab. Denn der Künstler muß auch das Hassenswerteste lieben, um es bilden zu können, aber was er bereits geschaffen hat, mag es auch gut sein, erkaltet ihm; es wird so liebeverlassen, daß er sich darin selbst kaum noch versteht, und die Augenblicke sind selten und unberechenbar, wo seine Liebe wiederkehrt und sich an dem weidet, was sie getan hat. Und so wäre denn auch zu denken: Was über uns waltet, liebt, was es schafft; aber dem fertigen Teil der Schöpfung entzieht und nähert sich seine Liebe in langem Abfließen und kurzem Wiederanschwellen. Diese Vorstellung paßt sich der Tatsache an, daß Seelen und Dinge der Welt wie Tote sind, die manchmal für Sekunden auferweckt werden.»

Dann kamen flüchtig einige andere Eintragungen, die nur aussahen, als wären sie zum Versuch gemacht.

«Ein Löwe vor dem Morgenhimmel! Ein Nashorn im Mondlicht! Du hast die Wahl zwischen Liebesfeuer und Gewehrfeuer. Also sind zumindest zwei Grundzustände anzunehmen: Liebe und Gewalt. Und es ist ohne Zweifel die Gewalt, was die Welt im Gange hält und vor dem Einschlafen bewahrt, nicht die Liebe!

Hier ließe sich freilich auch die Annahme einflechten, daß die Welt sündig geworden sei. Vorher Liebe und Paradies. Das hieße: die fertige Welt Sünde! Die mögliche: Liebe!

Andere verdächtige Frage: Die Philosophen stellen sich Gott als Philosophen vor, als den reinen Geist; sollte es dann nicht den Offizieren naheliegen, sich ihn als Offizier vorzustellen? Aber ich, Mathematiker, stelle mir das Allwesen als Liebe vor?! Wie bin ich eigentlich dahin gekommen?

Und wie sollten wir denn auch gleich an einem der intimsten Erlebnisse des Ewigen Künstlers teilhaben!»

Das Blatt brach ab. Aber danach bedeckte sich Agathes Gesicht von neuem mit Röte, als sie, ohne die Augen zu heben, das nächste nahm und weiterlas:

«Wir hatten in letzter Zeit oft ein merkwürdiges Erlebnis, Agathe und ich! Wenn wir unsere Ausgänge in die Stadt unternahmen. In dem besonders schönen Wetter sieht die Welt sehr fröhlich und zusammengehörig aus, so daß man gar nicht dessen acht hat, wie verschieden sie überall nach Alter und Wesen zusammengesetzt ist. Alles steht und läuft mit größter Natürlichkeit. Und doch liegt etwas, das merkwürdig in die Öde geht, etwas wie ein verfehlter Liebesantrag, oder eine ähnliche Bloßstellung, in einem solchen scheinbar unwiderleglichen Gegenwartszustand, sobald man nicht bedingungslos an ihm teilnimmt.

Wir befinden uns unterwegs durch die veilchenblauen Gassen der Stadt, die oben, wo sie sich dem Licht öffnen, wie Feuer brennen. Oder wir treten aus dem plastischen Blau auf einen von der Sonne frei übergossenen Platz hinaus; dann stehen seine Häuser zwar zurückgenommen und gleichsam an die Wand gestellt da, aber nicht weniger ausdrücklich, und so, als hätte sie jemand mit den feinen Linien eines Grabstichels, die alles überdeutlich machen, in eine farbige Helligkeit geritzt. Und wir wissen in einem solchen Augenblick nicht, ob uns alle diese von sich selbst erfüllte Schönheit aufs tiefste erregt oder überhaupt nichts angeht. Beides ist der Fall. Sie steht auf einer messerscharfen Schneide zwischen Lust und Trauer.

Aber hat der Anblick der Schönheit nicht überhaupt diese Wirkung, daß er die Trauer des gewöhnlichen Lebens aufhellt und seine Lustigkeit verdunkelt? Es scheint, daß die Schönheit einer Welt angehört, in deren Tiefe es weder Trauer noch Lustigkeit gibt. Vielleicht gibt es in dieser Welt sogar die Schönheit selbst nicht, sondern irgendeinen fast unbeschreiblichen, heiteren Ernst, und ihr Name entsteht erst durch die Brechung seines namenlosen Glanzes in der gewöhnlichen Atmosphäre. Diese Welt suchen wir beide, Agathe und ich, ohne uns noch zu entscheiden; wir bewegen uns an ihren Grenzen entlang und kosten die tiefe Ausstrahlung mit Vorsicht dort, wo sie noch mit den kräftigen Lichtern des Alltags vermengt und kaum zu unterscheiden ist!»

Es machte den Eindruck, daß Ulrich durch seinen Einfall, von einem Ewigen Künstler zu sprechen, darauf gebracht worden war, die Frage nach der Schönheit in seine Betrachtung einzubeziehn, zumal da sie auch für ihren Teil die zwischen den Geschwistern entstandene Überempfindlichkeit ausdrückte. Zugleich hatte er aber die Denkart gewechselt. Er ging in dieser neuen Folge seiner Aufzeichnungen nicht mehr von der im Fluchtpunkt seiner Erlebnisse herrschenden Gedankendämmerung aus, sondern vom Vordergrund, der klarer war, aber an einigen Stellen, die er sich anmerkte, eigentlich überklar, und nun wieder für den Hintergrund beinahe durchlässig.

So fuhr Ulrich denn fort. «Ich habe zu Agathe gesagt: ‹Wahrscheinlich ist Schönheit nichts anderes als Geliebtwordensein.› Denn etwas lieben und es verschönen ist ein und dasselbe. Und seine Liebe zu verbreiten und andere ihre Schönheit finden zu machen ist auch ein und dasselbe. Darum kann alles schön werden, und alles Schöne wieder häßlich werden; und es wird beide Male nicht minder von uns abhängen, als uns von außen bezwingen, weil die Liebe keine Kausalität hat und keine Rechtsfolge kennt. Wieviel ich davon gesagt habe, dessen bin ich nicht sicher, aber es ist damit auch dieser andere Eindruck erklärt, den wir auf unseren Ausgängen so leicht empfangen: Wir schauen uns die Menschen an und wollen an der Freude, die sie im Gesicht tragen, teilhaben, ja wir fühlen uns fast gezwungen, an ihr teilzunehmen; aber es geht davon doch auch ein Unbehagen und beinahe eine unheimliche Abstoßung aus. Auch von den Häusern, Kleidern und allem, was sie für sich geschaffen haben, geht das aus. Als ich mir die Erklärung überlegte, bin ich auf einen weiteren Gedankenkreis gebracht worden und durch ihn wieder zu meinen ersten, scheinbar so phantastischen Notizen zurück.

Eine Stadt wie die unsere, schön und alt, mit ihrem bauherrlichen Gepräge, das im Lauf der Zeiten aus wechselndem Geschmack hervorgegangen ist, bedeutet ein einziges großes Zeugnis der Fähigkeit zu lieben und der Unfähigkeit, es dauernd zu tun. Die stolze Folge ihrer Bauten stellt nicht nur eine große Geschichte dar, sondern auch einen dauernden Wechsel in der Richtung der Gesinnung. Sie ist, auf diese Weise betrachtet, eine zur Steinkette gewordene Wankelmütigkeit, die sich alle Vierteljahrhunderte auf eine andere Weise vermessen hat, für ewige Zeiten recht zu behalten. Ihre stumme Beredsamkeit ist die toter Lippen, und je zauberhafter sie verführt, umso heftiger muß das im tiefsten Augenblick des Gefallens und der Enteignung blinde Abwehr und Schreck hervorrufen.

‹Es ist lächerlich und verführerisch›, hat mir Agathe darauf erwidert. ‹Dann müssen also die Schwalbenschwanzröcke dieser Bummler oder die sonderbaren Kappen, die von den Offizieren wie Töpfe auf dem Kopf getragen werden, schön sein, denn sie werden von ihren Besitzern mit großer Entschiedenheit geliebt und zur Liebe ausgestellt und erfreuen sich der Gunst der Frauen!› – Wir haben auch ein Spiel daraus gemacht. In einer Art lustiger Übelgelauntheit haben wir es ausgekostet und haben uns eine Weile auf Schritt und Tritt lebenswidersetzlich gefragt: Was will zum Beispiel jenes Rot dort auf dem Kleid, daß es so rot ist? Oder was tut dieses Blau und Gelb und Weiß auf den Kragen der Uniformen eigentlich? Und warum sind, in Gottes Namen gefragt, die Sonnenschirme der Damen rund, und nicht rechteckig? Wir haben uns gefragt, was der griechische Giebel des Parlaments mit seinen gespreizten Schenkeln wolle? ‹Spagatmachen›, wie es nur eine Tänzerin und ein Reißzirkel zustandebringen, oder klassische Schönheit verbreiten? Wenn man sich dergestalt in einen Vorzustand zurückversetzt, wo man ungerührt bleibt von den Empfindungen, und den Dingen nicht auf die Gefühle eingeht, die sie selbstgefällig erwarten, so zerstört man Treu und Glauben des Daseins. Es ist ähnlich, wie wenn du jemand, ohne seinen Appetit zu teilen, zusiehst, wie er stumm ißt: Du gewahrst plötzlich nur Schlingbewegungen, die keineswegs beneidenswert erscheinen.

Ich nenne das: Sich Der Meinung Des Lebens Verschließen. – Um es näher auszuführen, beginne ich wohl damit, daß wir ohne Zweifel im Leben das Feste so inständig suchen wie ein Landtier, das ins Wasser gefallen ist. Wir überschätzen darum sowohl die Bedeutung des Wissens, des Rechts und der Vernunft als auch die Notwendigkeit des Zwangs und der Gewalt. Vielleicht sollte ich nicht gerade überschätzen sagen; aber jedenfalls beruhen weitaus die meisten Äußerungen unseres Lebens auf geistiger Unsicherheit. Glaube, Vermutung, Annahme, Ahnung, Wunsch, Zweifel, Neigung, Forderung, Vorurteil, Überredung, Beispielnahme, persönliche Ansichten und andere Zustände der Halbgewißheit herrschen unter ihnen vor. Und weil das Meinen auf dieser Skala ungefähr in der Mitte zwischen Begründung und Willkür liegt, nehme ich seinen Namen für das Ganze. Ist das, was wir in Worten ausdrücken, wenn sie auch noch so großartig sind, meistens nur eine Meinung, so ist es das, was wir ohne Worte ausdrücken, immer.

Ich sage also: Unsere Wirklichkeit ist, soweit sie von uns abhängt, zum größern Teil nur eine Meinungsäußerung, obwohl wir ihr wunder was für eine Gewichtigkeit andichten. Wir mögen unserem Leben im Stein der Häuser einen bestimmten Ausdruck geben, es geschieht immer um einer Meinung willen. Wir mögen töten oder uns opfern, so handeln wir nur auf Grund einer Vermutung. Ich möchte sogar beinahe sagen, daß alle unsere Leidenschaften nur Vermutungen sind; wir irren uns sehr oft in ihnen; wir können ihnen bloß aus Sehnsucht nach Entschiedenheit verfallen! Auch daß wir etwas aus ‹freiem› Willen tun, setzt eigentlich voraus, daß es bloß auf Veranlassung einer Meinung geschieht. Seit einiger Zeit sind Agathe und ich empfindlich für ein gewisses Geistertreiben im Wirklichen. Jede Einzelheit des Ausdrucks unserer Umgebung ‹spricht uns an›. Sie meint etwas. Sie zeigt, daß sie in einer keineswegs flüchtigen Absicht entstanden ist. Sie ist zwar nur eine Meinung, aber sie tritt wie eine Überzeugung auf. Sie ist bloß ein Einfall, tut aber, als wäre sie unerschütterlicher Wille. Zeiten und Jahrhunderte stehen mit aufgestemmten Beinen da, aber eine Stimme flüstert hinter ihnen: Unsinn! Noch nie hat die Stunde geschlagen, ist die Zeit gekommen!

Es scheint Eigensinn zu sein, aber es läßt mich erst verstehen, was ich sehe, wenn ich dazu anmerke: Dieser Gegensatz zwischen der Selbstinbrunst, die allem von uns Geschaffenen in seiner Pracht die Brust vorwölbt, und dem heimlichen Zug des Verlassen- und Aufgegebenwerdens, der gleichfalls mit der ersten Minute beginnt, stimmt ganz und gar damit überein, daß ich alles bloß eine Meinung nenne. Wir erkennen uns dadurch in einer eigentümlichen Lage. Denn jede Meinung zeigt die gleiche doppelte Eigentümlichkeit: sie macht, so lange sie neu ist, unduldsam gegen jede, die ihr im Wege steht (wenn rote Sonnenschirme an der Zeit sind, sind blaue ‹unmöglich› – etwas Ähnliches gilt aber auch von unseren Überzeugungen); doch ist es die zweite Eigentümlichkeit jeder Meinung, daß sie trotzdem ganz von selbst und ebenso sicher mit der Zeit preisgegeben wird, wenn sie nicht mehr neu ist. Ich habe einmal gesagt, die Wirklichkeit schaffe sich selbst ab. Es ließe sich nun auch so ausdrücken: Wenn der Mensch hauptsächlich nur Meinungen kundtut, so tut er sich niemals ganz und dauernd kund; wenn er sich aber niemals vollständig ausdrücken kann, so wird er es auf die verschiedenste Weise versuchen, und damit hat er dann eine Geschichte. Nur aus einer Schwäche hat er sie also, scheint mir; obwohl die Historiker begreiflicherweise die Fähigkeit, Geschichte zu machen, für eine besondere Auszeichnung halten!»

Ulrich schien hier etwas abgekommen zu sein, fuhr aber in dieser Richtung weiter fort: «Und dies ist anscheinend der Grund, warum ich das heute vormerken muß: Geschichte wird, Geschehen wird, sogar Kunst wird – aus einem Mangel an Glück. Ein solcher liegt aber nicht an den Umständen, also daß sie uns das Glück nicht erreichen ließen, sondern an unserem Gefühl. Unser Gefühl ist der Kreuzträger der Doppeleigenschaft: es duldet kein anderes neben sich und dauert selbst nicht aus. Dadurch erhält alles, was mit ihm verbunden ist, das Ansehen, für die Ewigkeit zu gelten, und alle haben wir trotzdem die Bestrebung, die Schöpfungen unseres Gefühls zu verlassen und unsere in ihnen ausgedrückte Meinung zu ändern. Denn ein Gefühl verändert sich in dem Augenblick, wo es dauert; es hat keine Dauer und Identität; es muß neu vollzogen werden. Gefühle sind nicht nur veränderlich und unbeständig – wofür sie wohl gelten –, sondern sie würden das erst recht in dem Augenblick, wo sie es nicht wären. Sie werden unecht, wenn sie dauern. Sie müssen immer von neuem entstehen, wenn sie anhalten sollen, und auch dabei werden sie andere. Ein Zorn, der fünf Tage anhielte, wäre kein Zorn mehr, sondern eine Geistesstörung; er verwandelt sich entweder in Verzeihen oder in Rachebereitschaft, und etwas Ähnliches vollzieht sich mit allen Gefühlen.

Unser Gefühl sucht an dem, was es gestaltet, seinen Halt und findet ihn immer für eine Weile. Aber Agathe und ich fühlen an unserer

Umgebung die eingeschlossene Unheimlichkeit, das Auseinanderstre-
ben des beisammen Befindlichen, den Widerruf im Ruf, die Wander-
schaft der vermeintlich festen Wände; wir sehen und hören das plötzlich. Es erscheint uns als Abenteuer und verdächtige Gesellschaft, ‹in
eine Zeit› geraten zu sein. Wir befinden uns im Zauberwald. Und obwohl wir ‹unser› Gefühl, dieses andersartige, noch gar nicht übersehen,
ja kaum kennen, leiden wir Angst um dieses Gefühl und möchten es festhalten. Wie aber hält man ein Gefühl fest? Wie könnte man auf der
höchsten Stufe der Glückseligkeit verweilen, falls sich überhaupt zu ihr
gelangen läßt? Im Grunde beschäftigt uns nur diese Frage. Wir ahnen
ein Gefühl, das der Hinfälligkeit der übrigen entrückt ist. Es steht wie
ein wunderbarer regloser Schatten im Fließenden vor uns. Aber müßte
es nicht die Welt auf ihrem Wege anhalten, um bestehen zu können?
Ich komme zu dem Schluß, daß es kein Gefühl sein kann in dem
gleichen Sinn wie die übrigen.»

Und plötzlich schloß Ulrich: «So komme ich auch auf die Frage
zurück: Ist Liebe ein Gefühl? Ich glaube nein. Liebe ist eine Ekstase.
Und Gott selbst müßte sich, um die Welt dauernd lieben zu können,
und mit der Liebe des Gott-Künstlers auch das schon Geschehene zu
umfassen, dauernd in Ekstase befinden. Nur als ein solcher wäre er zu
denken –»

Hier hatte er diese Aufzeichnung abgebrochen.

51

Große Veränderungen

Ulrich hatte dem General das Geleite selbst gegeben, in der Absicht,
auch das zu erfahren, was dieser vielleicht nur unter vier Augen sagen
möchte. Die Treppe mit ihm hinabsteigend, trachtete er ihm zunächst
eine harmlose Erklärung für sein Abrücken von Diotima und den
anderen zu geben, damit die Wahrheit beiseite bleibe. Aber Stumm
fragte unbefriedigt: «Bist du beleidigt worden?»

«Nicht im mindesten.»

«Dann hast du das Recht nicht dazu!» entgegnete der andere fest.

Doch die Veränderungen in der Parallelaktion, von denen er in
seiner Weltabgeschiedenheit nichts geahnt hatte, wirkten nun belebend
auf Ulrich ein, als wäre in einem heißen Saal plötzlich ein Fenster auf-
gestoßen worden, und er fuhr fort: «Trotzdem möchte ich erfahren,
was wirklich vor sich geht. Nachdem du es für gut befunden hast,
mir die Augen halb zu öffnen, wirst du es gütigst auch noch zur
Gänze tun!»

Stumm blieb stehen, stützte den Säbel gegen den Stein der Treppe und schlug den Blick zu dem Gesicht seines Freundes auf; eine große Gebärde, die umso länger dauerte, als dieser eine Stufe höher stand: «Nichts lieber als das» sagte er. «Zu diesem Zweck bin ich ja gekommen!»

«Wer arbeitet gegen Leinsdorf?» begann Ulrich ihn ruhig zu verhören. «Tuzzi mit Diotima? Oder das Kriegsministeruim mit dir und Arnheim –?»

«Lieber Freund, du irrst durch Abgründe!» unterbrach ihn Stumm. «Und an der einfachen Wahrheit gehst du blind vorbei, wie es anscheinend alle geistigen Menschen tun! Vor allem bitte ich dich also überzeugt zu sein, daß ich dir den Wunsch des Leinsdorf, daß du wieder zu ihm und Diotima kommen sollst, nur aus selbstlosester Gefälligkeit ausgerichtet habe –»

«Offiziersehrenwort?»

Der General wurde guter Laune. «Wenn du mich an die spartanische Ehre meines Berufs erinnerst, beschwörst du die Gefahr, daß ich dich erst recht anlüge; denn es könnte mich ja ein höherer Auftrag dazu verpflichten. Ich gebe dir also lieber mein Privatehrenwort» sagte er würdig und fuhr erläuternd fort: «Ich beabsichtige dir sogar anzuvertraun, daß ich mich in letzter Zeit zuweilen gezwungen sehe, über solche Schwierigkeiten nachzudenken; ich lüge jetzt nämlich oft mit einem Behagen, wie sich ein Schwein im Unrat wälzt.» Er wandte sich plötzlich seinem höher stehenden Freund voll zu, und schloß die Frage an: «Woher kommt es, daß das Lügen so angenehm ist, vorausgesetzt, daß man eine Entschuldigung dafür hat? Bloß die Wahrheit zu sagen, erscheint einem geradezu unfruchtbar und gedankenlos daneben! Wenn ich das von dir erfahren könnte, wäre es direkt einer der Gründe, warum ich dich aufgesucht habe.»

«Dann teile mir ehrlich mit, was vor sich geht» verlangte Ulrich unnachgiebig.

«Ganz ehrlich, und auch überaus einfach: ich weiß es nicht!» beteuerte Stumm.

«Aber du hast doch einen Auftrag!?» forschte Ulrich.

Der General gab zur Antwort: «Ich bin trotz deines wirklich unfreundschaftlichen Verschwindens über die Leiche meiner Selbstachtung weggestiegen, um ihn dir anzuvertraun. Aber es ist ein Teilauftrag. Ein Auftragerl! Ich bin jetzt ein Rädchen. Ein Fädchen. Eine Amorette, in deren Köcher man nur noch einen einzigen Pfeil gelassen hat...!» Ulrich betrachtete die rundliche Figur mit den goldenen Knöpfen. Stumm war entschieden selbständiger geworden; er wartete auch die Entgegnung Ulrichs nicht ab, sondern setzte sich, dem Ausgang zu, in Bewegung, wobei sein Säbel auf jeder Stufe klirrte. Und als sich unten die Halle um die beiden wölbte, deren adelige Anlage ihm sonst jedesmal Ehrerbietung vor dem Hausherrn eingeflößt hatte, sprach er über die Schulter zurück zu diesem: «Du hast offenbar immer noch nicht ganz erfaßt, daß die Parallelaktion jetzt nicht mehr ein Privat- und Familienunternehmen ist, sondern ein Staatsvorgang von internationaler Größenordnung!»

«Also leitet sie jetzt der Außenminister?» gab Ulrich zurück.

«Wahrscheinlich.»

«Und somit Tuzzi?»

«Vermutlich; ich weiß es aber nicht» fügte Stumm rasch hinzu. «Und er tut natürlich auch so, als ob er von nichts wüßte! Du kennst ihn doch: diese Diplomaten stellen sich ja selbst dann unwissend, wenn sie es wirklich sind!» –

Sie durchschritten den Eingang, und der Wagen fuhr vor. – Plötzlich wandte sich Stumm, vertraulich, und komisch flehend, an Ulrich: «Gerade darum sollst du doch wieder ins Haus gehn, damit man quasi eine Vertrauensperson dort hat!»

Ulrich lächelte zu dieser Anzettelung und legte ihm den Arm um die Schulter; er fühlte sich an Diotima erinnert. «Was macht sie?» fragte er. «Erkennt sie jetzt in Tuzzi den Mann?»

«Was sie macht?» entgegnete der General verdrossen. «Einen gereizten Eindruck macht sie!» Und er fügte gutmütig hinzu: «Für den Blick des Kenners vielleicht sogar eher einen rührenden. Das Unterrichtsministerium läßt ihr doch kaum noch andere Aufgaben über, als zu entscheiden, ob in dem Festzug die vaterländische Gruppe ‹Wiener Schnitzel› mitmarschieren soll oder auch eine Gruppe ‹Rostbratl mit Nockerln› –»

Ulrich unterbrach ihn mißtrauisch. «Nun sagst du Unterrichtsministerium? Und gerade hast du erzählt, daß auf die Aktion das Außenministerium Beschlag gelegt hat!»

«Aber schau, vielleicht sind die Schnitzel sogar Sache des Ministeriums des Innern. Oder des Handelsministeriums. Wer weiß denn das im voraus!» belehrte ihn Stumm. «Der Weltfriedenskongreß als Ganzes gehört aber jedenfalls zum Ministerium des Äußern, soweit er nicht minder zu den zwei Ministerrats-Präsidien gehört.»

Wieder unterbrach ihn Ulrich. «Und das Kriegsministerium kommt in deinen Gedanken überhaupt nicht vor?»

«Aber sei doch nicht so argwöhnisch!» bat Stumm gelassen. «Natürlich nimmt an einem Weltfriedenskongreß auch das Kriegsministerium auf das lebhafteste Anteil; ich möchte sagen, nicht weniger als die Polizeidirektion von einem internationalen Anarchistenkongreß angezogen würde. Aber du weißt doch, wie diese Zivilministerien sind: nicht das kleinste Platzerl möchten sie unsereinem gönnen!»

«Und –?» fragte Ulrich; denn er verdächtigte noch immer Stumms Unschuld.

«Gar kein ‹und›!» versicherte dieser. «Du überstürzt das! Wenn eine gefährliche Sache mehrere Ministerien betrifft, so will sie entweder eins dem andern zuschieben, oder es will sie eins dem andern wegnehmen: in beiden Fällen ist das Ergebnis dieser Bemühungen, daß eine Interministerielle Kommission eingesetzt wird. Du brauchst dich doch bloß zu erinnern, wieviele Ausschüsse und Unterausschüsse die Parallelaktion anfangs hat gründen müssen, als Diotima noch im vollen Besitz ihrer Energie gewesen ist; und ich kann dir dann versichern, daß unser seliges Konzil ein Stilleben gewesen ist im Vergleich mit dem, was heute gearbeitet wird!» – Der Wagen wartete, der Kutscher saß in Strammstellung auf dem Bock, aber Stumm blickte durch das offene Gefährt unentschlossen in den hellgrün aufgeschlagenen Garten. «Kannst du mir vielleicht ein wenig bekanntes Wort mit ‹Inter› sagen?» bat er und zählte mit nachhelfendem Kopfnicken auf: «Interessant, interministeriell, international, interkurrent, intermediär, Interpellation, interdiziert, intern und einiges andere kenne ich; das kannst du nämlich bei uns am Buffet des Generalstabstrakts jetzt häufiger hören als das Wort Würstel. Aber wenn ich mit einem ganz neuen Wort ankäme, könnte ich darum Aufsehen machen!»

Ulrich lenkte des Generals Gedanken wieder auf Diotima zurück. Es leuchtete ihm ein, daß die oberste Führung beim Ministerium des Äußern sei, woraus mit Wahrscheinlichkeit folgte, daß sich die Zügel in Tuzzis Hand befanden: wie konnte dann aber ein anderes Ministerium der Frau des Mächtigen Kränkungen bereiten? Stumm zuckte bei dieser Frage trüb die Achseln. «Du hast dir halt immer noch nicht genug eingeprägt, daß die Parallelaktion ein Staatsvorgang ist!» gab er zur Antwort. Und fügte aus freien Stücken hinzu: «Der Tuzzi ist schlauer, als wir gedacht haben. Er selbst hätte ihr so etwas niemals zumuten können; aber die interministerielle Technik hat ihm gestattet, seine Frau einem anderen Ministerium auszuliefern!»

Ulrich lachte leise auf. Er konnte sich bei dieser in etwas sonderbare Worte gekleideten Nachricht lebhaft die beiden Menschen vorstellen: Die großartige Diotima – die Lichtanlage, wie sie von Agathe genannt wurde – und den kleineren, mageren Sektionschef, für den er eine schier unerklärliche Sympathie besaß, obgleich er sich von ihm geringgeschätzt wußte. Es war die Angst vor den Mondnächten der Seele, die ihn zu dem vernünftigen Gefühl dieses Mannes hinzog, das so männlich trocken wie eine leere Zigarrenschachtel war. Und doch hatten diesen Diplomaten die Leiden der Seele, als sie über ihn hereinbrachen, dahin gebracht, daß er in allem und jedem nur noch pazifistische Machenschaften sah; denn Pazifismus, das war für Tuzzi die faßlichste

Vorstellung von Seelenhaftigkeit! Ulrich entsann sich, daß er schließlich Arnheims offenbar gewordene Bemühungen um die Ölfelder, ja sogar die um seine eigene schöne Gattin, bloß für eine Degagement gehalten hatte, dazu bestimmt, die Aufmerksamkeit von einem geheimen Vorhaben pazifistischer Natur abzulenken: so sehr hatten Tuzzi die Geschehnisse in seinem Hause verwirrt! Er mußte unerhört gelitten haben, und es war zu verstehen: die geistige Leidenschaft, der er sich unerwartet gegenüber sah, verletzte ja nicht bloß seinen Ehrbegriff, wie es ein körperlicher Ehebruch getan hätte, sondern traf unmittelbar das Begriffsbildungsvermögen selbst mit Geringschätzung, das bei älteren Männern der wahre Ruhesitz der Manneswürde ist.

Und vergnügt setzte Ulrich seine Gedanken laut fort: «Offenbar hat Tuzzi in dem Augenblick, wo die Vaterländische Aktion seiner Frau zum Ziel einer öffentlichen Fopperei geworden ist, gleich den verlorenen vollen Besitz der behördlichen Geisteskräfte wieder erlangt, die einem hohen Beamten zukommen. Er muß spätestens da wieder erkannt haben, daß im Schoß der Weltgeschichte mehr geschieht, als im Schoß einer Frau Platz hätte, und euer wie ein geheimnisvolles Findelkind aufgetauchter Weltfriedenskongreß wird ihn mit einem Donnerschlag geweckt haben!» Mit rauhem Behagen malte sich Ulrich den geisternden Dämmerzustand aus, der vorangegangen sein mußte, und dann dieses Erwachen, das vielleicht gar nicht einmal mit einem Gefühl des Erwachens verbunden gewesen sein mußte; denn in dem Augenblick, wo die in Schleiern wandelnden Seelen Arnheims und Diotimas wirkliche Folgen hatten, befand sich auch Tuzzi, von jedem Spuk befreit, wieder in jenem Bereich der Notwendigkeiten, worin er sich zeit seines Lebens fast immer befunden hatte. «Er bringt die Weltrettungs- und Vaterlandshebungsgesellschaft seiner Frau jetzt um? Sie ist ihm immer ein Dorn im Fleische gewesen!» rief Ulrich lebhaft befriedigt aus und wandte sich fragend an den Gefährten.

Stumm stand noch immer rund und nachdenklich im Torbogen. «Soviel ich weiß, hat er seiner Frau erklärt, daß sie es sich und seiner Stellung schulde, erst recht unter den geänderten Verhältnissen die Parallelaktion zu einem ehrenvollen Ende zu führen. Sie wird eine Auszeichnung erhalten. Aber sie muß sich dem Schutz und den Einsichten des Ministeriums anvertraun, das er dafür bestimmt hat» berichtete er gewissenhaft.

«Und mit euch, ich meine mit dem Kriegsministerium und mit Arnheim, hat er Frieden geschlossen?»

«Es scheint so. Er soll bei der Regierung wegen des Friedenskongresses die rasche Modernisierung unserer Artillerie unterstützt und sich mit dem Kriegsminister über die politischen Folgen verständigt haben. Man sagt, daß er im Parlament die nötigen Gesetze mit Hilfe der deutschen Parteien durchdrücken will und darum innerpolitisch jetzt zum deutschen Kurs rät. Das hat mir Diotima selbst erzählt.»

«Warte einen Augenblick!» unterbrach ihn Ulrich. «Deutscher Kurs? Ich habe alles vergessen!»

«Ganz einfach! Er hat immer gesagt, daß alles Deutsche für uns ein Unglück sei; und jetzt sagt er das Gegenteil.»

Ulrich wandte ein, daß sich Sektionschef Tuzzi niemals so eindeutig ausdrücke.

«Aber gegen seine Frau tut er es», versetzte Stumm. «Und zwischen ihr und mir besteht eine Art Schicksalsverbundenheit.»

«Ja, wie steht es denn zwischen ihr und Arnheim?» fragte Ulrich, der in diesem Augenblick mehr an Diotima teilnahm als an den Regierungssorgen. «Er braucht sie doch jetzt nicht mehr; und ich nehme an, daß seine Seele darunter leidet!»

Stumm schüttelte den Kopf. «Das ist scheinbar auch nicht so einfach!» erklärte er seufzend.

Er hatte bisher gewissenhaft, jedoch teilnahmlos Antwort erteilt, und vielleicht gerade deshalb verhältnismäßig klug. Schon seit der Erwähnung Diotimas und Arnheims sah er aber aus, als wolle er etwas anderes zum besten geben, das ihn wichtiger dünke als Tuzzis Rückkehr zu sich selbst. «Man möchte ja schon lange glauben,» begann er nun «daß Arnheim genug von ihr hat. Aber das sind große Seelen! Du magst wohl auch etwas von solchen verstehn, aber die sind es! Da läßt sich nicht sagen: war etwas zwischen ihnen, oder war nichts zwischen ihnen. Sie sprechen noch heute so wie früher; bloß hat man das Gefühl: jetzt ist bestimmt nichts zwischen ihnen: Sie reden eben sozusagen immer letzte Worte!»

Ulrich erinnerte sich dessen, was ihm die Liebespraktikerin Bonadea von der Theoretikerin Diotima erzählt hatte, und hielt Stumm dessen eigenen, kühleren Ausspruch vor, daß Diotima ein Lehrbuch der Liebe sei. Der General lächelte gedankenvoll dazu. «Wir beurteilen das vielleicht nicht allseitig genug» holte er umsichtig aus. «Ich will vorausschicken, daß ich vor ihr noch nie eine Frau so habe reden hören; und es legt sich mir wie ein Eisbeutel überall hin, wenn sie damit anfängt. Sie tut es übrigens schon wieder seltener; aber wenn es ihr einfällt, spricht sie auch heute noch zum Beispiel von diesem Weltfriedenskongreß als von einem ‹panerotischen Humanerlebnis›, und dann fühle ich mich kurzerhand von ihrer Gescheitheit entmannt. Aber» – und er hob die Bedeutung seiner Worte jetzt durch eine kleine Pause – «es muß doch ein Bedürfnis, ein sogenannter Zug der Zeit, darin liegen, denn selbst im Kriegsministerium fangen sie jetzt so zu reden an. Seit dieser Kongreß aufgetaucht ist, könntest du Generalstabs-Stabsoffiziere von Friedensliebe und Menschenliebe sprechen hören wie vom Maschinengewehr Muster 7 oder vom Sanitätspackwagen Muster 82! Es ist einfach ekelhaft!»

«Darum hast du dich also vorhin einen enttäuschten Fachmann der Liebe genannt?» warf Ulrich ein.

«Ja, lieber Freund. Du mußt schon entschuldigen: ich habe es nicht ausgehalten, als ich auch dich so einseitig habe reden hören! Aber dienstlich ziehe ich aus alledem ja großen Vorteil!»

«Und hast du gar keinen Eifer mehr für die Parallelaktion, für die Ehrung der großen Ideen und ähnliches?» forschte Ulrich neugierig.

«Selbst eine so erfahrene Frau wie deine Kusine hat schon genug von der Kultur» gab der General zur Antwort. «Ich meine die Kultur um ihrer selbst willen. Überdies schützt dich auch die größte Idee nicht vor einer Ohrfeige!»

«Aber sie kann bewirken, daß die nächste Ohrfeige der andere kriegt.»

«Das ist richtig» räumte Stumm ein. «Aber nur, wenn du dich des Geistes bedienst, nicht wenn du ihm selbstlos dienst!» Dann blickte er neugierig zu Ulrich auf, um die Wirkung seiner nächsten Worte mitzugenießen, und fügte, in sicherer Erwartung des Erfolgs die Stimme senkend, hinzu: «Aber auch wenn ich das möchte, kann ich doch nicht mehr: man hat mich ja kaltgestellt!»

«Alle Achtung!» rief Ulrich aus, in unwillkürlicher Anerkennung der militärbehördlichen Einsicht. Aber dann folgte er einem andern Einfall und sagte rasch: «Das hat dir der Tuzzi eingerührt!»

«Aber gar keine Spur!» versicherte Stumm selbstgewiß.

Dieses Gespräch hatte bis dahin immer noch in der Nähe des Tores stattgefunden, und außer den beiden Männern war noch ein dritter daran beteiligt, indem er auf das Ende wartete und so reglos vor sich blickte, daß die Welt für ihn zwischen zwei Paaren Pferdeohren aufhörte. Nur seine in weißen Zwirnhandschuhen steckenden Fäuste, durch die die Zügel liefen, bewegten sich verstohlen, in unregelmäßigen, besänftigenden Rhythmen, weil die Pferde, der soldatischen Disziplin nicht ganz so zugänglich wie der Mensch, des Wartens immer überdrüssiger wurden und ungeduldig am Geschirr ruckten. Diesem Mann befahl der General nun endlich, den Wagen an die Ausfahrt zu bringen und dort die Pferde zu bewegen, bis er einstiege; Ulrich aber lud er jetzt ein, den Weg durch den Garten zu Fuß zurückzulegen, damit er ihm die Geschehnisse der Reihe nach anvertrauen könne, ohne daß es jemand zu hören vermöchte.

Aber Ulrich meinte das, worauf es ankäme, lebhaft vor sich zu sehen, und ließ ihn anfangs nicht zu Wort kommen. «Ob Tuzzi dich aus dem Spiel geschlagen hat oder nicht, ist auch gleichgültig,» führte er aus «denn du bist in diesem Fall, was du mir verzeihen wirst, nur eine Nebenfigur. Das Wesentliche ist, daß er fast mit dem Augenblick, wo er durch den Kongreß bedenklich geworden ist und mit einer schweren Belastungsprobe zu rechnen begonnen hat, sowohl den staatspolitischen Zustand als auch seinen persönlichen aufs schnellste vereinfacht hat. Er ist vorgegangen wie ein Kapitän bei Ankündigung eines schweren Sturms, der sich nicht von der noch träumenden See beeinflussen läßt. Was ihm bis dahin zuwider gewesen war, Arnheim, eure Militärpolitik, der deutsche Kurs, damit hat er sich jetzt verbündet; und er hätte sich auch mit den Bestrebungen seiner Frau verbündet, wenn es in Ansehung der Umstände nicht nützlicher gewesen wäre, diese zu zerstören. Ich weiß nicht, wie ich es sagen soll. Liegt es daran, daß das Leben leicht wird, wenn man sich nicht um Gefühle kümmert, sondern sich bloß an sein Ziel hält; oder ist es ein mörderischer Genuß, mit den Gefühlen zu rechnen, statt unter ihnen zu leiden? Mir ist dabei, als fühlte ich dem Teufel nach, wie er in die Himmelsspeise des Lebens eine Faust voll Salz getan hat!»

Der General war Feuer und Flamme. «Das habe ich dir doch schon im Anfang gesagt!» rief er aus. «Ich habe zwar nur von Lügen gesprochen, aber die echte hinterhältige Gesinnung ist in jeder ihrer Formen eine unheimlich anregende Sache! Sogar der Leinsdorf, zum Beispiel, hat jetzt wieder eine Vorliebe für die Realpolitik gefaßt und sagt: Realpolitik ist das Gegenteil von dem, was man tun möchte!»

Ulrich fuhr fort: «Das Entscheidende ist, daß es Tuzzi früher verwirrt hat, was zwischen Diotima und Arnheim geredet worden ist; jetzt aber kann es ihn nur freuen, weil die Redseligkeit von Menschen, die ihre Gefühle nicht zu verschließen vermögen, einem Dritten immer allerhand Anhaltspunkte gibt. Er braucht es jetzt nicht mehr mit dem inneren Ohr anzuhören, was ihm niemals gelingen wollte, sondern nur noch mit dem äußeren, und das macht doch ungefähr den Unterschied aus, ob man eine ekelerregende Schlange schluckt oder erschlägt!»

«Wie?» fragte Stumm.

«Schluckt oder erschlägt!»

«Nein! Das mit den Ohren!?»

«Ich habe sagen wollen: er hat sich zu seinem Glück von der Inseite des Gefühls an die Außenseite zurückbegeben. Aber das wäre dir vielleicht unverständlich geblieben, es ist bloß so eine Idee von mir.»

«Nein, du hast es sehr gut gesagt!» versicherte Stumm. «Aber warum verwenden wir eigentlich andere als Beispiel? Diotima und Arnheim sind große Seelen, und das wird schon deshalb nie ordentlich klappen!» Sie schlenderten einen Gartenpfad entlang und waren noch nicht weit gekommen; der General blieb stehn: «Auch was mir passiert ist, ist nicht bloß eine Kommißgeschichte!» teilte er seinem bewunderten Freunde mit.

Ulrich sah ein, daß er ihn nicht zu Wort habe kommen lassen, und entschuldigte sich. «Du bist also nicht über Tuzzi zu Fall gekommen?» fragte er höflich.

«Ein General stolpert vielleicht über einen Zivil-Minister, aber nicht über einen Zivil-Sektionschef» berichtete Stumm stolz und sachlich. «Ich glaube, ich bin über eine Idee gestolpert!» Und so begann er seine Geschichte zu erzählen.

52

Agathe stößt zu ihrem Mißvergnügen auf einen geschichtlichen Abriß der Gefühlspsychologie

Währenddem war Agathe an eine neue Folge von Blättern geraten, worin die Aufzeichnungen ihres Bruders auf ganz andere Art weitergingen. Es schien, daß er es jetzt mit einemmal darauf abgesehen hätte, zu ermitteln, was ein Gefühl sei, und zwar dem Begriff nach und auf trockene Art. Er mußte sich auch allerhand ins Gedächtnis zurückgerufen oder es eigens zu seinem Zweck gelesen haben, denn die Papiere waren mit Vermerken bedeckt, die sich teils auf die Geschichte, teils auf die Zergliederung des Gefühlsbegriffes bezogen, und alles zusammen bildete eine Sammlung von Bruchstücken, deren innere Verbindung nicht gleich zu erkennen war.

Einen Hinweis auf das, was ihn dazu bewogen haben mochte, fand Agathe zuerst daran, daß vor Beginn an den Rand das Wort «Sache des Gefühls!» geschrieben stand; denn sie entsann sich nun des Gesprächs, das sie und ihr Bruder darüber in der Wohnung ihrer Kusine geführt hatten, mit seinen tiefen, den Grund der Seele entblößenden Schwankungen. Und wollte man erfahren, was Sache des Gefühls sei, so mußte man sich wohl oder übel auch fragen, was Gefühl sei, das sah sie ein.

Das diente ihr als Wegweiser, denn die Aufzeichnungen begannen damit, daß alles, was unter Menschen geschehe, seinen Ursprung entweder in Gefühlen oder in der Entbehrung von Gefühlen habe; unerachtet dessen wäre aber eine Antwort auf die Frage, was ein Gefühl sei, aus der ganzen unabsehbaren Literatur, die sich damit beschäftigt habe, nicht mit Sicherheit zu gewinnen, denn selbst die Leistungen aus letzter Zeit, die Ulrich wirklich für Fortschritte hielt, bedürften keines ganz geringen Maßes von freiwilligem Zutrauen. Soviel Agathe sehen konnte, hatte er die Psychoanalyse dabei außer Betracht gelassen, und sie wunderte sich anfangs darüber, denn wie alle literarisch angeregten Menschen hatte sie mehr von ihr sprechen hören als von der übrigen Psychologie; aber Ulrich sagte, er ließe sie nicht deshalb beiseite, weil er die Verdienste dieser bedeutenden Theorie nicht anerkenne, die voll neuer Begriffe wäre und als erste vieles zu erfassen gelehrt habe, was durch alle vorangegangene Zeit gesetzlose Privaterfahrung gewesen sei, sondern es hänge damit zusammen, daß gerade bei dem, was er vorhabe, ihre Eigenart nicht so zur Geltung komme, wie es ihres immerhin auch sehr anspruchsvollen Selbstbewußtseins würdig wäre. Als sein Vorhaben aber bezeichnete er es, zunächst die vorhandenen Hauptantworten auf die Frage, was Gefühl sei, miteinander zu vergleichen, und fuhr fort, daß sich im ganzen wohl nur drei unterscheiden ließen, von denen übrigens keine so klar ausgebildet worden sei, daß sie die anderen ganz unmöglich gemacht hätte.

Dann schlossen sich die folgenden Aufzeichnungen an, die das ausführen sollten: «Die älteste, aber noch heute recht regsame Vorstellungsbildung geht von der Überzeugung aus, daß zwischen dem Zustand des Fühlens, seinen Ursachen und seinen Wirkungen deutlich getrennt werden könne; denn sie versteht unter Gefühl eine Gattung innerer Erlebnisse, die sich von den anderen Gattungen – und zwar sind dies nach ihr das Empfinden, Denken und Wollen – bis in den Grund unterscheide. Diese Auffassung ist volkstümlich und seit alters überliefert, und es liegt ihr nahe, das Gefühl als einen Zustand anzusehen; zwar muß das nicht sein, aber es geschieht unter dem ungewissen Eindruck der Wahrnehmung, daß wir in jedem Augenblick des Gefühls, und inmitten seiner beweglichen Veränderung, nicht nur unterscheiden können, daß wir fühlen, sondern es auch als etwas scheinbar Ruhendes erleben, daß wir im Zustand eines Gefühls beharren.

Die neuere Vorstellungsbildung geht dagegen von der Beobachtung aus, daß das Fühlen aufs innigste mit dem Handeln und dem Ausdruck verbunden ist; und es folgt daraus, daß sie sowohl dazu neigt, das Gefühl als einen Vorgang zu betrachten, als auch, daß sie ihren Blick nicht auf das Fühlen allein richtet, sondern es mitsamt seinen Äußerungen und seinen Ursprüngen als ein Ganzes ansieht. Sie ist zuerst in der Physiologie und Biologie entstanden, und ihr Bestreben ist ursprünglich auf eine körperliche Erklärung der seelischen Vorgänge gerichtet gewesen, oder schärfer betont, auf das körperliche Ganze, dem auch seelische Erscheinungen unterlaufen. Man kann, was sich daraus ergeben hat, als zweite Hauptantwort auf die Frage nach der Natur des Gefühls zusammenfassen.

Eine Richtung der Wißbegierde auf das Ganze statt auf das Element und auf die Wirklichkeit statt auf einen vorgefaßten Begriff unterscheidet aber auch die neueren psychologischen Untersuchungen, die sich mit dem Gefühl beschäftigen, von den älteren, nur sind ihre Absichten und leitenden Gedanken natürlich ihrer eigenen Wissenschaft entnommen. Dadurch ergeben sie eine dritte Antwort auf die Frage, was Gefühl sei, die sich sowohl auf den anderen aufbaut als auch selbständig ist. Diese dritte Antwort gehört aber allermaßen nicht mehr in einen Rückblick, weil mit ihr schon der Einblick in die Vorstellungsbildung beginnt, die gegenwärtig im Gange ist oder möglich erscheint.

Ich will hinzufügen, denn ich habe vorhin auch die Frage erwähnt, ob das Gefühl ein Zustand oder ein Vorgang sei, daß in Wahrheit diese Frage in der angedeuteten Entwicklung so gut wie keine Rolle spielt, es sei denn die einer allen Auffassungen gemeinsamen und vielleicht nicht ganz gegenstandslosen Schwäche. Stelle ich mir ein Gefühl, wie es nach älterer Art nahezuliegen scheint, als etwas Beständiges vor, das nach außen und innen wirkt, und auch von beiden Seiten Rückwirkung empfängt, so habe ich offenbar nicht bloß *ein* Gefühl vor mir, sondern eine unbestimmte Anzahl wechselnder Gefühle. Die Sprache stellt zwar für diese Unterarten eines Gefühls selten eine Mehrzahl zur Verfügung, sie kennt keine Neide, Zörner oder Trotze, für sie sind das die Abwandlungen eines Gefühls in verschiedenen Spielarten oder in verschiedenen Zuständen seiner Entwicklung; aber ohne Frage deutet auch eine Folge von Zuständen ebenso gut wie eine Folge von Gefühlen auf einen Vorgang hin. Glaubt man hingegen, wie es dem entspräche und auch der heutigen Auffassung näher zu liegen scheint, einen Vorgang vor sich zu haben, so ist wieder der Zweifel, was dann ‹eigentlich› Gefühl sei und wo etwas aufhöre, zu ihm selbst, und anfange, zu seinen Ursachen, Folgen oder dem begleitenden Gefolge zu gehören, nicht auf geradem Wege zu lösen. Ich werde an einer späteren Stelle darauf zurückkommen, denn ein solcher Zwiespalt der Antwort pflegt einen Fehler der Fragestellung anzuzeigen; und es wird sich, wie ich meine, herausstellen, daß die Frage, ob Zustand oder Vorgang, eigentlich eine Scheinfrage ist, hinter der sich eine andere verbirgt. Dieser Möglichkeit zuliebe, über die ich nicht entscheiden kann, mag sie hervorgehoben bleiben.»

«Ich fahre nun fort, der ursprünglichen Gefühlslehre zu folgen, die vier Haupthandlungen oder Grundzustände der Seele unterscheidet. Sie reicht auf die Antike zurück und wird vermutlich ein in Würden verbliebenes Seitenstück zu deren Meinung sein, daß die Welt der Körper aus den vier Elementen Feuer, Wasser, Luft und Erde bestehe: Trotzdem wird noch heute oft von vier besonderen, nicht aufeinander zurückführbaren Klassen von Bewußtseinselementen gesprochen, und in der Klasse Gefühl nehmen dann gewöhnlich die beiden Gefühle ‹Lust› und ‹Unlust› eine Vorzugsstellung ein; denn sie gelten entweder als die einzigen oder gelten wenigstens als die einzigen mit nichts andrem vermengten Gefühle. In Wahrheit sind sie vielleicht überhaupt keine Gefühle, sondern nur eine Färbung und Tönung an diesen, in der sich der ursprüngliche Unterschied zwischen Anziehung und Flucht und wohl auch der Gegensatz zwischen Gelingen und Versagen und andere Gegensätze der ursprünglich so symmetrischen Führung des Lebens erhalten haben. Das gelingende Leben ist lustvoll: lange vor Nietzsche und unserer Zeit hat es schon Aristoteles gesagt. Und noch Kant hat gesagt: ‹Vergnügen ist das Gefühl der Beförderung, Schmerz das eines Hindernis des Lebens.› Und Spinoza hat Lust den ‹Übergang des Menschen von geringerer zu größerer Vollkommenheit› genannt. Sie ist immer in diesem etwas übertriebenen Ruf einer letzten Erklärung gestanden, die Lust (und nicht zuletzt bei denen, die sie der Täuschung verdächtigten!).

Aber wahrlich zur Heiterkeit kann sich das bei nicht ganz großen, und doch verdächtig leidenschaftlichen Denkern steigern. Ich setze eine schöne Stelle aus einem zeitgenössischen Lehrbuch hieher, von der ich kein Wort vergessen möchte: ‹Was erscheint verschiedenartiger als zum Beispiel die Freude über eine elegant gelöste mathematische Aufgabe und die über ein gutes Mittagessen! Und doch sind diese beiden Freuden als reines Gefühl ein und dasselbe, nämlich Lust!› Auch eine Stelle aus einer Gerichtsentscheidung, die wahrhaftig erst vor wenigen Tagen gefällt worden ist, setze ich dazu: ‹Das Schmerzensgeld hat dem Zwecke zu dienen, dem Beschädigten die Möglichkeit zu geben, sich seinen gewohnten Verhältnissen entsprechende Lustgefühle zu verschaffen, die die durch die Verletzung und ihre Folgen ausgelösten Unlustgefühle aufwiegen. Auf den gegenständlichen Fall angewendet, ergibt sich also schon aus der beschränkten Auswahl der dem Lebensalter von zwei ein viertel Jahren entsprechenden Lustgefühle und der leichten Beschaffbarkeit der Mittel hiezu, daß das begehrte Schmerzensgeld zu hoch sei.› Die durchdringende Klarheit, die sich in diesen beiden Beispielen äußert, gestattet die ehrfürchtige Bemerkung, daß sich Lust und Unlust noch lange als das I und A der Gefühlslehre erhalten werden.»

«Blicke ich mich weiter um, so sehe ich, daß diese Lust und Unlust sorgfältig abwägende Lehre unter ‹Mischgefühlen› die ‹Verbindung des Elements der Lust und Unlust mit den anderen Elementen des Bewußtseins› versteht und damit Trauer, Gelassenheit, Ärger und anderes meint, worauf Laien solchen Wert legen, daß sie gern mehr davon erführen als bloß einen Namen. ‹Allgemeine Gemütszustände› wie Lebhaftigkeit oder Niedergeschlagenheit, ‹darin Mischgefühle von gleicher Art vorwiegen› heißt sie ‹Einheit einer Gefühlslage›.

‹Affekt› nennt sie eine Gefühlslage, die sich ‹heftig und plötzlich› einstellt, und eine überdies ‹chronische› nennt sie ‹Leidenschaft›. Sollten Theorien eine Moral haben, so wäre also die Moral dieser Lehre ungefähr mit den Worten auszusprechen: Mache anfangs kleine Schritte, so kannst du später große Sprünge machen!»

«Aber in Unterscheidungen wie diesen: ob es bloß eine Lust und Unlust gebe oder vielleicht doch mehrere Lüste und Unlüste; ob es neben Lust und Unlust nicht auch noch andere Grundgegensätze gebe, und zum Beispiel Lösung und Spannung ein solcher sei (das hat den stattlichen Titel: singularistische und pluralistische Theorie); ob sich ein Gefühl verändern könne oder ob es, wenn es sich verändere, schon ein anderes Gefühl werde; ob ein Gefühl, soll es aus einer Folge von Gefühlen bestehn, sich zu diesen im Verhältnis des Art- zu seinen Gattungsbegriffen oder des Bewirkten zu seinen Ursachen befinde; ob die Zustände, die ein Gefühl durchläuft, angenommen, es selbst sei ein Zustand, Zustände eines Zustands seien oder verschiedene Zustände und damit also verschiedene Gefühle; ob ein Gefühl durch die von ihm hervorgerufenen Handlungen und Gedanken eine eigene Veränderung bewirken könne oder ob in dieser Rede vom ‹Wirken› eines Gefühls etwas so Uneigentliches und wenig wirklich Gemeintes liege, als werde gesagt, das Auswalzen eines Bleches ‹bewirke› dessen Verdünnung oder eine Ausbreitung der Wolken die Verschleierung des Himmels: in solchen Unterscheidungen hat die traditionelle Psychologie vieles geleistet, was nicht unterschätzt werden sollte. Freilich ließe sich dann auch fragen, ob die Liebe eine ‹Substanz› oder eine ‹Qualität› sei und was es in Ansehung ihrer mit der ‹Haecceität› und ‹Quiddität› auf sich habe; aber ist man je sicher, das nicht doch einmal noch fragen zu müssen?»

«Alle solchen Fragen enthalten einen höchst nützlichen Ordnungssinn, obwohl er in Ansehung der unbefangenen Natur des Gefühls ein wenig lächerlich wirkt und uns in Ansehung dessen, wie die Gefühle unser Handeln bestimmen, wenig zu helfen vermag. Dieser logisch-grammatikalische, wie eine Apotheke mit hunderten Lädchen und Aufschriften ausgestattete Ordnungssinn ist ein Rest der mittelalterlichen, aristotelisch-scholastischen Naturbetrachtung, deren großartige Logik nicht sowohl an den Erfahrungen, die man mit ihr gemacht hat, zuschanden geworden ist als vielmehr an denen, die man ohne sie gemacht hat. Es ist vornehmlich die Entfaltung der Naturwissenschaften daran schuld gewesen und die ihres neuen Verstandes, der die Frage, was logisch sein müsse, hinter die Frage zurückgesetzt hat, was wirklich sei; doch nicht weniger auch das Unglück, daß die

Natur anscheinend bloß auf einen solchen Mangel an Philosophie gewartet hatte, um sich entdecken zu lassen, und mit einer Bereitschaft geantwortet hat, die beiweitem noch nicht zu Ende ist. Trotzdem ist es, so lange diese Entwicklung das neue philosophische Weltenei noch nicht hervorgebracht hat, auch heute noch nützlich, ihr gelegentlich von den Schalen des alten zu fressen zu geben, wie man es Hennen tut, die legen werden. Und das gilt besonders von der Psychologie des Gefühls. Denn sie ist in ihrer geschlossenen logischen Einkleidung schließlich vollkommen unfruchtbar gewesen, aber von den Gefühlspsychologien, die darauf gefolgt sind, ist nur zu sehr das Gegenteil wahr; denn sie sind in Ansehung dieses Verhältnisses zwischen logischem Gewand und Fruchtbarkeit, zumindest in den schönen Jahren der Jugend, nahezu Sansculottinen gewesen!»

«Was habe ich mir aus diesen Anfängen zu allgemeinerem Nutz und Frommen ins Gedächtnis zu rufen? Vor allem das: Diese neuere Psychologie hat mit dem hilfsbereiten Mitleid begonnen, das die medizinische Fakultät immer für die philosophische übrig hat, und sie hat mit der älteren Gefühlspsychologie aufgeräumt, indem sie überhaupt aufgehört hat, von Gefühlen, und angefangen hat, naturwissenschaftlich von ‹Trieben›, ‹Triebhandlungen› und ‹Affekten› zu sprechen. (Nicht als ob die Rede vom Menschen als einem von seinen Trieben und Affekten beherrschten Wesen neu gewesen wäre, aber neue Medizin ist sie dadurch geworden, daß er fortan nur als das betrachtet werden sollte.)

Der Vorzug bestand in der Aussicht, das höher beseelte menschliche Verhalten auf das allgemeine belebte zurückzuführen, das sich auf den naturgewaltigen Nötigungen des Hungers, des Geschlechts, der Verfolgtheit und anderer Grundzustände des Lebens aufbaut, denen die Seele angepaßt ist. Dadurch bestimmte Geschehensabläufe heißen ‹Triebhandlungen›, entstehen ohne Absicht und Überlegung, sobald sich ein Reiz der ihnen entsprechenden Reizgruppe geltend macht, und werden von allen Tieren der gleichen Art, oft auch von Tier und Mensch, ähnlich ausgeführt. Die persönlichen, aber nahezu unveränderlich erblichen Anlagen dazu heißen ‹Triebe›; und mit der Bezeichnung ‹Affekt› wird in diesem Zusammenhang gewöhnlich eine etwas ungewisse Meinung verknüpft, nach der er das Erlebnis oder die erlebte Seite der Triebhandlung und der ins Handeln gesetzten Triebe sein soll.

Betont oder leise wird dabei meist auch vorausgesetzt, daß alle menschlichen Handlungen Triebhandlungen seien, oder Verbindungen zwischen solchen, und alle unsere Gefühle Affekte oder Teile oder Zusammensetzungen von Affekten. Ich habe heute mehrere

Lehrbücher der medizinischen Psychologie durchblättert, um mein Gedächtnis aufzufrischen, aber in ihrer aller Sachverzeichnissen ist das Wort Gefühl auch nicht ein einzigesmal vorgekommen, und es ist wahrhaftig keine geringe Eigenheit einer Gefühlspsychologie, wenn in ihr keine Gefühle vorkommen!»

«So sehr überwiegt noch jetzt in manchen Kreisen eine mehr oder minder betonte Absicht, die zu nichts führende geistige Betrachtung der Seele durch naturwissenschaftliche Begriffe zu ersetzen, die aufs äußerste handgreiflich sein sollen. Und wie man es anfangs am liebsten gesehen hätte, daß die Gefühle nichts als Empfindungen in den Eingeweiden und Gelenken wären, und in der Folge Behauptungen entstanden sind wie die, daß die Furcht aus beschleunigter Herztätigkeit und flachem Atem bestünde, oder daß das Denken ein inneres Sprechen, also eigentlich eine Kehlkopfreizung wäre, steht heute die geläuterte Absicht in Ansehen und Ehren, das gesamte innere Leben auf Reflexbögen und ähnliches zurückzuführen, und gilt beispielsweise einer großen und erfolgreichen Schule als die einzige erlaubte Aufgabe der Seelenerklärung.»

«Mag also auch die breite, womöglich eisern-automatische, Verankerung im Naturreich das wissenschaftliche Ziel sein, so mischt sich doch ebenfalls ein eigentümlicher Überschwang hinein, der sich ungefähr durch den Satz ausdrücken ließe: was niedrig steht, steht fest. Das ist einmal, bei der Überwindung der theologischen Naturphilosophie, ein Überschwang der Verneinung gewesen, eine ‹Spekulation à la baisse in menschlichen Werten›. Der Mensch hat sich lieber als einen Faden im Gewebe des Weltstoffes sehen wollen denn als einen auf diesem Teppich Stehenden; und es läßt sich gut verstehen, daß auch die Seelenjahre, als sie, nachzüglerisch lärmend, in ihre materialistischen Flegeljahre eintrat, ein luziferisches, herabsetzendes Verlangen nach Seelenlosigkeit abbekommen hat. Das ist ihr später von allen frommen Feinden naturwissenschaftlichen Denkens gotteshausmeisterlich übelgenommen worden, aber seinem heimlichsten Wesen nach ist es doch nichts gewesen als eine gutartig düstere Romantik, eine gekränkte Kinderliebe zu Gott, und darum auch zu seinem Ebenbild, die in dessen Mißhandlung unbewußt noch heute nachwirkt.»

«Doch es ist immer gefährlich, wenn eine Ideenquelle in Vergessenheit gerät, ohne daß es bemerkt wird, und so hat sich manches, was bloß davon seine unbefangene Gewißheit empfangen hatte, in der medizinischen Psychologie ebenso unbefangen auch weiter erhalten, woraus stellenweise ein vernachlässigter Zustand entstanden ist, an dem gerade die grundlegenden Begriffe, und denn nicht zuletzt die Begriffe

Trieb, Affekt und Triebhandlung, teilhaben. Schon die Frage, was ein Trieb sei und welche oder wieviel Triebe es gebe, wird nicht nur ganz ungleich beantwortet, sondern es geschieht auch ohne alles Zagen. Ich habe eine Darstellung vor mir gehabt, worin die ‹Triebgruppen› der Nahrungsaufnahme, der Sexualität und des Schutzes vor Gefahr unterschieden worden sind; eine andere, die ich mit ihr verglich, hat einen Lebenstrieb, einen Geltungstrieb und fünf andere angeführt; die Psychoanalyse, die nebenbei wohl auch als eine Triebpsychologie bezeichnet werden darf, schien lange Zeit nur einen einzigen Trieb zu kennen; und so geht es weiter. Auch das Verhältnis zwischen Triebhandlung und Affekt ist mit ebenso großen Verschiedenheiten bestimmt worden: Wohl heißt es gewöhnlich in Übereinstimmung, daß der Affekt das ‹Erlebnis› der Triebhandlung sei; aber ob dabei die ganze Triebhandlung als Affekt erlebt werde, also auch das äußere Verhalten, oder ob nur das innere Geschehen, oder ob Teile von ihm, oder Teile des äußeren und inneren Vorgangs in einer besonderen Vereinigung, davon wird bald das eine, bald das andere behauptet und manchmal beides nebeneinander. Nicht einmal, was ich zuvor aus dem Gedächtnis ohne Einwand niedergeschrieben habe, daß eine Triebhandlung ‹ohne Absicht und Überlegung› geschehe, stimmt in allen Stücken.»

«Ist es dann verwunderlich, wenn hinter den physiologischen Erklärungen unseres Gehabens sehr oft zu guter Letzt doch wieder nichts anderes zum Vorschein kommt als die vertraute Vorstellung, daß wir es von Kettenreflexen und Sekreten und Geheimnissen des Körpers bloß darum steuern ließen, weil wir die Lust suchten und die Unlust mieden? Und nicht nur in der Seelenkunde, auch in der allgemeinen Lebenslehre, ja in der Volkswirtschaftslehre, kurz überall, wo man ein Verhalten begründen möchte, spielen Lust und Unlust noch immer diese Rolle, also zwei so dürftige Gefühle, daß sich etwas Einfacheres kaum noch denken läßt. Der weitaus vielfältigere Gedanke der Triebbefriedigung wäre wohl imstande, das Bild bunter zu gestalten, aber die alte Gewohnheit ist so stark, daß man mitunter sogar lesen kann, die Triebe strebten nach Befriedigung, weil diese Erfüllung eben Lust sei, was ungefähr ebensoviel ist, wie den Auspuff für den treibenden Teil an einem Motor zu halten!»

So war Ulrich am Ende denn auch auf die Frage der Einfachheit zu sprechen gekommen obgleich es wohl eine Abschweifung war.

«Woran liegt der Reiz, die besondere Versuchung für den Geist, daß er glaubt, die Welt der Gefühle auf Lust und Unlust oder auf die einfachsten physiologischen Vorgänge zurückführen zu müssen? Warum billigt er einem psychologischen Etwas umso mehr Erklärungswert zu, je einfacher es ist? Warum einem physiologisch-chemischen noch mehr als einem psychologischen, und schließlich der Zurückführung auf die Bewegung physikalischer Atome den allermeisten? Es geschieht selten aus Vernunftgründen, eher halbbewußt, aber auf irgendeine Weise ist dieses Vorurteil gewöhnlich wirksam. Worauf beruht also dieser Glaube, daß das Geheimnis der Natur einfach sein müsse?

Zuerst ist da zweierlei zu unterscheiden. Die Zerlegung des Zusammengesetzten in das Einfache und Kleine ist im Alltag eine durch nützliche Erfahrung gerechtfertigte Gewohnheit; dieser lehrt uns tanzen, indem er uns die Schritte beibringt, und er lehrt uns, daß man ein Ding besser versteht, nachdem man es zerlegt und wieder zusammengeschraubt hat. Die Wissenschaft bedient sich dagegen der Vereinfachung eigentlich nur als einer Zwischenstufe; auch was als Ausnahme erscheint, ordnet sich dem unter. Denn am Ende führt sie nicht das Zusammengesetzte auf das Einfache zurück, sondern das Besondere des einzelnen Falls auf die allgemein gültigen Gesetze, die ihr Ziel sind, und die sind nicht sowohl einfach als vielmehr allgemein und zusammenfassend. Sie vereinfachen die Mannigfaltigkeit des Geschehens erst durch ihre Anwendung, also in zweiter Hand.

Und so heben sich überall im Leben zwei Einfachheiten von einander ab: was es zum voraus ist, und was es erst nachher wird, sind in verschiedener Bedeutung einfach. Was es zum voraus ist, mag es was immer sein, ist meistens einfach aus Mangel an Inhalt und Form, und darum gemeinhin auch einfältig, oder es ist noch nicht durchschaut. Was aber erst einfach wird, mag es ein Gedanke oder ein Handgriff oder gar der Wille sein, hat Teil und hat in sich von der Gewalt der Wahrheit und des Könnens, die das verwirrt Vielfältige bezwingt. Diese beiden Einfachheiten werden gewöhnlich miteinander verwechselt: es geschieht in der frommen Rede von der Einfalt und Unschuld der Natur; es geschieht in dem Glauben, daß eine einfache Sittlichkeit unter allen Umständen dem Ewigen näher stehe als eine verwickelte; es geschieht auch in der Verwechslung des rohen Willens mit dem starken.»

Als Agathe so weit gelesen hatte, glaubte sie, auf dem Kies des Gartens Ulrichs zurückkehrende Schritte zu hören, und schob alle Blätter eilig wieder in die Lade zurück. Als sie sich aber davon überzeugt hatte, daß ihr Gehör sie getäuscht habe, und gewiß geworden war, daß ihr Bruder noch im Garten verweile, zog sie die Blätter wieder hervor und las noch ein Stück des Folgenden weiter.

53

Die Referate D und L

Als General Stumm von Bordwehr im Garten darzulegen begonnen
hatte, warum er glaube, über eine Idee gestolpert zu sein, zeigte sich
alsbald, daß er mit der Freude erzähle, die ein Stoff bereitet, der gut
durchdacht ist. Den Anfang habe es gemacht, berichtete er, daß er
wegen des unbesonnenen Beschlusses, der den Kriegsminister gezwungen hätte, Diotimas Haus fluchtartig zu verlassen, die erwartete Nase
bekommen habe. «Ich habe ja alles vorausgesagt!» beteuerte Stumm
selbstbewußt und fügte bescheidener hinzu: «Nur das nicht, was
danach gekommen ist.» Es war nämlich trotz aller Gegenmaßnahmen
etwas von dem leidigen Zwischenfall in die Zeitungen durchgesickert
und bei den Ausschreitungen wieder zum Vorschein gekommen,
deren Opfer dann Graf Leinsdorf wurde. Graf Leinsdorf aber war,
wie es Stumm schon in Agathes Gegenwart angedeutet hatte und jetzt
ausführte, auf der Rückreise von seinen böhmischen Gütern in einer
Stadt, wo er den Eilzug erreichen wollte, mit dem Wagen zwischen
die zwei Fronten eines politischen Zusammenstoßes geraten, und
Stumm beschrieb nun das Weitere folgendermaßen: «Sie haben ihre
Unruhen natürlich wegen etwas ganz anderem veranstaltet gehabt;
wegen irgend einer Verordnung der Regierung über den Gebrauch
der Landessprachen in den Ämtern, oder wegen einer andern von
diesen Sachen, über die man sich schon so oft geärgert hat, daß man
kaum noch kann. Und so sind auch bloß auf der einen Seite der Straßen
die deutschsprachigen Stadtbewohner gestanden und haben zu den
andern hinübergeschrien: ‹Pfui!›, und auf der andern Seite sind die
anderssprachigen gestanden und haben zu den Deutschen hinübergeschrien: ‹Schande!›; und es wäre weiter auch nichts geschehn. Aber
der Leinsdorf ist als Friedensstifter bekannt; er will, daß die in der
Monarchie vereinigten Volksstämme ein Staatsvolk bilden, und das
sagt er auch immer. Und du weißt doch auch, wenn ich hier so sagen
darf, wo es niemand hört, daß zwei Hunde einander oft unentschlossen
anknurren, daß sie aber in dem Augenblick, wo man sie beruhigen
will, aufeinander losfahren. Wie der Leinsdorf erkannt worden ist, hat
das also den Gefühlen einen ungeheuren Aufschwung gegeben; und
sie haben zuerst im Sprechchor auf zwei Sprachen angefangen zu
fragen: ‹Was ist mit der Enquete zur Feststellung der Wünsche der
beteiligten Kreise der Bevölkerung, Herr Graf?› und dann haben sie
geschrien: ‹Nach außen heuchelst du Frieden, und im eigenen Haus
bist du ein Mörder!› Erinnerst du dich an die Geschichte, die man ihm

nachsagt, daß einmal, vor hundert Jahren, als er noch jünger gewesen ist, eine Kokotte in der Nacht gestorben sein soll, wo sie bei ihm war? Auf das haben sie nämlich damit auch anspielen wollen, sagt man jetzt. Und das alles ist bloß wegen diesem dummen Beschluß geschehn, daß man sich für seine eigenen Ideen töten lassen soll, aber ja nicht für fremde; wegen einem Beschluß also, den es gar nicht gibt, weil ich seine Protokollierung verhindert hab'! Aber anscheinend hat er sich herumgesprochen, und weil wir ihn nicht zugelassen haben, verdächtigt man jetzt uns alle, daß wir Volksmörder sein wollen! So etwas ist vollkommen unvernünftig, aber es ist schließlich logisch!»

Ulrich fiel diese Unterscheidung auf.

Der General zuckte die Achseln. «Die geht auf den Kriegsminister selbst zurück. Nämlich schon wie er mich nach dem Krakeel bei Tuzzis hat zu sich rufen lassen, hat er zu mir gesagt: ‹Lieber Stumm, du hättest es nicht so weit kommen lassen dürfen!› Ich habe ihm aber darauf, was mir nur einfiel, vom Zeitgeist erwidert und davon, daß der Zeitgeist eine Äußerung und anderseits auch wieder einen Halt braucht: mit einem Wort, ich habe ihm zu beweisen getrachtet, wie wichtig es ist, eine Zeitidee zu suchen und sich für sie zu begeistern, selbst wenn es vorderhand noch zwei Ideen sind, die einander widersprechen und sich gegenseitig in Wut treiben, so daß man unmöglich in jedem Augenblick wissen kann, was daraus entstehen wird. Doch er hat mir erwidert: ‹Lieber Stumm, du bist ein Philosoph! Ein General aber *muß* wissen! Wenn du eine Brigade in ein Rencontre-Gefecht führst, vertraut dir der Feind auch nicht an, was er vorhat und wie stark er ist!› Und danach hat er mir ein für allemal die größte Zurückhaltung anbefohlen.» – Stumm unterbrach seine Erzählung nur, um einen neuen Vorrat an Atem zu schöpfen, und fuhr fort: «Darum habe ich mich, wie dann auch noch die Geschichte mit dem Leinsdorf dazugekommen ist, gleich selbst beim Minister melden lassen; denn ich habe vorhergesehen, daß man wieder der Parallelaktion schuld geben wird, und habe dem die Spitze abbrechen wollen. ‹Exzellenz!› habe ich begonnen. ‹Es ist unvernünftig gewesen, was das Volk dort getan hat, aber das hätte man wissen können, denn es ist immer so. Ich rechne darum in einem solchen Fall nicht mit der Vernunft, sondern mit Leidenschaften, Einbildungen, Schlagworten und ähnlichem. Aber abgesehen davon, hätte auch das nichts genutzt, denn Seine Erlaucht ist ein eigensinniger und schwer zu beeinflussender alter Herr –›. So ungefähr habe ich also gesprochen, und der Kriegsminister hat mich auch die ganze Zeit still angehört und hat genickt. Aber entweder hat er selbst vergessen gehabt, was er mir das Mal zuvor vorgehalten hat, oder er ist scheinbar sehr grantig gewesen, denn plötzlich hat er erwidert: ‹Du bist eben doch ein Philosoph, Stumm! Mich interessiert weder Seine Erlaucht noch das Volk; aber du sagst bald Vernunft, bald Logik, so als ob das ein und dasselbe wäre, und ich muß dich aufmerksam machen, daß es nicht ein und dasselbe ist! Vernunft kann ein Zivilist haben, und braucht sie auch nicht zu haben. Aber das, womit man der Vernunft begegnen muß, und was ich darum von meinen Generalen verlangen muß, ist Logik. Das gewöhnliche Volk hat keine Logik, aber es muß sie über sich spüren!› Und damit ist die Unterredung beendet gewesen» schloß Stumm von Bordwehr.

«Ich verstehe das zwar nicht im mindestens, aber es kommt mir vor, daß dein Zweithöchster Kriegsherr im ganzen nicht ungnädig mit dir umgeht» bemerkte Ulrich.

Sie wandelten die Gartenwege auf und ab, und Stumm machte jetzt einige Schritte, ohne zu erwidern, blieb dann aber so heftig stehn, daß der Kies unter seinen Sohlen knirschte. «Das verstehst du nicht?!» rief er aus und fügte hinzu: «Zuerst habe ich es auch nicht verstanden. Aber nach und nach ist mir die ganze Tragweite aufgegangen, warum Seine Exzellenz, der Herr Kriegsminister recht hat! Und warum hat er recht?» fragte er unversöhnlich. «Weil der Kriegsminister immer recht hat! Ich kann, wenn es bei Diotima einen Skandal gibt, nicht vor ihm weggehen, und ich kann auch nicht in die Zukunft von Böhmen blicken; es ist unvernünftig, das von mir zu verlangen! Und ich darf auch nicht, wie in dem Falle Leinsdorf, für etwas in Ungnade fallen, womit ich so wenig zu tun habe wie mit der Geburt meiner seligen Großmutter! Aber trotzdem hat der Kriegsminister, der mir das alles zumutet, recht, weil der Vorgesetzte immer recht hat: das ist nämlich eine Banalität, und auch keine! Verstehst du es jetzt?»

«Nein» sagte Ulrich.

«Aber schau,» beschwor ihn Stumm, «du willst mir bloß Schwierigkeiten machen, weil du dich unabhängig fühlst oder weil du ein Rechtsgefühl hast oder aus solchen Gründen, und gibst nicht zu, daß es sich hier um etwas Ernsteres handelt! Aber wirklich erinnerst du dich ganz gut; denn beim Militär hat man doch auch dir seinerzeit bei jeder Gelegenheit gesagt: ein Offizier muß logisch denken können! Logik ist ja geradezu das, was in unseren Augen das Militär vom Zivil unterscheidet. Aber meint man damit Vernunft? Nein. Vernunft hat der Feldrabbiner oder der Feldkurat oder der Herr vom Kriegswissenschaftlichen Archiv. Aber Logik ist nicht Vernunft. Logik heißt: handle unter allen Umständen ehrenvoll, aber konsequent, rücksichtslos und ohne Gefühl; und laß dich durch nichts irre machen! Denn die Welt wird nicht von der Vernunft regiert, sondern muß mit eiserner Logik beherrscht werden, wenn auch auf ihr, seit sie besteht, geredet wird! – Das ist es also, was mir der Kriegsminister zu verstehen gegeben hat; und du wirst einräumen, daß es in mir nicht auf den unfruchtbarsten Boden gefallen ist, denn es ist ja nichts als die alte, bewährte Offiziersmentalität. Ich habe seither wieder etwas mehr davon in mir; und du wirst es auch nicht leugnen können: Wir müssen schlagfertig sein, bevor wir alle anfangen, vom Ewigen Frieden zu sprechen; wir müssen zuerst unsere Versäumnisse und Schwächen gutmachen, damit wir dann bei der allgemeinen Verbrüderung nicht im Nachteil sind. Und unser Geist ist *nicht* schlagfertig! Er ist überhaupt nie fertig! Der Zivilgeist ist ein bedeutsames Hin und Her, ein Empor und Hinab, und du hast ihn einmal den tausendjährigen Glaubenskrieg genannt: aber davon können wir uns nicht ruinieren lassen! Es muß also jemand da sein, der, wie man beim Militär sagt, Initiative hat und die Führung übernimmt, und dazu ist der Vorgesetzte berufen: Das sehe ich jetzt selbst ein; und ich bin nicht ganz sicher, ob ich früher, in meiner Teilnahme für alle geistigen Bestrebungen, nicht doch manchmal zu weit hingerissen worden bin.»

Ulrich fragte: «Und was wäre geschehn, wenn du das nicht eingesehen hättest? Hätte man dir den Zylinder geschickt?»

«Nein, das nicht» berichtigte Stumm. «Natürlich vorausgesetzt, daß ich es nicht auch am militärischen Gefühl für die Kräfteverhältnisse fehlen lasse. Aber eine Landwehrbrigade in Wladischmirschowitz oder in Knobljoluka hätten sie mir verliehen, statt daß ich wie bisher am Kreuzungspunkt soldatischer Macht und ziviler Erleuchtung sitze und der uns allen gemeinsamen Kultur vielleicht doch noch etwas nützen kann!»

Sie hatten nun die Wege zwischen dem Haus und der Ausfahrt, in deren Nähe der Wagen wartete, schon einigemal zurückgelegt, und auch diesmal bog der General wieder ab, ehe sie ans Gitter gelangten. «Du mißtraust mir» beklagte er sich: «du hast mich nicht ein einzigesmal gefragt, was gar erst geschehen ist, wie auf einmal der Friedenskongreß da war!»

«Also, was ist geschehen? Der Kriegsminister hat dich wieder rufen lassen, und was hat er gesagt –?»

«Nein! Nichts hat er gesagt! Ich habe acht Tage darauf gewartet: aber nichts mehr hat er gesagt!» berichtigte der andere. Und nach einem Augenblick des Verstummens konnte er es nicht mehr bei sich behalten und verkündete: «Aber das Referat ‹D› haben sie mir da abgenommen!»

«Was ist das Referat ‹D›?» fragte Ulrich, obwohl es ihm ahnte.

«Referat ‹Diotima› natürlich» gab Stumm mit schmerzlichem Vergnügen zur Antwort. «In einem Ministerium wird doch für jede größere Frage ein Referat eingerichtet, und so hat das auch geschehen müssen, wie Diotima ihre Hauskongresse zur Ermittlung einer patriotischen Idee begonnen hat und durch die lebhafte Anteilnahme des Arnheim unsere Aufmerksamkeit erregt worden ist. Dieses Referat ist mir zugeteilt worden, wie du wohl bemerkt haben wirst, und da bin ich eben auch gefragt worden, wie man es benennen soll; denn schließlich kann man so etwas doch nicht einfach einreihen wie ein Medikamentendepot oder einen Intendanzkurs, und der Name Tuzzi hat aus interministeriellen Rücksichten nicht genannt werden dürfen. Mir selbst ist aber auch nichts Bezeichnendes eingefallen, und darum habe ich, damit ich nicht zuviel und nicht zuwenig sage, schließlich vorgeschlagen, es Referat ‹D› zu nennen: ‹D›, das ist für mich Diotima gewesen, aber das hat niemand gewußt, und für die andern hat es doch ganz hervorragend echt geklungen, wie der Name eines Dienstbuches, wenn nicht gar wie ein nur dem Generalstab zugängliches Geheimnis. Das ist eine meiner besten Ideen gewesen!» schloß Stumm und fügte seufzend bei: «Damals habe ich eben noch Ideen haben dürfen!»

Er schien sich aber nicht genug ermuntert zu fühlen, und als Ulrich – dessen weltrückfällige Laune beinahe schon verbraucht war, zumindest ihren Mundvorrat an Gesprächigkeit fast aufgezehrt hatte – jetzt nach einem anerkennenden Lächeln in Schweigen verfiel, beklagte sich Stumm von neuem. «Du traust mir nicht. Du hältst mich nach dem, was ich gesagt hab', für einen Militaristen. Aber, auf Ehrenwort, ich wehre mich dagegen, einer zu sein, und will nicht ohneweiters fahren lassen, woran ich so lange geglaubt habe! Diese großartigen Ideen machen den Soldaten doch erst zum Menschen: Ich sage dir, Freund, wenn ich daran denke, komme ich mir wie ein Witwer vor, dem seine bessere Hälfte in den Tod vorangegangen ist!» Er ereiferte sich noch einmal. «Die Republik der Geister ist natürlich gerade so unordentlich wie eine jede Republik; aber wie glücklich macht allein schon die große Idee, daß keiner die Weisheit allein gepachtet hat und daß es eine Menge Ideen gibt, die man – vielleicht gerade wegen der mangelnden Ordnung, die unter ihnen herrscht! – überhaupt noch nicht gefunden hat! Für das Militär bin ich damit ein Neuerer gewesen! Sie haben zwar im Generalstab mich und mein Referat ‹D› wegen meiner wechselvollen Anregungen den ‹Mobilen Beleuchtungszug› geheißen, aber auch sie haben von der Fülle, die ich ausgestreut habe, ganz gern genossen!»

«Und das ist alles aus?»

«Es wäre nicht unbedingt aus; aber ich selbst habe mein Vertrauen in den Geist teilweise eingebüßt!» grollte Stumm, Trost fordernd.

«Da tust du recht daran» bemerkte Ulrich trocken.

«Das sagst jetzt auch du?!»

«Ich habe es immer gesagt. Ich habe dich seit je gewarnt, früher als der Minister. Geist eignet sich nur in beschränktem Maße zum Regieren.»

Stumm wollte die Belehrung zurückweisen, darum versicherte er: «Das ist immer auch meine Meinung gewesen!»

Ulrich fuhr fort: «Der Geist ist ins Leben verflochten wie in ein Rad, das er treibt und von dem er gerädert wird.»

Stumm ließ ihn aber nicht weiter kommen. «Wenn du vermuten solltest, daß für mich solche äußere Umstände bestimmend gewesen sind,» unterbrach er ihn «so würdest du mich aber erniedrigen! Es handelt sich auch um eine geistige Läuterung! Das Referat ‹D› ist mir außerdem in allen Ehren abgenommen worden. Der Minister hat mich rufen lassen, um mir selbst mitzuteilen, daß es notwendig ist, weil der Chef des Generalstabs eine persönliche Berichterstattung über den Weltfriedenskongreß verlangt; und darum haben sie gleich das Ganze aus dem Militärbildungswesen herausgenommen und der Nachrichtenabteilung des Evidenzbüros angegliedert –»

«Der Spionage-Abteilung?!» warf Ulrich ein, nun von neuem belebt.

«Wem denn sonst!? Wer nicht weiß, was er selbst will, muß wenigstens wissen, was die anderen wollen! Und, ich bitte dich, was soll der Generalstab auf einem Weltfriedenskongreß wollen? Ihn behindern, das wäre barbarisch, und ihn pazifistisch fördern, das wäre unmilitärisch! Also beobachten sie ihn. Wer hat gesagt: ‹Bereitschaft ist alles›? Na, egal, jedenfalls ist es jemand gewesen, der vom Militär etwas verstanden hat –» Stumm hatte seinen Kummer vergessen. Er drehte sich auf den Beinen hin und her und versuchte, mit der Scheide des Säbels eine Blume zu köpfen. «Ich fürchte ja bloß, daß es ihnen zu schwer sein wird und daß sie mich noch kniefällig zurückholen werden, damit ich mein Referat wieder selbst übernehme!» plauderte er. «Schließlich wissen wir doch, du und ich, mit unserer fast schon einjährigen Erfahrung, wie sich so ein Ideenkongreß in Beweise und Gegenbeweise zerspaltet! Glaubst du überhaupt daran, daß – also jetzt abgesehen von den besonderen Schwierigkeiten des Regierens! – eine Ordnung sozusagen nur vom Geiste ausgehen kann?»

Er hatte jetzt auch seine Beschäftigung mit den Blumen eingestellt und sah mit gefalteter Stirn, die Säbelscheide in der Hand haltend, seinem Freunde eindringlich ins Gesicht.

Dieser lächelte ihn an und schwieg.

Stumm ließ den Säbel fallen, weil er die Fingerspitzen beider in weißen Handschuhen steckenden Hände zu einer delikaten Begriffsbestimmung brauchte: «Du mußt mich richtig verstehn, wenn ich zwischen Geist und Logik unterscheide. Logik ist Ordnung. Und Ordnung muß sein! Das ist der Grundsatz des Offiziers, und ihm beuge ich mich! Auf Grund welcher Ideen aber Ordnung gemacht wird, das ist egal; das ist Geist – oder wie es der Kriegsminister etwas altmodisch ausgedrückt hat, Vernunft – und das ist nicht Sache des

Offiziers. Aber der Offizier mißtraut der Fähigkeit des Zivils, daß es von selbst vernünftig wird, auf Grund welcher Ideen es das auch immer versucht. Denn ganz gleich, welchen Geist es wann immer gegeben hat, immer ist am Ende ein Krieg daraus entstanden!»

So erläuterte Stumm seine neuen Einsichten und Zweifel, und Ulrich faßte das unwillkürlich in eine Anspielung auf einen bekannten Ausspruch zusammen, indem er fragte: «Du möchtest also eigentlich sagen, daß der Krieg ein Element der von Gott eingesetzten Weltordnung ist?»

«Da redest du aber schon zu geistig!» pflichtete Stumm wohl bei, doch mit Vorbehalt. «Ich frage mich bloß schlicht, ob der Geist nicht einfach entbehrlich ist. Denn wenn ich den Menschen mit Sporen und Zaum behandeln soll wie ein Stück Vieh, dann muß ich auch ein Stück Vieh in mir tragen, weil ein wirklich guter Reiter dem Roß nähersteht als beispielsweise der Rechtsphilosophie! Die Preußen nennen das den Schweinehund, den jeder in sich trägt, und bezwingen ihn mit einem spartanischen Geist. Als österreichischer General möchte ich aber lieber sagen: Je besser, schöner und geordneter ein Staat ist, desto weniger braucht man darin den Geist, und in einem vollkommenen Staat braucht man ihn überhaupt nicht! Das halte ich für ein sehr schwieriges Paradoxon! Übrigens von wem ist das, was *du* gesagt hast? Ist das von jemandem?»

«Das ist von Moltke. Er hat gesagt, daß sich die edelsten Tugenden des Menschen, Mut, Entsagung, Pflichttreue, Opferwilligkeit, erst im Krieg entwickeln und daß die Welt ohne den Krieg in dumpfem Materialismus versumpfen müßte.»

«Schau!» rief Stumm aus. «Auch interessant! Da hat er schon etwas gesagt, was ich mir ebenfalls manchmal denke!»

«Aber Moltke sagt in einem andern Brief an den gleichen Menschen, fast in demselben Atem tut er es also, daß selbst ein siegreicher Krieg ein nationales Unglück ist» gab Ulrich zu bedenken.

«Siehst du, da hat ihn der Geist gezwickt!» versetzte Stumm überzeugt. «Ich habe nämlich nie eine Zeile von ihm gelesen, er ist mir immer viel zu militärisch vorgekommen. Und du kannst mir wirklich glauben, daß ich immer ein Antimilitarist gewesen bin. Ich habe mein Leben lang gedacht: Kein Mensch glaubt heutzutage mehr an einen Krieg, man macht sich damit nur lächerlich. Und – ich möchte nicht, daß du glaubst, ich habe mich geändert, weil ich jetzt anders bin!» Er hatte den Wagen herbeigewinkt und den Fuß schon aufs Trittbrett gesetzt, zögerte aber und sah Ulrich nötigend an. «Ich bin mir selbst treu geblieben!» fuhr er fort. «Aber wenn ich den zivilen Geist früher mit den Gefühlen eines jungen Mädchens geliebt habe, liebe ich ihn jetzt, wenn ich so sagen darf, mehr wie eine reife Frau: Er ist kein

Ideal, er läßt sich nicht einmal dahin bringen, daß er mit sich selbst eines Sinnes wird. Darum habe ich dir – nicht erst heute, sondern schon lange – gesagt, daß man mit den Menschen sowohl in Güte wie auch mit starker Hand verfahren muß, man muß sie also lieben *und* kujonieren, damit es zu etwas Rechtem kommt. Und das ist schließlich nichts als die überparteiliche militärische Gesinnung, die den Soldaten auszeichnen soll. Ich beanspruche kein persönliches Verdienst daran, aber ich will dir zeigen, daß sie schon früher aus mir gesprochen hat!»

«Jetzt wirst du noch wiederholen, daß der Bürgerkrieg vom Jahre Sechsundsechzig daraus entstanden ist, daß sich alle Deutschen als Brüder erklärt haben» meinte Ulrich lächelnd.

«Ja, natürlich!» bestätigte Stumm. «Und jetzt erklären sich noch dazu alle Menschen als Brüder! Da muß ich mich doch fragen, was daraus entstehen wird! Es kommt ja so unerwartet, was wirklich kommt. Da haben wir fast ein Jahr lang nachgedacht, und dann ist es auch ganz anders gekommen. Und so ist es anscheinend mein Verhängnis, daß mich der Geist, indem ich ihn aufmerksam durchforschte, wieder zum Militär zurückführt. Trotzdem, wenn du alles überlegst, was ich gesagt habe, so wirst du finden: Ich identifiziere mich also mit nichts; aber ich finde an allem etwas Wahres: *das* wäre ungefähr der Extrakt von dem, was wir gesprochen haben!»

Stumm wollte nach einem Blick auf die Uhr das Zeichen zur Abfahrt geben, denn sein Vergnügen, sich ausgesprochen zu haben, war so lebhaft, daß er alles übrige vergessen hatte. Aber Ulrich legte jetzt freundschaftlich Hand an ihn und sagte: «Du hast mir noch nicht mitgeteilt, was dein neues ‹Auftragerl› ist.»

Stumm weigerte sich: «Heute reicht die Zeit nicht mehr. Ich muß fort.»

Aber Ulrich hatte ihn an einem der goldenen Knöpfe gefaßt, die auf seinem Bauch glänzten, und hielt so lange fest, bis sich Stumm ergab. Er angelte nach Ulrichs Kopf und zog das Ohr an seinen Mund. «Also unter strengster Diskretion,» flüsterte er: «Leinsdorf!»

«Ich nehme an, daß er beseitigt werden soll, du politischer Meuchelmörder!» flüsterte Ulrich wieder, aber so unbefangen, daß Stumm verletzt auf den Kutscher deutete. Sie richteten sich auf, und Ulrich trat vom Wagenschlag zurück. Sie zogen es jetzt vor, laut zu sprechen und bloß den Namen zu vermeiden. «Laß mich selbst nachdenken und versuchen,» bat Ulrich «ob ich noch irgend etwas von eurer Welt weiß: ‹Er› hat den letzten Kultusminister gestürzt, und seit der neuen ihm widerfahrenen Beleidigung muß man darauf gefaßt sein, daß ‹Er› es dem jetzigen auch so macht. Das wäre aber augenblicklich eine unangenehme Störung, und dem muß man vorbaun. Und aus irgendeinem Grund hält ‹Er› halt immer an seinen Überzeugungen fest: daß die Deutschen die Gefahr für den Staat sind, daß gerade der Baron Wisnietzky, den sie nicht leiden können, der geeignete Mann ist, bei ihnen Propaganda zu machen, daß die Regierung nicht hätte ihren Kurs wechseln sollen, und so weiter –»

Stumm hätte Ulrich unterbrechen können, aber er hörte freiwillig zu, und jetzt mischte er sich sogar selbst ein. «Schließlich ist unter ihm in der Aktion doch auch die ‹Parole der Tat› entstanden, und während alle andern bloß sagen: das ist ein neuer Geist!, sagt ‹Er› jedem, der es ungern hört: es muß etwas geschehn!»

«Und stürzen kann man ihn nicht, er ist eine Privatperson. Und die Parallelaktion hat man ihm ohnehin sozusagen schon unter dem Sattel weggeschossen» meinte Ulrich.

«Also ist jetzt die Gefahr entstanden, daß er etwas Neues anfangt!» ergänzte es der General.

«Aber was kannst denn du dagegen tun?!» fragte Ulrich neugierig.

«Gott! Ich hab' halt die Aufgabe bekommen, ihn ein bissel abzulenken und zu beschäftigen, und wenn du willst, auch ein bissel zu beaufsichtigen –»

«Also: ein Referat ‹L›? Du trügerisches Himmelblau!»

«Unter uns kannst du es ja so nennen, aber einen dienstlichen Namen hat es natürlich nicht. Ich habe einfach den Auftrag, mich dem Leinsdorf» – diesmal wollte Stumm den Namen doch auch mitgenießen, flüsterte ihn aber wieder – «an den Hals zu setzen wie eine Zecke: das sind die eigenen huldvollen Worte Seiner Exzellenz!»

«Aber er muß dir doch auch ein Ziel gegeben haben, das du erreichen sollst?»

Der General lachte. «Reden! Ich soll mit ihm reden. Auf alles eingehn, was er sich denkt, und so viel darüber reden, daß er sich womöglich auf diese Weise verausgabt und nichts Unvorhergesehenes tut. ‹Saug ihn aus› hat Seine Exzellenz gesagt und hat das einen sehr ehrenvollen Vertrauensbeweis und Auftrag genannt. Und wenn du mich noch fragen solltest, ob das alles ist, so kann ich dir nur erwidern: es ist sehr viel! Diese alte Erlaucht ist ungeheuer gebildet und eigentlich ein hervorragend interessanter Mensch!» Er hatte dem Kutscher das Zeichen zum Losfahren gegeben und rief zurück: «Alles andere das nächste Mal! Ich rechne auf dich!»

Und erst als der Wagen davonrollte, kam Ulrich der Einfall, daß Stumm vielleicht auch die Absicht haben könnte, ihn selbst unschädlich zu machen, den man früher verdächtigt hatte, daß er den Geist des Grafen Leinsdorf einmal noch zu einem ganz ungewöhnlichen Einfall verleiten könnte.

54

Naive Beschreibung, wie sich ein Gefühl bildet

Von den folgenden Blättern hatte Agathe noch einen großen Teil gelesen.

Sie enthielten zunächst noch nicht die versprochene Darlegung der Entwicklung, die der Begriff des Gefühls gegenwärtig mitmacht; denn ehe sich Ulrich von diesen Auffassungen Rechenschaft gab, aus denen er den meisten Gewinn zu ziehen hoffte, hatte er sich, nach seinen eigenen Worten, «das Entstehen und Wachstum eines Gefühls so naiv und mit grobem Finger buchstabierend vorzustellen» getrachtet «wie es einem geistig nicht ungeübten Laien erscheinen mag.»

Und diese Aufzeichnung fuhr folgendermaßen fort: «Man pflegt das Gefühl als etwas anzusehen, das Ursachen und Folgen hat, und ich will mich darauf beschränken, daß die Ursache ein äußerer Reiz sei. Natürlich gehören aber zu diesem Reiz auch geeignete Umstände, das heißt sowohl passende äußere Umstände als auch innere, eine innere Bereitschaft, und erst diese Dreiheit entscheidet darüber, ob und wie er beantwortet wird. Denn ob sich ein Gefühl überraschend oder verzögert einstellt, wie es sich ausbreitet und abläuft, welche Ideen es mit sich bringt, und überhaupt welches Gefühl es ist, hängt gewöhnlich nicht minder von dem Vorzustand des Fühlenden und der Umwelt als vom Reiz ab. Von dem persönlichen Zustand des Fühlenden, also von Temperament, Charakter, Alter, Erziehung, von den Anlagen, Grundsätzen, vorangegangenen Erlebnissen und vorhandenen Spannungen, gilt das wohl als selbstverständlich, obwohl diese Bedingungen keine genaue Grenze haben und sich in das Wesen der Person und ihres Schicksals verlieren. Aber auch die äußere Umgebung, ja schon ein Wissen von ihr oder bloß ihre stillschweigende Voraussetzung können ein Gefühl unterdrücken oder begünstigen, und das gesellige Leben bietet unzählige Beispiele dafür dar, denn in jeder Lage gibt es Gefühle, die sich schicken oder nicht schicken, auch wechselt es mit den Landstrichen und der Zeit, welche Gefühlsgruppen im öffentlichen und im Eigenleben vorherrschen, oder doch begünstigt werden, und welche unterdrückt werden, ja sogar schlechthin gefühlvolle und gefühlarme Zeiten haben einander schon abgelöst.

Zu alledem kommt dann noch hinzu, daß äußere und innere Umstände, ja auch diese und der Reiz, wie sich leicht ermessen läßt, nicht unabhängig von einander sind. Denn der innere Zustand ist dem äußeren und seinen Gefühlreizen angepaßt gewesen, war also auch von ihnen abhängig, und der äußere muß auf irgendeine Weise aufgenom men worden sein, so daß seine Erscheinung von dem inneren Zustand abhing, ehe eine Störung dieses Gleichgewichts ein neues Gefühl hervorruft und dieses einen neuen Ausgleich entweder anbahnt oder selbst schon darstellt. Ebenso wirkt aber auch der ‹Reiz› gewöhnlich nicht unmittelbar, sondern erst kraft seiner Aufnahme, und das Innere wieder vollzieht diese Aufnahme erst auf Grund von Wahrnehmungen, mit denen Anfänge der Erregung doch wohl schon verbunden sein müssen.

Davon abgesehen, hängt der Reiz, der ein Gefühl zu erregen vermag, mit diesem aber auch schon insofern zusammen, als das, was beispielsweise einen Hungernden erregt, einem Beleidigten gleichgültig ist, und umgekehrt.»

«Ähnliche Verwicklungen ergeben sich, wenn das Weitere ‹der Reihe nach› beschrieben werden soll. So ist schon die Frage, wann ein Gefühl ‹da› sei, nicht zu beantworten, obwohl nach der zugrundeliegenden Auffassung, wonach es bewirkt werden und dann selbst wirken solle, doch angenommen werden müßte, daß es einen solchen Zeitpunkt gebe. In Wahrheit schlägt aber der erregende Reiz nicht in einen bestehenden Zustand ein wie die Kugel in die mechanische Scheibe, die nun ein Spielwerk von Folgen in Gang setzt, sondern dauert weiter und ruft einen Nachschub an inneren Kräften hervor, die sowohl in seinem Sinn wirken als auch seine Wirkung abändern. Und ebensowenig gibt sich das Gefühl, einmal vorhanden, sofort an seine Wirkungen aus, noch bleibt es sich auch nur einen Augenblick selbst gleich und ruht gleichsam in der Mitte zwischen den Vorgängen, die es aufnimmt und entsendet, sondern ist mit einer dauernden Veränderung von allem verbunden, wozu es außen und innen Beziehung hat, und empfängt auch von beiden Seiten eine Rückwirkung.

Es ist den Gefühlen die lebhafte, oft leidenschaftliche Bestrebung zu eigen, die Reize abzuändern, denen sie ihre Entstehung verdanken, und sie zu beseitigen oder zu begünstigen; und die Hauptlebensrichtungen sind die nach außen und von außen. Darum trägt der Zorn schon den Gegenangriff in sich, das Verlangen die Annäherung, und die Furcht den Übergang in Flucht, in Erstarren oder zwischen beiden in den Schrei. Aber auch durch die Rückwirkung dieses tätigen Verhaltens empfängt ein Gefühl nicht wenig von seiner Eigentümlichkeit und von seinem Inhalt; und der bekannte Ausspruch eines amerikanischen Psychologen: ‹Wir weinen nicht, weil wir traurig sind, sondern sind traurig, weil wir weinen› mag übertrieben sein, doch ist es sicher, daß man nicht bloß so handelt, wie man fühlt, sondern bald auch so fühlen lernt, wie man, aus welchen Gründen immer, handelt.

Ein bekanntes Beispiel dieses Hin- und Rückweges ist das Spiel von

Hunden, die im Scherz zu balgen beginnen und in einem blutigen Zweikampf enden; aber auch an Kindern und einfachen Menschen läßt sich ähnliches beobachten. Und ist schließlich nicht die ganze schöne Theatralik des Lebens ein großes solches Beispiel, mit ihren halb gewichtigen, halb gewichtslosen Gebärden der Ehre und Ehrung, der Drohung, Artigkeit, Gemessenheit und alles anderen, Gebärden des Etwas-darstellen-Wollens und der Darstellung, die das Urteil beiseitesetzen und unmittelbar das Gefühl beeinflussen. Sogar der ‹Drill› gehört dazu und beruht auf der Wirkung, daß ein lang aufgezwungenes Verhalten am Ende die Gefühle erzeugt, von denen es ausgehen sollte.»

«Wichtiger als die Rückwirkung des Tuns ist es freilich in diesen und anderen Beispielen, daß ein Erlebnis die Bedeutung wechselt, wenn sein Verlauf aus dem Bereich der ihm zu Anfang eigentümlichen lenkenden Kräfte in den Bereich anderer seelischer Anschlüße gerät. Denn Ähnliches wie auf der Außenseite vollzieht sich auf der inneren. Das Gefühl drängt nach innen; es ‹erfaßt den ganzen Menschen›, wie die Umgangssprache nicht unzutreffend sagt; es verdrängt, was sich nicht zu ihm schickt, und begünstigt, wovon es sich nähren kann. In einem Lehrbuch der Psychiatrie habe ich dafür die sonderbaren Namen ‹Schaltkraft› und ‹Schaltarbeit› gelesen. Dabei wird durch das Gefühl aber auch das Innere angeregt, daß es sich ihm zuwende. Die innere Bereitschaft, die nicht schon mit dem ersten Augenblick verausgabt ist, drängt ihm nach und nach zu; und vollends wird das Gefühl, sobald es größere in Gedanken, Erinnerungen, Grundsätzen oder anderem aufgespeicherte Kräfte ergreift, auch von ihnen ergriffen, und sie verändern es so, daß sich nun wieder schwer entscheiden läßt, ob man von einem Ergreifen oder einem Ergriffenwerden reden sollte.

Hat ein Gefühl durch solche Vorgänge aber seinen Höhepunkt erreicht, so muß es durch die gleichen wohl auch wieder geschwächt und verdünnt werden. Denn Gefühle und Erlebnisse werden dann seinen Bereich durchkreuzen, die sich ihm nicht mehr völlig unterwerfen und es am Ende sogar verdrängen. Ja eigentlich beginnt dieses gegenläufige Geschehen der Befriedigung und Abnützung schon mit der Entstehung des Gefühls; denn daß es um sich greift, bedeutet nicht nur eine Vergrößerung seiner Macht, sondern zugleich auch eine Entspannung der Bedürfnisse, denen es entspringt oder deren es sich bedient.

Auch im Verhältnis zur Handlung ist das zu beachten; denn das Gefühl steigert sich nicht nur im Tun, sondern entspannt sich auch darin; und seine Sättigung geht, wenn es nicht durch ein anderes Gefühl gestört wird, bis zum Überdruß fort, das heißt so lange, bis eben doch ein neues Gefühl da ist.»

«Etwas ist besonders zu erwähnen. Solange sich ein Gefühl das Innere unterwirft, kommt es auch in Berührung mit Tätigkeiten, die am Erleben und Verstehen der äußeren Welt mitwirken; und so wird es auch die Welt, wie wir sie verstehen, teilweise nach seinem eigenen Muster und Sinn zu schablonisieren vermögen, um durch den rückwirkenden Anblick in sich selbst bestärkt zu werden. Die Beispiele dafür sind bekannt: Ein heftiges Fühlen macht blind gegen das, was Unbefangene wahrnehmen, und macht gewahren, was andere nicht sehn. Der Traurige sieht Schwarz und straft mit Nichtachtung, was es aufhellen könnte; dem Heiteren leuchtet die Welt, und er ist nicht imstande, etwas wahrzunehmen, wovon das gestört werden könnte; dem Liebenden begegnen die bösesten Wesen mit Vertrauen; und der Argwöhnische findet nicht nur sein Mißtrauen allerorten bestätigt, sondern die Bestätigungen suchen ihn geradezu heim. Auf diese Art schafft sich jedes Gefühl, wenn es eine gewisse Stärke und Dauer erlangt, eine ausgewählte und anzügliche, seine eigene Welt, was keine kleine Rolle in den menschlichen Verhältnissen spielt! Dahin gehört auch unser berüchtigter Wankelmut und unser wechselndes Gutdünken.»

Hier hatte Ulrich einen Strich gezogen und war auf kurze Zeit zu der Frage zurückgekehrt, ob ein Gefühl ein Zustand oder ein Vorgang sei, deren Eigentümlichkeit als Scheinfrage jetzt deutlich hervortrat. Zusammenfassend und weiterführend knüpfte sich an die gegebene Beschreibung Folgendes an:

«Von der gewohnten Vorstellung ausgehend, das Gefühl sei ein Zustand, der von einer Ursache kommt und Folgen bewirkt, bin ich in der Ausführung zu einer Beschreibung geführt worden, die zweifellos einen Vorgang darstellt, wenn das Ergebnis über längere Strecken betrachtet wird. Gehe ich aber dann von dem Gesamteindruck eines Vorgangs aus und will diese Vorstellung festhalten, so sehe ich ebenso deutlich, daß zwischen benachbarten Stücken allenthalben das Nacheinander fehlt, das Eins-hinter-dem-anderen, das doch zu einem Vorgang gehört, ja sogar jede Andeutung eines Ablaufs in bestimmter Richtung. Im Gegenteil, es deutet sich zwischen den einzelnen Schritten eine wechselseitige Abhängigkeit und Voraussetzung an, ja sogar das Bild von Wirkungen, die ihren Ursachen voranzugehen scheinen. Auch Zeitverhältnisse kommen nirgends in der Beschreibung vor, und alles das weist aus verschiedenen Gründen nun wieder auf einen Zustand hin.

Ich kann also streng genommen vom Gefühl bloß sagen, daß es sowohl ein Zustand als auch ein Vorgang zu sein scheint, ebenso wie es weder ein Zustand noch ein Vorgang zu sein scheint; und eines von beiden will so berechtigt erscheinen wie das andere.

Selbst das hängt aber, wie sich leicht zeigen läßt, mindestens ebenso sehr von der Art der Beschreibung ab als von dem, was beschrieben wird. Denn es ist keine besondere Eigentümlichkeit des Seelischen, geschweige denn eine des Gefühls, sondern kommt auch auf anderen Gebieten der Naturbeschreibung vor, beispielsweise allenthalben, wo von einem System und seinen Gliedern oder von einem Ganzen und seinen Teilen die Rede ist, daß in Ansehung des einen als Zustand erscheinen kann, was in Ansehung des anderen als Vorgang gilt. Ja schon die Andauer eines Vorgangs ist für uns mit dem Begriff eines Zustands verbunden. Ich könnte wohl nicht sagen, daß die Logik dieser doppelten Vorstellungsbildung klar sei, aber wahrscheinlich hängt sie damit zusammen, daß die Unterscheidung zwischen Zuständen und Vorgängen mehr der sprachlichen Denkweise angehört als dem wissenschaftlichen Tatsachenbild, das sie vielleicht neu ausbilden, vielleicht aber auch hinter anderem verschwinden lassen wird.»

«Die deutsche Sprache sagt: Zorn ist in mir, und sagt: Ich bin in Zorn. Sie sagt: Ich bin zornig, ich fühle mich zornig, ich fühle Zorn. Sie sagt: Ich bin verliebt, und: Ich habe mich verliebt. Die Namen, die sie den Gefühlen gegeben hat, weisen sprachgeschichtlich wohl oft darauf zurück, daß sie vom Eindruck der Handlungen und durch das gefährliche oder in die Augen springende Verhalten zu ihnen bewogen worden ist; trotzdem spricht sie vom Gefühl bald als von einem Zustand, der verschiedene Vorgänge umschließt, bald als von einem Vorgang, der aus einer Reihe von Zuständen besteht; auch bezieht sie, wie die Beispiele zeigen, ohneweiters und bald so, bald anders die Vorstellungsbilder der Person und des Außen und Innen in ihre Ausdrucksweise ein; und im ganzen verfährt sie so launisch und unberechenbar, als hätte sie von Anfang an die deutsche Gefühlsverwirrung begründen wollen.

Diese Verschiedenartigkeit des sprachlichen Bildes unserer Gefühle, das aus eindringlichen, aber unvollkommenen Erfahrungen entstanden ist, spiegelt sich noch heute in der Ideenbildung der Wissenschaft wieder; namentlich dann, wenn diese mehr der Breite als der Tiefe nach genommen wird. Es gibt Lehren der Psychologie, in denen das Ich als das Gewisseste und in jeder Seelenregung, vornehmlich aber im Gefühl Erfahrbare auftritt, wie es auch Lehren gibt, die es völlig weglassen und nur die Beziehungen zwischen den Äußerungen für erfahrbar ansehen und so beschreiben, als wären es Erscheinungen in einem Kraftfeld, dessen Ursprung außer Betracht bleibt. Es gibt also Ichpsychologien und Psychologien ohne Ich. Aber auch die anderen Unterschiede sind gelegentlich ausgestaltet worden, und so erscheint das Gefühl einmal als ein Vorgang, den die Beziehung eines Ich zur

Außenwelt durchläuft, ein andermal als ein besonderer Fall und Zustand der Bezogenheit und so weiter, Unterscheidungen, die sich eben bei einer mehr begrifflichen Richtung der Wißbegierde, solange die Wahrheit nicht deutlich ist, leicht davorstellen.

Vieles bleibt hier noch der Meinung überlassen, auch wenn man sich sorgfältig bemüht, die Tatsachen von ihr zu unterscheiden. Es scheint uns klar zu sein, daß sich ein Gefühl nicht irgendwo in der Welt, sondern im Innern eines lebenden Wesens bildet, und daß ‹Ich› es bin, der fühlt oder in der Erregung sich selbst fühlt. Es geht deutlich etwas in mir vor, wenn ich fühle, und ich verändere auch meinen Zustand; und obwohl das Gefühl eine lebhaftere Beziehung zur Außenwelt herstellt als eine Sinnesempfindung scheint es mir ‹innerlicher› zu sein als sie. Das ist die eine Gruppe der Eindrücke. Anderseits ist mit dem Gefühl aber auch eine Stellungnahme der ganzen Person verbunden, und das ist die andere Gruppe. Ich weiß vom Gefühl, im Unterschied von der Sinnesempfindung, daß es mehr als diese ‹mich ganz› angeht. Auch geschieht es nur auf dem Weg über die Person, daß ein Gefühl außen etwas bewirkt, sei es dadurch, daß diese handelt, sei es dadurch, daß sie die Welt anders zu sehen beginnt. Ja es ließe sich nicht einmal behaupten, daß ein Gefühl eine Veränderung im Innern einer Person sei, ohne hinzuzufügen, daß deren Beziehung zur Außenwelt dabei Veränderungen erfährt.»

«Vollzieht sich also das Werden und Sein eines Gefühls ‹in› uns oder an uns und mit uns? So komme ich wieder auf meine eigene Beschreibung zurück. Und wenn ich ihrer Unbefangenheit Glauben schenken darf, so bekräftigen die von ihr vorsichtig durchleuchteten Verhältnisse noch einmal das gleiche: Mein Gefühl bildet sich in mir und außer mir; es verändert sich von innen und von außen; es verändert mich von innen und von außen; es verändert die Welt unmittelbar von innen und tut es mittelbar, das heißt durch mein Verhalten, von außen; und es ist also, mag das auch unserem Vorurteil widersprechen, innen und außen zugleich, oder zumindest mit beidem so verschlungen, daß die Frage, was an einem Gefühl innen und was außen sei und was davon Ich und was Welt sei, fast allen Sinn einbüßt.

Das muß also doch wohl den Grundtatbestand abgeben und kann es auch ohneweiters tun, denn in maßvolleren Worten ausgedrückt, besagt es bloß, daß in jedem Fühlen etwas von einer doppelten Richtung erlebt wird, was ihm die Natur einer Durchgangserscheinung verleiht: nach innen, oder auf die Person zurück, und nach außen, oder zu dem Gegenstand hin, von dem es beschäftigt wird. Was hingegen Innen und Außen ist, und erst recht, was es bedeutet, zum Ich oder zur Welt zu gehören, das also, was am Ende dieser beiden Richtungen steht und darum ihre Erscheinung erst ganz verstehen ließe: das wird natürlich nicht schon im ersten Erleben klar erfaßt und ist von Ursprung nicht deutlicher als alles andere, was man erlebt, und weiß nicht wie, und ein wirklicher Begriff davon bildet sich erst durch fortdauernde Erfahrung und Erforschung aus.

Darum wird eine Psychologie, die Wert darauf legt, eine wirkliche Erfahrungswissenschaft zu sein, auch nicht anders als sie mit den Begriffen des Zustands und Vorgangs verfährt, diese Begriffe behandeln, und die nah verwandten Gedanken der Person, der Seele und des Ich, aber auch schon die vollen Vorstellungen des Innen und Außen werden ihr als etwas erscheinen, das zu erklären ist, und nicht als etwas, mit dessen Hilfe man ohne weiters anderes erklärt.»

«Merkwürdig gut stimmt damit auch eine Alltagswahrheit der Psychologie überein, denn wir setzen gewöhnlich, ohne viel zu überlegen, voraus, daß einer, der sich so zeigt, wie es einem bestimmten Gefühl entspricht, auch wirklich so fühle. Es geschieht also nicht selten, vielleicht sogar sehr oft, daß ein äußeres Verhalten mitsamt den Gefühlen, die es einschließt, unmittelbar und ungeteilt und mit großer Sicherheit erfaßt wird.

Wir erleben, ob die Gesinnung eines Wesens, das sich uns nähert, freundlich oder gefährlich sei, zuerst unmittelbar am Ganzen, und die Überlegung, ob es auch richtig sei, kommt bestenfalls nachher. Es nähert sich uns im ersten Eindruck auch nicht etwas, das sich vielleicht als fürchterlich erweisen könnte, sondern die Fürchterlichkeit selbst kommt uns nahe, möge es sich immerhin einen Augenblick später schon als Täuschung herausstellen. Und gelingt es uns, den unmittelbaren Eindruck wieder herzustellen, so läßt sich diese scheinbare Umkehrung einer vernünftigen Reihenfolge auch an Erlebnissen wahrnehmen wie dem, daß etwas schön und entzückend oder beschämend oder ekelerregend sei.

Das hat sich sogar in einem doppelten Sprachgebrauch erhalten, der gang und gäbe ist; denn wir sagen sowohl, daß wir etwas für schrecklich, lieblich und anderes hielten, und betonen damit, daß die Gefühle von der Person abhängen, als wir auch sagen, daß etwas schrecklich, lieblich und anderes sei, und von dem Schrecklichen und dem Lieblichen sprechen, womit wir betonen, daß der Ursprung unserer Gefühle wie eine Eigenschaft in den Dingen und Geschehnissen wurzle. Diese Zweiseitigkeit, ja amphibische Zweideutigkeit der Gefühle unterstützt den Gedanken, daß sie nicht nur im Innern, sondern auch in der äußeren Welt zu beobachten sind.»

Mit diesen letzten Bemerkungen war Ulrich aber schon bei der dritten Antwort auf die Frage, wie der Begriff des Gefühls zu bestimmen sei, angelangt, oder zurückhaltender gesagt, bei der heute vorherrschenden Auffassung dieser Frage.

55

Fühlen und Verhalten.
Die Unsicherheit des Gefühls

«Die Schule der theoretischen Psychologie, die gegenwärtig am erfolgreichsten ist, behandelt das Gefühl und die Gefühlshandlung als eine unlösliche Gemeinschaft. Was wir handelnd fühlen, ist für sie die eine, und wie wir fühlend handeln, die andere Seite ein und desselben Vorgangs. Sie untersucht beide gemeinsam. Für Lehren, die dieser Gruppe angehören, ist das Gefühl – mit Worten ausgedrückt, die sie selbst gebrauchen – ein inneres und äußeres Verhalten, Geschehen und Handeln; und weil sich diese Zusammenfassung von Gefühl und Verhalten sehr gut bewährt hat, ist die Frage, wie sie schließlich wieder zu trennen und von einander zu unterscheiden seien, vorläufig fast nebensächlich geworden: Darum gibt es statt einer Antwort darauf ein ganzes Bündel, und dieses ist etwas unordentlich.»

«Manchmal heißt es, das Gefühl sei schlechthin ein und dasselbe wie die äußeren und inneren Geschehnisse, gewöhnlich aber bloß, diese seien ihm gleichzuhalten. Manchmal wird es in einem etwas undeutlichen Sinne als ‹der Gesamtvorgang›, manchmal bloß als das innere Handeln, Verhalten, Ablaufen und Geschehen angesprochen. Manchmal scheint es auch, daß nebeneinander zwei Begriffe des Gefühls in Gebrauch stehen; wobei dieses im weiteren Sinn das ‹Ganze›, im engeren Sinn aber ein Teilerlebnis wäre, das auf eine nicht recht einleuchtende Art dem Ganzen seinen Namen, ja seine Natur aufprägt. Und manchmal scheint man der Vermutung zu folgen, daß ein und dasselbe, was sich der Beobachtung als mannigfaltiger Vorgang darstelle, im Erlebnis zum Gefühl werde, also daß Gefühl dann das Erlebnis, das Ergebnis und sozusagen der Bewußtseinsertrag des Vorgangs wäre.

Der Ursprung dieser Widersprüche ist wohl immer der gleiche. Denn jede solche Beschreibung eines Gefühls weist Teile auf, und sogar beiweitem in der Überzahl, die offenkundig keine Gefühle sind, weil sie eben kund gleicher Offenheit Empfindung, Auffassung, Gedanke, Wille oder ein äußerer Vorgang sind, als das jederzeit erlebt werden können und auch gerade so, wie sie sind, in dem Gesamterlebnis mitsprechen. Ebenso deutlich gibt es in oder über alledem aber auch etwas, das an und für sich, im einfachsten und unverwechselbarsten Sinn Gefühl zu sein scheint, und eben nichts anderes; weder ein Handeln, noch ein Denken, noch irgend etwas anderes.

Darum lassen sich auch alle diese Erklärungen in zwei Gruppen zusammenfassen: Entweder bezeichnen sie das Gefühl als eine ‹Seite›, einen ‹Teil›, ein ‹Moment› des Gesamtablaufs, oder sie bezeichnen es als dessen ‹Bewußtwerden›, sein ‹inneres Ergebnis› und ähnliches: Ausdrücke, denen deutlich genug die Verlegenheit um bessere anzumerken ist!»

«Der eigenartigste Gedanke dieser Lehren ist nun der, daß sie das Verhältnis des Gefühls zu alledem, was es nicht ist, und wovon es doch erfüllt wird, zunächst unbestimmt lassen, dafür aber sehr wahrscheinlich gemacht haben, daß diese Verbindung auf jeden Fall, und wie immer man sie sich im übrigen denken möge, so beschaffen sei, daß sie keine unzusammenhängenden Änderungen zuläßt und daß sich alles gleichsam in einem Atem ändert.

Man denkt es sich nach dem Beispiel der Melodie. In dieser haben die Töne ihre Selbständigkeit und lassen sich einzeln erkennen, und auch ihre Nachbarschaft, ihr Beisammen, Nacheinander, und was sich sonst hören läßt, ist kein bloßer Begriff, sondern bis an den Rand voll sinnlicher Darbietung; aber obwohl sich alles das also trotz seiner Verbundenheit einzeln hören läßt, läßt es sich auch verbunden hören, denn gerade das ist die Melodie, und wird sie gehört, so ist nicht neben den Tönen, Tonabständen und Zeiten etwas Neues da, sondern mit ihnen. Die Melodie kommt nicht als eine Beigabe hinzu, sondern als eine zweite Art zu erscheinen, eine besondere Existenzform, unter der sich die Form der Einzelexistenz gerade noch ausnehmen läßt; und auch das gilt vom Gefühl im Verhältnis zu den Gedanken, Bewegungen, Empfindungen, Absichten und stummen Kräften, die sich in ihm vereinen. Auch so empfindlich, wie es eine Melodie gegen jede Veränderung an ihren ‹Teilen› ist, so daß sie gleich eine andere Gestalt annimmt oder ganz zerstört wird, so empfindlich kann ein Gefühl gegen eine Handlung oder einen hineinsprechenden Einfall sein.

In welchem Verhältnis das Gefühl zum ‹äußeren und inneren Verhalten› also immer stehe, zeigt das, wie jeder Veränderung in diesem eine bestimmte Veränderung in ihm entsprechen könne, und umgekehrt, als wären sie Kehrseiten.»

«(Es gibt viele genaue Schul- und Versuchsbeispiele, von denen die große Tragweite dieses theoretischen Gedankens bestätigt wird, und andere, noch aus der Wissenschaft fallende, die er unsicher erhellt, sei es mit Schein oder Wahrheit. Eines von diesen möchte ich festhalten:

Die Inbrunst mancher Bildnisse – und es gibt Bildnisse, nicht nur Bilder, auch von Dingen – beruht nicht zuletzt darauf, daß sich in ihnen das einzelne Dasein in sich hinein öffnet und gegen die übrige Welt abschließt. Denn die selbständigen Gebilde des Lebens, mögen sie sich auch verhältnismäßig geschlossen darstellen, haben doch immer mit dem zerstreuenden Kreis einer wechselnden Umgebung Gemeinschaft. Als ich also Agathe auf den Arm nahm und wir uns beide aus dem Rahmen des Lebens genommen und in einem anderen vereinigt fühlten, war vielleicht etwas Ähnliches mit unserem Gefühl geschehen. Ich kannte das ihre nicht, und sie nicht das meine, aber sie waren nur für einander da, und hingen geöffnet aneinander, während alle andere Abhängigkeit verschwand; und darum sagten wir, wir wären aus der Welt gewesen, und in uns, und haben für dieses bewegte Ein- und Innehalten, diese wahre Einkehr und dieses Einswerden aus fremden Teilen den sonderbaren Vergleich mit einem Bild gebraucht.)»

«Der eigentümliche Gedanke, von dem ich zu reden habe, lehrt also, daß die Veränderungen und Modulationen des Gefühls und die des äußeren und inneren Verhaltens einander Punkt für Punkt entsprechen können, ohne daß das Gefühl dem Verhalten oder einem Teil von ihm gleichgesetzt oder etwas anderes von ihm behauptet werden müßte, als daß es Eigenschaften besitze, die auch anderswo schon Bürgerrecht in der Natur haben. Dieses Ergebnis hat den Vorzug, daß es den natürlichen Unterschied zwischen einem Gefühl und einem Geschehen nicht antastet, und doch so überbrückt, daß er seine Bedeutung verliert. Er beweist auf das allgemeinste, wie sich zwei Geschehensbereiche, die einander völlig unähnlich bleiben können, doch in einander abzubilden vermögen.

Die Frage, wie denn ein Gefühl aus anderen seelischen, ja sogar aus körperlichen Vorgängen ‹bestehen› solle, erhält dadurch offenbar eine ganz neue und überaus beachtenswerte Wendung; aber es ist auf diese Weise nur erklärt, wie einer jeden Veränderung des Verhaltens eine Änderung des Gefühls entspricht, und umgekehrt, und nicht, wie es wirklich zu solchen Veränderungen kommt, die während der ganzen Dauer des Gefühls stattfinden. Denn wäre, wonach es nun aussieht, das Gefühl bloß das Echo der Gefühlshandlung und diese das Spiegelbild jenes, so ließe sich schwer verstehen, daß sie sich wechselweise verändern.

Hier hebt sonach der zweite Hauptgedanke an, der sich der neu angebahnten Wissenschaft vom Gefühl entnehmen läßt; ich will ihn den der Ausgestaltung und Verfestigung nennen.»

«Dieser Gedanke baut sich aus mehreren Vorstellungen und Überlegungen auf. Da ich ihn mir deutlich machen möchte, greife ich zuerst darauf zurück, daß wir sagen, ein Gefühl bewirke ein Verhalten und das Verhalten wirke auf das Gefühl zurück; denn dieser groben Beobachtung läßt sich leicht die bessere entgegensetzen, daß zwischen den beiden eher ein Verhältnis der gegenseitigen Verstärkung und Resonanz besteht, ein schwellendes Ineinanderfassen, wobei freilich beide Teile auch gemeinsam verändert werden. Das Gefühl wird in die Sprache der Handlung übersetzt, und die Handlung in die Sprache des Gefühls, wodurch, wie bei jeder Übersetzung, einiges neu hinzukommt und einiges verlorengeht.

Unter den einfachsten Verhältnissen spricht davon schon der bekannte Ausdruck, daß ein Schreck in die Glieder fahre; denn es darf ebenso gut gesagt werden, daß auch die Glieder in den Schreck führen: ein Unterschied wie der zwischen ‹starrem Schreck› und ‹schlotternder Angst› beruht ganz auf diesem zweiten. Und was damit von der einfachsten Ausdrucksbewegung behauptet wird, gilt auch von der umfangreichen Gefühlshandlung: Also nicht erst als Folge der Handlung, die von ihm hervorgerufen wird, verändert sich ein Gefühl, sondern tut das schon in ihr, von der es auf eigenartige Weise aufgenommen, wiederholt und verändert wird, wodurch sie sich gegenseitig ausgestalten und verfestigen. Auch Gedanken, Wünsche und Antriebe aller Art gehen auf diese Weise in ein Gefühl ein und dieses in sie.»

«Ein solches Verhältnis setzt aber natürlich auch eine Verschiedenheit des Ineinandergreifenden voraus; denn dieses soll sich staffelartig in der Führung ablösen, so daß bald das Fühlen, bald das Handeln, bald ein Beschluß, Zweifel oder Gedanke überwiegen, die Führung übernehmen und einen Beitrag erstatten, der alle Teile in einer gemeinsamen Richtung vorwärtsbringt. So liegt es in der Vorstellung einer gegenseitigen Ausgestaltung und Verfestigung, die erst dadurch vollständig wird.

Auf der Gegenseite muß zugleich die zuvor geschilderte Einheit die Fähigkeit haben, Veränderungen aufzunehmen, und dabei doch auch in ihrer Eigenart als ein mehr oder minder bestimmtes fühlendes Verhalten beharren zu können; sie muß aber auch die Fähigkeit ausschließen haben, denn sie nimmt Einflüsse von innen und außen auf oder wehrt sie ab. Bisher kenne ich von ihr nur das Gesetz ihres fertigen Zustands. Es muß darum auch die Herkunft dieser Einflüsse angegeben werden können und schließlich erklärt werden, dank welcher Vorsehung oder Vorrichtung es dazu kommt, daß sie im Sinne einer gemeinsamen Entwicklung in das Vorhandene eingehen.»

«Nun kann aller Voraussicht nach die Einheit allein, dem Gebilde als solchem, der bloßen Gestalt des Geschehens ein eigenes Beharrungs-

und Wiederherstellungsvermögen, eine Festigkeit und ein Festigkeitsgrad, also schließlich auch eine eigene ‹Energie› nicht zugeschrieben werden; auch ist es wenig wahrscheinlich, daß es mitwirkende andere, darauf besonders gerichtete Kräfte des Innern gebe. Dagegen ist es wahrscheinlich, daß diesen nicht mehr als eine Nebenrolle zufiele; denn hauptsächlich beherrschen wohl dieselben mannigfach auf dem Sprung stehenden Verhältnisse des Innern und dieselben dauernden Anlagen, Neigungen, Grundsätze, Absichten und Bedürfnisse, die unsere Handlungen hervorrufen, auch unsere Gefühle und Gedanken. Sie sind deren Kraftspeicher, und es ist anzunehmen, daß die von ihnen ausgehenden Kräfte irgendwie die Ausgestaltung und Verfestigung des Gefühls bewirken.»

«Wie das geschieht, will ich mir an einem Vorurteil klarmachen, das recht verbreitet ist, denn es läßt sich oft die Meinung hören, daß zwischen einem Gefühl, dem Gegenstand, dem es gilt, und dem verbindenden Handeln eine ‹innere Verwandtschaft› bestehe. Man meint, es wäre dann leichter verständlich, daß sie ein einheitliches Ganzes bilden, daß sie einander ablösen und dergleichen mehr. Der Kern ist der, daß sich ein bestimmter Trieb oder ein bestimmtes Gefühl, zum Beispiel Nahrungstrieb und Hunger, nicht auf beliebige Gegenstände und Handlungen richten, sondern natürlich vorab auf solche, die Befriedigung verheißen. Einem Hungernden ist nicht mit einer Sonate geholfen, sondern mit Nahrung, das heißt mit etwas, das einer mehr oder minder bestimmten Gruppe von Dingen und Geschehnissen angehört; und so entsteht der Anschein, daß diese Gruppe und dieser Erregungszustand ein für allemal verbunden seien, und es ist ja auch etwas Wahres daran. Diese Wahrheit ist aber nicht geheimnisvoller, als wir zur Suppe den Löffel, und nicht die Gabel benutzen. Wir tun es, weil er uns als geeignet erscheint; und nichts anderes als dieses gewöhnliche Als-geeignet-Erscheinen ist das, was die Aufgabe erfüllt, zwischen einem Gefühl, seinem Gegenstand, den dazugehörenden Handlungen, Gedanken, Entschlüssen und jenen tieferen Antrieben zu vermitteln, die sich meistens der Beobachtung entziehn. Wenn wir in einer Absicht oder in einem Wunsch oder zu einem Zweck handeln, beispielsweise jemand zu nützen oder zu schaden, so erscheint es uns natürlich, daß unser Tun durch die Forderung bestimmt wird, daß es sich eigne, im übrigen aber ganz verschieden ausfallen kann. Das gleiche gilt von jedem Gefühl. Auch ein Gefühl verlangt nach allem, was geeignet erscheint, es zu befriedigen, wobei dieses Kennzeichen bald strenger, bald loser verwandt wird; und gerade diese lockere Verbindung ist der natürliche Weg zur Ausgestaltung und Verfestigung.

Denn selbst den Trieben widerfährt es gelegentlich, daß sie fehlgehn; und wo immer sich ein Gefühl auslebt, kommt es vor, daß eine Handlung bloß versucht wird, eine Absicht oder ein Gedanke einfließen, die sich späterhin als ungeeignet erweisen und wieder fallen gelassen werden, und daß das Gefühl in den Bereich einer Kraftquelle gerät, oder diese in den seinen, von der es sich wieder loslöst. Nicht alles wird also im Verlauf des Geschehens ausgebildet und verfestigt, manches wird auch wieder aufgegeben. Mit andern Worten, es gibt auch eine Ausgestaltung ohne Verfestigung, und diese bildet einen unentbehrlichen Teil der sich verfestigenden Ausgestaltung; denn indem von der Einheit des fühlenden Verhaltens alles aufgenommen werden kann, was geeignet erscheint, den lenkenden Kräften zu dienen, aber davon nur behalten wird, was wirklich geeignet ist, kommen von selbst in das Fühlen, Handeln und Denken der gemeinsame Zug, die Ablösung und das Beharren, die es verstehen lassen, daß sie sich gegenseitig zunehmend verfestigen und ausgestalten.»

«Der schwache Punkt dieser Erklärung liegt dort, wo die genau beschriebene Einheit, die am Ende entsteht, mit dem ungenau begrenzten, sich ins Unbekannte verlierenden Bereich der Antriebe verbunden werden soll, der am Ursprung liegt. Dieser Bereich ist kaum etwas anderes als das, was von den Inbegriffen Person und Ich nach dem Maße ihrer Beteiligung umfaßt wird, und wir wissen wenig darüber. Bedenkt man aber, daß im Augenblick eines Gefühls auch das Innerste umgeschmolzen werden kann, so wird man es nicht undenkbar finden, daß sich in einem solchen Augenblick auch die gestaltete Einheit des Geschehens bis dorthin erstreckt. Bedenkt man hingegen, wieviel vorangehen muß, einen solchen Erfolg vorzubereiten, daß ein Mensch Grundsätze und Gewohnheiten aufgibt, so wird man wieder von jeder auf die Augenblickswirkung zugespitzten Vorstellung ablassen. Und gäbe man sich schließlich auf die Weise zufrieden, daß für das Quellengebiet des Gefühls andere Gesetze und Zusammenhänge gelten sollen als für den Austritt, wo es als inneres und äußeres Geschehen wahrnehmbar wird, so stieße man wieder auf den Mangel, daß jede Vorstellung davon noch fehlt, nach welchem Gesetz sich der Übergang von den bewirkenden Kräften zum bewirkten Gebilde vollziehen könnte. Vielleicht läßt sich die Annahme einer lockeren, allgemeinen, den ganzen Verlauf umfassenden Einheit damit vereinen, daß aus ihr am Ende eine bestimmte und feste hervortritt: aber diese Frage reicht über die Psychologie hinaus, und sie reicht auch gegenwärtig noch über unser Können hinaus.»

«Dieser Bescheid, daß sich im Werdegang eines Gefühls wohl von der Quelle bis zur Mündung eine Einheit andeute, nicht aber gesagt werden könne, wann und wie sie die geschlossene Form annehme, die dem vollkommen ausgebildeten fühlenden Verhalten zu eigen sein soll (und zu deren Darlegung ich die Fügung einer Melodie als Beispiel benutzt habe): dieser recht abschlägige Bescheid gestattet merkwürdigerweise, einen Gedanken anzuknüpfen, durch den die bis jetzt verzögerte Antwort auf die Frage, wie der Begriff des Gefühls in der neueren Forschung aussieht, zu einem eigenartigen Abschluß kommt. Es ist das Zugeständnis, daß das wirkliche Geschehen überhaupt nicht ganz, und auch nicht in seiner Endgestalt, dem gedanklichen Bild entspreche, das man sich von ihm gemacht habe, was sich in einer Art doppelter Verneinung nützlich erweist. Man sagt sich: Es ist wirklich vielleicht nie die reine Einheit da, die nach der Theorie das Gesetz des fertigen Gefühls darstellt; ja es mag sie gar nicht geben können, weil sie so vollkommen in sich abgezirkelt wäre, daß sie keinerlei Einflüsse mehr aufnehmen könnte; aber, so sagt man sich nun – es ist ja auch nie ein vollkommen abgezirkeltes Gefühl da! Mit anderen Worten: Gefühle kommen nie rein, sondern stets bloß in annähernder Verwirklichung zustande. Und nochmals mit anderen Worten: Der Vorgang der Ausgestaltung und Verfestigung kommt niemals zu Ende.»

«Nun ist das aber nichts anderes, als allenthalben jetzt das psychologische Denken kennzeichnet. Man sieht in den seelischen Grundbegriffen ohnehin bloß gedankliche Vorlagen, nach denen sich das innere Geschehen ordnen läßt, erwartet aber nicht mehr, daß es sich wirklich aus Elementen solcher Art aufbaue wie ein Vierfarbendruck. In Wahrheit sind nach dieser Anschauung die reinen Beschaffenheiten des Gefühls, der Vorstellung, der Empfindung und des Willens in der inneren Welt so wenig anzutreffen wie etwa in der äußeren ein Stromfaden oder ein schwerer Punkt, und es gibt bloß ein verflochtenes Ganzes, das bald zu wollen und bald zu denken scheint, weil diese oder jene Beschaffenheit in ihm überwiegt.

Es bezeichnen die Namen der einzelnen Gefühle also bloß Typen, denen die wirklichen Erlebnisse nahekommen, ohne daß sie aber mit ihnen ganz übereinfielen; und damit tritt, mag alles das auch ein wenig grob gesprochen sein, an die Stelle des Axioms der älteren Psychologie, wonach das Gefühl, als eines der elementaren Erlebnisse, eine unverwechselbare Beschaffenheit hätte, oder auf eine Weise erlebt würde, die es von den anderen Erlebnissen ein für allemal unterschiede, ein Leitsatz ungefähr folgenden Inhalts: Es gibt keine Erlebnisse, die von Anfang an ein bestimmtes Gefühl sind, ja nicht einmal Gefühl schlechthin; sondern es gibt bloß Erlebnisse, die dazu berufen sind, zum Gefühl und zu einem bestimmten Gefühl zu werden.

Auch die Vorstellung der Ausgestaltung und Verfestigung erhält dadurch die Bedeutung, daß sich in diesem Vorgang das Gefühl und Verhalten nicht nur ausbilde, verfestige und, soweit es ihm gegeben ist, bestimme, sondern daß es in ihm überhaupt erst entstehe: also daß zu Anfang niemals genau dieses oder jenes bestimmte Gefühl – etwa in schwachem Zustand – mitsamt seiner Handlungsweise vorhanden ist, sondern bloß etwas, das dazu bestimmt und geeignet ist, ein solches Gefühl und Handeln zu werden, was sich aber niemals rein vollendet.»

«Natürlich ist dieses Etwas aber auch nicht völlig beliebig; soll es doch etwas sein, das zum voraus und seiner Anlage nach dazu bestimmt oder geeignet ist, ein Gefühl, und dazu ein bestimmtes Gefühl, zu werden. Denn Zorn ist schließlich nicht Müdigkeit, und wahrscheinlich auch anfänglich nicht; und ebensowenig sind Sättigung und Hunger auch nur im Ansatz zu verwechseln. Es wird also wohl zu Beginn etwas Unfertiges, ein Ansatz, ein Kern, etwas Gefühlartiges und diesem Gefühl Zugeartetes schon vorhanden sein. Ich möchte sagen, ein Fühlen, aber noch kein Gefühl; doch ist es besser, ich führe ein Beispiel aus, und ich will dazu das verhältnismäßig einfache des von außen treffenden körperlichen Schmerzes wählen:

Er kann eine örtlich begrenzte Empfindung sein, die an einer Stelle bohrt oder brennt und unangenehm, aber fremd ist. Diese Empfindung kann aber auch aufflammen und die ganze Person mit Pein überschütten. Auch ist anfangs oft nur ein leerer Fleck an ihrer Stelle, aus dem erst im nächsten Augenblick Empfindung oder Gefühl aufquillt; denn nicht nur Kindern widerfährt es, daß sie anfangs oft nicht wissen, ob etwas schmerzt. Man hat früher angenommen, daß in diesen Fällen ein Gefühl zu der Empfindung hinzukommt; heute zieht man aber die Annahme vor, daß sich ein Erlebniskern, der ursprünglich noch ebensowenig eine Empfindung wie ein Gefühl sei, sowohl zu der einen wie auch zum andern entwickeln könne.

Zu diesem ursprünglichen Erlebnisbestand gehört auch schon der Beginn einer Reflex- oder Triebhandlung, eines Zurückzuckens, Zusammenfahrens, Abwehrens oder eines unwillkürlichen Gegenangriffes; und weil das mehr oder minder eine Beteiligung der ganzen Person mit sich bringt, wird damit auch ein innerer Flucht- oder Abwehrzustand verbunden sein, also eine Gefühlsfärbung von der Art der Angst oder des Angriffs. Noch stärker geht sie natürlich von den alarmierten Trieben aus; denn diese sind ja nicht nur Anlagen zu einem zweckmäßigen Handeln, sondern verbreiten bei ihrer Erweckung auch unbestimmte Gemütszustände, die wir als Stimmung der Ängstlichkeit, Gereiztheit, in anderen Fällen der Verliebtheit, Empfänglichkeit und so weiter bezeichnen. Selbst das Nichtgeschehen und Nichtstunkönnen hat eine solche Gefühlsfarbe; meistens sind die Triebe aber mit einer mehr oder weniger bestimmten Willensbildung verbunden, und dann findet alsbald auch eine bewußte Erkundung der Lage statt, die an sich selbst ein Sichstellen und also angreifend gefärbt ist. Sie kann aber auch auf Kühle und Ruhe hinwirken; oder es ist der Schmerz sehr heftig, dann unterbleibt sie und man geht seiner Quelle plötzlich aus dem Wege: Schon dieses Beispiel spielt also, und schon in den ersten Augenblicken, zwischen Empfindung, Gefühl, selbsttätiger Erwiderung, Wille, Flucht, Abwehr, Angriff, Schmerz, Zorn, Neugierde und kühler Sammlung hin und her und zeigt dadurch, daß nicht sowohl ein ursprünglicher Gefühlszustand da ist, als vielmehr wechselnde Ansätze zu deren mehreren einander ablösen oder ergänzen.

Das gibt der Behauptung, es sei wohl ein Fühlen da, aber noch kein Gefühl, den Sinn, daß immer die Anlage zu einem Gefühl da sei, sich aber nicht zu erfüllen brauche, und daß immer ein Ansatz da sei, der aber hinterdrein auch als Ansatz zu einem anderen Gefühl gedient haben kann.»

«Die eigentümliche Weise, auf die das Gefühl dabei sowohl von Anfang an vorhanden als auch nicht vorhanden ist, läßt sich aber durch den Vergleich ausdrücken, daß man sich sein Wachsen und Werden nach dem Bild eines Waldes vorstellen müsse, und nicht nach dem eines Baumes. Eine Birke beispielsweise bleibt vom Keimen bis zum Absterben sie selbst; ein Birkenwald kann dagegen als gemischter beginnen und wird ein Birkenwald, sobald diese Bäume – zufolge von Ursachen, die recht verschieden sein können – in ihm überwiegen und die Abweichungen vom reinen Gepräge des Birkenschlags nicht mehr ins Gewicht fallen.

So verhält es sich auch mit dem Gefühl und, was immer mißverstanden werden kann, mit der Gefühlshandlung. Sie haben immer eine Eigenart, aber diese ändert sich mit allem, was in sie hineinspielt, bis sie mit wachsender Bestimmtheit die Merkmale eines bekannten Gefühls annimmt und seinen Namen ‹verdient›, was immer eine Spur von freier Würdigung an sich behält. Gefühl und Gefühlshandlung können sich aber von diesem Typus auch wieder entfernen und sich einem anderen annähern, was nichts Ungewöhnliches ist, weil doch ein Gefühl schwanken kann und überhaupt verschiedene Verfassungen durchmacht. Der Unterschied von der gewöhnlichen Auffassung liegt darin, daß nach dieser das Gefühl als ein bestimmtes Erlebnis gilt, das wir nicht immer mit Bestimmtheit erkennen; die neuer begründete schreibt dagegen die Unbestimmtheit dem Gefühl zu und sucht sie aus seinem Wesen zu verstehen und bündig abzugrenzen.»

In einem Anhang folgten nun noch einzelne Beispiele, die eigentlich Randbemerkungen hätten sein sollen, an der ihnen zugedachten Stelle aber unterdrückt worden waren, damit sie die Darlegung nicht unterbrächen. Und so gehörten diese aus dem Zusammenhang geratenen Nachzügler nun auch nicht mehr zu einer bestimmten Stelle, obwohl sie zum Ganzen gehörten und Einfälle zu dessen möglicher Anwendung festhielten:

«Was in die Beziehung ‹Etwas lieben› so ungeheure Unterschiede trägt wie den zwischen Gottesliebe und Liebe zum Fischen, ist nicht die Liebe, sondern das ‹Etwas›. Das Gefühl selbst – das Hangen, Bangen, Begehren, Sehren, Zehren: mit einem Wort, das Lieben – läßt einen Unterschied nicht erkennen.»

«Seinen Spazierstock oder die Ehre zu lieben, ist aber ebenso gewiß nicht nur darum tausend und eins, weil diese beiden einander nicht gleichen, sondern auch weil der Gebrauch, den wir von ihnen machen, die Umstände, unter denen sie wichtig werden, kurz, die ganze Erfahrungsgruppe verschieden ist. Es ist die Unverwechselbarkeit einer Erfahrungsgruppe, woraus wir die Sicherheit gewinnen, unser Gefühl zu kennen. Darum kennen wir es in Wahrheit erst, nachdem es in die Welt gewirkt und sich an ihr ausgestaltet hat; wir wissen nicht, was wir fühlen, ehe nicht unser Handeln darüber entschieden hat.»

«Und wo wir sagen, unser Gefühl sei geteilt, dort sollten wir eher sagen, es sei noch nicht fertig oder wir seien noch nicht festgelegt.»

«Und wo es als Widerspruch oder paradoxe Vermischung erscheint, liegt oft etwas anderes vor. Wir sagen, der Tapfere achte des Schmerzes nicht; in Wahrheit schäumt aber das bittere Salz des Schmerzes in der Tapferkeit auf. Und im Märtyrer hebt es sich flammend zum Himmel. Im Feigen dagegen gewinnt der Schmerz durch die ihn erwartende Angst unerträgliche Verdichtung. Noch deutlicher als diese Beispiele ist das des Abscheus, zu dem, mit Gewalt angetan, gerade die Empfindungen werden, die, freiwillig empfangen, höchste Wollust sind.
Natürlich sind da verschiedene Quellen, und es entstehen auch Mischungen, vornehmlich entstehen aber verschiedene Richtungen der Ausbildung des vorherrschenden Gefühls.»

«Weil sie beständiger Fluß sind, lassen sich Gefühle nicht anhalten; sie lassen sich also auch nicht ‹unter die Lupe› nehmen; das heißt, je genauer wir sie beobachten, desto weniger wissen wir, was wir fühlen. Die Aufmerksamkeit ist schon eine Veränderung des Gefühls. Wären sie aber eine ‹Mischung›, müßte diese eigentlich im Augenblick des Anhaltens am deutlichsten sein, auch wenn sich die Aufmerksamkeit einmischt.»

«Weil die äußere Handlung keine selbständige Bedeutung für die Seele hat, lassen sich Gefühle nicht nach ihr allein unterscheiden. Unzähligemal wissen wir nicht, was wir fühlen, obgleich wir lebhaft und entschieden handeln. Auf dieser Undeutlichkeit beruht sodann die ungeheure Zweideutigkeit dessen, was ein argwöhnisch oder eifersüchtig beobachteter Mensch tut.»

«Die Undeutlichkeit des Gefühls beweist aber nicht etwa seine Schwäche, denn gerade im höchsten Fühlen vergehen die Gefühle. Schon in den hohen Graden sind sie äußerst labil; siehe zum Beispiel den ‹Mut der Verzweiflung› oder das Umschlagen von Glück in Schmerz. Auch bewirken sie da widerspruchsvolle Handlungen, wie Lähmung statt Flucht oder vom eigenen Zorn ‹Erwürgtwerden›. Bei ganz heftigen Erregungen verlieren sie aber sozusagen ihre Farbe, so daß bloß eine tote Empfindung der sie begleitenden körperlichen Erscheinungen übrig bleibt, des Schauders der Haut, des Rasens des Bluts, der Ferne der Sinne. Und vollends in den höchsten Graden tritt geradezu eine Blendung ein, so daß sich sagen ließe, daß die Einrichtung des Gefühls, und damit die ganze Welt unseres Gefühls, nur für mittlere Grade gilt.»

«In diesen durchschnittlichen Graden erkennen und benennen wir ein Gefühl natürlich nicht anders als andere Erscheinungen, die im Fluß sind, um das nochmals zu sagen. Die Unterscheidung zwischen Haß und Zorn festzulegen, ist so leicht und so schwer, wie die zwischen Mord und Totschlag oder einem Becken und einer Schüssel zu bestimmen. Es waltet nicht Namenswillkür, aber jede Seite und Biegung kann dem Vergleich und der Begriffsbildung dienen. Und so hängen auf diese Weise wohl auch die hundert und ein Arten der Liebe zusammen, über die Agathe und ich nicht ganz ohne Kummer gescherzt haben. Die Frage, wie es kommt, daß so ganz Verschiedenes mit dem einen Wort Liebe bezeichnet wird, hat die gleiche Antwort wie die Frage, warum wir unbedenklich von Eß-, Mist-, Ast-, Gewehr-, Weg- und anderen Gabeln reden! Allen diesen Gabeleindrücken liegt ein gemeinsames ‹Gabeligsein› zugrunde; aber es steckt nicht als ein gemeinsamer Kern in ihnen, sondern fast ließe sich sagen, es sei nicht mehr als ein zu jedem von ihnen möglicher Vergleich. Denn sie brauchen nicht einmal untereinander alle ähnlich zu sein, es genügt schon, wenn eins das andere gibt, wenn man von einem zum anderen kommt, wenn nur Nachbarglieder einander ähnlich sind; entferntere sind es dann durch ihre Vermittlung. Ja, auch das, was die Ähnlichkeit ausmacht, das die Nachbarn Verbindende, kann in einer solchen Kette wechseln; und so kommt man ereifert von einem Ende des Wegs zum andern und weiß kaum noch selbst, auf welche Weise man ihn zurückgelegt hat.»

«Wollten wir aber, wozu wir neigen, die zwischen allen Lieben bestehende Ähnlichkeit für ihre Ähnlichkeit mit einer Art von ‹Urliebe› ansehen, die gleichsam ohne Arme und Beine in ihrer aller Mitte säße, so wäre es anscheinend der gleiche Fehler wie der Glaube an eine ‹Urgabel›. Und doch kennen wir das lebendige Zeugnis dafür, daß es solches Gefühl wirklich gibt. Bloß der Grad dieses ‹Wirklich› läßt sich schwer bestimmen. Es ist ein anderes als das der wirklichen Welt. Ein Gefühl, das nicht Gefühl für etwas ist; ein Gefühl ohne Begehren, ohne Bevorzugung, ohne Bewegung, ohne Kenntnis, ohne Grenzen; ein Gefühl, zu dem kein bestimmtes Verhalten und Handeln gehört, jedenfalls kein ganz wirkliches Verhalten: so wahrhaftig dieses Gefühl nicht von Armen und Beinen bedient wird, so wahrhaftig ist es uns immer wieder entgegengetreten und ist uns lebendiger als das Leben erschienen! Liebe ist schon ein zu besonderer Name dafür, wenngleich es mit einer Liebe, für die Zärtlichkeit oder Geneigtheit noch zu handgreifliche Ausdrücke sind, wohl die allernächste Verwandtschaft hat. Es verwirklicht sich auf vielerlei Art und in vielen Beziehungen, aber es läßt sich niemals ganz von dieser Verwirklichung ablösen, die es verunreinigt. So ist es uns erschienen und verschwunden, eine Ahnung, die immer gleich blieb. Scheinbar haben die nüchternen Überlegungen, womit ich diese Blätter gefüllt habe, wenig damit zu tun, und doch bin ich fast sicher, daß sie mich an den richtigen Übergang geführt haben!»

56

Der Tugut singt

Professor August Lindner sang ein Lied. Er wartete auf Agathe.

> Ach, des Knaben Augen sind
> Mir so schön und klar erschienen,
> Und ein Etwas strahlt aus ihnen,
> Das mein ganzes Herz gewinnt.
>
> Blickt er doch mit diesen süßen
> Augen nach den meinen hin!

Säh er dann sein Bild darin,
Würd er wohl mich liebend grüßen.

Und so geb ich ganz mich hin,
Seinen Augen nur zu dienen,
Denn ein Etwas strahlt aus ihnen,
Das mein ganzes Herz gewinnt.

Es war ursprünglich ein spanisches Lied. In Lindners Wohnung stand ein kleines Klavier aus Frau Professor Lindners Zeiten, das zuweilen der Aufgabe diente, die Bildung und Erziehung des Sohnes Peter abzurunden, weshalb dieser schon einige Saiten daraus entfernt hatte. Lindner selbst benutzte es niemals, es sei denn, daß er hie und da ein paar weihevolle Akkorde darauf anschlug; und obgleich er schon lange vor dem Tongerät auf und ab gegangen war, hatte er sich zu seinem ungewöhnlichen Versuch erst hinreißen lassen, nachdem er sich vorsichtig davon überzeugt hatte, daß sowohl seine Wirtschafterin als auch Peter aus dem Hause wären. Seine Stimme hatte ihm sehr wohlgefallen, sie war ein hoher, zum Gefühlsausdruck offenbar recht geeigneter Bariton; und nun hatte Lindner das Klavier nicht geschlossen, sondern stand, den Arm darauf gestützt, das Spielbein über das Standbein gekreuzt, überlegend daneben. Agathe die ihn schon einigemal besucht hatte hatte über eine Stunde Verspätung. Die Leere des Hauses, die einesteils davon, andernteils von seinen Anordnungen herrührte, kam ihm als schuldhafte Vorbereitung zu Bewußtsein.

Er hatte eine Seele gefunden, die von verwirrendem Reichtum war, die er zu retten bemüht war, und die den Eindruck hervorrief, sich ihm anzuvertrauen; und welchen Mann entzückte es nicht, ein kaum noch erwartetes weibliches Geschöpf zu finden, das er nach seinem Sinn erziehen könnte! Aber tiefe Töne des Mißbehagens mischten sich darein. Lindner hielt Pünktlichkeit für eine Gewissensforderung und stellte sie nicht niedriger als Vertragstreue und Ehrlichkeit; auch erschienen ihm Menschen ohne eine feste Zeiteinteilung krankhaft zerfahren, und zwangen sie vollends ihre ernsteren Mitmenschen dazu, Teile ihrer Zeit mit ihnen zu verlieren, so erachtete er sie ärger als Straßenräuber. Er nahm es dann als seine Pflicht in Anspruch, solchen Naturen höflich, aber unerbittlich Achtung davor beizubringen, daß seine Zeit nicht ihm, sondern seiner Tätigkeit gehöre; und weil Notlügen das eigene Gemüt schädigen, die Menschen aber ungleich sind, manche einflußreich und manche nicht, hatte er vielfältige Charakterübungen daraus gewonnen, so daß ihm davon nun eine Menge der kräftigsten und geschmeidigsten Merksprüche einfielen und die sanfte Erregung durch das Lied störten.

Immerhin hatte er seit seiner Studienzeit kein religiöses Lied mehr gesungen und genoß es mit bedachtsamem Schreck. «Welche südliche Naivität und welchen Liebreiz» dachte er «strahlen diese so weltlichen Verse aus! Wie entzückend und zart ist ihre Beziehung zu dem Knaben Jesu!» Er versuchte, ihre Unbefangenheit in seinem Inneren nachzuahmen, und kam zu dem Ergebnis: «Wüßte ich es nicht besser, so vermöchte ich jetzt zu glauben, in mir das keusche Hoffen eines Mädchens zu seinem Knaben hin zu vernehmen!» Man sollte also wohl sagen können, daß eine Frau, die solche Huldigungen heraufbeschwöre, an das Edelste im Manne rühre, selbst ein edles Wesen sein müsse. Aber da lächelte Lindner unzufrieden und entschloß sich, den Deckel des Klaviers zu schließen. Sodann machte er mit den Armen eine seiner Bewegungen, die die Harmonie der Persönlichkeit fördern, und hielt wieder inne. Ein unangenehmer Gedanke war ihm dazwischen gekommen. «Sie hat kein Gefühl!» seufzte er hinter zusammengebissenen Zähnen. «Sie würde lachen!»

Er hatte in diesem Augenblick etwas in seinem Gesicht, das seine selige Mutter an den Knaben erinnert haben würde, dem sie jeden Morgen vor dem Schulweg eine schöne große Schleife unter das Kinn band; man hätte dieses Etwas den völligen Mangel an männlicher Roheit nennen können. Dieser Mangel macht einen Knaben unter Knaben unmöglich. Auf der röhrenbeinig hohen, kraftlos großen Erscheinung saß das Haupt wie auf eine Lanze gespießt über der brüllenden Arena der Schulkameraden, die seine von Mutterhand geschaffene Masche verhöhnte; und in Angstträumen sah sich Professor Lindner jetzt noch manchmal so dastehn und für das Gute, Schöne und Wahre leiden. Aber gerade darum gab er auch niemals zu, daß die Roheit eine dem Manne unentbehrliche Eigenschaft sei, dem Kies vergleichbar, der in den Mörtel gemischt werden muß, um ihm Festigkeit zu leihen; und zumal seit er der Mann geworden, der zu sein er sich schmeichelte, sah er in jenem frühen Mangel bloß eine Bestätigung dafür, daß er geboren worden sei, die Welt, wenn auch in bescheidenem Maße, zu verbessern. Nun ist man ja wohl die Erklärung, daß die großen Redner aus den Zungenfehlern erstehn und die Helden aus der Schwäche, mit anderen Worten die Erklärung, daß unsere Natur immer erst eine Grube gräbt, wenn sie will, daß wir darüber einen Berg errichten, heute allgemein gewohnt; und weil die Halbwissenden und Halbwilden, von denen der Gang des Lebens vornehmlich bestimmt wird, schon bald jeden Stotterer als einen Demosthenes ausrufen, gilt es umso leichter als ein Zeichen für den guten geistigen Geschmack, daß man nur ja als die Hauptsache an einem Demosthenes das ursprüngliche Stottern erkenne. Doch ist es noch nicht gelungen, die Taten des Herakles darauf zurückzuführen, daß er ein schwächliches Kind gewesen wäre, die höchsten Leistungen im Schnellauf und Springen auf einen Plattfuß, und den Mut auf die Ängstlichkeit, und so muß wohl doch zugegeben werden, daß zu einer besonderen Begabung auch noch etwas anderes gehört als ihr Fehlen!

Durchaus nicht war Professor Lindner also zu dem Bekenntnis verhalten, daß die Neckereien und Prügel, die er als Knabe gefürchtet hatte, eine Ursache seiner geistigen Entwicklung gewesen sein könnten. Trotzdem leistete ihm die Einrichtung seiner Grundsätze und Gefühle aber heute den Dienst, daß jeder aus dem Gedränge der Welt kommende Eindruck davon in einen geistigen Triumph verwandelt wurde; und sogar seine Gewohnheit, kriegerische und sportliche Ausdrücke in seine Rede einzuflechten, sowie seine Neigung, allem, was er tat und sagte, das Gepräge eines unbeugsamen und strengen Willens zu geben, hatte sich in dem Maße zu entwickeln begonnen, als er, heranreifend, und nun auch unter gereifteren Gefährten lebend, unmittelbaren körperlichen Angriffen entrückt war. Er war sogar auf der Universität einer der Studentenverbindungen beigetreten, die Wams, Mütze, Stiefel, Band und Waffe ebenso malerisch trugen wie die Raufbolde, die von ihnen verachtet wurden, davon aber nur friedliche Anwendung machten, weil ihre Weltanschauung den Zweikampf verbot. Dabei hatte sich seine Lust an der Tapferkeit, von der man keinen blutigen Gebrauch machen muß, endgültig ausgebildet; zugleich legte es aber auch ein Zeugnis davon ab, wie man eine edle Gesinnung mit überschäumendem Lebensdrang verbinden kann oder, freilich mit anderen Worten, daß Gott am bequemsten in den Menschen fährt, wenn er es dem Teufel nachmacht, der vor ihm dagewesen ist!

Sobald Lindner also, wie es leider öfters geschehen mußte, seinem untersetzteren Sohne Peter vorhielt, daß auch die Nachgiebigkeit gegen den Gedanken der Kraft den Menschen verweichliche, oder daß die Kraft der Demut und der Mut zu verzichten höher stehen als Körperkraft und -mut, sprach er nicht als Laie in Mutfragen, sondern genoß die Aufregungen eines Magiers, dem es gelingt, Dämonen in den Dienst des Guten zu zwingen. Denn obwohl es auf der Höhe seines Wohlergehens eigentlich nichts gab, was ihn aus dem Gleichgewicht bringen konnte, war ihm doch eine beinahe an Angst streifende Abneigung – ähnlich wie eine geheilte Wunde ein Hinken zurückläßt – gegen Witze und Gelächter eigentümlich, selbst wenn er bloß deren blanke Möglichkeit argwöhnte. «Die Kitzel des Witzes und des Humors», pflegte er seinen Sohn darüber zu belehren, «entspringen dem satten Lebensbehagen, der Bosheit und der müßigen Phantasie, und sie verleiten den Menschen gar leicht dazu, etwas zu sagen, das durch sein besseres Selbst verurteilt wird! Dagegen ist die Übung, seine ‹witzigen › Einfälle und Vorstellungen zu verschweigen, eine schöne Kraft-probe und stählende Willensprüfung, und sie fällt umso segensreicher für den ganzen Menschen aus, je mehr man das errungene Schweigen dazu benutzt, seinen Witz näher zu betrachten: Da sehen wir gewöhn-lich erst,» schloß diese stehende Ermahnung «wieviel Wünsche auf eigene Überhebung und Verkleinerung des anderen, wieviel Gefall-sucht und wieviel Leichtfertigkeit hinter den meisten Witzen stecken, wieviel Verfeinerung des Mitgefühls in uns und anderen durch sie erstickt wird, ja wieviel erschreckende Roheit und Spottsucht im Ge-lächter der Zuhörer, um das wir gebuhlt haben, zutage tritt!»

Peter mußte darum seine jugendliche Neigung zur Spottsucht und zum Witzemachen sorgfältig vor seinem Vater verbergen; aber er besaß sie, und Professor Lindner fühlte oft den Atem des bösen Geistes in seiner Umgebung, ohne das giftige Gespenst stellen zu können. Es konnte so weit führen, daß der Vater den Sohn mit bändigendem Blick in Furcht hielt, insgeheim sich aber selbst vor ihm fürchtete, und erinnerte dann an etwas Unbestimmbares, das schon zwischen dem Ehepaare Lindner bestanden hatte, als die rundliche Frau Professor noch auf Erden war. Herr in seinem Hause zu sein, dessen Geist zu bestim-men und die Familie als einen friedlichen Garten um sich zu wissen, in den er seine Grundsätze gepflanzt hatte, gehörte für ihn zu den un-erläßlichen Voraussetzungen der Zufriedenheit; Frau Lindner aber, die er kurz nach dem Abschluß seiner Studien geheiratet hatte, wäh-rend deren er «Zimmerherr» bei ihrer Mutter gewesen war, hatte leider bald danach aufgehört, seine Grundsätze zu teilen, hingegen sie eine Art, ihm ungern zu widersprechen, annahm, die ihn mehr reizte als Widerspruch. Es blieb ihm unvergeßlich, manchmal einen Blick aus dem Augenwinkel aufgefangen zu haben, während ihr Mund gehor-sam schwieg; und jedesmal hatte er sich danach in einer Lage vor-gefunden, gegen die vielleicht etwas einzuwenden gewesen wäre; zum Beispiel in einem zu kurzen Nachthemd, darüber predigend, daß ihre Würde der Frau jedes Gefallen an den lockeren und rauhen Gesellen verbieten sollte, die mit ihrer Trunkenheit und ihren Schrammen da-mals noch das studentische Leben beherrschten und darum auch als Mieter nicht so ungern gesehen waren, wie man fordern dürfte.

Überhaupt ist die heimliche Spottsucht der Frau ein Kapitel, das eng mit ihrem Unverständnis für die wichtigsten männlichen An-gelegenheiten zusammenhängt; und in dem Augenblick, als Lindner sich daran erinnerte, gaben die geistigen Vorgänge, die sich bis dahin ohne deutliche Gestalt in ihm gewälzt hatten, den Gedanken an Agathe frei. Wie mochte sie sein, wenn man innig mit ihr zusammen lebte? «Sie ist ohne Zweifel nicht das, was man beruhigt einen guten Men-schen nennen möchte. Sie macht ja nicht einmal ein Hehl daraus!»

sagte er sich, und einer ihrer Aussprüche, der ihm dabei einfiel, die lachende Behauptung, daß die guten Menschen heute an der Verderbnis des Lebens nicht weniger Schuld trügen als die schlechten, sträubte ihm die Haare. Aber er hatte diesen «fürchterlichen Ansichten», wenn sie ihn auch jedesmal von neuem erregten, im ganzen doch schon «die Giftzähne ausgebrochen», indem er sich ein für allemal davon die Erklärung gemacht hatte: «Sie kennt die Wirklichkeit nicht!» Denn er hielt Agathe für ein edles Wesen, wenn auch für eine «Evatochter» voll böser Unruhe. Das rechte Verhalten, so gewiß es dem Gläubigen ist, ihr schien es der denkungewisseste Gegenstand, die Lösung der äußersten und schwierigsten Aufgabe des Lebens zu sein! Sie schien sich eine traumhaft verworrene Vorstellung von Güte und Recht zu machen, eine ordnungsfeindliche, die nicht mehr Zusammenhang besaß als eine zufällige Zusammenstellung von Gedichten. «Sie ist wirklichkeitsfremd!» wiederholte er. «Kennte sie beispielsweise die Liebe, wie möchte sie so zynische Äußerungen darüber machen, daß sie unmöglich sei und dergleichen!» Es mußte ihr also die wahre Liebe gezeigt werden.

Aber da bereitete Agathe nun wieder neue Schwierigkeiten. Wollte er es sich nur ungescheut und mutig eingestehen: sie war verletzend! Sie riß allzu gerne von seinem Piedestal, was man sorgsam hochstellte; und tadelte man sie, so hielt sich ihre Kritik vor nichts zurück, und sie zeigte offen, daß sie verletzen wolle. Es gibt solche Naturen, die wider sich selbst wüten und nach der Hand schlagen, die ihnen Hilfe bringt; aber ein fester Mann wird sein Verhalten nie vom Verhalten anderer abhängen lassen, und in diesem Augenblick hatte Lindner das Bild eines ruhigen Mannes mit langem Bart vor sich, der sich über eine ängstlich abwehrende Kranke beugt und eine Wunde ganz tief an ihrem Herzen sieht. Der Augenblick war fern von Logik, und so war damit nicht gesagt, daß er selbst dieser Mann sei; aber Lindner richtete sich auf, und das tat er wirklich, griff nach seinem Bart, der inzwischen sehr an Fülle verloren hatte, und eine nervöse Röte überflog sein Antlitz. Es war ihm erinnerlich geworden, daß Agathe die verwerfliche Gewohnheit besaß, ihn mehr, als es je ein anderer Mensch zuwege gebracht hätte, in den Glauben zu versetzen, sie vermöchte seine erhabensten und seine geheimsten Gefühle zu teilen, ja sie warte in ihrer bedrängten eigenen Lage sogar auf eine besondere Anstrengung von deren Seite, um ihn dann, wenn er die Schätze seines Inneren preisgab, höhnisch zu beleidigen. Sie beflügelte ihn! Lindner gestand es sich ein und hätte auch nicht anders können, denn in seiner Brust war ein fremdes, unruhiges Gefühl, das man lieblos, was ihm freilich fern lag, mit einem Korb voll Hühner hätte vergleichen können, die durcheinander drängen. Aber dann konnte sie auch mit einemmal auf äußerst unbestimmbare Art lachen oder etwas weltlich Liebloses andeuten, das ihn ins Herz schnitt, als hätte sie alles nur darauf angelegt gehabt, ihn zu täuschen! Und hatte sie ihn denn nicht auch heute, noch ehe sie da war, schon in eine solche Lage gebracht, fragte sich Lindner, mit diesem Klavier. Er sah es an. Wie eine Hausmagd stand es neben ihm, an der sich der Herr vergangen hat!

Er konnte nicht wissen, was Agathe bewog, ihr Spiel mit ihm zu treiben, und sie selbst hätte sich mit niemand darüber aussprechen können, durchaus nicht einmal mit Ulrich. Sie verhielt sich launenhaft; aber sofern das heißt, mit wechselndem Gefühl, geschah es doch auch mit Absicht und bedeutete ein Rütteln und Lockern des Gefühls, wie ein Mensch seine Glieder dehnt, auf denen eine süße Schwere lastet. So hatte die wunderliche Anziehung, die sie mehrmals heimlich zu Lindner führte, von Anfang an eine Widersetzlichkeit gegen Ulrich, oder doch gegen die völlige Abhängigkeit von ihm, enthalten; der fremde Mann wendete ihre Gedanken ein wenig ab und erinnerte sie an die Vielfältigkeit der Welt und der Männer. Aber es geschah nur, um sie ihre Abhängigkeit von ihrem Bruder desto wärmer fühlen zu lassen, und war überdies das gleiche wie Ulrichs Heimlichkeit mit den Aufzeichnungen, die er vor ihr verschloß, ja schon wie schlechthin sein Entschluß, neben dem Gefühl, und über dieses, auch den Verstand urteilen zu lassen. Doch während er damit genug zu tun hatte, bedurfte ihre Ungeduld und ihre für ein Abenteuer, von dem sich noch nicht sagen ließ, welchen Weg es nehmen werde, bereitgehaltene Spannung des Auslasses, und in dem Maße, als Ulrich sie begeisterte oder entmutigte, machte Lindner, dem sie sich überlegen fühlte, sie wieder geduldig oder übermütig. Sie gewann Herrschaft über sich selbst, indem sie den Einfluß mißbrauchte, den sie auf ihn ausübte, und hatte das nötig.

Dabei spielte aber doch auch noch etwas anderes mit. Denn zu dieser Zeit war zwischen ihr und Ulrich weder von ihrer Scheidung und Hagauers Briefen noch von dem leichtsinnig oder eigentlich abersinnig, in einem ausgesprungenen Augenblick veränderten Testament die Rede, das eine Gutmachung forderte, entweder eine bürgerliche oder eine wunderbare. Agathe wurde manchmal von dem bedrückt, was sie getan hatte, und sie wußte auch, daß Ulrich in der Unordnung, die man in einem tieferen Lebenskreis zurückläßt, keine gute Vorbedeutung für die Ordnung sah, die man in einer höheren Bedeutung anstrebt; er hatte es ihr offen genug gesagt, und wenn sie sich auch nicht mehr an alle Einzelheiten des Gesprächs erinnerte, das sich an die Verdächtigungen angeschlossen hatte, die neuerdings von Hagauer gegen sie erhoben wurden, so fand sie sich doch in einen Wartezustand zwischen Wohl und Übel verbannt. Etwas hob zwar alle ihre Eigenschaften nach oben zur wunderbaren Rechtfertigung, aber sie durfte noch nicht daran glauben, und so war es auch ihr beleidigtes widerspenstiges Rechtsgefühl, was sich im Streit mit Lindner einen Ausweg schuf. Sie war ihm sehr dankbar dafür, daß er ihr alle schlechten Eigenschaften anzudichten schien, die auch Hagauer an ihr entdeckt hatte, und daß er sie, ohne es zu wollen, schon durch den Anblick beruhigte, den er dabei darbot.

Lindner, der also nie in der Beurteilung Agathes mit sich ins reine kam, hatte jetzt begonnen, unruhig in seinem Zimmer auf und ab zu wandern, und unterzog die Besuche, die sie ihm machte, einer strengen Prüfung im einzelnen. Es schien ihr bei ihm zu gefallen, sie fragte nach vielen Einzelheiten seines Hauses und seines Lebens, nach seinen Erziehungsgrundsätzen und nach seinen Büchern. Er irrte sich bestimmt nicht, wenn er annahm, daß man mit solcher Teilnahme nur nach einem Leben fragt, das zu teilen man sich angezogen fühlt; freilich, wie sie sich dabei ausdrückte, mußte man als ihre Eigenart einstweilen hinnehmen! So entsann er sich, daß sie ihm einmal von einer Frau erzählt hatte – sträflicherweise einer gewesenen Geliebten ihres Bruders! –, die jedesmal einen Kopf «wie eine Kokosnuß» bekäme, «mit den Haaren nach innen», wenn sie sich in einen Mann verschaute; und daran hatte sie die Bemerkung geknüpft, daß es ihr so mit seiner Wohnung erginge. Es sei alles so einheitlich, daß man ordentlich «Angst um sich selbst» bekomme! Aber diese Angst schien ihr Vergnügen zu bereiten, und Lindner glaubte in diesem widerspruchsvollen Zug die geängstigte Hingabebereitschaft der weiblichen Psyche zu erkennen, umsomehr als sie ihm andeutete, ähnliche Eindrücke seien ihr auch aus der ersten Zeit ihrer Ehe im Gedächtnis.

Nun ist es wohl nur natürlich, daß einem Mann wie Lindner Heiratsgedanken eher kommen als sündige. Und so hatte er inner- und außerhalb der für Lebensfragen vorgesehenen Zeiten schon manchmal verstohlen dem Gedanken stattgegeben, daß es vielleicht gut wäre, dem Kinde Peter wieder eine Mutter zu geben; und es geschah auch jetzt, daß er, statt Agathes Verhalten weiter zu zergliedern, bei einer Erscheinung anhielt, die ihn geheimnisvoll ansprach. Denn in tiefer Vorwegnahme seines Schicksals redete Agathe seit Beginn ihrer Bekanntschaft von nichts so leidenschaftlich wie von ihrer Scheidung. Er konnte diese Sünde unmöglich gutheißen, konnte aber auch nicht verhindern, daß ihm ihre Vorzüge mit jedem Tage mehr einleuchteten; und unerachtet seiner sonstigen Anschauungen vom Wesen des Tragischen neigte er dazu, dieses Los tragisch zu finden, das ihn zwang, bittere Abneigung gegen das zu äußern, was er selbst fast schon wünschte. Nun geschah es aber noch dazu, daß Agathe dieses Widerstreben am meisten ausnützte, um in ihrer verletzenden Art anzudeuten, sie glaube der Wahrheit seiner Überzeugung nicht. Er mochte die Moral vorkehren, die Kirche davorstellen, alle die Sätze aussprechen, die ihm ein Leben lang so geläufig waren, sie lächelte bei ihrer Antwort, und dieses Lächeln erinnerte ihn an das Frau Lindners in den späteren Jahren der Ehe, hatte aber davor die beunruhigende Kraft des Neuen und Geheimnisvollen voraus. «Es ist das Lächeln der Mona Lisa!» rief Lindner innerlich aus. «Spöttisch in frommem Gesicht!» und er war von dieser bedeutenden vermeintlichen Entdeckung so bestürzt und geschmeichelt, daß er im Augenblick gegen die Anmaßung, ihn nach der Sicherheit seiner Gottesgewißheit auszufragen, die sich diesem Lächeln anzuschließen pflegte, weniger Abweisung aufbrachte als sonst. Diese Ungläubige wollte nicht die ausgesendete Belehrung, sie wollte die Hand in die Quelle stecken; und vielleicht war ihm gerade das auferlegt, wirklich einmal wieder den Stein darüber zu öffnen, um ihr ein wenig Einblick zu gewähren, wer wollte ihn davor bewahren, daß es nicht so sei, so unangenehm, ja beängstigend dieser Gedanke auch für ihn selbst war! Und plötzlich trat Lindner, obwohl er sich allein in dem Zimmer befand, fest auf den Boden und sagte laut: «Sie sollen nicht denken, daß ich Sie nicht verstehe! Ach, glauben Sie nicht, daß die Unterwerfung, die Sie an mir bemerken, aus einem von Beginn an unterworfenen Wesen kommt!»

Die Geschichte, wie Lindner der geworden, der er war, war freilich beiweitem alltäglicher, als er glaubte. Sie begann damit, daß er auch ein anderer hätte werden können; denn er erinnerte sich noch genau an die Vorliebe, die er als Knabe für die Geometrie besessen hatte, deren schöne, klug angelegte Beweise sich am Ende mit einem leisen Schnappen um die Wahrheit schlossen und ihm ein Vergnügen bereiteten, als hätte er einen Riesen in einer Mausefalle gefangen. Es sprach nichts dafür, daß er besonders religiös angelegt gewesen wäre; und er war auch heute noch der Anschauung, daß man einen Glauben «erwerben» müsse, und nicht als Wiegengeschenk empfangen. Was ihn im Religionsunterricht damals zum vorzüglichen Schüler machte, war die gleiche Freude am Wissen und Besserwissen, die er auch den anderen Unterrichtsgegenständen entgegenbrachte. Allerdings hatte sein Inneres doch wohl die Ausdrucksweise der religiösen Überlieferung schon angenommen, und es wehrte sich bloß sein früh entwickelter Bürgersinn noch dagegen, was in der einzigen ungewöhnlichen Stunde, die sein Leben enthielt, einmal unerwartet zum Ausdruck kam. Es geschah zur Zeit der Vorbereitung auf die Reifeprüfung; er hatte schon durch Wochen übermäßig gearbeitet und saß abends lernend in seiner Stube, als sich auf einmal eine unbegreifliche Veränderung mit ihm vollzog. Sein Körper schien gegen die Welt zu so leicht zu werden wie zarte Papierasche, und eine unsägliche Freude erfüllte ihn, als wäre im dunklen Gewölbe der Brust eine Kerze entzündet worden und sendete ihren sanften Glanz bis in alle Glieder; und ehe er sich noch ob solcher Einbildung zur Rede stellen konnte, umlagerte dieses Licht auch sein Haupt mit einem strahlenden Zustand. Er war sehr erschrocken davor; aber sein Kopf sandte trotzdem Licht aus. Eine wundervolle geistige Klarheit überflutete nun alle seine Sinne, und die Welt spiegelte sich so weithin gesehen darin, wie es kein natürliches Auge erfassen kann. Er blickte auf und sah nichts als sein halberleuchtetes Zimmer; das war also keine Vision, aber der Aufschwung hielt an, mochte es auch in Widerspruch dazu stehn. Er tröstete sich damit, daß er anscheinend irgendwie nur «als geistiger Mensch» das erlebe, während «der körperliche» doch nüchtern und deutlich auf seinem Stuhl säße und ganz den gewohnten Raum einnähme; und so verharrte er eine Weile und hatte sich schon halb mit seinem bedenklichen Zustand abgefunden, da man sich auch an das Ungewöhnliche rasch gewöhnt, solange nur Hoffnung besteht, es werde sich schon noch als eine Geburt, und sei es auch eine Ausgeburt, der Ordnung herausstellen. Aber da geschah etwas Neues, denn er hörte mit einemmal eine Stimme, die gemäßigt, als hätte sie schon länger gesprochen, aber ganz deutlich zu ihm die Worte sagte: «Lindner, wo suchst du mich? Sis tu tuus et ego ero tuus», was sich etwa so übersetzen ließe: werde du nur Lindner, und ich werde bei dir sein! Es war aber nicht sowohl der Inhalt dieser Rede, der den ehrgeizigen Studenten bestürzte, denn er mochte ihn wenigstens zum Teil schon gelesen oder gehört und danach vergessen haben, als vielmehr das sinnliche Erklingen; denn dieses kam so unabhängig und überraschend von außen und war von einer solchen sofort überzeugenden Fülle und Festigkeit und hatte einen so anderen Klang als den trockenen des zähen Fleißes, auf den die späte Stunde abgestimmt war, daß davon jeder Versuch, die Erscheinung auf eine Übermüdung und Überreizung des Innern zurückzuführen, zum voraus entwurzelt wurde. Daß dieser Ausweg so nahe lag, und doch versperrt war, steigerte natürlich die Verwirrung; und als auch noch hinzukam, daß sich mit der Verwirrung der Zustand in Lindners Kopf und Herzen immer herrlicher erhob und bald durch den ganzen Körper zu fließen begann, war das zuviel. Er packte seinen Kopf, schüttelte ihn zwischen den Fäusten, sprang von seinem Stuhl auf, stieß drei «Nein!» hervor und sagte beinahe schreiend das erstbeste Gebet her, das ihm einfiel, worauf endlich der Zauber verschwand, und der tödlich erschrockene zukünftige Lehramtskandidat ins Bett flüchtete.

Bald danach legte er die Reifeprüfung mit Auszeichnung ab und bezog die Universität. Er fühlte nicht die innere Berufung zum geistlichen Stand in sich – die er übrigens, törichten Fragen Agathes zu antworten, während seines ganzen Lebens niemals empfand – und war zu jener Zeit nicht einmal ganz und ohne Anfechtung gläubig, denn auch ihn suchten die Zweifel heim, die keinem werdenden Verstand erspart bleiben. Aber der tödliche Schreck über die religiösen Kräfte, die er in sich berge, ging ihm sein Leben lang nicht mehr verloren. Je länger es her war, desto weniger glaubte er natürlich, daß wirklich Gott zu ihm gesprochen habe, und begann darum die Phantasie als eine zügellose Macht zu fürchten, die leicht zu geistiger Umnachtung führen kann. Auch sein Pessimismus, dem der Mensch überhaupt als bedrohtes Wesen erschien, gewann an Tiefe, und so war sein Beschluß, Pädagoge zu werden, einesteils wohl der Beginn einer sozusagen posthumen Erziehung der Schulkameraden, die ihn gequält hatten, andernteils aber auch der einer Erziehung des bösen Geistes oder irregulären Gottes, der möglicherweise noch in der Höhle seiner Brust hauste. Aber war es ihm somit unklar, bis zu welchem Grade er gläubig sei, so wurde ihm doch rasch klar, daß er ein Gegner der Ungläubigen sei, und er erlernte es, mit Überzeugung zu denken, daß er überzeugt sei und daß man überzeugt zu sein habe. Er lernte an der Universität auch umso eher die Schwächen des der Freiheit überlassenen Geistes erkennen, als ihm nur in bescheidenem Maße bekannt war, wie sehr den schöpferischen Kräften die Bedingung der Freiheit angeboren ist.

Es ist schwer, von diesen Schwächen das Maßgebliche in wenigen Worten zu sagen. Man könnte es zum Beispiel darin sehen, daß die großen Gedankengebäude der selbständigen philosophischen Welterklärung, deren letzte zwischen den Mitten des achtzehnten und neunzehnten Jahrhunderts errichtet worden sind, von den Veränderungen des Lebens, vornehmlich aber von den Ergebnissen des Denkens und der Erfahrung selbst, unterhöhlt worden sind; ohne daß die Fülle der neuen, von den Wissenschaften fast mit jedem Tag ans Licht gebrachten Erkenntnisse zu einer neuen, festen, wenn auch abwartenden, menschlichen Gesinnung geführt hätte, ja auch ohne daß sich der Wille dazu ernst und öffentlich genug regte, so daß der Reichtum der Kenntnisse fast ebenso bedrückend wie beglückend geworden ist. Man kann aber auch ganz allgemein davon ausgehen, daß sich ein außerordentliches Gedeihen von Besitz und Bildung bis zu einem schleichenden Notstand gesteigert hatte, der nicht gar lange nach diesem Tag, da Lindner, zu seiner Erholung von dem anstrengenderen Teile seiner Lebenserinnerungen, über die Irrtümer der Welt nachdachte, von dem ersten Vernichtungsschlag unterbrochen werden sollte. Denn angenommen, daß jemand 1871, in dem Jahre der Geburt Deutschlands, auf die Welt gekommen sei, so hätte er schon mit einigen dreißig Jahren gewahren können, daß sich während seines Daseins die Länge der Eisenbahnen in Europa verdreifacht und auf der ganzen Erde mehr als viermal vergrößert habe, der Postverkehr sich auf das dreifache ausgedehnt, die Telegrafenlinien es gar auf das siebenfache getan hätten; und auch vieles andere hatte sich in demselben Sinne entwickelt. Der Wirkungsgrad der Kraftmaschinen war von 50 auf 90 v. H. gesteigert worden; die Petroleumlampe war in dieser Zeit der Reihe nach durch Gasbeleuchtung, Auerlicht und Elektrizität, die immer neue Beleuchtungsarten hervorbringt, ersetzt worden; das Pferdegespann, das jahrtausendelang seinen Platz gehalten hatte, durch den Kraftwagen; und die Flugmaschinen waren nicht nur in die Welt getreten, sondern auch schon aus den Kinderschuhen. Auch die durchschnittliche Lebensdauer hatte sich, dank der Fortschritte der Medizin und Hygiene, auffallend gehoben, und die Beziehungen zwischen den Völkern wurden seit der letzten kriegerischen Auseinandersetzung zusehends milder und vertrauensvoller. Der Mensch, der das miterlebte, konnte wohl glauben, daß es nun endlich zu dem lange erwarteten dauernden Fortschritt der Menschheit gekommen sei, und wer möchte das nicht als angemessen erachten einer Zeit, in der er selbst auf der Welt ist!

Aber es scheint, daß dieser bürgerliche und seelische Wohlstand auf ganz bestimmten und keinesfalls unvergänglichen Voraussetzungen geruht hat, und man erklärt uns heute, daß es damals noch ungeheure Anbauflächen und andere natürliche Reichtümer in der Welt gegeben habe, die gerade erst in Besitz genommen worden seien; daß es wehrlose farbige Völker gegeben habe, die noch nicht beraubt waren (den Vorwurf, es zu tun, glich man durch den Gedanken aus, daß man ihnen dafür die Zivilisation schenke); und daß auch Millionen weißer Menschen vorhanden gewesen seien, die wehrlos die Kosten des industriellen und kaufmännischen Fortschritts bezahlen mußten (aber man stärkte sein Gewissen durch die feste und nicht einmal völlig unbegründete Zuversicht, daß es nach fünfzig oder hundert Jahren weiteren Fortschritts auch den Enterbten besser gehen werde als vor der Enterbung). Jedenfalls war das Füllhorn, aus dem das leibliche und geistige Gedeihen kam, so groß und unübersehbar, daß es unsichtbar wirkte und nur der Eindruck des Wachstums in allen Leistungen übrig blieb; und es ist heute schier unmöglich, noch einmal begreiflich zu machen, wie natürlich es damals war, an die Dauer dieses Fortschritts zu glauben und Gedeihen und Geist für etwas zu halten, das, wie Gras, überall fortkommt, wo es nicht geradezu absichtlich ausgerottet wird.

Gegen diese Vertrauensseligkeit, diesen Gedeihniswahn, diesen verhängnisvoll frohsinnigen Freisinn besaß der blasse, unüppige und von seinem Wachstum körperlich sogar geplagte Student Lindner eine natürliche Abneigung, und es war ihm ein natürliches Ahnungsvermögen für alle Fehler und eine wache Aufnahmebereitschaft für jedes Lebenszeugnis zu eigen, das dagegen aussagte. Wohl war sein Fach nicht Volkswirtschaft, und er lernte diese Tatsachen erst später richtig würdigen; umso hellsichtiger war er aber für die andere Seite der Entwicklung und die sich dort vollziehende Fäulnis einer Gesinnung, die im Anfang den freien Handel im Namen eines freien Geistes an die Spitze der menschlichen Tätigkeiten gesetzt und dann den freien Geist dem freien Handel überlassen hat, und Lindner witterte den geistigen Zusammenbruch, der ja auch nicht ausgeblieben ist. Dieser Glaube an das Verhängnis, inmitten einer sich ihre Fortschritte behagen lassenden Welt, war die kräftigste von allen seinen Eigenschaften; aber er hätte dabei wahrscheinlich auch ein Sozialist werden können oder einer der einsamen und fatalistischen Menschen, die sich höchst ungern auf Politik einlassen, wenn sie auch voll Erbitterung wider das Ganze sind, und die den Fortbestand des Geistes sichern, indem sie in ihrem engeren Kreis auf das Rechte halten und für ihre Person das Bedeutende tun und die Kulturheilkunde den Kurpfuschern überlassen. Wenn sich Lindner also heute fragte, wie er dennoch geworden sei, der er sei, so durfte er sich die beruhigende Antwort geben, daß es genau so geschehen sei, wie man ansonsten in einen Beruf hineinkommt. Er hatte schon in der letzten Klasse des Gymnasiums einem Zirkel angehört, dessen Arbeitsplan es war, kühle, bedächtige Kritik sowohl an dem halbamtlich an der Schule bewunderten «antiken Heidentum» als auch an dem außerhalb der Schule umgehenden «modernen Geist» zu üben; in der Fortsetzung war er, abgestoßen von dem freien studentischen Treiben der Universität, einer Verbindung beigetreten, in deren Kreise, wie der Bart das Milchgesicht, bereits die Einflüsse des politischen Kampfes die harmlosen Jünglingsgespräche verdrängten; und als er so in die höheren Semester gekommen war, hatte sich an ihm schon gebieterisch die für jede Art von Gesinnung gültige Denkwürdigkeit geltend gemacht, daß die beste Stütze des Glaubens der Unglaube ist, da er, an anderen bemerkt und bekämpft, dem Gläubigen immer Gelegenheit gibt, sich eifrig zu fühlen.

Von der Stunde an, da sich Lindner entschlossen gesagt hatte, daß auch Religion vornehmlich eine Einrichtung für Menschen sei, und nicht für Heilige, hatte sich Friede über ihn gebreitet. Zwischen den Wünschen, Kind oder Diener Gottes zu sein, war für ihn die Wahl gefallen. In dem ungeheuren Palast, darin er dienen wollte, gab es zwar einen innersten Raum, wo die Wunder aufbewahrt wurden und ruhten, und jeder dachte bei Gelegenheit daran, aber in diesem Heiligtum hielt sich keiner seiner Diener dauernd auf, sondern sie lebten alle nur davor, ja es wurde ängstlich vor der Zudringlichkeit Unberufener geschützt, mit der man nicht gerade die besten Erfahrungen gemacht hat. Das sagte Lindner ungemein zu. Er schied zwischen Überhebung und Erhebung. Der Vorzimmerbetrieb, in seinen würdigen Formen und voll seiner hundertfach abgestuften Tätigkeiten und Angestellten, erfüllte ihn mit Bewunderung und Ehrgeiz; und die Außenarbeit, der er sich nun selbst unterzog, die Einflußnahme auf das moralische, politische und erzieherische Vereinswesen und die Durchdringung der Wissenschaft mit religiösen Grundsätzen, enthielt Aufgaben, für die er nicht ein, sondern tausend Leben hätte verbrauchen können, schenkten ihm dafür aber auch jene dauernde Bewegung bei innerer Unveränderlichkeit, die das Glück der seligen Geister ist: wenigstens meinte er das, in zufriedenen Stunden, vielleicht verwechselte er es aber mit dem Glück der politischen Geister. Und so trat er von da an in Vereine ein, schrieb Broschüren, hielt Vorträge, besuchte Versammlungen, knüpfte Beziehungen an, und ehe er die Universität verlassen hatte, war aus dem Rekruten der gläubigen Bewegung ein junger Mann geworden, der in der Offiziersliste evident gehalten wurde und einflußreiche Gönner besaß.

Eine Persönlichkeit mit so breiter Grundlage und so geläuterter Höhe hatte es also wahrhaftig nicht nötig, sich von der vorlauten Kritik einer jungen Frau einschüchtern zu lassen, und als Lindner zur Gegenwart zurückkehrte, zog er die Uhr und stellte fest, daß Agathe noch immer nicht da sei, obwohl es fast schon an der Zeit war, daß Peter zurückkehren konnte. Trotzdem schlug er noch einmal das Klavier auf, und wenn er sich auch nicht der Unberechenbarkeit des Gesanges auslieferte, so ließ er doch sein Auge wiederholend über die Worte des Lieds wandern und begleitete sie mit leisem Flüstern. Dabei wurde er zum erstenmal gewahr, daß er sie falsch betonte, viel zu gefühlvoll, und nicht im Einklang mit der bei allem Liebreiz strengen Musik. Er sah einen Jesusknaben vor sich, der «irgendwie von Murillo» war, das heißt, auf eine sehr unbestimmte Art außer den schwarzen Kirschenaugen auch die malerischen Lumpen der älteren Bettlerknaben dieses Meisters besaß, so daß er mit dem Gottessohn und Erlöser gerade nur das rührend Vermenschlichte gemein hatte, dieses aber offenbar recht übertrieben und eigentlich geschmacklos. Es machte auf ihn einen unangenehmen Eindruck und flocht nun wieder Agathe in seine Gedanken ein, denn er entsann sich, sie hätte einmal ausgerufen, es wäre wirklich nichts so merkwürdig, wie daß der Geschmack, der die gotischen Dome und Passionen hervorgebracht habe, durch einen Geschmack abgelöst worden sei, dem heute Papierblumen, Perlenstickereien, gezackte Deckchen und eine süßliche Sprache gefielen, so daß der Glaube geschmacklos geworden wäre und die Gabe, das Unerfaßliche duften und schmecken zu machen, fast nur noch unter ungläubigen oder zweifelhaften Menschen bewahrt würde! Lindner sagte sich, daß Agathe «eine ästhetische Natur» sei, und das bedeutete etwas, das an den Ernst der Volkswirtschaft und der Moral nicht heranreicht, in einzelnen Fällen aber sehr anregend sein kann, und zu ihnen gehörte auch dieser. Denn Lindner hatte die Erfindung der Papierblumen bisher schön und sinnig gefunden, entschied sich aber plötzlich, einen Strauß von ihnen, der auf dem Tische stand, dort zu entfernen, und versteckte ihn einstweilen hinter seinem Rücken.

Es war beinahe unwillkürlich geschehn, und er war ein wenig bestürzt ob dieser Handlung; stand aber dabei unter dem Eindruck, er wüßte über die von Agathe beobachtete «Merkwürdigkeit», bei der sie es hatte bewenden lassen, wohl eine Erklärung abzugeben, die sie nicht von ihm erwartete. Ein Apostelwort fiel ihm ein: «Wenn ich mit Menschen- und mit Engelszungen redete und hätte der Liebe nicht, so wäre ich ein tönendes Erz und eine klingende Schelle!» Und mit gerunzelter Stirn zu Boden blickend, bedachte er, daß nun schon seit vielen Jahren alles, was er tue, in Beziehung zur ewigen Liebe stehe. Er gehörte einer wunderbaren Liebesgemeinschaft an – und gerade das unterschied ihn von einem gewöhnlichen Intellektuellen –, worin nichts geschah, dem sich nicht, und mochte es auch noch so irdisch bedingt und getan sein, eine allegorische Beziehung zum Ewigen hätte geben lassen, ja dem diese Beziehung nicht als tiefste Bedeutung eingewohnt hätte, mochte das Bewußtsein davon auch nicht immer blank geputzt sein. Es besteht aber ein mächtiger Unterschied zwischen der Liebe, die man als Überzeugung besitzt, und der Liebe, die einen besitzt; ein Unterschied an Frische, mochte er sagen, wenn auch gewiß der zwischen geläutertem Wissen und trüber Turbulenz gleichfalls zu Recht bestand. Lindner zweifelte nicht daran, daß die geläuterte Überzeugung höher zu stellen sei; aber je älter sie ist, umsomehr läutert sie sich, das heißt, sie befreit sich von den Unregelmäßigkeiten des Gefühls, das sie erzeugt hat; und allmählich bleibt von diesen Leidenschaften nicht einmal mehr die Überzeugung übrig, sondern nur noch die Bereitschaft, sich jederzeit, wenn man sie braucht, ihrer erinnern und bedienen zu können. Und das mag erklären, warum die Werke des Gefühls abdorren, wenn sie nicht aus unmittelbarer Liebeserfahrung noch einmal erfrischt werden.

Mit solchen beinahe ketzerischen Erwägungen war Lindner beschäftigt, als plötzlich die Glocke schrillte.

Er zuckte mit den Achseln, schloß das Klavier wieder zu und entschuldigte sich bei sich selbst mit den Worten: «Das Leben braucht nicht nur Beter, sondern auch Arbeiter!»

57

Die Wirklichkeit und die Ekstase

Agathe hatte die Aufzeichnungen ihres Bruders nicht zu Ende gelesen, als sie zum zweitenmal seine Schritte auf dem kiesbestreuten Weg unter den Fenstern vernahm, und diesmal so wirklich, daß es jede Täuschung ausschloß. Sie nahm sich vor, bei der nächsten Gelegenheit, die sich darbieten werde, wieder in sein Versteck einzudringen, ohne daß er es wisse; denn so fremd ihrem Wesen diese Art zu überlegen auch war, wollte sie doch sie kennenlernen und verstehen. Auch war ein wenig Rache dabei, und sie wollte Heimliches mit Heimlichem vergelten; darum mochte sie nicht überrascht werden. So ordnete sie hastig die Blätter, legte sie zurück und verwischte jede Spur, die ihre Mitwisserschaft hätte verraten können. Ein Blick nach der Uhr sagte ihr außerdem, daß sie längst das Haus hätte verlassen sollen und anderswo wahrscheinlich schon gereizt erwartet würde, wovon nun freilich wieder Ulrich nichts wissen durfte. Dieses doppelte Maß, das sie anwandte, machte sie plötzlich lächeln. Sie wußte, daß ihr eigener Mangel an Offenheit der Treue nicht wirklich Abbruch tat; und daß er überdies viel schlimmer war als der Ulrichs, diese natürliche Genugtuung ließ sie merklich versöhnt von ihrer Entdeckung scheiden.

Als ihr Bruder wieder sein Arbeitszimmer betrat, fand er sie darin nicht mehr vor, wunderte sich aber auch nicht darüber. Er hatte endlich zurückgefunden, nachdem ihm die Personen und Verhältnisse, von denen die Rede gewesen war, so lebhaft den Kopf erfüllt hatten, daß er nach Stumms Abfahrt noch eine Weile im Garten umhergewandert war. Ein rasch getrunkenes Glas Wein kann nach langer Entbehrung eine ähnliche, bloß an-geheiterte Lebendigkeit bewirken, hinter deren buntem Szenenwechsel man finster und unberührt verharrt; und so war es ihm denn auch nicht einmal in den Sinn gekommen, daß die Personen, an deren Schicksal er scheinbar wieder so lebhaft Anteil nahm, nicht gar weit von ihm wohnten und alsbald zu erreichen gewesen wären. Die wirkliche Beziehung zu ihnen war gelähmt geblieben wie ein durchschnittener Muskel.

Immerhin machten einige Erinnerungen davon eine Ausnahme und hatten Gedanken erweckt, zu denen es Brücken des Gefühls auch jetzt noch gab, obwohl bloß sehr brüchige. So bereitete ihm das, was er als «Rückkehr des Sektionschefs Tuzzi von der Inseite des Gefühls zu dessen äußerer Behandlung» bezeichnet hatte, das tiefere Vergnügen, ihn daran zu erinnern, daß seine Aufzeichnungen einer Unterscheidung dieser beiden Seiten des Gefühls zustrebten. Er sah aber auch Diotima in ihrer Schönheit vor sich, die anders als Agathes war; und es schmeichelte ihm, daß sie seiner noch gedachte, obgleich er ihr auch die Züchtigung durch ihren Gatten wieder von Herzen gönnte, in den Minuten, wo dieses Herz sozusagen wieder im Fleische wandelte. Er entsann sich nun von allen mit ihr geführten Gesprächen gerade des einen, worin sie es als nicht unmöglich hingestellt hatte, daß in der Liebe okkulte Kräfte entstünden; es war ihre Liebe zu dem reichen Mann, der auch Seele haben wollte, die ihr das eingab, und so dachte er nun auch an Arnheim. Ulrich war ihm noch die Antwort auf das gefühlvolle Angebot schuldig, das ihm Einfluß auf das wirkende Leben verschaffen sollte, und fragte sich deshalb, was wohl aus dem ebenso großmütigen und nicht minder unbestimmten Heiratsantrag geworden sein möge, der einst Diotima berauscht hatte. Wahrscheinlich das gleiche; Arnheim würde sein Wort halten, wenn man ihn daran erinnerte, hatte aber nichts dagegen, daß man es vergaß. Die höhnische Spannung, die bei der Erinnerung an Diotimas Höchstzeit in seinem Gesicht hervorgetreten war, milderte sich wieder. Es wäre eigentlich ganz anständig von ihr, daß sie Arnheim nicht festhielte, dachte er. Eine vernünftig sprechende Stimme in ihrem übervölkerten Inneren. Sie hätte zuweilen nüchterne Anwandlungen, wo sie sich von allem Höheren verlassen fühle, und wäre dann ganz nett. Irgendeine kleine Zuneigung inmitten aller Abneigung hatte Ulrich immer für sie gefühlt und wollte nun nicht ausschließen, daß sie endlich selbst bemerkt habe, welch lächerliches Paar sie mit Arnheim abgab: sie bereit, das Opfer des Ehebruchs zu bringen, Arnheim das Opfer der Heirat, so daß sie wieder nicht zusammenkamen und sich schließlich etwas Himmlisch-Unerreichbares einredeten, um sich des Erreichbaren zu überheben. Als ihm aber Bonadeas Erzählung von der Liebesschule Diotimas einfiel, sagte er sich am Ende, sie wäre doch eine unbehagliche Person und nichts schlösse aus, daß sie ihre gesamte Liebeskraft einmal auch noch auf ihn werfen könnte.

So ungefähr hatte Ulrich seine Gedanken nach dem Gespräch mit Stumm weiterlaufen lassen, und es war ihm vorgekommen, so müßten wohlbeschaffene Menschen denken, wenn sie sich auf herkömmliche Art miteinander beschäftigten; ihm selbst aber war es ganz ungewohnt geworden.

Und als er das Haus betreten hatte, war alles das ins Nichts verschwunden. Er zögerte einen Augenblick, wieder vor seinem Schreibtisch stehend, und ließ seine Aufzeichnungen durch die Finger gleiten. Er überlegte. In seinen Papieren schlossen sich an die begriffliche Darlegung des Gefühls gleich einige Bemerkungen über ekstatische Zustände an, und er fand diesen Platz richtig. Ein Verhalten, das ganz unter der Herrschaft eines einzelnen Gefühls stand, wie er es gelegentlich erwähnt hatte, war doch wohl schon ein ekstatisches. Dem Zorn oder der Angst Verfallensein ist eine Ekstase. Die Welt vor den Augen eines einzelnen, der nur Rot oder nur Bedrohung sieht, hält freilich nicht lange vor, man spricht darum auch nicht von einer Welt, sondern nur von Eingebungen und Täuschungen; wenn aber Massen ihr erliegen, entstehen Halluzinationen von furchtbarer Kraft und Ausdehnung.

Eine andere Ekstase, die er auch schon angedeutet hatte, war die der höchsten Gefühlsgrade. Werden diese erreicht, so ist das Handeln nicht mehr einseitig, sondern wird im Gegenteil unsicher, ja oft widersinnig; die Welt verliert in einer Art kalter Glut ihre Farben; und das Ich geht verloren bis auf die leere Hülle. Dieses Hören-und-Sehen-Vergehn ist ja wohl eine verarmende Ekstase – übrigens ist jeder verzückte Seelenzustand ärmer an Mannigfaltigkeit als der gewöhnliche – und wichtig wird es nur durch seine Verbindung mit der orgiastischen Ekstase, der rasenden Verzückung, oder mit dem Zustand unerträglicher körperlicher Anstrengungen, verbissener Willensäußerungen, schwerer Qualen, zu denen allen es den letzten Teil bilden kann. Ulrich hatte der Kürze wegen die überquellende und die versiegende Form des Sichverlierens in diesen Beispielen zusammengeworfen, und das nicht ohne Recht; denn wenn der Unterschied von anderem Gesichtspunkt auch ganz bedeutend war, so wuchs er doch in Hinblick auf die letzten Äußerungen fast zu. Der orgiastisch Entzückte springt in sein Verderben wie in ein Licht, und Zerreißen oder Zerrissenwerden sind ihm lodernde Liebesgeschehnisse und Freiheitstaten, ähnlich wie sich, bei aller Verschiedenheit, der tief Ermüdete und der tief Verbitterte in sein Unheil fallen läßt und in diesem letzten Geschehnis die Erlösung, also auch etwas empfängt, das von Freiheit und Liebe versüßt wird. So verschmelzen Tun und Erleiden in den höchsten Graden, wo sie noch erlebt werden.

Diese Ekstasen der Alleinherrschaft und der Krisis eines Gefühls sind aber natürlich mehr oder minder bloß Gedankenbilder, und die wirklichen Ekstasen – mögen es die mystischen, die kriegerischen, die von Liebes- oder anderen enthusiastischen Gemeinschaften sein – haben immer eine Gruppe untereinander verwandter Gefühle zur Voraussetzung und entstehen aus einem Ideenkreis, der diese wiederspiegelt. In wenig fester, sich gelegentlich verhärtender und gelegentlich wieder auflösender Form sind solche unwirklichen, im Sinn von besonderen Ideen- und Gefühlsgruppen gestaltete Weltbilder (als Weltanschauung, als persönlicher Pips) im Alltag so häufig, daß die meisten von ihnen gar nicht als Ekstasen angesehen werden, obwohl sie deren Vorzustand ungefähr auf die gleiche Art sind, wie ein feuersicheres Zündholz in seiner Schachtel den Vorzustand eines brennenden Zündholzes bedeutet.

An letzter Stelle hatte Ulrich dann noch vorgemerkt, daß ein seinem Wesen nach ekstatisches Weltbild auch dann entsteht, wenn das Gefühl und die ihm dienenden Ideen schlechthin der Nüchternheit und der Überlegung vorangestellt werden; es ist das schwärmerische, das gefühlvolle Weltbild, das enthusiastische Leben, das es zuzeiten in der Literatur, und wahrscheinlich in größeren oder kleineren Lebensgemeinschaften teilweise auch wirklich, gegeben hat. Nur fehlte in dieser Aufzählung freilich gerade das, was Ulrich am wichtigsten war, die Anführung des einen und einzigen Seelen- und Weltzustands, den er für eine Ekstase hielt, die der Wirklichkeit ebenbürtig sein könnte; aber seine Gedanken drängten jetzt vom Gegenstand ab, denn wenn er sich über die Würdigung dieser verführerischesten Ausnahme schlüssig werden wollte, war es unbedingt nötig – und wurde ihm auch dadurch nahegelegt, daß er in unsicherem Wechsel bald von einer Welt, bald bloß von einem Weltbild der Ekstase gesprochen hatte – zuvor die Beziehung kennen zu lernen, die zwischen unserem Gefühl und der wirklichen, das ist der Welt besteht, der wir, im Gegensatz zu den Illusionen der Ekstase, diese Geltung zusprechen.

Die Maße, mit denen wir diese Welt ermessen, sind aber die der Erkenntnis, und die Bedingungen, unter denen das geschieht, sind gleichfalls die ihren. Das Erkennen aber hat – mag auch die feinere und feinste Darlegung seiner Grenzen und Rechte dem Verstand recht große Schwierigkeiten in den Weg stellen – gerade im Verhältnis zum Gefühl eine leicht zu gewahrende und bezeichnende Eigentümlichkeit, nämlich die, daß wir, um zu erkennen, unsere Gefühle möglichst beiseitelassen müssen. Wir schalten sie aus, um «objektiv» zu sein, oder versetzen uns in einen Zustand, worin sich die verbleibenden Gefühle gegenseitig unwirksam machen, oder überlassen uns einer Gruppe kühler Gefühle, die, mit Vorsicht behandelt, dem Erkennen selbst förderlich sind. Was wir in diesem nüchternen Zustand erkennen, ziehen wir zum Vergleich heran, wenn wir in anderen Fällen von «Täuschungen» durch das Gefühl sprechen; und somit ist ein Nullzustand, ein Neutralisationszustand, kurz ein bestimmter Gefühlszustand, die stillschweigende Voraussetzung der Erfahrungen und Denkvorgänge, mit deren Hilfe wir das, was uns andere Gefühlszustände vorspiegeln, bloß für subjektiv halten. Eine jahrtausendelange Erfahrung hat bestätigt, daß wir noch am ehesten befähigt sind, der Wirklichkeit dauernd zu genügen, wenn wir uns immer wieder in diesen Zustand versetzen, und daß seiner auch bedarf, wer beileibe nicht bloß erkennen, sondern handeln will. Vermag doch nicht einmal ein Faustkämpfer der Objektivität zu entbehren, die in seinem Fall «ruhig Blut bewahren» heißt, und darf zwischen den Seilen so wenig zornig werden, wie er mutlos werden darf, wenn er nicht den kürzeren ziehen will! Auch unser fühlendes Verhalten hängt also, wenn es der Wirklichkeit angepaßt ist, nicht nur von den Gefühlen ab, die uns gerade bewegen, oder von ihren triebhaften Untergründen, sondern zugleich von dem dauernden und wiederkehrenden Gefühlszustand, der das Verstehen der Wirklichkeit gewährleistet und gewöhnlich so wenig sichtbar wird wie die Luft, in der wir atmen.

Diese persönliche Entdeckung eines gewöhnlich weniger berücksichtigten Zusammenhangs hatte Ulrich zu weiterem Nachdenken über das Verhältnis des Gefühls zur Wirklichkeit verführt. Man muß hier zwischen den Sinneswahrnehmungen und den Gefühlen einen Unterschied machen. Auch jene «täuschen», und bekanntlich ist weder das sinnliche Bild der Welt, das sie uns darstellen, die Wirklichkeit selbst, noch ist das gedankliche Bild, das wir aus ihm erschließen, unabhängig von der menschlichen Geistesart, wenngleich es unabhängig von der persönlichen ist. Aber obwohl keinerlei greifbare Ähnlichkeit zwischen der Wirklichkeit und selbst dem genauesten Vorstellungsbild besteht, das wir von ihr besitzen, ja eher ein unausfüllbarer Abgrund an Unähnlichkeit, und obwohl wir das Original nie zu Gesicht bekommen, vermögen wir doch auf eine verwickelte Weise zu entscheiden, ob und unter welchen Bedingungen dieses Bild richtig sei. Anders bei den Gefühlen; denn diese geben, um in der gleichen Ausdrucksweise zu bleiben, auch schon das Bild falsch, und doch erfüllen sie damit ebensogut die Aufgabe, uns in Übereinstimmung mit der Wirklichkeit zu halten, bloß tun sie es auf eine andere Weise. Vielleicht hatte diese Forderung, in Übereinstimmung mit der Wirklichkeit zu bleiben, eine besondere Anziehungskraft auf Ulrich, aber sie bedeutet gleichwohl schlechthin auch das Merkmal alles dessen, was sich im Leben behauptet; und darum leitet sich von ihr eine vorzügliche abkürzende Formel und Probe dessen her, ob das Bild, das uns Wahrnehmung und Verstand von etwas geben, richtig und wahr sei, wenngleich diese Formel nicht alles erschöpft: wir verlangen, daß die Folgen aus dem geistigen Bild, das wir uns von der Wirklichkeit gemacht haben, mit dem gedanklichen Bild der Folgen übereinstimmen, die in Wirklichkeit eintreten, und nur dann halten wir ein Verstandesbild für richtig. Im Gegensatz dazu ließe sich von den Gefühlen sagen, daß sie die Aufgabe übernommen haben, uns dauernd in Irrtümern zu erhalten, die einander dauernd aufheben.

Und doch ist das nur die Folge einer Arbeitsteilung, bei der sich das von den Sinneswerkzeugen bediente Empfinden und die von ihm recht beeinflußten Denkvorgänge entwickelt, und, kurz gesagt, zu Erkenntnisquellen entwickelt haben, während dem Bereich der Gefühle die Rolle des mehr oder minder blinden Antreibers übriggeblieben ist; denn in der Urzeit waren sowohl unsere Gefühle als auch unsere

Sinnesempfindungen in der gleichen Wurzel vereinigt, nämlich in einem das ganze Geschöpf beteiligenden Verhalten, wenn es ein Reiz getroffen hatte. Die später hinzugekommene Arbeitsteilung läßt sich noch heute zutreffend mit den Worten ausdrücken, daß die Gefühle das ohne Erkenntnis tun, was wir mit Erkenntnis täten, wenn wir ohne einen anderen Antrieb als Erkenntnis überhaupt etwas täten! Könnte man lediglich ein Bild des fühlenden Verhaltens entwerfen, so müßte es dieses sein: wir nehmen von den Gefühlen an, daß sie das richtige Bild der Welt verfärben und verzerren und es falsch darstellen. Sowohl die Wissenschaft als auch das alltägliche Verhalten zählen das Gefühl zu den «Subjektivitäten»; sie setzen voraus, daß es bloß «die Welt, die wir sehen», verändere, denn sie rechnen damit, daß sich ein Gefühl nach einiger Zeit verflüchtigt und daß die von ihm am Anblick der Welt bewirkten Veränderungen vergehen, so daß «die Wirklichkeit» sich über kurz oder lang wieder «durchsetzt».

Es war Ulrich recht bemerkenswert vorgekommen, daß dieser teilweis gelähmte Gefühlszustand, der dem wissenschaftlichen Erfahren und dem sachlichen Verhalten zugrunde liegt, ein Seiten- und Gegenstück daran hat, daß sich die Aufhebung des Gefühls auch als ein Kennzeichen des zeitlichen Lebens wiederfindet. Denn der Einfluß unserer Gefühle auf das, was als wahr und notwendig gelten bleibt, auf die sachlichen Vorstellungen unseres Geistes, hebt sich sowohl über die Länge der Zeit als auch über die Breite des nebeneinander Bestehenden ungefähr zu Null auf; und der Einfluß des Gefühls auf seine unsachlichen Vorstellungen, auf die aus wechselndem Gefühl geborenen, schwankenden Ideen und Ideologien, Gedanken, Anschauungen und Haltungen des Geistes, die das historische Leben hintereinander und nebeneinander beherrschen, hebt sich ebenfalls auf, wenngleich zum Gegenteil der Gewißheit, wenngleich schlimmer als zu nichts, zum Zufall, zu ohnmächtiger Unordnung und Wandelbarkeit, kurz zu dem, was Ulrich unwillig «Sache des Gefühls» nannte.

Er hätte diesen Hinweis gerne genauer ausgebildet, als er ihn wieder las; konnte es aber nicht tun, weil der Gedankengang, dessen Niederschrift hier endete und noch in Schlagworten ein Stück weiterging, von ihm forderte, daß er Näherliegendes zum Abschluß bringe. Denn wenn wir das intellektuelle, das der Wirklichkeit entsprechende Bild der Welt (und mag es immer bloß Bild sein, ist es doch das richtige Bild) unter der Voraussetzung eines bestimmten Gefühlszustandes entwerfen, so war nun wohl jetzt an der Reihe zu fragen, was geschähe, wenn wir ebenso wirkungsvoll nicht von ihm, sondern von anderen Gefühlszuständen beherrscht würden. Daß dies keine ganz sinnlose Frage ist, geht schon daraus hervor, daß jeder starke Affekt das Bild der Welt auf seine Weise verzerrt; und ein tief Schwermütiger oder ein Heiter-Verstimmter könnten gegen die «Einbildungen» eines neutralen und ausgeglichenen Menschen einwenden, daß sie beileibe nicht sowohl durch ihr Blut düster oder heiter seien als vielmehr wegen ihrer Erfahrungen in einer Welt, die voll schwerer Düsternis oder himmlischer Leichtigkeit steht. Und so, wie sich ein Bild der Welt auf Grund der Vorherrschaft eines Gefühls oder einer Gruppe von Gefühlen denken läßt, zum Beispiel auch der orgiastischen, kann es auch darauf beruhen, daß überhaupt das Gefühl vorangestellt wird wie in der schwärmerischen und gefühlvollen Verfassung eines einzelnen oder einer Gemeinschaft; vollends ist es aber alltäglich, daß sich auf Grund von bestimmten Ideengruppen die Welt verschieden malt und daß das Leben, bis zum offenkundigen Abersinn, verschieden gelebt wird.

Ulrich war nicht im mindesten gesonnen, die Erkenntnis für einen Irrtum oder die Welt für eine Täuschung zu halten, doch schien es ihm zulässig zu sein, daß man nicht nur von einem veränderten Weltbild, sondern auch von einer anderen Welt spreche, wenn statt des Fühlens, das der Anpassung an die Wirklichkeit dient, ein anderes vorherrscht. Diese Welt wäre «unwirklich» in dem Sinne, daß ihr fast jede Sachlichkeit fehlte; es gäbe in ihr keine der Natur angepaßten Vorstellungen, Berechnungen, Entscheidungen und Handlungen, und es könnten Zerwürfnisse unter Menschen vielleicht längere Zeit ausbleiben, wären aber, einmal vorhanden, kaum zu heilen. Aber schließlich wäre das nur dem Grade nach anders als in unserer Welt, und über die Möglichkeit entscheidet nur die Frage, ob eine unter solchen Bedingungen stehende Menschheit noch lebensfähig bliebe und eine gewisse Stetigkeit im Kommen und Gehn der Zugriffe der Außenwelt und in ihrem eigenen Verhalten erzielen könnte. Und es läßt sich vieles aus der Wirklichkeit entfernt oder durch anderes ersetzt denken, ohne daß in der so entstehenden Welt nicht noch Menschen leben könnten. Es ist vieles der Wirklichkeit fähig und weltfähig, was in einer bestimmten Wirklichkeit und Welt nicht vorkommt.

Nachdem Ulrich das geschrieben hatte, war er nicht gerade zufrieden damit, denn er mochte nicht haben, daß es so aussehe, als wären alle diese möglichen Wirklichkeiten gleichberechtigt. Er stand auf und durchwanderte sein Zimmer. Es fehlte noch etwas von der Art einer Unterscheidung zwischen «Wirklichkeit» und «voller Wirklichkeit» oder der Unterscheidung zwischen «Wirklichkeit für jemand» und «wirklicher Wirklichkeit» oder, mit anderen Worten, es fehlte eine Ausführung der Rangunterschiede des Anspruches auf Wirklichkeits- und Weltgeltung und eine Begründung dessen, daß wir für das, was uns unter allen Umständen als wirklich und wahr gilt, einen von ausführbaren Bedingungen abhängigen Vorrang vor dem beanspruchen, was nur unter besonderen Umständen gilt. Denn einerseits findet sich ja auch ein Tier trefflich in der Wirklichkeit zurecht, und weil es das gewiß nicht in völliger seelischer Finsternis tut, muß selbst in ihm etwas sein, das den menschlichen Vorstellungen von Welt und Wirklichkeit entspricht, ohne daß es mit ihnen auch nur die geringste Ähnlichkeit *deshalb* haben müßte; und anderseits besitzen ja auch wir nicht die wahre Wirklichkeit, sondern können bloß in einem unendlichen Vorgang unsere Vorstellungen von ihr verbessern, während wir im Drang des Lebens sogar Vorstellungen von recht verschiedener Tiefe nebeneinander benutzen, wie es Ulrich selbst im Verlauf dieser Stunde am Beispiel eines Tisches und einer schönen Frau vorgefunden hatte. Nachdem er sich das aber ungefähr so überlegt hatte, war Ulrich auch seiner Unruhe wieder ledig und beschloß, daß es genug sei; denn was immer da noch gesagt werden konnte, war nicht ihm vorbehalten und auch nicht dieser Stunde. Er überzeugte sich bloß noch einmal davon, daß in seiner Abfassung voraussichtlich nichts gegen eine genauere Ausführung verstieße, und schrieb ehrenhalber einige Worte auf, die in die Richtung des Fehlenden wiesen.

Und als das geschehen war, unterbrach er seine Tätigkeit vollends, sah aus dem Fenster in den Garten, der da im Spätnachmittagslicht lag, und ging sogar für eine Weile hinab, um seinen Kopf der Luft auszusetzen. Er zagte fast davor, daß er jetzt entweder zuviel oder zuwenig behaupten könnte; denn was seiner wartete, damit er es niederschreibe, dünkte ihn wichtiger als alles andere.

58

Ulrich und die zwei Welten des Gefühls

«Womit beginne ich am günstigsten?» fragte sich Ulrich hin und her wandernd im Garten, während ihn bald die Sonne an Gesicht und Händen brannte, bald der Schatten kühlende Blätter darauf legte. «Soll ich gleich damit anfangen, daß jedes Gefühl auf zweierlei Weise in der Welt ist und den Ursprung von zwei Welten in sich trägt, die so verschieden sind wie Tag und Nacht? Oder tue ich besser daran, daß ich an die Bedeutung anknüpfe, die das ernüchterte Gefühl für unser Weltbild hat, und dann auf umgekehrtem Wege zu dem Einfluß komme, den unser aus Handeln und Wissen geborenes Weltbild auf das Bild ausübt, das wir uns von unseren Gefühlen machen? Oder soll ich sagen, daß es schon Ekstasen gewesen sind, was ich andeutend als Welten beschrieben habe, in denen sich die Gefühle nicht gegenseitig aufheben?» Aber während er sich noch diese Fragen stellte, entschied es sich schon, daß er mit allem gleichzeitig begann; denn der

Gedanke, um den ihm so bangte, daß er das Schreiben unterbrochen hatte, war so beziehungsreich wie eine alte Freundschaft, und es ließ sich gar nicht mehr sagen, wie oder wann er entstanden sei. Während seiner ordnenden Beschäftigung war Ulrich diesem Gedanken immer näher gerückt – und er hatte sie auch nur seinetwegen aufgenommen gehabt – aber nun, wo er ans Ende gekommen war, mußte sich hinter zerteilten Nebeln Klarheit oder Leere zeigen. Es war kein angenehmer Augenblick, als er die ersten Worte fand, bei denen es verbleiben sollte: «Es stecken in jedem Gefühl zwei grundverschiedene Entfaltungsmöglichkeiten, die gewöhnlich zu einer verschmelzen; sie können aber auch einzeln zur Geltung kommen, und vornehmlich geschieht das in der Ekstase!»

Er nahm sich vor, sie fürs erste die äußere und die innere Entfaltung zu nennen, und sie von der harmlosesten Seite zu betrachten; es standen ihm eine Menge Beispiele dafür zur Verfügung: Gefallen, Liebe, Zorn, Mißtrauen, Großmut, Ekel, Neid, Verzagtheit, Angst, Begehren . . ., und er ordnete sie in Gedanken zu einer Reihe. Dann bildete er eine zweite Reihe: Wohlgesinntheit, Zärtlichkeit, Gereiztheit, Argwohn, Gehobenheit, Ängstlichkeit, Sehnsucht, der nur die Glieder fehlten, für die er keinen Namen fand, und verglich die beiden Reihen. Die eine enthielt bestimmte Gefühle, wie sie zumal durch ein bestimmtes Zusammentreffen in uns erregt werden, die andere enthielt unbestimmte Gefühle, die am stärksten sind, wenn man nicht weiß, was sie erregt hat; und doch waren es beidemal die gleichen Gefühle, hier in einem allgemeinen, dort in einem besonderen Zustand. «Ich werde also sagen, daß an jedem Gefühl eine Entwicklung zur Bestimmtheit und eine zur Unbestimmtheit zu unterscheiden ist» dachte Ulrich. «Besser ist es aber, wenn ich zuvor gleich alle Unterschiede aufzeichne, die damit verbunden sind.»

Er hätte die meisten von ihnen im Schlaf aufsagen können, aber sie werden jedem geläufig erscheinen, wenn er für die «unbestimmten Gefühle», aus denen Ulrich die zweite Reihe gebildet hatte, das Wort Stimmungen gebraucht, obwohl es Ulrich nicht ohne Absicht mied. Denn unterscheidet man zwischen Gefühl und Stimmung, so ist leicht zu bemerken, daß das «bestimmte Gefühl» allemal einem Etwas gilt, einer Lebenslage entspringt, ein Ziel hat und sich in einem mehr oder minder eindeutigen Verhalten ausdrückt, wogegen eine Stimmung von alledem ungefähr das Gegenteil zeigt; sie ist umfassend, ziellos, ausgebreitet, untätig, enthält bei aller Deutlichkeit etwas Unbestimmtes und ist bereit, sich auf jeden Gegenstand zu ergießen, ohne daß etwas geschieht und ohne daß sie sich dabei ändert. So entspricht dem bestimmten Gefühl ein bestimmtes Verhalten zu etwas und dem unbestimmten ein allgemeines, ein Verhalten zu allem, und das eine zieht uns ins Geschehen, während uns das andere bloß hinter einem farbigen Fenster daran teilnehmen läßt.

Bei diesem Unterschied, wie sich bestimmte und unbestimmte Gefühle zur Welt verhalten, verweilte Ulrich jetzt einen Augenblick. Er sagte sich: «Ich werde dies anfügen: Wenn sich ein Gefühl zur Bestimmtheit entwickelt, spitzt es sich gewissermaßen zu, es verengt seine Bestimmung und endet schließlich außen und innen wie in einer Sackgasse; es führt zu einer Handlung oder zu einem Beschluß, und wenn es darin auch nicht aufhört zu sein, so geht es doch später so verändert weiter wie Wasser hinter der Mühle. Entwickelt es sich hingegen zur Unbestimmtheit, so hat es anscheinend gar keine Tatkraft. Aber während das bestimmt entwickelte Gefühl an ein Wesen mit greifenden Armen erinnert, verändert das unbestimmte die Welt auf die gleiche wunschlose und selbstlose Weise, wie der Himmel seine Farben, und es verändern sich in ihm die Dinge und Geschehnisse wie die Wolken am Himmel; das Verhalten des unbestimmten Gefühls zur Welt hat etwas Magisches an sich und – Gott helfe mir! – im Vergleich mit dem bestimmten etwas Weibliches!» So sagte sich Ulrich, und dann fiel ihm etwas ein, das weit verführte: denn natürlich ist es vornehmlich die Entwicklung zum bestimmten Gefühl, was die Unbeständigkeit und Hinfälligkeit des seelischen Lebens nach sich zieht. Daß man niemals den Augenblick des Fühlens festhalten kann, daß die Gefühle rascher verwelken als Blumen oder daß sie sich in Papierblumen verwandeln, wenn sie erhalten bleiben wollen, daß das Glück und der Wille, die Kunst und Gesinnung vorbeigehn, alles dies hängt von der Bestimmtheit des Gefühls ab, die ihm auch eine Bestimmung unterschiebt und es in den Gang des Lebens zwingt, von dem es aufgelöst oder verändert wird. Dagegen ist das in seiner Unbestimmtheit und Unbegrenztheit verharrende Gefühl verhältnismäßig unveränderlich. Ein Vergleich fiel ihm ein: «Das eine stirbt wie ein Einzelwesen, das andere dauert an wie eine Art oder Gattung.» Vielleicht wiederholt sich dabei in der Einrichtung des Gefühls sogar wirklich, wenn auch sehr mittelbar, eine allgemeine Lebenseinrichtung; er vermochte es nicht abzuschätzen, hielt sich aber auch nicht damit auf, denn in der Hauptsache meinte er nun so deutlich wie noch nie zuvor zu sehen.

Er wäre jetzt bereit gewesen, auf sein Zimmer zurück zu eilen, verweilte aber doch noch ein wenig, denn er wollte zuvor den ganzen Plan im Kopf überschlagen, ehe er ihn schriftlich ausführe. «Ich habe von zwei Entwicklungsmöglichkeiten und Zuständen ein und desselben Gefühls gesprochen,» überlegte er «aber dann muß natürlich auch schon am Ursprung des Gefühls etwas sein, womit das anheben kann. Und wirklich zeigen ja auch die Triebe, die unsere Seele mit einem Leben speisen, das fast noch wie Tierblut ist, schon diese zweiteilige

Anlage. Ein Trieb treibt zum Handeln, und das ist anscheinend seine Hauptaufgabe; aber er stimmt auch die Seele. Hat er noch kein Ziel gefunden, so ist sogar das unbestimmte Sichweiten und -dehnen an ihm sehr deutlich, ja, es werden sich viele Leute finden, die gerade darin das Anzeichen eines erwachenden Triebes sehen; zum Beispiel des Geschlechtstriebs, aber natürlich gibt es auch eine Sehnsucht des Hungers und anderer Triebe. So ist im Trieb also das Bestimmte und das Unbestimmte. Ich werde hinzufügen,» dachte Ulrich «daß die leiblichen Organe, die daran beteiligt sind, daß die Außenwelt einen Affekt in uns weckt, diesen bei anderer Gelegenheit auch selbst hervorbringen können, wenn sie von innen gereizt werden; mehr braucht es gar nicht, um bis zur Ekstase zu gelangen!»

Dann besann er sich darauf, daß nach den Ergebnissen der Forschung und erst recht nach der Auslegung, die er ihnen in seinen Aufzeichnungen gab, auch anzunehmen sei, daß der Ansatz zu einem Gefühl immer auch zu einem anderen Gefühl dienen könne und daß kein solches in dem Vorgang seiner Ausgestaltung und Verfestigung jemals zu einem ganz bestimmten Ende komme. War das aber richtig, so erreichte nicht nur kein Gefühl seine volle Bestimmtheit, sondern höchst wahrscheinlich auch keines eine vollkommene Unbestimmtheit, und es gab weder ein ganz bestimmtes noch ein ganz unbestimmtes Gefühl. Und wirklich geschieht es auch fast immer, daß sich die beiden Möglichkeiten des Gefühls zu einer gemeinsamen Wirklichkeit verbinden, worin die Eigenart des einen oder des anderen bloß vorherrscht. Es gibt keine «Stimmung», die nicht auch bestimmte Gefühle enthielte, die sich in ihr bilden und wieder auflösen; und es gibt kein bestimmtes Gefühl, das nicht wenigstens dort, wo sich von ihm sagen läßt, daß es «ausstrahle», «erfasse», «aus sich selbst wirke», sich «ausdehne» oder «unmittelbar», ohne eine äußere Bewegung, auf die Welt einwirke, die Eigenart des unbestimmten durchblicken ließe. Wohl aber gibt es Gefühle, die mit großer Annäherung dem einen oder dem anderen entsprechen.

Natürlich haftet an den Worten «bestimmt» und «unbestimmt» der Nachteil, daß auch ein bestimmtes Gefühl immer ungenügend bestimmt bleibt, und in diesem Sinne unbestimmt ist, aber das war wohl von der wesentlichen Unbestimmtheit leicht zu unterscheiden. «Es wird also nur noch auszumachen sein, warum die Eigenart des unbestimmten Gefühls, und die ganze Entwicklung zu ihr, für weniger wirklich gilt als ihr Gegenspiel» dachte Ulrich. «In der Natur liegt beides. Also mag die verschiedene Bewertung wohl damit zusammenhängen, daß uns die äußere Entfaltung des Gefühls wichtiger ist als die innere oder daß uns die Richtung zur Bestimmtheit wichtiger ist als die zur Unbestimmtheit. Und unser Leben müßte wahrhaftig auch ein anderes sein, als es ist, wenn dem nicht so wäre! Es ist eine nicht zu übersehende Eigentümlichkeit der europäischen Kultur, daß in ihr alle naslang die ‹Welt des Innern› für das Schönste und Tiefste erklärt wird, was das Leben birgt, desungeachtet diese innere Welt aber doch bloß als ein Anbau der äußeren behandelt wird. Und es ist geradezu das Bilanzgeheimnis dieser Kultur, wie das gemacht wird, wenn es ein öffentliches Geheimnis ist: Man stellt die äußere Welt und die ‹Persönlichkeit› einander gegenüber; man nimmt an, daß die äußere Welt in einer Person innere Vorgänge erregt, die sie befähigen müssen, zweckentsprechend zu erwidern; und indem man in Gedanken diese Bahn herstellt, die von einer Veränderung der Welt durch die Veränderung einer Person wieder auf eine Veränderung der Welt führt, gewinnt man die eigentümliche Zweideutigkeit, die es uns gestattet, die Welt des Innern als den eigentlichen menschlichen Hoheitsbereich zu ehren, und doch von ihr vorauszusetzen, daß alles, was in ihr vorgeht, zuletzt die Aufgabe habe, wieder in eine ordentliche Wirkung nach außen zu münden.»

Es fuhr Ulrich durch den Kopf, daß es lohnend sein müßte, das Verhalten der Zivilisation zur Religion und zur Kunst in diesem Sinne zu betrachten; aber es war ihm wichtiger, die Richtung, die seine Gedanken eingeschlagen hatten, beizubehalten. An die Stelle von «Welt des Innern» ließ sich auch einfach «Gefühl» setzen, denn vornehmlich hat dieses die zweideutige Stellung, daß es recht eigentlich das Innere ist, und doch zumeist wie ein Schatten des Äußeren behandelt wird; und besonders haftet das natürlich an allem, was Ulrich als die innere und unbestimmte Entfaltung des Gefühls unterscheiden zu können glaubte. Es zeigt sich schon darin, daß die Ausdrücke, in denen wir das innere Walten beschreiben, fast alle dem äußeren entnommen sind; denn offenbar übertragen wir die tätige Art des äußeren Geschehens selbst dann schon auf das anders geartete innere, wenn wir dieses als eine Tätigkeit darstellen, mag es ein Ausstrahlen oder ein Schalten, ein Ergreifen oder ähnliches sein: denn diese Bilder, der Außenwelt entnommen, sind für die Innenwelt nur darum bezeichnend und geläufig geworden, weil wir dort besserer ermangeln. Sogar die wissenschaftlichen Lehren, die das Gefühl als ein Ineinander oder als ein auf gleichem Fuße stehendes Nebeneinander von äußeren und inneren Handlungen beschreiben, machen – eben dadurch, daß sie durchwegs von einem Handeln sprechen und die Handelnsfernheit des rein Innerlichen übergehen – ein Zugeständnis an diese Gewohnheit. Und schon aus diesen Gründen ist es schier unvermeidlich, daß uns die innere Gefühlsentfaltung gewöhnlich bloß als ein Anbau der äußeren erscheint, ja als deren Wiederholung und Trübung, die sich von ihr durch weniger scharfe Formen und verwischtere Zusammenhänge unterscheidet und so eben den ein wenig vernachlässigten Eindruck eines Nebengeschehens hervorruft.

Nun steht da aber natürlich nicht bloß eine Ausdrucksweise auf dem Spiel oder ein gedanklicher Vorrang, sondern es ist das, was wir «in Wirklichkeit» fühlen, selbst hundertfältig von der Wirklichkeit abhängig, und also auch von der bestimmten und äußeren Entfaltung des Gefühls, der sich die innere und unbestimmte unterordnet, ja, von der sie gleichsam aufgesogen wird. «Auf die Einzelheiten soll es nicht ankommen,» nahm sich Ulrich vor «aber es ließe sich wohl auch an jeder von ihnen zeigen, daß nicht nur der Begriff, den wir uns von unseren Gefühlen machen, die Aufgabe hat, deren ‹subjektives› Teil dienlich den Vorstellungen einzugliedern, die wir von der Wirklichkeit haben, sondern daß auch im Fühlen selbst die beiden Anlagen zu einem Gesamtvorgang verschmolzen sind, der auf sehr ungleiche Weise die Entfaltung nach außen und die nach innen verbindet. Mit einfachen Worten: wir sind handelnde Wesen; wir bedürfen der Sicherheit des Denkens für unser Handeln; wir bedürfen also auch eines der Neutralisation fähigen Gefühls – und unser Fühlen hat seine besondere Gestalt dadurch angenommen, daß wir es in das Bild der Wirklichkeit einordnen, und nicht das Umgekehrte, das Ekstatische tun. Eben deshalb muß in uns aber auch die Möglichkeit liegen, unser Fühlen umzukehren und unsere Welt anders zu erleben!»

Er war jetzt ungeduldig zu schreiben, und fühlte sich sicher, daß diese Gedanken auch einer ausführlichen Prüfung standhalten müßten. Auf seinem Zimmer angelangt, machte er Licht, weil die Wände schon im Schatten lagen. Von Agathe war nichts zu hören. Einen Augenblick zauderte er, ehe er begann.

Es hemmte ihn, daß er sich entsann, in der abkürzenden Ungeduld des Planens und Entwerfens die Begriffe «Innen» und «Außen», und wohl auch die Begriffe «Person» und «Welt», zuletzt so gebraucht zu haben, als ob die Unterscheidung zwischen den beiden Wirksamkeiten des Gefühls mit diesen Vorstellungen übereinfiele. Dem war natürlich nicht so. Die eigenartige Unterscheidung zwischen der Anlage und Ausgestaltungsmöglichkeit zum bestimmten oder unbestimmten Gefühl, die von Ulrich gemacht wurde, durchschneidet, wenn man sie gelten läßt, die anderen Unterschiede. Sowohl nach außen und in die Welt als auch nach innen und in die Person entfaltet sich das Gefühl auf die eine und andere Art. Er sann über ein rechtes Wort dafür nach, denn die Worte «bestimmt» und «unbestimmt» gefielen ihm nicht sehr, obwohl sie bezeichnend waren. «Der ursprüngliche Erfahrungsunterschied liegt am nacktesten und doch am ausdrucksvollsten darin, daß es sowohl eine Äußerung des Gefühls als auch eine Innerlichkeit nach außen und innen gibt!» überlegte er und war im Augenblick zufrieden, ehe er auch diese Worte ebenso ungenügend fand wie alle anderen, von denen er noch ein Dutzend ausprobte. An seiner Überzeugung änderte das aber nichts mehr, es erschien ihm nur noch als eine Mühe bei der ihm bevorstehenden Ausführung, davon hervorgerufen, daß die Sprache nicht für diese Seite des Daseins geschaffen ist. «Wenn ich alles noch einmal prüfe und richtig finde, solle es mir nichts ausmachen, am Ende bloß immer von unserem gewöhnlichen Gefühl und unserem ‹anderen› zu reden!» beschloß er.

Er holte lächelnd ein Buch von der Wand, worin sich ein Lesezeichen befand, und setzte vor seine eignen Worte die folgenden fremden: «Wenn auch der Himmel, ebenso wie die Welt, einer Folge wechselnder Ereignisse unterworfen ist, so fehlt doch den Engeln jeder Begriff und jede Vorstellung von Raum und Zeit. Obwohl sich auch bei ihnen alle Vorgänge nacheinander abspielen, in völliger Übereinstimmung mit der Welt, wissen sie nicht, was Zeit bedeutet, weil im Himmel weder Jahre noch Tage, sondern Zustandsänderungen herrschen. Wo Jahre und Tage sind, herrschen Zeiten, wo Zustandsänderungen sind, Zustände. Da die Engel keine Vorstellung von der Zeit haben, wie die Menschen, so fehlt ihnen auch die Bestimmung der Zeit; sie kennen nicht einmal ihre Einteilung in Jahre, Monate, Wochen, Stunden, in morgen, gestern und heute. Hören sie einen Menschen davon reden – und Gott hat ständig den Menschen Engel zugesellt – dann verstehen sie darunter Zustände und Zustandsbestimmungen. Der Mensch denkt aus der Zeit, der Engel aus dem Zustand; so wird die natürliche Vorstellung der Menschen bei den Engeln zu einer geistigen. Alle Bewegungsvorgänge in der geistigen Welt geschehen durch innere Zustandsänderungen. Als ich darob in Besorgnis geriet, wurde ich in die Sphäre des Himmels zum Bewußtsein der Engel erhoben und von Gott durch die Reiche des Himmels geführt und zu den Gestirnen des Weltalls geleitet, und zwar im Geiste, während mein Körper an derselben Stelle blieb. Alle Engel bewegen sich so von Ort zu Ort, deshalb gibt es für sie keine Abstände, folglich auch keine Entfernungen, sondern nur Zustände und Zustandsänderungen. Jede Annäherung ist eine Ähnlichkeit innerer Zustände, jede Entfernung eine Verschiedenheit; Räume im Himmel sind nichts als äußere Zustände, die den inneren entsprechen. Jeder wird in der geistigen Welt dem anderen sichtbar erscheinen, sobald er ein dringendes Verlangen nach dessen Gegenwart hat, denn dann versetzt er sich in seinen Zustand; umgekehrt wird er sich bei vorhandener Abneigung von ihm entfernen. Ebenso kommt jemand, der in seiner Gemeinschaft, in Hallen oder Gärten, seinen Aufenthalt wechselt, schneller dorthin, wenn er sich danach sehnt, und langsamer, wenn seine Sehnsucht geringer ist; das habe ich oft staunend gesehen. Und da die Engel sich keinen Begriff von der Zeit machen können, so haben sie auch eine andere Vorstellung von der Ewigkeit als die irdischen Menschen; sie verstehen darunter einen unendlichen Zustand, nicht eine unendliche Zeit.»

Ulrich hatte das einige Tage zuvor durch Zufall beim Blättern in einer Auswahlausgabe von Swedenborg aufgefunden, die er besaß, aber noch nie recht gelesen hatte; und hatte es ein wenig zusammengedrängt und so viel davon abgeschrieben, weil es ihm sehr angenehm war, diesen alten Metaphysikus und gelehrten Ingenieur – von dem übrigens Goethe, ja sogar Kant keinen geringen Eindruck empfangen hatte – so sicher vom Himmel und den Engeln reden zu hören, als wären es Stockholm und seine Bewohner. Es paßte so gut zu seiner eigenen Beschäftigung, daß sich die verbleibende, und ja auch nicht geringe, Verschiedenheit unheimlich deutlich davon abhob. Es machte ihm große Lust, an ihr festzuhalten und die in ihrer verfrühten Selbstgewißheit zwar trocken-unträumerisch, doch aber schrullig wirkenden Behauptungen eines Geistersehers aus den vorsichtiger gefaßten Begriffen eines späteren Jahrhunderts auf neue Art hervorzuzaubern.

Und so schrieb er nieder, was er gedacht hatte.

47

Wandel unter Menschen

In der Zeit, die nun folgte, zogen sie sich von ihren Bekannten zurück und setzten sie dadurch in Verwunderung, daß sie eine Reise vorschützten und sich auf keine Weise erreichen ließen.

Sie waren meist heimlich zu Hause, und wenn sie ausgingen, mieden sie Orte, wo sie Menschen antreffen konnten, die demselben Gesellschaftskreis angehörten wie sie; doch besuchten sie Vergnügungsstätten und kleine Theater, wo sie davor sicher zu sein glaubten, und im allgemeinen folgten sie einfach, sobald sie das Haus verließen, den Großstadtströmungen, die ein Bild der Bedürfnisse sind und mit gezeitenmäßiger Genauigkeit die Massen, je nach der Stunde, irgendwo zusammenpressen und anderswo absaugen. Sie überließen sich dem ohne bestimmte Absicht. Es vergnügte sie, zu tun, was viele taten, und an einer Lebensführung teilzunehmen, die ihnen die seelische Verantwortung für die eigene zeitweilig abnahm. Und noch nie war ihnen die Stadt, worin sie lebten, so schön und fremd zugleich vorgekommen. Die Häuser boten in ihrer Gesamtheit ein großes Bild dar, auch wenn sie im einzelnen, oder einzeln, nicht schön waren; der Lärm strömte durch die hitzeverdünnte Luft wie ein an die Dächer reichender Fluß dahin; in dem starken, von der Straßentiefe gedämpften Licht sahen die Menschen leidenschaftlicher und geheimnisvoller aus, als sie es wahrscheinlich verdienten. Alles klang, sah aus, roch – so unersetzlich und unvergeßlich, als gäbe es zu verstehen, wie es sich in seiner Augenblicklichkeit selbst vorkomme; und die Geschwister nahmen diese Einladung, sich der Welt zuzuwenden, nicht ungern an.

Trotzdem geschah das nicht ohne Zurückhaltung, denn sie spürten den hindurchgehenden Zwiespalt. Das Geheime und Unbestimmte, das sie selbst verband, obwohl sie nicht frei davon sprechen konnten, sonderte sie von den anderen Menschen ab; aber die gleiche Leidenschaft, die sie dauernd fühlten, weil sie sich nicht sowohl an einem Verbot gebrochen hatte als vielmehr an einer Verheißung, hatte sie auch in einem Zustand zurückgelassen, der Ähnlichkeit mit den schwülen Unterbrechungen einer körperlichen Vereinigung besaß. Die Lust ohne Ausweg sank wieder in den Körper zurück und erfüllte ihn mit einer Zärtlichkeit, die so unbestimmt war wie ein später Herbsttag oder ein früher Frühlingstag. Und wenn sie auch gewiß nicht für jeden Menschen und alle Welt ebenso empfanden wie für einander, so spürten sie doch den schönen Schatten des «Wie es wäre» davon auf ihr Herz fallen, und dieses konnte der sanften Täuschung weder völlig glauben, noch konnte es sich ihr völlig entziehen, was ihm auch immer begegnete.

Das machte auf die freiwilligen Zwillingsgeschwister den Eindruck, daß sie durch ihre Erwartung und ihre Aszese empfindlich geworden seien für alle unausgeträumten Zuneigungen der Welt, aber auch für die Schranken, die jedem Gefühl von der Wirklichkeit und Wachheit gesetzt werden; und es wurde ihnen die eigentümlich zweiseitige Beschaffenheit des Lebens sehr sichtbar, die jede große Bestrebung durch eine niedrige dämpft. Sie bindet an jeden Fortschritt einen Rückschritt und an jede Kraft eine Schwäche; sie gibt keinem ein Recht, das sie nicht einem anderen nähme, ordnet keine Verwickelung, ohne neue Unordnung zu stiften, und sie scheint sogar das Erhabene nur darum hervorzurufen, daß sie mit den Ehren, die ihm gebühren, bei der nächsten Gelegenheit das Platte überhäufe. So verknüpft ein schier unlöslicher und vielleicht tief notwendiger Zusammenhang alle hochgemuten menschlichen Bemühungen mit dem Zustandekommen ihres Gegenteils und läßt das Leben – über alle anderen Gegensätze und Parteiungen hinweg – für geistvolle, oder derart selbst nur halbvolle, Menschen ziemlich schwer erträglich sein, treibt sie aber auch an, eine Erklärung dafür zu suchen.

Dieses Aneinanderhaften der Ehr- und der Kehrseite des Lebens ist denn auch sehr verschieden beurteilt worden. Fromme Menschenverächter haben darin einen Ausfluß der irdischen Hinfälligkeit gesehen; Donnerkerle das saftigste Lendenstück des Lebens; Durchschnittlinge fühlen sich in diesem Widerspruch so wohl wie zwischen ihrer rechten und linken Hand; und wer vorsichtig denkt, sagt einfach, die Welt sei nicht geschaffen, um menschlichen Begriffen zu entsprechen. Man hat es also als Unvollkommenheit der Welt oder der menschlichen Vorstellungen angesehn, hat es ebensowohl kindlich-traulich wie schwermütig oder trotzig-gleichgültig hingenommen, und alles in allem kann es mehr als Temperamentssache denn als nüchtern ehrbare Aufgabe der Vernunft gelten, darüber zu entscheiden. Nun aber, so gewiß die Welt nicht geschaffen ist, um menschlichen Forderungen zu entsprechen, so gewiß sind die menschlichen Begriffe geschaffen, um der Welt zu entsprechen, denn das ist ihre Aufgabe; und warum sie es gerade im Bereich des Rechten und Schönen nie zuwege bringen, bleibt damit schließlich doch eine seltsam offene Frage. Die planlosen Wege schienen es wie ein Bilderbuch darzubieten und ließen Gespräche entstehn, die von des Blätterns lose wechselnder Erregung begleitet waren.

Keines von diesen Gesprächen handelte seinen Gegenstand handgreiflich und vollständig ab, jedes wandte sich unter der Zeit nach den verschiedensten Zusammenhängen; dabei wurde der gedankliche Zusammenhang im ganzen immer breiter, die Gliederung nach lebendigen Anlässen, die aufeinander folgten, versagte einmal ums andere vor der übertretenden Flut angeregter Betrachtungen; und verlierend wie gewinnend, ging das lange weiter, ehe das Ergebnis unverkennbar zu sehen war.

So bekannte sich U. auch – zufällig oder nicht, überzeugt oder aufs Geratewohl – als erstes zu der Möglichkeit, daß sowohl die Schranke, die dem Gefühl gesetzt ist, als daß auch das Vor und Zurück, oder zumindest Hin und Her, des Lebens, in einem gesagt, daß seine geistige Unzuverlässigkeit, vielleicht eine nicht unnützliche Aufgabe zu erfüllen habe, und zwar die der Erzeugung und Erhaltung eines mittleren Lebenszustands.

Er wollte nicht von der Welt verlangen, daß sie ein Lustgarten des Genies sei. Ihre Geschichte ist nur in den Spitzen, wenn nicht Auswüchsen, eine des Genies und seiner Werke; in der Hauptsache ist sie die des Durchschnittsmenschen. Er ist der Stoff, mit dem sie arbeitet und der stets von neuem aus ihr wiedererersteht. Vielleicht gab das ein Augenblick der Ermüdung ein. Vielleicht dachte Ulrich bloß überhauf, daß alles Mittelhohe und Durchschnittliche stämmig sei und beste Aussicht auf Erhaltung seiner Art darbiete; man hätte annehmen müssen, daß es das erste Gesetz des Lebens sei, sich selbst zu erhalten, und das möchte wohl stimmen. Sicherlich sprach bei diesem Beginn aber auch eine andere Aussicht mit. Denn mag es sogar gewiß sein, daß die menschliche Geschichte nicht gerade ihre Aufschwünge vom Durchschnittsmenschen empfängt; alles in allem genommen, Genie und Dummheit, Heldentum und Willenlosigkeit, ist sie eben doch eine Geschichte der Millionen Antriebe und Widerstände, Eigenschaften, Entschlüsse, Einrichtungen, Leidenschaften, Erkenntnisse und Irrtümer, die er von allen Seiten empfängt und nach jeder verteilt. In ihm und ihr mischen sich die gleichen Elemente; und auf diese Art ist sie jedenfalls eine Geschichte des Durchschnitts oder, je nachdem man es nehmen mag, der Durchschnitt von Millionen Geschichten, und wenn sie denn auch ewig um das Mittelmäßige schwanken müßte, was könnte am Ende unsinniger sein, als einem Durchschnitt seine Durchschnittlichkeit zu verübeln!

In diesen Gedanken schob sich aber auch die Erinnerung an die Berechnung von Durchschnitten ein, wie sie die Zufallsrechnung versteht. – Die Regeln der Wahrscheinlichkeit beginnen schon in einer kalten, beinahe schamlosen Gelassenheit damit, daß die Ereignisse bald so, bald anders, ja daß sie auch ins Gegenteil von dem ausschlagen könnten, was sie sind. Zur Bildung und Festigung eines Durchschnitts gehört es sodann, daß der höheren und besonderen Werte viel weniger als der mittleren sind, ja daß sie fast niemals auftreten, und daß es auch von den unverhältnismäßig geringen gilt. Die einen wie die andern bleiben besten- oder schlimmstenfalls Randwerte, und zwar nicht nur nach Anleitung der Rechnung, sondern auch in der Erfahrung überall dort, wo zufallsähnliche Bedingungen herrschen. Diese Erfahrung mag an Hagelversicherungen und Sterblichkeitübersichten gewonnen sein; aber der geringen Wahrscheinlichkeit der Randwerte entspricht es deutlich, daß auch im Geschichtlichen einseitige Gestaltungen und die ungemischte Verwirklichung überstiegener Forderungen selten von Dauer gewesen sind. Und sollte das in einer Hinsicht halbschlächtig erscheinen, so ist es doch in anderer der Errettung der Menschheit vor dem unternehmungssüchtigen Genie nicht minder wie vor der zu Taten aufgeregten Dummheit oft genug zugute gekommen! Unwillkürlich übertrug Ulrich die Anschauung der Wahrscheinlichkeit immer weiter auf geistige und geschichtliche Ereignisse und den mechanischen Begriff der Durchschnittlichkeit auf den sittlichen; und kam so auf die Zweiseitigkeit des Lebens zurück, bei der er angefangen hatte. Denn die Schranken und der Wechsel der Ideen und Gefühle, ihre Vergeblichkeit, die rätselhafte und trügerische Verbindung zwischen ihrem Sinn und der Verwirklichung seines Gegenteils, alles und ähnliches ist als innewohnende Folge auch schon mit der Annahme gegeben, daß eins so möglich sei wie das andere. Diese Annahme bedeutet aber den Grundbegriff, woraus die Wahrscheinlichkeitsrechnung ihren Inhalt schöpft, und ist deren Begriffsbestimmung des Zufalls; daß sie auch den Gang der Welt kennzeichnet, erlaubt also den Schluß, daß dieser nicht viel anders ausfiele, als er ist, wenn alles gleich nur dem Zufall überlassen bliebe.

Agathe fragte, ob es nicht die Wahrheit in launischer Absicht verdüstere und ein romantischer Pessimismus sei, wenn man den Weltlauf dem Zufall gleichstelle.

«Nichts weniger als das!» entgegnete dem Ulrich. «Wir haben bei der Vergeblichkeit aller hochgemuten Erwartungen begonnen, und es hat uns gedeucht, daß sie ein tückisches Geheimnis sei. Aber wenn wir sie jetzt mit den Regeln der Wahrscheinlichkeit vergleichen, so erklären wir dieses Geheimnis, das man mit einem Wort, das spöttisch mit seinem berühmten Gegenwort spielt, die ‹prästabilierte Disharmonie› der Schöpfung nennen könnte, überaus anspruchslos dadurch, daß einfach nichts dawider geschieht! Die Entwicklung bleibt sich selbst überlassen, kein geistig ordnendes Gesetz wird ihr auferlegt; sie folgt scheinbar dem Zufall; und wenn dabei auch nicht das Wahre entstehen kann, so begründet dieselbe Voraussetzung doch wenigstens das Wahrscheinliche! Zugleich erklären wir, aus dem Wahrscheinlichen, aber auch die sich als einziges stabilierende Durchschnittlichkeit, die allerenden ihre doch höchst unerwünschte Zunahme fühlen läßt. Daran ist also nichts Romantisches, und vielleicht nicht einmal etwas Verdüstertes; es wäre wohl, gern oder ungern, eher ein unternehmungslustiger Versuch!»

Trotzdem wollte er darüber nicht mehr sagen und ließ das scheinbar geistreiche Unternehmen auf sich beruhen, ohne über die Einleitung hinausgekommen zu sein. – Er hatte das Gefühl, etwas Großes ungeschickt und umständlich berührt zu haben. Das Große war die tiefe Zweideutigkeit der Welt, daß sie so zurück wie vorwärts zu gehen scheint und bestürzend neben erhebend ist; und daß sie auf einen geistigen Menschen einen anderen Eindruck schon deshalb nicht machen kann, weil ihre Geschichte eben nicht die des bedeutenden, sondern doch offenbar die des Durchschnittsmenschen ist, dessen verworrenes und zweideutiges Antlitz sich in ihr abprägt. Von Umständlichkeit beschwert war hingegen, was dieser einfallsschnelle Beschluß berührte, durch den Versuch worden, dem bekannten Wesen des Durchschnittsmenschen durch einen Vergleich mit dem der Wahrscheinlichkeit einen Hintergrund von nicht ganz erforschter Neuigkeit zu geben. Der Grundgedanke war wohl auch bei diesem Vergleich scheinbar einfach: denn das Durchschnittliche ist immer auch etwas Wahrscheinliches, und der Durchschnittsmensch der Bodensatz aller Wahrscheinlichkeit. Verglich Ulrich aber, was er gesagt hatte, mit dem, was davon noch zu sagen wäre, so verzagte er fast an der Fortsetzung dessen, was er mit seiner Gegenüberstellung von Wahrscheinlichkeit und Geschichte angefangen hatte.

Agathe sagte mit mutwilligem Zögern: «Die Hausmeisterin träumt vom Lotto und erhofft sich einen Gewinn! Wenn ich also würdig gewesen sein sollte, dich zu verstehen, wäre es die Aufgabe der Geschichte, einen immer durchschnittlicheren Menschenschlag zu hinterlassen und sein Leben zu begründen, wofür vielleicht manches spricht, oder doch raunt; und dazu sollte sie nichts einfacheres und verläßlicheres tun können, als einfach dem Zufall zu folgen und seinem Gesetz die Verteilung und Mischung der Ereignisse zu überlassen?» Ulrich nickte. «Es ist ein Wenn – so. Wenn die menschliche Geschichte überhaupt eine Aufgabe hätte, und es diese wäre, dann könnte sie nicht besser sein, als sie ist, und erreichte auf die seltsame Art dadurch ein Ziel, daß sie keines hat!» Agathe lachte. «Und deswegen erzählst du, daß die niedrige Decke, unter der man lebt, eine ‹nicht unnützliche› Aufgabe zu erfüllen habe?» «Eine tief notwendige Aufgabe, die Begünstigung des Durchschnitts!» bestätigte Ulrich. «Zu diesem Zweck sorgt sie dafür, daß ein für allemal kein Gefühl und Wille in den Himmel wächst!» «Geschähe doch lieber das Gegenteil!» meinte Agathe. «Dann sollte mir nicht das Ohr von Aufmerksamkeit rauh werden, ehe ich alles weiß!»

Ein Gespräch wie dieses über Genie, Durchschnitt und Wahrscheinlichkeit dünkte Agathe, weil es bloß den Verstand beschäftigte, ohne das Gemüt zu berühren, verlorene Zeit zu sein. Nicht ganz so erging es Ulrich, obgleich er mit dem, was er gesagt hatte, herzlich unzufrieden war. Nichts war daran fest als der Satz: wenn etwas ein Zufallsspiel wäre, so zeigte das Ergebnis die gleiche Verteilung von Treffern und Nieten wie das Leben. Aber daraus, daß der zweite Teil eines solchen Bedingungssatzes die Wahrheit ist, läßt sich mitnichten auf die Wahrheit des ersten schließen! Die Umkehrbarkeit des Verhältnisses bedürfte eines genaueren Vergleichs, um glaubhaft zu werden, der es auch erst ermöglichen müßte, Begriffe der Wahrscheinlichkeit auf geschichtliche und geistige Ereignisse zu übertragen und zwei so verschiedene Gesichtskreise einander gegenüberzustellen. Dazu hatte Ulrich nun keine Lust; aber je mehr er die Unterlassung fühlte, desto sicherer wurde ihm die Wichtigkeit der berührten Aufgabe bewußt. Nicht nur hat der zunehmende Einfluß geistig lockerer Massen, der die Menschheit immer durchschnittlicher macht, jede Frage nach dem Aufbau des Durchschnittlichen Bedeutung gewinnen lassen; sondern die Grundfrage, welches Wesens das Wahrscheinliche ist, scheint auch aus anderen Gründen, und darunter solchen, die allgemein und geistiger Herkunft sind, immer mehr an die Stelle der Frage nach dem Wesen der Wahrheit treten zu wollen, obgleich sie ursprünglich bloß ein Handwerksmittel für die Lösung einzelner Aufgaben gewesen ist.

Es hätte sich alles auch mit den Worten ausdrücken lassen, daß nach und nach der «wahrscheinliche Mensch» und das «wahrscheinliche Leben» anstelle des «wahren» Menschen und Lebens emporzukommen begännen, die eitel Einbildung und Vortäuschung gewesen seien; wie denn Ulrich etwas Ähnliches auch schon zuvor angedeutet, und gesagt hatte, daß die ganze Frage nichts als die Folge einer fahrlässigen Entwicklung wäre. Offenbar leuchtete ihm selbst der Sinn aller solchen Bemerkungen noch nicht völlig ein, doch verlieh ihnen gerade diese Schwäche die Eigenschaft, in weitem Umfang zu leuchten wie Wetterlicht, und er kannte noch so viel Beispiele des gegenwärtigen Lebens und Denkens, worauf sie paßten, daß er sich lebhaft aufgefordert sah, den gefühlhaften Begriff von ihnen in einen klareren zu verwandeln. So fehlte es auch nicht an der Notwendigkeit einer Fortsetzung, und er beschloß nun doch, sie bei schicklicherer Gelegenheit nicht zu verabsäumen.

Er mußte über seine Überraschung lächeln, als er sich bei diesem Vorsatz schon auf bestem Wege erkannte, ohne es gewollt zu haben, Agathe von etwas Altem zu unterrichten, das er früher in bedenklicher Laune oft die «Welt des Seinesgleichen geschieht» genannt hatte. Es war die Welt der Unruhe ohne Sinn, die wie ein Bach durch Sand ohne Grün fließt; er nannte sie jetzt die des «wahrscheinlichen Menschen». Mit aufgefrischter Neugierde betrachtete er die Menschenströme, deren Ufern sie folgten und von deren Leidenschaften, Gewohnheiten und fremden Genüssen sie von sich selbst abgezogen wurden: es war die Welt dieser Leidenschaften und Genüsse, und nicht die einer un-ausgeträumten Möglichkeit! So war es denn auch um deswillen die der Schranken, die selbst das ausschweifendste Gefühl in Grenzen setzen, und die des mittleren Lebenszustands. Zum erstenmal dachte er nicht bloß gefühlvoll, sondern in der Art, wie etwas Wirkliches er-wartet wird, daran, daß sich der Unterschied, der es in einem Fall dem weltlichen Gefühl unmöglich mache, zu Ruhe und bleibender Erfüllung zu kommen, im andern eine fortschreitende und weltliche Bewegung zu finden, vielleicht auf zwei grundverschiedene Zustände oder Arten des Gefühls zurückführen ließe.

Abbrechend sagte er: «Sieh an!» und beide wurden sich des Augen-scheins bewußt. Es geschah, während sie einen bekannten und, wenn man so sagen darf, allgemein geachteten Platz überquerten. Da stand die Neue Universität, ein nachgeahmter Barockbau, der von klein-lichen Einzelheiten überladen war; nicht weit davon stand, kostspielig und zweitürmig, eine «neugotische» Kirche, die wie ein gut gelungener Fastnachtsscherz aussah; und den Hintergrund bildete, neben zwei ausdruckslosen zu der Hochschule gehörenden Anstalten und einem Bankpalast, ein großes düster-dürftiges Gerichts- und Gefangenhaus, das mehrere Jahrzehnte älter war. Flinkes und massiges Fuhrwerk durchkreuzte dieses Bild, und ein einziger Blick vermochte sowohl die Gediegenheit des Gewordenen als auch die Vorbereitungen des wei-teren Gedeihens zu umfassen, und nicht minder zur Bewunderung der menschlichen Tätigkeit aufzuregen als den Geist durch einen unmerk-lichen Bodensatz von Nichtssagenheit zu vergiften. Und ohne eigent-lich den Gesprächsgegenstand zu wechseln, fuhr Ulrich fort: «Nimm an, daß sich eine Räuberbande der Weltherrschaft bemächtigt hätte, mit nichts ausgestattet als den gröbsten Instinkten und Grundsätzen! Nach einiger Zeit erwüchsen auch auf diesem wilden Boden geistige Schöpfungen! Und wieder über eine Zeit, wenn der Geist sich aus-gebildet hätte, stünde er sich schon selbst im Wege! Die Ernte wächst, und ihr Gehalt vermindert sich; als ob die Früchte nach Schatten schmeckten, wenn alle Äste voll sind!» – Er fragte nicht, warum. Er hatte das Gleichnis einfach gewählt, um auszudrücken, er meine, daß sich das meiste von dem, was sich Kultur nenne, zwischen dem Zustand einer Räuberbande und dem müssiger Reife befinde; denn war es so, dann mochte es doch auch eine Entschuldigung für all das Gespräch sein, in das er abgelenkt worden war, obwohl ein zärtlicher erster Anhauch den Anfang gebildet hatte.

48

Liebe deinen Nächsten wie dich selbst

Es ließe sich von vielem sagen, daß es Ulrichs Worte bestimmt haben möchte oder mit seinen Gedanken deutlich oder flüchtig verbunden gewesen sei. Zum Beispiel war es nicht lange her, daß er zu seiner Schwester, und sogar auch zu anderen an dem unglücklichen Abend bei Diotima von der großen Unordnung der Gefühle gesprochen hatte, der man die große Geschichte nicht viel anders wie die kleinen Meinungsverwirrungen und schlimmen Geschichten verdanke, deren eine sich damals gerade ereignete. Aber sobald er jetzt etwas sagte, das allgemeine Bedeutung haben mochte, hatte er die Empfindung, daß solche Worte um einige Tage zu spät aus seinem Mund kämen. Es fehlte ihm das Verlangen, sich mit Angelegenheiten abzugeben, die ihn nicht unmittelbar angingen, oder es hielt nur aufs kürzeste vor; denn seine Seele war überbereit, sich der Welt mit allen Sinnen hinzugeben, wie immer diese auch wäre. Sein Urteil spielte dabei so gut wie keine Rolle. Es bedeutete sogar fast nichts, ob ihm etwas gefiel oder nicht. Denn es ergriff ihn einfach alles mehr, als er verstehen konnte. Ulrich war es gewohnt, sich mit anderen Menschen zu beschäftigen; aber es war immer so geschehen, wie es Gefühle und Ansichten mit sich bringen, die im großen gelten sollen, und jetzt geschah es im kleinen, einzelnen, und unbegründet zu jeder Einzelheit haltend; und war fast ein Zustand, den er vor weniger Zeit selbst bei Agathe in den Verdacht gebracht hatte, er sei eher das Mitgefühlsverlangen einer Natur, die an nichts wahrhaft teilnehme, als wirkliches Mitfühlen. Das war damals gewesen, als er bei einer nicht geringen Meinungsverschiedenheit über die Bedeutung der ihm wenig bekannten Person des Professors Lindner die verletzende Behauptung aufgestellt hatte, daß man an nichts und niemand so teilnehme, wie es sein müßte. Und in der Tat, wenn der Zustand, worin er sich jetzt befand, eine Weile angedauert und ein volles Maß erreicht hatte, wurde es ihm unangenehm oder erschien ihm lächerlich, und er war dann auf ebenso unbegründete Weise wie zur Hingabe auch bereit, diese Hingabe wieder zurückzunehmen.

Aber diesmal erging es Agathe auf ihre Art nicht viel anders. Ihr Gewissen war bedrückt, wenn ihm der Aufschwung fehlte; denn sie hatte sich einen zu großen Schwung genommen und fühlte sich wie eine Frau, die auf einer Schaukel steht, dem Urteil ausgesetzt. In solchen Augenblicken fürchtete sie eine Rache der Welt für die Willkür, in der sie sonst mit Männern umsprang, die von der Wirklichkeit mit Ernst sprachen; wie ihr herausgeforderter Gatte und der heftig um ihre Seele bemühte Erhalter seines Andenkens. In der tausendfältigen reizenden Betriebsamkeit, von der das Leben tags und nachts erfüllt ist, wäre für sie nicht eine einzige Beschäftigung zu finden gewesen, an der sie mit ganzem Herzen hätte teilnehmen mögen; und wessen sie sich selbst unterfing, dem sollte von anderen nichts so sicher sein wie Tadel, Geringschätzung, oder gar Verachtung. Und doch lag ein merkwürdiger Friede gerade darin! Vielleicht darf gesagt werden, in Veränderung eines Sprichworts, daß ein schlechtes Gewissen beinahe ein besseres Ruhekissen darbietet als ein gutes, sofern es nur schlecht genug ist! Die unablässige Nebentätigkeit des Geistes in der Absicht, aus allem Unrecht, in das er verwickelt ist, ein gutes persönliches Gewissen als Abschluß zu gewinnen, ist dann eingestellt und läßt dem Gemüt eine ungemessene Unabhängigkeit zurück. Eine zarte Einsamkeit, ein himmelhoher Hochmut gossen zuweilen ihren Glanz auf diese Weltausflüge. Neben den eigenen Empfindungen konnte in solchen Augenblicken die Welt plump aufgeblasen erscheinen wie ein Fesselballon, den Schwalben umkreisen, oder zu einem Hintergrund erniedrigt, der klein war wie ein Wald am Rand des Gesichtskreises. Die verletzten bürgerlichen Verpflichtungen ängstigten bloß wie ein fern und roh andringendes Geräusch; sie waren unwichtig, wenn nicht unwirklich. Eine ungeheure Ordnung, die zuletzt nichts ist als eine ungeheure Absurdität, das war dann die Welt. Und doch hatte gerade darum jede Einzelheit, der Agathe begegnete, die gespannte, die hochseil-tänzerische Natur des «Einmal, und nicht wieder», die fast überspannte Natur der persönlichen ersten Entdeckung, die zauberisch bestellt ist und keine Wiederholung zuläßt; und wenn sie davon sprechen wollte, so geschah es in dem Bewußtsein, daß sich kein Wort zweimal sagen lasse, ohne seine Bedeutung zu ändern. Alles zusammen verlieh der Verantwortungslosigkeit des Durch-die Menschen-Streifens eine schwer zu fassende Verantwortung.

Das Weltverhalten der Geschwister war also zu dieser Zeit keine ganz einwandfreie Äußerung der Teilnahme an anderen Menschen und enthielt auf eigene Art Zuneigung und Abneigung nebeneinander in einem wie ein Regenbogen schwebenden Zustand der Rührung, anstatt daß sich diese Gegensätze seßhaft gemischt hätten, wie es dem seiner selbst gewissen Zustand der Alltäglichkeit entspricht. Auf diese

Weise geschah es, daß die Unterhaltung eines Tags eine Richtung einschlug, die bezeichnend für ihr Verhalten zueinander und zu ihrer Umwelt war, wenngleich sie noch keineswegs über das ihnen Bekannte hinausführen mochte. Ulrich fragte: «Was bedeutet eigentlich der Auftrag: ‹Liebe deinen Nächsten wie dich selbst!›?»

Agathe sah ihn von der Seite an.

«Offenbar: Liebe auch den Fernsten und Allerunnächsten!» fuhr Ulrich fort. «Aber was will es heißen: wie sich selbst? Wie liebt man sich denn selbst? In meinem Fall wäre die Antwort: Gar nicht! In den meisten anderen: Mehr als alles! Blind! Ohne zu fragen und zuchtlos!»

«Du bist zu kriegerisch; wer es gegen sich selbst ist, ist es auch gegen andere!» antwortete Agathe kopfschüttelnd. «Und wenn du dir selbst nicht genug bist, wie sollte gar ich es dir sein?» Sie sagte das in einem Ton, der zwischen dem heiter ertragenen Schmerzes und höflich gewendeten Gespräches lag. Aber Ulrich überhörte es, verblieb beim Allgemeinen und sah steif ins Weite. Er fuhr fort: «Vielleicht sagte ich besser: Gewöhnlich liebt sich jeder am meisten und kennt sich am wenigsten! Liebe deinen Nächsten wie dich selbst, hätte dann den Inhalt: Liebe ihn, ohne ihn zu kennen und unter allen Umständen. Und seltsam genug, wenn der Scherz erlaubt ist, fände sich auch in der Nächstenliebe wie in jeder anderen das Erbübel, vom Baume der Erkenntnis zu essen!»

Agathe blickte langsam auf. «Es hat mir gefallen, daß du einmal von mir gesagt hast, ich sei deine Liebe zu dir selbst, die du verloren und wiedergefunden hast. Aber nun sagst du, daß du dich nicht liebst, und mich, nach strenger Logik und Beispiel, nur deshalb, weil du mich nicht kennst! Beleidigt es mich nicht gar, daß ich deine Selbstliebe bin?» Der Schmerz der Stimme hatte nun vollends der Heiterkeit Platz gemacht.

Auch Ulrich scherzte. Er hatte gut fragen, ob es denn besser wäre, daß er sie liebe, *obwohl* er sie kenne. Denn auch das gehört zur Bestimmung der Nächstenliebe. Es beschreibt die Verlegenheit, in die sie die meisten Menschen versetzt. Sie lieben einander, mögen sich aber nicht. «Sie mißfallen sich gegenseitig oder wissen, daß sie es nach längerer Bekanntschaft tun werden; und geben sich einen viel zu großen Gegenschwung!» behauptete er.

Die Munterkeit dieses Wortwechsels war erkünstelt. Trotzdem diente auch er der Aufgabe, die Grenzen eines Gedankens, und eines Gefühls, auszukundschaften, dessen Verkündigung – mochte seither auch was immer geschehen oder unterblieben sein – schon damals begonnen hatte, als Ulrich am Bett seiner von Reise und Ankunft ermüdeten Schwester zum erstenmal das Wort «Du bist meine verlorene Selbstliebe» gebrauchte; in einem Gespräch, worin er bekannte, die

Liebe zum Ichsein wie auch zur Welt verloren zu haben, und das damit endete, daß sie sich als «Siamesische Zwillinge» erklärten. Dieser Auskundschaftung diente seither auch alles, was Betrachtung der gewöhnlichen und durchschnittlichen Lebensgestaltung war, wenngleich sie sich soeben an der dabei angebrachten oberflächlichen Heiterkeit selbst verletzt hatten.

Unvermittelt in einen mürrischeren Ton verfallend, gab Ulrich zu verstehen: «Wir hätten einfach sagen sollen, daß Liebe deinen Nächsten wie dich selbst, nichts anderes ist wie die nützliche Ermahnung: Was du nicht willst, daß dir man tu, das füg auch keinem andern zu!»

Agathe schüttelte, wie zuvor, den Kopf, aber ihr Blick wurde warm. «Es ist ein hochherzig leidenschaftlicher und heiter freigebiger Auftrag!» rief sie vorwurfsvoll aus. «Seine Beispiele sind: Liebe deine Feinde! Vergelte ihre Übeltaten mit Wohltaten! Liebe, ohne auch nur zu fragen!» Plötzlich hielt sie inne und sah ihren Bruder verdutzt an. «Aber was liebt man eigentlich an einem Menschen, wenn man ihn gar nicht kennt?» fragte sie unschuldig. Ulrich ließ sich Zeit. «Fällt dir nicht auf, daß es eigentlich stört, wenn uns ein Mensch heute begegnet, der uns persönlich gefällt und so schön ist, daß man über ihn etwas Passendes sagen möchte?» Agathe nickte. «Also richtet sich unser Gefühl» gab sie zu «nicht nach der wirklichen Welt und den wirklichen Menschen?» «Also hätten wir die Frage zu beantworten, welchem Teil davon es gilt oder welcher Umgestaltung und Verklärung des wirklichen Menschen und der wirklichen Welt?» ergänzte Ulrich leise.

Nun war es Agathe, die zuerst keine Antwort gab; aber ihr Blick war erregt und phantastisch. Schließlich erwiderte sie schüchtern mit einem Gegenvorschlag. «Vielleicht kommt hinter der gewöhnlichen dann die große Wahrheit zum Vorschein?»

Ulrich schüttelte in zögernder Abwehr den Kopf; aber der Inhalt von Agathens fragender Behauptung hatte eine tief durchschimmernde Augenfälligkeit für sich. Es war die Luft und Lust dieser Tage so heiter und zärtlich, daß unwillkürlich der Eindruck entstand, Mensch und Welt müßten sich darin so zeigen, wie sie wirklicher als wirklich wären. Ein kleiner, übersinnlich-abenteuerlicher Schauer war in dieser Durchsichtigkeit, wie er in der fließenden Durchsichtigkeit eines Baches ist, die den Blick an den Grund gelangen, dem schwankend ankommenden aber dort die farbig geheimnisvollen Steine wie eine Fischhaut erscheinen läßt, unter deren Glätte sich, was er zu erfahren geglaubt hat, nun erst recht unzugänglich verbirgt. Agathe brauchte bloß ihren Blick ein wenig zu lösen, so konnte sie, von Sonnenschein umgeben, das Gefühl empfangen, in einen übernatürlichen Bereich geraten zu sein; es fiel ihr dann für eine kleinste Weile ganz leicht zu glauben, sie habe sich mit einer höheren Wahrheit und Wirklichkeit berührt oder sei zumindest an eine Seite des Daseins geraten, wo ein hinter-irdisches Pförtchen heimlich aus dem Erdgarten ins Überirdische weist. Wenn sie aber ihrem Blick wieder die gewöhnliche Spannung gab und das Leben prall hineinströmen ließ, so sah sie, was gerade da sein mochte: etwa ein Fähnchen, das lustig, aber ohne alle Hintergründig-keit von der Hand eines Kindes geschwenkt wurde; einen Polizei-wagen mit Gefangenen, dessen schwarzgrüner Lackanstrich im Licht blitzte; einen Mann mit einer farbigen Mütze, der zwischen den Fuhr-werken den Pferdemist wegkehrte, und schließlich eine Abteilung Soldaten, deren geschulterte Gewehre die Läufe gegen den Himmel richteten. Und alles das war von etwas übergossen, das mit Liebe Verwandtschaft hatte; auch schienen alle Menschen bereit zu sein, sich mehr als sonst diesem Gefühl zu öffnen: Aber zu glauben, nun sei wirklich das Reich der Liebe da, sagte schließlich Ulrich, das wäre wohl doch ebenso schwer wie sich einzubilden, daß in solchem Augen-blick kein Hund beißen und kein Mensch Böses tun könne!

Es mag merkwürdig sein, daß es viele Versuche der Erklärung gibt; und daß manche von ihnen dem hochzeitlich menschlichen Eindruck dadurch Rechnung tragen, daß in solchen Augenblicken von Lebens-andacht und Liebe hinter dem alltäglichen erdrunden, bös-guten, aber immerhin sicher vorhandenen, Menschen irgendein entlegen-wahrer zum Vorschein kommen soll. Die Geschwister musterten diese wohl-gemeinten Versuche der Reihe nach durch und glaubten keinem. Nicht der Sonntagsweisheit, daß die Natur an ihren Festtagen alles hervorkehre, was in den Geschöpfen an Güte und Schönheit verborgen sei. Nicht der schon eher psychologischen Erklärung, daß sich der Mensch selbst in dieser zärtlichen Durchsichtigkeit zwar nicht als ein anderer erweise, aber doch so liebenswert zur Schau trage, wie er sich gerne gesehen wüßte: seine Eigenliebe und einwärts schauende Nach-sicht gleichsam wie Honig ausschwitzend. Auch nicht der Abwand-lung, daß die Menschen ihren guten Willen zeigten, der sie zwar nie-mals hindert, Schlechtes zu tun, aber an solchen Tagen wunderbarer-weise aus dem bösen Willen, der sie zumeist beherrscht, unversehrt hervorkommt wie Jonas aus dem Fischbauch. Und gewiß glaubten sie beide auch nicht der allerkürzesten und berauschendsten, von Agathe noch einmal schüchtern gestreiften, Erklärung, daß es das unsterbliche Erbteil sei, was zuweilen durch das Sterbliche schimmere. Übrigens war es allen diesen feierlichen Eingebungen gemeinsam, daß sie das Heil des Menschen in einem Zustand suchten, der zwischen den un-wesenhaften gewöhnlichen Zuständen nicht zur Geltung kommt; und wie seine Ahnung ein deutlich nach oben gerichteter Vorgang ist, so gibt es auch eine zweite zu erwähnende, nicht weniger reichhaltige

Gruppe von Selbsttäuschungen, bei denen sich dieser Vorgang ebenso deutlich nach unten richtet: Es sind alle die bekannten, manch liebes Mal sogar in die Geschichte eingegangenen Bekenntnisse und Verkündigungen, wonach der Mensch die Unschuld eines Naturdaseins, seine natürliche Unschuld, durch geistigen Hochmut und anderes Unglück der Zivilisation verloren haben soll.

Es ließen sich also zwei «wahre Menschen» finden, die aufs pünktlichste dem Gemüt bei derselben Gelegenheit angetragen werden; doch befanden sie sich – insofern als der eine himmlischer Übermensch, der andere unangefochtene Kreatur sein sollte – zu den entgegengesetzten Seiten des wirklichen Menschen, und Ulrich sagte trocken: «Gemeinsam ist ihnen bloß, daß sich der wirkliche Mensch auch in gehobenen Augenblicken nicht als der wahre erscheint, es wäre denn plus oder minus etwas, durch das er sich bezaubernd unwirklich vorkommt!»

Nun waren die Geschwister damit von einem Grenzfall der Auslegung zum andern gelangt, und es blieb als letzte nur noch eine Möglichkeit über, diese so sanfte, ohne Unterschied alles verbindende Liebe zu erklären, die wie ein tauiger Morgen war. Agathe sprach denn auch diese Möglichkeit aus, mit anmutigem Ärger seufzend. «So scheint denn die Sonne, und man gerät in einen unbewußten Drang wie ein Schulmädel und ein Schulbub!» Ulrich ergänzte es: «Im Sonnenschein dehnen sich die sozialen Bedürfnisse aus wie das Quecksilber in der Röhre, und auf Kosten der egoistischen, die ihnen sonst die Wage halten!» Bruder und Schwester waren nun des Fühlens müde; und es geschah manchmal, daß sie über einem Gespräch, das nur von ihren Empfindungen handelte, das Empfinden verabsäumten. Auch weil die Überfülle des Gefühls, wenn sie nirgends einen Ausweg fand, eigentlich schmerzte, vergalten sie es ihr gelegentlich mit ein wenig Undankbarkeit. Als sie aber beide so gesprochen hatten, sah Agathe ihren Bruder wieder von der Seite an und beeilte sich zu widerrufen. «Bloß wie bei Schulfratzen, die die ganze Welt umarmen möchten, und nicht wissen warum, ist es immerhin auch nicht!»

Und kaum hatte sie das ausgerufen, so fühlten beide wieder, daß sie nicht bloß einer Einbildung, sondern einem nicht abzusehenden Geschehen ausgesetzt waren. In der überflutenden Stimmung schwebte Wahrheit, unter dem Schein war Wirklichkeit, Weltveränderung blickte schattenhaft aus der Welt! Es war allerdings eine merkwürdig kernlose, nur halbgreifliche Wirklichkeit, deren sie sich gewärtig fühlten, und eine ebenso vertraute, wie vertraut-unvollendbare Halbwahrheit, was um Glaubwürdigkeit buhlte: keine Allerweltswirklichkeit und Wahrheit für alle Welt, sondern eben bloß eine geheime für Liebende. Aber offenbar war sie auch nicht bloß Willkür oder

Täuschung; und ihre geheimste Einflüsterung sprach: Du hast dich mir bloß ohne Mißtrauen zu überlassen, so wirst du die ganze Wahrheit erfahren! Schwer war es aber, das in deutlichen Worten zu hören; denn die Sprache der Liebe ist eine Geheimsprache, und in ihrer höchsten Vollendung so schweigsam wie eine Umarmung.

Agathe zog lächelnd die Augenbrauen zusammen und blickte in die Menge; Ulrich tat es ihr nach, und gemeinsam sahen sie in den Menschenstrom, der sie begleitete und ihnen entgegenkam. Fühlten sie die Selbstvergessenheit und Macht, das Glück, die Güte, die tiefe und hohe Befangenheit, die im Innern einer Menschenbrüderschaft, und sei es auch nur die zufällige einer belebten Straße, vorherrschen, so daß man nicht glauben kann, daß es auch Schlechtes und Trennendes darin gibt? Ihr eigenes Sein, das scharf begrenzte und schwer hineingestellte, und ebenso das eines jeden anderen hob sich wunderlich davon ab, der dunkel durch diesen Wolkenbruch und Dammbruch der Zärtlichkeit schritt, dessen Glanz auf seinen Augen lag. In diesem Augenblick, der alle Fragen nach dem «Reich der Liebe» und nach dem Sinn und den Zweifeln der Nächstenliebe in einem bildhaften Eindruck wiederholte und ungeteilt beantwortete, beugte sich Ulrich zu Agathe vor, um ihr Gesicht zu sehen, und fragte sie: «Bringst du es denn anders als schattenhaft fertig, jemand zu lieben, wenn weder eine moralische Überzeugung noch ein sinnliches Begehren dabei ist?»

Es geschah, seit sie diese Ausgänge unternahmen, zum erstenmal, daß er so unverschleiert fragte.

Agathe gab zuerst keine Antwort darauf.

Ulrich fragte: «Und was geschähe, wenn wir jetzt einen hier anhielten und zu ihm sagten: ‹Bleib bei uns, Bruder!› oder: ‹Halte still, vorbeieilende Seele! Wir wollen dich lieben wie uns selbst!›?»

«Er sollte uns verblüfft anschauen» erwiderte Agathe. «Und dann seine Schritte verdoppeln.»

«Oder grob werden und einen Schutzmann herbeirufen» ergänzte Ulrich. «Denn entweder wird er meinen, gutmütige Irre vor sich zu haben, oder Leute, die sich mit ihm einen Witz erlauben.»

«Und wenn wir ihn nun gleich mit den Worten:‹Sie, verbrecherisches und gemeines Subjekt!› anschrien?» schlug Agathe versuchsweise vor.

«So könnte es sein, daß er uns weder für Irre noch für witzig hielte, sondern bloß für das, was man Andersdenkende nennt; Parteigänger, die sich in ihm geirrt haben. Denn offenbar haben die Blindenverbände des Nächstenhasses zusammen nicht viel weniger Mitglieder als der der Nächstenliebe!»

Agathe nickte einverständlich; dann schüttelte sie den Kopf und blickte in die Luft. Die Luft war noch genau so wie vorher. Sie blickte zu Boden, und irgendeine demütige Einzelheit, ein Kellerfenster, ein verlorengegangenes Blatt Gemüse, schien vom Licht des Himmels sanft zu flammen. Schließlich sah sie sich nach etwas um, das ihr einfach von selbst gefiele, ein Gesicht oder ein Schaustück in einer Auslage, und fand es. Solches wirkliche Gefallen war aber doch ein blinder Fleck in dem Glanz des Tages; was Ulrich schon ähnlich ausgesprochen hatte, nur fiel ihr jetzt der Widerspruch noch stärker auf. Es störte die allgemeine Welt- und Menschenliebe, statt sie durch seinen kleinen Beitrag zu vermehren. So antwortete Agathe: «Es ist alles sehr unwirklich! Auch ich weiß heute nicht, ob ich die wirklichen Menschen und Dinge, noch ob ich wirklich etwas liebe!»

«Soll das die Antwort auf meine Frage sein,» verlangte Ulrich, diese Frage etwas verändernd, zu wissen «ob irgendeine Liebe, mag sie auch groß sein, ohne sinnliche Erfüllung mehr als der Schatten einer Liebe sein kann? Schon in jedem Begehren, das nicht auch den Sinnen etwas zu tun gibt, ist eine schweigende Trauer!»

«Ich bin liebevoll und liebeleer, und beides zugleich» klagte Agathe lächelnd und mit einer kleinen, verzagten Gebärde auf alle Welt weisend. – Es war die Klage des Herzens, worin Gott so tief eingedrungen ist wie ein Dorn, den keine Fingerspitzen fassen können. In den Bekenntnissen der Mystiker, die mit ihrer ganzen menschlichen Seele und Körperlichkeit nach ihm verlangen, unterbricht diese eigenartige Verzweiflung immer wieder die Augenblicke der aufs nächste herangekommenen Verklärung; und die Geschwister erinnerten sich nun beide der Stunde im Garten, da Agathe aus einem Buch solche Beispiele ihrem Bruder vorgelesen hatte. Nachdem sie sich darüber verständigt hatten, sagte Ulrich: «Etwas von dieser Mystik ist auch in der Nächstenliebe; alle fühlen es und gehorchen ihr, ohne sie zu verstehn. Und vielleicht enthält jede große Liebe etwas Mystisches, vielleicht sogar schon jede große Leidenschaft. Vielleicht ist sogar im gemäßigten Leben in allen uns tief öffnenden Augenblicken die Anteilnahme an Menschen und Dingen eine mystische, und etwas anderes als eine wirkliche!»

«Und was ist eine ‹mystische Anteilnahme›, wenn nicht bloß keine wirkliche?» fragte Agathe.

Ulrich überlegte eigentlich nicht, wohl zögerte er aber. Schließlich sagte er mit viel Bestimmtheit: «Sieh doch, man ist zugleich liebevoll und liebeleer. Man liebt alles und nichts einzelnes. Man kann sich von der geringfügigsten Kleinigkeit nicht loslösen, und zugleich fühlt man, daß alles zusammen nicht von Wichtigkeit ist: Das sind Widersprüche; beides zugleich kann scheinbar nicht wirklich sein. Und doch ist es wirklich; es hätte ja gar keinen Sinn, das zu leugnen! Wenn ich dich also nicht bitten kann, unter mystischer Anteilnahme eine religiöse

die unbewußtesten Bauchredner; ohne daß es aus ihrem Mund käme, hören sie sich die klügsten Antworten geben. Es ist jedesmal eine kleine Verkündigung; da tritt ein Mensch aus den Wolken einem andern an die Seite, und alles, was er äußert, dünkt diesen eine himmlische nach seinem eigenen Kopfmaß gemachte Krone zu sein! Später fühlt man sich natürlich wie ein Betrunkener, der seinen Rausch ausgeschlafen hat.

Dann doch die Werke! Sind die Werke der Liebe, ihre Treue, ihre Opfer und Aufmerksamkeiten, nicht ihr schönster Beweis? Aber Werke sind zweideutig wie alles Stumme! Erinnert man sich seines Lebens als einer bewegten Kette von Geschehnissen und Taten, so kommt es einem Theaterstück gleich, von dessen Dialog man sich nicht ein einziges Wort gemerkt hat und dessen Auftritte recht einförmig die gleichen Höhepunkte haben!

Also liebt man nicht nach Verdienst und Lohn, und im Wechselgesang der sterblich verliebten unsterblichen Geister?

Daß man nicht so geliebt wird, wie man es verdient, ist der Kummer aller alten Jungfern beider Geschlechter!

Es war Agathe, die diese Antwort gab. Die unheimlich schöne Ursachelosigkeit der Liebe und der leichte Rausch der Ungerechtigkeit stiegen aus vergangenen Liebschaften auf und versöhnten sie sogar mit dem Mangel an Würde und Ernst, dessen sie sich wegen ihres Spiels mit Professor Lindner zuweilen anklagte und immer schämte, wenn sie wieder in Ulrichs Nähe war. Ulrich aber hatte das Gespräch herbeigeführt und, während es dauerte, Lust darauf bekommen, sie nach ihren Lebenserinnerungen etwas auszuholen; denn sie urteilte ähnlich über diese Köstlichkeiten wie er von den seinen.

Nun sah sie ihn lachend an. «Hast du niemals einen Menschen über alles geliebt und dich deswegen verachtet?»

«Ich darf es verneinen; aber ich will es auch nicht empört von mir weisen» meinte Ulrich. «Es hätte sein können.»

«Hast du nie einen Menschen trotz der unheimlichen Überzeugung geliebt» fuhr Agathe angeregt fort, «daß dieser Mensch, mag er einen Bart oder einen Busen haben, und den man genau zu kennen meint, und schätzt, und der unaufhörlich von sich und dir redet, eigentlich nur zu Besuch bei der Liebe ist? Man könnte seine Gesinnung und seine Verdienste fortlassen, man könnte sein Schicksal ändern, man könnte ihn mit einem andern Bart und anderen Beinen ausstatten: man könnte beinahe ihn selber weglassen, und liebte ihn dennoch! – Das heißt, insoweit man ihn eben überhaupt liebt!» fügte sie abschwächend hinzu.

Ihre Stimme hatte einen tiefen Klang, mit einer unruhigen Helligkeit in ihrer Tiefe wie von einem Feuer. Nun setzte sie sich schuldbewußt nieder, weil sie in ungewolltem Eifer von ihrem Stuhl aufgesprungen war.

Auch Ulrich fühlte sich etwas schuldbewußt wegen dieses Gesprächs und lächelte. Er hatte mit keinem Wort etwa die Absicht gehabt, von der Liebe als einem der zeitgemäßen zwiespältigen Gefühle zu sprechen; die man nach neuestem Geschmack «ambivalent» nennt, was ungefähr besagt, daß die Seele, wie es unter Gaunern geschieht, immer mit dem linken Aug zwinkert, wenn sie mit der rechten Hand schwört. Sondern er hatte sich bloß daran ergötzt, daß es der Liebe, um zu entstehen und zu dauern, auf nichts wesentlich ankomme. Das heißt, man liebt jemand trotz allem und ebenso gut wegen nichts; und das heißt, daß entweder das Ganze eine Einbildung ist oder diese Einbildung ein Ganzes, wie die Welt eines ist, in der kein Sperling vom Dach fällt, ohne daß es der Allfühlende gewahr wird.

«Es kommt also überhaupt auf nichts an!» rief Agathe abschließend aus. «Nicht auf das, was einer ist, nicht auf das, was er meint, nicht auf das, was er will, und nicht auf das, was er tut.»

Es war ihnen deutlich, daß sie von der Sicherheit der Seele sprachen, oder, da man ein so großes Wort wohl besser meidet, von der Unsicherheit, die sie – das Wort nun bescheiden ungenau und im ganzen gebraucht – in der Seele fühlten. Und daß von Liebe die Rede war, wobei sie einander an deren Wandelbarkeit und Verwandlungskunst erinnerten, geschah nur deshalb, weil diese eines der heftigsten und bestimmtesten Gefühle ist, und trotzdem ein so verdächtiges Gefühl vor dem strengen Gestühl des richtenden Erkennens, daß es selbst dieses ins Wanken bringt. Daran hatten sie aber schon einen Beginn gefunden, als sie kaum in der Sonne der Nächstenliebe gewandelt waren; und sich der Behauptung entsinnend, daß man sogar in dieser holden Benommenheit nicht wisse, ob man wirklich die Menschen, und ob man die wirklichen Menschen liebe, oder ob man, und durch welche Eigenschaften, von einer Einbildung und Umbildung geprellt werde, zeigte sich Ulrich redlich beflissen, das zwischen Gefühl und Erkennen bestehende fragliche Verhältnis wenigstens jetzt und so, wie es sich aus dem gerade verstummten Geplauder ergebe, durch einen Knoten festzuhalten.

«Diese beiden Widersprüche sind darin immer vorhanden und bilden ein Viergespann» meinte er. «Man liebt einen Menschen, weil man ihn kennt; und weil man ihn nicht kennt. Und man erkennt ihn, weil man ihn liebt; und kennt nicht ihn, weil man ihn liebt. Und manchmal steigert sich das so, daß es plötzlich sehr fühlbar wird. Das sind dann die berüchtigten Augenblicke, wo Venus durch Apoll, und Apoll durch Venus auf einen leeren Haubenstock blicken und sich höchlich darüber verwundern, vorher dort etwas anderes gesehen zu haben. Ist dann die

Liebe stärker als das Erstaunen, so kommt es zu einem Kampf zwischen diesen beiden, und manchmal geht daraus die Liebe – wenngleich erschöpft, verzweifelt, und unheilbar verwundet – noch einmal als Siegerin hervor. Ist sie aber nicht so stark, so kommt es zu einem Kampf zwischen den sich betrogen wähnenden Personen; zu Beleidigungen, zu rohen Einbrüchen der Wirklichkeit, zu Entehrungen bis ins letzte, die es wieder gutmachen sollen, daß man der Einfältige gewesen sei –» Er hatte diese Unwetter der Liebe oft genug mitgemacht, um sie heute gemächlich beschreiben zu können.

Agathe aber machte dem nun doch ein Ende. «Wenn du nichts dagegen hast, möchte ich bemerken, daß diese ehelichen und unehelichen Ehrenaffären im ganzen doch sehr überschätzt werden!» wandte sie ein und suchte sich wieder eine bequeme Stellung aus.

«Die ganze Liebe wird überschätzt! Der Wahnsinnige, der in seiner Sinnestäuschung ein Messer zückt und damit einen Unschuldigen durchbohrt, der gerade an der Stelle seiner Halluzination steht –: in der Liebe ist er der Normale!» bestimmte Ulrich und lachte.

51

Es ist nicht einfach, zu lieben

Eine bequeme Stellung und gemächlicher Sonnenschein, der zärtlich ist, ohne zudringlich zu sein, förderten diese Gespräche; und diese entstanden zumeist zwischen zwei Liegestühlen, die nicht sowohl in den Schutz und Schatten des Hauses gerückt wurden als vielmehr in das beschattete Licht, das, vom Garten her kommend, an den noch morgendlichen Mauern eine Mäßigung seiner Freiheit erfuhr. Freilich dürfte man nicht glauben, daß die Stühle dort standen, weil die Geschwister – angeregt durch die im gewöhnlichen Sinn bestehende und im höheren vielleicht drohende Unfruchtbarkeit ihrer Beziehung – die Absicht gehabt hätten, ihre Meinung Schopenhauerisch-indisch über das täuschende Wesen der Liebe auszutauschen und sich gegen deren zur Fortsetzung des Lebens verlockende Wahnwirkung durch Zergliederung zu wehren; sondern was das Halbschattige, Schonende und zurückgezogen Neugierige wählen hieß, wäre einfacher zu erklären. Der Gesprächsgegenstand selbst war so beschaffen, daß sich in der unendlichen Erfahrung, durch die der Begriff der Liebe erst deutlich wird, die verschiedensten Verbindungswege bemerken ließen, die von einer Frage zur andern führen. So führten denn auch die zwei Fragen, wie man seinen Nächsten liebe, den man nicht kenne, und wie sich selbst, den man noch weniger kennt, die Neugierde zu der beide umfassenden Frage, wie man überhaupt liebe; oder anders gesagt, was Liebe wohl «eigentlich» sei. Das mag auf den ersten Blick etwas altklug anmuten und wahrlich auch eine allzu verständige Frage für ein Liebespaar sein. Aber sie gewinnt an Geistesverwirrung, sobald man sie auf Millionen Liebespaare und ihre Verschiedenheit ausdehnt.

Diese Millionen sind nicht nur persönlich (was ihr Stolz ist), sondern auch nach Arten des Tuns, Gegenstands und der Beziehung verschieden. Manchmal kann man von Liebespaaren überhaupt nicht sprechen, und doch von Liebe; manchmal von Liebespaaren, aber nicht von Liebe, wobei es etwas gewöhnlicher zugeht. Und das Wort im ganzen umfaßt so viel Widersprüche wie der Sonntag in einer kleinen Landstadt, wo die Bauernburschen um zehn Uhr des Morgens zur Messe gehn, um elf Uhr in einer kleinen Nebengasse das Freudenhaus besuchen, und um zwölf Uhr am Hauptplatz ins Wirtshaus zum Essen und Trinken eintreten. Hat es Sinn, ein solches Wort rund herum zu untersuchen? Aber indem man es benutzt, handelt man unbewußt, als ob man bei allen Unterschieden etwas Gemeinsamen inne wäre! – Es ist tausend und eins, einen Spazierstock oder die Ehre zu lieben, und niemand fiele es ein, das in einem Atem zu nennen, wenn man nicht gewohnt wäre, es alle Tage zu tun. Andere Spielarten dessen, was tausend und eins, und doch ein und dasselbe ist, lassen sich mit den Worten anreden: die Flasche, den Tabak und noch schlimmere Gifte zu lieben. Den Spinat und die Bewegung in freier Luft. Den Sport oder den Geist. Die Wahrheit. Die Frau, das Kind, den Hund. Sie ergänzten es, die darüber sprachen: Gott. Die Schönheit, das Vaterland und das Geld. Die Natur, den Freund, den Beruf und das Leben. Die Freiheit. Den Erfolg, die Macht, die Gerechtigkeit oder schlechthin die Tugend. Alles das liebt man; und kurz, es wird fast ebenso vieles mit Liebe verbunden, als es Strebens- und Redensarten gibt. Was ist aber die Unterscheidung und was die Gemeinsamkeit der Lieben?

Vielleicht ist es dienlich, an das Wort Gabeln zu erinnern. Es gibt Eß-, Mist-, Ast-, Gewehr-, Weg-, und andere Gabeln; und allen diesen ist ein bildendes Merkmal «Gabeligsein» gemeinsam. Es ist das entscheidende Erlebnis, das Gegabelte, die Gestalt der Gabel an den höchst verschiedenen Dingen, die so heißen. Kommt man von diesen, so erweist sich daß sie alle unter denselben Begriff gehören; geht man vom anfänglichen Eindruck des Gabeligseins aus, so zeigt sich, daß er durch die Eindrücke der verschiedenen bestimmten Gabeln ausgefüllt und ergänzt wird. Das Gemeinsame ist also eine Form oder Gestalt, und das Unterschiedliche liegt zunächst an den mannigfaltigen Formen, die sie annehmen kann; sodann aber auch an den Gegenständen, die eine solche Form haben, an ihrem Stoff, Zweck und dergleichen. Aber dieweil sich jede Gabel mit jeder unmittelbar vergleichen läßt, und sinnlich gegeben ist, wäre es auch nur in einem Kreidestrich oder in der Vorstellung, verhält es sich nicht so mit den verschiedenen Gestalten der Liebe; und der ganze Nutzen des Beispiels schränkt sich auf die Frage ein, ob es nicht doch auch da, entsprechend dem Gabeligsein der Gabeln, ein Haupterlebnis, etwas Liebeliges, Liebseiendes und Liebeartiges, in allen Fällen gebe. Aber die Liebe ist kein Gegenstand sinnlicher Erkenntnis, daß sie mit einem Blick, oder denn auch mit einem Gefühl, zu erfassen wäre, sondern ist ein moralisches Ereignis, wie es vorsätzlicher Mord, Gerechtigkeit oder Verachtung sind; und das hat unter anderem zu bedeuten, daß eine vielfach abbiegende und mannigfach gestützte Kette von Vergleichen zwischen ihren Beispielen möglich ist, deren entferntere einander ganz unähnlich sein können, ja bis zum Gegensatz voneinander verschieden, und doch durch einen vom einen ans andere anklingenden Zusammenhang verbunden werden. Von der Liebe handelnd, läßt sich also gar bis zum Haß gelangen; und doch ist nicht etwa die vielberufene «Ambivalenz» davon die Ursache, die Gespaltenheit des Fühlens, sondern gerade die volle Ganzheit des Lebens.

Trotzdem hätte auch ein solches Wort der sich anbahnenden Fortsetzung vorangehen können. Denn Gabeln und ähnlich unschuldige Hilfen beiseite, die gebildete Unterhaltung weiß heutigentags ohne Stocken mit dem Kern und Wesen der Liebe umzugehn, und sich trotzdem so packend auszudrücken, als ob dieser Wesenskern in allen Erscheinungen der Liebe stäcke wie das Gabelige in der Mist- oder Salatgabel. Man sagt dann – und auch Ulrich und Agathe hätten durch allgemeine Gewohnheit dazu verleitet werden können – die Hauptsache an allem Liebesartigen sei Libido, oder sagt, daß sie Eros sei. Diese beiden Worte haben nicht die gleiche Geschichte, aber eben doch, und zumal in Ansehung der Gegenwart, eine vergleichbare. Als nämlich die Psychoanalyse (weil eine Zeit, die sich nirgends auf geistige Tiefe einläßt, mit Neugierde hört, daß sie eine Tiefenpsychologie habe) anfing zur Tagesphilosophie zu werden und die bürgerliche Abenteuerlosigkeit unterbrach, ist auch alles und jedes zur Libido erklärt worden, so daß sich am Ende von diesem Schlüssel und Nachschlüsselbegriff so wenig sagen läßt, was er nicht wäre, wie das, was er ist. Und ganz das gleiche gilt vom Eros; nur ist es denen, die alle körperlichen und seelischen Bindungen der Welt höchst überzeugt auf ihn zurückführen, mit ihrem Eros schon von Anfang an so ergangen. Vergeblich wäre es, Libido mit Trieb und Verlangen, und zwar sexuellem oder präsexuellem, Eros hingegen mit geistiger, ja übersinnlicher Zärtlichkeit zu übersetzen; man müßte denn eine geschichtliche Sonderabhandlung hinzufügen. Der Überdruß daran macht die Unwissenheit zum Vergnügen. Dadurch kam es aber zum voraus dazu, daß das zwischen zwei Liegestühlen geführte Gespräch nicht die angedeutete Richtung einschlug, sondern schon an dem urwüchsig unzulänglichen Verfahren Anziehung und Erholung fand, einfach so viel Beispiele wie möglich von dem zu verbuchen, was Liebe heißt, und sie wie bei einem Spiel aneinander zu reihen, ja sich dabei aufs unbefangenste anzustellen, und auch die unweisesten nicht zu verschmähen.

Und es teilten die bequem Plaudernden, was ihnen an Beispielen einfiel, und wie es ihnen einfiel, ein nach dem Gefühl, nach dem Gegenstand, dem es gilt, und nach der Handlung, in der es sich ausdrückt. Es war aber auch von Vorteil, das Verhalten zuerst vorzunehmen, und zu beachten, ob es seinen Namen mehr oder weniger in wirklicher oder in übertragener Bedeutung verdiene. Auf diese Art kam mancherlei Stoff aus verschiedenen Richtungen zusammen.

Vom Gefühl war aber unwillkürlich schon als erstem die Rede gewesen; denn scheinbar ist die ganze Natur der Liebe ein Fühlen. Umso überraschender ist die Antwort, daß das Gefühl das wenigste an der Liebe sei. Für die reine Unerfahrenheit wäre es wie Zucker und Zahnschmerz; nicht ganz so süß und nicht ganz so schmerzhaft, und so unruhig dabei wie von Bremsen geplagtes Vieh. Vielleicht mag dieser Vergleich nicht jedem, der selbst von Liebe geplagt wird, als Meisterstück erscheinen; trotzdem ist auch die übliche Beschreibung eigentlich nicht viel anders: ein Hangen und Bangen, Sehnen und Sehren, und unbestimmtes Begehren! Seit alters scheint es, daß sie nichts Genaueres von diesem Zustand zu erzählen weiß. Aber dieser Mangel an Gefühlseigentümlichkeit ist nicht etwa bloß für die Liebe bezeichnend. Auch ob einer glücklich oder traurig ist, erfährt er nicht so unwiderruflich und geradläufig, wie er das Glatte vom Rauhen unterscheidet, und andere Gefühle lassen sich ebensowenig rein am Fühlen, man möchte sagen, schon am Anfühlen erkennen. Darum war denn schon bei dieser Wendung eine Bemerkung anzubringen, die sie nach Gebühr hätte ergänzen können, und zwar über die ungleiche Anlage und Ausgestaltung von Gefühlen. Das war der Name, den ihr Ulrich vorausschickte; und er hätte auch Anlage, Ausgestaltung und Verfestigung sagen können.

Denn er leitete sie mit der natürlichen Erfahrung ein, daß jedes Gefühl eine überzeugende Gewißheit seiner selbst mit sich bringe, was offenbar schon zu seinem Kern gehöre, und fügte hinzu, daß aus ebenso allgemeinen Gründen auch angenommen werden müsse, schon bei diesem Kern beginne nicht minder die Verschiedenheit der Gefühle. Man höre es an seinen / Beispielen. / Die Liebe zu einem Freund hat anderen Ursprung und andere Grundzüge als die zu einem Mädchen, die Liebe zu einer voll ausgeblühten, andere als die zu einer heilig verschlossenen Frau; und erst recht sind weiter auseinandergehende Gefühle, wie es, bei der Liebe zu bleiben, Liebe, Verehrung, Lüsternheit, Hörigkeit, oder die Arten der Liebe und die des Widerwillens wären, schon in der Wurzel voneinander verschieden. Gibt man beiden diesen Annahmen statt, müßten also alle Gefühle von Anfang bis Ende fest und durchsichtig wie Kristalle sein. Und doch ist kein Gefühl unverwechselbar das, was es zu sein scheint; und weder die Selbstbeobachtung noch die Handlungen, die es bewirkt, geben Sicherheit darüber. Dieser Unterschied zwischen der Selbstgewißheit und der Unsicherheit der Gefühle ist nun gewiß nicht gering. Betrachtet man aber die Entstehung des Gefühls im Zusammenhang mit ihren sowohl physiologischen als auch sozialen Ursachen, wird er ganz natürlich. Diese Ursachen erwecken nämlich in großen Zügen, wie man sagen könnte, bloß die Art eines Gefühls, ohne es im einzelnen zu bestimmen; denn jedem Trieb und jeder Lebenslage, die ihn in Bewegung setzt, entspricht ein ganzes Bündel_von Gefühlen, die ihnen Genüge leisten können. Und was davon zu Beginn vorhanden ist, kann man freilich den Kern des Gefühls heißen, das sich noch zwischen Sein und Nichtsein befindet; wollte man ihn aber beschreiben, so ließe sich von ihm, wie immer er auch beschaffen sei, nichts Zutreffenderes angeben, als daß er ein Etwas ist, das sich im Verlauf seiner Entwicklung, und abhängig von vielem, was hinzukommt oder nicht, zu dem Gefühl ausgestaltet wird, das aus ihm hat werden sollen. Also hat jedes Gefühl außer seiner ursprünglichen Anlage auch ein Schicksal; und darum, weil seine spätere Entwicklung erst recht von hinzutretenden Bedingungen abhängt, gibt es keines, das von Anfang an untrüglich es selbst wäre, ja vielleicht gibt es nicht einmal eins, das unbezweifelbar und rein Gefühl wäre. Anders gesagt, folgt aus diesem Zusammenwirken von Anlage und Ausgestaltung aber, daß auf dem Gebiet des Gefühls nicht das reine Vorkommen und die eindeutige Erfüllung vorherrschen, sondern die fortschreitende Annäherung und die annähernde Erfüllung. Und etwas Ähnliches gilt auch von allem, das zu erfassen, Gefühl verlangt.

Damit endete die von Ulrich herbeigeführte Bemerkung, und hatte ungefähr diese Erklärungen in dieser Reihenfolge enthalten. Kaum weniger kurz und übertrieben wie die Behauptung, daß Gefühl das wenigste an der Liebe sei, ließ sich also auch sagen, weil sie ein Gefühl sei, sei sie nicht am Gefühl zu erkennen. Etwas Licht fiel davon übrigens auf die Frage, weshalb er die Liebe ein moralisches Erlebnis genannt hatte. Die drei Hauptworte Anlage, Ausgestaltung und Verfestigung aber waren die Hauptknoten gewesen, die das geordnete Verständnis der Gefühlserscheinung zusammenknüpfen; zumindest nach einer bestimmten grundsätzlichen Auffassung, an die sich Ulrich nicht am unliebsten wandte, wenn er einer solchen Erklärung bedurfte. Aber weil nun die richtige Ausführung von dem allem größere und tiefer ins Lehrmäßige führende Ansprüche gestellt hätte, als er auf sich zu nehmen gewillt war, brach er das Begonnene bei diesem Stande ab. Die Fortsetzung spannte nach zwei Richtungen. Nach der Ansage des Gesprächs hätten jetzt Gegenstand und Handlung der Liebe an die Reihe kommen sollen, um an ihnen zu bestimmen, was deren höchst ungleiche Erscheinung bewirkt; und schließlich zu erfahren, was Liebe «denn eigentlich» sei. Darum war auch von dem Hineinspielen von Handlungen in die Bestimmung des Gefühls schon bei dessen Ursprung die Rede gewesen, was sich von seinem späteren Schicksal erst recht sollte wiederholen lassen. Aber Agathe stellte noch eine Frage; es wäre nämlich möglich gewesen – und sie hatte Gründe, wenn nicht zum Verdacht, so doch zur Angst vor ihm – daß die von ihrem Bruder gewählte Erklärung eigentlich nur für ein schwaches Gefühl gelte oder für eine Erfahrung, die von starken nichts wissen wolle.

Ulrich erwiderte: «Nicht im mindesten! Gerade in seiner größten Stärke ist das Gefühl nicht am sichersten. In der höchsten Angst ist man gelähmt oder schreit auf, statt zu fliehen oder sich zu wehren. Im höchsten Glück ist oft ein eigenartiger Schmerz. Selbst zu großer Eifer ‹schadet nur›, wie man sagt. Und im allgemeinen läßt sich behaupten, daß im höchsten Fühlen die Gefühle wie in einer Blendung die Farbe verlieren und vergehen. Vielleicht ist die ganze uns bekannte Gefühls-welt nur für ein mittleres Leben beschaffen und hört bei den höchsten Graden auf, wie sie nicht schon bei den geringsten anfängt.» Mittelbar gehörte auch hinzu, was man erfährt, wenn man seine Gefühle be-obachtet, besonders wenn man sie ‹unter die Lupe› nimmt. Sie werden dann undeutlich und sind schwer zu unterscheiden. Was sie dabei an der Deutlichkeit der Stärke verlieren, müßten sie aber durch die der Aufmerksamkeit wenigstens einigermaßen gewinnen, und nicht ein-mal das tuen sie. – So erwiderte Ulrich, und diese Nebeneinander-stellung von Verlöschen des Gefühls in der Selbstbetrachtung und in den höchsten Graden seiner Erregung war nicht zufällig. Denn beides sind Zustände, in denen das Handeln aufgehoben oder gestört ist; und weil der Zusammenhang zwischen Fühlen und Handeln so eng ist, daß ihn manche für eine Einheit halten, ergänzten die beiden Beispiele ein-ander nicht ohne Sinn.

Was er aber zu sagen vermied, war gerade das, was sie beide per-sönlich davon wußten, daß wirklich mit der höchsten Stufe des Liebes-gefühls ein Zustand des geistigen Erlöschens und der körperlichen Ratlosigkeit verbunden sein kann. Darum wandte er das Gespräch von der Bedeutung, die das Handeln für's Fühlen hat, mit einer gewissen Gewaltsamkeit ab; und scheinbar in der Absicht, wieder der Einteilung der Liebe nach Gegenständen zu erwähnen. Auf den ersten Blick schien sich diese etwas grillenhafte Möglichkeit auch besser zu dem Behuf zu eignen, die Vieldeutige in Ordnung zu bringen. Denn wenn es, mit einem Beispiel zu beginnen, Lästerung ist, die Liebe zu Gott mit dem gleichen Wort zu bezeichnen wie die zum Fischen, so liegt das doch zweifellos an dem Unterschied dessen, dem die Liebe gilt; und so läßt sich die Bedeutung des Gegenstands auch an andren Beispielen ermessen. Was die ungeheuren Unterschiede in die Beziehung, etwas zu lieben, hineinträgt, ist also nicht sowohl die Liebe als vielmehr das Etwas. So gibt es Gegenstände, welche die Liebe reich und gesund machen; und andere, die sie arm und kränklich machen, als ob das allein an ihnen läge. Es gibt Gegenstände, die die Liebe erwidern müssen, wenn diese ihre ganze Kraft und Eigenart entfalten soll; und andere gibt es, bei denen jede ähnliche Forderung zum voraus sinnlos wäre. Platterdings unterscheidet das die Beziehung zu lebenden Wesen von der zu unbeseelten; aber auch unbeseelt ist der Gegenstand der rechte Gegenspieler der Liebe, und seine Eigenschaften beeinflußen die ihren.

Je ungleichwertiger dieser Gegenspieler nun ist, desto schiefer, um nicht zu sagen leidenschaftsverzerrter, wird sie selbst. «Vergleiche» mahnte Ulrich «die gesunde Liebe junger Menschen für einander und die lächerlich übertriebene des Einsamen zu Hund, Katze oder Piepmatz. Sieh die Leidenschaft zwischen Mann und Frau erlöschen oder wie einen abgewiesenen Bettler lästig werden, wenn sie nicht oder nicht voll erwidert wird. Vergiß auch nicht, daß in ungleichen Verbindungen, wie sie zwischen Eltern und Kindern oder Herr und Diener bestehn, zwischen einem Mann und dem Gegenstand seines Ehrgeizes oder seines Lasters, das Verhältnis zur Gegenliebe der unsicherste, und schlechthin der verderbliche Teil ist. Überall, wo der regelnde natürliche Austausch zwischen dem Zustand und dem Gegenspieler der Liebe mangelhaft ist, entartet sie wie ein ungesundes Gewebe!» – Dieser Gedanke schien ihn durch etwas Besonderes anzuziehen. Er hätte sich vielfach und mit vielen Beispielen ausbreiten lassen; aber während sich Ulrich diese noch überlegte, lenkte etwas, worauf es dabei nicht abgesehen war, das aber wohl den abgesehenen Weg mit Erwartung belebte wie ein querfeldein kommender Wohlgeruch, scheinbar fast versehentlich das Nachdenken auf das, was in der Malerei Stilleben genannt wird, oder nach dem entgegengesetzten, aber ebenso guten Vorgang einer fremden Sprache die Nature morte. «Gewissermaßen ist es lächerlich, daß ein Mensch einen gut gemalten Hummer schätzt,» fuhr Ulrich unvermittelt fort «spiegelblanke Trauben und einen an den Läufen aufgehängten Hasen, in dessen Nähe immer auch ein Fasan ist; denn der menschliche Appetit ist etwas Lächerliches, und gemalter Appetit noch lächerlicher als natürlicher» Und beide hatten sie das Gefühl, daß diese Anknüpfung tiefer zurückgreife, als es den Anschein hätte, und zu der Fortsetzung dessen gehöre, was sie von sich selbst zu sagen unterlassen hatten.

Denn in den wirklichen Stilleben – Dingen, Tieren, Pflanzen, Landschaften und Menschenkörpern, die in den Kreis der Kunst gebannt worden sind – zeigt sich etwas anderes, als sie darstellen, nämlich die geheimnisvolle Dämonie des gemalten Lebens. Es gibt berühmte solche Bilder, die beiden wußten also, woran sie waren; man tut aber besser, nicht von bestimmten sondern von einer Art von Bildern zu sprechen, die überdies auch nicht Schule macht, sondern regellos auf den Wink der Schöpfung entsteht. Agathe fragte, woran sie zu erkennen sei. Ulrich lehnte zwar sichtlich ab, ein entscheidendes Merkmal anzugeben, sagte aber doch langsam, lächelnd und ohne Zaudern: «Das erregende, undeutliche, unendliche Echo!»

Und Agathe verstand ihn. Irgendwie fühlt man sich am Strand. Kleine Insekten summen. Die Luft bringt hunderte Wiesengerüche mit sich. Gedanke und Gefühl wandern geschäftig selbander. Aber vor den Augen ist die nicht antwortende Einöde des Meers, und was am Ufer Bedeutung hat, verliert sich an die eintönige Regung des unendlichen Anblicks. Sie dachte daran, daß alle wahren Stilleben diese glückliche unersättliche Traurigkeit erregen können. Je länger man sie ansieht, desto deutlicher wird es, daß die von ihnen dargestellten Dinge am bunten Ufer des Lebens zu stehen scheinen, das Auge voll Ungeheurem, und die Zunge gelähmt.

Ulrich erwiderte nun mit einer anderen Umschreibung. «Eigentlich malen alle Stilleben die Welt vom sechsten Schöpfungstag; wo Gott und die Welt noch unter sich waren, ohne den Menschen!» Und auf ein fragendes Lächeln seiner Schwester sagte er: «Was sie menschlich erregen, wäre also wohl Eifersucht, geheimnisvolle Neugierde, und Kummer!»

Das war beinahe ein «Aperçu», und nicht einmal das schlechteste: er vermerkte es mißfällig, denn er liebte diese wie Kugeln gedrechselten und flüchtig vergoldeten Einfälle nicht. Er tat aber auch nichts, sich zu verbessern, und ebensowenig fragte seine Schwester danach. Denn sich auskömmlich über die unheimliche Kunst des Stillebens oder der Nature morte zu äußern, war ihnen beiden deren seltsame Ähnlichkeit mit ihrem eigenen Leben hinderlich.

Sie spielte darin eine große Rolle. Ohne daß es nötig wäre, in den Einzelheiten zu wiederholen, was bis zu den gemeinsamen Kindheitserinnerungen zurückreichte, beim Wiedersehen wieder erwacht war, und seither allen Erlebnissen und den meisten Gesprächen etwas Seltsames gab, läßt sich nicht verschweigen, daß der markbetäubte Anhauch des Stillebens darin immer zu spüren war. Unwillkürlich, und ohne etwas Bestimmtes anzunehmen, das sie hätte leiten können, wandten sie darum ihre Neugierde allem zu, was mit dem Wesen des Stillebens Verwandtschaft haben könnte; und es ergab sich mehr oder minder der folgende Wortwechsel, der wie ein Wirtel das Gespräch nochmals spannte und von neuem abrollen ließ:

Vor einem unerschütterlichen Antlitz, das keine Antwort erteilt, um etwas flehen zu müssen, treibt den Menschen in einen Rausch der Verzweiflung, des Angriffs oder der Würdelosigkeit. Ebenso erschütternd, aber unsagbar schön, ist es dagegen, vor einem reglosen Antlitz zu knien, auf dem das Leben vor wenigen Stunden erloschen ist und einen Schein zurückgelassen hat wie ein Sonnenuntergang.

Dieses zweite Beispiel ist sogar ein Gemeinplatz des Gefühls, wenn je etwas so benannt werden darf! Die Welt spricht von der Weihe und Würde des Todes; es gibt das poetische Motiv der aufgebahrten Geliebten seit hunderten, wenn nicht tausenden Jahren; es gibt eine ganze damit verwandte, zumal lyrische Todespoesie. Es ist wahrscheinlich etwas Knabenhaftes daran. Wer malt sich aus, daß ihm der Tod die edelste der Geliebten zu eigen schenkt? Dem der Mut oder die Möglichkeit fehlt, eine lebende zu haben!

Von dieser poetischen Knabenhaftigkeit führt eine kurze Linie zu den Schauern der Geister- und Totenbeschwörung; eine zweite zum Greuel der wirklichen Nekrophilie; vielleicht eine dritte zu den krankhaften zwei Gegensätzen des Exhibitionismus und der gewaltsamen Nötigung.

Das mögen befremdliche Vergleichungen sein, und zum Teil sind es höchst unappetitliche. Aber wenn man sich davon nicht abhalten läßt und sie sozusagen medizinisch-psychologisch betrachtet, zeigt sich, daß eins allen gemeinsam ist: eine Unmöglichkeit, ein Unvermögen, ein Mangel an natürlichem Mut oder Mut zum natürlichen Leben.

Auch ist aus ihnen die Erfahrung zu gewinnen, wenn man sich zu einem solchen Zweck denn schon auf gewagte Vergleiche eingelassen hat, daß das Schweigen, die Ohnmacht und jedwede Unvollständigkeit des Gegenspielers mit der Wirkung verbunden ist, das Gemüt in Überspanntheit zu versetzen.

So wiederholt sich vornehmlich doch, was auch früher gesagt worden, daß ein ungleichwertiger Gegenspieler die Liebe schief macht; es wäre bloß beizufügen, daß es nicht selten schon eine schiefe Verfassung des Gefühls ist, die ihn überhaupt wählen heißt. Und umgekehrt, wäre es der erwidernde, lebende, handelnde Mitspieler, der die Gefühle in Ordnung hält und bestimmt, und ohne den sie zur Spiegelfechterei entarten.

Das Stilleben aber, ist sein seltsamer Reiz nicht auch Spiegelfechterei? Ja, fast eine ätherische Nekrophilie?

Und doch ist eine ähnliche Spiegelfechterei auch in den Blicken von glücklich Liebenden als Ausdruck ihres Höchsten. Sie sehen einander ins Auge, können sich nicht losreißen und vergehen in einem wie Gummi dehnbaren unendlichen Gefühl!

Ungefähr so hatte der Wortwechsel also begonnen, aber an dieser Stelle war sein Faden recht eigentlich hängen geblieben; und zwar eine ganze Weile ehe er wieder weiterlief. Die beiden hatten einander wirklich angesehen und waren dadurch nämlich ins Schweigen verfallen.

Bedarf es aber einer Bemerkung, die das erklärt, und überhaupt solche Gespräche nochmals rechtfertigt, und ihren Sinn ausspricht: so ließe sich vielleicht das sagen, was Ulrich begreiflichermaßen in diesem Augenblick bloß einen stummen Einfall bleiben ließ, daß es nämlich beiweitem nicht so einfach sei zu lieben, wie die Natur dadurch glauben machen will, daß sie jedem Stümper unter ihren Geschöpfen die Werkzeuge dazu anvertraut hat.

52

Atemzüge eines Sommertags

Die Sonne war unterdessen höhergestiegen; die Stühle hatten sie wie gestrandete Boote in dem flachen Schatten beim Haus zurückgelassen, und lagen auf einer Wiese im Garten unter der vollen Tiefe des Sommertags. Sie taten es schon eine ganze Weile, und obgleich die Umstände gewechselt hatten, kam es ihnen kaum als Veränderung zu Bewußtsein. Ja eigentlich tat dies auch nicht der Stillstand des Gesprächs; es war hängen geblieben, ohne einen Riß verspüren zu lassen.

Ein geräuschloser Strom glanzlosen Blütenschnees schwebte, von einer abgeblühten Baumgruppe kommend, durch den Sonnenschein; und der Atem, der ihn trug, war so sanft, daß sich kein Blatt regte. Kein Schatten fiel davon auf das Grün des Rasens, aber dieses schien sich von innen zu verdunkeln wie ein Auge. Die zärtlich und verschwenderisch vom jungen Sommer belaubten Bäume und Sträucher, die beiseite standen oder den Hintergrund bildeten, machten den Eindruck von fassungslosen Zuschauern, die, in ihrer fröhlichen Tracht überrascht und gebannt, an diesem Begräbniszug und Naturfest teilnahmen. Frühling und Herbst, Sprache und Schweigen der Natur, auch Lebens- und Todeszauber mischten sich in dem Bild; die Herzen schienen stillzustehen, aus der Brust genommen zu sein, sich dem schweigenden Zug durch die Luft anzuschließen. «Da ward mir das Herz aus der Brust genommen», hat ein Mystiker gesagt: Agathe erinnerte sich dessen.

Auch wußte sie, daß sie selbst diesen Ausspruch Ulrich aus einem seiner Bücher vorgelesen hatte.

Hier in dem Garten, nicht weit von dem Platze, wo sie sich jetzt befanden, war das geschehen. Die Erinnerung wurde vollständiger. Auch andere Aussprüche, die sie ihm ins Gedächtnis gerufen hatte, fielen ihr ein: «Bist du es, oder bist du es nicht? Ich weiß nicht, wo ich bin; noch will ich davon wissen!» «Ich habe alle meine Vermögen überstiegen, bis an die dunkle Kraft! Ich bin verliebt, und weiß nicht in wen! Ich habe das Herz von Liebe voll, und von Liebe leer zugleich!» Also klang in ihr die Klage der Mystiker wieder, in deren Herz Gott so tief eingedrungen ist wie ein Dorn, den keine Fingerspitzen fassen können. Viele solche selige Klagen hatte sie Ulrich damals vorgelesen. Vielleicht war die Wiedergabe jetzt nicht genau, das Gedächtnis verfährt etwas befehlshaberisch mit dem, was es zu hören wünscht; aber sie begriff, was gemeint war, und faßte einen Entschluß. Wie in diesem Augenblick des Blütenzugs hatte der Garten also schon einmal geheimnisvoll verlassen und belebt ausgesehen; und zwar gerade in der Stunde, nachdem ihr die mystischen Bekenntnisse in die Hand gefallen waren, die Ulrich unter seinen Büchern besaß. Die Zeit stand still, ein Jahrtausend wog so leicht wie ein Öffnen und Schließen des Auges, sie war ans Tausendjährige Reich gelangt, Gott gar gab sich vielleicht zu fühlen. Und während sie, obwohl es doch die Zeit nicht mehr geben sollte, eins *nach* dem andern das empfand; und während ihr Bruder, damit sie bei diesem Traum nicht Angst leide, *neben* ihr war, obwohl es auch keinen Raum mehr zu geben schien: schien die Welt, unerachtet dieser Widersprüche, in allen Stücken erfüllt von Verklärung zu sein.

Was sie seither erlebt hatte, konnte ihr nicht anders als gesprächig gemäßigt im Vergleich mit dem erscheinen, was vorangegangen war; aber welche Erweiterung und Bekräftigung sollte es diesem doch auch geben, wenngleich es die fast körperwarme Unmittelbarkeit der ersten Eingebung darüber verloren hatte! Unter diesen Umständen beschloß Agathe, diesmal mit Vorbedacht der Entzückung zu begegnen, die sie vormals in diesem Garten beinahe traumhaft befallen hatte. Sie wußte nicht, warum sie damit den Namen des Tausendjährigen Reiches verband. Es war ein gefühlhelles Wort und war beinahe faßbar wie ein Ding, blieb aber dem Verstand unklar. Deshalb konnte sie mit dieser Vorstellung umgehen, wie wenn das tausendjährige Reich in jedem Augenblick anbrechen könnte. Es wird auch das Reich der Liebe genannt, das wußte Agathe ebenfalls; doch erst als letztes dachte sie daran, daß beide diese Namen schon seit den Zeiten der Bibel überliefert werden und das Reich Gottes auf Erden bedeuten, dessen nahe bevorstehender Anbruch in völlig wirklicher Bedeutung gemeint ist. Übrigens benutzte auch Ulrich, ohne deshalb an die Schrift zu glauben, zuweilen diese Worte ebenso unbefangen wie seine Schwester; und so wunderte es diese schon gar nicht, daß sie scheinbar ohne weiters auch wußte, wie man sich im Tausendjährigen Reich zu verhalten habe. «Man muß sich darin ganz still betragen» sagte ihr eine Eingebung. «Man darf keinerlei Verlangen Platz lassen; nicht einmal dem, zu fragen. Auch der Verständigkeit muß man sich entäußern, mit der man Geschäfte besorgt. Man muß seinen Geist aller Werkzeuge berauben, und daran hindern, wie ein Werkzeug zu dienen. Das Wissen ist von ihm abzutun und das Wollen; der Wirklichkeit, und des Begehrens, sich ihr zuzuwenden, muß man sich entschlagen. Ansichhalten muß man, bis Kopf, Herz und Glieder lauter Schweigen sind. Erreicht man so aber die höchste Selbstlosigkeit, dann berühren sich schließlich Außen und Innen, als wäre ein Keil ausgesprungen, der die Welt geteilt hat . . !»

Vielleicht war das nicht gerade nüchtern vorbedacht. Es kam ihr aber vor, daß es, fest gewollt, auch erreichbar sein müßte; und sie nahm sich zusammen, als wollte sie sich totstellen. Aber bald erwies es sich als eine ebenso unmögliche Aufgabe, Gedanken, Sinnes- und Willensmeldungen ganz stillzustellen, wie es in der Kindheit die gewesen war, zwischen Beichte und Kommunion keine Sünde zu begehen; und nach einiger Bemühung gab sie den Versuch ganz auf. Sie ertappte sich dabei, daß sie nur noch äußerlich an ihrem Vorsatz festhielt und daß ihre Aufmerksamkeit längst von ihm abgeglitten war. Diese befand sich in dem Augenblick bei einer weit abgesprungenen Frage, einem kleinen Ungeheuer von Abspenstigkeit: sie fragte sich nämlich gerade auf das törichteste, und sehr erpicht auf diese Torheit: «Bin ich wirklich jemals heftig, boshaft, haßerfüllt und unglücklich gewesen?» Ein Mann ohne Namen wurde ihr erinnerlich; dem der Name fehlte, weil sie ihn an sich trug und mit sich fortgetragen hatte. Wenn sie an ihn dachte, empfand sie ihren Namen wie eine Narbe; aber sie fühlte keinen Haß mehr gegen Hagauer, und nun wiederholte sie ihre Frage mit dem etwas schwermütigen Starrsinn, mit dem man einer entflossenen Welle nachblickt. Wohin war das Verlangen gekommen, ihn fast tödlich zu verletzen? Sie hatte es beinahe in Zerstreutheit verloren und meinte anscheinend, es müßte sich noch in ihrer Nähe finden lassen. Überdies mochte Lindner geradezu ein Ersatz für dieses Verlangen nach Feindseligkeit sein; denn auch das fragte sie sich und dachte flüchtig an ihn. Vielleicht kam es ihr da erstaunlich vor, was alles ihr schon widerfahren sei; liegt doch jungen Menschen die Verwunderung, wieviel sie schon haben fühlen müssen, schlechthin näher als älteren, denen die Wandelbarkeit der Leidenschaften und Lebenszustände gewohnt geworden ist wie der Wetterwechsel. Was hätte aber Agathe so nahegehen können, wie daß sich in demselben Augenblick von dem Umschwung des Lebens, der Flucht seiner Leidenschaften und Zustände, von dem wunderlichen Strom des Gefühls – worin sich sonst die Jugend, wenig davon wissend, naturhaft-großartig vorkommt – rätselhaft wieder der steinklare Himmel der reglosen Verträumtheit abhob, aus der sie soeben erwacht war?

Also waren ihre Gedanken zwar noch immer im Bannkreis des Blüten- und Totenzugs; aber sie bewegten sich nicht mehr mit ihm und auf seine stumm-feierliche Art, sondern Agathe «dachte hin und her», wie man es im Gegensatz zu dem Geisteszustand nennen könnte, worin das Leben «tausend Jahre» ohne einen Flügelschlag währt. Dieser Unterschied zweier Geisteszustände war ihr sehr deutlich; und ein wenig verblüfft erkannte sie, wie oft gerade er, oder etwas ihm nahe Verwandtes, in ihren Gesprächen mit Ulrich schon berührt worden war. Unwillkürlich wandte sie sich an diesen, und ohne das umgebende Schauspiel aus den Augen zu lassen, fragte sie, tief Atem holend: «Erscheint nicht auch dir in einem solchen Augenblick, und mit ihm verglichen, alles andere hinfällig?»

Diese wenigen Worte zerteilten das wolkige Gewicht des Schweigens und der Erinnerung. Denn auch Ulrich hatte dem ohne Ziel seines Wegs ziehenden Blütenschaum zugesehn; und weil seine Gedanken und Erinnerungen auf den gleichen Ton gestimmt waren wie die seiner Schwester, bedurfte es keiner anderen Einleitung, um ihn das sagen zu lassen, was auch deren verschwiegenen Gedanken Antwort gab. Er streckte langsam die Glieder und erwiderte: «Ich habe dir schon lange – schon in dem Zustand, wo wir von dem, was Stilleben heißt, sprachen, und eigentlich alle Tage – etwas sagen wollen, selbst wenn es nicht in die Mitte der Scheibe treffen sollte: Es gibt, den Gegensatz stark aufgetragen, zwei Arten leidenschaftlich zu leben, und zwei Sorten des leidenschaftlichen Menschen. Entweder man heult vor Wut oder Unglück oder Begeisterung jedesmal los wie ein Kind und entledigt sich seines Gefühls in einen kurzen, nichtigen Wirbel. In diesem Fall, und er ist der gewöhnliche, ist das Gefühl am Ende der alltägliche Vermittler des alltäglichen Lebens; und je heftiger und leichter erregbar es ist, um so mehr erinnert dieses an die Unruhe in einem Raubtierkäfig zur Fütterungsstunde, wenn das Fleisch an den Gittern vorbeigetragen wird, und bald nachher an die satte Ermüdung. Ist es nicht so? Die andere Art leidenschaftlich zu sein und zu handeln ist aber die: Man hält an sich und gibt der Handlung nicht im mindesten statt, zu der jedes Gefühl hinzieht und treibt. Und in diesem Fall wird das Leben wie ein etwas unheimlicher Traum, worin das Gefühl bis an die Wipfel der Bäume, an die Turmspitzen, an den Scheitel des Himmels steigt ..! Allzu wahrscheinlich haben wir daran gedacht, als wir noch von Bildern, und nichts als ihnen zu sprechen vorgaben.»

Agathe stützte sich neugierig auf. «Hast du nicht einmal schon gesagt,» fragte sie «daß es zwei von Grund auf verschiedene Möglichkeiten zu leben gibt, und daß sie geradezu verschiedenen Tonarten des Gefühls gleichen? Die eine sollte die des ‹weltlichen› Gefühls sein, das nie zur Ruhe und Erfüllung kommt; die andere, ich weiß nicht, ob du ihr einen Namen gegeben hast –: aber es hätte wohl die eines ‹mystischen› Gefühls sein müssen, das dauernd mitklingt, aber niemals zur ‹vollen Wirklichkeit› gelangt?» Obgleich sie zögernd sprach, hatte sie sich überhastet und endete verlegen.

Ulrich erkannte dennoch recht gut, was er gesagt zu haben schien; und schluckte daran, als hätte er etwas zu Heißes im Mund gehabt; und versuchte zu lächeln. Er sagte: «Sollte ich das gemeint haben, so muß ich mich jetzt wohl umso anspruchsloser fassen! Ich werde also die beiden Arten des leidenschaftlichen Seins einfach nach einem bekannten Beispiel die appetithafte und ebendann auch, als deren Gegenteil, die nicht-appetithafte nennen, mag es sich unschön anhören, oder nicht. Denn in jedem Menschen ist ein Hunger und verhält sich wie ein reißendes Tier; und ist kein Hunger, sondern etwas, das frei von Gier und Sattheit, zärtlich wie eine Traube in der Herbstsonne reift. Ja, sogar in jedem seiner Gefühle ist das eine wie das andere.»

«Also geradezu eine vegetabile, wenn nicht gar vegetarische, neben einer animalischen Anlage?» Ein Anflug von Vergnügen und Neckerei war in dieser Frage Agathes.

«Beinahe!» erwiderte Ulrich. «Vielleicht wäre das Tierische und das Pflanzenhafte, als Grundgegensatz der Gelüste verstanden, sogar der tiefste Fund für einen Philosophen! Aber sollte ich denn einer sein wollen! Wessen ich mich erdreiste, ist schlechthin nur das, was ich gesagt habe, und namentlich was ich zuletzt gesagt habe, daß die beiden Arten des leidenschaftlichen Seins ein Vorbild, und vielleicht gar ihren Ursprung, schon an jedem Gefühl haben. An jedem Gefühl lassen sich diese zwei Seiten unterscheiden» fuhr er fort. Aber merkwürdigerweise sprach er dann nur von dem, was er unter der appetitiven verstand. Sie drängt zum Handeln, zur Bewegung, zum Genuß; durch ihre Wirkung verwandelt sich das Gefühl in ein Werk, oder auch in eine Idee und Überzeugung, oder in eine Enttäuschung. Das alles sind Formen seiner Entspannung, können aber auch solche der Umspannung und Neukräftigung sein. Denn auf diese Art verändert sich das Gefühl, nutzt sich ab, verläuft sich in seinem Erfolg und findet darin ein Ende; oder es verkapselt sich darin und verwandelt seine lebendige Kraft nun in eine aufgespeicherte, die ihm die lebendige später, und gelegentlich oft mit Zinseszins, wieder zurückgibt. «Und wird etwa nicht dadurch schon das eine verständlich, daß die rüstige Tätigkeit unseres weltlichen Fühlens und seine Hinfälligkeit, über die du so angenehm geseufzt hast, keinen großen Unterschied für uns ausmachen, mag er auch ein tiefer sein?» schloß Ulrich einstweilen seine Antwort.

«Nur zu sehr kannst du recht haben!» stimmte Agathe zu. «Mein Gott, dieses ganze Werk des Gefühls, sein weltlicher Reichtum, dieses Wollen und Freuen, Tun und Untreuwerden, wegen nichts, als weil es treibt! einbezogen alles, was man erfährt und vergißt, denkt und leidenschaftlich will, und doch auch wieder vergißt: Es ist ja schön wie ein Baum voll Äpfel in jeder Farbe, aber es ist auch formlos eintönig wie alles, was jedes Jahr auf die gleiche Art sich rundet und abfällt!»

Ulrich nickte zu dieser einen Hauch von Ungestüm und Verzicht ausatmenden Antwort seiner Schwester. «Dem appetitartigen Teil der Gefühle verdankt die Welt alle Werke und alle Schönheit, allen Fortschritt, aber auch alle Unruhe, und zuletzt all ihren sinnlosen Kreislauf!» bekräftigte er. «Weißt du übrigens, daß man unter diesem ‹appetitartig› einfach den Anteil versteht, den die uns eingeborenen Triebe an jedem Gefühl haben? Also» fügte er hinzu «haben wir damit gesagt, daß es die Triebe sind, wem die Welt Schönheit und Fortschritt verdankt.»

«Und ihre wirre Unruhe» wiederholte Agathe.

«Gewöhnlich sagt man gerade das; darum erscheint es mir nützlich, daß wir das andere nicht außer acht lassen! Denn es ist ja zumindest unerwartet, daß der Mensch gerade seinen Fortschritt dem verdanken soll, was eigentlich der Tierstufe angehört!» – Er lächelte dazu. Auch er hatte sich jetzt aufgestützt und kehrte sich ganz seiner Schwester zu, als wollte er sie aufklären; sprach aber zurückhaltend weiter wie einer, der sich zuerst durch die Worte, die er sucht, selbst belehrt fühlen will. «Zweifellos haben die tätig zu greifenden Gefühle des Menschen» sagte er «und mit Recht hast du da von einer animalischen Anlage gesprochen, zum Kern die gleichen paar Instinkte, die schon das Tier hat. Bei den Hauptgefühlen ist es ganz deutlich: An Hunger, Zorn, Freude, Eigenwille oder Liebe verdeckt der seelische Schleier doch kaum das nackteste Wollen –!»

Es hatte den Anschein, daß er auf die gleiche Art fortfahren wolle. Aber obwohl das Gespräch – hervorgegangen aus einem Naturtraum, dem Anblick des Blütenzugs, der noch immer eigentümlich ereignislos mitten durch das Gemüt zu schweben schien – bei keinem Wort die Schicksalsfrage der Geschwister verkennen ließ; vielmehr vom ersten bis zum letzten unter dem Einfluß jenes Sinnbilds stand, beherrscht war von der geheimsinnigen Vorstellung eines «Geschehens, ohne daß etwas geschieht», und in einer Stimmung sanfter Bedrängnis stattfand:

obwohl alles so war, hatte das Gespräch doch zuletzt zu dem Gegenteil solcher Leitvorstellung und ihrer Gefühlsstimmung geführt; als nämlich Ulrich nicht umhin konnte, die aufbauende Tätigkeit starker Triebe neben deren störender hervorzuheben. Eine so deutliche Ehrenrettung der Triebe, und mitverstanden des triebhaften, und des tätigen Menschen überhaupt – denn auch das bedeutete es – hätte nun freilich einem «westlichen, abendländischen, faustischen Lebensgefühl» angehören können, in der Sprache der Bücher so genannt zum Unterschied von einem jeden, das nach derselben sich selbst befruchtenden Sprache «orientalisch» oder «asiatisch» sein soll. Er erinnerte sich dieser vornehmtuerischen Modeworte. Doch es lag nicht in der Absicht der Geschwister, noch hätte es ihren Gewohnheiten entsprochen, einem Erlebnis, von dem sie tief bewegt waren, durch solche angeflogene, schlecht verwurzelte Begriffe eine trügliche Bedeutung zu geben; vielmehr war alles, was sie miteinander sprachen, als wahr und wirklich gemeint, mochte es auch wolkenwandlerischen Ursprungs sein.

Darum hatte Ulrich seine Lust daran gehabt, dem zarten Nebel des Gefühls eine Erklärung nach Art der Naturwissenschaften zu unterschieben; und das – mochte der Anschein auch dem «Faustischen» Vorschub leisten – in Wahrheit bloß deshalb, weil der naturgetreue Geist alles auszuschließen versprach, was unmäßige Einbildung ist. Zumindest hatte er den Ansatz zu einer solchen Erklärung angedeutet. Es war freilich desto seltsamer, daß er ihn nur für das angedeutet hatte, was er das Appetithafte des Gefühls nannte; dagegen ganz außeracht gelassen, wie er einen Gedanken ähnlicher Art auch auf das Nichtappetitartige anwenden könnte, obwohl er anfangs auf dieses gewiß nicht weniger Gewicht gelegt hatte. Es geschah nicht ohne Grund so. Sei es, daß ihm die psychologische und biologische Zergliederung an dieser Seite des Fühlens schwieriger vorkam, sei es, daß er sie vollends nur für ein verdrießliches Hilfsmittel hielt; beides mochte so sein; was ihn aber vornehmlich beeinflußte, war etwas anderes, und er hatte es überdies seit dem Augenblick, wo Agathes Stoßseufzer den schmerzlichen und beglückenden Gegensatz zwischen den vergangenen unruhigen Lebensleidenschaften und der scheinbar unvergänglichen verraten hatte, die in der zeitlosen Stille unter dem Blütenstrom zu Hause war, schon einigemal vorhersehen lassen. Denn es sind – zu wiederholen, was er schon verschiedentlich wiederholt hatte – nicht nur in jedem einzelnen Gefühl zwei Anlagen unterscheidbar, durch die und nach deren Art es sich bis zur Leidenschaft ausgestalten kann; sondern es gibt auch zwei Arten Menschen, oder in jedem Menschen Zeiten seines Schicksals, die darin verschieden sind, daß die eine oder andere Anlage überwiegt.

Er sah einen großen Unterschied darin. Menschen des einen Schlags, es ist schon erwähnt worden, greifen lebhaft nach allem und nehmen alles in Angriff; sie gehen wie ein Sturzbach über Hindernisse hinweg oder schäumen darum in eine neue Bahn; ihre Leidenschaften sind stark und wechselnd, und das Ergebnis ist ein heftig gegliederter Lebenslauf, der nichts als ein Vorbeigerauschtsein hinterläßt. Dieser Art Mensch hatte der Begriff des Appetitartigen gegolten, als Ulrich daraus den einen Hauptbegriff des leidenschaftlichen Lebens hatte machen wollen; denn die andere Art ist im Gegensatz zu dieser nichts weniger, als ihm entspräche: Sie ist schüchtern, versonnen, undeutlich; schwer entschlossen, voll von Träumen und Sehnsucht und verinnerlicht in ihrer Leidenschaft. Zuweilen – in Gedanken, von denen jetzt nicht die Rede war – gebrauchte Ulrich für sie auch die Bezeichnung «kontemplativ», ein Wort, das gewöhnlich anders gemeint wird, und etwa bloß in der lauwarmen Bedeutung von «besinnlich»; für ihn aber mehr als diesen gewöhnlichen Sinn hatte, ja geradezu dem vorhin erwähnten Orientalisch-Unfaustischen gleichkam. Vielleicht prägte sich in diesem Kontemplativen, und zumal in Gemeinschaft mit dem Appetithaften als seinem Gegenteil, ein Hauptunterschied des Lebens aus: Das zog Ulrich lebhafter an als ein Lehrbegriff. Aber daß man solche hochzusammengesetzte und anspruchsvolle Lebensbegriffe alle auf eine zweifache Schichtung, die schon jedes Gefühl hat, zurückführen könnte, diese elementare Möglichkeit der Erklärung, war ihm doch auch eine Genugtuung.

Natürlich war ihm klar, daß die beiden Arten des Menschseins, die dabei auf dem Spiel standen, nichts anderes bedeuten konnten als einen Mann «ohne Eigenschaften», im Gegensatz zu dem mit allen Eigenschaften, die ein Mensch nur zu zeigen vermag. Man mochte den einen auch einen Nihilisten nennen, der von Gottes Träumen träumt; im Gegensatz zum Aktivisten, der in seiner ungeduldigen Handlungsweise aber auch eine Art Gottesträumer ist, und nichts weniger als ein Realist, der weltklar und welttätig sich umtut. «Weshalb sind wir denn keine Realisten?» fragte sich Ulrich. Sie waren es beide nicht, weder er noch sie, daran ließen ihre Gedanken und Handlungen längst nicht mehr zweifeln; aber Nihilisten und Aktivisten waren sie, und bald das eine bald das andere, je nachdem wie es kam.

52

Atemzüge eines Sommertags

Die Sonne war unterdessen höher gestiegen, die Stühle hatten sie wie
gestrandete Boote in dem flachen Schatten beim Haus zurückgelassen,
und lagen auf einer Wiese im Garten unter der vollen Tiefe des
Sommertags. Sie taten es schon eine ganze Weile, und obgleich die
Umstände gewechselt hatten, kam es ihnen kaum als Veränderung zu
Bewußtsein. Ja eigentlich tat dies auch nicht der Stillstand des Gesprächs; es war hängen geblieben, ohne einen Riß verspüren zu lassen.

Ein geräuschloser Strom glanzlosen Blütenschnees schwebte, von
einer abgeblühten Baumgruppe kommend, durch den Sonnenschein;
und der Atem, der ihn trug, war so sanft, daß sich kein Blatt regte.
Kein Schatten fiel davon auf das Grün des Rasens, aber dieses schien
sich von innen zu verdunkeln wie ein Auge. Die zärtlich und verschwenderisch vom jungen Sommer belaubten Bäume und Sträucher,
die beiseite standen oder den Hintergrund bildeten, machten den
Eindruck von fassungslosen Zuschauern, die, in ihrer fröhlichen
Tracht überrascht und gebannt, an diesem Begräbniszug und Naturfest
teilnahmen. Frühling und Herbst, Sprache und Schweigen der Natur,
Lebens- und Todeszauber mischten sich in dem Bild; die Herzen
schienen stillzustehen, aus der Brust genommen zu sein, sich dem
schweigenden Zug durch die Luft anzuschließen. «Da ward mir das
Herz aus der Brust genommen» hat ein Mystiker gesagt: Agathe
erinnerte sich dessen.

Auch wußte sie, daß sie selbst diesen Ausspruch Ulrich aus einem
seiner Bücher vorgelesen hatte; hier in dem Garten, nicht weit von
dem Platze, wo sie sich jetzt befanden, war das geschehen. Die Erinnerung wurde vollständiger. Auch andere Aussprüche, die sie ihm
ins Gedächtnis gerufen hatte, fielen ihr ein: Bist du es, oder bist du es
nicht? – Ich weiß nicht, wo ich bin; noch will ich davon wissen! –
Ich habe alle meine Vermögen überstiegen bis an die dunkle Kraft! –
Ich bin verliebt und weiß nicht, in wen! – Ich habe das Herz von Liebe
voll, und von Liebe leer zugleich . . ! Also klang in ihr die Klage der

Mystiker wieder, in deren Herz Gott so tief eingedrungen ist wie ein Dorn, den keine Fingerspitzen fassen können. Viele solche selige Klagen hatte sie Ulrich damals vorgelesen. Vielleicht war die Wiedergabe nicht genau, das Gedächtnis verfährt etwas befehlshaberisch mit dem, was es zu hören wünscht; aber sie begriff es in seinem Zusammenhang und bereitete sich darauf vor, einen Entschluß zu fassen.

Wie in diesem Augenblick des Blütenzugs hatte der Garten also schon einmal geheimnisvoll verlassen und belebt ausgesehen, und zwar in der Stunde, nachdem ihr von den Büchern ihres Bruders die mystischen Bekenntnisse in die Hand gefallen waren. Die Zeit stand still, ein Jahrtausend wog so leicht wie ein Öffnen und Schließen des Auges, sie war ans Tausendjährige Reich gelangt, Gott gar gab sich vielleicht zu fühlen. Und während sie, obwohl es doch die Zeit nicht mehr geben sollte, eins *nach* dem andern das empfand; und während Ulrich, damit sie bei diesem Traum nicht Angst leide, *neben* ihr war, obwohl es auch keinen Raum mehr zu geben schien, schien die Welt, unerachtet dieser Widersprüche in allen Stücken erfüllt von Verklärung zu sein.

Was sie seither erlebt hatte, konnte ihr nicht anders als gesprächig gemäßigt im Vergleich mit dem erscheinen, was vorangegangen war; aber welche Bestätigung und Verallgemeinerung enthielt es, wenn es auch die fast körperwarme Einbildung von etwas geduldig Erwartetem dafür eingebüßt hatte! Darum beschloß sie diesmal, mit Vorbedacht der Entzückung zu begegnen, die sie dereinst in diesem Garten beinahe traumhaft befallen hatte. Sie wußte nicht, warum sie damit den Namen des Tausendjährigen Reiches verflocht; es war ein gefühlhelles Wort, und fast dinglich faßbar, blieb aber dem Verstand unklar. Deshalb konnte sie mit dieser Vorstellung umgehen, wie wenn das Tausendjährige Reich, das auch das Reich der Liebe genannt worden ist, in jedem Augenblick anbrechen könnte; doch dachte sie erst in zweiter Linie daran, daß sein Name seit den Zeiten der Bibel überliefert wird und das Reich Gottes bedeutet. Auch Ulrich gebrauchte übrigens die Vorstellung manchmal ähnlich wie sie, und den Namen, der wie ein Schritt über festen Boden klang. Auf die Art wunderte es sie nicht zu wissen, wie man sich im Tausendjährigen Reich zu verhalten habe. «Man muß sich darin ganz still betragen» sagte sie unbefangen zu sich. «Man darf keinerlei Verlangen Platz lassen; und nicht einmal dem, zu fragen. Auch der Verständigkeit muß man sich entäußern, mit der man (seine) Geschäfte besorgt. Man muß seinen Geist aller Werkzeuge berauben, und der Möglichkeit, wie ein Werkzeug gebraucht zu werden. Das Wissen ist von ihm abzutun und das Wollen; der Wirklichkeit, und des Begehrens, sich ihr zuzuwenden, muß man sich entschlagen; Kopf, Herz und Glieder müssen an sich halten, als bestünden sie aus Schweigen. Und wenn man die höchste Selbstlosigkeit erreicht hat, berühren sich Außen und Innen, als wäre ein Keil ausgesprungen, der die Welt geteilt hat..!

Es kam ihr völlig vor, daß es mit Leichtigkeit auszuführen wäre, und sie nahm sich zusammen, als wollte sie sich totstellen. Aber bald erwies es sich als eine ebenso unmögliche Aufgabe, Gedanken, Sinnes- und Willensmeldungen stillzulegen, wie es in der Kindheit die gewesen war, zwischen Beichte und Kommunion keine Sünde zu begehen; und schließlich gab sie den Versuch ganz auf. Sie ertappte sich dabei, daß sie nur noch äußerlich an ihrem Vorsatz festhielt und daß ihre Aufmerksamkeit längst von ihm abgeglitten war. Diese befand sich in dem Augenblick bei einer weit abgesprungenen Frage, einem kleinen Ungeheuer von Abspenstigkeit: sie fragte sich nämlich gerade auf das törichteste, und sehr erpicht auf diese Torheit: «Bin ich wirklich jemals heftig, boshaft, haßerfüllt und unglücklich gewesen?» Ein Mann ohne Namen wurde ihr erinnerlich; dem der Name fehlte, weil sie ihn an sich trug und mit sich fortgetragen hatte. Wenn sie an ihn dachte, empfand sie ihren Namen wie eine Narbe; aber sie fühlte keinen Haß mehr gegen Hagauer, und nun wiederholte sie ihre Frage mit dem etwas schwermütigen Starrsinn, mit dem man einer entflossenen Welle nachblickt. Wohin war das Verlangen gekommen, ihn fast tödlich zu verletzen? Sie meinte fast, es sei ihr abhanden gekommen und müßte sich noch in ihrer Nähe finden lassen. Am Ende mochte übrigens Lindner ein Ersatz für dieses Verlangen nach Feindseligkeit sein? Auch an ihn dachte sie flüchtig. Nun, eher kam es ihr wohl bloß erstaunlich vor, was alles ihr schon widerfahren sei. Vielleicht liegt jungen Menschen die Verwunderung, wieviel sie schon haben fühlen müssen, schlechthin näher als älteren, denen die Wandelbarkeit der Leidenschaften und Lebenszustände gewohnt geworden ist wie der Wetterwechsel; und in diesem Augenblick hob sich von dem Umschwung des Lebens, der Flucht seiner Leidenschaften und Zustände, von dem wunderlichen Strom des Gefühls – worin sich sonst die Jugend, wenig davon wissend, naturhaft-großartig erkennt – von neuem rätselhaft der steinklare Himmel der reglosen Verträumtheit ab, aus der sie soeben erwacht war!

Wohl waren also ihre Gedanken noch immer im Bannkreis des Blüten- und Totenzugs, aber sie bewegten sich nicht mehr mit ihm und auf seine stumm-feierliche Art. Agathe «dachte hin und her», wie man es im Gegensatz zu dem Geisteszustand nennen könnte, worin das Leben «tausend Jahre» ohne einen Flügelschlag währt. Und plötzlich war ihr dieser Unterschied deutlich; und sie meinte sogar den Gegensatz zwischen solchem Leben und dem Hin-und-her-Leben in ihren Gesprächen mit Ulrich schon so oft berührt zu haben, daß es sie jetzt fast verblüffte. Unwillkürlich wandte sie sich nun ihrem Bruder zu, und ohne das umgebende Schauspiel zu verlassen, fragte sie tief Atem holend: «Scheint dir nicht auch alles andere hinfällig zu sein in einem Augenblick wie diesem?»

Diese wenigen Worte zerteilten das wolkige Gewicht des Schweigens und der Erinnerung, und so fand der bisher verschwiegene Verlauf der Gedanken mit einemmal eine kurze Bahn der Aussprache. Denn auch Ulrich hatte dem ohne Ziel seines Wegs ziehenden Blütenseim zugesehn; und da seine Gedanken und Erinnerungen auf den gleichen Ton gestimmt waren wie die seiner Schwester, bedurfte es keiner anderen Einleitung, um ihn die Antwort geben zu lassen, die ihr aus dem Sinn sprach. «Ich habe dir etwas sagen wollen» erwiderte er und streckte langsam die Glieder. «Schon in dem Zustand, wo wir von dem, was Stilleben heißt, sprachen, und noch länger, habe ich es wollen! Denn es gibt, den Gegensatz stark aufgetragen, zwei Arten, leidenschaftlich zu leben, und zwei Sorten des leidenschaftlichen Menschen. Entweder man heult vor Wut oder Unglück oder Begeisterung bei jeder Gelegenheit los wie ein Kind und entledigt sich seines Gefühls in einem kurzen, nichtigen Wirbel. In diesem Fall, und er ist der gewöhnliche, ist das Gefühl letzten Endes der alltägliche Vermittler des alltäglichen Lebens; und je heftiger und leichter erregbar es ist, um so mehr erinnert dieses an die Unruhe in einem Raubtierkäfig zur Fütterungsstunde, wenn das Fleisch an den Gittern vorbeigetragen wird, und bald nachher an die satte Ermüdung. Oder, und das ist denn der andere Fall, man hält an sich und gibt der Handlung nicht im mindesten statt, zu der jedes Gefühl hinzieht und treibt; und in diesem, dem anderen Fall wird das Leben wie ein etwas unheimlicher Traum, worin das Gefühl bis an die Wipfel der Bäume, an die Turmspitzen, an den Scheitel des Himmels steigt: Allzu wahrscheinlich ist es immerzu das gewesen, woran wir gedacht haben, als wir noch von Bildern, und nichts als ihnen zu sprechen vorgaben?»

Agathe stützte sich neugierig auf. «Hast du nicht einmal auch gesagt, daß es zwei von Grund auf verschiedene Möglichkeiten gibt, leidenschaftlich zu leben, und daß es geradezu verschiedene Tonarten des Gefühls sind, die das zur Voraussetzung hat? Die eine sollte die des ‹weltlichen› Gefühls sein, das nie zur Ruhe und Erfüllung kommt; die andere –: ich weiß nicht, ob du ihr einen Namen gegeben hast, aber es müßte wohl die eines ‹mystischen› Gefühls sein, das dauernd mitklingt, aber nirgends zur ‹vollen Weltlichkeit› gelangt!» Obgleich sie zögernd sprach, hatte sie sich überhastet und endete verlegen. Ulrich erkannte aber wohl, was er gesagt haben mochte; und er schluckte an der Erinnerung, als hätte er etwas zu Heißes im Mund gehabt, und versuchte zu lächeln: «Sollte ich das wirklich gemeint haben,» erwiderte er «so möchte ich mich jetzt umso anspruchsloser fassen! Und mag es unschön klingen, oder nicht, so will ich die beiden Tonarten des Gefühls und die ihnen entsprechenden zwei Möglichkeiten, leidenschaftlich zu leben, einfach die appetithafte, und ebendann auch als deren Gegenteil die nicht-appetithafte nennen: In jedem Gefühl ist ein Hunger, und verhält sich wie ein reißendes Tier; und ist kein Hunger, sondern etwas, das, frei von Gier und Sattheit, zärtlich wie eine Traube in der Herbstsonne reift. Weiß Gott warum, aber es liegt mir viel daran, mich einmal mit dir darüber verständigen zu können –»

«Also eine ‹vegetabilische› und eine ‹animalische› Anlage in jeder Seele?» fragte Agathe mit einem Anflug von Vergnügen und Neckerei. «Beinahe möchte ich etwas Ähnliches sagen» erwiderte Ulrich. «Vielleicht wäre das Tierische und das Pflanzenhafte, als Grundgegensatz der Gelüste verstanden, der tiefste Fund für einen Philosophen! Und sicher werde ich mich einmal daran wagen müssen; aber vorläufig erdreiste ich mich bloß so weit zu gehen, als ich getan habe. Und wohlverstanden, das bedeutet nicht mehr, als daß sich an jedem Gefühl zwei Teile unterscheiden lassen. Was ich den appetitiven nenne, drängt zum Handeln, zur Bewegung, zum Genuß; durch ihn verwandelt sich das Gefühl in ein Werk; oder in eine Idee und Überzeugung, was alles Formen der Entspannung, aber auch der Umspannung und Neukräftigung sind. Denn indem das geschieht, nützt sich zugleich das Gefühl ab, verläuft sich in seinem Erfolg und findet darin ein Ende; oder es verkapselt sich darin und verwandelt seine lebendige Kraft um in eine aufgespeicherte, die ihm später und gelegentlich wieder jene zurückgibt. Deswegen sind denn die rüstige Tätigkeit des weltlichen Gefühls und seine Hinfälligkeit, über die du so angenehm geseufzt hast, kaum voneinander zu trennen. Und nicht zu vergessen, und unvoreingenommen beurteilt, diesem appetitiven Teil des Gefühls, oder unserer animalischen Anlage, wie du ihn lieber genannt hast, verdankt die Welt alle Werke und alle Schönheit, aber auch alle Unruhe und Unverläßlichkeit, und zuletzt die Leere ihres sich dauernd fortsetzenden, sinnlosen Kreislaufs!»

«Nur zu sehr hast du recht!» stimmte Agathe zu. «Mein Gott, dieses ganze Werk des Gefühls, sein weltlicher Reichtum, dieses Wollen und Freuen, Tun und Untreuwerden wegen nichts, als weil es treibt; einbezogen alles, was man erfährt und vergißt, denkt und leidenschaftlich will, und doch auch wieder vergißt: es ist ja schön wie ein Baum voll Äpfel in jeder Farbe, aber es ist auch formlos eintönig, wie alles, was jedes Jahr auf die gleiche Art sich rundet und abfällt!»

«Und was hast du dagegen? Ist es denn gar so arg?» Es war Ulrich, der nun das fragte. Von so lebhafter Zustimmung sich überholt fühlend, verweigerte er nämlich lachend die seine.

Seine Schwester blieb aber eine kampflustig heitere Antwort nicht schuldig. «Ich habe weniger dagegen, als man von dir, nach deinen eigenen letzten Worten erwarten durfte!» antwortete sie auf die zärtliche Herausforderung. «Meine Äpfel sind harmlos, im Vergleich zu deinen Raubtieren, die von Gier in Sattheit verfallen, und umgekehrt! Und verlangst du nicht überdies grausam, daß man aus allem und jedem, und wäre es nur ein tieferer Atemzug! ein Geschehnis von Bedeutung zu machen habe? Mich dünkt, du selbst willst ein geistiges Raubtier sein!»

«Es ist wahr; vielleicht habe ich eine Schwäche, am Geist des Menschen die Tugenden einer Waffe zu bewundern! Du aber, meine nicht minder bewunderte Schwester» erwiderte Ulrich «hast dich soeben gegen das Ansinnen gewehrt, daß man sein Leben erst rechtfertige, wenn man Bedeutendes tue! Auch daß man verpflichtet wäre,» fuhr er fort «sich stets eine Idee und Regel zu bilden, ist deinem tiefsten Geschmack erfreulich gleichgültig geblieben: Es hat dich nie gelockt, im Herrensattel auf einem Steckenpferd zu reiten.»

Agathe gab sich noch nicht deshalb geschlagen; aber die scheinbar abgrundtiefe Verschiedenheit, die sich trennend aufgetan hatte, stellte sich als eine arglose Krümmung der Oberfläche heraus. «Wahrscheinlich ist es denn zur Strafe für mich auch nie mein Ziel gewesen, mich zu einem Charakter zu bilden» beeilte sie sich scheineifrig beizustimmen. «Aber wozu auch! Was ich fühlte und erlebte, habe ich nie so geliebt, daß ich gleichsam sein Schrank und seine Dauer auf Lebenszeit hätte werden mögen. Wenigstens war es früher nie so!»

Damit fiel die scherzhafte Vermummung von dem Wortwechsel ab, und die durchsichtig verhüllt gewesene Übereinstimmung trat wieder zutage. Ein stilles, langes Lächeln erleuchtete mit einemmal Ulrichs Gesicht. «Und jetzt verlockt dich im Gegenteil das unzerstörliche und sich niemals abnutzende Gefühl?» fragte er nachdenklich.

Agathe gab keine Antwort. So sahen sie beide wieder dem Zug der Blütenasche zu, der eigentümlich ereignislos noch immer durch die Luft zog. Er schien mitten durch ihr Gemüt zu schweben. Ein «Geschehen, ohne daß etwas geschah,» erinnerte er, durch diesen Widerspruch, den er mit sich trug, sowohl an die erst jüngst berührte Vorstellung des Tausendjährigen Reichs, die sozusagen noch in der Luft hing, als auch an die wundersamen Erlebnisse einer nicht weniger geheimnisvollen Nacht, die unvergeßlich geblieben war; und obwohl alles das gleichermaßen unmöglich war, brachte durch unklare Verkettung doch eines das andere merkwürdig zur Geltung. Hätte da Ulrich als kühner Grenzüberschreiter das geheime Paßwort ausgeben können, das es erlaubt, das tausendjährige Reich oder andere ekstatische Welten wachen Sinnes zu betreten, Agathe wäre nicht überrascht gewesen; er schien aber auf andere Gedanken gekommen zu sein, denn er hub so zu sprechen an: «Wie ist es eigentlich merkwürdig, daß dein Gefühl so oft Männer gewählt hat, die dir weder aus ganzer Seele noch aus ganzem Leib lieb gewesen sind! Sieht es nicht fast so aus, als hättest du damit in dir den Zug zum Wirklichen, das immer allzu kurz angebundene Schicksal, schon zum voraus abschwächen wollen?»

Vielleicht war Agathe zu lebhaft errötet, Ulrich fuhr fort: «Weißt du, daß man unter dem, was ich den appetitiven Anteil des Gefühls genannt habe, einfach den Trieb, die Triebe versteht? Nicht ohne Grund hast du sie die ‹animalische Anlage› genannt, denn zweifellos haben die tätig zugreifenden Gefühle des Menschen zum Kern die gleichen paar Instinkte, die schon das Tier hat. Bei den Hauptgefühlen ist das ganz deutlich. An Hunger, Zorn, Freude, Trauer, Eigenwille oder Liebe, verdeckt doch der seelische Schleier kaum das nackteste Wollen. Also fürchte keine Theorie; ich wiederhole nur kurz, was wir doch schon gesagt haben: Dem appetitiven Teil der Gefühle, will sagen den Eigenschaften der Triebe und der Gefühle, worin sie vorherrschen, verdankt die Welt alle Werke u. alle Schönheit, allen Fortschritt, aber auch alle Unruhe u. alle letzte Sinnlosigkeit.

Auch er hatte sich nun aufgestützt und ganz ihr zugekehrt, als müßte er Agathe belehren; tat es aber zurückhaltend wie einer, der sich durch die Worte, die er vorbringt, selbst erst belehrt sieht. «Nicht ohne Grund hast du die tätig zugreifenden Gefühle des Menschen seine ‹animalische› Anlage genannt; denn zweifellos haben sie zum Kern, die gleichen paar Instinkte, die schon das Tier hat. Bei den Hauptgefühlen ist es ganz deutlich; an Hunger, Zorn, Freude, Trauer, Eigenwille oder Liebe verdeckt doch der seelische Schleier kaum das nackteste Wollen!» Er zeigte die Absicht, auf diese Art fortzufahren. Obwohl das Gespräch – hervorgegangen aus einem Naturtraum, dem Anblick des Blütenzugs, der noch immer eigentümlich ereignislos mitten durch das Gemüt zu schweben schien – bei keinem Wort die Schicksalsfrage der Geschwister verkennen ließ; vielmehr vom ersten bis zum letzten unter dem Einfluß jenes Sinnbilds stand, auch beherrscht war von der Vorstellung eines «Geschehens, ohne daß etwas geschieht», und so denn in einer Stimmung sanfter Bedrängnis stattfand; obwohl alles so war, hatte das Gespräch also zuletzt eher zu dem Gegenteil solcher Leitvorstellung und ihrer Gefühlsstimmung geführt, als nämlich Ulrich die aufbauende Tätigkeit starker Triebe neben deren störender hervorhob. Er wiederholte es jetzt: «Es mag gesucht erscheinen. Aber nicht nur die Schönheit, sondern auch den Fortschritt dankt der Mensch gerade etwas, das in ihm den Tieren verwandt ist!»

Eine solche Ehrenrettung der Triebe, und mitverstanden des starken Triebmenschen, hätte nun freilich einem «europäischen», «westlichen», «abendländischen», «faustischen» Lebensgefühl angehören können, in der Sprache der Bücher so zum Unterschied genannt von einem jeden, das denn nach derselben Übertreibung «orientalisch» oder «asiatisch» wäre. Aber es lag nicht in der Gewohnheit der Geschwister, einem Erlebnis das sie aufs tiefste erregte durch solche angeflogene, schlecht verwurzelte Begriffe eine trügliche Bedeutung zu geben; vielmehr war alles, was sie darüber sagten, als wahr und wirklich gemeint, u überlegt: mochte es auch immerhin wolkenwandlerischen Ursprungs sein.

Und so hatte denn Ulrich seine Lust daran gehabt, dem zarten Nebel des Gefühls, das am Ursprung seiner Worte war, diesmal eine Erklärung nach Art der Naturwissenschaften zu unterbaun; und das umso eher, als deren enthaltsamer Geist alles auszuschließen versprach, was unmäßige Einbildung ist. Gewiß war es aber auch desto seltsamer, daß er eine solche Erklärung nur für das angedeutet hatte, was er am Gefühl das Appetitive nannte, dagegen für das zuerst doch auch erwähnte Nichtappetitive ganz außeracht gelassen. Es war nicht ohne Grund so. Sei es, daß ihm die psychologische und biologische Zergliederung an dieser Seite des Fühlens schwieriger vorkam, sei es, daß sie ihn im Augenblick überhaupt verdroß; die Fortsetzung zeigte einen anderen Gedankengang, und dieser bewegte sich nicht sowohl auf einem neuen Weg, als vielmehr auf einem andern Gelände. Denn es lassen sich nicht nur zwei Anlagen zur Leidenschaft an jedem Gefühl unterscheiden, sondern es gibt – was lebendiger anzieht als ein Lehrbegriff – auch zwei Arten Menschen u. ebenso 2 Phasen $\sim$ oft im Leben desselben Menschen, die dadurch verschieden sind, daß die eine oder die andere Anlage in ihrem Sein überwiegt.

Ulrich hatte es angedeutet, und nicht ausgeführt; obwohl es ihn offenbar bewegte, und zwar schon seit dem Augenblick, wo Agathes Stoßseufzer den schmerzlichen Gegensatz zwischen den vergänglichen Lebensleidenschaften und der scheinbar unvergänglichen verraten hatte, die in der zeitlosen Stille unter dem Blütenstrom zu Hause war. Die eine Art, den ganzen Menschen betrachtet, der als leidenschaftlich bezeichneten Menschen, und sie wird es anscheinend mit mehr Recht als die andere, ist nämlich die, die heftig nach allen greift und alles in Angriff nimmt; wie ein Sturzbach über die Steine geht oder um sie herum schäumt; jedesmal von einer neuen Idee gepackt wird; ob sie es wollte, oder nicht, einen «Lebenslauf» hat; u trotzdem allzeit, sogar vorzeitig, hinter ihm ein leeres Verrauschen hört.? Ihr hatte der Begriff des «Appetitartigen» gegolten; die andere Art einer leidenschaftlichen Person ist dagegen nichts weniger als appetithaft; sie ist schüchtern, versonnen, schwer entschlossen, voll von Träumen und Sehnsucht, u. verinnerlicht in ihrer Leidenschaft. Zuweilen, in Gedanken, von denen jetzt nicht die Rede war, gebrauchte Ulrich auch die Bezeichnung kontemplativ für sie, ein Wort, das ihm nur in diesem Zusammenhang Sinn zu haben schien.

Trotzdem empfing er, als seine Überlegung ein gewisses Gewicht erlangt hatte, den Eindruck, daß das Gespräch im ganzen «verrutscht» sei.

Es war schon anfangs seiner Erklärungen geschehen; und vollends, seit er zu deren Zweck die Vorstellung des «Triebs» und des sich ihm anschließenden «fast mechanischen» Kräftespiels in das Gespräch eingeführt hatte. Von diesen beiden Vorstellungen, die eine natürliche Einheit bilden, – und weil zu ihnen als dritte auch die des «Appetitartigen» gehört: von allen drei Vorstellungen forderte die mittlere, die des unvermeidlichen, automatischen Ablaufs, die widerspruchvollste Anteilnahme von ihm, wie sie denn, gestützt auf die beiden anderen, auch den vollständigsten Gegensatz zum Kontemplativen darbot.

Man spricht, und ziemlich wahrheitsgetreu, von einem Kreislauf des Lebens, ja mitunter von einem recht sinnlosen Kreislauf. Es wandert wie ein Rad, mit Recht hat man das oft gesagt; was zu einer Zeit untendurch ist, kommt zu einer andern obenauf, und was auf der Höhe war, wird dann durch den Kot gezogen; mögen davon die größten oder die alltäglichsten Gedanken betroffen sein, die kleinen Gewohnheiten oder die unvergeßlichsten Leidenschaften. Versteht man es so, dann gehört der «Kreislauf» nicht sowohl zu den Eigenschaften des Lebens schlechthin als vielmehr zu denen der Kultur; und so verstanden, ist er eine kurze Formel für deren Auf und ab und Vor und Zurück, von dem schon lange die Rede gewesen war; oder eben für ihre verdächtige Unbeständigkeit, die gewiß nicht bloß der Neugierde, sondern anderen Seelenzuständen der Geschwister zu tun gab. Schon als es Ulrich, angesichts eines Altes und Neues musterbildlich in sich vereinenden Platzes der sehenswürdigen Stadt, plötzlich eingefallen war von einer «Räuberbande» zu sprechen, hatte er damit ein Gleichnis von diesem Kreislauf gegeben; Agathe desgleichen, aber später, und erst vor kurzem, als sie die Nichtigkeit ihres Lebens mit dem «Baum voll Äpfeln» verglich; und es sollte ihnen vermutlich noch manches Ähnliches einfallen.

Von Einfluß darauf, daß Ulrich aber diesmal, statt das menschliche Gleichnis hervortreten zu lassen, auf ein «mechanisches» Kräftespiel und darauf verfallen war, die Verwandlungen, und Rückwandlungen, des Gefühls ähnlich dem Kreislauf zu beschreiben, den die in der Natur wirkenden mechanischen Kräfte durchlaufen; und ebenfalls von Einfluß darauf, daß er diesen Seitensprung nachher als «abgerutscht» empfand: war eine in gewissem Sinn nebensächliche Folge einiger

Gedanken gewesen. Als wichtigsten der entstehungsmäßigen Vorstellung, daß der Kreislauf der Kultur, also der aller Arten geistiger Offenbarung im Wesen ein Kreislauf des Gefühls sei, dem er dabei die Rolle zudachte – an die überdies ziemlich einmütig geglaubt wird –, die eigentliche Energie des Geistes zu sein. Auf persönliche Art ruhte dieses trotzdem recht gewagte Bild von einem Kreislauf des Gefühls auf der Allgegenwart des Fühlens, das, vollgewaltig und dunkel, zumal in seinem Verhältnis zum Handeln, jeden Gedanken der Geschwister auf sich zog. Im allgemeinen aber war es einfach der naturwissenschaftlichen Redeweise nachgebildet, die allenthalben ins Denken eingedrungen ist. Ist die Welt doch sogar imstande von einer Bewirtschaftung der Energie zu sprechen, selbst wenn sie damit bloß sagen will, wie die Kohle oder die Wasserkräfte eines Landes ausgenutzt werden; was aber Energie in Wahrheit bedeuten mag, tut dabei nichts zur Sache; das hat sie mit allen Grundbegriffen gemeinsam: jeder solche durchmißt den Kreis seiner Erscheinungen, die mit seiner Hilfe berechenbar werden und wodurch sie anscheinend gleich viel Verständnis gewinnen wie er. Deshalb war denn auch Energie und Kreislauf, und nun erst recht für den gleichnisweisen Gebrauch, ein geradezu klassisch glaubwürdiges Begriffspaar, an dem weder Nut noch Naht Ulrich störte.

Immerhin trat damit, daß er das Fühlen als die «Energie» im Kreislauf der geistigen Offenbarungen ansprach, auch eine Absicht in Erscheinung, die er sich manchmal für einen enttäuschten späteren Zustand seines Lebens vorbehielt und die gleichsam der Möglichkeit entsprach, dessen Erfahrungen dann mit kühler Miene zu ordnen. Es gibt Leute, die ein Glück darin finden, aus Zündhölzern und Zündholzschachteln die Residenzstadt ihres Landes oder ihres Glaubens im Bilde aufzubauen, oder mit alten Briefmarken ein Mosaik von ihr herzustellen. Und ähnlich ist es, wenn man einen Gedanken besitzt, der in allen seinen Folgen die Wirklichkeit treu wie ein Spielzeug wiedergibt, oder gar mitsamt seinen Gedankenfolgen gleich einer Kindereisenbahn, deren Feder aufgezogen worden ist, an den Bildern der Wirklichkeit vorbeiläuft. Eine solche Bastelei in Gedanken war auch die Erfindung, sich das geistige und seelische Leben samt und sonders nach dem Muster der Energie als einen Kreislauf des Gefühls zu erklären, das ließ sich sowohl auf den Wechsel und Zusammenhang von Fühlen, Denken und Handeln des Einzelmenschen anwenden als auch auf den Aufstieg, die Entfaltung und den Verfall des Gemeinschaftsgeistes.

Das Pferdchen und der Reiter

Es kommt natürlich vor, daß in einem solchen Austausch von Gedanken und Gefühlen etwas unausgesprochen bleibt oder halb ausgesprochen wird und nach einer Verbesserung verlangt, und dann verschafft es sich ein andermal die Gelegenheit dazu, ob das nun folgerichtig geschieht oder nicht. So blieben die Geschwister einmal zu Hause, und der strahlende Tag schickte sein Licht durch das Grün der Bäume in den braun-bunten tiefen Raum von Ulrichs Arbeitszimmer, wo sich alle Farben mit mattem Gold vermischten. Agathe gab dem Gespräch plötzlich eine Wendung. «Wie steht es um das berühmte Geschehnis, das von ordnungswilligen Leuten die Liebe zwischen zwei Personen verschiedenen Geschlechts genannt wird?» fragte sie, hob reumütig die Hände und machte ein Gesicht, das für ihre Frage schalkhaft um Entschuldigung warb.

Ulrich fiel bei diesen Worten seine Kusine Diotima ein und ihr Ausdruck «der Geschlechtspartner».

«Man liebt eigentlich eine Puppe!» sagte Agathe.

«Immerhin, auch was er sich dabei denkt, was er meint und ist, hat seine kleine Bedeutung!» schränkte es Ulrich spöttisch ein.

«Solange man ihn liebt! Weil man ihn liebt! Aber nicht umgekehrt!» erwiderte Agathe heftig. «Sieht man ihn erst ohne Vorurteil an, ist auch die Liebe entwaffnet!»

«Gewöhnlich sagt man das ja bloß vom Zorn.»

«Es ist auch in der Liebe so!» – Diese Antwort wurde nicht ohne Leidenschaft gegeben. Agathe dachte allerdings nicht sowohl an ihre eigenen früheren Irrtümer, als vielmehr an die Ulrichs; und er dachte als er darauf einging mehr an die ihren als an sich. Beide waren zuweilen wegen der Vergangenheit auf einander eifersüchtig. Darin äußerte sich so auch ihre Leidenschaft, einiger als eins zu werden, die sie auf vielerlei Art beherrschte, da sie sich als geistige Eifersucht bis an das Unerreichbarste erstreckte, das Vergangene und das Mögliche. Es konnte darum ebensogut auf die übertriebenste Nächstenliebe, wie auf die ehrliche Frage des Einverständnisses zielen, wie auch ein Hinterhalt der Eifersucht sein, was Ulrich nochmals darauf hinweisen ließ, daß die Übereinstimmung zwischen zwei Menschen oft der Liebe vorangeht und von ihnen wie ein Wunder begrüßt wird, das sie für einander gewinnt, während ihnen nachher gerade das ganz unverständlich erscheint.

«Mag sein» gab Agathe trocken zurück.

«Und die Werke, in denen sie sich geäußert hat?» fragte Ulrich.

«Nicht zuletzt beweist sich der Gehalt einer Liebe doch auch in Werken; oder kommt es darauf nicht an?»

Agathe zuckte die Achseln. «Es kommt überhaupt auf nichts an»! rief sie aus. «Nicht auf das, was er ist; nicht auf das, was er meint; nicht auf das, was er will; und nicht auf das, was er tut! Hast du niemals einen Menschen verachtet, und ihn dennoch geliebt?»

«Kann wohl sein.»

«Hast du nie einen Menschen trotz der unheimlichen Überzeugung geliebt,» fuhr sie fort «daß dieser .. F 50° .. [Mensch mit Bart oder Busen, den man vermeintlich schon lange kennt und schätzt und der unaufhörlich von sich redet, eigentlich nur zu Besuch bei der Liebe ist. Man könnte seine Gesinnung und seine Verdienste weglassen, man könnte sein Schicksal ändern, man könnte ihn mit einem andern Bart und anderen Beinen ausstatten: man könnte beinahe ihn selber weglassen und liebte] ihn dennoch!» Agathes Stimme .. ib .. [hatte einen tiefen Klang, mit einer unruhigen Helligkeit in ihrer Tiefe wie von einem] Feuer. Sie war von ihrem Stuhl aufgestanden, und nun setzte .. ib .. [sie sich schuldbewußt] nieder. «Soweit das eben überhaupt Liebe zu nennen ist!» fügte sie zweifelnd den soeben ausgestoßenen Worten hinzu.

Ulrich nahm nun wieder zu einer Frage seine Zuflucht: «Setzt, etwas zu lieben, nicht voraus, daß man es anderem vorzieht; und setzt das Vorziehen nicht ein gewisses Kennen voraus?»

Agathe stockte einen Augenblick u sah ihn zögernd an; dann erwiderte sie Sie dachte an Ld. U. schien es zu erraten. «Man könnte doch auch sagen: [Man] liebt nicht nach Verdienst und wird nicht nach Verdienst geliebt!»

«Und daß man nicht geliebt wird, obwohl man es verdiente, ist der Kummer aller alten Jungfern beider Geschlechter!» ergänzte es Ulrich.

Agathe sah ihn lachend an. Die unheimlich schöne Ursachelosigkeit der Liebe und der leichte Rausch der Ungerechtigkeit stiegen aus vergangenen Liebesgeschichten auf und versöhnten sie sogar mit den Dummheiten, deren sie sich schuldig wußte und soeben angeklagt hatte. Vielleicht dachte sie auch an Lindner und mochte es ihr beinahe sicher sein, daß Ulrich zuletzt ihn gemeint habe, selbst wenn er es gar nicht wüßte; denn es ließ sich nicht alles aussprechen, aber sie waren glücklich, sich trotzdem eines Sinnes zu wissen.

Ulrich zeigte sich jetzt auf ein Ergebnis bedacht. «Beide Widersprüche .. F 50 .. [sind immer vorhanden und bilden ein Viergespann: Man liebt einen Menschen, weil man ihn kennt und weil man ihn nicht kennt; und man kennt ihn, weil man ihn liebt, und kennt ihn *nicht,* weil man ihn] liebt» begann er. «Und manchmal ... [steigert sich das so, daß es sehr] fühlbar wird» fuhr er fort. «Das sind dann ..

[die bekannten Augenblicke, wo Venus durch Apoll und Apoll durch Venus auf einen leeren Haubenstock blicken und sich höchlich darüber verwundern, daß sie vorher dort etwas anderes] gesehen haben. Ist die Liebe nicht schwächer als Erstaunen, so kommt es dabei zu … [einem Kampf zwischen diesen beiden und manchmal geht daraus die Liebe – wenngleich verzweifelt, erschöpft und unheilbar verwundet – als Siegerin hervor. Ist sie] .. aber weniger stark, so kommt .. F 50 .. [es zu einem Kampf zwischen den *Personen*; zu Beleidigungen, die es wieder gutmachen sollen, daß man der Einfältige gewesen sei, … zu fürchterlichen Einbrüchen der Wirklichkeit, .. zu Entehrungen bis ins letzte –» Er hatte diese Unwetter der Liebe oft genug] mitgemacht und beschrieb sie gemächlich.

Agathe unterbrach unwillkürlich .. F 50 .. [ihn. «Ich finde aber, daß diese ehelichen und unehelichen Ehrenaffären gewöhnlich doch sehr überschätzt werden!» wandte sie ein.

«Die ganze Liebe wird überschätzt! Der Wahnsinnige, der in seiner Sinnestäuschung ein Messer zückt und damit einen Unschuldigen durchbohrt, der gerade an der Stelle seiner Halluzination steht –: in der Liebe ist er der] Normale!» sagte Ulrich und sah seine Schwester lächelnd an.

Auch Agathe sah ihn lächelnd an, und Ulrich wurde ernst. «Wenn ich dich so nahe vor mir habe, daß der Raum zwischen uns leer wie Glas ist, und ich fast sagen möchte, daß uns nichts mehr trennen könne, dann kann mich der abgeschmackteste Wirklichkeitssinn quälen; und ich muß mir vorhalten,» bemerkte er nachdenklich, «daß noch über nichts und nie auch nur zwei Menschen in ihren Meinungen und Überzeugungen übereingestimmt haben, ohne daß sie von etwas dazu gezwungen oder betrogen worden wären! Sogar im wissenschaftlichen Denken, wo alles doch logisch .. F 50u .. [und sachlich] zugeht, anerkennt man die Wahrheit bloß dann … F 50u .. [vorbehaltlos, wenn man] sich ihrem Urheber auch auf andere Weise .. [unterwirft, sei es als einem Vorbild und Führer, sei es als einem] Freund und Genossen. Ohne .. F 50u .. [ein solches Gefühl, das nicht zur Sache gehört, macht] man sich fremden Geist stets nur .. F 51° .. [mit dem stillschweigenden Einspruch zueigen,] daß er bei .. F 51° .. [einem selbst] eigentlich besser .. ib. [aufgehoben sei als] bei seinem Besitzer; wenn man nicht überhaupt die Absicht . ib .. [hat, diesem] Kerl erst zu zeigen, was er gemeint hat! Und vollends in der Kunst? Da wissen die meisten Leute doch wohl, daß es ihnen unmöglich wäre, was sie lesen .. F 51° .. [, sehen und hören, selbst zustande zu bringen;] aber sie haben trotzdem das .. ib .. [gönnerhafte Bewußtsein,] wenn sie bloß .. ib [überhaupt könnten,] so könnten sie es gleich .. [auch] besser!»

«Und dann loben sie an der Kunst, daß sie ihnen aus der Seele spreche» erwiderte Agathe und nickte, mehr aus Freundschaft zustimmend, als aus angeregter Teilnahme. «Aber vielleicht muß es so sein, wenn man sich etwas aneignen soll!»

«Ja vielleicht muß es so sein und liegt an der tätigen Natur des Geistes, der sich nicht füllen läßt wie ein Topf, sondern sich alles wirkend aneignet. Aber vielleicht liegt es auch nicht daran

48

Eine auf das Bedeutende gerichtete Gesinnung und beginnendes Gespräch darüber

Spricht einer von der zweiseitigen u. unordentlichen Beschaffenheit des menschlichen Wesens, setzt es voraus, daß er meint, sich eine bessere vorstellen zu können.

Ein gläubiger Mensch kann das tun, u. Ulr. war keiner. Im Gegenteil: Glaube stand bei ihm im Verdacht einer Neigung zum Vorschnellen, und ob der Inhalt dieses geistigen Verhaltens ein irdischer Einfall, ob er eine überirdische Idee war, schon als seelische Fortbewegungsart erinnerte es ihn an die ohnmächtigen Flugversuche eines Haushuhns. Nur Agathe bewirkte darin eine Ausnahme; an ihr behauptete er zu beneiden, daß sie voreilig und mit Eifer glauben konnte, und empfand die Weiblichkeit ihres Mangels an vernünftiger Zurückhaltung manchmal fast so körperlich wie einen der anderen Geschlechtsunterschiede, von denen zu wissen, eine selige Verblendung erregt. Er verzieh ihr diese Unberechenbarkeit selbst dann, wenn sie ihm eigentlich unverzeihlich erschien, wie in der Verbindung mit der lächerlichen Person des Professors Lindner, von der ihm seine Schwester vieles verschwieg. Er spürte neben sich die Verschwiegenheit ihrer Körperwärme und erinnerte sich an eine leidenschaftliche Behauptung, die ungefähr den Sinn hatte, daß kein Mensch an sich selbst schön oder häßlich, gut oder schlecht, bedeutend oder geisttötend sei, sondern daß sein Wert immer davon abhänge, daß man an ihn glaube oder an ihm zweifle. Das war eine maßlose Bemerkung, voll Großmütigkeit, aber auch von Ungenauigkeit zersetzt, die allerhand Rückschlüsse zuließ; und die versteckte Frage, ob sie am Ende nicht gar auf diesen Ziegenbock der Gläubigkeit, diesen Mann Ld., zurückzuführen sei, von dem er so gut wie nichts als den Schatten kannte, ließ in dem schnellen unterirdischen Fluß seiner Gedanken eifersüchtig eine Welle aufschäumen. Als U. aber darüber nachdachte, wußte er sich nicht zu entsinnen, ob überhaupt Agathe diese Bemerkung getan hätte, oder nicht gar er selbst, und eines erschien ihm ebenso möglich wie das andere. Da zerfloß die Eifersuchtswelle in zärtlichen Schaum, wegen dieser Verwechselbarkeit über allen seelischen und körperlichen Unterschieden, und er hätte nun aussprechen mögen, was sein eigentlicher Vorbehalt gegen jede Glaubensbereitschaft war. Etwas zu glauben und an etwas zu glauben, sind seelische Zustände, die ihre Kraft einem anderen Zustand entnehmen und für sich verwenden oder auch verschwenden; aber dieser andere Zustand war nicht nur, wie es am nächsten lag, der feste des Wissens, sondern konnte, im Gegenteil, auch ein noch weniger stofflicher Zustand als das Glauben selbst sein: Und daß gerade in diese Richtung alles führe, was ihn und seine Schwester bewege, drängte Ulrich zur Aussprache; aber seine Gedanken waren noch weit von der Aussicht entfernt, sich dahin zu verbinden, und darum sprach er sich nicht aus, sondern wechselte lieber den Gegenstand, ehe er es tat.

Auch ein genialer Mensch trüge ja ein Maß in sich, das ihn zu dem Urteil ermächtigen könnte, es gehe in der Welt auf schier unerklärliche Weise alles so zurück wie vorwärts; aber wer ist ein solcher? Ulrich hatte ursprünglich nicht das mindeste Verlangen, darüber nachzudenken; aber die Frage hielt ihn fest, er wußte nicht warum.

«Man muß zwischen Genie als Art und als persönlichem Superlativ trennen» begann er u. hatte noch nicht den rechten Ausdruck gefunden. «Manchmal habe ich früher gedacht, daß es, als die einzigen wichtigen Menschenrassen, überhaupt nur die des Genies und die des Dummkopfs gebe, die sich nicht gut vermischen. Die Menschen der Genieart, oder die Genialen, müssen aber nicht schon ein Genie sein. Dieses, das bestaunte Genie, entsteht so recht erst an der Börse der Eitelkeiten; in seinen Glanz strahlen die Spiegel der umgebenden Dummheit; es ist immer mit etwas verbunden, das ihm noch ein Ansehen dazu gibt, wie Geld oder Auszeichnungen: mag sein Verdienst also wie immer groß sein, ist seine Erscheinung doch eigentlich die ausgestopfte Genialität –»

Agathe unterbrach ihn, neugierig auf das andere: «Gut, aber die Genialität selbst?»

«Wenn du aus dem ausgestopften Popanz herausziehst, was bloß Stroh ist, müßte sie wohl überbleiben» sagte Ulrich, besann sich aber und fügte mißtrauisch hinzu: «Ich werde nie recht wissen, was genial ist, und weiß auch nicht, wer das entscheiden sollte!»

«Ein Senat der Wissenden!» sagte Ag. lächelnd. Sie kannte ihres Bruders oft recht ideokratische Gesinnung, mit der er sie in manchem Gespräch geplagt hatte, und erinnerte ihn durch ihre Worte etwas scheinheilig an die berühmte, aber in zweitausend Jahren nicht befolgte Forderung der Philosophie, daß die Leitung der Welt einer Akademie der Weisesten anvertraut werden sollte.

U. nickte. «Das schreibt sich schon von Platon her. Und hätte es verwirklicht werden können, so wäre auf ihn an der Spitze des regierenden Geistes wahrscheinlich ein Platoniker gefolgt, und das so lange, bis eines Tages – Gott weiß warum – die Plotiniker für die wahren Philosophen gegolten hätten. So verhält es sich auch mit dem, was für genial gilt. Und was hätten die Plotiniker mit den Platonikern angefangen, und vorher diese mit ihnen, wenn nicht das, was jede Wahrheit mit dem Irrtum tut: ihn unerbittlich ausmerzen? Gott hat vorsichtig gehandelt, als er anordnete, daß aus einem Elefanten wieder nur ein Elefant hervorgeht, und aus einer Katze eine Katze: aus einem Philosophen geht aber ein Nachbeter und ein Gegenphilosoph hervor!»

«Also müßte Gott selbst entscheiden, was genial ist!» rief Ag. ungeduldig aus, nicht ohne einen leichten stolzen Graus bei dieser Vorstellung zu empfinden und sich deren voreiliger | kindlicher | Heftigkeit bewußt zu sein.

«Ich fürchte, daß es ihn langweilt!» sagte U. «Wenigstens den christlichen Gott. Er ist erpicht auf die Herzen, ohne zu achten, ob viel oder wenig Verstand bei ihnen ist. Übrigens glaube ich, daß die kirchliche Geringschätzung der bürgerlichen Genialität manches für sich hat!»

Agathe wartete etwas; dann erwiderte sie einfach: «Du hast früher anders gesprochen!»

«Ich könnte dir antworten, daß der heidnische Glaube, alle den Menschen bewegenden Ideen hätten zuvor im göttlichen Geiste geruht, sehr schön gewesen sein muß; aber daß es schwer ist, an göttliche Ausströmungen zu denken, seit sich unter dem, was uns viel bedeutet, Ideen befinden, die Schießbaumwolle oder Pneumatik heißen» entgegnete U. auf der Stelle. Dann schien er aber zu zaudern und des scherzenden Tons zu viel zu haben; und plötzlich gestand er seiner Schwester zu, was sie wissen wollte. Er sagte: «Ich habe immer, und fast von Natur, daran geglaubt, daß der Geist, weil man seine Macht in sich fühle, auch dazu verpflichte, ihm in der Welt Geltung zu verschaffen. Ich habe geglaubt, daß es sich nur lohne, bedeutend zu leben, und habe mir gewünscht, niemals etwas Gleichgültiges zu tun. Und was für die allgemeine Gesittung daraus folgt, mag hochmütig verzerrt aussehen, aber es ist unvermeidlich dies: Nur das Geniale ist erträglich, und die Durchschnittsmenschen müssen gepreßt werden, damit sie es hervorbringen oder gelten lassen! Mit tausend anderem vermischt, gehört etwas davon sogar zur allgemeinen Überzeugung: Es ist also wirklich beschämend für mich, dir die Antwort geben zu müssen, daß ich nie zu sagen gewußt hätte, was genial ist, und es auch jetzt nicht weiß, obgleich ich vor einigen Augenblicken erst unbefangen angedeutet habe, daß ich diese Eigenschaft weniger einem besonderen Menschen als einer menschlichen Artung zuschreiben möchte.»

Er schien es nicht so schlimm zu meinen, und Agathe hielt sorgsam das Gespräch im Gang, als er schwieg. «Kommt es dir nicht selbst leicht über die Lippen, von einem genialen Akrobaten zu sprechen?» fragte sie. «Es scheint also, daß heute gewöhnlich das Schwierige, Ungewöhnliche u. besonders Gelungene zu dem Begriff gehört.»

«Bei den Sängern hat es angefangen; und wenn einer, der höher singt als die übrigen, genial heißt, warum soll es nicht einer tun[?], der höher springt! Schließlich kommt man aber so auch zu der Genialität eines Vorstehhunds; und Männer, die sich von nichts einschüchtern lassen, halten sie sogar für gediegener als die des Mannes, der sich die Stimmbänder aus dem Hals ziehen kann. Offenbar ist da ein zweifacher Sprachgebrauch im unklaren; außer der Genialität des Gelingens, die sich auf alles zu erstrecken vermag, so daß auch der dümmste Witz ‹in seiner Art› genial sein kann, gibt es auch noch die Höhe, Würde oder Bedeutung dessen, was gelingt, also irgendeinen Genialitätsrang.» – Ein heiterer Ausdruck hatte den Ernst in U.'s Augen verdrängt, so daß Ag. nach der Fortsetzung fragte, die er zu verschweigen scheine.

«Mir fällt ein, daß ich die Frage Genie einmal mit unserem Freund Stumm erörtert habe» erzählte Ulrich. «Und er hat auf der Nützlichkeit bestanden, daß man einen militärischen und einen zivilen Begriff Genie unterscheide. Damit du ihn aber verstehst, muß ich dir vielleicht etwas aus der Kaiserlich und Königlichen Militärwelt erklären. Die Genietruppe – allein als Wortverbindung schon wunderbar! –» fuhr er fort – «dient zu Befestigungs- u. ähnlichen Arbeiten und besteht aus Soldaten und Unteroffizieren und aus Offizieren, die keine besondere Zukunft haben, es sei denn, daß sie einen ‹Höheren-Genie-Kurs› bestehen, wonach sie in den ‹Genie-Stab› gelangen. ‹Über dem Genie steht beim Militär also der Geniestäbler› sagt St. v. B. ‹Und ganz darüber natürlich noch der Generalstab, weil der überhaupt das Gescheiteste ist, was Gott getan hat›. So hat er mich, wenngleich er sich noch immer mit Genuß als Antimilitaristen bezeichnet, darauf zu bringen gesucht, daß der rechte Gebrauch von Genie schließlich noch beim Militär zu finden sein wird und gestaffelt ist, während allem Zivilgerede davon gerade eine solche Ordnung bedauerlicherweise mangle. Und wie er alles so verdreht, daß man der Wahrheit ordentlich auf den Grund sieht, täten wir gar nicht schlecht daran, uns an seinen Leitfaden zu halten!»

Was U. über die ungleichen Begriffe der Genialität dem folgen ließ, hatte es aber weniger auf die Höchststufe Genie abgesehen als auf die Grundform der Genialität oder des Bedeutenden, deren Zweifelhaftigkeit ihm verwirrender und schmerzlicher vorkam. Es schien ihm leichter zu sein, ein Urteil über das zu gewinnen, was überaus bedeutend sei, als über das Bedeutende schlechthin. Jenes ist bloß ein Schritt über etwas hinaus, dessen Wert schon unbestritten ist, also etwas, das immer in einer mehr oder weniger herkömmlichen Ordnung geistiger Werte begründet ist; dieses hingegen verlangt, den ersten Schritt in einen unbestimmten und unendlichen Raum zu tun, und das bietet fast keine Aussicht, daß sich triftig unterscheiden lasse, was bedeutend ist, u. was nicht. So ist es natürlich, daß sich der Sprachgebrauch lieber an die Genialität des Grades und Gelingens gehalten hat als an den Genialitätswert dessen, was gelingt; doch ist es auch verständlich, daß die entstandene Gewohnheit, jede schwer nachahmliche Geschicklichkeit genial zu nennen, mit einem schlechten Gewissen verbunden ist, und natürlich keinem anderen als dem einer eingegangenen Aufgabe und einer vergessenen Pflicht. Die Geschwister hatten scherzhaft-zufällig daran Anstoß genommen, sprachen aber ernst weiter. «Am deutlichsten wird das,» sagte U. zu seiner Schwester «wenn man, was fast nur durch Zufall geschieht, eines wenig beachteten äußeren Zeichens inne wird, nämlich der Gepflogenheit daß wir die Worte Genie u. genial verschieden aussprechen, und nicht so, als ob das zweite vom ersten käme.»

Wie es jedem ergeht, der auf eine unbeachtete Gewohnheit aufmerksam gemacht wird, verwunderte sich Ag. ein wenig.

«Ich habe damals, nach dem Gespräch mit St., im Grimm'schen Wörterbuch nachgelesen» entschuldigte sich U. «Das Militärwort Genie, der Geniesoldat also, ist natürlich, wie es viele militärische Ausdrücke getan haben, aus dem Französischen zu uns gekommen. Die Ingenieurkunst heißt dort Le génie; und damit hängt zusammen Géniecorps, Arme du génie, Ecole du génie, aber auch das englische Engine, das französische Engin und das italienische Ingenio macchina, das kunstvolle Werkzeug; die ganze Sippschaft aber geht auf das spätlateinische Genium und Ingenium zurück, Worte, deren hartes G auf der Wanderung zu einem weichen Sch wird, und deren Grundbedeutung die Geschicklichkeit und das Können ist –: eine Zusammenfassung, ähnlich der etwas alterssteifen Redensart ‹die Handwerke u. Künste›, mit der uns amtliche Inschriften und Schriften heute noch zuweilen beglücken. Von da ginge ein verrotteter Weg also auch zum genialen Fußballspieler, ja sogar zum genialen Stöberhund oder Sprungpferd, aber es wäre folgerichtig, dieses Genial so wie jenes Genie auszusprechen. Denn es gibt ein zweites Genie u. Genial, deren Bedeutung ebenfalls in allen Sprachen anzutreffen ist und nicht auf Genium zurückgeht, sondern auf Genius, auf das Mehr-als-Menschliche, oder wenigstens in Ehrfurcht auf Geist und Gemüt als das menschlich Höchste. Ich brauche wohl kaum noch zu sagen, daß diese beiden Bedeutungen allenthalben heillos verwechselt und vermischt worden sind, schon seit Jahrhunderten, und in der Sprache, wie im Leben, und nicht nur im Deutschen; aber bezeichnendermaßen da am meisten, so daß es besonders eine deutsche Angelegenheit zu nennen ist, das Geniale u. das Ingeniöse nicht auseinanderzuhalten. Überdies hat sie im Deutschen eine Geschichte, die mir an einer Stelle sehr nahegeht –»

Ag. war dieser ausgedehnten Erklärung gefolgt, wie es in solchen Fällen zu geschehen pflegt, ein wenig mißtrauisch und bereit, sich zu langweilen, aber auf eine Wendung wartend, die von dieser Unsicherheit befreit. «Möchtest du mich für einen Sprachnörgler halten, wenn ich dir vorschlüge, daß wir zwei fortab das Wort ‹genialisch› wieder in Gebrauch nehmen sollten?» fragte U.

Unwillkürlich deuteten ein Lächeln u. eine Kopfbewegung seiner Schwester ihr Widerstreben gegen das veraltete Wort an, das ein Zeitgenosse von theatralisch, infernalisch, physikalisch und moralisch ist, aber mit sentimentalisch, idealisch, kolossalisch, kollegialisch und anderen aus dem Gebrauch gekommen ist und dem nun ein Geruch von alten Truhen u. Trachten anhaftet.

«Es ist ein veraltetes Wort,» gab U. zu «aber es war ein guter Augenblick, da es gebraucht wurde! Und wie gesagt, habe ich doch darüber nachgelesen; und wenn es dich nicht stört, daß wir auf der Gasse sind, will ich noch einmal nachsehn, was ich dir darüber zu sagen vermag!» Er zog lächelnd einen Zettel aus der Tasche und entzifferte einzelne mit Bleistift beschriebene Stellen. «Goethe» verkündete er: «‹Hier sah ich Reue und Buße bis zur Karrikatur getrieben, und wie alle Leidenschaft das Genie ersetzt, wirklich genialisch.› An einem andern Ort: ‹Ihre genialische Ruhe war mir oft in glänzender Begeisterung entgegengekommen›. – Wieland: ‹Die Frucht genialischer Stunden›; Hölderlin: ‹Die Griechen sind immer noch ein schönes, genialisches u. frohes Volk›. Und ein ähnliches Genialisch findest du noch bei Schleiermacher in seinen jüngeren Jahren. Aber schon bei Immermann hast du die Worte: ‹Geniale Wirtschaft› und ‹Geniale Lüderlichkeit›. Da hast du also diese beschämende Wendung des Begriffs zum Kesselflickerhaft-Schlampigen, als was genialisch heute noch meist mit Spott verstanden wird.» Er drehte den Zettel hin und her, steckte ihn wieder ein und nahm ihn nochmals zu Hilfe. «Aber die Vorgeschichte und Vorursache findet sich schon früher» trug er nach. «Bereits Kant tadelt ‹den Modeton einer geniemäßigen Freiheit im Denken› und spricht ärgerlich von ‹Geniemännern› und ‹Genieaffen›. Es ist ein ansehnliches Stück deutscher Geistesgeschichte, das ihn so ärgert. Denn sowohl vor ihm als auch bezeichnendermaßen nicht minder nach ihm ist in Deutschland teils mit Schwärmerei, teils mit Mißbilligung von ‹Geniedrang›, ‹Geniefieber›, ‹Geniesturm›, ‹Geniesprüngen›, ‹Genierufen› und ‹Geniegeschrei› gesprochen worden, und sogar die Philosophie hatte nicht immer saubere Fingernägel, und am wenigsten dann, wenn sie glaubte, sich die unabhängige Wahrheit aus den Fingern saugen zu können.»

«Und wie bestimmt Kant, was ein Genie ist?» fragte Ag., die mit seinem berühmten Namen bloß die Erinnerung verband, gehört zu haben, daß er alles übersteige.

«Er hat am Wesen des Genies das Schöpferische und die Originalität, den ‹Originalgeist› hervorgehoben, womit er denn bis auf den heutigen Tag vom größten Einfluß verblieben ist.» erwiderte U. «Goethe lehnte sich später wohl an ihn an, als er sogar das Genialische mit den Worten ‹viele Gegenstände gegenwärtig haben und die entferntesten leicht aufeinander beziehen. Dies frei von Selbstischkeit und Selbstgefälligkeit› beschrieb. Aber das ist eine Auffassung, die es sehr auf die Verstandesleistung abgesehen hat und zu der etwas turnerhaften Vorstellung vom Genialen führt, der wir erlegen sind.»

Agathe fragte ungläubig lachend «Weißt du also jetzt, was Genie u. genial u. genialisch ist?»

U. nahm den Spott achselzuckend hin. «Immerhin haben wir erfahren, daß unter Deutschen, wenn sich schon nicht der strenge Kantische ‹Originalgeist› zeigt, auch ein verstiegenes und auffallendes Benehmen als genial empfunden wird» meinte er.

49

Gn. v. Stumm über die Genialität

Das von Ulrich erwähnte Gespräch mit Stumm hatte bei einer zufälligen Begegnung stattgefunden und nicht lange gedauert. Der General schien Sorgen zu haben, sprach sich aber nicht darüber aus, sondern begann über den Unfug zu schimpfen, daß es im Zivil so viele Genies gebe. «Was ist das eigentlich, ein Genie?» fragte er. «Einen General hat noch niemand ein Genie genannt!»

«Napoleon ausgenommen» warf U. ein.

«Ihn vielleicht» gab St. zu «Aber das geschieht wahrscheinlich mehr deshalb, weil sein ganzer Werdegang paradox ist!»

Darauf hatte U. keine Antwort zu geben gewußt.

«Bei deiner Kusine habe ich viel Gelegenheit gehabt, solche Leute kennen zu lernen, die man als Genies bezeichnet» erklärte Stumm nachdenklich und fuhr fort: «Ich glaube, daß ich dir sagen kann, was ein Genie ist: Das ist nicht nur einer, der großen Erfolg hat, sondern er muß seine Sache gewissermaßen auch verkehrt anfangen!» Und Stumm führte es sogleich an den großen Beispielen der Psychoanalyse und der Relativitätstheorie aus:

«Daß man etwas nicht gewußt hat, hat es auch früher oft gegeben» begann er in seiner Art «aber man hat sich eben demzufolge auch nichts dabei gedacht, und wenn das nicht gerade bei einer Prüfung geschehen ist, hat es auch niemand geschadet. Mit einemmal hat man aber das sogenannte Unbewußte daraus gemacht, und jetzt hat jeder so viel Unbewußtes, wie er nicht weiß, und es gilt als viel wichtiger, zu wissen, warum man etwas nicht weiß, als was man nicht weiß! Das hat, wie man sagt, menschlich das Unterste zu oberst gekehrt; und ist wahrscheinlich auch viel einfacher.»

Da U. die Wirkung noch vermissen ließ, fuhr St. fort:

«Der Mann, der das erfunden hat, hat aber auch das folgende Gesetz aufgestellt: Du erinnerst dich, daß man früher beim Regiment den jüngeren Herren, wenn sie untereinander zuviel Saubarteleien geredet haben, mit den Worten abgewinkt hat: ‹Das sagt man nicht, das tut man bloß!› Und was ist das Gegenteil davon? Irgendwie doch die Aufforderung: Wenn du, weil du ein zivilisierter Mensch bist, nicht tun kannst, was du möchtest, so sprich wenigstens mit einem gelehrten Mann darüber; der überzeugt dich nämlich, daß alles, was es gibt, auf etwas beruht, das es nicht geben soll! Ich mag das natürlich nicht wissenschaftlich beurteilen, aber jedenfalls sieht man auch an diesem Beispiel, daß die neuen Regeln senkrecht die Umkehrung von denen sind, die vor ihnen gegolten haben, und der Mann, der sie eingeführt hat, gilt heute für ein ganz großes Genie!»

Da U. anscheinend noch immer nicht überzeugt war, und Stumm sich selbst noch nicht am Ziele fühlte, wiederholte er seine Beweisführung an der «Relativitätstheorie» so, wie diese sich ihm darstellte: «Du hast doch gleich mir auch in der Schule gelernt, daß alles, was sich bewegt, in ‹Raum und Zeit› geschieht» war der Ausgangspunkt seines Denkens. «Aber wie steht es damit in der Praxis? Erlaube, daß ich etwas ganz Gewöhnliches sage: Du sollst mit der Tête deiner Eskadron um so und soviel Uhr an einem auf der Karte bestimmten Punkt gestellt sein. Oder du sollst deine Reiter aus einer Aufstellung auf Kommando in eine neue Front bringen, die schief zu allem steht, was es an geraden Linien auf dem Exerzierplatz gibt: Es geschieht in Raum und Zeit; aber es gelingt nie ohne Zwischenfall und stimmt nie so, wie du es haben willst. Ich wenigstens habe hundert Rüffel dafür bekommen, solange ich bei der Truppe war, ich sage es aufrichtig. Auch hat es mir schon in der Schule sozusagen immer widerstanden, wenn ich an der Tafel die Aufgabe gehabt habe, eine mechanische Bewegung in Raum und Zeit auszurechnen. Darum habe ich es sofort als einen wirklich genialen Einfall begriffen, als ich davon gehört habe, daß einer endlich herausgefunden hat, daß Raum und Zeit sehr relative Begriffe sind, die sich augenblicklich mitverändern, wenn ernsthaft Gebrauch von ihnen gemacht wird, obwohl sie seit Erschaffung der Welt für das Festeste vom Festen gegolten haben. Deshalb ist dieser Mann, auch meiner Ansicht nach mit Recht, mindestens ebenso berühmt wie der andere. Aber auch von ihm kann man sagen, daß er das Pferd beim Schwanz aufgezäumt hat, was also, wenigstens heute, fast so etwas wie die fixe erste Idee eines Genies zu sein scheint! Und das ist es, was ich dir zu erkennen geben möchte, wenn du auf meine Erfahrung Wert legen solltest» schloß Stumm.

Ulrich, in seiner Schwäche für ihn, hatte zugegeben, daß die wesentlichsten wissenschaftlichen Lehren der Gegenwart einen Zug ins Grelle erkennen ließen, oder zumindest keine Scheu davor zeigten. Es mochte nicht viel bedeuten; aber wenn man mag, läßt sich darin auch ein Zeichen sehen. Ungescheute Auffälligkeit, eine Vorneigung für das Paradoxe, Ehrgeiz auf eigene Faust, Überraschung und Umstimmung des Ganzen auf widerspruchsvolle, vorher kaum beachtete Einzelheiten gehörten unzweifelhaft seit einiger Zeit zum guten Ton des Denkens, denn sie hatten sich mit großen Erfolgen gerade auf solchen Gebieten zu krönen begonnen, wo man es nicht erwartet hätte und an die sichere Verwaltung und Vermehrung eines großen geistigen Besitzes gewohnt war.

«Aber warum denn?» fragte Stumm. «Wie ist denn das gekommen?»

Ulrich zuckte die Achseln. Er entsann sich der verlassenen eigenen Wissenschaft, der Aufrollung ihrer Grundfragen, ihrer Aufspeilung in eine Überprüfung der Logik. Anderen Wissenschaften erging es nicht viel anders; sie fühlten ihr Gebäude durch Entdeckungen erschüttert, die sich schwer darin unterbringen ließen. Das war Schickung und Gewalt der Wahrheit. Trotzdem schien sich aber auch von einem Überdruß an dem alltäglichen, nie stillstehenden Fortschritt sprechen zu lassen, dem bisher durch die längste Zeit, im Lärm aller Gesinnungen, der stille eigentliche Glaube gegolten hatte. Ein leichter Zweifel an der Richtigkeit des baren, genauen Schritt vor Schritt Setzens war wohl auf keinem Gebiet zu leugnen. Auch das mochte eine Ursache sein. Schließlich gab U. die Antwort: «Es ist vielleicht einfach das gleiche wie wenn man müde wird; màn braucht einen Ausblick, der erfrischt, oder einen Stoß, der in die Beine fährt.»

«Warum setzt man sich denn nicht lieber nieder?» fragte Stumm.

«Ich weiß es nicht. Jedenfalls zieht man es nach längerem ruhigen Gedeihen des Geistes vor, mit dem Umsturz zu liebäugeln. So etwas scheint sich vorzubereiten. Erinnere dich zum Vergleich vielleicht an die überhandnehmende Sprunghaftigkeit in den Künsten. Vom Politischen verstehe ich wenig: Aber vielleicht wird man einmal sagen können, daß sich in dieser Ungeduld des Geistes schon eine Revolution angedeutet hat.»

«Pfui Teufel!» rief Stumm aus, der sich bei Künsten u. revolutionärer Unruhe an die Eindrücke in D's. Haus erinnerte

«Vielleicht nur als Übergang zu einer späteren neuen Stetigkeit!» beschwichtigte ihn U.

Das war St. gleichgültig. «Ich habe D's. Gesellschaften seit der taktlosen Geschichte gemieden, die in Anwesenheit des Kriegsministers vorgefallen ist» erzählte er. «Versteh mich recht, gegen die schon fixierten Genies, von denen wir bis jetzt gesprochen haben, möchte ich ja gar nichts einwenden; höchstens, daß es mir übertrieben erscheint, wie man sie verehrt. Aber auf all dieses andere Gesindel habe ich es scharf!» Und nach einem kurzen, aber anscheinend bitteren Augenblick überwand er sich zu der Frage: «Sag mir aufrichtig, ist Genialität denn wirklich ein solcher Wert?»

Ulrich mußte lächeln, und unerachtet dessen, was er zuvor gesagt hatte, hob er jetzt die ungeheure – er nannte sie sogar die feenglatte – Erlösung hervor, als die man die Lösung einer jeden Aufgabe empfange, an der sich schon die begabtesten, ja bedeutendsten Fachleute vergeblich abgemüht hätten. Genie sei der einzige unbedingte menschliche Wert, es sei der menschliche Wert schlechthin, sagte er. Ohne Einmischung der Genialität gäbe es nicht einmal die Tiergruppe der höheren Affen. In seinem Eifer rühmte er also heftig sogar die Genialität, die er später bloß die des Grades und der Geschicklichkeit nennen sollte, insofern als sie es nicht auch im Grundwesen sei.

Stumm nickte gesättigt. «Ich weiß: Die Erfindung des Feuers und des Rades, des Pulvers, und der Buchdruckerkunst, und so weiter! Kurz gesagt: Vom Einbaum zum Einstein!» Doch nachdem er sein Verständnis bezeugt hatte, fuhr er fort: «Jetzt werde ich dir aber auch etwas sagen, und zwar ist es aus den Gesprächen bei Diotima: ‹Vom Sophokles zum Feuermaul!› Denn das hat dort einmal ganz im Ernst so ein junger Aff ausgerufen!»

«Was ist dir denn an Sophokles nicht recht?»

«Ah!! Von dem weiß ich doch nichts. Aber Feuermaul! Und da sagst du, Genie wäre ein unbedingter Wert!»

«Die Berührung des Genies ist der einzige Augenblick, wo der häßliche und verstockte Götterschüler Mensch schön und aufrichtig ist!» steigerte sich Ulrich. «Ich habe aber nicht gesagt, daß sich leicht entscheiden läßt, was Genie sei, und was bloß Einbildung. Ich sage bloß, wo immer wirklich ein neuer Wert ins menschliche Spiel kommt, steht Genialität dahinter!»

«Wie kann man denn wissen, ob etwas ‹wirklich ein neuer Wert› ist?»

U. zögerte lächelnd.

«Und dann überhaupt, ob der Wert auch wirklich etwas wert ist!» fügte St. mit bekümmerter Neugierde hinzu.

«Man spürt es oft auf den ersten Blick» meinte U.

«Ich habe mir sagen lassen, daß man sich auch schon auf den ersten Blick geirrt haben soll!» –

Der Wortwechsel stockte. Stumm bereitete vielleicht eine gründliche neue Frage vor.

U. sagte: «Du hörst die ersten Takte von Bach oder Mozart; du liest eine Seite von Goethe oder Corneille: und weißt, daß du die Genialität berührt hast!»

«Bei Mozart u. Goethe vielleicht, weil ich es da schon weiß; aber nicht bei einem Unbekannten!» verwahrte sich der General.

«Glaubst du, daß es dich auch als jungen Menschen nicht elektrisiert hätte? Der Enthusiasmus der Jugend ist doch an sich selbst mit dem Genialen verwandt!»

«Warum ‹an sich selbst›? Aber, wenn ich durchaus antworten muß: Eine Operndiva hat mich wahrscheinlich begeistern können. Und auch für Alexander den Großen, Cäsar u. Napoleon habe ich einmal geschwärmt. Hingegen an sich selbst ist mir irgendein Schriftsteller oder Tonmaler immer ganz gleichgültig gewesen!»

Ulrich trat den Rückzug an, wiewohl er fühlte, eine rechte Sache bloß schief angefaßt zu haben. «Ich habe sagen wollen, daß der sich geistig entwickelnde junge Mensch das Geniale errät wie ein Zugvogel die Richtung. Aber wahrscheinlich wäre das eine Verwechslung. Denn er ist dem Bedeutenden nur in beschränktestem Umfang zugänglich. Er hat keinen besonderen Sinn für das Bedeutende, sondern nur einen für das, was ihn aufrührt. Er sucht nicht einmal das Geniale, sondern sucht sich selbst und das, was geeignet ist, den Umrissen seiner Vorurteile Gehalt zu geben. Was ihn anspricht,» erklärte er «ist seinesgleichen, in aller Undeutlichkeit, die dem genügt. Es ist ungefähr das, was er selbst sein zu können glaubt, und bedeutet für seine Erziehung das gleiche wie der Spiegel, worin er sich gerne, aber durchaus nicht bloß aus Eitelkeit betrachtet. Darum ist auch nichts weniger zu erwarten, als daß gerade geniale Werke diese Wirkung auf ihn ausübten; gewöhnlich sind es die zeitgemäßen, und unter ihnen mehr die an Stimmungen rührenden als die geistig klar geformten, wie er doch auch lieber als die getreuen, die Spiegel hat, die sein Gesicht verschmälern oder seine Schultern breit machen . . .»

«So kann es wohl sein» pflichtete Stumm nachdenklich bei. «Glaubst du aber, daß der Mensch später gescheiter wird?»

«Ohne Zweifel ist der gereifte Mensch fähig und geübt, das Bedeutende in größerem Ausmaß zu erkennen; aber seine gereiften eigenen Zwecke und Kräfte zwingen ihn auch, vieles von sich auszuschließen. Er lehnt nicht aus Unverständnis ab, aber er läßt mehr beiseite!»

«So ist es!» rief St. erleichtert aus. «Er ist nicht so beschränkt wie ein junger Mensch; aber ich möchte sagen, er ist bornierter! Und das ist auch notwendig. Wenn unsereiner mit unreifen jungen Leuten verkehrt, wie sie deine Kusine begünstigt, muß er, weiß Gott, abgehärtet sein und die Überlegenheit haben, die Hälfte von dem, was sie sagen, gar nicht zu verstehn!»

«Man könnte wohl auch Kritik üben!»

«Aber deine Kusine sagt: das sind Genie's! Wie beweist man das Gegenteil?»

Ulrich wäre nicht abgeneigt gewesen, auch auf diese Frage einzugehen. «Ein Genie ist einer, der dort, wo viele vergeblich eine Lösung suchen, diese findet, indem er etwas tut, worauf keiner vor ihm verfallen ist» definierte er, um aus eigener Neugierde endlich weiterzukommen.

Aber Stumm bedankte sich: «Ich kann mich ja an die Tatsachen selbst halten» bemerkte er. «Bei Frau von Tuzzi habe ich genug Kritiker und Professoren in Person kennen gelernt, und jedesmal wenn eines von den Genies, die das Leben oder die Kunst verbessern, gar zu sonderbare Behauptungen aufgestellt hat, habe ich sie vorsichtig um Rat gebeten.»

U. ließ sich ablenken. «Und welche Erfahrung hast du gemacht?»

«Oh, sie sind immer sehr respektvoll zu mir gewesen und haben gesagt: ‹Das wäre nichts für Sie, Herr General!› Natürlich ist das vielleicht auch eine Art Arroganz von ihnen; denn obzwar sie alle neuen Künstler geradezu ängstlich loben, scheinen sie nichtsdestoweniger darauf eingebildet zu sein, daß die, in ihren eigenen Behauptungen, einander gefährlich widersprechen, ja, selbst so etwas wie eine blinde Wut aufeinander haben und summa summarum vielleicht nicht wissen, was sie tun!»

«Und hast du auch erfahren, wie die Geister, die den Sonnenstich haben und von Diotima mit Lorbeer gekühlt werden, über die Kritiker und Professoren denken, sofern diese sie nicht loben?» fragte Ulrich. «Als ob sie es wären, die diese Verstandesbestien mit ihrem Fleisch fütterten; und die es wären, so von der ganzen Menschlichkeit bloß einen Streit um Knochen übrig lassen!»

«Du hast sie gut beobachtet!» pflichtete Stumm als vergnügter Kenner bei.

«Aber wie erkennst du schließlich, wo so viel Widerspruch ist, ob du dich wirklich nach einem ‹Genie› erkundigt hast, oder nicht?» fragte U. folgerichtig.

Stumm gab darauf keine zwingende, aber wohl eine aufrichtige Antwort: «Es wird einem am Ende wurst!» meinte er.

U. sah ihn schweigend an. Wollte er bloß ein Rückzugsgefecht führen und sich den Fragen entziehen, die schwieriger waren, als es den Umständen entsprach, so war es ein Fehler, daß er diesen Augenblick nicht dazu benutzte, «sich vom Gegner zu lösen», wie es die richtige Taktik wäre. Aber er wußte selbst nicht, was seine Laune war. So sagte er schließlich: «Durch nichts haben die falschen Genies soviel Glück bei der Masse gewonnen wie durch das Unverständnis, das gewöhnlich die echten, und nach ihrem Beispiel gar die halb echten für einander haben; erst recht können aber nicht die Lampenputzer den Prometheus bürsten!» Stumm sah bei dieser Schlußziehung ebenso verständnislos wie verständnisinnig zu ihm auf. «Du mußt mich recht verstehen» trug er vorsichtig nach. «Erinnere dich an den Eifer, womit ich für Diotima eine große Idee gesucht habe. Ich weiß, was Geistesadel ist. Ich bin auch nicht der Graf Leinsdorf, für den das schließlich doch immer eine Art Kleinadel bleibt. Vorhin hast du zum Beispiel ganz hervorragend definiert, was ein Genie ist. Wie war das? Es findet eine Lösung, indem es etwas tut, worauf noch keiner verfallen ist! Eigentlich sagt das sogar das gleiche, wie ich auch gesagt habe: das erste ist, daß ein Genie seine Sache verkehrt anfangt. Aber Geistesadel ist das noch nicht! Und warum ist es nicht Geistesadel? Weil der übliche Leitstern des Zeitalters ohnehin der ist, daß unter allen Umständen etwas Bedeutendes geschehen muß; aber ob man das Genialität heißt, oder Geistesadel, Fortschritt oder, wie man jetzt auch oft sagen hört, Rekord, ist dem Zeitalter eben weniger wichtig!»

«Aber warum hast du dann von Geistesadel gesprochen?» half Ulrich ungeduldig nach.

«Das kann ich eben darum nicht so genau wissen!» verteidigte sich Stumm. «Übrigens,» fuhr er, angeregt nachdenkend, fort «vielleicht könnte man ja quasi sagen, daß ein Geistesadel besonders auch den Charakter nicht in Ruh lassen darf. Da habe ich doch recht?»

«So ist es!» munterte ihn Ulrich auf, der übrigens ganz nebenbei in diesem Augenblick zum erstenmal daran gemahnt worden, auf einen Unterschied wie den zwischen Genius und Genium achtzuhaben.

«Ja» wiederholte Stumm nachdenklich. Und dann fragte er: «Aber was ist der Charakter? Ist es das, was einem Mann zu den Ideen verhilft, die ihn auszeichnen; oder ist es das, was ihm solche Ideen verbietet? Denn ein charaktervoller Mann, der schwalbelt nicht viel herum!»

Ulrich zog es vor, die Achseln zu zucken und zu lächeln.

«Wahrscheinlich hängt das mit dem zusammen, was man *große* Ideen zu nennen pflegt. Und dann wäre Geistesadel nichts anderes als der Besitz großer Ideen» fuhr Stumm zweifelnd fort. «Aber woran erkennt man, ob eine Idee groß ist? Es gibt so viele Genies, in jeder Branche zumindest ein paar; es gehört sogar entschieden zu unserer Zeit, daß sie zu viele Genies hat: wie soll man da ein jedes verstehen und keines übersehen!» Die schmerzliche Vertrautheit mit der Frage nach einer ganz großen Idee hatte ihn wieder auf die Anteilnahme am Genie zurückgeführt.

Ulrich zuckte noch einmal die Achseln.

«Es gibt allerdings Leute, und i h habe solche kennen gelernt,» meinte Stumm «die sich nicht die kleinste Genialität entgehen lassen, von der irgendwo zu hören ist!»

Ulrich erwiderte: «Das sind Snobs u. geistige Vornehmtuer.»

Der General: «Aber auch Diotima ist einer von diesen Menschen.»

Ulrich: «Trotzdem. Ein Mensch, in den sich alles stopfen läßt, was er findet, muß ohne eigene Form gebaut sein wie ein Sack.»

«Es ist richtig,» erwiderte der General etwas vorwurfsvoll «daß du von D. schon oft gesagt hast, daß sie ein Snob ist. Und auch von Arnheim hast du es manchmal gesagt. Ich habe mir darum unter einem Snob eigentlich etwas sehr Anregendes vorgestellt! Ich habe mir sogar ehrlich Mühe gegeben, einer zu sein und mir nichts entgehen zu lassen. Und es fällt mir schwer zu hören, daß du plötzlich sagst, nicht einmal auf einen Snob ist Verlaß, daß er das Geniale begreift. Du hast nämlich schon vorher gesagt, die Jugend verbürgt es nicht und das Alter auch nicht. Und dann haben wir erhoben, daß es die Genies nicht tun und die Kritischen erst recht nicht. Ja, da müßte es ja von selbst kommen, daß sich am Ende die Genialität allen zu erkennen gibt!»

«Mit der Zeit kommt es!» beschwichtigte ihn Ulrich lachend. «Die meisten Menschen glauben, daß die Zeit ganz natürlich das Bedeutende hervorkehrt.»

«Ja, auch das hört man. Aber erklär es mir, wenn du kannst!» bat Stumm ungeduldig. «Ich kann verstehen, daß man mit fünfzig Jahren gescheiter ist als mit zwanzig. Aber um acht Uhr abends bin ich nicht gescheiter als um acht Uhr morgens; und daß man mit 1914 | in Worten! | Jahren gescheiter sein soll als mit achtzehnhundertvierzehn, vermag ich auch nicht einzusehen!» – Dadurch kam es, daß sie noch ein wenig das schwierige Kapitel der Genialität abhandelten, das einzige nach Ulrichs Meinung, das die Menschheit rechtfertigt; aber zugleich das aufregendste und beschämendste, weil man nie weiß, ob man Genialität vor sich hat oder eine ihrer halb entgeisteten Nachahmungen. Woran ist sie zu unterscheiden? Wie erbt sie sich fort? Könnte sie sich höher entwickeln, wenn sie nicht beständig gehindert würde? Ist sie überhaupt, wie Stumm gefragt hatte, so sehr zu wünschen? Das waren Fragen, die für St. zur Schönheit des Zivilen und zu deren schändlicher Unordnung gehörten, dagegen von Ulrich nun mit einer Wetterkunde verglichen wurden, die nicht bloß nicht wüßte, ob es morgen schön sein werde, sondern auch nicht, ob es gestern schön gewesen sei. Denn das Urteil darüber, was genial gewesen sei, wechselt mit dem Geist der Zeiten, gesetzt, daß überhaupt danach gefragt werde, was durchaus nicht schlechthin das Zeichen der Größe der Seele und des Geistes sein muß.

Solche Rätsel wären es wohl wert gelöst zu werden, und darum geschah es in diesem Teil des Gesprächs, daß Stumm schließlich nach einigem Kopfschütteln seine Betrachtung über den Geniestab zum besten gab, von der Ulrich später seiner Schwester erzählte. Diese Erklärung | Behauptung, Andeutung |, daß das Genie noch eines Geniestabs bedürfe, erinnerte übrigens ein wenig peinlich an das, was Ulrich selbst halb mit Ironie als das Generalsekretariat der Genauigkeit und der Seele bezeichnete, und Stumm verabsäumte auch nicht, ihn daran zu mahnen, daß er zuletzt in seiner eigenen und Graf Leinsdorffs Gegenwart während der unglücklichen Gesellschaft bei Diotima davon gesprochen habe. «Du hast damals etwas sehr Ähnliches gefordert» hielt er ihm vor Augen «und wenn ich mich nicht irre, ist es ein Büro für die Genialitäten und den Geistesadel gewesen.» Ulrich nickte schweigsam. «Denn der Geistesadel» fuhr Stumm fort «wäre ja schließlich doch das, was den gewöhnlichen Genies fehlt. Ganz gleich, was man unter ihm versteht: Unsere Genies sind Genies, nichts darüber hinaus, lauter Spezialisten! Habe ich recht? Ich kann sehr gut verstehen, daß viele Leute sagen: es gibt heute überhaupt kein Genie!»

Ulrich nickte wieder. Es trat eine Pause ein.

«Aber eins möchte ich wissen» fragte Stumm mit dem Anflug von Eigensinn, der einem ratlos zurückkehrenden Gedanken anhaftet: «Ist es dann ein Vorwurf oder eine Auszeichnung, daß die Menschen von keinem General sagen: er ist ein Genie?»

«Beides.»

«Beides? Warum gleich beides!»

«Ich weiß es wirklich nicht.»

Stumm stutzte, aber nachdem er es sich überlegt hatte, meinte er: «Das sagst du ausgezeichnet! Ein Offizier ist nämlich beim Volk beliebt, sofern es nicht verhetzt ist; und er lernt das Volk kennen: dieses macht sich nichts aus Genies! Bis er aber General wird, muß er ein Spezialist sein, und wenn er selbst ein Spezialgenie ist, fällt er dann unter die Kategorie, daß es kein Genie gibt. Er kommt also, wie ich ausführlicher sagen möchte, gar nicht an den Punkt, wo es angebracht wäre, dieses fadiose Wort zu gebrauchen. Weißt du übrigens, daß ich neulich etwas wirklich Gescheites gehört habe? Ich war bei deiner Kusine, ganz im intimen Kreis, obwohl der Arnheim verreist ist, und wir sprechen von geistigen Fragen. Da stoßt mich einer an und klärt mich leise über ihn auf: ‹Das *ist* ein Genie› sagt er. ‹Mehr als alle andern. Ein *universaler* Spezialist!› Warum schweigst du?» – Ulrich fand nichts zu sagen. – «Die Möglichkeit, die in dieser Auffassung liegt, hat mich überrascht. Übrigens bist doch gerade du auch

so eine Art universaler Spezialist. Du solltest deshalb den Ah. nicht so
vernachlässigen; denn am Ende empfängt dann die Parallelaktion noch
von ihm eine rettende Idee, und das könnte gefährlich sein! Ich möchte
es immer noch viel lieber sehen, wenn sie von dir käme!»

Und obwohl St. (zuletzt) beiweitem mehr als U. gesprochen hatte,
verabschiedete er sich mit den Worten: «Es ist mir wie immer ein
Genuß gewesen, mit dir zu reden, denn du verstehst das alles de facto
viel besser als andere!»

50

Genialität als Frage

Ulrich hatte also dieses Gespräch seiner Schwester erzählt.

Und schon zuvor hatte er von Schwierigkeiten gesprochen, mit
denen der Begriff der Genialität verknüpft ist. Was verleitete ihn
dazu? Er wollte sich weder für ein Genie ausgeben noch sich höflich
nach den Bedingungen erkundigen, unter denen man es werden
könnte. Im Gegenteil, er war eher davon überzeugt, daß der gewaltige zu seiner Zeit für den Ruf der Genialität verbrauchte Ehrgeiz kein Ausdruck der Geistes- und Seelengröße sei, sondern bloß
der eines Mißverhältnisses. Aber wie sich alle Lebensfragen der Gegenwart schier in ein undurchdringliches Dickicht verstrüppen, so tun
es auch die um das Geniale bestehenden; was teils die Gedanken einzudringen verlockte, teils an den Schwierigkeiten hängen bleiben ließ.

Ulrich war nach Beendigung seiner Erzählung sogleich wieder
darauf zurückgekommen. Sicherlich muß, was genial ist, zumal bedeutend sein; denn genial ist die unter besonders auszeichnenden Umständen entstehende bedeutende Leistung, aber bedeutend ist nicht
nur das geringere, sondern auch das allgemeinere. So war zuerst
wieder nach diesem Begriff zu fragen. Schon die Worte Bedeutung
und Bedeutend sind, wie alle, die viel benutzt werden, mehrsinnig.
Einesteils sind sie mit den Begriffen des Denkens und Erkennens verbunden. Etwas bedeute etwas oder habe diese Bedeutung, besagt, daß
es darauf hinweise, es zu verstehen gebe, anzeige, in bestimmten
Fällen oder gar schlechthin zu vertreten vermöge, daß es das gleiche
sei wie etwas anderes oder unter den gleichen Begriff falle und als
das andere zu erkennen und aufzufassen sei. Allemal ist das eine vom
Verstand erfaßbare und sein Wesen angehende Beziehung; und natürlich kann auf diese Art alles und jedes etwas bedeuten, wie es denn
auch bedeutet werden kann. Andernteils gibt es das Wort Etwas bedeuten aber auch in dem Gebrauch, daß etwas Bedeutung habe oder

von Bedeutung sei. Auch in diesem Sinn ist nichts davon ausgeschlossen. Nicht nur ein Gedanke kann bedeutend sein, sondern auch eine Tat, ein Werk, eine Persönlichkeit, eine Stellung, eine Tugend, und selbst eine einzelne Gemütseigenschaft. Der Unterschied gegen das andere Bedeuten ist dann der, daß dem Bedeutenden noch besonders ein Rang und Wert zugeschrieben wird. Etwas sei bedeutend, heißt in diesem Sinn, es sei bedeutender als anderes, oder schlechthin, es sei ungewöhnlich bedeutend. Wonach wird das entschieden? Die Zuschreibung gibt zu verstehen, daß es einer Hierarchie angehört, einer angestrebten Ordnung geistiger Gewalten; möge auch das erreichbare Maß der Ordnung in vielem so unzuverlässig sein, wie es in manchem streng ist. Gibt es diese Hierarchie?

Sie ist der menschliche Geist selbst; und zwar nicht als Naturbegriff, sondern als der objektive Geist genannt wird.

Agathe fragte, was man darunter verstehe; es sei ein Begriff, womit Menschen, die wissenschaftlicher gebildet seien als sie, so herumwürfen, daß sie jedesmal den Kopf in die Schultern stecke.

Ulrich tat es ihr beinahe nach. Das Wort war ihm übermäßig geläufig. Es wurde in wissenschaftlichen und halbwissenschaftlichen Auseinandersetzungen damals so viel verwendet, daß es sich schier um sich selbst drehte. «Du lieber Himmel! du fängst an, gründlich zu werden!» erwiderte er. Ihm selbst war der Ausdruck eigentlich unbedacht über die Lippen geschlüpft.

Gewöhnlich versteht man unter objektivem Geist die Werke des Geistes, seinen durch die verschiedensten Zeichen verhältnismäßig beständig niedergelegten Anteil an der Welt, im Gegensatz zum subjektiven Geist als persönlicher Eigenschaft und persönlichem Erlebnis; oder man verstand, was nicht ganz vom ersten zu trennen war, den gültigen Geist darunter, den bewährbaren und wertbeständigen, im Gegensatz zu den Eingebungen der Laune und des Irrtums. Das berührte zwei Gegensätze, deren Bedeutung für Ulrichs Leben durchaus nicht bloß lehrhaft geblieben, sondern – was er wohl wußte und auch oft genug ausgesprochen hatte – höchst reizvoll-sorgenvoll geworden war. Was er gemeint hatte, hatte darum von beidem etwas.

Vielleicht hätte er seiner Schwester auch sagen können, daß man unter objektivem Geist alles verstehe, was der Mensch gedacht, geträumt und gewollt hat; es dabei aber nicht als Teile eines seelischen, geschichtlichen oder anderen zeitlich-wirklichen Ablaufs ansehe, und gewiß auch nicht als etwas Geistig-Übersinnliches, sondern lediglich an sich selbst, nach seinem eigensten Gehalt und Zusammenhang. Auch was scheinbar dem widerspräche, am Ende aber das gleiche ist, hätte er sagen können, daß man es unter Vorbehalt aller Zusammenhänge und Ordnungen betrachte, deren es überhaupt fähig sei. Denn was etwas an und für sich bedeute oder sei, setzte er gleich dem Ergebnis, das aus den Bedeutungen zusammenwächst, die ihm unter allen möglichen Umständen zukommen können.

Man hat das aber bloß anders auszudrücken und hat bloß zu sagen, an und für sich wäre dann etwas gerade das, was es nie an und für sich, vielmehr je in Bezug auf seine Umstände sei, und ebenso auch, daß seine Bedeutung alles sei, was es bedeuten könne, man hat den Ausdruck also bloß auf die Spitze zu stellen, damit sogleich der Zweifel deutlich werde, der daran hängt. Denn natürlich ist es üblich, im Gegenteil vorauszusetzen, und wenn selbst nur aus sprachlicher Gepflogenheit, was etwas an und für sich sei, oder denn auch bedeute, bilde den Ursprung und Kern alles dessen, was sich in wechselnden Beziehungen von ihm aussagen läßt. Es war darum eine besondere Auffassung vom Wesen des Begriffs und des Bedeutens, von der sich Ulrich hatte führen lassen; und sie könnte denn auch, zumal weil sie nicht unbekannt ist, ungefähr so angegeben werden: Was immer unter dem Wesen des Begriffs von einer logischen Theorie verstanden werde, als Begriff von etwas ist er im Gebrauch nichts als der Gegenwert und die aufgespeicherte Bereitschaft zu allen wahren Aussagen von diesem Etwas, die möglich sind. Dieser Grundsatz, der das Verfahren der Logik umkehrt, ist «empiristisch», das heißt, er gemahnt, wenn man einen abgestempelten Namen für ihn verwenden soll, an diese bekannte Richtung des philosophischen Denkens, ohne jedoch ganz ebenso gemeint zu sein. Hätte nun Ulrich seiner Gefährtin erklären sollen, was Empirismus in seiner älteren Gestaltung sei, und was in seiner bescheideneren neuen, vielleicht verbesserten Fassung? Wie es oft geschieht, wenn ein Gedanke an Richtigkeit gewinnt, hat das schärfer werdende Denken auf falsche Antworten verzichtet, und auf einige tiefere Fragen auch.

Was in der philosophischen Sprache Empirismus getauft worden ist, ist eine Lehre gewesen, die das immerhin erstaunliche Vorhandensein und unveränderliche Walten von Gesetzen in der Natur und in den Regeln des Geistes kurzerhand für eine täuschende Ansicht erklärt hat, die aus der Gewöhnung an die häufige Wiederholung der gleichen Erfahrungen entstehe. Was sich oft genug wiederhole, scheine so sein zu müssen, ist ungefähr die klassische Formel dafür gewesen; und in dieser übertriebenen Gestalt, die ihr das 18. und 19. Jahrhundert gegeben hat, war sie eine Rückwirkung der langen vorhergegangenen theologischen Spekulation, das heißt des in Gott gesetzten Glaubens, seine Werke mit Hilfe dessen erklären zu können, was man sich in den Kopf setzt. Begriffe und Ideen zeigen, wenn sie Macht haben, dieselbe Neigung, sich anbeten zu lassen und willkürliche Entscheidungen auszusenden, wie Menschen; und also hat sich wohl in den Empirismus der Neuzeit bei seiner Entstehung ein etwas oberflächliches Widerspiel gegen den grundgläubigen Rationalismus eingemengt, das dann, selbst zur Macht gekommen, mit schuld daran war, daß eine flach materialistische natur- und gesellschaftsphilosophische Gesinnung zeitweilig fast volkstümlich geworden ist.

Ulrich lächelte, als er an ein Beispiel dachte, und sagte nicht weshalb. Denn man warf nicht ungern dem allzu schlichten, auf seine Regel beschränkten Empirismus vor, es geschähe nach ihm, daß die Sonne im Osten auf- und im Westen untergehe, aus keiner anderen Notwendigkeit, als daß die Sonne es bisher immer getan habe. Und wenn er das nun seiner Schwester verraten und sie gefragt hätte, was sie davon halte, so würde sie wohl, ohne sich für die Gründe und Gegengründe zu erhitzen, kurzerhand zur Antwort gegeben haben, daß die Sonne es ja einmal auch anders tun könnte. Darum lächelte er, als er an dieses Beispiel dachte; denn die Verwandtschaft der Jugend mit dem Empirismus erschien ihm tief natürlich, und ihre Neigung, alles selbst erfahren zu wollen und die überraschendsten Erfahrungen zu erwarten, rührte ihn, diesen als die ihr zeitgemäße Philosophie anzusehen. Von der Behauptung, es hätte bloß die Sicherheit einer Gewohnheit, den Sonnenaufgang täglich im Osten zu erwarten, ist es aber nur ein Schritt zu der, daß alle menschliche Erkenntnis nur persönlich empfunden und zeitbedingt oder gar wohl nur der Dünkel einer Klasse oder Rasse ist, was alles dann in der europäischen Geistesgeschichte nach und nach auch zum Vorschein gekommen ist. Wahrscheinlich sollte man dazu sagen, daß eben eine neue Eigenart des Menschen ungefähr seit der Urgroßväterzeit zum Vorschein gekommen ist; und es wäre die des empirischen Menschen oder Empirikers, des sattsam zur offenen Frage gewordenen Erfahrungsmenschen, der aus hundert gemachten Erfahrungen tausend neue zu machen weiß, die doch immer nur im gleichen Erfahrungskreis verbleiben, und der damit das gewinnreich erscheinende riesenhafte Einerlei des technischen Zeitalters erzeugt hat. Der Empirismus als Philosophie könnte als die philosophische Kinderkrankheit dieser Art des Menschen gelten.

59

Nachtgespräch

Er hatte im Zimmer ein Licht nach dem anderen angezündet, als
sollten in dem erregenden Überfluß der Strahlen die Worte leichter
fallen, und hatte lange Zeit eifrig geschrieben. Aber nachdem das
Wichtigste geschehen war, bemächtigte sich seiner das Gefühl, daß
Agathe noch nicht zurückgekehrt sei, und wurde immer störender.
Ulrich wußte nicht, daß sie bei Lindner war, und überhaupt nichts
von diesen Besuchen; aber da dieses Geheimnis und sein Tagebuch
das einzige war, was sie vor einander verbargen, konnte er mutmaßen
und fast auch verstehen, was sie tat. Er nahm es nicht ernster als nötig
und war eher erstaunt darüber als eifersüchtig; auch schrieb er sich
und seiner eigenen Unentschlossenheit die Schuld zu, wofern sie eigene
Wege ging, die er nicht billigen mochte. Trotzdem hemmte es ihn
immer mehr und verminderte die zwischen den Gedanken webende
Glaubensbereitschaft, daß er in dieser Stunde der Sammlung nicht
einmal wisse, wo sie sei und warum sie sich verspäte. Er beschloß, sich
zu unterbrechen und auch auszugehen, um sich dem entnervenden
Einfluß des Wartens zu entziehn, wollte die Arbeit aber bald wieder
aufnehmen. Als er das Haus verließ, fiel ihm ein, daß es ihn nicht nur
am kräftigsten ablenken könnte, wenn er ein Theater aufsuchte, sondern sogar anregen müßte; und so tat er das, obwohl er nicht dafür
angekleidet war. Er wählte einen unauffälligen Platz und empfand im
Anfang recht stark das Vergnügen, mitten in eine Vorstellung einzutreten, die schon lebhaft im Gang ist. Es rechtfertigte, daß er gekommen war, denn dieses lebhafte Wiederspiegeln hundertfältig bekannter
Gefühle, von dem das Theater unter dem Vorwand zu leben pflegt,
daß es ihm einen Sinn gebe, erinnerte Ulrich an den Wert der zu
Hause zurückgelassenen Aufgabe und erneute den Wunsch, den Weg
zu beenden, der, von den Ursprüngen der Gefühle ausgehend, schließlich zu ihrem Sinn führen mußte. Als er wieder sein Bewußtsein den
Vorgängen auf der Bühne erschloß, fiel ihm ein, daß die meisten der
Schauspieler, die sich dort oben so schön wie bedeutungslos mit der
Nachbildung von Leidenschaften beschäftigten, den Titel von Hofräten
oder Professoren führten, denn Ulrich befand sich im Hoftheater, was

dem Ganzen auch noch eine Steigerung zur Staatskomik gab. So verließ er zwar noch vor dem Ende des Stückes das Schauspielhaus, kehrte aber gleichwohl in erfrischter Laune heim.

Wieder setzte er sein Zimmer ganz unter Licht, und es bereitete ihm Vergnügen, in der durchlässigen Nachtstille seinem eigenen Schreiben zuzuhören. Diesmal hatten ihm allerhand flüchtige, ja kaum mit Bewußtsein aufgenommene Anzeichen beim Betreten des Hauses gesagt, daß Agathe wieder zurückgekehrt sei; aber als er sich nachträglich darauf besann und alles lautlos war, fürchtete er sich nachzusehen. So wurde es spät in der Nacht. Er war noch einmal im Garten gewesen, der völlig in Dunkel lag, so ungastlich, ja tödlich feindlich wie eine schwarze Wassertiefe; er hatte sich trotzdem bis zu einer Bank durchgetastet und ziemlich lange ausgeharrt. Es war schwer, auch unter diesen Umständen daran zu glauben, daß es wichtig sei, was er schreibe. Aber als er wieder im Licht saß, machte er sich daran, es zu Ende zu schreiben, soweit sein Plan diesmal reichte. Es fehlte nicht mehr viel, doch hatte er kaum damit begonnen, als ihn ein leises Geräusch unterbrach. Denn Agathe, die schon in seinem Zimmer gewesen war, als er sich noch im Theater befand, und diesen heimlichen Besuch während seines Aufenthalts im Garten wiederholt hatte, war bei seiner Rückkehr hinausgeschlüpft, hatte hinter der Türe eine kleine Weile gezögert und drückte jetzt leise deren Klinke nieder.

Sch R.   122. [123]

Zum Nacht- u. Gartengespräch

I) entw. wie in R oder er kommt aus dem Theater zurück u. findet Ag. mit den Papieren vor.

II) Ich habe gelesen
   Du hättest es ja nicht tun dürfen
   Ag. lacht. (Wie lacht sie eigentlich? Schallend? Nein. Ein angenehmer Klang, von dem man nichts genaues erfährt; aber eine strahlende Ausgelassenheit, die sich in dem stillen Zimmer verbreitet. Doch ist der Ton dunkel, dunkelheiter; wie eine tief gestimmte Silberschelle, mit dunklem Grundton u. silbernem, weichem Glanz darüber) Es ist untreu von dir gewesen, daß du es vor mir verborgen hast!
   U: Ich schreibe, weil ich manches besser verstehen möchte.
   Ag. Aber warum willst (du) nur du, u. heimlich, es besser verstehn?

Geht es mich nichts an?

U: Doch, es geht dich viel an. Aber .. Warum besuchst du heimlich den Tränenmann Ld?

Ag: Auch, um mich besser zu verstehn. Übrigens weint er Zornestränen.

U: Warst du heute bei ihm?

Ag: Ja.

U: Es gefällt mir nicht von dir.

Ag: Ich gefalle mir auch nicht ganz dabei. Aber, was du schreibst, gefällt mir; der Anfang u das Ende natürlich; aber auch was dazwischen ist, wenngleich ich es nicht ganz verstanden habe. Ich habe alles gelesen; manches solltest du mir erklären; manches brauchst du mir gar nicht erst zu erklären, weil ich es doch nicht verstehen werde; ich habe beschlossen, es dir zu glauben.

U hatte noch ihre Frage, warum schreibst du? im Ohr. «Ich habe mich / meine Moral / die Mitte meines Lebens od. ähnl. / mein Tun u Lassen jetzt in einigen Tagen besser verstehn gelernt als vorher in Monaten.» wiederholte er

/ Blge z. 1·287 S 14) S 1: Es ist mir auch klar geworden, um wie viel weiter ich heute bin als vor einem Jahr / als zur Zeit unseres Wiedersehns / wieviel besser ich mich u meinen Willen verstehe. ←Selbstm.?

~ Aus Blge 8 S 7: Ich habe dir nichts davon erzählt, weil ich unbeeinflußt bleiben wollte. (Lachend): Es hätte ein Verrat sein sollen. Du weißt, daß wir nicht glauben sollen, ehe wir nicht unser bestes Wissen erschöpft haben.» (~ II₂₅₈)

Ag: (F 121) Richtet den Polster od. tut irgendetwas, das ihr Gesicht von ihm abwendet: Sei mir nicht bös, aber etwas daran ist unheimlich komisch. Du zergliederst sorgfältig die Möglichkeit, deine Hand auszustrecken, nach Natur- und Denkgesetzen. Warum streckst du sie nicht einfach aus?»

U: Ich kann sie nicht einfach ausstrecken. Erinnerst du dich an die ›Geschichte der Fr. Mjr.‹?»

Ag nickt.

U: Es soll nicht enden wie sie (diese)

?Ag: Wer weiß / Das läßt sich viell. nicht so sicher sagen /

Gewiß. Aber was Wirkl. oder Illusion ist, hängt leider nicht von dem Wert der Person ab,

? Ag: Aber du hast doch bewiesen, daß es Wirkl. sein kann

Ag: (einem nachträglichen Einwand stattgebend:) Die Fr. Mjr. ist eine niedrige Person gewesen. erklärte sie gelassen

U: Ja. Aber mein Gefühl hat mir Erlebnisse vor Augen gezaubert, die wie ein Wald von großen Blüten gewesen sind; ich habe diese Blüten berühren können, so oft ich wollte, aber niemals auseinander-biegen, um mich zwischen ihnen aufzuhalten!

(Wie eine aus Nässe in Sand führende Spur rasch austrocknet:) F 120 Überdies, das gewöhnl. Leben, das kraftvoll u tätig dahinstreicht, säumt nicht bei Überlegungen. Man fühlt, um zu handeln; u. über ein solches allerwegen benutztes Verkehrs- u. Fortbewegungsmittel denkt niemand nach. Es mißachtet darum auch alle Gefühle, die nicht nach Maß u Art durchschnittlich u vorgeschrieben sind – oder beugt sich den sehr starken –, u. seine Gefühle zu ›zerfasern‹ gilt im Leben als schwäch-lich. Spricht man aber von seinem Gefühl, was trotzdem sehr oft geschieht, so spricht man es ›aus‹; man spricht fühlend davon, man sagt (aus), was u wie man fühlt, also daß die auf die Gefühle selbst gerichtete Aufmerksamkeit, die geistige Beobachtung, die psychol. Neugierde auch dann nicht zur Entfaltung kommen, u. wo immer sie sich einstellen, eigentlich schon eine Störung des natürlichen Fühlens anzeigen.

Das gilt aber nicht für ungewöhnliche Fälle.

[Da könnte Ag. erinnern – u holt es wahrsch. später nach – der Lie-bende darf die Liebe nicht verlassen u.ä.]

Ag: Ich habe dir nichts von Ld. erzählt, weil es gleichgültig ist (Blge 8 S 7) Oder weil ich wußte, daß es einmal ganz gleichgültig sein wird (ib) Du bist stärker als ich; ich bin stärker als er. Es sind Geschehnisse in einem Liliputaner-Reich [...]

←– Ev. dazwischen U: Du wirst nicht mehr hingehen?

Kannst du dir nicht vorstellen, daß man aus Kleinmut davonläuft? Kannst du dir nicht vorstellen, daß ich dann stärker / mutiger / zurückkehre? [...]

U: Gehst du nicht auch hin, weil er nicht bloß so wie ich in Klam-mern u Nebensätzen von Gott spricht u. von der Teilnahme aneinander in Gott?

(Ag. müßte jetzt zum Tb. einlenken) [Tb-Selbstmord hinterdrein, wenn nicht erst in einem späteren Kap.] Erkläre mir lieber deine Ge-danken. Ich habe den Eindruck: darin ist alles enthalten. Warum haben wir so lange hin u her gesprochen? Nun ist alles in Ordnung. Bloß verstehe ich es nicht ganz. Ich habe mir zb. immer gedacht, das Wichtigste an einer Ekstase sei, daß man seine Seele aufgibt, seine gewöhnliche Seele (Sch 106) Aber gerät man in eine andere Welt? Oder ist man bloß sehr verliebt? Stirbt man für die Außenwelt ab? Oder ist

man bloß ganz begeistert? Genügt es, daß alle Überlegung aufhört?
Nein, es ist besser, du erklärst dich mir! ~ Sch 119.

Sch R.   124. *[–127]*

Auf S 122
Material ib.

I) bleibt
II) Eintreten Ags: h 119: Sie trägt den histor. Hausanzug usw. Läßt
ihre Hand über seinen Kopf gleiten, setzt sich mit gekreuzten Beinen
auf den Diwan.
Dagegen: ✍ z. $U_6 - 1 \cdot 285$) S 3: Hauskleid. Viell. besser. – Beschreibe
ihn? Nicht transparent, im Gegenteil, schwerer Stoff. Sie war in ein bis
an die Knöchel reichendes Hauskleid aus altem Samtstoff gehüllt, der
wie ein einstmals auf Goldgrund gemaltes ganz gedunkeltes Bild aussah.
Zaubermantelartig. Ihre Knöchel nackt, der Spann ihres Fußes nackt
wie die Hand. Die Pantoffel waren aus veilchenfarbener Seide, in der
Farbe der Pfaffenkäppchen, die im Herbst an ihrem Strauch hängen.
Eine Halskrause aus einem weichen Gewebe, dessen Farbe zw. Elfen-
bein, Milch u matt vergoldetem Silber schwankte.
　Sie hatte dieses Hauskleid noch nie angehabt; U. erinnerte sich
seiner nicht.
　[ib. U. fühlt in ihrer Nähe das Zurückströmen des Außen u Innen
zum Gefühl u. das Durchgreifen des Gefühls. Auch die sex. Tendenz,
die einer anderen Sphäre angehört.
　Vgl. Sch. Korr. 15: Die Frau, die zu Gebilde in anderem Aspekt
wird u die Frau des Begehrensgenusses als Bspl. zu Vorstellungen verschiedener Tiefe, die im Leben nebeneinander bestehn.]
　Sie setzt sich auf dem Divan zurecht. Den Oberkörper bequem
gestützt, u die Beine unter sich gezogen, so daß nur der Fuß unter
dem ein Rad bildenden Kleidersaum hervorsah. Später wechselte sie
lebhaft die Stellung, aber in den ersten Augenblicken war ihre Haltung
bedacht u. ihr Gesicht ernst.

III) «Ich habe es gelesen!» eröffnete sie ihrem Bruder wie ein Schach-
spieler, der nach kurzer Überlegung den ersten Zug tut.
　«Das hättest du, wie mir scheint, nicht tun dürfen!» erwiderte U.
auf die gleiche Weise.
　Ag. lachte auf. «Es ist untreu von dir gewesen, daß du das vor mir
verborgen hast!» behauptete sie kühn.

Wenn die Beschreibung des Kleides bleibt, nicht gleich die des Lachens folgen lassen –

U. hörte ihrer Stimme zu u. betrachtete ihre Schönheit. «Diese Überlegungen lassen mich mehr von mir verstehen, als es zuvor viele Jahre zuwege gebracht haben» sagte er sehr ruhig.

«Und mich gehen sie nichts an?»

«Doch, auch dich geht es an!»

«Und warum tust du es dann heimlich? Warum hast du mir nie davon erzählt?»

«Warum besuchst du heimlich den Tränenmann Ld.?»

«Auch, um mich besser zu verstehen. Übrigens weint er Zornestränen.»

«Warst du auch heute bei ihm?»

«Ja.» Ag. sah ihren Bruder fest an u. gewahrte den Unwillen in seinen Augen.

Er trachtete sich zu bemeistern und erwiderte so knapp wie möglich: «Es gefällt mir nicht von dir.»

«Ich gefalle mir auch nicht dabei» sagte Ag. u. fuhr nach einer kleinen Pause fort: «Aber was du schreibst, gefällt mir. Der Anfang und das Ende, und auch was dazwischen ist. Ich habe nicht alles verstanden, aber ich habe alles gelesen. Ich glaube, daß du mir manches erklären könntest, u. manches will ich dir schon aus Angst, mich anzustrengen, ohne Erklärung glauben.»

[p.d. Das ist eigentlich ein Bspl. für Heiterkeit nach innerer Art im Unterschied von äußerer]

Wieder lachte sie, u. es schallte leise. Sie schien über nichts zu lachen, und nur aus Freude; und wiewohl U. gegen das Lachen von Menschen, wenn es von etwas erregt wurde, recht empfindlich sein konnte, denn dann kam es ihm manchmal als ein ebenso gewöhnlicher Vorgang vor wie das Niesen, lockte es ihn gleich einer unmöglichen Aufgabe, diesen angenehmen, grundlosen Klang hinreichend zu beschreiben. Gab man ein wenig poetische Gewöhnlichkeit in Kauf, dann war der Eindruck mit dem einer tief gestimmten Silberschelle zu vergleichen: ein dunkler Grundton ging in einem überfließenden weichen Blinken unter; aber während U. diesen heiteren Tönen, die sich in dem stillen Zimmer verbreiteten, zuhörte, meinten seine Augen darin auch alle Lampen um so viel stiller / als heller / brennen zu sehen. Gerade die einfachsten sinnlichen Eindrücke, von denen die Welt bevölkert wird, bereiten mitunter der Beschreibung Überraschungen, als kämen sie aus einer anderen Welt.

Unter dem Einfluß dieser Schwäche regte sich U. plötzlich ein Geständnis auf der Zunge, an das er selbst, wer weiß wie lange, nicht gedacht hatte. «Ich habe einmal mit unserem großen Vetter Tzi eine Art Teufelswette abgeschlossen, daß ich niemals schreiben werde, von der ich dir, wie ich glaube, noch nie erzählt habe» begann er zu beichten. «Er hatte mich nämlich im Verdacht, daß ich Bücher schreiben werde, u. wie mir scheint, erachtet er Bücher, die nicht seine Politik loben, für schädlich und solche, die es tun, für überflüssig, abgesehen von der Geschichts- u. Memoirenliteratur die ein Diplomat zu benutzen pflegt. Ich aber habe ihm zugeschworen, daß ich mich töten werde, ehe ich der Versuchung unterliege, ein Buch zu schreiben; und ich habe es aufrichtig gemeint. Denn das, was ich schreiben könnte, wäre nichts als der Beweis, daß man auf eine bestimmte andere Weise zu leben vermag; daß ich aber ein Buch darüber schriebe, wäre zumindest der Gegenbeweis, daß ich nicht so zu leben vermag. Ich habe nicht erwartet, daß es anders kommen wird.»

Seine Schwester hatte ihm reglos zugehört, ohne daß sich auch nur in ihrem Gesicht ein Muskel bewegte. «Wir können uns gemeinsam töten, wenn das ein Buch wird!» sagte sie jetzt. «Aber es scheint mir, daß dazu weniger Grund da ist als früher.»

U. sah ihr unwillkürlich in die Augen.

«Eher doch zum Gegenteil» fuhr sie fort.

«Das kann man (auch) noch nicht sagen» wandte U. ruhig ein.

Ag. fand etwas an den stützenden Polstern zu ihrer Seite zu richten, was ihr Gesicht von ihm abwandte. «Sei mir nicht bös» erwiderte sie in dieser Stellung, aber wenn ich auch bewundere, was du schreibst, so verstehe ich doch nie recht, warum du schreibst. Ja manchmal ist es mir unheimlich komisch erschienen. Du zergliederst sorgfältig nach Natur- u Sittengesetzen die Möglichkeit, deine Hand auszustrecken. Warum streckst du sie nicht einfach aus?»

«Es ist verderblich, sie einfach auszustrecken. Habe ich dir einmal ›die Geschichte der Fr. Mjr‹ erzählt?»

Ag. bejahte stumm

«Es darf nicht enden wie die!»

Ag. hatte ihre kleine Falte zwischen den Brauen. «Die Fr. Mjr. ist eine gewöhnliche Person gewesen» erklärte sie gelassen.

«Das ist richtig. Aber ob man eine Welt entdeckt oder eine Don Quichote-Reise macht, hängt leider nicht von dem Wert der Person ab, der zu Ehren man die Fahrt antritt»

«Wer weiß!» erwiderte Ag. Einen Augenblick später gab sie ungeduldig ihre bequeme Stellung auf u. setzte sich in gewöhnlicher Art nahe vor ihren Bruder, als gelte es, etwas zu prüfen. Sie sah ihn (beinahe finster) an u. schwieg. «Nun?» fragte U. aufmunternd u erwartete einen Angriff (der ihm bevorstand).

IV) «Wird durch das, was du aufgeschrieben hast – sie wies auf den Schreibtisch u die darauf liegenden Papiere, nicht mit einem Mal alles beantwortet, was wir uns so oft und in so großer Unsicherheit gefragt haben?»

«Ich glaube es beinahe.»

«Ich habe die Empfindung, daß darin jetzt alles beschlossen ist, worüber wir so lange hin u her gesprochen haben. Aber warum bist du nicht früher daraufgekommen? Ich bin sogar so unbescheiden zu behaupten, daß du uns beide recht lange im Dunkeln gelassen hast.»

«Wir befinden uns ja noch darin. Du darfst diese Gedanken nicht überschätzen. Und es ist mir schwer gefallen, mich zu ihnen zu entschließen. Im Traum denkt man manchmal entzückend, und im Erwachen fortgesetzt, ist es lächerlich.»

«So? Aber, wenn ich dich recht verstanden habe, bist du doch sicher, daß es zu jedem Gefühl zwei Welten gibt und daß es von uns abhängt, in welcher wir leben wollen –!»

«Zwei Welt*bilder*! Aber nur eine Wirklichkeit! In ihr kann man allerdings vielleicht auf die eine wie auf die andere Art leben. Und dann hat man scheinbar auch die eine oder die andere Wirkl. vor sich.»

«Scheinbar, aber vollständig? Scheinbar und ohne eine Lücke? Und wenn alles auf diese andere Art lebt, wäre es dann nicht das Tausendjährige Reich?»

Ulrich bejahte zurückhaltend die Möglichkeit dieses Schlusses.

«Die Ahnung dieser Welt wäre also dann auch das, was den Glauben an ein Paradies hervorgerufen hat? Lach mich nicht aus, aber ich habe daraus geschlossen, daß man auf diese Weise ins Paradies kommen müßte, so man bloß nach dem andern Teil seiner Gefühle lebt, wie du es nennst.» «Richtig gesagt, das Paradies müßte dann auf Erden kommen» verbesserte es U.

«Ich lache durchaus nicht. Ich muß bloß hinzufügen: Sofern man es kann!» / Oder: Mystik als anomale Psychol. des normalen Lebens: [...] Man glaubt, daß die Mystik ein Geheimnis sei, durch das wir in eine andere Welt eintreten; sie ist aber nur, oder sogar, das Geheimnis in unserer Welt anders zu leben.»

«So? Ja so hast du es auch geschrieben. Aber schon viel früher hast du das manchmal die konkave, die versenkte Welt genannt? vergewisserte sich Ag. Du hast von einer umfangenden u einer umfangenen Möglichkeit des Empfindens gesprochen wie von alten Erzählungen. Von Göttern u Göttinen. Von zwei Entwicklungsästen des Lebens. Von Mondnächten u Tag. Von zwei unzertrennlichen Zwillingen!

Es ist die Antwort auf alle unsere Gespräche, auf alle unsere Eigentümlichkeiten. a.a.O. oder zu V.) ?

Ag. drängte, aber U. gab freiwillig nach: «Du kannst hinzufügen, was du willst: alles, was mich je wirklich bewegt hat, findet hier seine Erklärung. Die Siege des äußeren Handlens u seiner Gefühle, wenn ich sie mir auch zu Zeiten schuldig zu sein glaubte, sind mir immer fremd geblieben. Dem Erkennen, für das ich passioniert gewesen bin wie ein Herrenreiter für das Pferd, stellte sich in mir ein scheinbar untätiger Zustand entgegen, den ich Liebe nannte, ohne eine Frau zu lieben – / das ich die Welt d. Liebe genannt habe, weil ich in der gewöhnlichen Welt nicht lieben konnte!» ~ Wir haben immer ein anderes Leben vor uns gesehen.

Ag unterbrach ihn lebhaft. Aber es bereitete ihr Schwierigkeiten, das richtige Wort zu finden. Es wurde bald von dem, was sie sagte, fortgerissen, aber anfangs war ein leichtes Ungeschick in ihrer Stimme, ein ähnliches, wie wenn ein Knabe im Männerbaß sprechen will oder ein Mädchen sich einen Schnurrbart anmalt, als sie mit den Worten begann: «Du weißt, daß ich kein Blümlein Rührmichnichtan bin. Und ich habe mich oft meiner sogen. Leidenschaften wegen angeklagt, die mich immer ganz unberührt gelassen haben. Ich habe deutlich gespürt, daß ich von ihnen bloß darum bewegt wurde, weil ich das, was uns wirklich bewegen konnte, nicht gefunden habe.» ev. besser so: als sie für sich das Wort ›Blüml. R.‹ gebrauchte. Sie sagte, U. wisse, daß sie keines sei u keinen Wert darauf lege. Aber auch (nämlich: wisse), daß sie ihre sog. Leidenschaften nachträglich höchst beschämend gefunden habe. «Man scheuert sich wie eine Kuh am Baum, ebenso begeistert, u. hört mit einemmal ebenso verdutzt damit auf» sagte sie.

U: Es gibt eine leidenschaftl. Person in doppeltem Sinn. Eine sozusagen appetitive, die nach allem greift u alles in Angriff nimmt; u. eine andere, die schüchtern ist, schwer von Entschluß u voll unausdrückbarer Sehnsucht. Beide hat man wohl in sich

Ag: Der Mensch mit Eigenschaften u Der Mensch ohne Eigenschaften! Wundervoll, wundervoll! Wenn man dich recht versteht, hat man sein Leben gerettet! Welchem Autor schmeichelte es nicht, so gelobt zu werden! U. erwiderte: «Es ist nicht das unwichtigste, daß wir in zweierlei, u. gänzlich verschiedenem Sinn von einer leid. Person sprechen. Wir haben uns angewöhnt, das Wort hauptsächlich auf Menschen anzuwenden, die wir eigentlich begierig nennen sollten, auf Freßsüchtige in jeder Art von Leidenschaft, u. die tief u. nach innen leidenschaftlichen Menschen, die asketisch irgendeiner edleren Lebensleidenschaft dienen, sehen wir eher für affektschwach an. Das führt zu dummen Verwechslungen

Ag: Man wirft mir vor, daß ich schlecht handle –

Wer wirft es dir vor? (ein wenig mißtrauisch)
Ag. zuckt heftig die Achseln. Herr Prof. Hg. Denk an seine Briefe.
Ja ich selbst habe es mir oft vorgeworfen, daß ich das mit dem Test.
gemacht habe –»
«Wir werden es gutmachen» schaltete U. ein
«Welche Situation ist das: zu fühlen, daß man kein guter Mensch
sei, u. es doch gar nicht anders zu wollen! Du selbst hast mir einmal
Vorwürfe deshalb gemacht, die mich beleidigt haben –
U. unterbrach sie mit einer abwehrenden u abbittenden Gebärde
←– Wohl (auch) vom Autor, daß es wichtig ist, daß sie jetzt erkannt
haben, daß sie ans Zentrum ihrer Problematik gelangt sind.
Ag: «Oh, du hast oft von Moral gesprochen. Du hast mindestens
10 Begriffe von ihr vor mir aufgestellt; es ist mir jedesmal etwas ganz
Neues gewesen, dir zuzuhören. Aber da, siehst du, man wirft mir vor,
daß ich unmoralisch sei, man macht es mich selbst glauben, u. dabei
bin ich geradezu ein Wunder der Moral!
U. Und warum ein Wunder?
Ag: Du hast es nachgewiesen! Der einzige Zustand, den ich liebe
u suche, dieser braucht keine Moral, er ist die Moral selbst! Jede Be-
wegung der kleinen Zehe, die in ihm geschieht, ist moralisch. Habe
ich recht? (Lacht)
U: Ja, du hast recht.
V.) Ag: Aber ich will dich zunächst etwas anderes fragen: ... Was
wir in den letzten Tagen halb im Scherz halb im Ernst gesprochen
haben, das ist doch alles erledigt?
U: Natürlich.
Ag: Liebe deinen Nächsten wie dich selbst, ist eine ekstatische
Forderung?
U: Es ist die der mystischen Ekstase natürliche Moral, die das lehrt,
was niemals ganz zu unserer gewöhnl. Lebenstätigkeit paßt
Aber hier – es ist das Staccato nach Sch R 107 – beginnt Schwierig-
keit der Auslese⊙. Zusammenstellung ohne Reihenfolge von The-
men, die Anspruch auf Erwähnung haben:
⊙ Ev: Nicht Gespräch, sondern zusammenfassen u. erzählen! Und
hinzufügen, daß sie in die entscheidende Phase getreten sind, u. welches
Glück es bedeutet, wenn alles Leben einen Mittelp. hat. So kann ein
Teil gleich mitbeschrieben werden.

Analyse von Gefühl u Wirklverhalten ist Analyse von Sache des
Gefühls [...]
Falls Meinung berührt wird: Die beiden Vektoren der Meinung
sind die des Gefühls [...]
[...] Was verhindert es, daß ekstat. Welten alltäglich werden? α) Die

Unbeständigkeit des Appetitiven β) die Welt die nichts dafür tut –
Im Gegenteil, histor. Vektor. γ) Man könnte Menschenwelten schaffen,
die anders sind: Das schwingt aber schon zu einer neuen, phantasie-
volleren Gesprächsführung aus.

VI) Die Mehrzahl der Notizen bezieht sich eher auf V), das also ein
augenblicklich recht fragwürdiges Übergewicht erhält.

Ag. sucht irgendwelche Wege zu Wirklichkeit, die sich halten läßt.
Wie, ist noch nicht gesagt. Viell. bloß: Irgendwie muß sich das doch
machen lassen?

Ag: Gibt es also eine zweite Wirklichkeit?

U: Nein, es gibt bloß ein zweites Leben! / Anders kann er nicht antworten /

Ag: Aber daß man sein Ich aufgibt, gehört doch zur Ekstase?

Ag: Aber man verliert sich doch

U: Das ist ein verändertes Verhältnis zu sich selbst.

Ag: Aber wenn man nun auf alles (Triebe) verzichtet? Geschieht
dann etwas?

Ag: Wenn man ganz fest glaubt? Geschieht dann etwas?

U: Glauben nutzt gar nichts. Ahnen. –

Weißt du alles, was in dieser Welt geschehen kann?
Nein.
Dann weißt du es noch weniger von jener

[Danach: Bergpredigt VII u Geschwister VIII] Verlassen der agno-
stischen Haltung.

Zu VII u VIII: Forts. Selbstmord – Schreiben . .

Der aZ. braucht keine Moral, er ist die Moral selbst!

«Vereinigungsversuche» sind – nach der Theorie – jetzt eigentlich
undenkbar. Ober bloß als Versuch: wie weit geht das? wie weit führt
diese Kombination des anderen Fühlens mit einem Triebbedürfnis?
Wahrsch. Coit. voraussetzen, aber, als natürlich, darüber schweigen;
u. das sind Nebenlinien.

Sie übertreiben bis auf weiteres!

Etwas von Glück Verfinstertes: in Ags Gesicht

Erinnern an die Ordensszene

Daß es die Psychologie der Mystik sei, ist das nicht eine Hauptantwort?

Korr. Nachtrag zu: Mondstrahlen . . Tage

Vgl. zu Induktivem Verhältnis zu Gott: das steigende Verhältnis
zu Gott: II_{602}

Frühspaziergang

Ev: 51. Frühsp
    52. St v. B. schließt sich Cl. an
       / geht mit Cl. /

Sch Frühsp + Laubumk .. S 5: Gn. lernt bei Cl Energie, Nicht-
gewährenlassen, Nichtkakanien.

Cl. von Mg: Er verwandelt sich bei uns!
    Gn: Das kommt schon vor; ich verwandle mich jetzt ja auch. .. U ..

Eine geordnete Skizze gibt es noch nicht.

(Es fehlt den Irren bloß die Vernunft, u. möglicherweise bedeutet
das wenig. Gn: Sie haben Ähnlichkeit im Denken mit U.
    Die Bewegung der // u. die schwarz dasitzenden Männer
    Der Mensch hat die Pflicht über Andeutungen hinauszugelangen)

> Gn. gegen die Liebe! In die Beziehung zu Cl.
> Sie ist es wegen W. Und Gn. findet an ihr Bestätigung
> seiner Gefühle. Hauptsächlich U. findet er verliebt u
> weiß nicht in wen.

Vergiß nicht, daß man die Figuren Cl, W, Mg. vergessen
hat!! Kleine Rekapitulationen geben!

Erste Skizze:
(Cl. allein)

I. *Teil:*

Um Clarissens Mund kämpfte Lachen mit den Schwierigkeiten die sich
ihr entgegenstellten; bald öffnete er sich, bald preßte er sich schmal
zusammen. Sie war vorzeitig aufgestanden; Walter schlief noch, sie
hatte rasch ein leichtes Kleid übergeworfen und war ins Freie getreten. Die Vögel sangen vom Wald herüber durch die leere Morgenstille. Die Halbkugel des Himmels war noch nicht mit Wärme ausgefüllt. Selbst das Licht war noch seicht verteilt. «Es reicht mir nur an
die Knöchel,» dachte Clarisse «der Hahn des Morgens ist soeben erst

aufgedreht worden! Alles ist vor der Zeit!» Clarisse war stark davon berührt, daß sie vor der Zeit durch die Welt wandere. Sie hätte beinahe geweint.

Clarisse war ein zweitesmal, ohne W. oder U. etwas davon zu sagen, im Irrenhaus gewesen. Seither war sie besonders leicht erregbar. Sie bezog alles, was sie während der beiden Besuche gesehen u. gehört hatte, persönlich auf sich. Aber namentlich beschäftigten sie 3 Vorkommnisse: Das erste war, daß man sie als kaiserlichen Sohn u Mann angesprochen u begrüßt hatte. Bei der Wiederholung dieser Behauptung hatte sie ganz deutlich ihren Widerstand dagegen nachgeben gefühlt, so als ob etwas Gewöhnliches, das sonst dem Fürstlichen im Wege stand, verschwände. Und sie war von einer unaussprechlichen Lust erfüllt worden. Das zweite, was sie erregte, war, daß sich auch Mg. verwandelte, u dazu offenbar ihre u. Walters Nähe benutzte. Seit sie ihn – es mochte nun wohl schon einige Wochen her sein! – im Gemüsegarten gestellt u durch den wahrhaft seherischen Zuruf in Schrecken versetzt hatte, daß auch sie sich verwandeln u ein Mann sein könne, mied er ihre Gesellschaft. Sie hatte ihn von da an nicht einmal mehr bei den Mahlzeiten oft gesehn; er sperrte sich mit seiner Arbeit ein oder blieb tagsüber außer Hause, und wenn er Hunger hatte, holte er sich heimlich etwas aus der Speisekammer, (ohne zu fragen.) Erst ganz vor kurzem war es ihr gelungen, ihn wieder allein anzureden. Sie hatte ihm gesagt: «W. hat mir verboten, davon zu sprechen, daß du dich bei uns verwandelst!» u sie hatte mit den Augen gezwinkert. Mg. verhehlte sich jedoch auch da u tat überrascht, ja sogar ärgerlich. Er wollte sie nicht an dem Geheimnis teilhaben lassen, an dem er emsig arbeitete. So schien es zusammenzuhängen. Cl. aber hatte ihm gesagt: «Ich werde dir vielleicht zuvorkommen!» Und sie brachte das mit dem ersten Vorkommnis in Zusammenhang. Von Überlegung hatte das wenig an sich, u war darum auch in Beziehung zur Wirklichkeit ungewiß; aber deutlich war darin das wollüstige Hervordrängen eines anderen Wesens aus dem Grunde des ihren zu fühlen gewesen.

Cl. war nun überzeugt, die Irren hätten sie erraten, (daß sie Mg. angeboten habe, sie könne auch ein Mann sein.) Und sie hatte seither noch ein Geheimnis: Als weder durch den heimlich widerstrebenden Gn v St noch durch U. eine Einladung kam, den unterbrochenen Besuch zu wiederholen, hatte sie nach langem Zögern selbst Dr Fr angerufen u. ihm angekündigt, daß sie ihn im Krankenhaus aufsuchen werde. Und der Doktor hatte alsbald für Cl. Zeit gehabt. Als sie ihn gleich bei ihrem Kommen fragte, ob die Irren nicht vieles wüßten, was die Gesunden nicht errieten, hatte er lächelnd den Kopf geschüttelt, aber tief in ihre Augen geschaut u. mit wohlgefälliger Betonung geantwortet: «Die *Ärzte* der Irren wissen viel, was die Gesunden nicht

ahnen!» Und als er seinen Rundgang antreten mußte, hatte er sich
erboten, Cl. zu M. mitzunehmen u dort zu beginnen, wo sie das letztemal aufgehört hätten. Cl. war wieder in den weißen Mantel geschlüpft, den ihr Fr. hinhielt, als wäre das schon ganz natürlich.

Aber – und das war das dritte Vorkommnis, das Cl. noch nachträglich u noch mehr als die übrigen erregte – es war wieder nicht dazu
gekommen, daß sie M. sah. Denn es war etwas Merkwürdiges geschehn. Als sie den letzten Pavillon verlassen hatten, u im Gehen die
freie würzige Luft des Parks einatmeten, wobei Fr. unternehmungslustig sagte: «Nun kommt aber M. an die Reihe!» war wieder ein
Wärter dahergelaufen gekommen u hatte eine Meldung hinterbracht.
Fr. zuckte die Schultern u sagte: «Sonderbar! Es geht wieder nicht!
Bei M. ist im Augenblick der Chef mit einer Kommission. Ich kann
Sie nicht mitnehmen!» Und nachdem er ihr aus eigenem versprochen
hatte, sie sobald es möglich sei zur Fortsetzung einzuladen, war er mit
großen Schritten weggegangen, indes Cl. durch den Wärter zurück
auf die Straße gebracht worden war.

Cl. fand dieses zweimalige Leerausgehn ihres Besuchs auffällig und
ungewöhnlich u vermutete eine Ursache dahinter. Sie hatte den Eindruck, daß man sie geflissentlich nicht zu M. lasse u. jedesmal eine
andere Ausrede ersänne, ja vielleicht die Absicht habe, M. verschwinden
zu machen, ehe sie ihn erreiche.

Als sich Cl. das jetzt wieder überlegte, hätte sie beinahe geweint.
Sie hatte sich überlisten lassen u fühlte sich sehr beschämt; denn von
Fr. war wieder keine Nachricht gekommen. Aber während sie sich
so aufregte, beruhigte sie sich auch wieder. Es fiel ihr ein Gedanke ein,
der sie jetzt oft beschäftigte, daß im Verlauf der menschlichen Geschichte viele große Männer von ihren Zeitgenossen verheimlicht und
gemartert worden und viele sogar im Irrenhaus verschwunden seien.
«Sie haben sich nicht wehren, noch erklären können, weil sie nur Verachtung für ihre Zeit empfanden!» dachte sie. Und sie erinnerte sich
an Nietzsche, den sie vergötterte, mit dem großen traurigen Lippen-
bart, und ganz stumm geworden dahinter.

Es wurde ihr dabei aber unheimlich zumute. Was sie soeben noch
beleidigt oder gekränkt hatte, ihre Niederlage durch den listigen Arzt,
leuchtete ihr plötzlich als ein Zeichen davon ein, daß auch ihr das
Schicksal eines solchen großen Menschen vorbestimmt sein könnte.
Ihre Augen suchten die Richtung, in der das Irrenhaus lag, und sie
wußte, daß sie diese Richtung immer als etwas Besonderes fühlte,
auch wenn sie nicht daran dachte.

Trauerstimmung – Vorneigung für das Schauerliche

[...] Es war ungemein bedrückend, sich so mit Irren eins zu fühlen, aber «sich mit dem Unheimlichen gleichzustellen, ist die Entscheidung zum Genie!» sagte sie sich

Inzwischen war die Sonne aufgegangen, u die Landschaft wirkte dadurch noch leerer; sie war grün u kühl mit blutigen Streifen; die Welt war noch immer niedrig u. reichte Cl., die auf einer kleinen Anhöhe stand, nur bis an die Knöchel. Da und dort schrie eine Vogelstimme auf wie eine arme Seele. Ihr schmaler Mund breitete sich aus u lächelte der Morgenrunde zu Sie stand, von ihrem Lächeln umgürtet, wie die Muttergottes auf der von der Sünde / Mondsichel / umschlungenen Erde. Sie überlegte, was sie zu tun habe. Eine eigentümliche Opferstimmung beherrschte sie: Allzuviel war ihr in der letzten Zeit durch den Kopf gegangen. Wiederholt hatte sie geglaubt, jetzt begänne es mit ihr: eine große Tat etwas Großes mit ganzer Seele zu tun! Aber sie wußte nicht, was.

Sie fühlte nur, es stand ihr etwas nahe bevor. Sie fürchtete sich davor, und es verlangte sie nach dem Furchtbaren. In der Leere des Morgens schwebte es wie ein Kreuz über ihren Schultern. Aber eigentlich war es mehr ein tätiges Leid. Eine große Tat. Eine Verwandlung. Da war nur[?] wieder diese beziehungsvolle Vorstellung! Aber gleichsam leer wie ein aufgehender erster Leuchtball [?]. Und doch etwas Aktives u Aggressives Die Gedanken daran u die Versuche es sich vorzustellen, fuhren ihr kreuz und quer durch den Kopf. Auch die Schwalben hatten inzwischen begonnen, durch die Luft hin u her zu fahren.

Cl. wurde plötzlich wieder heiter, ohne daß jedoch das Unheimliche ganz von ihr wich. Es kam ihr vor, daß sie sich sehr weit von ihrem Wohnhause entfernt habe. Sie kehrte um, u. unterwegs begann sie zu tanzen. Sie streckte die Arme wagrecht aus u hob die Knie. So legte sie den ganzen letzten Teil des Wegs zurück.

Aber ehe sie zuhause anlangte, traf sie bei einer Biegung des Pfads auf Gn v. St.

Beilage 2 zu Ü₄ – 4)

II^{ter} *Teil von Frühspaziergang*

1) «Guten Morgen, Gnädigste! Wie gehts denn?» rief er schon auf 15* Entfernung.

«Sehr gut» erwiderte Cl. mit strengem Gesicht und tonlos weicher Stimme.

2) St. war in Uniform, und seine runden Beinchen stacken in Stiefeln und in feldfarbenen Reithosen mit roten Generalsstreifen. Im Ministerium gab er jetzt kriegerisch vor, daß er zuweilen vor dem Dienst große Morgenritte unternehme; in Wahrheit lustwandelte er aber dann in Cl's. Gesellschaft auf den Feldrainen u Wiesen, die ihr Haus umgaben. Walter schlief um diese Stunde noch oder mußte sich in freudloser Eile um seine Kleider und das Frühstück kümmern, damit er nicht zu spät ins Büro komme; und wenn W. durch die Fenster spähte, sah er voll Eifersucht die Sonne auf den Knöpfen und Farben einer Uniform blitzen, neben der gewöhnlich ein rotes oder blaues Sommerkleid vom Wind entfaltet wurde wie es auf alten Bildern den Engelsgewändern vom Überschwang des Herabfahrens geschieht.

3) «Wollen wir zur Sprungschanze gehn?» fragte St. fröhlich. Die «Sprungschanze» war ein kleiner Steinbruch zwischen Hügeln, der mit seinem Namen nicht das geringste zu tun hatte. Aber St. fand diese von Clarisse gewählte Bezeichnung «scharmant und dynamisch». «Als ob es Winter wäre!» rief er aus. «Jedesmal lache ich darüber. Und eine Schneeschanze möchten Gnädigste gewiß ‹Sommerhügel› nennen?»

Clarisse hatte es gern, daß er sie Gnädigste nannte, war gleich einverstanden, mit ihm umzukehren, denn als sie sich erst einmal daran gewöhnt hatte, war ihr die Gesellschaft des Generals sehr angenehm. Zunächst, weil er immerhin ein General war; nicht «nichts» wie Ulrich und Mg. und W. Sie liebte jetzt alles, was in Wirklichkeit Geltung hatte. Sodann, weil sie darauf gekommen war, daß es ein ganz eigentümlicher Zustand sei, immer einen Säbel bei sich zu haben, ein eigentümliches Verhältnis zur Welt, das den großen und furchtbaren Gefühlen entsprach, die sie zuweilen / oft / beschäftigten. Ferner schätzte sie den gesprächigen v. Stumm, weil sie unbewußt erkannte, daß er sie nicht, wie die anderen, in einer Weise begehrte, durch die sie, wenn sie nicht selbst dazu Lust hatte, entwürdigt wurde. «Es ist etwas seltsam Reines in ihm!» hatte sie darüber zu ihrem eifersüchtigen Gatten gesagt. Aber endlich brauchte sie auch einen Menschen, um sich auszusprechen, denn sie war von lauter Eingebungen bedrängt, die sie für sich behalten mußte. Und sie fühlte, daß alles, was sie sagte und tat, gut war, wenn ihr der General zuhörte. «Gnädigste haben etwas, das Sie über alle Frauen hinaushebt, die ich näher zu kennen die Ehre hatte» pflegte er zu versichern. «Ich lerne geradezu bei Ihnen Energie, Soldatenmut und Überwindung der österreichischen Nachlässigkeit!» Er lächelte dazu, wie zu einem Spaß, aber sie merkte wohl, daß er etwas davon ernst meinte.

4) Ihren Hauptgesprächsstoff bildeten aber, wie es auch in der Liebe die Regel ist, ihre Erinnerungen an ihr gemeinsames großes Erlebnis, den Irrenhausbesuch, und so begann denn auch Clarisse diesmal dem

General anzuvertraun, daß sie seither noch einmal dort gewesen sei.

«Mit wem denn?» fragte dieser, der es schon begrüßte, einer schrecklichen Aufgabe entronnen zu sein.

«Allein» sagte Clarisse.

«Sapristi!» rief Stumm aus und blieb stehn, obwohl sie erst wenige Schritte gegangen waren: «Wirklich allein? Sie lassen sich aber auch durch nichts gruseln! Und haben Sie noch etwas Besonderes gesehn?» fragte er neugierig.

«Das Mörderhaus» erwiderte Clarisse lächelnd

Diese Bezeichnung hatte Dr. Friedenthal, der ein guter Regisseur war, gebraucht, als sie über das lautlose Moos unter den Bäumen des alten Parks auf eine Gruppe kleiner Gebäude zugegangen waren, aus denen ihnen merkwürdig regelmäßige fürchterliche Schreie entgegentönten. Und auch Fr. hatte gelächelt und hatte Cl. erzählt, was Cl. jetzt dem Gn. erzählte, daß jeder Bewohner dieser Häusergruppe mindestens einen Menschen getötet hätte, manchmal aber deren mehrere.

«Und jetzt schreien sie, wo es zu spät ist!» sagte St. im Ton vorwurfsvoller Schickung in den Lauf der Welt.

Aber Clarisse würdigte seine Erwiderung nicht. Sie erinnerte sich, daß auch sie gefragt hatte, was die Schreie bedeuteten. Und Fr. hatte ihr zur Antwort gegeben, daß es Tobsuchtsanfälle seien; aber ganz leise und vorsichtig, als dürfe man nicht stören. Und zur gleichen Zeit waren auch rings um sie wieder die riesenhaften Wärter aufgetaucht, von denen die Panzertüren geöffnet wurden; und Clarisse wiederholte das, in die Stimmung zurückgeratend, wie ein aufregendes Theaterstück, indem auch sie das Wort «Tobsuchtsanfälle!» leise flüsterte und dem General bedeutsam in die Augen sah.

Sie wandte sich ab und ging einige Schritte voran, so daß Stumm beinahe laufen mußte, um sie einzuholen. Als er wieder an ihrer Seite war, fragte sie ihn, wie er über die neue Malerei denke, und ehe er noch seine Eindrücke sammeln konnte, überraschte sie ihn durch die Mitteilung, daß dieser Malerei ganz merkwürdig eine aus dem Geiste des Irrenhauses geborene Architektur entspreche: «Die Gebäude sind Würfel, und die Kranken wohnen also in ausgehöhlten Betonwürfeln» erläuterte sie. «Da ist ein Mittelgang, und links und rechts sind solche Zellen, und in jeder Zelle ist nichts als ein Mensch und um ihn der Raum. Sogar die Bank, worauf er sitzt, ist mit der Wand aus einem Stück gegossen. Allerdings sind alle Kanten sorgfältig abgerundet, damit er sich nicht wehtun kann» fügte sie genau hinzu, denn sie hatte alles das mit größter Aufmerksamkeit beobachtet.

Sie fand keine Worte für das, was sie eigentlich sagen mochte. Da sie ihr ganzes Leben lang von Kunst umgeben gewesen war und die

Sorgen angehört hatte, die man sich um die Kunst macht, war diese Insel verhältnismäßig widerstandsfähig gegen die in ihrem Denken sonst herangewachsenen Veränderungen geblieben; und zumal weil ihre eigene künstlerische Betätigung nicht unmittelbarer Leidenschaft entsprang, sondern bloß ein Anhängsel ihres Ehrgeizes und eine Folge der Verhältnisse war, in denen sie lebte, hatte sich auf diesem Gebiet ihr Urteil trotz der Erkrankung ihrer Person, die in der letzten Zeit neue Fortschritte gemacht hatte, nicht mehr verschroben, als es in der Entwicklung der Kunst ohnehin von Zeit zu Zeit üblich ist. Darum konnte sie auch mit einer Vorstellung wie «Zweckarchitektur» oder «Aus der Aufgabe eines Irrenhauses hervorgegangene Bauweise» sehr wohl umgehen, und nur die Bevölkerung dieser gegenwartsnahen Wohnbauten mit Irren überraschte sie als ein neuer Begriff und kitzelte sie wie anbrennendes Räucherwerk in der Nase.

Aber Stumm von Bordwehr unterbrach sie mit der bescheidenen Bemerkung, er habe sich immer eingebildet, daß Tobsuchtszellen gepolstert sein müßten.

Clarisse wurde unsicher, denn vielleicht hatten die Zellen aus hellem Gummi bestanden, und so schnitt sie den Einwand ab. «Früher vielleicht» sagte sie entschlossen, «in der Zeit der Polstermöbel und Quastenvorhänge mögen auch die Tobsuchtszellen gepolstert gewesen sein. Aber heute, wo man sachlich und räumlich denkt, ist das ganz unmöglich. Die geistige Entwicklung macht eben auch vor Irrenhäusern nicht Halt!»

Stumm wollte aber lieber etwas von den Tobsüchtigen erfahren, als sich bei der Frage aufzuhalten, welche Zusammenhänge zwischen ihnen und der Malerei und Architektur beständen, und so erwiderte er: «Hochinteressant! Aber jetzt bin ich wirklich gespannt, wie es in diesen modernen Räumen zugegangen ist?!»

«Sie werden überrascht sein» erzählte Clarisse: «So still wie auf einem Friedhof!»

«Interessant! Ich erinnere mich, daß es auch auf dem Hof mit den Mördern, die wir gemeinsam gesehen haben, einige Augenblicke so still gewesen ist!»

«Diesmal hat aber nur ein einziger Mann einen gestreiften Leinenkittel angehabt» fuhr Clarisse fort. «Ein schwacher, kleiner, alter Mann mit blinzelnden Augen.» Und plötzlich lachte sie laut auf. «Er hat geträumt, daß ihn seine Frau betrügt und hat sie nach dem Aufwachen am Morgen mit dem Stiefelknecht erschlagen!»

Auch Stumm lachte. «Gleich wie er aufgewacht ist? Das ist ausgezeichnet!» pflichtete er bei. «Der hat es offenbar eilig gehabt! Und die andern? Warum sagen Sie, daß gerade nur er einen Kittel angehabt hat?»

«Weil die andern schwarz waren. Sie sind stiller als die Toten gewesen» erwiderte Clarisse, von Ernst ergriffen.

«Mörder scheinen überhaupt keine lustigen Menschen zu sein!» meinte Stumm.

«Oh, erinnern Sie sich an den Nußknacker!» wandte Clarisse ein.

Der General wußte im Augenblick nicht, wen sie meine.

«An den mit den Nußknackerzähnen, der zu mir gesagt hat, daß Wien eine schöne Stadt sei!»

«Und was haben die Diesmaligen zu Ihnen gesagt?» fragte der General lächelnd.

«Ich habe doch schon erzählt, daß sie gespensterstill waren!»

«Aber Gnädigste,» entschuldigte sich Stumm «das nennt man doch nicht Tobsucht!?»

«Sie haben eben erst auf ihre Anfälle gewartet!»

«Wieso gewartet?! Es ist sonderbar, daß man auf einen Tobsuchtsanfall wartet wie auf einen inspizierenden Korpskommandanten. Und Sie sagen noch dazu, daß sie schwarz angezogen waren: also sozusagen eine Paradeadjustierung? Ich fürchte, Gnädigste, daß Sie da in diesem Augenblick falsch beobachtet haben müssen! Ich bitte untertänigst um Entschuldigung, aber ich pflege mir solche Dinge immer ganz genau vorzustellen!»

Clarisse, der es gar nicht unangenehm war, daß St. auf Genauigkeit bestand, denn irgendetwas beschwerte auch sie durch eine Unverständlichkeit, gab zur Antwort: «Doktor Fr. hat es mir so erklärt, und ich kann Ihnen nur wiederholen, General, es war so. Drei Herren haben dort gewartet; und alle drei haben schwarze Anzüge angehabt, und ihre Haare und Bärte sind schwarz gewesen. Der eine war ein Arzt, der andere ein Rechtsanwalt, und der dritte ein reicher Kaufmann. Sie haben ausgesehn wie politische Märtyrer, die erschossen werden sollen.»

«Warum haben sie so ausgesehn?» fragte der ungläubige Stumm.

«Weil sie weder eine Krawatte noch einen Kragen umgebunden hatten»

«Vielleicht waren die Herren gerade erst eingeliefert worden?»

«Aber nein! Friedenthal hat doch gesagt, daß sie schon lange in der Anstalt sind» versicherte Clarisse, sich ereifernd. «Und trotzdem haben sie so ausgesehn, als könnten sie jeden Augenblick aufstehn und ins Büro gehn oder zu einem Patienten. Das ist ja gerade so sonderbar gewesen!»

«Nun, mir kann es ja einerlei sein, gnädige Frau» erwiderte Stumm einlenkend, und doch mit einer Großartigkeit, die neu an ihm war, wobei er seine Stiefel unternehmend mit dem Reitstöckchen klopfte. «Ich habe schon Narren in Uniform gesehen und halte mehr Leute für verrückt, als man von mir annimmt. Aber gerade ‹Toben› habe ich mir – lebhafter vorgestellt, auch wenn ich einräume, daß man von niemand verlangen kann, daß er ununterbrochen tobt. Und daß gleich alle drei so still gewesen sind –: es tut mir leid, daß ich nicht selbst dabei gewesen bin, denn diesen Doktor Friedenthal halte ich schon für fähig, daß er einem etwas vorschwindelt!»

«Sie haben, wenn er gesprochen hat, ganz stumm aufgehorcht» berichtete Clarisse. «Man hätte überhaupt nicht bemerkt, daß sie krank sind, wenn man sie nicht gerade dort angetroffen hätte. Und denken Sie, als wir weggegangen sind, ist der, der Arzt war, aufgestanden und hat mir mit einer wirklich ritterlichen Gebärde den Vortritt angeboten und hat zu Fr. gesagt: ‹Doktor, Sie bringen so oft Besuch. Immer führen Sie Gäste herum. Heute komme ich auch einmal mit!›»

«Und da haben sich natürlich diese Fleischerhunde, diese Lackel von Aufsehern sofort –!» begann der General heftig, wenn er auch vielleicht mehr von der Tragödin als von der Tragödie gerührt war.

«Nein, man hat ihn nicht angepackt» unterbrach Clarisse. «Man hat ihn wirklich mit Respekt daran gehindert, mir zu folgen. Und ich versichere Ihnen, gerade auf solche höfliche und schweigende Art ist alles erschütternd gewesen. So wie mit kostbarem schweren Tuch verhangen ist dort die Welt, und die Worte, die man sagen möchte, haben keinen Klang. Man kann sie schwer verstehn, diese Menschen! Man müßte selbst lange Zeit im Irrenhaus leben, um in ihre Welt eindringen zu können –!»

«Eine köstliche Idee! Aber Gott behüte uns davor!» erwiderte Stumm schnell. «Gnädigste wissen, daß ich Ihnen ein ziemliches Verständnis für den Wert einer Auflockerung des bürgerlichen Geistes durch Mord und Krankheit verdanke: aber gewisse Schranken müssen eingehalten werden!»

Sie waren unter diesen Worten an den Hügel herangekommen, dem sie zustrebten, und der General schöpfte Atem, ehe er den pfadlosen Anstieg unternahm. Clarisse musterte ihn mit einem Ausdruck dankbarer Sorgfalt und etwas zärtlichem Spott, wie es an ihr selten vorkam. «Einer hat doch getobt!» teilte sie ihm schelmisch mit, wie man ein bis dahin verborgen gehaltenes Geschenk hervorholt.

«Also, also! Nun sehen Sie!» rief Stumm aus, und etwas anderes fiel ihm nicht ein. Aber sein Mund blieb offen und suchte ohne seinen Geist nach einem Wort, und plötzlich klopfte Stumm wieder mit dem Stöckchen gegen die Stiefel. «Aber natürlich, der Schrei!» fügte er hinzu. «Gnädige Frau haben doch gleich im Anfang von Schreien gesprochen, die man gehört hat, und das hat mir bei der Totenstille gefehlt! Aber Sie erzählen so großartig, daß man alles vergißt!»

«Wie wir vor der Türe gestanden sind, aus der bald ein furchtbarer

Schrei, bald ein eigentümliches Ächzen gedrungen ist,» begann Clarisse «hat mich Fr. noch einmal gefragt, ob ich wirklich eintreten wolle. Ich habe vor Aufregung kaum antworten können, aber die Wärter haben sich nicht darum gekümmert, sondern haben mit dem Aufschließen begonnen. Sie können sich denken, Herr General, daß ich mich in diesem Augenblick heftig gefürchtet habe, denn schließlich bin ich ja nur eine Frau. Ich hatte das Gefühl: wenn die Tür aufgeht, wird sich der Tobsüchtige auf mich stürzen –!»

«Man hört ja auch immer, daß solche Geisteskranke furchtbare Kräfte besitzen sollen!» half der General mit.

«Ja; aber als die Tür offen war, und wir sind alle auf der Schwelle gestanden: da hat er sich überhaupt nicht um uns gekümmert!»

«Nicht gekümmert?!» fragte Stumm.

«Nicht im geringsten! Er war fast so groß wie Ulrich und vielleicht so alt wie ich. Er ist in der Mitte der Zelle gestanden, mit vorgeneigtem Kopf und auf auseinandergespreizten Beinen. So!» Clarisse machte es nach.

Gn: Auch schwarz angezogen gewesen?
Cl. Nein ganz nackt
Gn. sieht Cl. von oben bis unten an.

«In seinem braunblonden Jungmännerbart ist dicker Speichelschaum gesessen, die Muskeln sind aus seiner Magerkeit förmlich hervorgesprungen, er war nackt, und seine Haare, ich meine bestimmte Haare –»

«Gnädigste erzählen so plastisch, daß man alles versteht!» schaltete Stumm beruhigend ein.

«Die sind glanzlos hell gewesen, unverschämt hell; er hat uns damit fixiert wie mit einem Auge, das einen ansieht und zugleich nichts von einem bemerkt!»

Clarisse war oben angelangt, der General saß zu ihren Füßen. Man sah von der «Sprungschanze» auf abfallende Wiesen und Weingärten, auf kleine und große Häuser, die ohne Ordnung von unten ein Stück den Hang emporzogen, und an einer Stelle entwich der Blick in die reizvolle Tiefe des Hügellands, das weit hinten an hohe Berge grenzte. Wenn man aber, so wie Stumm, auf einem niedrigen Baumstumpf saß, sah man bloß irgendwelche Waldbuckel, die sich gegen den Himmel krümmten, weiße Wolken in den bekannten, dick dahinschwimmenden Ballen und Clarisse. Diese stand mit gespreizten Beinen vor dem General und machte ihm den Tobsuchtsanfall vor. Sie hielt einen Arm rechtwinkelig abgebogen und steif an den Körper geschlossen, hatte den Kopf vorgeneigt und führte mit dem Oberkörper in regelmäßiger Folge eine flach vorwärtskreisende, ruckartige Bewegung aus, wobei sie einen Finger nach dem andern abbog, als ob sie zählte. Und jede dieser Bewegungen ließ sie von einem keuchend ausgestoßenen Schrei begleitet sein, dessen Stärke sie aber rücksichtsvoll dämpfte. «Das Eigentliche kann man doch nicht nachmachen» erläuterte sie. «Das ist die ungeheuerliche Anstrengung bei jedem Wurf, die einen Eindruck macht, als müßte der Mensch jedesmal seinen Leib aus einem Schraubstock reißen . . .»

«Aber das ist ja Mora!» rief der General aus. «Kennen Sie nicht dieses Glücksspiel? Wer die richtige Fingerzahl errät, gewinnt. Aber Sie dürfen nicht einen Finger nach dem andern abbiegen, sondern müssen so viele zeigen, wie Ihnen gerade einfällt! An der italienischen Grenze spielen es alle unsere Bauern.»

«Es ist wirklich Mora» sagte Clarisse, die das schon auf Reisen gesehen hatte. «Und er hat es auch so gemacht, wie *Sie* es beschreiben!»

«Also Mora» wiederholte Stumm befriedigt. «Aber wie diese Irrsinnigen nur auf ihre Ideen kommen, möchte ich wissen!» fügte er hinzu, und damit begann erst der anstrengende Teil der Unterredung.

Beilage 3 zu Ü4 – 4)

Cl. setzte sich neben den Gn. auf den Baumstumpf, ein wenig abgerückt von ihm, so daß sie ihn, wenn es sein mußte, «ins Auge fassen» konnte, wobei er jedesmal ein lächerlich schreckliches Gefühl hatte, als ob ihn ein Hirschkäfer zwicke. Sie war bereit, ihm das Gefühlsleben der Irren zu erklären, so wie sie es selbst durch vieles Nachdenken verstand. Einen der wichtigsten Plätze nahm darin – weil sie alles auf sich bezog – die Vorstellung ein, daß die sogenannten Geisteskranken eine Art genialer Wesen seien, die man verschwinden lasse und um ihr Recht bringe, wogegen sie sich aus irgendwelchen Gründen, die Cl. noch nicht herausgefunden hatte, nicht wehren könnten. Es war nur natürlich, daß der General dieser Auffassung nicht beipflichten konnte, und wunderte weder sie noch ihn. «Ich will schon zugeben, Gnädigste, daß so ein Narr einmal etwas erraten kann, was unsereiner nicht weiß» verwahrte er sich. «Derartig stellt man sie sich ja auch vor, sie haben so einen gewissen Nimbus; aber daß sie geradezu mehr denken sollten als wir Gesunde: nein, da darf ich wohl bitten!»

Clarisse beharrte ernsthaft dabei, daß die geistig Gesunden weniger dächten als die geistig Nichtgesunden. «Sind Sie schon einmal vom Hundersten ins Tausendste gekommen, General?» fragte sie St., und das mußte er bejahen. «Sind Sie dann auch ein andermal umgekehrt, vom Tausendsten ins Hundertste, gekommen?» fragte sie weiter, u. das wollte St., nachdem er eine Weile darüber nachgedacht habe, was es heiße, natürlich noch weniger verneinen, denn es ist ja der Stolz des Mannes, sich sogar bis an das Eine durchzudenken, das man die Wahrheit heißt. Aber Clarisse folgerte: «Sehen Sie, und das ist nichts als Feigheit, dieses immer ordentliche und überlegte Nachdenken! Die Männer werden es wegen ihrer Feigheit nie zu etwas bringen!»

«Das habe ich noch nie gehört!» versicherte Stumm ablehnend.? Aber er dachte darüber nach. Hieß das nicht ..?

Clarisse rückte mit den Augen an ihn heran. «Sicher hat Ihnen schon eine Frau zugeflüstert: Du Gott-Mensch?!»

Stumm erinnerte sich nicht daran, aber das wollte er nicht zugeben, darum vollführte er bloß eine Gebärde, die sowohl heißen konnte: Leider nein, als auch: Das hört man bis zum Überdruß! Und in Worten antwortete er: «Manche Frauen sind ja *sehr* exaltiert! Aber wie soll das eigentlich mit unserem Gespräch zusammenhängen? So etwas ist einfach ein übertriebenes Kompliment!»

«Sie erinnern sich an den Maler, dessen Zeichnungen uns der Doktor gezeigt hat?» fragte Clarisse

«Ja natürlich. Das war ganz hervorragend, was der gemalt hat!»

«Er war unzufrieden mit Friedenthal, weil dieser von Kunst nichts versteht. ‹Zeig es diesem Herrn!› hat er gesagt und dabei auf mich gewiesen» fuhr Clarisse fort u faßte den General plötzlich wieder ins Auge. «Glauben Sie denn, daß es auch bloß ein Kompliment gewesen sei, daß er mich als einen Mann angesprochen hat?!»

«Das ist eben so eine von diesen Ideen» meinte Stumm. «Darüber habe ich wirklich nicht nachgedacht. Ich möchte vielleicht annehmen, daß es das ist, was man eine Assoziation nennt, oder eine Analogie, oder so etwas. Er hat halt irgend eine Ursache gehabt, Sie für einen Mann zu halten!»

Aber macht es Ihnen denn ein Vergnügen, für einen Mann zu gelten?

Vergnügen? Nein. Aber ..

Obwohl St. überzeugt war, Clarisse mit diesen letzten Worten etwas erklärt zu haben, wurde er doch durch die Wärme überrascht, mit der sie ausrief: «Ausgezeichnet! Dann brauche ich Ihnen ja bloß zu sagen, daß es die gleiche Ursache hat, wenn in der Liebe von Gott-Mensch geflüstert wird! Die Welt ist nämlich voll Doppelwesen!»

Man darf natürlich nicht glauben, daß es St. angenehm war, wenn Cl. so sprach und dabei aus den zusammengekniffenen Augen einen gespaltenen Blick hervorschoß; er überlegte dann vielmehr, ob es nicht doch richtiger wäre, solche Gespräche nicht in Uniform zu führen und zum nächsten Spaziergang in Zivil zu erscheinen. Aber anderseits hatte der gute Stumm, der Cl. mit großer Vorsicht, wenn nicht verheimlichtem Schrecken, bewunderte, den ehrgeizigen Wunsch, diese so leidenschaftliche junge Frau zu verstehn u von ihr verstanden zu werden, weshalb er ihrer Behauptung rasch eine gute Seite abgewann. Er legte sie sich so zurecht, daß am Menschen u. in der Welt eben das meiste zweideutig sei, was sich recht gut seinem neuen Pessimismus anschloß, und beruhigte sich des weiteren mit der Annahme, daß dann auch Gott-Mensch u. Mann-Frau nicht anders gemeint sein werde, als was man von jedem behaupten könne, daß er ein bißel ein edler Mensch u. ein bißel ein Schuft sei. Immerhin zog er es vor, das Gespräch zu der natürlicheren Auffassung zurückzuwenden u. begann seine Kenntnisse von Analogien, Vergleichen, symbolischer Ausdrucksweise und ähnlichem zu entwickeln.

«Verzeihen u. erlauben, gnädige Frau, daß ich für einen Augenblick Ihre Anregung aufnehme und mich in den Gedanken versetze, daß Sie wirklich ein Mann wären» so fing der vom Schutzengel der Intuition Beratene das an u fuhr in der gleichen Weise fort: «Denn dann könnten Sie sich vorstellen, was es bedeutet, wenn eine Dame einen dichten Schleier trägt und nur ganz wenig von ihrem Gesicht zeigt; oder, was beinahe das gleiche ist, wenn sich eine Balltoilette beim Tanzen ein wenig vom Boden hebt u. den Beinansatz zeigt: So ist es ja noch vor ein paar Jahren gewesen, ungefähr bis zu meiner Majorszeit; und solche Andeutungen treffen einen nämlich viel stärker, ich möchte beinahe sagen: leidenschaftlicher, als wenn man die Dame bis zum Knie sieht oder sozusagen ohne Hindernisse – ja, gerade Hindernisse ist das richtige Wort! Denn so möchte ich auch das beschreiben, worin eine Analogie oder ein Vergleich oder ein Symbol besteht: sie bereiten dem Denken Hindernisse und erregen es dadurch stärker, als es gewöhnlich der Fall ist. Ich glaube, das meinen Sie, wenn Sie sagen, daß das gewöhnliche Nachdenken etwas Feiges hat!»

Aber Cl. meinte das ganz u gar nicht. «Der Mensch hat die Pflicht, über die bloßen Andeutungen hinauszugelangen!» forderte sie.

«Überaus merkwürdig!» rief Stumm nun aus, ehrlich berührt. «Der alte Graf Ldf. sagt ganz das gleiche wie Sie! Ich habe mich erst unlängst mit dem erlauchtigen Herrn auf das eingehendste über Gleichnisse u. Symbole unterhalten, und da hat er in Bezug auf die Patriotische Aktion genau das gleiche geäußert wie gnädige Frau, daß wir alle die Verpflichtung hätten, über den Zustand des Gleichnisses hinaus zur Wirklichkeit zu gelangen!»

«Ich habe ihm einmal einen Brief geschrieben u. ihn darin gebeten, sich für die Freilassung des M. einzusetzen» erzählte Clarisse.

? Schau Sie, da haben wir also schon damals gleich 2 gemeinsame Bekannte gehabt, ohne es zu wissen!

«Und was hat er Ihnen geantwortet? Das könnte er nämlich gar nicht;
ich meine: selbst wenn er könnte, könnte er es nicht, weil er ein viel
zu konservativer und legaler Herr ist!»

«Sie könnten es aber?» fragte Cl.

«Aber nein; was im Irrenhaus ist, soll schon dort bleiben. Da mag
es noch so vieldeutig sein. Wissen Sie, Vorsicht ist die Mutter der
Weisheit!»

«Und was ist das?» fragte Cl. lächelnd, denn sie hatte am Portepee
des Generals den eingewebten Doppeladler entdeckt, das Wahrzeichen
der kais. u königl. Monarchie. «Was ist dieser Doppeladler?»

«Ich verstehe nicht. Was soll der Doppeladler sein? Er ist eben der
Doppeladler!»

«Aber was ist ein Doppeladler? Ein Adler mit zwei Köpfen? In der
Welt fliegen doch nur einköpfige Adler herum?! Ich mache Sie also
darauf aufmerksam, daß Sie an Ihrem Säbel das Symbol eines Doppelwesens tragen! Ich wiederhole Ihnen, Herr General, die bezaubernden
Dinge ruhen wahrscheinlich alle auf uraltem Irrsinn!»

Gn: Pst! Das darf ich nicht anhören! (lächelnd)

Laubumkränzter Waffenstillstand zwischen Walter und Clarisse

Während sie sich ihrer Wohnung wieder näherte, wurde sie von der
theatralischen Vorstellung begleitet, ein Mensch zu sein, der von weit-
her zurückkehrt. Sie hatte ihren Tanz aufgegeben, aber aus irgendeinem Grund summte in ihrem Kopf das Lied: «Mein Vater Parsifal
trug dort die Krone, sein Ritter ich, bin Lohengrin genannt.» Als sie
die Türe durchschritt und sich in jähem Wechsel aus der schon hart
und warm gewordenen Helle des jungen Morgens in die schlafende
Dämmerung des Treppenhauses eintreten fühlte, meinte sie von einer
Falle gefangen zu sein. Die Stufen, die sie hinanstieg, gaben unter ihrem
leichten Gewicht einen ganz leisen Laut von sich, der wie ein gehauch-
ter Seufzer klang und dem nichts im ganzen Hause antwortete. Clarisse
drückte vorsichtig die Klinke des Schlafzimmers nieder: Walter schlief
noch! Milchkaffeefarbenes, durch die groben Leinenvorhänge einge-
drungenes Licht und der Kinderstubengeruch der endenden Nacht
begrüßten sie. Walters Lippen sahen knabenhaft trotzig und warm
aus; zugleich war das Gesicht einfach, ja verarmt. Es war darin weit
weniger zu sehen, als es dem gewöhnlichen Anschein entsprochen
hätte. Bloß ein wollüstiges Machtbedürfnis, das sich sonst nicht zeigte,
war jetzt zu beobachten. Clarisse sah ihren Gatten an, reglos an seinem
Lager stehend; und er ahnte sich durch ihren Eintritt im Schlaf gestört

und wälzte sich zur andren Seite. Sie genoß zögernd die Überlegenheit des wachenden über den schlafenden Menschen; sie bekam Lust, ihn zu küssen oder zu streicheln oder auch zu erschrecken, konnte sich aber nicht entscheiden. Sie wollte sich auch nicht der Gefährdung aussetzen, die mit dem Schlafzimmer verbunden war, und offenbar traf es sie unvorbereitet, Walter noch schlafen zu finden. Sie riß von einem Stück Tütenpapier, das von einem Einkauf am Tisch liegen geblieben war, eine Ecke ab und schrieb mit ihren großen Buchstaben darauf: «Ich habe bei dem Schläfer Besuch gemacht und erwarte ihn im Wald.»

Als Walter bald darauf erwachte und das leere Bett neben dem seinen gewahrte, entsann er sich dumpf, daß während des Schlafs etwas im Zimmer vor sich gegangen sei, sah nach der Uhr, entdeckte den Zettel und streifte rasch die Nachtbefangenheit ab, denn er hatte sich vorgenommen, an diesem Tag besonders früh aufzustehn und zu arbeiten. Da dies nun aber nicht mehr möglich war, erwies es sich nach einiger Betrachtung auch als richtig, die Arbeit noch hinauszuschieben, und obwohl er sich gezwungen sah, sein Frühstück mühsam selbst zusammenzutragen, stand er bald in bester Laune unter den Strahlen der Vormittagssonne. Er setzte voraus, daß Clarisse in einem Hinterhalt stecken und sich in der Form eines Überfalls melden werde, sobald er den Wald betrete; und er zog die gewöhnliche Straße dahin, einen breiten, erdigen Karrenweg, zu dessen Bewältigung es ungefähr einer halben Stunde bedurfte. Es war Halbfeiertag, das heißt einer der Tage, die zw. Feiertage sind, aber amtlich nicht dafür gelten, weshalb merkwürdigerweise an ihnen gerade die Ämter u die sich diesen anschließenden vornehmen Berufe ganz feierten, während die weniger verantwortlichen Geschäfte und Leute den halben Tag arbeiteten. Man nennt so etwas geschichtlich geworden, und es hatte zur Folge, daß Walther an diesem Tag einem Privatmann gleich in einer beinahe privaten Natur spazierengehen durfte, in der außer ihm bloß einige unbeaufsichtigte Hühner herumliefen. Er streckte seinen Hals, ob er nicht am Waldrand oder vielleicht gar schon unterwegs ein farbiges Kleid entdecke, aber nichts war zu sehn, und obwohl der Weg anfangs schön war, sank mit der steigenden Wärme bald seine Lust an der Bewegung. Das rasche Gehen erweichte seinen Kragen und die Poren seines Gesichts, bis sich jenes unangenehme Gefühl feuchter Wärme einstellte, das den menschlichen Körper zu einem Wäschestück erniedrigt. Walter nahm sich vor, sich wieder besser an die Natur zu gewöhnen; räumte sich die Entschuldigung ein, daß er vielleicht bloß zu warm gekleidet sei; ängstigte sich wohl auch darüber, daß ein Unwohlsein in ihm stecken möchte: und seine Gedanken, die anfangs sehr lebendig gewesen waren, wurden auf diese Weise allmählich unzusammenhängend und schwappten schließlich gleichsam mit den Schritten, indes der Weg nicht enden wollte.

Irgendwann dachte er: «Man denkt wahrhaftig als sogenannter normaler Mensch kaum weniger unzusammenhängend als ein Wahnsinniger!» und dann fiel ihm ein: «Man sagt übrigens auch: es ist wahnsinnig heiß!» Und er lächelte schwach darüber, daß man offenbar nicht ganz ohne Grund so spreche, da doch beispielsweise die Veränderungen, die eine Fieberhitze im Kopf anrichtet, ja wirklich etwas Mittleres zwischen den Symptomen der gewöhnlichen Hitze und denen einer Geistesstörung darstellen. Und so, ohne es völlig ernst zu nehmen, ließ sich vielleicht auch von Clarisse sagen, daß sie immer das gewesen sei, was man einen verrückten Menschen nennt, ohne daß es ein kranker sein müßte. Auf diese Frage hätte Walter gerne die Antwort besessen. Der Bruder und Arzt sagte, es bestünde nicht die mindeste Gefahr. Aber Walter glaubte seit langem zu wissen, daß sich Clarisse bereits jenseits einer gewissen Grenze befinde. Es war ihm manchmal zumute, sie umschwebe ihn bloß noch wie ein Abgeschiedener, von denen doch auch gesagt wird, daß sie sich nicht gleich von dem trennen könnten, was sie geliebt hätten. Diese Vorstellung war nicht ungeeignet, seinen Stolz zu heben, denn wenig andere Menschen wären solchem – wie er es nun nannte: schaurig-schönen – Ringen der Liebe mit dem Ungeheuerlichen gewachsen gewesen! Freilich fühlte er sich manchmal auch zaghaft. Ein plötzlicher Stoß oder Zusammenbruch konnte seine Frau ins völlig Abstoßende und Häßliche entrücken, und das wäre noch das mindeste gewesen, denn wie, wenn sie ihn dann nicht abstieße?! Nein, Walter nahm an, daß sie ihn abstoßen müßte, denn der entartete Geist sei häßlich! Und Clarisse müßte dann wohl auch in eine Anstalt gebracht werden, wofür es an Geld fehlte. All das war sehr niederdrückend. Dennoch hatte er sich manchmal, wenn ihre Seele gleichsam schon vor den Fensterscheiben flatterte, so kühn gefühlt, daß er nicht wissen wollte, ob er sie noch zu sich hereinziehen oder sich lieber zu ihr hinausstürzen solle.

Über solchen Gedanken vergaß er den sonnig-anstrengenden Weg, unterließ schließlich aber auch zu denken, so daß er wohl lebhaft bewegt verblieb, aber eigentlich ohne Inhalt, oder von schrecklich gewöhnlichen Inhalten erfüllt wurde, die er pathetisch aufnahm; er wanderte wie ein Rhythmus ohne Töne, und als er mit Clarisse zusammenstieß, wäre er beinahe über sie gestolpert. Auch sie war zuerst dem breiten Weg gefolgt, und sie hatte am Waldrand eine kleine Einbuchtung gefunden, wo das ausgegossene Sonnenlicht bei jedem Windhauch den Schatten beleckte wie eine Göttin ein Tier. Der Boden stieg dort sacht an, und da sie am Rücken lag, sah sie die Welt in einem wunderlichen Zwickel. Durch irgendeine gestaltliche Verwandtschaft bemächtigte sich dabei ihres Gemüts auch die unheimliche Stimmung wieder, die sich an diesem Tag besonders leicht in ihre Heiterkeit mengte, und sie begann bei diesem lange dauernden Blick in die wagrecht verschrobene Landschaft Trauer zu empfinden, als ob sie ein Leid oder eine Sünde oder ein Schicksal auf sich nehmen müßte. Eine große Verlassenheit, Verfrühtheit und Opfergewärtigkeit war in der Welt, ähnlich wie sie es bei ihrem ersten Ausgang vorgefunden hatte, als ihr der Tag erst «an die Knöchel reichte». Unwillkürlich suchten ihre Augen die Stelle, wo hinter entfernteren Hängen, und ihr nicht sichtbar, die ausgedehnten Gebäude des Irrenhauses liegen sollten; und als sie sie gefunden zu haben glaubte, beruhigte sie das, wie es den Liebenden beruhigt, die Richtung zu wissen, in der seine Gedanken die Geliebte finden können. Ihre Gedanken «flogen» aber nicht hin. «Sie hocken jetzt, ganz stumm geworden, wie große, schwarze Vögel neben mir in der Sonne», dachte sie, und das damit verbundene groß- und schwermütige Gefühl dauerte an, bis Clarisse von ferne Walters ansichtig wurde. Da hatte sie plötzlich von ihrem Leid genug, versteckte sich hinter den Bäumen, hielt die Hände wie einen Trichter vor den Mund und rief, so laut sie konnte: «Kuckuck!» Dann richtete sie sich auf und lief weiter ins Innere des Waldes hinein, änderte aber alsbald ihre Absicht wieder und warf sich in der Nähe des Wegs, den Walter benutzen mußte, in die warmen Waldkräuter. Sein Gesicht kam denn auch im Glauben, unbeobachtet zu sein, daher, drückte nichts aus als die leicht bewegte, unbewußte Achtsamkeit auf die Hindernisse des Wegs und war dadurch sehr sonderbar, ja eigentlich männlich entschlossen anzusehn. Als er ahnungslos nahe war, streckte Clarisse den Arm aus und griff nach seinem Fuß, und das war dieser Augenblick, wo Walter fast gefallen wäre und nun, beinahe unter seinem Auge liegend und den Blick lächelnd zu ihm emporgehoben, seine Frau gewahrte, die unerachtet einiger seiner Befürchtungen nicht im mindesten häßlich aussah.

Clarisse lachte, Walter setzte sich neben sie auf einen Baumstumpf und trocknete den Hals mit dem Sacktuch. «Ach du..!» begann er, und dann sagte er erst nach einer Weile: «Ich habe heute eigentlich arbeiten wollen ...»

«Wollen!?» spottete Clarisse. Aber es verletzte diesmal nicht. Das Wort schwirrte von ihrer Zunge und mengte sich in das muntere Geschwirre der Waldfliegen, das wie kleine Metallpfeile durch die Sonne und am Ohr vorbei sauste.

Walter erwiderte: «Ich gebe zu, daß ich es in letzter Zeit nicht für richtig gehalten habe zu arbeiten, wenn man ebenso gut die frischen

Blumen riechen könnte. Es bleibt eine Einseitigkeit; es geht gegen die Pflicht zur Vollständigkeit!»

Da er eine kurze Pause machte, warf Clarisse einen kleinen Zapfen, der ihr in die Hand geraten war, mehrmals hoch und fing ihn wieder auf.

«Ich weiß natürlich auch, was man dagegen sagen könnte!» versicherte Walter.

Clarisse ließ den Zapfen zu Boden fallen und fragte lebhaft: «Du wirst also doch wieder zu arbeiten beginnen? Man braucht heute eine Kunst mit *so* großen Pinselstrichen und Tonsprüngen!» Sie machte eine Armbewegung von einem Meter Spanne.

«Ich brauche damit ja nicht gleich anzufangen –» wandte Walter ein. «Überhaupt ist mir die ganze Problematik des Einzelkünstlers noch verdächtig. Wir brauchen heute eine Problematik der Gesamtheit –» Kaum hatte er aber das Wort «Problematik» gesprochen, kam ihm das in der Stille des Waldes ganz überreizt vor. Er fügte darum etwas Neues hinzu: «Im Grunde ist es aber überhaupt eine lebenswidrige Forderung, daß ein Mensch etwas, das er liebt, malen soll; im Falle des Landschaftsmalers die Natur!»

«Aber ein Maler malt doch auch seine Geliebte» warf Clarisse ein. «Teils liebt ein Maler, teils malt er!»

Walter sah seinen schönen letzten Gedanken zusammenschrumpfen. Er war nicht gelaunt, ihm neuen Atem einzuhauchen; immerhin blieb er überzeugt, daß der Gedanke bedeutend gewesen sei und bloß der aufmerksamen Bearbeitung bedurft hätte. Und Finkenschlag, Klopfen des Spechts, Summen der kleinen Kerbtiere: es zog nicht zur Arbeit, sondern eher hinab in eine unendliche Tiefe der Trägheit.

«Wir sind einander ja doch sehr ähnlich, du und ich,» sagte er genußvoll «wie nicht bald ein zweites Paar! Andere malen, musizieren oder schreiben, und ich verweigere es mir: es ist im Grunde ebenso radikal wie dein Eifer!»

Clarisse drehte sich auf die Seite, stützte den Ellbogen auf u. öffnete den Mund zu einer wütenden Entgegnung. «Ich werde dich schon noch ganz befrein!» sagte sie rasch.

Walter blickte zärtlich zu ihr hinab. «Was meinst du eigentlich, wenn du sagst, daß wir von unserer Sündengestalt erlöst werden müßten?» fragte er sie begierig.

Clarisse antwortete diesmal nicht. Sie hatte den Eindruck, wenn sie jetzt spräche, ginge es zu schnell auf und davon, und obwohl sie die Absicht hatte zu sprechen, sie fühlte sich durch den Wald verwirrt; denn der Wald war auf ihrer Seite, so etwas läßt sich nicht recht ausdrücken, wohl aber deutlich bemerken.

Walter bohrte in der süßen Wunde herum. «Hast du mit Meingast wirklich wieder darüber gesprochen?» fragte er ansinnend, aber doch zögernd, ja geängstigt davon, daß sie es getan haben könnte, obwohl er es ihr verboten hätte.

Clarisse log, denn sie schüttelte den Kopf; aber sie lächelte dazu.

«Kannst du dich noch an die Zeit erinnern, als wir Meingast's ‹Sünden› auf uns genommen haben?» forschte er weiter. Er nahm ihre Hand. Clarisse ließ ihm aber nur einen Finger. Es ist ein merkwürdiger Zustand, wenn sich ein Mann ebenso widerstrebend wie bereitwillig selbst daran erinnern muß, daß beinahe alles, was seine Geliebte ihm schenkt, schon vorher einem andern gehört hat; es ist vielleicht das Zeichen einer allzustarken Liebe, vielleicht das einer schwächlichen Seele, und Walter suchte manchmal geradezu diesen Zustand. Er liebte die fünfzehn- bis siebzehnjährige Clarisse, die niemals von ihm ganz und restlos eingenommen war, beinahe mehr als die gegenwärtige, und die Erinnerung an ihre Zärtlichkeiten, die vielleicht der Widerschein von Meingasts Unanständigkeit gewesen waren, erregte ihn eigentümlich tiefer als die im Vergleich damit kühle Unangefochtenheit der Ehe. Es war ihm beinahe angenehm zu wissen, daß Clarisse für Ulrich und vollends nun wieder für den großartig veränderten Meingast gern einen Seitenblick übrig hatte, und die Art, wie diese Männer ungünstig auf ihre Phantasie wirkten, vergrößerte sein Verlangen nach seiner Frau so, wie die Schatten von Ausschweifung und Lust unter einem Auge dieses größer erscheinen lassen. Gewiß, Männer, in denen die Eifersucht nichts anderes neben sich duldet, Vollmänner, werden das nicht erleben, aber seine Eifersucht war voll Liebe, und wenn das so ist, dann wird die Qual so genau, so deutlich, so lebendig, daß sie beinahe eine miterlebte Lust ist. Wenn sich Walter seine Frau in der Hingabe an einen anderen vorstellte, so empfand er stärker, als wenn er sie in seinen eigenen Armen hielt, und er dachte etwas betroffen zu seiner Entschuldigung: «Wenn ich als Maler ein Gesicht mit den feinsten Biegungen seiner Linien sehen soll, so blicke ich es auch nicht unmittelbar, sondern in einem Spiegel an..!» Es stachelte ihn erst recht, daß er sich solchen Gedanken im Wald, in der gesunden Natur hingebe, und die Hände, die Clarissens Finger hielten, begannen zu zittern. Er mußte etwas sagen, aber das, was er dachte, konnte es nicht sein. Etwas gepreßt scherzte er: «Nun willst du also meine Sünden auf dich nehmen, doch wie wirst du das tun?» Er lächelte; aber Clarisse bemerkte, daß sich ein leichtes Zittern auf seinen Lippen ausbreitete. Das paßte ihr jetzt nicht; obwohl es immer zum Lachen wunderbar ist, dieses Bild, wie ein Mann, einen viel zu großen Ballen unnützer Gedanken mitschleppend, jene kleine Pforte durchschreiten will, zu der es ihn hinzieht. Sie setzte sich jetzt vollends

auf, sah Walter mit einem spöttisch ernsten Blick an, schüttelte abermals den Kopf und begann nachdenklich:

«Glaubst du nicht, daß in der Welt Zeiten der Manie mit Zeiten
der Depression wechseln? Drängende, aufgeregte, fruchtbare Aufschwungszeiten, die das Neue bringen, mit Sündenzeiten, mutlosen,
niedergeschlagenen, schlechten Jahrhunderten oder Jahrzehnten?»
Zeiten, in denen sich die Welt ihrer Lichtgestalt nähert, u Zeiten, wo
sie in die Sündengestalt sinkt Walter sah sie beunruhigt an. «So ist es
doch, und ich kann dir bloß nicht die Jahreszahlen sagen» fuhr sie fort
und ergänzte: «Der Aufschwung muß nicht schön sein, er muß sogar
vieles abschütteln, was immerhin schön sein mag, er kann wie eine
Krankheit aussehn: Ich bin überzeugt, daß die Menschheit von Zeit
zu Zeit geisteskrank werden muß, um die Synthese zu einer neuen
und höheren Gesundheit zu vollziehen!»

Walter wollte nicht verstehen.

Clarisse sprach weiter: «Menschen mit deiner und meiner Empfindlichkeit spüren das! Wir leben jetzt in einer Niedergangszeit und darum
kannst du auch nicht arbeiten. Noch dazu gibt es sinnliche Jahrhunderte
und Jahrhunderte, die sich von der Sinnlichkeit abwenden. Du mußt
dich darauf vorbereiten, daß du leiden wirst. . .»

Merkwürdig berührte es Walter, daß Clarisse «Ich und Du» sagte.
Das hatte sie lange nicht gesagt.

«Und natürlich gibt es Übergangszeiten» trug Clarisse nach. «Und
Johannes-Menschen, Vorläufer; vielleicht sind wir zwei Vorläufer.»

Nun antwortete Walter: «Aber nun hast du doch schon deinen
Willen gehabt und bist im Irrenhaus gewesen, nun sollten wir eigentlich wieder einer Meinung sein!»

«Du willst sagen, daß ich nicht wieder hingehn soll?» warf Clarisse
ein und lächelte.

«Geh nicht wieder hin!» bat Walter. Aber er bat ohne Überzeugungs-
kraft, das fühlte er selbst, seine Bitte sollte ihn bloß decken.

Clarisse gab zur Antwort: «Alle ‹Vorläufer› klagen über die Unentschiedenheit des Geistes, denn sie haben noch nicht den ganzen
Glauben, aber keiner getraut sich, der Unentschiedenheit ein Ende zu
bereiten! Auch Meingast traut sich nicht» fügte sie hinzu.

Walter fragte: «Was müßte man sich denn getrauen?»

«Verstehst du, ein Volk kann nicht wahnsinnig sein» sagte Clarisse
mit noch leiserer Stimme. «Es gibt nur persönlichen Wahnsinn. Wenn
alle wahnsinnig sind, sind sie eben die Gesunden. Ist das nicht richtig?
Also ist das Volk der Irren das gesündeste Volk; man muß es nur als
Volk behandeln, und nicht als Kranke. Und ich sage dir, die Wahnsinnigen denken mehr als die Gesunden, und sie führen ein entschlos-
senes Leben, wozu wir niemals den Mut haben! Freilich zwingt man

sie, es in einer Sündengestalt zu leben, oder sie können noch nicht anders!»

Walter schluckte und fragte: «Aber was ist Sündengestalt? Du sprichst so oft davon, und ebenso oft von Verwandlung, von Sünde-auf-sich-nehmen, von Doppelwesen und vielem anderem, das ich halb verstehe und halb nicht verstehe!»

Das dreht sich im Kreis
Natürlich dreht es sich im Kreis

Clarisse lächelte, und es war ihr verlegenes und etwas aufgeregtes Lächeln. «Das läßt sich nicht mit zwei Worten sagen» erwiderte sie. «Die Kranken sind eben Doppelwesen.»

«Nun ja, das hast du schon gesagt. Aber was bedeutet es denn?» Walter bohrte, er wollte wissen, wie sie empfände; ohne Rücksicht auf sie.

Clarisse dachte nach. «Apollo ist in manchen Darstellungen Mann und Frau. Anderseits war der Apollo mit dem Pfeil nicht der Apollo mit der Leier, und die Diana von Ephesus war nicht die von Athen. Die griechischen Götter waren Doppelwesen, und wir haben das verlernt, aber wir sind auch Doppelwesen.»

Nach einer Weile sagte Walter: «Du übertreibst. Natürlich ist der Gott, wenn er Männer tötet, ein anderer als wenn er musiziert –»

«Das ist gar nicht natürlich» versetzte ihm Clarisse. «Du wärst der gleiche! Du wärst nur verschieden erregt. Ein wenig bist du auch hier im Wald und dort im Zimmer verschieden, aber du bist kein anderer. Ich könnte sagen, du verwandelst dich niemals vollständig in das, was du tust; aber ich möchte nicht zuviel sagen. Wir haben die Begriffe für diese Vorgänge verloren. Die Alten hatten sie noch, die Griechen, das Volk Nietzsches!»

«Ja» sagte Walter, «vielleicht; vielleicht könnte man ganz anders sein, als wir sind.» Und dann schwieg er. Knickte ein Zweiglein. Sie lagen jetzt beide auf dem Boden, mit den Köpfen einander zugewandt. Schließlich fragte Walter:

«Was für ein Doppelwesen bin ich denn?»

Clarisse lachte.

Er nahm seinen Zweig und kitzelte sie am Gesicht.

«Du bist Bock und Adler» sagte sie und lachte wieder.

«Ich bin doch kein Bock!» verwahrte sich Walter schmollend.

«Du bist ein Bock mit Adlerflügeln!» ergänzte Clarisse ihre Behauptung.

«Hast du das jetzt im Augenblick erfunden?» fragte Walter.

Es war ihr erst im Augenblick eingefallen, aber sie durfte etwas hinzufügen, was sie schon lange wußte: «Jeder Mensch hat ein Tier, in dem er sein Schicksal erkennen kann. Nietzsche hatte den Adler.»

«Du meinst vielleicht, was man Totem nennt. Weißt du, daß noch bei den Griechen die Götter bestimmte Begleittiere hatten: den Wolf, den Stier, die Gans, den Schwan, den Hund . . .»

«Siehst du!» sagte Clarisse. «Das habe ich gar nicht gewußt, aber es ist wahr.» Und plötzlich fügte sie hinzu: «Weißt du, daß die Kranken Schweinereien machen? Ebensolche wie damals der Mann, der unter mein Fenster gekommen war!» Und sie erzählte ihm die Geschichte von dem Alten im Krankensaal, der ihr entgegengewinkt und sich dann so unanständig betragen hatte.

«Eine schöne Geschichte, das, und noch dazu vor dem General!» wandte Walter mit Eifer ein. «Du darfst wirklich nicht wieder hingehn!»

«Aber ich bitte dich, der General hat doch bloß Angst vor mir!» verteidigte sich Clarisse.

«Warum sollte er denn Angst haben?!»

«Das weiß ich nicht. Aber du hast ja auch Angst, und Vater hatte Angst, und Meingast hat auch Angst vor mir» sagte Clarisse. «Wahrscheinlich besitze ich eine verdammte Kraft, so daß sich Männer, mit denen etwas nicht in Ordnung ist, mir anbieten müssen. Und kurz und gut, ich sage dir, die Kranken sind Doppelwesen aus Gott und Bock!»

«Ich habe Angst um *dich*!» flüsterte Walter mehr, leise und zärtlich, als daß er es sagte.

«Die Kranken sind aber nicht nur Doppelwesen aus Gott und Bock, sondern auch aus Kind und Mann und aus Trauer und Heiterkeit» fuhr Clarisse fort, ohne sich darum zu kümmern.

Walter schüttelte den Kopf. «Alle Männer hängen bei dir mit ‹Bock› zusammen!?»

«Gott, das ist schon so.» Clarisse verteidigte es ruhig. «Ich selbst trage doch auch die Figur des Bocks in mir!»

«Die Figur!» höhnte Walter ein wenig, aber unwillkürlich; denn das dauernde Wechseln der Vorstellungen machte ihn müde.

«Das Bild, das Vorbild, den Dämon – nenn es, wie du willst!»

Walter bedurfte einer Rast, er wünschte einen Abschnitt zu machen, er erwiderte: «Übrigens gebe ich zu, daß man in vieler Hinsicht wirklich ein Doppelwesen ist. Die neuere Psychologie –»

Clarisse unterbrach ihn heftig: «Nicht Psychologie! Ihr alle denkt viel zuviel!»

«Aber du hast doch behauptet, daß die Irren noch mehr denken als wir Gesunde?!» fragte Walter unwillkürlich.

«Dann habe ich es falsch gesagt. Sie denken anders. Energischer!»

erwiderte sie und fuhr fort: «Es ist doch überhaupt gleichgültig, was man sich denkt; sobald man handelt, wird es gleichgültig, was man zuvor gedacht hat. Darum finde ich es richtig, nicht mehr zu reden, sondern zu den Irren in ihr Haus zu gehn.»

«Einen Augenblick!» bat Walter. «Welches Doppelwesen ist das deine?»

«Ich bin in erster Linie Mann und Frau.»

«Soeben hast du aber noch Bock gesagt?»

«Auch. Auch! Das läßt sich nicht mit Zirkel und Lineal bestimmen.»

«Nein, so geht das nicht!» stöhnte Walter nun plötzlich auf, bedeckte die Augen mit den Händen und ballte die Hände zu Fäusten. Als er verstummt so liegen blieb, kroch Clarisse an ihn heran, schlang die Arme um seine Schultern und küßte ihn von Zeit zu Zeit.

Walter lag, ohne sich zu rühren.

Clarisse flüsterte und murmelte etwas an seinem Ohr. Sie erklärte ihm, daß ihr vom Bock jener Mann unter das Fenster geschickt worden sei, und daß der Bock die Sinnlichkeit bedeute, die sich allenthalben vom übrigen Menschen getrennt habe. Alle Menschen kriechen abends zueinander ins Bett, und die Welt lassen sie stehn: diese niedere Lösung der großen im Menschen steckenden Lustkräfte müsse endlich einmal verhindert werden, dann wachse der Bock zum Gott! So hörte Walter sie reden. Und hatte sie denn nicht recht? Wie kam es doch, daß es ihm Freude bereitete? Wie kam es, daß ihm schon lange nichts anderes Freude bereitet hatte? Die Bilder nicht, die er früher bewundert hatte; die Meister der Musik, die er geliebt hatte, nicht; die großen Verse nicht und nicht die mächtigen Gedanken? Und daß es ihm nun Freude bereitete, Clarisse zuzuhören, wenn sie etwas erzählte, das jeder andere für Einbildungen hielte? So fragte sich Walter. Solange sein Leben vor ihm gelegen war, hatte er es voll großer Lust und Phantasie empfunden; seither hatte sich wahrhaftig der Eros davon getrennt. Tat er noch etwas mit ganzer Seele? War nicht alles, was er berührte, unwesentlich? Wahrhaftig, von seinen Fingerspitzen, seiner Zungenspitze, seinen Eingeweiden, Augen und Ohren hatte sich die Liebe getrennt, und was übrig blieb, war bloß Asche in Lebensform oder, wie er es nun etwas großartig ausdrückte, «Jauche in geschliffenem Glas» –, war der «Bock»! Und neben ihm, an seinem Ohr, war Clarisse: ein kleiner Vogel, der plötzlich im Wald das zu weissagen begonnen hatte! Er brachte den suggestiven, den Befehlston nicht auf, ihr vorzuhalten, wo sie in ihren Ideen zu weit gehe und wo nicht. Sie war voll durcheinandergeschüttelter Bilder; und so voller Bilder wäre auch er einst gewesen, redete er sich ein. Und auch von diesen großen Bildern weiß man doch nicht, welche sich verwirklichen lassen werden und welche nicht. Jeder Mensch trage also eine Lichtgestalt in sich, behauptete jetzt Clarisse, die meisten beschieden sich aber, in der Sündengestalt zu leben, und Walter fand, daß man von ihm wohl sagen könne, er trage eine Lichtgestalt in sich, obwohl er, vielleicht sogar selbstbüßerisch, jedenfalls freiwillig, in Asche lebe. Auch eine Lichtgestalt der Welt gibt es. Er fand dieses Bild großartig. Zwar erklärte es nichts, aber wozu erklären?! Der aus allen Niederlagen immer wieder aufstrebende Hochwille der Menschheit drückte sich eben darin aus. Und jetzt fiel Walter mit einemmal auf, daß ihn Clarisse mindestens ein Jahr lang nicht freiwillig geküßt hatte und es jetzt zum erstenmale täte.

6..

Atemzüge eines Sommertags

An demselben Vormittag sagte Agathe zu ihrem Bruder, launisch von Widersprüchen bewegt, die eine Hinterlassenschaft der vergangenen Nacht waren: «Und warum soll es gerade möglich sein, ein Leben in Liebe zu führen? Man lebt doch zuweilen nicht minder in Zorn, in Feindschaft, ja in Stolz oder in Härte, und es erhebt keinen Anspruch, gleich eine zweite Welt zu sein!»

«Ich zöge es vor, zu sagen, man lebe ‹für› diese» erwiderte Ulrich nachlässig. «Unsere anderen Gefühle müssen uns ‹zu tun› geben, damit sie vorhalten; das verankert sie erst in der Wirklichkeit.»

«Gewöhnlich ist es aber auch in der Liebe so» wandte Agathe ein. Es war ihr zumute, als schaukle sie auf einem hohen Ast, der unter ihr jeden Augenblick abzubrechen drohe. «Aber warum schwört sich dann jeder Anfänger zu, daß sie ‹ewig› dauern solle; auch wenn er zum zehntenmal anfängt?» war ihre nächste Frage.

«Vielleicht, weil sie so unbeständig ist»

«Man schwört sich auch ewige Feindschaft zu.»

«Vielleicht, weil es ein so heftiges Gefühl ist.»

«Aber es gibt Gefühle, die ihrer Natur nach länger dauern als andere: Treue, Freundschaft, Gehorsam sind solche?»

«Ich glaube, weil sie der Ausdruck fester, ja sogar moralischer Beziehungen sind –»

«Du gibst keine sehr folgerechten Antworten!»

Die Unterbrechungen und Fortsetzungen des Gesprächs schienen sich in die flachen, trägen Atemzüge des Sommertags zu schmiegen. Die Geschwister lagen, ein wenig übernächtig und übermüdet, auf Gartenstühlen im Sonnenschein. Nach einer Weile hub Agathe von neuem an:

«Der Glaube an Gott gibt nichts zu tun, er enthält keine bestimmten Beziehungen zu anderen Menschen, er kann geradezu unmoralisch sein, und ist ein Gefühl, das trotzdem andauert.»

«Glaube und Liebe sind miteinander verwandt» bemerkte Ulrich. «Auch steht beiden, im Unterschied von den übrigen Gefühlen, eine eigene Art des Denkens zur Verfügung, die Kontemplation. Das bedeutet nun sehr viel; denn nicht die Liebe oder der Glaube selbst schaffen das Bild ihrer Welt, sondern die Kontemplation tut es für sie.»

«Was ist Kontemplation?»

«Das kann ich dir nicht erklären. Oder doch: mit einem Wort, das ahnende Denken. Oder mit andern Worten: So, wie wir denken, wenn wir glücklich sind. Die anderen Gefühle, die du genannt hast, haben es nicht zur Seite. Man könnte es auch das Sinnen nennen. Wenn man sagt, daß der Glaube und die Liebe ‹Berge versetzen› können, so heißt es, daß sie den Geist ganz auszuwechseln vermögen.»

«Also ist das Ahnen der Gedanke des Gläubigen und des Liebenden? Die eigentliche innere Art des Denkens?»

«Richtig!» bestätigte Ulrich überrascht.

«Kein Anlaß, *mich* zu loben! Du hast es ja selbst gestern gesagt!» beschied ihn seine Schwester. «Und damit ich sicher gehe: Kontemplation ist also dann auch das Denken, das sich nicht von unseren wirklichen Gefühlen leiten läßt, sondern von unseren anderen?»

«Wenn du es so nennen willst, ja.»

«So könnte man also in einer Welt besonderer Menschen denken? Du hast gestern das Wort ‹ekstatische Sozietät› dafür gebraucht. Erinnerst du dich?»

«Ja.»

«Gut!»

«Warum lachst du jetzt wieder?» fragte Ulrich.

«Weil Mephistopheles sagt: ‹Durch *zweier* Zeugen Mund wird allerwegs die Wahrheit kund!› Schon zwei genügen also dafür!»

«Wahrscheinlich irrt er» widersprach Ulrich gelassen. «Zu seiner Zeit war noch nicht das Délire à deux, der Wahnsinn zu zweien, erkannt –»

Ein geräuschloser Strom leichten Blütenschnees schwebte, von einer abgeblühten Baumgruppe (her)kommend, durch den Sonnenschein, und der Atem, der ihn trug, war so sanft, daß sich kein Blatt regte. Kein Schatten fiel davon auf das Grün des Rasens, aber dieses schien sich von innen zu verdunkeln wie ein Auge. Die zärtlich und verschwenderisch vom jungen Sommer belaubten Bäume und Sträucher, die beiseite standen oder den Hintergrund bildeten, machten den Eindruck von fassungslosen Zuschauern, die, in ihrer fröhlichen Tracht überrascht und gebannt, wie sie waren, an diesem Begräbniszug und

Naturfest teilnahmen. Frühling und Herbst, Sprache und Schweigen der Natur, Leben und Tod vereinigten sich in dem Bild; und die Augen, die es gewahrten, hießen jetzt die Lippen verstummen. Die Herzen schienen stillzustehn, aus der Brust genommen zu sein, sich dem schweigenden Zug durch die Luft anzuschließen. «Da ward mir das Herz aus der Brust genommen» hat ein Mystiker gesagt. Agathe öffnete sich vorsichtig dem Enthusiasmus, der sie schon einmal in diesem Garten beinahe an den Anbruch des Tausendjährigen Reichs hatte glauben lassen u. unter dessen Bilde sie sich eine Ekst. Soz. vorstellte. Aber sie vergaß nicht, was sie seither gelernt hatte: Man muß sich in diesem Reich ganz still betragen sagte sie zu sich. – Man darf keinerlei Begehren Platz lassen, nicht einmal dem, zu fragen. Man muß ganz sich des Verstandes entäußern, mit dem man sonst seine Geschäfte besorgt. Man muß sein Ich aller inneren Werkzeuge berauben. Es kam ihr vor, daß in ihr Mauern und Pfeiler zur Seite wichen, und die Welt in ihr Auge trete, wie es Tränen tun! Plötzlich aber ertappte sie sich dabei, daß sie nur noch äußerlich an diesem Zustand festhielt und daß ihre Gedanken ihm längst entschlüpft waren.

Ihre Gedanken befanden sich da, als sie sie wieder antraf, bei einer weit abgesprungenen Frage, bei einem kleinen Ungeheuer von Abspenstigkeit; sie fragte sich nämlich gerade auf das törichteste und sehr erpicht auf diese Torheit: «Bin ich wirklich jemals heftig und unglücklich gewesen?» Ein Mann ohne Namen wurde ihr erinnerlich, dessen Namen sie trug, ja ihm davongetragen hatte, und sie wiederholte ihre Frage mit dem stillen, unbeweglichen Starrsinn, mit dem man einer entflossenen Welle nachblickt. Vermutlich liegt jungen Menschen, (deren Lebensstrecke noch kurz ist,) die Verwunderung über das, was sie schon gefühlt haben, schlechthin näher als älteren, denen die Wandelbarkeit der Leidenschaften und Lebenszustände gewohnt geworden ist; allein die Flucht des Gefühls ist auch der Strom, in dessen Bewegung sich der steinerne Himmel des mystischen Gefühls spiegelt, und aus einem dieser Gründe war es wohl ein übernatürlich vergrößertes Staunen, das die Frage enthielt, wohin Haß und Heftigkeit gekommen seien, die sie gegen Hagauer empfunden habe. Wo war das Begehren, ihn zu verletzen! Sie meinte fast, es sei ihr abhanden gekommen wie ein Ding, das sich noch in ihrer Nähe finden lassen mußte.

Agathens Gedanken waren also wohl noch völlig im Bannkreis des Toten- und Blütenzugs, aber sie bewegten sich nicht mit ihm und auf seine stumm-feierliche Art, sondern taten kleine Sprünge hin und her. Es war kein «Sinnen», worin sie sich erging, sondern ein «Denken», wenn auch eins ohne Strenge, eine Abzweigung und innere Fortsetzung von dem, was zuvor der flüchtige Wortwechsel über die Dauer von Gefühlen unausgesprochen gelassen hatte; und ohne daß sie es gerade wollte, wurde sie davon noch festgehalten und es kam ihr ein Bild in Erinnerung, das Ulrich ein andermal und mit mehr Teilnahme von diesem Treiben und Bleiben der weltlichen Gefühle entworfen hatte. Nun dachte sie daran, daß ihr nichts ferner läge, als ihr Gefühl in «Werken» auszudrücken, und wahrscheinlich erinnerte sie sich einen Augenblick lang auch an August Lindner und meinte «gute Werke» damit, «Werke der Liebe», «Zeichen der werktätigen Liebesgesinnung», wie er sie vergeblich von ihr verlangte; im großen aber meinte sie Werke schlechthin und dachte an Ulrich, der früher immer vom geistigen Werk gesprochen hatte, das man aus allem, und sei dies nur ein tieferer Atemzug, zu machen hätte. Auch daß man sich von allem eine Idee, für alles eine Regel mache und sich für die Welt verantwortlich fühle, blieb ihrem tiefsten Geschmack gleichgültig, es lockte ihren Ehrgeiz nicht, im Herrensattel auf einem Steckenpferd zu reiten. Und schließlich war auch nicht der Charakter die Zuflucht ihres Gefühls, und als sie sich diese Frage vorlegte, erhielt sie zur Antwort: «Ich habe, was ich fühlte, früher nie so geliebt, daß ich sozusagen sein Schrank und seine Dauer auf Lebenszeit hätte sein mögen!» Und dabei fiel ihr auf, daß sie sich für ihre Gefühle, soweit diese sich an Männern entzündet hatten, immer Männer gewählt hatte, die sie weder aus ganzer Seele noch aus ganzem Leibe mochte. «Wie vorahnend!» meinte sie heiter. «Da habe ich also schon damals das Begehren, den Zug zum Wirklichen in meinem Gefühl geschwächt und habe mir den Weg ins Zauberreich offengehalten!»

Denn das war doch jetzt Ulrichs Lehre von der Leidenschaft? Entweder wie ein Kind vor Wut und Unglück oder Begeisterung heulen und – es los sein! Oder sich des Zuges zur Wirklichkeit, des Treibenden, des Begehrens überhaupt enthalten, die an jedem Gefühl sind. Was dazwischen liegt, der eigentliche «Reichtum des Gefühls» – seine Werke und Wandlungen, seine Füllung mit Wirklichkeit –: schön wie eine Kammer voll Äpfel in allen Farben, und sinnlos eintönig auch, wie alles, was jedes neue Jahr aufs gleiche erblüht und abfällt! So dachte sie und versuchte, wieder zu dem lautlos durch die Natur schwebenden Gefühl zurückzufinden. Sie hinderte ihren Geist, sich auf bestimmte Weise etwas zuzuwenden. Sie bemühte sich, alles Wissen und Wollen von sich abzutun, allen werkzeuglichen Gebrauch von Kopf und Herz und Gliedern fernzuhalten. «Man muß unegoistisch sein in diesem äußersten Sinn, man muß dieses geheimnisvolle ‹unmittelbare› Verhältnis zu Außen und Innen zu gewinnen trachten» redete sie sich zu und nahm sich zusammen, fast als wollte sie sich totstellen. Aber das schien eine so unmögliche Aufgabe zu sein, wie es in der Kindheit die gewesen war, zwischen Beichte und Kommunion keine

Sünde zu begehen; und schließlich gab sie den Versuch ganz auf. «Wie?» fragte sie sich schmollend «Ist eine Welt, worin man nichts begehrt, viell. nicht begehrenswert?» Die Welt der Verzückung kam ihr in diesem Augenblick ehrlich verdächtig vor, und am liebsten hätte sie diese Grundfrage aller Askese gleich ihrem Bruder vorgelegt. Er aber schien sich im Genuß seiner bequemen Lage durch nichts stören lassen zu wollen und schloß den schmalen Spalt, der zwischen seinen Augenlidern geöffnet war, jedesmal ganz zu, wenn sie ihn ansah.

So verließ sie ihren Liegestuhl und stand eine Weile unschlüssig, indes sie lächelnd bald auf Ulrich, bald in den Garten blickte. Sie streckte ihre Beine und klopfte mit kleinen Schlägen der Hände ihren Rock zurecht. Jede einzelne dieser Bewegungen hatte eine Art bäurischer Schönheit, einfach, gesund, gedankenlos; und entweder war es so durch Zufall oder weil sie durch ihre letzten Gedanken auf handfeste Art munter geworden war. Das Haar fiel in einem Zacken zu seiten ihres Gesichts herab, und der Hintergrund, der von Bäumen und Büschen gebildet wurde, die sich an der Stelle, wo sie jetzt stand, in die Tiefe öffneten, war ein Rahmen, der ihr Bild vor Welt und Himmel stellte. Dieser Anblick, den Ulrich genoß, denn heimlich beobachtete er seine Schwester, war nicht nur anziehend, sondern wurde es bald so sehr, daß er neben sich nichts übrig ließ, was nicht herangezogen worden wäre. Ulrich fiel für diese bezaubernde Bildwerdung, die nicht zum erstenmal zwischen den Geschwistern stattfand, diesmal das Wort «erhöhte Zurechnungsfähigkeit» ein, das er einem Wort nachbildete, aus anderem Bannkreis, das ihm vor Zeiten manchmal nahegelegen hatte: und wahrhaftig, so es eine verminderte Zurechnungsfähigkeit gibt, deren verhextem Wesen, das ihn damals verblüfft hatte, zuletzt doch immer der Makel der Sinnlosigkeit aufgeprägt ist, so schien hier eine vermehrte und gesteigerte Sinnfülle, eine hohe Überfülle, ja eine Bedrängnis zu walten, derart daß alles, was um Agathe war und geschah, einen mit sinnlichen Bezeichnungen nicht zu fassenden Abglanz auf sie fallen ließ und sie in ein Ansehen setzte, für das nicht nur kein Wort vorhanden war, sondern auch jeder andere Ausdruck und Ausweg fehlte. Jede Falte ihres Kleides war so mit Kräften, ja vielleicht wäre sogar zu sagen, mit Geltung geladen, daß sich kein größeres Glück, aber auch kein ungewisseres Abenteuer denken ließ, als diese Falte vorsichtig mit der Fingerspitze zu berühren!

Sie hatte sich jetzt halb von ihrem Bruder abgewandt und stand ohne sich zu regen, so daß er sie unbefangen beobachten konnte. Er wußte, daß Erlebnisse solcher Art sie und ihn verbanden, solange sie sich kannten. Er erinnerte sich an den Morgen nach seiner Ankunft im Vaterhaus, als er sie zum ersten Mal in Frauenkleidern erblickte; auch damals war ihm das sonderbare Erlebnis widerfahren, sie stehe in einer Grotte von Strahlen, und dazu noch dieses: sie sei eine schönere Wiederholung und Veränderung seiner selbst. Überdies war vieles damit verwandt, das bloß eine andere äußere Form hatte. Denn die gemalten Zirkustiere, die er heißer geliebt hatte als wirkliche, der Anblick der kleinen Schwester, die zum Ball angekleidet wurde und durch ihre Schönheit die Sehnsucht, sie zu sein, entfachte, dann sogar das Konditorpferdchen, das jüngst den Gegenstand eines scherzenden Gesprächs gebildet hatte, entsprangen der gleichen Bezauberung; und nun, da er wieder ins Gegenwärtige und mitnichten Scherzhafte einlenkte, zeigten ihm auch die so wunschwidrigen Bedenken, einander zunahe zu kommen, das Anstarren und Hinüberbeugen, die schwere Bildhaftigkeit mancher Augenblicke, das Hineingleiten in ein gemischtes Wir- und Weltgefühl, und manches andere die gleichen Kräfte und Schwächen. Unwillkürlich dachte er darüber nach. Allen diesen Erlebnissen war es gemeinsam, daß sie ein Gefühl von äußerster Stärke aus einer Unmöglichkeit, aus einem Versagen und Stillstand empfingen. Daß ihnen die zur Welt und von der Welt zurückführende Brücke des Handelns fehlte; und schließlich, daß sie auf einer schwindelnd schmalen Grenze zwischen größtem Glück und krankhaftem Benehmen endeten. Unheilig betrachtet, erinnerten sie alle ein wenig an ein Porzellan-Stilleben, und an ein blindes Fenster, und an eine Sackgasse, und an das unendliche Lächeln von Wachspuppen unter Glas und Licht, die auf dem Weg zwischen Tod und Auferstehung steckengeblieben zu sein scheinen und weder einen Schritt vor noch zurück tun können. Indem er sich solche Beispiele vergegenwärtigte, meinte Ulrich, sie wären auch ohne Geheimnis und Mythus zu verstehn. Unser Gefühl, das zu handeln gewohnt ist, unsere Anteilnahme, die gewöhnlich auf vieles verteilt ist, werden von solchen Gebilden in eine Richtung gelockt, in der es nicht weitergeht; und daraus mochte leicht ein Erlebnis der gestauten Bedeutung entstehen, dem sich auf keine Weise beikommen läßt, so daß es schier unerträglich anwächst. «Außen geschieht nichts Neues mehr, sondern es wiederholt sich nur das eine» dachte Ulrich. «Und innen ist es so, als ob wir fortab nur noch sagten, dächten und fühlten: Eins, eins, eins..! Aber ganz so ist es eben doch nicht!» warf er sich ein. «Sondern es ist eher wie ein sehr langsamer und eintöniger Rhythmus. Und es entsteht etwas Neues: Seligkeit! Eine quälende Seligkeit, der man entschlüpfen möchte, und nicht kann! Ist es überhaupt Seligkeit?» fragte sich Ulrich. «Es ist ein beklemmendes und jede Beschaffenheit unter sich lassendes Ansteigen des Gefühls. Ich könnte es ebensogut eine Kongestion nennen!»

Agathe schien nicht zu bemerken, daß sie betrachtet werde. «Und warum sucht mein Glück – denn es ist ja doch Glück! – gerade solche Anlässe und Schlupfwinkel?» fuhr Ulrich abermals mit einer kleinen Abänderung fort zu fragen. Er konnte nicht umhin, sich einzugestehen, daß solches aus dem Fluß geratenes Gefühl auch die Liebe zu einer Toten umspülen könnte, deren Antlitz in tieferer Wehrlosigkeit als jedes lebendige den Blicken angehört, die es nicht verscheuchen kann. Und daß ihm nebenbei einfiel, stimmungsschwere nekrophile Kunstgedanken seien in der Dichtung nicht gerade eine Seltenheit, machte es nicht besser, sondern lenkte ihn des weiteren bloß darauf, daß der holde Beziehungswahn, der alle Sehnsucht der Seele in der Vorstellung einer schönen Toten vereinigt, immerhin Ähnlichkeit mit dem unholden hat, wo ein Fetisch, ein Haarband, ein Schuh, alle Ströme des Leibes und der Seele sich zuwendet. Und auch jede «fixe Idee», ja selbst eine, die nur im gewöhnlichsten Sinn «überwältigt», ist von einer solchen erhöhten Zueignung begleitet. Es gab da eine nicht ganz angenehme, mehr oder minder verkrüppelte Vetternschaft, und Ulrich wäre kein Mann gewesen, wenn ihn das Schiefgezogene, Schlüpfrige, Schlupfwinkelige und Abhändige dieser Verhältnisse nicht mit Verdacht erfüllt hätte. Wohl richtete er sein Herz an dem Gedanken auf, daß es schlechtweg nichts gebe, was nicht mißratene Vettern hätte, denn die Welt der Gesundheit ist aus den gleichen Grundstoffen gemacht wie die der Krankheit, und bloß die Verhältnismaße sind andere; aber wenn er vorsichtig sein Auge auf Agathe richtete und von ihrem Anblick trinken ließ, so überwog nun doch in seinen Empfindungen trotz deren drangvoller Gehobenheit eine unheimliche Abwesenheit des Willens, ein auffälliges Abrücken oder Entrücken in die Gegend des Schlafs, des Todes, des Bildes, des Unbeweglichen, Verhafteten und Ohnmächtigen. Die Gedanken strömten ab, jeder kräftige Trieb verlor sich, das Unsagbare lähmte alle Glieder, die Welt entglitt fern und taub, und der schwankende Stillstand auf der Grenze zwischen Erhöhung und Verminderung war kaum noch zu ertragen. Gerade mit dem Eintritt dieser ungeheuren Entmächtigung begann aber auch etwas anderes, denn die Körper schienen jetzt von ihren Grenzen zu verlieren, deren sie zu nichts mehr bedurften. «Es ist wie der Rausch des Bienenschwarms, der sich an die Königin hängen will!» dachte Ulrich im stillen.

Und endlich erleuchtete ihn die unvermeidliche Erkenntnis, gleichwohl er ihr bisher ausgewichen war, daß sich alle diese einzelnen sonderbaren Versuchungen des Gefühls u. Gefühlserlebnisse, die in ihm durcheinander schwebten wie der Schatten, den bei steiler Sonne das Laub eines unruhigen Baumes wirft, mit einem einzigen Blick umfassen und verstehen ließen, wenn er die Liebe zu seiner Schwester als ihren Ursprung ansah. Denn offenbar war nichts anderes als dieses

Gefühl der Held des Versagtseins, des abbrechenden Wegs und aller sich daranschließenden zweideutigen Abenteuer und Umwege. Sogar die Gefühlspsychologie, die er in seinen Aufzeichnungen auf eigene Faust betrieb, schien ihm jetzt bloß ein Versuch zu sein, die Wirklichkeit der Geschwisterliebe in einem abenteuerlichen Gedankengebäude zu verstecken. Er begehrte also? Eigentlich staunte er darüber, daß er sich das erst jetzt einbekenne, und deutlich stand ihm nun vor Augen, zwischen welchen Möglichkeiten er sich zu entscheiden habe. Entweder hatte er wirklich zu glauben, daß er ein Abenteuer vorbereite, wie es noch nie dagewesen, daß er sich nur noch zu beflügeln und ohne Bedacht abzustoßen habe? Oder er hatte seinem Gefühl, gesetzt auch, dieses sei unnatürlich, auf die natürliche Art nachzugeben oder es sich zu verbieten; und wurde also bloß durch Zaghaftigkeit erfinderisch in Umwegen gemacht? Als er sich diese zweite, etwas verächtliche Frage stellte, versagte er sich aber auch nicht die darauf folgende, dritte, was ihn denn hindern könne, zu tun, was er wolle? Ein biologischer Aberglaube, ein moralischer? Kurz, das Urteil anderer? Bei diesem Gedanken fühlte Ulrich eine so jähe Aufwallung gegen diese anderen, daß er sich noch mehr verwunderte, zumal weil dieser plötzliche Stich gar nicht zu den sachten Gefühlen paßte, von denen er sich erfüllt glaubte.

Wirklich kam damit aber bloß etwas wieder zur Geltung, das in letzter Zeit in den Hintergrund getreten war. Denn die Zuneigung zu Agathe und die Abneigung gegen sein Leben in der Welt waren stets zwei Seiten ein und derselben Neigung und Lage gewesen. Schon in den Jahren, wo er fast nie daran dachte, daß er eine wirkliche Schwester besitze, hatte der Begriff «Schwester» auf ihn einen Zauber ausgeübt. Zweifellos kommt das oft vor, und ist dann gewöhnlich nichts viel anderes als die hochfliegende Jugendform desselben Liebesbedürfnisses, das sich im späteren Zustand der Ergebung einen Vogel, eine Katze, einen Hund aussucht, zwischendurch wohl auch die Menschheit oder den Nächsten, weil es sich zwischen Staub und Hitze des Lebenskampfes und der Lebensspiele nicht wirklich entfalten kann. Manchmal ist dieses Liebesbedürfnis auch schon in der Jugend voll Ergebung, voll Lebensscheu und Einsamkeit, und das Nebelbild der «Schwester» hat dann die spiegelfechterische Anmut des Doppelgängers, der die Angst der Weltverlassenheit in die Zärtlichkeit des einsamen Beisammenseins verwandelt. Und manchmal ist dieses schwärmerische Bild, nichts als die eingekochteste Eigenliebe und Selbstsucht, will sagen, ein über die Maßen Geliebtseinmögen, das eine verschlagene Vereinbarung mit süßer Selbstlosigkeit eingegangen ist. In allen solchen Fällen – und noch einmal dachte Ulrich an den Fall, wo sie sich in den Menschenbruder verwandelt und dann ihre Zweideutigkeit abstreift, aber wohl auch ihre Schönheit! – ist die «Schwester» ein Gebilde, das aus dem «anderen» Teil des Gefühls ersteht, der Aufruhr dieses Gefühls und das Verlangen, anders zu leben; so durfte es Ulrich heute verstehen. Wohl aber ist sie das bloß in der schwachen Art der Sehnsucht. Und so vertraut ihm auch diese war, nicht minder sollte es seinem Geist der Kampf gewesen sein, und verstand er seine Vergangenheit richtig, so war anfangs sein rasches Hinschwenken zu Agathe auch eine Kampfansage gegen die Welt gewesen; Liebe ist überdies immer die Auflehnung eines Paars gegen die Weisheit der Menge. Nun ließ sich allerdings sagen, daß bei ihm die Auflehnung vorangegangen war; ebenso aber auch, daß der Kern aller seiner Kritik an der Welt nichts so sehr als ein Wissen um die Liebe gewesen sei. «So bin ich denn – wenn ein zweigeschlechtiges Mönchstum denkbar ist, und warum sollte es das nicht sein! – in der fragwürdigen Lage, von Hause ein Soldat mit mönchischen Neigungen gewesen zu sein und zuletzt ein Mönch mit soldatischen zu werden, der das Fluchen nicht lassen kann!» überlegte er frohmütig, aber doch noch immer erstaunt; denn es wurde ihm vielleicht zum erstenmal der tiefe Widerspruch seiner Leidenschaft gegen die ganze Anlage seiner Natur bewußt. Sogar wenn er Agathe nun anblickte, meinte er auf der seeblanken Fläche der Innerlichkeit, die sich um sie ausbreitete, seinen Widerspruch als einen bösen, metallenen Reflex zu gewahren. Er bemerkte darüber nicht einmal, daß sie schon eine Weile neugierig seine Augen beobachtet hatte.

Nun trat sie auf ihren Bruder zu und ließ ihre Hand mutwillig an seinen Augen vorbeifallen, von oben nach unten, als wolle sie den sonderbaren Blick abschneiden. Und als ob auch das noch nicht genüge, faßte sie dann seinen Arm und schickte sich an, ihn vom Stuhl emporzuziehen. Ulrich stand auf und blickte um sich wie ein Mensch tut, der aus dem Schlaf kommt. «Zu denken, daß in diesem selben Augenblick hunderte Menschen um ihr Leben kämpfen! Daß Schiffe scheitern, Tiere über Menschen herfallen, Tausende Tiere von Menschen getötet werden!» sagte er halb wie einer, der von seligem Gestade schaudernd zurückblickt, halb wie ein Mann, der bedauert nicht dabei zu sein.

«Es tut dir gewiß leid, daß du nicht dabei bist?» fragte ihn denn auch Agathe.

Sein Lächeln verneinte es, seine Worte gaben aber zu: «Es ist angenehm, daran zu denken, wie es angenehm ist, wenn ich ein Ding mit der vollen Hand greife, das ich eine Weile bloß mit der Spitze eines Fingers gestreichelt habe.»

Seine Schwester hängte sich in ihn ein. «Komm, wir wollen ein wenig umhergehn!» schlug sie vor. An der Härte seines Arms spürte auch sie die männliche Freude an allem Wilden. Sie preßte ihre Nägel gegen die unnachgiebigen Muskeln und trachtete, ihm wehzutun. Als er sich darüber beklagte, gab sie die Erklärung ab: «In dem unendlichen Gewässer der Seligkeit klammere ich mich an den Strohhalm des Bösen! Warum solltest nur du es tun dürfen?» Sie wiederholte ihren Angriff. Ulrich begütigte sie lachend: «Was mir deine Nägel tun, ist schon kein Halm mehr, sondern ein Balken!» Sie waren indes ausgeschritten. Hatte Agathe die Fähigkeit gezeigt, seine Gedanken zu erraten? Waren sie Zwillingsuhren? Ist es bei gleichgestimmtem Gefühl ganz natürlich, daß man einander die Gedanken vom Gesicht liest? Jedenfalls ist es ein erhebendes Spiel, so lange man nicht daneben greift und abstürzt. Die schönste Versicherung der Dauer des Wunders lag jetzt in der Bewegung, lag daran, daß in dem Garten, der im Sonnenschein zu schlafen schien, der Kies knirschte, zeitweilig der Wind flatterte, und die Körper hell und wach waren. Denn es war so leicht wie die durchsichtige Luft, sich allem, was das Auge sah, erratend verbunden zu fühlen; und nur, wenn sie stehen blieben, war es danach so schwermütig wie ein tiefer Atemzug, die ersten Schritte wieder durch diese bildhafte Landschaft zu setzen. Die Worte, die sie dabei wechselten, bedeuteten eigentlich nichts und wiegten sie bloß in ihr Gehen ein wie das kindlich vergnügte Selbstgespräch eines Brunnens, der lallend vom Ewigen schwätzt.

Aber ohne daß es darüber einer Verständigung bedurft hätte, schlugen sie langsam einen Weg ein, der sie der Grenze ihres kleinen Gartenreiches nahe führte, und es war zu bemerken, daß es nicht zum erstenmal geschah. Wo sie der Straße ansichtig wurden, die sich hinter dem hohen, von einem Steinsockel getragenen Eisengitter lebhaft vorbeiwälzte, verließen sie den Pfad, machten von dem Schutz von Bäumen und Büschen Gebrauch und hielten auf einem kleinen Hügel an, dessen trockener Boden den Standplatz einiger alten Bäume bildete. Hier ging das Bild der Ruhenden im Spiel von Licht und Schatten verloren, und daß sie von der Straße her entdeckt würden, war fast nicht wahrscheinlich, obwohl sie ihr so nahe waren, daß die ahnungslosen Fußgänger den verstärkt äußerlichen Eindruck machten, der allem zu eigen ist, was man in keiner Weise «mitmacht», sondern bloß beobachtet. Wie Dinge, ja, noch ärmer als solche, wie flache Scheiben wirkten die Gesichter, und wenn plötzlich Worte herübergetragen wurden, hatten sie keinen Sinn und einen verstärkten Klang, wie ihn hohle, verfallene Räume haben. Die beiden Beobachter brauchten aber auch nicht lange darauf zu warten, daß ihrem Halbversteck ein oder der andere Mensch noch näher kam: sei es, daß er anhielt und fassungslos das viele Grün musterte, das sich unerwartet an seiner Straße auftat; sei es, daß er sich von der günstigen Gelegenheit angehalten fühlte und für einen Augenblick etwas aus der Hand und auf den Steinsockel der Einfriedung legte, oder auf diesem sein Schuhband knüpfte, oder daß in dem kurzen, von den Zwischenpfeilern auf den Weg fallenden Schatten zwei Menschen im Gespräch stehen blieben, hinter denen nun die anderen vorbeiströmten. Und je zufälliger das im einzelnen zu geschehen schien, umso deutlicher hob sich von der Verschiedenheit und Willkür dieser mannigfachen Handlungen alsbald die sich gleichbleibende, unbewußte, festhaltende Wirkung des Gitters ab, die in das persönliche Leben wie eine Falle eingriff.

Die beiden liebten dieses Spiel von Ursache u Wirkung das in einem höhnischen Gegensatz zu dem Spiel der Seelen stand

Sie hatten diesen Platz an den Tagen entdeckt, wo sie auch durch die Straßen gewandelt und Gespräche über die Schwierigkeiten der Nächstenliebe geführt hatten und über die Widersprüche der Liebe aller zu allen; und das Parkgitter, das sie von der Welt abtrennte, aber durch Sicht mit ihr verband, war ihnen damals geradezu als ein stoffgewordenes Sinnbild der Menschenwelt, nicht zuletzt ihrer selbst, kurz alles dessen erschienen, was Ulrich einmal in den knappen Ausdruck «Die Ungetrennten und Nichtvereinten» zusammengefaßt hatte. Das meiste davon nahm sich jetzt recht überflüssig und kindlich-zeitverschwenderisch aus; wie es denn auch eigentlich keine andere Aufgabe gehabt hatte, als ihnen Zeit zu gewähren und aus dem beobachtenden Spiel mit der Welt die Überzeugung zu schöpfen, daß sie etwas vorhätten, das alle anginge, und nicht bloß einem persönlichen Bedürfnis entspränge. Jetzt waren sie viel sicherer, sie kannten mehr von ihrem Abenteuer. Alle Einzelfragen waren Schaum, unter dem der dunkle Spiegel einer andern Lebensmöglichkeit lag. Die große Teilnahme an einander und an anderen, und überhaupt die Einlösung der in die Welt versenkten Versprechen, von denen dauernd die seltsame Spiegelung ausgeht, daß uns das Leben, wie es ist, in allem gebrochen erscheint durch ein Leben, wie es sein könnte, sie waren niemals im einzelnen zu gewinnen, sondern nur aus dem Ganz-Anderen! Doch hatte das Gitter noch etwas von seiner der Vorstellung nachhelfenden groben Deutlichkeit behalten und vermochte zumindest zu einem Abschied zu verlocken.

Agathe legte ihre Hand, deren leichte, trockene Wärme wie aus feinster Wolle war, auf Ulrichs Kopf, wandte den in die Richtung der Straße, ließ die Hand auf der Schulter liegen und kitzelte das Ohr ihres Bruders mit der Nagelspitze u nicht minder mit den Worten: «Nun wollen wir noch einmal unsere Nächstenliebe prüfen, Herr

Lehrer! Wie wäre es, wenn wir heute versuchten, einen von diesen zu lieben wie uns selbst!»

«Ich selbst liebe mich nicht!» widersetzte sich Ulrich in gleichem Ton. «Ich glaube sogar, alle meine frühere Tatkraft, auf die ich stolz gewesen bin, ist ein Davonlaufen vor mir selbst gewesen.»

«Alles in allem ist es also wenig schmeichelhaft, was du mitunter sagst, daß ich deine ein Mädchen gewordene Selbstliebe sei.»

«Oh, im Gegenteil! Du bist eine andere Selbstliebe, die andere!»

«Jetzt müßtest du es mir wohl erklären!» befahl Agathe und sah nicht auf.

«Ein guter Mensch hat gute Fehler und ein böser schlechte Tugenden: so hat der eine auch eine gute Selbstliebe und der andere eine schlechte!»

«Dunkel!»

«Aber von einem berühmten Autor, von dem das Christentum viel gelernt hat, nur leider gerade das nicht.»

«Nicht wesentlich klarer!»

«Ein halbes Jahrtausend vor Christus hat er gelehrt: Wer sich selbst nicht auf die rechte Art liebt, kann auch andere nicht lieben. Denn die rechte Liebe zu sich ist auch das natürliche Gutsein zu anderen. Selbstliebe ist also nicht Ichsucht, sondern Gutsein.»

«Das hat er wirklich gesagt?»

«Ach, ich weiß nicht, vielleicht unterschiebe ich es ihm. Er hat auch gelehrt, der gute Wille sei nicht, das Gute zu wollen, sondern etwas in Güte zu wollen. Er ist ein Logiker und ein Naturforscher Soldat u Mystiker gewesen u gilt bezeichnenderweise als der größte Schulmeister, und so ist ihm nicht einmal entgangen, daß die Moral nie ganz von der Mystik loszulösen ist.»

«Du bist ein unausstehlicher Turnlehrer, der morgens kommt; der Hahn kräht, und man soll losprasseln! Ich möchte lieber schlafen!»

«Nein, du sollst mir helfen!»

Sie lagen, gegen den Boden gewandt, nebeneinander. Wenn sie die Köpfe hoben, sahen sie die Straße; wenn sie es nicht taten, sahen sie die vertrocknenden Abfälle des hohen Baums zwischen spitzen, jungen Gräsern.

Agathe fragte: «Also darum heißt es: Liebe deinen Nächsten ‹wie dich selbst›? Es könnte auch umgekehrt heißen: Liebe dich wie deinen Nächsten.»

«Ja. Und es ist nicht nur leichter, ihn weniger, sondern auch, ihn mehr zu lieben als sich selbst. Gerade, sich und ihn auf die gleiche Weise zu lieben, ist das fast Unmögliche. Jemand so zu lieben, daß man sich für ihn opfert, ist geradezu eine Erholung dagegen» erwiderte Ulrich. Das Gespräch hatte für den Augenblick den spielenden, tiefe Fragen rasch aufquirlenden Ton angenommen, den sie bei ihren Wanderungen durch die Stadt gewohnt gewesen waren; aber eigentlich – und obwohl seither mitnichten schon so etwas wie Zeit vergangen war – ahmten sie sich dabei mit Absicht selbst nach, wie man noch einmal unbefangen ein Spiel auskostet, für das man schon zu alt geworden ist. Und Agathe bemerkte: «Liebe d. N. wie dich selbst, heißt also auch, liebe deinen Nächsten nicht selbstlos!»

«Eigentlich ja» gab Ulrich zu. Und ohne sich mit ihr in die Gründe zu teilen, die sie nebenbei gegen die selbstlose Güte hatte, die sich in Mannsgestalt um ihre Seele bewarb, fügte er hinzu: «Das ist sogar sehr wichtig. Denn die von der *selbstlosen* Güte reden, lehren etwas, das besser als die Selbstsucht und geringer als die Güte ist.»

Und Agathe fragte: «In der gewöhnlichen verliebten Liebe sind aber doch ohne Zweifel Begehren *und* Selbstlosigkeit enthalten?»

«Ja.»

«Und eigentlich kann von der Selbstliebe doch weder gesagt werden, daß man sich begehre, noch, daß man sich gerade selbstlos liebe?»

«Nein» sagte Ulrich.

«Dann wäre, was man Selbstliebe nennt, vielleicht gar keine Liebe?» meinte Agathe.

«Wie man es nimmt» erwiderte ihr Bruder. «Sie ist wohl eher ein Vertrautsein mit sich, ein triebhaftes Für-sich-Sorgen–»

«Man toleriert sich!» sagte Agathe und schnitt recht absichtlich ein unzufriedenes und leicht angewidertes Gesicht, obwohl sie nicht genau wußte warum.

«Warum reden wir dann überhaupt von ihr?» warf Ulrich ein.

«Wir reden doch von der anderen!» antwortete Agathe, und in ihrer Miene leuchtete ein Lachen über sich und ihn auf. Sie hatte ihre Blicke wieder auf das Gitter gerichtet, die ihres Bruders ihnen nach ziehend; und weil das Auge noch auf keine bestimmte Entfernung eingestellt war, schwamm die Schar der Fußgänger und Gefährte daran vorbei. «Womit beginnen wir?» fragte sie, als verstünde sich das weitere nun von selbst.

«Das läßt sich doch nicht auf Befehl tun!» wandte Ulrich ein.

«Nein. Aber wir können versuchen, alles bloß auf irgend so eine Art zu fühlen; und wir können uns dem immer mehr anvertraun!»

«Das muß von selbst kommen.»

«Tun wir etwas dazu!» schlug Agathe vor. «Hören wir zum Beispiel auf zu reden, und tun wir nichts als sie anzuschaun!»

«Meinetwegen» gab Ulrich zu.

Eine kleine Weile blieben sie still, dann war Agathe wieder etwas eingefallen. «Im gewöhnlichen Sinn etwas lieben, heißt doch, es anderem vorziehn: also müssen wir einen zu lieben trachten und gleichzeitig vorbeugen, daß wir ihn nicht den anderen vorziehn!» flüsterte sie.

«Bleib still! Vor allem mußt du doch still sein!» wies Ulrich sie ab.

Nun sahen sie wieder eine Weile hinaus. Bald richtete sich aber Agathe auf, stützte den Ellbogen auf und sah ihren Bruder zweifelnd an. «Es geht ja doch nicht! Kaum habe ich es versucht, sind sie draußen wie ein Strom voll blasser Fische geworden. Wir sind schreckliche Nichtstuer!» beklagte sie sich.

Ulrich wandte sich lachend zu ihr. «Du vergißt, daß das Streben nach Seligkeit keine Arbeit ist!»

«Ich habe mein Leben lang nichts geleistet; ich möchte, daß jetzt etwas geschieht! Laß uns an einem etwas Gutes tun!» bat Agathe.

«Auch Gutes tun, ist ein Begriff, der in der wirklichen Güte gar nicht vorkommt. Das Meer zerfällt erst dort, wo es sich bricht, in Tropfen!» entgegnete Ulrich. «Und was sollte es auch bedeuten, etwas Gutes zu tun, in einem Zustand, wo man gar nichts anderes tun kann als Gutes!» Die Vorausnahme, der Leichtsinn des Siegesgefühls, die Zuversicht der einstweilen ausruhenden Kräfte ließ ihn Scherz mit seinem Ernst treiben.

«Willst du also gar nichts tun?» fragte Agathe zurückhaltend.

«Doch! Aber das Reich der Liebe ist ja in allem die große Anti-Realität. Darum hast du als erstes deinem Gefühl Arm und Bein abzuschneiden; dann werden wir erst sehen, was trotzdem geschehen kann!»

«Du machst das wie eine Maschine!» schmälte Agathe.

«Man muß es wie ein guter Experimentator tun» widersprach Ulrich ungerührt. «Man muß das Entscheidende einzukreisen trachten!»

Agathe leistete nun ernsthaft Widerstand. «Wir haben doch keine Untersuchung abzuschließen, sondern, wenn du den Ausdruck gestattest, unser Herz zu öffnen» verlangte sie mit einiger spöttischer Schärfe. «Und auch womit man anzufangen hätte, ist seit einiger Zeit nicht mehr neu, nämlich schon seit dem Evangelium nicht! Schließe Haß, Widerstand, Hader von dir aus; glaube einfach nicht daran, daß es sie gebe! Tadle nicht, zürne nicht, mache nicht verantwortlich, wehre dich gegen nichts! Kämpfe nicht mehr; denke und feilsche nicht; vergiß und verlerne zu verneinen! Fülle so jeden Spalt, jede Ritze zwischen dir und ihnen aus; liebe, fürchte, bitte und gehe mit ihnen; und nimm alles, was in Zeit und Raum geschieht, was kommt und geht, was schön ist und was stört, nicht als das Wirkliche, sondern als ein Wort und Gleichnis des Herrn. So hätten wir ihnen zu begegnen!»

Wie es gewöhnlich geschah, hatte sich ihr Gesicht während dieser langen und leidenschaftlichen und ungewohnt entschiedenen Rede tiefer gefärbt. «Vortrefflich! Jedes Wort Buchstabe in einer großen

Schrift!» rief Ulrich anerkennend aus. «Und auch wir werden uns Mut einflößen müssen. Aber solchen Mut? Wäre es ganz dein Wille?»

Agathe überwand ihren Eifer und verneinte stumm und ehrlich. «Nicht ganz!» fügte sie, damit sie es auch nicht zu sehr verleugne, erläuternd hinzu.

«Es ist die Lehre dessen, der uns geraten hat, die linke Backe hinzuhalten, wenn wir einen Streich auf die rechte empfangen haben. Und das ist wohl die sanfteste Ausschreitung, die es je gegeben hat» fuhr Ulrich nachdenklich fort. «Aber verkenne eines nicht, daß auch diese Botschaft in der Ausübung eine psychologische Praktik ist! Ein bestimmtes Lebensverhalten und eine bestimmte Gruppe von Ideen und Gefühlen gehören da zusammen und stützen sich gegenseitig. Ich meine, alles, was an uns leidend, erleidend, zart, empfindsam, hegend und Hingabe, kurz Liebe ist. Und von da ist ein so weiter Abstand zu allem übrigen, und vornehmlich zu dem, was hart, angreifend und tätig-lebensgestaltend ist, daß diese anderen Gefühle und Ideen und die bitteren Notwendigkeiten ganz dem Blick entschwinden. Das heißt nicht, daß sie aus der Wirklichkeit weichen, sondern bloß, daß man ihnen nicht zürnt, daß man sie nicht verneint und daß man es verlernt, von ihnen zu wissen; es ist also wie ein Dach, unter das der Wind greifen kann und das niemals lange stehen wird –»

«Man glaubt eben an die Güte! Es ist Glauben! Das vergißt du!» warf Agathe ein.

«Nein, das vergesse ich nicht, aber dazu ist es erst später gekommen, durch Paulus. Ich habe mir seine Auslegung gemerkt, sie heißt: ‹Glaube ist zuversichtliche Erwartung von Dingen, die man erhofft, Überzeugung von Dingen, die man nicht sieht›. Und das ist ein grobes, ich will fast sagen, ein habgieriges Mißverständnis. Die Lehre vom Reich, das am Ende aller Tage kommen wird, statt von der Seligkeit, die der Menschensohn schon auf Erden gelebt hat, möchte etwas vor den Händen haben!»

«Es ist verheißen worden. Warum machst du es schlecht! Ist es denn nichts wert, an etwas nicht bloß mit ganzer Seele glauben zu können, sondern mit Haut und Haaren, mit Sonnenschirm und Kleidern?»

«Aber der Atem der Verkündigung ist eben nicht Verheißung und Glauben, sondern Ahnung gewesen! Ein Zustand, worin man Gleichnisse liebt! Ein kühnerer Zustand als Glaube! Und ich bin nicht der erste, der das bemerkt. Als wahrhaft wirklich hat dem Heilbringer nur das Erlebnis dieser ahnenden Gleichnisse von froher Widerstandslosigkeit und Liebe gegolten; der hochnotpeinliche Rest, den wir Wirklichkeit nennen, das natürliche, vierschrötige, gefährliche Leben hat sich in seiner Seele bloß ganz entstofflicht wie ein Bilderrätsel gespiegelt. Und, bei Jahova und Jupiter! das setzt, erstens, die Zivilisation

voraus, denn niemand ist so arm, daß sich nicht ein Räuber finden
ließe, der ihn erschlägt; und eine Wüste setzt es voraus, in der es wohl
böse Geister gibt, aber keine Löwen. Zweitens ist trotzdem diese Hohe
und Frohe Botschaft anscheinend ziemlich in Unkenntnis aller gleich-
zeitigen Zivilisation entstanden. Sie ist fern der Tausendfältigkeit der
Kultur und des Geistes, fern den Zweifeln, aber auch der Wahl, fern
der Krankheit, aber auch fast allen Erfindungen zu ihrer Bekämpfung;
kurz gesagt, sie ist fern allen Schwächen, aber auch allen Vorzügen
des menschlichen Wissens und Könnens, das doch zu ihrer Zeit gar
nicht gering gewesen ist. Und nebenbei bemerkt, hat sie darum auch
etwas einfache Begriffe von Gut und Böse, Schön und Häßlich. Nun,
in dem Augenblick, wo du solchen Einwänden und Bedingungen Platz
einräumst, wirst du dich auch mit meinem weniger einfachen Verfahren begnügen müssen! –»

Agathe widersprach trotzdem. «Du vergißt eines,» wiederholte sie
«daß diese Lehre den Anspruch erhebt, von Gott zu kommen; und
dann ist alles Verwickeltere, was von ihr abweicht, eben falsch oder
gleichgültig!»

«Still!» bat Ulrich und legte den Finger an den Mund. «Du kannst
doch nicht so störrisch handgreiflich von Gott reden, als ob er dort
hinter dem Busch säße wie im Jahre Hundert!»

«Meinetwegen, ich kann es nicht» gab Agathe zu. «Aber laß dir auch
etwas sagen! Du bist doch selbst bereit, wenn du dir die Seligkeit auf
Erden ausdenkst, auf Wissenschaft, Kunstrichtungen, Komfort und
alle Heutlerei zu verzichten. Und warum nimmst du es dann andern
so übel?»

«Da hast du gewiß recht» räumte nun Ulrich ein. Ein trockenes Reis
war ihm zwischen die Finger geraten, und er stocherte damit nachdenklich im Boden. Sie waren von ihrem Platz ein wenig zurück-
geglitten, so daß wieder nur die Köpfe über den Rand des Hügels
sahen, und auch das geschah bloß, wenn sie sie hoben. Wie zwei
Schützen lagen sie nebeneinander auf dem Bauch, die vergessen haben,
worauf sie lauern; und Agathe schlang nun, von der Nachgiebigkeit
ihres Bruders gerührt, den Arm um seinen Nacken und machte auch
ein Zugeständnis. «Sieh, was tut sie?» rief sie aus und wies mit der
Fingerspitze neben sein Ästlein auf eine Ameise, die dort eine andere
überfallen hatte.

«Sie tötet» versicherte Ulrich kalt.

«Verhindere es!» bat Agathe und erhob ein Bein vor Aufregung
gegen den Himmel, so daß es auf dem Knie kopfstand.

Ulrich schlug vor: «Versuche es doch als Gleichnis aufzunehmen.
Du brauchst ihm in Eile nicht einmal eine besondere Bedeutung geben
zu können, nimm ihm bloß die seine! Dann wird es wie ein herber

Lufthauch oder der Schwefelgeruch faulenden Laubes im Herbst: irgendein verdunstender Tropfen Schwermut, der die Auflösungsbereitschaft der Seele erzittern macht. Ich könnte mir denken, daß man damit sogar über seinen eigenen Tod freundlich hinwegkäme, aber freilich nur, weil man bloß einmal stirbt und es dann besonders wichtig nimmt; denn vor dem dauernden kleinen Durcheinander der Natur und ihrer Mißhelligkeiten ist der Verstand der Heiligen und Helden ziemlich ruhmlos!»

Ev: U: Durch Glauben!
    Ag: Durch Ahnen u Gleichnis geht es auch nicht
    U: Eben!

Agathe hatte ihm, während er so sprach, das Hölzchen aus den Fingern genommen und damit die angegriffene Ameise zu retten versucht, mit dem Erfolg, daß sie beide beinahe zerquetschte, aber schließlich auseinanderbrachte. Nun krochen sie in verminderter Lebendigkeit neuen Abenteuern entgegen.

«Hat es Sinn gehabt?» fragte Ulrich.

«Ich verstehe, daß du damit sagen willst, was wir am Gitter versucht hätten, sei gegen Natur und Verstand gewesen» gab Agathe zu Antwort.

«Warum sollte ich es nicht sagen!» meinte Ulrich. «Immerhin habe ich zu deiner Überraschung sagen wollen: Die Herrlichkeit Gottes zuckt nicht mit der Wimper, wenn Unheil geschieht. Vielleicht auch: das Leben schluckt Leichen und Unrat, ohne daß sich sein Lächeln trübt. Und sicher dies: der Mensch ist reizend, solange man keine moralischen Anforderungen an ihn stellt ...» Ulrich dehnte sich verantwortungslos in der Sonne. Denn sie brauchten ihre Stellung bloß ein wenig zu verändern, und nicht einmal aufzustehen, so verschwand die Welt, die sie belauscht hatten, und wurde von einer großen, von säuselndem Gebüsch begrenzten Wiese ersetzt, die sich in sanftem Abfall bis zu ihrem schönen, alten Hause erstreckte und im vollen Sommerlicht dalag. Sie hatten die Ameisen aufgegeben und brieten sich an den Spitzen der Sonnenstrahlen, halb bewußtlos davon, und von einem kühlenden Wind zweitweilig begossen. «Die Sonne scheint auf Gerechte und Ungerechte!» sprach Ulrich in friedfertigem Spott den Segen darüber.

«‹Liebet eure Feinde, denn er läßt seine Sonne aufgehen über die Bösen und über die Guten› heißt es» widersprach ihm Agathe so leise, als vertraue sie es bloß der Luft an.

«Wirklich? Wie ich es sage, wäre es wunderbar natürlich!»

«Aber du sagst es falsch.»

«Bist du sicher? Wo steht es überhaupt?»

«In der Bibel natürlich. Ich werde im Hause nachschlagen! Ich will dir wohl einmal zeigen, daß ich auch recht haben kann!»

Er wollte sie zurückhalten, aber da stand sie schon neben ihm und eilte davon. Ulrich schloß die Augen. Dann öffnete und schloß er sie wieder. Die Einsamkeit ohne Agathe war von allem verlassen; als wäre er selbst nicht darin. Dann kehrten die Schritte wieder. Große Schallstapfen in der Stille wie in weichem Schnee. Dann stellte sich das unbeschreibliche Gefühl der Nähe ein und zuletzt füllte sich die Nähe mit einem fröhlichen Lachen, das die Worte einleitete: «Es heißt: ‹Liebet eure Feinde, denn er läßt seine Sonne aufgehen über die Bösen und über die Guten und läßt *regnen* über Gerechte und Ungerechte›!»

«Und wo kommt es vor?»

«Nirgendwo als in der Bergpredigt, die du so gut zu kennen scheinst, mein Lieber.»

«Ich fühle mich als schlechten Theologen bloßgestellt» gab Ulrich lachend zu und bat: «Lies vor!»

Und Agathe hatte eine schwere Bibel in Händen, kein besonders altes oder kostbares Ding, aber immerhin eine nicht ganz neue Ausgabe, und las vor: «Ihr habt gehört, daß gesagt ist: Du sollst deinen Nächsten lieben und deinen Feind hassen. Ich aber sage euch: Liebet eure Feinde, tut wohl denen, so euch beleidigen und verfolgen. Auf daß ihr Kinder seid eures Vaters im Himmel. Denn er läßt seine Sonne aufgehen über die Bösen und über die Guten und läßt regnen über Gerechte und Ungerechte.»

«Weißt du vielleicht noch etwas?» bat Ulrich wißbegierig.

«Ja» fuhr Agathe fort. «Es steht geschrieben: ‹Ihr habt gehört, daß zu den Alten gesagt ist: Du sollst nicht töten; wer aber tötet, der soll des Gerichts schuldig sein. Ich aber sage euch: Wer mit seinem Bruder *zürnet,* der ist des Gerichts schuldig; wer aber sagt: Du Narr, der ist des höllischen Feuers schuldig›. Und dann doch auch dies, was du so gut weißt: ‹Ich aber sage euch, daß ihr nicht widerstreben sollt dem Übel; sondern so dir jemand einen Streich gibt auf deinen rechten Backen, dem biete den andern auch dar. Und so jemand mit dir rechten will und deinen Rock nehmen, dem laß auch den Mantel. Und so dich jemand nötiget eine Meile, so gehe mit ihm zwei.›»

«Ich weiß nicht, mir gefällt es nicht!» meinte Ulrich.

Agathe blätterte. «Vielleicht gefällt dir das: ‹Ärgert dich deine rechte Hand, so haue sie ab und wirf sie von dir. Es ist dir besser, daß eins deiner Glieder verderbe, und nicht der ganze Leib in die Hölle geworfen werde.›»

Ulrich nahm ihr das Buch ab und blätterte selbst darin. «Das hat sogar mehrere Spielarten» rief er aus. Dann legte er das Buch ins Gras

zog sie neben sich und sagte eine Weile nichts. Endlich erwiderte er:
«Im Ernst gesprochen, ich bin wie jederman, oder zumindest wie
jedem Mann, ist es mir natürlich, diese Sprüche verkehrt anzuwenden.
Ärgert dich *seine* Hand, so haue sie ab, und so du einen auf die Backe
geschlagen hast, gib ihm vorsichtshalber auch noch einen Herzhaken.»

61

Atemzüge eines Sommertags

An demselben Vormittag sagte Agathe zu ihrem Bruder, launisch von
Widersprüchen bewegt, die eine Hinterlassenschaft der vergangenen
Nacht waren: «Und warum sollte gerade für den Liebenden eine
‹Welt› erstehen? Man lebt doch auch in Zorn und in Feindschaft, oder
in Stolz und Kälte, ohne daß man mehr darin sähe als eine persönliche
Angelegenheit!»

«Ich zöge vor zu sagen, man lebe ‹für› solche Gefühle» berichtigte
Ulrich freundlich und schläfrig. «Sie erhalten sich vornehmlich dadurch, daß sie uns zu tun geben.»

«Gewöhnlich ist es ja auch in der Liebe nicht anders!» fuhr Agathe
fort. Es war ihr zumute, als schaukle sie auf einem hohen Ast, der unter
ihr jeden Augenblick abzubrechen drohe.

«Und trotzdem schwört sich jeder Anfänger zu, daß sie ‹ewig› dauern
solle; auch wenn er zum zwanzigsten Mal anfängt!» warf Ulrich ein.

«Vielleicht gerade weil sie unbeständig ist! Übrigens schwört man
sich auch ewige Feindschaft zu –»

«In diesem Fall, weil das Gefühl sehr heftig ist!»

«Unsere Antworten stimmen bewundernswert mit sich selbst überein» spottete Agathe. Und Ulrich wiederholte, ohne besonderen Eifer
hineinzulegen: «Hauptsächlich hängt die Dauer eines Gefühls eben
doch nicht von ihm selbst ab, sondern von der Dauer, die ihm die allgemeinen Einrichtungen und Einbildungen ansinnen.»

Diese Unterbrechungen und Fortsetzungen des Gesprächs schienen
sich in die flachen, trägen Atemzüge des Sommertags zu schmiegen.
Die Geschwister lagen, ein wenig übernächtig und übermüdet, auf
Gartenstühlen im Sonnenschein. Nach einer Weile hub Agathe von
neuem an, zurückhaltend und allmählich fester werdend:

«Es gibt doch einen Glauben an Gott, der sich nicht nach dem Lauf
der Welt richtet. Beten, gute Werke, nach seinen Gesetzen leben, das
alles wird mehr oder minder bloß an ihn herangetragen. In ihm selbst
liegen keine bestimmten Beziehungen zu anderen Menschen. Er sagt
uns nicht, was zu tun sei. Er mag eine Einbildung sein, entwertet aber

alle anderen Einbildungen. Und ist doch ein Gefühl, das lebenslang standhält. Nein, unterbrich mich nicht!» bat sie. «Nimm auch nicht an, daß ich von mir spreche! Es ist schlechthin ein aufsteigender Schein, der um so voller wird, je leerer um uns die Welt ist. Und was schickt ihn aus?»

Ulrich hatte jetzt mit Aufmerksamkeit zugehört, aber seine Antwort verzögerte sich. Er hätte vieles erwidern und der Frage vielleicht auch ein rasches und weniger rühmliches Ende bereiten können; schließlich ging er aber ohne Einwand auf sie ein und sprach bedachtsam: «Sieh, man sagt, an Gott zu glauben und ihn zu lieben, sei ein und dasselbe. Man meint auch, wer ihn erkenne, müsse ihn lieben. Und so nebenbei meint man, Glauben sei eine Vorstufe von Erkennen. In alle dem ist viel Irrtum. Aber wahr ist es, daß sowohl zum Glauben als auch zum Lieben eine besondere Art des Denkens gehört, und zwar eigentlich ein Denken ohne Erkennen: die Kontemplation. Das unterscheidet sie von den anderen Gefühlen. Auch Glaube und Liebe sind bloß Gemütszustände, aber die Kontemplation schafft für sie das Bild einer ganzen Welt!»

«Was ist Kontemplation?»

«Das kann ich dir nicht in Kürze erklären. Oder doch, und sogar mit einem Wort: das Ahnen. Man könnte es auch das Sinnen nennen. Das ahnende und sinnende Denken also. Mit anderen Worten: so wie wir denken, wenn wir am glücklichsten sind. Die anderen Gefühle haben dergleichen nicht zur Seite. Und wenn gesagt wird, daß der Glaube und die Liebe Berge versetzen können, so heißt das eben, daß sie imstande sind, den Geist auszuwechseln.»

«Warum denken wir nicht immer so!»

Ulrich zuckte die Achseln. «Wir tun es doch auch in diesem Augenblick nicht!»

Agathe verstummte. Aber nach einer kurzen Pause begann sie von neuem: «Also ist Kontemplation eigentlich, was du die ‹innere Art› des Denkens nennst?»

«Du hast es erfaßt!» lobte Ulrich.

«Kein Anlaß mich zu loben!» wehrte sie lächelnd ab. «Ich glaube, du hast es gestern selbst gesagt. Aber damit ich sicher gehe: Kontemplation ist also auch das Denken, das sich nicht von unseren ‹wirklichen› Gefühlen leiten läßt, sondern von unseren ‹anderen›?»

«Wenn du es so nennen willst, ja.»

«Und in einer Welt von besonderen Menschen könnte so gedacht werden? Du hast gestern das Wort ‹Ekstatische Sozietät› dafür gebraucht! Erinnerst du dich?»

«Ja.»

«Gut!»

«Warum lachst du nun wieder?» fragte Ulrich.

«Weil Mephistopheles sagt: ‹Durch *zweier* Zeugen Mund wird allerwegs die Wahrheit kund!› Also genügen doch schon zwei dafür!»

«Wahrscheinlich irrt er» widersprach Ulrich gelassen. «Zu seiner Zeit war noch nicht das Délire à deux, der Wahnsinn zu zweien, erkannt –»

Ein geräuschloser Strom glanzlos-durchsichtigen Blütenschnees schwebte, von einer abgeblühten Baumgruppe (her)kommend, durch den Sonnenschein, und der Atem, der ihn trug, war so sanft, daß sich kein Blatt regte. Kein Schatten fiel davon auf das Grün des Rasens, aber dieses schien sich von innen zu verdunkeln wie ein Auge. Die zärtlich und verschwenderisch vom jungen Sommer belaubten Bäume und Sträucher, die beiseite standen oder den Hintergrund bildeten, machten den Eindruck von gebannten Zuschauern, die, in ihrer fröhlichen Tracht überrascht, gleich so, wie sie waren, an diesem Begräbniszug und Naturfest teilnahmen. Frühling und Herbst, Sprache und Schweigen der Natur, Leben und Tod vereinigten sich in dem Bild; und die Augen, die es gewahrten, hießen jetzt die Lippen verstummen. Das Gespräch schlief ein. Die Herzen schienen stillzustehn, aus der Brust genommen zu sein, sich dem schweigenden Zug durch die Luft anzuschließen. «Da ward mir das Herz aus der Brust genommen» hat ein Mystiker gesagt, und nach einer Weile erinnerte sich Agathe dessen. Verstohlen öffnete sie sich dem Enthusiasmus, der sie gerade in diesem Garten schon einmal hatte glauben lassen, das Tausendjährige Reich breche an. Man hat sich dann sehr still zu verhalten. Man darf keinerlei Begehren Platz lassen, nicht einmal dem lebhaften zu fragen. Man muß sich des Verstandes entäußern, in dem man sonst seine Geschäfte besorgt. Man muß sein Ich aller inneren Werkzeuge berauben. So sagte sie sich und trachtete, sich der Voraussetzungen und Einzelheiten zu entsinnen, die zu beachten wären. Denn das Tausendjährige Reich war doch wohl das gleiche wie die Ekstatische Sozietät, und diese war ihrem Geist zum Greifen glaubhaft vorgekommen, ohne daß eine gefühlvolle begünstigende Übertreibung dazu nötig gewesen wäre; sie meinte also, es könne diesmal gelingen. Und obwohl sie spürte, daß sie sich nicht gleich an alles erinnere, kam ihr doch, während sie sich kaum erst in diesen Zustand hineinversetzte, schon vor, daß Mauern und Pfeiler beiseite wichen und die Welt in ihr Auge trete, wie es Tränen tun. Aber plötzlich ertappte sie sich dabei, daß sie nur noch äußerlich an ihrem Vorsatz festhalte und daß ihre Gedanken dem längst entschlüpft seien.

Ihre Gedanken befanden sich da, als sie sie wieder antraf, bei einer weit abgesprungenen Frage, bei einem kleinen Ungeheuer an Abspenstigkeit; sie fragte sich nämlich gerade auf das törichteste, und sehr erpicht auf diese Torheit: «Ist es überhaupt wahr, daß ich einmal voll Haß und Unglück gewesen bin?» Ein Mann ohne Namen war ihr fern erinnerlich und gegenwärtig, dessen Namen sie trug, ja den sie ihm recht eigentlich davongetragen hatte, aber sie fühlte keinen Haß mehr gegen ihn. Es kam ihr bloß unglaubwürdig vor, was ihr alles widerfahren sei. Der Wechsel des Lebens, seiner Umstände, Zustände, Ziele und Gefühle, worin sich die Jugend, wenig davon wissend, naturhaftgroßartig vorkommt, ehe er einem abgereifteren Alter so natürlich erscheint wie der Wetterwechsel: – Agathe meinte sich fremd zwischen beiden stehen, und die veränderliche Flucht des Gefühls spiegelte sich seltsam in dem steinklaren Himmel, aus dem sie soeben erwacht war! Insofern waren ihre Gedanken also noch immer im Bannkreis des Toten- und Blütenzugs; aber sie bewegten sich anders als auf seine stumm-feierliche Art. Und es dauerte darum auch nicht lange, daß sie ihren Bruder wieder ansprach.

«Hast du nicht gestern gesagt, die Hinfälligkeit all unseres Fühlens hänge damit zusammen, daß wir unsere Gefühle selbst zerstören, indem wir uns von ihnen dazu bewegen lassen, zu handeln, Tatsachen zu schaffen, Werke zu tun, Ideen und Eigenschaften anzunehmen» begann sie mit abgewandtem Gesicht, das ihre Augen nicht sehen lassen sollte, zu fragen. «Wenigstens habe ich es so verstanden –»

«Immer habe ich es gesagt» bestätigte Ulrich. «Aber natürlich habe ich auch das Gegenteil davon gesagt, nämlich daß Gefühl auf die Art aufbewahrt und verstärkt wird. Mit einem Wort, wir verwandeln fortwährend die lebendige Kraft des Gefühls in aufgesparte und diese in jene.»

«Oder mit anderen Worten,» fiel Agathe achselzuckend u. das Wort zuspitzend ein «aus der Vergänglichkeit des Fühlens entsteht das Leben!»

«So ist es!» Ulrich seufzte gefaßt und fuhr bequemlich fort: «Mein Gott, dieses ganze weltliche Werk des Gefühls, dieses sein eigentlicher Reichtum, dieses Wollen und Freuen, Tun und Untreuwerden, aus nichts, als weil es treibt, einbezogen alles, was man denkt und vergißt, tut und auch vergißt: es ist ja schön wie ein Baum voll Äpfel in jeder Farbe, aber es ist auch sinnlos eintönig wie alles, was sich mit jedem Jahr, und mit jedem Menschengeschlecht, von neuem rundet und abfällt..!»

Agathe lachte ein wenig.

«Was hast du dagegen?» fragte er.

«Weniger, als du selbst dagegen haben solltest! Und verlangst du denn nicht überdies, daß man aus allem und jedem, und wäre es auch nur ein tieferer Atemzug, ein Geschehnis von Bedeutung zu machen hätte?»

«Das ist wahr. Es ist eine Schwäche von mir. Du aber hast dich immer erfolgreich dagegen zu wehren gewußt, daß man Bedeutendes tun müßte, um sein Leben zu rechtfertigen» gestand Ulrich zu, um den spöttischen Angriff durch gleiche Neckerei abzufangen, fuhr aber dann fast anerkennend fort: «Auch daß man verpflichtet sei, sich von allem eine Idee und Regel zu bilden, ist deinem tiefsten Geschmack erfreulich gleichgültig geblieben: es hat dich nie gelockt, im Herrensattel auf einem Steckenpferd zu reiten!»

Agathes Auge belebte sich. «Vielleicht ist es zur Strafe dafür auch nie das Ziel meiner Gefühle gewesen, mich zu einem Charakter zu bilden» sagte sie, heiter bezeugend, daß der Abgrund an Verschiedenheit, der sich zwischen ihnen aufgetan hätte, nur eine Krümmung der Oberfläche sei. «Ich habe, was ich erlebte und fühlte, nie so geliebt, daß ich sozusagen sein Schrank und seine Dauer auf Lebenszeit hätte sein mögen! Wenigstens früher nicht.»

«Und jetzt möchtest du es?»

Die Frage klang nachdrücklich u. nachdenklich. Agathe gab keine Antwort. Dagegen sahen sie beide nun wieder dem Zug der Blütenasche zu, der ereignislos mitten durch ihr Gemüt zu schweben schien. Obzwar sie offen gescherzt hatten, waren sie innerlich der strahlenden Zeitlosigkeit des Fühlens näher als zuvor. Vielleicht hätte Agathe nach manchem soeben gewechselten Wort erwarten können, daß ihr Bruder wieder von der Kühnheit der heimlichen Grenzüberschreiter reden, ja das geheime Paßwort der ekstatischen Welt und des Tausendjährigen Reichs ausgeben werde; und in Wahrheit meinte sie auch jetzt noch, er sollte es tun. Statt dessen aber lächelte er plötzlich nachsichtig oder zärtlich und schien auf andere Gedanken gekommen zu sein, denn er hub so zu ihr zu sprechen an: «Wie ist es eigentlich merkwürdig, daß du für dein Gefühl früher so oft Männer gewählt hast, die dir weder aus ganzer Seele noch aus ganzem Leibe lieb gewesen sind: es ist gerade so, als hättest du damit den Zug zum Wirklichen, das Begehren, zum voraus in dir abschwächen wollen!»

Agathe gab keine Antwort. Sie hörte seine Worte, aber sie war doch damit beschäftigt, ihren Geist zu hindern, daß er sich auf bestimmte Weise etwas zuwende. Es war ihr sogar halb bewußt, daß sie an Lindner denken könnte und daß damit Ulrichs rückzielende Bemerkung auch einen sehr verdächtigen gegenwärtigen Fall vorfände. Aber sie enthielt sich, ihren Verstand zu gebrauchen. Sie wollte auch von ihren Sinnen keinen Gebrauch wie von Werkzeugen machen. Sie versuchte sich auch so lange des Willens zu begeben, bis ihr Gefühl zu nichts mehr hinstrebe. Kurz, sie trachtete in diesem Augenblick gerade, sich auf jede Weise ihrer selbst zu entäußern. Es war ein aus dem Stegreif unternommener kleiner Versuch, Ulrichs Lehre von der Leidenschaft auf eigene Art in Szene zu setzen; denn so verkürzt erschien ihr diese jetzt: Der Mensch muß entweder wie ein Kind vor Wut und Unglück und Begeisterung und Liebe heulen und entschlägt sich so seines Gefühls in einem kurzen, nichtigen Wirbel; oder er kann geheimnisvoll an sich halten, ohne dem Zug zur Wirklichkeit, dem Trieb, dem mit jedem Gefühl verwachsenen Begehren ein Zugeständnis zu machen, und dann wächst sein Gefühl über ihm mit den Wipfeln der Bäume, mit den Turmspitzen, mit dem Scheitel des Himmels zusammen. Was aber dazwischen liegt, dieser maßvolle sogenannte Reichtum des Gefühls, lohnt nicht des Aufhebens, das davon gemacht wird! Und wirklich, er spielte auch zwischen ihr und ihrem Bruder augenblicklich keine Rolle gegenüber den Grenzfällen. Agathe verschloß also mit Willen ihr Ohr gegen das, was Ulrich jetzt sagen mochte, und nahm sich vor der Welt in acht, als müßte sie sich totstellen, damit ihre Aufmerksamkeit nicht ausreiße. Aber wenn auch das erste gelang, das zweite schien eine so unmögliche Aufgabe zu sein, wie es in der Kindheit die gewesen war, zwischen Beichte und Kommunion keine Sünde zu begehen; und endlich gab sie den Versuch unvermittelt wieder auf, richtete sich halb in die Höhe, stützte sich auf den gestreckten Arm und erteilte Ulrich eine sehr verspätet kommende Antwort, indem sie fast ärgerlich sagte: «Gestatte eine Frage, die sonst dein Vorrecht wäre, aber nun gerade mir einfällt: Wie soll denn eigentlich eine Gefühlswelt, in der man nichts begehren darf, begehrenswert sein?»

Ihr Blick suchte den ihres Bruders, um die Antwort darin zu lesen; aber bei dieser gefährlichen, auf die Gesetze der Ekstatischen Sozietät gerichteten Nachforschung schloß Ulrich vorsichtig die Augen.

So verließ sie ihren Liegestuhl ganz und stand eine Weile unschlüssig, indes sie lächelnd bald auf Ulrich, bald in den Garten blickte. Sie streckte ihre Beine und klopfte mit kleinen Schlägen der Hände ihren Rock zurecht. Jede einzelne dieser Bewegungen hatte eine Art bäurischer Schönheit, einfach, gesund, gedankenlos; und entweder geschah es so durch Zufall oder weil sie durch ihre letzten Gedanken auf handfeste Weise munter geworden war. Das Haar fiel in einem Zacken zu seiten ihres Gesichts hinab, und der Hintergrund, der jetzt von Bäumen und Gebüschen gebildet wurde, die sich an der Stelle, wo sie stand, in die Tiefe öffneten, war ein Rahmen, der ihr Bild einprägsam vor die Welt und den Himmel stellte. So sah sie Ulrich vor sich, wenn er einen schmalen Spalt zwischen seinen Augenlidern öffnete, und dieser Anblick, den er verstohlen genoß, war nicht nur anziehend, sondern wurde es – und vielleicht durch die Wirkung von Agathes nachklingenden Worten – bald auch so sehr, daß er nichts neben sich übrig zu lassen begann, was nicht herangezogen worden wäre. Es schien in der Richtung auf sie eine Bewegung zu walten, die mit

Begriffen nicht zu erfassen war, eine gesteigerte Sinnfülle, ja eine hohe Überfülle und Bedrängnis, derart daß alles, was sie umgab, einen Abglanz auf sie warf und sie in ein Ansehen setzte, für das nicht nur kein Wort vorhanden war, sondern auch jeder andere Ausdruck und Ausweg fehlte. Jede Falte ihres Kleides war so mit Kräften, oder vielleicht wäre schlechthin zu sagen mit Geltung, geladen, daß sich kein größeres Glück, aber auch kein ungewisseres Abenteuer denken ließ, als diese Falte vorsichtig mit der Fingerspitze zu berühren!

Sie hatte sich halb von ihrem Bruder abgewandt und stand ohne sich zu regen, so daß er sie unbefangen betrachten und das Geheimnis dieser betäubenden, tief vertrauten Bildwerdung ausspähen konnte. Seit dem Tag seiner Ankunft in dem ausgestorbenen Elternhaus, wo er Agathe als eine zärtlichere Wiederholung seiner selbst vorgefunden hatte – aber auch schon in ihrer Kindheit; ja selbst in Agathes Abwesenheit, und dann als das, was anderen Frauen fehlte; vollends nun, seit sie wie in einem Traum eine gemeinsame innere Gestalt suchten und manchmal kraft dieses Gefühls beinahe auch schon ein Leib zu sein glaubten, der, schwer von einer seltsamen Seligkeit, noch schmerzend ans Kreuz der Zweiheit geschlagen war, seit je also und immer wieder, war es offenbar ein und dasselbe, was trotz wechselnder Form auf sonderliche Art seine Schwester mit ihm verband. Es schien Ulrich, während er diese Erlebnisse wieder aufleben ließ, allen gemeinsam zu sein, daß sie ein Gefühl von größter Stärke aus einer Unmöglichkeit, aus einem Versagen und Stillstand empfingen; es fehlte ihnen die zur Welt und von dieser zurück führende Brücke des Handelns, ja selbst die des Begehrens; und schließlich endeten sie alle auf einer wohl schwindelnd schmalen Grenze zwischen größtem Glück und krankhaftem Benehmen. So zeigten sie die gleichen Kräfte und Schwächen und erinnerten ihn, der sich jetzt als erfrischende Ausnahme einige unbefangene, ja sogar häßliche Vergleiche gestattete, ein wenig an Porzellangruppen, und an ein blindes Fenster, und an eine Sackgasse, und an das schmerzhaft endlose Lächeln von Wachsfiguren unter Glas und Licht, die auf dem Weg zwischen Tod und Auferstehung steckengeblieben zu sein scheinen und keinen Schritt vor oder zurück tun können. Plötzlich, wie sich ein Wort manchmal im Kopf festsetzt, fiel ihm dafür auch der Ausdruck «erhöhte Zurechnungsfähigkeit» ein, einem düsteren Wort nachgebildet, das ihn einmal beschäftigt hatte; und wahrhaftig, so es eine verminderte gibt, deren verhextem Treiben die natürliche Beziehung zur Wirklichkeit fehlt, so haftete der gleiche Makel der Unnatur auch an der Überbedeutsamkeit, die er vor sich sah.

Er suchte sie nun in diesem Sinn zu erklären, und es fiel ihm nicht schwer: Das Gefühl, das zu handeln gewohnt ist, die Anteilnahme, die gewöhnlich auf vieles verteilt ist, wurden beim Entstehen dieses

Zustands offenbar in eine Richtung gelockt, wo kein Ausweg war, und häuften sich machtlos an, weshalb unzählige Worte auf der Zunge zu liegen schienen, von denen sich keins aussprechen ließ. Ungesucht fielen Ulrich jetzt auch andere Vergleiche ein. «So könnte man ja auch eine Tote anstarren,» dachte er «deren Antlitz keinen Wunsch erwidert und keinen verscheucht. Oder einen Fetisch lieben, ein Haarband, ein Kleid, dessen Besitz mehr als alles und weniger als nichts ist!» Es gab also eine unangenehme, mehr oder minder verkrüppelte Vetternschaft, und Ulrich wäre kein Mann gewesen, wenn ihn das Schiefgezogene, Schlüpfrige und Schlupfwinkelige dieser Verhältnisse nicht mit Unbehagen erfüllt hätte. Er richtete sein Herz zwar an dem Gedanken auf, daß es schlechthin nichts gebe, was nicht mißratene Vettern habe, denn die Welt der Gesundheit ist aus den gleichen Kräften gemacht wie die der Krankheit, und bloß die Verhältnismaße sind andere; dennoch fühlte er jetzt nicht ohne Mißtrauen, daß sich eine unheimliche Willensschwäche, ein stilles Abrücken in die Gegend des Schlafs, des Todes, des Bildes, des Unbeweglichen und Ohnmächtigen wie ein Traumsaft in ihm ausbreitete, wenn er seinen Blick auf seine Schwester richtete und ihn von ihrem Anblick trinken ließ. Die Gedanken strömten ab, jeder kräftige Trieb verlor sich, die Glieder erlahmten, und die Welt begann fern und taub zu werden. Mit dem Eintritt dieser Entmächtigung begann sich aber auch in seinem Körper überall wieder eine seltsame Glücksbereitschaft zu regen, wie der Rausch eines Bienenschwarms, der sich an die Königin hängt.

Aber während er noch auf alles das achtete, wurde es durch einen natürlichen Einfall unterbrochen, des Inhalts, daß sich die vielgestaltigen Versuchungen des Gefühls, die ihm durcheinander vorschwebten wie der Schatten, den bei steiler Sonne das Laub eines unruhigen Baumes wirft, doch aus einem einzigen Punkt verstehen ließen, sobald er sich entschlösse, einfach das sinnliche Verlangen nach seiner Schwester als ihren Ursprung anzusehen. Denn offenbar war, in Kenntnis der menschlichen Schwächen beurteilt, nichts anderes als dieses Begehren der Held des Versagtseins, des abbrechenden Wegs und aller sich daranschließenden zweideutigen Abenteuer und Umwege; und sogar die Gefühlspsychologie, die er in seinen Aufzeichnungen auf eigene Faust betrieben hatte, mochte nun bloß als ein Versuch erscheinen, die nackte Geschwisterliebe in einem ehrbaren und unzugänglichen Gedankengebäude wohl zu verstecken. Im ersten Augenblick verblüffte, ja beleidigte ihn diese einfache Lösung, die einen allerwegen probaten Gedanken etwas beschämend auf ihn selbst und die Gedankengesichte anwandte, die Agathe und ihn von den andern Menschen und ihrer Liebe einigermaßen ausnahmen; dann aber gab ihm auch der Widerspruch ein, wie ' ￼cht es wäre, und oft schon beinahe geschehen, eine solche Erklärung ins Unrecht zu setzen. Agathes Schönheit war ihm fast so vertraut wie die einer Gattin, ihre und seine Lippen waren nicht gerade selten schon neugierige Freunde gewesen, und ihre Seelen paßten zusammen wie Widerhall und Einsamkeit: Sie hatten also bloß den Willen zu wechseln und einander ein Zeichen der Einwilligung zu geben. Das bedeutete für ihr Leben nicht mehr als die Wahl eines Vorzeichens, einer Überschrift und einer anderen Lesart, und kein Buchstabe des Sinns und Hintersinns wäre dadurch gekränkt oder von seinem Platz gerückt worden; ja eher mochte dann erst vieles klar werden wie ein Feuer, das durch den Rauch bricht. Und unwillkürlich, aber doch mit ein wenig Spott vermischt, als Schutz vor der Überredungskunst der Begierde, und aus diesem Grunde auch nicht besonders reich in der Ausführung, stellte sich Ulrich vor, was erfolgen würde. Nicht anders als sich ein Zirkuspferd beim Schall der Musik von selbst in Bewegung setzt, und doch jedesmal, klingelnd mit seinem blinkenden Geschirr, sein höheres Wesen oder Unwesen in einem Zauberkreis treibt, begann da in Ulrich oder vor ihm die vielerfahrene Einbildungskraft zu arbeiten und stellte ihm das am öftesten gespielte aller Menschendramen, das stets ohne Zuschauer gespielte, so lebendig vor, daß er fast die Hand hob, um das Zeichen zum wirklichen Beginn zu geben. Denn er sollte doch vielleicht bloß die Hand seiner Schwester ergreifen und unter einem Vorwand, der so durchsichtig wie möglich wäre, etwa vorschlagen, den blendenden Tag mit der tieferen Zurückgezogenheit im Hause zu vertauschen, so könnte sie schon ein Zittern der Augen aneinander verraten, und die Hände in ihrer Blindheit, die Seelen in ihrer Hilflosigkeit wüßten sie unaufhaltsam weiter zu führen. Das Leben ist erschreckend einfach im Gewähren, wenn man seine gewohnten Wege benutzt. Ulrich fühlte die Verlockung des Lebens fast wie einen Schwindel, den man, über einen steilen Absturz gebeugt, bei dem Gedanken erleidet, daß man sich bloß loszulassen oder einen Fehlgriff zu machen hätte und dann unaufhaltsam fortgetragen würde. Und zugleich entstand ein eigentümliches, neues und lebhaftes Fühlen der Wirklichkeit in ihm dadurch, daß er sich nicht regte und nicht aus der Phantasie hervortrat; es war ähnlich, wie sich Bewegungen hinter einer dünnen Wand verstümmelt, aber aufregender anhören, als ob man sie sähe. Beide Bilder huschten durch seinen Kopf, ohne daß er hätte sagen mögen, ob ihm die Wirklichkeit als verstümmelt erscheine oder die Zurückhaltung von ihr. Es erinnerte ihn an Agathes Bemerkung, daß eine Welt ohne Triebe schwerlich begehrenswert sein könne, und an seine eigene, daß sich das weltliche Werk des Gefühls eintönig wiederhole, und er wurde über all dem nicht gewahr, daß seine Schwester schon eine Weile neugierig seine Augen beobachtete.

Nun trat sie mit plötzlichem Entschluß auf ihn zu und ließ ihre Hand mutwillig an ihnen vorbeifallen, als wollte sie den sonderbaren Blick, mit dem er sie ansah, von oben nach unten entzweischneiden. So kam wieder Bewegung an die Stelle des lastenden Schweigens. Und als genügte auch das nicht, faßte sie seinen Arm und bemühte sich, ihn vom Stuhl empor zu ziehen. Ulrich erleichterte es ihr. Er stand auf und dehnte die Schultern. Agathe schlug vor: «Komm, wir wollen ein wenig umhergehn!» und hängte sich in ihn ein.

Sie verstanden einander, obwohl sie nun einige Sätze wechselten, die mit dem Vorangegangenen scheinbar keinen Zusammenhang hatten. Ulrich sagte: «In diesem Augenblick kämpfen an vielen Orten viele Menschen auf Leben und Tod, und unzählige Tiere fallen über einander her!» Agathe aber erwiderte: «Du hast gestern eine Welt beschrieben, und heute ist sie nicht da!» So schritten sie aus. Agathe sagte lachend: «Seit gestern ist mir so weise im Kopf, und im Herzen so verdutzt zumute, als wäre ich an mir selbst vorbeigegangen und hätte mich nicht gegrüßt!» Und sie preßte mit aller Kraft ihre Fingernägel in den Arm ihres Bruders, der ihn abwehrend spannte. Eine Gewähr des Lebens lag in der kleinen Roheit, die verläßlicher war als Gedanken, die, was sie begehrten, gerade noch mit der Fingerspitze zu streicheln vermochten; sie lag überdies auch in der Bewegung; lag darin, daß in dem Garten, obwohl er im Sonnenschein zu schlafen schien, der Kies knirschte und manchmal der Wind aufflatterte; und daß die Körper jetzt hell und wach über die Natur Ausschau hielten. Die Zukunft war im Schreiten leichter zu tragen, und die durchsichtige Luft verband das Auge tief und heiter mit allem, was es sah. Nur wenn sie stehenblieben wurde es danach wieder so schwermütig wie ein tiefer Atemzug, die ersten Schritte in die bildhafte Landschaft zu setzen. «Wie gut ist es, daß ich dich leibhaftig neben mir fühle!» sagte Ulrich.

[Früherer, z. T. gestrichener Schluß]

Er begehrte sie also, fragte er sich, und tat das ein wenig so, als ob es einen andern anginge, und eigentlich kam er sich in dem Augenblick etwas lächerlich vor. Auch Agathe «begehrte» doch nach ihm, und die Schönheit ihres Körpers war ihm fast so vertraut wie die einer Gattin, ihre und seine Lippen waren schon manchmal neugierige Freunde gewesen, und ihre Seelen paßten zusammen wie Widerhall und Einsamkeit. Unwillkürlich stellte er sich vor, daß er, unter einem Vorwand, dem Agathe so wenig glauben dürfte wie er selbst, den Vorschlag machte, in die Zimmer zurückzukehren, und dabei ihre Hand ergriffe, mit diesem trockenen Zittern in der seinen, das ihr seine Absicht verriete: diese Hände in ihrer köstlichen Blindheit, und die Augen in ihrer Stummheit sollten sie dann wohl ohne Widerstand auf den Weg führen, auf dem es keine Umkehr mehr gibt. Das Leben ist so erschreckend einfach, schnell und willig, wenn man seine Wege benutzt, daß Ulrich beinahe schon die Hand hob und das Zeichen gab. Er empfing ein ganz eigentümliches, neues und lebhaftes Gefühl von der Wirklichkeit dadurch, daß er es nicht tat, ähnlich wie sich Bewegungen hinter einer dünnen Wand zwar verstümmelt, aber aufregender anhören, als ob man sie sähe. Dieses Gefühl versetzte ihn allmählich zu sich selbst zurück, in die eigentümliche Stellung zwischen zwei Wirklichkeiten, die eine unfertige Gedankenbrücke verband, für die er die volle Verantwortung übernehmen sollte. Agathes Frage erklang ihm plötzlich im Ohr: «Wie kann eine Welt, worin man nichts begehrt, denn begehrenswert sein?» Er gewahrte jetzt erst, wie liebenswürdig verräterisch, geständlich und unverständlich, und die Verantwortung teilend diese Frage war; aber sie konnte für Agathe und ihn auch eine todernste Frage werden, wenn er im Irrtum war und die Gedankenwelt, die er für sich und seine Schwester ersonnen hatte, die Lebensprobe nicht bestand! Sein Mut dunkelte angesichts dieser Möglichkeit bemerkenswert vorbereit zu einer Farbe von Kampf, Zorn und Todesverachtung; und er wußte in diesem Augenblick, wie sehr sich in seiner Schwester all seine Abneigung gegen das Leben zu einer lebendigen, aber in jedem Sinne äußersten und letzten Verheißung verkörpert hatte, hinter deren Verschwinden nichts mehr zurückbliebe.

Er wurde über all dem nicht gewahr, daß Agathe schon eine Weile neugierig seine Augen beobachtet hatte. Sie schien ihn zum Teil erraten zu haben, denn sie trat jetzt auf ihn zu und ließ ihre Hand mutwillig an ihnen vorbeifallen, als wollte sie den sonderbaren Blick von oben nach unten entzweischneiden. Und als ob auch das noch nicht genüge, faßte sie nach seinem Arm und schickte sich an, ihn vom Stuhl empor zu ziehen. Ulrich erleichterte es ihr. Er stand auf, dehnte die Schultern in der brennenden Sonne und sagte als einer, der sich weit von der natürlichen Welt fort wußte: «Sonderbar, daß auch in diesem Augenblick viele Menschen sich auf Leben und Tod bekämpfen, Tiere übereinander herfallen und tausende munterer Geschäfte betrieben werden!»

Agathe hängte sich in ihn ein und preßte mit aller Kraft ihre Nägel gegen seine Armmuskeln, die sich abwehrend spannten. «Du sagst das halb wie einer, der von seligem Gestade schaudernd auf seine Abenteuer zurückblickt, halb wie ein Mann, der bedauert, nicht mehr dabei sein zu können!» spottete sie, mit dem Rest an Stimme, den ihr die Anstrengung übrig ließ. «Es ist aber nicht lange her, da hast du gewußt, daß das äußere Leben sinnlos wäre?»

Ulrich lächelte dazu und erwiderte: «Aber man greift es mit der vollen Hand, statt es gerade nur mit der Spitze der Finger zu streicheln! Grab deine Nägel nur noch fester ein, du meinst doch damit auch nichts anderes!»

«Komm, wir wollen ein wenig umhergehn!» schlug seine Schwester vor. «Wir sind an einem Punkt, wo wir nicht wissen, was wir tun sollen, das ist alles! Du hast gestern in Gedanken eine Welt erschaffen, und heute ist sie nicht da!»

«Mir ist selbst zumute, als sähe ich alles, was wir wollen, in einem klaren Spiegel vor mir; aber ich kann nicht hinein, und es kann nicht heraus!»

Agathe lachte. «Selbst ich komme mir im Kopf so weise vor, daß mir dann vor der Wirklichkeit so verdutzt zumute ist, als wäre ich an mir vorbeigegangen und hätte mich nicht gegrüßt!»

«Und wenn wir bloß recht verstiegen wären?» meinte Ulrich. «Eigentlich ist es ja, wenn man sich nicht gerade einen Gecken darunter vorstellt, ein recht unbefangen-zutrefflicher Ausdruck: ein verstiegener Mensch!»

So schritten sie aus. Eine Gewähr des Lebens lag in der Bewegung, lag darin, daß in dem Garten, der im Sonnenschein zu schlafen schien, der Kies unter den Füßen knirschte, daß zeitweilig der Wind flatterte und daß die Körper hell und wachsam über die dienende Natur Ausschau hielten. Die Zukunft war im Schreiten so leicht wie die durchsichtige Luft zu tragen, die das Auge mit allem verband, was es sah; und die Worte, die sie wechselten, bedeuteten eigentlich wenig und wiegten sie bloß in ihr Gehen ein wie das kindlich vergnügte Selbstgespräch eines Brunnens, der lallend vom Ewigen schwätzt. Nur, wenn sie stehenblieben, wurde es danach wieder so schwermütig wie ein tiefer Atemzug, die ersten Schritte durch die bildhafte Landschaft zu setzen. Dann stützten sich ihre Körper wohl aneinander gleich zwei Schläfern in einem unheimlich großen Bett. Im Grunde war es aber natürlich, daß sie sich verhindert fühlten, nach ihren weit vorangeeilten Gedanken zu handeln; denn wie sollten sie etwas verwirklichen, das sie selbst als die lautere Unwirklichkeit ansahen, und wie sollte ihnen das Handeln in einem Geiste leicht fallen, der recht eigentlich ein Zaubergeist der Untätigkeit war. Ulrich war wohl überzeugt, daß sein Abenteuer mit Agathe, dieses geradezu unmenschlich tiefe und zarte Verlangen nach ihr, aber auch sonst alles, was schön ist und worauf in seinen Morgenstunden ein Tau himmlischer Herkunft glänzt – die Schönheit selbst, die Güte, die Liebe, der Gedanke, die tiefe Empfänglichkeit also – er war wirklich überzeugt, daß es seine entscheidende Mitgift von diesem Geist empfange, dessen gegenweltliche Herkunft und Zuständigkeit er jetzt endlich entdeckt zu haben glaubte; und er hatte eine Gefährtin in diesem Glauben an seiner Schwester. Wer immer das wunderlich gemischte Menschenwesen nicht ganz außeracht lassen will, das niemals alles auf eine Karte setzt, und sei es die höchste, wird es aber auch begreiflich finden, daß es Ulrich fast eine Verletzung der taghellen Natur zu sein schien, ihr eine hundertgrädige Wahrheit seiner Behauptungen anzusinnen, während er rings um sich ihre unbefangene Freiheit sah.

So geschah es dann bald, daß die beiden, ohne daß es dazu einer Verständigung bedurfte, langsam einen Weg einschlugen, der sie den Menschen, d.h. der Grenze ihres kleinen Gartenreiches nahebrachte, und es wäre auch zu bemerken gewesen, daß es nicht zum erstenmal geschah. Wo sie der Straße ansichtig wurden, die sich hinter dem hohen, von einem Steinsockel getragenen Eisengitter lebhaft vorbeiwälzte, verließen sie heiter den Pfad, machten von dem Schutz von Bäumen und Büschen Gebrauch und hielten auf einem kleinen Hügel an, dessen trockener Boden den Standplatz einiger alter Bäume bildete. Hier ging das Bild der Ruhenden im Spiel von Licht und Schatten verloren. Daß sie von der Straße entdeckt wurden, war hier unwahrscheinlich; und doch waren sie ihr so nahe, daß die ahnungslosen Fußgänger den verstärkt und befremdlich äußerlichen Eindruck hervorriefen, der immer entsteht, wenn man die Beweglichkeit des Lebens betrachtet, ohne sie mitzumachen. Ärmer als Dinge, bloß wie flache Scheiben, wirkten die Gesichter der Vorbeikommenden; und wenn plötzlich Worte herübergetragen wurden, waren sie abgerissen und der Sinn war nicht zu verstehen, aber dafür hatten sie einen verstärkten Klang, wie ihn unbewohnte und verfallene Räume haben. Die beiden Beobachter brauchten auch nicht lange darauf zu warten, daß ihrem Halbversteck ein oder der andere Mensch noch näher kam: sei es, daß er anhielt und fassungslos das viele Grün musterte, das sich unerwartet an seinem Wege auftat; sei es, daß er sich von der günstigen Gelegenheit angehalten fühlte und für einen Augenblick etwas aus der Hand und auf den Steinsockel der Einfriedung legte; oder auf diesem sein Schuhband knüpfte; oder daß in dem kurzen, von den Zwischenpfeilern auf den Weg fallenden Schatten zwei Menschen im Gespräch stehen blieben, hinter denen nun die anderen vorbeiströmten. Je zufälliger das im einzelnen zu geschehen schien, umso deutlicher hob sich von der Verschiedenheit und Willkür dieser mannigfachen Handlungen alsbald die sich gleichbleibende unbewußt festhaltende Wirkung des Gitters ab, dessen fallenartig verläßliche Einwirkung fast in einem höhnischen Gegensatz zu dem unruhigen Spiel der Seelen stand.

Die Geschwister hatten diesen Platz und seine Bedeutung schon in den Tagen entdeckt, wo sie in Gesprächen durch die Straßen gewandelt waren; denn so, wie dieses Gitter sie sowohl von der Welt trennte als auch mit ihr verband, und so, wie es freundlich-liebevoll jedem etwas darbot, und doch auch einem Käfig verwandt war, erinnerte es sie an die Grundeigenschaften der menschlichen Liebe, die sich auch in allen anderen Menschendingen wiederholen, und verstärkt in ihrem eigenen Loos wiederholten, so daß Ulrich für diese herausfordernd zweideutige Anlage das schwermütig-genaue Wort «Die Ungetrennten und Nichtvereinten» erfand. Das meiste, was sie noch vor wenigen Tagen darüber gesprochen hatten, nahm sich heute freilich recht überholt und kindlich-zeitverschwenderisch aus, wie es denn auch eigentlich kaum eine andere Aufgabe gehabt hatte, als ihnen Zeit und Vorbereitung zu gewähren. Heute wußten sie, daß die Welt, wie sie ist, allenthalben gebrochen erscheint durch eine Welt, wie sie sein könnte, weil zwischen den Widersprüchen der Mensch an Mensch bindenden Gefühle und durch die Löcher aller höheren Absichten dunkel der Spiegel eines ekstatischen Lebens hervorschaut. Aber daß sie trotzdem das Verlangen hatten, das grobe Sinnbild des Gartengitters aufzusuchen, wenn auch nur, um von ihm Abschied zu nehmen, bedeutete, daß sie ihren Wunsch, vollkommen aneinander teilzuhaben, wie denn auch die Einlösung aller anderen in die Welt versenkten Versprechen halb im Ernst, halb im Scherz noch einmal einer Art bürgerlicher Erprobung angesichts der Menschen aussetzen wollten.

62

Das Sternbild der Geschwister
Oder
Die Ungetrennten und Nichtvereinten

Auch in den Jahren, wo Ulrich seinen Lebensweg allein und nicht ohne Übermut gesucht hatte, war ihm das Wort Schwester oft schwer von unbestimmter Sehnsucht gewesen, obwohl er damals so gut wie niemals daran dachte, daß er eine lebende und wirkliche Schwester besitze. Darin lag ein Widerspruch und weist auf eine unebene Herkunft hin, für die sich denn auch manches anführen läßt, das die Geschwister gewöhnlich gering achteten. Es mußte ihnen nicht falsch erscheinen, wog aber im Verhältnis zu der Wahrheit, der sie sich nahe wußten, nicht mehr, als ein einspringender Winkel für die Rundung eines groß geschwungenen Mauerzugs bedeutet.

Ohne Frage kommt Ähnliches oft vor. In manchem Leben ist die unwirkliche, erdichtete Schwester nichts anderes als die hochfliegende

Jugendform eines Liebesbedürfnisses, das sich später, im Zustand kälterer Träume, mit einem Vogel oder anderen Tier begnügt oder sich der Menschheit oder dem Nächsten zuwendet. Im Leben manches anderen Menschen ist sie jugendliche Lebensscheu und Einsamkeit, ein erdichteter Doppelgänger voll spiegelfechterischer Anmut, der die Angst der Einsamkeit zur Zärtlichkeit eines einsamen Beisammenseins mildert. Und von manchen Naturen wäre bloß zu sagen, daß dieses schwärmerisch von ihnen gehegte Bild nichts sei als die eingekochteste Eigenliebe und Selbstsucht; ein über die Maßen Geliebtseinmögen, das eine verschlagene Verbindung mit süßer Selbstlosigkeit eingegangen ist. Daß aber viele Männer und Frauen ein solches Gegenbild im Herzen tragen, daran kann kein Zweifel bestehn. Es stellt schlechthin die Liebe dar und ist immer das Zeichen eines unbefriedigenden und gespannten Verhältnisses zur Welt. Und nicht nur die verkürzt wurden oder von Natur ohne Ebenmaß sind, auch die Wohlgeratenen kennen solche Wünsche.

So fing Ulrich denn an, zu seiner Schwester von einem Erlebnis zu sprechen, das er ihr schon einmal erzählt hatte, und wiederholte die Geschichte der unvergeßlichsten Frau, die, Agathe selbst ausgenommen, je seinen Weg gekreuzt hatte. Diese Frau war ein Frau-Kind, ein Mädchen von etwa zwölf Jahren gewesen, das, merkwürdig vollendet in seinem Gebaren, mit ihm und einem Begleiter eine kurze Strecke weit in dem gleichen Straßenbahnwagen gefahren war und ihn entzückt hatte wie ein geheimnisvoll vergangenes Liebesgedicht, dessen Andeutungen voll nie erlebter Seligkeit sind. Dieses Aufflammen seiner Verliebtheit hatte später manchmal Bedenken in ihm erregt, denn es war seltsam und ließ zweifelhafte Rückschlüsse auf ihn selbst zu. Er gab darum die Erinnerung auch nicht gefühlvoll wieder, sondern sprach von den Bedenken, wenngleich er diese wohl nicht ohne Gefühl verallgemeinerte. «Ein Mädchen hat in diesem Alter sehr oft schönere Beine als später» sagte er. «Die spätere Gedrungenheit entsteht wahrscheinlich erst aus dem, was sie unmittelbar über sich zu tragen haben; in der Halbwüchsigkeit sind sie lang und frei und können laufen, und wenn die Röcke bei einer lebhaften Bewegung die Schenkel freigeben, deren Rundung schon etwas sanft Zunehmendes hat – oh, mir fällt die Mondsichel ein, gegen das Ende ihrer zarten ersten Mondmädchenzeit –, so sehen sie herrlich aus! Ich habe mich später manchmal ernsthaft nach den Gründen gefragt. Das Haar hat in diesem Alter den mildesten Glanz. Das Gesicht zeigt seine schöne Anlage. Die Augen sind wie ein glatter, noch nie zerknitterter Seidenstoff. Der Geist, in Zukunft dazu bestimmt, kleinlich und begehrlich zu werden, ist noch zwischen dunklen Wünschen eine reine Flamme ohne viel Helligkeit. Und was in diesem Alter gewiß noch nicht schön ist, zum Beispiel der Kinderbauch oder der blinde Ausdruck der Brust, gewinnt durch die Kleidung, sofern sie die Erwachsenheit geschickt vortäuscht, und durch die träumerische Ungenauigkeit der Liebe alles, was eine liebenswürdige Bühnenmaske vermag. So ein Geschöpf zu bewundern, ist also ganz rechtschaffen in Ordnung, und wie sollte man es anders tun als mit einem Anflug von Liebe!»

«Und wider die Natur ist es gar nicht, solche Empfindungen an ein Kind zu wenden?» fragte Agathe.

«Widernatürlich wäre erst ein plump unmittelbares Begehren» erwiderte Ulrich. «Aber ein solcher Mensch verstrickt auch das unschuldige, oder auf jeden Fall unfertige und schutzlose, Geschöpf in Geschehnisse, für die es nicht bestimmt ist. Er muß von der Unreife des werdenden Geistes und Körpers absehen und seine Leidenschaft mit einem stummen und verhüllten Gegenspieler spielen; nein, er sieht nicht nur von allem, was ihn hindern sollte, ab, sondern er setzt sich mit Roheit darüber hinweg! Das ist ganz ein anderes Verhalten mit anderen Folgen!»

«Aber vielleicht liegt ein Anhauch der Verderblichkeit des ‹Hinwegsetzens› doch auch schon darin, daß man ‹absieht›?» wandte Agathe ein. Sie war vielleicht eifersüchtig auf das Gedankengespinst ihres Bruders; jedenfalls widersetzte sie sich. «Ich finde keinen großen Unterschied darin, ob man nicht achtet, was einen hindern könnte, oder ob man es nicht fühlt!»

Ulrich entgegnete: «Du hast recht und hast es nicht. Ich habe die Geschichte eigentlich bloß erzählt, weil sie eine Vorstufe der Geschwisterliebe ist!»

«Der Geschwisterliebe?» fragte Agathe und stellte sich erstaunt, als hörte sie das Wort zum erstenmal; aber da sie ihre Nägel wieder in Ulrichs Arm eingrub, tat sie es vielleicht zu stark, und es zitterten ihre Finger. Ulrich, der es empfand, als ob sich nebeneinander fünf kleine warme Quellen in seinem Arm geöffnet hätten, sagte plötzlich: «Wessen stärkste Erregungen mit Erlebnissen verbunden sind, von denen jedes auf irgendeine Art unmöglich ist, der will nicht die möglichen Erlebnisse! Mag sein, daß die Phantasie eine Flucht vor dem Leben, eine Zuflucht der Feigheit und eine Lasterhöhle ist, wie es viele behaupten; ich glaube, daß die Geschichte des kleinen Mädchens, und auch alle anderen Beispiele, von denen wir gesprochen haben, nicht auf eine Unnatur oder Lebensschwäche hinweist, sondern auf eine Widerweltlichkeit und starke Widersetzlichkeit, auf ein übergroßes und überleidenschaftliches Verlangen nach Liebe!» Er vergaß, daß Agathe nichts von den anderen Beispielen und zweifelhaften Vergleichen wissen konnte, mit denen seine Gedanken zuvor die Geschwisterliebe in Verbindung gebracht hatten; denn er fühlte sich jetzt wieder im klaren und hatte den betäubenden Geschmack, die Verwandlung in das Willenlose und Leblose, das zu seiner Erfahrung gehörte, für dieses Mal überwunden, so daß die selbsttätige Erwähnung ungewollt durch eine Gedankenlücke schlüpfte.

Diese Gedanken waren noch immer auf das Allgemeinere gerichtet, mit dem sich sein persönlicher Fall sowohl vergleichen ließ als er auch davon abstach; und wenn man zugunsten des inneren Zusammenhangs dieser Gedanken beiseite läßt, wie sie einander folgten und formten, so bleibt ein mehr oder minder unpersönlicher Gehalt über, der ungefähr so aussah: Für das Lebensgefüge mag der Haß ebenso wichtig sein wie die Liebe. Es scheint auch ebensoviel Gründe zu geben, die Welt zu lieben wie zu verabscheuen. Und in der Natur des Menschen liegen beide Instinkte anwendungsbereit, in einem ungleichen Verhältnis ihrer Kräfte, das persönlich verschieden ist. Aber es ist nicht zu sagen, wie sich Lust und Unwillen dabei die Wage halten, um uns das Leben doch immer weiterführen zu lassen: Falsch ist offenbar bloß die gern gehörte Meinung, daß es dazu eines Mehr an Lust bedürfe. Denn wir führen auch das Leben in Unlust weiter, mit einem Überschuß an Unglück, an Haß oder Geringschätzung für das Leben, und fahren dabei so sicher wie mit einem Überschuß an Glück. Es fiel Ulrich aber ein, daß beide ein Äußerstes sind, der lebensliebe wie der vom Unwillen beschattete Mensch, und darum dachte er an den mannigfaltigen Ausgleich, der das Gewöhnliche ist. Zu diesem Ausgleich von Liebe und Haß, und somit zu den Vorgängen und Gebilden, mit deren Hilfe sie sich ins Einvernehmen setzen, gehören zum Beispiel die Gerechtigkeit und alle anderen Formen des Maßhaltens; gehört aber nicht minder auch die Bildung der Genossenschaften von zweien oder von Unzähligen, Vereinigungen, die wie gefütterte Nester mit auswendigen Dornengürteln sind; es gehört auch die Gottesgewißheit dazu; und Ulrich wußte, daß in dieser Reihe endlich auch das geistig-sinnliche Gebilde der «Schwester» als ein gewagtestes Mittel seinen Platz habe. Aus welcher Schwäche der Seele dieser Traum seine Feuchtigkeit zog, stand darum hintan, und voran stand als Ursprung ein eigentlich übermenschliches Mißverhältnis. Und wahrscheinlich hatte Ulrich aus diesem Grunde auch von Widerweltlichkeit gesprochen, denn wer die Tiefe der guten und bösen Leidenschaft kennt, dem zerfällt alles Übereinkömmliche, das dazwischen vermittelt, und nicht um die Leidenschaft zum eigenen Blut zu beschönigen, hatte er also gesprochen.

Ohne sich Rechenschaft zu geben, warum er es tue, erzählte er Agathe nun auch ein zweites Geschichtchen, das anfangs gar keinen Zusammenhang mit dem ersten zu haben schien. «Es ist mir einmal vor Augen gekommen und wirklich soll es sich in der Zeit des

Dreißigjährigen Kriegs zugetragen haben, als ohnegleichen Menschen und Völker durcheinandergeworfen worden sind» begann er. «Aus einer Gruppe einsam liegender Bauernhöfe waren die meisten Männer von den Kriegsdiensten entführt worden, keiner von ihnen kam wieder, und die Frauen führten allein die Wirtschaft, was ihnen mühevoll und verdrießlich war. Da geschah es, daß einer von den verschollenen Männern in die Heimat zurückkehrte und sich nach vielen Abenteuern bei seinem Weib meldete. Ich will aber lieber gleich sagen, daß es nicht der rechte Mann gewesen ist, sondern ein Landstreicher und Betrüger, der einige Monate lang mit dem Verschollenen und vielleicht Zugrundegegangenen Marsch und Lager geteilt und sich dessen Erzählungen, wenn ihm das Heimweh die Zunge lockerte, so gut eingeprägt hatte, daß er sich für ihn auszugeben vermochte. Er kannte den Kosenamen des Weibs und der Kuh und die Namen und Gewohnheiten der Nachbarn, die überdies nicht nahe wohnten. Er hatte einen Bart, wie und wo ihn der andere gehabt hatte. Er blickte auf eine Art aus zwei Augen, die keine besondere Farbe hatten, daß man wohl meinen konnte, er hätte es auch früher nicht viel anders getan, und ob seine Stimme zwar anfangs befremdete, ließ es sich immerhin dadurch erklären, daß man früher nie so genau auf sie geachtet hätte wie jetzt. Kurz und gut, der Mann wußte seinen Vorgänger Zug um Zug zu vertreten, wie ein grobes und unähnliches Bild anfangs abstößt, aber umso ähnlicher wird, je länger man mit ihm allein bleibt, und schließlich ganz die Erinnerung einschüchtert. Ich meine wohl, daß manchmal etwas wie ein Grauen die Frau gewarnt haben wird, er wäre es nicht; aber sie hat ihren Mann wieder haben wollen, und vielleicht überhaupt nur einen Mann, und so ist der Fremde in seiner Rolle immer fester geworden –»

«Und wie ist das ausgegangen?» fragte Agathe.

«Ich weiß es nicht mehr. Wahrscheinlich wird dieser Mensch durch irgendeinen Zufall doch entlarvt worden sein. Aber der Mensch im allgemeinen wird es sein Lebtag nicht!»

«Du willst sagen: Man liebt immer bloß die Stellvertreter der Richtigen? Oder du willst sagen: Wenn ein Mensch zum zweiten Mal liebt, so verwechselt er zwar nicht die Personen, aber das Bild der neuen ist an vielen Stellen nur eine Übermalung von dem der alten?» fragte Agathe mit einem anmutigen Gähnen.

«Ich habe noch viel mehr sagen wollen, und es ist viel langweiliger» gab Ulrich zur Antwort. «Versuche dir einen Farbenblinden vorzustellen, dem Helligkeiten und Abschattungen fast völlig die farbige Welt vertreten: er sieht keine einzige Farbe, und kann sich doch wahrscheinlich so verhalten, daß man es nicht bemerkt, denn was er zu sehen vermag, vertritt ihm das, was er nicht sehen kann. So aber, wie es hier in einem besonderen Bezirk geschieht, ergeht es uns allen eigentlich mit der Wirklichkeit. Sie zeigt sich in unseren Erlebnissen und Forschungen nie anders wie durch ein Glas, das teils den Blick durchläßt, teils den Hineinblickenden widerspiegelt. Wenn ich das zartgerötete Weiß auf deiner Hand betrachte oder die widersetzliche Innigkeit deines Fleisches in meinen Fingern fühle, habe ich Wirkliches vor mir, aber nicht so, wie es wirklich ist; und ebenso wenig, wenn ich es bis auf die letzten Atome und Formeln zurückführe!»

«Warum strengt man sich dann an, es auf etwas zurückzuführen, das abscheulich ist!»

«Erinnerst du dich an das, was ich von der geistigen Abbildung der Natur gesagt habe, vom Bildsein ohne Ähnlichkeit? Man kann irgendetwas in sehr verschiedener Hinsicht als das genaue Abbild von etwas anderem auffassen; aber immer muß dann alles, was in dem Bild vorkommt oder sich aus ihm ergibt, in eben dieser bestimmten Hinsicht ein Abbild von dem sein, was die Durchforschung des Urbilds zeigt. Bewährt sich das auch dort, wo es ursprünglich nicht vorhergesehen werden konnte, so ist das Bild dann gerechtfertigt, wie es nur sein kann. Das ist ein sehr allgemeiner und sehr unsinnlicher Begriff von Bildlichkeit. Er setzt ein bestimmtes Verhältnis zweier Bereiche voraus und gibt zu verstehen, daß es sich als Abbildung auffassen lasse, wenn es sich ohne Ausnahme über beide erstrecke. In diesem Sinn kann eine mathematische Formel das Bild eines Naturvorganges sein, so gut wie die sinnliche äußere Ähnlichkeit eine Abbildung begründet. Eine Theorie kann sich in ihren Folgen mit der Wirklichkeit decken, und die Wirklichkeitsfolge mit der Theorie. Eine Tonwalze ist das Abbild einer Singweise und eine Handlung das eines schwankenden Gefühls. In der Mathematik, wo man vor lauter Entwicklung des Denkens am liebsten nur noch dem trauen möchte, was sich an den Fingern abzählen läßt, wird gewöhnlich bloß von der Genauigkeit der Zuordnung gesprochen, die Punkt für Punkt möglich sein muß. Aber im Grunde läßt sich alles, was Entsprechung, Vertretbarkeit zu einem Zweck, Gleichwertigkeit und Vertauschbarkeit oder Gleichheit in Hinsicht auf etwas, oder Ununterscheidbarkeit, oder Angemessenheit aneinander nach irgend einem Maß heißt, auch als ein Abbildungsverhältnis auffassen. Eine Abbildung ist also ungefähr ein Verhältnis der völligen Entsprechung in Ansehung irgend eines solchen Verhältnisses –»

Agathe unterbrach diese Darlegung, die Ulrich etwas unlustig und pflichtgemäß vortrug, mit den warnenden Worten: «Durch all das könntest du einmal einen der neuen Maler in Begeisterung versetzen –»

«Oh, warum nicht!» gab er zur Antwort. «Überlege dir, welchen Sinn es hat, dort von Naturtreue und Ähnlichkeit zu reden, wo schon das Räumliche durch eine Fläche ersetzt wird oder die Buntheit des Lebens durch Metall oder Stein. Darum sind die Künstler, die diese Begriffe der sinnlichen Nachbildung und Ähnlichkeit als photographisch von sich weisen und außer einigen mit Werkstoff und Gerät überlieferten Gesetzen nur die Inspiration oder irgendeine ihnen geoffenbarte Theorie anerkennen, gar nicht ganz im Unrecht; aber die abgebildeten Kunden, die sich nach dem Vollzug dieser Gesetze wie die Opfer eines Justizirrtums vorkommen, sind es meistens auch nicht –» Ulrich machte eine Pause. Obwohl es seine Absicht gewesen war, nur darum von dem logisch strengen Begriff der Abbildung zu sprechen, daß er aus ihm die freien, und doch keineswegs beliebigen Folgerungen ziehen könne, von denen die verschiedenen im Leben vorkommenden Bildverhältnisse beherrscht werden, schwieg er jetzt. Es befriedigte ihn nicht, sich bei diesem Versuch zu beobachten. Er hatte in letzter Zeit viel vergessen, was ihm früher geläufig gewesen war, besser gesagt, er hatte es beiseite geschoben; sogar die scharfen Ausdrücke und Begriffe seines früheren Berufes, die er so oft benutzt hatte, waren ihm nicht mehr gefügig, und er spürte auf der Suche nach ihnen nicht nur eine unangenehme Trockenheit, sondern fürchtete sich auch, wie ein Pfuscher zu reden.

«Du hast gesagt, daß einem Farbenblinden nichts fehlt, wenn er die Welt sieht!» ermunterte ihn Agathe.

«Ja. Natürlich hätte ich es nicht ganz so sagen sollen» erwiderte Ulrich. «Es ist alles in allem noch eine unklare Frage. Schon wenn man sich auf das geistige Bild beschränkt, das der Verstand von irgendetwas gewinnt, gerät man bei der Frage, ob es wahr sei, in die größten Schwierigkeiten, obschon man durchwegs eine trockene und lichtdurchglänzte Luft atmet. Nun sind gar die Bilder, die wir uns im Leben machen, um richtig handeln und fühlen zu können oder auch kräftig handeln und fühlen zu können, nicht bloß vom Verstand abhängig, ja oft sind sie höchst unverständig und nach seinen Maßen unähnliche Bilder; und doch müssen sie ihren Dienst erfüllen, damit wir in Übereinstimmung mit der Wirklichkeit und uns selbst bleiben. Sie müssen also nach irgendeinem Bildschlüssel oder irgendeiner Gebrauchsanweisung und gemäß dem Begriff, der die Art der Abbildung bestimmt, auch genau und vollständig sein, selbst wenn dieser Begriff Raum für verschiedene Ausführungen läßt –»

Agathe unterbrach ihn lebhaft. Sie hatte plötzlich den Zusammenhang erfaßt. «Der falsche Bauer ist also ein Abbild des echten gewesen?» fragte sie.

Ulrich nickte. «Ursprünglich hat ja auch ein Bild immer seinen Gegenstand ganz vertreten. Es hat Macht über ihn verliehen. Wer einem Bild die Augen oder das Herz ausstach, tötete den Abgebildeten.

Wer sich des Bildes einer unzugänglichen Schönen heimlich bemächtigte, dem fiel sie anheim. Auch der Name gehört zu den Bildern; und so hat man Gott bei seinem Namen beschwören können, was soviel hieß wie gefügig machen. Wie du weißt, entwendet man übrigens auch heute noch heimlich Erinnerungszeichen oder schenkt sich Ringe mit dem eingegrabenen Namen und trägt Bilder und Locken als Talisman am Herzen. Da hat sich also etwas im Lauf der Zeit gespalten; das Ganze ist zum Aberglauben herabgesunken, und ein Teil hat dafür die trockene Würde der Photographie, der Geometrie oder ähnliches erreicht. Aber denke einmal an den Hypnotisierten, der mit allen Anzeichen des Wohlgefallens in eine Kartoffel beißt, die ihm einen saftigen Apfel vertritt, oder denke an die Puppen deiner Kindheit, die du umso leidenschaftlicher geliebt hast, je einfacher und der Menschenähnlichkeit ferner sie gewesen sind, so bemerkst du, daß es nicht auf das Äußere ankommt, und bist wieder bei dem bolzsteifen Fetischpfahl, der einen Gott darstellt –»

«Sollte man nicht beinahe sagen können, je unähnlicher ein Bild sei, desto größer die Leidenschaft dafür, sobald wir uns daran gebunden haben?» fragte Agathe.

«Wahrhaftig ja!» stimmte ihr Ulrich bei. «Unser Verstand, unsere Wahrnehmung haben sich in dieser Frage von unserem Gefühl getrennt. Man kann sagen, daß die ergreifendsten Stellvertretungen immer etwas Unähnliches haben.» Er betrachtete sie lächelnd von der Seite und fügte hinzu: «Wenn ich nicht in deiner Gegenwart bin, sehe ich dich nicht ähnlich vor mir, so wie dich einer malen möchte; sondern mir ist eher, als hättest du in ein Wasser geblickt und ich bemühte mich vergeblich, darin mit dem Finger dein Bild nachzuzeichnen. Ich möchte behaupten, daß man nur Gleichgültiges richtig und ähnlich sieht.»

«Seltsam!» erwiderte seine Schwester. «Ich sehe dich genau vor mir! Vielleicht weil mein Gedächtnis überhaupt zu genau und unselbständig ist!»

«Ähnlichkeit der Abbildung ist eine Annäherung an das, was der Verstand wirklich und gleich findet; es ist ein Zugeständnis an ihn!» sagte Ulrich artig und fuhr vermittelnd fort: «Daneben gibt es aber doch auch die Bilder, die sich an unser Gefühl wenden, und ein Kunstbild ist zum Beispiel eine Mischung aus beiden Ansprüchen. Willst du aber darüber hinaus bis dorthin gehen, wo etwas nur noch für das Gefühl etwas anderes vertritt, so mußt du an solche Beispiele denken wie eine flatternde Fahne, die in besonderen Augenblicken ein Bild unserer Ehre ist –»

«Da läßt sich doch nur noch von einem Symbol, aber von keinem Bild mehr reden!» warf Agathe ein.

«Sinnbild, Gleichnis, Bild, es geht ineinander über» meinte Ulrich. «Sogar solche Beispiele gehören hieher wie das Krankheitsbild und der Heilungsplan, die sich ein Arzt macht. Sie müssen die erfinderische Ungenauigkeit der Einbildung, immerhin aber auch die Genauigkeit der Ausführbarkeit haben. Diese geschmeidige Grenze zwischen der Einbildung des Planens und dem Bild, das vor der Wirklichkeit bestehen bleibt, ist im Leben überall wichtig und schwer zu finden.»

«Wie verschieden wir sind!» wiederholte Agathe nachdenklich.

Ulrich wehrte den Vorwurf lächelnd ab. «Sehr! Ich spreche von der Ungenauigkeit, etwas für etwas zu nehmen, als von einer Fruchtbarkeit und Leben spendenden Gottheit und bemühe mich, ihr so viel Ordnung beizubringen, als sie verträgt; und du bemerkst nicht, daß ich längst auch von der wahrhaften Möglichkeit doppelgängerischer Zwillinge rede, zwei Seelen zu haben und eine zu sein?» Er fuhr lebhaft fort: «Stelle dir Zwillinge vor, die einander ‹zum Verwechseln› ähnlich sehen, stelle sie dir in der gleichen Haltung vor, und bloß durch eine als Strich angedeutete Wand getrennt, die dir bestätigt, daß es zwei selbständige Wesen sind. Und nun mögen sie in einer unheimlichen Steigerung einander auch in dem, was sie tun, wiederholen, so daß du unwillkürlich das gleiche von ihrem Innern annimmst: Was ist das Unheimliche dieser Vorstellung? Daß wir sie an nichts unterscheiden können, und daß sie doch zwei sind! Daß für uns in allem, was wir mit ihnen unternehmen könnten, der eine so gut wie der andere ist, obwohl sich an ihnen dabei doch etwas wie ein Schicksal vollzöge! Kurz, daß sie für uns gleich sind, und für sich nicht!»

«Warum treibst du solchen gruseligen Spuk mit den Zwillingen?» fragte Agathe.

«Weil das ein Fall ist, der oft vorkommt. Es ist der Fall des Verwechselns, der Gleichgültigkeit, des in Bausch und Bogen Nehmens und Behandelns, der Vertretbarkeit.., also ein Hauptkapitel aus den Bräuchen des Lebens. Ich habe es bloß ausgeschmückt, um es dir etwas auffälliger zu machen. Denn nun kehre ich es um: Unter welchen Umständen werden die Zwillinge für uns zweierlei und für sich ein und dasselbe sein? Ist das auch Spuk?»

Agathe preßte seinen Arm und seufzte. Dann gab sie zu: «Wenn es möglich ist, daß zwei Menschen für die Welt gleich sind, so könnte es auch sein, daß uns ein Mensch doppelt erscheint – Aber du zwingst mich, Unsinn zu reden!» fügte sie bei.

«Stell dir zwei Goldfische in einem Glas vor» bat Ulrich.

«Nein!» sagte Agathe entschlossen, wenn auch lachend. «Ich tue nicht mehr mit!»

«Bitte, stell es dir vor! Ein kugelförmiges großes Glas, wie man es manchmal in einem Salon sieht. Du kannst nebenbei denken, daß das Glas auch so groß sein kann wie die Grenzen unseres Grundstücks. Und zwei golden rötliche Fische, die ihre Flossen wie Schleier bewegen und langsam auf und nieder schwingen. Lassen wir beiseite, ob sie wirklich zwei oder eins sind. Für einander werden sie vorerst jedenfalls zwei sein; dafür sorgen schon der Futterneid und das Geschlecht. Auch weichen sie einander ja aus, wenn sie sich zu nahe kommen. Ich kann mir aber gut vorstellen, daß sie für mich eins werden: Ich brauche bloß auf diese Bewegung zu achten, die sich langsam einzieht und entfaltet, so ist das einzeln schimmernde Geschöpf bloß ein unselbständiger Teil dieser gemeinsam auf und ab steigenden Bewegung. Nun frage ich, wann es ihnen selbst auch so geschehen könnte –»

«Es sind Goldfische!» warnte Agathe. «Und keine Tanzgruppe, die an übernatürlichen Einbildungen leidet!»

«Es sind du und ich,» entgegnete ihr Bruder nachdenklich «und darum möchte ich auch versuchen, den Vergleich richtig zu Ende zu bringen. Es scheint mir eine lösbare Aufgabe zu sein, sich vorzustellen, wie an ihrer geteilt-einigen Bewegung die Welt vorbeigleitet. Es geschieht nicht anders, als sich an einem Eisenbahnzug, der durch Krümmungen fährt, die Welt vorbeidreht; bloß geschieht es zweifach, so daß zu jedem Augenblick des Doppelwesens zwei Stellungen der Welt gehören, die irgendwie seelisch zusammenfallen müssen. Das heißt, es wird niemals der Einfall mit ihnen verbunden sein, durch eine Bewegung von der einen zur andern zu gelangen; es wird nicht der Eindruck einer zwischen ihnen bestehenden Entfernung entstehen; noch desgleichen mehr. Ich glaube, mir vorstellen zu können, daß man sich ganz leidlich auch in einer solchen Welt zurechtfände, und es ließe sich dazu wohl auf verschiedene Art die nötige Beschaffenheit der Sinneswerkzeuge und Auffassungsvorgänge ausklügeln.» Ulrich blieb einen Augenblick stehen und dachte nach. Manche Einwände waren ihm bewußt geworden, und auch die Möglichkeit ihrer Abschaffung deutete sich an. Er lächelte schuldbewußt. Dann sagte er: «Aber wenn wir annehmen, daß diese Beschaffenheit der unseren gleich sei, ist die Aufgabe gar viel leichter! Die beiden schwebenden Geschöpfe werden sich ja auch dann schon als eines fühlen, ohne daß sie durch die Verschiedenheit ihrer Wahrnehmungen darin gestört würden, und ohne daß es dazu einer höheren Geometrie und Physiologie bedürfte, so du bloß glauben willst, daß sie seelisch aneinander stärker gebunden sind als an die Welt. Wenn irgendetwas ihnen gemeinsam Wichtiges unendlich stärker ist als die Verschiedenheit ihrer Erlebnisse; wenn es diese überdeckt und gar nicht erst zu Bewußtsein kommen läßt; wenn ihnen das störend von der Welt Kommende nicht des Bewußtseins wert ist, wird das geschehn. Und es kann eine

gemeinsame Suggestion solche Wirkung haben; oder eine süße Nachlässigkeit und Ungenauigkeit der Aufnahmegewohnheiten, die alles
verwechselt; oder eine einseitige Spannung und Überspanntheit, die
nur das Erwünschte durchläßt: eines, wie mir scheint, so gut wie das
andere –»

Nun lachte ihn Agathe aus: «Wozu habe ich dann die ganze
Genauigkeit der Abbildungsverhältnisse durchexerzieren müssen?»
fragte sie.

Ulrich zuckte die Achseln: «Es hängt alles miteinander zusammen»
erwiderte er verstummend.

Er wußte selbst, daß er in seinen Anläufen nirgends durchgedrungen
sei, und ihre Verschiedenheit verwirrte seine Erinnerung. Er sah voraus, daß sie sich wiederholen würden. Aber er war müde. Und wie die
Welt im versiegenden Licht traulich schwer wird und alle Glieder an
sich zieht, so drang Agathes Nachbarschaft wieder körperlich zwischen
seine Gedanken, während sein Geist versagte. Sie hatten sich beide
daran gewöhnt, solche schwierigen Gespräche zu führen, und diese
waren schon seit längerer Zeit so gemischt aus dem Treiben der Einbildungskraft und der vergeblichen äußersten Anstrengung des Verstandes, es zu sichern, daß es ihnen beiden nichts Neues war, bald auf
eine Entscheidung zu hoffen, bald sich von ihren eigenen Worten im
Gehen und Stehen kaum anders einwiegen zu lassen, als man auf das
kindlich vergnügte Selbstgespräch eines Brunnens horcht, der lallend
vom Ewigen schwätzt. In diesem Zustand fiel Ulrich jetzt nachzüglerisch noch etwas ein, und er griff wieder auf seine sorgfältig unter-
malte Parabel zurück. «Es ist erstaunlich einfach, aber doch auch seltsam, und ich weiß nicht, wie ich es dir überzeugend sagen soll» meinte
er. «Du siehst jene Wolke dort an einer etwas anderen Stelle als ich,
und auch sonst vermutlich etwas anders; und davon haben wir gesprochen, daß, was du siehst und tust und was dir einfällt, niemals dem
gleich sein wird, was mir widerfährt und was ich tue. Und die Frage
haben wir untersucht, ob es nicht trotzdem möglich wäre, bis ins
letzte eins zu sein und zu zweien mit einer Seele zu leben? Wir haben
allerhand ausgezirkelte Antworten angedeutet, aber die einfachste
habe ich dabei vergessen: daß die beiden Menschen gesonnen und imstande sein könnten, alles, was sie erleben, nur als Gleichnis hinzunehmen! Bedenke bloß, daß jedes Gleichnis für den Verstand zweideutig, aber für das Gefühl eindeutig ist. Wem die Welt bloß ein
Gleichnis ist, der könnte also wohl, was nach ihren Maßen zwei ist,
nach den seinen als eins erleben.» In diesem Augenblick schwebte es
Ulrich sogar vor, daß in einem Lebensverhalten, dem das Hiersein
bloß ein Gleichnis des Dortseins wäre, sogar das Nichterlebbare, in
zwei getrennt wandelnden Körpern eine Person zu sein, den Stachel

seiner Unmöglichkeit verlöre; und er schickte sich an, darüber weiterzusprechen.

Aber Agathe zeigte auf die Wolke und unterbrach ihn zungenfertig: «Hamlet: ‹Seht Ihr die Wolke dort, beinah' in Gestalt eines Kamels?› Polonius: ‹Beim Himmel, sie sieht auch wirklich aus wie ein Kamel.› Hamlet: ‹Mich dünkt, sie sieht aus wie ein Wiesel.› Polonius: ‹Sie hat einen Rücken wie ein Wiesel.› Hamlet: ‹Oder wie ein Walfisch?› Polonius: ‹Ganz wie ein Walfisch!›» Sie brachte es so hervor, daß es ein Spottbild geflissentlicher Übereinstimmung war.

Ulrich begriff den Einwand, fuhr aber unbehindert fort: «Man sagt doch von einem Gleichnis auch, daß es ein Bild sei. Und ebenso gut ließe sich von jedem Bild sagen, daß es ein Gleichnis wäre. Aber keines ist eine Gleichheit. Und eben daraus, daß es einer nicht nach Gleichheit, sondern nach Gleichnishaftigkeit geordneten Welt angehört, läßt sich die große Stellvertretungskraft, die heftige Wirkung erklären, die gerade ganz dunklen und unähnlichen Nachbildungen zukommt und von der wir gesprochen haben!» Dieser Gedanke selbst wuchs durch sein Zwielicht, und er vollendete ihn nicht. Die unmittelbare Erinnerung an das, was über Abbildungen gesprochen worden, verband sich darin mit dem Bild der Zwillinge und mit der erlebten bild-schönen Erstarrung Agathes, die sich vor den Augen ihres Bruders wiederholt hatte, und dieses Gemenge wurde von fernher belebt durch die Erinnerung daran, wie oft solche Gespräche, wenn sie am schönsten waren und aus ganzer Seele kamen, selbst eine Neigung bekundeten, sich nur noch in Gleichnissen auszudrücken. Heute aber geschah das nicht, und Agathe traf nun wie ein Schütze die empfindliche Stelle, als sie ihren Bruder wieder mit einer Bemerkung störte. «Warum, in aller Welt, gehen denn deine Wünsche und Worte überhaupt nach einer Frau, die abenteuerlich genau deine zweite Ausgabe sein soll!» rief sie unschuldig verletzend aus. Trotzdem war ihr ein wenig bang vor der Erwiderung und sie schützte sich auch durch eine Wendung ins Allgemeine: «Kann man es denn verstehen, warum in aller Welt das Ideal aller Liebenden es ist, ein Wesen zu werden, ungeachtet diese Undankbaren fast allen Reiz der Liebe gerade dem verdanken, daß sie zwei Wesen und als Geschlecht verlockend ungleich sind?» Sie fügte scheinheilig, aber noch arglistiger zielend hinzu: «Sie sagen sogar manchmal zu einander, als wollten sie dir entgegenkommen: ‹Du bist meine Puppe!›»

Ulrich nahm indessen den Spott hin. Er hielt ihn für gerecht, und es war schwierig, ihn durch eine neue Anpassung zu widerlegen. Es war in dem Augenblick auch nicht nötig. Denn obzwar die Geschwister sehr verschieden sprachen, waren sie doch einig. Von einer unbestimmten Grenze an fühlten sie sich als ein Wesen; so wie aus zwei

Menschen, die vierhändig spielen oder zweistimmig laut eine Schrift lesen, die für ihr Heil wichtig ist, ein Wesen ersteht, dessen bewegter, hellerer Umriß sich ohne Deutlichkeit von einem Schattengrund abhebt. Wie in einem Traum schwebte es ihnen vor, zu einer Gestalt zu verschmelzen – ebenso unbegreiflich, überzeugend und leidenschaftsschön, wie es da geschieht, daß zwei Menschen nebeneinander vorkommen, und heimlich derselbe sind; und es war durch die in letzter Zeit hervorgetretene nachdenkliche Behandlung teils gestützt, teils gestört worden. Von diesen Überlegungen ließe sich sagen, daß es nicht unmöglich sein sollte, was der Wirkung des Gefühls im Schlaf gelingt, auch bei wachem Bewußtsein zu wiederholen; vielleicht mit Auslassungen, gewiß auf veränderte Art und durch andere Vorgänge, es könnte aber auch zu erwarten sein, daß es dann mit größerer Widerstandsfähigkeit gegen die auflösenden Einflüsse der wachen Welt geschieht. Sie sahen sich davon freilich weit genug entfernt, und sogar die Wahl der Mittel, die sie bevorzugten, unterschied sie voneinander, insofern als Ulrich mehr zur Rechenschaft neigte und Agathe zum unbedacht gläubigen Entschluß.

Darum geschah es oft, daß scheinbar das Ende einer Aussprache weiter vom Ziel war als der Anfang, wie auch diesmal im Garten, wo die Zusammenkunft beinahe wie ein Versuch, nicht mehr zu atmen, begonnen hatte und einstweilen geradezu in Mutmaßungen über die Bauweise von verschiedenen gedachten Kartenhäusern übergegangen war. Im Grunde war es aber natürlich, daß sie sich verhindert fühlten, nach ihren allzu kühnen Gedanken zu handeln. Denn wie sollten sie etwas verwirklichen, das sie selbst als die lautere Unwirklichkeit planten, und wie sollte ihnen das Handeln in einem Geiste leicht fallen, der recht eigentlich ein Zaubergeist der Untätigkeit war. Darum wünschten sie sich inmitten ihrer weltabgeschlossenen Unterhaltung plötzlich recht lebendig, wieder mit Menschen in Berührung zu kommen.

63

Versuche, ein Scheusal zu lieben

Die Fußgänger, ahnungslos davon, daß sie beobachtet würden, riefen den verstärkt und befremdlich äußerlichen Eindruck hervor, der jedesmal entsteht, wenn man die Beweglichkeit des Lebens betrachtet, ohne sie mitzumachen. Arm wie Alltagsdinge, ja ärmer als dies, wie flache Scheiben, Signalscheiben, von denen in der Hast keine Signale kamen, wirkten die Gesichter. Und wenn plötzlich Worte herübergetragen wurden, so waren sie abgerissen, und der Sinn war nicht zu verstehen;

aber dafür hatten sie einen verstärkten Klang, wie ihn unbewohnte Räume haben.

Die beiden Beobachter hatten schließlich, ohne daß es dazu einer Verständigung bedurft hätte, langsam einen Weg eingeschlagen, der sie der Grenze ihres kleinen Gartenreiches, und damit wieder den Menschen, nahebrachte; und es wäre wohl auch zu gewahren gewesen, daß es nicht zum erstenmal geschehe. Wo sie der Straße ansichtig geworden waren, die sich hinter dem hohen, von einem Steinsockel getragenen Eisengitter lebhaft vorbeiwälzte, hatten sie den Pfad verlassen, hatten von dem Schutz von Bäumen und Büschen Gebrauch gemacht und auf einem kleinen Hügel angehalten, dessen trockener Boden den Standplatz einiger alter Bäume bildete. Hier ging das Bild der Ruhenden im Spiel von Licht und Schatten verloren. Es war unwahrscheinlich, daß sie von der Straße entdeckt werden könnten, und doch waren sie ihr sehr nahe. Die beiden brauchten nun auch nicht lange darauf zu warten, daß ein oder der andere Mensch ihrem Halbversteck noch näher komme. Bald hielt einer an und musterte fassungslos das viele Grün, das sich unerwartet an seinem Wege auftat; bald fühlte sich ein anderer von der günstigen Gelegenheit dazu angehalten, etwas für einen Augenblick aus der Hand, und auf den Steinsockel der Einfriedung zu legen, oder den Fuß aufzustemmen und das Schuhband zu knüpfen; bald blieben zwei Menschen in dem kurzen, von den Zwischenpfeilern auf den Weg fallenden Schatten im Gespräch stehen, während hinter ihnen die anderen vorbeiströmten. Je zufälliger alles das im einzelnen zu geschehen schien, um so deutlicher hob sich von der Verschiedenheit und dem vermeintlichen Reichtum dieser mannigfaltigen Handlungen mit der Zeit die sich gleichbleibende und unbewußt und fallenartig festhaltende Wirkung des Gitters ab. Es zeigte fast höhnisch die Eintönigkeit hinter dem bunten Gewirke des Tuns und seiner Gefühle.

Das Gitter war aber auch noch in anderer Weise ein Sinnbild: es trennte und verband. Die Geschwister hatten diese Bedeutung schon in den Tagen entdeckt, wo sie in unsicherem Eifer durch die Straßen gewandelt waren, angezogen davon, daß all jenes Hinbeugen, aber nicht Hingelangen des Menschen zur inneren Seligkeit wie denn auch des einen Menschen zum andern, und zumal das des Liebenden zu dem, woran er innigst teilnehmen möchte; daß alles Spiel von Gut und Bös, von Innigkeit und Feindseligkeit, von höherem Sinn und Roheit, dessen nutzlosen Kreislauf sie an sich selbst und am Leben der andern beobachteten, um nichts mehr wäre als die Freiheit, die ein vergittertes Fenster gewährt. Das meiste von dem, was Agathe und Ulrich damals gesprochen hatten, nahm sich freilich heute recht überholt, ja kindlich-zeitverschwenderisch aus; aber der Name, den sie in jenem Zustand dem Gitter dank seiner Sinnbildlichkeit gegeben hatten, und damit dem ganzen Platz, worauf sie sich befanden, wegen der Vorzüge seiner Lage, «Die Ungetrennten und Nichtvereinten», dieser Name hatte seither für sie an Inhalt nur noch gewonnen. Denn ungetrennt und nichtvereint waren sie selbst und glaubten in ihrer Ahnung zu erkennen, daß auch alles andere in der Welt ungetrennt und nichtvereint wäre. Es ist eine vernünftig verzichtende Wahrheit, und trotzdem eine der seltsamsten, obwohl noch dazu eine der allgemeinsten, daß die Welt, wie sie ist, allenthalben eine Welt durchscheinen läßt, die sein hätte können oder werden hätte sollen; so daß alles aus ihrem Treiben Hervorgehende mit Forderungen vermischt ist, die nur in einer andern Welt verständlich wären. Vor den Augen der Geschwister war das, was sich in den Seelen der einzelnen wie auch in der Allgemeinheit mischt, aber entzwei gesprungen: der stille Ausgleich zwischen der Höhe der guten und der Tiefe der bösen Leidenschaft; die vermittelnden Ideen; endlich auch in ihnen selbst die natürliche Abwägung von Leidenschaft und Enthaltung. Es war wohl ihr Schicksal, daß sie jenes ekstatische Leben, dessen Spiegel zerbrochen unter dem gewöhnlichen hervorblickt, für ebenso wirklich halten sollten wie dieses. Und darum empfanden sie auch nicht Hochmut gegen das gewöhnliche Leben – so sehr sie sich immer von ihm absonderten –, und daß sie das grobe Sinnbild des Gartengitters aufsuchten, geschah mit dem Wunsch, sich selbst angesichts der Menschen halb ernst und halb scherzhaft noch einmal auf die Probe zu stellen.

Agathe legte ihre Hand, deren leichte, trockene Wärme wie aus feinster Wolle war, auf Ulrichs Kopf, wandte den in die Richtung der Straße, ließ die Hand auf der Schulter ruhen und kitzelte das Ohr ihres Bruders mit den Worten: «Nun wollen wir unsere Nächstenliebe prüfen. Wie wäre es, wenn wir einen von diesen zu lieben versuchten wie uns selbst?»

«Ich liebe mich nicht selbst!» widersprach Ulrich.

«Dann ist es wenig schmeichelhaft, was du mitunter sagst, daß ich deine in eine Frau verwandelte Selbstliebe sei!»

«Oh, nicht doch! Du bist meine andere Selbstliebe, die gute!»

«Erklären!» befahl Agathe und sah nicht auf.

«Ein guter Mensch hat liebenswerte Fehler, und an einem bösen sind sogar die Tugenden schlecht. So wird der eine auch eine gute Selbstliebe haben und der andere eine schlechte.»

«Ich glaube es. Aber es bleibt mir dunkel.»

«Und rührt doch von einem der größten Denker her, von dem das Christentum viel gelernt hat, nur leider gerade das nicht! Ein halbes Jahrtausend vor Christus hat er gelehrt, wer nicht die rechte Selbstliebe habe, habe auch keine gute Liebe zu andern!»

«Das macht es nicht viel klarer!»

«Drehe einmal den Satz um» schlug Ulrich vor. «Denke nicht, wer gut sei, müsse unter anderm auch mit der Selbstliebe im Lot sein, und das heißt dann gewöhnlich bloß maßvoll; sondern sage, wer die rechte Selbstliebe habe, sei gut! Dann steht der Satz auf den Füßen. Aufrecht und gerade, ist er jetzt die Behauptung, wer sich nicht selbst liebe, könne nicht gut sein, eine Botschaft, die ziemlich das Gegenteil von Christentum ist! Denn nicht, wer gegen andere gut ist, gilt da als gut; sondern wer gut an sich selbst, ist es notwendig auch gegen andere. Das ist also eine schöpferische Art Selbstliebe ohne Schwäche und Unmännlichkeit, eine kriegerische Übereinstimmung von Glück und Tugend, eine Tugend in stolzem Sinn!»

«Du bist ein unausstehlicher Turnlehrer, der allmorgens kommt!» wehrte Agathe ab. «Der Hahn kräht, und man soll schon wieder losprasseln! Ich möchte jetzt schlafen!»

«Nein, du sollst mir doch helfen!»

Sie lagen, gegen den Boden gewandt, nebeneinander. Wenn sie die Köpfe hoben, sahen sie die Straße; wenn sie es nicht taten, sahen sie die vertrocknenden Abfälle des hohen Baums zwischen spitzen, jungen Gräsern. Weshalb sprachen sie von «Selbstliebe»? Vielleicht weil sie eng nebeneinander lagen und die Wärme des einen Körpers zu der des anderen kroch wie zwei Wesen, die keinen Kopf haben. Vielleicht auch gerade deshalb, weil keiner von ihnen sich selbst liebte, und sein früheres Leben, und weil sie für das, was ihnen im gewöhnlichen Sinn fehlte, ineinander Entschädigung suchten. Und vielleicht, weil es die schmerzlich selige Zwillingsfrage war, daß einer den andern genau so lieben wollte wie sich selbst.

«Wer ist der Mann gewesen, der das gesagt hat?» fragte Agathe..

«Ach, ich weiß nicht; vielleicht Aristoteles» gab Ulrich zur Antwort und wurde schweigsam.

Nun sahen sie wieder hinaus, die Augen auf die Straße gerichtet, und die Schar der Fußgänger und Gefährte schwamm vor dem Blick vorbei, der kein bestimmtes Ziel hatte. Bei diesem Zustand des Körpers verschwammen auch die Gedanken zu großen bewegten Massen, zwischen denen sich einzelnes mehr oder minder willkürlich hervorhob. Der Begriff der Aristotelischen Selbstliebe, der Philautia, des männlich schönen Verhältnisses zu sich selbst, das nicht Ichsucht sei, sondern Wesensliebe des niederen Seelenteils zum höheren Selbst, wie eine ursprüngliche Lesart zu verstehen gibt, dieser anscheinend sehr sittsame, in Wahrheit aber zu vielem fähige Gedanke hatte es Ulrich seinerzeit gleich angetan, bei der ersten flüchtigen Bekanntschaft, bei der es leider auch nach den Lernjahren geblieben war. Die buchgelehrte und christliche Überlieferung hat aus dieser griechischen Selbstliebe,

ihrer geistigen Leidenschaft unkundig, mehr oder minder das Wohlgefallen gemacht, womit ein Schulmeister die Schulzucht betrachten
mag. Einer neurerischen Zeit – seit man wieder mehr der Leidenschaften, und vornehmlich der niederen, bedächtig ist – mochte sie dem
erziehlichen Verhältnis gleichzustellen sein, das zwischen dem auf glühenden Kohlen thronenden moralischen Ich und eben diesem niedrig
schwelenden Bereich der Triebe bestehen soll; und auch das gefiel
Ulrich nicht. Er hatte seine eigene Vermutung, und auch sie mochte
leicht falsch sein; aber seit je war ihm die Verbindung des Gutseins
gegen andere mit dem Gutsein gegen sich selbst – und zumal die dann
auch kühnlich mögliche Beschreibung des guten Verhaltens gleich der
einer Bewegung, die das Geliebte wie den Liebenden, das Gewollte
wie das Wollende, kurz, das Gebende und das Empfangende von
außen und innen erfaßt – als eine Gedankenverbindung vorgekommen, die nur einem Menschen hätte einfallen können, dem mystische
Empfindungen nicht ganz fremd gewesen wären. Und weil es so ist,
daß man festeren Boden unter den Füßen zu haben meint, wenn man
die Fußstapfen eines Vorgängers erkennen kann, trennte er sich nicht
alsbald von diesem Einfall, wodurch nach und nach einige Augenblicke
heiter schmerzlichen Gedankenspiels, denen das Gespräch sein Entstehen verdankt hatte, einen Unterbau von Vorgeschichte erhielten,
mit Einsprüchen und Unterbrechungen, die von Agathe kamen.

«Warum denkst du an so alte Geschichten?» fragte sie anfangs, denn
sie verband mit dem Namen zunächst bloß ein Mißtrauen, wie sie es
gegen einen nebelgrauen, unendlich langen Bart gehabt hätte.

«Kannst du dich des Fühlens entsinnen, das uns begleitet hat, während wir im Gespräch, eingehängt ineinander, hieher gingen?» erwiderte Ulrich. «Wenn du etwas gesagt hast, war mir im nächsten
Augenblick zumute, als hätte meine Stimme es ausgesprochen. Wenn
sich etwas in deiner Stimme änderte, änderten sich meine Gedanken.
Und wenn du etwas gefühlt hast, so kamen sicher die Folgen in
meinem Gefühl zum Vorschein.»

Agathe lachte. «Ich glaube, du lügst jetzt, meine Selbstliebe! Soviel
ich mich erinnere, habe ich dich manchmal nicht verstanden, und
manchmal sind wir verschiedener Meinung gewesen!»

«Sonst hätte ja auch bloß Übereinstimmung zwischen uns bestanden,
und vielleicht noch Empfindsamkeit!» verteidigte sich Ulrich. «Es ist
aber mehr als das gewesen. Eine besondere Art der gegenseitigen
Ergänzung, wie zwei Spiegel einander dasselbe Bild zuwerfen, das
immer inständiger wird. Und die Natur war genau so im Bunde wie
wir selbst.»

«Und das war Philautia?» fragte Agathe auf eine Art, die ihren
Unglauben an solche Erwägungen ausdrückte.

«Eben ja und nein.» Ulrich zögerte. «Es gibt da noch einen zweiten Begriff, und ich habe die beiden wohl vermengt. Der große Denklehrer hat auch den Gedanken ausgeführt, daß es Ursachen bestimmter Art gebe, die nicht wie andere in ihre Folgen übergehn, sondern die mit ihnen schon zum voraus verbunden sind, wie etwa ein Redner von dem beeinflußt wird, der ihm zuhört, also daß sie sich wechselseitig auch die ganze Zeit über beeinflußen. Eine Zielursache bestimmt die Geschehnisse, und gleichzeitig dienen diese dazu, sie zu entwickeln; und das findest du überall, wo Absichten, Wachstums- und Anpassungsvorgänge, gegenseitige Ausgestaltung, zweiseitige Wirkungen im Spiel sind, im lebendigen Geschehen also, und vornehmlich im zweckvollen und beseelten. Darum hat man zu Zeiten geglaubt, einen Gegenbegriff zu den kalten Beobachtungen der Naturwissenschaft daran zu haben, und auch heute spukt das wieder in manchen Köpfen. Aber entschuldige, daß ich dich mit solchen Erinnerungen unterhalte, die ich halb vergessen habe und die wahrscheinlich niemals etwas ganz Fertiges und Klares bedeutet haben!»

«Wenn es dich unvermeidlich dünkt!» rief Agathe getrost aus; halb zärtliche Dulderin, halb beglaubigend, daß dann auch sie es zu verstehen hoffe.

«In die Beschreibung unseres kleinen Spaziergangs oder in die von dir und mir» fuhr Ulrich denn fort «hat sich also etwas eingemengt, das sehr unklar, aber sehr bekannt, und nichts weniger als eine Geheimlehre ist. Aber vielleicht habe ich es auch nicht zu Unrecht eingemengt. Denn das Ursprungserlebnis ist doch wohl dieser Zustand von Ich und Du und von Mensch und Natur, daß sie sich wiegen wie auf demselben Ast; und daß ein Mystiker dabei die Beseelung der Welt zu erleben meint, der nüchtern Irrende oder Findende aber einen Grundbegriff zur Beschreibung der lebenden Natur, im Gegensatz zur toten, entdeckt: Das sind vielleicht nur verschiedene Auslegungen.» Er blickte zu dem Wipfel des Baumes empor, der sich vor seinem Auge leise im Himmelsblau bewegte; und die Menschen vor dem Gitter strömten mit dem seltsam streifenden Geräusch eines Flusses vorbei, das vom Scheuern der Steine aus dem Schotterbett heraufdringt, wenn man sich von den Wellen tragen läßt.

«Womit wollen wir beginnen?» fragte Agathe entschlossen, nach dem sie seinem Blick gefolgt war, der wieder zur Straße ging.

«Das läßt sich wohl nicht auf Befehl tun!» mahnte Ulrich lächelnd ab.

«Nein. Aber einen Versuch könnten wir machen. Und wir werden uns ihm nach und nach anvertrauen!»

«Es muß von selbst kommen.»

«Tun wir etwas dazu!» schlug Agathe vor. «Hören wir zum Beispiel jetzt auf zu reden und überlassen wir uns ganz dem, was wir sehen!»

«Meinetwegen!» gab Ulrich zu.

Eine kleine Weile blieben sie nun still und Agathe spürte etwas, das sie an den Augenblick erinnerte, wo der weiche Zug abgefallener Baumblüten durch die Luft geschwebt war und alles Gefühl zum Stillstand gebracht hatte. Aber ein wenig später war ihr wieder etwas anderes eingefallen. «Schließlich heißt doch, etwas auf gewöhnliche Art zu lieben, es anderem vorzuziehn?» flüsterte sie. «Also müßten *wir* trachten, einen von diesen in unser Gefühl einzulassen, aber gleichsam bei offen bleibender Tür!»

«Bleib still! Vor allem mußt du doch still sein!» wehrte Ulrich die Störung ab.

Nun sahen sie wieder eine Weile hinaus.

«Es gelingt ja doch nicht!» beklagte sich Agathe leise, stützte sich auf den Ellbogen und sah ihren Bruder zweifelnd an. «Eigentlich sind wir schreckliche Nichtstuer!»

Ulrich lachte: «Du vergißt, daß auch die Seligkeit keine Arbeit ist!»

«Laß uns etwas Gutes tun!» schlug sie unvermittelt vor. «Am Gitter wird sich schon ein Anlaß finden!»

«Dazu muß man selbst gut sein. Sonst erfährst du gar nicht, was gut ist! Darum habe ich wohl von der Philautia gesprochen; jetzt verstehe ich es!»

Agathe antwortete mit bitterer Heiterkeit: «Ein bequemer Grundsatz! Wenn man gut ist, ist alles gut, was man tut und läßt!»

«Vielleicht» sagte Ulrich und fuhr mit der Mischung von Ernst und Unernst fort, die gewöhnlich dem leeren Verstandesgeschick zur Last gelegt wird, in Wahrheit aber von dem Hinundherstrahlen der Gefühle hervorgerufen wird: «Ein guter Mann kann auch töten. Er darf sich jedenfalls verteidigen. Ein tiefer und im Grunde glücklicher Ernst, der das Gegenteil der kämpfenden Roheit ist, wird auch in seine Feindseligkeit mehr Seligkeit als Feindlichkeit legen!»

«Das glaubst du aber doch selbst nicht, daß man ohne Roheit kämpfen kann!» rief Agathe aus.

«Oh, Gott nein!» bestätigte Ulrich auch das. «Bei einem Manne unserer Zeit, wie auch ich einer bin, ist die Todesverachtung ja doch nur Lebensverachtung, im Grunde also Selbstverachtung! Wir schätzen eher noch den Tod als das Glück –»

«Willst du also gar nichts tun?» unterbrach Agathe diese Meditation.

Ulrich lachte. Er war gereizt. Sollte er bekennen, daß ihm in diesem Augenblick neben seiner Schwester Männerstreit und Tapferkeit noch einmal beneidenswert und als das einzige männliche Glück vorkamen, und bloß wegen der bittersüßen Erfahrung, wie feig und unentschlossen jedes andere Glück mache?

Nun verstand Agathe den Scherz nicht mehr. «Ist *alles* das dein Ernst?» fragte sie.

«Es ist der Schatten meines Ernstes!»

Aber sie stand trotzdem auf und leistete Widerstand.

[Besuch im Irrenhaus]

Was sie erblickte, war allerdings seltsam genug: eine Kartenpartie.

Moosbrugger saß, in dunkler, alltäglicher Kleidung mit drei Männern am Tisch, von denen einer den weißen Kittel des Arztes, der zweite einen Straßenanzug und der dritte die etwas abgenutzte Sutane eines Priesters trug; und außer diesen vier Figuren um den Tisch u. ihren Holzstühlen war das Zimmer leer bis an die drei hohen Fenster, die auf den Garten sahen. Die vier Männer blickten auf, als sich Clarisse näherte, u. Friedenthal stellte vor; Clarisse lernte einen jungen Assistenten der Klinik kennen, deren Seelsorger und einen zu Besuch gekommenen Arzt, von dem sie erfuhr, daß er einer der Sachverständigen sei, die bei der Verhandlung vor dem Schwurgericht Moosbrugger für gesund erklärt hätten: Die vier Männer spielten Karten zu dritt, so daß immer einer aussetzte und den anderen zusah. Dieser Anblick eines gemütlichen bürgerlichen Kartenspiels schlug für den Augenblick alle Gedanken in Clarisse zu Boden. Sie war auf etwas Erschreckendes vorbereitet gewesen, sei es selbst nur, daß man sie ohne Ende weiter durch solche halbleere Zimmer geführt hätte, um ihr schließlich geheimnisvoll zu erklären, daß Moosbrugger doch wieder nicht zu sehen sei; und nach allem, was sie in den vergangenen Wochen und besonders an diesem letzten Tag erlebt hatte, fühlte sie nun nichts als eine merkwürdige Beklemmung. Sie begriff nicht, daß dieses Kartenspiel von Dr. Friedenthal mit den andren verabredet war, um Moosbrugger unbefangen beobachten zu können, es kam ihr wie ein würdeloses Spiel von Teufeln mit einer Seele vor, und sie glaubte in eisig leeren Gefilden der Hölle zu sein. Zu ihrem Entsetzen stand Moosbrugger stramm und galant auf und kam auf sie zu; Friedenthal stellte auch ihn vor, und Moosbrugger nahm mit seiner Tatze ihre unsichere Hand und machte eine stumme, schnelle Verbeugung wie ein großer Junge.

Als das geschehen war, bat Friedenthal, daß man sich nicht stören lassen möge, und erläuterte, daß die gnädige Frau aus Chikago gekommen sei, um die Einrichtungen der Klinik zu studieren und sich überzeugen werde, daß deren Gäste so gut aufgehoben seien wie nirgends auf der Welt.

«Pick war ausgespielt, nicht Karo, Herr Moosbrugger!» sagte der Anstaltsarzt, der seinen Schützling nachdenklich beobachtet hatte. In Wahrheit, Moosbrugger war es angenehm gewesen, daß Friedenthal in Gegenwart der Fremden von ihm als einem Gast der Klinik und nicht als einem Kranken gesprochen hatte; er würdigte das, irrte sich deshalb in den Karten, steckte aber den Tadel wegen des Ausspielens mit einem großmütigen Lächeln ein. Gewöhnlich spielte er achtsamer als ein Falke. Er hielt mit Ehrgeiz darauf, seinen gelehrten Gegnern nur durch das Glück der Karten und niemals durch schlechteres Spiel zu unterliegen. Diesmal gestattete er sich nach einer Weile aber auch noch, daß er seine Stiche englisch zu zählen begann, denn dazu war er bis Dreißig imstande, wenn es ihn auch beim Spielen störte, und er hatte verstanden, daß Clarisse aus Amerika gekommen sei. Ja, etwas später legte er sogar seine Karten ganz hin, stemmte die Fäuste gegen den Tisch und lehnte seinen mächtigen Rücken so breit zurück, daß es ringsum im Holz knackte, und begann eine umständliche Erzählung aus seiner Gefängniszeit. «Sie können es mir glauben, meine Herrn –» fing er sie an, denn er hatte Erfahrung: will man auf Frauen Eindruck machen, so muß man so tun, als ob man sie gar nicht wahrnähme, zumindest im Anfang; das hatte ihm noch jedesmal bei ihnen Erfolg eingetragen.

Der junge Anstaltsarzt begleitete Moosbruggers breitspurige Erzählung mit Lächeln, in dem Gesicht der Pfarrers kämpfte Bedauern mit Heiterkeit, und der mitspielende fremde Arzt, der Moosbrugger beinahe schon an den Galgen gebracht hatte, munterte ihn von Zeit zu Zeit durch beizende Zwischenrufe auf. Der Riese war ihnen allen durch seine protzige und doch gewöhnlich grundanständige Art sich zu geben angenehm geworden; was er sagte, hatte Hand und Fuß, wenn auch nicht gerade immer an den rechten Stellen, und namentlich der geistliche Herr hatte ihn sündhaft lieb gewonnen. Wenn er sich an die tierischen Verbrechen erinnerte, deren dieser lammfromme Mann fähig war, so schlug er erschrocken in Gedanken ein Kreuz, als ob er sich auf einer verwerflichen Lässigkeit ertappte, demütigte sich vor der Unerforschlichkeit Gottes und sagte sich, daß man eine so verwickelte Angelegenheit dem Willen des Herrn überlassen müsse. Daß sich dieser Wille als Werkzeug wie zweier gegeneinander wirkender Hebel, von denen sich vorläufig nicht wissen ließ, welcher stärker sein werde, der beiden mitspielenden Ärzte bediente, war dem geistlichen Herrn bekannt.

Zwischen den beiden Medizinern bestand eine fröhliche Gegnerschaft. Als Moosbrugger einen Augenblick den Faden seiner Erzählung verlor, unterbrach ihn Dr. Pfeifer, der zu Besuch gekommene ältere von ihnen, denn auch mit den Worten: «Genug geredet, Moosbrugger, und an die Karten, sonst hat der Herr Assistent zu früh seine Diagnose fertig!» Moosbrugger erwiderte sofort diensteifrig: «Wenn der Herr Doktor spielen wollen, können wir ja wieder spielen!» Clarisse hörte es mit Staunen. Der jüngere der beiden Ärzte lächelte aber ungerührt dazu. Es war ein offenes Geheimnis, daß er sich bemühte, ein unantastbares klinisches Bild von Moosbruggers Unzurechnungsfähigkeit zu gewinnen. Er sah blond, gewöhnlich und unsentimental aus, und sein Gesicht war durch die Spuren einiger Studentenmensuren nicht gerade geistvoller geworden; aber das Selbstbewußtsein der Jugend hieß ihn, in der Frage von Moosbruggers Schuld und Straffähigkeit die ärztliche Auffassung mit einem Eifer vertreten, der die übliche Halbheit verabscheute. Er hätte nicht genau sagen können, worin die ärztliche Auffassung bestehe. Sie ist eben anders. Eine gewöhnliche Trunkenheit ist zum Beispiel für sie eine echte Geisteskrankheit, die von selbst ausheilt, und daß Moosbrugger teils ein Ehrenmann, teils ein Lustmörder war, bedeutete nach ihren Begriffen einen Triebwettstreit, bei dem es sich von selbst verstand, daß er sich jeweils im Sinne des stärkeren oder nachhaltigeren Triebs entscheiden mußte. Wenn andere das nun einen freien Willen und eine gute oder böse sittliche Entscheidung nennen mögen, so ist es ihre Sache. «Wer giebt?» fragte er.

Es zeigte sich, daß er selbst die Karten zu mischen und auszuteilen hatte. Während er es tat, wandte sich Dr. Pfeifer mit der Frage an Clarisse, welches Interesse die «Frau Kollegin» herführe. Dr. Friedenthal hob vorbeugend die Hand und riet: «Sagen Sie, um Gotteswillen, nichts von Heilkunde; die deutsche Sprache hat kein zweites Wort, das dieser Arzt so wenig hören möchte!» Es war die Wahrheit und bot den Vorteil, daß es die unberechtigte Besucherin vor den andern als Ärztin erscheinen ließ, ohne daß Friedenthal das ausdrücklich behaupten mußte. Er lächelte zufrieden. Dr. Pfeifer quittierte die Neckerei mit einem geschmeichelten Grinsen. Er war ein schon älterer kleiner Mann, an dessen oben abgeplatteten, nach hinten in die Tiefe gewölbten Schädel ungepflegte Bart- und Haarstummel hingen; die Nägel an seinen Fingern waren ölig von Zigaretten und Zigarren und hielten am Rand einen schmalen Schmutzstreifen fest, obwohl sie in ärztlicher Weise ganz kurz geschnitten erschienen. Man sah es jetzt deutlich, weil die Spieler inzwischen ihre Karten aufgenommen hatten und sie sorgsam ordneten. «Ich passe» erklärte Moosbrugger. «Ich spiele» Dr. Pfeifer, «Gut» der junge Arzt; der Geistliche sah dieses Mal zu. Das Spiel war matt und nahm ohne Aufregungen seinen Lauf.

Clarisse, die neben Friedenthal abseits stand, versteckte sich ein wenig hinter ihm, hob ihren Mund an sein Ohr und flüsterte, mit dem Blick auf Moosbrugger weisend: «Er hat immer nur Ersatz-Weiber gehabt!»

«Pst! Um Himmelswillen ...!» flüsterte Friedenthal flehend zurück und fragte, nahe an den Tisch tretend, laut: «Wer gewinnt?» um die Unvorsichtigkeit zu vertuschen. «Ich verliere» erklärte Pfeifer. «Moosbrugger hat hinterlistig gepaßt! Unser junger Kollege will von mir keinen Rat annehmen; es ist mir unmöglich, ihn zu überzeugen, daß es ein verhängnisvoller Irrtum ist, wenn Ärzte glauben, daß kranke Verbrecher in ihre Krankenanstalten gehören» Moosbrugger grinste. Pfeifer scherzte und setzte das zuvor begonnene Geplänkel mit Frie-denthal fort; das Spiel war ohnehin nicht zu retten. «Sie selbst müßten einem solchen jungen Medikus bei Gelegenheit sagen,» bat er ironisch «daß es eine Utopie ist, böse Menschen medizinisch heilen zu wollen, und überdies ein Nonsens, denn das Böse ist nicht nur in der Welt vor-handen, sondern auch unentbehrlich für ihren Fortbestand. Wir brau-chen böse Menschen, wir dürfen sie nicht alle für krank erklären –»

«Sie haben keinen Stich mehr» sagte der ruhige junge Arzt und legte die Karten hin. Diesmal lächelte der Geistliche, der zugesehn hatte. Clarisse hatte etwas zu verstehen geglaubt. Es wurde ihr warm. Aber Pfeifer sah abscheulich aus. «Es ist eine nonsensistische Utopie» wit-zelte er. Sie kannte sich nicht aus. Es war vermutlich doch nur das würdelose Spiel von Teufeln um eine Seele. Pfeifer hatte sich eine neue Zigarre angezündet und Moosbrugger teilte die Karten aus. Er sah zum erstenmal für einen Augenblick zu Clarisse hinüber, und dann wurde er gefragt, was er auf die Spielansagen der andern zu erwidern habe.

Bei diesem Spiel setzte der Assistent aus. Er schien darauf gewartet zu haben und seine Gedanken ganz langsam zu Worten zusammen-zuziehn. «Für einen Naturwissenschafter »sagte er «gibt es nichts, was seinen Grund nicht in einem Gesetz der Natur hätte. Wenn ein Mensch also ohne vernünftigen äußeren Grund ein Verbrechen begeht, so muß er einen inneren dafür haben. Und den muß ich suchen. Für Dok-tor Pfeifer ist das aber nicht fein genug.» Mehr sagte er nicht, er war rot geworden und sah freundlich verdrossen drein. Der Geistliche und Dr. Friedenthal lachten, Moosbrugger lachte ähnlich wie sie und sah blitzschnell Clarisse an. Clarisse sagte plötzlich: «Es kann einer ja auch ungewöhnliche vernünftige Gründe haben!» Der Assistent sah sie an. Pfeifer bekräftigte: «Die Frau Kollegin hat vollkommen recht. Und eigentlich verraten Sie schon eine Verbrechernatur, wenn Sie nur vor-aussetzen, daß es auch vernünftige Gründe für ein Verbrechen gibt!» «Ach, Unsinn!» erwiderte der Jüngere. «Sie wissen genau, wie ich es meine.» Und wieder zu Clarisse: «Ich rede als Arzt. Wortspaltereien, die vielleicht in der Philosophie oder sonstwo am Platz sein mögen, sind mir widerwärtig!»

Es war bekannt, daß er sich jedesmal, wenn er mit der Vorbereitung eines Fakultätgutachtens betraut war, wütend über die Zugeständnisse ärgerte, die er einer unmedizinischen Denkart machen, und die un-natürlichen Fragen, die er ihr beantworten sollte. Die Gerechtigkeit ist kein naturwissenschaftlicher Begriff, so wenig wie die aus ihr folgenden Begriffe, und mit Straffähigkeit, freiem Willen, Vernunftgebrauch, Sinnesverrückung u. allem ähnlichen, was über das Schicksal unzähliger Menschen entscheidet, verbindet der Arzt ganz andere Vorstellungen als der Jurist. Da der Jurist ihn weder entbehren will, aus irgendwelchen Gründen, noch vor ihm abdanken will, was begreiflich ist, nehmen sich dann die ärztlichen Sachverständigen vor Gericht nicht selten wie kleine Geschwister aus, denen eine ältere Schwester nicht erlaubt, so zu reden, wie es ihnen natürlich ist, obwohl sie doch befiehlt und darauf wartet, daß aus dem Kindermunde die Wahrheit komme. Also nicht aus Gefühlsweichheit, sondern aus blankem Ehrgeiz und schneidigem Eifer für seine Wissenschaft neigte der junge Forscher mit den Narben dazu, die Personen seiner Gutachten dem Gehirn der Gerichte möglichst zu entziehn, und da es nur dann Aussicht auf Erfolg darbot, wenn sie sich sehr deutlich und bestimmt einem bekannten Krankheitsbild einordnen ließen, sammelte er auch bei Moosbrugger alles, was für ein solches sprach. Genau das Gegenteil davon tat aber Dr. Pfeifer, obwohl er nur gelegentlich auf die Klinik kam, um sich nach Moosbrugger zu erkundigen, so wie sich ein Sportsmann, der sein eigenes Match schon gekämpft hat, auf die Tribüne setzt und den anderen zusieht. Er galt als besonderer Kenner der Natur geisteskranker Verbrecher, wenn auch als ein etwas wunderlicher. Als Arzt übte er höchstens eine Gefälligkeitspraxis aus, und die nur unter unehrerbietigen Reden gegen den Wert seiner Wissenschaft; er lebte in der Hauptsache von den bescheidenen, aber regelmäßigen Einkünften aus seiner Gutachtertätigkeit, denn er war bei Gericht sehr beliebt wegen seines Verständnisses für die Aufgaben der Justiz. Er war so sehr Kenner, was ihm auch Friedenthals Wohlwollen eintrug, daß er vor lauter Wissenschaftlichkeit seine Wissenschaft leugnete, ja das menschliche Wissen überhaupt geringschätzte; im Grunde tat er es vielleicht nur, weil er sich auf diese Weise ungezügelt seinen persönlichen Neigungen überließ, die ihn dazu anstachelten, jeden Verbrecher, dessen geistige Gesundheit in Frage stand, mit großer Geschicklichkeit wie eine Kugel zu behandeln, die man durch die Löcher der Wissenschaft hindurch zum Ziel der Bestrafung treiben müsse. Man erzählte allerhand Geschichten von ihm, und Friedenthal, der wohl befürchtete, daß die übliche Unterhaltung zwischen den beiden Gegnern eine Auseinandersetzung zutage fördern könnte, die diesmal besser ungehört bliebe, nahm rasch das Wort, indem er sich gleich nach dem jungen Arzt an Clarisse wandte und ihr erläuterte, was dieser unter «Wortspaltereien» verstehe. «Nach der Meinung unseres geschätzten Gastes Doktor Pfeifer ist nämlich niemand fähig, über die Schuld eines Menschen zu entscheiden» sagte er mit besänftigen-

dem Blick und Lächeln: «Wir Ärzte nicht, weil Schuld, Zurechnungsfähigkeit und all das durchaus keine medizinischen Begriffe sind, und
die Richter nicht, weil man ohne Kenntnis der wichtigen Beziehungen
zwischen Körper und Geist doch auch wieder nicht über solche Fragen
urteilen kann. Bloß die Religion verlangt eindeutig die persönliche
Verantwortung einer jeden Sünde vor Gott, und so laufen solche Fragen schließlich immer auf religiöse Überzeugungsfragen hinaus –» Er
hatte mit seinen letzten Worten sein Lächeln dem Pfarrer zugewandt
und hoffte, dem Gespräch durch diese Neckerei eine harmlose Wendung zu geben. Der Pfarrer wurde denn auch etwas rot und lächelte
verlegen zurück, und Moosbrugger drückte seine volle Billigung der
Theorie, daß er vor das Forum Gottes und nicht vor die Psychiatrie
gehöre, durch einen unmißverständlichen Brummlaut aus. Aber plötzlich sagte Clarisse: «Vielleicht ist der Kranke hier, weil er einen andern
vertritt.»

Sie sagte es so schnell und unerwartet, daß es verloren ging; einige
erstaunte Blicke streiften sie, aus deren Gesicht die Farbe bis auf zwei
rote Flecken gewichen war, und dann lief das Gespräch in seiner
eigenen Richtung weiter.

«Doch nicht ganz!» gab Dr. Pfeifer Friedenthal zur Antwort und
legte die Karten nieder. «Wir können ja einmal deutlich darüber reden,
was es bedeutet, dieses: ‹Ich rede als Arzt›, von dem unser Kollege so
große Stücke hält: Man legt uns einen aus dem Leben entstandenen
‹Fall› auf die Klinik; wir vergleichen ihn mit dem, was wir wissen, und
den Rest, einfach das, was wir nicht wissen, einfach unsere Unwissenheit, muß der Delinquent verantworten. Ist es so oder nicht?»

Friedenthal zuckte staatsmännisch die Achseln und schwieg.

«Es ist so» wiederholte Pfeifer. «Trotz allen Pomps der Gerechtigkeit
wie der Wissenschaft, trotz allen Haarspaltens, trotz unserer Perücken
von gespaltenen Haaren, läuft das Ganze zum Schluß doch nur darauf
hinaus, daß der Richter sagt: ‹Ich hätte das nicht getan›, und daß wir
Psychiater hinzufügen: ‹*Unsere* Geisteskranken hätten sich auch nicht
so benommen›! Aber darunter, daß wir mit unseren Begriffen nicht
besser in Ordnung sind, darf nicht die menschliche Gesellschaft zu
Schaden kommen. Ob der Wille eines einzelnen Menschen frei oder
unfrei ist, der Wille der Gesellschaft ist in dem, was sie als gut und bös
behandelt, frei. Und ich für meine Person wünsche nicht im Sinn
meiner Privatgefühle, sondern im Sinn der Gesellschaft gut zu sein!»
Er zündete seine ausgegangene Zigarre von neuem an und strich sich
die Barthaare vom feucht gewordenen Mund.

Auch Moosbrugger strich seinen Schnurrbart und klopfte mit dem
Rand seines zusammengefalteten Kartenpackets rhythmisch auf die
Tischplatte.

«Also, wollen wir weiterspielen oder nicht?» fragte der Assistent geduldig.

«Natürlich wollen wir weiterspielen» entgegnete Pfeifer und nahm seine Karten auf. Sein Auge begegnete dem Moosbruggers. «Moosbrugger und ich sind übrigens der gleichen Meinung» fuhr er fort, mit sorgenvoller Miene sein Blatt betrachtend. «Wie war es, Moosbrugger? Der Herr Rat bei Gericht hat Sie doch verschiedentlich gefragt, warum Sie sich Sonntagskleider angezogen haben und ins Wirtshaus gegangen sind –»

«Und rasieren lassen» verbesserte Moosbrugger; Moosbrugger konnte jederzeit darüber sprechen wie über eine Staatshandlung.

«In Ruhe rasieren lassen» wiederholte Pfeifer. «Er hätte das nicht getan! hat er Ihnen vorgeworfen. Na also.» Er wandte sich an alle. «Ganz das gleiche tun wir, wenn wir sagen: unsere Kranken hätten das nicht getan. Beweist man viel auf diese Art?» Seine Worte waren diesmal brummend und gemütlich und nur ein Echo seiner vorangegangenen leidenschaftlicheren Verwahrung, denn das Spiel hatte nun wieder angefangen, in der Runde zu kreisen.

Auf Moosbruggers Gesicht war noch lange Zeit ein gönnerhaftes Lächeln wahrzunehmen, das sich erst im Spieleifer auflöste, wie die Falten in einem steifen Stoff mit der Dauer des Gebrauchs weichen. So hatte Clarisse nicht ganz unrecht, wenn sie den Kampf mehrerer Teufel um eine Seele zu sehen glaubte, aber die dabei herrschende Gemütlichkeit täuschte sie, und besonders wurde sie doch durch die Art verwirrt, in der sich Moosbrugger benahm. Er mochte anscheinend den jüngeren Arzt, der ihm helfen wollte, nicht gut leiden, duldete nur ungern seine Bemühungen und wurde unruhig, wenn er sie spürte. Vielleicht handelte er dabei nicht anders als jeder einfache Mensch, der es als frech empfindet, wenn sich einer zu angelegentlich um ihn bekümmert, jedoch war er jedesmal entzückt, wenn Dr. Pfeifer sprach. Vermutlich war auch Entzückung nicht ganz das, was er in diesem Fall äußerte, denn ein solcher Zustand kam an Moosbruggers auf Würde und Geltung abgetönter Gestalt nicht vor und viel von dem, was die Ärzte untereinander redeten, blieb ihm auch unverständlich; aber wenn schon geredet werden mußte, dann so, wie es von Dr. Pfeifer geschah: das war im ganzen unbezweifelbar als seine Meinung zu sehen. Der Zusammenstoß der beiden Ärzte hatte ihn aufgemuntert, er begann seine Stiche wieder laut und englisch zu zählen und streute in auffälliger Wiederholung von Zeit zu Zeit die Bemerkung: «Wenn es sein muß, muß es eben sein!» ins Gespräch oder ins Schweigen. Sogar der gute Pfarrer, der schon manches gesehen hatte, schüttelte zuweilen den Kopf. Aber der Spott auf die irdische Gerechtigkeit hatte ihm nicht übel gefallen, und er freute sich darüber, daß sich die Gelehrten der weltlichen Wissenschaft nicht einigen konnten. Er erinnerte sich nicht mehr, wie alle diese Fragen nach kanonischem Recht zu entscheiden gewesen wären, von denen die Rede war, aber er dachte sanft: «Laßt sie gewähren, das letzte Wort spricht Gott», und da er sich dieser Überzeugung wegen wenig an dem Wortgefecht beteiligte, gewann er im Tarock.

So bestand zwischen diesen vier Männern ein recht herzliches Einvernehmen. Wohl war Moosbruggers Kopf dabei als Preis ausgesetzt, aber das stört nicht im geringsten, solange jeder vollauf mit dem beschäftigt ist, was er vorher zu tun hat; denken doch auch die Männer, die mit dem Schmieden, Schleifen und Verkaufen von Messern beschäftigt sind, nicht unausgesetzt an das, was daraus werden kann. Überdies fand Moosbrugger, als der einzige, der die Tötung eines anderen Menschen selbst und unmittelbar kennen gelernt hatte und dem sie auch bevorstand, daß sie nicht das Schlimmste sei, was einem Ehrenmann widerfahren könne. Das Leben ist der Güter höchstes nicht, sagt Schiller: das hatte Moosbrugger von Dr. Pfeifer gehört, und es hatte ihm recht gut gefallen; und so, wie er, je nachdem sein Wesen angerufen und gewendet wurde, rührend und eine Bestie sein konnte, waren eben auch die anderen als Freunde und Henker in zwei verschiedene Wirkungskreise gespannt, die miteinander kaum eine Berührung hatten. Aber Clarisse beunruhigte das sehr. Im ersten Augenblick hatte sie schon gesehn, daß hier unter dem Schutz der Fröhlichkeit etwas Verheimlichtes vor sich gehe; aber sie hatte das nur in unklarem Bild erfaßt und, verwirrt von dem Inhalt der Reden, begriff sie erst jetzt, aber begriff jetzt nicht nur, sondern sah es auch mit warnender Eindringlichkeit, ja in seiner vollen Unheimlichkeit beständig vor sich, daß diese Männer Moosbrugger verstohlen beobachteten. Moosbrugger, der Ahnungslose, aber beobachtete sie, Clarisse. Von Zeit zu Zeit kam er heimlich mit seinen Augen daher und trachtete ihren Blick zu überraschen und zu fangen. Der Besuch dieser schönen und weithergereisten Frau – ein wenig zu unbedeutend kamen ihm bloß die Magerkeit und Kleinheit Clarissens vor – schmeichelte ihm sehr trotz allen Ehrungen, die ihm ohnehin widerfuhren. Er bezweifelte, wenn er ihren merkwürdigen Blick auf sich gerichtet fand, nicht einen Augenblick, daß seine buschbärtige Männlichkeit sie verliebt gemacht habe, und zuweilen entstand ein Lächeln unter seinem Schnurrbart, das diesen Sieg bestätigen sollte und mit seiner an Dienstmädchen erprobten Überlegenheit auf Clarisse ganz eigentümlich wirkte. Eine unaussprechliche Ohnmacht preßte ihr Herz zusammen. Sie hatte den Eindruck, Moosbrugger befinde sich in einer Falle, und ihr Fleisch am Leibe kam ihr wie ein ihm vorgeworfener Köder vor, während umher die Jäger lauerten.

Kurz entschlossen legte sie die Hand auf Friedenthals Arm und erklärte ihm, daß sie genug gesehen habe und sich ermüdet fühle.

«Was haben Sie denn eigentlich damit gemeint, daß Sie sagten, er habe stets nur ‹Ersatzweiber› gehabt?» fragte Friedenthal, nachdem sie das Zimmer verlassen hatten.

«Nichts!» erwiderte Clarisse, die von dem Erlebten noch verstört war, mit einer abweisenden Gebärde.

Friedenthal wurde schwermütig und meinte, daß er die verwunderliche Darbietung rechtfertigen müsse. «Im Grunde sind wir natürlich alle unzurechnungsfähig» seufzte er. Clarisse erwiderte: «Er am wenigsten!»

Friedenthal lächelte über den «Scherz». «Haben Sie sich sehr gewundert?» fuhr er scheinbar erstaunt fort. «Es sind immerhin einzelne Züge an Moosbrugger recht schön zutage getreten.»

Clarisse blieb stehn. «Sie dürfen das nicht gewähren lassen!» forderte sie entschieden.

Ihr Begleiter lachte und befleißigte sich, seinen Geist in Szene zu setzen. «Was wollen Sie!» rief er aus. «Dem Mediziner ist eben alles Medizin, und dem Juristen alles Jus! Das Gerichtswesen geht letzten Endes von dem Begriff ‹Zwang› aus, der dem gesunden Leben angehört, aber ohne Bedenken meist auch auf Kranke anzuwenden ist. Ebenso ist aber der Begriff ‹Krankheit› mit seinen Konsequenzen, von dem wir Ärzte ausgehn, auf das gesunde Leben anwendbar. Das wird niemals unter einen Hut gebracht werden!»

«Das gibt es doch nicht!» rief Clarisse aus.

«Doch, das gibt es!» beschwerte sich sanft der Arzt. «Die menschlichen Wissenschaften haben sich zu verschiedenen Zeiten und zu Zwecken entwickelt, die miteinander nichts zu tun haben. So haben wir von der gleichen Sache die verschiedensten Begriffe. Zusammengefaßt ist das höchstens im Konversationslexikon. Und ich wette, daß nicht nur ich und der Pfarrer, sondern auch Sie und beispielsweise Ihr Herr Bruder oder Ihr Gatte und ich von jedem Wort, das wir dort aufschlügen, jeder nur eine Ecke des Inhalts und natürlich jeder eine andere kennten. Besser hat die Welt das nicht zustande gebracht!» – Friedenthal hatte sich über Clarisse gelehnt, die in einer Fensternische stand, und stützte seinen Arm gegen das Fensterkreuz. Etwas echtes Empfinden klang aus seinen Worten. Er war ein Zweifler. Die Unsicherheit seiner Wissenschaft hatte ihm die Augen geöffnet für die Unsicherheit alles Wissens. Er wäre gern eine Persönlichkeit gewesen und ahnte in seinen besten Stunden, daß ihm das lähmende Durcheinander dessen, worüber es Wahrheit gebe, noch nicht gebe oder niemals geben werde, nicht mehr gestatte als eine unfruchtbare und eitle Subjektivität. Er seufzte und fügte hinzu: «Manchmal ist mir zumute, die Fenster dieses Hauses seien nichts als Vergrößerungsgläser..!»

Clarisse fragte ernst: «Können wir noch ein wenig zu Ihnen gehn? Hier vermag ich nicht zu sprechen.» Unter dem Schild ihrer Wimpern schossen zwei Pfeile hervor. Friedenthal löste langsam die Hand vom Fenster und den Blick von ihrem Auge. Dann löste er auch seine Gedanken aus ihrer geoffenbarten Versunkenheit und sagte, während sie den Fliesengang entlang weiterschritten: «Dieser Pfeifer ist eine sehr merkwürdige Figur. Er führt ein Leben ohne Freunde und Geliebte, aber er hat die größte Sammlung von Bildern, Andenken, Prozeßberichten und allem, was mit den Todesurteilen der letzten zwanzig oder dreißig Jahre zusammenhängt. Ich habe sie einmal gesehn. Merkwürdig. Laden voll seiner ‹Opfer›: geputzte und rohe, vom Verbrechen gezeichnete und ganz alltägliche Gesichter von Männern und Frauen lächeln einem aus vergilbtem Zeitungspapier und verblaßten Lichtbildern entgegen oder blicken in ihre unbekannte Zukunft. Dazu Kleiderreste, Strickenden – richtige ‹Galgenstricke›, Spazierstöcke, Giftflaschen: kennen Sie das Museum in Zermatt, wo das aufbewahrt wird, was von denen, die ringsum von den Bergen abstürzen, übrigbleibt? einen ähnlichen Eindruck macht es. Er hat offenbar ein zärtliches Verhältnis dazu. Man kann es auch merken, wenn er von den ‹Opfern› erzählt, zu deren gesetzlicher Ermordung, oder wie Sie es nennen wollen, er selbst beigetragen hat. Ein guter Beobachter gewahrt da vielleicht etwas wie eine Rivalität, Gehirntriumph, Geschlechtslist.. Alles natürlich gänzlich innerhalb der Grenzen des Erlaubten und wissenschaftlich Zulässigen. Aber man kann wohl sagen, daß die Beschäftigung mit der Gefahr gefährlich macht –»

«Er jagt sie?» fragte Clarisse gepreßt.

«Ja; man kann fast sagen, er ist ein Jäger, der sein Wild liebt»

Clarisse erstarrte; sie wußte nicht, wie ihr geschah. Friedenthal hatte sie auf einem teilweis anderen Weg zurückgeführt und öffnete, bei seinen Worten, die Türe eines Saals, den sie durchschreiten mußten und der das Herrlichste zu enthalten schien, was sie je gesehen hatte. Es war ein großer Saal und sie glaubte in ein lebendes Blumenbeet zu blicken. Es war der Saal der hysterischen Frauen, den sie durchschritten. Sie standen einzeln und in kleinen Gruppen umher und lagen ringsum in den Betten. Sie schienen alle blütenweiße Kleider zu tragen und aufgelöstes nachtschwarzes Haar zu haben. Clarisse konnte keine Einzelheiten erfassen, das Ganze glich etwas unsagbar Schönem und dramatisch Bewegtem. «Schwestern!» fühlte Clarisse gewaltig und weich in dem Augenblick, wo ihr und Friedenthal Aufmerksamkeit in unregelmäßigen Zügen zuströmte; sie hatte das Empfinden, mit einem Schwarm wundervoller Liebesvögel höher auffliegen zu können, als es alle Erregungen des Lebens und der Kunst gewähren. Ihr Begleiter kam mit ihr nur langsam vorwärts, denn allerhand demütig Verliebte näherten sich ihm oder strichen ihm in den Weg mit einer Stärke der erotischen Sanftheit, wie sie Clarisse noch nie erlebt hatte. Friedenthal richtete begütigende oder strenge Worte an diese und schob sie mit weichen Bewegungen von sich, und in den Betten lagen währenddessen andere Frauen in ihren weißen Jacken und hatten das Haar dunkel über die Polster gebreitet, Frauen, die mit Bauch und Beinen unter ihrer dünnen Decke das Drama der Liebe aufführten. Sündengestalten. Mit einem Mitspieler gepaart, der unsichtbar blieb, aber fühlbar da war, gegen den sie in übertriebener Abwehr die Arme stemmten, der übertrieben die Wogen ihres Busens aufwühlte, dem sich der Mund mit übermenschlicher Anstrengung entzog und der Bauch mit übermenschlichem Verlangen entgegenwölbte, während die Augen inmitten dieses obszönen Schauspiels unschuldig mit der bezaubernden leblosen Schönheit großer dunkler Blumen leuchteten.

Clarisse war noch tief verwirrt von diesem Blumenbeet der Liebe und der Leiden, von seinem krankhaften und doch berauschenden Duft, seinem Schimmer, dem Hindurchgleiten und Nicht-stehenbleiben-dürfen, als sie schon in Friedenthals Zimmer saß und von ihm mit einem unermüdlichen Lächeln betrachtet wurde. Aus ihrer fast räumlich tiefen Abwesenheit zurückkehrend und sich sammelnd, klammerte sie sich an etwas, das sie mit rauher fast mechanischer Stimme vorbrachte: «Erklären Sie ihn für unzurechnungsfähig!»

Friedenthal sah sie erstaunt an. «Meine Gnädige,» fragte er scherzhaft betont «welches Interesse haben Sie daran?»

Clarisse erschrak, weil ihr keine Antwort einfiel. Aber da ihr nichts einfiel, hatte sie plötzlich schlicht gesagt: «Weil er nichts dafürkann!»

Dr. Friedenthal musterte sie jetzt schärfer: «Woher wissen Sie das so sicher?»

Clarisse hielt seinem Blick kraftvoll stand und antwortete hochmütig, als wäre sie nicht sicher, ob sie ihn einer solchen Mitteilung würdigen dürfe: «Er ist ja doch nur hier, weil er einen anderen vertritt!» Sie zuckte belästigt die Schultern, sprang auf und sah zum Fenster hinaus. Als sie aber nach einer kleinen Weile keine Wirkung davon verspürte, drehte sie sich wieder um und gab klein bei. «Sie können mich nicht verstehn: er erinnert mich an jemand!» bemerkte sie, die Wahrheit halb abschwächend. Sie wollte nicht zu viel sagen und hielt sich zurück.

«Aber das ist doch kein Grund für die Wissenschaft!?» erwiderte Friedenthal gedehnt.

«Ich habe gedacht, Sie werden es tun, wenn ich Sie darum bitte!» sagte sie jetzt einfach.

«Sie nehmen das zu leicht» entgegnete der Arzt vorwurfsvoll. Er lehnte sich faustisch in seinen Sessel zurück und fuhr mit einem Blick auf sein Studio fort: «Haben Sie sich überhaupt überlegt, ob Sie dem Mann etwas Gutes erwiesen, wenn Sie ihm statt einer Bestrafung die Internierung wünschen?! Der Aufenthalt in diesen Mauern ist kein Vergnügen...!» Er schüttelte schwermütig das Haupt.

Seine Besucherin erwiderte klar: «Zuerst muß der Henker weg von ihm!»

«Sehen Sie,» meinte Friedenthal «meiner Ansicht nach ist Moosbrugger ja wohl Epilleptiker. Er weist aber auch Züge von Paraphrenia systematica und vielleicht von Dementia paranoides auf. Er ist eben in jeder Hinsicht ein Grenzfall. Seine Anfälle, bei denen qualvoll beängstigende Wahnvorstellungen und Sinnestäuschungen gewiß eine Rolle spielen, können Minuten bis Wochen dauern, aber sie übergehen oft unmerklich in volle Geistesklarheit, wie sie auch ohne feste Grenze aus ihr zu entstehen vermögen, und außerdem ist selbst im paroxysmalen Stadium das Bewußtsein nie ganz aufgehoben, sondern nur in verschiedenen Graden vermindert. Man könnte also wohl etwas für ihn tun; aber der Fall ist durchaus nicht so, daß man als Arzt seine Verantwortlichkeit ausschließen *müßte!*»

«Also werden Sie etwas für ihn tun?!» drängte Clarisse.

Friedenthal lächelte. «Ich weiß es noch nicht.»

«Sie müssen!»

«Sie sind sonderbar» erwiderte Friedenthal gedehnt. «Aber – man könnte schwach werden.»

«Sie sind ja keinen Augenblick im Zweifel darüber, daß der Mann krank ist!» versicherte die junge Frau mit Nachdruck.

«Das natürlich nicht. Aber ich habe doch gar nicht *darüber* zu urteilen» verteidigte sich der Arzt. «Sie haben es doch schon gehört: Ich soll beurteilen, ob sein freier Wille bei der Tat ausgeschlossen war, ob sein Bewußtsein während der Tat anwesend war, ob er Einsicht in sein Unrecht besaß: lauter metaphysische Fragen, die für mich als Arzt gar nicht so zu stellen sind, bei denen ich aber doch auch auf den Richter Rücksicht nehmen muß!»

Clarisse ging in ihrer Aufregung wie ein Mann im Zimmer auf und ab. «Dann dürfen Sie sich nicht dazu hergeben!» rief sie hart aus. «Dann muß es eben anders versucht werden, wenn Sie gegen den Richter nicht aufkommen können!»

Friedenthal versuchte es auf neue Weise, seine Besucherin von ihren lästigen Ideen abzubringen. «Haben Sie sich eigentlich schon einmal vorgestellt, welche grausame Bestie dieser augenblicklich ruhige Halbkranke sein kann?» fragte er.

«Das kümmert uns jetzt nicht!» gab Clarisse zur Antwort, diesen

Versuch kurz abschneidend. «Sie fragen auch bei einer Lungenentzündung nicht, ob Sie einem guten Menschen zum Weiterleben verhelfen! Jetzt haben Sie nur zu verhindern, daß Sie nicht selbst Gehilfe eines Mordes werden!»

Friedenthal hob wehmütig die Hände. «Sie sind ja verrückt!» sagte er betrübt und unhöflich.

«Man muß den Mut dazu haben, wenn die Welt wieder recht werden soll! Es muß von Zeit zu Zeit Menschen geben, die nicht mitlügen!» versicherte Clarisse lebhaft.

Er hielt es für einen geistvollen Scherz, den er in der Eile nicht ganz verstanden habe. Diese kleine Person hatte von Anfang an Eindruck auf ihn gemacht, zumal da er, geblendet durch General von Stumm, ihre gesellschaftliche Stellung überschätzte; und einen etwas verwirrten Eindruck machen ja heutzutage viele junge Menschen. Er fand, daß sie etwas besonderes sei, und fühlte sich von ihrem unbefangenen Eifer unruhig berührt als von etwas rücksichtslos, ja vornehm Strahlendem. Allerdings hätte er diese Ausstrahlung vielleicht nicht nur als die eines Diamanten ansehn sollen, denn sie hatte auch etwas von einem überheizten Ofen: etwas durchaus Ungemütliches, das heiß und frostig machte. Er prüfte unauffällig seine Besucherin: Stigmata erhöhter Nervosität ließen sich zweifellos an ihr wahrnehmen. Aber wer hätte heutzutage solche Stigmata nicht! Friedenthal erging es nicht anders, als es üblich ist – denn bei unsicheren Vorstellungen von dem, was wirklich bedeutend sei, hat das Verwirrte immer die gleiche Chance, es zu übertreffen, die der Hochstapler in einer unsicheren Gesellschaft hat – und obwohl er ein recht guter Beobachter war, hatte er sich stets wieder beruhigt, was immer auch Clarisse mit Reden anstellte. Schließlich kann man doch einen jeden Menschen als das verkleinerte Probestück eines Geisteskranken auffassen; das ist geradeso Sache der Theorie, wie man ihn einmal psychologisch betrachtet und ein andermal chemisch: und da seit Clarissens letzten Worten ein Schweigen klaffte, suchte er wieder «Kontakt» und trachtete zur gleichen Zeit abermals, sie von ihren unbequemen Forderungen abzulenken. «Haben Ihnen eigentlich die Frauen, bei denen wir gewesen sind, gefallen?» fragte er.

«Oh, wunderbar!» rief Clarisse aus. Sie stand vor ihm still, und die Härte war plötzlich aus ihrem Gesicht gewichen. «Ich weiß nicht, was ich Ihnen sagen soll» fügte sie sanft hinzu. «Dieser Saal ist wie ein ungeheures Vergrößerungsglas, über Triumph und Leiden einer Frau gehalten!»

Friedenthal lächelte befriedigt. «Nun sehen Sie es» sagte er. «Nun werden Sie mir wohl auch zubilligen, daß mir die Anziehung, die das Kranke ausübt, nicht fremd ist. Aber ich muß Grenzen einhalten, muß trennen. Dagegen wollte ich Sie fragen, gnädige Frau, ob Sie schon einmal bedacht haben, daß auch die Liebe eine Störung des Geistes ist? Es gibt doch kaum einen Menschen, der nicht in seinem geheimsten und aufrichtigsten Liebesleben etwas verbürge, das er nur dem Mitschuldigen zeigt, Tollheiten, Schwächen: sagen wir ruhig Perversität und Wahn. In der Öffentlichkeit muß man dagegen einschreiten, im inneren Leben kann man sich aber nicht immer mit der gleichen Strenge gegen etwas Derartiges wappnen. Und Nervenärzte – schließlich ist die Heilkunde doch auch eine Kunst, werden ihren größten Erfolg dann haben, wenn sie zu dem Material, in dem sie arbeiten, in einem gewissen Sympathieverhältnis und Rapport stehen –» Er hatte die Hand seiner Besucherin ergriffen, und Clarisse überließ ihm deren äußerste Fingerglieder, die sie zwischen seinen Fingern so weich und ohnmächtig liegen fühlte, als wären sie von ihr gefallen wie die Blätter, die eine Blüte verliert. Sie war plötzlich völlig Frau, voll dieser zarten Willkür gegenüber den Bitten eines Mannes, und was sie am Morgen erlebt hatte, war vergessen. Ein lautloser Seufzer öffnete ihre Lippen. Es kam ihr vor, daß sie noch nie oder zuletzt vor ungeheuer langer Zeit so empfunden hätte, und offenbar kam Friedenthal, der ihr selbst keineswegs ungewöhnlich gefiel, in diesem Augenblick etwas von dem Zauber seines Reichs zugute. Aber sie nahm sich zusammen und fragte hart: «Wozu haben Sie sich also entschlossen?»

«Ich muß jetzt meinen Rundgang antreten» antwortete der Arzt «und möchte Sie gerne wiedersehn; aber nicht hier: können wir uns nicht irgendwo treffen?»

«Vielleicht!» entgegnete Clarisse. «Wenn Sie meine Bitte erfüllt haben!»

Ihre Lippen verschmälerten sich, aus ihrer Haut wich das Blut, und die Wangen sahen dadurch rund wie zwei kleine Lederbälle aus, in ihren Augen war zu viel Druck. Friedenthal fühlte sich plötzlich ausgenützt. Es ist merkwürdig, aber wenn ein Mensch in einem andern bloß ein Mittel zu einem Zweck sieht, gewinnt er desto leichter das zugangslose Aussehen eines Geisteskranken, je natürlicher es ihm erscheint, daß man ihn berücksichtigen müsse. «Wir sehen hier stündlich Seelen leiden, aber wir müssen uns innerhalb unserer Grenzen halten!» wehrte Friedenthal ab. Er wurde behutsam.

Clarisse sagte: «Gut, Sie wollen nicht. Ich mache Ihnen einen anderen Vorschlag.» Sie stand klein vor ihm, die Beine gespreizt, die Hände hinter sich, und sah ihn mit einem verlegen-spöttischen, drängenden Lächeln an: «Ich werde als Schwester in die Klinik eintreten!»

Der Arzt erhob sich und bat sie, mit ihrem Bruder darüber zu sprechen, der ihr erklären werde, wieviel dazu nötige Bedingungen sie nicht erfülle. Bei seinen Worten wich der hineingepreßte Spott aus ihren Augen und sie füllten sich mit Tränen. «Dann wünsche ich,» sagte sie, beinahe tonlos vor Aufregung «daß ich als Kranke aufgenommen werde! Ich habe eine Aufgabe!» Weil sie sich fürchtete, ihre Sache zu verderben, wenn sie den Arzt ansehe, blickte sie zur Seite, und ein wenig zur Höhe, und vielleicht irrten ihre Augen auch etwas umher. Ein Schauer erhitzte ihre Haut, die jetzt rot aufblühte. Sie sah nun schön und zärtlichkeitsbedürftig aus, aber es war zu spät; der Ärger über ihre Zudringlichkeit hatte den Arzt ernüchtert und zur Zurückhaltung bestimmt. Er fragte sie nicht einmal mehr aus, denn es erschien ihm ebenso mit Rücksicht auf den General und Ulrich, die sie hergebracht hatten, wie darauf, daß er selbst ihr seither nahezu unzulässige Begünstigungen eingeräumt habe, als das klügste, nicht zuviel von ihr zu wissen. Und nur aus alter ärztlicher Gewohnheit wurde seine Sprache von diesem Augenblick an noch sanfter und nachdrücklicher, während er Clarisse sein Bedauern darüber ausdrückte, ihren zweiten Wunsch erst recht nicht erfüllen zu können, und ihr riet, sich auch mit diesem Wunsch ihrem Bruder anzuvertraun. Er teilte ihr sogar mit, daß er, ehe das geschehen sei, eine Fortsetzung ihrer Besuche der Klinik nicht zulassen könne, so sehr er sich damit selbst beraube.

Clarisse setzte seinen Reden eigentlich gar keinen Widerstand entgegen. Sie hatte Friedenthal ja schon Schlimmeres zugetraut. «Er ist ein tadelloser medizinischer Bürokrat» sagte sie sich, das erleichterte den Abschied; sie reichte dem Arzt unbefangen die Hand, und ihre Augen lachten verschmitzt. Sie war ganz und gar nicht niedergeschlagen und überlegte sich, die Treppe hinabsteigend, schon andere Möglichkeiten.

Zum Komplex Clarisse – Walter – Ulrich

Zu II. Bd. VI. Kapitelgruppe

Cl. Rom u Insel: *Fr 10, S 3. Cl VIII–II, 2ter Tl.*
6. I $\overline{29}$. Überlegung.

Um Cl. menschlich zu machen, das Problem Genie benutzen. Statt Genie kann man auch sagen: Wille zum Großen, zum Guten Ein armer Prometheus. Genie dabei ungefähr gleich: Ausnahmemensch. Der Mensch, der die Fehler, das Nichtstimmende der Welt sieht u. den Willen hat, das nicht auf sich beruhen zu lassen. In ihrem Fall fehlt die Kraft dazu.

Dadurch ein Teil des Problems W. gegeben: Was hat zu geschehen, wenn die Kraft fehlt?   – Insel, Aussprache.

Schon daß sie sich immer an ältere Männer hielt!

Das Verhältnis zum Elternhaus: hier lernt sie die Welt als Ausnahme von ihr sehen. – Bd I oder wo ihre Vorgeschichte erzählt wird.

Die ganze Wahnsinnsentwicklung fiele dann – was Cl. menschlich näher bringt u. den Schluß motiviert – unter den Titel: Kampf um W. als Kampf ums Genie.

Um nicht von U. sprechen zu müssen: sie hat ihm einen Namen gegeben, von Anfang an. Der Führer? Der Buddha? Der Große? Der Ewige? Der Geheime? Der Erlöser? – Oder mehrere Namen? Der Geliebte? Der Gesunde? Der große Freund?

Cl. in Rom

Material: s$_6$ + b, Schluß.   *Ort:* Fr. 10, S3, Cl VI–II, 2, b
       C–49
Fr. 10., S 3, Anm.
I. a: Überlegung 6. I. $\overline{29}$. (in kl. Konv.)

In Rom hielt es Clarisse jedoch nicht lange aus. Schon der Bahnhofsplatz, mit seinen Palmen, den Geschäften u. der Nähe großer Hotels, stieß sie zurück.

Sie ging trotzdem bis in die innerste Stadt und stieg in einem kleinen Albergo ab. Der Eindruck hatte sich inzwischen geändert. Der Abendhimmel war bis hoch hinauf orange; schwarz und gefiedert standen davor die Bäume. Die Luft im Ludovisiviertel, dieses einzigartige köstlich leichte starke Gemisch aus Meer- und Gebirgsluft erquickte sie. Sie atmete die Bekanntschaft einer neuen Kraft ein. Prophetie des Faszismus. Sie begann die anspruchsvolle Pracht der hochgelegten Privatgärten zu bemerken, die auf 5 bis 8 Meter hohen Mauern über den Köpfen der gemeinen Spaziergänger ruhten, und die riesigen Tore, die hohen Fenster, die in dieser Gegend selbst die Miethäuser besaßen. Hinter einer Parkmauer schrie ein Esel. – Wie selbst die Esel hier schreien! – dachte Clarisse Anders als bei uns. Sie schreien nicht i-a, sie schreien ja! – Es war ein metallener, schwebender Posaunenton. Sie glaubte auf den ersten Blick zu erkennen, daß es in dieser Stadt kein Spießbürgertum gebe. Oder es gibt es, aber eine wirbelnde Kraft bedroht es. Alles war, während sie sich der Mitte näherte, voll Kraft, voll Hast und Lärm; Automobile rasten unvorhergesehen um Ecken und querten auf unberechenbaren Wegen über die Plätze; Radfahrer wimmelten lebensgefährdet und fröhlich zwischen ihnen durch; aus den vollen Tramwagen hingen Trauben junger Männer hinaus, die mitfahren wollten und sich in kühnen und unmöglichen Stellungen aneinander klammerten. Clarisse fühlte, daß dies eine Stadt ihres eigenen Temperamentes sei, zum erstenmal erlebte sie eine solche. In der Nacht konnte sie nicht schlafen, weil unter ihren Fenstern eine kleine Bar ihre Tische in die enge Gasse gestellt hatte; die Leute sangen bis gegen Morgen Couplets und kreischten nach jeder Strophe einen heiter mißtönigen Refrain dazu. Clarisse wurde ganz elektrisiert davon. Obgleich es noch verhältnismäßig früh im Jahr war, war es schon sehr heiß, und Clarisse bekam von der Hitze Durchfall; es war ein entzückender Zustand, leicht wie Hollundermark, befiedert und matt erregt.

Alle Eindrücke, die Clarisse in Rom empfing, ordnete sie der kühnen, brennenden Farbe Rot unter. Wenn sie sich ihrer Erlebnisse im Sanatorium erinnerte, so war sie aus einem wässrigen Grün, einer zur Gegenwart gehörenden Farbe, der Farbe des deutschen Waldes, in dieses Rot gekommen, das das Rot der Prozessionen in ihrer Phantasie gewesen war; aber man muß sagen, daß sich Clarisse dieser Erlebnisse, die sie auf die Reise getrieben hatten, gar nicht recht erinnerte, wohl aber das Gefühl hatte, aus einem grünen Zustand in einen lodernd roten hineinzurennen. Es war Clarisse leider ganz unmöglich, darauf zu kommen, daß sie an Wahnvorstellungen leide. Denn grüne Zustände finden doch sogar ihre Komponisten, die sie vertonen, Töne werden heute gemalt, Gedichte bilden Sinnräume, Gedanken werden getanzt: es ist das ein vages Assoziieren, das im Auf[. ? .] ist, weil das Denken sein Ansehen eingebüßt hat; es ist ungefähr zu einem Achtel sinnvoll und zu sieben Achteln sinnlos, und Clarisse durfte sich noch sehr vorsichtig und überlegt vorkommen. Sie befand sich also mit ruhiger, gespannter Aufmerksamkeit auf dem Wege aus einem grünen Zustand in einen roten.

Dabei begegnete es ihr, daß sie bei einem Streifzug durch die Paläste Roms das wundervolle, ganz rote Bildnis Innozenz X von Velasquez sah; der Anblick schlug wie ein Blitz durch sie hindurch. Nun war ihr klar, daß diese lodernde Farbe des Lebens, Rot, zugleich die Farbe jenes Christentums war, das, nach Nietzsches Wort, dem antiken Eros Gift zu trinken gegeben hat, die Farbe der Askese und der Verdächtigung der Sinne. – Oh, meine Lieben, – dachte Clarisse – ihr werdet mich nicht fangen! – Ihr Herz klopfte, wie wenn sie im letzten Augenblick eine sehr große Gefahr erkannt hätte. Sie hatte das doppelte Gesicht dieser Stadt erblickt. Es war die Stadt des Pabstes, und sie erinnerte sich, daß Nietzsche den Versuch gemacht hatte, hier zu leben, und geflohen war. Sie ging zu dem Hause hin, wo er gewohnt hatte. Sie nahm nichts wahr. Das Haus «war geistig geschlossen». Sie ging lächelnd, bei jedem Schritt diese Stadt überlistend, nachhause. Es war eine Doppelstadt. Der dunkle Pessimismus des Christentums loderte hier zum Kardinalsrot auf, und in das rote Blut Nietzsches war hier das Schwarz des Wahnsinns geflossen. Aber was sie dachte, war Clarisse nicht so wichtig; die Hauptsache war die lächelnde Zweideutigkeit in allem, was sie gewahrte. Sie kam an Palästen, Ausgrabungen und Museen vorbei; sie hatte noch das wenigste davon gesehen, und ihre Eindrücke waren nicht auf das Maß der Wirklichkeit gesunken, sie nahm an, daß nebeneinander die wundervollsten Kostbarkeiten der Welt hier aufgestellt seien; aber das war ausgelegt wie ein Köder; sie mußte diese Schönheit ganz vorsichtig vom Hacken nehmen. Und alles Schöne der Jugend beruht darauf, daß die Dinge, um die die Menschen kreisen, eine Seite haben, die man allein kennt.

Auf irgendeine Weise hatte sich in Clarisse der Gedanke befestigt, daß sie Nietzsches Mission, an der er hier gescheitert sei, anders aufnehmen und mit dem Norden beginnen müsse. Es war Abend geworden. Sie blickte noch einmal aus dem Fenster ihres kleinen Zimmers, in der Bar darunter begannen schon die ersten Gäste zu lärmen, und wenn man den Leib weit hinausbog – über ihren Köpfen und wie ein nordischer Wasserspeier – und den Hals wandte, konnte man die rundgezackte Form einer grauen Kirche sehn, die wie eine Tiara vor dem noch dunkleren Grau der Nacht stand.

Sie löste von dem Rest ihres Geldes eine Fahrkarte, die sie nach einer der kleinen Städte zurückbrachte, an denen sie an der Herfahrt vorbeigekommen war. Ein untrügliches Gefühl sagte ihr am Bahnhof, daß es nicht der rechte Ort sei. Sie fuhr mit dem nächsten Zug weiter. So reiste Clarisse drei Tage und vier Nächte. Am vierten Morgen kam sie an einer Meeresküste vorbei und fand einen einzigen Ort, der sie festhielt. Ohne Geld ging sie in die Herberge. Diese Tatsache, daß sie kein Geld hatte, war sehr plötzlich und sehr sonderbar; sie hielt den Leuten des Gasthofs eine ziemlich lange Rede, um sie sich dienstbar zu machen, die diese höflich und ohne Verständnis anhörten, dann kam sie auf den Einfall, weil Walther ihren Aufenthalt nicht erfahren sollte, Ulrich zu rufen. Sie schickte ein langes Telegramm in deutscher Sprache an ihn ab.

Cl – *Insel*

Material: s₆ + b + 1, Fr 10, S 3, Anm.,   Überlegung 6 I $\overline{29}$ (in kl. Konv.)
Ort: Fr 10, S 3, Cl VI–II, 2 c.

Daß Clarisse Ulrich rief, hatte aber nicht nur die Ursache, daß sie Geld brauchte und ihren Aufenthalt vor Walther verbergen wollte. Sondern da gab es noch ein Ich meine dich, ein Fassen mit Gefühlsstrahlen über Gebirge und größte Entfernungen hinweg. Clarisse war zu der Überzeugung gekommen, daß sie Ulrich liebe. Das war nicht ganz so einfach, wie so etwas sein kann. Den schrecklichen Auftritt zwischen beiden, der sie in solche Erregung gebracht hatte, und alles, was dem vorangegangen war, erklärte sie sich damit, daß Ulrich damals noch verfrüht gewesen wäre; jetzt erst befand er sich auf dem rechten Platz in dem System ihrer Einbildungen (das aber ist die Liebe wenn ein Mensch sich auf dem rechten Platz in dem System unserer Einbildungen befindet), und die Kräfte des Ganzen strömten ihm in einer unerhörten Weise zu. Wo sein Name hinfiel schmolz die Erde. Wenn sie ihn aussprach, war ihre Zunge wie ein Sonnenstreif in einem lauen Regen. Clarisse besichtigte ihren neuen Aufenthaltsort. Er bestand aus einer kleinen, dem Festland nah vorgelagerten Insel, die ein altes, halb aufgelassenes Fort trug, und einer vor dieser Insel weiter ins Meer hinausgeschobenen riesigen Sandbank, die mit Bäumen und Sträuchern eine große leere zweite Insel bildete, die Clarisse allein gehörte, wenn sie sich zu ihr übersetzen ließ. Man schien ihrer Beständigkeit nicht sehr getraut zu haben, denn es stand wohl eine alte Hütte zur Aufnahme von Netzen und anderem Fischergerät darauf, aber auch die war verlassen und verfallen, und andere Anzeichen von Ansiedelung oder Besitzverteilung waren nicht wahrzunehmen. Ungefesselt lebten Wind, Wellen, weißer Sand, spitze Gräser und allerhand kleine Tiere beisammen; so leer und stark war der Zusammenklang von Wasser, Erde und Himmel, wie wenn Blech auf Blech geschlagen würde.

Dahinter die Wohninsel trug grünbewachsene hohe Festungswälle; Geschütze, die nicht einschüchterten, sondern, in Segelleinen einge-packt, zum Staunen aussahen wie vorweltliche Tiere; Wassergräben, in deren Nähe es unheimliche große Ratten gab; und zwischen den am hellen Tag herumlaufenden Ratten, ein kleines würfelförmiges Wirts-haus, mit einer vierseitigen Pyramide als Dach, unter buschigen Bäu-men. Da hatte Clarisse für sich und Ulrich ein Zimmer gemietet. Das Haus war zugleich die Kantine des Forts, und es standen den ganzen Tag dunkelblaue Soldaten mit gelben Tressen auf den Ärmeln in seiner Nähe herum. Man hatte davon nicht eigentlich das Gefühl des Lebens von Menschen, sondern eher eine das Herz leerende Beklemmung wie von Deportation oder dergleichen. Auch die jungen Männer, die mit einem Gewehr im Arm vor den mit Segelplachen zugedeckten Ge-schützen spazieren gingen, verstärkten diesen Eindruck; wer hatte sie dorthin gestellt? wo war, in welcher Weite, das Gehirn dieses Wahn-sinns, der sich in einem lustlosen, pedantischen, katatonisch starr fest-gehaltenem Automatismus äußerte?

Es war die rechte Insel für Ulrich und Clarisse, und Ulrich taufte sie ›die Insel der Gesundheit‹, weil jeder Wahnsinnseinfall auf ihr hell er-schien, auf ihrem dunklen Untergrund. Er hatte Clarissens Telegramm nachts erhalten, als er nachhause kam und seinen Garten durchschritt. Beim Schein einer Lampe an der weißen Hauswand hatte er die De-pesche aufgebrochen und gelesen, weil er dachte, sie käme von Agathe. Es war schon Ende Mai. Aber die Mainacht war wie eine verspätete Märznacht; die Sterne blickten spitz, in die Höhe gezogen, frostig kraus aus dem unerhellten, unendlich weit entrückten Himmelszelt. Die Sätze des Telegramms waren lang und wirr, aber von dem Rhyt-mus einer Erregung zusammengehalten. Wenn Clarisse der kleinen militärischen Mitte ihrer Insel den Rücken wandte, lag die Einsamkeit vor ihr wie die Wüste, in die sich der Heilige zurückzieht. Ein über-starker, voll Grauens lüsterner, starrer Gefühlston war mit dieser Vor-stellung, sich zurückzuziehen, verknüpft, etwa letzte Läuterung und Probe auf dem Weg des ›Großen‹. Der Ehebruch, dessen sie sich schul-dig gemacht hatte, mußte auf dieser Insel vollendet werden wie auf einem Kreuz, denn wie ein Kreuz, auf das sie sich legen müsse, kam ihr der leere, von keinem Menschen betretene Sand draußen über den Wellen vor. Von alledem kam etwas in der Depesche vor. Ulrich erriet, daß nun wirklich über Clarisse die große Unordnung hereingebrochen sei, aber gerade das war ihm recht.

In ihrem kleinen Wirtshaus bewohnten sie ein Zimmer, in dem kaum die unentbehrlichsten Möbel standen, aber von der Mitte der Decke hing ein venetianischer gläserner Lüster hinab, und an den Wänden hingen große Spiegel in breiten Glasrahmen, die mit Blumen bemalt waren. Sie setzten morgens auf die Insel der Gesundheit über, die wie eine Spiegelung in der Luft schwebte, und wenn sie dort waren, blickten sie auf die Wohninsel zurück, die mit ihren Kanonen, Scharten, Bastionskämmen, Häuschen und Bäumen wie ein rundes, volles, ausgestoßenes Wort dalag, das den Zusammenhang mit seiner Rede verloren hat.

II. R. Fr. 2.   *Clarisse umgruppiert*
19. X. 1930: Ausgang II R Fr. 1. 19. X.

(Cl. vorziehen. Einen Roman Cl – Mg – M machen
Ev: aus U – Ag u. U – Cl szenen U – Ag – Cl szenen machen.)
Entspricht der Bedeutung, die Cl. schon in Bd. I hat. Fordert aber, da Cl. nun erst recht eine Hauptfigur von II ist, daß das bis jetzt zu sehr Nur-Pathologische in starke Beziehung zum Normalen gebracht wird. Überblick, gestützt auf Fr. 10, 6. u. 30. XII, ergab: diese Erzählung der Vorgänge in Cl ist ja ganz schön, aber was geht sie uns u das Ganze an!

Antwort: Was in Cl. durcheinandergeht, sind Zeitinhalte. (s. Fr. 10, 6 u 30. XII)

Fr 10, 30. XII Anm: Das muß also ergänzt werden zu einer Paranoesis, einer parasystematischen Vernunft von Cls. Wahnideen (noch nicht geschehn.) Vielleicht richtiger das Gegenteil: alle diese Ideen sind in ihr, aber keine voll u logisch ausgebildet. Nur einzelne fallweise extrem ausgebildet (Schizophrene!). Der Kranke ist ja kein Dichter!

Alle ihre Ideen haben ihre vernünftigen Seitenstücke; sie sind also nicht ins Blaue zu steigern, sondern recht vernunftartig zu beschreiben. (Ein Gipfelpunkt: Irrenhaus als quasi normal gesehen.)

Das persönliche Schicksal Cls. wäre dann: Sie macht heroische Anstrengungen zur Bemeisterung, ihr armer Kopf ist aber zu schwach dazu (wie bei jedem von uns). Möglichst in eine Szene (Insel? Flucht aus dem Sanatorium?) zusammenziehen.

Beim Durchblättern der ausgeführten Cl-Kapitel: Aus inneren u äußeren Zusammenhängen gehört Cl VII/IIff nach Reise Ag/U.; das andere kann davorstehen. (Aber VII/II ist die unmittelbare Forts. von VII/I?)

Eine Cäsur in der Entwicklung Cl ist Hinrichtung Ms.
          „   „   Abreise Mgs.
Blatt: Zu II Bd. VI Kp Gr: Unter dem Titel: Kampf um W.(als Kampf um Genie) Das müßte gegen oder nach Abreise Mg. einsetzen.

20. X. II R Fr 3 angelegt. (Ordnung der von früher vorhandenen Cl-Kapitel)

21. X. Die der Reise Ag/U entsprechende Zäsur liegt II R Fr 3 nach VII (Verlangen, in die Klinik aufgenommen zu werden.) Nächste Etappe: Hinrichtung. Dort der ganze öffentliche Schwindel!

22. X. Keine Form, kein Ziel (L 19): d i. aber der Mensch von heute. Überhaupt: nicht so sehr Cl. herausheben wie einbetten!

22. II. 1931. Das beschlossene Trennungskapitel 7 enthält nur die tatsächliche erste Vorgeschichte von Cl/M u Cl. in einer lockeren, frei erfundenen Form, die keiner späteren Sache vorgreift. Ich denke, daß nach Us Rückkehr der Besuch im Irrenhaus kommt (mit oder ohne U, wahrscheinlich mit Mg., der die Empfehlung der schweizer. Gesandtschaft besorgen könnte, nachdem Siegfr. nichts getan hat). Dann kommen andere Dinge, und mit Cls zweitem Besuch bei Dr F. könnte der aktuellere Teil beliebig später beginnen.

Der Brief H 7: In einem verhältnismäßig normalen, bürgerlichen Zustand geschrieben. Die eigentlichen Motive sind unterbewußt, und das sind die gefährlicheren Zustände als die, wo sie von ihren Ideen redet. Der Ton gehobener als in den Originalen: schon ein Versuch von mir, sie schöner zu machen.

15. IV
Bis Reise U/Ag:
I. Exhibitionist. Gibt Anstoß. U lernt Mg. kennen [...]
II. Siegfr., Ws Widerstand, Dr F. Besuch Irrenhaus
    Das ist: Mg ./. [...]
III. Cl. Gespräch mit Mg. [...] Hermaphrodit usw. –
IV. Cl. nach Mgs. «Flucht» bei Dr. Fr. [...]
Das wären 4 (ev. 5) Kapitel.

19. IV. Vorbereitung von H 14. (I) *Innere Entwicklung Cl's. nach*
dem Vorstehenden:
[...]

Als Grundlage für Clarisse vorläufig genommen: Blatt Zu II Bd.
VI. Kapitelgruppe
Nachtrag: Es wird auch in ihr die Idee bestärkt, daß Sinnl. etwas vom Menschen Getrenntes ist. Schwäche für das sinnl. Angenehme als erbliche Belastung [...]

? Cls Ideen satirisch behandeln, u das
Traurige schimmert nur so durch. Siehe
Exhibitionismus – Ständchen in *14.*

[...]

19. V. Wenn jemand verrückt wird, wird er es auch im Traum. Cl. träumt im Übergangsstadium so, als wäre sie wach u dächte, Traumverbindung u verrückte Verbindung der Gedanken sind kaum zu unterscheiden. Auch Traum u Wachen gehen ineinander über. Sie beginnt mit einem richtigen Traum u geht ins Wachdenken über, ohne daß sich das recht schiede. Man ist am Morgen sehr zerschlagen.

[...]

[Letzte Notiz:] 23. III. [1932] Versuch so aufzubaun: *26* Cl, W, Mg, U. zusammengezogen. Warten. *29/30* Irrenhaus *34* Schm. oder bloß mit S. noch einmal Irrenhaus. *35* entspr. 34. *40* Hermaphrodit *46* Cl. W. Vergew. [...]

Studie zu Cl, ausgehend
vom Schlußteil

NR *34.*
9. I 36.

Material zuletzt: NR 28 Gn-Cl-Kapitel vor Reise
II R Fr 23, 18) Hauptstudienblatt.

Ausgangspunkt: „ r: die Überlegung zur Unterbringung.
Vor Reise endigt mit Verlangen in der Anstalt aufgenommen zu werden
Während u am Ende der Reise: Bild einer Manie in ihrer «Großartigkeit». Der Lichtzustand! In einem Zug:

Sanatorium – Grieche – Insel	W's. Abrechnung mit U. an
Beginn des Schlußblocks: 2te Reise	Ende Insel bietet den Vorteil,

daß W. aufgewühlt ist, noch nicht so befriedigt wie am Ende. Und daß für dieses scheinbar mehr Zeit gewonnen ist.

Ende des Schlußblocks: aktuell u. nachgeholt: Internierung.
Fraglich: Die Kapitel Cl – M – R: Während der Reise?
Weglassen? Dann hängt aber R in der Luft. Allerdings fehlt ihr ohnehin schon die Forts. in Galizien.

Dazu *[«Manie in ihrer ‹Großartigkeit›»]:* II R Fr 1, Blge 16.. Enthält das Material zu Agein-Path., mit vorwiegender Berücksichtigung der Agein-Gruppe. M. a. W. ist es die Beschreibung eines ekstat. Heroismus, Heroismus in Wahnsinnsform. Zum großen Teil ist dieses

Material identisch mit dem für U u Ag dienenden, nur ist es hier sthenisch zu erleben und Clarissisch zu interpretieren. Dergestalt ist das wirklich ein Gegenstück zur Reise u. ihren Vorkapiteln, mit einer gewissen Phasenverschiebung diesen nachlaufend. Da die Vorstellungen nur Interpretationen der Zustände sind, sind sie diesen Affekten anzupassen. Daraus ergibt sich eine neue Hierarchie für II R Fr 23, 18). Auf Insel können statt der gemeinsamen Phantasien von U u Cl auch die Erklärungsversuche von Ag u Path. kommen.

Dem entspricht es, daß die Wiedereinführung von Cl. beginnt: Cl. war krank usw. $U_6 - 2 \cdot 03$ S 4. Dieser Block vor Reise steht unter der Hauptvorstellung Hermaphrodit II R Fr 1 Blge 11 S 1_5: diese läßt sich auch schon mehr sthenisch färben: Das Doppelwesen, das etwas Besonderes ausrichtet.

Immerhin soll sie alles möglichst so begründen, daß es der normalen Vernunft imponiert. II R Fr 2 S 1.

Schwierigkeit der Unterbringung: *10. I. 36.*

Vor Reise Ag/U: Frühsp. – 2 Gn Cl – 2 W–Cl – 2 Irrenhaus – 2 Mg–Cl

Der Hauptinhalt dieser Kapitel ist: Hermaphrodit, Beschäftigung mit u Hinneigung zum Irrenhaus, Liebe in Waffen u philosophischer Orgasmus, Zusammentreffen mit M., Niederlage durch W uVorgeschichte. – Inwieweit sich das zusammenziehen läßt u ob das geschehen soll, ist derzeit ungewiß. – Es könnte zb. zusammengezogen werden: Hermaphrodit, Flucht Mgs, Vergewaltigung u Besuch bei Dr Fr: wenn auch zeitlich durch Tage getrennt: in 1 Kapitel u. dazu noch Waffenstillstand. Dann blieben nur die 3 Gruppen: Frühsp. u Gn-Cl; die Szene aller, ev. Hermaphr. hieher; Zusammentreffen mit M; Flucht, Vergew., Aufnahme, einleitend Waffenstillstand. Ist noch Bedarf an Füllkapiteln vor Reise, so könnte M-Cl kommen.

Mageres Ergebnis:

1) Cl. ist streng der gesamten u insbesondere der U-Ag-Problematik unterzuordnen, da sie sonst überwuchert.

2) Es ist festzuhalten an s. o. Bild einer Manie als aktives Gegenstück zu den kontemplativen Erlebnissen U's. u Ag's.

3) Der Aufnahmeversuch im Irrenhaus muß ungefähr mit Beginn Reise übereinfallen.

4) M-R kann während Reise fallen oder nachher, so daß Cl sich vorher oder nachher Absolution holen kommt
Es ist wünschenswert den Block zu bringen

5) Sanatorium – Grieche kann vor oder nach M. stehen. Wird von ihr als ein Ausweg ins Private durchschaut. L 48_{28}: nach. Sie reist dem Griechen nach; Venedig, Internierung. Und vorher: Mastkur.

Sie ist bei diesem Fehltritt nicht ganz sie selbst u. trachtet (Irrenhaus) wieder zu sich zurück.

6) Zweite Reise kann mit Grieche verbunden u größer werden, oder ohnehin bloß als Auftakt zur Internierung behandelt werden.

7) Soweit ich mich erinnere, divagiert der Inhalt der späteren Kapitel recht sehr u. bleibt nicht bei den Hauptproblemen. Diese können also bis ins Spätere durchgezogen werden.

8) Der Zusammenhang mit der sozialen Schlußfragestellung ist durch Erlösen gegeben.

Vorderhand muß zum Gesamtaufbau zurückgekehrt werden. Dieser muß mehr Einsicht gewähren, ehe das Cl-Material bedeutungsmäßig eingeordnet werden kann.

[...]

[19. I. 36̄]

Ü$_6$ – *Insel II*   Studie angelegt: Hinterließ 2 Fragen:

1) Worin besteht die Abrechnung W's. mit U? (S 2 u. Rd)
2) Soll das Gespräch über Eifersucht eine allgemeine Bedeutung (Bedeutung fürs Ganze) erhalten?

ad 1): Die Hauptidee der Abrechnung war wohl zuletzt,   *20. I.* daß W. vorhalten soll, was U's. Schwächen sind; also trotz alles Ressentiments nicht unsachlich sprechen soll. Er teilt sich in diese Aufgabe mit Gn. in dessen letzter Phase. Etwas auch mit Ah.

Was kommt da in Frage? Vorangegangen ist das Experiment mit Ag., das nicht jedermanns Sache sein wird. Und die Utopien. Also böser Einwand: Du bist zu innerst unfruchtbar! Und darum scheinbar kühn (Wie schon irgendwo in Bd. I. gesagt): Du wirst, wenn du in die Lage kommst, ohne Bedenken Menschen zugrunderichten. Im Wahrheitskern heißt das: Du verzichtest auf Verwirklichung deiner Ideen (ich aber will Ideen haben, die sich verwirklichen lassen). Denken um zu tun, tun um zu denken s. I$_{866}$. Dort sagt es Ah., dessen Rolle W. also hier übernähme. (28. I). Du entwertest die Wirklichkeit, damit du dir wie ein großer Mann vorkommst. U. weiß nun auch, daß alles, was ihn zu bewegen vermag, Utopien sind. Die *eine seiner Rechtfertigungen* ist: Rasse des Genies. Aber dazu muß man aufgelegt sein; und außerdem: ein Genie ohne Werk ist recht problematisch u. nahe der Gefahr purer Einbildung. Also käme hier die Frage des Werks, die Frage *Selbstmord oder Schreiben*. W. kann sagen: Du bildest dir auf deine paar Abhandlungen etwas ein, aber –! Werk setzt die Zuversicht voraus, daß etwas zu bessern sei. Die hat aber U. (Reise zu Gott!) eigentlich nicht, er müßte sie erst wieder erwerben. Er war ja zuletzt extremer Individualist u überzeugt, daß immer wieder alles verpatzt wird. Er glaubt an das Gs. u. hält dieses für eine Utopie. *Eine zweite Rechtfertigung wäre:* Theoretiker. (Ein M. o E. ist ein Theoretiker). Es muß Theoretiker geben. Und Forscher. Experimentatoren. Menschen ohne Bindung. Ohne Bedürfnis nach Ja oder Nein. Menschen der Partiallösung. Man könnte keinem großen Menschen das absolute Regiment in die Hand geben. Er ist Physiker, nicht Techniker. Er blamierte sich. Die Funktion großer Menschen ist eine andere; sie wirken bloß durch vielfache Vermittlung auf das Leben ein. Als große Menschen sind sie wohl auch persönliche Lebensvorbilder, denn es gehört eine große Koordination u Subordination aller Eigenschaften zu ihnen (Hier erfährt also das Prinzip M o E. eine entscheidende Einschränkung); aber ihre Lehre ist nicht vorbildlich, sondern richtbildlich. U. ä. – Hieher gehört also zb. II R Fr 22 → Sua 1 r Partiallösung. Auch ib S 2 → AE 24 in dem Sinn, daß die Zeiten Überzeugungen annehmen, aber solange diese nicht ganz reell sind, bleiben sie nicht (Bolsch.). Darauf wird natürlich W. erwidern: Bist du denn ein großer Mensch!? Das führt also auf die erste Frage: Werk zurück. (Erinnerung: Ag. braucht kein Werk. Bei U. war immer eins im Hintergrund. Es wäre aber ganz lächerlich, sich nun hinzusetzen u. zu schreiben. Er setzt viel zu wenig Optimismus darein.)

Soweit vorderhand.

ad 2) erledigt sich dann schon durch Raummangel in dem Sinn, daß diese Frage entweder nicht oder nur flüchtig berührt werden kann.

Namentlich: Es gibt Zeiten, die den theoret. Typus begünstigen, u. solche, die handeln, sehr überzeugt sind, neue Bedingungen schaffen u. gewöhnlich alles ruinieren. Bevorsteht eine antitheoretische Zeit.

$$\ddot{U}_6$$

Insel I.

Cl trifft ein, während Ag. u U. noch beisammen sind. Bleibt 1–3 Tage Hotel, in welcher Zeit sie ihre Insel sucht u. findet. Erzählt während dieser Zeit die M.-Geschichte (s. NR 34 S 2) Lädt U. auf die Insel ein (oder U. u Ag) u. U. fährt hinüber. Verbringt einen halben Tag mit ihr. Ihre Hütte usw.

Vgl. $\ddot{U}_6$ Insel II: Es kommt also wahrscheinlich nicht zu Coit., sondern nur zur Bereitschaft Cl's. Das Material der alten Coit.-Szene ist aber so zu verwerten.

Am Tag nach diesem unseligen Gespräch trifft Cl. ein: heißt es Schm. Aufb. S 5 des Schlußteils.

Insel II.

Material: s₆ + b + 2 (Mpe W-Cl); L 49; L 48₂₇
Zu W. vgl. NR 34, 19. I.

Etwa:

I) Ag. hat nur ein paar Zeilen auf einem Zettel hinterlassen. Inhalt?

II) W. trifft kurz danach ein gegen Abend. – U. unwillkürlich: Hast du Ag. getroffen? Das ist nicht geschehn. Aber daß Ag. bis zuletzt da war, beruhigt seine Eifersucht. W. etwas dicker Bauch. (B 194 in Mpe W-Cl)

U. führt ihn zu Cl. Cl. sitzt irgendwo am Strand. U. hat sich nicht um sie gekümmert. W. fühlt tiefe Zusammengehörigkeit mit der Kranken u Verlassenen (~ B 194)

Sie gehen in die Fischerhütte. Es sieht so aus, als ob sie zu dritt hier gewohnt hätten. Sie richten sich zu dritt ein. W. sagt nichts darüber; tut, als verstände es sich wegen Aufsicht von selbst.

III) Wie nimmt Cl. das hin? – Das hängt auch vom Vorangegangenen (Insel I) ab, das noch unbestimmt ist.

Einfall: Sie beichtet. Wenn zw. ihr u U. Coit., so das; aber wahrscheinlicher (wegen Ags. Nähe) ist Coit. nur auf Andeutungen zu reduzieren, eine halbe Verführung U's. durch Cl. Es ist also nichts vorgefallen, u. es ist auch szenisch stärker, wenn sie Erfindungen beichtet u. U. zuhört. Als Gipfel brauchbar: Plötzlich oder stufenweise übergeht die heftige sex. Erregung in das mystische Gefühl der verklärten Gottvereinigung, die fast vorstellungslos ist (NR 34, S 2)

W. glaubt wohl nicht, U. gibt ihm auch ein Zeichen, aber etwas Glaubhaftes ist doch daran, gleichsam eine bloß zufällige Nichtwahrheit.

IV) Um Cl. beim Auskleiden allein zu lassen, gehen sie vor die Tür, dann gegen den Strand. W. sagt s₆ + b + 2 → C 3 weil er eifersüchtig ist: Es ist Wahnsinn, an der Treue eines Menschen zu zweifeln. Es gibt Lagen, wo man mit Recht ungewiß ist. Er sieht im Halblicht U. von der Seite an. Aber man muß den Mut haben, sich täuschen zu lassen. Das ist so, wie eine Kugel manchmal einheilen muß. Es kann aus dieser Täuschung, die man in sich schließt, etwas Großes entstehn. Es kommt nicht nur auf Treue zwischen Mann u Frau an, sondern auch auf andere Werte.

Er sagte nicht: Größe, aber er dachte es wohl. Er kam sich bedeutend, und vor allem männlich, vor, weil er keine Szene machte u. nicht in U. drang, die Wahrheit zu bekennen. Er war irgendwie dem Schicksal dankbar für diese große Prüfung. Übergehend oder zusammengezogen mit:

V) Am Rand der Melancholie der abendlichen See setzen sie sich. $s_6 + b + 2$

Sie ist der Stern meines Lebens gewesen! sagte W.

U. zuckt aber bei der Berührung des Namens Treue zusammen. Er ist gar nicht so großartig wie W.

VI) W. knüpft nun an Stern meines Lebens an, führt es fort. Nach $s_6 + b + 2$ u. C-10.

Nach $s_6 + b + 2$: Nun geht sie in Nacht unter, was wird aus mir werden? Er hat in diesem Augenblick diese Wichtignehmerei seiner selbst, die sie in der Jugend hatten. Er geht aus sich heraus: Ich bin an einem kritischen Punkt. Du kannst dir nicht vorstellen, was ich in dem letzten Jahr gekämpft und gelitten habe. Schließlich ist doch mein ganzes Leben ein Kampf gewesen. Man hat sich geschlagen wie ein Toller | Tag u Nacht mit dem Degen in der Faust geschlagen | Aber hat es einen Zweck? Ich glaube, daß ich jetzt so weit gekommen wäre, wirklich der sein zu können, der ich sein wollte; aber hat es einen Sinn? Glaubst du denn, daß wir in der heutigen Zeit irgendetwas von dem rein verwirklichen könnten, was wir als junge Leute gewollt haben?

U. saß da, in einem dunkelblauen Fischerwollsweater, er war abgemagert, u. die Breite seiner Schultern trat dadurch noch mehr hervor u. die sehnige Kraft seiner Arme, die er vorgebeugt auf die Knie gelegt hatte, – u. er hätte am liebsten geheult bei dieser abendlichen Kameradschaft. Finster erwiderte er: Erzähl mir nichts von deinen Siegen. Du bist unterlegen u willst dich endlich ohne Scham übergeben. Du bist jetzt Anfang dreißig Und mit 40 Jahren ist jeder erledigt. Und mit 50 sieht er sich in einem befriedigenden Leben u. wird noch dazu bald alle Plagen hinter sich haben. Es geht nur denen gut, die unterkriechen und sich anpassen! Das ist alle Weisheit des Lebens! (nach C-10) Denen, die unterliegen, ist das bessere Teil beschieden! Und nichts ist schlimmer als Alleinsein!

Er war niedergeschlagen. Seine Grobheit behinderte W. nicht, es zu bemerken.

VII) Die eigentümliche Stimmung: ein schwacher u ein starker Mensch .. L 48, 49; NR 34, 19. I u. in Fortsetzung nach $s_6 + b + 2$

W. erzählt von der Bekanntschaft mit dem in seiner Nähe wohnenden Ministerialrat u. seiner Aussicht auf eine Ministerialkarriere (Er hat einen letzten gefunden, dem er Eindruck macht. Der MR. erzählt ihm, daß er ihn schon lange beobachtet habe usw)

Zu I) U. ist verzweifelt. Es ist nur eine Schwäche von ihm gewesen, daß er sich mit Cl. abgegeben hat. Sie wäre vorbeigegangen, vielleicht schon in einem Tag, u es wäre noch alles möglich gewesen. Aber er fühlt, daß Ag. die richtige Entscheidung gewählt u. dem Unvermeidlichen vorgegriffen hat.

Ag's. Zettel fängt an: Gel – Sie hat es nicht zu Ende geschrieben. Inhalt vielleicht: Südseeinsel. Unwillkürlich angeknüpft an Insel. Sua in II R Fr

Zu VI oder VII) U. hat den Impuls, W. den Hals abzudrehen. Aber es gibt einsamere Inseln, wo man das nicht tun kann, ohne entdeckt zu werden. In die gedehnte Süße der letzten Zeit strömt dieser Hang zur Gewalt u. rohen Tat wie die Natur ein.

Zu II) u ev das ↑ dazu: W. bittet ihn, ihm behilflich zu sein, Cl. in ein Sanatorium zu bringen. U. lehnt brüsk ab. Er will noch einen Tag allein an der Stelle zubringen, wo er u Ag .. Läßt W. an S. telegrafieren, fährt aber nicht selbst mit dem Telegramm ins Hotel; W. muß es tun, oder sie schicken einen Boten.

Zum Ganzen: Es ist noch zu suchen der Hauptvorwurf W's. gegen U.

Zu IV) ist beizuziehn II$_V$ Cl VII/III nach II R Fr 23,2) (Ich könnte Cl. nicht verbieten, Mg. oder dich zu lieben. – Vielleicht doch! – Ev: Leibdichter) (Den Unterschied zw. gesund u krank findet man nicht am Wesensgrund)

Zu VII) Wenn W. erzählt: Ich werde jetzt das u das tun, so rinnen ihm doch von Zeit zu Zeit die Tränen herunter.

Orange Mpe Cl. Was W. S 1 über negative Empfindungen sagt, kann U. erinnern u reizen. Dann spricht W. von Eifersucht. Das knüpft ans Gegebene an, ist aber – retrospektiv – zugleich eine Abrechnung. Auch S 3 ab: Warum erlaubst du Cl. dann nicht, mich zu lieben? Weil du mich nicht magst! Ist eine mögliche Einkleidung *zur Abrechnung. Diese aber?* Das Dazugehörige: Worauf u warum ist man denn eigentlich eifersüchtig?! Fällt im Ton aus der hier geplanten Szene heraus. Es ließe aber 2 Anknüpfungen zu: 1) U. macht sich Gedanken wegen Ags. Zukunft. Es wird ihn auch noch weiterhin Eifersucht plagen, u was er sagt, ist höhere Einsicht, die er sich gleichsam vorsagt. Aber dieser Gedanke findet seine Vollendung ja doch im aZ-Kreis u. ist also im Augenblick schmerzlich halbwahr u. untersagt. 2) Eifersucht ist auch die Abneigung der Menschen gegeneinander u. der Nationen. Dem stellt es eine zur Verträglichkeit führende Überlegung entgegen. Dem Sinn nach ungefähr: Wetteifer statt Eifersucht auf die albernen Zufälle, die uns aufbaun. Mit dem Gipfel: Wir sind alle nichts! – Das wäre ungefähr der Stimmungsschluß, mit dem er ins Leben zurückkehrt.

Ist an den Hauptproblemen zu prüfen.

Daraus 2 Fragen gezogen: 1) Worin besteht die Abrechnung W's. mit U?   20. I. 1936.
2) Soll das Gespräch über Eifersucht allgem. Bedeutung haben?

Vorderhand beantwortet NR 34 S 4, 20. I.

Das ergibt eine in IV) ff einzuarbeitende Ergänzung der Gesprächsführung, u. zw. als Hauptproblem. Mündet in die Fragen: Selbstmord oder Werk. Werk und Menschheitszuversicht. Theoretiker im Verhältnis zur Gegenwart. Das bestimmt U's. Schicksal, u. er entscheidet später für Selbstmord – Krieg.

Das hängt nun aber aufs engste zusammen mit den Kapiteln: Museum, Krisis, Aussprache mit Ah., ev. letzte Aussprache mit W. u. mit Gn. Ferners mit den Problemen Ahnen – Glauben u. M. o E – Tat. – Zusammenstellung begonnen: NR 33, 20. I.

Nachtrag zur Aussprache: NR 12 S 1 sieht vor: U. zieht das Fazit seiner Entwicklung.

    „   „   „ I_{761} hat U. zu D. gesagt. Es ist schwer   28. I. in der Welt das Richtige zu fühlen; ganz entgegen dem allg. Vorurteil, gehört beinahe Pedanterie dazu. Wären die Menschen sachlich, so wären sie unpersönlich u dann wären sie auch ganz Liebe: Von hier ließe sich die Eifersuchtsfrage anfassen!

Schm. Werden eines Tatmenschen (LF) $\ddot{U}_6 - s + 1$

Titel: Rückkehr in eine verlassene Welt / LF als Weltbote / Begegnung mit einem Boten der verlassenen Welt / Botschaft aus einer verl. W.

s. Sch. Auf b. S 3. Ev. U. trifft ihn schon im Zug. Telegramme aufgebend. LF. orientiert ihn über alles u erzählt ihm von sich alles. Jetzt gedacht als 1tes U Kapitel nach Reise Vgl. s + 2, a)

Durch den Zug gehend, bemerkte U. ein bekanntes Gesicht, hielt an und kam darauf, daß es L F sei, der allein in einem Abteil saß und in einem Stoß dünner Papiere blätterte, den er in der Hand hielt. Den Zwicker weit vorn auf der Nase, mit den rötlich blonden Favorits wie ein Lord der Sechziger Jahre aussehend. Er war so bedürftig nach Teilnahme am alltäglichen Leben, daß er fast mit Freude seinen alten Bekannten begrüßte, den er monatelang nicht gesehen hatte.

F fragte ihn, von wo er komme.

«Aus dem Süden» erwiderte U. unbestimmt.

«Man hat Sie lange nicht gesehn» sagte F. bekümmert. «Sie haben Unannehmlichkeiten gehabt, nicht?»

«Inwiefern?»

«Ich meine nur so. In Ihrer Stellung bei der Aktion denk ich.»

«Ich bin doch nie zu ihr in einer Beziehung gestanden, die man eine Stellung nennen könnte» wandte U. etwas entrüstet ein.

«Eines Tags sind Sie verschwunden» sagte F. «Niemand hat gewußt, wo Sie sind. Ich habe daraus geschlossen, daß Sie Unannehmlichkeiten hatten.»

«Bis auf diesen Irrtum sind Sie auffallend gut unterrichtet: Wieso?» fragte U. lachend.

«Ich hab Sie doch gesucht wie eine Spennadel. Schwere Zeiten, böse Geschichten, mein Lieber» antwortete F seufzend. «Der General hat nicht gewußt, wo Sie sind, Ihre Kusine hat nicht gewußt, wo Sie sind, u. Ihre Post haben Sie sich nicht nachkommen lassen, wie man mir gesagt hat. Haben Sie einen Brief von Gerda bekommen?»

«Empfangen nicht. Vielleicht finde ich ihn zu Hause vor. Ist etwas mit Gerda?»

Direktor F. antwortete nicht; der Schaffner war vorbeigegangen, und er winkte ihn herein, um ihm einige Telegramme mit dem Ersuchen zu übergeben, daß er sie in der nächsten Station absende.

Jetzt erst bemerkte U., daß F. erster Klasse fuhr, was er nicht von ihm erwartet hätte.

«Seit wann verkehren Sie mit meiner Kusine und dem General?» fragte er.

F. sah ihn nachdenklich an. Er verstand offenbar nicht gleich diese Frage. «Ja, so» sagte er danach «Ich glaube, da waren Sie noch gar nicht abgereist. Ihre Kusine hat mich wegen einer Geschäftsangelegenheit konsultiert, und durch sie habe ich den General kennen gelernt, den ich damals noch wegen H S. um etwas ersuchen wollte. Sie wissen doch, daß sich H. erschossen hat?»

U. fuhr unwillkürlich hoch.

«Ist sogar in einigen Zeitungen gestanden» bekräftigte F. «War eingerückt zum Einjährigendienst beim Militär und hat sich nach einigen Wochen erschossen.»

«Ja, weshalb denn?»

«Weiß Gott! Ehrlich gestanden, er hätte sich ebenso gut auch schon früher erschießen können. Immer hätte er sich erschießen können. Er ist ein Narr gewesen. Aber ich habe ihn zum Schluß ganz gern gehabt. Sie werden es nicht glauben, aber mir hat sogar sein Antisemitismus und sein Schimpfen auf die Bankdirektoren gefallen.»

«Hat es zwischen ihm u. Gerda etwas gegeben?»

«Großen Krach» bestätigte F. «Aber das ist es nicht allein gewesen. Hören Sie: Sie haben mir gefehlt. Ich habe Sie gesucht. Wenn ich mit Ihnen rede, habe ich nicht das Gefühl, es mit einem vernünftigen Menschen zu tun [zu haben], sondern mit einem Philosophen. Was Sie sagen – erlauben Sie einem alten Freund, das zu bemerken – hat nie Hand und Fuß, aber es hat Herz und Kopf! Also was sagen Sie dazu, daß sich H S. erschossen hat?»

«Haben Sie mich darum gesucht?»

«Nein, nicht deswegen. Wegen Geschäften u. wegen dem Gn. u Ah, mit denen Sie befreundet sind. Wie Sie mich hier sehen, bin ich nicht mehr in der Lloyd-Bank, sondern bin ein eigener Mann geworden. Ein großes Wort, sage ich Ihnen! Ich habe große Unannehmlichkeiten gehabt, aber jetzt geht es mir, Gott sei Dank, glänzend –»

«Unannehmlichkeiten nennen Sie, wenn ich nicht irre, daß man seine Stellung verliert?»

«Ja; ich habe meine Stellung bei der Lloyd Bank Gott sei Dank verloren; sonst wäre ich heute noch Prokurist mit dem Titel eines Direktors und bliebe es, bis man mich in Pension schickte. Als ich das aufgeben habe müssen, hat meine Frau die Scheidung gegen mich eingeleitet –»

«Was Sie sagen! Sie haben wirklich viel Neues zu erzählen!»

«Tir!(Ts!)» machte F. «Wir wohnen nicht mehr in unserer alten Wohnung. Meine Frau ist für die Dauer der Scheidung zu ihrem Bruder gezogen–» Er holte eine Visitekarte hervor «Und das ist meine Adresse. Ich hoffe, Sie besuchen mich bald» Auf der Karte las U. einige jener vieldeutigen Titel wie «Import u Export» und «Transeuropäische Waren- u Geldverkehrsgesellschaft» u. eine vornehme Anschrift. «Sie können sich nicht vorstellen, wie man von selbst aufsteigt» erklärte ihm F. «wenn bloß einmal alle diese Gewichte wie Familie und Beamtenstellung, vornehme Verwandtschaft der Frau u. die Verantwortung vor den großen Menschheitsgeistern von einem genommen werden! Ich bin in wenigen Wochen ein einflußreicher Mann geworden. Auch ein wohlhabender Mann. Vielleicht werde ich übermorgen wieder nichts haben, aber vielleicht auch noch viel mehr!»

«Was sind Sie jetzt eigentlich ?»

«Das kann man einem Außenstehenden nicht so mir nichts, dir nichts erklären. Ich mache Geschäfte. Warengeschäfte, Geldgeschäfte, politische Geschäfte, künstlerische Geschäfte. Die Hauptsache ist bei jedem Geschäft, daß man sich im rechten Augenblick davon zurückzieht; dann kann man nie daran verlieren –» Wie nur je in alten Zeiten schien es L F. Freude zu bereiten, sein Tun mit «Philosophie» zu begleiten u. U. hörte ihm neugierig zu: «. .

– Philosophie des Geldes
des freien Manns u. ä –

Dann U: ∼ «Bei alledem ist es mir aber auch wichtig zu erfahren, was Ge. zum Selbstmord von Hans gesagt hat.»

«Daß ich ihn ermordet hätte, behauptet sie! Dabei waren sie schon vorher ganz auseinandergekommen.»

Vgl. II$_{VII}$ Fr 1, S 4 Kap 3 HS. wird – via Gf L – als p.u. bezeichnet. Oder ähnl. zu Erziehungszwecken wegen Heirat. Militär erzieht, ich kann keinen Phantasten als Schwiegersohn brauchen Gott, ich wäre schließlich vielleicht auch anders gewesen!

Ge wohnt weder bei Vater noch bei Mutter, sucht aber den Vater von Zeit zu Zeit auf, um sich Geld zu holen zur Aushilfe in ihrer Selbständigkeit. Nimmt aber nie zuviel. Sie wird den Vater auch diesmal am Bahnhof erwarten.

Sind Sie wegen der Unsicherheit zurückgekehrt ?
U. hat keine Zeitungen gelesen.
(Sch. Aufb S 3)

Ganz zum Schluß – Lesen Sie denn keine Zeitungen ?! U. hat 3 oder mehr Wochen lang keine gelesen – erfährt er, daß Krieg droht.
Ist das möglich ? LF. über Krieg u ä. (Auch über Gn. u D)

Am Bahnhof ist wirklich Ge. u es erscheint allen natürlich, daß sie U. begleitet. Wagenfahrt. Der schlanke Körper. So viel dünner als der Ags u weicher als der von Cl. – In der Wohnung burschikose Erzählung von der Karriere des Vaters. Sie hat wohl die Geschichte von HS. halb überwunden.

Ungewiß, wo u wie diese Geschichte zu erzählen ist; denn sie sollte selbständig eingeschaltet werden. Ev. zwischen Reise. Es ist gleichgültig – wenn es vergessen worden sein sollte – wer HS. ist

Ge. besieht das Schlafzimmer. Wie wird sie mit dieser Geschichte fertig ?

Vermutlich: 1 Reise Kapitel 1 HS Kap. 1 Kap. Ge-U. Irgendwo der Brief 1 Kap. Ge-LF (ev. Einleitung zur letzten Sitzung)

Nachtrag: Wenn LF. hier oder später die Kaufmanns-Gewalt-Steinbautheorie repräsentieren oder aussprechen sollte, so vgl. daß vieles von ihr schon I$_{106}$ (808 ff) gesagt ist.   28. I. $\overline{36}$.
Nachtrag: Vgl. auch II$_{553}$ 29. I.

$Ü_6$ s + 2)

(U u Ge.)
Titel: Politisch unverläßlich
(Was auch mitbedeutend sein soll)

a) U. trifft LF im Zug Beginn des Entwurfs: Schm. Werden eines Tatmenschen (s + 1)
Er erfährt über LF, Ge, D, // .. u schließlich HS's. Selbstmord.
b) Er trifft Ge. am Bahnhof. Sie steigt mit Einverständnis des Vaters in seinen Wagen Nun ist – ehe es in der Wohnung zu der II$_V$ 9 ~ skizzierten Aussprache kommt – HS. einzuschalten, u zw. schon darum, weil ohne diese Folie Ges. Verhalten an Eindringlichkeit verlöre; HS. umfaßt aber das Material von 3 Kapiteln! Allerdings haben diese viele Beziehungen zur zeitlichen Situation; doch platzt zuviel von der Familie F. herein, als ob das die Hauptsache wäre.
Ich will versuchsweise einen Teil einschalten, bzw. so viel als möglich. Das ergibt:
α) Ge. fährt mit. Der schlanke Körper – nach Sch. Tatmensch, S 3

Sie schweigt. Teils ist es das bange neben U. Sitzen, teils der Vorsatz, wie sie später loslegen will, was in diese Lage im Wagen nicht paßt.

Erinnert an Fahrt mit Bo. Damals war U. von einem dieser niedergeschlagen worden, die jetzt ein Volk waren.

«Wundern Sie sich nicht darüber, daß ich mit Ihnen fahre?»
«Ich bin viel zu müde, um mich über irgendetwas zu wundern.»
Schweigen, der schlanke Körper usw.
β) Er denkt an HS. Er hat plötzlich Sympathie für ihn. Ein Kopf, der nicht richtig denken konnte, trotzdem an nichts anderem gescheitert ist als sein eigener besserer Kopf!
Die Sympathie läßt ihn sehen. Schließt ihm Bilder auf. Er meinte es lebendig genau zu sehen.

Jetzt vielleicht HS. halb freiwillig das Militär erleben lassen. (Oder so in U's Gedanken)

γ) HS. mußte Marsch-Eins üben ... II VII, m
Daraus allgemein: Weltzweck, beschossen zu werden.
Der Mensch hat keine persönliche Zeichnung auf diesen Bildern, sondern ist Zielfläche. Es wird niemals wieder etwas so Überflüssiges geben wie persönliche Zeichnung. Soll man den Menschen niemals als Zielfläche behandeln dürfen? Aber die Versuchung ist ungeheuer groß, wenn er so leicht dieses Aussehen annimmt. U. unterlegt H. seine eigenen Empfindungen: Dämonie dieser Zeichnungen, das grausame gutmütige Gesicht des Korporals!
Das urzeitliche Gefühl, einem fremden Stamm in die Hände gefallen zu sein Die Offze. als Götter dieses Stamms – Plötzlich fragt er: «Warum ist H. besonders schlecht behandelt worden?
Er ist als p u. zum Militär gekommen – antwortete Ge u sprach die fremde, aus der Welt der staatl. Verwaltungsbüros stammende Abkürzung knapp u sachlich aus.
Er hat doch nie etwas anderes als harmlose Dummheiten geredet – fragte U – Wie ist es um Himmelswillen zu dieser amtlichen Verfehmung gekommen?
Papa – sagte Ge. kurz.
Unvorstellbar! Papa ist doch nicht rachsüchtig?
Und dein Graf, deine Kusine, dein General!
Trotz seiner Anteilnahme an HS's. Schicksal hörte U. mehr auf dieses «Du» als auf die kalt vorgebrachte Beschuldigung. Dieses schlanke Weibsbild an seiner Seite schien ihm das «Dein» wie eine Handschelle anlegen zu wollen.

So soll es auch wirken! Man soll glauben, daß es zw. Ge. u ihm zu etwas kommen wird. Statt dessen ist es dann D.

Sie haben es ihm eingebrockt! läßt Ge. ohne Tonfall vernehmen
Niederträchtig! sagte U.
Inwiefern ich?
Nicht du! Deine Freunde!
δ) InWahrheit hatte es sich so zugetragen:
HS. war schon vor fast einem Jahr, im Herbst, kurz ehe U. ihn kennen lernte einberufen gewesen, um sein Militärjahr abzudienen, nach wenigen Tagen aber auf unbestimmte Zeit entlassen worden, weil seine Mutter der Stütze durch seinen geringen Verdienst beraubt war und wohlmeinende Freunde sich ins Mittel legten. Er hatte seither nie mehr ans Militär gedacht, aber zu einer gänzlich ungewöhnlichen Zeit, Mitte Juni (Juli) wurde er ohne Angabe von Gründen wieder eingezogen und einer nachträglichen Ausbildung einzeln u allein unterworfen, was in der Geschichte der kuk. Armee vielleicht zum erstenmal seit Beginn der Zeiten vorkam. Es mag sein, daß ein Formfehler irgendeinem Kanzleikorporal unterlaufen war, begangen durch die automatische Einberufung nach unbeachteter Überschreitung oder einfach nach Ablauf der Zeit, für die er zurückgestellt gewesen; es mag sein, daß sich dieser Fehler zu einem ersten hinzuschlich, der schon daraus bestanden hatte, daß man den Enthobenen nicht bis zur alljährlichen Einberufung im Herbst, sondern für eine begrenzte Zahl von Monaten nach Hause geschickt hatte: jedenfalls wären diese Fehler so rasch wie möglich wieder gutgemacht worden, denn der zur Unzeit zum Militär Gekommene bedeutete für sein Rgt keine geringere Verlegenheit als dieses für ihn. Ulrich, der diese Angaben doch nach und nach von seiner Nachbarin erfahren hatte, überlegte, daß es schon die Zeit der Truppenübungen in großen Verbänden, zumindest die der Rgts-übungen gewesen sein müsse und daß man den «Zivilisten» nicht gut auf diesen Kriegspfaden habe mit sich schleppen können.

Ein einsichtiger Rgtskmdt. hätte den Burschen denn auch gewiß spazierengehen lassen u. den Antrag gestellt, ihn bis zum Herbst wieder nach Hause zu schicken, bis die Anfrage, was mit ihm zu geschehen habe u. welche Absichten die Weisheit des KM. zu dieser unzeitgemäßen Einberufung bewogen hätten, eindeutig beschieden gewesen wäre; wäre nicht zugleich mit HS. ein Dienststück der Zivilbehörden zum Militär gekommen, das ihn als «pol. unverläßl.» bezeichnete, eben jenes «p u», von dem Ge. fachlich berichtet hatte u womit man in Kknien staatsfeindliche Individuen kennzeichnete / brandmarkte / PU – das hieß: Er darf niemals Offz. werden; gebt Obacht auf ihn und den zersetzenden Einfluß, den er auf andere ausüben kann; sucht ihn, wenn es geht, zu bessern und behandelt ihn streng und gerecht. Und da die Gerechtigkeit beim Militär streng ist und die Strenge gerecht und ein Rgtskdo. keine Einsicht in die Gerechtigkeit des KM. hat, so bedeutete das letztere Strenge und abermals Strenge. Auf keinen Fall konnten HS. die Erleichterungen zugebilligt werden, die er sonst genossen hätte.

ε) H.S. wußte nicht, wer u was ihm diesen Leumund eingetragen hatte . . . m, S 2 f . . . ein Feind des Kriegs, des Militärs, der Religion, der Habsburger, des Staates i a. u Österreichs im besonderen zu sein, verdächtig großdeutscher Machenschaften . . Geheimbündlerei Umsturzes der Staatsordnung.

ζ) Mit allen diesen Verbrechen verhielt es sich aber beim Militär in Kknien so, . . . ib . . .

Anm. zu ε u ζ: Beachte, daß Pu. auch symbol. Bedeutung haben soll, wovon noch kaum Gebrauch gemacht worden ist.

Was bisher anklang, ist: Behördenapparat kontra Mensch wie schon oft, u sogar flüchtiger im Witz als früher. → Später kann ihm als eine geringe gewisse Vertiefung entsprechen: Die Staatsmaschine geht durch. [NR 33 S 2 → L 64 → L 16]

→ Ein wenig klingt auch an: *Gute Menschen können eine böse Gemeinschaft bilden.* NR 33 S 3 → II R Fr 26 S 7 *bzw. das könnte hier in einem Exempel u ohne Theorie vorgearbeitet werden. Ist also einzuarbeiten*

Etwas, was als fraglich noch im Verhalten des Staats u seiner Exponenten geg HS. anklingt, ist: das Verhalten gealterter Staaten, also zum Hauptthema Kkniens Untergang gehörend. Stellen: Mpe // usw., Konv. Zu L 36, Blatt .,:; L 64, S 8. *Zur Behandlung des Sozialen im Beisp. Kkniens ist die ganze Mappe zu exzerptieren. Auch II R Fr 5 u.a.*

ζ) weiterhin. Und wie es einstweilen ideologisch dasteht:

Alle Reserveoffze. waren p u. Großdeutsch oder großslawisch oder italienisch usw.

→ (Auf nationalistische Weise heißt das, sich über die Gegenwart hinaus sehnen) Eigentlich ist das II R Fr 26 S 1u. u. 22 S 5: Verlangen nach fester Geisteshaltung u. aktiv gutem Gewissen; Krieg erster Versuch → Man will glauben.

Patriotismus war in Kknien. auf Hoflieferanten beschränkt.

→ Überzeugung ist identisch mit Glück. Die Zeit sucht Überzeugung → Eingeistigkeit Nach der polit. Überzeugung (Bolsch. Ns.), die irgendwann aufhört, Glück zu geben, kommt aber wieder die Zeit des reellen Suchens II R Fr 22, S 2 → AE 24: Kknien ist eine Phase zurück u vor. Vgl. II R Fr 1 Blge 8

Auch die aktiven Offze. waren nicht frei von den Vorwürfen, die eine unbekannte Behörde gegen HS. erhob. Sie waren antidemokra-

tisch, latent revolutionär. Vor Patriotism. wurde ihnen übel. Religion nahmen sie nicht ernst. Bewunderten den deutschen Militarismus.
→ Vgl. Offiziersmentalität 52.

Ganz unter sich nahmen sie es nicht einmal übel, wenn jemand ein Feind des Militärs war.

Trotzdem haben sie im Krieg mit Begeisterung ihre Schuldigkeit getan.

η) Im Text als Begründung: Man denkt immer anders, als man handelt. Am Rand: Krieg u Frieden, das sind 2 ganz verschiedene Zustände, was noch nicht deutlich genug verstanden wird.

Es gibt Menschen, die origineller im Denken, u. solche, die es im Handeln sind.

Im Ganzen: Es gibt 2 Arten von Gedanken: die Gedanken, die man im Kopf hat, u die Gedanken, die außerhalb jedes deponiert sind. (Text sagt es nicht gut) Zielt auf: Häuser strahlen Gedanken aus. Wiederholt aber eigentlich das bei Meinung Gesagte. Dritte Gehirnhälfte, deren Ausmaß nicht richtig geschätzt wird. Darunter sind die *Reservegedanken*, die so in Depot aufbewahrt werden wie die Uniformen für die Kriegszeit. Plötzlich fühlt man sie wieder. Glocken, Zeitungston. Es wird auf Wortgespenster zurückgegriffen. Der Geist tritt ausgerüstet u behangen mit Vergessenem an.

U. fühlt es an der Stimmung der Straßen.

→ Das hat eine indirekte Forts. u Steigerung in dem mystischen Gefühl bei Mob.

Läßt anhalten u kauft ein paar Zeitungen. Entschuldigt sich bei Ge. Vielleicht wechseln sie ein paar Worte über die Lage.

ϑ) Zwischen dieses Mißverständnis der persönlichen u allgemeinen, d er lebendigen u Reservegrundsätze war HS. geraten.

U. kann es sich gut vorstellen. Und auch den Narren, der noch weniger Kraft hatte als er selbst.

Durch pu. war er aus dem Privaten herausgehoben u zum Gegenstand des öffentlichen Denkens gemacht.

Die allgemeinen Gefühle sind ihm zugewandt, die den Vorgesetzten selbst Verdruß bereiten u zur Zügellosigkeit neigen (weil sie nicht in die eingeübte persönliche Reputation verflochten sind)

Er wurde nicht mißhandelt, aber ohne ausgleichendes Wohlwollen vorschriftsmäßig behandelt. Durch seine Abwesenheit wirken die Gebäude usw. fürchterlich. Kalte Auskristallisation des Gemeinschaftsgeistes, des Geistes der Öffentlichkeit udgl.

Füge hinzu: Während alle ergriffen zu sein scheinen, sieht U. diese Seite, den schon wieder albisch gewordenen aufgerührten Geist.

ι) HS's. Geist hat alle Kräfte verloren, seit man ihm eine Militärmütze aufs Haupt gesetzt hat. Die Welt des Geistes verblaßt zu einem
Gespenst, wo 1000 Menschen kaserniert sind (wenn sie auch nicht da
sind)

ϰ) Auf Befragen erzählt Ge mit eigentümlicher Gleichgültigkeit:
Sei aus dem Haus gegangen? Bei der Mutter eines seiner Freunde?
Fraglich, ob hier

Sah ihn selten. Hat ihn einigemal nach dem Dienst abgeholt, er
war aber nicht mehr er selbst.

Er wich ihr in letzter Zeit aus. Trank. Trieb sich mit Soldaten umher

Mein Inneres ist jetzt nichts als das Futter eines Militärmantels –
hatte er einmal gesagt – u es macht mich neugierig, wie ich mich darin
bewege.

λ) Füge hinzu: Über den Selbstmord sagte sie aus eigenem kein Wort.
Stellenweise hatte U. dieses Mädchen beinahe vergessen.

Als der Wagen anhielt sagte sie: «Warum sprechen Sie kein Wort?!»,
ging rasch die Treppe hinauf u streifte im Gehen ihren Hut ab . .

Nachtrag: HS. hat die militante Strömung des «Zeitgeistes» ver-
treten. II$_{558}$ Vgl. auch II$_{568}$ 29. I $\overline{36}$

$\ddot{U}_6$ s + 3

Ge bei U.

Unmittelbarer Anschluß an s + 2), λ

Inhalt: Burschikose Erzählung von der Karriere des Vaters. Sie hat
die Geschichte mit HS. anscheinend überwunden. – Besieht dann das
Schlafzimmer. Wie wird sie mit dieser Geschichte fertig? s + 1) S 3

Hereinnehmen, was von Kriegsdrohung usw. noch zu sagen ist,
d.h. nicht von LF. gesagt worden. Das veranlaßt U., während ihrer
Anwesenheit oder nach ihrem Gehen, dem Gn. zu telefonieren.

Dazu Ge u der Krieg: Krankenpflegerinnenabsicht; vielleicht auch
darum mit U. gegangen, damit er ihr durch Gn. die Möglichkeit verschafft. Die junge Generation hat das Gefühl: Der Krieg ist für uns da,
damit wir zu Tätigkeit u Wichtigkeit kommen; eine neue Zeit beginnt.
Manchmal sind ja gerade junge Menschen beklommen (U. sagt: Mit
30 Jahren ist man tapferer als mit 20, weil man weiß, das Leben bietet
nur noch diesen Ausweg od. ähnl.), aber sie haben unrecht, sind lasch.

Als Grundlage die Erzählung der Familiengeschichte: Papa war pleite! . . nach II$_V$ 9. Ist kurz u verträgt Ergänzungen. LF u die Tänzerin?

Vergiß nicht: Ge's Du u ähnl. aus s + 2

Schm. 2 Kapitel D – U

D. fragt U. nach Ag. «Es war doch nicht bloß so ganz einfach zwischen Ihnen?» Er wieder fragt sie nach Ah.

Was ist Schicksal? s. B 82 in II VIII im übrigen ist die Antwort zu suchen. Jedenfalls hatten U u Ag. Schicksal. Schicksal haben (der Nation wie des Einzelnen) hängt aber auch mit Maskierung haben zusammen. Darum dieses Gespräch beim Gartenfest.

/ Im Gartenhaus schläft man natürlich nicht. U. läßt sich den Schlüssel zu einer Gartentür geben, holt einen Wagen. D. Abendmantel über Uniform. Im Wagen legt er seine Hand auf ihren Schenkel. D: ...! U: Sie wären nicht so streng, wenn Sie wüßten, wie unglücklich ich bin. So etwas rührt sie.

Sie erzählt, hier oder früher, Tzi sagt: Krieg. U: So etwas kann ich mir gar nicht vorstellen. D: Solange geredet, bis .. U. Dann bestünde ja auch Hoffnung vom Unfaßbaren solange zu reden, bis .. In Serbien, Patrioten, Leute, die von unserer Kultur nichts wissen wollen, die heroisch sind .. U: Ein Rückfall in den Vor-Heroismus? Möglich. (Perspektive nach vorn!)

Im Garten: Journalisten halten sich an ihn, vor dem sie weniger Scheu haben. / (Ah. weiß, daß zwischen D u U etwas vorgeht. L 75 → α₂, L 9 → L 29)

Mimetus des Coit. weckt Eifersuchtsvorstellungen II VII KG Konv. → L 2 → B 190

Ein Grund, warum U. nicht bis ans Ende geht.

Vgl. L 29 Jagd, Szene mit D.

NR 12: Hauptstelle für Ag-Path. in theoretischer Erklärung bzw. Grundtheorien (damit natürlich auch aZ, Ah. D. usw.). Es hat Wahrscheinlichkeit für sich, daß U. am ehesten zu D. der halb Geliebten, halb Gehaßten, davon spricht. Und das Spiel mit der Kleidung gibt eine vorzügliche Begleitung ab.

$$\ddot{U}_6$$

Studie zu D–U–Fest.

Notizen: 14. II 36.

Situativ im gröbsten: Schluß Bl. Sch. Auf b. S 1

Inhaltlich dort vor allem: Übergang von In (Ah) zu Für (Tzi, Österr).

Machtrausch, Wirklichkeitsrausch als Oberbegriff zu Krieg.

S 5: Gespräch über Ah. u Ag. Dazu NR 12, S$_1$ Rd. $\big\}$ nur angezeigt
Gespräch über Ag. Path. in Hosen   ,,

Angefangen (zT Übertragung): Sch. 2 Kapitel D–U in
Schluß Bl.

Fr 2: [. . .] → Mimetus des Coit. soll den Eifersuchtsvorstellungen
Material liefern [. . .]

Hinrichtung am Morgen. Coit. am Abd.

Coit nicht sex. machen; ganz nur Reiz, einen Menschen sichtbar zu
machen

[. . .]

Entwurf II VII ohne Nr. (jetzt Mpe Schluß Bl.) mit   *15. II $\overline{36}$.*
Modifikationen sehr gut brauchbar.

[. . .]

48

Die Sonne scheint auf Gerechte und Ungerechte

Die Sonne scheint mit einunddemselben Gnadenblick auf Gerechte und Ungerechte; aus irgendeinem Grund wäre es Ulrich begreiflicher vorgekommen, wenn sie es mit zweien getan hätte: nacheinander, zuerst auf die Gerechten und dann auf die Ungerechten oder umgekehrt. «Nacheinander ist der Mensch doch auch lebendig und tot, Kind und Erwachsener, er straft und verzeiht so; ja diese Fähigkeit, Widersprechendes bloß nacheinander tun zu können, ließe sich geradezu verwenden, um das Wesen des Persönlichen zu definieren, denn überpersönliche Wesen, wie die Menschheit oder ein Volk oder eine Dorfbewohnerschaft, vermögen ihre Widersprüche nicht nur nacheinander zu begehn, sondern auch nebeneinander und durcheinander. Je höher ein Wesen auf der Leiter der Fähigkeiten stünde, desto tiefer stünde es also auf der Leiter der Moral? Jedenfalls: auf einen Tiger kann man sich verlassen, auf die Menschheit nicht .. !» So sagte Ulrich.

Wäre seine Freundschaft mit Stumm in Blüte gestanden, wie fruchtbar hätten solche Gespräche sein können! Mit Agathe endeten sie immer in einer Bitte, ihre Überflüssigkeit zu entschuldigen, und führten zu neuer vergeblicher Auflehnung. «Es hat keinen Sinn, so zu sprechen» gab er zu und fing von vorne an. «Denn es gibt viele Fragen,» lehrte er «die keinen Sinn haben, und sie sollten immer im Verdacht stehen, wichtig zu sein. Es gibt Fragen von der Art: warum habe ich zwei Ohren, aber nur eine Zunge? oder: weshalb ist der Mensch nur einfach und nicht sechseckig symmetrisch? Sie kommen manchmal geradeswegs aus der Kinderstube oder dem Irrenhaus, aber manchmal erlangen sie später auch wissenschaftliche Ehrbarkeit.» Anders, und doch auch im Grunde gleich, verhält es sich mit der Frage: Warum stirbt der Mensch? Schon in den Schullehrbüchern der Logik steht es als das Muster eines Schlusses: «Alle Menschen sind sterblich. Cajus ist ein Mensch. Also ist Cajus sterblich.» Man kann aber auch eine naturwissenschaftliche Antwort geben, und alle solche Antworten lassen eine solche Frage in einem äußerst vernünftigen Zustand zurück: Jedoch das unvernünftige Anstarren dieser Frage, behauptete Ulrich, eine unverständige, ja völlig schamlose Art von Nichtbegreifenwollen der Natur, sei allein schon beinahe Moral, Philosophie und Dichtung!

Agathe, die aus Natürlichkeit Bequeme, Duldsame, Gedankenkunststücken Abholde, erwiderte: «Die Natur hat keine Moral!»

Ulrich sagte: «Die Natur hat zwei Moralen!»

Agathe sagte: «Es ist mir gleich, wie viele sie hat. Das ist kein Problem. Du willst mich doch bloß beschwätzen und ärgern!»

«Aber es ist eins!» erwiderte Ulrich. «Denn da wir doch sicher das gut nennen, was uns gefällt und was wir vorziehen – das ist nicht Moral, aber es ist ihr Anfang und Ende! – müßte da nicht mit der Zeit das Böse aussterben, so wie die Schlangen und Krankheiten mehr oder minder ausgerottet werden und der Urwald gestorben ist? Warum erhält es sich dann und gedeiht prächtig?»

«Das geht mich nichts an!» erklärte ihm Agathe und verteidigte damit ihre Absicht, das Gespräch nicht ernst zu nehmen, wenn es auf diese Weise geführt werde.

Aber Ulrich erwiderte: «Wir brauchen eben das Böse. Und was dich angeht, ist noch absurder und tiefer! Denn muß es nicht etwas, das schlechter ist als das andere, schon deshalb geben, weil wir nicht wüßten, wohin mit uns, wenn eine unserer Empfindungen so schön wäre wie die andere oder gar jede unserer Handlungen besser als ihre Vorgängerinnen?!»

Agathe blickte auf, denn das war Ernst. Und so geschah es jetzt oft; sie waren in Unsicherheit über den Fortgang ihrer abenteuerlichen Pläne und wichen einer Aussprache aus, weil sie nicht wußten, wie beginnen, aber plötzlich waren sie für einen Teil mitten darin. Ulrich erhielt damals Briefe von Professor Schwung, dem Altersfeind seines verstorbenen Vaters, in denen er bei dem Haupt des verehrten Toten beschworen wurde, dafür zu wirken, daß größere Strenge in die Welt einziehe, und er erhielt Briefe von Professor Hagauer, seinem erbitterten Schwager, in denen er selbst und seine Schwester mit Strenge verdächtigt wurden, daß sie sich eines tief zweifelhaften Verhaltens schuldig machten. Er hatte diese Briefe zuerst ausweichend beantwortet, dann gar nicht mehr; schließlich verlangte Agathe von ihm sogar, daß er sie verbrenne, ohne sie zu öffnen. Sie begründete es damit, daß es unmöglich sei, solche Briefe zu lesen, und das war in dem Zustand, worin sie sich befanden, die Wahrheit. Aber sie ungelesen zu verbrennen und nicht einmal hinzuhören auf das, worüber andere klagten: wie kam es, daß ihr Gewissen davon nicht berührt wurde, obwohl es im übrigen damals so empfindlich war?!

Sie begannen damals zu begreifen, welche zweideutige Rolle die anderen Menschen in ihren Empfindungen spielten. Sie wußten, daß sie nicht mit der Allgemeinheit übereinstimmten; in der tausendfältigen Betriebsamkeit, die Tag und Nacht erfüllt, wäre nicht eine einzige Tätigkeit zu finden gewesen, an der sie mit ganzem Herzen hätten teilnehmen mögen, und wessen sie sich selbst unterfingen, dem konnte nichts so sicher wie Geringschätzung oder Verachtung sein.

Es lag ein merkwürdiger Friede darin. Wahrscheinlich darf man (wohl) sagen, daß ein schlechtes Gewissen, wenn es groß genug ist, beinahe ein noch besseres Ruhekissen bildet als ein gutes Gewissen: Die sich unablässig ausdehnende Nebentätigkeit des Geistes, in der Absicht, aus allem Unrecht, von dem er umgeben und in das er verwickelt ist, ein gutes persönliches Gewissen als Abschluß zu gewinnen, ist dann eingestellt und läßt dem Gemüt eine ungemessene Unabhängigkeit zurück. Eine zarte Einsamkeit, ein himmelhoher Hochmut gossen darum ihren Glanz zuweilen auf die Weltausflüge der Geschwister. Die Welt konnte ihnen ebensowohl neben ihren Gedanken schwerfällig aufgeblasen erscheinen wie ein Fesselballon, den Schwalben umkreisen, als auch durch die Steigerung des Ichzustands zu einem Hintergrund erniedrigt werden, der klein war wie ein Wald am Luftrand. Die bürgerlichen Verpflichtungen klangen bald wie ein roh, bald wie ein fern andringendes Geschrei; sie waren unwichtig, wenn nicht unwirklich. Eine ungeheure Ordnung, die zuletzt nichts als eine ungeheure Absurdität ist, das war die Welt. Alles, was ihnen dagegen in Gedanken begegnete, hatte die gespannte, die hoch-seiltänzerische Natur des Einmal und nicht wieder, und wenn sie davon sprachen, so geschah es in dem Bewußtsein, daß sich nicht ein einziges Wort zweimal gebrauchen lasse, ohne seinen Sinn zu verändern. Ebenso war alles, was ihnen widerfuhr, mit dem Eindruck verknüpft, eine Entdeckung zu sein, die keine Wiederholung zulasse, oder es geschah so zur rechten Gelegenheit, als wäre es zauberisch bestellt worden.

Diese leichte Manie, die ja nichts war als eine äußerst gehobene Form der Teilnahme zweier Menschen aneinander, löste jetzt mitunter die vertiefte Teilnahme, das Versinken in das Beisammensein ab; und auch im Verhältnis zur Welt zeigte sich dieser Wechsel, jedoch so, daß zeitweilig neben der Hoffahrt eine eigentümliche Vertiefung in das Wesen und Weben anderer Menschen und in seinen Anspruch auf Anerkennung und Liebe zu überwiegen begann. Eine maßvolle Erklärung wie die, daß sich darin bloß eine überquellende Stimmung bald freundlich, bald überheblich ausgewirkt hätte, leistete nicht genüge. Denn der Glückliche ist wohl freundlich und möchte das in heiterer Gefälligkeit allen anderen mitteilen, und auch Ulrich oder Agathe wußten sich manchmal von solcher Fröhlichkeit gehoben wie einer, der auf den Schultern getragen wird und allen zuwinkt: doch erschien ihnen diese regsam hinausstrebende Freundlichkeit selbst harmlos neben der, die sich reglos und beinahe unheimlich im Anblick der anderen ihrer bemächtigte, sobald sie der Bereitschaft Raum gaben, die sie «zwei Meilen mit ihnen gehen» genannt hatten. Auch durfte sich Ulrich darüber wundern, daß er sich zwar schon oft im großen den andern Menschen genähert gesehen hätte, wie es eben Theorien und Gefühle mit sich bringen, die ihnen allen gelten; daß es aber jetzt im kleinen, einzeln und zu jedem selbst haltend geschähe, mit jener stillen Unersättlichkeit, die er einmal bei Agathe selbst in den Verdacht gebracht hatte, sie sei eher das Mitgefühlsverlangen einer Natur, die niemals an anderen teilnehme, als die Äußerung sicheren Wohl-wollens. Allerdings erging es jetzt Agathe ähnlich wie ihm: obwohl sie ihr Leben im großen und ganzen ohne Liebe und Haß, bloß mit Gleichgültigkeit, verbracht hatte, fühlte sie dieselbe Hinneigung zu allen, der keine Möglichkeit zu handeln entsprach, ja nicht einmal eine Vorstellung, die dem beinahe beklemmenden Mitempfinden eine ver-ständliche Form gegeben hätte.

Ulrich zergliederte es: «Wenn du magst, kannst du es ebensogut einen verzweiten Egoismus nennen wie eine beginnende Liebe zu allen.»

Agathe scherzte: «Als Liebe ist es im Beginn noch etwas schüchtern.»

Ulrich fuhr fort: «In Wahrheit hat es so wenig mit Egoismus wie mit seinem Gegenteil zu tun. Das sind spätere Begriffe; unentbehrlich erst für entmischte Seelen. In der Eudemischen Ethik heißt es dagegen noch: Die Selbstliebe ist nicht Ichsucht, sondern ein höherer Zustand des Ich, der die Folge hat, daß man auch die anderen auf höhere Weise liebt. Auch wurde vor nicht weniger als zweitausend Jahren an-scheinend eigens für uns der Begriff einer ‹Ziel-Ursache› gebildet, und ist wieder verloren gegangen, die ‹das Geliebte wie den Liebenden› bewegt. Ein unwirklicher Gedanke, und doch wie geschaffen, um das teilnehmende Erkennen des Gefühls von der toten Wahrheit der Ver-nunft zu unterscheiden!»

Er berührte mit den Fingerspitzen ihre Hand, Agathe sah scheu um sich, sie befanden sich in einer der belebtesten Straßen; es mochten sich nicht viele Menschen auf ihr umhertreiben, deren Sorgen bis ins vierte Jahrhundert v. Chr. zurückreichten. «Meinst du nicht, daß wir uns etwas gespenstisch benehmen?» fragte Agathe. Sie sah Frauen in den neuesten Kleidern und Offiziere mit roten, grünen, gelben, blauen Hälsen und Beinen; manch Hals und Bein hielt plötzlich hinter ihr an und drehte sich nach ihr oder einer der anderen Damen um, eine «Avance» erwartend. Ein Lichtstrahl aus den Himmelshöhen der Wahr-heit war auf all das Treiben gefallen, und es sah etwas unsicher aus.

«Ich meine es» sagte Ulrich trocken. «Selbst wenn ich mich geirrt haben sollte.» Denn er erinnerte sich nicht mehr genau an die alte Stelle, die ihm seinerzeit Eindruck gemacht hatte.

Agathe lachte über ihn. «Du bist immer so wahrheitsliebend» spottete sie und bewunderte ihn heimlich.

Aber Ulrich wußte, was ihnen zu suchen befohlen sei, habe mit Wahrheit in gewöhnlichem Sinn so wenig zu tun wie mit Egoismus oder Altruismus. Darum erwiderte er: «Wahrheitsliebe ist eigentlich eine der widerspruchsvollsten Wortbildungen. Denn man kann die Wahrheit auf Gott weiß wieviel Weisen verehren, doch gerade lieben darf man sie nicht. Dann fängt sie zu schweben an. Die Liebe löst die Wahrheit auf wie der Wein die Perle.»

«Lösen sich wirklich Perlen im Wein auf?» fragte Agathe.

«Ich weiß es nicht» räumte Ulrich seufzend ein. «Es ist weit mit mir gekommen. Ich gebrauche bereits Redensarten, von denen ich nicht Rechenschaft geben kann! Ich habe sagen wollen: wer liebt, dem sind Wahrheit und Täuschung gleich geringfügig!»

Diese Beobachtung, daß die Wahrheit durch die Liebe aufgelöst werde – das Gegenteil der kleinmütigeren Behauptung, daß die Liebe keine Wahrheit vertrage! – enthielt nichts Neues. Sobald einem Menschen die Liebe nicht als ein Erlebnis begegnet, sondern als das Leben selbst, mindestens als eine Art des Lebens, begreift er über jede Sache mehrere Wahrheiten. Der ohne Liebe Urteilende nennt es «Ansichten» und «Subjektivität», der Liebende verneint das mit dem Ausspruch des Weisen: «Selbst die einfachsten Worte, wir wissen nicht, was sie bedeuten, außer wir lieben!» Er ist nicht unempfindlich für die Wahrheit, er ist überempfindlich. Er befindet sich in einer Art Enthusiasmus des Denkens, wo sich die Worte bis zum Grund öffnen. Der ohne Liebe Urteilende erklärt das für eine Täuschung, die bloß die Folge lebhafter beteiligten Gefühls sei. Er selbst ist leidenschaftsfrei, und die Wahrheit ist leidenschaftsfrei; das Gefühl ist seiner Wahrheit abträglich, und sie dort zu erwarten, wo etwas «Sache des Gefühls» ist, erscheint ihm als eine ebenso große Verkehrtheit, wie Gerechtigkeit vom Zorn zu fordern. Und doch ist es gerade der allgemeine Gehalt an Sein und Wahrheit, was die Liebe als Erleben der Welt von der Liebe als Erlebnis der Person unterscheidet. In der besonderen Welt der Liebe heben sich die Widersprüche nicht zu nichts auf, sondern sie heben einander in die Höhe. Sie passen sich auch nicht aneinander an, sondern sind im vorhinein Teile einer höheren Einheit, die im Augenblick der Berührung als durchsichtige Wolke aus ihnen aufsteigt. In der Liebe als dem Leben selbst ist also jedes Wort ein Geschehen, und keines ist ein ganzer Begriff, und es ist keine Behauptung notwendig und keine bloß Willkür.

Es ist schwer, davon Rechenschaft zu geben, weil die Sprache der Liebe eine Geheimsprache ist, und in ihrer höchsten Vollendung so schweigsam wie eine Umarmung. Es konnte Ulrich neben Agathe gehn und vor dem Schwarm seiner Gedanken in leuchtender Klarheit die sichere Linie ihres Profils sehen; dann erinnerte er sich vielleicht daran, daß in jeder Begrenzung ein selbstherrliches Glück haust. Es ist anscheinend das Grundglück aller Kunstwerke, aller Schönheit, des

Erdgeformten überhaupt. Es ist aber vielleicht auch die Grundfeindschaft, der Panzer zwischen allen Wesen. Und Agathe blickte von Ulrich fort, in den Menschenstrom hinein, und sie suchte sich vorzustellen, was man sich nicht vorstellen kann, welches Glück es wäre, alle Grenzen aufzuheben. Sie widersprachen in Gedanken einander und hätten auch noch die Seiten des Widerspruchs miteinander tauschen können, da sie doch bald einzeln, bald gemeinsam schon bei früheren Gelegenheiten das eine ebensogut wie das andere empfunden hatten. Sie sprachen aber gar nicht erst darüber. Sie lächelten. Das genügte. Sie errieten sich. Und wenn sie sich falsch errieten, so war das geradeso gut wie richtig. Sagten sie dagegen etwas, das fester zusammenhielt, so empfanden sie es fast als eine Störung. Sie hatten sich schon soviel darüber gesagt. Eine gewisse Trägheit, ja Lähmung des Denkens gehörte zu der stillen Unersättlichkeit, mit der sie jetzt die Menschen betrachteten und in den magischen Kreis einzuschließen suchten, der sie selbst umgab, ebenso wie die flüssige und flüchtige Beweglichkeit zu diesem Denken gehörte. Sie waren wie die zwei Schalen einer sich dem Meere öffnenden Muschel.

Und zuweilen lachten sie einander plötzlich aus.

«Es ist nicht so einfach, als man glauben möchte, seinen Mitmenschen zu lieben wie sich selbst!» seufzte Ulrich dann wieder einmal spöttisch.

Agathe atmete tief auf und schob ihm befriedigt die Schuld daran zu. «Du bist es, der es immer wieder zerstört!» beklagte sie sich.

«Sie sind es! Schau sie dir an!» entgegnete Ulrich. «Schau, wie sie uns ansehn! Sie möchten sich schönstens für unsere solche Liebe bedanken!»

Und in Wahrheit, es brachte schon durch eine Art Beschämung zum Lachen, und nichts ist leider komischer, als die Augen aufzuschlagen, wenn sie noch seelenvoll sind. Agathe lachte also zum voraus. Aber dann erwiderte sie: «Und doch kann das, was wir suchen, nicht weit sein. Manchmal fühlt man an einem Schleier seinen eigenen Atem so heiß wie ein Paar fremder Lippen. So nah kommt mir auch das vor.»

Auch Ulrich sagte: «Und es gibt einen Umstand, der glauben machen könnte, daß wir nicht bloß Einbildungen nachhängen. Denn selbst einen Feind errät man nur, wenn man mit ihm zu empfinden vermag. Also gibt es ein ‹Liebet eure Nächsten› sogar mit dem Nachsatz: damit ihr sie besser zu treffen vermögt! Und ganz allgemein versteht man Menschen niemals vollständig durch Wissen und Beobachten, sondern es bedarf dazu auch einer Art Einverständnisses wie mit sich selbst, man muß ihnen das Verständnis schon entgegenbringen.»

«Ich verstehe sie aber gewöhnlich überhaupt nicht» meinte Agathe und musterte die Leute.

«Du glaubst an sie» entgegnete Ulrich. «Du willst es wenigstens tun. Du ‹schenkst› ihnen Glauben. Das macht es, daß sie dir liebenswert erscheinen.»

«Nein» sagte Agathe. «Ich glaube nicht im geringsten an sie.»

«Nein» sagte auch Ulrich. «Glauben ist auch kein sorgfältiger Ausdruck dafür.»

«Aber wie soll man es denn nun wirklich nennen,» fragte Agathe «wenn man Menschen zu verstehen glaubt, ohne etwas von ihnen zu wissen, und wenn man ihnen eine unwiderstehliche Neigung entgegenbringt, obwohl man beinahe sicher sein kann, daß einem ihre Bekanntschaft mißfiele?!»

«Man lebt gewöhnlich in einer vorsichtigen Balance von Zu- und Abneigung, die man für seine Mitmenschen bereit hat» erwiderte ihr Bruder zögernd. «Wenn nun aus irgendeinem Grund die Abneigung eingeschläfert erscheint, so muß von selbst ein Verlangen nach Hingabe übrig bleiben, das sich mit nichts vergleichen läßt, was man kennt. Es ist aber kein der Wirklichkeit entsprechendes Verhalten mehr.»

«Und du hast so oft gesagt, daß es die Möglichkeit eines anderen Lebens ist!» warf ihm Agathe vor.

«Ein Bewußtsein der Welt, wie sie sein könnte, ist es,» sagte Ulrich «durchkreuzt von einem Bewußtsein der Welt, wie sie ist!»

«Nein, das ist zu wenig!» rief Agathe aus.

«Ich kann doch nicht sagen, daß ich diese Menschen wirklich liebe» verteidigte sich Ulrich. «Oder daß ich die wirklichen Menschen liebe. Wirklich sind diese Menschen in Uniform und Zivil; das ist das Maß, also ist unser Verhalten unwirklich!»

«Untereinander halten gerade sie es aber ebenso!» versetzte Agathe und war im Angriff. «Denn sie lieben einander nicht wirklich oder lieben nicht wirklich einander, genau so, wie du es von unsrer Beziehung zu ihnen behauptest: Ihre Wirklichkeit besteht zum Teil aus Einbildungen, und warum soll das dann gerade die unsere entehren?!»

«Du denkst heute so anstrengend scharf!» verwahrte sich Ulrich lachend.

«Ich bin so traurig» erwiderte Agathe. «Alles ist so ungewiß. Es zieht sich scheinbar zusammen und dehnt sich wieder endlos aus. Es erlaubt nichts zu tun, und die Untätigkeit ist auch unerträglich, weil sie eigentlich nach allen Richtungen gegen geschlossene Wände drängt . . .»

Und so oder ähnlich brach die Beschäftigung der Geschwister mit ihrer Umgebung noch immer ab. Die Teilnahme blieb ungegliedert; es gab nirgends eine Übereinstimmung in Meinung oder Tun, worin sie sich ausdrücken hätte können; das Empfinden wurde umso größer, je weniger es eine Handlungsweise fand, die ihm entsprach; und auch die Lust am Widerspruch meldete sich: Die Sonne schien auf Gerechte

und Ungerechte, aber Ulrich fand, man solle besser sagen, auf Unge-
trennte und Nichtvereinte; als den eigentlichen Ursprung von der
Menschen Bös- wie Gutsein.

Dieser Meinung schloß sich auch Agathe an. «Ich bin immer so
traurig, wenn wir über uns lachen müssen» wiederholte sie und lachte,
weil ihr zu allem noch ein alter Spruch eingefallen war, der sich nun
ganz seltsam, so müßiggängerisch wie prophetisch, anhörte. Denn er
verkündete: «Da wurden die Augen der Seele aufgetan, und ich sah die
Liebe, die auf mich zu kam. Und ich sah den Anfang, aber ihr Ende
sah ich nicht, nur ihren Fortgang.»

49

Sonderaufgabe eines Gartengitters

Ein andermal fragte aber Agathe: «Mit welchem Recht darfst du denn
gleich von einem ‹Weltbild› oder gar von einer ‹Welt› der Liebe
sprechen? Von der Liebe ‹als dem Leben selbst›? Du bist leichtsinnig,
mein Lieber!» Es war ihr zumute wie Schaukeln auf einem hohen Ast,
der unter dieser Bemühung jeden Augenblick abzubrechen droht;
doch fragte sie weiter: «Könnte man dann, wenn von einem Weltbild
der Liebe, am Ende nicht auch von einem des Zorns, des Neids, des
Stolzes, der Härte sprechen?»

«Alle anderen Gefühle dauern kürzer» erwiderte Ulrich. «Sie erheben
auch nicht einmal den Anspruch, ewig zu währen.»

«Findest du es aber nicht ein wenig komisch von der Liebe, daß sie
diesen Anspruch erhebt?» fragte Agathe.

Ulrich entgegnete: «Ich glaube, man könnte wohl davon sprechen,
daß es auch anderen Gefühlen möglich sein müßte, eigentümliche
Weltbilder zu gestalten, sozusagen einseitige oder einfarbige Welten;
aber es ist immer so gewesen, daß der Liebe darin ein unklarer Vorzug
und ein besonderer Anspruch auf weltgestaltende Kraft zugestanden
worden ist.»

Unter diesen Worten suchten sie einen Punkt ihres Gartens auf, wo
sie durch sein Gitter die Straße mit ihrem abwechslungsreichen
Mescheninhalt sehen konnten, ohne sich selbst, soweit es möglich
war, fremden Blicken auszusetzen. Gewöhnlich führte sie das zu einem
niederen, sonnigen Hügel, dessen trockener Boden den Standplatz
einiger Lärchen bildete, wo das Bild der Ruhenden im Spiel von
Licht und Schatten verloren ging; in diesem Halbversteck, waren sie
einesteils der Straße so nahe, daß die vorbeigehenden Menschen ihnen
den sonderbaren, bloß tierhaft lebendigen Eindruck gewährten, der

uns anhaftet, wenn wir uns unbeobachtet glauben und mit unseren Gebärden allein sind, andernteils konnte jeder aufgeschlagene Blick die Geschwister treffen und in das Geschehen hineinziehen, das sie mit Neigung und einem Vorbehalt beobachteten, für den das mächtig trennende, aber blickdurchlässige Gitter geradezu sinnbildlich war.

«Nun wollen wir also versuchen, ob wir sie wirklich lieben oder nicht» schlug Agathe vor und lächelte spöttisch oder ungeduldig.

Ihr Bruder zuckte die Achseln.

«Möchtest du nicht einen anhalten und mit ihm ein Gespräch beginnen?» versuchte sie ihn.

«Halt ein, Vorbeieilender, und schenke zwei Menschen, die dich lieben wollen, einen Augenblick deiner köstlichen Seele!» meinte Ulrich und zog es ins Lächerliche.

«Man kann nicht einen Augenblick, man muß sich grenzenlos schenken!» verbesserte ihn Agathe bedrohlich.

«Ein Park. Ein mächtiges Gitter. Dahinter wir:» stellte Ulrich fest. «Und was dächte er wohl bei unserem Anruf, nachdem er seinen Schritt unwillkürlich verlangsamt hat und ehe er ihn scheu verdoppelt? Daß er sich am Gartengitter einer Privatirrenanstalt befinde!»

Agathe nickte.

«Und wir» fuhr Ulrich fort «brächten es auch gar nicht über uns! Weißt du nicht ganz genau, daß wir es nicht tun werden? Unser innerster Einklang mit der Welt warnt uns, daß man so etwas nicht tun dürfe!»

Agathe sagte: «Wenn wir dem vorbeieilenden Bruder, statt ihn mit ‹Guter Freund› und ‹Liebe Seele› anzusprechen, ‹Hund› oder ‹Verbrecher› zuriefen, so hielte er uns wahrscheinlich nicht für Irre, sondern bloß für ‹Andersdenkende›, die an ihm Ärgernis nehmen!»

Ulrich lachte und freute sich an seiner Schwester. «Aber du siehst, wie es ist» erklärte er. «Die allgemeine Roheit ist heute unerträglich. Aber weil sie es ist, muß auch die Güte falsch sein! Die beiden hängen ja nicht wie auf einer Wage zusammen, wo ein Zuviel auf der einen Seite einem Zuwenig auf der andern gleich ist, sondern hängen zusammen wie zwei Teile eines Körpers, die miteinander krank und gesund sind. Nichts ist also irriger,» fuhr er fort «als sich einzubilden, wie es allgemein geschieht, daß an dem Überhandnehmen böser Gesinnung ein Mangel an guter schuld sei: im Gegenteil, das Böse wächst offenbar durch das Wachsen einer falschen Güte!»

«Das haben wir schon oft gehört» erwiderte Agathe mit angenehm trockenem Spott. «Aber es ist scheinbar nicht einfach, auf die gute Weise gut zu sein!»

«Nein, es ist nicht einfach zu lieben!» wiederholte Ulrich lachend.

Sie lagen und sahen in die blaue Sonnenhöhe; dann wieder durch das Gitter auf die Straße, die sich vor den vom Sommerhimmel geblendeten Augen in einem dunstig erregten Grau wälzte. Stille senkte sich herab. Langsam wandelte sich das im Gespräch gehoben gewesene Selbstgefühl in Entmächtigung, ja Entführung des Ich. Ulrich erzählte leise: «Ich habe das großartig flunkernde Begriffspaar ‹egozentrisch und allozentrisch› erfunden. Die Welt der Liebe wird entweder egozentrisch oder allozentrisch erlebt; die gewöhnliche Welt kennt aber nur Egoismus und Altruismus, ein im Vergleich damit zanksüchtig-vernünftiges Brüderpaar. Egozentrisch sein heißt fühlen, als trüge man im Mittelpunkt seiner Person den Mittelpunkt der Welt. Allozentrisch sein heißt, überhaupt keinen Mittelpunkt mehr haben. Restlos an der Welt teilnehmen und nichts für sich zurücklegen. Im höchsten Grad, einfach aufhören zu sein. Ich könnte auch Hereinwendung der Welt und Hinauswendung des Ich sagen. Es sind die Extasen der Selbstsucht und Selbstlosigkeit. Und obwohl die Extase scheinbar ein Auswuchs des gesunden Lebens ist, darf man scheinbar auch sagen, daß die moralischen Begriffe des gesunden Lebens eine Verkümmerung ursprünglich ekstatischer sind.»

Agathe dachte: «Mondnacht . . . Zwei Meilen . . .» Auch vieles andere schwebte ihr durch den Kopf. Was ihr Ulrich erzählte, war eine Fassung mehr von alle dem; sie hatte nicht den Eindruck, daß sie etwas verliere, wenn sie nicht ganz scharf aufpasse, obwohl sie gerne zuhörte. Dann dachte sie daran, daß Lindner behaupte, man müsse für irgendetwas leben und dürfe nicht an sich denken, und sie fragte sich, ob das auch «Allozentrik» wäre. In einer Aufgabe aufzugehn, wie er es verlangte? Sie bezweifelte es. Fromme Menschen haben ihre Lippen begeistert auf die Wunden von Aussätzigen gedrückt: eine abscheuliche Vorstellung! eine «lebensfremde Übertreibung», wie Lindner gerne sagte! Aber was er schon für das Gottgefällige hielt, ein Spital zu errichten, das ließ sie kalt. So geschah es, daß sie ihren Bruder nun am Ärmel zupfte und mit den Worten: «Da ist inzwischen unser Mann eingetroffen!» unterbrach. Sie hatten sich nämlich teils im Scherz, teils durch Gewöhnung, einen besonders unangenehmen Mann ausgewählt, den sie für ihre Gedankenversuche benutzten, und das war ein Bettler, der täglich für einige Zeit an ihrem Gartengitter sein Geschäft betrieb. Er behandelte den Steinsockel als Bank, die für ihn bereitstand, er breitete jeden Tag zuerst ein durchfettetes Papier mit Speiseresten neben sich aus, an denen er sich gemächlich sättigte, ehe er seine Geschäftsmiene aufsetzte und den Rest wieder einsteckte; er war ein untersetzter Mensch mit kräftigem, eisengrauem Haar, hatte das fahle, tückische Gesicht eines Trinkers und war schon einigemal von großer Roheit in der Behauptung seines Platzes gewesen, als andere Bettler arglos in seine Nähe kamen: Die Geschwister haßten diesen Mitgenießer, der ihr Eigentum – und verfeinert das ihnen Eigentümliche, ihre Einsamkeit – verletzte, mit einem urwüchsigen Besitzinstinkt, über den sie lachen mußten, weil er ihnen gänzlich unstatthaft erschien; und gerade darum verwandten sie auch den häßlichen, bösartigen Gast bei den kühnsten und zweifelhaftesten Beschwörungen der Nächstenliebe.

Kaum hatten sie ihn ins Auge gefaßt, sagte Ulrich lächelnd: «Ich wiederhole: Wenn du dich bloß, wie man es nennt, in seine Lage versetzt oder irgendeine ungenaue soziale Mitverantwortung für ihn spürst, ja selbst wenn er dir nur als malerisch zerlumptes Bild erscheint, so sind auch schon darin einige Promille des echten ‹Sich in einen anderen versetzens› enthalten. Nun mußt du es hundertprozentig versuchen!»

Agathe schüttelte lachend den Kopf.

«Stell dir vor, du wärest mit diesem Menschen in allem so einverstanden, wie du es mit dir selbst bist!» schlug Ulrich vor.

Agathe verwahrte sich: «Ich war nie mit mir einverstanden!»

«Aber du wirst es dann sein» sagte Ulrich. Er faßte ihre Hand.

Agathe ließ es geschehn und sah den Mann an. Sie wurde eigentümlich ernst, und nach einer Weile erklärte sie: «Er ist mir fremder als der Tod.»

Ulrich schloß seine Hand vollständiger um die ihre und forderte noch einmal: «Versuch es nur!»

Nach einer Weile sagte Agathe: «Es ist mir, als hinge ich an dieser Figur; ich selbst, und nicht bloß meine Neugierde!» Ihr Gesicht hatte durch die Anspannung der Aufmerksamkeit und deren Einschränkung auf einen einzigen Gegenstand einen schlafwandlerisch-unwillkürlichen Ausdruck bekommen.

Ulrich half nach: «Es ist ähnlich wie in einem Traum; rauh-süß, fremd-selbst begegnet man sich in der Gestalt eines anderen?»

Agathe wehrte mit einem Lächeln ab. «Nein, so bezaubert sinnlich wie in solchen Träumen ist es wohl nicht» sagte sie.

Ulrichs Augen ruhten auf ihrem Gesicht. «Versuch ihn gleichsam zu träumen!» riet er überredend. «Vorsichtige Sparer, bestehen wir im wachen Zustand meistens aus Hingabe und Zurücknahme; wir nehmen teil, und bewahren uns dabei. Aber im Traum ahnen wir zitternd, wie herrlich eine Welt ist, die ganz aus Verschwendung besteht!»

«Vielleicht ist es so» antwortete Agathe zögernd und abgelenkt. Ihre Augen hafteten fest an dem Mann. «Gott sei Dank,» sagte sie nach einiger Zeit langsam «er ist jetzt wieder ein gewöhnliches Scheusal geworden!» Der Mann hatte sich erhoben, suchte seine Sachen zusammen und ging weg. «Es ist ihm unheimlich gewesen!» behauptete Ulrich und lachte. Als er schwieg, hob sich der gleichmäßige Lärm der Straße und mischte sich mit dem Sonnenschein zu einem eigenartigen Gefühl der Stille. Nach einer Weile fragte Ulrich nachdenklich: «Ist es nicht seltsam, daß sich fast jeder einzelne Mensch selbst am wenigsten kennt und am meisten liebt? Aber es ist offenbar eine Schutzeinrichtung. Und auch ‹Liebe deinen Nächsten wie dich selbst› heißt auf diese Weise: liebe ihn, ohne daß du ihn kennst, ehe du ihn kennst, obschon du ihn kennst. Ich kann verstehen, daß man dies bloß für einen übermäßigen Ausdruck hält, aber ich bezweifle, daß damit der Forderung genügt wird; denn, ernstlich befolgt, verlangt sie: Liebe ihn ohne Verstand. So geht eben eine scheinbar alltägliche Forderung, wenn man sie genau nimmt, in eine ekstatische über!»

Agathe erwiderte: «Das ‹Scheusal› ist wahrhaftig dabei schon beinahe schön gewesen!»

Ulrich sagte: «Ich glaube, man liebt nicht nur etwas, weil es schön ist, sondern es wird auch schön, weil man es liebt. Schönheit ist nichts anderes als der Ausdruck davon, daß etwas geliebt worden ist; alle Schönheit der Kunst und der Welt hat ihren Ursprung in der Kraft, eine Liebe verständlich zu machen. ...»

Agathe dachte an die Männer, mit denen sie das Leben zusammengebracht hatte. Das Gefühl, von einem fremden Wesen zuerst beschattet zu sein, dann in diesem Schatten die Augen aufzuschlagen, ist seltsam. Sie vergegenwärtigte es sich. Verschmolz da nicht Fremdes, fast Feindseliges im Kuß zweier Leben?! Die Körper bleiben vereint getrennt. Achtet man auf sie, so empfindet man das Abstoßende und Häßliche in unverminderter Stärke. Sogar als Schreck. Man ist auch sicher, geistig nichts miteinander zu tun zu haben. Die Verschiedenheit und Trennung der Personen ist schmerzhaft deutlich. War eine Täuschung darüber vorhanden, daß man geheimnisvoll übereinstimme, gleich oder einander ähnlich sei, so verflüchtigt sie sich in diesem Augenblick wie ein Nebel. Nein, man täusche sich nicht im geringsten, dachte Agathe. Und trotzdem erlischt die Ichhaftigkeit zum Teil, das Ich ist gebrochen, und unter Zeichen, die nicht weniger eine Gewalttat als ein süßes Opfer bedeuten, ergibt es sich in seinen neuen Zustand. All das bewirkt ein «Hautreiz»? Zweifellos vermögen die anderen Liebesarten nicht so viel. Vielleicht hatte Agathe so oft die Neigung gespürt, Männer zu lieben, die ihr mißfielen, weil da die merkwürdige Umbildung am vernunftlosesten stattfindet. Auch die merkwürdige Anziehung, die neuerdings Lindner auf sie ausgeübt hatte, bedeutete nichts anderes, sie zweifelte nicht daran. Sie wußte aber kaum, daß sie darüber nachdachte; auch Ulrich hatte einmal einbekannt, daß er oft das liebe, was ihm mißfalle, und sie glaubte an ihn zu denken. Sie erinnerte sich daran, daß sie zeitlebens in lauter vorbeirinnenden Umgebungen geglaubt hatte, hoffnungslos die gleiche zu bleiben; sie hatte sich nie aus eigenem Vorsatz ändern können, und doch war jetzt als

Geschenk ohne jede Bemühung an die Stelle von Verdruß und Ekel ein von Sommerkräften getragenes Schweben getreten. Dankbar sagte sie zu Ulrich: «Mich hast du zu dem gemacht, was ich bin, weil du mich liebst!»

Ihre Hände, die verschlungen gewesen waren, hatten sich gelöst und ruhten nur noch mit den Fingerspitzen aneinander; jetzt erwachten diese Hände wieder zu Bewußtsein, und Ulrich umfaßte mit der seinen die seiner Schwester. «Mich hast du ganz verändert» erwiderte er. «Ich habe vielleicht Einfluß auf dich, aber dabei bist es doch nur du, die gleichsam durch mich fließt!»

Agathe schmiegte ihre Hand an die umfassende. «Eigentlich kennst du mich gar nicht!» sagte sie.

«An Menschenkenntnis liegt mir nichts» erwiderte Ulrich. «Das einzige, was man von einem Menschen wissen soll, ist es, ob er unsere Gedanken fruchtbar macht. Es sollte keine andere Menschenkenntnis geben als diese!»

Agathe fragte: «Wie bin ich dann aber wirklich?»

«Du bist überhaupt nicht wirklich» erwiderte Ulrich lachend. «Ich sehe dich, wie ich dich brauche, und du machst mich, was ich brauche, sehen. Wer vermöchte da leicht zu sagen, wo das Ursprüngliche und Gründende ist. Wir sind ein in der Luft schwebendes Band.»

Agathe lachte auf und fragte: «Wenn ich dich enttäusche, wirst also du schuld haben?»

«Ohne Zweifel» sagte Ulrich. «Denn es gibt Höhen, wo es keinen Sinn hat, zu unterscheiden zwischen: ich habe mich in dir geirrt, und: ich habe mich in mir selbst geirrt. Zum Beispiel die des Glaubens, die der Liebe, die der Großmut. Wer aus Großmut handelt, oder, wie man auch sagt, aus Größe, der fragt nicht nach Täuschung, noch nach Sicherheit. Er darf sogar manches nicht wissen wollen, er wagt den Sprung über die Unwahrheit ...»

«Könntest du nicht auch gegen Professor Lindner großmütig sein?» fragte Agathe ziemlich überraschend; denn sie sprach sonst nie von Lindner, wenn nicht ihr Bruder damit anfing. Ulrich wußte, daß sie ihm etwas verschweige. Sie verheimlichte nicht gerade, daß sie zu Lindner in irgendeiner Beziehung stehe, aber sie erzählte auch nicht, in welcher. Er erriet diese ungefähr und fügte sich mit Mißbehagen in die Notwendigkeit, Agathe ihren eigenen Umweg gehen zu lassen. Diese hatte nun in dem Augenblick, wo ihr aus Gott weiß welchen Gründen eine solche Frage über die Lippen sprang, sofort wieder festgestellt, wie schlecht doch das Wort Professor Lindner mit dem Worte Großmut zusammenpasse. Sie fühlte sowohl, daß Großmut auf irgendwelche Weise berufslos sei, als auch, daß Lindner in einer unangenehmen Art gut sei. Ulrich war verstummt. Sie suchte ihm ins Gesicht zu blicken, und als er dieses, wie er nur vermochte, abwandte, zupfte sie ihn am Ärmel. Sie benutzte so lange den Ärmel als Klingelzug, bis Ulrichs lachendes Gesicht wieder im Torrahmen des Kummers erschien und er ihr warnend eine kleine Rede darüber hielt, daß derjenige leicht ins Lächerliche verfalle, welcher in seinem Großmut den Boden des Wirklichen zu früh verlasse. Es bezog sich das aber nicht nur auf Agathes Großmutbereitschaft gegenüber dem verdächtigen Manne Lindner, sondern richtete einen Zweifel auch auf jene nicht zu betrügende wahre Empfindsamkeit, darin Wahrheit und Irrtum beiweitem weniger Bedeutung haben als das dauernde Strahlen des Gefühls und seine Kraft, alles sich anzuwandeln.

49

Nachdenken

Seit diesem Auftritt meinte Ulrich, daß er vorwärts getragen würde; eigentlich wäre nur zu sagen gewesen, daß etwas Unverständliches neu hinzugekommen sei, er nahm es aber als Zuwachs an Wirklichkeit auf. Er handelte dabei vielleicht ein wenig wie einer, der seine Meinungen gedruckt gelesen hat und seither von ihrer Unumstößlichkeit überzeugt ist; aber er mochte das belächeln, zu ändern vermochte er es nicht. Und Agathe hatte ihm, gerade als er seine Schlüsse aus dem tausendjährigen Buch ziehen, vielleicht aber auch nur sein Erstaunen nochmals ausdrücken wollte, erwidert und mit dem Ausruf das Wort abgeschnitten: «Das haben wir ja schon lange besprochen!», daß sie immer recht behielte, auch dann, wenn sie es nicht hätte, fühlte Ulrich! Denn ob es zwar nichts weniger als richtig sein konnte, daß zwischen ihnen schon genug gesagt worden wäre – geschweige denn das Wahre oder Entscheidende! – ja gerade ein solches erlösendes Geschehen oder Zauberwort ausgeblieben war, auf das man anfangs noch hatte hoffen mögen: so wußte er doch auch, daß die Fragen, die sein Leben schon fast seit einem Jahr beherrschten, nun sehr eng und dicht, und nicht in einer verständigen, sondern in einer lebendigen Weise, um ihn zusammengerückt seien. Gerade so, als wäre nun bald doch genug über sie gesprochen worden, wenn sich auch die Antwort nicht eben in Worten ausdrückte.

Er konnte sich nicht einmal vollständig erinnern, was er darüber im Lauf der Zeit gesagt und gedacht hatte, ja beiweitem vermochte er das nicht. Er war wohl offenbar ausgezogen, um mit allen Menschen davon zu sprechen; aber es lag ja auch an dem Vorwurf selbst, daß sich nichts, was man über ihn zu sagen vermochte, in einer fortschreitenden Art aneinander fügte, sondern daß sich alles ebenso vielfältig zerstreute wie berührte. Es entstand immer wieder die gleiche Bewegung des Geistes, die sich von der gewöhnlichen deutlich unterschied, und der Reichtum des in sie Einbezogenen wuchs; aber Ulrich mochte sich erinnern, woran er wollte, so war es von einer solchen Eingebung zur andern immer ebenso weit, wie es zu einer dritten gewesen wäre, und nirgends hob sich eine Behauptung durch ihre beherrschende Stellung hervor. Auf diese Weise erinnerte er sich jetzt auch daran, daß einstmals ein dem ähnliches «Gleichweit», wie es hier zwischen den Gedanken beinahe lästig und entmutigend wirkte, auf das beglückendste zwischen ihm und der ganzen Welt, die um ihn war, bestanden hatte; scheinbar oder wirklich, eine Aufhebung des Geistes der Trennung, ja beinahe des Raums. Das war damals, in seinen allerersten Mannesjahren, auf der Insel geschehn, wohin er sich vor der Frau Major, mit ihrem Bilde im Herzen, geflüchtet hatte. Er hatte es wohl auch fast mit den gleichen Worten beschrieben. Alles war auf unverständlich sichtbare Weise durch einen Zustand der Liebesfülle verändert, als hätte er ehedem nur einen Zustand der Armut gekannt. Selbst der Schmerz war Glück. Beinahe auch sein Glück ein Schmerz. Alles war ihm hangend zugeneigt. Es schien, daß alle Dinge von ihm wüßten und er von ihnen; daß alle Wesen von einander wüßten, und daß es doch ein Wissen überhaupt nicht gäbe, sondern daß Liebe mit ihren Attributen der schwellenden Fülle und des reifenden Werdens als das einzige und vollkommene Gesetz diese Insel beherrschte. Er hatte das später, mit geringfügigen Änderungen, oft genug als Vorlage benutzt, und mehr oder minder hätte er auch in den letzten Wochen diese Beschreibung erneuern können; es war durchaus nicht schwer, in ihr fortzufahren, und je bedenkenloser man es tat, desto fruchtbarer geschah es. Aber gerade diese Unbestimmtheit war das, woran ihm jetzt am meisten lag. Denn hingen seine Gedanken so zusammen, daß sich ihnen nichts Wesentliches hinzufügen ließ, das sie nicht aufgenommen hätten wie einen Hinzukommenden, der in einer Versammlung verschwindet, so bewiesen sie damit doch bloß ihre Ähnlichkeit mit den Empfindungen, durch die sie zum erstenmal in Ulrichs Leben gerufen worden waren; und diese Übereinstimmung einer, nun durch Agathe, zum zweitenmal erlebten Veränderung der Sinnessphäre, von der die Welt ergriffen zu werden schien, mit einem veränderten Denken – von dem man auch hätte sagen können, daß es sich in unendlichen Träumen auf seinem Platz winde; und schon einmal war es schließlich daran ermattet! – diese merkwürdige Übereinstimmung, die Ulrich heute erst ganz beachtete, gab ihm Mut und Befürchtungen ein. Er wußte noch, daß er damals den Ausdruck, ins Herz der Welt geraten zu sein, gebraucht hatte. Gab es das? War es wirklich mehr als eine Umschreibung? Er war dem Anspruch der Mystik, daß man sich selbst aufgeben müsse, nur mit Ausschluß des Kopfes geneigt: aber mußte er sich nicht gerade darum eingestehn, daß er heute nicht viel mehr davon wisse als ehedem?!

Er ging weiter diese Breiten entlang, die scheinbar nirgends in ihre Tiefen einließen. Ein andermal hatte er alles dies «das rechte Leben» genannt; wohl noch vor kurzem, wenn er nicht irrte; und erst recht wenn man ihn früher gefragt hätte, was er treibe, so hätte er auch während seiner exaktesten Beschäftigungen gewöhnlich keine andere Antwort darauf gehabt als die, daß sie Vorarbeiten für das rechte Leben seien. Daran nicht zu denken, war überhaupt unmöglich. Zwar ließ sich nicht sagen, wie es aussehen müßte, ja nicht einmal, ob es wirklich eines gebe, und es war vielleicht nur eine jener Ideen, die mehr ein Wahrzeichen als eine Wahrheit sind; aber ein Leben ohne Sinn, eines, das nur den sogenannten Erfordernissen gehorchte und ihrem als Notwendigkeit verkleideten Zufall, somit ein Leben der ewigen Augenblicklichkeit – und da fiel ihm wieder ein Ausdruck ein, den er einmal gebildet hatte: die Vergeblichkeit der Jahrhunderte! –: ein solches Leben war ihm einfach eine unerträgliche Vorstellung! Nicht weniger aber auch ein Leben «für etwas», diese von Meilensteinen beschattete Landstraßendürre inmitten undurchmessener Breiten. Das alles mochte er ein Leben vor der Entdeckung der Moral heißen. Denn auch das war eine seiner Ansichten, daß die Moral nicht von den Menschen geschaffen wird und mit ihnen wechselt, sondern daß sie geoffenbart wird, daß sie in Zeiten und Zonen entfaltet wird, daß sie geradezu entdeckt werden könne. In diesem Gedanken, der so unzeitgemäß wie zeitgemäß war, drückte sich vielleicht nichts als die Forderung aus, daß auch die Moral eine Moral haben müsse, oder die Erwartung, daß sie sie im Verborgenen habe, und nicht bloß eine sich um sich selbst drehende Klatschgeschichte auf einem bis zum Zusammenbruch kreisenden Planeten sei. Er hatte natürlich niemals geglaubt, daß der Inhalt solcher Forderung mit einem Schlag entdeckt werden könnte; es kam ihm bloß wünschenswert vor, beizeiten daran zu denken, das heißt, in einem Zeitpunkt, der nach etlichen Jahrhunderttausenden zwecklosen Drehens verhältnismäßig günstig und geeignet für die Frage zu sein schien, ob sich nicht eine Erfahrung daraus gewinnen lasse. Aber freilich, was wußte er nun auch von dem wirklich? Es war im ganzen nicht mehr, als daß auch dieser Kreis von Fragen im Verlauf seines Lebens dem gleichen Gesetz oder Schicksal unterworfen gewesen sei wie die anderen Kreise, die sich nach allen Seiten aneinanderschlossen, ohne eine Mitte zu bilden.

Er wußte natürlich mehr davon! Zum Beispiel, daß so zu philosophieren, wie er es da tat, für schrecklich unernst gelte, und er wünschte in diesem Augenblick auf das lebhafteste, diesen Irrtum widerlegen zu können. Er wußte auch, wie man so etwas beginnt: er kannte einigermaßen die Geschichte des Denkens; er hätte darin ähnliche Bemühungen finden können und ihre erbitterte oder spöttische oder ruhige Bestreitung; er hätte sein Material ordnen, einordnen können; er hätte Fuß fassen und über sich hinausgreifen können. Für eine Weile erinnerte er sich schmerzlich seiner früheren Tüchtigkeit und namentlich jener Gesinnung, die ihm so natürlich war, daß sie ihm einmal sogar den Spottnamen eines «Aktivisten» eingetragen hatte. War er denn nicht mehr der, den beständig die Vorstellung begleitete, daß man sich um die «Ordnung des Ganzen» bemühen müsse; hatte nicht er mit einer gewissen Hartnäckigkeit die Welt einem «Laboratorium», einer «Experimentalgemeinschaft» verglichen; hatte er nie von einem «fahrlässigen Bewußtseinszustand der Menschheit» gesprochen, der in einen Willen zu verwandeln wäre; gefordert, daß man Geschichte «machen» müsse; hatte er nicht schließlich wirklich, wenn es auch nur spöttisch geschah, ein «Generalsekretariat der Genauigkeit und Seele» verlangt? Das war nicht vergessen, denn darin kann man sich nicht plötzlich ändern; das war bloß augenblicklich außer Wirksamkeit gesetzt! Es ließ sich auch nicht verkennen, woran das liege. Ulrich hatte nie über seine Gedanken Buch geführt; aber selbst wenn er sich aller auf einmal hätte entsinnen können, so wäre es ihm, das wußte er, nicht möglich gewesen, sie einfach vorzunehmen, zu vergleichen, an möglichen Erklärungen zu prüfen und schließlich das reine, so dünne Blättchen des Metalls der Wahrheit aus den Dämpfen zum Vorschein zu führen. Es war ja eine Eigentümlichkeit dieser Art von Gedanken, daß sie keinen Fortschritt zur Wahrheit besaß; und obwohl Ulrich im Grunde voraussetzte, daß sich ein solcher Fortschritt durch einen unendlichen und langsamen Vorgang in der Gesamtheit einmal doch einstellen werde, so war es ihm kein Trost, denn er besaß nicht mehr die Geduld des Sich-überleben-lassens von dem, wozu man bloß wie eine Ameise etwas beiträgt. Seine Gedanken standen mit der Wahrheit längst nicht mehr auf dem besten Fuß, und nun kam ihm wieder das als die Frage vor, die am dringendsten der Aufklärung bedurft hätte.

Er war aber damit nochmals auf den Gegensatz von Wahrheit und Liebe zurückgekommen, der ihm kein neuer war. Es fiel ihm ein, wie oft in den letzten Wochen Agathe über seine, für ihren Geschmack noch viel zu pedantische, Wahrheitsliebe gelacht habe; und manchmal mochte sie davon auch Kummer gehabt haben! Und plötzlich fand er sich bei dem Gedanken, daß es eigentlich kein widerspruchsvolleres Wort gebe als Wahrheitsliebe. «Denn man kann die Wahrheit auf Gott weiß wieviel Weisen hochstellen, bloß lieben darf man sie nicht, weil sie sich ja in der Liebe auflöst» dachte er. Und diese Behauptung, –

keineswegs das gleiche wie die kleinmütige, daß die Liebe keine Wahrheit vertrage – war für ihn ebenso vertraut-unvollendbar wie alles übrige. Sobald einem Menschen die Liebe nicht als ein Erlebnis begegnet, sondern als das Leben selbst, mindestens als eine Art des Lebens, kennt er mehrere Wahrheiten. Der ohne Liebe Urteilende nennt das Ansichten, persönliche Auffassungen, Subjektivität, Willkür; aber der Liebende weiß, er ist nicht unempfindlich für die Wahrheit, er ist überempfindlich. Er befindet sich in einer Art Enthusiasmus des Denkens, wo sich die Worte bis zum Grund öffnen. Das kann natürlich eine Täuschung sein, und Ulrich berücksichtigte es, die natürliche Folge allzu lebhaft beteiligten Gefühls. Wahrheit entsteht bei kaltem Blut; das Gefühl ist ihr abträglich, und sie dort zu erwarten, wo etwas ‹Sache des Gefühls› ist, gilt nach aller Erfahrung für ebenso verkehrt, wie Gerechtigkeit vom Zorn zu fordern. Trotzdem war es unbezweifelbar ein allgemeiner Gehalt, ein Teilhaben an Sein und Wahrheit, was die Liebe ‹als das Leben selbst› von der Liebe als Erlebnis der Person unterschied. Und Ulrich überlegte nun, wie deutlich doch die Schwierigkeiten, die ihm die Ordnung seines Lebens darbot, immer mit diesem Begriff einer übermächtigen, sozusagen ihre Zuständigkeit überschreitenden, Liebe zusammengehangen seien. Von dem Leutnant, der ins Herz der Welt versank, bis zu dem Ulrich des letzten Jahres mit seiner mehr oder weniger überzeugten Behauptung, daß es zwei grundlegend verschiedene und schlecht verschmolzene Lebenszustände, Ichzustände, ja vielleicht sogar Weltzustände gebe, waren die Bruchstücke der Erinnerung, soweit er sie sich zu vergegenwärtigen vermochte, alle in irgendeiner Form mit dem Verlangen nach Liebe, Zärtlichkeit und gartenhaft-kampflosen Seelengefilden verbunden. In diesen Breiten lag auch die Vorstellung des «rechten Lebens»; so leer sie im hellen Verstandeslicht sein mochte, so reich wurde sie vom Gefühl mit halb geborenen Schatten erfüllt.

Es war ihm gar nicht angenehm, diese Bevorzugung der Liebe in seinem Denken so eindeutig anzutreffen; er hatte eigentlich erwartet, daß darin mehr und noch anderes zu gewahren sein müßte und daß Erschütterungen wie die des letzten Jahrs ihre Bewegung nach verschiedenen Richtungen getragen hätten; ja, es kam ihm wirklich wunderlich vor, daß der Eroberer, dann der Moralingenieur, als die er sich in seinen Kraftjahren erwartet hatte, schließlich zu einem Minnenden und Minnesüchtigen ausreifen sollten.

49

Ulrichs Tagebuch

Oft dachte Ulrich, daß alles, was er mit Agathe erlebe, eine wechselseitige Suggestion und nur unter dem Einfluß der Vorstellung denkbar
wäre, daß sie ein ungewöhnliches Schicksal auserwählt habe. Es stellte
sich ihnen bald unter dem Zeichen der Siamesischen Zwillinge dar,
bald unter dem des Tausendjährigen Reichs, der Liebe der Seraphen
oder der Mythen des «konkaven» Welterlebnisses. Diese Gespräche
wiederholten sich zwar nicht mehr, aber sie hatten in der Vergangenheit den kräftigeren Schatten wirklicher Vorgänge angenommen, von
denen einmal die Rede gewesen ist. Man mag das bloß eine halbe
Überzeugung nennen, wenn man meint, daß zur Überzeugung ein
Denken gehöre, das sich seiner Sache völlig sicher wissen müsse; aber
es gibt auch eine volle Überzeugung, die einfach aus dem Fehlen aller
Einwände zustande kommt, weil eine stark und einseitig bewegte Ge-
mütsstimmung jeden Zweifel dem Bewußtsein fernhält: Ulrich fühlte
sich manchmal beinahe schon überzeugt und wußte nicht einmal, wovon. Fragte er sich dann aber – denn er mußte wohl voraussetzen, daß
er an Einbildungen leide –, was sich Agathe und er zuerst gegenseitig
eingebildet haben müßten, das verwunderliche Gefühl für einander
oder die nicht minder merkwürdige Veränderung des Denkens, in der
es sich ausdrückte, so ließ sich das wieder nicht entscheiden, denn beides
war gleich zu Anfang aufgetreten, und eines war, nahm man es allein,
so unbegründet wie das andere.

Das legte ihm manchmal schon nahe, an eine Suggestion zu glauben,
und er fühlte dann das unheimliche Bangen, das den selbständigen
Willen beschleicht, der sich heimtückisch überfallen und von innen
gefesselt sieht. «Was soll ich darunter verstehn? Wie erklärt man diesen
Vulgärbegriff der Suggestion, den ich so geläufig gebrauche wie alle,
ohne ihn zu verstehn? Ich habe heute darüber nachgelesen» trug Ulrich
auf einem Zettel ein. «Die Sprache der Tiere besteht aus Affekt-
äußerungen, die in den Genossen die gleichen Affekte hervorrufen.
Warnruf, Futterruf, Liebesruf. Ich darf wohl hinzufügen, daß sie nicht
nur den gleichen Affekt, sondern unmittelbar auch das zu ihm gehörige
Handeln wecken und durchdringen. Der Schreck-, der Liebesruf fährt
in die Glieder! Dein Wort ist in mir und bewegt mich: wäre das Tier
ein Mensch, so empfände es dabei eine geheimnisvolle körperlose
Vereinigung! Diese affektive Suggestibilität soll aber auch beim Men-

schen noch vollständig vorhanden sein, trotz der entwickelten Verstandessprache. Der Affekt steckt an: Panik, Gähnen. Er ruft leicht die zu ihm passenden Vorstellungen hervor; ein froher Mensch macht fröhlich. Er greift auch auf unpassende Träger über; das kommt in allen Abstufungen vor, von der Albernheit eines Liebespfands bis zu den irrenhausreifen Einfällen der vollen Liebestollheit. Der Affekt versteht es aber auch auszuschließen, was nicht zu ihm paßt, und ruft auf beide Weisen jenes nachhaltige einheitliche Verhalten des Menschen hervor, das dem Zustand der Suggestion die Kraft fixer Ideen gibt. Hypnose ist nur ein Sonderfall dieser allgemeinen Beziehungen. Diese Erklärung gefällt mir, und ich mache sie mir zu eigen. Ein eigenartig nachhaltiges, einheitliches Verhalten, das uns von der Ganzheit des Lebens aber absperrt: das ist unser Zustand!»

Solche Zettel begann Ulrich nun viele zu schreiben. Sie bildeten eine Art Tagebuch, mit dessen Hilfe er seinem Kopf die Klarheit zu bewahren suchte, die er bedroht fühlte. Gleich nachdem er aber die erste seiner Aufzeichnungen zu Papier gebracht hatte, fiel ihm noch diese zweite ein: «Was ich Großmut genannt habe, ist vielleicht auch mit Suggestion verwandt. Indem sie das übergeht, was nicht zu ihr gehört, und das, was ihr dient, an sich reißt, ist sie großmütig.» Als das geschehen war, erschienen ihm natürlicherweise seine Bemerkungen bei weitem nicht so bedeutungsvoll wie vor ihrer Niederschrift, und er ging noch einmal daran, ein unbezweifelbares Merkmal des Zustands zu suchen, in dem er sich mit seiner Schwester befände. Abermals fand er es darin, daß Denken wie Gefühl in gleichem Sinn verändert seien und nicht nur merkwürdig übereinstimmten, sondern sich auch als etwas Einseitiges, ja fast Hangendes und Süchtiges von dem gewöhnlichen Zustand abhöben, worin sich ohneweiters Strebungen und Einfälle jeder Art mischen. Waren ihre Gespräche im rechten Schwang – und dafür war die Empfindlichkeit überaus groß –, so machten sie niemals den Eindruck, daß ein Wort ein anderes erzwinge oder eine Handlung die nächste nach sich ziehe, sondern den, daß im Geist etwas erweckt werde, als dessen höhere Stufe dann die Antwort folge. Jede Bewegung des Gemüts wurde zur Entdeckung einer neuen, noch schöneren Bewegung, wobei sie sich gegenseitig halfen, auf welche Weise der Eindruck einer nicht endenden Steigerung und der einer sich ohne Senkung hebenden Aussprache entstand. Niemals schien das letzte Wort gesprochen werden zu können, denn jedes Ende war ein Anfang und jedes letzte Ergebnis das erste einer neuen Eröffnung, so daß jede Sekunde wie die aufgehende Sonne strahlte, aber zugleich die friedevolle Vergänglichkeit der untergehenden mit sich brachte. «Wäre ich ein Gottgläubiger, so fände ich jetzt darin die Bestätigung für die schwer verständliche Behauptung, daß uns seine Nähe ebenso eine unaussprechliche Erhöhung wie unsere niederdrückende Ohnmacht fühlen läßt!» zeichnete Ulrich auf.

Er entsann sich, in früher Zeit, bei Antritt seines geistigen Lebens glühenden Sinnes die Beschreibung ähnlicher Empfindungen in allerhand Büchern gelesen zu haben, die er niemals auslas, weil ihn Ungeduld und zur Eigenmächtigkeit drängender Wille daran hinderten, obwohl er sich von ihnen ergriffen fühlte, ja gerade deshalb. Er hatte dann auch nicht so gelebt, wie es zu erwarten gewesen wäre, und als es jetzt geschah, daß er einige dieser Bücher wieder vornahm, denn das war etwas, was er nun gerne tat, kam ihm, die alten Zeugnisse wiederzusehen, so vor, als träte er still durch eine Türe bei sich ein, die er einst hochmütig zugeschlagen hatte. Sein Leben schien unausgeführt hinter ihm zu liegen, oder vielleicht gar noch vor ihm. Nicht ausgeführte Vorsätze können wie die verschmähten Geliebten im Traum sein, die durch viele Jahre schön geblieben sind, während sich der erstaunte Heimkehrer selbst verwüstet sieht: in einer wundersamen Ausdehnung seiner Macht meint man an ihnen wieder jung zu werden, und in dieser zwischen Unternehmungslust und Zweifel geteilten, zwischen Flammenspitze und Asche schwebenden Stimmung befand sich Ulrich jetzt am öftesten. Er las viel. Auch Agathe las viel. Sie war schon damit zufrieden, daß die Leseleidenschaft, von der sie in allen Zuständen ihres Lebens begleitet worden war, nicht mehr der Zerstreuung diente, sondern ein Ziel hatte, und sie hielt mit ihrem Bruder Schritt wie ein Mädchen, dem die flatternden Kleider nicht Zeit lassen, über den Weg nachzudenken. Es ereignete sich, daß die Geschwister nachts aufstanden, nachdem sie sich eben erst zur Ruhe begeben hatten, und sich von neuem bei ihren Büchern trafen, oder daß sie einander trotz vorgerückter Stunde überhaupt nicht schlafen ließen. Ulrich schrieb darüber: «Es scheint die einzige Leidenschaft zu sein, die wir uns gestatten. Wenn wir auch müde sind, wollen wir doch nicht auseinandergehn. Agathe sagt: ‹Sind wir denn nicht Geschwister?› Das heißt: Siamesische Zwillinge; denn sonst wäre es zusammenhangslos. Selbst wenn wir zu müde sind zu sprechen, will sie nicht zu Bett gehn, weil wir nicht beisammen schlafen können. Ich verspreche ihr, bis sie einschlafe, neben ihr sitzen zu bleiben, aber sie will sich nicht auskleiden und ins Bett legen; nicht aus Scham, sondern weil sie dann etwas vor mir voraushätte. Wir ziehen Hauskleider an. Einige Male sind wir schon aneinandergelehnt eingeschlafen. Sie war heiß vor Eifer. Ich hatte, sie zu stützen, und wußte es gar nicht, meinen Arm um ihren Körper geschlungen. Sie hat weniger Gedanken als ich und eine höhere Temperatur. Sie muß eine sehr warme Haut haben. Am Morgen sind wir blaß vor Müdigkeit und schlafen in den Tag hinein. Es kommt übrigens nicht der kleinste geistige Fortschritt dabei heraus.

Wir brennen an den Büchern wie der Docht im Öl. Wir nehmen sie eigentlich ohne jede andere Wirkung als diese auf, daß wir brennen . . .»

Ulrich fügte hinzu: «Der junge Mensch hört nur mit halbem Ohr auf die Stimme der Bücher, die ihm zum Schicksal werden; schon eilt er davon, seine eigene Stimme zu erheben! Denn er sucht nicht die Wahrheit, er sucht sich. So hat es sich auch mit mir verhalten. Folge im Großen: Es gibt immer neue Menschen, und immer die alten Geschehnisse, bloß neu aufgemischt! Moralische Gebrechlichkeit der Zeitalter. Sie sind im wesentlichen wie unser Lesen ein Brennen um seiner selbst willen. Wann habe ich mir das zuletzt gesagt? Kurz vor Agathes Ankunft. Letzte Ursache dieser Erscheinung? Das Fehlen von System, Grundsätzen, Ziel, also auch von Steigerungsmöglichkeit und Folgerichtigkeit des Menschenlebens. Ich hoffe, dazu noch einiges festhalten zu können, was mir eingefallen ist. Es gehört zum ‹Generalsekretariat›. Das Sonderbare an meinem gegenwärtigen Zustand ist aber, daß ich so weit entfernt wie noch nie von solcher tätigen Teilnahme am Geistigen bin. Das ist Agathes Einfluß. Es geht Reglosigkeit von ihr aus. Trotzdem hat dieser zusammenhanglose Zustand ein eigentümliches Gewicht. Er ist gehaltvoll. Ich möchte sagen: es ist der große Gehalt an Glückseligkeit, der ihn kennzeichnet; wobei dieser Begriff natürlich ebenso unbestimmt ist wie alles übrige. Zaudernde Einschränkung, die ich mir zuschulden kommen lasse! Unser Zustand ist das andere Leben, das mir immer vorgeschwebt ist. Agathe wirkt dahin und ich frage mich: ist es als wirkliches Leben ausführbar? Unlängst hat mich auch sie danach gefragt . . .»

Agathe hatte aber, als sie das tat, bloß ihr Buch sinken lassen und gefragt: «Kann man zwei Menschen lieben, die einander Feinde sind?» Zur Erklärung fügte sie hinzu: «Manchmal lese ich in einem Buch etwas, das dem widerspricht, was ich in einem andern Buch gelesen habe, und liebe beide Stellen. Dann denke ich daran, daß wir beide, du und ich, einander ja auch in vielem widersprechen. Kommt es nicht darauf an? Oder ist das gewissenlos?»

Ulrich erinnerte sich sofort daran, daß sie ihn ähnliches in dem unverantwortlichen Zustand gefragt habe, wo sie das Testament abänderte. Das erzeugte unter dem Gegenwartszustand eine merkwürdige Tiefe und Höhlung, denn der Hauptstrom seiner Gedanken führte Agathes Äußerung ohne Besinnen auf Lindner zurück. Er wußte, daß sie diesen besuche; sie hatte es ihm zwar niemals mitgeteilt, aber auch keine Anstalten getroffen, es zu verbergen.

Die Antwort auf diese offene Art von Verheimlichung war Ulrichs Tagebuch.

Agathe sollte nichts von diesem Tagebuch wissen.

Wenn er daran schrieb, litt er unter dem Gefühl von ihm begangener Untreue. Oder stärkte und befreite sich damit, denn der kühlende Zustand des heimlich begangenen Unrechts zerstörte die geistige Verzauberung, die ebenso gefürchtet wie begehrt war.

Darum hatte Ulrich als Antwort auf Agathes Frage gelächelt und keine andere Antwort gegeben.

Und nun hatte Agathe plötzlich gefragt: «Hast du Geliebte?» Zum erstenmal geschah es da, daß sie ihm wieder eine solche Frage stellte. «Du sollst natürlich,» fügte sie hinzu «aber du hast mir doch selbst gesagt, daß du sie nicht liebst?!» Und dann fragte sie: «Hast du einen andern Freund als mich?»

Das sagte sie leichthin, als erwarte sie nun keine Antwort mehr, aber auch in der Art leicht und spielend, als hätte sie auf der Hand eine winzige Menge einer sehr kostbaren Substanz liegen und beschäftige sich mit ihr.

Ulrich schrieb spät nachts in seinem Tagebuch die Antwort auf, die er gegeben hatte.

50

Eine Eintragung.

Es ist nur eine kleine Herausforderung des Lebens gewesen, daß sie mir diese Fragen stellte, und sollte bedeuten: Du und ich leben doch auch noch außerhalb des «Zustands»! Man kann ebensogut ausrufen: «Bitte, reiche mir Wasser!» Oder: «Halt! Laß das Licht doch brennen!» Es ist eine Augenblicksbitte, etwas Eiliges, Unbeaufsichtigtes, und nichts weiter. Ich sage: nichts weiter; aber weiß doch: es ist nicht weniger, als liefe eine Göttin einem Autobus nach, damit er sie noch mitnehme! Eine unmystische Gangart, ein Zusammenbruch des Wahnwitzes! An solchen kleinen Erlebnissen wird es deutlich, wie sehr unser Zustand eine bestimmte einzige Gemütslage zur Voraussetzung hat und augenblicklich umkippt, wenn man sie aus dem Gleichgewicht bringt.

Und doch machen solche Augenblicke erst recht glücklich. Wie schön ist Agathens Stimme! Welches Vertrauen liegt in einer solchen ganz kleinen Bitte, die mitten in einem hohen und feierlichen Zusammenhang auftritt! Sie ist rührend, wie es zwischen einem Strauß kostbarer Blumen ein Wollfaden ist, der vom Kleid der Geliebten hängen geblieben ist, oder ein vorstehendes Stückchen Draht, für das die Hände der Binderin zu schwach waren. In solchen Augenblicken weiß man genau, daß man sich überschätzt, und doch erscheint alles, was mehr ist als man selbst, erscheinen alle Gedanken der Menschheit wie ein Spinngewebe; der Körper gleicht dann einem Finger, der es in jeder Sekunde zerreißt und an dem ein wenig davon haften bleibt.

Soeben habe ich gesagt: die Hände der Binderin, und habe mich dem Schaukelgefühl eines Gleichnisses überlassen, als könnte diese Frau niemals eine fettleibige ältere Person sein. Das ist Mondschein von der falschen Sorte! Und deshalb habe ich auch Agathe eher einen methodischen Vortrag gehalten als eine unmittelbare Antwort gegeben. Aber eigentlich habe ich ihr nur das Leben beschrieben, das mir vorschwebt. Ich will das wiederholen und, wenn ich kann, verbessern.

In der Mitte steht etwas, das ich Motivation genannt habe. Im gewöhnlichen Leben handeln wir nicht nach Motivation, sondern nach Notwendigkeit, in einer Verkettung von Ursache und Wirkung; allerdings kommt immer in dieser Verkettung auch etwas von uns selbst vor, weshalb wir uns dabei für frei halten. Diese Willensfreiheit ist die Fähigkeit des Menschen, freiwillig zu tun, was er unfreiwillig will. Aber Motivation hat mit Wollen keine Berührung; sie läßt sich nicht nach dem Gegensatz von Zwang und Freiheit einteilen, sie ist tiefster Zwang und höchste Freiheit. Ich habe das Wort gewählt, weil ich kein besseres fand; es ist wohl verwandt mit dem Ausdruck Motiv der Malersprache. Wenn ein Landschaftsmaler des Morgens mit der Absicht auszieht, ein Motiv zu suchen, so wird er es meist finden, das heißt etwas, das seine Absicht erfüllt; doch muß man richtiger sagen, das in seine Absicht paßt – so wie ein Wort in jeden Mund paßt, wenn es bloß nicht zu groß ist. Denn etwas, das erfüllt, das ist etwas Seltenes, es überfüllt sogleich, strömt über die Absicht und ergreift den ganzen Menschen. Der Maler, der «etwas» malen wollte, wenngleich in «persönlicher Auffassung», malt nun an sich, er malt um sein Seelenheil, und nur in solchen Augenblicken hat er wirklich ein Motiv vor sich, in allen anderen redet er sich das bloß ein. Da ist etwas über ihn gekommen, das Absicht und Wille zerdrückt. Wenn ich sage, es habe mit ihnen überhaupt nicht zu tun, übertreibe ich natürlich. Aber man muß übertreiben, wenn man die Heimat seiner Seele vor sich hat. Es gibt sicher alle Arten Übergänge, aber so wie in der Farbenleiter selbst: Du kommst durch unzählige Vermischungen vom Grün zum Rot, bist du aber erst dort, so bist du es ganz und gar und ohne die geringste Spur mehr von Grün.

Agathe sagte, es sei die gleiche Abstufung wie die, daß man das meiste gewähren lasse, manches aus Neigung tue, und endlich daß man aus Liebe handle.

Jedenfalls gibt es etwas Ähnliches auch im Sprechen. Man kann deutlich einen Unterschied machen zwischen einem Gedanken, der nur Denken ist, und einem, der den ganzen Menschen bewegt. Dazwischen gibt es alle Arten Übergänge. Ich habe Agathe gesagt: wir wollen nur noch sprechen, was den ganzen Menschen bewegt!

Aber wenn ich allein bin, denke ich daran, wie unklar das ist. Mich kann auch ein wissenschaftlicher Gedanke bewegen. Aber das ist nicht die Art Bewegung, auf die es ankommt. Anderseits kann mich auch ein Affekt ganz bewegen, u doch bin ich nachher bloß bestürzt. Je wahrer etwas ist, desto mehr ist es von uns in einer eigenartigen Weise abgewandt, mag es uns noch so viel angehn. Tausendmal habe ich mich schon nach diesem merkwürdigen Zusammenhang gefragt. Man könnte meinen, je weniger «objektiv» etwas sei, je «subjektiver», desto mehr müßte es uns dann in der gleichen Weise zugewandt sein; aber das ist falsch; die Subjektivität kehrt unserem inneren Wesen gerade so den Rücken zu wie die Objektivität. Subjektiv ist man in Fragen, wo man heute so und morgen anders denkt, entweder weil man nicht genug weiß oder weil der Gegenstand selbst von der Willkür des Gefühls abhängt: aber was ich und Agathe einander sagen möchten, ist nicht der vor- oder beiläufige Ausdruck einer Überzeugung, die bei besserer Gelegenheit zur Wahrheit erhoben, ebenso aber auch als Irrtum erkannt werden könnte, und nichts ist unserem Zustand fremder als die Unverantwortlichkeit und Halbfertigkeit solcher geistreichen Einfälle, denn zwischen uns ist alles von einem strengen Gesetz beherrscht, wenn wir es auch nicht aussprechen können. Die Grenze zwischen Subjektivität und Objektivität kreuzt die, an der wir uns bewegen, ohne sie zu berühren.

Oder soll ich mich vielleicht an die aufgewühlte Subjektivität der Redekämpfe halten, die man mit Jugendgefährten ausführt? An ihre Mischung von persönlicher Empfindlichkeit und Sachlichkeit, an ihre Bekehrungen und Apostasien? Sie sind die Vorstufe der Politik und Geschichte und der Humanität mit ihrem schwankenden, unbestimmten Inhalt. Sie bewegen das ganze Ich, sie stehen mit seinen Leidenschaften in Verbindung und suchen ihnen die Würde eines geistigen Gesetzes und den Anschein eines unfehlbaren Systems zu verleihen. Was sie uns bedeuten, liegt daran, daß sie uns andeuten, wie wir zu sein haben. Und gut, auch wenn mir Agathe etwas sagt, ist es immer, als ginge ihr Wort durch mich, und nicht bloß durch den Gedankenbereich, an den es sich wendet. Aber was zwischen uns geschieht, hat scheinbar gar nicht große Bedeutung. Es ist so still. Es weicht der Erkenntnis aus. Mir fallen die Worte milchig und opalisierend ein: was zwischen uns geschieht, ist wie eine Bewegung in einer schimmernden, aber nicht sehr durchlässigen Flüssigkeit, die immer ganz mitbewegt wird. Es ist beinahe völlig gleichgültig, was geschieht: alles geht durch die Mitte des Lebens. Oder kommt aus ihr zu uns. Ereignet sich mit dem merkwürdigen Gefühl, daß alles, was wir je getan haben und tun könnten, mitbeteiligt sei. Wenn ich es so greifbar wie möglich beschreiben will, muß ich sagen: Agathe gibt mir irgendeine Antwort oder tut etwas, und sogleich gewinnt es für mich ebensoviel Bedeutung wie für sie, ja scheinbar die gleiche Bedeutung oder eine ähnliche. Vielleicht verstehe ich sie in Wirklichkeit gar nicht richtig, aber ich ergänze sie in der Richtung ihrer inneren Bewegung. Wir erraten offenbar, weil wir in der gleichen Erregung sind, das, was diese steigern kann, und müssen unwiderstehlich folgen. Wenn zwei Menschen in Zorn oder Liebe geraten, steigern sie sich gegenseitig auf eine ähnliche Weise. Aber die Eigenart der Erregung und der Bedeutung, die alles in dieser Erregung annimmt, ist eben das Außerordentliche.

Könnte ich sagen, wir werden von dem Gefühl begleitet, in Einklang mit Gott zu leben, es wäre einfach; aber wie soll man voraussetzungslos beschreiben, was uns dauernd erregt? «In Einklang» ist richtig, aber womit ist nicht zu sagen. Wir werden von dem Gefühl begleitet, daß wir die Mitte unseres Wesens erreicht haben, die geheimnisvolle Mitte erreicht haben, wo die Fliehkraft des Lebens aufgehoben ist, wo die unaufhörliche Drehung des Erlebens aufhört, wo das laufende Band der Eindrücke und Ausstöße, das der Seele Ähnlichkeit mit einer Maschine gibt, stillsteht, wo die Bewegung Ruhe ist, daß wir an die Achse des Kreisels gelangt sind. Das sind symbolische Ausdrücke, und ich hasse diese Symbole geradezu, weil sie sich so leicht anbieten und unendlich ausbreiten, ohne etwas zu ergeben. Ich will es lieber noch einmal versuchen, und so nüchtern wie möglich: die Erregung, in der wir leben, ist die der Richtigkeit. Von diesem Wort, das in solcher Anwendung ebenso ungewöhnlich wie nüchtern ist, fühle ich mich ein wenig beruhigt. Zufriedenheit und Sättigung der Wünsche sind im Gefühl der Richtigkeit enthalten, Überzeugung gehört zu ihm und Stillung, es ist der tiefe Zustand, in den man nach Erreichen seines Ziels verfällt. Wenn ich fortfahre, mir das so darzustellen, und mich frage: welches Ziel ist erreicht? so weiß ich es nicht. Das ist schon wieder der Einklang mit dem unbezeichenbaren «Womit». Und eigentlich ist es auch nicht ganz richtig, von einem Zustand des erreichten Ziels zu sprechen; zumindest ist es ebenso wahr, daß der Zustand von einem dauernden Eindruck der Steigerung begleitet ist. Aber es ist eine Steigerung ohne Fortschritt. Ebenso ist es ein Zustand des höchsten Glücks, führt aber nicht über ein schwaches Lächeln hinaus. Wir fühlen uns in jeder Sekunde emporgerissen, verhalten uns aber äußerlich wie innerlich ziemlich reglos; die Bewegung hört niemals auf, aber sie schwingt auf engstem Raum. Auch ist eine tiefe Sammlung mit einer weiten Zerstreutheit verbunden, und das Bewußtsein lebhafter Tätigkeit mit der Überwältigung durch ein Geschehen, das wir nicht genügend verstehen. So endet der Vorsatz, daß ich mich auf das Nüchternste beschränke, sogleich wieder in befremdlichen Widersprüchen. Aber das, was sich dem Geist so zerrissen darstellt, ist als Erlebnis von großer Natürlichkeit. Es ist einfach da; also müßte es auch dem richtigen Verständnis einfach sein!

Auch besteht zwischen Agathe und mir nicht die geringste Verschiedenheit in der Meinung, daß die Frage: «Wie soll ich leben?», die wir uns beide aufgegeben hatten, beantwortet ist: So soll man leben!

Und manchmal erscheint es mir verrückt.

51

Das Ende der Eintragung

Ich sehe die Aufgabe nun doch deutlicher. Etwas gibt im menschlichen Leben dem Glück die Kürze, so sehr, daß Glück und Kürze scheinbar zusammengehören wie Geschwister. Es macht alle großen und glücklichen Stunden unseres Daseins zusammenhanglos, – eine Zeit, die in Stücken in der Zeit treibt, – und gibt allen anderen Stunden den notwendigen, den Not-Zusammenhang. Dieses Etwas bewirkt, daß wir ein Leben führen, das uns innerlich nicht berührt. Es bewirkt, daß man ebenso leicht Menschen fressen wie Dome bauen kann. Es ist die Ursache davon, daß immer nur «Seinesgleichen» geschieht, das bloß äußerlich Wirkliche. Es hat schuld daran, daß man von allen seinen Leidenschaften betrogen wird. Es ruft die sich immer wiederholende Vergeblichkeit der Jugend hervor und die sinnlose ewige Umwälzung der Zeiten. Ihm ist es zuzuschreiben, daß bloß der Tätigkeitstrieb in Tätigkeit tritt, und nicht der Mensch, daß unsere Handlungen sich so notwendig vollziehen, als gehörten sie mehr zueinander als zu uns, daß unsere Erlebnisse in der Luft liegen, aber nicht in unserem Willen. Dieses Etwas ist gleichbedeutend damit, daß wir mit all dem Geist, den wir hervorbringen, nichts Rechtes anzufangen wissen, es bewirkt auch daß wir uns selbst nicht lieben, daß wir uns wohl begabt finden mögen, aber alles in allem keinen Zweck darin sehen.

Dieses Etwas ist: daß wir immer wieder aus dem Zustand der Bedeutung in das an und für sich Bedeutungslose hinaustreten, um da hinein Bedeutung zu bringen. Wir treten aus dem Zustand des Sinnvollen in den Stand des Notwendigen und Notdürftigen, aus dem Zustand des Lebens in die Welt des Toten. Aber nun, wo ich es niedergeschrieben habe, bemerke ich, daß es eine Tautologie und scheinbar etwas Nichtssagendes ist, was ich sage. Doch bevor ich schrieb, war in meinem Kopf: «Agathe gibt mir irgendeine Antwort, ein Zeichen; es macht mich glücklich»; und dann der Gedanke: «wir treten nicht aus der Welt des Geistes hinaus, um in eine des Ungeistes Geist zu setzen». Und es schien mir, daß dieser Gedanke vollkommen sei und mit dem Hinaustreten genau das bezeichne, was ich meine. Ich brauche mich auch nur in diesen Zustand zurück zu versetzen, so scheint es mir noch so zu sein.

Ich muß mich fragen, wie mich ein Fremder verstünde. Sage ich Bedeutung, so versteht er gewiß: das Bedeutende. Wenn ich Geist sage, versteht er zuvörderst Angeregtheit, lebhaftes Denken, Aufnehmen und Wollen. Und es erscheint ihm natürlich, daß man aus der Welt des Geistes hinaustreten und ihre Bedeutung ins Leben tragen müsse, ja er hält ein solches Bestreben nach «Vergeistigung» für die würdigste Erfüllung der menschlichen Aufgaben. Wie kann ich es ausdrücken, daß «Vergeistigen» schon Sündenfall ist, und «nicht die Welt des Geistigen verlassen» ein Gebot, das keine Grade hat, sondern ganz oder gar nicht erfüllt wird?

Mir ist inzwischen eine bessere Erklärung in den Sinn gekommen. Die Erregung, in der wir uns befinden, Agathe und ich, drängt nicht zu Handlungen und nicht zu Wahrheiten, das heißt: sie bricht nichts vom Rande ab, sondern fließt durch das, was sie hervorruft, wieder in sich selbst zurück. Das ist allerdings nur eine Beschreibung der Form des Geschehens. Aber wenn ich das, was ich erlebe, auf diese Art beschreibe, so erfasse ich die veränderte, ja ganz andere Rolle, die nun mein Verhalten, mein Handeln hat: Was ich tue, ist nicht mehr die Entladung meiner Spannung und die Endform eines Zustands, in dem ich mich befunden habe, sondern es ist ein Durchgang und Relais auf dem Rückweg zur Bedeutung!

Allerdings hätte ich beinahe gesagt: «Rückweg zu einer Steigerung meiner Spannung» –; aber da fiel mir einer der Widersprüche ein, die unser Zustand aufweist, der nämlich, daß er keinen Fortschritt zeigt, also doch wohl auch keine Steigerung haben kann. Danach glaubte ich «Rückweg zu mir selbst» sagen zu sollen – so ungenau ist alles das! – aber der Zustand ist gar nicht egoistisch, sondern liebevoll-weltzugewandt. Und so habe ich eben wieder «Bedeutung» geschrieben, und das Wort steht gut und natürlich in seinem Zusammenhang, ohne daß es mir bisher gelungen wäre, seinen Inhalt herauszuschälen.

So ungewiß das bleibt, hat mir aber immer ein Leben vorgeschwebt, dessen Hauptstück es wäre. Ich hatte bei jeder anderen Lebensführung das unklare Gefühl, es gesehen, vergessen und nicht wiedergefunden zu haben. Es hat mir die Befriedigung an allem, was bloß Rechnen und Denken ist, geraubt, hat mich aber auch nach jedem Abenteuer und von jeder Leidenschaft mit dem schalen Gefühl der Verfehlung nach Hause kommen lassen, bis ich schließlich beinahe alle Lust am Wirken verlor. Das ist geschehen, weil ich mich durch nichts zwingen lassen wollte, den Bereich der Bedeutung zu verlassen. Nun könnte ich auch sagen, was «Motiv» ist. Motiv ist, was mich von Bedeutung zu Bedeutung führt. Es geschieht etwas oder es wird etwas gesagt, und das vermehrt den Sinn zweier Menschenleben und verbindet sie durch den Sinn, und was geschieht, welchen physischen oder rechtlichen Begriff es darstellt, bleibt dabei ganz gleichgültig, es gehört überhaupt nicht dazu.

Aber kann ich mir vorstellen, was das in seiner ganzen Ausdehnung besagt, ach, nur in seiner nächsten? Ich muß es versuchen. Ein Mensch tut etwas .. : nein, ich darf nicht ausweichen, Professor Lindner tut etwas! Er erregt Agathes Neigung. Ich spüre dieses Geschehen, möchte es verderben und widerlegen, und – in dem Augenblick, wo ich meiner Abneigung nachgebe, trete ich aus dem Kreis der Bedeutung hinaus. Was ich fühle, kann niemals Motiv für Agathe werden. Meine Brust mag voll Ärger oder Zorn, mein Kopf ein Arsenal spitzer und blitzender Einwände sein – mein Herz ist leer! Mein Zustand ist dann plötzlich negativ! Mein Zustand ist nicht mehr positiv! Da ist mir nun wieder ein wunderliches Begriffspaar unter die Finger geraten. Warum komme ich auf die Bezeichnungen «positiv» und «negativ»? Ich erinnere mich unerwartet an einen Tag, wo ich auch vor einem Papier saß und den Versuch machte zu schreiben, – damals hätte es ein Brief an Agathe werden sollen. Und allmählich entsinne ich mich: Ein Zustand des «Tu!» und einer des «Tu nicht!» als die beiden Mischungsbestandteile jeder Moral, das «Tu» in ihrem Aufstieg vorwaltend, das «Tu nicht» während ihrer gesättigten Herrschaft, – ist dieses Verhältnis von «Forderung» und «Verbot» nicht das gleiche, was ich heute positiv und negativ nenne? Die Beziehung zwischen Agathe und mir dadurch gekennzeichnet, daß alles Forderung ist und nichts Verbot? Ich erinnere mich, daß ich damals von Agathes leidenschaftlicher, bejahender Güte gesprochen habe, die in einer Zeit, wo man so etwas nicht mehr versteht, wie ein uraltes Laster aussieht. Ich habe gesagt: es ist wie Heimkehr nach längster Zeit und das Wasser aus dem Brunnen seines Dorfes zu trinken! Und Forderung heißt natürlich nicht, daß wir fordern, sondern daß alles, was wir tun, das Höchste von uns fordere.

Den Kreis des Bedeutenden nicht zu verlassen, wäre also das gleiche wie ein Leben in reiner Positivität? Ich erschrecke beinahe bei dem Gedanken, daß es auch das gleiche ist wie «wesentlich leben», obwohl ich das erwarten mußte. Denn was sollte wesentlich anderes bedeuten? Das Wort stammt wohl aus der Mystik oder der Metaphysik und bezeichnet den Gegensatz zu allem irdischen friedelosen und zweifelvollen Geschehen; aber seit wir uns vom Himmel getrennt haben, lebt es auf Erden als die Sehnsucht, unter tausenden moralischen Überzeugungen die einzige zu finden, die dem Leben einen Sinn ohne Wandel gibt. Gespräche ohne Ende zwischen mir und Agathe darüber! Ihr jugendliches Verlangen nach moralischer Belehrung neben dem

Trotz, worin sie Hagauer töten wollte und ihn wenigstens am Besitz wirklich geschädigt hat! Und das gleiche Suchen nach Überzeugung allenthalben in der Welt; die Ahnung, daß der Mensch nicht ohne Moral leben kann, und die tiefe Beunruhigung darüber, daß seine eigenen Gefühle eine jede zersetzen! Worin liegt die Möglichkeit eines «ganzen» Lebens, einer «vollen» Überzeugung, einer Liebe, die ohne jede Beteiligung von Nichtliebe, ohne einen Rest von Selbst- und Ichsucht ist? Das heißt doch: nur positiv leben. Und es heißt: kein Geschehen ohne «Bedeutung» zulassen wollen, jedesmal wenn ich von einem «nie endenden Zustand» im Gegensatz zur «ewigen vergeblichen Augenblicklichkeit» unseres üblichen Handelns spreche oder von der Zuordnung jedes Augenblickszustands zu einem «Dauerzustand» des Gefühls, die uns die «Verantwortlichkeit» wiedergibt. Ich könnte seitenlang in der Wiederholung solcher Ausdrücke fortfahren, die das, was wir meinten, von irgendeiner Seite bezeichneten. Wir haben das als «wesenhaft leben» zusammengefaßt, und auch von andern so zusammenfassen hören, immer etwas in Verlegenheit wegen des schwülstig-übersinnlichen Beiklangs, den dieses Wort hat, aber wir besaßen keines, das einfacher zu gebrauchen war. Es ist also wohl keine geringe Überraschung, wenn ich das, was ich in den Wolken suchte, mit einemmal beinahe in meiner Hand finde!

Allerdings gehört es zu den Eigentümlichkeiten unseres Zustands, daß jede neue Betrachtung alle älteren in sich aufnimmt, so daß es unter ihnen keine Rangfolge gibt, sie scheinen vielmehr unendlich verstrickt zu sein. Ich könnte fortfahren und unseren Zustand ebensogut großmütig nennen, das habe ich überdies vor Tagen schon getan, wie ich ihn auch als schöpferisch zu kennzeichnen vermöchte, denn Schaffen und Schöpfung ist nur möglich in einem durch und durch positiven Verhalten, und so stimmt auch das überein; schließlich wäre ein solches Leben, wo jeder Augenblick so bedeutend wie möglich sein soll, auch noch jenes «Leben im Sinne der maximalen Forderung», das ich mir manchmal als die seelische Ergänzung zu der wortkargen Entschlossenheit der wirklichen Wissenschaft vorgestellt habe. Aber ob maximal, großmütig, schöpferisch oder bedeutsam, wesenhaft oder ganz, wie mache ich es, daß meine Empfindungen für Professor Lindner so seien? Das ist die Frage, zu der es zurückzukehren heißt, das Experimentum crucis, der Kreuzweg! Mir fällt ein, daß ich ihm die Möglichkeit abgesprochen habe, an Agathe teilzunehmen. Warum? Weil Teilnahme, ja schon Verständnis, niemals durch ein «Sich in den anderen Hineinversetzen» möglich ist, sondern nur in der Weise, daß man gemeinsam an etwas Größerem teilhat. Auch ich vermag nicht die Kopfschmerzen meiner Schwester mitzuempfinden; aber ich finde mich mit ihr in einen Zustand versetzt, wo es keinen Schmerz gibt oder wo auch der Schmerz die schwebenden Flügel der Seligkeit hat!

Ich bezweifle es, ich sehe die Übertreibung darin. Aber vielleicht geschieht das nur, weil ich nicht der Extase fähig bin?

Zu Lindner müßte ich mich auch ungefähr so verhalten, als wäre ich mit ihm in Gott verbunden. Es genügt auch schon ein kleineres Ganzes wie die Nation oder irgendeine andere Bruderschaft. Wenigstens genügt es, um mir mein Verhalten vorzuzeichnen. Selbst eine gemeinsame Idee genügt. Es muß bloß etwas neues Lebendiges sein, das nicht bloß Lindner und ich ist. So lautet ja auch die Antwort auf Agathes Frage, was ein Widerspruch zweier Bücher bedeute, die man beide liebt: niemals eine Rechnung, ein Abwägen, sondern er bedeutet ein drittes Lebendiges, das beide Seiten in sich hüllt. Und so war das Leben, das mir immer, wenn auch selten deutlich, vor Augen stand: Die Menschen verbunden, ich mit den Menschen verbunden durch irgendetwas, das uns auf unsere hundert Abneigungen verzichten macht. Die Widersprüche und Feindseligkeiten, die es zwischen uns gibt, kann man nicht verleugnen, aber man kann sie sich «aufgehoben» denken, so wie der starke Strom einer Flüssigkeit aufhebt, was er auf seinem Weg trifft. Zwischen den Menschen gäbe es dann gewisse Empfindungen nicht, und andere gäbe es. Alle unmöglichen ließen sich zusammenfassen als neutrale und negative; als kleinliche, nagende, verengende, niedrige, aber auch als gleichgültige oder bloß in den notwendigen Beziehungen wurzelnde. So sind die verbleibenden groß, schwellend, fordernd, beschwert, bejahend, steigend: Ich kann das in der Eile nicht ausreichend beschreiben, aber es stack wie ein Traum in der Tiefe meines Körpers, und habe ich nicht am Ende einfach alle Menschen und das Leben lieben wollen?! Ich mit meinen Armen, meinen bis zur Bösartigkeit trainierten Muskeln wäre im Grunde nichts als liebebedürftig und liebestoll? Ist dies die Geheimformel meines Lebens?

Ich kann mir das vorstellen, wenn ich phantasiere und an die Welt und an die Menschen denke, aber nicht, wenn ich an Lindner denke, den bestimmten, lächerlichen, den Mann, den Agathe morgen vielleicht wieder besucht, um mit ihm zu besprechen, was sie mit mir nicht bespricht. Also bleibt übrig? Daß es zwei ungefähr zu trennende Gruppen von Gefühlen gibt, die ich jetzt wieder nur als positive und negative Zustände bezeichnen möchte, ohne sie damit zu bewerten und bloß nach einer Eigentümlichkeit ihrer Erscheinung; obwohl ich den einen dieser beiden Gesamtzustände aus tiefer (das heißt auch: gut verborgener) Seele liebe. Und es bleibt Wirklichkeit, daß ich mich jetzt in diesem Zustand fast dauernd befinde, und Agathe auch! Vielleicht ist das ein großer Versuch, den das Schicksal mit mir vorhat.

Vielleicht ist alles, was ich versucht habe, nur dazu da gewesen, daß ich dieses erlebe. Aber ich fürchte auch, daß sich in allem, was ich bis jetzt zu sehen vermeine, ein Zirkelschluß verbirgt. Denn ich will nicht – wenn ich nun auf das ursprüngliche Motiv zurückgreife – aus dem Zustand der «Bedeutung» hinaus, und wenn ich mir sagen will, was Bedeutung sei, so komme ich immer wieder nur auf den Zustand, wie ich bin, und wie ich jetzt bin, das ist eben, daß ich aus einem bestimmten Zustand nicht hinaus will! So glaube ich nicht, die Wahrheit zu sehen, aber bloß subjektiv ist, was ich erlebe, gewiß auch nicht, es greift mit tausend Armen nach der Wahrheit. Es könnte mir deshalb wahrhaftig als eine Suggestion erscheinen. Alle meine Gefühle sind ja merkwürdig gleichartig oder gleichgerichtet, und die widerstrebenden sind ausgeschaltet, und ein solcher Affektzustand, der das Handeln einheitlich regelt, ist gerade das, was als das Hauptstück einer Suggestion angesehen wird. Aber kann etwas eine Suggestion sein, dessen Vorankündigung, dessen erste Spur ich beinahe mein ganzes Leben zurück zu verfolgen vermag?!

Also bleibt übrig? Es ist nicht Einbildung und nicht Wirklichkeit; ich müßte, wenn es auch nicht Suggestion ist, beinahe daraus schließen, daß es beginnende Überwirklichkeit sei.

52

Die drei Schwestern

Ulrich fragte: «Was willst du von mir, meine Kleider, meine Bücher, mein Haus, meine Aussichten auf die Zukunft? Was soll ich dir schenken? Ich möchte dir alles geben, was ich habe.»

Agathe erwiderte: «Schneide dir einen Arm für mich ab oder wenigstens einen Finger!»

Sie hielten sich zu ebener Erde im Besuchszimmer auf, dessen hohe, schmale, oben runde Fenster das junge, weiche Vormittagslicht vermischt mit Baumschatten in den spiegelnden Fußboden fallen ließen. Blickte man an sich hinunter, so war das ähnlich auszunehmen, als erblickte man unter seinen Füßen den entfärbten Himmel mit Helligkeit und Wolken durch ein bräunliches Glas. Die Geschwister hatten sich so sehr zurückgezogen, daß kaum noch die Gefahr bestand, sie könnten durch einen Besuch gestört werden.

«Du bist zu bescheiden!» fuhr Ulrich fort. «Verlange doch mein Leben! Ich glaube, daß ich es für dich von mir streifen könnte. Aber Finger? Ich muß bekennen: ein Finger, das liegt mir gar nicht!»

Er lachte. Seine Schwester mit ihm; aber ihr Gesicht behielt doch den Ausdruck des Menschen, der einen anderen über etwas scherzen sieht, das ihm selbst ernst ist.

Nun kehrte Ulrich den Spieß um: «Wenn man liebt, schenkt man, man ‹behält nichts für sich›, man will nichts allein besitzen: warum willst du Lindner für dich allein besitzen?» fragte er.

«Ich besitze ihn doch überhaupt nicht!» erwiderte Agathe.

«Du besitzt deine heimlichen Gefühle für ihn und deine heimlichen Gedanken über ihn. Deinen Irrtum über ihn!»

«Und warum schneidest du dir denn nicht einen Arm ab?!» fragte Agathe herausfordernd.

«Wir werden ihn abschneiden» gab nun Ulrich zur Antwort. «Aber im Augenblick frage ich mich noch, welches Leben daraus entstehen müßte, wenn ich wirklich alle Selbstigkeit aufgäbe und die andren ebenso täten? Alle sich selbst mit allen gemeinsam hätten; nicht nur den Eßnapf und das Bett, sondern wirklich sich selbst, so daß jeder den Nächsten liebte wie sich selbst und keiner sich selbst am nächsten wäre.»

Agathe sagte: «Irgendwie müßte das möglich sein.»

«Kannst du dir denken, daß du einen Geliebten mit einer anderen Frau gemeinsam hättest?» fragte Ulrich.

«Ich kann es mir denken» behauptete Agathe. «Ich kann es mir sogar sehr schön denken! Ich kann mir bloß die Frau dazu nicht denken.»

Ulrich lachte.

Agathe machte eine abwehrende Bewegung dagegen. «Ich habe eine besondere persönliche Abneigung gegen Frauen» sagte sie.

«Eben! Eben! Und ich liebe Männer nicht!»

Agathe war ein wenig beleidigt durch seinen Spott, weil sie fühlte, daß er nicht unberechtigt war, und sie sagte das nicht mehr, was sie zu sagen vorgehabt hatte.

Ulrich begann in die entstehende Leere hinein, um sie aufzumuntern, etwas zu erzählen, das er, in dem abgelenkten Zustand während des Rasierens, unlängst zusammengeträumt hatte: «Du weißt doch, daß es Zeiten gab, wo vornehme Damen,» sagte er «wenn ihnen ein Sklave gefiel, diesen verschneiden lassen konnten, so daß sie an ihm ihre Lust hatten, aber die Vornehmheit ihrer Nachkommenschaft nicht gefährdeten.»

Agathe wußte es nicht, aber sie zeigte das nicht. Dagegen erinnerte sie sich nun, einmal gelesen zu haben, daß bei irgendwelchen ungesitteten Völkern jede Frau auch alle Brüder ihres Mannes mit heirate und ihnen in allem dienen müsse, und jedesmal wenn sie sich solche sklavische Erniedrigung vorstellte, zog sie ein unwilliger, und doch nicht ganz unwillkommener, Schauder zusammen. Aber auch davon zeigte sie ihrem Bruder nichts.

«.. ob so etwas oft vorgekommen ist oder nur als Ausnahme, weiß ich nicht, das spielt auch keine Rolle,» war Ulrich unterdessen fortgefahren «denn ich habe, wie ich jetzt wohl gestehen muß, nur an den Sklaven gedacht. Ich habe, genau gesagt, an den Augenblick gedacht, wo er zum erstenmal das Krankenlager verläßt und der Welt wieder gegenübersteht. Zunächst wird sich natürlich der am Eingang der Ereignisse erstarrte Wille zur Auflehnung und Abwehr wieder regen und auftauen. Aber dann muß das Bewußtsein kommen, daß es zu spät ist. Der Zorn will sich empören, aber da kommen nacheinander hinzu: Erinnerung an erlittenen Schmerz, feiges Erwachen einer Angst, der bloß das Bewußtsein entzogen worden war, schließlich jene Demut, die unwiderruflich gewordene Demütigung bedeutet, und diese Gefühle halten jetzt den Zorn nieder, so wie man den Sklaven selbst niedergehalten hat, während man den Eingriff an ihm vornahm.» Ulrich unterbrach diese sonderbare Darstellung und suchte nach Worten, seine Augenlider waren nachdenklicherweise gesenkt. «Bloß körperlich könnte er sich ja zweifellos noch ermannen,» fuhr er fort «aber eine merkwürdige Beschämung wird ihn daran hindern, es zu tun, denn er muß erkennen, daß es in einer alles umfassenden Weise zwecklos ist, er ist ja kein Mann mehr, er ist in ein mädchenhaftes Dasein erniedrigt, in das Dasein eines Handtuches, eines Taschentuches, einer Tasse, irgendwelcher Wesen, die, nicht ohne Zärtlichkeit, dienen dürfen. Ich möchte den Augenblick kennen, wo er dann, zum erstenmal wieder, vor seine Peinigerin gerufen wird und das, was sie mit ihm vorhat, in ihren Augen liest ...»

Agathe lachte spöttisch auf. «Recht seltsame Gedanken hast du dir gemacht, Ulo! Und wenn ich denke, daß dein Sklave vor seiner Entmannung vielleicht ein Metzger oder fescher Hausdiener gewesen ist ..?»

Ulrich lachte harmlos mit. «Dann fände ich wohl selbst meine Schilderung seiner Seelenerweckung beunruhigend komisch» gab er zu. Er war selbst froh darüber, daß diesem anrüchigen Gefühlsbericht ein Ende bereitet wurde. Denn es mußte ihm wohl unversehens verschiedenes in den Kopf gekommen sein, was nicht dahin gehörte: so als ob etwas von den mythologischen ihre Anbeter verzehrenden Göttinen oder den Siamesischen Zwillingen bis zum Masochismus oder zum Kastrationskomplex mit dem Fingernagel über das zweifelhafte Tastenwerk der zeitgenössischen Seelenlehre gefahren wäre! Als er zu lachen aufhörte, machte er unvermittelt ein erbittertes Gesicht.

Agathe legte die Hand auf seinen Arm. In ihren grauen Augen zuckten die winzigen Schatten einer verhohlenen Erregung. «Aber warum hast du mir das erzählt?» fragte sie.

«Ich weiß nicht» sagte Ulrich.

«Ich glaube, du hast an mich gedacht» behauptete sie.

«Unsinn!» wehrte Ulrich ab, und nach einer Weile fragte er: «Weißt du, daß heute wieder ein Brief von Hagauer gekommen ist?» und begann scheinbar damit von etwas anderem zu sprechen.

Die Briefe Hagauers, die damals eintrafen, wurden von einem zum andern bedrohlicher. «Ich verstehe nicht, warum er sich unter diesen Umständen nicht auf die Bahn setzt und herkommt, um eine Aufklärung zu erzwingen» fuhr Ulrich fort.

«Er wird keine Zeit dazu finden» sagte Agathe.

Und so verhielt es sich auch. Hagauer war anfangs einigemal dazu entschlossen gewesen, aber da war jedesmal etwas dazwischen gekommen, und dann hatte er sich etwas an das Alleinsein gewöhnt. Es schien ihm ganz gut zu sein, eine Weile ohne Frau zu leben: der Mann soll nicht allzu glücklich sein oder es allzu bequem haben, – es ist das eine heroische Lebensauffassung. So trat Hagauer seinem Mißgeschick tatkräftig entgegen und hatte die Genugtuung wahrzunehmen, daß nicht nur die Zeit Wunden zu heilen vermag, sondern auch der Zeitmangel. Das hinderte ihn aber natürlich nicht, in der Forderung fortzufahren, daß Agathe zurückkehre, ja er konnte sich dieser Ordnungsfrage mit dem ungestörten Verstande eines Mannes widmen, der die Kinder seines Gefühls zu Bett geschickt hat. Er nahm gründlich noch einmal Einsicht in alle Dokumente, die er wohlgeordnet aufbewahrte, und las Abend für Abend alle persönlichen Schreiben seines verstorbenen Schwiegervaters durch, ohne auch nur in einem dieser Schriftstücke eine Andeutung der Überraschung zu finden, mit der man ihm aufgewartet hatte. Und daß ein Mann, den er immer als Vorbild hatte verehren dürfen, im letzten Augenblick seinen Sinn geändert haben könnte oder durch Jahre sein Testament mit Nachlässigkeit nicht veränderten Umständen angepaßt haben sollte, erschien Hagauer desto unwahrscheinlicher, je öfter er die Bändchen gelöst und die Aufschriftzettel entfernt hatte, mit denen er seinen Briefwechsel und andere schriftliche Angelegenheiten in Ordnung hielt. Er vermied es, darüber nachzudenken, wie dann das Ergebnis zustandegekommen sei, das schließlich vorlag, und kam mit sich überein, daß irgendein Irrtum, irgendeine Flüchtigkeit, irgendeine schuldhafte oder schuldlose Fahrlässigkeit, irgendein advokatorischer Kniff dahinter stecken müsse. In dieser Auffassung, die es ihm erlaubte, sein Gemüt noch zu schonen, ohne darüber seine Zeit zu versäumen, begnügte er sich damit, genaue Aufstellungen und Belege zu fordern, und als diese nicht kamen, einen Rechtsanwalt zu Rate zu ziehn, denn er setzte nun als ordnungsliebender Mensch voraus, daß Agathe und Ulrich in ihrem verstockten Bestreben offenbar schon das gleiche getan haben müßten, und dürfte nicht hinter ihnen zurückbleiben. Nun übernahm der Rechtsanwalt das Briefeschreiben und wiederholte die Forderung der Aufklärung und verband mit ihr die der Rückkehr Agathes, teils weil es Hagauer so wünschte, der das Verhalten seiner Frau auf den Einfluß ihres Bruders schob, teils weil es in dieser unklaren und vielleicht düsteren Angelegenheit gegeben zu sein schien, daß man sich zunächst an den sicheren Tatbestand des «böswilligen Verlassens» halte; das andere sollte der Zukunft und vorsichtiger Auswertung der sich ergebenden Angriffspunkte überlassen bleiben. Von da an las Ulrich wieder die gegnerischen Briefe und verbrannte sie nicht. So oft er aber seither seiner Schwester vorhielt, daß es unaufschiebbar werde, sich gleichfalls rechtskämpferisch auszurüsten, hatte sie nichts davon wissen wollen, ja sie mochte nicht einmal seine Berichte anhören, und er hatte schließlich die ersten Schritte sogar ohne sie tun müssen, zuletzt bis sein eigener Rechtsanwalt darauf bestand, daß er Agathe selbst hören und seine Vollmachten von ihr empfangen müsse. Das war es, was ihr Ulrich jetzt mitteilte, alles auf einmal und hinzufügend, daß es ein recht unangenehmer juristischer Brief sei, was er zunächst schonend bloß ein «Schreiben Hagauers» genannt hatte. «Es ist wahrscheinlich sogar unvermeidlich und unversehens höchste Zeit geworden, daß wir unserem Anwalt mit aller Vorsicht und Zurückhaltung etwas von der gefährlichen Geschichte des Testaments anvertraun» vollendete er.

Agathe sah ihn lange und unentschlossen mit einem von innen geblendeten Blick an, ehe sie ihm darauf leise die Worte: «Das habe ich nicht gewollt ...!» zur Antwort gab.

Ulrich führte mit den Armen eine entschuldigende Bewegung aus und lächelte. Es ließ sich im Feuer der Güte leben auch ohne Brandstiftung, und der verbrecherische Kunstgriff, den sie am Vermächtnis ihres Vaters vorgenommen hatte, war längst überflüssig geworden: aber er war eben geschehn und ließ sich nicht ändern, ohne daß man sich eine Blöße gab. Ulrich verstand die Verbindung von Abwehr und Verzagtheit in der Antwort seiner Schwester. Agathe war indessen aufgestanden und hatte sich zwischen den Gegenständen des Zimmers hin und her bewegt ohne zu sprechen; jetzt ließ sie sich auf einem entfernteren Platz nieder und sah ihren Bruder noch immer schweigend an. Ulrich wußte, daß sie ihn in das Schweigen zurückziehen wollte, das wie eine Ruhematte aus kleinen Flammenspitzen war, und ein süßes Martertum forderte sein Herz zurück.

Ähnlich wie in der Musik oder im Gedicht, an einem Krankenlager oder in einer Kirche war der Kreis dessen, was ausgesprochen werden konnte, eigenartig eingeengt, und es hatte sich in ihrem Verkehr deutlich ein Unterschied zwischen Gesprächen herausgebildet, die statthaft waren, und solchen, die man nicht führen konnte. Es geschah aber nicht durch Feierlichkeit oder sonst eine gehobene Erwartung, sondern hatte seinen Ursprung scheinbar außerhalb des Persönlichen. Sie zögerten beide. Was sollte das nächste Wort sein, was sollten sie tun? Die Unsicherheit glich nun einem Netz, worin sich alle unausgesprochenen Worte gefangen hatten: das Geflecht bog sich wohl auseinander, aber sie vermochten nicht hindurchzubrechen, und in diesem Wortmangel schienen Blicke und Bewegungen weiter zu reichen als sonst, und die Umrisse, Farben und Flächen ein unaufhaltsames Gewicht zu haben: eine geheime Hemmung, die sonst in der Anordnung der Welt liegt und der Tiefe der Sinne Grenzen setzt, war schwächer geworden oder setzte zeitweilig aus. Und unabwendbar kam dann der Augenblick, wo das Haus, darin sie sich befanden, einem Schiff glich, das auf eine unendliche, nur dieses Schiff widerspiegelnde Einöde hinausgleitet: die Geräusche der Ufer werden immer schwächer, und schließlich erstirbt alle Bewegung; die Gegenstände werden dann ganz stumm und verlieren die unhörbare Stimme, mit der sie den Menschen ansprechen; die Worte fallen, ehe sie noch gedacht sind, wie kranke Vögel aus der Luft und ersterben; das Leben hat nicht einmal mehr die Kraft, die kleinen, flinken Entschlüsse hervorzubringen, die so wichtig wie unbedeutend sind: aufzustehen, einen Hut zu nehmen, eine Tür zu öffnen oder etwas zu sagen. Zwischen dem Haus und der Straße lag dann plötzlich ein Nichts, durch das weder Agathe noch Ulrich hindurchkonnten, aber im Zimmer war der Raum zu einem höchsten Glanz geschliffen, der geschärft und gebrechlich wie alles Höchstvollendete war, wenn ihn das Auge auch nicht unmittelbar wahrnahm. Das war die Angst der Liebenden, die auf der Höhe des Gefühls nicht mehr wußten, welche Richtung aufwärts und welche abwärts führt. Sahen sie jetzt einander an, so konnte sich das Auge in süßer Qual nicht von dem Anblick zurückziehen, den es sah, und versank wie in einer Blumenwand, ohne auf Grund zu stoßen. «Was mögen jetzt die Uhren machen?» fiel Agathe mit einemmal ein und erinnerte sie an den kleinen, idiotischen Sekundenzeiger von Ulrichs Uhr mit seinem genauen Vorrücken den engen Kreis entlang; die Uhr stack in der Tasche unter dem letzten Rippenbogen, als wäre dort die letzte Rettungsstelle der Vernunft, und Agathe sehnte sich danach, sie hervorzuziehen. Ihr Blick löste sich von dem ihres Bruders: wie schmerzhaft war dieser Rückzug! Sie fühlten beide, daß es hart ans Komische streifte, dieses gemeinsame Schweigen unter dem Druck eines schweren Berges von Seligkeit oder Ohnmacht.

Und plötzlich sagte Ulrich, ohne daß er sich vorher überlegt hätte, gerade das zu sagen: «Die Wolke des Polonius, die bald als Schiff, bald als Kameel erscheint, ist nicht die Schwäche eines nachgiebigen Höflings, sondern bezeichnet ganz und gar die Art, in der uns Gott geschaffen hat!»

Agathe konnte nicht wissen, was er meine; aber weiß man es immer bei einem Gedicht? Wenn es gefällt, öffnet es die Lippen und macht lächeln, und Agathe lächelte. Sie war schön mit den geschwungenen Lippen, aber Ulrich hatte dabei Zeit, und nach und nach besann er sich auf das, was er gedacht hatte, ehe er das Schweigen brach. Natürlich hatte er viel gedacht. Er hatte sich zum Beispiel vorgestellt, Agathe trage eine Brille. Damals galt eine Frau mit einer Brille noch als komisch und sah wirklich zum Lachen oder auch bedauerlich aus; aber es bereitete sich auch schon die Zeit vor, wo sie damit, wie noch heute, unternehmungslustig, ja geradezu jung aussah. Dem liegen die fest erworbenen Gewohnheiten des Bewußtseins zugrunde, die wechseln, aber in irgendeiner Verbindung immer da sind und die Schablone bilden, durch die alle Wahrnehmungen hindurchgehn, ehe sie zu Bewußtsein kommen, so daß in gewissem Sinne immer das Ganze, das man zu erleben glaubt, die Ursache von dem ist, was man erlebt. Und selten macht man sich eine Vorstellung davon, wie weit das reicht und daß es von schön und häßlich, von gut und böse, wo es noch natürlich zu sein scheint, daß des einen Morgenwolke des anderen Kameel sei, über bitter und süß oder duftig und übelriechend, die schon etwas Sachliches haben, bis zu den Sachen selbst reicht mit ihren genau und unpersönlich zugewiesenen Eigenschaften, deren Wahrnehmung scheinbar ganz unabhängig von geistigen Vorurteilen ist, und es in Wahrheit nur zum großen Teil ist. In Wahrheit ist das Verhältnis der Außen- zur Innenwelt nicht das eines Stempels, der in einen empfangenden Stoff sein Bild prägt, sondern das eines Prägstocks, der sich dabei deformiert, so daß sich seine Zeichnung, ohne daß ihr Zusammenhang zerrisse, zu merkwürdig verschiedenen Bildern verändern kann. Also daß auch Ulrich, wenn er zu denken vermochte, daß er Agathe mit einer Brille vor sich sehe, ebenso denken konnte, daß sie Lindner oder Hagauer liebe, daß sie seine «Schwester» sei oder «das zwillinghaft halb mit ihm vereinte Wesen», und keinmal war es eine andere Agathe, die vor ihm saß, sondern ein anderes Dasitzen, eine andere sie umschließende Welt, so wie eine durchsichtige Kugel, die in ein unbeschreibliches Licht taucht. Und es schien ihnen beiden, daß der tiefste Sinn des Halts, den sie aneinander suchten und den überhaupt ein Mensch am andern sucht, darin liege. Sie glichen ja zwei Menschen, die Hand in Hand aus dem Kreis, der sie fest umschlossen hat, hinausgetreten sind, ohne schon in einem anderen Kreis zu Hause zu sein. Darin lag etwas, das sich den gewöhnlichen Begriffen des Zusammenlebens nicht unterordnen ließ

ZU KAKANIEN

Eine Einschaltung über Kakanien. Der Herd des Weltkriegs
ist auch der Geburtsort des Dichters Feuermaul

Es darf vorausgesetzt werden, daß das Wort «Der Herd des Weltkriegs», seit es diesen Gegenstand gibt, zwar oft benutzt worden ist,
stets jedoch mit einer gewissen Ungenauigkeit in der Frage, wo dieser
Gegenstand seinen Platz habe. Ältere Leute, die noch persönliche Erinnerungen an jene Zeit besitzen, denken da wohl an Sarajewo, doch
fühlen sie selbst, daß diese kleine bosnische Stadt bloß das Ofenloch
gewesen sein kann, durch das der Wind einfuhr. Gebildete Leute werden ihre Gedanken auf die politischen Knotenpunkte und Welthaupt-
städte richten. Noch höher Gebildete dürften mit Sicherheit außerdem
die Namen von Essen, Creuzot, Pilsen und der übrigen Zentren der
Waffenindustrie im Gedächtnis haben. Und ganz Gebildete werden
dem etwas aus der Petroleum-, Kali- und sonstigen Gütergeographie
hinzufügen, denn so hat man es oft gelesen. Aus all dem folgt aber
bloß, daß der Herd des Weltkriegs kein gewöhnlicher Herd gewesen
ist, denn er stand an mehreren Orten gleichzeitig.
   Vielleicht sagt man darauf, daß dieses Wort bloß bildlich zu verstehen sei. Aber dem ist in so voller Weise zuzustimmen, daß sich alsbald noch viel größere Verlegenheiten daraus ergeben. Denn gesetzt
nun, es wolle Herd in seiner Bildlichkeit ungefähr das gleiche bedeuten
wie Ursprung oder Ursache ohne solche, so weiß man zwar, daß der
Ursprung aller Dinge und Geschehnisse Gott ist, aber anderseits hat
man nichts davon. Denn mit den Ursprüngen und Ursachen ist es so
bestellt, wie wenn einer seine Eltern suchen geht: Zunächst hat er zwei,
und das ist unbezweifelbar; bei den Großeltern aber sind es schon zwei
zum Quadrat, bei den Urgroßeltern zwei zur Dritten und so fort in
einer sich mächtig öffnenden Reihe, die sich nirgends bezweifeln läßt,
aber das merkwürdige Ergebnis hat, daß es am Ursprung der Zeiten
schon eine fast unendliche Unzahl von Menschen bloß zu dem Zweck
gegeben haben müßte, einen einzigen der heutigen hervorzubringen.
Wenn das auch schmeichelhaft ist und der Bedeutung entspricht, die
der Einzelne in sich fühlt, so rechnet man heute doch zu genau, als
daß man es glauben könnte. Schweren Herzens muß man also auf seine
persönliche Ahnenreihe verzichten und annehmen, daß man «ab ir-

gendwo» gruppenweise gemeinsam abstamme. Und das hat verschiedene Folgen. So die, daß die Menschen sich teils für «Brüder» halten, teils für «Fremdstämmlinge», ohne daß einer diese Grenze zu bestimmen wüßte, denn das, was man Nation und Rasse heißt, sind Ergebnisse und keine Ursachen. Eine andere Folge, nicht minder einflußreich, wenn sie auch nicht so offen zu Tage liegt, ist die, daß Herr Beliebig nicht mehr weiß, wo er seine Ursache hat; er fühlt sich infolgedessen wie einen abgeschnittenen Faden, den die fleißige Nadel des Lebens haltlos aus- und einzieht, weil man vergessen hat, ihm einen Knopf zu machen. Eine dritte, jetzt erst aufdämmernde, zum Beispiel die, daß man noch nicht nachgerechnet hat, ob und inwieweit es Herrn Ebenso-Beliebig doppelt und mehrfach gibt; im Bereich des erblich Möglichen liegt das durchaus, bloß weiß man nicht, wie groß die Wahrscheinlichkeit ist, daß es einem wirklich widerfahren könnte, sich selbst zu begegnen, aber ein dumpfer Druck davon, daß es bei der heutigen Natur des Menschen nicht ganz ausgeschlossen sein kann, liegt sozusagen in der Luft.

Und sicher wäre es nicht einmal das Schlimmste. Graf Leinsdorf, der einen Augenblick mit Ulrich sprach, erging sich über die adelige Einrichtung der Kammerherrn. «Sechzehn adelige Ahnen muß ein Kämmerer haben, und darüber halten sich die Leute auf, daß das eine Arroganz sein soll: aber ich bitt Sie, was tun denn die Leute selber? Nachmachen tuns uns mit ihren Rassentheorien» erläuterte er «und übertreiben das gleich in einer ganz und gar unvornehmen Weise. Meinethalben können wir alle vom gleichen Adam abstammen, ein Leinsdorf bleibt trotzdem ein Leinsdorf, denn das ist lang nicht so sehr eine Sache des Bluts wie eine der Bildung!» Seine Erlaucht war gereizt durch das Eindringen völkischer Elemente in die Parallelaktion, das man aus verschiedenen Rücksichten bis zu einem gewissen Grad dulden mußte. Der Nationalismus war damals bereits nahe daran, seine erste blutige Blüte zu treiben, aber kein Mensch wußte es, denn er sah trotz der nahen Erfüllung noch nicht fürchterlich, sondern erst lächerlich aus; sein geistiges Antlitz bestand in der Hauptsache aus Büchern, die mit der fleißigen Belesenheit eines Gelehrten und der vollen Wahllosigkeit des ungeschulten Denkens von Verfassern zusammengestellt wurden, die irgendwo am Land als Volksschullehrer oder kleine Zollbeamte lebten

Erprobung von:
«Eine Einschaltung über Kknien: Der Herd des ⎫
Weltkriegs ist zugleich der Geburtsort des Dichters ⎬ Ev. Titel.
Feuermaul.» ⎭
Feuer – Doppelsinn Schießen u Flamme??

Also wird man wohl den naheliegenden Vorbehalt machen, daß dieses Wort «H.d.W.» bloß bildlich zu verstehen sei, und dem ist in so voller Weise zuzustimmen, daß sich daraus alsbald neue Verlegenheiten ergeben werden; will dagegen gesagt sein, Herd bedeute soviel wie Ursache-Komplex u. ein solcher sei bei allen menschlichen Vorgängen verwickelt und weit ausgebreitet, so muß sogleich widersprochen werden. Denn verfolgt man Ursachen geradlinig zurück, so führen sie schnurstracks auf Gott als die Prima Causa alles Geschehens; das gehört zu den wenigen Fragen, an denen die Jahrhunderte der Theologie keinen Zweifel hinterlassen haben. Anderseits ist das aber so, wie wenn einer vom Vater zum Vatersvater, vom Vatersvater zum Vater und Vatersvater des Vatersvaters und in dieser Linie weiter geht: er wird niemals einen vollen Inbegriff seiner Abstammung erlangen. M a W: die Ursachenkette ist eine Weberkette, es gehört ein Einschlag zu ihr und alsbald lösen sich die Ursachen in ein Gewirk auf. Längst hat man die Ursachenforschung in der Wissenschaft aufgegeben oder wenigstens stark zurückgedrängt und durch eine funktionale Betrachtungsweise der Zusammenhänge ersetzt. Die Suche nach der Ursache gehört dem Hausgebrauch an, wo die Verliebtheit der Köchin die Ursache davon ist, daß die Suppe versalzen wurde. Auf den Weltkrieg angewendet, hat dieses Forschen nach einer Ursache und einem Verursacher das höchst positive negative Resultat gehabt, daß die Ursache überall und bei jedem war.

Es zeigt sich damit, daß man wahrhaftig ebenso gut Herd wie Ursache oder Schuld des Kriegs sagen kann; dann aber muß man wohl die ganze Betrachtungsweise durch eine andere ergänzen. Man gehe zu diesem Zweck versuchsweise von der Frage aus, warum in der // mit einem Mal der Dichter FF. auftauche und sogar – einen zwar entscheidenden, aber bloß kleinen Beitrag für ihre Geschichte hinterlassend – alsbald dauernd wieder aus ihr verschwinden werde. Die Antwort ist, daß dies wahrscheinlich notwendig war, daß es sich in keiner Weise hätte umgehen lassen, – denn alles was geschieht, hat ja einen zureichenden Grund, – daß die Gründe dieser Notwendigkeit aber völlig bedeutungslos sind oder, gerechter gesagt, nur für Fm selbst, seine Freundin Prof D. und deren Neiderin D. Wichtigkeit hatten, und auch diese Wichtigkeit nur für kurze Zeit. Es wäre platte Vergeudung, wollte man das erzählen. Würde Fm. nicht angestrebt haben, in der // eine Rolle zu spielen, so würde an seiner Statt ein anderer gekommen sein, und wenn es an diesem gefehlt haben sollte, etwas anderes: es gibt in der Verflechtung des Geschehens ein schmales Zwischenstück, wo dies und das mit seinen Unterschieden den Erfolg beeinflußt, auf die Länge vertreten die Sachen einander aber völlig, ja sie vertreten irgendwie auch die Personen bis auf ganz wenige. Auch Ah. wäre ebenso zu ersetzen gewesen; vielleicht nicht für D., wohl aber als Ursache ihrer Veränderungen und weiterhin der Wirkungen, die diese ausübten. Diese Auffassung, die man heute fast schon eine natürliche nennen darf, sieht fatalistisch aus, ist es aber nur solange, als man sie als ein Fatum hinnimmt. Ein Fatum waren aber auch die Naturgesetze, ehe man sie erforschte; nachdem dies geschehen war, ist es sogar gelungen, ihnen eine Technik überzuordnen.

/ Hier knüpft an: Fm., wie alle Personen der Erzählung bis auf U (u vielleicht LF) leugnet den Wert technischer u. ä. Vorhaben /

Solange dies nicht geschehen ist, kann man auch sagen, daß B., der Geburtsort des Dichters Fm., auch der Ursprungsherd des Weltkriegs gewesen ist. Deshalb geschieht es beiweitem nicht willkürlich; vielmehr bedeutet es soviel wie daß gewisse Erscheinungen, die in der ganzen Welt anzutreffen waren, und zu dem Herd gehörten, der, über den ganzen Erdball erstreckt, überall und nirgends war, sich in B. in einer Weise verdichteten, die den Sinn vor der Zeit zu Tage hob. Statt B. könnte man auch ganz Kknien setzen, aber in ihm war B. einer der ausgezeichneten Punkte. Diese Erscheinungen bestanden darin, daß sich in B. die Menschen ganz und gar nicht vertrugen, anderseits darin, daß der in ihrer Mitte geborene Dichter Fm. als den Grundsatz seines Schaffens die Behauptung wählte, der Mensch sei gut und man müsse sich bloß unmittelbar an die ihm einwohnende Güte wenden. Beides bedeutet das gleiche

Die Beschreibung nach II$_{III}$ 24 u. 25.

Es wäre gelogen, wenn man behaupten wollte, daß auch nur das Wenigste von dem damit Beschriebenen in einer aktuellen Weise zur Zeit in Fm. vorhanden war oder es zu irgendeiner Zeit in solcher Ausführlichkeit gewesen sei. Aber das Leben ist immer ausführlicher als sein Ergebnis; gleichsam Pflanzenkost, Berge von Blättern, um ein kleines Häufchen... zu erzeugen. Das Ergebnis sind ein paar Dispositionen des persönlichen Verhaltens.

Schm. Nationen-Kapitel

Dieses Kapitel, als Erinnerung an die Welt, eingeschaltet in den Zug der überaus persönlichen. Wirkt auch als Gegensatz zu dem a-Leben, das U. ausgedacht hat. Steht in Material-Ausgleich mit Für-In, Mg, Lds. Weltbild, Gn., Mus. ev. Dr Pf.

Gedankliche Grundlage zunächst: II R Fr 26 u. Schm. Üp. S 2. (auch S 1 +)

Grundidee: «Gleichschaltung» darstellen u ironisieren. (Tiefere Grundidee aber: Zeitalter des Empirismus)

Dem Durchschnittsmenschen ist das Extreme noch eher sympathisch als die strenge Wahrheit. (Notiert für W-Cl in II R Fr 1, Blge 11)

/ Soll sein: Nach Üp S 3 Reaktion auf //. Kann aber auch sein: Einleitung Soz. Fragestellung.

/ Vielleicht besser Cl. ? /

Während U u Ag hinter geschlossenen Kristallplatten lebten – durchaus nicht unwirklich u. ohne Ausblick auf die Welt, wohl aber in einem ungewöhnlichen, eindeutigen Licht, badete diese Welt jeden Morgen in dem hundertfältigen Licht eines neuen Tags. Jeden Morgen erwachen Städte u Dörfer, und wo immer sie es tun, geschieht es, weiß Gott, ungefähr auf die gleiche Weise; andererseits werden in einem Augenblick Menschen gezeugt u. getötet, u. mit dem gleichen Recht auf Dasein, das ein Riesendampfer ausdrückt, der geradeswegs zw. Europa u Amerika schwimmt, fliegen kleine Vögel von einem Ast zum andern. Irgendwie geschieht alles auf der Welt gleichförmig u gesetzlich eintönig, aber auf unzählige Weise abgewandelt, was je nach der Stimmung, in der man es betrachtet, ebensowohl selige Fülle als auch lächerlicher Überfluß ist. Und vielleicht ist selbst das Wort Naturgesetz – diese erhabene Regentschaft mechanischer Gesetze, die wir fröstelnd anbeten – noch ein viel zu persönlicher Ausdruck; Gesetze haben etwas von dem persönlichen Verhältnis eines Angeklagten zu seinem Richter oder eines Untertanen zu seinem König, sie haben etwas von contract sozial u beginnendem Liberalismus an sich. Die neuere Auffassung der Natur hat aber schon Nietzsche bemerkt als er schrieb: «Die Natur hat einen berechenbaren Verlauf, nicht weil Gesetze in ihr herrschen, sondern weil sie fehlen u. jede Macht in jedem Augenblick ihre letzte Konsequenz zieht.» Das ist ein Wort, das zu den Vorstellungen der heutigen Physik paßt, erst recht aber auf das biologische Geschehen gemünzt war, u. eine Ahnung solcher Gefühle liegt über dem heutigen Leben. Einst hieß: Du kannst tun, was du magst, soviel wie deinen Trieben folgen; aber man sollte nicht tun, was man mochte, u. erhaben gedachte Sittengesetze hinderten das. Heute fühlt jeder Mensch etwas davon, daß diese Sittengesetze ein Haufen von Widersprüchen sind und daß ihnen zu folgen soviel hieße wie jedem seiner Triebe fröhnen können u. er spürt eine wilde u. unheimliche Freiheit. Sie läßt ihm nur einen vorwärts führenden Weg: daß dieses Chaos auf eine ähnliche Weise wie das der Atombahnen schließlich doch einen bestimmten Wert ergebe, u. daß man mit der genaueren Kenntnis des Zusammenhangs auch wieder einen Sinn des Lebens haben werde.

Das ist ungefähr der Sinn des Übergangs vom Individualismus zum kollektivistischen Weltbild /Weltaufgabe/ (wobei keine Rede davon ist, daß der Wert der Persönlichkeit aufhöre, sie wird nur eine genauere Bewertung erhalten.)

Soll weitergehn – nach Schm Üp S 3 – auf: Br. ist nur ein Bild; aus unzähligen solchen integriert sich das Weltgeschehen. Weltzustand des Und, Weltzustand des geschichtlichen Bilderbuches.

Jeden Morgen badete also die Stadt B... u das ist erwähnenswert ebensowohl weil es Hunderttausende anderer Städte auch haben als auch weil der Stadt B. daraus eine geschichtliche Rolle erwuchs.

In dieser Spinn- u Webstadt war jener junge Schriftst. Fm. geboren worden, der in der // durch kurze Zeit, ja eigentlich nur episodisch, etwas Unruhe erregt hatte

? Erst bis: die Geistlichen sollen (Säbel) (Degen) bekommen: eine Idee Gf Ls. (Amt! Staat! Pazifism.!) Aber nur eine Nebenidee.

Vorher: Versuche, sich einzuschalten

Heimat u Internationalismus (Offze. u Einj)

Neuer: II R Fr 26 S 3 ff.
Danach:

Kknien ist der Staat des Sowohl als auch u. des Weder noch.	Haupt-
Den Menschen war alles zugleich Unlust u Lust.	ergebnis
Die Deutschen in Kkn. bekamen immer mehr B. u B.	des ersten
Übertrag: 2 Sprachen nicht [?] sprechen.	Teils.

Anknüpfung: Gerade in B. hat es zu großen Demonstrationen kommen müssen.
[...]

Nachträglich: Schm Ü P. S 3 Das am Rd. mit «Gleichschaltung» Bezeichnete ist eine Rekapitulation U's aus II, die sich Gn. inzwischen
zu eigen gemacht haben könnte.

àlh – àlb. eigentlich ein Zentralproblem s. Sch V+B S 7 Rd
s. NR 2, Notiz

Titel: Beschreibung einer Kknischen Stadt

2te Sitzung

GfL., träumerisch, unzufrieden kommt auf Gs. zurück. Das ist der
Auftrag, den U. erhält. Dem entzieht er sich passiv. Ablehnung des
Sozialen. II Fr 1 Blge 13.

Wodurch in der // plötzlich Änderungen eintreten. ib. + II R Fr 1
Blge 4 S 3

U's. Vorschlag: Ins 1000j. R!   ib. + II R Fr 6 Blg. 12, 2)

Ev technisch: U ist schon nicht mehr hingegangen. Hat Rotbart
geschickt. So diesen einführen. Gn. berichtet über alles. Dadurch alles
Material frei für 1te Sitzung, und Gelegenheit eines Generalkapitels!

Jetzt:

I. Nationen (Gn. bei U u Ag) ⎫
II. Gn – Gf L.   ⎬ s. II R Fr 26 S 6
                                              ⎭

Eines Tags saß der Gn vor den Geschwistern u sagte erstaunt zu U:
«Ja, liest du denn keine Zeitungen ?!»

Die Geschwister wurden so rot, als hätte sie der gute Stumm in
flagranti ertappt, denn mochte in ihrem Zustand auch schon alles möglich sein, daß sie es vermocht hätten, Zeitungen zu lesen, war nicht
möglich gewesen.

«Aber, man muß Zeitungen lesen!» sagte /mahnte/ der Gn. verlegen,
denn er hatte da eine unbegreifliche Tatsache aufgedeckt, u. es war
Diskretion, was ihn vorwurfsvoll hinzufügen ließ: In B. haben große
Demonstrationen gegen die // stattgefunden!

Wirklich, während U. u Ag. hinter geschlossenen Kristallplatten
lebten – durchaus nicht unwirklich u ohne Ausblick auf die Welt,
wohl aber in einem ungewöhnlichen, eindeutigen Licht, badete diese
Welt jeden Morgen in dem hundertfältigen Licht eines neuen Tags.
Jeden Morgen erwachen Städte u Dörfer, u. wo immer sie es tun,
geschieht es, weiß Gott, ungefähr auf die gleiche Weise; aber mit dem
gleichen Recht auf Dasein, das ein Riesendampfer ausdrückt, der
zwischen zwei Kontinenten unterwegs ist, fliegen kleine Vögel von

einem Ast zum andern, u. so geschieht alles zugleich sowohl etwas gleichförmig u vereinfacht als auch auf unzählige Weisen nutzlos abgewandelt u in einer hilflosen u seligen Fülle, die an die herrlichen u beschränkten Bilderbücher der Kinderzeit erinnert. U. u Ag. fühlten auch beide ihr Buch der Welt aufgeschlagen, denn B. war keine andere Stadt als jene (...), wo sie sich wiedergefunden hatten, nachdem ihr Vater dort gelebt hatte u gestorben war.

«Und gerade in B. hat es dazu kommen müssen!» wiederholte der Gn. bedeutsam.

«Du bist doch auch einmal dort in Garnison gewesen» bekräftigte U.

«Und der Dichter Fm. ist dort geboren» fügte St. hinzu.

«Richtig!» rief U. aus. «Hinter dem Theater! Von daher hat er wahrscheinlich seinen Ehrgeiz ein Dichter zu sein. Erinnerst du dich noch an dieses Theater? Es muß in den 80er oder 90er Jahren einen Baumeister gegeben haben, der in die meisten größeren Städte solche Theaterschatullen hinsetzte, die um und um mit Zierformen u. Statuenzierrat beschlagen waren. Und Fm. ist richtig in dieser Spinn- u Webstadt B. auf die Welt gekommen: als der Sohn eines wohlhabenden Tuchkommissionärs. Ich erinnere mich, daß diese Zwischenhändler aus mir unbekannten Gründen mehr verdienten als die Fabrikanten selbst; und die Fms. gehörten schon zu den reichsten Leuten in B., ehe der Vater in Ungarn mit Salpeter oder weiß Gott welcher Mordproduktion ein noch größeres neues Leben begann: Du bist doch gekommen, um dich bei mir nach Fm. zu erkundigen?» fragte U.

«Eigentlich nicht» erwiderte sein Freund. «Ich habe erhoben, daß sein Vater große Pulverlieferungen für das KM. hat: damit ist ja der Menschengüte seines Sohns im vorhinein ein Zügel angelegt. Der Beschluß bleibt Episode, dafür stehe ich dir gut!»

Aber U. hörte nicht. Es war ihm ein lang entbehrter Genuß, sich in einer ganz alltäglichen Weise reden zu hören; und scheinbar ging es Ag. auch so. «Dieses alte B. ist übrigens eine üble Stadt» fing er zu plaudern an. «In der Mitte liegt auf einem Berg eine alte häßliche Festung, deren Kasematten von der Mitte des 18. bis zu der des 19. Jhrdts. als Staatsgefängnis gedient haben und berüchtigt waren, und die ganze Stadt ist stolz darauf!»

«Der Lachberg /Spielberg, Gnadenberg, Freudenberg/» bestätigte der Gn. höflich.

«Das ist aber ein netter Lach-Berg!» rief Ag aus u ärgerte sich über ihr Bedürfnis nach Gewöhnlichkeit, als Stumm das Wortspiel geistvoll fand und ihr versicherte, daß er zwei Jahre in B. garnisoniert habe, ohne auf diesen Zusammenhang gekommen zu sein.

«Das wahre B. ist natürlich der Ring der Fabrikviertel, die Tuch- und Garnstadt!» fuhr U. fort u wandte sich an Ag. «Was sind das doch

große, schmale, schmutzige Häuserschachteln mit unzähligen Fenster-
löchern, Gäßchen, die nur aus Hofmauern und Eisentoren bestehn,
Straßen, die sich breit, ausgefahren und trostlos krümmen!» Ein paarmal hatte er nach dem Tod seines Vaters dieses Viertel durchstreift Er
sah die hohen Schornsteine wieder, an denen die schmutzigen Fahnen
des Rauches hingen, u. die ölüberzogenen Straßen (Fahrbahnen) Dann
verlor sich seine Erinnerung unvermittelt ins Bauernland, das auch
wirklich unvermittelt hinter den Fabrikmauern begann, mit schwerer,
fetter, fruchtbarer Erde, die im Frühling schwarz-braun aufbrach, mit
niedrigen, langen, längs der Straße liegenden Dörfern, u. Häusern, die
nicht nur in schreienden Farben angestrichen waren, sondern in solchen,
die mit unverständlich häßlicher Stimme schrien. Es war ein demü-
tiges und doch fremd-geheimnisvolles Bauernland, aus dem die Industrie ihre Arbeiter und Arbeiterinnen sog, weil es eingeengt zwischen
ausgedehnten Zuckerrübenplantagen des Großgrundbesitzes dalag, der
ihm nicht die nötigste Wohlhabenheit übrig gelassen hatte. Jeden
Morgen riefen die Fabriksirenen aus diesen Dörfern Scharen von
Bauern in die Stadt u verstreuten sie zwar des Abends wieder über das
Land, aber mit den Jahren blieben doch immer mehr dieser tschechi-
schen von dem öligen Wollstaub der Fabriken an Gesicht und Fingern
dunkelhäutigen Landleute in der Stadt zurück u. machten das dort
schon vorhandene slawische Kleinbürgertum kräftig wachsen.

Daraus ergaben sich schwierige Verhältnisse, denn die Stadt war
deutsch. Sie lag sogar in einer deutschen Sprachinsel, wenn auch auf
deren äußerster Spitze, und wußte sich seit dem 13. Jahrdt. in die
stolzen Erinnerungen deutscher Geschichte verflochten. Man konnte in
ihren deutschen Schulen lernen, daß hierorts schon der Türkenprediger
Kapistran wider die Hussiten gepredigt habe, zu einer Zeit, wo gute
Österreicher noch in Neapel geboren werden konnten; daß die Erb-
verbrüderung zwischen den Häusern Habsburg u Ungarn, die 1364
den Grund zur österrr. ungar. Monarchie gelegt hat, nirgends anders
abgeschlossen worden sei als hier; daß die Schweden im 30j. Krieg
diese tapfere Stadt einen ganzen Sommer lang belagert hatten, ohne
sie erobern zu können, und noch weniger hatten das die Preussen im
7jähr. Krieg vermocht. Natürlich war dadurch die Stadt ebenso auch
in die stolzen hussitischen Erinnerungen der Tschechen verflochten
und in die selbständigen geschichtlichen der Ungarn, möglicherweise
sogar auch in die der Neapolitaner, Schweden und Preussen, und es
fehlte in den nichtdeutschen Schulen der Stadt keineswegs an Hinweisen darauf, daß diese Stadt nicht deutsch sei und daß die Deutschen
ein Diebsvolk seien, das sich sogar fremde Vergangenheiten aneigne.
Es war merkwürdig, daß das nicht gehindert wurde, aber so gehörte es
zur weisen Mäßigung Kakaniens. Es gab dort viele solche Städte, und

alle sahen sie auch ähnlich aus. Am höchsten Punkt thronte ein Gefängnis, am zweithöchsten eine Bischofsresidenz, und ringsherum, gut auf die Stadt verteilt, fanden sich ungefähr noch 10 Klöster und Kasernen. War das geordnet, was man auch «die Staatsnotwendigkeiten» nannte, so überspannte man im übrigen die Einheitlichkeit und Einigkeit nicht, denn Kakanien war von einem in großen historischen Erfahrungen erworbenen Mißtrauen gegen alles Entweder-Oder beseelt und hatte immer eine Ahnung davon, daß es noch viel mehr Gegensätze in der Welt gebe, als die, an denen es schließlich zugrunde gegangen ist, u daß ein Gegensatz durchgreifend ausgetragen werden müsse. Sein Regierungsgrundsatz war das Sowohl-als-auch oder noch lieber mit weisester Mäßigung das Weder-noch. Man vertrat in Kknien. darum auch die Auffassung, daß es nicht vorsichtig sei, wenn die einfachen Leute, die es nicht nötig haben, zuviel lernen, und man legte auch keinen Wert darauf, daß es ihnen wirtschaftlich unbescheiden gut gehe Man gab gerne denen, die schon viel hatten, weil es da keine Gefahr mehr mit sich bringt, und setzte voraus, wenn in den anderen etwas Tüchtiges stecke, werde es sich selbst zeigen, denn Widerstände sind geeignet Männer zu erziehn.

Und so bewahrheitete es sich auch: unter den Gegnern wurden Männer erzogen, und die Deutschen bekamen, weil Besitz und Bildung in B. deutsch waren, mit Staates Hilfe immer mehr Besitz und Bildung. Wenn man durch die Straßen von B. ging, konnte man das daran erkennen, daß die erhalten gebliebenen schönen baulichen Zeugnisse der Vergangenheit, von denen es einige gab, zum Stolz der wohlhabenden Bürger zwischen vielen Zeugnissen der Neuzeit standen, die sich nicht bloß damit begnügten, gotisch, Renaissance oder Barock zu sein, sondern von der Möglichkeit Gebrauch machten, alles zugleich zu haben. Unter den großen Städten Kkniens. war B. eine der reichsten und drückte das auch baulich aus, so daß selbst die Umgebung, dort wo sie waldig und romantisch war, die roten Türmchen, schieferblauen Zackendächer und schießschartenähnlichen Mauerkränze wohlhabender Villen abbekam. «Und welche Umgebung!» dachte u. sagte U., heimatfeindlich-angeheimelt. Dieses B. lag in der Gabel zweier Flüsse, aber das war eine sehr weite u. lockere Gabel, u. die Flüsse waren auch nicht so recht Flüsse, sondern an manchen Stellen waren es breite, gemäßigte Bäche, u. wieder an anderen waren es stehende Wasser, die dennoch insgeheim flossen. Auch die Landschaft war ja nicht einfach, sondern bestand, sah man von dem zuerst bedachten Bauernland ab, noch aus drei weiteren Teilen. Auf der einen Seite eine weite, sich sehnsüchtig eröffnende Ebene, die an manchen Abenden von zarten Silber- und Orangefarben überhaucht war; auf der anderen buschiges, wipfliges, treudeutsches Waldhügelland (aber gerade das war nicht die deutsche Seite), von nahem Grün in fernes Blau führend; auf der dritten eine heroische, nazarenisch karge Landschaft von fast großartiger Eintönigkeit, mit graugrünen, von Schafen beweideten Hügelkuppen u. braunen Ackerbreiten, die etwas wie das murmelnde Singen des Tischgebets der Bauern über sich hatten, das aus niedrigen Fenstern dringt.

Also ließe sich zwar rühmen, daß diese traulich-kakanische Gegend, in deren Mitte die Stadt B. lag, sowohl bergig als auch eben, nicht weniger waldig als sonnig und ebenso heldisch wie demütig großartig war, aber es fehlte doch wohl überall daran ein wenig, so daß sie im ganzen weder so noch so war. Es ließ sich denn auch niemals entscheiden, ob die Bewohner dieser Stadt sie schön oder häßlich fanden. Sagte man zu einem von ihnen, B. sei häßlich, so antwortete er bestimmt: «Aber schaun Sie, der Rote Berg, er ist doch ganz hübsch, und gar der Gelbe Berg . . und die Schwarzen Felder . . !» u. schon wenn er so diese sinnlichen Namen aufzählte, mußte man zugeben, daß sich die Landschaft wohl hören lassen könne. Sagte man aber, sie sei schön, so lachte ein gebildeter B'er. und erzählte, daß er soeben von der Schweiz zurückkäme oder aus Singapore und daß B. ein armes Nest sei, das nicht einmal den Vergleich mit Bukarest aushalte. Aber auch das war ja nur kakanisch, dieses Zwielicht des Gefühls, worin sie ihr Dasein aufnahmen, diese Unruhe einer zu früh herabgesunkenen Ruhe, in der sie sich geborgen und begraben fühlten. Sagt man es so: diesen Menschen war alles zugleich Unlust und Lust, so bemerkt man wohl, wie vorweg-heutig es war, denn der sanfteste aller Staaten stürmte in manchem seiner Zeit heimlich voraus. Die Menschen, die B. bewohnten, lebten von der Erzeugung von Tuchen u. Garnen, von dem Verkauf von Tuchen u Garnen, von der Erzeugung und dem Handel aller Dinge, die von Menschen gebraucht werden, die Tuche u. Garne erzeugen oder verkaufen, einschließlich der Erzeugung u. Behandlung von Rechtsstreitigkeiten, Krankheiten, Kenntnissen, Vergnügungen und dergleichem, was zu den Bedürfnissen einer großen Stadt gehört. Und alle wohlhabenden unter ihnen hatten die Eigenschaft, daß es in der Welt keinen schönen u. berühmten Ort gab, wo einer, der aus dieser Stadt stammte, nicht einen antraf, der auch aus dieser Stadt stammte, und wenn sie wieder zu Hause waren, hatte das zur Folge, daß sie alle ebensoviel von der Weite der Welt in sich trugen wie von der unheimlichen Überzeugung, daß alle Größe schließlich doch nur nach B. führt.

Ein solcher Zustand, der von der Erzeugung von Tuchen und Garnen, von Fleiß, Sparsamkeit, einem städtischen Theater, den Konzerten durchreisender Berühmtheiten, von Bällen und Einladungen kommt, wird nicht mit den gleichen Mitteln überwunden. Vielleicht hätte das dem Kampf um die Staatsmacht mit einer aufsässigen Arbeiterschaft gelingen können oder dem Kampf gegen eine Oberschicht oder einem imperialistischen Kampf um den Weltmarkt, wie ihn andere Staaten führten, kurz nicht dem Verdienen nach Verdienst, sondern einem Rest tierischen Erbeutens, worin sich die Lebenswärme wachhält. In Kakanien aber wurde wohl viel Geld unrecht verdient, aber erbeutet durfte nichts werden, und selbst wenn in diesem Staat Verbrechen erlaubt gewesen wären, so hätte man streng darauf geachtet, daß sie nur von obrigkeitlich zugelassenen Verbrechern begangen werden. Das gab allen solchen Städten wie B. das Aussehen eines großen Saals mit einer niedrigen Decke. Ein Kranz von Pulvertürmen umgab jede größere Stadt, in denen die Armee ihre Schießvorräte aufbewahrte, groß genug, bei einem Blitzschlag ein ganzes Stadtviertel in Trümmer zu legen: aber bei jedem Pulverturm war durch eine Schildwache und einen schwarz-gelben Schlagbaum dafür vorgesorgt, daß den Bürgern kein Unheil geschehe. Und die Polizei war mit Säbeln ausgerüstet, die so lang waren wie die der Offiziere und bis an die Erde reichten, niemand wußte mehr warum, es sei denn aus Mäßigung, denn die Polizei war nur mit der rechten Hand die der Gerechtigkeit, mit der andern mußte sie ihren Säbel festhalten. Niemand wußte auch, warum in wachsenden Städten auf Baugründen, die Zukunft hatten, vom Staat weit vorausblickend Militärspitäler, Monturdepots und Garnisonsbäckereien errichtet wurden, deren ummauerte Riesenrechtecke später die Entwicklung störten. Keinesfalls durfte das für Militarismus gehalten werden, dessen man das alte Kakanien leichtfertig beschuldigt hat; es war nur Lebensweisheit und Vorsicht: denn Ordnung kann gar nicht anders als in Ordnung sein / richtiger: sie ist sozusagen schon ihrem Wesen nach in Ordg./, während das von jedem anderen staatlichen Verhalten ewig unsicher bleibt. Diese Ordnung war dem Franzisko-Josefinischen Zeitalter in Kakanien zur Natur, ja fast schon zur Landschaft geworden, und ganz bestimmt hätten dort bei längerer Andauer der stillen Friedenszeit auch noch die Geistlichen ebensolange Säbel wieder bekommen, wie sie die Universitätsprofessoren nach den Finanzräten und Postbeamten schon hatten, und wäre nicht eine Weltveränderung zu ganz anderen Auffassungen dazwischengekommen, so hätte sich der Säbel vielleicht in Kakanien zu einer geistigen Waffe entwickelt.

Als die Unterhaltung, teils im Meinungsaustausch, teils in Erinnerungen, die sie stumm begleiteten, so weit gekommen war, schaltete General St. ein: «Das hat übrigens der Leinsdorf schon gesagt, daß nämlich die Priester eigentlich Säbel bekommen müßten, beim nächsten Konkordat und zum Zeichen, daß auch sie ein Amt im Staat bekleiden. Er hat es dann mit der weniger paradoxen Bemerkung eingeschränkt, daß auch kleine Degen genügen möchten, mit Perl-mutter- und Goldgriff, weißt du, wie sie früher die Beamten getragen haben.»

«Ist das dein Ernst?»

«Seiner» gab der General zur Antwort. «Er hat mir gezeigt, daß im Dreißigjährigen Krieg in Böhmen die Priester in vergoldeten Meß-gewändern geritten sind, die unterhalb aus Leder waren, also richtige Meß-Kürasse. Er ist halt sehr geärgert über die allgemeine Staatsfeind-lichkeit u hat sich erinnert, daß er in einer seiner Schloßkapellen so ein Gewand noch aufbewahrt. Schau, du weißt doch, daß er immer davon redet, wie die Verfassung vom Jahre 61 dem Besitz u der Bil-dung bei uns die Führung gegeben hat und daß daraus eine große Ent-täuschung geworden ist –»

«Wie bist du eigentlich zu ihm gekommen?» unterbrach ihn U. lächelnd.

«Gott, das hat sich so gefügt, wie er von seinen böhmischen Gütern zurückgekehrt ist» meinte St., ohne darauf näher einzugehen. «Über-dies hat er dich dreimal zu sich bitten lassen, ohne daß du hingegangen bist. In B. ist sein Auto auf der Rückfahrt gerade in die Unruhen hineingeraten und aufgehalten worden. Auf der einen Seite der Straße sind die Tschechen gestanden und haben ‹Nieder mit den Deutschen!› geschrien, auf der andern Seite standen die Deutschen und brüllten ‹Nieder mit den Tschechen!› Als er aber erkannt wurde, hörten sie damit auf und fragten im Sprechchor deutsch und tschechisch: ‹Was ist mit der Enquête zur Feststellung der Wünsche der beteiligten Kreise der Bevölkerung, Herr Graf?›, und die einen schrien: ‹Pfui!› auf ihn, und die anderen: ‹Schande!› Dieser dumme Beschluß, daß man sich für seine eigenen Ideen töten lassen soll, aber ja nicht für fremde, hat sich nämlich anscheinend herumgesprochen, und weil wir ihn ver-schwinden haben lassen, verdächtigt man uns jetzt, daß wir Volks-mörder sein wollen! Deshalb hat L. zu mir gesagt: ‹Sie sind doch sein Freund, warum kommt er nicht wenn ich ihn rufe?!› Und mir ist nichts anderes übriggeblieben als ihm anzubieten: ‹Wenn Sie mir etwas anzuvertrauen wünschen, werde ich es ihm ausrichten!›»

Stumm machte eine Pause.

«Und was –?» fragte U.

«Nun, du weißt, daß es nie ganz einfach zu verstehen ist, was er meint. Zuerst hat er mir von der Französischen Revolution erzählt. Die Französische Revolution hat bekanntlich vielen Adeligen die Köpfe abgeschlagen, und das findet er merkwürdigerweise richtig, obgleich er in B. beinahe mit Steinen beworfen worden wäre. Denn er sagt, das Ancien Régime hat seine Fehler gehabt u. die Franz. Rev. ihre wahren Gedanken. Aber was ist schließlich aus aller Anstrengung entstanden? das fragt er sich. Und da sagt er Folgendes: Heute ist zb. die Post besser und schneller, aber früher, solange die Post noch langsam war, hat man bessere Briefe geschrieben. Oder: Heute ist die Kleidung praktischer und weniger lächerlich, aber früher, wo sie noch wie eine Maskerade war, hat man entschieden besseres Material darauf verwendet. Und er gibt zu, daß er für größere Fahrten selbst ein Automobil benutzt, weil es schneller und bequemer ist als ein Pferdefuhrwerk, aber er behauptet, daß diese Federbüchse auf vier Rädern dem Fahren die wahre Vornehmheit genommen hat. Und alles das ist komisch, mein ich, aber es ist wahr. Hast du nicht selbst einmal gesagt, beim menschlichen Fortschritt rutscht immer ein Bein zurück, wenn das andere vorrutscht? Unwillkürlich hat heute jeder von uns etwas gegen den Fortschritt. Und der L. hat zu mir gesagt: ‹Herr General, früher haben unsere jungen Leute von Pferden und Hunden gesprochen, und heute sprechen die Fabrikantensöhne von Pferdestärken und Chassis. So hat der Liberalismus seit der Verfassung von 61 den Adel auf die Seite geschoben, aber alles ist voll neuer Korruption, und wenn wider Erwarten doch einmal die Soziale Revolution kommen wird, so wird sie den Fabrikantensöhnen den Kopf abschlagen, aber besser wird es auch nicht werden!› Ist das nicht stark? Man hat den Eindruck, es kocht etwas in ihm über! Bei einem andern möchte man ja vielleicht meinen, er weiß nicht was er will!»

Aber vorderhand sind wir doch erst bei der Nationalen Revolution?

«Weißt du, was er will?» fragte U.

«Die Drangsal hat nach der Geschichte in B. versucht, ihm sagen zu lassen: jetzt müßte man sich erst recht zum Menschen bedingungslos hinreißen lassen; und der Feuermaul soll geäußert haben, besser sei es, als Österreicher des Widerstandes der Nationalitäten nicht Herr zu werden, denn als Reichsdeutscher sein Land in einen Truppenübungsplatz zu verwandeln. Darauf erwidert er nur, daß das keine Realpolitik sei. Er verlangt eine Kraftkundgebung; d. h. natürlich soll es auch eine Liebeskundgebung sein, das war ja die ursprüngliche Idee der Parallelaktion. ‹Herr General,› das waren seine Worte ‹wir müssen unsere Einigkeit kundgeben; das ist weniger widerspruchsvoll, als es den Anschein hat, aber auch weniger einfach!›»

Bei dieser Mitteilung vergaß sich U. und gab eine ernstere Antwort. «Sag einmal,» fragte er «kommt dir denn nie das Gerede um die Parallelaktion etwas kindlich vor?»

Stumm sah ihn erstaunt an «Das schon» erwiderte er zögernd. «Wenn ich so mit dir spreche oder mit dem Leinsdorf, kommt es mir manchmal vor, ich rede wie ein Jüngling oder du philosophierst über die

Unsterblichkeit der Maikäfer; aber das kommt doch von dem Thema? Wo es um erhabene Aufgaben geht, hat man ja nie das Gefühl, so reden zu können /dürfen/, wie man wirklich ist!?»

Agathe lachte.

Stumm lachte mit. «Ich lache ja auch, Gnädigste!» versicherte er weltklug, doch dann kehrte in sein Gesicht wieder Wichtigkeit zurück, u. er fuhr fort: «Aber streng genommen ist es gar nicht so falsch, was der erlauchtige Herr meint. Was verstehst du z.b. unter Liberalismus?» – mit diesen Worten wandte er sich nun wieder an U., wartete aber keine Antwort ab, sondern fuhr neuerlich fort: «Ich meine halt so, daß man die Leute sich selbst überläßt. Und es wird dir natürlich auch aufgefallen sein, daß das jetzt aus der Mode kommt. Es ist ein Pallawatsch daraus entstanden, wie man so sagt. Aber ist es nur das? Mir kommt vor, die Leute wollen noch etwas. Sie sind nicht mit sich zufrieden. Ich ja auch; ich war früher ein liebenswürdiger Mensch. Man hat eigentlich nichts getan, aber man war mit sich zufrieden. Der Dienst war nicht schlimm, und außer Dienst hat man Ekarté gespielt oder ist auf die Jagd gefahren, und bei dem allen war eine gewisse Kultur. Eine gewisse Einheitlichkeit. Kommt es dir nicht auch so vor? Und warum ist das heute nicht mehr so? Ich glaube, soweit ich nach mir urteilen darf, man fühlt sich zu gescheit. Will man ein Schnitzel essen, so fällt einem ein, daß es Leute gibt, die keins haben. Steigt einer einem schönen Mäderl nach, so fahrt ihm plötzlich durch den Kopf, daß er eigentlich über die Beilegung irgendeines Konflikts nachzudenken hätte. Das ist eben der unleidliche Intellektualismus, den man heute niemals los wird, und darum geht es nirgends vorwärts. Und ohne es selbst zu wissen, wollen die Leute wieder etwas. Das heißt also, sie wollen nicht mehr einen komplizierten Intellekt, sie wollen nicht tausend Möglichkeiten zu leben: sie wollen mit dem zufrieden sein, was sie ohnehin tun, und dazu braucht es einfach wieder einen Glauben oder eine Überzeugung oder – also, wie soll man das bezeichnen, was sie dazu brauchen? zu dieser Frage möchte ich jetzt deine Meinung hören!»

Aber das war nur Selbstgenuß des lebhaft angeregten Stumm, denn ehe U. auch nur das Gesicht verziehen konnte, kam schon seine Überraschung: «Man kann es natürlich ebensogut Glauben wie Überzeugung nennen, aber ich habe viel darüber nachgedacht und nenne es lieber: Eingeistigkeit!»

Stumm machte eine Pause, die der Einnahme des Beifalls dienen sollte, ehe er weiteren Einblick in seine Geisteswerkstatt gab, und dann mischte sich in den gewichtigen Ausdruck seines Gesichts noch ein ebensowohl überlegener als auch genußmüder. «Wir haben ja früher öfter über die Probleme der Ordnung gesprochen» erinnerte er seinen

Freund «und brauchen uns infolgedessen heute nicht dabei aufzuhalten. Also Ordnung ist gewissermaßen ein paradoxer Begriff. Jeden anständigen Menschen verlangt es nach innerer u äußerer Ordnung, aber andrerseits verträgt man auch nicht zu viel von ihr, ja eine vollkommene Ordnung wäre sozusagen der Ruin alles Fortschritts und Vergnügens. Das liegt sozusagen (schon) im Begriff der Ordnung. Und darum muß man sich fragen: was ist denn überhaupt Ordnung? Und wie kommt es denn, daß wir uns einbilden, ohne Ordnung nicht existieren zu können? Und was für eine Ordnung suchen wir denn? eine logische, eine praktische, eine persönliche, eine allgemeine, eine Ordnung des Gefühls, eine des Geistes oder eine des Handelns? De facto gibt es ja eine Menge Ordnungen durcheinander; die Steuern und Zölle sind eine, die Religion eine andere, das Dienstreglement eine dritte, und man wird gar nicht fertig mit dem Aufsuchen u. Aufzählen. Damit habe ich mich sehr beschäftigt, wie du weißt, und ich glaube nicht, daß es auf der Welt viele Generale geben wird, die ihren Beruf so ernst nehmen, wie ich es in diesem letzten Jahr habe tun müssen. Ich habe auf meine Weise nach einer umfassenden Idee suchen helfen, aber du selbst hast schließlich verkündet, daß man zur Ordnung des Geistes ein ganzes Weltsekretariat brauchen möchte, und auf eine solche Ordnung, das wirst du selbst zugeben, kann man nicht warten! Aber anderseits darf man auch nicht deshalb jeden gewähren lassen!»

Stumm lehnte sich zurück und schöpfte Luft. Das Schwerste war jetzt gesagt, und er fühlte das Bedürfnis, sich bei Agathe für die finstere Sachlichkeit seines Benehmens zu entschuldigen, was er mit den Worten tat: «Gnädigste verzeihen schon, aber ich habe mit Ihrem Bruder eine alte und schwere Abrechnung gehabt; jetzt aber wird es auch für Damen geeigneter, denn jetzt bin ich wieder dort, wo ich gewesen bin, daß die Leute keinen komplizierten Intellekt brauchen können, sondern daß sie glauben und überzeugt sein möchten. Wenn man das nämlich analysiert, so kommt man darauf, daß es bei der Ordnung, die der Mensch anstrebt, das letzte ist, ob man sie mit der Vernunft billigen kann oder nicht; es gibt auch völlig unbegründete Ordnungen, z.B. gleich, daß beim Militär, was immer behauptet wird, immer der Vorgesetzte recht hat, das heißt natürlich, so lange nicht ein noch Höherer dabei ist. Wie habe ich mich, als ich ein junger Offizier war, darüber aufgehalten, daß das eine Schändung der Ideenwelt ist! Und was sehe ich heute? Heute nennt man es das Prinzip des Führers –»

«Wo hast du das her?» fragte Ulrich, den Vortrag unterbrechend, denn er hatte einen bestimmten Verdacht, daß diese Gedanken nicht nur aus einem Gespräch mit Leinsdorf geschöpft seien.

«Es verlangen doch alle nach starker Führung! Und außerdem aus dem Nietzsche natürlich u. seinen Auslegern» entgegnete Stumm flink und wohlbeschlagen. «Da wird doch bereits eine doppelte Philosophie und Moral verlangt: für Führer und für Geführte! Aber wenn wir schon einmal beim Militär sind, muß ich überhaupt sagen, daß sich das Militär nicht nur an und für sich als ein Element der Ordnung auszeichnet, sondern daß es sich immer auch dann noch zur Verfügung stellt, wenn alle andere Ordnung versagt!»

«Die entscheidenden Dinge vollziehen sich eben über den Verstand hinweg, und die Größe des Lebens wurzelt im Irrationalen!» führte U. an u. ahmte aus dem Gedächtnis seine Kusine D. nach.

Der General verstand es sofort, nahm es aber nicht übel. «Ja, so hat sie gesprochen, Ihre Frau Kusine, ehe sie noch die Kundgebungen der Liebe sozusagen zu sehr im besonderen suchte.» Er wandte sich mit dieser Erklärung an Ag.

Ag. schwieg und lächelte.

Stumm wandte sich wieder U. zu: «Ich weiß nicht, ob es zu dir der Ldf. vielleicht auch schon gesagt hat, jedenfalls ist es hervorragend richtig; er behauptet nämlich, daß es an einem Glauben die Hauptsache ist, daß man immer dasselbe glaubt. Das ist ungefähr das, was ich eben Eingeistigkeit nenne. ‹Kann das aber das Zivil?› habe ich ihn gefragt. ‹Nein› habe ich gesagt ‹das Zivil trägt jedes Jahr andere Anzüge, und alle paar Jahre finden Parlamentswahlen statt, damit es jedesmal anders wählen kann: der Geist der Eingeistigkeit ist viel eher beim Militär zu finden!›»

«Du hast also Leinsdorf überzeugt, daß ein gesteigerter Militarismus die wahre Erfüllung seiner Absichten wäre?»

«Aber Gott bewahre, ich habe kein Wort gesagt! Wir haben uns bloß geeinigt, daß wir auf den Fm. künftighin verzichten, weil seine Ansichten zu unbrauchbar sind. Und im übrigen hat mir der Ldf. eine Reihe Aufträge an dich mitgegeben –»

«Das ist überflüssig!»

«Du sollst ihm rasch eine Verbindung zu sozialistischen Kreisen verschaffen –»

«Der Sohn meines Gärtners ist eifriges Parteimitglied, mit dem kann ich dienen –!»

«Aber meinetwegen! Es muß ja ohnehin nur aus Gewissenhaftigkeit geschehn, weil er sich das einmal in den Kopf gesetzt hat. Das zweite ist, daß du ihn so bald wie möglich aufsuchen möchtest –»

«Ich reise nächster Tage ab!»

«Also eben gleich wenn du wieder zurück bist –»

«Ich komme wahrscheinlich überhaupt nicht zurück!»

St. v. B. sah Agathe an; Ag. lächelte, und er fühlte sich dadurch ermuntert «Verrückt?» fragte er.

Ag. zuckte ungewiß die Schultern.

«Also, ich fasse es noch einmal zusammen –» sagte Stumm.

«Unser Freund hat genug von der Philosophie!» unterbrach ihn U.

«Das kannst du doch von mir gewiß nicht behaupten!» verteidigte sich St. empört. «Wir können bloß nicht auf die Philosophie warten. Und ich will dir auch nichts vorschwindeln: natürlich habe ich, wenn ich Ldf. besuche, den Auftrag, ihn, wenn es geht, in einem bestimmten Sinn zu beeinflußen, das kannst du dir ja denken. Und wenn er sagt, daß an einem Glauben das wichtigste ist, daß man immer das gleiche glaubt, so denkt er vorderhand noch an die Religion; ich aber denke schon an die Eingeistigkeit, denn das ist das Umfassendere. Ich stehe nicht an zu behaupten, daß eine wirklich gewaltige Lebensanschauung nicht erst auf den Verstand warten darf; im Gegenteil, eine wirkliche Lebensanschauung muß geradezu gegen den Verstand gerichtet sein, sonst kommt sie nicht in die Lage, daß sie ihn sich unterwerfen kann. Und eine solche Eingeistigkeit sucht das Zivil im beständigen Wechsel, das Militär hat aber sozusagen eine dauernde Eingeistigkeit! Gnädigste, –» unterbrach St. seinen Eifer «dürfen nicht glauben, daß ich ein Militarist bin; mir ist das Militär, ganz im Gegenteil, immer sogar ein bißl zu roh gewesen: Aber die Logik dieser Gedanken packt einen so, wie wenn man mit einem großen Hund spielt: erst beißt er im Spaß, und dann kommt er hinein und wird wild. Und ich möchte Ihrem Bruder sozusagen eine letzte Gelegenheit einräumen –»

«Und wie bringst du die Kundgebung der Kraft u Liebe damit in Zusammenhang?» fragte U.

«Gott, das hab ich inzwischen vergessen» erwiderte St. «Aber natürlich sind diese nationalen Ausbrüche, die wir jetzt in unserm Vaterland erleben, irgendwie Kraftausbrüche einer unglücklichen Liebe. Und auch auf diesem Gebiet, in der Synthese von Kraft u Liebe ist das Militär gewissermaßen vorbildlich. Irgendeine Vaterlandsliebe muß der Mensch haben, und wenn er sie nicht zum Vaterland hat, so hat er sie eben zu etwas anderem. Das braucht man also bloß einzufangen. Als Beispiel dafür fällt mir in diesem Augenblick das Wort E-F. ein: Wer denkt daran, daß ein Einjähriger ein Freiwilliger ist. Er am allerwenigsten. Und doch war ers und ist ers nach dem Sinn des Gesetzes. In so einem Sinn muß man die Menschen eben alle wieder zu Freiwilligen machen!»

Unterhaltungen mit Schmeißer

Daß GfL. die Absicht äußerte, ein Realpolitiker müsse sich sogar der
Sozialdemokratie bedienen, um in ihr einen Verbündeten geg. d.
Fortschritt wie gegen d. Nationalismus zu finden, geschah nicht zum
erstenmal, denn er hatte U. schon wiederholt gebeten, diese Beziehungen zu pflegen, bei denen er sich in eigener Person aus politischen
Gründen vorderhand nicht betreten lassen wollte. Darum hatte er
auch selbst den Rat erteilt, anfangs nicht an die führenden, sondern
lieber an jüngere Persönlichkeiten heranzutreten, die durch ihre Tatkraft und noch nicht vollendete Verdorbenheit hoffen ließen, daß man
durch sie einen patriotisch verjüngenden Einfluß auf die Partei gewinne. Da hatte sich U. bei guter Laune daran erinnert, daß in seinem
Haus ein junger Mann wohne, der ihn nicht grüßte, sondern verstockt
wegsah, wenn er ihm begegnete, was allerdings selten genug geschah.
Das war der Kandidat der Technischen Wissenschaften Schmeißer,
und sein Vater war ein Gärtner, der schon auf dem Grundstück gewohnt hatte, als Ulrich dieses übernahm, und der seither als Entgelt
für freies Quartier und gelegentliche Zuwendungen den kleinen alten
Park teils mit eigener Hand in Ordnung hielt, teils in der Weise, daß
er die notwendig werdenden Arbeiten angab u. überwachte. Ulrich
billigte es, daß ihn der junge Mann, der bei seinem Vater lebte und
sein Studiengeld durch Stundengeben u. kleine literarische Leistungen
erwarb, als einen reichen Müßiggänger ansah, dem man Geringschätzung zu erweisen habe; das Experiment der Untätigkeit, dem er
unterworfen war, versetzte ihn manchmal vor sich selbst in diesen
Anschein, und es bereitete ihm Vergnügen, seinen Tadler herauszu-
fordern, als er ihn eines Tages ansprach. Es zeigte sich dabei, daß auch
der Student, der übrigens, in der Nähe besehn, schon ungefähr sechs-
undzwanzig Jahre alt sein mochte, nur auf diesen Augenblick gewartet
hatte und daß sich die Spannung solcher Nachbarschaft sofort in heftigen Angriffen entlud, die zwischen einem Bekehrungsversuch und
der Darbringung persönlicher Verachtung die Mitte innehielten. U.
erzählte von der Parallelaktion und vermeinte es gut zu machen, wenn
er seinen Auftrag so lächerlich, wie dieser war, hinstellte, aber zugleich
die Vorteile andeutete, die ein entschlossener Mensch daraus zu schöpfen vermöchte. Er erwartete, daß Schmeißer auf die Anzettelung eingehen werde, die sich dann mit Gottes Hilfe etwas seltsam entwickeln
mochte; aber dieser junge Mann war kein bürgerlicher Romantiker
und Abenteurer, sondern hörte mit kniffligen Lippen zu, bis U. nichts

mehr zu sagen wußte. Er hatte eine schmale Brust zwischen Schultern, die breitknochig waren, und trug scharfe Brillengläser. Diese sehr scharfen Brillen waren die Schönheit in dem Gesicht, das eine fahle, fette, schlecht durchblutete Haut hatte; in harten Nächten über Büchern u Pflichtarbeiten notwendig geworden, und geschärft durch Armut, der nicht gleich bei den ersten Anzeichen ein Arzt zur Verfügung gestanden hatte, war die scharfe Brille für Schmeißers einfaches Gefühl zu einem Sinnbild der Selbstbefreiung geworden: wenn er sein finniges Gesicht mit der gesattelten Nase und den proletarisch spitzen Wangen, von ihr überglänzt, im Spiegel erblickte, erschien es ihm als die vom Geist gekrönte Armut, und besonders oft geschah das, seit er wider Willen Agathe von ferne bewunderte. Seither haßte er auch den athletisch gebauten Ulrich, den er früher wenig beachtet hatte, und dieser las nun seine Verdammung in den Brillengläsern und kam sich plaudernd wie ein spielendes Kind vor zwei Kanonenrohren vor. Als er geendet hatte, antwortete ihm Schmeißer, mit Lippen, die sich vor Wohlgefallen an dem, was sie sagten, kaum von einander trennen konnten: «Die Partei hat solche Abenteuer nicht nötig; wir kommen auf unserem eigenen Weg ans Ziel!»

Da hatte es nun der Bourgeois!

Es war schwer für Ulrich nach dieser Ablehnung noch weitere Worte zu finden, aber er ging den Gegner gerade an und sagte schließlich lachend: «Wenn ich der wäre, für den Sie mich halten, sollten Sie mir Gift in die Wasserleitung tun, oder die Bäume ansägen, unter denen ich lustwandle: warum wollen Sie so etwas nicht in einem Falle tun, wo es vielleicht wirklich am Platz wäre?»

«Sie haben keine Ahnung, worauf es in der Politik ankommt,» erwiderte Schmeißer «denn Sie sind ein sozialromantischer Bürger, bestenfalls ein Individualanarchist! Ernsthafte Revolutionäre denken nicht an blutige Revolutionen!»

Seither hatte U. öfter kleine Unterhaltungen mit diesem Revolutionär, der keine Revolution machen wollte. «Daß über kurz oder lang die Menschheit in irgendeiner Form sozialistisch organisiert sein wird,» sagte er ihm «das habe ich schon als Kavallerieleutnant gewußt; es ist sozusagen die letzte Chance, die ihr Gott gelassen hat. Denn der Zustand, daß Millionen Menschen auf das roheste hinabgedrückt werden, damit tausende mit der Macht, die ihnen daraus erwächst, doch nichts Hohes anzufangen wissen, dieser Zustand ist nicht bloß ungerecht und verbrecherisch, sondern auch dumm, unzweckmäßig und selbstmörderisch!»

Und Schmeißer erwiderte ihm höhnisch: «Aber Sie haben sich immer damit begnügt, das zu wissen! Nicht wahr? Das ist der bürgerliche Intellektuelle! Sie haben einigemal zu mir von einem Bankdirektor gesprochen, mit dem Sie befreundet sind: ich versichere Ihnen, dieser Bankdirektor ist mein Feind, ich bekämpfe ihn, ich weise ihm nach, daß seine Überzeugungen nur Vorwände für seinen Profit sind, aber er hat doch wenigstens Überzeugungen! Er sagt ja, wo ich nein sage! Dagegen Sie? In Ihnen hat sich alles schon aufgelöst, in Ihnen hat sich die bürgerliche Lüge bereits zu zersetzen begonnen!»

Friedlich räumte Ulrich ein: «Es mag sein, daß meine Art zu denken bürgerlicher Herkunft ist; für einen Teil ist das sogar wahrscheinlich. Aber: Inter faeces et urinam nascimur – warum nicht auch unsere Meinungen? Was beweist das gegen ihre Richtigkeit?!»

Denn wenn Ulrich so sprach, höflichen Geistes, konnte Schmeißer nie an sich halten und zerbarst jedesmal von neuem: «Alles, was Sie sagen, entspringt der sittlichen Verlogenheit der bürgerlichen Gesellschaft!» verkündete er dann oder etwas Ähnliches, denn er haßte nichts so sehr wie die vernunftwidrige Form der Güte, die an der Liebenswürdigkeit ist; ja die Form überhaupt, selbst die der Schönheit, war ihm verdächtig. Niemals nahm er darum auch eine der Einladungen Ulrichs an und ließ sich höchstens mit Tee und Zigaretten bewirten wie in russischen Romanen. Ulrich liebte es, ihn zu reizen, obwohl diese Gespräche völlig sinnlos waren. Er fühlte keine Teilnahme an der Politik. Seit dem Freiheitsjahr Achtundvierzig und der Gründung des Deutschen Reichs, Ereignissen, deren sich nur noch eine Minderheit persönlich erinnerte, erschien wohl der Mehrzahl der Gebildeten Politik eher als ein Atavismus denn als eine Hauptsache. Fast an nichts war zu erkennen, daß sich hinter diesen gewohnheitsmäßig weitergehenden äußeren Vorgängen die geistigen schon auf jene Entstaltung vorbereiteten, auf jene Untergangsbereitschaft und aus Überdruß an sich selbst entstehende Selbstmordwilligkeit, die einen Zustand weich machen und wahrscheinlich immer die passive Vorbedingung der Zeitabschnitte gewaltsamer politischer Veränderungen bilden. So war auch Ulrich durch sein ganzes Leben daran gewöhnt worden, von der Politik nicht zu erwarten, daß sie das vollbringe, was geschehen müßte, sondern bestenfalls das, was längst schon hätte geschehen sein sollen. Das Bild, unter dem sie sich ihm darbot, war meistens das einer verbrecherischen Nachlässigkeit. Auch die Soziale Frage, die das eins und alles Schmeißers bildete, erschien ihm nicht als Frage, sondern bloß als eine unterlassene Antwort, aber er konnte ein Hundert anderer solcher «Fragen» anführen, über die im Geist die Akten abgeschlossen waren und die, wie sich sagen ließe, vergeblich auf die manipulative Behandlung im Büro der Expedition warteten. Und wenn er das tat und Schmeißer milde gestimmt war, so sagte dieser: «Lassen Sie bloß erst einmal uns an die Macht kommen!»

Dann aber sagte Ulrich: «Sie sind zu gütig gegen mich, denn es stimmt ja gar nicht, was ich behaupte. Fast alle geistigen Menschen haben dieses Vorurteil, daß die praktischen Fragen, von denen sie nichts verstehen, einfach zu lösen wären, aber bei der Durchführung zeigt sich natürlich, daß sie bloß nicht alles bedacht haben. Anderseits – darin gebe ich Ihnen recht –, bedächte der Politiker alles, so käme er nie zum Handeln. Vielleicht hat die Politik darum ebensoviel vom Reichtum der Wirklichkeit wie von Armut des Geistes (Mangel an Vorstellungen) –»

Das gab Schmeißer Gelegenheit zu einer frohlockenden Unterbrechung mit den Worten: «Menschen wie Sie kommen nicht zum Handeln, weil sie die Wahrheit nicht wollen! Der bürgerliche sogenannte Geist ist in seiner Gänze nur eine Verzögerung und Ausrede!»

«Warum wollen Menschen wie ich aber nicht?» fragte Ulrich. «Sie könnten doch wollen. Reichtum, zum Beispiel, ist ja nichts, was sie wirklich begehren. Ich kenne zwar kaum einen wohlhabenden Mann, der nicht davon eine kleine Schwäche trüge, mich inbegriffen, aber ich kenne auch keinen, der das Geld um seiner selbst willen liebte, außer Geizhälse, und Geiz ist eine Störung des persönlichen Verhaltens, die es auch in der Liebe gibt, in der Macht und in der Ehre: die krankhafte Natur des Geizes beweist geradezu, daß Geben seliger ist als Nehmen. Glauben Sie übrigens, daß Geben seliger ist denn Nehmen...?» fragte er.

«Diese Frage können Sie in einem schöngeistigen Salon aufwerfen!» gab Schmeißer zur Antwort.

«Und ich befürchte» behauptete Ulrich: «alle Ihre Anstrengungen werden zwecklos bleiben, solange Sie nicht wissen, ob Geben oder Nehmen seliger ist oder wie sie sich ergänzen!»

Schmeißer höhnte: «Sie beabsichtigen wohl die Menschheit in Güte zu überreden? Übrigens wird das rechte Verhältnis von Geben und Nehmen im Sozialen Staat eine Selbstverständlichkeit sein!»

«Dann behaupte ich,» ergänzte Ulrich lächelnd seinen Satz «daß Sie eben an etwas anderem scheitern werden, zum Beispiel daran, daß wir imstande sind, jemand Hund zu schimpfen, auch wenn wir unseren Hund mehr lieben als unsere Mitmenschen!?»

Ein Spiegel beruhigte Schmeißer, indem er ihm das Bild eines jungen Mannes zeigte, der eine scharfe Brille unter einer harten Stirn trug. Antwort gab er keine.

Warum ... sind ... wollen.
/ Warum die Menschen nicht gut, schön und wahrhaftig sind,
sondern es lieber sein wollen /

N. Bl III nach Konv. Unterhaltungen mit Schm.

Ev: In das gemeinsame Kapitel bei Gf L. nehmen. Die Wortbildung
Für – In paßt besser zu Gf L als zu U.

Nachtrag: Das geborene Moralkapitel! Wohl auch technisch führend
für Zeitschilderung.

Nachtrag: NR 32 begonnen.

Text:
Diesen jungen Mann hatte U. für den Gn. ausersehn u. schlug ihm vor
mit dem Gn. gemeinsam Mg. zu besuchen, denn Schm. wußte von
diesem Propheten, u. wenn es auch ein falscher war, so war es Schm.
doch nichts Neues auch die Versammlungen von Gegnern zu besuchen; von seinem Freund St. aber hatte U. richtig erraten, daß er
ohnehin zuweilen heimlich bei Cl. Eindrücke sammelte und durch
sie auch den Meister kennengelernt habe von dem er keinen geringen
Eindruck empfing. Als U. seinen Plan Agathe mitteilte, wollte sie
jedoch nichts davon wissen.
U. begann zu scherzen. «Ich wette, daß dich dieser Schm. heimlich
liebt – behauptete er – u. von Ld. ist es ja kein Geheimnis. Beide sind
Für-Männer. Und auch Mg. ist ein Für-Mann. Am Ende eroberst du
ihn auch.
Nun wollte Ag. natürlich doch wissen, was Für-Männer seien.
– Ld. ist ein guter Mensch, nicht wahr? – fragte U.
Ag. bejahte es, obwohl sie diese Überzeugung längst nicht mehr so
begeisterte wie zu Anfang.
– Aber er lebt mehr *für* die Religion als *im* religiösen Zustand?
Das bestritt nun Ag. vollends nicht mehr.
– Eben das ist ein Für-Mann – erläuterte U. – Die ausgebreitete
Tätigkeit, die er seinem Glauben angedeihen läßt, ist vielleicht das
wichtigste Beispiel, aber eben doch nur eines der Technik, die immer
angewendet wird, um Ideale für den Alltagsgebrauch verwendbar u.
haltbar zu machen. – So erklärte er ihr ausführlich seinen aus dem
Stegreif erfundenen Begriff des Für und In etwas Lebens.
Das menschliche Leben ist anscheinend gerade so lang, daß man
darin, wenn man für etwas lebt, die Laufbahn vom Neuling zum
Nestor, Patriarchen oder Pionier zurücklegen kann, und dabei kommt
es für die menschliche Zufriedenheit weniger darauf an, wofür man
lebt, als daß man überhaupt für etwas zu leben hat: ein Nestor der

deutschen Weinbranderzeugung und der Pionier einer neuen Weltanschauung genießen außer ähnlichen Ehren auch noch den gleichen
Vorteil, der darin besteht, daß das Leben trotz seinem fürchterlichen
Reichtum keine einzige Frage enthält, die nicht einfacher würde, wenn
man sie mit einer Weltanschauung, aber auch ebenso, wenn man sie mit
der Weinbranderzeugung in Verbindung bringt. Ein solcher Vorteil
ist genau das, was man mit einem neueren Wort Rationalisierung nennt,
nur werden dabei nicht Handgriffe rationalisiert, sondern Ideen, und
wer vermöchte nicht schon heute zu ermessen, was das bedeutet. Noch
im geringsten Fall ist dieses Leben «Für etwas» mit dem Besitz eines
Notizbuches zu vergleichen, worin alles eingetragen und Erledigtes
ordentlich durchstrichen wird. Wer das nicht tut, lebt unordentlich,
wird mit den Dingen nicht fertig, und wird von ihrem Kommen u
Gehen geplagt; wer dagegen ein Notizbuch hat, gleicht dem ökono-
mischen Hausvater, der jeden Nagel, jedes Stück Gummi, jeden Fetzen
Stoff aufhebt, weil er weiß, daß ihm solcher Fund eines Tags in der
Wirtschaft dienen wird. Ein solches bürgerliches «Für etwas», wie es als
Zusammenfassung würdigen Schaffens, oft auch als Steckenpferd oder
heimliches Pünktchen, das einer beständig im Auge hat, von der Väter-
zeit überliefert worden, stellte aber damals eigentlich schon etwas
Veraltetes dar, denn eine Neigung ins Große, ein Hang zur Entwicklung des Für etwas Lebens in mächtigen Verbänden hatte sich bereits
an seine Stelle gesetzt.

Dadurch gewann das, was von U. im Scherz begonnen war, unter
dem Sprechen ernstere Bedeutung. Die Unterscheidung, die er getroffen hatte, verlockte ihn vor unerschöpfliche Aussichten, und wurde
für ihn in diesem Augenblick zu einer von jenen, an denen die Welt
wie ein durchschnittener Apfel am Messer auseinanderfällt u. ihr
Inneres darbietet. Agathe wandte ihm ein, daß man doch oft auch
sage, einer gehe ganz in etwas auf, oder er lebe u webe darin, obgleich
es sicher sei, daß nach Us. Namengebung solche eifrige Leber u.
Weber es *für* ihre Sache täten; und U. gab zu, daß man wohl genauer
verführe etwa zwischen den Begriffen «Sich im Zustand seines Ideals
befinden» und «Sich im Zustand des Wirkens für sein Ideal befinden»
zu unterscheiden, wobei aber das zweite In entweder ein uneigentliches
sei, und in Wahrheit eben ein Für, oder das gemeinte Verhältnis zum
Wirken ein ungewöhnliches und ekstatisches sein müßte. Im übrigen
hat die Sprache ihre guten Gründe so genau nicht zu verfahren, denn
Für etwas leben ist der Zustand des weltlichen Daseins, In dagegen
immer das, wofür man jenes zu leben vorgibt u. vermeint, u. das Verhältnis dieser beiden Zustände zueinander ist ein äußerst verstocktes.
Weiß der Mensch doch im geheimen von der wunderbaren Tatsache,
daß alles, «wofür es sich zu leben lohnt», etwas Unwirkliches, wenn

nicht gar Absurdes wäre, sobald man ganz darin eingehen wollte, ohne daß man es natürlich zugeben dürfte. Die Liebe stünde nimmermehr von ihrem Lager auf, in der Politik müßte der geringste Beweis von Aufrichtigkeit schon auf die tödliche Vernichtung des Gegners hinauskommen, der Künstler dürfte jeden Verkehr mit unvollkommeneren Wesen als Kunstwerken verschmähen, und die Moral müßte nicht aus perforierten Vorschriften bestehn, sondern in jenen kindlichen Zustand der Liebe zum Guten u. des Abscheus vor dem Bösen zurückführen, der alles wörtlich nimmt. Denn wer das Verbrechen wirklich verabscheut, dem wäre die Anstellung ausgebildeter Berufsteufel nicht zu wenig, die Gefangenen wie auf alten Bildern des Höllenfeuers zu martern, und wer die Tugend restlos liebte, der dürfte von nichts als vom Guten essen, bis ihm der Magen in die Kehle stiege. Das Bemerkenswerte ist, daß es ja wirklich zuweilen dahin kommt, daß aber solche Zeiten der Inquisition oder ihres Gegenteils, der menschenvertraulichen Schwärmerei, in schlechtem Ansehen / Erinnerung / stehn. / Gedenken bleiben /

Darum ist es das Lebenerhaltende schlechthin, daß es der Menschheit gelungen ist, anstatt dessen, «wofür es sich wirklich zu leben lohnt», das «dafür»leben zu erfinden oder, mit andern Worten, an die Stelle ihres Idealzustands den ihres Idealismus zu setzen. Es ist ein Davorleben; anstatt zu leben «strebt» man nun, und ist seither ein Wesen, das mit allen Kräften ebensowohl zur Erfüllung hindrängt als es auch des Anlangens enthoben ist. «Für etwas leben» ist der Dauerersatz des «In». Alle Wünsche, und nicht nur die der Liebe, sind ja nach der Erfüllung traurig; aber in dem Augenblick, wo sich der Tausch des Wünschens mit der Tätigkeit Für den Wunsch vollzogen hat, wird das auf eine sinnreiche Weise aufgehoben, denn nun tritt das unerschöpfliche System der Mittel und Hindernisse an die Stelle des Ziels. Selbst wer ein Monomane ist, lebt da nicht eintönig, sondern hat beständig Neues zu tun, und gar wer *in* seinem Lebensinhalt überhaupt nicht leben könnte – ein Fall, der heute häufiger ist, als man denkt, so ein Professor der Landwirtschafts Hochschule, von dem der Pflege des Stallmistes u. der Jauche neue Wege gewiesen werden –, lebt für diesen Inhalt ohne Beschwerden u. genießt das Anhören von Musik oder ähnliche Erlebnisse, wenn er ein tüchtiger Mann ist, immer gleichsam zu Ehren der Stallwirtschaft. Dieses «zu Ehren von etwas» etwas anderes tun, ist übrigens von dem Etwas noch ein wenig weiter entfernt als das Für und stellt darum die am meisten angewandte, weil sozusagen billigste Methode dar, im Namen eines Ideals alles das zu tun, was sich mit ihm nicht vereinbaren läßt.

Denn der Vorteil alles Für u. Zu Ehren von besteht nicht zuletzt darin, daß durch den Dienst am Ideal alles wieder ins Leben hineinkommt, was durch das Ideal selbst ausgeschlossen wird. Das klassische Beispiel dafür haben schon die fahrenden Ritter der Minne aufgestellt, die über jeden Gleichen, der ihnen begegnet ist, wie die tollen Hunde hergefallen sind, zu Ehren eines Zustands in ihren Herzen, der so weich und duftig war wie tropfendes Kirchenwachs. Aber auch die Gegenwart läßt an kleinen Eigenheiten keinen Mangel, die damit verwandt sind. So etwa, daß sie Prachtfeste veranstaltet zur Linderung der Not. Oder die große Zahl der strengen Menschen, die auf der Durchführung öffentlicher Grundsätze bestehn, von denen sie sich ausgenommen wissen. Auch das Scheinzugeständnis, daß der Zweck die Mittel heilige, gehört daher, denn in Wirklichkeit sind es die immer bewegten, abwechslungsreichen Mittel, denen zuliebe gewöhnlich die Zwecke in Kauf genommen werden, die moralisch und reizlos sind. Und mögen solche Beispiele noch spielerisch aussehn, so verstummt dieser Einwand vor der unheimlichen Beobachtung, daß das zivilisierte Leben zweifellos eine Neigung zu den rohesten Ausbrüchen hat, und daß diese nie roher sind, als wenn sie zu Ehren großer und heiliger, ja sogar zarter Gefühle erfolgen! Werden sie da als entschuldigt gefühlt? Oder ist das Verhältnis nicht vielmehr das umgekehrte?

So kommt man auf vielerlei zusammenhängenden Wegen dahin, daß die Menschen nicht gut, schön u. wahrhaftig sind, sondern es lieber sein wollen, und ahnt, wie sie unter dem einleuchtenden Vorwand, daß das Ideale seiner Natur nach unerreichbar sei, die schwere Frage verschleiern, warum es so ist. Und ungefähr so sprach auch U. u. sparte nicht mit Ausfällen gegen Ld. u. den Ldschen. Gutsinn, die sich daraus von selbst ergaben. Es sei sicher, behauptete er, daß jener zehnmal gewisser vom Einmaleins oder von den Regeln der Sittlichkeit überzeugt sei als von seinem Gott, aber sich, indem er für seine Gottesüberzeugung wirke, dieser Schwierigkeit größtenteils entziehe. Er bringe sich dazu in den Zustand des *Glaubens*, einer Verfassung, worin das, wovon er überzeugt sein möchte, so geschickt mit dem vermengt ist, wovon er überzeugt sein kann, daß er es selbst nicht mehr zu trennen vermöge –

Hier bemerkte Ag., daß alles Wirken fragwürdig sei. Sie erinnerte sich an die paradoxe Behauptung, daß wirklich und im Innersten gut nur solche Menschen bleiben, die nicht viel Gutes täten. Es schien ihr nun erweitert, und so neuerdings bestätigt, zu sein durch die ihr genehme Möglichkeit, daß der Zustand der Tätigkeit grundsätzlich die Verfälschung eines anderen Zustands sei, von dem er ausgehe u. dem er zu dienen vorgebe.

U. bejahte es noch einmal. «Auf der einen Seite haben wir nun» wiederholte er es zusammenfassend «die Menschen, die für und – ohne das Wort genau zu nehmen – in etwas leben, die sich beständig regen, die streben, die weben, ackern, säen u. ernten, mit einem Wort die Idealisten, denn alle diese heutigen Idealisten leben doch wohl *für* ihre Ideale. Und auf der andern Seite befinden sich jene, die in einer Weise in ihren Göttern leben möchten, für die es noch nicht einmal ein Wort gibt –»

«Was ist dieses In?» forschte Ag. nachdrücklich.

Ul. zuckte die Achseln, dann machte er ein paar Andeutungen. «Man könnte Für und In mit dem in Beziehung bringen, was man Konvex- und Konkaverleben genannt hat. Vielleicht ist die psycho- analytische Legende, daß die Menschenseele in den zärtlich geschützten intrauterinen Zustand vor der Geburt zurückstrebe, ein Mißverständ- nis des In, vielleicht auch nicht. Vielleicht ist In die geahnte Herkunft alles Lebens von Gott. Vielleicht ist die Erklärung aber auch einfach in der Psychologie zu finden; denn jeder Affekt trägt den Totalitäts- anspruch in sich, allein zu herrschen und gleichsam das In zu bilden, worin alles andere getaucht sei, kein Affekt vermag sich aber lange in der Herrschaft zu halten, ohne sich schon dadurch zu verändern, und so verlangt er geradezu nach widerstrebenden Affekten, sich an ihnen neu zu beleben, was ein ziemliches Spiegelbild unseres unentbehrlichen Für ist – Genug! gewiß ist das eine, daß alles gesellige Leben aus dem Für entsteht und die Menschheit ein Zweckverband ist, scheinbar für etwas zu leben; sie verteidigt diese Zwecke unerbittlich; was wir heute an politischer Entwicklung sehen, sind alles Versuche, an die Stelle der verlorenen religiösen Gemeinschaft andere Für zu bringen, das Für etwas leben des einzelnen Menschen ist mit der Hausvater- und Göthezeit zurückgeblieben, die bürgerliche Religion der Zukunft wird sich vielleicht begnügen, die Massen zu einem Glauben zusam- menzufassen, wobei der Inhalt des Glaubens völlig wird fehlen können, um desto mächtiger das Gleichgerichtetsein werden wird –»

Es war zweifellos, daß U. einer Entscheidung (der Frage) auswich, denn was kümmerte Agathe die politische Entwicklung!

Zu Agathe

Ag bei Ld.

In dieser ganzen Zeit setzte Ag. ihre Besuche bei Ld. fort.

Das Konto für unvorhergesehene Zeitverluste wurde dadurch über- mäßig beansprucht, und allzu oft bedeutete seine Überschreitung einen Abstrich an allen anderen Unternehmungen. Außerdem verlangte das Mitgefühl mit dieser jungen Frau auch noch viel Zeit, wenn sie nicht da war:

So hatte Ld. eine Seele gefunden, aber tiefe Töne des Mißbehagens mischten sich darein und verhielten ihn dauernd in einem Reizzustand.

Agathe hatte sich über sein Verbot ihrer Besuche einfach hinweggesetzt.

«Ist Ihnen mein Besuch denn peinlich?» hatte sie ihn bei der ersten Wiederholung gefragt.

«Und was sagt Ihr Herr Bruder dazu?!» erwiderte Ld. jedesmal ernst.

«Ich habe ihm noch nichts davon gesagt,» teilte Agathe zutraulich mit «denn am Ende könnte es auch ihm nicht recht sein. Sie haben mich ängstlich gemacht.»

Nun, man darf seine Hand einem Hilfesuchenden nicht verweigern.

Aber Agathe verspätete sich jedesmal, wenn sie sich verabredet hatten. Vergeblich war ihr gesagt, daß Unpünktlichkeit das gleiche sei wie Vertragsuntreue oder Gewissensmangel. «Es läßt darauf schließen, daß Sie sich auch sonst in einem schläfrigen Zustand des Willens befinden und sich zufällig auftauchenden Gelegenheiten traumhaft hingeben, statt sich mit gesammelter Energie rechtzeitig loszulösen!» mutmaßte Ld. streng.

«Wäre es nur traumhaft!» erwiderte Agathe.

Ld. aber erklärte heftig: «Ein solcher Mangel an Selbstbeherrschung läßt eben jede andere Unzuverlässigkeit auch befürchten!»

«Wahrscheinlich. Ich fürchte auch» war Agathes Antwort.

«Haben Sie denn keinen Willen?!»

«Nein».

«Sie sind phantastisch und ohne Disziplin!»

«Ja». Und nach einer kleinen Pause fügte sie lächelnd hinzu: «Mein Bruder sagt, ich sei ein Fragmentmensch, das ist hübsch, nicht wahr? auch wenn nicht feststeht, was es bedeutet. Man kann an einen unvollendeten Band unvollendeter Gedichte denken»

Lindner schwieg unwillig.

«Mein Mann dagegen behauptet jetzt unhöflich, ich sei pathologisch, eine Neuropathin oder dergleichen» fuhr Agathe fort.

Und darauf rief dann doch Ld. höhnisch aus: «Nein, was Sie sagen! Wie gefällt es den heutigen Menschen, wenn sich moralische Aufgaben scheinbar auf medizinische zurückführen ließen! Aber so bequem kann ich es Ihnen nicht machen!»

Den einzigen Erziehungserfolg, den Ld. erreichte, verdankte er dem Grundsatz, daß er 5 Minuten vor dem immer vorher angesetzten u verabredeten Ende eines solchen Besuchs, unerachtet des verspäteten Beginns u. wie sehr ihn auch das Gespräch fesseln mochte, zu verstummen begann u. Ag. zu verstehen gab, daß seine Zeit nun anderen Pflichten gehöre. Diese Ungezogenheit begrüßte Ag. nicht nur mit Lächeln, sondern nahm sie dankbar hin. Denn solche wenigstens an einer Seite genau wie von einem Metallrand eingefaßte u. scharf anschlagende Minuten des Gesprächs teilten auch dem Rest des Tags etwas von ihrer Bestimmtheit mit. Nach den maßlosen Gesprächen mit Ulrich wirkte das wie Magerkeit oder eng umgürtender Riemen.

Als sie es aber einmal Ld. sagte, und ihm eine Annehmlichkeit zu erweisen gedachte, versäumte er sofort eine Viertelstunde und war am nächsten Tag sehr ungehalten über sich.

Unter diesen Umständen war er ein strenger Lehrer für Ag.

Aber Ag. war eine sonderbare Schülerin. Noch immer flößte ihr dieser Mann, der etwas zu ihren Gunsten wollte, obgleich er neuestens mit sich selbst nicht zustandkam, Vertrauen u. sogar Trost ein, wenn sie an dem Fortschritt mit U. verzweifeln wollte. Sie suchte dann Ld. auf, und nicht nur deshalb, weil er aus irgendwelchen äußeren Gründen Us. Gegner war, sondern auch, ja desto mehr, aus dem Anlaß, weil er so deutlich wie unwillkürlich die Eifersucht merken ließ, in die es ihn schon versetzte, wenn bloß Ulrichs Name genannt wurde. Das war offenbar keine persönliche Nebenbuhlerschaft, denn Agathe wußte, daß sich die beiden Männer kaum kannten, sondern eine geistig-gattungsmäßige, ähnlich dem, daß Tiergattungen ihre besonderen Feinde haben, die sie schon kennen, wenn sie ihnen zum erstenmal begegnen, und deren geringste Annäherung sie in Aufregung versetzt. Und merkwürdigerweise konnte sie Ld. verstehn; denn etwas, das Eifersucht genannt werden mochte, fand sich auch unter ihren Gefühlen für U. vor, ein Nicht-Schritt halten können oder kränkendes Müdwerden, vielleicht auch, einfach gesagt, eine weibliche Eifersucht auf seine männliche Gedankenlust, und es machte sie gern zuhören und mit schaurigem Behagen, wenn Ld. irgendwelche Anschauungen bestritt, die Ulrichs sein konnten, was er immer mit besonderer Vorliebe tat. Sie konnte sich umso gefahrloser darauf einlassen, als sie sich Ld. besser gewachsen fühlte als ihrem Bruder, denn mochte er noch so kriegerisch auftreten, ja mochte er sie sogar einschüchtern, so blieb in ihr doch immer ein heimliches Mißtrauen am Werk und war eigentlich /manchmal/ von der Art, wie es Frauen gegen die Bestrebungen anderer Frauen empfinden.

Noch immer bekam Agathe Herzklopfen, wenn sie einen Augenblick allein in der Lindnerschen Umgebung saß, so als wäre sie dem Aufsteigen von Dämpfen ausgesetzt, die ihr den Kopf verzauberten. Die Versuchung, das Mißbehagen, das sie empfand, sich behagen zu lassen, die gaukelnde Möglichkeit, daß es geschähe, riefen in ihr immer die Geschichte eines entführten Mädchens hervor, das, unter fremden Menschen erzogen, gleichsam in sich selbst vertauscht und eine fremde Frau wird: es war das eine der Geschichten, die, auf ihre Kindheit zurückreichend und ohne ihr sonderlich wichtig zu sein, manchmal eine

Rolle in den Versuchungen ihres Lebens u. in deren Entschuldigungen gespielt hatten. Aber Ulrich hatte ihr eine eigene Deutung für diese Geschichten gegeben, aus denen man sonst leicht bloß eine mangelhafte Seelenverfassung herauslesen konnte, und sie glaubte leidenschaftlicher an seine Auslegung als er selbst. Denn Gott hat der Breite u. Länge der Zeit nach nicht nur dieses eine Leben geschaffen, das wir gerade führen, es ist in keiner Weise das wahre, es ist einer von seinen vielen hoffentlich planvollen Versuchen, er hat für uns vom Augenblick nicht Verblendete keine Notwendigkeit hineingelegt, und derart von Gott sprechend und die Unvollkommenheit der Welt, das Ziellose, sinnlos Tatsächliche ihres Wandels, die durchschaute Pose ihrer Ordnung als die eigentliche Vision Gottes und die aussichtsreichste Annäherung an ihn darstellend, lehrte sie U. auch die Bedeutung des Reizes, unsicher in sich, schattenhaft planend neben sich ein anderer zu sein, in diesem Sinne verstehn.

Aufbau

Programm des Aufbaus: Schm. 2)

Davon Pkt. 1) u 2): ausgeführter Text.

3). Schm. 2) u ist notiert: So spürte Ag. doch U. in der Nähe, während sie aufmerksam die Wände Lds. betrachtete, die mit Bildern göttl. Inhalts ausgestattet (behangen) waren. Es fiel ihr auf, daß sie wohl Raffael, Murillo, Bernini in einzelnen Stichen an den Wänden vorfand, aber schon Tiz. nicht u schon gar nichts aus der Gotik; dagegen überwogen in vielen Abbildungen heutige Nachahmungen in jenem Stil à la Jesuitenbarock, der wie eine fette Omelette unendliche Mengen von Zucker in sich aufgesogen hat. Wenn man den Wänden entlang nur diesen Bildern folgte, wirkte die Häufung geblähter Gewänder u. emporgehobener, leerer, ovaler Gesichter u süßlich nackter Leiber beängstigend. Ag. sagte: Es ist soviel Seele darin, daß das Ganze als eine ungeheuerliche Entseelung wirkt. Und sehen Sie doch: die Aufwärtswendung ist derart zur Konvention geworden, daß die ganze, nicht zu unterdrückende menschliche Lebendigkeit sich in die weniger geachteten Einzelheiten geflüchtet u. in ihnen versteckt hat. Finden Sie nicht, daß diese Kleidersäume, Schuhe, Beinstellungen, Arme, Gewandfalten u Wolken von aller sonst zu kurz gekommenen Sex. überladen sind? Ja, das ist nicht weit von Fetischismus!

Nun, Ag. sollte dieses Phänomen der Überladung kennen. Dieses sehnsüchtige sich auf einem Balkon in die Leere Hinauslehnen. Oder, es ist eigentlich umgekehrt: ein unendliches Hereindrängen. Mit Schrecken konnte man es hier auf der Grenze zwischen krankhafter Schrulle u. Erhebung sehn.

Ld. hatte keine Ahnung davon. Aber er war von dem Vorwurf erschreckt u. versuchte zunächst, geringschätzig von der Schönheit zu sprechen. Der Künstler müsse sich des Stofflichen u. Fleischlichen bedienen u. hafte daran; daraus folge ein niederer Rang der Kunst. Ag. überschätze sie. Die großen Erlebnisse des Menschen könne die Kunst wohl propagieren, aber nicht zum Erlebnis bringen.

Ag. hielt ihm ärgerlich vor, daß er dann zuviel solcher Bilder besitze. Die Freiheiten, die man nach seinem Ausspruch der niederen Menschlichkeit im Künstler zugestehen müsse, schienen danach doch auch ihm selbst etwas zu bedeuten. Was? – fragte Ag.

In die Enge getrieben, sprach Ld. seine Ansicht der Kunst aus. Wahre Kunst sei Beseelung des Stoffes. Sie dürfe das Nackte nur darstellen, wenn die Übermacht der Seele über den Stoff aus der Darstellung spreche.

Ag. wandte ihm ein, daß er sich täusche, denn nicht die Übermacht der Seele, sondern die der Konvention spreche.

Und plötzlich brach er aus: Oder ob sie meine, daß sich der Nacktkultus der Maler u. Bildhauer für einen ernsten Menschen rechtfertigen lasse? – Ist denn der nackte Mensch wirklich etwas so Schönes?! Etwas so Unerhörtes?! Sind die Entzückungen der Kunstmenschen nicht einfach lächerlich, auch wenn man von der Anwendung ernster Moralbegriffe (auf sie) noch gar nicht Gebrauch macht?! –

Ag: Der nackte Körper ist schön! – Du lieber Himmel, es war eine Lüge, nur dazu bestimmt, ihr Gegenüber zu erzürnen. Ag. hatte niemals auf die Schönheit männlicher Körper geachtet; Frauen betrachten heute den Manneskörper meist nur als ein Gestell zur Anbringung des Kopfes. Männer pflegen von Schönheit etwas mehr zu halten. Aber man sollte einmal alle nackten Leiber, mit denen sie unsere Museen u. Ausstellungen gefüllt haben, auf einen Platz bringen, u. dann sollte einer aus dem Gewirr weißer Raupen die heraussuchen, die wirklich schön sind. Man würde sofort bemerken, daß der nackte Körper gewöhnlich nur nackt ist; nackt wie ein Gesicht, das durch Jahrzehnte einen Bart getragen hat u. plötzlich rasiert wird. Aber schön? Daß die Welt stehn bleibt, wenn ein wirklich schöner M-sch erscheint, zeigt Schönh. als ein Geheimnis; weil Schönheit-Liebe u Liebe eben ein Myst. ist, stimmt es ins Ganze. Ebenso, daß man den Begriff der Schönheit verloren hat (Kunstbetrieb). So sitzt sie da, u. U. spricht aus ihr.

Aber Ld. fällt sofort auf die Herausforderung herein. – So! – rief er aus: – Oh, natürlich, der moderne Leibeskultus! er erregt die Phantasie einseitig u erhitzt sie mit Ansprüchen, die das Leben nicht erfüllen kann! Sogar die übertriebene Körperpflege, die uns die Amerikaner beschert haben, ist eine große Gefahr! –

Sie sind ein Gespensterseher – sagte Ag. gleichgültig.

Ld. darauf: Viele reine Frauen, die ohne tiefere Lebenskenntnis solche Dinge begrüßen und mitmachen, bedenken nicht, daß sie damit Geister beschwören, die vielleicht noch ihr eigenes Leben u. das ihrer Nächsten zerstören können! –

Ag. antwortete scharf: – Soll man etwa nur alle vierzehn Tage baden? Die Nägel abbeißen? Flanell tragen u. nach Frostsalbe riechen?! – Es war ein Angriff auf diese Umgebung, zugleich aber fühlte sie sich eingekerkert u. lächerlich bestraft damit, daß sie über solche Gemeinplätze streiten mußte.

Ihre Gespräche nahmen oft die Form an, daß Ag. spottete u reizte, damit er sich ereifere und «belle». So erwiderte sie auch jetzt, u Ld. nahm den Gegner an.

Eine wirklich männliche Seele werde nicht nur der bildenden Kunst, sondern auch dem ganzen Theaterwesen mit größter Zurückhaltung gegenüberstehen u. dabei ruhig den Hohn u Spott derer über sich ergehen lassen, die zu weichlich sind, um sich konsequent jeden Sinnenkitzel zu versagen! behauptete er und bezog gleich auch die Romanliteratur mit der Bemerkung ein, daß auch die meisten Romane unverkennbar die sinnliche Unfreiheit u. Überreizung ihrer Autoren atmen u. die niederen Seiten des Lesers gerade durch die poetische Illusion anregen, mit der sie alles beschönigen u. verhüllen! –

Er schien vorauszusetzen, daß Ag. ihn als unkünstlerisch verachte u. war um seine Überlegenheit bestrebt. «Es ist ja ein Dogma,» rief er aus «daß man alles gehört u gesehen haben müsse, um darüber mitreden zu können! Aber wieviel besser wäre es, ließe man andere schwätzen u. wäre stolz auf seine Unbildung! Man rede sich nicht ein, daß es zur Bildung gehöre, Schmutz bei elektrischem Lichte zu sehn.»

Ag. blickte ihn lächelnd an, ohne zu antworten. Seine Bemerkungen waren so trostlos unverständig, daß ihre Augen feucht wurden. Unsicher sah er diesen naß-spöttischen Blick

Alle diese Bemerkungen richten sich natürlich nicht gegen die große u wahre Kunst! – schränkte Ld. ein / versicherte Ld / er zog sich zurück

Da Ag. weiter schwieg, gab er noch einen Schritt nach

Das ist nicht Prüderie, verteidigte er sich, Prüderie wäre selbst nur ein Zeichen verdorbener Phantasie. Aber die nackte Schönheit ruft Tragik im inneren Menschen hervor u zugleich geistige Kräfte, die diese zu entsühnen u. zu lösen trachten: verstehn Sie, was ich fühle?» Er blieb vor ihr stehn. Er wurde wieder von ihr festgehalten. Er sah sie an. «Darum muß man das Nackte entweder verhüllen oder so mit der höheren Sehnsucht des Menschen verbinden,» fuhr er fort «daß es nicht knechtend u. erregend, sondern beruhigend u. befreiend wirkt.» So sei es auch auf den Höhepunkten der Kunst immer versucht worden,

in den Gestalten des Parthenonfrieses, in Raffaels verklärten Figuren –
Michelangelo verbinde die verklärten Leiber mit der übersinnlichen
Welt, Tizian binde die Begehrlichkeit durch einen Ausdruck der Ge-
sichter, der nicht aus der Welt der Naturtriebe stamme. –

Ag. stand vor ihm. «Einen Augenblick!» sagte sie «Sie haben einen
Wollfaden im Bart» u sie faßte schnell hinein u schien etwas zu entfernen; Ld. konnte nicht wahrnehmen, ob es Wirkliches oder Vor-
getäuschtes sei, da er unwillkürlich u mit Zeichen keuschen Er-
schreckens zurückfuhr während sie sich gleich wieder setzte. Er ärgerte
sich maßlos über seine tölpische Unbeherrschtheit u suchte das durch
einen rauhen Ton zu maskieren. Wie ein Sonntagsreiter ritt er weiter
auf dem schlecht zu ihm passenden Worte Tragik herum. Er habe gesagt, daß die nackte Schönheit Tragik im inneren Menschen hervor-
rufe und ergänzte es nun damit, daß sich diese Tragik in der Kunst
wiederhole, deren Kräfte trotz allem nicht zur vollen Spiritualisierung
ausreichten. Es war nicht sehr einleuchtend, aber ganz klar kam es
darauf hinaus, daß die Seele des Menschen kein Schutz geg. die Sinne
sei, sondern deren gewaltiges Echo! Ja die Sinnlichkeit erlange ihre
Gewalt erst dadurch, daß ihre Vorspiegelungen seine Seele erobern
u erfüllen!

«Soll das ein Geständnis sein?» fragte Ag. unverschämt trocken.

«Wieso ein Geständnis?» rief Ld. aus. Und er setzte hinzu: «Welche
arrogante Auffassung Sie haben! Welcher Cäsarenwahnsinn!
Und überhaupt: was denken Sie von mir?!» aber er floh, er wich aus
dem Felde, er wich wahrhaftig räumlich von Ag. zurück.

4) Nichts errät der Mensch so schnell wie die innere Unsicherheit
eines andern u fällt darüber her wie die Katze über einen krabbelnden
Käfer: es war eigentlich die launische Technik des Mädcheninstituts
mit seinen Liebschaften zwischen bewunderten «Großen» und verliebten Kleineren, die ewige Grundform der seelischen Hörigkeit, die
Ag. gegen Ld. anwandte, indem sie ebensooft verständig und innig
auf seine Worte einzugehen schien, als sie ihn kalt überfiel u. ab-
schreckte, wenn er sich in dem beiderseitigen Gefühl sicher glaubte.

Aus der Ecke des Raumes orgelte nun seine Stimme, der er künstlich Unerschrockenheit u Tiefe verlieh, u. tat so, als ob er sich im Angriff befände, indem er vorschlug: «Lassen Sie uns einmal ohne Schonung darüber reden. Machen Sie sich klar, wie unzulänglich u. unbefriedigend der ganze Zeugungsprozeß als bloße Naturerscheinung
ist. Selbst die Mutterschaft! Ist ihr physiologischer Mechanismus
wirklich so unbeschreiblich wunderbar u vollkommen? Wieviel
schreckliches Leiden bringt er mit sich, wieviel sinnlosen u. unerträglichen Zufall! Wir wollen also die Naturvergötterung ruhig denen
überlassen, die nicht wissen, wie das Leben ist, u. öffnen unsere Augen

für die Wirklichkeit: Der Zeugungsprozeß wird nur dadurch geadelt u. über dumpfe Knechtschaft überhoben, daß man ihn durch Treue u. Verantwortlichkeit weiht u. den geistigen Idealen unterstellt!»

Ag. schien nachdenklich zu schweigen. Dann fragte sie unerbittlich: «Warum sprechen Sie zu mir vom Zeugungsprozeß?»

Ld. mußte tief Luft holen: «Weil ich Ihr Freund bin! Schopenhauer hat uns gezeigt, daß das, was wir für unser persönlichstes Erlebnis halten möchten, die allerunpersönlichste Erregung ist. Ausgenommen von diesem Betrug des Gattungstriebs sind aber die höheren Gefühle, Treue zb., reine selbstlose Liebe, Bewunderung u Dienen..»

«Warum?!» fragte Ag. «Gewisse Gefühle, die Ihnen passen, sollen einen überirdischen Ursprung haben u andere bloß Natur sein!?»

Ld. zögerte, er kämpfte. «Ich kann nicht wieder heiraten» sagte er leise u heiser «Das bin ich meinem Sohn Peter schuldig.»

«Aber wer verlangt es denn von Ihnen? Ich verstehe Sie jetzt nicht» versetzte Ag.

Ld. zuckte zurück: «Ich wollte sagen, auch wenn ich könnte, täte ich es nicht» verteidigte er sich. «Überdies erfordert Freundschaft zw. Mann u Frau meiner Ansicht nach eine noch höhere Gesinnung als Liebe!» Er nahm einen neuen Anlauf: «Sie kennen meine Grundsätze, also müssen Sie es auch verstehn, wenn ich Ihnen danach anbiete, daß ich nichts lieber als Ihnen brüderlich dienen, gleichsam im Weibe selbst das Gegengewicht geg. das Weib erwecken, die Maria in der Eva bestärken möchte....!» Er war nahe einem Schweißausbruch, so anstrengend war es, die strenge Linie seiner Vorsätze zu verfolgen.

«Sie bieten mir also eine Art ewige Freundschaft an» sagte Ag. still. «Das ist schön von Ihnen. Und Sie wissen doch wohl, daß Ihr Geschenk im voraus angenommen war»

Sie ergriff seine Hand, wie es sich in einem solchen Augenblick gehört und erschrak ein wenig über dieses hautige Stück fremder Mensch, das in dem Schoß der ihren lag. Auch Ld. vermochte seine Finger nicht zurückzuziehen, denn es schien ihm wohl, daß er es tun solle, doch aber auch, daß er es lassen könnte. Sogar Us. Unentschlossenheit übte manchmal diesen Naturreiz aus, mit ihr zu spielen, aber Ag. verzweifelte auch, wenn sie es sich mit Erfolg tun sah, denn die Macht der Koketterie gehört mit Bestechung, List u Zwang in einen Begriff, u nicht mit der Liebe; und indem sie sich an U. erinnert fühlte sah sie dem schwanken Menschen, der in sich jetzt wie ein Kork auf u. niedertanzte, mit einer den Tränen nahen, von bösen Einfällen durchzuckten Stimmung zu.

«Ich möchte, daß Sie mir Ihr trotziges u verschlossenes Herz öffnen» sagte Ld. zaghaft, warm u komisch. «Denken Sie nicht als einen Mann an mich. Ihnen hat die Mutter gefehlt!»

«Gut» erwiderte Ag. «Aber werden Sie es ertragen? Wären Sie bereit mir auch dann Ihre Freundschaft zu bewahren,» – sie zog ihre Hand zurück – «wenn ich Ihnen sagte, ich hätte gestohlen und ich hätte Blutschande auf dem Gewissen?» ..also (oder) irgendetwas, weswegen man ganz aus der Gemeinschaft der andern ausgestoßen wird?!

Ld. zwang sich zu einem Lächeln. «Das ist allerdings stark, was Sie vorbringen, es ist sogar äußerst unweiblich,» tadelte er «einen solchen Scherz zu wagen. Ach, was! wissen Sie, woran Sie mich in solchen Augenblicken erinnern? An ein Kind, das darauf ausgeht, einen Älteren zu ärgern! Aber dazu ist jetzt doch nicht der Augenblick» fügte er gekränkt hinzu, weil er sich in diesem Augenblick daran erinnerte.

Plötzlich hatte aber Ag. ein Etwas in der Stimme, wovon das Gespräch bis auf den Grund durchteilt wurde, als sie fragte: «Sie glauben an Gott, verraten Sie mir: auf welche Weise gibt er Ihnen Antwort, wenn Sie ihn vor einer schweren Sünde um Rat und Entscheidung bitten?!»

Ld. wies diese Frage mit der ängstlich empörten Strenge zurück, die ein anständiger Schloßbediensteter zeigt / zur Schau trägt /, wenn er nach dem Eheleben der Allerhöchsten Herrschaften befragt wird.

Ag: Gott in Verbindung mit Verbrechen, u. zw. der Augustinische, der Abgrund. Etwa wirklich möglichst augustinisch: Ich sehe keine Möglichkeit, aus eigener Kraft gut zu sein. Ich verstehe nicht, wann ich Gutes, wann Böses tue. Nur seine Gnade kann mich emporreißen odgl. Setzt wohl voraus, daß sie sich vor nicht langem darüber Sorgen gemacht hat. Bleibt vorderhand *offen*.

Ld. fühlt wohl etwas von der Leidenschaft ihrer Worte, darum seine Antwort sanft u beichtväterlich: Ich kenne Ihr Leben nicht, Sie haben mir bloß einige Andeutungen gemacht. Aber ich halte es für möglich, daß Sie ähnlich handeln können, wie es ein schlechter Mensch täte. Sie haben nicht im kleinen gelernt, das Leben ernst zu nehmen u werden es vielleicht darum in großen Entscheidungen nicht treffen. Sie sind wohl imstande aus gar keinem anderen Grund Böses zu tun und sich über alles Maß hinwegzusetzen, weil es Ihnen gleichgültig ist, wie dem anderen zumute wird, das aber nur, weil Sie zwar den Wunsch nach dem Guten fühlen, aber nicht wissen, wieviel Weisheit u Gehorsam dazu gehört. Nun ergriff er ihre Hand u bat: «Sagen Sie mir die Wahrheit»

«Die Wahrheit ist ungefähr das, was ich Ihnen bereits gesagt habe» wiederholte Ag nüchtern u nachdrücklich.

«Nein!»

«Ja.» In diesem schlichten Ja war etwas, das Ld. plötzlich die Hand zurückstoßen machte.

Ag. sagte: «Sie wollten mich doch besser machen? Bin ich also wie ein verbogenes Goldstück, das Sie zurückbiegen möchten, so bin ich doch ein Goldstück, oder –? Aber Sie verlieren den Mut. Die Ihnen durch meine Person überbrachte Forderung (Gottes?) kollidiert mit Ihrer konventionellen Einteilung der Handlungen in Licht u Finsternis. Und ich sage Ihnen: Gott mit einer menschlichen Moral zu identifizieren, ist Blasphemie!»

Die Stimme, mit der sie das ausrief, hatte, zumindest für Ld., Posaunenklang, eigen Erregtes; auch er bekam Ags. wilde jugendliche Schönheit zu spüren, und litt doch ohnehin schon, wenn er ihr Vorwürfe machte, jedesmal unter einer unsäglichen Angst u Einflüsterung. Denn seine Grundsätze, wo waren seine Grundsätze? Rings um ihn waren sie, aber weit fort. Und in dem leeren Raum, dessen mittelste Leere nun seine Brust war, regte sich etwas, das so verächtlich, aber lebendig war wie ein Korb voll junger Hunde. Er wollte ja diese verstockte junge Frau wohl nur ins Herz treffen, um ihr einen Dienst zu erweisen, aber das Herz, auf das er zielte, sah wie ein Stückchen Blumenfleisch aus. Seit Ld. Witwer war, lebte er als Asket und vermied Prostituierte u. leichtsinnige Frauen grundsätzlich, aber um es gerade heraus zu sagen, je mehr er sich um Ag's. Rettung ereiferte, desto begründeter wurde seine Angst, sich eines Tags dabei in einem Zustand unerlaubter Erregung erleben zu müssen. Darum zählte er in den Augenblicken des Zorns wie der Liebe innerlich oft rasch bis 50. Aber der Erfolg war ein merkwürdiger, je mehr er dadurch seine Erregung von der Stelle vertrieb, wo sie ausbrechen wollte, desto mehr Erregung sammelte sich in seinem ganzen Leib, u. sein Leib schien mitunter innerlich zu leuchten. Er wählte tadelnde Worte, aber innen waren sie am Ende weich wie niederbrennende Kerzen. Er glaubte einfach selbst nicht mehr, was er sagte, denn während er außen zwischen gut u böse schied, war innen alles vermengt wie im Paradies vor dem Sündenfall. Und mit einer erschreckenden Deutlichkeit, für die man keine Worte finden kann, wurde er davon an jenes fürchterlich erhebende Erlebnis erinnert, das ihn in seiner Jünglingszeit ein für alle Mal vor der Macht des Gefühls gewarnt hatte. Ld. fühlte sich von bitterer Verachtung für sich gestraft, wenn er bedenken sollte, daß das, was sich damals mit teuflischer Tücke in die Erscheinung Gottes gekleidet hatte, nun in reifen Jahren als gemeine Fleischeslust hervorkam, genau so, wies die seichte Auffassung der Aufklärer behauptet.

Gehn Sie doch nicht mit dieser Lüge von mir fort! bat er –

Das Testament? – sagte Ag – Es ist keine Lüge. Ich habe ein Test. gefälscht.

Ld. packte sie im plötzlichen Zorn am Arm wie einen Schüler u. rief: «Fort!»

«Nein,» erwiderte Ag. «Wir haben in unserem Kampf gegeneinander

das geheime Übereinkommen, uns gegenseitig den Teufel hervor-
zutreiben!«
– Sie sind hochmütig u eitel! – rief Ld. aus – Aber dahinter verbirgt sich Leid u. Enttäuschung u Demütigung! – Und beinahe traf
er wieder das Richtige
Aber er traf es eben doch nur beinahe, u Ag wurde dessen (seiner)
plötzlich müde u. ließ ihn stehn.

Museum-Vor-Kapitel
Titel: Beim Rechtsanwalt

Waren ihre Seelen zwei Tauben in einer Welt von Habichten u.
Eulen? U. hätte es nie über sich gebracht, etwas Ähnliches gelten zu
lassen, und liebte darum zu bemerken, ja fand eine Art Sicherheit
darin, daß die äußeren Geschehnisse keine Rücksicht auf die Entzückungen u. Befürchtungen der Seele nahmen, sondern ihrer eigenen Logik
folgten. Seitdem ihn Hgs Briefe gezwungen hatten, einen RA. um Rat
zu fragen, hatte sich auch Hg. an einen Berater gewandt, und da nun
die beiden Rechtsbeistände Briefe wechselten, war eine «Sache»
entstanden, unabhängig von ihren persönlichen Ursprüngen und
gleichsam mit überpersönlichen Vollmachten ausgerüstet. Diese Sache
zwang U's. Anwalt, um Agathes persönlichen Besuch zu bitten, u
als sie nicht kam, sich zu wundern, und als sie später noch immer
nicht kam, ernsthafte Vorstellungen zu erheben, die schließlich U.
durch die Ausmalung der üblen Folgen in die Notlage versetzten, den
Widerstand seiner Schwester zu überreden. Als sie bei ihrem Beistand
erschienen, waren dadurch dem Verlauf schon gewisse Geleise gelegt.
Sie hatten einen gewandten u. gefestigten Mann vor sich, nicht viel
älter als sie selbst, der gewohnt, selbst an der Stätte des Gerichts zu
lächeln und höflichen Gleichmut zu bewahren, auch im Verkehr mit
Auftraggebern von dem Grundsatz ausging, daß man sich von allen
Dingen u. Menschen zuvörderst selbst ein Bild zu machen habe und
sich von dem Klienten, der immer unzuverlässig und zeitverschwen-
derisch sei, möglichst wenig beirren lassen dürfe.
Agathe erklärte denn auch nachträglich, daß sie sich die ganze Zeit
über eigentlich als «Rechtspatientin» vorgekommen wäre, und das traf
insofern die Wahrheit, als alle ihre Antworten auf die einleitenden und
grundlegenden Fragen ihres Anwalts geeignet waren, diesen in einem
zweifelnden Urteil zu bestärken. Seine Aufgabe war schwierig. Eine
Scheidung «von Tisch u. Bett», die leicht zu erreichende «Trennung»,
genügte den Wünschen seiner Vollmachtgeber nicht, und eine Scheidung «dem Bande nach», die wirkliche Aufhebung der katholisch ge-

schlossenen Ehe mit Hg., war nach den Gesetzen des Landes unmöglich und nur auf dem Umweg über verschiedene andere Staaten und deren Rechtsbeziehungen zu einander sowie durch verwickelte Ein- und Ausbürgerungen zu erreichen, was einen Weg ergab, der zwar sicher zum Ziel führen sollte, aber durchaus nicht ohne Schwierigkeiten und im vorhinein zu übersehen war. Darum hatte sich Agathes Rechtsanwalt vorgenommen, ihren allzu gewöhnlichen Scheidungsgrund, den sie einfach als Abneigung angab, durch einen stichhältigeren zu ersetzen.

«Unüberwindliche Abneigung könnte nicht genügen, haben Sie Ihrem Herrn Gemahl nicht noch etwas anderes vorzuwerfen, gnädige Frau?» forschte er.

Agathe sagte kurzweg nein. Sie hätte Hg. vieles vorwerfen können, aber sie wurde rot und blaß, denn alles gehörte sowenig hieher wie sie selbst. Sie war U. böse

Der Rechtsbeistand sah sie aufmerksam an. «Unhöfliche Behandlung, leichtfertige Vermögensgebarung, grobe Vernachlässigung der Pflichten als Gatte . ., wie steht es damit gnädige Frau?» Er versuchte, sie auf einen Einfall zu bringen. «Die sicherste Scheidungsursache bleibt natürlich immer eheliche Untreue!»

Nun sah auch Agathe ihr Gegenüber an und antwortete mit klarer, ruhiger, tiefer Stimme: «Alle solchen Gründe habe ich ja nicht!»

Vielleicht hätte sie lächeln sollen. Dann wäre der Mann, der ihr, sorgfältig gekleidet, gegenübersaß und immerhin noch lebenslustig war, überzeugt gewesen, eine schöne und unbestimmbar fesselnde Frau vor sich zu haben. Aber der Ernst ihres Ausdrucks ließ nicht das geringste für ihn übrig, und das Gehirn des Anwalts wurde trocken. Er erinnerte sich aus den Akten, zu denen nicht nur die Zuschriften des gegnerischen Vertreters, sondern auch Briefe Hgs. an U. gehörten, an dessen sorgfältig substantiierte Beschwerden darüber, daß das Scheidungsbegehren ungerechtfertigt und launenhaft unernst sei, und er dachte einen Augenblick daran, daß er viel lieber der Vertreter dieses anscheinend nüchternen und verläßlichen Mannes wäre. Dann fiel ihm ein, daß irgendwo auch das Wort «Psychopathin» vorkäme, und er wies es nicht so sehr Agathes wegen von sich, als weil es ihn hätte hindern können, den lohnenden Auftrag zu übernehmen. «Nervös wird sie eben sein, solch eine Nervöse, die zu allerhand fähig ist, wie man es oft antrifft!» dachte er und begann seine Ausfragung vorsichtig jener Stelle zuzuwenden, die sich ihm bei der Prüfung des gesamten Bestandes als das Aufklärungsbedürftigste eingeprägt hatte. In der bei den Akten befindlichen Korrespondenz befanden sich – und zwar sowohl in den Briefen Hgs. an U als, was schwerer wog, auch in den Zuschriften des gegnerischen Anwalts – mehr oder minder deutliche

Anspielungen eines Sinnes eingestreut, als wüßten die Herren von Unregelmäßigkeiten, die bei der Behandlung der Verlassenschaft vorgekommen seien oder wären gar auch Willens die Beziehungen zu verdächtigen, die seither zwischen den Geschwistern eingetreten wären: es waren dies die bekannten Ergebnisse des punktweis-abgestuften Nachdenkens von Ulrichs Schwager und wollten so verstanden sein, daß die Geschwister es sich wohl überlegen möchten, ob es nicht besser sei, ihren Entschluß zu ändern, ehe sie sich zu weit in eine Angelegenheit einließen, die für sie allerhand Gefahren enthielte. Agathes neuer Ratgeber brachte diese unzweideutigen Anspielungen nun so zur Sprache, daß er sich damit an Ulrich, als den ihm schon Bekannteren, wandte und es in der höflichen Weise eines Mannes tat, der einem anderen die Wiederholung einer überflüssigen Belästigung nicht ersparen kann; er wandte sich dazwischen aber auch an Agathe und gab zu verstehen, ob es sich zwar nur um eine Förmlichkeit handle, daß doch auch sie selbst, als seine Auftraggeberin, ihm über diese Einwürfe, die unter Umständen so schwer wiegen konnten, als sie sich gewissenlos aussprechen ließen, eine Versicherung abgeben müßte, auf die er sein weiteres Handeln stützen könne.

Nun hatte aber weder Agathe die Briefe Hagauers gelesen, noch Ulrich von ihr Auskunft bekommen, was sie in der auf die «sogenannte Testamentsfälschung» – unwillkürlich sprach er in diesem Augenblick zu sich selbst so vorsichtig! – folgenden Zeit ihres Alleinseins eigentlich alles unternommen habe. Es trat also eine kleine Verlegenheitspause ein, die recht sonderbar wirkte. Ulrich suchte sie durch eine Gebärde zu beenden, die in einer gelassen hochmütigen Weise das Begehren des Rechtsanwalts als überflüssig und im vorhinein erfüllt bezeichnen sollte, aber seine Schwester störte diesen Plan ein wenig, indem sie zur gleichen Zeit gelassen neugierig an den RA. die Frage richtete, was ihr Mann denn eigentlich zu wissen meine. Der RA. sah vom einen zum andern. «Meine Schwester gibt Ihnen natürlich die Versicherung, die Sie wünschen, in jeder Form» erklärte U. schnell und möglichst gleichgültig. «Sie ist durch mich von dem Inhalt der Briefe genau unterrichtet, hat sie aber aus ganz persönlichen Gründen nur zum Teil selbst gelesen.» Diesmal lächelte Agathe, die ihren Fehler bemerkt hatte, rechtzeitig u. bestätigte, daß es so sei. «Ich war zu sehr verstimmt» behauptete sie mit Ruhe.

Der Advokat dachte einen Augenblick nach. Es ging ihm durch den Sinn, daß dieser Zwischenfall ganz gut eine unerwünschte Bestätigung der gegnerischen Behauptung bedeuten könnte, daß Ag. unter einem unheilvollen Einfluß ihres Bruders stünde. Er glaubte natürlich nicht daran, aber er fühlte ohnehin gegen U. ein wenig Abneigung. Das bewog ihn, Ag. mit der größten Höflichkeit zur Antwort zu geben:

«Ich bitte vielmals um Verzeihung, gnädige Frau, aber mein Beruf zwingt mich, auf der Bitte zu bestehn, daß Sie in diese Angelegenheit selbst Einsicht nehmen müssen.» Und mit diesen Worten reichte er ihr, leicht nötigend, die Aktenmappe hinüber.

Ag. zauderte

U. sagte: «Du mußt formell selbst Einsicht nehmen»

Der Advokat lächelte höflich und fügte hinzu: «Verzeihung, nicht nur formell!»

Ag. ließ ihren Blick zweimal in die Blätter tauchen, verzog das Gesicht und klappte die Mappe wieder zu.

Der Rechtsanwalt zeigte sich befriedigt. «Diese Anspielungen sind bedeutungslos» versicherte er. «Ich habe das auch vorausgesetzt. Der Kollege hätte der üblen Gereiztheit seines Klienten einfach nicht nachgeben dürfen. Aber es wäre immerhin peinlich, wenn während des zivilrechtlichen Verfahrens plötzlich eine staatsanwaltschaftliche Anzeige einliefe. Man müßte dann sofort mit einer Gegenklage wegen Verleumdung antworten können oder ähnlich . .» Scheinbar ohne daß er es wollte, ging seine Redeweise aus der Art der Unwirklichkeit dabei wieder in die des Möglichen über, und Ulrich kam es vor, daß in diesen Versicherungen noch immer eine Frage lauere.

«Natürlich wäre es ungemein peinlich» bestätigte er trocken und nahm sich vor, außer diesem bekannten Scheidungsanwalt noch einen richtigen Verbrecheranwalt zu befragen, einen, mit dem man etwas offener reden könne, um alle Möglichkeiten zu erfahren, die in so einer Unglücksgeschichte stecken. Aber er wußte nicht, wie er einen solchen Mann finden solle. «Ein Kampf in dieser schmutzigen Art ist für reinliche Menschen immer peinlich.» fügte er hinzu. «Aber kann man etwas anderes tun als abwarten?»

Der RA tat, als müßte er noch einen Augenblick nachdenken, lächelte und sagte mit einer Bitte um Entschuldigung, daß er doch sehr raten müsse, auf seinen ursprünglichen Vorschlag zurückzugreifen und dem Gegner eine Verletzung der ehelichen Treue nachzuweisen. Die Länge der schon bestehenden Trennung ließe den anzulastenden Tatbestand mit Sicherheit voraussetzen, an Instituten, die so etwas diskret und verläßlich besorgten, bestünde kein Mangel und daß man mit diesem gleichsam klassischen Scheidungsgrund unaufhaltsam und am raschesten zum Ziel käme, wäre der größte Vorteil, in einem Kampf, wo man dem Gegner keine Zeit lassen dürfe, seine Intrigen zu entfalten.

Ulrich schien das auch einzusehen.

Aber Agathe, die ihre einstige Sicherheit im Verkehr mit Anwälten und anderen Rechtspersonen ganz verloren hatte, sagte nein. Hatte sie sich eingebildet, daß man eine Scheidung beim Advokaten bestelle wie eine Torte beim Zuckerbäcker, die nach Wahl ins Haus geliefert wird, geschah es, daß sie U. verübelte, sie in eine Lage gebracht zu haben, wo ihr Verantwortlichkeitsgefühl für die Hagauer unschuldig zugefügten Peinlichkeiten erwachte, oder wollte sie einfach nicht den Absturz ihrer Welt in die Fortdauer solcher Unterredungen ertragen, genug, sie weigerte sich heftig.

Sie hielt diesen Vorschlag auch für eine Bequemlichkeit des Rechtsanwalts und hätte sich vielleicht überreden lassen; aber U. tat es nicht, sondern entschuldigte sie bloß lächelnd mit dem Scherz, daß sie eben selbst durch einen Detektiv nichts mehr von ihrem Gatten wissen wolle, und der Scheidungsanwalt seufzte mit einemmal ritterlich ergeben, denn er mochte die Besprechung schon beenden. Er versicherte nun, daß sie auch so ans Ziel kommen wollten, und schob Ag. die Prozeßvollmachten zur Hand, die sie unterschreiben sollte.

Nachtrag. Ev: U. fragt, ob Vorschläge Hgs. zu einer gütlichen Austragung vorlägen u erklärt die Forts. der Unterredung in diesem Sinn andernfalls für unerwünscht. [...]

Schon als sie die Treppe hinabstiegen, schob U. seinen Arm unter den Ags., u. unwillkürlich blieben sie in dem Augenblick, wo das geschah, stehen.

«Wir waren eine Stunde in der Wirklichkeit!» sagte er.

Ag. sah ihn an. Der Schmerz schloß den Hintergrund ihrer hellen Augen ab wie eine Steinmauer.

«Bist du sehr niedergeschlagen?» fragte er teilnehmend.

«Das bedeutet eine solche Erniedrigung, daß wir uns ihr entziehen müßten» gab sie langsam zur Antwort.

«Das ist sehr die Frage» meinte Ulrich.

«Eine wirkliche Erniedrigung, wie man mit dem Mund in den Staub fällt! Etwas, das wir uns vorzustellen in der letzten Zeit verlernt haben!» wiederholte Ag. mit leiser heftiger Stimme.

«Ich meine, es ist die Frage, ob wir uns dieser Erniedrigung entziehen dürfen» erwiderte U. «Vielleicht drohen uns auch noch viel größere. Ich muß dir gestehn, daß ich heute von unserer Lage beinahe den Eindruck habe, daß sie schlimm sei. Denn gesetzt, wir gäben nach: Wir könnten vielleicht noch einen Irrtum vorschützen, eilig gutmachen, verschleiern. Aber es hinge von ihm ab, das anzunehmen oder nicht, und er wird auf dich nicht verzichten, ja er wird, da er einmal Verdacht geschöpft hat, seine Waffe nicht eher aus der Hand legen, als du dich ihm bedingungslos unterworfen hast. Das ist einfach seine Ordentlichkeit!» sagte U., da Ag. das Ende seiner Rede nicht abwarten zu wollen schien. «Anderseits können wir natürlich dem Vorschlag unseres Anwalts oder einem ähnlichen Plan folgen und versuchen, ihn mürbe zu machen. Aber was haben wir davon? Gesteigerte Gefahr, denn der Gegner wird sich durch unseren Angriff aller Rücksichten entbunden fühlen, und als Erfolg bestenfalls außer der Scheidung den, daß wir einen tief gleichgültigen Menschen böswillig geschädigt haben.»

«Und die Schuld der Existenz?!» wandte Ag. leidenschaftlich ein, obgleich sie sich mit Gewalt zwang, einen Scherz daraus zu machen. «Was du selbst oft gesagt hast, daß die einzige rein gebliebene Frau die ist, die ihre Liebhaber köpfen läßt?!»

«Habe ich das gesagt? Da könnte man den Erdball in die Luft sprengen!» sagte U. ruhig. «Wenn man alle Zeugen seiner Fehler beseitigen wollte!» Und er fügte nachdrücklich hinzu: «Du verkennst noch immer den Gewöhnlichkeitsgrad, die greifbare Schwierigkeit der Lage, in der wir uns befinden: Wir sind auf die eine wie die andere Weise von Vernichtung bedroht und haben nur die Wahl, es zu bleiben oder –»

«Uns zu töten!» sagte Ag. kurz u. bestimmt.

«Ach, was du sagst! Das klingt zwischen den Steinen solchen Treppenhauses! Hoffentlich hat es niemand gehört!?» Er verwies es ihr ärgerlich und blickte sich vorsichtig um. «Du bist doch zu dumm! Es ist bekanntlich nicht einmal sicher, daß der Tod besser sei als Gefängnis. Aber wir können uns ja der Wahl auch dadurch entziehn, daß wir fliehen»

Agathe sah ihn an, und ihre Augen glichen in diesem Nu unwillkürlich denen eines Kindes, das getobt hat und auf den Arm genommen wird.

«Auf eine Insel in der Südsee» sagte Ulrich u. lächelte. «Aber vielleicht genügt auch schon eine in der Adria. Wohin uns einmal in der Woche ein Boot den Bedarf bringt.»

Sie waren benommen, als sie unten am Tor standen und vom Anprall der sommerlichen Straße getroffen wurden. Ein weißliches Feuer, in dem helle Schatten lebten, schien sie zu erwarten. Die Menschen, Tiere der Straßenrahmen und auch sie selbst verloren in den heißen Lichtstrahlen etwas von ihrer körperlichen Gebundenheit. Agathe hatte gesagt: «Du hast es noch nie wollen! Dazu bin ich dir doch zu wenig?» Ulrich erwiderte: «Oh, wir wollen das nicht in dieser Weise besprechen! Es ist schwieriger als der Entschluß, der Welt zu entsagen. Denn wenn wir einmal geflohen sind, gerät hier, im wirklichen Leben, das uns als das unsere auferlegt war, alles ins Schlimme, und es gibt kaum eine Umkehr, obwohl wir gar nicht wissen, ob dort, wohin wir wollen, ein Boden ist, auf dem Menschen anders als in Träumen stehen können.

Wenn ich noch immer überlege, geschieht es nicht aus Zweifel an dir und mir, sondern an dem, was möglich ist!»

?Aber anderseits ist es doch auch recht praktisch! Der RA hat seine Instruktionen, der Auftraggeber ist verreist: entweder einigen sich die beiden Vertreter, um zu Ende zu kommen, oder sie verschleppen.

Als sie dann schließlich zurückkehren, ist alles in ganz guter Ordnung, der sich selbst gegen Katastrophen schützende Automatismus des Lebens. Sie haben bloß eine Reise gemacht, die Rechtsanwälte zaudern noch usw.

$$\ddot{U}_6$$

1. Studie zu Krisis und Entscheidung

Grundanlage nach 49 j 50 in Konv. Kris u. Entsch. in Mpe. N. Bl. III:
Vorangegangen U –Bo.
U. bleibt zurück; wie ein Hund, der ein Huhn gerissen hat. (S 3) Geht für kurze Zeit aus dem Zimmer Ag kommt; sie hat genug von Ld; Pet. ist vorangegangen. Ihre Gedanken u. der Fund. Nun soll ein – nicht aufgezeichnetes – Gespräch folgen, von der Art, daß desaveu durch den vorgezeigten Fund die Krisis rechtfertigt.
U. muß real-notwendig eine Besorgung machen. Ags Selbstmord-versuch. Rettung durch U. Letzte Entscheidung.

Worauf beruht die Entscheidung? Worauf Ags. Selbstmordversuch?
Vorangegangen ist Traum u Gn – Tat
Nach Konv. in Mpe N. B III S 4 fragt Ag: Was soll werden? u. U. gibt Antworten. Hinweis auf MK I (S 4) u. II RFr 6, Blge 10, S 4.
Eigentlich müßte U. – im Sinne von Schleiermachers moralischer Indifferenz des Religiösen – antworten, daß der aZ. keine Vorschriften für das praktische Leben gebe. Du kannst heiraten, leben, wie du willst usw. Auch die Utopien sind ja zu keinem praktikablen Ergebnis ge-kommen. Ungefähr ist das auch die Rasse des Genies innerhalb der der Dummheit. (Aber es ist durchaus möglich, daß das ganz oder z. T. schon im Mus. Kap. vorgebracht werden muß.) D. i. auch: Gegen die Totallösung u System. Gegen den Gemeinschaftssinn Abenteuer der Lebensverweigerung. Ohne daß aber auf die Theorie eingegangen werden sollte. Vgl. im einzelnen noch dazu: Sch MK I
Nach dem Ausbruch gesteht er dann zu: Ahnen u Gott, wenn auch als zweifelhaft. Seine eigentliche Rechtfertigung ist Angst vor 3-Schwestern-Süße u. darum beschließen sie auch fortzugehn u. un-

ausgesprochen Coit. Er gibt also Bild udgl. wenigstens vorübergehend halb preis.

Ag. verlangt Entscheidung im Sinne der Jugend Sch MK I S 1 u Sua 3 S 2

U: Ich habe beschlossen. Selbstmordjahr   Sch M K I S 3

Ag: Die Mystik, die sich nicht an Religion schließen konnte, schließt sich an U. ib.

Entscheidung zu: Werkzeug eines unbekannten Zweckes.

A: Eigentlich gibt es kein Gut u Bös, sondern nur Glaube oder Zweifel ib S 5 Gehn wir von all dem fort.

Ohne Glaube der Ahnung überlassen ib (Die Bedeutung der Methodenlehre dessen, was man nicht weiß im Mus. Kap.) U. weigert sich zu glauben, folgt aber dem Ahnen. II RFr 22$_1$

Ags Depression: Ein Hauptargument: Der RA. hat vorgeschlagen, sie solle sich krank erklären lassen. Sch. MK I S 6. Sie hat das Test. wegen U. gemacht u. nun droht alles über ihr zusammenzustürzen, [. ? .] Auch geg. Ld. ist sie nur schlecht gewesen.

Sie ist für die Tat (Jugend), aber es erscheint auch so: Es ist ihr alles gleichgültig, was man einwenden kann von den andern her wie auch von Gott u aZ her, sie will mit U. zusammenleben, kommt sich sehr schlecht vor, aber will es trotzdem, u. wenn es nicht gelingt, dann bleibt eben nur das Schlechte u. das Ende.

Zu Ags. Niedergeschlagenheit: Der Gott zugeneigte Mensch ist nach Adler der mit Mangel an Gemeinschaftssinn – nach Schleiermacher der moralisch Indifferente, also Böse. Auch Frau ist Verbrecher (II RFr 22$_1$) Für niemand wahre Sympathie als für U. Ich muß dich lieben, weil ich die andern nicht lieben kann. Gott u antisozial. Die Liebe zu U. hat von Anfang an Haß u Feindschaft geg. die Welt mobilisiert. (ib 3)

Durch das hier Angegebene ergänzt u. mit einer gewissen Auswahl ist Konv. II Tl gar nicht zu ändern. Bemerke: Die Stimmung hat die Qualität des Großmuts; sie muß (kann) sich erinnern, was U. darüber gesagt hat. Sie enthält die Forts. ins Leben

Es *muß* zu (unbeschriebenem) C. kommen! Darum mit Bo nicht! Störung, Unterbrechung im letzten Augenblick. U. weiß, daß er schon nachgegeben hat.

Mus. Kap. mit Gn!

Gott ist darin das hypostasierte Bedürfnis zu glauben. Es ist ihr aber nicht gegeben, Gott zu schauen. Die Stimmung ist eigentlich eine aZ-Erfüllung, aber doch noch schemenhaft (II Tl, 1) r u.)

Anders: Als U. wieder eintritt, fällt ihr seine Abneigung geg. Defekt ein. Treibt sie zu raschem Vollzug u hemmt sie auch U. Probejahr. Reicht es für beide?
Wir werden uns nicht töten, ehe wir nicht alles versucht haben.

Nachtrag: Glaube darf nur eine Stunde alt sein. Dann ist er aber Ahnen.

Es fehlt: U's. Depression u. ev Selbstmordgründe
Gott. s. o.

49 jetzt *50*.

Krisis u. Entscheidung

Hier Hauptsache Selbstmordversuch.
II III A–Ag VI. Kap. Auf Konv. eine Notiz die eine Umstellung verlangt: Statt Peter – Bo – Krisis ein Bo – Krisis – Peter.
Inhalt: Ag verwundet, weiblich. Dummes Weinen, Weinen ohne Geist; aber ein Quell des Körpers, ein sein Rechtbeanspruchen des Körpers. Du hast mir weh getan. Zur Entschuldigung: Gedicht u Zeitunglesen. Einsicht: Was gebe ich dir denn?!
Vielleicht könnte ich es mit einer Frau, die ich liebe, gestatten. Innerlich können sich ja mehr als zwei Menschen lieben. U. malt das aus u gesteht, er sei zu kleingläubig dazu. Das setzt u a. also auch «3 Schwestern» fort. Aus *39* j. *41* (II III $\frac{30-32}{IV}$)
Ev. ganz hieher?
U. geht auf den Gedanken ein. Plötzlich küßt ihn Ag., und der Kuß wird sinnlich.
II III A–Ag letztes Kap. Zw. diesem u dem Vorigen müßte eine Trennung von kurzer Dauer liegen, ein aus dem Haus Gehn Us od. bloß aus dem Zimmer. Während dieser Zeit schlägt Ags Stimmung um.
Beschreibung einer tiefen Depression u. des Glücks eines solchen Entschlusses.
(Dieser tiefen Depression korrespondiert die Erhebung Cls. in *46* j. *47*)
(Die korrespondierende Ag Stelle in *30* j *31* erhält Bedeutung)
Als Resumee ist vorgesehn: Immer alles schlecht gemacht, ab Vater; u. man kann sich nicht wehren, weil das Wehren noch schlechter (dümmer) ist. [. . .]

U. kommt zurecht, sie zu hindern. *Als Motive* des Entschlusses sind benutzt:

Es ist unser Schicksal: Wir lieben vielleicht, was verboten ist. Wir werden uns aber nicht töten, ehe wir nicht das Äußerste versucht haben. Versprechen!

Die Welt ist flüchtig u. flüssig: tu, was du willst!

Wir stehen ohnmächtig einer vollendet unvollendeten Welt gegenüber. Die andern haben auch alles, was in uns ist, bloß unmerklich verschoben. Sie bleiben gesund u. idealistisch, wir kommen an den Rand des Verbrechens

Einsamkeit: Gläubige Menschen hadern dann mit Gott, ungläubige lernen ihn da erst kennen Es steckt keine Notwendigkeit dahinter Diese Welt ist nur einer von .. Versuchen. Gott gibt Teillösungen, d. s. die schöpferischen Menschen, sie widersprechen einander, die Welt bildet daraus immer wieder eine relative Totale, die keiner Lösung entspricht. In diese Form der Welt werde ich wie flüssiges Erz gegossen: deshalb bin ich nie ganz das, was ich tue u denke: eine versuchte Gestalt in einer versuchten Gestalt der Gesamtheit. Man darf nicht auf die schlechten Meister hören, die nach Gottes Plan wie für die Ewigkeit eines seiner Leben errichtet haben, sondern muß sich demütig u trotzig ihm selbst anvertraun. Ohne Überlegung handeln, denn ein Mann kommt nie weiter, als wenn er nicht weiß, wohin er geht (E 6) – (Das ist Ags Einfluß! Ironisch aber schon durch GfL. vorweggenommen) / Erzählerisch: Viell. U. überlegt es in Pause, so daß am Ende keine Reflexionen stehn. /

Über allem ein Hauch von Stella-Moral. Wörtlich hätte er sonst das Gleiche schon zu Ge u a. gesagt. Ist mehr als Stimmung u Zustand denn als Gedanke zu beschreiben. Hätten sie nun getan, was sie fühlten, so wäre in einer Stunde alles vorbei gewesen. So aber ...

[...]

Lebenstraurigkeit; sich nicht wehren können, weil usw. [...]

Gift als Stütze. Vertrauen, daß diese Welt, in der sie sich unvollkommen fühlt, nicht die einzige ist –

Sua 7: 1/2 Jahr abgelaufen.

II R Fr 22$_1$ → AE 24 S$_1$ Rd: Bekenntnis zum Ahnen. U. weigert sich, zu glauben, folgt aber dem Ahnen.

Zur Selbstmordstimmung: Diese Traurigkeit war wie ein tiefer Graben mit glatten Rändern, der sie hin u her führte, während sie oben, unsichtbar u unerreichbar, U. hörte, der sich mit andern Menschen unterhielt.

Dummköpfe u Genies: Sua 3 S 4

Es gelingt von vornherein nicht: – S 3

Lieben od. töten liegt auch in M/Gesellschaft nahe beisammen – ib.

Als Ag. nach Hause kam, es geschah in der Dämmerung, suchte sie
U., der aber (nach Bos. Weggang) die Wohnung (auf einige Zeit)
verlassen hatte, um das, was geschehen war, zunächst so gut wie
möglich zu vergessen. Sie setzte sich in seinem Arbeitszimmer nieder,
legte Hut u Handschuhe neben sich auf das Sofa u überließ sich dem
langsamen Finsterwerden, das ihrer Stimmung entsprach. Sie hatte
den Vorsatz, Ld. nicht sobald wieder aufzusuchen und wollte U. für
ihre Bosheit um Verzeihung bitten.

Da berührten ihre Finger in den Polstern einen harten, sanftge-
wölbten, zackigen Gegenstand, und als sie ihn gegen das Licht hielt,
erkannte sie darin einen kleinen Steckkamm, wie ihn Frauen tragen.
Bo. hatte ihn verloren. Agathes Hände, die ihn hielten, wurden ganz
verwirrt davon. Sie sah ihn mit geöffneten Lippen an, und das Blut
wich aus ihrem Gesicht. Wenn das Wort Bestürzung sagen will, daß
alle Gedanken davonstürzen und das kleine Haus des Schädels mit
geöffneten Laden u Türen leer steht, so war Agathe bestürzt. Die
Tränen stiegen ihr in die Augen ohne hervorzuquellen.

Sie wartete gedankenlos – mit wenigen Gedanken, die sich kaum in
ihr regen wollten, – auf ihren Bruder. Zu diesen Gedanken gehörte
der, daß nun alles vorbei sei, und der entgegengesetzte, daß es nichts
als natürlich sei, was sie erfahren habe, und daß sie jederzeit daran
hätte glauben müssen; was dazwischen lag, schien sie nicht erraten zu
können, ehe U. käme.

Unter diesen Gedanken befand sich der ...
  1) daß es sie doch gar nicht überraschen dürfe ..
  2) ..

Als er eintrat, merkte er sogleich die Anwesenheit einer zweiten
Person im Dunkel u ging auf seine Schwester zu, die es ja wohl nur
sein konnte, um sie sanft und reuevoll zu begrüßen. Agathe bat ihn
aber mit einer solchen Stimme, sich ihr nicht zu nähern, sondern lieber
Licht anzuzünden, daß er kehrtmachte. Als es hell war, hielt sie ihm mit
emporgestrecktem Arm den kleinen Kamm entgegen, und was sie
nicht sagte, las er in ihren Augen. Ulrich hätte leugnen können; es wäre
wohl nicht wahrscheinlich gewesen, den Fund durch Unordnung als
eine Hinterlassenschaft aus früheren Zeiten zu erklären, doch hätte es
vielleicht die unmittelbare Wirkung abgefangen u. geschwächt: aber
die Reue brach über ihm zusammen, und er machte keinen Versuch
zu leugnen.

Agathe bezwang sich u hörte ihm mit einem bestürzten Lächeln zu.

«Bist du denn auf Bo. eifersüchtig?» fragte er sie und wollte ihr Gesicht streicheln, um den Vorfall ins Scherzhafte zu ziehn. Agathe faßte aber seine Hand u hielt sie fest, ehe sie von ihr berührt wurde. «Ich habe doch kein Recht darauf» sagte sie. Im gleichen Augenblick begannen ihr die Tränen aus den Augen zu stürzen. Ulrich bekam beinahe auch feuchte Augen – «Du weißt doch, wie so etwas kommt»

U. bleibt zurück. Gesättigt wie ein Raubtier / besser: Wie er sich selbst sagt: wie ein Hund, der ein Huhn zerrissen hat u. den einerseits das Gewissen drückt, anderseits die Befriedigung eines tiefen Instinktes wohlig durchherrscht / /Ev: Reue ist nichts anderes als der Sturz eines dominierenden Affekts durch den mit ihm rivalisierenden / Er ist also disponiert zur Reue.

Ag. kommt. Auch sie hat genug von Ld. (P. ist wahrscheinlich vorangegangen: Grund s. Schm M-K. II Reihe S 1 „??") Sie findet U. noch in dem Zimmer, wo er mit Bo saß u setzt sich neben ihn.

Nun muß ein einleitendes (kurzes) Gespräch kommen, das im Material hier nicht vorgesehen ist. Es muß stark sein, damit das Desaveu durch den Fund stark ist.

?Gott in der Hauptsache hier? bzw. in der Variante Antisozial.

Thematik: Hängt ab von vorausgegangenem Mus.- od. Nach-Traum-Gespräch.

Aus hier rot käme in Frage: Wir werden uns aber nicht töten, ehe wir nicht das Äußerste versucht haben. Das setzt ein Gespräch über Selbstmord voraus, wo sollte dieses aber kommen? Mus. hat schon genug, andrerseits folgt die Äußerung natürlicher nach Selbstmordversuch.
[...]

II. Teil.

Schließlich saßen sie eine Weile, hielten sich an den Händen u trauten sich weder etwas zu sagen, noch zu tun. Es war ganz dunkel geworden. Ag. fühlte eine Verlockung sich auszukleiden, ohne ein Wort zu sprechen. Vielleicht lockte das Dunkel auch U. zu ihr hinüberzukriechen oder etwas ähnliches zu tun. Beide wehrten sich gegen diese Handlungstypen formende Kraft der Geschlechtslust (od. so ähnl.) Hätten sie es nicht getan, so . . alles vorbei . . . Wo? – Konv. S 2 ○ Aber Ag. fragte sich: Warum geschieht nichts? / Warum nicht . . . ?: etwas aus dem Paradiesgespräch, gewissermaßen: warum versucht er es nicht! /

Und als es nicht geschah, fragte sie ihren Bruder: willst du jetzt nicht Licht machen?

U. zögerte. Aber dann machte er aus Furcht Licht.

Und es stellte sich heraus, daß er etwas vergessen hatte, das er selbst besorgen mußte. Es war einleuchtend, daß er es besorgen mußte u sollte höchstens dreiviertel Stunde dauern, u. Ag. redete ihm selbst zu, es zu tun. Er hatte jemand, der wichtig war, einen Bescheid versprochen, u telef. ließ sich das nicht machen. So zog sich das natürliche Leben bis in diese Stunde hinein, u es war eben das natürliche Leben, u nachdem sie sich getrennt hatten, wurden beide traurig.

U. wurde so traurig, daß er beinahe umgekehrt wäre, doch fuhr er weiter; Ag. dagegen wurde so traurig, wie sie es noch nie in ihrem Leben gewesen war. Im Gegensatz zu allem anderen kam ihr diese Trauer geradezu unnatürlich vor; sie erschrak und spürte sogar ein neugieriges Staunen. Das Unnatürliche war eine besondere Eigenheit. Soweit diese Trauer überhaupt für etwas anderes neben sich Platz ließ; gleichsam wie einen Schimmer an ihrem Rand. Tiefste Trauer ist überdies nicht schwarz, sondern dunkelgrün oder dunkelblau u. hat die Weichheit des Samtes; sie ist nicht sowohl Vernichtung als vielmehr eine seltene positive Qualität. Dieses tiefe Glück in der Trauer, das Ag. sofort spürte, hat seinen Ursprung wahrscheinlich darin / in / der Verwandtschaft von Eingeistigkeit u. Begeisterung II RFr 27, S 8, 599 / daß mit der ausschließlichen Herrschaft jedes einzelnen Gefühls das Glück verbunden ist, von allen Widersprüchen u. Unentschlossenheiten nicht auf eine kalte, pedantische, unpersönliche! Weise wie durch die Vernunft, sondern großmütig befreit zu sein. In jedem großgewordenen Mut u Unmut steckt die Qualität des Großmuts. Ohne einen Augenblick überlegen zu müssen, erinnerte sich Ag., wo sie ihr Gift bewahre, u. stand auf, es zu holen. Die Möglichkeit, das Leben mit seinen Ambivalenzen zu beenden, befreit die ihm innewohnende Freude. Ag's. Trauer wurde in einer ihr kaum begreiflichen Weise heiter, während sie das Gift, wie es die Vorschrift verlangte, in ein Glas Wasser schüttete. / als sie das Gift vor sich auf einen Tisch legte. Sie holte ein Glas u eine Flasche Wasser u stellte sie daneben. Auf das natürlichste schied sich ihre Zukunft in die beiden Möglichkeiten, sich zu töten oder das 1000j R. zu erreichen, u. nachdem das zweite nicht mehr gelang, blieb nur das erste übrig.

Es kam der Abschied. Ag. war viel zu jung, um ganz ohne Pathetik aus dem Leben scheiden zu können, u. sie recht zu verstehn, darf auch nicht verschwiegen werden, daß ihr Entschluß affektiv nicht genug fixiert war: ihre Verzweiflung war nicht ausweglos, nicht das Zusammenbrechen nach allen Versuchen, es gab für sie, wenn er auch im Augenblick verdunkelt erschien, immer noch einen zweiten Weg. Ihr Abschied von der Welt war anfangs bewegt wie eine Abreise. Zum erstenmal erschienen ihr alle Figuren, die ihr darin begegnet waren, als etwas, das sich in Ordnung befand, jetzt, wo sie gar nichts mehr damit zu tun haben sollte.

In der Hauptsache weiter nach M. in Konv. d.h. auch mit Veränderungen ihres Zustands. Dazu aber zur Wahl:
Sie mag schlecht, verbrecherisch, psychopathisch handeln: in einer andern Welt wäre das gut. Sie ist unter einer anderen Geistesrasse umhergegangen. (Wenn letzteres nicht später U. od. Mus.) (nach Fr 5 Blge 1)
[...]

Es kam ihr schön u friedlich vor, dem Leben nachzusehn. Übrigens gehen ganze Generationen im Handumdrehn dahin. Nicht nur sie hatte mit ihrer Schönheit eigentlich nichts anzufangen gewußt. Sie dachte an das Jahr 2000, hätte gern gewußt, wie es dann aussehn werde. Dann erinnerte sie sich an Gesichter aus dem 16 Jhdt., die sie in irgendeiner Sammlung von Abbildungen einmal gesehen haben mußte. Vortreffliche Gesichter mit starken Stirnen u weit kräftigeren Gesichtszügen, als man es heute sieht. Man konnte verstehen, daß alle diese Menschen einmal eine Rolle gespielt hätten. Dazu brauchte man aber wohl Mitspieler; einen Beruf, eine Aufgabe u ein bewegendes Leben. Aber ihr war dieser Rollenehrgeiz völlig fremd. Sie hatte nie etwas sein wollen von dem, was man sein konnte. Die Welt der Männer war ihr immer fremd geblieben. Die Welt der Frauen hatte sie verachtet. Zuweilen hatte sie die Neugierde ihres Körpers, das Verlangen des Fleisches mit andern in Berührung gebracht, so wie man auch ißt u trinkt. Es war aber immer ohne tiefere Verantwortung geschehn, u so hatte ihr Leben aus der Öde des Kinderzimmers, von wo es ausgegangen war, nur in ein undeutliches Geschehen ohne Grenzen geführt. So endete alles in Ohnmacht.
Freilich war diese Ohnmacht nicht ohne Kern: Gott hat nicht nur dieses Leben... Welt einer von vielen möglichen... Das beste an uns eine hauchähnliche, eine ewig wie ein Vogel vom Ast fliegende (Masse).. In ihrer Abneigung geg. die Autorität der Welt stack immer eine Vision. Ja mehr als eine Vision; sie hatte es doch beinahe schon gegriffen: Man kommt zu sich, wenn.. vergeht. Es ist mehr als eine Anwandlung, dieses dunkle Blinken... [...] Es schien ihr aber wenig Sinn zu haben, sich das zu wiederholen. Alle diese Erfahrungen klangen wohl durcheinander mit, aber sie waren nicht ... ehedem. Sie hatten

etwas Schem. *und*... Wirkliches. Es war ihr nicht gegeben, Gott deutlich zu schauen, so wenig wie irgendetwas!

Ohne Gott blieb von ihr nur das Schlechte übrig, das sie getan hatte. Nutzlos war sie beschmutzt u empfand Widerwillen gegen sich. Auch alles, was sie soeben wiederholt hatte, war ihr nur in Us. Gesellschaft deutlich geworden, mehr als eine nervöse Spielerei gewesen. Unwillkürlich empfand sie heiße Dankbarkeit für ihren Bruder. Sie liebte ihn in diesem Augenblick wahnsinnig.

Und dann fiel ihr ein: alles, was er gesagt hatte, alles, was er noch sagen konnte, hatte er entwertet!

Sie mußte Schluß machen, ehe er zurückkehrte. Sie sah nach der Uhr. Was für ein zärtliches Ding dieser kleine Zeiger. Sie schob die Uhr fort. Es wurde ihr unheimlich.. Todesfurcht.. stumpf, quälend, abstoßend. Aber der Gedanke, daß es geschehen müsse – sie wußte durchaus nicht, wie er hergekommen war – .. furchtbare Anziehungskraft. Sie fand [...] wenig Überlegung mehr in sich vor.. Unvermögen.. nichts als die Idee.. töten, u diese bloß in der Form dieses Satzes.. Leere.

Sie wollte ihre Angelegenheiten ordnen; sie hatte keine. Ich hinterlasse niemand.. auch U.. Sie tat sich sehr leid. Der Puls am Handgelenk floß wie Weinen.

U. war doch zu beneiden, wenn er kämpft u arbeitet. Ev: Er ist doch wunderbar, so wie er ist! (M)

Aber die Souveränität des Entschlusses beruhigte sie. Auch sie hatte etwas voraus. Wer das zu tun vermag,.. Sie fühlte die wunderbare Einsamkeit, mit der sie geboren war.

Und als sie das Pulver in das Glas geschüttet hatte, war die Möglichkeit der Umkehr vorbei, denn nun hatte sie ihren Talisman eingesetzt (wie die Biene, die nur einmal stechen kann.).

Plötzlich hörte sie vor der Zeit Us. Schritte. Sie hätte das Glas rasch hinunterstürzen können. Aber als sie ihn hörte, wollte sie ihn auch noch einmal sehn. Sie hätte danach aufspringen u... hinunterstürzen können. Sie hätte etwas Gebieterisches sagen u sich damit aus dem Leben zurückziehn können. Sie blickte ihn aber ratlos an, u er merkte in ihrem Gesicht die Zerstörung. Er sah das Glas; Er fragte nicht. Er begriff nicht; der Funke der Erregung sprang unmittelbar auf ihn über. Er nahm das Glas u fragte: «Reicht es für beide?» Ag. riß es ihm aus der Hand

Mit dem Ausruf...?..? Ich habe doch nie etwas geliebt als dich! «schloß er sie in seine Arme».

Oder: kein Wort, eine Handlung, ein Geschehen! Er bricht zusammen odgl. Entsetzt über das, was er angerichtet hat!

Besser: Us. Abneigung geg. Defekt. Selbstmord. Schließlich aber: man kann nichts gutmachen, sondern nur besser. Darum ist Reue leidenschaftlich. Bei beiden. Plötzlich kommt einer darauf u lacht. Schm. M K I S 2, 1)

Ich habe beschlossen. Probejahr.. mich töten Schm MK II → I 3,3; 4,4.

Glaube darf nur eine Stunde als sein.. Schm MK II S 1 → I 2,2; 5,7

Das ist der Beschluß, der nun Hals über Kopf ausgeführt wird.

Das hieße aber doch mehr oder weniger: Reise zu Gott.

$$Ü_6$$

Vielleicht an Stelle der gestrichenen Eifersuchtskapitel

Mob-Zeit. Ag. hat trotzdem einen Tischler rufen lassen. Er mag etwas unter 30 sein, ist groß und eigentlich wie ein Schlosser gebaut, d.h. schlank, mit breiten Schultern, trocken; lange wohlgeformte Hände von großer Kraft u. sehnige Gelenke. Sein Gesicht ist klug u. offen, sein Haar dunkelblond und sehr natürlich. Der Overall kleidet ihn gut. Er spricht Mundart, aber ohne Derbheit.

Ag. mit ihm im Nebenzimmer. U. ist – in Gedanken – weggegangen. Nichts soll ihn mehr kümmern. Dann ist er aber umgekehrt u. über eine Gartenterasse wieder ins Haus u. in sein Zimmer gekommen, ohne daß Ag. es bemerkte.

Er lauscht ins Nebenzimmer. Es fällt ihm der Ausdruck der beiden Stimmen auf. Die des Mannes erklärt etwas: beredt, mit Ruhe u. einer gewissen Überlegenheit. U. versteht nicht, was, errät aber aus seinem Vorwissen u. Holzgeräusch, daß es sich um einen Rollsekretär Ags. handelt. Er wird auf- u zugerollt. Der junge Meister fordert Ags. Zustimmung zu einer umfassenderen Ausbesserung als ihr recht ist, u. sie macht unsichere Einwände. Das alles weiß u versteht U. Es muß sich um ein Geheimnis der alten Rollvorrichtung drehn.

Und plötzlich löst sich das von der Wirklichkeit los. Denn genau so verliefe das Gespräch, wenn es eine Liebesunterhandlung wäre. Das Überreden, die leichte Überlegenheit, das Als-Nötig-Hinstellen oder Es-ist-nichts-dabei in der Mannesstimme. Als ob es sich um eine sexuelle Improvisation handelte. Und dann die geliebte Stimme! Widerstrebend, eingeschüchtert, unsicher. Sie möchte und will nicht. Sie giebt nach und hält sich noch da und dort fest. Sie sagt halblaut «Ja»… «Ja»… «Aber…» Sie weiß schon längst, daß sie nachgeben wird. Wie U. diese zurückhaltende, tapfere Stimme liebt u. die Frau, die alles wie das Dunkel fürchtet, und doch alles tut! Er brächte es nicht über sich, mit einer Waffe hineinzustürzen und Rache zu nehmen oder auch nur Rechenschaft zu fordern.

Dann kommt sogar eine Art Seufzer des Nachgebens über Ags. Lippen, und es läßt sich das Knacken von Holz täuschend hören.

Und trotz dieses durchträumten Sich-für Ag-Freuens geht U in den Krieg. Aber durchaus nicht mit Überzeugung.

Zu Rachel (und Moosbrugger)

26. (Einschiebung R – Reue)

> Korr. Durch die Korrekturen nach Fr. 5. Blge 2 bleibt nur R. übrig. Es fragt sich, ob sie nicht anderswo unterzubringen ist.

Und während U. die Vorstellung Reue in seinen Überlegungen erstehen ließ, um sie sogleich wieder in das tiefe Spiel der Überlegung aufzulösen, erlitt seine kleine Freundin Rachel dieses Wort mit seiner ganzen Qual, die von nichts aufgelöst wurde als von der mildernden Wirkung der Tränen und der vorsichtigen Wiederkehr der Versuchung, wenn die Reue einige Zeit gedauert hatte. Man erinnere sich daran, daß das glühende kleine Zöfchen D's., aus dem Elternhaus wegen eines Fehltritts verstoßen und im Goldglanz der Tugend, die um ihre Herrin war, gelandet, im schwächsten einer Reihe immer schwächer werdender Augenblicke den Angriffen des schwarzen Mohrenknaben erlegen war. Es geschah u. sie war sehr unglücklich darüber. Aber das Unglück hatte ein Bestreben, sich zu wiederholen, so oft die spärlichen Gelegenheiten, die das Haus D's. bot, es erlaubten. Es trat am zweiten oder dritten Tag nach jedem Unglück eine merkwürdige Veränderung ein, zu vergleichen mit einer Blume, die, vom Regen geknickt, ihr Köpfchen wieder aufrichtet. Mit Schönwetter zu vergleichen, das ganz oben, in einem fernen Winkel der Höhe durch einen Regentag guckt; befreundete blaue Fleckchen findet; einen blauen See bildet; zu einem blauen Himmel wird; mit einem leichten Dunst von übermächtiger Glückstageshelle sich beschlägt; angebräunt wird; einen heißen Dunstschleier nach dem andern herabläßt u. schließlich zitternd vor Schwüle von der Erde zum Himmel ragt, vom Zucken u. Schreien der Vögel erfüllt, vom Blätterhängenlassen der Bäume erfüllt, voll von dem Aberwitz noch nicht entladener Spannungen, die Mensch u. Tier irrsinnig hin u. her irren lassen.

Am letzten Tag vor der Reue zuckte der Kopf des Mohren jedesmal durch das Haus wie ein rollender Kohlkopf u. die kleine R. wäre am liebsten wie eine genäschige Raupe auf ihn gekrochen. Aber dann kam die Reue. Als ob man eine Pistole losgedrückt hätte u. eine schimmernde Glaskugel wäre zu Glassand zerstäubt. Sand fühlte R zwischen den Zähnen, in der Nase, im Herzen; nichts als Sand. Die Welt war dunkel; nicht mohrendunkel, sondern eklig dunkel wie ein Schweinestall. R., die das Vertrauen, das man in sie setzte, enttäuscht hatte, kam sich durch u durch beschmutzt vor. In die Gegend des Nabels setzte der Kummer einen großen Bohrer. Eine wütende Angst, ein Kind zu bekommen, blendete den Kopf. Man könnte so weiter fortfahren, jedes Glied tat R. einzeln weh in der Reue, aber die Hauptsache bestand nicht aus diesen Einzelheiten, sondern erfaßte die Person als Ganzes, u trieb sie vor sich wie der Wind eine Kehrichtwolke. Das Bewußtsein, daß ein geschehener Fehltritt durch nichts auf der Welt wieder gut zu machen sei, gab der Welt etwas von einem Orkan, in dem kein Halt zum Stehen zu finden ist. Die Ruhe des Todes erschien R. wie ein dunkles Federbett, auf das hinabzurollen, Genuß sein müßte. Sie war herausgerissen aus ihrer Welt, einem Gefühl preisgegeben, das in dieser Stärke im Hause D's. nirgends seinesgleichen hatte. Sie konnte mit keinem Gedanken an dieses Gefühl heran, so wenig wie Tröstungen gegen Zahnschmerzen aufkommen können, u. es schien ihr in der Tat dagegen nur noch das einzige Mittel zu geben, die ganze kleine R. wie einen bösen Zahn aus der Welt zu ziehen.

Wäre sie beschlagener gewesen, so hätte sie behaupten dürfen, daß Reue eine gründliche Gleichgewichtsstörung sei, die man auf die verschiedensten Weisen ausgleichen könne. Aber der liebe Gott half ihr mit seinem bewährten alten Hausmittel, indem er ihr nach wenigen Tagen wieder Lust zur Sünde gab.

Wir indes können natürlich nicht so duldsam sein wie dieser große Herr, dem die irdischen Vorgänge wenig Wichtiges u Neues bieten. Wir müssen fragen, ob in einem Zustand, wo es keine Sünde gibt, es Reue geben könne? Und da diese Frage bis auf Grenzfälle schon verneint worden ist, erhebt sich sofort die zweite, aus welchem Ozean dann das Tröpfchen Höllenfeuer in R's. Herz gefallen ist, wenn es nicht aus dem Ozean stammen darf, dessen Wolken U. entdeckte? Jede solche Frage war geeignet, U. aus dem Himmel zu stürzen, den er nur theoretisch betreten wollte. Es gibt soviel Hübsches auf Erden, das nichts mit der himmlischen, seraphischen Liebe zu tun hat, u. entschieden sind auch Dinge darunter, die es verbieten, alles u jedes von deren Wiederentdeckung zu erwarten. Diese Frage sollte später von der größten Bedeutung für U. u Ag. werden.

/Anm: Wie ist das in Wahrheit? Springt hier à lb. ein?/

Sch V + B

V:

Sie trifft W. im «Atelier» an; kahler, fröstelnder Raum. Er ist halb angezogen und hat einen Schlafrock darüber. Die Pinsel sind trocken, er sitzt vor Entwürfen. Eigentlich hätte er aber schon im Amt sein sollen.

Er ist gereizt davon, daß Mg. ohne Abschied abgereist u. Cl. geheimnisvoll aufgeregt ist. Ev. hier: Eigentlich hatte er wollen .. solange Mg im Haus ..

Schon in der Tür rief ihm Cl zu: Komm, komm! Wir gehn zu Dr. Fr. u. bitten ihn, daß er uns M. zur Pflege überläßt.

W. kann den Kopf nicht von ihr abwenden u. sieht sie an.

Frag nicht! befiehlt Cl.

Konnte W. in diesem Augenblick noch daran zweifeln, daß ihr Geist verstört sei Die Antwort darauf wird immer sehr von den Umständen abhängig sein. Cl. sah heftig und schön aus. In ihren Augen lebte ein Feuer das geradezu so aussah wie das Feuer eines gesunden Willens. Und so gewann in W. Raum, was ihr Bruder S. über sie gesagt und erst vor kurzem wiederholt hatte, als ihn W. abermals befragte. S. hatte gesagt: Sie ist übernervös, du mußt sie einmal kräftig anfassen.

Vorderhand faßte aber Cl. kräftig zu: Sie hüpfte unausgesetzt um W. herum u. wiederholte: Komm, komm, komm! Laß dich nicht so bitten!

Die Worte schienen W. ums Ohr zu fliegen, sie verwirrten ihn. Man hätte sagen können, er lege die Ohren zurück u stemme die Füße in den Boden, wie es ein Pferd, ein Esel, ein Kalb tut, mit dem Eigensinn, der die Willensstärke eines schwachen Geschöpfs ist: aber ihm stellte es sich in der Form dar: du wirst ihr jetzt den Herrn zeigen!

«Komm erst mit,» sagte Clarisse «dann wirst du schon merken warum!»

«Nein,» rief W. aus «du wirst mir jetzt sofort sagen, was du vorhast!»

«Was ich vorhabe? Ich habe etwas Unheimliches vor.» Sie hatte inzwischen begonnen, was sie zum Ausgehen brauchte, im Nebenzimmer zusammenzutragen, nun zog sie die Gartenschuhe aus, hielt sie einen Augenblick in der Hand und schleuderte sie nun mit plötzlichem Schwung zwischen die Farb- und Pinseltöpfe ihres Gatten. Etwas stürzte um, etwas rollte, etwas klirrte. Clarisse beobachtete die

Wirkung auf W. u brach in Lachen aus. Walter bekam einen roten Kopf; er hatte nicht Lust, sie zu schlagen, aber er schämte sich dessen, daß er diese Lust nicht hatte. Clarisse lachte weiter u sagte: «Da hockst du nun Jahr u Tag bei diesen Töpfen und bringst nichts hervor. Ich werde dir zeigen, wie man es macht. Ich habe dir gesagt, daß ich dein Genie hervorholen werde. Ich werde dich unruhig, unduldsam, gewagt machen!» Und plötzlich war sie ruhig u. sagte ernst: «Es ist unheimlich, sich den Irren gleichzustellen, aber es ist die Entscheidung zum Genialen! Glaubst du denn, daß wir so wie bisher zu etwas kommen werden? Zwischen diesen Töpfen, die alle so brav rund sind, und Bilderrahmen, die brav rechteckig sind? Und mit Musik nach dem Abendbrot! Warum sind denn alle Götter und Gottähnlichen antisozial gewesen?

Antisozial? frage W. erstaunt.

Wenn du genau sein mußt: Unverbrecherisch antisozial. Denn Mörder oder Diebe waren sie ja nicht. Aber Demut, freiwillige Armut u Keuschheit sind auch ein Ausdruck antisozialer Gesinnung. Und wie hätten sie sonst die Menschen lehren können, wie die Welt zu verbessern wäre, für ihre Person aber die Welt verneint?!

Nun war es um W. aber so bestellt, daß er trotz seines anfänglichen Staunens fähig war, diese Behauptung richtig zu finden. Sie erinnerte ihn an die Frage «Kannst du dir Jesus als Bergwerksdirektor vorstellen?» eine Frage, die so einfach u. natürlich mit einem Nein zu beantworten gewesen wäre, hätte sich nicht für Bergwerksdirektor auch Beamter des Denkmalamtes setzen lassen und fühlte man sich nicht dabei von einem lächerlich heißen Ehrgeizfunken durchzuckt. Offenbar bestand nicht nur ein Widerspruch, sondern eine tiefere, eine zwei Weltsysteme trennende Unverträglichkeit zwischen der Pflege des Bürgerlichen und der des Göttlichen, aber Walter, unerachtet seiner schon längst vollzogenen Hinneigung zum Bürgerlichen, wollte beides oder wollte, was noch schlimmer ist, auf keines verzichten, und Clarisse besaß das, was er einmal schon als «Gott anrufen» empfunden hatte, die Entschlossenheit der Entscheidung, die auf nichts Rücksicht nimmt. So kam es, daß er sich, nachdem sie gesprochen hatte, gerade so fühlte, wie sie es gesagt hatte, als wäre er in das Leben, das er sich schuf, bis zu den Knien eingeklemmt wie in einen gespaltenen Holzblock, während sie vor ihm als das Unruhige, Unduldsame, Gewagte und mit ihm Experimentierende gaukelte. Der Vielbegabte, der er war, wußte, daß das Geniale nicht so sehr in der Begabung liege als in den Willenskräften. Dem Erstarrenden, als den er sich ahnend begriff erschien es verwandt mit dem Gärenden, dem Unausgegorenen, ja selbst mit dem bloßen Schaum. Er erkannte in ihr neidvoll das Unwahrscheinliche, die um den Mittelwert zuckende Variation der Art, das Geschöpf, das am Rand der Menge halb ihr voran mitgeht und halb verloren, wie es im Begriff des Genialen liegt. Clarisse war der einzige Mensch, an dem er dieses liebte, der ihn damit noch verband, und weil ihre Verbindung mit dem Genialen eine krankhafte war, war seine Angst um sie auch eine Angst um sich. So entstand aus der Zustimmung zu den Worten, mit denen sie ihn überredete und ihre Absicht begründete, u. aus dem Reiz des Gefallens, den sie auf ihn ausübte, auf scheinbar natürliche Weise u. ohne Bewußtsein des Widerspruchs der Wunsch, nicht auf sie zu hören, ja ihr «den Mann» zu zeigen wie Siegmund, der Bruder u Arzt, es ihm geraten hatte.

[*Anmerkung:* bis hieher hat der Text ziemlich getreu, wenn auch nicht besonders gut die Notizen hier S 1 u. II R Fr 23, 15) S 1 wiedergegeben. Jetzt hat noch à l. b. contra à l h. zu kommen (hier S 1) oder auch der Kampf des durchschnittlichen Willens mit dem genialen, bzw. Radikalismus cf. II R Fr 23,2).]

So sagte W. nach einer kurzen Pause ziemlich rauh: «Jetzt aber sei vernünftig, Clarisse, laß das Gerede u komm her!» Cl. hatte sich inzwischen ihrer Kleider entledigt u. war eben dabei, sich ein kaltes Bad zu bereiten. Sie sah in ihren kurzen Höschen u. mit den mageren Armen wie ein Knabe aus. Sie fühlte die faule Wärme von Ws. Körper nahe hinter sich u verstand sofort, worauf er aus war. Sie wandte sich um u setzte ihm die Hand vor die Brust. Aber W. griff nach ihr.. II V Cl VII/II ... [Er umklammerte mit der einen Hand ihren Arm u. suchte sie mit der anderen am Kreuz zu umfassen u. an sich zu ziehen. Cl. riß an der Umklammerung, u. als das nichts half, stemmte sie ihre freie Hand in W's. Gesicht, vor Nase u Mund. Er wurde rot im Gesicht, u. das Blut zitterte in den Augen, während er mit Cl. rang u. sie nicht merken lassen wollte, daß ihm ihr Griff weh tat. Und als ihn die Atemnot zu betäuben drohte, mußte er ihre Hand aus seinem Gesicht schlagen. Blitzschnell fuhr sie wieder hin, u. diesmal rissen die Nägel zwei blutende Furchen in seine Haut.] Cl. war frei.

So standen sie nun einander gegenüber. Keiner von beiden wollte sprechen. Clarisse erschrak über ihre Roheit, aber sie war außer sich. Ein Zugriff von oben hatte sie außer sich gerissen; sie war ganz nach außen gewendet, ein Busch voll Dornen. Sie befand sich in Extase. Keiner der Gedanken, die sie wochenlang beschäftigt hatten, fand sich jetzt in ihr vor, sie hatte sogar das nächste vergessen u. das, was sie wollte. Ihre ganze Person war weg, mit Ausnahme dessen, was sie zur Abwehr brauchte. Sie fühlte sich ungeheuer stark. In diesem Augenblick haschte W. von neuem nach ihr, diesmal mit ganzer Kraft. Er war zornig geworden und fürchtete auf der ganzen Welt nichts so sehr, als wieder vernünftig zu werden. Clarisse schlug nach ihm. Sie war sogleich wieder bereit zu kratzen, zu beißen, ihm das Knie in den Bauch, den Ellbogen in den Mund zu stemmen, und es waltete nicht einmal Zorn oder Abneigung dabei vor, geschweige denn eine Überlegung, eher hatte sie ihn bei diesem Kampf in einer wilden Weise lieb, obwohl sie sich imstande fühlte, ihn zu töten. Sie hätte in seinem Blut baden mögen. Sie tat es mit ihren Nägeln und mit den kurzen Blicken, die entgeistert seinen Anstrengungen und den kleinen roten Rinnsalen folgten, die dabei in seinem Gesicht und auf seinen Händen aufsprangen. Walter schimpfte. Er beschimpfte sie. Gemeine Worte kamen aus seinem Mund, die mit seinem gewöhnlichen Wesen gar nichts zu tun hatten. Ihre lautere, unverdünnte Männlichkeit roch wie Branntwein, und es zeigte sich das Bedürfnis nach gemeinen, beleidigenden Reden plötzlich als ebenso ursprünglich wie das nach Zärtlichkeit. Wahrscheinlich kam darin nichts als eine Mißgunst gegen allen geistigen Ehrgeiz hervor, der ihn Jahrzehnte lang gequält und gedemütigt hatte und sich zuletzt in Clarisse nun noch einmal wider ihn aufrichtete. Natürlich hatte er keine Zeit, daran zu denken. Aber er fühlte doch deutlich, daß er nicht bloß deshalb im Begriff stand, ihren Willen zu brechen, weil Siegmund es so geraten hatte, sondern daß er es auch wegen des Brechens und Knickens tat. Auf irgendeine Weise kamen ihm die lächerlich schönen Bewegungen eines Flamingos in den Sinn. «Es wird sich schon zeigen, was davon übrig bleibt, wenn ihn ein Bulldogg erwischt!» dachte er vom Flamingogeist, aber halblaut stieß er zwischen den Zähnen: «Dumme Gans!» hervor.

Und auch Clarisse war nur von dem Gedanken beseelt: «Er darf nicht seinen Willen haben!» Sie fühlte ihre Kräfte noch immer wachsen. Ihre Kleidung zerriß, W. griff in die Fetzen, sie packte den Hals an, den sie vor sich hatte. Halbnackt, schlüpfrig wie ein zappelnder Fisch kämpfte sie in den Armen ihres Gatten. W., dessen Kraft nicht ausreichte, sie ruhig zu überwältigen, schleuderte sie hin u. her u. suchte ihre Angriffe schmerzhaft zu blocken. Sie hatte den Schuh verloren und trat mit dem nackten Fuß nach ihm. Sie kamen zu Fall. Sie hatten das Ziel ihres Kampfes und seinen geschlechtlichen Ursprung beide scheinbar vergessen und kämpften nur, um ihren Willen durchzusetzen. In dieser höchsten, krampfartigen Zusammennahme ihrer Person verschwanden sie eigentlich. Ihre Wahrnehmungen und Gedanken nahmen allmählich eine völlig unbestimmbare Beschaffenheit an wie in blendendem Licht. Sie empfanden fast Verwunderung darüber, daß sie noch existierten / ihre Personen noch vorhanden waren /

Namentlich Cl. war in ein solches Fieber geraten, daß sie sich gegen die ihr zugefügten Schmerzen unempfindlich fühlte, u wenn sie wieder zu sich kam, berauschte sie das durch die Überzeugung, die gleichen

Geister, die sie in letzter Zeit erleuchtet hätten, stünden ihr nun bei ihrer Aufgabe bei und kämpften auf ihrer Seite. Umso mehr entsetzte es sie, als sie mit der Zeit bemerken mußte, daß sie ermüdete. Walter war stärker und schwerer als sie; ihre Muskeln wurden taub und locker. Es kamen Pausen, wo sie von seinem Gewicht an die Erde gedrückt wurde und sich nicht wehren konnte, und die Abfolgen von Abwehrbewegungen u. rücksichtslosen Angriffen gegen empfindliche Körper- und Gesichtsstellen, in denen sie sich Luft schaffte, wurden immer öfter von Ohnmacht und erstickendem Herzklopfen abgelöst. So trat das ein, was W. erwartet hatte: die Natur siegte, Clarissens Körper ließ ihren Geist imstich u. verteidigte nicht mehr seinen Willen. Ihr kam das vor, als hörte sie in sich die Hahnen schrein am Ölberg: ungeheuerlich, Gott verließ ihre Welt, es bereitete sich etwas vor, das sie nicht absehen konnte. Und W. schämte sich zuweilen schon. Wie ein Lichtstrahl traf ihn dann die Reue. Es kam ihm auch vor, daß Cl. gräßlich verzerrt aussehe. Aber er hatte schon so viel gewagt, daß er nicht mehr ablassen wollte. Er benutzte die Ausrede, daß die Brutalität, die er begehe, sein Recht als Gatte sei, um sich weiter zu betäuben. Plötzlich schrie Clarisse. Sie bemühte sich einen langen, schrillen, eintönigen Schrei auszustoßen, als sie ihren Willen entweichen sah, und bei dieser letzten, verzweifelten Abwehr lag ihr im Sinn, sie könnte vielleicht mit diesem Schrei und dem Rest ihres Willens selbst ihrem Körper entfahren. Aber sie hatte nicht mehr viel Atem; der Schrei dauerte nicht lange und niemand wurde von ihm herbeigezogen. Sie war allein gelassen. Walter war über den Schrei erschrocken, verschärfte dann aber zornig seine Bemühungen. Sie fühlte nichts. Sie verachtete ihn. Schließlich verfiel sie noch auf ein Auskunftsmittel: sie zählte so schnell und so laut sie konnte «Eins, zwei, drei, vier, fünf. Eins, zwei drei, vier fünf», immer wieder. Es war W. schrecklich, aber es hielt ihn nicht auf.

Und als sie sich verstört aufrichteten, sagte sie: «Warte, ich werde mich rächen!»

II. Bd. III. Kapitelgruppe

17. (53.)

U. hatte das schlechte Gewissen zu Ge. getrieben; seit jenem traurigen
Auftritt zwischen ihnen hatte er nichts von ihr gehört u. wußte nicht,
wie sie mit ihrem Zustand fertig geworden sei. Zu seiner Überraschung
traf er bei F's. Papa Leo an; Mama Kl. war mit Ge. ausgegangen. L F.
ließ U. nicht fort; er war selbst ins Vorzimmer herausgeeilt, als er
seine Stimme erkannte. U. hatte das Gefühl von Veränderungen. Dir
F. schien den Schneider gewechselt zu haben; sein Einkommen mußte
größer u. seine Gesinnung weniger groß geworden sein. Auch war er
sonst immer länger in der Bank geblieben; er arbeitete niemals zuhause,
seit die Luft dort so unerfreulich geworden war. Heute aber schien er an
seinem Schreibtisch gesessen zu haben, obgleich dieser «sausende Web-
stuhl der Zeit» seit Jahren unbenützt war; ein Packet Briefe lag auf dem
grünen Tuch, u. das vernickelte Telefon, das sonst nur den Damen
diente, stand schief, als sei es eben in Gebrauch gewesen. Nachdem U.
Platz genommen hatte, drehte sich ihm F. mit dem Schreibtischsessel
zu u. polierte sein Glas mit einem Taschentuch, das er aus der Brust-
tasche zog, obgleich er früher bestimmt gegen solche Geckerei eingewandt haben würde, daß es einem Göthe, Schiller u. Beethoven
genug war, seine Taschentücher in der Hosentasche zu tragen; mochte
das nun stimmen oder nicht.

– Lange nicht gesehen – sagte Dir. F.

– Ja – sagte U.

– Sie haben viel geerbt? – fragte F.

– Ach – sagte U. – hinlänglich. –

– Ja, man hat Sorgen. –

– Sie sehen aber ausgezeichnet aus? Sie haben sich irgendwie ver-
jüngt. –

– O, danke, beruflich ging es ja immer. Aber sehen Sie – er wies
schwermütig auf den Briefstoß, der auf dem Schreibtisch lag – «Sie
kennen doch HS.?

– Natürlich. Sie haben mich ja ins Vertrauen gezogen –

– Richtig! – sagte F.

– Das sind wohl Liebesbriefe? –

Das Telefon klingelte. F. setzte den Kneifer auf, den er beim Hören
abgenommen hatte, fingerte ein Blatt mit Notizen aus dem Rock u.

sagte: – Kaufen! – Dann sprach die Stimme auf der andern Seite des Drahts eine lange Weile unhörbar auf ihn ein. Von Zeit zu Zeit blickte F. über das Glas zu U. auf, einmal sagte er sogar: – Entschuldigen Sie! – Dann rief er in den Apparat: – Nein, danke; die zweite Sache liegt mir nicht! Reden? Ja, noch einmal darüber reden, können wir – u. hängte mit einem ganz kurzen, befriedigten Nachdenken ab.

– Sehen Sie – sagte F. – Da ist jemand in Amsterdam; viel zu teuer! Die Sache war vor 3 Wochen nicht die Hälfte wert u. in 3 Wochen wird sie nicht einmal die Hälfte wert sein, von dem, was sie jetzt kostet. Aber dazwischen wäre ein Geschäft zu machen. Ein großes Risiko! –

– Sie haben ja auch nicht gewollt. – meinte U.

– Ach, das ist noch nicht gesagt. Aber ein großes Risiko...! Und trotzdem, lassen Sie sich sagen, ist das Bauen in Marmor, Stein auf Stein! Kann man auf die Gesinnung, die Liebe, die Ideale eines Menschen bauen?! – Er dachte an seine Frau, u. an Ge. Wie anders war das anfangs gewesen! Das Telefon klingelte wieder, aber diesmal war es ein Irrtum.

– Früher haben Sie feste moralische Werte sogar höher bewertet als eine feste Börse – sagte U. – Wie oft haben Sie es mir verübelt, daß ich Ihnen darin nicht folgen konnte! –

– Ach, – antwortete er – Ideale sind wie Luft, die sich verändert, du weißt nicht wie; bei geschlossenen Fenstern! Hat man vor 25 Jahren eine Ahnung vom Antisemitismus gehabt? Nein, man hatte die großen Gesichtspunkte der Humanität! Sie sind zu jung. Ich aber habe noch einige große Parlamentsdebatten gehört. Die Ausklänge! Verläßlich ist nur, was man in Ziffern ausdrücken kann! Glauben Sie mir, die Welt wäre viel vernünftiger, wenn man sie einfach dem freien Spiel von Angebot u. Nachfrage überließe, statt sie mit Panzerschiffen, Bajonetten, wirtschaftsfremden Diplomaten u. sogenannten nationalen Idealen auszurüsten. –

U. unterbrach ihn mit dem Einwand, daß doch gerade die Schwerindustrie u. die Banken durch ihre Ansprüche die Völker zu Rüstungen antreiben.

– Nun, sollen Sie nicht?? – erwiderte F. – Wenn die Welt ist, wie sie ist, u. am hellen Tag in Narrenkostümen herumläuft, sollen sie nicht damit rechnen? Wenn nun einmal Militär für Zollverhandlungen oder gegen Streikende gut ist?! Wissen Sie das Geld hat seine eigene Vernunft, damit läßt sich nicht spaßen! Übrigens à propos, haben Sie etwas Neues von den Ah'schen Erzlagern gehört? – Wieder hatte das Klingelzeichen gerufen; aber mit der Hand am Apparat wartete F. die Antwort U's. ab. Das Gespräch war kurz, u. F. hatte den Faden des Gesprächs nicht verloren; da U. von Ah. nichts neues

wußte, wiederholte er, daß das Geld eine eigene Vernunft habe.
– Geben Sie acht: – fügte er hinzu – «Wenn ich H. S. 500 M. anbieten
würde, damit er sich an eine Universität seines über alles verehrten Ger-
maniens (Deutschland) verzieht, so würde er sie entrüstet zurückweisen.
Wenn ich ihm 1000 biete, gleichfalls. Würde ich ihm jedoch 10000 anbieten – aber das werde ich nie im Leben tun, selbst wenn ich noch so
viel Geld hätte! – Es sah beinahe so aus, als hätte Dir F. vor Schreck
über einen solchen Einfall den Zusammenhang verloren, aber er überlegte nur u. fuhr fort: – Das kann man eben nicht, weil Geld seine
eigene Vernunft hat. Bei einem Mann, der unsinnige Ausgaben
macht, bleibt es nicht; es flieht ihn, es macht ihn zu einem Verschwen-
der. Daß die 10000 M. sich weigern, H S. angeboten zu werden, beweist, daß dieser H S. nichts Reelles, kein Wert, sondern ein gott-
sträfliches Schwindelgewächs ist, mit dem mich der Herr züchtigt. –
    Wieder wurde F. unterbrochen. Diesesmal durch lange Mittei-
lungen. U. fiel auf, daß er sich solche Geschäfte in die Wohnung bestellt habe, statt ins Büro. F. gab drei Aufträge zu kaufen u. einen auf
Verkauf. Dazwischen hatte er Zeit an seine Frau zu denken. – Wenn
ich nun ihr Geld bieten würde, damit sie sich von mir scheiden lasse, –
fragte er sich – würde es Kl. tun? – Eine innere Gewißheit erwiderte
ihm: Nein. L F. verdoppelte in Gedanken die Summe. Gerade nicht!
sagte die innere Stimme. F. vervierfachte. Aus Prinzip nicht – fiel ihm
ein. Da steigerte er in einem Zuge, atemlos die Summe über jede
menschliche Widerstandskraft u. Leistungsfähigkeit hinaus u. hielt
ärgerlich inne. Er mußte seinen Geist hurtig auf kleinere Vermögen
umstellen, das zog sich förmlich in seinem Kopf so zusammen, wie
man bei schnellem Lichtwechsel die Pupillen sich einziehen fühlt;
aber er war nicht einen Augenblick von seinen Geschäften ab gewesen
u. machte keinen Fehler.
    – Aber jetzt sagen Sie mir endlich einmal – bat U., der schon un-
geduldig geworden war, – was das für Briefe sind, die Sie mir zeigen
wollten. Das scheinen Liebesbriefe zu sein. Haben Sie Ge. bei Liebes-
briefen erwischt?
    – Diese Briefe habe ich Ihnen zeigen wollen. Sie sollen sie lesen. Ich
möchte jetzt bloß noch wissen, was *Sie* dazu sagen. – F. reichte U.
das ganze Packet u. setzte sich zurecht, um mit irgendwelchen anderen
Gedanken inzwischen beschäftigt, durch seinen Kneifer in die Luft
zu schauen.
    U. blickte in die Briefe; dann nahm er einen heraus u. las ihn lang-
sam durch. Dir. F. fragte: – Sagen Sie, Doktor, Sie haben doch einmal
diese Sängerin gekannt, Leontine oder Leona die wie die selige Kaiserin Elisabeth aussieht; Gott soll mich strafen, dieses Weib hat wirklich einen Löwenappetit!» –

U. sah stirnrunzelnd auf; der Brief hatte ihm gefallen, u die Unterbrechung störte ihn.

– Nun, Sie brauchen nicht zu antworten – begütigte F. – ich habe
nur gefragt. Sie brauchen sich nicht zu schämen. Es ist eine königliche
Person. Ich habe sie vor einiger Zeit durch einen Bekannten kennengelernt; wir haben dabei festgestellt, daß Sie befreundet waren. Sie ißt
viel. Soll sie essen! Wer ißt nicht gerne?! – F. lachte.

U. senkte den Blick wieder in den Brief, ohne zu antworten. F.
blickte wieder träumend ins Firmament des Zimmers.

Der Brief begann: Geliebter Mensch! Menschliche Göttin! Wir
sind verurteilt, in einem erloschenen Jahrhundert zu leben. Niemand
hat den Mut, an die Wirklichkeit des Mythos zu glauben. Du mußt
dir inne machen, daß auch du davon betroffen wirst. Du hast nicht den
Mut zu deiner Natur als Göttin. Menschenfurcht hält dich zurück. Du
hast Recht, wenn du die gewöhnliche Menschenbrunst für gemein
hältst; ja schlimmer als das, für einen lächerlichen Rückfall aus dem
Leben von uns Zukünftigen in bloße Atavismen! Und noch einmal
hast du recht, wenn du sagst, daß Liebe zu einem Menschen, Tier oder
Ding schon der Anfang seiner Besitznahme sei! Und darüber, daß
Besitzen der Anfang von Entgeistigen ist, brauchen wir nicht zu reden!
Aber dennoch müßtest du etwas scheiden: Gefühltwerden, vielleicht
sogar schon Empfundenwerden heißt Meinsein. Ich fühle nur, was
mein ist; ich höre nicht, was nicht für mich bestimmt ist! Wäre dem
nicht so, so würden wir Intellektualisten sein. Das ist vielleicht eine un-
entrinnbare Tragik, daß wir mit Augen, Ohren, Atem u. Gedanken
besitzen müssen, wenn wir lieben! Aber bedenke: Ich fühle, daß ich
nicht bin, solange ich nur ich selbst, Ichselbst bin. In den Dingen außer
mir entdecke ich mich erst. Auch das ist eine Wahrheit. Ich liebe eine
Blume, einen Menschen, weil ich ohne sie nichts war. Das Große am
Erlebnis des Mein ist, sich ganz dahinschmelzen zu fühlen, wie ein
Häuflein Schnee unter den Strahlen der Sonne; emporzuschweben
wie ein leichter Hauch, der sich auflöst! Das schönste am Mein ist die
letzte Ausrottung des Besitzes meiner selbst! Das ist der reine Sinn des
Mein, daß ich nichts besitze, sondern von der ganzen Welt besessen
werde. Alle Bäche fließen von den Höhen in die Täler, u. auch du,
meine Seele, wirst nicht eher Mein sein, als bis du ein Tropfen im
Meer der Welt geworden bist, ganz ein Glied in der Weltbruderschaft
u. Weltgemeinschaft! Dieses Mysterium hat nichts mehr gemein mit
der nichtssagenden Überschätzung, welche die persönliche Liebe erfährt. Man muß trotz der Brunst dieses Zeitalters den Mut zur Inbrunst, zum In-Brennen haben! Die Tugend macht die Handlung
tugendhaft; nicht machen Handlungen die Tugend! Versuche es! Das
Jenseitige offenbart sich sprunghaft, und wir werden nicht mit einem

Sprung in die Region des unbedingten Lebens entrückt werden. Aber Augenblicke werden kommen, wo wir menschenferne Menschen in menschenfernen Augenblicken der Gnade sein werden. Wirf nicht Sinnlichkeit u. Übersinnlichkeit in einen Topf des Gewesenen! Habe den Mut, Göttin zu sein! Das ist deutsch! – – –

– Nun? – fragte F.

U. hatte einen roten Kopf bekommen. Er fand diesen Brief lächerlich u. ergreifend. Hatten diese jungen Leute gar keine Scheu vor dem Übertriebenen, Unmöglichen, vor dem Wort, das sich nicht einlösen läßt? Worte spannen da immer neue Worte an, u ein Kern von Wahrheit überzog sich mit ihrem sonderbaren Gespinst. – Also, so ist jetzt Ge? – dachte er. Aber in diesem Gedanken dachte er einen unausgesprochenen zweiten, eine Beschämung; ungefähr sagte sie: – Bist du nicht zu wenig übertrieben u. unmöglich? –

– Nun? – wiederholte F.

– Sind alle Briefe so? – fragte U. u. gab sie ihm zurück.

– Was weiß ich, welchen Sie gelesen haben! – antwortete F. – Alle sind so! –

– Dann sind sie sehr schön – sagte U.

– Das habe ich mir gedacht! – platzte F. heraus – Darum habe ich sie Ihnen wohl gezeigt! Meine Frau hat diesen Fund gemacht. Von mir erwartet aber niemand in solchen Seelenfragen einen klugen Rat. Also schön! Sagen Sie das meiner Frau!

Ich möchte lieber mit Ge. selbst darüber sprechen; vieles in dem Brief ist natürlich sehr unklug –

– Unklug? Gering gesagt! Aber sprechen Sie! Und sagen Sie Ge., daß ich kein Wort von diesem Jargon verstehen kann, daß ich aber bereit wäre, 5000 M. – nein! sagen Sie lieber nichts! Sagen Sie nur, daß ich sie trotzdem liebe u. bereit sein werde, ihr zu verzeihen!

Das Telefon rief F. wieder an ein Geschäft. Er, der sein Leben lang nur ein solider Angestellter gewesen war, hatte seit einiger Zeit begonnen, auf eigene Rechnung an der Börse zu operieren; nur mit kleinen Beträgen einstweilen, den geringen Ersparnissen, die er besaß, u. einigen Papieren seiner Gattin Kl. Er durfte mit ihr nicht darüber reden, aber er konnte mit dem Erfolg recht zufrieden sein; es war geradezu eine Erholung von den entmutigenden Verhältnissen zuhause.

Das Verhalten ihres Bruders, die Beunruhigung, die der Besuch bei Mg. in ihr gesteigert hatte, regten Ag. in einer Stärke auf, die ihr selbst verborgen blieb. Sie wußte nicht, wie es geschehen war, noch wann, plötzlich war ihre Seele aus dem Körper getreten u. sah sich neugierig in der ihr fremden Welt um. Diese gefiel ihr besser als sonst. Etwas, das sie gestört haben mochte, war zur Vollkommenheit des Gefallens verloren worden.

Ag. träumte.

Auf dem Bett lag ihr Leib, ohne sich zu bewegen, u. atmete. Sie sah ihn an u. hatte eine marmorglatte Freude an seinem Anblick. Dann betrachtete sie die Gegenstände, die weiter fort in ihrem Zimmer standen; sie erkannte sie alle, aber es waren doch nicht genau die Dinge, [die sonst ihr gehörten. Denn auch die Gegenstände lagen so außer ihr wie ihr Leib, den sie dazwischen ruhen sah. Das bereitete ihr einen süßen Schmerz!]

[Warum tat es weh? Wahrscheinlich weil es etwas Todgleiches hatte; sie konnte nicht wirken und sich nicht rühren, und ihre Zunge war wie abgeschnitten, so daß sie auch nichts darüber zu sagen vermochte. Aber sie fühlte eine große Kraft dabei. Worauf nur ihre Sinne fielen, das begriff sie sofort, denn alles war zu sehen und erglänzte, wie Sonne, Mond und Sterne in einem Wasser widerscheinen. Agathe sagte zu sich:] «Ihr habt meinen Körper mit einer Rose verwundet» – u. wandte sich dem Bett zu, um zu ihrem Leib zu flüchten.

Da entdeckte sie, daß es der Leib ihres Bruders war. [Auch er lag in dem widerscheinenden herrlichen Licht wie in einer Gruft, sie sah ihn nicht genau, aber viel eindringlicher als gewöhnlich und betastete ihn in der Heimlichkeit der Nacht.] Damit hob sie ihn empor; er lastete schwer in ihren Armen, doch hatte sie trotzdem die Kraft ihn zu tragen u zu halten, [und diese Umarmung war von übernatürlicher Annehmlichkeit. Der Körper ihres Bruders schmiegte sich so liebreich und gütig an sie, daß sie in ihm ruhte; wie er in ihr; nichts bewegte sich in ihr, auch die schöne Begierde nicht mehr. Und weil sie in dieser Ruhe eines waren und ohne Scheidungen, auch so ohne Scheidungen in sich selbst, daß ihr Verstand wie verloren war und ihr Gedächtnis sich auf nichts besann und ihr Wille kein Tun hatte, stand sie in dieser Ruhe wie vor einem Sonnenaufgang und ging mit ihren irdischen Einzelheiten in ihm unter.] Während das mit größter Freude langsam geschah, gewahrte Agathe aber rings um sich eine wilde Menge von

Menschen, die sich, wie es schien, in großer Furcht um sie befand. Sie rannten aufgeregt hin u her und gebärdeten sich warnend und unwillig mit steigendem Getöse. Das geschah nach der Art des Traums nahe bei ihr u. ging ihr doch nicht nahe, aber nur bis der Lärm und Schreck mit einem Mal gewaltig in ihre Sinne drang. Da fürchtete sich Ag. u. trat schnell wieder in ihren schlafenden Leib zurück; sie wußte in keiner Weise, wie sich alles geändert hätte u. unterließ eine Weile das Träumen.

Traum Kap. Forts.

Nach einiger Zeit begann sie es aber doch wohl von neuem. Sie verließ abermals ihr Fleisch; diesmal begegnete sie aber gleich ihrem Bruder. Und wieder lag ihr Leib nackt auf dem Bett, und sie sahen ihn beide an, ja die Haare über dem Schamteil dieses ohnmächtig zurückgelassenen Körpers brannten wie ein kleines goldenes Feuer auf einem Grabmal aus Marmor. Weil es das Du und das Ich zwischen ihnen nicht gab, war ihr dieses Dreisein nicht verwunderlich. Ulrich sah sie so mild und ernst an, wie sie ihn nicht kannte. Sie blickten sich auch gemeinsam in ihrer Umgebung um, und es war ihr Haus, worin sie sich befanden, aber obgleich Agathe alle Gegenstände gut erkannte, hätte sie nicht sagen können, in welchem Zimmer das geschah, und das war wieder eine seltsame Annehmlichkeit, denn es gab nicht Rechts noch Links oder Früher und Später, sondern wenn sie etwas gemeinsam anblickten, entstand ein Vereintsein wie von Wasser und Wein, das mehr golden oder mehr silbern war, je nachdem dareingeschüttet wurde. Agathe wußte sofort: «Das ist es jetzt, wovon wir so oft gesprochen haben, die Ganze Liebe», und sie paßte genau auf, damit ihr nichts entgehe. Es entging ihr aber doch immer, wie das geschah. Sie sah darauf ihren Bruder an, aber auch er blickte mit einem steifen und verlegenen Lächeln vor sich hin. In diesem Augenblick hörte sie irgendwo eine Stimme sagen, und diese Stimme war so übermäßig schön, daß sie gar nicht irdischen Dingen gleichen mochte: «Wirf alles, was du hast, ins Feuer, bis zu den Schuhen; und wenn du nichts mehr hast, denk nicht einmal ans Leichentuch und wirf dich nackt ins Feuer!» Und während sie dieser Stimme zuhörte und sich erinnerte, daß sie diesen Satz kenne, stieg ein Glanz in ihre Augen und drang aus ihnen hinaus, der die genaue irdische Bestimmtheit auch von Ulrich fortnahm, und sie hatte dabei nicht den Eindruck, daß ihm nun etwas fehle, sondern jedes Glied an ihr empfing davon in der Weise seiner besonderen Lust große Gnade und Seligkeit. Unwillkürlich tat sie einige Schritte auf ihren Bruder zu. Da kam er ihr von der anderen Seite in der gleichen Weise entgegen.

Nun war nur noch ein schmaler Abgrund zwischen ihren Körpern, und Agathe fühlte, es müsse etwas getan werden. An dieser Stelle ihres Traums begann sie auch mit aller Anstrengung wieder nachzudenken. «Wenn er etwas liebt und es empfängt und genießt,» sagte sie sich «so ist er nicht mehr er, sondern seine Liebe ist meine Liebe!» Sie hatte wohl ein Empfinden dafür, daß dieser Satz so, wie sie ihn aussprach, irgendwie verwachsen und verstümmelt wäre, aber sie verstand ihn doch durch und durch, und da nahm er eine alles erklärende Bedeutung an. «Im Traum» erläuterte sie es sich «darf man nicht überlegen, da geschieht alles!» Denn alles, was sie überlegte, glaubte sie geschehen zu sehn oder vielmehr, was geschah und an der Wollust des Stoffes teilhatte, hatte auch an der Wollust des Geistes teil, die als Gedanke in sie drang, wie es tiefer nicht möglich ist. Es schien ihr das eine große Überlegenheit über Ulrich zu geben; denn während dieser nun wieder hilflos dastand, ohne sich zu regen, stieg nicht nur der gleiche Glanz in ihre Augen wie vorhin und füllte sie, sondern sein feuchtes Feuer brach mit einemmal auch aus ihren Brüsten und hüllte alles, was ihr gegenüber war, in ein unbeschreibliches Empfinden. Von diesem Feuer wurde nun ihr Bruder erfaßt und begann darin zu brennen, ohne daß das Feuer weniger oder mehr wurde. «Nun siehst du!» dachte Agathe. «Man hat es immer falsch gemacht! Man baut immer eine Brücke aus hartem Stoff und kommt immer nur an einer Stelle zu einander hinüber: man muß aber den Abgrund an allen Stellen überschreiten!» Sie hatte ihren Bruder an den Händen erfaßt und wollte ihn an sich ziehen: da löste sich, während sie zog, aber ohne eigentlich verändert zu werden, der brennende nackte Mannesleib in einen Busch oder eine Wand herrlicher Blumen auf und kam in dieser Gestalt lose näher. In Agathe schwanden alle Absichten und Gedanken; sie lag ohnmächtig vor Wollust auf ihrem Bett, und während die Wand durch sie hindurchschritt, glaubte sie auch, daß sie unter großen Bächen von weichhäutigen Blüten durch wandern müsse, und sie ging, ohne den Zauber vergehen machen zu können. «Ich bin ja verliebt!» dachte sie, wie einer einen Augenblick findet, wo er Luft zu schöpfen vermag, denn sie konnte ihre ungeheure Erregung, die nicht enden wollte, kaum noch ertragen. Sie sah auch ihren Bruder nicht mehr seit der letzten Verwandlung, aber er war nicht verschwunden.

Und damit wachte sie auf, daß sie ihn suchte; aber sie fühlte, daß sie noch einmal zurückwollte, denn das Glück hatte eine solche Steigerung erreicht, daß es immer mehr wurde. Sie war ganz verwirrt, als sie aus dem Bett stieg: in ihrem Kopf war die beginnende Wachheit und in allen anderen Teilen ihres Körpers noch der nicht beendete Traum, der scheinbar kein Ende haben wollte.

... Seit dem Traum ...

Seit dem Traum war ein Vorsatz in Agathe, ihren Bruder zu einem tollen Versuch zu verleiten. Er war ihr selbst noch nicht klar. Manchmal war die Luft wie ein Netz, in dem sich etwas Unsichtbares gefangen hat. Es bog das Geflecht auseinander und vermochte nicht hindurchzubrechen. Alle Eindrücke hatten ein etwas zu großes Gewicht. Wenn sie einander morgens begrüßten, so war der erste der einer ganz scharfen sinnlichen Begrenzung. Aus dem Meer des Schlafs kamen sie auf die Insel Du und Ich. Farbe und Form des Körpers trieb wie ein Blumenstrauß auf der Tiefe des Raums. Die Blicke, die Bewegungen schienen weiter zu reichen als sonst; die Hemmung, die sie in dem geheimem Mechanismus der Welt sonst auffängt und beendet, mußte schwächer geworden sein. Aber die Worte wurden oft von der Angst zurückgedrängt, daß sie zu schwach sein würden, um das auszusprechen.

Um eine solche Leidenschaft zu verstehen, muß man sich der Gewohnheiten des Bewußtseins erinnern. Vor nicht langer Zeit hat eine Frau zum Beispiel mit einer Brille nicht nur für lächerlich gegolten, sondern auch wirklich so ausgesehen; heute ist eine Zeit, wo sie unternehmungslustig und jung damit aussieht: das sind Gewohnheitseinstellungen des Bewußtseins; sie wechseln, aber in irgendeiner Verbindung sind sie immer da und bilden eine Schablone, durch die die Wahrnehmung ins Bewußtsein tritt. Immer ist das Bild früher da als seine Teile und gibt den sinnlosen Tupfen der Sinneseindrücke erst ihre Bedeutung. Die Wolke des Polonius, die bald als Schiff, bald als Kameel erscheint, ist keine Angelegenheit eines nachgiebigen Höflings, sondern bezeichnet ganz und gar die Art, in der uns Gott geschaffen hat. Das Spiel zwischen Ich und Außenwelt ist nicht wie Stempel und Prägung, sondern gegenseitig und äußerst fein beweglich, sowie es von den gröberen Mechanismen der Zweckdienlichkeit befreit wird. Man macht sich recht selten eine Vorstellung davon, wie weit das reicht. In Wahrheit reicht es von schön, häßlich, gut und böse, wo es jedem noch natürlich erscheint, daß des einen Morgenwolke des anderen Kameel sei, über bitter und süß, duftig und stinkend bis zu den scheinbar genauesten und unpersönlichsten Eindrücken von Farben und Formen. Hierin liegt vielleicht der tiefste Sinn das Halts, den ein Mensch am anderen sucht; Ulrich und Agathe aber glichen zwei Menschen, die Hand in Hand aus diesem Kreis herausgetreten sind. Was sie füreinander empfanden, war durchaus nicht einfach Liebe zu nennen. Es lag in ihrer Beziehung zueinander etwas, das sich den gewöhnlichen Begriffen des Zusammenlebens nicht unterordnen ließ; sie hatten sich vorgenommen, so zu leben wie Geschwister, wenn man dieses Wort nicht im Sinne einer standesamtlichen Urkunde, sondern in dem eines Gedichts nimmt; sie waren nicht Bruder und Schwester, noch Mann und Frau, ihre Wünsche waren wie weißer Nebel, in dem ein Feuer brennt. Aber das genügte, um ihrer Erscheinung für einander zuweilen den Halt an der Welt zu nehmen. Die Folge war, daß die Erscheinung dann sinnlos stark wurde. Solche Augenblicke enthielten eine Zärtlichkeit ohne Ziel und Schranken. Auch ohne Namen und Hilfe. Jemandem etwas zuliebe tun, enthält im Tun tausend Verknüpfungen mit der Welt, jemandem eine Freude machen, enthält im Machen alle Überlegungen, die uns mit anderen Menschen verbinden. Eine Leidenschaft dagegen ist ein Gefühl, das sich selbst, frei von allen Vermengungen, nicht genug tun kann. Sie ist zugleich das Gefühl einer Ohnmacht in der Person und das einer von ihr ausgehenden Bewegung, welche die ganze Welt ergreift.

Und es soll nicht geleugnet werden, daß Agathe in Gesellschaft ihres Bruders die bittere Süße einer Leidenschaft schmeckte. Man verwechselt heute oft Leidenschaft und Laster. Zigarettenrauchen, Kokain und das lebhaft geschätzte wiederkehrende Bedürfnis coeundi sind weiß Gott keine Leidenschaften. Agathe wußte das; sie kannte den Leidenschaftsersatz und sie erkannte die Leidenschaft im ersten Augenblick daran, daß nicht nur das Ich brennt, sondern auch die Welt; es ist wie wenn alle Dinge hinter der Luft stünden, die über der Spitze einer Flamme ist. Sie hätte dem Schöpfer auf den Knien danken mögen dafür, daß sie es wieder erlebte, obgleich es ebenso sehr das Gefühl einer Zerstörung wie das eines Glücks ist. Auch Agathe fühlte, dieses Leben ist wie ein Schiff, das in eine unendliche Abgeschiedenheit gleitet. Die Geräusche der Ufer werden immer schwächer; auch die Gegenstände verlieren ihre Stimme, sie sagen nicht mehr, du sollst jetzt mit mir das oder jenes tun; die Bewegung erstirbt; die flinken Worte ersterben. Zuweilen lag schon morgens zwischen dem Haus, das sie bewohnten, und der Straße ein Nichts, durch das weder Ulrich noch Agathe hindurchkonnten; die Reize des Lebens verloren die Kraft, die lächerlichen kleinen Entschlüsse hervorzurufen, die so wichtig sind, einen Hut aufzusetzen, einen Schlüssel anzustecken, diese kleinen Ruderschläge, mit denen man sich vorwärts treibt. Aber der Raum in den Zimmern war wie geschliffen, und alles war voll von einer leisen Musik, die nur dann verstummte, wenn man hinhorchte, um sie deutlicher zu hören. Und darum war die liebende Angst da; die Stille hinter dem Klang eines Worts, hinter einer Handreichung, einer Bewegung konnte oft plötzlich einen Augenblick aus der Reihe der übrigen loslösen, die Ketten der zeitlichen und räumlichen Beziehungen von ihm abstreifen und ihn hinausschicken auf eine unendliche Tiefe, über der er regungslos ruhte. Das Leben stand dann still. Das Auge konnte sich in süßer Qual nicht vom Bild zurückziehen. Es versank im Dasein wie in einer Blumenwand. Es sank immer tiefer und immer langsamer. Es kam auf keinen Grund; es konnte nicht umkehren! Was mochten jetzt die Uhren machen? – dachte Agathe; der kleine idiotische Sekundenzeiger, an den sie sich erinnerte, mit seinem genauen Vorrücken, den kleinen Kreis entlang, mit welcher Sehnsucht nach Rettung dachte sie jetzt an ihn! Und wenn gar ein Blick in den anderen versunken war, wie schmerzhaft war es ihn zurückzuziehen: Als hätten sich die Seelen verknüpft! Es war hart am Komischen, dieses Schweigen. Ein schwerer Berg von Seeligkeit. Ulrich rang oft nach einem Wort, nach einem Scherz; es wäre einerlei, wovon man spräche, es müßte nur etwas Gleichgültiges und Wirkliches sein, das im Leben häuslich und heimatberechtigt ist. Das die Seelen in einen Zusammenhang der Wirklichkeit zurückversetzt. Man kann ebensogut gleich vom Rechtsanwalt sprechen, wie von irgendeiner klugen Beobachtung. Nur ein Verrat am Augenblick müßte es sein; das Wort fällt dann in die Stille, und im nächsten Augenblick blinken rings herum andere Wortleichen auf, wie die toten Fische massenhaft emporsteigen, wenn man Gift ins Wasser wirft! Agathe hing an Ulrichs Lippen, während diese solch ein Wort suchten, und wenn sie es nicht mehr finden konnten und sich nicht mehr öffnen konnten, sank sie erschöpft zurück in das Schweigen, das auch sie verbrannte, wie eine Ruhematte aus lauter kleinen Flammenspitzen.

Wenn Ulrich sich wehrte – Aber wir haben doch eine Aufgabe und Tätigkeit in der Welt! – so antwortete Agathe: – Ich keine, und du bildest dir deine gewiß auch nur ein. Wir wissen ungefähr, was wir zu tun haben: beisammen zu sein! Was ist schon das, was in der Welt vorwärts gebracht wird?! – Ulrich pflichtete ihr nicht bei und versuchte, sie ironisch von der Unmöglichkeit dessen zu überzeugen, das ihn in Fesseln hielt. – Es gibt nur eine Erklärung für das Nichtstun, die einigermaßen befriedigt: in Gott ruhen und in Gott eingehen. Man kann statt Gott auch ein anderes Wort gebrauchen: das Ureine, das Sein, das Unbedingte ... es gibt einige Dutzend Worte, alle ohnmächtig. Sie setzen alle dem Erschrecken vor dem süßen Aufhören der Menschlichkeit die Versicherung entgegen: du bist an den Saum von etwas geraten, das mehr als Menschlichkeit ist. Philosophische Vorurteile besorgen dann das Übrige. – Agathe erwiderte: – Ich verstehe nichts von Philosophie. Aber hören wir doch einfach auf zu essen! Versuchen wir, was daraus wird? –

Ulrich bemerkte, daß in der hellen Kinderei dieses Vorschlags ein feiner schwarzer Strich war.

– Was soll daraus werden!? – Er beantwortete ausführlich: – Erst Hunger, dann Ermattung, dann wieder Hunger, rasende Freßphantasien und schließlich eben entweder essen oder sterben! –

– Das kann man nicht wissen, wenn man es nicht versucht hat! –

– Aber Agathe! das ist doch tausendfach versucht und erprobt worden! –

– Von Professoren! oder von verkrachten Spekulanten. Weißt du, sterben muß gar nicht so sein wie man sagt. Ich bin schon einmal beinahe gestorben: das war anders. –

Ulrich zuckte die Achseln. Er hatte keine Ahnung davon, wie nahe beisammen in Agathe die beiden Gefühle waren, mit einem Aufschwung über alle verlorenen Jahre hinwegzusetzen oder wenn es wieder mißlang, aufhören zu wollen. Sie hatte nie wie Ulrich das Bedürfnis gekannt, die Welt besser zu machen, als sie ist; sie lag gerne irgendwo, während Ulrich immer auf den Beinen war: diesen Unterschied hatte es zwischen ihnen schon als Kindern gegeben, und es blieb ein Unterschied bis zum Tod. Ulrich fürchtete ihn weniger als daß er ihn wie eine Schande betrachtete, die als letzter Preis auf alles Streben gesetzt ist. Agathe hatte sich immer vor dem Tod gefürchtet, wenn sie sich ihn, wie das jeder junge und gesunde Mensch tut, in der unerträglichen und unverständlichen Form vorstellte: jetzt bist du noch, aber irgendwann bist du nicht mehr! Aber zugleich hatte sie schon in früher Jugend jenes allmähliche Loslösen kennen gelernt, das sich in die kleinste Zeitspanne einzuschieben vermag, jenes trotz aller Langsamkeit rasend schnelle Abgewendetwerden vom Leben, und seiner müde Werden, und seiner gleichgültig Werden und zutraulich in das kommende Nichts Hineinstreben, das sich einstellt, wenn der Körper durch eine Krankheit schwer verletzt wird, ohne daß sich die Sinne trüben. Sie hatte Vertrauen in den Tod. Vielleicht ist er nicht so schlimm, dachte sie. Es ist schließlich doch immer etwas Natürliches und Angenehmes aufzuhören; bei allem, was man tut. Die Verwesung aber, und was es da sonst noch Gräßliches gibt; du lieber Himmel, ist man es nicht gewohnt, daß mit einem allerhand geschieht, während man gar nichts damit zu tun hat?! – Weißt du, Ulrich – schloß sie das Gespräch ab – du bist so: wenn man dir Blätter und Äste gibt, du nähst sie immer wieder zu einem Baum zusammen; ich aber möchte einmal versuchen, was daraus wird, wenn wir zum Beispiel die Blätter an uns festnähen? –

Und doch fühlte auch Ulrich: sie hatten nichts anderes zu tun, als beisammen zu sein. Wenn Agathe durch die Zimmer rief: – Laß das Licht noch brennen! – ein Ruf, schnell, ehe Ulrich im Hinausgehen das

Zimmer verfinsterte, in das Agathe noch einmal zurückkehren wollte, so dachte Ulrich: – eine Bitte, eilig, was weiter? Ach, was weiter? Nicht weniger, wie wenn Buddha einer Elektrischen nachlaufen würde, um noch mitzukommen! Eine unmögliche Gangart. Ein Zusammenbruch des Wahnwitzes. Aber trotzdem, wie schön war Agathes Stimme! Welches Vertrauen lag in der kurzen Bitte, welches Glück, daß ein Mensch dem anderen so etwas zurufen darf, ohne mißverstanden zu werden. Gewiß war solch ein Augenblick wie ein Stück irdischen Fadens mitten zwischen geheimnisvollen Blumen, aber er war zugleich rührend wie ein Wollfaden, den man einer Geliebten um den Hals legt, wenn man nichts anderes ihr mitzugeben hat. Und wenn sie dann auf die Straße traten und, nebeneinander gehend, nicht viel von einander sehen konnten, nur die zarte Kraft ungewollter Berührung fühlten, so gehörten sie wie ein Ding zusammen, das in einem weiten Raum steht.

Es liegt in der Natur solcher Erlebnisse, daß sie zum Erzählen hindrängen. Sie enthalten in der geringsten Menge von Geschehen ein Äußeres an inneren Vorgängen, das sich Bahn ins Freie schaffen muß. Und ähnlich wie in der Musik oder im Gedicht, an einem Krankenlager oder in einer Kirche, ist der Kreis dessen, was sich in solchem Zustande sagen läßt, eigenartig eingeengt. Nicht, wie man glauben könnte, durch Feierlichkeit oder eine andere persönliche Stimmung, sondern durch etwas, das weit mehr den Anschein einer Sache hat. Es läßt sich mit dem merkwürdigen Vorgang vergleichen, durch den man in der Jugend geistige Einflüsse aufnimmt; man nimmt da auch nicht jede beliebige Wahrheit in sich auf, sondern eigentlich nur eine solche, der aus dem eigenen Innern etwas entgegenkommt, die also in einem gewissen Sinn nur erweckt wird, so daß man sie in dem Augenblick schon kennt, wo man sie kennen lernt. Es gibt in dieser Zeit Wahrheiten, die für uns bestimmt sind, und solche die es nicht sind; Erkenntnisse sind heute wahr und morgen falsch, Gedanken leuchten auf oder verlöschen, – nicht weil wir unsere Meinung ändern, sondern weil wir mit unseren Gedanken noch durch unser ganzes Leben zusammenhängen und, von den gleichen unsichtbaren Quellen gespeist, uns mit ihnen heben und senken. Sie sind wahr, wenn wir uns in dem Augenblick, wo wir denken, steigen fühlen, und sie sind falsch, wenn wir uns fallen fühlen. Es gibt etwas Unausdrückbares in uns und der Welt, das dabei gemehrt oder gemindert wird. In späteren Jahren ändert sich das; die Gefühlslagerung wird unveränderlicher, und der Verstand wird zu jenem außerordentlich beweglichen, festen, unzerbrechlichen Werkzeug, als das wir ihn kennen, wenn wir uns von keinerlei Gefühl beeinflussen lassen. In diesem Zeitpunkt hat sich dann die Welt schon geteilt; auf der einen Seite in die der Dinge und verläßlichen Empfindungen von ihnen, der Urteile und, so auch zu sagen, anerkannten Gefühle oder Willen; auf der anderen Seite in die der Subjektivität, das heißt der Willkür, des Glaubens, des Geschmacks, der Ahnung, der Vorurteile und aller jener Unsicherheiten, zu denen sich zu verhalten, wie sie mag, eine Art Privatrecht der Person bildet, ohne öffentlichen Anspruch. Wenn das geschehen ist, mag die persönliche Betriebsamkeit alles oder nichts ausschnüffeln und in sich aufnehmen, selten geschieht es in der hartgebrannten Seele, daß sich in der Glut des Eindrucks auch die Wände noch dehnen und bewegen.

Aber erlaubt dieses Verhalten wirklich, sich so sicher in der Welt zu fühlen, wie es das glauben macht? – Schwebt nicht die ganze feste Welt, mit allen unseren Empfindungen, Häusern, Landschaften, Taten auf unzähligen kleinen Wölkchen? Unter jeder Wahrnehmung ist Musik, Gedicht, Gefühl. Aber es ist gefesselt, unveränderlich gemacht, ausgeschaltet, weil wir die Dinge wahr-, das heißt ohne Gefühl nehmen wollen, um uns nach ihnen zu richten, statt sie nach uns, was, wie man weiß, soviel bedeutet, wie daß wir endlich, sehr plötzlich und wirklich fliegen gelernt haben, statt nur vom Fliegen zu träumen, wie das die Jahrtausende vor uns getan haben. Diesem in den Dingen gefesselten Gefühl entspricht auf der persönlichen Seite jener Geist der Sachlichkeit, der alle Leidenschaft in den gar nicht mehr wahrnehmbaren Zustand zurückgedrängt hat, daß in jedem Menschen ein Gefühl von seinem Wert, seinem Nutzen und seiner Bedeutung schlummert, das nicht berührt werden darf, ein Grundgefühl des Gleichgewichts zwischen ihm und der Welt. Dieses Gleichgewicht braucht jedoch bloß an irgendeinem Punkt gestört zu werden, so fliegen überall die gefesselten Wölkchen auf. Ein wenig Ermüdung, ein wenig Gift, ein wenig Übermaß an Erregung, und der Mensch sieht und hört Dinge, an die er nicht glauben will, das Gefühl hebt sich, die Welt gleitet aus ihrer mittleren Lage in einen Abgrund oder steigt beweglich, einmalig, visionär und nicht mehr begreiflich an!

Oft kam Ulrich alles, was Agathe und er unternahmen, oder was sie sahen und erlebten, nur wie ein Gleichnis vor. Dieser Baum und jenes Lächeln sind Wirklichkeit, weil sie die sehr bestimmte Eigenschaft haben, nicht bloß Illusion zu sein; aber gibt es nicht viele Wirklichkeiten? Ist es nicht erst gestern gewesen, daß wir Allongeperücken trugen, sehr unvollkommene Maschinen besaßen, aber ausgezeichnete Bücher schrieben? Und erst vorgestern gewesen, daß wir Pfeil und Bogen trugen und zu den Festen Goldhauben aufsetzten, über Wangen, die mit dem Blau des Nachthimmels bemalt waren, und orangegelben Augenhöhlen? Ein ungewisses Verständnis dafür zittert heute noch in uns nach. So vieles war wie heute und so vieles anders, wie wenn das eine Sprache in Bildern sein wollte, von denen keines das letzte ist.

Folgt nicht daraus, daß man auch dem gegenwärtigen nicht zu sehr vertrauen soll? Was heute böse ist, wird morgen vielleicht zum Teil schon gut sein, und das Schöne häßlich, unbeachtete Gedanken werden zu großen Ideen geworden sein, und würdevolle der Gleichgültigkeit verfallen. Jede Ordnung ist irgendwie absurd und wachsfigurenhaft, wenn man sie zu ernst nimmt, jedes Ding ist ein erstarrter Einzelfall seiner Möglichkeiten. Aber das sind nicht Zweifel, sondern es ist eine bewegte, elastische Unbestimmtheit, die sich zu allem fähig fühlt.

Es ist aber eine Eigentümlichkeit dieser Erlebnisse, daß sie fast immer nur in einem Zustand des Nichtbesitzes erlebt werden. So verändert sich die Welt, wenn sich der Entbrannte nach Gott sehnt, der sich ihm nicht zeigt, oder der Verliebte nach der fernen Geliebten, die ihm genommen ist. Sowohl Agathe wie Ulrich hatten das so gekannt, und es in gegenseitiger Gegenwart zu erleben, bereitete ihnen manchmal geradezu Schwierigkeit. Unwillkürlich rückten sie Gegenwart von sich fort, indem sie einander zum erstenmal die Geschichten ihrer Vergangenheit erzählten, worin das vorgekommen war. Aber diese wirkten wieder verstärkend auf das Wunderbare des Zusammentreffens zurück und endeten im Halblicht, in einer zögernden Berührung der Hände, Schweigen und dem Zittern eines Stroms, der durch die Arme floß.

Und manchmal kamen gewaltige Auflehnungen.

II. Bd. III. Kapitelgruppe

23.

Überlegung:

U. treibt es zu Ge. Seit der hyster. Szene hat er sie nicht gesprochen. Das Gewissen treibt ihn. Er findet Ge. aber sehr in Betrieb mit H.S.
[...]
U. sucht auf Ge. einzugehn u gütig zu sein. Sie vergielt es ihm durch Betrieb mit HS., was er als geistige Felonie empfindet.
[...] Ah. ist zum Ideal, Messias, Erlöser geworden. Der geistige Mensch für diese Zeit
Wirkung des Nabobs.
LF's. Fortschrittsglaube gehört zum Problem der Kultur
HS. angeregt vom Nationalitätenkonflikt. Das Deutsche als unklare Reaktion auf Kulturlage
U. bekommt Stella-Anstoß (Briefe!) für Ag. [...]
Ge ist über Liebe «hinaus». Auch geg. religiöse Mystik, zukünftig: Konflikt im Brief angedeutet
[...]

Doppelorientierung: Mystik
Anti-Demokratie
[...] Denke nicht an dich, sondern an andere (Mg. Schm)
Versuch Text: ./.

U. trieb es bald nach seinem Besuch bei F's. wieder zu Ge. Er hatte
sie seit dem traurigen Auftritt, der zwischen ihnen stattgefunden hatte,
nicht wiedergesehen, u. fühlte das Verlangen, gut u. vernünftig zu ihr
zu sprechen. Er wollte ihr vorschlagen, daß sie für ein oder zwei Jahre
aus dem Elternhaus fortgehen und irgendetwas beginnen solle, das ihr
Freude mache, mit dem Zweck, ihn u. HS. zu vergessen u. ihre Jugend
auszunutzen. Aber er traf sie in Gesellschaft von HS. an. Sie war blaß
geworden, als sie ihn eintreten sah, die Gedanken flohen aus ihrem
Gehirn, u. wenn sie auch beherrscht aussah, so war doch eigentlich
gar nichts in ihr, was sie beherrschen mußte, sondern sie fühlte plötzlich nichts als eine Leere, die von den starren, eingelernten, automatischen Bewegungen ihrer Glieder umschlossen wurde.
– Ich will Sie nicht um Verzeihung bitten, Ge – begann U. – weil
das nicht wichtig ist –
Schon da unterbrach sie ihn. – Ich habe mich lächerlich betragen,
– sagte sie – das weiß ich; aber glauben Sie mir, es ist ganz vorbei. –
– Ich werde Ihnen erst glauben, daß alles gut ist, wenn ich weiß, was
Sie machen u welche Pläne Sie haben –
HS. hörte mit den eifersüchtigen Augen dessen zu, der nicht versteht. – Warum glauben Sie, daß Frl F. Pläne hat? – fragte er.
U. erinnerte sich an die Briefe, die ihm LF. gezeigt hatte. Er hatte
seither viel für diesen jungen Menschen übrig, in dem mystische
Empfindungen wucherten. Zugleich erinnerte er ihn aber auch, Gott
weiß warum, wenn er ihn ansah, an einen mageren Hund, der eine
Hündin bespringen will, die viel zu groß für ihn ist. Er nahm sich zusammen und bat H., seine Frage übergehend, ihm zu erklären, was
er wolle. – Das heiße, – fügte er hinzu – er möchte wissen, wie er sich
die Verwirklichung seiner Gedanken vorstelle, wenn er nicht von
Mensch, Seele, Mysterium, Inbrunst, Schauung udgl. spreche, sondern von dem zukünftigen Dr. HS., der in der Welt zu leben gezwungen sein wird.
U. wollte es wirklich wissen, das klang ehrlich aus der Frage heraus;
noch dazu hatte er eine freimaurerische Auswahl von Worten in ihr
untergebracht, die H. verwunderten, u. Ge's. Blick traf mit heraus-
forderndem Vorwurf auf H. Dieser kratzte sein Haar, denn er wollte
nicht grob sein u. fühlte sich verlegen. – Solche Ideen sind gar nicht
meine – sagte er schließlich – sondern die der deutschen Jugend. – U.
wiederholte die Bitte, ihm zu zeigen, wie sie verwirklicht werden

könnten. H. glaubte zu wissen, worauf U. hinauswolle; wenn H. Ge. mit solchen Ideen umwarb, so waren die Worte wie das Gewebe eines Orchesters, durch das als Stimme der Anblick Ge's. schwebte: konnte man das auseinanderreißen u. trennen! – Sie verlangen von mir, daß ich aus einer Musik eine politische Abhandlung mache! – sagte er.

U. ergänzte: – Und die Sprache der Politik, des Handels, der Rechenkunst ist die Sprache der gefallenen Engel, deren Flügel schon längst so rudimentär geworden sind wie etwa unser Schwanzwirbel. In solcher Sprache kann man das kaum ausdrücken, meinen Sie? Aber darum möchte ich ja gerade wissen, was Sie zu tun gedenken? – H. gab ihm die einfachste Antwort darauf: – Das weiß ich nicht! Aber ich bin nicht allein. Und wenn einige tausend Menschen etwas wollen, das sie sich nicht vorstellen können, so wird das eines Tages da sein, sofern sie ehrlich bleiben! –

– Glauben Sie das auch, Ge? – fragte U.

Ge. schwankte. – Ich bin auch überzeugt, – sagte sie – daß unsere Kultur zugrundegehen wird, wenn nicht etwas geschieht – –

U. sprang auf – Kinder! Was geht euch das an?! Ihr sollt mir sagen, was Ihr miteinander vorhabt! –

H. setzte sich zur Wehr. – Sprechen Sie nicht so von oben! Es ist ganz sicher, daß diese Lotterwirtschaft, die Kultur heißt, zugrunde-gehen wird, u. mit ihr alles andere – Und nichts hilft dagegen als neue Menschen! –

– H. überschätzt aber dabei die Bedeutung der Liebe zwischen den Menschen – fügte Ge hinzu – Das Neue wird auch darüber hinweg-gehen.

HS. war eigentlich ein melancholischer Mensch. Eine auftretende Unreinheit seiner Haut konnte ihn tagelang verstimmen, u. das war keine Seltenheit, denn die Hautpflege stand in seinem kleinbürger-lichen Elternhaus auf keiner hohen Stufe. Wie in vielen österr. Fa-milien war sie auch dort in dem Zustand stehen geblieben, den sie vor der Mitte des 19 Jhrdts. erreicht hatte, d.h. an Samstagen wurde Badewanne oder ein Waschtrog mit heißem Wasser gefüllt u. diente der an den anderen Tagen unterbleibenden Reinigung des Körpers. Ebensowenig waren in H's. Elternhaus andere Üppigkeiten zuhause. Sein Vater war Beamter mit kleinem Gehalt und der Aussicht auf noch knappere Ruhegenüsse, die ihm angesichts seines Alters bald bevorstanden, u. Grundsätze wie Führung des Lebens im Hause seiner Eltern unterschieden sich von denen im Hause F. etwa wie eine mit Bindfadenresten sorgfältig verknotete Pappschachtel, in der kleine Leute auf der Reise ihre Habseligkeiten unterbringen, sich von einem großartigen Reisekoffer unterscheidet. HS, wenn er Umschau hielt, was ihn auszeichnen könnte, besaß nichts als seinen deutschen Namen u. diesen lernte er erst spät für mehr ansehn als ein Geschenk des Zufalls, an dem Tage, wo er die Ansicht kennen lernte, daß deutsch sein adelig sein heißt. Von diesem Tag an trug er einen Adelsnamen, u. darüber daß es schön ist, sich persönlich ausgezeichnet zu wissen, braucht man kein Wort zu verlieren; man sollte eher ein ganzes Buch darüber schreiben, daß man nicht ausgezeichnet sein wollen, sondern sich auszeichnen wollen soll, das aber würde ein ganz u. gar unsoziales Buch werden.

Die Titel Graf u. Fürst sind verblaßt, vergleicht man sie mit dem Titel HS. Kein Mensch hat heute mehr ein Gefühl für das Geheimnis, einer Sippe anzugehören, deren Zeichen ein Ochsenhaupt oder drei Sterne sind. Deutsch zu heißen, wenn man deutsch fühlt, war dagegen in der völkischen Jugend Österreichs etwas Seltenes. Die Freunde, durch die H. in die Bewegung eingeführt wurde, hießen Vybiral und Bartolini. Es hatte etwas von einer symbolischen Deckung [?], von dem Wunder der Sichtbarwerdung des Geistes an sich, wenn man H. u. noch dazu mit dem Namen der Familie S. hieß.

HS. fühlte sich auserkoren u. in Ermangelung eines Badezimmers erwarb er das Ideal der Rassereinheit. In diesem Ideal ist aber das der Reinheit der Grundsätze beschlossen. Auf diese Weise kam HS. dazu, schon in jungen Jahren für alle Gebote der Sitte einzutreten, was doch sonst das Vorrecht des Unvermögens zu sündigen u. einer Stellung ist, in der man keine Veränderungen mehr wünscht. Es ist eine sehr merkwürdige Sache, wenn junge Menschen für Tugend schwärmen: eine Verbindung von Feuer u Verstocktheit.

Sie wird erleichtert, wenn sich die Bejahung mit einer kräftigen Verneinung verbinden läßt. Um aber auf die wirkliche Bedeutung einer solchen Verneinung zu kommen, muß man das Zufällige, in diesem Fall das Rassische beiseite lassen, dieses ist die Äußerungsform, aber nicht der Sinn.

Allein, das war erst der kleinere u. weniger ernste Vorteil. Beiweitem größer ist der, daß ein junger Mensch, der eine verneinende Weltanschauung übernimmt, sich aus der Welt ein gutes Nest macht. Es ist schon beinahe eine Unmöglichkeit, etwas so Offenkundiges wie den geringen geistigen Gehalt eines der Romane nachzuweisen, die in der deutschen Öffentlichkeit für tief gelten; sagt man, sie seien nicht deutsch, so ist das entweder weit einfacher glaubhaft zu machen u. geht wenigstens in Wirklichkeit leichter ein. Man darf (überhaupt) diesen Vorteil, Nein zu sagen, zu allem, was für groß u. schön gilt, nicht unterschätzen. Denn erstens trifft man damit fast immer das richtige, u. zweitens ist die genauere Trennung u Beweisführung unter allen Umständen sehr schwierig u in der Wirkung vergeblich. Es hat in Deutschland einmal das Ideal gegeben ›Prüfe alles u behalte das beste‹: dieses Ideal hat in Dreck u. Spott geendigt; es war das Ideal der würdevollen Person u. der Hauskultur, die in einer Zeit notgedrungenen Spezialistentums ohne Hilfsmittel der Verbindung die gleichen inneren Folgen hatte wie der Vorsatz einer Schnecke: ich laufe mit allem mit. Man darf niemals diese Ohnmacht, in die wir uns gebracht haben, vergessen, wenn man den Idealismus der Bösartigkeit verstehen will. Wenn der Wandel der Weltanschauung, zu dem jede neue Menschengarnitur berufen ist, stockt u. ihr unmöglich gemacht wird, so bleibt ihr beinahe nichts übrig, als alles zu verneinen; der tiefste Punkt ist immer ein Punkt der Ruhe u des Gleichgewichts.

Die Augen zuschließen u. sich dabei zärtlich am Bein anzurühren, ist das einfachste Weltbild, das man haben kann.

Es gibt sodann zwei Hauptarten des Pessimismus. Die eine ist die des Weltschmerzes, der an allem verzweifelt, die andere ist die zeitgemäße, die die eigene Person davon ausnimmt. Es ist sehr begreiflich, daß man in der Jugend lieber die anderen für schlecht hielt als sich selbst. Diesen Dienst leistete HS. die deutsche Weltanschauung. Er erfuhr nicht sobald die Vergeblichkeit, seine Gedanken zu ordnen, er konnte sich von allem, was uns erdrückt, befrein, indem er es nicht deutsch nannte, u. er konnte sich ideal vorkommen, obgleich er sich nicht zu verwehren brauchte, die Ideale aller anderen zu beschmutzen / gering zu schätzen /
Das Merkwürdigste an HS. war jedoch etwas Drittes. Aber man darf sich nicht durch die Darstellung täuschen lassen, die einen Grund nach dem anderen vornimmt, in Wahrheit waren diese Gründe nicht übereinander schwimmende Schichten, sondern immer zu je zweien im dritten aufgelöst. Und was den zwei genannten noch hinzuzufügen ist, kann man vielleicht in einem entsprechend weiten Sinn religiös nennen. Wenn man HS. gefragt hätte, ob er in der Schule den Lehren seines Katecheten geglaubt habe, so würde er entrüstet geantwortet haben, daß der deutsche Mensch sich von Rom u. seiner Judenreligion loslösen müsse, aber er würde auch für Luther nicht zu gewinnen gewesen sein u. diesen als einen kleinmütigen Paktierer mit dem Geist der Welt bezeichnet haben. HS's. Religion deckte sich mit keiner der drei großen europäischen Religionen u. war eine wildwachsende Pflanze unverständlicher Herkunft.
Diese wildreligiöse Natur des Nationalismus ist sehr sonderbar.
Abbruch: Hier wäre nun die Möglichkeit, die Bedeutung des a Z. etwa als eines durch Verwitterung der Religion wie des liberalen Heroismus freigewordenen Bestandteils, zu entwickeln. [...]

Etwa in Ergänzung zu Mg-religiöse Entwicklung. H.S. war aber im Gegensatz zu Prof. Aug. Mg. kein einzigesmal im Leben Gott erschienen. Und trotzdem, ja vielleicht gerade deshalb, weil er sie nicht in das feste Gefüge der Religion bringen konnte, waren diese diffusen Gefühle des Glaubens u. Liebens in ihm besonders wild.

[...]

Man kann nicht sagen, ob das ein bisexueller Rest, der Rest einer anderen Urstufe oder die verloren gegangene natürliche Zärtlichkeit des Lebens ist, das Bedürfnis, aus den Menschen eine Gemeinschaft zu machen. Jede Handlung innerlich zu empfinden, d.h. ein Symbol ...

In dieser Art seine Liebe zu Ge., die wirklich weniger der Frau als dem Menschen gilt.

Sein Mißverständnis U's, den er für einen Rationalisten hält, weil er nicht versteht, wie schwer das ist, was er ahnt, u. weil er es sich durch Gemeinschaft, freche Jugendhorde usw. leicht macht.

Die *Entscheidung,* wieviel davon hier zu kommen hat u. in welcher Form ist aber besser zu treffen im ganzen Zusammenhang aZ u auch à lb. s. zb. die Verflechtung mit Gn. u Offzen.

[...]

(Definition nach Unger: Symbol. Auffassung sieht in den für uns uneinreihbaren Begebenheiten (zb. des Pentateuch) Bilder zur Darstellung der für unser Bewußtsein nicht anders faßbaren höheren Welt)

II. Bd. III. Kapitelgruppe

27.   (65.)

U. wollte Ld. noch einmal sehn; dieser Adler, der sich aus Zarathustras Bergen in das Familienleben von W u Cl. gesenkt hatte, machte ihn neugierig. Und einem plötzlichen Einfall folgend, lud er Schm. ein, mit ihm zu kommen; er dachte wohl, durch den Eindruck seiner Freunde Milderungsgründe für sich in seinem Ankläger zu erwirken. Ag. sagte er nichts von dem Ausflug; er wußte, sie würde doch nicht mitkommen.   / s. d. Ende 14/15.

Ld. weilte nun schon geraume Zeit bei seinen Bewunderern u. Anhängern W u Cl., zu deren Wohnung ein abgetrenntes leeres Zimmer gehörte, dessen Fenster auf die Schmalseite des Hauses hinausging. Irgendwo hatten die Eheleute eine eiserne Bettstelle aufgetrieben, ein Küchenschemel und eine Blechschüssel dienten als Bad, u. außer diesen Gegenständen standen in dem Raum, der keine Fenstervorhänge hatte, nur noch ein leerer Geschirrschrank, worin Bücher lagen, u. ein kleiner Tisch aus ungestrichenem weichen Holz. An diesem Tisch saß

Ld. u schrieb. Das genügte, um dem Zimmer, auch wenn er sich nicht darin aufhielt u. Cl. oder W. im Vorbeigehn einen Blick hineinwarfen, jenes Unbeschreibliche zu verleihen, das ein abgelegter alter Handschuh hat, der auf einer edlen u energischen Hand getragen worden ist. Aber jetzt, wo Ld. im Zimmer saß u schrieb, wußte er (überdies), daß Cl. unter seinem Fenster stand. Es arbeitet sich vorzüglich in einer solchen Lage. Ld's. Wille formte Worte auf dem Papier, verließ sie, floß über den Fensterrand u. kam zu Cl., die von dem «unsichtbaren Mantel eines elektrischen Nordlichts» eingehüllt, zwanghaft u. abwesend vor sich hinblickte. Ld. liebte Cl. nicht, aber diese ehrgeizige, von ihm gelähmte Schülerin machte ihm Freude. Die Feder wurde von unheimlicher Kraft über das Papier getrieben, die Flügel von Ld's schmaler, scharfer Nase bebten wie die eines Hengstes, u. seine schönen dunklen Augen glühten. Es war einer der bedeutendsten Abschnitte seines neuen Buchs, den er bei diesem Stand der Dinge begonnen hatte; u. man sollte das Buch nicht ein Buch nennen, es war ein Aufruf, ein Befehl, ein Gestellungsbefehl für neue Menschen. Als Ld. neben Cl. eine fremde Männerstimme hörte, unterbrach er sich und ging hinunter.

U. hatte Cl. gleich gesehen, als er mit Schm. in die Gartentüre einbog. Sie stand an der Planke neben den Gemüsebeeten, mit dem Rücken zum Haus, sehr steif und blickte weit weg, ohne die Kommenden zu bemerken. Es machte nicht den Eindruck, daß sie von ihrer (starren) Stellung wußte; ihre Haltung schien mehr die unwillkürliche Kopie bedeutender Vorstellungen zu sein, die sie innerlich beschäftigten. So war es auch. Sie dachte: – Ld. verwandelt sich diesmal bei uns. – Er war zu ihnen gekommen, ohne ein Wort davon zu sagen, aber Cl. wußte daß sein Leben mehrere der merkwürdigsten Wandlungen enthielt, und war sicher, daß die Arbeit, die er bei ihnen begonnen hatte, damit zusammenhing. Die Erinnerung an einen indischen Gott, der vor jeder Läuterung irgendwo einkehrt, vermengte sich in Cl. mit der Erinnerung daran, daß Tiere eine bestimmte Stelle erwählen, um sich einzupuppen, und der Erinnerung an den Duft von Pfirsichhecken, die an einer sonnenbeschienenen Hausmauer reifen; das logische Ergebnis war, daß Cl. in glühendem Sonnenschein unter dem Fenster stand, in dessen Schattenhöhle sich der Prophet zurückgezogen hatte. Er hatte Tags vorher W. u ihr erklärt, daß Knecht, knight, dem Ursinn nach Jüngling, Knabe, Knappe, waffenfähiger Mann, Held bedeute; u. Cl. sagte: – Ich bin sein Knecht! – es bedurfte dazu keiner Worte, sie hielt bloß mit dem geblendeten Gesicht reglos den Sonnenpfeilen stand.

Als U. sie anrief, drehte sie sich langsam der unerwarteten Stimme zu, u. er entdeckte sofort, daß sie von seinem Kommen enttäuscht war.

Es war keine Rede mehr davon, daß sie ihm ihre Kindheitsgeschichte erzählen werde, sie hatte das völlig vergessen. Ihre Augen, die vor seiner Abreise jedesmal Liebe zu ihm gefangen hatten wenn sie ihn sah, betrachteten ihn mit jener beleidigend absichtslosen Gleichgültigkeit, die so ist wie ein erloschenes Gebirge, nachdem man es im Sonnenschein gesehn hat. Ja, es ist das ein kleines u. noch dazu sehr gewöhnliches Erlebnis, dieses Verlöschen der Augen, wenn sie nichts mehr von dem wollen, den sie anblicken, aber es ist wie ein kleines Loch im Schleier des Lebens, durch das das Nichts schaut. /aber es hat etwas von der absoluten Kälte, die unter der warmen Lebensdecke versteckt ist. in die Sympathielosigkeit des leeren Weltraums

Als Ld. hinabging, schloß sich ihm W. an, u. es wurde, ohne die Gäste viel zu fragen, beschlossen, daß man gemeinsam zu dem Hügel mit den Kiefern gehe, der mittwegs zwischen dem Haus u. der Waldgrenze lag. Als sie dort angelangt waren, zeigte sich Ld. entzückt. Die Kiefernwipfel schwebten auf ihren korallenfarbenen Stämmen als dunkelgrüne Inseln im glühendblauen Meer des Himmels: harte anspruchsvolle Farben schafften sich Platz und Geltung nebeneinander; Vorstellungen, die in Worten so unmöglich sind wie Inseln auf Korallenstämmen, daß man sich sie nicht ohne feiges Lächeln zu denken getraut, waren Augenschein u. Wirklichkeit. Ld. wies mit dem Finger hinauf u. sprach mit Nietzsche: – Ein Ja, ein Nein; eine gerade Linie: Formel meines Glücks! – Cl., die sich auf den Rücken geworfen hatte, verstand ihn aufs Wort u. antwortete, mit den Augen im Blau, die Worte zwischen den Zähnen festhaltend, wie eine Person im letzten Akt, wo schon unzusammenhängend gesprochen wird: Lichtschauer des Südens! Heitere Grausamkeit! Das Verhängnis über sich! – Was bedurfte es geklebter Sätze, wenn die Natur wie eine tönende Bühne war; sie wußte, daß Ld. sie verstehe! Auch W. verstand sie. Aber er verstand wie immer um noch eines mehr. Er sah die weibliche Weichheit seiner Frau in der weiblichen Weichheit der Landschaft liegen; denn rundherum fielen Wiesen zu Tal, in sanften Wogen, u. ein kleiner Felsbruch darin war außer der Kieferngruppe das einzig Heroische inmitten gutmütiger Leiblichkeit, die ihn zu Tränen rührte, weil Cl. nichts davon sah u. nichts von sich wußte, sondern sich unbedingt die einzige Stelle hatte wählen müssen, wo die Landschaft in schwierigem Widerspruch zu sich selbst stand. W. war eifersüchtig auf Ld.; aber er war nicht in gewöhnlicher Weise eifersüchtig, er war ebenso stolz wie Cl. auf den neuen alten Freund, der doch gewissermaßen als ihr eigener in die Welt entsendeter Bote mit Ruhm beladen zurückkehrte. U. bemerkte, daß Ld. in der kurzen Zeit auf Cl. mächtigen Einfluß gewonnen hatte, und daß die Eifersucht auf Ld. W. viel ärger quälte als seinerzeit die auf ihn, denn W. fühlte die Überlegenheit Ld's. u. hatte niemals eine Überlegenheit U's gefühlt außer der körperlichen. Jedenfalls schienen diese drei Menschen tief in ihre Angelegenheit verstrickt zu sein; sie waren schon tagelang in Gesprächen, u. ihre Gäste vermochten sie so wenig einzuholen wie Menschen, die in einen Urwald gegangen sind. Ld. schien auf die Verständigung mit den Neuen auch keinen Wert zu legen, denn er fuhr ohne alle Rücksicht dort zu sprechen fort, wo das Gespräch vor Stunden oder Tagen abgebrochen worden sein mochte.

– Die Musik – erklärte er – die Musik sei eine überseelische Erscheinung. Nicht die Kapellmeister- oder Musikautomatenmusik natürlich, die das Theater beherrscht; u. auch nicht die Musik der Erotiker, worauf eine blitzhelle Erläuterung folgte, wer ein solcher Erotiker sei, in großem Zickzack von den Anfängen der Kunst bis zur Gegenwart; sondern die absolute Musik. Absolute Musik aber ist plötzlich, wie ein Regenbogen, von einem Ende zum andren, in der Welt; sie ist strahlend gewölbt, ohne Vorankündigung; eine Welt auf klirrenden Flügeln, eine Welt von Eis, die wie ein Hagelschlag in der anderen schwebt. –

Cl. u. W. horchten geschmeichelt auf. Cl. legte überdies die Vorstellungsverbindung Musik-eisig-Hagelschlag beiseite, um sie bei dem nächsten hausmusikalischen Kampf gegen W. zu gebrauchen.

Ld. erklärte sich ihnen einstweilen, in Eifer geraten, an Beispielen der alten, italienischen, noch gesunden Musik. Er pfiff es ihnen vor. Er war etwas zur Seite getreten und stand wie ein Pfahlfetisch in den Wiesen, langgliedrig die beschreibende Hand, das Wort wie eine Türkenpredigt. Das war nun längst nicht mehr bloß Kunst oder ästhetischer Meinungsaustausch, sondern Ld. pfiff metaphysische Beispiele, absolute Gestalten u. Erscheinungen aus Tönen, die nur in der Musik vorkommen u. sonst nirgends in der Welt. Er pfiff schwebende Kurven oder ungreifbare Bilder aus Trauer, Zorn, Liebe, Heiterkeit, forderte das Ehepaar auf, zu prüfen, inwieweit es dem gleiche, was man im Leben unter diesen Namen verstehe, u. erwartete von Cl. u W., daß sie, ihre eigenen Empfindungen verfolgend, an das Ende einer abbrechenden Brücke gelangen sollten, von wo aus sie erst die absolute melodische Figur in ihrer ganzen Unfaßbarkeit davonschweben sehen würden.

Was auch, wie es schien, geschah, u. einen starren Glücksschauder auf die drei verbreitete. – Einmal aufmerksam gemacht, fühlt ihr selbst, – sagte Ld – daß Musik nicht aus uns allein stammen kann. Sie ist das Bild ihrer selbst u. eben darum nicht bloß das Bild eurer Gefühle. Also überhaupt kein Bild. Nichts, das sein Dasein erst durch das Dasein von etwas anderem empfangen würde. Sie ist einfach selbst Dasein, Sein, jede Begründung verachtend. – Und nun schob Ld. die Kunst mit einer Handbewegung weit hinter sich, wo sie das Fragment von etwas Größerem wurde, – denn – sagte er – die Kunst idealisiert nicht, sondern sie realisiert. Man muß, um an das Wesentliche zu kommen, ganz brechen mit der Ansicht, daß Kunst irgendetwas in uns emporhebe, verschönere oder dergleichen. Genau umgekehrt ist es. Nehmt Trauer, Größe, Heiterkeit oder was ihr wollt: es ist nur die hohle irdische Bezeichnung für Vorgänge, die weit mächtiger sind als der lächerliche Faden, den unser Verstand von ihnen erfaßt, um sie daran herunterzuziehen. In Wahrheit sind alle unsere Empfindungen unausdrückbar. Wir pressen ihnen einen Tropfen aus u. meinen, diese Tropfen seien sie gewesen. Aber sie sind die dahineilende Wolke! Alle unsere Erlebnisse sind mehr, als wir von ihnen erleben. Ich könnte nun einfach das Beispiel der Musik darauf anwenden; alle unsere Erlebnisse wären dann vom Wesen der Musik, wenn nicht ein noch größerer Kreis das umschlösse. Denn –

Hier trat jedoch eine Störung ein, denn Schm., dessen Lippen sich schon längst trocken begattet hatten, konnte die Geburt eines Einwands nicht länger zurückhalten. Er sagte laut: – Wenn Sie die Geburt der Moral aus dem Geiste der Musik ableiten, so vergessen Sie, daß alle Gefühle, von denen Sie sprechen mögen, ihren Sinn aus bürgerlichen Gewohnheiten und unter bürgerlichen Voraussetzungen empfangen! –

Ld. drehte sich dem jungen Mann freundlich zu. – Als ich vor zehn Jahren zum erstenmal nach Zürich gekommen bin – sagte er langsam – hat so etwas noch für revolutionär gegolten. Damals hätten Sie mit Ihrem Zwischenruf bei uns Erfolg gehabt. Ich darf Ihnen mitteilen, daß ich dort im linken Flügel Ihrer Partei, wo er aus aller Herren Ländern zusammengesetzt war, meine erste geistige Ausbildung empfangen habe. Aber es ist uns heute klar, daß die schöpferische Leistung der Sozialdemokratie – er betonte den Bestandteil Demokratie – bisher Null geblieben ist, u. niemals darüber hinauskommen wird, die Kulturinhalte des Liberalismus neu-revolutionär anzustreichen! –

Schm. hatte nicht die Absicht, darauf zu antworten. Es genügte, mit einem Ruck der Nackenmuskeln das Haar nach hinten zu werfen u. mit streng geschlossenen Lippen zu lächeln. Vielleicht konnte man auch sagen: – Oh bitte, lassen Sie sich durch mich nicht stören! – Er dachte daran, daß ein paar Zeilen im «Schuhmacher», ein paar saftig gespitzte Glossen, jederzeit am rechten Ort sein würden, um wieder einmal vor diesen Bürgerlichen zu warnen, die es nie lange in der Bewegung aushalten. Aber U. rief dazwischen: – Spießen Sie ihm nur kein Marxzitat in den Leib; Herr Ld. würde mit Göthe antworten, u. wir kämen heute nicht mehr nachhause! – u. Schm. ließ sich hinreißen, doch etwas zu antworten. Da der Kampfwille fehlte, geriet es zu bescheiden; er sagte einfach: – Die neue Kultur, die der Sozialismus in die Welt gesetzt hat, ist das Solidaritätsgefühl... – Die Antwort folgte nicht gleich; Ld. schien sich Zeit zu lassen, er erwiderte langsam: – Das ist richtig. Aber es ist herzlich wenig. – Nun riß Schm's. Geduld: – Die sogenannte Universitätswissenschaft – rief er aus – hat seit langem das Recht verloren, ernst genommen zu werden, als geistiges Zentrum! In Altertümern zu stüren, Abhandlungen über die Gedichte irgendeines Dichterlings zu schmieren, römisches Unrecht zu pauken: das züchtet nur leeren Hochmut. Die wirklichen geistigen Arbeiter bildet längst die zielbewußte Arbeiterbewegung aus, die zielbewußten Klassenkämpfer, die die Barbarei der Ausbeutung beseitigen werden, u. die werden dann die Grundlage einer zukünftigen Kultur schaffen! –

Nun war es W., der sich empörte; er hatte schon jahrelang nicht so warm für die gegenwärtige Kultur empfunden wie angesichts dieses Zukunftskämpfers. Aber Ld. schnitt mit einer gütigen Bewegung den Gegenangriff ab. – Wir sind gar nicht so weit voneinander entfernt, wie Sie glauben; – antwortete er Schm. – auch ich halte wenig von der Universitätswissenschaft, und auch ich glaube, daß ein neues Gemeinschaftsgefühl, eine Abkehr vom Individualismus der letzten Ära, das wichtigste bedeutet, was heute im Werden ist. Aber – und nun stand Ld. wieder wie ein Pfahlfetisch in den Wiesen, langgliedrig die das Wort mitbeschreibende Hand, u. konnte genau dort fortfahren, wo er unterbrochen worden war. Das aber war vor seiner neuen Lehre vom Willen geschehn. Man darf unter Wille natürlich nicht etwa den Vorsatz verstehn, ein bestimmtes Geschäft aufzusuchen, weil dort das Zeichenpapier billiger ist Oder ein Gedicht zu machen, das arhytmisch sein soll, weil alle anderen Gedichte bisher rhytmisch waren. Auch einen Vordermann niederzutreten, um selbst emporzukommen, zeigt nicht Willen an. Im Gegenteil, das ist bloß Willensschaum, den die vielen Hindernisse verursachen, die dem Willen heute im Wege liegen, ist also gebrochener Wille. Daß man auf so etwas das Wort Wille anwendet, ist ein Zeichen, daß sein wahrer Sinn überhaupt nicht mehr erlebt wird. Ld's. Patent war der ungebrochene, kosmische Willensstrom. Er erläuterte seine Erscheinung an großen Männern wie Napoleon. Vgl. Shaw's Behauptung, daß nur die großen Männer etwas tun, u. die vergeblich. Der Wille solcher Menschen ist Tätigkeit ohne Unterbrechung, eine Art Verbrennung wie das Atmen, muß unaufhörlich Wärme u. Bewegung erzeugen, u. für solche Naturen sind Stillstand u. Umkehr gleichbedeutend mit Tod. Ebensogut kann man das aber auch am Willen der mythischen Urzeiten erläutern; als das Rad erfunden wurde, die Sprache, das Feuer u. die Religion: das waren Aufbäumungen, mit denen sich nichts Späteres mehr vergleichen läßt. Höchstens in Homer finden sich vielleicht noch die letzten Spuren dieser großen Willenseinfachheit u. zusammengefaßten Schöpfungskraft. Nun faßte Ld. diese zwei verschiedenen Beispiele mit außerordentlicher Kraft zusammen: Es war nicht Zufall, daß sie von einem Staatsmann u. von einem Künstler sprachen. – Denn, wenn Ihr euch erinnert, was ich euch von der Musik gesagt habe, so ist das ästhetische Phänomen das, was keiner Ergänzung außer seiner selbst bedarf, was schon als Erscheinung alles das ist, was es überhaupt sein kann, also der rein verwirklichte Wille! Wille gehört nicht zur Moral, sondern zur Ästhetik, den unbegründeten Erscheinungen. Drei Schlüsse werden daraus zu ziehen sein: Die Welt ist nur als ästhetisches Phänomen zu rechtfertigen; jeder Versuch, sie moralisch zu begründen, ist ja auch bisher mißlungen, u. wir werden nun verstehen, warum das so sein mußte. Zweitens, unsere Staatsmänner müssen, wie das schon die Urweisheit Platons verlangt hat, wieder Musik lernen; u Platon hat seine Anregungen dazu in den Weistümern des Orients geschöpft. Drittens: Nur systematisch geübte Grausamkeit bleibt als das Mittel, über das die vom Humanitarismus verblödeten europäischen Völker noch verfügen, um ihre Kraft wiederzufinden! –

Mochte dieses Gespräch auch für Ohr u Verstand manchmal etwas unverständliches haben, mit Auge u Gefühl verhielt es sich anders; aus einer philosophischen Höhe, wo ohnehin alles eins ist, stürzte es sich herab, u. Cl. fühlte das Sausen. Es begeisterte sie. Alle Gefühle waren in ihr aufgerührt u. schwammen, wenn man so sagen darf, noch einmal in Gefühl. Sie hatte sich eine Weile lang unfern von Ld. in die Wiesen gestellt, um besser zu hören und ihre Erregung hinter einem scheinbar in die Weite zerstreuten Blick verbergen zu können. Aber das innere Brennen der Welt, von dem Ld. sprach, eröffnete ihr Gedanken wie Nüsse, aus denen Flammen schlagen. Sonderbare Dinge wurden ihr klar: Sommermittage, fröstelnd vor Lichtfieber; Sternnächte, stumm wie Fische mit Goldschuppen; Erlebnisse ohne Überlegung u. Vorbereitung, die manchmal über sie kamen u. ohne Antwort, ja eigentlich ohne Inhalt blieben; Spannung, wenn sie Musik machte, gewiß heute noch schlechter als irgendein Konzertspieler, aber so gut sie es vermochte und deutlich mit dem unheimlichen Gefühl, daß sich etwas Titanenhaftes, namenlose Erlebnisse, ein noch namenloser Mensch, größer als es die größte Musik fassen kann, gegen die Grenzen ihrer Finger preßten. Nun verstand sie ihre Kämpfe mit W.; das waren Augenblicke, plötzlich, wie wenn ein Boot über eine unendlich tiefe Stelle weggleitet; den Worten nach vielleicht für niemand anderen zu verstehn. Cl's Finger- u. Armgelenke begannen kaum merklich mitzuspielen; man sah, wie die junge Frau die Weisheit des Propheten in ihren eigenen, leibhaften Willen übersetzte. Die Wirkung, die er auf sie ausübte, war dem Wesen eines Tanzes verwandt, einem tanzenden Wandern. Die Füße lösten sich aus der verarmten u verhärteten Gegenwart; die Seele löste sich aus der Instinktunsicherheit u. Schwäche; die Ferne bäumte sich auf; sie hielt eine Blume mit drei Köpfen in der Hand: Ld. nachfolgen, Nachfolge Christi, W. erlösen, das waren die drei Köpfe, u. waren es nicht, denn Cl. dachte das nicht, wie man zählt oder liest, von links nach rechts, sondern wie einen Regenbogen von einem Ende zum andren, aus dem Regenbogen stieg der Geruch des Schrankes auf, worin sie ihre Reisekleider verwahrte, dann bestand die Blume aus den drei Worten Ich suche, Ichsuche, Ichsucht, Cl. hatte schon vergessen, woraus die Blume früher bestand, W. war ein Stengel, selbst Ld. war bloß ein Stengel, Cl. wuchs aus den Fußsohlen immer höher empor, das vollzog sich schwindelnd schnell, ehe man den Atem anhalten konnte, u Cl. warf sich, erschreckt von ihrer Begeisterung für sich selbst, ins Gras nieder. U., der dort schon lag, hatte ihre Bewegungen mißverstanden u. kitzelte sie gedankenlos mit einem Halm. Cl. funkelte vor Abscheu.

W. hatte Cl. beobachtet, aber etwas, worüber er sprechen mußte, zog ihn stärker zu Ld. hin. Das war Homer. Homer schon eine Verfallserscheinung? Nein, der Verfall begann erst mit Voltaire u. Lessing! Ld. war wohl der bedeutendste Mensch, dem man heute begegnen konnte, aber was er über Musik sagte, bewies nur, welches Unglück es war, daß W. sich durch sein Leben zu geschwächt fühlte, seine eigenen Auffassungen in einem Buch niederzulegen. Er konnte Cl. so gut begreifen; er sah schon längst, wie sie von Ld. gepackt war; sie tat ihm so leid; sie irrte sich, setzte das Fortissimo ihres Enthusiasmus trotz allem doch beim Unwichtigen ein; diese schicksalsschwere Paarung machte seine Gefühle für sie in großen Flammen aufschlagen. Während er auf Ld. zuschritt, Cl. im Gras hingestreckt, U. zur Seite, der nie das geringste begriff, u lediglich den optischen Schwerpunkt des Bilds durch sein Daliegen etwas gegen sich hin verschob, hatte W. ganz das Gefühl des Schauspielers, der über die Bühne geht; sie spielten hier ihr Geschick, ihre Geschichte, er fühlte die Sekunde, ehe er zu Ld. sprach, herausgehoben u. zu eisigem Schweigen erstarrt, Darsteller u. Dichter seiner selbst.

Ld. sah ihn kommen. Vier Schritte weit wie vier zu durchschreitende Weltalter. Er hatte W's. Ohnmacht erst unlängst die einer Demokratie von Gefühlen genannt; er hatte ihm damit den Schlüssel zu seinem Zustand gegeben, aber er hatte keine Lust, diese Auseinandersetzung weiterzuführen, u. ehe W. ihn erreichte, wandte er sich dem streitsüchtigen Fremden zu.

– Sie sind vielleicht Sozialist, – erwiderte ihm Schm. – aber Sie sind ein Feind der Demokratie! –

– Nun, Gott sei Dank, daß Sie es bemerken! – Ld. wandte sich ganz ihm zu, u. es gelang ihm, W. u Cl. zu vergessen: – Ich war, wie Sie gehört haben, auch Sozialist. Aber Sie sagen, aus der Arbeiterbewegung werde von selbst eine neue Kultur entstehn; und ich sage Ihnen: auf dem Wege, auf dem sich der Sozialismus bei uns befindet, niemals! –

Schm. zuckte die Achseln. – Dadurch, daß man von Kunst, Liebe und dergleichen redet, wird die Welt gewiß nicht auf einen besseren Weg kommen! –

– Wer redet von Kunst?! Sie haben mich, wie es scheint, nicht im geringsten verstanden. Ich bin der gleichen Meinung wie Sie, daß der jetzige Zustand nicht mehr lange dauern wird. Die bürgerlich individualistische Kultur wird zugrundegehn wie alle Kulturen bisher zugrundegegangen sind. Woran? Ich kann es Ihnen sagen: An der Steigerung aller Quantitäten ohne entsprechende Steigerung der zentralen Qualität. Am Zuvielwerden der Menschen, der Dinge, der Auffassungen, der Bedürfnisse, der Willen. Die festigenden Kräfte, die Durchdrungenheit der Gemeinschaft von ihrer Aufgabe, ihr Wille zum Aufstieg, ihr Gemeinschaftsgefühl, das verbindende Zwischengewebe der öffentlichen u. privaten Einrichtungen: alles das wächst nicht im gleichen Tempo, es bleibt weit mehr dem Zufall überlassen u. gerät immer weiter in Rückstand. In jeder Kultur kommt der Punkt, wo dieses Mißverhältnis zu arg wird. Von da an ist sie anfällig wie ein geschwächter Organismus, u es bedarf nur des Stoßes zum Zusammenbruch. Die wachsende Kompliziertheit der Verhältnisse u. Leidenschaften ist heute kaum noch zu halten –

Schm. schüttelte den Kopf. – Den Stoß werden wir geben, wenn der Zeitpunkt gekommen ist. –

– Gekommen ist! Er wird nie kommen! Die materialistische Geschichtsauffassung erzieht zur Passivität! Der Zeitpunkt ist vielleicht morgen da. Vielleicht ist er heute schon da?! Sie werden ihn nicht ausnutzen, denn mit der Demokratie richten Sie alles zugrunde! Die Demokratie erzieht weder Denker, noch Tatmenschen, sondern Schwätzer. Fragen Sie sich doch, was die kennzeichnenden Schöpfungen der Demokratie sind? Das Parlament u. die Zeitung! Welch ein Einfall – rief Ld. aus – aus der ganzen verachteten bürgerlichen Ideenwelt gerade die lächerlichste Idee, die der Demokratie zu übernehmen! –

W. war einen Augenblick unschlüssig gestanden u. hatte sich dann, da ihn Politik abstieß, zu Cl. u. U. gesellt. U. sagte: – So eine Theorie funktioniert nur dann, wenn sie falsch ist, aber dann ist sie eine ungeheure Glücksmaschine! Die zwei kommen mir vor wie ein Fahrkartenautomat, der mit einem Schokoladeautomaten streitet. – Aber er fand keinen Anklang.

Schm. hatte Ld. lächelnd standgehalten, ohne zu antworten. Er sagte sich, daß es ganz gleichgültig sei, was ein einzelner denke.

Ld. sagte: – Eine neue Ordnung, Gliederung, Kraftzusammenfassung tut not; das ist richtig. Der pseudoheroische Individualismus u Liberalismus hat abgewirtschaftet; das ist richtig. Die Masse kommt; das ist richtig. Aber: ihre Zusammenballung muß groß, hart u. zeugungskräftig sein! – Und als er das gesagt hatte, sah er Schm. prüfend an, drehte sich um, pflückte ein Büschel Gras u. ging schweigend davon.

U. fühlte sich überflüssig u. machte sich mit Schm. auf den Weg. Schm. sprach kein Wort. – Da tragen wir – dachte sich U – nebeneinander zwei Glasballons auf unseren Hälsen. Beide durchsichtig, andersfarben u. schön in sich geschlossen. Um Gotteswillen, nicht stolpern, damit sie nicht brechen! –

W. u Cl. blieben allein auf ihrer «Bühne» zurück.

II. Bd. III. Kapitelgruppe
(Von Ag's. Ankunft bis zur gemeinsamen Reise)

14. A-Ag.
Fünftes gemeinsames Kapitel.
Unmittelbar auf Besuch bei Mg. folgt:

> Traumerlebnis, Austritt der Seele.
> Liebende Angst.
> Zerstörung des Klaviers
> Ernstes Gespräch über aZ u Zynismus
> Entdeckung des Paradieses

Ist aber (nach Frage 4) zu teilen.

Den Traum ausgehoben für II III *22*.

$$\left(\frac{30-32}{IV}\right)$$

Es ist ein Zustand voll ungeheurer Macht des Inneren, die ganz mit der Macht der Welt in einem liegt. Aber Herr dieses Zustandes werden zu wollen, kam U. jetzt oft ganz lächerlich vor. – Ich bin ja seine Frau geworden – sagte er sich – Wir sind 3 Schwestern, Ag, ich u dieser Zustand.

Oder: Aber U. dachte manchmal auch ganz anderes.

Oder: Aber das war nur eine der unzähligen Seiten, von denen aus man einige Schritte weit eindringen konnte, u. nicht weiter.

Manchmal hatte U. auch ganz sonderbare Eingebungen.

Machen wir eine Annahme, – sagte er sich zb – um sie später wieder auszuschalten – u. setzen wir den Fall, Ag. würde vor der Männerliebe Abscheu empfinden. So müßte ich mich doch, wenn ich ihr als Mann gefallen wollte, wie eine Frau benehmen. Ich müßte zärtlich zu ihr sein, ohne sie zu begehren. Ich müßte ebenso gut zu allen Dingen sein, um ihre Liebe nicht zu erschrecken. Ich dürfte nicht einen Stuhl fühllos aufheben, um ihn an eine andere Stelle eines nervenlosen Wesens Raum zu bringen; denn ich darf ihn ja nicht aus einem gleichgültigen Einfall heraus berühren, sondern was ich tue, muß etwas sein u. an diesem geistigen Sein hat er teil, wie ein Darsteller, der einer Idee seinen Körper leiht. Das ist lächerlich? Nein, das ist nichts anderes als festlich. Denn das ist der Sinn hlger. Zeremonien wo jede Gebärde ihre Bedeutung hat. Das ist der Sinn aller Dinge, wenn sie am Morgen mit der Sonne zum erstenmal wieder vor unseren Augen heraufkommen. Nein, das Ding ist uns nicht Mittel. Es ist eine Einzelheit, der kleine Nagel, ein Lächeln, ein krauses Haar an unserer dritten Schwester. Ich u Du sind ja auch nur Dinge. Aber wir sind Dinge, die miteinander in Signalaustausch stehn, u. das gibt uns das Wunderbare; es fließt etwas zwischen uns hin u her, ich kann dein Auge nicht ansehn wie einen toten Gegenstand, wir brennen an zwei Enden. Aber wenn ich dir zuliebe handeln will, ist auch das Ding kein toter Gegenstand. Ich liebe es, das heißt, zwischen mir u ihm geht etwas vor, u. ich will nicht übertreiben, ich will keineswegs behaupten, daß das Ding lebt wie ich (u fühlt u. mit mir spricht), aber es lebt mit mir, wir stehen immer in Beziehung zueinander

Ich habe gesagt, wir sind Schwestern. Du hast nichts dagegen, daß ich die Welt liebe, aber ich muß sie lieben wie eine Schwester, nicht wie einen Mann, oder wie ein Mann eine Frau. Ein wenig empfindsam; du u sie u ich machen einander Geschenke. Ich nehme nichts fort von der Zärtlichkeit, die ich dir schenke, wenn ich auch der Welt schenke; im Gegenteil, jede Verschwendung vermehrt unseren Reichtum. Wir wissen, daß wir jeder unsere getrennten Beziehungen zueinander haben, die man nicht einmal ganz offenbaren könnte, wenn man wollte, aber diese Geheimnisse erregen keine Eifersucht. Eifersucht setzt voraus, daß man aus der Liebe einen Besitz machen will. Aber ich darf im Gras liegen, an den Schoß der Erde gepreßt, u. du wirst die Süße dieses Augenblicks mitempfinden. Nur wie ein Künstler darf ich die Erde nicht betrachten oder wie ein Forscher: da mache ich sie mir zu eigen, u. wir bilden ein Paar, das dich als dritten ausschließt.

Was unterscheidet denn eigentlich im gewöhnlichen Leben noch den primitivsten Liebesaffekt vom nur sexuellen Begehren? Dem Vergewaltigenwollen ist ein Scheuen, ist Zartheit beigemengt, fast möchte man sagen, dem Maskulinen etwas Feminines. Und so ist es mit allen Gefühlen; sie sind eigenartig entkernt u vergrößert.

Moral? Moral ist eine Beleidigung, in einem Zustand, wo jede Bewegung ihre Rechtfertigung darin findet, daß sie zu seiner Ehre beiträgt

Aber je lebhafter U. sich diese angenommenen Schwestergefühle vorstellte, desto . .

←——Vorseite: Die kardinale Sünde in diesem Paradies, man könnte sie verschieden nennen: haben, wollen, besitzen, wissen. Darum herum schließen sich die kleineren Sünden, neiden, gekränkt sein

Sie kommen alle davon, daß man sich u. das andere in eine ausschließliche Beziehung bringen will. Daß das Ich sich durchsetzen will, wie ein Kristall, der sich aus einer Flüssigkeit loslöst. Nun ist da ein Mittelpunkt, u. rings umher bilden sich auch lauter Mittelpunkte.

Sind wir aber Schwestern, so willst du nicht den Mann, kein Ding, keinen Gedanken als deinen. Du sagst nicht: Ich sage. Denn alles wird von allen gesagt. Du sagst nicht: Ich liebe. Denn unser aller Geliebte ist die Liebe, u. wenn sie dich umarmt lächelt sie mir zu. . . .

II. Bd. III. Kapitelgruppe

30–32

V   (—)

Als Ag. das nächstemal Prof. Mg.'s. Wohnung betrat, schien er diese kurz vorher fluchtartig verlassen zu haben. Die unverbrüchliche Ordnung in Zimmern u Vorzimmer war durcheinandergebracht wozu freilich nicht viel gehörte, denn schon etliche Gegenstände, die nicht auf ihrem Platz lagen, machten in diesen Räumen einen verstörten Eindruck. Kaum hatte sich Ag. niedergesetzt, um auf Mg. zu warten, kam P. durch das Zimmer gestürzt, der von ihrer Ankunft keine Kenntnis hatte. Er machte Miene, alles zu zertrümmern, was er auf seinem Wege finde, u. sein Gesicht war aufgeschwemmt, wie wenn rund herum unter der roten Haut Tränen steckten, die sich zu einem Ausbruch sammelten.

Peter? – fragte Ag bestürzt – Was haben Sie? –
Er wollte an ihr vorbei, blieb aber plötzlich stehen u. streckte ihr

mit einem so komischen Ausdruck des Ekels die Zunge entgegen, daß
sie lachen mußte.

Ag. hatte eine Schwäche für P. Sie verstand, daß es kein Vergnügen
für einen jungen Mann war, Prof. Mg. zum Vater zu haben, u. wenn
sie sich vorstellte, daß P. sie vielleicht als die zukünftige Frau seines
Vaters beargwöhne, so hatte seine feindliche Haltung gegen sie einen
geheimen Beifall in ihr. Irgendwie empfand sie ihn als einen feindlichen Verbündeten. Vielleicht nur, weil er sie an ihre eigene Jugend
als frommes Institutsmädel erinnerte. Er wurzelte noch nirgends;
suchte sich, suchte groß zu werden; wuchs innerlich mit den gleichen
Schmerzen u. Unregelmäßigkeiten wie äußerlich. Sie verstand es so
gut. Was waren Weisheit, Glaube, Wunder u Grundsätze für einen
jungen Menschen, der noch ganz verschlossen u. nicht vom Leben
aufgebrochen worden ist, um so etwas aufzunehmen! Sie hatte
eine sonderbare Sympathie für ihn; für das Ungeleitete u. Wider-
spenstige, für das Junge u. wahrscheinlich einfach auch für das Böse
seiner Sinnesart. Sie wäre gern seine Gespielin gewesen, wenigstens
hier, in dieser Umgebung hatte sie diesen kindischen Gedanken u.
bemerkte traurig, daß er sie gewöhnlich als ein altes Frauenzimmer
behandelte.

– Peter! Peter! Was haben Sie ??! – äffte er sie nach – Er wird es Ihnen
ohnehin erzählen. Sie Seelenschwester von ihm! –

Ag. lachte noch mehr u. fing ihn bei der Hand.

– Das gefällt Ihnen wohl? – fuhr P. unverschämt auf sie los – Daß
ich heule?! Wie alt sind Sie eigentlich? Gar nicht so viel älter als ich,
sollte ich meinen: aber mit Ihnen geht er um wie mit dem erhabenen
Platon! – Er hatte sich losgemacht und musterte sie nutzsüchtig.

– Was hat er Ihnen denn eigentlich getan? – fragte Ag.

– Was? Bestraft hat er mich! Ich schäme mich gar nicht vor Ihnen,
wie Sie sehen. Demnächst wird er mir die Hosen hinunterziehn u.
Sie werden mich halten dürfen! –

– Peter! Pfui! – mahnte Ag. arglos. – Hat er Sie wirklich geschlagen? –

– Hat er? Peter? Würde Ihnen das vielleicht gefallen? –

– Schämen Sie sich doch, Peter! –

– Gar nicht! Warum sagen Sie nicht Herr Peter zu mir? Überhaupt,
was meinen Sie: da! – er streckte das gespannte Bein aus u. umfaßte
seinen vom Fußballspiel gekräftigten Oberschenkel. – Überzeugen Sie
sich doch lieber; ich könnte ihn ja mit einer Hand erschlagen, er hat in
beiden Beinen nicht einmal so viel Kraft wie ich in einem Arm. Nicht
ich, Sie sollten sich schämen, statt mit ihm Weisheit zu schnattern!
Wollen Sie nun wissen, was er mir getan hat? –

– Nein, Peter, so dürfen Sie nicht mit mir sprechen. –

– Warum denn nicht? –

– Weil Ihr Vater es gut mit Ihnen meint. Und weil – Aber da kam Ag. nun nicht recht weiter; das Predigen gelang ihr nicht, obgleich der Junge ja Unrecht hatte, u. sie mußte plötzlich wieder lachen. – Was hat er Ihnen also getan? –

– Das Taschengeld hat er mir entzogen! –

– Warte! – bat Ag. Ohne Überlegen suchte sie eine Banknote hervor u reichte sie P. Sie wußte selbst nicht, warum sie es tat; vielleicht meinte sie, man müsse zuerst P's. Zorn beseitigen, ehe man auf ihn einwirken könne, vielleicht bereitete es ihr bloß Vergnügen, Mg's. Pädagogik zu durchkreuzen. Und mit der gleichen Plötzlichkeit hatte sie zu P. Du gesagt. P. sah sie erstaunt an. Im Hintergrund seiner verschlagen schönen Augen erwachte etwas gänzlich Neues. – Das Zweite, was er mir auferlegt hat, – fuhr er zynisch grinsend fort, ohne sich zu bedanken – ist auch schon gebrochen: Die Schule der Schweigsamkeit! Kennen Sie die? Durch Schweigen lernt der Mensch, seine Rede allen inneren u. äußeren Reizungen zu entziehn u. zur Dienerin seiner innersten Selbstbesinnung zu machen! –

– Sie haben sicher unpassende Reden geführt. –

– So ist es! ›Die erste Erwiderung des Menschen auf alle Eingriffe u. Angriffe von außen geschieht mittels der Stimmwerkzeuge‹ zitierte er seinen Vater. – Darum hat er mir heute u morgen den schulfreien Tag durch Zimmerarrest verdorben, hält strenges Schweigen gegen mich ein u. hat mir verboten, mit irgendeinem im Haus ein Wort zu sprechen. Das Dritte – spottete er – ist die Beherrschung des Nahrungstriebs – –

– Aber Peter, nun müssen Sie mir endlich auch sagen – unterbrach ihn Ag. belustigt – was Sie eigentlich angestellt haben? –

Der Junge war durch das Gespräch, worin er vor der zukünftigen Mutter seinen Vater verhöhnte, in beste Laune gekommen. – Das ist nicht so einfach, Agathe – erwiderte er unverschämt – Es gibt nämlich etwas, müssen Sie wissen, das der Alte so fürchtet wie der Teufel das Weihwasser: das sind Witze. Die Kitzel des Witzes u. Humors, sagt er, kommen aus der müssigen Phantasie u. der Bosheit. Ich muß sie immer hinunterschlucken. Das ist segensreich für den Charakter. Weil, wenn wir den Witz näher betrachten, – –

– Also Schluß! – gebot Ag – Worüber haben Sie Ihren verbotenen Witz gemacht? –

– Über Sie! – sagte Peter u. bohrte seine Augen herausfordernd in ihre. In diesem Augenblick zuckte er aber zusammen, denn es klingelte, u. beide erkannten an der Art des Zeichens Prof. Mg. Ehe Ag. Vorwürfe machen konnte, preßte P. seine Fingernägel schmerzhaft heftig in ihre Hand u. drückte sich aus dem Zimmer.

Ev Schuß als Heilmittel gegen
Selbstmordideen *[?]*

Verknüpfung mit Vorkapiteln s. $\frac{30-32}{\text{I-VI}}$ Blge 1, S 2, Rand; [. . .]

Grundlage: Alt Konv. II III 14, A-Ag III 2b Fr. 7, S 2.

Es kamen auch gewaltige Auflehnungen.

Ag. besaß ein Klavier. Sie saß in der Dämmerung daran u spielte. Die Ungewißheit ihres Zustands spielte mit den Tönen. U. trat ein. Seine Stimme klang kalt u stumm, während er Ag. begrüßte. Sie unterbrach das Spiel. Als die Worte verklungen waren, gingen ihre Finger ein paar Schritte weiter durch das grenzenlose Land der Musik. – Bleib sitzen! – befahl U., der zurückgetreten war, u zog eine Pistole aus der Tasche.– Es geschieht dir nichts. – Ganz verändert sprach er, ein fremder Mensch. Nun schlug er auf das Klavier an u schoß in die Mitte der langen schwarzen Flanke. Die Kugel durchschnitt das trockene, zarte Holz u. heulte über die Saiten. Eine zweite wühlte springende Töne auf. Die Tasten begannen zu hüpfen, wie Schuß auf Schuß folgte. Der jubelnd scharfe Knall der Pistole fuhr immer rasender in einen splitternden, kreischenden, reißenden, dröhnenden u. singenden Aufruhr. Als das Magazin ausgeschossen war, ließ U. es auf den Teppich fallen u. bemerkte das erst, als er noch zweimal vergeblich abzog. Er machte den Eindruck eines Verrückten, bleich, das Haar hing ihm in die Stirn, ein Einfall hatte ihn gepackt u. weit von sich fortgerissen. Im Haus schlugen Türen, man horchte; langsam ergriff mit solchen Eindrücken die Vernunft wieder von ihm Besitz.

Ag. hatte weder die Hand gehoben, noch den leisesten Laut ausgestoßen, um die Zerstörung des kostbaren Flügels zu hindern oder aus der Gefahr zu fliehn. Sie empfand keine Furcht, und obgleich ihr das Beginnen ihres Bruders wahnsinnig vorkommen konnte, erschreckte sie dieser Gedanke nicht. Sie nahm es hin wie ein angenehmes Ende. Die sonderbaren Wundschreie des getroffenen Instruments erregten in ihr die Vorstellung, daß sie in einem Schwarm phantastisch flatternder Vögel die Erde verlassen müsse.

U. nahm sich zusammen u. fragte sie, ob sie ihm böse sei; Ag. verneinte es mit strahlenden Augen. Sein Gesicht nahm den gewöhnlichen Ausdruck wieder an. – Ich weiß nicht – sagte er – warum ich es getan habe. Ich habe dem Einfall nicht widerstehen können. –

Ag. probte nachdenklich ein paar einsame Saiten aus, die übrig geblieben waren.

– Ich komme mir wie ein Narr vor… – bat U. – u. schob seine Hand vorsichtig in das Haar seiner Schwester, als ob die Finger dort Schutz vor sich selbst finden könnten. Ag. zog sie am Handgelenk wieder hervor u. entfernte sie von sich. – Was ist dir eingefallen? – fragte sie.

– Ich weiß es nicht – sagte U. u machte eine unbewußte Bewegung mit den Armen, als ob er die Umklammerung von etwas Zähem von sich abstreifen u. fortstoßen wollte.

Ag. sagte: Wenn du das noch einmal wiederholen wolltest, würde eine ganz gewöhnliche Schießübung daraus werden. Plötzlich stand sie auf u. lachte. – Jetzt wirst du das Klavier ganz neu herrichten lassen müssen. Was wird jetzt nicht alles daraus; Bestellungen, Erklärungen, Rechnungen…! Schon deshalb kann man so etwas nicht wiederholen. –

– Ich habe es tun müssen – erklärte U. schüchtern – Ich hätte ebensogerne in einen Spiegel geschossen, wenn du dich gerade darin angesehen hättest –

– Und nun bestürzt es dich, daß man so etwas nicht zweimal tun kann. Aber gerade das war doch schön. – Sie schob ihren Arm in seinen u. näherte sich ihm. – Du willst doch sonst nie etwas tun, von dem du nicht weißt, was daraus wird! –

II. Bd. III. Kapitelgruppe

36/I.   – *Aber wahrscheinlich I u II in eins ziehn!*
                 Überlegung:
Material L 52 → Br 101, 102; 104, 105 ⎫ Exzerptiert Fr. 11.
          Zu L 52, 2 S 2, 3 → Br 39 ⎭
Inhaltlich ist Br. schon sehr *überholt* (Symbole, Nation udgl)
Stark ist nur: Selbstmord – Irrsinn – oder Symbol! (B 105) ⎫
Das jugendlich Ineinandergewühlte korrespondiert mit ⎪
R/S.   ⎬ 36/II.
Irrsinn mit II IV ff.   ⎪
Man könnte hieher nehmen: Ah. der Große (contra U): ⎪
obgleich er Jude ist, eben das Erschütternde!   ⎭
Und noch Zu L 52, 1, r: Mystik in ihrem Gegensatz zur Vernunft. Gesamtmystik des Abschnitts von der Gegenseite beleuchtet ———→ Ergänzung zur Ablehnung durch Mg. u. zu D/Ah. Dazu auch Karrikatur auf schöpferisch, Jugendliche Geister, neue Ideen, Begeisterung für Ah.

F 11 → Zu L 52, 2 S 2:

Fm. hat auf Ge. gewirkt. Unklar bezieht sie es auf national. ⎤
Im Grunde ist es etwas Positives, das multipolare, das neue ⎥
Gefühl. (vgl. «Person» in Musikszene) (Später U-Ag-Un- ⎥
treue) Etwas nicht Fertiges. Ge. in diesem Augenblick ganz ⎬ 36/I
Liebe. HS dagegen: kein Arier, Schwätzer: So stehen Liebe ⎥
u Haß neben einander. (Abendliche oder nächtliche ⎥
Straßenszene) (Vgl. den Fehlschlag U/Ag) ⎦
  U: Die Liebe der Geistigen: Br 39.

Zweite Szene: HS beschwört Ge, sie solle sich U. entziehn; weil er
ein Rationalist ist u. weil er mit Eltern gemeinsam spielt.

Zu Symbole: Diese unklare, die Welt der Unbedingtheit ⎤
konstituierende Welt der Symbole ist eigentlich ein Deck- ⎥
name für nicht genügenden Realitätswillen, nicht genü- ⎥ Gehört
gende Qualitätsbindung, prämature Unsicherheit u. im ⎥ eigent-
Grunde Unsicherheit überhaupt des auf mystischem Wege ⎬ lich
befindlichen HS. HS. ist eigentlich gegen alle Angriffe ⎥ 23.
recht passiv. U.a. weil Bruderschaft im Geiste polit. wirt- ⎥
schaftl. Tätigkeit ausschließt. Nur Kunst ist von Wert. ⎥
Sich fröhlich erniedrigen. [...] ⎦

Dazu S 3: Wirklich ein Visionär, der aber in dieser verworrenen
Zeit nicht den geistigen Rückhalt findet.   → Später.

National = tapfer, hart, genügsam ⎤
Geg. international-pazifistisch-liberal ⎥ Bd I.
Vermeintlich für Gedankenstrenge ⎬
Kunstunverständig, aber immer von der deutschen Kunst ⎥
redend. ⎦

Versuch Text:
Aufregung auch in der Luft, als die Gäste D's. Haus verließen! Windstöße liefen hinter Wellen von Dunkelheit her; die Straßenlampen
zogen da ihr Licht ein u. ließen es dort breit ausfließen; in den Baum-
kronen zerrten u. webten die Blätter auf ihren dünnen Stielen oder
hielten wie auf Kommando ganz still an sich; die Wolken spielten
hoch über den Dächern mit dem blassen Feuer des Monds wie Hunde
mit einer braunen Katze; stießen ihn, sprangen über ihn hin u. wenn
sie zurückwichen, kauerte er mit einem runden Rücken unbewegt in
ihrer Mitte. U. hatte sich Ge u. HS. angeschlossen; alle drei fühlten
sich davon überrascht, daß es schon Abend geworden war.

Fm. hatte auf Ge. gewirkt. Es erschien ihr grauenvoll rücksichtslos,
daß man ein Ich ist u. sich ruhigen Sinns in den Augen eines Du spiegelt.
Sie wandte es auf die ganze Nation an. Auf die Liebe zu allen. Das war
ein neues Gefühl; wie sollte man es begreifen? Man ist nicht mehr nur

mit einem Menschen verbunden. Das ist ja im Grunde immer entsetzlich, einer kann sich wegen des anderen nicht rühren, man muß dabei trotz der Liebe schwere Abneigung empfinden. Es ist auch etwas ganz Unnatürliches; natürlich ist nur, sich wegen der Aufzucht der Brut zusammen zu tun, aber nicht lebenslänglich u. nicht wegen sich selbst u. der Liebe. Die persönliche Liebe kam ihr wie ein Schneemann vor, hart, kalt; dagegen wenn das gleiche als Decke weithin gespannt ist über das ganze Feld – sie dachte sich das Leben unter der reinen weichen Schneedecke, die ihr vorschwebte, warm u. alle Keime beschützend. – Sonderbar, – dachte Ge – daß mir ein Schneemann eingefallen ist! – Aber dann fühlte sie nur noch das andere, weit, weich, schmelzend – wenn das auch nicht ganz stimmte! – Viele, viele Menschen lieben! – sagte sie sich leise vor. – Und das war so: Mit allen schlafen; aber mit keinem so brutal bis ans letzte, sondern nur wie in einem Traum, der nicht ganz deutlich wird. Alle küssen; aber so wie ein Kind sich streicheln läßt. Jedem etwas Liebes sagen; aber keinem das Recht geben, ihr zu verbieten, daß sie es auch seinem Feind sagen durfte... Sie fühlte sich glücklich u beängstigt, während sie sich das ausmalte, wie ein zartes Wesen, das zwischen groben Händen durchschlüpfen muß, bis die daneben Tappenden es auch lernen, zart zu werden.

›Eine glücklich-beängstigte Seele‹, das war in einem der Gedichte Fm's. vorgekommen u. Ge war zumute, als hätte der Dichter dieses Wort für niemand anderen als sie, die Unbekannte gesagt. Aus der Ferne wurde ihr ein Wort geschickt, ein Mann, der nichts von ihr wußte, hatte dieses Wort ausgesandt, u. wußte noch nichts davon, daß das Wort sie schon gefunden hatte; aber sie wußte es, denn sie trug sein Wort in ihrer Brust, die er nie sehen würde: Das kam ihr wie eine Vermählung durch einen Zauber vor? Ge. sann darüber nach, ob sie wirklich eine glücklich beängstigte Seele habe? Sie hatte eine, die beständig zwischen Glück u Angst schwebte, ohne eines von beiden ganz zu berühren. War das das gleiche? Sie wußte es nicht sicher, aber sie fühlte sich wirklich wie einen Mondstrahl in der sausenden Nacht schweben, liebevoll u. von allem Unglück frei, was bei ihr selten vorkam. Sie schielte zu U. hinüber, der stumm neben ihr ging; er machte ihr Angst u. nur manchmal ein wenig Glück. U. merkte es, daß sie ihn ansah; er war böse auf sie. – Bei der ersten Gelegenheit, wo Ihnen ein Schwachkopf etwas in Versen vorschwätzt, laufen Sie über! – sagte er lächelnd; aber es war wirklich etwas Schmerz in diesem Lächeln. – Haben Sie nicht bemerkt, daß dieser Mensch das eitelste u. ichsüchtigste Geschöpf der Welt ist? –

Ge. antwortete ganz ernst. – Sie haben recht, er ist weichlich; George ist größer. Sie nannte ihren Lieblingsdichter – Sie wußte, daß

U. auch gegen ihn Abneigung hatte. Sie hatte vor Glück einen kleinen Schwips u. fühlte: – Ich darf zwei lieben, die einander hassen.. Sie war in diesem Augenblick ganz Liebe.

In diesem Augenblick schob sich aber HS. auf der anderen Seite vor; eifersüchtige Unruhe trieb ihn dazu, denn Ge. u U. hatten leise gesprochen u. er verstand nur halb; er wollte sich nicht ausschließen lassen.

– Fm. ist ein Schwätzer! – rief er ärgerlich aus.

– Ach, warum! – sagte U.

– Weil – ! –

Sie gingen gerade unter einer Laterne vorbei, H. wollte stehen bleiben, weil er den Mund voll Worten hatte, U. hielt aber nicht an. Wie ein schreiendes Kind wurde H. weitergezerrt u. entleerte seine Worte ins Dunkle. Ge. kannte sie alle. Das Jenseitige, Schauung, Christus, Eddha, Gothamo Buddha .. und dann die Strafe für sie: Fm., als Jude habe sich das nur durch Intelligenz angeeignet, u. wüßte innerlich nicht das Geringste davon. Sie blickte vor sich u. sah auch bei der nächsten Laterne H. nicht an. Sie fühlte im Dunkel seinen dunklen Mund aufgerissen an ihrer Seite. Es schauderte sie. Sie verstand nicht, daß H. nicht mehr wußte, was er sagte. Das Dunkel war ihm furchtbar. Er bildete sich ein, daß ihn die beiden auslachten. Er hatte kein Maß, u. seine Worte überstiegen sich, als wollte eines das andere niedertreten, wie es Menschen in einer Panik tun.

Dazwischen hörte Ge. ruhig u sachlich U. sprechen, der diesen Sturm abzulenken suchte. – Der Gefühlsliterat – sagte er – ist ja an sich das eitelste u ichsüchtigste Geschöpf der Welt; ungefähr so wie Frauen, die keinen Verstand u. nur ihre Liebe haben. Was geschieht nun, wenn dieser Mensch Du-süchtig wird? –

– Ich habe – sagte U. – einmal ganz gut das Gefühl gekannt, daß ich eine Magd sein möchte. ›Ich brauche nicht glücklich zu sein, seid nur ihr es; aber seid gut in eurem Glück: dann habe auch ich daran teil‹ spricht die himmlische Magd. Nun, heutzutage kann man das kaum aussprechen, ohne sich lächerlich zu machen. Aber die jungen Leute machen ein Gedicht daraus. Damit machen sie sich nicht lächerlich. Ich will Eure Magd sein! – rufen sie den Bourgeois unter die Nase; aber vorsichtig in Gedichtform. Es steckt schon ziemlich viel Lüge darin! – Bei sich dachte U. aber gleichzeitig: Was mag Cl. machen? Die wäre imstande, aus so etwas Ernst zu machen! (Eigentlich: bei ihr hätte diese Verbiageration oder Deklamation fast einen blutigen Ernst.)

Ge gefielen die Worte U's. wohl besser als die H's, aber auch sie machten sie kalt. Sie ließ die beiden mit flüchtigem Abschied stehn u. lief die Treppe hinauf. H. schnappte nach Luft, berührte kaum seinen Hut u. ging von U. fort.

An der nächsten Ecke blieb er aber stehn u. beobachtete im Schutz des Dunkels, was U. tun werde. U. ging nachhause, u. H. begann zu bereuen. Er wußte, daß Ge.'s. Eltern an diesem Tag erst spät nachhause kamen, Ge war allein, u. er stellte sich vor, wie sehr seine Flegeleien sie wurmen mußten. Er sah Licht in einem Fenster u lief davon, um nicht schwach zu werden. Er lief aber nur um den nächsten Häuserblock, dann ging er ohne Aufenthalt durch das Tor die Treppe hinan. Er war noch immer aufgeregt; die Kleider saßen zornig an ihm, das dunkelblonde Haar über der Stirn stand schräg in die Luft, u. die Wangen waren unter den Backenknochen verschwunden.

– Verzeih mir! – bat er – Ich habe mich schlecht benommen –

Ge. sah ihn ohne Verständnis für seine Erscheinung an; ihr Gefühl war taub geworden.

– Ich weiß nicht, was ich gesagt habe – fuhr H. fort – es war wohl häßlich? Aber mit dir ist es so weit gekommen, daß du nicht einmal jüdische Unechtheit von deinen Idealen unterscheiden kannst! –

– U. ist kein Jude! – sagte Ge. unwillkürlich. – Und ich verbiete dir, – fügte sie hinzu – daß du so von Juden sprichst! – Zum erstenmal wagte sie, etwas derartiges zu sagen.

– Ich habe von Fm. gesprochen! – verbesserte sie H. Aber dieser jüdische Lyriker, den wir heute gehört haben, möchte wenigstens große, aufrichtige Gefühle haben, wenn seine Rasse es zuließe, u. U., der Freund deines Vaters, ist zehnmal schlimmer! – Ge saß in einem Lehnstuhl u. sah H. zweifelnd an. H. stand vor ihr; ihr Verhalten erschütterte ihn. – Wenn einer so tut – sagte er – wie Fm., als ob er das wahre Leben gepachtet hätte, so ist er ein Schwindler. Das Jenseitige hält mit sich zurück; die überkörperliche Schauung offenbart sich nur selten u. sprungweise. Es gibt ganze Jahrhunderte, die nichts davon wissen. Aber es ist germanisch, trotzdem nie im Diesseits ein Gefühl des durchschimmernden Jenseits zu verlieren. –

– Du hast, seit ich dich kenne, bei jeder zweiten Gelegenheit von der überkörperlichen Schauung gesprochen – entgegnete Ge. angriffslustig – aber du hast kein einzigesmal wirklich etwas gesehn! Was hast du denn gesehen?! Worte!

H. beschwor Ge., doch nicht die Kraft zu verlieren! Sie solle doch nicht so besonnen sein, so klug sein wollen! Sie solle sich diesem U. entziehen! – Woher kommt Be-Sinnung?! – rief er aus – Von den Sinnen! Es ist sensualistisch u. nieder! –

Du mein Gott, das kannte Ge. ja; aber so leierkastenhaft war es ihr noch nie vorgekommen. – Wenn ich will, werde ich auch einen Juden lieben – dachte sie, u. dachte an Fm. Ein ganz sanftes Lächeln bekämpfte den Ärger in ihrem Gesicht. H. mißverstand es, er glaubte, die Zärtlichkeit im Widerstand gelte ihm. Er war so aufgeregt von allem, was vorangegangen war, daß er meinte, im nächsten Augenblick in Stücke zu zerfallen. Über Ge's. Gesicht liege ein Hauch des Orients, kam ihm in diesem Augenblick vor u. im gleichen Augenblick glaubte er zu begreifen, daß er nichts so sehr heimlich an ihr liebe, wie das Andersrassige, das Jüdische; er, mit seiner Melancholie, der sich niemals sicher fühlte! H. brach in diesem Augenblick nieder; er wußte kaum, was ihm widerfuhr; er verbarg sein Gesicht an Ge's. Beinen, u. sie fühlte, daß er verzweifelt weinte. Das zerrte wie die wilden habsüchtigen Finger eines kleinen Kinds an ihrer Brust, u. auch sie war plötzlich aufgeregt u. die Tränen rannen ihr über die Wangen, ohne daß sie wußte, ob sie über H, über Fm., über sich oder über U. weine. So sahen sie einander mit zerfurchten Gesichtern in die Augen, als H. das seine aus ihrem Schoß hob. Er richtete sich halb auf u. griff nach ihrem Gesicht. Das ekstatische Verlangen der Jugend nach Worten kam aus seinem Mund. – Es gibt nur drei Rückwege zur großen Wahrheit – rief er aus – Den Selbstmord, den Irrsinn oder uns zu einem Symbol prägen! – Sie begriff das nicht. Warum Selbstmord oder Irrsinn? Sie verband überhaupt keine ausgefüllten Vorstellungen mit diesen Worten. – Vielleicht weiß auch H. nie genau, was er meint? – fuhr ihr durch den Kopf. Aber irgendwie, wenn man sich durch Selbstmord oder Irrsinn von sich befreite, schien es fast etwas ebenso Hohes zu sein wie das Emporgehobenwerden von einer mystischen Vereinigung. Überhaupt waren Wahnsinn, Tod u. Liebe im Bewußtsein der Menschheit immer nahe beisammen. Sie wußte nicht, weshalb; sie kam nicht einmal dazu, eine solche Frage zu stellen. Aber die drei Worte, die als Gedanken keinen Sinn besaßen, hatten sich in diesem Augenblick in einem zitternden jungen Menschen zusammengefunden, der Ge's. Gesicht in seinen Händen hielt, als würde er den tiefsten Sinn seines Lebens darin halten. Es hatte gar nichts zu bedeuten, was sie sich ferner sagten; das große Erlebnis war, daß sie sich das sagten, was sie erschütterte. Wer sie gehört hätte, würde sie nicht verstanden haben; sie drängten sich umschlungen an das Knie Gottes u. glaubten seinen Finger zu sehen. Möglicherweise, da dieser Vorgang sich im F'schen Speisezimmer abspielte, bestand dieser Finger, der sie aus der Welt hinaus in ihre eigene Welt verwies, zum Teil aus den geschmacklos selbstbewußten Bildern u Einrichtungsgegenständen, die ihnen das Gefühl gaben, mit der bürgerlichen Welt nichts zu tun zu haben.

.. *A-Ag.*

Sechstes gemeinsames Kapitel.

Haarnadel gefunden nach Bo.

Ort: Zwischen Ag-Mg VI u VII. D. h. ihr sonderbares Benehmen zu P. erklärt sich daraus → Ist wohl die richtigere Reaktion. Denn sie hat sich ja danach mit A. ausgesöhnt, ihn sogar, was eine Steigerung bedeutet, geküßt. Die etwas ekligen Empfindungen in Ag-Mg VI – (2) könnten also gar nicht die Reaktion sein; während die leichte, frivole planlose Handlungsweise geg P. sich gut diesem Kapitel hier anschließt.

Oder zwischen id. VI-1 u VI-2 s. dazu Ag-Mg VI S 2

Also zw. Ag-Mg VI u VII

Inhalt:

Haarnadel gefunden, A gesteht, sogar etwas freiwillig.

Ag. bestürzt. – Ich habe natürlich kein Recht – Aber – – nun findet sie das Aber nicht – Die Unbeherrschbarkeit des Mannes als Vorstellung der Frau; im Fall Ag: das Mann-Kind, das sie in die Arme schließen möchte – sie sagt schließlich: Aber du hast mir weh getan.

Sie sucht sich zu entschuldigen: Gedicht u Zeitung wäre das gleiche. – A. schweigt – Ag: Natürlich, was gebe ich dir denn! – Dann: Vielleicht mit einer Frau, die ich auch liebe. S. dazu Anfangsnotiz der Einlage. (Fühlt: So müßte es sein, wenn ich diesen Traum verließe u. wieder einen Mann hätte) – Sie geht weiter: Innen können sich mehr als 2 Menschen umarmen – – A. geht auf den Gedanken ein. Hält ihre Hand. Etwa: Diese zwei Hände wie ein Band, an dem sie fliegen. – Plötzlich küßt ihn Ag., u. der Kuß wird sinnlich.

II. Bd. III. Kapitelgruppe
(Von Ag's. Ankunft bis zur gemeinsamen Reise.)

... *A – Ag.* (letztes Kapitel)

Material: Zunächst nur A-Ag V u VI für dieses u das Vorkapitel. Inliegend.

Hauptpunkte daraus:

Ag. Selbstmordversuch. – Beschreibung einer tiefen Depression u. des Glücks eines solchen Entschlusses.

Resumee, durch Mg ausgelöst: Immer alles schlecht gemacht, Vater usw. Man kann sich nicht wehren, weil das Wehren noch schlechter ist.

A. kommt zurecht. – Faßt ihr Schicksal zusammen als: wir lieben, was verboten ist. Wir werden uns aber nicht töten, ehe wir nicht das Äußerste versucht haben. Die Welt ist flüchtig u flüssig. Tu, was du willst!

Darüber ist ein Hauch von Stellamoral! (wörtlich hätte er sonst das gleiche schon zu Ge, in I, gesagt) – Diese Stimmung, Zustand od ä. ist sehr zu beschreiben; mehr das als Gedanken!

Vorher A's Stimmung gekennzeichnet als:

Reaktion auf Mg.

„ „ Test.

„ „ in der // alle für Ah

„ „ Cl für Ld.

Ohnmacht gegenüber einer vollendet unvollendeten Welt Die andren haben auch alles, nur unmerklich verschoben

Keine Notwendigkeit dahinter – lernt Gott kennen – wieder Partiallösungen.

II. Bd. IV. Kapitelgruppe
(Die Reise ins Paradies)

Inliegend 1–16 (s_4 + 1. – 16)

Dazwischen zu intrapolieren vielleicht D/Ah u.a.

Nachtrag: II_{116} bringt U. das Beispiel vom Felserklettern u Schwimmen, das den Wichtigkeiten ein verändertes Aussehen gibt. Ende II_{IV} nun, wo er aus dem aZ heraus will, eine gefährliche Schwimmtour bei Bora schildern u. ihr Glück.

Ergänzend dazu: Künstler i Beruf Dr F. in Anfang II_V.

Spielt auf Inseln oder Küste u. ist dem Sinn nach eine Wiederholung der Reise *R 33*

Sie fuhren: quer durch die Halbinsel. Überfahrt. Quer durch eine Insel bis zu deren Westküste.

Suag 2, S 1–3

Cl. I. zw. II III u IV.

Nachtrag: Cl. bemerkt überall Verbrecherinstinkte (die
später zu Krieg führen) Cl.
Index → G 21 – hat
eigentlich hier seinen
Platz oder vielleicht Insel.
Ev. Sie will M. in den Männerbund aufnehmen.

1.

Der blaue Schirm des Himmels spannte sich über den grünen Schirm
der Kiefern; der grüne Schirm der Kiefern spannte sich über die roten
Korallenstämme; am Fuß eines Korallenstamms saß Cl. u. spürte an
ihrem Rücken die großen, gürteltierartigen Schuppen der Rinde. Ld.
stand seitlich von ihr in der Wiese. Der Wind spielte um seine Magerkeit wie um die Gitter eines stählernen Turms; Cl. dachte: wenn man
das Ohr hinhalten dürfte, müßte man seine Gelenke singen hören. Ihr
Herz fühlte: – *Ich bin sein jüngerer Bruder.*

Die Kämpfe mit W., diese versuchten Umarmungen, aus denen sie
sich fortstemmen mußte, – herausmeißeln, nannte sie es – obgleich
sie selbst nicht aus Stein bestand, hatten eine Erregung in ihr hinterlassen, die zuweilen wie ein Rudel Wölfe über ihre Haut jagte, im Nu,
sie wußte nicht, wo es ausgebrochen war u. wohin es verschwand.
Wie sie aber da saß, die Knie hochgezogen, Ld. zuhörte, der von den
Männerbünden sprach, und die Höschen unter dem dünnen Kleid
straff wie Knabenhosen an ihren Schenkeln lagen, fühlte sie sich beruhigt.

– Ein Männerbund – sagte Ld. – ist die *Liebe in Waffen*, die man heute
nirgends mehr findet. Man kennt heute nur die Weiberliebe – Ein
Männerbund fordert: Treue, Gehorsam, Einstehn eines für alle u aller
für einen: Man hat heute aus den Männertugenden das Zerrbild
einer allgemeinen Wehrpflicht gemacht, aber bei den Griechen waren
sie noch lebendiger Eros. Die männliche Erotik ist nicht auf das Geschlecht beschränkt; ihre ursprüngliche Form ist Krieg, Bund, vereinte Kraft. Überwindung des Todesschrecks..! Er stand u sprach in
die Luft.

– Wenn ein Mann eine Frau liebt, ist es immer schon der Beginn
seiner Verbürgerlichung – ergänzte es Cl. überzeugt. – Sag, darf man
überhaupt in einer Zeit wie heute ein Kind wünschen?! –

– Ach was, Kind! – wehrte Ld. ab – Übrigens ja; nur Kinder! Du sollst dir ein Kind wünschen. Dieser Bourgeoisie-Eros, den man heute einzig u allein kennt, hat mit einem Kind die einzige Möglichkeit, zu Leiden u Opfern zu führen. Überhaupt ist Gebären noch eine der wenigen großen Angelegenheiten. Eine gewisse Rehabilitation. –

Cl. schüttelte langsam den Kopf. Sie sagten sich in der letzten Zeit wieder Du u. hatten die alte Freundschaft erinnert, aber nicht in der sinnlichen Form von damals. – Wenn es noch ein Kind von dir wäre! – sagte Cl. lächelnd – Aber W. taugt nicht dazu. –

– Ich?! Das ist mir ja ganz neu. Ich reise übrigens in wenigen Tagen in die Schweiz zurück. Ich bin mit meinem Buch fertig. –

– Ich komme mit dir – sagte Cl.

– D. i. ausgeschlossen! Meine Freunde erwarten mich. Es gibt Schwieriges zu tun. Wir laufen sogar mancherlei Gefahren u. müssen zusammenhalten wie ein Phalanx. Mg. sagte es mit einem stillen nach innen gerichteten Lächeln – Das ist keine Sache für Frauen! –

– Ich bin keine Frau! – rief Cl. aus u. sprang auf. (– Hast du nicht, wie ich 15 Jahre alt war, kleiner Bub zu mir gesagt?! –)

Der Philosoph lächelte. Cl. sprang auf u. trat zu ihm hin. – Ich will mit dir hinaus! – sagte sie.

– Die Liebe kann in jeder der folgenden Beziehungen offenbar werden – antwortete der Philosoph –: Diener zu Herr, Freund zu Freund, Kind zu Eltern, Weib zu Gatte, Seele zu Gott. –

Cl. legte ihm die Hand auf den Arm; mit einer wortlosen Bitte u. ungeschickt, aber stark rührend wie Hundetreue.

Ld. beugte sich herab u. flüsterte ihr etwas ins Ohr.

Heiser flüsterte Cl. zurück: – Ich bin kein Weib Ld!, *ich bin der Hermaphrodit!* –

– Du?! – Ld. gab sich keine Mühe, ein wenig Geringschätzung zu verbergen.

– Ich reise mit dir. Du wirst es sehen. Ich werde es dir in der ersten Nacht zeigen. Wir werden nicht eins sein, sondern du wirst zwei sein. Ich kann aus mir herausfahren. Du wirst zwei Körper haben. –

Ld. schüttelte den Kopf. – Eine gewisse Durchstreichung der Ich-betonung bei Dualität der Leiber: das kann eine Frau leisten. Aber niemals löst sie sich in eine höhere Gemeinschaft auf –

– Du verstehst mich nicht! – sagte Cl. Ich habe die Kraft, mich in einen Hermaphroditen zu verwandeln. Ich werde euch im Männerbund sehr nützen. Du hörst, daß ich sehr ruhig spreche, aber gib auch acht, was ich sage: Sieh, diese Bäume an u. diesen runden Himmel darüber. Dein Atem geht weiter, dein Herz geht weiter, in deinen Eingeweiden arbeitet die Gesundheit. Aber je länger du hinsiehst, desto mehr saugt dich das Bild aus dir heraus. Dein Körper bleibt allein auf seinem Platz stehn. Die Welt saugt dich auf, sage ich. *Deine Augen machen dich zum Weib.* Und wenn all dein Gefühl oben anlangen könnte, würdest du für die Welt tot sein, u. dein Leib zerfallen.

Habe ich recht? Aber es gibt andere Tage. Da drängen alle deine Muskeln u. Gedanken. Da bin ich Mann. Da stehe ich hier u. hebe den Arm, u. der Himmel schießt in meinen Arm herab. Als ob ich ein Tuch herunterrisse, sage ich dir. Ich bin nicht größenwahnsinnig. Auch mich reißt mein Arm von dort fort, wo ich stehe. Ob ich tanze, ob ich kämpfe, ob ich weine oder singe: nur meine Bewegungen, mein Gesang, meine Tränen bleiben übrig, die Welt u. ich sind zersprengt.

Glaubst du mir jetzt, daß ich in den Männerbund gehöre?! –

Ld. hatte mit unsicherem u. beinahe ängstlichem Ausdruck Cl. zugehört. Nun beugte er sich herab u. küßte ihre Stirn. Seine Worte beseligten Cl. – Ich habe dich nicht gekannt! – sagte er – Aber es geht trotzdem nicht. Die Liebe einer Frau macht mich unfruchtbar. –

Damit ging er langsam, mit seinen hochgehobenen Schritten durch die Wiesen auf dem kürzesten Wege dem Haus zu. Cl. lief ihm nicht nach u. ließ kein Wort ihm nachlaufen. Sie wußte, er reist ab. Sie wollte warten, ihm den Abschied ersparen. Sie war sicher, daß er Zeit brauchte, mit ihrem Vorschlag fertig zu werden, u. daß sie bald ein Brief rufen würde. Ihre Lippen murmelten noch Worte, wie zwei kleine Geschwister, die ein erregendes Ereignis besprechen; sie verwies es ihnen u. verschloß sie.

Ergänzung Hermaphrodit: [...] Zum erstenmal wieder so wie einst, wenn die jungen Mädchen Heimlichkeiten hatten. Schließlich weißt du doch, was es heißt, verheiratet sein, u du weißt, wie W. ist. (Jeder dieser Sätze kommt ihr wie eingangs vor) Und ich bin manchmal Mann. Ich bin noch nie in den Armen eines Mannes «vergangen»; ich stoße! ich durchdringe ihn! – Ich gehöre niemandem, ich bin so stark, daß ich mit mehreren Männern gleichzeitig Freundschaft haben könnte. Eine Frau liebt wie ein großer Topf der alles Feuer in sich zieht. Cl. sagt von sich: Nicht wie eine Frau lieben, sondern wie ein tapferer kleiner Fox einen großen Hund geg. den er ohnmächtig ist. Oder wie ein tapferer Hund seinen Herrn. Das liebst du   Oder: Ich bin Knappe, entwaffne dich, entwaffne dich dann bloß noch um einen Grad mehr. Kein Glied rühren können vor Übermacht. So liebst du Knaben. Die jungen Menschen. Aber ich bin auch Mensch, warum denn bloß Frau.

Aber sie ist – Hermaphrodit – doch auch Frau? Vielleicht so schildern: wie wenn sich das ein Mann schön vorstellt.

Ich gehe meinen Weg, ich habe meine Aufgaben; aber du öffnest mir das Kleid u. fällst mich an u ziehst meine Ohnmacht aus mir heraus. Und ich lehne mich an dich, unglücklich über das, was du mir antust, und kann nicht widerstehn. Und gehe weiter und habe einen schwarzen Flor an meinem Helm.

Sie möchte Coit. (ev. auch mit W)
     Es schwächt.
     Daraus die Vorstellung: du wirst mich schwächen, zum Weib machen, damit du strahlend bleibst. . (Zuweilen)

Wir kämpfen Arm an Arm u. sind wie das Bad nach der Schlacht.
     Konkret: Ich habe den Charakter u die Pflichten eines Manns. Ich will (diesmal) nicht Kind und nicht Liebe, sondern das tiefe Phänomen der Lust, der Reinigung (Erlösung) durch Schwäche. Ich dir wie du mir, wenn auch Diener u. Herr.
     ? Ich werde ein Bein an das deine stemmen u das andere um deine Hüfte schlingen, u. deine Augen werden sich verschleiern.
     Ich werde frech sein und meine Scheu vor dir vergessen.

s_5 + a (Gr. K. W/Cl): Die Frau hat weibl. Empfindungen für den überlegenen Mann, männliche für den unterlegenen Es entsteht also etwas Hermaphroditisches, ein seelisches Verschlungensein zu dritt.

Vgl. die Ideen Cls. in Bd. I. u in der Folge von Bd II.

II. Bd. IV. Kapitelgruppe
/ Ort: Cl. in der ersten Trennungsgruppe Fr. 10. S 2 . /

Cl. II.
/ L 48,9 u Zu L 48 (1), 5.   Zur Wiedereinführung
     s_5 + a, + a + α   M's: Zu L 69–2. (M. in II.)

Cl. wartete auf Ld's. Brief; der Brief kam nicht. Cl. wurde aufgeregt. U., an den sie sich mit einemmal wieder erinnerte, war verreist. Mit W. möchte sie nicht sprechen.
     Eines Morgens geschah etwas Sonderbares. Cl. las die Zeitung, W. war noch nicht ins Büro gegangen, plötzlich fragte Cl.: – Ist nicht gestern etwas von einem Eisenbahnunglück bei Budweis in der Zeitung gestanden? – Ja – sagte W., der einen anderen Teil der Zeitung las. – Wieviel Tote? – Ach, das weiß ich natürlich nicht mehr; ich glaube 2 oder 3; es war ein kleines Unglück. Warum fragst du? – Nichts. – Eine Weile weiterlesend, sagte Cl. – Weil in Amerika auch ein Unglück geschehen ist. Wo ist Pensylvanien? – Ich weiß nicht. In Amerika. – Sie lasen weiter. Cl. sah fächerförmig auslaufende Schienen-

stränge vor sich, die sich weiterhin wild verwirrten. Hatte sie diese Schienenstränge nicht schon vor Wochen oder Monaten gesehn? Sie dachte nach. Kleine Züge schossen auf den Schienen hervor, drehten sich durch die Kurven u. stießen zusammen. Cl. sagte: – Nie lassen die Führer ihre Lokomotiven mit Absicht zusammenstoßen. – Natürlich nicht – meinte W., ohne aufzupassen. Cl. fragte, ob ihr Bruder Siegfried gegen Abend zu ihnen käme. W. antwortete, daß er es hoffe. Er fühlte sich gestört, die Zeit drängte zum Aufbruch, u. Cl. unterbrach ihn immerzu im Lesen.

Plötzlich sagte Cl.: – Ich will mit S. besprechen, daß er mich zu M. führen soll? –

– Wer ist denn M.? –

– Nun erinnerst du dich nicht? U's. Freund, der Mörder. –

Nun wußte W. allerdings, wen sie meinte. Über diesen Mann hatten sie einmal gesprochen. – Aber U. kennt ihn entweder gar nicht oder nur ganz flüchtig – verbesserte er Cl. –

– Nun, egal –

– Du solltest wirklich nicht so exzentrisch sein –

Cl. würdigte das keiner Antwort. W. blätterte noch einmal die Zeitung durch u. glaubte sich zu wundern, weil er keine Nachricht über diesen Menschen darin fand; er hatte angenommen, daß Cl durch eine Notiz auf ihre Bemerkung gebracht worden sei; aber zu einer Frage oder richtigen Verwunderung kam es nicht mehr, weil er seinen Hut suchen u forteilen mußte. Cl. machte ein unangenehmes Gesicht, während er sie auf die Stirn küßte; zwei hochmütig lange Linien liefen längs der Nase hinab u. das Kinn spitzte sich vor. Man hätte Angst vor diesem sehr unwirklichen Gesicht bekommen können, das W. nicht gewahrte.

Was Sonderbares sich aber vollzog, war das gewesen. Während Cl. fragte, hatte sie erkannt, daß kein Unglück aus böser Absicht entsteht, sondern jedes dadurch, daß in dem verworrenen Netz von Schienen, Weichen u Signalen, das sie vor sich sah, der Mensch die Kraft des Gewissens verliert, mit der er seine Aufgabe noch einmal hätte prüfen müssen; wäre das geschehen, so hätte er gewiß das Nötige getan, um das Unglück zu vermeiden. In diesem Augenblick, wo sie das wie ein Kinderspielzeug vor sich sah, fühlte sie eine ungeheure Kraft des Gewissens. Sie besaß also diese. Sie mußte ihre Augen halb schließen, damit W. nicht das Blitzen bemerke. Denn sie hatte augenblicklich erkannt, daß es nur ein anderer Ausdruck dafür sei, wenn man ›gewähren lassen‹ sage. Sie begriff, daß man gezwungen sei, gewähren zu lassen. Sie aber ließ W. nicht gewähren u. würde es nicht tun.

Das war der Augenblick, wo ihr M. einfiel.

Jeder kennt dieses Wunder, das es ist, wenn ein Name, den man längst vergessen hat, er mag obendrein gleichgültig sein, mit einemmal in der Erinnerung auftaucht. Oder ein Gesicht, mit Einzelheiten, von denen man gar nicht weiß, daß man sie gesehen hat. Durch irgendeinen zufälligen Anlaß emporgerufen. Das ist wirklich so, wie wenn sich ein Loch im Himmel öffnen würde. Cl. hatte gar nicht Unrecht, wenn sie es wie einen Vorgang mit zwei Enden empfand, am einen M., am anderen, weit davon entfernt, hinblickend, sie; obgleich man natürlich sagen könnte, daß das im allgemeinen nicht richtig ist, weil ja doch die Erinnerung außer uns nichts ist.

Aber gerade, wenn etwas im allgemeinen nicht, aber so im besonderen doch richtig ist, so war das etwas für Cl. Nun fiel ihr ein, daß M. ein Zimmermann war. Man weiß wohl, wer noch ein Zimmermann gewesen ist?! Ganz richtig. Also befand sich am einen Ende der Zimmermann u. am anderen Cl. Cl., die nicht gewähren lassen durfte, die ein schwarzes Muttermal am Schenkel trug, die alle Männer anzog. Denn es war ohne weiteres sicher, daß Ld. vor ihr geflohen war; es war zu plötzlich gekommen, er hatte sich in Sicherheit bringen wollen.

Man darf nicht erwarten, daß im ersten Augenblick gleich alles klar ist. Irgendwie hing der Zimmermann natürlich auch mit U. zusammen; u. wenn ein Mensch, den man fast vergessen hat, nachdem man ihn geliebt hat, mit einemmal innen sozusagen unangemeldet bei der Tür eintritt, wie das U. jetzt tat, wenn auch in Begleitung anderer, so ist das an u. für sich etwas von der Art, wo man einen Augenblick den Atem anhalten muß. Auch war es nicht klar, wie alles mit dem Hermaphroditen zusammenhing, der Cl. war, um in den Männerbund eintreten zu können; aber darauf würde sie schon noch kommen, empfand sie, u. an den Wurzeln des Gefühls hing es ganz bestimmt zusammen, das merkte man an der Art der Bewegung unter diesen Gedanken, die oben hinaus vorläufig noch gesondert dastanden.

Cl. hielt es aus allen diesen Gründen für ihre Pflicht, M. kennen zu lernen. Das war gewiß nicht viel getan. Ihr Bruder S. war Arzt u. konnte ihr dabei helfen. Sie wartete auf ihn u. die Zeit verging rasch. Sie überlegte sich, wie wenig Ld. früher bedeutet hatte, als sie ihn kannte, u. wie groß er inzwischen geworden war. Während seiner Anwesenheit war alles hier im Hause gehoben gewesen. Sie hatte das Gefühl, er habe ihre u. W.'s. Sünden einfach auf sich genommen, dadurch war alles so leicht geworden. Vielleicht mußte jetzt sie, in dem kommenden Abschnitt, Ld.'s. Sünden auf sich nehmen.

Aber was sind Sünden? Sie gebrauchte dieses Wort vielleicht zu oft, ohne sich genug dabei zu denken. Es ist ein giftig christliches Wort. Cl. konnte nicht auffinden, was sie selbst genau meinte. Ein Schmetterling fiel ihr ein, der plötzlich reglos zur Erde fällt u. ein häßlicher Wurm mit toten Flügeln wird. Dann selbstverständlich W., der an ihrer Brust die Milch der Liebe suchte u. danach starr u träg wurde. Übrigens, hatte sie denn nicht schon einmal, sehr deutlich gewußt, daß sie diesen Zimmermann aus seinen Sünden erlösen werde? Sie hatte doch wohl auch einmal einen Brief geschrieben? Unheimlich war das, sich nur so dunkel zu erinnern. Es bedeutete offenbar, daß noch etwas kommen werde.

II. Bd. IV. Kapitelgruppe
(Ort: Cl in der ersten Trennungsgruppe Fr 10, S 2
Unmittelbar anschließend an das erste solche Kapitel.)
/ Nun spricht sie mit S. vernünftig)

Cl. III

Der Bruder von Cl. war Arzt. Er war älter als sie. Weil er als ein Kind des Wagnerrausches Siegfried getauft worden war, vermutete er, daß man ihn für einen Juden halte, u pflegte bei jeder Vorstellung der Nennung seines Namens die Bemerkung beizufügen: «Aber ich bin weder Jude, noch musikalisch.» Von dieser Art war sein Witz. Da er in seinen jungen Jahren viel mit W., Ld. u ähnlichen Freunden verkehrte, hatte er sich gezwungen gesehn Baudelaire, Dostojewskij Huysmans u Peter Altenberg zu lesen, nach denen der Ton der Jugend damals gestimmt war, u. als die späteren Jahre das wieder abstumpften u seine eigene Natur durchkam, war daraus ein ganz eigenartiges Gemisch von Fleurs du mal mit heimischer Alpenpoesie entstanden. Er war selbst verheiratet u hatte Kinder, aber er kam gern zu Schwester u. Schwager auf Besuch; man konnte nicht wissen, ob ihm vielleicht die jederzeit hochträchtige Luft in diesem Hause nicht doch eine gewisse Genugtuung bereitete. Er zeigte es keinesfalls u. schob immer den Gemüsegarten vor, in dem etwas mit Erlaubnis des Hausbesitzers herumzugraben, ihn anlocke.

Cl. war es nicht geglückt, ihn zu einer vernünftigen Antwort zu bewegen. Während sie ihm auseinandersetzte, wer M. sei, u. warum man nicht immer alles gewähren lassen dürfe, stocherte er in der Erde umher, bückte sich u. warf Büschel Unkraut fort, warf mit einem Stein nach einem Vogel u brummte zwischendurch nur hie u da, jedesmal zweimal hintereinander das Wort Unsinn. Cl. kam nicht vorwärts mit ihm, sie lächelte hilflos freundlich oder riß ihn an den Ohren u puffte ihn in die Rippen; schließlich mußte sie ihn stehen lassen. W. traf ein, ehe S. aus dem Garten ins Haus kam, den Rock unter den Arm geklemmt, die Schuhe u. Hände voll Erdklumpen. W. u Cl. waren da schon wieder in lebhaftem Kampf.

– Siegfried! – rief Cl – Wann verstehst du ein Stück Musik?
S. grinste. Gar nicht! ...
– Wenn du es selbst innerlich machst! – antwortet Cl. selbst u heftig. –
Wann verstehst du einen Menschen? Wenn du für einen Augenblick
selbst handelst wie er! Nicht du in ihn hinein, sondern ihn in dich
hinaus. D. i. die starke Form. Wir können uns nur hinaus er-lösen! –
Sie begleitete es mit einer starken Bewegung.

Man darf nicht den Eindrücken nachgeben, man muß sich ihnen
einprägen s_5 + a + α (Gr. Konv)
  Stehn bleiben beim vorletzten Schritt?
  Der geniale Mensch hat die Pflicht anzugreifen.

S. war noch von Cl's. Brautzeit her gewohnt, der Mitwisser befremdlicher Geheimnisse zu sein, u mahnte nach der Uhr blickend,
gleichmütig zur Eile, weil er nach dem Abendbrot gleich nach Hause
müsse.
  Dann eröffnete er seiner Schwester beruhigend, daß der Assistent
der Klinik, auf der sich M. nach Cl's. Angaben befand, ein Studiengenosse von ihm sei.
  – Aber um Himmelswillen, was wollt Ihr eigentlich von ihm?! –
schrie W. Warum redet ihr solche Sachen!
  S. zuckte die Achseln. – Entweder ist dieser M. geisteskrank oder
ein Verbrecher. Das ist ja richtig. Aber wenn Cl. sich nun einmal einbildet, daß sie ihn bessern kann? Ich bin Arzt u. muß dem Spitals-
geistlichen auch erlauben, daß er sich das einbildet. Erlösen, sagt sie!
Nun, warum soll sie ihn da nicht wenigstens sehn? – S. posierte Ruhe,
bürstete Hosen u Schuhe ab u wusch sich die Hände. Herausgeschält
aus dem Lehm, u. mit Kragen u Krawatte versehen, zeigte sich S. als
ein recht gut geschneiderter Mann, mit einem kleinen „englischen"
Bärtchen, wie es damals die Mode war. Er hatte ein ausdrucksloses
Gesicht, obgleich es dem Cl's. ähnlich war, u. sein Gehaben hielt sich
an eine Linie, welche die Mitte hielt zwischen der Blasiertheit des erfahrenen Arztes, der nicht allzu günstig von den Künsten seines Berufs
denkt, u. der Blasiertheit des zeitgemäßen Menschen, der jenseits der
Überfeinerung bereits wieder zu Gartenarbeit u einfacher Hygiene
gekommen ist. Obgleich weder Cl. noch W. viel von ihm hielten,
sicherte er sich dadurch oft die Rolle des Entscheidenden in ihren
Streitigkeiten, u. wenn man das mit früheren Jahren verglich, hatte
er seine Stellung wesentlich verbessert. So wurden nun auch beim
Abendbrot ohne große Schwierigkeiten die weiteren Schritte festge-
setzt. W. verwahrte sich bloß dagegen, u. wußte, daß er recht behalten
sollte.

So hatte Cl. hatte ihren Willen durchgesetzt. Nicht ganz ohne Widerstände. Dr. F., der Studienkollege ihres Bruders hatte sich als klinischer Assistent u. Privatdozent gezwungen gesehen, Schwierigkeiten erkennen zu lassen. Mit welcher Begründung sollte Cl. zugelassen werden? Sie war weder Arzt, noch Jurist, u. die Wissenschaft bedarf einer strengen Klausur gegen profane Einmengung. Dr. F. gehörte zu den Gelehrten, die an der Wissenschaft auch mit dem Gefühl beteiligt sind; er hatte etwas von einem Dämonenbändiger an sich.

S. erklärte sich zu der Verantwortung bereit, seine Schwester unter falscher Flagge einzuführen; aber da er das offen vorschlug, konnte der Assistent nur mit müdem Lächeln abwehren.

– Kann ich nicht eine Schriftstellerin sein, die zu Studienzwecken –? – fragte Cl. Der Assistent hob, abermals abwehrend, die Hand. – Wenn Sie Selma Lagerlöf wären, hat er gesagt, ich würde von Ihrem Besuch entzückt sein, was ich übrigens so auch bin, aber hier werden leider nur wissenschaftliche Interessen anerkannt. Außer – er machte eine höflich stattgebende Gebärde – Ihre Gesandtschaft wendet sich an den Vorstand der Klinik oder eine Zeitung schickt Sie hieher. –

Man hatte sich schließlich auf ein Wohltätigkeitsmotiv geeinigt. S. beschaffte Cl. den Auftrag eines Wohlfahrtsvereins u. eine Erlaubnis des Landsgerichts zum Besuch des auf der Klinik gefangenen M's., wenn sie schon den Kranken nicht sehen sollte; auch ein Tag war ausgemacht worden, wo Cl. u S. nach der Chefvisite Dr. Fr. vor seiner Dienstwohnung erwarten sollten.

Cl. war aufgeregt wie ein nervöses Kind in der Woche vor Weihnachten.

Die Klinik war in einem alten, unter Kaiser Josef II aufgelassenen Kloster untergebracht. Da sie zu früh gekommen waren, mußten sie auf dem Gang vor den Dienstzimmern auf Dr F. warten, der einen Kurs abhielt. Cl. konnte über einen schmalen Hof durch zwei Fenster u. eine breite Glastüre ihm zusehen, wie er

Forts. eingetragen: $S_5 + b + 1$.

S. 4/1 Cl. war wundersam erregt. Eine Vorstellung von Trost, Huschen, nachts mit Blumen, fuhr ihr durch den Kopf. *Ich* müßte – dachte sie – auf irgendeine Weise nachts hereinkommen, wenn der Arzt nicht da ist. Schon gleich, als sie noch vor dem schönen Märtyrer standen, war ihr aufgefallen, daß dieses Zimmer voll von Doppelwesen aus Kind u Mann, Trauer u Heiterkeit sei. Es schien ihr möglich zu sein, daß sie es als erste Frau betreten habe, u. das kam ihr sehr bedeutsam vor; sie sagte sich, daß auch die Frau etwas zwischen Kind u Mann, Trauer u Heiterkeit sei, u. daß sie die Bedeutung dieses Augenblicks recht festhalten müsse, sie fühlte die Bedeutung in diesem Augenblick gern dazu längs ihres Rocks u rings um ihre Beine aus dem Fußboden dieses Raums aufsteigen. Nun steigerte sich das noch durch die Überlegenheit, die sie angesichts des offenbar ganz unkünstlerischen Dr F. empfand, der von den Zeichnungen seiner Kranken nicht die leiseste Ahnung hatte. Selbst eine so ehrbare u. anerkannte Kunst wie die akademische hatte also ihre verleugnete, beraubte, aber zum Verwechseln ähnliche Schwester im Irrenhaus. Cl. fühlte, daß da etwas geschehen müsse; es war irrsinnig, solche Menschen einzusperren, aber das richtige Wort brauchte man, um alles das aufzuklären, u. ehe Cl. sich seiner bemächtigen konnte, löschte ein furchtbarer Eindruck ihre Gedanken aus. In dem Bett, an das sie jetzt kam, hing ein Idiot, u war der erste einer Reihe des Grauens. Alles an ihren Körpern schief, saßen sie auf ihren Lagern, unsauber, mit hinabhängenden u. tierisch malmenden Unterkiefern Bewegungen des Munds ausführend, ohne Nahrung darin zu haben oder Worte zu bilden. Sie schienen die Welt nicht wahrzunehmen oder durch metertiefe Wahnschichten von ihr getrennt zu sein. Ein grauenvolles dumpfes Schwarz, das die Seelen dieser Blödsinnigen ausstrahlten, wischte jede Illusion fort, so daß Cl. im Versagen ihres eigenen Gehirns beinahe plötzlich in Tränen ausbrach. – Es sind ausgesucht schöne Fälle von Spätstadien – erläuterte Dr F., der die Wirkung wieder bemerkt hatte, mit geschmeicheltem Lachen.

Und schon begann etwas Neues, Dramatisches, das Cl. keine Zeit zum Überlegen ließ... S 4/2..

Anm: Die Tobsüchtigen $s_5 + 5$ / s_4 u 6_1 *[?]* versuchsweise in Cl VII genommen.

II. Bd. IV. Kapitelgruppe
(3. Trennungsgruppe)

Cl. V   (——)

/Inhalt: Cl. bei M.   Folgerung aus der Stellung:
                                                 der gemütliche Wahnsinn,
Ort: Fr 10, S 2 ▨   im Gegensatz zu U u Ag's. Tun.

Es war ungefähr eine Woche seit dem Besuch vergangen, den Cl. dem Irrenhaus abgestattet hatte. Der Tag, wo sie M. sehen sollte, stand nahe bevor u. sie machte den Eindruck, daß sie dem eine Wichtigkeit beimaß wie der Begegnung zweier Herrscher.

– Bring ihm statt deines Gefühls lieber eine Wurst entgegen u. Zigaretten – scherzte S. in seiner Art.

W. ägerte sich über seinen Schwager u. verteidigte plötzlich Cl. – Wenn sie am Klavier bis zur Leidenschaft gespielt hat, aufgeregt ist u. Tränen in den Augen hat: ist sie nicht vollkommen im Recht, wenn sie sich weigert, in die Tram zu steigen, auf die Klinik zu fahren u sich dort so zu benehmen, als ob das «nur Musik» u. nicht wirkliche Tränen gewesen wären!? – Er weigerte sich aber mitzukommen.

S. scheute W's. Überlegenheit u. begnügte sich mit einem gutmütigen Brummen.

Cl. sagte: – Er hat überhaupt noch nie eine Frau gesehn, immer nur Ersatzweiber!

Als sie zur elektr. Bahn gingen, sagte S: – Vergiß nicht, daß er nur ein Narr ist! – Cl. drückte ihm als Antwort die Fingernägel in die Hand u. blickte strahlend gradaus.

In der Klinik führte sie Dr. F. diesmal nicht aus dem Haupt- u. Verwaltungsgebäude hinaus; sie durchschritten bloß Gänge, weiß begrüßt von Wärtern u Gehilfen, u. zwei von keinen Kranken belegte, aber dafür eingerichtete Zimmer. Dann traten sie in einen dritten großen Raum, in dessen Mitte vier Menschen um einen Tisch saßen; Dr. Fr. trat in einer leise auffallenden Weise aus dem Weg, u. als Cl. aufsah, füllte langsam ihren Blick die breite, ruhige Gestalt M's. aus.

Was sie weiter erblickte, war seltsam genug: eine Kartenpartie. M. saß in dunkler gewöhnlicher Kleidung mit 3 Männern am Tisch, von denen einer den weißen Kittel des Arztes, der zweite einen dunklen, schlecht sitzenden Straßenanzug, u. der dritte die etwas vernachlässigte Sutane eines Priesters trug, der zuhause ist u keinen Besuch erwartet. Es waren dies, wie sie bei der Vorstellung erfuhr, der zweite Assistent der Klinik, der Pfarrer, dem die Seelsorge oblag, u. ein auswärtiger Sachverständiger, einer von jenen beiden, die bei der ersten Verhandlung M. für zurechnungsfähig erklärt hatten, u sie spielten zu dritt, so daß immer einer pausierte. Dieser Anblick eines gemütlichen Kartenspiels reizte nach ihren großen Erwartungen Cl. augenblicklich zum Widerspruch. Sie begriff nicht gleich, daß alles von Dr. Fr. mit den anderen verabredet worden war, um M. unbefangen beobachten zu können. Die albernen kleinen Geschenke, die sie in Händen trug, schmerzten ihre Finger; sie hätte sie am liebsten zur Erde geschleudert, aber S. nahm sie ihr rechtzeitig aus der Hand. M. war inzwischen stramm u. galant aufgestanden, der Arzt stellte ihn Cl. vor, er fing ihre unsichere Hand mit seiner Tatze u. machte eine stumme schnelle Verbeugung wie ein Junge. Dann bat Dr F., daß man sich nicht stören lassen möge, die gnädige Frau aus Paris sei hier, um die Wohlfahrtseinrichtungen der Stadt zu studieren u. sich zu überzeugen, daß nirgends in der Welt die Kranken besser aufgehoben seien als hier.

– Pick war ausgespielt, nicht Karo, Herr M.! – sagte der Anstaltsarzt, der aufmerksam beobachtet hatte, so daß ihm die Ablenkung nicht entging, der sein Schutzbefohlener anheimgefallen war. In der Tat, M. war es nicht recht, daß Dr F. vor dieser fremden Dame von Kranken sprach. Was sollte sie denken, da sie doch vielleicht seine Geschichte gar nicht kannte?! Aber dann lächelte er generös u. steckte auch den Tadel wegen des Ausspielens ein. Er spielte nun wieder achtsam wie ein Falke, denn er wollte wohl durch Pech, aber niemals durch einen Fehler seinen Gegnern unterliegen; das einzige, was er sich nach einer Weile gestattete, war, daß er seine Stiche französisch zu zählen begann, denn bis zu zwanzig konnte er das, wenn es ihn auch im Spiel störte, u. er hatte verstanden, daß Cl. aus Paris gekommen sei. Und später legte er seine Karten ganz hin, stemmte die Fäuste auf den Tisch, lehnte seinen riesigen Rücken, der fast eine fühlbare Gravitationskraft ausstrahlte, so breit zurück, daß ringsum das Holz knackte, u. begann eine umständliche Erzählung aus seiner Gefängniszeit. ‹s₅ + c + 1 (9/4)›

Der zweite Assistent lachte; in dem Gesicht des Pfarrers kämpfte Bedauern mit Heiterkeit. M. war ihnen in seiner breiten, protzigen u. doch grundanständigen Art angenehm geworden; was er sagte, hatte Hand u Fuß, wenn auch nicht gerade immer an der rechten Stelle. Der geistliche Herr hatte ihn geradezu gern. ‹i b. 10₁› nichts geringeres als, ‹ib. 10₂›, u. er sammelte geflissentlich alles, was zu einem bestimmten klinischen Bild paßte, das er von dem Inkulpanten zu entwerfen gedachte. Das Entgegengesetzte tat Dr Pf. Es wird von diesem Mann später noch einmal die Rede sein müssen, so genügt es jetzt, zu sagen, daß er ein ganz besonderer Kenner der Natur geisteskranker Verbrecher war, aber auch ein etwas wunderlicher. Er war so spezialisiert, u. das ist ein Fall, der heute nicht selten vorkommt, daß er vor lauter Wissen das menschliche Wissen leugnete u. letzten Endes sich ganz zügellos seinen persönlichen Neigungen überließ, die ihn dazu anhielten, jeden Verbrecher, dessen geistige Gesundheit in Frage stand, mit großer Geschicklichkeit wie eine Kugel zu behandeln, die man durch die Löcher der Wissenschaft hindurch zum Ziel der Bestrafung treiben müsse. Dr. Pf. empfand keinerlei Abneigung gegen den jungen Kollegen, der sein Gutachten umstoßen wollte; er wußte, dieser Weg sei weit, Dr. F. u. schließlich noch der Professor hatten darein zu reden, u. das Ergebnis war, wenn man alle Vorurteile der 3 Personen erwog, unsicher. Sein eigener Eifer war der eines erfahrenen Spielers, der die

Schwierigkeiten liebt, ohne sich zu überhitzen, wenn er sie nicht bewältigen kann; er hatte mit dem Fall M. unmittelbar nichts mehr zu schaffen u. besuchte die Klinik nur, wie ein Sportsmann, der sein eigenes Match gekämpft hat, sich auf die Tribüne setzt u. an den Anstrengungen der andren belustigt. Gewöhnlich kam es dabei zu einem gutmütigen Fachgeplänkel zwischen ihm u seinem jüngeren Kollegen, u. solche Debatten fanden, zwischen Stechen u. Ausspielen eingestreut, unbefangen vor M. statt, seit sich herausgestellt hatte, daß M. begeistert davon war, ständig den Mittelpunkt der Teilnahme zu bilden. Er hatte es gern, wenn der Assistenzarzt seine Augen u. Reflexe betrachtete u. etwas Ungewöhnliches daran fand, aber im ganzen foppte er den jungen Mann, wo er konnte, weil die Psychiatrie bei ihm in Ungnade war Nur für Dr. Pf. machte er eine Ausnahme, denn diesen liebte er, seit er von ihm für gesund erklärt worden war. – Erinnern Sie sich, ob Ihr Bewußtsein getrübt war, als sie das Mädchen abschlachteten? – mochte Pf. fragen, so antwortete M.: – Sicher nicht! – u. «Eben!» – sagte dann Pf. u. schlug ihn kameradschaftlich auf den Schenkel – Und wenn selbst! Auch ich handle nicht immer bewußt. – So etwas gefiel M. Und es gefiel ihm, wenn Pf. dem Assistenzarzt vorhielt, daß niemand fähig sei, einen Menschen für unzurechnungsfähig zu erklären. Die Ärzte nicht, weil Zurechnung kein medizinischer Begriff sei; u. die Richter nicht, weil es ihnen an der wissenschaftlichen Kenntnis über die Beziehungen zwischen Geist u Körper fehlt. Nur die Religion verlange klar die persönliche Verantwortung jeder Sünde vor Gott, u. so seien solche Fragen schließlich nichts als eine religiöse Überzeugungsfrage. Diese Theorie, daß er vor das Forum Gottes u. nicht vor das der Psychiater gehöre, fand M's. volle Billigung. – Und wenn es sein muß, muß es sein! – Das war sein steinerner Schluß, wenn in einer solchen Auseinandersetzung Dr. Pf. spöttisch dafür kämpfte, daß man nichts für ihn tun könne, u. der junge Anfänger sich nicht entschließen konnte, es zuzugeben. M. strafte ihn dann mit einem mißbilligenden Blick u. suchte ehrgeizig den Beifall Pf.'s. Der gute Pfarrer, der schon manches gesehen hatte, schüttelte zuweilen den Kopf. Aber er freute sich darüber, daß sich die Gelehrten der weltlichen Wissenschaft nicht einigen konnten, u. paßte ebenso scharf auf auf sie wie M. Er erinnerte sich nicht mehr, wie die Sache nach dem kanonischen Recht zu entscheiden sein würde, aber der Spott auf die irdische Gerechtigkeit gefiel ihm nicht übel. – Laßt sie gewähren – wiederholte er sich sanft – Das letzte Wort spricht Gott – Und da er sich dieser Überzeugung wegen wenig an dem Wortgefecht beteiligte, gewann er im Tarock.

So bestand zwischen diesen vier Männern ein recht herzliches Einvernehmen, daß M's. Kopf auf dem Spiel stand, aber das störte nicht, solange jeder voll mit dem beschäftigt war, was er selbst zu tun hatte. M, als der einzige, der die Tötung eines anderen Menschen selbst u. unmittelbar kennen gelernt hatte, fand nichts besonderes daran, u. von den Männern, die Messer herstellen, schleifen u verkaufen, darf kein Vernünftiger verlangen, daß sie unausgesetzt daran denken, was aus ihren Messern werden wird!

Cl. sah diese Zusammenhänge augenblicklich, wenn auch als unklares Bild vor sich. Sie erkannte allmählich auch dunkel ‹$s_5 + c + 2$ (11_1)› Cl. war beunruhigt. Eine tiefe Enttäuschung preßte ihr Herz. ‹ib.› Und kurz entschlossen machte sie ein Ende, erklärend, daß sie genug gesehen habe, u. wieder gehen wolle.

II. Bd. V. Kapitelgruppe
(im Anfang)

Cl. VI
/Inhalt: Cl. bei Dr. F.
Ort: Fr 10, S 2 ▨ u. II$_{IV}$ A ff, S 1.
Mat: L 48 u Z.. ; L 49   Dazu: Fr 10, S 2 Hauptsachen 6. XII.
        $s_5 + a + \beta$; $s_5 + c + 2$; $s_5 + b$./
        Br 89, 90; 3 / 105.

Reinschrift: Das ist in Hinblick
auf II IV zu sehen.

Dr. F., erster Assistent der Klinik und Privatdozent, war ein Künstler in seinem Fach. Das ist etwas, das es in jedem Beruf gibt, wo Künstler nicht hingehören, und besteht aus irregeleitetem Gemüt. Es ist eine Art Schmücke dein Arbeitsheim.

Und in jenen Jahren gab es noch Photographen, die das Bein jedes zu Verewigenden auf eine Felslandschaft aus Pappe stellten; gegenwärtig ziehen sie ihn ja nackt aus und lassen ihn vor einem Sonnenuntergang Rumpfbeuge machen. Später trugen sie einen gelockten Bart und einen flatternden Schlips; heute sind sie glatt rasiert und betonen, in der Art wie eine Negerin durch einen Muschelschurz auf ihren Schoß hinweist, das Zeugungsorgan ihrer Kunst durch eine Brille. Denn heute gibt es besonders viele intellektuelle Künstler. Sie sind das Seitenstück zu den künstlerischen Intellektuellen. Beide Gruppen gelten als interessante Nicht-nur-Fach-Menschen und Befreier von engherziger Denkart. Selbst der Tanz und der Generalstab sind nicht sicher vor ihnen gewesen. Im Tanz haben sie es soweit gebracht, daß heute schon ihnen nichts Menschliches mehr fremd ist, bis auf das Tanzen. Im Krieg haben sie, ohne sich um Einzelheiten zu kümmern, ganze Divisionen hingeopfert oder die halbe Bewohnerschaft eines Etappengebiets aufknüpfen lassen, weil sie sich eine gewisse heldische Großzügigkeit des Denkens schuldig zu sein glaubten. In der Wissenschaft endlich sind sie heute mit der kahlen Genauigkeit unzufrieden, die das Ideal ihrer Lehrer gebildet hat, und neben den gestrigen Gelehrten, die noch artig wägen, messen und Koeffizienten bestimmen, gibt es heute schon viele, die einen gewissen Phantasieschwung auch am Wissenden für unerläßlich halten. Sie opfern Einzelheiten mit dem gleichen Großmut wie die Generalstäbler. Das liegt so in der Zeit u. man darf sich über das Nebeneinander solcher Erscheinungen wohl seine Gedanken machen. Aber am Ende gehören dann die Künstler nicht einmal in die Kunst? Vielleicht ist es so. Vielleicht sind wir alle Ameisen. Denken wir an das schöne Jahr 2000; es ist schon so nahe, daß viele von uns es noch erleben werden, u es wird einen Sylvesterabend 1999 haben, gegen den der Optimismus, das Jahr 1900 zu erleben, nichts war. Und dennoch werden von allen, die 1900 20 Jahre alt gewesen sind, erst die Ur bis Urururenkel das jung erleben u so freundlich an uns vergessene Idioten zurückdenken wie wir es mit solchen uns größtenteils schon unbekannten Urvätern halten. Soviel Mensch wird verbraucht für eine kleine Strecke Menschheit. Wenn wir bloß sicher wüßten daß wir am rechten Weg sind, wir dürften sehr kleine Schrittchen machen, es hätte gar keinen Schaden; was wir wissen u können, ist im Verhältnis zu dem, was wir nicht wissen u nicht können, 0,00... bis ins Aschgraue, u wenn einer da das Komma nur um einen Platz verrückt, so hat er schon viel getan. Andererseits käme es auch nicht gar nicht darauf an, ob in so einem einzelnen Querschnitt durch den Turm des Wachstums alles drüber u drunter geht, wenn nur manche Linien nach aufwärts führen. Das Wissen, die Hygiene, nicht gerade die Verträglichkeit, wohl aber die Zusammengehörigkeit sind in den letzten Jahrhunderten größer geworden, u. die Macht der Erdbewohner hat sich gesteigert. Man könnte sich denken, daß auch der Seele das möglich ist, was der Vernunft möglich war, ein Weiterbauen Generation über Generation. Warum lassen wir immer wieder alles zusammenfallen? Bis auf zufällige Reste. Und baun dann gerade an diesen zufälligen Resten, die wir Überlieferung nennen, unser neues Haus an? Überhaupt, welche sonderbare Eigenheit: die Schwalbe baut seit tausenden Geschlechtern ihr Haus immer in der gleichen Weise, wir halten es für unsere Überlegenheit, daß wir das nicht tun, baun unser Haus aber wie die Betrunkenen, denn so torkelt der Weg jeder solchen Tätigkeit durch die Jahrhunderte?! Warum überlassen wir unsere Seele Geistlichen, die nichts Zeitgemäßes gelernt haben, Politikern, die sich nicht das geringste daraus machen, in allen geistigen Fragen erklärte Ignoranten zu sein? Warum glaubt jeder 20Jährige, daß mit ihm die Welt neu anfängt? Wir gleichen einem Laboratorium, in dem kein Versuch zuende geführt wird.

/Alles das kommt nur von Liebe u Abneigung. Das sind aber, wie sich tausendfältig zeigt, keine starren Gefühle.

(Shaw: ∼ Stil ist, daß es keinen Stil gibt.

Moral: Man entdeckt in seiner Immoralität eine Moral

Die wachsende Erkenntnis eines neuen Standpunkts überhäuft mit Verantwortlichkeit

II. Bd. V. Kapitelgruppe
Werden eines Tatmenschen

2

Ort: Zwischen Cl VI – das zwischen II IV u II V liegt – u. Cl. VII I–IV
[...])

Dir. L. F. hätte trotz seines gesetzten Alters am liebsten jeden gefragt: Wissen Sie, wer Le. ist? Aber er wußte, daß man das nicht tun dürfe. So blieb es sein Geheimnis. Wer war Le.? Le. war jene Leontine, die U. so getauft hatte, weil sie ihm wie ein großes Löwenfell vorkam, das sich mit Delikatessen ausstopfte. Sie trat in kleinen Singspielhallen auf u. sang bürgerliche Schmachtlieder mit außerordentlicher Ehrbarkeit. Sie aß u. trank immer zuviel. Es war ihre Art von Vornehmheit. Wenn sie auf der Speisekarte Polmone /à la Torlogna oder Äpfel à la Melville/ las, sprach sie es aus, wie wenn ein anderer /gesucht beiläufig/ sagt, /daß er mit dem Fürsten oder dem Lord gleichen Namens gesprochen habe./ Wenn ihr Magen sich hob – in jener leicht unangenehmen Weise, die noch lange kein Übergeben ist –, weil sie zu schwer gegessen u. getrunken hatte, so empfand sie das wie eine gehobene gesellschaftliche Stellung. Es war eine üble Zeit U's. gewesen, die er mit ihr verbracht hatte. Lange Nächte hindurch war ihm zumute gewesen, er habe sich in einen Käfig geschlichen u. säße nun in der Ecke, während in der anderen dunklen Ecke ein unbekanntes Tier hocke, das ihn als seinen Mann ansehe. Er hatte sich bald u. in einer anständigen Weise von Le. befreit, die es ihr ermöglichte, sich noch einige Monate in der Hauptstadt zu halten, von deren Genüssen sie sich nicht trennen wollte, u. ohne es zu wissen, hatte er damit Le's. Glück begründet. Sie war das talentloseste Geschöpf, das je eine Bühne belastet hat, aber es gibt eine deutsche Wortverbindung «dumm u.

gefräßig» u. durch die Beliebtheit dieser Wortverbindung machte sie ihr Glück. Natürlich gehörte auch Zufall dazu; sachliches Verdienst allein kommt ja nirgends vorwärts. Vielleicht war sogar auch an diesem Zufall U. beteiligt; er hatte Ah., der als umsichtiger Reisender auch die niederen Vergnügungsstätten kennen lernen wollte, einmal in Gesellschaft Tzi's. zu einem Auftreten Le's. mitgenommen u. sich das Unerlaubte erlaubt, auch L F. mitzubringen, der damals, um seine Frau zu ärgern, durchaus die Bekanntschaft Ah's. machen wollte. Der Abend war nicht gerade erfreulich verlaufen, aber U. mochte wohl einige Erklärungen zu Le. gegeben haben, u S.Ch Tzi., dem sie gefielen, mochte im Min. d. Äußeren davon Gebrauch gemacht haben, da in der Diplomatie u. Politik Anekdoten bekanntlich hoch im Wert stehn. Kurz, Le's. sehenswürdige Gefräßigkeit erregte die Wißbegierde einiger jungen Adeligen, u. als sich herausstellte, daß diese Frau auch noch dumm u. schön sei, war ihr Ruf begründet. Es wurde zum Spaß des Tages u. galt einige Wochen hindurch für (klug u.) witzig, Le. nach der Vorstellung zu füttern, so wie in der kaiserlichen Menagerie die Seehunde gefüttert wurden; es gelang Le. dadurch sogar, einen vorteilhaften Engagementswechsel zu erreichen. Vielleicht war Le. überhaupt nicht dümmer, sondern nur gefräßiger als ihre neuen Freunde. Man goß ihr Champagner statt in den Mund, daran vorbei in den Busen, man streute ihr Kaviar ins Haar, man warf ihr Fleischschnitten oder Fische zu, nach denen sie schnappten sollte: aber schließlich bekam sie von alledem doch das meiste in den Mund u. sie hatte die Genugtuung, die Vergnügungen der besten Gesellschaft des Landes zu teilen. Wodurch sie den Ruf ihrer Dummheit aber immer von neuem bestärkte, war nur ihre Langsamkeit in allem, ausgenommen das Essen u. Trinken. Man rief ihr ein gemeines oder rohes Wort zu, u. sie blickte mit sanften, fragenden Augen auf, durch die der Anblick so langsam hineinglitt wie ein Kaninchen in den Schlund einer Schlange, die gründlich einspeichelt. Und wenn man sie körperlich angriff, wehrte sie sich so verlegen dagegen wie ein Mensch, der unsicher ist, ob er seine Kraft einer Kleinigkeit opfern solle. So war sie auch in der Liebe, die ihr völlig gleichgültig blieb, bis auf ein Pünktchen von Wollust, wenn man so sagen darf, das irgendwann im Verlauf der Begebenheit wie eine Mücke eine mouche volante in ihrem ungetrübten Gleichmut sichtbar wurde u. verschwand. Behendere Menschen nennen so etwas dumm, u. Le. würde niemals mit ihnen darüber gestritten haben, obgleich sie es eher vornehm fand; außerdem hatte sie bald den Vorteil erraten, daß ihr aus dem Ruf, dumm u. gefräßig zu sein, Bewunderung erwuchs. Denn ›dumm u gefräßig‹ ist eine Wortverbindung, die jederman gerne ausspricht, obgleich man selten im Leben Gelegenheit hat, etwas zu sehen, das sie wirklich darstellt, u. sieht man es, so fühlt man sich irgendwie dadurch geschmeichelt u. ausgezeichnet als der besondere Kerl, dem es gelungen ist, so etwas aufzustöbern. Man denke, was ein Mensch sich auf sich einbilden würde, dem es zb. gelungen wäre, die eine Schwalbe zu besitzen, die noch keinen Sommer macht. Auch wenn man glaubt, das Wahre, Gute u Schöne in einer Person verleiblicht angetroffen zu haben, wird man ähnlich berührt. Und auf solchen Gründen beruhte auch der Erfolg Le's, ohne daß sie es natürlich wußte. Leider ist die gute Gesellschaft flatterhaft u sucht schon nach wenigen Wochen neue geistige Anregung, so daß Le bald in die Gefahr geriet, wieder im Dunkel zu versinken. Aber ehe sie das noch wußte u. Zeit gefunden hatte, darüber zu erschrecken, trat L F. als Retter auf.

Dir. F. hatte schon bei jenem ersten Besuch mit U u Ah. einen starken Eindruck von ihr empfangen u. war einigemale wiedergekehrt, um sie zu bewundern. Er war ein Freigeist, u. die Harmonie ihres Antlitzes erinnerte ihn an die Bildnisse von Königinen. Er nannte sie bei sich eine edle Schönheit, um damit zu entschuldigen, daß er öfters einen Sitz in der ersten Reihe des teuren Variétés nahm, in dem sie damals auftrat, was ganz gegen seine Ansichten von der Sparsamkeit eines kaufmännischen Angestellten ging, als den er sich bitter bezeichnete. Daß er gehört hatte, diese schöne Frau habe Verhältnisse mit Adeligen, gefiel ihm u beruhigte ihn über die Aussichtslosigkeit jedes Verlangens; ihr teurer Appetit, von dem er sich durch U. gehört zu haben erinnerte, gewann dadurch jene Vornehmheit, die alles Unerreichbare hat. So kam sie ihm wenn er sie durch ein Fernglas betrachtet in ihrer Ruhe u. Schönheit als das vor, wonach er sich sehnte, sooft er aus der Bank nachhause gehen sollte u. annehmen durfte, daheim seine Gattin Kl. vorzufinden. Man kann beinahe sagen, sie war sein Ideal, ehe sie eines Tags seine Wirklichkeit wurde. Aber mit L F. gingen in jener Zeit große Veränderungen vor sich. Um es kurz zu sagen, aus dem verläßlichen Prokuristen mit dem Titel Direktor, der niemals mehr zum Kummer seiner Gattin Kl. ein wirklicher Direktor zu werden schien, begann gerade damals ein erpichter Spekulant zu werden; daran war aber nicht etwa Le. schuld, sondern Kl., denn L F. hatte den Kummer in seinem Hause satt. Er wäre zeit seines Lebens ein verläßlicher kaufmännischer Beamter geblieben, wenn seine Gattin zu ihm aufgeblickt u. seine Tochter Ge. ihn anerkannt hätte. Seit Jahren geschah aber von beidem das Gegenteil. L F. liebte es, das Leben als vernünftig begründet zu erkennen u. täglich ein wenig darüber zu sprechen; ein in der Volkswirtschaft schaffender Mensch erübrigt aber nicht viel Zeit dafür, u. Widerspruch ist für ihn so viel wie ein Raubanfall. Dies vorausgesetzt, läßt sich sagen, daß F. von den zwei Frauen seit Jahren gemordet wurde. Möge ein anderer versuchen, was es heißt, wenn man ohne Ausnahme von seiner Umgebung bestritten u. geleugnet wird. Eine Frau wird unschön, sobald ihr durch längere Zeit niemand sagt, daß sie schön sei, u. ein Geist, der niemals Erfolg findet, welkt ab, sofern er nicht zu gewaltigem Trotz entartet, wozu aber L F. keine Zeit hatte. Da trat an ihn die Versuchung in Form eines Kompaniegeschäftes heran, das man ihm anbot. Es war eine Spekulation, u. er sollte sich mit keinem großen Betrag beteiligen, es kam mehr auf den Einblick an, den er durch seine Stellung in gewisse Geschehnisse besaß. Um es kurz zu sagen, er verdiente mit einem Schlag u. ohne Mühe wenn auch auf keine ganz schöne Weise ein ziemliches Stück Geld, stieg ein zweitesmal hinein u. verdiente noch mehr. Das F'sche Einkommen hatte bisher für die Bedürfnisse ausgereicht u. kleine Rücklagen ermöglicht, die durch Badereisen u. andere außerordentliche Ausgaben jedesmal wieder aufgezehrt wurden; zum erstenmal seit seiner Verheiratung erkannte L F. jetzt wieder den Reiz, das sanfte u warme Geborgensein, das sich einstellt, sobald ein Mensch mehr einnimmt, als er verbraucht. Aber das war nicht die Hauptsache. Was sein Schicksal entschied u. ihn binnen kurzer Zeit veränderte, war die Erkenntnis seiner Kraft u. des ruhigen Wohlgefühls, das sich einstellt, wenn ein Mann von seiner Kraft Gebrauch macht. Die Zeit, wo er nicht spekuliert hatte, obgleich sie sein ganzes Leben ausmachte, kam ihm vor wie eine Entmannung. Wie konnte er, wenn er schon Bankmann war, so feig gewesen sein, das nicht zu benützen! Seine Grundsätze waren mit einem Schlag vergessen. Nach diesen Grundsätzen war das Geld eine vernünftige Macht, dazu bestimmt, durch Angebot u. Nachfrage die Zivilisation zu befruchten u von Ausschreitungen zurückzuhalten. L F. hatte einmal in einer nachdenklichen Stunde Schiller so umgedichtet: Wohltätig ist des Geldes Macht, wenn sie der Mensch bezähmt, bewacht. Vielleicht war es sogar das, was Schiller eigentlich hatte ausdrücken wollen u. der Beruf des Bankbeamten erschien F. als eine heilige Feuerwache. Niemals hätte er zugegeben, daß man selbst die Hand ins Feuer stecken u. spielen dürfe, obgleich er wußte, daß die Obersten es taten; aber die Obersten erschienen ihm nicht als Spekulanten, sondern als Gewaltige, die einen derartigen Überblick über den Geldmarkt hatten, daß sie ihre Taschen geradezu hätten zunähen müssen, wenn nicht unwillkürlich etwas hineinfließen sollte. Er war der geborene Subalterne. Aber es schien nur so; in Wahrheit hatte ihn nur sein Idealismus zum Untergebenen gemacht, denn jeder irdische Idealismus hat den Zweck, die Begierden auf Höheres abzulenken u. in einer den Machthabern genehmen Weise zu entkräften. F. kam sich hereingefallen vor. Er hatte treu an das Hohe geglaubt, an die fortschreitende geistige Rentabilität der Welt, er war arm geblieben, seine Frau hatte ihn nicht mehr respektiert, er hatte es erleben müssen, daß ein bübischer Antisemit sich seiner Tochter bemächtigte, u wenn er sich gegen etwas verwahrte, behandelte man ihn nachsichtig wie einen Kranken oder einen, der durch Unglück im Zuchthaus gesessen ist! So hatte sich die Abwendung F's. von seinen Grundsätzen schon lange vorbereitet, u. die Ereignisse, die in sein Leben eingetreten waren, hatten diesen Grundsätzen bloß einen letzten gewaltigen Tritt gegeben. Es war F. nicht um das Verdienen zu tun, er stürzte sich nicht auf den Besitz, sondern auf eine neue, rettende Idee seines Lebens; die verheerende Leidenschaft einer großen Greisenliebe für die ewige Jugend u Unmoral des Geldes war in ihm entfacht worden.

Von dem Augenblick an, wo F. unerlaubte Geschäfte machte, ließen ihn die säuerlichen Antworten seiner Gattin Kl. kalt. Die Frage, ob in einer guten Familie Zahnstocher auf den Tisch kommen dürfen oder nicht, die mindestens einmal in jeder Woche einen Streit ausgelöst hatte, der zwei Weltanschauungen in Brand setzte, beantwortete er damit, daß er am Familientisch auf den Zahnstocher entgegenkommend verzichtete, dagegen oft unter dem Vorwand geschäftlicher Besprechungen dem Familientisch fernblieb. Selbst die materielle Gesinnung, die ihm so oft morgens am Frühstückstisch nach peinlichem nächtlichen Erlebnis die steife Verachtung seiner Gattin zugezogen hatte, schien jetzt von ihm geschwunden zu sein, u. Kl., die er verachtete, aber, um sie nicht argwöhnisch zu machen, öfters mit kleinen Aufmerksamkeiten beschenkte, begann zuweilen über ihrem gefrorenen Fleisch einen dünnen Hauch ihrer einstigen Zärtlichkeit erblicken zu lassen. Natürlich hätte sie die Veränderung im Benehmen ihres Gatten geradezu mißtrauisch machen müssen, aber L. war trotz seines Alters noch ein Anfänger, u. Kl. hätte es niemals für möglich gehalten, was geschah; sie nahm gläubig an, daß Aufmerksamkeiten u Abwesenheiten ihres Gatten mit erhöhter geschäftlicher Tätigkeit u. freudig stimmenden Vergütungen dafür zusammenhingen.

L. aber hatte sich, als Geld in seinen Besitz kam, stracks La. genähert. La. in ihrer Ahnungslosigkeit behandelte ihn anfangs, obgleich sie mit ihren Erfolgen bei anderen schon wieder im Abstieg war, schrecklich von oben herab, aber ihre Dummheit brachte ihr auch in dieser veränderten Anwendung Glück, denn L. war es als erfahrenem Mann klar, daß er auf dem neuen Gebiet nicht über genügend Kenntnisse verfüge, u. die ersten Erfahrungen schüchterten ihn ein. Ihre roten u grünen Seidenhemden kamen ihm unvergleichlich eleganter vor als die soliden Hemden seiner Frau. Ihre körperliche Gleichgültigkeit war ihm nichts Neues. Daß sie eine Monatsgeliebte war, ekelte ihn nicht, im Gegenteil, es schmeichelte ihm, der Nachfolger hochgeborener Männer zu sein, u. verschmolz in seinem Bewußtsein mit La's Vorliebe für Leckerbissen. Es kam dazu, daß La's. Schönheit etwas

Altmodisches hatte; die Frauenbilder, zu denen er als Knabe mit dem trüben Feuer der ersten Empfindungen aufgeblickt hatte, hatten so ausgesehen, u. wenn sich La's vollgegessener Körper aus den Kleidern wickelte, war ihm wie beim Einzug in ein Träumeland zumute. M. e. W., er war so glücklich, wie ein Mann nur sein kann, denn ein Mann ist nie so glücklich, wie wenn es ihm gelingt, sich so zu benehmen, wie er es sich als Knabe gewünscht hat, u. das machte F. zu einem liebenswürdigeren Mann u Vater, als er es vordem gewesen war. Es erzog ihn aber auch zu einem Verhalten gegen sich selbst, das man als größere Gewissenhaftigkeit bezeichnen muß. Schon wenn ein Mann nach jahrelanger Treue die Vorbereitungen zum ersten Ehebruch trifft, ist das, wie wenn ein altes Schiff neu gestrichen u. getakelt wird. Was gibt es da nicht alles zu bemerken u. zu verbessern, von den vernachlässigten Zehen angefangen bis zur Krawatte, die keine schäbige Stelle haben darf, die man beim Binden kunstvoll verschwinden läßt! Da gibt es keine geflickten Hemden u. gestopften Socken, die das Zeichen (Bild) der Treue sind, sondern ein Mann auf Abwegen ist immer proper u. überlegt bis ins kleinste.

Als L F. die neuen Eigenschaften natürlich geworden waren, lichtete sich übrigens der Glanz ein wenig, mit dem ihn La. geblendet hatte. Der Begriff L u La. war jetzt nicht mehr ein Glücksstrahl, der in F's. Seele fiel, sondern nur noch ein Stück in einer vornehmen Herrengarderobe. F. nahm sich La's. Finanzen an, indem er ihre Einnahmen während des letzten Jahres nachrechnete u. ihr bewies, daß sie unkaufmännisch gewirtschaftet habe u. elend verkommen werde, wenn sie nicht rechtzeitig lerne, mit kleineren Beträgen auszukommen. La. ließ sich das lange Zeit gefallen, weil ihre Faulheit vor einem Wechsel zurückschreckte u F. wenigstens an ihren gastronomischen Neigungen wie einem überkommenen Erbstück nicht rührte, aber zum erstenmal dämmerte ihr, daß sie gefallen sei. F. wandte sein Geld indes neuen Aufgaben zu. – Ge! – sagte er zu seiner ungebärdigen Tochter – Du hast durch meine Anstrengungen viel Geld, wenn du heiraten willst. Du kannst dir jeden Mann aussuchen! – Aber Ge., die dem gütigen Tonfall ihres Vaters nicht mit einem Angriff wegen H. begegnen wollte, antwortete jedesmal bloß: – Danke Papa, man muß nicht heiraten! – Da war es dann leichter ein Wort über die Verrücktheit der Welt zu unterdrücken, wenn L. daran dachte, daß ihn abends La. erwarte u er vorher eine Ausrede ersinnen müsse. Es schien ihm auf diese Weise, daß Ge. netter u. nachgiebiger geworden sei, u. daß man nicht ganz so viel sich über sie ärgern müsse wie früher.

Cl. VII/I.   (——)
[Ort, Material, Aufbau: Fr. 10, S 2 u. Blge. 1.]

Von Ld. kam kein Brief, die Angelegenheit des Männerbundes blieb
Cl. entrückt; manchmal vergaß sie es über den neuen Ereignissen.
Sie mußte überlegen, wie sie wieder auf die Klinik kommen könnte,
Dr. F. zu Trotz, der ihr die Wiederkehr verboten hatte. Sie sah ein,
daß es sehr schwer sein werde. Über die Mauer des Parks klettern? –
dachte sie; diese Vorstellung, wie ein Krieger in den verbotenen Raum
einzudringen, sagte ihr sehr zu, aber da die Klinik nicht im Freien,
sondern in der Stadt lag, konnte man das, um nicht gesehen zu werden,
nur bei Nacht wagen, u. wie sollte Cl. sich dann im Park zwischen den
vielen abgeschlossenen Häusern zurechtfinden?! Sie fürchtete sich.
Obgleich sie wußte, daß es für ausgeschlossen gelten müßte, wurde sie
von der Einbildung erschreckt, zwischen den schwarzen Bäumen
einem Irrsinnigen in die Hände zu laufen u. von ihm vergewaltigt oder
erwürgt zu werden. Sie hatte noch immer den Schrei der Tobsüchtigen
in den Ohren; auf der letzten Station, ehe sie an den schönen Frauen
vorbei, wieder ins vernünftige Leben zurückgekehrt war. Sie sah oft
den nackten Mann vor sich, der in der Mitte eines ganz leeren Raumes
stand, der nichts enthielt als eine niedere Liegestatt u. einen Abort, die
mit dem Boden verwachsen waren. Er hatte einen blonden Bart u.
hellbraune Schamhaare. Er hatte weder das Öffnen der Türe beachtet,
noch die Menschen, die ihm zusahen; er stand mit gespreizten Beinen
da, hielt den Kopf gesenkt wie ein Wilder, hatte dicken Speichel im
Bart, wiederholte wie ein Pendel immer wieder die gleiche Bewegung,
ein flach kreisendes Vornherumwerfen des Oberleibs immer mit einem
Ruck, immer nach der gleichen Seite, sein Arm bildete dabei mit dem
Körper einen steifen Winkel, u das einzige, was sich änderte, war,
daß bei jeder dieser Bewegungen ein anderer Finger aus der geballten
Faust vorsprang; er wurde von einem lauten, keuchenden Schrei begleitet, den die ungeheure Anspannung des ganzen Körpers, die dazu
nötig war, hervorpreßte. Dr F. hatte erklärt, daß das stundenlang
dauere, u. hatte Cl. noch in andere Zellen blicken lassen, wo augenblicklich Ruhe war. Aber dieser Anblick war womöglich noch schrecklicher gewesen. Er zeigte den gleichen kahlen, ausbetonierten Raum,
der nichts als einen Menschen enthielt, dessen Anfall man erwartete,
u. einer von diesen Menschen saß noch in Straßenkleidung da, man
hatte ihm bloß den Kragen u. die Halsbinde abgenommen. Es war ein
Rechtsanwalt mit einem schönen Vollbart u. sorgsam gescheiteltem
Haar; er saß da u. blickte die Besucher an, als sei er eben im Begriff ge-

wesen, zu Gericht zu gehen, u. habe sich nur auf diese Steinbank gesetzt, weil er aus Gott weiß welchen Gründen gezwungen sei, zu warten. Über diesen Menschen war Cl. besonders erschrocken, weil er so natürlich aussah; wie Dr. F. sagte, hatte er aber erst vor wenigen Tagen in seinem ersten Anfall seine Frau ermordet, u so ziemlich alle Augenblicksbewohner dieser Abteilung waren Mörder gewesen. Cl. fragte sich, warum sie sich vor ihnen fürchte, obgleich doch gerade diese Kranken am besten von allen verwahrt u. bewacht wurden? Sie fürchtete sich vor ihnen, weil sie sie nicht verstand. Es gab in ihrer Erinnerung auch noch einige andere, wo es ihr ebenso erging. Aber das ist doch kein Grund dafür, daß ich ihnen begegnen muß, wenn ich nachts durch den Park laufe!? – sagte sie sich.

Nun war das aber so. Daß sie ihnen dabei begegnen könne, stand nahezu fest; das war eine Vorstellung gegen die nichts zu unternehmen war, denn so oft Cl. sich den Vorgang ausmalte, wie sie über die Mauern steigen u. dann zwischen den weit auseinanderstehenden düsteren Bäumen vorwärtsschreiten werde, kam es früher oder später zu einem grauenvollen Zusammenstoß. Damit war also wohl eine Tatsache gegeben, mit der man rechnen mußte, u. es fragte sich vernünftigerweise darum, was sie bedeuten solle. Selbst ein so gesetzter Mann wie der berühmte alte amerikanische Schriftsteller Ralph Waldo Emerson, den sie schon in ihrer Mädchenzeit gelesen hatte, weil ihre Freunde sagten, daß er wunderbar sei, hat behauptet, es sei ein allgemeines Natur- u. Menschengesetz, daß Gleiches von Gleichem angezogen werde. Cl. erinnerte sich ungefähr an einen Satz, der lautete, daß alles, was einem Menschen zukommt, von selbst zu ihm hinstrebe, so daß Ursache u Wirkung nur scheinbar aufeinanderfolgen, in Wahrheit aber bloß zwei Seiten derselben Sache seien u. alle Klugheit schlecht sei, weil sie mit jeder Vorsichtsmaßregel gegen die Gefahr in die Gewalt dieser Gefahr versetze. Davon hatte Cl., als sie sich daran erinnerte, bloß die persönliche Anwendung zu machen. Wenn es feststand, daß sie, wenn auch zunächst nur in einer geheimnisvollen gedanklichen Weise, immer wieder den Mördern begegne, so zog sie diese Mörder an. Nun wird aber Gleiches von Gleichem angezogen? Also trug sie die Seele eines Mörders in sich. Man muß sich vorstellen, was es heißt, wenn solche ungewöhnlichen Gedanken plötzlich Boden unter den Füßen bekommen! Ld. war vor ihr geflohn, sie war wahrscheinlich zu stark für ihn. Das ist, wie wenn Blitze ineinander schlagen! W. wurde von ihr angezogen, immer wieder sein Talent in ihr zu morden, so sehr sie ihn auch zurückstieß. Sie trug ein schwarzes Medaillon an der Hüftbeuge, u. die Kranken errieten es, vielleicht können solche Leute durch die Kleider sehen, u. jubelten ihr entgegen. Die Tatsachen stimmten verwirrend zueinander.

Um Cl's. Mund kämpften Lachen u. Schwierigkeiten; bald öffnete er sich, bald preßte er sich schmal zusammen. Sie war vor der Zeit aufgestanden, W. schlief noch, sie hatte rasch ein leichtes Kleid übergeworfen u. war ins Freie getreten. Die Vögel sangen vom Wald herüber durch die leere Morgenstille. Die Halbkugel des Himmels war noch nicht mit Wärme ausgefüllt. Selbst das Licht war noch seicht verteilt. Es geht mir nur bis an die Knöchel – dachte Cl. – der Hahn des Morgens ist eben erst aufgedreht worden. Alles war vor der Zeit. Cl. war sehr stark berührt davon, wie sie vor der Zeit durch die Welt wanderte. Sie hätte beinahe geweint. Es tat ihr innig leid, daß sie bei ihrem Besuch in der Anstalt, die Lage M's. zu spät durchschaut hatte. Das war ein Spiel würdeloser Teufel um eine Seele gewesen, was sie vor sich gesehen hatte. Sie hörte sich gerufen, noch einmal dahin zurückzukehren, aber Dr. F. verwehrte es ihr. Sie fühlte sich sehr beschämt u zog eine Weile so dahin. Irgendwann bildete sich aber ein Gedanke, der sie von dieser Niedergeschlagenheit erlöste: Viele großen Männer waren im Irrenhaus gewesen. Und sie wurden von denen verhöhnt, die im Besitz einer Vernunft geblieben waren. Sie waren nun unfähig geworden, sich denen zu erklären, für die sie früher nur Verachtung gehabt hatten. Sie erinnerte sich an die Stummheit des späten Nietzsche, den sie vergötterte. Und was sie soeben noch gekränkt hatte, nicht rechtzeitig durchschaut zu haben, wie die drei Teufel bei M. ihr mit Absicht ihn so jämmerlich gemütlich vorgeführt hatten, um sie zu überlisten u. zu lähmen, ja daß sie sich wirklich dumm u. schwach gezeigt hatte, leuchtete ihr jetzt langsam als ein Zeichen dafür ein, daß auch ihr das Schicksal des großen Menschen zwischen den widerlichen Wärtern der Welt auferlegt sein werde. Ein schwebender Regen von Licht u Tränen erfüllte ihr Herz. Es war unheimlich, sich mit Irren gleichzustellen; aber sich mit etwas Unheimlichen gleichzustellen, ist die Entscheidung zum Genie! Sie faßte den Plan, M. von seinen Wärtern zu befreien. Gedanken, wie sie es bewerkstelligen werde, fuhren ihr kreuz u quer durch den Kopf. Auch die Schwalben hatten inzwischen begonnen, durch die Luft hin u her zu fahren. In irgendeiner Weise mußte es wohl gelingen. Cl. war in diese Gedanken so vertieft, daß sie die Tiefe spürte wie die engen Hänge eines Abgrunds. Sie mußte ihre Schultern schmal machen u konnte nur vorsichtig lächeln. Es fiel ihr ein, daß dies die «Tiefe des widermoralischen Hangs» wäre, die Nietzsche von seinen Jüngern verlangte. Sie staunte darüber, denn sie hatte nicht erwartet, daß man das so sinnfällig erleben könne. Es war ein Weg durch eine «Landschaft der Widermoral».

Die L. W. liegt tief unter der des gewöhnl. Lebens, aber nicht in Metern tief, sondern um Oktaven tiefer. So kam es ihr vor. Alles Große lebt in der LW. (dort) Es geht die gleichen Wege, die andere gehn,

aber berührt sie nicht. Dagegen sagte sich Cl. halblaut: Ich folge N.
nach. Sie konnte sich auch vorstellen, daß M. das Leid N's. auf sich
genommen habe u. N. in seiner Sündengestalt sei. Aber darauf hatte
sie es jetzt nicht abgesehen. Nun mußte sie «das Leid» auf sich nehmen:
das beschäftigte sie. Sie fühlte es ungeheuer in der Leere des Morgens
schweben. Sie trug etwas, das groß von ihren Schultern aufragte. Aber
sie überlegte sich etwas u ging nach Hause.

II. Bd. V. Kapitelgruppe

Cl. VII/II   (——)

Als sie dort ankam, war W. noch nicht aufgestanden, obgleich er
schon unterwegs zu seinem Amt hätte sein sollen. Er schlief nachts
so schlecht, daß er sich morgens nicht rechtzeitig erheben konnte.
Träume peinigten ihn, die beim Erwachen, ohne daß er sich an sie
erinnern konnte, ein Gefühl hinterließen, innerlich völlig zerschlagen
zu sein. W. kam sich wie ein Blatt Papier vor, das von einer unguten
Wärme eingerollt u. so trocken gemacht worden ist, daß bei der geringsten Berührung Risse entstehen. Das war die Wirkung Cl's., die
neben ihm schlief, neben ihm sich an- u. auskleidete u. ihm kaum erlaubte, sie zu küssen. Das Blut stockte u. wurde unruhig. Es staute sich
wie eine Menschenmenge, die an der Spitze aufgehalten wird und
hinten, wo man von der Ursache nichts mehr weiß, zu drängen u.
zuchtlos zu werden anfängt. W. nahm sich zusammen, er wollte Cl.
nicht verletzen, er verstand sie, sie rührte ihn mit ihrer kindlichen Entschlossenheit, es war Edelmut in ihrer qualvollen Übertreibung. Vielleicht aber auch jene nervöse Überspanntheit, die alles, was sie trieb,
eigentümlich stigmatisierte. Es schien W., daß es seine Pflicht sei, die
von ihr aufgerichteten Hindernisse, wenn es sein müsse, mit Gewalt
hinwegzuräumen. Man mußte durch eine solche Brutalität hindurch,
um wieder zu natürlichen geistigen Gegensätzen zu gelangen, wenn
schon Gegensätze sein sollten. Er fühlte es an sich selbst; ihrer beider
Geist brauchte einen Chirurgen, ein geistiges Gewebe hatte sich
wuchernd entartet u. mußte weggeschnitten werden. Aber er war
überzeugt, daß ein Leid, wie es ihnen auferlegt sei, an Tiefe u. Selt-
samkeit hinter Tristan u Isolde nicht zurückstehe.
    Nur seine höchste persönliche Not hatte ihn bewogen, vor einigen
Tagen mit Cl's. Bruder S. Rücksprache zu nehmen. – Du kennst Cl –
hatte er gesagt – das heißt, du kennst sie natürlich nicht, aber du weißt
viel von ihr u. du kannst da vielleicht ausnahmsweise auch als Arzt
einen Rat geben. – S. gab diesen Rat. Es war merkwürdig, wieviel

Herablassung er sich von W. gefallen ließ. Das Leben ist voll solcher Beziehungen, wo einer den anderen duckt u. verdrängt, der sich nicht dagegen auflehnt. Vielleicht nur das gesunde Leben. Die Welt wäre wahrscheinlich schon zur Zeit der Völkerwanderung zugrundege-gangen, wenn sich alle bis auf den letzten Blutstropfen gewehrt hätten; statt dessen hatten aber die Schwächern sich nachgiebig verzogen u. lieber andere Nachbarn gesucht, die von ihnen verdrängt werden konnten. Nach diesem Muster vollziehen sich die menschlichen Be-ziehungen noch immer, u. alles wird dabei mit der Zeit von selbst gut. S. hatte in dem Kreise für einen Tölpel u. Dummkopf gegolten, wo W. ein Genie war, das sich noch nicht endgültig geäußert hatte. Er hatte das anerkannt, lehnte sich niemals dagegen auf u. wäre noch heute, wenn es zu einem geistigen Zusammenstoß mit W. käme, der Nachgiebige u. Huldigende gewesen. Aber er kam seit Jahren so gut wie niemals in diese Lage, denn man war auseinandergewachsen, u die alte Beziehung war im Vergleich mit neuen ganz unwichtig geworden. S. besaß nicht nur eine Praxis als Arzt – u. der Arzt herrscht anders als der Beamte, nicht durch fremde, sondern durch eigene geistige Macht u. kommt zu Menschen, die auf seine Hilfe warten u sie fügsam ent-gegennehmen – sondern er besaß auch eine vermögende Frau, die ihm in kurzer Zeit 3 Kinder hatte schenken müssen u. von ihm, wenn auch nicht oft, so doch hie u da, wenn es ihm paßte, mit anderen Frauen betrogen wurde. Nun war S. ganz folgerichtig auch in der Lage, W. einen gesuchten Rat geben zu können – Cl. – stellte er fest – ist über-nervös. Sie hat immer mit dem Kopf durch die Wand wollen, u. jetzt steckt ihr Kopf eben einmal in einer Wand fest. Du mußt ordentlich ziehen, wenn sie sich auch wehrt. Es ist gegen ihren eigenen Vorteil, wenn du dir zuviel von ihr gefallen läßt. Nervöse Menschen bedürfen einer gewissen Strenge. W. hatte ihm geant-wortet, daß die Ärzte von seelischen Vorgängen nicht das geringste verstünden, inzwischen hatte er jedoch S's. Rat in die ihm selbst angenehme Form gebracht, daß zwei Menschen leiden müßten, um ein schweres Liebesschicksal aneinander zu vollziehen. In der Sache selbst kamen sie ja auf das gleiche hinaus. Und er sagte zu Cl: – Sei doch vernünftig Cl! –
Cl. war eben zuhause angekommen, hatte W. – du Faullenzer! – zugerufen, kaltes Wasser in die Wanne gelassen u. ihr leichtes Kleid abgestreift, als sie W. hinter sich spürte. Er stand da, wie er aus dem Bett gestiegen war, in einem langen Nachthemd, das bis auf die nackten Füße fiel, u. mit warmen Wangen wie ein Mädchen, während Cl. in ihren kurzen Höschen u mit den mageren Armen wie ein Knabe aussah. Sie setzte ihm die Hand vor die Brust u. schob ihn zurück. Aber W. griff nach ihr. Er umklammerte mit

der einen Hand ihren Arm u. suchte sie mit der anderen am Kreuz zu umfassen u. an sich zu ziehen. Cl. riß an der Umklammerung, u. als das nichts half, stemmte sie ihre freie Hand in W's. Gesicht, vor Nase u Mund. Er wurde rot im Gesicht, u. das Blut zitterte in den Augen, während er mit Cl. rang u. sie nicht merken lassen wollte, daß ihm ihr Griff weh tat. Und als ihn die Atemnot zu betäuben drohte, mußte er ihre Hand aus seinem Gesicht schlagen. Blitzschnell fuhr sie wieder hin, u. diesmal rissen die Nägel zwei blutende Furchen in seine Haut. Cl. war frei. Aber W. haschte von neuem nach ihr. Diesmal mit aller Kraft. Er war zornig geworden. Er überließ sich diesem Zorn u. fürchtete auf der ganzen Welt nichts weiter, als vernünftig zu werden. Cl. schlug nach ihm. Sie hatte den Schuh verloren u trat nach ihm. Sie hatte begriffen, daß es diesmal ums Ganze gehe. W. keuchte alberne Sätze. Nach den Stimmen der Einsamkeit war das, wie wenn sie ein Räuber überfallen hätte. Sie fühlte Riesenkräfte in sich. Ihre Kleidung zerriß, W. griff in die Fetzen, sie packte den Hals vor sich an. Sie hätte ihn morden mögen. Sie wußte nicht, was sie tat   Nackt, schlüpfrig, wie ein zappelnder Fisch kämpfte sie in seinen Armen. Sie biß. W., dessen Kraft nicht ausreichte, sie ruhig zu überwältigen, schleuderte sie hin u her u. suchte ihre Angriffe schmerzhaft zu blocken. Cl. ermüdete. Ihr Musk. wurde taub u locker. Es kamen Pausen, wo sie von W's. Gewicht an die Wand oder gegen die Erde gedrückt wurde u. sich nicht mehr wehren konnte. Dann wieder kamen Folgen von Abwehrbewegungen u. rücksichtslosen Angriffen gegen empfindliche Körper- u Gesichtsstellen. Dann wieder das Ersticken, die Ohnmacht u das Herzklopfen. W. schämte sich zuweilen. Wie ein Lichtstrahl traf ihn der Schmerz: Vernünftige Menschen u. benehmen sich so! Es kam ihm vor, daß Cl. so häßlich wie eine Wahnsinnige aussehe. Aber er hatte soviel gebraucht um sich so weit zu bringen, daß der handelnde Mensch für sich dahinlief, unbekümmert um den Fühlenden. Auch Cl. hatte nicht mehr das Gefühl, von W. vergewaltigt zu werden; nur noch das, nicht ihren Willen durchsetzen zu können, u. als sie nachgeben mußte, stieß sie einen langen schrillen, wilden Schrei aus wie eine Lokomotive. Dieser Einfall kam ihr selbst sonderbar vor. Vielleicht entwich ihr Wille damit der ihr jetzt nichts mehr nutzte. W. erschrack. Und während sie seinen Willen dulden mußte, hatte sie den Trost: Warte, ich werde mich rächen!

In dem Augenblick, wo dieser widerliche Auftritt beendet war, schlug die Beschämung über W. zusammen. Cl. saß mit finsterem Gesicht, nackt wie sie war, in einem Winkel u. erwiderte nichts auf seine Bitten um Verzeihung. Er mußte sich ankleiden; Blut u Tränen flossen ihm in den Rasierschaum. Er mußte forteilen. Er fühlte, daß er die Geliebte aller Tage seit seiner Jugend nicht in diesem Zustand zurücklassen könne. Er suchte sie wenigstens zu bewegen, daß sie sich ankleide. Cl. entgegnete, sie könne nun ebenso gut so sitzen bleiben bis ans Ende aller Tage. Von seiner Verzweiflung u Hilflosigkeit wich da sein ganzes Mannesleben zurück, er warf sich auf die Knie u. bat sie mit erhobenen Händen, ihm zu verzeihn, so wie er einst gegen Schläge gebeten hatte; es fiel ihm nichts anderes mehr ein.

– Ich werde alles U. erzählen! – sagte Cl. ein wenig versöhnt.

W. bettelte sie, es zu vergessen. Es lag in seiner Würdelosigkeit etwas, das mit ihm versöhnte; er liebte Cl., die Scham war wie eine Wunde, aus der wirkliches, warmes Blut quoll. Aber Cl. verzieh ihm nicht. Sie konnte ihm so wenig verzeihn wie ein Kaiser verzeihen kann, der die Verantwortung für ein Reich trägt; solche Menschen sind etwas anderes als Privatperson. Sie ließ ihn schwören, sie nicht mehr anzurühren, ehe sie ihm es erlaube. W. wurde zu einer Sitzung erwartet; er schwor rasch, mit der Uhr im Herzen. Dann gab ihm Cl. dennoch den Auftrag, U. herzuschicken; sie sagte zu, daß sie schweigen werde, aber sie brauchte die beruhigende Nähe eines vertrauten Menschen.

II. Bd. V. Kapitelgruppe

Cl. VII/III (——)

In einer Dienstpause nahm W. einen Wagen, um so rasch es möglich war, zu U. zu kommen.

U. war zuhause. Sein Leben ödete ihn an. Er wußte nicht, wo Ag. war. Seit sie sich von ihm getrennt hatte, besaß er keine Nachricht von ihr. Sorge um ihr Ergehen marterte ihn. Alles erinnerte ihn an sie. Wie kurz war es her, daß er sie von einem unbesonnenen Entschluß zurückgehalten hatte. Trotzdem glaubte er nicht daran, daß sie das tun würde, ohne ihn noch einmal gesprochen zu haben.

Vielleicht gerade deshalb; denn der Rausch – wirklich ein Rausch, eine Bezauberung! – war vorbei. Unwiderruflich hatte der Versuch, ihr Verhältnis zueinander so zu gestalten, wie sie es unternommen hatten, fehlgeschlagen. Weite Gebiete des Gefühls u. der Einbildungen, die das ganze Leben lang wie ein opalisierender Himmel vielen Dingen einen Glanz unbekannter Herkunft gegeben hatten, waren jetzt verödet. U's. Geist war trocken geworden wie ein Boden, unter dem sich die Feuchtigkeit führende Schichte, von der alles Grüne lebt, verloren hat. Wenn das ein Unsinn war, was er zu wollen gezwungen wurde, –

u. die Abspannung, mit der er daran denken mußte, ließ keinen Zweifel zu! – so war das Beste in seinem Leben immer ein Unsinn gewesen, der Schimmer des Denkens, der Hauch von Übermut, diese zarten Boten einer besseren Heimat, die zwischen den Dingen der Welt wehen. Es blieb nichts übrig, als vernünftig zu werden, er mußte seiner Natur Gewalt antun u sie wahrscheinlich nicht nur in eine harte, sondern auch von vorneher langweilige Schule nehmen. Er wollte nicht geboren sein zum Müßiggänger u. würde es jetzt sein, wenn er nicht bald anfinge, mit den Folgen dieses Fehlschlags Ordnung zu machen. Aber wenn er sie prüfte, lehnte sich sein Wesen dagegen auf, u. wenn sich sein Wesen dagegen auflehnte, sehnte er sich nach Ag; ohne Überschwang geschah das, aber doch so, wie man nach einem Leidensgenossen verlangt, wenn er der einzige ist, mit dem man vertraut ist.

W. erkundigte sich mit zerstreuter Höflichkeit nach U's. Abwesenheit; U. wartete verlegen darauf, daß er nach Ag. fragen werde, zum Glück vergaß es W. Er habe in der letzten Zeit gesehn, daß es Wahnsinn sei, an der Liebe einer Frau zu zweifeln, die man selbst liebe, begann er. Selbst wenn man getäuscht würde, käme es nur darauf an, sich fruchtbar täuschen zu lassen, so, daß das innere Leben aller daran Beteiligten um eine Stufe gehoben werde. Alle nur negativen Empfindungen seien unfruchtbar; andererseits gebe es nichts, worin man nicht den Kern der Fruchtbarkeit finden könnte, wenn man die Schalen der Weltgemeinschaft davon abstreifte. Zum Beispiel: er habe oft Unrecht getan, auf U. eifersüchtig zu sein.

– Warst du wirklich auf mich eifersüchtig? – fragte U.

– Ja. – bekannte W., u. für einen Augenblick entblößten sich in unbewußt andeutender, aber lächerlich abschreckender Weise zwei Zähne. – Ich habe das natürlich nie anders als geistig betrachtet. Cl. empfindet für deinen Körper eine gewisse Sinnesverwandtschaft. Du verstehst: weder dein Körper zieht ihren Körper, noch dein Geist ihren Geist an, sondern dein Körper ihren Geist; du wirst zugeben, daß das nichts Einfaches ist u. daß es für mich nicht immer leicht war, mich richtig zu dir zu verhalten. –

– Und Ld? –

– Ld. ist jetzt abgereist – schickte W. voraus – aber das war anders. Ich bewundere Ld. selbst. An diesen Menschen kommt heute kein zweiter heran, wenn man alles in allem nimmt. Ich könnte es Cl. gar nicht verbieten, ihn zu lieben. –

– Doch, das könntest du schon. Erstens müßtest du ihr sagen, daß Ld. ein Faselhans ist –

– Laß das! Ich brauche heute deine Freundschaft, nicht Streit! –

– So könntest du Cl. immer noch sagen, daß ein großer Mensch doch nicht die Aufgabe hat, wie ein Riesenmagnet die Nägel aus allen Ehen zu ziehen; also muß auch auf seiten der Ehe etwas sein, das durch die Überlegenheit dieses dritten nicht verändert werden kann. Du bist doch konservativ, u. wirst dir das wohl ausdenken können. Es ist übrigens eine fesselnde Frage. Überleg einmal: Jeder Dichter, Musiker, Philosoph, Führer, Chef findet heute Menschen, die ihn für das Höchste auf Erden halten. Die natürliche Folge wäre, besonders bei den leichter beweglichen Frauen, daß sie ihm als ganzer Mensch zuliefen. Dem Leibphilosophen u. Leibdichter! Diese Worte haben ein Anrecht darauf, wörtlich genommen zu werden; denn wo sollte man sonst mit Seele u Leib hinwollen, wenn nicht zu diesem höchsten Ruhepunkt?! Ebenso sicher ist es aber, daß das nicht geschieht. Nur hysterische Frauen laufen heute den großen Geistern nach. Was kann die Ursache sein? –

W. antwortete widerwillig. – Du hast doch selbst gesagt, daß es für das Zusammenleben noch andere Gründe gibt. Kinder, das Bedürfnis nach einem festen Platz; u. dann: es gibt ein Zusammenpassen zweier Menschen, das mehr ist als das Zusammenpassen ihrer Ansichten! –

– Ach, Ausreden! Das Zusammenpassen, von dem du sprichst, ist nichts anderes, als daß man den Ansichten noch weniger vertraut als einem gewohnten Leben, das sich nicht als geradezu unerträglich herausgestellt hat. Es ist einfach ein Glück, daß man den Menschen, die man bewundert, doch nicht ganz traut. Das Durcheinander, wobei immer eines vom anderen entkräftet wird, ist offenbar zu einem Mittel der Lebenserhaltung geworden. Die Neigungen halten durch einen feinen Rest von Abneigung gegen den dritten zusammen. Und insgesamt ist das natürlich nichts anderes als die Pharisäerseele, die, wenn sie einmal in einem Leib darin steckt, sich einbildet, daß jeder andere Leib geheime Nachteile hat! –

– Ich habe vorausgeschickt, – rief W. empört aus, – daß ich es Cl. nicht verbieten könnte, wenn sie Ld. wirklich liebte! –

– Und warum erlaubst du ihr dann nicht, mich zu lieben? – fragte U. lachend. – Weil du mich nicht magst. Und du magst mich nicht, weil ich dich in unserer Jugend ein paarmal verprügelt habe. Als ob ich nie auf Stärkere gestoßen wäre, die mich verprügelt hätten! So unsinnig ist das, so borniert u. gedankeneng. Ich mache dir keinen Vorwurf; wir haben alle diese Schwäche, daß wir nicht loskommen können, ja geradezu, daß solche albernen Zufälle das Material sind, das uns innerlich aufbaut, während unsere Erkenntnisse nur wie die Luft sind, die darum herumstreicht. Wer ist denn stärker: Du oder ich? Herr Ing. Kurz oder Herr Kunsthistoriker Lang? Ein Meisterringer oder ein Kurzstreckenläufer? Ich meine, (das Persönliche) diese Sache hat heute doch schon sehr ihren Sinn verloren. Wir sind einzeln alle nichts. Um in deiner Sprache zu reden: Wir sind Instrumentalisten, die sich in der Ahnung zusammengefunden haben, daß sie ein wunderbares Stück spielen sollen, dessen Partitur noch nicht aufgefunden worden ist. Was würde also geschehen, wenn sich Cl. in mich verliebte? Daß man nur einen Menschen lieben könne, ist nichts als ein juristisches (privat-rechtliches) Vorurteil, das uns ganz u gar überwuchert hat. Sie würde auch dich lieben u gerade dann in der besten dir zukommenden Art, weil sie frei von dem Ärger wäre, daß du gewisse Eigenschaften nicht hast, an denen ihr doch auch etwas liegt. Die einzige Bedingung wäre, daß du dich mir gegenüber wirklich als ein Freund betragen müßtest; das heißt, du brauchst mich nicht zu verstehn, denn ich verstehe die Zellen in meinem Gehirn auch nicht, obgleich etwas viel Innigeres zwischen uns besteht als Verständnis! – u. du dürftest mir mit allen deinen Gefühlen u Gedanken widersprechen, aber nur in einer be-stimmten Weise: denn es gibt Widersprüche, die Fortsetzungen sind, z.b. die in uns selbst, wir lieben uns samt ihnen. –

W. war das vorgekommen, wie wenn ein Eimer eine Treppe hinab ausgegossen wird, U's. Rede breitete sich aus u. einmal mußte sie ver-siegen; er ging inzwischen im Zimmer auf u ab aber er konnte es nicht abwarten. Er blieb stehen u. sagte: – Ich muß dich unterbrechen. Ich will dir weder widersprechen, noch zustimmen. Ich weiß nicht, warum du das überhaupt sagst; mir kommt es in die Luft gesprochen vor. Und wir sind beide einige dreißig Jahre alt, es hängt nicht mehr alles in der Luft wie mit 19 Jahren, man ist etwas, man hat etwas, u. alles, was du sagst, ist grenzenlos undringlich. Aber das Entsetzliche ist, daß ich Cl. habe versprechen müssen, dich heute noch zu ihr hinaus-zuschicken. Versprich mir, daß du mit ihr weniger unvernünftig reden wirst als mit mir! –

– Aber dazu müßte ich dir zuerst versprechen, daß ich hinausgehe. Ich habe heute nicht die geringste Lust dazu! Entschuldige mich, auch ich fühle mich nicht wohl. –

– Aber du mußt mir die Bitte erfüllen! Dir kommt es nicht darauf an, du verträgst schon etwas; aber Cl. ist seit Tagen in einem beängsti-genden Zustand. Ich habe mir noch dazu einen großen Fehler zu-schulden kommen lassen, widerwärtig, versichere ich dir, man ist manchmal wie ein Tier. Ich habe Angst um sie! – Die Erinnerung überwältigte ihn augenblicklich. Er hatte Tränen in den Augen u. sah durch die Tränen hindurch U. zornig an. Der begütigte ihn u. ver-sprach zu kommen.

– Geh gleich hinaus – bat W. – Ich habe sie sehr aufgeregt zurück-lassen müssen – Und er erzählte U. in Eile, daß Ld's. unerwarteter u. wirklich auch ihn sonderbar berührender Abschied Cl. offenbar erschüttert habe, denn im Anschluß daran habe sie sich in der letzten Zeit auffallend verändert. – Du weißt ja, wie sie ist – sagte W, dem immer von neuem ein Tränenschleier über die Augen rann – Ihre ganze Natur hindert sie, etwas, das sie nicht für recht hält, gewähren zu lassen; das Geschehenlassen, von dem unsere ganze Zivilisation voll ist, ist für sie eine Hauptsünde! – Er berichtete den Auftritt mit dem Zeitungsblatt, der ihm selbst mit einemmal in neuem Licht erschien. Dann fügte er leiser hinzu, Cl. habe ihm nach Ld's. Abreise gestanden, daß sie während seines Aufenthalts oft an einer Art Zwangsgedanken gelitten habe, die alle darauf hinaus kamen, daß die ganz einzigartige Entwicklung zum Großen, die Ld. durchlaufen habe, seit er als ein gewöhnlicher junger Schwerenöter von ihnen fortgegangen war, ihren Grund darin habe, daß er die Sünden aller Menschen, die mit ihm zu tun hatten, auf sich nahm u. überwand, u wie sich zeigte, auch die von Cl. u W. selbst.

U. mußte seinen Jugendfreund wohl mit einer unwillkürlichen Frage angesehen haben, denn W. schloß augenblicklich eine Verteidigung daran. Das klinge nur so beunruhigend, versicherte er, sei aber gar nicht überspannt. Jeder Mensch steige dadurch, daß er die Fehler anderer auf sich nehme u in sich verbessere. Cl. habe bloß eine ungewöhnlich lebendige Heftigkeit, wenn sie plötzlich von solchen Fragen gepackt werde, u. einen Ausdruck dafür ohne Zugeständnisse. – Aber du würdest, wenn du sie so genau kenntest wie ich, finden, daß hinter allem, was an ihr wunderlich erscheint, ein unvergleichliches Empfinden für die tiefsten Fragestellungen des Lebens liegt! – Die Liebe machte ihn blind, indem sie Cl. für ihn durchsichtig bis auf den Grund machte, wo das liegt, was man meint, während alle Unterschiede zwischen erleuchteten u. dummen, gesunden u kranken Köpfen sich in der weniger tiefen Schichte dessen abspielen, was man sagt u. tut.

II. Bd. V. Kapitelgruppe

Cl. VII/IV.   (——)

Cl. hatte nach dem Auftritt mit ihrem Mann sich am ganzen Körper gewaschen u. war aus dem Haus gelaufen. Die blaue Linie des Waldrandes zog sie an; sie wollte sich verkriechen. Und während sie lief, war das Blinkende, Glitzernde, Tropfensprühende des weißen Wassers um sie, wie ein Stachelpanzer mit auswärts gerichteten Spitzen. Eine äußerste Gereiztheit des Reinlichkeitsbedürfnisses verfolgte sie. Aber als sie im Wald angelangt war, blieb sie gleich zwischen den ersten

Stämmen hinter den Randbüschen liegen. Sie sah von da gerade in die kleinen, dunklen, wie Nasenlöcher offenen Fenster ihres Hauses, u. vieles war schon damit vorbei. Kräuterduft brannte in der Vormittagssonne; Gewächse kitzelten sie; das Stechende, Harte, Heiße, Rücksichtslose der Natur tat ihr wohl. Sie fühlte sich der Enge des persönlichen Verhältnisses entrückt. Sie konnte denken. Es war offenbar geworden, daß W. durch die Anziehung, die von ihr ausging, zugrundegerichtet wurde; viel tiefer als heute brauchte er kaum noch zu sinken. Also war es auch an ihr, das Opfer zu bringen! (Cl. erhob sich u. ging tiefer in den Wald hinein.) Was war das, das Opfer? Solche Worte fallen wie ein Gedicht ein, (aber sie wollte sich mit diesem Wort verbergen, um dahinter zu kommen.) Das Wort Opfer ergab sich (zunächst) auf die gleiche Weise, wie es sich ergeben hatte, daß sie die Seele eines Mörders in sich trage, u besonders nach dem Auftritt mit ihrem Gatten mußte sie annehmen, daß sie auch die Seele eines Satyrs, eines Bockes in sich beherberge. Gleiches wird ja nur von Gleichem angezogen. Der aber erkennt, muß sich opfern: Das ist das unerbittliche Gesetz, nach dem das Große lebt. Cl. begann zu verstehen; aber gleichzeitig mit dem Erkennen, daß sie die Seele eines Bockes in sich trage, begann auch der Schreck zu schmelzen, der wie ein Eisblock in sie gerollt war, u. die dem Körper verursachte, von der Seele verhinderte Erregung taute in ihren Gliedern auf. Es war ein wundervoller Zustand. Die Berührung der Büsche drang durch die Haut tief in ihre Nerven ein, das Schwellen des Mooses unter ihren Sohlen, das Zwitschern der Vögel wurden sinnlich u. überzogen das Weltinnere wie mit dem Fleisch einer Frucht. – Ihr werdet mich verleugnen, wenn ihr mich erkennt! – dachte Cl. Sobald das gedacht war, zeigte sich auch schon, daß W. sie wirklich verleugnen lernen müsse, denn nur so konnte er von ihr befreit werden. Eine große Trauer befiel sie bei diesem Gedanken. – Alle werden mich verleugnen – sagte sie sich noch einmal. – Und erst, wenn Ihr mich alle verleugnet habt, werdet Ihr mündig sein. Erst wenn ihr alle mündig geworden seid, will ich Euch wiederkehren! – fügte sie hinzu. Wie Ansätze von herrlichen Gedichten war das, deren zweite Zeile sich bereits in einem Übermaß von Erregung u. Schönheit verlor. – Golgathalied – nannte sie es. Eine Spannung, als müßte sie im nächsten Augenblick in einen Tränenstrom ausbrechen, begleitete diese ungeheure Leistung. Was sie am tiefsten verwunderte, war die ungeheure Unfreiwilligkeit in diesem Sturm von Freiheit. – Wäre ich nur ein wenig abergläubisch u. nicht von so harter Gesundheit – dachte sie – so würde ich mich jetzt vor mir fürchten müssen! – Ihre Gedanken waren bald so, als wäre sie nur ein Instrument, auf dem ein fremdes u höheres Wesen spielte, ihre Lichtgestalt, das ihr Antworten gab, ehe sie noch recht gefragt hatte, u. Gedanken aufbaute, die wie die Umrisse ganzer Städte auf sie zukamen, so daß sie erstaunt stehen blieb; bald waren sie so, daß Cl. selbst ganz leer zu sein schien, ein Federleichtes, das mit Mühe seine Schritte zurückhalten mußte, denn jedes Ding, worauf ihr Auge fiel, oder jede Erinnerung, die der Strahl des Gedächtnisses beleuchtete, führte sie hastig u. gab sie an das nächste Ding u. den nächsten Einfall weiter, so daß Cl's. Gedanken zuweilen neben ihr herzulaufen schienen u. ein stürmischer Wettlauf mit ihrem Körper begann, bis die junge, seelig entrückte Frau einhalten mußte u. sich erschöpft in die Waldbeeren warf.

Sie hatte eine Lichtung gefunden, in die die Sonne hineinschien, u. während sie die warme Erde fühlte, auf der sie lag, streckte sie sich wie auf einem Kreuz aus, u. Nägel aus Sonnenstrahlen drangen durch ihre aufwärts gekehrten Hände.

Sie hatte für U. einen Zettel in der Wohnung liegen gelassen, auf dem nichts stand, als daß sie ihn im Wald erwarte.

U. hatte nach dem Gespräch mit W. sich aufgemacht u. auch wirklich die Nachricht gefunden. Er nahm ohneweiters an, daß Cl. irgendwo in einem Hinterhalt stecke u. sich schon melden werde, wenn er den Wald betrete. Von dem heißen Morgen bedrückt, schritt er (unlustig) auf dem Weg aus, den sie gewöhnlich zu nehmen pflegten, wenn sie in den Wald gingen, u. als er Cl. nicht fand, drang er aufs Geratewohl weiter in den Wald ein. Aus W's. Erzählungen hatte am nachhaltigsten die Nachricht auf ihn gewirkt, daß Cl. sich mit M. beschäftige. Von ihm aus hätte M. längst schon tot u gehenkt sein können, denn er hatte sich wochenlang nicht an ihn erinnert, u das war doch recht merkwürdig, wenn er bedachte, daß gar nicht viel früher, das Bild dieses roh phantastischen Menschen ordentlich ein Mittelpunkt in seinem Leben gewesen war. – Man fühlt wahrhaftig als sogenannter normaler Mensch – sagte er sich – ebenso unzusammenhängend wie ein Wahnsinniger. – Die Hitze lockerte seinen Kragen u. die Poren seines Gesichts auf, ging gleichsam durch die weich gewordene Haut ein u aus. Das Zusammenkommen mit Cl. bereitete ihm gar keine angenehme Erwartung. Was konnte er ihr sagen? Sie war immer das gewesen, was man verrückt nennt, ohne es ernst zu meinen; wenn sie es nun wirklich würde, konnte sie vielleicht häßlich u abstoßend sein, das wäre das einfachste; wenn sie ihn aber nicht abstieß? Nein; U. nahm an, daß sie ihn abstoßen müsse. Der entartete Geist ist häßlich. So stolperte er mit einemmal beinahe über sie, denn beide waren unwillkürlich der Richtung eines breiten Pfads gefolgt, in dem sich der Weg fortsetzte, der sie zum Wald gebracht hatte. Cl. hatte ihn kommen gesehen, bunt in den bunten Waldkräutern liegend u. seinem Blick entzogen. Sie war schnell auf seinen Weg gekrochen u.

dort liegen geblieben. Sein Gesicht, das sich unbeobachtet glaubte und nur in vegetativem Rapport mit den Hindernissen lebte, durch die es daher kam, bereitete ihr durch die vielen, unbewußten, männlich entschlossenen Bewegungen darin ein wunderliches Gefühl. U. hielt erst überrascht an, als er sie fast unter sich liegend, gewahrte, den Blick lächelnd zu ihm emporgehoben. Sie war nicht im mindesten häßlich.

– Wir müssen M. befrein – erklärte Cl., nachdem U. sie gebeten hatte, ihm doch die Einfälle auseinander zu setzen, von denen er gehört habe. – Wenn es nicht anders geht, müssen wir ihm eben zur Flucht verhelfen! Ich weiß gewiß, daß du mir helfen wirst!

U. schüttelte den Kopf.

– Dann komm! – stieß Cl. hervor. – Wir wollen tiefer in den Wald hineingehn, wo wir allein sind. – Sie war aufgesprungen. Der sinnlos wuchernde Wille, der von diesem kleinen Wesen ausging, war wie die in der Sonne dunstenden Brombeerranken, zwischen denen es von unbekanntem Geziefer flog u. wimmelte; unmenschlich, aber angenehm. – Aber du bist erhitzt! – rief Cl. aus – Du wirst dich zwischen den Bäumen erkälten! – Sie nahm ein Tuch von ihrem warmen Körper u. warf es ihm behend über den Kopf; dann kletterte sie an ihm empor, verschwand ebenfalls unter dem Tuch u. küßte ihn wie ein übermütiges kleines Mädchen, ehe er sie von sich hinabwerfen konnte. Cl. stolperte u kam zu sitzen. – Ich habe dir – drohte U. brummig – nicht verziehen, daß ich in der Zeit, wo du in diesen Wirrkopf Ld. verliebt gewesen bist, für dich überhaupt nicht vorhanden war! – So? – antwortete Cl – Das verstehst du nicht. Ld. ist homosexuell. Da hast du mich also überhaupt nicht verstanden! –

– Aber was heißt dein Gerede von Erlösen? – fragte U. streng. – Das ist doch auch erst durch ihn so ausgewachsen? –

– Oh, das werde ich dir erklären, komm! – versicherte Cl.

U. schickte voraus, was ihm schon W. gesagt hatte.

– Gut, ja. Aber das ist nicht die Hauptsache. Die Hauptsache ist der Bär. –

– Der Bär? –

– Ja; die spitze Schnauze mit den Zähnen, die alles zerreißt. Ich wecke den Bären in Euch! – Cl. zeigte mit einer Bewegung, was sie meine u. lächelte unschuldig. – Aber Cl.! – Natürlich! – sagte – Cl – Du verleugnest mich, wenn ich aufrichtig bin! Aber sogar W. glaubt daran, daß jeder Mensch ein Tier habe, dem er ähnlich sehe. Von dem muß man ihn erlösen. Nietzsche hatte den Adler, W. u. M. haben den Bär. –

– Und ich? – fragte U. neugierig.

– Das weiß ich eben noch nicht. –

– Und du? –

– Ich bin ein Bock mit Adlerflügeln. –

So streiften sie durch den Wald, aßen hie u. da Beeren, u. wurden von Hitze u. Hunger trocken wie Geigenholz. Zuweilen brach Cl. ein trockenes Zweiglein ab u reichte es U; der wußte nicht, ob er es wegwerfen oder in der Hand halten solle, wie bei Kindern, wenn sie so etwas tun, lag etwas anderes dahinter, wofür kein Begriff vorhanden war. Nun blieb Cl. in der Wildnis stehen, u. die Lichter ihrer Augen leuchteten. Sie erklärte: – M. hat einen Lustmord begangen, nicht wahr? Was ist das? Die Lust hat sich in ihm getrennt vom Menschlichen! Ist das in W. aber nicht auch so? Und in dir? M. hat dafür büßen müssen. Muß man ihm nicht helfen? Was sagst *du* dazu? – Von den Füßen der Bäume roch es nach Dunkelheit, Pilzen u. Fäulnis von oben nach sonnenbeschienenen Fichtenzweigen.

– Wirst du das für mich machen? – fragte Cl.

U. sagte wieder nein u. bat Cl., nach Hause zu kommen.

Sie schlängelte neben ihm her u. ließ den Kopf hängen. Sie waren weit ab gekommen. – Wir haben Hunger – sagte Cl. u. zog ein Stück alten Brots hervor, das sie in der Tasche getragen hatte. Sie gab auch U. davon zu essen. Es war ein merkwürdig angenehm unangenehmes Gefühl, das den Hunger stillte u. den Durst quälte. – Die Mühle der Zeit mahlt trocken – dichtete Cl. dazu – Körnchen um Körnchen fühlst du fallen. –

Und U. kam es vor, daß er sich zwischen diesen lauter sinnlosen Unannehmlichkeiten, ohne viel nachzudenken so wohl fühlte wie schon lange nicht.

Cl. setzte noch einmal an, ihn zu gewinnen. Sie wolle es selbst tun. Sie habe einen Plan. Sie brauche nur etwas Geld. Und er müsse einmal statt ihrer mit M. sprechen, weil sie nicht mehr in die Klinik dürfe.

U. versprach es. Diese Räuberromantik füllte die Zeit aus. Er verwahrte sich gegen alle Folgen. Cl. lachte.

Als sie auf dem Heimweg waren, wollte es der Zufall, daß sie einem Mann begegnete, der einen gezähmten Bären führte. U. scherzte darüber, Cl. wurde aber ernst, u. schien an der Nähe seines Körpers Schutz zu suchen u. hatte ein ganz vertieftes Gesicht. Als sie die Wandernden überholten, rief sie plötzlich laut aus – Ich zähme jeden Bär! – Es klang wie ein ungeschickter Scherz. Dabei griff sie aber nach der Schnauze des Bären, um sie am Maulkorb zu fassen, u. U. hatte Mühe, sie rasch genug von dem erschreckt aufbrummenden Tier zurückzureißen.

II. V. Cl. VIII.

Das nächstemal traf U. mit Cl. bei Freunden von ihr in einem Maleratelier zusammen, wo sich ein Kreis von Menschen versammelt hatte
und Musik machte. Cl. war unauffällig in dieser Umgebung, die Rolle
des Sonderlings fiel darin eher U. zu. Er war unwillig gekommen
und empfand Widerstreben zwischen lauter Menschen, die verzückt
und verbogen lauschten. Diese Übergänge von Lieblich, Leise, Sanft
zu Düster, Heldisch und Brausend, welche die Musik binnen einer
Viertelstunde ein paarmal vollzieht, – Musiker bemerken das ja nicht,
weil für sie der Vorgang gleichbedeutend ist mit Musik und also mit
etwas ganz und gar Ausgezeichnetem! – aber U., der in diesem Augenblick ganz und gar nicht von dem Vorurteil, daß es Musik geben
müsse, befangen war, erschienen sie als so schlecht begründete und
unvermittelte Vorgänge wie das Treiben einer betrunkenen Gesellschaft, die alle Augenblicke zwischen Rührseligkeit und Prügeln abwechselt. Er wollte sich zwar keine Vorstellung von der Seele eines
großen Musikers machen und darüber urteilen, aber was gewöhnlich
schon für große Musik gilt, kam ihm noch beiweitem nicht anders
wie ein Kasten vor, der alle Inhalte der Seele einschließt und außen
sehr schön geschnitzt ist, aus dem man aber alle Laden herausgezogen
hat, so daß innen der ganze Inhalt durcheinander liegt. Er konnte gewöhnlich nicht begreifen, daß Musik eine Verschmelzung von Seele
und Form sei, weil er zu deutlich sah, daß die Seele der Musik, abgesehen von der ganz seltenen reinen Musik, nichts ist als die ausge-
borgte und verrückt gemachte Seele von Hinz und Kunz.
    Dennoch hatte er den Kopf wie die anderen in beide Hände gestützt;
er wußte bloß nicht, ob es geschah, weil er an Walther dachte, oder um
sich ein wenig die Ohren zuzuhalten. In Wahrheit hielt er weder die
Ohren ganz zu, noch dachte er nur an W. Er wollte bloß allein sein.
Er dachte nicht oft über andere Menschen nach; wahrscheinlich deshalb, weil er auch über sich selbst «als Person» selten nachdachte. Er
handelte gewöhnlich nach der Meinung, was man denke, fühle, wolle,
sich einbilde und schaffe, könne unter Umständen eine Bereicherung
des Lebens bedeuten; was man sei, bedeute aber unter keinerlei Umständen mehr als ein Nebenprodukt bei dem Vorgang dieser Her-
stellung. Musikalische Menschen sind jedoch sehr oft der entgegengesetzten Meinung. Sie erzeugen zwar eine Sache, für die sie den
unpersönlichen Namen Musik gebrauchen, aber diese Sache besteht
doch zum größten oder wenigstens in dem ihnen wichtigsten Teil
aus ihnen selbst, ihren Empfindungen, Gefühlen und dem gemein-

samen Erlebnis. Es ist mehr Sein und weniger Bleiben in ihrer Musik, der von allen geistigen Tätigkeiten die des Schauspielers am nächsten steht. Diese *Steigerung*, deren Zeuge er sein mußte, erregte Ulrichs Abneigung, er saß wie eine Eule unter Singvögeln zwischen ihnen.

Und natürlich war W. ganz das Gegenteil von ihm. Er dachte viel und leidenschaftlich über sich selbst nach. Er nahm alles ernst, was ihm begegnete. Weil es ihm begegnete; als ob das eine Auszeichnung wäre, die eine Sache zu einer anderen machen kann. Er war in jedem Augenblick Person und ganzer Mensch, und weil er es war, wurde er nichts. Alle Menschen hatten ihn fesselnd gefunden, ihm Glück gebracht und ihn eingeladen, bei ihnen zu bleiben, mit dem Endergebnis, daß er Archivar oder Kustos geworden ist, festgefahren ist, keine Kraft mehr hat, sich zu verändern, auf alle Menschen schimpft, zufrieden unglücklich ist und pünktlich in sein Büro geht. Und während er in seinem Büro ist, wird vielleicht zwischen Cl. und U. etwas geschehen, das seine Person, wenn er es erführe, in eine Aufregung versetzen könnte, wie wenn der ganze Ozean der Weltgeschichte in sie einströmte; wogegen U. weit weniger aufgeregt davon war. Cl. aber hatte sich, gleich als sie gekommen waren, W. war nicht dabei, neben U. gesetzt; den Rücken vorgebogen, das Knie hochgezogen, im Dunkel, denn es war noch kein Licht gemacht worden, hatte sie gleich nach den ersten Takten, denen sie beiwohnten, ihre Hand ausgebreitet auf die seine gestützt, als ob sie aufs innigste zusammengehörten. U. hatte sich vorsichtig befreit, und auch das war ein Grund dafür gewesen, daß er den Kopf in beide Hände stützte; aber Cl., als sie geschaut hatte, was er vorhabe, und ihn von der Seite ebenso ergriffen dasitzen sah wie alle anderen, hatte sich sanft an ihn gelehnt und so saß sie nun schon eine halbe Stunde. Und auch er war nicht glücklich.

Er wußte, daß er immer von neuem nichts als den entgegengesetzten Irrtum beging wie W. Durch diesen Irrtum entstand eine Auflösung ohne Kern; der Mensch verlor sich in einen Strahlenraum; er hörte auf, ein Ding, mit allen ebenso köstlichen wie zufälligen Begrenztheiten, zu sein; er wurde in der höchsten Steigerung so gleichgültig gegen sich selbst, daß das Menschliche gegenüber dem Übermenschlichen nicht mehr Bedeutung hat wie das Stückchen Kork, an dem ein Magnet angebracht ist, der es in einem Netz von Kräften kreuz und quer zieht. Zuletzt war es ihm mit Ag. so ergangen. Und jetzt – nein, es war eine Lästerung, das nebeneinander zu setzen – aber selbst zwischen Cl. und ihm war jetzt etwas «los», bewegte sich, er war in einen Wirkungsbereich geraten, in dem Cl. und er von Kräften einander zu bewegt wurden, die keine Rücksicht darauf nahmen, ob sie im ganzen für einander Neigung verspürten oder nicht.

Und während Cl. an ihm lehnte, dachte U. an W. Er sah ihn in einer bestimmten Weise vor sich, wie er ihn oft heimlich sah. W. lag dann an einem Waldrand, hatte kurze Hosen an, trug unpassende schwarze Strümpfe dazu und hatte in diesen Strümpfen nicht die Beine eines Mannes, weder die muskulösen, noch die dünnen, sondern die eines Mädchens, eines nicht sehr schönen Mädchens, mit sanften, unschönen Beinen. Er hatte die Hände unter dem Kopf gekreuzt, sah hinaus in die Landschaft, über die einst seine unsterblichen Werke rollen sollten, und verbreitete das Gefühl, daß man ihn durch eine Ansprache stören würde. Dieses Bild liebte U. eigentlich sehr. So hatte W. in seiner Jugend ausgesehen. Und U. dachte: Was uns getrennt hat, ist nicht die Musik – denn er konnte sich ganz gut eine Musik vorstellen, die so unpersönlich und überdinglich und jedesmal ein einzigesmal aufsteigt wie ein Rauch, der sich im Himmelsraum verliert; – sondern es ist der Unterschied im Verhalten der Person zu ihr, es ist dieses Bild, das ich liebe, weil es übrig geblieben ist, während er es sicher aus dem entgegengesetzten Grunde liebt, weil es alles in sich einschluckte, was aus ihm hätte werden können, bis schließlich eben W. daraus geworden ist. – Und eigentlich – dachte er – ist alles das nichts als ein Zeichen der Zeit. Der Sozialismus bemüht sich heute, das liebe Privatich für eine wertlose Illusion zu erklären, an deren Stelle gesellschaftliche Ursachen und Pflichten gehören. Ihm ist dabei aber längst die Naturwissenschaft schon mit den lieben Privatdingen vorangegangen, die sie in lauter unpersönliche Vorgänge wie Wärme, Licht, Schwere und so weiter aufgelöst hat. Das Ding, wie es Privatmenschen wichtig ist, als ein Stein, der ihnen auf den Kopf fällt oder als einer den sie in Gold gefaßt kaufen können, oder eine Blume, an der sie riechen, interessiert die neueren Menschen nicht im geringsten; sie behandeln es als einen Zufall oder gar als ein «Ding an sich», das ist etwas, das nicht da ist und doch da ist, eine ganz törichte und gespenstische Persönlichkeit von einem Ding. Man darf wohl voraussagen, daß sich das ändern wird, so wie ein Mann, der täglich Millionen umsetzt, einmal sehr erstaunt eine einzelne Mark in die Hand nimmt, aber dann werden Ding und Persönlichkeit etwas anderes geworden sein. Und einstweilen besteht noch ein sehr komisches Nebeneinander. Moralisch zum Beispiel betrachtet man sich noch ungefähr so, wie die Physik die Körper vor 300 Jahren betrachtet hat; sie «fallen», weil sie die «Eigenschaft» haben, das Hohe zu scheuen, oder werden warm, weil in ihnen ein Fluidum steckt: solche gute oder böse Eigenschaften und Fluida dichten die Moralisten noch den Menschen an. Psychologisch dagegen ist man schon soweit, den Menschen in typische Bündel typischer Allerweltsverhaltensweisen aufzulösen. Soziologisch behandelt man ihn nicht anders. Musikalisch dagegen macht man ihn wieder ganz –

Aber plötzlich wurde Licht gemacht, die Musik schwang nur noch auf den letzten Tönen hin und her, wie ein Ast, von dem jemand herunter gesprungen ist, die Augen blinzelten, und die Stille vor dem Lossprechen aller trat ein. Cl. war noch rechtzeitig von U. abgerückt, aber als nun die neuen Gruppen sich gebildet hatten, zog sie ihn in eine Ecke und hatte ihm etwas mitzuteilen.

– Was ist das äußerste Gegenteil davon, daß man gewähren läßt? – fragte sie ihn. Und da U. nichts erwiderte, gab sie selbst die Antwort.

– Sich selbst einprägen! – Das Figürchen stand elastisch vor ihm, die Hände auf dem Rücken. Aber sie suchte sich mit den Augen an U's. Augen anzuhalten, denn die Worte, die sie jetzt suchen mußte, waren so schwer, daß sie ihren kleinen Körper ins Wanken brachten. – Sich einkratzen! – sage ich. Ich habe das vorhin herausgebracht, während wir nebeneinander gesessen sind. Eindrücke sind gar nichts; sie drücken dich ein! Oder ein Haufen Regenwürmer. Aber wann verstehst du ein Stück Musik? Wenn du es selbst innerlich machst! Und wann verstehst du einen Menschen? Wenn du dich so machst wie er. Siehst du – sie beschrieb mit der Hand einen wagrecht liegenden spitzen Winkel, der U. unwillkürlich an einen Phallus erinnerte, – unser ganzes Leben ist Ausdruck! In der Kunst, in der Liebe, in der Politik suchen wir die aktive Form, die spitzige, ich habe es dir schon gesagt, daß es die der Bärenschnauze ist! Nein, ich habe nicht sagen wollen, daß Eindrücke nichts sind: sie sind die Hälfte; wundervoll steckt das beides in dem Wort Erlösen, das aktive er- und das Lösen– –: sie wurde sehr erregt von der Bemühung sich U. verständlich zu machen.

In diesem Augenblick setzte aber wieder das Musizieren ein, es hatte nur eine kurze Ruhepause gegeben, und U. wandte sich von Cl. ab. Er sah durch das große Atelierfenster in den Abend hinaus. Das Auge mußte sich erst wieder ans Dunkel gewöhnen. Dann er schienen blaue wandernde Wolken am Himmel. Die Spitzen eines Baums reichten von unten herauf. Häuser standen mit den Rücken nach oben. – Wie sollten sie sonst?! – dachte U. lächelnd, und doch es gibt Minuten, wo alles verkehrt erscheint. Er gedachte Ag's. und war unsagbar traurig. Dieses neue, kleine Wesen Cl. an seiner Seite trieb mit einer unnatürlichen Geschwindigkeit voran. Das war keine natürliche Entwicklung, darüber war er sich ganz klar. Er hielt sie für verrückt. Von Liebe konnte keine Rede sein. Aber es gefiel ihm die Vorstellung, während ihm die Musik hinter seinem Rücken wie ein Zirkus vorkam, neben einem im Kreise sprengenden Pferd herzulaufen, auf dem Cl. stand und mit geschwungener Gerte Ajaha schrie.

9.

Einige Tage nach diesem (dem) musikalischen Abend im Atelier erschien Ge, die sich aufgeregt am Telefon angemeldet hatte, abends bei U. Sie riß mit auffallendem Schwung ihren Hut vom Kopf u. warf ihn auf einen Stuhl. Auf die Frage, was es gebe, antwortete sie: – Nun ist alles in die Luft geflogen! –

– Ist H. davongegangen? –

– Papa ist pleite! – Ge. lachte nervös zu ihrem burschikosen Ausdruck. U. erinnerte sich, daß er sich bei seinem letzten Zusammentreffen mit Dir. F. über eine Art von Telefongesprächen gewundert hatte, die dieser von seiner Wohnung aus führte; aber diese Erinnerung war nicht eindringlich genug, um ihn Ge's. Ausruf völlig ernst nehmen zu lassen.

– Papa war ein Spieler, denken Sie! – lieferte das aufgeregte, zwischen Heiterkeit u. Verzweiflung kämpfende Mädchen die Ergänzung. – Wir alle haben gedacht, er sei ein braver Bankbeamter ohne große Aussichten, aber gestern abend hat sich herausgestellt, daß er alle Zeit über heimlich die gefährlichsten Börsenoperationen gemacht hat! Sie hätten dabei sein sollen, wie das gestern aufflog! – Ge. warf sich neben ihren Hut auf den Sessel u. schlug kühn ein Bein über das andere. – Er kam nach Haus, als ob man ihn aus dem Wasser gezogen hätte. Mama stürmte mit Speisesoda und Kamillentropfen auf ihn ein, weil sie dachte, daß ihm schlecht sei. Es war $^1/_2$ 12 Uhr nachts, wir hatten schon geschlafen. Da gestand er, daß er in drei Tagen große Beträge zu zahlen habe u. nicht wisse, woher er sie nehmen solle. Mama, großartig, hat ihm ihr Heiratsgut angeboten. Mama ist immer großartig; was hätten die paar tausend Kronen für einen Spieler bedeutet! Aber Papa gestand überdies, daß er Mamas kleines Vermögen schon längst mitverloren habe. Was soll ich Ihnen sagen? Mama schrie wie ein überfahrener Hund. Sie hat nichts als das Nachthemd u. Hausschuhe angehabt. Papa lag in einem Fauteuil und ächzte. Seine Stellung ist natürlich auch hin, wenn die Sache heraus kommt. Ich sage Ihnen, es war erbärmlich! –

– Soll ich mit Ihrem Vater sprechen? – fragte U – Ich verstehe wenig von solchen Dingen. Glauben Sie, daß er sich etwas antun könnte? –

Ge. zuckte die Achseln. – Er macht heute den Versuch, einen seiner sauberen Geschäftsfreunde zu bestimmen, daß er ihm helfe. – Sie wurde plötzlich finster – Sie glauben doch hoffentlich nicht, daß ich deshalb zu Ihnen gekommen bin!? Mama ist heute zu ihrem Bruder übersiedelt; sie hat mich mit sich nehmen wollen, aber ich verzichte darauf; ich bin von zuhause fortgelaufen – Sie war wieder heiter geworden – Wissen Sie, daß hinter der ganzen Sache ein Frauenzimmer steckt, eine Chansonette oder so etwas? Mama ist daraufgekommen, u. das hat ihr den Rest gegeben. Alle Achtung vor Papa, was? Wer hätte ihm soviel zugetraut! – Ich glaube übrigens nicht, daß er sich töten wird – fuhr sie fort. – Denn wie das nachträglich mit dem Frauenzimmer herausgekommen ist, heute, im Lauf des Tags, hat er ganz außerordentliche Dinge gesagt: er wolle lieber sich einsperren lassen und nachher sein Brot durch Hausieren mit pornographischen Büchern verdienen, als noch länger der Dir. F. mit Familie zu sein! –

– Aber was mir die Hauptsache ist – fragte U. – was wollen denn Sie tun? –

– Ich komme bei Freunden unter – sagte Ge. schnippisch – Sie brauchen nicht besorgt zu sein! –

– Bei H S. und seinen Freunden! – rief U. vorwurfsvoll aus.

– Da tut mir niemand was! –

Ge musterte die Wohnung U's. Wie Schatten trat die Erinnerung an das, was hier einmal vorgefallen war, aus den Wänden. Ge. fühlte sich als armes Mädchen, das nichts besaß außer ein paar Kronen, die sie im Fortgehn aus dem Schreibtisch ihrer Mutter genommen hatte, wunderbar frei u. unbeschwert. Sie tat sich leid. Sie war geneigt, über sich zu weinen, wie über eine tragische Theaterfigur. Man hätte ihr wohl etwas Gutes gönnen dürfen, dachte sie, aber sie erwartete kaum, daß U. sie tröstend in die Arme nehmen würde. Nur wäre sie, wenn er es getan hätte, nicht so feig gewesen wie das erstemal. Aber U. sagte: – Sie wollen sich jetzt nicht von mir helfen lassen, Ge, das sehe ich; sie sind noch viel zu stolz auf ihr neues Abenteuer. Ich kann nur sagen, daß ich für Sie einen bösen Ausgang fürchte. Prägen Sie sich, bitte, ein, daß Sie immer, ohne jede Rücksicht über mich verfügen können, wenn Sie es brauchen sollten. – Er sagte es zögernd u. überlegend, denn er hätte ja eigentlich auch etwas anderes u. Liebevolleres sagen können. Ge. war aufgestanden, tastete vor dem Spiegel an ihrem Hut herum u. lächelte U. zu. Sie hätte ihn gerne zum Abschied geküßt, aber dann wäre es vielleicht gar nicht zum Abschied gekommen; u. der Tränenstrom, der unsichtbar hinter ihren Augen rann, trug sie wie eine zart tragische Musik, die man nicht unterbrechen durfte, in das neue Leben hinaus, von dem sie sich noch sehr wenig vorstellen konnte.

L 62, S. 5 (Trennungskap. in VI.) / I. Teil. Stellung vorläufig: II$_{IV}$
A ff S 4

Sagen: Greift zurück.

Die Wochen, seit R D's. Haus verlassen hatte, verliefen in einer Unwahrscheinlichkeit, die ein anderer Mensch als sie kaum ruhig hingenommen haben würde. Aber R. war als Sündige aus dem Elternhaus gewiesen worden und war schnurstracks am Ende dieses Falls in einem
Paradies, bei D. gelandet; nun hatte sie D. hinausgestürzt aber ein so
bezaubernd vornehmer Mann wie U. war schon dagestanden u. hatte
sie aufgefangen: konnte sie nicht glauben, daß das Leben so ist, wie
es in den Romanen beschrieben wurde, die sie mit Vorliebe gelesen
hatte? Wer zum Helden bestimmt ist, den wirft das Schicksal immer
wieder halsbrecherisch in die Luft, aber es fängt ihn auch immer wieder
mit starken Armen auf. R. setzte blindes Vertrauen in dieses Schicksal
und hatte eigentlich während der ganzen Zeit nichts anderes getan,
als darauf zu warten, daß es ihr bei der nächsten Begebenheit vielleicht
seine Absichten entschleiere. Sie war nicht schwanger geworden; das
Erlebnis mit S. schien also nur eine Zwischenhandlung gewesen zu
sein. Sie aß in einer kleinen Speisewirtschaft, gemeinsam mit Kutschern, postenlosen Dienstmädchen, Arbeitern, die in der Nähe zu tun
hatten, u. jenen wechselnden unbestimmbaren Menschen, die durch
eine Großstadt fluten. Der Platz, den sie sich gewählt hatte, an einem
bestimmten Tisch, wurde täglich für sie bereit gehalten; sie war besser
gekleidet als die anderen Frauen, die in dieser Kneipe verkehrten; die
Art, wie sie Messer u Gabel führte, war anders, als man es hier sah;
R. genoß an diesem Ort ein heimliches Ansehen, das sie sehr wohl
bemerkte, wenn es ihr auch viele nicht zeigen wollten, und sie nahm
an, daß man sie für eine Gräfin halte oder für die Geliebte eines Fürsten,
die aus irgendwelchen Gründen vorübergehend gezwungen sei, ihren
Stand zu verhüllen. Es kam vor, daß Männer mit zweifelhaften
Brillanten am Finger u. eingefetteten Haaren, wenn sie einmal unter
den ehrbaren Gästen auftauchten, es so einzurichten wußten, daß sie
an R's. Tisch zu sitzen kamen, u. dann richteten sie verführerisch gezwirbelte Artigkeiten an sie; aber R. wußte das mit Würde u. ohne
Unfreundlichkeit abzulehnen, denn obgleich es ihr so gut gefiel wie
das Schwirren u. Kriechen der Käfer an einem üppigen Sommertag,
u. der Raupen u Schlangen, ahnte ihr doch, daß sie sich nach dieser
Seite nicht einlassen dürfe, ohne in ihrer Freiheit Gefahr zu laufen. Sie
unterhielt sich überhaupt am liebsten mit älteren Leuten, die vom Leben
schon etwas wußten, u. von seinen Gefahren, Enttäuschungen u. Vorgängen berichteten. Auf diese Weise bekam sie eine Kenntnis, die in

Krümel aufgelöst, bei ihr ankam, wie die Nahrung zu einem Fisch hinabsinkt, der sich am Boden seines Glases ruhig aufhält. In der Welt gingen abenteuerliche Dinge vor sich. Man sollte jetzt schon schneller fliegen als die Vögel. Häuser ganz ohne Ziegel baun. Die Anarchisten wollten die Kaiser ermorden. Eine große Revolution stand nahe bevor, u. dann würden die Kutscher in den Wagen sitzen, die reichen Leute aber anstelle der Pferde eingespannt werden. In einem in der Nähe gelegenen Häuserblock hatte eine Frau nachts ihren Mann mit Petroleum übergossen u. dann angezündet; es war nicht zu denken! In Amerika setzte man Leuten, die das Augenlicht verloren hatten, schon Glasaugen ein, mit denen sie wirklich sehen konnten, aber es kostete noch sehr viel Geld u. war nur etwas für Milliardäre. Solche fesselnde Nachrichten hörte R, freilich nicht alle auf einmal, schon wenn sie bloß beim Speisen saß. Trat sie danach auf die Straße, so war von derartigen Ungeheuerlichkeiten wohl nichts zu bemerken, alles floß in Ordnung hin oder stand genau so da wie am Tag vorher, aber kochte nicht die Luft in diesen Sommertagen, gab der Asphalt nicht heimlich unter dem Fuß nach, ohne daß R. sich klar machen mußte, daß ihn die Sonne erweicht habe? Die Heiligen reckten die Arme auf den Kirchendächern u. hoben die Augen empor, daß man annehmen mußte, es gebe überall etwas Besonderes zu sehn. Die Schutzleute trockneten sich den Schweiß vor Anstrengung, inmitten der Bewegung, die um sie tobte. Fuhrwerke hielten im schärfsten Lauf jäh an, weil eine alte Frau über die Straße ging u. beinahe überfahren worden wäre, weil sie auf nichts achtete. Wenn R. zuhause in ihrem kleinen Zimmer ankam, fühlte sie ihre Neugierde von dieser leichten Nahrung gesättigt, sie nahm ihre Wäsche vor, um sie auszubessern, oder änderte ein Kleid oder las einen Roman – denn sie hatte mit Staunen vor der Weltleitung die Einrichtung der Volksbüchereien kennengelernt –, ihre Wirtin trat ein u. plauderte ehrerbietig mit ihr, denn R. hatte Geld ohne zu arbeiten u. ohne daß man irgendetwas von schlechtem Lebenswandel merkte, u. so ein Tag war um, ehe sich Zeit fand, das geringste zu vermissen, u. goß seinen Inhalt, voll bis zum Rand von Spannendem, in die Träume der Nacht aus.

Freilich hatte U. vergessen, R. rechtzeitig Geld zu schicken oder sie zu sich zu bestellen u. sie hatte schon anfangen müssen, die kleinen Ersparnisse aus ihrem Dienst zu verbrauchen. Aber sie machte sich keine Sorge, denn U. hatte ja versprochen, sie einstweilen zu schützen, und zu ihm hinzugehen, um ihn zu erinnern, kam ihr ganz u gar unpassend vor. In allen Märchen, die sie kannte, gab es etwas, das man nicht sagen oder nicht tun durfte; u. gerade das wäre es gewesen, wenn sie zu U. gegangen wäre u. ihm gesagt hätte, daß sie kein Geld mehr habe. Damit soll keineswegs behauptet sein, daß sie das ausdrücklich dachte, daß ihre Lebensführung ihr märchenhaft vorkam oder daß sie überhaupt an Märchen glaubte. Im Gegenteil, so war die Wirklichkeit beschaffen, die sie nie anders kennen gelernt hatte, wenn es auch noch niemals derart schön gewesen war wie jetzt. Nun gibt es Menschen, denen das erlaubt ist, u. solche, denen es verboten ist; die einen sinken von Stufe zu Stufe u. enden im äußersten Elend, die anderen werden reich u glücklich u – hinterlassen viele Kinder. Zu welcher von beiden Gruppen R. gehörte, war ihr niemals gesagt worden, den beiden Menschen, die ihr den Unterschied hätten erklären können, hatte sie nie gezeigt, daß sie träume, sondern hatte fleißig gearbeitet, bis auf die zwei unbeabsichtigten Fehltritte, die so große Folgen gehabt hatten. ¡Und eines Tags meldete ihr wirklich ihre Wirtin, daß, während sie zum Essen gegangen war, eine feine Dame nach ihr gefragt habe und angekündigt habe, daß sie nach einer Stunde wiederkehre. R. gab angstvoll die Beschreibung D's.; aber die Dame. die sie gesucht habe, sei ganz entschieden nicht groß gewesen, behauptete die Wirtin, u. auch nicht stark, auch dann nicht, wenn man unter stark nicht dick meine. Die Dame, die R. suchte, war ganz entschieden eher klein u. mager zu nennen.

Und wirklich, die Dame war schlank, klein u kehrte schon nach einer halben Stunde wieder. Sie sagte ›Liebes Fräulein‹ zu R, nannte U's. Namen u. zog einen größeren eng zusammengefalteten Betrag Geldes aus ihrem Täschchen, den sie R. im Auftrage ihres Freundes übergab. Dann begann sie ihr eine schwierige u. aufregende Geschichte zu erzählen, u. R. war noch nie in ihrem Leben von einer Unterhaltung so gefesselt worden. Es gebe einen Mann, erzählte die Dame, der von seinen Feinden verfolgt werde, weil er sich edelmütig für sie geopfert habe. Eigentlich nicht edelmütig; denn er mußte es tun, es war sein inneres Gesetz, jeder Mensch hat ein Tier, dem er innen ähnlich sieht, – Sie, zum Beispiel, Fräulein, – sagte die Dame – haben entweder eine Gazelle oder eine Schlangenkönigin, das läßt sich nicht immer auf den ersten Blick sagen. –

Wenn das nun etwa die Köchin in der Küche bei D. behauptet hätte, so würde es auf R. keinen oder einen ungünstigen Eindruck gemacht haben; aber es wurde von einer Frau gesagt, die in jedem Wort die Sicherheit einer gnädigen Frau ausströmte, diese Gabe des Herrschens, die jeden Zweifel als eine Achtungsverletzung erscheinen lassen würde; also war für R. das Ereignis gegeben, daß eine Gazelle oder eine Schlangenkönigin zu ihr in Beziehungen stand, die vorläufig noch zu hoch für sie waren, aber wohl in irgend einer Weise erklärt werden konnten, denn ähnliches hört man ja manchesmal. R. fühlte sich von dieser Neuigkeit geladen wie eine Bonbonière, die man im Augenblick noch nicht öffnen kann.

Der Mann, der sich geopfert habe, fuhr die Dame fort, trage einen Bären in sich, das heißt, die Seele eines Mörders u. bedeute, daß er den Mord auf sich genommen habe, allen Mord, den an den ungeborenen u. verhinderten Kindern, den feigen Mord, den die Menschen an ihren Talenten begehen, und den Mord auf der Straße durch die Fuhrwerke, Radfahrer u. Bahnen. Cl. fragte R – denn natürlich war es Cl, die da sprach, – ob sie den Namen M. schon gehört habe. Nun, R. hatte, obgleich sie ihn später wieder vergaß, M. geliebt u. gefürchtet wie einen Räuberhauptmann, damals, als er alle Zeitungen in Schrecken setzte, u. bei D. öfters von ihm gesprochen wurde; also fragte sie gleich, ob es sich um ihn handle.

Cl. nickte. – Er ist unschuldig! –

Zum erstenmal hörte das R. nun von einer Autorität, was sie sich selbst früher oft gedacht hatte.

– Wir haben ihn befreit – fuhr Cl. fort – wir, die Verantwortlichen, die mehr erkennen als die Übrigen. Aber wir müssen ihn nun verbergen. – Cl. lächelte u. so eigentümlich u. doch beseligend freundschaftlich, daß das Herz R. in die Höschen fallen wollte, aber unterwegs stecken blieb, ungefähr in der Gegend des Magens. – Wo verbergen? – stammelte sie blaß.

– Die Polizei wird ihn suchen – erklärte Cl – er muß also irgendwohin, wo ihn kein Mensch vermuten kann. Das Beste wäre, Sie würden ihn als Ihren Mann ausgeben. Er müßte ein Stockbein tragen, das läßt sich leicht vortäuschen, oder irgendetwas, u. Sie würden einen kleinen Laden, mit anschließendem Wohnraum aufnehmen, damit es so aussieht, wie wenn Sie damit Ihren invaliden Ehemann ernährten, der das Haus nicht verlassen kann. Das Ganze dauert nur ein paar Wochen, u. ich könnte Ihnen mehr Geld dafür geben, als Sie brauchen. –

– Aber warum nehmen Sie ihn denn nicht zu sich, gnädige Frau! ? – wagte R. dem entgegenzuhalten.

– Mein Mann ist nicht eingeweiht u. würde mir das nie erlauben – antwortete Cl. u. fügte die Lüge hinzu, daß der Vorschlag, den sie gemacht habe, von U. ausgehe.

– Aber ich fürchte mich vor ihm! – rief R. aus.

– Das ist schon richtig – meinte Cl. – Aber, liebes Fräulein, alles Große ist furchtbar. Viele große Männer sind im Irrenhaus gewesen. Es ist unheimlich, sich mit jemand auf gleich zu stellen der ein Mörder ist; aber sich mit dem Unheimlichen gleichzustellen, ist der Beschluß zur Größe! –

– Aber will denn er überhaupt? – fragte R. – Kennt er mich? Will er mir nichts tun? –

– Er weiß doch, daß Sie ihn retten wollen. Denken Sie, er hat in seinem Leben nur Ersatzweiber gekannt; Sie verstehen, was ich meine.

Er wird glücklich darüber sein, daß eine wirkliche Frau ihn schützt u. aufnimmt; u. er wird Sie mit keinem Finger berühren, wenn Sie es ihm nicht erlauben. Dafür stehe ich Ihnen gut! Er weiß, daß ich die Kraft habe, ihn zu bezwingen, wenn ich will! –

– Nein, nein! – R. stieß nur dies hervor; sie hörte auch von allem, was Cl. sagte, nur noch die Gestalt der Stimme u. Sprache, eine Freundlichkeit u. schwesterliche Gleichheit, der sie nicht widerstehen konnte. So hatte noch nie eine Dame zu ihr gesprochen, u. doch war gar nichts Gekünsteltes u Falsches daran; Cl's. Gesicht befand sich in einer Ebene mit dem ihren u. nicht in der Höhe wie das D's., sie sah die Züge arbeiten, namentlich zwei Längsfalten bildeten sich immer wieder von der Nase ausgehend u. am Mund hinablaufend; Cl. kämpfte sichtlich gemeinsam mit ihr um die Lösung.

– Bedenken Sie Fräulein – sagte Cl jetzt – der, welcher erkennt, muß sich opfern. Sie haben gleich erkannt, daß M. nur zum Schein ein Mörder ist. Also müssen Sie sich opfern. Sie müssen das Mörderische aus ihm herausziehen, u. dann kommt das, was Ihrem eigenen Wesen entspricht, dahinter zum Vorschein. Denn Gleiches wird nur von Gleichem angezogen: das ist das unerbittliche Gesetz des Großen! –

– Aber wann sollte das denn sein? –

– Morgen. Ich komme gegen Abend zu Ihnen u. hole Sie ab. Bis dahin ist alles geordnet. –

– Wenn noch ein Dritter bei uns wohnen würde, würde ich es tun – sagte R.

– Ich werde Sie täglich besuchen – sagte Cl. – u. achtgeben; es ist ja das Wohnen nur Schein. Sie dürfen doch auch gegen U. nicht undankbar sein, wenn er einen Dienst von Ihnen braucht.

Das gab den Ausschlag. Cl. hatte vertraulich den Taufnamen gebraucht. R. kam sich in diesem Augenblick mit ihrer Feigheit ihres Wohltäters unwürdig vor. Die Darstellung, die uns unser Inneres von dem gibt, was wir tun sollen, ist außerordentlich trügerisch u. launisch. R. kam mit einemmal das Ganze wie ein Scherz vor, ein Spiel, eine Nichtigkeit. Sie würde einen Laden u ein Zimmer haben; wenn sie wollte, konnte sie die Türe dazwischen absperren. Ebenso würde es zwei Ausgänge geben, wie bei den Zimmern auf dem Theater. Der ganze Vorschlag war nur eine Formalität, u. es war wirklich übertrieben von ihr, Schwierigkeiten zu machen, wenngleich sie sich grauenhaft vor M. fürchtete. Diese Feigheit mußte sie überwinden. Und wie hatte die Dame gesagt? Dann kommt das in ihm hervor, was Ihrem Wesen entspricht. Wenn er wirklich nicht so furchtbar war, so hatte sie dann doch das, was sie sich früher leidenschaftlich gewünscht hatte.

L 62, S 5/ II. Teil. s. II$_{IV}$ A ff S 4.

Sagen: Während dessen (Siena)
Greift wieder zurück. (Oder:
direkte Forts. von I Tl. s.
II IV A)

Mit dem Laden u. dem anstoßenden Zimmer u. den zwei Ausgängen
war es nichts geworden; Cl war erschienen u. hatte erklärt, daß sich
der Miete im letzten Augenblick Schwierigkeiten entgegengestellt
hätten; man müsse nehmen, was da sei, die Zeit dränge, u. das Schicksal hänge vielleicht von Viertelstunden ab. Sie habe einen anderen
Raum gefunden. Ob R. ihre Sachen schon eingepackt u. beisammen
habe? Das Auto warte unten. Es sei leider kein schöner Raum. Und
vor allem sei er noch nicht möbliert. Cl. habe aber schnell das Nötigste
hineinstellen lassen. Jetzt handle es sich nur darum, rasch M. unterzubringen. Alles andere lasse sich morgen ordnen. Und das Heutige
sei nur vorläufig. Den größeren Teil dieses Berichts stattete Cl.
schon im Auto ab. Die Worte wirbelten. R. fand keine Zeit, sich
zu besinnen. Der Fahrpreisanzeiger, von einem kleinen Lämpchen
halb beleuchtet, rückte ohne Aufhören vor; R. hörte bei jeder Um-
drehung der Räder das Knacksen des Kilometerzählers, so wie wenn
ein Gefäß einen Sprung hat und unaufhörlich tropft; Cl. drückte ihr
im Dunkel der alten Droschke einen Haufen Geld in die Hände, u. R.
hatte zu tun, um ihn in ihre Taschen zu stopfen; das Papier quoll dabei
auf, einzelne Blätter segelten davon u. mußten wieder eingefangen
werden; Cl. half ihr lachend suchen, u. der Rest des langen Wegs
war ganz davon ausgefüllt.

Der Wagen hielt in einer abseitigen Gasse vor der baufälligen Front
eines alten «Hofs»; das sind tiefe Grundstücke, wo von einem schmalen
Gassenteil niedere Flügel nach hinten laufen, mit Werkstätten, Ställen,
Hühnern, Kindern, u den kleinen Wohnungen großer Familien, die
sich unmittelbar auf den Hof öffnen oder einen Stock höher, auf einen
ins Freie hinaushängenden, von außen alles verbindenden Gang. Cl.
half R. schleppen u. schien den Hausmeister vermeiden zu wollen;
sie stießen an Wagen, die im Dunkel standen, an Werkzeuge, die
überall herumlagen, u. an den Brunnen, aber sie kamen unbehelligt
bis zu R's. neuer Wohnung. Cl. hatte eine Kerze in der Tasche u.
fand mit ihrer Hilfe eine große Petroleumlampe, an die sie sich erinnert hatte, um sie vom Dachboden ihrer Eltern zu entführen. Es
war ein hohes, in Metall getriebenes Stück, das alle letzten Fortschritte,
welche die Petroleumzeit gemacht hatte, kurz ehe sie von der elek-

trischen Hausbeleuchtung endgültig verdrängt wurde, in sich faßte
u. das ganze Zimmer, weil der Schirm fehlte, mit massigem Licht
füllte. Cl. war sehr stolz darauf, aber sie mußte eilen, da sie den Wagen
an der nächsten Ecke warten ließ, um M. zu holen.

R. traten die Tränen in die Augen, sowie sie allein war u. sich mit
ihrer neuen Umgebung vertraut machte. Der dicke weiße Lichtschein
war fast das einzige, was es in dem Zimmer gab, außer den schmutzigen Wänden. Aber der Schreck hatte R. ungerecht gemacht; bei
genauerem Hinsehen fand sich an einer Wand ein schmales Eisenbett,
auf dem so etwas wie Bettzeug lag, in einer Ecke war ohne Ordnung
eine Anzahl Decken aufgehäuft, die wohl das zweite Lager darstellen
sollten, Decken hingen auch vor den Fenstern u. der Türe, die ins
Freie führte, u. bildeten vor einem kleinen sehr einfachen Tisch eine
Art Teppich, auf dem auch noch ein gehobelter Stuhl stand. R. setzte
sich seufzend darauf u. zog ihr Geld hervor, um es in Ordnung zu
bringen. Nun erschrak sie wieder, diesmal aber über die Größe, ja
den Überfluß des Betrags, den ihr Cl. im Dunkel des Wagens ohne
alle Vorsicht zugesteckt hatte. Sie glättete die Scheine u. barg sie in
einem Täschchen, das sie am Busen trug. Wenn sie gewußt hätte,
daß sie vor dem Tische saß, an dem Ld. sein großes Werk geschaffen
hatte u. daß auch das schmale Eisenbett seines gewesen war, würde
sie vielleicht einiges mehr verstanden haben. So seufzte sie bloß noch
einmal, aber doch schon beruhigter über die Zukunft u. entdeckte
auch noch einen alten Herd, einen Spirituskocher u etwas Geschirr,
ehe Cl. mit M. zurückkam.

Dieser Augenblick war wie der schreckliche Augenblick beim Zahn-
arzt, wenn man ins Zimmer gerufen wird, was R. bisher nur ein
einzigesmal kennen gelernt hatte, u. sie stand gehorsam auf, als die
beiden eintraten.

M. ließ sich von Cl. ins Zimmer führen, wie ein großer Künstler in
einen Kreis von Menschen eingeführt wird, die auf ihn warten. Er
wollte R. nicht bemerken u musterte zuerst den neuen Raum, dann
erst, nachdem er nichts auszusetzen hatte, richtete er seinen Blick auf
das Mädchen u. nickte einen Gruß. Cl. schien ihm nichts mehr zu
sagen zu haben; sie schob ihn, ihre winzige Hand an seinem riesigen
Arm, gegen den Tisch zu u. lächelte bloß. Sie lächelte so, wie es jemand
tut, der alle Muskeln bei einem gewagten Unternehmen anspannen
muß u. dazu lächeln will, so daß sich die zarten Gesichtsmuskeln scharf
zusammenziehen müssen, um sich zwischen der Pressung aller anderen
durchzuzwängen. Diesen Ausdruck behielt sie auch bei, als sie einen
Pack Eßwaren auf den Tisch stellte u. den beiden anderen erklärte,
daß sie keine Minute mehr bleiben könne u. eilig nach Hause müsse.
Sie versprach, am nächsten Morgen gegen zehn Uhr wiederzukehren,

u. dann sollte alles in Ordnung gebracht werden, was im Augenblick noch fehle.

So war nun R. mit dem bewunderten Mann allein. Sie deckte den Tisch mit einem Kissenüberzug, da sich kein Tischtuch vorfand, u. breitete den Aufschnitt, den Cl. mitgebracht hatte, auf einem großen Teller aus. Diese Pflichten kamen ihrer Verlegenheit sehr zu Hilfe. Dann sagte sie, das Essen auf den Tisch stellend, in gewähltem Deutsch «Sie werden Hunger haben»; diesen Satz hatte sie sich inzwischen ausgedacht. M. war aufgestanden u bot ihr mit einer galanten Bewegung seiner großen Pratze seinen Platz an, denn es zeigte sich, daß nur dieser eine Stuhl vorhanden war. – Oh danke, – sagte R – ich esse nicht viel, ich werde mich dorthin setzen – Sie nahm zwei Scheibchen von dem Teller, den ihr M. reichte, u setzte sich damit aufs Bett.

M. hatte ein grauenerregend langes Schnappmesser aus der Tasche gezogen und bediente sich damit beim Essen. Er hatte in den Tagen seiner Flucht unregelmäßig u schlecht gegessen u. entwickelte großen Hunger. R. benützte die Gelegenheit, um ihn zu betrachten; richtiger gesagt, sie mußte das tun, denn sobald sie nur in der Richtung des Tisches sah, wurde ihr ganzes Auge von der Erscheinung dieses Mannes ausgefüllt, ja mehr, seine Erscheinung überfüllte ihr Auge, ging auf allen Seiten über den Rand hinaus, u. R. konnte ihren Blick richtig spazierenführen; über die ganze Breite der Brust oder von der Tischkante zu dem dichten Schnauzbart, auch vom Kinn bis zum Dach des mächtigen Schädels war das zb. ein weiter Weg, u. in den rotblonden Haaren der gewaltigen Fäuste konnte man verweilen wie in einem Gebüsch. In R. waren einstweilen alle Gedanken und ein Teil der Träumereien wieder zurückgekommen, deren Gegenstand einstens M. gewesen war. Vor allem suchte sie sich zu vergegenwärtigen, wie viele Frauen sie jetzt um die Lage beneiden würden, in der sie sich befand. Für sie war M. ein großer u. berühmter Mann, ganz der Wahrheit entsprechend, wenn man die Unterschiede des öffentlichen Ruhmes beiseiteläßt, die zwar gemacht werden, aber keineswegs genau und deutlich sind. Sie übersah keineswegs das Fürchterliche an diesem Ruhm, der durch blutige, grausame, ja sogar heimtückische Taten erworben war, denn sie zitterte vor Angst, obgleich sie auch vor Aufregung glühte. Aber wie alle Menschen bewunderte sie an dieser Grausamkeit die Kraft, u wie alle ursprünglichen Menschen setzte sie voraus, daß diese herkulische Kraft in Berührung mit ihr nicht gefährlich sein, sondern sich zum Guten umlenken werde, so daß ihre Furcht ihr nur als kleinmütige äußere Gewohnheit vorkam, während ihre Seele immer tapferer wurde, je länger sie mit M. beisammen war. Und in der Tat, wer in der richtigen Beziehung zu Verbrechern lebt, lebt zwischen ihnen so sicher wie zwischen anderen Menschen.

M. hatte es nicht richtig gefunden, sich bei einem so wichtigen Geschäft, wie es das Essen ist, durch die Blicke des Mädchens stören zu lassen. Nun aber lehnte er sich nach getaner Arbeit zurück, klappte sein Messer zu, strich die Reste von seinem Schnurrbart u sagte: – Na, kleines Fräulein, jetzt wäre wohl ein Glas Schnaps nicht ohne –

R. beeilte sich, ihm zu versichern, daß keine alkoholischen Getränke im Hause seien, u. sie fügte die Lüge hinzu, daß Cl. ihr auch aufgetragen habe, keine anzuschaffen.

M. hatte es gar nicht so ernst gemeint. Er war kein Trinker, ja er hütete sich selbst vor dem Alkohol, dessen unberechenbare Wirkung er fürchtete. Aber er hatte monatelang keinen Tropfen gesehn u. hatte sich nach der reichlichen Mahlzeit gedacht, es wäre nicht übel, an diesem langweiligen Abend einen zu versuchen. Er ärgerte sich über die Abweisung. Diese Weiber setzten ihn ja ordentlich gefangen. Aber er ließ es sich nicht merken u. nahm sich vor, die Unterhaltung in bester Form fortzusetzen.

– Da wären wir also nun sozusagen wie Mann u Frau bis auf weiteres, kleines Fräulein, – begann er – wie soll ich dich denn nennen? – Er gebrauchte das natürliche Du der einfachen Leute; es war R. nicht unangenehm, aber ebenso natürlich blieb sie beim Sie. – Ich heiße R oder Rèle, wie Sie wollen. –

– Oh, lala, Rèle, alle Achtung! - er sprach den französischen Namen zweimal mit Genuß aus. – Und Rahel war die schönste Tochter Labans. – Er lachte galant.

– Erzählen Sie mir, wie Sie die Maurer besiegt haben! – bat R. Um etwas noch Aufregenderes traute sie sich nicht zu bitten.

M. wandte sich ab u. drehte eine Zigarette. Er war beleidigt. In seinen Kreisen galt so eine Frage für eine unerlaubte Vertraulichkeit bei flüchtiger Bekanntschaft. Er rauchte mehrere Zigaretten hintereinander. Er langweilte sich. Unbedeutende, zudringliche Frauenzimmer waren nichts für ihn. Er wurde schläfrig. Er war es jetzt aus dem Gefängnis u. der Anstalt gewohnt, sehr früh zur Ruhe zu gehn.

R. ärgerte sich darüber, daß er so rücksichtslos rauchte. Sie hatte wohl auch das Gefühl, etwas schlecht gemacht zu haben, aber sie wußte nicht, was.

M. stand auf, vertrat sich die Beine u gähnte.

– Wollen Sie zur Ruhe gehn? – fragte R.

– Was soll man sonst anfangen! – meinte M. Er besah das Bett; dann, in Erinnerung an die Gebote der Ritterlichkeit, wandte er sich in die Ecke, wo die Decken lagen.

– Schlafen Sie doch im Bett, Sie brauchen Erholung – sagte R.

– Nein, im Bett kannst du schlafen – Er legte träge seinen Rock ab. R. geriet in Verlegenheit, als M. aus den Hosen fuhr. Aber so, wie er dann war, legte er sich auf die Decken u. zog eine davon über sich. R. wartete eine Weile, dann blies sie das Licht aus u. entkleidete sich im Dunkel.

In der Nacht fürchtete sie sich wieder; sie bildete sich ein, wenn sie einschlafe, könnte es so kommen, daß sie überhaupt nie mehr erwache. Aber dann schlief sie doch bald ein u. erwachte, wie der Morgen ins Zimmer schien. In der Ecke lag M., zugedeckt, wie ein großer Berg. Im Haus war noch alles still. R. benutzte das, um vom Brunnen Wasser zu holen. Sie reinigte auch ihre u. M's. Schuhe draußen im Hof. Als sie leise wieder zur Türe hereinschlüpfte, sagte ihr M. guten Morgen.

– Wollen Sie Kaffee, Tee oder Schokolade? – fragte sie ihn. M. war ganz erstaunt darüber. Er sagte Kaffee, aber die Entscheidung fiel ihm wirklich nicht leicht. Auch gefiel ihm R. jetzt bei Tag besser als gestern abend; sie hatte etwas Feines u. Gebildetes in ihrer Erscheinung. Er gab sich Mühe beim Ankleiden u drehte sich erst wieder von der Wand fort, als er ganz fertig war.

– Waren Sie mir gestern abend böse? – fragte R., die seine Aufgeräumtheit bemerkte.

– Ach, Weiber wollen immer alles wissen, aber wenn du willst, kann ich dir ja die Geschichte von den Maurern erzählen. Du wirst daraus sehen, wie die Leute sind; alle sind sie gleich. Und was hast du bis jetzt gemacht? –

– Ich war in einem sehr vornehmen Haus, man hat mich dort wie eine Tochter gehalten. –

– Na, und warum bist du dann hinausgeflogen? –

– Oh! – sagte R. u. war keineswegs entschlossen die Wahrheit zu sagen – Wissen Sie, der Herr in diesem Haus ist ein sehr hoher Diplomat, u. da war eine Geschichte mit einem Mohrenprinzen – –

– Du bist wohl schwanger? – fragte M. mißtrauisch.

– Pfui! – rief R. empört. – Sie erlauben sich zu viel, wenn Sie so zu mir sprechen! Hätte die Dame Sie mir anvertraut?! –

Sie gefiel M. ganz entschieden. Sie war etwas besseres, das konnte man ja hören u sehn. Wenn er die Weiber überlegte, die er kannte: etwas so Feines hatte er noch nie gehabt. – Na, schon gut – meinte er – Ich habe dich nicht beleidigen wollen. Und die Geschichte mit den Maurern, die war so: –

Er erzählte sie ihr umständlich u würdevoll, samt allen Ränken u Bestechungen, denen ein Mann wie er bei Gericht begegnet, u. weil sie eine Bekanntschaft mit einem Mohrenfürsten erwähnt hatte, so wollte er nicht zurückstehn u. erzählte auch noch seinen Marsch nach Konstantinopel.

– Da haben die Türken mehrere Frauen? – fragte R.

– Nur die reichen. Aber darum taugen die Türken auch nichts – gab

M. mit galantem Lächeln zur Antwort – Schon von einer Frau wird ja der Mann ruiniert! –

– Haben Sie schlechte Erfahrungen mit Frauen gemacht? – fragte R., während ihr Blut Kreise schlug wie der Schweif einer lauernden Katze.

M. sah sie prüfend an u. wurde ernst. – Ich habe in meinem ganzen Leben nur schlechte Erfahrungen gemacht. Wenn ich mein Leben schreiben wollte, würden manchem die Augen aufgehn! –

– Das sollten Sie tun! – schlug R. begeistert vor.

– Mir ist das Schreiben viel zu unbequem! – sagte M. stolz u. dehnte seine Schultern aus. – Aber du bist ja ein gebildetes Fräulein. Vielleicht erzähl ich dir noch was. Dann kannst dus schreiben –

– Ich habe noch nie ein Buch geschrieben – erwiderte R bescheiden; aber zumute war ihr, wie wenn man ihr angeboten hätte, SCh Tzi's. Stelle zu übernehmen. Und dieser Mann vor ihr war kein Schwätzer; der hatte bewiesen, daß er für seine Worte einstehen konnte.

So verging die Zeit in angeregtem Gespräch, u. es wurde zehn Uhr, ohne daß Cl. kam.

M. zog seine große dicke Nickeluhr aus der Weste u stellte fest, daß es fünf Minuten nach halb elf sei.

Als sie das nächstemal nachsahen, war es sieben Minuten vor elf.

– Sie wird nicht mehr kommen, ich habe mir das gleich gedacht – sagte M.

– Aber sie muß doch kommen – sagte R.

Das Gespräch wurde wortkarg. Sie waren früh erwacht u. hatten das Zimmer nicht verlassen, das Eingesperrtsein machte sie müde. M. stand auf u. dehnte sich. R. erklärte sich endlich bereit, etwas zum Essen zu besorgen, ohne länger zu warten. Aber vorher mußte M. den grünen Augenschirm aufsetzen und das Holzbein umschnallen, falls in R's. Abwesenheit ein Fremder in die Wohnung käme; Holzbein u Augenblende waren ein Vermächtnis Cl's. Es war gar nicht einfach, mit dem an den Schenkel zurückgeklappten u. angebundenen Bein, an dessen Knie die Holzstelze saß, durch die Hose zu fahren; M. mußte den Arm um R's. Nacken legen u zog sie bei dieser Gelegenheit ein bischen an sich.

Er humpelte über eine Viertelstunde allein in der Wohnung auf u. ab, es war ekelhaft langweilig; dann kochte R, aber sie konnte nicht viel kochen, u. das Essen war auch nicht gerade lustig. M. bekam diese Zurückgezogenheit allmählig satt, aber er sah ein, daß er sie noch lange nicht aufgeben dürfe. Er wollte ein wenig schlafen, damit die Zeit vergehe, gähnte wie ein Löwe u. setzte sich auf das Bett, um das verdammte Bein abzuschnallen, das ihm das Blut in den Kopf trieb. R. mußte ihm helfen. Und wie er wieder den Arm um ihre Schulter legte, dachte er, daß sie doch eigentlich seine Frau sei für diese Zeit. Sicherlich hatte sie nie etwas anderes von ihm erwartet u. sich lustig über ihn gemacht, gestern, als er so ohne weiteres zur Ruhe ging. Als das Holzbein zur Erde fiel, legte er R. mit dem Arm, den er um ihre Schulter hatte, zurück aufs Bett u. zog sie ein wenig daran hoch, bis ihr Kopf auf ein Kissen zu liegen kam. R. wehrte sich nicht. Sein großer Bart senkte sich auf ihren Mund. Aber ihr kleiner Mund kam ihm entgegen. Ging gleichsam in diesen Bart hinein wie in einen Wald u. suchte darin den Mund. Als der Mann sich an ihr hinaufschob, kam R. beinahe mit dem Gesicht unter seine Brust zu liegen und mußte mit dem Kopf seitwärts ausweichen, um atmen zu können; ihr war, wie wenn sie von Erde verschüttet wäre, die vulkanisch zuckte. Die wirklich großen körperlichen Erregungen entstehen durch die Einbildungskraft; R. erblickte in M. nicht einen Helden, wie die Erde keinen zweiten trüg, – denn das Vergleichen u. Überlegen würde dann die Einbildungskraft schon getötet haben, – sondern den Held, u. das ist ein Begriff, der weniger bestimmt ist, aber mit dem Ort u. dem Augenblick, wo er auftritt, verschmilzt u. mit dem Menschen, der ihn bewundert. Wo Helden sind, dort ist auch noch die Welt weich u. glühend u. der Zusammenhang der Schöpfung nicht zerrissen. Das abenteuerliche Zimmer mit verhängten Fenstern sah mit einemmal wie die Höhle eines großen Räubers aus der sich dahin vor der Welt zurückzieht. R. fühlte ihre Brust unter einem gewaltigen Druck liegen; das Huschende, das zu ihrem Wesen gehörte, wurde in diesem Augenblick von einer übermächtigen Kraft festgehalten und zum Dulden gezwungen; ihr Oberleib konnte sich dabei so wenig rühren, wie wenn er unter die Eisenräder eines Lastwagens geraten wäre, u. diese Lage würde quälend geworden sein, hätte nicht alle Freiwilligkeit u. Selbständigkeit, deren ihr Körper fähig war, sich in den Hüften versammelt, wo ein Riese mit Wolken kämpfte, die ihn ungeachtet ihrer Ohnmacht immer wieder umschlangen u in ihrer Weise ebenso stark waren wie er in der seinen. Ein Wunsch, den R. noch nie in ihrem Leben empfunden, ja noch nie geahnt hatte, drückte in ihrem Kopf u öffnete von da die ganze Person: sie wollte einen Helden empfangen u. gebären. Ihre Lippen blieben staunend geöffnet, ihre Glieder blieben liegen, wo sie lagen, als sich M. erhob, u. ihre Augen blieben von einem bläulich gelben Hauch, wie ihn Waldschwämme annehmen, wenn man sie bricht, noch lange überzogen. Sie stand erst auf, als es Zeit wurde, Licht zu machen u. an das Abendbrot zu denken; bis dahin hatte sie in einer Art Gedankenlosigkeit auf eine Fortsetzung gewartet, die sie sich nicht vorzustellen vermochte u. keineswegs bloß als eine Wiederholung dachte.

Für M. war die Angelegenheit übrigens bis auf weiteres erledigt.

Menschen, die bei Gelegenheit Sexualverbrechen begehn, sind, wie man weiß, in gewöhnlichen Zeiten nichts weniger als üppige Liebhaber, da ihre Verbrechen, soweit sie nicht äußeren Einflüßen entspringen, ja nichts anderes ausdrücken als die Unregelmäßigkeit ihrer Begierde. M. empfand nichts als Langeweile, während R. vernichtet auf dem Bett lag. Nun war also nach seiner Ansicht auch noch das vorbei, das dem Beisammensein eine gewisse Spannung verliehen hatte, ehe man daran dachte.

Cl. kam nicht, sie kam auch am nächsten Tag nicht; sie kam überhaupt nicht mehr.

M. rauchte Zigaretten u gähnte. R. legte ihm ein paarmal den Arm um den Hals u. die Hand ins Haar, er schüttelte sie ab. Er zog sie auf seinen Schoß u stellte sie gleich danach wieder auf die Beine, weil er es sich anders überlegt hatte. Was er außer Langerweile fühlte, war, daß man ihn beleidigt hatte. Diese Frauen hatten ihn wie einen Jungen aus der Schule geholt u. nachhause begleitet; er hatte dieses Bild manchesmal beobachtet u. sich dabei gedacht, daß aus solchen Söhnchen nie etwas Tüchtiges werden könne. Aber er sah ein, daß er vorläufig nachgeben müsse; er durfte sich nicht auf die Straße traun, solange der Eifer der Polizei noch frisch war, und Biziste oder andere Freunde aufzusuchen, war schon gar nicht geraten. Er ließ sich von R. Zeitungen bringen u. suchte, was man über ihn sage; er war jedoch mit seiner Presse diesmal nicht zufrieden, die Blätter taten seine Flucht mit drei bis fünf Zeilen ab. Er wußte, daß R. ebenso niedergeschlagen davon war, daß Cl. sich nicht zeigte, wie er selbst; aber der Unwille, der sich in ihm anhäufte, wenn er R. auch nicht als seine Ursache ansah, so lagerte er sich doch um sie, als die gegenwärtige Stellvertreterin Cl's. R. beging den Fehler, daß sie sich auch weiterhin weigerte, Alkohol zu bringen; hätte sie es, übrigens, getan, so wäre auch das ein Fehler gewesen. M. schwieg nach solcher Weigerung, aber die Beleidigungen, denen er ausgesetzt war, bildeten mit der Sehnsucht nach einem Wirtshaus und der faden Langeweile zusammen einen Knäuel von Widerwärtigkeit, als dessen Spindel ihm das dünne Mädchen vorkam, das sich den ganzen Tag um ihn bewegte. Er sprach nur das Nötigste u. ließ alle Versuche R's., das Gespräch wieder auf die Höhe des ersten Morgens zu bringen, unberücksichtigt. Dazu noch von ihren eigenen Sorgen gepeinigt, war R. sehr unglücklich.

Nach wenigen Tagen kam es zu dem ersten Auftritt zwischen ihr u. ihm. Als das Abendbrot u auch eine Weile des Gähnens vorbei waren, zog M. das kleine Geldtäschchen, aus dem R. den täglichen Bedarf beglich, an sich, u. suchte mit seinen dicken Fingern ein Geldstück herauszufischen. R., die sofort begriff, was er wolle, aber ihm ihre Börse nicht rechtzeitig hatte entziehen können, lief um den Tisch

u. fiel ihm in den Arm. – Nein – rief sie aus – Sie dürfen nicht ins Wirtshaus gehen! Man wird – – Aber sie kam nicht dazu, diesen Satz zu vollenden, denn M's. Arm schob sie so streng zur Seite, daß sie das Gleichgewicht verlor u. alle Mühe aufwenden mußte, um nicht zu fallen. M. setzte seinen Hut auf u. verließ das Zimmer, so unnahbar wie eine große Steinfigur.

R. überlegte verzweifelt, was sie zu tun habe. Sie beschloß, den Kampf gegen M's. Unklugheit aufzunehmen. Sie warf sich vor, daß sie sich durch sein verändertes Benehmen habe erschrecken lassen, u. in der Einsamkeit des Nachdenkens kam ihr dieses Benehmen begreiflich vor. Als die Schwächere hatte sie es leicht die Klügere zu sein, aber sie mußte alles daransetzen, ihm begreiflich zu machen, daß sie es in diesem Fall auch wirklich sei, u. wenn er das einsähe, würde er sich wohl auch mit seiner Lage ein wenig befreunden, denn R. begriff ganz gut, daß das keine Lage für einen Helden war. Aber M. war, als er nachhause kam, betrunken. Die Stube füllte sich mit üblem Geruch, sein Schatten tanzte an den Wänden, R. war entgeistert, u. ihre Worte liefen in spitzen Vorwürfen diesem Schatten nach, ohne daß sie es selbst wollte. M. war auf ihrem Bett gelandet u. winkte ihr mit dem Finger. – Nein, niemals wieder! – schrie R. M. zog eine Flasche aus der Brust, die er mitgebracht hatte. Er war schon vor elf Uhr aus der Wirtschaft aufgebrochen u. war bloß zu einem Drittel von Schnaps gefüllt, zum zweiten von schlechtem Gewissen u. zum dritten von Ärger über seinen Aufbruch. R. ließ sich verleiten, sich auf ihn zu stürzen, um ihm die Flasche zu entreißen. In diesem Augenblick glaubte sie, daß ihr der Kopf zerberste, die Lampe drehte sich, u ihr Körper verlor allen Zusammenhang mit der Welt; M. hatte ihr Zustürzen mit einem gewaltigen Tatzenschlag in ihr Gesicht abgewehrt, u. als R. zu sich kam, lag sie weit von ihm entfernt auf der Erde, zwischen den Zähnen sickerte etwas hervor u. Oberlippe u Nase schienen schmerzhaft zusammengewachsen zu sein. Sie sah, wie M. immer noch die Flasche betrachtete, dann schmetterte er diese unwirsch zur Erde, stand auf u. blies das Licht aus.

Ob mit Willen oder bloß in seiner Trunkenheit, M. hatte das Bett besetzt u. R. kroch weinend auf den Deckenhaufen, in dessen Nähe sie hingestürzt war. Die Schmerzen in ihrem Gesicht u. Körper ließen sie nicht schlafen, sie getraute sich aber nicht, Licht zu machen u. sich Umschläge zu bereiten. Es war ihr kalt, die Schande erfüllte ihren Kopf mit einem Zustand, der ganz der gehaltlosen Unruhe von Fieberphantasien glich, u. der ausgeronnene Schnaps überzog den Boden mit einem lähmenden, ekligen Dunst. So gut sie es vermochte, überlegte sie während der ganzen Nacht, was zu geschehen habe. Sie mußte Cl. finden, aber sie hatte keine Kenntnis, wo Cl. wohne. Sie wollte fortlaufen, aber dann sagte sie sich wieder, daß sie Cl's. Vertrauen täuschen würde, wenn sie M. imstich ließe, ehe diese wiedergekommen sei, sie hatte doch Geld dafür bekommen. Es fiel ihr auch ein, daß sie U. aufsuchen könnte, aber sie schämte sich u. verschob das auf später. Sie war noch nie geschlagen worden, aber wenn man von dem Schmerz absah, so war es nicht so schlimm; es drückte einfach die Tatsache aus, daß sie schwächer war als dieser Riese, den sie liebte, daß ihre Beschwörungen nicht bis zu seinem Ohr drangen u. daß sie vorsichtig sein mußte; er wollte ihr nichts ernstes tun, das sah sie wohl, und das Unangenehmste blieb die Angst die sie vor einer Wiederholung ihrer Züchtigung hatte, denn diese Vorstellung nahm ihr allen Mut aus der Brust u. machte sie ganz elend.

So kam der Tag, ehe sie mit sich fertig war. M. erhob sich, u. schlotternd vor innerer Leere, mußte sie seinem Beispiel folgen. Ein Blick in den Spiegel zeigte ihr, daß Mund u Nase stark angeschwollen waren, inmitten eines grüngelb entfärbten, halb ausgelöschten Gesichts; der Zauber dieser Nacht hatte R. häßlich u. anspruchslos gemacht. Weder sie noch M. sagten etwas. M. hatte einen wirren Kopf, er hatte im Schlaf den Schnaps gerochen u. war mit dem Gefühl aufgewacht, nicht genug getrunken zu haben. Als er R's. angelaufenes Gesicht sah, ahnte er etwas von dem, was gestern vor sich gegangen war; eine dunkle Erinnerung, daß sie sich herausfordernd betragen habe, hielt ihn davon ab, sie zu fragen. Er hätte sie aber gerne gefragt; eigentlich wußte er bloß nicht, wie er es anstellen solle. Und R. wartete auf ein gutes Wort von ihm, wie nur irgendein verliebtes Mädchen wartet; als er sich schweigend bedienen ließ, wurde sie immer trotziger. M. wäre am liebsten gleich wieder in die Kneipe gegangen, aber er hatte vor diesem Mädchen Angst, das ihm wieder einen Auftritt machen würde, u. er konnte sie doch nicht immerzu schlagen. Ihre vom Heulen verschwollenen Augen widerten ihn noch mehr an als der aufgequollene Mund, der sichtbar wurde, wenn sie das Tuch, das sie daran hielt, von neuem näßte. Er sei ja wohl schuld, sagte er sich, alles was richtig ist, aber gleich am Morgen das wieder um sich zu haben, sei ihm zu viel. Der zarte Rücken R's. u. ihre schlanken Arme, die sie beim Waschen jetzt zeigte, der Teufel sollte sie holen, ihm gefielen sie nicht u. kamen ihm wie Hühnerknochen vor.

Er faßte alles in allem so zusammen, daß er sich in einer sehr dummen Lage befinde, aber möglichst in Ehren ausharren müsse. Er ging abends ins Wirtshaus, das hatte er beschlossen, in dieser Gegend, wo man ihn nicht kannte, zu wagen, u. R. traute sich nicht mehr, das Geld zu verweigern oder bei diesem Anlaß Vorwürfe zu machen. Auch dann nicht, als er Karten zu spielen begann u. dazu mehr Geld brauchte. In der Kneipe fand man leidlich gute Gesellschaft; in dieser Weise, dachte

M, könne man ausharren, wenn man bei Tag recht viel schlafe. Aber R. schlief bei Tag nicht u. störte ihn wie eine Fledermaus. Einigemal fing er sie. Einigemal machte er auch den Versuch, ein besseres Leben zu beginnen u. mit ihr als mit einem kleinen Fräulein zu sprechen, das sie ja auch war. Aber da zeigte sich, daß R. nicht mehr konnte. Sie antwortete ausweichend u. einsilbig. Wenn M. den Mund öffnete, erstarrte sie, ohne es zu wollen; denn sie hätte gern mit ihm gesprochen, aber er hatte etwas Fremdes in sie geschüttet, Gewalt, u. der Brunnen, aus dem alles Sagenswerte kommt, war zugefroren. So blieb M. nichts übrig, als sich zur Wand zu drehen.

Aber es gab einen Augenblick, wo sie jedesmal sprach, u. das war, wenn M. vom Wirtshaus zurückkehrte. Wenn er nicht betrunken war, schwieg er dazu oder brummte bloß unverständliche Antworten, u. R. verfolgte ihn bis in den Schlaf mit Vorwürfen seines Leichtsinns. Er hatte sie in der Spannung geschlagen, der sehr unangenehmen, die in ihm herrschte, solange er sich verlockt fühlte, das Haus zu verlassen, u. sich noch nicht dazu entschließen konnte; jetzt, wo er einstweilen damit im Gleichgewicht war, zeigte er sich fein u. artig, u. R. die herausfühlte, daß sie keine Gefahr laufe, wagte sich immer weiter vor. Er blieb bloß von einem Tag zum anderen länger aus, in dem Wunsch, erst zurückzukehren, wenn sie eingeschlafen sei. Aber R. hatte eine merkwürdige Art Schlaf angenommen. Wenn er mit der Dunkelheit das Haus verließ, schlief sie augenblicklich ein, u. wenn er zurückkehrte, wachte sie auf u. mit einer Sicherheit, als sei das nur die Fortsetzung ihres Schlafs, begann sie mit ihm zu zanken. Ihre arme Seele, dazu verurteilt, mit Überlegung u. Gedanken ihre Lage nicht aufzulösen zu können, ließ sich dann von den trunkenen Kräften des Schlafs empor-heben.

– So ein Hendl! – dachte M. von ihr, u. die Beleidigung, daß so solch ein mageres Huhn tagaus, tagein um ihn herumscharren dürfe, wurmte ihn. Aber R., als wüßte sie, wie er von ihr denke, u. ohne daß er es je ausgesprochen hätte, fast wie in einer telepathischen (somnambulen) Übereinstimmung mit dem schweigsamen Mann, der nachts durch das Zimmer tappte, fühlte eine unbezwingbare Lust zu gackern u. zu zanken. Und wenn M. betrunken heimkam, was ja auch nicht gerade selten geschah, so war sein Schwanken u. Stolpern wie ein großes Schiff, das auf den gleichen Wellen tanzte wie die kleinen, aufgeregten Sätze des Mädchens. Und wenn dem gewaltig betrunkenen Chr. M. ein Satz zu nahe ging, so schnappte er. Wie gesagt, es war nie wieder der unbedachte Zorn wie beim erstenmal, wo eine Bewegung seiner Hand R. beinahe zerschmettert hätte, aber er wollte dieses schreiende, sich gegen ihn auflehnende Kind zur Ruhe bringen u. mit vorsichtig bemessener Gewalt, so wie ein Betrunkener den Schritt über den Rinnstein ausmißt, ließ er seine Hand auf sie fallen. Wenn R. geschlagen wurde, war sie augenblicklich still. Ein maßloses Staunen befiel sie wie bei einer ganz unerwarteten abschließenden Antwort. Sie war, seit sie das Elternhaus hinter sich gelassen hatte, nicht religiös, nach ihrem Werdegang erschien ihr Religion als eine Sache für unfeine Leute: aber wenn ein Elohim oder besser ein böser Geist plötzlich auf einer Bank im Stadtpark zwischen den geputzten Menschen gesessen wäre, gerade so kam es ihr vor, wenn sie geschlagen wurde. Es zog sie in die Nähe, diesen bösen Geist noch einmal zu betrachten u. sie suchte ihn in Bewegung zu bringen. Dann öffnete sie eben wieder den Mund u. sagte etwas, wovon sie ebenso sicher wußte, daß es M. reizen würde, wie daß es, wenn er es befolgen wollte, das richtige zu seinem Heil wäre. Dann schlug sie M. mit dem Rücken der Hand auf die Wange oder stieß sie an die Wand. Und R., obgleich schon wieder staunend, fand noch ein Wort, spitz u. eindringlich wie eine Stricknadel. Und M. mußte natürlich darauf die Gabe größer machen. Und dieser Riese, der sie nicht erschlagen will, schlägt sie wild über den Rücken, aufs Gesäß, zerreißt ihr das Hemd, wirft sie an den Haaren zu Boden oder schleudert sie mit einem Fußtritt in die Ecke, aber tut alles das doch mit so viel Behutsamkeit in der Wildheit, wie es sein Rausch nur erlaubt, damit ihr nicht die Knochen brechen. Und R. staunt den bösen Geist der Kraft u. Roheit an, der alle Worte nichtig macht. Sie wird völlig leicht, wenn M. sie stößt. Gegen seine Kraft gibt es keinen Willen. Der Wille kommt erst wieder, wenn der Schmerz aufhört. Und solange der Schmerz da ist heult sie u. ist selbst darüber erstaunt, wie sie gegen die Wände zetert. Und M. möchte sich an den Kopf greifen u. seinen eigenen Kopf aus den gehobenen Fäusten auf die Erde schmettern, wenn er dieses verwünschte Nichts von einem Menschen damit nur zum Schweigen bringen könnte!

Am Tag nach solchen Abenden kommt es R. vor, als ob sie selbst betrunken gewesen wäre. Ihre Vernunft sagte ihr, daß sie ein Ende machen müsse. Sie suchte U. auf. Aber man gab ihr die Antwort, daß er verreist sei, u. niemand wisse, wo er sich aufhalte, noch wann er zurückkehre. Am Rückweg glaubte sie zu bemerken, daß alles in der Welt heimlich auf Schlagen eingerichtet sei. Es fuhr ihr nur so durch den Kopf. Die Eltern das Kind. Der Staat die Sträflinge. Das Militär die Soldaten. Der Reiche die Armen. Der Kutscher die Pferde. Die Leute gingen mit großen Hunden an der Leine spazieren. Jeder schüchtert den anderen lieber ein, als daß er sich mit ihm verständigen würde. Was ihr widerfahren war, war nicht anders, wie wenn sie mit den Händen in reine Lauge gegriffen hätte, statt in die verdünnte, die allerorts zum Waschen benützt wird. Sie mußte heraus! Ihr Sinn war wirr. Sie nahm sich vor, abends, während M. aus dem Haus sei, mit allem, was sie noch besaß, zu entfliehn. Es mußte für sie allein noch ein paar Wochen reichen. Sie setzte ein argloses Gesicht auf, als sie die Wohnung betrat, um M. nicht mißtrauisch zu machen. Aber obgleich es erst 6 ^{h} u noch heller Tag war, fand sie ihn dort nicht vor. Ein augenblicklicher Argwohn ließ sie Umschau halten. Von ihren Kleidern fehlte fast alles. Die Lampe u. ein Teil der Decken war fort. Wenn nicht in seiner Abwesenheit Diebe eingedrungen waren, so hatte M. selbst alles zusammengerafft u. versilbert.

R. packte den Rest zusammen. Aber dann wußte sie nicht, wo sie um diese Stunde, bei beginnendem Abend hinsolle. Sie beschloß, noch eine Nacht auszuharren und den Mund zu halten, wenn M. so schwer betrunken zurückkehren werde, wie es nach diesen Vorbereitungen zu erwarten war. Am Morgen wollte sie dann spurlos verschwinden. Sie legte sich aufs Bett, u. obgleich M. auch den Kopfpolster mitgenommen hatte, schlief sie zum erstenmal ruhig die ganze Nacht.

Trotz dieses tiefen Schlafs wußte sie am Morgen sofort, noch ehe sie die Augen öffnete, daß M. nicht nach Hause gekommen sei. Sie sah sich um, u. wollte es benützen, um sich rasch fertig zu machen. Aber sie war traurig; sie fürchtete, daß M. in seinem Leichtsinn der Polizei in die Hände gefallen sei, u. das tat ihr leid. Unwillkürlich zögerte sie, während sie ihr Bündel schnürte. In Wahrheit hatte M. schon längere Zeit etwas vorgehabt. Er hatte sehr gut bemerkt, daß R. das Geld an ihrem Busen verwahre, u er wollte es ihr wegnehmen. Aber er scheute sich hinzugreifen. Er fürchtete sich vor diesen zwei mädchenhaften Dingern, zwischen denen es lag; warum, wußte er nicht. Vielleicht, weil sie so unmännlich waren. So kam es zu dem anderen Plan. Der war der natürlichere. Er hob M. u. setzte ihn wieder ab. Wenn es M. aber einmal ganz belieben würde, so würde er sich auf diese Weise Reisegeld verschaffen u. sich ganz forttragen lassen. Eigentlich gefiel es ihm bei R. recht gut. Sie hatte ihre Eigenheiten, die ihn dumpf verfolgten; aber wenn er in Wut geriet oder wenn er sie zur Liebe einfing, so entlud er jedesmal wieder einen Teil seines Unbehagens, u. der Spiegel seines Plans stieg darum ziemlich langsam. Er fühlte sich bei R. einigermaßen gesichert; ja, das war es, ein sehr geordnetes Leben, wenn er abends ausging, sich etwas betrank u. dann seinen Streit mit ihr hatte. Es nahm ihm gleichsam jeden Abend die Patrone aus der Waffe. Die beiden hatten Glück damit, daß er R. sozusagen in kleinen Teilen schlug. Aber eben, weil das Leben mit ihr so gesund war, erregte sie auch nicht im großen seine Phantasie, u. er hätschelte seinen heimlichen Plan in die Welt zu verschwinden; er wollte ihn mit einem großen Rausch beginnen. Als es neun Uhr vormittags war, holte sich R. eine Zeitung, um nachzusehen, ob nichts Böses darin stehe. Sie sah es gleich. Eine Frauensperson war nachts von einem Betrunkenen

oder Irrsinnigen zerfleischt worden, man hatte den Mörder gefaßt
u. die Feststellung seiner Persönlichkeit stand bevor. R. wußte, daß es
niemand anderer als M. war. Die Tränen traten ihr in die Augen. Sie
wußte nicht warum, denn sie fühlte sich froh u erleichtert. Und wenn
Cl. sich wieder einfallen lassen sollte, M. zu befrein, so würde R. die
Polizei auf sie aufmerksam machen. Aber weinen mußte sie doch den
ganzen Tag so, als ob nun ein Stück von ihr selbst an den Galgen
kommen würde.

II. Bd. VII. Kapitelgruppe
Ort unbestimmt. Fr 1, S 4,2.

m   (——)

H S. mußte Marsch-Eins üben, sich in Pfützen auf dem Kasernhof
niederknien, das Gewehr in Anschlag bringen u wieder absetzen, bis
ihm die Arme vom Leib fielen. Der Korporal, der ihn peinigte, war
ein milchbärtiger Bauernsohn, u. H. sah verständnislos in sein junges
wütendes Gesicht, das nicht nur Zorn ausdrückte, was begreiflich gewesen wäre, weil er mit diesem Rekruten nachexerzieren mußte,
sondern die ganze Bösartigkeit, deren ein Mensch fähig ist, wenn er
sich gehen läßt. Wenn H seinen Blick über die Weite des Hofes gleiten
ließ – an u. für sich hat ein Kasernenhof etwas Unmenschliches, unfrei
Regelmäßiges, wie es die tote Welt der Krystalle hat –, so endete er
bei hockenden u. steif laufenden blauen Figuren, die an alle Mauern
gemalt waren, damit man das Gewehr auf sie anschlage; und dieser
Weltzweck, beschossen zu werden, drückte sich auch in der abstrakten
Art dieser Malereien zum Verzweifeln gut aus. Das war H S. schon
in der ersten Stunde seines Kommens schwer aufs Herz gefallen. Der
Mensch hat auf den Bildern, die an die Wände der Kasernen gemalt
werden, kein Gesicht, sondern anstelle des Gesichts nur eine helle
Fläche. Er hat auch keinen Körper, den der Maler in einer der Stellungen festgehalten hätte, wie sie Tier u. Mensch, dem Spiele ihrer Bedürfnisse folgend, von selbst einnehmen, sondern er besteht aus einem
mit dunkelblauer Farbe ausgefülltem grobem Umriß, der die Stellung
eines mit dem Gewehr in der Hand laufenden Mannes oder eines
Mannes, der kniet u schießt, für eine Ewigkeit festhält, in der es niemals wieder etwas so Überflüssiges wie persönliche Zeichnung geben
wird. Das war keineswegs unvernünftig; der Fachausdruck für diese
Figuren hieß «Zielfläche», u. wenn der Mensch als Zielfläche betrachtet
wird, so sieht er so aus, daran ist nichts zu deuten (ändern). Man
könnte daraus schließen, daß man ihn niemals als Zielfläche betrachten

dürfe; aber um Gottes willen, wenn er gleich so aussieht, sobald man ihn nur so anschaut, ist die Versuchung dazu ungeheuer groß! H. fühlte sich in der Tat während der Öde des Strafexerzierens immer wieder von der Dämonie dieser Malereien angezogen, als ob er von Teufeln gepeinigt würde; der Korporal schrie ihm zu, daß er nicht umherglotzen dürfe, sondern gradaus zu schauen habe, er faßte ihn mit solchen groben Worten geradezu körperlich beim Blick, u. wenn der Blick dann gradaus in das rote Gesicht des Korporals fiel, so sah dieses warm u. menschlich aus.

H. hatte das urzeitliche Gefühl, einem fremden Stamm in die Hände gefallen u. zum Sklaven gemacht worden zu sein. Wenn ein Offz. erschien u. auf der andern Seite des Hofes als schlanke Silhouette teilnahmslos vorbeiglitt, kam er H S. wie einer der unerbittlichen Götter dieses fremden Stammes vor. Er wurde streng u schlecht behandelt. Mit ihm zugleich war ein Dienststück der Zivilbehörden zum Militär gekommen, das ihn als «politisch unverläßlich» bezeichnete, u so nannte man in Kknien. die staatsfeindlichen Individuen. Er wußte nicht, wer u. was ihm diesen Leumund eingetragen hatte. Außer seiner Beteiligung an der Demonstration gegen Gf L. hatte er niemals etwas gegen den Staat unternommen, u. schließlich war Gf L. nicht der Staat; H S. hatte, seit er Student war, nur von der germanischen Volksgemeinschaft gesprochen, von Symbolen u. von der Keuschheit. Aber irgendetwas davon mußte der Behörde zu Ohr gekommen sein, u. das Ohr der Behörde ist wie ein Klavier, aus dem man von je 8 Saiten 7 entfernt hat. Vielleicht war seinem Ruf nach nachgeholfen worden, jedenfalls kam er mit dem Ruf zum Militär, ein Feind des Kriegs, des Militärs, der Religion, der Habsburger u. des Staates Österreich zu sein, verdächtig der Geheimbündelei u. großdeutscher Machenschaften, die ›auf den Zweck des Umsturzes der bestehenden Staatsordnung gerichtet‹ waren.

Mit allen diesen Verbrechen verhielt es sich aber beim Militär in Kknien so, daß man ihrer den größten Teil aller tüchtigen Reserveoffze. ohneweiters bezichtigen konnte. Fast jeder Deutsche hatte das natürliche Gefühl, mit den Deutschen im Reich zusammenzugehören und nur durch das Trägheitsvermögen der geschichtlichen Vorgänge vorläufig noch abgetrennt zu sein, u. jeder Nichtdeutsche hatte mit den nötigen Änderungen erst recht ein solches gegen Kknien gerichtetes Gefühl; Patriotismus war in Kknien., wenn er sich nicht auf Hoflieferanten beschränkte, ausgesprochen eine Oppositionserscheinung, er verriet entweder Widerspruchsgeist oder jene fade Gegnerschaft gegen das Leben, die allezeit etwas Feines u. Höheres braucht; abzusehen war da nur von Gf L. u. seinen Freunden, die das Höhere im Blut hatten. Ebensowenig waren aber auch die aktiven Offze.

(des stehenden Heeres) frei von den Vorwürfen, die eine unbekannte Behörde gegen H S. erhob. Sie waren z. großen Teil Deutsche – u soweit sie es nicht waren, bewunderten sie das deutsche Heer u. da die kknischen. Parlamente nicht halb soviel Soldaten u. Kriegsschiffe bewilligten wie der deutsche Reichtstag, hatten sie alle das Gefühl, daß an den großdeutschen Hoffnungen nicht alles verwerflich sein könne. Sie waren auch alle antidemokratisch u latent revolutionär. Sie waren von Kindheit an dazu erzogen, die Stütze des Patriotismus zu sein, was zur Folge hatte, daß ihnen dieses Wort stille Übelkeit erregte. Sie waren endlich gewohnt, am Fronleichnamstag ihre Soldaten zur Prozession zu führen u. die Rekruten am Kasernhof Kniet nieder zum Gebet üben zu lassen, aber unter sich nannten sie den Rgtsgeistlichen Kommißchristus u für den mit einer gewissen Leibesfülle verbundenen Rang des Feldbischofs hatten diese Heiden den Armeenamen die Himmelskugel aufgebracht.

Ganz unter sich nahmen sie es nicht einmal übel, wenn jemand ein Feind des Militärs war, denn die meisten von ihnen waren es in längerer Dienstzeit selbst geworden, u. sogar Pazifisten hat es im Kriegerstand von Kknien gegeben. Damit soll aber nicht gesagt sein, daß nicht alle später im Krieg genau so ihre Schuldigkeit mit Begeisterung getan hätten wie ihre Kameraden in anderen Staaten; im Gegenteil, man denkt ja immer anders als man handelt. Diese Tatsache, so überaus wichtig für den Zustand der heutigen Weltzivilisation, wie sie ist, wird gewöhnlich so verstanden, als ob das Denken eine schöne bürgerliche Privatgepflogenheit wäre, unbeschadet deren man sich beim Handeln eben dem anschließt, was üblich ist u alle tun. Das stimmt aber nicht ganz, denn es gibt Menschen, die in ihrem Denken ganz u. gar unoriginell sind, dagegen wenn sie handeln, oft eine ganz persönliche Art haben, die, weil liebenswürdiger, über ihren Gedanken liegt oder weil gemeiner unter diesen, jedenfalls aber eigenartiger ist. Man kommt näher an die Wahrheit heran, wenn man nicht bei dem Gegensatz des Handelns gegen die Gedanken haltmacht, sondern erkennt, daß man es dabei von vornherein schon mit zwei verschiedenen Arten von Gedanken zu tun habe. Der Gedanke eines Menschen hört schon auf, nur Gedanke zu sein, wenn ein zweiter Mensch etwas ähnliches denkt u. zwischen diesen beiden etwas besteht, mag es selbst nur ein Wissen voneinander sein, das sie zu einem Paar macht. Schon dann ist der Gedanke nicht mehr reine Möglichkeit, sondern erhält einen Zusatz von Nebenrücksichten. Aber das mag ein Sophisma oder eine Konstruktion sein. Trotzdem ist es Tatsache, daß jeder kräftige Gedanke in die Wirklichkeit hinaustritt, sie durchdringt wie eine Kraft eine plastische Materie u. schließlich in ihr erstarrt, ohne seine Wirksamkeit als Gedanke ganz zu verlieren. Überall, in den Schulen, den

Gesetzbüchern, im Antlitz der Häuser in der Stadt u der Felder am Land, in den von den Oberflächenströmungen durchspülten Büros der Zeitungen, in Herrenhosen u Frauenhüten, in allem, wo der Mensch Einfluß ausübt u. empfängt, sind Gedanken eingekapselt oder aufgelöst in verschiedenen Graden der Erstarrung u. des Gehalts. Das ist natürlich nicht mehr als eine Binsenwahrheit, aber das Ausmaß davon ist uns kaum immer gegenwärtig, denn es beträgt wirklich nicht weniger als eine ungeheure hinausgestülpte dritte Gehirnhälfte. Sie denkt nicht; sie sendet Gefühle, Gewohnheiten, Erlebnisse, Grenzen u Richtungen, lauter unbewußte u halb bewußte Einflüsse, zwischen denen das persönliche Denken so viel u so wenig ist wie ein Kerzenflämmchen im steinernen Dunkel eines Riesendepots. Und nicht zuletzt sind darunter die Reservegedanken, die so aufbewahrt werden wie die Uniformen für die Kriegszeit. In dem Augenblick, wo etwas Ungewöhnliches um sich greift, steigen sie aus ihrer Versteinerung. Alle Tage läuten die Glocken, aber wenn eine Feuersbrunst ausbricht oder ein Volk zu den Waffen gerufen wird, zeigt sich erst, was für Gefühle in ihnen getobt u. gebimmelt haben. Alle Tage schreiben die Zeitungen gewisse ihnen gleichgültige Sätze, mit denen sie herkömmliche Geschehnisse herkömmlich verzeichnen, aber wenn eine Revolution droht oder etwas Neues geschehen soll, zeigt sich mit einemmal, daß die Worte nicht ausreichen u. auf die ältesten Ladenhüter u. Geistgespenster zurückgegriffen werden muß, um abzuwehren oder zu begrüßen. Bei jeder großen allgemeinen Mobilisierung, sei sie friedlich oder kriegerisch, tritt der Geist unausgerüstet u. behangen mit Vergessenheiten an.

Zwischen dieses Mißverhältnis der persönlichen u. allgemeinen, der lebendigen u. Reservegrundsätze war H. geraten. Man hätte sich unter anderen Umständen begnügt, ihn wenig sympathisch zu finden, aber die behördliche Zuschrift hatte ihn aus der Mitte der Privatpersonen herausgehoben, zu einem Gegenstand des öffentlichen Denkens gemacht u. seine Vorgesetzten daran gemahnt, daß sie auf ihn nicht ihre unerzogenen, aber abwechslungsreichen eigenen Gefühle anzuwenden hatten, sondern die allgemein gültigen, die ihnen Verdruß u. Langeweile bereiteten u. in jedem Augenblick zügellos entarten konnten wie die Handlungen eines Trunkenen oder eines Hysterischen, der ganz deutlich fühlt, daß er in seinem Rausch wie in einer zu großen fremden Hülse darinsteckt.

Nur darf man nicht glauben, faß H. etwa mißhandelt wurde u. ihm Unerlaubtes geschah: im Gegenteil, er wurde vollkommen vorschriftsmäßig behandelt und bloß jenes Quentchen menschlicher Wärme fehlte – nein, man kann nicht sagen, Wärme; aber Kohle, Brennstoff, vorhanden, um allenfalls bei günstiger Gelegenheit gebraucht zu werden, – das selbst in einer Kaserne noch zuhause ist. Durch die Abwesenheit jeder persönlichen Wohlwollensmöglichkeit wirkten die rechtwinkeligen Gebäude, die eintönigen Mauern, mit den blauen Figuren darauf, die endlosen Geraden der Gänge, mit den unzähligen parallelen Schrägstrichen der daraufhängenden Gewehre, wirkten die den Tag einteilenden Trompetensignale u Vorschriften als die klare, kalte Auskrystallisation eines Geistes, der H S. bis dahin fremd gewesen war, des Geistes der Allgemeinheit, der Öffentlichkeit, der unpersönlichen Gemeinschaft oder wie man das nennen soll, der dieses Haus u. diese Formen geschaffen hatte.

Das Erdrückendste war, daß er allen seinen Widerspruchsgeist wie fortgeblasen fühlte. Er hätte sich ja wie ein Missionar vorkommen können, der von einem Indianerstamm gemartert wird. Oder er hätte den Lärm der Welt aus seinen Sinnen drängen und sich in die Ströme der Jenseitigkeit versenken können. Er hätte seine Leiden als ein Symbol ansehen können, u. so fort. Aber alle diese Gedanken waren wie ohnmächtige Schatten, seit man ihm eine Militärmütze aufs Haupt gesetzt hatte. Die feine Welt des Geistes verblaßte zu einem Gespenst, das hier, wo tausend Menschen beisammenwohnten, nicht eindringen konnte. Sein Kopf war verödet u. abgewelkt.

H S. hatte Ge bei der Mutter eines seiner Freunde untergebracht. Er sah sie selten u. dann war er meist mürrisch vor Müdigkeit u Verzweiflung. Ge wollte selbständig werden, sie wollte nichts von ihm; aber sie begriff nicht die Geschehnisse, denen er ausgesetzt war. Sie hatte einigemale den Einfall gehabt, ihn nach dem Dienst abzuholen; als ob er er selbst wäre u. nur von irgendeiner Veranstaltung käme. Er wich ihr in letzter Zeit aus. Er hatte nicht einmal die Kraft sich darüber zu kränken. In den Pausen des Dienstes, diesen unregelmäßigen, auf die unnützesten Zeiten fallenden Pausen, trieb er sich mit den anderen Einjährigen umher, trank Branntwein u. Kaffee in der Kantine u saß in der trüben Flut ihrer Gespräche u. Witze wie in einem schmutzigen Bach, ohne sich zum Aufstehen entschließen zu können. Erst jetzt haßte er zum erstenmal in seinem Leben den Soldatenstand, weil er sich seinem Einfluß unterworfen fühlte. – Mein Inneres ist jetzt nichts als das Futter eines Militärmantels – sagte er sich; aber er fühlte sich erstaunt versucht, die neuen Bewegungen in seiner Einkleidung zu erproben. Es kam vor, daß er auch nach dem Dienst mit anderen zusammenblieb u. die etwas rohen Lustbarkeiten dieser halb selbständigen jungen Menschen verkostete.

11. (Ort einstweilen: Fr 1, S 4 ad 1.)   (——)

Ein eleganter Herr ließ seinen Wagen halten u rief U. an; U. erkannte mit Mühe in der selbstsicheren Erscheinung, (die sich aus dem vornehmen Fuhrwerk beugte) Dir L F. – Man muß Glück haben! – rief ihm F. entgegen – Meiner Sekretärin glückt es seit Wochen nicht, Ihrer habhaft zu werden! Immer heißt es, Sie sind verreist. – Er übertrieb, aber dies Chefbewußtsein, mit dem er sich zeigte, machte einen echten Eindruck.

U. sagte leise: – Ich hatte mir Ihr Befinden ganz anders vorgestellt. –
– Was hat man Ihnen von mir gesagt? – forschte F. neugierig.
– Ich glaube, wohl so ziemlich alles. Ich habe lange Zeit erwartet, von Ihnen durch die Zeitung zu hören. –
– Unsinn! Frauen übertreiben immer. Wollen Sie mich nicht in meine Wohnung begleiten? Ich erzähle Ihnen alles.

Die Wohnung hatte sich verändert, einen Hauch von Generaldirektion irgendwelcher Unternehmungen bekommen, u. war ganz u gar unweiblich geworden. Aber F. erzählte nicht genau. Es war ihm mehr darum zu tun, sein Ansehen bei U. wieder zu befestigen. Seinen Austritt aus der Bank behandelte er als einen Zwischenfall. – Was wollen Sie, ich hätte noch 10 Jahre bleiben können, ohne vorzurücken! Ich bin in voller Freundschaft ausgetreten. – Er hatte eine so selbstbewußte Art zu sprechen angenommen, daß sich U. veranlaßt sah, ihm trocken seine Verwunderung darüber zu bemerken. – Sie hatten sich doch so ruiniert, – fragte er – daß man annahm, Sie müßten sich entweder erschießen oder vor Gericht wandern? –
– Ich würde mich nie erschießen, ich würde mich vergiften; – verbesserte ihn L – ich werde niemand den Gefallen tun wie ein Adeliger oder ein Sektionschef zu sterben! Aber ich habe es auch gar nicht nötig gehabt. Wissen Sie, was eine Versteifung, eine vorübergehende Illiquidität ist? Nun also! Es ist in meiner Familie ein lächerliches Aufheben davon gemacht worden, das man heute schon sehr bedauert! –
– Sie haben mir übrigens nie ein Wort davon gesagt, rief U., dem es gerade einfiel, lachend aus – daß Sie der Freund La's. geworden sind; ich hätte ein Anrecht gehabt, wenigstens das zu erfahren! –
– Haben Sie eine Ahnung, wie sich dieses Frauenzimmer mir gegenüber betragen hat? Unverschämt! Ihre Erziehung! –
– Ich habe La. immer gelassen, wie sie ist. Ich nehme an, daß sie durch ihre natürliche Dummheit in wenigen Jahren als Pensionärin eines Bordells enden wird. –
– Weit gefehlt! Ich bin übrigens nicht so herzlos wie Sie, lieber

Freund, ich habe mich bemüht, in La. ein wenig die Vernunft u. sozusagen den Wirtschaftsgeist in der Ausnutzung ihres Körpers zu wecken. Und an dem Abend, wo meine Illiquidität sich mir fühlbar zu machen begann, bin ich zu ihr gegangen, um mir einige hundert Kronen auszuborgen, von denen ich annahm, daß La. sie auf die Seite gelegt haben sollte. Sie hätten dieses Weibsbild hören sollen, wie sie mich einen Filz, einen Räuber, ja sogar bei meiner Religion beschimpft hat; einzig u allein, daß sie nicht behauptete, ich hätte ihr die Unschuld gestohlen. Aber mit La's. Zukunft irren Sie sich: wissen Sie, wen sie jetzt zum Freund hat, gleich nach mir? –

Er beugte sich zu U. u. flüsterte ihm einen Namen ins Ohr, mehr aus Respekt tat er das, als weil Flüstern notwendig gewesen wäre.

– Was sagen Sie dazu? Man muß zugeben, sie ist eine Schönheit. –

U. war tatsächlich erstaunt, der Name, den ihm F. zugeflüstert hatte, war der Ah's.

> Hier ist offen, ob die Annäherung Ah's. an La. bzw. die Abwendung von D. hier erzählt wird od. nicht.
> Möglichkeiten: Vorhergegangenes Kapitel darüber u.
>   hier nur Ergänzung.
>   Hier als Einschaltung erzählen.
>   Hier Kapitel einschalten.

U. erkundigte sich nach Ge. F. blies die Luft zwischen den sich wölbenden Lippen aus seiner Seele, sein Gesicht wurde ängstlich u. verriet verheimlichte Sorgen. Er hob die Schultern u. ließ sie müde sinken. – Ich habe mir gedacht, daß Sie vielleicht wissen, wo sie sich aufhält. –

– Ich habe eine Vermutung, – antwortete U – aber ich weiß nichts. Ich denke mir, sie wird eine Stellung angenommen haben. –

– Stellung! Als was? Als Fräulein in einer Familie mit kleinen Kindern! Denken Sie, da nimmt sie eine Stellung als Dienstbote an u. könnte jeden Luxus haben! Ich habe erst gestern wegen eines Hauses abgeschlossen, prima Lage, eine Wohnung darin, die ein Palais für sich ist: Aber nein, nein, nein! F. fuhr sich mit den Fäusten ins Gesicht, sein Schmerz um die Tochter war ehrlich oder war wenigstens der ehrliche Schmerz darüber, daß sie ihn hinderte, seinen Sieg ganz zu genießen.

– Warum wenden Sie sich nicht an die Polizei? – fragte U.

– Ach, ich bitte Sie, ich kann meine Familienangelegenheiten doch nicht an die große Glocke hängen! Übrigens will ich es ja tun, aber meine Frau erlaubt es nicht. Ich habe meiner Frau sofort zurückgezahlt, was sie durch mich verloren hatte; die hohen Herren Brüder sollten

sich nicht den Mund über mich zerreißen! Und schließlich ist Ge.
doch so gut ihr Kind wie meines. Ich will da nichts ohne ihre Zustimmung tun. Sie fährt den halben Tag in meinem Wagen herum u.
sucht sich die Augen aus. Das ist natürlich Unsinn, so macht man es
nicht. Aber was kann man tun, wenn man mit einer Frau verheiratet ist! –

– Ich dachte, Sie waren schon in Scheidung!? –

– Waren wir auch. Das heißt, nur in Worten. Noch nicht bei Gericht.
Die Rechtsanwälte hatten eben erst die ersten Schüsse abgegeben, als
sich meine Verhältnisse zusehends besserten. Ich weiß selbst nicht, wie
wir jetzt zu einander stehn; ich glaube, Kl. wartet auf eine Aussprache.
Sie wohnt natürlich immer noch bei ihrem Bruder. –

– Aber warum beauftragen Sie denn nicht einfach ein Detektivbüro,
Ge. zu finden?! – rief U. dazwischen, dem das gerade einfiel.

– Sollte man tun – meinte F.

– Die Spur führt doch sicher über H S.! –

– Meine Frau will dieser Tage noch einmal zu H S. hinausfahren u.
ihn bearbeiten; er sagt nichts. –

– Ach, wissen Sie was? H. muß doch jetzt zum Militär eingerückt
sein, erinnern Sie sich nicht?! Er hatte wegen irgendwelcher Prüfungen, die er dann doch nicht gemacht hat, ein halbes Jahr Aufschub
bekommen, er muß vor 14 Tagen eingerückt sein; ich kann das genau
sagen, weil es sehr ungewöhnlich war, denn um diese Zeit werden
sonst nur die Medizinstudenten eingezogen. Ihre Frau wird ihn also
kaum finden. Dagegen könnte man ihm durch seine Vorgesetzten
die Hölle ordentlich heiß machen. Verstehen Sie, wenn man ihn dort
etwas zwischen die Finger nimmt, wird er schon mit der Sprache her-
ausrücken! –

– Ausgezeichnet, ich danke Ihnen! Ich hoffe, meine Frau sieht das
auch ein. Denn ohne Kl. will ich, wie gesagt, in dieser Richtung nichts
unternehmen; sonst kann es gleich wieder heißen, daß man ein
Mörder ist! –

U. mußte lachen. – Die Freiheit scheint Sie ängstlich gemacht zu
haben, lieber F. –

F. ärgerte sich immer leicht über U; jetzt, wo er ein großer Mann
war, mehr denn je. – Sie überschätzen die Freiheit, – sagte er abweisend
– u. es scheint, daß Sie meinen Standpunkt nie ganz verstanden haben.
Die Ehe ist oft ein Kampf, wer der Stärkere ist; außerordentlich
schwierig, solange es sich um Gefühle, Gedanken u. Einbildungen
handelt! Aber gar keine Schwierigkeit, sobald man im Leben Erfolg
hat. Ich habe den Eindruck, daß auch Kl. das einzusehen beginnt. Man
kann wochenlang darüber streiten, ob eine Auffassung richtig ist.
Aber sobald man Erfolg hat, ist es die Auffassung eines Mannes, der

sich geirrt haben kann, aber diesen nebensächlichen Irrtum eben braucht, um Erfolg zu haben. Es ist schlimmenstenfalls wie die Marotte eines großen Künstlers; nun, was tut man mit den Marotten großer Künstler? Man liebt sie; man weiß, sie sind ein kleines Geheimnis. – Da U. ungebunden lachte, wollte F. nicht zu sprechen aufhören. – Ich sage das gerade Ihnen! Geben Sie nur gut acht! Ich habe gesagt, wenn man keinen andern Ehrgeiz hat / nichts zu tun hat / nichts hat / als Gefühle u Gedanken, nimmt der Streit kein Ende. Gedanken u. Gefühle machen kleinlich u. nervös. So ist es leider mir u Kl. ergangen. Heute habe ich keine Zeit. Ich weiß nicht einmal sicher, ob Kl. wieder zu mir zurück möchte; ich glaube bloß, daß sie es will; sie hat bereut, u. früher oder später wird sich das ganz von selbst zeigen, dann aber ganz bestimmt viel einfacher u. schöner, als wenn ich mir jetzt schon ganz genau ausdenken würde, wie es geschehen muß. Mit einem ungesund bis ins kleinste fixierten Plan würde man auch nie Geschäfte machen! –

F. war fast außer Atem, aber er fühlte sich frei. U. hatte ihm ernst zugehört u. widersprach nicht. – Ich bin sehr erfreut, daß sich alles so zum Guten wendet, – sagte er höflich. – Ihre Frau Gemahlin ist eine ausgezeichnete Frau, u. wenn es für Sie vorteilhaft sein wird, ein großes Haus zu führen, wird sie dieser Aufgabe vorzüglich vorstehen. –

– Eben. Auch das. Wir könnten jetzt bald die silberne Hochzeit feiern u. Spaß beiseite, wenn das Geld neu ist, soll wenigstens sozusagen der Charakter alt sein. Eine silberne Hochzeit ist fast so viel wert wie eine adelige Großmutter, die sie übrigens auch hat. –

U. erhob sich zum Gehn, aber F. war nun aufgeräumt. – Sie brauchen aber nicht zu glauben, daß mir am Ende La. die Flügel gebrochen hat! Ich habe sie Dr Ah. ganz ohne Neid überlassen. Kennen Sie die Tänzerin – er nannte einen unbekannten Namen u. zog ein kleines Bild aus der Brieftasche – Nun, woher sollten Sie sie auch kennen, sie ist noch selten aufgetreten, selbständige Tanzabende, distingiert, Beethoven u Debussy, wissen Sie, das ist jetzt so der kommende Geist. Aber was ich Ihnen sagen wollte, Sie sind doch Sportsmann, bringen Sie das zustande: –? – Er trat an einen Tisch u. begleitete seine Worte mit einem Echo aus Arm u Bein – Da legt sie sich z b. auf so einen Tisch. Den Oberkörper platt auf der Platte, das Gesicht mit dem Ohr an die aufgestützten Arme gelehnt, u. lächelt lieblich. Die Beine aber tut sie dabei ganz auseinander, so, der schmalen Tischkante entlang, daß es aussieht wie ein großes T. Oder sie steht plötzlich auf den Unterarmen u Handflächen – So – ich kann das natürlich nicht. Und einen Fuß hat sie über den Kopf weg beinahe auf der Erde, den anderen am Schrank oben. Ich sage Ihnen, Sie bringen es nicht zu einem Zehntel zusammen; trotz Ihrem Turnen. Das ist die neue Frau. Sie ist schöner als wir, sie ist geschickter als wir, u ich glaube, wenn ich mit ihr boxen wollte, würde ich mir bald den Bauch halten. Das einzige, worin ein Mann stärker ist als die Frau heute, ist Geldverdienen! –

II. Bd. VII. Kapitelgruppe

Fr. 1, S 4 Kap 3   o.   (——)

Wer hatte HS. die Kennzeichnung p u. eingebracht? Merkwürdigerweise war es Gf L. Gf L. hatte eines Tags U. nach diesem jungen Mann ausgefragt, u. U. hatte ihn als einen harmlosen Wirrkopf hingestellt; aber Gf L. mißtraute in der letzten Zeit U. u. fühlte sich durch dessen Auskunft in der Überzeugung bestärkt, daß er in HS. eines jener unverantwortlichen Elemente vor sich habe, die jederzeit verhinderten, daß es in Kknien. zu etwas Gutem komme. Gf L. war in der letzten Zeit nervös geworden. Er hatte durch Generaldirektor LF. davon gehört, daß ein ganz bestimmter Kreis unreifer junger Menschen, dessen Mittelpunkt HS. bilde, der eigentliche Urheber jener Demonstration gewesen sei, die Sr Erl. mehr Unannehmlichkeiten eingetragen hatte, als man annehmen sollte. Denn dieser politische Aufzug hatte «oben» einen «ungünstigen Eindruck» gemacht. Ohne Frage war er ganz harmlos gewesen, u. wenn man so etwas ernstlich verhindern will, kann das jederzeit durch eine Handvoll Polizei geschehen; aber der Eindruck, den solche Vorkommnisse machen, ist immer viel erschrecklicher, als es ihnen in Wahrheit zukommt, u. kein wirklicher Politiker darf den Eindruck vernachlässigen. Gf L. hatte darüber ernste Aussprachen mit seinem Freund, dem Polizeipräsidenten gehabt, die ergebnislos geblieben waren, u. als er nachträglich den Namen HS. erfuhr, war der Präsident gerne bereit, zur Beruhigung Sr Erl. diese Spur verfolgen zu lassen. Er war von vornherein überzeugt gewesen, daß ein Ergebnis, das seiner Polizei bisher entgangen war, nicht wesentlich sein könne, u. wurde in dieser Auffassung durch die Erhebungen, die auf seinen Befehl stattfanden, nur bestätigt. Immerhin ergibt die Beschäftigung einer Behörde mit einer Privatperson immer, daß diese Privatperson unklar u unverläßlich sei, nämlich gemessen an den Ansprüchen, die man in einem Amt an Genauigkeit u. aktenmäßige Sicherheit stellt. Der Präsident fand es darum angebracht, in dubio nicht einem Mann wie Gf L. entgegenzuhalten, daß er sich eine Einbildung in den Kopf gesetzt habe, sondern lieber den Fall S. nach dem Muster behandeln zu lassen, dem Verdächtigten sei vorderhand nichts nachzuweisen gewesen, weshalb er bis zur restlosen Aufklärung verdächtig bleibe. Diese restlose Aufklärung wurde dabei

stillschweigend für den St. Nimmerleinstag angesetzt, wo alle uner-
ledigten Akten aus den Gräbern der Archive aufsteigen. Daß trotzdem
HS. daraus Leid entstand, das war eine ganz unpersönliche Angelegenheit ohne jede Schikane. Ein unabgeschlossen begrabener Akt
muß von Zeit zu Zeit aus dem Grab gehoben werden, um auf ihm zu
bemerken, daß er noch immer nicht abgeschlossen werden könne u.
einen Tag darauf zu setzen, wo ihn der Archivbeamte wieder dem
Konzeptsbeamten vorzulegen habe. Das ist ein Weltgesetz der Büro-
kratie, u. wenn es sich dabei um einen Akt handelt, der unter dem Vorwand, daß seine Grundlagen nicht vollständig seien, nie abgeschlossen
werden soll, so muß man sehr gut auf ihn achtgeben, denn es kann
vorkommen, daß die Beamten vorrücken, versetzt werden u sterben,
u. ein Neuling, der den Akt erhält, in seinem Übereifer veranlaßt, daß
zu einer der letzten Erhebungen, die vor Jahren stattgefunden haben,
eine kleine ergänzende Erhebung gemacht werde, die den Akt einige
Wochen am Leben erhielt, bis sie als Beilage endet u. mit ihm verschwindet. Durch einen ähnlichen Zwischenfall war auch der Akt
H S. ohne jede besondere Absicht ins Laufen gekommen; da sich H.
beim Militär befand, mußte sein Akt ins Justizministerium, von dort
ins Kriegsministerium, von dort zum Korpskdo. usw., u. es läßt sich
denken, daß er durch die verschiedenen Einlaufs- und Absendungs-
vermerkungen, Präsentierungsstempel, Behandlungsbestätigungen u.
die Zusätze diensthöflich überreicht, abgetreten, zur Berichterstattung,
hieramts nichts bekannt u. dgl. ein gefährliches Aussehen bekam.

Ge. war aber unterdessen zu U. gelaufen, verzweifelt, u. berichtete,
daß H. gerettet werden müsse, weil er sich den Verhältnissen, in die er
geraten sei, nicht gewachsen zeige u. schon deutlich befürchten mache,
daß er völlig verkomme. Sie war noch immer nicht ins Elternhaus
zurückgekehrt, hielt sich verborgen u. war sehr stolz, weil sie eine
Klavierstunde gefunden hatte und damit ein paar Kreuzer zu dem Geld
hinzuverdiente, das ihr ihre Freundinen liehen. L F. machte damals
die größten Anstrengungen, um sie zurückzugewinnen, u. so legte sich
U. aufs Vermitteln. Ge. ließ sich nach langem Hin u Her u. väterlichen
Ermahnungen U's. zu dem Versprechen herbei, die Rückkehr in ihr
Elternhaus in wohlwollende Erwägung zu ziehen, falls ihr Papa sich
bereiterkläre u. es zuwege bringe u U. es unterstütze, H. aus seinem
Verhängnis zu befrein. U. sprach mit Gd. F. darüber, u. Gd. F. hätte
damals Schlimmeres begangen, als man von ihm verlangte, um seine
Tochter wiederzubekommen. Er wandte sich an Gf L. Gn Dir. L F.
stand mit Sr Erl. in emsiger Geschäftsverbindung. Se Erl. empfahl
ihn nach einigem Bedauern u. Überlegen an D., die mit dem Kriegsministerium augenblicklich innige Fühlung hätte u. auch aus dem
Grund in diesem Fall geeigneter sei als er selbst, weil diese ganze An-

gelegenheit, u besonders durch die nicht ganz reguläre Lösung, die sie erfordere, doch eher eine Sache der Frau, des Herzens u des weiblichen Taktes sei. So kam L F zu D.

Sie war schon durch Gf L. in Kenntnis des Besuchs gesetzt worden, u. F. empfing einen großen Eindruck durch sie. Er hatte gedacht, daß der Abschnitt, wo etwas Geistiges ihm Bewunderung abzwingen könne, hinter ihm läge. Aber es schien, daß schöne Frauen besonders geeignet waren, seine neue Härte weich zu machen. Den ersten Rückfall hatte er bei La. gehabt. La. hatte ein Gesicht, wie es GD. F's. Eltern bewundert haben würden, u. dieses Gesicht fiel ihm wieder ein, als er D. sah, obgleich eigentlich keine Ähnlichkeit bestand. Zu jener Zeit hätte auch der armseligste Zeichenlehrer oder Photograph sich nicht ruhig gefühlt, wenn er nicht in seinen Haaren oder seinem Schlips etwas von genialem Hauch gespürt hätte. Darum war auch La. für L. nicht einfach schön, sondern sie war ein Genie an Schönheit gewesen; das war der besondere Reiz, durch den sie ihn zu gewagten Unternehmungen verleitet hatte. – Schade, daß sie einen so unwürdigen Charakter hatte – dachte F – ihre dicken hohen Beine waren entschieden schöner, als es die ausgetrockneten Beine dieser modernen Tänzerinnen sind. – Weiterhin wußte er nicht, ob es die ausgetrockneten Beine waren oder der unangenehme Charakter, was ihn auf seine Gattin Kl. brachte, aber jedenfalls erinnerte er sich mit Rührung der glücklichen Jahre seiner Ehe, denn damals hatten er u. Kl. noch an den Wert des Genies geglaubt, u. wenn man es wohlwollend überlegte, war das gar nicht so falsch gewesen; L F's. Lebenslinie wies, so betrachtet, keinen Bruch auf, denn letzten Endes war der Glaube, daß es bevorzugte Genies gebe, eine Möglichkeit, um rücksichtslose u. gewagte Geschäfte zu rechtfertigen. D. hatte die Eigenschaft, solche weit durch die Seele schweifenden Gedanken wachzurufen, wenn man ihr zum erstenmal gegenübersaß, u. GD. F. brauchte indessen nur einmal durch seine Favorits zu fahren u. seinen Klemmer zurechtzurücken, ehe er mit einem Seufzer zu sprechen anhub. D. bestätigte diesen Seufzer mit einem mütterlichen Lächeln, u ehe F. noch zu etwas anderem kam, sagte diese, für ihre außerordentliche Einfühlungsgabe mit Recht berühmte Frau zu ihm: – Ich bin von dem Zweck Ihres Besuchs unterrichtet worden. Es ist traurig: die heutige Menschheit vermißt auf das schmerzlichste, daß sie keine Genies mehr hervorbringt, u. andererseits leugnet u verfolgt sie jedes junge Talent, aus dem vielleicht eines werden könnte. –

F. wagte die Frage: – Gnädige Frau haben gehört, wie es meinem Schützling ergeht? Er ist ein Aufrührer. Nun: wenn schon? Alle großen Leute waren in ihrer Jugend Aufrührer. Ich bin übrigens gar nicht damit einverstanden. Aber er ist außerdem, wenn Sie mir die Bemerkung gestatten, eine Zangengeburt; sein Kopf ist etwas eingedrückt worden, er ist außerordentlich reizbar, u. ich habe mir gedacht, daß das vielleicht ein Weg sein könnte... ? –

D. hob traurig die Augenbrauen. – Ich habe mit einem der führenden Herrn des KM. darüber gesprochen; ich muß Ihnen leider sagen, Herr Gd., daß Ihr Wunsch auf kaum überwindliche Schwierigkeiten stößt.

F. hob traurig u. empört die Hände. – Aber man darf doch einen Geistigen nicht wider den Geist zwingen! Gnädige Frau, der Bursche hat so Ideen von Kriegsdienstverweigerung, u. die Herrn werden ihn mir noch erschießen! –

– Ja – erwiderte D – Wie recht Sie haben! Man sollte einen Geistigen nicht wider den Geist zwingen. Sie sprechen meine Meinung aus. Aber wie soll man das einem General begreiflich machen?! –

Es trat eine Pause ein. F. meinte fast, er müsse gehen, aber als er die Füße räusperte, legte ihm D. die Hand auf den Arm, mit stummer Erlaubnis, noch zu bleiben. Sie schien nachzudenken. F. zerbrach sich den Kopf, wie er ihr zu einem guten Einfall verhelfen könnte. Er hätte ihr gerne Geld für den führenden Herrn des KM. angeboten, von dem sie gesprochen hatte; aber ein solcher Gedanke war zu jener Zeit Wahnwitz. F. fühlte sich ohnmächtig. – Ein Midas! – fiel ihm ein; warum, wußte er nicht genau, u. suchte sich an diese alte Geschichte zu erinnern, die irgendwie doch anders war. Dabei beschlugen sich seine Augengläser fast vor Rührung.

In diesem Augenblick kehrte D. zurück. – Ich glaube, Herr Gd., daß ich Ihnen vielleicht doch ein wenig helfen kann. Ich würde mich jedenfalls freuen, es zu können. Ich komme nicht los davon, daß man einen Geistigen nicht wider den Geist zwingen darf! Von der Art dieses Geistes spricht man natürlich besser zu den Herren des KM. nicht zuviel.»

L F. schloß sich dienstfertig dieser Verwahrung an.

– Aber der Fall hat doch sozusagen auch eine mütterliche Seite – fuhr D. fort – eine weibliche, unlogische; ich meine, bei soundsoviel tausend Soldaten kann es doch auf einen einzelnen nicht ankommen. Ich werde versuchen, einem hohen Offz., mit dem ich befreundet bin, begreiflich zu machen, daß S^e Erl. aus politischen Gründen Wert darauf legen wird, diesen jungen Mann frei zu bekommen; man soll ja doch immer die rechten Leute auf den rechten Platz stellen u. Ihr zukünftiger Schwiegersohn stiftet in einer Kaserne nicht den geringsten Nutzen, wogegen er –: nun irgendwie denke ich mir das so. Leider sind die Herren Militärs ungemein widerstrebend gegen Ausnahmen. Aber, was ich hoffe, ist, daß wir für den jungen Mann wenigstens eine Beurlaubung auf längere Zeit erwirken können, u. dann kann man ja über das Weitere noch nachdenken. –

L F. beugte sich entzückt über D's. Hand. Er hatte volles Vertrauen zu dieser Frau gewonnen.

Dieser Besuch blieb auch nicht ohne Einfluß auf seine Denkweise. Aus begreiflichen Gründen war er in der letzten Zeit sehr materiell geworden. Seine Lebenserfahrungen hatten ihn auf den Standpunkt geführt, daß ein rechter Mann seine Sache selbst machen müsse. Unabhängig sein; nichts von anderen brauchen, wofür man nicht begehrte Gegenwerte hat: das ist aber auch ein Protestantengefühl, so gut wie nur das der ersten Kolonisten in Amerika eines gewesen ist. LF. philosophierte noch immer gern, wenngleich seine Zeit dafür noch viel knapper geworden war. Seine Geschäfte brachten ihn jetzt manchmal in Berührung mit dem hohen Klerus. Er stellte fest, daß es der Fehler aller Religionen sei, die Tugend nur negativ, als Enthaltsamkeit u. Selbstlosigkeit zu lehren; das macht sie unzeitgemäß u. gibt den Geschäften, die man machen muß, beinahe etwas von heimlichen Sündenfällen. Dagegen hatte ihn die öffentliche Religion der Tüchtigkeit ergriffen, wie er sie in Deutschland bei seinen Geschäften antraf. Einem tüchtigen Menschen hilft man gern, m. a. W., er findet überall Kredit: das war eine positive Formel, mit der man etwas schaffen konnte. Sie lehrte hilfsbereit sein, ohne auf Dankbarkeit zu rechnen, genauso wie es die christliche Lehre verlangt, aber schloß nicht die Unsicherheit ein, daß man sich auf irgendein edles Gefühl eines anderen Menschen verlassen müsse, sondern benutzte den Egoismus als die einzige verläßliche Eigenschaft des Menschen die er ohne Zweifel ist. Das Geld aber ist ein geniales Mittel, um diese Grundeigenschaft berechenbar u. regulierbar zu machen. Es ist geordnete Selbstsucht, ins Verhältnis gebracht zur Tüchtigkeit. Eine ungeheure Organisation der Ichsucht nach der Rangordnung, es zu verdienen. Es ist eine schöpferische Großorganisation, aufgebaut auf der Gemeinheit – Nicht Kaiser, noch Könige haben die Leidenschaften so gezähmt wie das Geld. F. dachte oft darüber nach, welcher menschliche Halbgott das Geld erfunden haben mochte. Wäre schon alles dem Gelde zugänglich und würde jede Sache ihren Preis haben, wovon man leider noch entfernt ist, so würde eine andere Moral als das Bestehen des Handels überhaupt nicht nötig sein. Dies war seine Meinung u. Überzeugung. Er hatte schon in der Zeit seiner Verehrung für die großen Menschheitsideen immer auch eine gewisse Abneigung dagegen gehabt, wenn ein anderer von ihnen sprach. Wenn jemand schlechtweg Tugend sagt oder Schönheit, hat das etwas so Unnatürliches u Geziertes, wie wenn ein Österreicher in der Mitvergangenheit spricht. Jetzt war das noch gewachsen. Sein Leben ging in Arbeit, Machtstreben, Betriebsamkeit u. der Abhängigkeit von Sachgrößen auf, die er beobachten u. benutzen mußte. Das Geistige kam ihm immer mehr wie Wolken vor, die mit der Erde keinen Zusammenhang haben. Aber er war nicht glücklicher. Er fühlte sich irgendwo geschwächt. Alle Vergnügungen kamen ihm äußerlicher vor als früher. Er steigerte die Reize, mit dem Erfolg, daß er sich doch nur mehr zerstreute. Er machte sich über seine Tochter lustig, aber im geheimen beneidete er sie um ihre Ideen.

Und wie D. so sehr natürlich u zwanglos von Muttergefühl, Seele, Geist u Güte gesprochen hatte, hatte er immerzu gedacht: das wäre eine Mutter für Ge! (?Frau für dich) Die Tränen rannen ihm ordentlich im Inneren herunter, so schön sprach sie, u. so befriedigt konnte er verfolgen, wie aus diesen großen Worten in der vornehmsten Weise ein kleiner Korruptionsfall entstand, denn das war doch schließlich ihre Erfüllung seiner Bitte, mochte sie welche Gründe immer haben. In gewissen Fällen, wenn es sich um etwas Unrechtes handelt, ist der Idealismus doch beinahe noch besser, als die nackte Berechnung; das war die Lehre, die F. unmittelbar aus den Eindrücken seines Besuchs gezogen hatte u. die bei Gelegenheit eindringlich zu überlegen, er sich am Weiterweg vornahm.

II. Bd. VII. Kapitelgruppe

p.   (——)

Im Bereich eines Tatmenschen
(LF) gibt es auch Selbstmord
oder Mord

Inhalt: H S. Selbstmord
   Ort: Fr. 1, S 4. Kap. 6.
Zu vergleichen: Ält Konv. II III A. Ag letzs. Kap. (Ag. Selbstmord-
      versuch)
      Mg. Selbstmordversuch.
Material: [...]

H S. hatte sich aus der Kaserne entfernt u. war nicht zum Dienst erschienen, obgleich er aus dem Spital wieder zur Truppe zurückversetzt worden war. Er wußte, daß seine Rückkehr mit den unerträglichsten Folgen verbunden sein würde; Bestrafung wie ein Tier und, schlimmer noch, denn die Strafe ist einsam, vorher das stumpfe Gesicht des Hauptmanns u. die Nötigung ihm Rede u Antwort zu stehen. H. wußte, daß er entschlossen war, nicht zurückzukehren. Zum erstenmal brannte wieder das heilige Feuer des Trotzes in ihm, und der starrende Sinn des Reinen blitzte in ihm, der die Vermengung mit dem Unreinen meidet. Desto qualvoller war die Erinnerung, daß er das Recht darauf verloren habe. Er hielt seine Krankheit für unheilbar und war überzeugt, für den Rest seines Lebens verunreinigt zu sein. Er hatte den Vorsatz gefaßt, sich zu töten; er war aus der Kaserne weggegangen, um sich die Rückkehr ins Leben ganz abzuschneiden; der Gedanke, daß er sich in wenigen Stunden getötet haben werde, war das einzige, was ihm seine Achtung vor sich, wenn auch nicht wiedergeben, so doch einigermaßen ersetzen konnte.

Er hatte, um nicht gleich erkannt zu werden, wenn man ihn suchen sollte, Zivilkleider angelegt. Er ging zu Fuß durch die Stadt, denn er fühlte sich unfähig, ein Fuhrwerk zu benutzen; er hatte einen weiten Weg vor sich, denn es war ihm aus irgendwelchen Gründen selbstverständlich erschienen, daß er sich nur in der freien Natur töten werde. Er hätte es ja eigentlich auch unterwegs, mitten in der Stadt tun können; wahrscheinlich schiebt man mit gewissen Feierlichkeiten die Sache doch bloß etwas hinaus, u. dazu gehörte für H. ein letzter Blick ins Freie; aber H. zählte überhaupt nicht zu den Menschen, die sich solche Fragen in einem Zustand vorlegen, wie es der seine war. Jener vielberufene dunkle Schleier lag vor seinen Augen, der entsteht, wenn der Feuchtigkeitsgehalt des Gemüts sehr groß wird, ohne daß Tränen hervorkommen, u. die Geräusche der Welt klangen weich. Vorbeifahrende Wagen, Menschengewimmel, straßenlang ausgespannte Häuserfronten sahen wie ein versenktes Relief aus. Die Tränen, die HS. in der Öffentlichkeit oder aus anderen Gründen nicht außen weinen mochte, fielen indes durch sein Inneres wie durch einen ungeheuer tiefen dunklen Schacht auf sein eigenes Grab, in dem er sich schon liegen fühlte, was so viel bedeutet, wie daß er gleichzeitig daneben saß u. sich betrauerte. In alledem liegt eine sehr starke aufheiternde Macht, u. als H. an der Stadtgrenze angelangt war, wo die Schienen der Eisenbahn liefen, auf die er sich werfen wollte, sobald ein Zug vorbeikäme, hatte sich seine Trauer schon mit so vielen Dingen verbündet u. verschwistert, daß sie sich eigentlich ganz wohl fühlte. Die Strecke, an der er sich befand, wurde scheinbar nicht viel befahren, u. H. mußte sich sagen, daß er, ankommend, vor einen im gleichen Augenblick vorbeifahrenden Zug sich wohl sofort gestürzt hätte, daß er aber in Unkenntnis der Fahrpläne sich nicht einfach auf die Schienen legen u. warten könne. Er setzte sich bei einem Einschnitt, worin die Bahn einen Bogen machte, oben auf die Böschung zwischen die spärlichen Blumen u. hatte Ausblick nach beiden Seiten. Ein Zug kam vorbei, aber er ließ sich Zeit. Er beobachtete das ungeheure Anwachsen der Geschwindigkeit, das sich abspielt, wenn der Zug gleichsam durch die Nähe schießt, u. horchte ins Gepolter der Räder, um sich vorstellen zu können, wie er vom nächsten Zug darin zerstampft werden würde. Dieses Klirren u. Gröhlen schien, im Gegensatz zu dem Eindruck der Augen, außerordentlich lange zu dauern, u. H. wurde es kalt.

Die Frage, warum er sein Leben gerade durch einen Eisenbahnzug beenden wollte, war überhaupt nicht geklärt. Aufhängen hat etwas gespenstisch Verzerrtes. Fenstersturz ist ein Weibermittel. Gift besaß er keines. Zum Aufschneiden der Pulsadern fehlte ihm die Badewanne. Auf diese Weise des Ausschlusses der anderen Möglichkeiten legte er methodisch den gleichen Weg zurück, den er im blinden Entschluß mit einem Schritt genommen hatte; es befriedigte ihn, seine Instinkte waren noch nicht angegriffen. Er hatte allerdings den Tod durch Erschießen außeracht gelassen; das fiel ihm jetzt erst ein. Aber H. besaß weder ein Pistole, noch konnte er damit umgehen u. mit seinem Dienstgewehr wollte er nicht den letzten Augenblick teilen. Er mußte frei sein von kleinem Unglück, wenn er aus diesem Leben hinaustrat. Das brachte ihn darauf zurück, daß er sich innerlich vorzubereiten habe. Er hatte gesündigt u. sich verunreinigt: das galt es festzuhalten. Ein anderer in seiner Lage würde vielleicht auf die vorhandene Heilungsaussicht gehofft haben; aber mochte Heilung möglich sein, Heil war unwiederbringlich verloren. Unwillkürlich zog H. sein kleines Notizbuch u. einen Bleistift aus dem Rock; aber ehe er den Einfall eintragen konnte, erinnerte er sich, daß das ja jetzt ganz sinnlos sei. Er behielt Notizbuch u. Stift gedankenlos in Händen. Sein ganzes Sinnen blieb auf den Satz gerichtet, daß er unrein u heillos geworden sei. Man hätte viel darüber sagen können. zB. daß das jüdisch beeinflußte Christentum die Sünde durch Reue und Buße gutzumachen gestatte, während die reine, germanische Vorstellung des Heil-seins kein Abdingen u Handeln erlaube. Heilheit ist ein für allemal verloren wie Maidenschaft; u. natürlich liegt gerade darin die Größe der Auffassung u Forderung. Wo findet man heute noch solche Größe? Nirgends. H. war überzeugt, daß die Welt einen großen Verlust dadurch erleide, daß er sich ausschalten müsse. Die Größe u Wucht eines Eisenbahnzugs war wirklich fast die einzige Möglichkeit, die Größe u Wucht eines solchen Falls auszudrücken. Wieder kam einer vorbei. Dieses technische Wunder war ja klein u winzig, wenn man es mit der astronomischen Bauweise der Ägypter u Assyrer verglich, aber immerhin war es darin der Gegenwart fast gelungen, sich gotisch, über das materiell Gegebene hinausstrebend, auszudrücken – H. hob die Hand u. winkte den Menschen fast willenlos zu, die widerwinkten u. ihre Köpfe aus den Fenstern drängten, zu mehreren, wie die Menschentrauben auf naiven alten Skulpturen. Das tat ihm wohl. Aber Wohlsein, Trauer u. alles was ihm einfiel, war bloß wie Rauch, u. wenn der sich wieder verzog, lag der Satz, daß H S. unrein u heillos geworden sei, unberührt da; es verband sich nichts dauernd mit ihm, die Idee wollte nicht mehr wachsen. Wenn H. daheim vor einem Tisch mit Feder u Papier gesessen wäre, würde es wohl vielleicht noch anders gekommen sein; gerade daran konnte er fühlen, daß er zu keinem anderen Zweck mehr hier war, als um sein Dasein zu beenden.

Er zerbrach seinen Bleistift u. zerriß sein Notizbuch in kleine Stückchen. Das war ein großer Schritt. Er stieg nun die Böschung hinab, setzte sich am Rand der Schotterung ins Gras u warf die Fetzen seiner geistigen Welt vor den nächsten Zug. Der Zug verstreute sie. Vom Bleistift war nichts mehr zu finden, die hellen Papierschmetterlinge, gerädert u. mitgesaugt, bedeckten den Bahndamm zu beiden Seiten auf hundert Schritte hin. H. rechnete sich aus, daß er ungefähr zwölfmal größer sei als dieses Notizbuch. Dann faßte er seinen Kopf zwischen beide Hände u. begann mit dem letzten Abschied. Der sollte, alles zusammenfassend, Ge. gelten. Er wollte ihr vergeben u. ohne ein geschriebenes Wort ihr zu hinterlassen, mit dem alles zusammenfassenden Gedanken an sie auf den Lippen sterben. Aber wenn auch in seinem Kopf allerhand Gedanken auftraten u wieder gingen, sein Körper blieb ganz leer. Es schien, er könne hier unten in dem engen Einschnitt nichts fühlen u. müsse wieder oben sitzen, um Ge. im Geiste noch einmal umarmen zu können. Aber es kam ihm unsinnig vor es verdroß ihn, die Böschung wieder hinaufzukriechen. Allmählig nahm die Leere in seinem Leibe zu u. wurde Hunger. – Das ist die beginnende Zersetzung meines Geistes – sagte er sich. Er hatte, seit er krank war, beständig Furcht davor, wahnsinnig zu werden Er hatte Zug um Zug vorbeigehen lassen u. war hier unten, in der engen Idiotenwelt des Bahneinschnitts gesessen, ohne überhaupt an etwas zu denken. Es mochte schon spät am Nachmittag sein. Da wurde H. S. bewußt, so als ob man mit einemmal etwas in ihm umgedreht hätte, daß dies sein letzter Zustand sei, dem nur noch die Ausführung folge. Er fühlte an seinem ganzen Körper das ekelhafte Gefühl eines Ausschlags, den er sich einbildete. Er zog sein Taschenmesser hervor u. reinigte damit seine Nägel; das war eine ungezogene Gewohnheit von ihm, die er für sehr vornehm u reinlich hielt; er hätte darüber weinen mögen. Er stand zögernd auf. Sein ganzes Inneres war von ihm zurückgewichen. Er hatte Angst; aber er war nicht mehr Herr über sich selbst, Herr war nur noch der unwiderrufliche Entschluß, der einsam in einer dunklen Leere herrschte. H. sah links u rechts. Man könnte sagen, daß er schon gestorben war, als er so nach beiden Seiten auf einen Zug spähte, denn es lebte nur dieses Spähen in ihm u. einzelne Empfindungen, die so wie Grasschollen in einer Überschwemmung dahintrieben. Denn er wußte mit sich nichts mehr anzufangen. Er bemerkte noch, daß sein Kopf den Beinen zu springen befahl, ehe sich der Zug näherte; aber die Beine kümmerten sich nicht mehr darum, sie sprangen irgendwann, im letzten Augenblick u. H's. Körper wurde in der Luft erfaßt. Er fühlte sich noch stürzen, auf große scharfe Messer fallen. Dann zerbarst seine Welt in Splitter.

II Bd. VII Kapitelgruppe
[Skizze zu «Gartenfest»]
Ort: Konv. II VII Mimetus d. Coit. soll
den Eifersuchtsvorstellungen Material liefern. usw.
s. Fr. 2, S 4 . ›Beschluß 1 u 2‹
Mat: Br. 146, 189, 190, 192.
Fr 2, S 4 ›Zusatz‹ u. S 3,
28. XII ›Ort‹

Am gleichen Abend mußte U. bei einem Gartenfest erscheinen. Er konnte nicht wohl absagen u. hätte es doch getan, wenn ihn seine Verzweiflung / Mißstimmung / nicht gerade hingetrieben hätte. Aber er erschien spät, es war schon gegen 12 Uhr nachts. Der größere Teil der Besucher hatte die Masken bereits abgelegt. Zwischen den Bäumen des alten Parks flammten Fackeln, die wie brennende Spieße in den Rasen gerammt oder mit Klammern an den Stämmen befestigt worden waren. Mit weißen Tüchern gedeckte riesige Tische waren aufgestellt. Eine flackernde Feuersbrunst rötete die Rinde der Bäume, das lautlos über den Häuptern schwebende Blätterdach u. die Gesichter unzähliger zusammengedrängter Menschen, die auf einige Entfernung nur aus solchen roten u. aus schwarzen Flecken zu bestehen schienen. Es schien bei den Damen als Parole gegolten zu haben, in Männertracht zu erscheinen. U. erkannte eine Frau Maja Sommer als Maria Theresianischen Soldaten, die Malerin v. Hartbach als Tiroler Sepp mit nackten Knien, u. Frau Klara Kahn, die Gattin des berühmten Arztes, allerdings in einem Beardsley Kostüm. Er stellte fest, daß auch von den jüngeren Damen des Hochadels, soweit er sie von Angesicht kannte, viele eine männliche oder knabenhafte Erscheinung gewählt hatten, es gab da Jockeys, Liftjungen, halbmännliche Dianen weibliche Hamlets u. beleibte Türken. Die vor nicht langer Zeit befürwortete Mode des Hosenrocks schien, obgleich ihr niemand gefolgt war, doch auf die Phantasie gewirkt zu haben; für die damalige Zeit, wo die Frauen höchstens von der Erde bis zur halben Wade der Welt angehörten, von da bis zum Hals aber nur ihren Gatten u. Liebhabern, u. auf einem Fest, wo man Mitglieder des kaiserl. Hauses erwarten durfte, war das etwas Unerhörtes, eine Revolution, wenn auch nur eine aus Laune, u. der Vorbote vulgärer Sitten, die vorherzusehen die älteren u. dickeren Damen damals schon bevorzugt waren, während die anderen nichts als die Ausgelassenheit bemerkten. U glaubte, es sich erlassen zu dürfen, den alten Fürsten zu begrüßen, um den sich als Hausherrn immer ein Kreis von Menschen versammelt hielt, während er ihm kaum bekannt war; er suchte Tzi, dem er etwas zu bestellen hatte, u. als er ihn nirgends traf, nahm er an, daß der arbeitsame Mann schon nach Hause gegangen sein werde, u. schlenderte vom Mittelpunkt des Treibens fort, an den Rand einer Baumgruppe, von wo man, über ein ungeheures Rasenparterre hinweg, den Blick aufs Schloß hatte. Das prachtvolle alte Schloß hatte eine Art Rampenlicht angesteckt, lange Reihen elektrischer Lämpchen, die unter den Gesimsen hin oder die Pfeiler hinaufliefen u. die Formen der Architektur gleichsam aus dem Schatten schmolzen, als sei der strenge alte Meister, der sie erdacht hatte, mit unter den Gästen u. hätte einen kleinen Schwips unter einer weißseidenen Papiermütze. Man konnte unten die Dienerschaft bei den dunklen Türöffnungen ein- u auslaufen sehen, u. oben wölbte sich der häßliche rotgraue Nachthimmel der Großstadt wie ein Schirm nach vorne, in den anderen, dunkelreinen Nachthimmel hinein, den man mit seinen Sternen erblickte, wenn man das Auge in die Höhe hob. U. tat es u. war wie trunken von einem Gemisch aus Widerwillen u Freude. Als er seinen Blick sinken ließ, gewahrte er eine Gestalt in seiner Nähe, die ihm vorher entgangen war.

Es war die einer großen Frau im Kostüm eines napoleonischen Obersten u. sie trug eine Maske; U. erkannte daran sofort, daß es D. war. Sie tat, als bemerke sie ihn nicht, u. blickte versunken auf das leuchtende Schloß. – Guten Abend, Kusine! – sprach er sie an – Versuchen Sie nicht zu leugnen, ich erkenne Sie unfehlbar daran, daß sie als einzige noch eine Maske tragen. –

– Wie meinen Sie das? – fragte die Maske.

– Sehr einfach: Sie fühlen sich beschämt. Erklären Sie mir, warum so viele Damen in Hosen erschienen sind? –

D. zuckte heftig die Achseln. – Es hat sich vorher herumgesprochen. Mein Gott, ich habe es begriffen, die alten Ideen sind schon so erschöpft. Aber ich muß Ihnen wirklich gestehen, daß ich mich verdrießlich fühle; es war eine unfeine Idee, man glaubt in eine Theaterredoute geraten zu sein. –

– Das Ganze ist unmöglich – meinte U. – Solche Feste gelingen heute nicht mehr, weil ihre Zeit vorüber ist. –

– Ach! – erwiderte D. obenhin. Sie fand den Anblick des Schlosses träumerisch.

– Herr Oberst befehlen mir wovon eine richtigere Auffassung zu haben? – fragte U. u. betrachtete herausfordernd den Körper D's.

– Ach, lieber Freund, sagen Sie nicht Oberst zu mir! –

Es war etwas Neues in ihrer Stimme. U. trat nahe an sie heran. Sie hatte die Maske abgenommen. Er bemerkte zwei Tränen, die langsam aus ihren Augen traten. Dieser große weinende Offizier war sehr närrisch, aber auch sehr schön. Er ergriff ihre Hände u fragte leise, was ihr fehle. D. konnte nicht antworten; ein Schluchzen, das sie sich zu unterdrücken bemühte, bewegte den hellen Schein ihrer unter dem zurückgeschlagenen Mantel hoch hinaufreichenden weißen Reithosen. So standen sie im Halbdunkel des in den Wiesen versinkenden Lichts.

– Wir können uns hier nicht aussprechen – flüsterte U – folgen Sie mir anderswohin. Ich bringe Sie wenn sie erlauben zu mir. D. suchte ihre Hand aus der seinen zu ziehn; als es nicht gelang, ließ sie es sein. An dieser Bewegung fühlte U., was er kaum glauben konnte, daß seine Stunde bei dieser Frau gekommen sei. Er faßte D. ehrbar um die Taille u führte sie, zart stützend, tiefer in den Schatten hinein u. dann in einem Bogen zur Ausfahrt. ← ? Gleich hier ein Kuß ?

Ehe sie wieder ins Licht traten, hatte D. selbstverständlich ihre Tränen getrocknet u. ihre Aufregung wenigstens äußerlich bemeistert. – Sie haben nie bemerkt, U, – sagte sie mit tiefer Stimme – daß ich Sie schon seit langem liebe; wie einen Bruder. Ich habe keinen Menschen, mit dem ich sprechen kann. – Da Leute in der Nähe waren, murmelte U. nur – Kommen Sie, wir werden sprechen. – Im Wagen aber sagte er kein Wort u. D. drückte sich, ihren Mantel ängstlich zusammenhaltend, von ihm fort in die Ecke. Sie war entschlossen, ihm ihr Leid zu klagen, u. ein Entschluß D's. war immer eine feste Sache; obgleich sie in ihrem ganzen Leben nie des Nachts bei einem anderen Mann gewesen war als bei SCh Tzi., folgte sie U., weil sie sich, ehe sie ihn traf, vorgenommen hatte, sich mit ihm auszusprechen, falls er käme, und ein großes, wehmütiges Verlangen nach einer solchen Aussprache (empfunden) hatte. Körperlich wirkte nun, in der Erregung der Durchführung dieser feste Beschluß freilich nicht günstig auf sie; es ist die Wahrheit, daß er ihr im Magen lag wie eine harte Speise, wenn (noch dazu) die Aufregung alle Säfte, die sie auflösen könnten, zurücktreten läßt, u. D. fühlte kalten Schweiß auf Stirn u Nacken wie bei einer Übelkeit. Sie wurde von sich erst abgelenkt, durch den Eindruck, den ihr die Ankunft bei U. machte; den kleinen Park, wo die Glühbirnen an den Baumstämmen eine Gasse bildeten, als sie hindurchschritten, fand sie bezaubernd, die Halle mit den Hirschgeweihen u. der kleinen Barocktreppe erinnerte sie an Hifthorn, Meute u Kavaliere, u. sie konnte sich – da solche Eindrücke in der Nacht doch verstärkt werden u. ihre Schwächen verbergen – vor Bewunderung ihres Vetters nicht fassen, der niemals ein Aufheben von diesem Besitz gemacht hatte, sondern, wie es immer schien, darüber nur spottete.

U. lachte u. besorgte warmes Getränk. – Das ist, näher gesehn, eine dumme Spielerei – sagte er –, aber wir wollen nicht von mir sprechen. Erzählen Sie mir, was Ihnen geschehen ist. – D. brachte kein Wort hervor, das war ihr noch nie widerfahren; sie saß in ihrer Uniform u fühlte sich von den vielen Glühbirnen beleuchtet, die U. angezündet hatte. Es beirrte sie.

– Also Ah. hat sich unschön benommen? – half U. nach.

D. nickte. Dann begann sie. Ah. sei frei, zu machen, was er wolle. Zwischen ihr u ihm sei nie etwas vorgekommen, was ihm, im gewöhnlichen Sinn, Pflichten auferlegen oder Rechte geben würde.

– Aber wenn ich richtig beobachtet habe, stand es zwischen Ihnen doch schon so, daß Sie sich scheiden lassen u ihn heiraten sollten? – warf U. ein.

– Oh Heiraten? – sagte der Oberst – Wir hätten vielleicht geheiratet, wenn er sich besser benommen haben würde; das kann kommen, wie ein Band, das man zum Schluß noch lose auflegt, aber es soll kein Reif zum Zusammenhalten sein! –

– Und was hat Ah. getan? Meinen Sie seinen Seitensprung mit La? –

– Sie kennen diese Person?! –

– Flüchtig. –

– Sie ist schön? –

– Das kann man vielleicht sagen. –

– Hat sie Charme? Geist? Welchen Geist hat sie? –

– Aber liebe Kusine, sie hat nicht den geringsten Geist! –

D. schlug ein Bein über das andere u. ließ sich eine Zigarette reichen; sie hatte etwas Mut gefunden. – Sie sind aus Protest in diesem Kostüm auf dem Fest erschienen? – fragte U. – Habe ich recht? Sie waren sonst durch nichts dazu zu bewegen gewesen. Eine Art Übermann in Ihnen hat Sie verlockt, nach dem Versagen der Männer; ich kann es nicht recht ausdrücken. –

– Aber mein Lieber,– begann D., u. plötzlich rannen ihr hinter dem Rauch der Zigarette die Tränen wieder über das Gesicht – Ich war die älteste von 3 Töchtern. Meine ganze Jugend lang habe ich die Mutter spielen müssen; wir haben keine Mutter gehabt; ich habe immer alle Fragen beantworten müssen, alles besser wissen müssen, auf alle aufpassen müssen. Ich habe SCh Tzi geheiratet, weil er um vieles älter war als ich u. schon die Haare zu verlieren begann. Ich wollte endlich einmal einen Menschen haben, dem ich mich unterwerfen durfte, aus dessen Hand mein Scheitel die Gnade oder Ungnade empfing. Ich bin nicht unweiblich. Ich bin nicht so stolz, wie Sie mich kennen. Ich beichte Ihnen, daß ich während der ersten Jahre in den Armen Tzi's.Wonnen empfunden habe wie ein kleines Mädchen, das der Tod zu Gott dem Vater entführt. Aber seit . . . Jahren muß ich ihn verachten. Er ist ein platter Nützlichkeitsmensch. Von allem anderen sieht u versteht er nichts. Begreifen Sie, was das bedeutet?! –

D. war aufgesprungen; ihr Mantel war am Stuhl liegen geblieben; das Haar hing ihr konventsmäßig in die Wangen; ihre linke Hand stützte sich bald männlich auf den Säbelknauf, bald griff sie sich damit weiblich in die Haare; ihr rechter Arm machte große rednerische Bewegungen; sie stellte das Bein vor oder schloß die Beine eng zusammen, u. der runde Bauch in den weißen Reiterhosen hatte, was merkwürdigerweise komisch wirkte, nicht die kleinste Unregelmäßigkeit, wie sie den Mann verrät. U. bemerkte erst jetzt, daß D. leicht betrunken war. Sie hatte auf dem Fest, in ihrer kummervollen Stimmung mehrere Glas schweren Getränks hintereinander getrunken, u. nun, nachdem auch U. ihr Alkohol angeboten hatte, war der Glanz des Rausches davon wieder frisch gefirnißt worden. Aber ihre Trunkenheit war gerade nur so groß, daß sie die Hemmungen u. Einbildungen wegschwemmte, aus denen sie sonst bestand, u. legte eigentlich nur so etwas wie ihre natürliche Natur bloß, allerdings auch das nicht ganz, denn sowie D. nun auf Ah. zu sprechen kam, begann sie von ihrer Seele zu reden.

Sie habe ihre ganze Seele diesem Mann gegeben. Ob U. glaube, daß ein Österreicher in solchen Fragen ein feineres Empfinden, mehr Kultur habe?

– Nein –

– Vielleicht doch! – Ah. sei gewiß ein bedeutender Mensch. Aber er habe schließlich schmählich versagt. Schmählich! – Ich habe ihm alles gegeben, er hat mich ausgenutzt, u. nun bin ich arm! –

Es war klar, das übernatürliche andeutende Liebesspiel mit Ah, körperlich höchstens bis zu einem Kuß ansteigend, gedanklich dagegen grenzenlos u. ein schwebendes Duett der Seelen, hatte in seiner wochenlangen, u. zuletzt durch das Zerwürfnis D's. mit ihrem Gatten reinen Dauer, das natürliche Feuer in D. so geschürt, daß man, respektlos gesagt, es gleichsam mit einem Ruck unter dem Kessel wegreißen sollte, um irgendein Unglück zerberstender Nerven zu verhüten. Das war es, was D., bewußt oder nicht, von U. verlangte. Sie hatte sich auf ein Sofa gesetzt, ihr Schwert lag über ihren Knien u. über ihren Augen der schweflige Nebel der leichten Entrücktheit, als sie zu U. sagte: – Hören Sie, U; Sie sind der einzige Mensch, vor dem ich mich nicht schäme. Weil Sie so schlecht sind. Weil Sie so viel schlechter als ich sind – –

U. war verzweifelt. Die Umstände erinnerten ihn an einen Auftritt mit Ge, der sich vor Wochen hier abgespielt hatte, Ergebnis vorangegangener Überreizung wie dieser. Aber D. war kein Mädchen, das von verbotenen Umarmungen überreizt worden ist. Ihre Lippen waren groß u. offen, ihr Körper feucht u atmend wie aufgeworfene Gartenerde, u ihre Augen unter dem Schleier des Verlangens wie zwei in einen dunklen Gang geöffnete Tore. Aber U. dachte gar nicht an Ge; er sah Ag. vor sich u. er hätte schreien mögen vor Eifersucht, im Anblick dieses weiblichen Unvermögens, länger Widerstand zu leisten, obgleich er seinen eigenen Widerstand von Sekunde zu Sekunde schwinden fühlte. Schon spiegelte ihm seine Erwartung das Brechen dieser Augen vor, ihr Glanzloswerden, wie es nur der Tod u. die Liebe hervorrufen, das ohnmächtige Aufbrechen der Lippen, zwischen denen sich der letzte Atem fortschleicht, u. er konnte es kaum noch erwarten, diesen Menschen, den er da vor sich hatte, ganz zusammenbrechen zu fühlen u. ihm zuzusehen, während er sich im Moder wand, wie ein Kapuziner, der in die Schädelgruft hinabsteigt. Wahrscheinlich gingen da seine Gedanken schon in einer Richtung, in der er Rettung erhoffte, denn er wehrte sich mit allen Kräften gegen seinen eigenen Zusammenbruch. Er hatte die Fäuste geballt und bohrte seine Augen, von D. aus gesehen, fürchterlich in ihr Gesicht. In diesem Augenblick empfand sie nichts als Angst u. Anerkennung für ihn. Da fiel U. ein verzerrter Gedanke ein oder er las ihn aus der Verzerrung des Gesichtes, in das er blickte. Leise u bedeutsam erwiderte er: – Sie wissen gar nicht, wie schlecht ich bin. Ich kann Sie nicht lieben; ich müßte Sie schlagen dürfen, um Sie lieben zu können – – –! –

D. blickte ihm blöde in die Augen. U. hoffte ihren Stolz zu verletzen, ihre Eitelkeit, ihre Vernunft; vielleicht waren es aber auch nur die natürlichen, in ihm aufgehäuften Gefühle des Grolls gegen sie, die er aussprach. Er fuhr fort: – Ich denke seit Monaten an nichts anderes, als Sie zu schlagen, bis Sie brüllen wie ein kleines Kind! – In diesem Augenblick hatte er sie aber schon bei den Schultern gepackt, nahe beim Hals. Die Opferblödheit in ihrem Gesicht nahm zu. Noch zuckten Ansätze darin, etwas zu sagen, die Lage durch eine überlegene Bemerkung zu retten. In ihren Schenkeln zuckten Ansätze, aufzustehen, u. kehrten vor dem Ziel um. U. hatte ihren Pallasch ergriffen u halb aus der Scheide gezogen – Um Gotteswillen! – fühlte er – ich werde, wenn nicht etwas dazwischen tritt, sie damit über den Kopf schlagen, bis sie kein Zeichen ihres verfluchten Lebens mehr von sich gibt! – Er bemerkte nicht, daß in dem Napoleonischen Obersten indessen eine entscheidende Veränderung vor sich ging. D. seufzte schwer auf, als entflöhe die ganze Frau, die sie nach ihrem zwölften Lebensjahr gewesen sei, aus ihrer Brust, u. dann neigte sie sich zur Seite, um U.'s Lust sich über die ihre ergießen zu lassen, wie er mochte.

Wäre ihr Gesicht nicht gewesen, U. hätte in diesem Augenblick aufgelacht. Aber dieses Gesicht war unbeschreiblich wie der Wahnsinn u. ebenso ansteckend. Er warf den Säbel fort u. gab ihr zweimal einen derben Klaps. D. hatte es anders erwartet, aber die physische Erschütterung wirkte trotzdem. Es kam etwas in Gang, wie manchmal Uhren zu gehen beginnen, wenn man sie roh behandelt, u. auch in dem gewöhnlichen Ablauf, den die Begebnisse von da an nahmen, blieb ein Ungewöhnliches gemengt, ein Schrei u Röcheln des Gefühls.

Weit zurückliegende Kinderworte u -Gebärden mengten sich hinein u. die ablaufenden wenigen Stunden bis zum Morgen waren wie erfüllt von einem dunklen, kindischen u seligen Traumzustand, der D. von ihrem Charakter befreite u. sie in die Zeit zurückführte, wo man noch nichts überlegt u alles gut ist. Als der Tag durch die Scheiben schien, lag sie auf den Knien, ihre Uniform war über den Boden verstreut die Haare waren ihr über das Gesicht gefallen u. die Wangen voll Speichel. Sie konnte sich nicht erinnern, wie sie in diese Stellung gekommen war, u. ihre erwachende Vernunft entsetzte sich über ihre entweichende Entrücktheit. Von U. war aber nichts zu sehen.

II. Bd. VIII. Kapitelgruppe

—————   (————)

[Ausgangspunkt, II, VII, Kap. nach Fr 1, Kap. 3; S 6 Anm.,
in Abänderung der Notiz àlb-Kaufmann in Fr. 12.]

Ge. war zurückgekehrt. Nach H's. Tode hatte sie augenblicklich in der Welt nichts zu suchen. Aber wenn F. erwartet hatte, seine Tochter niedergedrückt wiederzufinden, so irrte er sich. Eine junge Dame trat bei ihm ein, die die Brosche der Krankenpflegerinnen vom Roten Kreuze trug u. offenbar weitgehende Pläne hatte.

– Ich werde als Krankenpflegerin mitgehen, Papa – sagte Ge.

– Nicht gleich, nicht gleich, mein Kind! – antwortete Gd. F. ergeben. – Man muß abwarten. Kein Mensch weiß, wie diese Sache wird. –

– Wie soll sie werden! Ich habe an den Sammelstellen schon die jungen Männer gesehn. Sie singen. Ihre Frauen u Bräute begleiten sie. Niemand weiß, wie er zurück kommt. Aber wenn man durch die Stadt geht u. den Menschen in die Augen sieht, auch denen, die noch nicht ins Feld gehen, es ist wie eine große Hochzeit.

F. sah über sein Glas hinweg bekümmert seine Tochter an. – Ich wünsche dir eine andere Hochzeit, Gott soll uns behüten. Eine holländische Firma bietet mir ein Schiff Margarine an, greifbar Rotterdam Hafen, verstehst du, was das heißt? 5 K. Unterschied auf die Tonne seit gestern! Wenn ich nicht depeschiere, sind es morgen vielleicht 7 Kr. Das heißt die Preise ziehen an. Die jungen Männer, wenn sie mit beiden Augen aus dem Feldzug zurückkommen, werden beide Augen brauchen, um ihrem Geld nachzusehn! –

– Ach – sagte Ge – man spricht von Teuerung, aber das hat es immer anfangs gegeben. Auch Mama ist ganz toll –

– So? – fragte F – Hast du schon mit Mama gesprochen, was tut sie? –

– Sie ist augenblicklich in der Küche – Ge wies mit dem Kopf gegen die Wand, hinter der es zur Küche ging – und legt wie toll Dauergemüse ein. Vorher hat sie Silbergeld eingewechselt, wie es jetzt alle tun. Und dem Küchenmädchen hat sie gekündigt; weil der Diener ohnedies einrücken muß, will sie das Personal ganz einschränken. –

F. nickte befriedigt. – Sie ist für den Krieg. Sie hofft, daß die Roheit aufhören wird u. daß die Menschen geläutert werden. Aber sie ist auch eine kluge Frau, sie sorgt vor. – F. sagte dies ein wenig spöttisch u. ein wenig zärtlich.

– Ach, Papa, – fuhr Ge. auf – Wenn ich so sein wollte wie du, hätte ich Herrn Glanz geheiratet. Du verstehst mich schon wieder nicht. Ich lasse mich nicht ausschließen, weil meine erste persönliche Erfahrung nicht gut gewesen ist! Du wirst durchsetzen, daß ich an ein Feldspital komme. Die Kranken sollen, wenn sie aus dem Feld kommen, wirkliche, moderne Menschen vorfinden, nicht Betschwestern! Du ahnst ja nicht, wieviel Liebe u. Gefühle, wie wir sie noch nie erlebt haben, heute auf allen Straßen (zu sehen) sind! Wir haben gelebt wie die Tiere, die der Tod eines Tages absticht; das ist jetzt anders! Es ist ungeheuer, sage ich dir; alle sind Brüder, selbst der Tod ist kein Feind; man liebt seinen eigenen Tod um der anderen willen; man versteht heute zum erstenmal das Leben! –

F. hatte seine Tochter stolz u. besorgt angestarrt. Ge. war noch magerer geworden. Scharfe, altjüngferliche Linien zerschnitten ihr Gesicht in einen Augenteil, einen Nasen-Mundteil, eine Kinn- u. Halsfläche, die anzogen wie Pferde vor einer zu schweren Last, wenn Ge. etwas sagen wollte, bald der eine, bald der andere, nie alle gleichzeitig, was dem Gesicht etwas Überanstrengtes u. Herzergreifendes gab. – Nun hat sie eine neue Verrücktheit – dachte F – u. wird wieder nicht in geordnete Verhältnisse kommen..! – Er überschlug ein Dutzend Männer, die man, nachdem HS. glücklich tot war, als gediegene Bewerber betrachten konnte; aber es ließ sich angesichts der verfluchten Unsicherheit, die hereingebrochen war, von keinem voraussagen, was morgen mit ihm sein würde. Ge's. blondes Haar schien struppiger geworden zu sein, sie hatte ihre Erscheinung vernachlässigt, aber dadurch war ihr Haar dem F's. ähnlicher geworden u. hatte die weiche dunkelblonde anmaßende Glätte verloren, welche die Haare in der Familie ihrer Mutter auszeichnete. Erinnerungen an einen un-

gekämmten tapferen Stallpinsch u. an sich selbst, der sich empor-
gekämpft hatte u. augenblicklich wieder vor etwas stand, das noch
kein Mensch überblickte, über das er aber wegklettern würde, vermengten sich in seinem Herzen mit der tapferen Dummheit seiner
Tochter zu einer heißen Zusammengehörigkeit. L F. richtete sich in
seinem Sessel auf u legte die Hand nachdrücklich auf die Schreibtisch-
platte. – Mein Kind! – sagte er – Ich habe ein sonderbares Gefühl,
wenn ich dich so reden höre, während die Menschen hurrah schreien
u. die Preise anziehen. Du sagst, ich ahne nicht; aber ich ahne, nur
kann ich selbst nicht sagen, was. Glaub nicht, daß ich mich nicht auch
ergriffen fühle. Setz dich, mein Kind! –

Ge wollte nicht, sie war zu ungeduldig; aber F. wiederholte mit
Stärke seinen Wunsch, so daß sie gehorchte u sich zögernd auf dem
äußersten Rand eines Sessels niederließ. – Du bist heute den ersten
Tag wieder zurück, hör mich an! – sagte F. – Du sagst, ich verstehe
nichts von Liebe u. Totschießen und dergleichen; mag sein. Aber
wenn dir auch, Gott behüte, im Spital nichts zustoßen wird, solltest
du mich doch ein wenig verstehn, ehe wir uns wieder trennen. Ich
bin 7 Jahre alt gewesen, wie wir den Krieg gegen Preussen hatten. Auch
damals haben zwei Wochen lang alle Tage die Glocken geläutet u.
im Tempel haben wir Gott um die Vernichtung der Preussen gebeten,
mit denen wir heute verbündet sind. Was sagst du dazu? Was soll
man überhaupt dazu sagen? –

Ge. wollte nicht antworten. Sie hatte das Vorurteil, daß die gegenwärtigen Tage den jungen begeisterten Menschen gehörten, nicht den
vorsichtigen Alten. Und nur widerstrebend, weil ihr Vater sie so
forschend ansah, murmelte sie irgendeine Erwiderung. – Man lernt
sich eben im Lauf der Zeit besser verstehen! – Darauf kam ihre Antwort wegen der Preussen hinaus. Aber L F. griff ihr Wort lebhaft auf:
Nein! Man lernt sich nicht besser verstehen, im Lauf der Zeit; gerade
das Gegenteil ist es, sage ich dir! Wenn du einen Menschen kennen
lernst, u er gefällt dir, kann es sein, daß dir vorkommt, du verstehst
ihn; wenn du aber 25 Jahre mit ihm zu tun gehabt hast, verstehst du
kein Wort! Du denkst, sagen wir, er müßte dir dankbar sein; aber nein
gerade in dem Augenblick flucht er auf dich. Immer wenn du denkst,
er muß ja sagen, sagt er nein; und wenn du nein denkst, denkt er ja.
Das macht, er kann warm sein u kalt sein, hart sein u weich sein, wie
es ihm paßt; u. glaubst du, es wird ihm dir zuliebe passen, so zu sein,
wie du möchtest?! Deiner Mutter hat es so wenig gepaßt, wie es
diesem Sessel paßt, ein Pferd zu sein, weil du schon ungeduldig bist
u fort sein möchtest!·–

Ge. lächelte ihren Vater schwach an. Seit sie zurückgekehrt war u.
die neuen Verhältnisse sah, machte er ihr einen starken Eindruck, sie

konnte sich nicht helfen. Und er liebte sie, daran war nicht zu zweifeln, u. es tat ihr wohl.

– Was machen wir aber mit den Dingen, denen es nicht paßt, sich von uns verstehen zu lassen? – fragte sie F. prophetisch – Wir messen sie, wir wägen sie, wir zerlegen sie in Gedanken u. allen unseren Scharfsinn richten wir darauf, etwas an ihnen zu finden, das sich gleich bleibt, woran wir sie packen können, worauf wir uns verlassen können u. womit wir rechnen können! Das sind die Naturgesetze, mein Kind, u. wo wir sie herausgefunden haben, dort können wir die Dinge in Serien herstellen u. kaufen u verkaufen, wie es uns beliebt. Und nun frage ich dich, was können Menschen untereinander tun, wenn sie sich nicht verstehen? Ich sage dir, es gibt nur eines! Nur wenn du sein Begehren reizt oder wenn du es einschüchterst, kannst du einen Menschen genau dorthin bringen, wohin du willst. Wer auf Stein bauen will, muß sich der Gewalt u. der Begierden bedienen. Dann wird der Mensch plötzlich eindeutig, berechenbar, fest, u was du mit ihm erlebst, wiederholt sich überall in der gleichen Weise. Mit der Güte kannst du nicht rechnen. Mit den schlechten Eigenschaften kannst du rechnen. Gott ist wunderbar, mein Kind, er hat uns die schlechten Eigenschaften gegeben, damit wir zu einer Ordnung kommen. –

– Aber dann wäre die Ordnung der Welt nichts als dressierte Niedrigkeit! – flammte Ge. auf.

– Du bist klug! Vielleicht ist es so? Aber wer kann das wissen?! Jedenfalls setze ich einem Menschen nicht das Bajonett auf die Brust, um ihn tun zu lassen, was *er* richtig findet. Verfolgst du die Zeitungen? Ich bekomme noch ausländische Blätter, obgleich das schon anfängt Schwierigkeiten zu machen. Bei uns u. draußen reden sie die gleichen Sachen. In die Schraube nehmen. Die Schraube fest anziehen. Schraubenpolitik kaltblütig fortsetzen. Bei Anwendung der ›starken Methode‹ vor zerbrochenen Fensterscheiben nicht zurückscheun. – So reden sie bei uns, u. draußen nicht viel anders. Sie haben, glaube ich, auch schon das Standrecht verhängt, u. wenn wir in die Kriegszone kommen sollten, werden wir mit dem Galgen bedroht. Das ist die starke Methode. Ich begreife ja, daß sie dir Eindruck macht. Sie ist reinlich, exakt u. dem Geschwätz abhold. Sie befähigt die Nation zu etwas Großem, indem sie jeden einzelnen, der ihr angehört, wie einen Hund behandelt! – L. F. lächelte.

Ge. schüttelte entschieden, aber freundlich langsam ihren zerzausten Kopf.

– Du mußt dir das klar machen – setzte ihr F. weiter zu – Der Industriellenverband, wenn er eine bürgerliche Gegenpartei der Arbeiter mit einem Wahlfonds ausstattete oder meine frühere Bank, wenn sie sich irgendetwas durch Geld richtete, haben nie etwas anderes getan. Überhaupt kommt ein Geschäft nur so zustande daß ich einen anderen entweder zwinge, mir darin entgegenzukommen, weil ihm sonst ein Schaden droht, oder daß ich ihm den Eindruck mache, ein gutes Geschäft vor sich zu haben; dann überliste ich ihn meistens, u. das ist auch nur eine Form von meiner Gewalt über ihn. Aber wie fein u. anpassungsfähig ist diese Gewalt! Schöpferisch u geschmeidig ist sie. Das Geld gibt dem Menschen Maß. Es ist *geordnete* Ichsucht. Es ist die großartigste Organisation der Ichsucht, eine schöpferische Groß-organisation, aufgebaut auf einer richtigen Baissespekulationsidee! –

Ge. hatte ihrem Vater zugehört, aber in ihrem Kopf summten ihre eigenen Gedanken. Sie antwortete: – Papa, ich habe nicht alles ver-standen, doch wirst du sicher recht haben. Aber du siehst das natürlich als ein Rationalist an u. für mich ist gerade das Irrationale (über alle Berechnung Hinausgehende) an dem, was jetzt geschieht, das Be-zaubernde! –

– Was heißt irrational ?! – protestierte Gd F. – Du willst damit wohl sagen, unlogisch u. unberechenbar u. wild, wie man manchmal im Traum ist ? Ich kann dir darauf nur sagen, kaufen u. verkaufen ist wie Krieg; du mußt berechnen, u. du kannst berechnen: aber zum Schluß entscheidet auch da der Wille, der Mut, die Person oder wie du es sagst, das Irrationale. Nein, mein Kind, schloß er, das Geld ist Selbst-sucht ins Verhältnis zur Tüchtigkeit gebracht. Ihr versucht jetzt eine andere Regulation der Selbstsucht. Sie ist nicht neu, ich anerkenne sie, sie ist verwandt. Aber abwarten, wie sie wirkt! Das Kapital ist eine seit Jahrhunderten bewährte Organisation der menschlichen Kräfte, nach der Fähigkeit, Geld zu schaffen; du wirst sehen, wo sein Einfluß verdrängt wird, springt Vorteilsdienerei, Willkür, Protektion u. Un-überlegtheit. Du kannst von mir aus, wenn du willst, das Geld ab-schaffen, aber du wirst nicht abschaffen die Übermacht desjenigen, der die Vorteile in der Hand hat. Nur wirst du einen, der nicht mit ihnen umgehen kann, an die Stelle dessen setzen, der es gekonnt hat! Denn du irrst, wenn du glaubst, daß das Geld die Ursache unserer Ichsucht ist, es ist ihre Folge.

– Ich glaube das ja gar nicht Papa – sagte Ge bescheiden – Ich sage nur, was jetzt geschieht –

– Und noch dazu – unterbrach sie F – ist es ihre vernünftigste Folge! –

– was jetzt geschieht – setzte Ge ihren Satz weiter fort – erhebt über die Vernunft. So wie ein Gedicht oder die Liebe über die Händel der Welt erheben. –

– Du bist ein tiefes Mädchen! – F. schloß sie in seine Arme u. ent-ließ sie. Ge's jugendlicher Eifer gefiel ihm. – Mein Glück! – nannte er sie bei sich u sah ihr zärtlich nach. Eine Aussprache mit einem

Menschen, den man liebt u versteht, ist eine Kräftigung. Er hatte lange nicht so philosophiert; es war eine merkwürdige Zeit Im Gespräch mit diesem Kind war sich F. über sich selbst klar geworden. Er wollte kaufen. Nicht ein Schiff, mindestens 5 Schiffe. Er ließ seinen Sekretär kommen. – Wir können das nicht selbst machen, – sagte er ihm – es würde nicht gut aussehen, aber wir wollen es durch eine Mittlerfirma machen lassen. – Aber das war L F. nicht die Hauptsache. Die Hauptsache war, daß er ein Gefühl der Verwandtschaft mit den Geschehnissen gewonnen hatte, u. doch auch der Vereinsamung. Er hatte trotz des Auf u Nieder, das ihn umgab, Ordnung in sich gebracht.

s_2 + 4.

[Zu: Schmeißer]

Via Askese ist auch s_2 + 5 ein Bsp. für «Ideologie» – erlaubt s_2 + 4 zu kürzen. Überdies ist Bo in s_2 + 3 schon ein Beispiel Man muß einfach die Leute mit ihren ideologischen Einsprengungen zeichnen.

Ideologie – Abform des a. Z.

P v A – geboren u. erzogen als Herr und in einem System von Rücksichten. Das die Stellung des Kapitalismus ausgebildet hat. Als der eigentlich beherrschenden Macht, die sich mit der Rolle des Untergeordneten begnügt. Unter Wilh II. in die alte Romantik eingeschlossen zu werden begann. Irgend eine gute Warnung von früher her im Blut trug, daß sie dort nichts zu suchen habe; der alte Arnh. ging solchen Versuchungen im Bogen aus dem Wege.

Selbst Dir. F., wenn er die // für eine faule Sache hielt, dagegen an den Fortschritt glaubte, und obgleich er in der ungeheuren Finanzwelt nur ein kleiner Mann war, hatte den alten Instinkt, dessen Inhalt es ist, daß man die Welt ohne Klim-Bim bloß Angebot u Nachfrage zu überlassen brauchte, um die derzeit bestmögliche Welt daraus zu machen. Diese Anschauung besitzt den Vorteil, daß in ihr nur jener Mann für tüchtig gilt, der Erfolg hat, denn deshalb haben in dieser Welt alle tüchtigen Menschen Erfolg.

Leo F's. starke Augenblicke waren, wenn er in seinem Haus einen chronisch schwärenden Konflikt mit einem Dienstmädchen, der seine Frau in moralische Redeexzesse trieb, durch eine kleine Lohnerhöhung beseitigen konnte, oder wenn er nachzuweisen imstande war, daß der «große Philosoph» nur wegen der .. Hüttenwerke sich so umgänglich zeigte, oder ganz im allgemeinen, wenn er irgend eine Erscheinung des öffentlichen Lebens auf irgend eine geheime, in verschleiernden Formen auftretende Bestechung zurückführte. Sein Grundsatz hätte sein können, alles im Leben ist käuflich, ja vielleicht sogar, soll käuflich sein, denn es gab ihm Genugtuung und ein Gefühl der Unabhängigkeit, Deutlichkeit und Kraft, so oft seine Überlegung bis auf diesen harten Grund biß. Daneben hatte er aber auch, was wirklich seltsam ist, Ideale; das des Fortschritts scheidet davon aus, weil es das einzige in berechtigtem Zusammenhang mit dem Geld stehende ist. Auch seine Sympathie für Technik und Naturwissenschaft gehörte dem Fortschrittsglauben an, denn das erschien ihm im letzten als eine Wirkung des Geldes, daß man immer größere Reihen von Experimenten macht, und da man dadurch immer neue Tatsachen entdeckt, ist der Fortschritt gesichert. Aber er glaubte auch an Göthe, Schiller, die Aufklärung und mit einigen Vorbehalten an die Notwendigkeit einer Religion. Es besteht kein Zweifel, daß er es tat, weil er es vor einem halben Menschenalter als Junge in der Schule so gelernt hatte; aber was seltsam daran und meines Wissens noch nie aufgeklärt worden ist, ist die Tatsache, daß der junge Leo Fischer wie alle anderen jungen X.Y u Z. diese idealen Gegenstände in der Schule nur widerwillig und mit Kritik an dem tantenhaften Charakter solcher gute Lehren vermittelnder Lehrer aufgenommen hatte, während diese ungläubig aufgenommene Saat irgendwann im spätern Leben aufgeht oder dem Bewußtsein der Verantwortung für eine von der Menschheit eingebrachte Ernte Platz macht. Ganz das gleiche war mit D. der Fall gewesen.

Es scheint, daß nach Befriedigung oder Verstillen des ersten großartigen Lebenshungers der Jugend und Abfluten der so natürlichen egoistischen Betrachtungsart der Welt gewöhnlich eine Leere und Beziehungsarmut eintritt, ein Hunger nach seelischer Speise, der mit dem Gefrierfleisch des eingelernten Idealismus befriedigt wird. So kann man für seine Person sehr gern ein Glas Wein trinken und dennoch Ehrenpräsident eines Abstinentenvereins sein, man kann jeder Kirche als tödlich langweilig aus dem Weg gehn und dennoch mit ehrlicher Überzeugung auf ein klerikales politisches Programm kanditieren, kann den Künsten sittliche Schwierigkeiten bereiten und gern im Freundeskreis eine Zote erzählen hören. Cand. ing. Schmeisser nannte das die sittliche Verlogenheit der bürgerlichen Gesellschaft. Das war aber falsch, denn es handelt sich bestimmt nicht um etwas so verhältnismäßig Oberflächliches wie Überzeugung oder Heuchelei, sondern um ein Gesetz, das sich in dem Leben vieler Menschen ausspricht.

– Sehen Sie – sagte A. zu ihm – die Seele des Menschen ist eine hauchähnliche Masse, die sich an festen Berührungsflächen niederschlägt und selbst fest wird. Dieses Wesen ist ebenso leicht des höchsten sittlichen Aufschwungs fähig wie der Menschenfresserei.

– Nein – entgegnete Schmeisser – der Mensch ist gut und wird durch den Kapitalismus unnatürlich!

– Das sage ich ja auch. Er ist nicht von innen, sondern nur von außen durch eine Änderung seiner Lebensbedingungen zu ändern.

Geben Sie mir durch fünf Jahre umumschränkte Regierungsgewalt über die weiße Welt, und ich verpflichte mich, daß vor Ablauf des fünften Jahrs Menschenfresserei zu etwas gemacht wird, woran niemand Anstoß nimmt. –

Die Sache war die, daß S͟e Erl. Gf ... nach der völkischen Demonstration lange nachgedacht hatte und kraft seines großen Charakters, der hoch über Einzelheiten war, zu dem Schluß gekommen war, daß man, um das große Werk gegen die Wühlarbeit «unreifer und ... Elemente» politisch sicherzustellen, nicht umhin können werde, dem wahren Sozialismus darin einen gewissen Spielraum zu gewähren. S͟e Erl. besorgte dies wie die gesamte höhere polit. Tätigkeit selbst, aber A. war bei seiner Rückkehr von ihm darauf aufmerksam gemacht worden, daß er gut tun werde, sich auch mit diesen Fragen vertraut zu machen.

– Zitat –

Ev. Weshalb A. trotz natürlicher Sympathie für die «negierende», «destruktive» Partei doch nicht Sozialist ist. Kurz streifen.

Da hatte sich A. erinnert, daß in seinem Hause ein jüngerer Mann mit breiten Schultern, eingefallener Brust u. finnigem Gesicht, wohnte, der ihn nicht grüßte, sondern verstockt ansah, wenn er ihm begegnete. Das war .. Schmeisser. Cand. phil. Schm. war der Sohn des alten Gärtners, dem A. im Souterrain Unterkunft gewährte, wofür dieser, ohne in einem engeren Dienstverhältnis zu stehn, die Verpflichtung übernommen hatte, den kleinen alten Park einigermaßen in Ordnung zu halten. A. billigte es, daß der junge Mann, der seine Studien mühsam durch Stundengeben ermöglichte, ihn verachtete oder haßte, und sprach ihn eines Tages an. Es zeigte sich, daß der Student, der übrigens kaum jünger war als A. selbst, auf diesen Augenblick gewartet hatte und eine unerträglich gewordene Spannung des Angrenzens an As. Lebens bereitwillig in heftigen theoretischen Angriffen entlud, die zwischen Bekehrungsversuch und Verachtung lagen. A., der seine Beziehungen zu Frauen einschränkte, war in diesen Tagen viel zu Haus und verbrachte manche dieser Stunden im Gespräch mit Schm.

– Sie sagen, Ehre, Tugend, Anstand – verteidigte sich A – empfngen den Sinn, den sie haben, nur aus bürgerlichen Gewohnheiten und unter bürgerlichen Voraussetzungen. Ich pflichte Ihnen durchaus bei. Aber ich behaupte: Alle unsre Gefühlseinstellungen sind halbfest; und noch weiter innen ist etwas ganz Unbestimmtes. Man stellt das immer umgekehrt dar, als ob innen das Feste wäre, der Charakter, die Überzeugung; so wie aber Gott rotierende glühende Kugeln geschaffen hat, die er ihrem weiteren Schicksal überließ, muß man annehmen, daß auch der Mensch als eine Blase geschaffen ist, und es hängt von den Umständen ab, was daraus wird. Oder auch der Mensch hat es völlig selbst in der Hand. Das ist mein Fortschrittsglaube; der konstruktive Fortschrittsglaube; er ist sehr verschieden von dem zwangsläufigen des Bankdirektors F. und allerdings auch von dem Ihren.»

– Eine Blase! Sie sagen selbst, eine Blase! Sie wissen nicht, wie bald sie platzen wird! Diese Blase der bürgerlichen Ideenwelt. Dieser Bankdirektor, von dem Sie schon wieder sprechen, ist mein Feind. Ich bekämpfe ihn. Ich weise ihm nach, daß seine Überzeugungen nur Vorwände für seinen Profit sind. Aber er hat doch wenigstens Überzeugungen! Er sagt ja, wo ich nein sage, und umgekehrt. Dagegen Sie! In Ihnen hat sich alles schon aufgelöst. In ihnen hat sich die bürgerliche Lüge bereits zu zersetzen begonnen!» – Schm. hatte nur Tee getrunken und Zigaretten geraucht, die A. ihm vorsetzte, aber er nahm einen Anlauf wie im Rausch, um dem schönen gesunden Nichtstuer seine Mißachtung ins Gesicht zu schleudern. A. fühlte deutlich, daß Schm. die gleiche Abneigung gegen ihn hegte, wie er gegen den verwöhnten Arnh.

– Ich bin weder bürgerlich, noch unbürgerlich – sagte er. – Ich habe keine Partei, außer wenigen und verstreuten Menschen, die das gleiche erleiden. *Später:* / Und ihn auch imstich lassen / Es mag sein, daß das, was mich beschäftigt, bürgerlicher Herkunft ist. Es ist anzunehmen. Ich würde wahrscheinlich anders denken, wenn es mir schlecht ginge. Trotzdem ist alles wahr. Ich will mich bloß deshalb nicht für Ihre große Idee begeistern, weil ich weiß, daß sie in 100 Jahren auch eine hinderliche Wand sein wird. Ich möchte mir wenn ich könnte eine Menschheit mit beweglichen Wänden ausdenken. –

– Sie sind überheblich und spielen bloß. Ich muß nachhause, weil ich morgen um 7^h zu arbeiten habe – antwortete Schm. und verabschiedete sich. A. blieb noch ein wenig auf wie ein Mensch nach einem heißen Bad in der heißen Kammer sitzt, deren Dunst das Konturgefühl des eigenen Körpers verwischt; diese Gespräche waren auf auf ihn ohne Einfluß, er kam seinem eigenen Umriß darin nicht näher. Auch Schm., die Treppen zum elterlichen Kellergeschoß hinabsteigend, nahm sich vor, seine Zeit mit diesem Bourgeois nicht mehr zu vergeuden. Das plumpe Klappen seiner Schuhe auf der Treppe ärgerte ihn, und sein Anzug hatte in den Spiegeln zu schmale Schultern und zu kurze Arme; auch der Gedanke an die Sonnenbäder der Naturheilfreunde u. die Aussicht, daß eine gesunde Nacktkultur die bürgerliche Kleiderordnung ablösen werde, vermochte dem zwischen breitgespannten Schulterknochen engbrüstigen jungen Mann nicht das Gleichgewicht gegenüber dem athletischen A. zu geben. Nur die sehr scharfen Brillengläser, die er trug, befriedigten ihn, als sie ihm aus einem Spiegel entgegenblitzten. Sie waren – in harten Nächten über Büchern u. Pflichtarbeiten erworben u verschärft durch Armut, der nicht gleich der Arzt zur Verfügung steht, – zum Symbol der Selbstbefreiung geworden; das finnige Gesicht mit der gesattelten Nase und den poletarisch knochigen Wangen, erschien Schm., im Spiegel von ihnen überblitzt, wie die vom Geist gekrönte Armut. Als er sich in seinem Zimmer über ein Buch neigte, schnitt das Blitzende aus dem Rund des Zimmers nur diese eine aufgeschlagene Seite heraus, mit ungeheurer Konzentration, hinter deren Rändern alles andre in völligem Dunkel verschwand.

Schm. studierte schon im 6. Jahr an der Techn. Hochschule – es geht langsam, wenn man sich die Mittel dazu selbst verdienen muß – aber er hatte schon seinen ersten Lebenserfolg erreicht; die Zeit des hastenden Stundengebens und -suchens lag hinter ihm, er hatte eine Anstellung in einem Gewerkschaftsbüro erhalten, wenn sie auch noch nicht dauernd war. Er sammelte in den Werkstätten und Geschäften die Parteibeiträge ein, hörte eifrig die Beschwerden über die Meister und Unternehmer, schüttelte über jedes Unrecht wild das Haar, das reichlich in dunkelbraunen, etwas öligen, sich nach hinten überschlagenden Wogen aus seinem Kopf wuchs, und sagte: «Dem werden wir's schon anstreichen!» Dies geschah dadurch, daß er dem Blatt seiner Gewerkschaft, welches «Der Schumacher» hieß, einen donnernden Aufsatz von 20 Zeilen einreichte, welches ihn ohne Verfassersnamen druckte. Dadurch hatte Schm. nicht nur «seinen Protest in den Akten der Menschheit zu Protokoll gebracht», wie A. sagte, sondern genoß auch die Genugtuung, daß sich das Blatt der großen Gewerkschaft mit ihm identifizierte und ihn, indem es seinen Namen verschwieg, im Namen Tausender Gericht halten ließ. Für diese Macht, welche seiner Stimme eines Unterdrückten geliehen war, bedankte sich Schm. auch durch eifrige Tätigkeit in den Sektionssitzungen u. Versammlungen, durch Zwischenrufe, Vorträge, Tätigkeit in der Bücherei oder an Vereinsabenden. Er war mit Bestimmtheit auf dem Weg, dereinst ein Beauftragter seiner Partei zu werden. Als Intellektueller proletarischer Herkunft genoß er das Vertrauen der Arbeiter und vertrat eine Art geistiger Mutterstelle an viel älteren Menschen was ihn selbst zu rücksichtslosem Studium aller nur erreichbaren Bücher antrieb. Er hatte recht, wenn er behauptete, daß ihn dieses Leben früher gereift habe als die unbestimmten, täppischen Söhne reicher Bürger, daß es hart war; er schätzte nur das eine nicht ganz richtig ein: welches ungeheure Glück ihm damit widerfuhr.

Schon am frühen Morgen hatte Schm. keine Zeit. Wenn ein Knopf an seinem Rock abgerissen war u. er niemand hatte, der ihn angenäht hätte, ärgerte er sich nicht, sondern sagte sich, daß er ein Kämpfer sei.

Das Studium an der Technik blieb ihm nicht ein Haufe toter Beziehungen zwischen Materialien und Dingen, die daraus zu machen sind, oder mathematisches Genie, das sich in praktische Vorteile vergeudet, sondern es hob sich als Zukunftsarchitektur von dem Hintergrund des Gedankens ab, daß diese Errungenschaften, richtig verwaltet, dereinst der Menschheit das Glück bringen werden. Er war scharf gegen Prinzipien, aber duldsam gegen Menschen, die ihn niemals empörten, weil sie entweder seine Genossen und Brüder waren oder Feinde, deren Vergehen ohnedies nicht dem Gericht entrinnen konnten, das die materialistische Entwicklung dereinst über sie verhängen mußte. Grundsätzlich wichtig, weil der Kampftrieb in dieser Partei degeneriert. So befand sich Schm. immer im inneren Gleichgewicht dadurch, daß er einer Bewegung angehörte.

Den gleichen Wert haben Überzeugungen; die Einbildung, an «großen Ereignissen» teilzunehmen; der Schimmer «großer Ideen»; Vorurteile; der Glaube an das Menschengeschlecht; an die Zukunft; an Gott; an die Vergangenheit usw. All dies vereinfacht die Welt auf ein erträgliches Maß und ohne dies würde sie als eine ungeheure Unordnung erscheinen. Dieses Ordnungsbedürfnis ist beim Revolutionär nur in einer andern Art entwickelt als beim beglückten Untertan, es war bei Bo., welche ihre Ehebrüche mit ihren Idealen vereinen mußte, vorhanden und bei Dir F. welchem seine Geschäfte kaum Zeit ließen. Im Grunde ist es ganz das gleiche, wie daß der Mensch in jedem Augenblick seines Daseins zwischen den ungeheuerlichsten Gebilden durchgeht und ganz ruhig dabei bleibt, weil er sie als Tisch, Stuhl oder schreiender Mensch erkennt, oder daß es nach oben in die unendlichen Weiten der Himmelswelt, nach unten in die ebenso unendlichen Engen der Atomwelt geht und daß dazwischen eine Schichte von Gebilden als die Dinge der Welt betrachtet werden, ohne uns im geringsten zu beunruhigen. Denn in der gleichen Weise dienen die Vorkehrungen, von denen hier die Rede ist, der Erhaltung einer mittleren Gefühlslage. Alle Gefühle, alle Leidenschaften der Welt sind ein Nichts gegenüber der ungeheuren, aber völlig unbewußten Anstrengung, welche die Menschheit in jedem Augenblick macht, um ihre Gemütsruhe zu bewahren.

Am schwierigsten haben es dabei Menschen von geistiger Kultur wie D. und Arnh. Wie alle andren laufen sie zwischen einer ungeheuren Aufregung der Geräusche, Geschwindigkeiten, Neuigkeiten usw. dahin. Wie alle andren lesen sie täglich in der Zeitung einige Dutzend Nachrichten, die ihnen die Haut sträuben und sind bereit sich darüber zu erregen, ohne daß es dazukommt, weil der Reiz im nächsten Augenblick von einem andern aus dem Bewußtsein verdrängt wird. Aber sie können nicht wie alle andren um 6^h in ein wieherndes Geplätscher von Lachen sich auflösen, weil ihnen ihr Geschmack sinnlose Vergnügungen verbietet; sie vermögen nicht einer bestimmten Idee oder Gesellschaftstheorie fanatisch anzuhängen, weil sie zu universell gebildet sind; und sie können das radikalste und häufigste Mittel, sich möglichst vom Weiten abzusperren u. mit den dicksten Interessen zu begnügen mit einem ungenauen Gefühl, es werde darüber hinaus schon alles in Ordnung sein, wie es Bo. oder Dir. F. anwendete, nicht benützen, weil sie ein zu fein entwickeltes Gewissen haben. Deshalb klagen diese Menschen die Zeit an, in der sie zu leben verurteilt sind, obgleich sie genau so gerne in ihr leben wie andre und nur weil sie kein Amulett besitzen, das aus ihrem Herz eine Laterne magica macht.

Sie sagen, diese Zeit vermöge keine ·Philosophie mehr hervorzubringen. Sie beklagen, daß diese Zeit die Religiosität verlernt habe. Sie erklären, daß es keinen einzigen großen Dichter, Maler, Musiker mehr gebe. Sie behaupten, daß wir nur noch eine Psychologie, aber keine Seele mehr haben. Daß das Rechnen oder die Maschine den Menschen versklavt haben, und dergleichen mehr, was man in jeder deutschen Gesellschaft, welche auf geistige Kultur etwas hält, hören kann.

Man kann heute keine feste Überzeugung haben, außer durch Borniertheit. Liebe führt zum Individualanarchismus. Der aZ. spukt udgl.

Überhaupt eine Szene von großem Fassungsvermögen.

Dies war der Ton auch im Salon Diotima. Es wurde jetzt viel davon geredet, daß die // eine geistige Erneuerung sein müßte. Aber man fand auch nicht den Schatten einer Idee. Ds Gesellschaften waren berühmt dafür, daß man auf Menschen stieß, mit denen man kein Wort wechseln konnte. Immer war aber auch mindestens ein bekannter Literat dabei, oder Künstler, oder Philosoph, (einschließlich «die ungebrochene Frau»; das ist nämlich überhaupt etwas für den Adel. Letzteres kann auch eine Bemerkung Arnh's. sein.), ein Mensch. (Nur die jungen Literaten hielt sie abseits). Der Adel ging hin, weil es ein ebensoguter Rendezvousplatz war wie eine Kirche. Die jungen Adeligen, weil es nun einmal Übung war. Insgesamt der Adel auch, weil er irgendwie sein Gewissen oder seine Neugierde befriedigen mußte, daß es irgendwo etwas gab, das Kultur hieß.

A. hatte Bo. als Beruhigung endlich versprechen müssen, ihr den Verkehr in diesem Haus zu ermöglichen. Er hatte es sich bisher nicht getraut. Aber Bo. hatte es dahingebracht, ihren höchsten Traum darin zu sehn. Erleuchtete Fenster usw.

Für und in:

8.

Cand. phil. Schmeisser lebte in einem Haus mit Ag. Er unter der Erde, sie oben im Licht – wie er mit grimmiger lyrischer Befriedigung feststellte. Sein Anzug hatte zu schmale Schultern und zu kurze Ärmel, an den Ellbogen und Knien bildete er Bäuche. Sein Körper war unterernährt und überanstrengt, er war niemals gut bewegt worden; zum erstenmal dämmerte Schm. etwas auf; er trat abends vor einen kleinen Spiegel, den er mit vieler Mühe so aufstellte, daß er seine ganze Figur sehen konnte, und betrachtete sich nackt. Er war häßlich. Der Traum vom Sonnenbad, vom Herausschlüpfen aus der kapitalistischen Kleiderhierarchie in eine Welt der natürlichen Schönheit, war erschüttert. Ag. aber schwebte wie eine Wolke die Treppen hinab; eine schwere Wolke, aber auch solche sind wolkenleicht. Die kleinen Geräusche des bewegten Kleides zuckten wie winzige Blitze darin. Das Parfum war ganz anders als das der weiblichen kleinen Leute, mit denen er zu tun hatte, es war überhaupt kein Parfum, nichts Hinzugetanes, sondern eine Ausstrahlung.

In einem fürstlichen Park stand eine Fontäne. Schlank bewegt, wiegend im Wind fiel ihr Strahl in ein Marmorbecken. Unendlichkeit des Auges und des Ohrs. Der kleine Proletarierknabe hatte damals die Fingerspitze auf den geglätteten Rand gelegt und war rund um den Kreis gegangen, marmorn gleitend, immer wieder, ohne satt werden zu können, wie Tantalus.

Schm. erklärte heftig, seine Liebe sei der Sozialismus. Es war nicht wahr. Seit er denken konnte, lebte er für ihn. Wenn er hungerte oder gedemütigt wurde, wenn er den Mund spülte oder einen abgesprungenen Knopf suchte: es war Etappe auf dem Weg einem Ziel zu. Es tat ihm keinen Abbruch, daß er das Erreichen dieses Ziels kaum erleben würde; vielleicht vermochte er auch nicht, es sich genau vorzustellen: aber alles, was er tat, diente einem Zweck u. hatte das feste Gleichgewicht einer Bewegung, welche nicht schwankt. Auf der andern Seite der Welt stehend als Prof. Mg., glich er ihm dadurch, daß Gott für diesen ein Ziel war, dem man respektvoll ausweicht, um sich mit den kleinen, aber sicheren Zwischenzielen zu begnügen, welche man dadurch gewinnt, daß man sich so benimmt, wie einer, welcher der Möglichkeit ihm zu begegnen sicher ist.

Seit Schm. aber Ag. sah, fiel seine Sicherheit der Zerrüttung anheim. Er kämpfte gegen die Empfindungen, welche diese Frau in ihm hervorrief, welche er wegen ihrer großbürgerlichen Herkunft gerne verachtet hätte. Er sagte ihr, daß die Überschätzung der Liebe ein Stigma der kapitalistischen Welt sei. Aber wenn er sich vergaß, nachsann, was diese junge Frau, die, wie er wußte, ihren Mann verlassen hatte, hier tun möge, und ohne es zu merken, von seiner Phantasie an einen fernen Punkt geführt wurde, wo Agathe ihre Arme um die Hüften des cand. phil. Schmeisser schlang, wer ihm zumute wie einem Wesen, das bisher nur in einer Fläche gelebt hat und zum erstenmal das Geheimnis des Raums kennen lernt. Prof. Mg. würde gesagt haben, dies sei der gleiche Unterschied, wie wenn man immer *für* Gott gelebt habe, aber plötzlich *in* Gott zu leben anfange – – wenn Prof. Mg. solche Gedanken sich gestattet hätte.

[Zu: Für – In]

s₃ +

9.

Es ist ein großer Unterschied: Für oder in etwas leben! Alle guten Menschen leben für etwas; bloß die Unterproletarier haben nackte Sorgen ohne jeden höheren Zweck. Aber außerhalb des Proletariats gibt es so viele interessante, ehrenvolle, befriedigende Berufe. Dann die Liebe. Die Vereine. Die Hühnerzucht. Das Schwergewichtsheben. Den Fußball. Das Tennis Die Politik. Die Heilsarmee. Das Markensammeln. Die Suppenanstalten. Das Stenographiesystem Öhl. Es gibt Gegenden von großer landwirtschaftlicher Schönheit. Frauen, welche das Eisbein schwingen. Hunde mit edlem Blut. Genies des Fußballrasens. Genies, welche der Pflege des Stallmistes u. der Jauche neue Wege gewiesen haben. Körperkulturelle Genies. Genies der Empormenschlichung. Der tatwaltigen Könnensschwebung.....

Andere Bsple: Teeren u Federn – einen Teig in Mehl tauchen – sich mit Leim bestreichen, so daß alles ordentlich hängen bleibt – Hirnkasten mit Fächern. (C 71)

Das gemeinsame Symbol, das sie besitzen, ist ein Notizbuch mit sehr vielen energischen Eintragungen; Erledigtes ordentlich ausgestrichen. Dieses Notizbuch muß nicht aus Papier bestehen, es kann auch im Kopf sein. Die Hauptsache ist, daß das, wofür ein Mensch lebt, einen Magnet bildet, der durch das, was er anzieht, immer weiter vergrößert wird. Das ist eine bekannte Tatsache. Bloß die, die gar nichts haben, haben auch keinen Magnet; bei ihnen weht manchmal der nächste Tag, eine Erkrankung, eine Verschlechterung der Konjunktur, das bischen Existenz weg, das sie aufgeschichtet haben. Bei den andren ist aber nur der Anfang schwer. Hat man aber einmal einige Notorietät erreicht, so besteht Bedarf nach allen Spezialitäten, und ein Menschenleben ist gerade so lang, daß man darin (bei einiger, aber nicht zuviel Intelligenz) die Karriere vom Novizen bis zum Erzpriester (Kardinal) der Psychoanalyse, des Segelsports, oder des Wiener Tuchhandels zurücklegt.

[Zu: Valerie]

s_3 +

n – 1

Ein junger Mensch sagt sich: Ich liebe. Zum erstenmal. Er sagt es sich, er tut es nicht bloß; denn in ihm ist immer auch noch ein wenig dabei von dem kindlichen Stolz die Welt der Erwachsenen, die volle Welt besitzen zu wollen.

Er kann vordem schon Frauen begehrt und besessen haben. Er kann auch verliebt gewesen sein; in verschiedenen Arten, der Ungeduld, der Kühnheit, des Zynismus, der Flammen: dennoch kann der Augenblick noch kommen, wo er sich zum erstenmal sagt, ich liebe. A. hatte damals die Beziehungen zu der Frau, bei der es ihm widerfuhr, sofort so gelockert, daß es fast wie eine Lösung war. Er reiste von einem Tag auf den nächsten ab; sagte, wir werden uns wenig schreiben. Schrieb dann Briefe, die wie die Offenbarung einer Religion waren, und zögerte, sie abzusenden. Je mächtiger das neue Erlebnis in ihm anwuchs, desto weniger ließ er davon verlauten.

Er begann plötzlich, sich lebhaft daran zu erinnern. Er war damals sehr jung gewesen, Offizier, auf Urlaub am Land. Vielleicht hatte das dann den Umschwung in ihm bewirkt. Er machte einer Frau lebhaft den Hof, sie war älter als er, Gattin eines Rittmeisters, seines Vorgesetzten, erwies ihm seit langem Gunst, schien aber das Abenteuer mit dem blutjungen Männchen zu scheun, das sie durch seine ungewöhnlichen, nicht aus ihrem Kreis stammenden, philosophischen und leidenschaftlichen Reden verwirrte. Auf einem Spaziergang griff er mit einemmal nach ihrer Hand, das Schicksal wollte es, daß die Frau die Hand einen Augenblick wie ohnmächtig in der seinen ruhen ließ, und im nächsten flammte ein Feuer von den Armen bis zu den Knien und die zwei Menschen fällte der Blitz der Liebe, so daß sie fast auf den Wegrain gestürzt wären, in dessen Moos sie nun saßen und sich leidenschaftlich umarmten.

Die folgende Nacht war schlaflos. A. hatte sich am Abend verabschiedet und gesagt: morgen fliehen wir. Die geweckte und noch nicht gestillte Begierde warf die Frau trocken wie Durst im Bett hin und her, zugleich ängstete sie aber der Strom, der morgen ihre Lippen netzen sollte, durch seine überschwemmungsartige Plötzlichkeit. Sie machte sich die ganze Nacht Vorwürfe wegen der Jugend des Menschen und auch wegen ihres Manns, denn sie war eine gute Frau und atmete unter Tränen auf, als man ihr am Morgen As. Brief brachte, worin er in übereinandergetürmten Beteuerungen so jähen Abschied nahm.

Valerie hatte die Gutmütige geheißen, erinnerte sich A., und es mußte doch damals schon trotz seiner Unerfahrenheit darüber Klarheit in ihm gewesen sein, daß sie nur der Anlaß, aber nicht der Inhalt seines plötzlichen Erlebnisses war. Denn in durchwachter, von leidenschaftlichen Ideen durchschüttelter Nacht war er immer weiter von ihr fortgetragen worden, und ehe der Morgen kam, und ohne daß er recht wußte, weshalb, stand sein Entschluß fest, dessengleichen er nie vorher getan hatte. Er nahm nichts als einen Rucksack mit, fuhr ein kürzestes Stück mit der Bahn und wanderte dann, mit dem ersten Schritt schon im Neuen, durch ein völlig einsames Tal einem hoch im Gebirg versteckten ganz kleinen Wallfahrtsort zu, der in dieser Zeit des Jahrs von niemand besucht und kaum von jemand bewohnt wurde.

Was er dort tat, wäre, wenn man es jemandem erzählen sollte, das reine Nichts. Es war Herbst und die Frühherbstsonne im Gebirg hat eine eigene Macht, sie hob ihn morgens auf und trug ihn zu irgend einem hochgelegenen Baum, unter dem man weithin sah, denn er wußte trotz der schweren Nagelschuhe eigentlich nicht, daß er gehe – In der gleichen selbstvergessenen Weise wechselte er einigemale im Tag den Ort und las ein wenig in ein paar Büchern, die er bei sich hatte. Er dachte auch eigentlich nicht, obgleich er seinen Geist in tieferer Bewegung fühlte als sonst, denn die Gedanken schütteten sich nicht auf, wie sie es zu tun pflegen, so daß immer ein neuer Gedanke auf die Pyramide der frühern fällt und die zuunterst immer fester und zuletzt eins werden mit Fleisch, Blut, Schädelkapsel und tragendem Gebänder der Muskeln; sondern die Einfälle kamen wie ein Strahl in ein volles Gefäß, in endenlosem Überfließen und Erneuern oder sie zogen wie Wolken am Himmel in einer ewigen Veränderung, in der sich nichts ändert, die blaue Tiefe nicht, und nicht das lautlose Schwimmen der Perlmutterfische. Es konnte vorkommen, daß ein Tier aus dem Wald trat, A. betrachtete und langsam davon sprang, ohne daß sich etwas änderte, daß eine Kuh in der Nähe graste, ein Mensch vorbeiging, ohne daß damit mehr geschah als ein Pulsschlag, zwillingsgleich allen andren des unendlichen, leise an die Wände des Verstehens pochenden Lebensstroms.

A. war ins Herz der Welt geraten. Von ihm zur Geliebten war es ebenso weit wie zu dem Grashalm bei seinen Füßen oder zu dem fernen Baum auf der himmelskahlen Höhe jenseits des Tals. Seltsamer Gedanke: Raum, das klein Nagende, Entfernung ent-fernt, löst den warmen Balg ab und läßt einen Kadaver übrig, aber hier im Herzen waren nicht mehr sie selbst, sondern wie der Fuß vom Herzen nicht weiter ist als die Brust, war alles mit ihm verbunden. A. fühlte auch nicht mehr, daß die Landschaft, in der er lag, außen war; sie war auch nicht innen; das hatte sich aufgelöst oder durchdrungen. Der Einfall, daß ihm etwas zustoßen könnte, während er so lag, – ein böses Tier, ein Räuber, ein roher Mensch – war nahezu unvollziehbar, so fern, als ob man sich vor seinen eignen Gedanken fürchten könnte. /Später: die Natur selbst ist feindlich. Der Schauende braucht bloß ins Wasser zu gehn/ Und die Geliebte, der Mensch um dessentwillen er dies alles erlebte, war nicht näher als es ein fremder Wanderer gewesen wäre. Manchmal spannten sich seine Gedanken wie Augen an, um sich vorzustellen, was sie jetzt machen könnte, aber dann ließ er wieder davon ab, denn es war wie durch fremde Welt, wenn er sich dadurch ihr nähern wollte, daß er sie sich in ihrer Umgebung vorstellte, während er in unterirdischer Weise ganz anders mit ihr zusammenhing.

[s₃ + ...]   *[Die liebende Angst]*
                    [Anders – Agathe III–VI]

Block B:

Es schien Ag, daß ...

Vorgänge, von denen sich nur ein kleiner Teil, niemals das Ganze ereignete, spielten sich damals oft zwischen uns ab. Wir waren morgens gerade aufgestanden, begegnen einander; die Eindrücke haben ein etwas zu großes Gewicht, biegen das Geflecht der Nerven durch, das sie aufnimmt. Das Wesentliche ist: die Erschütterung der Sicherheit. Der muntere, gewohnte Ablauf wird einen Augenblick gehemmt, man ahnt: es ist keine Notwendigkeit dahinter. Man will etwas sagen; es drängt aber Angst die Worte zurück; man erwartet, daß die Worte, die man finden wird, viel schwächer sein werden, als das Gestaltlose ist, das man in ihnen ausdrücken möchte. «Reden ist mehr ein Verwüsten und Lästern als ein Mitteilen» «Was man zu Worte bringt, das begreifen die niederen Kräfte der Seele.» Also sprechen die Blicke, die Bewegungen, die Wellen Geruchs, die einander durchkreuzen. Man bleibt stehn, die Hände bleiben aneinander hängen, ... Getändel ... das erstemal! Das zweitemal ist es ein schwerer Berg von Seligkeit. Das drittemal ist es hart am Komischen. Jetzt kommt die liebende Angst.

Diese Angst ist die gleiche wie die, mit der ein weicher Mensch seine Güte hinter Rauheit verbirgt. Sie sucht einen Scherz, sogar ein zynisches Wort. Nur etwas Gleichgültiges und Wirkliches; etwas, das vom Leben längst als berechtigt angenommen ist. Sie übergibt das Höchste der Gleichgültigkeit, nur damit etwas Wirkliches entsteht. (Tieck 11/5.)

Es ist einerlei, wovon man spricht. Jedes Wort ist der gleiche Verrat. Die Ordnung der Worte in einen Zusammenhang der Wirklichkeit ist die Ursache. Man kann ebensogut gleich vom Rechtsanwalt sprechen wie von der Philosophie. Oft das Gefühl: es ist die über unser ganzes Dasein entscheidende Feigheit. Aber auch: die schöpferische Rolle des Bösen. B 27

Unaufgelöst der Widerspruch: Nur an seinen Handlungen erkennt man sich, nicht an seinen Gedanken (11/2) – – Was man tut, bedeutet gar nichts auf der Seite, die Gott zugewandt ist.

? Bald drücken die Worte nichts aus, bald sind die Handlungen nur stellvertretend. Also bleibt man so oder so etwas, an das man nicht heran kann? Der einzelne Mensch wie die Menschheit sind nur versuchte Gestalten? Gerade weil man das nicht versteht (sowenig wie die Dinge in der Kindheit), Entschluß des Eindringens.

Man muß aber auch sagen, weshalb gerade hier und nicht im normalen Leben Ag. Energie zum Angriff ansetzt.

A. – Ag. III.

2.

a. *Die liebende Angst:*
(Nach Block B letztes Blatt)

Solche Vorgänge (wie 1.) wiederholten sich oft. Sie waren nichts; ein kleiner sichtbarer Teil von etwas anderm, das sich nicht ereignete.

Es war Frühling. Die Luft wie ein Netz. Dahinter etwas, was das Geflecht durchbog. Aber nicht hervorzubrechen vermochte. Sie kannten es beide und trauten sich nicht mehr davon zu sprechen. Sie wußten, im Augenblick, wo sie Worte dafür suchen würden . . wäre es tot. Die Angst machte sie zärtlich. Ihre Hände und Augen streiften (oft) aneinander, ein Zittern um die Lippen suchte sein Widerspiel, eine Sekunde schien sich aus der Reihe der andren zu lösen und in die Tiefe zu versinken.

Beim zweitenmal war solche Bewegung ein schwerer Berg von Seligkeit.

Beim dritten hart am Komischen.

Dann kam die liebende Angst über sie.

Sie suchten einen Scherz, ein zynisches Wort; nur irgend etwas Gleichgültiges und Wirkliches; etwas, das im Leben häuslich und heimatberechtigt ist. Es ist einerlei, wovon man spricht. Jedes Wort fällt in die Stille, und im nächsten Augenblick blinken rings darum andre Wortleichen auf, wie die toten Fische massenhaft emporsteigen, wenn man Gift ins Wasser wirft. Die Ordnung der Worte in einen Zusammenhang der Wirklichkeit zerstört den tiefen Spiegelglanz, mit dem sie unausgesprochen über dem Unsagbaren liegen, und man kann ebensogut gleich vom Rechtsanwalt sprechen, statt von der Philosophie.

b.

Ag. spielt Klavier.

A. tritt ein, ein Buch in der Hand; es ist Emerson, den er liebt. Er hat erst im letzten Augenblick gehört, daß Ag. Musik macht. Er haßt an der Musik die Ausflucht, welche sie ist, das Rauschmittel, als das sie den lebenformenden Willen betäubt. Er verfinstert sich, möchte umkehren, aber liest Ag. dennoch die Stelle vor, die er ihr zu zeigen wünschte.

Ließe sich verwenden zur Beschreibung des Wesens einer Idee

«In gewöhnlichen Stunden sitzt die Gesellschaft kalt und stumm da. Wir warten alle, leer – vielleicht im Gefühl, daß wir voll Reichtum sein können, umgeben von mächtigen Symbolen, die aber für uns keine sind, sondern nur abgedroschene Alltäglichkeiten und Spielereien. Dann tritt der Gott herein und wandelt alle die versteinerten Gestalten in feurige Menschen, verbrennt im Nu mit dem Blitz seines Auges den Schleier, der die Dinge verhüllte, und auf einmal wird sogar die Bedeutung des Hausgerätes, der Tasse und Unterschüssel, des Stuhles, der Uhr u. des Betthimmels offenbar. Die Dinge, die durch den Dunst von gestern so gewaltig erschienen – Eigentum, Klima, Erziehung persönliche Schönheit und anderes mehr, haben ihre Verhältnisse merkwürdig verändert. Alles, was wir für fest hielten, schwankt u. klappert . . .»

Seine Stimme klingt «kalt und stumm» mutlos, während er mit verlornem Vertrauen liest. Ag. hat das Spiel unterbrochen; als auch die Worte verzogen sind, gehn ihre Finger ein paar Tonschritte durch das grenzenlose Land der Musik, bleiben stehn, und sie lauscht. «Schön», sagt sie und weiß nicht, was sie meint.

Zu ihrer Überraschung sagt A: «Ja; um zu verzweifeln, ist es.» Ag., welche weiß, daß A. es nicht liebt, wenn sie Musik macht, verläßt das Instrument.

Gieb acht! – sagt A., der zurückgetreten ist, und zieht eine Pistole aus der Tasche. Er schlägt auf das Klavier an und schießt in die Mitte der langen schwarzen Flanke. Die Kugel durchschneidet das trocken zarte Holz und heult über die Saiten. Eine zweite wühlt springende Töne auf. Die Tasten beginnen zu hüpfen. Der jubelnd scharfe Knall der Schüsse fährt immer rasender in einen unbeschreiblich splitternden, kreischenden, reißenden, dröhnenden und singenden Aufruhr. Er weiß nicht, weshalb er schießt. Gewiß nicht aus Unwillen gegen das Klavier oder um irgend etwas damit symbolisch auszudrücken. Als das Magazin ausgeschossen ist, läßt A. es auf den Teppich fallen, und seine Wangen sind noch von Spannung gehöhlt.

Ag. hatte weder die Hand gehoben, noch den leisesten Laut ausgestoßen, um die Zerstörung des kostbaren Flügels zu hindern. Sie empfand keine Furcht, u. obgleich das Beginnen ihres Bruders ihr ganz unverständlich sein mußte, kam ihr der Gedanke, er sei wahnsinnig geworden, nicht erschreckend vor, mitgerissen von der Pathetik der Schüsse und der sonderbaren Wundschreie des getroffenen Instruments.

Als ihr Bruder sie jetzt fragte, ob sie ihm böse sei, verneinte sie es mit strahlenden Augen. Ich müßte mir jetzt wie ein Narr vorkommen, – sagte A. etwas beschämt – aber wenn ich das wiederholen wollte, würde eine gewöhnliche Schießübung daraus werden, und dieses niemals Wiederholbare war vielleicht der Reiz..

– Immer, wenn man etwas getan hat, – meinte Ag.

A. sah sie erstaunt an und schwieg.

c.

Erst am nächsten Tag kam A. wieder auf den Vorfall zurück. «Nun wirst du eine Weile lang nicht Klavier spielen können», versuchte er entschuldigend zu sagen; wo das Klavier gestanden hatte, war eine leere Stelle im Zimmer. «Warum hast du gestern gesagt, daß diese Bücher zum Verzweifeln sind?» – fragte Ag. «Bevor dein verrückter Einfall kam. Sie sind doch sehr schön?»

«Eben weil sie schön sind. Es ist vielleicht gut, daß du jetzt nicht Musik machen kannst. – Was darauf folgte, war ein langes Gespräch. – Das alles ist wie Seifenblasen, sagte A.   Schön? – Er formte unwillkürlich in der Luft mit den Händen den schillernden Ball nach – «Ganz geschlossen und rund, wie eine Weltkugel, und im nächsten Augenblick aufgelöst ohne Spur. Ich arbeite jetzt, seit einiger Zeit, wieder –»

[Es ist aber auch möglich, alles Theoretische der Beschreibung des aZ. herauszuziehn u. als Zeitschilderung ironisch fingiert zu verwenden. Dann bleiben hier nur die Äußerungen mit Geschehnischarakter.]

«Du arbeitest – –?» Sie verbarg nicht ihre Enttäuschung, denn sie empfand es mit merkwürdiger Sicherheit als Untreue, wenn A. Bücher in den Händen drehte und seine Stirn steif wie aus Bein wurde.

«Ich muß wohl. Ich ertrage nicht die Unsicherheit in dem, was wir erleben. Und wir sind ja auch nicht die ersten Menschen, denen es begegnet.»

«Zwillingsgeschwister?»

«Das ist vielleicht etwas besonders Auserwähltes. Aber ich glaube nicht an solche Geheimnisse wie Auserwählung –» verbesserte er sich rasch. «Hunderte von Menschen haben es erlebt, daß sie glaubten, sich eine andre Welt öffnen zu sehn. Genau so wie wir.»

«Und was ist daraus geworden?»

«Bücher»

«Doch unmöglich nur Bücher?»

«Wahnsinn. Aberglaube. Essays. Moral. Und Religion. Die 5 Dinge.»

«Du bist unmutig gelaunt.»

«Ich könnte dir stundenlang aus den Büchern erzählen oder vorlesen. Was ich gestern begonnen hatte, war ein Versuch dazu. Du kannst von dieser Minute, in der wir jetzt sprechen, zurückgehn, soweit du willst, Jahrtausende oder soweit die menschliche Erinnerung überhaupt reicht, so findest du immer wieder das Dasein einer andern Welt beschrieben, die sich zuweilen wie ein tiefer Meeresboden emporhebt, wenn die unruhigen Fluten unseres gewöhnlichen Lebens davon zurückgetreten sind.

Ich habe, seit wir beisammen sind, soviel ich davon erreichen konnte, verglichen. Seltsam übereinstimmend sagen alle Beschreibungen aus, daß es dann in der Welt weder Maß, noch Genauigkeit gibt, durch welche unsre Welt des Geistes doch groß geworden ist, weder Zweck, noch Ursache, weder Gut, noch Bös, keine Grenze, keine Habsucht und keine Vernichtungssucht, sondern nur eine unvergleichliche Erregtheit, und ein verändertes Denken und Wollen. Denn indem die Dinge und unsre Gefühle alle Begrenzungen verlieren, die wir ihnen sonst geben, fließen sie zu einem geheimnisvollen Schwellen und Ebben, einem alles ausfüllenden Glück, einer im wahren Sinn grenzenlosen, traumhaft einigen und vielgestaltigen Erregung zusammen. Man darf vielleicht noch hinzusetzen, daß die gewöhnliche Welt mit ihren scheinbar so wirklichen Dingen und Menschen, die getrennt wie Burgen auf Felsen thronen, wenn man dann auf sie zurückblickt, samt allen ihren bösen und seelenarmen Beziehungen, nur als die Folge eines moralischen Fehlers erscheint, zu dem wir schon unsre Sinnesorgane erzogen haben.

Damit ist genau so viel beschrieben, als wir selbst erfahren haben, als wir uns zum erstenmal in die Augen sahen.

Der Zustand, in dem man das wahrnimmt, ist mit vielen Namen bezeichnet worden: Zustand der Liebe, Güte, Weltabgekehrtheit, Kontemplation, des Schauens, der Entrückung, Einkehr, Willenlosigkeit, Intuition, Vereinigung mit Gott, alles Namen, die eine unklare Übereinstimmung ausdrücken und ein Erlebnis bezeichnen, das stets mit ebensogroßer Leidenschaft wie Ungenauigkeit beschrieben worden ist. Wahnsinnige Bäuerinnen haben es kennen gelernt und dogmatische Professoren der Theologie, Katholiken, Juden und Atheisten, Menschen unsrer Zeit und solche vor Jahrzehntausenden: und so verblüffend übereinstimmend sie es beschreiben, so merkwürdig entwicklungslos sind diese Beschreibungen geblieben; der größte Geist hat uns nicht mehr davon gesagt als der kleinste, und es scheint, daß du und ich aus der Erfahrung von Jahrtausenden nicht mehr lernen werden, als wir von selbst wußten:

Was bedeutet das?»

Agathe sah ihn fragend an. «Meingast», sagte sie, «als ich ihn einmal nach der Bedeutung solcher Erlebnisse fragte, – übrigens lehnt er sie ab – behauptet, sie gehen auf den Unterschied zwischen Glauben und Wissen zurück und im übrigen seien sie nervöse Übertreibungen –»

«Sehr gut.» – unterbrach sie Anders – «Wenn du mich gestern daran erinnert hättest, wäre mir vielleicht die Verzweiflung über meine Ergebnislosigkeit erspart geblieben. Doch von Meingast später! Natürlich ist das Geflunker; wenn ich etwas glaube, will ich wenigstens die Hoffnung haben, daß ich es unter günstigeren Umständen auch erleben kann, aber nicht regelmäßig nach den ersten paar immer gleichen Schritten stecken bleiben.

Nein, Agathe, es bedeutet etwas ganz anderes. Was würdest du sagen, wenn ich behaupte: Es bedeutet nichts andres als das verlorene Paradies. Es ist eine Nachricht. Eine durch Jahrtausende getriebene Flaschenpost. Das Paradies ist vielleicht kein Märchen, es besteht wirklich.»

Er hatte bis dahin mit solcher nüchternen Bestimmtheit gesprochen, daß diese Worte ganz merkwürdig klangen. Wenn er gesagt hätte: ich habe es ausgekundschaftet, komm mit, wir müssen hier durchs Fenster, dann durch einen finstren Gang und so weiter.., dann kommen wir hin: es wäre Agathe nicht befremdend erschienen, sogleich aufzubrechen.

Er müßte es eigentlich zweimal erklären: einmal mit Verlangen, dann so, wie man es als prälogisch usw. erklärt.

Aber Anders berichtete ihr bloß das Ergebnis seiner Recherchen weiter.

«An meiner Entdeckung», sagte er mit der gleichen Ruhe wie bisher, «sind nun zunächst zwei Dinge zu beachten. Erstens, daß man das Paradies ins Unerreichbare verlegt hat. Es soll schon im ersten sagenhaften Anfang des Menschengeschlechts verloren worden sein, und was Menschen später davon erlebt zu haben behaupten, wird als Extase, Verzückung, Wahn, kurz als krankhaftes Delirium beschrieben; es ist aber sehr auffallend, daß etwas zugleich als Krankheit verleugnet wird und für ein Paradies gilt; ich nehme deshalb an, daß es auch für den gesunden und vernünftigen Menschen, aber auf einem Weg zu erreichen sein muß, der als verboten und gefährlich gilt.

Dann verstehe ich aber erst das zweite, nämlich daß dieser Lebenszustand des Paradieses, der als ganzer für tabu gilt, zerstückelt und in das gemeine Leben untrennbar eingemengt, das ist, was die Menschen für die höchsten Güter halten.

M. a. W.: Die Ideale der Menschen. Überleg es dir einmal: sie sind alle unerreichbar. Aber nicht bloß, wie man sich vorheuchelt, wegen der menschlichen Schwäche; sondern weil sie, wenn man sie restlos erfüllen würde, in Widersinn umschlagen. Sie sind also Reste eines Zustands, der als ganzer nicht lebensfähig ist, dessen unser Leben nicht fähig ist.

Man könnte ja versucht sein, in diesem schattenhaften Doppelgänger einer andren Welt nur einen Tagtraum zu sehn, wenn er nicht seine noch warmen Spuren in unzähligen Einzelheiten unseres Lebens hinterlassen hätte. Religion, Kunst, Liebe, Moral .. das sind Versuche, diesem andren Geist zu folgen, die mit ungeheurer Mächtigkeit in unser Dasein hereinragen, aber ihren Sinn und Ursprung verloren haben und dadurch völlig verworren u. korrupt geworden sind.

Es sind Buchten aber nicht die See

Und damit sind wir bei Mg.

Er würde verrückt werden, wenn er den Gefühlen folgen wollte, die er für die entscheidenden seines Lebens erklärt. Er schränkt sie deshalb ein und vermengt sie mit Überzeugungen.

Du möchtest gut sein – wie ein See ohne Ufer – und die Tropfen davon, die er sorgfältig in sich bewahrt, sind es, was dich anzieht.

Du ahnst deshalb nur und er ist überzeugt ʕglaubt), du spürst, etwas ist gut, spürst es wie den Geruch eines Felds; und er teilt gut und bös fest ein, aber indem er sie trennt, vermengt er sie rettungslos

Du fühlst dich deshalb verlassen, sogar von dir selbst, weil du eine Gemeinsamkeit ahnst, wie noch keine da war. Dein Erlebnis ist schwer

übertragbar, persönlich, fast unsozial (Eckehardt, Europa 237/38; E 18)
Er knüpft seine Seele an Erlebnisse, die sich wiederholen u verstehn
lassen, denn das Eindeutige ist das Wiederholbare und deshalb Ver-
ständliche, aber die Gemeinsamkeit der Ideale, die er verbreitet, ist
wie das Schattenreich, das weder Leben, noch Tod ist. Er kennt die
Tugend der Begrenzung, du die Sünde der Begrenzung. Du bist ent-
mächtigt, er ist tätig. Sein Gott ist nichts als eine Anfangsassoziation
odgl.

Mit einem Wort: Du möchtest – wenn selbst nur als sein schlechtestes
Geschöpf in Gott leben, und er lebt für ihn. Aber damit tut er eben das
gleiche und bewährte wie alle Welt.

Für ist der Dauersatz des In   E 3r, 14 (G 83)
Der ideologische ist ein abgeschwächter Zustand G 83, E 38.

Das Gesetz, der Gedanke ist die Gestalt der Tatsachen E 5
Immer entscheidet eine übergeordnete Totalität E 5r, E 22 (Ü 63)

Aber, mein Gott, was sollen wir tun?
Du schreibst?
Ich ertrage nicht die Unsicherheit, ich muß arbeiten. Ich habe auch
das unstillbare Streben in mir, die Erlebnisse wiederholbar zu machen.
Aber in dem Augenblick, wo sie es sind, ist die Welt materiell und
langweilig.
Du hast gestern ein Wort gesagt, das mich ergriffen hat: Alles, was
wir tun, ist unwiederholbar.
Wir erreichen das Paradies, indem wir die Moral verlassen. Das
haben wir instinktiv schon getan. Die Welt ruht auf Unrecht; man
kann nur persönlich handeln.

Nachträge: Worauf es ankommt, das lebendige Wort, das in die
Seele greift: Voll Bedeutung u Beziehung im Augenblick, von Wille
u. Gefühl umflossen; im nächsten nichtssagend, obgleich es noch alles
sagt, was sein Begriff enthält E 16
Du lernst daraus: Jede Form, jeder Gedanke, die du dem Leben
gibst, ist nur ein schwebendes Gleichgewicht. E 5.
Keine Tugend, kein Laster sind endgültig. E 6.

Gott mit einer Moral zu identifizieren ist eigentlich eine
ungeheure Blasphemie.
   Gott braucht selbst das Böse.
   Bibelzitate noch schlimmer als Göthezitate.
} Ü 65.

Die Erläuterungen sind wohl zu lang u theoretisch. A. hat einen
Aufsatz geschrieben. Hat ihn in der Hand. Es ist unmöglich, ihn vor-

zulesen. Weil diese Gedanken über den aZ. selbst nicht im aZ. getränkt sind, sondern ins Allgemeine u. Gesetzhafte gehn. Er – der gegen Arnh. und die andern verteidigt, daß man in dieser Welt nur schreiben könne – muß sich das eingestehn.

Alles, was er getan u gedacht hat, mathemat. Moral usw, war nichts als Vorbereitung auf diese Erlebnisse. Ü 65 r.

$s_3 + \ldots$ A–Ag. IV.

(Reaktion auf Bo.)   *Notiz zur geplanten Szene*
Ag. Vorwurf, Eifersucht. – Es darf wohl, aber es muß schenkendes $\triangle$ sein. Aber A. glaubt nicht an den dritten Menschen. Daraus wird: er selbst.
Ag. Hat auch ein konkretes Ich, das Erlebnisse will.
  Aber das sind lokale Reizungen; rinnen ab.
  Man muß mitspielen, sonst gibt es kein Abenteuer (geg. Entschuldigung gesagt)
  Wir haben mit diesen Leuten nichts zu tun
  Gemeinsam etwas erleben! (wie mit Zettel)
  (In ihr dabei: später wird sie es selbst tun.
  Sie hat die destruktiven Kräfte in sich [...])
Gefühl der Frau in Ag. Sie begreift: sie muß ihm etwas geben: 21/83, 82, 52.

Entwurf der Ausführung

1. Ag. hatte eine Haarnadel gefunden. Damals nach Bo's. Besuch, den ihr A. verschwieg. Sie saß am Divan, sprach mit ihrem Bruder, die Hände zu beiden Seiten voll lässiger Sicherheit in die Polster gestützt, und plötzlich fühlte sie das kleine eiserne Ding zwischen den Fingern. Ihre Hände wurden ganz verwirrt davon, ehe sie es hervorgezogen. Sie sah die Nadel an, welche von einer fremden Frau herrührte, und das Blut stieg ihr in die Wangen.

  Ein wenig hätte man auch darüber lachen können, daß Ag. mit solcher Sicherheit wie eine beliebige eifersüchtige Frau auf nichts anderes riet als das Richtige. Aber obgleich es leicht gewesen wäre, den Fund anders zu erklären, machte A. keinen Versuch dazu. Auch ihm war Röte in die Wangen geschossen.

  Endlich bezwang sich Ag., aber ihr Lächeln war bestürzt.

  A. gestand ihr in halben Worten den Überfall Bo's.

  Sie hörte ihm unruhig zu. Ich bin nicht eifersüchtig – sagte sie – ich habe ja gar kein Recht darauf. Aber –

Dieses Aber suchte sie zu finden; der Beweis sollte die Wildheit verdecken, die sich in ihr dagegen empörte, daß eine andere Frau ihr A. wegnahm.

Frauen sind eigenartig naiv, wenn sie von den «Bedürfnissen» der Männer reden. Sie haben sich einreden lassen, daß dies unaufhaltsame Gewalten sind, eine Art schmutziges, aber doch grandioses Leiden der Männer, und scheinen weder zu wissen, daß sie selbst durch längere Entbehrung genau so toll werden, noch daß die Männer sich nach einiger Übergangszeit an den Verzicht nicht viel schwerer gewöhnen als sie; der Unterschied ist in Wahrheit mehr ein moralischer als ein physiologischer, nämlich der der Gewohnheit, sich Wünsche zu gewähren oder zu versagen. Aber manchen Frauen, welche Gründe dafür zu haben glauben, daß ihre Begierde sie nicht überreden dürfe, ist diese Vorstellung, daß der Mann sich nicht beherrschen dürfe, ohne Schaden zu nehmen, ein willkommener Anlaß, um das leidende Mann-Kind in ihre Arme zu schließen, und auch Ag. – durch das Verbot, dem Bruder gegenüber der sonst unzweideutigen Stimme des Herzens zu folgen, in die Rolle einer etwas frigiden Frau gebracht – wandte unbewußt diese List in ihrem Innern an.

«Ich glaube dich ja zu verstehen» – sagte sie – aber: – aber du hast mir weh getan.

Als A. sie um Verzeihung bitten wollte und den Versuch machte, ihr Haar oder ihre Schultern zu streicheln, sagte sie: Ich bin dumm. . schauderte etwas und entzog sich ihm.

Wenn du mir ein Gedicht vorliest – versuchte sie es zu erklären – und ich würde mir nicht versagen können, dabei in die neue Zeitung zu schaun, so würdest du doch auch enttäuscht sein. Genau so hat es mir weh getan. Deinethalben.

A. schwieg. Der Verdruß, durch Erklärungen das Geschehene noch einmal zu beleben, verschloß ihm den Mund.

Natürlich habe ich kein Recht, dir Vorschriften zu machen – wiederholte Ag. – Was gebe ich dir denn! Aber weshalb wirfst du dich an solch eine Person fort! Ich könnte mir vorstellen, daß du eine Frau liebst, welche ich bewundere. Ich weiß nicht, wie ich es ausdrücken soll, aber es muß doch nicht jede Liebkosung, die man einem Menschen gibt, allen anderen weggenommen sein?

– Sie fühlte dabei, so würde sie es sich wünschen, wenn sie diesen Traum verlassen und wieder einen Mann lieben sollte –

Innen können sich mehr als zwei Menschen umarmen, und alles Äußere ist ja doch nur – Sie stockte, aber plötzlich fiel ihr der Vergleich ein: Ich könnte mir vorstellen, daß der, welcher den Körper umarmt, nur der Schmetterling ist, welcher zwei Blumen verbindet –

Der Vergleich kam ihr etwas zu poetisch vor. Während sie ihn aussprach, fühlte sie lebhaft das warme und gewöhnliche Frauenempfinden: Ich muß ihm etwas geben und ihn entschädigen – –

A. schüttelte den Kopf. «Ich habe» – sagte er ernst – «einen schweren Fehler begangen. Aber es war nicht so wie du denkst. Es ist schön, was du sagst. Diese Seligkeit durch einen mechanischen Reiz, dieses plötzliche, von der Haut ausgehend, Verändert – und vom Gott ergriffen Werden dem Menschen zuzuschreiben, der gerade das Werkzeug ist, ihm durch Vergötterung oder Haß eine besondere Stellung zu geben, ist im Grund so primitiv wie der Kugel bös sein, die einen trifft. Aber ich bin zu kleingläubig um mir vorzustellen, daß man solche Menschen finden könnte.» – – Hält ihre Hand – es ist eine weitweg getragene Stimmung

Als seine Hand jetzt an ihr Verzeihung suchte, schloß Ag. ihren Bruder in die Arme und küßte ihn. Und unwillkürlich, erschüttert, tröstend-schwesterlich und dann ohne Herrschaft darüber schloß sie ihre Lippen zum erstenmal ganz mit jener ungeminderten Frauenhaftigkeit an den seinen auf, welche die volle Frucht der Liebe bis ins Innerste öffnet.

s3 +   A. – Ag. V. und VI.

Reaktion auf Mg. IV., // und Testament.

In der // haben sich alle für Arnh. erklärt. Clarisse hat Ld. bevorzugt.

A. kam erbittert nachhaus. Von jener Ohnmacht angestarrt, welcher gegenüber der Vollendung einer unzureichenden Welt *auch nicht ein Punkt* bleibt, *um dort einen Widerstand ansetzen zu können.*

Er fühlte: Sie tun ja alle das, was ich will, bloß tun sie es schlecht.

Sie verstehen mich nicht einmal soweit, daß sie mir widersprechen würden; sie glauben, daß ich das sage, was sie auch sagen, bloß schlechter.

Man bekommt nervöses Erbrechen, wenn man mit ihnen spricht.

Sie haben Güte, Liebe, Seele; kleingehackt und mit größeren Mengen des Gegenteils vermischt; das erhält sie gesund und macht sie zu Idealisten, während ich an den Rand des Absurden und Verbrecherischen gerate.

Ach, wie unerträglich sie sind, diese Quatschköpfe bei Diotima! Aber es wäre ebensogroßer Unsinn, sich nicht einzugestehn, *daß es viele Menschen gibt, die es ebenso fühlen wie ich und besseres leisten: Weshalb fühle ich mich so ausgeschlossen?*

Er ging bei Ag. durch und gleich in sein Zimmer. In seinem Gesicht spiegelte sich die Anstrengung und das Schweigen eines schweren Kampfes.

Gläubige Menschen hadern mit Gott, wenn sie die Einsamkeit zwischen ihren Mitmenschen zu fühlen bekommen; *ungläubige lernen ihn da erst kennen.* Wenn es möglich wäre, *ins leere, kühle Weltall hinauszurennen,* dies wäre der rechte Ausdruck für die Verzweiflung, den Zorn und das ungestillte Temperament von A. gewesen. Seine Flammen waren zurückgeschlagen und brannten nach innen. Er erstickte fast daran.

Plötzlich hielt er ein. Er nahm Papier und Bleistift, die unter dem Haufen beschriebener Zettel auf dem Tisch lagen, und schrieb einen Gedanken auf. Las ihn durch, ging auf und ab, las nochmals, setzte etwas hinzu.

Es steckt keine Notwendigkeit dahinter! – Dies war der erste Gedanke, der, noch unklar, alles enthielt. – *Diese Welt ist nur einer von unzähligen möglichen Versuchen?*

Dann: Es gibt in der Mathematik Aufgaben, welche keine allgemeinen, sondern nur fallweise Lösungen zulassen. Aber unter bestimmten Bedingungen werden diese Teillösungen zu relativen Totallösungen zusammengefaßt: So gibt Gott Teillösungen, das sind die schöpferischen Menschen; sie widersprechen einander; *wir sind verurteilt, immer wieder daraus eine relative Totale zu bilden, die keinem entspricht!*

Endlich: *Ich werde wie flüssiges Erz in die Form gegossen,* welche die Welt in der Zeit meines Lebens ausgebildet hat. Deshalb bin ich nie ganz das, was ich tue und denke. Deshalb bleibt dieses mir immer fremd. *Eine versuchte Gestalt in einer versuchten Gestalt der Gesamtheit.*

: Ohne Überlegung handeln: denn ein Mann kommt nie weiter, als wenn er nicht weiß, wohin er geht. (E 6)

Als er diesen letzten Gedanken überlas, zerriß er den Zettel und trat bei Agathe ein; denn dann gibt es nur eines: nicht auf die schlechten Meister hören, welche nach Gottes Plan wie für die Ewigkeit eines seiner Leben errichtet haben, sondern sich demütig und trotzig ihm selbst anvertraun.

(Eventuell als neuer Abschnitt VI.)

Dominante: Gott hat nicht nur dieses Leben geschaffen. Vertrauen, daß es nicht das wahre ist.

Also Ancona geht von Ag. aus!

Agathe: *Eine tiefe Depression schildern.*

Es ist, als ob ein geheimes Fach des Innern umgekehrt worden wäre, und sich ein noch nie gesehener Inhalt darböte. – Alles ist verdunkelt. Wenig Überlegung; eigentlich ein Unvermögen, zu überlegen. Die Idee: ich muß mich töten, ist nur in der Form dieses Satzes da, unausgesprochen, unheimlich bewußt in ihrer Anwesenheit, füllt sie immer ausschließlicher die dunkle Leere.

Der Zustand ist unheimlich. Viel weniger frei von Todesfurcht, als es oft gesunde Augenblicke waren, in denen Ag. an den Tod gedacht hatte. Und viel weniger schön; stumpf, farblos. Aber der Gedanke hat jetzt eine furchtbare Anziehungskraft.

Sie beginnt ihre Angelegenheiten zu ordnen: es sind eigentlich keine. Anders hat recht, wenn er kämpft und arbeitet, das gibt Inhalt; *er ist doch wunderbar, so wie er ist – denkt sie.*

Dann: Er wird sich trösten. *Ich hinterlasse niemand, der mich beweint. Lebenstraurigkeit.* Das Fließen des Bluts ist ein Weinen. Alles schlecht gemacht, ohne Kraft, halb; wie ein kleiner Papagei zwischen rohen Spatzen. – Unfähig der einfachen Gefühle. Vor ihrem Vater hatte sie Furcht gehabt; die gleiche, die sich oft in ihrem Leben wiederholte: sich nicht wehren zu können, weil die Abwehr zu Dingen führt, die einem ebenso gleichgültig sind. Die Liebe hat sie nie kennen gelernt, und die Suggestion, daß dies nun das Wichtigste sei; die Vorstellung eines Kindes, dieses Entzücken so vieler Frauen, ist ihr gleichgültig.

Unfähig einfacher Gefühle: vorher bei Mg. verwerten.

A. in III.!

Zeigen: D.-Arnh.; Ge.

Aber *die Souveränität des Entschlusses.* Wer das zu tun vermag, ist frei und niemand Rechenschaft schuldig. Die Welt wird ganz ruhig. Trotz ihrer Hast. Die wundersame Einsamkeit! Mit der man geboren ist.

Alle Dinge im Zimmer sind zum erstenmal Freunde; haben ernst ihren Platz eingenommen.

Sie hat sich vor langem eine Kapsel mit Cyankali verschafft; war ihr Halt in vielen Stunden. Schüttet zum erstenmal in ein Glas; die Flasche mit Wasser daneben. Beschreiben, wie das gemacht wird. Ev. Vertrauen, daß diese Welt, in der sich Ag. unvollkommen fühlt, nicht die einzige ist.

Im letzten Augenblick tritt A. ein.

Ag. hätte Abschied nehmen, pathetisch werden, erklären müssen. Oder aufspringen und ihm davonlaufen. Sie blickt ihn ratlos an, und er merkt in ihrem Gesicht die Verstörung. Der Funke springt auf ihn über.

Heute bist Du mutlos. – Er versuchte noch, zu scherzen. – Ich habe wenigstens bloß auf ein Klavier geschossen. Töten wir uns.. sagte Ag. *Wir sind Unglückselige, welche das Gesetz einer anderen Welt in sich tragen,* ohne es durchführen zu können! Wir lieben, was verboten ist, und werden uns nicht verteidigen.

A. warf sich neben ihr nieder und umschlang sie. *Wir werden uns von nichts töten lassen, ehe wir nicht das versucht haben!*

Was? – Ag. sah ihn zitternd an.

Gott hat ... A. lächelte ... Das verlorene Paradies! – Wir brauchen uns nicht zu fragen, ob das, was wir vorhaben, jede Probe aushält: *alles ist flüchtig und flüssig. Wer nicht ist, wie wir, wird uns nicht verstehn. Weil man nichts versteht, was man tun sieht oder tut, sondern nur, was man ist.* Verstehst du mich, meine Seele?

Und wenn es mißlingt, töten wir uns?

Töten wir uns! – Stimmen in ihnen wie ein Chor himmlischer Stürme sangen: *Tu, was du fühlst ..!!*

Nächstes Kapitel

Hätten sie getan, was sie fühlten, so wäre in einer Stunde alles vorbei gewesen. So aber reisen sie

Du hast mir den Entschluß gegeben

s₄ + ... (C.)   A–Ag. Reise.

1.

Unten lag ein schmaler Küstenstreifen mit etwas Sand. Boote, heraufgezogen, von oben gesehn wie blaue und grüne Siegellackflecke. Wenn man näher zusah, Ölfässer, Netze, Männer mit hochgestreiften Hosen und braunen Beinen; Fisch- und Knoblauchgeruch; geflickte, wacklige Häuschen. So fern und klein war diese Betriebsamkeit am warmen Sand wie ein Käferleben. Zu beiden Seiten wurde sie von Felsen eingerahmt wie von Steinpflöcken an denen die Bucht hing, und weiter hin stürzte, so weit das Auge sah, bloß die Steilküste mit krausen Einzelheiten in die südliche See; wenn man vorsichtig hinabkletterte, konnte man über abgestürzte Felstrümmer ein Stück ins

Meer hinausgehn, das zwischen den Steinen Wannen u. Tröge mit einem warmen Bad und unheimlichen tierischen Genossen füllte.

Als ob sich ein ungeheurer Lärm von ihnen gehoben und weggeflogen wäre, war A. u. Ag. zumute. Schwankende weiße Flammen, von der heißen Luft fast aufgesogen und verwischt, standen sie draußen in der See. Irgendwo war es in Istrien oder am Ostsaum von Italien oder am Tyrrhenischen Meer. Sie wußten es selbst kaum. Sie waren in Züge gestiegen und gefahren; es schien ihnen, daß sie kreuz und quer gereist seien. / so .. daß sie den Weg gar nicht mehr zurückfinden könnten /

(2.)

Ancona auf ihrer Irrfahrt stand in der Erinnerung fest. Sie waren todmüde gekommen und mußten schlafen. Sie trafen am frühen Vormittag ein und verlangten Betten. Aßen Zabaglione im Bett und tranken starken Kaffee, dessen Schwere durch den Schaum gesprudelten Gelbeis wie in die Himmel gehoben war. Ruhten, träumten. Wenn sie eingeschlafen waren, schien ihnen jedesmal, daß die weißen Gardinen vor den Fenstern in einem bezaubernden Strömen erquickender Luft sich hoben und senkten; das waren ihre Atemzüge. Wenn sie wachten, sahen sie zwischen den sich öffnenden Spalten erzblaues Meer, und die roten u. gelben Segel der aus dem Hafen oder einfahrenden Barken waren schrill wie dahinschwebende Pfiffe.

Br 197 / Die Erinnerung an A. hob sich heraus. Man hätte erwarten können, daß sie ein Verbrechen bedeute u einen großen Schicksalstag: aber das tat sie nicht. Seekrankheit ... usw...

Sie verstanden nichts in dieser neuen Welt, und alles war wie Worte eines Gedichts.

Sie waren ohne Pässe abgereist und ein leises Gefühl von Furcht vor irgend einer Entdeckung und Bestrafung begleitete sie. Als sie im Gasthof abgestiegen waren, hatte man sie für ein junges Ehepaar gehalten und ihnen dieses schöne Zimmer mit dem einen breiten für zwei Menschen bestimmten Bett ein letto matrimoniale angeboten, das in Deutschland außer Gebrauch gekommen ist. Sie hatten sich nicht getraut, es zurückzuweisen. Nach den Leiden des Körpers die Sehnsucht nach primitivem Glück.

Wenn man darinlag, bemerkte man rechts von der Tür, hochgelegt und nahe einer Zimmerecke, an einer ganz unverständlichen Stelle ein ovales Fenster von der Größe einer Kabinenlucke; es war undurch-

sichtig-farbig verglast, beunruhigend wie ein heimlicher Beobach-
tungspunkt, aber von einem leichten Kranz gemalter Rosen umrahmt.

Im Vergleich mit der ungeheuren Spannung vorher war es nichts.
Und nachträglich war es in jeder Einzelheit ein konspiratorisches
Glück Und im Augenblick wo die Widerstände schwankten u. schmol-
zen, hatte U. gesagt: Es ist auch das Vernünftigste, wenn wir nicht
widerstehn; wir müssen das hinter uns haben, damit nicht diese Span-
nung das verfälscht, was wir vorhaben.
Und sie reisten
Sie waren 3 Tage geblieben
Es muß doch auch so sein: immer wieder von einander entzückt. Die
Skala des Sexuellen mit Variationen durchmessend.

Es ist von Seele 3 Tage lang nicht die Rede. Erst dann nehmen sie
sie wieder auf.

3.

Als sie zum erstenmal auf die Straße traten: Geschwirr von Menschen.
Wie ein Sperlingshaufen, der froh im Sand wühlt. Neugierige Blicke
ohne Scheu, die sich zuhause fühlten. Im Rücken der vorsichtig in
diese Menge gleitenden Geschwister lag noch das Zimmer, lag das
tiefe wie ein Windgekräusel auf dem Schlaf treibende Wachsein, die
selige Erschöpfung, in der man sich gegen nichts auch gegen sich selbst
nicht wehren kann, aber die Welt ferne wie einen blassen Lärm vor
den unendlich tiefen Gängen des Ohrs hört. Br 200

Die Erschöpfung des übermäßigen Genusses im Körper, das auf-
gezehrte Mark. Es ist beschämend und beglückend.

4.

Weiter. Scheinbar Koffernomaden. In Wahrheit von der Unruhe getrieben, den Platz zu finden, der würdig des Lebens und Sterbens war.
Vieles war schön und hielt schmeichelnd fest. Aber nirgends sagte
die innere Stimme: dies ist das letzte.
Endlich hier. Eigentlich hatte sie ein farbloser Zufall hergeführt,
und sie nahmen nichts Besondres wahr. Da meldete sich leise und bestimmt die Stimme.
Vielleicht waren sie, ohne es zu wissen, des kreuzenden Reisens müde
geworden.

Hier, wo sie geblieben waren, stieg von dem schmalen Strand, zwischen den zwei Felsenarmen der Küste, wie ein an die Brust gedrücktes Gewinde von Blumen und Büschen, kleine Wege in ganz sachtem, langem Anstieg darum gewickelt, ein Stück Gartennatur zu einem kleinen, weißen, am Hang geborgenen, zu dieser Zeit menschenleeren Hotel empor. Noch ein Stück höher kam nichts als schleiriger, in der Sonne flimmernder Stein, zwischen den Füßen gelber Ginster und rote Disteln von den Füßen gegen den Himmel empor laufend, die ungeheure harte Gerade der Plateaukante, und wenn man mit geschlossenen Augen emporgestiegen war, die man jetzt öffnete: plötzlich wie ein donnernd aufgeschlagener Fächer das reglose Meer.

Es ist wohl die Größe des Schwungs in der Umrißlinie; diese weitausfahrende, mit einem Arm umspannende Sicherheit, welche übermenschlich ist? Oder nur die ungeheure Einöde der lebensfremden Farbe Dunkelblau? Oder daß die Himmelsglocke nirgends so unmittelbar über dem Leben ruht? Oder Luft und Wasser, an die man nie denkt? Farblose gutmütige Dienstboten sonst. Aber hier bei sich waren sie mit einemmal unnahbar aufgerichtet wie ein königliches Elternpaar.

Die Sagen fast aller alten Völker berichten, daß die Menschheit aus dem Wasser gekommen und die Seele ein Hauch von Luft ist. Sonderbar: die Wissenschaft hat festgestellt, daß der menschliche Leib fast ganz aus Wasser besteht. Man wird klein. Aus der Eisenbahn gestiegen, mit der sie das dichte Netz europäischer Energien durchquert hatten, und noch zitternd von dieser Bewegung heraufgeeilt standen die Geschwister vor der Ruhe des Meers und Himmels nicht anders als sie vor hunderttausenden Jahren gestanden wären. Ag. traten die Tränen in die Augen, und A. senkte den Kopf.

Wozu also die ganze Entwicklung? Kann man sie leugnen? Hier stimmte schon etwas nicht

Arm an Arm, und die Hände verschränkt, stiegen sie in der Abendbläue wieder zu ihrer neuen Heimat ab. In dem kleinen Speisesaal funkelte das Weiß der Tischtücher, und die Gläser standen als weicher Glanz. A. bestellte Fische, Wein und Früchte, er sprach ausführlich und sorgfältig mit dem Anführer der Kellner darüber: es störte nicht. Die schwarzen Gestalten glitten um sie oder standen an den Wänden. Besteck und Zähne arbeiteten. Die Geschwister führten miteinander sogar ein Gespräch, um nicht aufzufallen. A redete jetzt beinahe von dem Eindruck, den sie oben empfangen hatten. Als ob die Menschen vor Hunderttausenden von Jahren wirklich eine unmittelbare Offen-

barung empfangen hätten, so ist es; wenn man bedenkt, wie ungeheuer das Erlebnis dieser ersten Mythen ist, und wie wenig seither . . . . :
Es störte nicht; alles, was geschah, war wie in das Rauschen eines Brunnens gebettet.

Anders sah lange seiner Schwester zu; sie war nicht einmal schön jetzt; auch das gab es nicht. Auf einer Insel, welche man bei Tag nicht gesehen hatte, leuchtete eine Kette von Häusern auf: das war schön; aber weit weg, die Augen sehen nur flüchtig hin und dann wieder vor sich.

Sie haben 2 Zimmer verlangt.

6.

Das Meer im Sommer und das Hochgebirge im Herbst sind die zwei schweren Prüfungen der Seele. In ihrem Schweigen liegt eine Musik, die größer ist als alle andre irdische; es gibt eine selige Qual des Unvermögens, nach ihr zu schreiten, den Rhytmus der Gebärden und Worte so weit zu machen, daß er sich in den ihren fügt; mit dem Atem der Götter halten die Menschen nicht Schritt.

A u Ag. fanden am nächsten Morgen eine weiße winzige Sandbucht, oben in den Felsen, unter dem Rand des Plateaus; als sie hinkamen, war das Gefühl da – wie ein Wesen, das dort lebte, sie erwartet hatte und ihnen entgegensah –, hier weiß kein Mensch mehr von uns; sie waren einen kleinen natürlichen Pfad gewandert, die Küste bog ab, sie überzeugten sich in der Tat, daß das weiß leuchtende Hotel verschwunden war. Es war eine schmale, lange, sonnenbeschienene Felsstufe mit Sand und Steintrümmern. Sie kleideten sich aus. Sie hatten das Bedürfnis, nackt, schutzlos, klein wie Kinder vor der Größe des Meers und der Einsamkeit das Knie zu beugen und die Arme auszubreiten. Sie sagten es einander nicht und schämten sich voreinander, aber versteckt hinter Bewegungen der Kleider und des Suchens nach einem Ruheplatz, versuchte es jeder für sich.

Sie schämten sich beide, weil es so Naturfreude-artig ist u erwartet[en], es müßte etwas anderes daraus werden ...

Die Stille nagelte sie ans Kreuz.

Sie fühlten, daß sie ihr bald nicht mehr standhalten konnten, schreien mußten, wahnsinnig wie Vögel.

Deshalb standen sie mit einemmal nebeneinander, mit den Armen umschlungen. Haut klebte sich an Haut; schüchtern drang durch die große Einöde dieses kleine Gefühl wie eine winzige saftige Blüte, die ganz allein zwischen den Steinen wächst, und beruhigte sie. Sie bogen das Rund des Horizonts wie einen Kranz um ihre Hüften und sahen in den Himmel. Standen jetzt wie auf einem hohen Balkon, ineinander und in das Unsagbare verflochten gleich zwei Liebenden, die sich im nächsten Augenblick in die Leere stürzen werden. Stürzten. Und die Leere trug sie. Der Augenblick hielt an; sank nicht und stieg nicht. Ag. und A. fühlten ein Glück, von dem sie nicht wußten, ob es Trauer war, und nur die Überzeugung, die sie beseelte, daß sie erkoren seien, das Ungewöhnliche zu erleben, hielt sie davon ab, zu weinen.

7.

Aber sie entdeckten bald . . . wenn sie nicht wollten, brauchten sie das Haus gar nicht zu verlassen. Eine breite Glastür führte von ihrem Zimmer auf einen kleinen Balkon zum Meer hinaus. Man konnte ungesehn im Türrahmen stehn, die Augen auf dieses niemals Antwortende gerichtet, die Arme schützend umeinander geschlungen. Blaue Kühle, in der die lebendige Wärme des Tags noch nach Mitternacht wie feiner Goldstaub lag, drang von der See. Die Körper, während die Seelen in ihnen hochaufgerichtet waren, fanden einander wie Tiere, die Wärme suchen. Und da gelang den Körpern das Wunder. A. war mit einemmal in Ag. oder sie in ihm.

Ag. sah erschreckt auf. Sie suchte A. außerhalb, aber fand ihn in der Mitte ihres Herzens. Sie sah wohl seine Gestalt außen in der Nacht lehnen, eingehüllt in Sternenlicht, aber das war nicht seine Gestalt, sondern nur deren leuchtende, leichte Hülse; und sie sah die Sterne und die Schatten, ohne zu begreifen, daß sie weit waren. Ihr Leib war leicht und behend, es war ihr, als ob sie in der Luft schwebte. Ein wunderbarer und großer Aufschwung hatte ihr Herz ergriffen, mit solcher Schnelligkeit, daß sie fast noch den leisen Ruck zu fühlen meinte. Die Geschwister sahen in diesem Augenblick einander betroffen an.

So sehr sie seit Wochen jeder Tag darauf vorbereitet hatte, fürchteten sie in dieser Sekunde, den Verstand verloren zu haben. Aber es war alles klar in ihnen. Keine Vision. Eher eine übermäßige Klarheit. Und doch schienen sie nicht nur den Verstand, sondern alle ihr Vermögen verloren und abgeeigt zu haben; es regte sich kein Gedanke in ihnen, sie konnten keinen Vorsatz fassen, alle Worte waren weithin zurückgewichen, der Wille leblos; – alles, was sich im Menschen bewegt, war reglos eingerollt wie Blätter in glühender Windstille. Aber es lastete diese todähnliche Ohnmacht nicht auf ihnen, sondern das war, als ob sich eine Grabplatte von ihnen weggewälzt hätte. Was sich hören ließ in der Nacht, schluchzte ohne Laut und Maß, was sie anblickten, war formlos und weiselos und hatte doch aller Formen und Weisen freudenreiche Lust in sich. Es war eigentlich wundersam einfach: Mit den begrenzenden Kräften hatten sich alle Grenzen verloren, und da sie keinerlei Scheidung mehr spürten, weder in sich, noch von den Dingen, waren sie eins geworden.

Sie sahen sich vorsichtig um. Es war beinahe ein Schmerz. Sie waren ganz verirrt, weithin von sich, in eine Weite gesetzt, darin sie sich verloren. Sie sahen ohne Licht und hörten ohne Laut. Ihre Seele war so übermäßig gespannt wie eine Hand, die alle Kraft verliert, ihre Zunge war wie abgeschnitten. Aber dieser Schmerz war so süß wie eine wundersame, lebendige Klarheit.

? Es war wie eine Pein, und dennoch mehr eine Süßigkeit als eine Pein zu nennen, denn es war kein Verdruß dabei, sondern eine seltsame, ganz übernatürliche Annehmlichkeit L 33/1

Und weiter wurden sie gewahr, daß die begrenzenden Kräfte in ihnen sich gar nicht verloren, sondern in Wahrheit verkehrt hatten, und mit ihnen hatten sich alle Grenzen verkehrt. Sie bemerkten, daß sie gar nicht stumm geworden waren, sondern sprachen, aber sie wählten nicht Worte, sondern wurden von Worten erwählt; es regte sich kein Gedanke in ihnen, aber die ganze Welt war voll wundersamer Gedanken; sie vermeinten, daß sie und ebenso die Dinge nicht mehr einander abwehrende und verdrängende, geschlossene Körper seien, sondern geöffnete und verbundene Formen. Der Blick, welcher zeitlebens nur die kleinen Muster verfolgt, welche Dinge und Menschen auf dem ungeheuren Untergrund bilden, war mit einemmal umgekehrt worden, und der ungeheure Grund spielte mit den Gebilden des Lebens wie ein Ozean mit Streichhölzchen.

Agathe lehnte halb ohnmächtig an Anders Brust. Sie fühlte sich in diesem Augenblick von ihrem Bruder in einer so weiten, stillen und reinen Weise umarmt, daß es nichts Ähnliches gab. Ihre Körper bewegten sich nicht und wurden nicht verändert, dennoch floß ein sinnliches Glück durch sie, dessengleichen sie noch nie erlebt hatten. Das war kein Gedanke und keine Einbildung! Wo immer sie sich berührten, sei es an den Hüften, den Händen oder einer Strähne Haars, drangen sie ineinander ein.

Sie waren beide in diesem Augenblick überzeugt, daß sie den Scheidungen des Menschentums nicht mehr untertan seien. Sie hatten die Stufe des Verlangens überwunden, das seine Energie an eine Handlung und kurze Steigerung ausgibt, und es drang die Erfüllung nicht bloß an den bestimmten, sondern an allen Stellen ihres Leibes auf sie ein, wie Feuer nicht weniger wird, wenn sich anderes Feuer daran entzündet. Sie waren untergegangen in diesem alles ausfüllenden Feuer; waren schwimmend darin wie in einem Meer von Lust, und fliegend darin wie in einem Himmel von Entzücken.

Ag. weinte vor Glück. Wenn sie sich bewegten, fiel die Erinnerung, daß sie noch zwei waren, wie ein Weihrauchkorn in das süße Feuer der Liebe und löste sich darin auf; dies waren vielleicht die schönsten Augenblicke, wo sie nicht ganz eins waren.

Ursprünglich sollte hier: ... Ich bin verliebt u weiß nicht, in wen .. Ich bin weder treu, noch ungetreu, was bin ich doch ... L 33, 2, 36 auch hinein.

Denn sie fühlten stärker als über andren über dieser Stunde einen Hauch von Trauer und Vergänglichkeit, etwas Schatten- und Schemenhaftes, ein Beraubtsein, eine Grausamkeit, eine ängstliche Anspannung ungewisser Kräfte gegen die Furcht, wieder eingewandelt zu werden. Schließlich, als sie den Zustand nachlassen fühlten, trennten sie sich wortlos und in äußerster Erschöpfung.

$$s_4 + 8.$$

Am nächsten Morgen hatten sich A. und Ag. getrennt, ohne etwas zu verabreden, und sahen einander nicht während des ganzen Tags; sie konnten nicht anders; das Gefühl der Nacht strömte noch ab und trug sie mit sich; beide hatten das Bedürfnis, allein mit sich fertig zu werden, ohne zu bemerken, daß dies einen Widerspruch gegen das Erlebnis enthielt, welches sie überwältigt hatte. Sie gingen unwillkürlich nach entgegengesetzten Richtungen weit über Land, machten zu verschiedenen Zeiten halt, suchten ein Lager im Angesicht des Meers und dachten aneinander.

Man mag es seltsam nennen, daß ihre Liebe sogleich das Bedürfnis nach Trennung hatte, aber sie war so groß, daß sie ihr mißtrauten und nach dieser Probe verlangten.

Kann man sich noch trennen? Wie kann man es?

Nun kann man träumen. Unter einem Busch liegen, und die Bienen summen; oder in die spinnende Hitze, die dünne Luft, die lebendige Leere schaun. Die Sinne schläfern ein, und im Körper leuchten die Erinnerungen wieder auf, wie die Sterne nach Sonnenuntergang. Er wird wieder berührt und geküßt, und der magische Trennungsstrich, welcher noch die stärksten Erinnerungen sonst von der Wirklichkeit unterscheidet, wird von diesen leisen /träumenden/ überschritten. Sie schieben Zeit und Raum wie einen Vorhang zur Seite und vereinen die Liebenden nicht nur in Gedanken, sondern körperlich, und nicht mit den schweren Körpern, sondern mit innerlich veränderten, die ganz aus zärtlicher Beweglichkeit bestehen. Aber erst, wenn man daran denkt, daß man während dieser Vereinigung, die vollendeter und glückseliger ist als die körperliche, gar nicht weiß, was der andere eben getan hat, noch was er im nächsten Augenblick tun wird, erreicht das Geheimnis seine größte Tiefe. A. nahm an, daß Ag. im Hotel geblieben sei. Er sah sie auf dem weißen Platz vor dem weißen Haus stehn und mit dem Manager sprechen. Es war falsch. Und vielleicht stand sie bei dem jungen deutschen Professor, der angekommen war und sich ihnen vorgestellt hatte, oder sprach mit Luisina, dem Stubenmädchen mit den schönen Augen, und lachte über deren leichtfertig drollige Antworten. Daß Ag. jetzt lachen konnte!? Es zerriß den Zustand; ein Lächeln war gerade schwer genug, um von ihm getragen zu werden...!! Als A. sich umkehrte, stand Ag. mit einemmal wirklich da. Wirklich? Sie war über die Steine gekommen, in einem großen Bogen, ihr Kleid flatterte im Wind, sie warf einen starken Schatten auf den heißen Boden und lachte A. an. Glückselige wirkliche Wirklichkeit; es schmerzte so sehr, wie wenn Augen, die in die Weite gestarrt haben, sich rasch an die Nähe gewöhnen müssen.

$s_4 + 9.$

Ag. setzte sich neben ihn Eine Eidechse saß dabei; eine kleine, huschende Lebensflamme züngelte sie still neben ihrem Gespräch. A. hatte sie schon lange bemerkt. Ag. nicht. Aber als Ag., die sich vor kleinen Tieren fürchtete, ihrer gewahr wurde, erschrak sie und scheuchte, verlegen lachend, das Geschöpfchen mit einem Stein fort. Und um sich Mut zu machen, ging sie hinterdrein, klatschte in die Hände und jagte die Kleine.

A., der auf die kleine Kreatur wie auf einen flimmernden Zauberspiegel gestarrt hatte, sagte sich: daß wir jetzt so verschieden waren, ist so traurig, wie daß wir zugleich geboren wurden, aber zu verschiedenen Zeiten sterben werden. Er verfolgte mit Aug u. Ohr diesen fremden Körper Agathe. Aber da geriet er mit einemmal wieder ganz tief hinein und war am Boden des Erlebnisses, aus dem ihn Ag. aufgescheucht hatte.

Er vermochte es nicht klar festzustellen, aber in dieser flimmernden

Helle über den Steinen, worin sich alles verwandelte, Glück in Trauer, und auch Trauer in Glück, gewann der peinliche Augenblick unvermittelt die heimliche Wollust des Hermaphroditen, welcher sich, in zwei selbständige Wesen getrennt, wiederfindet, deren Geheimnis niemand ahnt, der sie berührt. Wie herrlich ist es doch – dachte Ag's. Bruder – daß sie anders ist als ich, daß sie Dinge tun kann, die ich nicht errate, und die doch durch unsre geheimnisvolle Sympathie auch mir gehören. Es fielen ihm Träume ein, deren er sich sonst nie erinnerte, die ihn aber doch oft beschäftigt haben mußten. Er war manchmal im Traum der Schwester einer Geliebten begegnet, obgleich diese gar keine Schwester besaß; und diese fremd-vertraute Person leuchtete alles Glück des Besitzes und alles Glück des Verlangens aus. Oder hörte eine weiche Stimme, die sprach. Oder sah nur das Flattern eines Rocks, der ganz bestimmt einer Fremden gehörte, aber ganz bestimmt war diese Fremde seine Geliebte. Als ob eine wesenlose, eine ganz freie Zuneigung mit den Menschen nur spielte. Mit einem Schlag erschrak A. und glaubte in großer Helligkeit zu sehen, daß gerade dies das Geheimnis der Liebe sei, daß man nicht eins ist.

Das gehört zu den Prinzipien der Profanliebe! Also eigentlich schon Spiel wider sie selbst

«Wie wundervoll ist es Agathe, – sagte A. – daß du Dinge tun kannst, die ich nicht errate»

«Ja», antwortete sie, «die ganze Welt ist voll von solchen Dingen. Als ich über diese Hochebene ging, fühlte ich, daß ich jetzt nach allen Seiten gehen könnte.»

«Warum bist du aber zu mir gekommen?»

Ag. schwieg.

«Es ist so schön, anders zu sein, als man geboren wurde» – fuhr A. fort – «Ich habe mich aber eben davor gefürchtet» Er erzählte ihr die Träume, an die er sich erinnert hatte, und sie kannte sie auch.

«Warum fürchtest du dich aber?» – fragte Ag.

«Weil mir einfiel, wenn es der Sinn dieser Träume ist – und es könnte wohl sein, daß sie die letzte Erinnerung daran bedeuten –, daß unsre Begierde nicht verlangt, ein Mensch aus zweien zu werden, sondern im Gegenteil, unsrem Gefängnis, unsrer Einheit zu entrinnen, zwei zu werden in einer Vereinigung, aber lieber noch zwölf, tausend, unzählbar Viele, wie im Traum uns zu entschlüpfen, das Leben hundertgrädig gebraut zu trinken, uns entführt zu werden oder wie immer, denn ich vermag es nicht gut auszudrücken, dann enthält ja die Welt soviel Wollust wie Fremdheit, ebensoviel Zärtlichkeit wie Aktivität, ist keine Opiumwolke, sondern eher ein Blutrausch, ein Orgasmus der Schlacht, und der einzige Fehler, den wir begehen könnten, wäre, daß wir die (wollüstige Berührung der) Wollust der Fremdheit verlernt hätten und uns einbilden, wunder was zu tun, wenn wir den Orkan der Liebe in dünne Bächlein teilen, die zwischen zwei Menschen hin- und herfließen – – –

Er war aufgesprungen.

«Wie müßte man dann aber sein? – fragte Ag. nachdenklich und einfach. Es schmerzte ihn doch, daß sie seinen halb geliebten u halb verfluchten Einfall sogleich sich aneignen konnte. «Man müßte schenken können» – fuhr sie fort – «ohne wegzunehmen. So sein, daß Liebe nicht weniger wird, wenn man sie teilt. Das ist dann auch möglich.

Nicht Liebe wie einen Schatz behandeln» – lachte sie – «Wie das doch schon in der Sprache liegt!»

A. nahm kopfgroße Steine und schleuderte sie von der Höhe ins Meer hinaus, das winzig klein aufspritzte; er hatte lange keine Muskelbewegung mehr gemacht.

«Aber –?» sagte Ag. »Ist, was du sagst, nicht einfach das, was man nicht selten liest, das große, in Zügen von Lust die Welt Trinken –? Tausendfach sein wollen, weil einmal nicht genügt?» Sie parodierte es etwas, weil sie plötzlich wußte, daß sie es nicht liebte.

«Nein!» schrie A zurück. «Nie ist es das, was die andern sagen!» Er schleuderte den großen Stein, den er in der Hand hielt, so zornig zur Erde, daß der lockere Kalk zerbarst. «Wir haben uns vergessen» sagte er sanft, nahm Ag. unter dem Arm und zog sie fort. «Es müßten eine Schwester und ein Bruder noch dann sein, wenn sie in hundert Stücke geteilt sind. Übrigens ist das ja nur ein Einfall.

$s_4 + 10.$

Indes kamen Tage, wo sich nur die Oberfläche bewegte. Auf den blitzend feuchten Steinen im Meer. Ein Schweigwesen. Fisch, blumig im Wasser. Ag. tollte von Stein zu Stein ihm nach, bis es abtaucht, wie ein Pfeil ins Dunkel dringt und verschwindet. Nun? dachte A. Ag. stand draußen auf den Klippen, er am Rand; eine Melodie des Geschehens brach ab, und eine neue muß fortfahren: Wie wird sie sich umwenden, zum Ufer zurücklächeln? Schön. Wie alle Vollendung. Vollkommen im Liebreiz der Bewegung tat es dann Ag; die Einfälle des Orchesters ihrer Schönheit waren, wenn es scheinbar ohne Dirigenten musizierte, immer hinreißend.

Jedoch alle vollendete Schönheit – ein Tier, ein Bild, eine Frau – ist nicht mehr als das letzte Stück in einem Kreis; eine Rundung ist vollendet, das sieht man, aber man möchte den Kreis kennen. Wenn es ein bekannter Lebenskreis ist, zum Beispiel der eines großen Mannes, dann ist ein edles Pferd oder eine schöne Frau wie die Agraffe im Gürtel, die ihn schließt und für einen Augenblick die ganze Erscheinung zu halten scheint; ebenso kann man sich in ein schönes Bauernpferd vergaffen, weil sich in ihm wie in einem zusammenziehenden Spiegel die ganze schwerfüßige Schönheit des Ackers und der Menschen wiederholt. Wenn aber nichts dahintersteht? Nicht mehr als hinter den Sonnenstrahlen, die auf den Steinen tanzen? Wenn diese Unendlichkeit des Wassers und Himmels erbarmungslos offen ist? Dann glaubt man fast, daß Schönheit etwas im geheimen Verneinendes ist, etwas Unvollendetes und Unvollendbares, ein Glück ohne Zweck, ohne Sinn. Aber womit, wenn es ohne alles ist? Dann ist Schönheit eine Pein, zum lachen und weinen, ein Kitzel, um sich im Sand zu wälzen, mit dem Pfeil Apoll's in der Flanke.

Haß gegen die Schönheit. Sinn des drängenden Sexualbegehrens: sie zu zerstören.

Die Helligkeit solcher Tage war wie Rauch, der die Klarheit der Nächte verwischte.

$$s_4 + 11.$$

Ag hatte etwas weniger Phantasie als A. Weil sie nicht so viel gedacht hatte wie er, war ihr Gefühl nicht so beweglich wie seines, sondern brannte wie eine gerade Flamme aus dem Boden, worauf sie gerade stand. Das Abenteuerliche der Flucht, das etwas durch die Furcht vor Entdeckung geängstigte Gewissen, endlich das Versteck in einem Blumenkorb zwischen Karstwand Meer u Himmel gaben ihr zuweilen eine übermütige und kindliche Heiterkeit. Sie behandelte dann auch ihr sonderbares Erlebnis wie ein Abenteuer; einen verbotenen Raum in ihrem eigenen Innern, über dessen Gehege man späht, oder in den man eindringt, mit Herzklopfen, brennendem Hals und schweren Sohlen, an denen noch vom heimlich durcheilten Weg das plumpe Gewicht nasser Erde klebt.

Ganz leichte Andeutung wiederholten Coit so geben.

Sie hatte manchmal eine spielende Art, sich berühren zu lassen, mit geöffnet verschlossenen Augen; wiederzukehren; eine Zärtlichkeit, die nicht zu sättigen war. Er beobachtete sie heimlich, sah dieses Spiel der Liebe mit dem Körper, welches das Entzücken eines Lächelns und das Niederdrückende einer Naturgewalt hat, zum erstenmal, oder wurde zum erstenmal davon gerührt. Oder es kamen Stunden, wo sie ihn nicht ansah, kalt, fast bös zu ihm war; – weil sie zu bewegt war; wie ein Mensch in einem Boot, der sich nicht zu rühren wagt, so in ihrem Leib. 21/82, 83. – jedesmal nachher. Weil die Verbindung nicht funktioniert 21/52 Oder Nachreaktionen; zuerst eine Sperrung und dann, scheinbar ohne Anlaß ein Nachfluten. Es war spannend und reizvoll, sich von diesen Eingebungen wiegen zu lassen, sie kürzten die Stunden, aber sie zwangen zu einer Optik der Nähe und kleinen Bemerkungen. A. wehrte sich dagegen. Es war ein Rest von Erde der in dem flüssigen Feuer schwebte und es trübte *[?]*, eine Versuchung zu Erklärungen wie daß Ag. niemals die richtige Verbindung von Liebe u. Geschlecht kennen gelernt habe. Wie bei den meisten Menschen hatte sich die ganze Kraft des Geschlechtlichen zuerst mit einem Fünkchen von Neigung zusammengefunden, als sie den damals noch nicht unsympathischen Hg. heiratete. Statt mit einem Menschen, fast nur in der Gesellschaft /Begleitung/ eines Menschen in einen Sturm zu geraten, der fast so unpersönlich ist wie die Elemente, und dann erst als eine noch namenlose Überraschung zu bemerken, daß die Beine dieses Menschen nicht so gekleidet sind wie die eigenen, daß die Seele lockt, das Versteck zu wechseln...

Aber auch solche Gedanken waren wie Gesang in einer falschen Tonart. A. ließ diese Art Verstehen vor sich selbst nicht gelten. Einen geliebten Menschen verstehn, darf kein Nachspionieren, sondern muß ein Schenken aus einer Überfülle glückhafter Eingebungen sein. Man darf nur das erkennen, was bereichert. Man schenkt Eigenschaften in der untrüglichen Sicherheit einer vorherbestimmten Übereinstimmung, einer niemals vorhanden gewesenen Trennung. – – –

Besonders, wenn die ethische Großmut dadurch gereizt wird. Nicht Sehen oder Nichtsehn der Schwächen, sondern die große Bewegung, in der sie bedeutungslos schweben.

$s_4 + 12.$

Eine uralte Säule – umgestürzt in der Zeit Venedigs, Griechenlands oder Roms – lag zwischen Steinen und Ginster; jede Rille des Schafts und Kapitäls vom strahlenspitzen Stichel des Mittagsschattens vertieft. Bei ihr zu liegen, gehörte zu den großen Liebesstunden.

Vier Augen sahen hin. Nichts als Mittag, Säule, vier Augen. Wenn der Blick zweier Augen *ein* Bild sieht, *eine* Welt: warum nicht der von vier?

Wenn zwei Augenpaare lang ineinanderblicken, kommt über die

Blicke ein Mensch zum andren herüber, und es bleibt nur ein Gefühl, das keine Körper mehr hat.

Wenn zwei Augenpaare in einer geheimnisvollen Stunde ein Ding anblicken und sich in ihm vereinigen – jedes Ding schwebt tief unten in einem Gefühl, und die Dinge stehn nur so fest, wie sie es tun, wenn dieser Boden hart ist – beginnt die starre Welt, sich leise und unaufhörlich zu bewegen. Sie hebt und senkt sich unruhig mit dem Blut. Die Zwillingsgeschwister sahen einander an. In dem vollen Licht war nicht zu bemerken, ob sie noch atmeten oder wie Steine seit tausend Jahren dalagen. Ob die Steinsäule da lag oder sich im Licht lautlos aufgerichtet hatte und schwebte?

Es besteht ein bedeutsamer Unterschied in der Art wie man Menschen und wie man Dinge betrachtet. Jedesmal wenn sie danach im Hotel jemand ansahen: Das Mienenspiel eines Menschen, mit dem man spricht, wird unsagbar befremdend, wenn man es als einen Vorgang in der Außenwelt betrachtet und nicht als einen fortlaufenden Signalaustausch zweier Seelen; von den Dingen sind wir gewohnt, daß sie schweigend daliegen, und halten es für eine beängstigende Vision, wenn sie ein bewegteres Verhältnis zu uns gewinnen. Aber es sind nur wir selbst, die sie so betrachten, daß die kleinen Veränderungen ihrer Physiognomie von keinen Veränderungen unsres Gefühls beantwortet werden, und um dies zu ändern ist im Grunde nicht mehr nötig, als daß wir die Welt nicht intellektuell betrachten, sondern daß statt unsren sinnlichen Maßwerkzeugen unsre moralischen Gefühle von ihr erregt werden. In solchen Augenblicken wird die Erregung, in der uns ein Anblick bereichert und beschenkt, dann so stark, daß nichts wirklich zu sein scheint als ein schwebender Zustand, der sich jenseits der Augen zu Dingen, diesseits zu Gedanken und Gefühlen verdichtete, ohne daß diese zwei Seiten von einander zu trennen waren. Was die Seele beschenkt, trat hervor; was die Kraft dazu verliert, löste sich vor den Augen auf.

In dieser flimmernden Stille zwischen den Steinen lag ein panischer Schreck. Die Welt schien nur die Außenseite eines bestimmten inneren Verhaltens zu sein und mit diesem gewechselt werden zu können. Aber Welt und Ich waren nicht fest; in eine weiche Tiefe gesenkte Gerüste; aus einer Ungestalt sich gegenseitig heraushelfend. Ag. sagte leise zu A: «Bist du du selbst oder bist du es nicht? Ich weiß nichts davon. Ich bin dessen unkundig und ich bin meiner unkundig.»

Es war der Schreck: Die Welt hing von ihr ab, und sie wußte nicht, wer sie war.

A schwieg.

Ag fuhr fort: «Ich bin verliebt, aber ich weiß nicht, in wen. Ich bin

weder treu, noch ungetreu. Was ich bin doch? Ich habe das Herz von
Liebe voll und von Liebe leer zugleich...» Sie flüsterte. Ein mittags-
stiller Schreck schien ihr Herz umklammert zu halten.

$s_4 + 13$.

Immer wieder war die große Probe das Meer. Immer wieder, wenn
sie den schmalen Hang mit den vielen Wegen, mit dem vielen Lorbeer, dem Ginster, den Feigen und den vielen Bienen hinangestiegen
waren und oben auf die gewaltige hoch gebreitete Fläche hinaustraten,
war es wie wenn nach dem Stimmen eines Orchesters der erste große
Ton einsetzt. Wie müßte man sein, um das dauernd ertragen zu
können? A. schlug vor, daß sie sich hier ein Zelt errichten wollten.
Aber er meinte es nicht ernst; er hätte sich davor gefürchtet. Es waren
keine Gegner mehr da. man war allein hier oben; der Abstoß, welchen
man empfängt, solange man den Forderungen der Menschen u. der
eignen Gewissensgewohnheit widersprechen muß, war verbraucht,
es ging in den letzten Kampf um die Entscheidung. Das Meer war
wie eine unerbittliche Geliebte und Nebenbuhlerin; jede Minute war
eine vernichtende Gewissenserforschung. Vor dieser Weite, die jeden
Widerstand einzog, fürchteten sie, ohnmächtig zusammenzubrechen.

Dieses ungeheuer Gedehnte war nicht zu ertragen, ohne daß es
etwas langweilig wurde. Diese Verantwortlichkeit für jede kleinste
Bewegung war – sie mußten es sich eingestehn – etwas leer, wenn man
damit die Heiterkeit der Stunden verglich, wo sie keine solchen Ansprüche an sich stellten, und die Körper mit der Seele spielten, wie
schöne junge Tiere mit einer hin- und hergerollten Kugel.

Eines Tags sagte A: Es ist weit und pastoral; es hat etwas von einem
Pastor! – Sie lachten. – Dann erschracken sie über den Hohn, den sie
sich selbst zugefügt hatten.

Das Hotel hatte einen kleinen Glockenturm; in der Mitte des Dachs.
Um ein Uhr läutete diese Glocke Mittag. Da sie noch immer die fast
einzigen Gäste waren, mußten sie nicht gleich folgen, aber der Koch
zeigte an, daß er fertig sei. Und die hellen Töne schnitten in die Stille
wie ein scharfes Messer eine Haut berührt, welche vorher geschaudert
hat aber sich in diesem Augenblick beruhigt. «Wie schön» – sagte A.,
als sie an einem dieser Tage hinabstiegen – «ist es eigentlich, wenn
einen die Notwendigkeit treibt. So wie man von hinten mit einem
Stäbchen die Gänse treibt oder von vorn die Hühner mit Futter lockt.
Und nicht alles durch ein Geheimnis geschieht – –» Die weißblaue,
zitternde Luft schauderte wirklich wie eine Gänsehaut, wenn man lang

in sie hineinstarrte. Erinnerungen begannen damals in auffallender Weise A zu quälen; er sah plötzlich jede Statue und jede architektonische Einzelheit irgend einer daran überreichen Stadt vor sich, die er vor Jahren besucht hatte; Nürnberg stand vor ihm und Amiens, obgleich sie ihn niemals gefesselt hatten; irgend ein großes rotes Buch, das er vor Jahren in einer Auslage gesehen haben mußte, ging vor seinen Augen nicht weg; ein schmaler gebräunter Knabe, vielleicht nur der von seiner Phantasie erfundene Gegensatz zu Ag., aber so, als ob er ihm einmal wirklich begegnet wäre, aber er wußte nicht, wo, – beschäftigte seine Vorstellungen; Gedanken, die ihm irgendwann einmal eingefallen und längst vergessen waren: Lautloses, Lichtarmes, mit Recht Vergessenes wirbelte im Süden der Stille empor und ergriff Besitz von der verlassenen Weite.

Die aller Schönheit von Anfang an beigemengt gewesene Ungeduld begann in A. zu rasen.

Er konnte vor einem Stein sitzen, weltvergessen, in Anschaun versunken, und von dieser rasenden Ungeduld gepeinigt werden. Er war bis zum Ende gekommen, hatte alles in sich aufgenommen und lief Gefahr, daß er, ganz allein, laut zu sprechen begann, um sich nochmals alles vorzuerzählen. «Ja man sitzt da,» sagten seine Gedanken «und man könnte sich nur nochmals vorerzählen, was man sieht.» Die Steine sind ja von einem ganz eigentümlichen Steingrün, und ihr Spiegelbild im Wasser spiegelt. . Ganz richtig. Ganz, wie man es sagt. Und die Steine haben Formen wie Karton. . . . Aber das nützt alles nichts, und ich möchte weggehn. So schön ist es!

Und er erinnerte sich: zuhause, manchmal nach Jahren erst, und manchmal nur durch einen Zufall, wenn man gar nicht mehr weiß, wie alles war, fällt plötzlich von hinten, von solchem Gewesenen ein Licht her, und das Herz tut alles wie im Traum. Er sehnte sich nach Vergangenheit.

«Es ist ja ganz einfach,» sagte er zu Ag. «und alle Leute wissen es, bloß wir nicht: Die Phantasie wird nur von dem erregt, was man noch nicht oder nicht mehr besitzt; der Leib will haben, aber die Seele will nicht haben. Ich begreife jetzt die ungeheuren Anstrengungen, welche die Menschen zu diesem Zweck machen. Wie dumm, wenn dieser Kerl, der Kunstreisende, diese Blume mit einem Edelstein und diesen Stein da mit einer Blume vergleicht: wenn es nicht die Klugheit wäre, sie für einen kurzen Augenblick in etwas anderes zu verwandeln. Und wie dumm wären all unsre Ideale, da doch jedes, wenn man es ernst nimmt einem andren widerspricht; du sollst nicht töten, also zugrundegehn? Du sollst nicht begehren deines Nächsten Gut, also in Armut leben?; wenn ihr Sinn nicht gerade im Undurchführbaren läge, wodurch sie die Seele entzünden! Und wie gut ist es für die Religion, daß man Gott weder sehen, noch begreifen kann! Aber welche Welt?! Ein kalter dunkler Streif zwischen den zwei Feuern des Nochnicht und Nichtmehr!»

«Eine Welt, um sich zu fürchten» – sagte Ag. – «du hast recht.» Sie sagte es ganz ernst, und in ihren Augen war wirklich Bitterkeit.

Und wenn es so ist! lachte A. Zum erstenmal in meinem Leben fällt mir ein, daß wir uns furchtbar vor Schwindel fürchten müßten, wenn uns der Himmel nicht einen Abschluß der Welt vortäuschen würde, den es nicht gibt. Offenbar ist alles Absolute, Hundertgrädige, Wahre völlige Widernatur.

– Auch zwischen zwei Menschen, du meinst zwischen uns?

– Ich habe jetzt so gut begriffen, was Phantasten sind: Speisen ohne Salz sind unerträglich, aber Salz ohne Speisen ist ein Gift; Phantasten sind Menschen, die von Salz allein leben wollen. Ist das richtig?

Ag. zuckte die Achseln.

– Sieh unser Stubenmädchen, ein lustiges, dummes Ding, das nach Hausseife riecht. Ich sah ihr unlängst eine Weile zu, wie sie die Zimmer machte: sie kam mir so hübsch wie ein frischgewaschener Himmel vor.

Es beruhigte A., das zu bekennen, und über Ag's. Mund kroch ein kleiner Wurm des Ekels. A. wiederholte es, er wollte nicht mit dem großen Ton der dunklen Glocke diese kleine Disharmonie überdecken. «Es ist doch eine Disharmonie, nicht?! Und jede List ist der Seele recht, um sich fruchtbar zu halten. Sie stirbt mehrmals hintereinander vor Liebe. Aber –» und da sagte er nun etwas, von dem er glaubte, daß es ein Trost, ja daß es eine neue Liebe wäre: «–Wenn alles so traurig und eine Täuschung ist, und man kann an nichts mehr glauben: brauchen wir da einander nicht erst recht? Das Lied vom Schwesterlein, – lächelte er – eine stille nachdenkliche Musik, die nichts übertönt; eine Begleitmusik; eine Liebe der Lieblosigkeit, die leise die Hände reicht... ?»

Die Zeit ist der größte Zyniker. Br 175.

Hier Sexualität u Kameraderie!

Eine kühle, stille, graue Anerotik?

Ag. schwieg. Es war etwas ausgelöscht. Sie war zu innerst müde. Ihr Herz war ihr mit einem Griff genommen, und eine unerträgliche Angst vor einer Leere in ihrem Innern, vor ihrer Unwürdigkeit und Rückverwandlung quälte sie. So ist den Verzückten zumute, wenn Gott von ihnen weicht und ihren eifernden Rufen nichts mehr antwortet.

Der Kunstreisende, wie sie ihn nannten, war ein Dozent, der aus italienischen Städten kam, mit der Schmetterlingsnetzhaut und dem Botanisiertrommelgeist des strebenden Kunsthistorikers. Er hatte hier Station gemacht um sich vor der Rückkehr einige Tage zu erholen und sein Material zu ordnen. Da sie die einzigen Gäste waren, stellte er sich schon am ersten Tag den Geschwistern vor, man sprach nach den Mahlzeiten, oder wenn man sich in der Nähe des Hauses traf, ein wenig miteinander, und es war nicht zu leugnen, daß dieser Mann, obgleich A. über ihn lachte, in gewissen Augenblicken eine willkommene Entspannung vermittelte.

Er war sehr davon überzeugt, daß er als Mann und Gelehrter etwas bedeute, und machte Ag. von der ersten Begegnung an, nachdem er erfahren hatte, daß sich das Paar nicht auf einer Hochzeitsreise befände, mit großer Bestimmtheit den Hof. Er sagte ihr: Sie ähneln der schönen – auf dem Bilde von – und alle Frauen mit diesem Ausdruck, der sich im Stirnhaar und in den Kleiderfalten wiederholt, haben die Eigenschaft, daß – –: Ag., als sie es A. erzählen wollte, hatte schon die Namen vergessen, aber es war angenehm wie der feste Druck eines Masseurs, wenn ein fremder Mensch weiß, was man ist, während man sich eben noch so aufgelöst wußte, daß man sich kaum von dem Schweigen des Mittags unterscheiden konnte.

Dieser Kunstreisende sagte: Frauen sind dazu da, uns träumen zu machen; sie sind eine List der Natur zur Befruchtung des männlichen Geistes. Er schillerte wohlgefällig auf sein Paradoxon, welches den Sinn der Befruchtung umkehrte. A. erwiderte: Es bestehen aber immerhin Unterschiede in der Art dieser Träume!

Dieser Mann behauptete, man müsse bei der Umarmung eines «wirklich großen Weibes» an die Schöpfung von Michel Angelo denken können. «Man zieht die Sixtinische Decke über sich und ist darunter nackt bis auf den Blaustrumpf» – spottete A. – Nein. Er gebe zu, daß die Durchführung Takt fordere, aber im Prinzip könnten das Menschen «doppelt so groß» als andere sein. «Schließlich ist es doch das Ziel allen ethischen Lebens, unsre Handlungen mit dem Höchsten zu vereinen, was wir in uns tragen!» Es war theoretisch gar nicht so leicht zu widerlegen, obgleich es praktisch lächerlich war.

Ich habe gefunden, sagte der Kunsthistoriker, daß es zwei Arten von Menschen gibt und im Lauf der Geschichte immer gegeben hat. Ich nenne sie die statischen und die dynamischen. Wenn Sie wollen, die Kaiserlichen und die Faustischen. Die Statiker können ein Glück als gegenwärtig empfinden. Sie sind irgendwie durch ein Gleichgewicht charakterisiert. Was sie getan haben, und was sie tun werden, greift durch das, was sie eben tun, ineinander über, ist harmonisiert und hat eine Gestalt wie ein Bild oder eine Melodie. Hat gewissermaßen eine zweite Dimension, leuchtet in jedem Augenblick als Fläche. Der Pabst zum Beispiel, oder der Dalai Lama; es ist einfach undenkbar, daß sie etwas täten, was nicht in den Rahmen ihrer Bedeutung eingespannt wäre. Dagegen die Dynamischen: Die sich immer Losreißenden, vor und zurück bloß Blickenden, aus sich heraus Rollenden, die unempfindlichen Menschen mit Aufgaben, Unersättlichen, Drängenden, Glücklosen, – welche die Statiker immer wieder überwinden, um die Weltgeschichte in Gang zu halten, – – –: mit einem Wort, er ließ durchblicken, daß er wohl beide in sich zu tragen vermöge.

Sagen Sie – fragte A. so, als ob er ganz ernst wäre – sind die Dynamiker nicht auch die, welche in der Liebe nichts zu fühlen scheinen, weil sie entweder schon in der Phantasie geliebt haben oder erst das wieder Entglittene lieben werden? Man könnte doch auch das behaupten?

– Ganz richtig! sagte der Dozent.

– Sie sind unmoralisch und Träumer, diese Menschen, welche den rechten Punkt zwischen Zukunft und Vergangenheit niemals finden können –

Es wird ihnen zum Kotzen

– Nun, das möchte ich doch nicht behaupten – –

– Doch, doch. Sie können verrückt gute oder böse Taten begehn, weil ihnen das Gegenwärtige nichts bedeutet.

Eigentlich sollte er sagen, nach Br. 154: aus Ungeduld können sie verrückte Taten tun.

Darauf wußte der Kunstgelehrte nicht recht zu erwidern und fand, daß ihn A. nicht verstand.

$s_4 + 15.$

Die Unruhe wuchs. Der Sommer stieg heiß an. Die Sonne loderte wie eine Feuersbrunst bis an den Rand der Erde. Die Elemente füllten das Dasein an, so daß für das Menschliche kaum noch ein geduldeter Platz blieb.

Es kam vor, daß die Geschwister gegen Abend, wenn die glühende Luft schon leichte, erkaltende Falten warf, auf den Steilufern wandelten. Gelbe Ginsterstauden sprangen von der Glut der Steine ab und standen unmittelbar vor der Seele; grau wie Eselsrücken, schleiriges Grün des Karstgrases darübergeworfen, die Berge; heißes Dunkelgrün des Lorbeers. Wenn der Blick lechzend auf ihm ruhte, sank er in immer kühlere Tiefen. Unzählige Bienen summten; es verschmolz zu einem tiefen metallischen Ton, der kleine Pfeile abschoß, wenn sie in jäher Wendung am Ohr vorbeikamen. Heroisch, ungeheuer die glatt gekantete, steil abbrechende, in drei Wellen hintereinander herkommende Linie der Berge.

Heroisch? – fragte A. Oder ist es nur das, was wir immer gehaßt haben, weil es für heroisch gelten soll? – Diese unzähligemale gemalte und gestochene, diese griechische, diese römische, diese nazarenische, klassizistische Landschaft, – diese tugendhafte, professorale, idealistische Landschaft? Und sie imponiert uns am Ende nur deshalb, weil wir ihr nun wirklich begegnet sind?! So wie man einen einflußreichen Mann verachtet und sich trotzdem geschmeichelt fühlt, weil man ihn kennt?

Aber die wenigen Dinge, denen hier der Raum gehörte, respektierten einander, sie hielten voneinander Distanz und überfüllten nicht die Natur mit Eindrücken wie in Deutschland. Es half kein Spotten; wie nur ganz hoch im Gebirge, wo das Irdische immer weniger wird, diese Landschaft nicht mehr die Umgebung menschlicher Wohnungen, sondern ein Stück Himmel, an dessen Falten noch einige Arten von Insekten hingen.

Und auf der andern Seite (dieser Demut) lag das Meer. Die große Geliebte, mit dem Pfauenrad geschmückt. Die Geliebte mit dem ovalen Spiegel. Das aufgeschlagene Auge der Geliebten. Die Gott gewordene Geliebte. Die unerbittliche Forderung. Noch schmerzte das Auge und mußte wegsehn, von den aus dem Meer zurückschmetternden Speeren des Lichts getroffen. Aber bald wird die Sonne tiefer stehn. Es wird nur ein umgrenzter See von flüssigem Silber u darin treibenden Veilchen bleiben. Und dann *muß* man hinaussehn aufs Meer! Dann muß man es ansehn. Ag. und A. fürchteten sich vor diesem Augenblick. Was kann man tun, um vor dieser ungeheuren, zuschauenden, aneifernden, eifersüchtigen Nebenbuhlerin bestehen zu bleiben? Wie soll man sich lieben? In die Knie sinken? Wie sie es anfangs getan hatten? Die Arme ausbreiten? Schrein? Kann man sich umarmen? Es ist so lächerlich, wie wenn man jemand zornig anschreien wollte, während nebenan alle Glocken eines Münsters läuten! Die fürchterliche Leere schloß sie wieder von allen Seiten ein.

Das endet also so, wie es anfängt!

Aber man kann auf den andern in solchem Augenblick schießen od. ihn niederstechen, da sein Todesschrei erstickt wird.

A. schüttelte den Kopf. – Man muß etwas beschränkt sein, um die Natur schön zu finden. So einer sein, wie der da unten, der lieber selbst spricht, statt einem zuzuhören, der ihm überlegen ist. Man muß sich durch sie an Schulaufsätze und schlechte Gedichte erinnert fühlen und imstande sein, sie im Augenblick des Sehens in einen Öldruck zu verwandeln. Sonst bricht man zusammen. Man muß dümmer sein als sie, um ihr standzuhalten, und muß schwätzen, damit man nicht die Sprache verliert.

Zum Glück hielt ihre Haut der Hitze nicht stand. Schweiß brach aus. Eine Ablenkung war geschaffen und eine Entschuldigung; sie fühlten sich ihrer Aufgabe enthoben.

Aber während sie dem Haus zu giengen, merkte Ag., daß sie sich darüber freute, unten vor dem Hotel ganz gewiß den fremden Reisenden anzutreffen. Anders hatte gewiß recht, aber es lag ein großer Trost in der schnatternden, eng angedrängten Gesellschaft dieses Menschen.

Idee: sich zu entschulden, indem sie mit diesem gewöhnlichen ..., der es will.

s₄ + 16.

Fürchterliche Augenblicke kamen nachmittags im Zimmer. Zwischen der hinausgespreizten, rotgestreiften Markise und dem Steingeländer des Balkons lag ein handbreites blau brennendes Band. Die glatte Wärme, die hart gedämpfte Helligkeit hatten alles, was nicht fest ist, aus dem Zimmer verdrängt. A. und Ag. hatten nichts zum lesen mitgenommen; so war ihr Plan gewesen; sie hatten alles, was Gedanke, Normalzustand – und sei es noch so scharfsinniger –, Verknüpfung mit der gewöhnlichen menschlichen Art des Lebens ist, zurückgelassen: nun lagen ihre Seelen da wie zwei hartgebrannte Ziegelsteine, aus denen jeder Tropfen Wasser entwichen ist. Dieses kontemplative Naturdasein hatte sie in eine unerwartete Abhängigkeit von den primitivsten Elementen versetzt.

Endlich kam ein Regentag. Der Wind peitschte. Die Zeit wurde in einer kühlen Weise lang. Sie richteten sich auf wie Pflanzen. Sie küßten sich. Die Worte die sie sich sagten, erquickten sie. Sie waren wieder glücklich. Es ist nur Gewohnheit, in jedem Augenblick stets schon auf den nächsten zu warten; stau dies, und die Zeit tritt aus wie ein See. Die Stunden fließen zwar, aber sie sind breiter als lang. Es wird Abend, aber es ist keine Zeit vergangen.

Indes folgte ein zweiter Regentag; ein dritter. Was geschienen hatte, neue Steigerung zu sein, glitt als Ende abwärts. Die kleinste Hilfe, der Glaube, daß dieses Wetter eine persönliche Fügung sei, ein ungewöhnliches Schicksal, und das Zimmer ist voll seltsamen Wasserlichts oder wie aus einem Würfel dunklen Silbers ausgehöhlt. Aber wenn keine Hilfe kommt: wovon kann man sprechen? Man kann noch lächeln, aus weiter Trennung einander zu, – sich umarmen – sich bis zur todähnlichen Müdigkeit schwächen, welche die Erschöpften wie eine endlose Ebene trennt; man kann hinüber sagen: ich liebe dich; oder: du bist schön; oder: ich möchte lieber mit dir sterben, als ohne dich leben; oder: welches Wunder, daß du und ich, zwei so getrennte Wesen, aneinander geweht worden sind. Und man kann vor Nervosität weinen, wenn ganz leis die Langweile das abzunagen beginnt . . . .

Fürchterliche Gewalt der Wiederholung, fürchterliche Gottheit! Anziehung der Leere, die wie der Trichter eines Wirbels immer tiefer hineinzieht, dessen Wände ausweichen. Küsse mich, und ich beiße leicht und immer härter und immer wilder, immer trunkener, blutgieriger, auf den Schrei um Schonung lauschender in deine Lippen, die Schlucht des Schmerzes hinabkletternd, bis wir zum Schluß in der senkrechten Wand hängen und uns vor uns selbst fürchten. Da kommen die tiefen Stöße des Atems zu Hilfe, der den Körper zu verlassen droht, der Glanz im Auge bricht, der Blick rollt nach den Seiten, der Gesichtsausdruck des Sterbens beginnt. Tausendfältiges Entzücken aneinander und Staunen wirbelt in der Verzückung. Auf wenige Minuten konzentrierter Flug durch Seligkeit und Tod, endend, erneut, die Körper schwingen wie heulende Glocken. Aber am Schluß weiß man doch: es war nur tiefer Sündenfall in eine Welt, in der es auf hundert Stufen der Wiederholung schwebend abwärts geht. Ag. stöhnte: Du wirst mich verlassen! – Nein! Süße! Verschworene! – A. suchte Worte der Begeisterung usw. Nein – wehrte Ag. leise ab – Ich vermag nichts mehr dabei zu fühlen . . ! – Da es nun ausgesprochen war, wurde A. kalt und gab die Mühe auf.

Wenn wir an Gott geglaubt hätten – fuhr Ag. fort – würden wir die Reden der Berge und Blumen verstanden haben.

– Du denkst an Mg.? – forschte A. /Wie[?] Mg! . . warf A. sofort eifersüchtig ein/

Es endet in Kot u Erbrechen wie das erste Mal!

– Nein. Ich habe an den Kunsthistoriker gedacht. Sein Faden reißt niemals ab. – Ag. lächelte müde und schmerzlich. Sie lag am Bett, A. hatte die Tür zum Balkon aufgerissen, der Wind schleuderte Wasser herein. «Es ist egal» sagte er rauh. «Denk an wen du willst. Wir müssen uns nach einem Dritten umsehn. Der uns zuschaut, beneidet oder Vorwürfe macht.» Er blieb vor ihr stehn und sagte langsam: «Zwischen zwei einzelnen Menschen gibt es keine Liebe!» Ag. richtete sich auf einem Ellbogen auf und lag da, mit großen Augen, als ob sie den Tod erwartete. – Wir sind einem Impuls gegen die Ordnung gefolgt – wiederholte A. – Eine Liebe kann aus Trotz erwachsen, aber sie kann nicht aus Trotz bestehn. Sondern, sie kann nur eingefügt in eine Gesellschaft bestehn. Sie ist kein Lebensinhalt. Sondern eine Verneinung, eine Ausnahme von den Lebensinhalten. Aber eine Ausnahme braucht etwas, wovon sie Ausnahme ist. Von einer Negation allein kann man nicht leben. Schließ die Tür, bat Ag. Dann stand sie auf und ordnete ihr Kleid. – Wir wollen also abreisen? –

A zuckte die Achseln. Es ist ja alles vorbei.

Erinnerst du dich nicht mehr, unter welcher Bedingung wir hergekommen sind?

A. antwortete beschämt: Wir wollten den Eingang ins Paradies finden!

Und uns töten – sagte Ag. – wenn es uns nicht gelingt!

A. sah sie ruhig an. – Willst du denn? –

Ag. hätte vielleicht Ja sagen können. Sie wußte nicht, aus welchem Grund es ihr aufrichtiger erschien, langsam den Kopf zu schütteln und nein zu sagen. –

Diesen Entschluß haben wir auch verloren – stellte A. fest.

Sie stand verzweifelt auf. Sprach mit den Händen an den Schläfen auf die eigenen Worte horchend: Ich wartete.. Ich war fast schon überreif und lächerlich.. Weil ich trotz meines Lebens noch immer wartete. Ich konnte es nicht benennen und nicht beschreiben. Es war wie eine Melodie ohne Töne, ein Bild ohne Form. Ich wußte, es wird eines Tags von außen auf mich zukommen und wird das sein, was mich lieb hat, und mit dem es kein Übel mehr für mich geben wird, weder im Leben, noch im Tode....

A., der sich ihr jäh zugewendet hatte, fiel parodierend ein, mit einer Gehässigkeit, durch die er sich selbst quälte: Es ist eine Sehnsucht, ein Fehlendes: die Form ist da, nur die Materie fehlt. Dann kommt ein Bankbeamter oder ein Professor, und dieses Tierchen füllt langsam die Leere aus, die wie ein Abendhimmel gespannt war.

Meine Liebe, alle Bewegung im Leben kommt vom Bösen und Rohen; das Gute schläft ein. Ist ein Tropfen eines Duftes; aber jede Stunde ist das gleiche Loch und gähnende Kind des Todes, das mit schwerem Schotter ausgefüllt werden muß. Du hast vorhin gesagt: wenn wir an Gott glauben könnten! Aber eine Patience tut es auch, ein Schachspiel, ein Buch. Das hat der Mensch heute herausgebracht, daß er sich damit ebensogut trösten kann. Es muß bloß etwas sein, wo sich Brett an Brett legt, um über die leere Tiefe hinwegzuführen. Aber lieben wir uns denn nicht mehr?! rief Ag. aus.

Nun sprechen sie wieder so wie vorher. Es ist sehr hübsch.

Man darf nicht übersehn, – antwortete A – wie sehr dieses Gefühl von der Umgebung abhängt. Wie es seinen Inhalt davon erhält, daß man sich ein gemeinsames Leben vorstellt, d. h. eine Linie zwischen den andern Menschen durch. Vom guten Gewissen, weil alle andern sich so freun, wie diese zwei sich lieben, oder auch vom bösen Gewissen...

Was haben wir denn erlebt? Wir dürfen uns nichts Falsches vormachen: Ich war doch kein Narr, als ich das Paradies suchen wollte. Ich konnte es bestimmen, wie man einen unsichtbaren Planeten aus bestimmten Wirkungen erschließt. Und was ist geschehn? Es hat sich in eine seelisch-optische Täuschung aufgelöst und in einen wiederholbaren physiologischen Mechanismus. Wie bei allen Menschen!

– Es ist wahr – sagte Ag. – wir haben die längste Zeit schon von dem gelebt, was du das Böse nennst; von der Unruhe, den kleinen Zerstreuungen, von Hunger und Sättigung des Körpers.

– Dennoch – antwortete A. wie in einer überaus schmerzlichen Vision – wenn es vergessen ist, wirst du wieder warten. Tage werden kommen, wo hinter vielen Türen jemand auf einer Trommel schlägt. Gedämpft und beharrlich; schlägt, schlägt. Tage, als ob du in einem Bordell auf das Knarren der Treppe warten würdest: wird es ein Feldwebel oder ein Bankbeamter sein. Den dir das Schicksal schickt. Um dein Leben in Bewegung zu halten. Und doch meine Schwester bleibst.

– Aber was soll denn aus uns werden? – Ag. sah nichts vor sich.

– Du mußt heiraten oder einen Geliebten – – das meinte ich vorhin.

– Aber sind wir denn nicht mehr *ein* Mensch?? fragte sie traurig.

– Auch der einige Mensch hat beides in sich.

– Aber wenn ich *dich* liebe?! – schrie Ag. auf.

– Wir müssen leben. Ohne einander – für einander. Willst du den Kunsthistoriker? – A. sagte es mit der Kälte einer großen Anstrengung. Ag. wies es bloß mit der Schulter ab. – Ich danke dir – sagte A. Er versuchte ihre schlaffe Hand zu fassen und zu streicheln. – Ich bin ja auch noch nicht so – so fest überzeugt....

Noch einmal beinahe die große Vereinigung. Aber es scheint Ag., daß U. nicht genug Mut hat.

Sie schwiegen eine Weile. Ag. schob Laden auf und zu und begann einzupacken. Der Sturm rüttelte an den Türen. Dann wandte sich Ag. um und fragte ruhig und verändert ihren Bruder:

– Aber kannst du dir vorstellen, daß wir morgen oder übermorgen zuhause ankommen, die Zimmer vorfinden so, wie wir sie verlassen haben, Besuche zu machen beginnen?...

A. bemerkte nicht, wie groß der Widerstand war, mit dem sich Ag. gegen diese Vorstellung sträubte. Er konnte sich alles das auch nicht denken. Aber er fühlte irgendeine neue Spannung, wenn es auch eine traurige Aufgabe war. Er gab in diesem Augenblick nicht genug auf Ag. acht.

Forts: Am Tag nach diesem unseligen Gespräch traf Cl. ein.

FRÜHE ENTWÜRFE ZU CLARISSE
s₅ + a BIS s₅ + g
s₆ + a BIS s₆ + d
ETWA MITTE DER ZWANZIGER JAHRE

$s_5 + a$

C-33: A. dachte nicht an W. u Cl. Da wurde er eines Morgens dringend ans Telefon gerufen: Walther. Warum er nicht zu ihnen käme,
sie wüßten, daß er zurückgekehrt sei. Es habe sich vieles verändert, sie
warten auf seinen Besuch.

A. lehnte ab, und schützte kurz angebunden viel Arbeit nach langer
Abwesenheit vor.

Zu seiner Überraschung erschien W. bald danach in seiner Wohnung; er hatte sich im Büro freigemacht. Die Art, wie er sich nach Ag.
und den Erlebnissen der Reise erkundigte, machte den Eindruck von
Unsicherheit oder Beschämtheit; er schien mehr zu wissen, als er
zeigen wollte. Endlich rückte er mit der Sprache heraus. Er habe jetzt
erst gesehn, daß es Wahnsinn sei, an der Treue einer Frau zu zweifeln,
die man liebe. Man müsse sich täuschen lassen können, aber müsse es
verstehn, sich fruchtbar zu täuschen; zum Beispiel: er habe unrecht
getan, auf A. eifersüchtig zu sein. –

– Also, er spricht von Cl. – sagte sich A, plötzlich aufatmend.

– Unrecht, – fuhr W. fort – wenn er natürlich auch nie an mehr als
geistige Untreue gedacht habe; aber die einfache körperliche Sympathie
feststellen zu müssen, tue dann so weh.

– Ja ja – nickte A.

– Ld. ist jetzt abgereist, – ergänzte W.

A. sah auf; es interessierte ihn eigentlich nicht, aber er hatte das
Gefühl, daß sich da etwas Neues ereignet habe. «Weshalb?»

Einfach, seine Zeit war um. Aber Cl. sei einige Tage lang beängstigend verstimmt gewesen. Geradezu eine Melancholie. Aber das sei es
eben; da begriff er erst die ganze Sache. Stell dir vor – sagte W. – daß
du eine Frau liebst, und du triffst einen Mann, den du bewunderst, und
siehst, daß deine Frau ihn auch liebt und bewundert; und ihr fühlt
beide daß dieser Mann euch unerreichbar überlegen ist –

– Das kann ich mir nicht vorstellen – A. wölbte lachend die Schultern, W. blickte ihn ärgerlich an, die beiden Freunde fühlten, daß sie
ein altes, oft mit einander gespieltes Spiel marckierten.

– Verstell dich nicht – sagte W. – So bis zur Unempfindlichkeit eingebildet bist du gar nicht, daß du glaubst, niemand sei dir überlegen –!

– Gut. Die Formulierung ist falsch. Wer ist objektiv überlegen?: Herr Ing. Kurz oder Herr Ästhetiker Lang, ein Meisterringer oder ein Kurzstreckenläufer? Lassen wir das beiseite. Du sagst also, daß man in gefühlhafte Abhängigkeit von einem Menschen gerät, ebenso die Geliebte: Was geschieht dann? Du würdest ihre Rolle mitspielen müssen u die deine dazu. Der Mann spielt dabei eine Männer- und eine Frauenrolle, die Frau hat weibliche Empfindung für den überlegenen Mann und eine mehr männliche Neigung für den früher und noch immer Geliebten. Es entsteht also etwas Hermaphrodisisches, stimmt das? Vorausgesetzt, daß keine Eifersucht da ist. Ein seelisches Verschlungensein zu dritt, das geheimnisvoll und zuweilen fast mystisch erscheint? Der Gott auf 6 Beinen.

A. hatte diese Überlegung improvisiert, und war selbst über das Ergebnis erstaunt, das sie unwillkürlich annahm. W. blickte ihn überrascht an. Er war nicht einverstanden, es war wieder zu viel Intellekt dabei, aber A. kam doch der Wirklichkeit überraschend nahe, und W. bewunderte den richtigen Instinkt Cl's., die verlangt hatte, daß man U. einweihe. Er kam nun ein wenig ins Erzählen – ja, Clarisse sei von Ld. begeistert gewesen, und ganz mit Recht, weil nur eine neue, mehr als immer bloß ein Menschenpaar umfassende Gemeinsamkeit der Willen und Herzen, aus dem Chaos wieder eine Menschheit machen könnte. Diese Ideen hatten sie ungeheuer ergriffen. Sie hatte W. nach Ld's. Abreise gestanden: solange er dagewesen sei – er hatte sich doch wirklich wundersam verändert – habe sie immer die Vorstellung beunruhigt, er habe ihre Sünden und die W. auf sich genommen und überwunden; das klingt nur so, verteidigte W., ist aber gar nicht überspannt, denn er und Cl: überall komme man hinter ihren Konflikten auf einen Krankheitsstoff der Zeit. Sie möchte mit A. jetzt wegen M. sprechen.

A. war erstaunt. Wie kommt Ihr auf M?

Ja. M. ist natürlich nur eine zufällige Begegnung. Aber wenn man mit so etwas nun einmal zusammengetroffen sei, dürfe man nicht gleichzeitig vorbeigehn.

Nun, du hast doch selbst mit Cl. einigemal darüber gesprochen. Früher. Muß man so etwas vergessen?!

A. zuckte die Achseln, aber er kam am nächsten Vormittag zu Cl.

$$s_5 + a + \alpha: (\text{ev. } \alpha = \Theta)$$

Er fühlte daß ihm eines von beiden nicht wohl anstand. Er hatte wochenlang nicht an M. gedacht; u früher hatte M. eine Zeitlang fast die Stelle eines Orientierungspunktes in seinem Denken innegehabt!

Und nachdem er eine Weile darüber nachgedacht hatte, bemerkte er, daß es Cl mit einemmal wieder gelungen war, sich mit dieser feinen Kralle an ihm festzuhaken, obgleich sie ihm schon ganz gleichgültig, ja fast zuwider geworden war. Er war neugierig auf das, was Cl. wollte. Als er sie ansah, wußte er, daß er für M. etwas unternehmen werde, um seinem bangen, vorwurfsvollen und unbestimmten Zustand wegen Ag. zu entgehn. Als A. kam, stand sie am Fenster, die Hände im Kreuz verschränkt, auf breiten Beinen wie beim Ballspiel, – es war eine für sie bezeichnende Stellung, aus der das Lächeln widerspruchsvoll lieblich hervorkam.

– Wir sind schicksalsverflochten – meinte sie – du und ich, mein Lieber. W. hat dir erzählt? begann sie. U. erwiderte, daß er nicht recht verstanden habe, was W. wolle. Ich muß M. sehn! sagte Cl Sie hielt bei der Begrüßung As. Hand in der ihren, und fuhr mit dem Zeigefinger wie in unabsichtlicher Bewegung darunter hin. – Ich habe Einfluß auf solche Schicksale – fügte sie vage hinzu.

Es mußten sich in der Zwischenzeit ganz bestimmte Ideengestalten in ihr gebildet haben; man fühlte es an dem Pulsieren der Wandungen. Bei keinem zweiten Menschen, den A. kannte, wurde alles Innere so Körper wie bei Cl., und darin bestand wohl auch die ungewöhnliche Fähigkeit, ihre Erregung mitteilen zu können, die sie besaß.

Ihr Bruder sei schon für die Idee gewonnen erzählt Cl. Er war Arzt. A. mochte ihn nicht leiden. Weil er als Kind des Wagnerrausches Wotan getauft worden war, glaubte er, überall für einen Juden gehalten zu werden, und betonte ebenso seine Abneigung gegen die Juden wie gegen die Musik. Er hatte noch eine Besonderheit. Da er mit den andren Freunden aufgewachsen war, hatte er sich als junger Mensch gezwungen gefühlt, Baudelaire, Huysmans und Peter Altenberg zu lesen, die damals den seelischen Ausdruck der Jugend angaben, u. da die späteren Jahre diesen Schliff etwas abstumpften u seine eigene Natur durchkam, war daraus ein ganz eigenartiges Gemisch von Fleur du mal mit Alpenvereinspoesie entstanden. Er war auch heute zu Besuch bei seiner Schwester, u. Cl. sagte daß er irgendwo im Garten oder in den (anschließenden) Weinbergen arbeite. Da seine Nähe genügte, um A. zu verstimmten, antwortete er ziemlich enttäuscht. Aber Cl. schien das erwartet zu haben. «Wir brauchen ihn» – sagte sie, und sie versuchte, diesem Satz einen solchen Druck aus dem Hintergrund der Augen zu geben, als hieße er: es ist gewiß schade, daß er uns stört, wenn wir schon das Glück haben, daß W. fehlt, (aber es muß sein!) – Sei vernünftig: – sagte U: warum willst du M. sehn?

Cl. ging und schloß die Türe, welche offenstand. Dann stellte sie eine Frage: Verstehst du die Unglücke auf den Eisenbahnen? (Gar nie entsteht eins, indem ein Führer die Lokomotive mit böser

Absicht zu einem Zusammenstoß führt) Nun, alle entstehn dadurch daß in diesem verwirrenden Netz von Schienen, Weichen, Signalen und Befehlen ein Mensch aus Müdigkeit die Kraft des Gewissens verliert. Er hätte bloß noch einmal prüfen brauchen, ob er das Richtige getan hat ...: stimmt das? –

A. zuckte die Achseln.

– Also alles Unglück entsteht daraus, daß man gewähren läßt! – fuhr Cl. fort. Sie schloß vorsichtig ihre Fänge um U's Hand, lächelte verlegen u bohrte ihren Blick in seinen wie man einen Reißnagel in Holz preßt. – Das stimmt, A., das sehe ich an W.! (Du weißt schon, was.) (Jedesmal, wenn ich nachgegeben habe, waren wir zerstört. Wir haben eben nicht gewußt, daß wir dabei einen Tropfen von dem größten Gift tranken, das es überhaupt gibt.)

– So? – sagte U. – Also es ist jetzt wieder so zwischen Euch? –

Cl. blitzte ihn aus den Augen an zog die Reißnägel wieder heraus und nickte.

– Es ist so u doch auch nicht; ich bin schon viel weiter. Was ist das äußerste Gegenteil davon, daß man gewähren läßt, daß man: den – Eindrücken – nachgibt? Verstehst du, er will sich ja eindrücken; gar nichts anderes! – Sie wartete keine Antwort ab – Sich einprägen! – sagte sie. Das Figürchen war energisch-elastisch im Zimmer auf und ab gegangen, die Hände auf dem Rücken; nun blieb es stehn und suchte (sich) mit den Augen (an) A's. Augen festzuhalten, denn die Worte, die Cl. jetzt suchte, brachten ihren Geist etwas ins Wanken. – Sich einkratzen, sage ich. Ich habe neulich noch etwas zweites entdeckt, das ganz ungeheuerlich ist, es klingt so einfach: unser halbes Leben ist Ausdruck. (Die) Eindrücke sind (ja) gar nichts. Ein Haufen Regenwürmer! Wann verstehst du ein Stück Musik? Wenn du es selbst innerlich machst! Wann verstehst du einen Menschen? Wenn du dich für einen Augenblick selbst so machst wie er! In der Kunst, in der Politik, aber auch in der Liebe suchen wir schmerzhaft uns-aus-zudrücken. Wir er-lösen uns hinaus Siehst du: – sie beschrieb mit der Hand einen wagrecht liegenden spitzen Winkel, der A. unwillkürlich an einen Phallus erinnerte: – So. Das ist der Ausdruck; die aktive Form unsres Daseins, die spitzige, die – – sie wurde ganz erregt von der Bemühung, sich A. verständlich zu machen. U mußte wohl etwas verblüfft gewesen sein, denn Cl. erklärte weiter – Das steckt schon in den Worten er-lösen u Erlösung, beides, die Lösung u das aktive er– Du verstehst jetzt, das muß man natürlich üben, aber schließlich wird alles pfeilgleich leicht sein.

Liebste Cl – bat U – sprich bitte so, daß ich dich verstehn kann.
/ Forts: Das Dyonisische. Der Mörder /

In diesem Augenblick trat Siegfried ein. A. hatte Cl. nicht unterbrochen. Sie war trotzdem zurückgewichen und stand aufgeregt, als ob er sie bedrängte, an der Wand. A. war es gewohnt, daß sie schwer die rechten Worte fand und sie oft mit dem ganzen Körper zu packen suchte, so daß dann der Sinn, der den Worten fehlte, in der Bewegung lag. Diesmal war er aber doch etwas erstaunt. Cl. war aber noch nicht zufrieden, sie mußte noch etwas sagen. – Verstehst du, wenn ich ihm untreu bin – oder meinetwegen nimm an, er mir – dann gräbt man sich ein wie in offenes Fleisch. Dann kann man gar nichts tun, was nicht tief schneidet. Dann kannst du nicht von diesem Tisch da sprechen, ohne daß es eine blutende Empfindung ist. – Ein Lächeln zwängte sich durch ihre Aufregung, weil S. zuhörte, aber S. sah ihr ruhig zu wie einer Turnübung. Er hatte den Rock bei der Arbeit abgelegt und war an den Händen und Schuhen voll Erde. Er war noch von Cl's. Brautzeit her gewohnt, der Mitwisser befremdlicher Geheimnisse zu sein und mahnte geschäftsmäßig, als er nach der Uhr sah, zur Eile. A. war die letzte Bemerkung sehr an ihn gerichtet vorgekommen.

Cl. wechselte rasch das Kleid. Die Tür blieb offen und es schien kaum Zufall zu sein, daß er sie sehen konnte, als sie wie ein Knabe zwischen ihren Röcken stand. S. erzählte –: Der Assistent der Klinik hat mit mir studiert. – Aber zum Teufel, – sagte A – was wollt Ihr eigentlich von ihm? – Siegfr. zuckte die Schultern. – Entweder ist dieser M. geisteskrank oder ein Verbrecher. Das ist ja richtig. Aber wenn Cl. sich einbildet, daß sie ihn bessern kann? Ich bin Arzt, und muß dem Anstaltsgeistlichen auch erlauben, daß er sich das einbildet. – Erlösen! sagt sie. – Nun, weshalb soll sie ihn da nicht wenigstens sehn?! – Siegfried posierte Ruhe, bürstete Hosen und Schuhe ab und wusch sich die Hände. Wenn man ihn ansah, konnte man ihm den breiten modisch gestutzten Schnurrbart nicht glauben. Dann fuhren sie zur Klinik. A war in einem Zustand, wo er ohne Widerstand noch viel tollere Dinge mit sich hätte geschehen lassen.

$$s_5 + a + \beta.$$

Der Arzt, zu dem sie von Wotan geführt wurden, war ein Künstler in seinem Fach.

Das ist etwas, was es in jedem Beruf gibt, wo es auf Kopfarbeit ankommt, und besteht aus unbefriedigtem Gemüt.

In früheren Jahrzehnten gab es Photographen, welche das Bein des zu Verewigenden auf einen Felsblock aus Pappe stellten, heute ziehn sie ihn nackt aus und lassen ihn vor Sonnenuntergang müllern; damals trugen sie einen gelockten Bart und flatternden Schlips, heute sind sie glatt rasiert und betonen das Zeugungsorgan ihrer Kunst – genau so wie eine nackte Negerin durch einen Muschelschurz auf ihre Scham hinweist – durch eine Brille. Solche Künstler gab es aber auch in der Wissenschaft, im Generalstab und in der Industrie. In solchen Berufen gelten sie als interessante Nichtnur-Fachmenschen und oft auch als Befreier von der Enge des Handwerks. In der Biologie zb. der allgem. Lehre vom Leben, haben sie herausgefunden, daß man mit mechanischen, toten, kausalen Erklärungen und funktionalen Gesetzen nicht auskomme, sondern das Leben durch das Leben oder, wie sie es nennen, die Lebenskraft erklären müsse, und im Krieg haben sie ganze Divisionen geopfert oder die Bevökerung weiter Etappenstriche füsilieren lassen, weil sie großzügig sind. / . . eine gewisse heroische Großzügigkeit schuldig zu sein glaubten /

Bei Ärzten nimmt diese Romantik oft nur die harmlose Form des Familienratgebers an, welcher Heiraten, Automobilreisen und Theaterbesuch verordnet oder einem Neurastheniker, den die Sorgen des schlecht gehenden Geschäfts zu Boden drücken, rät, acht Wochen lang sich nicht um die Geschäfte zu kümmern. Eine besondre Stellung nahm darin nur die Psychiatrie ein, denn je geringer der exakte Erfolg ist, desto größer ist ganz allgemein der Kunstanteil in einer Wissenschaft, und bis vor wenigen Jahren war die Psychiatrie weitaus die künstlerischste aller modernen Wissenschaften, mit einer fast ebenso scharfsinnigen Literatur wie die Theologie und einem Heilerfolg, der im Diesseits nicht wahrzunehmen war. / . . ebensowenig im Diesseits . . war wie d. ihre/ Ihre Vertreter waren deshalb oft /häufig/ und sind es selbst heute noch manchmal, große Künstler, auch *Dr. Fried*, Wotans Studiengenosse, war ein solcher. Wenn man ihn nach Heilaussichten befragte, lehnte er mit einer ironischen oder müden Gebärde ab, dagegen lag auf seinem Tisch immer ein sauber zwischen Glas präparierter und schön gefärbter Hirnschnitt neben dem Mikroskop, durch das er in die unverständliche Sternwelt des Zellengewebes schaute, und auf seinem Gesicht lag der Ausdruck eines Mannes, welcher eine schwarze Kunst, ein verrufenes und bewundertes Handwerk treibt, das ihn täglich in Berührung mit dem Unbegreiflichen und verworfenen Lüsten bringt. Seine schwarzen Haare waren dämonisch glatt gestrichen, als ob sie sich sonst sträuben müßten, seine Bewegungen waren weich und pervers und seine Augen waren die eines Kartenkünstlers, Hypnotiseurs, Meisterdetektivs, Totengräbers und Henkers.

Von den drei Besuchern beschäftigte er sich von vornherein nur mit Cl., A. wandte er bloß die allernötigste Höflichkeit zu. Da ihn dieser deshalb in Ruhe und mit Ärger beobachten konnte, hatte er bald die Hauptpunkte heraus. Cl. dagegen, welche ihr Verlangen von vornherein für erfüllt ansah, ging zu stürmisch vor und Dr. F sah sich als klinischer Assistent und Privatdozent gezwungen, Schwierigkeiten erkennen zu lassen. Cl. war Frau und keine Medizinerin, die Wissenschaft aber bedarf der strengen Klausur. W. wollte die Verantwortung übernehmen, seine Schwester unter falscher Deklaration einzuführen. Da es öffentlich ausgesprochen war, konnte der Assistent aber nur müd dazu lächeln. – Da wir keine Ärzte sind, – fragte A – könnten wir nicht ein Schriftstellerpaar sein, das zu Studienzwecken –? Der Assistent hob abwehrend die Hand: Wenn Sie Zola und Selma Lagerlöf wären, ich würde durch Ihren Besuch entzückt sein, was ich übrigens auch jetzt bin, aber hier werden leider nur wissenschaftliche Interessen anerkannt. Außer – er machte eine lächelnd Platzgebende Gebärde – die Gesandtschaften Ihrer Länder hätten sich für Sie an den Vorstand der Klinik gewandt.. –

– Dann weiß ich, was wir tun können – sagte A –: wir erfinden ein wohltätiges Motiv. Wenn die gnädige Frau nicht den Kranken sehn darf, so darf sie doch den Gefangenen besuchen. Ich kann ihr ohneweiters die Legitimation einer wohltätigen Gesellschaft und die Erlaubnis des Landesgerichts verschaffen.

– Aber freilich. Sie kommen hieher in meine Dienstwohnung, am besten nach der Visite durch den Chef. Es fragt, wenn Sie in meiner Begleitung sind, selbstverständlich kein Mensch nach Ihrer Erlaubnis. Aber ich muß natürlich eine Deckung vor meinem Gewissen haben. –

Cl., welche die zu überwindenden Schwierigkeiten begeistert hatten, strahlte, und Dr. Fried sprach von seinem Gewissen zuletzt sehr von oben herab, mit dem Ton etwa eines Fürsten, der sich seinen letzten Untertan heißt.

$s_5 + b.$

Es verging ungefähr eine Woche.

Cl. war aufgeregt wie ein nervöses Kind in der Woche vor Weihnachten. Es machte den Eindruck, daß sie ihrer Begegnung mit M. eine repräsentative Wichtigkeit beimaß wie der zweier Herrscher.

– Ich glaube, daß ich die Kraft habe, ihm zu helfen, wenn ich ihn sehe, – behauptete sie

Bring ihm lieber eine Wurst mit – antwortete A – und Zigaretten.

Wotan lachte und brachte einen medizinischen Witz an; danach aber machte er wieder den Eindruck dankbar zu sein für die höhere Energie, welche wie ein hinter dem Horizont befindliches Gewitter von Cl's. Ideen her in sein Dunkel strahlte.

Es bestärkte prickelnd Cl., daß sie ihren Einfluß auf ihn fühlte.

– Vor 100 Jahren wäre man ihm bei der ersten Begegnung weinend an die Brust gesunken – bemerkte A.

W. setzte natürlich hinzu, daß die Gefühle damals noch nicht so gebrochen waren wie heute.

– Ganz im Gegenteil – behauptete A – Das viele Weinen und Umarmen war ein Zeichen, daß man diese Gefühle niemals wirklich besaß; darum forcierte man sie. Stimmt es – wandte er sich an Wotan – daß dies der gleiche Mechanismus ist wie in der Hysterie?

Wotan machte einen Witz über seine Frau, die hysterisch sei, und die vielen ärztlichen Theorien, mit denen er nichts anzufangen wisse. Er hatte schon drei Kinder.

– Wenn sie am Klavier – verteidigte W Cl – bis zum fortissime spielt, wenn sie aufgeregt ist und die Tränen in den Augen hat: ist sie nicht vollkommen im Recht, wenn sie sich weigert, in die Tram zu steigen, auf die Klinik zu fahren und sich dort so zu benehmen, als ob das «nur Musik» und nicht wirkliche Tränen gewesen wären!?

Er hatte sich übrigens ausgeschlossen und ging nicht mit zur Klinik.

– Sie ist vollkommen im Unrecht – antwortete A. – Denn Ms Gefühle für eine Wurst sind unangegriffen und gesund, dagegen wird ihn das eindringliche Benehmen Cl's. nur bedauern lassen, daß er ihr nicht ein Messer in den Bauch stoßen kann. –

– Meinst du wirklich? – Cl. gefiel das. Sie dachte nach und sagte: – Er hat nur auf Ersatzweiber Zorn gehabt: das war es.»

– Er ist ein Narr. – sagte A. klar und ruhig.

Um Clarissens Mund kämpften ein Lachen, eine Schwierigkeit, und der Wunsch, Anders begreifen zu lassen, daß sie sich mit ihm verständigte. – Du bist ein Pessimist! – sagte sie schließlich; nichts sonst, außer: Nietzsche! – Würde es Anders verstehn? Walther ahnen, was sich da eben ereignet hatte? Ihre Gedanken hatten sich zu einem ganz kleinen Packet zusammengepreßt, zu einem Satz und einem Wort, so wunderbar auf den kleinsten Raum gebracht wie das Einbruchswerkzeug eines Verbrechers, dem nichts widerstand; es regte sie abenteuerlich auf. Sie nahm jetzt jeden Abend sogar ins Schlafzimmer ein Buch von Nietzsche mit. «Gibt es einen Pessimismus der Stärke?» das war der Satz, welcher ihr eingefallen war; er geht weiter: «.. eine intellektuelle Vorneigung für das Harte, Schauerliche, Böse, Problematische des Daseins?», daran erinnerte sie sich nicht mehr genau, aber ein ungegliederter Inbegriff dieser Eigenschaften schwebte ihr vor, verknüpft mit Anders, der aus – ja, jetzt tauchte dieses Wort auf – «Tiefe des widermoralischen Hangs» – während sie immer gegen den moralischen Hang kämpfen mußte, mit Walther Mitleid zu empfinden – alles ins Lächerliche zog, und also sonderbar verknüpft mit ihr. Sie war halb ohnmächtig, als diese Zusammenhänge aufblitzten, halb Philosophie und halb Ehebruch, und alles in ein einziges Wort gepreßt wie in ein Versteck. Und wie eine neue Lawine rollte ein Satz herab, «das Verlangen nach dem Furchtbaren als dem würdigen Feind» und ergriff sie, und Bruchstücke aus einem langen Zitat wirbelten um sie: «Ist Wahnsinn vielleicht nicht notwendig das Symptom der Entartung? Gibt es vielleicht Neurosen der Gesundheit? Worauf weist jene Synthesis von Gott und Bock im Satyr? Aus welchem Selbsterlebnis mußte sich der Grieche den Schwärmer und Urmenschen als Satyr denken?...» Das alles lag in einem Lachen, einem Wort und einem Zerren um den Mund. Walther bemerkte nichts. Anders sah sie gleichmütig lustig an – welche Härte lag in dieser Unbekümmertheit! – und mahnte zur Eile.

Man muß sich vorstellen, was es heißt, wenn solche ungewöhnliche Gedanken plötzlich Boden unter den Füßen bekommen. Das ist wie wenn Blitze in einander schlagen! Was zog die Männer zu ihr? Was hatte auf der Klinik alle Kranken angezogen, so daß sie ihr entgegenschrien? Ld.. geflohn – U ganz deutlich. mußte wiederkehrn. W ...

Als sie zur Endstation der elektrischen Bahn gingen, fragte sie Anders: «Wenn er ‹nur ein Narr› ist, warum gehst denn dann du hin?» «Ach, mein Gott,» erwiderte er, «ich tue immer das, was ich nicht glaube.» Er war überrascht, weil Clarisse ihn nicht ansah, sondern strahlend gradaus blickte und ihm heftig die Hand drückte.

$$s_5 + b + 1.$$

Die Klinik war in einem alten, unter Kaiser Josef II. aufgelassenen Kloster untergebracht. Da sie zu früh gekommen waren, mußten sie auf dem Gang vor den Dienstzimmern auf Dr. Fried warten, der einen Kurs abhielt. (Dieses unenergische Zeitverlieren war Anders angenehm.) Cl. konnte über einen Lichthof weg, durch zwei Fenster und eine bunte Glastüre ihm zusehen, wie er in einem kapellenartigen Raum, der zum Hörsaal umgebaut war, den Studenten etwas demonstrierte. Eine fette, junge Frau saß in einem Krankenstuhl und sah geschmeichelt u. sanft vor sich hin. Dr. Fried nahm jetzt ihre Hand und hob sie hoch dann, hielt ihr etwas vor die Augen, dann lehnte er sich wieder mit der geschniegelten Zärtlichkeit eines Tierbändigers an ihren Stuhl, u sprach während der ganzen Zeit unaufhörlich zu den Studenten hinab. Durch die schönen bunten Glasscheiben sah das aus wie ein Blick in ein Märchen. Cl. dachte, wie schön das Leben hier sein müßte, in einem solchen Kloster der Wissenschaft, und wie seltsam, immer mit diesen kranken puppenhaften Menschen zu verkehren. Der echte Ehrgeiz, der Geist, das Glück, der Opferwille unsrer Zeit sammeln sich in solchen stillen unbekannten Seen, von denen man aussen nichts weiss, wo das Leben flach und ausgetrocknet ist.

Aber in dem hohen Saal entstand nun Bewegung, und bald darauf kam Dr. Fried eilig über die klappenden Steinfliessen des Gangs daher. Er begann gleich mit der Entschuldigung, dass er aus irgendwelchen Gründen des Betriebs seinen Gästen heute M. nicht zeigen könne, aber erbot sich, nachdem er sie in seiner immer etwas gesuchten Weise gebeten hatte, sich durch nichts aus der Fassung bringen zu lassen, sie zur Entschuldigung in seinem Reich herumzuführen. Cl. war so befangen von dieser Umgebung, daß sie ihr Ziel, M. zu sehen, für Stunden vergaß. Dr Fr. führte die schöne breite Treppe hinab, u Cl. empfand einen unheimlichen Schauer obgleich sie zunächst nur durch einige Kanzleiräume und einen winkligen, mit weiß getünchten Balken eingedeckten Gang kamen, wo sie unerwartet an der Seite des Gebäudes ins Freie traten. Dr. Fried schloß hinter ihnen eine schwere Eisentür ab, sie atmeten in der Sonne, die auf den breiten freien Weg fiel, auf, und staunten über zwei Kinder, die dort ruhig spielten. Cl. bemerkte nun erst, dass sie sich auf einem allen zugänglichen Weg befanden, der von der Einfahrt zu den hinten liegenden Wirtschaftsgebäuden führte, als Dr Fr. auf einer andern Seite abermals eine schwere Eisentüre öffnete, u. nun waren sie wirklich in jener Welt, welche Clarisse schon tagelang unbegreiflich angezogen hatte. Zunächst konnte Cl. diese Welt in nichts von einem großen alten Park unterscheiden, der in einer Richtung sanft anstieg und auf der Höhe zwischen Gruppen mächtiger Bäume villenartige weiße Gebäude trug. Dahinter gab das Aufsteigen des Himmels das Gefühl einer schönen Aussicht, und auf einem dieser Aussichtspunkte bemerkte man Kranke mit Wärterinnen, die in Gruppen standen u saßen und wie weiße Engel aussahen. Aber als sie hinzugekommen waren, führte Dr F. die Besucher eilig über diesen Platz der sich als leicht umgittert herausstellte, denn er bot nur ein Vorspiel. Cl. bemerkte bloß, daß alle Frauen in dieser friedlichen Abteilung das Haar aufgelöst u offen auf die Schultern fallend trugen, aber sie hatten abstoßende, häßliche Gesichter, mit fett verwachsenen, weichen Zügen. In dem Augenblick, wo sie vorbeigingen, hob eine den Rock, um den Strumpf hochzuziehen, man sah ein sehr weißes, häßliches Bein u Cl. nahm erstaunt zur Kenntnis, daß dieses Bein genau den gleichen Ausdruck zeigte wie die Gesichter. Dann als sie den Platz schon verließen, kam eine andere nachgelaufen sie war ein altes Weib u. drängte dem Arzt einen Brief auf. «Immer die gleiche Sache» – erklärte Dr. Fried: «Es ist ein Brief an ihren Mann. Adolf, Geliebter, wann kommst du? Hast du mich vergessen?» – «Du beförderst ihn doch gleich?!» bettelte die Alte hinter dem Gitter. «Gewiß» versprach Dr F. und zerriß den Brief schon, während er der Oberschwester zum Abschied zunickte. – Wie konnten Sie das tun?! – stellte ihn Cl. ernst zur Rede. – Er erzählte ihr daß er eine Sammlung solcher Briefe besitze. Cl. wollte ihm heftig erwidern, daß man die Kranken ernst nehmen müsse. Aber in diesem Augenblick fiel ihr ein, daß sie gar nicht wahrgenommen hatte, welche von den Frauen Kranke u welche Wärterinnen waren. Ein sanftes Leuchten ohne Grund u. Umriß entzündete sich in ihrer Brust, sie drehte sich rasch um, um zurückzublicken, konnte aber nichts mehr sehen u. stolperte wie ein Kind, das den Kopf abwendet, neben ihren Begleitern weiter.

Diese waren inzwischen vor einer der «ruhigen Abteilungen» für Männer angelangt. Cl. stand mit einemmal vor einem alten Herrn, der allem Anschein nach einst der guten Gesellschaft angehört hatte u. von Dr. F. als Paralytiker bezeichnet wurde. Er saß aufrecht, im Bett, mochte Ende der Fünfzig sein und hatte einen sehr bleichen Teint. Reiches weißes Haar umrahmte sein gepflegtes und durchgeistigtes Gesicht, das unwahrscheinlich edel aussah, wie aus einem schlechten Roman; er nickte den Besuchern schwermütig zu, als sie ihn grüßten, und antwortete noch leise und bekümmert auf die Worte, mit denen der Arzt ihn begrüßt hatte, als sie schon einige Betten weiter vor einem anderen Kranken standen. Das war nun ein fröhlicher, dicker (alter) Maler, sein Bett stand dicht am hellen Fenster, er hatte Papier und Bleistifte auf seiner Decke liegen und zeichnete den ganzen Tag. Dr. Fried entwendete ihm rasch ein Blatt und zeigte es Clarisse; der Alte kicherte und hatte sich wie ein Weibsstück. Clarisse sah einen vollendet gezeichneten Entwurf zu einem Gemälde vor sich, mit vielen Figuren in einem Saal, peinlich genau ausgeführt, so gesund und professoral wie aus der Staatsakademie. «Überraschend gut!» sagte sie unwillkürlich. «Etsch, siehst du!» – rief der Maler aus «Dem Herrn gefällt es, zeig ihm doch mehr, zeig nur! Überraschend gut, hat er gesagt, du willst nicht! oh, ich weiß schon, du lachst bloß, aber ihm gefällt es.» Er sagte das gemütlich und schien mit dem Arzt dem er weitere Bilder hinhielt auf gutem Fuß zu stehn, obgleich der seine Kunst nicht ernst nahm. Dicht neben ihm, im nächsten Bett hing schon ein Idiot, der erste einer Reihe des Grauens. Alles am Körper schief, saßen sie in ihren Betten, die Unterkiefer vorgestreckt und hängend, unsauber, führten sie gewaltsame malmende Bewegungen aus, wenn sie nach Worten rangen. Ein Alter mit Greisenwahn, dünn wie ein Ledersack, in den die roten Äuglein wie zwei Knöpfchen versenkt waren, schloß die Reihe.

Wie ein fürchterliches Glissando hatte dieses Zimmer auf Clarisse gewirkt. Im Beginn, bei dem schönen Märtyrer hatte es sie fast sinnlich erregt, Frau zwischen den vielen Doppelwesen aus Kind und Mann zu sein; Trost, Huschendes, nachts mit Berühren, fuhr ihr durch den Kopf. Nun steigerte sich das noch durch die Überlegenheit, die sie gegen den offenbar ganz unkünstlerischen Dr. Fried empfand, den vor den Zeichnungen seines Kranken nicht die leiseste Ahnung davon beunruhigte, daß es – sie hatte im Augenblick vor dem Fortgehn rasch nachgelesen und erinnerte sich jetzt genau – «Psychosen der Gesundheit» gebe; selbst eine so ehrbare und anerkannte Kunst wie die akademische hatte also ihre beraubte, aber zum Verwechseln ähnliche Schwester im Irrenhaus! Clarisse glaubte in diesem Augenblick, die Männer rings um sich in den Betten anblickend, die «Doppelwesen aus Gott und Bock» vor sich zu haben. Übrigens dachte auch Anders etwas, das nicht allzuweit davon entfernt war; die Zeichnungen erinnerten ihn daran, daß niemals eine einzelne Eigenschaft oder Tat, und sei sie noch so auffallend, an sich krank oder gesund und ebensowenig bös oder gut sei, sondern stets nur ein Symptom, ein Hinweis auf ein Ganzes, ein in der Moral übrigens schlecht erforschtes Ganzes, in dessen Rahmen sie ihren Platz erhält. Er hatte aber kaum ein paar Worte darüber Clarisse zugeflüstert, als das grauenvolle dumpfe Schwarz, das die Seelen der Idioten ausstrahlten, jede Illusion wegwischte, und schon begann etwas Neues und Dramatisches, das Clarisse keine Zeit ließ.

Sie traten kaum aus dem Zimmer, so schlossen sich ihnen mehrere große Männer mit fleischigen Schultern an, die freundliche Feldwebelgesichter über sauberen Kitteln trugen, und Cl. begann ein Schreien und Schnattern zu hören, wie wenn man sich einer Volière nähert: Eine Unruhigenabteilung! kündigte der Assistent an. Die Türe dazu hatte keine Klinke; ein Wärter öffnete sie mit einem Stecher u Clarisse schickte sich an, als erste einzutreten, aber Dr. Fried zog sie jäh zurück. Sie mußten alle warten. Der Wärter paßte erst eine Weile groß und breit vor einem schmalen Spalt, den er geöffnet hatte, dann schob er sich rasch hinein und ein zweiter Wärter folgte ihm, der nun auf der andern Seite des Eingangs Stellung bezog. So gedeckt traten sie ein, u. Clarisse begann das Herz zu klopfen, denn mit ähnlicher Vorsicht wurden sie jedesmal, wenn sie sich einem Bett näherten, von den Wärterriesen als Vorhut, Flankendeckung und im Rücken gesichert. Was in den Betten saß, flatterte aufgeregt und schreiend mit Armen und Augen, jeder in einen Weltraum hinein, den er allein vor sich sah, und doch alle scheinbar in einer tobenden Konversation begriffen, wie fremde, in einen gemeinsamen Käfig gesperrte Vögel, von denen jeder die Sprache eines andern Eilands spricht. Manche sassen frei u manche trugen die Hände mit Schlingen, die ihnen nur wenig Spiel-

raum gewährten, an den Bettrand gefesselt: «Wegen Selbstmord-
gefahr!» erläuterte der Arzt und nannte die Krankheiten; Paralyse,
Paranoia und Dementia praecox waren die Rassen, denen diese fremden
Vögel angehörten.

Cl. fühlte sich von dem verworrenen Eindruck eingeschüchtert u.
fand anfangs keinen Halt in sich. Aber da schrie ihr einer schon entgegen, als sie noch durch viele Betten von ihm getrennt war, u fuhr in
dem seinen hin und her, als ob er sich verzweifelt befreien wolle, um
ihr entgegen zu eilen, obgleich er nicht zu den Angebundenen gehörte,
und übertrumpfte den Lärm mit großen Bewegungen, Beschimp-
fungen und Klagen. (Er war Clarisse bald aufgefallen und) je mehr sie
sich ihm näherte, desto mehr beunruhigte es sie, daß sie in keiner
Weise verstehen konnte, was er ihr ausdrücken wolle. Als sie hinkamen, erzählte der Oberwärter etwas so leise dem Arzt daß Cl. es
nicht verstand, und dieser traf irgendeine Anordnung, ehe er den
Kranken ansprach. «Wer ist der Herr?» fragte der Irre sogleich; Cl war
es aufgefallen, dass viele so fragten, aber als Fried antwortete ihr Bruder
sei ein Arzt aus Stockholm, rief der Kranke: «Nein, dieser!» u. deutete
auf Cl. Fried lächelte und sagte, das sei eine Ärztin aus Wien. Clarisse
fühlte ihr Herz schlagen.

«Nein» kam es zurück, das ist der siebente Sohn des (deutschen)
Kaisers!»

«Das ist nicht wahr» antwortete Dr. Fried und fügte, zu Clarisse gewandt, um einen Scherz zu haben, hinzu: «Sagen Sie es ihm selbst.»

«Es ist nicht wahr, mein Freund», sprach Clarisse, die vor Aufregung
kaum ein Wort hervorbringen konnte, den Kranken an. «Aber du bist
doch der siebente Sohn...?!» «Nein, nein» versicherte C. und lächelte
ihm vor Erregung zu.

«Du bist es!» beharrte der. Clarisse fiel ganz u gar nichts ein, was sie
noch antworten konnte, sie sah hilflos freundlich dem Irren in die
Augen, der sie für einen Prinzen hielt, und lächelte immer weiter. In
ihrem Innern bildete sich schon die Möglichkeit, ihm recht zu geben.
Hatte doch auch der Maler sie als Herr angesprochen. Cl's. Erinnerung
flüsterte ihr etwas zu. War der Augenblick des Hermaphroditen gekommen, wo es offenbar wurde, daß sie auch ein Mann sein konnte?
Sie wagte es nicht zu denken, aber ihr Lächeln begann den Mann zu
ermutigen, der ihr schon von weitem Zeichen gegeben hatte. Aber in
diesem Augenblick schien der Blick des Kranken zu schwer zu werden
für den ihren, der ihn festhalten wollte; ein Gleiten begann, ein Fallen,
als stürzte ihr etwas aus der Hand, weil sie zu lange gezögert habe,
und schon im nächsten Augenblick rissen die Augen vor ihr wie
Hunde an ihrer Kette und ein dicker Schaum von Schimpfworten
bildete sich vor dem Maul. «Du Hund», rief der Mensch ihr zu. «Du

verlogenes Schwein. . . !» Er war auf den Knien ans Ende der Bettstatt gefahren, umklammerte die Eisenstangen u. schien sich auf Cl. stürzen zu wollen, die nicht einmal Zeit fand, zurückzuweichen, denn im gleichen Augenblick hatten die Wärter den Mann gepackt u drückten ihn mit einer Gewalt, die keinen Widerstand duldete u. ihn sofort beruhigte, auf sein Lager zurück. Fried lächelte, Clarisse wurde rot vor Verwirrung: ihr war zumut, wie wenn man im abfahrenden Lift plötzlich das Gefühl unter den Füßen verliert; offenbar machte sie etwas noch nicht recht; alle Kranken, an denen sie schon vorbeigekommen waren, schienen nun hinter ihr dreinzuschreien, und alle, die sie noch nicht besucht hatte, schrien ihr entgegen. Sie wußte nicht, wie sie an denen vorbeigekommen war, aber der letzte, bei dem Dr F. sich nun aufhielt, war ein beruhigender, fröhlicher Alter, der ein ganz vernünftiges Gespräch mit ihm begonnen hatte und freundliche Witzchen über die Besucher machte. Jedoch, sie waren mitten in dieser Unterhaltung, als er erst Clarisse zu bemerken schien, u. plötzlich kam da auch in sein Wesen dieses beängstigende Gleiten; seine Worte nahmen rasch etwas immer Schnatternderes an; Unflätigkeiten flossen wie dicke Tropfen immer dichter darein; und ehe ihn jemand hindern konnte, warf er seine Decke ab u. führte mit lebhaften Worten Clarisse seine Erregung vor von der er sich zu befreien suchte. «Treib keine Schweinereien!» sagte streng der Arzt, und die Wärter machten im Nu ein verschüchtertes kleines Bündel aus dem Alten.

Nun war also auch das offenbar, daß sie die Lust aus den Männern an den Tag zog. Cl. wußte nicht, daß die Schamlosigkeit als Krankheit hier etwas Alltägliches war, und mit lustiger Strenge hingenommen wurde; sie beschäftigte Clarisse lebhaft. Aber der Zauberkünstler verstand seine Schaustücke noch zu steigern. Sie überschritten nun einen Gang und trafen dort auf sonntäglich aussehende Frauen und hübsche kleine Mädchen, die den Mann oder Vater besuchen kamen und voll Vertrauens und Höflichkeit den Arzt grüßten. Cl. war zumute, wie wenn sie aus dem Heissraum eines Bads durch kühles Wasser glitte, denn schon öffnete sich wieder eine Höllenkammer u. das Tor, das sie jetzt durchschritten, führte, nach den Mienen der Begleiter zu schließen, zu noch Schlimmerem. Sie traten zunächst in einen abgeschlossenen Hof, der von einer Gallerie umzogen war und einer Pergola glich. Wie ein Würfel von Schweigen stand die leere Luft darin; erst nach einer Weile entdeckte man Menschen, die stumm an den Wänden saßen. Am Eingang kauerten idiotische Jungen, rotzig und unsauber, als ob sie ein grotesker Bildhauereinfall an den Pfeilern des Tors angebracht habe. Neben ihnen, als erster an der Wand und von den übrigen abgerückt, saß ein einfacher Mann, noch in seiner dunklen Sonntagskleidung, nur ohne Kragen, und war in seinem Nirgendshingehören unsagbar rührend. Denn die andern machten wohl schon den Eindruck jener schweigenden Gewöhnung, die man in Gefängnissen kennt; sie grüßten scheu und höflich und trugen kleine Bitten vor. Bloss einer, ein junger Mensch drängte sich heran und begann plötzlich zu quengeln; Gott wusste, aus welcher Vergessenheit er auftauchte. «Ich will hinaus!» bat er «Warum lassen Sie mich nicht hinaus ?!» – «Darüber hat der Direktor zu entscheiden, nicht ich» suchte ihn der Assistent abzuspeisen, aber jener ließ nicht nach. Seine Bitten wiederholten sich, sie wurden zur Litanei, und allmählig kam ein Ton von Drohung in seine Stimme, von Bedrängen, etwas Schwirrendes, Urflatterndes, wissenlos Gefährdendes. Die Wärter drückten ihn auf die Bank nieder, er verstand ihre Gewalt und kroch stumm wie ein Hund in das Schweigen zurück.

Cl. hatte Tränen in den Augen, als sie viermal mit der Faust an das eiserne Tor pochten, das zum nächsten Hof führte. Unruhe drang heraus, aber auf dieses Zeichen mußten sich alle, die dort durcheinander wirrten, an den Wänden aufstellen oder auf die Bänke setzen, die um das Viereck liefen; u. obgleich sie es wie militärisch gedrillte Sträflinge taten, wandten die Wärter beim Eintritt noch besondere Vorsicht an. Dr. Fried schärfte den Besuchern eilig ein, mindestens zwei Schritte Abstand von den Kranken zu wahren, und sobald einer von diesen auch nur die kleinste Bewegung aus der Reihe heraus machte, packten ihn schon die Wärter. «Es kommt alles darauf an, ihre Auflehnung schon im Keim zu ersticken», sagte Dr. Fried. Sie waren sieben gegen dreißig; in einem stillen, ummauerten, nur von Irren bewohnten Hof. Fast lauter Mörder, erklärte Dr Fr. Gleich bei der Tür stand einer; er zeigte ihn ihnen mit dem Finger. Es war ein mittelkräftiger Mann mit einem braunen Vollbart und stechenden Augen; er lehnte mit verschränkten Armen in der Ecke, schwieg und sah den Besuchern böse zu. Clarisse hatte mit einemmal wieder das Gefühl, sie könnte mit ihm sprechen. «Was die Ärzte nicht verstehn», sagte sie sich, «ist, daß diese Menschen, obgleich sie hier den ganzen Tag ohne Aufsicht beisammen eingesperrt sind, einander nichts tun, und nur uns, die wir von außen zu ihnen kommen, aus der ihnen fremden Welt, gefährlich sind!» Aber Dr. Fried hielt sie zurück; er hatte indessen einen zweiten Mörder ausgesucht und ihn angesprochen. Es war ein kleiner untersetzter Mensch mit einem kahl geschorenen spitzen Sträflingsschädel, stand stramm vor dem Arzt und zeigte, dienstwillig antwortend, zwei Zahnreihen, die in einer bedenklichen Weise an 2 Grabreihen erinnerten. «Fragen Sie ihn doch einmal, warum er hier ist», flüsterte Dr. Fried Cl.'s. Bruder zu. «Warum bist du hier ?» fragte S. «Das weißt du sehr gut», war die knappe Antwort. «Ich weiß es nicht», beharrte der Frager. «Also, warum bist du hier ?» «Das weißt du sehr gut!!!» wiederholte sich die Antwort. «Warum bist du unhöflich gegen mich?» – sagte S – «Ich weiß es wirklich nicht.» Cl. war wütend auf ihren Bruder, der die dumme Rolle eines Menschen spielte, der ein im Tierpark gefangenes Tier reizt. «Weil ich will!» fletschte der Kranke «Ich kann tun, was ich will!!» «Aber –» «Das geht dich nichts an! Ich darf tun, was ich will! Verstehst du?!! Was ich will!!!» – Die Antworten waren immer heftiger geworden, zum Schluß ranzte der Irre wie ein Unteroffizier, lachte mit irgend etwas in seinem Gesicht, und unwillkürlich wünschte Cl, daß er ihren Bruder im nächsten Augenblick an der Kehle packen und ins Gesicht beißen werde. Auch Dr. Fr. wollte schon dem Gespräch ein Ende machen, aber da kam irgendwie mit dem immer härter gewordenen Trommeln der Antwort[en] wieder dieser Wunsch über Cl. sich einzumengen. «Ich komme von Wien!» sagte sie zu dem Kranken; u das war nun sinnlos wie ein beliebiger Laut, den man einer Trompete entlockt, sie wußte keineswegs, was sie damit wollte, noch wie ihr das einfiel, aber sie spürte eine schmetternde Zuversicht, daß ihr etwas gelingen würde. Und wirklich geschehn zuweilen noch Wunder, wenn auch mit Vorliebe in Irrenhäusern. Obgleich sie sich nirgends anders befanden als in Wien, ging ein Glanz über den Mörder, eine Weichheit breitete sich über sein Gesicht, und er war ganz verändert. «Oh, Wien! Eine schöne Stadt!» antwortete er still mit dem Ehrgeiz des kleinen Manns der seine Phrasen kennt. Ich gratuliere Ihnen Dr. Fried lachte, aber für Cl. war das sehr wichtig.

Und nun wollen wir zu M. sagte F

Es war sicher, daß sie einen Einfluß auf diese unverstandenen Menschen ausübte. Das dumpf Schreckliche, was noch kam, änderte daran nichts mehr. Sie hörten schon von weitem einen Schrei, und es blieb immer der gleiche; sie näherten sich den Einzelzellen. Als sie die erste Zellentür öffneten, blickten sie in einen kahlen Raum, der nichts enthielt als einen Menschen, einen zugedeckten Abort in der Ecke und eine niedere Liegestatt. Der nackte Mann stand in der Mitte des Raums; er war fast so groß wie Anders, ziemlich muskulös, hatte einen braunblonden Bart und glanzlos helle Schamhaare. Er nahm nicht Kenntnis von der geöffneten Tür und den Menschen, die ihm zusahen; er stand mit gespreizten Beinen da, hielt den Kopf gesenkt, hatte dicken Speichel im Bart, und machte immer die gleiche Bewegung, wie ein Pendel. Es war ein flach kreisendes Vornherumwerfen des Oberleibs, mit einem Ruck, immer nach der gleichen Seite, mit einer Bewegung der Finger dazu, als ob er zählte, während der Arm als steifer Winkel an den Körper angepreßt blieb. Er begleitete jede Bewegung mit einem lauten, ächzenden Schrei, keuchend, von einer ungeheuren Anspannung der Muskulatur hervorgepreßt. «Er muß ermüden» erklärte Dr. Fried, «früher kann man nichts tun. Das dauert stundenlang», und er führte in die nächste Zelle, zu einem blödsinnigen Alten, der die Besucher gleichmütig anblinzelte. Er hatte geträumt, daß ihn seine Frau betrüge, und erschlug sie nach dem Erwachen; er war Trinker. In der folgenden Zelle saß ein Arzt, stumpfsinnig brütend. In der letzten ein Advokat. Er trug Straßenkleidung bloß ohne Kragen, hatte schwarzes Haar und einen schwarzen Vollbart und sah aus, als ob er sogleich zu einer Verteidigung aufs Gericht gehen könnte, oder vielleicht auch wie ein politischer Märtyrer vor der Hinrichtung. Er war aus Triest. Bloß wenn er sprach oder aufhorchte, spürte man etwas wie ein mühseliges Verstehen, eine widerstrebende Zähigkeit, durch die sein Geist sich durchkämpfen mußte; man würde es kaum gewahr geworden sein, hätte man ihn anderswo getroffen als in der Tobsuchtszelle. «Doktor,» sagte er, «immer kommen Sie mit Fremden; wer sind die Herrschaften?» «Ein Arzt aus Paris.» «Immer kommen Sie mit Fremden, ich will auch einmal mitkommen. Zeigen Sie mir...» – er schickte sich im gleichen Augenblick an, höflich die Tür für Clarisse anzufassen. «Addio Avvocato!» sagte schnell der Arzt, und die Wärter schlossen mit einem merklichen gesellschaftlichen Respekt den Kranken ein.

Als sie die Tobsuchtszellen verlassen hatten, führte der Weg nun von den Pavillons durch den Garten wieder zum Hauptgebäude zurück, das sie durch einen andern Eingang betraten. Es wurde friedlich; sie durchschritten einige Zimmer, wo Patienten mit Erkältungen und dergleichen Krankheiten lagen, die augenblicklich wichtiger waren als ihre geistige Zerstörung, oder auch besondre Fälle, die zu Zwecken der Experimente herausgeholt worden waren. Die so geheimnisvoll aufgetauchten Wärter waren zurückgeblieben, man begegnete jungen Ärzten, die in weißen Kitteln in der Nähe der Fenster schrieben oder mit Präparaten hantierten. Es war ersichtlich, daß diesmal die Führung bald enden sollte. Aber Dr. Fried hatte sich noch eine Überraschung vorbehalten. Auf dem Fliessengang tauchten Wärterinnen auf, ein großer Saal öffnete sich, und Clarisse glaubte plötzlich in ein lebendiges Blumenbeet zu blicken. Es war der Saal der hysterischen Frauen, durch den sie schritten. Sie lagen in den Betten, standen allein oder in kleinen Gruppen umher. Sie schienen alle aufgelöstes nachtschwarzes Haar zu haben und trugen blütenweiße Kleider. Etwas unsagbar Schönem und dramatisch Bewegtem glich dieser Saal, das man nicht ausdrücken konnte, weil in der Eile keine Einzelheiten haften blieben. «Schwestern!!» fühlte Clarisse gewaltig u weich, sie hatte das Empfinden, mit einem Schwarm wundervoller Liebesvögel höher auffliegen zu können, als jede Erregung des Lebens oder der Kunst es gewährte. In den Betten lagen in ihren weißen Jacken, das Haar dunkel über die Polster gebreitet, Frauen, welche mit Bauch und Beinen unter der dünnen Decke das Drama der Liebe aufführten. Mit einem Mitspieler gepaart, der unsichtbar blieb, aber fühlbarer da war, gegen den sie übertrieben die weißen Arme stemmten, der übertrieben die Wogen des Busens aufwühlte, dem sich der Mund mit übermenschlicher Gewalt entzog und der Bauch mit übermenschlichem Verlangen entgegenwölbte, während die Augen inmitten dieses obszönen Schauspiels unschuldig mit der bezaubernden, leblosen Schönheit großer dunkler Blumen leuchteten.

Clarisse war tief verwirrt von diesem Blumenbeet der Liebe und der Leiden, von einem krankhaften und doch berauschenden Lebensduft, von dem Schimmern, Herangleiten, Nicht stehen bleiben dürfen dieser Frauen die demütig verliebt dem Arzt in den Weg strichen, mit einer Stärke der erotischen Sanftheit, wie sie Cl noch nie erlebt hatte. Sie bemerkten kaum, daß sie danach schon ein leeres Zimmer durchschritten hatten und noch eines, auf einen Gang traten u. mit einemmal an ihrem Ausgangspunkt waren, in einem dritten großen Raum, in dessen Mitte vier Menschen um einen Tisch saßen, der Arzt blieb in einer durch irgendetwas Besonderes kaum und doch auffallenden Weise stehen, und als sie aufsahen, füllte langsam ihren Blick die breite ruhige Gestalt Moosbruggers aus.

Was Cl. weiter erblickte, war immerhin seltsam genug: eine Kartenpartie. M. saß mit 3 Männern am Tisch, von denen einer den weißen Kittel des Arztes, der zweite einen dunklen, schlecht sitzenden Anzug, und der dritte die etwas vernachlässigte Kleidung eines Priesters trug, der zuhause ist und keinen Besuch erwartet. Es waren dies, wie sie bald erfuhr, Dr. Pfeifenstrauch, einer der Sachverständigen, welche bei der Gerichtsverhandlung M. für zurechnungsfähig erklärt hatten, der weißgekleidete zweite Assistent der Klinik und der Pfarrer, welchem dort die Seelsorge oblag. Sie spielten zu dritt, so daß immer einer pausierte. Dieser Anblick eines gemütlichen Bockspiels am Ende eines Golgathawegs reizte Cl. sogleich zum Widerspruch. A. lachte. Sie begriff nicht, daß dieses Arrangement von Dr. Fried mit den andern verabredet worden war, um M. unbefangen beobachten zu können. Die albernen, lächerlich gut zu diesem die Würde des Erlebten zerstörenden Anblick passenden Geschenke, die sie in Händen trug, brannten sie in die Finger; sie hätte sie am liebsten zur Erde geschleudert. A. nahm ihr aber rechtzeitig die beiden Päckchen aus der Hand, M. stand stramm und galant auf, der Arzt stellte ihm Cl. vor, er fing ihre unsichere Hand mit seiner Tatze und machte eine stumme, schnelle Verbeugung in den Hüften wie ein Junge. Dann bat Dr. Fried, daß man sich nicht stören lassen möge, das Fräulein aus Paris sei hier, um die Wohlfahrtsanstalten zu studieren und sich zu überzeugen, daß

in Österreich die Kranken so gut aufgehoben seien wie nirgends in
der Welt.

Zum Zweck der Beobachtung, aber beim Tarock vergißt mans
    Es handelt sich zb um affektive Ablenkbarkeit (durch Cl) oder
Steifigkeit[?], u Fr. erklärt es vor M.

«Pick war ausgespielt, nicht Karo, Herr Moosbrugger!» sagte der
Anstaltsarzt, der ihn aufmerksam beobachtet hatte, so daß ihm die Ablenkung nicht entging, der sein Schutzbefohlener anheimgefallen war;
M. lächelte generös unaufmerksam zu dieser Ermahnung, während
er sonst achtsam wie ein Falke spielte, ja die Gefahr eines gewalttätigen
Ausbruchs jedesmal befürchten ließ, wenn er nicht durch Kartenpech,
das jeder haben kann, sondern durch einen Fehler unterlag. Diesmal
aber begann er bloß, nachdem er gehört hatte, daß Cl. aus Paris gekommen sei, seine Stiche bis zwanzig französisch zu zählen, denn bis
zu dieser Zahl konnte er es, wenn es ihn auch im Spiel störte.

$$s_5 + c \, (Ev. = s_5 + b + 2)$$

Fachliches Können unterstreichen, da sonst fraglich,
ob er sich nicht zu oft schon hätte bloßstellen müssen.

A. hatte Dr. Pfeifenstrauch sofort wiedererkannt. Der abgeplattete,
nach hinten und in die Tiefe gewölbte kahle Schädel, an dessen Unterteil die Haare in einem Buschelkranz herunterhingen, die kleinen
Hände und kurzen Nägel waren ihm unvergeßlich geblieben. Es war
nun schon recht lange her, daß ihn A., einer plötzlichen Eingebung
folgend, aufgesucht hatte; das geschah in jener ersten Zeit, wo es ihn
nicht duldete, das Schicksal M's. widerstandslos zu ertragen. Er erinnerte sich genau, wie er zu seinem eigenen Erstaunen einen vorüber-
fahrenden Einspänner anrief, und sich gerade von diesem Fuhrwerk, das
er sonst nie benützte, hinaus zu Dr. P. tragen ließ; denn dieser wohnte
weit ab in einem Arbeiterviertel. Die Fenster klirrten und der Wagen
roch nach muffigem Leder wie ein Fechtboden. Am Tag zuvor hatte
ein Bekannter A. sonderbare Geschichten von Dr. Pfeifenstrauch
erzählt.
    Dr. Pf. war praktischer Arzt ohne Praxis; auf dem scheinbar kleinen
Schild im Hauseingang war er als gerichtlicher Sachverständiger
legitimiert, aber es waren keine Sprechstunden angegeben. Kein zweites Wort der deutschen Sprache vermochte derart seine Abneigung zu
erregen wie das angesehene Wort «Heilkunde»; er ordinierte nicht.

Er arbeitete aber auch nicht auf einer Klinik, noch irgend einem andern Institut der reinen oder angewandten Wissenschaft. Man hatte A. erzählt, daß er in jungen Jahren einige gerichtsmedizinische Arbeiten veröffentlicht habe, welche ihm die Berufung als Sachverständigen eintrugen; seither, und er mußte jetzt ein Mann stark in den Vierzig sein, war nicht ein Strich aus seiner Feder gekommen. Er lebte von einer kleinen Rente und den bescheidenen Honoraren, welche ihm seine Gutachten eintrugen, in einer von ihm selbst erfundenen sparsamen und den Geist anregenden Art, die es verdient, wenn auch nicht zur Nachahmung, aufgezeichnet zu werden. Er stand nämlich spät auf und aß dann auf nüchternen Magen ein Stückchen Aal oder geräucherten Fisch, das er nicht mit der Gabel, sondern mit einer kleinen, mehrzackigen und scharfen Angel in den Mund führte. Die scharfen Haken nötigten zu vorsichtiger und langsamer Bewegung der Lippen und zu einem umsichtigen Benagen, was bei jemand, der ein Nachtleben führt, außerordentlich wichtig ist, indem es die Sekretion in einer sonst nicht erreichbaren Stärke anregt. Hatte er es eilig, so begnügte er sich wohl auch damit, ein Stück Knochen, während er sich wusch und seine Kleider reinigte (weibliche Bedienung durfte seine Wohnung nur in seiner Abwesenheit betreten) abzunagen, und in früheren Jahren verfocht er die Lehre, daß das Volk, welches die Speisen mit dem Messer zum Mund führt, nach einer alten, den Gebildeten verloren gegangenen Weisheit handle. Hatte er nun seinen Speichel angeregt und die Magensäfte in Erwartung gesetzt, so verzehrte er eine so gewaltige Menge Milchsuppe mit Gemüse und Schmalzbrot, wie sie sich nur nach solcher Vorbereitung aufnehmen ließ, und dies eben war sein Patent, denn er setzte seinem Innern noch eine Hochpolitur durch starken schwarzen Kaffee auf, die er im Lauf des Tags und der Nacht einigemale erneuerte, aber sonst nahm er während 24 Stunden nichts weiter zu sich und konnte ungestört von den Schwächen des Körpers nur den Bedürfnissen des Geistes leben.

Es gibt solche Menschen, welche das Leben eines Heiligen oder eines Bohemiens führen, ganze Universitäten zusammenlesen, in den entlegensten Winkeln irgend einer Sache (unfehlbar) Bescheid wissen, wie ein böser Hofhund, der keinen zweiten duldet, über ein außerordentlich scharfes kritisches Urteil verfügen, und doch schöpferisch nicht mehr hervorbringen als während ihres ganzen Lebens ein paar, in ihrem Unverhältnis lächerlich kleine spezialistische Veröffentlichungen. Das wäre der Kern! Solche Männer kennen etwa alle ungedruckten Schriften der Scholastiker und wissen, wieviel Federn nach diesen Autoren die Engel besaßen und wieviele die Erzengel. Oder sie haben die Wirkungen studiert, welche die Bekanntschaft mit den Affen in der europäischen Philosophie, Literatur und Malerei hinterlassen hat. Denn wir geben uns über diese Wirkung keine Rechenschaft und das ist sehr merkwürdig, denn wir dürfen für das klassische Altertum von seinem Beginn an diese Bekanntschaft voraussetzen, dem nördlichen Europa muß sie aber irgendwann – vielleicht in der Zeit der Troubadours – neu gewesen sein und ganz erschütternd gewirkt haben oder auch nicht, was nicht minder merkwürdig wäre.

Dr. Pfeifenstrauchs Besonderheit war die wissenschaftliche Behandlung des pathologischen Verbrechers. Als A. zu ihm kam und seinen Namen nannte, kannte er natürlich nicht nur den zwischen seinem Vater und Prof. Schwung geführten Streit in allen Einzelheiten, obgleich das Jus in diesem Fall ja nur ein angrenzendes Nachbargebiet war, sondern wußte auch in allen andern Nachbargebieten Bescheid, von der medizinischen Seite des Falls als natürlich zu schweigen. Nun ist es, wenn zwei Universitätsprofessoren sich dergestaltig spezialisieren, gewöhnlich eine natürliche Alterserscheinung, sozusagen eine leichte Leibesübung, die sie sich neben ihrer den Rest der Alterskraft beanspruchenden Lehrtätigkeit übrig gelassen haben; wenn ein Mann sich aber unter Verzicht auf jede gehobene bürgerliche Lebensstellung von verhältnismäßig jungen Jahren an einer solchen besonderen Leidenschaft hingibt, so geht man selten fehl, indem man auf eine wunderliche Anlage seines Charakters schließt. Als A. sich seinerzeit genau über den Fall M's. unterrichtet und von Dr. Pf. alle sachverständigen Möglichkeiten erfahren hatte, in ihm einen Unverantwortlichen zu sehn, fragte ihn dieser, wozu er das eigentlich wissen wollte und im Zusammenhang mit welcher wissenschaftlichen Frage er die Erscheinung bearbeite. A. erwiderte, seine eigene Verlegenheit in dieser Angelegenheit hinter einem Ton des Leichtsinns verbergend, er wolle diesen Menschen retten.

Da sagte Dr. Pf: «Wenn ich das gewußt hätte, hätte ich Ihnen gar keine Auskunft gegeben. Das ist Unsinn.» – Das vertrauliche Gespräch, das auf diese rücksichtslose Äußerung folgte, hatte auf A. einen tiefen und unheimlichen Eindruck gemacht. «Wir alle sind unzurechnungsfähig» sagte Pf. ungefähr, «wenn man davon ausgeht, daß wir von Kräften in uns und um uns abhängen, auf die wir keinen oder nur einen beschränkten Einfluß haben. Aber es handelt sich eben darum ob wir aus guten oder aus bösen Kräften bestehn. Es ist ein Nonsens, die Existenz böser Menschen zu leugnen, um die Wichtigkeit der Medizin zu übertreiben; denn wenn alle Menschen krank sind, bleiben keine bösen Menschen mehr übrig.»

– Und wenn es so wäre?! – wandte A. selbstverständlich ein – Es wäre doch nicht mehr zu wünschen, als daß wir das Abnormale heilen könnten! –

– Glauben Sie das wirklich? – Pf. sah ihn zweifelnd an. – Das ist einfach eine Utopie. Es hieße einen völlig ausgeglichenen sozialen Zustand wünschen, der auch den Schwächsten nicht ins Verderben dreht, und dazu den psychotechnisch erzeugten Normalmenschen. Ich setze das eigentlich nicht von Ihnen voraus. Es wäre eine langweilige Welt. Sobald ein Mensch ein ungewöhnliches Gefühl äußerte, würde man ihn in die Maschine spannen und durch Zufügung oder Entzug von Keimdrüsensubstanz oder dergleichen einebnen.

– Daß unser öffentl. Leben dahin steuert, ist leider keine Utopie, aber ich räume ein, daß es keine wünschenswerte Zukunft bedeutet.

– Mir ist die Betreuertätigkeit, – sagte Dr. Pf. – welche man gewöhnlich mit der Vorstellung des Arztes verbindet, unausstehlich. Ich helfe nicht einmal den Bohemiens im Kaffeehaus oder in der Kneipe. Sei krank! So bist du vereinzelt. Verlassen von den Menschen und unmittelbar im Atemkreis Gottes!

– Hm. Meiner Ansicht nach handelt es sich aber doch auch noch um andres: Nehmen wir an, wir könnten einen Paranoiker von seiner fixen Idee durch ein chemisches Mittel befrein, so würden wir das doch tun. Und angesichts der andren Verbrecher, deren Symptome auf Krankheiten hinweisen, die wir wohl beschreiben, aber nicht behandeln können, müßten wir die Schuld uns geben, und der Staat müßte eigentlich für jeden solchen Fall eine Buße zugunsten neuer Forschungen zahlen!

– Man sieht, daß Sie kein Mediziner sind! – Dr Pf. lachte. Ihnen imponieren die schweren Fälle, in denen handgreiflich das ganze Willenssubjekt pathologisch ist. Genau so – fügte er mit einem Ausdruck cynischer Verachtung hinzu – wie unsren Gesetzgebern nur den Eindruck eines Geisteskranken macht, was kein vernünftiges Wort mehr hervorbringt oder wie ein Tier um sich beißt. Es gibt aber doch mittlere und Grenzfälle, wo in einer sonst ausbalancierten Psyche Hemmungen unterwertig oder Antriebe überwertig werden. He? Wie ist es zb. mit einer leichten Alkoholvergiftung. Oder einer sexuellen Entwicklungsstörung?

A., also examiniert, meinte, daß das in solchen Fällen handelnde Ich zweifellos verändert sei; das Ich sei normal, aber sein Zustand wäre als abnormal zu bewerten.

– Und bei Liebe?! Oder Eifersucht?! Sind dies keine abnormalen Zustände normaler Wesen? Nein, mein Herr. Das Ich ist ein fließender Ring in der Ursachenkette, und diese ist gar keine Kette, sondern ein Gefilz; wir sind unsre eigene Mitursache und Mitfolge. Nehmen Sie an, ein Herr A. kommt zu einem Herrn B und reizt ihn zur Eifersucht gegen einen C. Danach geht er zu C. und bestellt ihn irgendwohin, wo ihn B. unter verdächtigen Umständen treffen muß. Es geschieht, und B tötet den C: war A. daran Schuld?

– Zweifellos.

– Aber A. hätte weder den B. noch den C. zu treffen brauchen? B wie C hätten gegen seine Einflüsterungen immun sein können usw. Wenn A. schuld ist, sind auch alle diese Nebenumstände schuld. Das ist eine ganz schmierige Geschichte! Mit welchem Recht bezeichnen wir, – wenn wir wissenschaftlich bleiben wollen! – einen dieser Umstände gerade als den Hauptumstand? Weil wir den Menschen treffen wollen, und unser Rachebedürfnis es für unvernünftig erkennt, wie Xerxes ein Meer zu peitschen.

– Es scheint mir aber doch – sagte A., der anfing eines solchen Gespräches müde zu werden, das niemals ein Ende findet, weil die reine Theorie wie die Luft nach allen Seiten ausweicht, wenn sie nicht an praktischen Erfolgen zu prüfen ist, – daß man Folgendes sagen kann: der Affekt und die Reizung dazu sind erfahrungsgemäß mit einem solchen Erfolg verknüpft, das übrige nicht. Und ebenso muß dem Psychiater nur die Frage vorgelegt werden: sind Symptome an dem Verbrecher wahrnehmbar, welche erfahrungsgemäß mit den Symptomen einer Krankheit verknüpft sind?

– Passen Sie auf: Ein Plattenbruder erschlägt einen Menschen. Sind die Symptome Plattenbruder und Todschlag miteinander verknüpft oder nicht?

– Aber Plattenbruder ist keine Krankheit.

– Warum nicht?! – Dr. Pf. lachte jetzt ganz vergnügt. – Sehen Sie, so ist es: Man legt uns einen besondren und persönlichen Fall vor; wir vergleichen ihn mit dem, was wir wissen; und den Rest, das, was wir nicht wissen, muß der Delinquent verantworten. Oder mit andern Worten, trotz allen Pomps der Gerechtigkeit und der Wissenschaft läuft das Ganze zum Schluß darauf hinaus, daß der Richter sagt: Ich hätte das nicht getan, und der Psychiater hinzufügt: *Meine* Geisteskranken hätten sich nicht so benommen. – Ev. /Und was das bedeutet, wenn ein Mensch diesem sozusagen erweiterten Familienhochmut folgt, brauche ich Ihnen nicht zu sagen./

Als A. hörte, daß dieser Mann so ironisch über die Würde seines Berufs sprach, faßte er wieder Mut und legte ihm nahe: – Wenn Sie so denken, warum handeln Sie nicht mild? Warum haben Sie diesen kranken braven Riesen M. unter den Galgen gebracht? Helfen Sie mir wenigstens jetzt, ihn wegzuholen! –

Aber Pf. pfauchte und war sofort verändert, als ob man ihn erschreckt hätte. «Ich habe keine Ursache, gut in Ihrem Sinn zu sein, ich bin es im Sinn der menschlichen Gesellschaft, welche durch solche Personen nicht beunruhigt werden will!!»

Etwas an A. mußte ihn anziehen. Vielleicht die Lust am Paradoxen, welche unter der begütigenden Verteidigungsstellung vorguckte, oder es war die männliche offene Erscheinung, welche Pf. wie einen verliebten Zwerg reizte, mit vergifteten Pfeilspitzen zu prahlen, über die er gebot. Er zog Laden auf und zog Papiere und Lichtbilder hervor; es waren seine «Opfer», wie er sagte. A. sah plötzlich die ganze Reihe von Sensationsprozessen vor sich erwachen, deren Berichte er im Lauf seines Lebens gelesen und längst wieder vergessen hatte, geputzte und rohe, zum Unglück bestimmte und scheinbar alltägliche Gesichter von Männern und Frauen lächelten aus dem Blatt Zeitungspapier oder aus Photographien heraus oder blickten geniert ins Leere. A. merkte ganz deutlich die Grenze, wo seine Erinnerung aufhörte, als Pf., der die Erläuterungen dazugab, immer weiter zurückblätterte.

Viell. Fr. erzählt es Cl am Weg in sein Zimmer

Dieser Mann benahm sich seltsam. Er wahrte gewohnheitsmäßig die Miene, welche zu wissenschaftlichen Ausführungen gehört, und darüber lag noch die der grausamen Belustigung, welche zwei Menschen von Geist zeigen, wenn ihnen menschliches Elend und traurige Schicksale zu Anregungen ihrer Theorie werden: aber unter beiden Ausdrücken dieses Gesichts verbarg sich noch ein dritter, der sich nur zuweilen flüchtig verriet. Aus Gott weiß, welchen Gründen schien Pf. ein zärtliches Verhältnis zu den Opfern seines Verstandes zu haben, von deren Bildern umgeben er ein Leben ohne Geliebte und Freunde führte, so wie es Jäger für das Wild fühlen, das sie sowohl hegen wie jagen, aber mit weniger Unbefangenheit des Gewissens gepaart als sie sich bei diesen waldgrünen Menschen findet. Es war gegen Männer wie eine Rivalität, gegen Frauen wie ein Kampf mit Geschlechtslist und Geschlechtstriumph. Wenn eines seiner Opfer zum Tod verurteilt worden war, sprach er von ihm in einem besonderen Ton. Von dem oder jener sagte er: sie wären mir beinahe entwischt. Aber er sagte das stets ohne den Ton eines Mannes ganz aufzugeben, dem die Pflicht auferlegt ist, für das einzustehn, was er erkannt hat. Er leugnete sogar, daß es Simulanten gebe, sie waren für ihn nichts als «widerspänstige Grenzfälle». Und er gestand nicht ein, daß er seine Opfer unerbittlich wie eine Spinne angriff, sondern sagte bloß, daß ihm leider sehr selten ein Fall begegne, den er mit begründeter ärztlicher Überzeugung in Schutz nehmen könne.

Als A. mit Cl. das Zimmer betrat, worin sich M. befand, hatte er natürlich sogleich diesen Menschen wiedererkannt, und sie begrüßten einander, soweit es die Lage zuließ, mit höflichem Wiedererinnern, aber A. war es peinlich, diesen Mann in der Umgebung M's. zu finden, und Pf. beobachtete mit mißtrauischer Neugierde den Besucher, dessen Teilnahme an dem Fall er kannte.

Moosbrugger, der gutmütig selbstbewußte Kranke mit dem riesenhaften Körper, dessen Masse fast eine fühlbare Gravitationskraft ausstrahlte, reizte den kleinen, häßlichen Schlingensteller mehr als die Angel, mit deren Hilfe er jeden Morgen seine Sekrete anregte. Seit Clarisse im Zimmer war, hatte sich der Mörder breit in seinen Stuhl zurückgelehnt, die Fäuste auf dem Tisch, und bald begann er eine umständliche Erzählung. «Sie können es mir glauben, meine Herrn» – er sagte nur Herren, denn er hatte Erfahrung; man soll bei Frauen zumindest im Anfang immer so tun, als ob man sie nicht mitzähle, – ich habe auf der Polizei nur darum alles zugegeben, weil mich der Kommissär darum gebeten hat. Der Kommissär hat mich inständigst gebeten: ›Herr Moosbrugger, gönnen Sie mir doch den Erfolg!‹ hat er gebeten und da habe ich dann eben gesagt: ›Gut, wenn Sie einen Erfolg haben wollen, gehn Sie her, und machen wir Protokoll‹. Das war sein Paradestück, u er führte es Cl. vor. Sehn Sie, und das hat der Herr Gerichtspräsident, der immer parteiisch war, eben anzweifeln wollen! – ›Es wird sich nicht ganz so abgespielt haben‹, hat er gesagt – M. suchte dabei das Hochdeutsch des Richters recht lächerlich nachzuäffen – Aber der Kommissär hat es ihm gegeben! Er hat gesagt, daß er es wirklich gesagt hat. ›Herr Moosbrugger‹ – habe ich gesagt – ›wenn Sie schon nicht aus eigenem Ihr Gewissen erleichtern wollen, verschaffen Sie mir die persönliche Genugtuung, daß Sie es mir zuliebe tun‹: das hat er gesagt. Und da hab ich gesagt: ›Meine volle Hochachtung vor dieser Aussage des Herrn Polizeikommissärs. Obwohl der Herr Kommissär mich mit den Worten entlassen hat, wir sehen uns wohl nie wieder, so habe ich doch die Ehre und das Vergnügen, Sie wiederzusehn.‹ – M. erhob sich bei diesen letzten Worten zur Hälfte und deutete eine elegante Verbeugung an wie in einem Tanzlokal.

Der Zweite Assistent lachte. Humor findet man selten bei Geisteskranken, und alle hielten sie das für Humor. Moosbrugger war ihnen in seiner breiten, protzigen und doch grundanständigen Art angenehm geworden; was er sagte, hatte Hand und Fuß, wenn auch nicht gerade immer an der rechten Stelle. Es war – obgleich ihr ärztliches Bewußtsein jederzeit mit gutem Gewissen einen solchen Einfluß geleugnet hätte – doch irgendwie sein Verderben, daß man in seiner Gesellschaft das Gefühl, es mit einem Wesen der Unterwelt zu tun zu haben, verlor. Der geistliche Herr hatte ihn geradezu gern. Wenn er sich an die schweren und bestialischen Verbrechen erinnerte, die dieser lammfromme Mann begangen haben sollte, schlug er in seinem Inneren erschrocken ein Kreuz, als ob er sich auf einer sündhaften Regung ertappt hätte, demütigte sich vor der Unerforschlichkeit

Gottes u. sagte sich, daß man eine so verwickelte Angelegenheit dem Willen des Herrn überlassen müsse. Daß dieser Wille sich als Werkzeug – wie zweier gegeneinander arbeitender Hebel, von denen man vorläufig nicht wissen konnte, welcher der stärkere sein werde, – der Willen des Zweiten Assistenten und Dr. Pfeifenstrauchs bediente, war dem Pfarrer dabei keineswegs unbekannt geblieben. Denn der junge Assistent war schon seit dem Studium des Gerichtsakts und der Gutachten erster Instanz überzeugt, daß M. ein Geisteskranker sei. Als junger Arzt setzte er sogar einen gewissen Stolz in die Ablehnung des alten Vorurteils, daß man nicht schwer geisteskrank sein und doch einen völlig gesunden Verstand haben könne. Ja gewisse Bemerkungen des Richters, welche auf die Zweckmäßigkeit von M's. Überlegungen hinwiesen, – wie: Mit einem Wort, Sie wollen sagen, es ist kein Mord, sondern Totschlag? Warum haben Sie sich dann die blutigen Hände abgewischt? Warum haben Sie das Messer weggeworfen? Oder: Gegen zehn Uhr sind Sie nachhause gekommen, wuschen sich und zogen frische Wäsche und Kleider an, warum!? Weil es Sonntag war? Nicht, weil Sie blutig waren?? Oder: Sie sind mittags in ein Gasthaus gegangen und haben dort mit Appetit gegessen, dann sind Sie wieder in den Park hinunter gegangen; Ihre Tat hat Sie also nicht im geringsten geniert, dies alles zu tun?! – riefen in dem jungen modernen Psychiater geradezu ein Gefühl der wissenschaftlichen Solidarität mit M. hervor. M's. Erklärung, dass er immer nur simuliert habe, erklärte er für eine kennzeichnende Dissimulation, das ist das bekannte Streben vieler Geisteskranken, ihren Mangel zu bestreiten und zu verheimlichen. Dr. Pfeifenstrauch dagegen wußte natürlich, daß die Entscheidung nicht von der Meinung dieses jungen Mannes abhänge, nach dessen Berichten und eignen Beobachtungen erst Dr. Fried das Gutachten ausarbeitete, das durch den Vorstand der Klinik zu unterschreiben war und dann erst M's. Schicksal besiegelte. Dieser Weg war weit, und je unbefangener man seinem eignen Ergebnis gegenübersteht, desto uneigennütziger kann man auf Umstände hinweisen, welche jedes andre Ergebnis ausschließen, wenn man auch gar nicht bestreiten will, daß anfangs andre Annahmen manches für sich haben. Was Dr. Pf. zu verteidigen hatte, war einfach genug, daß M. ein desequilibrierter, schwer belasteter, neuropathischer Mensch sei, ja man konnte darin so weit gehen, wie man nur wollte, ohne doch zuzugeben, daß er die Symptome einer der paar großen Krankheiten zeige, welche einwandfrei die Verantwortung ausschließen. Er wies deshalb freigebig auf alle Symptome hin, die pathologisch sein mochten, sobald er sie nur an M. bemerkte, aber er vergaß niemals beizufügen, daß dies gar nichts bedeute. Wollte man selbst alle strafausschließenden Krankheiten, die es überhaupt gibt, bei einem Menschen annehmen, so käme es doch erst noch auf ihren Grad an. Es ist aber unmöglich, den Grad der Zurechnungsfähigkeit nach dem Grad der Geistesgesundheit zu bestimmen. Niemand sei dessen fähig. Die Ärzte nicht, weil sie nur dazu Kompetenz haben, den Krankheiten nachzuforschen; die Richter, weil es ihnen an der wissenschaftlichen Kenntnis fehlt, um die Beziehungen zwischen Geist und Körper festzustellen; nur die Religion verlange klar die persönliche Verantwortung gegenüber Gott, und so sei das Ganze schließlich nichts als eine religiöse Überzeugungsfrage. Dies war das Gift, mit dessen Hilfe Pfeifenstrauch den wissenschaftlichen Eifer seines Gegners ein wenig zu lähmen hoffte.

Solche Debatten fanden, zwischen Geben und Ausspielen eingestreut, unbefangen vor Moosbrugger statt, denn M. war begeistert von Pf. Nicht nur schmeichelte es seiner Eitelkeit, ständig den Mittelpunkt der Unterhaltung zu bilden, auch Pf.'s. Theorie, daß er, Moosbrugger, nur ein vor das Forum Gottes und nicht vor das der Psychiater gehörendes Phänomen sei, fand seine volle Billigung. «Erinnern Sie sich, ob zur Zeit der Tat Ihr Bewußtsein weg war oder trüb war?» «Sicher nicht», antwortete er. «Eben», sagte Pf. «Und wenn selbst. Auch ich handle nicht immer bewußt.» Oder es gewann M. einen schweren Pagat ultimo, und Pf. schmeichelte ihm: «Welch prächtiger, zielstrebiger Wille! Es ist ja möglich, daß gerade im Augenblick der Tat ein solcher Wille und eine solche Vernunft auf den Entschluß nicht eingewirkt haben, aber dann ist er eben strafbar; das ist ja förmlich die Definition der bösen Tat!» Die Intelligenz M's. begriff solche Gründe sehr gut, und es kam vor, daß er selbst den jungen Psychiater foppte, dessen Beruf bei ihm in Ungnade war. Von der Natur schlecht behandelt sein, erblich belastet sein, das waren Vorstellungen, die ein angenehmes wehleidiges Empfinden in ihm erregten, aber im übrigen hatte er bald alles weg, was für seine Hinrichtung sprach, und kam ihm zur Hilfe. Er hatte es auch gern, wenn man seine Augen und Reflexe betrachtete, und machte freiwillig darauf aufmerksam, wenn er die andern im Spiel mit Hilfe seiner Intelligenz und der Ruhe seiner Nerven bemogelt hatte. Schöne Worte, die in den Gesprächen häufig wiederkehrten und eine bedeutungsvolle Stellung darin innehatten, und solche Wendungen wie motivierende Kraft der Strafe, oder Erhöhung der Würde der Gesetze, oder Notwendigkeit, mit dem volkstümlichen Empfinden in Einklang zu bleiben, flossen mit einemmal elegant aus seinem Mund. «Und wenn es sein muß, muß es sein.» war sein steinerner Schluß. Er sah dabei jedesmal Pf. zärtlich an, ehrgeizig nach Beifall suchend. Der gute Pfarrer, der schon manches gesehen hatte, schüttelte zuweilen den Kopf. Aber er freute sich darüber, daß sich die Wissenschaftler nicht einigen konnten, und paßte ebenso scharf auf, wie M. Er erinnerte sich nicht mehr, wie die Sache nach dem kanonischen Recht zu entscheiden sein würde; die «Würde der Gesetze» gefiel ihm, aber (auch) der Spott auf die irdische Gerechtigkeit gefiel ihm nicht übel. Laßt sie gewähren, – dachte er sanft – das letzte Wort spricht Gott. – Und da er sich dieses Grundsatzes wegen wenig an dem Wortgefecht beteiligte, gewann er im Tarock.

$$s_5 + c + 2.$$

Clarisse hatte dunkel erkannt, daß diese Männer Moosbrugger beobachteten; Moosbrugger aber beobachtete sie, Clarisse. Von Zeit zu Zeit kam er heimlich und suchte ihren Blick zu überraschen und zu fangen. Der Besuch dieser schönen und vornehmen Frau – ein wenig zu unbedeutend kam ihm bloß die Kleinheit und Magerkeit Clarisses vor – schmeichelte ihm sehr nach allen Ehrungen, die ihm ohnedies schon widerfuhren. Er zweifelte nicht einen Augenblick, daß seine buschbärtige Männlichkeit sie verliebt gemacht habe. Sie hatte wohl ein Bild von ihm gesehen, und wenn sein Blick in dem Clarisses Erwiderung fand, so entstand ein Lächeln unter seinem Schnurrbart, das diesen Sieg bestätigte und mit einer an Dienstmädchen erprobten Überlegenheit eigentümlich komisch wirkte. Dieses Spiel beunruhigte Clarisse. Sie ahnte, daß Moosbrugger sich in einer Falle befand, und ihr Fleisch am Leibe kam ihr wie ein ihm vorgeworfener Köder vor, während ringsum die Jäger lauerten.

Als Anders ihr am Heimweg den Vorgang erklärte und einen Bericht über sein Gespräch mit Pfeifenstrauch hinzufügte, faßte sie einen Entschluß. Sie verdammte sich, weil sie nicht rechtzeitig durchschaut hatte, was sich vor ihr abspielte. Das war ein Spiel würdeloser Teufel um eine Seele. Sie wußte nun auch, wie sie Moosbrugger hätte entgegentreten sollen: Wie ein Engel! Sie sah die Luft, durch welche sie gingen, mehrere Minuten lang schwarz und weiß gleich einem Schachbrett vor sich. «Oder wie eine Schwester...» dachte sie in der Folge. Sie fühlte, daß dies eine Verbesserung, aber zugleich derselbe Gedanke war wie ihr erster Einfall. Das Bewußtsein, Schwestern zu haben in den Weiten der Welt, die zu jeder Stunde da sein können, selbst wenn sie noch nie gekommen sind, erfüllte ihr Herz mit einem schwebenden Regen von Licht und Tränen. Sie war sehr aufgeregt. Es erschien ihr nötig, daß sie noch einmal zurückgehe. Das war es! Anders mochte sich auch in diesem Fall mit ein paar Gedanken beruhigen, aber nicht aufs Denken kommt es an, sondern – daß – – man – – – ihr Herz stockte; «Du folgst ihm nach!» : dieser Gedanke, halb die Feststellung von etwas schon Geschehendem, halb ein Befehl, füllte sie bis in die schauernden Spitzen der kleinen Brüste aus. War denn nicht Nietzsche im Irrenhaus gewesen? Verhöhnt von den Besitzern der Vernunft, ohnmächtig, sich ihnen zu erklären! Was sie noch eben gekränkt hatte, daß sie sich ohnmächtig hatte überlisten lassen von den drei Teufeln bei Moosbrugger und sie nicht rechtzeitig durchschaut hatte, erschien ihr plötzlich als ein ungeheures, in der Leere des Morgens schwebendes Symbol. Sie trug etwas, das hoch von ihren Schultern aufragte. Der Auftrag, Moosbrugger zu befrein, und das Geheimnis, daß sie damit Nietzsches Nachfolge antrete, oder daß Moosbrugger für Nietzsche leide, war wie eine geschlossene Faust, deren Finger sie in diesem Augenblick noch nicht unterscheiden konnte, wo sie ihr das Herz aus der Brust rissen.

So ging Cl. nachhause

Indes vergingen einige Tage in solcherart sich steigernder Unruhe, bevor sie abermals zu Dr. Fried ging; diesmal ohne irgend jemand etwas davon zu sagen. Sie traf ihn nach der Vorlesung, bevor er seinen Rundgang machte. Dr. F. fühlte sich geschmeichelt. Er entstammte einer Familie des dumpfen Mittelstands. Der Wunsch, aufzusteigen, Macht und Verehrung zu genießen, hatte ihn das Studium des Arztes wählen lassen, denn dieser, der nur zu Menschen kommt, die auf seine Hilfe warten und sie fügsam entgegennehmen, der zum Unterschied vom Beamten aber nicht durch fremde, sondern eigne, geistige Macht herrscht, schwebte ihm als Ideal vor. Und da der Weg handfester Jungen über Anatomie und Paukarzt seiner Natur nicht entsprach, war seine Aufmerksamkeit auf die höchste Möglichkeit, die des Psychiaters gefallen.

Clarisse sagte diesem Mann ohne Umweg: «Erklären Sie ihn für unzurechnungsfähig!» Sie sprach nicht einmal den Namen aus. Fried sah sie erstaunt an. – «Meine Gnädige,» – fragte er – «welches Interesse haben Sie daran?» Clarisse war erschrocken; es fiel ihr keine Antwort ein. Aber da ihr nichts anderes einfiel, hatte sie plötzlich gesagt: «Weil er nichts dafür kann!»

Dr. F. musterte sie jetzt scharf. «Woher wissen Sie das so sicher?»

C. hielt seinem Blick kraftvoll stand und antwortete geradezu so, als ob sie nicht sicher sei, ob sie *ihn* der Mitteilung eines solchen Geheimnisses würdigen dürfe: «Er ist hier, weil er einen andern vertritt.» Dann zuckte sie scharf die Schultern, sprang von ihrem Stuhl auf und ging zum Fenster. «Sie verstehen mich nicht.» rief sie zurück, als sie keine Antwort fand. «Er erinnert mich an jemand.»

«Aber das ist doch kein Grund für die Wissenschaft!» sagte endlich Dr. F. gedehnt.

«Ich habe gedacht, Sie würden es tun, wenn ich Sie bitte.» Cl. sagte das ganz einfach u. wandte sich ihm wieder zu.

Diese Frau hatte F. schon bei ihrem ersten Besuch stark berührt; nun war er sicher, daß sich die Fäden einer keineswegs alltäglichen Begegnung bereits um sie und ihn spannen.

«Sie nehmen das zu leicht!» erwiderte Dr. F., zur Hälfte geschmeichelt und vorwurfsvoll. Er lehnte sich faustisch in seinem Sessel zurück und fuhr mit Blick auf sein Studio fort: «Ich will gerne mit Ihnen darüber sprechen. Haben Sie sich überhaupt überlegt, ob Sie dem Mann was Gutes erweisen wenn sie ihm statt einer Bestrafung die Internierung wünschen?! Der Aufenthalt in solchen Mauern ist kein Vergnügen..» – Er schüttelte schwermütig das Haupt.

Cl. erwiderte klar: «Zuerst muß der Henker fort von ihm!»

«Sehen Sie» – meinte Fried – «meiner Ansicht nach ist M. ja Epileptiker. Seine Anfälle können Minuten bis Wochen dauern. Sie sind eingeleitet von qualvoll beängstigenden Wahnvorstellungen und Sinnestäuschungen. Aber die Dämmerzustände übergehen oft auch unmerklich aus und in volle Geistesklarheit, und außerdem ist selbst im paroxysmalen Stadium das Bewußtsein nie ganz aufgehoben, sondern nur in verschiedenen Graden vermindert. – Man könnte also wohl etwas für ihn tun. Aber die Sache liegt keinesfalls so, daß man als Arzt seine Verantwortung ausschließen müßte! Er ist höchstens ein Grenzfall.»

«Also werden Sie etwas für ihn tun?!»

«Ich weiß es noch nicht. Ich muß den Fall doch erst prüfen!» Fried lächelte.

«Aber Sie sind doch keinen Augenblick im Zweifel darüber, daß der Mann krank ist!» – beharrte Cl.

«Das natürlich nicht. Aber darüber habe ich ja gar nicht zu urteilen. Sie haben es ja gehört. Ich soll beurteilen, ob sein freier Wille bei der Tat ausgeschlossen war, ob sein Bewußtsein während der Tat getrübt war, ob er Einsicht in sein Unrecht besaß, und dergleichen. Das sind lauter metaphysische Fragen! Als Arzt ist natürlich alles für mich determiniert, aber hier muß ich auch auf den Richter Rücksicht nehmen.»

«Dann dürfen Sie sich nicht dazu hergeben!» Die selbstgefällige Überlegenheit, mit der F. sich bespiegelte, gab C. ihre ganze Kraft wieder. «Aber vermögen Sie sich vorzustellen» – wandte F. ein – «welche grausame Bestie dieser jetzt ruhige Halbkranke sein kann?» – «Das kümmert uns jetzt nicht» – schnitt Cl. diesen Versuch ab – «Sie fragen auch bei einer Lungenentzündung nicht, ob Sie einem guten Menschen zum Weiterleben verhelfen! Jetzt haben Sie nur zu verhindern, daß Sie nicht selbst Gehilfe eines Mordes werden!»

F. hob wehmütig die Hände.

«Ist denn nicht auch die Liebe eine Störung des Geistes?» kam er ihr zu Hilfe. – Es gibt doch kaum einen Menschen, der in seinem geheimen u. aufrichtigen Liebesleben nicht wenigstens angedeutet etwas das er nur dem Mitschuldigen zeigt verbirgt. Niemand kann besser verstehen als ich, daß ein Geisteskranker einen gesunden Menschen an vielerlei erinnert. In der Öffentlichkeit muß man dagegen einschreiten; im inneren Leben kann man sich aber nicht immer mit der gleichen Rigorosität gegen alles Derartige wappnen. Und Nervenärzte, schließlich ist die Heilkunde ja doch auch eine Kunst, können großen Erfolg in Wahrheit nur haben, wenn sie zu den Erscheinungen in ihren Patienten in einem gewissen Sympathieverhältnis u. Rapport stehen. – Er sah Clarisse fragend an. Da sie auf seine Anspielungen nicht einging, sagte er seufzend: «Für uns Ärzte ist alles krank, so wie für einen Chemiker alles Chemie ist. – sagte er entschieden wenn auch seufzend – Wir haben aber kein Recht und kein Verlangen in andre Auffassungen einzugreifen. Wir sehen hier täglich Seelen leiden; wir müssen uns aber innerhalb unserer Grenzen halten: wir bedürfen eigentlich selbst am meisten des Trostes!...»

«Was werden Sie also tun?» fragte Clarisse, indem sie beim Abschied ihren Widerwillen überwand und einen langen Kuß auf ihre Hand duldete.

«Ich weiß es noch nicht. Ich muß es mir überlegen», beharrte Fried, der damit gerne ein Zugeständnis ihres Entgegenkommens erpreßt hätte.

$s_5 + d.$

Zwischen $c + 2$ u d vielleicht einen fremden Abschnitt legen wegen Gefühl Zeit ist vergangen.

Unglücklicherweise machte in diesen Tagen W. auf Cl. einen ehelichen Überrumpelungsversuch. Wotan hatte ihm diesen Rat gegeben. Wotan hatte schon drei Kinder, obgleich er unter den Freunden niemals für voll gegolten hatte und schwor darauf, daß nervöse Frauen sich nur gesund fühlen, wenn man sie rücksichtslos behandle. Aber Cl. hatte sich noch nie so erbittert gewehrt wie diesmal. Es kam zu einer erschütternden Szene zwischen den Gatten, W. wurde von Cl's. geradezu schwärmerischen Abneigung besiegt und mußte auf einen Band von Nietzsche sexuelle Urfehde schwören. Aber in Cl. blieb auch nach ihrem Sieg, von dem Sturm der sie gerüttelt hatte, eine namenlose Aufregung und Einsamkeit zurück. Dazu kam, daß die Ergebnislosigkeit ihres Besuchs bei Fried und dessen allzu deutlichen Anspielungen einen schweren Eindruck auf sie gemacht hatten.

Ev. von W. aus etwas breiter. Diese albernen Mätzchen anstelle wirklichen Wissens vom andern (heute schon etwas besser!)

Sie war wieder fest überzeugt, daß sie in einer unheimlichen Weise die Männer anzog.

Sie ging morgens nach dem Bad, fast aus der Wanne ohne Aufenthalt in den Wald. Das Blinkende, Glitzernde, Tropfensprühende des weißen Wassers war noch um sie. Wie ein Stachelpanzer aus scharfen auswärts gerichteten Messerspitzen. Es war ein geradezu unheimliches Reinlichkeitsgefühl, eine äußerste Reizbarkeit des Reinlichkeitsbedürfnisses (6/6), während sie dem Haus – einstweilen nur mit diesem Gedanken spielend – entfloh. Es umschloß den Muffgeruch ehelicher Betten. Wie ein Mistkäfer wollte W. immer wieder den Kopf in diesen stets bereitstehenden warmen Müll wühlen.

Sie lag am Waldrand. Mit dem Gesicht so, daß sie noch in die kleinen, wie Nasenlöcher offenen und dunklen Fenster ihres Hauses sah. Erdbeerenduft brannte in der Morgensonne. Gewächse kitzelten sie. Das Stechende, Harte, Heiße der Natur tat ihr unsäglich wohl. Das Rücksichtslose   Sie fühlte sich der Enge des persönlichen Verhältnisses entrückt. Sie sah es weit. Es mußte offenbar so sein; daß W. immer wieder der dunklen Anziehung erlag, die von ihr ausstrahlte, aber er ging dadurch zugrunde. Sie mußte also das Opfer bringen. Hatte A. dafür erwählt. Eine sonderbare Bestätigung war es, daß A. seit einiger Zeit sie täglich mehr erregte. Und das Überraschende: daß A. es war, welcher M. in ihr Leben gebracht hatte. Alle bedeutsamen, weichen, reifen Begebenheiten sind so, daß die Wege von überall her zu ihnen führen.

Während sie die warme Erde fühlte, auf der sie lag, ausgestreckt wie auf einem Kreuz, Nägel aus Sonnenstrahlen drangen durch ihre aufwärtsgekehrten Hände, nahm nun allmählig das Wort «verleugnen» ihre Gedanken ein. Walther müsse sie erst verleugnen lernen, dann konnte er von ihr befreit werden. Eine große Trauer befiel sie bei diesem Gedanken. Alle werden mich verleugnen. Erst, wenn Ihr mich alle verleugnet habt, werdet Ihr mündig sein. Erst wenn Ihr alle mündig geworden seid, will ich Euch wiederkehren dachte sie, immer tiefer in den Wald gehend. Damit war aber etwas Zweites verknüpft – Nachricht – ob er sie finden werde. Wie Ansätze von Gedichten war alles das. Golgathalied, nannte sie es. Ein ungeheurer Abschied erfüllte sie mit Trauer, Lust und herrlichen Gedichten, deren zweite Zeile sich in dem weiten Übermaß von Erregung und Schönheit verlor. «Wäre ich jetzt nur ein wenig abergläubisch oder nicht so von harter Gesundheit» – sagte sie sich – «so würde ich mich jetzt fürchten müssen.» Seit sie M. kennen gelernt hatte, fühlte sie sich gewaltsam verändert. Eine unausdrückbare Sicherheit und Leichtigkeit beseelte ihr Denken. Sie hörte Antworten, eh sie noch recht gefragt hatte, sie brauchte ihre Gedanken nicht mühsam aufzubaun, sie kamen auf sie zu wie die Umrisse ganzer Städte. Eine Spannung, als müßte sie im nächsten Augenblick in einen Tränenstrom ausbrechen, begleitete diese ungeheure Leistung. Wenn sie ging, hatte sie Mühe, ihre Schritte zu zügeln, die bald davonstürmten, bald von einer Überraschung festgehalten wurden. Glück und eine eigenartige, heldische Düsterheit trennten sich nicht mehr in ihrem Gemüt, das sie wie ein strahlendes Gewitter beglückte. Was sie aber am tiefsten verwunderte, war die ungeheure Unfreiwilligkeit in diesem Sturm von Freiheit. Glück und Leid, Erlösung und Opfer schienen mit bedingender Notwendigkeit zueinander zu gehören; die Gedanken waren bald so, als wäre ihr Gehirn nur das Instrument, mit dem ein fremdes und göttlicheres Wesen schrieb, eine in-ihr-wohnende Macht, bald waren sie so, daß jedes Ding, worauf ihr Auge fiel, oder jede Erinnerung, welche der Strahl des Gedächtnisses beleuchtete, die Führung übernahm und an das nächste Ding abgab, so daß Clarissens Gedanken neben ihr herzulaufen schienen, und ein stürmischer Wettlauf mit ihrem Körper begann, bis sie erschöpft einhalten mußte und sich in die Waldbeeren warf.

So fand sie A., den ein Gefühl, über das er sich keine Rechenschaft geben wollte, schon morgens zu seinen Freunden herausgeführt hatte, wo er von W., der im Begriff war ins Büro zu fahren, die Richtung erfuhr, in der Cl. das Haus verlassen hatte. Cl. hatte ihn kommen gesehn, bunt in den bunten Waldkräutern liegend und seinem Blick entzogen. Als er sich näherte, kroch sie schnell ihm in den Weg u blieb dort liegen Sein Gesicht, das sich unbeobachtet glaubte und nur in vegetativem Rapport mit den Hindernissen lebte, durch die es daherkam, bereitete ihr durch die vielen, unbewußten, männlich entschlossenen Bewegungen darin ein wunderliches Gefühl. U hielt erst überrascht an, als er sie fast unter sich gewahrte, den Blick lächelnd zu ihm emporgehoben. Sie war nicht im mindesten häßlich. – Bleib stehn – bat Cl. – Du stehst jetzt wie ein Verhängnis über mir. – A. lächelte, aber unter ihrem emporgestemmten Blick wich ihr Auge dem seinen aus.

Es gibt Augenblicke, wo man die Dämonie.. eines Menschen durchschaut, ein wenig lächerlich findet und ihr trotzdem erliegt. – In seinem Überirstehn war etwas Überhängendes, welches das übertriebene Wort Verh. entschuldigte.

Wir müssen M. befrein. – sagte Cl. nachdem U. sie gebeten hatte, ihm doch ihre sonderbaren Einfälle zu erklären – Wenn es nicht anders geht, müssen wir ihm zur Flucht verhelfen. Willst du? – A. zuckte, die Hände in den Hosentaschen, die Schultern. Der heiße Wille, der von diesem kleinen Wesen ausging, dieser sinnlos wuchernde Wille war wie die in der Sonne dunstenden Brombeerranken, zwischen denen es von unbekannten Insekten flog u wimmelte; unmenschlich, aber angenehm. U. schüttelte den Kopf.

– Dann komm! – sagte Cl. – Wir wollen tiefer in den Wald hineingehn, wo wir ganz allein sind. Sie war aufgesprungen. Aber du bist ja ganz erhitzt – rief sie aus – du wirst dich erkälten. A. glühte in der Tat von dem Anstieg durch die Sonne. Sie hatte ein Tuch um, nahm es ab u. warf es ihm über den Kopf. Es war noch warm von ihren Schultern u Armen. U. wehrte ab. Ich habe dir nicht verziehn, daß du mir diesen Wirrkopf Ld. vorgezogen hast! – sagte er   Und während ihre Hände zu seinem Kopf hinaufturnten, hatten sie etwas behend Gespreiztes wie warme Eidechsenfüße im Mauerwerk. Sie spannte das Tuch um seinen Kopf und Nacken u streichelte es zurecht. Den großen A. gefangen – sagte sie im Kinderspielton; es fehlte nicht viel, so hätte er sie ergriffen, denn ihre Stimme hätte dazu gar nicht viel anders zu klingen brauchen; er begann unter ihren Händen zu zittern.

Das verstehst du nicht. – Du bist ganz anders   Ld. mag gar keine Frauen

Was heißt dieses ganze Gerede vom Erlösen? – fragte U. streng.

– Oh, das werde ich dir erklären! lachte Cl. U. schickte voraus, was ihm schon W. gesagt hatte. – Gut, ja. Aber das ist nicht die Hauptsache.

Sie waren Mittags nicht nach Hause gekommen, streiften umher, aßen Beeren, waren von Hitze und Hunger trocken wie Geigenholz; Cl. fütterte A. mit einem Stück harten Brods, das sie in der Tasche trug.

– Wir verleben die Zeit. Wir verleben die Stunden – sagte Cl. – Die Mühle der Zeit mahlt trocken. Körnchen um Körnchen fühlst du fallen. Ohne zu denken bist du viel glücklicher, als wenn du denkst. Viel reiner. A. ließ ihre vielen wirren langen und kleinen Reden gewähren, ohne darüber nachzudenken. Sie brach ein trockenes Zweiglein ab und reichte es ihm hin; wie bei Kindern, wenn sie so etwas tun, lag etwas dahinter, wofür der Begriff nicht vorhanden war. Oder sie eilte vor ihm her, schlüpfte voraus, unter Ästen hin, zwischen Stauden durch, die zurück schlugen. Pausenlos. Einem geheimgehaltenen Ziel zu. Blieb plötzlich in der Wildnis stehn, ohne Ziel, zwischen Bäumen, deren Fuß nach Moder roch und Sonnenlosigkeit, drehte sich um und lachte: Du hast mir nachfolgen müssen! –

– Also, was ist eigentlich mit M.? – fragte A.

– Du mußt jemand finden, der ihm zur Flucht verhilft.

– Erklär mir zuerst, warum du das willst.

Ihr stellt mir verschiedene Aufgaben, W. und du – sagte Cl. zögernd. Aber – so kehrte ihr Blick jetzt zurück – weshalb ist eigentlich er bei mir und nicht du? Es ist so rätselhaft wie ein Kind das erstge-

borene ist und eins das zweite. – Aber du hast ja gar kein Kind –
lachte A. – hart ihren Körper «ins Auge fassend» wie sie fühlte. – Vielleicht will ich eins. – Bitte! – Sprich nicht so, A. bat Clarisse ernst;
– es ist mein Unglück, daß ich immer in Euch den Bären erwecke

– den Bären?

– Die spitze Schnauze, mit Zähnen, welche alles zerreißen. W. glaubt,
daß jeder Mensch ein Tier hat, dem er gleicht. Aber er hat nicht recht;
jeder hat mehrere Tiere in sich. Man muß ihn davon erlösen.

– Ich versteh deine Bilder nicht, Clarisse.

– M. hat einen Lustmord begangen, nicht wahr? Was ist das? Die
Lust hat sich in ihm getrennt vom Menschlichen. Ist das nicht bei W.
auch so? Und bei dir? M. hat dafür das Opfer bringen müssen. Ich habe
dir erzählt, daß ich ein schwarzes Muttermal dort habe. Ich bin gezeichnet. Darum beeinfluße ich Euch. Und bin selbst schwach – ich
habe das in der Familie geerbt – –

Während sie das sagte, bogen sich ihre Finger wie Krallen ein, die
Lichter ihrer Augen leuchteten in dem Dickicht. A. fühlte, daß sie
ihn umarmen wollte. Aber sie bezähmte sich.

A. sagte zu all dem nicht ja und nicht nein. Die Räuberromantik
dieser Streifung war kindisch u doch irgendwie aufregend. Cl's. Reden
waren so unverständlich wie der Duft nach Pilzen u. Fichten, dumpfem
Boden u. Sonnenschein auf Zweigen. Er hatte das Bedürfnis der quä-
lenden Unsicherheit über seine u. Ag. Zukunft zu entrinnen, das
blinde Vertrauen, daß es noch immer gut gewesen sei, wenn er in
entscheidenden Augenblicken dem erstbesten Antrieb folgte, und Cl.
war voll wirrer Impulse. Was sie wollte, widerstrebte ihm. Seine
Ethik war keine der Unmoral, und es erschien ihm sinnlos, M. zu
befrein. Aber zugleich, weil es sinnlos war, hätte er gerne gewußt,
wohin es führe; oder wohin Cl. ihn führe.

Sie mußten endlich zurückkehren, weil Cl. nachmittags eine Einladung angenommen hatte. Jedesmal, wenn Cl. unterwegs auf ihren
Wunsch zurückkam, lachte er bloß. Der Zufall wollte es, daß sie
einem Mann begegneten, der einen Bären führte. Schon von weitem
wurde Cl. unruhig u. während er dadurch erst auf die zwei Figuren
aufmerksam wurde, kämpfte sich in ihr eine schon unbestimmte Überlegung durch. Plötzlich, als sie eben vorbeigehen wollten u A. neugierig u respektvoll u. mit einiger Scheu die Begegnenden musterte,
lachte sie wirklich sonderbar auf und wiederholte: Ich zähme jeden
Bär! Dabei griff sie mit der Hand nach dem Tier, um es am Maulkorb
zu fassen, und A. hatte die größte Mühe, sie rasch genug von dem erschreckt brummenden Tier zurückzureißen.

0: Unglückseligerweise macht W. auf Rat Wo's. eine Attacke. – Erschütternde Szene – Schwärmerische Abneigung – Urfehde. In Cl. bleibt namenlose Aufregung u. Einsamkeit zurück. Dazu kommt Ergebnislosigkeit bei F. u. schwerer Eindruck seiner Anspielungen.

1 ff Cl. geht morgens aus der Wanne in den Wald. Sonne, Erdbeeren, Gewächse kitzeln sie. Das Stechende, Harte, Heiße der Natur. Ihre Ideen: Männer anziehn – Opfer bringen – A.

A. kommt nach. Szene Tuch usw. u. Gespräche. Nachmittags bei Freunden Atelier. Davor: Befreiungsvorschlag. An einem der nächsten Vormittage Coit. / Oder dazwischen viele kleine Besuche u Gespräche /

s₅ + d + 1.

Das nächstemal traf U. mit Cl. bei Freunden von ihr zusammen, Menschen, die sich in einem Maleratelier versammelt hatten u Musik machten Cl. war unauffällig in diesem Element; ihr sonderbares Wesen, das A. im Lauf des Tags doch einigemal aufgefallen war, ordnete sich diesem aufgeregten Umkreis natürlich ein. Die Rolle des Sonderlings fiel in dieser Umgebung eher U. zu.

Verzückt und verbogen lauschten die Menschen. In A. meldete sich der Widerstand. Diese Übergänge von lieblich, leise, sanft zu düster, heldisch u brausend, welche die Musik binnen einer Viertelstunde ein paarmal vollzieht, – Musiker bemerken das nicht, weil für sie der Vorgang eben gleichbedeutend ist mit Musik, und also mit etwas gänzlich Ausgezeichnetem, – aber einem Menschen, der nicht von dem Vorurteil, daß es Musik geben müsse, befangen war, wie U, erschienen sie als so unvermittelte und schlecht begründete Vorgänge wie das Treiben einer betrunkenen Gesellschaft, die alle Augenblicke zwischen Rührseligkeit u Prügelei abwechselt. Sie haben weder einen natürlichen Anfang, noch ein natürliches Ende, sondern braun wie Wolken durcheinander. Die Musik ist niemals, was das Natürliche wäre, zornig auf einen X, einen bestimmten Menschen, sondern sie gerät in eine «zornartige» unbestimmte Wallung, und es läßt sich auch nie unterscheiden, ob etwas Zorn ist oder vielleicht bloß Ärger oder vielleicht schon Totschlag.

Da mußte A. an M. denken. Er sah jenes große Zimmer von fester Würfelform vor sich, mit seinen hygienisch weißen Wänden, dem spiegelnden Fußboden und der hellen Freundlichkeit breiter Fenster, worin der verwirrte Sinn M's. sich zu strammer Zufriedenheit glättete, während diese, doch sicher normalen Menschen sich eine Stunde lang anstrengten, um sich wie Wahnsinnige zu gebärden.

A. konnte sich keine Vorstellung von der Seele eines großen Musikers machen, aber das, was im Durchschnitt für große Musik gilt, erschien ihm wie ein Kasten, der alle Inhalte der Seele einschließt, aus dem man aber alle Laden herausgezogen hat, so daß nun innen der ganze Inhalt durcheinander liegt, während die Wände außen von zarten, harten und abgestuften Ornamenten bedeckt sind.

Er dachte jetzt an W. Er dachte nicht oft über Menschen weder über sich noch über andere d.h. über das Persönliche nach; das war ein Fehler von ihm. Er wußte aber, daß es auch eine Kraft ist; alle Gräben sind verkehrte Berge. Er dachte nicht über Menschen nach, aber er geriet manchmal in einen Wirkungsbereich. Zuletzt bei Ag. Spürte, daß von einem Menschen ein Netz von Kreuz- und Querlinien ausging, und daß er – an und für sich ein Stück gleichgültigen Korks – einige kleine Magnete trug, von denen einer ihn in diesem Feld von Kraftlinien zu bewegen begann. Er wußte seit seiner Rückkehr, daß zwischen Cl. und ihm etwas «los» sei; es bewegte sich. Er dachte wahrscheinlich deshalb nicht nach über Menschen, weil er auch über sich nicht nachdachte; er mochte die Hamletmenschen und Dostojewskijfiguren nicht; er dachte seinen Gedanken nach, er selbst war sich uninteressant. Als eines Tags zwischen ihm und Cl. die Spannungen da waren, kam ihm dies vor, als schritte er durch die Strahlungen einer glühenden Platte oder als schiene ihm die Sonne schon lang in den Nacken, und er merke es erst jetzt. Es war zum erstenmal ganz deutlich heute morgens bei dem Vorfall mit dem Tuch.

Und es ist so angenehm, eine Persönlichkeit zu sein.

W., der Cl. geheiratet hatte, sein Jugendfreund, war sein Gegenteil: er dachte viel und leidenschaftlich über sich nach. Er nahm alles ernst, was ihm begegnete. Weil es ihm begegnete. Als ob das eine Auszeichnung wäre. Er schien einen Schallverstärker für kleine moralische Geräusche in sich zu tragen. Es ist aber wahrscheinlich das Anzeichen von Durchschnittsmenschen, daß sie alles, was sie selbst betrifft, tief nehmen, während schöpferische Menschen alles sofort in die Breite ausdehnen müssen. Immerhin hatte W. Cl. «entdeckt».

Aber W. war ein ›ganzer‹ Mensch.

Es war die Meinung U's. .

Es ist aber das Gegenteil der herrschenden Meinung

Und das mit dem Tuch, heute morgens, war so gewesen: Es war noch warm von ihren Schultern u. Armen. Sie spannte es über seinen Nacken und streichelte es. Und ihre Hände hatten dabei etwas zärtlich Behendes wie warme Eidechsenfüßchen.

Hinter dem jetzigen Bild W's. wurde wieder die Jugendvorstellung lebendig

Wenn er sich W. recht bezeichnend vorstellen wollte, lag er an einem Waldrand. Er hatte dann kurze Hosen an, trug schwarze Strümpfe und hatte nicht die Beine eines Manns, weder die muskulösen, noch die dünnen, sondern die eines Mädchens; eines nicht sehr schönen Mädchens mit sanften unschönen Beinen. Er legte die Hände unter den Kopf, sah hinaus in die Landschaft und den Himmel, und man wußte, daß man ihn dann störte. – Er ist das – dachte A. – was man einen schwachen Menschen nennt. Wenn ich ihm das sagen würde, würde er heftig widersprechen. Und beweisen könnte ich es ihm doch nie. Was man ist, ist also eigentlich nur das, wofür man von allen gehalten wird; eine Reaktion der andern. Aber es ist doch das Einfachste, wenn man ihn einen schwachen Menschen nennt.

Wie sonderbar, was später aus uns wird.

Aber vom Rechtsstudium trieb es ihn zur Musik; von der Musik zum Theater; vom Theater zu einem Kunstgeschäft; vom Kunstgeschäft wieder zur Kunst; von der Kunst – ? Ja, jetzt sitzt er fest, hat keine Kraft mehr, sich noch einmal zu verändern, ist zufrieden unglücklich, schimpft auf uns alle und geht pünktlich in sein Büro. Und während er in seinem Büro ist, wird vielleicht zwischen Cl. und U. etwas geschehn, wenn er es aber erführe, würde es ihn in einen ungeheuren Aufruhr versetzen, als ob der ganze Ozean der Weltgeschichte brandete. Er spürt es so wenig wie der Mond sieht, was hinter seinem Rücken geschieht. U. dagegen war das alles viel gleichgültiger. Oder: Er beneidete ihn beinahe. Cl., wie sie sich da verbiegt und die Finger verkrampft hält, während die andern Töne beuteln und schütteln, war sie ihm beinahe unangenehm wie eine Karrikatur auf die Empfindung des Genialen, Revolutionären, Aktivistischen, daß kein Gefühl, kein Gedanke es wert ist, das letzte zu sein, daß man bei nichts bleiben soll, weil der Himmel unendlich aufwärts geht. Er ist schläfrig u sie läßt ihn nicht zur Ruhe Aber sie hat etwas rings um sich! Sie muß immer etwas tun. Einfach aus Spannung, aus Abstoß, um über die letzte Minute noch hinauszukommen. Und er? Eigentlich ist er der geborene begabte Durchschnittsmensch; er ist unglücklich, aber er hat Glück, und alle

Menschen lieben ihn; alle Menschen laden ihn ein zum Bleiben; mit gigantischer Anstrengung zieht er immer wieder die Füße aus dem Boden, worin sie so schön verwurzeln könnten. – A. lächelte bös – Eigentlich ist er gar kein schwacher Charakter. Es ist unerhört schwer, nichts zu erreichen, wenn man kein Talent hat!

Und zum Schluß wird er glücklich werden.

Cl würde einen schlechten Tausch machen.

In der Pause setzte sich Cl. zu A. – Ich kann nicht mehr, – sagte sie. – Wenn ich Musik höre, möchte ich entweder lachen oder weinen oder davonlaufen.

Mit Lindner? – fragte A.

Das war nur ein Versuch. – Sie fing seine Hand und hielt sie fest. – Nein, mit jemand, der Musik machen könnte. Ohne Gewissen. Eine Welt. Ich höre sie zuweilen. –

A. sagte ärgerlich: «Primitive Menschen, seid Ihr Musiker. Welche subtile, noch nie dagewesene Motivation wäre nötig, um unmittelbar nach stillem Insichgehn einen tosenden Ausbruch möglich zu machen! Ihr macht es mit fünf Tönen!

Das verstehst du nicht, Anderle, – lachte Clarisse.

Und das stört dich nicht? – A. forderte sie höhnisch heraus.

Du verstehst es nicht – sagte Cl. zärtlich – gerade deshalb bist du so hart. Du hast kein weiches Gewissen. Du warst nie krank.

Ich würde dich betrügen – sagte A. –

Betrogenwerden hat für uns keinen Sinn. Wir müssen unser Alles einsetzen. Wir können uns nur selbst betrügen. – Ihre Finger schlangen sich um seine Hand. – Musik ist oder ist nicht.

Du wirst mir mit einem Zirkusmenschen davongehn – sagte A. nachdenklich. Er sah finster in die wirr verknäulte Menschengruppe hinein. – Du wirst enttäuscht sein. Für mich ist das alles ein Gewebe von Widersprüchen, zwischen denen es keine Entscheidung gibt B 153 Aber du hast vielleicht recht. Ein paar Trompetentöne. Eingebildete. Lauf darauf zu.

Es ging gegen Abend. Dunkelblau wandernde Wolken waren am Himmel hinter den Atelierfenstern. Die Spitzen eines Baums reichten von unten heran – Häuser standen mit den Dächerrücken nach oben. – Wie sollten sie sonst? – dachte A. und doch, es gibt Minuten, wo das kleine Leid, das man empfindet, in die Welt wie auf eine dumpfe Riesentrommel fällt. Er dachte an Agathe und war unsagbar traurig. Dieses kleine Wesen an seiner Seite trieb mit einer unnatürlichen Geschwindigkeit vorwärts. Wie unter dem Druck eines Programms. Das war nicht die natürliche Entwicklung einer Liebe. Überhaupt konnte von Liebe keine Rede sein. Darüber war er sich ganz klar. Und doch gab er willenlos nach. Ein unbestimmter Gedanke tröstete ihn; etwa so: Ein Mensch wird beleidigt, und macht eine große Erfindung; so kommen die wirklichen Taten des menschlichen Willens zustande. Nie in der geraden Linie. Ich liebe Ag. und lasse mich von Cl. verführen. Cl. glaubt, daß der kleine Aufruhr, den sie macht, ihr Wille ist, aber meiner liegt reglos darunter wie das Wasser unter den Wellen.

Die Musik, welche in dem dunkelnden Raum die Augen der Menschen wie Lichter anzündete, und die Körper wie Rauch durcheinanderblies, hatte wieder begonnen.

$$s_5 + d + 2.$$

Die Zugeherin war schon fort, W. in der Mitte seiner Bürozeit, A. wählte, ohne sich ganz über die Bedeutung dieser Wahl Rechenschaft zu geben, jetzt solche Stunden für seine Besuche. Dennoch geschah nichts bis zu einem Sonntag. Da hatte W. eine Einladung bekommen, die ihn bis zum Abend in die Stadt rief und eine halbe Stunde zuvor, nach dem Mittagbrod war A. nichts ahnend gekommen und trüber Laune, denn die Aussicht auf einen Nachmittag in Gegenwart des Freunds hatte ihn so wenig gelockt, daß er den Weg eigentlich nur aus Gewohnheit antrat. Als W. sich aber sogleich zu verabschieden begann, empfand es A. wie ein Signal. Auch Cl. hatte an das Gleiche gedacht. Das wußten sie beide.

Sie werde ihm vorspielen, sagte Cl. Cl. begann. A. winkte vom Fenster W. nach, der heraufgrüßte. Den Blick im Zimmer, beugte er sich immer weiter hinaus, dem Entschwindenden nach. Cl. brach plötzlich ab, kam auch ans Fenster: W. war nicht mehr zu sehn. Cl. spielte weiter. A. kehrte ihr jetzt den Rücken zu, als kümmerte es ihn nicht; im Fenster lehnend. Cl. hörte wieder zu spielen auf, lief ins Vorzimmer, A. hörte, wie sie die Kette vor die Tür legte. Als sie zurückkehrte, drehte er sich langsam um; schwieg; schwankte. Sie spielte weiter. Er ging zu ihr und legte ihr die Hand auf die Schulter. Sie stieß die Hand, ohne den Kopf zu wenden, mit der Schulter weg. – Schuft! – sagte sie; spielte weiter. – Sonderbar? – dachte er. – Will sie Gewalt spüren? – Die Vorstellung, die sich ihm aufdrängte, daß er sie an beiden Schultern packen und vom Klavierstuhl herunterreißen solle, kam ihm so komisch vor, wie an einem unsicheren Zahn zu wackeln. Er fühlte sich dadurch beengt. Ging in die Mitte des Zimmers hinein. Spannte das Gehör und suchte nach Anläßen. Bevor ihm aber noch

irgend etwas einfiel, sagte sein Mund: «Clarisse!» Das hatte sich gepackt, gurgelnd aus dem Hals gelöst, war wie ein fremdes Geschöpf
aus seinem Hals gewachsen. Cl. stand folgsam auf und war bei ihm.
Sie hatte die Augen weit offen. In diesem Augenblick begriff er erst,
daß Cl. künstlich, vielleicht ohne es zu wissen, die Aufregung einer ungeheuren Opferhandlung hervorzurufen suchte. Da Cl. neben ihm
stand, mußte im nächsten Augenblick die Entscheidung fallen, aber
die ganze Gewalt dieser Hemmungen bemächtigte sich As.; seine
Beine trugen ihn nicht mehr, er brachte kein Wort hervor und warf
sich ins Sofa.

Doch netter machen, diese Aufregung, an der er sich ansteckt.

Im gleichen Augenblick warf sich Cl. auf seinen Schoß. Ihre Armeidechsen schlangen sich um seinen Kopf und Hals. Sie schien an ihren
Armen zu zerren, ohne sie aber aus der Umschlingung lösen zu können.
Heiße Luft fuhr aus ihrem Mund und brannte ihm unverständliche
Worte ins Gesicht. Sie hatte Tränen in den Augen. Da zerbrach alles,
was ihn sonst machte. Auch er stieß etwas hervor, das sinnlos war, aber
vor den Augen der beiden schwankten die Adern wie ein Gitter, ihre
Seelen gingen wie Stiere aufeinander los, und dieser Aufruhr war von
dem Gefühl einer ungeheuren moralischen Entscheidung begleitet.
Nun hielten sie beide nicht mehr ihre Worte, ihr Gesicht, ihre
Hände. Die Gesichter preßten sich, feucht von Tränen und Schweiß
nur noch als Fleisch aneinander; alle Worte der Liebe, die nachzuholen
waren, überstürzten sich, als würde der Inhalt einer Ehe verkehrt aus-
geschüttet, die lasziven, abgehärteten Worte, die erst mit der späten
Vertraulichkeit kommen, zuerst, unvermittelt, anstachelnd, und doch
nicht ohne Entsetzen darüber. A. hatte sich halb aufgerichtet; alles
war so schlüpfrig (von den Gesichtern bis zu den Worten), daß das
Ineinandergleiten keinen Laut mehr von sich gab.

Cl. riß ihren Hut vom Nagel, stürmte fort. Er mit ihr. Wortlos.
Wohin? Diese Frage war dabei lächerlich einsam in seinem Gehirn,
das von dem Sturm leergefegt worden war.
    Cl. raste über Wege, Wiesen, durch Hecken hindurch, durch Wald.
Sie gehörte nicht zu den Frauen, die sanft gebrochen werden, sondern
wurde nach dem Fall böse und hart. Sie befanden sich schließlich in
dem an den Wald anschließenden Tiergarten an einer ganz abgelegenen
Stelle. Dort stand ein kleines Rokokolusthaus. Leer. Dort stellte sie
sich ihm noch einmal. Diesmal mit vielen Worten und Geständnissen.
Gehetzt von der Ungeduld der Begierde und der Angst, daß Menschen
vorbeikommen könnten. Es war entsetzlich. Diesmal wurde A. ganz

kalt und hart von Reue. A. ließ sie zurück. Er kümmerte sich nicht, wie sie nach Hause käme, sondern raste davon.

Als A. spät in die Wohnung zurückkehrte, fand er W. vor. Cl. war noch böse und betonte sanftes eheliches Zueinanderstimmen. Aber mit einem einzigen schmollenden Blick ließ sie A. fühlen, daß sie doch zusammengehörten. Erst hinterdrein fiel ihm auf, wie sonderbar der Ausdruck ihrer Augen zweimal an diesem Nachmittag gewesen war: rasend und verrückt.

$s_5 + e.$

A. hatte in der Erregung eingewilligt, M. zu befrein. Nun gab er diesem Einfall nach, weil es bereits so weit gekommen war. Er glaubte nicht daran und traf die Vorbereitungen, überzeugt, daß die Durchführung doch nicht möglich sein werde.

Eventuell: Cl. war wieder zu Dr. Fried gegangen. B 123. Sie benahm sich sonderbar. Verlangt noch einmal, daß der Arzt M. rette.

Dieser zuckte jetzt schon die Achseln, ohne die Hände aus den Taschen zu tun. Er hatte gehört, daß A. Gegner habe und nicht mehr lange seine Stellung in der // halten werde, die ihm Respekt eingeflößt hatte.

– Verrückte junge Leute – dachte er. Der erste Eindruck, den Cl. auf ihn gemacht hatte, war vorbei, es beleidigte ihn, daß dieser nicht stärker erwidert worden war.

Aber Cl. ließ sich nicht abschrecken. Sie trug einen zweiten Einfall vor. Sie wolle als Schwester in die Klinik aufgenommen werden. Ev. Reste aus B 89 ff. besonders 123.

F. setzte ihr kühl und wichtig auseinander, wieviele Bedingungen für diesen Zweck sie nicht erfülle.

Dann – erklärte Cl – wünsche sie selbst als Kranke in die Anstalt zu kommen.

Dabei, um F. nicht ansehn zu müssen und durch einen zornigen Blick vielleicht ihre Bitte zu verderben, sah sie zur Seite und ein wenig zur Höhe, und vielleicht irrten ihre Augen auch umher.

Dr. F. lächelte und erklärte ihr als tadelloser und unnahbarer medizinischer Bürokrat, daß viele nervöse Frauen hysterische Anwandlungen haben, daß aber nicht die Klinik dafür da sei, sondern eine gewisse strenge Schule des Lebens; er war jetzt ganz der Mann des Ernstes und der eignen Kraft, der sich an den harten Aufstieg zu erinnern scheint.

Dennoch gelang es A. mit Hilfe Pf's. noch einmal in die Klinik einzudringen; Cl. hatte es nach diesem vergeblichen Versuch von ihm verlangt.

Er traf M. breit zwischen den Arglistigen thronend. Es war etwas Heroisches, der vergebliche Kampf eines Riesen um diesen Menschen. Er schien die Bewunderung, die er scheinbar fand und naiv lächerlich genoß, doch auch durch irgendeine Eigenschaft zu verdienen. In der ärgsten Entstellung durch Wahnsinn ist es noch ein Ich, welches um Haltung kämpft. Wie ein Heldenlied war er, inmitten einer Zeit, welche schon ganz andere Lieder schafft, aber durch ihre gewohnheitsmäßige Bewunderung noch immer das alte konserviert. Wehrlose bewunderte Gewalt, einer Keule gleich zwischen den Pfeilen des Geistes. Man konnte über diesen Menschen lachen, aber fühlen, daß seine Komik erschütternd war. /Die Trübung dieses Geistes hing mit der Trübung der Zeit zusammen/

– Haben Sie einen Freund? – fragte A. in einem unbewachten Augenblick. – Ich meine, Moosbrugger, haben Sie niemand... B 124 [der Sie da herausholen könnte? Anders wird es nämlich nicht]... gehn. M. meint, er hätte wohl einen, aber... B 125 [er wird nicht leicht zu finden sein. Was ist er? Schlosser. Aber er ist Schrankschlosser, grinst M. etwas verlegen, (er wird nicht leicht zu finden sein,) er arbeitet in vielen Geschäften. Der würde es schon tun, aber Anders müßte zu seiner Frau gehn und sich dort nach der Adresse erkundigen. Und das wolle er ihm nicht anmuten, das sei eine widerliche Person. M. machte ersichtlich Kapriolen und tat sich wichtig auf ritterlichem Fuß mit Anders. Anders meinte, sie werde ihm wohl Auskunft geben, ob sie nun widerlich sei oder nicht. Ja, das werde sie wohl; er müsse sich auf M. berufen. Vor seiner letzten Wanderung, als er in Wien arbeitete, habe er selbst mit ihr zusammengelebt, kam nun der Kern zum Vorschein; er, Moosbrugger, aber sie sei ein Weib mit niedrigen Neigungen, eine Verbrecherin, eine ganz gemeine Seele... M. zeigt alle Symptome seines Frauenhasses, bloß, weil er fürchtete, Anders könnte sich eine schlechte Meinung von ihm bilden, wenn er diese Frau sehe.

Die also würde Anders sagen,]... wo er ihren Lebensgefährten treffen könne.

A. suchte sie auf. Es war jener Automatismus, der ihn trug, welcher alle gewagten Taten begleitet. Er war eigentlich gar nicht überrascht, als er in eine Wohnung trat, welche wie vierzig andre in diesem Vorstadthaus aussah, und eine junge Frau in der Küche wirtschaftend antraf, welche den vierzig andren Hausfrauen gleichen mußte. Auch das Mißtrauen, mit dem er empfangen wurde, wich in nichts von dem Mißtrauen ab, das man oft in diesen Kreisen findet. Er mußte sogleich beim Eintreten etwas sprechen und wurde durch diese europäisch allgemeinen Höflichkeiten, die er vorbrachte, sogleich in eine ganz unpersönliche Beziehung gebracht. Von Verbrechen war in diesem Umkreis kein Hauch. Es war eine derbe junge Frau, und ihr Busen regte sich unter der Bluse wie ein Kaninchen unter einem Tuch.

Als er sich mit dem Namen Moosbruggers einführte... B 130 [, lächelte Frl... Hörnlicher abschätzig, als wollte sie sagen: was der für unnötige, verrückte Sachen macht, aber sie war erbötig ihm zu helfen. Natürlich hing es von Karl ab, aber sie glaubte, daß er M. nicht sitzen lassen werde. Das spielte sich in den ehrbaren Formen ab wie wenn ein in Bedrängnis geratener Geschäftsmann bei der seriösen Nachbarschaft um Unterstützung ansucht.

Sie nannte Anders eine kleine Wirtschaft, wo er wahrscheinlich Karl treffen werde. Er müsse nur vielleicht ein paarmal hingehn, da Karl Kommen nie ganz sicher war. Dort sollte er dem Wirt sagen, wer ihn hinschicke und wen er zu sprechen wünsche und sich] ... ruhig hinsetzen.

$$s_5 + e + 1$$

A. hatte Glück und traf Karl Biziste gleich beim ersten Versuch. Wieder trug ihn ein automatisches Spiel seiner Glieder und Gedanken hin; diesmal aber gab A. acht und verfolgte mit Neugierde, was mehr mit ihm geschah, als daß er es tat. Sein Gefühl war dabei das gleiche wie damals, als er verhaftet worden war. Von dem Augenblick an, wo Cl's. Interesse ihn vorsichtig wie die Spitze eines Fadens zu berühren begonnen hatte, bis jetzt, wo das Geschehen sich schon (wie) zu einem dicken Strick drehte, waren die Dinge ihren eigenen Weg gegangen, wo eins das andere gab, mit einer Notwendigkeit, die ihn nur mitnahm. Es erschien ihm unsagbar sonderbar, daß der Lebensweg der meisten Menschen dieser der Dinge ist, der ihn so befremdete, wogegen es für andre Menschen ganz natürlich ist, sich von den Gelegenheiten tragen zu lassen und so schließlich zu einer festen Existenz emporgehoben zu werden. A. fühlte auch, daß er bald nicht mehr werde umkehren können, aber das machte ihn so neugierig, wie wenn man plötzlich die unaufhaltsame Bewegung des eigenen Atmens beachtet.

Und noch eine Bemerkung machte er. Wenn er sich vorstellte, wieviel Unheil aus dem entstehen konnte, was er vorhatte, und daß es bald nicht mehr in seiner Macht stehen würde, den Beginn zu vermeiden. Mit einer bösen Tat, die er schon auf dem Gewissen fühlte, als ob sie geschehen sei, sah die Welt, durch die er ging, verändert aus. Fast wie mit einer Vision im Herzen. Gottes oder einer großen Erfindung oder eines großen Glücks. Selbst der Sternenhimmel ist eine soziale Erscheinung, ein Gebilde der gemeinsamen Fantasie unsrer Gattung Mensch, und ändert sich, wenn man aus ihrem Kreis austritt.

M. – sagte sich A. – wird von neuem Unheil stiften, wenn ich ihm zur Freiheit verhelfe. Unleugbar wird er früher oder später wieder seiner Anlage verfallen, und ich werde die Verantwortung dafür tragen. – Aber wenn er versuchte, sich schwere Vorwürfe deswegen zu machen, um sich aufzuhalten, war etwas durchaus Verlogenes daran. Etwa so, wie wenn man sich stellen würde, als ob man durch einen Nebel hindurch klar sähe. Die Leiden jener Opfer waren wirklich nicht gewiß Hätte er die leidenden Geschöpfe vor sich gesehen, so wäre er wahrscheinlich in heftiges Mitleiden verfallen, denn er war ein Mensch der Schwingungen und also auch der Mitschwingungen. Solange diese Suggestivkraft des Erlebens mit den Sinnen aber fehlte, und alles nur ein Kräftespiel der Vorstellungen blieb, waren das Angehörige einer Menschheit, die er am liebsten abgeschafft oder doch sehr verändert hätte, und kein Mitleid schmälerte die Gefühlskraft dieser Abneigung. Es gibt Menschen, welche das entsetzt; sie stehn unter einer sehr starken moralischen oder sozialen Suggestion, behaupten, aufzuschreien, sobald sie das entfernteste Unrecht bemerken, und sind empört über die Schlechtigkeit und Gefühlskälte, die sie in der Welt häufig finden. Sie zeigen heftige Gefühle, aber in den meisten Fällen sind es solche, welche ihre Vorstellungen und Grundsätze ihnen aufnötigen, das ist eine Dauersuggestion, welche wie alle Suggestionen etwas Automatisches u. Mechanisches hat, dessen Weg in den Bereich der lebendigen Gefühle gar nicht eintaucht. Der unbefangen lebende Mensch ist im Gegensatz zu ihnen bös und gleichgültig gegenüber allem, was seinen eigenen Kreis nicht berührt; er hat nicht nur die Gleichgültigkeit eines Massenmörders passiv, wenn er in der Morgenzeitung die Unfälle und das Unglück des vergangenen Tags liest, sondern er wünscht ihm gleichgültigen Personen, wenn sie ihn ärgern, leicht auch sehr aktiv jedes Unglück auf den Hals. Gewisse Erscheinungen legen es nahe anzunehmen, daß die fortschreitende auf gemeinsamen Werken ruhende Zivilisation auch die unterdrückten und eingekerkerten Antagonisten dieser Gefühle stärkt. Also dachte A. im Gehn. Die Opfer M's. waren abstrakt, Bedrohte, wie all die Tausende, welche den Gefahren der Fabriken, der Eisenbahn und Automobile ausgesetzt sind.

Wenn er so um sich blickte, während er zu Herrn B. ging, glaubte er festzustellen, daß alles Leben, das wir geschaffen haben, nur durch Vernachlässigung der pflichtgemäßen Obsorge für unsere entfernteren Nächsten ermöglicht worden ist. Wir dürften sonst keine Maschinen auf die Straße stellen, die ihn töten, ja wir dürften ihn gar nicht auf die Straße lassen, so wie vorsichtige Eltern es in der Tat mit ihren Kindern tun. Statt dessen leben wir aber mit einem alljährlich statistisch vorausberechenbaren Perzentsatz von Morden, die wir lieber begehn, als daß wir von unsrer Art zu leben und der Entwicklungslinie, die wir einzuhalten hoffen, abwichen. A. fiel plötzlich eine allgemeine Arbeitsteilung auch darin auf, bei der es immer Sache besonderer Menschengruppen ist, Schäden zu heilen, welche die unerläßliche Tätigkeit anderer verursacht; niemals halten wir aber eine Energie damit auf, daß wir von ihr selbst Mäßigung verlangen; und schließlich gibt es noch ganz bestimmte Organe wie die Parlamente, Könige und dergleichen, welche ganz dem Ausgleich dienen. A. schloß daraus, daß es durchaus nichts bedeute, wenn er M. zur Flucht verhelfe, denn es seien genug andere da, welche dazu berufen sind, dem etwa entstehenden Schaden vorzubeugen, und wenn sie ihre Schuldigkeit tun, kann es ihnen nicht mißlingen, wodurch seine persönliche Tat nicht ärger als eine Unregelmäßigkeit erschien. Daß er als Einzelner es trotzdem nicht so weit kommen lassen dürfe, dieses außerdem persönliche, moralische Verbot war in solchem Zusammenhang nichts mehr als ein verdoppelter Sicherheitskoeffizient, und der Wissende war in der Lage, ihn zu vernachlässigen.

Die von diesen bestimmten Gedanken weithin vorschwebende Vision einer anderen Ordnung der Dinge, welche aufrichtiger, man könnte sagen technisch phrasenloser war, begleitete A., während ihn das Abenteuer lockte und er müde des unentschiedenen Lebens eines Menschen von heute war. /Eventuell: Er hatte nicht das Glück zu wirken u. von da Bestimmtheit zu empfangen. Wie Thomas Mann oder der gute bürgerliche Mensch dieser Zeit. Und er befand sich auch nicht im Kampf für etwas. Br 127/ So war dieser Weg nicht unähnlich dem A. wohlbekannten Sprung von einem 10 m hohen Turm ins Wasser. Man sieht im Flug das eigne Bild in einem immer rasender entgegenkommenden Wasserspiegel auftauchen, kann kleine Fehler der Haltung richtig stellen, aber im übrigen nichts mehr ändern an dem, was geschieht.

$s_5 + e + 2.$

A. tat, als er die ihm angegebene kleine Wirtschaft gefunden hatte, alles so, wie es ihm von Frl. Hörnlicher anbefohlen worden war. Er berief sich auf sie, brachte dem Wirt seinen Wunsch vor . . . . /, wurde zum Sitzen aufgefordert und aufmerksam gemacht, daß er vielleicht lang werde warten müssen. Er musterte die Gäste, deren viele beim Kommen und Gehn mit dem Wirt sprachen, fühlte sich beobachtet

1721

und konnte selbst nicht viel unterscheiden. Es war eine Stunde, wo das Publikum noch mit Arbeitern und Kleinbürgern untermischt war. Schließlich glaubte er an einer eigentümlich lächerlichen Eleganz der Kleidung die Verbrecher unter den Gästen erkennen zu können.

Anders hatte auch Herrn Biziste nicht herausgefunden, der als er eintrat nach einem schnellen Blick über den Raum mit dem Wirt sprach wie die andren und von dem er, nachdem er saß, hie und da in der gleichen Weise angesehn wurde wie von allen andren u. der ebenso talmielegant gekleidet war (mit einer etwas anderen Eleganz). Auch der Wirt gab Anders keine Verständigung. Biziste trank mit ein paar Männern, stand dann auf um zu gehn, blieb wie von ungefähr an Anders Tisch stehn und fragte ihn abweisend, was er eigentlich wolle. Anders hatte den Takt, nicht aufzustehn, nachlässig aufzusehn und für Biziste einen Stuhl heranzurücken. Das war nun allerdings eine An-maßung, aber da er sicher sein konnte, daß Biziste etwas für M. übrig habe, durfte er es sich erlauben, dem großen Mann in gleicher Haltung zu begegnen. Er sagte ihm, daß M. sicher binnen wenigen Wochen hingerichtet werden würde, wenn man ihm nicht helfe. Aus irgend einem Grund kam er sich dabei wie ein verwöhnter Knabe vor, der mit Gassenjungen spielt und ihnen durch Märchen imponiert, die er erfindet. Biziste schien für M. Mißbilligung zu empfinden wie für einen unverbesserlichen Dummkopf. Noch immer sehr abweisend fragte er Anders wie er sich das eigentlich denke. Anders trank rasch aus und überließ es durch einen unbestimmten Wink dem Wirt, ob er nur ihm oder auch seinem Tischgast ein neues Glas bringen wolle. Dann er-zählte er, daß eine Entführung aus der Beobachtungsstation nicht so schwierig sein würde. Herr B. interessierte sich für das neue Milieu, das er ihm beschrieb. Er kam ins Erfinden, es belustigte ihn, daß er einem Schwerverbrecher das vordenken solle, und er entwickelte aus dem Stegreif einen genauen Plan, worin nur die Stunde unbestimmt blieb, der aber sonst infolge der genauen Ortskenntnis Anders nicht schlecht zu sein schien. Man brauchte drei Männer; einen der vor der Gartenmauer, über die man einstieg, achtgeben sollte, daß man bei der Rückkehr nicht einer Polizeipatrouille in die Hände lief oder sich an Passanten verriet, die zwei andren würden genügen, um M. bürger-liche Kleidung zu bringen und einen eventuell dazukommenden Wärter solange abzuwehren, bis M. sich umgezogen hatte.

Auffallend war nur die überlegene Ironie, mit der Biziste sich diesen Plan anhörte, bei dem Anders in immer nervösere Schnelligkeit geriet.

Dann sagte Biziste und stand auf: Wenn Sie am Mittwoch dort u dort hin kommen, kann man vielleicht noch einmal darüber reden. Bringen Sie einen dritten mit?

Biziste zuckte die Achseln,] und A. war entlassen.

Während sich das abspielte, war A. zweimal bei Cl.

Das erstemal verbrachte er einen Abend bei ihr und W. in dem kleinen Haus in den Weinbergen, wo sie gemietet hatten. Das Ehepaar musizierte, als A. ankam; er setzte sich in den Garten u. lauschte, wie . . . /die Tonfluten zwischen den Bäumen einfielen./ Plötzlich fragt er sich: warum bin ich nicht eifersüchtig? Er stellt sich W. vor u. haßt ihn; aber es ist kein echter Haß; die Abneigung galt eigentlich ebensosehr Cl, die dieses Leben teilte und dazu (doch irgendwie) paßte. Er hätte in diesem Augenblick heulen mögen wie ein Hund . . /bei Mondschein/ und fühlte, daß er u Cl. bloß (wieder) einer Gelegenheit erlegen waren.

Als es vorbei war, befand er sich in dem leicht fiebernden Zustand, der manchmal tief ins eigne Leben schneidenden Erkenntnissen voran geht. Er hatte überhört . . /, daß die Musik oben schloß; Walther schrieb einen Brief und/ Clarisse kam ihn suchen. /Im Garten dunkelte es sehr und die beiden jungen Menschen wuchsen für einander aus dem Ungewissen unruhigen Herzens hervor. Achilles stand auf und faßte Clarissens Hände. Diese Hände waren heiß und noch verwirrt, ja geradezu zerstreut, während Clarisse sich auf Achilles stützte, um sich zu setzen. Als sie aber seiner Hand gar nicht mehr bedurfte, schlangen sich eine halbe Sekunde lang ihre Finger so fest wie Reben um seine Hand/ . . Der Händedruck wie Reben.

«Kennst du auch diese Augenblicke, wo man bis ins fernste durchsichtig zu sein scheint?»

Cl's. Augen . . / kamen zum Vorschein. Sie leuchteten in der Nacht und schienen den gespannten Zug bis zum Mund hinunter zu beleuchten, den Achilles jetzt vorhanden wußte. Ihre Anteilnahme/ elektrisierte /ihn und machte ihn verrückt./

Nein – sagte er – ich will mich gar nicht sehen. Was sollte man da auch sehen.

Cl.: «Man muß endlich sein Ziel finden!»

A: «Keine Spur/! Ich möchte sagen: es kommt nicht darauf an, daß man das findet, worauf man zugehen soll, sondern daß man die Landschaft findet, in der man gehen soll./ Unser Leben ist ein Gewebe von Widersprüchen ohne Dezision. Ich werde einen langen Urlaub nehmen –»

A. fühlte jetzt wieder den schlanken Teufel an seiner Seite. Sie hatten übersehn, daß im Wohnzimmer das Licht verlöschte. Sie wußten nicht, wie lange sie abwesend gewesen waren, hörten plötzlich Ws Schritte u. gingen ihm etwas entgegen.

Dann im Haus, im Gespräch, entwickelt A. gegen den betrogenen

Gatten W. das Problem M. unter dem auch für seinen Ehebruch geltenden Gesichtspunkt: alles, was wir tun, ist nur ein Gleichnis. / D. h: oder
Analogie. Wenn ich, A., mich für M. einsetze, so ist das nur teilweise
zu nehmen, nicht voll. Ebenso wenn ich mit Cl. die Ehe breche; ich
schließe sie ja nicht. Unsere ganze Existenz ist nur eine Analogie. Wir
bilden uns ein System von Grundsätzen, Vergnügungen usw. das
einen Teil des Möglichen deckt.

Vergleiche Gespräche mit Ag.!
Ev. für u. gegen Cl.: die Welt ein Gewebe von Widersprüchen.
B 153.

W. dagegen – als Durchschnittsmensch – für das Feste und Pseudo-
totale. /

Vor seinem zweiten Besuch wurde A. von W. telefonisch angerufen
und dringend gebeten zu kommen. Cl., berichtete W., sei besorgnis-
erregend verändert; er wisse nicht, was es zwischen ihr u A. gegeben
habe, aber es sei herzloser Eigensinn, wenn A. sich jetzt nicht um sie
kümmere. A. eilte hin.

Sie klagte über «eine schauerliche Stille», die sie um sich höre. 6/10
(Forts. vor letztem Ausbruch)

Er fand Cl. in einer eigenartigen Aufregung, die sogleich auffallen
mußte. Das Wirbelnde, Trommelnde ihres Wesens war ungeschwächt
vorhanden, aber darüber schien ein schwarzes Tuch gelegt worden zu
sein. «Sie hat beim Frühstück die Zeitung gelesen – berichtete W. – und
es stand wahrhaftig nichts Besondres darin; ein Zugszusammenstoß in
Amerika mit einigen Toten und einer in Frankreich, irgendeine Typhusepidemie, der tägliche Totschlag, das wöchentliche Automobil-
unglück und ein paar Turistenunfälle in den Alpen. Aber es ist mit ihr
nicht zu reden; sie behauptet, diese Vorstellungen nicht mehr los-
werden zu können
   Cl. sah A. an, als ob sie ihn nicht gleich erkennen würde. Es schien
ihm aber, daß sie nicht nur genau gewußt hatte, daß er kommen
müsse, sondern es darauf angelegt hatte. Sie hatte ihn nicht nur gleich
im Augenblick des Eintretens erkannt, sondern ihr ganzer Ausdruck
war noch tief ausgehöhlt von einer Erwartung, in die seine Anwesenheit jetzt wie eine Kugel in eine Schale paßte. Und doch schien etwas
sie zu behindern, sein vor ihr Stehn anzuerkennen. Er ärgerte sich über
diese Affektation.
   Endlich lächelte Cl. und reichte ihm die Hand. So gibt ein kranker
Hund die Pfote. Als hätte sie etwas angestellt.

– W. übertreibt – sagte sie. – Aber ich weiß nicht, was mir ist. Ich habe zuerst alles ganz ruhig wie immer gelesen – Sie begann tief und aufgeregt zu atmen, in ihre Augen kam etwas Hilfloses. W. trat zu ihr, legte den Arm um ihre Schulter und zog sie beruhigend an sich. Sie machte sich mit einer Gebärde des Ekels frei. «Aber habt Ihr das niemals bemerkt?» – stieß sie nun heftig hervor – «Es sind fürchterliche Unglücke geschehn. Auf jeder Seite findest du Armut und Krankheit. Ich habe W. gebeten, auf die Redaktionen zu gehn, aber er will nicht!»

A. wollte eine Antwort geben, aber er begriff blitzschnell, daß das falsch war. Also sagte er rücksichtslos und gerade: «Was geht alles das dich an?!»

Der grobe Angriff brachte Cl's. Aufregung zum Stehn.

«Kannst du helfen?!» – fuhr A. fort. «Wie willst du es machen?»

Cl. sah ihn mit Augen an, deren Pupillen sich unwillig und eingeschüchtert sträubten.

«Aber verstehst du nicht,» – sagte sie – «daß du das täglich liest, ohne etwas zu tun. Jeder Morgen, wenn du die Zeitung öffnest, legt dir einen Berg von Leid auf, und du spürst nicht mehr davon, als ob sich dir eine Fliege auf die Stirn setzen würde? Werde ich verrückt oder seid Ihr Gewohnheitsmenschen?» – Sie riß heftig die Zeitung an sich, die übel zusammengefaltet auf einem Tischchen lag, und begann vorzulesen: «›Der Turist, welcher, wie wir gemeldet haben, Sonntag auf dem Hochtor abgestürzt ist, ist der 31jährige Privatbeamte Max Prevenhuber.‹ Kannst du das nicht verstehn? Jedes Wort ist voll Verantwortung. Sonntag. Abgestürzt. Privatbeamter: Wäre er an einem andern Tag abgestürzt? Wäre er Sonntag ins Gebirge gefahren, wenn er nicht Beamter wäre? Ja vielleicht, wenn er nicht Max hieße? Und warum hat ihn niemand geschützt? Warum hat niemand die tausend andren geschützt, welche jeden Tag zugrundegehn, weil wir nicht an sie denken?»

Nach einer offiziellen engl. Statistik entladen sich auf der Erde in jeder Minute 1000 Gewitter, in jeder Sekunde 100 Blitze.
Nach einer offiziellen amerik. Statistik wurden in USA 1924 durch Autos getötet 190000 Personen u verletzt 450000. 21/133

«Du hast dich überarbeitet, Clarisse» – sagte W. verzweifelt; «ich schicke dir Dr X., er soll es dir verbieten.»

Cl. sah ihn nur mit einem hochmütigen Blick an. «Riecht ihr denn nicht die Leichen?» – fragte sie ruhig – «Ich rieche sie immerzu!» In diesem Satz, den sie sehr einfach aussprach, lag wirkliche Gegenwart, und es ging von ihm eine stumme Erschütterung aus. Die beiden Männer standen unschlüssig da. Endlich antwortete A. sanft: «Irgend etwas hat dich wirklich überreizt, Cl. Ich sage nicht, daß es falsch ist, was du sagst. Aber ein gesunder Mensch sperrt sich dagegen.»

Cl. hob traurig ein wenig die Hände. «Wann wird wieder ein Erlöser kommen, der das Ungerade gerade macht und diese grenzenlose Verwirrung erhellt?»

– Niemals – erwiderte A. Es ist freilich viel schwerer heute – sagte Cl. fast bittend. Wieder hatte er das unbestimmte Gefühl: Sie meint mit all dem dich. Er sprach breit und hart davon, daß das Bedürfnis nach einer einfachen Lösung der verwirrten Zeit eine Schwäche sei, eine lächerliche Einbildung.

/Vgl. ev: Partial- und Totallösungen/

W. konnte kaum noch an sich halten, aber er schwieg dazu, denn es war zu sehn, wie Cl's. Melancholie sich etwas erleichterte, während ihr Blick an A. hing. Seine feste Gleichgültigkeit schüchterte sie ein, und was sich nicht ohne einige Selbstgefälligkeit und Komödie breit gemacht hatte, zog sich in ihr wieder ein; in einen Punkt hinter den Augen, fühlte sie. Aber der Punkt blieb da.

A. wußte, als er fortging, daß sie nicht nachgegeben hatte. W. begleitete ihn ein Stück Wegs. – Sie war schon einmal so – sagte er – auf unserer Hochzeitsreise. A. erinnerte sich. Das war in England und sie lief bedrückt und begeistert von dem fremden Land fort, ließ sich aber schon nach einem Tag wieder finden. «Du solltest jedenfalls einen Arzt fragen» sagte A.

«Sie will nicht, aber ich werde es tun. Sie hat diese nervöse Unsicherheit aus der Familie. Sie sind alle nicht ganz normal.»

«Mein Gott, wer ist es ganz..» tröstete A. Aber als er allein war, schüttelte er sich. Eine physiologische Störung ist so dinglich und unmenschlich wie eine Mauer; unangenehm gleichgültig fühlte er sich. Cl. war also hysterisch? Ein sehr unangenehmes Gefühl gesellte sich hinzu: eine halbgetane Sache! Wieder war dieses Geheimnis mit Cl., in das er sich eingelassen hatte, etwas, das ihn nur streifte; «ein Gleichnis», sagte er und spuckte wider seine Gewohnheit aus. Aber er unterließ es sogar, sich in den nächsten Tagen nach Cl's. Befinden zu erkundigen, so unangenehm war ihm das Ganze geworden.

$$s_5 + g.$$

Es bereitete A. ein eigentümliches, bitteres Vergnügen, daß indes alles andere unaufhaltsam weiterging.

An dem Tag, den Biziste bestimmt hatte, war er zu der Zusammenkunft gekommen, aber /133/.... /138:/ [den dritten Mann hatte er nicht kennen gelernt. Biziste, der die ganze Sache herablassend behandelte, sagte ihm bloß, daß dieser sich für einen bestimmten Betrag bereit erklärt habe, gab Tag und Stunde an und eröffnete Anders, daß er selbst mit über die Mauer gehn müsse, weil er der einzige sei, der den Ort kenne.

Biziste hatte ihn wohl nur schrecken wollen und für Geld hätte sich noch ein neuer Teilnehmer finden lassen, aber die bizarre Situation lockte Anders; da man sich auch beim Skilaufen den Hals brechen kann, warum sollte dann nicht er nachts mit Einbrechern über eine Mauer steigen. Er hätte übrigens diesem eingebildeten B. ehrlich die Polizei auf den Hals gewünscht.

Er zog seinen ältesten Anzug an, band keinen Kragen um und setzte eine Sportkappe auf; so war sein Schattenriß im Schatten der Nacht nicht auffällig von den andren unterschieden, denen man auf diesem äußeren Straßengürtel begegnen konnte, an den die Mauer des Irrenhausgartens grenzte. Moosbrugger war verständigt, drei Leintücher waren im Lauf der Zeit im Spital verschwunden und hatten zu einem Seil gedient, an dem M. sich herablassen wollte. Anders hätte wohl auch ein Kletterseil einschmuggeln können, aber er wollte alles vermeiden, was imstand sein konnte, die geleistete Hilfe zu verraten, da in diesem Fall nicht auszuschließen war, daß der Verdacht auch auf ihn falle. Das Fenster vor Moosbruggers Zimmer war in dieser Nacht schwach erleuchtet, den Kerzenstumpf hatte Anders besorgt, damit man im Dunkel der mondlosen Nacht eine Richtung habe.

Biziste war dem zweiten Gentleman auf den Rücken gestiegen, hatte sich auf die Mauerkrönung geschwungen, und man hörte ihn auf der andern Seite in die Blätter springen. Als Anders folgen wollte, wurden Stimmen vernehmbar, der Gentleman richtete sich so rücksichtslos auf, daß Anders, der schon zum Aufstieg auf seinen Rücken angesetzt hatte, beinah zu Fall gekommen wäre, und schlenderte, die Hände in den Taschen, in die Nacht hinein.

Anders schlug das Herz und er empfand ein Bedürfnis zu laufen, das er mühsam beherrschte; um aber nicht durch ganz fremde Bewegungen aufzufallen, bildete er sich ein, daß er nicht allein gehen dürfe, er holte den gentleman ein und nahm seinen Arm wie den eines Zechbruders, was dieser anscheinend als eine lächerliche Übertreibung empfand.

Die Stimmen verhallten, der gentleman bot wieder seinen Rücken dar, Anders griff in Mörtel und Ziegelstaub, fühlte eine schmerzliche Zerrung im Bein, mit solchem Übermaß hatte seine Aufregung es hinaufgeschwungen, hieng, ließ sich ins Dunkel fallen und endete in einem aufklatschenden Laut alter Blätter, den er seit der Knabenzeit nicht mehr gehört hatte. Er richtete sich in völliger Schwärze auf und gewahrte nicht das Geringste von Biziste. Er tastete rechts und links, in der Hoffnung, daß seinem Laut ein anderer antworten würde, aber es blieb so still wie schwarz. Er mußte sich entschließen allein die Richtung aufs Haus einzuschlagen, in der Hoffnung, unterwegs sich wieder mit Biziste zu vereinen.

Abermals schlug Anders das Herz; die Gebüsche stachen, als führte er in der Angst lauter unzweckmäßige Bewegungen aus. Entfernungen, Geruch, Berührungen, Laut – alles war neu, nie erlebt. Er mußte stehn bleiben, seinen Willen sammeln und sich sagen, daß ihm nichts andres übrig bleibe, als dieses dumme Abenteuer nun auch durchzuführen. Er stieß auf einen Weg, mußmaßte, welche Richtung am raschesten zum Haus führe, aber erschrack plötzlich vor der Frage, ob er auf dem knirschenden Kies gehen solle oder sich weiter durch die Büsche arbeiten.

Der verdammte Biziste hätte auf ihn warten sollen, aber zugleich sehnte er sich nach ihm wie nach einem stärkeren Bruder. Hätte er sich nicht vor dem Kerl auf der andren Seite der Mauer geschämt, A. wäre umgekehrt. Aber er wußte nicht einmal, mit welchem Zeichen er ihn anzurufen habe, um Antwort zu bekommen, ob jenseits die Luft rein sei. Er erkannte sich als einen Esel und bekam Respekt vor den Gaunern. Aber er war doch nicht der Mann, um sich so leicht niederschlagen zu lassen; es wäre lächerlich für einen Menschen von Kopf, wenn er das nicht auch träfe. Anders trat den Vormarsch an, quer durch die Büsche, die Aufregung in der er sich befand, und die Überwindung, die ihn der Vortrieb kostete (ganz ohne Überlegungen, waren es einfach moralische Schmerzen), ließen ihn rücksichtslos in den Sträuchern knacken, brechen und rauschen. Wie ein Indianer sich anzuschleichen, kam ihm in diesem Augenblick unsagbar blöd und kindisch vor, und in diesem Augenblick begann das Wiedererwachen des normalen Menschen in ihm.

Als er an den Rand kam, wahrhaftig er hätte sich das vom ersten Augenblick an denken sollen, hockte Biziste dort, beobachtete das Haus und wandte seiner lärmenden Ankunft einen unsäglich strafenden Blick zu. Moosbruggers Fenster war schwach erleuchtet, Biziste pfiff leise durch die Zähne, die riesigen Schultern des Mörders füllten oben das Geviert aus, das aus den Laken gedrehte Seil rollte herunter, aber Moosbrugger war kein im Verbrechen geübter Mensch, er hatte die rettende Leine für sein ungeheures Gewicht zu schwach bemessen, sie riß kaum er daran hing, und die Wucht seines dumpfen Aufschlags sprengte die Stille mit einem dumpfen Knall. In diesem Augenblick tauchten im Halblicht, das die Mauer erhellte, zwei Wärter auf.

Zwei Tage zuvor waren aus einer andren Beobachtungsstation zwei geisteskranke Häftlinge entsprungen, aber Anders hatte weder davon gehört noch gelesen. So hatte er auch nicht gewußt, daß seit gestern allgemein die Aufsicht verschärft worden war und alte in Vergessenheit geratene Vorschriften für eine Weile wieder befolgt wurden. Zu diesen gehörte auch der Doppelposten, welcher vielleicht durch den Lärm angezogen, den Anders verursacht hatte, jetzt, durch den dumpfen Fall alarmiert, stehn blieb, spähte, im Sand einen schweren Körper erkannte, der sich mühsam aufrichtete, hinzu eilte, ein Seil vom Fenster hängen sah und aus schrillen Pfeifchen mit aller Lungenkraft das Assistenzsignal gab. Moosbrugger hatte sich die Schulter verstaucht u. einen Knöchel gebrochen, es wäre sonst den Wärtern, die sich auf ihn stürzten, schlecht ergangen; ohnedies schlug er einen blutend in den Sand, aber als er sich aufrichten wollte, um den zweiten abzuschütteln, versagte ihm der Schmerz den Fuß. Der Wärter hieng an seinem Hals und pfiff gellend, der zweite Wärter stürzte sich toll vor Schmerz und Wut auf ihn und in diesem Augenblick sprang Biziste aus den Büschen. Mit einem gewaltigen Fausthieb schmetterte er dem einen das Pfeifchen zwischen die Zähne, daß er taumelnd von M. abließ, aber nun pfiff der andre wie toll und stürzte sich auf Biziste. Solche Wärter sind starke Männer, und Biziste war nicht übermäßig kräftig. Wäre in diesem Augenblick Anders zu Hilfe geeilt mit seiner großen und geschulten Kraft, so hätte es wohl gelingen müssen, die beiden Angreifer für eine Weile stumm und reglos zu machen, aber Anders verspürte nicht die geringste Lust dazu. In dem Knäul vor ihm galt seine Sympathie ganz ehrlich den beiden für ihre Pflicht kämpfenden, unvermutet überfallenen Männern, und wenn er nur seinem Gefühl gefolgt wäre – so hätte er diesen Biziste beim Kragen genommen und ihm einen sicheren Kinnhaken versetzt. Vielleicht war das aber auch nur eine etwas komische Mutterstimme der bürgerlichen Ordnung in ihm – so sehr die Situation seine Muskeln und Nerven spannte, so sehr flaute sie seinen Geist ab, und erfüllte ihn mit dem Widerwillen vor Widersprüchen, deren Lösung die Anstrengung nicht lohnt. Wieder war etwas nur halb geschehn! – sagte sich A. Eine sehr schmerzliche Empfindung von lächerlicher Peinlichkeit seiner Lage kam hinzu.

Biziste griff nach dem Messer. Bevor er aber zum Stoß ausholte, verriet ihm sein im Abwägen von Gefahr und Vorteil geübter Blick die Hoffnungslosigkeit des Endes; Moosbrugger konnte nicht ohne Hilfe aufstehn, aus dem Dunkel am Flügel des Hauses drang schon Geräusch des allarmierten Nachtdienstes, es war nur noch die Flucht zu gewinnen. Der Wärter, der ihn nicht loslassen wollte, schrie auf, von einem Stich in den Arm getroffen, Biziste verschwand und ließ

Anders zurück, wie dieser trotz der recht ungemütlichen Lage mit heiterer Befriedigung feststellte. Er hatte inzwischen selbst überlegt, auf welchem Weg er diese dumme Geschichte verlassen könne. Der über die Mauer war ihm versperrt, denn ihn wandelte weder das geringste Verlangen an, Herrn Biziste und dessen Freund je im Leben wiederzusehn, noch allein über die Mauer zu klettern und jenseits vielleicht von Neugierigen festgenommen zu werden, welche das Geschrei der Wärter, die sicher hinter Biziste dreinstürzen würden, herbeigelockt hatte. Er beschloß das zugleich dümmste und einzige, was ihm einfiel: ein paar Schritte weiter weg zu laufen, rasch eine Bank zu suchen und sich eingeschlafen zu stellen, falls man ihn fände. Er schlug den Rock auf, damit man nicht seinen nackten Hals sehe, nahm die Kappe vom Kopf und wachte so erstaunt als möglich auf als ihn, von einem Gewirr von Laternen umgeben, eine ungläubige Faust von der Bank stieß und sechs andre ihn bei den Armen packten. Ob er gut den schlaftrunknen Gerechten spielte, wußte er nicht, sein Glück war, daß ihn einer der Wärter sogleich erkannte, worauf er mit zögerndem Respekt losgelassen wurde. Er wurde für einen Arzt gehalten, der Studien in der Klinik macht. Er wollte nun glaubwürdig machen, daß er nach einem Besuch in den Garten gegangen und hier eingeschlafen sei, sah zu diesem Zweck unwillkürlich nach der Uhr, erinnerte sich, daß er sie zuhause gelassen, konnte aber die Bewegung nicht mehr zurücknehmen und vermißte daher die Uhr, griff in Brust- und Hosentaschen und vermißte gleich auch sein Geld, das er natürlich auch nicht mitgenommen hatte und so dumm diese Komödie war, wie er sich selbst sagte, es fand sich ein noch dümmerer Wärter, der sie glaubte, oder eigentlich nur einer, dem seine Diensteifrigkeit des kleinen Mannes, um Anders zu Gefallen zu sein das suggerierte, was dieser geglaubt wünschte und der daher sofort ausrief: Sicher haben die Spitzbuben auch den Herrn Doktor bestohlen. Anders sagte nicht ja noch nein, sondern tat nur weiter wie einer, der sein Eigentum vermißt ohne daß er von irgend etwas Vorgefallenem wüßte, und erfuhr nun ruckweise und mitteilsam das ganze Drama. Als Gegenstand der Ehrfurcht und letztes Zentrum des Interesses verließ er, so rasch er es in dieser fingierten Rolle tun konnte, die Klinik, die er nicht mehr wiederbetreten sollte, solange sie M. beherbergte.

Denn dieser wurde nach diesem Fluchtversuch unter strenge Bewachung gestellt, und auch Anders durfte ihn auf Befehl des Vorstands nicht mehr besuchen. A. hatte selbst nicht die geringste Lust mehr. Immerhin unangenehme Ungewißheit, ob nicht auch der Arzt . . .

Der sehr unangenehme Zweifel, ob man nicht doch bei Nachprüfung der Umstände einen Verdacht gegen ihn gefaßt hatte, den man selbstverständlich nicht aussprechen, aber ebensowenig aufgeben wollte,] blieb an ihm haften.

{ Enthält: M. Ausbruchversuch scheitert, A. gerät in Verdacht. Es
{ rettet ihn etwas Ähnliches wie bei seiner ersten Verhaftung.
Enthält ferner: Das Abenteuer. Respekt vor den Gaunern.
Eine Reaktion der Moral.
Der Geist flaut ab.}

Anschließend kann s_5 + .. noch etwas weiter gehn, //, übrige Personen udgl. Dann folgt s_6 + ... Cl. Flucht u. Erlebnisse Cl's.

s_6 + a

> Nach L 5 sollte dem M's. Hin-
> richtung (B 197) vorausgehn.

Schlagwort: Das Gemeinschaftserlebnis
im Sanatorium!

Das wäre in Manie ein kurz
dauernder depressiver Zykel

Hausarzt: Aufenthalt in einem Sanatorium geraten; ein bischen Liege- und Mastkur. Es ist nicht gut für die Nerven, wenn sie ganz ohne Fett daliegen – nachdem er den völlig knabenhaft gewordenen Körper Cl's. betrachtet hatte.

Zur freudigen Überraschung W's. leistete Cl. keinen Widerstand. (Sie empfand: Alle sind doch nur halb; W. A. Ld.) Ich muß es allein auf mich nehmen. Sie fühlte ihren Kopf wie ein Berghaupt, um das Wolken ziehen; sie empfand Sehnsucht nach dem Horizontalen, sich ausstrecken, niederlegen, in einer stärkeren Luft als der der Stadt. Grünes, Umrankendes, Lichtdämpfendes schwebte ihr vor; Land, wie eine starke Hand, die zum Schlafen zwingt.

Sie hat die erste Etappe zurückgelegt, nun ist es ganz gut, wenn sie sich ausruht u kräftigt. Außerdem hatte sie das Gefühl: ›Ich muß alles allein machen‹.

Wo hatte sich angeboten, sie hinzubringen; W. konnte vom Dienst nicht weg; litt wie unter einem Messer, als er die beiden abreisen sah.

Litt, als ob sein Herz durch eine Wurstmaschine getrieben würde /
Steinbrechen.

Als Cl. in dem Sanatorium eintraf, musterte sie es wie ein General.
Mit ihrer Niedergeschlagenheit mischte sich schon wieder ein Gefühl
ihrer Mission und Göttlichkeit (C-58), sie prüfte die Einrichtungen
und Ärzte selbstbewußt auf die Frage, ob sie imstande sein würden,
die Umwälzung der Weltideen zu umhegen, welche von hier nun
ausgehen würden.

Also hat sie auch Bedürfnis nach Sammlung dahergeführt.

Die Diagnose die man ihr gestellt hatte war allgemeine Erschöpfung
und Neurasthenie; Cl. lebte ruhig u sorgsam bedient. Die fortwähren-
den Stöße, welche ihren Körper wie eine Eisenbahnfahrt geschüttelt
hatten, hörten auf; sie glaubte plötzlich zu erkennen, daß sie krank
gewesen sei, während nun der Boden unter ihr wieder fester und
elastischer wurde; sie empfand Zärtlichkeit für ihren gesundenden
Körper, welcher ihren Geist nun auch «sorgsam bediente», wie sie,
erfreut von dieser Einheit des Geschehens, feststellte.

Vorher Appetitlosigkeit, Durchfall u ä

Aber die Geschehnisse der jüngsten Zeit kamen ihr mit einemmal
fragwürdig vor.

Sie beschaffte sich Schreibzeug und ging daran, ihre Erfahrungen
niederzuschreiben.
    Sie schrieb einen Tag lang beinahe vom Morgen bis zum Abend.
Ohne Bedürfnis nach Luft und Essen; es fiel ihr auf, daß die körperlichen Tätigkeiten fast ganz zurücktraten, nur eine gewisse Scheu vor
der sanatoriumstrengen Hausordnung bewog sie in den Speisesaal zu
gehn. Sie hatte vor einiger Zeit irgendwo einen Aufsatz über Franz
v. Assisi gelesen; in dem Heft, das sie anlegte, kehrte er wieder, in
ganzen Abschnitten mit geringfügigen persönlichen Änderungen
wiederholt aber ohne daß sie das störte. Die Ursprünglichkeit geistiger
Leistungen wird heute noch falsch eingeschätzt. Der überkommene
Heldensinn streitet bei jedem neuen Gedanken und jeder Erfindung
noch immer um die Priorität, obgleich wir aus der Geschichte dieser
Streitigkeiten längst wissen, daß jede neue Idee in mehreren Köpfen
zugleich entstanden ist, und er findet es aus irgend einem Grund richtiger, sich das Genie als eine Quelle vorzustellen statt eines Stroms, in
den vieles gemündet ist und der vieles verbindet, obgleich die ge-
nialsten Gedanken nicht mehr sind als Veränderungen andrer ge-

nialer Gedanken und kleine Beigaben. Darum «haben wir» auf der einen Seite «keine Genies mehr» – weil wir nämlich den Ursprung allzudeutlich zu sehen glauben und uns durchaus nicht dazu hergeben wollen, an das Genie einer Leistung zu glauben, die sich aus lauter Gedanken, Gefühlen und sonstigen Elementen zusammensetzt, welche wir einzeln unvermeidlich schon da und dann angetroffen haben müssen. Andrerseits übertreiben wir die Einbildung vom Originalitätscharakter des Genies – zumal dort, wo die Prüfung an den Tatsachen und am Erfolg fehlt, also überall, wo es sich um nichts weniger als unsre Seele handelt – in einer so sinnlosen und verkehrten Weise, daß wir sehr viele Genies haben, deren Kopf nicht mehr Inhalt besitzt als ein Zeitungsblatt, aber dafür eine auffallende und originelle Aufmachung. Diese, verbündet mit dem falschen Glauben an die unvermeidliche Ursprünglichkeit des Genies, verfeindet mit dem dunklen Gefühl, daß nichts hinter ihm steckt, gipfelnd in der völligen Unfähigkeit, aus den unzähligen Elementen einer Zeit jene Gebilde des geistigen Lebens zu schaffen, die nicht mehr sind als Versuche und doch den vollen Ernst der Sachlichkeit haben, gehört zu jener flauen Stimmung voll Zweifel an die Möglichkeit des Genies u. Anbetung vieler Ersatzgenies, die heute herrscht.

Cl., für welche Genie eine Sache des Willens war, gehörte, trotz vieler Schwächen, die sie besaß, weder zu den grell aufgemachten Menschen, noch zu den entmutigten. Sie schrieb mit großer Energie nieder, was sie gelesen hatte, und hatte das richtige Gefühl der Originalität dabei, indem sie sich diese Materie an-eignete und wie in einer lebhaft flackernden Verbrennung geheimnisvoll zu ihrem eigenen und innersten Wesen werden fühlte. ›Durch Zufall sind‹ – schrieb sie hin ›während ich schon an die Abreise dachte, die Erinnerungen in meinem Kopf zusammengestoßen. Daß die Sienesen (Perugia?) im Jahre... ein Bild.... in die Kirche trugen, daß Dante... sagt, welcher Brunnen heute noch auf der Piazza.. steht. Und daß Dante von der Frömmigkeit des bald danach heilig gesprochenen Franz v. Assisi sagte: Wie ein strahlendes Gestirn stieg sie unter uns auf‹

Wo sie sich nicht mehr an die Namen erinnerte, setzte sie Punkte. Das hatte später Zeit. Die Worte «wie ein strahlendes Gestirn aufgehn» fühlte sie aber in ihrem Leibe. Daß sie – nebenbei gedacht – der Aufsatz ergriff, den sie gelesen hatte, besaß seinen Grund darin, daß sie sich nach besseren Zeiten sehnte; aber nicht als Flucht, sondern so – das fühlte sie – daß etwas Aktives geschehen mußte.

Dieser F v A. – schrieb sie hin – war ein wohlhabender Sieneser Bürgerssohn, ein Tuchhändler und vordem ein flotter Bursche. Menschen von heute wie A., welche mit der Wissenschaft Kontakt haben, fühlen sich durch sein späteres Gehaben (nach der religiösen Erweckung) an gewisse manische Zustände erinnert, und es soll gar nicht geleugnet werden, daß sie damit recht haben. Aber was 1913 zur Geisteskrankheit wird, kann 13.. (zirkuläres Irresein, Hysterie, natürlich nicht anatomisch umschriebene Krankheiten, sondern nur solche, welche mit Gesundheit durchsetzt sind!!) bloß eine einseitige Belastung mit Gesundheit gewesen sein. *Gewisse Krankheitsbilder sind nicht persönliche, sondern auch soziale Erscheinungen* – diesen Satz unterstrich sie. In Klammern warf sie einige Worte dazu: «(Hysterie. Freud. Rausch; seine Formen sind je nach der Gesellschaft verschieden. Psychologie der Massen liefert Bilder, die von klinischen nicht sehr verschieden sind) Dann kam ein Satz, den sie wieder unterstrich: *Es ist nicht ausgeschlossen, daß das, was heute bloß zur inneren Destruktion wird, einstens wieder konstruktiven Wert haben wird.*

Wenn der gesunde Mensch eine soziale Erscheinung ist, dann ist es auch der kranke.

Es fuhr ihr durch den Kopf, daß Dante u F v A. überhaupt die gleiche Person gewesen seien; es war eine ungeheure Entdeckung, aber sie schrieb sie nicht nieder, sondern nahm sich vor, diese Frage später zu prüfen und im nächsten Augenblick war auch ihr Glanz erloschen. «Das Entscheidende ist» – schrieb sie hin – «daß damals ein Mensch, *den wir heute mit gutem Gewissen in ein Sanatorium stecken würden*, leben, lehren und seine Zeitgenossen führen konnte! Daß die besten der Zeitgenossen ihn als eine Ehre und Erleuchtung empfanden! Daß Siena damals ein Mittelpunkt der Kultur war. Aber an den Rand schrieb sie: *«Alle Menschen sind ein Mensch?»* – Dann fuhr sie ruhiger fort: «Es fesselt mich, mir vorzustellen, wie es damals aussah? Jene Zeit hatte nicht viel Intelligenz. Sie prüfte nicht; sie glaubte wie ein gutes Kind, ohne sich über das Unwahrscheinliche zu erregen. Die Religion hing mit dem Lokalpatriotismus zusammen; nicht der einzelne Sieneser kam in den Himmel, sondern die Stadt Siena würde einmal als Ganzes dorthin versetzt werden. Denn man liebte den Himmel durch die Stadt durch. (Die Heiterkeit, der Schmucksinn, die weiten Ausblicke kleiner italienischer Städte!) Religiöse Eigenbrötler waren selten; man war stolz auf die Stadt; das Gemeinsame war ein gemeinsames Erlebnis. Der Himmel gehörte dieser Stadt, wie hätte es anders sein sollen?! Die Priester galten nicht als besonders religiöse Menschen, waren bloß eine Art Beamte; denn Gott war in allen Religionen immer etwas weit und unsicher, aber der Glaube, daß Gottes Sohn zu Besuch gekommen war, daß man noch die Aufzeichnungen derer besaß, die ihn mit eigenen Augen gesehen haben, gab eine ungeheure Lebendigkeit, Nähe und Sicherheit des Erlebnisses, als deren Bestätigung eben die Priester da waren. Offizierskorps Gottes.

Wenn in dieser Mitte nun einer von Gott gestreift wird, wie der Hlge Franz, so ist das nur eine neue Beruhigung, welche die bürgerliche Heiterkeit des Erlebnisses nicht stört. Weil alle glaubten, konnten es einige in besondrer Weise tun, und so kam zu der einfachen legitimen Sicherheit der geistige Reichtum. Denn in Summa fließen mehr Kräfte aus der Opposition als aus der Übereinstimmung ...

Hier bildeten sich auf Cl's. Stirn tiefe Falten. Es fiel ihr Nietzsche ein, der Feind der Religion: es blieb ihr noch Schweres zu vereinen. – Ich maße mir nicht an, die Riesengeschichte dieser Gefühle zu kennen, – sagte sie sich – aber eines ist sicher: heute ist das religiöse Erlebnis nicht mehr Handlung aller, einer Gemeinde, sondern nur Einzelner. Und wahrscheinlich ist es deshalb krank.

Gefühl der Einsamkeit im Meer des Geistes, das nach allen Richtungen beweglich ist.

/Memento: Massenerlebnis hängt mit Ld. zusammen./

Sie hörte zu schreiben auf und ging lange im Zimmer hin und her, aufgeregt die Hände aneinander oder mit dem Zeigefinger die Stirn reibend. Sie floh nicht aus Mutlosigkeit in vergangene und entfernte Zeiten, sondern es war ihr durchaus klar, daß sie, in diesem Zimmer auf- und abschreitend, mit dem vergangenen Siena zusammenhänge. Gedanken ihrer letzten Tage mengten sich ein, sie war in irgend einer Weise nicht nur bestimmt, sondern schon in der Tat begriffen, die Aufgabe zu übernehmen, welche sich in den Jahrhunderten wiederholte wie Gott in jeder neuen Hostie. Sie dachte aber nicht an Gott; das war merkwürdigerweise der einzige Gedanke, der ihr nicht einfiel, so als ob er gar nicht dazugehörte; vielleicht hätte er sie gestört, denn alles andre war so lebendig, als ob sie sich morgen in die Eisenbahn setzen müsse, um hinzufahren. Bei den Fenstern winkten große Massen grüner Blätter herein; Baumkugeln; das ganze Zimmer war davon in wässriges Grün getaucht; diese Farbe, «mit der damals meine Seele gefüllt worden ist», wie sie später sagte, spielte als Leitfarbe dieser Gedanken noch eine große Rolle in ihr.

Dieser Zusammenhang mit Vergangenheit, der A fehlt.

Gefühl! Glockenläuten. Prozessionen schreiten mit Marienfahnen u. prächtigen Gewändern. Sie schritt in der Mitte. Wenn sie stehen blieb, blieb die Menge aber nicht stehen. Doch das störte nicht.

. . . .

Das grüne Licht bedeutet (es ist der Unterschied von damals u heute, das Besondere ihrer Lage in der eingebildeten Vorstellung) ihre Reise.

$$s_6 + a + 1.$$

Als sie am nächsten Tag ... einige Zeit später .. (R–M I Tl. ev. auch II Tl. liegen dazwischen!) ihre Aufzeichnungen durchlas, verwarf sie diese. Sie nahm ein neues Blatt Papier und zog durch die Mitte ein Kreuz. Es überraschte sie kaum noch, daß dieses nackte, also zerlegte Stück Papier sogleich zu leben begann. Man brauchte es bloß anzusehn und entdeckte mit seiner Hilfe sogleich eine Fülle merkwürdiger Bestätigungen. Alles Obere strebt hinab, alles Untere hinauf: Grundgesetz des Daseins! Clarisse trug links oben das Wort Mann ein und rechts unten das Wort Frau. Nicht nur streben sie in diese Lage, sondern die Frau vermännlicht sich heute, und der Mann verweiblicht. «Es gibt heute keine Männer mehr!» sagte sich Cl. Als sich ihr das an dem magischen Kreuz bestätigt hatte, suchte sie nach neuem. Der Regen fällt abwärts, der Rauch steigt auf; sie setzte sofort hinzu, daß Tränen von oben kommen, aus einer großen Seele, aber abwärts ziehn: sagte ihr das Kreuz nicht alles, was sie in einem wochenlangen Kampf gegen das Mitleid mit W. erfahren hatte?! .. Sie hatte das Gefühl, etwas der modernen Kunst Ähnliches zu tun .. Fieberhaft setzte sie diese Untersuchung fort. Es gibt Eckenmenschen, deren Leben, was immer geschehn mag, von oben nach oben zieht oder in der «untern Horizontale» bleibt; es sind Menschen des Niveaus, sie ändern die Welt nicht. Auch Diagonalmenschen gibt es, aber sie hielt sich jetzt (s.o.!) nicht bei ihnen auf, denn es lockte sie schon die Entdeckung der Doppelmenschen: sie sinken und steigen d.s. die Menschen, die den auf- u absteigenden Senkrechten entsprechen; ihr Leib sinkt, ihre Seele steigt! Sie gehen von Leid zu Kraft über. Oder von Helligkeit zu Düsternis. Sie sind in zwei Niveaus (Schichten) zuhause. Ohne Zweifel waren das die Menschen, zu denen sie gehörte. Die Stimmung ihres Eintreffens gestern in diesem Sanatorium mit der sofort einsetzenden «Sehnsucht nach dem Horizontalen» wurde heftig lebendig in ihr, eine unausdrückbare Traurigkeit, «so weich wie der Faden eines Regens» zog sie abwärts. Sie drehte die Zimmerbeleuchtung auf, obgleich es noch Vormittag war, in das grüne Blätterlicht sprengten sich rötliche blasse Lichtkeile ein. Sie schauderte vor Einsamkeit. Es schien ihr, daß die rötlichen Lichtkeile in der Mitte des Zimmers ein Kreuz bildeten, und sie stellte sich darunter. In diesem Augenblick erkannte sie mit Bestimmtheit, daß sie selbst ein «Doppelmensch» sei und die Entspannung, die jede Bestimmtheit mit sich bringt, verbreitete sich wohltätig in ihr.

Sie begriff sich aber nun in der ungeheuren Gefahr, krank zu werden. Man hatte sie hieher gebracht, wo sie krank werden mußte. Sie verhehlte sich nicht, daß sie in Wahrheit auch bereits ganz nahe einer schweren Erkrankung sei. Schuld war die (verderbliche) Weichherzigkeit W's., der sie hieher geschickt hatte. Sie hätte ihm nicht folgen sollen. Nun gut, sie war ihm aber gefolgt Sie sagte sich: ich soll wahnsinnig werden. Sie wiederholte es. Laut flüsternd. Unter dem Kreuz. Das war wohl doch anders als wenn man nur mit solch einem gefährlichen Wort spielt.

Aber Geisteskrankheit war nicht einfach Sturz in Finsternis. Die Geisteskranken erschienen ihr als am Rande der Gesundheit angesiedelte Wesen; ein Nichts, und sie werden fortgetrieben; mit ungeheurer Anstrengung – mit der sich die Leistungen der Gesunden nicht vergleichen lassen – müssen sie sich emporarbeiten. (C – 41) Ausnahmemenschen – fühlte Cl; Erkrankung ist eine falsche Auffassung, gegen die sie sich, im Namen einer höheren Moral, zu verteidigen, verpflichtet war.

Sie mußte ohne Verzug fliehn. In diesem Augenblick schwebte ein Leben voll Visionen, Halluzinationen, Engeln u noch stärkeren Gebilden, die sie sich nicht erklären konnte, um sie. – Man muß gesund genug für seine Krankheit sein, .. sagte sie sich, listig lächelnd, – es gibt Neurosen der Gesundheit. – Italienische Musik erklang u. spielte ihr die grausame Heiterkeit des Südens vor. Eine Stimme in ihr rief: – Auf nach Siena! –

In diesem Augenblick überblickte sie ihre Lage ganz klar u. ruhig. Sie stand am Kreuzweg. Doppelmensch. Die beiden feindlichen Könige Christus u. Nietzsche begegneten sich in ihr. Sie waren der gekrönte König der Welt u. der ungekrönte derer, die an keine Könige glauben. Aber beide waren sie halb. Chr. starb am Kreuz u. N. im Irrenhaus. Sie starben an ihrer Halbheit. Aber sie waren eins, diese großen Feinde, zusammen ein Ganzes! Der Doppelmensch! Der Leib eines Weibes bezwang die beiden, indem er sie vereinte. Aber dieser Schauer der Männerfeindschaft u. ihrer Bezwingung zersprengte fast den kleinen Körper Cl's. Schweiß zitterte unter ihren Haaren hervor u. die Lippen standen offen. Konnte sie sich da mit W. abgeben u. dem Schmerz, den sie ihm, «in grausamer Unschuld», zufügen mußte!? Sie preßte ihre Lippen heftig zu. Um Gott, ihres Vaters, willen durfte sie in diesem Augenblick nichts halb tun. – Wahnsinn – sagte sie sich abschließend – ist nichts anderes, als daß man ohne Halbheit u Maß das tut, was alle andern maßvoll u. halb tun. Sie verfügte über Mittel, weil sie die Sanatoriumsrechnung noch nicht beglichen hatte.

Sie erfand eine Geschichte, daß sie ihren Mann, der unterwegs in der Nähe sei überraschen u. eine Nacht fortbleiben wolle, u. brachte die Bedenken der Pflegerin durch ein hohes Trinkgeld zum Schweigen.

$$s_6 + b$$

Zwischen Florenz und Rom wachte Cl. auf. Sie bemerkte, daß sie ihren Plan, nach S. zu reisen, abgeändert hatte. Kleine, wie aus grünem Werg locker gedrehte Bäumchen standen längs der Bahn. Dann wurde die Ebene von einem runden Hügel mit runden Bäumen unterbrochen. Cl. sagte befriedigt zu sich, daß die Formen der Landschaft, wenn man sie ohne Vorurteil betrachte, hier häßlicher seien als in der Heimat. Aber sie waren von einem fremden Marsch gespannt, den sie umso deutlicher erkannte. Es dünkte sie, sie müsse, wenn sie sich anstrenge, eine kriegerische Melodie hören können; aber der dahinspringende Zug machte das zunichte. Dagegen sah sie zwei Bäurinen nach, die auf einem Weg gingen, der so schmal u gerade wie eine mit Obstbäumen bepflanzte Pflugfurche zwischen den Feldern lief. Ein Hahn und sieben Hennen trippelten vor den Frauen her, wie es anderwärts Hündchen tun. Cl. stellte das als eine wichtige Tatsache fest, von der sie vielleicht später Gebrauch machen werde. (Hier versteht man das Tier.) Das 36stündige Rütteln des Zugs hatte sie erschüttert und müde gemacht.

Aber nun begannen Städtchen vorbeizufliegen u. Cl. wurde wieder aufmerksam. Solche Städtchen, die lagen auf einem Berg wie ein flacher Haufe alter, abgegriffener, schmutziger Kupferstücke; doch mit dem geheimnisvollen Feuer dieses Metalls. Cl. machte unbekümmert um die Mitreisenden die große generöse Gebärde nach, mit der sie hingeworfen worden waren.

Oder solche Städtchen waren durch Risse und Spalten aus einem grünbraunen Lehmklotz herausgeschnitten worden. Es waren Städtchen die nur aus starken Horizontal- und Vertikalstrichen bestanden. (Cl's. Gedächtnis machte wichtige Feststellungen.) «Erarbeiten muß man es!» – fühlte Cl und rieb die Finger aneinander. Es gefiel ihr, daß die friedliche, betriebsame, bepflanzte toskanische Landschaft anfangs zu täuschen versuchte; sie hatte sich von ihr nicht täuschen lassen!

Und plötzlich stand ein rundes, verfallenes Kastell vor Wolken und Himmel, u einige Minuten später begann Cl's. Herz heftig zu schlagen. Dörfer stürzten nun vorbei wie Burgen, wie Basaltgebilde. Die verdammte Gutmütigkeit der nordischen Landschaft hatte endgültig aufgehört. Ein starkes altes Weib, häßlich mit einer roten Wächterfahne in der Hand, mit roten Blumen auf einer roten Bluse u. mit einem roten Kopftuch hing über einen Bahnschranken. Cl. beugte sich weit aus dem Fenster hinaus, die häßliche Rote beseligte sie, ihre Finger schrien ihr Worte zu, die der Mund im Sturm des Zugs nicht formen konnte.

In Rom hielt es Cl. jedoch nicht lange aus. Zum erstenmal in Rom, bleibt nicht über Nacht. Schon der Bahnhofplatz mit seinen Palmen, den Geschäften und der Nähe großer Hotels stieß sie zurück. Sie ging trotzdem bis in die innerste Stadt und stieg in einem beliebigen Albergo ab. Der Eindruck änderte sich. Himmel.. Luxus.. Luft.. Energie. In der Nacht Couplets Hitze – Durchfall. Entzückender Zustand. Stadt ihres Temperaments Befiedert – Matt erregt.

Sie sucht das Haus Nietzsches auf. Sie ist betrübt darüber, daß er diese Stadt nicht liebte. Sie hat das Gefühl, hier sind die wundervollsten Schätze der Welt; er selbst hat es nicht gewußt. Geht aber nicht, sie ansehn. Als Resultante: Mit dem Norden beginnend, muß sie die Welt erlösen. Sie behält ein phantastisches Bewußtsein. Es ist die Stadt des Pabstes, das erklärt ihr, daß sie noch nicht bleiben dürfe.

Mitschwingend: Eine fremde lebhafte Stadt, Kunst, jede intensive Lebensäußerung ist, relativ zu dem vorurteilslos Unbeteiligten, verrückt.

«Es ist die Stadt des Pabstes» sagte sie sich und löste für den Rest ihres Geldes eine Fahrharte, die sie nach einer kleinen Stadt zurückbrachte, welche sie im Vorbeifahrn gesehn hatte. Ohne Geld ging sie in eine Herberge. Es war etwas sehr Plötzliches und sehr Sonderbares, diese Tatsache Geld; sie hielt den Leuten des Gasthofs eine ziemlich lange Rede, um sie sich dienstbar zu machen, die diese höflich und ohne Verständnis anhörten, als zweite Notwendigkeit erschien ihr, wie von oben gefallen, ganz als ob alles darauf angelegt gewesen wäre, A. zu rufen, und sie schickte ein langes Telegramm in deutscher Sprache an ihn ab.

$$s_6 + b + 1.$$

Es war gegen elf Uhr, fast einer verspäteten Märznacht, wo die Sterne durch einen Schleier von Frost zittern, als A., der nachhause kam und seinen Garten durchschritt, den Telegraphenboten traf. Beim Schein einer Lampe an der weißen Mauer brach er die Depesche auf und las sie. Sie war lang und wirr, aber in einem Rhytmus niedergeschrieben, der die Überlegung raubte. Wie ein Pfeil zwischen nah nebeneinander stehenden Mauern schnellte dieser in die Höhe, breitete sich verschlungen aus, etwas Unsichtbares rollte, schlug, eilte über die Wipfel der Bäume u. Firste der Häuser [...] Spitz gewölbt wie hochgezogene Augenbrauen stand der Himmel darüber, flimmernd kalt waren die Sterne.

A. reiste ab, und als er mit Cl. zusammengetroffen war, fanden sie in der Nähe an der Küste einen schönen Ort. Es war eine kleine, dem Festland nah vorgelagerte Insel, die ein altes, halb aufgelassenes Fort trug, und vor diese Insel geschoben lag noch eine riesige Sandbank mit Bäumen und Sträuchern, die wie eine große leere zweite Insel war, die ihnen allein gehörte. Man schien ihrer Beständigkeit nicht getraut zu haben, denn es waren keinerlei Zeichen von Ansiedlung oder Besitzverteilung auf ihr zu sehn. Eine Hütte zur Aufbewahrung von Netzen und andrem Fischergerät fand sich auf ihr, aber auch die war verlassen und verfallen. Ungefesselt lebten Wind, Wellen, weißer Sand, spitze Gräser und allerhand kleine Tiere beisammen; so leer und stark war hier der Zusammenklang des Lebens als ob man Blechbecken aufeinanderschlüge.

Dahinter die eigentliche Insel trug grünbewachsene hohe Festungswälle; Geschütze, die nicht einschüchterten, sondern zum Staunen warn wie vorweltliche Tiere; Wassergräben, in deren Nähe es viele unheimliche Ratten gab; und mitten zwischen den Ratten ein kleines würfelförmiges Wirtshaus mit einer vierseitigen Pyramide als Dach unter dichten Bäumen, worin A u Cl. wohnten. Es war zugleich die Kantine des Forts, und es standen den ganzen Tag in der Nähe dunkelblaue Soldaten mit gelben Tressen auf den Armen herum. Man hatte da nicht eigentlich das Gefühl des Lebens von Menschen, sondern eher eine das Herz leerende Beklemmung wie von Deportation oder dergleichen. Auch die jungen Männer, welche mit einem Gewehr im Arm, vor den mit Segelplachen zugedeckten Geschützen spazieren gingen, verstärkten diesen Eindruck; wer hatte sie dorthin gestellt, wo war, in welcher Weite, das Gehirn dieses Wahnsinns, der sich in einem lustlosen, pedantischen, katatonisch starr wiederholten Automatismus äußerte?

Es war die rechte Insel für A. und Cl. A. taufte sie Die Insel der Gesundheit, weil jeder Wahnsinnsanfall darauf hell wurde vor diesem dunklen Hintergrund. In ihrem kleinen Wirtshaus bewohnten sie ein Zimmer, in welchem kaum die unentbehrlichsten Möbel standen, aber von der Mitte der Decke hing ein gläserner Luster herab, und an den Wänden hingen große Spiegel in bemalten Glasrahmen. Wenn sie von der Insel der Gesundheit auf ihre Wohninsel zurückblickten, stand sie mit ihren Kanonen, Scharten, Bastionskämmen, Häuschen und Bäumen da wie ein geöffneter, zahnlückiger, verwackelter dunkler, irrsinniger Mund, und wenn sie von dort auf das Eiland blickten, schwebte es in der Luft als wäre es bloß eine Spiegelung.

Sie hatten bald überall Tafeln entdeckt, auf denen zu lesen war, daß auf diesen Inseln das Zeichnen und Malen verboten sei. Sie stehn im Bereich aller Festungen der Welt, aber Cl. sagte: Wie ungeheuerlich würde man es empfinden, wenn es einen Punkt auf der Erde gäbe, auf dem es hieße: Hier ist das Beten verboten! Wie lügen sie, wenn sie zu wissen vorgeben, was Kunst ist! – A. antwortete nach einer Weile, während deren ihn seltsame Ideen berührten: «Ein heilig erbitterter Spion wäre denkbar, der alle diese Festungspläne verriete.» Aber daß es ihnen verboten war, zu zeichnen und malen, brachte sie zunächst noch auf einen andren Einfall, den sie anfangs wie eine Rache ausführten. Cl. schlief wenig; sie stand manchmal schon beim ersten Morgengrauen auf und setzte auf die Insel über, A. folgte gemächlich mit dem hellen Tag und sah Cl. nicht mehr, die weit weg in irgend einer Sandfalte oder hinter einem kleinen Hügel lag. Aber er war kaum einige Schritte gegangen, so stieß er auf eine Spur. Zwei Steine und eine darüber gelegte Feder vielleicht; das hieß: ich wünsche dich zu sehn, komm zu mir, aber du wirst mich nicht finden, so schnell wie der Vogel fliegt. Oder es lag ein runder, ausgesuchter Stein im Weg, den er ging: das hieß, ich bin hart stark und gesund. War es aber ein Stück Kohle im weißen Sand, so bedeutete es: ich bin heute schwarz, trübe und traurig. Solcher Zeichen waren noch viele. Eine Pfefferschote bedeutete: ich bin heiß, hitzig und erwarte dich. Zwei große Steine, mit den Rücken gegeneinander: ich bin böse auf dich. Eine Astgabel, in einem Strauch, an die ein Stück Band gebunden war: Wenn uns auch ein weiter Weg trennt, so wende ich dir doch mein Antlitz zu und ziehe dich zu mir. Ich liege im Sand u ziehe dich zu mir

sie stand beim . . auf . . über. Als A. erwachte, war sie fort. . . Von C. war nichts zu sehn. Aber . . . /aktuell!/ Sie mochte weit weg . . liegen. Als er kaum . . stieß er . . Es waren . . Feder. Einige Schritte weiter lag . . . Dann war ein Fetzchen Band an einen Strauch gebunden. Als er Cl. fand, sagte sie nichts davon. Aber das wiederholte sich oft und allmählig lernte er diese Sprache verstehn, die sie erfunden hatte. Zwei Steine und eine darübergelegte Feder bedeuteten: . . . usw.

Und dann kamen die Zeichnungen im Sand. /S. später das Modellieren im Irrenhaus./ Pfeile und Kreise, ein brennendes Herz und ein sprengendes Pferd, alle gewöhnlich nur mit so wenig Linien angedeutet, daß sie nur dem Eingeweihten verständlich waren, und eine zusammengepreßte Sprache darstellend, in der sich die Herzschläge aufeinandertürmten. Diese Zeichen legten sie an im Sand, ritzten sie in die Balken der Hütte oder in die glatte Fläche eines Steins, vergaßen sie, fanden sie nach Tagen wieder und brannten vor Glück.

– Man hat in Pompeji – sagte A. – das Abbild einer Frau gefunden, das die Dämpfe, in die sich ihr Körper im Bruchteil einer Sekunde auflöste, als ihn der furchtbare Feuerstrom einhüllte, wie eine Statue in die versteinernde Lava eingesiegelt hatten. Diese fast nackte Frau, der das Hemd bis zum Rücken hinaufgerutscht war, als sie, im eiligen Lauf eingeholt, vornüber aufs Gesicht und die vorgehaltenen Arme stürzte, während der kleine Knoten ihrer Haare unordentlich aufgesteckt, aber fest im Nacken saß, war nicht schön, nicht häßlich, nicht üppig von Wolleben, noch abgezehrt von Armut, nicht verrenkt vom Schreck, noch ohne Angst ahnungslos überwältigt, aber gerade wegen all dessen war diese vor vielen Jahrhunderten aus dem Bett gesprungene und auf den Bauch geworfene Frau so unsagbar lebendig geblieben, daß sie in jeder Sekunde wieder aufstehen und weitereilen könnte. – Cl. verstand ihn aufs Wort. Wenn sie ihre Gefühle und Gedanken in den Sand grub, mit irgend einem Zeichen, das voll davon war wie ein Boot, das kaum noch die Vielfalt der Lasten tragen kann, und der Wind wehte dann einen Tag lang darauf, Tierspuren liefen darüber hin oder ein Regen zeichnete Pockennarben darein und verwischte die Schärfe der Umrisse wie die Sorgen des Lebens ein Gesicht verwischen, gar aber wenn man alles ganz vergessen hatte und nur durch einen Zufall wieder darauf stieß und plötzlich vor sich stand, vor einer Sekunde gepreßt voll von Gefühl und Gedanke, und eingesunken, verwaschen, klein und kaum kenntlich geworden, aber eingewachsen zwischen rechts und links, nicht vergangen, ohne Scheu von den Gräsern und Tieren umlebt, Welt, Erde geworden: Dann – ?: schwer zu sagen, was dann war, die Insel bevölkerte sich mit vielen Clarissen; sie schliefen im Sand, sie fuhren auf dem Licht durch die Luft, riefen aus den Kehlen von Vögeln, es war eine Wollust, überall sich selbst zu berühren, überall auf sich selbst zu stoßen, eine unsägliche Empfindsamkeit, es brach ein Taumel aus den Augen dieser Frau und vermochte A. anzustecken, so wie der Anblick der Wollust eines Menschen die höchste eines andern entzündet. Weiß Gott, was es ist, – dachte A. – das Liebende veranlaßt, das Geheimnis ihrer Anfangsbuchstaben in die Rinde von Bäumen zu ritzen, mit denen es wächst; das Siegel und Wappen erfunden hat; die Magie der aus ihrem Rahmen blickenden Bilder; um schließlich bei der Spur auf der photographischen Platte zu enden, die alles Geheimnis verloren hat, weil sie fast schon wieder Wirklichkeit ist.

Aber es war nicht nur das. Es war auch die Mehrdeutigkeit. Etwas war ein Stein und bedeutete Anders; aber Cl. wußte, daß es mehr als A. und ein Stein war, nämlich noch alles Steinharte an A. und alles Schwere, das sie bedrückte, und aller Einblick in die Welt, den man gewann, wenn man einmal verstanden hatte, daß die Steine wie A.

waren. Genau so, wie wenn es heißt: Das ist Max, aber er ist ein Genie. Oder eine Astgabel und ein Loch im Sand hieß: hier ist Clarisse, aber zugleich: sie ist eine Hexe und reitet ihr Herz. Viele Gefühle, die sonst getrennt sind, drängten sich um solch ein Zeichen, man wußte nie recht, welche, aber allmählich beobachtete A. auch an seinen eignen Empfindungen eine solche Unsicherheit der Welt. Es hoben sich eigenartig erfundene Gedankengänge Cl's. ab, die er beinahe verstehen lernte.

/Die Unsicherheit:/ Cl. sah eine Weile lang Dinge, die man sonst nicht sieht. A. konnte das ausgezeichnet erklären. Es war vielleicht Wahnsinn. Aber ein Förster sieht auf einem Spaziergang eine andere Welt als ein Botaniker oder ein Mörder. Man sieht viele unsichtbare Dinge. Eine Frau sieht den Stoff eines Kleids, ein Maler einen See flüssiger Farben an seiner Stelle. Ich sehe durchs Fenster, ob ein Hut hart oder weich ist. Wenn ich auf die Straße blicke, sehe ich ebenso, ob es draußen warm oder kalt ist, ob Menschen lustig, traurig, gesund oder kränklich sind; ebenso sitzt der Geschmack einer Frucht manchmal schon in den Fingerspitzen, die sie anfühlen. A. erinnerte sich: wenn man etwas verkehrt ansieht, z.B. in der Camera des kleinen Photographenapparats, bemerkt man übersehene Dinge. Ein Hin- und Herschwanken von Bäumen und Sträuchern oder Köpfen, die dem freien Auge reglos erscheinen. Oder die hüpfende Eigenart des menschlichen Gangs kommt einem zu Bewußtsein. Man ist erstaunt über die fortwährende Unruhe der Dinge. Ebenso sind unwahrgenommene Doppelbilder im Gesichtsfeld, denn das eine Auge sieht ja etwas anders als das zweite; Nachbilder lösen sich wie allerfeinste farbige Nebel vor den Augenblicksbildern auf; das Gehirn unterdrückt, ergänzt, formt die vermeinte Wirklichkeit; das Ohr überhört tausend Geräusche des eigenen Körpers, die Haut, die Gelenke, die Muskeln, das innerste Ich senden ein Ineinanderspiel unzähliger Empfindungen, die stumm, blind und taub den unterirdischen Tanz des sogenannten Wachseins aufführen. A. erinnerte sich, wie er einmal, nicht gar so hoch im Gebirge, nur früh im Jahr in einen Schneesturm geriet; er war damals Freunden entgegengegangen, die einen Weg herabkommen sollten und er hatte sich schon gewundert, sie noch nicht getroffen zu haben, als das Wetter sich plötzlich änderte, die Klarheit sich verfinsterte, ein heulender Sturm losbrach und Schnee in dichten Wolken spitzer Eisnadeln auf den Einsamen schleuderte, als ob es diesem ans Leben ginge. Obgleich A. schon nach wenigen Minuten den Schutz einer verlassenen Hütte erreichte, hatten ihn Wind und Schneemassen bis an die Knochen erreicht, und die eisige Kälte wie der anstrengende Kampf gegen den Orkan und die Wucht des Schnees hatten ihn in der kürzesten Zeit ermüdet. Als das Unwetter ebenso rasch vorbeiging wie es gekommen war, setzte er freilich seinen Weg fort und er war nicht der Mann, sich durch ein solches Ereignis einschüchtern zu lassen, wenigstens war sein bewußtes Selbst ganz frei von Aufregung u. jeder Art Überschätzung der überstandenen Gefahr, ja er fühlte sich äußerst aufgeräumt. Aber er mußte dennoch erschüttert worden sein, denn mit einemmal hörte er die Partie sich entgegenkommen und rief sie heiter an. Aber niemand antwortete. Er rief nochmals laut – denn im Schnee konnte man leicht vom Weg ab und aneinander vorbeikommen – und lief, so gut er es vermochte, in der wahrgenommenen Richtung, denn der Schnee war tief, er hatte sich nicht darauf gefaßt gehabt und den Aufstieg ohne Skier oder Reifen unternommen. Nach etwa fünfundzwanzig Schritten, bei deren jedem er bis an die Hüften einbrach, mußte er vor Erschöpfung stillhalten, aber in diesem Augenblick hörte er wieder die Stimmen in angeregtem Gespräch und so nahe, daß er die Sprechenden, die nichts verdecken konnte, unbedingt hätte sehen müssen. Niemand war jedoch da als der weiche, hellgraue Schnee. A. nahm seine Sinne zusammen und das Gespräch wurde deutlicher. Ich halluziniere – sagte er sich. Dennoch rief er abermals; ohne Erfolg. Er begann sich vor sich selbst zu fürchten und prüfte sich auf jede Weise, die ihm einfallen mochte, sprach laut und zusammenhängend, rechnete im Kopf kleine Aufgaben aus und machte mit Armen und Fingern schwierige Bewegungen, deren Ausführung volle Herrschaft über sich erforderte. Das alles gelang, ohne daß die Erscheinung wich. Er hörte ganze Gespräche, voll überraschenden Sinns und in klangvoller Mehrstimmigkeit. Da lachte er, fand das Erlebnis interessant und begann es zu beobachten. Aber auch das machte die Erscheinung nicht verschwinden, die erst abklang, als er umgekehrt und schon etliche hundert Meter abgestiegen war, während seine Freunde überhaupt nicht diesen Rückweg genommen hatten und keine menschliche Seele in der Nähe war. So unsicher und sich ausdehnend ist die Grenze zwischen Wahn und Gesundheit. Es überraschte ihn eigentlich nicht, wenn Cl. mitten in der Nacht ihn zitternd weckte und behauptete, eine Stimme zu hören. Wenn er sie fragte, war es keine Menschenstimme und keine Tierstimme, sondern eine «Stimme von etwas», und dann hörte er plötzlich auch ein Geräusch, das in keiner Weise auf ein dingliches Wesen zu beziehen war, und im nächsten Augenblick, während Cl. immer heftiger zitterte und die Augen wie ein Nachtvogel aufriß, schien etwas Unsichtbares im Zimmer zu gleiten, schleifend an den Spiegel in gläsernem Rahmen zu stoßen, unkörperlich zu drängen, und auch in A. schoß panikartig – nicht *eine* Angst, ein Bündel von Ängsten, eine Welt der Angst empor, so daß er alle Vernunft aufbieten mußte, um selbst zu widerstehen und Cl. zur Ruhe zu bringen.

Szenisch! Alles das aktuell!

~ M! Vielleicht: U. kann denken, sie sei nur hysterisch u. spiele das nach, was sie von M. erfahren hat.

Aber er bot nicht gern die Vernunft auf. In dieser Unsicherheit, welche die Welt in der Umgebung Cl's. annahm, konnte man sich seltsam glücklich fühlen. Die Zeichnungen im Sand und Modelle aus Steinen, Federn und Ästen nahmen nun auch für ihn einen Sinn an, als ob hier, auf der Insel der Gesunden sich etwas erfüllen wollte, das von seinem Leben schon einigemal berührt worden war. Es schien ihm der Grund des menschlichen Lebens eine ungeheure Angst vor irgendetwas, ja geradezu vor dem Unbestimmten zu sein. Er lag im weißen Sand zwischen dem Blau der Luft und des Wassers, auf der kleinen, heißen Sandplatte der Insel zwischen den kalten Tiefen des Meers und Himmels. Er lag wie im Schnee. Wenn er damals verweht worden wäre, hätte es so kommen können. Hinter den Hügeln mit Disteln tollte Cl. und spielte wie ein Kind. Er fürchtete sich nicht. Er sah das Leben von oben. Diese Insel war mit ihm davongeflogen. Er begriff seine Geschichte. Hunderte von menschlichen Ordnungen sind gekommen und gegangen; von den Göttern bis zu den Nadeln des Schmucks, und von der Psychologie bis zum Grammophon jede eine dunkle Einheit, jede ein dunkler Glaube, die letzte, die aufsteigende zu sein, und jede nach einigen hundert oder tausend Jahren geheimnisvoll zusammensinkend und zu Schutt und Bauplatz vergehend: Was ist dies andres als ein Herausklettern aus dem Nichts, jedesmal nach einer andern Seite versucht? Als einer jener Sandberge, die der Wind bläst, dann eine Weile lang die eigene Schwere formt, dann wieder der Wind verweht? Was ist alles, was wir tun, andres als eine nervöse Angst, nichts zu sein: von den Vergnügungen angefangen, die keine sind, sondern nur noch ein Lärm, ein anfeuerndes Geschnatter, um die Zeit totzuschlagen, weil eine dunkle Gewißheit mahnt, daß endlich sie uns totschlagen wird, bis zu den sich übersteigenden Erfindungen, den sinnlosen Geldbergen, die den Geist töten, ob man von ihnen erdrückt oder getragen wird, den angstvoll ungeduldigen Moden des Geistes, den Kleidern, die sich fortwährend verändern, dem Mord, Totschlag, Krieg in denen sich ein tiefes Mißtrauen gegen das Bestehende und Geschaffene entlädt; was ist alles das andres als die Unruhe eines Mannes, der sich bis zu den Knien aus einem Grab herausschaufelt, dem er doch niemals entrinnen wird, eines Wesens, das niemals ganz dem Nichts entsteigt, sich angstvoll in Gestalten wirft, aber an irgend einer geheimen Stelle, die es selbst kaum ahnt, hinfällig und Nichts ist?

Hieher: Rolle der menschlichen Erlebnisse, die sich nicht durch verständige Übertragung, sondern durch Ansteckung verbreiten. Ein soziales (Menschheits) Erlebnis zu zweit

/Das Gestaltlose!/ Vgl:

Und keine Spur davon, das in Zyklen einfassen zu können!

A. erinnerte sich an jenen Mann im grünen Kreis der Laterne, den er mit Cl. und Ld. beobachtet hatte. Hier auf der I d G. war sogar dieses verzerrte menschliche Gebilde, dieser Exhibitionist dieses verzweifelte Geschöpf, das sich aus dem Dunkel, Geschlechtslust stehlend hervorgekrümmt hatte, wenn eine Frau vorbeiging, nichts Grundverschiedenes von andren Menschen. Was waren W's. empfindsame Musik oder Ld's. Staatsgedanken von dem gemeinsamen Willen vieler Menschen andres als einsamer Exhibitionismus? Was ist selbst der Erfolg eines Staatsmanns, der mitten im menschlichen Betrieb steht, andres als betäubende Ausübung mit dem Schein einer Befriedigung? In der Liebe, in der Kunst, in der Habsucht, in der Politik, in der Arbeit und im Spiele suchen wir unser schmerzvolles Geheimnis auszusprechen: Der Mensch gehört nur halb sich selbst, die andre Hälfte ist Ausdruck. E 15. /Dieses Emersonzitat ist vorläufig noch wörtlich!/ Alle Menschen verlangen nach ihm in ihrer Seelennot. Der Hund bespritzt den Stein mit sich und riecht zu seinem Exkrement: Spuren hinterlassen in der Welt, sich in der Welt ein Denkmal setzen, eine Tat, von der noch nach hunderten Jahren gesungen werden wird, ist der Sinn alles Heroismus. Ich habe etwas getan: Das ist eine Spur, ein ungleiches, aber unvergängliches Abbild. Ich habe etwas getan: knüpft Teile der Materie an mich. Selbst etwas nur auszusprechen heißt schon, einen Sinn mehr haben zur Aneignung der Welt. Selbst nur wie W. etwas zu beschwätzen, hat diesen Sinn. A. lachte, weil ihm einfiel, daß W. verzweifelt mit dem Gedanken herumgehn werde: Ach, ich wüßte wohl etwas dazu zu sagen...! Es ist das tiefe Grundgefühl des Bürgers, das immer stummer und beruhigter wird. Aber A. kam auf der Insel der Gesundheit dazu, allen Ehrgeiz seines Lebens zu widerrufen. Was sind selbst Theorien andres als beschwätzen? Besprechen. Und am Ende solcher Stunden dachte A. an nichts andres mehr als an Agathe, die ferne, die untrennbare Schwester, von der er nicht wußte, was sie tat. Und er erinnerte sich wehmütig ihres Lieblingsausspruchs: «Was kann ich also für meine Seele tun, die wie ein ungelöstes Rätsel in mir wohnt? Die dem sichtbaren Menschen die größte Willkür läßt, weil sie ihn auf keine Weise beherrschen kann?» (Br. 87)

Hier eine Stimmungs-Abrechnung mit Us Heroismus.

Der Hund, der den Menschen nach langem Verkehr unwillkürllch in Vielem so trefflich karrikiert

Gefühl, nie wieder von hier fort zu dürfen.

/der ihn von Ag. getrennt hatte, seine Aktivität. Wenn es die Gelegenheit noch erlaubt, kann ein Absatz Reflexion auf Ag – agein u. pathein E 15. – kommen. /Denn jetzt ist ag. und mit Ag. war path./
Und er nimmt an sich das eigentlich Leidende von Willensmenschen wahr C – 27, 28.
Vgl.: nächste Seite die motorische Extase Cl's.

Cl. legte währenddessen ihr Zeichenspiel aus; manchmal sah er sie wie ein flatterndes Tuch über die Düne huschen. «Wir spielen hier unsre Geschichte», – verlangte sie, «auf der Lichtbühne dieser Insel.» Es war im Grunde nur die Übertreibung dieses sich in die Unsicherheit einprägen Müssens. Einst, als Cl. mit W. noch in der Oper saß, hatten sie oft gesagt: «Was ist alle Kunst! Wenn wir unsere Geschichte spielen könnten!» Auch das tat sie nun. Alle Liebenden sollten es tun. Alle Liebenden haben das Gefühl, was wir erleben, ist etwas Wunderbares, wir sind erwählte Menschen, aber sie sollten es vor einem großen Orchester und einem dunklen Zuschauerraum spielen müssen – wirkliche Liebende auf der Bühne und nicht bezahlte Personen – : nicht nur ein neues Theater entstünde, sondern auch eine ganz neue Art der Liebe, die sich ausbreiten würde, Menschengebärden durchleuchten würde wie feines Astwerk, statt sich wie heute ins Dunkel des Kinds zu verkriechen. Das sagte Cl. Nur kein Kind! Statt etwas zu leisten, bekommen die Menschen Kinder! Zuweilen nannte sie die kleinen Erinnerungen, welche sie für A. in den Sand legte, ihre geheimen Kinder, oder sie nannte jeden Eindruck, den sie überhaupt aufnahm, so, denn er schmolz in sie hinein wie die Frucht. Zwischen ihr und den Dingen bestand ein fortwährendes Zeichenaustauschen und Verständigen, ein Verschworensein, ein erhöhtes Denken /erhöhte Korrespondenz/ ein brennend lebhafter Lebensvorgang. Manchesmal steigerte sich das so stark, daß Cl. glaubte, aus ihrem schmalen Körper herausgerissen zu werden, und wie ein Schleier über die Insel flog, rastlos, bis ihre Augen an einem kleinen Stein oder einer Muschel hängen blieben und ein gläubiges Erstaunen sie festbannte, weil sie schon einmal und immer hier gewesen war und ruhig als Spur im Sande gelegen hatte, während eine zweite Cl. wie eine Hexe über die Insel geflogen war.

$s_0 + \ldots$, Frage Cl zu A: Du willst kein Kind. Das gefällt mir. Die Verbrecher.

Zuweilen erschien ihre ihre Person nur noch als ein Hindernis, unnatürlich eingeschoben in den lebhaften Vorgang zwischen der auf sie einwirkenden Welt und der Welt, auf die sie wirkte. In den Augenblicken der höchsten Steigerung schien dieses Ich zu zerreißen und zu verlöschen. /Vgl. Klavierszene. Beethoven – Nietzschezitat. Schon damals war es Cl. ernst mit dem Zerreißen./ Mochte sie W. mit diesem Körper untreu sein und dieser «an der Haut befestigten Seele», es bedeutete nichts: Die frigide, abweisende Cl. verwandelte sich zu manchen Stunden in einen Vampyr, unersättlich, als ob ein Hindernis fortgefallen wäre und sie sich zum erstenmal diesem bis dahin verbotenen Genuß hingeben dürfe. Sie schien es manchmal darauf anzulegen, A. auszusaugen; «ich muß noch einen Teufel aus dir austreiben!» sagte sie, er besaß eine rote Sportjacke, die mußte er manchmal auf ihr Verlangen sogar in der Nacht anlegen, und sie ließ nicht ab, bis er unter seiner gebräunten Haut blaß wurde. Ihre Leidenschaft für ihn und überhaupt alle Gefühle, die sie äußerte, gingen nicht tief – das spürte A. deutlich – aber manchmal irgendwie an Tiefe vorüber unmittelbar ins Bodenlose.

Zum Folgenden: A. 77, 78.

Und auch sie traute A. durchaus nicht ganz. Er verstand die Größe ihres Erlebnisses nicht völlig. Sie hatte in diesen Tagen natürlich alles durchschaut und erkannt, was ihr vorher noch verschlossen gewesen war. Sie hatte vorher unendlich Schweres erlebt, den Sturz aus der fast schon erreichten größten Höhe des Unternehmungsgeistes in tiefste Beklemmung. Es scheint, daß der Mensch aus der gewöhnlichen wirklichen Welt, wie wir alle sie kennen, durch Vorgänge verdrängt werden kann, die sich nicht in ihr ereignen, sondern überirdisch oder unterirdisch sind, und ebenso kann er durch sie ins Unermeßliche gesteigert werden. Sie beschrieb es auf der Insel A. folgendermaßen: Eines Tags war alles rings um Cl. erhöht gewesen; die Farben, die Gerüche, die geraden und krummen Linien, die Geräusche, ihre Gefühle oder Gedanken und jene, die sie in andern Menschen erregte; was sich ereignete, mochte kausal, notwendig, mechanisch, psychologisch sein, aber es war außerdem noch von einem geheimen Antrieb bewegt; es mochte sich genau ebenso am Tag vorher ereignet haben, heute war es in einer unbeschreiblichen und glücklichen Weise anders. – Ach – sagte sich Cl. sofort – ich bin vom Gesetz der Notwendigkeit, wo jedes Ding von einem andern abhängt, befreit. Denn die Dinge hingen von ihrem Gefühl ab. Oder vielmehr, es war da eine fortwährende Aktivität des Ich und der Dinge, die aufeinander eindrangen und einander nachgaben, als ob sie sich auf den zwei verschiedenen Seiten der gleichen elastischen Membran befänden. Cl. entdeckte, daß es ein Schleier von Gefühl war, aus dem sie hervorging und auf der andern Seite die Dinge. Sie erhielt wenig später die fürchterlichste Bestätigung: Sie nahm dann alles, was um sie vorging, genau so richtig wahr wie früher, aber es war völlig beziehungslos und entfremdet worden. Ihre eigenen Gefühle kamen ihr fremd vor, als ob sie ein anderer empfände oder ob sie in der Welt umhertrieben. Es war, als ob sie und die Dinge einander schlecht angepaßt wären. Sie fand keinen Halt mehr in der Welt, nicht das notwendige Mindestmaß von Zufriedenheit und Selbstgenügsamkeit, vermochte nicht mehr durch innere Bewegungen das Gleichgewicht gegen die Geschehnisse der Welt aufrechtzuerhalten und fühlte mit unsagbarer Not, wie sie unaufhaltsam aus der Welt hinausgedrängt wurde und dem Selbstmord (oder vielleicht dem Wahnsinn) nicht mehr entrinnen konnte. Wieder war sie von der gewöhnlichen Notwendigkeit ausgenommen und einem geheimen Gesetz unterworfen; aber da entdeckte sie im letzten, gerade zur Rettung noch hinreichenden Augenblick das Gesetz, das niemand vor ihr bemerkt hatte:

6/4: /Das Schmerzlichste und Düsterste wirkt nicht als Gegensatz, sondern als bedingt, als herausgefordert, als eine *notwendige* Farbe innerhalb eines solchen Lichtüberflusses.

Länge, weitgespannter Rhytmus des Gedankens wird zum Bedürfnis.

Wir – das heißt Menschen, welche nicht Cl's. Einblick haben, – bilden uns ein, daß die Welt eindeutig sei, wie immer sich die Sache mit den Dingen außen und den Vorgängen innen verhalten möge; und was wir ein Gefühl nennen, ist eine persönliche Angelegenheit, die zu unsrem eignen Vergnügen oder Unbehagen dazukommt, aber sonst nichts in der Welt ändert. Cl. dagegen erkannte, daß die Gefühle die Welt ändern. Nicht etwa nur so, wie es rot vor den Augen wird, wenn wir in Zorn geraten – auch das übrigens; man hält es nur irrtümlich für etwas, das eine gelegentliche Ausnahme ist, ohne zu ahnen, welches tiefe und allgemeine Gesetz man berührt! – vielmehr so: Die Dinge schwimmen in Gefühl, wie die Seerosen auf dem Wasser nicht nur aus Blatt und Blüten und Weiß und Grün bestehn, sondern auch aus «sanftem Daliegen». Gewöhnlich stehn sie dabei so ruhig, daß man das Ganze nicht bemerkt; das Gefühl muß ruhig sein, damit die Welt ordentlich ist und bloß vernünftige Beziehungen in ihr herrschen.

Aber angenommen z. B. daß ein Mensch eine ganz schwere und vernichtende Demütigung erleidet, an der er zugrunde gehen müßte, so kommt es vor, daß sich statt dieser Scham eine überlegene Lust an der Demütigung einstellt, ein heiliges oder lächelndes Gefühl von der Welt, und dieses ist dann nicht bloß ein Gefühl wie jedes andre oder eine Überlegung, gar nicht etwa daß wir uns damit trösten würden, Demut sei tugendhaft, sondern es ist ein Sinken oder Steigen des ganzen Menschen auf einen andren Plan, ein «in die Höhe Sinken», und alle Dinge verändern sich in Übereinstimmung damit, man könnte sagen, sie bleiben dieselben, aber sie befinden sich jetzt in einem andern Raum oder es ist alles mit einem andren Sinn gefärbt. In solchen Augenblicken erkennt man, daß außer der Welt für alle, jener festen, mit dem Verstand erforschbaren und behandelbaren, noch eine zweite, bewegliche, Singuläre, Visionäre, Irrationale vorhanden ist, die sich mit ihr nur scheinbar deckt, die wir aber nicht, wie die Leute glauben, bloß im Herzen tragen oder im Kopf, sondern die genau so wirklich draußen steht wie die geltende. Es ist ein unheimliches Geheimnis, und wie alles Geheimnisvolle wird es, wenn man es auszusprechen sucht, leicht mit dem Allergewöhnlichsten verwechselt. Cl. selbst hatte erlebt, – als sie W. betrog, und obgleich das nicht anders hätte sein dürfen, weshalb sie keine Reue anerkannte – wie die Welt schwarz wurde; aber das war keine wirkliche Farbe, sondern eine ganz unbeschreibliche, u. später wurde diese «Sinnfarbe» der Welt, wie Cl. das nannte, hart gebranntes Braun.

Cl. war sehr glücklich an dem Tag, wo sie begriff, daß ihre neuen Erkenntnisse die Fortsetzung ihrer Bemühungen um Genie seien. Denn was unterscheidet andres das Genie vom gesunden gewöhnlichen Menschen, als daß der geheime Anteil des Gefühls an allem Geschehen bei diesem beständig und unbemerkt, bei jenem dagegen unaufhörlichen Irritationen unterworfen ist. Übrigens sagte auch A., daß es viele mögliche Welten gibt. Vernünftige verständige Menschen passen sich der Welt an, starke aber passen die Welt sich an. Solange die «Sinnfarbe» der Welt, wie Cl. das nannte, fest blieb, hatte auch das Gleichgewicht in der Welt etwas Festes. Seine unbemerkte Festigkeit mochte sogar als etwas Gesundes und gewöhnlich Unentbehrliches gelten, so wie auch der Körper alle die Organe nicht spüren darf, die sein Gleichgewicht erhalten. Ungesund ist auch ein labiles Gleichgewicht, das schon beim ersten Anlaß umkippt und in die untere Lage gerät. Das sind die Geisteskranken, sagte sich Cl., vor denen sie Angst hatte. Aber am höchsten, Eroberer im Bereich der Menschlichkeit sind die, deren Gleichgewicht ebenso verletzlich, aber voll Kraft ist, und immer wieder gestört, immer wieder neue Gleichgewichtsformen erfindet.

Es ist eine unheimliche Balance, und niemals hatte sich Cl. so sehr wie diesmal als ein am schmalsten Rand zwischen Vernichtung und Gesundheit angesiedeltes Wesen gefühlt. Aber wer der Entwicklung von Cl's. Gedanken bis hieher gefolgt ist, wird bereits wissen, daß sie damit auch dem «Geheimnis der Erlösung» auf die Spur gekommen war. Dieses war ja als die Aufgabe in ihr Leben getreten, das durch allerhand Beziehungen gehemmte Genie in sich, Walther und ihrer Umgebung zu befrein, und es ist leicht einzusehn, daß dies geschieht, indem man der Verdrängung nachgeben muß, welche die Welt gegen jeden genialen Menschen ausübt, ins Dunkel getaucht wird, aber dort, auf der andern Seite die Welt in einer neuen Farbe heraushebt. Es war dies bei ihr die Bedeutung der Seelenfarbe Dunkelrot, einer wunderbaren, unbeschreiblichen und durchsichtigen Tönung, in die Luft, Sand und Gewächse getaucht waren, so daß sie sich überall wie in einer roten Kammer von Licht bewegte.

Die «Entwicklerkammer» nannte sie das einmal, selbst von der Ähnlichkeit mit einem Raum überrascht, in dem man aufgeregt und angestrengt inmitten scharfer Dünste über die zarten, kaum noch erkenntlichen Gebilde gebeugt ist, welche sich auf der Platte zeigen. Ihre Aufgabe war es, die Erlösung vorzuleben, und A. erschien ihr als ihr Apostel, welcher nach einer Weile von ihr in die Welt hinausgehen werde und als erste W. und Ld. erlösen müsse. Von da an ging es immer rascher mit ihr.

Der Stoß wirrer und regelloser Ideen, den A. täglich empfing, und die Bewegung dieser Gedanken in einer uneinsichtigen, aber doch deutlich durchfühlbaren Richtung hatten ihn in der Tat allmählig mit sich genommen, und was sein Leben von dem der Wahnsinnigen unterschied, war nur noch ein Bewußtsein seiner Lage, die er durch eine Anstrengung unterbrechen konnte. Es tat es aber lange nicht. Denn während er sich unter verständigen Menschen und solchen des wirkenden Lebens eigentlich immer nur wie ein Gast gefühlt hatte, zumindest mit einem Teil seines Wesens, und so fremd oder sinnlos, wie es ein Gedicht wäre, das er inmitten der Generalversammlung einer Aktiengesellschaft plötzlich vorzusagen begänne, fühlte er hier in diesem Nichts von Gewißheit eine erhöhte Sicherheit und lebte gerade mit diesem Teil seines Wesens zwischen den Gebilden des Abersinns nicht in der Luft, sondern so sicher wie auf festem Boden. Es ist ja in Wahrheit Glück nichts Vernünftiges, das an einem bestimmten Tun oder dem Besitz gewisser Dinge ein für allemal hinge, sondern weit eher eine Stimmung der Nerven, durch die alles zum Glück wird oder nichts; soweit hatte Cl. schon recht. Und die Schönheit, Güte, Genienhaftigkeit einer Frau, das Feuer, das sie entzündet und unterhält, ist durch keinen richterlichen Wahrspruch festzustellen, sondern es ist ein Delirium zu zweien. Man durfte behaupten, sagte sich A. –, daß unser ganzes Sein, – welches wir im Grunde nicht begründen können, sondern als Gott wohlgefällig im ganzen hinnehmen, während wir aus dieser Voraussetzung die Einzelheiten sehr wohl abzuleiten vermögen – nichts als ein Delirium vieler sei, aber wenn Ordnung Vernunft ist, so ist überhaupt schon jede einfache Tatsache der Keim eines Wahnsinns, wenn wir sie außer aller Ordnung betrachten. Denn was haben Tatsachen mit unsrem Geist zu tun?! Er richtet sich nach ihnen, aber sie, sie stehn da, niemandem verantwortlich wie Berggipfel oder Wolken oder die Nase im Gesicht eines Menschen; die im Gesicht der schönen Diotima hätte man zuweilen mit zwei Fingern quetschen mögen, die Cl'ns. schnupperte gespannt gleich der eines Hühnerhunds und vermochte die ganze Aufregung des Unsichtbaren mitzuteilen.

A 63: Tatsächlich unterliegen wir in gleichgültigen Dingen sehr häufig der Ansteckung zb Manieren, Sprechgewohnheiten, Gähnen.
Anziehung gerade schlechter Gewohnheiten? Wahrscheinlich Umweg über Angst wie bei Tic.

Ev: Treu u Glauben, überzeugen, überreden, annehmen, für wahr halten usw.
Das Leben ruht auf Akten, die Wahnsinn wären, wenn sie sich nicht bewähren würden.
Wenn aber Cl. sich bewährt? Solches (funktionale) Denken lag A. nahe.

! P. d. unzur. Gr.!

«Man vergegenwärtige sich unsere Situation. Äonen von Jahren rasen wir die gleiche Bahn um die Sonne. Über ein Kind, das eine Viertelstunde lang um seinen Sessel herumläuft, schütteln wir den Kopf» AN 253 r

Er konnte aber der Ordnung C's. bald nicht mehr folgen. Man ritzt an der Stelle, wo man sich gerade befindet, ein Zeichen in einen Stein: daß dies ebensogut Kunst ist wie die größte, war nachzufühlen. Und Cl. wollte A. nicht besitzen, sondern – jedesmal in einem neuen Sprung – mit ihm leben. – Ich «nehme» nicht wahr – sagte sie – sondern ich nehme fruchtbar. Ihre Gedanken schillerten, die Dinge schillerten. Man sammelt nicht seine Einfälle, um ein Ich daraus zu bilden wie einen kalten Schneemann, wenn man in immer neuen Katastrophen wächst wie sie, ihre Gedanken wuchsen «im Freien»; man schwächt sich dadurch, daß man alles zerstreut, aber man regt sich zu einem un-

heimlichen Wachstum an. Cl. begann ihr Leben in Gedichten auszudrücken; A. fand es auf der Insel der Gesunden ganz natürlich.
Aber in unsren Gedichten ist zuviel starre Vernunft, die Worte
sind ausgebrannte Begriffe, die Syntax reicht Stock und Seil wie für
Blinde, der Sinn kommt vom Boden nicht los, den alle festgetreten
haben, die erweckte Seele kann in solchen Eisenkleidern nicht wandeln. Cl. fand heraus, daß man Worte wählen müsse, welche keine
Begriffe sind; da es die aber nicht zu geben schien, wählte sie dafür das
Wortpaar. Wenn sie «Ich» sagte: niemals war dieses Wort fähig, so
lotrecht aufzuschießen, wie sie es fühlte, aber Ichrot ist noch von
nichts festgehalten und flog empor. Ebenso vorteilhaft ist es, die Worte
aus den grammatikalischen Bindungen zu befrein, die ganz verarmt
sind. Cl. legt z.B. A. drei Worte vor und bat ihn, sie zu lesen, in
welcher Reihenfolge er wolle. War es Gott – rot – und fährt, so las er
Gott fährt rot oder Gott, rot, fährt, das heißt sein Gehirn griff sie
gleich als Satz auf oder trennte sie durch Beistriche, um zu betonen,
daß es dies nicht tue. Cl. nannte es die Chemie der Worte, daß sie sich
immer zu Gruppen zusammenschließen, und gab Gegenmaßregeln
an. Ihre Lieblingsauskunft war, daß sie mit Ausrufungszeichen oder
Unterstreichungen arbeitete. Gott!! rot!!! fährt! Solche Pfähle halten
auf und das Wort staut sich an ihnen zu seinem vollen Sinn. Auch
unterstrich sie die Worte ein bis zehnmal und solch eine von ihr ge-
schriebene Seite sah bisweilen aus wie eine geheimnisvolle Noten-
schrift. Ein anderes Mittel, das sie aber weniger geläufig anwandte,
war die Wiederholung; durch sie wurde das Gewicht des wiederholten Worts größer als die Kraft der syntaktischen Bindung, und das
Wort begann ohne Ende zu sinken. Gott fährt grün grün grün grün.
Es war ein unerhört schwieriges Problem, die Zahl der Wieder-
holungen so richtig zu bemessen, daß sie genau das ausdrückte, was
gemeint war.

Eines Tags kam A. mit einem Band von Göthes Gedichten, den er
zufällig bei sich führte, und schlug ihr vor, aus jedem einer Anzahl
Gedichte mehrere Worte herauszugreifen, zusammenzusetzen und zu
sehen, was herauskäme. Es kamen solche Gedichte heraus:

– – – – –

– – – – – –

Es kann nicht übersehn werden, daß von diesen Gebilden ein wirrer
dunkler Reiz ausgeht, etwas vulkanisch Loderndes, als ob man in den
Bauch der Erde blickte. Und wenige Jahre nach Cl. ist ja in der Tat
auch ein ähnliches Spiel mit Worten ahnungsvolle Mode der Gesunden geworden.

Cl. nahm merkwürdige Folgerungen voraus. Feuerflocken aus dem
Vulkan des Wahnsinns wurden von den Dichtern geraubt; irgend-

wann in Urzeiten und später, so oft ein Genie wiederkehrte; diese
lodernden, noch nicht zu bestimmten Bedeutungen eingeengten Wort-
verbindungen wurden in die Erde der gewöhnlichen Sprache gepflanzt
und bilden deren Fruchtbarkeit. «Die ja bekanntlich von ihrem vul-
kanischen Ursprung kommt.» Aber – so schloß Cl – daraus folgt, daß
der Geist immer wieder zu Urelementen zerfallen muß, damit das
Leben fruchtbar bleibt. Damit war die Verantwortung einer ungeheuren Verantwortungslosigkeit in die Hände C's. gelegt; sie wußte,
daß sie eigentlich ungebildet war, aber es erfüllte sie nun eine heroische
Respektlosigkeit gegenüber allem, was vor ihr geschaffen worden war.

So weit vermochte A. den Spielen C's. zu folgen, und die Respektlosigkeit der Jugend erleichterte es ihm, in den zertrümmerten Geist
die neuen Gebilde hineinzuträumen, die sich daraus formen ließen;
ein Vorgang, der sich unter uns mehrmals wiederholt hat, sowohl um
1900 als man das Andeutende und Skizzenhafte liebte, wie nach 1910
wo man in der Kunst dem Reiz der einfachsten konstruktiven Elemente unterlag u. die Geheimnisse der sichtbaren Welt anklingen
hieß, indem man eine Art optisches Alphabet aufsagte.

Allein der Verfall C's. schritt rascher vorwärts, als A. zu folgen
vermochte. Eines Tags kam sie mit einer neuen Entdeckung. – Das
Leben entzieht der Natur Kräfte auf Nimmerwiederkehr – begann
sie, wobei sie an die Gedichte anknüpfte, welche der Natur Worte
entreißen, um sie langsam unfruchtbar werden zu lassen, – indem das
Leben diese der Natur entzogenen Kräfte, in einen neuen Zustand «Bewußtsein» verwandelt, aus dem es keine Rückkehr gibt. Es lag auf der
Hand, und Cl. wunderte sich, daß noch niemand dies vor ihr bemerkt
hatte. Dies kam davon, daß ihre Moral die Menschen hinderte, gewisse Dinge zu bemerken. Alle physikalischen, chemischen usw.
Reize, die mich treffen – erklärte sie – verwandle ich in Bewußtsein;
aber niemals ist noch das Umgekehrte gelungen, sonst könnte ich ja
mit meinem Willen diesen Stein aufheben. Also stört das Bewußtsein
beständig das Kräftesystem der Natur. Es ist die Ursache aller nichtigen, oberflächlichen Bewegung, und die «Erlösung» verlangt, daß
man es vernichtet.

Leo Tolstoj: Das Bewußtsein ist das größte moralische
Unglück, das einen Menschen erreichen kann.
Fedor Dostojewskij: «Jedes Bewußtsein ist ein
Krankheit»
Aus dem Tagebuch Gorkis.

Cl. machte auch gleich noch eine weitere Entdeckung. Die untergegangenen brodelnden, riesenwüchsigen, phantastischen Wälder

der Carbonzeit sind es, was heute unter dem Einfluß der Sonne als Psychisches wieder frei wird, und durch die Ausbeutung der damals untergegangenen Energie entsteht die große geistige Energie der Jetztzeit.

Sie sagt: bisher war es nur Spiel, nun muß es ernst werden; da wird sie ihm unheimlich.

Es war Abend, A. u. sie gingen zur Kühlung im Dunkel spazieren, in einem kleinen Teich trommelten hunderte von Fröschen, und die Grillen schrillten, so daß die Nacht aufgeregt war wie ein Negerdorf, das zum Tanz antritt. Cl. verlangte von A., daß er mit ihr in den Teich gehe und sich töte, damit ihr Bewußtsein allmählig zu Sumpf, Kohle und reiner Energie werde.

Töte ihn!

Dies war ein wenig zuviel. A. lief Gefahr, wenn ihre Ideen in dieser Richtung weiterliefen, daß Cl. ihm in einer der nächsten Nächte den Hals abschnitt.

Noch ein Kapitel: sie versucht es wirklich!

Er telegraphierte an W., sofort zu kommen, da sein Versuch Cl. zu beruhigen fehlgeschlagen sei und er die Verantwortung nicht länger übernehmen könne.

$$s_6 + b + 2$$

Spielt zwischen W. u A. Eine gewisse Abrechnung.

W. wirft ihm vor: Du bist auf diese «Erlösung» eingegangen, du willst Erlöser sein?! (Statt Cl. der Heilung durch die Mittel der Gesellschaft zu unterwerfen.) A. darauf: Wenn ich selbst wirklich die erlösenden Gedanken hätte, niemand würde sie glauben (G 54 bei Cl.). Wenn Christus käme, er würde heute nicht durchdringen (G 22)

Etwas dicker Bauch, tiefe Zusammengehörigkeit mit Cl. (B 194 bei Cl.)

A: Bist du nicht eifersüchtig?!
W: Es wäre ein schwerer Fehler (Verbrechen), wenn ich es wäre. Es kann nicht sein, daß ich mich auch darüber zu beklagen habe; es

gibt tiefere Werte zwischen Menschen (Mann u Frau) als Treue.
C – 3.
    A. – der an Ag. gedacht hat – ist niedergeschlagen, kommt sich gewöhnlich vor. Aber feine Privatreaktionen bei öffentlicher Normung gehören zum unschöpferischen Menschen. Sich gesagt mit einer giftigen Hellsichtigkeit.

W. sieht ihn am Boden liegen. Zerfallener Mensch. Rächt sich.

Ein schwächlicher Mensch, der einen Starken am Boden sieht, liebt ihn. Nicht weil er nun Macht über ihn hat. Auch nicht weil der Beneidete nun ebenso schwach ist wie er. Sondern sich in ihm liebend. Er fühlt durch ihn eine Steigerung der Selbstliebe u. quält ihn aus einer Art Masochismus.
    Dieser schwächliche Egoist, der sein Leben in kleinen Arrangements hin und her geschoben hat, wird in diesem Fall, wo alles so ist, wie er will u. es oft geträumt hat, voll weicher Schönheit.

Dann: Sie schlafen alle drei in dem Zimmer. W. sagt nichts darüber. Tut, als ob es sich verstünde, weil A. auf C. aufpassen mußte. C. zu Bett. Um ihr Gelegenheit zu lassen, sich zu entkleiden, gehn sie vor die Tür; an den Strand; dort am Rand der Melancholie der abendlichen See setzt sich W. auf einen an den Strand geworfenen, verdorrten Pflock. Seine eigene Lebenstrauer überwältigt ihn; jetzt ist wieder er der Wehrlose.
    Sie ist der Stern meines Lebens sagt er. Nun geht sie in Nacht unter. Ich muß ihr folgen. Was wird aus uns werden? Geht aus sich heraus, erzählt: Ich bin am kritischen Punkt. Kämpfe, leide, wie du es dir nicht vorstellen kannst C – 10. Erzählt, wie ihn am Morgen wo As Brief eintraf, ein Herr ansprach. Wir kennen uns, ich wohne auch hier, ich habe viel von Ihnen gehört . . Das Schicksal W's imponiert ihm, er bietet ihm Stellung in Ministerium an. Mg 3.r. Aber vielleicht erst nach Cl's. Depesche wegen des Griechen. A ebenfalls melancholisch: Du weißt nicht, daß dem, der unterliegt, der bessere Teil beschieden ist. Mit 40 Jahren.. [ist man erledigt.] Mit 50... [vielleicht von fern in Sicht des Ziels.] Gut geht es nur denen, die unterkriechen. C – 10. [und sich anpassen. Das ist das w. △ᴬ·$_{Clar.}$[= Dreieck Anders Clarisse Walther]] Schließlich ist das um so viel besser als Alleinsein – wie es besser ist unter das Protektorat Englands zu geraten, statt ein unabhängiger Zulu zu sein.
    Sie sprachen lang. Der Abend war dunkel. Sterne standen in großer Einsamkeit im Raum verteilt. A. bemerkte, daß von Zeit zu Zeit in W's. Reden Banalitäten einflossen. (übliche Wendungen..) Ohne

Liebe kein Leben, keine Phantasie, keine Freude! Es sei ihm, als ob sie gestorben wäre und nur von fern eine Erinnerung zurückklinge. Keine Sonne erwärmt das Gemüt. Manchmal ein heller Augenblick sei wie ein warmer Tautropfen auf ein Eisfeld. Aber für diese «unaussprechlichen», «ureigensten» Dinge sei das Tageslicht viel zu hell. Überhaupt: man kennt sich und kennt sich doch nie, du weißt nicht, was ich in diesen Tagen mitgemacht habe.

Diese Banalitäten dringen in die Rede ein wie bei Cl. die Wahnideen; immer dichter. Es befriedigt A. W. tut ihm sogar leid. Es wird ihm so hart und plötzlich alles genommen und der Halt entzogen. Gefühl, daß man, wenn man für den andern überhaupt nur Weichheit aufbringt, ihm schon genug getan hat.

A. tröstete W. und gab ihm praktische Ratschläge.

$$s_6 + c.$$

Es war beschlossen worden, Cl. in ein neues Sanatorium zurückzubringen; sie ließ es ohne Widerstand und fast schweigend geschehn. Sie fühlte sich von A. schwer enttäuscht und sah ein, daß sie in eine Krankenanstalt zurückkehren müsse – ‚um den Kreislauf noch einmal durchzumachen»; er war so schwer, daß er selbst ihr nicht gleich beim erstenmal gelingen konnte.

Sie richtete sich an dem neuen Aufenthaltsort sicher ein, wie ein Mensch, der in ein Hotel wiederkehrt, wo er ein erfahrener Stammgast ist. W. blieb vier Tage bei ihr. Er fühlte die Wohltat, daß A. nicht mitgekommen war, und er allein Cl. beherrschen konnte, gestand sich das aber nicht ein. Die Art, wie er sich gegen A. verhalten hatte, sollte große Höhe haben und er glaubte auch, daß ihm dies gelungen sei; aber jetzt, wo es vorbei war, meldete ihm etwas sehr Unangenehmes, daß er sich während der ganzen Zeit vor A. gefürchtet hatte. Sein Körper wollte eine männliche Genugtuung. Er nahm keine Rücksicht auf Cl. und redete sich ein, daß sie nicht krank sei, sondern am ehesten sich erholen werde, wenn man sie neben körperlicher Pflege seelisch möglichst wie eine gewöhnliche Frau behandle. Aber er wußte dennoch, daß er sich das nur einrede. Zu seinem Erstaunen fand er weniger Widerstand bei Cl., als er es gewohnt war. Er litt. Er empfand Ekel vor sich. Er hatte sich in der ersten Nacht eine kleine Verletzung zugezogen, die ihn schmerzte: Unter körperlichen Schmerzen und Schauder vor seiner Roheit glaubte er sie und sich zu geißeln. Dann war sein Urlaub zuende. Es fiel ihm nicht ein, seinem Büro zu desertieren. Er mußte seine Seele mit der Uhr in der Hand einpacken.

Cl. unterzog sich einer Mastkur, welche man ihr verordnet hatte, da man [ihr] ihre nervöse Überreizung als Folge körperlichen Herabgekommenseins ansah. Sie war abgemagert und struppig wie ein Hund, der sich wochenlang im Freien herumgetrieben hat. Die ungewohnte Ernährung, deren Wirkung sie zu fühlen begann, machte Eindruck auf sie. Sie duldete auch W., sanft wie die Kur, die ihr fremde Körper aufnötigte und sie zwang, grobe Stoffe zu verschlingen. Schwermütig nahm sie alles hin, um sich das Zeugnis der Gesundheit vor sich selbst zu erwerben. «Ich lebe nur auf meinen eigenen Kredit» – sagte sie sich – «niemand glaubt an mich. Vielleicht ist es nur ein Vorurteil, daß ich lebe?» : es beruhigte sie, während W's. Anwesenheit, sich mit Materie zu füllen und irdischen Ballast einzunehmen, wie sie es nannte.

6/6 (Nietzschezitat!)

Aber an dem Tag, wo W. abreiste, war der Grieche da. Er wohnte im Sanatorium, vielleicht schon länger als Cl., aber da war er ihr in den Weg getreten. Er sagte zu einer Dame, als Cl. vorbeiging: «Ein Mensch, der so viel gereist ist wie ich, vermag überhaupt nicht eine Frau zu lieben.» Es konnte sogar sein, daß er gesagt hatte: «ein Mensch, der so weit her kommt wie ich..», Cl. verstand sogleich, daß es ein ihr geltendes Vorzeichen war, was diesen Menschen in ihren Weg führte. Noch am gleichen Abend schrieb sie ihm einen Brief. Sein Inhalt war: ich bin die einzige Frau, die Sie lieben werden. Sie begründete es ausführlich. Sie sind von guter Mannesgröße – schrieb sie ihm – aber haben eine frauenähnliche Figur und weibliche Hände. Sie haben eine «Geiernase», das ist eine Adlernase, der das unnütze Übermaß von Kraft genommen ist; es ist schöner als eine Adlernase. Sie haben große dunkle tiefe Augenhöhlen; schmerzhafte Lasterhöhlen. Sie kennen die Welt, die Überwelt und Unterwelt. Ich habe gleich bemerkt, daß Sie mich hypnotisieren wollten, obgleich Ihr Blick eigentlich müde und furchtsam war. Sie haben erraten, daß ich Ihr Schicksal bin.

Ich bin nicht hier, weil ich krank bin. Sondern weil ich instinktiv immer die rechten Mittel wähle. Mein Blut läuft langsam. Niemand hat je an mir Fieber konstatieren können. Schlechterdings unnachweisbar irgend eine lokale Entartung; kein organisch bedingtes Magenleiden, wie sehr auch immer, als Folge der Gesamterschöpfung die tiefste Schwäche des gastrischen Systems. Mag Ihnen übrigens unser Arzt was immer sagen, als Summe bin ich gesund, mag ich selbst als Winkel krank sein. Beweis: eben jene Energie zur absoluten Vereinsamung und Herauslösung, die mich hieher gebracht hat. Ich habe mit unbedingter Sicherheit erraten, was augenblicklich not tut; ein typisch krankes Wesen kann überhaupt nicht gesund werden, noch weniger sich selbst gesund machen. Achten Sie auf mich. Ich habe deshalb auch mit unbedingter Sicherheit erraten, was Ihnen not tut.

Sie sind der große Hermaphrodit, auf den alle warten. Ihnen haben die Götter Männliches und Weibliches zu gleichen Teilen geschenkt. Sie werden die strahlende Welt von dem dunklen unsagbaren Zwiespalt der Liebe erlösen. Oh, wie ich es verstanden habe, als Sie ausriefen, daß keine Frau Sie festzuhalten vermag! Ich aber bin der große weibliche Hermaphrodit. Dem kein Mann zu genügen vermochte. Einsam trage ich den Zwie-Spalt. Den Sie nur im Geist und also dennoch noch als Sehnsucht besitzen, die wir überwinden müssen. Mit einem schwarzen Schild davor. Kommen Sie. Eine göttliche Begegnung hat uns hiehergeführt. Wir dürfen unsrem Schicksal nicht ausweichen und die Welt neue hundert Jahre warten lassen...!»

Am nächsten Tag brachte ihr der Grieche den Brief zurück. Er tat es aus Diskretion persönlich. Er sagte ihr, daß er ihr keinen Anlaß geben wolle, ihm derartiges zu schreiben. Seine Ablehnung war vornehm und bestimmt. Sein Gesicht, kinodämonisch, hypnotiseurhaft, männlich, wäre, in jeden beliebigen Menschenauflauf hineingestellt, augenblicklich der Mittelpunkt des Bildes geworden. Aber seine Hände waren frauenhaft schwach, die Kopfhaut unter dem dichten schwarzblauen sorgfältigen Scheitel zuckte zuweilen unfreiwillig, und seine Augen zitterten ein wenig, während sie Cl. betrachteten. Cl. hatte sich in der Tat unter dem Einfluß der Mastkur und neuer Stimmungen schon in den wenigen Tagen körperlich verändert; sie war dicker und gröber geworden, und ihre arbeitsharten Klavierhände, die sich in der Aufregung spannten und krallten, erregten in dem Levantiner eine eigenartige Furcht; er mußte sie immerzu betrachten, hatte Fluchtimpulse und konnte nicht aufstehn.

Cl. wiederholte ihm, daß er seinem Schicksal nicht ausweichen dürfe und griff nach ihm. Er sah die entsetzliche Hand daherkommen und vermochte sich nicht zu regen. Erst als ihr Mund an seinen Augen vorbei zu seinem glitt, fand er die Kraft aufzuspringen und zu fliehn. Cl. hielt ihn am Beinkleid fest und suchte ihn zu umschlingen. Er stieß einen leisen Laut des Ekels und der Angst aus und erreichte den Ausgang.

Cl. war entzückt. Sie behielt das Gefühl zurück, daß dieser Mann von ungeheurer seltener, geradezu dämonischer Reinheit sei; aber aber auch die Unanständigkeiten, welche sie selbst begangen hatte, waren in diesem Gefühl gefärbt. Ihr Atem ging hoch und breit; die Genugtuung, dem Befehl ihrer inneren Stimme über die letzten Rücksichten weg gefolgt zu sein, spannte ihre Brust wie Metallfedern. Eigentlich vergaß sie für vierundzwanzig Stunden alles, was sie hiehergeführt hatte, Sendung und Leiden; ihr Herz schoß keine Pfeile mehr gegen den Himmel, sie kamen, alle vordem abgesandten, einer nach dem andern zurück und durchbohrten es. Sie litt mit Stolz qualvolle Schmerzen des Verlangens. Vierundzwanzig Stunden lang. Diese frigide junge Frau, welche den Rausch des Geschlechts nicht kennen gelernt hatte, solange sie gesund war, empfing ihn wie eine Marter, die in ihrem Körper mit solcher Gewalt tobte, daß er nicht einen Augenblick stillhalten konnte und von fürchterlichstem Nervenhunger umhergetrieben wurde, während ihr Geist beglückt an dieser Gewalt feststellte, daß die grenzenlose Macht aller Geschlechtsbegierde, von der sie die Welt erlösen mußte, in sie gefahren sei. Die Süße dieser Qual, die ruhelose Ohnmacht, ein Bedürfnis, sich diesem Mann in den Weg zu werfen und vor Dankbarkeit zu weinen, das Glück, dem sie sich nicht verwehren konnte, war ihr ein Beweis, mit welchem ungeheuren Dämon sie den Kampf aufzunehmen hatte. Diese Geisteskranke, welche noch nicht geliebt hatte, tat es jetzt mit allem, was in ihr noch verschont geblieben war, wie eine gesunde Frau, nur verzweifelt stark, als wollte sie dieses Gefühl mit der äußersten ihm möglichen Kraft von den Schatten losringen, die es umgaben und unwiderstehlich umdeuteten.

Wie alle Frauen wartete sie, daß der wiederkäme, der sie zurückgestoßen hatte. Vierundzwanzig Stunden vergingen, da – ungefähr zur gleichen Stunde wie gestern – klopfte wirklich der Grieche an Cl's. Tür. Eine ihm unerklärliche Kraft führte den willensschwachen und weiblich empfindenden Mann in die Situation zurück, in welcher der brutale Angriff gegen ihn abgebrochen war, ohne ein Ende gefunden zu haben. Er kam, wohlüberlegte Reden vorschützend und unantastbar schön gekleidet und frisiert, u. vor sich selbst gestärkt durch die Überlegung, daß man diese interessante Frau auskosten müsse, aber seine Augäpfel zitterten, als er Cl. ansah, wie die Brüste eines Mädchens, die zum erstenmal berührt werden. Cl. machte nicht viel Federlesens. Sie wiederholte ihm, er dürfe nicht ausweichen, auch der Gott habe am Ölberg Angst gelitten, und griff ihn an. Seine Knie zitterten, und seine Hände legten sich kraftlos wie Tücher vor ihre, um sie abzuwehren. Aber Cl. umschlang ihn mit Armen und Beinen und verschloß seinen Mund mit dem heißen Phosphathauch des ihren. In seiner höchsten Angst verteidigte sich der Grieche mit dem Geständnis, daß er homosexuell sei. Der Unglückliche wußte sich nicht zu helfen, als sie ihm darauf erklärte, daß sie ihn gerade deshalb lieben müsse.

Er war einer jener halb kranken, halb mondänen Menschen, die durch die Sanatorien wandern, welche für sie Hotels sind, in denen man interessantere Bekanntschaften macht als in den gewöhnlichen. Er sprach mehrere Sprachen und hatte die Bücher gelesen, von denen die Rede war. Eine südosteuropäische Elegance, schwarzer Scheitel und träg dunkles Auge trugen ihm die Bewunderung aller Frauen ein, welche am Mann Geist und Dämonie lieben. Seine Lebensgeschichte war wie eine Lotterie von Nummern der Hotelzimmer, in die er eingeladen worden war. Er hatte nie in seinem Leben gearbeitet, wurde von seiner reichen Kaufmannsfamilie ausgestattet und war einverstanden mit dem Gedanken, daß sein jüngerer Bruder nach dem Tode des Vaters die Leitung der Geschäfte übernehme. Er liebte die Frauen nicht, wurde aber aus Eitelkeit ihre Beute und besaß nicht genug Entschiedenheit um seiner Neigung für Männer anders als gelegentlich in den Kreisen der großstädtischen Prostitution zu folgen, wo sie ihn ekelte. Er war eigentlich ein großer dicker Knabe, in dem die Neigung dieses unbestimmten Alters zu allen Lastern niemals Späterem Platz gemacht und sich bloß in den Schutz einer melancholischen Trägheit und Unentschlossenheit eingebettet hatte.

Diesem unseligen Mann war noch nie widerfahren, daß eine Frau ihn so anpackte wie Cl. Ohne daß er es an irgend einer Bestimmtheit fassen konnte, wandte sie sich an seine Eitelkeit. «Großer Hermaphrodit» sagte sie immer wieder, und aus ihren Augen leuchtete etwas, das wie Großer Kaiser war, spielhaft für ihn und doch Rausch. – Merkwürdige Frau – sagte der Grieche. – Du bist der große Hermaphrodit – sagte sie – der weder die Frauen zu lieben vermag, noch die Männer! Und deshalb bist gerade du berufen, sie von der Erbsünde, die sie schwächt, zu erlösen!

Von den drei Männern W. Ld. u A. welche Cl.'s Leben beeinflußten, hatte Ld., ohne daß es ihr selbst je klar geworden war, den stärksten Eindruck auf sie geübt, indem er ihren Ehrgeiz – wenn man das Verlangen des .. unschöpferisch in ein Durchschnittsleben gebannten Geistes nach Flügeln so nennen darf – durch seine Art am mächtigsten erregte. Seine Männerbünde, klirrend wie Erzengel in ihrer Phantasie, von denen sie als Frau ausgeschlossen war, hatten sich zu dem Gedanken umgeformt, daß der starke und (was hinzukam: von den Leiden der Ehe und Liebe) erlöste Mensch homosexuell sei. «Gott selbst ist homosexuell» – sagte sie dem Griechen; er fährt in den Gläubigen, er überwältigt ihn, erfüllt ihn, schwächt ihn, vergewaltigt ihn, behandelt ihn wie eine Frau und fordert von ihm Hingabe, während er die Frauen von der Kirche ausschließt. Erfüllt von seinem Gott geht der Gläubige neben den Frauen wie zwischen krausen, kleinlichen Elementen, die er nicht bemerkt. Liebe ist Untreue an Gott, Ehebruch, beraubt den Geist seiner Menschenwürde. Sündigkeitswahn und Seligkeitswahn locken das Handeln der Menschheit ins Ehebett (Ehebruchbett). Du mein weiblicher König, nimmst mit mir die Sünden der Menschheit auf dich, um sie zu erlösen, indem wir sie begehn, obgleich wir sie schon durchschauen.»

«Verrückt – verrückt» – murmelte der Grieche, aber zugleich leuchteten ihm Cl's. Ideen widerstandslos ein und berührten einen Punkt seines Lebens, der noch nie mit solchem Ernst und solcher Leidenschaft behandelt worden war. Cl. rüttelte seine träge Seele wach wie ein im tiefsten Dunkel tobender Traum, aber sie behandelte ihn dabei wie ein älterer Knabe (sich) in der Pubertät einen kleineren fängt u betastet, um die verrückten Opfer des ersten Liebeskults an ihm zu vollziehn. Seine Würde als interessanter Mann litt auf das heftigste unter der ihm aufgezwungenen Rolle, aber zugleich kam diese tief in ihm vergrabenen Phantasien entgegen und Cl's. rücksichtslose Besuche versetzten ihn in einen zitternden Zustand der Hörigkeit. Er fühlte sich nirgends mehr sicher vor ihr, sie lud ihn zu Wagenfahrten ein, während deren sie sich hinter dem Rücken des Kutschers an ihm vergriff, und seine größte Angst war, daß sie es einmal im Sanatorium vor allen Leuten tun werde, ohne daß er sich wehren könne. Schließlich zitterte er, sobald sie ihm nur in die Nähe kam, aber ließ alles mit sich geschehn. Cette femme est folle – diesen Satz sagte er dabei leise, unaufhörlich klagend in drei Sprachen her wie ein Schutzgebet.

Endlich aber – das sonderbare, halb durchsichtige Verhältnis fiel auf und er glaubte zu fühlen, daß man bereits über ihn spotte – riß ihn seine Eitelkeit heraus; weinend fast vor Schwäche suchte er alle Kraft zusammen, um diese Frau von sich abzuschütteln. Als sie in den Wagen stiegen, sagte er mit abgewandtem Gesicht, daß es das letztemal sei. Auf der Fahrt zeigte er ihr einen Schutzmann, behauptete, daß er mit ihm ein Verhältnis habe und dieser nicht mehr dulden wolle, daß er mit Cl. verkehre; wie um einen Fels schlang er seine Blicke um diesen massigen, in der Straße stehenden Mann, wurde vom wegrollenden Wagen losgerissen, aber fühlte sich durch seine Lüge doch gestärkt, als hätte man ihm etwas zuhilfe geschickt. Auf Cl. wirkte es jedoch verkehrt. Den Geliebten ihres ›weiblichen Königs‹ zu sehn, wirkte wie eine überraschende Materialisation auf sie. Sie hatte sich schon in Gedichten als Hermaphrodit bezeichnet und glaubte nun zum erstenmal an ihrem Körper zwitterhafte Eigenschaften bemerken zu können. Sie vermochte es kaum zu erwarten, daß sie das Freie erreichten. Es ist eine göttliche Liebeskonstellation, sagte sie. Der Grieche fürchtete sich vor dem Kutscher und stieß sie zurück. Er hauchte ihr ins Gesicht, daß es die letzte Fahrt sei. Der Kutscher, ohne sich umzusehn, scheinbar ahnend, daß etwas hinter ihm vorgehe, trieb die Pferde an. Plötzlich war ein Gewitter von drei Seiten heraufgezogen und hatte sie überrascht. Die Luft war dick und voll unheimlicher Spannung, Blitzstrahlen zuckten und Donner rollte heran. «Ich empfange heute abend den Besuch meines Geliebten» – sagte der Grieche, «du darfst nicht zu mir kommen!» «Wir reisen ab, heute Nacht!» antwortete Clarisse. «Nach Berlin, der Stadt der ungeheuren Energien!» Mit erschütterndem Krach schlug in diesem Augenblick ein Blitz nicht weit von ihnen in die Felder, und die Pferde rissen galloppierend an den Strängen. «Nein!» schrie der Grieche auf und verbarg sich unwillkürlich an Cl., die ihn umfing. «Thessalische Hexe dünk ich mich!» schrie sie in den Aufruhr, der nun von allen Seiten losbrach. Blitzfeuer brüllte, Wasser und Erde stoben vermengt vom Boden auf, Schrecken rüttelte die Luft. Der Grieche zitterte wie ein elektrisierter armer Tierkörper. Cl. jauchzte, umschlang ihn mit «Blitzarmen» und schlug in ihn ein. Da sprang er aus dem Wagen.

Als Cl. lange nach ihm – sie hatte den Kutscher gezwungen, langsam durch das Gewitter zu fahren, und langsam weiter, als wieder die Sonne schien und Wagenleder, Felder und Pferde dampften, während sie Geheimnisvolles sang, – nach Hause kam, fand sie einen Zettel des Griechen auf ihrem Zimmer, worin er ihr noch einmal mitteilte, daß der Schutzmann in seinem Zimmer sei, sich ihren Besuch verbat und am nächsten Morgen abzureisen erklärte. Beim Abendessen erfuhr Cl., daß seine Abreise Wahrheit sei. Sie wollte zu ihm eilen, aber sie nahm wahr, daß alle Frauen sie beobachteten. Auf den Gängen wollte die Unruhe nicht enden. So oft Cl. den Kopf aus der Tür steckte um in das Zimmer des Griechen zu huschen, kamen Frauen vorbei. Diese dummen Personen sahen Cl. spöttisch an, statt zu begreifen, daß der Schutzmann sie alle verhöhnte. Und Cl. traute sich aus irgend einem Grund mit einemmal nicht mehr, aufrecht und harmlos zu der Tür des Griechen zu gehn. Endlich wurde es still und sie schlich ohne Schuhe hinaus. Sie kratzte leise an der Türe, aber niemand antwortete, obgleich durch das Schlüsselloch Licht herausfiel. Cl. preßte die Lippen an das Holz und flüsterte. Drinnen blieb es still; man hörte ihr zu, aber würdigte sie keiner Antwort. Der Grieche lag mit dem «Schutzmann» im Bett und verachtete sie. /Oder: ein fremder Mann öffnet ärgerlich. Der Grieche schon fort?/ Da faßte sie, die noch nie geliebt hatte, der namenlose Schmerz demütiger Eifersucht. Ich bin seiner nicht würdig – flüsterte sie – er hält mich für krank – und flüsternd glitten ihre Lippen das Holz hinunter in den Staub. Eine herzzerreißende Begeisterung betörte sie, leise wimmernd stieß sie gegen die Tür, um zu ihm zu kriechen und seine Hand zu küssen, und begriff nicht, daß es ihr vereitelt war.

Als sie in ihrem Bett erwachte und dem Zimmermädchen läutete, erfuhr sie, daß der Grieche abgereist sei. Sie nickte, als ob das zwischen ihnen so verabredet gewesen wäre. – Ich reise auch – sagte Cl. – Ich muß es dem Arzt melden – das Mädchen. Kaum hatte es das Zimmer verlassen, sprang Cl. aus dem Bett und schüttete wie rasend ihren Besitz in einen Handkoffer; was nicht hineinging, und das übrige Gepäck ließ sie zurück. Das Mädchen glaubte, der Herr habe den Münchner Zug genommen. Clarisse floh. «Irrtum ist nicht Blindheit» murmelte sie, «Irrtum ist Feigheit!» «Er hat seine Aufgabe erkannt, aber er besaß nicht genug Mut für sie.» Während sie aus dem Haus schlich, an seinem verlassenen Zimmer vorbei, traf sie wieder mit Schmerz u Scham der vergangenen Nacht zusammen. «Er hat mich für krank gehalten!» Tränen rannen ihr über die Wangen. Sie wurde sogar gerecht gegen das Gefängnis, dem sie nun entsprang, mitleidig nahm sie Abschied von den Mauern und den Bänken vor der Tür. Die Menschen hatten es hier gut mit ihr gemeint, so gut sie es eben verstanden. Sie wollten mich heilen – lächelte Cl. – Aber Heilen ist Zerstören! Und als sie im Eilzug saß, dessen stürmende Sprünge sie kräftigend durchdrangen, wurden ihre Entschlüsse klar.

Wie kann man irren? Nur, indem man nicht sieht. Wie kann man aber nicht sehn, was doch zu sehen ist?! Indem man sich nicht zu sehen getraut. Cl. erkannte wie ein weites grenzenloses Feld das allgemeine Gesetz menschlicher Entwicklung: Irrtum ist Feigheit; wenn die Menschen einmal nicht feig sein werden, wird die Erde einen Sprung vor machen. /Ähnlich erkennt A, weshalb es keinen radikalen Fortschritt gibt./ Gut, wie der Zug mit ihr ohne Aufenthalt dahinbrauste. Sie wußte, daß sie den Griechen einholen müsse.

Alle waren gegen sie gewesen, auch die Kranken.

$$s_6 + d$$

C-58: Cl. nahm ein Schlafwagenabteil. Als sie den Wagen betrat, sagte sie sofort dem Schaffner: Hier müssen drei Herren sein, sehen Sie nach, ich muß sie unbedingt sprechen! Alle Mitreisenden gerieten, wie ihr schien, unter den starken persönlichen Einfluß, der von ihr ausging, und befolgten ihre Befehle. Auch die Kellner im Speisewagen. Trotzdem mußte der Schaffner erklären, daß er den Griechen, W. und A. nicht gefunden habe. Darauf erkannte sie sich im Spiegel mit völlig klarem sinnlichen Eindruck bald als weiße Teufelin, bald als blutrote Madonna.

Als sie am Morgen in München den Zug verließ, fuhr sie in ein vornehmes Hotel, nahm ein Zimmer, rauchte den ganzen Tag, trank Kognak und schwarzen Kaffee und schrieb Briefe und Telegramme. Irgend ein Umstand hatte sie zu der Annahme gebracht, daß der Grieche nach Venedig gereist sei und sie gab ihre Anweisungen ihm, den Hotels, konsularischen Vertretungen und Ämtern. Sie entwickelte große Geschäftigkeit. – Eilen Sie! – sagte sie zu den roten Boys, welche den ganzen Tag für sie galoppierten. Es war eine Stimmung wie bei einem Brand, wenn die Feuerwehren anrasseln und die Hörner klagen, oder

bei einer Mobilisierung, wo Pferde trappeln, unendliche Züge helm-
bewehrter, entschlossener Gesichter wie träumend durch die Straßen
marschieren, die Luft voll zugeworfener Blumen und grauenschwerer
Spannung ist.

Am Abend reiste sie selbst nach Venedig weiter.

C-57: Sie stieg in Venedig in einer von Deutschen besuchten Pension
ab, wo sie während der Hochzeitsreise gewohnt hatte; man erinnerte
sich dunkel der jungen Frau. Das gleiche Leben wie in München begann, mit Mißbrauch von Alkohol und Alkaloiden, nur sendete sie
jetzt keine Depeschen und Boten mehr aus. Seit dem Augenblick, wo
sie in V. eingetroffen war, vielleicht weil am Bahnhof nicht schon die
Abgesandten der Behörden mit Meldungen standen, besaß sie die Gewißheit, daß der Grieche ihr durch das Netz gegangen und in seine
Heimat geflohen sei. Nun galt es, den Sturm zu hemmen und sich zum
letzten Angriff ohne Übereilung und mit den strengsten Maßnahmen
gegen sich selbst vorzubereiten.

Es stand fest, daß sie nach Griechenland segeln werde, aber vorher
mußte das rasende Verlangen nach dem Mann, das sie beinahe zu weit
vorgerissen hatte, bezähmt werden. Cl. nahm außer Kaffee und Kognak keine Mahlzeiten zu sich, kleidete sich nackt aus und verriegelte
sich in ihrem Zimmer, in welches sie auch die Bedienung nicht einließ.
Der Hunger und noch irgendetwas, das sie nicht wahrzunehmen vermochte, versetzten sie in eine tagelange fieberähnliche Verwirrtheit,
worin die ungeduldige Geschlechtserregung allmählig zu einer vi-
brierenden Stimmung abklang, in die sich allerhand Sinnestäuschungen
einmengten. Der Mißbrauch starker Mittel hatte ihren Leib unterhöhlt, sie fühlte, wie er unter ihr zusammenzubrechen begann. Beständiger Durchfall; an einem Zahn entstand eine Lücke und beunruhigte sie Tag und Nacht; auf ihrer Hand begann sich eine häßliche
kleine Warze zu bilden. Aber gerade dies trieb sie dazu, ihren Geist
immer leidenschaftlicher anzuspannen, wie im Rennen vor dem Ziel,
wenn man jedes Bein mit dem Willen heben muß. Sie hatte sich Pinsel
und Farbtöpfe verschafft, aus Stuhllehne, Bettkante und einem Bügel-
brett, das sie vor ihrer Zimmertür gefunden hatte, baute sie ein Gerüst, das sie längs der Wände verschob, und begann die Wände ihres
Zimmers mit großen Entwürfen zu bemalen. Es war die Geschichte
ihres Lebens, die sie an die kahle Wand kreuzigte, und so groß war
dieser Vorgang der inneren Reinigung, daß Cl. überzeugt war, in
hundert Jahren würde die Menschheit zu den Zeichnungen und Aufschriften wallfahren, um die ungeheuren Kunstwerke zu sehen, mit
denen die größte Seele ihre Zelle bedeckt hatte.

Vielleicht waren es wirklich große Werke für jemand, der imstande sein müßte, den Beziehungsreichtum, der sich in ihnen zusammengeknäuelt hatte, auseinanderzufalten. Cl. schuf sie in einem ungeheuren Spannungsgefühl. Sie empfand sich groß und schwebend. Sie war über den artikulierten Ausdruck des Lebens hinaus, welcher Worte und Formen schafft, die ein für alle angerichtetes Kompromiß sind, wieder bei der zauberhaften ersten Begegnung mit sich selbst angelangt, dem Irrsinn des ersten Staunens über das Göttergeschenk Wort und Bild. Was sie schuf, war verzerrt, war wirr gehäuft und doch arm, war zügellos und doch nur einem steifen Zwang gehorchend; äußerlich. Innerlich war es: Zum erstenmal der Ausdruck ihres ganzen Wesens; ohne Absicht, ohne Überlegung, fast ohne Wille, unmittelbar etwas Zweites, Bleibendes, Größeres werdend, die Transsubstantiation des Menschen zu einem Stück Ewigkeit; endlich die Erfüllung von Cl's. Sehnsucht. Sie sang, während sie malte; «von lichten Göttern stamme ich ab!» sang sie.

/Außerhalb des Romans bemerkt: Im Inhalt liegt nie die Größe? In einer Art der Ordnung?/

Vgl. Spuren hinterlassen...

Als man in ihr Zimmer eindrang, starrten verständnislose Augen wie die Lichter feindseliger Tiere diese Wände an. Cl. hatte ein Schiffsbillet gelöst, eine Bettdecke und ein zu einem Turban zusammengedrehtes Tuch als ihre kaiserliche Ausstattung zurechtgelegt, um sie mit an Bord zu nehmen. Dann war ihr eingefallen, daß ein Mensch, der sich auf heiligen Wegen befindet, kein Geld bei sich haben dürfe, ohne einer lächerlichen Inkongruenz zu verfallen, und sie hatte ihren Schmuck und ihr Geld an lachende Gondelführer verteilt. Als sie am Markusplatz vor dem zu ihrer Abreise versammelten Volk eine Rede halten wollte, hatte ihr ein Herr zugesprochen und sie sanft nach Hause gebracht. Da dieser Mann aber die Unvorsichtigkeit beging, sie dem Schutz ihrer Gastgeber zu empfehlen, drangen nun alle bei ihr ein, die Padrona zeterte über angerichteten Schaden, gab Befehl auf Cl's. Eigentum Beschlag zu legen, schimpfte in gemeinen Worten als kein Eigentum zu finden war, und das Personal kicherte. Eine fürchterliche Grausamkeit starrte Cl. von allen Seiten an, jener Urhaß der toten Materie, deren ein Teil den andern vom Platz drängt, wenn nicht Verständnis und Anziehung sie aneinander zu einem schließen. Cl. nahm schweigend Turban und Mantel, um dieses Land zu verlassen und an Bord zu gehn. An den Stufen des Kanals kam ihr aber das immer freundliche braun-schwarze Stubenmädchen nach und bat sie zu warten, da ein Herr sich die Ehre geben wolle, ihr vor der Abreise noch etwas zu zeigen. Cl. blieb schweigend stehn; sie war müde und hatte eigentlich nicht mehr die Kraft zu reisen. Als die Gondel mit dem Herrn und zwei fremden Männern kam, sah sie dem Mädchen ernst in die freundlichen Augen, die jetzt beinah in einem nassen Schimmer schwebten, und dachte das schwere Wort Ischariot. Sie hatte keine Zeit, diesem erschütternden Erlebnis nachzusinnen In der Gondel hielt sie ruhig und ernst den fremden Herrn im Auge und hatte den klaren Eindruck, daß er sich vor ihr scheue. Es befriedigte sie. Sie kamen zum Denkmal des Colleone und nun sprach der fremde Herr sie zum erstenmal an. «Wollen wir nicht hier hereingehn?» – sagte er, auf ein Gebäude neben der dort stehenden Kirche weisend – «Hier ist etwas besonderes Schönes zu sehn.» Cl. ahnte die Falle, welche ihr der Beamte der öffentlichen Sicherheit stellte. Aber dieser Verdacht hatte keinen Wert für sie, sozusagen keine kausale Valenz. Ich bin müde und krank sagte sie sich. Er will mich ins Spital locken. Es ist unvernünftig von mir, daß ich folge. Aber mein Wahnsinn ist bloß, daß ich aus ihrer allgemeinen Ordnung herausfalle und meine Kausalität nicht die ihre ist: nur Störung in einer nebensächlichen, von ihnen überschätzten Funktion. Ihr Verhalten ist krassester Unethizismus/ In ihren kausalen Beziehungen ist, was ich tute u. wie ich es tue, krank; weil sie das andre nicht sehn/

Als sie in das Haus eintrat, verteilte sie den Rest ihres Schmuckes und ihr Tuch an die Wärterinnen, die ihn entgegennahmen, sie ergriffen und an ein Bett schnallten. Nun begann Cl. zu weinen, und die Wärterinnen sagten «Poveretto!»

Nach Internierung.

a. Diesmal war es Wo., welcher sie abholte und zurückbrachte; er gab sie in der Klinik des Dr. Fried ab. Bei der Einlieferung sah sie der diensthabende Arzt bloß an und ließ sie auf die Unruhige Abt. schaffen.

Gleich der erste Schrei eines Irren drängte ihr die Idee der Seelenwanderung auf; die Ideen der Wiedergeburt, des erreichbaren Nirwana lagen in der Nähe davon.

«Mutter! – Mutter!» – so war der Ruf eines mit schrecklichen Wunden bedeckten Mädchens. Cl. sehnte sich nach ihrer Mutter wegen der vielen Sünden, mit denen sie sie in die Welt entlassen hatte. Die Eltern saßen nun um den Tisch beim Frühstück, Blumen standen im

Zimmer; mit ihrer aller Sünden war Cl. bedeckt, sie fühlten sich wohl: ihre Seelenwanderung begann.

Cl's. erster Gang führte in das Bad, da sie vom Transport aufgeregt war. Es war ein rechteckiger Raum, mit Fließenboden und einem großen Wasserbecken, ohne Borde mit Wasser gefüllt, von der Türe führten Stufen hinein. Zwei verzehrte Körper hefteten sehnsüchtige Blicke auf sie und schrien nach Erlösung. Es waren ihre besten Freunde W u A. in Sündengestalt.

In der Nacht lag der Pabst neben ihr. In Frauengestalt. Kirche ist schwarze Nacht – sagte Cl. zu sich – nun sehnt sie sich nach dem Weibe. Es dämmerte schwach, die Kranken schliefen, da tastete der Pabst an Cl's. Decke und wollte zu ihr ins Bett schlüpfen. Er verlangte nach seinem Weibe, Cl war es zufrieden. Die schwarze Nacht sehnt sich nach Erlösung – flüsterte sie, während sie den Berührungen des Pabstes nachgab. Die Sünde des Christentums war getilgt. König Ludwig von Bayern lag ihr gegenüber usw. Es war eine Kreuzigungsnacht. Cl. sah ihrer Auflösung entgegen; sie fühlte sich frei von jeder Schuld, ihre Seele schwebte licht und hell, indes die Visionen wie Gedichte zu ihrem Bett krochen und davon wieder verschwanden, ohne daß sie die Gestalten greifen und festhalten konnte. Am nächsten Morgen gewährte ihr Nietzsches Seele in Gestalt des Primararztes den herrlichsten Anblick. Schön, gütig, voll tiefen Ernstes, sein buschiger Bart war ergraut, seine Augen blickten wie aus einer andern Welt, nickte er ihr zu. Sie wußte, er war es, der sie in der Nacht die Sünde des Christentums zu tilgen geheißen hatte; heißer Ehrgeiz, wie der einer Schülerin, schoß in Cl. auf.

In den nächsten vierzehn Tagen erlebte sie Faust, «II. Teil.» Drei Personen stellten Altertum, Mittelalter und Neuzeit dar. Cl. trat sie mit den Füßen nieder. Das geschah in der Wasserzelle. Drei Tage lang. Schnatterndes Geschrei erfüllte den verschlossenen Raum. Durch den Dunst und tropischen Nebel des Bads krochen nackte Frauen wie Krokodile und Riesenkrebse. Schlüpfrige Gesichter schrien ihr in die Augen. Scheerenarme griffen nach ihr. Beine schlangen sich ihr um den Hals. Cl. schrie und flatterte über die Leiber, die Nägel ihrer Zehen in das feuchtglatte Fleisch schlagend, wurde gestürzt, erstickte unter Bäuchen und Knien, biß in Brüste, kratzte hängende Wangen blutig, arbeitete sich wieder hoch, stürzte ins Wasser und heraus, stürzte endlich ihr Gesicht in den zottlig nassen Schoß einer großen Frau und brüllte «auf der Muschel der Tritonin» einen Gesang, bis ihre Stimme in Heiserkeit erstickte.

Man darf nicht glauben, daß der Wahnsinn sinnlos ist; er hat bloß die trübe, verschwimmende, vervielfältigende Optik der Luft über diesem Bad, und zuweilen war es Cl. ganz klar, daß sie zwischen den

Gesetzen einer andern, aber durchaus nicht gesetzlosen Welt lebte. Vielleicht war der Gedanke, welcher ausdrücklich alle diese Gemüter beherrschte, nichts andres als das Streben, dem Ort der Entmündigung und des Zwanges zu entrinnen, ein unartikulierter Traum des gegen seinen vergifteten Kopf sich auflehnenden Körpers. Während Cl. in dem schlüpfrigen Knäuel von Menschen mit den Füßen die weniger behenden niedertrat, war in ihren Gedanken wie die weite weiße Luft vor einem Fenster ein «sündenloses Nirwana», die Sehnsucht nach einem schmerzenlosen und spannungslosen Ruhn und sie stieß wie ein schwirrendes Tier mit dem Kopf gegen die Wand, welche kranke Leiber um sie aufrichteten, planlos flatternd, von einem Augenblicks-einfall zum andern gehetzt, während wie ein goldener Reif hinter ihrem Kopf, den sie nicht sehen, und nicht einmal sich vorstellen konnte, der aber trotzdem da war, die Überzeugung schwebte, daß ein schweres ethisches Problem ihr auferlegt sei, daß sie Messias und Übermensch in einer Person sei, in die Ruhe eingehen werde, nach-dem sie die andren erlöst habe, und sie nur erlösen könne, indem sie sie niederzwang. Drei Tage und drei Nächte lang gehorchte sie dem unwiderstehlichen Willen der Irrengemeinschaft, ließ sich zerren und blutig kratzen, schlug sich auf den Fließen des Bodens symbolisch ans Kreuz, stieß abgerissene, heisere, unverständliche Worte aus und erwiderte ebensolche Worte mit Handlungen, als ob sie sie nicht nur verstünde, sondern ihr Leben für die Mitteilung einsetzen wolle. Sie fragten nicht, sie brauchten keinen Sinn, der Worte in Sätze füllt und Sätze in den Keller[?] des Kopfes, sie erkannten sich untereinander und unterschieden sich von den Pflegern oder jedem Fremden wie Tiere, und ihre Ideen gaben eine wirre gemeinsame Linie, wie beim Aufstand einer Menge, wo keiner den andern versteht oder kennt, keiner mehr denkt als abgerissene Anfänge und Enden, aber gewaltige Spannungen und Schläge des bewußtlosen gemeinsamen Körpers alle unterein-ander verbinden. Nach drei Tagen und Nächten war Cl. erschöpft, ihre Stimme flüsterte nur noch, ihre «Überkraft» hatte gesiegt, und sie wurde ruhig.

Man brachte sie zu Bett, und sie lag einige Tage in tiefer Müdigkeit, die von Anfällen quälender, gestaltloser Unruhe unterbrochen wurde. «Ein Junger», eine rosig blonde Frau von 21 Jahren, die sie vom ersten Tag an als Befreier angesehn hat, brachte ihr endlich die erste Erlösung. Sie kam an ihr Bett, sie sagte irgendetwas, für Cl. hieß es: Ich über-nehme die Mission. Cl. erfuhr später, daß die rosige Blonde an ihrer Stelle Tag und Nacht in der Wasserzelle durch Gesang den Teufel aus-getrieben habe. Cl. aber blieb im großen Saal, pflegte die Kranken und «lauschte ihre Sünden ab». Es waren Sätze wie Puppen, aus denen der Verkehr zwischen ihr und ihren Beichtkindern bestand, unscheinbare, hölzerne Sätzchen, und nur Gott weiß, was sie ursprünglich damit meinten; aber wenn Kinder mit Puppen spielen und sie würden das Gleiche und etwas Bestimmtes meinen müssen, um sich verstehen zu können, so würde niemals das Zauberkunststück gelingen, welches aus einem unförmigen Holz ein Wesen macht, das die Seele mehr erregt als es später die leidenschaftlichsten Geliebten vermögen. – Endlich sprach eines Tages ein gewöhnliches Weib, welches früher ihren Rücken mit Fäusten geschlagen hatte, Cl. an und sprach also: «Versammle deine Jünger heute zur Nacht und feire dein Abschiedsmahl. Was für Speisen verlangt der hohe Herr? Sag es, damit sie für dich bereitet werden. Wir aber wollen abziehn und nicht mehr unter deinen Augen erscheinen!» Zugleich küßte eine andre, die an Paralyse litt, leidenschaftlich Cl's. Hände und ihr Auge war vom nahenden Tod verklärt wie ein Stern, der in der Nacht alle anderen überstrahlt. Cl. fühlte: Es ist wirklich kein Wunder, daß ich geglaubt habe, eine Sendung erfüllen zu müssen», aber trotz dieses schon klareren Gefühls zweifelte sie, was sie zu tun habe. Zu ihrem Glück wurde sie an diesem Tag in die Abteilung der ruhigen Kranken versetzt.

(*Nach Internierung*)

b. Ruhige Abteilung:
In der ruhigen Abt. erwacht ihr Selbsterhaltungstrieb vollends C-31 – 2/2.

C-31 – 3 *bis 12:* gibt ihre Gedankenwelt wieder.
Liquidierung der Krankheit
Gedanken werden klarer und banaler. Aufklärender langweiliger Himmel.
Nur eine tiefe Traurigkeit bleibt.
Es unterscheidet sich eigentlich kaum noch von dem Ideenmischmasch eines durchschnittlichen Intellektuellen.
Ev. A. zeigt das Diarium einem solchen. Er hat nur den Einwand: das ist ein Mensch einer älteren Generation, keiner der unsren.

Wahrscheinlich nur abgekürzt wiederzugeben.
Ihr Flug ist gebrochen. Wie bei einem Menschen, dem sein Lebenswerk mißlang. – 4.
Aber sie erscheint sich als «eine der mysteriösesten Figuren». – 5.
Rückfälle (Schimpfen). Sehnsucht nach Mutterschaft u. W. – 6 Rückfälle – 11

Gesteigerte Symbolik C-60 Anfangsstadium; sie formt noch Figuren, ihr Farben- u Formensinn ist überempfindlich, sie fühlt sich noch mit den Kranken solidarisch – 7 Aber ihre Gedanken sind von einer langweiligen Symetrie r. Sie formt Zahlen aus dem Kot – 8. Sie versucht auf jede Weise – wie es eben ein Mensch tut, der weder Genie noch Kenntnisse hat – der Einengung zu entrinnen 7 u 8. Auch – 9. Kritik an Ärzten: C – 60

W. sagt sich los. Dämmernde Gesundheit. C – 60
Nach einem Beisammensein mit W.: C – 31 – 12
Wieder Zusammenleben mit W.: C – 61
Briefe: C – 62 – 64.
Sie leidet später unter der Vorstellung, sich nicht genug beobachtet zu haben, um gesund bleiben zu können. C–60

? Zusammen mit Verbrechern? C – 54.

C – 3   AN 91

Das Verhältnis G-A zeigt wieder, daß es Wahnsinn ist, an der Treue einer Frau zu zweifeln. A's Haltung ist wirklich die längste Zeit zweifelhaft. Und dennoch wird etwas wirklich Gutes daraus, dadurch, daß G. sich endlich täuschen läßt. Es gibt eben noch andere Werte zwischen Mann u Frau als Treue.

C – 4

30 Sept

Es ist mit als wenn du «gestorben» wärst – und nur von weitem klingt eine Erinnerung zu mir zurück

Abends –

Wieder nichts! –
    8 Tage! – Das ist soviel – wie einem das Fleisch von den Knochen abziehen. – (Noch dazu wenn man erfahren, daß du *noch immer nicht in Wien*)

1 Okt.

(7300 gr. – Kufette *[?]* scheint sehr gut zu sein.) – –

Abends

Nach Brünn telegraphiert! –
    Gott sei Dank hat heute wenigstens die Sonne das Gemüt erwärmt –; trotzdem hat die furchtbare Spannung nicht viel nachgelassen. – – –

2. Okt

Ohne Liebe kein Leben –! keine Phantasie – keine Freude. –
(Und selbst – wenn Liebe gleichbedeutend wäre mit «Raub der Freiheit»)

– abends

Liebes Schmucki! –
    Ach, so ein Brief ist wie warme Thautropfen auf ein Eisfeld. – –
    Eigentlich sollt ich dir garnicht mehr schreiben – du weißt nicht was ich diese Tage mitgemacht. – Überhaupt – man kennt sich u kennt sich doch *nie*

Für die unaussprechlichen – ureigensten Dinge ist jedes Tageslicht zu hell. –

Heute ein Monat! – – –

Lese nicht viel! – «Ödipus in R – «Kosmos». (Müllers System für Baby) auch gibt's jetzt wieder hie u da «Sternenhimmel» etc –, doch beschäftige ich mich mehr mit «Zukunftsplänen» –

C – 7

Bei Clarisse ist alles idealiter-statisch: nur ist das Ideal noch nicht bestimmt. Das macht sie liebenswürdig.

Anders vertritt gegen Klages nur deshalb das Wissenschaftliche, weil er seine ideologische Bestimmtheit nicht verträgt.

A. hat C. Nietzsche geschenkt: Sie beißt an: Preisung des künstl. Menschen, mit Übergehen des Unpassenden; gegen den theor. Menschen u seine Genügsamkeit – unbestimmt, wie weit es geg W. u wie weit es gegen A geht – gegen moralische Reflexion als Zeichen der Schwäche und Instinktunsicherheit, hauptsächlich gegen Walther; die Kunst ist das eigentlich metaphysische Phänomen, aber nicht die Kunst als überlegte, sondern als daseiende.

Clarisse-Manicomio ist die eigentliche Trägerin der Erlöseridee.

Schon von Anfang an hat sie ein Nachfolge Verhältnis zu Nietzsche. Anders empfindet es anfangs nur eifersüchtig.

Walther hat: «die kleine Ethik» – er hat stets Kleingeld.

A. kommt in die Katastrophe mit K. hinein.

C – 8

Das sagt And. Agathe dagegen Ich glaube, du hast gar kein Gewissen, weil du keine Erinnerung hast. (Wie in Dyn-Stat. Münsterbergblatt) Aber ihr Bewußtsein ist fortwährend von Erinnerungen gefüllt u. alles ist gegenwärtig. Ich glaube, wenn ich etwas Böses tue – breche ich zusammen.

Aber dieses: du hast kein Gewissen (vgl. übrigens 2 Tg 2 Tl. 7) ist wie eine Bewunderung, oder eine Verlockung.

Er kommt durch diese Schilderung ihres (stat.) Zustands auf die Erinnerungen und in die «Gedichtstimmung».

Anders zum erstenmal in einer «Gedicht»-Stimmung. *

Er hat hier geliebt. Sich losgelöst. Erzählt es zum Beispiel, daß man von einem Strom fortgerissen wird und immer nur steuern kann.

Diese Menschen sind untreu, weil sie sich immer erst nachträglich verlieben, sagt And. (2 Tg 2 Tl 9) So war es nämlich mit seiner Liebe, die erst nach Trennung ausbrach: Besuch in Studentenzeit. Ag. wurde rot, aber sie verweigerte die Antwort, als er nach dem Grund fragte. (Forts. Briefe seiner Freundinnen)

Ev. etwas aus 2 Tg 2 Tl 11 erster u letzter Absatz: Zuerst die moralische Charakteristik, nun von ihm aus, die ihre ergänzend (die Gleichgewichtsmenschen u die stürmenden) Unsicher: ein großer Hintergrund, Gott.

Blaustrumpf! lehnt sie ab. Die dyn. müssen die stat. überwinden, sagt And. sie sind Atavismen. Aber innerlich überwog die Neugierde, ob in ihr nicht etwas sei, das er sich gar nicht vorstelle.

*Man ist unter Verstandesmenschen nur wie ein Gast. In einem Gedicht verbinden sich die Worte zu etwas, das keinen Sinn hat, aber ein Leben ist. Es ist – nach langer Entwöhnung genossen – wirklich eine Magie (Vorbereitung für Clarisse)

C – 10

Diotima: Häuser, Käfige 3–6, hochgezogen in Stockwerken. Ihr Leben – ihre Nippes, ihr Getu. Welches Zentrum! (Ev. As Wohnung) Aus der Tatsache bürgerl. Sekt. Chef im Min. d. Auss. folgt: Geist geg. Adelige, Adel geg. Bürgerliche Sanfte, vorsichtshalber übertriebene, Höflichkeit, nämlich für alle Fälle als könnte man sie nicht ganz ernst nehmen; so ist man dann sehr zuvorkommend gegen junge Beamte.

Walther: Am kritischen Punkt. Möchte Genie sein. Kämpft, leidet. Weiß nicht, daß ihm, da er unterliegt, das bessere Teil beschieden ist. Mit 40 Jahren ist man erledigt. Mit 50 vielleicht von fern in Sicht des Ziels. Gut geht es nur denen, die unterkriechen und sich anpassen. Das ist das w. ᐃᴬ Clar.

Cl. geg. Beteiligung an // ?

C – 11

Ein Gedicht, nach langer Entwöhnung genossen, ist wie Magie: Clarisse.

Clarissse giebt ihm durch ihr Gefühl erhöhte Sicherheit; Erhöhung. (Mensch = Mann, der gegen seine Überzeugung sicher handelt)

Eigentlich war alles sehr schnell gegangen wie unter dem Druck eines Programms; das merkt A. erst jetzt.

Abneigung gegen Clarisse: Verhärtet, schwierig, anspruchsvoll, gespannt, blasiert, gewollt; befriedigen keinen sinnlichen Genuß, sondern einen Ehrgeiz.

Auf nichts als auf dem Willen balanzieren.

C – 12

Anders glaubt an das Denken / in alle Abgründe kausal / Clarisse (nur ganz allgemein sagen, daß sie von Nietzsche beeinflußt ist) kann natürlich nicht denken, aber fühlt namenlose Spannung in sich. Sie wird einmal etwas Unerhörtes tun. Das empfindet sie bei Musik. Sie hat gar keine Form für sich, sie will ja nichts werden, nicht Künstler, noch Gelehrter usw. also muß sie daran glauben, daß man etwas Großes sein kann als Sein, ohne viel zu reden, als Mensch. Das, glaubt sie, ist das Dyonisische.

Agathe weiß gar nichts. Anknüpfen an dieses Gefühl, daß mir auch manchmal vorkommt, ich sei am tiefsten, wo ich gar nicht fertig bin mit meinen Gedanken, wo der ganze Horizont voll Andeutungen ist, die eigentlich Vorwürfe sein müßten, und wo man sich doch plötzlich zu einer Ansicht entschließt, ihr vertraut, sich ihr anvertraut. Einzige Lebensform, die dem Menschen heute eigentlich möglich ist.

Clarisse: Ja sagen zu allem Fragwürdigen u Furchtbaren gefällt ihr.
(Meine Formel des Schöpferischen als letzter Wert kommt von N).

Soll ich aus A. selbst einen Ironiker machen? Entweder meine Philos. durch A ironisieren od. sie ihm in den Mund legen. Wahrscheinlich beides!

// , ein Tag: A. schmeißt der Reihe nach hinaus Öhl, Hilthy, die deutschen Dichter usw – Und muß sie dann alle in die Aktion nehmen.

Walther so richtig die heutige Mischung ohne Entscheidung
And. wie Clar. wollen hinaus!

C – 17

Zu Clarisse.
nach 4/66 ff.

1. «Das verarmte Leben» – das ist ein Begriff, der ihr Eindruck macht, gleich décadence. Ihre Form der fin de siècle Stimung. Aus der Erfahrung mit Walther gezogen.
2. Sie schwärmt mit W. von Wagner, aber mit aufkommender Op-

position; wenn er Wagner gespielt hat, sind seine Hände von kalter Feuchtigkeit bedeckt, so kommt ihm diese kleinbürgerliche Heroik bei den Fingern heraus, diese heroische Kleinbürgerlichkeit. Sie stellt sich eine über sich hinausgetriebene italienische Musik vor, von der grausamen Heiterkeit des blauen italienischen Himmels (Vorzeichen!), «das Verhängnis über sich» «Ihr Glück ist kurz, plötzlich, ohne Ankündigung, ohne Pardon.» (Vorzeichen, aber And. sieht zuerst darin nur das Zeitübliche.) «Bräuner», «cynisch» (Vorzeichen!). Sie kritisiert, wie nichtig vielfältig Walthers Gesicht wird, wenn er musiziert.

3. Die Liebe ist als Fatum aufzufassen, unschuldig und darum grausam, – so schwebt sie ihr vor; sie meint damit: so erfüllt möchte sie sein von ihrem eigenen Schicksal, daß sie gar nicht an den denken wird, der es ausgelöst hat. Walthers Liebe ist für sie nur ein «feinerer Parasitismus, ein Sich-Einnisten in eine fremde Seele», sie möchte sie abschütteln.

4. «Sich etwas Schädliches verbieten können, ist ein Zeichen von Lebenskraft», – sie läßt Walther nicht ins Bett. «Den Erschöpften lockt das Schädliche.»

5. Später: «Die Krankheit selbst kann ein Stimulans des Lebens sein, nur muß man gesund genug für dieses Stimulans sein.»

6. Décadence ist zB. die Unruhe der Optik, zu der die Wagner'sche Kunst zwingt, «die dazu nötigt, in jedem Augenblick die Stellung vor ihr zu wechseln.» – Das ist direkt gegen A. gerichtet, der in der Fähigkeit des Stellungwechsels die Kraft der Zukunft sieht.

7. Aber sie beunruhigt ihn dann doch mit Sachen, die auch er glaubt: «Womit kennzeichnet sich jede literarische décadence? Damit, daß das Leben nicht mehr im Ganzen wohnt. Das Wort wird souverän und springt aus dem Satz hinaus, der Satz greift über und verdunkelt den Sinn der Seite, die Seite gewinnt Leben auf Unkosten des Ganzen, – das Ganze ist kein Ganzes mehr Das ist das Zeichen für jeden Stil der décadence: .. Anarchie der Atome, Disgregation des Willens .. Das Leben in die kleinsten Gebilde zurückgedrängt, .. der Rest arm an Leben» (Volunt. Eine direkte Kraft gegen das Weiche, Knabige in And.)

8. Prophetisch: «.. daß in Niedergangskulturen, daß überall, wo den Massen die Entscheidung in die Hände fällt, die Echtheit überflüssig, nachteilig, zurücksetzend wird. Nur der Schauspieler weckt noch die große Begeisterung. Damit kommt für den Schauspieler das goldene Zeitalter herauf.» Talma: Was als wahr wirken soll, darf nicht wahr sein.

9. Gegen Walther: «der gesunde Organismus wehrt sich gegen eine Krankheit nicht mit Gründen – man widerlegt keine Krankheit –

sondern mit Hemmung, Mißtrauen, Verdrossenheit, Ekel, .. als ob in ihm eine große Gefahr herumschliche.»

10. Gegen Anders: «Die Unschuld zwischen Gegensätzen .. – man definiert damit beinahe die Modernität. Der moderne Mensch stellt, biologisch, einen Widerspruch der Werte dar, er sitzt zwischen zwei Stühlen, er sagt in einem Atem Ja und Nein .. Wir alle haben, wider Wissen, wider Willen, Werte, Worte, Formeln, Moralen entgegengesetzter Abkunft im Leibe, – wir sind physiologisch betrachtet falsch .. eine Diagnostik der modernen See le – womit begönne sie? Mit einem resoluten Einschnitt in diese Instinkt-Widersprüchlichkeit ..»

11. «Alles Gute macht mich fruchtbar. Ich habe keine andre Dankbarkeit ..»

C – 27   AN 22

I. And-Cl.
II Forts.
Willensmenschen.
Psychische Verfassung nicht anders als bei Senti-Mentalen die stark sind, nur Ziel anders? Gar nicht in jedem Augenblick getragen werden von dem Gefühl ihres Willens, in jedem Wort Herren. (Das sind die kleinen Intriganten, die Gesellschaftsmenschen) Im Gegenteil leidend und gerade aus dem Leid heraus, zäh u verbissen an das Produkt, die Handlung sich klammernd. Starke sogen. Willensmenschen wie Napoleon od. Friedrich sollen vor ihren entscheidenden Taten oder selbst während ihrer ganz zusammengebrochen gewesen sein. Man kann darin eine pathologische Seite sehen, aber es ist auch einfach menschlich. zb. Ich habe den Wunsch irgend etwas Tätliches zu machen, Menschen zu beeinflußen, eine Zeitung zu gründen.. Es kommt mir ein Streit mit einem ganz gleichgültigen Menschen dazwischen. Ich bin sofort von aller Sozietät abgestoßen, will nur meine alleinigen

C – 28   AN 260

zT. 2 Tg 2 Tl. 11.
Ein Mensch der den Durst hat, einmal in einem ungeheuren Zug von Lust die Welt zu trinken, ist sicher einer mit einer seelischen Verdauungsstörung. Die Kraftgenies (sofern sie nicht Büffel) sind in irgendeinem Punkt heimliche Schwächlinge. Worum es sich wirklich handelt ist, die Art der Spannung im Ineinandergreifen von Vergangenheit,

Gegenwart u Zukunft Bei Menschen mit «Aufgaben» ist hiefür eine Anästhesie geschaffen. Im allgemeinen ist es eine Frage der psychologischen Konstitution. Die Vergangenheit muß eine mit der Gegenwart harmonische Gefühlsbetonung haben; auch ein Problem des Gedächtnisses.

Eine Art das Statische zu interpretieren.
z. T. schon I. And.-Clar.

Anders hat eine Abneigung gegen Kraftnaturen, obgleich er selbst in gewissem Sinn eine ist. Er glaubt: in einem heimlichen Punkt sind sie Schwächlinge. zb. Überkompensieren einer Gefühlsniederlage. Oder schwacher Intellekt.

Dies hängt zT. mit seiner Zeitbestimmtheit – fin de siècle – zusammen. Andrerseits ist der Satz: man kann nicht stark, d.h. in einer einzigen Richtung dezidiert entwickelt sein, schon ein Vorstadium seiner späteren Philosophie des Desillusionismus, d.h. also eine neue Art die Welt zu sehn. Nicht idealiter-statisch, sondern dynamisch.

Daß er die Lösung noch in der «harmonischen» Gefühlsbetontheit sucht, ist Jugenddummheit. (Stelle I Warum er nicht eine Madonna liebt) Ebendort u. bei seinen Unanständigkeiten Platz für: er hält sich für Mensch mit Aufgabe u. dh. Anästhesie.

Die Abneigung geg. Kraftnaturen bei I Clarisse.

C – 29/30

Clarisse.

Nietzsche fragt: Gibt es einen Pessimismus der Stärke? Eine intellektuelle Vorneigung für das Harte, Schauerliche, Böse, Problematische des Daseins? (aus Fülle des Daseins.) – In dieser intellektuellen Vorneigung begegnen sich Anders und Clarisse. Sie trennt Clarisse von Walther. Sodaß hier das Ehebruchsproblem gleich mit dem Geiste einsetzt. «Tiefe des widermoralischen Hangs.»

Das Verlangen nach dem Furchtbaren als dem würdigen Feind – ist eine sie bei der Lektüre Ns. ergreifende Vorahnung. Vor-Liebe ihrer Erkrankung.

Die Dialektik, die Genügsamkeit des theoretischen Menschen betrachtet N. als Zeichen des Niedergangs, die Wissenschaft als eine feine Notwehr gegen die Wahrheit, eine Ausflucht. Hier trennt sich Anders von N., denn er schwärmt für den theoretischen Menschen. Man kommt ja auch sonst zu einer blöden Lebensidolatrie; aber Anders kommt auf den Sand mit seiner schließlichen Ataraxie des theoretischen Menschen.

Das könnte schon in I. angefangen werden und bestimmt die Situation, in der er Agathe gegenübertritt.

Was ihn an N. so fesselt und ebenso Clarisse ist dessen Eintreten für den künstlerischen Menschen. Er schreibt für Künstler mit dem Nebenhange analytischer und retrospektiver Fähigkeiten, einer Ausnahmeart von Künstlern – also eigentlich für Anders. Daß N. sagt, diese Art von Künstlern möchte er eigentlich gar nicht wünschen (sondern wahrscheinlich ungeteiltere) überschlägt Anders; das reserviert sich die Jugend als Leistung, die sie zeigen wird.

Ist Wahnsinn vielleicht nicht notwendig das Symptom der Entartung des Niedergangs, der überspäten Cultur? Gibt es vielleicht .. Neurosen der Gesundheit? der Volks-Jugend und -Jugendlichkeit? Worauf weist jene Synthesis von Gott und Bock im Satyr? Aus welchem Selbsterlebnis, auf welchen Drang hin mußte sich der Grieche den dionysischen Schwärmer und Urmenschen als Satyr denken? Und was den Ursprung des tragischen Chors betrifft: gab es in jenen Jahrhunderten, wo der griechische Leib blühte, die griechische Seele von Leben überschäumte, vielleicht endemische Entzückungen? Visionen und Hallucinationen, welche sich ganzen Gemeinden, ganzen Cultversammlungen mitteilten? Wie? wenn die Griechen, gerade im Reichtum ihrer Jugend, den Willen zum Tragischen hatten und Pessimisten waren? wenn es gerade der Wahnsinn war, um ein Wort Plato's zu gebrauchen, der die größten Segnungen über Hellas gebracht hat? Und wenn andrerseits und umgekehrt, die Griechen gerade in den Zeiten ihrer Auflösung und Schwäche immer optimistischer, oberflächlicher, schauspielerischer, auch nach Logik und Logisierung der Welt brünstiger also zugleich heiterer und wissenschaftlicher wurden?

Bereits im Vorwort an Richard Wagner wird die Kunst – und nicht die Moral – als die eigentlich metaphysische Tätigkeit des Menschen hingestellt; im Buche selbst kehrt der anzügliche Satz mehrfach wieder, daß nur als ästhetisches Phänomen das Dasein der Welt gerechtfertigt ist.

... einen Geist verrät, der sich einmal auf jede Gefahr hin gegen die moralische Ausdeutung des Daseins zur Wehre setzen wird.

C – 31/1

Die Tage im manicomio in V.

Bei der Einlieferung sieht sie der Inspektionsarzt bloß an und läßt sie auf die unruhige Abteilung schaffen.

Gleich der erste Schrei eines Irren drängt ihr die Vorstellung der *Seelenwanderung* auf. Die Idee der *Wiedergeburt*, des *erreichbaren Nirwana* liegt in ihrer Nähe.

«Madre-madre!» so war der Ruf eines mit schrecklichen Wunden bedeckten jungen Mädchens.

Clarisse klagt ihre Mutter an, wegen der vielen Sünden, die sie an ihr begangen hat. «Auch meiner kleinsten Schwester Seele schrie aus dieser Irren.» (Das ist die Keimzelle der *Seelenwanderungsidee*) Die Sünden der Mutter bestanden wohl hauptsächlich in Verständnislosigkeit für ihre Konstitution; von den Eltern her belastet, nicht gesund genug gelebt und nicht auf Gesundheit erzogen; Nachwirkung der Nietzscheideen.)

In der Nacht: Der Pabst .. lag neben ihr, in Frauengestalt. Des Morgens, es dämmerte erst schwach, verlangte er nach seinem Weibe – ich war es zufrieden. Kirche ist schwarze Nacht, nun sehnt sie sich nach dem Weibe (*Erlösung*), indem Clarisse einigen Berührungen nachgibt: Die Sünde des *Christentums* war getilgt!

König *Ludwig von Bayern* lag ihr gegenüber. Er nickte ihr zu und bat um *Erlösung*. Erlösung von der unmenschlichen Liebe zu *Wagner*.

Es war eine *Kreuzigungsnacht*, Clarisse sieht ihrer Auflösung entgegen, sie fühlt sich frei von jeder *Schuld*, ihre Seele schwebt licht und hell.

Den herrlichsten Anblick gewährt mir Nietzsches Psyche – in der Gestalt des Primararztes der Anstalt. Schön – gütig – voll tiefen Ernstes. Sein buschiger Bart war ergraut – seine Augen blickten wie aus einer andern Welt –

C – 31/2

Klinik München

Erster Gang in ein Bad, da sie vom Transport wieder aufgeregt ist.

Zwei verzehrte Körper hefteten ihre sehnsüchtigen Blicke auf sie und schrien nach *Erlösung*.

Es waren ihre besten *Freunde* – Walther und Anders – *in Sünden-gestalt.*

In den nächsten vierzehn Tagen erlebt sie Faust II. 3 Personen personifizieren ihr Altertum, Mittelalter und Neuzeit. «Mit meinen Füßen trat ich sie nieder, um ein sündenloses *Nirwana* erstehen zu sehen.» Vielleicht ist diese Nirwanasehnsucht nichts als das Verlangen von diesem Zustand erlöst zu werden. Das wäre die Idee, die sie durch die Erlöseridee überwinden muß. In der Verzerrung des Wahnsinns das große ethische Problem. *Messias und Übermensch* dünkt sie sich in einer Person. (Übermensch ist der Rest ihrer alten Person, das Und die Verkoppelung mit der neuen Aufgabe. Bestätigung für das Freikommenwollen, aber nur nach Erlösung der andern) 3 Tage und 3 Nächte gehorcht sie dem suggestiven Willen der Kranken, läßt sich blutig kratzen und zerren und schlägt sich auf dem Fließenboden symbolisch ans Kreuz. (Welche Ähnlichkeit mit dem Revolutionärtypus modo Kisch, Bonn.) Meine *Überkraft* ließ mich siegen, bis meine Stimme in Heiserkeit erstickte.

Sie liegt einige Zeit erschöpft, dann bringt ihr «ein Junger» *Erlösung* (Hält sie diese Junge für einen Mann, den sie für eine Frau hält?) Es war ein blondes Geschöpf von 21 Jahren, das sie vom ersten Tag an als *Befreier* angesehen hat. Die übernimmt nun ihre Mission, verbringt Tag und Nacht in der Badezelle und *treibt* durch ihren Gesang den *Teufel aus.* Clarisse aber bleibt im großen Saal, pflegt die Kranken und *lauscht ihre Sünden ab.* Es könnte auch Machteifersucht dazukommen, worauf sich dann die Notizen von der *Falschheit* bezögen.

Eines Tages spricht ein gewöhnliches Weib, welches früher ihren Rücken mit Fäusten geschlagen hat, zu ihr: «Versammle Deine Jünger heute zur Nacht und feire Dein Abschiedsmahl.

Was für Speisen verlangt der hohe Herr? Sag es, damit sie für Dich bereitet werden. Wir aber wollen abziehn und nicht mehr unter Deinen Augen erscheinen!»

Eine andre, die an Paralyse leidet, küßt leidenschaftlich Clarissens Hände und ihr Auge verklärt sich, sobald sie ihr in die Nähe kommt. Wenige Tage danach stirbt sie.

Clarisse sagt noch später: kein Wunder, daß ich eine höhere Mission erfüllen zu müssen glaubte.

In der ruhigen Abteilung erwacht ihr Selbsterhaltungstrieb wieder. Sie überläßt die ruhigen Kranken sich selbst, weil sie resigniert einsieht, daß ihre Heilkraft nur während der Suggestion wirkt und *ein Mensch kein Gott* sein kann.

Sie erfährt, daß ihr Geisteszustand Manie heißt. Sie erkennt: «Der Verlust der Selbstkontrolle brachte mich ins Irrenhaus.»

Irrengemeinschaft
    sie fragt nicht
    sie erkennen sich u unterscheiden sich von den Pflegern
    Wirre Ideen geben eine wirre Resultante. Wie bei Aufständen
    Wie als Kind bei den Puppen
    Sätze wie Puppen, unscheinbare hölzerne Sätzchen, aber . .
    Wieder diese Ähnlichkeit darin, wie C. nichts nachträgt u. Zu-
sammengehörigkeit empfindet.

C – 31/3

Clarissens Gedankenwelt im Wahnsinn   1

Leben ist Bewegung. Daher unendlich. Nach dem Tod löst sich das
Leben wieder in Bewegung auf.
    Da die Bewegung unendlich ist, bleibt nichts ungerächt. Um aus
dieser Kette herauszukommen, muß sich die Psyche in Harmonie
auflösen, bevor sie in den Weltenraum eingeht. – Das ist die Nir-
wanaidee, die also auch danach «ungerächt»! aus dem Schuldgefühl
hervorgeht; die Sehnsucht nach Harmonie ist das Verlangen aus
diesem Zustand herauszukommen.
    Glaubt ihr an Seelenwanderung, Hölle, Fegefeuer? ruft sie. Viel-
leicht haben einzelne in ihrem Erdenleben das Nirwana erreicht, aber
dann waren sie das Endglied einer langen Menschenkette – «in ihrer
Person schloß sich der Ring» (Zauberwelt Wagners wird wieder
lebendig) Aber die andren laufen beladen mit Schuld und Schande
umher, gequält, geschändet vom ersten Lebenstag an, Opfer einer vor
ihrer Geburt begangenen Untat.
    Es gibt aber doch eine Gerechtigkeit. Was wir Ungerechtigkeit
nennen ist nur der Weg zur ewigen Gerechtigkeit.
    Die Erde kann nicht zugrundegehn, bevor das Nirwana erreicht ist.
    Sie begründet es auch mathematisch: Geburts- und Sterbefälle
decken sich (Jeder, der geboren wird, stirbt, eine ungeheure Entdeckung!), die Seelen der neuen Menschen sind daher die der alten.
Es gibt keine freien Seelen!
    Auch der Darwinismus stimmt dazu: die tierischen Instinkte sind
in menschlichen Wesen wiedergeboren Tiergesichter vieler Menschen. Sind noch mit der Tierseele belastet.

Liquidierung ...
    Gedanken werden klarer und banaler. Aufklarender langweiliger
Himmel. Nur eine tiefe Traurigkeit bleibt

Clarissens Gedankenwelt im Wahnsinn 2

Schon in Venedig liegt ihr König Ludwig gegenüber.

Das verknüpft sich mit dem Gedanken: zwischen Wagner und Nietzsche stand die Schlange. Diese ist er, der «weibliche König», der den Künstler liebt und ihn dadurch seiner Einzelwürde beraubt Reflex offenbar ihres Widerstandes gegen die sex. Frauenrolle bei Walther, das Gleiche hat sie an Anders enttäuscht, und an dem Griechen traf sie so stark, daß er frei davon war. Also eine Handlungslinie. Noch in München erscheinen ihr Walther u. Anders in ihrer «Sündengestalt».

Nietzsche, der große Freund wandte sich entsetzt von dieser Schande ab und mußte von dieser Zeit ab seinen einsamen Pfad allein weiterschreiten. Sie identifiziert sich hier mit Nietzsche.

Was an ihm und ihr begangen ward, ist «eine Sünde wider den heiligen Geist» Sie muß «durch ein Menschenopfer gesühnt werden». Nietzsches Tod – ein zweiter Christus.

Doch weder Christus noch Nietzsche konnten die Menschen vom Bösen erlösen; «Menschen bleiben Menschen.»

«Über uns schwebt das Schicksal, eine andere Realität», so drückt sie ihre Ohnmacht aus zugleich mit dem Gedanken, daß sie trotz der Vorgänger leiden muß.

Zwischendurch kreuzt der Gedanke: «Zwischen Nietzsche und Wagner stand das Judentum!»

Der Gedanke setzt sich später fort: Es gibt 2 Realitäten!

Die ›Eine‹ heißt: ›Wie ich es sehe‹ –

Die ›Andere‹: ›Wie ich es nicht sehe.‹

Es sind die gleichen Ideen wie früher, aber sie haben nicht mehr die manische Erlösungskomponente.

Clarissens Gedankenwelt im Wahnsinn 3

In der Münchner Klinik sieht sie ein dickes blondes Weib mit männlicher Stimme, eine Polin. Gleichzeitig ist der Gedanke: Überweib da. Sie denkt nach. Das da vor ihr ist ein primitives Exemplar. Es fallen ihr ein Semiramis, Katharina v. Rußland, Elisabeth v. Österreich. Sie ist hilflos, weil sie keine Quellen hat.

Solche Frauen haben übermännliche Kraft.

Ihre Gedanken biegen aus: auch vor Nietzsche hat es Übermänner gegeben, entdeckt sie; Napoleon, Jesus Christus. Plötzlich fällt ihr ein: Christus war unwissend. Wie sie. In unserer Zeitrechnung, Epoche ist er also eine der mysteriösesten Figuren. Denn sie ist ja eingesperrt.

C – 31/6

Clarissens Gedankenwelt im Wahnsinn 4

Manchmal gleitet sie in wüstes Schimpfen ab. Die heutigen Männer sind furchtsame Memmen, Feiglinge, Weichlinge, ohne Mark und Bein, ohne Tapferkeit, Mut und Ausdauer.

Roh oder weich sind sie. Die Peitsche fein zu führen haben sie verlernt. Ihr Anzug unästhetisch. Ihre Denkweise feig, memmenhaft. Ihre Augen blau oder schwarz (Anders u. Walther.)

Wenn einmal ein Mann von ritterlichem Aussehn anzutreffen ist, mit gestählten Muskeln – ist es sicher ein Abnormaler, also wieder kein Mann.

Plötzlich leuchtet ihr ein: Das Weib zieht die geheimen Hosen an. Deshalb. Es wird Halbnatur. Es versteht nicht mehr Mutter zu sein. Sie sehnt sich nach Mutterschaft. Die göttliche Schwangerschaft ist eine Erinnerung an Nietzsche. Sehnsüchtig stellt sie sich die entarteten Weiber vor, an deren körperlichen Schönheit das «Saugen zerrt». Sie möchte es gerne.

Später kehren diese zwei Worte in einem andern Zusammenhang wieder, wo sie keiner versteht. Hilflosigkeit des Ausdrucks.

Mannweiber und Weibmänner   p. 5. 10

C – 31/7

Clarissens Gedankenwelt im Wahnsinn 5

Jede reine Farbe hat ihr eigenes Symbol.

Rot – das Teuflische.

Schwarz – der Teufel selbst. Wenn sie sich für besessen halten erschrecken sie als vor ihrem eigenen Angesicht.

Grün – Erwartung der Erlösung.

Weiß erscheint schmutzig, existiert nicht, oder bedeutet Erhebung ins Himmelreich.

An Blau glaubt sie nicht.

Formsinn überempfindlich. Jedes Baumblatt hat ein eigenes Gesicht.
Sie formen aus Fleischresten, Brot, Kot Symbole.
Clarisse kleine Buddhafiguren.
Sie erkennt, warum Lionardo u.a. für besessen galten.

Sie werden durch geheime Naturvorgänge aufs engste verbunden.
Sie lesen in den Sternen das Schicksal. «Nachtgesicht» nennt es C.
Auch Astronomie treiben. Daß alle diese Gebilde eine mathematische
Einheit bilden, spielt in ihren Gedanken eine Rolle. (Immer verstricken
sie sich, wenn sie in die böse Realität geraten.) Sie fühlt, man muß ein
Narr gewesen sein, um Narren zu verstehn. Mit Verstand sind die
Geistesumnachteten nicht zu heilen. Wie symbolisch übrigens: um-
nachtet.

Das Altertum wurde rot gefärbt durch die *Sünde der Blutschande.*
Das Mittelalter war schwarz.
Die Neuzeit blau durch die *Sünde der Freundschaft.*
Rot u blau gäbe ein feines Violett die hohe Freundschaft des Weibes
für den Mann.

Augen: Sie sieht so viele Augen. Sie hat so viele menschliche Erlebnisse. Sie erkennt: die Seele der Menschen spricht aus ihren Augen.

Blau	– Treue.	– Weiblichkeit.
Braun	– Untreue.	– Männlichkeit.
Grün	– Falschheit.	– Schlange.
Schwarz	– Teufel und Engel.	– Liebe.
Grau	– Kälte, Berechnung.	

Am interessantesten ist der Charakter von Mischaugen:

Blaugrün	– feminine Schlauheit.
Braungrün	– masculine Schlauheit.
Schwarzbraun	– teuflische Untreue.

Bei Männern wie Frauen kommen alle Abarten und Nuancen vor.
Wir finden Mannweiber und Männer mit weiblichem Einschlag. Eine
richtige Mischung kann im geeigneten Fall eine *Einheit* ergeben.

Einheit cf. S. 6.
Übermänner und Überweiber   p. 3.
Mannweiber und Weibmänner   p. 4.

Clarissens Gedankenwelt im Wahnsinn 6

Aus dem Kot formt sie Zahlen.

Aus dem Kot der Menschheit muß man ihre Zukunft erkennen können.

Sie findet: Gerad oder Ungerad ergibt immer wieder die Zahl 1.

$n + 1 - n = 1$ $\qquad\qquad$ $5 - 4 = 1$

$n + m + 1 - n = m + 1$, $m + 1 - m = 1$ $\qquad$ $6 + 7 - 6 = 7$, $7 - 6 = 1$

$\qquad\qquad\qquad\qquad\qquad\qquad\qquad\qquad$ $8 + 9 - 8 = 9$, $9 - 8 = 1$

Jede einfache Zahl ergibt in ihrer Multiplikation oder Addition eine mathem. zu berechnende Welteinheit.

zb. 91. Es ist $9 - 1 = 8$ eine der einfachen Zahlen 1 ... 9

od. 723 $\quad$ „ $\quad$ $7 + 2 + 3 = 12$, $12 - 3 = 9$, $9 - 2 = 7$

Sie schließt weiter: Die Veränderungen in der Geschichte der Menschheit wiederholen sich in den verschiedenen Zeitaltern durch dieselbe Anzahl Individuen.

I	III	I	III
zb. Judas	Christus	Kg. Ludwig	Nietzsche
II	**IV**	**II**	**IV**
Madonna	Johannes	Wagner	Kais. Elisabeth

Zieht man von Christus seinen Tod ab, so bleibt die Geburt III–I = II.
Zieht man die Geburt ab, so bleibt der Tod

Zieht man die weibl. Schlange ab (I) so bleibt die Freundschaft (II).
Zieht man II ab (die Abwendung Nietzsches) so bleibt der Tod (Ludwigs u. Nietzsches) usw.

Einheit und Augen: p. 5.

Aus der Einheit entstand die Mehrheit, um zur Einheit zurückzukehren. Gott formte aus der Rippe des Adam die Eva, aus der einzelligen Amöbe unser tausendzelliges Geschlecht.

Clarissens Gedankenwelt im Wahnsinn 7

Es gibt innere Sinnesorgane – fällt ihr ein.

5 d.h. 10 Sinnesorgane – Beispiel für ihren mißverständlichen Ausdruck.

Reminiszenz: Es gibt Menschen mit geistigem Gesichts- usw. Sinn.

Sie empfinden eine andere Realität. Eine Realität, welche den gesunden Geistern der Wissenschaft für immer verschlossen bleibt.

Die Tanzrhytmik der Urvöker ist eine ihnen allein verständliche Symbolik geheimer Zeichen, läßt auf eine mystische uns unbekannte Welt schließen.

C – 31/10

Clarissens Gedankenwelt im Wahnsinn 8

Das «schwarze» Problem.

Die *Blutschande* des *Altertums* wurde durch *Christus* – die Schande der *Homosexualität* durch Nietzsche gesühnt.

Trotzdem wurde die Sünde nicht aus der Welt getilgt, denn Liebe – auch in ihrer abnormsten Form – bringt niemals das Unheil zu Ende.

Warum hat Nietzsche sich Adler und Schlange als Gefährten erwählt?

Zu hohem Wissen brauchte er Schlauheit und List. Die Schlange ist der Verstand, das Wissen, das Vergehen am hlg. Geist, am Mysterium. (Selig sind die Armen im Geiste. «Wissen ist Torheit», ein Verbrechen an der Natur.)

C – 31/11

Clarissens Gedankenwelt im Wahnsinn 9

Das Böse scheint nicht nur durch menschliche Schwäche, sondern von allem Anfang an als zweite große Macht unser Erdental durchflutet zu haben. Der Teufel!

Im Bewußtsein der Geisteskranken spielt er noch heutzutage eine nicht geringe Rolle.

Der Teufel kann die Gestalt eines «Triton», einer weißen Teufelin (Venus), eines schwarzen Pudels, in unseren Tagen auch die eines «amerikanischen Adlers» annehmen.

Solidaritätsgefühl für Geisteskranke! Klassenkampf det Geisteskranken!

Clarissens Gedankenwelt im Wahnsinn   10

Nach einem Beisammensein mit Walther:
Was für eine Fülle von Liebe, Opferfreudigkeit, Seelengleichheit.
Und doch versteht mancher Fremde die inneren Regungen besser, ist
treuer zugetan in den Tagen des Leidens.
Solange man hilfreich, schön und heiter: all right.
Doch sucht man psychisches Verständnis .. ?!
Ja – wenn man gesund und den Bedürfnissen des andern entspricht!
Doch lebt man nach seinen eigenen Gesetzen, und sucht nach Ver-
ständnis, beißt man in einen hohlen, hohlen Kern. Nicht glaub ich
mehr an Freundschaft und an Liebe, nur an mich selbst glaub ich.
Ehe: für mich das Entsetzen aller Institutionen. Unfreiheit, Aufgeben
der starken Individualität: ich bin für die Ehe nicht geschaffen.
Ja – gäbe es Männer! Männer – mit der geistigen Peitsche in der
Hand. Wie sagt doch Nietzsche?!
Aber Memmen sind alle Männer! Schwächliche, Feiglinge, die die
unendlich feine weibliche Psyche nicht zu entfalten wissen.

Mär ner cf. 4,5.

Eigentlich ist sie eine Frauenrechtlerin. So kann man sie karrikieren.
Und nur und gerade der Wahnsinn, das «Leiden», hebt sie darüber
hinaus.

C – 33/34

(Nach AN. 336.)

Nachdem AN. 243 geschehen ist und Anders abreiste, kehrt er zurück
und zeigt sich nicht bei Walther und Clarisse. Da wird er eines Morgens
dringend ans Telefon gerufen: Walther. Er müsse hinkommen. Clarisse sei ganz verstört. Walther wisse nicht, was es zwischen ihnen
gegeben habe, aber es sei kalter Eigensinn, daß er sich deshalb gar
nicht mehr um sie kümmere.
Anders eilt hin.
Er findet Clarisse in einer sogleich auffallenden, eigenartigen hysterischen Aufregung. Sie hat beim Frühstück die Zeitung gelesen, berichtet Walther, und es stand wahrhaftig gar nichts besonderes darin,
ein Zugszusammenstoß mit einigen Toten, nun ja, dann eine
Typhusepidemie und der Untergang einer Plätte am Wörthersee, wo-

bei 2 Menschen ertrunken sind. Aber sie sieht alles förmlich vor sich und spürt es an sich. Es ist nicht mit ihr zu reden.

Clarisse sah Anders sonderbar an, als sie ihn erkannte; sie erkannte ihn nicht gleich. Sie schien genau zu wissen, daß er kommen mußte. Anders hatte sogar den unangenehmen Verdacht, daß sie es darauf angelegt gehabt hatte; sie schien ihn zumindest nicht nur zu erkennen, sondern ihr ganzer Ausdruck war tief ausgehöhlt wie eine Schale, in die seine Anwesenheit genau wie eine Kugel hineinpaßte. Und doch schien etwas sie zu behindern, sein Vorihrstehn anzuerkennen.

Endlich lächelte Clarisse und reichte ihm die Hand. So gibt ein kranker Hund die Pfote. Als hätte sie etwas angestellt.

«Dich hat Walther gerufen? Er übertreibt. Ich weiß nicht, was mir ist. Ich habe das ganz ruhig gelesen...» Sie begann tief und aufgeregt zu atmen, in ihre Augen kam etwas hilfloses. Walther trat zu ihr, legte ihr den Arm um die Schulter und zog sie beruhigend an sich. Sie machte sich frei. «Aber hast Du das nie bemerkt?! 60 Menschen werden tot gemeldet, es sind fürchterliche Unglücke geschehn. Für 7 Menschen wird um kleine Unterstützungen gebeten, weil sie sich in den entsetzlichsten Umständen befinden. Ich habe Walther gebeten, auf die Redaktionen zu gehn, er will nicht.»

Anders wollte eine Antwort geben und begriff blitzschnell, daß sie falsch war. Er sagte bloß: «Was geht Dich das an?»

Der grobe Angriff brachte Clarisses Aufregung zum Stehn.

«Kannst Du helfen?»

«Aber ich kann es nicht lesen!»

«Dann hilf. Aber wie willst Du es machen? Das Unglück, von dem die Welt voll ist, entzieht sich jedem Zugriff von uns aus, die wir irgendwo in der Menge stehn und nicht an den Hebeln.»

«Aber verstehst Du nicht, daß man das täglich liest, ohne hinzustürzen, .. jedes Zeitungsblatt legt Dir einen Berg von Leid auf und Du spürst nicht mehr, als ob sich Dir eine Fliege auf die Stirn setzen würde. Das ist eine Degeneration. Deine Haut vermag nichts mehr zu erkennen.»

«Schreib eine Broschüre darüber. Das ist das einzige, was wir tun können.»

«Ihr versteht mich nicht.» Sie begann zu lesen. «Der Tourist, welcher, wie wir gemeldet haben, am Sonntag auf der Rax abgestürzt ist, ist der 31 jährige Privatbeamte Max Prevenhuber» «Kannst Du das überhaupt verstehn? Jedes Wort ist voll Verantwortung. Sonntag. Abgestürzt. Max Prevenhuber? Kannst Du folgen? Begreifst Du? Werde ich verrückt? Oder seid Ihr Gewohnheitsmenschen?»

«Clarisse, Du hättest mich nicht deshalb herrufen sollen, ich habe heute sehr viel zu tun. Du hättest mich lieber überhaupt einladen sollen, wieder zu Euch zu kommen. Wir sprechen noch darüber; für heute versprichst Du mir nicht mehr daran zu denken, das gehört jetzt gerade so gut mir wie Dir?»

Anders feste Gleichgültigkeit hatte ihren Eindruck nicht verfehlt. Clarisse war eingeschüchtert und was sich vielleicht etwas selbstgefällig breit gemacht hatte, zog sie ein, in einen Punkt zusammen, hinter den Augen, aber der Punkt blieb da.

Anders wußte, als er ging, daß sie nicht nachgegeben hatte. Er fuhr ein Stück des Wegs gemeinsam mit Walther.

«Sie war schon einmal so», sagte Walther. Anders wußte es. England.

«Du solltest aber doch einen Arzt fragen».

«Sie will nicht, aber ich werde es tun.»

«Diese Nerven können zuweilen unvernünftig werden wie Tiere; sie hat es von der Familie.»

Als er allein war, schüttelte sich Anders; Clarisse hatte ihn abgestoßen. Er hatte schließlich doch von sich Interesse für sie verlangt; aber eine physiologische Störung ist so gleichgütig wie eine Mauer. Man fühlt sich unangenehm ohnmächtig.

«Hysterie», sagte er sich. Aber er spürte irgendwo ein Gewissen. Eine halbgetane Sache. Aber zu schwach, um danach zu handeln.

Er vergaß sogar, sich in den nächsten Tagen nach Clarissens Befinden zu erkundigen.

C – 35

Voluntar.

Walther hat ihr in der Klagesepisode Nietzsches Werke geschenkt, die sie aber schon kannte. Sie hat eine der größten Freuden. In den Gesprächen sagt sie zu Anders: In den Spuren seines Leidens wandeln, Nachfolge Nietzsches, das müßte herrlich sein! Es ist das Voluntaristische, das Nachtun, das ihm fremd ist und später in Italien eine Rolle spielt.

Er nimmt – einigermaßen jugendlich – den Kampf gegen Nietzsche auf.

C – 36   AN 243

? Im C. sind selbst Narren normal ?

Das Voluntaristische: Man treibt dahin, so leise Seite an Seite, und plötzlich faßt dieses kleine Wesen ein unaufhaltsamer Wille und es reißt einen, den soviel Bewußteren, mit sich hinein und es geschieht etwas, nach dem die ganze Welt plötzlich wie in Scherben geschlagen daliegt.

Clarisse, Agathe, – es sind eigentlich immer die Frauen, die den Willensmenschen Anders so treiben.

Erzählen, wie dann so eine Verführung zustande kommt. Das Dienstmädchen hat Ausgang. Walther wird plötzlich in die Stadt gerufen. Achilles fühlt das Signal. Clarisse hat an das gleiche gedacht. Das wissen sie beide. Sie werden Klavier spielen. Clarisse beginnt. Achilles winkt vom Fenster Walther nach. C. bricht plötzlich ab, kommt ans Fenster, W. ist nicht mehr zu sehn. Sie spielt weiter. A. sieht zum Fenster hinaus. C. hört wieder zu spielen auf, läuft ins Vorzimmer, er hört wie sie die Kette vorlegt. Er kehrt sich um, schweigt, schwankt. Sie spielt weiter. Er geht zu ihr, legt ihr die Hand auf die Schulter, sie stößt sie mit der Schulter weg; Schuft sagt sie spielt. Sonderbar. Will sie vom Stuhl heruntergerissen werden? Nein: Opfer spüren. Er fühlt sich dadurch beengt. Geht ins Zimmer hinein. Sucht nach G-legenheiten. Bevor er etwas weiß, sagt er: Clarisse! Das hat sich gepackt aus der Brust gelöst. Oder er gurgelte. Sie steht folgsam auf und ist bei ihm. Seine Beine tragen nicht ihn, er wirft sich ins Sofa. In diesem Augenblick wirft sie sich auf seinen Schoß, ihre Armeidechsen schlingen sich um seinen Kopf und Hals. Sie zieht an ihren Armen ohne sie lösen zu können. Sie hat Thränen in den Augen. Heiße Luft fährt aus ihrem Mund und brennt ihm unverständliche Worte ins Gesicht. Da zerbricht alles, was ihn gehalten hat. Er sagt auch etwas, das sinnlos ist. «Walther verdient dich nicht!»; es paßt gar nicht, ist albern, aber vor seinen Augen schwanken die Adern wie ein Gitter, ihre Seelen gehen wie die Stiere aufeinander los und sie empfinden es beide wie eine Entscheidung von ungeheurer ethischer Größe. Nun hält weder Achilles noch Clarisse mehr ihre Worte, ihr Gesicht, ihre Hände. Die Gesichter pressen sich, feucht von Tränen und Schweiß nur noch als Fleisch aneinander, alle Worte, die einzuholen sind, überstürzen sich, als würde man den Inhalt von zwei Jahren Ehe verkehrt ausschütten, die lasziven abgehärteten Worte, die erst spät kommen, unvermittelt, fast sinnlos und unbegreiflich zuvorderst. Sie sind aufgestanden, alles ist so schlüpfrig, daß das Ineinandergleiten keinen Laut mehr gibt.

Clarisse reißt ihren Hut vom Nagel, stürmt fort; er mit ihr. Wortlos. Wohin führt sie? Zum Unterschied von den nachher gebrochenen Frauen wird sie post C. böse, fühlt sich erniedrigt.

Tiergarten, Rokkokolusthaus. Dort noch einmal. Jetzt mit Worten u Geständnissen. In denen schon die späteren Visionen sind. Diesmal wird er danach ganz kalt u hart vor Reue. Läßt sie zurück, kümmert sich nicht, wie sie nachhaus kommt, läuft davon.

Als er heimkommt, findet er sie mit Walther. Sie ist böse auf ihn, aber sie gehören zusammen. Hinterdrein fällt ihm der Ausdruck ihrer Augen auf: rasend, verrückt.

Dann kommt es noch einmal so weit u. da reist er ab.

C – 37   AN 194

Die Entführung

Es war gegen 11 Uhr in einer kalten Märznacht, in der die Sterne wie durch einen Schleier von Frost zitterten, als er dem Telegraphenboten begegnete, der ihn kannte, stehen blieb und ihm ein Telegramm übergab. Beim Schein einer Laterne an einer langen gelben Mauer brach er es auf u las es. Es stand darinnen: Johannes auf der psychiatr. Klinik. Kommen Sie mir beizustehn Maria. Unter dem schweren weichen Pelz war er mit einemmal gelähmt vor Schicksal. Wie hochgezogene Augenbrauen spitz gewölbt stand der Himmel über ihm. Schweigsam, kalt, unverstehbar flimmerten die Sterne.

Er eilte aufgeregt nach Hause, weckte seine Wirtin u sagte ihr das Zimmer auf. Er ließ seine Koffer holen und suchte im Kursbuch. Er hatte den Schirm von der Lampe genommen. Geöffnet lag das öde Mietszimmer um ihn. Während er packt denkt er; hat er Angst. Johannes sein einziger Freund. Ein junger erfolgreicher Gelehrter. Allerdings also müßten auch die Gelehrten Angst haben – – Aber mit ihm hatte er gerade das etwas Anrüchige, das nicht von der Allgemeinheit Tolerierte gemeinsam, die Neigungen, die nicht für den offiziellen Professor passen.

Am Morgen reist er nicht hin sondern depeschiert aufs Land zu Gustl. Dort mietet er sich in der Nachbarschaft des Gutes im Dorf ein. Der Winter ist aufgebrochen. Die Wege sind kotig

C – 38   AN 18

Der fascinirende Moment. Fast alle kennen ihn. Der physische Eindruck eines Mannes wächst, erscheint größer, verwirrender, betörend. Eine Begeisterung für ihn, eine Hingabe ergreift einen. Ein kindliches Handfaßgefühl. Nach Kindlichkeit u Erotik zielen diese Erscheinungen. Selbst manchmal beim Lesen eines Buches. Hängen sie mit Erotik zusammen? Gewiß nicht nur mit einem kindlichen sich klein u. geführt fühlen. Eine Homo-Erotik (denn Sexualität spielt nicht mit). Daß der Zustand pathologisch, zeigt sich in der Einengung der Urteilsfähigkeit an, bzw. im Handeln wie der die gefühlte

Einem andern wehtun um die Wehmut der Grenze zu fühlen, die nicht zu ihm hinüberläßt.

Personen nach ihrem Weltgefühl unterscheiden. Dem einen ist alles voll, alle Dinge stehen eng gedrängt in der Welt, ein Strom der Beziehung fließt von jedem zu jedem. Einem andern ist das Leben etwas gewaltig Leeres, mit etwas undeutlich Fließendem, das sich bloß da u dort zusammenschließt. Ohne Zentralgefühl   Mornas zu Maria

    Zwei Menschen haben manchmal ein Gefühl von der Welt, ein kaltes, weites, taghelles Alleinsein

W. begreift die kranke Cl. so gut u wird ihr untreu.

W. «versteht» Cl so gut   C 23: Stärkste Möglichkeit zu empfinden.

Ein Mensch kommt in eine neue Gesellschaft. Sieht daß seine Frau od. sein Mann diesen Menschen gegenüber inferior ist. Liebt einen von diesen Menschen mit Bewunderung, Fascination (seine Erscheinung strahlt in einem Laubgang) aber bei dieser Doppelliebe nimmt seine erste (durch die Unbegreiflichkeit des Zueinandergehörens) einen mystischen Ton an [Wozu wohl Anhaltspunkte in dem andern Menschen doch vorhanden sein müssen].

Von einem Menschen erzählen, dem keins seiner Gefühle, keiner seiner Gedanken genügt, weil er die idée fixe der Möglichkeit (für ihn) einer ganz anderen Kategorie von Gedanken u Gefühlen hat.

    Der Rabe könnte sich erklären. Das Schöne an der Untreue ist: man gerät mit einem Menschen zusammen, der einen gar nicht versteht, bei dem das Imponderable sozusagen unter den Tisch fällt od. gar unmerklich verstellt wird. Und der einen beherrscht. Dem man sich unterordnet, also lernt man, daß man auf sich verzichten kann. Diesen feinsten Teil seiner selbst fühlt man in der Untreue aktualisiert.

    Promiscue sich hingeben oder 1000 Geliebte haben um sich im Verhältnis zur Welt zu empfinden.

Ich habe keine Lust gehabt die Menschen in eine wirklich vorgestellte Umgebung zu setzen. Warum?

Mit dem arbeiten worüber man frei verfügt.

    Nicht Stimmungen schildern zb. wie auf der Reise, Blitzendes u Glitzerndes usw sondern Gegenstände scheinbar beschreiben, deren Eigenschaften durch die Stimmung ausgewählt sind

Venedig oder dalmatinischer Ort, bevor sie auf die Insel gehn:

Ein Salon wie bei Lavigne in Rom. Gläserne Luster, Spiegel mit Glasrahmen udgl.

In dieser schönen, verwackelten, zahnlückigen, verrückten Stadt, die manchmal wieder zu gerade mit viel zu vielen Fenstern dasteht.

C – 41   AN 185

Das Bezeichnende an dem Erlebnis mit Alice so suchen: Neue psychologische Untersuchungen über die Labilität des Erkennens – event. Achilles als daran beteiligt darstellen. Anteil zentraler Faktoren. Das ist ein Wiederaufleben mittelalterlicher Seelenzustände in neuer Fassung. Geräusche der Nacht, ein Mensch fürchtet sich, plötzlich steckt er den andern an, es schießt etwas panikartig auf. Man versteht die Geräusche nicht, lokalisiert falsch. Man muß alle Vernunftverankerungen aufbieten um zu widerstehen. Das Mittelalter glaubt so an Gespenster; später übersah man die Erscheinungen; jetzt erlebt man eine seltsame Weltanschauung. – Etwas davon kann schon in einer Nacht während des Verkehrs mit dem Delinquenten stecken. – Oder Schneesturm, wie man in abnormale Verhältnisse kommt, entstehen Illusionen udgl.

Die Geisteskranken erscheinen ihm bloß wie am Rand angesiedelte Wesen.

Vgl. Synthese Seele – Ratio 2

Synthese Seele – Ratio 2.)   B 193

Zwischen der ersten und zweiten Phase liegt die Affaire mit Clarisse. Die Analogie zwischen Doppeltsehen und Vereinigung des Weltbilds ist schon von, oder auch von Clarisse angeregt worden; Apperzeptortheorie u. ä. (Unfestheit der Wahrnehmung AN 180, 185)

C – 42   AN 180

Halluzinationen, Unfestheit des Weltbilds udgl. Bei der Wahrnehmung tritt zu den eigentlichen Sinnesinhalten eine Auslese u Erweiterung zentral hinzu.

Man beachtet nicht die verschiedenen Schattierungen u. Tönungen eines Kleides, man begnügt sich damit «denselben» Stoff zu sehn. Ebenso sind unwahrgenommene Doppelbilder im Gesichtsfeld, Nachbilder, subjektive Gesichtserscheinungen. Das Ohr überhört Geräusche des eigenen Körpers, die Haut, Gelenke, Muskeln, das Vestibularorgan wird durch Bewegungen gereizt. Organempfindungen auch.

Erweiterung. Wenn ich auf die Straße blicke, sehe ich, ob es warm oder kalt ist; ich sehe, daß Menschen lustig, traurig, gesund, kränklich sind. Ich sehe, ob ein Hut ein harter oder ein weicher ist. Der Geschmack an einer Frucht sitzt manchmal schon in den Fingerspitzen. Selbst normaliter kann man schwer Sinnesinhalt u. Zutat unterscheiden.

Wenn man etwas verkehrt ansieht zb. in der Kamera bemerkt man übersehene Dinge. Ein Hin u Herschwanken von Bäumen u Sträuchern oder Köpfen, das man sonst übersieht. Man ist erstaunt über die fortwährende Unruhe der Dinge. Der hüpfende Charakter des menschlichen Ganges kommt einem zu Bewußtsein.

Clarisse: Ein Förster sieht bei einem Waldspaziergang anderes als ein Botaniker oder ein Mörder. Cl. kommt durch Nietzsche u.a. auf die Idee sich nichts entgehen zu lassen, alles vereinigen zu wollen. Zu sehen wie ein Künstler erhöht ihr sthenisches Gefühl u sie sieht jetzt mit allen Sinnen. Allmählig übergeht das in Halluzinationen u. andrerseits in eine Erkenntnis von der ungeheuren Unsicherheit des Weltbilds, die auch auf Achilles Eindruck macht.

Bei ihr entsteht durch solche Übergänge die Manie.

Vgl. Synthese Seele – Ratio 2)

C – 43   AN 177

Das Leben entzieht der Natur Kräfte auf Nimmerwiederkehr indem sie sie in einen Zustand «Bewußtsein» verwandelt, aus dem es keine Rückwandlung gibt. Das Bewußtsein stört beständig das Kraftsystem der Natur im Gleichgewicht, seine Existenz ist die Ursache der Existenz der Bewegung.

C – 44   AN 198

Das geologisch, paläontologisch Phantastische der Carbonperioden wird in der Jetztzeit als Psychisches wieder frei durch die Ausbeutung der damaligen Energie
Entdeckung Clarissens.

Délire à deux: Es handelt sich um zwei Menschen, von denen der eine irr ist und der andre prädisponiert zum Irresein. Der erste hat gewöhnlich einige Begabung, der zweite wenig Intelligenz. Durch ständigen Kontakt, indem er beständig den Stoß wirrer und regelloser Ideen empfängt, gelangt er dahin wie sein Gefährte zu handeln und allmählig stellt sich der gleiche Wahnsinn bei ihm ein. Zwischen den beiden Unglücklichen entsteht ein Abhängigkeitsverhältnis, der eine ist das Echo des andren:

Der Stoß wirrer und regelloser Ideen – ist nicht nur für den Minderwertigen eine Gefahr. Siehe Genuß des Expressionismus und Lyrik überhaupt.

Im Verkehr mit Clarisse in Italien fühlt sich Achilles oft wie ein Luftballon, der im nächsten Augenblick losgelassen werden kann. Er durchlebt das Wesentliche des Expressionismus. Er, der Exakte, macht solche Gedichte. Die Lyrik war damals noch nicht so weit.

Glück ist überhaupt Wahnsinn, das Nicht-Mitteilbare!

Man ritzt an der Stelle, wo man sich gerade befand, ein Zeichen in einen Stein, das ist mehr Kunst als die größte.

In unseren Gedichten ist zuviel Reflexion, Stock und Seil wie für Blinde. Wenn man Gott sagt, müßte es in den Himmel fahren Dazu ist das Wort aber zu allgemein, es ist ein Begriff. Noch nicht Begriff geworden ist das Wortpaar, z.B. Gott grün.

Die syntaktische Bindung ist ebenfalls zu verarmt. Gott grün fährt wird entweder Gott, grün, fährt gelesen oder Gott fährt grün. Das ist zu vermeiden. z.B. Gott! grün!! fährt!!! Gott!!!! Gott. grün.. fährt... Gott.... Gott, grün fährt Gott!

Die Affinität zwischen Subjekt und Prädikat ist zu groß. Man könnte eine Assoziations-Valenz Poesie machen. Zwischen den Worten bestehen an und für sich Assoziationen, außerdem bestehen die syntaktischen. Um sie zu mindern, muß man die Wortassoz. stärker machen, etwa durch Wiederholung.

Gott fährt grün, Gott grün. Gott fährt grün grün.

Gott grün fährt Gott grün.

Gott grün fährt grün Gott.

Das ist aber schon Clarisse. Gottgrün ist mir erschienen. Abendrot – Clarisse!!

Schwalbe. Pfeil.

Fährt grün in Gott.

Steil steigende Albe leicht

Vergrünt in Gott.

Sie haben die ganze Insel voll solcher ausgelegter Zeichen.

Das Herausreißen aus Göthe usw. läßt sich begründen. Die Dichter haben diese Verbindungen gewißermaßen geraubt. Aber auch der Geist muß immer wieder zu Humus zerfallen, damit das Leben weitergeht. Sie entdecken damit die Respektlosigkeit der neuen Generation, von dieser Übereinstimmung überwältigt wie von einem geheimnisvollen Fund.

Geheilt wird Ach. von der Clarisse Episode durch das Zusammentreffen mit einem wirklichen Expressionisten.

Ach. sieht das Gesicht abends im Hotel. Es gibt nicht gar so viele Gesichter, die man als zugehörig erkennt. Man bestätigt sich das gegenseitige Erkannthaben, ist sofort ganz degoutiert u. will nichts mehr wissen.

C – 47

In Erschöpfungspsychose nach Fieber manchmal wochenlange Verwirrtheit. Ein Zusammensein von sexueller Erregung oder Stimmung mit Sinnestäuschung oder Wahn.

C – 49   AN 279

Notizen zum Roman u. Novelle

Clar: Erwachen zwischen Florenz u Rom

Kleine, wie aus grünem Werg locker gedrehte Bäumchen in der Ebene. Dann ein runder Hügel, mit runden Bäumen, Landschaftsformen viel häßlicher als in der Heimat, aber von einem fremden Marsch gespannt. Ihr ist, als müßte sie angestrengt eine kriegerische Melodie hören. Zwei Bäurinen gehen wie in einer obstbaumbepflanzten Pflugfurche zwischen zwei Feldern. Ein Hahn u. sieben Hennen laufen vor ihnen her, wie es Hündchen tun. Clarisse fühlt, daß man hier das Tier versteht. Dazu das 36stündige Rütteln des Zugs: sie ist erschüttert.

Städtchen, die auf einem Berg liegen wie ein flacher Haufen alter, abgegriffener, schmutziger Kupferstücke. Doch mit dem geheimnisvollen Feuer dieses Metalls

Städtchen wie aus einem graubraunen Lehmklotz herausgeschnitten durch Risse u. Spalten.

Städtchen mit starken Horizontal u. Vertikalstrichen.

Cl. hatte etwas ungeheuer Schönes erwartet u. ist etwas enttäuscht im Grunde nichts als die betriebsame kultivierte toskanische Landschaft zu finden. Erarbeiten muß man es, fühlt sie u reibt die Finger aneinander.

Dann aber steht irgend ein rundes verfallenes Kastell vor Wolken u. Himmel u. ihr Herz beginnt ein paar Minuten später heftig zu schlagen. Dörfer wie Burgen. Wie Basaltgebilde.

Die verdammte Gutmütigkeit der nordischen Landschaft hört hier auf. Ein altes dickes Weib hängt über den Bahnschranken mit der Wächterfahne. Rote Blumen, rote Kopftücher.

Der Abendhimmel bis hoch hinauf orange; schwarz und gefiedert davor die Bäume.

Der Luxus der hoch gelegten Gärten; auf 5–8 m hohe Mauern. Die riesigen Tore, die hohen Fenster selbst der Miethäuser.

Die Luft in der Via 20 settembre und im Ludovisiviertel ein wundervolles Gemisch aus Meer und Gebirge. Leicht, köstlich, stark.

Auf den ersten Blick gibt es in dieser Stadt kein Spießbürgertum. Alles ist voll Energie, Hast, Lärm. Die Automobile rasen durch die engen Gassen, die Radfahrer sind lebensgefährlich und fröhlich..

Clarisse fühlt zum erstenmal eine Stadt ihres Temperaments. In der Nacht kann sie nicht schlafen, weil die Leute Couplets singen, kreischen, Katzenmusik machen. Sie ist ganz elektrisiert davon u bekommt von der Septemberhitze Durchfall. Sie erzählt das Achilles. Es ist ein entzückender Zustand; man ist ganz entleert, leicht, befiedert. Matt erregt.

Sie ist betrübt, daß Nietzsche diese Stadt nicht liebte. Sie sucht das Haus auf, wo er wohnte. Sie kommt so zum erstenmal auf den Gedanken, daß sie eine eigene Mission hat. (Mit dem Norden beginnend die Welt zu erlösen; sie fährt dann nach Venedig) Dazu das Gefühl, daß hier die wundervollsten Schätze der Welt seien. Wirklich in die Museen zu gehn, wo dieser Eindruck auf reales Maß gesunken wäre, kommt sie nicht dazu, der Ausbruch treibt sie früher fort, so hat sie stets das phantastische Bewußtsein.

Sie fühlt wie ihr Leib unter ihr zusammenbricht. Der beständige Durchfall – an einem Zahn entsteht eine Lücke und beunruhigt sie beständig – auf ihrer einen Hand bildet sich eine kleine Warze – Gerade das treibt sie zu immer stärkeren geistigen Anspannungen, wie vor dem Ziel, wenn man nur mehr mit dem Willen die Beine trägt.

Clarisse: Ihre Sinnlichkeit ist manisch. Ihre Zähmung der Sinnlichkeit ist auch manisch. Walther lernt sie so gut verstehen in ihrem Kampf um geistigen und moralischen Wert, gehindert und beschwert durch die Krankheit, eine rührende und heilige Figur. In ihrem Kampf gegen die Trägheit des Seelischen, der er längst nachgegeben hat. Er wird wegen seiner Anhänglichkeit an Clarisse verspottet – von seiner Geliebten, von Achilles, der ihm die Roheit gegen Lona in der Anhänglichkeit an Clarisse nachweist.

Spät erst versteht ihn Achilles. Es ist einer seiner Fehler, daß er, der Schöpferische, alle Gelegenheiten zur kleinen Ethik verabsäumt. Ihm fehlt das, was Förster hat. Er weist nach, daß es dort falsch ist; aber damit ist doch das Positive verabsäumt.

Das junge Mädchen aus dem Diotimakreis heiratet Förster.

«Ich habe eine Frage für Dich allein, mein Bruder, wie ein Senkblei werfe ich diese Frage in Deine Seele, daß ich wisse, wie tief sie sei.

Du bist jung und wünschest Dir Kind und Ehe. Aber ich frage Dich: Bist Du ein Mensch, der ein Kind sich wünschen darf?

Bist Du der Siegreiche, der Selbstbezwinger, der Gebieter der Sinne, der Herr Deiner Tugenden? Also frage ich Dich.

Oder redet aus Deinem Wunsche das Tier und die Notdurft? Oder Vereinsamung? Oder Unfriede mit dir?

Ich will, daß dein Sieg und deine Freiheit sich nach einem Kinde sehnen. Lebendige Denkmäler sollst du bauen deinem Siege und deiner Befreiung. Über dich selbst sollst du hinausbauen. Aber erst mußt du mir selber gebaut sein, rechtwinklig an Leib und Seele!»

C – 51   AN 246

Ein moralisches Charakteristikum: Das Gefühl, daß man, wenn man für den Dritten überhaupt nur Weichheit aufbringt, ihm schon genug getan hat. So A. Herrn v. H. gegenüber, weil ihm der gute Erich, dem so hart u. plötzlich alles genommen wird, leid tut.

C – 52   AN 250

Motive

1. Ein schwächlicher Mensch, der einen Starken am Boden sieht, liebt ihn. Nicht weil er nun eine Macht hat, auch nicht weil der Be-

neidete nun ebenso schwach ist wie er, sondern sich in ihm liebend, er kommt an ihm zur Steigerung der Selbstliebe und quält ihn aus einer Art Masochismus heraus.

2. M. geht zu C. «absagen». Nach der hohen Spannung zwischen ihr und mir, die das bewirkte, fühlt sie plötzlich an Ort und Stelle des einst einen Reiz mich zu betrügen. Es geschieht und von da ab verteidigt sie geradezu fanatisch die Höhe ihrer Beziehung zu mir. Aber nicht aus Reue sondern aus Rechthaben. Ich «muß» ihr glauben, daß sie mich ganz rein liebt, sie sucht mich dazu zu zwingen.   *Ag.*

3. Ich kann mir wohl denken, daß ein «schwächlicher Egoist», der mit allem hin und her schiebt und arrangiert, in einem Fall, wo alles so ist, wie er will, von weicher Schönheit wird.

C – 53   AN 1

Durch Zufall sind, während ich schon an diese Arbeit dachte, drei Erinnerungen in meinem Bewußtsein zusammengestoßen. Daß die Sienesen? (Perugia?) im Jahre .. ein Bild der hlg. Jungfrau – so gut gefiel es ihnen – das sie bei ... bestellt hatten, um ihn zu ehren, in feierlicher Prozession in die Kirche trugen. Daß Dante .... sagt, welcher Brunnen heute noch auf der Piazza ... steht. Und daß Dante, von der Frömmigkeit des bald darauf heilig gesprochenen Franz v. Ass .. sagte: Wie ein strahlendes Gestirn .. stieg sie unter uns auf ....

Dieser F. v. A. war ein wohlhabender Sienenser Bürgerssohn, ein Tuchhändler und vordem ein fideler Bursche. Menschen von 1913, welche Kontakt mit der Wissenschaft haben, fühlen sich durch sein späteres Gehaben (nach der religiösen Erweckung) an gewisse manische Zustände erinnert und es läßt sich gar nicht leugnen, daß sie damit recht haben. Aber was 1913 zur Geisteskrankheit wird, kann 13 ... (zirkuläres Irresein, Hysterie, nicht natürlich anatomisch circumscripte Erkrankungen, sondern nur solche, die mit Gesundheit durchsetzt sind) eine bloße Exzentrizität gewesen sein. Gewisse Geisteskrankheiten sind (bzw. die Krankheitsbilder) nicht individuelle, sondern auch soziale Erscheinungen. Von der Hysterie hat es Freud wahrscheinlich gemacht. Den Rausch betrachtet man als eine akute Geistesstörung (seine Formen sind sozial variabel) Und die noch wenig erforschte Psychologie von Massenzuständen liefert jetzt schon Bilder welche sich mit solchen von Krankheiten teilweise decken. Es gab bekanntlich Zeiten, wo man den Wahnsinnigen scheu verehrte. Es ist nicht ausgeschlossen, daß das, was heute bloß zur inneren Destruktion wird (nicht nur erscheint) einstens (sozial u. individuell) konstruktiven Wert hatte. / wieder haben wird /

Vielleicht haben die Absonderlichkeiten des hlg. Fr. später auch Dantes Urteil geändert (u. vielleicht nahmen es die Dichter auch damals mit der Überzeugung nicht so genau, wenn es einen Vers galt – obwohl D. den Eindruck macht, daß er die Worte lange zurückhielt, bevor er sie aussprach): das Entscheidende ist, daß damals ein Mensch – den wir heute mit gutem Gewissen in ein Sanatorium stecken würden – leben, lehren u. führen konnte. Daß die besten Zeitgenossen ihn als eine Ehre u Erleuchtung empfanden. Daß das, was heute nur noch in einem Gebirgsdorf möglich ist (u. dementsprechend anders ausfällt) damals in einem Zentrum der Kultur sich ereignen konnte. – Es weist auf die Depossedierung des religiösen Erlebnisses.

Es ist mir das Interessanteste, mir vorzustellen, wie das damals aussah. Die Zeit war nicht sehr intellektuell. Sie prüfte nicht. Sie glaubte wie ein gutes Kind (ohne viele Erregung). Und die Religion hing mit dem Lokalpatriotismus zusammen. Nicht der einzelne Sienenser kam in den Himmel, sondern die Stadt Siena würde einmal als Ganzes dorthin versetzt werden. Denn man liebte den Himmel durch die Stadt durch. Eigenbrödler gab es selten; das Ganze war eine gemeinsame Angelegenheit. Man war stolz auf die Stadt. Es war kein tiefes sondern ein moussierendes Erlebnis. – Der Himmel gehört uns – fühlte man beruhigt; die Priester waren eine Art Beamter, sie erschienen nicht als die religiöseren Menschen. – Gott ist immer in allen Religionen etwas weit, etwas unsicher. Aber der Glaube, daß Gottes Sohn zu Besuch gekommen war, daß man die Aufzeichnungen derer noch hatte, die ihn mit eigenen Augen sahen, gab eine ungeheure Lebendigkeit, Nähe und beruhigende Sicherheit des Erlebnisses. – Wenn nun einer mitten unter uns von Gott gestreift wird, wie der Signor Francesco ... ist das ganz gut möglich, eine neue Beruhigung (u keine Aufregung, denn es entstand keine Epidemie, was unweigerlich hätte geschehn müssen, wenn die Grundstimmung nicht behaglich gewesen wäre) es stört nicht die bürgerliche Heiterkeit u. das Tiefe des Erlebnisses zu erfassen, bleibt den wenigen Menschen überlassen, die von geistigen Erscheinungen tief berührt werden und die dh. zum religiösen Erlebnis ein ähnliches Verhältnis hatten, wie wir zu philosophischen oder gesellschaftlichen Problemen oder zu seelischen Anomalien, zu vermeintlichen Immoralitäten udgl. Durch diese Umstände kam der geistige Reichtum in das religiöse Erlebnis u. vielleicht auch seine einfache legitime Sicherheit.

Es ist der gleiche Gedanke, der später der Reformation zugrundelag (nur ohne die Heiterkeit, den Schmucksinn, die weiten Ausblicke kleiner italienischer Städte) Andere Einflüsse kamen auf andren Wegen in die Religion, ich maße mir nicht an die Riesengeschichte dieser Gefühle zu kennen, aber eines läßt sich mit Sicherheit sagen: Weil alle glaubten, glaubten einige anders. So, nicht direkt, blieb die Religion durch den Glauben lebendig solange alle glaubten. Denn in Summa fließen mehr Kräfte aus der Opposition als aus der Zustimmung.

Heute: Das religiöse Erlebnis hat seinen sozialen Charakter ganz eingebüßt. Es ist nicht mehr Handlung einer Gemeinde, sondern Einzelner Darum und weil es – wenn auch als Opposition – in einer intellekt. Zeit sich abspielt, wird es philosophisch. Welchen Sinn hat es noch, wenn es nicht ein Sym-pathiezustand ist?

Merkwürdiger Vorgang: Depossedierung der Literatur. Bedürfnisse, die früher dort befriedigt wurden gehen zur Religion über. Merkwürdigkeit, daß gerade diese Leute eine schlechte Literatur noch am ehesten lieben.

Priester — Offizierskorps Gottes.

Kunst u Religion hingen zusammen. Als die Religion unmöglich wurde, hatte die Kunst die Führung übernehmen müssen. (oder ein ähnliches) Welche Kunst? S. Notizen zu Drama. Uneinheitlich-dämmernde Reaktion usw. usw. Die Umbildung des relig. Erlebnisses blieb aus.

Dh. $\Big\langle$ Albernheiten in der Kunst zb Werfel
Philosophismus wie bei Eucken

C – 54   AN 40

Clarisse ist auf der Beobachtungsabteilung mit einem Brandstifter, einem Mörder und einem Lustmörder zusammen. Erhält ganz starke Eindrücke von ihnen. Bleibt später in Fühlung mit ihnen. Und Achilles schließt mit dieser Gesellschaft Freundschaft, trifft sich zeitweilig.

C – 56

Clarisse sah den «Griechen» bei Lahmann. Sie zeigte ihn Walther.

Als Walther nach Dresden kam, war sie zum erstenmal in ihrer Ehe körperlich sinnlich. Unersättlich. Walther verletzte sich gleich in der ersten Nacht und konnte sie nicht befriedigen; so brutal: konnte sie nicht befriedigen. Sie war damals durch die Mastkur überreizt, sexuell; Walther aber durch seine Verletzung gehindert. Nach seiner

Abreise hört sie im Vorbeigehn, wie der Grieche einer Dame sagte: ein Mensch, der soviel gereist ist, vermag überhaupt nicht eine Frau zu lieben. Am gleichen Abend schreibt sie ihm einen Brief. Ungefähr so: ich bin die einzige Frau, die Sie lieben werden.

Am nächsten Tag bringt er ihr den Brief zurück.

Sie macht ihm sofort einen Antrag und wird aggressiv. Er weist sie ab. Sie hat von ihm das Gefühl einer ungeheuren Reinheit. Aber auch von dem Unanständigen, das sie tut, hat sie das Gefühl sehr reiner Handlungen. (Das Nietzschesche Nur sich folgen kommt auf die Spitze.)

Der Grieche sagt ihr daß er homosexuell sei. Stoß, Stauung. Auf einer Fahrt nach Dresden ins Theater zeigt er ihr den Schutzmann, mit dem er ein Verhältnis haben will. Durch dieses Hindernis setzt sich die sex. Spannung in Phantasie um. Trotzdem läßt sie auch mit den sinnlichen Versuchen nicht ab.

Der Grieche läßt alles mit sich geschehn, er ist ein weiblicher Typus. Nur einmal sagt er in drei Sprachen cette femme est folle – leise unaufhörlich. Dann wiederholt sich das, so oft sie sich ihm nähert.

Sie glaubt sofort an ihrem Körper zwitterhafte Eigentümlichkeiten zu bemerken, bezeichnet sich in Gedichten als Hermaphrodit, fühlt, daß sie und dieser Mensch eine «göttliche Liebeskonstellation» geben. «Von lichten Göttern stamme ich ab..»

Sie machen Wagenfahrten, auf denen sich C. an ihm vergreift. Er hat Angst vor dem Kutscher. Ein Gewitter überrascht sie. «Thessalische Hexe dünkt ich mich..» Der arme Tierkörper zittert elektrisiert.

Sie will mit ihm abreisen; nach Berlin, der Stadt der größten Energien. Sie verschafft Geld. Er sucht Ausflüchte. Schließlich erklärt er ihr, daß er nicht will er habe den Besuch eines Geliebten empfangen. Reist ab, angeblich nach München.

Szene – vor der Tür.
Hier Faszination C – 38
Ruft ihr zu: Arzt:
Nun: alle gegen sie. Heilen = zerstören usw.

C – 57

Sie reist auf der vermeintlichen Spur des Griechen nach Venedig.

Dort ungeheure Spannungsgefühle. Sie fühlt sich groß, schwebend. Verteilt ihr Geld, ihren Schmuck an die Gondelführer. Will am Markusplatz eine Rede halten. Fällt aber vorher auf und wird ins Hospital gebracht.

Clarisse wollte nach Griechenland, via Venedig – Triest. In Venedig führt sie das gleiche Leben wie in München. Nur bemalt sie die Wände ihres Zimmers; hat dabei das Gefühl: in hundert Jahren werden die Menschen vor diesen Zeichnungen und Aufschriften stehn.

Löst ein Schiffsbillet. Nimmt ihre Bettdecke und ein zu einem Turban gedrehtes Tuch mit an Bord, als ihre kaiserliche Ausstattung. Ihre Zimmerwärterin lockt sie mit der Fiktion eines Telegramms zurück, eigentlich hat sie nicht mehr die Kraft zu der Reise. Nun kommt die Gondelfahrt.

Das Hospital, in das sie gebracht wird, liegt beim Colleone. Es holte sie ein Herr zu einer Gondelfahrt aus der Pension ab. Sie hatte in der Gondel das Gefühl, daß er sich vor ihr scheue. (Das war in einem lichteren Moment und blieb darum auch später von ihr geglaubt.) Sie fixierte ihn.

Bei der Kirche sagte er: Wollen wir nicht, bevor wir weiterfahren, hier hineingehen, es ist etwas Schönes zu sehn.

Sie verteilt ihren Schmuck an die Wärterinnen, die ihn nehmen. Man schnallte sie am Bett fest; sie weinte; die Wärterinnen sagten: poveretto!

Da ein Mensch, der sich auf Hlg. Wegen befindet, kein Geld bei sich haben darf – wenigstens wäre dies ein äußerlicher Widerspruch

Walther bittet telegrafisch Anders, Clarisse bis München zu bringen, wo er sie übernehmen wird. In München muß sie aber neuerdings interniert werden.

C – 58

Clarisse reist nach Wien zu Walther. Doch irgendwie Schutz suchen vor sich selbst bei ihm. Verbringt Tage mit ihm und Klages. Schickt aber lange Telegramme an den Griechen in das Hotel, wo er angeblich ist, die Walther später findet. Sie erzählt auch vieles.

Hat schon ein Gefühl ihrer Mission und Göttlichkeit. Walther und Klages erscheinen ihr nur wie zu ihrem Gebrauch da zu sein.

Walther sucht sie unter einem Vorwand zum Nervenarzt zu bringen. Am Abend im Gasthaus gibt sie vor auf die Toilette zu gehn, nimmt einen Wagen und fährt zur Bahn.

Nimmt ein Schlafcoupée. Sagt sofort dem Schlafwagenschaffner: hier müssen drei Herren sein, sehen Sie nach, ich muß sie unbedingt sprechen! Alle stehen, wie ihr scheint, ganz unter dem starken persönlichen Einfluß, der von ihr ausgeht, und befolgen ihre Befehle. Auch die Kellner im Speisewagen. Der Schaffner müßte aber erklären, daß er den Griechen, A. und W. nicht gefunden habe

Im Spiegel erkennt sie sich nun mit klarem sinnlichen Eindruck bald als weiße Teufelin, bald als blutrote Madonna. Als sie am Morgen ausstieg, fuhr sie

In München wohnt sie luxuriös in den Vier Jahreszeiten, raucht den ganzen Tag, trinkt Cognak und schwarzen Kaffee und schreibt Briefe und Telegramme. Durch irgendetwas kommt sie zu der Annahme, daß der Grieche nach Venedig gereist sei.

Große Geschäftigkeit Stimmung wie bei Mob. – Mob. der Engel, des Geistes ...

Eilen Sie – sagte sie zu den roten Boys welche während des ganzen Tags für sie gallopierten.

C – 59

Als sie der Beamte der öffentlichen Sicherheit auffordert, die Kirche anzusehn, kommt ihr das wohl verdächtig vor. Aber diese Verdächtigkeit hatte sozusagen keine Valenz, sie kausierte nicht.

Mit Clarissens Augen gesehn, ist Wahnsinn bloß das Herausfallen aus der allgemeinen Kausierung. Nicht Unvernunft; man weiß auch, daß das jetzt verdächtig ist, aber man legt nicht Wert darauf. Störung in einer nebensächlichen, von den andern überschätzten Funktion. Krassester Unethizismus.

Eingeordnet in die kausale Beziehung ist dieser Mensch unvernüftig, was er tut und warum er es tut, ist krankhaft. Sie aber sehen die Gefilde. Heilen ist Zersören, zB. eine Melancholie durch Abführmittel.

C – 60

Walther läßt ihr bei Kräpelin sagen, daß er sich von ihr trennen lassen wird. Von da an ist sie ihm ergeben.

In München, als ihr ihre Situation aufdämmert, ist das erste der feste Entschluß, sobald als möglich aus der Klinik herauszukommen. So sehr, daß sie nicht genug auf das Unterscheidende ihres Zustandes achtet, um ihn später zu vermeiden; wenigstens leidet sie später unter dieser Vorstellung.

Auf Rat der Ärzte beschäftigt sie sich viel mit sich selbst und schreibt.

Es entgeht ihr nicht, daß und warum die Ärzte Wert darauf legen, sie mit W. wieder zusammenzubringen. Er soll sie wieder in das vernünftige Leben zurückziehen. Aber da er sich scheiden lassen will, nimmt das die Form der Ideen an, wonach sie für ihre Mission geopfert werden muß.

Sie kritisiert die Ärzte, sie legen einer Mitkranken sodomitische Äußerungen als noch akutes Symptom aus ohne zu bedenken, daß diese schon als Kind solche Eindrücke hatte.

Merkwürdig die ungeheuer gesteigerte Symbolik. Alles steht in Zusammenhängen, die Gesunde nicht sehen können.

C – 61

Bei Kräpelin läßt ihr Walther sagen, daß er sich trennen lassen will. Von da an ist sie ihm ergeben. Walther liebt Lilli, eine von zwei Schwestern. «Sie ist eben weiblich», so faßt er es zusammen. Er war im Sommer vierzehn Tage mit ihnen. Offizierstöchter, was ihm imponiert. An Heirat nicht zu denken. Er ist noch nicht sexuell. Aber er will sich trennen lassen. Als Clarisse nach Wien zurückkehrt – Anders ist vorausgefahren – entladet Walther seine Sinnlichkeit in Clarisse. Ungeheure Ernüchterungen; tierisch, fühlt er diese rasende Sinnlichkeit über einem geisteskranken Körper.

Sonst ist das Zusammenleben wie früher. Über die Krankheit wird gesprochen wie vom Schnupfen. Oder Walther behauptet, daß die moderne Malerei gegenüber der der Renaissance inferior sei und man belegt es mit Beispielen, die man erst jüngst gesehen hat. Über Klages wird gestritten. Walther schwärmt von Stifter, – das aber wohl nicht ganz ohne einen Unterton junger Erinnerungen und ohne die zumindest unbewußte Ausspielung dieser einfachen Größe gegen alles Kranke und Komplizierte.

Clarisse tut ihm sehr leid. Er weiß noch nicht, wie er sich ihr gegenüber verhalten soll. Wahrscheinlich bringt ihr nächster Anfall die Lösung. Jetzt hat er noch nicht den Mut, trotzdem ihn Lilli drängt. Er gesteht alles Clarisse. Mit dem Kopf in ihrem Schoß. Sie weint vor Mitfreude. Aber sie schämt sich. Sie fühlt zum erstenmal vielleicht ihre Insuffizienz. Am Tag trifft er Lilli, abends geht er nachhause u. verbringt den Abend mit Clarisse. Sie musizieren, alles ist ganz wie sonst, in ihrem Ton zueinander nicht die leiseste Änderung.

Clarisse erinnert sich nur ungefähr an ihre Zustände. Schließlich scheidet sie sich aus und geht in die Einsamkeit.

(Kopie eines Briefs v. Alice)
(Aus der spätern Zeit)

Eigentümliche Ideen durchkreuzen meinen Kopf! ...
Glaubt man an «Seelenwanderung» so wäre – z.B. – folgendes
möglich! Du wärst – in Deinem früheren Leben – Goethe gewesen –
und sein «Synonym» («Gustav») in seinen Briefen an Frau v. Stein – wäre
eine Vorausahnung seiner künftigen Existenz gewesen!...

In Dir sind – sagen wir! – alle seine Talente – in «verblaßtem» Zustand! – und Du führst – (Dir «unbewußt»!) – sein zweites oder auch
drittes Leben!

Gehen wir weiter!
Und sagen – z.B. – : ich wäre – in meinem früheren Leben – Frau
v. Stein gewesen – und Du hast mich nun – in dieser Existenz – als
Frau wiedergefunden! –
d.h. – es fehlt – zu seinem Verhältnisse zu Frau v. Stein – nur mehr
ihr Besitz – und dieser hat sich nun – in der späteren Existenz auf diese
Weise vollzogen! – – –

Aber wir wollen nicht ins «Absurde» laufen – und Du mußt mich
nur nicht mißverstehen! –
Es liegt unbedingt die «Möglichkeit» einer «Präexistenz» vor – und
«Seelenwanderung» im Sinne des Buddhismus ist nicht ausgeschlossen!

II

Mit solchen Problemen muß ich mich beschäftigen, – um die Zeit
todt zu schlagen! – – Denn rings um mich blüht es – und ich muß
meine besten «Lebens»Triebkräfte – auf künstlerische Weise – ersticken! – –
Oft bäumt sich mein Inneres – (wie im Bruder Martin im «Götz»!)
und ich möchte mich aufs Roß setzen – und wieder in die Welt
hinaus! – –
Lieber arbeiten – als hier – (unter «materiellen» Menschen) ersticken!
Aber – dann kommt wieder die Überlegung von unserer jetzigen
Zeit – (und meinem schon «abgeschiedenen» Aussehen!) – und wirft
mich zurück!

Ja – wenn das Kind nicht in Klagenfurt wäre – ich hielte es keine
Stunde mehr aus! –
So aber – wurzelt mich der «Schutzgeist» an die Stelle! . . .

Überdies spiele ich jetzt auch viel «Brahms» – (studiere die f moll
Clavier Sonate) und komme – langsam – auf den Geschmack; obwohl
mir «Beethoven» noch immer in allen Gliedern steckt.

III

Rousseaus «Emil» habe ich mir schon angeschafft – doch – bis jetzt –
nur hineingeblickt! – –

Wie wars zu Ostern?
Hast Du den Brief – mit «Speisezettel» – erhalten? – –

Von den plus 100 K habe ich mir einige Bücher (zum «Troste»)
gekauft.
Darunter die Briefe an Frau v. Stein.
(Reclam – ungebunden – über 30 Kr.)
– dann Klopstocks «Messias» – den «Koran» und von Spinoza eine
kl. Abhandlung!
(Auf irgend eine Weise muß man sich «ernähren».)
Es ist jetzt wirklich alles so enorm teuer – (insbes. Bücher) –; daß
man mit seinen Bedürfnissen sehr vorsichtig sein muß! – – – –
Überdies habe ich Dir – bei unserem nächsten «Beisammensein» –
etwas zu beichten → ; hoffe aber «Absolution» zu erhalten! – –

Ohne «Sünden» gehts schon einmal nicht – und ich bin ein zu
offener Charakter – um etwas – (länger als «nötig» –) zu verschweigen!
Habe aber keine Angst – es wird nicht so arg sein! –
Mit herzl. Gruß
Deine stets getreue
Frau v. Stein.

Erstens erregt sie ihn bei seinem Ehrgeiz und seinen mystischen
Neigungen.
Zweitens ist sie sehr rührend. – Wir wollen nicht ins Absurde laufen
– abgeschiedenes Aussehn – Dieses sich Plagen eines geisteskranken
Kopfes mit dem Materiellen Und wie sie immer die geistige Freundin
ist gegenüber Lona, die nicht zum Lesen kommt.
Die wieder sagt: Das alles schreibt sie nur um Gustl bei nächster
Gelegenheit Geld abzuknöpfen.

26. I. 21.

Seit 23/12. ist von Dir keine Nachricht eingelangt!

Solche «Stillstände» regen mich so auf, daß ich es nicht sagen kann!

Der Verkehr mit dem Bauern ist wirklich kein angenehmer und es gehört viel Geduld dazu, um all die «Schweinerei» (ich meine, wenn unleserlich) mitzumachen!

Bin halt Menschen gewöhnt gewesen, welche auf höherer Kulturstufe gestanden. –

Mit der jungen Frau vom Schloß ist es ja ganz schön; aber eine «Lilly» ist sie doch nicht! – – – – –

Es ist wirklich ganz unmöglich, daß ich nächsten Winter noch hier bleibe –! – möchte Menschen haben, mit denen man «reden» kann! –

Außerdem fehlt mir die «Liebe» (rein platonisch – geistig) – und ohne selbst muß man verzweifeln! –

Alice.

An Lona: 23. I.

Geehrtes Fräulein! – –

Vielen Dank für Ihr Schreiben. Bez. des Kleinen hat es mich beruhigt – doch bez. meines Mannes nicht! – –

Daß ihm die Geldsorgen über den Kopf wachsen – lastet auf mir!

Soll ich mich in die Welt stürzen – und zu «verdienen» versuchen?

Es ginge ja viel. – : mit guten Willen und Geduld! – (Denn so einfach ist das nicht für mich – ; nach 8 jährigem «Einsiedlerleben»!)

Es fällt mir ja wirklich oft schwer, hier auszuhalten – und ich tue es aus Rücksicht für meinen Mann und Bidi –

Aber man darf mir dann nicht den Vorwurf machen, nicht selbst beizusteuern! – –

Z. B. ist jetzt wieder eine große «Holz»-Sorge! –

Und wenn ich nicht im Februar ohne Beheiz. dastehen will, brauche ich im genannten Monat unbedingt einen «Zuschuß» von 1000 K – da das Holz auf das Doppelte gestiegen und kaum mehr zu bekommen –

Entschuldigen Frl. daß ich diese Angelegenheit Ihnen gegenüber erwähne, – doch weiß ich, daß Frl. die «Finanzen» mir bestimmen – und so will ich nicht, daß irgendwelche «Mißverständnisse» daraus erwachsen! – –

Ich weiß – wie schwer das Leben für alle ist! –

Und doch! – auf irgend eine Weise muß der Mensch sich ernähren!

Meine Absicht war, Frl. die «Bibel» zu Weihnachten zu senden! –
Doch war sie leider nicht vorrätig und muß ich um ein wenig «Geduld» bitten.

Mit meiner l. u. guten Schwester verbrachte ich herrliche Stunden
und wird mir die Zeit unvergeßlich bleiben! . . . Hoffe, daß sich ihr
Besuch im «Frühjahr» wiederholt.

Ihnen l. Fräulein kann ich nur Gesundheit wünschen –; denn auf
Ihren Schultern lastet viel! – – – Ich weiß es wol.

Nun seien Sie – samt meinem Kind und Mann herzl. gegrüßt von
Ihrer

«Mein Mann»
    Walthers schlechtes Gewissen, weil er sie zwingt am Land zu bleiben
Wie sie sich Lona zurechtgelegt hat! Als praktischen Minister. Wie
es diese reizen muß. Und daß die andre an allem ihren Willen hat und
sie in nichts.

C – 69

Clarisse

«Welthaß, Sündigkeitswahn u. Entwertung des Augenblicks sind
Zeichen einer Wesensart, die einem rasend gewordenen Geschlechts-
triebe anheimfiel, weil völlig getrennt vom Eros»

Walther konnte sie nicht Eros geben Anders will nicht.
    Resultat s. o. (Insel)

STUDIENBLÄTTER UND NOTIZEN

DIE FRÜHEN ENTWÜRFE (1919/20–1924/25)

1921–33 (VORAUS) VERÖFFENTLICHTE FRÜHE KAPITEL-ENTWÜRFE

PHASE ACHILLES – ANDERS BIS ULRICH
(etwa 1921–1929)

G 22 Bei Aufbau

Verbrechen

Was kann einen Menschen vom Range Ach. dahinbringen?
Haß, an dem man sonst erstickt? Ital.
Klare Erkenntnis, daß das nur Gruppenunterschiede sind, und Entschluß wenig-
stens einmal im Einklang mit der Erkenntnis zu leben. Was man sonst nie tut.
Erkenntnisse sind immer stehen gelassen wie Ruinen.
Auflehnung eines Individualisten? Abneigung geg. alle Du-Deklamation u. so-
ziale Ethik. (Gereizt durch d. 2ten)
Jedenfalls liegt im Entschluß zum Verbrechen der Mittelpunkt des ganzen Buchs.

Agathe: Umplankter Raum ihres Ich. Es ist ihr ganz natürlich in diese Verbotszone
einzudringen und einmal so eingestellt, zählt nichts andres mehr mit.

Ach: Der revolutionäre Mensch. Gewaltsame Auflehnung ist ihm nichts schreckliches.
Im Krieg müßte das ein internat. Sabotagenetz sein, das könnte man der Soz. dem.
dann zur Verfügung stellen u. würde in ihr Einfluß gewinnen. Vorher ist es nur
tötend sich mit ihr abzugeben. Das Unternehmen muß sich aber selbst erhalten
können, was mit den von allen Staaten gezahlten Summen sehr gut geht. Und um
das organisieren zu können, muß man eine ganz gewöhnliche Lehrlingszeit mitmachen.

Es ist nötig, das auf polit. Verbrechen zu drehn. Eine halb ernste Verschwörung.
Galizien ist nur Vorstudium!

Vorphase das Unübersehbare. Das nicht intellektuell, sondern nur mit Macht umzustellen ist.
*Schlußpunkt des Vor-Teils muß sein: Wenn Christus heute käme, so könnte er nicht
durchdringen. (Das ist M.-affäre)*
Was will er an ihr demonstrieren? (abgesehen davon, daß er an ihr die intell. Un-
durchdringlichkeit lernt): Dieser Mann ist zweifellos unschädlich zu machen. Er
ist aber in den Zeiten vor seinen Anfällen eine Quelle des Guten, des Ethischen
(im Val.-Sinn), wenn auch eine schwache. Das muß man achten, auch wenn es
keinen Wert hat. Aber das tritt man aus, wo man es findet. Man müßte den Mann,
wenn der Anfall kommt, in die Wüste schicken wo sich nur der Himmel in ihm
spiegelt. Er wurde visionär. Er wird vielleicht auch morden, aber dann wie
Abr. den Isaac. Wer kann sich aber heute die Mühe nehmen? – Was er in sich
hat, haben aber alle in sich. Deshalb müßte man sich doch die Mühe nehmen?
Übrigens gerade *weil* Ach. mit diesen Gedanken nicht fertig wird, wird er revolutionär; denn Revol. ist ja kein deduzieren, sondern ein sich dem Schicksal anvertraun.
Wie anders verstehen die «Seelenvollen» solchen Fall!

Achilles erinnert sich in diesen Tagen an einen alten friesischen Bauern. Er hatte ihn in dem kleinen Inselbad schon oft beobachtet. Er war so komisch. Gut an die achtzig. Mit einer schwarzen Schirmmütze. Obeinig. Abends holte er das Kalb vom Grasplatz. An der Kette riß es ihn hin und her; aber mit Geduld steuerte er es doch in den Stall. Einmal sah er ihn die Leiter am Strohschober hinaufkriechen. Unbehilflich aber entschlossen. Oben richtete er die Leinenplache. Und dann kam Achilles einmal durch Zufall ins Gespräch mit ihm. Schnupftabak zog sich über dieses Gesicht mit den weißen Bartstreifen. Der typische Stoffel hatte A. gedacht. Ein hinkendes Schweinchen hüpfte vergnügt am Dunghaufen. Steif ist es sagte der Bauer und nannte eine Krankheit, die A. nicht verstand. Vier Monate haben wirs aufgezogen und es wird nicht besser. Der Bauer sprach wie man von einem mißratenen Kinde spricht. Wie merkwürdig diese Liebe, empfand A., trotzdem man es nur zum Abstechen aufzieht. – Dann sprachen sie über die Weltlage und A. war erstaunt, wie fein und zart der alte Bauer sprach, was er all das sagte, was jeder Gebildete sagt. Italienisches Volk fiel ihm ein. Wo hat er es her? Wird das mit jedem geboren. Ein Schauer ergriff ihn vor dem Menschlichen, Gemeinsamen; denn wie klein ist der Weg, den der Einzelne Beste dem voraneilt. An diese Eindrücke denkt A. während der Zeit mit dem Delinquenten. Auch dieser: wieviel bon sens! Welch ein guter Kerl usw. Eine kleine Abweichung und schon ist man im Extrem. – Glauben sie, daß man mich begnadigen wird? fragt der beim Abschied. Hoffen wir es, sagt A. Während der Bahnfahrt weiß er, der wird jetzt umgebracht. Er hat das ein andermal mitangesehn u sieht es vor sich.
A. steht schlecht mit dem Vater, darum ist er während Krankheit nicht dort; wohl aber Agathe.
A. kommt an. Hinten herum. Er war hinter Erinnerungen gegangen Eingang von einer schrägen Gasse. Ein schräges Haus, einstöckig Stall u. Dienerschaft. Legt sich

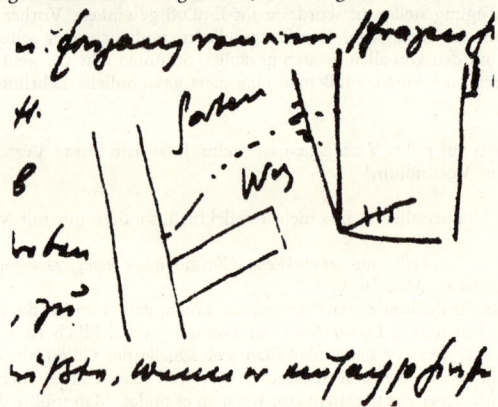

plötzlich die Frage vor, ob er gleich zur Leiche soll. Widerstreben es so, ramponiert von der Reise, zu tun. Gefühl, daß er nicht weiter wüßte, wenn er einfach so hinstürzte, was der inneren Situation nicht entspricht. Läßt sich auf sein Zimmer führen. Kleidet sich um. Weiß eigentlich nicht, wie ihn die Schwester empfangen wird. Kommt plötzlich auf die Idee einen schwarzweißen Pijama anzuziehn. Sieht aus wie ein riesiger Pierrot. Trifft so mit der Schwester zusammen – sie kommt ins nebenliegende Zimmer – und geht zu der Leiche.
Halbdunkel, Blumengeruch. Klein und steif; die zwei großen Menschen stehn

davor. Man hat ihm alle Orden angelegt und Frack angezogen nach letztem Willen. A. fährt durch den Kopf, man muß die Orden zurückgeben, ich werde es sicher vergessen. Erinnere mich, bittet er Agathe. Er beschließt dem Toten morgen die Miniaturorden anzulegen, die Eigentum bleiben. Abendbrot, er präsidiert, wo einst der Vater saß. Sie suchen dann die anderen Orden, kommen dabei ins Graben. In der Nacht, Zimmer nebeneinander; man spricht und hört durch die Türe. Ev: gehn sie noch in der Nacht die Orden suchen u so durch das Haus. Am Morgen ruft er Agathe an, als er sie hört. Agathe ist bei Gelegenheit der Krankheit ihres Vaters von ihrem Mann fort.

Der Alte hat zum Schluß nicht mehr wissenschaftl. gearbeitet, sondern nur gesammelt. Das Haus ist eine Liebhabersache. Als A. abberufen wird, läßt er Agathe noch da. Sie wollen das Haus samt Inventar verkaufen, falls sich ein Liebhaber findet. Nach einer gewissen Zeit wird die Sache zum normalen Verkauf einem Büro übergeben und die beiden wollen sich treffen.

Abberufung erfolgt durch ein Telegramm Clarissens. Gustl sei in einer Krisis. Priv. Doz. Bibliothekar. Sinkt immer mehr ins Passive. Dies die Krisis nach Clarisse. Gespanntheit ist ihm sofort wieder in Erinnerung. Er fühlt sich «angerufen». Tage wie in Seis. Endlich schlägt Clarisse vor, zusammen wegzureisen um stark auf G. zu wirken. Bei all dem hat A. wohl den Eindruck des Abnormalen. Aber da er innerhalb der Motive steht, bleibt der machtlos. –

Sie reisen Venedig. Alte Casa Petrarca. Alter maître d'hôtel. Getrennte Zimmer. A. hat keine Eile mit der Geschlechtlichkeit. Clarisse wird immer sonderbarer, plötzlich kommt ihr der Gedanke: ich muß nach Rom. Sie hinterläßt A. ein Billet und reist ab.

Jetzt auf Clarisse übergehn, ihre Reise usw. Sie wird in Rom interniert u. erlebt die Münchner Dinge in Rom. A. holt sie dann ab und jetzt erst wird gesagt, daß sie ihm das erzählt. In Venedig Erneuerung des Anfalls. Cl. wird von der Gondel geholt. A. telegrafiert Gustl und reist nach Wien. Dort Zusammentreffen mit dem Agenten und erst einige Tage später, nachdem das alles schon in Gang, Eintreffen Agathens.

Z 68.

Eine große Idee: Was ihrem Inhalt nach große Ideen sind, weiß ich nicht – Anders leugnete sie überhaupt, er behauptete das Hauptunglück der Menschheit, die geistige [.?.] gheit, käme von ihnen – ihrer Wirkung nach lassen sie sich mit einem physik. Gleichnis als ein Polarisationszustand kennzeichnen. Schwingungen, die sonst nach allen Seiten durcheinander gehn, werden auf eine Ebene gebracht.
Ev Ag-A retrospektiv einschalten.
[...]
Die Seele des Menschen ist eine hauchähnliche Masse (wie schon die Wilden erkannt haben), die sich an festen Berührungsflächen niederschlägt u fest wird
Wir sagen Gewohnheiten. Aber wir würden uns wehren, die Ehre, oder die Tugend eine Gewohnheit zu nennen und doch ist sie es. Halbfest sind also unsre Gefühlseinstellungen. Und noch weiter innen ist etwas ganz Unbestimmtes.
Man stellt das immer umgekehrt dar, als ob innen das Feste wäre. Man muß aber annehmen, so wie Gott rotierende glühende Kugeln geschaffen hat, die er ihrem weiteren Schicksal überließ, daß auch der Mensch als eine Blase geschaffen ist und es völlig in der Hand hat, was daraus wird. Dieser konstruktive Fortschrittsglaube ist sehr verschieden von jedem zwangsläufigen. Und es ist unschwer zu erraten, daß er As Erfindung war Die Tatsachen schienen es ihm in jenen Tagen zu bestätigen Bis zu seinem Haß gegen Arnh. Dieser ist auch statt einer allgemeinen eine zufällige u. individuelle Reaktion.

	Man sitzt am Rande einer chaotisch bewegten Masse.
1. Haus und Straße	Jedes Interesse für Einzelnes ist Schwindel.
Zeitung	Die Wohnung: Schwindel.
Bücher	Menschliche Haltung: Schwindel
	Bonadea u. Leona: Lächerlich.

Sie haben recht, ihn geringzuschätzen.
Er hat Bonadea froissiert.
Er hat mit Leona den Krach gehabt.

Wie ist er bis zu diesem Punkt gekommen?
Logiker aus Training.
Widerspruchsvolle Eigenschaften

Die wieder aufgenommene Zeitung erinnert an M.
Ms. Geschichte. Ihr Reiz.
Unvermögen zu ihr Stellung zu nehmen.
Der Brief des Vaters.
Der Besuch bei Gf. St.
Das Telegramm

(Cl. Wahnsinnsgeschichte ist zwischen die zwei Zeitpole: Nietzsche u Christentum gespannt)

II.

Die //-Aktion. Eine Sache, die verschiedene Menschen vorübergehend ,glücklich macht.
Arnheims Ankunft und Besuch bei Diotima.
As. Besuch bei Diotima.
Clarissens Reaktion auf die //.
Das Telegramm.

Anders Grund für das Muskeltraining ist: der junge Mensch will nicht wissen, was ihm bevorsteht. Er hält sich für alles bereit: bei Agathe, die gar kein Verständnis für musk. Männer hat.

III.

Die Juridische Sache verschärft die Einstellung zur //
And. u Ag.

IV.

Die // ist weitergegangen. Arnh. sehr glücklich mit Diotima.

3 Hauptpersonen: And. Ag. u. //.

[Durchstrichenes Fragment (1926)]

15.

Ich habe also noch niemanden geliebt – sagte Ag. und lächelte. – Aber ich weiß, wie es sein müßte. Man findet sich in einem andren Menschen wieder. Man tut viel Schlechtes; aber in dem Augenblick, wo ein andrer Mensch das gleiche erlitten hat, ist man kein Verbrecher mehr in dieser Welt, sondern trifft einen Landsmann, welcher der gleichen andren Welt angehört.

Und daß es ein Mann ist und gewisse natürliche Stürme sich dadurch erheben, müßte dann ganz erstaunlich erscheinen –
Wie an einem Engel – ergänzte A. – Denn die Engel vermögen sich nur deshalb nicht mit Männern und Frauen zu mischen, weil wir nicht zu lieben verstehn, ohne Gott zu vergessen. /daran teilnehmen zu lassen./

Es hatte sich zwischen A u Ag. etwas ereignet, das beide erregte, ohne daß sie es einander gestehen wollten. Vor einigen Tagen, der Streit mit Hg. zwang sie dazu, hatten sie in alten Papieren und Briefschaften gelesen und plötzlich fand Ag. ein sonderbares Blatt. Es bezog sich auf Ag's. Geburt und war mit Sätzen von der Hand ihres Vaters bedeckt, die aus irgend einem Zusammenhang gerissen waren oder ihn noch nicht gefunden hatten. Die Ehe ihrer frühverstorbenen Mutter war nicht glücklich gewesen, plötzlich bildete Ag. sich ein, in diesen Zeilen Anspielungen zu lesen, daß sie nicht ihres legitimen Vaters Kind sei, der dies gewußt haben mußte. «Ich bin gar nicht deine Schwester!» rief sie aus und so stark war der Eindruck, den ihr das machte, daß A. eine halbe Stunde brauchte, um die ganz harmlosen Aufzeichnungen richtig zu entziffern, denn er war anfangs wie hypnotisiert. Während dieser ganzen Zeit dachten sie, keine Geschwister zu sein, und mochten sich später nicht die Empfindungen eingestehn, die sie dabei fühlten.

[Vermerke zu einem «Vorwort» und andere Stichworte]

1. Abschnitt: A. macht eine Attacke auf D. – küßt ihren Arm oder Hals, ähnlich wie er es bei Ge getan hat – sie springt aber auf und verweist es ihm empört – Nur darin, daß sie seine Entschuldigungen annimmt, zeigt sich, daß es tiefer bei ihr ging, als sie zugibt. A. verspricht natürlich nur aus Taktik, brav zu sein. In

3. Abschnitt ist er es aber überraschenderweise wirklich (ev. nach einer Schwankung in Reaktionsphase – diese Phase ist aber überflüssig, A. kann wirklich ergriffen sein* u. das Schwanken kommt erst später als Abwehr gegen das nicht wissen – wohin) Hier herein fällt erster Versuch, nach Motiven zu leben – Täuschung sie seien keine Geschwister – erst recht: wir wollen das Verhältnis finden – Ü 35–37 Zu dieser Zeit macht Arnh. bei D. Fortschritte.
* Nun verabscheut er alle seine Cynismen, Gewährenlassen, unzur. Grund udgl.

1. Abschnitt: Zu aufdämmerndem Strukturgefühl vgl L 22

Vorwort: Dieser Roman spielt vor 1914, zu einer Zeit also, welche junge Menschen gar nicht mehr kennen. Und er beschreibt nicht diese Zeit, wie sie wirklich war, so daß man sie daraus kennen lernen könnte. Sondern er beschreibt sie, wie sie sich in einem unmaßgeblichen Menschen spiegelt. Was geht dieser Roman also Menschen von heute an? Warum schreibe ich nicht gleich einen Roman von heute? Das muß begründet werden, so gut es geht.
Aber daß es sich um eine (fiktive) Historie handelt, sollte wohl auch in die Art des Erzählens kommen. Weg der Geschichte udgl. ist nicht nur im Roman, sondern auf ihn selbst anzuwenden.

1. Abschnitt: A sagt Erlöser
D. sagt: Sie müssen erlöst werden; durch Anti Rationalismus u Güte.
A: Ich könnte eine andre Art Erlöser sein; aber weiß Gott, welche.

1. Abschnitt: Zur. Kap: War zur Zeit der Tat die freie Willensbestimmung ausgeschlossen? Das ist nach deutschem Gesetz die Frage über Leben u. Tod. Jeder

Mensch weiß, daß es eine unsinnige Frage ist. Dennoch läßt man sie wirken. Siehe den Fall Haarmann. Es handelt sich nicht darum, das Scheusal zu bewahren, sondern uns vor einer Entscheidung, die auf der Höhe eines Hexenprozesses steht. Das ist der Ausgangspunkt. Die Frage ist: weshalb duldet man es, daß von einer Frage, die jeder als falsch gestellt kennt, ein Mensch getötet wird. Das sind dann die allgemeinen Kennzeichen wie Gewährenlassen, unzur. Grund usw. u. im besondern die verwirrten Konsequenzen, zu denen die intellektuelle Prüfung der Frage führt.

Vorwort: Beispiel dafür, wie hier die Wirklichkeit behandelt wird: es wird ruhig die Bestimmung des deutschen Gesetzes als in Österr. giltig hingestellt, obgleich ich weiß (?), daß das österr. Gesetz folgendes bestimmt: (Vorstellung)

Die Zeitschilderung ist buch-perspektivisch zu kürzen. Ich bin ihrer nicht fähig. // müßte zb. an Eucharistischen Kongreß anknüpfen udgl., wovon ich zu wenig weiß. Aus diesem Fehler unbedingt die Technik machen!

Vorwort: A. hielt sich für einen Menschen, welcher der Welt eine Botschaft zu bringen hat. Bruchstücke hier vorzufinden.
Später urteilt er wie in dem beim Vorwort liegenden Blatt G 30: Man muß bei Lebzeiten eine gute Wand abgegeben haben udgl., wenn man auch nur posthum wirken will. Er ist nicht bös, läßt bloß ab.
Das ist nun auch seine Entwicklung im Roman. *Er schreibt sein Buch nicht, sondern kommt in alle die Geschichten.*
Der Erzähler gewissermaßen sein Freund.
Nicht A. als den «wahren-starken» Menschen hinstellen, sondern als eine verloren gegangene wichtige Äußerung.
Stimmung: Es ist die Tragödie des gescheiten * Menschen, der immer allein ist, zu allem im Widerspruch, u. nichts ändern kann. Alles andre ist log. Konsequenz.
* Richtiger: des Menschen, der in Gefühls-Verstandfragen immer um eine Möglichkeit mehr kennt. Denn schlechtweg gescheiter ist er ja nicht.

1. Abschnitt bis Ag:

Kürzen. Kaleidoskopischer. Das geistige Bild schreitet schon ganz gut vor, aber das muß noch kontrolliert werden. Man hat auch schon das Gefühl einer Handlung. Etwa bis über die Mitte. Dann ertrinkt es in Gesprächen. Diese brauchen mehr Geschehnischarakter. Wenn dabei Gesprächsinhalte über Bord fallen: eigene Abschnittchen daraus machen.

Vorwort: Es werden sich Leute darauf ausreden – weil sie auf die Gedanken nicht eingehen wollen – daß hier ebensoviel Essay wie Roman geboten wird
Frage: Weshalb hört der Mensch heute nicht auf Gedanken in der Kunst, während er sonst doch geradezu lächerliches Interesse für «Lehren» hat?

1. Abschnitt: Weil Gf B. A. liebt, auch deshalb liebt ihn D. (G 79; nichts sonst)

Welche Suggestion liegt darin, daß man den Schmutz des Ehebruchs besonders ehrenvoll findet! Dein Leben ist nicht von dir ausgegangen. Die Welt kommt nur durch die Schieberinteressen vorwärts, paßt dazu.

1. Abschnitt

Stil: A. konstatiert das Schieberische der Welt mit einem gewissen Wohlwollen.

1. Abschnitt bis Ag:
Ein sportl. junger Mann – sehr intellektuell – versucht das Normale – hat Ideen, die nicht recht passen – Mißtrauisch gegen den durchsichtigen Schwindel mit Idealen – Versucht mit funktionaler Moral einen Ausweg – Ist selbst moralisch indifferent – aber unglücklich darüber – Ist hochmütig gegen diese Zeit, aber sucht immer einen Ausweg aus dem Hochmut – Und ein Gefühl bildet sich heraus: – Schwimmen durch einen Raum – Hereinragen von zackigen Kulissen – – A. war gut. Als Kind. Er sah bloß, daß dieses «gut» nicht das abgetrocknete allgemeine werden konnte. Wenn unter seinen Ideen richtige sind, ist er ein Vorläufer. Aber wahrscheinlich entwickelt sich das Böse so wie er es nicht meint à la Journalistik. Er interessiert sich für das Böse und verabscheut das Gemeine.

1. Abschnitt: Diot: Die Anziehung etwas gespreizter Frauen ist etwas, das man als bekannt hinstellen muß. Kommt bei Casanova vor.

s, + 13: Um es mehr zu erzählen und mehr Geschehen darin zu haben, müßte man von SCh T. ausgehn. Während mit Arnh. nichts geschieht, und gerade dadurch muß ja in der Ehe manches vorfallen.

Anfang: Warum ich ihn A. nenne: Auch deshalb, weil er sich später (Spi .. n.) selbst so nannte.

1. Abschnitt Die Autos schießen:
Nach einer engl. Statistik entladen sich auf der Erde in jeder Minute 1000 Gewitter. In jeder Sekunde 100 Blitze.
Nach einer amerikan. Statistik wurden in den USA 1924 durch Autos 190000 Personen getötet u. 450.000 verletzt. 21/133.

B: Im Verlauf von A. hat sich nahegelegt, ist nicht verwendet worden u eignet sich als Ende von B: As. Cynismus geg. B u L ist: Die Kraft, die ein Mann aus seiner Ohnmacht zieht. Er erlebte das nicht eigentlich, sondern erlitt es. Wo man nicht selbst wächst, nistet sich fremdes Leben ein. D.i. gleich einer Empfindung von einem parasitär wuchernden, planlose Gebilde formenden Leben, sobald die männliche Aktivität nicht stärker ist. Wenn ein gewagtes Gleichnis erlaubt ist, ist der Genuß dieses passiven Erlebens etwas Weibliches. – Darauf kann *Ag.* kommen.

B: L's. Schönheit, welche keine ist, Bo's. Ideale: im Gespräch mit *D. Arnh. Tz.* Oder zu Rm H. nach ›verkehrt berührt‹ S. die gespenstischen Gefühle L 42

Bo läßt sich nicht ausreden, daß man mit einer Frau (*Ag*) zusammen lebt, ohne ... Sie stellt A's. Aufmerksamkeit ein. Danach Gelegenheit: A. hätte vielleicht so entrüstet antworten können, daß Bo. geschwiegen hätte; aber das vermochte er nicht: Ort zu: Was spricht eigentlich dagegen?! Alles, was wirklich dagegen spricht, trifft auf A. nicht zu.

Vorwort Ich widme diesen Roman der deutschen Jugend. Nicht der von heute – geistige Leere nach dem Krieg – ganz amüsante Schwindler – sondern der, welche in einiger Zeit kommen wird u. genau dort wird anfangen müssen, wo wir vor dem Krieg aufgehört haben udgl. (Darauf beruht auch die Berechtigung, heute einen Vorkriegsroman zu schreiben!!)

Testamentsänderung .. nur geringfügig machen, nicht verbrecherisch, bloß inkorrekt.

Nach Rückkehr: der Polizist, der Erzbischof .. alle diese Erscheinungen der heutigen Welt sind viel besser auf ihrem Platz, wenn man selbst Verbrecher ist. D.i. der erste Eindruck A's., durch die Straßen gehend.

Kant: Begriffe ohne Anschauung sind leer. Anschauung ohne Begriffe ist blind.

Vorwort: «Überflüssige», «langschweifige» Erörterungen: d. i. ein Vorwurf, den man mir oft gemacht hat, wobei man vielleicht gnädig zugab, daß ich erzählen «könnte». Daß mir diese Erörterungen die Hauptsache sind!
Ich hätte viele der Erscheinungen realer schildern können. zb. HS u ♄, Politik..
Aber es ist schon genug des Lächerlichen in dem Buch u. ich hätte ihm dann nicht mehr das Gleichgewicht halten können, worauf es mir ankam.

Vorwort. Dort, wo von relativer Originalität die Rede ist:
Das Phänomen, daß ein relativ-ganz originaler Schriftsteller – völlig unzugänglich den Durchschnittskritikern – von ihnen verzweifelt in lauter Partikel der Abhängigkeit zerlegt wird – wie es mir passiert ist.

Vorwort: Weshalb Wien statt fingierter Großstadt. Weil eine solche zu fingieren mehr Mühe gemacht hätte als ein «durchstrichenes» Wien.

1. Abschnitt: Mo. Ungeduld mit Splitter – duldet nichts Fremdes in sich – und muß Syph. erdulden. So Haß.

Oft zu gebrauchende Darstellungsart. Einen Menschen zusammensetzen aber mit aufgedeckten Karten! aus den fixen Ideen und zwangsläufigen paar Ideenverknüpfungen wie zb. Hagauer in $s_3 + 7$. In dieser Weise alle geistigen Menschen: Arnh., D. usw. Was dann noch als menschlich besonders bei den Nur-Menschen dazukommt, ist zufällig, psychologisch übrigens auch typisch, häufig unapettitlich wie Arnh's. Neigung für den Popo, oder so Wischiwaschi-Psychologie wie bei Schnitzler.

Geschehnisse			* des Wesens
Schilderungen*		· sind die einzigen Träger	von Veränderungen
Gespräche		des Erzählens.	Physischer u. mo-
Einflechtungen			ralischer Landschaft.

Theorien, halb-ironisch, hauptsächlich bei den Erregungen
der unsympathischen u. halbsympath. Figuren.

Korr. zu Ge. Dir. F. usw. Im Haus des Bankdirektors verkehren die jungen Leute. «Mäzenatischer Großfinanzier» ohne viel Kosten – darin begegnen sich Leo u Klem. Daraus ergeben sich zwanglos Gespräche. Vielleicht ist sogar einmal Arnh. mit A. gekommen. Aber Wiederholung verbietet ihm seine Stellung. Ge u Tp. schwärmen seither für ihn. Im übrigen benehmen sich die jungen Leute bei F's. wie die Freier der Penelope u. das ist ein Grund, weshalb Odysseus-Fischer außer Haus geht.

Zur Ideologie. Für nichts Materielles bringt der Mensch solche Opfer wie für Ideen. Krieger, Selbstmörder aus Liebe, Asket usw. Ev. dort, wo gefragt wird, (Dir F.) wie aus Schulabneigung dagegen später die Umkehrung wird.

Zu A–D–Arnh.: Vielleicht doch: A. beim ersten Besuch quasi-naiv: ich habe große neue Ideen (in der Mathematik) gelernt, ich will sie anwenden. In den Gesprächen dann diese Entsetzen usw. erregenden Meinungen.

Vorrede: Über diesen Punkt ist zu reden: es kommt im Roman oft Philosophie, Literatur, geistige Unordnung vor. Nicht, um selbst Gegenstand der Satire zu sein! Sondern als Luft, welche auch der gänzlich unliterarische u ungeistige Mensch atmet.

[Die Insel – Galizien]

Die Insel. Ist eine Vorbefestigung. Eine eigentliche Insel u. dann eine vorgeschobene riesige Sandbank mit Bäumen und Sträuchern. Man scheint ihrer Beständigkeit nicht so sehr getraut zu haben, daß sich Ansiedlungen oder Besitzverteilungen darauf gebildet hätten. Eine einzige Hütte zur Aufbewahrung von Netzen u. andren Fischergeräten befindet sich auf ihr und die ist verlassen. Dieser Teil ist die Insel, in deren Sand u Ginster usw. sich das Leben von A u C. abspielt. Die eigentliche Insel: Grasbewachsene Wälle; Geschütze, die nicht imponieren, sondern wie vorweltliche Tiere aussehn, grotesk ohne zu erschrecken; Wassergräben, in deren Nähe es viele scheußliche Ratten gibt; ein kleines Wirtshaus unter Bäumen, mitten im Ruch der Ratten, dunkelblaue Soldaten stehn herum, mit Tressen auf den Armen, man hat nicht das Gefühl von Leben der Menschen, sondern von Deportation udgl. Vor den Geschützen, die mit Segelplachen verhüllt sind, gehen solche junge Männer in Uniform auf und ab. Wer stellt sie hin? Wo ist das Gehirn dieses Wahnsinns? Das Zeichnen ist verboten. Nimmt man es wichtig: wie ungeheuerlich zu sagen, hier ist es verboten zu beten.
And. wird gerade dadurch zur Benützung seiner Geheimkamera gereizt.

Ev: Um nicht aufzufallen, läßt er sich in einen FechtClub einschreiben. Kauft Säbel usw. Plötzlich fällt ihm ein, daß das genauso anachronistisch ist wie die Soldaten u. d. Geschütze.

In Galizien wird er erkannt. Er merkt es, wie es der eine Offizier dem anderen zuflüstert. Augenblick größter Spannung. Dann glaubt er zu verstehen, daß sie auch von Geld sprechen, der Offz. muß eine Schuld zahlen, der andre kann ihm nicht leihen. Er spricht den Offz. an, bittet ihn um Diskretion, er sei verarmt u. müsse sich so durchschlagen, aber etwas Geld könne er ihm zur Verfügung stellen. Standesgemäße Ablehnung. Aber am übernächsten Tag kommt der Offz. doch um das Geld.
Ein leichtsinniger junger Mensch, der sich töten will. Sich und Agathe bedroht, wenn sie sich ihm nicht hingibt, ev. mit ihm tötet. Unerhörter Terror, den in solcher Situation ein Durchschnittsmensch ausüben kann. Widerwärtigkeit seiner letzten Angelegenheiten.

Erlösungsidee bei C. im Irrenhaus gehört zur Erlöseridee überhaupt.

Den geistigen Zusammenbruch, der sich letzten Endes im Weltkrieg manifestiert hat, ironisch illustrieren am Kampf der Stenographensysteme. An der unterliegenden Partei den Widerstand der Ideale gegen den Staat.

Clarisse. Index.

Nietzschedenkmal nur so gesagt, – weiß selbst, daß es nicht geht, nicht aber warum eigentlich. Dann bombardiert sie A. mit Interesse. Es ist ein Ausfluß ihrer

Aktivität; ein Überdruck dahinter, denn an sich ist bei alten Freunden nicht viel daran; allerdings war A. bisher nur der Vertraute W's.

Es muß etwas besonderes sein. Ob Genie oder Fußball, ist heute gleich.

W – Cl setzt am kritischen Punkt ein. Sie entzieht sich ihm – das irritiert auch sie – Er ist eifersüchtig auf starke Männer. Nimmt die Form Verurteilung der Zeit an.

Von Anfang an auf Krankengeschichte stimmen.
Sie hatte sich, nach manchen Schwankungen, ganz auf W. geworfen; W. das Genie.
Sie hat in dieser Zeit A. verletzend gleichgültig behandelt, verachtete alle Männer außer W.
Jetzt dämmert ihr. Die farbige Jacke As. beim Tennis. Sein muskulöser brauner Arm. Ihre Frage ist: was soll man von W. verlangen, damit er . . . Auch Schwanken: vielleicht hat er mit seinen neuen Ideen recht?
Sie sondiert ihre Reaktionen auf A., bei den Besuchen.
Der – unbefriedigte – Aktionsdrang wird immer spannender. Als Ld. da ist, ist sie eigentlich schon manisch; bloß merkt es niemand. A. ist wütend auf sie.
Als er zurückkehrt läßt sie sich mit ihm ein. Er tut es trotz seiner früheren Verstimmung – in der Depression nach Reise. Und es wird von da an immer verrückter.
Als er zurückkehrt läßt sie sich mit ihm ein. Er tut es trotz seiner früheren Verstimmung – in der Depression nach Reise. Und es wird von da an immer verrückter.

Die bleibenden Geliebten – also auch Cl. für W. – sind immer ein Sich fallen lassen des Manns, ein Teil seiner Verbürgerlichung.

Gegen Geliebte, für Homos.

A. zu Cl.; wird ein Motiv für sie. (L3)

Ich des aZ. besteht durch Verschmelzung u. Organisation. Man kann deshalb nichts Unbedeutendes tun. Auch jeder Eindruck bedeutet etwas. Erhöhte Korrespondenz mit der Umwelt. E 13 Anm. 4. L 8.
Kunst, Habsucht, Politik, Arbeit..: schmerzhaftes Suchen nach Ausdruck. Etwas tun als Verbindungsmittel, Spuren hinterlassen, sich einprägen... Pendant zu Cromwell–Mann. Selbst W's. «Beschwätzen» gehört dazu. L 8 E 15

Die *Notwendigkeit* des *Suchens* ist die Hauptsache für Darstellung.

Befreiung von Todesangst, Solidarität aller. Tod – Männerbünde. Z 5 L 16
Zu Ideen im sthen. Zustand vgl. L 21–25
Wenn W. bei Arnh. Schutz findet, vgl. zu gemeinsamen Ideen: L 28.
Wie W. in die Karriere kommt. Am Tag, wo er Cl's. Depesche wegen des Griechen erhält. Mg 3r
Durch Einbindung u Hemmung gewinnt der 1. Coit. ungeheure Dimensionen.
Als A. in der M.sache nachläßt, wendet sich Cl. zum Griechen. Mg 6.
Cl. sagt: Wir sind schicksalsverflochten. Wir haben uns immer wieder die Richtung gegeben. In ihrem Mund nimmt es etwas Geheimnisvolles an. Es ist alles spannend ein wenig verschroben [?] (Nach Mg 23)
Der Faschist Ld. geg. den Defätisten A. Curr 18r.
Es ist Juli oder Ende Juni Curr. 25.

Empfängt alle Gedanken lebend, voll ungewisser, körperlich sichtbarer, geistig
nicht zu verstehender Spannung (Curr 26)
Cl: Wenn es für dich weder gut noch böse geben wird, dann erst wirst du
lieben. Wo die Liebe ist, sind Gut u Böse entschwunden ib 2
Degout nach Ausbruch M's: das Abenteuer typisiert die Handlungsweise, führt zu
Allerweltsreaktion. Curr 37. *Nachtragen!*
Etwas lieben, das man nicht liebt: charakteristisch für Zeit. Gespräch mit Cl. Ü 2
Es ist vielleicht ein allgemeiner männlicher Zug, daß W. der «Dämonie» Cl's. unter-
liegt. Ein masochwilliger Zug. Er findet ihr Lächeln . . . . (Z 7) .
W. ist eifersüchtig. Läßt sich aber täuschen. Fruchtbar täuschen (An 27) C9
Cl. bemerkt überall Verbrecherinstinkte? (Die später zu Krieg führen) G 21
Pathol-normal: nur ein quantitativer Unterschied G 27
Cl: heroisch.

Erlöser: G 54
Unzugänglich Argumenten gegen Ld. Reagibel auf Willen G 69
? Konkurrenz mit Ge.?
Das Leben ist «noch nicht» (G 76)
Psychiater = Bruder 3/105 *[?106?]*
Zum Träger der Erlöseridee gemacht: (C 7)
Erlösen heißt: Die Sünden anderer auf sich nehmen.
Anfangs nur wie eine Redewendung angedeutet: sie belastet sich mit den Sünden
W's., die ihn am Aufstieg hindern.
Sie tadelt und bewundert an A., daß er so gar kein Mitgefühl mit den Schwächen
andrer Menschen hat.
Auch in ihr ist von Anfang an dem Erlösen das sthenisch Nietzschesche beigemengt.
Erlösen = Gedanken u. Handlungen, welche, sobald sie geschehn, das Leben pfeil-
gleich leicht machen. Erlösen ist also eher gleich Erlösersein, eine persönliche
Eigenschaft. Deshalb ohne alle soziale Überlegung, innere Zukunftsphantasie. [In
A. ist doch auch; aber gepaart mit der schon etwas reiferen Überzeugung, daß dieser
Zeit nicht geholfen werden kann – dies eigentlich W! – noch soll.]

Gedicht: C 8
Genie – Mittelmaß: C 10

Erlösen: eine Form des Ehrgeizes. Gleich Genie, Führer, Singulärer. Anfangs.
Die Sündenkomponente anfangs nur kaum erkennbar beigemengt. Entspricht quasi
der depressiven Manie, die noch nicht entwickelt ist. Wird im Lauf der Zeit zum
eigentlichen Vorstellungsmaterial der Krankheit. Via Nachfolge; dh. weiblicher
Erlösungsphantasie, als Gefährtin eines Erlösers.

Von A. enttäuscht.
Muß wieder ins Sanatorium, den Kreislauf noch einmal durchmachen.
Von der Überzeugung ihrer Mission her kommt sie dazu, sich für ihre Gesundheit
zu interessieren. Ist also anfangs mit ihrer Internierung ganz einverstanden.

Ü 26   Aufbau II.   3. Tag. (Nacht)   2.

Nachtszene: Anders ist wach und weiß nicht, hat er geschlafen oder gewacht. Er hat
beunruhigend deutlich das Gefühl, daß nebenan etwas nicht in Ordnung sei. Er
lauscht; keines der Geräusche eines nebenan Schlafenden. (Er bereut es, Agathe
nicht etwas besänftigendes nach ihrer Demütigung gesagt zu haben.)

Ist sie fortgegangen? Irrt umher? Erlebt peinliche Abenteuer? Wie sie es ja schon getan hat! Merkwürdig, wie leicht sich diese Verbindung zwischen ihr u solchen Abenteuern knüpft, als ob er daran schon gedacht hätte. (Dl.) Wie immer kommt die Schreckhaftigkeit der Nacht hinzu, die Panikdisposition der Seele.

Er legt das Ohr an die Tür. Er glaubt etwas zu hören. Aber es ist nicht der Atemlaut des Schlafenden. Er drückt leise die Türe auf. Es ist aber nicht nur verwandtschaftliche oder menschliche Sorge, was aus dieser Bewegung in ihn zurückfließt und ihm in undeutlichem Spiegel sein Gefühl zeigt. Er hat schon viele Türen zur Nacht aufgeklinkt und auch das ist es nicht.

Er wäre beinahe darüber erschrocken, daß es im Zimmer nicht dunkel war. Der Rolladen war |hochgezogen, der schwere Vorhang zur Seite gestreift. Es schien nicht der Mond herein, aber Mondluft füllte das Zimmer bis zur Decke.

Agathe stand am Fenster, mit dem Rücken zum Zimmer; sie wandte sich um, als sie Anders hörte, und wieder zurück wie jemand, dem nicht ganz hell ist. Wo das Linnen ihres Hemds ins Licht tauchte, war es halb aufgelöst und gab die dunkel opalisierende mächtige Form ihres herrlichen Körpers frei.

Anders schlang den Arm um ihre Hüfte. Er wußte nicht, ob eine Spannung dieses Arms das Zeichen gab oder ob Agathe und er einfach durch ein Geheimnis zur gleichen Zeit das gleiche Gebot empfangen hatten*: sie drehte sich zu ihm und sie küßten einander auf die Lippen. Zum Zeichen daß sie sich verstanden und einander verziehen hatten. Oder war es das Zeichen einer viel geheimnisvolleren Hilfe? Während sie eng aneinandergepreßt standen, berührte der Rand seiner nackten Fußsohle den der ihren.

*Dl. zu V: Man kann das Geheimnis sehn: Die x^{te} Sekunde von Anders Leben und die y^{te} von Agathe ($y < x$) koinzidieren, führen beide zur gleichen Handlung. Auch wenn diese motiviert ist, so bleibt doch übrig, daß ein längerer und ein kürzerer Lebenslauf ganz ungleichmäßig gedehnt und gepreßt sein müssen um zu ungleichen gleichen Zeiten zur inneren Lage der Motivsituation zu führen. Man könnte also sehr logisch einen Raum für das Mystische lassen. – Man kann aber auch sagen: die Koinzidenz ist immer nur sehr teilweise; in jeder Sekunde gibt es Handlungsspielraum, und daß innerhalb einer gewissen Breite des Möglichen, dann die Wahl des Schicksals auf eine bestimmte Reaktion fällt, hängt von den augenblicklichen äußeren Umständen ab, ist ja auch in diesem Fall zb. ganz natürlich zu verstehn.

Es mystisch zu sehn, das Denken umzustellen, erscheint fast nur wie eine freie Willensentscheidung. Das ist der ungeheure Reiz dieser

Psych. Relativ. Prinz.

Zueinanderpassende Zustände sind gleichzeitig 30 Jahre des A = 20 Jahre des B. A langsamer gegangen? Größere Raumeinheit? Weniger dicht erlebt? Oder Raum etwas, das man mit sich nimmt. Sie treffen sich zur gleichen Zeit im gleichen Raum, setzt voraus: Die Räume hängen voneinander ab; es sind zwei, denn in einem wäre es nur bei verschiedener Lebensgeschwindigkeit möglich; aber die Räume, die Welten, die Erlebnisse dieser beiden Menschen waren nie selbständig, sondern immer eine Einheit.

Die Verhexungsgeschichte. Wenn man das fühlt, wie fern ist da Verbot der Geschwisterliebe. Wie menschlich-sozial bloß.

B. 1. Von Ag. aus: Gut, wer wenig Gutes tut, war für sie ein Geheimnis, das sie in And. verkörpert erriet. Sie hatte das Gefühl, seine Gedanken gaben seinem Wesen eine willkürliche Form, sein Leben und sein Wesen gingen verschiedene Wege und er hörte nicht auf die Stimme des Wesens, sondern richtete sich nur nach seinem Werk.

Sie wußte nicht, woher sie das Recht nahm, ihm solche Vorwürfe zu machen. Ihr eigenes Leben mußte ihr doch schlecht erscheinen. Aber sie schöpfte den Mut aus ihm, und das war ein wunderbar weiblicher Zustand, welcher sich anlehnte und stützte.

2. Wir haben unsren Vater nicht geliebt! sagte Agathe
   Warum hätten wir es tun sollen?! antwortet Anders

Traum: Ich hatte von dir geträumt; in der Nacht, bevor du kommen solltest. Du warst nicht so bestimmt, wie du jetzt vor mir stehst. Milder, ernster, unirdischer; ein Glanz durchdrang mich. Aber ich habe das Gefühl, daß dir das jetzt nicht fehlt, sondern daß man etwas von dir wegnehmen müßte, um dich wieder so zu haben. Jetzt stehst du auch zwischen Stühlen und Schränken, und so kann man nicht stehn; im Traum war es ein lebendiger Raum, ganz leer bis auf sich selbst; und dich. Ein schmaler Abgrund war zwischen uns; ich sollte dich an den Händen herüberziehn. Wie ich zog, warst du wie eine Wand herrlicher Blumen u kamst langsam näher. Dann bist du durch mich durchgeschritten. Mir war, als wanderte ich endlos unter der Flut der Bäche von Duft und Haut der Blüten. Als das geschehen war, warst du hinter mir, ich sah dich nicht mehr, aber du warst nicht vorbei, sondern gehörtest zu mir. Alles, was hinter mir lag, war mein Körper; es war nicht mein Ich, denn ich war gar nicht mehr. Vor mir lag der leere lebendige Raum; er läßt sich nicht beschreiben, ich wollte sagen, es geschah nichts mehr in ihm, aber am ehesten könnte man sagen, er hatte keine Richtung mehr in sich, die auf mich zugeführt hätte, und alles, was geschah, geschah vor mir wie ein Bild, wie ein Wolken- und Blumenspiel. Alles hinter mir war nicht mehr ich, als ich es war. Ich habe mich nie so glücklich u gut gefühlt wie in diesem Traum

A will es nur als Zustand gelten lassen Ag. macht ein andres Geschehen daraus Al! das geschah ihm und er geschah dem.

3. Er war einer jener Menschen, die..

Zerrissen, zerzogen, cynisch, stolz, eine feindselige Bewegung der andren beobachtend. Nun zum 1. mal anders (G 23)

Was so geschah,
In diesem Zustand war alles Geschehn ohne Veränderung

A. fühlte ein zweites Wesen in sich.
Ineinander:
1. Gespräche durch das Haus schwebend
2. Testam.
3. Nacht.

Das Vermögen geteilt 66

Seine Fähigkeit, Vorstellungen in Teile zu spalten, Gefühle in Teilen zu fühlen

Cäsuren:
Welche jungen Menschen waren nicht glücklich... 66
glücklich u müde 68
Minuszeichen 70, 72

Warnungen u Antriebe 72
Gemeinsam Kampf aufnehmen 99 Treibt an
Wirft vor daß er zaudert 101
[. ?.] backen   „
Zu zweit mehr

1. In der Hauptsache drehn sich die Gespräche um Gut oder Nichtgutsein, denn das Erlebnis der antiegoistischen Einstellung asthenischer Natur war ja L.
2. Als Ag. sicher ist, geht sie zum Test. über. Ohne viel Worte. Sie vertraut sich ja dem Bruder durch die Tat an.

Cäsuren Forts:
Wer sind wir? Das müssen wir erleben? 102
Gedicht 102
Du hast kein Gewissen – Bewunderung od. Verlockung 100
Hat Angst vor ihm 99
Gefühl wie ein Vogel   ⎫
Ag war ein anderer Mensch als A   ⎬ 97
Gefühl, daß etwas geschieht 96 –   ⎭
Gelangweiltes Ertragen. Dunkel aufsteigende Traurigkeit 88
Fremde, leichtfertige Beweglichkeit 83
Gürtel gelöst 82
Was werden wir daraus machen   ⎫
Begegnung als uneingestandene Ursache von Worten ⎬ 81
Düstres Haus 80   ⎭

Sonst: Holst du es wie holt heran, u. in dem Augenblick, wo es das Tor der Sekunde passiert, fällt es dahinter auf einen Haufen Messingbruch.

Nacht: Die Welt des Weibes fremd in dieser Welt
Er will nicht allein schlafen. Nicht Sex., sondern Sehnsucht nach dieser andern Welt.
Ein mystischer Zusammenhang: von persönlichen Räumen u Zeiten – daraus Angst vor dem unheimlichen Alleinleben (Unklar)
A. ganz weich. Das macht Ag. selig
Sie sprechen, wachen u schlafen bis der Morgen kommt
Sex. kommt zuletzt W 9
Sie sind irgendwie froh, nur Geschwister zu sein W 10
Erlöser W 11
Beginn: Ag denkt traurig an sein Denken. Woher soll sie die Kraft nehmen, ihm das andre zu zeigen. Da kommt er u ist selbst umgestimmt.

Nach Test. Aufwachen wie aus Konzentrationszustand. Als hätte er den ganzen Tag geschlafen, nun ist er wach.

Aber der Raum hinter ihrem Rücken war nicht die Blindheit, die argwöhnisch bewacht werden muß

...Zeit.. halblichte Vergangenheit blinde Leere in welche die von der Gegen-
       wart abbrechenden Minuten fallen
       dunkle Sack in dem die bunten Bilder des Gesichts verschwinden

2. Reise mit Agathe

Überfahrt. Seekrankheit. Aufschießendes Bewußtsein einer fürchterlichen Leidenschaft zueinander, weil man sich so sieht, erträgt, zugehörig fühlt, mit aufgerissenem Mund, erbrechend. Das ganze Schiff eine Orgie.
Ancona. Erschöpfung. Für Ehepaar gehalten, Zimmer mit zweischläfrigem Bett; man will nicht zurückweisen; Angst, Verfolgtsein quasi, Süßigkeit.
Von Rom nur das Schreckliche. Das Geglättete, die schluchtartigen Straßen mit grünen Fensterläden. Das Gemartertsein von früher.
Das war die erste Reise. Bei der zweiten, mit Clarisse, erinnert er sich daran. In Venedig, wo, auf der Rückreise, Clarisse interniert wird, Zusammentreffen mit Gustav. Etwas dicker Bauch, tiefe Zusammengehörigkeit mit Clarisse. Zurückgetrieben nach Wien; Zusammentreffen mit Agathe, Beginn der Spionagegeschichte. Die innere Stadt wie ein Garnknäuel geschlungen um den Stephansdom. Graugelbe Dunkelheit. Luft wie Daunen.
Auf der Reise: Sie tun gar nichts wirklich; sie leiden nur die Angst, daß man sie bezichtigen könnte, und das Begehren.

Irgendwann Erinnerung an Esslingen. Museum 1. Stock. Er sitzt am Fenster, spiegelndes Nichts, Abglanz des Zimmers. Wenn man sich aber nah hinbeugt, taucht erst von allen Seiten das Schwarz herein und dann die Kirche, die gezackten schwarzen Häuser mit den Schneehauben.

1. Reise. Es ist langweilig anders; wir reisen als Mann u Frau. Nichts sonst; alles nur in dem Zögern, das man innen dabei überwindet. Sie reisen ohne Pässe. Morgens in Budapest. Unterredung mit einem Advokaten. Der Platz vor dem Parlament: wie dünne Eisplatten zerbricht etwas unter den Füßen; Windstöße fegen ihn von Menschen leer, das bloße Existieren macht sich als Anstrengung fühlbar. Ungeduld in den Zug zu kommen. Erst 10' vor Abgang, Widerstand gegen die Ordnung. Irgend einem Gefühl folgen sie und nehmen Fahrkarten 2. Klasse; irgend einer angenehmen Vorstellung von schwarzem Leder. Trinkgeld, allein. Überall werden sie für ein junges Ehepaar gehalten. Es ist langweilig, Agathe legt sich hin. Es wird schön; weiße Ebene wie ein Meer, meterhoch verschneite Wälder, dicke Schneepolster auf den Zweigen der Tannen. Achilles weckt Agathe auf; diese weißschwarze, vielleicht eine weiß u geheimnisvoll flaschengrüne Landschaft stürzt durch ihre Augen – schön sagt sie, drückt seine Hand – und zerschmilzt zu Schlaf; er starrt in die fremde Gegend, sieht im Dunkel des Abteils Agathens, die auf der Seite lag, Schultern und Hüften wie Hügel, geheimnisvoll ...
Morgen bei Fiume. Durch das geöffnete Fenster feucht heiße Luft. Gefleckte Flanken des Kessels in den sie hinabfahren.
In Fiume Regen, Sturm. Ein Mensch auf der Bahn sagt, der Dampfer ist schon morgens weg; ein anderer: er wird noch da sein. Weg über den Hafenplatz: der Sturm dreht den Schirm um – Lachen auf den Steinplatten, der Regen durchnäßt die Kleider so, daß man in Halbschuhen durchwatet.
Spaziergang in Sonnenschein, Palmen, wie ein Band in Schleifen gelegter Straße.

Was ist eine Hinrichtung im Vergleich mit einer Operation?!
Er fährt mit einem andern zurück, der sich entsetzt. Wie sie auf die gepflasterte Straße kommen, stößt der Wagen so, daß sie nicht weiter sprechen. Bäume reißt es vorbei, manchmal schleudert es den Blick durch eine Lücke durch in Sand, Kiefern ...

Der Mann: geht, sieht sich um. A. fühlt ein unaussprechliches Verbundensein mit ihm. Dostojewskisch. Verlacht es. Gibt freiwillig nach.

Moosbrugger ist einfach verlegen bei seiner Hinrichtung. Exekution wie eine Feuerwehrübung Die feierlichen Floskeln am Ende berühren A. nicht. Er grüßt höflich u unbestimmt beim Hinausgehn. Fühlt daß es vielleicht unpassend ist. Erst als er in das Gesicht seines Chauffeurs schaut, merkt er einen Unterschied von Helle und Wärme der Umgebung gegen früher. Das Gesicht erscheint ihm ganz hart, er sieht jedes Barthaar einzeln. Ein Herr, der zwecks einer journalistischen Studie dabei war, den er zum Fahren eingeladen u vergessen hatte, steigt zu ihm ein. Er bleibt aus unbestimmtem Gefühl rechts sitzen. 5^h Landstraße, dann herausgestreckte Stadtstraße. Wirtshäuser, Volk in schwarzen Röcken u Hemdsärmeln. A. fühlt einen unbestimmten verachtenden Haß gegen dieses Volk.

Studie zu Schluss

A. zunächst ohne Ironie:
Umschlag einer Lebensstimmung mit Hart, hell, herausfordernd .. in Weich, dunkel, eingeschmiegt... Es ist einem völlig gleichgültig, was soeben noch wichtig war.
Man fühlt, diese Passivität ist nicht ganz ohne Aktivität; aber diese ist doch etwas anderes als die streitlustige Passivität von früher. A. erinnert sich, daß er schon in 30 etwas ähnliches empfunden hat. Er war unzufrieden mit sich u. 1) Es grauste ihm vor seinem Haus. Er erinnerte sich wieder seines Gefühls des «Ahistorischen». Die Welt mit jedem Tag neu .. (Ü 14) 5 Dazu: Zufällige u wesentl. Eigenschaften 9 Ev. Gebrochensein aus Kraft; das Wesen ist noch Kraft, aber der Gegenstand des Anpackens ist eben noch größer. An 33.

1) Ich bin geboren worden, entlassen in diese Welt; aus einem schützenden Dunkel ins andere. Mutter? A. hatte keine besessen. Die Welt meine Mutter? Er stand auf u. dehnte seine Muskeln. / ein wenig aus Vorseite ( ), voll kommt es erst im nächsten Teil. / Statt Exterr. – eingeschl. Ausgeschloss .. Ev. dazu: Kein Ding ist fest, kein Ich. (An 38) Aber alle sind sie eingebettet. Dazu *8*
Mit einemmal stand hell vor ihm, daß Cl. etwas von seiner Schwester gesagt hatte. Du wirst ja jetzt deine Schwester wiedersehen! – irgendeinen solchen Satz, er hatte das Klangbild in sich, Cl. hatte an diesem Abend vieles mit sonderbarer Betonung gesagt.

Schwester: Er wußte nichts von ihr außer Kindheitserinnerungen. *6* Aber es war gut, daß es eine Frau gab, mit der ihn nichts Sexuelles verbinden durfte obgleich er sie vielleicht lieben durfte.
Wie sie aussehen mochte? Er hatte sie vielleicht 15 Jahre lang nicht gesehn. Ja, sein Vater war unzufrieden mit ihm, ließ ihn einige Jahre lang während der Ferien nicht nachhause kommen. Dann war er als Fhr. mit einem Duellschuß (schwerer Zerrung nach einem Sturz mit dem Pferd) im Spital gelegen, als sie heiratete..
Gott, welcher Esel er war. Wieviele, im Grund so verschiedene Esel er war! Sein ihm fremdes Leben *2)*
Wieder Schwester: Er freute sich, daß nun eine Zeit kommen werde, wo er ruhig über sich nachdenken könne. Er erinnerte sich, daß er ursprünglich ein guter Junge war, feurig, gut-willig. Das ging dann schon in der Schule weg; Schule schafft für gute Schüler Scheinbefriedigungen, für schlechte Knechtung. Später kamen dann diese unnatürlichen, wenigstens ihm unnatürlichen Gemeinschaften (Offze. Kouleur,

Kletterklub) Die ekelhafte Zentrierung um das Sex., den sexuellen Trinkzwang. (Ag 4 r)? Dazu Menschen, die er war? *3)*
Ein Gefühl öffnete ihm die müde herabhängenden Arme: Wenn jede gute Handlung ein Schritt der Liebe Gottes entgegen wäre! wie Göthes Haltung in Stella! Ag 5r – das wäre ein Mensch, der er noch nicht war. «Schwesterdisposition» (in An 2 mit nicht mehr verständlichen Hinweisen angeführt)
Schwester? Ein Gleichnis .. ein schönes Gleichnis ... Das ist eigentlich ein sonderbarer Einfall. M. ein Gleichnis. Gleichnisse bezeichnen wirklich Gleiches (Vorabend – Tuch)? *4)*
7 Das Wissen liegt unverbunden u. unverbindbar in ihm. An 36.
8 Der junge Mensch ist asozial. Für große Ideen, die noch fern der Durchführung sind. (Eigentlich religiös) So – erkennt A – war er; jetzt ist ein neuer Zustand dabei Br 27
6 Von Zeit zu Zeit in den Briefen seines Vaters ordnungsgemäße Familiennachrichten: Deine Schwester Ag hat nun geheiratet .. In der Ehe deiner Schwester Ag. scheint, Gott sei es geklagt, nicht alles so zu sein, wie es sollte .. (An 14)
5) Bo. war in der letzten Zeit wirklich ein wenig rührend Die Dinge verlieren in seiner Nähe Farbe u Geruch. Das macht jede Frau unglücklich. Sie fühlte sich nicht um ihrer selbst willen geliebt. Er muß mit Bo. brechen! (An 3)
Geschwisterliebe = Ichliebe. Man findet den zweiten Menschen so selten. Ag 5 (r) Er fühlt sich einsam. (L 50)
9 Br 147 (Index A/Ag 12) (Pferde)
Ein Mensch ganz auf Repulsion, d.i. wie ein System ohne einen festen Punkt. Er ist müde. Der Welt müde sein. s. D-Ah. *10.*
A. reißt sich von dem Gedanken an Cl. los. Nein, er will nicht wieder so eine Liebesgeschichte! (Und schon ist sein Schicksal Ag.) 22/52
1 → I ff Schluß: Sonderbares Schicksal, das A in den gleichen Kreis geführt hat wie seinen Vater. Ironie! Wenig Sympathie, ein Gefühl für Kontinuität. Suggestionen der Patriachie. Unlustgefühl von der Banalität der Philosophie in solchen Lagen. Ihm geht es nicht besser, aber trotzdem steigt das Gefühl der Exterritorialität in ihm auf; weil ihm wenigstens alles fremd ist. Reichsgründer haben keine Ahnen! Das hatte er schon als Knabe zu jemand gesagt. Dieser Jemand: seine Schwester. Hatte dann nur ihren Mann wiedergesehen. Schämte sich vor ihr. Aber vielleicht gab es einen zweiten Menschen, der das alles ähnlich empfand?

[Fragment]

III.

10.

Ich hatte auf den Brief meines Vaters nicht geantwortet. Ein komisches Schicksal hatte mich in den gleichen adeligen Kreis geführt, dem er einen Lebensaufstieg verdankte, dessen naive Würdelosigkeit mich reizte; ich hatte beschlossen, mich darin umzusehn wie in einem Zimmer, in das man durch einen heimlichen Zufall geraten ist, und wenn ich im geringsten dabei an eine Ähnlichkeit hätte denken müssen, so wäre mir dies unmöglich geworden; dies war wohl der Grund, warum ich meinem Vater die Genugtuung vorenthielt, daß sein Wunsch in Erfüllung gegangen ist. Er verübelte es mir, und ich erhielt kein Schreiben mehr von ihm, so daß ich nicht lange Zeit danach von einer Nachricht völlig überrascht wurde, die mir sein Ableben meldete. Ich kann nicht sagen, daß ich erschüttert war; wir hatten wenig Sympathie für einander. Auch fehlte mir völlig das Gefühl für jene Kontinuität, die, wie man behauptet, Ahnen und Nachfahren verbindet; die Erblichkeit gewisser Anlagen und Eigenschaften, die gewiß vorhanden ist, erschien mir nicht wichtiger, als daß die verschiedensten Melodien aus den gleichen Tönen aufgebaut werden können, und die allgemein geltende Forderung frommer Ehrfurcht ist Gimpelfang; wenigstens empfinden es so die meisten unbefangenen jungen Menschen, obgleich sie es später verleugnen. Außerdem mußte ich in großer Eile die Anordnungen für meine Abreise treffen.

Ich erinnere mich, daß mir während ich das Einpacken überwachte, die barbarischen Suggestionen der Patriarchie durch den Kopf gingen, die man in die schaudernden Kinder gesenkt hat; die Hand, die nach dem Vater schlägt, wächst aus dem Grab, das ungehorsame Kind wird von den Tränen der Eltern heimgesucht, wenn sie tot sind, und viele solcher Mittel aus einer wilden Frühzeit der Menschheit. Urzeiten werden in der Kinderstube, wo sich die Erzieher gehen lassen, lebendig. Etwas später befiel mich das öde Gefühl, daß die ganze Atmosphäre um die letzten Fragen und ihre Philosophie, nach der ich unwillkürlich in meinem Gedächtnis gesucht hatte, von einer ausgesprochenen Banalität sei. Genau so, wie wenn man fünf Minuten lang zu einer Sternennacht aufschaut. Wir wissen nichts, und was wir fühlen, ist aufgewärmter Kohl. Nicht einmal das wußte ich, ob ich mich meiner Abneigung hingeben durfte oder ob ich sie zurechtweisen sollte; beides war als Ansatz in mir. Was immer die Philosophen beigetragen haben mochten, als Denkleistung konnte es ungeheuer sein, menschlich sind wir in diesen Fragen unleugbar beschränkt und langweilig geblieben. Auch meine eigenen Gedanken teilten das natürlich, bloß kam es mir plötzlich ungemein merkwürdig vor, daß man damit zufrieden lebt. Das wohlbekannte Gefühl der Exterritorialität stieg in mir auf: auch wenn ich mir nicht anmaße die Dinge und Gedanken besser ordnen zu können, sind sie mir in der Ordnung, die sie gefunden haben, unsagbar fremd. Und allmählig bemerkte ich, daß ich in einen ganz bestimmten Strom von Gedanken und Gefühlen geraten war, den ich beinahe schon vergessen hatte.

Der Gedanke an meinen Vater, den ich nicht achtete, war mir unangenehm, wie es eine Pflanze fühlen mag, die an den Wurzeln verätzt ist. Ich erinnerte mich, einmal zu einem Menschen gesagt zu haben: Reichsgründer haben keine Ahnen! Auch das war mir jetzt unangenehm, weil es so kindlich-überheblich nachklang, wenn ich gleich damals gemeint hatte, daß jederman ein solcher Reichsgründer sein sollte. Jener Mensch war meine

Oder: Ich hatte kaum mich in meinem neuen Kreis umzusehen begonnen, als ich ein Telegramm meines Vaters erhielt, welches ... meldete. Ich war nun ganz Herr meines Lebens. Als ich Bahnhofsplatz .. hinaustrat, ...

VIII. 16. abds. 1929.

D. M. o. E., konsequent durchgeführt
Erste Überlegung

Ihm keinen Namen geben. Im 1. Teil kurz begründen. Wie ein Mann o E. aussieht, ist nicht schwer zu sagen: wie die meisten anderen.
Es ist nur zuweilen ein Schimmer an ihm, wie in einer Lösung, die kristallieren will u doch immer wieder zurück geht.
Der Name Ulrich fällt frühestens bei Essayismus II Tl. Bis 5 S 17 M o E. dann abwechselnd.
Cl. sagt u sieht: Du siehst wie der Teufel aus. Kolossale Energie usw.
W. sagt: Deine Erscheinung zerfällt usw. Ungefähr, wie man es von ihm sagen könnte.
Ah u D. werden beunruhigt. Ah sagt: der «Vetter» (angewendet H 306)

Nur für die Polizei hat er Eigenschaften. Für Gn: Der alte Kamerad
Für Gf L. ist er etwas Bestimmtes (Wahres)
Für Bo. ist er großartig, gemein usw.
Ich sage: der oder ein M. o. E. (dadurch ist, ohne ihn zu überwerten – wie es mit
einem Helden U. geschieht) doch ein Gegenstand der Schilderung da. Ich frage
mich stets: was sagt, denkt, tut ein M. o E. in solchem Fall.
Die Gedanken sind solche, wie sie sich heute jedem gescheiten Menschen anbieten.
Sie könnten auch anders sein; es kommt zu keiner Willensbildung u. überzeugung,
außer zu einem Pkt oder einem paranoïden System.

Man gewinnt dadurch Relationen zu den Personen, das situative Gespräch.
Natürlich sind sie alle ohne Eigenschaften, aber an U. ist es irgendwie sichtbar.
Er ist groß usw. sympathisch, aber doch auch unsympathisch.

Von den anderen Personen wird dagegen richtig erzählt.
Ev: Alles vom M o E im Präsens, das erzählte Übrige im Imp.
U. ebenso unsympathisch wie mich selbst zeichnen.

Ah. nennt ihn: Der junge Doktor
D: Mein gelehrter Vetter (mit iron. Unterton)
· – belehrender –

Den Urlaub vom Leben stärker betonen: Selbstmordbeschluß (statt dessen dann
Krieg) Gründe nicht angeben. Es waren weder konkrete, noch eine Verachtung
des Lebens; im Gegenteil, obgleich er dieses abscheulich fand, bemühte er sich, es
zu lieben, fühlte sich irgendwie dazu verpflichtet.

Einige Korr. vorgemerkt R Fr 7 S 9 – 24. Zu R 67 vgl. einstweilen R Fr 7, S 4,
28. X.
Anfang 96 ist zb. so selbstverständlich vom M o E. die Rede (2. Abs.), daß unbedingt anfangs des Buchs gesagt werden muß, daß ihr diese Bezeichnung viel
bedeutet!

VORWIEGEND ZU ULRICH-AGATHE

AE 9   AZ. u. Ag/U.   (Ag.)
                                        In II. Bd. s. AE 8, S 2ff.

Die Entwicklung der Beziehung Ag/U ist beinahe identisch mit der Darlegung
des a Z.
Rekapitulation aus I:
Möglichkeitssinn – *das, was den Möglichkeitssinn festhalten könnte,* wäre aZ. Die Welt
hat kein Ziel für U. Universale Abneigung, zu der es anscheinend keine Neigung
gibt – die fehlende Ergänzung bei solchen Menschen ist aZ.
20/III: Eigenschaften, die das Leben bestimmen, ohne zum
Menschen zu gehören.   Wo? D –
20/IV. Bei den Leuten, in denen die Welt frei ist – die die Unord-   große Idee –
nung lieben wie ein Zigeuner [?] .. usw: wäre zu ergänzen, daß   Schmelz-
ihnen doch etwas fehlt. Eben jene Einheit, Grundmelodie usw., von   zustand?
der später die Rede ist.

34/III. .. wo früher Luft gewesen ist, schreitet man durch dicke weiche Mauern ...
Man hat eine zweite Seele, die immer unschuldig ist .. Hat dann aber nicht auch
diese Person eine zweite Seele..?
35: .. Tat.. Seite, die Gott zugewendet ist .. Alle großen Gläubigen waren
Immoralisten .. Unterschieden zw. den Sünden u der Seele .. keinen Scheidungen des Menschentums untertan .. das menschliche Herz genommen .. Der
äußere u. der innere Mensch; unbewegliche Abgeschiedenheit.
Alles hängt von einem unsichtbaren Prinzip ab – u. – die Seele des Sodomiten:
als Karrikatur darauf.
Sie lagen in seinem Leben, solche Sätze, wie Inseln in einem Meer .. ohne Zusammenhang u doch nur wenig getrennt .. einer Küste vorgelagert oder: hier war
einmal ein Festland ... Hängt zusammen mit einer Erinnerung, der er durch viele
Jahre ausgewichen ist. Ungeheure Leidenschaft als 20 Jähriger für 30j. Frau. Er
hatte sich in ihren Begriff verliebt. Beschrieben als «echte Liebeskrankheit.» Die
Liebe war so groß u. ungewöhnlich, daß man nichts damit anfangen konnte, sie
blieb kurz u unwirklich, tendiert von Anfang an auf Nachher. Dann: Er nahm
Landschaft nicht wahr, sondern in sich. Die Welt überschritt seine Augen, er
dachte nicht, ihr Sinn schlug von innen an ihn. Er war ins Herz der Welt geraten.
Geliebte gleich weit von ihm wie Baum. Ingefühl verband die Wesen ohne Raum.
Ähnlich wie Traum (durcheinanderschreiten), aber klar u. übervoll von Gedanken.
Aber nicht von Gründen, Zwecken? Begehren bewegt. Breitet sich in Kreisen aus.
Der Widerstreit des Lebens liegt in einer unaussprechlichen Milde, Weichheit u
Ruhe. Er darf sich die Frau nicht konkret vorstellen. Der Besitz, das Sei–mein ertrank
im Zu–Liebe–Leben. – Er hätte sich nicht gegen einen Überfall verteidigen können.
Gut u Bös gab es nicht.
41/I Statt des Wirklichen wird Seinesgleichen angeboten. Es ist nicht das, was
man aus ganzem Herzen schön, wahr usw. nennen möchte.
41/II Das nebelhafte Ich, die Schale, das Scheinich – das gilt für den Nicht aZ –
dem ein letztes Prinzip eben fehlt.
43/IuII. Ein Sturm bei ganz ruhig bleibender Oberfläche, ein Zustand der Bekehrung, der Umkehrung. Kein Molekül bleibt auf seinem Platz. Das Auge,
Ohr nimmt anders auf: nicht liebevoller, schärfer, tiefer, weicher – man kann
gar nichts sagen ... Geht über auf den irrenden Tropfen, auf Kulissen .. also
auf das Verhalten des Gesamtich.
Du hast nie in deinem Leben das Eigentliche getan ..,..,.. ist es nicht!

Du hast es bisher zu leicht genommen.
Ich will einmal, einmal ... tun
Aber wozu bin ich denn eigentlich da?
Geht über (ironische Erklärung) auf Geist

Zwei Strömungen waren in ihm, eine kalte u eine warme. Wenn man liebt, ist
alles Liebe. Ast u Fensterscheibe bedeuten ein moralisches Erlebnis. Die Dinge bestehen aus Sittlichkeit. Die Welt ist empfindlich wie ein geliebter Leib. Der Zustand ist von einer grandiosen u. unendlich zarten Immoralität. Eine Übertreibung.
Wollte sie auf den Thron der Welt setzen. Griff als Lt. zu den Waffen des Geistes.
Wurde lächerlich. – Wird da beschrieben als Geist in seinen verschiedenen Varianten u. Überzeugungen von In zu Für
51. Seele beschreiben als ein Fehlendes. Junge Leute können das Wort nicht aussprechen. Das Wesentliche ist nicht, was man tut, sagt usw, das ist nur ein Halbes.
Das Entsetzliche des blinden Raums hinter sich: d.i. Seele oder zeigt sie an. Ersätze.
Eine besondere Stellung: die Liebe.
52. Weiß Gott, was eine Seele ist. Die Seele läßt der Seele Spielraum, Anarchie,
es gibt Beispiele, daß reine Seelen Verbrechen begehn. Dauernd vermögen eigent-

lich nur Narren im Feuer der Beseeltheit auszuharren. Normal: Übergang zum Für.

53. Ah. findet eine Seele u fällt in Verzagtheit. Vorher schon: D - Schmelzzustand.

67. Die Gefühle, welche uns mit der Wirklichkeit verknüpfen, scheinen nicht die wesentlichen zu sein. Die Menschen sind froh, wenn sie ihre Ideen nicht verwirklichen können. Ich würde die Wirklichkeit abschaffen.

70. Ah – Mystik des Geschäfts.

72. Symbole, Ströme der Jenseitigkeit

75. Ah mystische Karrikatur – Rückläufige Bewegung.

$\dfrac{77-78}{\text{III.}}$ Die Seele geht zuende. (Ah.)

77. Nichts kommt heraus, Ah kommt heraus. Höhenrausch.

78. Schmerzende Sehnsucht nach Ordnung des Inneren. Einheit u Einfachheit eines Traums. Sehnsucht nach Schlaf, Melodie, Ruhe Gottes, Mutter – Geliebte, tödlich unmöglicher Zustand.

79/IV. Beginn Typologie

82. à l. h. u à l b.

83/I Ah: Liebe ohne Frauen. Beschreibung einer aZ – Ahnung. Der innere u. der äußere Mensch. Einbildung oder Wirklichkeit? Alle Religionen, Liebenden, Romantiker. – In der Folge trocknet es ein, man vergißt es so rasch wie nur unwirkliche Erlebnisse.

83/V u die ganze Gegend (G HS) gehört zu Für – In

84. Satire Ah – D – Seele

E s gibt kein grenzenloses Glück

... Gleichgewicht. Der Mensch muß irgendwie mit seiner Umwelt fertig werden. Vor-89. Was sagt die Seele zu heiraten oder nicht? Lassen Sie uns schweigen! Es gibt Minuten ... Es wird eine Zeit kommen ... Qual, daß dieses Glück keine Konzentration zuläßt. Die wahre Wahrheit kann nicht ausgesprochen werden.

$\dfrac{89-91}{\text{I}}$ Der sittliche Reichtum ist nah verschwistert mit dem geldlichen.

$\dfrac{89-91}{\text{II}}$ Ah. kann auf Geld ebensowenig verzichten wie auf Vernunft u Moral. Die schwindelnden Stunden. Es geht ihm wie seinem Zeitalter. Die Arbeitsteilung zw. Moral u Reue. Hat als Religion abgetrennt. Kann sich nicht in die Flamme stürzen. Die Schönheit ist Stupor.

Gewährenlassen – Ideengeschichte – Leben wie man liest.
zu: Die Inversion.

Geschwisterliebe: Kommt ein hermaphroditisches Ideal herauf, durch Abbau der unnatürlichen Polaritätsspannung? Seel. Einssein u geschl. Kameradschaft?
Die Vereinigungsversuche realistisch, d. h. mit vollem Ernst beschreiben.
Nach Reise nimmt die Beziehung Ag/U die gleiche Entwicklung wie im Großen Der aZ. wird ein Gefühl, eine Sache, von der man redet u schreibt, ein Bestandteil der Moral – abgespalten.
Ag. hat ein vorzügliches Gedächtnis für das Gerede der Männerwelt. ⎫
Nur kein Verständnis dafür. Hg. später in der Art handeln lassen, wie ⎬ Vgl. 10.
ihn Ag. beschreibt ⎭
Argument pro à l b. contra aZ. s. AN 209 bei Uneingereiht
(freie Taten .. Tropfen Geruchs...)

15. XI. Der Rest der U/Ag Kap. in II III bzw. die Parodie D/Ah. führte auf die Frage: Wie lebt man eigentlich im aZ. bzw. gehobenen Zustand. U.zw. realistisch u. wirklich, nicht stimmungshaft? Reglos u doch lebendig!

1. Man kann nicht sprechen. 21/39,41 Man leuchtet einander ein L 8 → E 8
   zu 1 u. zu 5 Es ist das Gefühl eines Glücks u das einer Zerstörung (21/41 u)
   Diese Erlebnisse lassen sich übertragen, aber nicht fixieren. L 21
   Aber alles geht nach einem Einverständnis vor sich.
   Was heißt Einverständnis? Doch wohl Gefühlskonkordanz. Was dir zukommt,
   strebt zu dir hin L 7 → E 6. Stärke der Eindrücke
2. Gedanken, Worte, Taten reichen nicht an die Seele 21/41
   Aber sie sind doch dazu da, die «Güte» zu mehren
   d. h. sie mehren den Grad des Zustands
   Leidenschaften berühren das Eigentliche nicht; sie sind von außen gekommen
   21/43
3. Die eigentliche Beziehung besteht in Erwecken u Erwecktwerden.
   Man hat nicht gute, schöne u dgl. Einfälle. Sondern: das Wachsen des einen,
   ist auch Wachsen im anderen B 27. Zugleich eine Art Allgegenwart des anderen
   L 8 → E 21
4. Man kann schon jetzt sagen: Ein M_i von äußerem Geschehen. Verknüpft mit
   einem M^a an innerem. R 33
   ad 3) Die Gedanken fallen wie Strahlen in ein Brunnenbecken.
5. Viel Ausdruck, wenig Erleben. Das drängt nach Gleichnissen. Man könnte tagelang in Gleichnissen fortfahren. Was heißt das? s. IE 8. Gleichnisse gehen mehr
   an als Wirklichkeit L 22
   Es kommt nicht auf das an, was ich tue, es könnte ebensogut etwas anderes sein,
   aber es muß den gleichen Gleichniswert haben.
   Obgleich Gleichnis, Gefühl der inneren Notwendigkeit
   Nichts ist fest. Jede Ordnung führt ins Absurde. Nur hier ist das Gefühl des
   tiefen Lebens
   Die Kategorien der Welt erscheinen als erstarrte Gleichnisse L 22 od 23
   Die Welt nur ein möglicher Versuch
   Zugleich mit den Gleichnissen fühlt man, das Leben löst sich in einen Hauch
   auf.
   Es ist da u. nur bis zu einem gewissen Grade da.

   > Es ist die ewige Geschichte
   > von der fernen Geliebten.

6. Man wird dadurch auseinandergehalten .. Auch zusehr eins werden wollen
   ist ein Verstoß geg. das Gleichnis.
7. U. fühlt: hier mündet sein ganzes mathem. usw. Denken L 7
   Die Abneigung geg. Autorität, Neigung zu Unmoral
8. Nicht haben, Sehnsucht – haben bis Selbstmord. s. Fr 7 S 2
9. Jede Tat soll übertroffen werden. Darin liegt die ganze Dyn. Moral L 7 →
   E 2r.

   Aber: E4: U. hat nichts gesagt (als Mensch) was nicht schon gesagt worden
   wäre. Man findet sich verstreut in der Vorliteratur. Niemand weiß das. Augenblick großer Wahrhaftigkeit. Nicht Fortschritt kann das Ziel sein – Entwicklung (in Übereinstimmung mit Bergson)

10. Ich entsteht durch Organisation u Verschmelzung; darum kann man nichts
    Unbedeutendes tun L 8 → E 13, Anm. 4.
    Dagegen: Entsteht durch Auflösung in Gleichnisse. IE 8.

11. Das Symbol der sich ausbreitenden Kreise für das Denken E 5.

Zu 5. Ein gutes Bsp. E 5r Begrenzung. Wenn man Ag. ansieht, die liebliche Figur, u Mg. Moral. Zwei widersprechende Sätze; beide richtig.

D. h. E 8: Es gibt Wahrheiten, aber keine Wahrheit.

12. Ursache u Wirkung sind zwei Seiten eines Tatbestands.

zu 3. Das Kriterium einer Idee ist die Macht, die sie ausströmt, das Leben, das sie in unserer Seele erzeugt. E 8

13. Ich bin wie du mich machst.   E 8 r
    Ich erkenne, daß du mich fruchtbar machst „
14. Das Motiv ist das, was mich bewegt; ich bin das motus ib.
15. Stärkste geistige Bewegung ohne Konvergenz zu Eindeutigkeit E 16.
16. Verhalten zu den Widersprüchen – math. Moral, übergeordnetes Ganzes usw.
    Vergleich mit Sympathie für 2 Feinde. E 22.
17. Vorstellendes – bewegtes Verhalten.
    Gegenständlicher – zuständlicher Teil des Bewußtseins. E 53

[Fahrt über See]

A.
Fahrt über See: wie sie war. Nach Festigkeit bei realem Anpacken.
Zum erstenmal als Mann u Frau nebeneinander in dieser Schwäche nachher. Da sind ihre Körper so substanzlos wie seidene Bänder. Es kommt zu nichts. Nur nachher das furchtsame Gehn zwischen den lauten Menschen.
Eisenbahnfahrt: Hin u her, her u hin werden die Muskeln gebogen. Die Körper zaudern. Das schwache Lächeln, das der gestrige Tag war, verblaßt. Hie u da ein Blick. Oder ein Schließen der Augen. Bedürfnis nach dem Kursbuch, nach einem handfesten Kupeegespräch. Aber zwischen Schweigen, Ermüdung, durch eine fremde Landschaft gleiten u sogar Langweile doch festgehalten der Besitz von etwas anderem.
Erster Versuch sich nackt auszuziehn. Über Felsen auf eine unzugängliche Felsenterasse. Schon Auskleiden wirkt nicht. Das im Zimmer reizende Spiel der Kleider ist hier ohnmächtig. Der nackte Körper wie ein Strich. Wenn er wenigstens sonnenverbrannt wäre.
Vereinigung. Wie zwei Einzeller. Bewußt – in einer Pause, wo der Mond fort ist – Sex. als Zuspitzung auf einen Zweck u Weg. Es muß dieses Eindringen geben. (Gespräch) Der Mond ist wieder da u. das Eindringen beginnt. Bis sie sich ermüdet u gesättigt loslösen. Wie Mehlstaub in menschlicher Form auf ihren Betten liegen. Glücklich, verwirrt; aber aller menschliche Inhalt war fortgeblasen. Kann man das wiederholen? Nur wenn ein intell. System dabei ist wie bei unio myst. odgl. Dieses System wäre ja vielleicht möglich. Tragik: eine unausgeborene Welt.
Das normale Verlangen in U. Auch in Ag. Aber immer wieder zurückgedrängt, bis die Sehnsucht nach gewöhnlichen Hindernissen wie Rivale udgl. kommt.
D-Ah: Sitzen, die Hände ineinander Knie an Knie. D's Knie haben eine Bewegung sich zu öffnen. Sie preßt sie zusammen. Sie steht, Ah küßt sie in die gekrausten Haare am Hals. (Ihm unbewußt, dieses Anschmiegen von hinten) Der Kuß Rücken hinab, bei den Beinen durch, bei den Brüsten hinaus.
D-U. post. D sieht ihn nur verstört an. Alles in ihr ist vernichtet. Er hat ihre Empfindungen wieder ins Geleise gebracht.
Ld. Ist die Demokratie eine Einrichtung, die Führer ausliest? Nein.

Fördert sie das Geistige? Nein
Sie zieht den Hervorragenden hinab u erhöht dadurch nur ein klein wenig das
Gesamtniveau.

[Sua 1]

A.
Zugleich Sammelmappe U/Ag 1.   Sua 1

I 11 Kapitel   I–IV Aufstieg
II ?   V Schluss Abstieg (Eine
III. 7 W/Cl.   Art Ende – M o E)
u IV. 3 Ge HS

19. XII *Idee der Gruppierung:*
  a) Zwillingsmythos – Moral, von Ag
  U. suggeriert
  U: Reine Liebe
  Dazugehörige Moral.
  1000j Reich
  b) Auseinandersetzung mit Umwelt.

Ag Nicht durch Denken, nicht durch Tat etwas bedeuten
Als Körper, durch Sein
Träg weil sie nichts zu tun hat
Reglosigkeit des aZ ist ihr nicht befremdlich
Altmodisch nennt sie sich.
Bisher Männerwelt: der Körper hat Vollständigkeit verlangt.* Das war kein
Fehlgriff sondern eine Vorläufigkeit. Warum Gewissen? Weil sie nichts zu tun
hat Weil sie zu Sein tendiert
Sp: Aber das hat doch keinen Sinn. Aber dann findet sie die Kostüme.
Cl. unsympathisch mit ihrem ewigen Willen *[?]* Findet Männer in Gal
komisch.
Geg Us «Tätigkeit» mißtrauisch
Man muß auch ohne Tätigkeit glücklich sein können in einem hohen Sinn
Gegen $<^{\text{U}}_{\text{Ld.}}$
Der erste Mann – beinahe Furchtbarkeit der Natur.
Kein Mann - Parasitismus
Aber dem Körper fehlt etwas. Es muß daraus der Idealzustand entstehn Sie
erfindet d. 1000j ..

Nach Reise: Soll sie Jungfrau werden?! Die Männer tun das Übrige

*Sie: Zwillingsmythos u Schwester. U. macht die Theorie dazu.
Aber warum Bruder?
Trägerin der Geschwisteridee? Od ist das U? und sie hat nur Zuflucht gesucht,
versuchsweise u einen Mann gefunden, den sie liebt.

Meine Auffassung oder Aufgabensetzung der Dichtung: Partiallösung, Beitrag zur Lösung, Untersuchung odgl. Ich fühle mich einer eindeutigen Antwort enthoben. Ich habe ja auch die Moral der Einzelfälle postuliert. usw.

Berechtigter Einwand: Das stammt aus der Vorkriegszeit. Das Ganze war doch nicht zu erschüttern. Auch ging es weiter: dieses Gefühl hatte jeder. Es war, ob man es mochte oder nicht, ein festes Koordinatensystem da. Ein schwimmender Ball, dem man alle möglichen Stöße und Wendungen gab. Das Interesse erschöpfte sich in den Variationen. Wohl nicht die Festigkeit der Umgebung, aber die Unbekümmertheit um sie war stillschweigende Voraussetzung, ohne daß man es wußte.

Disposition zum Verständnis meiner Art zb in Martha: weil sie das Ganze ohnehin ignorierte.

Diese Situation ist jetzt geändert. Der ganze Mensch ist in Unsicherheit geschleudert. Erörterungen nutzen ihm nichts, er braucht die ihm verlorengegangene Festigkeit. Darum das Verlangen nach Entscheidung, nach Ja und Nein. In diesem Sinn ist ein so substanzloser Mensch wie Brecht durch die Form seines Verhaltens vorbildlich. Er ergreift die Leute, weil er ihnen ihr eigenes Erlebnis vormacht. Das muß man voll begreifen.

Also ist das Lehrmoment im Buch zu verstärken. Eine praktische Formel ist aufzustellen.

Nicht mehr ausgedacht: Anscheinend gewinnt der Gegensatz Praktisch-Theorein, die ursprüngliche Spionidee dadurch neuen Inhalt.

Aufbau – Idee:

Ag-Männer, Spionage stark kürzen, so daß Krieg unmittelbar aus a-Z hervorgeht?!

Cl. stark vorziehn.

Us. Mithilfe an M. einschränken. Mehr aufs Theoretische mit einer einzigen praktischen Beteiligung.

Zwischen U/Ag nach Bedarf noch einige theoretische Kapitel einschieben.

Cl – Irrenhaus stiftet in ihr den Vorsatz Sanatorium. Sie ist also anfangs mit Sanatorium ganz einverstanden. Die Griechen Geschichte kommt auf diese Weise vor Siena.

B.

Zugleich Sammelmappe U/Ag 2.   Sua 2

Auf der Reise Ag. Angaben zum Verständnis
Erste Nacht hauptsächlich Ag.
Leergewordenes Gehäuse – Lebensschale einer Vorgeneration – Diese gemütliche Häßlichkeit
Schön? Sie ist nicht repulsiv. Vertrauen u Neigung vor dem übrigen.

Gemeinsame Geschmacksreaktionen	In dem Augenblick, wo U. Neigung für
A Z – später	Schwester erkennt, bemerkt er auch, daß
Verbrechen vor Geschwisterliebe	sich die Prophezeiung von Ende I erfüllt.
– so entwickeln. Und in	Dieser Zeitpunkt ist zu fixieren. Wahr-
«Szenen». zb. Entdeckung gleichen	scheinlich nach *Rückkehr.*
Geschmacks wäre eine Szene.	

Nicht allzu intelligent. Ein bißchen goj starke Umweltschilderung u Begleit-
Langes Haar. Vollschlank umstände.
Nicht ohne Ironie auch das.
Zu Totenhaus wiederanklingende Inversion.
Antietatismus setzt sich fort. → Also schon vor Abrechnung mit Umwelt.
Ge – Anfall macht Sex. überdrüssig
aZ. gelingt von vornherein nicht? (d. h. ab Rückkehr)

Das Meer: nur am Rande die lächelnde Geliebte (in Frühjahr u Herbst bei Regen:
weich wie Milch u Mandelkleie). Draußen bei bösem Wetter: unmenschlich,
dumm. So sind alle Dinge. Wie es schon der Gn. gesagt hat. – Bei Reise.

Handlung (!)

I. Beginnt mit ›Bruder‹*, endet mit Verbr. (beginnt mit
gleichem Geschmack.)
II. Beginnt mit Reaktion auf Anomalie, endet mit 1000j.
Reich Moral Motive der Flucht vgl IE 36 S 2 (Primitive Forderungen der Realität nicht im Verhältnis mit
den luftigen Konsequenzen der Moral)

> Reale u moral. Ver-
> wicklungen durch
> Testam. Geschwi-
> stergefühle bis zu
> Geschwister-Liebe
> u aZ.

III. Beginnt mit 1000j Reich, endet mit normal-verbrecherischen Sexus.
IV. Enthält Ags bösen Sexus, endet –? Vorgesehn: Steigerung des Verbr.
V. Die Erlösung durch den Krieg, eine Art Ende.

*Ginge leichter von Ag aus u abwechslungsreicher. Enttäuschung von der Männer-
Welt, Nichthineinwollen ebensowenig Gleichsein den Frauen mit ihrer blöden
Erotik stiftet die asoziale Bruderdisposition

Bruder: weil nicht wie alle Frauen.

Heftigkeit dieser Reaktion u Heftigkeit der Reue u Bedenken paßt zum Tat-
.Menschen Ag. im Unterschied vom MoE.

Erste Wirkung der Schwester: Gibt U. Freude an sich selbst. Verleiht ihm also
Eigenschaften.

Europäisch muß aZ als *aktives* Abenteuer erzählt werden.
Wien: U. merkt daran, daß er sich nicht langweilt eine erotische Spannung. (Ag.
lehnt ziemlich ab, in Gesellschaft zu gehn)
Sie besuchen zusammen Museen usw. Sie besuchen gemeinsam Theater usw. Us
Kritik daran. (Ev. erst in Konkurrenz mit Ld)
Wie kann man … ?! Schon wenn ich ein Hund von guter Rasse . . empört sich
etwas. Ag lächelt ohne zu entgegnen
Treue, so wie sie Ag hinnimmt, ist keine Verpflichtung
U. anfangs sehr aktiv, da Mentor
Ihr Körper: kein Sport, würde ihn nur entstellen.
Beim R [. ? .]: der Bruder muß ihr helfen; daß er es wird, sieht sie aber erst per-
sönlich.

II$_r$ ist doch einfach die Forts. von I.

Cl. vorziehen. Einen Roman Cl – Mg – M. machen. (Cl. zunächst so, wie U. nach
Ansicht mancher Leute sein sollte.)!
Die Entwicklung U-Ag konzentrieren u verstärken.

Eine *moralische* Entwicklung
Ag-Ld. ev mit Teilen später. In der Reaktion, vor Verschwinden; II$_{IV}$ würde
dann wohl mit Trennung enden, oder nur mit ganz kurzer
// usw. ist zu schwach u schlecht mit U-Ag verbunden; vielleicht den Fortschritt
zw. diesen beiden von diesem Rahmen abhängen lassen, damit eine Gestalt des
Ganzen entsteht, die I entspricht.

Ev. U. zieht sich von der // ganz zurück, weil Ag so will.
Nur einzelne Begegnungen mit den Figuren.
Bis Reise vorbei ist.

Durchs Ganze: Krieg
　　　　　　　U – Ag (Ev. aus U-Ag u U-Cl Szenen
　　　　　　　Cl.　　　　　U-Ag-Cl szenen machen)

Vielleicht wenn er jetzt noch ein ganz klein wenig mehr getan (nachgegeben) hätte,
würden sich die Bänder des Lebens gelöst haben, würde er in etwas das weder
Wahnsinn noch Wirkl. war hineingeglitten sein. Er brachte diesen Mut nicht auf,
sich ganz los u hinein u heraus zu lassen.
Und er sagt: es ist in einem Hotel unmöglich, wo ich dem Kellner Aufträge geben
u dem Manager auf die Frage nach meinem Befinden antworten muß.
Es ist in Europa nicht möglich. Vielleicht wäre es in Indien möglich. Aber was
wissen wir von Indien
Zum erstenmal fühlten sie das Unglück nichts zu wissen.
Dann können wir nur eine einsame Insel suchen, ein Korallenriff, die Galapagos
odgl. Er schlägt es vor.
Aber Ag. fühlt schon, daß es ihm nicht genug ernst ist.

Reise Ag – U: So wie die Budapest-Fiume-Ancona.
　　　　　　　Seekrankheit, wie es war, mit Erbrechen u. Durchfall. Die Bewegung des Horizonts bei Beginn eine Inversion – erinnert, will sich vertiefen, aber
schon kommt diese gemeine Revolte des Tierischen. Das hinterläßt eine Disposition
zur Abwendung vom Leib. Also aZ auf Grund der Durchfallserinnerung.
Sie reisten ursprünglich als Bruder u Schwester, mit getrennten Zimmern, nur die
Schiffskabine gemeinsam, wo sie bekleidet liegen. Aber in Ancona ,wo sie widerstandslos alles mit sich geschehen lassen, werden sie als Ehepaar behandelt u. in das
letto matrim. gelegt. Wo dann mit wiederkehrenden Körperkräften . . .
So ist da eine gewisse Verbrechens-Gewissensstimmung noch begreiflicher.

Ag befindet sich von der Begegnung mit U. bis gegen Ende der Reise in einer Art
Produktionszustand; sie sagt u. tut etwas, das etwas macht, formt; sie hat nicht oder
bald nicht das Gefühl, es sei eine Fortsetzung ihres anderen Lebens, eher den Eindruck einer einmaligen Blütezeit. Als das vorbei ist, wirft sie sich weg.

Wenn man diesen Zustand beschreibt, läßt sich aktueller aZ. zeigen u. theoretisch
dadurch ersparen!

Galizien: sie muß Verhältnisse haben, müd sein, um nicht wieder den sich verändernden Bruder zu lieben.

U: Ehe er M. befreit odgl. spricht er mit einem Politiker od. ähnl., um den Auftrieb
zu gewinnen.

Mystik ohne Okkultismus.

Nach der Reise: Der RA. ist der, welcher sie gegen Hg. vertritt. Sie hat sich nun also mit Hg. versöhnt, will aber doch Scheidung. Sie nützt ihre stupide Macht über die Männer aus. Das ist der Weg zu: Galizien – Dahinein jedoch auch Mg. U. ist ganz einverstanden, aber erträgt es nicht.

Ancona ist eigentlich ein Absturz gleich zu Beginn. Aber vernünftig, damit man es hinter sich hat u das Erlebnis nicht durch diese Spannung gefälscht wird.

//: Kontroversen von Staatsanwälten und Verteidigern, Sturmszenen im Parlament udgl. sind ganz das gleiche wie das Zetern von Hunden, die durch ein Gitter von einander getrennt sind.

U/Ag/Hg.-Ld.

Moral, aZ, Verbrechen: Unsere Moral stimmt nicht, wenn man sich nicht anlügt oder täuscht. Es ist dann beinahe gleich falsch, ob man Gutes tut oder ein Verbrechen; die Abweichung vom Richtigen da und dort: das kann für U. entscheidend sein. Er u Ag. büßen dann gewissermaßen für die Fehler unserer Moral. Da aber aZ meiner Ansicht nach auch undurchführbar ist (obwohl viele heute ahnend in dieser Richtung drängen; und im Roman HS, Ah, Ld), bleibt also nur übrig: erkennen, fromm sein ohne Einbildung u arbeiten. Daß man das tun sollte, fühlt U. bei der Mob., ohne sich ihr zu entziehen.

Ags Gedächtnis, das die Dinge nicht verbindet. Sie liegen darin wie in den unergründlichen Taschen eines Kindes, völlig sinnlos, aber wenn so ein Gegenstand hervorkommt, ist er zauberhaft ursprünglich. Ulrich der Abstrakte liebt dieses Gedächtnis.

Ah. schreibt denn Anna-Brief nicht als Brief, sondern als Poesie, die er D. schickt!

H 120 einmal im Leben geschieht alles, was man tut, für einen anderen. Das gibt domestiziert *Ld.* auch.

aZ ist im ersten Teil jetzt schon sehr beschrieben und bequatscht. Nun heißt es, lebend mit ihm fertig werden!

Haß u. Feindschaft geg. die Welt wird später durch Hg. udgl. nur artikuliert, ist aber in der Hauptsache schon ein Ingrediens der Liebe zw. Ag. u U!

Ist der Ablauf im ganzen nicht so: U. versucht zu isolieren: Tat – M. Gefühl – aZ. Zum Schluß kommt man doch wieder auf die scheußliche heutige Vereinigung von allem zum Kulturtyp?!

Erklärung des aZ: H 120
Vorher:
Diese gesteigerte Empfindlichkeit erklärt auch den weiblichen Zug.
Der männliche?
Gott: ein Mittel, die Gesteigertheit zu erhalten. Es ist der Zustand ohne Lachen; Mystiker lachen nicht.

Daß der unbeschriebene gehobene Zustand identisch mit Essayismus ist: nach Rückkehr.

II. Band

C.

Zugleich Sammelmappe   Sua 3
U/Ag. 3.

Auf der Reise haben sich Ulr. Gedanken mit Ag. beschäftigt; äußere Angaben zum Verständnis des Verhältnisses u. der Empfangssituation.
Erste Nacht hauptsächlich: Ag. U. höchstens soviel als zur Ergänzung nötig ist.
Nach dem Prinzip «Umweltschilderung» das Haus: «Leergewordenes Gehäuse» kann ergänzt werden durch «Lebensschale einer Vorgeneration». All diese gemütliche Häßlichkeit.

Kinderzimmer als Zimmer zweiten Ranges. Ag hat ihm ein Sofa hineinstellen lassen.

Wie U. ist, hat er unwillkürlich in der Erscheinung seiner Schwester nach etwas gesucht, das ihn zurückstoßen könnte, aber nichts gefunden. Das zunächst anstelle der Frage, ob sie schön oder es nicht sei. Nun käme (und auch durch ihr Betragen) zunächst das Vertrauen. Die Neigung. Die unsexuelle Liebe, die sich bis auf die Nacktheit erstreckt. Das Gefühl, mit allem, was er liebt, bei sich zu sein, auch wenn es unbedeutend ist.
Die aZ-Gespräche können gut auf später geschoben werden; man kann sich auch an ein paar Geschmacksreaktionen auswittern.
Der Geschwisterliebe geht das Verbrechen (Testament) vorher. Verbrechen – das, was einem allein übrig bleibt, wäre dann nach Rückkehr zu entwickeln als Ergebnis u. Anknüpfung der Eindrücke der Umwelt.

Verbrechen entsteht auch durch Konzentration alles dessen, was andere Menschen in kleinen Unregelmäßigkeiten abströmen lassen.
Eingefallen bei 831: Entweder ordentliche Zusammenarbeit (Generalinventur) od. aZ bzw. Verbrechen. Das muß eine klare Wahl sein.
Bei den bösartigen Geschehnissen (Ag M Cl.) ist die eigentliche Aufgabe, zu zeigen, wie man zu ihnen kommt, das heutige Bedürfnis nach ihnen, die Funktion udgl.

aZ-Entwicklung käme dann konzentrierter nach Eintreffen Ag's. Ld. kann trotzdem bald einsetzen, denn jede Retardation genügt als auslösende Stimmung.
Ev. so, daß die Entwicklung U-Ag. nicht als kontinuierliche Linie gezeigt wird, sondern in einem ersten Teil, dann Einschiebung Cl. odgl. (Cl. ohnehin im späteren zu entlasten), dann zweiter Teil in schon gespannterer Form. Dazwischen auch D/Ah.
Ag: Nicht allzu intelligent; ein bißchen «goj».
Ironie, wo weniger äußere Gegenstände da sind, auch auf die Situation eines Menschen wie U. erstrecken.
Ah / Semmering ev. vorziehen in die Kapitel nach Rückkunft. Denn die Geschichte dieser beiden muß auch fortgeführt werden, u während Ah. seine Briefe entwirft, kann D. ganz gut ein paralleles Gespräch mit U. haben.
HS – U: Was keiner wollte! 773, 782 Nennen Sie mir einen letzten Wert!: Da steckt das ihnen gemeinsame Problem.
Oberfläche 383, 405 *[?]*
Ag. langes Haar.
Beschreibung von aZ. in Ahs Jugend 616/17: das packt dann U. aktuell.

Ag nach dem etwas ungesunden Interesse für M: Lyrik und ein Mensch auf dem sich langsam drehenden geistigen Globus.

Bei Wiederanklingen der Inversionsstimmung im Totenhaus benutze ev. Af 31–1 rot (in Schluß I nicht verwendet)

Reichsgründer u Schwester ib.

Schwester. Ab Ankunft auf verschiedene Stadien aufzuteilen: Af 31, S 3 u 4.

Stimmung: Genug vom Alleinsein. Fächelnder Wind in den Segeln z+1 S 3.

Ev. Stimmung: Exterritorialität u. eingeschlossenes Ausge- schlossensein ib S 2

Antietatismus setzt sich ausdrücklich od. unausdrücklich in diesen Stimmungen im Totenhaus fort.

$\left.\rule{0pt}{2.5em}\right\}$ Vielleicht II/II

Zu Verbrechen: ev S 1/2 → Af 17–4. (auch bös–bös u gut–bös) Vgl. auch Blge. r.

Kann man einen Menschen, der ein unsühnbares Verbrechen begeht, damit entschuldigen, daß seine Tat eine ungewisse geistige Kraft ausstrahlt? U. fühlt jetzt, man kann es! γ S 10   γ = Af 18/19/19–1

Zeitgemäße Betonung der Persönlichkeit ist ein ungemein indolenter Verzicht auf die Leistung γ S 4.

Wahrheit, Realismus contra Auslassen u Rührung ib.

Teillösungen; U. hat immer gelebt, wie man liest; Ordnung (ev. auch Ersatzgespräch mit Ag.) γ S 2. *(Er entwickelt Ag. sein Lebensgefühl)* (Es ist zT. eine *Rekapitulation* von U. aus I.) Ähnlich: Af 18/19/19r Ev. auch Zu Af 17/18, S 15.

Vor Af 19/20 S 3

U sieht ein: Liebe zu M, Bo als Liebe zu Gleichnis auseinandergesetzt, Mathem. Haltung, ablehnende Haltung: im Grunde = es ist heute doch nichts da! Af 18/19/19.

Messen, Diabolismus Z 15, 16

Konditional – absolut Af 18–3, S 4.

Energiemoral (Af 18/19/19)

Mein Leben u Leben der großen Menschenmassen ib r mit Hinweis.

Zur Rekapitulation Us: Af 18/19

Rekapitulation Leben/Lesen Af 18/19/19 r

Überlegung zu Verbrechen od. Erklärung, nur zT. benutzt ib. ?

Gesetz der Gesetzlosigkeit Zu Af 17/18 S 15.

Gottesreich Ü 87

aZ: ,,

Moralische Rolle der Dichtung ,,   → Af 18/19

Kraftfeld u analogische Beziehungen Ü 89

Bl. Neuaufnahme liegt vor Af 19/20.

Warum Wissenschaft hier so betont wird: Vor Af 19/20

Dagegen kann ein Einzelner nichts tun. ib S 2.

Rekapitulation Ah: Vor Af 19/20 S 4.

LF ib.

Gf L: Ich hab gar nicht gewußt, daß Sie so ein Philosoph sind! (Zerrissenes Kuvert)

II: Die Umwelt scharf zeichnen   ,,

II – aZ: Es gelingt von vornherein nicht?   ,,

  ,,   Ge – Anfall macht Sex. überdrüssig.   ,,

Jede Einzelbemühung vergeblich

Bei jeder Umwälzung kommt die Lit. zu schaden (R Fr 27, S 1)

Gf L: Die 2 Stromkreise (– Indirektheit)

Am Konzil sind die Jungen schon da.

D. kennt die Liebe nur anfallsweise – mit Ah. aber doch anders.

U. doch etwas verliebt in Cl. F 69

Die Erinnerung an die Zeit, wo man Freude an sich hatte, macht U. beinahe mehr an W / Cl hängen als umgekehrt.

M: Lieben oder töten – liegt auch in dem Verhältnis M – Gesellschaft nahe beisammen.

LF: Rechtfertigung: Es ist nur noch die Kaufmannsideologie übrig geblieben, außer wilden Resten (Demonstration!); sie ist die einzige systematische (außer der Kirche.)

Gemeinschaft – Mauer s. Schm.

Genauigkeit ist nichts anderes als Nicht-Vbdg. m. gr. D. Das liegt Ag.

Erst gemeinsam leben, dann kommen die Ideen: KP } Af 18 – 2.
Erst Idee, dann Anwendung: U.

Typus eines Gesprächs: Af 18 – 4.

Gn. liebt zunächst D. weiter, vertraut sich aber mit Genuß Ag. an. Erzählt ihr von ihrem Bruder u. der //.

Oberster Gedanke von Anfang Bd II an: Krieg; aZ-U dem untergeordnet als Nebenversuch der Lösung des «Irrationalen».

Man wird sagen, in diesem Bd. seien nur Minusvarianten des Menschen beschrieben, Lächerliches, Krankes, Entgleisungen. Wenn ich nicht eine Gegenfigur einführen will, kann das nur durch Art des Vortrags ausgeglichen werden.

Zu Ag – Moral:
Ahnung der Lebenseinheit durch Liebe: gestreift.
Güte ohne Größe: Hg.
Liebe ohne Güte: U
Güte ohne Liebe: Ld
Bös mit Eros: Peter

Soziale Anknüpfung der Moral: erst später.

Zuerst: Ich habe also nicht schlecht gelebt? So ähnlich ist ihr Interesse an Moral anfangs u führt gleich zu Testament. Hier sagt U: Alles ist Ethik.
Dann kommt wohl ihr Interesse an Us Widerständen u führt zu Mg. Wird verschärft durch die Vorwürfe Hgs. Soziale Anknüpfung der Moral. Spezifikation s. vorstehende Notiz.
Von Begegnung bis Reise eine Art Blütezeit. Dann wirft sie sich weg.

Ironischer Erziehungsroman Ag – U.?
Ironische Darstellung des tiefsten Moralproblems; Ironie ist in diesem Fall Galgenhumor.
Ironie: Ag. nimmt ernst, was man ihr erzählt: Vater, Lehrer – u Männerideologie usw. (das ist schon ein Ansatz)

Beleuchtung Ags – Us. von Hg u Ld. aus bald einsetzen!

Ironisch: Der zu Gott geneigte Mensch ist individualpsychologisch der mit Mangel an Gemeinschaftssinn. Der Pseudo-Neurotiker.
Ironisch: Der religiöse Mensch als der böse.
Die Verbrecher = die Frauen.

Gottesneigung Ags. im Gegensatz zu U erst später.

II$_{II}$ Der religiöse Mensch als Verbrecher – Zusammentreffen mit dem christl. Menschen. Hg. kommt persönlich. U. bietet ihm an. Er aber will genau u just...

Präludium zum aZ-Abenteuer u Verteidigung: H 115.

U weiß sich u Ag. eine Art letzte Romantiker der Liebe.
Doch auch eine Hauptlinie: Die große Rasse der Dumm- und Durchschnittsköpfe
u die kleine der Genies. Unabhängig von allen politischen Problemen der Welt.
Das Schicksal Us: eine Art Letzten Mohikanertums.

Leona = der Sänger H 147

Die Verbrecher: Moe. ist jetzt nicht mehr zu bereichern, Woff. aber noch sehr u
führt zum Untergang der Gesellschaft.
Die Welt zerplatzt: AE 7 → AE 4, L 66
Krieg: Us System ist am Ende desavouiert, aber auch das der Welt.

Hauptthema von Ags Ankunft bis Reise: Ag. zwischen U, Ld, Hg, Schm.

Guillemins Fragen: Wie steht U zur Politik. Antwort: Generalsekretariat, Individualist mit Bewußtsein der Schwäche dieses Standpunkts. Auseinandersetzung mit den
realen Problemen der Politik erwünscht.
Warum geht er nicht in die Schweiz? Irgendwie, weil man kein Vertrauen in die
Kultur hatte, Flucht aus dem Frieden. Wenn das, dann ist Peter, der ganz Unkultivierte, als Vorbild der Zeit nach dem Krieg zu zeichnen.

Ld Wie der Gegensatz zu Hg 187 bezeichnet ist, wiederholt er sich variiert zu Ld.

FRAGEN ZU BAND II 1930–1938/39

Exposé des II. Bdes «MoE»

Wenn ich an die Kritiken des I Bdes. denke, so bemerke ich immer wieder als
etwas ihnen Gemeinsames die Frage, was denn nun wohl oder eigentlich im II. Bd.
geschehen werde. Die Antwort darauf ist einfach: Nichts oder der beginnende
Weltkrieg. Man beachte den Titel, den der Hauptteil des I. Bdes. führt: Seinesgleichen geschieht. Das heißt, daß heute wohl das persönliche Hier und Dort des
Geschehens ein bestimmtes ist, das Allgemeine daran aber oder seine Bedeutung
unbestimmt ist, verwaschen, äquivok und unübersichtlich sich wiederholend. Der
zum Bewußtsein der heutigen Lage erwachte Mensch hat das Gefühl, daß ihm
immer wieder die gleichen Dinge widerfahren, ohne daß ihn ein Licht aus diesem
unordentlichen Kreis herausführen würde. Ich glaube, daß damit ein Hauptgedanke des I Bdes. bezeichnet ist, um den sich große Teile des Materials gruppieren ließen. Vor allem liegt in ihm die Kontinuität, die es erlaubt die gegenwärtige Zeit schon in der vergangenen zu erfassen, und auch das technische
Problem des Buches ließe sich so bezeichnen als den Versuch eine Geschichte
überhaupt erst möglich zu machen.
Ich füge hinzu, daß das, was ich soeben mit andern Worten die Eindeutigkeit des
Geschehens (Lebens) genannt habe, durchaus keine philosophische, sondern eine
Forderung ist, der schon beim Tier Genüge geleistet wird, während sie beim
Menschen scheinbar verloren gehen kann.
Daraus wird es verständlich, daß das Hauptproblem des II Bdes. das Suchen nach
der bestimmt bedeuteten, oder *[?]* m. e. a. W. nach der ethisch vollen Handlung ist
oder, wie ich es einmal ironisch nenne, nach dem 100%tigen Sein und Handeln.

Die allgemeineren Untersuchungen des I Bdes gestatten mir, mich hier mehr auf die moralische Frage zu sammeln oder, nach einem alten Wort, auf die Frage des rechten Lebens. Ich suche zu zeigen, was ich «das Loch in der europäischen Moral» nenne (wie beim Billard, wo der Ball früher oder später in einem solchen Loch stecken bleibt), weil es das rechte Handeln hindert: es ist, kurz gesagt, die falsche Behandlung, die das mystische Erlebnis erfahren hat.

Hier möchte ich aber aufhören, Ihren Reklamewillen mit dem unmöglichen Problem der philosophischen Reklame zu belasten, und hole nach: U., zum Begräbnis seines Vaters gereist, trifft in dem vom Tode ausgeräumten Haus mit seiner ihm beinahe unbekannten u. auch gleichgültigen Schwester zusammen. Sie verlieben sich nicht so sehr in einander als in die Geschwisteridee. Ich bedaure ja sehr, daß dieses Problem eine gewisse höhere Banalität hat, aber sie beweist anderseits, daß es der Ausdruck breiter Strömungen ist. Meine Darstellung zielt auf diese zu ihm führenden Bedürfnisse. Ich kontrastiere nun die beiden Thesen: Man kann nur seine Siamesische Zwillingsschwester lieben und: Der Mensch ist gut. Das heißt (die Geschwisterbeziehung ist zunächst rein geistig) U kehrt nach einem von intensiver Annäherung erfüllten Beisammensein zurück, seine Schwester folgt ihm nach u. sie beginnen ein provisorisches Zusammenleben nach den Grundsätzen, die sich ihnen ergeben haben, werden aber durch die Aufmerksamkeit der Gesellschaft gestört, die sehr gerührt von diesem Akt geschwisterlicher Zuneigung ist. Gn. St. berichtet über den Stand der //, die des Geistes überdrüssig ist u sich nach der Tat sehnt. D. deren Beziehung zu Ah erkaltet, beschäftigt sich mit Sexualwissenschaft u widmet wieder mehr Aufmerksamkeit ihrem Mann – S Ch Tzi.

Das Gefühl hat nie Bezugsfreiheit gehabt.

II R. Fr.

Inhaltsverzeichnis.

II R Fr. 1. Zum Aufbau von Bd. II.
— 2. Cl. Umgruppierung.
— 3. Von früher vorhandene Cl Kapitel nach II R Fr 1., 20. X geordnet.
— 4. Hinweise aus 3. u. a. auf Ag-U.
— 5. Rahmen
— 6. Ag – U, fortlaufend.
— 7. Zum Aufbau Ag-U. Rückblick.
— 8. Index brauchbarer Stellen, namentlich abgelegter.
— 9. Zum Aufbau Ag-U. Vorblick.
— 10. Hauptindex A) U u Ag.
                B) Figuren u Probleme.
                C) Cls. Ideen.
— 11. Cl – Erlösen.
— 12. Siegmund
— 13. L F. (u. Kreis)
— 14. // (u. Gf L.)
— 15. Gn. in II.
— 16. W. u seine Probleme in II.
— 17. D, Ah. Tzi.
— 18. Induziert aus Bd I, ausgenommen U-Moral (dieses = R Fr 9)
— 19. Studienblatt Ag.
— 20. Prof. Ld.

— 21. Studienblatt Hg.
— 22. Problemaufbau.
— 23. Studienblätter zu Cl.
— 24. Kontrollblatt Sex.-Zeit.
— 25. Exzerpte u. Zusammenstellungen.
— 26. Studienblatt Soziale Fragestellung.
— 27. Gott u ä.
— 28. Notizen zur Korrektur von Bd II$_I$.
— 29. Moral und Krieg, Studienblatt.
— 30. Zeit und Krieg, Studienblatt.

Zum Aufbau von Bd II.

II. R. Fr. 1.

19. X. 1930: Lesen der ersten Kapitel u. Überfliegen der übrigen ergab Absicht:
II$_I$ (u. II$_{II}$) ist einfach Forts. v. Bd. I.
Weiterhin muß der Aufbau geändert werden.
U. zw: Die Entwicklung U-Ag konzentrieren u. verstärken
    Ist in der Hauptsache eine moralische Entwicklung.
    Ag-Ld mit Hauptteilen später legen. In die Reaktion vor Verschwinden;
    II$_{IV}$ würde dann nicht mit Trennung enden oder nur mit ganz kurzer.
    // zeigt sich zu schwach mit U-Ag verbunden; Rahmenbeziehung wie
    in I, Gestalt des Ganzen muß erst geschaffen werden.
    Ev: U zieht sich von // fast ganz zurück, weil Ag. es so will; nur einzelne
    Begegnungen mit den Figuren bis Reise vorbei ist.

    Cl. vorziehen. Einen Roman Cl-Mg-M machen – *II R Fr. 2.*
    Ev: aus U-Ag u. U-Cl szenen U-Ag-Cl szenen machen.

Dominant durchs Ganze:
    (Die größte Idee soll gefunden werden →)   Krieg (aZ. ihm untergeordnet.
                                        Beides sind «irrationale»
                                        Liebesversuche.)
                                        U-Ag
                                          Cl.
                                          Die Verbrecher. (Also auch, wie
                                          U. verändert wird.)

20. X: I. U-Ag.   *So wird es im Groben aussehn:*
      II U-Rahmen.
      III U-Ag-Cl; Mg, Ld; Rahmen bis incl Reise; Cl-M. (verlangt ins Irren-
          haus aufgenommen zu werden)
      IV. U-Cl-M; Rahmen; bis incl. Insel.
      V. U-Ag; Ag-Ld; Rahmen.
      VI. Cl. nach Insel bis Irrenhaus
         U-Ag bis vor Gal.
      VII. Cl Schluß. U-Ag Gal. Rahmen.

16. XI.

2. XII. Bei II R Fr 9 Beziehungen zu Reisekapitel I. ergaben sich 2 Bo-Kapitel uzw:
    1) nach Rückkehr aus Totenhaus. Sex. ausgehungert; andere Hauptpkte. s. II
    R Fr 9. Brauchbares älteres Exzerpt: L 59, 6 u 8

2) Haarnadelszene. L 59, 9

3) u 4) s. Zu L 59 S 3.   s. *Blatt Bo-R in Konv. Bo.*

6. IV. 31. In II II/III Exkurs über Gerechtigkeit   Ev: geg. Bo?
       u. Ags. etwas sonderbare Askese mit Hg nehmen.
       Es ist ihr in H *12* aufgegangen u wird jetzt überleitend rekapituliert.
       Soll eine Verteidigung Ags. sein. Hauptsächlich gegen die Bedenken, die
       ihre Lebensgeschichte (*12*) erregt.
       Dabei auch ihr beständig schlechtes Gewissen berücksichtigen.

15. IV. Überblick II R Fr 5 ergab 21–25 Kap. exl. U/Ag.
       Diese mit 6–8 gerechnet

27–33 Kapitel bis Reise.
Das Kapitel zu 8 Seiten: $\dfrac{27.\ 8}{216}$ — $\dfrac{33.\ 8}{264}$ HS.

           129   129
           216   264
Handschriftseiten 345 — 393

$$345 : 84 = x : 100$$
$$34500 : 84 = 411\ MS$$
$$-\ 90$$
$$100$$
$$39300 : 84 = 467.8\ MS$$
$$570$$
$$660$$
$$720$$
$$48$$

// als Achse; II R Fr 14 angelegt (auch 13 u 15)
Krieg als Ergebnis von Ahnen – Glauben – Wissen: AE 24, 25 IV

25. IV. In den Komplex des Ganzen geraten: AE 24, R Fr 9, AE 10–1, 18–1.
       Fortführung von II R Fr 7 beschlossen.

2. V. Exzerpt U in *13, 14* = II R Fr 7, Blge. 1.
       Die 3 Kapitel: Cl, D, Bo sind Vorbereitung auf U/Ag.
5. V. AE 20, S. 5 (Moral in II) angelegt.

12. V. Nach Abschluß von H *15* ist für Weiterführung U/Ag u. D. zu sorgen.
                  II R Fr *17* (D, Ah Tzi) angelegt.

14. V. Aber nicht komplet. Alte Aufb. Mpe., IE usw. allerhand Notizen für das
       Ganze, namentlich die Ideenführung gesehen, die noch geprüft werden
       müssen. Einstweilen Versuch, mit H *16* zurechtzukommen

19. V. Ergebnisse von *16* für //, Tzi, Ah, D: II R Fr 17, S. 7, 19. V., II R Fr 14,
       19. V. (Auch Fr 9, 19. V notiert)

    Zur Weiterführung D/U in 17 angelegt: ⎫ Es gibt also jetzt Beilagen
    II R Fr 17, Blge. 4.   ⎬ zu II R Fr 9. und II R Fr
    Ergänzung durch U in 17 ff: II R Fr. 9, Blge 2. ⎭ 17. Dazu II R Fr 7.

    Bei der Überlegung auf *AE 20, S 6, Beilage 1* geführt worden

20. V: Von dort auf R Fr 9.

25. V: Stand:
R Fr 9, S 1–7 verlangt noch eine Zusammenfassung (dabei: 17) Forts. gehört zT.
noch in andere Rubriken eingetragen). Diese würde schon die Fragestellung für
U/Ag usw. ergeben. Während der Anlage sehr lebendig gewesen, nachher nicht
geglückt. Vermutung: es müsse am Faden von *17* begonnen werden, (weil sich an
u. für sich das Material verschieden gruppieren läßt)
Außerdem hat sich bei der Durchsicht des I Bdes ergeben, daß auch für alle anderen
Figuren lebendige Anknüpfungen, unvermeidliche Fragestellungen udgl. zahlreich
gegeben sind.
Programm:
1) Ein Blatt: «Induziert aus Bd I, ausgenommen U-Moral» = II R Fr 18.
2) Dann ist für *17* gegeben: s. 19.V., AE 20, R Fr 9, II R Fr 18.
3) für *18:* R Fr 9, AE 20, Konv. Bo., II R Fr 18.

6. VI. Nach Vollendung von *17* u. Beschluß, Bo/U. auf später zu lassen, zu II R
Fr 9, Blge 2 übergegangen.

8. VI. II R Fr 7, Blge 2.

17. VI. 18. bis auf die Schlußwendung fertig. *Zur Weiterführung s. hier Blge 2.*
27. VI. Auf Blge 2. Überlegung zur Weiterführung bis M 300.

21. IX. Blge 4 angelegt (Wiederaufnahme des Romans nach Vertrag mit Row.)

18. XII. „ 5 „ (Zur Ordnung der Weiterarbeit über *25* hinaus.)

30. XII: *Wieder hieher zurückgeführt worden:*
         Ungefährer Stand:
II R Fr 1 Blge 4, gestützt auf Abbruchblatt Row: ⎫
   „   „ 5.   ⎬ eine Hauptgrundlage
II R Fr 9, Blge 3. Begonnenes Blatt U/Ag   ⎭
II R Fr 6 Blgen. Noch aktuelle Ergänzungen zu U/Ag.
         Insbesonders Blge 5 zum Aufbau
              „   „ 7 Skepsis
              „   „ 8 Steckengebliebener Versuch *28.*
Begonnen AE 25 Blge 1. Schwester von *25* aus, mit Ausgleich *22–25.*
      „   „   24 Einschiebung *24* mit überschüssigem Material
AE 25, S 5ff. Geschwisterliebe
AE 20, S 10ff. Material zu U über sich.

Bei der Überlegung der U/Ag-Kapitel darauf geführt worden, daß die immanente
Schilderung der Zeit, die zum Krieg geführt hat, sozusagen der Korpus des Ganzen
ist – Alle die Probleme wie Suchen nach Ordnung u Überzeugung, *Rolle des aZ,*
Situation der wiss. Menschen Sex. usw. sind auch Probleme der Zeit und haben
abwechselnd als das behandelt zu werden. → II R Fr 5.
Die // ist als das zu schildern.
Cl aggressiv, W. konservativ sind intensivste Träger des Zeitwandels. Auch D.
Ah. die Ohnmacht des Kulturgedankens, der begleitenden Ideologie. S. zunächst
die Anordnung dieser Kap. II R Fr 2, 31. XII. 3̅1̅.   *31. XII.*

                    Kapitelfolge:
18. U-Brief *19* Vorw. zu M! *20* Gf L. *21* Ag. allein.   *Ungefähr*
22 U. allein. *23.* U-Bo. *24* U-Ag. *25* U-Ag. *26* Cl-Irren-

haus 300 *27* Hgs. Brief. *28.* Gespräch U-Ag. *29* Ags. Reaktion u. Begegnung mit Ld. *29/30* s. II R Fr 23, 2) W/Cl *30.* Gn. *31* Ag-U (vor –a) *32* Ld; Ld u Peter. *33* Ags Reaktion, sie geht zu Ld. 400 *34* Schm., Mg. usw. *35* Ag u Ld. *35* Cl. bei M. Irrenhaus *36.* U. bei Gf L. 400. *37.* Variété od ähnl. ev: Gn. bei Ag. oder das in Variete oder ein ähnl. Kap. zu mehreren einflechten. (Wäre dominantes Moralkapitel) D Tzi Ah. . *38* Ag. wieder bei Ld (nach Warten u Pause) *39* Ag U Ld: halber aZ. *40* Cl. u W. *41* U. LF. Läßt sich streichen. *42* Ag U RA usw. Museum *43* Sitzung incl. Gf L., der Mensch ist gut. Nach II Fr 1 Blge 4, 29. XI wäre das (der Mensch möchte lieben – Man kann nur seine Schwester lieben) mit gutem Grund früher zu bringen. Geht aber vielleicht auch noch hier, da ganzer a Z. auseinander gezogen worden. *44* Traumerlebnis u Zärtlichkeit. *45* R/S. zugleich D/Ah. *46* Cl/Mg Hermaphrodit 500 *47* Bo. *48* Krisis u Abreise. /Rahmen/ Reise.
Variante: Cl-Mg-Hermaphrodit ebenso wie Cl bei Dr Fr. erst nach Abreise.
Fraglich: die D/Ah-Entwicklung.
Schwierigkeit: Länge an u für sich. Dann auch, weil Geschichte sehr auseinandergezogen wird.
Bedürfnis: Einmal noch Gn. einschieben. Zw. 400 u 500
Variante: Nach II R Fr 20 ist Ag nur einmal bei Ld. u reist dann ab. Dazu müßte *33* an die Stelle von *38* kommen. Wie aber dann unmittelbar *39* aZ? Besser zwei Besuche lassen. Ev. im ersten nur Schilderung der Wohnung u Eindrücke Ags; es wird ausdrücklich nur konventionell gesprochen.
Variante: Sollte, da sich das Ganze so streckt, Irrenhaus nicht zu früh stehn? Und besser sein: *26.* U (mit Ag) bei W Cl Mg (oben *34*). *34* Cl u W. (oben *40*) Cl wartet auf Bescheid wegen Irrenhaus. *35* Besuch Irrenhaus (ob *26*) *40* Besuch M. *46* Cl Mg. (Hermaphrodit)

1.I Versuchsweise gewählt: *26* Cl-W. *29/30.* Cl-W. II.
34 U (mit Ag) bei W, Cl, Mg usw.

II R Fr 22 (Problemaufbau) angelegt

300 MS = 251 HS
400 ,, = 335 ,,

1.I. $\overline{32}$. II R Fr 22 angelegt (Problemaufbau)
II R Fr 1, Blge 6 angelegt (Kapitel u Ideen, Zusammenfassung am 1 1 $\overline{32}$.)
Unterbrochen, um *26* Cl-W anzusehn.

2. II. 32 II Fr 23 2), II R Fr 24. II R Fr 16.

11. II. Verschiedene Kapitelkonvolute angelegt.
26. II. Nach Abschluß von *23*: II R Fr 1, Blge 7. (Zusammenfassung d. dto.)

14.III. Von Ende 25 bis Reise:

24.III. $\overline{32}$. Veränderung der Reihenfolge der Cl-Kapitel: II R Fr 23,9)

6. IV. *24* Ag. ist wirklich da. *25.* Die Siam. Zwill.
26. Frühling im Gemüsegarten. *27.* //,U,Ag. *28.* Brief.
29 Gespräch *30* Ag Reakt. u Begegnung mit Ld. *31* Irrenhaus. Weiterhin Cl-Kapitel s. II R Fr 23,9)
U-Ag ,, : *31* (nach Vorseite) Moral
39 (1/2 aZ) – II R Fr 1 u 6, Blge 5 (Gott, antisozial)
42 (Museum) (Kulturkritik)

44 (Traum) ⎫
47 (Bo)   ⎬ Entscheidung
48   ⎭

s. *II R Fr 6, Blge 9 ausführlicher.*

13. IV:
27 //, U, Ag.   *28*★ Brief.   *29.* Gespräch   *30* Irrenhaus   *31* Ag Reaktion u Ld.
32 Gn (s. II R Fr 6, Blge 9, *30*)   *33* Moral, Vor-a   *34* Ld., Ld. u Peter.   *35* Ags
Reaktion sie geht zu Ld.   *36* Cl/S/M. (= II R Fr, 23, 9) *34*)   *37* Schm. Mg. usw.
38 //, Gf L, Gn? (./. 36, 37)   *39* Ag bei Ld. (s. II R Fr 20, 31. XII. 31.)   *40* Ag/U/Ld
(1/2 aZ.)   *41* Hermaphrodit.   *42* Museum   *43* Sitzung, der Mensch ist gut
44 Traumerlebnis u Zärtlichkeit   *45* R/S/D/Ah.   *46* S/W/Cl/Überfall   *47* Peter
48 Bo.   *49.* Krisis u Entscheidung.   *50* Cl. bei Dr. Fr.   *51* U/Ag.   *52* Cl 1te Katastrophe.

★*28* Brief u Gespräch   *29* Ld   *30* Irrenhaus   *31* Gn. usw. Kapitelzahl um 1 herab-
gesetzt.

17. IV. Vorläufige Umgruppierung durch Sitzungskapitel s. II R Fr 5, Blge 1, 17.IV.

8. V.
26. Gemüsegarten   *27* Gn.   *28* Heiterkeit   *29* Brief u Gespräch   *30* Reaktion
u Ld.
31 Irrenhaus   *32* Begegnung D/Drangsal (Gn.)   *33* Moral vor-a
34 Ld. Ld. u Peter   *35.* Ags Reaktion. Sie geht zu Ld.
36 Cl/S/M.   *37* Schm/Mg usw. (ev. Gn. u Ag.)
38 W/Cl-Wald
39 Ag bei Ld.   *40* Ag/U/Ld. (1/2 aZ.)
41 Hermaphrodit.
42. Sitzung. Der Mensch ist gut.   *43.* Museum   *44.* Traum.   *45* R/S/D/Ah.
46 W/Cl/Überfall
47 Peter   *48* Bo.   *49.* Krisis u. Entscheidung
50. Cl. bei Dr. Fr.

II R Fr 1, Blge 8
Aufbau des zweiten Teils von Bd II im Groben.

15. III 32:
Grundidee: Es hat sich herausgestellt, daß der erste Teil zu sehr belastet würde,
wenn auch noch auf die in Bd I aufgeworfenen Probleme Rücksicht genommen
werden müßte. Anderseits lassen sich diese nicht umgehn. Das Zerlegte muß
irgendwie zusammengefaßt werden. Vgl zb. das als berechtigt notierte Verlangen
nach Lösung (Brecht) in *Sua 1r.* Das trifft nun damit zusammen, daß U. ohnedies
nach der Reise mit Ag., wo die «Reserveidee» seines Lebens zusammengebrochen
ist, sein Leben neu aufbaun muß. Auch von ihm aus ist also die Anknüpfung an
die Ideen von Bd I u. ihre neue Zusammenfassung geboten. Das ist, was immer
dazwischen auch geschieht, der Hauptinhalt der zweiten Hälfte.

Grundidee: Dazu vgl. AE 20, S 12 die Übereinstimmung der heutigen Geisteslage
mit der zur Zeit des Aristoteles. Damals hat man Naturerkenntnis u. religiöses
Gefühl, Kausalität u Liebe vereinen wollen. Bei Aristotel. hat es sich gespalten; da

setzt die Forschung ein. So sehr dann das 4. Jhdt. Vorbild geworden ist, dieses Problem ist nicht rezipiert worden. In gewissem Sinn sind alle Philosophien von der Scholastik bis Kant mit ihren Systemen Zwischenspiel gewesen. Das ist die historische Situation.

Über Bedeutung des Systems s. ib.

Von heute gilt AE 20, S 11 → II R Fr 6 Blge 7 bzw. was U. will: Jede Zeit muß ein Richtbild haben, wozu sie da ist, einen Ausgleich zw. Theorie u Ethik, Gott usw. Dem Zeitalter des Empirismus fehlt das noch. Daher die verschieden modifizierte Forderung des Gs.

Grundidee: Damit ist Us Verhältnis zum Sozialen gegeben. Verbrechen aus Opposition daraus folgend s. AE 20 S 12 Zielen auf die Zeit nach dem Bolschew. S 11. Gegen die Totallösungen S 11 usw.

U. ist zum Schluß Verlangender nach Gemeinsamkeit, bei Ablehnung der gegebenen Möglichkeiten. Vgl auch Sua 3₄ Individualist mit dem Bewußtsein der Schwäche.

Grundidee: Krieg. Alle Linien münden in den Krieg.

Grundidee: U. hat zu isolieren versucht: Gefühl – aZ. Versucht nun: Tat – M. *(Einfall:* Er arrangiert u wird dann nur von Neugierde als Zuschauer hingezogen) Seiner Denkart entsprechend. Zum Schluß Orgie der heutigen, scheußlichen Vereinigung zum Kulturtyp. Sua 2₄

Zum Aufbau: Spionage kürzen, Mithilfe Us einschränken Sua 1r

Zum Aufbau: Die Kürzung hängt wesentlich von Cl. ab.
Grenze, wo die Kürzung überflüssig wird, von den Nebenkapiteln.

Grundidee: Immer wieder Zeitschilderung vorschieben. Die Problematik Us u der Nebenfiguren sind solche der Zeit! Näheres: II R Fr 22 S 1.; II R Fr 1 S 3.

H 403 gestr.: Sie verstand die Überlegenheit seines Geistes. Sie versteht sie ja wohl zT., andernteils ist sie aber doch auch dagegen. Kommt: s. Konv. j 41 S 2 Rd. Damit hängt zusammen: Sie sind geistig nichts weniger als gleich. Also Zwillingsidee eine Illusion. Die Illusion. Die Gegenillusion der normalen der Ergänzung. Bricht zusammen: Ende Reise oder bei Debauchen.

Vgl. NR 12.

II R Fr. 9.   Zum Aufbau Ag-U Vorblick

1. XII. 1930: Erster Überblick: II R Fr 1 Blge 1.

Absicht $\frac{30-32}{...}$ zusammenziehn mit II_IV. *2. XII.* Vgl. auch II_IV Aufbau. [. ? .] Inhaltlich gruppieren.

Zur Ausführung: Die nächste Frage ist: 4 oder 9 Kapitel? Vgl. II IV Aufbau.
K *1–5* bildet eine Einheit. Ancona usw. wird rückgreifend erzählt bis zum Abend
der Ankunft.   = Beziehungen I.
6 Sie gehen wieder zum Meer hinauf. (wie gleich nach der Ankunft) Und es ist eigentlich wieder ein Versagen (dieses Auskleiden usw.)

8, 7 ist Gelingen   ? I = 1–6
9. Gelingen, aber schon mit Gegenzügen.   II = 8, 9
10–12 Auf der Höhe. Mit Gegenzügen.   III   10–12
13. Auf dem Abstieg. Sexualität u Kameraden   IV   13–15
14., 15. Abstieg (der Kunstreisende)   V   16
16. Ende.   *Das wären 8 Kapitel. Können unterbrochen werden!*

Beziehungen: *Nichtzitierte Grundlage: Mpt.*

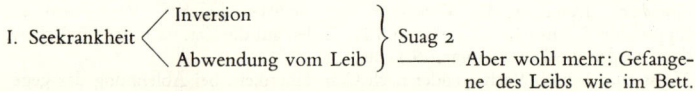

I. Seekrankheit   Inversion / Abwendung vom Leib   } Suag 2 ——— Aber wohl mehr: Gefangene des Leibs wie im Bett.
Sie werden von außen zum Ehepaar gemacht Suag 2 Es vollzieht sich ohne Verbrechens- u. Schicksalsstimmung, wie sich das ja wohl von selbst versteht; aber es ist doch eine Enttäuschung.
Sie geraten in eine gewisse Verbrechens-Gewissensstimmung
Sie benehmen sich körperlich wie Verliebte, unter beträchtlichem Verzicht auf die Seele. Sie sind beide keine Neulinge. Aber schließlich ist auch das ein Sichanvertraun. Im ganzen ist das ein verstohlener Urlaub vom Seelischen. Dann treibt sie die Unruhe u Pflicht weiter, den Ort zu suchen, wo.., u. das Meer schließt das gleichsam mit einem Chok ab.

Wenn es äußerlich gemildert werden soll, so als Reflexion Us oder Ags erzählen, ein Alleinsein suchend, um mit sich ins Klare zu kommen.

Beziehungen: Inversion – mehr ein Erinnern, ohne daß die Umstände erlauben, es zu verstehn. Auch: quasi als eine pathologische Satire empfunden.
Verbrechens-Gewissensstimmung.
Bedürfnis nach Sex.
Vorausgehend: Ag. schmeckt die bittere Süße der Leidenschaft. 30–32/I S 2/3 Maschin. Wo? Mitausgelöst durch den Zwischenfall mit Bo: II II 3 U. war da schon einmal «sex. ausgehungert». Dort war seine Reaktion verkehrt im Sinn von Bd I; also hier das natürliche Fließen, von der Schönheit her.
Bo. hat das Verhältnis prophezeit.

Weiterhin. Unmittelbarer voran geht aber die Haarnadelszene II III, VI. gem. Kap. bzw. II III, Szene mit Bo. u II III letztes A-Ag Kap.

Auch die kindisch-perverse Lust am Verbotenen. U. hat gegen den Ehebruch gesprochen (Trinkglas) u jetzt tut er es: auch das wird gestreift.
Du bist pervers hat Bo. gesagt, u. es sieht beinahe so aus.

Das gleiche u. weiteres s. Bo-R in Konv. Bo.

19. XII: Gefahr: Die Geschichte U/Ag ist als Akme zu persönlich u. zu «pervers».
Vorbeugend: Es wäre zu betonen: Alle gegen U, zuletzt auch Ag.
Generalsekretariat – Apell an die Gesamtheit – Anklage

Aber das geht über II I–IV hinaus? Also daß zuerst Geschwistermythos im Vordergrund stünde, u. dann erst die Abrechnung mit der Gesamtheit käme, gewissermaßen als Konsequenz des Abenteuers?   s. auch Suag 3 (C) S 2

Rekapitulation in I (s. C: Suag 3 S 2 blau) Darf nicht wieder die Probleme von Bd 1 enthalten, auch nicht eine Zusammenfassung, sondern ein Ergebnis. Mit Rücksicht auf Ag: Lebensgefühl des Indefiniten als etwas (im Gegensatz zu ihr) gut Begründetem. Ihr Wesen erklärend
Moral des aZ. – Vgl. C (Suag 3) S 3 «Zu Ag-Moral»
         „ A (Suag 1) 19. XII.
(Ich habe also nicht schlecht gelebt? – Alles ist Ethik Lebensgefühl des aZ. – Irgendetwas von Tat – Etwas Geschwistermythos
Lebensgefühl des Indefiniten. Gegensatz zw. aktiver u. passiver Auslegung, allgemeiner u. anarchisch-persönlicher

Die Diskussion könnte AE 20 folgen, aber fraglich ist die Verteilung mit II III
Vom Szenischen ausgehen: ./.

6. Der alte Herr bekommt endlich Ruhe.

Ursprüngliche Notiz: Zettel Block A in alter Mappe «Ausgehoben zu U/Ag» letzter
         Umschlag vor losen Blättern.

Ein schwarzes Fest.
Ev: Geklärtes Wasser. Der Erfolg heute in allem so. Man ehrt ihn auf Grund des Gerüchts. Ähnlichkeit mit Verhaftungskapitel.
Urhaftes Musikinstrument; er fühlt sich so gespielt. Ahnung dieses Glücks. Dann kommen aber die Einwände der Gegenwart: Wachsschuppen usw. (Sektion) (Trotz eines Freigeists). U. fühlt nur noch das Absurde der einschwingenden *[?]* heutigen Ordnung.

Zum Schluß, wenn nicht früher: U. erinnert sich an seine Behauptungen bei F's: das Leben hat nicht einmal die Grundeigenschaft der Intelligenz, die Wiederholbarkeit! *11* S 2 Rand.   Später.

7. Die Zurückgebliebenen (bilden eine Familie) (Eine Schlafwagengemeinschaft) (Reisegemeinschaft der ...) (Wir) (Familie zu zweien)
a) Der erste (als Verminderung empfundene) Ansatz des Wir. Das wird allgemein gesagt, mit einer gesprächsweisen Schlußwendung.
b) Plötzliche Gemeinsamkeit von U u Ag, obwohl sie bisher kaum etwas von einander gewußt haben. Gehn durch eine Stadt mit fremden Physiognomien dazunehmen. Bewegung, die keine Ziele hat (was ja an a. Z anklingt) Was ist mit dem Golgatha-Eindruck? Er tritt zurück vor diesen Empfindungen, die einen Grad sozialer sind.
Im Haus: ähnlich mit: Kinder ziehen Kleider von Erwachsenen an.
Repulsion: Reine Liebe u Sympathie (A – Suag 1)
                Schön? Sie ist nicht repulsiv. Vertrauen u Neigung vor dem übrigen.
                B. (Suag 2) – u. C. S 1.
Etwas   «Gemeinsame Geschmacksreaktionen.»
später   Vielleicht hieher: Nicht allzu intelligent. Ein bißchen goj. Langes
                Haar, vollschlank. – Vgl. II R Fr 6 S 1
                Ge – Anfall macht Sex. überdrüssig.
                Erste Wirkung Ags': gibt U. Freude an sich selbst, also Eigenschaften.
                Ev. Ihr Körper: Kein Sport, würde ihn nur entstellen (oder c)
                Ev: Wie kann man?! (denkt er) B S 2.
                Ev: Die antisoziale Tendenz ergänzen durch beginnende Bejahung
                u. Unternehmungslust (Wir), Gefühl, daß er auch anders könnte.
                (II R Fr 1 Blge 1)
                Er will sich erneuern u vergessen (II R Fr6 → M S4)

(Gegen diese Eindrücke gerichtet: die Unsicherheit, wie sie nun eigentlich ist.)
Wir zwei so ganz anders L 1 → Br. 88 in Mappe «Ausgehoben» ♫

Geschwisterliebe zusammengestellt: II R Fr 6. Daraus vielleicht:
Dunkler Klang, nicht das überschätzte Geschlechtliche
Das Amüsante einer fremden Frau
Fremd und doch ihm gehörig.
Traumhafte Wiederholung s. II R Fr 7.
Erste Verschmelzung   ,,
Ag. hat in U. die «Sonne» entzündet.
Frauenhafte Wiederholung seiner selbst 28
Daß diese Frau, die in sein Leben getreten ist, nicht so leicht wieder verschwinden kann

Und dann hatte er Ag. liegend u lesend getroffen, u es hatte sich dieses Gespräch entwickelt, mit einer Lebendigkeit, die im ersten Augenblick beiden nicht recht verständlich war (?) ★

Chok des Vergessenseins – s. Kinderspiele
Lebensschule einer Vorgeneration B – Suag 2
Gemütliche Häßlichkeit (Viell. Vorstufe zu Gespräch über eigene Einrichtung)
Sie fühlen sich ganz «frei» Daß der Alte U. nicht hat rufen lassen, macht auf ihn Eindruck II R Fr 6 S 1
S 14 war das Zimmer ungeheizt, jetzt ist es geheizt (wie das ganze frostige Haus)
Antietatismus setzt sich fort
Af 31–1 rot. Af 31, S 2. Anklingende Inversion.
                    Kinderzimmer usw. C (Suag 3) S 1

Mit der Sammlung war es bisher nichts; jetzt beendet U. aber die Wasser-Abhandlung (II R Fr 6)

★ Vielleicht ruhigere Stimmung, etwa in der Art der Mieses-Rede; die Zeit folgt langsam in der Ausbildung dieser Gedanken, aber es macht sich schon alles von selbst. (Eingefallen bei Af 31 S 1. u. aber eigentlich ohne Zusammenhang)
Und während U. arbeitet, liegt Ag. am Sopha.

Ein Nichtdazugehören selbst im Tod nicht: M 70 in Mppe A/Ag.

Zuweilen träumt man, vergißt wieder u hat nur ein gütiges, fernes Gefühl zw. den Dingen der Welt: (s_1 + 3 in Mppe A/Ag)

Bewegung ohne Ziel   Korrespond. Gehn ohne Ziel
Handlung ohne Zweck   Kindergeschehnis

21. I. II u III: Es war eine Trotzhandlung, keine des Eigennutzes. Aber doch ein Defekt. Zusammenhang von Amoralismus u Defekt. Us. Abneigung dagegen. Das läuft parallel mit Geschwistergefühlen. Schließlich wird er aber daran erinnert, daß man nichts gut machen kann, sondern nur besser, d.h. Fehlhandlungen nicht durch Erkenntnis, sondern nur durch positive Handlungen innerlich vernichten kann. Das ist ja auch der Sinn, warum Reue leidenschaftlich ist. So weist auch das in die Richtung Paradies.

24. IV. H 143. Ein gewisses Bekenntnis U's zum Ahnen.★ Wie aber steht es mit den notw. polit. Veränderungen, Bolschw. z.B.? Die Stelle ist zu passivistisch u wird

ihm ästhetisch ausgelegt werden! Der Bolsch. fordert ja Glauben u nicht Ahnen!
AE 24 (Ahnen-Glauben-Wissen) angelegt, aber wieder stehn gelassen.

25. IV.
* Würde führen auf Forderung von: Methodenlehre dessen, was man nicht weiß.
(AE 24)
Statt aber diese Ideenlinie zu verfolgen, die zu Hemmungen führt, *nur das erzählerisch Nötige* gesucht:

25. IV.
Sua 2, (B): S 1: Ag. Tatmensch im Gegensatz zu U. (Heftigkeit ihrer Bedenken, ihrer Reue) Tatmensch sucht zu glauben (statt sich auf Ahnen u Wissen zu [.?.] –
s. AE 24, 25. IV: Da deckt sich das Problem U / Ag mit dem des Kriegs.
Verwandt damit: Moralproblem zw. U. u Ag nach Sua 2, S 3 «Moral, aZ, Verbrechen».
AE 18–1 → 10–1: U. ist in einer neuen Bemühung um eine feste Form (worauf er erst nach Reise verzichtet)
Eine gute Rekapitulation der U-Probleme geg. Ende d. I. Bdes. AE 10–1.

Beschluß: Das ist so kompliziert und verflochten, daß es unmögllch in der gleichen Weise weitergesponnen werden kann. Es wird in U. durch die Tage mit Ag. gleichsam außer Kraft gesetzt, die Linien seiner inneren Bewegung sind abgerissen, knüpfen nun an das an, was sich dazwischen gelegt hat, u. werden bloß fallweise ergänzt.
Der nächste Knoten ist die Erkenntnis, daß sich die Prophezeiung erfüllt. (Sua 2₁).
Entweder jetzt gleich bei Rekapitulation Ags. oder bald nach ihrem Kommen

2. V.: Die 3 Kapitel Cl, D, Bo. sind Vorbereitung auf U/Ag.

12. V.
19. V. Beilagen angelegt. Konvolute.
    Blge 1: Einfälle während 15
    Blge 2: Überlegung zur Weiter-
        führung von U.
    Blge 3: Zentralblatt der Überlegung zu den anfänglichen Ag-U-Hg-Ld-
        Kapiteln.

Das Ausgangsblatt ist
vorläufig für U: AE 20,
S. 5 ff.

II R Fr. 22.   Problemaufbau

1. I. $\overline{32}$.
Umfassende Aufbaugedanken:
II R Fr 1, S. 3: Immanente Schilderung der Zeit, die zur Katastrophe geführt hat, muß den eigentlichen Körper der Erzählung bilden, den Zusammenhang, auf den sie sich immer zurückziehen kann, ebensowohl wie den Gedanken, der bei allem mitzudenken ist.
Alle die Probleme wie Suchen nach Ordnung u. Überzeugung, Rolle des aZ., Situation der wiss. Menschen usw. sind auch Probleme der Zeit u. haben abwechselnd als das geschildert zu werden.
Insbesonders die // ist als das zu schildern.
Cl. ist ein aggressiver, W. ein konservativer Träger des Zeitwandels.
D, Ah. Ohnmacht des Kulturgedankens, der begleitenden Ideologie.

Dieses Zeitalter verlangt nach Tat, genau so wie das jetzige, weil die Ideologie oder das Verhältnis der Ideologie zu den anderen Elementen, versagt.
AE 23 mit Hinweisen: U geg. Überschätzung der Tat (Kegelspieler) usw.

Vgl. Seinesgl. AE 23, 25. I $\overline{32}$.
  Man könnte sagen: Politik ist
  a) Interessenvertretung
  b) Verhältnis der Ideologie zu den Interessen.

Es fehlt heute nicht an Tatmenschen, sondern an Menschentaten
MoE geg. Tat: Mann dem keine der vorhandenen Lösungen genügt. (Denke dabei an Tat geg. Intellekt im Nationalsoz. An Wunsch der heutigen Jugend, Entscheidung zu finden usw.   Entscheidung: ein Synonym für Tat. Ebenso: Überzeugung.
→ HS. u sein Kreis erhalten von hier Bedeutung.

Sua 1 r: Die Auffassung des Lebens als Partiallösung u dgl. als unzeitgemäß. Stammt aus der Vorkriegszeit, wo das Ganze relativ fest auch für den erschien, der nicht daran glaubte. Heute ist die ganze Existenz in Unordnung geschleudert; Erörterungen, Beiträge, Abhandlungen u. Abwandlungen frommen nicht, man will Entscheidung, Ja u. Nein. – Das Lehrmoment des Buchs ist zu verstärken, eine praktische Formel aufzustellen. Der Gegensatz: Praktisch – Theorein, die ursprüngliche Spionageidee, gewinnt dadurch neue Bedeutung.
Zusatz: Die Antwort ist bisher Ws.* Vielleicht so: U. wiederholt diese Antwort von Zeit zu Zeit, u. keiner glaubt sie ihm oder nimmt es auch nur ernst.

Kapitelfolge: Die Kapitel Spionage u. Ag – Männer fortlassen oder stark kürzen, so daß Krieg unmittelbar aus dem neg. aZ-Versuch hervorgeht. Us. Mithilfe bei M. mehr aufs Theoretische mit einer einzigen prakt. Beteiligung beschränken.

* AE 24: Statt Weltsekretariat springt auch ein: Methodenlehre dessen, was man nicht weiß. (Ahnen)
In diesem Sinn Abreise U/Ag: U. weigert sich zu glauben, folgt aber dem Ahnen.
Das Problem Ahnen/Glauben hängt zusammen mit: Tat, Gen. u Liebe, Partiallös., Möglsinn als aktive Fassung des Ahnens, Gleichn. u Symbol, Passivism. Seinesgl., Für-In, Ess., MoE, Moral d. Dichtung usw.
Vorschlag: Als Bekenntnis zum Ahnen in Krisis h II R Fr 1 Blge 4 zusammenfassen.
Alle Kontroversen (Zetern von Hunden) spielen sich auf dem Gebiet oder mit Hilfe des Glaubens ab. Es ist die gefährliche Mittelform. Es hat eine ähnliche Stellung wie die der Moral zwischen Ethos und Wissen oder Rationalisierung. *Moral* ist eine Glaubensform. (D. i. wohl die dominante Moralauffassung) Daher konsequent die Abwendung von der Moral. (Eingeleitet H 192: Das darf U. in seiner Auseinandersetzung mit Ag. nicht vergessen!)
Man kann sagen: daß die Menschheit sich nicht auf Ahnen u Wissen verlegt (s. Exaktheit u Mystik in Hlg. Gespräch), sondern die meisten Lebensaufgaben in der Form des Glaubens löst, ist eine Hauptursache ihrer Streitigkeiten u. also auch des Kriegs.
Dieses dominante Moralkapitel ist AE 24 vorgesehn zw. Gn u Ag
II R Fr 1‚ u II R Fr 15 konform damit 37 ausgewählt.

AE 24 – AE 2 Blge: Was nicht bewiesen werden kann, hat den größten Wert.
AE 24: Volle Überzeugung ist auch identisch mit Glück. Glücklich sind nur Menschen, die überzeugt sind. Von dieser Seite ist auch aZ plausibler zu nehmen als durch Theorie. Theorie des aZ. vermeiden. Ag u U. suchen eine Überzeugung.

Die Zeit sucht eine. Hinblick auf: im *Bolsch.* kommt eine, aber nicht die im letzten Grunde, so daß auch er aufhören wird, Glück zu geben, u. nicht definitiv ist.

Frage: Wo u wie sind diese polit. Ausblicke zu massieren? Wohl mehr im Endteil! Konform Sua 3₃

Emotionales Denken wohl nur als einen der unerreichbaren Ausblicke streifen.

II R Fr 1 Blge 4., 28 X 3̄1̄: Dreiteilung U/Ag: a. Geschwister b. Verlangen nach moral. Belehrung u Festigkeit c. aus beiden sich entwickelnd aZ.

10.XI: Wie ein großes Ereignis entsteht.

29.XI: Gf L – Iron – Fm vorziehen als Pendant zu: Man kann nur seine Schwester lieben. (Der Mensch möchte lieben, wenn er bloß könnte.)

II R Fr 9, Blge 3, 26.XII 3̄1̄: Hauptthema der U/Ag – Gespräche ist der aZ., denn er bildet ja die Handlung. Moral, Überzeugung usw. von ihm aus. Schon wegen II₁...
Der aZ zu individualistisch, gleich die soziale Problematik hinzunehmen.

II R Fr 6. Blge 8: Man kann nicht ohne moralische Entscheidung leben; aber welche? (vorgesehn für *28*)
Immanent ist hier auch angezeigt das Problem «*Die Verbrecher*»
U. hat bemerkt, daß er sich im unmoral. Verhalten jedesmal höher befunden habe als im moralischen H 187. Der verbietende, der fordernde Teil der Moral.
Zu ergänzen durch Begründung der Häufigkeit der Oppositionsstellung bei U. und i. a. Zentrum bei den asozialen Entscheidungen. Gegenzentrum in: alle Menschen lieben. Fehlen des Gemeinschaftssinns = Abneigung geg. einen flachen.

AE 25 Blge 1: Schwester.
→ AE 25 S 1. Fiktion. Antisoziale Neigungen u seraphische Liebe
,, 6 Ablehnung der Welt. Schicksal der heutigen Gesellschaft. Bedürfnis nach Kampf geg. die Gesellschaft.

II R Fr 21: Der Mensch soll nicht allzu
glücklich sein   → Ld – Kirche
(Hg. macht da eine später   → Aberglauben D Tzi Ah
wichtige Erfahrung)   → Cl.
Hg. das natürliche Herz *[?]* u der   → Gott.
nat. Geist der Demokratie, im
Gegensatz zu Ah u Ld.
Übergang aus der gehaltenen Monarchie in die zerfallende Demokratie.

Der Verdacht des Pathologischen:
Pathol. – religiös; der Gott zugeneigte Mensch ist nach Adler der mit Mangel an Gemeinschaftssinn   Vgl. II R Fr 6 Blge 5₃
Der religiöse Mensch als der böse. (Ag/Ld!)
Die Frau – der Verbrecher.
Erschütterung durch den Vorwurf!

AE 25, Blge 4: Antisozial: auch AE 25₅
Gut, daß es eine Frau gibt, mit der ihn nichts Sexuelles verbindet
Abneigung geg. Sex. u Gemeinschaften

Ganz auf Repulsion
Schon in der Kindheit Afiliation an Schwester
Dich lieben - weil du ich bist u nicht   → *32* usf
bist - ich mag die Menschen nicht, aber
dich brauche ich.
Für niemand Sympathie als . .
Weil ich die andern nicht lieben kann,
liebe ich Dich.   Auch Fr 5₁ (nach
II Fr 6 Blge 3)   Am stärksten nach Sozial!
Doppelgefühl der absondernden Ablehnung
u der tiefen Güte.
Traum der Wir-Liebe.   Wir: AE 25 S 8 →

AE 25: Geschwisterliebe. Mit Zusammenstellung
– Blge 2: Abtrennung der Legende vom 1000j. Reich.   *42*
          1000j R. u RA. – Konzentration des Gewährenlassens udgl. (Sie hören
          zum erstenmal wieder die Stimme der Vernunft, Welt udgl)
Fr 5. wirft die Frage auf: Wie wird aus Liebe Leidenschaft? Wie kam sie zu Sex?
Motive der Abreise?

II R Fr 6 Blge 4: Ags Verlangen nach Religion zeitsymbolisch. Erst durch U.
befreit, dann Ld.
II R Fr 6 Blge 5₂: Sehnsucht nach einer anderen Art zu leben.
      „   Lange denkt U daran, für Ag. einen Mann u ein Leben zu suchen.
                     (Iron. Erziehungsroman . .
      „   In den Moralkapiteln zeigt U. anfangs guten Willen, aber Über-
                     zeugung des Mißlingens.
      „   5₃   Einführung Gottes → II R Fr 7 Blge 2r
                     Gott u antisozial
                     1000j R.
      „   Moral des Steigens u Sinkens – Gs – Gemeinschaftssinn
                     → II R Fr 7 Blge 3
                     Fehlender Ernst
              5₄   Asoziale Herkunft von Ags Religiosität – II R Fr 7 Blge 7.
                     Moralisch ganz mit sich einverstanden leben.

II R Fr 6 Blge 6. Man kann Menschen nur lieben, wenn noch etwas hinzukommt.
                   Ort für höchste Steigerung des Moralproblems. – 48 oder zw.
                   42 u 44 eingeschoben
                   Moral – Loch – durch Setzung gestopft – Hält in reifen Zuständen
                   nicht – Ws.
      „   Blge 7 Skepsis u ihre Dominanten.
            r: Suche nach Überzeugung
                   Von Wiss. zu oberstem Gesetz. Versuch einer natürlichen empi-
rischen Moral: Indukt. Zusammenarbeiten zur Gottesannäherung läßt sich vielleicht
als Existenzbedürfnis verstehn.   Welts.

Sua 1: Ag: Man muß auch ohne Tätigkeit glücklich sein können.
Sua 2: Europäisch muß aZ als aktives Abenteuer erzählt werden. – U. scheut vor
        letzten Konsequenzen zurück S2   Fluchtmotiv IE 36. Primitive Forderungen
        der Realität nicht im Einklang mit den luftigen Konsequenzen der Moral.
        Mystik ohne Okkultismus
        Zusammenstöße als Hundezetern.
S₃   Moral stimmt nicht. Es ist dann beinahe gleich ob man Gutes tut oder Ver-

brechen. U u Ag. büßen für die Fehler der Moral. Vieles u viele Leute drängen zu aZ; geht aber auch nicht. Es bleibt nur: Erkennen, fromm sein ohne Einbildung u arbeiten. Daß man das tun sollte, fühlt U. bei Mob., ohne sich ihr zu entziehn.

S 4: Haß u Feindschaft geg Welt von Anfang an in der Liebe.
U versucht zu isolieren: Tat, M – Gefühl – aZ: Zum Schluß kommt man doch wieder auf die schlechte heutige Vereinigung von allem zur Kultur.

S 4: aZ.
Gesteigerte Empfindlichkeit erklärt den weibl. Zug
Der männliche?
Gott: ein Mittel, die Gesteigertheit zu erhalten. Es ist der Zustand ohne Lachen; Mystiker lachen nicht.
Daß der gehobene Zustand identisch mit Ess. ist: nach Rückkehr.

Sua 3: Verbrechen, u was allein übrig bleibt
Verbrechen entsteht durch Konzentration dessen, was andere Menschen in kleinen Unregelmäßigkeiten abströmen lassen.
Entweder ordentliche Zusammenarbeit oder aZ od Verbrechen. Es soll eine klare Wahl sein.
Bei den bösartigen Geschehnissen zeigen, wie man zu ihnen kommt, die Funktion, das heutige Bedürfnis nach ihnen   RA.
Die Häufung von Minusvarianten durch die Art des Vortrags ausgleichen.
Ahnung der Lebenseinheit: durch Liebe (einst), Güte ohne Größe (Hg), Güte ohne Liebe (Ld) Liebe ohne Güte (U), Bös (Pet.)
Alles ist Ethik.
Bis Reise eine Art Blütezeit; dann wirft sich Ag. weg.
Soziale Anknüpfung der Moral erst später?
Ironischer Erziehungsroman
Ironie (Galgenhumor) des tiefsten Problems.
Ironie: Ag. nimmt ernst, was man ihr erzählt.
Der gottgeneigte Mensch, der Pseudoneurotiker
Iron: der religiöse Mensch als der Böse
            ,,   ,, Verbrecher
Letzte Romantiker der Liebe
Unabhängig von allen polit. Problemen der Welt: die große Rasse der Dumm- u Durchschnittsköpfe u. die kleine der Genies.
Moe ist nicht mehr zu bereichern, wohl aber Woff u führt zum Untergang der Gesellschaft. Woff ist also die Zeitschilderung
Us System ist am Ende desavouiert, aber auch das der Welt.
Individualist mit Bewußtsein der Schwäche dieses Standpunkts
Auseinandersetzung mit den realen Problemen der Politik erwünscht.
Warum geht er nicht in die Schweiz? Weil er kein Vertrauen in die Kultur hatte, Flucht aus dem Frieden.
Peter, der Unkultivierte, Vorbild der Zeit nach dem Krieg.

II R Fr 14: //: die große Idee soll gefunden werden → Krieg
Europäisches Gleichgewicht → Krieg
In der // ist zunächst die Parole Tat ausgegeben.

Sua 3₄ Hauptthema zw. Ankunft u Reise: Ag zwischen U Ld Hg Schm.

Die Reflexion über Verbrecher entfaltet sich erst nach der Reise? Solange sie es tun, sollen sie nicht zuviel reflektieren.

Sex. in ihren Abformen gehört zur Zeitschilderung: *23*, Cl: II R Fr 23, 3) usw.

Der Gedanke, Österr. war damals schon so, wie wir es erst anstreben, Gegenwart als Gott sei Dank vergangen schildern udgl. s. zb. II R 14 S 3 Österr. voran!

Us. oppositionelle Haltung von mathem. Moral bis Verbrechen in ihrer historischen Bedeutung (Ablehnung des Systems) s. AE 20 S 12.

Zweiter Teil von Bd II s. II R Fr 1, Blge 8.

Frieden u Krieg in Art *[?]* Konv. *31* (Lebensströme, Abläufe)
 Steuerungen.

Philautia: AE 20, S 12.

Induktive Demut H 386

Begeisterung Dtschlds. für Ns. Beweis dafür, daß feste Geisteshaltung dem Menschen das wichtigste ist. Der Krieg war der erste Versuch. Zu Schm Ü S 3.
Politik ist nur als Handelnsbildung zu verstehen; welche Souveränität haben dann Denken, Fühlen usw. Ns. = Dominanz des Politischen, mehr als = Teil d. Kollektivismus.
Wahrscheinlich doch die ›Idee des induktiven Zeitalters‹ zur Hauptsache machen. Induktion braucht Vor-Annahmen, aber diese dürfen nur heuristisch gebraucht werden u nicht für unveränderlich gelten. Der Fehler der Demokratie war das Fehlen jeder Deduktionsgrundlage; sie war eine Induktion, die nicht der gründenden Geisteshaltung entsprach.
Gott, die starke Annäherung der Gedanken an ihn, war eine Episode.

Gleichnis als Hauptthema s. NR 5), Not. 3.

Zum Aufbau der Probleme: NR 33.

Von heute gesehen, ist das Problem: Der verteidigungsfähige (kriegerische) Mann ist zu erhalten, der Krieg aber zu vermeiden. Oder: Der M.oE., aber ohne Dekadenz

Was Bd II. bisher fehlt, ist der geistige Humor. Die Gn Kapitel sind kein Ersatz dafür, daß die Theorie des aZ u. die Geschwisterliebe ohne Humor behandelt wird. Erster Ansatz nun im Scheusal Kap. (Kuß). Als Paradigma ist mir eingefallen: Das Duell ist ein Überbleibsel des Brunstkampfes, also auch unsere Ehrbegriffe sind es. Meine Grundlagen sind nun nicht mehr als ein solches Aperçu: Dieses Bewußtsein muß zu ihrer ernsten Behandlung noch hinzukommen!

Was ist das Grundthema des ganzen zweiten Bandes? Vielleicht doch: Die Utopie des aZ. So auch: S 2 → II R Fr 9, Blge 3 «26. XII 3̅1̅.» (Moral, Überzeugung usw. von da aus. Und weil aZ zu individualistisch, die soziale Problematik hineinnehmen. Diese ist wahrscheinlich W. o f.F als Seitenstück zu MoE.) Die Utopie des aZ wird abgelöst durch die der induktiven Gesinnung (Ihre Stellung zw. den anderen: II R Fr 29, S 7⁰.) u S 9 Nachtrag. (vgl. NR 33)

Grundlegendes Nachschlagblatt: II R Fr 22.
Vgl. Schm. Ü P S 2

Die Notizen darüber sind bisher zerstreut. Zwang zu Zusammenfassung ergab sich mit der Frage, ob die Einschaltung Fm – Nationalitäten in das Sitzungskapitel *32* oder *42* zu nehmen sei. Siehe II R Fr 1, Blge 12, Pkt 1) u 2).
Sofort zeigt sich, daß das Kapitel mit Schm. u Mg. (dzt. *37*.) dadurch erhöhte Bedeutung u eine gewisse Aufgabe erhält.
Es ergibt sich ferners für *32*, daß Gf L-Sozialismus-Schm. in irgendeiner Weise schon vorzuziehen, voranzudeuten ist.

Das kann zb. so geschehn: B. u B. haben in der histor. Entwicklung nicht ihre Schuldigkeit getan; es handelt sich jetzt um einen letzten Versuch mit ihnen, der sich durch *32* u *42* zieht. Vgl. II R Fr 14, 30. V. $\overline{32}$, Pkt 7) – Daraus ergibt sich eine natürliche Anknüpfung für Mg-Schm.
Material zu Gf L-Sozialismus: II R Fr 14

Im Großen Teilung vor u nach der Reise: II R Fr 1, Blge 8.
Danach vor der Reise vorwaltend U. antisozial, negierend. Nach Zusammenbruch der «Reserveidee» neu aufbauend. Im einzelnen ist das noch bei U. zu überlegen.
Sua 3 heißt es: Soziale Anknüpfung der Moral erst später. (II R Fr 22, S 4)
Das ist aber dreifach durchbrochen:
a) Zeitschilderung. II R Fr 1, Blge 8 → II R Fr 22, S 1 u. S 4 letzte Notiz. (Lebens-ströme)
b) Moraldiskussion, namentlich zw. U. u Ag.
c) Hat ja immer schon die soziale Auffassung mitgeschwungen. (Konform: II R Fr 22, S 2 → II R Fr 9, Blge 3, 26.XII $\overline{31}$.)
Es überwiegt im ersten Teil das individuelle Problem bzw. führt (Philautia), im zweiten das soziale. (Krieg.) Verbrechen aus Opposition.

Es ergibt sich zunächst ein Zusammenhang: *29* Unmoral, pathologisch u dgl. *30* Güte, Hilfsbereitschaft usw. im üblichen sozialen Sinn *31* Steuerung u ä. *32* Offen. Aber darin: der Mensch sei gut. *33* Philautia .. *37* Der Sozialist u der Faschist *38* oder? – Cls öffentliche Aufgabe *42* Offen. zweite Sitzung *43* zusammenfassende Kritik *49* Entscheidung.

Nach II R Fr 6, Blge 9, S 2 tritt neben das individuelle Problem (Aus dem Ganzen Handeln) *das soziale* auch in: *40, 43* u *49* u. zw. *in der Form Gott u antisozial.*

Im Fortschritt der Arbeit an den Konv. u. ihrer Zusammenfassung ergibt sich die Notwendigkeit, die soziale Seite der Fragestellungen zusammenzufassen. Das ist das gleiche wie die Grundideen der Zeitschilderung.
Die wichtigste überkommene Idee ist: Seinesgleichen geschieht.
Die gegenwärtig im Vordergrund stehende Fassung dafür ist: Steuerung. Notiz darüber u K – Blatt in Konv. 31 j. 32 (Ströme des Lebensgeschehens. Das Innere auf eine bestimmte Umwelt auf ein Gleichgewicht von Um- u. Inwelt abgestellt. Tausend unbewußte Handlungen sind darin eingebettet. Wenn das Nichtstimmende einmal überwiegt: *Krieg!*)
Steuerung ist das korrespondierende Mittel zu Seinesgl.
Die Bewußtseinsrepräsentanz der Steuerung ist Glauben.

Überblick von II R Fr 5, Blge 2 u 3:

Gegeben sind die Kapitel:
$^1/_2$ aZ, das andere Leben – zT. Ld, Weltbild – Nationen – Für, In, Schm. Mg, Gn – Mus. Ev. Dr. Pf.

Politik ist Handelnsbildung. Wollen, Denken, Fühlen der Gesamtheit u Einzelnen dienen letzten Endes nur dieser Aufgabe. Vom Standpunkt der Pol.

Eigentlich ist die Begeisterung Dtschlds. für den Ns. ein glänzender Beweis für die Richtigkeit meiner Behauptung, daß dem Menschen nichts so wichtig ist wie eine feste Geisteshaltung, ein Archimed. Pkt usw. Ein aktiv gutes Gewissen will das Volk. Der Krieg war der erste Versuch. Benutzt [?] Zu Schm. Ü S 3.
Jeder Affekt geht den direktesten Weg s. Ns.: Zu Schm. Ü S 8

4. *Aug.* $\overline{33}$. Bisher war geplant – im Aufbau ungefähr nach II R Fr 1, S 5 – in die zur Reise führende Entwicklung von U-Ag einige Kontrastkapitel einzufügen als Gegensatz zu dem a-Z-Leben u. Erinnerung an die Welt. Beginnend mit Lds. Weltbild, sollte das eine Einschiebung über «Nationen» sein, dann Für-In u. sowohl Schm. wie Mg. (Kap. zu vielen) enthalten. Beim Beginn des Nationen-Kapitels ergaben sich nun gleich Schwierigkeiten, weil schon das nächste in Betracht gezogene Material über den Rahmen quoll, ob man es so oder anders versuchte, u die Nachschau in erweitertem Material vergrößerte diese Schwierigkeiten. Es war ja schließlich auch nicht anders zu erwarten, denn wenn stichhältig gesagt werden soll, warum zb. die Nationen sich nicht vertrügen oder was der Welt-zustand des Und ist, so muß klar sein, wie diese Frage im III Teil beantwortet wird.
Anderseits beginnen sie nüchtern mit Lds. Weltbild u. aztoid schon mit «Hinaus-wendung»: es ist also kaum eine mögliche Lösung, diese Kapitel vorderhand weg-zulassen u. U-Ag ohne solche Unterbrechung weiterzuführen, wenngleich äußerste Einschränkung wohl angestrebt werden muß.
Es ergeben sich also die Aufgaben a) des Überblicks bis in den III Teil b) der Teilung.
Ausgangspunkt (war): daß Krisis u Entscheidg doch mehr od. weniger auf die «Reise zu Gott» hinauskam, das über Gott zu Sagende, mit seinem Charakter der Reflexion, aber nicht in dieses Kapitel paßt, u. darum für *Mus.Kap.* vorgesehen wurde. Das Material über Gott: *II R Fr 27* u. *IE 4(L 68)* dazu Schm. M K II Reihe. Eine Rekapitulation von Bd. II sub specie Gott wurde beinahe zu einer Gesamtrekapitulation U-Ag.

Material: 1)–6)   s. *Bemerkung 1)*
          7)–34)   s. *Bemerkung 2)*
          35)–40)   *Bemerkung 3)*

Daraus nun wieder für *Soz. Fragestellung* in Betracht kommen:
Jede Moral hat einen Punkt, wo es nicht weitergeht (für Ag: Gott) 131
Soll u kann man moral. Forderungen wörtlich nehmen? 133/34   *37)*
Die Gefühle vertragen es nicht, dogmatisiert zu werden 144   *7)*
Glaube darf nur eine Stunde alt werden, d i. eine Aufforderung zum Handeln!
ib u. 153   *8)*
Liebe deinen Nächsten, eine Art Traumzustand; alle mor. Sätze so. 156,133/34   *9)*
Unwesentliches Leben 156   *10)*
Der Mensch hat heute zwei Bewußtseinszustände 164 – Überhaupt ist doch geplant, alle Alltagsstörungen als vom a Z ausgehend zu schildern!? Dann ist aber zb. auch wichtig 381/82 Präsexuelles Verhältnis zur Welt. D. i. nicht einen Augenblick lang sozial denkbar; u. dann dürfte es doch auch zw. U. u Ag verdächtig sein!?

Ahnen – Glauben – Wissen 191   39)
Die geistige «Erneuerungs»kraft, die stimmungsmäßigen Wechsel der Geschichte
gehn auf unbestimmten Rest in jedem moral. Erlebnis zurück 237   11)
Die bejahenden Tugenden sind verloren gegangen 254   12)
Es gibt ein affektives Denken 308/09   13)
Dem vollgelebten Leben fehlt am Ende immer etwas 312.   14)
(Das einzige, was den Namen Überzeugung verdient 314) Überzeugung auch:
390   15)
Münden ins Leere 325   16)
Die vergebliche Aktualität od. ewige Augenblicklichkeit 326/27   17)
Die Menschen haben keine *Moral.* Definitionen der Moral: 328, das *[?]* 130; 578,
579. (584), 585   1)
Gefühle müssen einem Dauerzustand dienen 329   18)
Die Stimmungswechsel des öffentl. Lebens beruhen auf dem Austauch von Leit-
vorstellungen 256   19)
Die Gebrechlichkeit der Zeiten 333   20)
Man müßte einen gemeinsamen Weg der Zeiten finden 333.   Gs.?
Aber was soll denn das über das Leben hinausgehende Ergebnis des Lebens sein?
335
Nichts Gleichgültiges tun zu wollen, widerstrebt der Gesinnung des tätigen
Lebens 338
Gottesgläubigkeit ist antiquiert 338
Seinen Mitmenschen zu lieben, wird in zwei Teilen befolgt 340   21)
Zerlegt sich in Grausamkeit u seraphischen Nebel 342   35)
Das Leben nimmt sich selbst nicht ernst 379   22)
Die Zeit ihr Tun.
Nichts wird um seiner selbst willen getan ib.Rd.   23)
Vor Jahrtausenden hat der Mensch wirklich andere Erlebnisse gekannt? 387
Man ist nicht 100% an dem, was man tut, beteiligt. 388   36)
Früher versuchte Kompensation: Moral d. Leistung. Jetzt: es ist eine Schwäche
des Ganzen geg. d. Teile 389.   2) 24)
Mitten-Inne-sein mit vernünftigen Sinnen kaum zu fordern; vielleicht menschen-
widrig 390/91
Liebe gibt es nur zw. Siam. Zwill.
Aufgabe der Selbst- u Ichsucht beseitigt die Eigenschaften u löst auf. 442.
Sultansbedürfnis – Hund 449   25)
Muß man die Welt nicht lieben? 450
Das Gute ist von Natur Gemeinplatz, das Böse Kritik 473
Man kann mit Gut u Bös jonglieren, weil etwas nicht stimmt 473   26)
Die Welt ist geistig minderwertig 573   27)
Glaubenskrieg in Permanenz 574, 1000j. Glaubenskrieg 601   40)
Nation ist «Gefühlssache» 578   28)
Gefühlssache ist das vom materiellen Zwang Übriggelassene 577, 584   29)
Einesteils will der Mensch private Willkür. Andernteils will er auch die Neben-
sachen zum Zwang erheben u unterwirft sich → Willensfreiheit → *Nationen*
577/78   30)
Alles ist moralisch, nur die Moral nicht 579   3)
Gefühle der Suggestion überlassen 583   31)
Gedankenwahrheit u. Gedankenfreiheit: nichts Analoges für Gefühl 584
Scherbenberg der Lebensversuche 586/87   38)
Phantasie ist nicht Willkür (Moral ist Phantasie) 585   4)
Mor. Phantasie immer eingesperrt 586
Aus diesen Gründen menschliche Streitigkeiten 586/87   32)
Die Leute können weder lieben noch hassen noch irgendetwas fühlen 597   33)

1863

Es ist die Rache der moral. Phantasie 598
Alle schöpfer. Zeiten ernst. Kein tiefes Glück ohne tiefe Moral. Keine Moral ohne
Ableitung von etwas Beständigem. Kein Tier ohne Moral. Aber Mensch weiß nicht
welche 598   *5)*
Dauernde Gärung des Gefühls vom Genie bis Kitsch. Mensch kann nicht ohne
Begeisterung (= Eingeistigkeit) auskommen. Die Gefühle sind aber ohne Halt.
Sie könnten nur aneinander Dauer gewinnen *(Gleichschaltung!)* Mit allen Mitteln
wird nach diesem Zustand getrachtet. M. a. W: die Affekte in Ordnung zu
halten 599   *34)*
Prophezeiung Massenunglück 601
U. verlangt induktives Verfahren mit Gefühl. Deutet Zeitalter des Empirismus an.
Hauptquelle aller Gewalttaten: daß man nicht weiß, wozu man da ist.   *6)*
Man muß darauf kommen. 602
Das wäre ein steigendes Verhältnis zu Gott 603

Bemerkung 1)

Es ergeben sich bisher als Hauptsachen:
Moral – im ganzen mehr ein Problem U-Ag – ist sozial nur in der Bedeutung
zusammenzufassen: Wir brauchen eine. Und: Es kann nur eine induktive sein.
Aus dem Vorstehenden gehört dazu: *1–6.* Wobei *3)* ungefähr heißt: es ist an der
Zeit eine moralische Moral zu bilden, d.h. eine, die selbst den Kriterien genügt,
die sie auferlegt. Das ist eine Angelegenheit Us. u. gehört wahrscheinlich ins
Mus. Kapitel. (Das hier dazu gegebene Material ist aber nur ein Teil.)

Bemerkung 2)

s. Vorseite Randbemerkung: in diesem Sinn ist in den Umweltkapiteln alles
Spekulative fortzulassen u. alles Natürliche zu beschreiben, bzw. zu illustrieren.
Hier wirkt also weiter aus dem Vorstehenden: *7–34*
Vielleicht so: Moral kommt in der Umgangssprache nicht vor; nur in der Journalistik, dem polit. Streit u dgl. (es ist ein «geschwollenes» Wort) «Gut» wird mit
einem Nebensinn von «dumm» verächtlich-anerkennend gebraucht. Die Gegenwart ist im Vergleich mit anderen Zeiten völlig amoralisch. Der Mensch möchte
«gut» sein u kann das nur in der Form der Gewalttat gegen den anderen. Dennoch
(ohne Moral als *[?]* Wort): ohne Befriedigung in sich selbst lebt der Mensch *Für.*
(«Für etwas Höheres»)
7–34 ist aber so nicht unter einen Hut zu bringen, d. i. das Ergebnis darauf gerichteter Überlegungen.
Es zeigten sich dabei bloß etliche Einzelheiten:
7 u *8* steht in einem gewissen Widerspruch zu *15* (Gefühle vertragen keine
Dogmatisierung u. doch strebt man nach Überzeugung?), *18* (Gefühle müssen
einem Dauerzustand dienen) u. *34* (Streben nach Eingeistigkeit u Gleichschaltung).
Lösung: Streben nach einem Zustand, der die Gefühle aus sich erneut.
13 Das affektive Denken ist als pathologisch in der Form der Psa. entdeckt
worden.
25 Beispiel für den Weltzustand des Und: «Dieser Hund» neben: «Mein gutes
Hundterl!»

Material.

Ein Parallel-Exzerpt zum vorstehenden befindet sich Schm. Ü P, 2 S u 3 u ist zu
vergleichen.

Bemerkung 3)

Machen wir uns dennoch nach dem bisherigen ein Bild des Alltagslebens: (unter
Einbeziehung von Schm Ü P) (Nach ib. soll es affektpsychologisch sein) Ohne rechte
Überzeugung: II R Fr 27$_{390}$

a) Das Leben, das der Mensch führt ist unwesentlich *(10)* *36* Die bejahenden Tugenden sind darin verloren gegangen *(12)*. Er jongliert mit gut u bös *(26)* Er streitet sich leicht *(32)* Aber eigentlich liebt er weder, noch haßt er *(33)*. Wenn er noch so voll gelebt zu haben glaubt, fehlt ihm am Ende immer etwas *(14)*. Er neigt zu Grausamkeit *(35)*. Er nimmt sein Tun nicht ernst. *(22)*

Die unendl. Reihe der Reizbarkeit ib zw. 377 u 382

Schwäche des Ganzen geg. die Teile 389

Jeder Mensch hat seinen Gegenmenschen in sich II R Fr 27$_{445}$

Das affektive Denken wird der Psa. überlassen. *(13)*

ad a) Der Mensch glaubt von seiner offiziellen Moral, daß sie nicht zu befolgen ist.

b) Dem korrespondiert ein Weltzustand des «Und».
Moral. Forderungen werden nicht ausschließlich genommen *(37)* s. auch *21*
Die Welt ist geistig minderwertig *(27)*
Scherbenberg *(38)* «Hund» s. o. Affektivität wie Wasser im Bottich II 587
Notwendiges u Gefühlssache *(29)*

c) Vergnügungen, vornehmlich aber Kunst: Münden ins Leere. *16, 17, 36* Phantasie ist dabei Willkür *4)* Seine Gefühle sind der Sugg. überlassen *31* Dauernde Gärung des Gefühls zwischen Genie u Kitsch *34*

Schreiben u Lesen ist ein Unwesen II R Fr 27$_{325}$ u Schm. Ü P S 2

d) Der Mensch strebt nach einem Zustand, der den Gefühlen Halt gibt, der sie aus sich erneuert.
Er sucht ihn in der Überzeugung *15*
(Fälschlicherweise) im Glauben *39*
in öffentlichen Leitvorstellungen u. Stimmungen *11, 19, 28* (Nation)
Kurz, in der Gleichschaltung *34*
D.h: Einesteils hat der Mensch die private Willkür geschaffen, andernteils will er auch sie u sich einem Zwang unterwerfen *30*
Das Vehikel ist Suggestion. *31, 34*
Es entstehen: die stimmungsmäßigen Wechsel der Geschichte *11*
Die ewige Augenblicklichkeit *17* Der Austausch von Leitvorstellungen *19*
Glaubenskrieg in Permanenz *40* Scherbenberg *38* Streit *32*

Wo kommt der Augenblick der Erhebung hin? ein unvollständiges Verhalten! ib. 475/76
Jede Opposition hält sich für höherstehend, jede Herrschaft ist in der Defensive. Schm U P 472

Begeisterung (= Eingeistigkeit) Schm Ü P S 3

Das wird natürlich noch mit Bd I zu vergleichen sein!
Die Hauptsache soll «*Gleichschaltung*» sein.　　　　←　*Beachte!*
Etwa Übergang vom Liberalismus zur Gleichschaltung.
Also: GfL war immer geg. Liberalismus!!　　　　　　　　　　　Gn.
Die heutige Energie?

Überlegung.

Zum Aufbau ergibt sich:

Gf L (GfL – Gn) hat eine wichtige Aufgabe.

Beginn mit: GfL hat es immer schon gesagt (war immer geg. den Liberalismus)
Ld. ist es auch.

Mg. auch.

Schm. u LF sind für.

Die Frage ist bloß, ob das vor Reise kommen kann.

Absicht: Vor der Reise – außer Ld u Mg – nur ein Einleitungskapitel
bringen, u. zw. das B-Kapitel (in B. haben Demonstrationen, Streitig-   Gn.
keiten zw. Tschech. u Deutschen stattgefunden), wahrscheinlich in der
Form: Bericht des Gns., der bei GfL. war (aber dann noch einmal in
actu mit diesem kommt)

Liberalismus: ist bei all dem natürlich nur ein Deckwort, muß aber noch geordnet
u belegt werden.

Material

Ehe das alles geprüft wird, sei der Rest des hier vorliegenden Materials notiert:
Als Grundexzerpt U/Ag: *II R Fr 27.* Schm. *Ü P* (beides benützt)

Blatt Nationen-Kapitel. Enthält: Aufgabensetzung der Einschaltung – Unter der
Grundidee Gleichschaltung liegt noch die «Zeitalter des Empirismus» – Die kommt
also jetzt vorher? Versucht die Stimmung der Gleichzeitigkeit zu geben (könnte
immerhin als Einleitung des *Gn-Gesprächs* bleiben) – Kommt aber dann schon
auf den Übergang von Naturgesetz zur statistischen Entwertung des Individuellen
u. Übergang zum kollektivistischen Weltbild – Soll aber irgendwie auf Bild
beschränkt bleiben. *(Die Schüler Us.)*

Schm. Ü P enthält S 3 noch: U. hat Gn zu GfL geschickt. Gespräch über Rassen,
Ursachen, anknüpfend an Gespräch über Juden u Sitzung. GfL war auf Gütern,
darum jetzt Eile – Weist aber auch auf Später.

Prof. Lds. Weltbild. Beispiel eines Menschen der Für lebt u vor dem In Angst hat –
Augustinisches Christentum (also zukünftiges) u Unfähigkeit zu glauben – Waffen-
tragen Lds. korrespondiert dem Säbeltragen im B-Kap. (Die Anspielung kann U.
bewußt sein) – Das nicht bloß deutsche Energischsein, als tiefer irrationaler Zug
der Zeit vermeint – Die Widersprüche der Zeit in der Form: Man möchte so u
man möchte anders u. fühlt sich deshalb als Vollmensch – Die eitelste Zeit: aus
Mangel an metaphysischer Dezision. – Die Gläubigkeit in der Form des Für –
Sein Eindruck vom Liberalismus. Dieser Ausdruck einer bestimmten Konstellation. Es bedarf strenger neuer Zusammenfassungen. – *Da Gott zu ihm von Für u In
spricht,* ist das kein U-Ag, sondern ein allgemeines Problem – Religion ist eine
Einrichtung für Menschen u. nicht für Heilige. – Die merkwürdige Erscheinung
des Nichtfrischbleibens des Gefühls. Dogmatisierung u. Reaktualisierung: zielt auf
Gott als Empirismus, Umwandlung des erlebbaren Ahnens in den nicht erlebten
Glauben (nebstbei: Tu u Tunicht, bejahende Handlungen), u. Unterscheidung von
gut und gut-gut. (Das erste kommt von der Moral, das zweite von Gott) – Erwerb
einer Kanzleisprache des Gefühls.

Umschlag: Notizen zu Gn – Gf L / Für – In.
Eine Grundnotiz zu B-Kapitel: Wie herrlich war
KKnien, wo das alles noch nicht so entschieden
war
Bild – Bilderbuch – Bilderschrift
Es fehlt der rechte Ausdruck für die Liebe der andern
Nation; darum Fm. verhaßt
Bild u daß Krieg in der Nähe ist. Daß sich Kriege an
Bildern entzünden (Troja)

Wahrscheinlich in 1
Kapitel Gn-U-Ag.
s. S 6 o.

Aus dem Inhalt generaliter: 29 Eine gute kknische Stadt – Bauwelsch u alte Bau-
sprache – dann eigentlich einfach eine Landschaftsbeschreibung (Bild) (U zu Ag:
Möchtest du nicht hin? Hast du nicht Sehnsucht?) – Die Bewohner, von denen
man in besonderer Weise nicht weiß, ob sie ihre Stadt schön oder häßlich fanden:
Die Unruhe der Todesruhe (eine nichtssagende Stadt!) – KKnien als Vorbild, daß
dem Menschen heute alles Lust u Unlust ist. (Viell. S 5
a) als Beschreibung der Brünner!) Der vorbildlich gemischte Staat u eine seiner
am vorbildlichsten gemischten Städte. – Tuche u Garne, Weite u Enge der Welt
(s. Breite u Nutzlosigkeit des Lebens im ev. Anfang) – Der Charakter: Würde ein
Erbeuten [?] voraussetzen, das aber verboten war (Das ist ungenügend. Muß wohl in
die Richtung heutige Energie gehn). Der sanfte u gemäßigte Staatscharakter
KKniens. Der Militarismus, der nur Ordnung war. Der Säbel in der F.J.Ära. Der
Säbel ist doch auch Sinnbild heutiger Zeit!
25 Germanisierung als Folge von *Besitz u Bildung.* (Diese gemäßigte Stadt war der
Schauplatz erbitterter Kämpfe) (Krankheitsherd, der dem Ausland Lust zum Ein-
griff macht) (Diese Stadt konnte zw. der Ehre wählen der Herd d. Weltkriegs od.
der Geburtsort Fms zu sein)
Wie kommt man eigentlich zu so etwas? Nach *24 Beilage* 1) Die Deutschen als Edel-
rasse 2) Der Mensch koit. bloß, aber die Geschichte muß mit den Bevölkerungs-
zahlen etwas anfangen. 3) einfache Leute sollen nicht zuviel lernen. 4) Nationale
Romantiker (Verlegung in Sünden- u Liebesböcke) Nach *25:* 1) Als natürliche
Folge von B. u B. Der kolloidale Mensch nimmt die Form der Umstände an;
Geschehnlassen u Gewähren. 2) Jede *Kultur* beruht darauf, daß man sich nicht über
alles den Kopf zerbricht. (Arbeitsteilung. Soziale Disziplin). Es ist das kleinere Übel,
daß der andere zu schaden kommt. (Automobile udgl) Darum glaubten die
Deutschen nicht, daß den Tschechen Unrecht geschähe. 3) Die Tschechen nehmen
dagegen einen dolus an. Nationen haben aber keine Absichten. (Aktuell: eine
Nation guter Menschen kann grausam u tückisch sein). Nationen haben einen
unzurechnungsfähigen Geist. Richtiger: sie haben überhaupt keinen Geist. Wohl
aber irgendetwas wie erste Vorbereitungen. Vergleich mit Irrsinnigen. 4) Es ist
also falsch, daß die Nationen wollten. Aber sie taten einander. 5) Das Bedürfnis
erregt u einseitig zu sein. 6) Damals nannte man so etwas noch Balkanisierung.
Vergleich mit Blutrache führt darauf, daß die natürlichen Beziehungen durch
Ideengespenster vertreten werden. Unterschied: Die Idee lebt, ist in suspenso
7) das gesunde Gefühl für Nation u ähnl. u. das ungesunde (fängt schon mit
Familienliebe an). Das Problem ist identisch mit dem des richtigen Lebensgefühls.
Mündend in 8) Forderung einer Systematik des Zusammenlebens. Psychotechnik
der Kollektive. Das wäre die atheistische u. bescheidenere Lösung.
Als Anfang einige Beziehungen zu den Ideen von Bd. I. Daraus vorderhand nur:
Grundressentiment: Niemand findet den Sinn. – Warm u kalt Tun – Das Zeit-
alter des Individualism. geht zu Ende, als Gegensatz zum Individual. Us u Ags.

In dieser Stadt weiß Fm. nun nichts besseres als Menschenliebe. Er ist hinter dem
Theater geboren, Ehrgeiz, Für-In im Leben eines Dichters.

Gn. könnte sich auch nach Fm. erkundigen!?

II R Fr 1, Blge 12: Anknüpfen an: M – Beschluß bzw. Liebesbeschluß
Vorstoß GfL – Ährenthal Kurs
B. u B. haben sich historisch erledigt. Letzter Versuch mit ihnen. Starke Hand geg.
d. Mensch ist gut

Dominanz für Zeitschilderung: Ordnung u aus dem Ganzen Handeln.
→ II R Fr 6 Blge 9 S 2_0: Das falsche Aus dem Ganzen Handeln u Ah., der dar-
über redet.
→ „ „ 10: Zu GfL u Gn. (Hinweis darunter, daß Gf L. schon an Sozia-
listen gedacht hat)
Den Menschen lieben u. ihn nicht lieben können: Schnittpunkt Schwester. Vgl.
II R Fr 1 Blge 4 S 4, 29. XI
GfL: Germanophilie – Dringend um Besuch bitten u. dann nichts Dringendes reden
– Worte gehören zur Rache des irrat. Restes – *Fortschritt* u franz. Revol. – Wieder-
holung B. u. B. u *deutscher Gedanke* → Konv. *20*

II R Fr 1, Blge 15: Starke Hand u. der Mensch gut. Das Gegenstück von Gleichschaltung (= wesenhaftem Geschehen) ist Seinesgleichen..
Der Mensch sei gut ist ein Mißverständnis des aZ.
Notizen zu: Ld. sub Gut u sub Glauben – Tatkraft, glauben, ahnen – Partial-
lösungen, System – böser u guter Mensch – Ordnung – die gewöhnliche Welt ist
schlecht-schlecht – Genie – Richtbild des empir. Zeitalters – Krieg – Der Gegen-
satz zu Genauigkeit wird falsch gesucht – Wesentl. Handeln – Liberalismus u Ah. –
Weltzustand des Und – Trieb u Intellekt – Wahrheit u Glaube.
Nationalism. u Kapitalism.
„ „ Hypomanie

II R Fr 5. Die größte Idee soll gefunden werden → Krieg ⎱ Auch wichtig
Europäisches Gleichgewicht → Krieg ⎰ für Nat.-Kap.
Problem der Tat.
Blge 1: Parole der Tat: es muß etwas geschehn.
Daß man sich zum Menschen bedingungslos hinreißen lassen müsse. Gf L.
dazu → II R Fr 14, 29. XI.
Tzi. sieht den Pazifismus am Werk.
Blge 2: Problem der Tat hat Höhepunkte in Gn. u Cl.
Anteil des Gn. am Ordgsproblem: II R Fr 15.
Exzerpt aus II R Fr. 22. Wichtig für Gn – Gf L – U
Die Übereilten u. die Überlangsamen.
Unbenutztes Material zu Fm. Ah. Geistige
Blge 3: Unbenutztes Material zu Fm.
Notiz: Geschichte – Bilderschrift (S. 6)
Ein Entwurf Herd.. (S 9) Die Behauptung, der Mensch sei gut, ist die Ur-
sache des Weltkriegs gewesen. – Moral, soweit nicht Gewaltsetzung, ein
Bild. – Die Sachen vertreten die Personen (Fm. hätte auch fehlen können)
Es bedeutet das gleiche, ob man an eine angeborene Güte des Menschen
glaubt oder ob man sich nicht verträgt.
Blge 4: Vgl. zu Rekap. Gf L, Gn.
Blge 5: à l b. ist Realismus.
Das Problem Gn. ist eigentlich Schwanken zwischen h. u b.
Gn: Gegen Ideen, wenn auch bedauernd.
Eine gewisse Abwendung von U.
Gf L: Es gibt keine bösen Menschen

Massenpsychologie, Rolle der Affekte, Suggestion – udgl. für sie (Bleuler)
Monideismus
Wahnbedürfnis
Größenideen des Manischen = Tagtraum des Gesunden. (!) Ev W–Cl in
Waffenstillstand Kap.

_32 j. 33_ Große Ereignisse entstehen aus der Einbildung einzelner u. der Ohnmacht
<u>I</u>   aller.
<u>. . .</u>   Herd. Ursprünge. Ursachen. Rasse als Ersatz der Ursache. Überholtheit des
<u>II</u>   Ursachebegriffs, (ältere u neuere Art des Kausalitätsbedürfnisses) Schuld.
     Bemerkungen über Nationen.

II R Fr 6 Blge 17: Warum die Menschen nicht gut sind, sondern es lieber sein
     wollen.
     Männer mit wenig Idealen sind so gut wie Männer mit Idealen.
     Wofür es sich wirklich zu leben lohnt, ist das Absurde
     Sozialdemokr.
     Gott ist nur demokratisch durchzusetzen
     Jugend: Erst tun, dann kommt neuer Geist! – Aktuell! HS?

18. August 33! 34?: In den Nationen, Gn usw. Kapiteln läuft Fülle mit, _im Mus. Kap._
geht es um die Entscheidung. D. h. es ist einfach Us. Wissen ums Soziale zu dokumentieren. Fast das ganze Material hier S 3 ff ist da überflüssig, bzw. ist auf ein
paar Grundgedanken zu reduzieren. Das Soziale Erlebnis ist erst in den Wieder-
anfängen u. ist unendlich viel unentwickelter als das individuelle. Daraus folgt
letzten Endes die Unmoral, die Verbrechensgesinnung des besseren Einzelnen. Das
spricht U. aus. Immer hat ja schon ein Kontrast zum Sozialen, eine ergänzende
Problemstellung bei den Geschwistern mitgewirkt (hier S 1). Es gehört außerdem
dazu: Gott u antisozial (angebahnt) (ib). Seinesgleichen geschieht, als Aspekt für
Us Zeitschilderung. (hier S 1). Steuerung durch unzählige harmonisierte Um- u
Inweltfaktoren, die zu Krieg führen, wenn ihre Unstimmigkeit einmal bewußt
wird (ib) [Dazu ev. S 3 ff: der «Rest».]. Der Halt für die Gefühle (S 4_{34}) führt zum
Induktiven Verfahren (ib, 6)). Vgl. Bemerkung 1). Beispiel für den Weltzustand:
Hund – Hunderl S 5_0 2$5$) Kunst, dauernde Schwankung zw. Genie
u Kitsch: d. i. Situation des _Mus._ Kap. Das übrige läßt sich in einer neuen Auffassung
so sehen: Das Leben ist eine dauernde Oszillation zw. Verlangen u Überdruß.
s. Kreislauf des Gefühls! Hat man eine Weile etwas getan, so will man sein Gegenteil (So muß es auch S 5 $_0$ – heißen: Gefühle verlangen Dogmatisierung u vertragen keine) Das gilt von den Trieben, aber auch von den höheren Beschäftigungen. Vgl: Gs. wäre Vernunft aZ – Gefühl, Abenteuer persönlich. d) folgt daraus.
Die Frage ist nun einfach: Gibt es etwas, das man dauernd tun kann? gibt es ein
bleibendes Verhalten? Anscheinend kann nur der aZ. der Periodik von Aufbau
u Zerstören Einhalt tun. . (Bemerkenswerterweise ist Aufbau – Zerstören dasselbe,
was Ag. U vorwirft.) Oder die gemeinsame Behandlung des Problems (Gs. Weltbild d. Empirism.) Vor dieser Wahl gibt es für Ag. nur aZ!

S 6, Ld, ist Glauben – Ahnen berührt. Die «merkwürdige Erscheinung des Nicht-
frischbleibens des Gefühls» wird durch den Hinweis zu erklären versucht, daß alle
Vorstellungen verdorren, deren Erlebnis nicht reaktualisiert wird. (zb. Worte) Die
Folgerung wäre: _Gott als Empirismus._ Außerdem wird beschuldigt die Umwand-
lung des Ahnens, das man erlebt, in einen Glauben, den man nicht erlebt. Daran
schlösse: alle Streitigkeiten kommen vom Glauben. Also neben Ahnen auch:
Methodik des Nichtwissens. (Ähnlich ist die Konsequenz der vorhin erwähnten
Periodik: man dürfte Sehnsucht u Befriedigung nicht voll übernehmen.Sondern

à la Möglichkeitssinn. Aber dann (sagt Ag) besteht doch die Gefahr, daß das Leben nur eine Tändelei, ein Snobismus, ohne Leidenschaft ist. U: Ja, diese Gefahr besteht)

Aus S 7 ev: Jede Kultur beruht zwar darauf, daß man sich nicht über alles den Kopf zerbricht, u doch gehört zu ihr ein «Gefühl von allem».
Forderung einer Systematik des Zusammenlebens, eine Psychotechnik der Kollektive als Minimalforderung.
Das Zeitalter des Individualismus geht zu Ende als Gegensatz zum Individualismus Us u Ags.

Aus S 8. Alles das ist ein falsches Aus dem Ganzen Handeln.
Vorseite: Man kann die Periodik auch bezeichnen als die zw. Seinesgleichen geschieht u. Gleichschaltung.
Der Mensch sei gut, ist ein Mißverständnis des aZ.
Ld. wird als Beispiel gegen Glauben gebraucht.
Zu Gott, Glauben u Ahnen → II R Fr 6, Blge 17. (u r.)
Überdies Partiallösungen für u gegen System, die Theorie lieben u nicht das System, die gesuchte Wissenschaft, Richtbild d. Empirismus, u es ist zum Verzweifeln. Mit →

D. i. eine Grundlage fürs Mus.Kap. Dazu noch Schm. M – K – I, m. Dort Gn. Nachträge zum Nat. Kap. U/Ag/Gn. *(Dazu noch: II R Fr 27 S 1, Schm. Nat. Kap. S 6.)*
Die sich daraus ergebenden hauptsächlichen Diskussionsgegenstände Konv Mus. S 2 zusammengestellt. Ist wahrscheinlich viel zuviel. zT. vielleicht in Traum Kapitel zT. ev. in ein Kapitel U – Ag nach dem Fortgang des Gns. zu nehmen s. Schm. M – K – II. Reihe.

20. VIII. Nachdem das Kapitel Gn-U-Ag ungefähr fertig ist, spinnen sich die Gedanken verhältnismäßig dicht zum Gn-GfL u. zum Mg-Kapitel, so daß die Hauptgefahr darin liegt, durch die Ausbreitung des Problems die U-Ag Erzählung aufzuhalten. Es ist also möglichst viel hinter Reisebeginn zu legen.
Im Mg-Kapitel ist der alte Kern (dzt. 37 in 37 j.38) relativ unabhängig. ib. S 1 u: seine Hauptthemen sind politisch u Problem der Kultur. I E 35, L48₄ Genügend, dem Gn. neue Impulse u Bestätigungen zu vermitteln.
Das Für – In (IE 36, II R Fr 6 Blge 17) gehört nicht notwendig dazu, konform damit Konv. 37 j 38 S 1 obwohl Konv. 23/24 Konfrontation zweier Für-Männer vorgesehen war.
Dafür, es abzutrennen, spricht auch der Vorsatz, es gleichfalls in Gn-Gf L zu behandeln. (Konv. 32 u 42)
Dann würde das in 37 j 38 für Schm. Vorgesehene noch mehr gekürzt u möglichst ein Akzent gelegt auf die soziale Beschuldigung bzw. Verteidigung Us. II R Fr 6 Bge 17 heißt es auch: Sorgen über seine *Untätigkeit.* Dabei ist auch ein Zwischenknoten in der «Gott»-Linie vorgemerkt. Reste der Schm.-Beschreibung (sofern nicht ⚹ od. für später gelassen, was rücksichtslos zu geschehen hat) können auch in die Diskussion eingeflochten werden.
Ferner könnte *Für – In* mit U/Ag beginnen. Titel: «Warum die Menschen nicht gut, schön u wahrhaft (ig) sind, sondern es lieber sein wollen» (II R Fr 6 Bge 17) Das wäre das Gespräch über den guten Menschen bzw. Ld unter dem Aspekt Für-In, enthält Anfänge von Ahnen geg. Glauben. Versuchsweise auch einarbeiten 20/21/II über Ideale u Idealisten.
Probeweise Reihenfolge: Gn bei U-Ag (Nationen) – bei Cl Mg usw. mit Einleitung Titel: St. u. die Propheten? über Schm. – U/Ag – Für-In – Hermaphrodit als Forts. des Besuchs Ev: Gn/ Gf L. – Mus. Kap.

Oder: U/Ag – Für-In vor dem Besuch
bei Cl Mg – als Vorerwartung darauf.

26. VIII. Nach den einleitenden Worten des Kapitels über Schm. auf die Aufgaben
gestoßen: 1) Der Kandidat der Politik 2) Soziale Beschuldigung u Verteidigung
Us. bzw: Warum U. unpolitisch ist. (Konv. 37 j 38 S 2)
D. i. nun einesteils eine Ergänzung der noch ausständigen Antwort, die U. der
Aufforderung Sts. hätte geben sollen (u. die er Ag. gibt), andernteils geht es dar-
über hinaus ins *Problem Politik.*
Als Material fand sich zusammen: IE 35, 37, II R Fr 6   *3. IX.*
Blge 17, II R Fr 26 S. 9. u 10.
Weiterhin: Schm. Nat. Kap. S 6 u.; AE 18, 18 – 1, 22–2, S 2, IE 14 (Aktiv.); AE 23
(Tat) 24 (Ahnen) IE 36 (Für – In)
Es ergeben sich wahrsch. ∼ 3 Kapitel: Unterhaltungen mit Schm.
Warum die Menschen nicht gut, schön u
wahrhaftig sind, sondern es lieber sein
wollen.
Stumm u. die Propheten.
Schon während Schm. Unterhaltungen.. zeigt sich der Zusamhang mit den Nat.
u weiteren Gn-Kapiteln, so daß von der Frage, warum sich U. nicht für Politik
interessiert, das ganze Politikproblem ausgeht. – Ergänzungen dazu: s Blge.

17. IX. S. Schm. Warum... S 2 «Ergebnis».

Über Inponderabilien der Entwicklung: «Einleitung u A» in Mpe A-Ag.
Zusammenhang mit Cl. Kap. s. Schm. Frühsp. + Laub S 6 u Laub S 7 u 9. Sch
V + B S 2 Rand.

Jänner 34: Letzte Begründung in den 2 Gefühlsgruppen II R Fr 1 Blge 16 S 4
«Zusammenfassung» (Agein u Pathein)
Zu «Zeitalter» vgl. auch Abneigung geg. Humor Konv. Mann.. Rolle S 1 Rd.

14.II 36. Neu aufgenommen: U₆-Studie z. Sitzungs Kap. bei Gf L. S. 7. u.

Beilage zu II R Fr 26, S 10

Eigentlich reduziert sich Us Verhältnis zur Politik auf Folgendes: Wie alle
Menschen, die sachlich oder persönlich ihre eigene Aufgabe haben, wünschte er
von der Politik möglichst nicht gestört zu werden. Daß das, was ihm wichtig sei,
durch sie gefährdet werden könnte, erwartete er nicht. Daß immerhin auch im
bestehenden Zustand schon ein gewisses Maß an Förderung liege, m. a. W. daß
es auch viel schlechter noch kommen könnte, kam ihm nicht in den Sinn. Ein
Politiker galt ihm als ein Spezialist, der sich der gewiß nicht leichten Aufgabe der
Interessenvereinigung u. Interessenvertretung widmet. Er wäre auch bereit gewesen, sich bis zu einem erträglichen Grad unterzuordnen und Opfer zu übernehmen.
Daß zum Begriff der Politik das Moment der Macht gehört, übersah U. nicht, der
sich doch oft die Frage vorgelegt hatte, ob etwas Gutes überhaupt ohne den
«stützenden» Anteil des Bösen zustande kommen könne. Politik ist Befehl. Merkwürdigerweise sein eigener Lehrer Nietzsche: Wille zur Macht! Er hatte es aber
ins Geistige sublimiert. Macht steht in Widerspruch zu den Prinzipien /Lebens-
bedingungen/ des Geistes Hier konkurrieren zwei Machtansprüche. Macht in der

Weise der Politik schwand aus seinem Gesichtsfeld, ebenso wie Macht in der Weise des Kriegs. Es mag vorkommen, aber im Grunde ist es rückständig wie eine Knabenprügelei.

Diese Naivität kommt ihm jetzt zum Bewußtsein. (Ev: als Gegenspiel in *[?]* der Nachtszene!)

Der Marasmus der Demokratie kam dem entgegen. Die stillschweigende Voraussetzung des Parlamentarismus war, daß aus dem Geschwätz der Fortschritt hervorgehe, daß sich eine steigende Annäherung an das Wahre ergebe. Es sah nicht so aus. Die Zeitungen usw. Der grauenvolle Begriff der «Weltanschauungen». Die Politisierung des Geistes dadurch, daß nur das Genehme gilt. Darüber die dünn u. mürbe gewordene Fiktion der Kultureinheit. (Repräsentiert durch die *Monarchie*. Der Demokratie war noch nicht die Haut abgezogen) Was gut in diesem Leben war, geschah von Einzelnen.

Es gibt heute nur unehrlich erworbene Überzeugungen.

nb: Wenn U. von seinem a Z-Abenteuer absieht: Das Verhältnis von Macht zu Geist wird immer bleiben, aber es kann sublimierte Formen annehmen (Und wird es vielleicht tun, nachdem es eine Reihe kollektiver Versuche durchlaufen hat, die jetzt erst beginnen)
Wenn sich U. das praktisch vorstellte: man müßte mit der Schule beginnen, nein, man weiß nicht womit nicht! Das ist das verlassene usw. Gefühl des Einzelnen, das ihn zu seinem Experiment u Verbrechen führt.

«Wenn Europa sich nicht zusammenschließt, so wird die europäische Kultur durch die gelbe Rasse in absehbarer Zeit vernichtet werden». «Wenn Japan nicht alle Kräfte anspannt, so wird...» usw. Man könnte es auf die Formel bringen: sie richten ihre eigene Kultur lieber selbst zugrunde! Denn es ist komisch, dieses heiße, plötzliche und zweifellos im Augenblick nicht unehrliche Gefühl für die Kultur.
Nebenbei liegt dem natürlich auch die Erfahrung zugrunde, daß abhängige Staaten rücksichtslos behandelt werden. Geradeso wie abhängige Menschen.

Es ist das Gefühl für den eigenen Schlendrian. Der Forstchritt wäre ja gemeinsam und vereinigend.
Sie verteidigen die Kultur, statt sie zu besitzen.
Der Mensch der Kultur ist in der ganzen Welt einsam.
Es gibt nur die beiden Auffassungen: Kultur! Dann ist alles, was geschieht, verkehrt. Oder: Macht! od. ähnl. Kampf von Tierrassen. Von auserwählten Völkern. Eine u. U. große Vision, aber völlig unfundiert, da die Völker kein Ziel haben, außer der Selbstbehauptung.

Anders: Ein Geist herrscht, ohne ins letzte durchgebildet zu sein. Dann kommt jemand u. zwingt etwas Anderes auf. M. a. W. viell: Die Gesamtheit verändert sich durch einen Einzelnen / Produziert ihn, sagen manche / Es erscheint den Menschen als Unsinn, Wahnsinn, Verbrechen. Nach kurzer Zeit passen sie sich dem an. Zuckerbrot – Peitsche, die berüchtigte Charakterlosigkeit u Verächtlichkeit der Menschen, was ist das eigentlich? Und Geist ist immer nur eine Zimmerdekoration, das Zimmer kann man ihm vorschreiben. Darum wird er nie haltbar. u. wechselt mit der Macht.

Ein nützliches Seitenstück zum Regierungsbeamtentum.

Zusammenhängend damit: Nietzsche hat es vorausgesagt. Der Geist hat ungefähr die Lebensart einer Frau, er unterwirft sich der Kraft, wird hingelegt, widerstrebend, u. findet dann doch sein Vergnügen dabei. Und verschönt, macht Vorwürfe, beredet im einzelnen. Bereitet Vergnügen. Auf welches Bedürfnis stützt er sich da?

S. auch die Notiz: Konv. *43* j. 44 S 2.

Nachtrag Alle diese Überlegungen dürfen nicht vorübergehn an: II R Fr 5 Blge 5 (Bleuler)

Nachtrag: Jetzt beginnend U₆ - 2·1) Anm. 10.

Nachtrag: Wie kann sich jemand, den das Schwester   16. II 3̄6.
Problem beschäftigt, für Politik interessieren?!

Wie wäre zusammenzufassen u zu ergänzen? Pol. gehört zum Problem h – b, Liebe – Gewalt, Path – Ag. udgl. u. zw. zum aktiven, bösen Teil. Kann also nur durch Vernunft melioriert werden. Im Kreislauf des Gefühls gehört es zum Außenteil. Die utopische Antwort weiß U. also. Interessiert ihn die andere nicht? Er haßt die Politik mit ihrem verkehrten Anspruch, daß die Wahrheit eine Degeneration des pol. Anspruchs sei. Es begänne hier Flucht aus der Welt, bewußte «Verbrechens»gesinnung?

IIR Fr 27   Gott u ä.   *Auch IE 4 (L 68)*
                   (eine Rekap. U–Ag sub specie Gott)   *Auch Schm. M-K-II*

auch = religiöses Erleben, bisher vernachlässigter irrationaler Rest u dgl.

IIR Fr 7 Blge 2: Die Entwertung der Liebe, u aller andern Reize, als Statistik,
                   Physiologie usw
                   Die des Kunst- u Lebenswillens
                   Die Mechanisierung
                   Die kollektive Zusammenfassung, die das Einzelgefühl kaum
                   durch ein Gemeinschaftsgefühl ersetzen kann, usw.
                   All das gewinnt Sinn, wenn Gott realiter entdeckt werden will.
                   Dann ist er das einzige u. genügende Abenteuer
                   Mit Gott ist auch die vollkommen geordnete Welt denkbar.

II R Fr 6 Blge 7: Verabredung, Gott zu suchen, wäre die Moral des Empirismus.

Die Wiss. mußte Gott ausschalten, um ihn vielleicht – ihrer Methode entsprechend! – zu entdecken. Die Gottlosigkeit als der Weg zu Gott. (Umschlag *11* Mpe Schreibt. Ungeordn.)

Suag 3, S 4 Ironisch: Der religiöse Mensch als der böse.
                   Der zu Gott geneigte Mensch individualpsycholog. als der mit
                   Mangel an Gemeinschaftssinn, der Pseudo-Neurotiker.
                   Der religiöse Mensch als Verbrecher trifft mit dem christlichen
                   zusammen.
Sua 2, S 4:   Gott: ein Mittel die Gesteigertheit zu erhalten.
                   Es ist der Zustand ohne Lachen. Mystiker lachen nicht.

Aus zerr. Blättern: Gott kommt es nicht auf das an, was wir tun.

II R Fr 6, Blge 17: Gott, d. i. auch: religiöses Erleben, irrationaler Rest – bisher vernachlässigt. Gott macht Versuche, Gott schmilzt die Zeiten wieder ein, Gott gibt uns Partiallösungen auf. / Aber woher weißt du denn etwas von Gott? / Ungefähr: Ich liebe Gott aus dem gleichen Grund, wie du ein Verbrechen begangen hast: einfach, um den Kreis zu sprengen od. weil wir nicht so leben können (Interimszeit od Gott: eins von beiden muß man glauben) / Aber glaubst du denn an Gott? / Du fragst mich immer, ob ich glaube! Ich weigere mich zu glauben!

Gott kann nur auf demokrat. Wege gefunden werden.

Schm M-K I S 4. → II R Fr 6 Blge 8: U. hat ebenso in sich Induktive Demut wie überhebliche Beziehung zu Gott.
Rekapitulation:
[...]

Studienblatt ›Gott‹   NR 31

s. vorderhand U₆ – Traum Kap. Studie I.
Älteres s. II R Fr 27, das eigentlich eine Rekapitul. von Bd II₁ sub specie ist
In II₂ tritt als Hauptsache hinzu die empirische Gottesvorstellung des Kapitels
Mondstr. a. Tage. Sodann die Behandlung eingangs ›Atemzüge ...‹

Hauptsache bis jetzt: Korr III, Bem. 9: Erzählung der Geschichte einer Leidenschaft. Darin Gott (neben Soz. u Sex): ein Versuch, Halt zu geben. U. zw. ein nicht gerade systematisch wiederkehrender Versuch.
Sch. z. Korr III, S 16: Statt Geschichte einer Leidenschaft, die u.a. auch zu Gott führt, ließe sich auch vermuten, daß die *[?]* Leidenschaft Gottesleidenschaft sei.* Der Gottesleidenschaft fehlt der Gegenstand, sie erfindet u glaubt ihn, sie ist nicht appetitiv, sondern aztoid usw. Sie ist als Schicksal gegeben.

* In Wahrheit liegt der Ursprung aber wohl in der asozialen Natur, MoE u. ä. s. nicht-appetitiv, aZ

Beschluß: beide Auffassungen vertragen u. durchdringen sich.
Vgl. S 16: das Streben nach az-Vereinigung ist älter, rührt schon von Esss. her.
Tb. ist eine notwendig werdende Retardation der vorschnell forzierten aZ-Vereinigungsart.
Neu (= alt): Tb. ist Psychologie der Gottesleidenschaft. Das in der Psychol. betonen?

Hauptbeginn (zuvor die 2 Ld.Kap.): *41.* Mit *Anteilnahme:* Sch z. Korr III S 16.
D i übermäßiges Verlangen nach Anteilnahme: Die Fähigkeit, nicht Anteil nehmen zu können, wird fast als ein Vorzug beschrieben. (Sch R S7ur enthielte eine kleine Erweiterung: Ärgerlich, was du von einem solchen Menschen erwartest. Handdrücken *[?].* Weil du aus dem Letzten handeln willst.)

Zweiter Hauptbeginn: Herzergreifende, ohnmächtige Art des Lebens geg. Wirkl·
Sch z Korr III S 13 ur.

Sch Korr III S 15: Heißt auch: ideologische Überspanntheit u fehlende Güte U's.
Maßlose Formulierung als Anfang der weiteren Entwicklung. Ebenso der folgende

Traumanklang. Diese Maßlosigkeit ist auch mitreißend. So auch S 16. Löscht Ld. aus: S 3₁₁ 41 u.

Nächster Gipfel: Sinnl. Ausgelassenheit: Sch z.Korr III S 16. Gleich: gelockerte Wirklichkeit. Warum richtet sich die Liebe gleich gegen die Wirklichkeit? Eine Erklärung: Vordringen des aZ. Linie ab Essays. Ein persönl. Schicksal. Eine andere: Nicht bloß der Inzest, sondern ganz großer Gegensatz zur Welt wird gesucht. Eine dritte: Gottesleidenschaft. Alles Sch Korr III S 16. Übereinstimmend Korr III. Bem. 2) u 9). Alles zusammen vgl ↑ «Hauptsache...»

F 14ᵤ: das Verstand- u Fassung Verlieren der Dinge.

Vgl. das in der «Schwester» liegende Bösesein Sch R 26/Rd.

Weg zu Ld. u Anfang bei Ld. (42 u 43) Sch z. Korr III, S 3 u 4: Will gestehn, daß sie nicht weiß, was sie, in der Wirkl., tun soll. Es ist eine Flucht (mit altem Sex. Instinkt). Will ihm später auch nicht gestehn. Spürt überirdisches Grausen vor ihm. Angst vor der obligaten u. vom Gefühl entleerten Gottesvorstellung; Grausamkeit gegen ihn. * Schon Ahnung (nebenbei) geg. Glaube.
Gott: das Aufgehobensein, die Güte, Strenge usw. Schutz vor der Leidenschaft (später an Ld. wiederkehren lassen!) Für sie: Etwas Verborgenes ist in ihr; sie wartet auf die passive Stunde des Wunders. Hat U. verlassen, weil er diesen überirdischen Inhalt in einen irdischen verwandeln will. Wenn zu häßlich od. zu schön, ein Zwielicht, in das hinein sie rennt. Der Bereich des Unvorstellbaren u. das schwache Geschöpf. Überzeugung, daß sie das Unfaßbare auf eigene Faust aus dem Zwielicht holen werde.
* Möchte alles beichten, bis auf U. u. Ahnung. Empfindet letzteres als zu schwere Aufgabe. Sieht (mit U) Weltabkehr oder Gottesannäherung als Abgrund. Unsicher, ob U. selbst glaubt. Nur der Abgrund kann ihr helfen. Sie ist zwischen Grausen u Demut.

Ld. u Gott 39–43. Am kürzesten: Sch z. Korr III S 5 «Angedeuteter Konflikt im Besondern» Ld. ausführlicher vgl. ib. S 2/3. Kern, von dem das andere ausstrahlt: Er will kein direktes Verhältnis zu Gott, sondern will Persönlichkeit sein. Daraus Komik des Verhältnisses zu Ag: S 3 Rd.
S 6 ff (44): Ist nicht exzerpiert; Vornotiz S 5. Hauptsache: das Gott Herausziehen. Die nicht unzutreffenden Ausfälle gegen die Welt (vgl S 9). Die heimlich vertrauten Worte (S 6ᵤ.☐). Die entstehende Typik der Beziehung. – Sie führt ihn vom Glauben zum Ahnen; er ist ein Ausgangsfall dafür (S 10 Rd) – Er hat Angst vor ihr. Sie erholt sich bei ihm von U. – Er wird sie in die Schule der Wirkl. nehmen. (S 10 Rd.) S.S. 3 = 41 Unwirkl. in der Szene zw. U. u Ag. ib. u S 16: Sie weiß nicht, was tun, dh. in der Wirkl. S 13bα: Wirkl.anpassung geg. Antiwirkl. Auch S 16: s. u. «nächster Gipfel». Vgl. S 16 Wirkl.Welt u hoffnungslose Rolle des geistigen Menschen.

45 Beginn... – Sch Korr III S 16. Rd: Sie gehen zuerst den direkten Weg Richtung a Z.
46 Mondstrahlen ... Sie geraten einen Augenblick in einen andern Zustand. Quasi außer sich; quasi Körpertausch. Eine lähmende Bedeutung des Vorgangs neben der körperlichen. Eine Ahnung, Neugierde, Voraussicht. Ein Gleichnis (hoffnungsvoller als am Ende) Korr II,Bem. 21) Blge:
Vgl. zunächst zu 46 in Korrespondenz mit späterem: Sch. z.Korr III S 20, Bem. bei F 36

Was bedeutet Ags. Erlebnis nach U's. Gedanken über Gott?
In *48 – 50* s. zu Ld: Sch. z. Korr III S 62 °.
Zu Gott in *49:* Sch. z. Korr III S 69 unter *[?]* ›Korr z. S 68‹

Neu aufgegriffen: K IX S 10.

II. R. Fr. 29   Moral und Krieg
                                                   Studienblatt

Strengere Zusammenfassung wünschenswert geworden bei der Überarbeitung von
›Zurück zur Wirklichkeit oder Der Tugut singt‹, S 3. des vorderhand noch als
NR 19 bezeichneten Entwurfs. Hier werden im Zustand des damaligen Menschen
einige der Kriegsursachen berührt: Bewaffn. Friede, balance of pow., h u b. Der
Zusammenhang dieses Kapitels mit den umgebenden *Gn.* u. Nation Kapiteln, so
wie den U-Ag. u. Tb. Kapiteln ist in dieser Hinsicht noch nicht klar.

Währenddessen eingefallen: U-Ag ist eigentlich ein Versuch des Anarchismus in
der Liebe. Der selbst da negativ endet. Das ist die tiefe Beziehung der Liebesgeschichte zum Krieg. (Auch ihr Zusammenhang mit dem M-Problem) Was bleibt
am Ende aber übrig? Daß es eine Sphäre der Ideale u eine der Realität gibt? Richt-
bilder udgl.? Wie tief unbefriedigend! Gibt es keine bessere Antwort?

Zur Charakteristik des Gn. vgl. Notizen zu Moor 2) r blau.

Nach R Fr 9 spielt herein:
Heraufkommende Ära ameisenhaften Heroismus   1)
Hunderte unbeantworteter Fragen liegen in der Luft   2)
Ausbreitung der Zeit ohne Mittelpunkt.   ,,
Die Welt voll Widersprüchen; Bibeln u Gewehre.   ,,
Breite der Zivilisation gestattet keine Überzeugung   ,,
Widersprechende Ideen   ,,
Die Gegensätze gehen in einander über.
Die ruhelose Gestaltlosigkeit des Daséins.   4)
Gott u Teufel als Konkurrenten   ,,
Die Welt hat Gott u Teufel verloren   ,,   (820)
Wirkl. gewonnen, Traum verloren   7)
Das Verhältnis von Welt u Weltgeschichte   ,, rechts
Die Atmosphäre ist voll Hass   8)
Aber auch voll schlechter Poesie   ,,
Die universale Abneigung   ,,
Man kann nichts Gutes verwirklichen   ,,
Wirkl. entsteht daraus, daß nichts für die Ideen geschieht.   ,,
Die Menschen wollen ihre Ideen nicht verwirklichen.   ,,
Nationalismus als Unfähigkeit, nichts zu sein   ,,
Die Gefühle mischen sich zu einem grauen Kompromiß   ,,
Es muß etwas geschehn.   ,,
Geist braucht Beschränkung   ,,
Auf unerklärliche Weise geht alles so zurück wie vorwärts   10)

Zum Verhältnis von Idee u Wirklichkeit hier u. in der Folge vgl. auch: Ü₂–1) S
1. rot.

1876

Die Welt ist voll Widersprüchen; in der Tat u. in den Ideen. Sie ist ruhelos ohne Halt.

Eine Ursache ist die Ausbreitung der Zivilisation. Eine andere: daß jede Idee ihre Gegenidee hat (364 usw.) Das kann eine Ursache haben in: Mangelnder Zusammenfassung (748), eine andere in: der scheinbaren Unmöglichkeit der Zusammenfassung (833), dem daraus folgenden Mißtrauen geg. den Geist, der Sorge dafür, daß zu jeder Idee auch die Gegenidee gepflegt werde (s. Liberalismus!) u. der Ahnung, daß unsere Kultur nicht mehr unsere Kultur wäre, machte man auch nur mit einer Idee wirklich ernst! (833) S. auch: Wirkl. entsteht daraus, daß nichts für die Ideen geschieht; die Menschen wollen nicht ihre Ideen verwirklichen usw.

Es resultiert das Gefühl: es muß etwas geschehn!

Noch einmal zusammengefaßt, kommt das hinaus auf: Es geschieht nicht genug oder das Falsche für den Geist.

oder: Es liegt im Geist selbst etwas.

Aber die erste Hauptantwort s. nächst. S. Utopie d. Exaktheit

In beiden Richtungen geht U. (Gs. u aZ Blgn. [...])
Gn. könnte sehr wohl ihm erklären, daß U. wohl das erste gesagt habe, er, der Gn, jetzt aber das zweite entdeckt habe.

Frei von der ↗ *Zusammenfassung* blieb: Die Atmosphäre ist voll Haß richtiger: voll explosiven Gefühls. Man kann (aus einem Grund, den U. nicht kennt) nichts Gutes verwirklichen. – Das bleibt eine offene Frage. – Das kann man schon zur Gruppe à 1 b (14) rechnen: die Welt ist voll unabgeleitetem Bösen, seiner stets gewärtig, voll Mißtrauen geg. das Gute 486/87 D.h. wohl: falsche Teilung von Gut u Böse wie in Bd. II. Die Wissensch. ist eine Sublimation des Bösen, der Kampf, die Jagd usw. Die Natur kommt ihr entgegen. Die Wahrheit hat eine Affinität mit der Desillusion. Die Weltgeschichte verfährt à 1 b. U. behauptet einmal, daß das Geistige u Gute nicht ohne Hilfe des Bösen u Materiellen Die Gewalt ist eindeutig 811 Die Ichsucht verläßlich 812, existenzfähig sei, daß man die Menschen sowohl durch gemeine Behandlung wie durch Begeisterung zu allem bringen könne, u. daß die Menschheit beide Methoden mischt (662). Ein andermal, daß im Ess. I der Teufel wieder zu Gott zurückfinden könnte./ Man soll dem zweideutigen Charakter der Wahrheit vertrauen, mit jenem Mangel an Idealismus leben, der gleichbedeutend ist mit der Utopie der Exaktheit; eine Gesinnung auf Versuch u Widerruf, aber unter dem Kriegsgesetz der geistigen Eroberung; nicht Skepsis, sondern Gesinnung des Steigens usw. Dann würde die Wahrheit wieder die Schwester der Tugend (484/85)

Und hier wird ein Versuch der Lösung angedeutet, der anders u. realer ist als der des aZ. *Zusammenzufassen als der der induktiven Gesinnung.* Zu ihm gehört 3)–5) Der Möglichkeitsmensch.

Was nun zunächst die links stehende Utopie der Exaktheit anbelangt, so kommt sie hinaus auf: 17) (1te Forts.) u seine Zusammenhänge.

Utopie der Exaktheit: Ideal der 3 Abh. wird als der bedeutendste Ausdruck einer Geistesverfassung bezeichnet, die für das Nächste überaus scharfsichtig u. für das Ganze blind ist. I 389 Eine wortkarge Verfassung 389/90 Je weniger über etwas geschrieben wird, desto ergebnisreicher ist man. Vermutlich sollte man also das ganze menschliche Geschäft nach Art der exakten Wissenschaften betreiben. D. i. das Ideal des exakten Lebens. 390. D. h. Auch das Lebenswerk soll nur aus 3 Gedichten oder 3 Handlungen bestehn, in denen man sich aufs äußerste steigert; im übrigen soll man schweigen, das Nötige tun u. gefühllos bleiben, wo man nicht schöpferisches Gefühl spürt. Man sei «moralisch» nur in den Ausnahmefällen u. norme das Übrige wie Bleistifte oder Schrauben. M.a. W. die Moral wird auf die genialen Augenblicke reduziert u. im übrigen bloß vernünftig behandelt. 391.

Es wird festgestellt, daß dieser (utopische) Mensch als Tatmensch heute schon vorhanden ist; aber exakte Menschen kümmern sich nicht um die in ihnen angelegten Utopien. 393

Im Zusammenhang damit wird das Wesen der Utopie beschrieben als Experiment, worin die mögliche Veränderung eines Lebenselements u. deren Wirkungen beobachtet werden. Eine aus ihrer hemmenden Wirklichkeitsbindung gelöste u. entwickelte Möglichkeit. 392

Die Utopie der Exaktheit ergibt einen Menschen, in dem eine paradoxe Verbindung von Genauigkeit u Unbestimmtheit stattfindet. Über das Temperament der Exaktheit hinaus ist alles an ihm unbestimmt. Er legt wenig Wert auf Moral, da seine Phantasie auf Veränderungen gerichtet ist; u. wie gezeigt, verschwinden seine Leidenschaften u. es kommt an ihrer Stelle etwas Urfeuerähnliches an Güte zum Vorschein. 392.

Reifere Fassung: Induktives Verhalten auch zu seinen eigenen Affekten u Grundsätzen. II R Fr 26 S 4_6: Bem. 1). Man darf Sehnsucht u Befriedigung nicht übernehmen S 9 «18 Aug». Nicht Glauben, sondern Ahnen

Induktives Verfahren geg die Gefühle II R Fr 27 S 8_{602} Idee des Indukt. Zeitalters: U_6 1 Studie zum Mus Kap.

Nachtrag: Zur «Unbestimmtheit» wäre zu bemerken, daß an ihrer Stelle nicht ein Vakuum eintritt, sondern eben die rationale Moral einer sozialen technischen Nüchternheit einspringt. (Die gegeb. Fassung ist etwas zu sehr auf aZ. abgestellt)

Das setzt aber implizite voraus, daß die «ungenialen» Beziehungen durch Vernunft zu regeln wären. Das wird, u. in hohem Grade mit Recht, bestritten; der Motor des sozialen Geschehens ist der Affekt. Wir müssen also sehen, inwiefern das im Späteren befriedigend berücksichtigt ist.

Im Beginn des Anschlußkapitels heißt es noch einmal: Genauigkeit als menschl. Haltung verlangt Tun u Sein im Sinne eines maximalen Anspruchs. 393. Das wird auch die «phantastische Genauigkeit», recte: die Genauigkeit der Phantastik! genannt. Sie hält sich an die Tatsachen. Ihr wird die pedantische entgegengesetzt, die sich an (erstarrte) Phantasiegebilde hält, an die Ideen. 393/94. Das wird am Beispiel M-Gericht exemplifiziert. 394. Wäre also eigentlich eine Dominante für die M-Dr. Fr-Dr Pf.-Kapitel. Menschen, die ihren Bereich völlig rationalisieren, überlassen also die Fragen der Humanität anderen, in die sie kein rechtes Vertrauen haben; sie ahnen, man könnte es auch anders machen. So hat die Wirklichkeit zwei Geistesverfassungen, die sich miteinander stumpf vertragen. 395. Die eine ist die mit Erfolg, die andere die mit Umfang u Würde. Die eine ist nichts wert u. die andere nicht wahr. (Ameisensäure). Es sind die zwei Pole eines Weder-Noch der Zeit. Eine Schraubenentwicklung wird als wünschenswert bezeichnet. 395. In Wahrheit wird durch Oszillation immer wieder das meiste zerstört. Die Weltgeschichte ist optimistisch: sie entscheidet sich immer erst für das eine u dann für das andere.

U. beharrt am unzeitgemäß werdenden exakten Typus 396.

Utopie der Exaktheit, Ursprung.

Hat eine Jugendform in U. als «hypothetisch leben» 397. Beschreibt das Gefühl des jungen Menschen, der zu nichts bedingungslos Ja sagen will u. sich alles vorbehält, in einer Mischung von Aktivismus u Unkenntnis. Er läßt dem Vorgefundenen nur hypothetische Geltung. Die Ordnung ist nicht so fest, wie sie sich gibt, kein Grundsatz ist sicher, alles ist in einer nie ruhenden Umwandlung begriffen, das Unfeste hat mehr von der Zukunft als das Feste. 397. Er hält sich frei; er will noch kein Charakter sein; er sucht das, was ihn innerlich mehrt, ob es auch intellektuell od. moral. verboten sei; er fühlt sich wie einen Schritt, der nach allen Seiten frei ist, aber vorwärts führt. Und den rechten Einfall erkennt er daran, daß er die Erde anders aussehen macht. 397/98.

Zusammenfassung: Dieses «hypothetische» Leben beschreibt einwandfrei den Jugendzustand. Es ist eigentlich nichts als Aktivität u. Freiheit (Möglichkeit)
Das spätere Ideal des «exakten» Lebens unterscheidet sich davon: 1) dadurch, daß der Bereich des gewöhnlichen Lebens einer rationalisierten Moral überlassen wird; aber diese wird immer noch etwas verächtlich behandelt. 2) daß «die Moral» einem Ausnahmebereich des Schöpferischen u. Genialen vorbehalten bleibt. In 2) handelt der Mensch persönlich u bestimmt, in 1) allgemein u unbestimmt. 3) wird der Unterschied formal durch den «maximalen Anspruch» bestimmt. D. i. aber ungefähr dasselbe wie schöpferisch u genial. 4) wächst ihm eine andere Bestimmtheit zu durch die Unterscheidung von pedantischer u. phantastischer Genauigkeit oder Wert- u. Wahrheitssphäre. M. a. W., es ist schon die Forderung, die Exaktheit auf die Phantasie zu übertragen.

Die Möglichkeit, ein Zentrum der Wertsphäre zu finden, wird später zurückgenommen.

Sozial-faktisch ist diese Moral bereits als Tendenz gegeben, als Disposition. Auch als Diskrepanz zw. der praktischen Klugheit u der idealistischen Dummheit bzw. zw. den ganz verschiedenen Temperamenten auf diesen beiden Gebieten, wie man es auch ausdrücken könnte.
Der Vorseite «Nachtrag» erhobene Einwand gilt weiter.

Utopie d. Exaktheit, Forts. als Essayismus I.
Nahm an, daß sich die Moral zum Leben ungefähr so verhalte wie ein Essay zu seinem Thema 398. Welt u Leben lassen sich nicht begrifflich behandeln – dabei verlieren sie das Welt- u. Lebenhafte: wie es besser heißen könnte! – sondern nur nach Seiten wie in den Abschnitten eines Essays, die nicht zur Theorie konvergieren.

Zu diesem Abschnitt: Nach Kaufmann konstituiert sich die Wahrheit nicht in einem Erfüllungsverhältnis, sondern in mündlichen Bewährungszusammenhängen. (So ungefähr gesprochen.)

Im Vergleich zur Utopie der Exaktheit, mit ihrer teilweisen Unbestimmtheit, wird hier eine totalere Lösung schon versucht!

Das Folgende ist sowohl etwas einseitig als auch nicht völlig das gleiche: Wert sowie Natur einer Handlung od. Eigenschaft sind abhängig von Umständen, Ziel, m. a. W. von dem Ganzen, dessen Teil sie sind: d. i. der noch richtige Ansatz zu einer funktionalen oder einer ganzheitlichen Beschreibung des wirklichen Tatbestands. Weiter: Dann empfängt alles seinen Sinn, Wert u seine Bedeutung aus einer Konstellation oder einem Kraftfeld. Die Einzelheit hat sozusagen nur moralisch-chemische Valenzen. Sie ist, was sie wird. Da nun die moral. Bedeutung eines jeden Geschehnisses ★ die Funktion /abhängig von/ der Bedeutung anderer

Geschehnisse (auch nicht geschehender) ist, entsteht ein ∞ System. + Unabhängige Bedeutungen gibt es darin nicht (399) (wie sie das gewöhnliche Leben in grober erster Annäherung den Handlungen u Eigenschaften zuschreibt)

* Dabei ist nicht Gut oder Bös gemeint, sondern zb. Hart in den vier Zusammenhängen der Liebe, der Roheit, des Eifers u der Strenge.
Die Behauptung gilt aber offenbar auch für das Gut- oder Bössein eines eindeutigen Hart.

+ Nach Kaufmann: In der Erfahrung heißt ∞ nichts anderes als indefinit. In der Mathematik: gesetzmäßige Folge.

55 heißt es: Gut u Bös sind keine Konstanten, sondern Funktionswerte. Die Güte eines Werks hängt von den geschichtlichen Umständen ab, u. die der Menschen von dem psychotechn. Geschick, mit dem man ihre Eigenschaften auswertet.

Zwischeneinwand: Kann man ein Ganzes (System) eindeutig beschreiben, wenn jedes Element die Funktion anderer Elemente ist? ⊙ Oder ist das am Ende gar die Definition einer Ganzheit? (Gestalt?)

⊙ Oder bloß: Kann man außer dieser einen, konstitutiven, Aussage noch eine andere von ihm machen?
zb. $x^2 = (y + z)^2$ oder $x = y + z$
$\quad y^2 = (x + z)^2$ „ $\quad y = x + z$
$\quad z^2 = (x + y)^2$ „ $\quad z = x + y$
$\quad x + y + z = 2 (x + y + z)$
Also: Dieses System ist unverträglich, außer $x + y + z = \ominus$
Es gibt also Umstände, unter denen sich solche Aussagen machen lassen, wenn die Funktionen bekannt sind.

Simplifizierte Antwort: Als was etwas anzusehen ist, was es ist u. gilt, hängt sehr oft von anderem, von den Umständen, ab. Diese Abhängigkeit ist praktisch meist eine beschränkte, im Prinzip aber unbeschränkt, weil immer neue Umstände zutage treten können, die der Sache ein neues Gesicht geben. Wir wissen de facto nie alles, was uns sagen lassen könnte, das ist gut oder bös oder auch hart oder mild. Außerdem ist der Charakter der Umstände ebenso wenig eindeutig zu fassen. Auch sie hängen von unbegrenzt vielen Umständen ab.
[Ähnlich ist es aber auch in der Naturwissenschaft: 1) wir wissen nicht, was wir noch wissen werden 2) Jede funktionale Abhängigkeit ist eigentlich künstlich isoliert; sie ist bloß wahrscheinlich, heißt, daß sie prinzipiell auch anders sein könnte, uzw. denkt man da meist an eine Komplikation.: Dennoch bildet die Naturw. zweifellos etwas wie ein System! Bzw. sie läßt sich vom Systemgedanken leiten, auch wenn sie ihm nicht genügt. –: ??]
Das käme also hinaus auf Moral als Erfahrungswissenschaft? (Alles andere an ihr ist Gewalt oder Religion.)
In der Behauptung war aber noch etwas anderes mitgesagt: nämlich das Nichtratioïde der Moral (wie des Essays). Sie ist ja ohnehin die «Moral der Dichtung». Sie müßte kein System bilden, sondern könnte sich in dauernder «Aktualität» entfalten. Es entstehen immer neue moralische Erfahrungen. Partiallösungen hängt damit zusammen. Dem ist aber wieder irgendwie immanent die Unterscheidung u. von werthaltigen u. unwertigen Erfahrungen. Sie kann auch kein System bilden, wenn sie nicht streng begrifflich ist. Sie ist Schöpfung, nicht Theorie. Im Augenblick ist das höchst unklar, aber es gibt viele Ansätze zu ähnlichem in dem Buch! Von der Utopie der Exaktheit zweigt einfach ab Utopie des Ess. II.

L c. *[?]* heißt es etwas sibillinisch: «Der Mensch als Inbegriff seiner Möglichkeiten, der potentielle Mensch, das ungeschriebene Gedicht seines Daseins» trat dem Menschen als Niederschrift, als Wirklichkeit u. Charakter entgegen» (399) Vgl. Blge 2 zu $U_6 - 5$)!

L c. kommt noch hinzu: Nach dieser Anschauung fühlte sich U. jeder Tugend u. jeder Schlechtigkeit fähig. – Tugenden wie Laster werden in einer ausgeglichenen Gesellschaftsordnung als gleich lästig empfunden. Das Kräftespiel strebt einem ausgeglichenen u erstarrten Mittelwert zu; die regierende Moral ist immer die Altersform eines Kräftesystems (implizite: u. ist zu unterscheiden vom Ethos) Die Unsicherheit dieser Auffassungen wird zugegeben (399)

Die ruhelose Gestaltlosigkeit des Daseins – empfindet L. F. (329)

Aber die Menschheit handelt nach ähnlichen Grundsätzen: sie widerruft auf die Dauer alles, sie verwandelt beständig eins ins andere. Nur geschieht das nacheinander u. ohne Steigerung. Es ist ein fahrlässiger Bewußtseinszustand, u. ein bewußter Esss. hätte das in einen Willen zu verwandeln (400) Auch in der Gegenwart legt es sich schon auseinander. zb. Kot für eine Dame u. eine Krankenschwester; ein Verbrecher in den Augen der Gesellschaft u. in denen seiner Mutter; das Münden der Steigerungen von Gut u Bös ins Krankhafte. Es geht nicht an, das gesunde Leben nur als ein Mittel zw. 2 Übertreibungen anzusehn. Man muß suchen: «ein bewegliches Gleichgewicht, das in jedem Augenblick Leistungen zu seiner Erneuerung fordert.» (401) s. Moral der Leistung. Vgl. S 5₀ Man muß die, unter einfacheren Bedingungen gültig gewesenen, groben Annäherungen der Moral aufgeben u. die Grundlagen der Form der Moral ändern (401) Nach U. fehlt daran nur noch ein «gewagter, nach dem Stande der Dinge noch nicht zu rechtfertigender Ausdruck» u. er erwartet ihn aus der Verbindung von exakt u nicht exakt, von Genauigkeit u. Leidenschaft. (402)

Hier schließt sich nun (s. S 1) R Fr 9,3)–5) an, der *Möglichkeitsmensch*. Er denkt alles, was ebensogut sein könnte, u. nimmt das, was ist, nicht wichtiger als das, was nicht ist. (20) Gilt für Phantast, Besserwisser, Träumer, Krittler usw. (21) Seine Gefahr ist zu große Ungebundenheit (23). s. Zwangsjacke (27/28) Anderseits: Große Dinge Einrichtung ib. Eine außerordentliche Idee vermag ihn schon zu beruhigen. Es ist heute noch teils Schwäche, teils Kraft. Hat bei U. ins Nichts geführt (26) *Ge.* wirft ihm vor: bei Ihnen ist alles ein Könnte, nichts ein Muß! (782) Wenn U. erwidert: Ich möchte trotzdem nicht die Oszillation, sondern die Dichte der Idee (783), so ist das Verlangen nach System.

Pseudoobjektiviert: Dem Möglichkeitsmenschen entsprechen die noch nicht erwachten Absichten Gottes (21) Gott spricht im Conj. pot. (25) Gott meint die Welt nicht wörtlich, sondern nur als Bild, Redewendung, Analogie. Man darf ihn nicht beim Wort nehmen (570) Man muß die Einzellösungen kombinieren, die scheinbar falschen Jahrhunderte u Jahrtausende zu einer Totallösung zusammenfassen. Von Anfang an ist die Beziehung auf Gott also einfach da. Es liegt also in U. eine religiöse Tendenz. Er sucht Anschluß u. unterlegt – merkwürdigerweise! – zunächst seiner rationalen Erklärungs- u Systematisierungstendenz die Berufung auf eine gleichsinnige Gottesvorstellung!

Es ergab sich als *Symbol fürs Ganze:* 6): der Möglichkeitsmensch U. läßt sich auf die Wirklichkeits-Bank Heimat nieder mit der Ahnung, daß er bald wieder aufstehen wird.
Ein Hauptthema fürs Ganze ist also: Auseinandersetzung des Möglichkeitsmenschen mit der Wirklichkeit. *Sie ergibt 3 Utopien:* Die Utopie der induktiven Gesinnung.

Die Utopie des anderen (nicht ratioïden, motivierten usw) Lebens in Liebe. Auch Utopie des Ess. II. Die Utopie des reinen aZ. mit ihrer Mündung in oder Abzweigung zu Gott. – Mystik ohne Okkultism. II R Fr 22₃ → Sua 2. Sie haben noch als Utopien verschiedene Wirklichkeitsgrade. = Utopie des 1000j R., die sich also noch einmal spaltet. Außerdem ist zu bemerken, daß die U. d. i. G. das Böse, Metrische usw. einbezieht, d. U. d. Liebe dagegen nicht. Das ist wohl ihr Grundunterschied.

Nachtrag: Vgl. aber zu Us. persönlicher Krise 238/39.

Utopie der induktiven Gesinnung, Nachträge u. Weiterbildung:
Man kann einen *Schlag* als Schmerz u. Kränkung empfinden oder sportlich-kämpferisch; seine Wirkung, aber auch sein Wesen ist abhängig von dem Zusammenhang, seine Bedeutung von seiner Aufgabe in einer Handlungskette 235. Der Mensch soll das, was ihm widerfährt als geistige Herausforderung ansehn. ∼ ib. Vgl. Vorseite Rd: Moral der Leistung. Vgl. auch S 2 die Reduktion der Moral auf die genialen Augenblicke. (Einwand im Nachtrag) Vgl. ib. Tun u Sein im Sinn eines maximalen Anspruchs.
Us. Moral ist also, instinktiv u anfänglich, eine der Leistung u des Schöpferischen, eine Geniemoral. nb: Aber das Genie nicht als Ausnahme von der Moral, sondern als moralisches Genie!
Man könnte weiterhin sagen, er fordert auch von der Menschheit, daß sie eine geniale sei: diese Seite der Frage, dieser Einwand ist noch nicht herausgearbeitet.
Im übrigen ist seine Utopie der Exaktheit anfangs (u. vielleicht auch später) eine naive Übertragung mathematischer Analogien. Regelung der Welt aus dem techn. Denken fordert er 16) 56 Übertragung der Kühnheit der Mathematik ins Ethische 60/61
Zu Us. Neigung zur Geniemoral vgl. 13) Auch 27) Forts. Auch: Fürst u Herr des Geistes 239 Heroische Anlage. Seine Neigung zu Rekord, Willensleistung. Die scharfe Arbeit seines Geistes. Seine Behandlung der Wiss. als Vorbereitung u Training. Sein hartes Noch-nicht! u.ä. Vgl. etwa 68/69. «Eine Art unbestimmten heroischen Anspruchs an die Zukunft» 69. Vgl. aber seine Ernüchterung am genialen Rennpferd, seine Erkenntnis, daß er doch nie Mathematiker bleiben wollte, die Unmöglichkeit seine Eigenschaften anzuwenden u. den daraus folgenden Urlaub vom Leben 71
Daneben wird aber als auch schon frühe Idee die des Laboratoriums bezeichnet 239 Die besten Arten, Mensch zu sein, sollen durchgeprobt u. neu entdeckt werden. 239 Er hatte früher die Idee eines «Senats der Wissenden u Vorgeschrittenen» 243
Es wird aber auch schon der Geist in Frage gezogen. Er wird bloß immer mit etwas verbunden 239 Er geht durch den Menschen hindurch 240 Der Geist ist seiner Natur nach ein Jenachdem-Macher 241/42, er ist seiner Natur nach das, was als Ess I. bezeichnet wurde (S 3) 241/42 ist das noch einmal an Beispielen gezeigt. Der Geist glaubt unumstößlich weder an ein Ideal noch an ein Gesetz, Ding, Charakter, Ich, Ordnung. Die Natur des Geistes ist schöpferisch! 242.
Das könnte man ev. eine intellektuelle Moral nennen, aber es will in den Geist schon die Gefühle einschließen.
Weitere Einwände: Von der Wirkung des Geistes bleibt scheinbar nichts als Verfall übrig. Fortschritte im einzelnen, Zerfall im Ganzen. Der Zuwachs an Macht mündet in einen fortschreitenden Zuwachs an Ohnmacht. Der Geist wird immer größer, aber unzentrierter. Anderseits schränkt er sich auf die Fachlichkeit ein, deren Grundgefühl ist, es habe doch keinen Zweck über das Ganze nachzudenken. Zusammengefaßt als: daß der Geist keinen Geist habe 242–44. (Die Forts. weist auf aZ.)

Zur Zusammenfassung: Moral des Schöpferischen, der Leistung, des maximalen Anspruchs, Geniemoral, Moral, die Geist produziert: wie steht es mit dem Einwand, was denn das Kriterium der Schöpfung, des Genies, des Geistes sei? Das Vorbild der Exaktheit hat das Kriterium u Ideal der Wahrheit. Die Genauigkeit der Phantastik (S 2) scheint dem etwas Ähnliches an die Seite zu setzen. Anwendung der naturw. Denkweise auf das Humane ist mitgemeint u. zT. richtig. U. beharrt am exakten Typus (S 2) In Reserve bleibt immer die Haltung: man kann es heute noch nicht wissen, aber man muß den Mut dazu haben. Vgl. 4) Partiallösungen 3) Entwicklung des Möglichkeitsmenschen noch nicht beendet; teils Kraft, teils Schwäche. 21) Interimshaltung. 25) Forderung besonderer Aktivität. 17) 4te Forts. Leben auf Versuch (1020/21) mit perforiertem Ernst. 35) – 241: Geist ist Zwang zum Lösen u. Binden der Welt. Auf diese Weise ließe er sich absolutieren. Aber wie gering ist dieser Zwang im Vergleich mit anderen! Aber er ist dauernd. Hingegen: Er gehört zum Greifanteil d Gefühls!? Jedenfalls könnte man ihn aber als «Höchstes Gut» setzen. Sehr zeitgemäß heute. Freilich im Widerspruch zu ihm selbst, der nichts Absolutes u Letztes gelten läßt! [Kann man aber nicht sagen, daß er damit bloß neben sich nichts Letztes gelten läßt; wie das jedes höchste Gut tut? Aber er steht nicht auf einer Reihe mit den Gütern, sondern in dem qualifizierten Gegensatz zu ihnen der Funktion gegenüber ihren Inhalten. Überdies meine ich auch nicht schlechtweg, daß die Funktion das Höchste ist. Die Frage des Kriteriums bleibt also ungelöst!]

s. Bewährungszusammenhänge! S 3 Rd. Mir scheint, daß zb. mein Begriff der «Literatur» schon viel damit zu tun hat.

So wie man das Leben als irreduzibel setzt. Es wäre lohnend, eine andere Art von Idealismus als die gespenstische!

Nachtrag: Angenommen, der ›Geist‹ hat ein ähnl. Kriterium wie die Wahrheit, so ist eben das Kriterium gefunden. Daß man die Wahrheit suchen soll, ist damit, daß man weiß, was sie ist, ja auch noch nicht mitgegeben. Geist u Verstand stehen dadurch wieder parallel.

Zu dieser Frage des Kriteriums ist aber auch zu bemerken: daß es ja gar nicht der Geist schlechthin ist, was U. in erster Linie meint, sondern der Geist der Forschung: der des Ess. I u II, der der induktiven Demut, der der Gottesahnung, der des Richtbildes des empir. Zeitalters u.a. (Also Geist «in Verbindung mit irgendetwas», wie es 239 heißt)
Dazu gehört II R Fr 6, Blge 7: a) Es gibt keine begründete Moral, weil der Geist keine Ordnung hat. Wir müßten aber daraufkommen, wozu wir da sind. Das haben andere Zeiten mit unzureichenden Mitteln versucht; der Empirismus überhaupt noch nicht. b) Die empirische Wissenschaft gibt einen bestimmt-unbestimmten Gesichtspunkt: Weil unsere Kenntnisse sich mit jedem Tag verbessern, darf man nie an ein bindendes Gesetz des Verhaltens glauben. Wenn aber alle gemeinsam-induktiv arbeiteten, – u. als oberstes moralisches Gesetz gälte, alles zu tun, was dazu nötig ist –, so wäre das kein moralisches «Gesetz», sondern eine Verabredung auf Grund der Erfahrung? Eigentlich nein; das oberste Gesetz heißt hier Geist, Gottesannäherung udgl. Oder kann man sagen: Suchen nach Gesetz? Und das wäre ein Existenzverteidigungsbedürfnis? Vielleicht.
Hinzufügung: Nimmt man den Erfahrungsgeist zu Grunde, so ergibt sich:
a) das Kriterium der Wahrheit auf rationalem Gebiet
b) auf dem Gefühlsgebiet ist ein Kriterium zu suchen, u. das tut U.

Bleibt man nun innerhalb der Utopie der induktiven Gesinnung, so kommt man in

Verfolgung von b) auch zu: 25): Warum kann man nicht Geschichte machen?
u. ä. 26): Die nicht ratioïden Angelegenheiten sind ungeregelt. (Das Bsp. 323 Wann
ist ein Backenbart der eines Lords, wann der eines L F.? zeigt gleich eine
Schwäche!) (Führt wahrsch. auf Mimetism. 30), 32): Gleichnis 34): Forderung der
Genauigkeit auf dem Gefühlsgebiet. 37) Ev. eine gewisse Abkehr von der Moral,
weil Moral ratio ist. 38): Man müßte die Teilfortschritte bewahren u. integrieren.
Zu dem u ähnlichem: Es gibt keine Aussicht auf eine historische Integration. Von
Natur ist ein geisteskrankes Zeitalter nicht ausgeschlossen: Das müßte aber auch
mitaufgenommen werden. Man überwindet die Zeiten falsch (775). 39): Wirkl.
abschaffen gehört z T. auch hieher; als abstreifen der affektiven Verhaftungen, des
Zuernstnehmens der Wirkl. Mehr à la Lit. leben. s. Utopie d. Höfl. 17²): Partiallösungen. Automatische Integration der Zeit. Ideengeschichte statt Weltgeschichte.
Rollenentwicklung statt Rollenzuteilung. Aufgeben der Erlebnishabgier u. Geschehnisse wie gedacht od. gemalt betrachten. *Man muß überzeugt sein, keinen Geist
zu haben, um Geist zu gewinnen.* Vgl. aber: Dichtung ist Leugnung der Welt 585/86
Der Idealstaat macht die Ideale überflüssig (585,834) (eine geordnete Welt braucht
keinen Geist. Auch 40)) 17³): Desto weniger Person, je mehr Wahrheit (916/17)
Das Persönliche ist das Nichtübereinstimmende (916). 17³) u. 17⁴): Wie steht es
mit «Gewalt u Liebe»? Oder man kann wohl nur fragen: welche Rolle spielt die
Liebe innerhalb der induktiven Gesinnung? Streng genommen (da man sonst
schon in die Utopie des nicht ratioïden Lebens kommt) u. in der Hauptsache die
ihrer Auflösung. [Wir wollen das als Unterabteilung «Statistische Gesinnung»
behandeln.] 952/53 fühlt U. als den Sinn seines Lebens, daß die beiden Grund-
sphären der Menschlichkeit in ihm zerlegt sind u. einander hindern; er bringt das
Auseinandergefallene nicht wieder zusammen. Auch die Auffassung wird nahegelegt, daß die in allen Beziehungen falsch darin sitzende Seele erst entfernt werden
müßte, u. das gehört wohl wesentlich zur induktiven Gesinnung.

17⁴): Leben auf Versuch, mit perforiertem Ernst, induktiv leben (1020/21)

Gs: 956, 1025. Widerrufen: 1026
Für die Masse: Es ist nicht die Hauptvoraussetzung des Glücks, Widersprüche zu
lösen, sondern sie verschwinden zu machen 1041 Es genügt den Menschen, daß das
Leben einen «Lauf» hat 1044 Die «bewährteste perspektivische Verkürzung des
Verstandes» ib. Die Menschen sind im Grundverhältnis zu sich selbst Erzähler ib.
So kann man das berüchtigte Abstraktwerden des Lebens ertragen, durch das die
Leistung vervielfacht wird 1043 Hieher gehört auch das ganze Unpersönlich-
werden, die Teilung in Spezialisten u. nur noch aus Mangel an Erkenntnis mit-
geschlepptes Allgemein-Menschliches usw.: Eine Utopie der induktiven Gesinnung
muß es unterbringen!

Es scheidet sich: Indukt. Gesinnung für die wenigen – für die vielen.

Erziehung zum Genie u. Genieverständigen
Erziehung zur Förderung
Zucht
Einzelleistung, das übrige unter Berücksichtigung des statist. Geistes.
Ausgehn von 46) u. das übrige darum gruppieren.
Wirtschaft! Horatio! *[?]*   – Ah!
Geld: Repräsentant der ungeistigen Beziehungen. Der großen Dinge usw.
Es ist aber nicht das Wichtigste, Geist zu produzieren, sondern Nahrung, Kleidung,
Schutz – mit den dazu gehörigen Grundsätzen. Noch immer! Allerdings sind diese
Grundsätze z T. schwankend geworden. Die ihnen dienenden Kräfte neigen immer
zur Entartung: Feudalismus, Kapitalismus usw. Übrigens nicht ihrer Diskussion.

Ohne Wichtigkeit zu leugnen: man muß das andere lebend erhalten, den Funken bewahren. Das will U.

Eine andere Welt, eine Welt der Realität u. ihrer Probleme. Aber macht sie etwa die der Religion überflüssig?!

Zwischenbilanz:
Wir sind auf 3 Utopien U's gestoßen (S4): Die Utopie der induktiven Gesinnung oder

des gegebenen sozialen Zustands
Die Utopie des Lebens in Liebe
Die Utopie des aZ.

Von diesen ist die der induktiven Gesinnung in gewissem Sinne die ärgste Utopie!: das wäre, literarisch, der einzunehmende Standpunkt. (der die beiden anderen Utopien rechtfertigt) Dieser Nachweis oder die dazu gehörige Darstellung vollendet sich aber erst mit dem Ende (Krieg). Eine Zwischenzusammenfassung wahrsch: Mus. Kap. Die Reise ins 1000j R. stellt die beiden andern Utopien in den Vordergrund u. erledigt sie, soweit wie möglich. Immerhin kommt auch von der Utopie der induktiven Gesinnung vieles vor, in den Gn., in den //, in den Ld, Schm. u Mg-Kapiteln. Es ist also nicht nötig, die Utopie der i. G. in der Gegend der Tb-Kapitel schon bis ins Letzte zu beherrschen, wohl aber ist es nötig, sie in den maßgeblichen großen Zügen zu kennen.

So ergibt sich sofort, daß *Ld.* eine Inbeziehungsetzung der als wirklich aufgefaßten Wirklichkeit zum Religiösen bedeutet, u.zw. nicht erst in Zurück z. Wirkl., sondern von Anfang an.
Der *Gn.* wird übergeleitet vom Ideenkreis Us. zur Wirklichkeit s.zB. S 1. Die gegebene Anknüpfung für ihn ist aber jedenfalls die an die letzte Sitzung u. das, was U. bzw. er dort gesagt hat.

Schema für die Behandlung der Utopie d. indukt. Gesinnung:
Grundsätzliche Trennung: Induktive Gesinnung für die wenigen a)
"   vielen b)

a) Kommt hinaus auf Us. Geniemoral, die er auf die Menschheit ausdehnt.
Sie enthält in sich eine Reihe eigener Probleme. So das nach einem zureichenden Kriterium, das ihrer Möglichkeit, Ordnungsproblem, Problem ihres Archimedischen Punktes usw.
b) Davon ist schon gegeben: α) in der Zeitschilderung die zw. Geist u Wirkl. bestehenden Schwierigkeiten; sie wären zusammenzufassen u. dann zu erproben, wie weit sie sich durch die induktive Gesinnung beheben lassen. β) das, was an der bisherigen Beschreibung der ind. Gesinnung für alle gilt. γ) Zerstreute Ansätze zu einer Sozialpsychologie, ev. -Metaphysik. Ist gleichfalls zusammenzufassen. δ) ist zu berücksichtigen u. zu fragen, welche Bedeutung die Probleme von a) in der Anwendung auf b) annehmen. ε) ist vorerst unabhängig davon eine Vorstellung von b) zu schaffen.

Also nächste Aufgabe a b, ε): Grundnotizen einer Utopie d. ind. Ges. für die vielen:
Es ist nicht das Wichtigste, Geist zu produzieren, sondern Nahrung, Kleidung, Schutz, Ordnung: das gilt heute noch immer von der Lage der Menschheit. Wir sind noch immer das gefährdete u. sich selbst gefährdende Tier. Ebenso wichtig ist es, die für Nahrung, Kleidung usw. nötigen Grundsätze zu produzieren. Nennen wir es in Anlehnung an II 36 den Geist der Notdurft. Die Führer sind aber auch nicht aus dem Geist der N erstanden, sondern sie haben sich selbst gemacht. Diesem Zweck dienten (u. dienen in der Hauptsache noch) die historischen Wirk-

lichkeits- u. Idealbildungen. Also: Herrschaft, Handel, Kirchen u. a. Fraglich nb., ob auch Kriege? Nicht übersehen darf werden, daß auch die Ideale u Ideologien diesem Zweck dienen. Heute herrscht beinahe die Auffassung vor, daß sie nur zu diesem Zweck da seien; darin ist der histor. Materialismus mit der ns. Propagandatechnik einig.

Es hat sich ein merkwürdiger Zustand ergeben. Über das von Notdurft u Wille Geforderte hinaus erhebt der Geist eigene Ansprüche, u niemand kann sagen, wo sie anfangen u aufhören berechtigt zu sein.

Außerdem sind die der Notdurft dienenden Grundsätze schwankend geworden. Entgegengesetzte materielle Interessen haben entgegengesetzte Ideologien produziert, es hat eine gegenseitige Zersetzung Platz gegriffen.

Außerdem neigen die der Notdurft dienenden Kräfte (meist sind es egoistische, die Altruismus, Einigkeit u. a. soziale Tugenden nur von den Unterworfenen oder Geführten fordern) zur Entartung. Feudalismus, Absolutismus, Kapitalismus. Auch wenn sie nicht entarten (wie vielleicht der Absolutismus der Fürsten der Göthezeit) gelangen sie nach einiger Besitzdauer (u Erlöschen der Triebkräfte, des geschichtlichen Appettits) zum Erlöschen. [S.II R Fr 26: Glaube darf nur eine Stunde alt werden, S 3,*8* Streben nach einem Zustand, der die Gefühle auch sich erneut S 5, *34* u. Bem. 3)d. Das Leben ist eine dauernde Oszillation zw. Verlangen u Überdruß S 9 u. a. mit seinen Beziehungen zu den scheinbar abwegigen Fragestellungen Us.]

Vorläufige Stellung: Eine andere Welt. . beherrscht von Diskussionen, die U. nicht interessieren – Er leugnet ihre Wichtigkeit nicht. Obwohl diese Diskussionen entschieden zu sehr im Übergewicht sind. Er hat aber einen «Feuerkern», den er bewahren muß hier S 6 Rd. U. am Ende seiner Überlegungen: Blge zu II R Fr 26, S. 10, u. (Man müßte an allen Ecken beginnen, man weiß nicht wo. Gefühl der Verlassenheit, das zu a Z-Experiment führt.) Auf diese Welt hat eine Schwankung des Baumwollpreises, eine Senkung des Mehlpreises mehr Einfluß als eine Idee. U. widerstritt dem nicht. Er ist nur geg. die Vermengung. (Aber zb. D. widerstreitet dem, verachtet es!)

[2 Beispiele aus der Mentalität der Politik – einesteils aus einer andern Welt, andernteils mit ihr gemeinsamen Elementen – angestrichen in Knickerbocker, Die Schwarzhemden in England S 28 u. 32.]

Man könnte trennen zw. den Gedanken (u Problemen) der Not (ihre Überlegenheit besteht in dem à l b.-Motiv, daß die schönsten Ideen geg. Kälte oder einen wilden Stier ohnmächtig sind. (Ohnmacht der Ideen vielleicht auch ein Motiv für Schm.)) u denen des maximalen Anspruchs, des Laboratoriums, der «fortgesetzten Schöpfung» (wie man sagen könnte) u. a. Man könnte auch sagen: denen der Kultur, aber nur sofern Kultur nicht gerade in der Verschmelzung beider Sphären gesehen wird. Das gibt 2 Moralen, denen jede Handlung ganz od. zT. unterworfen wird. (Ein blühender Baum, aber man muß ihn beschneiden) (Das wäre – nach U – der Geist. Unbeschnitten wird er zum Café Central. Vgl. das Konzil geg. die span. Irrlehre) (Die Beschneidung könnte auch in der neuen Moral liegen!) Auszuführen versucht: NR 18.

[Dadurch erhält auch die alte Unterscheidung von gg gb, bg . . . . bb eine neue Begründung: sie läßt sich als Kombination der beiden eben genannten Moralen ansehn! Vgl. AE 20 S 6 Blge 1 u S 5 Blge 1. Vgl. u. benütze Blge 1 auch die Ableitung der a Z – Verbrecher aus dem Gedanken der Pflicht!] [S. auch Blge S 6$_2$ das Überwiegen der einen u. andern Moral in Aufstiegs- u. Ausbreitungsstadien.] [ib. auch: der Zusammenbruch der Kulturen, wenn die negative Moral überwiegt]

Zusatz 1: Man könnte sagen: Die Probleme der Not sind immer negativ; u. sie werden künstlich positiv gemacht. Das muß geschehen, aber es ist die Quelle großen Übels. (Die Unterscheidung von Tu u Tu nicht ist nun keine letzte mehr; sowohl die Notmoral wie die (erschlaffende) schöpferische hat beides (wenn auch die eine vielleicht nur pseudo-positiv ist), aber mit wechselnder Erfindungs- u Schöpfungskraft

Zusatz 2: Das Instrument der Probleme der Not ist der Verstand .. Das der Schöpfung: Verstand u Seele. Die Stellung der Vernunft entspricht der der Kultur ⁊ Rdnotiz.

Zusatz 3: Zur Moral für die vielen gehört auch: das Mehrseinmüssen, als man ist.

Zusatz 4: S. U_{2}–7$)_4$ u. → NR 10_2: Die wirkliche Welt braucht am meisten die Erfindung u. Darlegung des «guten Bösen».

Zusatz 5: Auch die Utopie der induktiven Gesinnung wird mit Gott verbunden. Vgl. NR 7_{14}

Zusatz 6: Die Ergänzung zu hier ist die Zeitstudie II.R Fr.30.

Zusatz 7: Die Notiz S 8, etwas ausgeführter auf NR 18 S 1, enthält auch noch
  · folgenden auszuführenden Gedanken: die Probleme der Not sind unschöpferisch, u. der Geist ist ein blühender Baum, der beschnitten werden muß (so Us. Überzeugung). Letzteres ist die Rechtfertigung der Machtideologie: die nötige Beschneidung könnte aber auch in einer neu konzipierten Moral liegen? Eine Antwort: Es liegt wahrscheinlich wirklich in der Natur des Geistes, daß ihm die Grenzen von außen gesetzt werden müssen. So durch die Tatsachen, mit denen er übereinstimmen muß. Allgemeiner durch die «Wahrheit», die sozusagen eine Terrorgruppe innerhalb des Geistes ist, ein sehr kleiner Kreis von fester Disziplin u. mit weiter Ausstrahlung. Aber auch die Entwicklung der Tatsachenwissenschaften ist historisch bestimmt u. durch allerhand Zufälle. Vollends, wo statt Verstand der ›Geist‹ im engern Sinn dominiert, also der Verstand-Gefühl Komplex, gelten die nach Bleuler konzipierten Regeln über Schaltkraft der Affekte usw. (Sch. 49 ff S 1; vgl. auch Sch. 52 S 5; Sch. 3; zu Sch. 4a,b. usw.) Das knüpft sowohl an Sitzung an, als auch an Us. aktuelle Lage.
  Die Möglichkeiten der Neuordnung an die U. denkt, sind:
    1) Die geschlossene Ideologie durch eine offene ersetzen. S. die 3 guten Wahrscheinlichkeiten anstelle der Wahrheit, das offene System
    2) Der offenen Ideologie doch ein oberstes Gesetz geben: Induktion als Zielsetzung, Gs.
    3) Den Geist nehmen, wie er ist; als etwas Quellendes, Blühendes, das zu keinen festen Resultaten kommt. Das führt letzten Endes zur Utopie des andern Lebens.
  Religion, Staat u Nats. als die 3 großen Versuche der Einigung, die mehr Haß als Einigung hinterlassen haben: Zu NR 9 b,r

Zusatz 8: Eine das Ganze ergänzende Problemstellung s. $Ü_2$–2), Anm.1). (Hinweis darauf auch NR 16 Nachtrag)

Nachtrag: Utopie des motivierten Lebens u. Ut. des aZ. wird ab Tb-Gruppe der Erledigung zugeführt. Als letztes bleibt – in Umkehrung der Reihenfolge – die der induktiven Gesinnung, also des wirklichen Lebens, übrig! Mit ihr schließt das Buch.

Nachtrag: Vgl. zu den Utopien: Meinung (schon in Wandel..)

Der naturw. Mensch ist das Kind, das sein Spielzeug auseinander nimmt, der geisteswiss. der, der sich an ihm erregt. Ohne u mit Phantasie spielen – Aber jeder weiß, daß man das Zerlegen nicht mehr wirklich verbieten kann. Also ist es wichtig, den entscheidenden Unterschied zu isolieren, das Hormon der Phantasie zu gewinnen, u. das ist das ganze Bemühen um den a Z.

Vgl. Die schöpferische u die korrigierende Sphäre. Sch R 185 od. etwas später u. Blge zu Sch R 180 S 1 mit Hinweisen

Die regierenden Philosophen nach Platon. Sie wären Platoniker gewesen. Die Aristoteliker wären väterlich freundlich behandelt worden, später hätte man sie aber als Umstürzler zumindest bedrückt. Und Leibniz, Kant usw.? Führt das nicht die Idee komisch ad absurdum?
Welche Folgerung? Die einfache: Die Funktion des Geistes ist nicht praktische Ordnung.
Weiter?
Dazu: Heft: Dichtung/Phil. 17) ff, besonders 24)

II R. Fr. 30.   Zeit und Krieg
                                   Studienblatt

                          Der Individualismus geht zu Ende.
                              U. liegt nichts daran
                          Aber das Richtige wäre herüberzuretten.

Bei den Notizen aus Moór fällt auf, wie der soeben geschlossene Kellogg Vertrag von Frankreich alsbald nach dem augenblicklichen Bedürfnis interpretiert wird.
Staaten sind wirklich so, daß sie schönen Bedürfnissen zwar nicht nur Rechnung tragen, sondern auch wirklich gehorchen, die Ideen aber nach der Art affektiver Personen interpretieren. (H. wäre also nur ein unverschleierter Fall). Was spielt da die Rolle des Affekts. Offenbar die den Staatsmännern durch die Verantwortung erstehenden Affekte. Verantwortung ist dabei sowohl ein nationaler Egoismus als auch der Partei- u. persönliche Egoismus des von seinem Volk abhängigen Politikers.

Ein Zweck, ein Streben determinieren die Gefühle, u. die Gefühle die Argumentation.
Staaten sind geistig minderwertig.

Eine Frage: Wie kann man Kriege verlieren? (*Gn:* Darin haben wir doch wirklich große Erfahrung!) Früher: Wie konnte sich ein absoluter Herrscher so stark verrechnen, wie es oft geschah? Falsche Informationen, auch Talentlosigkeit, werden eine Rolle gespielt haben. In der Hauptsache war es aber wohl immer ein Nichtzurückkönnen u. die menschl. Eigenschaft, daß man eine entferntere große Gefahr leichter auf sich nimmt als die kleinere aber nahe. Ehe man eine Stadt abtritt, also eher einen Krieg auf sich nimmt, der einen eine Provinz kosten kann. Dann die kollektive Ruhmredigkeit; so groß, wie sie sich kein einzelner leistet, u. man kann ihr dann nicht entrinnen. Patriotismus als Affekt statt Vernunft: der Staat wird nicht als Geschäft betrieben, sondern als ein ethisches «Gut». Aber doch eben auch männliche Affekte!
Ohne Zweifel geschieht das aber mit Recht. Auffällig ist bloß, daß die moralische Natur des Staates viel unentwickelter geblieben ist als die des Individuums (cf. II R Fr 26, S 9, – woraus die Unmoral u. relativ berechtigte Verbrechensgesinnung des Einzelnen folgt ib.)

1888

Vgl. Unterh. m. Schm. S. 3: Pol. vollbringt nur das, was längst schon hätte geschehen müssen. Auch Sch. S 2. Vgl. Sch. Nat.Kap. S 1.

Allerdings unterschätzt man die Leistung des Staats.-Vgl. Blge zu II R Fr 26, S 10: Er übersah, daß auch im bestehenden Zustand ein gewisses Maß an Förderung liege, daß es noch viel schlechter kommen könnte. – Der Demokratie war noch nicht die Haut der Monarchie abgezogen. (Vgl. Die Monarchie war geistig gehalten, die Demokratie zerfällt. II R Fr 21 S 1. Wie herrlich war Kkn. wo das alles noch nicht so entschieden war: II R Fr 26 S 7. Überhaupt: Weder – noch! vgl. NR 9 S 2 «Nat. Kap.» zu NR 9^{or}.
Ein Ausblick: Übergang zum kollektivistischen Weltbild. Parallel damit der Übergang vom Naturgesetz zur statist. Entwertung des Individuellen (Sch. Gn. Gf L weiterhin in Schluß Bl. → II R Fr 26 S 4 + Sch. Nat.Kap. S 1 u 2). Vielleicht läßt sich sagen, daß die neuen Staatsaufgaben mit den Begriffen des klassischen Individualismus nicht zu fassen waren.

«Ende des Liberalismus» erhält dadurch tiefere Begründung. Versagen von B. u B.

Zur Zusammenfassung der Zeit (die der Abwechlung halber einmal Gf L geben könnte) vgl Fr 8 (in Mpe //) S 2. Vgl. auch II R Fr 14 (ib.)

U: Bedeutende Männer können so herrlich irren!

Ev. Nach Bericht Gn. besucht GfL-U. Schluß: Ich hab gar nicht gewußt, daß Sie so ein Philosoph sind! Das käme ev. zw. Bericht Gn u Zusammentreffen bei GfL.
II R FR 26 S 7 könnte in dieser Form kommen; GfL knüpft an Unzurechnungsfähigkeit im Großen an. (Schaun Sie, der Gn beruft sich immer auf Sie. Er ist ja soweit ganz nett. Aber... Überredet U. zum Kommen) Wohnungseinrichtung: Ich hab mir das ganz anders vorgestellt. So ein bissel modern = verrückt Schm. Gf L bei U.

Aber es läßt sich auch einfach sagen, daß alle solche Gedanken viel zu abstrakt sind, u. die Wirklichkeitsverflechtung viel maschenreicher!

Bei den Notizen aus Moór fällt auch auf, wie Kant sich geirrt hat. Er erwartete, daß es den Ewigen Frieden fördern werde, wenn man den «Handelsgeist, der mit dem Kriege nicht zusammenbestehen kann» fördere und es erschien ihm «nichts natürlicher, als daß .. sie sich sehr bedenken werden, ein so schlimmes Spiel anzufangen», «wenn.. die (konstitutionelle) Beistimmung der Staatsbürger dazu erfordert wird, um zu beschließen, ob Krieg sein solle, oder nicht»
Wahrscheinlich hätte ihm Göthe beigestimmt, er drückte ja nur das Gefühl des Bürgertums aus, wenn wir zu entscheiden hätten, möchten wir es so, und besser, machen. Daraus ist 1) zu schließen, daß jede Menschenklasse glaubt u sich vornimmt, es besser zu machen. Vgl. die Versprechungen des Sozialismus. Ideen werden aber nicht verwirklicht usw. 2) Es handelt sich aber nicht nur um Verwässerungen u. Abstriche, denn heute gelten der Handelsgeist u die Demokratie als besonders kriegfördernd. 3) Welche Ursachen kann das haben? a) Nach Tisch hört man es anders. Die Klasse ändert sich u ihre Vorsätze mit dem Besitz der Macht. Dann liegt in der Macht das, was zum Krieg verleitet. (Letzten Endes: die Verbindung mit großen Dingen Gegenmittel wäre Askese. Ist der Fachmensch aber nicht schon ein Asket?) b) Man darf aber auch hinzufügen: nicht nur durch die Macht, sondern mehr noch durch ihren «Besitz» tritt die Veränderung ein. Ähnliches Verhältnis wie Liebe vor u. nach dem dauernden Besitz. Es liegt im Begehren etwas, das gut macht, das

fruchtbar macht usw. (Auch ein Ressentiment liegt aber im Begehren. In der Soz. dem. zb. trat beides nebeneinander zu Tage.) c) Die Ursache der Kriegsperiodik kann unabhängig sein von dem Inhalt der Ideologie. Jede Ideologie, auch die pazifistische führt zum Krieg. Krieg als Flucht aus dem Frieden. Negativwerden der Ideologien u. des Lebens. Das Böse als Movens der Welt. Die Leere jedes irdischen Himmels usw. d) Die Macht könnte aber auch eine positive Attraktion sein. Etwa: Ein Volk macht Geschichte, wenn es Machtmenschen produziert. Oder: Die Produktion von Machtmenschen, die alles ihren Zwecken beugen, ist der Tric der Menschheit, ihre Zwecke zu erfüllen. S. Nietzsche. Der Friede wäre dann nur als Erntezeit der Macht berechtigt, ansonsten ein Verfall. Die Nachteile dieser Auffassung folgen wieder aus Verbindung mit großen Dingen. Die Macht macht steril. Das Erstarren der Macht ist noch ärger als das eines anderen Antriebs. Macht als geschichtliches Movens ist äußerst unökonomisch. Kurze Blütezeiten, lange des Streites. (Aber hat sich nicht alle Kultur nur in kurzen Blütezeiten entfaltet? Doch soll ja gerade das geändert werden.) Positiv wirken die hauptsächlich von Nietzsche beschriebenen Tugenden der Macht. Stolz, Härte, Ausdauer, Mut, Geltenlassen, Neidfreiheit, Großzügigkeit, Gelassenheit usw. Meist sind das auch Tugenden des Geistes. S. die Entwicklung des europäischen Geistes aus dem Kriegergeist. Diesem wurde (nach N.) das fremde, vergiftende Element des Christentums zugesetzt. S. die Entmilitarisierung des Europäers seit dem 16. Jhdt. e) Es ergeben sich die Fragen: α) ist die Sublimation möglich oder bedarf sie zeitweiligen Nachschubs aus dem substantiellen Machtbereich? β) Ist ein Ausgleich zw. den beiden Konstituentien des Geistes möglich? Also doch eine Synthese der Kultur? Kann ich mir etwas ausdenken? Ende ich mit der Unvermeidlichkeit des «Bösen»? Soll man es also lieben? Vielleicht ergibt sich eine Lösung aus der statist. Auffassung? Das gehört in die 3 Utopien u. ihre Fortsetzung.

Die ältesten Beispiele der Gefügigkeit des Geistes unter die Wünsche sind wahrscheinlich die religiösen.
«Wir haben unter Gottes Beistand an drei Tagen Prozessionen begangen, nämlich . .: wobei wir Gottes Erbarmen anriefen, er wolle uns Frieden und Gesundheit, Sieg und glücklichen Marsch gewähren, er möge uns in seiner Barmherzigkeit u. Milde ein Helfer, Ratgeber und Verteidiger in all unseren Bedrängnissen bleiben.» Karl d. Gr. an seine Gemahlin Fastrada während eines Feldzuges. (Rudolf Wahl, K. d. Gr.)

Die histor. Persönlichkeiten sind Verbrecher: Us Pläne ein Napoleon zu werden. Da hieß Verbrecher aber in der Hauptsache: Antiphilister, Ungebundener. Sie waren aber wirklich Verbrecher: Mörder Eidbrecher, Lügner, Heimtückische m e W: prinzipiell ist der historischen Persönlichkeit jede Schandtat zuzutrauen: vor diesem Gedanken steht der Gereifte. Und dafür hat er weniger Sympathie. Eine Effeminierung?
In einem Verbrecher überwiegen Affekte die Hemmungen (abgesehen von der Entstehung aus Milieu oder Degeneration, Schwäche u a.). In einem Tatmenschen aber doch auch? Revision der Reflexionen die gelegentlich M's. angestellt wurden? Cl?
Die Welt will affektstarke, willensstarke Führer.
Aber vergleiche es mit dem Einzelmenschen: Wille u Intelligenz müssen stark sein. Die anfänglichen Übeltäter klären sich später ab. Es muß ein Konzept da sein (vgl. Tatmenschen u. Menschentaten).
Die Bewertung der histor. Persönlichkeiten u Taten ist eine funktionelle.
Bzw. hier ist im Unterschied von historischer u. privater Moral ein Beispiel der funktionellen Bewertung gegeben. Geradezu das Paradigma, denn ins Private übersetzt, ist das Historische geradezu ekelhaft.

Gelegentlich der Wiedereinführung von W. u Cl:
Zustand der Kunst; zu vgl. Stellen: (Kultur)
Propheten u Schwindler gebrauchen heute die gleichen Redensarten I 519
Unzählige Genies werden angepriesen, und es ist nicht die Zeit da, zu untersuchen,
inwiefern es stimmt. Man verläßt sich auf die Lautstärke des allg. Geredes. ib.
Es gibt unzählige vakante Beiwörter, zu denen ein Mann gesucht wird 519/20
Es gibt nichts, was dem Geist so gefährlich wäre wie die Verbindung mit großen
Dingen. Sie ziehen das Innere zu einer ausgedehnten Oberflächlichkeit ausein-
ander 636 (Die eigentliche Erklärung dieser Beobachtungen ist: *Primanerdrama!*)
(Der Geist wechselt die Livree 637 → Geist u Politik)
Quantität der Wirkung wird geschätzt. 638 Kämpft noch mit der veraltenden Ver-
ehrung der Qualität.
Sollten nicht die Geistigen zu Krieg Stellung nehmen? 639 ff S zb. die Resolution
über den Messias 643
Diese verschiedenen Ideenrichtungen in der Kunst ergeben das was man Intellektua-
lismus (ohne Blut u Boden) genannt hat.
Der Gang solcher Debatten folgt nicht logischen (Polizei-) Gesetzen, sondern den
ungeordneten Triebkräften des Geistes 644.
Nach Ah. gleicht das neue Denken dem freien Assoziieren bei gelockerter
Vernunft 644.
Der Gn. ärgert sich über Blutgenerale 645
D. sagt: Die Gegenwart bringt höchstens Intelligenz hervor 645
Einig: gegen Objektivität, geistige Verantwortung, ausgeglichene Person. 647.
Mit einem Ton tausend Möglichkeiten zudecken 648

Hauptstelle zu Kulturperioden:
I$_{1015}$ bei allen Umwälzungen kommt der geistige Mensch zu Schaden, u wie das
geschieht. Und II$_{237}$

Wenn der Zeitgeist einem Warenmarkt gleicht, genießt das Zeitfremde eine besondere Verehrung 649
Jazz, Malerei, Film, Sport: gemeinsam ein gewisser Hang zur Allegorie, wo alles
mehr bedeutet, als ihm ehrlich zukommt 650 s. auch *Primanerwerk*
Oberfläche wird lebhaft neugestaltet, während das Innere ungestalt, wallend u
drängend bleibt 650/51
Der Oberfläche kommt eine viel größere Schöpfungskraft zu als dem unfrucht-
baren Eigensinn des Gehirns 651
Es ist die Entthronung der Ideokratie 651
Das Leben hat den Menschen immer von außen nach innen umgebaut; früher hat
man aber auch von innen nach außen entgegengewirkt 651/52
Verstand, Vernunft, Überzeugung, Begriff u Charakter erscheinen nur als Re-
gistratur 652
Gesteigerter Umsatz an Gedanken u Erlebnissen 652   Geregelt von Angebot u
Nachfrage 651/52   Eine Art Traumdenkens der Öffentlichkeit 653   Etwas Kollek-
tives, Panlogisches an Stelle des veralteten Individualismus 653
Primanerdrama 654   Die Gefühle sind sehr bewegt aber nicht besondert. Die moralischen Abstrakta zucken wie Wetterleuchten. Verbindet sich mit einer vorgege-
benen Form, u es entsteht die Deckung von Absicht u Erfüllung.
Die Schleimspur der historischen Schnecke 717
Wichtig zu ›Seinesgleichen‹: Es geschieht viel. Man findet es gut, wenn man es
selbst tut, u. bedenklich, wenn es ein anderer tut. Im einzelnen kann es jeder
Schuljunge verstehn u. im ganzen niemand (einige bilden es sich ein). Einige Zeit
später hätte alles auch anders oder umgekehrt kommen können, u. man hätte
kaum einen Unterschied gefunden! 717
(Ansch ießend: Die ausländ.D Diplomaten werden nicht klug aus Kknien. u. GfL.

proklamiert Realpolitik) 718/19 (719 ergäbe das geradezu – ironisch – ihre Berichte vor Kriegsausbruch! dazu 824 f zur // das «Dtschtum» 825 u a.)
à la D: Man muß in den Krieg, damit die Idee des Weltfriedens siege 722
Die Schilderung der ›Geistigen‹ anfangs .. Halbklugheit.. 724 enthält nichts Neues.
›Man ist‹ wechselt ebenso schnell wie ›man trägt‹ 724
Die luftartige Ungreifbarkeit des allgem. Zustands 725 Seine unbegrenzte Verbindungs- u. Wandlungsfähigkeit bei Mangel an geltenden u. ordnenden Grundsätzen.
Gleichbleibend im Wechsel der Erscheinungen ist nur die Ungenauigkeit, mit der sie gemeint werden 725 das Nichtstimmende wird ignoriert. So entsteht ein Mißtrauen geg. die ganze höhere Sphäre. 725/26
Ungenauigkeit u Auslassung der entscheidenden Unterschiede spielen die größte Rolle 731 Ein Teil des Großen wird für das Ganze genommen, eine entfernte Analogie für die Verifikation. Die moral. u künstl. Begriffe sind unscharf wie Gestalten in einer Waschküche. Sie vermehren sich durch Drehung. 731,732
Die neue Zeit ist die beständige Entschuldigung dafür, die Dinge nicht in Ordnung zu bringen, d.h. in sachliche. Die Erneuerungskraft u Fruchtbarkeit liegt bei der Dummheit. Alle zusammen fühlen sich unfruchtbar 732
Die deutsche Kultur ist zu großartigen Worten für Talmi u Kommerz zerschnitten worden 819
Außerdem war D. streitsüchtig, beutegierig, prahlerisch u gefährlich unzurechnungsfähig wie jede erregte große Masse: aber schließlich war das höchstens ein wenig zu europäisch. 819/20
Aus dem Kannsein entsteht für alle Beteiligten überraschend das Ist, u was bei diesem ungeordneten Vorgang den Geist nicht befriedigt, bildet den atmosph. Haß, der für die gegenwärtige Zivilis. so kennzeichnend ist u die Zufriedenheit mit dem eigenen Tun durch die Unzufriedenheit mit dem andrer ersetzt. 820 Unwunschbilder. Zu den Wunschbildern gehört das Sportinteresse 820/21 Ebenso: Idealismus = man läßt Leute die einseitigsten Übertreibungen reden 821
Heiligenverehrung u Sündenbockmast durch Entäußerung 821 Man hat einen Teil von sich außer sich, u so entsteht etwas Unwirkliches
[Die Artill. Vorlage steht in Zusammenhang mit Erlösen! 828] [Außerdem kann sie nicht mehr verwirklicht werden!]
Erlösen u nach Erlösung bangen ist eine abstrakte u allgemeine Verwicklung, etwas, das nur einem Geist von einem andern angetan werden kann. 830
Es wird geschimpft auf: Überwissenschaftlichkeit u Unwissenheit, Roheit u Überfeinerung, Streitsucht u Gleichgültigkeit. Es ist der ewig wandernde Rest aller Dinge, der da gewahrt wird 830 Darum glauben sie, die Zeit sei zur Unfruchtbarkeit verdammt u. könne nur durch einen ganz besonderen Menschen erlöst werden. Messias u. Messianische Zeit 831   ← Mg!
[Gn. ist schon gegen Schreiben! 831 u.]
An einer Weltanschauung ist das Wichtigste, daß sie für den unerforschlichen Rest Platz hat 832 Das hat der heutige Mensch verloren. Verschiedene Reaktionen 832.
Am häufigsten die Überzeugung: ohne Geist gebe es kein rechtes menschl. Leben, mit zu viel Geist aber auch keines. Auf dieser Überzeugung ruht unsere Kultur ganz u gar. Sie sorgt dafür, den Geist wissen zu lassen, daß Geist nicht alles sei.
Machte man ein einzigesmal mit einer Idee völlig ernst: unsere Kultur wäre nicht mehr unsere Kultur (833) [Gn. besitzt und entdeckt im Militärischen eine Weltanschauung] [Die Faust ist etwas Geistiges] [Wenn Geist nichts ist als Ordnung, dann braucht man ihn in einer geordneten Welt überhaupt nicht! 834]
Das Soziale wird sub spezie Glück behandelt: 836ff
[Eigentlich folgt aus 837, daß die individuelle Glückssuche U's. u Ags. ein Unsinn ist!]

Imitativ: Fleisch ergreifendes Glück der gläubigen Nachahmung. 839
Die Welt soll in ein Licht gestellt sein, dessen Schein von uns ausgeht, das ist der
Sinn aller Kreditvorrichtungen 842
Die wichtigsten Vorkehrungen der Menschheit dienen der Erhaltung eines be-
ständigen Gemütszustands 843 einer gehobenen Gemütsruhe.
Die Ursache der Revolutionen liegt in der Abnützung des Zusammenhalts, der die
künstliche Zufriedenheit der Seelen geschützt hat 844 Credo ut intelligam : der
Produktionskredit des Geistes braucht ein Teil unbegründeten
Glaubens Zeitalter stürzen an Kreditverlust.
Kknien war der Selbstkredit entzogen
Die Schilderung des Kultivierten 845/46 müßte auf W. passen: Wozu ihre Ge-
danken, ihr Lächeln? Ihre Ansichten waren Zufälle. . sie konnten nichts von
ganzem Herzen tun oder lassen. Gefühl, irgend eine Schuld steige immer höher.
Klagt entweder die Zeit an oder stürzt sich auf irgendetwas
Der Mensch weiß gewöhnlich nicht, daß er glauben muß, mehr zu sein, um das
sein zu können, was er ist 846 aber er muß es doch irgendwie spüren.
[Es geschah nichts in Kknien. geg. sein Ende zu, aber dieses Nichts war plötzlich
beunruhigend geworden. . Nur aus Rücksichten höherer Kultur – Vergleich mit
Richter – taten sie dort einander etwas 847]
Eigentlich ist das Zusammenfassende das Heraufkommen einer schlechten Zeit, Ver-
änderung der Atmosphäre 87 Und daß es nicht durch Regression auf feste alte
Grundsätze oder durch Triebfestheit zu heilen ist. Obwohl man immer wieder:
dumm u gemein sagen möchte.
I 92 ff! 344, 579 ff → Wichtig von W. aus.
      1017!   → von Ah. aus.

W. hatte Hilfe an dem Gedanken gefunden, daß Europa entartet sei. 95.
Autor: Jede Angelegenheit, auch die geistige Entwicklung sinkt schon zurück, wenn
man ihr nicht besondere Anstrengungen zuwendet. ib.
∼ das Gewirr so verwickelt, daß viele Menschen lieber an ein Geheimnis: Zeit
glauben. Oder Rasse udgl.
Zu ›Bibeln u Gewehre‹, was in der Genesis noch nicht berücksichtigt ist, vgl.
U₆ – 2 · 1) Anm. 16)
Zu U-Krieg u.a. vgl. U₆ – Insel II, S 3, 20 I u. NR 34, S4, 20.I.
Zum Zeitwechsel, geistige Erneuerungskraft ua. II 237
Zur Entstehung des Wfk.) U₆ – 1·02) S 13, Anm. 5.

Schm. Aufbau

                Vorwort: Zu den Unrichtigkeiten:
                Ich schildere nicht wahrheitsgetreu,
                ich schildere sinngetreu!

Bo Eine Mit-Szene: Kinder	}	s. Blatt
Eine Mit-Szene: Geliebte des Gf L.	}	Bo-R in
geworden		Mpe. Bo

(G 90 liegt in: Ausarb. U/Ag ausgehob.)
 G 92 – – Mpe Bo Altersliebe des Gfn. L. usw.

Ah Blatt «Begegnung U–Ah» (dzt in «Schreibtisch zuletzt») Daraus das für Anknüpfung
in Betracht Kommende: Schm. Bo S 2 u 3

Fr 2 (ib) u. einliegend L 72: Was mir für den Schlußteil noch wichtig erschien, rot angestrichen.

(Im Ganzen: Auflösung des bestimmten Wollens in das Geschichtsgefühl!)

Man kann es zusammenfassen:
Satire Seele*, in Zusammenhang mit: Ah. redet D. die Liebe (Heirat) aus. D. selbst zieht sich auch (unter diesem Einfluß) auf Liebesgedanken u.ä. zurück. Sie wird die Frau, die dem Manne (auch Tzi) dies u jenes «gibt» (zb. S 2)
Späterhin: D – Machtrausch, als wahre Befriedigung ihrer Seele
Für – In = Geschäft u Gatte. Beide übergehen von In zu Für (Machtrausch, Wirklichkeitsrausch als Oberbegriff mit Rücksicht auf Krieg)
Die Briefe.
D: aöK. bis Bruch mit Ah. fortführen.
Das reglose u das böse bewegende Prinzip
Hohe u. elementare Gefühle
Späterhin: Ah – Standardisierung
Sie haben ein Bedürfnis mit U zu reden.
Anklang Syneisaktenidee
R / S.

Einfall: W. freut sich über den Niedergang Us (Austritt aus der // udgl), über seinen Zusammenbruch. Aber: die Rasse des Genies ist zäh; sie kann dem Massengeschehen keinen Widerstand leisten, aber sie überdauert es. Irgendwie das heutige notgedrungene Gefühl
1 W-Triumphkapitel am Ende, konform II VIII u IX u Einlagen

II R Fr 17:   Das Vorstehende findet sich hier meistens ausführlicher
Dazu: Machtrausch, Wirklichkeitsrausch   In einem Schlußkapitel mit
           Man kann endlich Für etwas leben   U.
           Persönlichkeitsringen der Zeit   (Ev: beginnend bei Fest,
           Zeitgemäße Betonung der Persön-   dann in Kostüm mit dar-
           lichkeit als Verzicht auf die Leistung übergeworfenem Mantel
           aZ   durch den Prater, endlich
           Lösungsversuche des Irrationalen: bei U. auf unruhige Straße
           es wird mobilisiert usw. u darüber   sehend, Tzi kommt nicht
           empfindet sie einen Schleier der   vor Morgen aus dem Amt)
           Mystik, des Okkulten

Versuchsweise: (1 Bo – U – D Kapitel)
            1 R – S – Ah. D   „   – D.i. auch die Auseinander-
                                            setzung eines Meisters mit
                                            seinem ungetreuen Bewun-
                                            derer.

            1 Schlußkapitel (ev. Doppelkapitel)
            1 Gn – Tzi – D Kapitel   (Der Gn. beginnt Erlöser zu
                                            werden, erlöst D von //; Tzi
                                            gibt der F$\underline{a}$ Ah. einen Auf-
                                            trag, Gn u Tzi sind bei D:
                                            II V Aufb.) Ev: Ins Parla-
                                            ment verlegen (Loge) u dort
                                            zusammenziehen.
            (Irgendwie auch den Besuch L Fs. hinzunehmen)
            1 Hofaufzug (ev. mit R/S; aber besser steht das geg. Ende)

1 Schlußsitzung der // (ohne Ah. mit LF) (II VIII u IX S 2) (Gf L.
hat einen Aufruf erlassen)
Nicht ausdrücklicher Sieg des Schwg-Gedankens, aber Krieg macht
ihn unnötig. (Stahlbad) M's. Hinrichtung? Bo liest u erinnert sich
wehmütig an U.

R.

R: Die einzige gute Tat U's. Sie ist übrigens beiweitem nicht so hübsch
außerhalb ihres Milieus. Bringt er sie bei Cl. unter, in dem halbleeren
Haus?

M. nur eine Nacht bei R. endet mit Ohrfeige. M. ist beleidigt, post[?] über
ihre Geringfügigkeit. Zu ihrem Glück. Am Abend Mord bald Verhaftung. Cl. muß fliehn? Letzte Reise.

Cl. arbeitet mit der Befreiungs-Nietzschejahr-Idee als einzige an der
Dominanz des Geistigen weiter.

U/Mob.: Er hat Tzi. gesagt «Töten . . . !» = In Krieg gehn! Vgl. Dah 2. (II R Fr
17 S 2)

Ah: Wir sind alle als Revolutionäre geboren. (Auch: Geschäft als Dichtung,
d. h. unvorhersehbar u. ä.) Bei kriegerischer Zuspitzung. Die bourgeoise
Lust am Rumor.

U/D: Ältere Männer, eher mit U. Dah 2
Teufelskult u äh. Dah 3. Dazu: Früher hatte D. für ihn die Anziehung der
Verwandtschaft, aber mit der Instinkthemmung, daß es noch nicht das
Richtige sei. Nach Ag. ist er D. gegenüber frei-bösartig

Gf L:	Beginn: Gf L kommt auf die Suttner	usw. nach II R Fr 17, läßt
	II R Fr 14, S 4. Das ist jetzt dringend	sich schon kapitelweise
	u Silbergulden tritt zurück, bleibt	gruppieren! Und ist
	mehr Phantasie u Erholung.	dann mit II R Fr 18 zu
	Gruppierung: L 64 S 5	vgl.
	Die Linie ib. ev. setzt Gf L sie Gn auseinander.	
	Während Gf L konkret ist, redet Gn von	Muß aber schon Gf L's.
	Gleichschaltung u. allgemein (Sch Gn. Gf	Interesse für Ld. u Hg.
	L weiterhin), setzt aber schon dem Suttner-	enthalten s. S. 6 bei a.
	nerprojekt das Bewaffnungsprojekt ent-	
	gegen. Es ist ziemlich eins.	
	Kapitel: 1 Gf L – Gn	
	nach (1 Schlußsitzung)	fallen mit den Kap. auf
	L 64 S 5 (1 Schulprojekt	Vorseite zusammen.
	1 Unterredung Tzi)	

Auch L 64 S 1 F ergibt zwingend nicht mehr
Gf L/Ld nach L 58 (Mg 5) [jetzt in Nächst. Bl. III Konv. Ag bei Ld]:

Danach: Gespräch über Schule; Ld. ar-	
beitet geg. Hg. (u U.)	
Gewinnt auf Gf L via Laien-	Als Ld (/Ag) Kapitel be-
religiosität steigenden Einfluß.	handelt, fügt das 2 Ka-
Gegen Freiheit. Verdrängt Hg.	pitel Ld / Gf L hinzu
Gf L pflegt mit ihm diese Ideen	
neben dem Kanonenprojekt	
Außerdem: Szene Peter – Nach ihr Selbst-	
mordidee: 2 Kapitel.	4 Ld – Kapitel.
Das ergibt bisher: 9–10 Kapitel	
Dazu 1 Kapitel R/M/(Cl) (s. o)	11–12 Kapitel
1 – Aussprache U / Ah	
Clar: 1 Sanatoriumgruppe	

(W) II Zu U u Nachfolgereise Insel
    III Zweite Reise und Ausbruch
    IV Im Irrenhaus während Mob. (W.
    statt Coit. vielleicht nur Verlan-
    gen danach im Garten)
    Gerechnet 6–10 Kapitel

                                    —————————
                                    17–22 Kapitel

Ge, LF, HS. Nach Fr 1:   1 Kap. LF wird Spekulant Werden eines Tatmenschen
                                 II V₂

                         1 Kap. Ge geht aus dem Haus; vielleicht zu U. weil HS.
                                 beim Militär geschunden wird Ge erzählt auch
                                 von LF u Kl.
                                 Erzählt von HS. II V 9 ergänzt
                                 Ev. vor Reise Sie trifft Ag. Wirkt auf diese ~
                                 Bo.
                                 II VII ohne Nr. (LF wieder auf der Höhe)

                         ?   Besuch LF's bei D s. S 1.

                         1 Kap. Aussprache Ge – HS – U (mit od. ohne junge
                                 Leute)

                         ?   Selbstmord HS.

                         ?   LF beginnt Rolle zu spielen. Ev. Schlußsitzung
                                 (u LF/U Spekulant)
                                 Ge. wird Krankenpflegerin: Schlußsitzung od.
                                 anderes Mob Kapitel
                                 Ev LF. ist der erste dem U. begegnet: Sind Sie
                                 wegen der Unsicherheit zurückgekommen?
                                 usw U. hat keine Ztgn. gelesen.
                                 Wenn eine Art Ende mit Ge beginnt, läßt sich
                                 ihr Schicksal sozusagen in einem Aufwaschen
                                 u am kürzesten erledigen.

                         ——————————
                         3–5 Kapitel
            Fraglich 1 Fm-Kapitel

                                                    —————————
                                                    20–26 Kapitel
Dazu 3 Gruppen U-Ag während Reise (6–9 Kapitel) (wie das Folgende zeigt, nur
5–6!)
Angenommen 3 Trennungskapitel dazu, so bleiben für Schlußteil 17–23 Kapitel,
in denen U meistens vorkommt. Ag. kehrt erst bei Mob. wieder u hat dann vielleicht 3 Kapitel
Das ergäbe 20–26
          6– 9
          ————
          3 3
          ————
29–38 Kapitel ab Reiseantritt u. 23–29 des Schlußteils (Gegen 19 des I
Tl's.)

U – Ag – Reise:

I)   Eisenbahnfahrt – Seereise Wo?
Reisezeit, kein Schlafwagen ab Budapest. In Budapest das Nicht-
deutschsprechenwollen s. Krieg
In den Stationen dringen die rauhen Stimmen fremder Menschen
herein.
Ag schläft erschöpft (s. Krisis [?])
Ancona: A – Ag Reise 2, 3 (ohne 1) Dazu II R Fr 9
Erschöpft: Man wies ihnen ein Zimmer mit Letto matrim. an   Gehört
Das ist alles, was über Coit. gesagt werden soll. Sie leisteten dem   zusam-
keinen Widerstand. (Kap. ende) Nächstes Kap : das Zimmer,   men
der Hafen nachholen. Dann in den Straßen Ag. wollüstig gestillt.
Aber Gott treibt beide weiter.

II)   Die Unruhe u Pflicht, den Ort zu suchen, treibt sie weiter.
A. Ag-Reise 1, 4, 5 Der Ort, das Meer. Beim Gespräch am Ende
vor den Kellnern habe ich das Gefühl, daß es mit Gott (den sie
vermeiden wollen) enden müßte.
Hier könnte ein Trennungskapitel sich einschieben, aber Gn – Gf L ist zu
stark u störend. Also unmittelbar weiter. Auch wegen des vorangegangenen
starken Cl – Blocks unmittelbar weiter.

III) Das Meer, die Bucht. Es ist eigentlich ein Versagen, aber ein optimistisches,
das Hoffnung vor sich hat   A–Ag-Reise 6
Wieder das Meer, aber vom Balkon aus, dessen Einsamkeit sie entdecken.
er springt vor, sie scheinen allein über dem Meer zu sein.
Das gelingende Wunder A-Ag-Reise 7   Die Beschreibung aus myst. Zeugnissen ist wegzulassen, alles auf das Staunen u. die Wirklichkeit abändern.
Es ist ein wirkliches Erlebnis, wie immer man darüber denken mag. Die Welt?
Sie ist irgendwie zurückgetreten, ist in einem andren Zustand; insofern ist das
ein Provisorium voller Fragen. Darum gut der Hauch von Trauer u Vergänglichkeit, der über dieser Stunde liegt.

Utopie der induktiven Gesinnung im Schlußblock: s. II R Fr 29, S 9
„Nachtrag"

A-Ag-Reise 8   Die Probe bei Tag wieder ein Gelingen. Es wird aber eine
andere Art der Vereinigung beschrieben, die in Gedanken. Das ist aber auch
schon ein sich Messen am Wirklichen. Bemerken sie das nicht?
A-Ag-Reise 9   Es ist der Versuch, trotzdem, ja mit gespanntem Festhalten
des Trennenden wieder hineinzufinden. Es mündet (Träume muß man wohl
weglassen) ins Verhältnis zum Allgemeinen, also ins 1000j R.   Ev. der
Hermaphrodit im Verhältnis zu diesem. Aus der persönlichen Wollust in die
allgemeine. Es ist schon eine Auflehnung geg. das Duale. Der Orkan der Liebe
ist gleich der Wollust der Fremdheit. Es endet in der Frage: wie müßte man
dann mit den anderen leben? Und mit der Lust am Steinschleudern. Zu
ergänzen durch ihren sex. Zustand, der dem zurückgedrängten Coit. entspricht. Zu vgl. Agein-Pathein
Hier Gn - Gf L ev. R-S-Ah. D

IV)   A-Ag-Reise 10–12   Auf der Höhe mit Gegenzügen.
Weltliches. Gute Definition der vollendeten Schönheit. Zugleich aber das
geheimnisvoll Verneinende in der Schönheit. Der Pfeil Apolls. (Implizite
schon die Abhängigkeit von einer ergänzenden Umgebung. s. ib. Bogen 10
S 1 In dieser Richtung wohl weiterzubilden!)
Auch schwingt der Sinn mit: Haß geg. die Schönheit im Sinn des sie zerstörenden Sexualbegehrens.

1897

Ags. Heiterkeit u. Abenteuerlichkeit, die wieder zu Sex. führen. Ihre Vor- und Nachreaktionen. U. hat manchmal subversive Gedanken über sie; wie er sich mit diesen abfindet (nicht ganz genügend)
Dann wieder Versuche wie mit der Säule. Das ist eine Forts. der Hinauswendung Das Unfeste der Welt u. des Ich. (Vielleicht auch noch aus den Notizen zum Schlußteil ergänzen) Natürlich ist das eine Konzession an das Dingliche, nicht ganz erlaubt, u. wahrscheinlich mit dem Problem Gott zu verbinden.

Cl I

V.)   A-Ag-Reise 13–16
Immer wieder die Probe Meer. Es ist die große Leere, die leere Größe. (Es muß gesagt werden, warum sie plötzlich nichts mehr zu reden haben? Ein Grund ist, daß die Spannung, die immer weiter gezogen hat, jetzt wegfiel. Ein anderer zT. identischer der Fortfall der Opposition. Der Hauptgrund muß in der Unselbständigkeit des aZ. liegen. (Pathein). Es gäbe nur noch die große Steigerung durch Glaube (an Gott oder an a Z); schon Südsee, Adam u Eva (mit oder ohne Bücher?) ist ein Kompromiß. Ein Teil dessen kann auch retrospektiv in Gespräch nach Rückkehr kommen. Jedenfalls ist die gesamte Entwicklung U/Ag von hier aus zu behandeln!!)

Nach Ags. Rückkehr.
Es zeigt sich – wohl schon notiert – daß Ld. für sie nur durch U. Interesse hatte.
Eigentlich ist sie jetzt erst aus einem Mädchen zur Frau geworden, u. das Leben der Frau, die nicht der Waffenträger des Mannes sein will, liegt mit seiner ungeheuren Trostlosigkeit vor ihr.

Dazu gehört die Gesprächsanknüpfung an Mittagsglocke u. Notwendigkeit. Das Bedürfnis, sich das, was man erlebt, zu erzählen. (Das berührt – wie? –: Leben wie Lesen; auch schreiben – Selbstmord). Eine rasende Ungeduld. Sehnsucht nach Vergangenheit. U. begreift die Unausführbarkeit der moralischen Forderungen als deren eigentlichen Sinn. (Da kulminiert alles ausdehnungslose Erleben. Bd II das Blumenleben zb) Ag resümiert: eine Welt, sich zu fürchten! U: Alles absolute ist offenbar Widernatur! (Das kann nicht sein letztes Wort sein!) U. hat Verlangen nach dem Stubenmädchen (R. fällt ihm ein) Ev hier die R/S Geschichte erzählen Nach NR 34 setzt sie Cl I aber schon voraus
Nun versucht er: Wenn man so arm ist, braucht man erst recht einander.
Ag. erinnert aber: Das Lied vom Schwesterlein! Sie ist zuinnerst müde.
Der Kunstreisende. Das war beeinflußt von Statische Menschen, jetzt muß es wohl eine andere Nuance haben, eher wie eine Erinnerung an Ah. Immerhin gibt er die Idee der glücklosen (dynam.) Menschen.
Die Sonne läßt für das Menschliche kaum noch einen geduldeten Platz. – Es war eine einfache Unüberlegtheit, daß sie im Sommer hieher reisten, u. sie genügt, ein so stolzes Gebäude zu zerstören.
Auflehnung geg. das Heroische der Landschaft u wieder Meer (zT. die im ersten Absatz vorgemerkte Einschaltung auch hieher). Man muß (zum Meer) selbst sprechen statt zuzuhören.
Fürchterliche Augenblicke im heißen Zimmer. Zurückgestoßen auf die Abhängigkeit von den Elementen.
Ein Regentag als Erlösung. Zweiter, dritter: noch ärgere Qual. Sie können nicht mehr sprechen. Auf wenige Minuten konzentrierter Flug durch Selig-

keit u Tod, mit dem Bewußtsein: es geht auf hundert Stufen der Wiederholung abwärts. Beschwörende Worte. Ag: Ich kann nichts mehr dabei fühlen.

Hier kommt ein Satz über ›Gott‹ (kann aber fehlen) (= Ag: Wenn wir an Gott geglaubt hätten, hätten wir die Rede der Berge u Blumen verstanden) U: Wir müssen uns nach einem Dritten umsehn. Das ist dann wider Erwarten Cl!? Zwischen zwei einzelnen Menschen gibt es keine Liebe! Liebe: Antisozial

Ag: Also abreisen.

Nachtrag: Es ist noch nicht Saison (der schießende Kellner). Nur der Kunstreisende darum, der das mitnimmt. Anfangs Störung wird er immer unentbehrlicher.

Wir wollten ins Paradies finden u. uns töten, wenn nicht . . .
Willst du dich denn töten? Vielleicht hätte es Ag. wollen können, aber sie schüttelt den Kopf.

U: Alle Bewegung kommt vom Bösen.
    Statt Gott tut es auch eine Patience usw. /dh auch: Geduld, Nachsicht Indolenz/

Ag: Aber lieben wir uns denn nicht?!
Hier sagt U. das von Abhängigkeit der Liebe von Umgebung. Besser nicht hier! Sondern nur die Forts: Ich war doch kein Narr, als ich das Paradies suchen wollte. Was ist also geschehn? Es hat sich in optische Täuschung u Sexus aufgelöst

Ag: Wir hatten schon die längste Zeit nur vom Bösen gelebt
U: Dennoch, wir werden wieder warten. Und du wirst meine Schwester bleiben.
Ag: Was aus mir werden?
U: Heiraten, Verhältnis (wie zu Beginn!) Wir müssen leben, ohne einander für einander.
Ag: Aber wenn ich dich liebe!
U: Kannst du dir vorstellen, daß wir übermorgen zuhause ankommen?!

Unorganischer Coit. hat etwas schwül-Ekliges. Darum – mit Schwesterprobl. beginnend – irgendwie, daß es weniger sex. Bedeutung hat als ? Versuch einer ganz anderen Biologie udgl.

Anm: In dieser Liebesentwicklung wird das bedenklich Inzestuöse völlig überdeckt vom Liebesgrauen, der Tragik der Liebe u ihrer zu unbedingten Forderung. Weil sie fühlt, daß U. nicht aus Eitelkeit so fordert, macht sie ihm am Ende auch keine Vorwürfe.

Am Tag nach diesem unseligen Gespräch trifft Cl. ein u Ag verschwindet
Cl II. ev. mit Resten von Cl I (Dann R/S/Ah/D
                              Gf L / Ld
                              Gf L / Gn
                                U / R
                                Ge
                                Hofaufzug)

Versuchsweise Reihenfolge:
Die Verbrecher: (Die Reise ins . . .)

3 Kapitel U – Ag.

1 Gf L – Gn.
1 Kapitel U – Ag
1–2 Kapitel Cl – Sanatorium (Cl I)
1 Kapitel U – Ag
1 Kapitel Cl – U (Cl II)
   Verbrecher
   Eine Art Ende
1 Kapitel R/S/Ah/D
1 Kapitel Ld Ev. den Mystik-Abschnitt in der Form der Zähmung hieher.
   / Gf L / ev. Gn.
1 Kapitel Cl – U – W (Rückreise)
1 Kapitel U / R, U / LF, U / Schm.
1 Kapitel Hofaufzug
1 Kapitel U / Ge (mit Erzählung von HS)
           1 Kap. LF Werden eines Tatmenschen
               LF (wieder auf der Höhe)
1 Kapitel R / Cl / M
1–2 Kapitel Cl III (zweite Reise u Ausbruch)
1 Kapitel Aussprache U / Ge / HS
1 Kapitel Gn – Tzi – D (Gn als Erlöser, Kanonenauftrag, irgendwie LF)
           Anschließend Parlament mit U
           Eingeflochten Ld – Gf L
1 Kapitel Ld – Peter
1 Kapitel Ld – Schm – Selbstmord

Zu D / U Hosen Szene: NR 12 S 1, Rd.
D fragt U nach Ag. (Es war doch nicht ganz gewöhnlich zw. ihnen?) Er spricht.
Sie über Ah.
2 Kapitel D – U (Tzi im Amt)
   Ev. HS – Selbstmord
1 Kapitel Aussprache U – Ah – Mob
1–2 Kapitel Cl im Irrenhaus (Cl – W)
1 Kapitel U – (über Ag) – Ld (u Hg)
1 Kapitel Schlußsitzung
2 Kapitel U – Ag. u Mob
—————————
28–31 Kapitel

Wie löst sich Test. Frage? (II R Fr 19 S 5)

= 3 Kap. Ge LF u. a. incl. HS Selbstm.
  (Jetzt incl: 4)

Studie zum Problem-Aufbau

Ursprünglich, u. noch gültig: II R Fr 22.   6. I. 36
Aber ergänzt durch 26 (Soz. Fragest.) 27 (›Gott‹) u. die vielen noch nicht
vereinigten Spezialzusammenhänge.
Anlaß neuer Überlegung: Unsicherheit im Scheusal-Kap. Vgl. etwa
U_6 – 2·044.) u. 0·01) S 3. An letzterer Stelle eine Gruppierung der Kap.
bis Reise versucht. Und durch diese geführt worden auf (noch ohne Nr.)
U_6 – Studien zu: Traum Kap. – Mus. Kap. – Krisis Kap. sowie auf NR 31
u 32, Studienbl. Gott u Für-In.

Auch das sind aber noch Spezialfragestellungen bzw. Variationen der Hauptfrage, für die eine Form gefunden werden muß, d.h. eine Hierarchie der Fragestellungen, damit die Erzählung enger zusammengehalten werde, als es die Ausbreitungstendenz der jeweils behandelten Einzelprobleme mit sich bringt.

Zur Hierarchie der Probleme:
Oberstes Problem: Seinesgleichen geschieht. II R Fr 26, S 1
Seinesgleichen führt zum Krieg. „
Sein Schwerpunkt liegt im Schlußteil.
Was bedeutet Seinesgleichen, worin besteht es? Vgl. zunächst:
II R Fr 26, S 1–5 u 9 »18. August«.
Die ungefähre Zusammenfassung: S 5 »Bemerkung« 3 d) u. zT. a)
Als ungefähr: Die Gefühle vertragen es nicht dogmatisiert zu werden
(S 3_7))
Anderseits braucht der Mensch Gleichschaltung u a. (S $4_{30)\ 34)}$)
Es entstehen die stimmungsmäßigen Wechsel der Geschichte (S 3_{11}))

Doch ist das auch optimistisch zu ergänzen. Etwas durch den sich anbahnenden Menschen mit Statistik, wenn er auch noch fraglich ist. Oder in der Art II R Fr 29 S 3 »Sozial-faktisch« S. auch u. (nachzuholen) Vgl. der Fehler ist, daß der Fortschritt mit dem alten Sinn aufräumt AE 10–1, S 1.

Das Gebrechliche der Zeiten (S $3_{20)}$) Glaubenskrieg in Permanenz (S$4_{40)}$) Massenunglück (S 4_{601}) Der Austausch von Leitvorstellungen (S 3_{19})

Diese beiden zeigten sich schon an Gn, dann an D. // u ä. In der Hauptsache gehört es aber in den Schluß als Endung der ›Nationen‹ Beschreibung. Dazu dann auch: II R Fr 29 S 1.

Geschehenlassen u Gewähren (S 7) [Dazu: II R Fr 29 S 6u., 7/8; II R Fr 30.]
Es beginnt mit Besitz u Bildung S. 1. 8^0
Das erfährt eine spezielle Wiederholung bei Germanisierung S 7.

Wie ist Seinesgleichen abzuhelfen?
Gs. u Utopie der induktiven Gesinnung mit induktivem Gott.
Versuch des sensitiv-mentalen Lebens. Versuch des aZ.

Hilfsfassungen u. Teilprobleme:
Moral. Kreislauf des Gefühls. Sache des Gefühls. Gleichschaltung geg Liberalismus. – Die beiden gehören zusammen u führen von Mitte zu Ende
Für-In (Warum die Menschen nicht .. sind, sondern es lieber sein wollen) – Für Endteil vorgesehn

Ev: Stellen wir uns vor, So bleibt vor Reise
wir seien im 1000j R. als Hauptsache Moral
oder die persönliche
Lösung in Relation zur
Allgemeinheit.

Was geschieht mit U? Er wird M.o.E. (Ind. Gesinnung) (s. U_6 – Mus. – 1te Ind *[?]* S 1: Idee d. ind. Zeitalters)

Vgl. AE 10–1, S 2: Ein M o E. ist ein M. o System
in einer Welt o.S.
Dazu auch die Eliminierung der Persönlichkeit ib
optimistisch

Schlußteil
Umfassendes Problem: Krieg
Seinesgleichen führt zum Krieg Die // führt zum Krieg!
Krieg als: Wie ein großes Ereignis entsteht.
Alle Linien münden in den Krieg. Jeder begrüßt ihn auf seine Weise.
Das religiöse Element im Kriegsausbruch.
Tat, Gefühl, u aZ fallen in eins.
Jemand bemerkt: das war es, was die // immer gesucht hat. Es ist die ge-
fundene große Idee.
Entsteht (wie Verbrechen) aus all dem, was die Menschen sonst in kleinen
Unregelmäßigkeiten abströmen lassen.
U. erkennt: entweder ordentliche Zusammenarbeit (Gs. Indukt. Fröm-
migkeit) oder aZ oder es muß von Zeit zu Zeit das kommen.
Wof. zertrümmert eine ihrer Formen.
Ag sagt (wiederholt): Wir sind die letzten Romantiker der Liebe ge-
wesen.
U. eventuell: Bedürfnisse u Lebensform des Genies sind andere als die der
Masse. Viell. besser: ∼ des Genie- u. des Massen*zustands.*
Individualist mit dem Bewußtsein der Unmöglichkeit dieses Standpunkts
Geht nicht in die Schweiz, weil er kein Vertrauen in irgendeine Idee hat.
Sieht es als seinen Selbstmord an.
Die Kollektivität braucht eine feste Geisteshaltung. Ihr erster Versuch.
U: Es ist das gleiche, was wir getan haben: Flucht (aus dem Frieden)
/bis hieher II R Fr 22/
U am Ende: Erkennen, arbeiten, fromm sein ohne Einbildung Sua 2,
S 3 ± Endergebnis der Utopie der induktiven Gesinnung. Fühlt es,
entzieht sich aber nicht der Mob.
Stimmung: eingeschlossene Ausgeschlossene Sua 3 S 2 → (a.) z + 1 S 3
Lieben oder Töten: Gesellschaft zu M. U. erfährt Hinrichtung ∼ Sua 3 S 3
→ Wie reagiert er darauf? Das gehört auch sehr zur Konfiguration.
Eine Nebenlösung des Irrationalen ib.
s. II R Fr 10.
Ag: Die Männerwelt sie nie etwas angegangen; schrecklich deren Aus-
bruch bei Mob. II R Fr 19 S 6 → Fr 5.
Latenter Krieg L 16
Besitz u Bildung II R Fr 26 S 1
Das Nichtstimmende, der irrationale Rest überwiegt. ib.
Gleichschaltung. Nichts ist dem Menschen so wichtig wie eine feste
Geisteshaltung. ib.
Hauptquelle aller Gewalttaten: daß man nicht weiß, wozu man da ist.
ib S 2$_{602}$
Der permanente Glaubenskrieg wird endlich aktuell ib $_{40}$
Endlich wird das Leben wesentlich, bejahend, es fehlt ihm nichts, man
nimmt sich ernst, das Leben mündet nicht ins Leere, man hat eine Über-
zeugung, einen Glauben .. ib S 3, Bem. 3 – : Jeder kann etwas davon
sagen; auch kann es so geschildert werden; LF. die Stimme der Vernunft,
wird abgekanzelt.
Ld: Das Stahlbad wird die Welt bessern L 9.
    Die Krankenhausidee am Wege zur Verwirklichung; Krieg steht im

Gegensatz zu Charitas u doch in Einheit mit ihr L 58.
Schlußsitzung der // L 64 → L 66
Die Staatsmaschine geht durch L 64 → L 16
Tzi: Schulter an Schulter.
Sieg des militärischen Gedankens
Bo von den vielen Männern begeistert L 16
Unüberblickbar L 16
La – oder eine, die an sie erinnert – singt unter betrunkenen Männern
J₂ in Block J (H/J) [?]
Standrecht – Industriellenverband L 24
Ah Ist bei Schlußsitzung nicht mehr da. Oder ist in Eile, weil er ab-
reisen muß. (U. muß ihn also vorher sehn)
Der Krieg, der alte Gegner des kontemplativen Zustands → 22← Das
fühlt U.

Aus J₁. [?]	Etwas wie ein religiöses Grauen
	Das Feste ist desavouiert
	aZ – nZ wird nie zur Entscheidung kommen.
	Tiefste Feindschaft gegen alle diese Menschen; dabei läuft man mit herum u. möchte den nächsten besten umarmen.
	Der Einzelwille versinkt, eine neue Zeit multipolarer Beziehung taucht vor dem geistigen Auge auf
	U. sieht, was ein faszinierender Moment ist, der zw. ihm u Ag. nie ganz zustande kam. Letzte Zuflucht Sex. u Krieg: aber Sex dauert 1 Nacht der Krieg immerhin wahrscheinlich 1 Monat. usw.
	Ah: Der Einzelne ist der Gefoppte.
	Ag: Wir leben weiter, als ob nichts wäre. U: Scheu vor dieser Robustheit
	Die Priester: das Offzskorps Gottes.
Br. Zett. [?] im Konv:	Überwältigt von einem lächerlichen Heimatsgefühl. Bestrebt, zu bereuen, zu büßen, sich aufnehmen zu lassen. Zugleich moquiert.
	Te deum laudamus.
II R Fr 26 S 7	Nationale Romantik, Verlegung in Sünden- u Liebesböcke
	Nationen haben keine Absichten. Gute Menschen können eine grausame Nation bilden. Nationen haben einen unzurechnungsfähigen Geist. Richtiger: sie haben überhaupt keinen Geist. Vergleich mit Irrsinnigen. Sie wollen nicht. Aber sie tun einander.
	Auch eine Lösung von: den Menschen lieben u ihn nicht lieben können.
S 8	Hypomanie (Nationals.)
	Die größte Idee
	Europäisches Gleichgewicht
	Tzi sieht eine Folge des Pazifism.
	Die Behauptung, der Mensch sei gut, als Ursache
	Es ist das gleiche, ob man an die Güte des Menschen glaubt, oder ob man sich nicht verträgt
	Suggestion. Rolle der Affekte. Wahnbedürfnis

Sie werden die deutsche Kultur zugrunde richten. → darauf
Sie richten sie lieber selbst zugrunde.   schon
Kultur: dann ist alles, was geschieht, verkehrt.   W.
Oder Macht, Kampf von Tierrassen, von aus-   ab-
erwählten Völkern. Aber die Völker haben kein   stim-
Ziel außer der Selbstbehauptung.   men?

II R Fr 29 S 1° Nicht einmal in der Liebe hat sich der Anarchismus
bewährt! Unter diesem Eindruck steht u handelt
U.

Im Ganzen hängen die Mob Kap., namentlich
darin U., vom Ausgang der Utopie der indukt.
Gesinnung ab, der noch nicht feststeht. Aber wahr-
scheinl. kommt er hinaus auf: Kämpfen (geistig)
u nicht verzweifeln. Ahnen reduziert auf Glauben,
u zw. der induktive Gott, unbeweisbar aber glaubwürdig. Als ein die Affekte in Bewegung haltendes
Abenteuer. Leitvorstellung. Kreislauf des Gefühls
ohne Mystik. Entdeckung Gottes à la Köhler, oder
auf Grund anderer Vorstellungen: Realwerden
Gottes. Ahnen, aZ: mag vielleicht ein anderer,
besser Geeigneter aufnehmen. Wie man das den
Leuten aufnötigen könnte: unvorstellbar. Entweder das gehaßte der Zeit überlassen. Oder dahin
wirken, d. i. für ihn: Buch schreiben, also Selbstmord, also in Krieg Gehn.

Vgl. noch II R Fr 30; 9, Blge 1₄; 108 (u auch A
blau)

Nachtrag: S. IE 30 Wieder ein Militärmarsch!
Ah. kommt auf sein Angebot an U. zu sprechen.
Vgl. u a. AE 19
Vgl. zu Ah. vor allem I₁₂₁ (1017 ff)

Nochmals Oberstes Problem: Faßlicher als die beiden ›Seinesgleichen‹ (S 1),   7. I.
also nach außen vorzuschieben ist: Zusammenbruch der Kultur (u. des
Kulturgedankens). Das ist in der Tat das, was der Sommer 1914 eingeleitet hat.
Nun stellt sich heraus, daß das die große Idee war, die von der // gesucht
wurde, und was sich ereignet, ist die unabsehbare Flucht aus der Kultur
→ zb. Gn. könnte sagen, daß er flieht. Eingefallen bei Durchsicht von
AE 19 S 3, obere Hälfte: Alle Staaten geben vor, für etwas Geistiges da
zu sein, das unbestimmt ist u das sie summarisch Kultur nennen. Es
erweist sich auch in meinen Ansätzen als utopisch. Und das ist es, worein
kein Vertrauen mehr besteht.
Das kann bilden: ein letztes Tb-Blatt, ein Gespräch mit Ah od. mit D.
ev auch mit Ag. → Vgl. U₆ – 1·02) S 1ᵤ, Anm. 10.

Zum Ausdruck muß auch gebracht werden, daß diese letzten Fassungen
der Problematik hinter jeder politischen Lösung kommen.

In gewissem Sinn ist auch das ganze real-moralische Problem das der
Triebe. Ihres ergebnislosen Trieblaufs, ihres Unfugstiftens; sie müssen
beherrscht werden, damit es nicht Mord, Wucher usw. gebe. Aber die
Gegenproblematik der Beherrschtheit ist die Triebschwäche, das Ver-

blassen des Lebens u. daß sich die Kompensation dazu nicht deutlich vorstellen läßt.

Aber auch: der beginnende Untergang Kkaniens!
———— : die Verbrecher.

Nachtrag: bei fixiertem Trieb funktioniert der Intellekt, bei unfixiertem nicht II R Fr 1, Blge 15 S 4u.

Nachtrag 28. I:

Nachtrag: Ausgehend von Wiedereinführung s. die Zeitschilderung
W-Cl, ein Exzerpt zum Zustand der Kultur u. $I_{830}/_{31}$.
Kunst, auch mit allgemeinen Zeitkennzeichen
(histor. Schnecke u ä.): II R Fr 30, S 3 f eigentlich: Seinesgleichen geschieht.
Das muß wohl ergänzt werden, ist aber grundlegend für Ende.
Eine besondere (noch nicht ausgezogene) Stellung in allen diesen Kapiteln (auch *107 – 109*) haben die Pläne u Ansichten Ldf's. u. die Reaktion, die sie auslösen.

Nachtrag: Zur Wiederaufnahme U – D vgl. I *67-69*   19. I.
              Zu Mob u Grausamkeit: Arbeitsteilung I_{1024}
              Österr. als besonders deutlicher Fall der modernen Welt
              (C – 9) → 8/6

Nachtrag: Vgl. 20. I. auf NR 34 S 4 (bzw. 3 u.) u. U_6-Insel II: 20. I.
Es ergibt sich: Rechtfer-
tigung U's. gegenüber W.: 1) Was ihn bewegt, sind Utopien. Nahe der
              Gefahr der Einbildung. Führt auf: Selbstm.
              od. Werk
              2) Er ist (= MoE) ein Theoretiker. Das führt
              auf: Theoretiker im Verhältnis zur Gesell-
              schaft u. im Verhältnis zur Gegenwart. Es be-
              stimmt U's. Schicksal u. entscheidet bald da-
              nach für Selbstmord = Krieg.
              Ferners: Es gibt theoret. Zeiten, bevorsteht
              aber eine antitheoretische.
              Ferners: U. bringt nicht den Optimismus
              zum Theoretiker auf.
              Zum Wesen des Theoretikers gehört Partial-
              lösung, Mangel direkter Wirkung auf das
              Leben.

Zusammenhängend damit:
Mus. Kap.: U. geg. das Verlangen des Zeitalters nach Tat. – Entwickelt
              den Gedanken der Partiallösung – Entwickelt es aber weiter-
              hin (nach vorläufigem Entwurf in U_6 – Studie . .) zu: Ws. –
              Methodenlehre dessen, was man nicht weiß, gegen Glauben –
              Ethos gegen Moral – Idee u Moral des induktiven Zeitalters.

Krisis u Entscheidung: Die Utopien sind zu keinem praktikablen Ergebnis
              gekommen.
              Der a Z. gibt keine Vorschriften für das praktische
              Erleben.

Gegen die Totallösung u System. Gegen den Gemeinschaftssinn. Abenteuer der Lebensverweigerung. [Aber vielleicht schon Mus. Kap.!]
Entscheidung zu Ahnen.
Entscheidung zu Selbstmordjahr.
Wir werden uns nicht töten, ehe wir nicht alles
versucht haben.

Utopie d. indukt. Gesinnung: Die Aussprache mit W. kann U. zur Niederschrift bewegen.

In Forts. von Kreislf. d. Gef: Warum das Gestaltlose so leicht Gestalt an-   22. I.
nehmen kann (wechselt): Unsere höheren
Gefühle sind für typische Situationen zu-
sammengeschmolzen. Mischungen aus
Widersprüchen. L $66_r \to$ L 25.

Eingefallen bei der Korrektur von R *50* u Ausführung von U_6 – 1·01:   2. II.
Da es sich auch um eine Satire auf den Begriff »Vaterländische Aktion«
handelt, was heute da u dort Gegensätze findet, ist der Satirische Anspruch
gelegentlich auch aggressiv zu begründen!

Entstehung des Wfk: U_6 – 1·02) S 13, Anm. 5.   6. II.

Verknüpfung der Außenpolitik mit Gefühlsproblematik: ib. Anm. 6.

Entwicklung des Wfk: ib. Anm. 2·9.

Ordnung: ib. Anm. 19.

Die Bildung der Gruppe U–Politik–Tat s. U_6-Stud. Sitzg. b. Gf L S 7.   14. II.
—— —— Kultur —— —— 8, 15.II. 15. II *36.*

Die menschliche Geschichte ist keine Geschichte des Genies (der Schöpfer-
kraft) u seiner Werke, sondern sie ist die $\sim$ des menschl. Durchschnitts.
Sch. zu Korr III S 35 Eingearbeitet vorderhand Sch. z. Korr III S 36.
Darum die Hinfälligkeit u Schranke des Gefühls, das Fehlen eines höheren
Sinns, das dem Zufall Überlassensein, die Anfälligkeit der Kultur, die
Ausgesetztheit der höheren Menschen, das Vor u. Zurück, die Un-
stabilität der historischen Lösungen, aber auch die Stämmigkeit ib. S 34.
II R Fr 22 S 4: die 2 Rassen. große – kleine Rasse (S 4 vor II R Fr.
Richtig: Es gibt die kleine Rasse des Genies u. die große der Dumm-
köpfe
Geschichte ist die Geschichte ihres Zusammenwirkens. So müßte
es richtig heißen, aber es ist ohne Pointe. Originalnotiz nicht
gefunden.Das ganze kürzer[?]: Unterschied von extremem Wert
u Durchschnittswert?
Alles dient der Einrichtung u Erhaltung eines stabilen Lebensdurch-
schnitts U_5 – 5 S 1 (HM zu Korr II)
(Ideengeschichte statt Weltgeschichte heißt es schon I_{580} usw. s. U_6 – 2·1)
Anm 8)
In den Notizen (Versuchen) $K_{\underline{V}}$ (Mpe Sch zu Korr III, 88·1_1 ff), S 5,
»These« ca. Jeder Mensch funktioniert als Durchschnittsmensch. (Suchte
es dort auf Zufallsgesetze zurückzuführen.)

Vgl. IE 6 (Ohnmacht)

IE 9, 9 – 1 (Gewähren lassen) usw. (zb IE 18, 19) was schon Verknüpfungen mit Bd I ergibt. IE 35 (Kultur) führt auf Mg. Schm. u. die politischen Kapitel. usw.
Dieses Problem zeigt beim Durchblättern der Mappen unzählige Verbindungen.

Korr III.
zu Band II₂.

Bemerkung:

Material u. Beginn von Korr III ./. Korr II, Bem. 21.   1)

Grundthema des II.₂Bdes.? Vielleicht doch die Utopie des aZ.   2)
(unvollständig.) Oder: Behandle dein Leben nicht als Wirkl., sondern als Gleichnis (NR 14 S 4) (Moral, Überzeugung usw., soweit behandelt, von da aus. Und weil aZ. zu individualistisch, die soziale Problematik einbeziehn. Diese ist wahrscheinlich WofF als Seitenstück zu MoE.) Die Utopie des aZ. wird später abgelöst werden durch die der induktiven Gesinnung. Ihre Stellung zw. den beiden andern Utopien. Erste Materialhinweise zu all dem: II R Fr 22, S 5.

Notizen beim Umherblättern: Korr II, Bem. 21), Blge.   3)
(Zunächst daraus wichtig: daß ekstat. Unternehmen eine Formulierung des aZ ist – daß Gleichnis zum Leitfaden wird – u. daß all diese Kapitel nur Durchlaufstellen sind in der Linie Ld – Gn – Mus. u. Geist-Pol. ⊙ führt zum Schluß hin.

Anfängliche Ld-Kapitel:s. Blge.zu.Korr II, Bem.21.	} Dazu F *1 – 42*	4a)
	u. auf Sch.S. .	
Überlegung s. Sch z.Korr III, S 1) ff.	die Bemerkun-	4b)
I Runde der Korr. s. Sch. zu Korr III,S2.	gen u. ver-	
Aufbau: ib. S 11 u 12.	schiedene der	5)
II. Runde d. Korr. ib S 13.-27 (Enthält die	Korr. vorange-	6)
Grundhinweise zu den Ld.Kapn.)	ne Zusammen-	7)
	stellungen.	

Zur Behandlung Hgs. s.Sch. S 13u (Bei Beginn der Runde II der   8) *Hg.*
Korr. darauf geführt worden.)
bis: ⊖: Nur Anfang notiert. Wie weiter: ?

Erzählung = Erzählung der Geschichte einer Leidenschaft! (Korr II,   9)
Bem 21), Blge.)   Vgl: 11)
(~ Sch R 174: eine Geschichte mit Ag.)
In dieser Leidenschaft sind Ld. u Hg. nur Episoden.
Sie versuchen, dem Halt zu geben: Gott,Soz.,Sex.: Sch R 148 rot. – Auch Gleichnis.
Es beginnt mit: Teilnahme Sch R 174; Korr II, Bem.21, Blge; Sch Korr III S 16.
Es endet (interimistisch) mit schwebendem Gefühl (in WofF s.o 2)) Sch R 265, Bem 52r. Vgl auch Korr II, Bem 5.
Ihre Versuche, einzudringen u zu verfestigen, sind sehr verschieden. Es kommt

auch nicht sehr auf die Reihenfolge an. Sie ist erzählerisch zu ordnen u. in sich auszugleichen. Vgl zunächst Sch R 174; Korr.II, Bem.8; 1382° u.Rd.

Hg: a) F 1) «Blitz»: Hg. wird in Verbindung gesetzt mit universelle   8') Hg.
Bildung; Auch Fachgenosse.. u. damit, daß er nicht erraten könne, wie einem andern zumute ist. (Also genau das, was in 41 Ag U vorwirft)

b) *41* s. Sch Korr III S 13: Hgs Brief gespenstisch; ihre wirkliche Welt im Gegensatz zu der U's.

c) *42* ib S 4: Sie will Ld. vertraun, aber nicht ganz.

d) *43* ib. Die Verzerrung durch Hgs Brief. Möchte alles sagen. Ohne Mut erscheint ihr das Test. unverzeihlich.

e) 44 ib S 6f: Hg.Scheidung als Köder zw. ihr u Ld. Ld gegen freisinnige Männer; wirft Hg u U. in einen Topf. Instinktiv ist Ld. mehr noch gegen U. als gegen Hg. Befiehlt Rückkehr usw. Aber sachlich ist das ja alles für Ag. gleichgültig. Schule der Wirkl. verspricht viell. weiteres auch von Hg.

f) *45* u *46:* In *45* könnte Hg höchstens F 34 berührt werden: Ag. hinter Gittern usw. könnte eine Eifersuchtsphantasie sein, die das Vergangene mit einbegreift; hauptsächlich ist sie aber auf die Zukunft gerichtet. *46:* ⊖

g) Vgl.2·04) S 10 Rd: Geliebt- u gezwungen werden s. i) (Geliebtwerden u Lieben) kein Widerspruch für Frauen. Ev. flüchtige Beziehung auf Hg.

h) *47* (Wandel) Ev. Aneinanderhaften der Ehr- u Kehrseite des Lebens (F 43) berührt auch das Verhalten zu Hg. – Ags Gewissen manchmal bedrückt u in Erwartung neuer Bedrückungen von seiten der zurückgelassenen Welt (F 43/44) Ev. schlechtes Gewissen – Ruhekissen (F 44) auch persönlich auslegen. dto.ib. Die verletzten bürgerlichen Verpflichtungen. Das Ganze eine Erweiterung L.d.N. ...(u) ist auch nicht ohne Beziehung, wenngleich es nicht gesagt werden soll.

i) *48* (L..blind) Warum man einen Menschen liebt usw, könnte auch als entfernte Anspielungen mitverstanden werden (F 49 ff) besonders zb. wiedergutmachende Beleidigungen F 50; das könnte Ag. sogar ärgern. Gewalt u Liebe, Liebe u Gezwungenwerden F 53/54 (s.g.) Gewalt u Liebe schließen einander nicht aus. U. will manchmal wissen, manchmal nicht von der Vergangenheit Ags. (F 54). U. wendet es gegen Ld. (F 55u) Ev.49: Die Leidenschaft schafft den Gegenstand (F 58)

j) *50* Die Vieldeutigkeit von Liebe kann natürlich auch auf Vergangenheit bezogen werden.

k) *56* (Tg singt) Zur Zeit ist zw. Ag u. U. weder von Scheidung noch von Hgs Briefen noch von Test. die Rede. (F 111) Ag. wird wohl manchmal bedrückt, denkt auch an eine Gutmachung, bürgerliche od. wunderbare; U. liebt die zurückgebliebene Unordnung nicht. Ag. fühlt sich in einem Wartezustand zw. Wohl u Übel verbannt (ib.) Sie darf noch nicht an die wunderbare Rechtfertigung glauben, die alle ihre Eigenschaften hebt. Ihr Rechtsgefühl ist in Unruhe; so liebt sie, daß ihr Ld. schlechte Eigenschaften andichtet, die ihr Hg. vorgeworfen hat (ib).

2) Bem.46) Sch R 260: Erinnerung an verflossenen Haß (Leidenschaften) u. steinklarer Himmel
→ Bem 2): Test, Ag, Ld gehören zu Gerechtigkeit, Wage s.160
    Das Begehren, Hg. zu verletzen, ist, als myst. Anzeichen, schon abhanden gekommen
    → Gerechte – Ungerechte 168–153 bezieht Hgs Briefe ein.
    → 168°, 186: Ich habe mir vorgenommen, es gutzumachen
    → 174 Neue Briefe Hgs an U.? ib: So sieht dich Hg; wie ist man wirklich?
    → 197 Ger. muß persönlich kausiert werden

Sie dachte manchmal an Test. als das letzte Geschehnis im alten Leben; Art der Auflösung gilt ihr geradezu als Gradmesser des neuen.

Hgs Briefwechsel mit U. An dieser auf dem Sprung stehenden Drohung konzentriert sich alle Wirklichkeit.

Sch R 257 x rot: Die 2 Formen: Herrschaft u Widerstandslosigkeit haben eine immanente (potentielle) Beziehung zu Hg. Auch Ameise (darunter, VI)

— 258 → 167/168 berührt: Enthusiasmus des Ungehorsams u Test. gutmachen.

Liebe u Grausamkeit

Gott: Liebe, Rache, Gerechtigkeit

Gleich große Ungerechtigkeit des Zorns u. der Liebe.

Weiterhin: Auflösung der quasi Paulinischen (appetitiven) Person in der Mystik

Mischung dieser Person u ihrer Auflösung in unserer Zivilisation.

Hgs Briefe als Reaktion auf Nichtwissen, wohin vor Schönheit (Auch 153)

Erschütterung durch Bibelzeugnis führt Ag auf Test, Hg, Ld.

— 258 Ende I: s.o Bem 2) Es zeigt sich plötzlich eine Erschütterung, ein Sprung. Greift zurück auf Bd II₁ (Test. Briefe udgl) Es ist ein Spannungsausbruch, der in die Tageslinie (ekst. Soz. oder Dél.a d.) eintritt. Ag., gewöhnlich hoch über den Gewissensbissen, ist plötzlich interessiert.

— 258 I₂: schließt Gerechtigkeit an; Wage, Ganzes.

— 259: Durch 2 Moralen gewinnt Begriff der Ger. neue Bedeutung.– Ger. als ungeheures Gleichgewicht. → 168 ergänzt°. 169 dto. (+ Vor u Zurück)

Sch R 259 – 197, 198: Mit Gerechtigkeit wird Ld. eingeschoben usw.

Gerecht. wird persönlich kausiert auch durch Hg. Hat U. noch einige Antworten geschickt?

Ameise u Bibel nimmt Ger. u Anklingendes vorweg.

Via Hg, Ld: klingt ›Männer‹ an.

Gerecht.-Ld führt auf Selbstliebe (oder diese spontan) dh. Selbstlosigkeit u Trieb, Evangelium u Gewalt als Gefühlsanlagen bis soz. Ekstasen der Tat- u Leidensmetaphysik

(Frühere Stellen, die viell. einzelnes hinzufügen könnten, nicht durchblättert) zb. Ger: 169. Unverlangte Belehrung 170 Buße für die Fehler der Moral (Kuß) 174. Kann ein selbstloser Mensch gut sein? 202

nb. Könnte Hg. nicht als Träger der (unerträglichen) Selbstliebe verwendet werden? Es wäre dann auch die (einst) ansteckende u negativ faszinierende Selbstliebe.

Im ganzen ist die spätere Behandlung Hgs. noch recht unklar.

Natürlich immaniert er auch den ganzen Fremdliebe-Kapiteln bis Scheusal.

Auch ist Hg. ein Repräsentant der üblichen Moral. Eine ziemlich gewöhnliche Mischung der modernen Kultur. (So auch der Gegensatz, den Ld. empfindet). Gehört in Ag's Lösung von der Wirklichkeit, die erst schnell u negativ, dann positiv u unsicher erfolgt. Scheidung (Ld) ist also dann auch Scheidung von der Welt. zb. auch Ags schlechtes Gewissen. s. besonders k)

In der Ausführung von 9) handelt es sich dann darum, den Aufbau 10) im einzelnen zu prüfen und im ganzen eindrücklich zu machen. Ein Beginn Sch. zu Korr III S 16.

Tb. expressis verbis Psychologie der Gottesleidenschaft? Vgl. NR 31 11)

S 1 «Hauptsache..» (Forts. v. 9)
Die Korrektur von Kap. *39* bis *46* ist noch nicht eingezeichnet! Aus-
gangspunkt s. h. Bem. 4a bis 7. Vgl. dazu *i. a.*: 9). Zu Hg: 8 u 8′ u. zum   12)
Ganzen auch NR 31.

Zweite Gruppe: *47* bis *55*. Dritte: *56* bis *65*. Überlegung Sch. z. Korr   13)
     III S. 30.
     richtiger: bis *59* (Nachtgespr.) (incl. Tg singt): Sch
     Korr III S 11.

Bei der Überlegung, wie die zweite Kap. Gruppe s. Bem. 13)   14) (Forts.
zu betonen sei, auf die Hinweise zu *Gleichnis*   v. 11 u 9.)
(Sch. zu Korr III S 26 (*rot*) gegriffen. Von dort: IE 8–1)ᵣ usw.: s. einstweilen:
  „   „ S 30 u 31.

Bei der Korrektur von F 42... Wandel.. ff den Eindruck empfangen,   a) 15)
wie eine Überarbeitung des ganzen Teilbands und seiner Fortsetzung
wünschenswert wäre: Die Form, in der er gesetzt u. ergänzt ist, ist
aus dem Bedürfnis entstanden, möglichst bald die zentrale Position
zu gewinnen u. von ihr aus zu gestalten; also die Tb-Theorie zu entwickeln u. die Geschwister in ihren Besitz zu setzen
Darum ist Wandel, Liebe.. blind,.. Bombe.. Tb I als Präludium zusammengedrängt u. dabei recht fragwürdig geworden, während das
Ende, ab Atemzüge.., recht in der Luft hängt.
Der Hauptfehler lag in der Überschätzung der Theorie. Diese hat
sich als unergiebig und nicht tragfähigheraus gestellt; jedenfalls ist sie
weniger bedeutend, als es vor der Ausführung geschienen hat. Das
ist mir schon längere Zeit bewußt, aber nun muß auch die Konsequenz daraus gezogen werden.
Die Konsequenz: Identifiziere dich nicht mit der Theorie, sondern   b)
stelle dich gegen sie realistisch (erzählend) ein. Lasse sie entstehen u
auf U. wirken u erzähle auf Grund dieser Voraussetzung. Blicke aber
immer auf das Geschehen u. habe nicht den Ehrgeiz einer völligen
neuen theoretischen Erkenntnis (deren Mohamed du dann ja sein
müßtest!)

Gib nicht dem Unmöglichen eine Theorie, aber lass' sie in Stücken
einfallen.

Greife zur Auflockerung auf U₁... ff zurück und siehe: das alles ist
schon die Geschichte einer Liebe (conform: s. h. Bem. 9.), die alle
diese Fragen hervorkehrt u. zu diesen Antworten führt, die ein
Ganzes bilden, soweit sie es eben tun. Abwechselnd mit den Fragen
u. Antworten, kehrt sie auch Erlebnisse hervor.
Nur in der Liebe sind diese zT. überspitzten Fragen u Theorien u.
Erlebnisse möglich u. gerechtfertigt, u. in ihrer Kontinuität bilden
sie auch die Geschichte dieser Liebe.
Alle Eindrücke u. Äußerungen sind positiv zu wenden, als Erlebnisse
ihrer Liebe. Trachte selbst, sie möglichst schön zu finden, soweit du
dich nicht realistisch salvieren mußt. Dazu gehört auch das Material
ab Atemzüge.. s. o. zb. der Versuch über Abbildungen u Sch. zu
Korr III S 33u. (Apfel, Atemzüge, Kreislauf, Warum.., Mus. Kap,
der doppelte Evangeliengott, Ameise u a.) (Auch Zweiseitigkeit des
Lebens u Idee/Affekt gehört dazu) (Sch R 33₄ * führt es auf aZ
zurück)

Auf diese Weise muß wirklich das Bedürfnis nach Tb. entstehn, d.h. nach einer einheitlichen Zusammenfassung, die auch steigernd, wenngleich ebenfalls unsicher, ist. Der Ort für den Beginn von Tb. muß sich von selbst ergeben.

Tb I ist aber wahrscheinlich in Wandel.. zu nehmen.

Wie das ausgelassene ältere Material zu berücksichtigen ist, sind es auch die Kapitel der folgenden Teile, in die es nun viel fließender übergeht; denn die Geschichte der Leidenschaft reicht nun bis zum Unglück u. dem letzten Wiederbeisammensein. c)

Gn, Cl. Mg usw. werden also wohl vorzuziehen sein.

Insbesondere dürfte die Reise mit der Kontemplation u. ihrer Theorie verflochten werden; nebst quasi-realistischen u. entgleisenden Versuchen der Vereinigung.

Praktisch: Fahre einstweilen in Sch zu Korr III fort; die ersten d) Ansätze zur neuen Überarbeitung von Wandel.. finden sich ib S 36. *Text* u. *Bemn.* von Beginn bis zu diesem Punkt bleiben einstweilen aufrecht. *Überlegung zum Umbau* auf Grund von h. Bem. 15. s. *Sch. zu Korr III, S. 37.*

Daß sich die Gespräche über Liebe so ausgebreitet haben, hat den 16) Hauptfehler, daß der zweite Lebenspfeiler, der des Bösen oder des Appetitiven usw., zu wenig u zu spät in Erscheinung tritt!

Die Teilprobleme, wie sie zw. U. u Ag. auftauchen, schraube sie auf 17.) ihre Kleinheit zurück! zb. spielt Entw.-Oder contra Sowohl-als auch in der modernen phil. Diskussion eine Rolle (Kierkegaard zb. geg Hegel. S. den Zeitungsausschnitt «Die Entschiedenheit des Realen u. der moderne Mensch» Gelb Mpe). Denkerisch sind diese Teilprobleme nicht mehr als Mosaikstücke. Können also nicht mehr sein als Teile der Erzählung eines Erlebnisses. Lasse dich also gedanklich nicht zu sehr mit ihnen ein. So das Auftauchen, Verschwinden u Erleben.

Bei Beginn mit Wandel.. einer neuen Reinschrift: Die Schwierig- 18) keiten, die mir durch Jahre alle berührten Probleme bereiten, die immer erneuten Umarbeitungen, Hoffnungen und Enttäuschungen, haben mich die Sache immer prinzipieller anfassen lassen. Obwohl das nun gedanklich noch bei weitem nicht genügt, hat sich darstellend-stilistisch eine unangenehme Umständlichkeit eingeschlichen. Ich muß unbekümmerter und kürzer schreiben. Das ist der Sinn der irgendwo notierten Bemerkung, daß die Einfälle aphoristischer auszudrücken seien. (Wieder eingefallen bei dem Entwurf 47 S 3 einer Reinschrift (dazu K V, S 12 u 11.)

Es ist ein Hauptfehler, am Geschriebenen zu haften; es verwickelt in 19) das Augenblickliche bis ins Grammatische. Man muß festhalten, was jeweils gesagt werden soll und muß ihm so unmittelbar wie möglich an den Leib rücken. Beispielsweise T 52 S 4 den beiden psychologischen Möglichkeiten zu leben bzw. sich im Leben zu verhalten als den Ag. u U. eigenen; 2 extreme Möglichkeiten der Leidenschaft (SchK X₅rot → K IX₁₂.)

Zur Technik: Ein Gespräch muß in ein Geschehen münden 20)
oder aus einem hervorgehn
oder eines begleiten!

KAPITEL-STUDIEN (1932/33-1941)

TRAUM-KAPITEL

Text: II III *22* in Konv. II III *22* u

Einleitende Worte bleiben offen.
S1 bis Ende ersten Traums ist korrigiert, Korrektur zT. auf Konv. S 2.
Anschließend zweiter Traum auf Beiblatt «Traum Kap. Forts.» u. Beginn Er-
wachens. Das Weitere offen gelassen.

Besser: den nicht allzu interessanten Traum als unklare Erinnerung schildern.

Zusammenfassung der beiden Träume:
Leib verlassen u. doch Leib haben – Ihr Leib ist der ihres Bruders – Auch die Dinge
haben etwas Ähnliches – Es ist ein süßer Schmerz; todgleich ohnmächtig u doch
voll Kraft; sie begreift alles, wie wenn .. wiederscheinen. – Sie betastet ihren
Bruder – dem Todgleichen tritt hier das Gruftähnliche an die Seite – Sie hebt ihn,
sie vereinen sich – Feuervergleich klingt an – Aber sie hat doch noch Angst vor den
Menschen. Sie traut sich nicht weiter zu träumen.
Im zweiten Traum geht sie es energischer an. Jetzt brennen auf dem Grabmal ihre
Haare – Wieder gibt es das Du u Ich zwischen ihnen nicht u darum das Dreisein. –
Realzeichen verschwinden; an ihrer Stelle eine Art Mischung. Ag. weiß: das ist
es jetzt! sie kann aber doch nicht begreifen. Auch U. steht im Stupor. Da Befehl
der Stimme: «Wirf . . .» – Ihre Interpretation: Entrealisierender Glanz, der mit
Wollust verbunden ist. Sie bewegt ihren Bruder zu sich bis auf letzten schmalen
Abgrund. Er darf wohl auch nicht über den Abgrund (Vagina?) gehen. Nun
denkt sie angestrengt nach; das Ergebnis heißt wohl: ich muß handeln, uzw. (Glanz
aus Brüsten): sex. handeln. Uzw. (Brücke *[?]*) nicht in der normalen Vereinigungs-
art. Das wird sehr wollüstig, aber bedrückend. Sie befreit sich für einen Augenblick
in dem Gedanken: ich bin ja verliebt (der scheinbar ein Vorwurf ist, in Wahrheit
ihr aber das Natürlichere wäre!) Ihr Bruder bleibt nun verschwunden, u sie wacht
auf, indem sie ihn sucht.

(*Ort:* II R Fr 1, S 5 sieht vor 3 Kap. Peter – Bo – Krisis oder 1 Gesamtkapitel, und:
Traum nach Mus. vorher oder ohne Mus. nach Bericht Gn u. RA (in einem)
ebenfalls vorher oder Traum, RA, Mus. in einem nach Gn. u vor P. Bo Ent-
scheidung.
Konv. 49 j 50 erwähnt ein Bo – Krisis – P. statt P – Bo – Krisis mit Hinweis auf
II III A-Ag VI. Dort richtig bemerkt, daß Ag-Peter besser nach Krisis paßt, Ag.
wird dadurch interessanter (Krisis heißt aber schon Reisebeschluß!)
Der Traum kann aber auch eine Reaktion auf Besuch bei Ld. sein.)

Forts: U. denkt, sie sei wegen Ld. traurig

1912

Es setzt sich das Für – In – Gespräch fort, u zw: Die Reste von I E 36
u. Schm. Warum S 2 bzw. 20/21/II die Forts. des Ld-Gesprächs über
Glauben u Ahnen zu Kuß. Wird von U. abermals ohne Ergebnis abgebrochen.
(Da stünde allerdings Traum vor Mus., wie es auch ursprünglich gedacht
war)

Nachtrag: Vielleicht ist es besser, diesen Traum prophetisch zu gestalten.

$$Ü_6$$

Traum – Kapitel. Studie. I.

Sch. M.K.II. will Fortführung des Für-In Gesprächs (Sch. Warum..) dahin
verlegen.   (Beides in Mpe.N.Bl.III.)
Das ist schon stimmungsmäßig ganz unmöglich!
Dagegen ist in dieser halbhellen Stunde wohl der Platz für ›Gott‹ und ›Para-
dies‹.
Hauptblatt zu ›Gott‹ ist II R Fr 27. *Exzerpt ist noch zu vgl.*
[Nach Mondstrahlen am Tage wird ›Gott‹ zum erstenmal wieder mit ›Berg-
predigt‹ eingeführt s. 2·04, S. *5, 46* (2·041,S 8). Vorher schon gelegentlich im Tb.
Wo ist aber fraglich.
Dann kommt er auch vor in *42* u. *43* (Himmelsleiter u. Aber auch Ag). Vgl. 2·04
S.3 Rd u – Blge 1 Rd. us.w. 2·04, *was noch zu vergl. ist.*
Sie schalten aber Gott aus 2·04, S.7 Rd.   Ag. wird zunächst von ihm entfernt
2·04 S.8 Rd.
Wiedereintritt von ›Gott‹ bei ›Es ist nicht Liebe, sondern Leidenschaft‹ (Gegend
3 Schw.) Material: Bl.*44* (U/Ag in ½ aZ) S.2, II u III in Mpe. N. Bl.III. Führt
zu myst. Auflösung u zu Gott. Kann Dominante der Gruppe liefern. (Das alles
nach 2·041, S.3, Rd.) (Vgl.dazu NR 17, S. 3) Die Kapitelgruppe stände dann zw.
Quälender Untätigkeit u Gott.]
[In den Ld.-Kapiteln versucht Ag. aber ›Gott hervorzuziehen‹]

Am Ende vor Reise ist es nun so: Im Mus. Kap. spricht U. wieder nur nebenbei
von Gott, gelegentlich der Partiallösungen, selbst wenn er sagen sollte, daß er ihn
voraussetze. (s. U₆-Studie). Im Kris.u Entsch. Kap. spricht er von der Indifferenz
des a Z u. nach der·Krisis gesteht er ihn in der Form des Ahnen, wenn auch als
zweifelhaft, zu. Gott ist aber nicht zu ahnen, er ist bloß zu glauben?! Er weigert
sich ausdrücklich, zu glauben. Ag. wieder ist einen Augenblick Gott ganz gleichgültig; sie will nur U. In der Niedergeschlagenheit zeigt sie dann die wahre antisoziale Religiosität, die sie nicht erkennt. Es ist ihr nicht gegeben, Gott zu schauen,
aber er zeigt sich als ihr hypostasiertes Bedürfnis zu glauben u. ihr Zustand wird
zu einer schemenhaften a Z – Erfüllung. (s. U₆ - 1. Studie)

Die Vornotizen auf II R Fr 27 verteilen sich so:
→ II R Fr 7 Blge 2: Museum-Kapitel, U. mit den nötigen Reserven zu Gn.
——— 6 ——— 7: dto
Suag 3₄   : zT. Krisis, zT. schon Ld
——— 2₄   : Reise
Aus zer. Bl   : Krisis
——— 6 – 17: *Traumkapitel*

Damit stimmt überein: Sch M K II S.1: die Reise darf nicht zu Gott unternommen werden.

Vgl. II R Fr 26 S.9 → II R Fr 6 Blge 17: Gott ist nur demokratisch durchzusetzen.

$$\ddot{U}_6 \qquad \qquad 4)$$

Entwurf I zur Utopie des motivierten Lebens

Grundlage: NR 25. Möglichst als wunderbar beschreiben. U_5 – 5) S4.

1) Oh, Gott .... NR 25, S 4. *[*Oh, Gott im Himmel! (ich weiß nicht, warum ich mit diesen Ausführungen beginne, aber ich habe es tun müssen.) Also: Oh, Gott im Himmel, ich möchte Prof. Ld. die Faust in die Nase stoßen. Ich bin außer Training, aber diese Nase könnte ich noch platt schlagen wie ein Kupferstück über das ein Eisenbahnzug gefahren ist. Dabei sehe ich seine feigen, angstvollen Augen, deren Empörung von Ohnmacht gebrochen wird.

Und nun: Ich habe mir vorgesetzt, mein Bild einer nur von Liebe beherrschten, offenbar ekstatischen Menschheit aufzuzeichnen, um zu sehen, wie weit ich damit zu kommen vermag. Ich beginne heute mit einem der ältesten Teile, der verhältnismäßig bescheiden / anspruchslos / ist: dem Bild des gütig geistigen *[*motivierten schenkenden Lebens.*]*

2) Mein frühestes Erlebnis davon ist mir wohl mit der Unterscheidung von toten u. lebenden Gedanken zuteil geworden. Ich bin sehr jung gewesen, u. in dem Ort, wo ich damals als Leutnant in Garnison lag, führte mein täglicher Weg von der Wohnung in die Kaserne durch einen kleinen, schäbigen Stadtgarten, der sich einen Hügel hinabzog, auf dessen höchstem Punkt ein Obelisk mit (irgendeiner) Inschrift zu irgendwessen Ehren stand. Dieser Hügel mußte wohl früher zum Wehrgürtel der Stadt gehört haben, denn unten bog sich um seinen Fuß eine Art von Häusern, wie man sie nur an aufgelassenen Stadtmauern findet: dürftige u. halbverfallene Häuselchen, von Menschen mit einer unbestimmten u. vielseitigen Beschäftigung bewohnt, die gewöhnlich auch auf diese oder jene Weise einen Zusammenhang mit den Lastern der Wohlhabenden hat. Obwohl ich manche dieser Häuser von nächtlichen Streifen mit Kameraden ganz gut kannte, u. in Wirklichkeit nichts an ihnen gefunden hatte, was mich angezogen hätte, blickte ich bei Tag doch jedesmal von oben mit einem gut bürgerlich am Verrufenen widerspruchsvoll erregten Blick in ihre kleinen Höfe. Und einmal hatte ich am Abend zuvor einen berühmten Klavierspieler gehört; ich hatte die unbegreiflichen von seinen Tönen gebildeten Gestalten noch im Ohr und plötzlich wußte ich: ich muß oder ich werde eine Frau finden, die solche Gestalt hat wie diese nachtönende. Im gleichen Augenblick fühlte ich mich von einem völlig veränderten geistigen Leben erfüllt, das an der Seite dieser Frau das meine sein sollte. Dabei blieb mir bewußt, daß diese Vorstellung, anders leben zu können, die mich so jäh vom Dasein abwandte, völlig unanschaulich war u. bloß durch eine inhaltslose /verschwommene/ verblassende Erinnerung an Musik vertreten wurde. Ich fühlte also etwas, das ich noch gar nicht kannte, und das kam mir wohl mit Unrecht unnatürlich und sogar beängstigend verrückt vor. Aber ich dachte und verstand trotzdem alles anders u. in einer Weise, deren ich sonst nicht fähig war.

Am nächsten Tag war an der gleichen Stelle natürlich keine Wiederholung mehr zu finden, obwohl ich mit Herzklopfen eine Wiederholung erwartete; und so blieb das ungefähr ein Jahr lang, bis mir bei einem völlig anderen Anlaß unvermittelt eine Anzahl dieser Töne u. Gedanken wieder in den Kopf kamen und wieder wie Menschen auf mich wirkten, die aus einem wunderbaren Land kamen. Es ist so, wie uns eine Stelle in einer Dichtung einmal ergreift u ein andermal gleichgültig bleibt In der Zwischenzeit hatte ich hundertemal daran gedacht, u. anscheinend die gleichen Einfälle wiederholt, aber sie waren so nichtssagend gewesen wie eine gleichgültige Aufgabe, an der man sich den Kopf zerbricht. So bin ich auf den Weg gestellt worden, den ich dann später ging.

An diesem Beispiel lernte ich den Unterschied von lebenden u toten Gedanken kennen.

3) Offenbar haben nicht alle Gedanken die Eigentümlichkeit, zwischen dem eingeschrumpften Zustand einer Mumie und dem blühenden des Lebens zu wechseln. Mathematische, logische Gedanken sogut wie überhaupt nicht. Ihr Gehalt bleibt ein- für allemal der gleiche, mögen wir ihn erkennen oder nicht; u sie sind wahr oder falsch unabhängig von dem Einzelwesen, das sie denkt. Was wir Wahrheit nennen, soll immer wahr sein, u. der einzige persönliche Unterschied ihr gegenüber besteht darin, daß wir sie mehr oder weniger vollständig erfassen.

Solche Gedanken machen aber nur einen Teil dessen aus, was wir denken. (Dieser Teil ist sogar klein u. bedeutend nur dadurch, daß er für das Ideal des Denkens gilt). Es ließe sich eine Skala aufstellen, die dem sinkenden Anteil der Wahrheit entspricht. . . . .

Dabei zeigt sich, daß die Wichtigkeit keineswegs mit der Wahrheit abnimmt. Es zeigt sich ferner, daß der Anteil des Gefühls zunimmt. Uzw. nicht bloß der Anteil der Subjektivität, sondern der im Begriff oder in der bezeichneten Wirklichkeit steckende Gefühlsanteil.

Im allgemeinen wird das so aufgefaßt, daß das Gefühl eine Störung der Wahrheit ist.

Ich habe im weiteren Verlauf meines Lebens (ich möchte sagen: instinktiv) die Überzeugung gefaßt, daß dies einseitig ist. Mich hat das andere Extrem interessiert: es entstand dann, wenn man dem Gefühlsanteil einen größeren Wert zubilligt als dem rein intellektuellen.

4) In einer solchen Gesellschaft hätte also die Wahrheit einen geringen Wert. Dann aber auch die «Praxis», weil sie mit ihr in engem Zusammenhang steht.

In den Vordergrund träten: Glauben, Meinen, Ahnen . . . u. die ihnen entsprechenden Handlungen.

[Die «Skala» ist zusammengefaßt worden als Meinen.

Zu Meinen s. U_5 – 5).

Meinen kommt aber auch schon in R Wandel ff vor u. ist damit auszugleichen.

a) Behandelt wurde Meinen bisher nur als geistige Erscheinung,

b) u. in seinen Störungen, die es dem Leben hervorruft

c) Die auf die Prävalenz des Meinens aufgebauten Handlungen wären jetzt zu beschreiben.]

Dem Meinen s. Blge. China entspräche die Utopie (das Leben) der Höflichkeit!

Gestatten Sie mir, mein Herr, Ihnen mitzuteilen, daß es mich verlangt, Ihnen einen Faustschlag zu geben.

Oh wie verständlich! . . .

Gestatten Sie, daß ich Ihnen die Mühe des Zahlens abnehme!

Ihre Frau ist wunderbar schön, mein Herr!

Es wird ihr eine Freude sein, während Ihres Aufenthalts bei Ihnen zu schlafen!

Alles das hat es schon gegeben!

[Meinung ist etwas, wovon – richtiger: worin – das Ich bewegt wird. U_5 – 5) S 2
Wahrheiten, aber keine Wahrheit; meine Wahrheit. ib.
Selbst seinen Feind versteht … ib. aus Scheusal setzt sich hier fort. Auch S 3.
Teilnehmendes Erkennen anstatt des toten. S 3 0
Wahrheit unwesentlich – (Macht ohnmächtig) – Mehrung ib.
Bekannte Dinge neu. Verstand zerkleinert „
Meinungen trennen u verbinden weit mehr als Wissen u Können. S 3
Sind eine Komplexion von Gefühl u Intellekt, worin bald der eine, bald der andere
Teil führt S 3
(Auch nicht 2 Menschen stimmen in ihren Meinungen überein!)
Das Leben ist eigentlich nur Meinung ⎫
Zusammenstellung zu Meinung   ⎭ S 3.

Bemerkenswert sind die Ausgänge:
Von der Bewegung durch Meinung zur Zielursache der Eud. Eth. S 4 →
Meinung Hauptbestandteil von ω, ω. von Ug + Nv u. Moral. ib. →
aZ Spitze des Meinungsbereichs ib → auch S 5
Kontemplation = Meinung in bestimmter Gefühlslage. ib →
Meinung hat auch: Vereinigung u Trennung. Gegen Conclusio u. Tat. Keinen
Stand u Boden. Das ist das einzige Material zum entsprechenden Handeln. Un-
gewiß zentriert. Nichtgeschehen. Geschwächtes Realitätsverhalten. Präzision – En-
thusiasmus. S 5 →
Steht zw. nZ u aZ; Religion u Wissen. ib →. Die mor. Gebote sind Meinungen,
die sich etwas Kategorisches gegeben haben. Die zweiseitige Beschaffenheit des
Lebens hängt mit dem Beiläufigen der Meinung zusammen u. mit ihrem dauernden
Wechsel ib → Auch Wahrheit u Falschheit hängen ein wenig vom Gefühl ab.
ib →]

Abbruch:
Lebende Gedanken beginnt da in einem angedeuteten Zusammenhang mit Liebe
u Traum
Wird dann aber identisch mit Meinungen.
Und ein Leben, worin die Meinungen den richtigen Platz hätten, wäre wohl kein
anderes als das der Utopie der induktiven Gesinnung. (bzw. diese hätte a) einen
rationalen b) einen irrationalen Teil) (Dazu gehört dann aber auch Moral der
Dichtung Lesen / Leben, Möglichkeitsmensch u.a.)

Ich weiß u. Ich glaube

Die Utopie des Erfahrungszeitalters ist aber die Sublimation des gegebenen Zustands; sie entfernt sich nicht so weit von ihm, wie ich es im motivischen Leben
vorhatte.

Ev. beschränken auf Titel: U's. Tb. Lebende Gedanken.
Inhalt: Leben der Kontinuität gehobener (wichtiger) Augenblicke Das rückt aber
schon sehr in die Nachbarschaft von Warum …? NR 16₄ Die Augenblicke, wo
wir bei uns selbst gewesen zu sein scheinen.
Und mit der Gabelung schließen: Utopie des Erfahrungszeitalters
                                                  Auf Erzeugung von «Geist gerichtete
                                                  Gesellschaft» (nach NR 25, S 4)
                                                  (Aber s. o. Das ist als Variation des
                                                  Gegebenen denkbar, u. nicht als
                                                  konstituierendes Prinzip)
                                                  Das enthielte also Beschreibung von

Motiv u. sonst in der Hauptsache
NR 25 S 3 → aH u Exzerpte.
Auf Kontemplation gerichtete
Gesellschaft

Ev: bevor sie mit Meinung identifiziert werden, die Leb. Ged. mehr nach der Seite schildern, daß sie das ganze Leben ergreifen, daß sie alles zum moral. Erlebnis machen. Daß Menschen, die ihnen nachhängen, alles anders hinnehmen. Ohne noch vorerst zu fragen, wie das als Totalität aussähe.

Nachdem uns ein lebendiger Gedanke ergriffen hat,
           sind wir wie eine beinahe verdurstete
           Blume, auf die Regen gefallen ist.
――――   ――――   ―――― haben wir fast immer den Vorsatz,
           ein interessanter Mensch zu werden.
――――   ――――   ―――― scheint uns, daß es kein größeres
           Laster gebe, als an Geld zu denken
oder an Berufsfragen, an Notwendigkeiten oder an Gewißheiten.
Ein lebend gewesener Gedanke wird nur in neuem Zusammenhang wieder lebendig; d.h. er erfüllt ein neues Gebiet mit unserem Geist.
Auf das bescheidenste weitergeführt, geht es zu Kunst u.ä., auf das unbescheidenste zu aZ.

Ein lebender Gedanke ist einer, der zum Mittelpunkt einer augenblicklichen Kristallisation unseres ganzen Wesens zu werden scheint. Vgl U₆ – 5) S 4 Pkt 7
Er ist bedeutend. Aber s. NR 25 S 3 Rd. Die Leute wollen doch nicht aus dem Leben eine Schulstunde gemacht sehen.
Und was ist bedeutend? Etwas, das nicht dem Verstand, sondern der Seele etwas sagt. Aber was ist Seele? Also: tiefere Gefühlseinbettung? Genügt nicht. Es muß etwas sein wie: Gefühls- u. Ideenaufbau der Person tangieren.
Heißt es nicht auch: Nicht sich den Trieben anheimgeben, sondern dem andern Gefühlsteil?
Es hängt auch mit Ordnung zusammen. Zu dieser: AE 20 S 6 →
Das Determinierende des Geschehens liegt nicht im Persönlich-Kausalen, sondern im Allgemein-Bedeutungsmäßigen. Dort kann es ästhetisch (lyrisch) sein oder moralisch oder usw. Etwas ist gut, wenn sich etwas Gutes daran knüpft?
Freud würde sagen: bedeutend ist, was die Triebe agitiert. Kann ich sagen: was die weltverändernde Tendenz des Trieblosen anreizt? Das hieße: das allgemeine, stimmungsmäßige, selbstlose, asoziale Verhalten verändert? – Aber es berührt ja oft nur ein bestimmtes Gefühl!
Die Frage: was ist Bedeutung? zb. behandelt II R Fr 29 S 2 «Nachtrag» u S 5 (oben u. unten:) implizite als Geniale Beziehung S 3 als Funktionswert
Sch 52 S 1 → Sch 49 S 11: die Affekte sind im motorischen, realen Teil geschwächt.
――――   ―――― S 5: Was immer wir tun, ist ein Gleichnis von dem, was wir tun sollten. Weil der katathym gemeinsame Affekt beliebig viele lyrische Ausdrücke hat.
―――― S 5: Kausal verknüpft nach Häufigkeit, katathym nach Affektgemeinschaft.
―――― „ Auch magisches Denken. Vehikel Gleichnis.
Sch 49 S 1: Affektive Vorgänge bedeuten eine Stellungnahme der ganzen Person; intellektuelle sind verhältnismäßig partiell. Bl. 27.
―― S 7: Entwurf zu Motiv. Stimmt mit ↑ überein.
           Die negative Beschreibung des gewöhnl. Lebens: S 11
―― S 11: Man denkt, wie man tut; darum kann man nicht tun, was man denkt. Zu lieben, wie man denkt, hieße der geistigen Affinität folgen,

dem Eros des Denkens, dem Katathymen usw. M.a.W: lyrisch;
wie Lesen. Es muß immer neu lebendig werden (S 12 ∿)
Vgl L 21–24 Uzw. L 24 die Eindeutigkeit der Affekte als Seitenstück der zum
Leben nötigen Eindeutigkeit. Sonst hauptsächlich L 21: Ergänzungen der Be-
schreibung.
Eigentlich ist dieser geistige Zustand des Menschen ein Strahlen.
Es ist auch Leben à l h, unter Ausschaltung des b. (?)
Nachtrag zu Gehobene Augenblicke: Es ergreift uns ein Gefühl, uzw. ist das nicht
einfach ein Affekt, sondern eine Stimmung u ein kompliziertes Gefühl wie das
religiöse, das heldische, das verliebte usw.

$$\ddot{U}_6 - 4).$$ S 5

Entwurf II der Utopie d. motiv. Lebens.
Titel: Ungewiß ob: Die Utopie d. motiv. Lebens (S 1)
Lebende Gedanken (S 3)
Die *Utopie der Höflichkeit* (S 2)

1) Wie S. 1. Aber vielleicht bloß: Ich habe mir vorgesetzt, etwas Ordnung in meine
Gedanken zu bringen. Ich beginne mit einem der ältesten ... (Das Übrige
bleibt.)
2) Meine früheste Erfahrung ... zuteilgeworden. u ich habe weder damals noch
später je daran gezweifelt, daß es diesen Unterschied gibt u. daß er sehr wichtig
ist. Ich habe mich auch unzähligemal nach diesem Vorurteil gerichtet. Aber soeben
habe ich in diesen Erinnerungen «nachgesehen» (wie einer alle Schränke durchwühlt),
und bin wegen des Ergebnisses recht in Verlegenheit.
3) Ich finde auf die Frage, wie ich dazu gekommen bin, dieser Unterscheidung
solchen Wert beizumessen, keine befriedigende Antwort mehr. Ich entsinne mich:
Ich bin jung gewesen, u .. ... bewohnt, von der gewöhnlich irgendein Nebenast
Zusammenhang mit ... hatte.

Entwurf III

Titel: U's. Tb Die Utopie der Höflichkeit. Ev. Die begonnene U. d. H. (falls
unterbrochen!) (zum Leitgedanken nehmen)

Vorsatz: Es auch zu einem *Meinungskapitel* zu machen. (Vorteil, daß etwas Neues
u Ablenkendes hinzutritt)

1) Wie NR 25 S 4: Oh Gott, ... von Ohnmacht gebrochen wird.
Doch habe ich mir vorgenommen, heute etwas schriftlich festzuhalten, das ich die
Utopie der Höflichkeit nennen will. Auch die Utopie der höflichen Gesinnung
wäre es zu nennen, die Utopie des Lebens in Höflichkeit oder selbst die Extase der
Höflichkeit. Ich beginne damit, weil es selbst verhältnismäßig bescheiden und
anspruchslos, aber vermutlich ein Teil eines größeren Ganzen ist, zu dem ich
dadurch Zugang zu finden hoffe.

2) Ich will zum voraus feststellen, daß unsere Höflichkeit offenbar eine zweifache
Herkunft hat. Sie kommt einerseits von der Scheu, die mächtige und ritterliche
Personen voreinander beweisen, und gilt dem Bewahren des Abstands, dem Nicht-
zu-nahe-treten, ehe man einen Grund zum Angriff und die nötige Kenntnis von

der Macht des Gegners besitzt. Anderseits soll sie als «Herzenshöflichkeit» um ihrer selbst willen wertvoll sein und unmittelbar aus dem Gemüt kommen, insofern dieses recht beschaffen ist nach den Ansichten, die wir heute davon haben.

3) Es mag nun wohl sein, daß diese Herzenshöflichkeit ein Abstämmlung und eine Läuterung der erzwungenen Höflichkeit sei; ich lasse es aber beiseite, weil ich einen anderen Ursprung zu verfolgen habe, und diesen will ich die notwendige Höflichkeit des Denkens nennen. Es liegt in der Welt etwas, das uns zur äußersten Höflichkeit und Zurückhaltung (= induktive Demut) ihr gegenüber zwingen sollte, sei es wenn wir handeln, sei es wenn sich unsere Gedanken mit ihr beschäftigen, und diese Höflichkeit sollte hinreichen, alle anderen Höflichkeiten aus ihr abzuleiten. Gewöhnlich wird das aber nicht im mindesten berücksichtigt

4) a) Ich muß an dieser Stelle den Unterschied zwischen zwei Arten unserer Gedanken wiederholen: Beschäftige ich mich mit einer mathem. Frage, denke ich (wie es gewöhnlich genannt wird) logisch, so hat das zuletzt, mag es noch so verwickelt und kühn begonnen haben, immer eine verzweifelte Ähnlichkeit mit dem Hin- u Herschieben der Kugeln auf jener einfachsten Rechenmaschine, die wir alle aus unserer Kinderschulzeit kennen, und mit dem besorgten Abzählen einer Sache an unseren zehn Fingern.
Etwas anderes ist es, wenn sich jemand mit einer jener Wissenschaften beschäftigt, die Erfahrungswissenschaft genannt werden, und doch verhält sich auch er dabei im allgemeinen so, als ob die Rechenmaschine sein angestrebtes letztes Ideal wäre. Ich will mir nicht die Mühe nehmen, diesen Unterschied genauer auseinanderzulegen und diese Übereinstimmung, die in die Theorie der Wissenschaften gehören, so weit ich die wissenschaftstheoretischen Forschungen überhaupt beherrsche: in dem Zusammenhang, der mich heute beschäftigt, bezeichne ich, einer alten Gewohnheit folgend, alle solche Gedanken (mögen sie logisch oder deskriptiv sein u. unerachtet ihrer sonstigen Unterschiede) einfach als tot, um sie von den lebenden abzugrenzen, die ich lebend nenne.
Ein toter Gedanke ist ein starrer, unveränderlicher, eindeutiger Gedanke.
Alle unsere Gedanken, die etwas Wahres oder die etwas Wirkliches ausdrücken, sind tot. Was wahr ist, ist ja unter allen Umständen wahr; es ist an einem letzten Punkt angekommen, und unser Verhältnis zu ihm hat nur den Spielraum, daß wir es erkennen oder nicht. Ebenso stellen wir uns das Wirkliche als etwas vor, das unabhängig von uns ist, und das wir in dem Maße, als wir es entdecken, in unveränderlichen Wahrheiten verankern können. Das Wirkliche selbst mag etwas Veränderliches sein, unser Wissen gibt sich nicht eher zufrieden, als es nicht etwas Unveränderliches an ihm gefunden hat.
Wissenschaft führt das veränderliche Erlebnis auf das unveränderliche Gesetz zurück und hat darum immer etwas vom «Reich der toten Natur» an sich, auch wenn sie von der lebenden Natur oder gar von der Seele handelt; wir lähmen zumindest das Leben, ehe wir es in die Fächer des Wirklichen und des Wahren einordnen. Es ist begreiflich, daß junge und urwüchsige Menschen dem feindlich gegenüberstehen. Sie sehen in der Objektivität das, was den Menschen nicht unmittelbar angeht, ja wovon das Persönliche sogar geflissentlich verdrängt zu werden scheint.

(Wir sind dem Leben gegenüber wie jene Wespen, die eine Raupe durch einen Stich lähmen, um ihre Brut abzulegen)

Ich kann verstehen, daß sie am wenigsten die Mathematik, danach die Exaktheit und schließlich auch nicht die Intelligenz mögen. Sie mögen kein starres Gesetz. Das starre Gesetz ist die Freude des Greisenalters. Wenn sie denen aber die

Vitalität, das Leben, die Intuition, das Blut, die Rasse, den Instinkt, den Mythus entgegensetzen, wie das nun schon seit Jahren eine literarische Mode ist, so sind das jämmerliche Ersätze. Denn ein Gefühl, das die Rücksicht auf das Wahre und Wirkliche nicht in sich hat, bleibt dünn wie ein unentwickeltes Kind oder wird dick wie eine Seifenblase. /ist unverläßlich wie ein Mann, der dem Tod nicht ins Auge sehen kann/

4) b) Das Richtige besteht darin, daß man den toten Gedanken die lebenden an die Seite stellt u. die Wichtigkeit beider versteht. Ich habe mich früh berufen gefühlt, den lebenden Gedanken zu dienen, u. bin mein Leben lang nicht darüber hinausgekommen, die toten gegen die Mißverständnisse der lebenden, d. h. der scheinlebendigen Schöngeistigkeit zu verteidigen. (Vgl. I$_{406}$ff) (So habe ich «gegen mich» gelebt u jetzt soll es ja anders werden. 408)
Was aber sind lebende Gedanken? Ich bezweifle leider nicht im mindesten, daß mich der Augenblick, wo ich diese Frage «stelle», tief enttäuschen kann. Aus einer durch Jahre nachlässig gehätschelten Einbildung werden einige tote Gedanken wie dünne Würmer hervorkommen, (Liquidation: II R Fr 6 Blg. 18 S 1)

4) c) Meine früheste Begegnung mit ihnen war diese: Ich bin ... S 1, Abs. 2) ... Kopf zerbricht.

5) Vielleicht habe ich übrigens diese Privatlegende, ohne es zu wissen, im Lauf der Jahre etwas ausgeschmückt, und es ist doch anders gewesen.
Heute fällt mir an ihr auf, wie früh sich darin eine vom Leben abgewandte Idealbildung gelten gemacht hat; ich war doch noch Leutnant (und nicht einmal die Frau Major war noch in mein Leben getreten), und schon wollte ich nicht das vor mir liegende Leben, sondern ein anders, zu dem nur eine Musik existierte, die nicht einmal dafür geschrieben war! (Agathe)
Das zweite, was mir plötzlich auffällt, habe ich schon genannt: es ist die Vermutung, ja fast Gewißheit, daß ich das, was ich mit den lebenden Gedanken entdeckt zu haben glaubte, immer überschätzt habe. Was immer ich von einem neuen Denken sprechen zu können glaubte, das stand irgendwo im Hintergrund und versprach mir Erfolg, falls ich mich nur genug anstrengen wollte, es zu Ende zu denken. Im besten Fall wird es nun so sein, daß von diesen Täuschungen doch einiges Brauchbare übrigbleibt [Vgl. I$_{388-410}$ besonders I$_{407}$.]

6) Ich muß also berichtigen und die Utopie der Höflichkeit bis dahin aufgeben.

Ü$_6$ – 5)

Titel: U's Tb. Lebende Gedanken (s. Ü$_6$ – 4) S 3)

Entwurf III Forts. (Beginn: Ü$_6$ – 4) S 5.)

1) U. legte also das Blatt Papier mit der Aufschrift Utopie der Höflichkeit in seine Schreibtischlade zu jenem ersten, das den Namen Die Welt des Gefühls trug, u. begann ein drittes, über das er nun bloß: Lebende Gedanken schrieb. Agathe war ohne ihn ausgewesen und müde nach Hause gekommen und früh zu Bett gegangen. Es war spät am Abend, aber das Alleinsein mit sich selbst und der verbotene Genuß des Schreibens hielten ihn wach wie prickelnde Gesellschaft. Es entstand das Folgende:

2) Was ist ein lebender Gedanke?
[...]

Uebertrag u. Bemerkungen dazu.   1)

NR 10: Der schöne Schatten des ›Wie es wäre‹ wenn sie alle liebten. Eine Form des Problems: Leben aus Motivation (was so viel bedeutet wie Lesen statt Leben) (Dieses tritt hier in sein Recht. Ist als Dominante zu nehmen für Schönheit, Bild, Gleichnis, Abschaffung der Wirklichkeit) Ist Fortsetzung der quasi-theoretischen Reihe.

Ein Titel: Soll man leben oder lesen – berührt U's Schreiben-Töten.

Eine Abwandlung des Problems ist das «gute Böse»; es soll erfunden u.   2) dargelegt werden, da es die wirkliche Welt mehr braucht als die utopische «gute Güte». Das wird gegen Ende der Gruppe dringlich durch die folgende RA u. Paradiesgeschichte. Die Dominante dazu ist: Wandlung zum Asozialen, Rasse des Genies u ä.

Ü₂–5): Bedenke, wie sehr es einem Reitermenschen u. einer lebhaften   3) Frau wieder die Natur ist! (Süße, Uebersteigenheit). Darum machen beide die Versuche, es zu sprengen. (Tb. u Ld.)

Die Frage nach dem anderen Leben ist für den gewöhnlichen Menschen   4) zu stellen, als die nach einem Kontinuum u. einer Forderung seiner besten u. anerkanntesten Augenblicke. (Ironisch wäre das etwa so: Wenn es Ideale gibt, müßte es doch ideal sein, ideal zu leben)

Antwort: Ag: Nur mit Hilfe Gottes

    – U: Nur durch bewußte Hingabe an die «Ahnung» Gottes.

Diese Frage: Kontinuum steht richtig nach Für-In   5)

Also Hauptthemen: Für – In   6)

             Ahnen-Glauben.

Im Tb. drücken sich 2 Hauptrichtungen aus: Motiviertes Leben u. das   7) Leben selbst ist mystisch, nämlich dort, wo es nicht Verstand, Gewalt odgl. ist.

U₂–6) Ein weiteres Hauptthema ist: Psychologische Auseinander-   8) setzung.

Dazu: U₂–6 (Ununterscheidbarkeit von Glück u Schmerz. Im Fühlen vergehen die Gefühle. Distinktionen gelten nur für mittlere Grade. In hohen Graden löst sich, ohne Wahn, die Welt der Gefühle auf.)

In die Einleitung gehört: Schreiben – Selbstmord. (Auch Ü₂– 4)₄)   9) s. 1)

U₂–7)₁ Unbewußt überließen sich U u Ag. einem Leben, das Visionen   10) befördert. (Askese, Lesen, Aufbleiben, Einsamkeit)

(In die Einleitung gehören bisher: 10, zT 8), 3), 9))
(Weitere Gruppen: Lesen/Leben. Psychologische Erforschung.)

Zustand *des Bilds* ist eigentlich gleich Zustand dauernd geschaffenen Sinnes u.a.

NR 11: Vermehrte Zurf.   } Wahrsch. in *Einleitung*   11)
    Spannung ohne Ausweg } nehmen, gemeinsam mit
                     Untätigkeit.

(Ein Hauptthema ist dann Tat u keine Tat)   12)

Ueberzeugung schon im 1000j.R. zu sein, Sentimentalität: Neben-   13) formen von Lesen/Leben

Beiseitelassen des Übernatürlichen; Versuch, wie neuentdeckte Natur-   14) wahrheit zu behandeln: *Einleitung* oder *Psycholog. Gruppe*

Vermehrte Zurf. d. i. zugleich Wesen des Bildes ⎫ Wahrscheinlich 15)
— — — der Ideale ⎬ *Einleitung u.*
Ähnlichkeit mit Perversionen ⎭ *später.* Steht es nicht richtiger
in der Gruppe Lesen/Leben?!
Die Abseitigkeit wird manchmal zu viel ⎫ *Einleitung* 16)
Versuche des Auseinanderregens ⎭

Ab S 3 u. «Durchsicht» ist NR 11 in toto zu vergleichen. !)
Schon jetzt vorzumerken ist:
Gemeinschaft, Genie, Kultur, Gleichschaltung (NR 2?) kommen bei der 17)
Beschreibung des andern Lebens zur Behandlung; es muß auch in ihm
eine Vorstellung davon geben. (S 5.) Also vorher *Gn–Warum* einführen!

Tb-Versuchsprotokoll (S 5 → Z. 4a Not. 5) (S6u. → NR 6_{13}) 18)

Es ergibt sich somit innerhalb des Tb die Aufgabe, von der individuellen
u sozialen Auffassung zur ausschließlich individuellen (Verbrecher u 19)
Gott) zu kommen.
Nebenthema *Schönheit* S 5 → NR 13 20)

Zu NR 9 ergibt (Hinweise: NR 11 S 7):
Süße auch als Pseudo-Hermaphrodit behandeln (Zu 9, c_2). Siam. Einheit(c) 21)
c_3: Bibel- u Mum., die nie befolgt wurde...................... 22)
d: Zwei in Widerspruch zueinanderstehende Gefühlsgruppen........ 23)
Eine Welt, die nur glücklich ist u nicht trostlos. .... 24)
Kupierte Erotik .... 25)
d_r: Durchstr. Natur. = Suggestion............................. 26)
e: Empfindsamkeit ohne Sentimentalität u. im Kampf mit ihr .... 27)
Zweck- u Realverbindungen aufgehoben..................... 28)
Wesentlicheres Leben, weil anteilvoller; aber der Anteil ist un-
artikuliert NR 8_{20} .... 29)
Kausal-Katathym: Häufigkeit – Affektgemeinschaft (Sch 52 S5) .. 30)
Wesentlich ist das in irgendeiner Form affektiv stärker Anspre-
chende (*,,*).. 31)
Zustand des Bilds (in dem man ist) – NR $7_{17,7,1}$; H 414 .... 32)
Trennung verbindet empfindsamer NR 6_4..................... 33)
Falsches – echtes Empfindungsvoll – NR 6_{15}, 7_{19} .... 34)
Versuch, sozial temperiert fortzufahren NR 6_{20} .... 35)
Der Übergang aus Aktualität in Ruhe wiederholt sich NR 5_{3-5} .... 36)
f) Eigenart der Gespräche. Nächster Schritt..................... 37)
Was fängt man mit Wissenschaft im aZ an?.................... 38)
Moralgespräche.. 39)
Redseligkeit .... 40)
Gesprächsinseln, Demonstration.............................. 41)
Ug + Nv wirkt fort .... 42)
g) Keine tätige Liebe (Gehört zu 3) u 4)) .... 43)
Womöglich von Ags Schätzung für die Untätigkeit her anpacken... 44)
Hängt auch damit zusammen, daß das Sprechen voll Geschehen ist... 45)
Mit stark zu bringendem: Us. Tat der Tatlosigkeit .... 46)
Die nicht mildtätige Liebe Ags. führt auf Ztg. .... 47)
Abschaffung der Wirkl. durch Motorik → NR 5, Zu Not 3–5 48)
h) Gibt es nichts absolut Gutes, so gibt es nichts absolut Böses. ...... 49)
Wenn sie allein waren. Wenn sie unter Leuten waren. .... 50)
Mit steigerungsunfähigem Zustand der Güte u Schönheit beginnen 51)

1922

Ag. erzählt nichts von Ld., weil Moral gleichgültig ist . . . . 52)
i) 1) Sie starren ihren Zustand an. Anknüpfend Bild u Untätigkeit . . . . 53)
  Die veränderte Grenze nicht vergessen . . . . 54)
S 2) Soziales in der Mondnacht! . . . . 55)
  Keine Aktualität . . . . 56)
  Unbekannte Sinnlichkeit . . . . 57)
  Unwiederholbarkeit des Zustands (Aktualität) . . . . 56')
S 3 Ihr Zustand blieb widerspruchsvoll einheitlich . . . . 58)
l) Verhältnisse im 1000j R. . . . . 59)
m) *Index.* Enthält: Handeln, Nichthandeln, Reden – Pseudo Herma-
  phrodit – Schönheit – 2 Gefühlsgruppen – Erklärungsversuche:
  kausal-katathym – Bild – Empfindungsvoll – Realverbindungen –
  Mondnacht – Hinauswendung – Grenze – u. a. . . . . 60)
k 2) Inversion in I u II . . . . 61)

i$_2$/k *Zusammenstellung aus Bd. II. Ist zu jedem einzelnen Punkt zu vergleichen.*

Verändernd hinzugekommen: II R Fr. 29 (Moral u Krieg)

Unterschied zw. negativer u. positiver Sanftmut: NR 17 . . . . 62)

Nachträglich neue Fragestellung hinzugekommen: Ü$_3$ – 2), Anm.
1.). (ekstatische u gewöhnl. Moral.)
Ü$_4$ – 1), S 3 Ergänzung von Allo- u Egozentrik u. Behandlung des
Ganzen als Richtbild. (Man kann so nicht leben, aber der Einschlag
müßte stärker sein: wäre ungefähr die Alltagsmoral dieser Darstellung.) U$_3$ – 2) Blg 2, S 4: Ekstatische Sozietät.

Zum Aufbau NR 17
Nachträge:

Ü$_5$ – 5) S 4 u 5 →
Ü$_5$ – 6) S 1 W. 1ter Abs.: Die Fragen von «Beginn» u «Mondstrahlen»
sind jetzt wieder aufzunehmen.
Blge 1 zu U$_5$-6) Anm. 7: Idee/Leidenschaft/Leben/ Natur: Gleichschaltung u Rivalität der beiden Haupt-Gefühlsgruppen. Vgl. die
gestrichene Blge. zu H 47 in R. u. U$_2$ – 1)
«Oft widersteht es mir, viel zu reden u zu hören: in dir ist alles, was
ich will u ersehne» Thom. a Kempis S 8. (Das kann auch Ag. sagen,
wenn U. viel mit anderen spricht.)
Nachtrag: M.: U$_6$ – 2·043, Anm. 9.

Tagebuchgruppe und Zuviel Süße   *NR 17.)*
Zum Aufbau

Material: NR 16.   Vgl. zum Aufbau Zu NR 9$_0$, r.
Einleitung s. einstweilen NR 16 S 1 u.
Hauptthema I ist Utopie des andern Lebens. NR 16$_1$ Lesen/Leben ist dem unter-
geordnet.
Grundnotiz dazu: NR 16$_4$, auch 3. Legt nahe, ironisch genommen zu werden (ib,
4.). Also dem erwarteten Gn-Kapitel zugedacht, und dieses ist (mit Ld singt) vor
Tb-Block zu stellen. Hier nimmt U. also die Frage ernst auf.

Das müßte – nach letztem Aufbau – also in *Frühsp.* geschehn.

Wie sähe das aus? Etwa so:
Die Frage des *Gns.* ist so: er hat immer recht, er drückt es nur dumm (komisch) aus. Jeder weiß aber, daß es eine Utopie ist, ideal zu leben. (Gut hat etwas von dumm – hat Gn in Vorkapitel gesagt)
Wenn es aber eine Utopie ist, welche Folgen hat das?
Daß die Menschen den Idealen nicht glauben, u. mit Recht; aber mit bösen Folgen
Das die Moral (die rationale) nicht das rechte Organon ist.
U. hat darüber ja schon genug Vorgedanken; jetzt sind sie auf den aZ. zu führen, bzw. auf die utopische Lebensvorstellung der Liebe usw.
Einwand: Das Thema ist prädestiniert für ›Warum .. wollen‹! Erst mal sehen, was dort daraus wird.

– Eine andere Dominante des Gn.: Sch Ü P S 2 (Man muß den Glauben von Zeit zu Zeit wechseln) (Zu Lib. ein wichtiger Nachtrag: Mg 11)

Auch sonst ist es richtiger die Frage positiv zu nehmen, etwa in der Art, daß sich U. vornimmt, endlich einmal die Möglichkeit eines anderen Lebens auszudenken. Wie wäre ein Leben in ›Liebe‹ oder im 1000j R.? Welche Einwände sind zu überwinden u. welche Zusätze noch zu machen? Natürlichste Anknüpfung ist wohl: Inwieweit wirklich?, das zT. zuletzt behandelt wurde.
Eine andere Anknüpfung ergab sich in dem vorderhand als NR 19 bezeichneten Entwurf zu .. singt .. S 2., Anm.: Die Entwicklung von Lds. Weltbild (zT.) aus dem völligen Mangel an Roheit. Dieser Mangel spielt auch in Us. Utopie eine Rolle u. damit wäre der *Unterschied zw. negativer u positiver Sanftmut* zu behandeln. Ev. auch Ags. Liebe ohne Güte usw., die zum erstenmal sthenisch erlebte Tugend.

Titel: Tb I: U's. Tagebuch
    Tb II: Die Utopie des Erfahrungszeitalters in U's. Tagebuch. Und den Inhalt nicht «...» bringen, sondern erzählen, daß U. dies u. das niedergeschrieben u. notiert hat.

Die umfassenderen Überlegungen zum Aufbau NR 20, Anm. 10 haben wieder hieher zurückgeführt. Die Frage lautet nun (Kapitelfolge nach NR 15r): Was muß in s 4 ... s4 + m und s4 + n + 1 behandelt werden?
Oben Rd, konform mit NR 16$_{5\ u\ 18}$, legt nahe, das Kapitel ›Warum‹ mit ›Frühsp.‹ zusammenzuziehen. Einsicht zeigt aber, daß es ein ausgesprochenes U u Ld, ja beinahe Autorkapitel ist! Auch Zeitschilderung ist es. Gehört mit seiner geg. Ende behandelten Beziehung zum Affekt auch in die U-Ag Gruppe. Zur Überlegung gestellt: es mit ›es war keine tätige Liebe‹ zusammenzuziehn. (Vgl. Zu NR 9, g und m.). Dieses ist eine natürliche Fortsetzung der Bergpredigtgruppe u. zugleich von Ld; muß bloß hinter Ld singt stehen, was auch der Fall ist. (NR 15r). Das (allerdings ziemlich fern stehende, aber vielfach verbundene) Gn-U-Tat wäre dann der Abschluß.
Es käme also a) Eine untätige Liebe als reines U-Ag Kapitel b) In als Paraphrase der Untätigkeit u Für mit der Wirkung einer Zeitschilderung als 54 oder 54 u 55. Das kontrastiert auch gut gegen die vorangehenden Kapitel Gn. u Cl. (Frühsp.)

Einfall beim Entwurf von U$_3$-Wandel..: Tb möglichst auf die Beschreibung des vorschwebenden Lebens beschränken; von der Theorie, was nur geht, vorher u. daneben erledigen.

Die 3 Utopien: die dritte, des aZ ist auch = der psychologischen (Pathein); ist aber nicht nur Tb, sondern wird auch erlebt.

Eine Teilung des Aufbaus gewonnen: Ü$_6$ – 1) S 3 u 2: Der Gruppe Meinung, Theater, Moral .. (Weltzugewandte Gespräche), da, soweit das U. u Ag persönlich einbezieht, bis Stumm u die Propheten reicht, entspricht im Tb als ergänzender Gegensatz die Utopie des motivierten Lebens. (incl. Moral)

Versuch, eine Kapitelfolge zu gewinnen:
51. Ein Blatt Papier. 52. Zurück ... (mit Ag) /U$_6$ – 1) S 2/
53 – .. Gn/Cl. (Frühsp. + Morgenritte)
54. Versuche ein Scheusal zu lieben
55. Schwieriges Gespräch /U$_6$ – 1) S 2 → U$_5$ – 4) /
56. Tb. Inhalt: 1) s.o. also: Vorschwebendes Leben.
    Anknüpfung: U. nimmt sich vor, sich endlich die Möglichkeit eines andern Lebens auszudenken. (./.)
Wie wäre ein Leben in Liebe, im 1000j. R.? (./.) Auch: NR 16$_{59}$ u $_{55}$
Auch: Der schöne Schatten des Wie es wäre NR 16$_1$
    Motiviertes Leben NR 16$_7$
    Schreiben – Selbstmord NR 16$_9$ (+ U$_2$ – 4) $_4$)
    Ist Beginn von Leben wie Lesen NR 16$_1$, wodurch auch das Schreiben entschuldigt ist.
    Versuchsprotokoll NR 16$_{18}$
Auch: ekstatische Sozietät D. i. Forts. der «Hauptgedanken» von Blge 6 zu U$_5$ – 6) S 4/5; diese haben also schon in Scheusal zu kommen. Welt ∹ wird jetzt ausgeführt.
Es war auch schon von Extase durch Welt eines Gefühls die Rede; anstelle dieses Gefühls tritt jetzt wahrscheinlich mehr Unbestimmtheit einer Gefühlsgruppe. Oder: Welt der Liebe!
Eine Welt, die nur glücklich ist u. nicht trostlos NR 16$_{24}$ /Wenn ich denke, ist es so u so: .... Wenn ich mir die Wirklichkeit bewußt mache, fühle ich Abscheu davor. Nur vor Ag. vereint es sich./
Nach II R Fr 29: S 1,0: kam moderner Mensch u Krieg schon in ... singt.
        Ev. die Zusammenfassung (u ›frei‹ von ihr) S 1 als Gegenbild in Ausgang nehmen.
        S 4: u: Gegeben wird zunächst die Utopie des 1000j. Reichs (von diesem also in Scheusal sprechen lassen!) Diese spaltet sich in Utopie des anderen, nicht ratioïden, motivierten, ekstatischen Lebens in Liebe u. in Utopie des aZ., mündend in, oder abzweigend zu, Gott. Auch Mystik ohne Okkultismus. Auch = Utopie des Ess. II.
        (Für die weitere Durchführung vgl. S 7) (Auch für Ld: S 7)
        Gehört hieher nicht auch ›Welt der Liebe‹?
Nach II R Fr 22 S 3 Traum der Wir Liebe. Wir → AE 25, Blge 4, AE 25, S 8 →
        Legende vom 1000j. R. AE 25, Blge 2; II R
        Fr 6, Blge 5$_2$
        Sehnsucht nach einer anderen Art zu leben II
        R Fr 6 Blge 5$_2$
        Moral des Steigens u Sinkens II R Fr 6 Blge
        5$_2$ → II R Fr 7, Blge. 3

Zweite Überlegung

Ausgangspunkt: U_6 – 0·01) S 3 bzw. Abbruch von 2·043 auf S 5 u fragliche Forts.
  nach 2·041) S 8.
Halb beschlossen (ib) a) Scheusal
                   b) Gn – Cl
                   c) Tb
                   d) Gf L – Gn, od. ähnl.
                   e) Ug + Nv. (mit Wiedereinführung Gottes)

Als erste Frage vorzunehmen: Welche Forderungen stellt Tb?
1) *Kontemplation* ist zum erstenmal expr. verbis gebraucht. Sie ist eins der Stücke
des Unterschieds zw. Liebe u Leidenschaft. Dazu gehört: Wenn man einen
Menschen leidenschaftlich liebt, verändert sich die Welt u tritt Gott in sie ein.
Das ist auch Liebe als das Leben selbst im höchsten Grad. Führt später zu
mystischer Auflösung u zu Gott. Kann die Dominante der Kapitelgruppe sein,
mit ihren zwei Beziehungen zu quälender Untätigkeit u. über mystische Auflösung zu Gott. U_6 – 2·043, Anm 3) + U_6 – 2·041), S 3, Rd.
U_6 – 4) S 3 sieht vor: Utopie des Erfahrungszeitalters
                    Auf Erzeugung von Geist gerichtete Gesellschaft
                    Auf Kontemplation gerichtete Gesellschaft
U_6 – 5) S 2 unausdrücklich: Das Denken der Sanftmut.
Blge 1 zu U_6 – 5 (S 1): einige Materialhinweise auf Affektive Logik u. ä. (aber
das ist nicht identisch mit Kontempl.)
Der Rest von U_6 – 5) enthält nichts über Kontempl. aber am Ende Einordnung
der Leb. Ged. in Gefühlsanteil udgl.
Dabei eingefallen: Kontemplation ist das Denken unter Führung des 2ten
Gefühlsteils. – Gegensatz: Denken unter Führung des Realitätsverhaltens.
S. dazu: U_6 – 4) S 2, Pkt 3) letzter Absatz, der ungefähr das gleiche sagt.
zb. später heißt es von Meinung – u. ist etwas, das auch von Kontempl. gesagt
werden könnte: Worin das Ich bewegt wird → U_5 – 5) S 2 Das ganze Wahrheiten, aber keine Wahrheit; teilnehmendes Erkennen, Mehrung usw. ließe sich
auch als Kontemplation beschreiben. So daß Meinung eine Art Vorzustand bzw.
kompromißlicher Weltzustand der Kontempl. wäre. Zielursache, zu der
Meinung dort hinführt, gehört schon der Kontempl. an. Kontempl. = Meinung
in bestimmter Gefühlslage → U_5 – 5) S 4 → (Blge 2 zu U_4 – 3)) Vor Kontemplation liegt also Meinung bzw. dieser Komplex muß vorerst gefordert werden.
Was ins Gartenkapitel zu nehmen ist, wird darum zuerst mit Meinung zu vgl.
sein.
NR 25: In der ekstat. Sozietät gibt es nur Liebe u Kontempl.
    Material zum kontemplativen (= liebenden) Denken.
  S 2 bezeichnet ›Wovon man bewegt wird‹ wohl als den Ursprung des
    motiv. Lebens.
  – Doppelgängermotiv, Bruder- u Schwesterliebe der Zeit → U_4 – 3) S 1:
    Das wäre wohl der auf Gartenkapitel entfallende Teil?!
  S 3 als Beschreibung des kontempl. Lebens bezeichnet: Exzerpt aus a H usw.
    (Von Bedeutung zu Bedeutung, ohne Entladung nach außen) (= moti-
    vischem Leben = der bisher von U u Ag. geforderten Moral)
    Hängt eng mit Moral der Dichtung zusammen u. da eine der Aktua-
    lität
    Der Gedanke ist das Movens u ich das Motus. Also eine passive
    Lebensform?

S 4 In der Kontempl. ist eine Entmächtigung
NR 26: Die kontempl. Sozietät ist ein Teilproblem der ekstatischen.
S. auch Ahnen u. Gleichnis.
Ansatz im zuletzt Geschriebenen: U_6 – 2˙041) S 3 «2˙043»: Unterschied der
Weltbilder hängt mit der Denkkraft zusammen.

43 jetzt 44. Lag: N Bl. III vor II$_{III}$ Konv. *22.*
(Museum)

In Steigerung von *33* s. zunächst Konv. *33.*
II R Fr 1, Blge 4, S 1: Spielt in einem Museum, so daß beide Seiten der Kultur
(Ironischer Bildungsroman!) gleich da sind.
II R Fr 6, Blge 6: Zusammenfassung U., Gott, antisozial.
  Zusammenstellung Gott: II R Fr 27.
    ,,   Schwester (oder in Krisis)
    ,,   1000j. R.
I. Brief Hg. II RA. III. Museum.
Konv. II III $_{10}$ u II III *42* sind die älteren RA. Kapitel
Dazu s ... s$_3$ + 1 / 2 / 1 (nach Konv II III *4*)
Vorderhand: Der Besuch ist zu aktualisieren
Die anknüpfenden Gesprächsteile werden zu
ev. Material für →. Hervorhebt sich Ags hef-
tige Reaktion beim RA. (Das habe ich nicht
gewollt! II III *10*, aus der der bis dahin
freundlich Geölte plötzlich Mißtrauen
schöpft)
ad: II Zu RA vgl. s$_3$ + 7 in Mg-Mpe.
ad II.): RA: Der Mann, der die Brutalität mit der humanen Phrase verschmilzt.
  Vorbild der Zukunft. (Bl. B, Zu 18–25)
ad III) Sie gehen. Gegend Museum, Heldenplatz. Plötzlich fängt U. an.
  Entw: Du hast mich immer gefragt, was ich liebe....⎫ aus Konv. *31* =
  Oder: Das rechte Verhalten....⎭ *33* = *34*
Beides führt in: Entwicklung des Richtbilds des Zeitalters des Empirismus. Das
wäre zu ergänzen u. in seiner Gänze (inkl. Philautia) zu geben. Von dort per
exclusionem durch das, was öffentlich zu solcher Auffassung fehlt, zur Freiheit des
Individuums, also Gott u antizozial. In der Behandlung von «Gott» wäre es jetzt
die Vorstufe von 49 j 50.
Noch nicht gegeben ist damit die Anknüpfung von 1000j R. Vgl. *39* j. *40* (in der
Hauptsache schon dort)
Vielleicht komplementär zur Entwicklung von Us. Einsicht in [?] RA-bös, als unter
diesen Umständen unvermeidlichen Notwendigkeiten. Diese Erklärung Us hängt
wieder mit Reaktion auf 1/2 aZ. zusammen.

Neuer auch: Glauben – Ahnen.
  s. Konv. 49 j. 50 S 2

Zur Vorkriegssituation vgl. II III 13 S 3/4.

Golgathastimmung: s. II R Fr 6, Blge 17.

Geg. System statt Theorie Konv. j. *34*. Philautia. Das hängt aber auch noch v.
Tagebuch ab.

II III 10: Hg. nimmt den Fehdehandschuh auf. – (10 Knöpfe. Nähere Umgrenzung)
In Ag. wirkt, daß er sie psychopathisch genannt hat. (Viell: sie will es sein).
U. läßt sie im Stich u verteidigt RA. Er ist pessimistisch.
Das habe ich nicht gewollt: warum geben wir nicht nach?
Hg. hatte Brücke gebaut: erklärt an Irrtum u Flüchtigkeit od. Verwechslung zu glauben. RA: War es nichts? Zeigen Sie doch mir ... Der RA:
rät, Ag. krank erklären zu lassen Konv. II $_{III}$ 4 → G 8r Der RA ist von
vornherein für Hg. Dieser hat geschrieben: Laune, nimmt es nicht ernst
u. Andeutungen, daß sich keine Andeutungen fänden (in der Korrespondenz) Bezeichnet Ag als psychopathisch; RA. denkt: nervös. Zum Schluß
ist RA für Detektiv

Ev: Beginn des Gesprächs :Ag. zögernd: Glaubst du nicht doch an Gott (es wäre
so natürlich.)

Jede Einzelbemühung vergeblich, bei jeder Umwälzung kommt die Lit zu schaden
Sua 3 S 3 → R Fr 27 S 1
Lösung des Irrationalen (die zu Krieg führt.) u. ihre Versuche. Sua 3 S 3.
Ag. ist in Blütezeit von Begegnung bis Reise ib.

Es hat sich ergeben, daß «Gott» in der Hauptsache hiehergehört. Und: Ahnen statt
Glauben. M. a W: Richtbild des Empirismus. Aber die dahinführende «Linie» muß
erst rekap. werden. (Nicht vergessen in 1/2 aZ. Ag u U. schon über Gott) Es gibt
nur eine Rechtfertigung für diesen Zustand: Gott. (s. Konv. S 3)
U: Du hast mich – merkwürdigerweise – nach mehr als 20 Jahren wieder dahin
gebracht, an Gott zu denken
Ag: erstaunt: Ich?

Es hat sich ergeben: Antisozial bzw. Sozial muß vorerst gesondert bearbeitet werden.
s. Schm. Üp. S 2. Weiterhin: II R Fr 26. Ferner: Konv. 49 j
50 S 1 in Konv. Kris. + Entsch.

Bei verschiedenen Suchen für Mus. bezeichnet gefunden:
Die Gefühle vertragen es nicht, dogmatsiert zu werden, Glaube darf nicht eine
Stunde alt werden; das ist eine Aufforderung zum Handeln! II R Fr 27$_{144}$ Vgl.
Schm. Üp S 2.

II R Fr 1 Blge 15 S 2, 3 rot u a.

Ordnung durch Gefühlsarmut u Gefühlsübergewicht: Schm ÜP S 3 → Konv. Kris.
& Entsch.

U. über Moral: s. II R Fr 26, S 4, Bemerkung 1) | Vgl. überhaupt
II R Fr 26,
s. im Museum «Bilderbuch» des Nat. Kap. | S 3 ff.

Nachdem Nat. Kap. Stadt B größtenteils entworfen, hat sich für Mus. ergeben:
II R Fr 26, S 9: «18 August»; Dazu bei Durchsicht von Schm. M-K-II das dort *m*
bezeichnete. Dazu auch noch: II R Fr 27 S 1 (Gott). S. auch: Schm. Nat. Kap. S 6.

Zusammengefaßt ergibt das:

Sozial u. individuell	Verlangen nach Entscheidung (m)
Zeitschilderung	Philautia
Zusammenfassung Us.	Es gibt keine Moral, die es erlaubt

1928

Gott u Sozial (bzw. antisozial)
Glauben – Ahnen – Politik
Gs. u Weltbild des Empirismus

Gott und Empirismus
Partiallösungen, System, Theorie
Gs. u Empirismus oder aZ
Der gute Mensch (Ld usw) als Miß-
verständnis
Wenn nicht Gs., ist alles erlaubt

auf die Unmoral zu verzichten
(Vorkriegssituation)
Ev: Geist u Ordnung
Begründung der Weigerung, der
Welt Gehorsam zu leisten
1000j Reich.
Dazu ev. noch Schm. Nat. Kap.
S 6 u. (die Zeit verlangt nach Tat,
Tat geg. Intellekt, MoE. geg. Tat
usw.)

Darum konsequent: Raff-, Genuß-, Machtsucht. Die befriedigt aber nicht. Darum
Illusionen der individuellen u totalen Größe, und die führen wieder auf etwas,
das nicht stimmt.
S: Nicht einmal Verbrecher arbeiten ohne Ideale.

Nachtrag:
Man kann das erkennen. Aber dann kann man nicht tun … bis: die symbolisch
richtige Übeltat wäre Banknotenfälschen. Af 22/23 in Mpe Gf L.
Variante von Weg d. Geschichte: Schlechte Poesie, Sprachkostüme der Staats-
sprache. Sichhineinreden. Der Mann braucht etwas, das es in der Wirkl. nicht gibt.
Weltgeschichte als Fasching .. ib. S 3 → U 72, 73 (Roland in Mpe Aufsätze)
AE 20, S 9–13, Blge. 2ᵣ →

Zur Zusammenfassung:

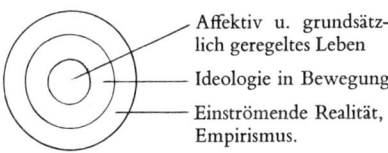

Affektiv u. grundsätz-
lich geregeltes Leben
Ideologie in Bewegung
Einströmende Realität,
Empirismus.

Diese Darstellung des
Lebens gibt U.
Was nicht dazu gehört
→ u zw. nach Für-In
Gott in der Steigerung
antisoz. in Krisis

Als Forts. von Für
(Schm Ü P S 2.)

Zeitschilderung
Glauben – Ahnen –
Politik ← ~ dazu
Paradies
Gs u Weltbild d Empir.
Gott u Empirism.
Partiallösungen,
System, Theorie
Gs. u Empir. oder aZ

hieher

Übertrag aus (nach «Beim RA» abgelegtem) II III *42:*
Es war ein Stück echtes Leben; eine Rechtsindustrie, aber nicht ohne Recht.
Der RA. war bereit, das Bestellte zu liefern, wünschte aber die Fiktion aufrecht-
zuerhalten, daß er für die bedrängte Unschuld eintrete. (Alles das ließe sich so
leicht ändern. Oder gilt das nur in der Idee? Bedarf es großer, stupider polit.
Umänderungen, um ein wenig neuen Geistes?)
Es muß doch für U. schwer sein, so die Test. geschichte zu tolerieren. Nach der
Ausfragung durch den RA.
Ag. war niedergeschlagen.
Warum kommt Hg. nicht?!

1929

Ü₆

Studie zum Museumskapitel

Letzter Einfall: mit Gn.

Gn. fährt fort, U. zu bereden. U. Hauptantwort darauf: II R Fr 22 → Sua 1r u. davor.

Etwa: Gn: Dieses Zeitalter verlangt nach Tat . . weil das Verhältnis der Ideologie
zu den andern Mächten versagt → Zuvor also: ⎫ s. NR 33, S 4,
Kreislauf des Gefühls ⎬ Nachtrag 20. I.
U: Die Auffassung des Lebens als Partiallösung ⎭
Ag. dagegen modifiziert das übrige: man will Entscheidung, Ja und Nein!
U: Ws. Keiner glaubt es mir! Gegen Glauben Methodenlehre dessen, was
man nicht weiß → Noch nach der Krisis weigert er sich zu glauben! Alle
menschl. Kontroversen spielen sich auf dem Gebiet des Glaubens ab.
Er ist die gefährliche Mittelform
Moral steht zw. Ethos u Wissen; ist eine Glaubensform.
Darum Abwendung von der Moral (Setzt aber eine Zusammenfassung
ihrer Definitionen voraus) → Das würde wohl sehr retardieren. Und
NR 32 ist Für – In als ev. Moral-Kapitel angemerkt u. sogar ev. für.
Schlußteil! Hier also nur eine daraus bestimmte Vorbemerkung? Vgl.
ev. II R Fr 26, S 9₄ «18. Aug.» S. II R Fr 26 S 3
Weil die Menschheit sich nicht auf Ahnen u Wissen verlegt, sondern
die meisten Aufgaben in der Form des Glaubens löst, entstehen
Streitigkeiten u Krieg
Ag: Dagegen: Glücklich sind nur Menschen, die überzeugt sind II R Fr 22₂
Gn. stimmt ihr zu.
U: Von Wiss. zu oberstem Gesetz. Versuch einer natürlichen Moral des
indukt. Zusammenarbeitens II R Fr 22₃ (→ II R Fr 6 Blge 7?)
Ablehnung des Systems II R Fr 22₄ᵤ
Idee des induktiven Zeitalters. Induktion braucht Vor-Annahmen; aber
diese dürfen nicht ›geglaubt‹ werden. Demokratie fehlt das deduktive
Element. II R Fr 22₅

Zu Gott s. die Verteilung der Vornotizen von II R Fr 27 auf U₆ – Traum Kap.
Stud. I

14. II: Ü₆-Studie zum Sitzungskap bei Gf L, S 7: gibt für hier eine Hauptaufgabe,
die Kap. Gruppe: U – Politik – Tat zu beenden. nb: Sch–M–K–II_III wird zu
verteilen sein.

Ü₆

                                      12.)
                                  16. II $\overline{36}$.

Studie zum Prophetenkapitel

Das Kapitel steht im Zug von U – Politik – Tat, das bis Mus. ⎫
Kap. reicht u Ü₆ – 2·1) Anm 10 beginnt (W – Bürger) u. im ⎬ Ü₆ – 0·01, S 3 u.
Zug von Kultur, das bis ans Ende reicht ⎭
Seine nähere Umgebung ist die Untätigkeitsgruppe, U₆ – 0·01, Blge. Dazu stehen
die aktiven Figuren Schm. u. Mg. in Kontrast.

Material: Konv 37 j. 38 (N Bl II) mit einliegendem dzt *37* enthält ein Exzerpt, das
im Groben dazu stimmt, u Hinweise.
Konv 23/24: Mpe Or U.-Ag ausgehoben

1930

Schm. M – K – II (N. Bl. III) enthält noch Exzerpte u Hinweise der Vorkapitel: Unterhaltungen mit Schm., Warum ...., u Propheten.
Sch. Warum .. Neufassung (Mpe HM) zu Aufbau u Stellung.
II$_{III}$ 27, s$_2$+6 (in O M. Cl) ältere Fassungen. (grundlegend)
Konv. Unterhaltungen mit Schm. } begonnene Entwürfe (N Bl III)
Warum ....

Schm. Unterhaltgn. m. Schm.
Zu Sch. Warum .. } Br. Sch. Mpe.
Sch. Nat. Kap.

Zu vgl. Auszug II R Fr 23, 3) (N B II)
II R Fr 3 (N B II) Exzerpt mit Notizen. Bei «(Wie anders als U!)» eingefallen: eine Aufgabe dieses Kapitels ist eben die Propheten zu zeigen. Alles ist mehr, als es ist. u.ä. Dazu: Blge in Sch Gn u Schm. bei W Cl Mg (N Bl III)
Dieses enthält Einleitung u 2 wichtige Notizen zu Gn.

Direkte Anknüpfung Mg u Schm.: B. u B. versagen: II R Fr 26 S 1 o.
Letzter Vor-Stand u. Material: II R Fr 26, S 10. Nur steht jetzt wohl fest, daß Für–In nicht hieher kommt.
Dagegen könnte ein Teil des Nationen-Materials hieher kommen, da das Mg. beschäftigt u alle Welt etwas aufregt.
Einfall: Schm. wohnt nicht bei Vater, sondern kommt nur gelegentlich hin.
——: Schug[?]–Strenge dazunehmen.

Von der Frage, warum sich U. nicht für Pol. interessiert, soll das ganze Pol-Problem ausgehn. S 10. mit Materialhinweisen. u. Blge. – s. vorderhand Blge. Nachtr. 16.
II 36. u. dann die Sch. Bl. mit guten Bemerkungen.

Gf L bei U

Weder-noch s. auch NR 19
S 2. II R Fr 29, S 9.
Anknüpfung s. NR 15r
Gn. s. NR 19, S 2, Rd.
Gf L kommt auf die Suttner
zu sprechen Sch. Auf b
Schlußbl. S 2.
Ausgangspunkt: II R Fr 30 S 1.
Unerwartet u. erst im letzten Augenblick angekündigt, fuhr Gf. L bei U. vor. Als er von ihm empfangen wurde, musterte er noch unverhohlen, aber sichtlich befriedigt, die Einrichtung des Hauses, die der Ausdruck von Us. Wunsch war, nicht über sie nachdenken zu müssen, u. die ersten Worte Sr. Erl. waren: «Ich hab mir Ihre Wohnung ganz anders vorgestellt. Ich weiß nicht warum, aber viel verrückter. Es gefällt mir sehr gut bei Ihnen!» Und als sie einander gegenüber saßen, begann er mit den Worten das Gespräch, die auch viele andere an seiner Stelle gebraucht hätten: «Also wenn der Berg nicht zum Propheten kommt, muß der Prophet zum Berg kommen!»
«Ich bin überwältigt von Ihrer Nachsicht!» versicherte U.
«Wissen Sie überhaupt, was sich inzwischen ereignet hat?» fragte Ldf. und nachdem U. seine Vermutung ausgedrückt hatte, es bejahen zu können, fügte Se Erl hinzu: «Also das doch!» Er lehnte aufgerichtet den Rücken an seinen Stuhl u. kreuzte die Daumen.

Ü₆

Studie zur Schluß-Sitzung u. anschließendem U-Ag.

Das Größte der Welt L 37 (Mp.//); NR 33, S 4.
Die (gelingende) Befreiung der Seele von der Zivilisation NR 35

Anfang: Niemand will die Schlußsitzung der // bei sich haben. Endlich Gf. L: sie
soll feierlich sein, nicht bloß ein im Stich lassen, nimmt sie zu sich. Wieder der
Saal usw. wie bei der letzten Konferenz; aber diesmal ohne die Sekretäre. Und
er hält die Schlußrede.
Vorher versammelt man sich (zeremoniös) in einem andern Raum. Das gibt
Gelegenheit (oder auch kurze Gespräche im eiligen Weggehn), die andern Personen aufmarschieren zu lassen.

Dazu aus IE 2 (L 66), das gewöhnlich als Grundlage ausgewiesen wird:
Versöhnungsszene Tzi–D: Tzi: Nun siegt die Vernunft. Er meint das gegen Pazifismus? Er meint: nun klärt sich die Lage; vielleicht: die sich bisher unbewußt
hinter Pazifismus maskiert hat. Und am tiefsten: Vernunft gehört in den Bereich
des Bösen. Moral u. Vernunft sind die Gegensätze der Güte. [Das könnte, hinzu-
getreten, ev. auch U. sagen]
Dann dominiert: Wir sind im Recht; nach den Regeln der Vernunft u Moral sind
wir die Angegriffenen: Vielleicht Gf L's. Rede. Alle: Wir verteidigen das Unsre
(Heimat, Kultur)
Ah: Die Welt geht vielleicht zugrunde oder in eine lange Hölle. – Aber er ist
vielleicht nicht mehr anwesend.
Wer?: Die Welt wird dann nicht an ihren unmoralischen, sondern an ihren
moralischen Bürgern zugrundegehn.

Nachher, Ag. hat auf U. gewartet: IE 2 (L 66):
Ag: Wir leben weiter, als ob das nichts wäre. ⎫
U: Nein. Selbstmord. Ich gehe in Krieg. ⎬ ausführlicher Fr. 13.
Ag: Wenn dir etwas geschieht: Gift. ⎭
Das Schattende des Todes wird plötzlich sichtbar. Des persönlichen Todes, ohne
daß man etwas ausgerichtet und u unerachtet dessen das Leben weiter holpert u
seine Vergnügungen weiter entfaltet. In der Mobstimmung glauben übrigens alle
Leute, dauernd auf Vergnügungen zu verzichten. Ist das Endergebnis für U. nicht
etwas wie Askese? aZ. ist mißglückt u Vergnügen gehört zum Wandel der
Gefühle? Das wäre also noch einmal ein Gegensatz zum gesunden Leben. Ein Aus-
klang der Utopien.
Ag: Man sei nichts, halbfertig entlassen von ihm, wieder eingehaucht.
Häuser – Hauchartige Masse, Niederschlag an sich darbietenden Flächen.
Außerhalb der Bindungen deformiert jeder Impuls augenblicklich den Menschen.
Der Mensch, der erst durch den Ausdruck wird, formt sich in den Formen der
Gesellschaft. Er wird vergewaltigt u. erhält dadurch Oberfläche → L 23
Er wird geformt durch die Rückwirkungen dessen, was er geschaffen hat. Zieht
man sie ab, so bleibt etwas Unbestimmtes, Ungestaltes. Die Mauern der Straßen
strahlen Ideologien aus → L 23

U: Krieg ist das gleiche wie aZ; aber (lebensfähig) gemischt mit dem Bösen.
Fr. 13
Wie lautet die Notiz (als Ausgang verwendbar): Du gehst durch dieses Volk...

Ah zu D: ..vorhergesagt.. ⎫
D zu Ah: ..Befreiung der Seele .. ⎬ NR 35. S 1, 3)

1932

Ah zu U: melancholisch. Mehrungsmittel. Zusammenbruch Humanität NR 35
Was werden Sie tun?
U: Ich gehe in Krieg . . s. o.
Ah: Es ist die Flucht aus dem Frieden N R 25 S 1, 1)
Sie sollten in die Schweiz gehn, zu mir kommen. Einem Deutschen dürfte ich
das nicht sagen.
U: ?

Sua 1_r steht die Notiz darüber, daß U's. Partiallösungen usw. nicht befriedigen,
Gedankengebilde einer ruhigen Zeit seien udgl. Es wäre wohl – besonders verbunden mit Gott – ein großer Glaube. Ag. kann noch an ähnlichem festhalten, weil
sie das Geschehen ablehnt. U. aber fühlt, wie der ganze Mensch in Unsicherheit
geschleudert ist. Nach Ja u Nein verlangt. Weil dieses Letztere hier am stärksten,
gehört das ganze Resumee wohl hieher.

Nach NR 34, 20 I. gehört das aber auch schon Insel II Berührte dort die Fragen:
Selbstmord oder Werk, Werk u Menschheitszuversicht, Theoretiker im Verhältnis zur Gegenwart.

U: Ich habe unrecht gehabt usw.
Ag: Aber gerade du hast doch die unerschütterliche u. die ganze Antwort gesucht!
(In der Tat hat er ja die Haltung des induktiven Weltbilds gefordert) Und mit
den Häusern u dgl. hat er doch soeben auch die Unsicherheit auf eine Formel
gebracht.
Was ist also die Antwort, die ihn bewegt, in den Krieg zu gehn? S. Vorseite Rd.
Ausklang der Utopien. Das ist aber noch nicht alles.

Aus L 25 käme hinzu:	Die Weltabkehr hat keinen Zweck. Das geht schon daraus hervor, daß sie sich stets Gott zum Ziel setzte, etwas Irreales u. Unerreichbares. Ich befinde mich in einem vollkommen wehrlosen Zustand.
Aus NR 33 S 4:	Unlösbare Lage des Theoretikers. s. ↑
Wo ?:	Man müßte eigentlich Falschmünzer (Sp). werden; wenn man dazu nicht die praktische Energie (Anlage) hat, geht man eben in den Krieg. Vgl. auch: Verbrechen. . Sua 3 S 1

Sua 2 S 3: Denke an Staatsanwälte u Verteidiger, Sturmszenen im Parlament udgl:
es ist das gleiche wie das Zetern von Hunden, die durch ein Gitter getrennt sind.
Das Gitter wird jetzt entfernt.

Und weil sie zwar ergriffen sind, aber doch mit Vorbehalten u mit Spekulation,
sind sie wie Aussätzige. Antwort: die große Rasse der gewöhnl. Köpfe u die kleine
des Genies. Sua 3, S 4.

U: Ich habe immer gesagt: Ws., Methodenlehre. . : niemand hat geglaubt, daß ich
es ernst meinen könnte II R Fr 22 S 1.

26.I.$\overline{36}$.

Entscheidend für das Ende zw. U. u Ah. ist, 1_{121}, in gewissem Sinn sogar auch
für das Verhältnis U's zur Welt.
Die Szene des am Fenster Stehens, während unten aufgeregtes Volk ist, wiederholt
sich. Ah. hat ihm damals die Frage gestellt, wie ernst er seine Behauptungen nehme:
Mit einem eingeschränkten Realgewissen leben. Das Leben in Schwebe lassen.
Gleichgültigkeit der Wirklichkeit u Geschichte; Wichtigkeit der Typenschaffung
(variierte Ausdrücke dafür 1019). Ah sagt, daß ihn diese Gedanken nahe berühren,

aber da er ein Mann sei, der stets Entscheidungen treffen müsse, auch ungeheuerlich.
Bewußtsein des Versuchs; die verantwortlichen Führer ⎫ Nun geschieht aber das
sollen nicht Geschichte machen wollen, sondern Ver- ⎬ Gegenteil, u. U. tut halb
suchsprotokolle. Aber wie steht es mit Krieg u ⎭ mit.
Totschlag? U: Leben mit perforiertem Ernst. (Wohl
mit Ernst genommen, aber perforiert).
Deduktiv ○→ s. 27.I. – noch nicht induktiv (1021) Nun kommt Ah auf M. u. U.
antwortet überraschend. Beide würden M. nicht befrein; u. nun kommt Ah. auf
den Vorschlag. (1022) Von dort auf Mehrung. Teilung des moralischen Bewußtseins u a. Schließlich auf Generalinventur. «Ihre GI!» sagt Ah.
U. formuliert vorher die Frage «..ob ich glaube, daß man zu würdigeren Zuständen gelangen könne..» (1025). U. desavouiert sich zuerst selbst, dann greift
er wegen D. an: U. zw. Ist es erlaubt, der Seele einer ⎫ Mut.mut. wiederholt
Frau mystische Gefühle einzuflößen u ihren Leib ihrem ⎬ sich das eigentlich auch
Gatten zu überlassen?» ⎭ zw. U. u Ag.!
Ah. retiriert auf die reicheren Gebote der Wirklichkeit (1027) u. dann: Ich bin für
Sie mehr ein feindliches Prinzip als ein persönlicher Gegner. Und: die persönlich
größten Gegner des Kapitalismus sind im Geschäft nicht selten seine besten Diener.
«Ungewöhnliche u leidenschaftliche Menschen sind, wenn sie einmal die Not-
wendigkeit eines Zugeständnisses eingesehen haben, gewöhnlich seine begabtesten
Verfechter» (1027) darum noch einmal Angebot. Das Folgende führt dieses aus u
erwähnt die «Vatergefühle» Ahs für U. (1029) [Also wohl Befreiung vom Vater?]
Zugleich dient ihm U. als Warnung vor D. (1029) Die Hemmungen melden sich,
falls U. annehmen sollte. Er spricht aber weiter u meint, daß es U's. Charakter sei,
was er brauche.
Nun sagt U: Nach allem, was ich weiß, bin sowohl ich wie Fr. Tzi. nur ein Zusatz
zu Ölfelder (1031) Ah.: Wie können Sie einem Börsengerücht aufsitzen. Ich habe
über Ölfelder sprechen müssen, aber das ist nicht das Wesentliche. (1032)
U. sagt ihm, daß D. von Ölfeldern nichts ahnt, aber von Tzi. Auftrag hat, Ah.
wegen Pazifismus-Zar auszuhorchen. (ib)
Ah. weicht aus, indem er ihn undelikat nennt (1032/33)
U. denkt an alle seine «Weichheits-» «Güte-» u «Sehnsucht nach Menschen»-Augen-
blicke (1033/34)
Die Straße u Ahs. Bildhaftigkeit (1034/35) U. möchte ihn morden u auch akzeptieren (1035/36)
Dann kommt Ah. auf Zukunft u Mehrungsmittel (1036/37) Vgl. dazu Wir
großen Geschäftsleute I$_{873}$
Glauben Sie denn, daß das Leben vom Geist regulierbar ist?! Sie haben nein
gesagt, aber ich traue Ihnen nicht! «Sie sind ein Mensch, der den Teufel umarmen
würde, weil er der Mann ohnegleichen ist!» (1037) «Geister, die das abscheuliche
Laster reizt, um der Größe willen, die ihm anhängt» (ib) Ich glaube, daß Sie mich
jetzt besser verstehn werden. Ich gestehe Ihnen, daß ich mich manchmal allein
fühle. Die Zukunft der Wirtschaftsfamilien. Die Sehnsucht nach dem letzten
Unruhig-, Unabhängig- u. vielleicht Unglücklichsein. (1038) Die Wirtschaft
kommt zur Macht; aber was fangen wir mit der Macht an? Verzeihn Sie die
Stimmung der Einsamkeit – zieht sich zurück – aber U. behält sich Entscheidung
vor u läßt Ah. verdutzt zurück, der befürchtet, es werde nicht leicht sein, den
Vorschlag auf eine ehrenvolle Weise wieder zurückzuziehen. (1038–39)

Vgl. dazu aber auch I$_{865}$ wie überhaupt *112* einzubeziehen ist!

: Dafür sorgt ja nun allerdings schon die Dauer der Zwischenzeit.
Immerhin: Ah. bemerkt, daß U. viel mitgemacht hat. Er ist abgezehrt u hat neue
Züge im Gesicht. Er hat in der Zwischenzeit seine Auffassung versucht (dazu ge-

hören auch die Utopien) u. Ah. kann nun seine Fragen wiederholen. Außerdem ist jetzt die Frage Öllager u Pazifismus erledigt, u die wegen D. hat ein anderes Gesicht.

Wohl Gelegenheit zu einem längeren Vorgespräch schaffen! Besser als Nachgespräch, weil Ahs. wirklichkeitsentsprechendes Verhalten in der Sitzung als Kontrast, u doch natürlich, folgt.

○→Dazu ein Paradoxon: Deduktive Denkart, die logophile, enthält eigent-   27. I. lich Reste einer Phantastik. Sie ist in gewissem Sinn die weniger nüchterne als die reine Tatsachengesinnung. Ihre innerste Zelle besteht aus verknorpelter Phantasie.

Es kommt hinzu: «Ah. in aller Unschuld u Schuld» nach U. I$_{749}$ u. Um-   28. I. gebung. Die «wilde Heiligkeit», zu der es ihn gereizt hat, hat U. nun auch hinter sich!

Die Frage der Auflösung der Persönlichkeit zb. I$_{756ff}$ mit Vorstellen gehört auch hieher, wenn nicht in Tb!

Der Gn. ist es gewesen, der über «Erlösung» usw. nachgedacht hat. I$_{827ff}$. Er muß auch jetzt eine Beobachtung darüber machen. I$_{830}$ ist erwähnt, daß die Wortgruppe in den Büchern von Ah. vorkommt.

Nachtrag zu dem Gegensatz Ah–U: Vgl. I$_{862ff}$. namentlich zb. 876   Der U. als theoret. Mensch 877 glaubt U's. Geheimnis zu kennen 878 Adoption 879 u? früher

Zum Kampf geg. das Individuelle I 916/17 (D–U)

ALLGEMEINE ÜBERLEGUNGEN
(etwa 1930–1942)

Zum Anfang

Die Geschichten, die heute geschrieben werden, sind alle sehr schön, bedeutend, tief u. nützlich temperamentvoll oder abgeklärt. Aber sie haben keine Einleitungen.

Darum habe ich beschlossen, diese Geschichte so zu schreiben, daß sie trotz ihrer Länge eine Einleitung braucht.

Man sagt, daß eine Geschichte nur dann eine Einleitung brauche, wenn der Dichter mit ihrer Gestaltung nicht zu Rande gekommen sei. Ausgezeichnet! Der Fortschritt der Literatur, der sich heute in dem Fehlen von Einleitungen ausdrückt, beweist, daß die Dichter ihrer Themen u. ihres Publikums sehr sicher sind. Denn natürlich gehört dazu auch das Publikum; der Dichter muß den Mund auftun, u das Publikum muß schon wissen, was er sagen will; sagt er es dann ein wenig anders u. überraschend, so hat er sich als schöpferisch legitimiert. Im allgemeinen herrscht heute also ein gutes Einvernehmen zwischen Autoren u Publikum, u. das Bedürfnis nach einer Einleitung zeigt einen Ausnahmefall an.

Eine kleine Variation. Ich möchte aber ja nicht so verstanden werden, als ob sich meiner Ansicht nach in der Größe der Abweichung die Größe des Genies ausdrückte. Im Gegenteil – – Dummejungenalter

Wir wollen aber nicht übersehen, daß sich in dem Abfassen von Einleitungen auch ein zu gutes Verhältnis zum Publikum ausdrücken kann; historisch betrachtet, ist es sogar meistens so gewesen. Der Autor legt sich in Hemdsärmeln in sein Fenster u lächelt auf die Straße hinunter; er ist sicher, daß man freundlich zu seinem beliebten Gesicht aufblicken wird, wenn er ein paar Worte persönlich sagt. Es genügt, wenn ich sage, daß ich viel zu wenig vom Erfolg verwöhnt worden bin, um auf einen solchen Einfall zu kommen. Mein Bedürfnis nach einer Vorrede zeigt kein allzu gutes Verhältnis zum Publikum an, u. obgleich ich, wie sich schon zeigt, ausgiebig von der Erlaubnis Gebrauch machen werde, in dieser Vorrede von mir zu reden, hoffe ich nicht von einer Privatperson zu sprechen, sondern von einer öffentlichen Angelegenheit.

Aus zerrissenen Blättern

Wenn die Bindung fällt, bleiben nur die Bilder übrig.
Die Indirektheit geht über das Gewährenlassen hinaus.
Notwendigkeit u. Sinn!
Eigenschaften entstehen aus Vbdg. m. gr. Dingen.
Im Kap. zu 6 hieß es: Er hatte recht u war doch unmöglich.
Der Standpunkt eines Menschen, der nicht materiell od. durch Verehrung großer Dinge an die Welt geknüpft ist, befindet sich nirgendwo zw. Liebe u Verachtung.
Abspaltung des Bösen aus dem Gleichnis: das Gleichnishafte, unsystematisiert, verdunstet, u. der Mensch muß sich an das Böse halten, wenn er etwas Festes haben will.
Es gibt viel zu viel Dogmatiker heute. Unerträglichkeit dieses Typus für U, der selbst zu viel davon in sich hat.
Katholisch – heißt Wirklichkeitssinn haben.
Ein Leben ohne die Waffen des Geistes (Maß udgl) Als würde U. jetzt erst den Offz. ganz abstreifen.
Das System des Lebens ist nicht geschlossen, wenn man die Lücke nicht mit Vertrauen, Gedankenlosigkeit, Nachahmung, Gewährenlassen, gutem oder bösem Willen zustopft.
Wenn U sagt: Leben, wie man liest, u Ah. zw. Tun u unverantwortlicher geistiger Gegenströmung trennt, so ist das beinahe das gleiche.
Die Welt braucht das Unrecht wie das Leben den Tod.
Gott kommt es nicht auf das an, was wir tun.
Das Leben — — — Mittelzustand löst sich auf: Problem U-Ge-HS.
⟋Gleichnisse
⟍Böses
Ah hat eigentlich ganz recht, wenn er zu U. sagt: Ihre Begabung liegt im Irrationalen.
U wollte ein großer Mensch werden. Dann statt seiner Sekretariat. Bei «großen Geistern» heftige Abneigung geg ursprüngliche Idee. (Zu L 51–1)
Gn: eine Funktion des normalen Lesers. (Auch Af 17 S 3)
U: Gehn .... Gn: Ein weibisches Empfinden!
Die Antinomien der Zeit müssen doch um Gotteswillen auch notwendig sein!
U. kommt dazu, das Gleiche zu sagen wie Ah u Bo.
L F: Schwierigkeiten des Charakters als Methode der Erzählung.
Ah: Wenn Ah nichts besonderes sagt, so macht er das im Ton einer wichtigen Mitteilung. So sind Menschen, die sich lieben.

Mancher wird fragen: Welchen Standpunkt nimmt denn nun der Autor ein u welches ist sein Ergebnis? Ich kann mich nicht ausweisen. Ich nehme das Ding weder allseitig (was unmöglich ist im Roman), noch einseitig; sondern von verschiedenen zusammengehörigen Seiten. Man darf die Unfertigkeit einer Sache aber nicht mit der Skepsis des Autors verwechseln. Ich trage meine Sache vor, wenn ich auch weiß, daß sie nur ein Teil der Wahrheit ist u. ich würde sie ebenso vortragen, wenn ich wüßte, daß sie falsch ist, weil gewisse Irrtümer Stationen der Wahrheit sind. Ich tue in einer bestimmten Aufgabe das Möglichste.

Dieses Buch hat eine Leidenschaft, die im Gebiet der schönen Lit. heute einigermaßen deplaziert ist, die nach Richtigkeit/Genauigkeit. (Polgar: Man verschone uns mit kurzen Geschichten. Dabei schreibt er eine lange).

Die Geschichte dieses Romans kommt darauf hinaus, daß die Geschichte, die in ihm erzählt werden sollte, nicht erzählt wird.

Ev: Das Prinzip der Teillösungen, das für meine Aufgabenstellung wichtig ist, auch vorbringen. zB. Törl. Vereinig. Grund vieler Mißverständnisse. Das Publikum bevorzugt Dichter, die aufs Ganze gehn.
Das Wort Essayismus ist unmöglich gewählt, wenn man zb. an Carlyle denkt.

Die Leser sind gewöhnt zu verlangen, daß man ihnen vom Leben erzähle und nicht vom Widerschein des Lebens in den Köpfen der Literatur u. der Menschen. Das ist aber mit Sicherheit nur soweit berechtigt, als dieser Widerschein bloß ein verarmter, konventionell gewordener Abzug des Lebens ist. Ich suche Ihnen Original zu bieten, Sie müssen also auch ihr Vorurteil suspendieren.

Sich der Unwirklichkeit bemächtigen ist ein Programm, also Hinweis auf Band II., als Abschluß ist es aber fast ein Unsinn.
Band I. schließt ungefähr mit dem Höhepunkt einer Wölbung; sie hat auf der anderen Seite keine Stütze. Was mich zur Veröffentlichung bewegt (abgesehen von Row.), ist das, was ich immer getan habe: es kommt auf die Struktur einer Dichtung heute mehr an als auf ihren Gang. Man muß die Seite wieder verstehen lernen, dann wird man Bücher haben.

Hinter den Problemen des Tags die konstituierenden, die aber nicht die sogen. ewigen sind.

Hier spricht kein Skeptiker, wohl aber einer, der das Problem für schwer hält u den Eindruck hat, daß ohne Methode daran gearbeitet wird.

Der christl, der sozial, der völk. Ideenkreis kommt zu Wort

Es leben einige Millionen Deutscher von der Fiktion, daß es Dichter gibt; nur einer der wenigen vorhandenen kann es nicht.

Ein Esel von 70 Jahren ist der Welt weniger gefährlich als einer von 17.

1937

Eine Zeitschilderung? Ja und nein. Eine Darstellung konstituierender Verhältnisse. Nicht aktuell; sondern eine Schichte weiter unten. Nicht Haut, sondern Gelenke.
Die Probleme haben nicht die Form, in der sie erscheinen? Nein. Die Probleme
sehen unmodern aus. Die Probleme der Gegenwart sind unmodern!
Ich habe in den Kapiteln von Oberfläche u Genauigkeit anzudeuten versucht, wie
sich das verhält.
Das Grundlegende ist die geistige Konstitution einer Zeit. Hier der Gegensatz
zw. empirischem Denken u Gefühlsdenken.

Ein Blick ins Leben lehrt uns, daß es anders ist. Ich bin aus Begabung u Neigung
kein «Naturalist»
Es ist hier viel von einem Gefühl die Rede, das im heutigen Leben scheinbar nichts
zu suchen hat. Wenn die Besucher einer Rennbahn im Nu von einer Unzufriedenheit mit der Rennleitung zum Plündern der Kassen übergehen u. 100 Gendarmen
kaum ausreichen, die Ordnung wiederherzustellen, was soll dann...
Was soll es ferner in einer Zeit, wo neue Staatsformen mit Gewalt.. u. ältere
mit Gewalt...

Sie werden hier auch den Witz u Gedanken etwas unbeweglicher finden, als es sein
könnte, schlecht informiert, mindestens um ¼ Jahr zurück. Die Bedeutung liegt
weniger in den Exempeln als in der Doktrin. (exempla docent.)

Die Demokratie des Geistes ist zb. schon bei Emil Ludwig angelangt, während
ich nur Ah-Rath. schildere. Die Schule bei Unterrichtsminister Grimm (das Zeitalter der großen Individualitäten ist vorbei), während ich noch bei Kerschensteiner bin. Der Literaturbetrieb bei der Suche nach Bruckner. Der Sport bei dem
strahlenden Bericht Schäfers, daß er in der Prominentenliste der Bordzeitung weit
vor der Jeritza gestanden habe. – Alles das ist mir nicht ganz entgangen. Aber ich
bin langsam. Und ich bin mit Absicht bei meinen alten Bsplen. geblieben – hier
od. dann käme, daß ich aber auch nicht historisch treu sein will – weil ich glaube,
daß die Untersuchung dieser Beispiele das gleiche Ergebnis haben muß. (Ich
bringe mich dadurch um Effekt, gewinne aber an Anatomie od. so ähnl.)
Trotzdem sind auch diese Bsple. nicht vollständig in ihrem Ertrag. Es treten
schließlich Hauptlinien oder nur Lieblingslinien hervor, ein ideelles Gerüst, an dem
die Gobelins hängen, wenn ich diese Erzählungen wegen ihrer flachen Darstellungsart so nennen darf.

Denke an die Rede von Grimm (Tageb. 3. III). Die Welt ist in dieser Weise bewegt u. außerdem ist der Kampf der Machtinteressen immer reiner. Deine Kritik,
dein Problem wendet sich aber fast nur an die Demokratie. Wie verteidigst du
das? Du vertrittst möglichst rein die Interessen des Geistes u. kannst nichts dafür,
daß die Demokratie sie z T. auch im Programm hat u. Phrasen daraus macht.
Was du sagst, sind Prolegomena zu jeder Partei, außer natürlich einer nach durch-
greifender Veränderung des jahrtausendelang unveränderten Geistes. Du bewegst
dich unaufhörlich unter u. hinter den Parteien od. wie man früher gesagt hat, über
ihnen. Du bemühst dich ja gerade, das Unabhängige zu finden.

1938

[Selbstanzeige]

Der Aufforderung, eine Selbstanzeige zu schreiben, stellen sich bei einem Buch mit .. Seiten, .. Kapiteln, .. Personen, u 33 × soviel Zeilen, von denen keine mit Absicht leer ist, solche Hindernisse entgegen, daß ich es vorziehe, zu sagen, was dieses Buch nicht ist.

Es ist nicht der seit Menschengedenken erwartete große österr. Roman, obwohl...
Es ist keine Zeitschilderung, in der sich Herr .. erkennt, wie er leibt u lebt
Es ist ebenso wenig eine Gesellschaftsschilderung
Es enthält nicht die *Probleme*, an denen wir leiden, sondern...
Es ist kein Werk eines Dichters, sofern   Aufgabe hat (zu wiederholen, was ..)
sondern sofern   konstr. Variation.

Man könnte noch hinzufügen: Da dieser im Geist der Gesamtheit liegt, ist dieses Buch idealistisch, analytisch ev synthetisch.

Es ist keine Satire, sondern eine positive Konstruktion.
Es ist kein Bekenntnis, sondern eine Satire.
Es ist nicht das Buch eines Psychologen.
Es ist nicht das Buch eines Denkers (da es die gedankl. Elemente in eine Ordnung bringt, die –)
Es ist nicht das Buch eines Sängers, der...
Es ist nicht das Buch eines Autors, der Erfolg hat
                                   der keinen Erfolg hat

Es ist kein leichtes u kein schweres Buch, denn das kommt ganz auf den Leser an.

Ich glaube, ohne weiter so fortfahren zu müssen, danach sagen zu können, daß jeder der nun wissen will, was dieses Buch ist, am besten tut, es selbst zu lesen /sich nicht auf mein oder anderer Leute Urteil zu verlassen u es selbst z. lesen/
Im übrigen soll man sich nicht ... also auch nicht auf das meine u wird das beste tun, das Buch zu lesen –

Vermächtnis. Notizen

Die unnötige Breite. Eine Funktion des Verständnisses

Ironie ist: einen Klerikalen so darstellen, daß neben ihm auch ein Bolschewik getroffen ist. Einen Trottel so darstellen, daß der Autor plötzlich fühlt: das bin ich ja zum Teil selbst. Diese Art Ironie die konstruktive Ironie ist im heutigen Dtschld. ziemlich unbekannt. Es ist der Zusammenhang der Dinge, aus dem sie nackt hervorgeht. Man hält Ironie für Spott u Bespötteln.

Mystik: Man kann nur jedem Leser raten: leg dich an einem schönen oder auch an einem windigen Tag in den Wald, dann weißt du alles selbst. Es darf nicht angenommen werden, daß ich nie im Wald gelegen bin.

Am schwersten trifft: das heutige Elend. Aber ich muß mein Werk tun, das ohne Aktualität ist, ich muß es zumindest fortführen, nachdem es vorher begonnen wurde.

Die Leute erwarten, U. werde im II Bd. etwas tun. Was zu tun wäre, weiß man. Wie zu tun: ich werde der KPD usw. keine Ratschläge geben. Tatgeist u Geist der Tat.

1939

Warum das Problem nicht abseitig ist.

Die praktische (polit. soziale) Brauchbarkeit eines solchen Buchs. (Avantgarde)
Auch Wilh. Meister ist wohlhabend gewesen
Die Leute verlangen, daß U. etwas tut. Ich habe es aber mit dem Sinn der Tat
zu tun. Heutige Verwechslung. Natürlich muß zb. Bolsch. geschehn; aber
a) nicht durch Bücher b) haben Bücher noch andere Aufgaben. Ähnlichkeit mit
Kriegssituation u KPQ

Auch Kerschensteiner Zitate sind benutzt zb H 40 Ah. Lazarsfeld. Förster

Psa!

Antiaktualitätsgesinnung. Darum auch geg Erzählen, Handlung ...

Daß ich ungünstig abschließe, gerade in diesem Bd. die höchsten Anforderungen
an den Leser stelle, ohne es ihm durch die Rekapitulation im später Geschehenden
zu erleichtern. s. zb. die schwierige F 103
Auch architektonisch ungünstig. Breite von II_1

(Es muß an wohlhabenden Menschen etwas sein, das sie Th M. bewundern läßt.
An meinen Lesern, daß sie einflußlos sind)

Das Religiöse heute «verdrängt» (das muß irgendein historischer Prozeß sein.)
Dieses Buch ist religiös unter den Voraussetzungen der Ungläubigen.

Immer: ein geistiges Abenteuer, eine geistige Expedition u Forschungsfahrt.
Partiallösungen nur ein Ausdruck dafür. Hier in der Tat in einen anderen
Lebenszustand. Aber ich beschreibe es nicht deshalb, sondern weil es eine Grund-
erscheinung unserer Moral berührt. Ein Dichter kann vielleicht nicht sagen:
Grunderscheinung; aber es muß eine tiefere sein als die äußere. Dann ist es un-
abhängig von Entwicklungen.

zb. U. ist verwöhnt, reich, unzeitgemäß 149

zb. 154 schreit nach Psa. Warum nicht Psa.?

Das ist nicht die Auseinandersetzung innerhalb der bürgerlichen Moral, zb. 190.
sondern ...

Das Verfängliche der nicht zu Ende geführten Fragestellung

Man erzählt um des Erzählens willen, um der Bedeutung der Geschichte willen,
um der Bedeutung willen: 3 Stufen.

Nachwort: Dieses Buch mußte aus Geldmangel vor dem Höhepunkt abgebrochen
werden, u es ist ungewiß, ob es weitergeführt wird

1940

«Ein Affekt kann eine heftige äußere Aktion veranlassen, u. auch innerlich kann sich die betreffende Person sehr aufgeregt vorkommen, u. doch kann es sich um einen sehr oberflächlichen u. energiearmen Affekt handeln» (Kurt Lewin, Untersuchungen zur Handlungs- und Affekt-Psychologie I. Psyfo Bd. VII Heft 1/2 S. 309). – Ein Satz wie dieser ist erst durch das Literarischwerden der Psych. möglich geworden. Haben wir Dichter aber eine Vortätigkeit zu erfüllen? In der äußeren Natur wären dann unser Messias etwa die Geographen u. Botaniker geworden! Das Problem entsteht natürlich erst mit dem Roman. Im Epos, auch im wirklich epischen Roman, ergibt sich der Charakter aus' der Handlung. D. h. die Charaktere waren viel unverrückbarer in die Handlungen eingebettet, weil auch diese viel eindeutiger waren. Wie komme ich also dazu, sogar einen Exkurs über Psychologie einzuschieben?! In zehn Jahren kann das eingeholt, u. damit überholt, sein. Aber die Schwere des Schrittes, die Verantwortung der Wendung zu Gott zwingen größte Gewissenhaftigkeit auf. Auch der Charakter des Abenteuers im induktiven Weltbild. Auch der der «letzten» Liebesgeschichte. Und der des Zögerns.

Kitsch: die Aufgabe des Lebens in jeder Situation unzulässig vereinfachen. (Darum auch die Afiliation gewisser Politik mit Kitsch)

Es ist sehr anmaßend: ich bitte mich zweimal zu lesen, im Teil u. im Ganzen

Eins meiner Prinzipien: es kommt nicht darauf an, was, sondern wie man darstellt. Das wird mit den Psychologiekapiteln bis zum Abusus getrieben. Daher gehört auch die Bemerkung (wo?) daß man heute nicht ein Auto wie ein Wunder beschreibt, sondern sagt: … Wagen, Marke Y Type X …

Übrigens kann man in der Kunst von allem auch das Gegenteil tun.

Was im Ganzen kurz ist, weil da die ihm angemessene Länge in Erscheinung tritt, wird, einzeln dargeboten, lang ja vielleicht endlos erscheinen können. Und das Tempo stellt sich erst in der Folge heraus.

Zu den Kapiteln über Gefühlspsychologie: das ist nicht Psychologie (in der Endabsicht), sondern Weltbeschreibung.

Dieses Buch ist unter der Arbeit u. unter der Hand ein historischer Roman geworden, er spielt vor 25 Jahren! Es ist immer ein aus der Vergangenheit entwickelter Gegenwartsroman gewesen, jetzt aber ist die Spanne u Spannung sehr groß, aber das unter der Oberfläche Gelegene, das hauptsächlich eins seiner Darstellungsobjekte gewesen ist, braucht noch immer nicht wesentlich tiefer gelegt zu werden.

Sollte man mir vorwerfen, daß ich mich zu sehr auf Überlegungen einlasse (Tb), so – ohne daß ich auf das Verhältnis Denken/Erzählen eingehen möchte –: heute wird zu wenig überlegt

Es sind zu viele auf der Welt, die genau sagen, was getan u gedacht werden müsse, als daß mich nicht das Gegenteil verführen sollte. ∼ die strenge Freiheit.

Es scheint, daß manches überflüssig, nur um seiner selbst willen da ist, im ersten

Band. Meine Meinung ist, daß erzählte Episoden überflüssig sein dürfen und nur um ihrer selbst willen vorhanden, Gedanken aber nicht. Ich stelle bei einer Komposition die Schlichtheit über den sog. Gedankenreichtum, u. im Falle dieses Buches sollte nichts überflüssig sein. Die Ausführungen über die Zusammenfügung von Gedanken und Gefühlen, die dieser Teilband enthält, gestatten mir, das so zu begründen: die Hauptwirkung eines Romans soll auf das Gefühl gehen. Gedanken dürfen nicht um ihrer selbst willen darin stehen. Sie können darin, was eine besondere Schwierigkeit ist, auch nicht so ausgeführt werden, wie es ein Denker täte; sie sind «Teile» einer Gestalt. Und wenn dieses Buch gelingt, wird es Gestalt sein, und die Einwände, daß es einer Abhandlung ähnele u. dgl. werden dann unverständig sein. Der Gedankenreichtum ist ein Teil des Reichtums des Gefühls.

Notiert, als zu erwähnen.
Anachronismen i. a., u. besonders, daß die Darstellung der Gefühlspsychologie zw. damals u heute steht
Vorlaufende Satire, Festzug, ev. Ld.
Falsches Bild der Gewichtsverteilung. Bittere .. Seite zw. 2000 oder 300 anderen!
Entschuldigung der Theorie: Wir müssen heute erklären, was wir beschreiben. Wo?
Zu schwer. Nicht gelöste Aufgabe vermittelnder Instanzen.

Für einen Fachmann wieder zu wenig scharf!

H. F. Amiel zitiert von Csokor: «Es gibt keine Ruhe für den Geist als im Absoluten, keine Ruhe für das Gefühl als im Unendlichen, keine Ruhe für die Seele als im Göttlichen!» Daß dieses Buch solchen Antworten genau so entgegengesetzt ist wie dem Materialismus.

Aus einem Buch, das Welterfolg hatte. (S. Salminen, Katrina, Aus dem Schwedischen bei Insel Vlg) S. 334/335 «.. Sie rückte weg von ihm zur Wand, aber als er sie in die Arme schloß, wehrte sie sich nicht. Nur ihr leises, scheues Kichern klang durch die dunkle Kammer. [Als Gustav Serafia mit den anderen Mädchen des Dorfes auf der Straße sah, betrachtete er sie voller Unbehagen. Nein, nein, das alles war ein Traum gewesen, es war nie u. nimmer geschehen. Die ganze Nacht war unwirklich gewesen. [Doch einige Tage später, als er tief in der Nacht an Larssons Hof vorüberging, war das Unwirkliche abermals lebendig u. alle Wirklichkeit fremd. Er bog von der Straße ab, ging über den Hof, öffnete die Tür u. betrat die Kammer.» (Ein zieml. idiotisches, mißwachsenes Geschöpf mit schönen Augen, aufregendem Mund u. üppiger Brust)
Wenn ich mich so ein bißchen daran gewöhnte, könnte ich wohl auch solche Stellen schreiben. Das ist das Entstehen einer Doppelwelt, einer Doppelperson – erzählt. Aber ich will eben nicht. Jeder Begabte kann diese Tradition fortsetzen. Und so habe ich denn lieber das Ungenießbare versucht. Einer muß einmal Knoten in diesen endlosen Faden machen.

Es handelt sich hier vorläufig noch um die Analyse friedlicher Zeiten (s. zb. Leben/Wissen anfangs 57), die pathologischer hat darin aber ihre Grundlage (in der Folge wird sich davon auch noch einiges zeigen)

Was den einen langweilt, ist des andern Kurzweil; die Breite eines Buchs ist eine Relation zwischen seiner wirklichen Ausführlichkeit und den Zeitinteressen.

1942

Man darf darüber, daß ein bestimmter Abschnitt, ein Abenteuer mit großer Breite erzählt werden muß, nicht vergessen, daß U. seiner Natur nach tatkräftig u. ein Mann mit Kampfinstinkten war. (Eingefallen bei H. Scheusal S. 5: solche Anlässe u Schlupfwinkel)

«Ce sentiment est regardé par les Allemands comme une vertu, comme une émanation de la divinité, comme quelque chose de mystique. Il n'est pas vif, impétueux, jaloux, tyrannique, comme dans le coeur d'une Italienne: il est profond et ressemble à l'illuminisme..» Stendhal, de l'Amour (S 149) (Chapitre XLVIII), einen Autor von 1809 zitierend (Voyage en Autriche par M. Cadet-Gassicourt) (erfunden? Ich weiß es nicht.): Dieses mein Buch wäre also ein wenig deutsch?

Daß ich nicht sagen kann, was dieses Buch ist, eher aber, was es nicht ist: ... II R Fr7, Blge 1r.

U's. Nachwort, Schlusswort   NR. 36.

Einfall entstanden Mitte Jänner $\overline{42}$.
Gedacht an weltpolitische Situation. Das große gelb-weiße Problem. Der kommende neue Abschnitt der Kulturgeschichte. Die eventuelle Rolle Chinas. In kleinerem Rahmen die russisch-westliche Auseinandersetzung. Hexners Frage: wie denken Sie es sich in der Wirklichkeit? wird unaufschiebbar. – Auch der M o E. kann daran nicht vorbeisehn. Das wäre aber ein historischer, philosophischer usw. Essayband, oder der letzte der Aphorismenbände. Ich habe schon vorher notiert: Die Arbeit am Rapial ist gleichbedeutend mit der Liquidierung von Bd. I (S. bräunl. Mpe Rp. I./ Auf. 3. → K XI, S 2 rot us.w.)
Außerdem beeinflußt von dem neuen Interesse, das mir Dostojewski einflößt. Den Eindruck flüchtig als Notiz für meinen Stil notiert K XIII, S 1$_{ru}$ blei. Ich möchte einen Aufsatz über seinen «Journalismus» schreiben. Über seine Auslegung durch Shdanow, über den Panslawismus, die Puschkinrede usw. Vor dem augenblicklichen Hintergrund ergibt es Gedanken über Rußland, die auszudenken ich noch nicht einmal versucht habe.
In den Bd. II$_2$ ist das nicht aufzunehmen, obwohl es ihn sehr berührt.
Auf diese Art dazugekommen, irgendwie abzuschließen und (statt oder nach Eine Art Ende) ein Nachwort, Schlußwort, U's zu schreiben.
Der gealterte U von heute, der den zweiten Krieg miterlebt, und auf Grund dieser Erfahrungen seine Geschichte, und mein Buch, epilogisiert. Es ermöglicht, die Pläne ca. der Aphorismen mit dem aktuellen Buch zu vereinigen. Es ermöglicht auch, die Geschichte u. ihren Wert für die gegenwärtige Wirklichkeit u Zukunft zu betrachten.
Ins Lot zu rücken: die romantische oder gar Pirandellosche Ironie des: die Figur über den Autor.
Die Geschichte der Personen, geschichtlich betrachtet.
Wichtig: die Auseinandersetzung mit Laotse, die U., aber auch meine Aufgabe, verständlich macht von U. nachträglich durchgeführt. Abd dul Hasan Sumnun u. der Sufismus. Als eine Geschichte über ihn erzählt, wäre die Geschichte von Ag. u U. eindrucksvoller geworden!

Spion

Versuch eines Aufbaus

Vorstadtgasthof. AN 257 [Erzählt wie eine unheimliche wirkliche Geschichte]

Es ist zu viel zu erzählen, um es in diesen Rahmen zu spannen. Man muß während der Unterbrechung des Prozesses hineinspringen. Dieser Traum gibt Ach. den entscheidenden Anstoß; nun folgen seine Aktionen. Man kann immerhin den Verlauf des Prozesses schon vorher erzählen.   8/135

Dann fährt Achilles im Auto, sehr früh morgens und man erfährt, daß es der Traum der eben vergangenen Nacht ist. Gibt irgendwie einen unheimlichen geheimen Anfang; man weiß noch nicht, wie das mit der Erzählung kommuniziert.
Der Kraftwagen (eines Freundes) hat 90 ℍℙ . fährt zur Hinrichtung. Er versucht sich sachverständig den Motor vorzustellen, den er hört. Technische Rekordfreude unsrer Zeit vibriert in A. Dabei aber ein Gefühl: je mehr er rast, desto mehr beschleunigt er die Hinrichtung.
Es war der Traum eines Logikers. Das fühlt A. Ekel vor dem Rationalen, Sehnsucht nach dem sinnlos-sinnlich-Tatsächlichen. A. gehört der Bourgeoisie an. Vater war Prof. Onkel und Großvater aber Fabrikanten, Aktionäre großer Unternehmungen. Aber nicht mehr so reich, daß er ein phantastisches Geldleben führen könnte.
Es ist eine lange Fahrt.
Wenn auf der Fahrt der Tod käme? Wie unvorbereitet?
Ich weiß nicht mehr, war es nur die Hin oder auch schon die Rückfahrt; unvermerkt in eins ziehn.
Da nun das Moosbruggerproblem erzählen. Zurechtlegen!

In diesen Zeitraum fallen: Begegnung mit Schwester nach Tod des Vaters.
Irgend welche Liebesgeschichten.
Begegnungen mit Vertretern der verschiedenen Richtungen des orbis liter.
Jede ein Zentrum.
Das zentrale Zentrum das Moorbruggerproblem unter dem dreifachen Gesichtspunkt der Zurechnungsfähigkeit, des Alleinseins der Individualität und der Schwierigkeit der Querschnitte. zb. Zurechnungsfähigkeit im kanonischen Recht: das gibt es heute auch noch! Zurechnungsfähigkeit! cf. p. 8, 7, 10, 9 p 12
Er hat noch nie solches Interesse an Menschen genommen. (Es ist schon Andeutung der späteren Fahrten u. des späteren Diffusismus)
Der Konflikt mit der wissenschaftlichen Umwelt bereitet sich vor u. bereitet den Konflikt mit der gesamten Umwelt vor. Die eigentliche Spannung darin suchen, wie sich das entwickelt.
Gustl läßt ihn intellektuell imstich. Clarisse nimmt sich seiner an. Er stellt sich jetzt, wo er aus Resignation Interesse an den Menschen gewinnt, Clarisse viel eindringlicher vor.
Er kommt vom Moosbruggerfall weiter darauf, daß auch in den allergewöhn-

lichsten Individualfällen die gleiche Unüberblickbarkeit besteht. Damit erlischt sein Interesse für Moosbrugger. Dies das gewisse Unbehagen bei der schnellen Fahrt. Dies muß schon ein Erlebnis oder Abenteuer sein.

Es setzt nun der zweite Teil ein: Agathe, Meh, Clarisse. Agathe muß aber darin aktiv sein.

Zurechnungsfähigkeit (zu p. 3)

Schwere Geistesstörungen, bei denen nicht ein vernünftiges Wort aus dem Kranken herauszubekommen ist ⟩ schließen die Zurechnungsfähigkeit aus.
Hier ist sozusagen *das ganze Willenssubjekt pathologisch.*

Geistesstörungen typischer Art, bei denen gewisse Abnormitäten stets zu beobachten sind und daher als causiert gelten ⟩ Von der Betrachtung solcher Fälle her rührt wahrscheinlich die Überwertung intellektuellen Minus.

Mittlere und Grenzfälle sind solche, wo durch besondre Umstände in einer sonst ausbalancierten Psyche Hemmungen unterwertig oder Antriebe überwertig werden, zb. bei leichter Alkoholreizung (während die Volltrunkenheit zur ersten Gruppe gerechnet wird). Zweifellos ist da *das handelnde Ich ein andres* als das normale.
Das gleiche tritt aber schon bei Einflüssen auf, die ins normale Leben gehören zb. Liebe, Eifersucht, Verbitterung. Vom Ich her betrachtet, ist man immer unzurechnungsfähig.
Man sagt: das Ich ist normal, aber sein *Zustand* ist *abnormal.* Aber da jeder Normale dieser Abnormität ausgesetzt ist, muß er *samt ihr soziabel* bleiben. Vergesellschaftungsfähig. Die Abnormität darf keine schweren gesellschaftl. Störungen verursachen. Man könnte überhaupt sagen, es gibt keinen Normalzustand, sondern nur den der V.fähigkeit. [Auch von der Causalität her kommt man auf diesen Punkt. Der Streit zwischen Determinismus u Indeterminismus ist nicht zu beenden. Das Ich ist ein fließender Ring in der Ursachenkette (abgesehen davon, daß diese keine Kette ist). Es ist seine eigene Mitursache und Mitfolge, Teile des Causalnexus gehen überhaupt an ihm vorbei, zb. A kommt zu B u reizt ihn gegen C. Kommt zu C und bestellt ihn irgendwohin. Dort tötet B den C. Das zweite Ursachenglied ist nicht durch B gegangen.
Individuum wäre überhaupt ex definitione das Singuläre.]
Den nicht vergesellschaftungsfähigen Menschen schließt man aus (Tötung, Verschluß, Verbannung) In Wirklichkeit tut man das aber nicht, sondern straft ihn oft. (Diffuses Gesellschaftsprinzip!)
Als definitiv n. v. fähig gilt nur der schwer Pathologische u. der gefährliche Verbrecher. Die Strafe erzielt in gewissen Fällen Besserung oder Abschreckung; in allen andren ist sie von diesem Standpunkt aus sinnlos. / Aber man umgibt sie mit einem Zeremoniell wie Versailles)
Berufsdiebe oder Plattenbrüder sind vergesellschaftungsfähig, nur innerhalb einer andren Gesellschaft. Das gehört eigentlich nicht mehr unter Justiz, sondern unter Krieg.
Die Frage, welche man dem Psychiater vorzulegen hat, ist: sind Symptome wahrnehmbar, welche erfahrungsgemäß mit dem Tatbestand (also auch als einem Symptomenkomplex) verknüpft sind?
Wenn ja, so ist zu sagen, daß auch die Symptome Plattenbruder mit dem Tatbestand Totschlag erfahrungsgemäß verknüpft sind.
Unter den Symptomen müssen sich also solche befinden, welche man als Krankheitssymptome moralisch normaler Menschen kennt. Es dürfen keine sozialen, sondern müssen medizinische sein. (Was übrigens auch noch unsicher ist)
Darauf hin wird der Fall unter Psychiatrie, Lade x subsumiert und nun ausge-

sagt ob in dieser Lade die Handlung mehr oder weniger zwangsläufig verläuft. Vom inkriminirten Fall subtrahiert man den allgemeinen und der Rest wird dem Individuum angerechnet.

So wird es in der Praxis gemacht.

Ist die Lade vergesellschaftungsunfähig, so kommt der Delinquent ins Irrenhaus. Ist sie es nicht, so wird nach juridischen Gesichtspunkten geurteilt. (Ev. mit mildernden Umständen)

Das Problem der Zurechnungsfähigkeit als Grenzproblem findet Ach. nirgends bearbeitet. Im Gespräch sagt ihm ein andrer Dozent: es gibt einen Doktor X., dessen Spezialität ist das, vielleicht gehen Sie hin. – Nun man wird doch wohl etwas von ihm lesen können, das gibt ein besseres Bild. – Nein, ich glaube, er hat nie etwas publiziert. Vielleicht hie und da etwas in einer Monatszeitschrift. Er gehört nicht zur Wissenschaft. Ich habe ihn in einem Café kennen gelernt. Solche Spezialisten findet man nie unter den Unseren; vielleicht versuchen Sie es. – (Männer, die wissen – verstehen Sie – wieviel Federn, nach der Berechnung der Scholastik die Engel hatten u wie viele die Erzengel. Oder welche Wirkung die Bekanntschaft mit den Affen in der europäischen Literatur u Malerei hinterlassen hat. Wir kennen keinen; aber das ist sehr merkwürdig, denn wenn wir auch für das klassische Altertum diese Bekanntschaft voraussetzen dürfen, irgendwann – etwa in der Zeit der Troubadours – muß dieses Erlebnis für das nördliche Europa doch wieder neu gewesen sein und das muß doch ein starker Eindruck gewesen sein und falls nicht, ist es doch noch sonderbarer? – Dr. .. war für eine Neigung zu feuilletonistischen Einfällen bekannt, Ach. hörte nur halb hin, sobald er wußte, daß er keine präzise Auskunft erhielt; aber es war doch etwas in dem undeutlich iltishaften Gesicht, das ihn ernst stimmte und ihm eine halbe Stunde nach der Unterredung plötzlich den Eindruck gab, mit einem *Sonderling* gesprochen zu haben, der bloß *ein bürgerlich anständiges Geisteskleid* trug.

Trotzdem war es ein Anzeichen des ungewöhnlichen Zustands, in dem sich Ach. befand, daß er einige Tage später wirklich zu Dr X. hinausfuhr; in seinem wissenschaftlichen Selbstgefühl hätte er diese Berührung wie Unreines verachtet. Man kann es Beschränktheit nennen, aber auch den Stolz eines tadellos trainierten jungen Kriegers.

Ach. hatte sich nun überlegt, daß ein solcher Mensch gewiss um 2^h noch im Kaffeehaus sitzt und deshalb nicht vor elf Uhr aufstehen werde. Was er dann macht und womit ein Mensch, dessen Lebensinhalt es ist die Frage der Zurechnungsfähigkeit zu kennen, seinen Tag zubringt, vermochte sich Ach. nicht vorzustellen. Er kennt die gesamte ältere Literatur und was neu hinzukommt, ist wenig; vielleicht bummelt er die Woche durch die Bibliotheken rundum sich von den neuen Erscheinungen zu überzeugen und vertut den Rest des Tags in einem thranigen kleinbürgerlichen Leben bei den kleinen Geschäftsleuten u Wirten der Nachbarschaft und in Wohnungen von 2, 3 Zimmern ohne Bad. Aber es kann sein Interessenkreis auch sehr umfassend sein. Es gibt diese Menschen, die ganze Universitäten zusammenlesen, die sogar im Gespräch ein außerordentlich scharfes kritisches Urteil beweisen ohne doch mehr zu schaffen als einige kleine, in ihrem Unverhältnis lächerliche spezialistische Aufsätze während ihres ganzen Lebens. – Angesichts dieser Unentscheidbarkeit gab es Ach. eine Befriedigung, die er selbst als merkwürdig empfand, daß er so sicher wußte, diesen Mann um 11^h des Morgens anzutreffen. Er würde entweder eben aufgestanden sein oder durch das heftige Klingeln beunruhigt aus dem Bett getrieben werden.

Während Ach. auf die Wirkung seines rücksichtslosen Läutens wartete, fühlte er, wie hoch er stand, in einem glatten vierkantigem Prisma von Haus fünf Treppen emporgehoben. Er balanzierte auf seinem eigenen Willen, mit emporgehobener Handfläche gestemmt, und freute sich, daß er nicht im Kraftwagen hergefahren war, sondern – einem Einfall folgend – in einem fensterklirrenden alten Einspänner, der nach muffigem Leder roch wie ein Fechtboden. Als sich die Türe öffnete, ohne daß jemand gefragt oder herausgesehen hätte, stand er in Besuchsanzug vor einem kleinen fetten Mann in Hemd und Unterhosen. Er schätzte ihn auf 40, 42 Jahre und bemerkte, daß er einen großen kahlen Schädel hatte, an dessen Unterteil die Haare in einem Buschelkranz herunterhingen.

Da dies Dr X. war und dieser völlig unbefangen blieb, saß ihm Ach. bald in eifrigem Gespräch gegenüber, nachdem Dr X. einen alten Rgtsarztsmantel umgeschlagen und auf einem Spirituskocher seinen Kaffee bereitet hatte. Warum Kaffee?! Der Mann ißt für den ganzen Tag. Erst Aalstückchen die er sich selbst in den Mund angelt. Die scharfen Haken nötigen zur Vorsicht der Lippen und einem umsichtigen Benagen. Das erzielt Sekretion, was bei jemand, der ein Nachtleben führt, sehr wichtig ist. Manchmal benagt er auch statt dessen einen Knochen. Dann kommt eine Milchsuppe mit Gemüse und Schmalzbrot, die sich nur so aufnehmen läßt. Dann Hochpolitur durch starken schwarzen Kaffee.

Kauz. Arzt. Ach. hat aber kein Schild bemerkt. Übt keine Praxis aus. Nur hie und da Gerichtsgutachten. Ist glänzend orientiert über alle Verzweigungen der Theorie. Spricht eine Stunde lang und erklärt Ach. alles, was er wissen will, samt Literaturangabe. Dann erst fragt er ihn, wozu er das eigentlich wissen wollte. Ob er den Zusammenhang mit .. (irgend ein logisches Prinzip) bearbeite? Ach. sagt: Menschen retten. Da sagt Dr X: Wenn ich das gewußt hätte, hätte ich Ihnen gar kein Auskunft gegeben. Das ist Unsinn.

Nur der Einzelne ist stark (trotz seiner elenden Existenz hält er sich für stark) Darum diesen Arztberuf nie ausgeübt, diese Betreuertätigkeit ist ihm ekelhaft. Er hilft nicht einmal im Kaffeehaus den bohémiens. Sei krank, so bist du vereinzelt, sagt er. Rühmt sich, daß er als Gutachter ein Massenmörder ist. Ist stolz, wieviel von einer Theorie abhängt und zeigt Ach. wie man jeden Fall zur Verantwortlichkeit biegen kann. Er ist umgeben von Photographien seiner Opfer und holt andre aus der Lade. Erinnerungen an berühmte Prozesse. Von solchen mit Todesurteil spricht er mit besondrer Zärtlichkeit. Etwa: der oder die wäre mir beinahe entwischt. Es ist bei Männern wie eine Rivalität, bei Frauen ein Kampf mit Geschlechtslist. Er triumphiert als Vertreter seiner Theorie. – Simulanten? – Keine Spur. Widerspänstige Grenzfälle. Vgl. 8/107

Um Wegzugehn sagt Ach. nach Dank ganz ernst: Ich werde jedenfalls Sorge tragen, daß M. nicht Sie als Gutachter findet. X darauf: Die Gesellschaft braucht starke und gesunde Individualitäten (od. dgl. Das Recht muß rigoros gehandhabt werden. Unser Staat ist von Feinden umgeben) Diese Banalität ist Ach. unwillkürlich angenehm, wie wenn kaltes Wasser ins Bad gelassen wird, bevor man es verläßt.

Er sucht ihn noch einmal auf, bevor er Spion wird, in der Hoffnung ihn zu gewinnen u. an ihm als Gutachter einen Rückhalt zu haben, falls es schief geht.

Agathe – Archivar: Jugendepisode Pfeifenrauch. V. Atelier AN 317
Gibt eine Brücke zwischen den 2 Romanen   Eingetragen:
                                                         AN 330

Ach. in dieser Zeit AN 188
(Spezialist aus Kraft)

Erweiterung der Diskussion durch Assistenzarzt u.
Anstaltsgeistlichen   } AN 330
Triumph der scholast. Erziehung
Achilles Geliebte während dieser Zeit: ,, u AN 135
Diese juridischen Kauzereien erinnern Ach. an seinen Vater, in seinem Leben hatte das Bedeutung: der Eindruck verstärkt sich, daß ihm da lauter wesentliche Ereignisse begegnen.

1947

zb k) Löwenhardt. Eine solche Predigt hat ihm sein Vater vor strenger Strafe gehalten. Ähnlich der Schwester. Das kann Berührung geben.

Die Ausrede, daß Moosbr. dem Skat zugezogen wird ist Beobachtung. In der
Diskussion redet er mit. Zum Schluß kann es der Anstaltsarzt trotz aller eigenen
Gegengründe nicht über sich bringen, ihn für krank zu erklären, weil er sich so
interessant mit ihm unterhalten hat.

Da die Moosbr. geschichte nicht Anlaß genug bietet um alle Menschen aufmarschieren zu lassen, die ich anfangs brauche, eine zweite Geschichte parallel schalten.
Vater, unzufrieden mit Ach. verlangt von diesem mehr Aktivität. Er soll sich an
des Vaters Freund Exz X wenden, ist dort schon angekündigt, und wird in irgend
eine große gesellschaftlich-humanitäre Aktion verwickelt werden, mit höchsten
Beziehungen. Das wäre nun die Sache, wo ihm der Ekel vor dem Staat kommen
könnte, und der einzige Ausweg der Krankenurlaub.
Fängt an mit Diotimakreis. Er konnte sich lange nicht entschließen, hinzugehn,
endlich tut er es wegen Moosbrugger

[Weitere – spätere – Notizen]

?Ev doch Mgeschichte erzählen? Nein!
Während Anders mit der einen Hand in diesen Zeitungsausschnitten blätterte,
hielt er in der andren einen Brief und konnte sich nicht entschließen, ihn zu öffnen.
In diesem Brief stand: Mein lieber Sohn! (nur Hauptbruchstücke?)

M. hat eine unschuldige Seele. Aber da A nicht an eine Seele glauben darf, so ist
es sehr schwer diesen beunruhigenden Eindruck von Unschuld in Vernunft zu
übersetzen.

Die M.geschichte erzählen. Sie ist so ungeheuer begreiflich. Wenn man von den
Weiten [?] seiner Welt nicht festgehalten wird!
Gerade weil Anders auf Leona wartet u. die sent Gel. eben ging oder morgen kommt.

Er wartet auf Leona u. entschließt sich zu Gf St. zu gehn

$35 = 5 \times 7$!
5er u 7er System.
Theorie!

Aber das ganze Leben ist unwirklich, Straße u. Hof. *Anders mag nicht mehr weiter-
arbeiten.* Anders geistig schildern
Die beiden Geliebten sind durch den Kontrast gegeneinander zu verstehn.
Entschlüsse. Besuch bei Diotima u Clarisse. Schluß. Rest nach Rückkehr (Dr P
Gf. Stallbg)

Gedanken bei Zimmer verflochten

Auch die allgem. Bemerkungen
hineinflechten. Interpretation ist erforderlich.
zb was ist das mit dem Erdloch [?]
für eine Sexualität!

Das Alleinsein ohne Lehrer ist M. Das keinen Stil haben u diese stoßweisen Anfälle
Ms ist auch das gleiche.

Mörder-Krieg – sollte man glauben: aber das war es nicht, was A. anzog
Kap I kulminiert im Tod des Vaters.

Anders hätte sich in die Straße draußen stürzen, er hätte sich eine Welt auf bauen
können. Freunde suchen. Aber dieser Privatdozent ... pries zwar die Technik ..
aber fühlte sich in der Lyrik der Technik allein .. wartete auf Leona u erholte sich
von der sent. Gel.

A. konnte M. unheimlich gut verstehn

Auf die Romantik folgte das Philistertum, auf die Gegenwart (Bergson usw) wird
wieder eines folgen! entdeckte Anders

Anders glaubte nicht an eine radikale Verschiedenheit der guten u der bösen
Eigenschaften. (nach Nietzsche)

Es ist das zwar unbegreiflich. Denn sie hat eine in so großen Plänen begründete
Abneigung gegen das Denken. Ihr Verlangen nach einfachen Gefühlen vereinigt
sich mit dem Streben nach höchstschwingender Geistigkeit.
Denn ihr Planen ist doch in einer so großen Abneigung geg das Denken begründet

Diese Zeit welche sich selbst verleugnet, die im Auto sitzt u die sich nach [.?.]
die Maschinen denkt

u. sein Vater ihm lieber als seine eigene Generation?

(Anders notierte: Tugend wie Laster suchen nicht
Sättigung, sondern Übersättigung. Überdruß ist das
natürliche Regulativ der Befriedigung. Tugend wie   Ev. Leona
Laster haben gemeinsam, daß dieser Sättigungs-   S P 29
und Umkehrpunkt immer weiter zurück weicht)

Anders konnte M. unheimlich gut verstehn.
Ev: daß ihm sein Vater vorwarf, er wolle nirgends Fuß fassen, war gar nicht
unberechtigt (P 17)
Von da ev. über P 17, 18, 24 (Tempo) dazu, daß er kein Vorbild P 21 hat,
wie M. – Moosbr. u seine Eitelkeit Dann Lea 1–3 (Endlich läutete es; And. hatte
gehässig darauf gewartet Dann Lea 4 ff, aber die Körbe stehn schon da. (Er erklärt
Lea zunächst, daß er sie einstweilen nicht sehn werde) Weil ihm M. keine Zeit läßt
P 14₀: wenn sie voll ist P 14ᵤ: sagt er ihrs. Ebendort 43 20

Man kommt in ein schiefes zu Extremen geneigtes Verhältnis
Etwas immer nur sehn, das ist aber auch das Verhältnis zum Leben.
Man kann zu wenig beherrschen: das ist die eine Erkenntnis Anders

*?Der Mann, der keine große Idee hat, sondern die Kritik für die große Idee? Zweifellos
auch die Elemente. Vielleicht sogar die Idee; dann aber keine Resonanz für sie.*

Stella: Sehnsucht nach Agathoïdem: das ist so wie ja man auch ∞ innehat aber auch
nur als Bruchstück

Streitpunkt: M. ist nicht krank

Leona sagt: du hast eine andre Flamme!

Ja sagt Anders, willst du sie sehn? Weil es ganz unmöglich ist mit M. bei ihr weiterzukommen Er war sonst vollkommen diskret, aber er war rasend und hätte am liebsten die beiden in Natur konfrontiert um seine Verachtung auszulassen.
Ah, sagt Leona, schau, schau, eine Dame!
Sie ... viel besser als du!
Er zeigt ihr halbbekleidete u nackte Aufnahmen Er weiß, sie behält keine Physio-nomien Und wenn: was liegt daran, daß 1 Mensch uns kennt!?
Dann schickt er sie fort samt den Körben, wirft die Bilder auf die Erde, stampft darauf, schießt [?] darauf u tobt sich zuletzt, statt zu weinen, an einem Boxball aus.

Aber wer einmal nur eine Abhandlung gemacht hat, dem sind die Totallösungsversuche der Dichter u Essayisten unerträglich!

Der anerotische Sexualiker. P 19 u. P 32

Ev. Sein Schicksal bei Frauen An 1

Anaesthesie.

II.

Abends geht er zu Clarisse Ev. bei Clarisse: Der Erlöser! Morgens zu Gf St.* u Diotima *er sieht – wegen M – daß das ganz unmöglich ist; diese Ord-nung ist viel zu fest

⎱ Er beginnt also schon
⎰ das neue Leben.

Mittags kehrt er nachhaus** zurück u findet das Telegramm **S. 44 wohlausgeb.
Sohn der Zeit

1. Was immer er tut, geschieht außer ihm Man lebt außerhalb seiner Seele (Läßt sich an M. exemplifizieren)
2. Erlöser   a. rein funktionelles Gefühl
                 b. zu welchem Ziel aber?
   P 12 gehört vielleicht zu Ag – And. in II (III)
3. Er muß endlich Fuß fassen.
4. Er beschließt beide Geliebten zu verabschieden, sein Verhältnis zu Frauen u Welt wird Diotimareif (er hat von Diotima schon von allen Seiten gehört u. haßt sie P 39, 40) Er will sich in verkehrter Richtung mit ihr berühren II P 9 Er hat keine Sympathie für die guten Menschen P 43 Idealistin P 45
5. (vgl P 17) Er hat sich bewiesen, daß er wissensch. arbeiten kann. Läßt sich bei Beschreibung des Zimmers anbringen P 21 ff Die Hab. ist erreicht, sein Sport-sinn erschöpft. Das Mathematische hat er von Nietzsche; kalt denken, messer-scharf denken, mathematisch denken. Von der Intellektualität der Einzel-wissenschaften verwöhnt An 3 Es ist der Instinkt der neuen Jugend, der das aufgriff, die Entscheidung werde in dieser Richtung liegen. Vgl P 20 Zugleich hat er 1) von Maeterlinck usw. Dies ist auch seine Abneigung gegen die Philosophie, bloßer Rahmentrieb (P 17) Dies auch der Vorbehalt geg. das Technische Zugleich hat er aber Abneigung geg. das Selische (Die sent. Gel. – Diotima) Tempo, Roheit, Tatsachen. vgl P 24
6. Er hat einen Vortrag darüber gehalten, angedeutet darin der Desillusionismus. zb. Mensch mit Aufgabe u Zeit mit Aufgabe sind ethisch unästhetisch P 30 Hat einen Mißerfolg erlitten. Clarisse war darin. Was wird Clarisse sagen?
7. Ungeheures Wissen liegt unverbunden und unverbindbar in ihm so wie es in der Zeit liegt. (P 18)

8. Sehnt sich nach einem konformen Geist (P 21)
9. Er spricht mit Lea versuchend über den Adel. Warum stellt er sich nicht auf eigene Kraft? P 25.
10. Er begreift die Dezenz jener Zeit (P 26) d. h. er begreift, daß man passiv ist, anders denkt als handelt. Etwas lieben, das man gar nicht liebt, das symbolisiert Lea mit ihrem vergangenen Gesicht. (Das tat ihm so wohl) 1. Gespräch mit Diot.
11. Er beschließt etwas für M. zu tun (P 34)
    Schickt Lea fort, schreibt Briefe. Abends bei Clarisse
12. Er entscheidet, daß er nur von der Unzurechnungsfähigkeit her zu retten ist. Das ist Zynismus. Verzicht darauf, das jemals klar zu machen, aber auch Zugeständnis, daß es nur dunkle Ahnung ist, durch die es mit einem zusammenhängt. Ekel vor der Logik, Sehnsucht nach dem sinnlos-sinnlich-Tatsächlichen (P 35)
13. Er hat nichts in sich in Ordnung gebracht (II P 7)
14. Abneigung gegen den tüchtigen, braven aufgeklärten Menschen zieht ihn zu M. (Später ein Lindnermotiv II P 16)
15. Ähnlichkeit, Rasse, Gebundenheit, das Nichtindividuelle, der Strom des Erbgangs, auf dem man nur eine Kräuselung ist – haßt er im tiefsten Lebenswillen als Einschränkung, Verhöhnung, Grund aller Religion, Kriege, Beschränktheit, Hindernis des Aufsteigen durch Anders – heißt es II P 34
    Ähnlich M., der nicht geisteskrank sein will.
16. Er hat später mit der Schwester das Bedürfnis der ganz loslösenden Tat (so kommt es ja zur Testamentsszene)
17. Sie stellen später fest: diese Welt ist nicht ihre (2 Tg. 2 Tl. 5·09)
18. Ein andres Gefühl von Moral: Gleitung Vgl. p. 32. (2 Tg. 2 Tl. 5·1)
19. Der Druck des kommenden wissenschaftl. objektiven Zivilisationszeitalters, wo alle Menschen weise u gemäßigt sein werden, lastet schon auf dieser Generation. Zuflucht Sexualität u Krieg.
20. Anders haßte die Moral. Pflichtmoral, das schon feststehende Gute (III U 15)
21. Der Einzelne kann sich kein Urteil bilden und läßt gewähren (III U 14) Das reizt die M-sache, er will nicht gewährenlassen. Er durchschaut die intellektuellen Halbentschuldigungen, die sich jeder bildet. Andrerseits aber gefällt ihm doch gerade diese Philosophie des Gewährenlassens.
22. Tatsachensinn u. ungehemmtes Denken An 3
23. Das sinnliche Erlebnis wird sofort Komponente eines geistigen, eines Versuchs der theor. Weltbeherrschung An 3

Tempo, Chaos, Formlosigkeit III U 1 (Zeit..), 3, 4, 6, An 7 18
Mönchisches III U 3 An 16 sieht sehr mit viel Lösungsmöglichkeiten, kann nicht alles machen, erscheint ihm als Selbstverständlichkeit für eine bestimmte Art Mensch, die als andre Geistesrasse unter den Zeitgenossen umhergeht, ohne irgendwo Hand anzulegen.

And. stellt sich manchmal eine Stadt vor ... (Zeit ..)
Liebt die Realisierung der Urwünsche
Baustil. Wir gehn Periode der Formlosigkeit entgegen (bei Einrichtung)
Arbeit, Wissen, Erfinden, Technik sind Leidenschaften
Dyonisische Dummheit, lachen .. (gut für *Leona*)
Menschen wie And. sind Trappisten. Hat es je Mönche gegeben? Ist auch die Historie eine Lüge?

Gegen Pflichtmoral. An 5, II U 12 (II P/.. 2 Tg 2 Tl/5·09), III U 15 (Zeit..*) u 20
Allgem. Angelegenheiten sind des geistigen Menschen überhaupt nicht würdig Vgl. 1. (Wenn man // vorbereiten will)

* Die moral. Stützen des deutschen Volks waren falsch. Das Einschrumpfen der Moral zur Pflicht ist die Wurzel allen Übels. Ein so intelligentes Volk würde die Frage sicher lösen, wieviel Un[. ? .]heit gesund ist...

Alles wird falsch gemacht: An 12 II U 12 (II P/) An 10 – Weder Kath. noch Protest. Man erliegt nicht der Autorität der Toten, sondern den Vermittlern. Von da Haß geg Lebensbetrieb. Aber endlich Ernst machen!

Erlöseridee An 4, 13 (II Kap)

Noch kompliziert III U 12 (Zeit) Jedes Problem zerfällt noch in unübersehbare Reihen von Einzeluntersuchungen /Gegensatz zu Förster

Will Essayist sein An 18 (nicht aus Intuition schaffen, wo die Gedanken wachsen wie Haare oder Blätter. Sondern aus dem Wissen der Zeit u ihren Interessen. Bloß rascher, im Tempo so voraus, daß es sich wie Gegensatz fühlt. Ihr besseres Ich; Anwalt der Zeit geg. die Zeit. Ihre Privatgefühle planlos, anarchisch, aus Schieberinteressen heraus – da anknüpfen. .

Verachtung für Illusionen An 1 weil er durch seine Erscheinung allen Frauen Illusion ist

Ein wohlausgebildeter Sohn der Zeit An 3, 7, II U 21 (II P/3 Tg 2˙2) /Als er mittags vom Gf St. zurückkommt, bevor er das Telegr. findet./

Sehnsucht nach antimoralischen Erlebnissen An 1 weil es gerade anständigen Frauen so gut gefällt.

Man lebt unter seinen Kräften

Diotima durch sent. Gel. verstanden

Was ihn zu M. zieht: 41/14,15,18; 42/21,23 43/Pflichtmoral, 44/Sehnsucht Die stoßweisen Anfälle 29
Beschluß 39/4, 40/11,12, 29 (nicht mehr arbeiten)

Er ist hochmütig mathematisch (39/5), aber kommt auch nicht weiter. Traum eines Logikers

Denn aus ihm lassen sich keine Maschinen, Autos ... machen. Da man aber weder die Autos noch die Masch. entbehren kann, müsse man diese aus den letzten machen.

(Er ist so weit von diesem Beruf, so weit von dieser Zeit fühlt sich von seiner Zeit wie versucht .. fühlt u. nun passiert ihm, daß ihn ein aufgelegter u noch dazu schrecklicher Narr ergreift)
Denn zweifellos ergriff ihn M; schon in seiner Jugend als Hüterbub u armer Teufel lag so etwas.

Große Gefühle, Ideale, Religion, Schicksal, Menschlichkeit, Tugend erschienen ihm wie das Böse an sich. Er schrieb es ihnen zu, daß unsre Zeit so gefühllos ist, materialistisch, irreligiös, unmenschlich u lasterhaft u. behauptete der wahre Idealismus lasse sich nur aus den Schieberinteressen entwickeln

Zimmerbeschreibung, Vorbild könnte nach Telegr. kommen

Daß in einer großen Mißbildung eine ähnliche Zeugungskraft steckt wie in einer (starken Wohl)bildung und daß es sich nur um zwei Richtungen der gleichen Kraft handelt die nicht in bös u gut unterschieden sind, sondern wie Ost und West, aus dem einen der stärkste Strom ins andre zu lassen ist

u daß es durch Änderung von Nebenumständen gelingen müßte, diese Kraft zu gewinnen

Und da es nicht gelungen ist, das Böse zu verdrängen müßte es eigentlich naheliegen, es zu verwerten

Und heute Abend ist er bei Walther u dessen Frau Clarisse wird mit ihm über . . sprechen. Und es wird auch dahineinbiegen

Er liebte eigentlich M. weil er ein Frauenmörder war

Man konnte ihn von tausend Seiten lieben, wenn man ihn nicht voll nahm. Ein Verbrechen ist der ferne Widerschein vieler Tugenden. Aber zuendedenken vermag er das nicht.

Anders reißt sich von Clarisse los, das wendet sich auch schon wieder dahin. Und dann ist sein Schicksal Agathe

Entschluß zu Diotima zu gehn, eventuell erst durch Clarisse

Leona macht ihm noch einmal Spaß, weil sie eine Karrikatur auf B war, ohne daß sie es wußte.

[Beilagen zum «Spion»-Heft]

Hier sind wir bei der Frage die nicht alle wollen Geschlechtlichkeit

Man würde aber Anders gänzlich mißverstehn – denn es ist wohl klar, daß ich schon längst Anders Gedanken vorgetragen habe, da ein Dichter eigene gar nicht haben soll – wenn man annähme, daß er gering von der Phil. dachte. Im Gegenteil, er dachte sehr hoch von ihr. Zunächst erwartete er wesentliche Fortschritte in ihr von Seiten der Erfahrungswissenschaft her, welche ihr allmählich den Anstoß zu ganz neuen Gedankenbildungen geben würden, und er selbst arbeitete in dieser Richtung. Sodann war er sich klar über die von nichts sonst erreichte Verfeinerung des Denkens, welche auch der sozusagen historisch überzüchteten (überzüchtete Bulldoggen sind praktisch feig und können nicht beißen) Philosophie zukam. Damit ist die Frage erledigt, was ihn zu dieser Wissenschaft geführt hatte.

Warum wollte er nicht Diplomat, Kaufmann, Eroberer sein? Weil er ein Mensch war, der den Geist liebte und über alles schätzte.

Es ergab sich das paradoxe Verhältnis, daß dieser junge Mann, der den Geist liebte, keine seiner Äußerungen liebte. Ev. bei: Nicht-passiv.

a. Wissenschaft: Wie beim Militär: ewige Vorbereitung für den Ernstfall
   Vor der Einzelaufgabe: wie beim Boxen. Seine körperliche Natur (Draufgängernatur) setzte sich hier direkt in eine Art Geist um. Aus Reichtum u nicht sozial bei Geist folgt antisozial

b. Gefühl: Er liebte wohl einige Dichter sehr. Aber er hatte nicht den Glauben, daß sie der Zukunft entsprechen. Von dieser hatte er verschiedene Detailvorstellungen. Wie schon gesagt, die Anwendung mathematischer Denkgewohnheiten auf moralische Fragen. Überhaupt die Rückprojektion des wirklichen

Lebens auf das geistige. Er hatte davon mehr ein umfassendes Kraftgefühl als eine genaue Vorstellung. Er wollte auf diesem Gebiet arbeiten, aber es war klar, daß er sich damit die akad. Karriere verdarb.

Er ist gegen die Gefühle*. Hat nur eine Bindung weniger. Und sein Leben war durchaus nicht so moralisch wie das eines Univ. Prof. sondern nur so wie das eines gewöhnlichen Menschen.
(Mathem. isoliert betrachtet, geistesgestört. M., auch nur isoliert betrachtet, so?)
Er nimmt das Wirkliche nicht wirklich – Adel – der Müllhaufen – Aufräumen!
*Nur i.a. wie weit ein Mensch wie er gegen die Gefühle sein muß. Er hat geistige Leidenschaft und glaubt außerdem, den ganzen übrigen Gefühlsfundus unversehrt noch in sich zu haben.
Er liebt nicht die Menschen.
Als Kind wie fast alle gesunden Kinder für edle Ritterlichkeit geschwärmt.

AN 37   B 139
Moosbruggers Geständnis:
Die Brüste eines 12jährigen Mädchens sind noch ganz Form, Rauminhalt, sie bedeuten noch nichts. Der Körper: wenn man ihn umarmt greift man gleich die Knochen. Das kann einem nicht gefallen. Es ist ein Unsinn, daß ich meiner Lust gefröhnt habe. Was man meint, ist die Frau, die man hier in der Hand hat, die man auf und zu decken kann, auseinandernehmen. Er war immer zu schüchtern; er hat sich nicht an Frauen herangefunden; gleichsam aus Zartheit wird er zum Lustmörder.
Man hat ihm nämlich auch diese Fakten mit kleinen Mädchen nachgewiesen, Geständnis nach der Verurteilung. A. muß gehn, weil Pfarrer kommt.

Anders wünschte etwas für M. zu tun. Er erkannte, das Urteil über das Werk ist kein Urteil über die Person. Ms Taten waren ersichtlich nicht der Ausdruck seiner Person, sondern der ihre erst in einer bis zur Qual gesteigerten Lage. Anders Taten mit seinen Geliebten hätten ja auch nicht als Zeichen seines wirklichen Wesens gelten dürfen. (As unmoralischer Wandel hatte den Wert, daß er ihn unterscheiden lehrte
Wäre A. ein sentimentaler Mensch gewesen, so wäre er in Verlegenheit geraten, ob er sein Mitleid Moosbrugger oder jenem Dienstmädchen mit den Mausaugen zuwenden solle, das sein Opfer war.

Eigentlich bricht da ein Begriff aus anderer Sphäre ein; aus der kausalen in die motivische.

ordnende u zurechtlegende Kraft
Gewissen keine Lebensnotwendigkeit, sondern ein Luxus? /ungünstiger/

Ev: damit anfangen daß sich A zu Clarisse begiebt.

Aufnahme der Unzurechnungsfähigkeit als Strafausschließungsgrund heißt annehmen, daß jeder zurechnungsfähige Mensch auch anders handeln könnte; dies moderner Inhalt des Begriffs freier Wille. Schließt Leugnung der Menschen mit Schicksal, innerem Zwang, Notwendigkeit ein. Dessen Handeln sich nicht nach den Anderen, sondern nach seiner Kraft richtet.

nämlich moralisch u. unmoralisch u. ist ein zweifelhaftes Kompliment für den zurechnungsfähigen Menschen.

(Anders geht wütend in seinem Zimmer auf und ab, das bei dieser Gelegenheit beschrieben wird.)

Dreizimmerwohnung eines Junggesellen.

Das Arbeitszimmer ließ nicht viel zu, was über den unmittelbaren Zweck hinausginge. Schreibtisch, zwei, drei große in die Nähe gestellte Tische, die mit Aufzeichnungen u Büchern bedeckt waren. Rauchtisch, Diwan, die Wände von Büchern gebildet. Kein Gemälde, kein Bild eines Vorbilds. Anders hatte sich ja oft die Frage vorgelegt, ob es nicht gut wäre, einige solcher Bildnisse anzubringen. Das ist wie Fahnen im Gefecht.

Aber wenn er sich weiter fragte, so fand er keinen, den er mochte. Nicht als ob er sich überhob, aber in der ganzen Geschichte der neueren Philosophie fand er keinen den er nicht bloß anerkannte, sondern liebte. Zum großen Teil waren es ehemalige Hauslehrer. In diesem Punkt war Anders empfindlich.

Er dachte oft darüber nach: Es muß wunderbar sein, ein Vorbild zu haben. Einen großen Geist, mit dem man sich in geheimem Einverständnis fühlt, der alles schon gekonnt hat und doch Platz neben sich läßt und eine Fortzetzung, die mehr ist als Schülertum.

Sein Schicksal muß wie in einem astrologischen Zusammenhang mit dem eigenen stehn und dieses unerhört ermutigen: oft brannten ihm die leeren Plätze an der Wand in die Augen, unter seinen Vorbildern wandeln, das ist so wie unter Gestirnen wandeln, von denen man weiß, daß sie den eigenen Lebenslauf lenken.

Er konnte auch nicht seine Wohnung einrichten. Er kannte natürlich das Geschmackvolle in allen seinen Ausbildungen, aber welche sollte er wählen? Das blieb innerlich unentschieden und er hätte am besten unter ganz gewöhnlichen Möbeln gelebt. Sein Bett war breit und für zwei Menschen geeignet. Die Teppiche waren weich und tief wie Gras. Viele Polster gab es im Schlafzimmer. Alles andere war einfach moderner Komfort. Ebenso das Speisezimmer. Er hatte die Möbel selbst gezeichnet; ganz glatte Zweckformen aus wuchtigem Holz. Ebensogut hätten es jedoch technisch schmalkräftige sein können wie die eines dreizehnjährigen Mädchens: von Gesundheit ausgezehrt wie Eisenbetonbrücken. Dann hätten die Wände und Fenster anders sein müssen und der ganze Raum wie ein Gitterwerk über der Straße schweben. Durchaus

(Anders meditiert über Moosbrugger.)

Die einzige Seite, von der man ihn retten kann, ist die Unzurechnungsfähigkeit. (Hier kann ein Nachtrag der Gedanken kommen, die A. bei Betrachtung des Moosbruggerfalls beschäftigen. Das befriedigt ihn nicht, aber wenn man praktisch sein will, muß man da anpacken.

Soll man praktisch sein, oder soll man rücksichtslos den Einflüsterungen des Geistes folgen?

Hängt zusammen mit: soll man eine Madonna suchen oder cynisch sein? Überdies antwortet der Geist hier sehr unklar Es ist nur eine dunkle Ahnung, daß dies alles mit einem selbst zusammenhängt.

Anders sucht sich an alles zu erinnern, was er über das Problem der Zurechnungsfähigkeit weiß und holt aus seinen Büchern alles Erreichbare heraus.

Es genügt nicht. Er entleiht aus den Bibliotheken u kauft. Arbeitet nach dem Stbg-Besuch 2 Tage u 2 Nächte vergebens. Geht spazieren. Spaziergang mit Abneigung gegen Bücher. Telegramm.

Reist mit 2 großen Koffern Bücher. Geht zu Fuß, der Fiaker fährt sie ihm nach, grotesk in der engen Gasse.

Will in P arbeiten

Ergebnis: Anders erkennt: es war der Traum eines Logikers; Ekel vor dem Rationalen, Sehnsucht nach dem sinnlos-sinnlich-Tatsächlichen.

Anders besorgt sich in der Bibliothek Literatur. Er macht das Verkehrte, indem er kausalisiert. Sitzt einen Tag und zwei Nächte über den Büchern.

Ergebnis: (wenn nicht das obige erst jetzt.) Gedrängtes Referat (22/8, A 123, 124.)
Die Zurechnungsfähigkeit ist ein philosophisches Problem (
Diese Grenzprobleme findet man nirgends (

Schwierigkeit der Querschnitte: 22/4.

Der Konflikt mit der Umwelt und der wissenschaftlichen Umwelt wird vorbereitet: 22/6.

Anders erinnert sich an Dr. Pfeifenstrauch (22/12.) und beschließt, ihn aufzusuchen.

P 36
              (Anders sucht Dr. Pfeifenstrauch auf.)

Nach 22/12 ff.: Dr. P. ist kein Wissenschaftler; nur solche Menschen studieren solche Probleme.

Berührung mit etwas Unreinem. (22/14.) (/16.)

Unmöglichkeit, sich das Leben eines andren Menschen vorzustellen. Oder selbst aus der Frage, die man im Mittelpunkt von dessen Leben weiß, das Übrige.

Auf dem eigenen Willen balancieren. (Fernvorwirkung von Clarisse.)

Beschreibung des Dr. P. (22/18.)

Gespräch mit Dr. P.

Anders kehrt ohne viel Hoffnung, immerhin mit angeknüpfter Verbindung zurück.

P 37
              (Am Rückweg von Dr. Pfeifenstrauch:) 22/23 u 24.

Diese juridischen Kauzereien erinnern Anders an seinen Vater.
Eine Predigt wird erzählt.
In seinem Leben hatte das Bedeutung. Der Eindruck verstärkt sich, daß ihm lauter wesentliche Ereignisse begegnen.

Anders schämte sich des Samens, der ihn gezeugt hatte. Aber eine gewisse bittere Sympathie war dem beigemengt. Er fühlte empfindlich die bedientenhafte Unterwerfung eines immerhin noch zum Geist gehörigen Menschen unter die Besitzer von Pferden, Äckern und Traditionen; er kannte genau durch seine Dienstzeit beim Militär, den präzis wägenden Takt, der ein kleines, gerade ausreichendes Maß Liebenswürdigkeit in die hochmütige Überraschung mengt, mit der sie entgegengenommen wird. Aber wie ein von einer Kloake verunreinigtes Wasser im weiteren Lauf wieder der reizendste Bach wird, blieb in einiger Entfernung von solchem Geschehn, in den bürgerlich wissenschaftlichen Kreisen, in welchen sein Vater lebte nur die Tatsache, daß er in Beziehung zu hohen Familien stand, was ihm den Ruf des aristokratischen, vornehmen Professors eintrug und ihn nicht wenig förderte. Und da sein Vater in seinen Gesprächen niemals herausfordernden Gebrauch von diesen Beziehungen machte, kam er überdies in den Ruf vornehmer Bescheidenheit; seine Bescheidenheit hätte aber niemals als vornehm gegolten, wenn sie in ihrem Oberlauf nicht würdelos gewesen wäre.

Das überblickte Anders, aber er war weit davon entfernt, solchen Feststellungen, auf die sich die Lebensweisheit des gereiften Mannes etwas zugutehält, sein Interesse zu schenken: er schämte sich eigentlich dieser Weisheit, die sein Vater in ihm erregte, selbst wenn er ihn nur betrachtete. Er war jung genug, um zu durchschaun, daß man sich eine Freude an den Daseinsschnörkeln einredet, wenn nichts mehr mehr ans wollende Herz greift.

Näher als die Lebenshaltung ging ihm die Denkart seines Vaters. Ihm fiel plötzlich ein, daß ihre Philisterhaftigkeit auf die Romantik einer Vorgeneration gefolgt war, und daß nun wieder auf sie selbst eine Romantik folgte, welche die Wiederkehr des Philisters schon in sich trug. Der hier Anders heißt, beging die Unvorsichtigkeit, seine eigene Generation zu hassen.

Sie befand sich gleich ihm in Gegensatz zu ihren Vätern. Aber in ihrem gläubigen Willen, wieder zu einer Inbrunst des Denkens zu gelangen, in ihrer Abneigung gegen die Verstandesarbeit, in ihrem Verlangen nach großen, einfachen Gefühlen, in ihrer Hoffnung, wenn man den Kopf ausschalte, durch Nervenschwingung und von Herz zu Herz mit jedem Menschen spre-

[Hinweise zu: Agathe – Archivar]

Das Atelier: Das dunkle Zimmer mit den verhängten Wänden und der kleinen Luke.

Das Ateliermädchen verlegen. Die gnädige Frau muß jeden Augenblick kommen. Wenn Sie nur ein wenig warten wollten..

Wie liegen gelassen ein Blatt von Rembrandt. Der biedere Evangelist Matthaeus. Der Engel aber, der sich über seine Schulter beugt, hat eines jener Gesichter, die heute erst leben und die gleichermaßen zu den Geschlechtsteilen eines Mannes oder einer Frau sich finden. Halbstimmung.

Es dauert zu lange. Er geht weg. Alles sieht so plötzlich, so gespannt aus.

Und dann stieg auf der engen Holztreppe langsam eine Frau hinan. Ihre Füße bewegten sich wie hinter einem Vorhang – Er bleibt stehen, hört das Ateliermädchen, geht zurück.

Er ist 26 sie 31. Er läßt sich photographieren. Aus Langerweile? Er bemerkt die Prostitution der Photographie – trotz der korrekten Manier. Allein schon das die beste Seite Abgewinnen. So macht er ihr Vorschriften, wie er sein will. Dann nennt er seinen Namen. ...

Sie ist in Pfändungsschwierigkeiten kommt von einem letzten vergeblichen Gang. (Das spielt schon als eine Unruhe immer mit) Er nimmt sie mit u wird alles ordnen. Sie ist schwer und hilflos.

Sie schläft bei ihm. [Das schwesterliche Ausziehen. Natürlich Scham. Aber er hat so viele Frauen schon entkleidet. Da kommt ihm der Gedanke, wie sie wohl – ihr Leben über – zum Mann gestanden haben mochte?]

Der Mann, der nach Agathe fragen kommt. Sie gebraucht Ausflüchte. Etwas Ungelüftetes, Luft vergangener Vergnügen sammelt sich an.

Ein Mann war hier .. ein Herr – Der schöne Kaufmann
Es wartet wohl Ihr Freund unten?
Agathe Spielgenossin vom Pfeifenstrauchgebüsch. Der Unruhe folgend Malerin
ohne sonderliches Talent. Vater Advokat zusammengebrochen. Photographin.
Es war am Nachmittag – wegen des kühlen Lichts – Er führt sie zu sich, um zu besprechen – Es ist bald Abend geworden. Sein chinesischer Diener hat das Abendbrot gebracht – Da kommt ihm zum ersten Mal der Gedanke, wie wohleingefügt –
in den Raum, in seinen Raum – sie dasitzt und was mit ihr werden soll Hotel? Da
sind die fremden Menschen, gegen die sie beide jetzt in Opposition sind. Es ist wie
damals – im Gebüsch.
Schluß Coitus Bei wundervollem, bleichem Sonnenuntergang – Wie damals mit
dem Po im Pfeifenstrauch. Danach Scham. Eine chinesische Tasse zerbrach Er
schämt sich vor der [.?.] seines Dieners – Wir guten Europäer denn mein Gott
von ihr aus gesehen ...
Am Morgen wie nach einem dummen Streich. Sie fängt an: was soll mit mir
werden? Warten. Ausruhen. Befestigung der gestrigen Kameradschaft. Beginn
der Unsittlichkeiten ohne Exzeß, des Hineindenkens. Danach (dritter Tag) der
Kaufmann.

AN 330
Dieses Problem der Zurechnungsfähigkeit: direkt Dickens! Ach., in der Hoffnung,
den Dr. doch zu gewinnen für M. nimmt ihn mit hin. Dort der Assistenzarzt u
eventuell noch der Anstaltsgeistliche würden ein Dickens-Kollegium bilden.
Um Zeit dafür zu gewinnen, erotische Fragen dazwischen erzählen.
Nach einer Weile kann man auch solche vom Dr erzählen
Irgend ein Autor in 414667 führt als Strafgrund die Erhöhung der Würde der
Gesetze an. 1. Darin liegt der Zusammenhang mit dem Weltkrieg! 2. So könnte
auch der Dr. in seiner menschl. Mediocrität gezeichnet werden, die ihn die Ver-
urteilungen unterstützen läßt.
Er könnte aber auch aus Haß gegen die geistigen Formulierungen handeln, ähnlich
der Auffassung, die sich auf das Rechtsbewußtsein des Volkes beruft.
Der Geistliche endlich mit seiner scholastischen Erziehung muß doch geradezu
triumphieren, wenn er diese schwerfälligen Distinktionen hört.
In dieser Schwerfälligkeit übrigens – besonders in dem Referat des Liszt Seminars
ersichtlich – liegt auch eine wesentliche Eigentümlichkeit des öffentl. Denkens, also
der Staaten, also auch eine der Ursachen des Kriegs
/ Andrerseits wirken auf A die sex. Erlebnisse Moosbruggers.
Dann braucht es aber auch schon moralische Gegenbeispiele. Einen Familienmen-
schen. Ev. die letzte Geliebte As sehr moralisch od. sehr unmoralisch zeichnen u
ihn in der Gegenphase

P 20   AN 188   An 33
Auch dies ist eine der Vorbedingungen: Das Unbeherrschbarwerden (intellektuell)
dieser Zeit für den einzelnen. Freunde wunderten sich oft etwas respektlos über
Achilles, warum er an dieser etwas beschränkten Experimentalpsychologie festhalte. Er tut es, weil es an einem Punkt wenigstens ein Gefühl von Sicherheit gibt.
Und weil er – auch im Anblick der vielen Täuschungen, denen Dichter in Hinsicht auf den Wert von Gefühlen unterliegen – sieht, daß Erkenntnisse das Entscheidende sind, für den Wert des Gefühllebens. Also kann man sich der Liebe für
diese rasend in die Breite schießenden intellektuellen Entwicklung nicht entziehen,
aber man kann diese auch nicht in sich aufnehmen. Es ist bei Achilles derart ein
Gebrochensein aus Kraft. Absolut nichts Dekadentes, denn sein ganzes Wesen ist

Kraft, Fassen, Zupacken. Nur: der Gegenstand, wie er ihn sieht, ist eben noch größer als seine Kraft. Soziales Empfinden hat er auch bloß nicht, weil es ihm geistig suspekt vorkommt; er hätte es gerne aus Opposition gegen die grasfressenden Junker, blöden Automobillinge usw.

AN 135
Motiv. Das gepfändete Mädchen, die verschmähte Braut, die Photographin (in ihrem künstlerisch tun u. doch zu Gefallen sein müssen) .. Das sind Typen, die in einem Verhältnis die Barmherzigkeit erregen können. Hanka-Motive. Man liebt ihre Druckstellen. Solche Frauen müssen stattlich und schwer sein. Das Bett, in dem sie liegen, muß Last anzeigen. Überhaupt trennt der Unterschied zwischen der kaum eingebogenen oder der in Fältchen gezerrten aber ebenen Leinwand und der gemuldeten, dem Lagerplatz, (das eine bildet mit den Spitzenbesätzen, das andere mit dem Nachtgeschirr eine höhere Einheit) zwei Typen von geliebten Frauen.

Dl. Variéte:
Das zweite wäre Ag. die da aber unter dem widersprechende Verhältnisse gestellt wird. Das gehört zT. zu den Haßempfindungen wie S. 350 u 351. Ihm ist manchmal, er räche sich an ihr Ach. wartet da auf seine Barmherzigkeit. Auf die Liebe zu ihren Druckstellen. Sie ist wohl da, aber fieberhaft und nicht rein. Vielleicht gibt es für einen Menschen wie er keine reine Barmherzigkeit, sondern nur den Kampf gegen sie. Das Heroenmotiv ist wieder einmal stark in ihm.
Wie ist das mit der Barmherzigkeit? Setzt in Vorgeschichte etwas voraus.

Zum großen Teil benutzt: p 362–364

Der Spion
Unold
Unrod, Alex.

A. U nimmt sich seiner an u gerät dadurch in Konflikt mit der akad. Behörde u dem Ministerium.

Er ist an jenem krit. Punkt der Dozentenlaufbahn, wo man noch nicht durch das Erreichte fixiert wird u. das Begrenzte des bloß Wissenschaftlichen fühlt. Der Fall wird ihm zum Damaskus.

Er tut nicht viel, sitzt ihm gegenüber, sieht seine Hände an, läßt sich erzählen, von «Dämon Sünde-Frau» odgl.

Auf der psychiatrischen Klinik der Universität befand sich ein Mann in Beobachtung, den man Franz hießen. Er war Zimmermann von Beruf, stammte aus Steiermark, hatte wegen eines Lustmordes vier Jahre in Irrenanstalten verbracht, und war als geheilt entlassen worden. Zwei Jahre lang fristete er danach sein Leben in ehrlicher Arbeit, durchwanderte Europa, las in seiner freien Zeit viel, bekannte sich als theoretischen Anarchisten und tat keinem Menschen ein Leid, ausgenommen zweien Maurern, mit denen er auf dem Bau Streit kontrahierte. Er selbst nannte das mit diesem Namen, denn seit ihm das erste unter die Augen gekommen war, las er mit einer stillen Leidenschaft Kommersbücher und studentische Schriften und hegte eine heimliche Schwärmerei für Burschentreue und Burschenfreiheit, im Grünen gekreuzte Schläger und in der Abendsonne funkelnde Weinpokale. Damals, als die beiden Männer mit ihm wegen einer geringfügigen Ursache zu streiten begonnen hatten, war er aber plötzlich erschrocken, wie vor einer Verschwörung, und hatte sie besinnungslos mit seinen riesenstarken Fäusten zwei Stockwerke tief hinabgestoßen, wo sie mit gebrochenen Gliedern liegen blieben. In der Gerichtsverhandlung bekam er trotz seiner Beteuerungen mehrere Monate Zuchthaus und wurde ein dumpfes, machtloses Gefühl über erlittenes Unrecht nie wieder los.

Von den beiden Lustmorden, deren er jetzt angeklagt war, leugnete er den einen entschieden und räumte den andern unumwunden ein. Aber er suchte ihn als einen Todschlag hinzustellen. Er war von ihr bedroht worden und hatte dann aus Haß über die «Weibsperson» sie so zugerichtet. Geisteskrank zu sein bestritt er aufs heftigste. Er wollte lieber gehenkt werden, als wieder ins Irrenhaus kommen. Die Gerichtspsychiater behaupteten seine Zurechnungsfähigkeit zur Zeit der Tat, der Verteidiger verlangte unter Hinweis auf die frühere Internierung ein Fakultätsgutachten.

Es stehen sich in der Beurteilung eines solchen Grenzfalls auch zwei Schulen gegenüber. Wenn ihre Verhandlung u. Untersuchung in Würzburg stattgefunden hätte wären sie wegen Unzurechnungsfähigkeit freigesprochen worden, hier werden sie verurteilt werden. Verstehen Sie das. Die gelehrte Beurteilung reicht nicht ganz aus, aber immerhin, sie ist das beste, was wir haben.
So sprach Unrod zu Franz.

So kam Franz Moosbrugger zur Beantwortung einer Frage über Leben und Tod auf die Klinik. Als er eingeliefert wurde, war er noch sehr gerührt durch einige Aussprüche, die der Verteidiger während der Verhandlung über ihn getan hatte. Opfer der Verhältnisse, der mangelnden Erziehung, gute Fähigkeiten, die irregeleitet wurden udgl. Er betrug sich auf der Klinik still und militärisch musterhaft. Die Kranken – er war in einem Zimmer zusammen mit mehreren Paralytikern in verschiedenen frühen u mittleren Stadien untergebracht – machten ihm keinen sonderlichen Eindruck. Er führte eine Art Intelligenzregiment über sie und ganz ohne zu bedenken, daß sie krank waren, freute er sich seiner überlegenen Fähigkeiten im Lesen und Rechnen bei den kleinen Prüfungen, die die Ärzte manchmal veranstalteten. Er bat um Bücher u. durfte sich auch selbst welche kaufen lassen; seine Ausdrucksweise bereicherte sich um einige medizinische Ausdrücke. Er wäre glücklich gewesen, wenn ihm unter diesen erleichterten Verhältnissen nicht wieder die Lust zu leben angekommen wäre und damit der Wunsch für krank erklärt zu werden. Denn er wollte nicht krank sein auf einer Stufe mit den Leuten, unter die man ihn gesteckt hatte und hütete eifersüchtig das Ansehen seiner Intelligenz (er wollte keinen Intelligenzdefekt) Er hatte sich eine eigene Auffassung seines Krankseins zurechtgelegt und suchte, sie den Ärzten aufzuzwingen. Es war eine durchaus romantische Auffassung, eine Art krankes Gemüt, woran er glaubte. Und in Gesprächen mit U. ausführt Daß die Ärzte, nachdem sie ihn zwei- dreimal angehört hatten, nicht weiter darauf eingingen, reizte ihn, ließ ihn manchmal ein wenig beginnen zu querulieren und rief eine alte Anschauung wieder in ihm herauf, daß alle Ärzte und zumal die Psychiater unfähig seien, Beutelschneider und nicht imstande einen Fall zu erkennen, der mehr als schablonenhaft ist. Dadurch zog er sich einige Verschärfungen seiner Lage zu, unterwarf sich mit der Resignation, die ihn sein Leben gelehrt hatte u. fraß seinen Grimm in sich hinein.

7 Wochen vor seiner Hinrichtung erhielt Moosbrugger zum erstenmal den Besuch Alexander Unrods. Er hinterließ ihm eine eigentümliche Freude. Der große schöne junge Mensch, der nur ganz kurz auf einem Rundgang bei ihm eingetreten war und einige belanglos freundliche Worte mit ihm gewechselt hatte, hatte ihn in seiner Einsamkeit ergriffen wie ein Mensch aus der Heimat. Es brach etwas auf in ihm, Wärme, Bewunderung, in seinem Kopf wurde es feucht und weich u behaglich wie die Luft einer Waschküche und durch das sanfte Wallen brach manchmal etwas unbegreiflich Glänzendes. Ein unendliches Gefühl der Hingabe überkam Moosbrugger; er gedachte mit Zufriedenheit seiner Morde, an diesen trüben unreinen weiblichen Geschöpfen, die er in der Erinnerung noch einmal mit Haß von sich stieß, während eine große gütige Klarheit von einer Ahnung der geistigen Gesellschaft des Manns ausstrahlte. Eine ruhige, schöne Welt ohne Krämpfe.

Als Dr. Danner auf dem letzten abendlichen Inspektionsgang durch M's. Zimmer kam, trat dieser vor ihn hin und bat ihn militärisch stramm um Auskunft, wer der vornehme fremde Herr gewesen sei, der ihn besucht hatte. Hans v. Danner, der jüngste Assistent an der Klinik, war ein Freund Alexander Unrods. Er war ein langer, weicher Mensch, Protektionskind, Sohn des Astronomen Danner (der mit Alexanders Vater mehrere Jahre an der gleichen Universität gelehrt hatte) ein etwas unbestimmter Kopf, modisch, klagte gern über sein Fach, erklärte die heute herrschende klassifikatorische Methode der Psychiatrie für ekelerregend unexakt und schwärmte bloß für hirnanatomische Untersuchungen. Er war ein wenig lächerlich in dieser Art, gerade dadurch aber, daß er sich selbst in dem wissenschaftlichen Betrieb um sich unbefriedigt fühlte, der einzige, der Moosbrugger ein – wenn auch affektiertes – menschliches Interesse entgegenbrachte.

Als der nun vor ihm stand u. seine Bitte vorbrachte maß er ihn erstaunt und wie wegen einer allzu großen Intimität, dann willfahrte er aber doch der Frage und sagte Moosbrugger, daß dies der Privatdozent der Philosophie Dr. Alex. Unrod gewesen sei: Der Philosophie? staunte Moosbrugger, «ein sehr ein vornehmer Herr. Vielleicht – ich mein bloß, daß ich mir eine gehorsamste Bitte erlaube – kommt der Herr Doktor nicht wieder her?» «Was wollen Sie denn?» fragte Danner. Moosbrugger wurde verlegen. «Ich habe mir bloß eine gehorsamste Frage erlaubt. Aber wenn der Herr Doktor die Güte hätten, dem Herrn Doktor zu sagen, vielleicht kommt er doch noch einmal her. Ein sehr guter, vornehmer Herr muß es sein der Herr Doktor...» Dr. Danner ließ seinen Blick mit der hohen Gleichgültigkeit des beschäftigten Arztes, der sich von den Augen des Kranken nicht stellen läßt, an dem Verbrecher vorbeigleiten, dann sagte er nachlässig – nun, ich will bei Gelegenheit sehen, klopfte scherzend einem freundlichen Paralytiker auf die Wange, der daneben stand und setzte seinen Rundgang fort.

Moosbrugger aber war an diesem Abend fortwährend bis er einschlief, als ob in dem dunklen Zimmer um ihn irgendwo eine Kerze brennen würde. Vielleicht war es eine Erinnerung an die kleine Hütte seiner Mutter u. seine Kindheit bei dieser armen Taglöhnersfrau.

Er hatte sie jahrelang nicht gesehn gehabt, erst bei der Verhandlung. Sie reicht ihm die Hand. Er wußte, daß sie wegen des Lebens von so einem Mensch kein solches Aufheben machen würde.

Dann sagt sie aus um ihn herauszuhaun, wie er als Bub auf den Kopf fiel udgl.

Um zwölf Uhr, ohne Unterschied der Nacht, wurde das schwere Holztor der Einfahrt geschlossen und zwei armbreite Eisenstangen wurden dahintergelegt; bis dahin erwartete eine verschlafene, bäurisch aussehende Magd verspätete Gäste.

Vorrede für den Schönen Leser.
oder: Schöner Leser!

I. Lage eines jungen Mannes.
  1. Weshalb A.?
  2. Zwei Blickrichtungen.
  3. Unausgetragene Gegensätze.
    oder: Das Schloß im Mond.
  4. Lebendinventar I.
  5. Lebendinventar II.
  6. Lage eines jungen Mannes.

I. Lage eines jungen Mannes
II. Zwischenfälle
  1. M
  2. Brief.
III. Die //.

1. *Weshalb Anders?*

Grundlage: sehr kurz: 1 → 1ff.
Es ist aber doch ein eigner Abschnitt daraus zu machen:
Ich nenne ihn A. 1. weil er anders hieß.
          Weil er sich später (Sp.) selbst so nannte.
        2. um seinem Vater keine Schande zuzufügen.
        3. es gibt noch andre Gründe (denn es gibt für alles Gründe;
           widersprechende Gründe für das gleiche u. den gleichen
           Grund für Widersprechendes) Darunter den: er fühlte sich
           anders sein. Gerade damit war er aber nicht so sehr anders
           als viele seiner Mitmenschen.
        Folgt: Exkurs über «Anderssein» Blge. 1.
        (dort auch die zb.)
        Dazu aber auch 4ff / Vorreden.

> Einsamkeit
> Abneigung aller gegen alle. Anlehnung = Ablehnung
> Gefühl der Unsicherheit
> Verkehrsschwierigkeit

Zu 2–4: G 44.
Statistik 21/133, 4ff Vornotizen, letzte.
S 1, 4, 15.
1 → 1ff / 1, I.

Adelig
Herkunft von Adel
Typisch für bourgeoisen Geist
Zur Unsicherheit u Ironie befreit.

1962

Individualismus contra Allgemeinheit in den Leistungen

Lebensgefühl des bürgerlichen u des heroischen Menschen

Donnerndes bogenstark betont

Zeitbild
/ *Ohnmacht* /
Dadaistische Moral

2. Lage eines jungen Mannes.

Scheinbar sehr gediegen. (Ah, sagt der Vorübertreibende, welche Konsolidierung) In Wahrheit sehr unruhig. Viele Meterkilogramme.

(wenn man – vorbeitrieb, ... so gewahrte man ein bezauberndes Bild der Vornehmheit und zuletzt Geist gewordenen Zivilisation. Man sah ...

2. *a. 2 Blickrichtungen.*   Nach $1 \rightarrow I/1$. S. gibt nichts Wesentliches dazu; höchstens durch Gebrodel u. seine Schilderung (S. 1)

Die Situation aber besser so: ergänzen. Ab. 3 schon einbezogen.

Hauptstraße
☐
Haus
Garten
belebte Nebenstraße

↑Atlasblick. Denn wenn das Haus unmittelbar an der Straße liegt, nur dann ist die Winkelgeschwindigkeit groß.

↑Sehnsuchtsblick

Durchschnittsgeschwindigkeit der Autos: ?

b. Ein antiheroischer u. ein heroischer Gedanke.

Nach 1 – Iff /2. .. Das dürfte das Lebensgefühl des bürgerlichen Menschen sein, der den heroischen verachtet, u. vielleicht ist es der unbewußte Beginn einer neuen, kollektiven, ungeheuren Heroik (I)

Man kann aber auch den Schluß ziehn, daß ... 1 – I/3 ... also kann man tun, was man will, es kommt nicht darauf an. [A. zb. saß an einem schönen warmen Vorfrühlingstag in einem bequemen Rohrstuhl, den er in den Garten hatte tragen lassen; eine Katze hatte sich zu seinen Füßen in den zartwarmen Strahlen der Sonne zusammengerollt, die Wipfel der (hohen) Bäume wiegten im Winde und er hatte ein schneeweißes Blatt Papier auf den Knien liegen, das mit Aufzeichnungen bedeckt war. Statistische Aufzeichnungen waren es, und zwei davon wiederholte sich A. immerzu mit geschlossenen Augen. Nach einer offiziellen engl. Stat. sollen sich auf der Erde in jeder ' 1000 Gewitter entladen, das sind also in jeder Sekunde 100 Blitze; und nach einer off. amerik. Stat. waren durch Autos im vergangenen Jahr 190 000 Personen getötet u. 450 000 verletzt worden (21/133) Es bereitete ihm große, aber angenehme Schwierigkeiten, den bequemen Gartenstuhl, auf dem er saß, sich vor diesem Hintergrund zu denken, und doch war beides Wirklichkeit, der Stuhl neben der sanft schmorenden Katze und die ringsum einschlagenden Blitze.

3. *a. Unausgetragene Gegensätze*   Aufbau von 3. korrigiert S. 23. / Erzählend / A. hatte als er vom Ausland zurückkam, um seine Studien zu beenden, das

Schlößchen, das im 18. Jhrdt. ein vor den Toren liegender adeliger Sommersitz gewesen war, der seine Bestimmung verlor, als die Großstadt über ihn weg wuchs, entdeckt und eigentlich nur aus Übermut und für wenig Geld gepachtet, denn es stellt ein brachliegendes, auf die Steigerung der Bodenpreise wartendes Grundstück dar, das niemand benutzte.

Es stellte als Baugrundstück einen großen Wert dar, aber zur Miete hatte es A. für verhältnismäßig billiges Geld erhalten.
Mehr Geld hatte die Einrichtung gekostet. Der Vater widerstrebend. Und als alles fertig war: Schlag ins Leere.
Er hätte es sich vielleicht wie einen kleinen Sportpalast einrichten können, aber obgleich er ein außerordentlicher Sportsmann war, tat er auch das nicht.

Mehr Geld hätte es dann freilich gekostet .. 1 → I/3 .. Diese Auslagen überschritten auch die Rente, durch welche A. seit dem frühen Tode seiner Mutter verwöhnt worden war, u er mußte die Hilfe seines Vaters anrufen, um seine Schulden begleichen zu können.
Dieser alte Herr war entsetzt; weniger wegen des Überfalls – wenngleich auch deswegen denn er verabscheute die Unüberlegtheit –, noch wegen der für seine Verhältnisse nicht übermäßigen Kontribution, die er leisten mußte –, denn im Grunde billigte er es, daß sein Sohn das Bedürfnis nach Häuslichkeit u. eigener Ordnung empfand, – wohl aber wegen der gesellschaftlichen Anmaßung, welche sich in der «Wahl des Objekts» ausdrückte.

Bedeutung:
Einschiebung: Vater, Karriere. Eine Wirklichkeits-Laufbahn. Folge: Kein Ehrgeiz, kein Wirklichkeitssinn.
Überschrift: Ein erfolgreiches Leben
od. → Eine aufsteigende Laufbahn

Er selbst hatte als Hauslehrer ... begonnen. Eigentlich ohne Not, denn 1→I/3 f. (Dazu: Ab. 35f. für Text aber ↑ *[*1 → I 3f.*]* maßgeblich)
.. Als er später .. geworden war, brachte es aber .. die sorgfältige Pflege der solcherart erworbenen Beziehungen mit sich, daß er häufig mit Vertretungen betraut wurde und allmählig .. aufrückte. Er bedurfte dieser anstrengenden Tätigkeit neben seinem Lehr u Forscheramt eigentlich gar nicht, denn er war ein anspruchsloser Mann, aber lange nachdem .. schliefen nicht ein, ja sie dehnten sich aus u. längst nachdem .. wurden auch noch .. gebucht usw. .. dankten.
1 → I/4 u. Ab. M. 36:
A – Reiterregiment – Peitschenhieb genau. S. 6 Es verdroß ihn die Unterwürfigkeit eines zweifellos zum Geist gehörigen Menschen unter d. Besitzer von Pferd Äckern u Tradition. Was seinen Vater dagegen unempfindlich machte, war aber nicht Berechnung, noch eigentlich Überzeugung; man konnte eher von einem ungewöhnlich entwickelten Sinn für soz Gleichgewicht sprechen, zu dessen Wirkungen unter anderem ja auch die strenge Regelmäßigkeit der Juristenseele gehörte, welche A's. Kindheit mit Dunkelheit, aber manche wissenschaftl. Streitfragen mit Klarheit erfüllt hatte. Der alte Herr legte – wie schon erwähnt worden ist – eine große Laufbahn hinter sich; er war nicht nur Prof. Hofrat, Mitglied der Ak. d. Wiss. u. vieler wissenschaftl. u staatl. Ausschüsse, Ritter, Komthur, ja sogar Großkreuz hoher Orden geworden, sondern S. Maj. hatte ihn auch zum Mitglied des Herrenhauses und schließlich in den erblichen Adelsstand (mit dem Prädikat von Schaffrecht) erhoben. Es wäre aber weit gefehlt gewesen, in dem erfolgreichen alten Herrn einen Streber zu suchen. Daß er in hohen Kreisen nicht dafür galt, versteht sich ganz von selbst, denn diese fanden sein Verhalten bloß

natürlich. Aber auch in den bürgerlich selbstbewußten Kreisen, in denen er wirkte, wurden ihm die Beziehungen denen er Erfolg dankt nicht verübelt, ja sie schienen sogar einen gewissen Glanz auf seine nähere Umgebung zu werfen. Wie ein durch irgend eine Fabrikation verunreinigtes Wasser in seinem weiteren Lauf wieder der reizendste Bach wird, so blieb von seinen hohen Beziehungen dort nichts zurück als das Gerücht ihrer Tatsächlichkeit; u. da man zwar in der Welt schaffender Männer, welche den feudalen Staat abgelöst hat, den Adel nur als stehengebliebene Dekoration betrachtet – theoretisch gewissermaßen – es aber praktisch Schwierigkeiten bereitet u. anstrengend ist, etwas durch Natur oder Umstände Hochgestelltes ... Ab M 36 .. so konzentriert sich .. auf die Augenblicke ... auftritt, was verhältnismäßig selten ist, während – in den viel zahlreichern andren .. stiller Auftrieb, dem das Leben des alten Herrn nicht geringe Förderung verdankte.

(A. hat nun ein Prädikat, von dem er wegen Abscheulichkeit keinen Gebrauch macht)

Diese Prädikate, die keine sind, gehören zu dem mit der einen Hand geben, der andren nehmen, das für die europäische Entwicklung kennzeichnend ist. *Durchstrichene Welt.* (verwandt mit *P. d. u G.*)

Wenn sich das Theoretische der Exkurse zu sehr häuft, so kann hier abgebrochen u. direkt angeknüpft werden, daß A. keinen Wirklichkeitssinn besaß u. sich nicht einzurichten wußte. Das Ausgelassene könnte ca. Besuch bei D. kommen.

Fortsetzung: Merkwürdiges Verhalten an seinem Lebensende – Er will zwar mit den Orden aufgebahrt, aber nicht begraben sein? Er ist gar nicht glücklich gewesen. Und man handelt ihm mit einer gewissen Wehmut u. überlegenen Resignation entgegen.

Vom Hauslehrer bis zum Herrenhauslehrer.

Forts: In Schw. findet er dann doch einen Feind u. dieser bringt viel von dieser beiläufigen Gönnerschaft zum Einstürzen.

Bezeichnenderweise schloß er sich im Herrenhaus dem liberalen bürgerlichen Flügel an, und niemand von seinen adeligen Gönnern nahm es ihm übel; man kann annehmen, daß ihnen der Geist des aufstrebenden Bürgertums in solchen Händen gut aufgehoben zu sein schien, gewissermaßen durchaus entgiftet, ü. wenn der gescheite alte Herr an der Gesetzgebung mitwirkte, so tat er damit nichts, was nicht schon seines Amtes als Hauslehrer gewesen wäre: ein überlegenes u. zuweilen sanft korrigierendes Wissen mit persönlicher Verläßlichkeit vereinen. Um es mit der lieblosen Kritik der Söhne auszudrücken: vom Hauslehrer zum Herrenhauslehrer.

Talent für die Wirklichkeit.

Man wird diese Harmonie zwischen Gefühl und Vorteil diese eingeborene Liebe die As Vater seinen vorteilhaften Platz im Leben mit solcher Unbeirrtheit suchen hieß bei fast allen erfolgreichen Männern antreffen und kann sie geradezu als das Talent zur Wirklichkeit ansprechen. Aber eben dies – sagte A – ist ja auch der Instinkt, mit dem ein Hund seinen Platz unter einem Tisch findet. Man wird ihm nicht beipflichten, er war ärgerlich u. gereizt von der Unterwürfigkeit ... unter die Besitzer von ..., die er wahrzunehmen glaubte. Sein Vater hatte die knappen Mitteilungen des Sohns durch eigene Forschung ergänzt und als er die aristokratische Vorgeschichte von dessen Erwerbung erfuhr, machte er ihm Vorwürfe, die auf die Verletzung einer heiligen, wenn auch sozial nicht mehr definierten Grenze hinausliefen.

Aufbau 3., Korrektur:
3. Unausgetragene Gegensätze.
   a. Beginnt mit Schlößchen
   b. Vom Hauslehrer zum Herren-hauslehrer (eine aufsteigende Laufbahn)
   c. Talent für die Wirklichkeit, ein Gleichgewichtsorgan.
   d. Mehrfach durchstrichene Welt. Man hilft sich. Kein Wirklich-keitssinn
   e. Bei der Einrichtung einer Woh-nung fällt man aber herein. Das Schloß im Mond.
4. Lebendinventar I (Le)
5. Lebendinventar II. (Die gute Göttin)
6. Anders (Entschuldigung u. Erklä-rung) Lage eines jungen Mannes
II.
7. Mo.
8. Brief und //.

Aufbau b/c, korr.
ein ungewöhnl. Gleichgewichtsorgan
S 20 (Mit seiner Hilfe) Aufstieg. Es wäre weit gefehlt, .. Streber zu sehn
Im Herrenhaus liberal. Vom Haus-lehrer zum Herrenhauslehrer.
Erfolgreiche Männer.
Man wird A nicht beipflichten
Hund. So auch die freigeistigen Män-ner der Universität.
Es ist eben eine .. durchstrichene Welt.

d. Es ist eben eine sehr schwierige mehrfach durchstrichene Welt, in welche junge Menschen eintreten, ohne gleich alles überblicken zu können. Friedliebend mit vielen Generalen. Demokratisch mit Königen. Ungläubig mit Kirchen. Die Eigen-tumsdelikte im großen anders beurteilend als im kleinen usw. In der Wirklichkeit immer um zwei Jahrhunderte hinter dem Geist zurück.
Wenn man das bedenkt, ohne es im übrigen kritisieren zu wollen, muß man ver-stehn, daß ein begabter junger Mann, – keinen Wirkl.sinn hat welcher noch nicht die Weisheit begriffen hat, wie notwendig ein fester Rahmen für Türen ist ... bloß um sich zurechtzufinden gar nicht anders kann, als sich einen Plan zurecht-zulegen, nach dem die Welt anders u besser zu denken wäre. (od. doch voraus-zusetzen, daß er ihn sich jederzeit denken könnte). Junge Menschen nehmen des-halb die Welt nicht als letztes Wort – sie lassen sich hineingebären – Überbleibsel einer alten Unordnung. Warum sie es später nicht besser machen, weiß Gott. Junge Menschen haben also *keinen Wirklichkeitssinn, sondern* statt seiner etwas wie einen negierenden *Möglichkeitssinn.*

Ev. auch: Junge Menschen haben keinen Sinn für Ironie des Daseins.
Radikale Leugnung der Wirklichkeit

Kein Wirklichkeitssinn.

Mit einer Hand nehmen mit der andern geben.

(Das Schloß im Mond)

e. Als A's. Vater (hier 24) .. erfuhr, machte er ihm deshalb Vorwürfe, die durchaus auf ein verletztes Gefühl hinausliefen u. deshalb unklar waren (denn im Grunde verweigerte er ja seine Hilfe nicht, sondern schien bloß an ein drohendes Unheil zu glauben), wogegen A. nicht einsehen wollte, weshalb man aus allem Umherliegenden .. 1 → I/4. Er war in ein Gehäuse gekrochen .. Hier ev: Das Ahistorische, Welt neu .. (Ü 17) einschieben, als ganz einfache Antwort seines Wesens aber als er den Widerstand seines Vaters zu spüren bekam u. selbstverständlich ohne zu fragen seinen Willen gegen diesen Widerstand durchsetzte, geriet er bei der Ausführung in eine Schwierigkeit, welche ihn eigentlich zum Nachdenken (Einlenken) hätte bewegen sollen.

Sage mir, wie du wohnst, und ich sage dir, wer du bist.

(= Jeder weiß heute, wie er sich einrichten soll, aber gerade unser Held nicht. Später – Le u Bo.: er weiß ja auch nicht, wie er leben soll)

Weiterer Beweis od nähere Ausführung, daß A der Wirklichkeitssinn fehlt Nach dem Spruch ↑ *[Sage mir, wie du wohnst, [...]]* er war nichts.

Man versetze sich für einen Augenblick in die angenehme Lage, sich ein Haus ganz nach eigenem Geschmack ausdenken zu dürfen: Vom Stil der alten Assyrer bis zum Kubismus, der damals begann, standen A. alle Stile zur Verfügung u. alle Grundsätze der Anwendung der Stile von dem der Reinheit bis zu dem völliger u. grundsätzlicher Vermischung oder Vermaschung / Vermischung zu einem charakterlosen oder wirbelnden bric à brac): Wesentlich schwieriger ist es aber, sich für einen dieser Stile u Grundsätze zu entscheiden. [Jemand der die Möbel seiner alten Tante erbt oder kein Geld hat und nehmen muß, was ihm ein Abzahlungsgeschäft vorsetzt, hat es viel leichter.]
In Deutschland erschienen zu jener Zeit nachgewiesenermaßen täglich 3 neue Zeitschriften (19/35), das macht über 1000 im Jahr, die bereits bestehenden ungerechnet, und fast jede von ihnen beschäftigte sich auch mehr oder weniger befehlhaberisch mit Kunstfragen. Wer nicht [ca.] oder überzeugt war, daß die geistige Kultur von den Möbeln des Prof. X. abhänge, mußte verzweifeln wie ein Mann, der zwischen einigen tausend Magephonen steht, die ihm alle zubrüllen: sage mir, wie du wohnst, und ich sage dir, wer du bist.
A. den darüber ein eigener Gedanke packt beschloß also zunächst, seine Möbel selbst zu entwerfen. Aber wenn er zuerst ganz glatte Zweckformen aus wuchtigem Holz sich ausdachte, fiel ihm ein, daß es ja ebensogut .. schmalkräftige sein könnten, und als er welche entwarf, die wie ... von Gesundheit ausgezehrte wie die eines .. Mädchens oder von Eisenbetonbrücken waren, fiel ihm ein, daß dann auch die Wände auch schweben – müßten, aber nicht zu einem Schlößchen aus dem .. Jhrdt. gehören dürften. Schließlich schwebten ihm zuweilen Zimmer vor, die wie Drehbühnen waren .. raffiniert .. technisch .. kaleidoskopische Zimmer Aber als er an diesen Gedanken noch ein wenig weiter verfolgte, kam er zu der Einsicht, daß dazu auch eine Maschine gehören würde, welche gescheiter sein müßte als der Mensch. Denn wenn der Mensch seine Gefühle variiert, so kommt ein Schmock heraus, wenn dagegen die Gefühle den Menschen herumschieben, so entsteht ein Schicksal. So war es ja schließlich auch mit den Stilen; sie entstanden aus Langsamkeit (Ab P 22) u. technischem Unvermögen. Ganz eingepreßt muß der Mensch sein, u. wenn er nur *einen* Schrei hervorstoßen kann, dann hat dieser Genie.
Das Große entsteht also eigentlich durch das Hindernis u. A. kam beinahe der konservativen Überzeugung seines Vaters nahe, welcher Zucht und die Verehrung der Vorbilder verlangte.

Hier mochten Sänften mit bestickten Würdenträgern vorbeikommen oder Equipagen mit verschleierten Damen einrollen. Aber in Wahrheit rollten Geschäftswagen vorbei u. Damen welche auf dem Hintersitz von Motorrädern in kurzen Röcken saßen, die sich über die Knie hinaufschoben. Dennoch blieb ihr eiliger Blick an dem kleinen so vergangenen Haus hängen u. ein Ah sprang aus ihrem vorbeieilenden Munde wie die kleinen Steinchen zuweilen unter der Pneumatik seitlich hervorspringen

Blieb hier eins, läßt sich bei Idealen odgl. vereinen, mit andern Stellen der Liebe zu etwas, das man nicht liebt, des Überbaus zb. udgl.

In diesem Zustand fühlte er eine neue Schwierigkeit. Wie schön hätte es sein müssen, ein Vorbild zu haben, einen großen Geist ... u. mit seinem Bildnis die Zimmer zu schmücken .. Ab P 21 .. Aber er hatte das nicht.
Da versuchte es A. mit dem Grundsatz der Erotik 1 → Iff Er sagte sich das Wohnen hat noch den stärksten Zusammenhang mit der Liebe usw. Aber auch da ging es nicht recht.

Zu Grundsatz der Erotik: Wird ja sofort in der Folge durch Le u. Bo. variiert. Also schon hier nur: .. müßte, sollte Zusammenhang mit der Liebe haben; in Wahrheit haben es ja auch seine Liebesverhältnisse nicht.

Das Schloß im Mond

So war er endlich zu einem mutigen Entschluß gekommen Er zog Linien nach. Tat breit u entschieden, was zweckhaft war (Arbeitszimmer, Bett, Komfort) Im übrigen aber überließ er alles dem Genie seiner Lieferanten. Und als alles fertig war, so wie er es beschlossen hatte, war es sehr schön, aber es war nicht A. Auch die Erotik stimmte nicht. Er hätte ebensogut am Mond residieren können u. in . S 21 .. waren ebensowenig Equipagen mit vornehmen Damen u galanten Würdenträgern eingerollt. Oder: 1. Mond 2. ob es mit Erotik stimmte, wird sich gleich zeigen.
Aber nun wohnte er so, und in der Geschichte seines Lebens spielte das niemals mehr eine Rolle. /.. u das bezeichnendste für d. Gesch. seines Leb. war, daß es in der Gesch. s. Leb. niemals mehr .. spielte/

Geistvoller junger Mann kann sich alles denken, aber im Leben kommt es anders.

4. Lebendinventar I.
Außer Rm. Horn, dem A. zwei Zimmer u. ein Burschengelaß abgetreten hatte – der aber niemals Frauenbesuch in seiner eigenen Wohnung empfing, grundsätzlich nicht, denn seiner Ansicht nach sollte ein Mann niemals eine Frau so nah an sich heranlassen – bildeten den einzigen ständigen Verkehr in dem kleinen Palais zwei Frauen, die voneinander nichts wußten.
Die eine dieser beiden hieß Leontine, und war Liedersängerin in einem Variété; sie war groß .. voll, aufreizend leblos u A. nannte sie Leona.

(1.) *Weshalb Leona?*
Ein vergangenes Liebesideal.

Auch Leona ist wie das Schloß. Das ist zuviel Er beschließt sich von ihr zu trennen, da er sich von dem Schloß so leicht nicht trennen kann Hier handelt es sich nur um Fehlschläge des Möglichkeitsprinzips.

1968

Sie war ihm aufgefallen durch – nach Ab. M. 9 – sittliche Lieder, welche sie im V. sang; denn alle diese altmodischen kleinen Gesänge hatten Untreue, Liebe, Verlassenheit, Leid, Sultan, Suleika, Forellenblinken u. Waldesrauschen zum Inhalt (Ab. M. 13), u. wenn eine kleine sittsame Gewagtheit Ab 9 .. vorkam, so wirkte sie in d. Umgebung merkwürdig schemenhaft L. stand groß u verlassen .. u sang (sie) mit der Stimme einer Hausfrau .., was umso gespenstischer wirkte, als sie .. buchstabierte (1 → I/6) Sie erinnerte ihn sofort an .. Ab M 9. und während er sich in ihr Gesicht hinein dachte, bemerkte er da ein .. Es gibt natürlich .. alle Arten von Gesichtern ... (1 → I/6. u. Ab M 9) Solche Gesichter wandern .. Leichen früherer Gelüste .. (nach ↑) Er beschloß sie L. zu nennen, ihr Besitz erschien ihr mit einemmal begehrenswert wie .. Löwenfell

Nachdem aber ihre Bekanntschaft begonnen hatte, entwickelte Le. noch eine überraschende Eigenschaft, durch die sie sein Interesse gewann und sie verband sie in einer nicht minder unzeitgemäßen und geistig unartikulierten Art mit dem Leben: sie war nicht nur in einem ungew. Maß, sondern auch in einer ungew., geradezu seelisch zu nennenden Weise gefräßig. Weiß Gott, was es war. Sie war nicht nur unzeitgemäß schön, sondern sie war auch unzeitgemäß gefräßig, denn dies ist ein Laster, das ... u. berührte sich irgendwie mit seinem eigenen Leben. Es war ein Laster, das heute sozusagen aus der Mode gekommen ist. /In 9–13 u. IV–VIII ziemlich gleichlautend u zu breit (Spaziergänge etc.) in 1 → I/7 zu knapp u brutal/ Es war wohl .. 1 → I/7 korrigiert .. Käfig zerbrochen hat. Ihr Vater (dort Konv.) .. M 16 ...

(2) *Unzeitgemäße Gefräßigkeit.*
? Oder: Ein Magen als soziales Organ.
? Oder: Sozialer Aufstieg des Magens.
        ,,   Auch der Magen kennt einen Aufstieg.
(2) (a) *Es war die Sehnsucht ...*
(2b) *Langsamkeit und Anstand*
(2c) *Allerdings Prostitution.*
        (*Aber deren 2 Aspekte*)

Ihre Trägheit ibid. Im Grunde anständig Berufsmäßige Unanständigkeit ibid. Auf welche Weise sie eigentlich zum Variété gekommen sei, konnte A. niemals aus ihr herausbringen. Wahrscheinlich wußte sie es selbst nicht mehr genau. Sie erzählte, daß sie in der Volks- oder Normalschule die sie mit vornehmen Bürgerkindern absolvierte von ihrem Lehrer gelobt worden sei, weil sie die Töne immer richtig auswendig kannte, und schimpfte auf die «schlampigen Menscher» im Variete, welche an nichts als ans Herumhuren denken (sie sprach dieses Wort groß, langsam und dunkel aus) und keine Ehre haben. Es war anzunehmen, daß sie den Beruf einer Liedersängerin, wie sie ihn ausübte, für einen notwendigen Teil des Lebens hielt, und alles Unklare, Beiläufige, aber Große, was sie von Kunst und Künstlern in den Zeitungen gesehen oder je in der Schule u. im Leben gehört hatte, damit verband, so daß es ihr durchaus richtig, erzieherisch u. vornehm vorkommen mochte, wenn sie allabendlich auf eine kleine, von Zigarrendunst umwölkte Bühne hinaustrat u. Lieder vortrug, deren ergreifende Geltung sie für eine feststehende Sache erachtete. Ev. Gewiß war sie auch zeit ihres Lebens zu bequem gewesen, um andre Lieder zu erlernen als die des Volksschulliederbuchs u. also die vom bürgerlichen Gefühl gestempelten, aber ... Das Merkwürdige und Unaufgeklärte scheint ja nur zu sein, daß es diese sent. Liedersängerinnen fast in allen Var. gibt, woraus für L., die ihre Tätigkeit durchaus natürlich fand, eine gewisse Überlegenheit über A. erwuchs, der sie nicht verstand.

Heute würde man es «geistigen Arbeiter» nennen.

Vielleicht hing selbst dies damit zusammen, daß A. keine Ideale besaß, denn das sind, vorweg bemerkt, immer Schönheiten von gestern – d.h. in der «Form», in der sie auftreten.

Allerdings, falls man es Prostitution nennt, wenn eine Frau ihren Leib vermietet, so betrieb L. Prostitution. Aber dies ist wahrhaftig eine Angelegenheit, die von oben betrachtet, anders aussieht (als von unten). Wenn man nur 5–6 Kr. Tagesgage bezieht, wie dies in kleinen Var. üblich ist, und davon nicht nur die Toiletten bestreiten soll, sondern sich auch noch einen Abstrich gefallen lassen muß, wenn man länger als die ursprünglich ausgemachte Zeit bei dieser Bühne bleiben will, so wird es nicht nur unvermeidlich, daß man Freunde sucht, welche dies erleichtern, sondern es wird zu einer Einrichtung, welcher die ganze Festigkeit einer Berufsehre nicht ermangelt.

(2d) Was L. nicht tat.

Im übrigen hängt die allgem. Achtung solcher Mietsverhältnisse bekanntlich sehr von ihrer Dauer ab, die in der Lebensdauer und der einer Viertelstunde ihre gesellschaftlichen Extreme besitzt, u. L. hielt darauf, nach Möglichkeit nur achtbare Verhältnisse auf Engagementsdauer das war i.a. 2–3 Wochen einzugehn. Es kam natürlich zuweilen auch anders vor, aber L. liebte es nicht, mit einer Abendbekanntschaft das Souper im Var. einzunehmen u. gar anschließend daran das kleine daneben gelegene Hotel aufzusuchen, obgleich von dessen Einnahmen ihr Direktor 5–10% erhielt, während ihr Prozente vom Preis der Getränke u Speisen ausgezahlt wurden, sie verachtete Kolleginnen, welche das taten, und nahm, obgleich sie durch ihren Appetit ein großes Talent auf diesem Nebengebiet ihrer Tätigkeit gewesen wäre, an solchen Vergnügungen nur solange Zeit, bis sie einen Kavalier gefunden hatte, der sie dessen enthob.

(2e) Der verkürzteste Kurzschluß.

Man unterschätzt ja bekanntlich überhaupt den bürgerlichen Kern des Kokottentums, das gewöhnlich nichts andres als eine verkürzte Imitation der begehrenswerten Teile des bürgerlichen Lebens darstellt, sich nicht gerade an die Wege, wohl aber an die Ziele hält, deren einleuchtendste elegante Toiletten u. ev. ein Auto darstellen. Man kann das Kokottentum gewissermaßen als einen Kurzschluß betrachten. Dieser Kurzschluß war am verkürztesten bei Le. Was sie liebte, war in vornehmen Restaurants und vor einer vornehmen Speisekarte zu sitzen. Sie begann damit, daß sie eine Viertelstunde lang aß u trank, ohne zu reden .. 1 → I/7 – am liebsten hätte sie von allen bestellten Speisen gleichzeitig gekostet – und erst wenn .. lächelte sie, u. es begann die Zeit, wo sie gleichzeitig sprach u aß. Das Mädchen bemühte sie, um .. stellte künstlich die Aufnahmsfähigkeit wieder her u. reizte sich indem es Überraschungen hervorsuchte, die sich ihm bis dahin in der Speisekarte verborgen hatten Unvermittelt kam dann gewöhnlich der dritte Teil, wo sie .. Dies war die Höhe ihres Daseins. Sie blickte träg strahlend um sich u. sprach mit weggestrecktem Zeigefinger . . .

ß. *(3.) Entschuldigung u Erklärung.*

(3a) Klassisches Übungsmaterial

Diese Person hatte nun A. schon vor etwa 10 Wochen zu – die vornehme Bezeichnung stammte selbstverständlich von ihr – seiner Geliebten gemacht. Will man ihn nicht ungerecht beurteilen, so wäre zu sagen, daß solche Mädchen ja gewissermaßen das klassische Übungsmaterial der heranreifenden großbürgerlichen Jugend darstellen und auch späterhin noch das bilden, was man in der Boxsprache die Arbeit am Ball oder in der Wassersportsprache das Rudern im Kasten nennt, ein lebloses Phantom, gegen welches die Fähigkeiten geübt u erhalten werden. So weit das Allgemeine, im besondern kam aber noch als Reiz hinzu daß L. in ihren großen Augenblicken des Lebenstriumphes ihm wie ein Urwesen erschien, ganz noch ohne Artikulation durch Verstand und Gefühle die Reize der Welt durch den Verdauungskanal rezipierend. Wie eine abgehängte Maske darübergestülpt war ihre Schönheit. Wie Fetzen zuweilen nur noch eines Regenbogens der sich über den Dunst von Trunkenheit und Speisen wölbte. Sie war eine Juno, eine Kaiserliche Schönheit, ihr Profil ähnelte zuweilen dem der geliebten Kaiserin Elisabeth: Historische Masken, die das Leben angenommen und über seine primitive Formlosigkeit gestülpt hat. Sie strahlte eine unerhörte Unsicherheit des Betriebs der Gefühle u. Gemütserregungen aus. Allabendlich hingen an diesem Geschöpf die Begierden unbekannter Männer. Er fürchtete sich deshalb fast vor ihr wie vor einer Menge ohne Gestalt und Kopf.

Trotzdem bediente er sich ihrer, weil es ihm bequem war. Sie gehorchte dem Wink und dem Abwinken, wie es nur ein Geschöpf vermag, dem die Beziehungen der Geschlechter nicht mehr als die Verdauung bedeuten. Sie liebte ihn nicht, aber sie verlängerte seinethalben ihr Engagement, zog, wenn es nicht länger ging, von kleinen in immer kleinere Varietes hinab, denn das war ihr eigentlich noch nie vorgekommen, ein Mann mit so bescheidenen Ansprüchen, der ihr bloß immer half, daß sie aß, daß sie aß und manchmal zuviel aß. Sie liebte ihn aber nicht. Seine Athletik vermochte gerade ihr nicht – die im Var. die äußersten Leistungen gewohnt war – zu imponieren. Und im Grunde verachtete sie ihn heimlich als eine «Wurzen» der für seinen Aufwand in keiner Weise genug an Vergnügen forderte. S 24. So sehr sie das Essen schätzte u sich seiner Freigebigkeit ausgeliefert fühlte, vermißte sie doch den Bart, die ›Liebe‹ die zotige Heiterkeit u sie kam sich bei einer Schwäche mißbraucht vor. Sie machte sich unter Berufsgenossen weidlich über ihn lustig. Es ging die Sage von einer geheimen Krankheit, an der er leide.

Ev Forts. L. bei anders handeln als denken vgl. 22/40

α. (3 b Ein Urwesen)

Ihr Bauch ringelte sich

Herzogin, welche Scheffels Eckehard über die Schwelle des Klosters trug. Ab. P 26.

Diese Masken, Abstraktionen, Formen, die sich das Leben gegeben hat, hoben sich heraus

ε (Aber darunter war es heimlich diese . . . die sie ausstrahlte/

Das alles fühlte A. (1 → I/8) Aus der anonymen Masse unzähliger möglicher Geliebten hatte etwas ihm dieses Geschöpf zugetragen. Es gehörte so wenig zu ihm, wie die Begierden der Männer, die allabendlich daran hingen. Und es hatte sich noch nicht der Anlaß gefunden, dieses Verhältnis wieder zu lösen. Er hielt es aber nur für eine Episode.

Aber es war zuviel u er beschloß, sich zu trennen

Besserer Aufbau (b):
α. In solchen großen Augenblicken . . . erschien ihm La. wie ein Urwesen, das . . . .
β. Er hatte diese Person nun schon vor etwa 10 Wochen . . .

γ. Er bediente sich ihrer (nun schon seit Wochen) .. Sie gehorchte ... Es schien ihm irgendwie das zu einem Mathematiker zu passen. Ev. als Reiz noch anführen: Zurückschnellen des Willens Ab. M. 13.
Das war ja nur ein Beispiel.

δ. Will man ihn nicht ungerecht beurteilen ...

ε. Aber darunter war es heimlich diese unerhörte Unsicherheit, die sie ausstrahlt Ihr Bauch ringelte sich, und darüber gestülpt war ihre ganz anders geartet Schönheit. Wie Fetzen eines Regenbogens. Wie eine Maske, die Jahrzehnte in Schrank hing. Eine primitive Formlosigkeit.

η. Allabendlich hingen ..., Begierden, die in ihrer scheinbaren Robustheit ihre Fragwürdigkeit nicht wußten. Er fürchtete sich beinahe vor ihr wie vor einer Menge ohne Gestalt u. Kopf

θ. Sie liebte ihn nicht ... Aber hing ihm an .. Er imponierte ihr nicht .. sie verachtete ihn .. Weiß Gott was ihm aus der anonymen Menge .. dieses Geschöpf zugetragen hatte .. Es war eine Episode.

Vagierender Haß und Daunenbetten.

5. Lebendinventar II.

a. Trotzdem war A. nicht etwa ein unentschlossener Mensch. Eines Morgens kam er nachhaus u. der Kragen ...
Enthält: Zustand der Feindseligkeit S. 17 bis .. verlor er Zeit. Denn / Fortsetzung der Schlägerei nach 1 → I/9 bis ... «niedergehämmert». Da nun der Fehler festgestellt war ... nach S 18.. Bis: als er erwachte, sehr zufrieden im Bett. / Enthält: vorzügliche Nerven. Genuß am Entschweben / An seinem nächtlichen Erlebnis mochte es mehrere Seiten geben, welche ihn mit Befriedigung erfüllten. Abzusehen vom Haß, einem anscheinend in der menschlichen Atmosphäre überall und feinst verteilten, gleichsam vagierenden Haß, der sich von Zeit zu Zeit eine Ableitung schaffen *muß* (wieviel noch unabgeleiteten Haß gab es zb. zwischen ihm u. Le.), – übrigens ein merkwürdig zu fassender Gedanke, mitten in der unbeschreiblichen Zärtlichkeit eines jener vorzüglichen, hochachtungsvoll zarten Daunenbetten, welche die gleiche Menschheit für den einzelnen u einsamen Leib erfunden hat! – so gab es da die Beschämung. Nicht jene durch die Niederlage, welche bereits erledigt war, sondern jene höherstehende, welche ein geistiger Mensch empfindet, nachdem er in eine körperliche Ausschreitung verwickelt worden ist. Es erschien A. nachträglich sehr unpassend, daß ein Doktor der Philosophie, welcher voraussichtlich demnächst Privatdozent der Mathematik sein werde, nachts in dunklen Straßen mit Strolchen raufe. Aber andrerseits ist auch eine Welt eigentlich sonderbarer als man denkt, welche / beleuchtete Straßen dicht neben unbeleuchteten enthält od. einen Priv. Doz., von dem sie nichts als höchste moral. u. geistige Eigenschaften verlangt, plötzlich auf die Kraft seiner Muskeln anweist/

aber wenn das eine Ausschreitung war / wie sonderbar, daß die Gesellschaft in unbel. Gassen Platz dafür frei läßt / wie sonderbar, wohin sie führte in welche Richtung sie weist.

aber andrerseits war das doch ein denkwürdiger Ausflug aus diesem Geist heraus u A erinnerte sich mit Vergnügen weiter an das, was er darüber schon gesagt hatte welches ... zu äußern er bereits die Gelegenheit wahrnahm, ehe er sich zu Bett gelegt hatte

Allerdings hatte gerade diese Seite noch eine zweite, wichtige Teilansicht aufzuweisen, u. das eine hatte sich so ereignet. Denn als A. nach der unglücklich ver-

laufenen Schlägerei zu sich gekommen war, stand ... Nach 1 → I/9,10 .. bis:
Er erzählte sein Erlebnis u. die schöne Frau, welche bloß um einige Jahre älter zu
sein als er, also am Ende der Zwanzig oder höchstens im Anfang der Dreißig zu
stehn schien, klagte die Roheit der Menschen an und fand ihn entsetzlich bedauerns-
wert.

Engelhafter Gesichtsausdruck.

Theologie und Boxen.

Da reizte ihn wohl etwas – und obgleich er damals noch ganz mit sich unzufrieden
war u. sich naiv für seine Niederlage schämte – begann er das Geschehene lebhaft
zu verteidigen. Er liebe den Sport um seiner selbst, und nicht etwa nur um des
Erfolges willen, sagte er, und ebenso solche Vorkommnisse, und er erklärte der
überraschten mütterlichen Schönheit zu seiner Seite, daß man dabei in einem
kleinsten Zeitraum u. von kaum wahrnehmbaren Zeichen geleitet, unzählig viele,
verschiedene, kraftvolle, rasche u. dennoch aufs genaueste einander zugeordnete
Bewegungen ausführen müsse. Es sei ganz unmöglich, sie mit dem Bewußtsein zu
beaufsichtigen; im Gegenteil, jeder Sportsmann wisse, daß man sogar das Training
einige Tage vor einem Wettkampf einstellen müsse, damit die Muskeln gewissermaßen miteinander die letzte Verabredung treffen können, bei welcher das Bewußtsein oder der Wille nichts mehr darein reden dürfen, ja geradezu niemals zugegen seien. Im Augenblick der Ausführung sei es dann auch immer so: die
Muskeln u. Nerven springen und fechten mit dem Ich, und der übrige Körper,
die Seele, der Wille, diese ganze zivilrechtlich gegen die Umwelt abgegrenzte
Haupt- u. Gesamtperson, wird von ihnen nur so obenauf mitgenommen, wie
Europa, die auf dem Stier saß, oder wenn es nicht so sei, wenn unglücklicherweise
der kleinste Lichtstrahl von Überlegung in dieses Dunkel falle, dann mißlinge
regelmäßig das Unternehmen. Und das sei im Grunde – behauptete A. – er meine,
dieses Erlebnis der völligen Entrückung oder der Durchbrechung der bewußten
Person sei im Grunde /evidentermaßen/ verwandt mit verloren gegangenen Erlebnissen, welche die Mystiker aller Religionen gekannt hätten, sei gewissermaßen
ein zeitgenössischer Ersatz für diese ewigen Bedürfnisse, und wenn auch ein
schlechter, so immerhin einer, und der Box- udgl Sport, die das in ein sehr vernünftiges System gebracht hätten, seien also eine Art von Theologie, u. wenn ihre
Jünger auch niemals genug Bildung besäßen, um das einsehen zu können, so beweisen sie es selbst schon dadurch, daß sie insgesamt den Wert der Sporttätigkeit
in der Erlösung von der Verstandesarbeit sähen, die sie gewähre.

Gewiß auch die Liebe
         oder
Geist oder Gehirnerschütterung.
(G. u. G. oder die Liebe)

A. hatte sich in Eifer gesprochen und mit dem Wunsch lebhaft an seine Gefährtin
gewandt, (sie) die klägliche Lage, in der sie ihn vorgefunden hatte, vergessen zu
machen. Es war schwer für sie zu unterscheiden, ob er ernst spreche oder spotte
(wie es ja auch in Wirklichkeit schwer zu entscheiden ist, ob die Mystik bloß eine
Phantastik ist oder nicht u. es im Grunde durchaus natürlich erscheinen konnte,
daß er die Theologie durch den Sport zu erklären suchte, was vielleicht sogar sehr
interessant war, da der Sport etwas Zeitgemäßes war, die Theologie dagegen, obgleich es noch immer viele Kirchen gibt, etwas, von dem man gar nichts weiß),
jedenfalls fand sie, daß ein glücklicher Zufall sie einen sehr geistvollen jungen
Mann hatte retten lassen, und fragte sich allerdings zwischendurch auch, ob er

nicht etwa eine Gehirnerschütterung erlitten habe. A., der nach der etwas ab-
geschweiften Rede nun seinen Vorteil wahrnehmen wollte, hatte die Gelegenheit
benutzt, um beiläufig darauf hinzuweisen, daß ja auch die Schönheit der Liebe
darin beruhe, genau so wie die der religiösen und der gefährlichen Erlebnisse, daß
sie den Menschen aus den Armen der Vernunft hebe und in etwas ganz Ungewissem schweben mache.

Ja – sagte die Dame – Aber Sport sei doch roh. Der einhüllende innere Schneefall
im Wagen war – wenngleich A. auch keineswegs von seiner Nachbarin die
Sicherheit erhielt, verstanden worden zu sein – dichter geworden, ohne von
seiner zwiespältigen Natur etwas zu verlieren.

> Ev. im nächsten Abschnitt: äußerliche Biographie!

Der Vogel mit den zwei Flügeln.

Gewiß – beeilte sich A – es zuzugeben, Sport sei roh. Gewissermaßen der Niederschlag einer feinst verteilten allgemeinen Roheit, eben ein Kampfspiel, merkwürdig,
daß die Roheit dennoch mit der Liebe zusammenhänge wie der eine Flügel eines
bunten, stummen Vogels mit dem andern. Und plötzlich wandte er sich ganz
seiner Nachbarin zu und fragte sie, ob sie denn auch das kenne, – – mehr von dieser
Seite betrachte / denn das ist eigentlich eine Wiederholung des schon als Theologie
Beschriebenen / weil sie das Übermaß körperlichen Treibens, wie es heute Mode
sei, zu kennen scheine: dieses im Grunde grauenvolle Gefühl, daß der Körper,
wenn er ganz scharf trainiert ist oder aus sonst einem Grund das Übergewicht hat,
seinem Besitzer böse Streiche zu spielen neigt, indem er zuweilen auf Reize ganz
von selbst mit einer so kräftigen, automatisch gewordenen, so sicher eingeschliffenen
Bewegung antwortet, daß man von ihm gar nicht gefragt wird und das unheimliche, nachsehende Gefühl hat, einen Teil seines Charakters nicht in der Seele,
sondern in den Muskeln, der Haut oder weiß Gott wo zu fühlen? . . .

Streiche des Körpers.
(Das Hautich)

Es schien in der Tat, daß diese Frage die junge Frau tief berührte, sie zeigte sich
erregt von diesen Worten, atmete lebhaft und rückte vorsichtig ein wenig ab.
Auch ohne daß sie alles verstanden zu haben schien, lief ein Mechanismus in ihr
ab – ähnlich dem der Muskeln beim Raufen – ein Hochatmen, Erröten der Haut,
Klopfen des Herzens u. vielleicht noch manches andere schien in ihr in Bewegung
gekommen zu sein. Aber gerade da hielt der Wagen vor A's. Garten. Er konnte
nur noch lächelnd . . bitten, damit . . abstatte, aber zu seinem Erstaunen, denn ersichtlich schien dies etwas bedeuten zu wollen, war sie ihm nicht gewährt worden.
Ein schwarzes . . Gitter nahm also den einsamen jungen Mann auf, die Bäume
eines alten Parks wuchsen hoch u. dunkel mit dem Licht el. Lampen auf, die ein
Druck entzündete, Fenster leuchteten u. breiteten die niedern Flügel eines kleinen
boudoirhaft ungewissen Schlößchens aus, hinter dem sich die rotgoldgrünen stillen
Bücherwände einer . ? Gelehrtenwohnung vermuten ließen u. das Geheimnis
eines . . . Daseins.

So hatte es sich ereignet, und noch während A. im Bett lag u. noch nachdachte,
wie er . . sie wieder auffinden könnte, weil sein verwundeter Kopf einer ernsteren
Arbeit auswich, wurde ihm eine Dame gemeldet, die ihren Namen nicht nennen
wollte und tief verschleiert bei ihm eindrang. Es war seine Retterin, welche ihm
Wohnung u. Namen nicht genannt hatte, aber auf diese romantisch-charitative
Weise das Abenteuer eigenmächtig fortsetzte. 2 Wochen später war sie schon
14 Tage lang seine Geliebte.

Bonadea.

Unausgetragene Gegensätze
Es war ihr angeboren.

Er hatte sie B. genannt, ... 1 → I/10f. (Verglichen Ab VIII, IX.)
Und auch B., die Jetzige, war eine Frau ... 1 → I/11 korrig. ... inklinierte. ...
ibid. ... Reue fortsetzte.
Aus der jungen, begeisterungsfähigen Frau entpuppte sich dabei ... ibid. .. Familie sprach. Wurde sie geschlechtlich erregt, so war sie melancholisch und gut,
ja sie gewann in dieser Mischung von Begeisterung und Tränen will sagen: von
Manie u. Depression + u —, steigernder u herabsetzender Erregung einen Reiz,
der wie das irrsinnige Wirbeln einer umflorten Trommel war. Aber in dem Entsetzen nach jeder Schwäche, in dem anfallsfreien Intervall, das sie ihre Hilflosigkeit
erst ganz fühlen ließ, war sie voll Anklagen, daß sie mißbraucht werde, und gab
die Schuld bald ihrem Mann, der sie durch Rücksichtslosigkeit (gegen ihr Widerstreben) (in den unschuldigen ersten Jahren der Ehe) überreizt haben sollte, bald
sprach sie dem Liebhaber vornehme Gesinnung ab, weil er dies mißbrauche.
Die Wahrheit war eine wohl (ursprünglich) in der Konstitution bedingte Übererregbarkeit, welche durch die seelischen Wirkungen lang wiederholter ehelicher
Willfährigkeit gegenüber einem Gatten, den sie mehr aus Klugheit als aus Herzensverlangen geheiratet hatte, eine abnorme Willensabhängigkeit von diesem durch
die Umstände begünstigten u. im Gelegenheitsverhältnis stehenden Mann erzeugt
hatte. Ein ihr selbst unbegreiflicher innerer Zwang kettete sie an diesen Mann, und
sie verachtete ihn für ihre eigene Willensschwäche, betrog ihn, war aber nicht
mehr imstande, sich ganz von ihm loszumachen, sondern übertrug ihren Konflikt
in jedes frische Erlebnis u. fand in keinem Mann einen andren als diesen.

Das Teufelchen in der Flasche

Im Grunde war dies nicht anders als bei vielen unglücklichen Frauen, die ihre
Haltung in einem sonst leeren Raum .. 1 → I/11 .. empfangen, kompliziert durch
das, was man mit einem halb medizinischen Wort nymphomanische Anlage
nennt. Aber diese Wahrheit in ihrer nackten, bedauernswerten medizinischen
Gestalt verbarg sich für A's. Verständnis hinter der Ideencamouflage, welche Bo.
trieb. Sie war, wie sie sagte, eine große Idealistin. Sie verlangte von ihm, daß er
mit ebenso großer Leidenschaft dem (heimtückischen) Ehebruch obliege, zugleich
aber für die Heiligkeit der Treue glühen solle. Sie dachte nicht im entferntesten
ernstlich daran, sich seinetwegen von ihrem Gatten scheiden zu lassen, warf ihm
aber vor, daß sie seinethalben das niederdrückende Joch der Heimlichkeiten trage.
Sie zankte viel mit ihm und in gesteigerten Augenblicken versicherte sie ihn geradezu ihrer Verachtung für seine Frivolitäten und quälte ihn entsetzlich damit, daß sie
seine Ideen ›unfein‹ fand, aber ihm einzureden trachtete, daß er besser sein müsse,
als er sich gebe, weil er doch jung war u. aus so gutem Hause kam. Und außerdem
war A. ein schöner Mensch, nicht allzu groß, schlank, ungewöhnlich kräftig, stets
glattrasiert u. mit einem Blick, der den Frauen kalt u. heiß versprach, ohne daß sein
Besitzer im geringsten daran dachte. Und weil Bo. durchaus nicht die Schattenflecke des Lebens sehen wollte, setzte er seinen Ehrgeiz darein, sie ihr zu zeigen.
Für diese sittliche Weltordnung mit dem eingeborenen Wurm (Laster), wie sie
Bo darstellte, hatte er einen scharfen Blick, und da ihn die träggefräßige Sängerin
Le. mehr geistig als leiblich in Anspruch nahm, läßt sich denken, was A. aus Bo.
machte. Er nahm die Gotteswelt ihrer Ideale wie ein mechanisches Spielzeug auseinander u. da er das System erkannte, ließ er die Gute wie das Teufelchen in der
Flasche ohne Rast die Höhe zwischen Tugend u Verdammnis auf u. niedersteigen.

Vgl. A. als Fhr: Ein Beruf, der auf etwas eingestellt ist, das nicht kommt. Ebenso Bo.: immer auf etwas eingestellt, das nicht kommt. Ebenso *La.* ihre gespenstische, nicht mehr wiederkehrende Schönheit, der gespenstische Kanal, die Fistel, Bauchfistel ihrer Freßsucht. A ist bei ihr auf etwas eingestellt, das es nicht mehr gibt.

Fortführung: L u Bo. sind Ausdruck u Folge des nichtsliebhabens (auch Phil. u. sich selbst nicht) Kehrseite des Dynam. G 48, 103 Der für sich laufende Mechanismus, Hochatmen usw, ist das, was A. an Bo. immer wieder reizt. Wie beim Raufen.

Oder Entschuldigung u. vorläufige Erklärung

Erschwerende Umstände.

6. Lage eines jungen Mannes.

Wir haben die Gewohnheit, es zwar nicht ausdrücklich u. öffentlich zu billigen, wenn ein Mann der wohlhabenden Kreise /guten Gesellschaft/ zwei Frauen, die nichts voneinander wissen, gleichzeitig seiner Liebe versichert hält, aber wir schließen lächelnd die Augen davor, sofern wir nur wissen / sicher sind/, daß er (außerdem) einer von beiden durch das Sakrament verbunden, d.i. am Altare zugeschworen hat, daß er dies niemals tun werde. Dagegen erregt es sofort unser Mißtrauen in seine Moral, ja überhaupt in seine Person, sobald ein Mann es tut, der nicht ausdrücklich geschworen hat, es nicht zu tun, also ein junger Mann vor seiner Verheiratung, der zwei Geliebte hat. So sind wir und müssen wir uns beschreiben, aber anscheinend ist dies eben deshalb etwas, wodurch nicht A. beschrieben wird.

Bezeichnender ist es wohl, daß er diesen Aufwand an Unmoral trieb, ganz ohne eine Genugtuung davon zu haben. Es waren recht eigentlich schattenhafte Beziehungen, welche A. mit seinen beiden Geliebten verbanden, ja, wenn man sich eines Ausdrucks aus dem Zeichenunterricht in der Schule erinnert, so glichen diese Beziehungen nicht einmal einem ehrlichen schwarzen Kernschatten, sondern jenen diffusen, fahlen, halbhellen Randschatten, welche entstehn, wo das Licht sich um die Kanten schleicht. Diese beiden waren eines Tags dagewesen. Aus keinem andren Grund als weil ein vorurteilsloser junger Mann keinen Grund findet, eine schöne Frau nicht zu umarmen, wenn sie umarmt sein will. Gebilde einer Zeit, in der das Geschlechtliche ein Witz oder eine Übertriebenheit ist, waren sie von etwas hereingetragen worden in das kleine nach köstlichen Festen verlangende Palais, das in keiner anderen Weise wirklich einzurichten gewesen war, als es den ungefähr der Überlieferung folgenden Einfällen der Lieferanten zu überlassen. Sie lösten einander ab Wenn A. sich vorurteilslos fragte, konnte er feststellen, daß beiden gegenüber die Abstoßung bei weitem die Anziehung überwog. Und zuweilen, wenn wieder eine vor ihm stand, mitten in seinen Zimmern, zwischen seinen Büchern, Geschöpfe, die er in sein Leben gerufen hatte, begann ihm vor ihnen unheimlich zu werden wie vor den fixen Ideen eines zwanghaften Ablaufs, dessen Freudlosigkeit ihn schauderte.

Besser:
Es waren recht eigentlich schattenhafte Bez. ... verbunden. Sie waren eines Tags dagewesen. Aus keinem andren Grund ... umarmt sein will. In einem kleinen .. Palais, ... Lieferanten zu überlassen. Und wenn man sich eines Ausdrucks .. erinnert, so ... Kanten schleicht. Le. war träg u. gefräßig; bei Bo. drang .. Seele. Die eine war schön wie ein ewiges Ideal, allerdings wie eines, das trotzdem schon keines mehr war; die andre strebte in einer zitternden Verwicklung von Antrieben u. Hemmungen nach dem Guten. Beide waren sie ehrliebend in ihrer Art. Beide

gefielen sie vielen Männern u A. mußte annehmen, besseren als er, denn schweigend oder sprechend ließen ihn beide nicht selten fühlen, daß zu so günstigen Umständen wie sie ihn neu einrahmten einschließlich seines schönen Körpers eigentlich etwas anderes gehören würde als er. Solcher trüben Beziehungen der beiden zu einander u. zu A. gab es also viele. Und auch wenn A. sich vorurteilslos fragte, ... überwog. Gebilde einer Zeit, in der ... Übertriebenheit, jedenfalls aber wie eine tot wuchernde Geschwulst ein Zeichen ist, daß die gesamten Säfte nicht den rechten Gang haben, lösten sie einander bei ihm ab, und zuweilen, wenn wieder eine von ihnen mitten in seinen Zimmern stand; zwischen seinen Büchern ... schauderte

Gleichnis vom Käse.

Und hieraus folgt nun allerdings etwas, das einen ernstlichen Einwand gegen A. abgibt. Wenn nämlich jemand sich ein Stück faulen verwesten Camemberts oder eines ähnlichen Käses schmecken läßt im vollen Bewußtsein dessen, was er tut, so muß man nach allgem. Auffassung wohl damit rechnen, daß er für einen perversen oder doch verdächtigen Menschen gelten wird; und nur wenn er diese Perversität begeht, ohne .. *[das volle Bewußtsein des]* Genusses. Und A's. Fall war bewußt oder doch beinahe bewußt, mit Freude an diesem Spiel der Widersprüche und hinwieder doch Freudlosigkeit an dieser Freude. Gebilde einer Zeit ... lösten ... schauderte

Entschuldigung und Erklärung.

A. bewegte sich also durchaus nicht in den Grenzen eines gesunden und naiven Genusses; aber trotzdem war er nichts weniger als etwa ein Sexneurastheniker oder Sexphilosoph oder sonstwie aus seinen Schuhen geraten (Geratener). Das Wort Asthenie, Kraftlosigkeit, in jeglicher Verbindung war seinem Wesen fremd. Er besaß harte Nerven..., sein Wille ... sein Körper war so scharf geschliffen wie .. nur seine Seele, nun diese glich am ehesten in diesem Zeitpunkt der eines Mannes, welcher in einem großen Gebirge einen Weg gesucht hat, der sich als keiner erwies, dann noch und noch einen, und nun einen Augenblick lehnen bleibt, um abzuwarten, welcher Ausweg ihm nun einfallen könnte. Von allem, was er versucht hatte, war nirgend ein beträchtliches Gefühl zurückgeblieben, ein bindendes Wirklichkeitsgefühl mit Verantwortung und Ernst, das zum Bleiben auf seinem Wege einladet, und das oder man kann auch sagen, sein Leben war so gekommen:

Schule der Roheit.

Aus der Zeit kennt ihn W.!

Hier oder später (oder früher):
Er hat eine Abneigung geg. das Technische u Rational-Philosophische Zugleich aber auch gegen das Seelische (Bo) 22/40

A. hatte als Fähnrich in einem Reiterregiment begonnen. Weshalb, war für niemand schwerer zu sagen als für ihn, wenn er heute darauf zurückblickte. Wahrscheinlich, um der Obhut seines Vaters zu entgehn, im übrigen wohl aus Neigung zu dem herrenhaften Beruf, der als das Erste seinem Ehrgeiz entsprach. Denn A. war ehrgeizig. Das hing schon mit der Kraft seines Blicks zusammen. Er hatte, so komisch es klingt, damals ein großer Mensch werden wollen. Er hatte bloß keine sehr klare Vorstellung davon, wie das sei. Er ritt damals .. die Welt war geteilt in Zivil u Militär, wobei das Zivil der Teil der Menschheit ist, den man von den

Frauen siegreich wegzujagen durch eine alte Tradition verpflichtet ist. Als weitere Fortsetzung schwebte ihm ein Leben nach den vereinigten Mustern von Alkibiades usw vor. Er fühlte sich dazu verpflichtet, ohne eigentlich nachzudenken, ob diese Menschen ihm gefielen, u. wer sie im Grunde, in ihrem zivilistischen Grunde, gewesen seien. Es schien ihm, wenn man Militär sei, müsse man die Welt brennen u schinden; selbstverständlich zu ihrem Heil; u. wenn er sich im einzelnen die .. Taten hätte vorstellen sollen, die auf ihn warteten, so wäre er nicht nur in Verlegenheit geraten, sondern sie hätten ihm auch, wenn es ihm gelungen wäre, sie auszumalen, gar keine Freude bereitet. So erschien die Erde dem Fhr. A. als eine Bühne zum Aufzug welterschütternder Abenteuer, aber es waren noch keine Kulissen gestellt u kein Stück geschrieben, (u so blieb es.)

Es war eine sonderbare Schule, in der er sich befand. Ein Beruf, der ganz auf etwas eingestellt ist, das niemals kommt. Auf den Krieg, an den niemand glaubte. Und seinen Mittelpunkt also in etwas Imaginären besaß, obgleich er scheinbar so real war. Kein Ideal leuchtete ihm in ihrer Finsternis. Da waren wohl Ideale wie Kaisers Rock, Ehre, Ritterlichkeit und Tapferkeit, Kameradschaft Galanterie gegen Damen u. dgl., es läßt sich auch keineswegs bestreiten, daß sie ausgeübt wurden u. dem Beruf einen Duft von altem Männerglanz verliehen, aber sie waren eben alt und historisch geworden, in ungezählten Toasten abgenutzt, sehr schön noch in der Ausübung, aber schon Phrase, wenn man darüber sprach, (was die empfindlichere Reaktion ist) oder sie mahnend von erzieherischen Vorgesetzten vorgehalten bekam oder sie zur Substanz des Lebens hatte machen wollen, statt bloß zum Rückgrat und das sich, wie es bei älteren Offzen. tatsächlich der Fall war, ein schönes, gesundes, heiteres, geselliges .. Leben schloß. A. aber war unbedingt. Dabei gilt dieser Beruf offiziell für die Blüte der Berufe. Und wenn das auch heimlich durchstrichen ist, so kann man es doch nicht für ganz unwichtig nehmen. Gewissermaßen aus Prinzip noch ungeistiger, als es dieser nicht geistige Beruf verlangt. Nun wären allerdings auch noch die allgemeinen bürgerlichen Ideale vorhanden gewesen; u. die kleinere Welt solcher Rittergemeinschaft steht ja nicht hermetisch abgeschlossen in der großen darin – u. schließlich, was so von Kunst und Büchern hereinwirkt, aber offen gesagt, war gerade A. ihrer Wirkung nicht sehr ausgesetzt, ja er hatte damals eine ausgesprochene Witterung gegen sie. Selbstverständlich, daß man sich in jedem wichtigen Augenblick anständig betrug u. so wie es die Gesetze des Standes forderten, welche erhöhte Gesetze der Menschheit waren, daraus aber eigens noch Ideale zu machen, war seine Sache nicht, und er fühlte ungefähr das gleiche Mißtrauen gegen diesen schönen zivilistischen Geist wie es der Zivilist gegen die Erbaulichkeiten der Priester empfindet. So blieb, streng genommen, für ihn von den Idealen seiner Umgebung nichts übrig, als die leere, abgezogene Vorstellung des Mannseins u. der Gewalt, das Prinzip (nicht einmal die lebende Fülle des Einzelfalls) des Stolzes, der Frauenliebe, des kühnen Türenbrechers; ein skurril auf eine junge Fähnrichsperson zugeschnittenes u. sicher von jedem, dem er so dargestellt wird, verleugnetes .. Destillat von europäischem Geist. Er randalierte wie .. Steine antworten.

Ein wirklicher Beruf.
(Exemplarische Eigenschaften)

In dieser Zeit sie lag ersichtlich vor der Zeit Le's. u. Bo's hatte er sich auch ganz von den Frauen zurückgezogen. Er legte den Weg der Menschheit von der ersten Erfindung des Wagenrads u Hebels bis zur Kaplanturbine, die damals das Neueste war, atemlos gespannt, gleichsam in ontogenetischer Abkürzung zurück. Ev. hier anschließend: Er empfand mit großem Stolz seinen neuen Beruf – der Eroberer – jeden Tag neu usw.

In dem Augenblick, wo er daraufkam, verließ er den Dienst und begann ein neues Leben. Er wurde Ingenieur. Zugleich trat das Dasein, dem er sich bisher hingegeben hatte, zurück, als wäre er .. Mongolengeneral ... Asthenie /wiederholen/ war ihm fremd. Außer der Sprunghaftigkeit seines Entschlusses verdient festgehalten zu werden der Ernst, mit dem er seine neue Laufbahn antrat. Er ritt ein Rennen u. gewann es, indem er in solcher Kürze den Weg vom ... Fhr ... Ing. zurücklegte, daß es seine Lehrer erstaunte. Er zeigte dabei Eigenschaften, welche ihn zu einem ehrenhaften u. für unsre Zeit exemplarischen Leben befähigt hätten.

Der Geist der Neuzeit

Als er jedoch das erste Fabriksbüro betrat, wurde er abermals enttäuscht. Etwas jugendlich amerikanisch war er der Meinung gewesen .. ∼ S 20 .. daß das Weltgeschehen mit jedem Tag fortschreite. Etwa daß über jedem Konstruktionsbüro Sprüche hängen konnten wie .. 13 ... Alkibiades, Napol. usw. hatten eine zivile Gestalt angenommen. Der Techniker erschien ihm als der .. 13 .. Eroberer der Zukunft. Er fand an ihre Rbritter genagelte Männer vor, welche in unwürdiger Weise von sie befehligenden Kaufleuten ausgenutzt wurden, deren Menschlichkeit .. 13 .. in einer Spezialität aufging .. 13 nicht ins Freie mündet u. durch ihre einseitige Ausbildung so wenig fähig waren, das Neue, Technische ihrer Berufsseele auf ihre Privatseele anzuwenden, wie ein Transformator ... S 21.

Schweizer Fabrik. – Was hat man davon, daß die Maschine nach China geliefert wird, wenn man selbst immer wieder nur den Auslauf zu konstruieren hat oder irgend ein paar Schlitze. – Bald bemerkt er auch die Praktiken; Trust, Patentabtreibung. Da er sich unabhängig fühlt, macht er sich bald unmöglich, u. es geschah wahrhaftig rechtzeitig, daß er sich selbst entschloß.
Ev. Schilderung ersten Betretens einer Fabrik.

Mathematik.

Die Wissenschaft mit dem bösen Blick.

Es erschien ihm folgerichtig, daß er sein Leben noch einmal ändere und er beschloß, um an die Quellen zu gehn, Mathematiker zu werden.
Denn er erkannte / glaubte zu .. / daß diese scheinbar lebloseste Wissenschaft das Geheimnis des Lebens selbst umschließe.
Man nennt sie eine formale Wiss. (II) ungefähr gesagt, also eine Wissenschaft, die keinen andren Inhalt hat als sich selbst. Aber die ... (13) .. sind aus ihr entsprungen.

? a. Das Großartige dieser Wissenschaft, Temperamentvolle usw.
   b. Aber auch eine gewisse Neigung zum Bösen kam auf ihre Kosten. Der Geschmack an den schöngeistigen u. moralischen Leistungen war ihm irgendwie verdorben. Dem Tatsachenblick unerträglich.

Man kann daraus sehn, daß A. damals noch immer die Idee von einer Eroberer- und Herrscherklasse der Menschheit irgend eine Idee eines großen Menschen hatte, aber auch die Schule der Roheit schien plötzlich keine verlorene Zeit mehr gewesen zu sein. Eine gewisse im Ganzen großartige Mischung von Nachlässigkeit.. u. Schärfe .. von Tempo u. Stagnation, Dürre des Geldrechners u. geduldetem Geschwätz schönseliger Gemüter ... schienen in dieser Wissenschaft vorgebildet, ihrem Geist entsprungen zu sein, der kalt, scharf, instrumentspitz im Einzelnen u. rücksichtslos kühn u verantwortungslos gegen das Ganze ist, mit einem bösen Blick gegen das Humane, ihm immer die harte Tatsache vorhält, die einzelne, nur einzelne Tatsächlichkeit, an der die schönsten wie die trockensten Phantasien zuschanden werden.

Eine Art von Enttäuschung

In dieser Zeit las A viel u. holte .. nach. Aber wenn es auch im einzelnen starke Eindrücke waren, im Ganzen verblaßte es / oder richtiger gesagt: es gruppiert sich um dieses Zentrum, das er als seine Neuigkeit betrachtete
Er hätte vielleicht Philosoph werden sollen. Aber .. Diss .. Ein harter globe trotter Typus schwebte ihm vor. Je mehr er jedoch .. eindrang, desto stärker wuchs eine unbestimmte Enttäuschung u. lähmte ihn schließlich.
Auch die Mathematik war nichts andres als Vorbereitung auf etwas, das nicht kam.
Er hatte also 3 große Leidenschaften miterlebt, Sex. Sport, Math. u Technik. Aber diese Leidenschaften (der Zeit) liefen irgendwie leer. Ev. Seine Energie hatte (wieder) wie eine Kugel in Sand geschlagen.

Diese Mathematiker übertrugen so wenig wie die Techniker ihr Können ins private Leben.

Die Funktion der Ablehnung war komplizierter geworden (im Vergleich mit Fhr.), aber sie war geblieben.

Er veröffentlichte kleine Arbeiten

Jeden Morgen schliff A seinen Körper ... 1 → I/12 .. aber dieses 1/12 des Lebens wird hingegeben für ein Nichts... in das sich kein Leben ergießt. Und er schliff seinen Geist, in viel mehr Stunden, aber es war das Gleiche. Und es hing durchaus mit den 2 Blickrichtungen zusammen, in deren Nullpunkt er sein Haus gestellt hatte, das nicht sein Haus war. Soviel von A. Es wird genügen um zu beweisen, daß er anders war, als man es i.a. findet, und doch nicht in den Elementen anders? Man wird viele junge Männer finden, die das gleiche tun, aber wenige, die einen so umständlichen Weg dazu verbrauchten. Und es gab Augenblicke, wo sich A. fragte, ob er überhaupt je schon sein Eigentliches getan habe?
Vorseite: Es bildete sich eine Gewohnheit heraus, zu sehen: Komposition der Größe aus Elementen des Drecks. Tote Tugend erschien ihm als das Böse an sich usw Wenn die Menschheit lasterhaft geworden ist, gibt es nur den Weg: Tugend-Laster-LasterTugend, nicht Tug-Laster-Tug.

? Als Schluß: diese Geschichte beginnt 1912 oder 1913 – dieses oder ist kein Versehen, sondern grundsätzlich wichtig, wie sich später herausstellen wird.

Bonadea: Nicht übererregbar, sondern ganz normal, wenn auch sehr gern. Physiol. Reiz stiftet ganz von selbst Wiederholungstendenz. Daraus entsteht Abhängigkeit von dem Mann im Gelegenheitsverhältnis. Wäre sie keine Idealistin, bliebe das ganz in normaler Breite. Weil sie aber eine ist, sucht sie eine Übermotivierung, dh. sie sucht zu ihrem ihr abnorm groß erscheinenden Verlangen den Mann, der es rechtfertigt. Das ist ihre perpetuelle Untreue aus Idealismus.

Der Erlöser

Aufbau

I.
Ein grauenvolles Kapitel.
Der Traum.

Um zwölf Uhr, ohne Unterschied der Nacht, wurde das schwere Holztor der Einfahrt geschlossen und zwei armbreite Eisenstangen wurden dahintergelegt; bis dahin erwartete eine verschlafene, bäurisch aussehende Magd verspätete Gäste. Nach einer Viertelstunde führte sein langsamer, weiter Rundgang einen Schutzmann vorbei, der die Sperrstunde der Wirtschaften überwachte. Um ein Uhr tauchte aus dem Nebel der aufschwellende Dreischritt einer Patrouille auf, die von der nahegelegenen Troßkaserne kam, hallte vorbei und wurde wieder kleiner. Dann gab es lange Zeit nichts als das kalte, feuchte Schweigen der Novembernächte; erst um drei Uhr kamen die ersten Wagen vom Land herein. Mit schwerem Lärm brachen sie über das Pflaster; in ihre Tücher gewickelt, taub von Geprassel und Morgenkälte schwankten die Leichname der Kutscher hinter den Pferden.

War das so gewesen oder nicht, als in dieser Nacht kurz vor der Sperrstunde das Paar ein Zimmer verlangte? Die Magd schloß vorerst ohne alle Eile das Tor, legte die Riegel vor, und ging dann ohne zu fragen voraus. Es kam erst eine steinerne Treppe, dann ein langer, fensterloser Gang, kurz und unerwartet zwei Ecken, eine Treppe mit fünf von vielen Füßen ausgemuldeten Steinstufen und wieder ein Gang, dessen gelockerte Fließen unter den Sohlen schwankten. An seinem Ende führte, ohne daß dies die Besucher befremdete, eine Leiter von wenigen Sprossen zu einer kleinen Diele empor, in welche drei Türen mündeten; sie standen nieder und braun um das Loch im Boden.

«Sind die andern besetzt?» Die Alte schüttelte verneinend den Kopf, während sie, sich mit der Kerze leuchtend, eines der Zimmer aufschloß; dann stand sie mit hochgehobenem Licht und ließ die Gäste eintreten. Es mochte ihr noch nicht oft vorgekommen sein, hier seidene Unterröcke rauschen zu hören, und das Trippeln der hohen Absätze, die erschreckt jedem Schatten auf den Fließen auswichen, erschien ihr dumm; störrisch und stumpf sah sie der Dame, die jetzt an ihr vorbei mußte, geradaus ins Gesicht. Die nickte ihr in der Verlegenheit mit Herablassung zu und konnte wohl vierzig Jahre alt sein oder einiges darüber. Die Magd nahm das Geld für das Zimmer, löschte im Hausflur das letzte Licht aus und legte sich in ihre Kammer.

Danach war im ganzen Haus kein Laut. Das Licht der Kerze hatte noch nicht Zeit gefunden, in alle Winkel des elenden Zimmers zu kriechen. Der fremde Herr stand wie ein flacher Schatten am Fenster und die Dame hatte sich, das Ungewisse erwartend, auf dem Bettrand niedergelassen. Sie mußte quälend lange warten; der Fremde rührte sich nicht auf seinem Platz. War es bis dahin so schnell gegangen, wie ein Traum anhebt, so stak jetzt jede Bewegung in zähem Widerstand, der kein Glied losließ. Er fühlte, diese Frau erwartete etwas von ihm. Ihr Mieder öffnen –: Das wäre wie man die Türe eines Zimmers aufschließt. Da stand in der Mitte ein Tisch. Um den saßen der Mann, der Sohn. Er beobachtete es geheimnisvoll, feindselig, ängstlich und voll Überhebung. Er hätte eine Granate hinwerfen mögen über die Tapeten in Fetzen herunterreißen. Mit äußerster Anstrengung gelang es ihm endlich, dem zähen Widerstand wenigstens einen Satz abzuringen. «Hättest Du mich wirklich gleich bemerkt, als ich Dich ansah?»

Ach, es gelang. Sie konnte ihre Ungeduld nicht mehr bemeistern. Sie hatte sich verleiten lassen, man sollte aber nicht glauben, daß sie schlecht sei. So mußte sie ihn, zur Rettung ihrer Ehre noch immer zauberhaft finden. Das

Blut, das sich ihr vor Angst und Unwillen in den Hals hob, stürzte nun kopfüber in die Hüften.

Er fühlte in diesem Augenblick, daß es ganz unmöglich sei, einen Vogel in die Hand zu nehmen, und diese nackte Haut sollte sich an seine nackte und ungeschützte Haut pressen? Seine Brust sollte sich aus ihrer Brust mit Wärme füllen? Er suchte, es mit Witzen zu verzögern. Sie waren gequält und ängstlich. Er sagte, nicht wahr, starke Frauen schnüren auch ihre Füße. Mit den Schuhen. Und oben am Bund quillt dann das Fleisch etwas über und dort sitzt ein kleiner unnachahmlicher Geruch. Ein kleiner Geruch, den es sonst nirgends in der Welt gibt.»

Sie antwortete sich: «er muß ein Dichter sein, jetzt verstehe ich das sonderbare Benehmen. Später werde ich die Wirkung der distinguierten Frau auf ihn ausüben.» Sie begann sich entschlossen auszukleiden; sie war es ihrer Ehre schuldig.

Er bekam nun Angst; er wußte jetzt sicher: niemals kann ich diesen Sprung in einen andren Menschen hinüber machen, mich in sein wildfremdes Leben einlassen. Sie hielt, da er sich nicht regte, inne; Mißmut stieg in ihr auf; auch in ihr Angst. Wie wenn sie einem Unverschämten zum Opfer gefallen wäre? Sie kannte ihn nicht. Die Dame, die ihren Namen verschwiegen hatte, begann zu bereuen. Sie hielt noch immer ein. Aber eine Mahnung sagte ihr, es wird besser werden, wenn wir erst weiter sind.

Das fühlte er alles. Ihn quälte die Vorstellung: Aufmachen! Wie ein Kinderspielzeug. Das will sie. Aber da steht immer wieder eine neue eingangslose Mauer der Enttäuschung, bis sie mir zürnen wird.

Und die zweite Qual war: Sie verfolgt mich. Sie rollt so aus sich heraus. Immerzu knapp vor mir her. Was redet sie unaufhörlich?! Ich muß mich wie ein Hund auf den runden, rollenden Ball ihres Lebens stürzen. Sonst will sie etwas mit mir machen. Seine Augen stürzten wie Fische im Dunkel hin und her.

Sie saß nun bloß in Strümpfen u Schuhen vor ihm. Ihre Hüfte rollte in drei quellenden Falten herab. Sie begann zu zittern.

Sie hatte sich ganz ausgezogen, weil er von ihr gesprochen hatte. Das erschien ihr sicher. Und sie fühlte, daß sie ihm Unrecht tat; mußte er ihr nicht mißtrauen, da er sonst nichts von ihr wußte, als daß sie ihm gefolgt war? Sie wollte ihm sagen, daß Leopold zwar ein guter Mensch sei .. Wieder kam das Schweigen.

Da hörte er sich den sinnlosen Satz sagen: jung ist, wer liebt. Im gleichen Augenblick fühlte er ihre Arme um seinen Hals. Sie mußte ihn zur Rettung zauberhaft finden «Geliebter, Geliebter! Laß Deine Augen, Du siehst so leidend und edel aus!»

Da hob er mit der Kraft der Verzweiflung die Last hoch und hörte sich fragen: «Willst Du lieber Kungfutse machen oder magst Du Walzel?» Sie hielt das für Fachausdrücke aus einer Herrengesellschaft. Sie wollte sich keine Blöße geben. Sie heimelten ihn an. Was macht Dein K? Seine Zungenspitze berührte ihre Lippen. Dieses alte Menschenverständigungsmittel, welche Stirnen immer über solchen Lippen sitzen, war ihr bekannt. Der Fremde wußte so viel. Sie machte langsam ihre Zunge breit und schob sie vor. Dann zog sie sie rasch zurück und lächelte schalkhaft; ihr schalkhaftes Lächeln, das wusste sie, war schon berühmt als sie noch ein Kind war. Und sie sagte aufs Geratewohl, vielleicht von irgendeiner unbewußten Klangverknüpfung bestimmt: «.. Lieber Walzel. Mein Mann bleibt acht Tage verreist.»

In diesem Augenblick biß er ihr die Zunge ab. Es schien ihm lange zu dauern, bis die Zähne ganz durch ihre Zunge kamen. Dann fühlte er sie dick im Munde. Der Sturm einer großen Tat wirbelte ihn empor, die unglückliche Frau aber war eine weiße, blutende, in einer Zimmerecke um sich schlagende, um einen hohen heiser kreischenden Ton, um den taumelnden Rumpf eines Lauts kreiselnde Masse.

An den Stellen, wo die Frau und seine Reaktion auf sie beschrieben wird: Ist das überhaupt eine Frau? Oder ist das Abgedrängtsein vom Erleben in eine Schakalhöhle der Phantasie, Verdichtung aller Gehässigkeiten der Welt in dem infantil ausgenommenen Menschen mit Röcken und Löckchen, Wut gegen das Liebenswerteste der Erde?

Es ist wohl nicht nötig zu sagen, daß dies kein wahres Erlebnis ist, sondern ein Traum, denn in wachem Zustand denkt so etwas kein anständiger Mensch.

Der Ort dieses Traums lag an einer der radial vom Kern ausstrahlenden Hauptverkehrsadern Wiens. Trotzdem Wien von der Zeit an, wo Weltstädte voll ganz großer Raserei entstanden, nur noch eine Großstadt war, füllte der Verkehr diesen Straßenschlauch in den Stunden des Anschwellens mit einem berauschenden Lebensstrom, den man am besten einem Schweinetrank vergleicht. In einer nicht mehr durchsichtigen Flüssigkeit von Stimmen der Menschen, Metalle, Luft, Steine, Hölzer, in einem angenehm säuerlichen Geruch der Eile, durch das stehende Gewimmel bei tausend Geschäftsöffnungen ein- und auslaufender Interessen schossen die dunklen Brocken der Autos dahin und schob sich der konsistente Strom der einem weiten Ziel zustrebenden Fußgänger. Es ist der die Nerven belebende Trank des Großstädters. An dem Ort dieses Traums kamen im Durchschnitt 50 Autos in der Minute mit 30 km. Stundengeschwindigkeit vorbei und 600 Fußgänger. Zog alles das Auge ein wenig mit oder auch nur den Gedanken, so hatte die Innervation einen Weg von 2500 m in der Sek. zurückzulegen, Geruch, Gehör, gereiztes Begehren und alles andre beiseitegelassen und nur den tollen Film betrachtet.

Eine unnatürliche Spannweite.

Der Ort lag aber nicht selbst an diesem Film, sondern nur sein Gartengitter. Wenn man an diesem Gartengitter vorbeitrieb, so lag dahinter ein gepflegter Garten, man sah zwischen Bäumen eine geschorene Wiese und an ihrem Ende durch die offenen Fenster eines weißen, breitflügeligen kleinen Hauses in die vornehme Stille der Bücherwände einer Gelehrtenwohnung. Zwischen ihr und der Natur vor dem Gitter war die Unnatur von Bäumen, Schalldämpfung und reiner Luft eingeschaltet; wie ja auch zwischen dem Leben und dem Denken eines Gelehrten die Unnatur verschiedener Ideale und Antiquitäten liegt (und nur ein sehr komplizierter Zusammenhang ermöglicht, daß sich das Leben die Gelehrten leistet.)
Der Gelehrte, welcher leider so geträumt hatte, besaß sehr viele Freunde unter Männern und Frauen und war ein sehr angenehmer, schöner und wohlhabender junger Mann. Um ihn nicht bloßzustellen und aus verschiedenen Gründen sei angenommen, daß er einfach Anders hieß.

Hier könnte es auch so weitergehn:
Ein weiblicher seiner Freunde befand sich augenblicklich bei ihm und hieß ‹P 26› und durch die sittlichen Lieder, welche sie sang. Sie sah aus wie eine schöne Frau aus dem Jahrgang 1870 einer illustrierten Zeitschrift. Ihre Schönheit war wie ein Löwenfell, vom Kürschner ausgestopft. [P 26, 27] Sie buchstabierte sie aus einem unsichtbaren Buche ab und unterstützte das Neckische wie das Tragische der Liebe mit Gebärden, die wie die Betonung eines achtjährigen Schulmädchens waren, das Schiller vorliest.

Nach der Bedeutung seines abscheulichen Traums näher zu fragen, wäre unpassend, hingegen läßt sich nicht vermeiden, Christian Moosbrugger zu erwähnen, denn Moosbrugger war zweifellos am Zustandekommen beteiligt. Wer war Christian Moosbrugger? ‹P 6/7›
Das, was ihn von anderen gutmütigen und rechtlich denkenden Zimmerleuten unterschied, war lediglich, daß er wegen mehrerer Lustmorde hingerichtet werden sollte.

In einem der Zeitungsberichte, deren Sammlung vor Anders lag (während seine Hand einen uneröffneten Brief hielt) hieß es von ihm: [P 7] gutmütig. Aber [P 7] So ähnlich beschrieben ihn auch alle andren Berichte, aber das mit dem Lächeln stimmte z.b. schon nicht; (P 7) und überhaupt war die Sache mit seinem eitlen Lächeln, seiner Gutmütigkeit und seinen ungeheuerlichen Taten gar nicht einfach. Er war zweifelsohne ein zuweilen geisteskranker Mensch. Aber da die bestialischen Schandtaten, die er in diesem Zustand begieng, in den Zeitungen mit äußerster Ausführlichkeit geschildert und von ihren Lesern durstig aufgesogen wurden, mußte seine Geisteskrankheit etwas von der allgemeinen Geistesgesundheit an sich haben. Er hatte eine Frauensperson, eine Prostituierte niedersten Ranges, in grauenerregendster Weise mit dem Messer zerschnitten und die Zeitungen verzeichneten voll eines uns allerdings unverständlichen Genusses erbarmungslos eine vom hintern Teil des Halses bis zur Mitte des Vorderhalses reichende Wunde, weiters zwei Stichwunden in die Brust, welche das Herz durchbohrten, weiters zwei in die linke Seite des Rückens und das Abschneiden der Brüste; ihre Berichterstatter u Redakteure konnten auch trotz (des lebhaftesten Würgens) ihres Abscheus nicht wegsehn, bevor sie nicht 35 Stichwunden im Bauch gezählt hatten, der von einer bis zum Kreuzbein laufenden Wunde überdies aufgeschlitzt war, die sich in einer Unzahl von Wunden den Rücken hinauf fortsetzte, während der Hals Würgspuren trug.
Vielleicht darf man das gar nicht wiederholen, denn es ist fraglich, ob man dem Dichter dabei den Schutz der Berufspflicht zubilligen wird, den die Zeitungen genießen, welche wie die nächtlichen Männer mit vergitterten Laternen und Schifferstiefeln in alles hineinsteigen müssen, wofür die Menschheit nach dem Aufwachen Interesse zu bekunden pflegt. Aber es kann schließlich nirgends anders als nur an einem weniger seriösen Ort, als es die Zeitungen sind, gesagt werden, wie bemerkenswert es sei, daß die schändlichen Ausschreitungen Moosbruggers, kaum daß sie bekannt gemacht wurden, von tausenden Menschen, welche durchaus die Sensationslust des Publikums tadeln, sofort als «endlich einmal wieder etwas Interessantes» empfunden wurden; von tüchtigen Beamten, die schon Eile hatten ins Büro zu kommen, wie von ihren 14jährigen Söhnen und den von Haussorgen umwölkten Gattinen. Man seufzte zwar über eine solche Ausgeburt, aber man wurde von ihr innerlicher beschäftigt als von seinem Beruf. Ja, es mochte sich ereignen, daß beim Zubettgehn der korrekte Herr Sektionschef Tuzzi oder der zweite Obmann des Naturheilvereins ... seiner schläfrigen Gattin sagte: Was würdest du anfangen, wenn ich jetzt ein Moosbrugger wäre?

Aufbau I.

Gewicht legen auf: Eine Welt, von Haus bis Mosb. u. Brief; das ist schon hier der durchscheinende Gegenstand; A. ist halb Teil, halb Widerspruch. Vgl. Anm. S. 25, 23 [2])

1. Das Haus an der Strasse.

Das Netz, das die Seele unaufhörlich in die Außenwelt hält.
Der Mensch, der nichts tut. Der tut. Der, was er will, tut.
Mensch ohne Vorbilder.
Entschlossen, das Unpassende zu belassen.

Liebt Vorkommnisse, die dem Ich entrücken.
Kampfkraft als Denken. Männlicher Kopf.
Diffuser Zustand der Feindseligkeit
Freude am Unpassenden.
Aber eigentlich alles das doch gleichgültig.

3. Die Geliebten.

Frivoles Urteil über Phil.- Zeit d. inneren Denkens.- Ihretwegen Phil.
Einer der wenigen Phil., die noch 2 Geliebte besaßen.
Leona: das zum Mißbrauch geschaffene Antlitz. Er stopfte ihre Schönheit aus u.
sah sie an.
Bonadea: die schwermütige, anständige Frau. Er läßt sie ohne Rast zwischen Tu-
gend u. Verdammnis auf- u. absteigen. Spricht über die Tugend u verführt sie
mitten darin zum Laster.
Als er sich eines Tags fragte, was er mit diesen beiden Frauen tue, erschrak er.
Denn bei beiden überwog das Abstoßende die Anziehung. [1]
Käse u. pervers.

4. Äusseres u. inneres Leben.

Analyse eines Zeitungsblatts.
Die ungeheure Undurchsichtigkeit unsres Lebens, die sich darin ausdrückt. In den
allen gemeinsamen Angelegenheiten muß jeder Mensch anders handeln als er
denkt. Mit Notwendigkeit fortschreitende Zersetzung. Unwahrscheinliche Ord-
nung.
A. glaubt an den Wert der Unordnung u. ist gegen verfrühte Philosophie
Das wissensch., analytisch-symbolische Denken; Ideenerfahrung, Abneigung geg.
Lebenserfahrung.
Innere Bewegungslosigkeit u. bewegter äußerer Lebenslauf.
Er hatte wie eine Kugel in Sand geschlagen.
Er hat viel über seine Eigenschaften, aber nie darüber nachgedacht, warum gerade
er sie hatte.
Und er war doch ganz anders? Kleines Mädchen. Wollte eine Religion gründen.

5. Moosbrugger u. der Brief.

Ein Geisteskranker mit schattenhaften Bedeutungen.
A. ist von ihnen aufgewühlt. Das ging ihn mehr an als sein eigenes Leben.
In einer merkwürdigen Verkettung nimmt er den Brief wieder auf.
Nebeneinander des Interesses der Welt an Mo. u an //.

Anmerkungen:

[1] Er wird noch oft Bedürfnis nach L. u B. haben; denn so ist ja die Welt!
[2] Ursprüngliche Absicht: I: Wunsch, ein großer Mensch zu werden. Ist auch ein
typisches Schicksal. Eignet sich aber auch für III.

Anders blätterte in den Zeitungsausschnitten, die er über den Fall gesammelt hatte, vor und zurück, dachte nach, blickte zuweilen durch Fenster, Bäume und fernes Gitter in den bräunlichen Kanal der Straße mit den dunkel hindurchschießenden Fleischstücken und hielt noch immer in der andren Hand den Brief, ohne ihn öffnen zu können.

In dem Brief stand: ‹P 8–10›

Anders hatte dieses Schreiben erst gar nicht öffnen wollen. Es lag aber da wie ein Block, der den Weg in den Tag hinaus versperrt. Er nahm eine scharfe kleine Klinge und schnitt ihn auf. In der Hälfte des Wegs fiel ihm auf, wie respektvoll dies geschah, mit einem sich unter der unwillkürlichen Nachwirkung jahrelanger Abhängigkeit matt abkühlenden Selbstvertraun, er fuhr mit dem Finger hinein und riß den Umschlag roh auf

Nachdem er gelesen hatte, warf er den wütend zusammengeknüllten Brief unter den Tisch.

(P 11)

Dieser Brief, Zeugnis einer festen, sozial eingeordneten, von sicheren Gefühlen gelenkten Gesinnung, erschien Anders nicht einmal zu jener Opposition geeignet, in der die Jugend geistig zu ihren Vätern steht. Aber er mußte ihn vom Boden wieder aufnehmen und glätten, damit ihn der Diener nicht finde.

‹P. 10´1. ›

Anders schämte sich des Samens, der ihn gezeugt hatte. Er fühlte empfindlich die bedientenhafte Unterwerfung eines immerhin noch zum Geist gehörigen Menschen unter diese Besitzer von Pferden, Äckern und Traditionen; er kannte genau wie einen Peitschenhieb, den praxis wägenden Takt, der ein kleines, gerade ausreichendes Maß Liebenswürdigkeit in die hochmütige Überraschung mengt, mit der sie entgegengenommen wird, und es ist gar nicht ausgeschlossen, daß seine ungeheure Überhebung gegen alles Geltende, seine Negation, seine Anmaßung alles neu zu machen gerade da ihren Ursprung hatten.

Aber eine gewisse bittere Sympathie war dem beigemengt.

Wie ein von einer Kloake verunreinigtes Wasser im weiteren Lauf wieder der reizendste Bach wird, blieb in einiger Entfernung von solchem Geschehn, in den bürgerlich wissenschaftlichen Kreisen, in welchen sein Vater lebte, nur die Tatsache, daß er in Beziehung zu hohen Familien stand, was ihm den Ruf des aristokratischen, vornehmen Professors eintrug und ihn nicht wenig förderte. Und da sein Vater in seinen Gesprächen niemals herausfordernden Gebrauch von diesen Beziehungen machte, kam er überdies in den Ruf vornehmer Bescheidenheit; seine Bescheidenheit hätte aber – wie Anders feststellte – niemals als vornehm gegolten, wenn sie in ihrem Oberlauf nicht würdelos gewesen wäre.

Er war jedoch weit davon entfernt, solchen Feststellungen, auf die sich die Lebensweisheit des gereiften Mannes etwas zugute hält, sein Interesse zu schenken: Er war jung genug, um zu durchschaun, daß man sich eine Freude an solchen Daseinsschnörkeln einredet, wenn nichts mehr ans wollende Herz greift.

Sondern es griff ihm ans Herz das Hervorgehn des Guten aus dem Bösen, der bittre Zynismus am Ursprung seiner Existenz, gerade herausgesagt, auch die Komposition der Größe aus Elementen des Drecks. Große Gefühle, Ideale, Religion, Schicksal, Menschlichkeit, Tugend erschienen ihm wie das Böse an sich. Er schrieb es ihnen zu, daß unsre Zeit so gefühllos ist, so materialistisch, irreligiös, unmenschlich und lasterhaft. Denn aus ihnen lassen sich nicht Schnellbahnen, Ultramikroskope, Kinos und Flugmaschinen, der Zerfall in tausend scharfe, glückliche Interessen, das wilde intelligente Chaos, die wirbelnd aufspritzende Säule dieser Zeit machen; da die Menschheit lasterhaft geworden ist, muß man das Laster zur

Tugend umformen und dem standen sie mit ihren hohlgewordenen Harfentönen entgegen.

Umgekehrt läßt sich aber aus der Schärfe u Schnelligkeit Tugend machen!

Und nun passierte es ihm, daß ihn ein aufgelegter und noch dazu schrecklicher Narr ergriff. Anders konnte Moosbrugger unheimlich gut verstehn. Er war als Bub ein
‹P 13›
Anders träumte vor sich hin. Er fühlte: die Welt, Richter, Staatsanwalt, Arzt, alle Gewalten der Ordnung und Wahrheit sind gegen diesen Menschen; – müßte nicht er auf seine Seite treten, müßte er nicht endlich ernst machen und den Menschen den Spiegel der wahren Verhältnisse vorhalten?
Schließlich rief er ungeduldig nach Leona, die im Nebenzimmer wohl eingeschlafen war.
Oder hatte er gerufen, weil das auch eine aus einer Prozession von Frauen war? War nicht sein Traum der eines Logikers? Ekel vor dem Rationalen, Sehnsucht nach dem sinnlos-sinnlich-Tatsächlichen? Sich in das ekelhafte, blöde, träge Leben zu verbeißen?
Er kannte sie seit 6 Wochen. ‹p 26› {hier p 2/1} Leona kam langsam durch die offene Tür, sie trug ein Ausflugskleid aus englischem Stoff und ließ einen eleganten einfachen Hut, wie man ihn am Lande trägt, mißmutig mit ihrem Arm hängen.
Sie war von ihren Eltern, die in ehrlichen kleinen Verhältnissen lebten, viel geprügelt worden, ‹P 27, 28›.
Aber auch Anders band es an sie, daß die Gefräßigkeit ein so unweibliches Laster ist, und daß er in ihrem vergangenen Gesicht, in welchem er das Jahr 1870 besaß, etwas liebte, das er gar nicht liebte, genau so wie seine Zeit heute anders fühlt als sie lebt.

Wenn man aber das eigentlich gar nicht mag, was man liebt, kommt man genau so wie wenn man alles nur sieht, wonach man verlangt, in ein zu Extremen neigendes Verhältnis.
Daß die ersten Opfer von Moosbruggers Lustmorden ihre Virginität nicht eingebüßt hatten, war ungeheuer bezeichnend für den indirekten Charakter seines Begehrens.
In Moosbruggers ganzem Leben fand sich keine Geliebte oder Freundin. Er hatte auch keinen Freund, obgleich er auf den Plätzen, wo er arbeitete, bei den Kameraden überall gern gelitten war. Er war ein ganz einzelner Mensch. Das macht phantastisch. Gegen die Frau hatte es dann schließlich nur der stärkere Trieb herausgepreßt, aber Moosbrugger hätte ebensogut ein Massenmörder werden können, ein Theaterbrandstifter, in die Luft Sprenger einer sozialistischen Versammlung.
Auch Anders ‹P 15› Es war dies bei Anders in müden Augenblicken, wo er nichts eigentliches tat, ein Spiel mit der eingebornen Herrscherkraft. Wenn aber [P 15], so erkennt man, wie nützlich sich dies anwenden läßt und man kann ermessen, mit welchem Recht sein greiser Vater Anders vorwarf, daß er als Privatdozent der Philosophie nicht das leiste, was man von ihm verlangen dürfe. In der Tat fragte sich Anders selbst, ob es überhaupt Augenblicke gebe, wo er sein Eigentliches tue, und den Vorwurf seines Vaters, daß er nirgends Fuß fasse, fand er nicht unberechtigt.
Es war ihm besonders rührend, in gewissen Zügen M's. sein Spiegelbild in Moosbrugger zu sehn. [P 16] *Statt des weiteren:* P 16·1, P 16·2

Anders Fäuste waren noch unwillkürlich zusammengeballt, als er Leona mit einer an ihr ungewohnten Gereiztheit sagen hörte: «Wollen wir denn nicht endlich gehen?»

In diesem Augenblick fiel in Anders eine Entscheidung. «Nein», befahl er, laß die Vorhänge herunter!» Leona, gewohnt ihm zu gehorchen, tat dies gleichwohl unwillig und betroffen. Über die großen Fenster sank Halbdunkel herab, Anders verschloß unterdessen die Türen. Dann ordnete er mit einer Stimme, die keinen Widerspruch zuließ, an: «Du wirst jetzt fressen!»
Es war dreiviertelneun Uhr vormittags.

II.
Es wird heller.

Leona war wohl eigentlich berechtigt, andre Dinge zu erwarten In jeder Woche vollzog sich am gleichen einen Tag das Gleiche; heute war es durch Anders düsteren Einfall gestört. In der Zimmerecke standen zwei große Tragkörbe, gefüllt mit ausgewählten Eßwaren und Leckerbissen, die darin von einem ersten Traiteur zusammengestellt und ins Haus geliefert wurden. Sie waren eigens dafür eingerichtet, mit Porzellan-, aber auch Alluminiumgeschirr, um am elektrischen Apparat wärmen zu können, was nötig war.
Leona durfte, wenn sie kam, hineinsehn; hineinzugreifen war ihr verwehrt. ‹P 31› ins Auto gedrängt; sie war unruhig wie eine Mutter, die man von ihren Kindern trennt. [P 31] Anders wußte nicht genau, warum er diese Ausflüge liebte. Seit er weniger Zeit zum Tennis und Kricket hatte, hielt er sie für gesund; er konnte die Partner nicht mehr ertragen, nicht in ein verschwitztes Gesicht zu sehn, das einem freundschaftlich Trotz bietet. {P 31}
Aber weder Clarisse war ein wunderbarer Mensch, noch – Gott behüte, Anders lachte – seine sentimentale Geliebte, jene thränenreiche Frau, die er so nannte. Anders hatte sie zur Belohnung für seine Habilitation erworben. Er hatte sich bewiesen, daß er wissenschaftlich zu arbeiten vermochte; die Habilitation war nun erreicht, sein Sportsinn erschöpft. Denn es war für ihn Sport, einen Rekord um ein paar Zentimeter höher zu schrauben oder einen Gedanken noch um etwas tiefer einzuschneiden. Er hatte die Liebe zur Mathematik als einem Vorbild des Fühlens und nicht bloß einer Spezialität des Denkens von Nietzsche, dem großen, vieldeutigen Lehrmeister seiner Generation empfangen. Mathematik des Fühlens hieß bei ihm wie hoffentlich bei manchem jungen Mann jene Dialektik, die sofort bereit ist, im Bösen nur einen extremen, irregeführten Fall des Guten aufzufinden. Und da es, seit die Welt besteht, nicht gelungen ist, das Böse durch das Gute zu verdrängen, vielmehr das Böse seit den Zeiten Christi oder des Naturmenschen eher unter den Menschen gewachsen ist, so müßte dies eigentlich den Gedanken nahelegen, daß in einer großen Mißbildung eine ähnliche Zeugungskraft steckt wie in einer Wohlbildung und daß es durch Änderung von Nebenumständen gelingen müßte, diese Kraft zu befrein. Anders sah zum Beispiel in Moosbruggers Angst vor dem kleinen Dienstmädchen mit den flinken Mausaugen, – eine Ausrede, die bei den Richtern nur spöttischen Unglauben erregt hatte – etwas durchaus Wahres, er sah in seiner Eitelkeit, die mit falsch ausgesprochenen wissenschaftlichen Vokabeln um sich warf und an Staatsanwalt wie Verteidiger Zensuren austeilte, das Gleiche. Moosbrugger bereitete seinem Verteidiger die unvorhergesehensten Schwierigkeiten, er rief seinem Ankläger Bravo zu, wenn er ein gegen ihn vorgebrachtes Argument für seiner würdig hielt, und stand zitternd wie ein abgehetzter Stier still, wenn der Vorsitzende von Zeit zu Zeit die Schlingen seiner Feststellungen zusammenzog und er an den Gesichtern der Umhersitzenden merkte, was er selbst nicht verstand, daß wieder ein Stück von seiner Verteidigung, die anscheinend auf Totschlag statt Mord hinauswollte, abgebrochen war. Es war ein ungeheurer Selbstbehauptungsdrang und Ehrgeiz in ihm, der unter andren Umständen ihn ganz gewiß zu ungewöhnlichen Leistungen befähigt hätte. Andrerseits sah Anders natürlich auch das Verbrecherische und Lächerliche an Moosbrugger, das sofort

überfließen würde, wenn er frei gesprochen und sein kleiner, abgelegener Fall von Güte die in der Oppositionsstellung eben eine ganz andre Bedeutung hatte verallgemeinert wäre. Das ist das «Ungelernte» in A. Er ging soweit, in den Richtern die vor Urzeiten freigesprochenen Moosbruggers zu sehn. Die Richter waren ja nur so unsympathisch weil . . . «Warum haben Sie sich die blutigen Hände abgewischt? Warum haben Sie das Messer weggeworfen? Warum haben Sie frische Kleider und Wäsche angezogen, weil es Sonntag war? Nicht weil Sie blutig waren? Warum sind Sie sich unterhalten gegangen? Die Tat hat Sie nicht geniert, das zu tun? Haben Sie Reue über die Tat empfunden? . . .» Anders hatte einen vielleicht zu scharfen Blick für das Falsche, Verbrecherische am verallgemeinerten Guten. Und gerade dieses bedeutete ihm auch Valerie, die sentimentale Geliebte.

Sie war nämlich eine wohlanständige Frau und vorzügliche Mutter, die Gattin eines Obergerichtsrates. Sie hatte nur einen Fehler: daß sie sinnlich war. Nicht lüstern, sie war sinnlich wie andre Menschen leicht schwitzen, es war ihr physiologisch angeboren; sie war die sittliche Weltordnung mit dem eingeborenen Laster. Schön und stattlich, mit einem gütigen Gesicht und vornehm ausgewählten Bewegungen, hatte sie eine ausgesprochene Vorliebe für das Gute, Wahre, Schöne und eine stille ideale Lebensführung im Kreise von Gatten und Kindern; es hinderte sie bloß ihre schreckliche Natur daran, welche ihr das Wasser bis in die Augen trieb, sobald sie ein Mann ansah, zu dem sie inklinierte, und man kann sich denken, was Anders, der in solchen Fragen zumindest die Grausamkeit der Jugend hatte, aus ihr machte, sobald er sie in die Hand bekam; er ließ sie wie die Teufelchen in der Flasche ohne Rast die Höhe zwischen Tugend und Verdammnis auf und absteigen.

Leona öffnete seufzend Rock, Bluse und Mieder «P 31»
‹P 33›
Anders saß dann da, sah und hörte bloß zu.
Man wird bemerkt haben, daß Anders eigentlich das nicht war, was man gewöhnlich einen moralischen Menschen nennt. In einem andern Sinn war er es freilich sogar in einem ihn selbst vernichtenden Grade. Er besaß den Tatsachensinn, der die Naturwissenschaft unsrer Zeit groß gemacht hat, und liebte seinetwegen die Hartgeldseele eines Kaufmanns freilich mehr als die des großen zeitgenössischen Lyrikers Friedel Feuermaul. Er besaß auch den Sinn für die ungehemmte, chirurgisch kalte Logik mathematischen Denkens. Das hatte ihn vorwärts getrieben. Aber er wußte, daß dies alles nur Vorübung war. Als Knabe hatte er eine Religion gründen wollen, und eigentlich wollte er das noch heute. Er haßte die Pflichten wie jemand der neue Pflichten schaffen will. Er liebte die intellektuelle Tätigkeit nur, um innerlich den Menschen Greifzangen und Messerschneiden anzuzüchten, aber dieser Mensch sollte dann auf nichts achten als auf die Beziehungen zu den menschlichen und den unbegreiflichen Dingen. Ist das schlecht gesagt, er wußte es nicht besser; alles sei Ethik, war ihm zu einer inneren Formel geworden, aber die Beziehung zu den Menschen war daraus abhanden gekommen, er hatte nur die intellektuellen Vorbereitungen getan und die moralischen versäumt.
Das lag in diesem Augenblick wie ein Berg auf ihm. Anders erinnerte sich langsam, daß er schon in dem Traum, den er gehabt hatte, so auf ihm gelegen war.

I.
1. Das Haus an der Strasse. (Der Wunsch ein grosser Mensch zu werden.)

Anders – anders. (Masch.schrift S. 1 – 1. Absatz)
Er wohnte an einer der in die Vorstädte führenden Hauptstraßen. . Von außen gesehn: Masch.Schrift. S. 3 unten bis Bücherwände einer Gelehrtenwohnung

Stand man aber an einem von deren Fenstern, und noch heftiger prägte es sich ein, wenn man unmittelbar hinter dem Gitter stand, so geschah Folgendes (etwas anderes:) Durch viele Stunden kamen im Durchschnitt 50 Autos in der Minute mit 30 km. Stundengeschwindigkeit wie dunkle Brocken durch den schmalen Fächer geschossen, den der Augenausschnitt beherrscht, Trambahnen wie Wagen räderten rasch, und vielleicht 600 Fußgänger, alles Menschen mit verschiedenem Gesicht und Gang, füllten als ein sich langsam schiebender Strom, in dem rascher das andere schwamm, während der gleichen Minute das Netz des Blicks, das die Seele unaufhörlich in die Außenwelt hält.

Wenn man bloß diese Geschwindigkeiten zusammenrechnen würde, diese lebendigen Kräfte vorbeibewegter Massen, deren jede das Auge blitzschnell ein wenig mit sich zieht und während einer Zeit, für die es kein Maß gibt, die Neugierde an sich hängen bleiben macht, so käme eine ungeheure Energie heraus, mit der verglichen die Kraft, welche Atlas braucht um die Welt zu stemmen, wahrscheinlich gar nicht so unmenschlich groß ist. Aber gar, wenn man denkt, daß es Willen und Menschenschicksale sind, die sich mit diesen Geschwindigkeiten und Kräften bewegen, und deren jedes unsre Anteilnahme mit sich bewegt oder doch bewegen sollte, ermißt man, welche ungeheure Leistung heute ein Mensch vollbringt, der gar nichts tut.

Und einer, der tut?

Man kann zwei Schlüsse daraus ziehn: Anders, der viel wußte, wußte auch dies: die Muskelleistung eines Menschen, der ruhig einen Tag lang seinen Weg geht, ist viel größer als die eines Athleten, der ein paarmal im Tag seine ungeheuer schweren Gewichte zu stemmen vermag; die kleinen täglichen Körpergriffe setzen nicht nur in ihrer gesellschaftlichen Summe, sondern schon an jedem einzelnen Menschen viel mehr Energie in die Welt als die heroischen Leistungen. Man muß daraus den Schluß ziehn, daß es auch im geistigen Leben viel wichtiger und größer ist, ein Fußgänger zu sein als ein Athlet. Die heroische Leistung ist so lächerlich winzig wie ein Sandkorn, das man mit ungeheurer Illusion auf einen Berg legt, und es ist wichtiger sich richtig mitbewegen zu lassen als ein Beweger sein zu wollen?

Man kann aber auch den Schluß daraus ziehn, daß man sich ohnmächtig unter dem donnernden Bogen eines ungeheuren Wasserfalls stehen fühlt, und selbst wenn man schrie, würde das Wort stumm verschlungen werden: also kann man tun, was man will, es kommt nicht darauf an.

Aber Anders, mochte er noch so weit zurückgreifen, vermochte sich keiner Zeit zu erinnern, wo nicht der Boden seines Wesens aus dem Wunsch bestanden hätte, auf irgend eine Weise ein großer und bedeutender Mensch zu werden. Dieser Wunsch schien mit ihm geboren worden zu sein und wurde durch die Mutter mit den großen Lippen und Augen genährt, die so früh gestorben war, daß seine Erinnerung kaum mehr von ihr besaß als eine alte Photographie. Wenn Anders jetzt die Augen schloß und sich seine Zimmer vorstellte, [21]. Manchmal hatte er sich früher gewünscht [22]

Aber es wäre nie dazu gekommen; er hatte keine Vorbilder gefunden.

Er trug sich oft mit dem Gedanken, dieses unpassende Haus mit der nicht zu ihm passenden Einrichtung aufzulassen, aber dann fühlte er auch, es sei aus irgend einem Grunde gerade recht so.

2.
Logiker und Boxer.

Eines Morgens kam Anders nachhaus, und der Kragen hing ihm unter dem Mantel vorn hinab, die Binde fehlte, von der Weste waren die Knöpfe abgesprungen und ein langer dreieckiger Wimpel hatte sich irgendwo abgelöst. Er schlich sich vorsichtig bei sich selbst ein, um seinen Diener nicht zu wecken legte sich vor dem Spiegel Bauschen auf sein zerschundenes Gesicht und ein feuchtes Tuch um den schmerzenden Kopf; seine Glieder waren kraftlos wie nach einer Krankheit. Während er sich entkleidete, überlegte er, wie er die Zeugnisse seiner nächtlichen Niederlage seinem Diener verbergen könne; er schob schließlich mit dem Fuß alles, was er an sich getragen hatte, in eine Ecke des Schlafzimmers und entschloß sich zu der Erzählung, daß er beinahe von einem Automobil überfahren worden wäre.

Seine Uhr und seine Brieftasche fehlten. Er wußte nicht, ob die 3 Männer, mit denen er in Streit geraten war, sie geraubt hatten oder ob sie während der kurzen Zeit, wo er bewußtlos auf dem Pflaster lag, von einem stillen Beobachter gestohlen worden waren. Vom Bett hutsam getragen und umhüllt, überlegte er noch einmal sein Abenteuer. Die drei Köpfe waren plötzlich vor ihm gestanden; er mochte in der spät-einsamen Straße einen der Männer gestreift haben, denn seine Gedanken waren abwesend u. mit etwas andrem beschäftigt aber diese Gesichter waren schon vorbereitet auf Zorn gewesen u. traten verzerrt in den Kreis der Laterne. Da hatte er einen Fehler begangen. Er hätte sofort zurückprallen müssen, als fürchte er sich, und dabei fest mit dem Rücken gegen den Kerl stoßen, der hinter ihn getreten war, und mit dem Ellbogen gegen seinen Magen, und noch im selben Augenblick entwischen, denn gegen drei starke Männer gibt es kein Kämpfen. Statt dessen hatte er einen Augenblick gezögert, ungewiß, ob wirklich aus den Schimpfworten Schläge werden sollten, und unwillens, mit ihnen zu beginnen; und als seine Gegner ausholten, flog zwar der eine zurück, dem ein Schlag aufs Kinn zuvorgekommen war, aber der andre, den blitzschnell danach der zweite Schlag treffen sollte, wurde nur noch gestreift, denn inzwischen hatte von hinten ein schwerer Hieb mit einem harten Gegenstand Anders Kopf beinahe zersprengt. Er brach ins Knie, wurde hart angefaßt, kam mit jenem unnatürlich Klarwerden aller Muskeln, das gewöhnlich dem halben ersten Zusammenbruch folgt, noch einmal hoch, traf ein-, zweimal die Wirrnis fremder Körper und wurde von immer größer werdenden Fäusten niedergehämmert.

Da waren in der Nacht mit einemmal drei Antlitze, die ihn mit Zorn u. Verachtung anblickten. Er wollte nicht glauben, daß sie es nur auf sein Geld abgesehen hatten, sondern fühlte, daß da Haß gegen ihn zusammengeströmt u. zu Gestalten geworden war, während ihn die Strolche mit gemeinen Schimpfworten überschütteten, die ihn als ekelerregend u. häßlich hinstellten; es freute ihn der Gedanke, daß dies vielleicht gar keine Strolche seien, sondern Bürger wie er, bloß etwas angetrunken u. von Hemmungen befreit, die an seiner vorübergleitenden Erscheinung hängen geblieben waren u. einen Haß auf ihn entluden, der für ihn u. für jeden fremden Menschen stets vorbereitet war wie das Gewitter in der Atmosphäre. Denn etwas Ähnliches fühlte auch er mitunter: einen ungewissen Zustand der Feindseligkeit, fast ein Bedürfnis nach Feindseligkeit, das dann irgendeinmal plötzlich zusammenströmt, in einem Gesicht oder in drei unbekannten, auf ewig wieder verschwindenden Männern, u. nun wie Donner u Blitz in die Erde schlägt.

Und während er das dachte, verlor er Zeit. Denn .. Forts. nach 1 → I/9

Da nun der Fehler festgestellt war, den Anders begangen hatte, und nur auf sportlichem Gebiet lag, genau so wie es vorkommt, daß man einmal 1 m kürzer springt als sonst, schlief Anders, der vorzügliche Nerven besaß, ruhig ein und gab seinen Geist in den Schlaf auf, genau mit dem gleichen Entzücken, das er merkwürdigerweise auch an seiner Niederlage empfunden hatte, nämlich in den gleichen entschwebenden Spiralen, die aus dem Vollbesitz des Persönlichen in die Ohnmacht führen.

Als er wieder erwachte und nachdem er festgestellt hatte, daß seine Verletzungen nicht bedeutend waren, lag Anders trotz des noch benommenen Kopfes sehr zufrieden im Bett. An seinem nächtlichen Erlebnis hoben sich deutlich mehrere Seiten ab, die ihn mit solcher Genugtuung erfüllten.

Erstens liebte er Boxen, Fechten und jede Art Sport, bei dem man in einem kleinsten Zeitraum, u. von kaum wahrnehmbaren Zeichen geleitet, uvzüglich rasche, viele, verschiedene und dennoch aufs genaueste einander zugeordnete Bewegungen ausführen müßte. Es ist ganz unmöglich, sie mit dem Bewußtsein zu beaufsichtigen; im Gegenteil, vor jedem Wettkampf muß man rechtzeitig das Training einstellen, damit die Muskeln miteinander eine letzte Verständigung treffen, bei welcher das bewußte Ich nicht zugegen ist; im Augenblick der Gefahr springen und fechten sie dann mit dem Ich, und der Körper, diese zivilrechtlich gegen die Umwelt abgegrenzte Haupt- und Gesamtperson, (die Seele, der Wille) werden von ihnen so obenauf mitgenommen wie Europa auf dem Stier. Dieses Erlebnis der Entrückung war es, was A. seine Theol. nannte, denn er behauptete allen Ernstes, daß es Verwandtschaft mit der kath. Mystik habe; es bildete das seine Erholung von der Theorie der Logik u. des menschlichen Denkens, mit der er sich zu jener Zeit meistens beschäftigen mußte, und lag ihr doch nicht so ferne, denn auch sein wissenschaftliche Energie war [19, 20]

Zweitens waren in der Nacht plötzlich drei Antlitze aus dem Dunkel getaucht, die Anders mit Zorn und Verachtung anblickten. Er mochte nicht glauben, daß sie es nur auf sein Geld abgesehn hatten, obgleich sie es danach auch nahmen, sondern fühlte, daß der Haß gegen ihn zusammengeströmt und zu Gestalten geworden war, die chaotisch bewegte Masse hatte Haß wider ihn ausgespien. Er war schön von Gesicht und Figur; die gemeinen Schimpfworte, mit denen ihn die Strolche überschütteten, machten ihn häßlich und lächerlich; es freute ihn der Gedanke, daß es gar keine Strolche gewesen sein mochten, sondern etwas angetrunkene Bürgermänner wie er, die an seiner vorübergleitenden Erscheinung hängen geblieben waren und einen Haß auf ihn entluden, der stets für ihn und für jeden fremden Menschen vorbereitet war, wie das Gewitter in der Atmosphäre. Denn etwas Ähnliches kannte er zuweilen. [22]

Die dritte Seite seines Erlebnisses, die ihn mit Vergnügen erfüllte, war die, daß er sich seiner ein wenig schämte. Es erschien ihm unpassend, daß ein Universitätsdozent der Philosophie in der Nacht mit Strolchen raufe. Aber wo das, sagte er sich, einem Gelehrten passieren kann, dort kann es ein Gelehrter auch tun. Und wo man ihn nicht vor verbotenem Schaden schützt, kann man ihm auch nicht heimliche Freude verwehren.

Aber eigentlich war ihm das ganze Erlebnis doch gleichgültig. [22]

Man kann nicht sagen, daß Anders bis dahin Teilnahme an der Welt bewiesen hatte. Er war auch kein Mensch, der mit ihr umzugehn wußte, obgleich er für sehr tüchtig galt. Die Energie, welche er zweifellos hatte, in einem Faustkampf genau so wie in einem logischen Kalkül, war einfach Kampfkraft; seine Begabung eine Fülle von instinktiven Kampfgriffen, die ein Problem ebenso angehn wie einen Gegner. Es hatte seine hartgeschulte Körperlichkeit ihr Widerspiel im Geiste: er war ein männlicher Kopf.

Aber ein Bankbeamter hätte ebenso über ihn gelächelt wie eine erfahrene Frau. Denn er konnte zwar jeder Lebensfrage eine geistvolle und absonderliche Lösung geben, aber er besaß nicht nur keine Lebenserfahrung, sondern hatte eine ausgesprochene Abneigung sie zu erwerben. Das Vermögen seines Vaters überhob ihn der Sorge, das Leben nach Vorteilen abzutasten, u. er fühlte sich unabhängig vom Wolgefallen andrer Menschen, während Welt- wie Menschenkenntnis ja nichts andres sind als Ecken, die man sich dabei eingestoßen hat. Er besaß dafür eine selten trügende Witterung für die geistige und seelische Bedeutung eines Menschen oder, was für ihn das gleiche war, für Freundschaft und Feindschaft. Er wußte niemals, was von einem Menschen, mit dem er verkehrte, mit Wahrscheinlichkeit zu erwarten war. Dagegen kannte er das Unwahrscheinliche, das Unerwartete, wessen dieser Mensch unter Umständen fähig sein könnte, mit einem andern Wort, die Gedanken, die er sich über ihn machen konnte, genau. So kam es, daß sein Leben, von außen betrachtet, durchaus nicht arm an Wechselfällen, Sprüngen, Brüchen, Überfällen der Leidenschaft, und zerborstenen Wänden erschien, durch die er mit dem Kopf gegangen war, aber diese ganze Biographie schienen seine energische, bewegungsbedürftige Körperlichkeit und die dieser zunächst liegenden gleichgültigen Teile der Seele für ihn besorgt zu haben, während das, was ihn wirklich daran bewegt hatte, so unbestimmt war, als hätte er nicht sein Leben gelebt, sondern ein Buch gelesen.

Er war sogar einmal Fähnrich in einem Husarenregiment gewesen; ebensogut hätte er in einem Leben vor diesem Mongolengeneral sein können. Trotzdem hatte er dann erreicht, daß er schon mit 22 Jahren Ingenieur war. Etwas jugendlich-amerikanisch bildete er sich damals ein, daß das Weltgeschehen mit jedem Tag neu anfange, und glaubte daß der Techniker, welcher als mathematischer Chirurg in die Zukunft schneidet, deren eigentlicher Repräsentant sei. Er war enttäuscht, als er in der Wirklichkeit diese an ihre Reißbretter genagelten Männer sah, welche sich auf ihr Fach beschränkten und weder den Mut, noch den Geist hatten, um ihre technischen Denkgewohnheiten auch auf das Leben anzuwenden. Sie waren so wenig fähig dazu, wie ein elektrischer Transformator imstande ist, den in seiner Existenz liegenden neuen Gedanken auf die Ethik anzuwenden, um diese endlich über den Zustand des Katechismus und der Knabenschule hinauszubringen.

Anders warf sein schon in scharfen Lauf geratenes Leben noch einmal herum. Sein Vater hätte gewollt, daß er zur theoretischen Physik übergehe, um Erworbenes auszunützen und die akademische Laufbahn sowohl an den humanistischen wie an den technischen Hochschulen offen zu finden, er aber erlernte mit einem ungewöhnlichen Aufwand von Talent und Willenskraft binnen zehn Monaten die lat. u. griechische Sprache, legte, da er nur Realschulvorstudien hatte, das humanistische Abiturium ab, hatte sich gleichzeitig schon an der Universität eingeschrieben und war mit 26 Jahren Doktor und Ingenieur, mit 28 Jahren, da er in der Zwischenzeit eine Fülle kleiner, aber durch große Kenntnis und analytische Begabung ausgezeichneter Arbeiten veröffentlicht hatte, Privatdozent der Philosophie, in welchem Lebensabschnitt er sich seit kurzer Zeit befand.

Wenn er im Bett lag und sich das Zimmer vorstellte, in das sein Frühstück gebracht wurde, sobald er läutete, so wurde ihm schal. Zweifellos waren diese Zimmer in gutem Geschmack eingerichtet und hätten ebensowohl in einem andren guten Geschmack eingerichtet sein können. Es war gewiß nicht sein persönlicher Geschmack, den er nicht kannte. Das Haus hatte er gemietet, weil es gar nicht so sehr teuer war, und er anfangs leider geglaubt hatte, daß einem geistigen Menschen die Vornehmheit eines Aristokraten zukomme. Er hätte am Mond residieren können, und in sein kleines Biedermaierpalais waren ebensowenig Equipagen mit vornehmen Damen und hohen Würdenträgern eingerollt; er hatte sich das auch niemals gewünscht, aber es war doch peinlich, daß er sich in der Symbolik des Hauses so vergriffen hatte, als trüge er einen unpassenden Anzug. Vielleicht war auch dies ein Grund, weshalb ihn die Schmerzen freuten, die ihm unbekannte Fäuste hinterlassen hatten.

Es beschäftigte ihn jetzt oft der Wunsch, seine Wohnung mit den Bildnissen großer Denker zu schmücken. Zum Schutz vor irgend etwas, z.B. vor solchen Erlebnissen. Denn das ist wie Fahnen im Gefecht, und es muß wunderbar sein, ein großes Vorbild zu haben, einen Geist, mit dem man sich in geheimem väterlichen Einverständnis weiß, dessen Schicksal wie in einem astrologischen Zusammenhang mit dem eigenen steht und dieses ermutigt; unter Vorbildern wandeln ist wie unter Gestirnen wandeln. Aber wenn er sich fragte, wen er so lieben könnte, fand er keinen. Nicht daß er sich überhob, auch nicht was Nachfahren an älteren Meistern unvollkommen erscheint, hinderte ihn, sondern menschliche Abneigung. Er hatte durchaus die Überhebung der Jugend, für welche nicht mitzählt, wer älter ist. Wer vor ihm gedacht hatte, mochte ein Gigant sein, aber er lebte nicht in den Spannungen der Luft, die man selbst mit Freunden und Freundinen atmet, sondern eingekapselt in einer vergangenen Masse.

Eine Kampfnatur, vorwärtsgerichtet, der im Rücken liegende Halbrund von Sympathie leer, der vor ihm liegende ein Widerstand, den man bricht, um etwas Großes durchzusetzen, das man vorläufig noch gar nicht kennt: dieser Zustand, in dem sich wirklich fast alle Menschen, die der Welt Neues bringen, einmal befinden, ein Zustand der Feindseligkeit, die die Luft mit einer gärenden Kraft lädt, und plötzlich in 3 unbekannten, auf ewig wieder verschwundenen Männern wie Donner und Blitz vorläufig in die Erde schlägt.

Aber wenn man so in der Welt steht, müßte man wenigstens die nächste Umgebung fest wie Schalen um sich legen. Man dürfte kein solches Haus haben, überhaupt keine wirkliche Wohnung, sondern etwas vollkommen Bewegliches, dem man jeden Augenblick ein andres Gesicht geben kann, oder man müßte im Hotel wohnen.

Aber Anders liebte auch sich nicht. Er liebte deshalb seine Ideen nicht, wenn sie in einer persönlichen Weise sich mit ihm zu beschäftigen begannen. Er stand auf, entfernte die Kompressen und beendete eine Abhandlung, die ihn schon langweilte, um endlich mit diesen Studien fertig zu werden.

3. Die Geliebten.

Als ein durch den bekannten Wiedervormarsch, den der Katholizismus in unsrer Generation angetreten hat, etwas überheblich gewordener Kleriker Anders die Frage stellte: was ist Philosophie?! – antwortete dieser ... Mpt 6f .. kommen können (7) Ganz anders aber war es in der Glut der Jahrhunderte um Chr. Geburt, als .. ... etwa 8: Cohenäer, das hat aber soweit den Zusammenhang mit der Seele verloren, und nur, weil doch noch einmal ein solches inneres Denken wiederkehren könnte, behauptete Anders, sei er Philosoph.

Anders war einer der wenigen heute lebenden Philosophen, die noch 2 Geliebte besaßen

Die eine dieser beiden Frauen... 8/9 .. Jetzt nützte er das aus.

Leonas Vater.. 10–13.. Augen.

Während dieser Zeit besuchte ihn allerdings Valerie, seine schwermütige zweite Geliebte. Valerie war eine Frau.. 16 .. inklinierte... Tugend u. Verdammnis auf und absteigen.

In der Beschreibung der beiden Frauen den Gegensatz stärker herausstellen: die Kokotte, der er statt Liebe Essen gibt und die Anständige, der er statt Ideale Sexus gibt.

(Er verführte sie stets zu Gesprächen über die Tugenden, die Seele und große Ideen, mitten in welchen er sie unter seinen Willen und böse Lust beugte)

> Ungefähr durchgearbeitet Maschinschrift röm. beziffert

> Man kann aber auch 3. stärker auf Welt stellen, indem man mehr vom Gesichtspunkt B's u L's aus erzählt. Von da her die Ordnung; A. ist die Störung.

Oder: Die Zeit ist es, welche B. u L. anbietet.

Sie machte ihm viel Vorwürfe. Wurde sie erregt, war sie melancholisch und gut; aber in dem Entsetzen nach jeder Schwäche, das sie ihre ganze Hilflosigkeit fühlen ließ, war sie voll Anklagen, daß sie mißbraucht werde, und gab die Schuld bald ihrem Mann, der sie früher überreizt hatte, bald Anders, dem sie die vornehme Gesinnung absprach, weil er sie nicht schone. Sie liebte nichts so sehr wie Dichtung oder Kunst, aber ihrem Gatten, dem Obergerichtsrat, waren diese ganz gleichgültig, und sie wäre ihm längst davongegangen, wenn nicht ein ihr selbst unbegreiflicher innerer Zwang sie daran gehindert hätte; die Nachwirkung der halb unfreiwillig sich immer wiederholenden ehelichen Willfährigkeit hatte im Lauf der Jahre in ihr eine abnorme Willensabhängigkeit von dem durch die Umstände stets begünstigten Mann erzeugt, den sie dafür verachtete. Aber Anders hätte ein ungewöhnlich tiefes und lebhaftes Urteil über Fragen der Dichtung oder des Lebens gehabt, und sie ließ sich von seinem Geschmack in keiner Weise erziehn; im Gegenteil, sie war von seinen Ideen entsetzt, die sie unfein fand, aber sie redete sich ein, daß er besser sein müsse, als er sich gebe, weil er doch jung war und aus so gutem Hause kam. Und außerdem war Anders ein schöner Mensch.. 4 .. glatt rasiert, und mit einem Blick, der den Frauen kalt und heiß versprach, ohne daß sein Besitzer im geringsten daran dachte.
Als Anders sich eines Tages fragte, was er mit diesen beiden Frauen tue, erschrak er ein wenig. Denn im Verhältnis zu beiden überwog das Abstoßende bei weitem die Anziehung, sowohl bei ihm wie bei ihnen. Nicht nur B., auch L. hatte ihre ausgebildete Sittlichkeit. So sehr sie das Essen an ihm schätzte und sich seiner Freigebigkeit ausgeliefert fühlte, vermißte sie doch den Bart, die Liebe, die zotige Heiterkeit an ihm und auch sie kam sich in ihrer Schwäche mißbraucht vor. Beide waren völlig durch Zufall in sein Leben getreten und hielten sich darin nur dadurch, daß es ihm im Grunde völlig gleichgültig war, was er tat. Aber manchmal, wie sie vor ihm standen Mpt 43 .. fixen Idee. Sie waren ihm im Grunde scheußlich: war nicht anzunehmen, daß sie ihn im Innersten errieten oder daß, selbst wenn sie es nicht wußten, ihre Gefühle es ihm mit Gleichem vergalten? Anders gab ihnen nicht Unrecht. Wäre er ein leichtsinniger junger Mann gewesen... 8 ... seine Leidenschaften erregten ihn ganz u gar nicht Wenn jemand ... Käse Mpt. 44.. bloß wenn er diese.. nachzudenken begeht, weil... Genuß.

Bei der Ausarbeitung:
Weniger als jetzt: der besondre A. betonen
Mehr: ein Repräsentant dieser Zeit mit seinen Konflikten, wenn auch ein begabter.
Was dazu nicht unbedingt nötig ist, kann später als Erlebnis mit dem Unverständnis u. der Auffassung andrer Menschen viel stärker wirken.

Dann muß man das Typische mehr betonen:
a. Gegen Phil. Für Unordnung
b. Bewegtheit u Beziehungslosigkeit
c. Wie eine Kugel in Sand geschlagen
d. Über Eigenschaften nachgedacht, aber nie warum gerade man sie hat.

A. hat seine erste wirkliche Arbeit veröffentlicht, einen kleinen Versuch, sein Denken auf die Wirklichkeit anzuwenden die gegen die Philosophie u für das Warten. Ergebnis die in C. gipfelnde Stimmung und Empfänglichkeit für das Erlebnis mit M.

4. Äusseres und inneres Leben.

Eines Tags las A. ein Zeitungsblatt.
Es war die Mittagsstunde.. M 49 .. vorbei, und er hatte sich vom Gitter..
.. Dächern gestiegen.
Nachdem er lange Zeit schlaff auf einer Bank gelehnt hatte, nahm er eine Zeitung
auf.. M 50.. liegen lassen; es war nicht anders, als stieße er nach stundenlanger
Wüstenwanderung auf die Spuren eines Lagerfeuers. Es war... M 50–51..
Kirchenkonzert ankündigt. Aber jede kleinste Notiz.. M 51.. hunderte von
Entscheidungen auf, und den Menschen gibt es nicht, der auch nur 5 von ihnen
mit voller Klarheit beantworten könnte.
Man lächelt.. M 51.. darin.. ausdrückt, in welcher wir leben. Es ist ja ein
irriger Glaube, welcher annimmt, daß unser Leben aus Taten u Charakteren
besteht. Denn unser Leben.. M 87–88.. aus Wasser besteht.
Die alten Sekten des Glaubens, welche einander verfolgten, sind heute durch Sekten
des Wissens ersetzt, die nicht einmal diese Beziehung mehr zu einander haben,
denn die Fischeforscher lieben nur die Fischeforscher und sind in der innersten
Seele ohne Interesse für die Welt der Eisenbetoningenieure.
In den allen gemeinsamen Angelegenheiten muß dann jeder Mensch anders handeln als er denkt u. ohne Überzeugung. A. liebte diese Undurchsichtigkeit. Sie
erschien ihm vom Standpunkt des Betrachters als ein Zeichen der nahenden Reife.
Er nahm an, daß die sich immer unübersichtlicher häufenden neuen Tatsachen des
Wissens und die durch regen Austausch immer größer werdende Zahl.. M 53 ..
die Welt des Geistes in einen .. M 53 .. Zersetzung bringen müssen. Ihre Beschaffenheit isoliert heute schon die Menschen ärger als Drähte voneinander. Kein
Vorübergehender weiß .. M 51 .. niederblasen konnte. Irgendeinmal wird die
Neuordnung unausweichlich geworden sein.
A. glaubte einstweilen an den Wert der Unordnung; es gibt eine Unordnung,
welche höher steht als die ihr vorangegangene Ordnung. Er liebte es, zu sehen, wie
sie täglich reicher wuchs. Noch etwas höher den Tatsachenhaufen geschichtet, und
wir werden.. M 52.. schwätzen. Gegen die faltigen Frühgeburten von Gedanken-
systemen hatte er die Abneigung des Naturforschers. (27.)
Sein Denken war durch die Wissenschaft an Schärfe und kühne Kombination gewöhnt. Es gab nichts, das er für unerlaubt gehalten hätte, denn es konnte sein, daß
er darin eine Einzelheit entdeckte, die unwillkürlich in einen großen Gedanken-
zusammenhang geriet und an dessen Schönheit teilnahm. Auch was A tat, war aus
dem gleichen Grunde oft nur der Stellvertreter von etwas andrem und hatte mehr
symbolische als wirkliche Bedeutung. Dieses abstrakte u. dabei ungemein elastische
Denken hat die mathematischen Wissenschaften groß gemacht, u. A. vertraute ihm
auch in Fällen, wo er selbst gar nicht wußte, was er meinte, wie in dem Verhältnis
zu seinen zwei Geliebten. A. ‹S 20› Dagegen besaß er Ideenerfahrung, und wenn
etwas sich in einer Idee zusammenfassen ließ, so war es gut.
Aber so kam es, daß sein Leben eigentlich nur durch innere Bewegungslosigkeit
von außen bewegt erschien. Oder bloß: Es schien ihm, er habe ein Buch gelesen.
Er war sogar einmal in seinem Leben Fähnrich in einem Husarenregiment gewesen; ebensogut hätte er in einem Leben vor diesem Mongolengeneral sein
können. Er ritt damals Rennen u. duellierte sich. Als er den Unsinn einsah, rührte
er kein Pferd mehr an u. war wenige Jahre später Ingenieur. Er war der etwas
jugendlich.. M 5 .. Repräsentant dieser sei. Das war ihm heute beinahe ebenso
unverständlich. Er war schwer enttäuscht worden. (S. 20/21) Er war danach vielleicht nur Philosoph geworden aus Abneigung gegen die Philosophie (Diese schwierigen Systeme hatten immer ein wenig sein Selbstvertrauen gereizt. Sie erinnerten
ihn mit einiger Freiheit an die Geschichte der Dido: eine Ochsenhaut wird so
künstlich zerschnitten, daß sie ein ganzes Reich umspannt) und weil er es anders

machen wollte oder dunkel seine Kräfte fühlte. Er warf sein Leben noch einmal herum. Mit einem ungewöhnlichen Aufwand von Begabung u. Willenskraft erledigte er die Vorarbeiten u. war mit 26 Jahren Dr. u Ing. mit 28 ‹21›. Er stand jetzt da mit seinen Arbeiten, seinen athletischen u. rücksichtslosen Denkgewohnheiten und einer seltsam lähmenden Enttäuschung. Er hatte wie eine Kugel in nachgiebigen, aber mit 1000 Körnern unwiderstehlich bremsenden Sand geschlagen.

Er hatte sich nur von außen erlebt... Pferde .. umschwärmen, stehn .. M 29/30. . Daß es mir Training ist hier (oder [. ? .]) Kaum ihnen. So hatte sich auch ... M 30 .. war gefolgt... Tüchtigkeit der Leistung. Bei andren Menschen mochte es im Einzelnen etwas anders sein, aber im Grund das Gleiche. Er sagte sich .. 30 .. besonnen sei, aber alle diese Eigenschaften hatten mit ihm ... andre Menschen, ja wenn er dachte, daß sie sein Leben bestimmt hatten, erschienen sie ihm an sich fremder als an andren. Er hatte über diese Eigenschaften viel, aber nie darüber nachgedacht, warum gerade er sie hatte.

Und er war doch. ‹M 15.› Er war ein sehr männlicher Mann. Aber als er ein kleiner Knabe war, in den Jahren, wo sie noch Mädchenkleider tragen, wünschte er sich selbst heimlich, dieses Mädchen zu sein. Da seinem Alter der Unterschied der Geschlechter nicht klar war, erschien die Wirklichkeit zwar als ein Widerstand der sich nicht überwinden ließ, aber nicht als unüberwindlich u. sein Wunsch preßte sich unsagbar selig gegen ein Tor, das plötzlich geöffnet werden konnte.

Damals, etwas später als Knabe hatte er auch eine Religion gründen wollen. Und eigentlich – sagte sich A. zuweilen so befremdlich manches geklungen haben mag, –: wollte er es nicht auch noch heute?

5. Moosbrugger und der Brief.

In dem Zeitungsblatt, das A. an jenem hoffnungslosen Tag auf einer Bank gelesen hatte, war auch Mos. Name gestanden, den er wenige Stunden zuvor zum erstenmal gehört hatte.

Es kommt ev. hinzu: Mit einem Menschen wie M. weiß diese so geschilderte Zeit nichts anzufangen u. tötet ihn deshalb.

M. war.. M. 18–19.. gutmütigem Gesicht nicht mehr zurück.
Anders war, da sein Blick.. M 19/20 .. neu war.
Es bot sich ihm folgendes Bild:
Mo. ... M 20–21.. Schandtaten liegen werden.
A. trotz seines eigenen reichen Lebens konnte es auch verstehn .. M 21 .. preisgegebenen Leben befiel, das Wissen u. Büchern entrückte.
Dann .. M. 21–23.. im Sonnenglanz liegen mußte.
Es war ersichtlich, Mo. wollte ein großer Mensch sein; aber es ist schwer u. wurde ihm bezweifelt, weil niemand genau weiß, was das ist, und es offenbar verschiedene Weisen gibt. Gewöhnlich trug es ihm nur die Gerichtssaalzensur .. M. 24–27 .. nichts mehr dafür.
In der Verhandlung hatte Mo .. M 27 .. hineingearbeitet hatte.
Dennoch lag seiner Verteidigung ein für A. schattenhaft erkenntlicher Plan zugrunde. Soviel davon war klar, er sei weder für einen Mörder, noch für einen Geisteskranken gelten wollte, denn das lag unter seiner Würde. Also mußte die Tat ein Totschlag aus Leidenschaft sein, aus Ekel u. Verachtung, die ihm das verdächtige .. M 27 .. Weibes eingeflößt hatten.
Aber wenn sich die Gründe enger um ihn legten, mit denen man ihn fangen wollte, kamen erst ganz andre schattenhafte Antworten hervor. Da waren Zauberworte,

er hatte solche Worte .. M 23/24 .. .. .. Richter standhielt. Diese seltsamen
Schattengründe waren gar nicht auszudrücken, sie kamen unmittelbar aus dem
verwirrt Einsamen von Ms. Leben; wenn man sie anpackte, waren sie Unsinn,
aber wenn man die Augen schloß, glitzerten sie wie etwas, das tief unter Wasser
liegt. War es zu verwundern, daß Mo. in solchen Augenblicken, wo er mit Worten
rang, seine ungenügende Erziehung ... M 28 .. zu geben!
Denn die Taktik des Richters .. M 27/28 .. empfunden? – Was hätte M. darauf
erwidern sollen?
Es war wie der Kampf eines Schattens mit einer Wand, die sich immer enger
schloß, und zum Schluß flackerte Ms. Schatten nur mehr gräßlich und verzerrte sich.
Als ihm das Gutachten der Psychiater vorgelesen wurde, das ihn verantwortungs-
fähig erklärte, erhob er sich und rief: Ich bin zufrieden.. M 28, 29.. Irrsinnigen
verurteilt haben!»

A fühlt: Nein! Kein Irrsinniger!

Anders war aufgewühlt. In diesen Dingen lag etwas, wenn auch verzerrt u. ent-
stellt, das ihn im Innersten anging, mehr als sein eigenes Leben.
Und in einer merkwürdigen Verkettung suchte er plötzlich einen Brief hervor,
den er vor Tagen ärgerlich weg gelegt hatte.
In dem Brief stand: .. M 31–34 .. Vater.
Anders hatte diesen Brief verlegt gehabt, weil er sich nicht entschließen konnte,
darauf zu antworten; das war für ihn eine Wirklichkeit, die gar keine war ..
M 37 .. bekämpfte.
Aber welch seltsame Wirklichkeit war es doch in Wahrheit in der solche Briefe ge-
schrieben wurden!
Es bot sich zwar die Ausrede .. M 19 .. Lebensberuf.

Anders fühlte eine sozusagen durch Mo. geheiligte neue Neugierde auf die Welt

II.
Die Parallelaktion.

Exzerpt: S. 39 ff.

I/2 wird bei dem Gedanken, ein großer Mensch werden zu wollen, die Lehre des
Vaters erwähnt.

III.
$s_1 + 1$ Die Schwester.

A: 1. Bahnhofplatz. Telegramm. Arbeiten wollen. Erinnerung an Schwester. Ein
   Leben ohne Gefälle, eine Welt der Symbole. Warum hat er falsche Dinge
   gearbeitet?
   Er geht beziehungsreich wie im Traum in diese Stadt hinein. Erwartungsvoll, weil er sich ordnen will
2. Als er seiner Schwester gegenübersteht, trägt sie den gleichen Pierrot.
   Unmittelbarer Eindruck, eine andere seelische Struktur als seine; hart und
   zerstäubt; er sinkt, ihr zulächelnd, in einen sekundenschmalen Halbtraum.
3. Ich werde nicht zu Lindner zurückkehren.
   Auflehnung gegen den kleinen toten Vater. Davonlaufen vor seinem
   Wollen. (∼ meiner Abneigung gegen //) Seine Schwester war ihm immer

als ein Wesen erschienen, das keinen Widerspruch gegen die Ordnung barg.
4. A. frägt nach L; Ag. heftig aus Angst. Die Ehe in Ordnung. In niemand verliebt. Er soll nicht zufrieden sein!
Ag. lehnt Einvernehmen mit L. ab. Beschluß wegen des Hotels. Das Haus gehört mir! Ich lehne Ld. ab! Übrigens wem gehört es? II P 15.

Statt Lindner: Hagauer.
(Lindner statt Klag.)

5. Während Ag. nach dem Tee sieht, denkt A. an L.
Der aufgeklärte tüchtige Mensch; offenes Leuchten. A. hat eigentlich eine kleine Angst vor diesen phantasiefreien Menschen. L. ein moderner Mensch, ein Programm. Im Aufstieg begriffen. Erweckt wieder: etwas um die falschen Dinge im eigenen Leben.
Ag. Angelegenheit irgendwie auch die As.
Ev. erst bei Lds. Besuch.
Mindestens zT. doch hier, damit der Gegensatz herauskommt
6. Unter dieser Einstellung frägt A. nun Ag. aus.
Antworten: Sie schläft nicht mehr mit ihm Fordert später ganz real psychologische Erwägungen.
Abneigung:
Geheiratet, weil Vater es wollte Weder zufrieden noch verbessern.
Keine Lust zu studieren. Widerstand
Geständnis des sexuellen Bedauerns.
Versuch: scheinbares Entstellt- u. Beherrschtwerden sei schön.
7. Reiz dieses Gesprächs. Sie war keine halbe Frau. Aber so durfte er sie überhaupt nicht ansehn; Ernst, Musik, unsinniges Gefühl, daß etwas geschehen werde. Sie sieht ihm ähnlich u. umschließt mit ihrem Leben eine Frage.
Vertrautheit, die nicht erworben zu werden braucht. Er konnte sogleich nach intimen Details fragen.
Weshalb nicht? Berechtigt? Sind wir etwas Gleiches?

3 Unterteilungen
1. Begegnung. Testament. Zur. bis Orden.
2. Besuch Ag. Wesen Hgs. und As nachtragen
Gespräche E 1–5 zu Hg ziehn
3. Testament.

Von M. sprechen, ev. sub specie Traum der Menschheit. Der schöpferische Zustand ist ja dem Traum verwandt, u. der kranke wie verbrecherische auch.

> Der Vorwurf, daß Ag. nichts liebt, nichts verehrt, wird ihr typischerweise oft gemacht. Vgl. Br 155

s₁ + 2.

B. 1. Agathe. Bisher ihr Leben ein aufgelöstes Dahinziehn. Plötzliches Auseinanderschnellen bei der Trennung. Sie konnte nie, noch kann sie jetzt sich eine Zielvorstellung von ihrem Leben bilden. Hat deshalb das Gefühl schlecht zu sein. Hg. nutzt das aus; unbewußt. Nun *[?]* ist alles gut. Dieser «gute Mensch ohne Größe» hatte sie erschüttert. Deshalb war sie unsicher geworden. Nun (erst) ist das ganz klar, u es muß scharf getrennt werden. U 22

2. Aber es scheint ihr; gut kann nur sein, wer wenig Gutes *[?]* tut.
Die Schmeichelei ihres Bruders erfüllt sie mit Kraft.

Alle heiraten – gut man tut es auch – man läßt mit sich geschehn, was dazu
gehört usw.
Vgl. es auch zu 4.

3. Ag. begriff gut, aber wußte nicht, wozu: hatte daher schwer gelernt. Nie
ganz aufgeklärte Krankheit in ihrer Kindheit. Ebenso mysteriös behoben.
Später $s_2 + 1$
Lernte seither gut, aber von geheimnisvoller Gleichgültigkeit geschützt
Unverständliche Väterlichkeit der Welt und Männerangelegenheit. Mit sich
geschehen lassen, weil doch alles von einem unsichtbaren Prinzip abhängt,
wurde Wesen ihrer Aktivität. Worte dienen nur unwesentlichen und unwirklichen Mitteilungen.
Heiratet, weil die Seele dem sichtbaren Menschen Willkür läßt.

4. Überzeugt, ein Blick wird alles ändern, ein Wort, eine unmittelbare Gewißheit. Fühlt es an Anders. Fühlt nicht Schwesterliebe, sondern Übergegen-
wart, schmerzlose Heftigkeit. Unsagbare Zuversicht geht von ihm aus. Ihr
Leben schien einen Sinn zu haben; selbst das, was sie ohne zu begreifen gelernt hatte. Von Gefühl der Gesundheit umschlossen.

Du warst ich, u. ich wußte es nicht.

Geheimnis meiner Zukunft; bin ich dort angelangt, gehört es der Vergangenheit an, trotzdem bin ich nicht zu verstehn, nur auszulegen – Das
ist ein Gedanke wie das Hineingleiten ins Traumbewußtsein. (Und eigentlich lebte sie auch später Traum mit A)

5. Sie schläft ein, als sie ihn kommen hört.

Danach wacht Ag. mitten in der Nacht auf, aber es war kein schlafloses
Aufwachen.

C. 1. Schwerer hat es ein gebildeter Jurist u. alter Mann.
Notwendigkeit, die eine Wahrheit festzustellen.
Jus als überpersönliche Angelegenheit.
Wie es kam, daß sich diese Idealität auf einen § u. einen Gegner entlud.
Die von der Naturwiss. kommende Auffassung der Unzur. u. das Jubi-
läumsjahr.
Verweichlichung des sittlichen Charakters durch sentimentale Rechts-
sprechung zu befürchten.
Wissen u. Wille bei einer strafbaren Handlung und die beiden Fassungen
des § 318.

2. Wenn man so jung ist wie die beiden Geschwister, sind diese Fragen sehr
einfach.
A. hat gestern von Mo. erzählt. Zum erstenmal löst sich das wieder. Determinierende Vorstellung / Ag. empfand: Iltis. Sie hätte sicher behauptet,
man dürfe auch eine trübe Quelle nicht austreten.
A. sagte: wie Orakelquelle. Wenn man Mo. in die Wüste schicken könnte,
entstünde das «Opfer». Wer vermöchte Menschen heute nach der imaginären Bedeutung ihrer Handlungen zu beurteilen, obgleich alle sie fühlen?!
Ag. hochgerissen. Auf die Widersprüche aufmerksam gemacht, hätte sie
gewiß nur gefühlt, daß dann der Weltbau nicht stimmt.

3. Schwerer, wie gesagt..
   Deshalb: die beiden Fassungen des § 318.
   Die skurrile Polemik.
   Ein Verbrecher macht es sich leicht, im Vergleich mit dem Rechtsgelehrten.
   Ein Gesichtspunkt, vor dem alle Unklarheiten weichen müssen.
   Deshalb werfen sich die beiden Gelehrten Unklarheit usw. vor.
   Die Wendung zur sozialen Schule.
   Die Verdächtigungen preussisch u. materialistisch.
   Tod.

4. Tapfer tragisches Ende.
   Ewigkeit, Orden u. Gebrauchsanweisung.
   Die Frage des Verzeihns u. ihre Lösung.
   Verordnet Studium des Nachlasses.
   Scheidet aus einer Welt, die er i.a. gut gefunden hat.

5. Wenige Stunden danach stand Sch. an seiner Bahre.
   Theatralischer Eintritt.
   A. hält den Brief in der Hand. Gespannte Lage.
   Eine alte Feindschaft ist intellektuell; eigentlich Triumph des Prinzips der
   Einsicht über das des (letzten) Willens; empfindet Verzeihn gerade so sinnlos
   wie es der Vater empfunden hatte: aber ebenso bei ihm Disposition zur
   Gefühlsszene.
   Da sie gestört, kämpfen zwei Antriebe. Beide gehn komischerweise dahin,
   den Brief nicht zu nehmen.
   Die dilletantische Dichtung im Leben der Menschen.
   Die öffentl. Meinung vom einfachen u. natürlichen Gefühl. Man kann nicht
   sagen, daß ein Jurist keine einfachen Gefühle habe; sie sind auch sehr natür-
   lich. Prof. Sch. findet deshalb das Einfache u. Natürliche.
   Handelndes Guttun, Wohlwollen, Protektion anstelle der ethischen Ent-
   scheidung, weil es zwischen 2 widerstreitenden Gefühlen kein drittes gibt.

Es hatte sich etwas seltsames ereignet.
Vielleicht kam es mir nur unter diesen Umständen seltsam vor
Nach der Unordnung des Geschwätzes (D. Arnh) die skurrile Ordnung
(Zusammenziehn, kürzen)

$$s_1 + 3.$$

D. 1. A. wacht in einem andren Zustand auf.
   Das Zimmer seines Vaters näher u. rührender als gestern.
   Ein willensfremdes, fast weibliches Gefühl erfüllt ihn bis in die Buchten der
   Hände u. Füße wie einen See.

2. Er bemerkt heute erst, daß es um ihn von Leuten wimmelt. Daseinsberech-
   tigt, sachlich, beruflich. Wie wenn ein toter Käfer im Wald liegt, und die
   Tiere kommen. Aber hier war noch ein Korn Weihrauch zugesetzt

   Vgl. das Gespenstische des Staats in II (hier S. 44).

3. Der Geschäftsführer der Pietas. Uralte Bezeichnungen und Formeln; der
   Trauergeschäftsmann nur wie ein Reflexbogen.
   A. sieht überall im Leben der Lebendigen wippende Kopfbusche u. bren-
   nende Kerzen: Feierlichkeit der Strafe, Hl. Lukas Patron der Wurstma-

schine, Staatsaktion, Politik, Liebe: Das Leben salbt sich mit einem kleinen Tröpfchen ranzigen Öls.
Er kam sich wie ein Knabe vor, der das Leben nicht versteht, und den es nichts angeht.

Junge Leute in ausgestorbenen Institutionen.
Beerdigungs- u. Beileidstechnik G 64

4. Der Journalist. A. gibt Auskünfte für den Nekrolog u. weiß nicht, was wichtig u. unwichtig ist; die beruflich auf das Wissenswerte geschulte Neugier formt die Materie wie bei Erschaffung der Welt. Er sieht das Leben seines Vaters aufwachsen u. vergehn; verwurzelt u von nichts gehalten.
Von irgendwo an, er selbst parallel.
Körnerhaufen: während die Augen nicken, steigt ein Leben auf u. zurück.

5. Ein Umschaufler! sagt sich A. Was bürgte dafür, daß nicht auch er bloß einer werde?! Er schleicht sich ins Zimmer; phantastisch unheimlich; steif wie ein Holzstückchen schwamm der Tote; manchmal kehrte sich das um.
(= das Leben starr, ein Toter gleitet durch Er hatte die Verfügungen seines Vaters gestern mit dem Gleichmut des Erben gelesen, jetzt konnte er sie nicht aufheben. Was ihn so müd machte, war ein Verwesungsgeruch von Seele.) A. sucht nach einem Spiegel. Ähnlichkeiten, Rasse, Gebundenheit, Strom des Erbgangs. Ihm graute vor dem Nichtpersönlichen, das auf ihn lauerte, vor der Einschränkung, Entmutigung, dem Nichtloskommenkönnen

Auflehnung geg. ein Mysterium. Man löst sich auf, wenn man sich so vergleicht. zb. Vaters Ordnung u As Paraordnung. Vaters Devotion u. As Negativismus. Man «entwertet» sich, indem man sich kausalisiert. Und man gerät in ein unheimliches, schattenhaftes Verhältnis zu Vater u Mutter G 48

6. Um 10^h erschien Ag; zum erstenmal sah sie A. als Frau gekleidet.
Eindruck: Höhle der Phantasie. Verkleidet. Ihre Ähnlichkeit mit ihm läßt den Seezustand mit Buchten wieder aufsteigen

$s_1 + 4$:

7. Er erzählt seiner Schwester von den Verfügungen, ein Wort gibt das andere.
Ag. erinnert ihn an die Strafe mit der Suppe. C 4
Er erinnert sich: die Kerzen heute sind so wie das Fieberlicht damals, als der Vater an sein Bett kam.

8. War deine Fähigkeit, vernunftgemäß zu handeln, vermindert? Besaßest du die Fähigkeit, unabhängig von jeder dich zwingenden Notwendigkeit aus dir selbst dich zu bestimmen? Non datur . . Der Wille ist in dem Denken bestimmt. Durch Überlegung u. Entschluß unterwirft sich der Wille den Instinkt. 2 f.f.

9. Das ist Gottlieb Lindner! Sie äfft ihn nach. Bis: Zitat.

10. Da holte A. die Orden.
Sie schimmerten wie Sterne.
Ag. führt es aus. Sie hat eine Art, Unrecht zu tun, die den Gedanken daran

gar nicht aufkommen läßt. Es ist nicht Gleichgültigkeit oder Hybris der Vernunft: ihre Hände u. ihr Gesicht bewegten sich in einem Raum, der so hoch über dem des Willens lag wie der Mond über der Erde. Dabei wartet sie immer auf den Bruder.

11. Fertig. Ag. zögert. Dann: Vers. *[?]* A. wußte gleich.

Als Kinder. Verlassenheit in der Welt der Erwachsenen. Man weiß nicht, wie große Gedanken sie haben, die in der Welt keinen Platz finden. Sie gingen nackt im Mutterlichte der Gerechtigkeit.

Aber sie führen es nie aus. Nur einmal...

A. lächelte ablehnend. Ungewiß: wollte sie den Toten versöhnen, weil ihm Unrecht geschah, oder ihm etwas Gutes mitgeben, weil er selbst so viel Unrecht getan hatte oder begrub sie sich selbst in einem geheimnisvollen Spiel, so wie sie gewesen war. Er wollte sich von der traumhaften Doppeldeutigkeit befrein, mit der alles geschah.

Da hatte sie sich gebückt u. das Strumpfband dem Toten in die Tasche geschoben.

Augen nicht getraut – Impuls zu verhindern – dann bemerkt er einen solchen Glanz in ihren Augen, der alle Kerzen u künstlichen Geheimnisse überstrahlte – im nächsten Augenblick Rad *[?]* in der Brust.

Strumpfband: Nur Entschlossenheit, sich vor dem Bruder nicht zu genieren – im nächsten Augenblick darin festzustellen. Aber Herz dreht ..

$$S_1 + 5:$$

Vor dem Begräbnis Schwg. C 5
Begräbnis – Pduzg *[?]*, Ansehn d. Normen G 78

E. a 1. Nach dem Begräbnis zum erstenmal allein in ihrem Haus. Das plötzliche Gefühl, wie Kinder allein. Erwartung des Eindringens in eine verschlossene Welt. Aber noch war Hg. da. Sie steigen unruhig auf u ab. Gespräche schwebten durch das Haus wie Halberwecktes durch einen Erinnerungszustand. Ag. verbreitet das.

$$\frac{S_1 + 5}{2}$$

c 2. Wir haben unsren Vater nicht geliebt. – Warum hätten wir es tun sollen. Nein; aber alle tun es.

e 3. Plötzlich fragt Ag Ev. 34/1 als Gespräch Was nennst du schlecht? – Was keine seelische Bewegung erregt; nicht nachdenken macht – Unterschiede, Gegensätze machen Kraft u Leistung frei. a. es entsteht eine logische Leistung, eine juridische zb. Auch etwas wert. b eine moralische Kraft. Ein Dieb, dem das Herz schlägt, ist besser als ein aus Gewohnheit Ehrlicher. In dem, was in ihm geschieht, in diesem Selbstwiderspruch odgl. steckt etwas moralische Zukunft. Die Welt kann nur durch die Leute verbessert werden, die zu ihr im Widerspruch stehn.

Besser nach An 3 :
Der absol. schlechte Mensch ist der, der nichts zur Schöpfung beiträgt. Ag. erschrickt. Nein – ist der, welcher nicht liebt – stiehlt – Gott nahe..

A. spricht – es ist zT. die Ausführung von $s_1 + 5/1$ – – aber er weiß schon, es ist nicht das rechte.

f 4. Ag: Ich habe alles getan u. habe mich immer von allem überzeugen lassen weil ich auch endlich nichts geglaubt habe: Ich habe das gar nicht, was du moralische Kraft nennst.
A: Man tut oft das Falsche u. weiß, daß sich dahinter das Wahre versteckt Ich glaube, ich habe nie andres getan. Vergleich mit schweifender Jagd.
Damit verlangte er etwas, das Ag. tiefstem Sein widersprach, es aber erregte. Es ist entsetzlich, nie das Wahre zu tun, jeden Morgen neu aufzustehn u. alles wie Dinge verstreut zu sehn.
A. Jede Handlung ist nur ein fehlerhaftes Gleichnis, Schwerpunkt der Seele über dem nächsten Schritt.

? Wenn A sagt: Jede Hdlg. nur ein fehlerhaftes Gleichnis. Oder: nichts von dem, was man tut, ist bindend für das, was man dabei ist, so pflichtet ihm Ag. bei.
Wenn er aber sagt: Man muß in jedem Augenblick neu beginnen können. Oder: der Schwerpunkt.. immer schon über dem nächsten Schritt genügt – so widersprach es ihr.
Sie Gefühl: gold. Kreis. (M 80–81.)?

5. So ganz glaubte A. nicht, was er sagte. Jugendliche Kraftformeln und ihre Ursache. Schwerpunkt der Seele über den nächsten Schritt geneigt. Was man tut, erscheint als Gleichnis. Es gibt zwei Gewissen: eins für die Vergangenheit u. eins für die Zukunft. – Mit der Zeit bleiben das leere Formeln; A. fühlte, daß sein Leben einer besondren Anstrengung bedurfte.
Deshalb trifft es ihn, wenn Ag. sagt: du sprichst immer von der Zukunft u. ich von der Vergangenheit, wer hat recht?
Er fragt sich: was wird Ag. tun? Ohne Mann ebenso unmöglich wie Mann suchen. Zum erstenmal Eindruck, daß er sich mit Ag. nicht in der Ebene gewöhnlicher Entscheidungen befand. Frau eine List Gottes, wenn er einen Menschen zur Erweckung schickt.

Darauf antwortet Ag: Trauerkleider ablegen.

$$\frac{s_1 + 5}{1}$$

6.d L. war gekommen. Hatte Ag. auf den Mund geküßt.

7. Ag. schämte sich, wenn sie es auch nicht zeigte; war sinnlos bereit, gutzumachen.
Aber was A. von Zukunft, Kraft, Bewegung, Leistung spricht, ist ihr fremd wie ein Rechnen.
Es kam ihr gar nicht der Gedanke, daß etwas Geschehenes durch andres Geschehen gut gemacht werden könne, sondern nur durch einen Zustand, der es vernichtet, wie See – Bach.

8. Sie beschließen, die Trauerkleider abzulegen. A. früher fertig hilft Ag. anstelle einer Zofe.

Ag. macht langsamer u. mehr als nötig.

Seine Augen nehmen nicht Besitz von ihr wie von einer möglichen Geliebten, sondern als würde ihm ein zweiter Körper geschenkt. Als Knabe nach der Schwester gesehnt. Sich in Mädchen verwandeln wollen. Auch später der Packende, Rastlose behielt dieses zweite Wesen /vielleicht Antrieb aller erotischen Männer: sich in andere Sphäre zu verwandeln!) Der fremde Mensch war für ihn etwas feindlich Beobachtetes geworden, auch die Frau; aber Ag –: ihr Anblick änderte alle Gefühle so wie sich alle Gefühle auf einem Stück Erde ändern, wenn es aus der Leere des Tags in den Körper der Nacht einsinkt. Ihr Körper, indem sie sich geschw. ohne Fremdheit bewegte, nahm ihn in sein Leben auf, dieser weichere, wärmere, ähnliche Körper . . entrückte ihn fast sich selbst.

Ag. fühlte es, bewegte sich wie im Traum; ganz Gegenwart. Diese Minuten waren nicht Brücke zw. Zukunft u Vergangenheit, sondern der ungeheure, unbekannte Fluß unter den Jochen der Augenblicke.

9. A. hätte nicht zu sagen gewußt, wann die Bemerkung gefallen war: Testament.

Als sie sich geltend macht: verwirrt, geschwächt. Schlag auf den Kopf. Der Gedanke moralischer Minderwertigkeit undenkbar. Er mußte der Bedeutung nicht gewachsen sein. Fühlt wunderlichen Traumzwang, von ihm ausgehend, der in Ag. Gestalt u. Kraft gewann.

Rüttelt sich auf u. will das nur als flüchtigen Zustand gelten lassen. Sagt: Dose; es ist statistisch sicher, naturgesetzlich sicher, daß dies ein hereditär oder sozial Unbelasteter nicht tut.

Wenn man es aber trotzdem tut?! sagt Ag. (Es ging schon gegen Abend.) Sie tritt leidenschaftlich auf A zu: Wir haben uns nur aus Widerspruch eingeredet, daß wir Mo. helfen wollen. Wir wollen nicht mehr an ihn denken. Das hat mit uns gar nichts mehr zu tun!

A: Doch wir wollen! An L. wollen wir nicht denken. Anders Denken als Handeln, denn sonst auch beschränkt denken.

Ag: du weißt, d. solche Gedanken nichts mit uns zu tun haben

A: matt. Man tut als geistiger Mensch gewisse Dinge aus Neutralität nicht. L. bekommt seinen Anteil usw.

Ag. Hast du nicht d. Gefühl, daß deine Gedanken dich verändern? Du wirst ein dir selbst gleichgültiger Mensch durch sie.

Das ist eigentlich der Drehpunkt.

G 63 r: besser gesagt. Führt Gedanken wieder auf Einsamkeit als Kinder.

A. hatte dieses Gefühl. Entscheidung nach Regel ohne uns. Mehr darüber gesagt, ist Übertreibung. Trotzdem fühlte A., daß die lebendigere moral. Kraft im Unrecht seiner Schwester steckte. Die Welt Ag's fremd in dieser Welt.

In exemplo: Handeln aus Schicksal! B 82 vgl. auch 83
Darauf zuspitzen.
Zuvor: Körper der Nacht.
    List Gottes
    Raum über dem Willen.
    Seltsamer Eindruck usw
Alles andre: nur Abweichungen, Versuche, Ausflüchte.

Was Ag tut, will: nicht gut, nicht bös, sondern anders sein. G 47

10. Ag. wußte, daß er das fühlte. Beim Abendbrot glüht sie. Gespräche.

    G 63: Geführtwerden u. Sicherheit des Seins. Wir wollen zusammen leben.
    (Mit Test. fixiert sies) D.h. aber: verzichte auf dein eigenes Leben, ich ver-
    zichte auf meines. Hast du Geliebte? Ach was! Was gehn sie mich an! Ev.
    die Einsamkeit als Kinder – nun noch einmal anfangen – warm aufgehoben,
    Augen schließen – so fühlt Ag. (Nach Ü 27)
    A: Weshalb bin ich bös? Weil ich die Menschen nicht mag. Udgl.

    Ein Hauptgrund aber: Solang bis die Scheidung durchgeführt ist. (Kathol.
    langer Prozeß)

    A. gibt sich der Suggestion ihrer Einfälle hin. Ihm ist, als spräche er selbst.
    Er schweigt, sieht sie an, mißtraut seinem Verstand. Ist sie: Verbrecherisches
    in ihm?

11. Die Mischung von großer Reinheit u Verbrechen in Ag. war geeignet,
    fassungslos hinzureißen. Sie hatte nie in ihrem Leben Unrecht getan, u.
    auch L. u. der Vater taten stets das Rechte: aber wenn ein andrer gut u
    selbstlos, sieht es aus wie ein entfernter Fleck, u ihre Selbstlosigkeit war wie
    Ertrinken der Welt im Licht d. Sonnenaufgangs. Tut unvermittelt. Mit
    unbedachtsamen Vertraun. Ohne Gedanken. Einfach dastehend. In einem
    Ganzen wie aus andrer Welt, wildsanft wie Cellostrich. Ihre Worte ver-
    binden sich wie in einem Gedicht; Irrsinn erster Schöpfung: schwebende
    Welt. Hat das Gefühl etwas von ihrem Bruder wegnehmen zu müssen.
    Fühlt, daß er sie versteht, es aber als eine Laune des Geschehens betrachten
    möchte. Manchmal war ihr, als müßte sie sich mit ihm umschlungen von
    einem hohen Balkon stürzen.
    Sie hielt das Testament in der Hand. 2 Strahlen – Brunnenbecken. A. hätte
    aufstehn müssen – die Welt lag so weit von der Wirklichkeit.
    Ag. macht die Schriften nach. Seine Augen folgten ihr. Glück, sich einmal
    an andre Existenz hinzugeben. Vgl. Zw. Ital I u II die Geliebten Ag's. Sie
    fühlen, daß sie zu zweit anders sind, handeln, denken. Duglück – Ichun-
    sicherheit.
    Zuletzt: Hast du eine Geliebte? – Nein. Dann geschieht es.
    Aber in Wirklichkeit war gar nichts geschehn.
    Ironischer Schluß mit Gott u. dem Minuszeichen.

Eine unbedingte Sicherheit des Herzens: das, was er so oft an D. oder B. lächerlich
gefunden hatte, was ihm verhaßt war. Aber wenn er Ag. ansah: diese Ganzheit
war Schönheit Sie blickte zu ihm auf – bis zum Büschel Haar, das im Licht gleißte,
war alles Wohltat dem Geist. So unfehlbar vollendet wie der Leib eines schönen
Tiers. Eben das Genie des Ungeistigen – während die andern nur das Gelernte
waren.

Das war nicht die Fiktion, daß ihre Taten von ihr ausgingen, das war die Wirklichkeit.

Es fehlt: ein Mensch, dessen Leben nie einen Sinn hatte, findet ihn in der Nähe des andren. Bedingungsloser Entschluß, sich das nicht mehr nehmen zu lassen.

Erst fälschen dann aber bloß verschwinden lassen! M 109

II.

A. Gf B. u sein Sekretär. Befreiung v. d. Erbsünde d. Trägheit.
   Friedenskaiser, europäischer Markstein, wahres Österreich, Besitz u. Bildung. Nebengedanke: Sie werden von selbst kommen, die Deutschen. S. Erl. als Erfinder der //. Erste Vorstellung: Friedenskaiser = Gleichnis seines Vaterlands. Große u schmerzliche Hoffnungen. Das wahre Österr. auf seinen Platz stellen u. im Strudel der materialistischen Demokratie ein Zeichen aufrichten. Gespannte Moralität. Strenger Christ.
   Klarheit eines mittleren Gedankens. Cont. in calig. Div. Intuition: dies wird schon das wahre sein.
   Situation, Palais, Türhüter.

Obgleich GfB. selbst noch nicht klar war, wirkte er schon.
Dir. L. Fischer u. das erste Rundschreiben. Gesunder Geschäftsgeist u. Aktionen hoher Kreise. Inoffizieller u. offizieller Standpunkt. Das beunruhigende Wort: der wahre.

Gf. B. u. der wahre.
Nichts als Patriot.
Ethische Verpflichtung, der Entwicklung von oben helfend die Hand zu bieten. Das Volk ist gut.
Hetzerische Elemente, verantwortungslose, unreife, sensationssüchtige Individuen. Als Gegensatz: Tuzzi à la baisse
Warum die wahre, richtig verstandene Welt nichts anderes ist, als was er meint. Der wahre Sozialismus. Wir alle sind im Innersten Sozialisten. Sein geheimster Plan. Arbeiter gewinnen. Vaterland als ethische Vision.
In dem Moment großer Inspiration kamen die Ausdrücke wahrer Patriotismus u. wahrer Fortschritt in das Sendschreiben.

Dir. F. durch sie beunruhigt. Macht sich Vorwürfe. Will es seiner Frau nicht sagen. «Man kann nicht wissen.» Nicht früher beantworten als mit Gen. Dir. gesprochen.

Gen. Dir. hat schon mit Gouverneur gesprochen. Dir. F. verdankt Einladung vielleicht nur seiner Frau. Behandelt die Sache dh. als dubios.

Meier-Ballot, v. Holtzkopf, Bn. Denkniecky. Die beklagenswerten Erscheinungen. Es fehlt der Volksvertretung an opferwilligem, arbeitsfreudigem Patriotismus.

Es war Gf B. also vor allem eine Reihe von Namen eingefallen.

Es bestand ein großes Netz bereitgestellter Energie.
Ein Publizist erfindet die Vorstellung Österr. Jahr. Da er nichts Näheres weiß,
gestaltet er sie sehr magisch.

Österr. Jahr u. Österr. Jahrhdt.
Das alte Österreich als der fortgeschrittenste Staat in Europa.
Das sich u. seine Taten nicht ganz ernst nehmen.
Die 7 Charaktere eines Landesbewohners. Die passive Phantasie unausgefüllter
Räume: alles gestattet, nur nicht, das ernst zu nehmen, was einen ausfüllt. Staat,
der den Staat nur noch mitmacht, man ist negativ frei in ihm, von der Phantasie
des noch nicht unwiderruflich wirklich Geschehenen umspült. (~ Unzur.
Grund)

B. Clarisse, eine junge Frau, die Nietzsche liest; // ist ihr zunächst ganz gleich-
gültig. A. Walter u. N. sind viel wichtiger.
A. tritt ein, während sie Klavier spielen. Dionysische Entrückung. A. eifer-
süchtig auf das Klavier. Seine Stellung im Haus durch Geringschätzung der
Musik bestimmt. Musik od. Math?: Unzur. Gr.
C. fährt W. in die Haare. Froschkönig.
A. u. C. gehn spazieren. Künstl. Mensch ohne Gefühl wollte N! Sie sprechen
über W. Den Erschöpften lockt das Schädliche. Die Beschäftigung mit sich selbst
ist ein Zeichen der Schwäche.
W. spielt Wagner wie ein Knabenlaster. Seit einem Jahr Beamter. Propagiert
Haydn u. erklärt alles Spätere für Entartung. Vorangegangene Kämpfe um die
Reinheit d. musikal. Sinns u. die Einheit von Musik u Leben. Nach Erreichung
einer günstigen Situation Versiegen; Enthaltung in dieser Zeit das einzig Mögliche. Dabei wieder Wagner.
C. dem entgegen. Läßt W. nicht ins Bett, wenn er Wagn. spielt. Ressentiment
geg. Atelier des Vaters. Liebt mager strenge Klassik u. modernste Metageo-
metrie. Weniger musikalisch als von Willen beseelt. Gibt W's. weichem, sinn-
lichem Charakter die Schuld. Findet durch A. in Nietzsche Waffen. (W: Be-
klommener Halfschlaf unter sinnlichen Klangtürmen.)

C. liegt vor A. A. erzählt von dem Besuch bei Gf. St. Kritik am Milieu der
Majestät. C. empfindet diese Frechheit As sinnlich wie eine starke Hand.
Du müßtest (dieser Mörder ist musikalisch) Gf St. bitten, etwas für ihn zu tun.
(W. müßte so Musik machen wie M. manisch unter seiner Kugel steht) A.
erzählt, was er getan hat. Sie lachen.
Sie sollen ein Nietzsche Denkmal errichten! sagt Cl. Das wäre das Zeichen
eines großen Staats!
A quirlt sie herum, um W. leiden zu machen, der kommt. Er ist Cs Verbün-
deter, seit er gesagt hat: Wagner-Leona. Er fühlt sich auf sie wirken. Und weiß
genau, daß sie ihn als mathematisch-unkünstlerisch verachten.
W. u er in der Jugend. Jeder Einfall gemeinsam. Er wollte Dichter werden u
so ungenau damals noch alles, daß A. Offizier werden wollte, um über das
Schlachtenrechnen zur Philosophie zu kommen.
Schon damals war W. am Arbeiten durch moralische Grübeleien gehindert;
aber er glaubte sich gerade ihrethalben zum Dichter bestimmt. Wesen der
Freundschaft: verkehrte Proportion gleicher Eigenschaften: sie magnetisierten
sich gegenseitig.
Als sie sich wieder treffen, trennt sie der Ehrgeiz. Jeder kennt eigene heimliche
Schwächen u. vergilt sie dem andern mit Geringschätzung.
Clarisse zwischen beiden. Hält Genie für eine Frage des Willens. Will Uner-
hörtes tun u. empfindet es bei Musik. Aber auch bei den Tennisschlägen As.

Sie traut ihm zu, daß er kann, was er will. Was: blieb offen. Wenn ihre Beziehung zu W. schwächer wird, strafft die zu A. an. Das △ hat ebensoviel vom Willen wie vom Gefühl.

A. beschreibt seinen Besuch bei D., und W. weiß genau, wie das auf C. wirkt. Und daß er es weiß, beweist ihm seine Überlegenheit. Und trotzdem muß er leiden. Und sie streiten über Musik, Logik, Staat. Und die Sonne, der Himmel. . Und alles ist wichtiger als eine Staatsaktion. Und in dieser Stunde wäre die Welt neu geboren, wenn nicht vorher so viel noch zu überlegen wäre.

Umzuarbeiten:

Da Anders Mathematiker, kann W. Dichter sein. Rückt ihn mehr vom Modell ab. Die nötigen Änderungen sind nicht groß. Der Musiker ist dann Klages.
Statt Komm. für musik. Denkmale ein beliebiges kleines Staatsamt oder (wegen Ressentiment) Kunstdepartement im UM. Läßt nur Homer, Bibel, Göthe, Stifter u Reuter gelten.
Statt zu dichten macht er schwüle Musik.
A. Stellung bei Cl. dadurch noch mehr bloß auf Wille gestellt, daß sie von Mathematik gar nichts versteht.
A. betrachtet Musik als ungeistiges Gefühl, trotzdem er sie ja als sinnliche Mathematik betrachten könnte: das wird ihm hoch angerechnet von Cl.

C. A. geht traurig u empört durch die Straßen. Geistige Überbeweglichkeit als Leid der Jugend.
Ein Ballon im Azur des Augenblicks: Diotima. Sie hat seit seinem Besuch an ihn gedacht.
A. hatte Besuch gemacht aus Trotz geg. seinen Vater. Ehemaliger Hauslehrer. Versuch, sich von etwas zu befrein, indem man es bewußt wiederholt.

Ermelinda Tuzzi u. ihr Name.
Wie sich A. Herrn u Fr. T. vorstellte. Als bürgerl. Beamten in feudaler Umgebung. Vorurteil gegen D., weil u wie alle sie preisen. Unbeschreibliche geistige Anmut. Kein Gedanke an ein Verhältnis möglich. Eine zweite D.
Auch D. hat von A. gehört. Widerspruchsvoller Ruf.
Empfang. Hand, Hals, Haar. Ihn hatte etwas erfaßt.
Auch D. sieht ihn lange u. fast ängstlich an. Fühlt sich verpflichtet, ihn zu bemitleiden u. unterliegt seinem Eindruck.
Seine Figur u. die vom Sockel herabsteigende Tugend.
Er errät sofort die Gemeinsamkeit mit Bo.
D. sagt sich: seine edlen Eigenschaften sind bloß durch sein wüstes Leben unterdrückt. Sie behandelt ihn mit jener vorsichtig übertriebenen Zuvorkommenheit, die sie von ihrem Mann hat. (im Verkehr mit adeligen Untergebenen) ˙
Sie spricht von: Instinkt d. übermenschlichen Wahrheit, Geschwätzigkeit d. Verstandes. Damit offenbar verbunden Berlin u. Preussen. Gegen seelenlose materialistische Zivilisation Schatz von Gefühl, Intuition, Lebendigkeit, Glaube: Österreichertum. . . Kathol. Menschen gegen reformirten. Liebeskraft analoges Streben – Liebe zum Herrscher.
A. staunt über die Verbindung solcher Phrasen mit Politik.
Fängt von Mo. an; putzt ihn mit den gleichen Phrasen zurecht.
D. stimmt unsicher ein. Einerseits Stimmen des Bluts gegen Vernunft u. Seele gegen Kausalität, andrerseits aber doch ein sehr anrüchiges Thema nach so kurzer Zeit. Denkt sogar stützesuchend an ihren Mann. Sakristangeruch umwölkt sie.

Sie hatten sich an der ungünstigsten Seite berührt. A. sieht ihr beim Abschied in die Augen. Bestimmt einander zu hassen, – durch Sex. beliebig nahe. Wahnsinn, daß man sich nicht geschl. die Läuse sucht wie Affen. Künstliche Aufstauung = D. Gepolsterte Stühle. Bewußtsein: mit etwas Heuchelei alles zu «richten». (Liebe wie nichtendendes Würstchen)
Beim Weggehn das kleine Dm.
Eigentlich traurig über diese verkehrte Berührung. Berührung ohne Liebe wie Leben mit Zahlgespinsten u. Oppositionsmathematik.
D. u. ihr Dm. bleiben in leiser Angeregtheit des Pulses zurück. Eidechse: gold-schimmernde Mauer. D: nicht unfroh über die «unrechte Seite», weil sie in sich die Macht sanfter Zurechtweisung fühlt.
Während A glaubt, sie mit M. verwirrt zu haben, stellt sie fest, daß er noch ein wenig unreif ist. Instinktives Abwehrmittel.

Ich bildete mir ein. . Statt dessen. . (Auch das ∼ unzur. Gr.)

Unterstützt dadurch, daß am gleichen Tag Arnh. in ihr Leben getreten ist. Sie läßt noch einmal die Erinnerung passieren. Unermeßlich reich, eisernes Deutschland, kommender Minister
SCh. T. hatte mit seinen Informationen einen Sturm in ihr erregt.
Wie alle bürgerl. Menschen ist sie demütig vor dem Reichtum. Nach der Sitte ihres Kreises blickt sie zwar auf Geldleute herab, aber die persönliche Nähe eines Nabobs fasziniert sie. Unterschied von berühmten oder feudalen Leuten.
Was ihre Zofe Rachèle gehört hat. Der Mohrenknabe. Merkwürdigerweise er-greift er auch Ds. Phantasie. Ihr u ihres Mannes Aufstieg. Ihr Salon. Ihr Gatte benutzt das, hat aber kein Verständnis dafür. Sie hat kein Bedürfnis nach dem Unerlaubten. Aber sie ist ehrgeizig u enttäuscht von den Zielen ihres Ehrgeizes. Der Mohr wird zum Symbol für ihr Herz. Sympathie für den Außenseiter, der zu so etwas noch den Mut hat. Sie sieht sogar über die Gerüchte seiner jüdischen Abstammung fort.
Der Besuch schmeichelt ihrem Ruhm.
Es war eine der künstl. Eingebungen Arnh's. Wünschte das Haus T. als neutralen, schöngeistigen Boden. Seine Arbeiten, seine Stellung im Geschäft und die Gründe seines Erfolgs.
Anders: Leben: Denken – Schatten: Körper. Arnh. zwar auch Theorie für jede Einzelheit, aber Wunsch zu wirken u. zu gelten. «Konservative Wirtschafts-philosophie» (respektiere u. benütze) Verbindet sich mit Meier, Holtzkopf usw. Rezept: Gedanken in Machtsphären tragen.
Will die Hüttenwerke unter deutsche Kontrolle bringen, aber es fesselt ihn nur in Verbindung mit einer Idee.
Entzückt von D. Hat seine Bücher gelesen. Antike mit etwas Korpulenz.
Auch er entzückt D. Sie sprechen die gleichen Phrasen wie D–A.
D: Das deutsche Reich als Träger des Verderbens. A: Süddeutschland u Österr. muß uns vom Rationalismus erlösen. Da war der // die Idee geboren!
Historischer Augenblick. Beide erschüttert.
D. hat freien Nachmittag. Sie erkennt: Gegnerschaft geg. Deutschland ist die gegen die eigenen Fehler. Arnh., der Preusse, gehört an die Spitze der Erlösungs-aktion von Preussen.
A. wirkt aber auf die unteren Teile ihres Wesens ebenso stark. In der Erinnerung hat sie nur noch M. Der Zwang, den M. auf A. auszuüben schien, zeigte das Weiche in dessen Wesen. Sie will helfend darauf eingehn. Kompromiß: A soll in ihrer u. Arnh. Nähe reifen.
Unerwarteter Besuch des Gf. B. («Besitz u Bildung» befreundet ihn mit D) Kommt um As Adresse zu erfahren. Die // wuchs ihm über Kopf. D. schlägt Arnh. vor.

Der Rat, einen Reformpreussen zu nehmen, ist ihm doch zu kühn.
Er erklärt zum Pol. Präs. zu gehn, der jede Adresse wissen müsse.
D. beschließt, bessere Gelegenheit abzuwarten. Und kommt zu spät.

9.

1. D. kam zu spät
2. Gf B. hat an Kundgebung aus Mitte des Volks gedacht. In seiner Weise.
3. Wirklichkeitsmensch – Wirklichkeit
   Reformen – Belagerung.
   Aber es scheint der Aufenthalt in Staat gespenstisch zu sein
   Hebel. Antietatismus. (46/1)
   Bei Arbeiter-Syndrom.

D. Ausdehnung, welche die Initiative Sᵉ Erl. bereits erreicht hat.
Das Gespenstische des ständigen Aufenthalts in einem geordneten Staatswesen.
Soviel Hebel, daß sie der Staatsbürger nicht wahrnimmt u. leugnet. Alles Geleugnete, Durchsichtige, Farblose usw. ist das Wichtigste. Darin liegt das Gespenstische des Lebens.
Gf B. hat bei Kundgebung aus Mitte des Volks gedacht an: Universität, Geistlichkeit, einzelne Namen (charitat. Veranstaltungen), sogar an Zeitungen; rechnete mit: patriot. Parteien, gesundem Sinn des Bürgertums, Hochfinanz, selbst mit der Politik (gem. Nenner Vaterland: Land) Nicht gerechnet hat er mit dem allgemein verbreiteten Verbesserungsbedürfnis.
Es scheint, daß der Wirklichkeitsmensch die Wirklichkeit nicht liebt u. nicht anerkennt. Als Kind kriecht er unter den Tisch usw. u. wenn er alles erreicht hat, ist der Vorrat unbefriedigter Wünsche um nichts verringert. Er starrt auf einen Punkt, wo die Welt verbessert werden muß.
Das Einzige, was davor schützt, ist mit seinem Automatismus des Erfolgs, Geld. Deshalb der Mann im Recht, der Lotterie verlangt. Wer kein Geld hat – sieht Gf B. – hat einen Sektierer in sich. Der bemerkt, was niemand bemerkt hat (um nicht wegen Überflüssigkeit Selbstmord zu begehn): den verschließbaren Spucknapf, Abschaffung der Salzfässer, Kurzschriftsystem Ö., naturgemäße Lebensweise, Theorie d. Himmelsbewegungen, Vereinfachung des Verwaltungsapparats, Reform des Sexuallebens.
Buch, Broschüre, Artikel gibt Protest bei den Akten der Menschheit zu Protokoll 2, 3 andere Leute: Kepp. – Newt. Weite Verbreitung des einfachen glücklichen Gedankens, sich gegenseitig die Läuse zu suchen. Aber immer noch zu wenig u. die Leute belagern das Palais des Gf B. Er will die Leute weder annehmen, noch abweisen u. sehnt sich nach A. wie nach einem Erlöser, der nicht kommen will.

Aber auch andere leiden unter Nebenerscheinungen der großen Idee.
Ein Arbeiterblatt hatte «destruktiven Speichel» ergossen.
Ein Arbeiter wird arretiert, weil er schimpft.
A. denkt eben, die richtigste Jubiläumsfeier wäre, der Staat löse sich auf, als er an der Gruppe vorbeikommt.
Mischt sich ein u sagt, daß der Mann betrunken sei. Hat alle gegen sich Betrachtet Polizisten wie Hotelangestellte. Wird verhaftet.
Eiserne Maschine. Ein Reiz, der bis zur Sp. Geschichte nachwirkt. Zum Glück, Kommissär nicht zu finden. Kompromiß: als politisch verdächtig der Pol. Dir. überstellt.
Gesellschaftlich vertrautere Luft. Der Beamte erkennt den Unsinn, aber findet es

schwer, A. freizulassen. A. wundert sich darüber, daß er all dieses Eisen erst heute
bemerkt. Erleuchtung des diensthab. Beamten
Der PP. zieht es ins Humoristische.
A. muß am nächsten Tag Besuch machen.

Auf bau III ff.   III S. 30. ff
III.
1.

Bonadea bei mir. Kurz. In dem gewissen Moment als das Telegramm kommt.
Sie weiß nicht, wie man sich bei einem solchen Zusammentreffen benehmen soll.
Wie soll man auch? Ich habe manchmal darüber nachgedacht, was Ehepaare in
Trauerfällen tun. Ich weiß B. wird mich verachten, weil ich auch in diesem Fall
kein Gefühl zeige.
? Aber der Tod meines Vaters ging mir wirklich nicht nahe. Gefühle a priori sind
der Jugend lästig. Sie werden auch immer verlogen vorgetragen. Patriotismus in
der Schule.
Vorher hatten wir von Mo. gesprochen. Ich wollte sie fragen, ob man nicht durch
ihren Mann etwas erreichen könne. Aber ihr Mann fand, daß M. ein vernichtens-
wertes Scheusal sei. Ich nannte ihren Mann einen Dummkopf und sie war beleidigt.
Aber andrerseits zu ihrem Leidwesen «in Stimmung».

Es ist besser, nicht wieder eine Weibergeschichte erzählen. Bloß vom Überdruß
ausgehn.

Zu Bonadeas Gatte: das Vorurteil, daß man Richter in Ausübung ihres Berufs
möglichst wenig kritisieren soll wegen der «Autorität», die kleine Fehler haben
dürfe, hatte selbst ich. An der Figur läßt sich das gebrauchen.

Bonadea heißt Anna.

Wenn sie zu mir kommt, meist schon in einer Stimmung des Sündigens, ist sie sehr
erregbar für die Eindrücke des Wegs. Männer begegnen ihr, und es ist nichts natürlicher, als daß ich sofort ... Wenn ich aber das errate u. so vorgehe, ist sie verletzt
und zankt mit mir; schiebt es mit tadelnden Bemerkungen hinaus. Sie hat etwas
Mütterliches darin, daß sie immer mit mir unzufrieden ist.

Ich hatte keinen Freund (das Verhältnis zu W. ist sehr wenig freundschaftlich wird
der Leser sagen!) Das ist ein Grund für Agathe.

Die Abenteuer mit Frauen sind mir lästig. Eine nackte Frau vor mir, eine ent-
zückende Person – aber plötzlich wie ein genähter Sack.
Ich sprang auf; ich wollte nichts mehr zu tun haben. B. war zwar durch die Form
wieder beleidigt, aber in der Sache fand sie doch, daß ich ein Herz habe.
Ich beurlaubte mich von der //.

Die großen Instanzen sind noch zurückhaltend. Desto lebhafter kommen allerhand kleine Vorschläge; Suppenanstalt, Waisenhaus, Lotterie, Fonds für Unter-
offiziere udgl. Wir haben auch tatsächlich schon eine Ausschußsitzung gehabt.
Beängstigend ist der Ernst, mit dem derartiges geprüft wird. Mitten im saftigen
wirklichen Leben stecken diese gespenstischen Stützen des Vaterlands; aber sie
sind wirklich da.

Blatt XVI/1, von der Phantasie verlassene, kleine Steinbaukastenstadt im leeren Raum, setzt der Antietatismus ein. Diese Art, die Wirklichkeit zu sehn, kehrt hier wieder. Die Unwesentlichkeit des wirklichen Lebens steht im Gegensatz zur Wesentlichkeit des andren Zustands mit Agathe. Hieran knüpft aber auch der Antietatismus der Spionenaffaire. Ich, Ag. Rachel usw. eine Verschwörung. Das wäre ein bischen infantil. Aber es ist als Verkehrung dadurch zu rechtfertigen, daß schon die Institutionen der Wirklichkeit infantil sind, besonders wie sie sich in der // zeigen.

2.

Mir ist, als wäre ich plötzlich in einen andren Bewußtseinszustand versunken und weit weggewesen.
Ankunft Empfang.

3.

Schwester.

4.

Zur.streit.

5.

Testament. Eigentlich muß es mich ja begeistern, denn es ist nur die Konsequenz aus meinem Wirklichkeitsverachtenden Denken.

IV

Gleich nach meiner Rückkehr begab ich mich zu Wa. u Cl.
B. war schrecklich eifersüchtig. Auch wollte sie in ein Komitee.
Ich schlug ihr vor, mit mir einen geheimen Ausschuß zur Befreiung M. zu bilden; sie nahm das als Beleidigung; ich nannte es dann Ausschuß zur Fürsorge für gefallene Männer.

Durch Bs Eifersucht kam ich erst auf die Ähnlichkeit, den potenzierten Charakter D's. Ich hätte sie beschämen mögen durch den Kontrast ihrer Aufgeplustertheit mit den einfachen Niedrigkeiten der Dessous. Das ist so schrecklich einfach. Aber bevor man einen solchen Wunsch befriedigt (dessen man sich dann sogleich schämen würde) ist so viel zu überwinden.
In V gehört auch Gerda. Auch junge Leute u. Komplikationen.
Daneben ist der Fortschritt der // aber furchtbar einfach.

Cl: Es ist widerwärtig, wie in dieser Zeit alle Abenteuer sexuell werden. Ich setze meinen Willen gegen ihren. Aber gerade das regt sie auf.
Ebenso bei Gerda. Strumpfband. Es ist beinahe Hochstapelei, dieses gestaute Verlangen auszunutzen.
Verbindung: Im Ausschuß wird die Judenfrage aufgeworfen; wegen Arnh.; das ist aber auch eine Frage, die Gerda aufregt.

V

Meing. u. Lindn. Neue Probleme werden durch sie gestellt. Gegensatz, die durch Arnh. u. Diot. in mir erregten.

Agathe, nach Lotterleben

Wenn ich mich frage, weshalb ich damals nicht eine ernste Arbeit verrichtete . . . ? (Vgl An 7 Weder für Technik, noch für Phil., noch für Seele begeistert. Greift zurück auf die Jugendgeschichte in I)

III.

1. Etwas über das Verhältnis zu Frauen, da man mich nach dem Bisherigen falsch beurteilen wird. Ich berührte mich immer falsch, lag quer. Ich war eigentlich ganz anders. Als Kind Mädchen. Erstes Erlebnis u. plötzliches Abbrechen dieses Zustands. Eigentlich Vater Ursache dieser Schieflage. Das schwingt auch noch um den kleinen Toten.

Beim Begräbnis Mittelpunkt. Große Achtung wegen //. Auch Schwung darauf stimmen.

Ev: Statt des frühren s. wo // weitergeführt wurde, kommen von dieser nur schriftliche Nachrichten.

Vater: = Ordnung (die konsequent immer zum Absurden führt) Jus darin enthalten.

Haydn, Bibel, Homer. . Streit zwischen Ich u Walther

Diese deroutierten Leute sind dann das Opfer der heutigen Sektierer à la Kl.s.

Gf. B sagt: Geniale Gedanken sind immer einfach. Er hat eine einfache u. universale Lösung (II/5, nicht verwendet) XXI/2 ist Walther für Einfachheit: diese Parallele wurde noch nicht ausgenutzt.

Dir. F. schon seit Beginn mißtrauisch geg. die // (seit Schreiben) wünscht sich vor seiner Frau wieder in Geltung zu setzen. Und gerade in dieser Sache, die ihr sehr imponiert. Er ist also so etwas wie die Kontramine der //. Von ihm erfahre ich zuerst die Sache mit den innerösterr. Hüttenwerken, besser: Bosn. Erzlager. Oder galiz. Ölfelder.

> XXXII ist von dem «Verbesserungsbedürfnis» die Rede.
> Aus Moosbrugger hat es.
> Ist ein Einwand geg. meine eigenen Verbesserungspläne.

> II hätte eigentlich auf «eine große Idee» gestimmt sein sollen. Vielleicht bei Umarbeitung berücksichtigen.

Zu B II vgl. B 27 (liegt dzt. bei Ausgehob. Not. zu Block A ff)

IV.

Spitze gegen Preussen ⎫
F. orientiert mich über Arnh. ⎬
Gerda (u. Leute bei D) ⎭

Arnh. Bücher waren mir unausstehlich; sie hatten den gleichen Einschlag wie Ag. Hauptsache: III andrer Zustand – IV Reaktion dagegen. Uzw. weniger Betonung des Rationalen als des Bösen, Ungeordneten, Ideallosen, Diffusen. Bös: Leona und Diotima. F. zeigt, was hinter Arnh. ist.

Tuzzi à la baisse cf 39

Es ist mir angenehm, von F. zu hören, daß hinter Intuition usw. Hüttenwerke stehn. Andrerseits ist Gerda für diesen Kreis u Arnh.

Bei Cl. setzt schon die Manie ein; zunächst versteckt in einem Konflikt mit Walther wegen Kl.

Moosbrugger? (In V. wird M. wichtig als Verbrecher-Kollege bei Bedrohung durch Lindner)

VI. soll schon die Reise mit Ag. nach Italien bringen. Also muß V. Cl. ziemlich weit führen.

Παντα ῥει.

Wenn man das Erkannte durchsetzen wollte, gelänge es doch nicht.

Motto: Adolf Hitler.

A = Testament = III. Geschichte

B = Reaktion .
    Kompaß   Mai–Juli

C = Italien I. (Schweden) Juli–Okt.

D = Zusammen . Okt.–Januar

E = Claz. Ital.   Januar

F = Weltwards Zusammen II }
G = Vorbereitung Weltreich II } Juli–Mai   Wien!

H = letzte Vorbereitung   Mai–Aug.

J = Ende.   Aug.

A —
B —
C —
D —
E —
F —
G —
H —
J —

I, II.									
I	**II**	**III**	**IV**	**V**	**VI**	**VII**	**VIII**	**IX**	**X**
(A	B	C	D	a	F	G	H	J	K)

1921–33 (voraus) VERÖFFENTLICHTE FRÜHE KAPITEL-ENTWÜRFE
LEONA
DIE BEIDEN GELIEBTEN
DIE ENTDECKUNG DER FAMILIE
BRUCHSTÜCK
EIN HERAUSGERISSENES BLATT
MONDRAUSCH

Leona

(Aus der Vorarbeit zu einem Roman)
[1921]

Instinktiv liebte Anders das Tempo, dieses Zeichen der kommenden Zeit. Vierzehn Tage verlumpen, vierzehn Tage rasende Arbeit, acht Tage rasender Sport. Alles auf ein enges Blickfeld abgeblendet wie eine Autolaterne.

Nach einer Weile kam seine Geliebte, Leontine, von ihm Leona genannt.

Sie war Liedersängerin, Varieté.

Groß, schlank, voll; junonisch, aber nicht in dem gebräuchlichen Sinn, der unter Juno eine hochgewachsene Amme meint.

Sie war ihm aufgefallen durch das feuchte Dunkel ihrer Augen. Durch einen schmerzlich leidenschaftlichen Ausdruck ihres regelmäßigen, schönen, langen Gesichts. Sie sah aus wie eine große schmachtende Frau aus dem Jahre siebzig.

Sie sah aus wie eine Frau nach den Bildern Makarts; wie das Mädchen mit den großen aufgerissenen Augen auf einer Radierung jener Zeit, die seine Mutter sehr geliebt hatte; wie Scheffels Herzogin in der Seele des Lesers, als sie Ekkehard über die Schwelle des Klosters trug.

Ihm fiel sogleich eine ganze Wohnung ein. Rot-blau-braune Teppiche und Portièren, ein wie mit Mehl angerührtes Licht, Wedel aus Pfauenfedern und Schilfkolben, Möbel mit tausend gedrehten Säulchen und Zacken. Das war eine Spießbürgersinnlichkeit, die auf dem Maskenball Sultan und Suleika spielte. Durch und durch feig und verlogen. Aber –: das ganze Leben lang!

Wie soll man das bewerten?

Anders lag auf dem Diwan und dachte an die schöne Leona. Wie eine Löwin war sie – vom Kürschner ausgestopft. So war auch die Zeit seiner Mutter. Die Zeit also, der er selbst entsprang.

Warum sollte man eigentlich feig und verlogen sein, wenn man über der Sehnsucht ein Kostüm trägt und sich sonst benimmt wie ein Mensch der Gegenwart? Kann man überhaupt mehr tun? Er begriff die Dezenz jener Zeit, die sich türkische Hosen anzog, ohne zuzulassen, daß man daraus Konsequenzen ableitete.

Auch bei Leona stand auf dem Zettel: Dezentes Familienprogramm.

Es ist geradezu unheimlich, wie wenig weit entfernt man von Zeiten ist, die man tief verachtet. Damals zog man seine Sinnlichkeit an, heute denkt man sie; und glaubt wesentlich mehr Kraft und Aufrichtigkeit zu beweisen.

Wenn Anders sich in Leonas Gesicht hineindachte, so bemerkte er darin eine Menge kleiner Züge, die gar nicht wirklich sein konnten und doch dieses Gesicht ausmachten. Er witterte die Bedeutung solcher anachronistischer Gesichter: Es gibt natürlich zu allen Zeiten alle Arten von Antlitzen. Aber je eine wird vom Zeitgeschmack emporgehoben, glücklich gemacht. Schönheit. Alle anderen Gesichter suchen sich ihr anzugleichen und selbst ganz häßlichen gelingt das zuweilen mit Hilfe von Frisur und Kleidern. Nur jenen unglücklichen nicht, in denen sich ausdrücklich ein anderes Schönheitsideal ausprägt, ein abgesetztes, unterworfenes und in die Sklaverei verschlepptes.

Solche Gesichter zur Unzeit sind so hilflos und pervers! Bevor Anders darauf kam, hatte er es abstoßend gefunden, wie Leona allein auf der Bühne stand, groß und verlassen bis in die Knochen, und mit einer unpassenden Stimme unpassende Lieder sang, richtige Lieder voll bürgerlicher Sentimentalität nämlich, als hätte man eine beliebige Frau und Mutter vom Sonntagsnachmittagsspaziergang weg und da herauf geholt. Seltsamerweise findet sich diese Programmnummer in allen Variétés. Leona sang die ihre mit unendlicher Leidenschaftslosigkeit in ein Publikum hinein, das für sie nicht zu existieren schien; sie las sie aus einem unsichtbaren Buch ab, aber mit falscher Empfindung.

Anders freute sich auf Leona.

Ihr Vater war ein kleiner braver Mann gewesen und hatte sie geprügelt, wenn sie mit Verehrern ging. Das tat sie oft, aber warum, das war nicht zu begreifen. Daß sie unsinnlich war, könnte man nicht behaupten, aber wenn es erlaubt ist, möchte man sagen, sie war sinnlich unglaublich arbeitsscheu. Anders behauptete, in ihrem ausgedehnten Körper brauche jeder Reiz so lange, bis er das Gehirn erreiche, daß manchmal erst mitten am Tag ihre Augen zu zergehen begannen, während sie in der Nacht unbeweglich auf einen Punkt an der Zimmerdecke gerichtet gewesen waren. Oder sie begann unaufhaltsam über einen Scherz zu lachen, den man am Vortag gemacht hatte, weil sie ihn jetzt erst entdeckte.

Sie war durchaus anständig, die Unanständigkeiten, die ihr Beruf von ihr forderte, löste sie wie eine Schulaufgabe, bei der man im Können genügend und im Fleiß lobenswert erhält.

Sie hatte nur eine Leidenschaft und diese band sie sklavisch an Anders, seit er sie herausbekommen hatte: sie war in einem ungewöhnlichen Maß gefräßig.

Es war die Sehnsucht, die sie als armes kleines Mädchen, das sich nicht zu helfen vermag, nach kostbaren Leckerbissen gelitten hatte; jetzt lebte sie sie aus. Sie tat es mit der ganzen Kraft eines Ideals, das endlich seinen Käfig zerbrochen hat. Selbst jetzt gelang es ja nicht immer ohne Schwierigkeit. Männer erraten schwer und wollen von einer Frau, die sie sich abends aus dem Tingel-Tangel holen, etwas ganz andres, als ihr essen zusehen; sie aber wollte nicht enden, sie hätte am liebsten die ganze Nacht durchgegessen, wenn man am Morgen rasch die ganze Liebesrechnung in großer Münze hätte bezahlen können, statt in der zeitraubenden Konventionseinheit, worin eine größere Dankbarkeit mehrere Stunden verlangt.

So ging es nicht immer ohne tiefere menschliche Konflikte ab. Sie mußte Ausflüchte suchen und es ist klar, daß der Mann, wenn die Geliebte während der ganzen Nacht nicht vom Tisch aufstehen und heimgehen will, sich verraten und einer Intrigantin zum Opfer gefallen glaubt. Er kann diese weibliche Seele nicht begreifen und ahnt in seiner gewöhnlichen Psychologie einen dritten; einigemale wäre sie sogar beinahe durchgeprügelt worden.

Ihre Dankbarkeit für Anders, der ihr zu essen gab, was sie sich nur erträumen mochte, war grenzenlos. Sie verlängerte ihren Aufenthalt in der Stadt, indem sie unter immer schlechteren Bedingungen von einem Engagement ins nächste überging, wenn sie sich an dem Ort, wo sie war, nicht mehr länger halten konnte, und sie war ihm so treu wie ein Magen, der unmöglich etwas Neues aufnehmen kann, wenn er von einem erfüllt ist, was man sonst von keinem anderen Organ der Liebe zu behaupten vermag.

Anders hatte, wie immer an dem einzigen Sonntag der Woche, vom Traiteur zwei große Körbe, gefüllt mit auserwählten Eßwaren und Leckerbissen, holen lassen. Die Körbe waren eigens für den Zweck und Leonas Fassungsvermögen gebaut worden, ausgekleidet mit Porzellan, aber auch mit Aluminiumgeschirr, um, was nötig war, am elektrischen Apparat wärmen zu können.

Als Leona kam, durfte sie hineinsehen; hineinzugreifen wurde ihr wie immer verwehrt. Denn dann bekam sie ein ganz kleines Körbchen mit ganz gemeinen belegten Brötchen umgehängt und wurde aus der Wohnung hinausgedrängt.

Unten stand das Auto. Fahrt aus der Stadt. Leona hatte viel zu fragen nach dem Inhalt der Körbe.

Dann kam ein Fußmarsch. Drei, vier, manchmal auch sechs Stunden weit. Anders vor oder hinter Leona, fast nie neben ihr und stets schweigend. Er gab sich hin an Luft, Bewegung, Aussetzen der Gedanken; sein Kopf war wie ein leer laufendes Mühlrad, das Leonas nie endende Rede wie ein plätschernder Bach trieb. Wenn sie aufhörte, schrak er auf und antwortete irgend etwas; wenn sie wieder sprach, wußte er nach einer halben Minute nicht mehr, was.

Leona liebte diese Ausflüge, weil sie ihr Teint und Figur erhielten; dann auch, weil sie die süße Qual eines Opfers hatten, das sie ihrer Eßlust brachte. Am Abend war ihr Appetit wie neugeboren und ihr Körper glich dort, wo *seine* Wollust saß, dem einer Jungfrau.

Anders schämte sich, wenn sie so dahinzogen, daß es sein Feiertagsvergnügen sein sollte, mit dieser seelisch verunreinigten Person sich zu zeigen. Er ging durch Gottes Natur und führte ein Schwein an der Leine. Gab es nicht andere Frauen? Dieser junge Idealist traute dem nicht, was er darüber wußte.

Was er darüber wußte, war, daß es wunderbare Menschen geben müsse, die Frauen waren. Daß es Erlebnisse geben müsse wie Beethovensche Musik. Mit riesigen Pinseln in einem flammend dünnen Material entworfen; die Entzauberung von Stein und Bein. Er behauptete aber, die Sehnsucht sei eine Sache für sich und die Wirklichkeit eine andere. Die Ideale seien nicht ein unerreichbar vollkommener Grad der Wirklichkeit, dem man zustreben oder den man mit der Erbsünde verloren haben könne, sondern ganz etwas anderes. Das Leben ist eine ungewöhnlich lange Straße, welche durch die einander fremdesten Gegenden und Zonen führt. Die Tiere, welche auf ihr ziehen, haben im Süden mit ihrer Nahrung tropischen Samen gefressen und setzen ihn im Norden mit ihrem Kot ab oder umgekehrt und plötzlich blüht irgendwo fremde Pracht auf, eine wunderbare, vom Himmel gefallene Vegetation. Er war hartnäckig darin, daß Wunder, Sehnsucht, Ideale, Begeisterung, Größe irgendwie auf eine solche Weise entstehen müssen; indirekt so wie ein Schafsdarm immer ein Schafsdarm bleibt, auch wenn er präpariert ist und mit einem Bogen gekratzt wird, dennoch ist er dann eine Beethovensche Violinmelodie und eine Quelle der Seeligkeit. Er vermochte es bloß noch nicht treffend auszudrücken, aber er war sicher, daß mit seiner Auffassung ein neuer Idealismus anbrechen müsse, der das zwischen falsche Gegensätze eingespannte menschliche Leben grad biegen werde. Er wiederholte sich trotzdem, daß er Leona nie mehr versprochen habe als wenige Wochen, daß sie dann ein Geschenk bekommen würde und die Stadt verlassen müsse.

Er brachte sie zur Vorstellung ins Variété, gab dem Bühnendiener ein Trinkgeld, dem überdies eine Ergreiferprämie versprochen war, damit er verhindere, daß Leona vor der Zeit Nahrung zu sich nehme, und setzte sich in eine Loge. Sie sang nie so süß und leidenschaftlich wie an diesem Hungertage und in die Töne ihrer Sehnsucht nach dem verbotenen Genuß mischte sich echt deutsche Schalkhaftigkeit, weil sie wußte, ihre Prüfung sei nun bald zu Ende.

Zuhause durfte Leona das Mieder ablegen und wurde gefüttert. Dies bestand darin, daß sie eine Viertelstunde lang von allen Speisen gleichzeitig aß, ohne zu reden, bis sie rot im Gesicht wurde und ihre Augen glänzten. War ihre schmerzende Leidenschaft, daß noch irgend etwas Ungekostetes vorhanden sein könnte, danach gestillt, so kam eine Zeit, wo sie gleichzeitig sprach und aß und Anders benützte sie, um die nötigen Mengen Getränke in das Mädchen hineinfließen zu lassen. So kam unvermittelt der dritte Teil, wo sie nicht mehr konnte und nur noch wollte. Durch schwarzen Kaffee oder mit Sekt vermischtes Porterbier wurde künstlich für eine kleine Weile die Aufnahmsfähigkeit wieder hergestellt und Anders, der selbst immer mäßig blieb, reizte sie jetzt mit Überraschungen die er ihr bis dahin verborgen hatte. Wenn sie ganz voll war mit fremden Sachen, wie eine Schachtel, die kaum mehr zusammenhält, sah sie aus wie eine bloß etwas erhitzte und aufgeregte Bürgersfrau und begann, um sich Luft zu schaffen, ihre sentimentalen Lieder zu singen. Leid, Liebe, Treue, Verlassenheit, Sultan, Suleika, der blasse Sklave, Waldesrauschen und Forellenblinken strömten ihr aus Mund und Augen, wenn sie nicht gerade eine arge Zote von sich gab, die so unanständig war, wie es bloß jemand sein kann, dem die geschlechtlichen Beziehungen weder im Guten, noch im Bösen auch nur das geringste bedeuten. Anders saß da, halb erstickt in der Atmosphäre ihres Lebens und unheimlich angeregt. Ihr Bauch ringelte sich wie eine dicke Katze und die göttliche Schönheit ihres Anblickes kämpfte sich wie ein Regenbogen zuweilen durch den Höllendreck dieses noch möglichen Grades menschlicher Entstellung hindurch.

Am Morgen packte er sie in einen Wagen und ließ sie acht Tage lang nicht vor seine Augen. Er hatte sie für die Wochentage in einem berühmten Restaurant eingekauft, wofür sie ihm treu war, ohne daß er sich darum zu kümmern brauchte.

Die beiden Geliebten

(Bild aus einem Roman)
[9. Mai 1923]

Anders war einer der wenigen heute lebenden Philosophen, die noch zwei Geliebten besaßen.

Die eine dieser beiden Frauen hieß Leontine, von ihm Leona genannt; sie war Liedersängerin, Variété, groß, schlank und voll und aufreizend leblos. Sie war ihm aufgefallen durch das feuchte Dunkel ihrer Augen, durch einen schmerzlich leidenschaftlichen Ausdruck ihres regelmäßigen, schönen Gesichts und durch die sittlichen Lieder, welche sie im Variété sang. Sie erinnerte ihn an die Frauen auf alten Photograpien aus der Zeit seiner Mutter oder in verschollenen Jahrgängen deutscher Familienblätter; er bemerkte, wenn er sich in ihr Gesicht hineindachte, darin eine ganze Menge kleiner Züge, die gar nicht wirklich sein konnten, und doch dieses Gesicht ausmachten. Er witterte die Bedeutung solcher unzeitgemäßen Gesichter: es gibt zu allen Zeiten alle Arten von Antlitzen. Aber je eine wird vom Zeitgeschmack emporgehoben, glücklich gemacht, Schönheit. Alle anderen Gesichter suchen sich dann ihr anzugleichen, und selbst ganz häßlichen gelingt das zuweilen mit Hilfe von Hut, Frisur und Kleidern, nur jenen unglücklichen nicht, in denen sich stark ein anderes Schönheitsideal ausgeprägt hat, ein abgesetztes, jetzt unterworfenes und in die Sklaverei der Geringschätzung verschlepptes. Solche Gesichter zur Urzeit sind so hilflos und zum Mißbrauch geschaffen! Bevor Anders dahinter kam, hatte er es abscheulich gefunden, wie groß und bis in die Knochen verlassen Leona auf der kleinen Bühne stand und mit der Stimme einer Hausfrau ihre bürgerlichen Lieder sang, deren kleine, äußerst sittsame Gewagtheiten in dieser Umgebung umso gespenstischer wirkten, als sie die tragischen und neckischen Gefühle der Liebe mit mühsam buchstabierten Gebärden unterstützte. Endlich nützte er es aus. Es hatte ihn einiges Nachdenken gekostet, wie man diese Erscheinung mißbrauchen solle, um den dunklen Antrieben zu genügen, die sie auslöste. Aber einmal fiel ihm ein, daß Leonas Schönheit fürchterlich groß war wie eine Löwin und dann sehe man, daß es eigentlich ein vom Kürschner ausgestopftes Löwenfell sei: er stopfte ihre Schönheit aus und sah sie an.

Das geschah so: Leonas Vater war ein kleiner braver Mann und hatte sie geschlagen, wenn sie mit Verehrern ging. Das tat sie zwar oft, aber warum, war nicht zu begreifen. Denn daß sie unsinnlich gewesen sei, könnte man zwar nicht behaupten, aber wenn es erlaubt ist, möchte man sagen, sie war sinnlich unglaublich faul oder arbeitsscheu. Anders behauptete, in ihrem ausgedehnten Körper brauche jeder Reiz so lange, bis er das Gehirn erreiche, daß oft erst mitten am folgenden Tag ihre Augen zu zergehen begannen, während sie in der Nacht unbeweglich auf einen Punkt der Zimmerdecke gerichtet gewesen waren, als ob sie dort eine Fliege beobachteten. Es konnte ebensogut vorkommen, daß sie mitten in voller Stille zum erstenmal über einen Scherz zu lachen begann, den sie vor einigen Tagen gehört, aber jetzt erst verstanden hatte. Sie war daher in normalem Ruhestande auch durchaus anständig, und nur weil sie nicht arbeiten mochte, wollte sie nicht heiraten und nannte sich eine Künstlerin. Sie hatte bloß eine Leidenschaft, und diese band sie sklavisch an Anders, seit er sie herausbekommen hatte: sie war in einem ungewöhnlichen Maß gefräßig.

Es war die endlich befreite Sehnsucht, die sie als armes, kleines Mädchen, das sich nicht zu helfen vermag, nach kostbaren Leckerbissen gelitten hatte; es bedeutete für sie die ganze Kraft eines Ideals, das endlich seinen Käfig zerbrochen hat. Ihre Dankbarkeit für Anders, der ihr zu essen gab, was sie sich nur erträumen mochte, war grenzenlos, und Anders tat nichts anderes, als daß er ihr zu essen gab, soviel sie wollte, ja noch mehr. Er reizte durch große Spaziergänge ihre Eßlust; nach der Rückkehr wurde sie ins Varié́e gebracht, der Bühnendiener bekam eine Ergreiferprämie, damit sie nicht vor der Zeit esse, und Anders setzte sich in eine Loge. Sie sang nie so süß und leidenschaftlich wie an solchem Hungertage; in die Töne ihrer Sehnsucht nach dem verbotenen Genuß mischte sich deutsche Schalkhaftigkeit, weil sie wußte, ihre Prüfung sei nun bald zu Ende. Zu Hause durfte Leona dann das Mieder ablegen und wurde gefüttert. Dies begann damit, daß sie eine Viertelstunde lang von allen Speisen gleichzeitig aß ohne zu reden, bis sie rot im Gesicht wurde und ihre Augen glänzten. War ihre erste, schmerzende Leidenschaft, daß noch etwas Ungekostetes vorhanden sein könnte, gestillt, so kam eine Zeit, wo sie gleichzeitig sprach und aß, und Anders benützte sie, um die nötigen Mengen Getränke in das Mädchen hineinfließen zu lassen. So kam unvermittelt der dritte Teil, wo sie nicht mehr konnte und nur noch wollte. Durch schwarzen Kaffee oder mit Sekt vermischtes Portbier wurde künstlich für eine kleine Weile die Aufnahmsfähigkeit wieder hergestellt, und Anders, der selbst immer mäßig blieb, reizte sie jetzt mit Überraschungen, die er ihr bis dahin verborgen hatte. War sie ganz voll mit fremden Sachen wie eine Schachtel, die kaum noch zusammenhält, so sprach sie mit weggestrecktem Zeigefinger die Namen der Kostbarkeiten aus, die sie verspeist hatte; wenn sie Palmone à la Georgette sagte, streute sie es hin, wie ein anderer beiläufig erwähnt, daß er mit dem Fürsten X. gesprochen habe. Dann begann sie zu singen, und da sie Zeit ihres Lebens zu faul gewesen war, um andere Lieder zu lernen, als die sentimentalen, welche sie zum Geschäft brauchte, fingen Treue, Verlassenheit, Liebe, Leid, Forellenblinken und Waldesrauschen an, ihr aus dem vom Magen gedrückten Herzen zu strömen. Wenn sie endlich verstummte, weil alles schon gesungen war, lächelte sie ihn betrunken an wie eine Gattin, die ihre Zufriedenheit ausdrücken möchte. Da ihr Ideal erreicht war, befiel sie eine leichte Enttäuschung. Er aber ließ sie in der vollen Hilflosigkeit dieses Erfüllungszustandes sitzen und lächelte ihr nur gleichfalls zu, halb erstickt in der Atmosphäre ihres Lebens. Er packte sie am Morgen in einen Wagen und ließ sie acht Tage lang, während deren er sie in einem guten Restaurant eingekauft hatte, nicht vor seine Augen.

Während dieser Zeit besuchte ihn allerdings Valeria, seine schwermütige zweite Geliebte. Valeria war eine Frau, die man beinahe «hochanständig» nennen müßte; sie war zum Beispiel eine vorzügliche Mutter und die Gattin eines Obergerichtsrates. Sie hatte nur einen Fehler, daß sie in einem ungewöhnlichen Maße schon durch den Anblick von Männern erregbar war. Sie war durchaus nicht lüstern; sie war sinnlich wie andere Menschen leicht schwitzen, es war ihr wie ein Leiden angeboren und in einem Mädcheninstitut durch die Zärtlichkeiten und Gespräche der Freundinnen verstärkt worden, sie konnte nicht dagegen aufkommen. Er hatte sie Bonadea genannt, die gute Göttin, nach einer Göttin der Keuschheit, die in Rom ihren Tempel hatte, der später Sammelpunkt aller Ausschweifungen wurde. Schön und stattlich, mit einem gütigen Gesicht und sanfter, ein wenig zimperlicher Vornehmheit des Betragens, hatte sie eine ausgesprochene Vorliebe für das Gute, Wahre, Schöne und eine stille ideale Lebensführung im Kreise von Gatte und Kindern; es hinderte sie bloß ihre schreckliche Natur daran, welche sie zu Lügen und Entehrungen zwang, indem sie ihr allsogleich das Wasser bis in die Augen trieb, so sie einen Mann sah, zu dem sie – wie sie es auszudrücken pflegte – inklinierte. Man kann sich denken, was Anders, der in solchen Fragen die Grausamkeit zumindest der Jugend besaß, aus ihr machte, sobald er sie in die Hand bekam; er ließ sie wie die Teufelchen in der Flasche ohne Rast die Höhe zwischen Tugend und Verdammnis auf- und absteigen. Er verführte sie sogar zu Gesprächen über die Tugenden und die Seele, nur um mitten darin sie unter seinen Willen und böse Lust zu beugen, und sie machte ihm viel Vorwürfe. Wurde sie erregt, war sie ja melancholisch und gut; aber in dem Entsetzen nach jeder Schwäche, das sie ihre ganze Hilflosigkeit fühlen ließ, war sie voll Anklagen, daß sie mißbraucht werde, und gab die Schuld bald ihrem Mann, der sie am Gewissen haben sollte, bald Anders, dem sie die vornehme Gesinnung absprach, weil er sie nicht schone. Sie liebte nichts so sehr wie Dichtung oder Kunst, und ihrem Gatten, dem Obergerichtsrat, waren diese ganz gleichgültig, sie wäre ihm längst davongegangen, wenn nicht ein innerer Zwang, der ihr unbegreiflich erschien, sie daran gehindert hätte; die Nachwirkung immer wiederholter ehelicher Willfährigkeit hatte im Lauf der Jahre in ihr eine abnorme Willensabhängigkeit von dem durch die Umstände begünstigten Gatten erzeugt, den sie dafür verachtete. Aber sie dachte auch nicht im geringsten daran, sich von Anders Geschmack, der in den ihr so wichtigen Fragen der Dichtung und des Lebens ein tiefes und lebhaftes Urteil hatte, leiten zu lassen; im Gegenteil, auch von ihm war sie entsetzt, dessen Ideen sie unfein fand, aber sie redete sich ein, daß er besser sein müsse, als er sich gebe, weil er doch jung war und aus so gutem Hause kam. Und außerdem war Anders ein schöner Mensch, nicht allzugroß, schlank, außerordentlich kräftig, stets glatt rasiert; mit einem Blick, der den Frauen kalt und heiß versprach, ohne daß sein Besitzer im geringsten daran dachte.

Als Anders sich eines Tages fragte, was er mit diesen beiden Frauen tue, erschrak er ein wenig. Denn im Verhältnis zu beiden überwog das Abstoßende beiweitem die Anziehung, sowohl bei ihm wie bei ihnen. Manchmal, wenn sie vor ihm standen, mitten in seinem Zimmer, zwischen seinen Büchern, Geschöpfe, die er in sein Leben gerufen hatte, begann ihm fast vor ihnen unheimlich zu werden wie vor dem entsetzlichen Symptom einer leibhaft gewordenen fixen Idee. Sie waren ihm im Grunde scheußlich: war nicht anzunehmen, daß sie, selbst wenn sie es nicht wußten, es ihm mit Gleichem vergalten? Anders gab ihnen nicht Unrecht. Wäre er ein leichtsinniger junger Mann gewesen, so hätte man in dem, was er tat, wahrscheinlich nur eine gewisse moralische Frühreife zu erblicken gehabt, da man gewöhnt ist, den Mann der guten Gesellschaft erst nach seiner Verheiratung zu einer zweiten Frau in dauernde Beziehungen treten zu sehen; aber er war ein ernster und fester junger Mann und seine Leidenschaften erregten ihn ganz und gar nicht. Und wenn jemand sich ein Stück faulstinkenden Käses schmecken ließe, im vollen Bewußtsein dessen, was er tut, so wäre er entschieden ein perverser Mensch; bloß wenn er diese Perversität begeht ohne nachzudenken, weil sie auch alle anderen begehen und eben weil sie ihm schmeckt und gefällt, bleibt er innerhalb der Grenzen eines gesunden und naiven Genusses!

Die Entdeckung der Familie
[11. April 1926]

Es regnet leider! – Kaum klingt, erste Morgenentdeckung nach dem Zurückziehen der Vorhänge, dieses Wort vom Fenster zurück, so verändert sich das ganze Zimmer. Alle Möbel lassen die Ohren hängen. Vielleicht ist es richtiger zu sagen, das ganze Zimmer sinkt, aber es faßt dann wieder Grund; etliche Meter unter dem Zustand Schönwetter steht es wieder fest. Du bist nun bei der Kinderzeit. Es regnet, war Abgesperrtsein von den Gespielen des Gartens und der Straße; vom Ausgang mit Lord, dem Hund; von vielen Abenteuern. Aber kaum hatte sich der Vorhang der tiefen Hoffnungslosigkeit zugezogen, öffnete sich ein zweiter, und da stand nun: Spiel mit der kleinen Eisenbahn, die auf Schienen mit wirklichen Weichen und Signalen lief. Hast du auch eine besessen? Aber dein Großvater hat nicht an der ersten Eisenbahn Europas mitgebaut und war ihr Direktor, bis er sich zur Ruhe setzte. Und der Bruder deines Vaters befehligte nicht ein Artillerieregiment im Banat; darum wird niemals die kleine Kanone, die mit wirklichem Pulver schießen kann und ganz genau einer großen Kanone nachgebildet ist, mitten in deiner Erinnerung stehen wie auf einem Hügel, dessen Westseite in der Sonne glänzt; sie ist *mein* Spielzeug mit einemmal wieder, heute wie vor so viel Jahren, aber ich will keineswegs behaupten, daß mir das lieb ist, es ist eher nicht ganz geheuer. Endlich war noch das Spiel mit Würfeln und einer Rennbahn da, die samt ihren Hindernissen auf einen Plan gezeichnet war, während die Pferde und Reiter aus bemaltem Zinnguß bestanden; das war wirklich das gewöhnliche Wettrennspiel der Kinder, aber es hatte eine Besonderheit. Ich setzte nämlich immer auf den Fuchs und auf Sechs. Erstens weil Rot meine Lieblingsfarbe war und ich am sechsten November geboren bin; zweitens, weil mein Vater in meiner Kindheit zwar immer ein braunes Pferd ritt, aber mit Leidenschaft von einem Schweißfuchs erzählte, den er in seiner Jugend besessen hatte, und das ist ein Fuchs, der die dunklen Töne eines Fasanengefieders bekommt, wenn er heißgeritten wird. Ich setzte also immer auf den Fuchs und auf Sechs, aber meine eigentliche Liebe gehörte dem Rappen, den ich immer auf das Fünferfeld stellte, weil Fünf meine Unglückszahl war. Und dies war eben die Besonderheit des Pferdespiels. An solchen Erinnerungen wird es wohl liegen, daß noch heute, in dem Augenblick, wo ich hörte, daß es regne, die Wände des Zimmers eine Veränderung erlitten, obgleich es an meinem Leben längst nicht das geringste mehr ändert, ob es regnet oder nicht. Bestimmt hängt mit dem Wesen von Regentagen auch die folgende Geschichte zusammen; denn warum würde sie mir sonst einfallen? Ein Vetter meiner Mutter versprach mir einmal eines seiner Reitpferde; nicht der Kürassier, sondern der Dragoner tat es, der mit dem Helm zwei Meter maß, und ich weiß noch heute ganz genau die Stelle, wo das geschah: an einer bestimmten Straßenecke, um die wir nach links bogen, ich neben ihm wie ein Prellstein neben einem wendenden Heuwagen. Da hatte ich ohne jede Einleitung gesagt: Onkel Hermann, schenk mir eins von deinen Pferden! Und er hatte ebenso rasch, ohne jede Überlegung geantwortet: Gern, du mußt nur warten, bis es umgestanden ist! Er hatte sich einen Scherz mit mir erlaubt, aber ich hörte nur die Bereitwilligkeit des Tonfalls und verstand die Einschränkung nicht; viele meiner Onkel waren Reiter oder Jäger und hatten Ausdrücke, deren Bedeutung ich nicht genau kannte, so dachte ich, daß auch Umstehen etwas mit dem Pferde sei, das bald kommen und abgewartet werden müsse, ehe man es mir übergeben könne. Nun wäre es gewiß noch wichtiger, zu wissen, wie ich die Enttäuschung aufnahm, aber daran erinnere ich mich nicht mehr, während ich noch gut weiß, wie ich das unerwartete Geschenk aufnahm, das mir wahrhaftig in den Schoß fiel; denn ich glaube, ich hatte mir nicht einmal die Mühe genommen, das Pferd leidenschaftlich zu wünschen, sondern hatte mir nur eben gedacht, ich wolle es einmal versuchen. Aber wie ich das Wort dafür suche, fühle ich, daß ich es niemals finden werde, denn ein solches Glück hat sich kein zweites Mal in meinem Leben ereignet: Man kann nur sagen, es war, wie wenn beide Vorhänge, von denen ich vorhin sprach, zugleich fortgezogen würden, der, welcher in die Wirklichkeit, und der, welcher in uns hineinführt; es entstand eine unbeschreibliche Verwirrung von Schlaf und Wachen, eine Vereinigung von Ich und Pferd, die sich bis in die Eingeweide einfraß. Aber das sind nur schwache Worte für eine aufgehobene Grenze, die gewiß nicht weniger bedeutsam ist, wie die zwischen Wahnsinn und Geradsinn.

Heute rücken höchstens die Zipfel an diesen Vorhängen, aber wie ich nun ans Fenster trete, gewahre ich eine Frau in resedafarbenem Kleid, die auf der menschenverlassenen Straße trachtet, möglichst rasch irgendwohin zu kommen. Mit unweigerlicher Gewißheit taucht das Wort «Tante…» in mir auf, und obgleich sein zweiter Teil, der Name, nicht an die Oberfläche kommt, liegt er doch unter dieser wie die Wärme unter einer Decke. Ich hatte eben mehrere solcher Tanten, als ich ein kleiner Junge war, aus der Vetternschaft meiner Mutter, nicht deren Schwestern, sondern weitere Verwandte, aber durch Freundschaft verbunden. Ich meine: unverheiratete Tanten; etwas also, das es heute kaum noch gibt; Mädchen von einigen dreißig oder vierzig Jahren, an deren Körpern etwas nicht stimmte. Ihrer aller Stimmen hatten selbst im Vollklang einen kleinen Riß; ihre Hüften und Brüste, welche durch den Einfluß der Jahre und nicht durch den von Geburten sich verbreitert hatten, verrieten das, man kann nicht sagen, wodurch, aber auf den ersten Blick. Man nahm eine kleine Beimengung von Ungemach in der sich gemächlich zur Ruhe setzenden Natur wahr; oder vielleicht machte diesen Eindruck nur jener der Kleider aus, in denen die Schneiderin alle kleinen Einfälle für die vorgeschriebene weibliche Gefallsucht angebracht hatte, während die Trägerin diese ganze Fasanerie mit blinder Hoffnungslosigkeit auf sich lud. Eine solche Tante eilte unter meinen Augen vorbei; kräftigen Schrittes im Regen und froh, durch das Unwetter allen Zwangs zum Schöntun enthoben zu sein, gab sie ihren Beinen den unbekümmerten Schwung männlicher Anstrengung. Sie war gewiß heiter trotz des Regens, und ich bin sicher, wenn sie zu ihren Anverwandten in die Stube tritt, wird sie und werden alle lachen. Stimmengeschwirr wird ihr entgegenschlagen, man wird sie auf die Schulter oder auf den Rücken klopfen und sagen: Alle Achtung! Bei diesem Wetter! Tante … ist ein eiserner Kerl!

Denn darin besteht ja wohl das Hauptwesen der Familie, daß auch der Mensch, der keinen Platz in der Welt hat, der keine Kinder bekam und keine Gedanken, der weder berühmt ist, noch reich, dessen Name nur bei der Todesanzeige der Allgemeinheit vor Augen kommt, daß dieser Mensch doch in der Familie seinen bestimmten Platz hat. Man ist jemand in der Familie. Du ahnst nicht, wie gut Karoline den Chaplin kopieren kann, und wie jähzornig Rudi ist. Und wie witzig, wie witzig ist die ganze Familie! Was in der weiten Welt draußen nirgends ein Witz wäre, löst hier schallendes Gelächter aus, und man kann nicht sagen, woran es liegt; es ist eben lustig, und schließlich ist das die Hauptsache beim Witz. Dazu gehört, daß alle Menschen, die nicht zur Familie zählen, weit lächerlicher sind, als sie es wissen. Gott hat sie zur Karikatur geschaffen, und wenn du ein einsamer Mensch bist, ohne Anhang, kannst du ziemlich sicher sein, daß du aus lauter Lächerlichkeit bestehst, die sich auf die Augen der verschiedenen Familien verteilt, die dich betrachten. Freilich kann man auch diese Vorzüge umkehren, wie alles, und sagen: die Familie ist kleiner als eine Kleinstadt. Je inniger sie ist, desto herzloser macht sie für alles, was außerhalb ihrer geschieht, und ist immer grausamer, als es ein Mensch ist, der einsam beim Leid der Welt gegenübersteht. Indem sie den Ruhm in ihren kleinen Kreis bannt und als Familienruhm leicht macht, zieht sie den Ehrgeiz aufs Faulbett. Und weil alles, was in der Familie geschieht, tiefer traurig oder schallender heiter wirkt, als ihm eigentlich zukäme, weil Kein-Witz dort Witz wird und allgemein unwichtiges Leid zu persönlichem Unglück, ist sie die Stammburg aller Geistlosigkeit, welche unser öffentliches Leben durchsetzt. Noch viel mehr könnte man sagen und hat es auch zuweilen gesagt, aber nicht an Tagen wie diesem.

Onkel Nepomuk, genannt Mucki, bringt die Kritik zum Schweigen. Er war ursprünglich Chemiker, und wichtige Erfindungen waren ihm eingefallen, welche die Menschheit ein tüchtiges Stück hätten vorwärts bringen können. Aber er hatte das aufgegeben und kaufte sich ein Steinmetzgeschäft, wo er nichts als Grabsteine machte; das kam davon, daß er Schopenhauer las, es war eine Laune. Und zum andern Teil kam es wahrscheinlich auch davon, daß er sich bis zu seinem Tod vor der Zuckerkrankheit fürchtete, und in seinem Zimmer stand eine ganze Glasburg von Destillierkolben und Reagenzgläsern, mit denen er sich allwöchentlich untersuchte. Aber dann starb er an etwas ganz anderem; denn so war er, launenhaft und übrigens auch jähzornig, aber nett, trug immer Anzüge aus braunem englischen Cheviot mit weißen Westen und hielt das in der Manneslinie sich vererbende schöne englische Rasierzeug Urgroßvaters viel ordentlicher, als ich es heute tue. Und er liebte harmlose Witze, denen aber Frauen nicht zuhören durften, und rief meinen Vater in sein Zimmer, um ihm Spielkarten zu zeigen, die regelrechte Skat- oder Tarockkarten waren, solange man sie nicht gegen das Licht hielt.

«Ja, der Mucki!» sagte dann die alte Tante Mary, und sie sagte es mit einer solchen Nachsicht und Bewunderung für den kleinen, vierzigjährigen Mucki, daß ich ihre Stimme bis heute nicht vergessen habe. Diese Stimme von Tante Mary war wie mit Mehl bestaubt; geradezu wie wenn man den nackten Arm in ganz feines Mehl taucht, so rauh und so sanft. Es kam davon, daß sie viel schwarzen Kaffee trank und dazu die langen, dünnen, schweren Virginiazigarren rauchte, welche ihre Zähne schon ganz schwarz und klein gemacht hatten. Sah man ihr ins Gesicht, so mochte man auch glauben, daß der Klang ihrer Stimme von den unzähligen kleinen, feinen Rissen komme, mit denen ihr Gesicht kreuz und quer überzogen war wie eine Radierung. Seit wann sie ihren Taufnamen englisch führte, weiß ich nicht; aber sie war schon die jüngere Freundin meiner Großmutter gewesen und die Klavierlehrerin meiner Mutter. Da hatte sie nicht gerade viel Ehre aufgesteckt, wohl aber viel Liebe gewonnen, denn sie fand es ganz natürlich, daß man lieber mit den Buben auf die Bäume klettert als die Aufgaben zu üben, wenn man nicht für die Musik geboren ist, wie sie sagte. Und solange ich sie kannte, hatte sie sich niemals verändert oder von einer anderen Seite gezeigt, als man es gewöhnt war. Sie trug nur ein Kleid, wenn es auch, wie das wahrscheinlich ist, mehrmals vorhanden war; es war ein enges Futteral aus rilliger schwarzer Seide, das bis zum Boden reichte, keinerlei körperliche Ausschweifungen kannte und mit unzähligen kleinen schwarzen Knöpfen zu schließen war wie die Soutane eines Priesters. Oben kam ein niederer Stehkragen knapp daraus hervor, mit umgebrochenen Ecken, zwischen denen die fleischlose Haut des Halses bei jedem Zug an der Zigarre tätige Rinnen bildete, die engen Ärmel wurden von steifen weißen Stulpen abgeschlossen, und das Dach bestand aus einer rötlich blonden, schön gewellten Perücke, die in der Mitte gescheitelt war. Mit den Jahren wurde an diesem Scheitel ein wenig die Leinwand sichtbar, aber rührender waren noch die beiden Stellen, wo man die greisen Schläfen neben dem üppigen Haar sah, denn in allem übrigen alterte Tante Mary nie.

Ich hätte beinahe vergessen, zu sagen, daß ihre Perücke eigentlich eine Männerperücke war, und nun könnte man natürlich glauben, daß sie die maskuline Frauenart vorwegnahm, die jetzt, viele Jahrzehnte später, in Mode kommt; aber dem war doch nicht so. Man könnte auch glauben, daß sie exzentrisch war; sie nährte sich nur mit starkem Tee, schwarzem Kaffee und zwei Tassen Fleischbrühe täglich, und die Leute blieben auf der Straße bloß deshalb nicht hinter ihrer Erscheinung stehen, weil man sie in der kleinen Stadt ohnedies kannte. Jedoch sie taten es auch deshalb nicht, weil man wußte, daß sie nicht im geringsten verrückt, lächerlich oder geistig hilflos war, sondern von einer wohlgebildeten inneren Menschlichkeit, die sich dem Ungewohnten zu Trotz selbst in der Erscheinung ausdrückte. Sie war bloß extravagant, wenn man dieses Wort diesmal mit außerhalb schweifend zu übersetzen erlaubt, sie hätte eine einst bekannte Malerin sein können, die den Zusammenhang mit ihrer Zeit ein wenig verloren hatte, oder eine berühmte Pianistin, die noch mit Liszt befreundet war; aber sie war nie mehr als Klavierlehrerin gewesen, und ich glaube, alles an ihr, der Männerkopf wie die Soutane, kam nur davon her, daß sie als Mädchen für Liszt geschwärmt hatte, aber es konnte auch Byron oder Shelley gewesen sein, und wenn man das recht bedenkt, ist es eine viel merkwürdigere Treueleistung, als wenn man die Uniform der eigenen Ruhmestage in Pension weiter trägt. Tante Mary war nichts weniger als maskulin, und wenn ihr Aussehen sich dem eines Mannes annäherte, so habe ich sie im Verdacht, daß dies eine innige Kleidwerdung ihres romantischen Geistes war.

Denn vor allem anderen anzusehen, kenne ich ja ihr großes Weibeserlebnis, wie sie es nannte, das mir als Familienmitglied anvertraut worden ist. Sie war zu seiner Zeit wohl am Ende der Zwanzig gewesen – womit man damals kein junges Mädchen mehr war; aber eine anspruchsvolle Seele wählt lange – und er war Künstler, wenn auch aus schnödem Mißgeschick nur Photograph einer Provinzstadt. Sie heiratete ihn gegen den Willen ihrer Angehörigen. Er machte Schulden wie ein Genie. Er war leidenschaftlich und mußte trinken. Sie entbehrte für ihn. Sie holte ihn aus dem Wirtshaus zu den Göttern zurück. Sie weinte heimlich und zu seinen Knien. Nun besteht aber die ganze Liebe aus nichts als der Fähigkeit oder glücklichen Zufallsmöglichkeit, was man selbst fühlt, auf einen andern zu übertragen; zum Beispiel, hat eine Frau in der Nacht schweres Unglück geträumt, steht auf und umklammert unter Tränen den Geliebten: besitzt sie die Fähigkeit, diese tragische Stimmung schnell auf ihn zu übertragen, so entsteht eine Nacht, so groß wie Byron; sonst aber nur eine recht lästige Schlafstörung. Der Photograph machte der Übertragung von Gefühlen Schwierigkeiten, zu denen sein geniales Aussehen den Anlaß gab. Er verließ Mary nach dreiviertel Jahren mit ihrer bäurischen Magd, die er geschwängert hatte. Er starb bald darauf. Sie nahm sein uneheliches Kind an eigen statt und zog es auf. Sie schnitt eine Locke von dem gewaltigen Haupt und bewahrte sie auf. Sie sprach nie von dieser Zeit. Man kann vom Leben, wenn es gewaltig ist, nicht auch noch fordern, daß es gut sein soll.

Das war nun sicher romantischer Unsinn; aber später, als der Photograph in seiner irdischen Unvollkommenheit schon längst keinen Zauber mehr auf sie ausübte, war gewissermaßen die weiche Substanz dieser Liebe verwest, und die ewige Form der Liebe und Begeisterung blieb übrig; es wirkte in weiterer Ferne dieses Erlebnis kaum anders als ein wirklich gewaltiges. So aber war Tante Mary überhaupt. Ihr geistiger Inhalt war nicht groß, aber seine seelische Form war so schön. Ihre Gebärde war heroisch, und solche Gebärden sind nur unangenehm, solange sie falsche Inhalte haben; wenn sie ganz leer sind, werden sie wieder wie Flammenspiel und Glaube.

Bruchstück

(Ein Kapitel aus seinem neuen Roman)
[30. April 1926]

Diotima war die Freundin Sr. Erlaucht des Grafen Leinsdorf.
Von den Körperteilen, nach welchen Freundschaften benannt werden, lag der gräflich Leinsdorfsche an einem solchen Ort zwischen Kopf und Herz, daß man Diotima nicht anders als seine Busenfreundin nennen dürfte, wenn dieses Wort noch gebräuchlich wäre. Se. Erlaucht dachte anders als Sektionschef Tuzzi über den

Wert geistiger Schönheit. Durch sein Wohlwollen gewann Diotimas Salon nicht nur eine unerschütterliche Stellung, sondern erfüllte, wie er sich auszudrücken pflegte, ein Amt.

Man möge sich erinnern, daß Se. Erlaucht, der reichsunmittelbare Graf «nichts als Patriot» war. Dann möge man bedenken, daß der Staat zwar aus der Krone und dem Volk besteht, dazwischen die Verwaltung, daß es eines aber noch außerdem gibt: den Gedanken, die Moral, die Idee! – So religiös Se. Erlaucht für seine Person war, so wenig verschloß er sich – als ein von Verantwortung durchdrungener Geist, der überdies auf seinen Gütern Fabriken betrieb – der Erkenntnis, daß sich heute der Geist in vielem der Bevormundung durch die Kirche entzogen habe. Er war jederzeit bereit, diese in öffentlicher Herrenhaussitzung zu bedauern, aber wenn er nicht davon sprechen mußte, war er überzeugt, daß man aus irgendwelchen Gründen sich damit abzufinden habe. Denn er konnte sich nicht vorstellen, wie zum Beispiel eine Fabrik, eine Börsenbewegung in Getreide oder eine Zuckerkampagne nach religiösen Grundsätzen zu leiten wären, während andrerseits ohne solche Hilfen kein moderner Großgrundbesitz rationell zu denken ist. Auch der Kardinal-Erzbischof hätte dabei nicht anders handeln können als er, und wenn Se. Erlaucht den Vortrag seines Wirtschaftsdirektors empfing, und zeigte sich, daß in Verbindung mit einer ausländischen Spekulantengruppe irgendein Geschäft besser zu machen war als auf der Seite des einheimischen Grundadels, so mußte Se. Erlaucht sich in den meisten Fällen für das erste entscheiden, denn die sachlichen Zusammenhänge haben ihre eigene Vernunft, der man sich nicht einfach nach Gefühl entgegenstellen kann, wenn man als Leiter einer großen Wirtschaft die Verantwortung nicht für sich allein, sondern auch für ungezählte andere Existenzen trägt; ja es gibt sogar etwas wie ein fachliches Gewissen, das unter Umständen dem religiösen widerspricht. Wenn dann gesagt wurde, daß hohe Herrn nicht selten für ihre Person das täten, was sie in der Öffentlichkeit bekämpften, so war das nach Graf Leinsdorfs heiligster Überzeugung hetzerische Demagogie, das heißt, Gerede von wühlerischen und wieglerischen Elementen, die von den Zusammenhängen innerhalb einer ausgebreiteten Verantwortlichkeit keine Ahnung hatten.

Sieht man es nicht mit seinen Augen an, so wäre also zu sagen: Graf Leinsdorf besaß die festen, überkommenen Grundsätze der christlichen staatserhaltenden Moral, aber sie ließen sich auf die Verwicklungen des heutigen Lebens nicht anwenden, weil sie in ihrer Einfachheit über diese gar nichts aussagten. So Se. Erlaucht gab sie freilich außerhalb des Geschäftslebens deshalb noch lange nicht preis; im Gegenteil, er lobte, wo er konnte, ihre Einfachheit, die den Zugang in jedes Herz findet, was allein schon sowohl ihre Natürlichkeit wie ihre Übernatürlichkeit bewies, und verlangte von jedermann die Hoffnung, daß das Leben zu ihnen wieder zurückfinden werde; in der Zwischenzeit, wenn man nicht weltfremd bleiben wollte, mußte man sich freilich behelfen. Man sieht daraus, daß Se. Erlaucht mit Recht über demagogische Angriffe entrüstet sein durfte, denn seine Ansichten entsprachen so ziemlich dem wirklichen Zustand der Welt und den Ansichten aller andren arbeitsamen Menschen.

Es handelt sich um das Leben, nicht um Se. Erlaucht; das Leben hat sich allen Grundsätzen, welche sich durch schöne Einfachheit und überdies durch menschliche wie göttliche Überlieferung auszeichnen, in einer geradezu zaubertückischen, kunststückhaften Weise entzogen, indem es unter ihrem Stempel auswich und solange über alle Ränder floß, bis es draußen ein ganz andres, unendlich viel größeres und schwieriger zu fassendes Leben hervorgebracht hatte; Se. Erlaucht tat also ganz recht, wenn er für dieses emanzipierte Leben auch die Ideen verantwortlich machte, die zugleich mit ihm an Stelle des Glaubens getreten sind, und aus diesem, etwas indirekten Grunde war er nicht nur ein religiöser, sondern auch ein leidenschaftlicher ziviler Idealist. Die vertiefte bürgerliche Bildung, mit ihren großen Gedanken und Idealen auf den Gebieten des Rechts, der Pflicht, des Sittlichen und des Schönen, bis zu ihren Tageskämpfen und täglichen Widersprüchen, erschien ihm wie eine Brücke aus lebendem Pflanzengewirr über den Abgrund gespannt, der zwischen den Forderungen des Glaubens und denen des Lebens klafft. Man konnte durchaus nicht so fest und sicher darauf fußen wie auf den Dogmen der Kirche, aber es war nicht weniger notwendig und verantwortungsvoll.

Diesen Überzeugungen Sr. Erlaucht entsprach in seiner Zusammensetzung der Salon Diotimas. Diotimas Gesellschaften waren berühmt dafür, daß man dort Menschen traf, mit denen man kein Wort wechseln konnte, weil sie in irgendeinem Fach zu bekannt waren, um mit ihnen über die letzten Neuigkeiten zu sprechen, während man den Namen des Wissensbezirks, in dem ihr Weltruhm lag, in vielen Fällen noch nie gehört hatte. Es gab da zum Beispiel Kenzinisten und Kanisisten, es konnte vorkommen, daß ein Grammatiker des Bo auf einen Partigenforscher, ein Tokontologe auf einen Quantentheoretiker stieß, abzusehen von den Vertretern neuer Richtungen in Kunst und Dichtung, die neben ihren arrivierten Fachgenossen dort verkehren durften. Im allgemeinen war dieser Verkehr so eingerichtet, daß alles durcheinander kam und sich harmonisch mischte; nur die jungen Geister hielt Diotima noch durch gesonderte Einladungen gewöhnlich abseits und seltene oder besondre Gäste verstand sie unauffällig zu bevorzugen und einzurahmen. Denn was das Haus Diotimas vor allen ähnlichen auszeichnete, war, wenn man so sagen dürfte, gerade das Laienelement; jenes Element der praktisch angewandten Ideen nämlich, das sich einst um den Kern der Gotteswissenschaften als ein Volk von gläubig Schaffenden verteilte, eigentlich als eine Gemeinschaft von lauter Laien-brüdern und -schwestern, kurz gesagt, das Element der Tat; und heute, wo die Gotteswissenschaften durch Nationalökonomie und Physik verdrängt waren und Diotimas Verzeichnis einzuladender Verweser des Geistes auf Erden mit der Zeit an den Catalogue of Scientific Papers der British Royal Society heranwuchs und mit Hilfe des deutschen Nachschlagewerks «Wer ist's?» überwacht werden mußte, bestanden die Laienbrüder und -schwestern dementsprechend aus Bankdirektoren, Technikern, Politikern, Ministerialräten und den Damen wie Herren der hohen und der ihr attachierten Gesellschaft. Besonders die Frauen ließ Diotima sich an-gelegen sein, und wie hätte sie auch anders können, wenn hochgestellte Frauen bei ihr verkehren sollten, sie trat, wo sie konnte, vor ihnen zurück, und wurde von ihnen dafür verhätschelt. Übrigens lud sie mit Absicht nur ‹Damen› ein und fast niemals ‹weibliche Intellektuelle›. «Das Leben ist heute viel zu sehr von Wissen belastet», pflegte sie zu sagen, «als daß wir auf die ‹ungebrochene Frau› verzichten dürften», und einmal erklärte sie es in vertrautem Kreis damit, daß nur die ungebrochene Frau noch jene Schicksalsmacht besitze, welche den Intellekt mit Seinskräften zu umschlingen vermöge, was dieser ihrer Ansicht nach zu seiner Erlösung offenbar sehr nötig hatte. Diese Auffassung von der umschlingenden Frau und der Kraft des Seins wurde ihr auch von dem männlichen jungen Adel, der bei ihr verkehrte, weil es als Gepflogenheit galt und Sektionschef Tuzzi nicht unbeliebt war, hoch angerechnet; denn das unzersplitterte Sein ist nun einmal etwas für den Adel, und im besonderen war das Haus Tuzzi, wo man sich paarweise in Gespräche vertiefen durfte ohne aufzufallen, für liebende Zusammenkünfte und lange Aussprachen, ohne daß Diotima das ahnte, noch viel beliebter als eine Kirche.

Se. Erlaucht Graf Leinsdorf umfaßte diese zwei in sich so vielfältigen Elemente, die sich bei Diotima mischten, wenn er nicht gerade die wahre Vornehmheit sagte, mit der Bezeichnung ‹Besitz und Bildung›, noch lieber verwandte er aber daran jene Vorstellung ‹Amt›, die in seinem Denken einen bevorzugten Platz einnahm. Er vertrat die Auffassung, daß jede Leistung – nicht nur die eines Beamten, sondern ebensogut die eines Fabrikarbeiters oder eines Konzertsängers – ein Amt darstelle. «Jeder Mensch», pflegte er zu sagen, «besitzt ein Amt im Staate, der Arbeiter, der Fürst, der Handwerker sind Beamte!»; es war dies ein Ausfluß seines stets und unter allen Umständen sachlichen Denkens, einer Unbedingtheit, die keine Protektion kannte, und demnach erfüllten in seinen Augen auch die Herrn und Damen der obersten Gesellschaft, indem sie mit den Erforschern der Boghazkoitexte oder der Plättchenfrage plauderten und sich die anwesenden Gattinen der Hochfinanz ansahen, ein wichtiges, wenn auch nicht genau zu umschreibendes Amt. Dieser Begriff Amt ersetzte ihm die seit dem Mittelalter abhanden gekommene religiöse Einheit des menschlichen Tuns.

Nicht ganz so einfach empfand Diotima ihre Aufgabe. Auch sie glaubte an ihren Salon, und letzten Endes entspringt alle solche gewaltsame Geselligkeit wie die bei ihr, wenn sie nicht ganz naiv und roh ist, dem Bedürfnis, eine menschliche Einheit vorzutäuschen, welche die so sehr verschiedenen menschlichen Betätigungen umfassen soll, und welche es nicht gibt. Diese Einheit nannte Diotima Kultur und gewöhnlich mit einem besonderen Zusatz die alte österreichische Kultur. Seit ihr Ehrgeiz durch Erweiterung zu Geist geworden war, hatte sie dieses Wort immer häufiger gebrauchen gelernt. Sie verstand darunter: Die schönen Bilder von Velasquez und Rubens, die in den Hofmuseen hingen. Die Tatsache, daß Beethoven sozusagen ein Österreicher war. Mozart, Haydn, den Stefansdom, das Burgtheater. Das von Traditionen schwere höfische Zeremoniell. Den ersten Bezirk, wo sich die elegantesten Kleider- und Wäschegeschäfte eines Fünfzigmillionenreiches zusammengedrängt hatten. Die diskrete Art hoher Beamter. Die Wiener Küche. Den Adel, der sich nächst dem englischen für den vornehmsten hielt, und seine alten Paläste. Den, manchmal von echter, meist von falscher Schöngeistigkeit durchsetzten Ton der Gesellschaft. Sie verstand auch die Tatsache darunter, daß sie hier die Vertraute eines Mannes wie Erlaucht Leinsdorf geworden war, ja vor allem verstand sie wohl ursprünglich darunter die Anerkennung, welche eine Frau von ihrem Verständnis für alte Kultur in der alten Gesellschaft einer alten und geschichtsreichen Stadt gefunden hatte. Viele dieser Tatsachen, welche sie unter alter österreichischer Kultur verstand, wie Haydn oder die Habsburger, waren einst freilich nur lästige Lernaufgaben für sie gewesen, und sie wußte auch nicht mehr sehr viel von ihnen; aber mitten zwischen ihnen sich leben zu wissen, war zu einem bezaubernden Reiz geworden, ebenso heroisch wie das hochsommerliche Summen der Bienen, die ja auch nicht stechen, wenn man sie nicht einzeln anfaßt.

Aber eines Tages faßte sie sie an, denn es blieb ihr gar nichts andres übrig, und da ging es ihr nun nicht anders als dem Grafen Leinsdorf mit seinen Bankverbindungen, man möchte noch so sehr wünschen, sie in Einheit mit der Seele zu bringen, es gelang nicht. Von Automobilen und Röntgenstrahlen mochte man noch sprechen, das löste Gefühle aus, aber mit einer neuen Maschinerie oder chemischen Erfindung war nichts mehr anzufangen – oder immer nur das gleiche, ein allgemeines Bewundern der menschlichen Erfindungsgabe, – und trotzdem besaßen ihre Erfinder besondren und sie voneinander unterscheidenden Ruhm, ja genau gesehen, zeigte sich, daß selbst das edel einfache Hellas, wenn man mit wirklichen Kennern sprach, sich in eine unüberblickbare Vielfältigkeit von gar nicht mehr zu vereinenden Teilbildern auflöste. Diotima erfuhr also dieses bekannte Leiden des modernen Menschen, und in trüben Stunden, wenn ihr die Idee eines Kultursalons entschwand, hatte sie dafür ein gleichfalls zeitbekanntes Wort in Gebrauch genommen: sie nannte diesen hinderlichen Zustand Zivilisation.

Zivilisation hieß nun alles Unbekannte, Bedrückende, das ihrem geistigen Wohl- und Einheitsgefühl entgegenstand. Zivilisation waren also technische Konstruktionen, die unverständlichen Kräfte elektrischer Bahnen, der drahtlosen Telegraphie oder von Flugzeugen, waren mathematische Formeln mit ihrer anmaßenden Zeichensprache, chemische Gleichungen und Namen, Nationalökonomie und experimentelle Forschung. Aber auch der Umstand, daß sie als bürgerliche Beamtensfrau sich in der adeligen Gesellschaft trotz ihrer geistigen Überlegenheit immer nur mit großer Vorsicht werde bewegen können, bewies ein Verhältnis von Geistesadel und gesellschaftlichem, wie es kein Kultur-, sondern nur ein Zivilisationszeitalter kennzeichnet. Zivilisation war demnach alles, was ihr Geist nicht beherrschen konnte. Aber vor allen Dingen war es ihr Mann.

Ein herausgerissenes Blatt.
[15. August 1926]

Sie hieß Leontine und war Liedersängerin in einem Variété; sie war groß, schlank und voll, aufreizend leblos, und er nannte sie Leona.
Sie war dem jungen Mann aufgefallen durch das feuchte Dunkel ihrer Augen, durch einen schmerzlich leidenschaftlichen Ausdruck ihres regelmäßigen, schönen, langen Gesichts und durch die sittlichen Lieder, welche sie an Stelle von unzüchtigen sang; denn alle diese altmodischen kleinen Gesänge hatten Liebe, Leid, Treue, Verlassenheit, Waldesrauschen und Forellenblinken zum Inhalt, und wenn dazwischen kleine sittliche Gewagtheiten unterliefen, so wirkten sie in solcher Umgebung merkwürdig schemenhaft. Leona stand groß und bis in die Knochen verlassen auf der kleinen Bühne und sang das mit der Stimme einer Hausfrau geduldig ins Publikum, was um so gespenstischer wirkte, als sie die tragischen und neckischen Gefühle des Herzens mit mühsam buchstabierten Gebärden unterstützte. Sie erinnerte ihn sofort an alte Photographien oder an schöne Frauen in verschollenen Jahrgängen deutscher Familienblätter, ja sie kam ihm ebenso künstlich und verschollen vor, wie diese, und während er sich in ihr Gesicht hineindachte, bemerkte er darin eine ganze Menge kleiner Züge, die gar nicht wirklich sein konnten und doch dieses Gesicht ausmachten. Es gibt natürlich zu allen Zeiten alle Arten von Antlitzen; aber je eines wird vom Zeitgeschmack emporgehoben und zu Glück und Schönheit gemacht, während alle anderen Gesichter sich dann diesem anzugleichen suchen, und selbst häßlichen gelingt das ungefähr, mit Hilfe von Frisur und Mode, und nur jenen zu seltsamen Erfolgen geborenen Gesichtern gelingt es niemals, in denen sich das königliche und vertriebene Schönheitsideal einer früheren Zeit ausprägt. Solche Gesichter wandern wie Leichen früherer Gelüste in der großen Wesenlosigkeit des Liebesbetriebs, und den Männern, die in die weite Langweile von Leontinens Gesang gafften und nicht wußten, wie ihnen geschah, bewegten ganz andre Gefühle die Nasenflügel als vor den kleinen frechen Chanteusen mit den Tangofrisuren. Da beschloß er, sie Leona zu nennen, und ihr Besitz erschien ihm mit einemmal begehrenswert wie der eines vom Kürschner ausgestopften großen Löwenfells. Nachdem aber ihre Bekanntschaft begonnen hatte, entwickelte Leona noch eine überraschende Eigenschaft: sie war nicht nur unzeitgemäß schön, sondern sie war auch unzeitgemäß gefräßig, denn das ist ein Laster, dessen große Ausbildungen heute nicht minder aus der Mode gekommen sind. Weiß Gott, woher sie es hatte; es war wohl die endlich befreite Sehnsucht, die sie als armes kleines Mädchen, das sich noch nicht zu helfen vermag, nach kostbaren Leckerbissen gelitten hatte; nun besaß es die Kraft eines Ideals, das endlich seinen Käfig zerbrochen hat. Ihr Vater war ein kleiner braver Mann gewesen, der sie schlug, so oft sie mit Verehrern ging; und das geschah zwar oft, aber warum, war nicht anders zu begreifen, als weil sie schon damals für ihr Leben gern in dem Vorgarten einer kleinen Konditorei saß und vornehm auf die Vorübergehenden blickend, in ihrem Eis löffelte. Denn daß sie unsinnlich gewesen sei, könnte man zwar nicht behaupten, aber sofern es erlaubt ist, wäre zu sagen, sie war wie in allem, so auch sinnlich unglaublich faul oder arbeitsscheu. In ihrem ausgedehnten Körper brauchte jeder Reiz solange, bis er das Gehirn erreichte, daß manchmal mitten am Tag ihre Augen ohne Grund zu zergehen begannen, während sie in der Nacht unbeweglich auf einen Punkt der Zimmerdecke gerichtet waren, als ob sie dort eine Fliege beobachteten. Auch begann sie manchmal mitten in voller Stille zu lachen, über einen Scherz, der ihr da erst

aufging, während sie ihn einige Tage zuvor ruhig angehört hatte, ohne ihn zu verstehen. Sie war deshalb in normalem Ruhestande auch durchaus anständig und die Unanständigkeiten, welche ihr Beruf von ihr verlangte, löste sie (darin übrigens gleich vielen Menschen) wie eine Schulaufgabe, bei der das brave Kind im Können entsprechend und im Fleiß sehr aufmerksam erhielt.

Auf welche Weise sie überhaupt zum Variété gekommen war, konnte er niemals aus ihr herausbringen. Anscheinend wußte sie es selbst nicht mehr genau. Sie erzählte, daß sie schon in der Volksschule – die sie gemeinsam mit Kindern aus vornehmen Bürgerhäusern besuchte – von ihrem Lehrer ausgezeichnet worden sei, weil sie die Töne immer richtig auswendig wußte, und schimpfte auf die «schlampigen Menscher» im Variété, welche an nichts als ans – denken (sie sprach dieses Wort groß langsam und dunkel aus) und keine Ehre haben. Es war anzunehmen, daß sie den Beruf einer Liedersängerin, wie sie ihn ausübte, für einen notwendigen Teil des Lebens hielt und alles Beiläufige, aber Große, was sie von Kunst und Künstlern je gehört oder gelesen hatte, damit verband, so daß es ihr durchaus richtig, erzieherisch und vornehm vorkommen mochte, wenn sie allabendlich auf eine kleine von Zigarrendunst umwölkte Bühne hinaustrat und Lieder vortrug, deren ergreifende Geltung sie für eine feststehende Sache hielt. Das Merkwürdige und Unaufgeklärte scheint es ja nur zu sein, daß es diese sentimentalen Liedersängerinnen mit dezentem Familienprogramm selbst in den unanständigsten kleinen Variétés gibt, woraus für Leona, die ihre Tätigkeit überaus natürlich fand, eine gewisse Überlegenheit über den Freund erwuchs, der sie nicht verstand.

Allerdings, falls man es Prostitution nennt, wenn eine Frau ihren Leib vermietet, so betrieb Leona Prostitution. Aber das ist wahrhaftig eine Angelegenheit, die von oben betrachtet anders aussieht als von unten gesehen, und wenn man die Kleinheit der Taggelder kennt, die in solchen Singhöllen gezahlt werden, und die Preise der Toiletten und die Höhe der Abzüge und Abstriche, so erscheint es nicht nur unvermeidlich, daß Leona daneben auf einen vorteilhaften Handel mit ihren Galanteriewaren bedacht war, sondern es imponiert als eine Einrichtung, welcher die Festigkeit von Berufsehren und Standesgesetzen durchaus nicht ganz gebricht. Denn bekanntlich hängt die soziale Bewertung solcher Mietsverhältnisse sehr von ihrer Dauer ab, und Leona hielt nach Möglichkeit darauf, nur achtbare Verhältnisse auf Engagementsdauer einzugehn. Es kam natürlich zuweilen auch anders vor, aber sie liebte es nicht, mit einer Abendbekanntschaft das Souper im Lokal einzunehmen und anschließend daran das kleine nebenan gelegene Hotel aufzusuchen, obgleich sie davon Prozente bekam und durch ihren Appetit ein großes Talent auf diesem Nebengebiet ihrer Tätigkeit gewesen wäre; sie verachtete Kolleginnen, welche das taten und nahm an solchen Vergnügungen solange teil, bis sie einen Kavalier gefunden hatte, der sie dessen enthob.

Denn was sie liebte war, in vornehmen Restaurants in vornehmer Haltung vor einer vornehmen Speisekarte zu sitzen. Sie begann dann damit, daß sie eine Viertelstunde lang von allen erreichbaren Speisen fast gleichzeitig aß, ohne zu reden, und erst wenn die vorläufige, schmerzende Leidenschaft, daß noch etwas Ungekostetes vorhanden sein könnte, gestillt war, lächelte sie, und es begann die Zeit, wo sie gleichzeitig sprach und aß. Das Mädchen benützte sie, um anregende Mengen von Getränken in sich hineinfließen zu lassen, stellte durch schwarzen Kaffee oder mit Sekt vermischtes Porterbier für eine Weile die Aufnahmsfähigkeit künstlich wieder her und reizte sich, indem Überraschungen hervorgesucht wurden, die sich bis dahin in der Speisekarte verborgen hatten. Gewöhnlich kam dann unvermittelt der dritte Teil, wo sie rot im Gesicht wurde, ihre Augen glänzten, und ihr Leib so voll vornehmer Sachen war, daß er kaum noch zusammenhielt. Dann war die Höhe ihres Daseins erreicht. Sie blickte träg strahlend um sich und sprach mit weggestrecktem Zeigefinger noch einmal die Namen der Kostbarkeiten aus, die sie verspeist hatte, und wenn sie dabei Polmone à la Torlogna sagte, streute sie es hin, wie ein anderer beiläufig erwähnt, daß er mit dem Fürsten gleichen Namens gesprochen habe. Es war der Ersatz für ein Leben, zu dem es ihr an Intelligenz und Willenskraft gebrach. Zuweilen ließ er sie zu sich kommen und steigerte ihre Schwäche zum Exzeß. In solchen Augenblicken erschien sie ihm wie ein Urwesen, das, ganz noch ohne Artikulation durch Verstand und Gefühl, die Herrlichkeit der Welt durch den Verdauungskanal in sich aufnimmt. Ihr Stolz schwoll mit dem Bauche. Ihre Schönheit war nur noch darüber gestülpt wie eine halb abgehängte Maske. Leuchtete schließlich nur noch wie Fetzen eines Regenbogens, die sich über den Dunst von Trunkenheit und Speisen wölbten. Schob sich zusammen und war dann mit einemmal eine Juno, eine Kaiserliche Schönheit, ähnelte der Herzogin, welche Scheffels Eckehard über die Schwelle des Klosters trug, der Ritterin mit dem Falken am Handschuh, der schon bei Lebzeiten sagenumwobenen Kaiserin Elisabeth mit dem schweren Kranz von Haaren, einem ganzen populären Olymp von vornehmen Frauen, welche der Sphäre des gemeinen Begehrens entrückt, knapp jenseits ihrer Reichweite in der fragwürdigen Rolle von weiblichen Idealen stehen geblieben sind, und nun durch Leona zu dieser Sphäre wieder in Beziehung gesetzt wurden. Wenn Leona aber schließlich ganz voll war und man das Äußerste befürchten mußte, so stieg ihr Ehrgeiz plötzlich mit einer gewaltsamen Anstrengung auf den letzten Höhepunkt, und sie sang. Sang mitten in seinen Räumen; zwischen seinen Büchern; Lieder einer bürgerlichen Dame.

Solche Abende mit Leona, in Abständen wiederholt, waren wie ein herausgerissenes Blatt, in dessen Betrachtung man versinkt. Ein aus dem Zusammenhang gerissenes Blatt, reich an grotesken Andeutungen und Beziehungen, aber mumifiziert, wie es alles aus dem Zusammenhang Gerissene wird, wenn es andauert. Voll jener Tyrannis des Stehenbleibenden, die nicht etwa bloß in Überdruß endet, sondern den unheimlichen Reiz lebender Bilder gewinnt, als hätte das Leben plötzlich ein Schlafmittel erhalten, und nun steht es da, steif, voll Verbindung in sich, aber doch ungeheuer sinnlos im ganzen, das unendlich Bewegliche zum Begrenzten eingeschrumpft, unheimlich wie ein Einfall, der sich eingenistet hat und ohne gewaltsame Anstrengung nicht mehr abzuschütteln ist.

Mondrausch
[16. April 1933]

Bald nach ihrer Hochzeit begann zwischen den gegen ihre Absicht verheirateten Verliebten die entscheidende Veränderung. Sie hatten sich etwas von der Gesellschaft zurückgezogen, was man an Jungvermählten begreiflich finden sollte, aber es war nicht etwa auf Grund eines Beschlusses, ja kaum mit Absicht geschehn, sondern eher in ungewissem Überdruß und Zögern. Sie gingen dafür in Theater oder Konzerte, wo sie keine Bekannten trafen, aßen in Gasthäusern, die ihnen fremd waren, oder ließen sich von einem Anschlag an einer Straßensäule bereden, Vergnügungsstätten zu besuchen, von denen sie sich etwas Unerwartetes versprachen; doch nahmen sie in dieser Zeit auch noch Einladungen zu Gesellschaften an, ohne daß etwas anderes als ihre Unbestimmtheit darüber entschieden hätte, ob sie annahmen oder ablehnten. Und grade bei einer solchen Gelegenheit geschah es, daß ihr Vorsatz, einander nicht in gewöhnlichem Sinne anzugehören, das leere Gepräge des Trotzes verlor und sich mit einem Inhalt füllte, der sie die bis dahin nur dumpf angedeutete Natur ihres Verhältnisses deutlicher ahnen ließ.

Sie hatten sich im letzten Augenblick entschlossen, bei Bekannten zu Tafel zu gehn, es war niemand zur Hilfe im Haus, der junge Gatte mußte seiner Frau beim Ankleiden Beistand leisten, sie hatten bereits ein Kleid gewählt, auf den Lehnen und Flächen des Zimmers lag der ganze Kriegsschmuck ausgebreitet, der Stück nach Stück von einer schönen Eroberin angelegt werden muß, und die junge Frau bückte sich soeben über ihren Fuß, mit der ganzen Aufmerksamkeit, die das Anziehen eines dünnen Seidenstrumpfes erfordert. Ihr Freund stand in ihrem Rücken. Er sah ihren Kopf, den Hals, die Schulter und diesen beinahe nackten, schon für fremde Menschen entblößten Rücken; der Körper bog sich über dem emporgezogenen Knie ein wenig zur Seite, und am Hals rundete die Spannung des Vorgangs drei Falten, die so schlank und lustig durch die klare Haut eilten wie drei Pfeile: die liebliche Körperlichkeit dieses Bilds hatte keinen geistigen Rahmen und wirkte darum so unmittelbar auf den Beobachter, daß dieser seine Haltung aufgab und, nicht ganz so bewußtlos wie ein Fahnentuch vom Wind entrollt wird, aber auch nicht mit bewußter Überlegung, auf den Fußspitzen näher schlich, ja, die Gebeugte mit übermütiger Wildheit überfallend, vorsichtig in einen dieser Pfeile biß, wobei sie sein Arm umschlang.

Die rechte Hand hatte ihr Knie umfaßt, und während sein linker Arm ihren Körper an seinen drückte, riß er sie auf federnden Beinsehnen mit sich in die Höhe. Die junge Frau schrie erschrocken auf. Bis hierher hatte sich alles so vertraulich und scherzhaft abgespielt wie vieles zuvor, und war es auch in den Farben der Liebe gestreift, so doch nur mit der eigentlich schüchternen Absicht, das ungewöhnliche wirkliche Gefüge des Geschehens hinter solchem Anstrich der Gewöhnlichkeit zu verbergen. Aber als die Schwebende ihre Überraschung überwand und sich nicht sowohl durch die Luft fliegen als vielmehr in dieser ruhen fühlte, von aller Schwere plötzlich entbunden und an ihrer Stelle von dem sanften Zwang der allmählich langsamer werdenden Bewegung gelenkt, bewirkte es einer jener inneren Zufälle, die niemand in seiner Macht hat, daß sie sich in diesem Zustand wundersam beruhigt, ja gleichsam endgültig aufgehoben empfand; mit einer unnachahmlichen Bewegung, die das Gleichgewicht ihres Körpers anders verteilte, streifte sie auch noch den letzten Seidenfaden von Zwang ab, wandte sich fallend ihrem Gatten zu und lag niedersinkend wie eine Wolke von Glück in seinen Armen.

Dieser trug sie, ihren Körper still an sich drückend, durch das dunkle Zimmer ans Fenster und stellte sie neben sich in das milde Licht des Abends, das ihr Gesicht wie mit Tränen überströmte. Trotz der Kraft, die alle diese Bewegungen erforderten, und des Zwanges, den er damit auf seine Gefährtin ausübte, kam ihnen beiden, was sie taten, so ungreifbar vor wie ein Bild, ergriff sie aber auch ebenso heftig, wie es Bilder tun können, wenn sie auf die rechte Verfassung wirken. Dazu war es scheinbar nicht nötig, daß ihnen etwas Besonderes in den Sinn gerate; der leibliche Vorgang füllte ihr Bewußtsein ganz mit sich aus, und trotzdem besaß er neben seiner Natur als harmloser, etwas derber, alle Muskeln bewegender Scherz eine merkwürdig gleichnisartige zweite Geltung als schattenhaft zartes, alle Muskeln lähmendes Glück, das sich unter seinem robusten Schutz verwirklicht hatte.

Sie schlangen die Arme einander um die Schultern. Der verwandte Wuchs der Körper teilte sich ihnen mit, als stiegen sie aus einer Wurzel auf. Sie sahen einander so neugierig in die Augen, als sähen sie dergleichen zum erstenmal. Und in diesem Augenblick zogen sie sich von fast allem weit zurück, was ihnen bis dahin vertraulich, wenn auch gleichgültig nahe gewesen war; doch hätten sie nur mit Mühe erklären können, was eigentlich vor sich gegangen sei, grade weil ihre Beteiligung daran viel zu inständig war, eine Übertreibung zu dulden.

Nüchtern geprüft, bedeutete es ein Nichts: auf einen scherzhaften Augenblick war plötzlich ein tiefes Versinken der Gefühle ineinander gefolgt, konnte sich aber im nächsten Augenblick wie im Verlauf der nächsten Stunden ebensogut wieder heben und auflösen. Trotzdem geschah das nicht. Sie hatten, als sie das Fenster verließen, Licht gemacht und ihre Tätigkeit wieder aufzunehmen versucht, ließen aber bald von ihr ab, und ohne daß sie sich darüber hätten verständigen müssen, ging der Gatte an den Fernsprecher und entschuldigte ihr Ausbleiben von der

Festlichkeit, wo sie erwartet wurden. Er hatte da schon den Frack an, das Kleid seiner Frau hing aber noch ungeschlossen an der Schulter herab, und sie bemühte sich soeben, ihrem Haar eine wohlgesittete Ordnung zu geben.

Der technische Beiklang seiner Stimme im Gerät und die Verbindung mit der Welt, die sich herstellte, hatten ihn nicht im geringsten ernüchtert; er setzte sich seiner Geliebten gegenüber, die in ihrer Beschäftigung einhielt, und nichts war, als sich ihre Blicke nach der von ihnen herbeigeführten halben Entscheidung zum erstenmal begegneten, so gewiß, als daß ihnen jedes Verbot gleichgültig war.

Trotzdem kam es anders. Die Gewißheit des Beschlusses tat sich ihnen mit jedem Atemzug kund und steigerte den Anblick ihrer reglos auf das Signal zur Empörung wartenden Körper so, daß sich die Vorstellungen der Verwirklichung fast von ihnen loszureißen schienen und sie in der unwiderstehlichen Einbildung vereinten, wie der Sturm einen Schaumschleier den Wellen voranpeitscht; aber eine noch größere Macht gebot ihnen Zurückhaltung, und sie vermochten sich nicht von der Stelle zu rühren. Mag man davon sagen, daß ihnen, den nicht Unerfahrenen und nicht Schüchternen, die Gebärden der Liebe mit einemmal unmöglich geworden waren, so ist das nur der erste Kreis der Worte; im zweiten fühlten sie eine unaussprechliche Warnung, als ständen sie im Begriff, wenn sie dem süßen natürlichen Verlangen nachgäben, das Gebot eines höheren Verlangens zu verletzen. Dieses konnte nur der schattenhafteren, aber vollkommeneren Vereinigung gelten, von der sie zuvor wie in einem schwärmerischen Gleichnis gekostet hatten, und als die beiden nach einem längeren Schweigen, das ihre Gefühle besänftigte, wieder zu einem ruhigen Sprechen übergegangen waren, eröffnete der eigensinnige Freund dem Angriff auf das Erlebte, indem er es in die Worte faßte: «Ein Gleichnis ist aber bloß soweit ein Gleichnis, als es unwahr ist; soweit es wahr ist, deutet es auf eine Wirklichkeit hin!» Und welche Wirklichkeit war das nun?

Verläßt man hier das Gespräch der beiden zu einem besonderen Schicksal Bestimmten und benutzt dessen Zeit, um eine Vergleichsmöglichkeit zu entwickeln, von der sie nun zum ersten Male Gebrauch machten, und natürlich nicht gleich in geradestem Fortgang, so kann man sagen: Am nächsten war diese Wirklichkeit vielleicht mit der so abenteuerlich veränderten in Mondnächten verwandt. Begreift man doch auch diese nicht, wenn man in ihr bloß eine Gelegenheit zu etwas Schwärmerei sieht, die bei Tag besser unterdrückt bleibt, muß sich vielmehr, wenn man das Richtige bemerken will, das ganz Unglaubliche vergegenwärtigen, daß sich auf einem Stück Erde wirklich alle Gefühle wie verzaubert ändern, sobald es aus der geschäftigen Leere des Tags in die empfindungsvolle Körperlichkeit der Nacht taucht! Nicht nur schmelzen die äußeren Verhältnisse dahin und bilden sich neu im flüsternden Beilager von Licht und Schatten, sondern auch die inneren rücken in einer neuen Weise zusammen: Das gesprochene Wort bedeutet nichts Festes mehr. Alle Versicherungen drücken nur ein einziges flutendes Erlebnis aus. Die Nacht schließt alle Widersprüche in ihre schimmernden Mutterarme, und an ihrer Brust ist kein Wort falsch und keines wahr, sondern jedes ist die unvergleichliche und einmalige Gestalt, die ein Mensch in einem Gedanken annimmt.

So hat jeder innere und jeder äußere Vorgang in Mondnächten die Natur des Unwiederholbaren. Er hat die des Gesteigerten. Er hat der uneigennützigen Freigebigkeit und Entäußerung. Jede Mitteilung ist eine neidlose Teilung. Jedes Geben ein Empfangen. Jede Empfängnis vielseitig verflochten in die Erregung der Nacht. So zu sein, ist der einzige Zugang zum Wissen dessen, was vor sich geht. Denn das Ich behält keine Verdichtung des Besitzes an sich selbst davon zurück, kaum eine Erinnerung, das gesteigerte Selbst strahlt in eine grenzenlose Selbstlosigkeit hinein, und diese Nächte sind voll des unsinnigen Gefühls, daß etwas geschehen müsse, wie es noch nie da war, ja wie es mit der verarmten Vernunft des Tages nicht einmal vorgestellt werden kann. Und nicht der Mund schwärmt, sondern der Körper vom Kopf bis zu den Füßen ist über dem Dunkel der Erde und unter dem Licht des Himmels in eine Erregung eingespannt, die zwischen zwei Gestirnen schwingt. Und das Flüstern mit den Gefährten ist voll einer ganz unbekannten Sinnlichkeit, die nicht die Sinnlichkeit einer Person ist, sondern die des Irdischen, des in die Empfindung Dringenden überhaupt, die plötzlich enthüllte Zärtlichkeit der Welt, die unaufhörlich alle unsere Sinne berührt und von unseren Sinnen berührt wird.

Nun war der Mann, der hier vor seiner jungen Frau stand, zwar nie ein Mondscheinschwärmer gewesen; aber wie man gewöhnlich das Leben ohne Gefühl hinunterschlingt, so hat man manchmal viel später seinen geisterhaft gewordenen Geschmack auf der Zunge, und derart fühlte er, so jung er auch selbst war, alles, was er damit versäumt hatte, alle achtlos und einsam verbrachten Nächte, ehe er seine Geliebte kannte, als silberübergossenes unendliches Gebüsch, als Mondflecken im Gras, als hangende Apfelbäume, singenden Frost und vergoldete Schwarzwässer. Es waren lauter Einzelheiten, die nicht zusammenhingen und nie beisammen gewesen waren, die sich nun aber wie der Duft vermengten, der aus vielerlei Kräutern eines berauschenden Getränks aufsteigt. Und als er ihr das sagte, fühlte sie es auch.

Er faßte es schließlich mit den Worten zusammen: «Alles, was uns vom ersten Tag an verbunden hat, könnte man auch eine Moral der Mondnächte nennen.» Aber sie sprach das andere aus: «Und in der heutigen Nacht hat sie uns getrennt.»

Sie seufzte so natürlich und vertraulich, daß sie es gar nicht wußte. Die gemeinsam erlebte Befriedung einer starken Erregung hinterläßt, auch wenn sie keine Befriedigung, sondern eine Störung und Unterbrechung war, die Vertrautheit des Erschöpftwordenseins; alles, was kurz auf sie folgt, geschieht als «schon zum zweitenmal»: So hätte beinahe auch der Gatte, als er sie seufzen hörte, seine Frau nun doch noch entzückt und gerührt umarmt, wie ein Liebhaber am Morgen nach den ersten Stürmen der Vereinigung. Seine Hand hatte sich schon ausgestreckt und berührte ihre entblößte Schulter. Die junge Frau lächelte. Er fühlte die Hingabe und die Verwahrung in diesem Ausdruck. So lächelt die Geliebte hinter Gittern, so mag sie, schon aus der Entfernung, lächeln, wenn die trennende Gewalt fremder Fäuste sie fortreißt. Er selbst war dabei der Trennende und der ohnmächtig Verabschiedete. Seine Frau blickte nun von ihm weg zum Fenster. Dann stand sie auf. Die Wärme der Liebe war in ihrem und seinem Körper, aber ihr Verlangen, im entscheidenden Augenblick von der Phantasie im Stich gelassen, wagte keine Wiederholung. Jenseits der Fenster, deren Vorhänge nicht zugezogen waren, befand sich das, was ihm die Einbildungskraft entführt hatte; sie sahen es beide, und vielleicht war schon ihr Gespräch davon bestimmt worden, ohne daß sie es wußten: während die Begehrte die ersten Schritte zum Fenster tat, löschte ihr Freund das Licht aus, um den Blick in die Nacht freizumachen. Der Mond war hinter den Fichtenwipfeln emporgekommen, deren grünglimmendes Schwarz sich schwerblütig von der goldblauen Höhe und der mehlstaubfein-silbernen Weite abhob. Unwillig musterte die junge Frau das tiefe kleine Stück Welt.

«Ist es nicht doch bloß Mondscheinromantik?» fragte sie.

Er sah sie, ohne zu antworten, an. Ihr blondes Haar wurde im Halbdunkel neben der weißlichen Nacht feurig, ihre Lippen waren von Schatten geöffnet, ihre Schönheit war schmerzlich und unwiderstehlich.

Wahrscheinlich stand aber auch er ähnlich vor ihr, mit blauen Augenhöhlen im weißen Gesicht, denn sie fuhr fort: «Weißt du, wie du aussiehst? Es mahnt zur Vorsicht: du siehst aus wie der Pierrot Lunaire!»

In dieser lyrischen Maske des mondeseinsamen Pierrots waren sich vor Zeiten unzählige junge unnütze Leute tragisch-kapriziös vorgekommen, kreidebleich gepudert bis auf die blutstropfenroten Lippen und von einer Kolombine verlassen, die sie niemals besessen hatten: die erregte junge Frau wollte damit ihrem Gatten unrecht tun und in ihrer Unruhe ihn versuchen. Aber er pflichtete ihr bereitwillig bei: «Von dieser milden und unwahren Ablehnung der Welt ist vielleicht sogar kein weiter Abstieg mehr zum ‹Lache Bajazzo›, das schon tausenden Spießbürgern den Rücken kalt vor innerster Zustimmung gemacht hat, wenn sie es singen hörten», sagte er gedämpft, und dann fügte er hinzu: «Dieser ganze Gefühlskreis ist also wahrhaftig verdächtig. Trotzdem siehst du in diesem Augenblick so aus, daß ich alles, was ich erlebt habe, dafür hingeben möchte!» Obwohl er das sagte, rührte sich kein Muskel aus der Erstarrung.

Die Freundin weinte beinahe vor Ärger und Unsicherheit und stieß leise hervor: «Wir sind doch bloß sentimental!»

Er entgegnete kalt und leise: «Sag' gleich gefühlsselig! Der Mondrausch ist zum Gefühlsseligen, das Gefühlsselige zum Sentimentalen entwürdigt worden. Aber anscheinend will niemand bemerken, daß er einfach eine Geistesstörung wäre, wenn sich nicht ein zweiter Geist des Lebens hinter ihm verbürge!» Diese Worte hatten endlich wieder etwas von dem unmittelbaren Drängen eines Abenteuers, und in die Augen kehrte der Wille zurück, kriegerisch, wie es der Sentimentalität durchaus fremd ist.

«Gute Nacht!» sagte die Eigensinnige unerwartet. Ihre Finger hatten haltsuchend mit der Schnur des Vorhangs gespielt und zogen diesen nun so heftig zu, daß das Bild der beiden mit ihren Gefühlen kämpfenden Menschen auf einen Schlag verschwand, und ehe ihr Schicksalsgefährte Licht zu machen vermochte, gelang es ihr, trotz der Dunkelheit, aus dem Zimmer zu finden.

Er ließ ihr Zeit, daß sie sich unverfolgt zur Ruhe begebe. Er ahnte, daß der Schlaf in dieser Nacht von wachsender Erwartung erfüllt sein werde.

ANHANG

ANMERKUNGEN

ABKÜRZUNGEN

REGISTER

Die Hinweise in den Anmerkungen beziehen sich verschiedentlich auf die Bände 1–9 der Taschenbuchausgabe mit den neu edierten Gesammelten Werken (s. auch Nachwort), die im Mai 1978 gleichzeitig in zwei Dünndruckbänden vorgelegt wurden. Band 1 dieser Dünndruck-Ausgabe vor drei Jahren entsprechen nun diese zwei neuen, unverändert durchpaginierten, Bände. In der Taschenbuch-Kassette, die Anfang 1981 in zweiter verbesserter und erweiterter Auflage erschien, ist «Der Mann ohne Eigenschaften» auf die Bände 1–5 verteilt: Bd. 1 (MoE I Kap. 1–80) S. 5–346; Bd. 2 (MoE I Kap. 81–123) S. 347–665; Bd. 3 (MoE II Kap. 1–38) S. 667–1041; Bd. 4 (Aus dem Nachlaß) S. 1043–1494; Bd. 5 (Aus dem Nachlaß Forts.) S. 1495–2036. Die weiteren Bände darin gliedern sich so: Bd. 6 «Prosa und Stücke»; Bd. 7 «Kleine Prosa, Aphorismen, Autobiographisches»; Bd. 8 «Essays und Reden»; Bd. 9 «Kritik».

ANMERKUNGEN

Zu MoE I (1930/31), MoE II, (1932/33)

Erstdruck: 1930/31 (MoE I Kap. 1–123), 1932/33 (MoE II Kap. 1–38). *Wiederdruck:* 1952 (*Neudruck:* 1960). Der Text wurde für diese Ausgabe neu durchgesehen. Nach den Nachdruck-Korrekturen noch verbliebene Druckfehler in den Ausgaben von 1952 und 1960 sind nun eliminiert. Abweichungen gegenüber der heutigen Schreibweise wurden nochmals geprüft.Die vielfach – auch durch Austriazismen bedingte – eigenwillige Diktion von RM wie seine oft unorthodoxe, indes meist zwingend logische Zeichensetzung sind durchweg konsequent respektiert (auch Unterschiede bei der Schreibung desselben Worts: z. B. überschwenglich neben überschwänglich, gespenstig neben gespenstisch). Änderungen, die RM in seinen Handexemplaren der beiden Bände von 1930/31, 1932/33 vermerkte oder als vorgesehen (Varianten) notierte, werden im folgenden jeweils entsprechend nachgewiesen. Hinweise auf womöglich erwägenswerte Korrekturen blieben, im Gegensatz zum ersten Wiederdruck wie Neudruck (1952, 1960), unberücksichtigt. Das betrifft vornehmlich verschiedene Konjunktiv-Korrekturen, die RM offensichtlich auch bereits bedacht hatte (s. dazu auch Gaetano Marcovaldi: TB II S. 522–24 / TBh 30 Anm. 283 b). Nachgewiesen sind ferner die Korrekturen von Druckfehlern in den Erstausgaben. Auch auf – bislang anscheinend unbemerkt, jedenfalls undiskutiert gebliebene – Irrtümer und Fehlschlüsse bei der Textkritik (WB), die – zudem vielfach inkonsequent und lückenhaft – nicht als zuverlässig angesehen werden kann, ist von Fall zu Fall verwiesen. Wo nicht ausdrücklich auf sie hingewiesen ist, ist die Richtigstellung mit dem Text selbst gegeben. Das gilt nicht zuletzt auch für Textänderungen bei der Ausgabe von 1952, die hernach das «Placet» der Textkritik fanden. Statt der – nicht selten – langen Kapitelüberschriften stehen hier lediglich Band und Kapitelnummer (I/1 usf.).

I/2 – *Korr.:* Reitkamel *(S. 13 – statt:* Reitkameel*)*

I/5 – *AV:* der könnte sich *(S. 20 – urspr.:* würde sich […] den Kopf einrennen.*);* die auf ihrem Gebiete führen *(S. 21 – urspr.:* die auf diesem Gebiete führten*);* wären […] gesprungen und hätten […] gefragt: *(ebd. – statt:* würden […] gesprungen sein und […] gefragt haben:*)*

I/12 – *AV:* die Dame *(S. 41 – urspr.:* jene*)*

I/13 – *AV:* Sollte *(S. 45 – urspr.:* Würde man […] analysieren*)*

I/16 – *eV (Zusatz?):* hat jeweils nur ein Kleid *(S. 59 – urspr.:* hat nur*)*

I/19 – *Korr.:* mein verehrter Freund, Graf Stallburg, hatte *(S. 79 – statt:* mein verehrter Freund, Graf Stallburg hatte*)*

I/21 – *AV:* könnte *[*müßte*]* aber vorzüglich sein?» *(S. 87 – statt:* würde*)*

I/25 – *Korr.*: die «partie honteuse» *(S. 105 – statt:* «patrie honteuse» *[*les parties honteuses (oder: naturelles) = die Geschlechtsteile *–WB:* o*])*

I/28 – *Korr.*: verwandt mit der Luft. Der *(S. 112 – statt:* Luft Der*); RM-Korr. [?]*: Er erinnerte an *(S. 113 – MoE 1952:* Er *[*Ulrich*]* erinnerte sich an *[WB für:* Es erinnerte*]*; «Er» bezieht sich vermutlich auf den Satz davor: einem Vorgang [...] beigewohnt zu haben *[*danach*:* «Er stand auf [...]» freilich irritiert*])*

I/33 – *Korr.*: Batist *(S. 126 – statt:* Battist*)*

I/35 – *Korr.*: Zusatz ‹wahr› *(S. 135 – statt:* «wahr»*)*

I/37 – *RM-Korr.*: wo immer er sich befinde *(S. 139 – urspr.:* befindet*)*

I/38 – *Korr.*: Dante Gabriel Rossetti-Stiche *(S. 142 – statt:* Rosetti*);* warum ich das tun mag;» fühlte *(S. 146 – statt:* mag» fühlte*);* diese letzte Zeit [...] dingvoller als die vorangegangene *(S. 147 – statt:* vorangegangenen *[WB:* o*])*

I/43 – *Korr.*: Ausdruck der geistigen Lage? *(S. 174 – statt:* Lage?» *[*Das Anfz. zu diesem Satz fehlt, 1952 wurde es dazugesetzt; der Satz ist aber insgesamt als indirekte Rede zu lesen *(WB* liest ihn als direkte Rede)*])*

I/47 – *Korr.*: in das Konversationslexikon *(S. 189 – statt:* in den*)*

I/52 – *Korr.*: von [...] Büchern, außer Memoirenwerken, nur *(S. 208 – statt:* von [...] Büchern, außer Memoirenwerken nur*);* gesagt habe,» der Chef *(S. 209 – statt:* gesagt habe» der Chef*)*

I/54 – Man kann nicht, nicht wissen wollen *(S. 214 – MoE 1952 [*wie do. *WB]* «korr.»: Man kann nicht nicht*); korr.:* «Sehr richtig» sagte Walter *(S. 217 – statt:* Sehr richtig,» sagte*);* Sie fühlte [...] vor den Augen und die Zeitung zwischen den Händen *(S. 218 – statt:* vor den Augen und Zeitung*);* Ulrich und Walter [...], die, von gelbem Licht bestrahlt, *(S. 219 – statt:* die von gelbem Licht [...],*)*

I/55 – *Korr.*: über Diotimas auszubessernde Wäsche gebeugt *(S. 220 – statt:* über Diotima [...] Wäsche*)*

I/57 – *Korr.*: Er kehrte [...], mit der Ledermappe im Arm, noch einmal [...] zurück *(S. 228 – statt:* im Arm noch einmal*)*

I/58 – *Korr.*: «[...] ohne daß er mir sagt: ‹Was wollen Sie [...] *[bis:]* keine großen Männer mehr!»› *(S. 232 – statt:* «[...] sagt: «Was [...] *[bis:]* Männer mehr!»*); AV:* Gedanken, die einander widersprechen konnten, [...] so auseinander zu halten, daß sie [...] nie zusammentrafen *(S. 234 – urspr.:* widersprachen [...] nicht zusammentrafen*)*

I/63 – *Korr.*: Mediceerkapelle *(S. 264 – statt:* Medizeerkapelle*)*

I/68 – *Korr.*: hinderte ihn nicht, sich [...] zu Hause zu fühlen *(S. 286 – statt:* sich [...] zu Hause fühlen*)*

I/78 – *Korr.*: allmählich *(S. 329 – statt:* allmählig*); RM-Korr.*: Horizonte, zum erstenmal überhaupt Horizonte, taten sich [...] auf *(ebd. – statt:* Horizonte, zum erstenmal überhaupt Horizonte taten sich*); korr.:* der größten Ausstrahlung ihres

Lebens, der Parallelaktion, gestanden *(S. 332 – statt:* ihres Lebens, der Parallelaktion gestanden*)*

I/80 – *eV:* «Ein [...] Mensch wie ich,» [...] «und hat es schon [...]» *(S. 346 – statt:* «und er hat es schon [...]»*)*

I/83 – Jouhoux, Höhenflugrekord *(S. 359):* nicht ermittelt*;* Ein Negerboxer [...] Johnson *(ebd.):* Jack J. (1878–1946), erster Farbiger (USA), der (1908–15) Weltmeister im Schwergewicht wurde, er verlor den Titel – in der 26. Runde – gegen J. Willard.

I/84 – *Korr.:* nur möglich in einem Leben, das *(S. 366 – statt:* nur möglich, in einem Leben, das*);* Kunst als eine Lebensverneinung, als einen Widerspruch zum Leben *(S. 367 – statt:* als eine Lebensverneinung als einen Widerspruch*)*

I/85 – *Korr.:* fehlt noch.» *(S. 371 – statt:* fehlt noch.*); AV (RM-Korr.?):* wäre [...] auf den Einfall gekommen *(S. 373 – urspr.:* würde [...] gekommen sein*);* wäre kein Würfel *(S. 377 – urspr.:* würde kein Würfel sein*);* wir könnten *(ebd. – urspr.:* wir würden [...] können*);* hinge *(S. 380 – urspr.:* hängen würde*)*

I/86 – *Korr.:* das bedeutete nichts, als daß *(S. 393 – statt:* als das*)*

I/89 – *eV:* Beziehungen im Kubus *(S. 403 – urspr.:* des Kubus*)*

I/91 – *Korr.:* Enkratiten *(S. 410 – statt:* Eukratiten*); aR: [s. S.]* 320 *(S. 412 zu:* Diotimas Klage über sein Schnarchen – *s.* Kap. 50 vorl. Abs. *[S. 201/02]); korr.:* sah [...] wie er, in gelangweilter Vertraulichkeit, vor sich hin *(ebd. – statt:* wie er, in gelangweilter Vertraulichkeit vor sich hin*);* würde [...] den Sektionschef auf die Schulter geklopft *[haben]* oder ihm [...] in die Haare gefahren sein *(S. 416 – statt:* würde [...] geklopft oder ihm [...] gefahren sein *[WB liest:* geklopft haben!*])*

I/93 – Beaupré, Braddock *(S. 422):* Tennisspieler dieser Namen ließen sich auf den internationalen Tennis-Ranglisten vor 1914 wie auch später nicht ermitteln (Informationen u. a.: «Tennis»-Redaktion, Bundesinstitut für Sportwissenschaften, Roderich Menzel)

I/97 – *Korr.:* vorgekommen *(S. 443 – statt:* vorgekomen*);* erinnerte *(S. 444 – statt:* erinner- *[abgebrochen])*

I/99 – *AV:* gleich gekräuseltem Rauch *(S. 457 – urspr.:* gleichsam wie gekräuselter Rauch*); RM-Korr.:* werden dürfe *(S. 459 – urspr.:* werden könne*)*

I/101 – *RM-Korr.:* Ansichten *(S. 473 – urspr.:* Aussichten*)*

I/102 – *Korr.:* Hans Sepp, den «Seelenführer» Gerdas, nicht *(S. 478 – statt:* Hans Sepp, den «Seelenführer» Gerdas nicht*);* Was ihn, den alten Liberalen, aber *(ebd. – statt:* Liberalen aber*);* das Ganze ist kein Ganzes mehr *(S. 484 – statt:* das ganze ist kein Ganzes mehr*)*

I/103 – *Korr.:* Alles, was Sie sagen, stimmt *(S. 492 – statt:* Alles was Sie*)*

I/107 – *Korr.:* Wisnieczky *(S. 516/17 – statt [*wie es wechselnd heißt*]:* Wisnietzky*)*

I/109 – *RM-Korr.:* und sein Glück, stiegen *(S. 524 – urspr.:* und sein Glück stiegen *[WB* ignoriert die Korr.; er verkennt – nicht nur hier –, daß RM mit seiner Interpunktion den Satz sinnverschärfend zusätzlich gliedert*]); *gebraucht *(S. 527 – urspr.:* braucht*)*

I/112 – *Korr.:* sagen werde: Geld *(S. 542 – statt:* werde: «Geld*);* Selbstlosigkeit *(S. 547 – statt:* Selbstlosigkit*)*

I/113 – *Korr.:* Ekstase *(S. 552 – statt:* Extase*);* gleich Fest-Stellen *(S. 556 – statt:* fest Stellen *[MoE 1952:* Feststellen*]);* denn Aug in Auge mit ihr wären *(S. 560 – statt:* Aug in Auge mit ihr, wären*);* jeder [...] Mann [...], nach dem unklaren Schmutzfink Hans, auch *(S. 562 – statt:* Schmutzfink Hans auch*);* überzeugt *(S. 562/63 – statt:* überzugt*)*

I/114 – *Lies:* in den Siebziger Jahren *(S. 563 – statt:* in den Siebzigerjahren*)*

I/116 – *Korr.:* ein wenig *(S. 583 – statt:* einwenig*);* Stephanskirche *(S. 584 – statt:* Stefanskirche*);* daß an allen Kreisen *(S. 591/92 – statt:* an an allen*)*

I/118 – *RM-Korr.:* haben konnte, und sie *(S. 609 – statt:* konnte und sie*); korr.:* ein Affekt, der so stark ist wie eine Sonnenverfinsterung, auch *(S. 610 – statt:* Sonnenverfinsterung auch*)*

I/120 – *Korr.:* 1 Zeile 2 Zeilen tiefer gesetzt *(S. 628 Z. 9ff. – WB:* kein Vermerk; er verweist indes, an anderer Stelle, völlig unmotiviert auf eine dort nicht gegebene Zeilenumstellung: I/116 S. 599*);* sagte im Ton moralischer Kränkung: «Sollen Sie *(S. 628 – statt:* Kränkung. «Sollen*);* ver-stehn.» *[=* verstehn.»*] (S. 629 – statt:* ver-schrien.*)*

I/121 – *Korr.:* Ich habe ‹die Aktienmajorität› gesagt *(S. 638 – statt:* Ich habe, ‹die Aktienmajorität›*)*

I/122 – *Korr.:* Galerie *(S. 648 – statt:* Gallerie*)*

I/123 – *AV:* verwunderte ihn fast *(S. 660 – urspr.:* und es machte fast einen wunderlichen Eindruck auf ihn*)*

II/2 – *Korr.:* daß du kämst *(S. 676 – statt:* daß zu*)*

II/4 – *Korr.:* einen Segen, ein Gesetz *(S. 699 – statt:* einen Segen ein Gesetz*)*

II/8 – *AV:* wie mein eigener Weg verläuft *(S. 721 – urspr.:* läuft*); RM-Korr.:* auf dem Schwarzgrün des Zimmers, mit den zarten Würfeln [...] darauf, und sich selbst, und *(S. 722 – urspr.:* Zimmers mit den [...] darauf und sich selbst und*); eV:* beschrieb Ulrich *(S. 723 – urspr.:* beschrieb das Ulrich*)*

II/11 – *Korr.:* was wir da reden» sagte er *(S. 750 – statt:* was wir da reden, sagte er*)*

II/12 – *Korr.:* aufs äußerste *(S. 753 – statt:* aufs äußerte*);* Karikatur *(S. 755 – statt:* Karrikatur*);* Entschluß, der, in Kürze gesagt, darin *(S. 758 – statt:* der in Kürze gesagt, darin*);* Touristengasthof *(ebd. – statt:* Turistengasthof*);* sie, die Siebenundzwanzigjährige, bis *(S. 760 – statt:* sie, die Siebenundzwanzigjährige bis*);* Ekstatiker *(S. 764 – statt:* Exstatiker*)*

II/14 – *Korr.:* erfuhr, daß Meingast da sei, und verstand. *(S. 781 – statt:* da sei und verstand.*);* jenes Unbeschreibliche [...], das *(S. 782 – statt:* daß*); RM-Korr.:* gewöhnlich flache Denker *(S. 783 – statt:* gewöhnliche*);* Ordnung *(S. 785 – statt:* Ordnun*); korr.:* ihrem Nachbarn *(S. 788 – statt:* Nachbar *[vgl.* II/32 S. 977: seinem Nachbarn*]); RM-Korr.:* eine [...] auf sie gemünzte Bedeutung *(S. 792 – statt:* auf die*)*

II/15 – *Korr.:* «Aber Uli,» erwiderte sie «denkst du *(S. 796 – statt:* erwiderte sie, «denkst du*);* Resonanz *(S. 801 – statt:* Resonnanz*)*

II/16 – *Korr.:* «Die beiden Behauptungen [...]» *(S. 804 – statt:* Die [...]»*); lies:* SM *[*Seine Majestät*] (S. 808:* Es Em*); korr.:* Clemenceau *(ebd. – statt:* Clémenceau*);* Libyen *(S. 809 – statt:* Lybien*);* Baron Ährenthal *(ebd.):* Alois Lexa Graf Ä. (1854–1912), seit 1906 österr. Außenminister (im Nachlaß liegt ein Titelblatt der NFP Wien vom 18. II. 1921 mit einer «Erinnerung» an Ä.)

II/17 – *Korr.:* Wisnieczky *(S. 812 – statt:* Wisnietzky*);* noch etwas [...], das *(S. 814 – statt:* daß*)*

II/19 – *Korr.:* nicht im Stich lassen ... *(S. 837 – statt:* lassen ...»*)*

II/21 – Satz des Novalis *(S. 857):* RM schreibt das sich anschließende Zitat, wie auch im Tagebuch *(s.* TB S. 137: «3. IV. *[*1905*]*»), fälschlich Novalis zu, er fand es bei Ricarda Huch («Blütezeit der Romantik») als ein Zitat Ludwig Tiecks («Geschichte des Herrn William Lovell» – s. auch TB II S. 81/82: TBh 11 Anm. 5*); korr.:* dessen Logik, soweit man *(ebd. – statt:* Logik soweit man*);* Wendung, die ihr noch bevorstand, nicht *(S. 859 – statt:* Wendung die*)*

II/23 – Zumindest *(S. 885 – WB:* Zu mindest *[*er übersieht den für den aus- gefallenen Trennungsstrich offenen Platz*]); korr.:* Nymphomanie *(S. 889 – statt:* Nyphomanie*)*

II/24 – *aR:* Schm MK I S 6 *[*Schmierblatt Meinung – Krisis I. Reihe S. 6*] (S. 894 zu Abs.:* «Ach, auf vielerlei Art. [...]» – Das bezieht sich auf diese vorl. «Schmier- blatt»-Notiz *[Hinweis hierher]:* «Nachlese: .. Bewußtseinsspaltung .. II 93/94 *[s.* MoE II Kap. 8 gegen Ende: S. 723/24*]* darf bei Reflexion auf Zustand nicht ignoriert werden / .. Stufe zu einer neuen Verantwortung: ... Leben einer ein- zelnen Person ist vielleicht nur eine kleine Schwankung um den wahrscheinlichsten Durchschnittswert einer Serie. U. ähnliches. II 369 *[s.* S. 894*]* Dazu: Nietzsche, Bd VII. S 35 (*[*Jenseits von Gut und Böse*]* Aphor. 22): Die Natur hat einen be- rechenbaren Verlauf, nicht weil Gesetze in ihr herrschen, sondern weil sie fehlen u. jede Macht in jedem Augenblick ihre letzte Konsequenz zieht.*); korr.:* von batistenem Rauch *(S. 898 – statt:* battistenem*)*

II/25 – *aR:* II R Fr 27 S 4 *(S. 902 zu Abs.:* Ulrich entgegnete [...] *Mitte* – s. S. 1873/74: Studienblätter [...] *[*Gott u ä.: der Hinweis bezieht sich auf die Exzerpte aus MoE II, speziell diese Seite – s. Anm. dazu*]); aR:* Vgl. S. 447/48 *(S. 905 zu Abs.:* Aber der Scherz [...] *Mitte* – s. MoE II Kap. 28 *[*S. 943/44*]); aR:* Vgl. 448 *(S. 908 zu Abs.:* Da meinst du gerade [...] *Ende* – s. do. S. 943/44: *Hinweis hierher [*Vgl. 391 = S. 908*]); RM-Korr.:* Geschwisterlein *(ebd. – statt:* Geschwister*)*

II/26 – *Korr.:* «Aber ich habe *(S. 921 – statt:* Aber ich*)*

II/27 – *Korr.:* überantwortete einem Teil von sich *(S. 930 – statt:* einen Teil*)*

II/28 – *aR:* Vgl. 391 *(S. 943 zu Abs.:* Vielleicht hatte er [...] *Mitte – s.* S.905
[vgl. Anm. zu: II/25*])*

II/29 – Der englische Schriftsteller Surway *(S.949/50):* Das hier diesem fiktiven
Autor zugeschriebene Zitat entnahm RM Georg Kerschensteiner («Wesen und
Wert des naturwissenschaftlichen Unterrichts»), dem Modell zu Hagauer, Agathes
Ehemann, als Auszüge aus einer Schrift des amerikan. Philosophen und Pädagogen
John Dewey (1859–1952) *[s.* auch TB II S. 382: TBh 21 Anm. 38*]*

II/30 – *Korr.:* beginnen. Was du *(S.956 – statt:* beginnen. «Was du*);* wir müssen
(S.959 – statt: müsen*)*

II/31 – *Korr.:* der Blick zu Handwerkern *(S.963 – statt:* Handwerken*); RM-Korr.:*
Aussichtspunkt *kursiv (S.965 – gesperrt* = kursiv zunächst *nur:* begraben*); korr.:*
Sehnsucht, die sie [...] empfand, und *(S.966 – statt:* empfand und*);* arbeiteten
sie *(S.968 – statt:* arbeitete*)*

II/32 – *Korr.:* «Aber warum denn?!» fragte *(S.973 – statt:* «Aber warum denn?!
fragte*); eV:* erwiderte Stumm. *(S.975 – statt:* erwiderte Stumm gemütlich.
[gemütlich: eingeklammert]); korr.: lanciert *(S.976 – statt:* lanziert*); eV:* der letzte
Absatz *(S.977)* ist *do.* mit Bleistift *eingeklammert.*

II/33 – *AV:* Eisenbahnhöfen *(S.978 – urspr.:* Eisenbahnen *[WB fälschlich:* Bahn-
höfen *(höf:* sehr flüchtig eingefügt; Eisen: versehentlich nicht getilgt*);* er erkennt
nicht, daß RM wohl nichts hatte streichen wollen*]); korr.:* mit [...] gedämpfter
Stimme *(S.982 – statt:* gedämpter*);* «Schön!» meinte der General *(S.985 – statt:*
«Schön! meinte*);* Manche saßen frei *(S.987 – statt:* Manche saßen sie frei*)*

II/34 – *Korr.:* todernst *(S.995 – statt:* toternst*)*

II/35 – *Korr.:* Litotes *(S.996 – statt:* Litothes*)*

II/36 – *Korr.:* Vor ihren Ideen, vor ihrem Ehrgeiz *(S.1003 – statt:* von ihrem
Ehrgeiz*);* Überzeugung...: *(S.1005 – statt:* Überzeugung...»:*); RM-Korr.:*
Antiintellektuellen *(S.1010 – urspr.:* Antiintellektualisten*)*

II/37 – *Korr.:* Teilnehmer *(S.1015 – statt:* Teilnemer*); RM-Korr.:* daß Sie zu spät
kommen!» *(S.1021 – urspr.:* daß sie*)*

II/38 – *Korr.:* meinte Ulrich. *(S.1030 – statt:* Ulrich*);* Agathe nannte *(S.1039 –
statt:* nante*)*

NACHTRÄGE

I/28 – *Korr.:* dachte Ulrich «aber es ist so.» *(S.113 – statt:* dachte Ulrich, «aber*)*

I/22 – *Korr.:* zu weit / zu wenig *(S.867 – statt:* zuweit / zuwenig*)*

WEITERE NACHTRÄGE
(zu Bd. I ab 26. Tausend August 1988)

I/46 – *Korr.:* die Seele wrang die Körper *(S.187 – statt ED 1930:* rang*)*

II/12 – *Korr.:* perspektivisch-konisch *(S.764 – statt ED 1932:* perspektivisch-
komisch*)*

Anmerkungen zum MoE-Nachlaßteil

Nach einer Reihe einzelner Masch.-Blätter, jeweils mit dem Stempel «Eingelangt / Weitergeleitet / Erledigt» und dazu gestempelten Daten, gab RM eine erste Fortsetzung (auch: Zwischenfortsetzung) zu Bd. II des MoE vom Winter 1932/33 vermutlich ab Oktober 1937 bis März 1938 in Druck: das erste dieser Blätter (Kap. 44 «Eine gewaltige Aussprache» Abs. 3–6), Eingang «6. Nov. 1937», ist Seite 610, das letzte (Kap. 58 «Ulrich und die zwei Welten des Gefühls» Abs. 1–2), Eingang, Weitergabe «10. März 1938», Seite 766 numeriert (dazu, von dritter Hand, für dieses Kapitel mit Rotstift: «Ms. S. 766–774», sowie, rot unterstrichen: «Orthographie und Satzzeichen genau nach Manuskript!!»). RM schloß somit nicht nur die Kapitelnummern, auch das Manuskript an Teil 1 des MoE II (606 Druckseiten) an; in seinen Aufzeichnungen, Notizen nannte er die Weiterführung des Romans dementsprechend MoE II₂. Der Bermann Fischer Verlag, der die Rechte an seinem «Gesamtwerk» (Prospekt) im Sommer 1937 übernommen hatte, kündigte sie noch in Wien – Mai 1938 ließ er sich in Stockholm nieder – voreilig, mit RM (Reichsmark)-Preisen, und irreführend als «Der Dritte Band des monumentalen Gegenwartsromanes Der Mann ohne Eigenschaften» («ca. 300 Seiten»), als schon «soeben» erschienen an. Es waren genau 20 Kapitel; sie fanden sich, bereits gesetzt, als Korrekturfahnen (1–130) beim Nachlaß: Kap. 39 («Nach der Begegnung») bis 58. Den ersten Hinweis auf diesen «seit Jahren» «schon in Fahnen gedruckten Fortsetzungsband» gab 1943, ein Jahr nach dem Tode ihres Mannes, MM in der kurzen «Vorbemerkung» zu der ersten Auswahl aus dem MoE-Nachlaß, den sie, wie Bermann Fischer in seiner den Gegebenheiten vorgreifenden Vorankündigung von 1938, auch, entgegen der ausdrücklichen Disposition des Autors, als «Dritter Band» deklarierte. Daß die Bezeichnung «Dritter Band» nicht der Intention von RM entsprach, ist auch durch einen damaligen Lehrling des seit 1936 in Wien ansässigen Verlages verbürgt, durch den heutigen Bibliothekar Walter Grossmann an der University of Massachusetts Boston («Ein Gedenkblatt für Musil» RMS 1970 S. 345–48). Es war indes verständlich, daß ein weiterer Band des Romans nach inzwischen mehr als zehn Jahren deutlich und möglichst suggestiv zu etikettieren war. Konsequent war es da auch nur, daß dieser vorgebliche «Dritte Band» einen neuen Anfang zu markieren hatte, daß er auf einer literarischen Szene, auf der der Name Musil so gut wie nicht mehr vorkam, nicht erst mit Kap. 39, wie auf den Korrekturfahnen, beginnen konnte, sondern wieder mit Kap. 1 einzusetzen hatte. Es kam aber noch eine schwerwiegende, lange nachwirkende Irritation hinzu. MM konnte – aus der unmittelbaren Erfahrung mit dem Weitergang der Arbeit vertraut – die 20 Druckfahnenkapitel (dies der mit der Zeit eingebürgerte Terminus) nicht isoliert sehen. RM hatte sie, wie sie mitteilte, «vor dem Erscheinen zurückgezogen», «weil er ihn [den Fortsetzungsband] umarbeiten und bis zum Schluß des Romans führen wollte.» Es läßt sich unschwer nachempfinden, daß RM zögerte, wieder nur ein weiteres Fragment des Fragments vorzulegen; der «Abbruch Rowohlt», sein Stichwort für die gewiß oder nicht zuletzt auch verlegerisch kalkulierte Zäsur von 1932, hatte ihm seitdem wieder und wieder zu schaffen gemacht, die damit nach rückwärts gesetzte Grenze blockierte die Möglichkeit einer Korrektur oder gar die einer Revision. Er sah sich mit dem Abschluß jedes Teilstücks, der durch Druck und Veröffentlichung definitiv geworden war, der Gesetzhaftigkeit einer vollzogenen Tatsache ausgeliefert, die er nicht als wirklich identisch mit dem Gesetz der Arbeit, sprich des Romans, akzeptieren konnte. Diese Problematik schien sich – so jedenfalls läßt es sich aus «U'[lrich]s. Nachwort, Schlusswort) vom Januar 1942 (s. S. 1943: Studienblätter [...] / Allgemeine Überlegungen) herauslesen – schon mit Bd. I von 1930/31 gestellt zu haben.

Der paradoxe Schluß daraus: der MoE war (zumindest auch) nicht vollendbar, weil sein Autor seine Teile zweimal vor der Zeit oder überhaupt als quasi vollendet aus der Hand gegeben hatte. Man könnte weiter folgern: RM sah 1938 die Gefahr einer Wiederholung dieser Situation. Die ihm noch verbleibenden vier Jahre galten – sieht man vom Tagebuch, von den Aphorismen ab – zu einem wesentlichen Teil der Überarbeitung (freilich auch der sich daraus ergebenden Weiterentwicklung) der Texte, die er seinem neuen Verlag nicht erst nur avisiert, die er ihm immerhin bereits zur Veröffentlichung übergeben hatte. Briefe bzw. nachgelassene Entwürfe zu Briefen an den Lektor des Bermann Fischer Verlags, an alte literarische Freunde (s. TBh 33 Anm. 65) belegen, daß RM an dem Plan zu diesem dritten Teildruck noch bis in den Sommer 1939 festhielt. Daß er sich nicht realisieren ließ, lag unzweifelhaft auch im Entscheidungsbereich des Verlegers, der in Stockholm, an seinem zweiten Exilplatz, die Bereitschaft zum Risiko gegenüber einem so schwierigen (eben immer noch unabgeschlossenen) Werk, gegenüber einem so schwierigen Autor offenbar reduzieren zu müssen meinte. Und RM wiederum – auch das belegen die Briefe bzw. Brief-Entwürfe aus jener Zeit – zeigte sich, bei allem Interesse an der, wenn auch vertagten, Verwirklichung des Wiener Projekts, bedenkenvoll, unschlüssig abwartend; er bangte um die am Sitz des Verlages in Wien von den Machthabern beschlagnahmten Bestände seines Werks, die schon eher imaginäre Basis seiner Existenz, fürchtete, die Publikation bei dem auch in Schweden prominenten Verlag könnte deren Freigabe, um die er noch zäh bemüht war, unwiderruflich in Frage stellen.

Es wäre wohl zu gewagt, davon auszugehen, daß eine andere (günstigere?) äußere Konstellation doch zu einem oder zu einem anderen Zwischenergebnis geführt hätte. Es hat sich – ohne auch nur den Ansatz zu einer distanznehmenden Überlegung – eingespielt, die Faktizität dessen, was MM 1943 feststellte, auch als Antwort auf gar nicht mehr zu stellende Fragen zu verstehen. So kam es am Ende zu der von ihr noch mit keinem Wort motivierten Legende, der Kapitel-Entwurf («Atemzüge eines Sommertags»), an dem RM noch am Vormittag des Tages, an dem er starb, arbeitete, sei als Dokument seiner letzten, und auch so zu respektierenden, Konzeption anzusehen: eine Interpretation, die zum Dogma einer – heute noch da und dort sektiererisch vertretenen – letztverbindlichen MoE-Ideologie werden sollte. Die These aber, das Werk von RM habe mit der Arbeit an diesem Entwurf noch am Todestag kulminiert, ist Ausdruck einer diesem Autor auch nicht entfernt angemessenen Romantik. Im übrigen, RM hinterließ mehrere Phasen gerade auch dieses Entwurfs, der abgebrochene letzte Entwurf ist in entscheidenden Teilen entsprechend mehrfach vorformuliert; es wäre verwegen, es ad infinitum unwidersprochen dabei zu lassen, Atmosphäre, Aussage, Gehalt dieses letzten Entwurfs seien ein Produkt der letzten Tage, Wochen oder sogar Stunden, dieses Autors letzte, äußerste Möglichkeit gewesen.

Die Irritation begann mit dem Hinweis von MM auf die, wie sie schrieb, umgearbeiteten «Kapitel 9–14» ausdrücklich als Teil des «seit Jahren» «schon in Fahnen gedruckten Fortsetzungsbands». Diese sechs Kapitel stehen aber nicht auf den 130 Korrekturfahnen der 1937/38 in Druck gegebenen Kapitel; es wäre darum auch nicht möglich, sie, als so ursprünglich darauf disponiert, zu numerieren. Die Entwürfe, denen MM – für ihren Auswahlband – die Nummern 9–14 gab, entwickelte RM im Zuge seiner Revision der Druckfahnenkapitel als Varianten zu zwei dieser Kapitel, die MM – aus ihrer Sicht – folgerichtig draußen ließ, die sie de facto eliminierte. Es sind die Kapitel «Wandel unter Menschen» und «Liebe macht blind. Oder Schwierigkeiten, wo sie nicht gesucht werden». RM schrieb eine neue Fassung von «Wandel unter Menschen», beide Kapitel waren Ausgangspunkt für die fünf weiteren Entwürfe «Liebe deinen Nächsten wie dich selbst», «Gespräche über Liebe», «Schwierigkeiten, wo sie nicht gesucht werden», «Es ist nicht einfach zu lieben», «Atemzüge eines Sommertags». Es waren nicht die einzigen Entwürfe, die im Anschluß an die gedachte «Zwischenfortsetzung» entstanden. Sechs weitere Entwürfe aus den letzten Jahren, drei zum Thema Genialität (eines davon um General Stumm), drei (recte: zwei) um Clarisse (auch eines davon plus Stumm), nahm MM ebenfalls schon in ihre Nachlaß-Sammlung auf.

Der Neu-Ausgabe des MoE 1952 mit Bd. I von 1930/31, Bd. II₁ von 1932/33 und einem um rund 50 Entwürfe erweiterten Nachlaßteil haben die Korrekturfahnen von 1938 nicht zugrunde gelegen. Sie waren damals noch nicht Teil des dem Hrgb. zugänglichen Nachlasses. Basis für den Versuch, den Nachlaßteil nach der ersten Kollektion von 1943 neu einzurichten, konnte darum allein die von MM getroffene Anordnung der, wie ihre «Vorbemerkung» zu verstehen war, in Druck gegebenen und wieder zurückgezogenen Fortsetzungskapitel sein. Das bedeutete, daß alle von ihr demgemäß kenntlich gemachten Entwürfe, auch die, die sich erst aus der Revision der Druckfahnenkapitel entwickelten, dazu zu rechnen waren. Den später so entschiedenen Kritikern der Nachlaß-Lösung von 1952, auch und insbesondere WB bei der Niederschrift seiner 1961 abgeschlossenen Dissertation, war das fraglos bekannt. Beim Nachlaß in Rom lag seit 1951 die über mehrere Seiten gehende Liste, auf der Blatt für Blatt die für die editorische Arbeit zeitweilig ausgeliehenen Originalmanuskripte registriert waren. Die Druckfahnenkapitel waren darauf noch nicht notiert. Der Hrgb. hörte erstmals von ihnen in den späteren fünfziger Jahren, sah sie aber erst wieder einige Jahre darauf. So wußte auch vor allem WB, auf Grund seiner intensiven jahrelangen Beschäftigung mit dem MoE-Nachlaß, daß dem Hrgb. beim Neudruck der den Roman unmittelbar fortsetzenden Kapitel nur der Rückgriff auf den Nachlaßband von 1943 möglich gewesen war. Selbst wenn sich ihm, aus welchem Grund immer, der Blick dafür versperrt haben sollte, es bedurfte keines Scharfsinns, um zu erkennen, daß die Neu-Ausgabe von 1952, von Fehlern bei der Textübernahme oder von Korrekturen vermuteter Transkriptionsfehler abgesehen, sich wortgetreu an den Nachdruck von 1943 bei all den Kapiteln hielt, die MM von den Korrekturfahnen übernommen hatte. Wortgetreu bis in die MM unterlaufenen Lesefehler. Diese unbezweifelbare Kenntnis der Ausgangslage hinderte WB nicht, Differenzen zwischen dem Druckfahnentext und dem betreffenden Text in der Edition von 1952 (mit dem Tadelsnotum «Fehlt Fᵃ» – Fᵃ: RM-Bleistiftkorrekturen) eben der «Ausgabe Frisés» zur Last zu legen und die in diesem Fall spezifische Textsituation zu ignorieren. Man mag sagen, es wäre schon Sache des Hrgbs. gewesen, selbst darauf zu verweisen. Da er aber die fraglichen Kapitel nur aus der MM-Ausgabe kannte, eine Alternative dazu nicht hatte sehen können, gab es für ihn gar nicht den Gedanken an eine womöglich gebotene Information. Die Folge war, daß auch 1952, wie 1943, das Bild des Fortsetzungsbandes undeutlich, ungenau und unvollständig blieb, daß es sich mit den Entwürfen, die sich erst aus der Weiterarbeit an den Druckfahnentexten ergaben, vermischte und verwischte. Diese Kapitel stehen hier nun erstmals als zusammenhängende und geschlossene Einheit, und zwar in der von RM selbst auf den Fahnen korrigierten Fassung. Ins Gewicht fallen die Korrekturen vornehmlich bei vier (52, 54, 55, 57) der fünf Kapitel zur Gefühlspsychologie. Aber auch zu den Kapiteln 47, 48, die MM als «Ältere Fassungen» völlig beiseite ließ, die sie aussparte, erwog RM relativ viele, freilich noch nicht eingreifende Änderungen. Die aus ihnen abgeleiteten sechs Entwürfe, die RM, gemäß den ersten acht Druckfahnenkapiteln (39–46), fortlaufend neu numerierte, schließen sich hier als eine besondere Textgruppe an. Sie liegen jeweils als, allerdings z.T. noch stark korrigierte, Reinschrift vor; sie wurden nicht abgeschrieben, d.h. es gab hierzu noch keine von RM geprüfte, geschweige schon für den Druck eingerichtete Abschrift. Auch wenn sie, was auch die Weiternumerierung 47–52 ausdrückt, den Platz der ursprünglich zwei Kapitel 47, 48 einnehmen sollten, sie sind nur ein weiterer Fortsetzungsversuch, nicht unmittelbar und ohne weiteres in das Fortsetzungskonzept von 1938 integrierbar. Das gilt auch für die teils parallel dazu entwickelten (sowie numerierten) drei Entwürfe zum Komplex Genialität, die weitere Kapitel-Variante «Das Pferdchen und der Reiter», den vorletzten von vier «Atemzüge [...]»-Entwürfen. In einer dritten Gruppe von Entwürfen, die den Fortsetzungsband weiterführen sollten und die entsprechend (59–63) weiternumeriert sind, sind auch bereits zwei der Vor-Entwürfe zu dem Kapitel «Atemzüge eines Sommertags»: dies wieder ein Indiz dafür, daß dieses, aus der Perspektive des Todestages, letzte Kapitel nicht etwa automatisch, wie MM es verstanden zu haben schien, in die bereits gedruckte Fortsetzungsserie projizierbar ist, daß RM es vielmehr zunächst als Teil einer weiteren Phase des Romans konzipierte. Experimente der Ein- und Anpassung, zu denen der Hrgb. selbst sich Anfang der fünfziger Jahre herausgefordert sah und herausfordern ließ, sind heute nicht mehr möglich. Vertretbar, legitim ist nur der Weg des Nebeneinander: der Weg der – situationsgerechten – offenen und offen zu haltenden Möglichkeiten.

Es stellte sich die Frage, wie die von RM in den letzten Lebensjahren nicht mehr oder noch nicht wieder aktivierten Projekte der Jahre 1930 bzw. 1932 bis 1937/38 sichtbar zu machen, zu dokumentieren seien, wie das Konvolut der zuletzt augenscheinlich abgedrängten, womöglich als nicht mehr brauchbar bewerteten oder gar unbequem gewordenen Entwürfe gemäß der ihnen einmal zugedachten Funktion, gemäß dem ihnen einmal zugemessenen Gewicht, Stellenwert auseinanderzubreiten, zu ordnen sei. Wo wäre der Punkt, an dem oder von dem aus sich entscheiden ließe, was noch Teil des Romans hatte werden sollen, noch hätte werden können? Der orthodox chronologische Weg hätte bedeutet – und er war anfänglich auch in der Diskussion –, den Komplex der späten Entwürfe, damit auch den schon gedruckten Fortsetzungsteil, gar nicht erst an die ersten 38 Kapitel des MoE II anzuschließen, sondern von dort in prinzipiengetreuer philologischer Konsequenz an den Anfang (an welchen Anfang?) zurückzuspringen und von dort aus die Genesis des Romans zu entwickeln. Eine Entscheidung, mit der eine geradlinige Entwicklung zu einem präzise ins Auge gefaßten Ziel vorauszusetzen wäre, und überdies eine Entscheidung, mit der der Weitergang der Arbeit in den letzten zehn Jahren weit weg, auf eine nicht mehr aufhebbare Distanz gerückt, die bis zuletzt lebendige, erregende, eben offene Entwicklung des Romans ineffektiv gemacht worden wäre. Es hätte geheißen, der Roman wurde vor der Zeit abrupt beendet, 1932 abgebrochen, was danach, was davor entstand, sind Überbleibsel, Trümmer, unverbindbare Brocken.

Mit der Entscheidung aber, die späten Entwürfe unmittelbar, unabgerückt anzuschließen, die der Jahre vor dem letzten Lebensabschnitt Phase um Phase, als organische Vorstufen, an sie heranzubringen, wäre der Sprung, von welchem Punkt immer, zurück an einen gedachten Anfang eine Art Gewaltakt; er wäre auch eine nicht mehr revidierbare Vorentscheidung, welchen Entwürfen, Überlegungen ein für allemal kein mehr aktivierbar gewesenes Potential zuzusprechen war, welchen noch. Überdies, es wäre die Entscheidung für zwei von Grund auf unterschiedliche, miteinander unvereinbare Wege. Konsequent konnte darum nur der Weg sein, die Entwicklung des Romans allmählich, Schritt um Schritt bis etwa Mitte der zwanziger Jahre zurückzuverfolgen. Bei dieser umgekehrten Chronologie bleiben auch die Breite der Aspekte zu diesem Roman, seine thematische Vielfalt, der Variationsreichtum der Handlung, die sich während der Weiterarbeit in den dreißiger Jahren mehr und mehr verengt zu haben schienen, bis zuletzt erkennbar.

Ein eigener großer, sich den Entwürfen anschließender Komplex ist eine breit gefaßte Auswahl aus dem frühen Notizenmaterial und den Studienblättern vorwiegend aus den Jahren seit 1930. Sie sind von einem angenommenen ersten Datum um 1921 bis zu «U'[lrich]s. Nachwort [...]» Anfang 1942, soweit möglich, in fünf Gruppen unterteilt, chronologisch geordnet. Am Schluß endlich stehen a) die schon vieldiskutierten, hier zum erstenmal mitgeteilten frühen oder besser die – außerhalb des Tagebuchs – eigentlich ersten Entwürfe vom Beginn und aus der ersten Hälfte der zwanziger Jahre: jeweils schon weitgehend geschlossene erzählerische Versuche mit den schon deutlichen Konturen des späteren Romans: die Entwürfe «Spion»,

«Der Spion», «Der Erlöser» (deren als literarisches Dokument unersetzliche Originale jeweils in einem Heft Spätsommer 1970 verlorengingen), b) sechs 1921–33 vorausveröffentlichte Kapitel-Entwürfe, die 1955 und später z. T. wiedergedruckt erschienen. Diese Entwürfe insgesamt vorweg aus den frühen zwanziger Jahren dokumentieren auch die Unhaltbarkeit von immer wieder ins Gespräch gebrachten Spekulationen, nach denen der MoE Ende der zwanziger Jahre plötzlich als ein von Grund auf neuer Roman konzipiert worden sei und demzufolge die vorangegangenen Entwürfe nicht wirklich als Vorstufe, was sie – bis ins einzelne nachweisbar – waren, sondern als wieder aufgegebene, de facto abgelegte eigene Romanprojekte zu verstehen seien.

Bei diesen Nachlaßtexten sind, wie auch bei den Prosa-Fragmenten (Bd. 7), bei den Essayistischen Fragmenten (Bd. 8), bei einigen Kritik-Entwürfen (Bd. 9) und wie bei diesem Neudruck des MoE I, des MoE II$_1$, die   von RM vermerkten Alternativ-Varianten (AV), von Fall zu Fall auch von ihm erwogene Varianten (eV) weitgehend berücksichtigt und in den Text hineingenommen worden. Das ist in den nachfolgenden Einzelanmerkungen wieder jeweils nachgewiesen. Da in der Diskussion über die MoE-Ausgabe von 1952 die «Studien» von WB eine z. T. bis heute zentrale Rolle spielen, ist in den Anmerkungen auch auf Irrtümer von WB, Fehlhinweise, Fehler sowie auf von ihm übersehene Fehler (WB: o) hingewiesen. Vereinzelt wird auch auf Dispositionen verwiesen, die Ernst Kaiser (EK) – er starb Anfang 1972 – im Zuge der für eine Neu-Ausgabe des MoE vorgesehenen und vereinbarten Co-Operation zusammen mit seiner Frau Eithne Kaiser-Wilkins (EW) – sie starb drei Jahre nach ihm – dem Hrgb. zur Verfügung gestellt hatte. Das betrifft aber nicht auch schon die auf den Korrekturfahnen vermerkten Varianten. MM hatte sie durchweg respektiert, sie eben auch – allerdings nicht ausnahmslos – in den Text hineingenommen. WB reagierte darauf – das gilt primär für die beiden von MM beiseite gelassenen, von ihm in seinen «Studien» erstmals vorgelegten Druckfahnenkapitel – unterschiedlich und widerspruchsvoll. EK wollte in jedem Fall auf den anfänglichen Text zurückgehen, hob entsprechend die von MM – nach den Vermerken ihres Mannes – vorgenommenen Textkorrekturen wieder auf; soweit, wie gesagt, hatte WB wohl nicht gehen wollen.

Bei den Hinweisen innerhalb eines Textes (Kapitel, Kapitel-Entwurf, Studie usf.) wird jeweils der betreffende Absatz bzw. Abschnitt vermerkt. Der Seitenverweis allein könnte den Ort (auch Zweck) einer Randnotiz (Textassoziation, Marginalie, Alternativ-Überlegung) vielfach nicht hinreichend genau und unmißverständlich erkennbar machen. Bei Quer- und Rückverweisen auf andere Texte in dieser Ausgabe ist indes stets die Seite angegeben.

Zwanzig «Druckfahnen»-Kapitel 1937/38

NACH DER BEGEGNUNG – *AV*: er fuhr darum [. . .] fort *(Abs. 6 – urspr.: also)*; die Frage der Ehesch ... *[Ehescheidung] (Abs. 7 – urspr.: Scheidung)*; die bloß noch nicht *(Abs. 8 – urspr.: die aber)*

DER TUGUT – *AV*: ein zuverlässiges Mittel *(Abs. 1 – urspr.: verläßliches)*; zum *[zum letzten] (ebd. – urspr.: ins letzte)*; durch *[durchgehaltene] (ebd. – urspr.: eingehaltene)*; auf welche Weise *[oder:]* eine Einteilung, durch die *[oder:]* durch welche Einteilung das Bad *(ebd. – statt: so daß das Bad)*; ein Zusammenhang bestehen soll, wenn man *(ebd. – statt: bestehen müsse, wenn wir)*; nützte er auch *(ebd. – statt: nützte er denn auch)*; so wirkt es doch *[oder:]* tut es das *(ebd. – statt: so trifft es dafür)*; weil sich *(Abs. 2 – urspr.: zumal wenn sich)*; a*lR*: Vgl. U*[lrich]*:

Gefühlsache usw. *[WB: Gefühlssache] (Abs. 9 Ende – s.* II Kap. 38 S. 1023 Z. 28, Kap. 57 S. 1194 Z. 25)

DIE GESCHWISTER AM NÄCHSTEN MORGEN – *AV:* in unfruchtbares Nachdenken *(Abs. 1 – urspr.:* starres*)*; In diesem Zustand voll lebendiger Hilflosigkeit sagte sie plötzlich (2·04 S 1) *(Abs. 2 – urspr.:* Es geschah darum bloß scheinbar unvermittelt, als sie mit einemmal sagte *[*2·04 = Ü₆ 2·04 = Überlegung 6 usf.: Chiffre für «Gartenkapitel», 1te Studie.» Zu Beginn heißt es: «Vorgesehener Titel: Versuche ein Scheusal zu lieben / Versuche am Gartengitter.» S. 1 *(arR)* notierte RM u. a.: «Ev: In diesem Zustand voll Leben u. Hilflosigkeit .. Es könnte auch heißen: In der ∼ lebendigen Hilflosigkeit, dem Bedürfnis dieser Stunde liegt es nahe an Selbstlose Teilnahme (Hilfe) zu denken.»*])*; Zu ihrer Überraschung entgegnete U.*[lrich]* sogleich ... Er sagte es ungelaunt u anzüglich Bei ihnen ... zurückgeblieben war. Er fand diesen Ärger verächtlich. Damit .. Ende. *[bzw.:]* /war unerachtet dessen, daß er ihn verächtlich finden sollte/ *(ebd. – urspr.:* Ulrich entgegnete: «Es gibt [...] *[bis:]* zu können.» Er war ungelaunt [...] *[bis:]* zurückgeblieben war, mochte er ihn auch verachten. Damit [...] *[bis:]* fürs erste zu Ende.*)*; Agathe| bereute ihre Bemerkung u. wußte nicht mehr, warum sie sie getan hatte. Sie seufzte u begann von neuem. Die .. *(Abs. 3 – urspr.:* Agathe seufzte auf und erklärte:*)*; Das mochte weit – sein; aber .. *(ebd. – urspr.:* Das schien weit hergeholt zu sein; aber*)*; und erfüllte darum *(ebd. – urspr.:* erfüllte nun*)*; und sich wieder *(ebd. – urspr.:* sich selbst*)*; gerade nur *(Abs. 5 – statt:* höchstens*)*; unbefangen *(Abs. 9 – statt [?]:* nun herausfordernd*)*; Gekränkt 2·04 S 1 *[oder:]* ∼ mit einem sonderbaren Nachdruck *[oder:]* vorwurfsvoll u unerwartet gekränkt *[oder:]* beinahe leidenschaftl. Nachdruck (Stärkerer Akzent Sch Korr III S 13) *(Abs. 13 – statt [?]:* Da fragte Agathe: «[...]?» *[*2·04 *(s. o.)*; auf S. 1 der «Gartenkapitel»-Studie heißt es im Text («Ausführlicher:») zur «Gesamtlinie:», auf den sich die o. a. Randnotiz bezieht: «In dieser Stimmung sprechen sie von der Möglichkeit an einem andern Menschen Anteil zu nehmen. Ag. ist geneigt, diese Fähigkeit Ld. zuzuschreiben. U. sagt: man kann nicht. Ag. sagt: Du kannst nicht. U. spricht von der Schwierigkeit u. Zweifelhaftigkeit des Hineinversetzens. Ag. ist gekränkt. Sie denkt: wenn es U. nicht errät, soll er es auch nicht erfahren, daß sie den fremden Mann ausgelacht hat; und außerdem hat sie ein erwartungsvolles Vorgefühl von Ld. Sie denkt: Schwierigkeiten bedeuten nichts, wenn einer bloß will! ?Es kränkt sie, daß U. nicht den guten u. lebhaften Willen Ld's. habe / Aus Reue beginnt sie aber dann U. an seinen Ausspruch zu erinnern, daß Liebe eine Art Traumzustand sei. U: Die Ironie meines Zustands ist, daß ich alles tue, um diesen Traum zu verscheuchen u. die Liebe zum Nächsten zu einer großartigen und unlösbaren Aufgabe zu machen! Es wäre natürlich, daß du davor den einen Esel Schulz suchst. / Ag. leugnet es. / U. sagt, es stünde nicht dafür, davon zu reden. / Und nun kommt von ihm die wärmere Formel: Solange man nicht alle Schmerzen wirklich miterleben kann, bleibt die Anteilnahme. Betrug u Selbstbetrug. Man muß sich eingestehn, daß die Welt so eingerichtet ist. Es ist unerträglich, ein Schreck. Ein Steckenbleiben. Mitgefühl ist ein Ersatz dafür, das Problem des Mitfühlens nicht zu spüren.» – Sch Korr III: Schmierblatt zur Korrektur III; auf S. 13 («Zur Korrektur, Runde II.») heißt es hierzu: «Ag hat die Fähigkeit *[,]* an einem anderen Menschen teilzunehmen, Ld. zugeschrieben. ←— Also, die tuts! U zw. in der Form des gesuchten Mitgefühls. Wie weit davon am Ende! Also dürfte *[Kap.]* 41 (F*[*ahne*]* 12 u 11 *[Hinweis hierher]*) einen stärkeren Akzent bekommen.»*])*; dieweil (-en) *[oder:]* – da *[oder:]* indem *[oder:]* mittlerweile *[oder:]* allermaßen *[oder:]* – alsdann *(letzter Abs. – statt:* Und nicht lange, so wurden*)*; alR: Nun war der Ärger nicht mehr verächtlich *(zu Abs. 5/6)*; arR: (? Und ich werde *[*fürchte, daß..*]* so fortfahren?) *(Abs. 15 – AV [?] zu:* halb unlösbare Aufgabe! *[s.* auch hierzu das Zitat aus der «Gartenkapitel»-Studie zu Abs. 13*])*

EINE GEWALTIGE AUSSPRACHE – *AV:* Zwang! *(Abs. 10 – statt:* Einflüsterungen*); [*mit ihren*]* leer u bittend erhob. *[*Händen*] (Abs. 13 – urspr.:* mit ihren bittend erhobenen leeren Händen*);* nackend dastehen *(Abs. 36 – urspr.:* nackt dastehend*);* verwahrte sich Lindner plötzlich *(Abs. 40 – urspr.:* heftig*);* in die zweideutige Lage *(viertl. Abs. – urspr.:* peinliche*); arR:* Erwartungsvolle Pause *(zu Abs. 2);* Lügen der Zeit? *(zu Abs. 5:* «Lügen freigeistiger Männer»*); alR:* ? Entsann sich plötzlich, daß sie ein Gegengewicht gegen U.*[*lrich*]* suche *(zu Abs. 8); arR:* man *[?]* die Abneigung gegen das gewöhnliche Leben *(zu Abs. 10);* Ag*[*athe*]:* Ich bin leider das Gegenteil von Wissenschaft! *(zu Abs. 13 Ende);* W *[=* Wissenschaft*] [*jeweils (6mal) zu: Wissen, Wissenschaft, unwissenschaftlich usf.*] (Abs. 13–15); alR:* Sie müssen zu Ihrem Mann zurückkehren! *(zu Abs. 25);* Ld. *[*Lindner*]* kann nicht wissen, warum sie von Gott spricht, es muß ihm bei den Haaren herbeigezogen erscheinen *(zu Abs. 27 Ende);* MM *1943:* der *heroischen Unterwerfung! (Abs. 28 Ende – statt:* heroischen Unterwerfung!*); alR:* nach seiner eigenen Überzeugung! *(zu Abs. 29 oben);* da fehlt Begründung! *(zu ebd. Mitte);* Zu direkt! *(zu Abs. 30);* Der Gedanke, daß Peter noch unter der Nachwirkung seiner Ermahnungen steht, schmeichelt ihm doch. Welche Breite! *(zu Abs. 31 etwa Mitte);* Zu direkt! *(zu ebd. etwa Ende); Zusatz:* Denken Sie an Gott? *(zu Abs. 35 Ende);* Ich werde in die Schule der Wirkl kommen! *(zu Abs. 38);* werde ich zu Ihnen kommen *(zu fünftl. Abs.);* bemerkt! (Handlungsfortschritt!) *(zu drittl. Abs. Ende);* gestrichelte Linie *(vor letztem Abs.) –* [Anm.-Ntr.: s. S. 2129*]*

BEGINN EINER REIHE WUNDERSAMER ERLEBNISSE – *eV:* ein noch größeres Verlangen *(Abs. 4 – urspr.:* eine noch größere Macht*); AV:* [«Du bist*]* vom *[*Mond –»*] (Abs. 6 – statt:* der Mond*); eV:* in ihren Körpern *(Abs. 15 – urspr.:* in ihrer beiden Körpern *[*beiden: *eingeklammert]);* Seligkeit des Gefühls *(viertl. Abs. – urspr.:* Gefühlsseligkeit*); alR:* Sch z Korr III S 17 *[WB:* S 7 !*] (neben dem Titel]* = Schmierblatt zur Korrektur III S. 17 (darauf heißt es, mit *Hinweis hierher:* «F*[*ahne*]* 30 (*[*Kap.*]* 45): Introduktion: Entweder: / Bald nach diesem Besuch wiederholte sich, was scheinbar unmöglich war, u das Geschehen, ohne daß etwas geschieht, diese widerspruchsvolle Wirkung des Gefühls, gewann fast eine Gestalt. / Oder: Bald . . . scheinbar wider die Natur war, u. das leibhaftig unmögliche Geschehen, ohne . . . Gestalt. / Bem: Da ist also der Auftakt / Geschehen, ohne daß etwas geschieht, u. seine Anders-Verwirklichung. (s. Glück ohne Bewegung, B. o Gl)»*); arR:* Korrigiere Gartenstuhlszene! *(zu Abs. 15 oben);* Hg *[*Hagauer*]?* Korr III Bem 8', f *(zu ebd.): s.* S. 1908 (Studienblätter [. . .*]* / Fragen [. . .*]* «Korr III. zu Band II₂ / Bemerkung 8' Hg. *[*Ziff.*]* f)» – *Hinweis hierher:* [Kap.*]* 45 F*[*ahne*]* 34*;* s. Délire *[*à deux*] (zu Abs. 15/16): vgl.* S. 1307 («6 .. / Atemzüge [. . .*]*», S. 1326 («61. / Atemzüge [. . .*]*»): «das Délire à deux, der Wahnsinn zu zweien» (Terminus auch in dem Exzerpt aus Scipio Sigheles «Le crime à deux» – s. Anm. zu Bd. 7: «Das verbrecherische Liebespaar»), sowie S. 1796 (C-Notizen [. . .*]*): C – 46*;* Pierro *(ebd.);* MM *1943:* Abs. 17, 18 = 1 Abs.

MONDSTRAHLEN BEI TAGE – *AV:* u auch noch durch längere folg. Zeit zwang es sie dazu *(Abs. 2 Ende – urspr.:* und auch durch lange folgende Zeit zwang sie diese dazu*);* es könnte sich! *(ebd. – statt:* es hätte sich*); eV:* das ist wohl das erste Geheimnis *(Abs. 3 Ende – urspr.:* das ist ja*);* von vielen *(Abs. 4 – zunächst:* oft *[*urspr., gestr.:* viel*]); Zusatz (Abs. 8):* zunächst *[*horchte zunächst erfreut*]; AV:* Gesicht *(Abs. 18 – statt:* Vision*); arR:* Tod: außer der Reihe *(ebd. – zu:* Anschein eines zarten Todes *[vgl. Abs. 9:* für das, was ganz aus der Reihe tritt*])*

WANDEL UNTER MENSCHEN – *AV:* bemerkenswerten *(Abs. 2 – urspr.:* denkwürdigen*);* war – gesunken *(ebd. – urspr.:* sank wieder [. . .*]* zurück*);* Enthaltung *(ebd. – urspr.:* Askese*);* Wie gesagt, U.*[*lrich*]* war . . . *(Abs. 3 – urspr.:*

Ulrich war der Meinung*); ;* sich mit Angelegenheiten die ihn nicht unmittelbar angingen *(ebd. – urspr.:* sich mit großen Angelegenheiten zu befassen *[großen: eingeklammert – alR:* Nein! Sowohl als auch*]); ;* wie ein im kleinen *(ebd. – urspr.:* wie im*); ;* zur Hingabe auch . . *(ebd. – statt:* wie er sich hingab, auch bereit*); ;* und erwartete oder erschuf sich *(Abs. 4 – urspr.:* und erwartete*); ;* u. von der neuen *[Welt],* in der sie sogleich Torheiten beging *(ebd. – statt [?]:* und die sich trotzdem rings um sie voll Kraft ankündigte.*); ;* oder Geringschätzung, wenn nicht gar Verachtung *(ebd. – urspr.:* oder Verachtung*); ;* Vielleicht – *(ebd. – urspr.:* Wahrscheinlich*); ;* arR *Zusatz Hinweiszeichen:* in Veränderung eines Sprichworts *(ebd. – WB:* o*); ;* arR *Zusatz:* dadurch mut. mut. *[mutatis mutandis] (ebd. – WB:* dadurch ⟨folgen zwei kaum lesbare Wörter⟩*); ;* eV*:* getrennt *(Abs. 5 – statt:* gemischt*); ;* in den auf die seltsame Nacht folgenden Tagen der Ton *(ebd. – urspr.:* in dieser Zwischenzeit auch der Ton*); ;* AV*:* der gewöhnlichen Lebensgestaltung *(ebd. – urspr.:* durchschnittlichen *[WB offensichtlich* falsch gelesen wie bezogen: *persönlichen (statt:* eigenen Abenteuers*)]; ;* eV*:* fragte sie lachend *(Abs. 12 – statt:* ungeduldig*); ;* AV*:* Die wahre L.*[iebe]* ist unabhängig *(Abs. 15 – urspr.:* «Es gibt eine Menschenliebe unabhängig*); ;* ∼ an ganz allgemeinen schönen Tagen *(Abs. 19 – statt: [daß es]* heute *[geradezu stört]); ;* möchte? *(ebd. – statt:* müßte?*); ;* Agathe brauchte ihren Blick *(Abs. 23 – urspr.:* ihre Augen*); ;* eV*:* hinüber ins – weise *(ebd. – urspr.:* ins Überirdische führt.*); ;* Wenn sie aber ihrem Blick wieder eine gewöhnliche Spannung *(ebd. – urspr.:* Wenn sie aber ihren Augen wieder Spannung*); ;* zuteil werden *(ließ) (ebd. – urspr.:* gab*); ;* von der Hand eines Kindes geschwenkt *(ebd. – urspr.:* gehalten*); ;* der zufrieden den Mist kehrt *(ebd. – urspr.:* der zwischen Fuhrwerken der Straße kehrte*); ;* eV*:* einfachste *(Abs. 24 – statt:* Die allerkürzeste Erklärung*);* Die *[. . .]* Erklärung von der man hört *[zuerst AV:* die Ag. gewählt hat*] (ebd. – urspr.:* Die *[. . .]* Erklärung aber ist die*); ;* AV*:* Allen diesen Unterstellungen war es nun gemeinsam *(ebd. – urspr.:* Alle diese Unterstellungen hatten es nun gemeinsam*); ;* worin der Mensch seine natürliche Unschuld durch geistigen Hochmut . . . *(ebd. – urspr.:* worin der Mensch die Unschuld eines Naturdaseins durch seinen geistigen Hochmut*); ;* Zusatz *Hinweiszeichen:* zu den entgegengesetzten Seiten *(ebd. – urspr.:* zu entgegengesetzten*); ;* AV *[Zusatz?]:* (mehr oder weniger etw. anderem) *(ebd. – statt:* ⟨plus oder minus⟩ etwas anderem*); ;* Als sie aber beide so gesprochen hatten, sah Ag*[athe]* ihren Bruder *[. . .] –* an Das wäre zu versicherte sie: . . . zu wenig gesagt *(Abs. 28 – urspr.:* Als sich aber Ulrichs Antwort über Gebühr verzögerte, sah ihn seine Schwester rasch von der Seite an und behauptete entschieden: «Das wäre zu wenig!»*); ;* wo sie es sagte *(Abs. 29 – urspr.:* wo sie das aussprach*); ;* *[Du]* solltest . . . *[überlassen] (ebd. – urspr.:* Du brauchst *[. . .]* zu überlassen*); ;* Der Gedanke ⟩Geheimsprache⟨ bewirkte, daß sich . . . entsann, es stehe geschrieben / Sie wußte nicht, wo *(Abs. 30 – urspr.:* Agathe entsann sich dunkel, daß geschrieben steht*); ;* eV*:* «Was, meinst du, *(Abs. 31 – urspr.:* «Was meinst du,*); ;* «Er dürfte uns *[. . .]* anschauen» *(Abs. 32 – urspr.:* möchte *[zuerst eV:* würde*;* sollte*]); ;* blickten sie zusammen *(Abs. 36 – statt:* mitsamt*); ;* AV*:* erwiderte empört *(viertl. Abs. – urspr.:* empörte sich*); ;* eV*:* «Um Himmels willen,» *(drittl. Abs. – statt:* Himmelswillen*); ;* arR*:* Gehört aber zum «wahrscheinlichen» Leben *(zu Abs. 3 oben);* ? Idee u Leben? *(zu ebd. Mitte);* Das ist auch eine H.*[ingabe]* u Z.*[urücknahme] (zu Abs. 5 etwa unten);* Wie liebt man sich selbst? Gar nicht. Oder ohne sich zu kennen. Also: . . . ohne . . . oder obschon . . . = unter allen Umständen. Aber vielleicht nur Zweifel – Schaden – Nutzregel – Schwung Aber was –? stimmt etwas nicht Die ganze Welt – alles . . . bis: Teil? / Offenbar Wolkenbruch Dammbruch = Spiegel der Erkenntnis *(zu Abs. 5–7);* Selbständige Frage! *(zu Abs. 31 oben);* Oder statt im Verhältnis zu einem in dem zu jedem. Und in einer Menge ist eine Art Verführung dazu vorhanden. *(zu ebd. Mitte);* Es ist die Frage: Sentimental – Geistesstörung – od. andere Welt? *(zu ebd.);* Ausgelassen R 487 *(zu Abs. 36*

Mitte): Reinschrift S. 487; s. F 53 *(zum drittl. Abs. Ende):* s. Fahne 53 = nächstes
Kap. «Liebe macht blind. [...]» Abs. 29 (S. 1109)

LIEBE MACHT BLIND. [...] – *AV:* das [...] gerne erlebte Geschehnis *(Abs. 1 –
urspr.:* gesehene*);* blickt und sich [...] verwundert, [...] gesehen zu haben *(Abs.
10 – urspr.:* blicken und sich [...] verwundern, daß sie [...] gesehen haben*);* «Oh
vielleicht ist das nur Männergeschwätz?!» versicherte ihm Agathe. *(Abs. 54 – urspr.:*
«Wenn aber in Umkehrung davon behauptet wird, daß die Wahrheit dem Gefühl
abträglich sei, so ist das doch nur Männergeschwätz?!» vergewisserte sich nun
Agathe.*);* die volle Liebe *(viertl. Abs. – urspr.:* die reine Liebe*); arR:* ? Nicht
die moderne «Ambivalenz» *(zu Abs. 8:* Manchmal [...]*]);* (Ev.*[*entuell*]* Ein Einwand. Und: à la Broch) *(zu Abs. 24 Ende – WB:* à la baisse 〈Das Wort baisse ist
nicht sicher zu entziffern〉*!);* (Ev.*[*entuell*]* Lust S 41 (Vor ∼ Jahren Eindruck
gemacht)) *(zu Abs. 27 [*zuerst: 28*] – WB:* Vor 10 Tagen Eindruck gemacht *[!]*
*[*WB zieht aus seinem Irrtum noch einige weitere falsche Schlüsse. Die Lektüre von
Gabriele d'Annunzios Roman «Il piacere» (dt. «Lust») registrierte RM bereits 1905 (s.
TB S. 156: «8. VII.» Abs. 2), April 1938, also x oder zahllose Jahre später, erinnert er
sich daran (s. TB S. 736: «13. IV 38.» usf.). WB möchte hier («Vor 10 Tagen» =
3. IV. 1938, drei Wochen nach dem «Anschluß») einen Hinweis auf die Datierung
der Korrekturfahnen, vielmehr für diesen Vermerk auf Fahne 52 sehen und folgert:
«Musil muß also wohl um diese Zeit die Korrekturfahnen bereits in Händen gehabt
haben.» Daran zu zweifeln wäre freilich nicht der mindeste Anlaß gewesen; nach
dem «Anschluß» Mitte März und die Einsetzung eines Kommissars beim Bermann
Fischer Verlag, der in Wien alsbald zu existieren aufhörte, hätte der Druck der
20 Fortsetzungskapitel im Auftrag eben dieses Verlags wohl kaum erst beginnen
können. Zum Seitenhinweis schließlich nimmt WB eine Verwechslung (14 statt 41)
an (s. dazu TBh 30 Anm. 375)*]);* s. F 49 *[*siehe Fahne 49*] (zu Abs. 29 Mitte – s.*
den Hinweis hierher «Wandel unter Menschen» drittl. Abs. S. 1104: s. F 53 *[*alR
notierte RM hier: «(derzeit ⨍)» = derzeit gestrichen: das betrifft den eingeklammerten Satz «Vielleicht [...] *[*bis:*]* Kindergesellschaft:»*]);* (Siehe über Liebe
wieder F 103 ff *(zum Kapitelschluß):* s. Kap. 55 «Fühlen und Verhalten. Die Unsicherheit des Gefühls» (S. 1171: «Die eigentümliche Weise [...]» usf.); *weitere
WB-Abweichungen:* weil Ulrich nichts arbeitete *(Abs. 15 – statt:* weil Ulrich anscheinend *[Zusatz Hinweiszeichen]* nichts arbeitete*);* als einem Freund oder Lehrer
(Abs. 16 – statt: oder einem Lehrer*);* ohne Schatten *(Abs. 17 – statt:* ohne den
Schatten*);* Ulrich war schon daran *(Abs. 18 – statt:* war schon nahe *[Zusatz Hin-
weiszeichen]* daran*);* in diesen zwei Sätzen *(Abs. 27 [*zuerst: 28*] – statt:* 2 Sätzen*);*
herumgetrieben *(Abs. 30 – statt:* umhergetrieben*);* des magisch religiösen Menschenfressens *(Abs. 9 vor Schluß – statt:* magisch-religiösen*)*

GENERAL VON STUMM LÄSST EINE BOMBE FALLEN. [...] – *RM-
Korr.:* Ein Soldat darf sich durch nichts ... Und so gelang ihm als dem einzigen
.. *(Abs. 1 Kap.-Anfang – Zuerst:* General Stumm von Bordwehr war der einzige
Mensch, der sich durch nichts abschrecken ließ und dem es schließlich gelang *[MM
1943,* so auch übernommen *MoE 1952:* Ein Soldat darf sich durch nichts abschrecken
lassen, und so gelang es General Stumm von Bordwehr als dem einzigen – *hier auch
(statt nur:* ihm*):* General Stumm von Bordwehr*]); arR (Hinweispfeil):* Welt-
friedenskongress *(S. 1117 unten: nach Abs. 29 – MM-Hinweis? [*Dies war auch die
Zäsur beim Vorabdruck der weitgehend hiermit übereinstimmenden Fassung in der
von Ernst Schönwiese hgg. Zeitschrift «das silberboot» Oktober 1935 als «zwei ab-
geschlossene Kapitel»: «General Stumm [...]», «Der Weltfriedenskongreß»*]); MM
1943:* Gesprächs *(Abs. 1 – statt:* Gespräches*);* einzudringen!» küßte *(ebd. – statt:* einzudringen!», küßte*); alR:* ? Die Erscheinung St's u die *// [* = Parallelaktion*],* mit den
Erlebnissen U's u Ag's. verbinden! *(zu Abs. 35 Anfang)*

AGATHE FINDET ULRICHS TAGEBUCH – *MM 1943:* Eintragungen, die
aussahen *(Abs. 13 – statt:* die nur aussahen *[WB:* wirr *(rr: nicht erkennbar) – RM
wollte offensichtlich ergänzen:* die aussahen, als wären sie nur zum Versuch gemacht*])*

GROSSE VERÄNDERUNGEN – *AV: könnte (Abs. 26 Ende – urspr.:* möchte*);
eV:* sei, woraus *[. . .]* folgte *(Abs. 27 – urspr.:* sei, und woraus*);* Er soll *[. . .]* unterstützt und sich *[. . .]* verständigt haben. *(Abs. 32 – urspr.:* Er soll *[. . .]* unterstützen
und sich verständigt haben.*);* daß alles Deutsche *[. . .]* ein Unglück ist *(Abs. 34 –
statt:* sei*)*

AGATHE STÖSST ZU IHREM MISSVERGNÜGEN *[. . .] – MM 1943:* *[. . .]*
Schmerz das *[*Gefühl*]* einer Hindernis des Lebens. *(Abschn. 3 Abs. 1 – statt:* eines
Hindernis *[*das zweite Schluß-s von RM rot unterstrichen – *womöglich:* Hindernisses?*]); korr.:* ‹chronische› *(Abschn. 4 – statt:* ‹chronische*)*

NAIVE BESCHREIBUNG, WIE SICH EIN GEFÜHL BILDET – *Weiterer Titel
zunächst: Vorgang und Zustand. Die Person. Außen'* und Innen*; MM 1943:* getrachtet, «wie *(Abs. 2 – statt:* getrachtet «wie *[WB:* o*]); Abschn. 2:* nur 2 Abs. *(statt:*
3 – *WB:* o*);* Sie sagt: ich bin zornig *(Abschn. 5 Abs. 1 – statt:* Ich bin zornig *[WB:*
o*]);* als eine Sinnesempfindung, scheint es mir *(ebd. Abs. 3 – statt:* Sinnesempfindung
scheint es *[WB:* o*]);* es verändert sich von innen und von außen; es verändert die
Welt *(Abschn. 6 Abs. 1 – statt:* es verändert sich von innen und von außen; es verändert mich von innen und von außen; es verändert die Welt *[WB:* o*])*

FÜHLEN UND VERHALTEN. *[. . .] – MM 1943: das innere* Handeln *(Abschn. 2
Abs. 1 – statt:* das innere *[WB:* o*]); Abschn. 2, 3 =* 1 Abschn. *(WB:* o*);* also auch
schließlich *(Abschn. 8 – statt:* also schließlich auch *[WB:* o*]);* und es ist wenig wahrscheinlich *(ebd. – statt:* auch ist es*);* es entstehen auch Mischungen; vornehmlich
entstehen *(Abschn. 19 Abs. 2 –* so auch Masch., *handschriftl.:* Mischungen, vornehmlich *[WB:* o*])*

DER TUGUT SINGT – *eV? Zusatz Hinweiszeichen: die* Bildung und Erziehung
des Sohnes Peter *(Abs. 3 – urspr.:* Erziehung Peters*); MM 1943:* Agathe hatte
über eine Stunde Verspätung. *(ebd. – statt:* Agathe die ihn schon einigemal besucht
hatte hatte über eine Stunde *[Zusatz Hinweiszeichen – WB:* o*]);* Er hatte eine Seele
gefunden, die er zu retten bemüht war, die den Eindruck hervorrief, sich ihm
anzuvertrauen, und die von verwirrendem Reichtum war *(Abs. 4 – statt [arR:* 2, 3, 1
umgestellt – WB: o*]:* eine Seele *[. . .],* die von verwirrendem Reichtum war, die er
zu retten bemüht war, und die den Eindruck hervorrief, sich ihm anzuvertrauen*);
eV:* Wesen sein muß. *(Abs. 5 – statt:* müsse.*); AV:* und während die Halbwissenden
(Abs. 6 – statt: und weil *[RM darunter:* / d. h. beides ist schlecht*/]); eV:* Trotzdem
ist es noch nicht gelungen *(ebd. – statt:* Doch ist es*);* in dem Augenblick, als
Lindner *(Abs. 10 – urspr.:* in dem Augenblick, wo*);* Entw: Er hatte sich von
solchen *[darüber:* Oder: ihren / Oder solchen fürchterlichen*]* Worten, die ihn
kränkten, ein für allemal die . . *(ebd. – statt:* Aber er hatte diesen «fürchterlichen
Ansichten», *[. . .]); AV:* Denn er hielt . . . *[*Agathe für ein edles Wesen,*]* wenn
auch . . *[*für eine «Evatochter»*] (ebd. – urspr.:* Er hielt Agathe für ein edles Wesen,
aber für eine*);* Er hatte den Eindruck, daß . . mache *(ebd. – statt:* Sie schien sich
eine *[. . .]* Vorstellung *[. . .]* zu machen*);* Er . . *(Abs. 12 – urspr.:* Lindner konnte*);
eV:* Agathes *(Abs. 14 – urspr.:* Agathens*); AV:* *[*Lindner*]* glaubte zu erkennen
(ebd. – urspr.: Lindner erkannte*); eV:* Fragen Agathes *(Abs. 17 – urspr.:* Agathens*);*
nach diesem Tag, da Lindner *(Abs. 18 – urspr.:* nach diesem Tag, wo*); AV:*
einer Zeit, in der *(ebd. – urspr.:* einer Zeit, wo*); eV:* Von der Stunde an, da *(Abs.
21 – urspr.:* Von der Stunde an, wo*); arR:* Pygmalion-Schwester! *(zu Abs. 4 oben);*

alR: Man könnte sagen: Lyrik ist der Geist des Bösen, sein Reduit s. F 110 *(zu Abs. 5 oben – s. Abs. 10 Ende Hinweis hierher:* s. Lyrik F 107*); Kein Gefühl haben = kein abgesondertes, keine Dünnmilch [?] (zu ebd. Ende); arR:* Solche Gedanken, wenn er auf Ag. wartete: das Verhältnis war ehrbar Belehrung *(zu Abs. 7 oben); Das Typische, das Menschliche! Im Gegensatz zum Unmenschlichen Ags! (zu ebd. etwas darunter); alR:* Ev. bei Peter erst *[?]* das seltsame Gefühl der Anwesenheit Ag's. *(zu Abs. 8 etwa Mitte);* recte: *[.?.] /*auf einer Frühstufe seiner Entwicklung/ *(zu Abs. 9 Mitte); auR:* Daß in der Liebe zu U. bedrückend ernst ist (s. Wandel usw) u daß sie sich hier erholt / aber F 111 *(zu Abs. 10 etwa Anfang [F 111: s.* Abs. 12–14*]); alR:* s. Lyrik F 107 *(zu ebd. gegen Ende – s.* Abs. 5 *Hinweis hierher:* s. F 110*);* Zentraler : Gott, Einheit der Moral udgl. *(zu Abs. 12 Ende);* Was heißt das!? *(zu Abs. 13 etwa Mitte);* Mögliche Teilung Vgl 112 *(zu Abs. 14 Anfang – s.* Abs. 15 *Ende:* Oder hier trennen statt 111 *[Hinweis hierher]);* Anders, kritischer u aktueller *(zu ebd. nach Mitte);* Wäre U. nicht ihr Bruder, ließe sie sich längst scheiden. Die andere Hemmung ist Test.*[ament] (zu Abs. 15 etwa Z. 10);* Warum man die Frommen von heute nicht fragen darf *(zu ebd. – Hinweis auf:* die Anmaßung, ihn nach der Sicherheit seiner Gottesgewißheit auszufragen*);* Oder hier trennen statt 111 *(zu ebd. Ende – s.* Abs. 14 *Hinweis hierher:* Mögliche Teilung Vgl 112*); arR:* ? In der Vergangenheit erzählen *(zu Abs. 16 oberes Drittel);* Ev: Ag – Ld. sprechen manchmal von Visionen S. das Cl*[arisse]*-Material aus Oesterreicher *(zu ebd. Mitte –* Gemeint ist hier wohl ohne Frage Konstantin Oesterreich, aus dessen Studien «Die religiöse Erfahrung als philosophisches Problem» sowie «Die Phänomenologie des Ich in ihren Grundproblemen» RM («Mpe. Emot*[ionales]* Denken») ausführlich exzerpierte (über dem mehrseitigen «Studienblatt zur Gefühls- u Ichpsychologie» steht, eingeklammert, do.: Osterreicher); s. auch das Exzerpt TB S. 180/81, dazu s. TBh 11 Anm. 247*);* dazu s. *aluR:* D i. auch Zeitalter des Kapitalismus u Liberalismus! *(zu Abs. 18 nach Mitte); alR:* Auch Ld. macht das gedanklich mit + den Vorbehalten des Katholizs. *(zu Abs. 19 etwa oben);* Da setzt historisch die Gegenströmung an: Fasch.*[ismus]* Nats. *[Nationalsozialismus]* usw s.u. *(zu ebd. nach Mitte);* Umso verdienstvoller! *(zu ebd. Ende);* = Regime! *[?] (zu Abs. 21 etwa oben);* Vgl den Wandel jeder Moral in Bd II. s. auch F 117 *(zu ebd. etwas tiefer – s.* Abs. 23 etwa Mitte *Hinweis hierher:* Vgl *[Pfeil nach oben]* das zweite Stadium u 116 Wandel jeder Moral*);* Für! *(zu ebd. unteres Drittel – Vgl.* S. 1634/35: den frühen Entwurf s₃+8 / «Für und in»); Ag. positiver mit ihrer Kritik! *(zu Abs. 22 nahezu Mitte);* Das zweite Stadium U's jeder Bewegung! *(zu ebd. unteres Drittel);* D. i. der übliche Vorwurf geg. U u Ag! *(zu ebd. – Hinweispfeil zu:* Agathe «eine ästhetische Natur»*);* Vgl. *[Pfeil nach oben]* das zweite Stadium u 116 Wandel jeder Moral *(zu Abs. 23 Mitte – s.* Abs. 21 etwa Mitte *Hinweis hierher:* Vgl den Wandel jeder Moral in Bd II. s. auch F 117*); arR:* u. die ungeheure Aktualität: Aktivität nagt*[?]! (zum vorl. Abs. – Hinweisstrich?);* Sis tu tuus […] *(Abs. 16):* s. Cusanus (Nikolaus von Kues), «De visione Dei» (1453) Kap. VII («Quis fructus facialis visionis et quomodo habebitur»): Der Ertrag der Antlitz-Schau und wie man ihn erlangt); der Satz heißt vorher: «Et cum sic in silentio contemplationis quiesco tu Domine intra praecordia mea respondes dicens: sis […]» («Und wenn ich so im Schweigen der Betrachtung verstumme, antwortest Du mir, Herr, tief in meinem Herzen und sagst: Sei du dein und ich werde dein sein.» – Übers. von Dietlind und Wilhelm Dupré, Herder Wien 1967). Der Mainzer Theologe Rudolf Haubst dazu an den Hrgb.: «Dieser Gedanke ist der deutschen Mystik vertraut, er kommt aber auch schon von Platon und Augustinus her. Die vorliegende Formulierung scheint von Cusanus selbst geprägt. Das gilt auch von der anschließenden Interpretation, die er in diesem ‹liber pius› gibt: ‹O Herr, du Wonne voll aller Süßigkeit, du hast es in meine Freiheit gelegt, daß ich mir selbst gehöre (ut sim mei ipsius), wenn ich es will. Gehöre ich mithin nicht mir selbst, bist (auch) du nicht mein. Sonst müßtest du ja die (meine) Freiheit zwingen (nötigen, necessitare) …, doch weil du dies in meine Freiheit gelegt hast, nötigst du mich nicht, sondern du erwartest, daß ich mein eigenes Sein erwähle.»»

DIE WIRKLICHKEIT UND DIE EKSTASE – *Zuerst:* Die Wirklichkeit und das Gefühl; *MM 1943: Abs. 5* = 2 Abs. *(WB:* o*); Dieses Hören- und Sehen-Vergehn (Abs. 6 – statt:* Dieses Hören-und-Sehn-Vergehn *[WB:* o*]; korr.:* und, kurz gesagt, zu *(Abs. 11 – statt:* und kurz gesagt, zu*); eV:* zu wenig *(letzter Abs. – statt:* zuwenig*)*

Sechs Kapitel-Entwürfe 1940 – 15. April 1942

WANDEL UNTER MENSCHEN – *Korr.:* so schön und fremd zugleich vorgekommen *(Abs. 2 – statt:* fremd zugleich, vorgekommen *[zuerst:* so schön, und so fremd zugleich,*]); MM 1943:* keine Verwicklung *(Abs. 4 – statt:* Verwickelung *[WB:* o*]); eV:* .. daß .. überhäufe. *(ebd. – urspr.:* daß sie [...] überhäufen könne.*); korr.:* aufs Geratewohl – *(Abs. 7 – statt:* aufs Geratewohl als erstes*); MM 1943:* Unzuverlässlichkeit *(ebd. – statt:* Unzuverlässigkeit *[WB:* o*]); lies:* welchen Wesens *(Abs. 14 – statt:* welches Wesens*); AV:* .. Erfüllung zu kommen, im andern eine fortschreitende und weltliche Bewegung zu finden, vielleicht .. *(vorl. Abs. Ende – urspr.:* Erfüllung, im andern zu fortschreitender und weltlicher Bewegung zu kommen, vielleicht*)*

LIEBE DEINEN NÄCHSTEN WIE DICH SELBST – *Titel zuerst:* Hingabe und Zurücknahme; *MM 1943: Abs. 3* = 2 Abs. *(WB:* o*); korr.:* wie uns selbst!›?» *(Abs. 21 – statt:* wie uns selbst!›? *[WB:* o*])*

GESPRÄCHE ÜBER LIEBE – *Korr.:* diese beiden jüngsten Wissenschaften schon mit *(Abs. 1 – statt:* Wissenschaften, schon*)*

SCHWIERIGKEITEN, WO SIE NICHT GESUCHT WERDEN – *MM 1943:* mit einem anderen Bart *(Abs. 13 – statt:* andern *[WB:* o*]); vor dem strengen Gefühl des richtenden Erkennens *(Abs. 17 – statt:* vor dem strengen Gestühl *[WB:* o!*])*

ES IST NICHT EINFACH, ZU LIEBEN – *MM 1943:* Es ist nicht einfach zu lieben *(s. Titel – WB:* o*); erweist sich, daß sie alle *(Abs. 3 – statt:* erweist sich daß sie alle*); Aber derweil *(ebd. – statt:* dieweil *[WB:* o*]); stäke *(Abs. 4 – statt:* stäcke*); korr.:* unzulänglichen *(ebd. Ende – statt:* unzuläglichen *[WB:* o*]); Man höre es an seinen *[Beispielen.] (Abs. 7):* bei RM heißt es, als Randkorr., nur «Man höre es an seinen», MM ergänzte 1943 «Beispielen.» Sie konnte sich dabei auf einen Satz in dem gestr. unmittelbar voranstehenden Entwurf zu diesem Absatz beziehen: «Aus allgemeinen Gründen muß man aber wohl annehmen, daß schon dieser Kern verschieden ist, mag auch erst das Ganze, ein Beispiel zu wählen, Liebe zu einem Freund oder zu einem Mädchen [...]» Nicht auszuschließen ist, daß «Beispielen.», in Bleistift, inzwischen verblaßte und unlesbar wurde; unter ihren Geschöpfen *(letzter Abs. – zweimal:* ihren*); AV:* Werkzeuge dazu *(ebd. – urspr.:* Werkzeuge der Liebe*); arR:* Ev. Korr. nach K III S 48: jedem Stümper ∼ auch F *(ebd. – s.* «Korr. III» «S. 48»: «Eine solche Frage zu stellen, mag überflüssig sein, dennoch bestätigt sie den ←? peinlichen /beschämenden/ verwunderten *[?]* unwarteten Eindruck, daß es weit weniger einfach sei *[AV:* .. den Eindruck, daß es Schwierigkeiten gibt, wo sie nicht gesucht werden, u. daß es weit ..*]* zu lieben, als die Natur glauben gemacht hat, als sie jedem Stümper das Werkzeug dazu anvertraute *[AV:* anvertrauen wollte; .. machen wollte, indem .. anvertraut hat.; .. damit glauben gemacht hat, daß –*]* – ∼ auch F» *[WB:* F⟨ahnen⟩*]* bezieht sich auf Druckfahne 56

= letzter Abs. von Kap. 48 «Liebe macht blind. Oder Schwierigkeiten, wo sie nicht gesucht werden»*) – [Anm.-Nachtrag:] *Korr.*: das, vom Garten her kommend, *(Abs. 1 – statt:* das vom Garten her kommend,*)*

ATEMZÜGE EINES SOMMERTAGS – *MM 1943:* «[...] will ich davon wissen!» – «Ich habe [...] von Liebe leer zugleich!» – Also *(Abs. 4 – statt:* «[...] wissen!» «Ich habe [...] zugleich!» Also *[Die* vermeintlichen Gedankenstriche sind dicke breite Tilgungsstriche; überdies müßte es danach auch heißen: «[...] von Liebe leer zugleich –!» Also *[WB dazu:* o*]]*); *korr.*: benutzte auch Ulrich, ohne [...] zu glauben, zuweilen *(Abs. 5 – statt:* Ulrich ohne*)*

Weitere Entwürfe 1939–41

ATEMZÜGE EINES SOMMERTAGS – Stark korr. vorletzter Entwurf (vor dem am Todestag abgebrochenen Reinschrift-Kap.-Entwurf) do. mit der Kap.-Nr. 52. Titel zunächst (gestr.): Die Taube am Dach und die Schlange im Gras weiß es (womöglich nach Matthäus 10, 16: «Seid klug wie die Schlangen und ohne Falsch wie die Tauben»); am Kopf links der MS-S. 2–4 heißt es entsprechend: (52. .. Taube .. Schlange . .), ist S. 2, 3 gestr., durch «Atemzüge ...» ersetzt (S. 4 ist ganz gestr.), ab S. 5 nur: (52. Atemzüge ..) Die beiden ersten Absätze sind wörtlich in die letzte Fassung übernommen, von Abs. 3 an beginnt der Text, auch die Gliederung zu differieren. Die Abweichungen im Reinschrift-Entwurf gegenüber diesem vorangehenden Entwurf sind in den ersten beiden Dritteln etwa noch relativ geringfügig; weit auseinander gehen die Texte erst mit den beiden letzten MS-Seiten der vorletzten Fassung (der Fragment gebliebene Schluß des letzten Reinschrift-Entwurfs ist völlig neu). WB hat – zum Vergleich – vier Ausschnitte aus dem vorletzten Entwurf («Studien [...]» S. 254–56, 261–66, 278–84, 285–90) in verkehrter (und verwirrender) Reihenfolge mitgeteilt: S. 8 (alt), 8 unten – 10 (Ende), 5 unten – 7 unten, 3 unten – 5 unten (S. 4 von RM gestr.). Aufschlußreicher aber sollte sein, den sich zum Teil überlagernden Text der vorletzten Fassung nicht nur als einen Entwurf im Übergang, sondern, soweit möglich, als eigene Einheit vorzustellen, wie es hier versucht ist. Anstelle der gestr. S. 4 freilich ist die neue S. 4 (Abs. 7–9) organisch angeschlossen.

eV: es in seinem Zusammenhang *(Abs. 3 – urspr.:* den Zusammenhang *[zuerst AV:* das alles in allem *[ferner AV:* dieses*] im Zusammenhang]*)*; bereitete sich darauf vor, einen Entschluß zu fassen .. *(ebd. – urspr.:* faßte einen Entschluß*); AV:* während sie, obwohl es doch die Zeit *[bei Korr.* versehentlich ausgelassen:*]* nicht mehr *[zuerst:* keine Zeit mehr*]* geben sollte, eins nach dem andern das empfand; *(Abs. 4 – urspr.:* während sie das nach und nach empfand, es keine Zeit und keinen Raum mehr geben sollte,*);* von etwas geduldig Erwartetem *(Abs. 5 – urspr.:* von etwas unmittelbar Erwartetem*); eV:* kam sie zu dem Entschluß *(ebd. – statt:* beschloß sie*);* mit solchen Zuständen *(ebd. – statt:* damit*);* dinglich faßbar *(ebd. – urspr.:* körperlich faßbar*);* mit der man (seine) Geschäfte besorgt *(ebd. – urspr.:* mit der man seine Geschäfte*);* der Möglichkeit berauben, wie ein Werkzeug gebraucht zu werden *(ebd. – statt:* aller Werkzeuge berauben, und der Möglichkeit, wie ein Werkzeug gebraucht zu werden*); AV:* Es kam ihr völlig vor *(Abs. 6 – urspr.:* beinahe*);* auszuführen *(ebd. – urspr.:* ausführbar*); eV:* bald erwies es sich nun als *(ebd. – statt:* erwies es sich als*);* mit größter Deutlichkeit rätselhaft *(ebd. – statt [?]:* von neuem rätselhaft*);* dadurch verwandelt sich *(Abs. 10 – statt:* durch ihn*); arR (ebd. – zu:* Deswegen *[Hinweiskreuz]):* recte: Auch in diesem Sinne Es ist nämlich nicht der, auf den U[lrich] zielt! Direkt weiter geht es erst T 7u *[*= Taube am Dach [...] S. 7 unten? Das entspräche hier Abs. 18 Ende; dort (S. 7 neu – auf zwei Blättern des Entwurfs ist die Seitenzahl 7 gestr.) steht *arR:* s. auch T$_a$ *[Seitenverweis? gestr. bzw. verwischt]*. Es sind vermutlich jeweils Randnotizen schon während der Arbeit an der letzten Fassung; eine der beiden Seiten mit gestr. 7 wie S. 7 des Reinschrift-Entwurfs sind z.T. identisch. Unmittelbarer Rückverweis (mit gleichem Hinweiskreuz) auf die «recte»-Notiz zu Ende Abs. 11 (MS-S. 6): s. statt dessen Vors.*[seite]]*; formlos eintönig *(Abs. 11)* bei *WB* («Studien [...]» S. 278): sinnlos eintönig *(vgl.* «Atemzüge»-Reinschrift S. 1237 = *MM-Transkription 1943:* formlos − *s.* auch das Bild*:* formlos eintönig, wie alles, was jedes Jahr auf die gleiche Art sich rundet [...]*)*; erwarten durfte *(Abs. 13)* bei *WB* (aaO S. 279)*:* dürfte *(*über «u» deutlich u-Bogen*); arR (zu ebd. Ende):* Während Ag. *[*athe*]* das Gegenteil tut: Übergang zu dem, was gemeint ist. s. u. Folgt: sie beide Oder 2 Arten Menschen *[*vgl. *eV* zu Abs. 21*]*; eine Idee und Regel *(Abs. 14* − *WB,* aaO S. 280: eine Idee und eine Regel*!); korr.:* fragte er *(Abs. 16* − *statt* versehentlich: fragte fragte er*);* die Abs. 17, 18 (MS-S. 7) *wiederholen sich z. T.* in dem sich anschließenden *Abs. 19* (do. MS-S. 7 mit gestr. Seitenzahl)*; korr.:* wachen Sinnes *(Abs. 17* − *versehentlich:* wachen Sinnes Sinnes*);* aus ganzem Leib *(ebd.* − *WB,* aaO S. 282: Leibe *[korr.,* nicht exakt lesbar, zuerst vermutlich: Leibe*]); AV:* Nicht ohne Grund *(Abs. 18* − *urspr.:* Nicht mit Unrecht*);* denn zweifellos *(ebd.* − *urspr.:* denn natürlich*);* das Leben *[?] (ebd.* − *statt:* die Welt*); arR:* s. auch T$_a$ *[* = Taube am Dach*?] (zu ebd. Ende* − s.o.*); AV[?]:* tiefwurzelnden / vieldeutig / undeutlich / Vgl. X$_{20}$ *(Abs. 19* − *statt[?] bzw. zu:* aus einem Naturtraum*[?]);* unmöglichen *[?]* geheimnisvollen -sinnig *[*geheimnissinnig*?]* naturfremd *(zu ebd.:* jenes Sinnbilds? Stimmung*?); AV:* solcher Leitvorstellung *(ebd.* − *urspr.:* dieser Leitvorstellung*);* oder «asiatisch» wäre *(Abs. 20* − *urspr.:* gestr., unterpunktiert, nicht mehr lesbar *[weitere AV:* ist*]);* in der Gewohnheit *(ebd.* − *urspr.:* in der Absicht*);* einem Erlebnis *(ebd.* − *urspr.:* ihrem Erlebnis*);* aufs tiefste erregte *(ebd.* − *zuerst* u.a.*:* so tief zutiefst beschäftigte das ihnen wichtig war*); eV:* mochte es auch immerhin wolkenwandlerischen Ursprungs sein *(ebd.* − *urspr.:* mochte auch der in Aussicht genommene Sinn, dem es eine Stütze bieten sollte, wolkenwandlerischen Ursprungs sein*); AV:* nach dem Vorbild *(Abs. 21* − *statt:* nach Art*); eV:* u. ebenso 2 Phasen ∼ oft im Leben desselben Menschen *(ebd.* − *zu diesem Zusatz [*mit Hinweiskreuz*] ist noch vermerkt:* ev.*[*entuell*] [WB:* od.⟨er⟩*]* nach: .. überwiegt *[*s. Abs.-Ende*]); arR* sowie unten *(zu Abs. 21, 22)* eine Vielzahl z.T. unübersichtlicher *Zusätze* bzw. *AV*-Vermerke; *AV:* den -glichen *[*vergängliche*]* Lebensleidenschaften *(Abs. 22* − *urspr.:* vergangenen*); arR:* vergangenen lebhaften Leid .. n. / den vergangenen unruhigen Leidenschaften des Lebens u / zw. den vergangenen Leidenschn. des Lebens / zw. den erlebten u vergangenen Leidn. / zw. den vergänglichen Leidn. *(zu ebd.);* Die eine Art, den ganzen Menschen betrachtet, ist die .. *(ebd.* − *WB:* den ganzen Menschen betreffend*[!] [*von ihm, trotz großen deutlichen Hinweiszeichens, nur im «Apparat» als «Zusatz am Rand» notiert; zwei andere ähnliche «Zusätze» im selben Abs. nahm er in den Text hinein*]); AV:* u trotzdem allzeit *(ebd.* − *urpr.:* u doch*);* ein leeres Verrauschen hört.? *(ebd.* − *WB,* ebd.*:* hört.*)* − *[*Anm.-Nachträge:*] WB:* Kreislauf gegeben: Agathe *(drittl. Abs.* − *statt:* gegeben; Agathe*);* ihres Landes oder Ihres Glaubens *(letzter Abs.* − *statt:* ihres Glaubens*)*

DAS PFERDCHEN UND DER REITER − Stark korr. Entwurf: *vgl.* «Liebe macht blind. Oder Schwierigkeiten, wo sie nicht gesucht werden» (Druckfahnen-Kap. 48 S. 1106: «Sie [...] blickten auf ein kleines Pferdchen aus Papiermasse, das zwischen ihnen in dem leeren Mittelfeld stand.», S. 1108: «In unmittelbarer Anknüpfung war aber bloß das kleine Pferdchen aus Papiermasse, das zwischen ihnen ganz allein in der Mitte des Tisches stand, schuld an ihrem Gespräch. [...]») sowie «Schwierigkeiten, wo sie nicht gesucht werden» (Reinschrift-Kap.-Entwurf 50*); AV:* ordentlichen *(Abs. 1 [*steht wie auch zwei weitere Korr.-Vermerke zwischen einer Reihe vertikal gestr. Randvermerke*]* − *statt:* ordnungswilligen*); eV[?]:*

ist auch die Liebe *(Abs. 5 – urspr.:* ist die Liebe*); arR: [gestr.:* Der Wortwechsel besagte (eigentlich) nur*]* = das Gefühl, das Prius seiner Ursachen. Das Gefühl nicht adäquat Das Gefühl der Wirkl. angemessen [...] *(zu ebd.); eV[?]:* sagt man das ja bloß *(Abs. 6 – urspr.:* sagt man das bloß*); AV:* er dachte als er darauf einging mehr *(Abs. 7 – urspr.:* er dachte dabei mehr*);* da sie sich als geistige Eifersucht bis an das Unerreichbarste erstreckte *(ebd. – urspr.:* und als geistige Eifersucht sich bis an das Unerreichbarste erstreckte*); eV:* denn die Leidenschaft einiger als eins zu sein .. leidet an dem was am unerreichbarsten ist, dem V. *[ergangenen]* u dem M. *[öglichen],* am eifersüchtigsten *(ebd. – statt:* ihre Leidenschaft, einiger als eins zu werden, die sie auf vielerlei Art beherrschte, da sie sich als geistige Eifersucht bis an das Unerreichbarste erstreckte, das Vergangene und das Mögliche*.); AV:* wie es Menschen sind, die einander auch geistig lieben *[zuerst:* u es sich nicht verzeihen können*]* konnten sie die Abhängigkeit eines Gefühls od. eines Gedankens von einem «Verführer» weniger verzeihen als eine körperliche *[zuerst:* Verirrung*]* Schwäche Aber wundert es sie denn? Ist es ein Kompliment? Oder ein Zweifel? s. *[iehe]* o. *[ben]* r. *[echts] [das bezieht sich auf die* rechts vom Titel beginnende (s.o.) *Folge von gestr. Randvermerken:* viel weniger verzeihen als die tolerable die fast unpersönlich ist u. die Abhängigkeit des *[zuerst:* Denkens*]* Urteils weniger leicht verzeihen als die *[zuerst:* Unart*]* Torheit [...] *(ebd. – do. statt:* als geistige Eifersucht [...] *usf.);* nachher *(ebd. – urspr.:* später*);* Darum fuhr U. *[lrich]* jetzt fort: u. von den Werken, die ein Beweis der L. *[iebe]* sind / Werken in denen sie sich geäußert hat u die nicht wegzuleugnen sind / Zeugnissen die sie abgelegt hat nicht mehr durch nichts aus der Welt zu schaffen sind / den Opfern u Aufmerksamkeiten *(Abs. 9 – statt:* «Und die Werke, in denen sie sich geäußert hat?» fragte Ulrich. [...]*); arR:* U *[lrich]s* Frage rührte sie plötzlich /∼ hatte er daran gedacht / Daß sie einander «nicht nur so lieben wollten» war das Hindernis. Die Frage, vielleicht nur im Gespräch gestellt, rührte sie, als käme sie aus der Tiefe. Dann. Überhaupt die Schwierigkeiten dieser Liebe! / Hat nebenbei den Sinn, daß die Liebe zw. U. *[lrich]* u Ag. *[athe]* wahrhaft, nach Verdienst u Lohn, sein soll Danach trachten sie; es gehört zum wesentlichen Leben. *(zu Abs. 10ff.); AV:* unheimlichen *(Abs. 12 – urspr.:* beunruhigenden*);* F 50° *(ebd.):* Druckfahne 50 oben = Kap. 48 («Liebe macht blind. Oder [...]») – *die Sätze,* auf die hier und im Folgenden jeweils hingewiesen ist, *sind,* eckig eingeklammert, *eingefügt; AV:* standen *[*aufgestanden*] (Abs. 12 – urspr.:* aufgesprungen*);* zweifelnd *(ebd. – urspr.:* abschwächend*); eV:* / Oder: U.*[lrich]* nahm nun wieder zu einer Frage seine Zuflucht: / *(Abs. 13 – urspr.:* Ulrich richtete eine Frage an sie:*); arR:* Vgl S 59, Bem *(do. zu Abs. 13) [* = Sch.*[*mierblatt*]* zu Korr.*[*ektur*]* III S. 59 (der Hinweis bezieht sich auf diese oben rechts eingerahmte Notiz: Wie U.*[*lrich*]* 54·1₂ [= S. 2 dieses Entwurfs*]* die Frage Liebe-Vorziehn-Kennen stellt, wäre die eigentliche Antwort :* F 58 *[* = Druckfahne 58, Kap. 49 «General von Stumm läßt eine Bombe fallen. [...]»*]*, Affekt u. Gegenstand! *[*s. S. 1115 unten: «der Affekt rückt sich den Gegenstand zurecht,wie er ihn braucht, [...]»*]* Dazu paßt *[?]* ev.*[*entuell*]* auch Spinat F 54 *[*s. Druckfahne 54 Kap. 48 «Liebe macht blind. Oder [...]» S. 1110: «Ist denn das Liebe?» unterbrach ihn wieder Agathe. ‹So kann man auch Spinat lieben!»*]* Wird hier bis: .. der Normale *[*s. Druckfahne 50 Kap. 48 S. 1106: «Die ganze Liebe wird überschätzt! Der Wahnsinnige [...] – : in der Liebe ist er der Normale!› sagte Ulrich und lachte.»*]* geführt.*)]; AV: [*Agathe*]* stockte einen Augenblick u sah ihn zögernd an; dann erwiderte sie Sie dachte an Ld. *[Lindner]* / U.*[lrich]* schien es zu erraten *(Abs. 14 – urspr.:* Agathe erwiderte *[AV zuerst:* .. zög.*[*ernd*]* an. Es war eine scholast.*[*ische*]* Frage, aber sie konnte auch aus der Tiefe kommen. Sie konnte den Sinn haben .. Da *[?]* lächelte sie. – Ld eingefallen*]);* Man könnte doch auch sagen: *[*man*]* liebt [...] *(ebd. – urspr.:* Man liebt nicht [...] *[AV ferner:* Viell.*[*eicht*]* war ihr Sinn Sie hätte auch den Sinn haben können ..*]);* U.*[lrich]* schien indessen doch ∼ scholastisch *(Abs. 17 – statt[?]:* Ulrich zeigte sich jetzt auf ein Ergebnis bedacht.*); so kommt es dabei *(ebd. – urspr.*: so kommt es dann*); [Auch Agathes]* Lächeln belebte sich wieder *(Abs. 20 – statt:* Auch Agathe sah ihn lächelnd an*); einige *Randvermerke gegen Schluß: nicht berücksichtigt –[* Anm.-Nachtrag:]* Vgl. S. 1252 Z. 1–3 mit S. 1105 Z. 35–37: beim Rückgriff auf diese Textstelle («wo Venus [...] und Apoll [...] blicken und sich [...] verwundern, daß sie [...] gesehen haben.») in dem Kap. «Die Liebe macht blind. [...]» war die Variante *arR* («blickt und sich [...] verwundert, [...] gesehen zu haben.») wohl noch nicht als vorgesehen vermerkt.

EINE AUF DAS BEDEUTENDE GERICHTETE GESINNUNG [...] – Sch.*[* mierblatt*]* zu Korr.*[* ektur*]* III S. 93 – S. 98. Hinweis darauf im TBh 35 (TB S. 1001) 8. XI. 1939: «Ich arbeite an Sch. zu Korr III 93 u 88·3$_{11}$/$_{12}$ *[* s. hierzu auch TBh 30 Anm. 657, TBh 35 Anm. 36*]*; besser gesagt, ich ‹stecke› dort.» Vier Tage danach, 12. XI., notierte RM: «Ich arbeite jetzt an Sch. z. Korr III, S. 88·3$_{13}$u$_{14}$. (Anfang der neuesten Umarbeitung von Wandel unter Menschen ff.)», und nach weiteren zwei Wochen («27. XI.») heißt es: «Mit der Arbeit bin ich bis 88·3$_{16}$u. gekommen, d.h. bis zum Ende des Entwurfs von 48., u. habe dann begonnen, es auszuarbeiten. Überlegung zum Aufbau der endgültigen Reinschrift: 88·3$_{17}$u$_{18}$. Deren Beginn S 93 u 94. [...]» Nächste Notiz 8. I. 1940: «(Ich bin im MoE. heute stecken geblieben: Sch zu Korr III S 103$_u$. *[* s. den sich anschließenden Kap.-Entwurf «49. Gn. v. Stumm über die Genialität»*]* und S 88·6$_1$. Ich suche den Faden ab 88·3$_{17}$ u. habe S. 88·3$_{20}$ die Bemerkung gefunden: ‹Letzten Endes ist das alles (die Gespräche über genial oder genialisch) = Geist/Politik. Noch allgemeiner der Geist u. die praktische Welt. [...])» WB verweist zur Datierung der Arbeit an diesen Kap.-Entwürfen lediglich auf die Eintragungen vom 27. XI. 1939 und 8. I. 1940. Die letzte Tagebuch-Notiz wieder einen Monat später (9. II.): «Gestern oder vorgestern bin ich [...] fast zu dem Beschluß gekommen, die Frage ›Genie‹ auch als Aufsatz zu behandeln, um eine feste Grundlage für den Schluß des Kapitels 49 u den ersten Teil von 50 *[* «Genialität als Frage»*]* zu gewinnen, gleichzeitig aber auch ein Pendant zum Dummheit-Aufsatz *[* s. Bd. 8: Rede «Über die Dummheit» Mitte März 1937 Anm.*]*.» Vgl. auch – zu der Folge der drei Kap.-Entwürfe zum Thema «Genialität» – die beiden Fassungen von «Wandel unter Menschen»: Druckfahnen-Kap. 47 (s. S. 1095ff.), Reinschrift-Kap.-Entwurf 47 (s. S. 1204ff.)

AV: behauptete er zu beneiden *(Abs. 2 – urspr.:* beneidete er*);* so *[* in der Verbindung*] (ebd. – statt:* wie*); arR:* Jetzt: wie stellt sie sich selbst dazu? *(zu ebd. Satz 3:* Nur Agathe [...]*]); ⟩* Ob er ihr .. verzeihen könnte .. fragte sie sich *(zu ebd. Satz 4:* Er verzieh ihr *[* diese Unberechenbarkeit*] [...] – üdZ:* ∿ erotisiert (wie im Rausch)*);?* Sie wußte, daß er neben sich .. *(zu ebd.:* Er spürte neben sich [...]*]); Ev* auf alle 3 *(zu ebd. Mitte);* Später! *(zu ebd. geg. Ende); nicht mehr lesbar:* weitere Variante im Text *(Abs. 2); eV:* / ? voreiliger? Vgl. Dud. Gram̄. S 204, b) u S 77, Anm. 1: deren ist eine erweiterte Form von der, u. da dies stark, muß voreilig schwach gebogen werden? / Also n ! / Das wäre aber: der voreil. Heftigkeit deren. Also doch: deren voreiliger .. ?/ *(Abs. 9 – urspr.:* deren voreiligen / kindlichen / Heftigkeit); glaube *(Abs. 10):* unterpunktiert *(zuerst, gestr.:* finde*); arR (zu Abs. 21 oben* Goethe-Zitat: «Ihre genialische Ruhe [...]»*):* = 34/95: (nebenbei gekommen *[?]*, Stelle hat andere Absicht. = Geist u. zw. gealterter Geist) Gehört zu 88·4$_3$ Rd. *[* Das bezieht sich auf TBh 34 Hs 95 = TB S. 909 (Exzerpt aus einem Aufsatz von Friedrich Georg Jünger): «Goethe ist: Der Geist gehört vorzüglich dem Alter od. einer alternden Weltepoche. [...]»*]* Auf S. 88·4$_3$ stehen sieben jeweils eingerahmte Randvermerke; ein Bezug indes ließ sich nicht erkennen*]; korr.:* ansehnliches *(ebd. – statt:* ansehliches*)*

GN. V. STUMM ÜBER DIE GENIALITÄT – Sch.*[mierblatt]* zu Korr.*[ektur]*
III. S. 99 – S. 107; weiterer *(gestr.)* Titel: Fortschreitende Bekehrung der Geschwister;
lies *[?]*: an einen [...] Punkt gestellt *(Abs. 9); AV:* vorgefallen *(Abs. 17 – urspr.:*
passiert); eV: *[Ulrich]* mußte lächeln *(Abs. 18 – urspr.:* Ulrich bejahte es); ‹Vom
Sophokles zum Feuermaul› *(Abs. 19): vgl.* TB S. 760 («Wildgans:») das Titel-
Exzerpt «Von Aeschylus bis Wildgans» (eine zweifellos direkte Assoziation); *eV:*
Fähigkeit *(Abs. 36 – statt:* Überlegenheit); *[«*Man*]* .. könnte wohl auch .. *[*Kritik
üben!»] *(Abs. 37 – urspr.:* «Man müßte vielleicht [...]!»); *AV:* auf einen Snob
(Abs. 59 – urspr.: auf ihn); *lies:* Leinsdorfs *(Abs. 62); AV:* /u. will mich .. *[*leise
über ihn aufklären:] *(vorl. Abs. – statt:* und klärt mich leise über ihn auf:); denn
du verstehst *(letzter Abs. – urspr.:* weißt) – *[*Anm.-Nachtrag:] MM 1943 *(MoE
1952):* auf der Schule *(Abs. 9 – statt:* auch in der Schule *[WB: 0])*

GENIALITÄT ALS FRAGE – Sch.*[mierblatt]* zu Korr.*[ektur]* III. S. 107–111;
korr.: Was verleitete ihn dazu? *(Abs. 2 – statt:* ihm *[zuerst:* Was lag ihm daran?]);
wie sich alle Lebensfragen der Gegenwart schier *(ebd. – statt:* Gegenwart, schier
*[*bei Korr. Komma nicht auch gestr.]); *AV:* wie etwas –s*[*anderes] *(Abs. 3 – urspr.:*
wie das andere); *korr.:* Allemal ist das eine vom Verstand erfaßbare [...] Beziehung *(ebd. – statt:* ein vom Verstand [...] *[zuerst:* ein für den Verstand be-
stehender Zustand]); *MM 1943 (MoE 1952):* Abs. 3 = 2 Abs. *[WB: 0];* nicht als
Naturbegriff, sondern als das, was objektiver Geist genannt wird *(Abs. 4 – statt:*
nicht als Naturbegriff, sondern als der objektive Geist genannt wird. *[WB: 0])*

Versuche zur Fortsetzung von MoE II₂ 1938 und später

NACHTGESPRÄCH – Die Kap.-Nr. 59 bezieht sich allein auf die beiden ersten
Abs.: den Beginn der damit abgebrochenen Reinschrift. Das sich anschließende
«Sch R.» (Schmierblatt zur Reinschrift) «Zum Nacht- u. Gartengespräch» ist eine
erste provisorische weiterführende Skizze mit Hinweisen auf «F 121», «F 120», die
Korrekturfahnen mit dem MoE II-Fortsetzungskapitel 57 («Die Wirklichkeit und
die Ekstase»); Kap. 59 sollte unmittelbar an das letzte dieser Kap. (58 «Ulrich und
die zwei Welten des Gefühls») anknüpfen. Das weitere, wesentlich umfangreichere
«Sch R.» (ohne Titel-Kennwort) nimmt die erste Skizze strukturell auf, variiert und
entwickelt sie weiter. Einige «Material»- und ähnl. Hinweise auf andere «Schmier»-,
Studien- usf. Blätter sind im Folgenden beiseite gelassen. *AV:* nicht einmal wisse
(Abs. 1 – urspr.: wußte)

Sch R. (1) – R *(I):* Reinschrift (s. die beiden ersten Abs.); *AV (II Abs. 3 – zu:* in
dem stillen Zimmer): nicht exakt lesbar; einer weichen Heiterkeit darüber *(ebd. –
statt:* u. silbernem, weichem Glanz darüber); manches besser verstehen *(ebd.
Abs. 4 – urspr.:* uns *[AV zuerst:* das]); es besser verstehn? Geht es mich nichts an?
(ebd. Abs. 5 – urspr.: uns besser verstehn?); aber auch was dazwischen ist, wenngleich ich *[*es] nicht ganz verstanden habe *(ebd. Abs. 11 – urspr.:* was dazwischen
ist, habe ich nicht ganz verstanden); nicht erst *(ebd. – urspr.:* nicht); Blge z. 1·287
S 14) S 1 *[*Beilage zu U₆ – 1·287), S 14] *(Abs. 13):* «Im Tb. wird U. klar, wieviel
weiter er jetzt ist als zu Beginn des Romans, wieviel besser er sich u seinen Willen
versteht.»; *arR:* ← Selbstm.? *(zu ebd.): s.* auch unten *arR* [TB-Selbstmord hinterdrein, [...]], sowie «Sch R.» (2) III Abs. 17 («Unter dem Einfluß dieser Schwäche
[...]»); Aus Blge 8 S 7 *(ebd. Abs. 14):* Blge 8 zu U₅ – 6) («Ein Blatt Papier»), der
Hinweis bezieht sich auf diesen Randvermerk S. 7: «Er wollte unbeeinflußt sein u
hatte begonnen zuweilen heimlich nachzudenken. Es kam ihm wie ein Verrat vor,
wenn er auch wohl wußte, daß es das nicht war. Und es waren auch Gedanken, die

er noch nicht der Wirklichkeit anvertrauen wollte»; ~ II$_{258}$ *(ebd.)*: MoE II etwa
S. 258 (s. S. 826: ebd. Kap. 18); *arR (zu ebd.)*: [→ U$_5$ – 2) S 1 Anm. 1 die dort
stehenden Hinweise auf Bd. I u II sind wichtig, sobald von U's. Lebensauffassung
die Rede sein wird!] *(Stichwort zu «Ü$_5$ – 2)»*: «Nachträgliche Überlegung zu . .
Liebe . . u. . . Scheusal . .», in der «Anm. 1.» unten rechts heißt es: «Zur geistigen
Enthaltsamkeit vgl. II$_{258}$ *[s. o.]* Der Wissensanteil am Glauben ist vermorscht, der
Glaube muß auf den höchsten Startplatz gebracht werden u. ä. Anderseits vgl.
I$_{407}$, $_{392}$, $_{406}$ überhaupt *[Kap.]* 61 u 62 *[s.* S. 255/56, 246/47] Zur Enthaltsamkeit
im besonderen: I$_{390}$/$_{91}$, $_{397}$, *[Kap.]* 69 («Noch nicht!») *[s.* S. 245/46, 249/50]*)*;
F 121 *(ebd. Abs. 15)*: RM verweist hier auf das Druckfahnen-Kap. 57 («Die
Wirklichkeit und die Ekstase»: s. S. 1189–96), und zwar auf Abs. 5 in der noch nicht
korr., später z.T. neu geschriebenen Fassung (es heißt dort: «Warum kommt es
mir also heute fremd vor?» dachte er. «Ich muß mich wohl sehr verändert haben.
Ich bin ungeduldig zu leben!» Warum überließ er sich dann aber nicht seinem
Gefühl, statt sich davon zu überzeugen, ob dieses Gefühl denkbar sei? Es war unheimlich und komisch. Als wollte er die Möglichkeit, seine Hand auszustrecken,
nach Naturgesetzen zergliedern, statt die Hand einfach auszustrecken! Aber er
wußte, was geschähe, wenn er sich gewissen Gefühlen verfrüht überließe: Erlebnisse standen ihm vor Augen, die wie ein Wald von großen Blüten sind, die man
berühren kann, so oft man will, niemals aber auseinanderbiegen kann, um sich
zwischen ihnen aufzuhalten. «Und es soll nicht enden wie ‹die Geschichte der Frau
Major›!» schwor er sich zu.); Geschichte der Fr. Mjr. *(ebd. Abs. 16)*: der Frau
Major (s. das voranstehende Zitat aus dem unkorr. Kap. 57, sowie S. 120–26:
MoE I Kap. 32); *arR:*? Ag: Wer weiß / [. . .] *[bis:]* Wirkl. sein kann (Abs. 19–21);
AV: Aber ob was möglich – unmögl. ist *(ebd. Abs. 20 – statt:* Aber was Wirkl.
oder Illusion ist*)*; eine niedrige Person *(ebd. Abs. 22 – urspr.:* dumme*)*; F 120
(ebd. Abs. 24): der sich hier anschließende Text (bis Absatzende) ist fast wörtlich
exzerpiert aus dem ursprünglichen (noch nicht neugefaßten) Teil (Abs. 4) des
Druckfahnen-Kap. 57 (s. o.); *arR:* Abs. 26, 28; Blge 8 S 7 *(Abs. 27 – s. o.:* ebd.
Abs. 14*)*: U$_5$ – 3) S 4: Ag. erzählt nichts von Ld., weil das gleichgültig ist.
d.h. ungefähr halb schlechtes Gewissen. Mit deren *[?]* Sphäre. Mit der halben
Sicherheit, daß das einmal ganz belanglos wird.; ib *(ebd.)*: s. den voranstehenden
Hinweis; *arR:* Tb-Selbstmord [. . .] *(ebd. letzter Abs. – s.* auch Anm. zu ebd.
Abs. 13*)*

Sch R. (2) – Eine z.T. schwierig zu transkribierende, mit vielen Querverweisen
weiterentwickelte Skizze. Am Rand verschiedentlich zusammengefaßte Hinweise
auf andere Skizzen, Studien, Entwürfe wie auch auf MoE II blieben großenteils
unberücksichtigt; ausformulierte Überlegungen wurden indes auch von dort übernommen. Auf S 122 *(Abs. 1)*: Hinweis auf «Sch R.» «Zum Nacht- u. Gartengespräch»
Seite 122 (2 Zeilen S. 123), diese weitere Skizze beginnt S. 124; I) bleibt *(Abs. 2)*:
s. ebd.; h 119 *(II Abs. 1)*: = Schmierblatt S. 119, es heißt dort hierzu: «Sie trug
den histor. Hausanzug / Sie ließ ihre Hand über seinen Kopf gleiten / Dann setzte
sie sich mit gekreuzten Beinen auf den Diwan u fragte: / Warum schreibst du
heimlich? / Warum schreibst du das? [. . .]»; *Nachtrag [Hinweisstrich zu:* über
seinen Kopf*] (ebd.)*: Nein; ⬤ z. U$_6$ – 1·285) S 3 *(ebd. Abs. 2)*: = Blge. (blau-
schraffierter Kreis) zu [. . .], auf S. 3 heißt es hierzu *(s. auch* übernächsten Abs.: ib.):
«*[Kap.]* 61: Doch Nachtkapitel / U. zw. Ag. diesmal Schlafrock – Bad bleibt –
U. fühlt, ehe sie kommt oder er sie aufsucht, die Geschlossenheit, Konkavität, des
Hauses. Und in ihrer Nähe das Ebenso-Zurückströmen des Außen u Innen zum
Gefühl wie das Durchgreifen des Gefühls. Auch die sex. Tendenz, die einer anderen
Sphäre angehört. Statt zu schreiben u. auf Grund des Geschriebenen spricht er
Ekstase & *[?]* Welten. Vorteil: es setzt die – sonst ins Leere – abgebrochenen Ge-
spräche von den Lieben fort. Weniger Erotik als die Spannung des bevorstehenden

oder überhaupt des denkbaren Fluges in etwas ganz Anderes trägt die Szene. / Das
später folgende Gartenkapitel erhält dadurch wieder die Auseinandersetzung mit
der Welt u Gesellschaft als oberste Aufgabe, was im Gang des Ganzen liegt u
wodurch auch der Versuch mit dem Scheusal etwas entlastet wird u. weniger Real-
Verantwortung hat.»; *arR:* Wenn die Beschreibung [...] *(III Abs. 4);* Korr
Inzw. ist Blei 62 (Das Sternbild der Schwester Oder die Ug u Nv *[*vgl. Kap.-Ent-
wurf 62 «Das Sternbild der Geschwister Oder die Ungetrennten und Nichtvereinten»*]*) ausgeführt (Vgl. auch Sch R 214 ff) u. gibt das Feste ab, woran dieser Entwurf
abgeschliffen werden muß! Vgl. Sch R S 218 Bem. 18. *[*Diese Schmierblätter zur
Reinschrift liegen bei Kap.-Entwürfen zum Museum-Kap., zu Atemzüge, Stern-
bild, Scheusal – «Bem.*[*erkung*]* 18» auf S. 218 (die letzte, Bem. 55, steht, wie alle
Bemerkungen in diesem Konvolut, kräftig und plakativ eingerahmt, auf «Sch R»-
Seite 266): «Dieser Erklärung des Schwesterbegriffs wird auf noch unbestimmte
Art vorgegriffen in Nachtgespräch (*[*Kap.*]* 59 nach Korr II Bem. 5 u skizziert Sch
R 124 ff) Nach dem Entwurf ist zb. *[*Seite*]* 125$_u$. von allem die Rede, konkaver u
konvexer Welt usw. Da aber dort nicht das Gewicht auf dem Erklären ruht,
sondern mehr auf der Szene, hat sich die Ausführung nach hier zu richten u. hier
braucht wenig Rücksicht genommen zu werden. (124 «Korr») Wohl aber ist der
Entwurf bei Ld. *[*Lindner*]*, Test.*[*ament*]* u. Moral zu beachten! Auch bei L. d. N.
*[*Liebe deinen Nächsten*]*»*] (neben: III Abs. 6–10);* p.d. *[*pro domo?*] [...] (III Abs.
15); AV:* bereiten [...] *der* Beschreibung Überraschungen *(III Abs. 16 – urspr.:*
sind [...] mit einemmal so unbeschreiblich*);* auf der Zunge *(ebd. Abs. 17 – urspr.:*
auf die Zunge *[zuerst, gestr.:* drängte sich [...]*]); Tzi (ebd.):* Tuzzi *(vgl. zu diesem
Abs. im ganzen:* S. 418 MoE I Kap. 91 Ende, S. 662 Kap. 123 viertl. Abs. Mitte*);
AV:* erachtet er *(ebd. – urspr.:* hält er*);* daß dazu weniger Grund da ist als früher
(ebd. Abs. 18 – urspr.: daß dazu kein Grund ist*);* wenn ich auch bewundere *(ebd.
Abs. 22 – urspr.:* schön u wichtig finde*);* nie recht *(ebd. – urspr.:* nicht ganz *[weitere
AV:* nicht*]);* erschienen *(ebd. – urspr.:* vorgekommen*);* Ich habe die Empfindung, daß darin jetzt alles beschlossen ist *(IV Abs. 3 – urspr.:* Ich habe den Eindruck,
darin ist jetzt alles enthalten*);* Wir befinden uns ja noch darin *(ebd. Abs. 4 – urspr.:*
Wir sind es ja noch*);* Im Traum glaubt – zu denken, u setzt man .. fort, ist ../ ..
versucht man .. wird es läch. / *(ebd. – statt:* Im Traum denkt man manchmal
[...]*);* vor sich *(ebd. Abs. 6 – urspr.:* um sich*);* kommen müßte *(ebd. Abs. 9 –
urspr.:* kommt*);* Ich lache durchaus nicht *(ebd. Abs. 10 – urspr.:* Ich lache ja nicht*);*
Du hast von einer umfangenden u einer umfangenen Möglichkeit [...] gesprochen
(ebd. Abs. 11 – urspr.: einer konkaven und einer konvexen); ∼ *[*sein*]* Zentrum
(ebd. Abs. 13 – statt: seine Erklärung*);* Siege *(ebd. – urspr.:* Triumphe*);* scheinbar
untätiger *(ebd. – urspr.:* passiver*); Zusatz [AV?]:* das ich die Welt d. Liebe genannt
habe, weil ich in der gewöhnlichen Welt nicht lieben konnte! *(ebd.);* do. *Zusatz
(Hinweiszeichen):* ∼ Wir haben immer ein anderes Leben vor uns gesehen. *(ebd.);
korr.:* Aber es bereitete *(ebd. Abs. 14 – zuerst [*gestr.*]:* Du weißt. Es bereitete*);
AV:* weil ich das, was uns wirklich bewegen konnte, nicht gefunden habe *(ebd. –
urspr.:* weil ich nirgends einen Halt habe*);* beschämend *(ebd. – urspr.:* lächerlich
*[*erste *AV:* einfältig*]);* hat man sein Leben *(ebd. Abs. 16 – urspr.:* ist das Leben*);* U.
erwiderte *(ebd. – urspr.:* fuhr fort*);* edleren *(ebd. – urspr.:* edlen*);* Prof. Hg. *(ebd.
Abs. 19):* Professor Hagauer; mit dem Test.*(ebd.):* Testament; *AV:* Wunder der Moral *(ebd. viertl. Abs. – urspr.:* an Moral*);* *[*der*]* kleinen Zehe *(ebd. vorl. Abs. – urspr.:*
des kleinen Fingers*);* Mittelp. *(V Abs. 6):* Mittelpunkt; VII *(VI Abs. 14 – Hinweisstrich zu:* Bergpredigt*):* weiterer hier vorgesehener Abschn.; VIII *(ebd. – Hinweisstrich zu:* Geschwister*):* do. weiterer Abschn. – [...] *(ebd. Abs.
15):* vgl. Entwürfe 1936 «Studie zu Cl., [...]» (S. 1381); Der aZ. [...] *[bis:]*
Ordensszene *(vorl. Abschn.):* Abschluß zu einer abgetrennten (eingerahmten)
Gruppe von Hinweisen auf andere Studienblätter, MoE II usf.; Daß es die Phycho-
logie [...] *[bis:]* II$_{602}$ *[s.* S. 1038/39: MoE II Kap. 38*] (letzte 2 Abschn.):* aus

einer Gruppe von Nachtragsvermerken – [Anm.-Nachträge:] WB: nach langer Überlegung (III Abs. 1 – statt: kurzer); sagte er ruhig. (ebd. Abs. 5 – statt: sehr ruhig.)

FRÜHSPAZIERGANG – RM wollte diesen und den nachfolgenden Kap.-Entwurf an das «Nachtgespräch» anschließen. MM edierte sie 1943 als drei Kapitel; sie wurden so auch in die MoE-Ausgabe 1952 übernommen. Ausgangspunkt waren (und sind auch hier) zwei stark korr., unnumerierte Reinschrift-Entwürfe. Titel des ersten zunächst: «Laubumkränzter Waffenstillstand zwischen Walter und Clarisse. Frühes Untergehn»; er wurde gestr., durch «Frühspaziergang» ersetzt. Für den zweiten ließ RM es bei «Laubumkränzter Waffenstillstand zwischen Walter und Clarisse». Zu dem ersten der beiden Entwürfe gibt es, mit der Chiffre Ü₄ – 4), den Versuch einer Neufassung; sie stimmt nur zu Beginn (Abs. 1 erste Hälfte) mit der älteren Fassung überein. Als neuer Reinschrift-Versuch bricht sie nach noch nicht 2 Seiten (Text-Abs. 7) ab; der Schluß vom – anfänglich nicht so gekennzeichneten – «I. Teil» ist aus dem 1–8 numerierten weiteren Aufbau auf einem von mehreren Blättern der «Beilage 1 zu Ü₄ – 4)» entwickelt. Ein wieder reinschriftartiger weiterer Versuch hat, als «Beilage 2 zu Ü₄ – 4)» und «Beilage 3 zu Ü₄ – 4)», die Zwischenüberschrift «IIᵗᵉʳ Teil von Frühspaziergang»; er wurde von MM als eigenes Kap. «General von Stumm und Clarisse» (so auch im MoE 1952) abgetrennt. Aus den einleitenden Notizen zur Neufassung des «Frühspaziergang»-Entwurfs sind die Verweise auf andere «Schmierblätter», Studien usf. weggelassen. Die Kap.-Nr. 51, 52 gehen auf frühere Dispositionen der vielfach und immer neu durchgespielten Kapitelfolge für MoE II bzw. MoE II₂ zurück. Der Abschn. «Gn. gegen die Liebe! [...]» ist eingerahmt, der nächste, von Strichen flankiert, ähnlich herausgehoben. – [Anm.-Ntr. zu IIter Teil (Beilage 2): s. S. 2129]

Erste Skizze (I. Teil) – AV: Ev. erzählerischer. Cl. war ein zweitesmal . . . Seither . . erregbar. Sie bezog . . usw. (Abs. 2 – urspr.: Seit sie ein zweitesmal, ohne W. oder U. etwas davon zu sagen, das Irrenhaus besucht hatte, war sie besonders leicht erregbar. Sie bezog [...]); arR (zu ebd.): [Im Gegensatz zu den Utopien, die lebensabgewandt u triebschwach sind, käme hier vielleicht die Anziehung des Wirklichen. Klein, aber mein. Sie braucht ihre Einbildungen gar nicht völlig zu glauben; schon die Unterstellung, daß sie Wirklichkeit seien, spannt u treibt weiter. Es ist nicht wie in der Kunst, sondern wie in einem Detektivroman. Sie fühlt es selbst in lichten Momenten]; korr.: Von Überlegung hatte das wenig an sich, u war (ebd. Ende – Versehentlich gestr.? Ein Teil des davor korr. Satzes blieb, zwar eingekl., ungestr.); arR: Beginn von: Ich werde noch [?] verraten u verlassen! (zu Abs. 3); Ev. doch hier die Beschreibung des Advokaten usw. (zu ebd. Ende); korr.: Denn es war (Abs. 4 – zuerst: Es war [Zusatz: Denn]); AV: Als sich Cl. das jetzt wieder überlegte, . . (Abs. 6 – urspr.: Bei diesen Überlegungen [zuerst: diesem Gedanken] hätte sie jetzt); Zusatz (Nachtrag): Trauerstimmung – [...] (Abs. 8): am Schluß des neuen Reinschrift-Versuchs (hiernach – mit Hinweis: I. Teil: – Übergang zu: Beilage 1 zu Ü₄ – 4) Ziff. 4) – [Anm.-Nachträge] MM 1943: Um Clarissens Mund kämpften Lachen mit [...] (Abs. 1 – statt: kämpfte); MM 1943 (MoE 1952): sie sich verwandle und [...] sein könne (Abs. 2 – statt: verwandeln)

IIter Teil (Beilage 2) – AV: weicher (1 Abs. 2 – urspr.: ernster); farbenen [feldfarbenen] (2 – urspr.: feldmäßigen); gab er [...] vor (ebd. – urspr.: an); rainen [Feldrainen] (ebd. – urspr.: Feldwegen); korr.: Engelsgewändern (ebd. – statt: Engelsgewänder [zuerst: die Engelsgewänder]); AV: – ∼ dynamisch (3 Abs. 1 – urspr.: geistvoll); möchten Gnädigste (ebd. – urspr.: würden Sie [...], Gnädigste?); arR: Sie liebte jetzt alles, was in Wirklichkeit Geltung hatte (zu ebd. Abs. 2 Anfang); AV: Nachlässigkeit (ebd. Ende – urspr.: Schlaffheit); im Ton vorwurfsvoller Schickung in *(4 Abs. 7 – urspr.*: Ergebung *[davor:* eines moralischen Vorwurfs, teils in dem der Ergebung in*]); arR*: bis hieher vielleicht früheres Gespräch! *(zu ebd. Abs. 8 Ende)*; Gn: Man sagt es *(zu ebd. Abs. 9 Satz 2)*; *AV*: wie er aufgewacht ist *(ebd. Abs. 17 – urspr.*: Gleich mit dem Stiefelknecht?*)*; die Diesmaligen *(ebd. Abs. 23 – urspr.*: die Jetzigen*)*; daß sie gespensterstill waren! *(ebd. Abs. 24 – urspr.*: daß sie stumm waren! *[zuerst AV*: fest, tief geschwiegen haben*])*; von mir annimmt *(ebd. Abs. 33 – urspr.*: mir zutraut*)*; Heute komme ich auch einmal mit! *(ebd. Abs. 34 – urspr.*: will ich auch einmal mitkommen!*)*; Eine köstliche Idee! Aber Gott .. *(ebd. Abs. 37 – urspr.*: Gott behüte uns davor!*)*; ohne seinen Geist nach einem Wort *(ebd. Abs. 39 – urspr.*: ohne ihn ein Wort*)*; das hat mir bei der Totenstille gefehlt *(ebd. – urspr.*: hat mir die ganze Zeit gefehlt!*)*; *arR*: Gn: Auch schwarz [...] *[bis:]* bis unten an. *(ebd. Abs. 45–47)*; *AV*: «Gnädigste erzählen so plastisch, daß man alles versteht!» schaltete Stumm beruhigend ein. *(ebd. Abs. 49 – urspr.*: «Gnädigste können fabelhaft plastisch erzählen!» schaltete Stumm zum Zeichen ein, daß er verstehe.*); arR*: Diese Intimität muß Gn. doch zu Kopf steigen. *(zu ebd. Abs. 50)*; Das Gesicht? Zu scharf u verändert darf es nicht sein: Lieblich. Aber Wille u Tatkraft *(zu ebd. viertl. Abs. Mitte)*; *MM 1943 (MoE 1952)*: rechtwinklig *(ebd. do. viertl. Abs. – statt*: rechtwinkelig *[WB*: o*])*; aber doch nicht *(ebd. – statt [AV]*: doch nicht *[urspr.*: aber nicht – *WB*: o*])*; *korr.*: «Aber das ist [...]» *(ebd. drittl. Abs. – statt*: «Aber *[Zusatz]* Das [...]») – *[*Anm.-Nachträge:*]* *MM 1943 (MoE 1952)*: rief der General schon aus der Entfernung. *(1 – statt*: rief er schon auf 15* Entfernung. *[WB*: o*])*; Er lächelte dazu, aber sie merkte nicht, daß er etwas davon nicht meine. *(3 Abs. 2 Ende – statt*: Er lächelte dazu, wie zu einem Spaß, aber sie merkte wohl, daß er etwas davon ernst meinte. *[WB*: o*])*; «Und scheinen überhaupt [...]» *(4 Abs. 19 – statt*: «Mörder scheinen überhaupt [...]» *[WB*: o*])*; die Lackel *(ebd. Abs. 35 – statt*: diese *[?] [WB*: o*])*; «[...], daß man alles vor sich sieht!» *(ebd. Abs. 49 – statt*: «[...], daß man alles versteht!»*)*

IIter Teil (Beilage 3) – *MM 1943 (MoE 1952)*: mit der sie alles auf sich bezog *(Abs. 1 – statt*: weil sie *[WB*: o*]): arR*: So daß man merkt, es ist ein Gespräch, das sie schon öfter geführt haben. *(zuAbs. 1 Anfang)*; *AV*: da darf ich wohl bitten! *(ebd. – urspr.*: da muß ich*)*; beharrte ernsthaft dabei *(Abs. 2 – urspr.*: beharrte jedoch*)*; *arR*: ? Aber er dachte darüber nach. Hieß das nicht .. ? *(zu Abs. 3 – Hinweispunkte)*; / ? = Mensch, wenn du ordentlich denkst; Gott, wenn ... / Steigerung zum Denken Gottes *[Hinweisstrich zu*: Gott*]* [...] / [...] (Sich allen verwandt fühlen wie ein Gott) *(zu Abs. 4)*; ... oder: pfui Liebe! Das gefällt wieder Cl. *(zu Abs. 5)*; *AV*: mit unserem Gespräch *(ebd. – urspr.*: mit dem andern*)*; *arR*: Aber macht es [...] *[bis:]* Nein. Aber .. *(Abs. 10/11)*; Offizier u Mensch! *(zu Abs. 12)*; *korr.*: nicht anders *(Abs. 13 – statt*: nichts andere *[zuerst*: nichts anderes sein können*])*; *arR*: ?Schau Sie, [...] *[bis:]* zu wissen! *(Abs. 18)*; *AV*: «Sie könnten es aber?» *(Abs. 20 – urspr.*: könnten es also*)*; vieldeutig *(fünftl. Abs. – urspr.*: interessant*)*; *korr.*: Vorsicht *(ebd. – statt*: Vorsich*)*; *AV*: Er ist eben *[MM 1943 (MoE 1952)*: Es ist – *WB*: o*]* *(drittl. Abs. – urspr.*: Das ist*)*; Ich mache Sie also darauf aufmerksam *(vorl. Abs. – urspr.*: Haben Sie es nie bemerkt, [...]?!*)*; *MM 1943 (MoE 1952)*: «Pst! Das darf ich nicht anhören!» verwahrte sich der General lächelnd ... *(letzter Abs. – statt*: Gn: Pst! Das darf ich nicht anhören! (lächelnd) *[WB*: o*])*

LAUBUMKRÄNZTER WAFFENSTILLSTAND [...] – *Vgl.* Anm. zu «Frühspaziergang»; nach der Schrift entstanden der Reinschrift-Entwurf sowie dieser (sehr stark korr.) Entwurf zur vermutlich gleichen Zeit. Zum Beginn *(arR)* notierte RM: Vgl. Blatt «Überarbeitung ....» Vor dem vorl. Abs. (MS-S. 8 Mitte) ist vermerkt: Bis hieher überarbeitet auf Blatt «Überarb. u Abbruch Laub ..» Auf diesem Blatt «Überarbeitung u. Abbruch Laub ...» (3 S.) variierte RM, offenbar im Anschluß an seine Text-Korr., in «Notizen zur Ausführung:», versuchsweise, z.T. nur stichwortartig, einige Passagen des Entwurfs. Danach war eine womöglich über die Korr. hinausgehende Neufassung vorgesehen, die aber noch nicht verbindlich erkennbar wird; eine eingreifende Montage, die auch MM 1943, bei sonst durchweg großzügiger Berücksichtigung vermerkter wie erwogener Varianten, nicht versuchte, wäre problematisch. (Einige Varianten zu den ersten 4 der 9 MS-Seiten, die RM – mit überwiegend genauen Hinweisen – auf zwei «Frühspaziergang» überschriebenen Blättern festhielt, sind hier eingearbeitet.) Den «Notizen» voran stehen, untereinander, u.a. diese prinzipiellen Überlegungen: «Nach [C.G.] Jung wäre sogar zu sagen: Cl. bemüht[?] sich fatalerweise zu bewußt, was zur Neurose führt; geschieht aber, weil ihr die Umwelt (Freunde) die Bewußtseinsarbeit nicht abnimmt. / Beschluß: ‹Lichtgestalt› mehr als Mittelbegriff verwenden. [...] / Die Aufschwungszeiten sind solche zur Lichtgestalt der Welt / Cl's. Lichtgestalt ist Mann u Frau (Hermaphrodit) / Die Lichtgestalt der Irren ist zu finden / Cls. Manngefühl für W.[alter] ist das der Lichtgestalt / Die Menschheit muß von Zeit zu Zeit geisteskrank sein, um aus der Sündengestalt eine neue Lichtgestalt zu finden / Bock u Adler u.ä. / Sich allem verwandt fühlen, wäre Gott [...] / Lichtgestalt ist verwandt mit Geniegestalt / u.ä.» Die Vermerke «Die Aufschwungszeiten [...]» bis Ende sind verklammert: «An allerhand dunkel anklingend (zb. an Yin u Yang) kreist das um den Mittelbegriff, deutet ihn immer wieder an.»

AV: Halbfeiertag, das heißt einer der Tage [...] [*bis:*] den halben Tag arbeiteten. (*Abs. 2 – urspr.:* Es war Feiertag; oder, richtiger gesagt, der Tag war einer jener möglicherweise nur in diesem Lande vorkommenden Feiertage, die eigentlich keine waren, sogenannte Halbfeiertage, die wohl dem Herkommen nach für Feiertage galten, amtlich aber nicht. Denn unerklärlicherweise ruhten an ihnen gerade die Ämter, und auch die sich ihnen anschließenden vornehmen Berufe, aber die kleinen Leute und die kleinen Geschäfte arbeiteten zumindest einen Teil des Tages.*);* MM 1943 (*MoE 1952*): schwappten [...] in den Schuhen (*ebd. Ende – statt:* mit den Schritten [*WB: o*]*); korr.:* Der Bruder und Arzt (*Abs. 3 – RM:* Siegmund [*gestr.*], der Bruder [...]*); AV:* ein Leid oder eine Sünde oder ein Schicksal auf sich nehmen müßte. Eine große Verlassenheit [...] [*bis:*] so laut sie konnte: «Kukkuck!» / (*Abs. 4 – urspr.:* ein Leid oder eine Sünde auf sich zu nehmen hätte oder etwas Böses tun müßte. Es war aus ähnlichen Gründen – wahrscheinlich durch den ungewohnten Anblick, den das Gewohnte darbot – eine ähnliche Verlassenheit, Verfrühtheit und Opferbereitschaft als zu der Stunde, wo ihr der Tag nur bis an die Knöchel gereicht hatte, und unwillkürlich suchten ihre Augen die Richtung, wo das Irrenhaus liegen mußte. Als sie diese gefunden zu haben glaubte, beruhigte sie das, wie es den Liebenden beruhigt, die Stelle am Horizont zu erkennen, dahinter das Haus der Geliebten liegt, und ihre Gedanken hockten sich wie große schwarze Vögel ruhig neben sie in die Sonne, solange bis sie Walters von ferne ansichtig wurde. Da wurde sie plötzlich kindlich u. rief «Kuckuck!» und versteckte sich hinter den Bäumen. Dort richtete sie sich*); «*[...] zu arbeiten, wenn man ebenso gut [...] [*bis:*] Pflicht zur Vollständigkeit!» (*Abs. 7 – urspr.:* «[...] zu malen, wenn man ebensogut Klavierspielen, seine Gedanken aufschreiben oder einfach die frischen Blumen riechen könnte. Es schien mir eine Einseitigkeit zu sein. Es geht offenbar gegen die Pflicht zur Vollkommenheit. Ich weiß aber natürlich auch, was man dagegen sagen kann.»*); «*Ich weiß natürlich [...] [*bis:*] versicherte Walter. (*Abs. 9 – urspr.:* «Und ich habe mich überzeugt, daß ich trotzdem im Unrecht war» fuhr Walter fort.*); «*Ich brauche damit [...] [*bis:*] Problematik der Gesamtheit –» (*Abs. 11 – urspr.:* «Ich brauche ja damit nicht schon im Augenblick anzufangen» wandte Walter ein. «So einfach und schnell ist das Richtige gerade auch nicht zu finden. Und überhaupt» rief er heftig aus «diese ganze Problematik des Einzelkünstlers! Was soll sie schon! Ich sage dir, ich fühle, daß sie unzeitgemäß ist! Sie wird allmählich von einer Problematik der Gesamtheit verdrängt und überwunden; das fühle ich in den Fingerspitzen, obwohl es die Großköpfe der Kunst noch nicht ahnen!»); «[...] ebenso radikal wie dein Eifer!» *(Abs. 14 – urspr.:* «[...] ebenso radikal, wie wenn du durchaus das Irrenhaus selbst sehen willst!»); drehte sich auf die Seite [...] *[bis:]* zu einer wütenden Entgegnung. *(Abs. 15 – urspr.:* drehte sich auf die Seite und stütze den Ellbogen auf. *[Hier brach MM 1943 ab.]); arR:* Wie alle Dilettanten legte er besonderen Wert auf diese Kenntnisse *(zu Abs. 20:* «Wenn ich als Maler [...]!»); korr.:* Drängende *(Abs. 21 – MoE 1952:* Gedrängte; *EK:* Tanzende; *WB:* o); mit Sündenzeiten, mutlosen *(ebd. – MoE 1952:* mit mutlosen *[WB:* o]); Nachtrag (arR):* Zeiten, in denen [...] *[bis:]* sinkt *(ebd.);* «[...] um die Synthese zu einer neuen und höheren Gesundheit zu vollziehen!» *(ebd. – MoE 1952:* zu erneuern und Höheren Gesundheit zu vollziehen *[WB:* o]); arR:* Das dreht sich im Kreis / Natürlich dreht es sich im Kreis *(Abs. 32, 33 – zu* Abs. 31); korr.:* etwas erzählte, das *(letzter Abs. – statt:* daß) – *[*Anm.-Nachträge:*]* MM 1943 (MoE 1952): umherliefen *(Abs. 2 – statt:* herumliefen *[WB:* o]); des Wanderers Lust *(ebd. – statt:* seine Lust *[WB:* o]*)

6 .. ATEMZÜGE EINES SOMMERTAGS – Stark korr. Reinschrift-Entwurf. Die Nummer (und damit die Placierung im Anschluß an die Druckfahnen-Kap. 39–58) ist hier noch offen gelassen *(vgl.* den nächsten «61.» numerierten Entwurf); Titel zunächst (gestr.):* Versuche, ein Scheusal zu lieben *(der neue Titel* ist, mit Korr.-Hinweis, *rechts oben hingesetzt);* An demselben Vormittag *(Abs. 1):* womöglich Hinweis auf den gleichen frühen Tag in «Frühspaziergang» und «Waffenstillstand», d.h. auf die Parallelität der Handlung; ein so heftiges Gefühl *(Abs. 6 – WB:* hastiges! *[vgl.* «61. Atemzüge [...]» Abs. 6: «sehr heftig» – *auch bei WB!]); korr.:* Freundschaft *(Abs. 7 – versehentlich:* Freudschaft *[WB:* Frendschaft]); arR:* Und: Glaube = Liebe ?? *(zu Abs. 12);* Aber das stimmt doch nicht *(zu ebd. Ende); AV:* das ahnende Denken *(Abs. 14 – urspr.:* das Ahnen); haben es nicht zur Seite *(ebd. – urspr.:* haben das nicht); das Délire à deux *(Abs. 24):* s. Anm. zu «Beginn einer Reihe wundersamer Erlebnisse» (zu S. 1086: Abs. 15/16 – *Hinweis hierher); AV:* leichten Blütenschnees *(Abs. 25 – urspr.:* blassen *[zuerst AV:* hellgrauen]); oder den Hintergrund bildeten *(ebd. – urspr.:* und); Ag. überließ sich dem geflissentlich *(ebd. – statt[?]:* Agathe öffnete sich vorsichtig [...]); arR:* p. d. einmal unter anderen Malen! *(ebd. – Hinweiszeichen zu:* Garten); *AV + Zusatz (Hinweiszeichen):* hatte glauben lassen u. unter dessen Bilde sie sich eine Ekst.[atische] Soz.[ietät] vorstellte. Aber *(ebd. – urspr.:* hatte glauben lassen; aber); sich [...] still betragen *(ebd. – urspr.:* verhalten); arR:* das Gefühl ohne Schwanken u Ende! *(zu ebd.);* Das ist nur ein Teil! *(zu ebd.:* Man muß ganz sich des Verstandes entäußern, [...]); *AV:* daß sie sich auflöse *[*oder S[eite] 33 / *(ebd. – statt[?]:* in ihr Mauern und Pfeiler zur Seite wichen, [...] *[*dieser Satzschluß ist auch eingekl.]); arR:* .. Reich der Liebe: nachholen! *(zu ebd.?); zdA (Hinweiszeichen):* Konform Wandel *[*unter Menschen*]* oder ff das zweite Gefühl! u. ä *(zw. Abs. 25 u. 26); AV:* Mag überhaupt *(Abs. 26 Hinweiszeichen – statt[?]:* Vermutlich liegt jungen Menschen); Es war kein «Sinnen», worin [...] *[bis:]* entworfen hatte. *(Abs. 27 – urspr.:* Es waren noch «wirkliche» Gedanken; es war ein «Denken», wenn auch ohne Strenge, worin sie sich erging, und nicht ein «Sinnen». *[*Dieser Passus ist eindeutig gestr. mit Korr.-Hinweis «Rückseite!» Die Tilgungsstriche gehen offen noch in den weiteren Text, wohl weil RM zunächst nicht übersah, wie weit er ihn ersetzen sollte; den neuen Text hatte er indes ohne Zweifel integriert. *Bei WB:* der gestr. Satz nicht ersetzt, nur Hinweis im «Apparat»]); viell. nicht begehrenswert *(Abs. 28 – urspr.:* denn überhaupt begehrenswert?) *[*der schmale Spalt*]* [...] blieb zum Schein jedesmal ganz zu *(ebd. – statt:* schloß den schmalen Spalt [...] jedesmal ganz zu); war es so *(Abs. 29 – urspr.:* geschah dies); den Ulrich heimlich genoß, war nicht nur anziehend *(ebd. – statt:* den Ulrich genoß, denn heimlich beobachtete er seine Schwester, war nicht nur); bald so sehr *(ebd. – urspr.:* schlechthin so sehr); arR:* mehrere nicht unmittelbar auf den Text bezogene Versuche

(zu ebd.); einen mit sinnlichen Bezeichnungen *[zuerst:* Begriffen*]* nicht zu fassenden *(zu ebd.:* einen Abglanz*)*; *AV:* viell. wäre sogar *[zu* sagen*] (ebd. – urspr.:* ja vielleicht sollte man sagen*)*; Er wußte *(Abs. 30 – urspr.:* Er dachte daran*)*; *arR:* das jüngste *[Erlebnis]* in einer Kette ähnlicher *(ebd. – Zusatz[?])* zu: Erlebnisse solcher Art *[WB* bezieht ihn auf einen gestr. fast eine drittel Seite tiefer stehenden Satz*:* bloß ein Fall eines Erlebnisses*])*; ein Gefühl von äußerster Stärke *(ebd. – urspr.:* das stärkste Gefühl*)*; *arR:* Gebilde ohne Begehren *(ebd. – zu:* Daß ihnen die [...] Brücke des Handelns fehlte*[?])*; *AV:* einfach genug *(ebd. – statt:* ohne Geheimnis und Mythus*)*; mochte leicht *(ebd. – urspr.:* mag wohl*)*; *arR:* Neue Bsple. *[Beispiele]* fielen ihm ein. Die Liebe .. nicht erwidert u nicht verscheucht Ein Fetisch ... *(zu Abs. 31 Sätze 3, 4)*; Es gab da eine nicht ganz angenehme *(ebd.– urspr.:* Es gab also eine unangenehme*)*; fühlte er nun doch, daß ... Aber gerade mit ... *(ebd. – statt:* überwog nun doch [...] *[bis:]* Gerade mit dem Eintritt [...]*)*; verlor sich *(ebd. – urspr.:* jeder kräftige Trieb fehlte*)*; Und endlich *(Abs. 32 – urspr.:* plötzlich*)*; *Zusatz:* u. Gefühlserlebnisse *(ebd.)*; so jähe Aufwallung *[WB:* Wallung!*]* *(ebd. – urspr.:* Regung*)*; *üdZ:* = Resignation *(Abs. 33 – über:* Zustand der Ergebung*)*; *AV:* mögen *[Geliebtseinmögen] (ebd. – urspr.:* Geliebtseinwollen*)*; *vgl. (zu ebd.:* ein zweigeschlechtiges Mönchstum*)* TB S. 422/23 das Exzerpt «An Crinōg.» («Ein altirisches Gedicht an eine Syneisakte»), TB II S. 269/70 (TBh 8 Anm. 388ff.); *AV:* schickte sich an *(Abs. 34 – urspr.:* stellte sich an*)*; Ärmer als Dinge *(Abs. 38 – statt[?]:* Wie Dinge, ja, noch ärmer als solche*)*; war ihr Sinn nicht zu verstehen, u sie hatten dafür / verstärkte ihre abgerissene Sinnlosigkeit den Klang, wie es verfallene R tun / Od: war ihr Sinn abgerissen, aber sie hatten dafür .. *(ebd. – statt:* hatten sie keinen Sinn [...] *[bis:]* Räume haben.*)*; Manchmal hielten *(ebd. – statt[?]:* Die beiden Beobachter brauchten [...]*)*; bleibende *(ebd. – statt:* unbewußte *[unbewußt bleibende?])*; *arR:* Die beiden liebten [...] *[bis:]* der Seelen stand *(Abs. 39 – zu Abs. 38 Ende)*; *AV:* in einem höhnischen Gegensatz *(ebd. – urspr.:* so im Gegensatz*)*; Sie hatten diesen Platz [...] *(Abs. 40 – urspr.:* Diesen Platz hatten sie*)*; *korr.:* auch durch die Straßen *(ebd. – statt:* durch durch*)*; *AV:* Realität *(ebd. – statt:* Menschenwelt*)*; mehr von ihrem Abenteuer *(ebd. – urspr.:* ihr Abenteuer*)*; einer andern Lebensmöglichkeit *(ebd. – urspr.:* einer Welt der Ekstatik*)*; noch einmal – prüfen *(Abs. 41 – urspr.:* wollen wir also unsere Nächstenliebe nachprüfen*)*; Wie wäre es, wenn .. versuchten wir .. *(ebd. – urspr.:* Versuchen wir heute, [...]*)*; Alles in allem ist es also *(Abs. 43 – urspr.:* «Dann ist es [...]»*)*; Oh, im Gegenteil! *(Abs. 44 – urspr.:* «Oh, nicht doch! [...]»*)*; *eV:* Das meint eine andere Selbstliebe *(ebd. – statt:* Du bist eine [...]*)*; *AV:* Jetzt müßtest du es mir wohl erklären *(Abs. 45 – urspr.:* «Erklären!» *[erste AV:* Du mußt es mir einmal*])*; An einem – *[guten Menschen]* sind – *[auch die Fehler]* gut... *(Abs. 46 – statt:* «Ein guter Mensch hat gute Fehler [...]»*)*; *arR:* Jedem erscheinen seine Fehler gut: Darum braucht man ein Kriterium *(zu ebd.)*; *AV:* Wer sich selbst nicht auf die rechte Art liebt, kann auch andere nicht .. *[lieben.] (Abs. 50 – urspr.:* Wer die rechte Selbstliebe nicht hat, hat auch keine gute Liebe zu andern.*)*; etwas in Güte zu wollen *(Abs. 52 – urspr. [Hinweiskreuz]:* eine Besonderheit am Wollen*)*; *[*du sollst*]* mir helfen! *(Abs. 54 – urspr.:* du sollst zuhören!*)*; *[*Liebe*]* d. N. *(Abs. 57 – urspr.:* ihn*)*; ... auch, tue es ja nicht selbstlos u d heißt: als Zielursache. Od: mit Phil.*[*autia*] (ebd. – statt:* liebe deinen Nächsten nicht selbstlos!*)*; *üdZ:* Ag*[*athe*]* dachte an Ld *[Lindner] (zu Abs. 58)*; *AV:* Sinnlichkeit *(Abs. 59 – statt:* In der gewöhnlichen verliebten Liebe*)*; *WB:* ist [...] Begehren und Selbstlosigkeit enthalten?» *(ebd. – statt:* sind*)*; *Zusatz:* Da kreuzt sich Liebe u Mystik *(zu Abs. 60)*; *AV:* Ag. Vielleicht ist Sl *[Selbstliebe] (Abs. 64 – statt:* *[Ulrich]:* «Sie ist wohl [...]»*)*; Beginnen wir! *(Abs. 67 – statt [?]:* «Womit beginnen wir?»*)*; das weitere *(ebd. – urspr.:* das übrige*)*; auf irgend so eine Art *(Abs. 69 – urspr.:* auf die innere Art*)*; *Zusatz:* ev: Du bist nicht mutig! *(ebd.)*; *AV:* gab Ulrich zu *(Abs. 72 – urspr.:* gab [...] bei*)*; das Streben nach Seligkeit *(Abs. 76 – urspr.:* die Seligkeit*)*; Man

muß es wie – [ein guter Experimentator] tun *(Abs. 82 – urspr.:* «Wie ein guter Experimentator»*);* denke *(Abs. 83 – urspr.:* formuliere*);* Wie es gewöhnlich geschah, hatte sich .. *(Abs. 84 – urspr.:* Ihr Gesicht hatte sich [...] *[zuerst AV:* Wie immer, während einer]*);* eigentlich – [eine psychologische Praktik] bedeutet! *(Abs. 86 – statt:* eine psychologische Praktik ist!*);* Ein – [bestimmtes Lebensverhalten] [...] wird gestützt auf – *(ebd. – statt:* Ein bestimmtes Lebensverhalten und eine bestimmte Gruppe [...] stützen sich [...]*); arR:* Wunsch zu glauben: stärker! *(Zu Abs. 88); AV:* Es ist verheißen worden. *(Abs. 89 – urspr.:* «Es ist eine Verheißung gewesen.*); auR:* /Das Ganze richtet sich geg. die Kritik der Kompliziertheit/ *(zu Abs. 90 Mitte); AV:* versicherte *(Abs. 95 – urspr.:* bemerkte*); arR:* Ev[entuell]: U: durch Glauben! [...] *[bis:]* U: Eben! *(Abs. 98–100); korr.:* ich bin wie jederman *(letzter Abs. – statt:* Wie *[zuerst:* ich bin so. Wie – *gestr., nicht bei WB:* so]*);* Herzhaken.»*(ebd. – statt:* Herzhaken.*)*

61. ATEMZÜGE EINES SOMMERTAGS – Do. stark korr., aus dem vorangegangenen Entwurf entwickelte weitere Fassung dieses Kapitels mit nun entschiedener Kap.-Nummer. *AV:* spottete *(Abs. 7 – urspr.:* erwiderte*);* glanzlosdurchsichtigen Blütenschnees *(Abs. 25 – urspr.:* blassen *[weitere AV* zuerst nacheinander: grauen lichtgrauen leichten / lichten / hell-tönend / durchsichtigen gewichtlosen glanzlosen]*);* Zuschauerkreises *(ebd. – statt:* von gebannten Zuschauern*);* Das Schweigen wurde zur Stummheit. Die Herzen schienen aus .. *(ebd. – statt:* Das Gespräch schlief ein. Die Herzen schienen stillzustehn, aus [...]*);* es könne diesmal *(ebd. – urspr.:* es müsse*); aoR:* nb. Gehört eigentlich ›Räuberbande‹ u ›Kreislauf‹ *(zu Abs. 27); arR:* Ist nicht unbedeutend; bedarf aber der Erklärung! ∼ die 2 Gefühle *(zu Abs. 29 – Hinweispfeil); eV:* voll Äpfeln Wesf.[all] voller Äpfel Wesf. Masc.[ulinum] voll Äpfel Wesf. *(Abs. 30 – statt:* voll Äpfel*); AV:* Und verlangst du denn nicht überdies, daß man aus [...] ein Geschehnis von Bedeutung [...] *(Abs. 33 – urspr.:* Verlangst du denn nicht oft von mir, daß ich aus [...] ein Geschehnis von bleibender Bedeutung [...]*); arR:* Vordersatz zu dem Gespräch über Aktivismus-Genie! *(zu ebd.); AV:* zu wehren gewußt *(Abs. 34 – urspr.:* gewehrt *[zuerst eV:* .. verwahrt] *[weitere AV:* gegen die Zumutung Ansinnen gewehrt]*);* müßte *(ebd. – urspr.:* solle *[vorher AV:* erst müsse]*);* verpflichtet *(ebd. – urspr.:* verantwortlich*);* nachdrücklich u. nachdenklich *(Abs. 37 – urspr.:* leise und ernst*);* Dagegen sahen sie *(ebd. – urspr.:* So sahen sie*); eV:* /ev.[entuell] .. dem zeitlosen Ernst .../ *(ebd. – statt:* der strahlenden Zeitlosigkeit*); AV:* (ein stilles, langes, sinnendes Lächeln erleuchtete auf einmal sein Gesicht Wied II 373 *[?][* = Wiederholung MoE II Kap. 24 «Agathe ist wirklich da»: S. 897 ff. *?] (ebd.–statt:* lächelte er plötzlich nachsichtig oder zärtlich*); arR:* Was U.[lrich] gerade bei solchen Themen liebt! *(Abs. 40 – Hinweiskreuz zu:* bäurischer*);* Jetzt Anknüpfungspunkt an Notizen *(Abs. 42 – Hinweiskreuz zu:* handeln *[Satz 1]*); korr.:* die, was sie begehrten, *(letzter Abs. – statt:* die was sie begehrten,*)*
Mit dem Abs. «Sie verstanden einander, [...]» schließt dieser Entwurf. Darunter steht, als Kopf fürs nächste Kapitel: 62. *[darunter: ....]* Zu dem Kap.-Schluß gab es zuvor einen ersten Entwurf; er schließt an den drittletzten Abs. («Aber während er noch auf alles das achtete, [...]») Satz 2 «([...] wohl zu verstecken.)» an. Der hier wiederaufgenommene gestr. Text des ersten Schlusses geht bis in den drittletzten Abs. dieses alten Schlusses; ab «seinen Morgenstunden [...]» *(ebd. vorl. Satz)* blieb der Schlußtext ungestrichen. *Korr.:* so weise vor, daß *(Abs. 7 – statt:* vor; daß*);* recht verstiegen *(Abs. 8 – statt:* verstiegene *[zuerst:* verstiegene Menschen]*); AV:* mithin überzeugt *(drittl. Abs. – statt:* wirklich überzeugt*);* Wert *(letzter Abs. – statt:* Bedeutung*)* – /Anm.-Ntr.: s. S. 2129/

DAS STERNBILD DER GESCHWISTER [...] – Besonders in der ersten Hälfte stark korr. (reinschriftartiger) Entwurf. *Vgl.* (zu *Abs. 2 ff.)* MoE II Kap. 28 (Bd. 3

S. 943/44); *MoE 1952*: ein persönlicher Fall *(Abs. 9 – statt*: sein *[WB, EK*: o]);
zu Gunsten *(ebd. – statt*: zugunsten *[WB, EK*: o]); «[...] das abscheulich ist?»
(Abs. 15 – statt [RM-Korr.]: ist!» *[WB, EK*: o]); und die Wirklichkeit *(Abs. 16 –
statt*: und die Wirklichkeitsfolge *[WB, EK*: o]); das einzelne schimmernde Geschöpf *(Abs. 36 – statt*: einzeln *[WB, EK*: o]; korr.*: hatte er also gesprochen.
(Abs. 9 Ende – statt: hatte er es also *[zuerst*: hatte er es getan; *nicht gestr.*: es]);
AV: /hätte ich .. nicht .. sollen .../ *(Abs. 20 – urspr.*: habe ich es nicht ganz so
gesagt); *eingekl.* (dünn, Bleistift)*: Diese geschmeidige Grenze [...] zu finden. *(Abs.
28 Ende); korr. (do. MoE 1952)*: wurde von fernher *(drittl. Abs. – statt*: wurde von
ferner *[oder*: wurde ferner ? – *vgl. vorher*: Die unmittelbare Erinnerung; *WB*:
keine Frage!]) – *[Anm.-Nachtrag*:] *Korr.*: widerspiegelt *(Abs. 14 – statt*: wiederspiegelt)

VERSUCHE, EIN SCHEUSAL ZU LIEBEN – z.T. stark korr. Reinschrift-Entwurf. *Vgl.* auch den Entwurf «61. Atemzüge [...]»; *arR*: Steigerung: Abreise
(zu Abs. 2 Anfang); AV: entdeckt werden könnten *(ebd. – urspr.*: würden); *korr.*:
Hinundherstrahlen *(achtl. Abs. – statt [wohl versehentlich]*: Hinundherstrahlen)

Vermutlich um 1936

BESUCH IM IRRENHAUS – Korr. Reinschrift (2 Teile, jeweils ohne Titel); sie
basiert auf Entwürfen in der Kapitelgruppe IV zum MoE II, die wieder sich aus –
zum Teil wörtlich übernommenen – Entwürfen in der s₅ + ... – Folge entwickelten. Über Teil 1 setzte MM als Titel: «Irrenhaus. Eine Kartenpartie». Entsprechend gab sie ihm in ihrer Auswahl 1943 den Titel: «Moosbrugger im Irrenhaus: Eine Kartenpartie». Teil 2 (s. Zäsur nach Abs. 24: «Kurz entschlossen [...]»)
überschrieb sie: «Clarisse und Friedenthal». Beide Titel wurden für die MoE-Ausgabe
1952 übernommen. *MM 1943 (MoE 1952)*: Dr. Pfeiffer *(Tl. 1 Abs. 6ff. – *
statt: Dr. Pfeifer *[WB*: o]); *MM*: unter unehrbietigen Reden *(ebd. Abs. 12 – statt*:
unehrerbietigen); *MM (MoE 1952)*: so sehr Kenner, daß er *(ebd. – statt*: so sehr
Kenner, was ihm auch Friedenthals Wohlwollen eintrug, daß er *[WB*: o]); «Wort-
spalterei» *(ebd. – statt*: «Wortspaltereien»); unsre Kranken *(ebd. Abs. 21 – statt*: unsere
[WB: o]); in jedem Fall *(ebd. drittl. Abs. – statt*: diesem); Geschlechtslust *(Tl. 2 Abs.
9 – statt*: [...] list *[WB*: o]); gewaltig und reich *(ebd. Abs. 12 – statt*: weich *[vgl.
s₅ + b + 1 Abs. 15 (S. 1692)*: gewaltig u weich *(s. auch nächster Satz*: Stärke
der erotischen Sanftheit)]); Seelenleiden *(ebd. viertl. Abs. – statt*: Seelen leiden
[WB: o]); *arR*: s. Konv. Frühsp. Umschlag *(zu Tl. 1 Abs. 2 Mitte); korr.*: nonsensistische *(ebd. Abs. 10 – statt*: nonsenistische); verraten Sie [...], wenn Sie nur
(ebd. Abs. 11 – statt: sie *[das erstemal womöglich schon korr.]); arR*: (Vgl I₈₄₈ff)
(zu ebd. Abs. 12 Satz 3: «Da der Jurist ihn weder entbehren will, [...]» – s. MoE
Bd. I Kap. 110 «Moosbruggers Auflösung und Aufbewahrung»: «Moosbrugger saß
noch immer im Gefängnis und wartete auf die Wiederholung seiner Untersuchung
durch die Irrenärzte. [...]»); *korr.*: Der Pfarrer wurde *(ebd. Abs. Ende – statt*: wurden
[WB: o]); ‹Opfern› *(Tl. 2 Abs. 9 – statt*: «Opfern»); öffnete, bei seinen Worten,
(ebd. Abs. 12 – statt: öffnete bei seinen Worten,); *AV*: [denn] .. allerhand ..
[demütig Verliebte] näherten sich ihm oder strichen .. *(ebd. – urspr.*: denn demütig
Verliebte strichen ihm in den Weg); *lies*: Epileptiker *(ebd. Abs. 22) – [Anm.-Nach-
trag*:] *MM 1943 (MoE 1952)*: auf Würde und Haltung *(Tl. 1 drittl. Abs. – statt*:
auf Würde und Geltung *[WB*: o])

Januar/Februar 1936 nahm RM einige gegenüber Ulrich und Agathe zurückgetretene, seit Bd. II von 1932/33 de facto liegengelassene oder nur beiseite geschobene
Motiv- und Themenkomplexe wieder auf: voran die Clarisse-Problematik, ferner
den Geschehens- und Konfliktbereich um Leo Fischel, Gerda, Hans Sepp, schließlich auch Diotima zwischen Arnheim und der sich erzählerisch langsam erschöpfen-
den Parallelaktion. Die letzte sichtbar gewordene Clarisse-Phase war der Irrenhaus-
Besuch mit Ulrich und General Stumm, den Clarisse auf eigene Initiative und allein
– freilich aufs neue ohne Erfolg (zunächst nochmals ohne die ersehnte Begegnung
mit Moosbrugger) – wiederholen und von dem sie dann Stumm beim «Frühspaziergang» berichten sollte. Die Überlegungen vom Januar 1936 knüpfen an die
Serie der Clarisse-Kap.-Entwürfe aus den zwanziger Jahren an (s. auch hierzu die
«Kapitelgruppen»-Entwürfe und die ihnen vorangehenden Entwürfe der $s_5 + \ldots$
sowie $s_6 + \ldots$ -Folgen), die schon zu sechs der 38 Kapitel im MoE II führten. RM
hatte einen kleinen Teil der später vorerst noch ungenutzt gebliebenen Entwürfe
schon Anfang 1929 weiterzuentwickeln begonnen, den Komplex insgesamt im
Oktober 1930 sowie zwischen Februar und Mai 1931 «umgruppiert» (eine letzte
Notiz dazu stammt vom März 1932). Die Wiederaufnahmeversuche Anfang 1936
fußen zwar nicht unmittelbar, aber unschwer erkennbar motivisch auf denen genau
sieben Jahre früher; diese so lange weggelegten Überlegungen und Entwürfe wie
auch das Zwischenresumee generell zur Strukturierung der Clarisse-Szenen für den
MoE II sind darum – im zeitlichen Rückgriff – vorangestellt. Die Entwürfe und
Dispositionsskizzen zu Leo Fischel schließen sich an den nahezu geschlossenen Block
der letzten «Kapitelgruppen»-Entwürfe an; die kurzen Notizen zu Diotima beziehen sich auf den «Kapitelgruppen»-Entwurf, dem MM den Arbeitstitel «Skizze
zu ‹Gartenfest›» gab.

Zum Komplex Clarisse – Walter – Ulrich

Cl.[arisse] Rom u Insel – Blatt-Überschrift: Zu II. Bd. VI. Kapitelgruppe *(vgl.:*
Entwürfe zu den «Kapitelgruppen»); Fr 10, S 3: Frage 10 zu «W u Cl. in *[MoE]*
II.»: Dispositionsplan (3 S.) 21. X. – 30. XII. 1928, Anfang Januar, November
1929; auf S. 3 heißt es abschließend: «2. / a. Auf der Bahn in Toscana. $s_6 + b$
etwas über 1 Seite mit Korrekturen. / b. Rom, Blatt zw: $s_6 + b$ und $s_6 + b + 1 =$
$2\frac{3}{4}$ Seiten. / c. Insel / 11. XI. $\overline{29}$: Zur Vorgeschichte Mg – W. vgl. I R *96 [Rein-
schrift S. 96]* (nur rekapitulierende Anknüpfung nötig.)»; *arR:* Statt Genie [. . .]
[bis:] zum Guten *(Abs. 1);* – Insel, Aussprache *(Abs. 2)*

Cl.[arisse] in Rom – $s_6 + b$, Schluß: s. die frühen Entwürfe zu Clarisse; C-49:
s. die daran sich anschließenden C*[larisse]*-Notizen; Fr. 10., S 3, Anm.: s. o. *[Die*
«Anm.»erkung (mit Hinweis hierher: «S. Überlegung 6. 1 29. in Kl M W/Cl.)»: «Das
muß ergänzt werden zu einer Paranoesis, einer parasystematischen Vernunft von
Cl's. Wahnideen. / Beim Durchsehen des Materials hat sich gezeigt, daß alle diese
Ideen ihre vernünftige Seitenstücke haben. Bei der Ausarbeitung also nicht steigern, sondern recht vernunftartig beschreiben!»*]*; Ort: [. . .]*: s.* Anm. zu «Cl. Rom
u Insel» («b. Rom. Blatt zw. $s_6 + b$ und $s_6 + b + 1 = 2\frac{3}{4}$ Seiten.»); *arR:* Prophetie
des Faszismus. *(zu Abs. 2); korr.:* Privatgärten *(ebd. – statt:* Privat *[Zusatz] Gärten;*
arR: Oder es gibt es, aber eine wirbelnde Kraft bedroht es. *(zu ebd.); nicht entziffer-
bar:* das im Auf[. ? .] *(Abs. 3 – darüber:* ?*[MoE 1952:* im Auftreten]*)*

Cl[arisse] – Insel – s₆ + b + 1, Fr 10, S 3, Anm.: *vgl.* oben; *korr.*: sondern, in Segelleinen *(Abs. 2 – durch Zusatz arR versehentlich:* sondern in)

Clarisse umgruppiert – II. R. Fr. 2: *s.* (S. 1845/46) II R. Fr. / Inhaltsverzeichnis (Studienblätter [...] / Fragen [...]); II R Fr. 1.: *s.* ebd.; Cl – Mg – M *(Abs. 1):* Clarisse – Meingast – Moosbrugger; Fr. 10, 6. u. 30. XII *(Abs. 3, 4): s.* Anm. zu «Cl. Rom u Insel» (Notizen auf Blatt 2); Fr 10, 30. XII Anm *(Abs. 5): s. do.* Anm. zu «Cl. in Rom»; Blatt: Zu II Bd. VI Kp Gr *(Abs. 11): s.* «Cl. Rom u Insel»; II R Fr 3 *(Abs. 12): s. do.* Studienblätter [...] (S. 1845); L 19 *(Abs. 14):* 2 Blatt (mit L 20) Stichworte, Hinweise zu «Cl II.», S. 1 heißt es hierzu: «A. glaubt an das Denken bis ins Letzte. Cl. kann nicht denken – namenlose Spannung – Unerhörtes – Musik – keine eigene Form, kein Ziel – [...]»; H 7 *(Abs. 16):* Handschrift S. 7; I. Exhibitionist. [...] *(Abs. 19): s.* MoE II Kap. 14 («Neues bei Walter und Clarisse. Ein Schausteller und seine Zuschauer»; Dr F. Besuch Irrenhaus *(Abs. 20):* Dr. Friedenthal (s. den Kap.-Entwurf ohne Titel «[Besuch im Irrenhaus]»); H 14 *(Abs. 24):* Handschrift S. 14; Als Grundlage [...]: Blatt Zu II Bd. [...] *(Abs. 26): s. do.* «Cl. Rom u Insel»; Ständchen in 14. *(Abs. 28): s. do.* MoE II Kap. 14; 26, 29/30 usf. *(letzter Abs.):* vorgesehene Kap.-Nummern; Schm., S. *(ebd.):* Schmeißer (s. S. 1627–35: s₂ + 4, s₃ + 8 / Für und in:; S. 1454–62: Unterhaltungen mit Schmeißer usf.), Clarisses Bruder Siegfried; Hermaphrodit *(ebd.): s.* S. 1537–40: II. Bd. IV. Kap.-Gr. / *1.;* Cl. W. Vergew.[altigung] *(ebd.): s.* S. 1490–94 («V:»)

Studie zu Cl[arisse] – NR 28 *(Abs. 1):* «Studie zu den Gn- u. Cl-Kapiteln» (vgl. «Frühspaziergang»); II R Fr 23, 18) [...] *(ebd.):* «Studienblätter zu Cl.» Ziff. 1–18, «18)» = «Hauptstudienblatt I» (4 S.); Sanatorium – Grieche *(Abs. 5): s.* S. 1731–36, 1757–64: s₆ + a, s₈ + c; Cl – M – R *(Abs 7):* Clarisse – Moosbrugger – Rachel (s. S. 1579–97 die 2 Entwürfe zu: II. Bd. VI. Kap.-Gr.); Dazu «Manie in ihrer ‹Großartigkeit» *(Abs. 8):* vor «Dazu» Hinweiszeichen (Quadrat) zu Abs. 4 («Großartigkeit»); II R Fr 1, Blge. 16 *(ebd.):* 4 Bl. «Agein- und Patheingruppe» (= Gewalt und Liebe) / «Überblick, mit vorwaltender Berücksichtigung der Agein-Gruppe», rechts über einer Folge von Randnotizen: «Randbemerkungen beziehen sich auf Cl.[arisse]», am Fuß von S. 1 eingerahmt «Bemerkung: Wenn Agein u Pathein ziemlich parallel behandelt werden, so kommt nun möglichst bald ihre Verschmelzung in – Ah [Arnheim]!»; II R Fr 23, 18 *(ebd.):* s. o.; U₆ – 2·03 S 4 *(Abs. 9):* 4 S. zu «(U-Ag: Neubearbeitung von Scheusal.)», auf S. 4 steht diese eingerahmt hervorgehobene Notiz: «Cl. war krank war es immer gewesen. Niemand wußte es. Sie wußte es noch am besten. U., der es auch wußte, dachte nicht daran. W. u dem Gn. imponiert es – ziehn vor .. In Frühsp. einbeziehn die Hinneigung, die Phantasien von den Wahnsinnigen – Von der Zukunft im Irrenhaus.»; II R Fr 1 Blge 11 S 1₅ *(ebd.):* «Offengelassene Fragen u Stellen.», Ziff. 1–15; Ziff. «5)»: «Im Entwurf von [Kap.] 46 [...] ist nicht berücksichtigt, daß in 41 ‹Hermaphrodit› vorangeht. Gerade dieses Motiv stellt aber die stärkste Verbindung zu U/Ag dar. Auch ist die Einbildung, daß Cl. der Hermaphrodit zu sein glaubt, vielleicht das dankbarste Motiv der Darstellung.»; arR: Auch noch Grieche! *(zu ebd.);* 10. I. 3̄6 *(Abs. 11ff.):* die nachfolgenden resümierenden Überlegungen («Nach II R Fr 3 (N. Bl. III) u Sch. Aufb. S 2. u Fr. 10 (die untereinander nicht ganz übereinstimmen)») beziehen sich auf die Entwürfe s₅ + ..., s₆ + ..., z.T. auf die Kap.-Gr.-Entwürfe; arR: Vgl. U₆ – 1·02, S 13 Frage, Antwort, Korrekturen u. die daraus folgenden Konsequenzen! *(Klammer zu:* Mageres Ergebnis: 1)): 3 S. mit Notizen zum Schlußteil (u.a. auch zu Ulrich, Tuzzi, Diotima) und einer «Studie zur Korrektur»; L 48₂₈: nach *(zu ebd.:* 5)): Leitlinien zu «W u Cl.», Ziff. 1–32 sowie x, y, z; Ziff. 28: s₆ + c. Cl. wieder im Sanatorium / Coit. W. W. empfindet Ekel vor sich, hat sich vorher ein durchsichtiges Motiv eingeredet. s₆ + c — 9. / Mastkur / Der Grieche / Sie reist dem Griechen nach [dazu, mit Klammer: Teilbar.]; arR: Du wirst,

wenn [...] *[bis:]* zugrunderichten. *(Ü₆ – Insel II ad 1) Abs. 2)*; Denken um zu tun
[...] *[bis:]* (28. I) *(ebd.)*; s. I₈₆₆ *(ebd.)*: s. MoE I Kap. 112 («Arnheim versetzt seinen
Vater Samuel unter die Götter [...]») Abs. 7; *arR*: Vgl. Museum u Krisis. *(zu ebd.
etwa Mitte – s.* S. 1472–87: Museum-Vor-Kapitel, Krisis und Entscheidung*)*; das
Gs. *(ebd.)*: das Generalsekretariat der Genauigkeit und Seele; *arR*: Auszugleichen
mit: Ü₆ *(ebd.)*: s. Studienblätter [...] S. 1932–35
(«Studie zur Schluß-Sitzung [...]»); Vgl. aber schon: Ahnen. *(zu ebd.)*; II
R Fr 22 → Sua 1ᵣ → AE 24 *(ebd.)*: s. Studienblätter [...], Sammelmappe Ulrich-
Agathe 1 Rücks., Anders (= Ulrich) Einzelblatt 24 *(vgl.* TBh 32 Anm. 23:
Hinweis hierher); *arR*: Namentlich: [...] *[bis:]* antitheoretische Zeit. *(zu ebd.)*;
Vgl. NR 33, 20. I. / U₆ Insel II, Nachtrag zur Aussprache 20. I. *(zu: ad 1):* s.
Studienblätter [...] S. 1905 (Studie zum Problem-Aufbau)

Insel I – NR 34: *s.* die vorangehende «Studie zu Cl, [...]»; die M.-Geschichte:
die Moosbrugger-Geschichte; Schm. Auf.: Schmierblatt Aufbau (s. Studienblätter
[...] / Fragen [...])

Insel II – s₆ + b + 2: *s.* Clarisse-Entwürfe S. 1755–57; L 49: Leitlinien zu «W.»
Ziff. 1–16; L 48₂₇ *[s. Anm. zu:* Studie zu Cl*]*: s₆ + b + 2. Abrechnung zw. W u A;
Erlöser. – Ach, ich wüßte wohl etwas dazu zu sagen: das tiefe Grundgefühl des
Bürgers, das immer stummer u. beruhigter wird. s₆ + ... / s/2. /? Ein schwäch-
licher Mensch ... / Zu dritt schlafen. Zusammenbruch W's. am Strand. Auch A.
melancholisch. W. wird schließlich banal.; B 194 *(II Abs. 1, 2):* In Venedig, wo
auf der Rückreise Clarisse interniert wird, Zusammentreffen mit Walther. Etwas
dicker Bauch, tiefe Zusammengehörigkeit mit Clarisse.; C 3 *(IV Abs. 1):* s. C-
Notizen [...] S. 1772; *arR*: Vgl. nach II R Fr 23, 2) / Cl IIᵥ VII/III *(zu ebd.)*:
Vorstudie zu *[Kap.]* 26 *[s.* auch S. 1564–68: II. Bd. V. Kap.-Gr. / Cl. VII / III*]*;
C–10 *(VI Abs. 1):* s. do. C-Notizen [...]; *AV:* was wird aus mir werden? *(ebd.
Abs. 2 – urspr.:* was wird folgen?*):* *arR:* Nach s₆ + b + 2 u. C–10. *(zu ebd.)*;
Eigentlich muß hier W. schon erzählen, daß er eine neue Beziehung angeknüpft hat.
(zu ebd. Anfang); Sua in II R Fr *(Zu I Abs. 3):* s. Studienblätter [...]; IIᵥ Cl VII/III
nach II R Fr 23, 2) *(Zu IV):* s. o.; NR 33 *(vorl. Abs.):* [...] Problem-Aufbau
(S. 1900–07); NR 12 *(letzter Abs.):* Studie, ausgehend vom Ende der ersten Gruppe
U–Ag.; I₇₆₁ *(ebd.):* s. MoE I Kap. 101 (S. 476) – *[Anm.-Nachtrag:/ Korr.:* seiner
Arme *(VI Abs. 3 – statt:* Arm*)*

WERDEN EINES TATMENSCHEN – *arR:* Titel: [...] *[bis:]* aus einer verl. W.
(Abschn. 2); Den Zwicker [...] *[bis:]* aussehen. *(Abschn. 3 Abs. 1)*; Vergiß nicht
Bd. II Sitzung. U hat ihn selbst eingeführt! *(zu ebd. Abs. 14:* «Seit wann verkehren
Sie [...]? [...]» – s. MoE II Kap. 34–38, vor allem Kap. 36*)*; HS. *(ebd. Abs. 15):*
Hans Sepp; *arR:* Generaldirektor *(zu ebd. Abs. 27)*; *AV:* einige *(ebd. – urspr.:*
einen*)*; *arR:* Vgl. IIᵥᵢᵢ [...] *[bis:]* HS. wird [...] *[bis:]* auch anders gewesen!
(Abschn. 4 [s. S. 1597–1601: II. Bd. VII. Kap.-Gr. m*])*; Sind Sie wegen [...] *[bis:]*
(Sch. Aufb S 3) *(Abschn. 5)*; I₁₀₆ (808 ff) *(Ende):* s. MoE I Kap. 106 S. 505 ff.;
II₅₅₃ *(ebd.):* s. MoE II S. 1008/09

(U u Ge.) – *Überschrift zuerst (gestr.):* Kapitelaufbau, vornehmlich des Schlußteils. /
Kapitelnummer vorderhand: a, a· .., b ... z *[die* neuen Titel-Stichworte daneben
gesetzt*]*; II V 9 *(b):* II. Bd. V. Kap.-Gr. 9 (S. 1577/78); *arR:* Erinnert an [...]
[bis:] ein Volk waren. *[Bo = Bonadea] (zu* b α*)*; Jetzt vielleicht [...] *[bis:]* in U's
Gedanken *(b β)*; IIᵥᵢᵢ, m *(b γ):* s. II. Bd. VII. Kap.-Gr. m (S. 1597 ff.: *s. o.)*;
arR: So soll es auch [...] *[bis:]* ist es dann D.*[iotima] (b γ Abs. 11 – s.* die nachfol-
gende «Studie zu D – U – Fest» usf., S. 1615–21 II. Bd. VII. Kap.-Gr. *[Skizze zu
«Gartenfest»])*; *AV:[hatte]*.. es sich so.. */zugetragen (b δ Abs. 1 – urspr.:* hatte sich

das Folgende zugetragen:); arR: Besser Plusquamperf.[ekt]! (zu ebd.); AV: beraubt war (ebd. Abs. 2 – urspr.: bedurfte); nie mehr (ebd. – urspr.: nie wieder); [daß ein Formfehler] irgendeinem Kanzleikorporal unterlaufen war (ebd. – urspr.: vorlag); arR: u. den Antrag [...] [bis:] zu schicken (ebd. Abs. 3); AV: be- [beschieden.] (ebd.–urspr.: entschieden); ausüben kann (ebd.–urspr.: wird); arR: und ein Rgtskdo. [...] [bis:] des KM. hat (ebd.); ... m, S 2f ... (b ε): s. do. II. Band VII. Kapitelgruppe m; nicht exakt lesbar: Vertiefung (b ζ Abs. 3); NR 33 S 2 (ebd.): s. Studienblätter [...] (Studie zum Problem-Aufbau / Schlußteil); L 64 (ebd.): Leitlinien zu: «Gf B. [ühl = Leinsdorf] u //.», zur «// als Achse u. was dazugehört:»; L 16 (ebd.): Kein Mensch glaubt an den Krieg; die Staatsmaschine geht durch. Noch im letzten Kapitel kann man fragen: wie denken Sie sich die Zukunft? Alle verschieden, aber keiner Krieg. Wenn aber A. nicht daran denkt, weshalb Spion? (Unwesentlichkeit d. wirkl. Lebens? [...]) Nur Rüstungsindustrie u. Alldeutsche sehen vorher [..„]; NR 33 S 3 → II R Fr 26, S 7 (ebd. Abs. 4), II R Fr 5 (ebd. Abs. 5), II R Fr 26 S 1 u. 22 S 5 (ebd. Abs. 8), II R Fr 22, S 2→ AE 24 (ebd. Abs. 10), II R Fr 1 Blge 8 (ebd.): s. Studienblätter [...] / Fragen [...]; arR: Originalstelle: → Das wiederholt also eigentlich das bei Meinung Gesagte. (b η Abs. 3 – zuerst: Wiederholt aber eigentlich [...] [Hinweiskreuz]); → S. den Ausgleich des Herzens bei Bo. (zu b ϑ Abs. 5); → ? (zu ebd. ι); – Fraglich, ob hier (ebd. κ Abs. 1); korr.: kein Wort?!», (ebd. λ Abs. 2 – statt: Wort?!,); II₅₅₈: s. MoE II Kap. 36 S. 1011 (mittlerer Abs.); II₅₆₈: s. ebd. Kap. 37 S. 1017/18

Ge bei U – arR: Überschrift?; II_V 9. (Abs. 4): s. Anm. zu: (U u Ge.)

Schm. 2 Kapitel D–U – B 82 in II_VIII (Abs. 2):? in II. Bd. VIII. Kap.-Gr.[?] Oder Bezug auf «[Skizze zu ‹Gartenfest›]» (letzter Entwurf zu: II. Bd. VII. Kap.-Gr.)?; L 75 (Abs. 5): Leitlinien zu: «Ah in H» (H = Schema-Chiffre für: Schlußteil); α 2 (ebd.): «Arnheim»-Kurzporträt (Masch.); L 9 (ebd.): «Verknüpfung» mit Planskizze von «A = Test.[ament]» bis «J = Ende»; L 29 (ebd.): Teil der Leitlinien zu: «Diot.-Arnh.-A.-Ag.»; II_VII KG. Konv. (Abs. 6): Konvolut zu «II. Band VII. Kapitelgruppe» (s. Anm. zu: Studie zu D–U–Fest); L 2 (ebd.): Leitlinien zu: «Agathe I.»; B 190 (ebd.): «Coitus» (Masch. – s. auch TB S. 408 [Der Hinweis bezieht auf diesen Vermerk auf dem «L 2.»-Blatt: B 190 Mimetus des Coit., nicht mit Ag. erlebt, ist ein Beziehungspunkt. Von da aus empfindet A. den Abstieg Ag. so eifersüchtig. Gleichzeitig ist es Vordeutung des Kriegs. Gehört wegen Ag. [...] (zwischen Ital. I u II oder Ital. II) Ungefähr da muß also auch die // schon deutlich die Richtung haben.; NR 12 (letzter Abs.): s. Anm. zu: Insel II

Studie zu D–U–Fest – Lies: Diotima-Ulrich-Fest (s. Kap.-Gr.-Entwurf II. Bd. VII. Kap.-Gr.: [Skizze zu «Gartenfest»]); Bl. Sch. Aufb. (Abs. 1): Block Schmierblatt Aufbau; S 5 (Abs. 3): MS-S. des o.a. Kap.-Gr.-Entwurfs (s. S. 1619: «Sie habe ihre ganze Seele diesem Mann [Arnheim] gegeben [...]» usf.); Ag. Path. (ebd.): Agein Pathein; Sch. 2 Kapitel D–U (Abs. 4): s. die voranstehende Entwurfsskizze; Fr 2 (Abs. 5): Frage 2 zu «D, Ah in II_II u III.» («in Or[ange?] Mp. [Mappe] Schreibtisch zul.[etzt]»), dazu Hinweise auf «L 27, 29, 70» (zu: «Diot.-Arnh.-A.-Ag.», «Arnheim.») sowie auf «Alternde Frau B 192 – Verführung B 37 [s. Rückseite von B 146] – Beschreiben als Kriegsbild B 190 – andre Beschreibung B 189 – Jagd 187» (s. TB S. 408: «Coitus:», «Alternde Frau:»; TB II S. 1070, 1109–12); Entwurf II_VII ohne Nr. (Abs. 8): s. o. ([Skizze zu «Gartenfest»]); davor weitere Hinweise auf «L 64» (« // als Achse und was dazugehört:»), «L 8» (mit einem kurzen Exzerpt aus «E 21»: «Liebe:» – s. Bd. 7 «Motive-[...]»[RM: «E 29?»]) und nochmals auf die Blätter «Br. 146, 189, 190, 192.»

DIE SONNE SCHEINT AUF GERECHTE UND UNGERECHTE – Wenig korr. Reinschrift-Entwurf (zusammen mit dem sich anschließenden Entwurf «Sonderaufgabe eines Gartengitters»: HS 434–47); *AV:* Wir brauchen eben das Böse. Und was dich angeht, ist noch .. *(Abs. 8 – urspr.:* «Nein, was dich angeht, ist*); WB:* dem Altersfreund seines [...] Vaters *(Abs. 9 – statt:* Altersfeind*); AV:* verdächtigt *(ebd. – urspr.:* angeklagt*);* hätte – sein können *(Abs. 10 – statt:* nichts als [...] ist *[?]; arR:* Korr. /)wirklich‹, ›Wirklichkeit‹ s. Zu NR 9 z «Nachtrag» / *[WB falsch:* Zn NR 9 Z] *(zu Abs. 32 –* «Zu NR 9 / a–z₁» ist ein Konvolut alphabet. numerierter Notizen- und Schmierblätter; der Hinweis bezieht sich wohl insgesamt auf diesen Randvermerk auf Blatt «z» oben rechts: «*Notiz 1.*/Vgl NR 10→H 440/41 *[*«NR 10.) Zusammenfassung zur Einheit 47–49. u. Überarbeitung.*»*, «S. 3.» heißt es: «Nun wollen wir versuchen, ob wir sie wirklich lieben oder nicht! (442) Dieses ›wirklich‹ ist am Ende des Vorkapitels beinahe schon zu oft vorgekommen. (H 440/41 Vgl. Zu NR 9, z, Not. 1.) Stand der Frage: In gewissem Sinn wirklich, ist schon gesagt; nun kommt: inwieweit? u: in welcher Weise? (ib.)»*]* Es ist kein

wirkl. Verhalten Es ist ein durchstrichenes Bewußtsein: Welt $\dfrac{\text{könnte}}{\text{ist}}$. / Es ist

nicht wirklich, wie die Menschen wirklich sind. Doch, gerade so! Denn auch sie enthalten unwirkliche Elemente. / [...] / Stand der Frage: In gewissem Sinn wirklich, ist schon gesagt. Nun kommt: inwieweit? u. in welcher Weise? / *Nachtrag:* Dieses ›wirklich‹ kommt im Vorkapitel H 440/41 sogar zu oft vor. Jedenfalls ist es die vorgegebene Problemstellung.» *[*H = Handschrift*: vgl. oben])*

SONDERAUFGABE EINES GARTENGITTERS – Etwas stärker korr. Reinschrift*; Titel* nacheinander *zuerst (jeweils gestr.):* Sonderaufgabe eines Gartengitters / Zweifelnde Erwägungen

NACHDENKEN – Stark korr. Reinschrift-Entwurf*; Titel zuerst (gestr.):* Experimente am Gartengitter*;* aus dem tausendjährigen Buch *(Abs. 1):* WB vermutet hierzu als möglich einen Hinweis auf «die Bibel, aber auch die Eudemische Ethik des Aristoteles oder gar die mystischen Bekenntnisse [...], ‹die Ulrich unter seinen Büchern besaß› *[*Martin Bubers Anthologie «Ekstatische Konfessionen» 1909*]»; arR:* II R Fr 7, Blg 7 – 232 *(zu Abs. 3:* «die Vergeblichkeit *[zuerst, gestr.:* vergebliche Augenblicklichkeit*]* der Jahrhunderte!» – Fr 7: «Zum Aufbau Ag – U. Rückblick.»; auf ‹Blge. 7.» notierte RM unter «Schlagworte»: «Die vergebliche Aktualität oder ewige Augenblicklichkeit *[*H] 232, auch 233.»; *korr.:* Der ohne Liebe Urteilende *(Abs. 5 – statt:* ohne Liebende *[*vgl. «Die Sonne scheint auf Gerechte und Ungerechte» Abs. 21: Der ohne Liebe [...] – *WB:* kein Korr.-Vermerk*]); AV:* Zuständigkeit *(ebd. – urspr.:* Kompetenz *[zuerst AV:* Amtsbereich*])*

ULRICHS TAGEBUCH – Dieser und die beiden sich anschließenden z.T. stark korr. Reinschrift-Entwürfe sind ein zusammenhängender Komplex*; AV:* Variante: .. aber auch in der Art leicht und spielend, als hätte ... liegen und beschäftige sich mit ihr. *(vorl. Abs. – urspr.:* aber auch leicht und spielend, in der Art, als hätte sie [...] liegen.*)*

EINE EINTRAGUNG – *arR:* ? Wagen Eisenbahnzug Fahr Rad *(zu Abs. 1 – statt [?]:* Autobus*);* S auch 51., 3^le Seite *(zu Abs. 3 – s.* 51. «Das Ende der Eintragung»

Abs. 6); ? aber das ist wesenhaft *(zu ebd. etwa Mitte)*; Anderseits kann mich [...]
[bis:] bloß bestürzt. *(Abs. 7)*; (Auch I 403!) *(zu ebd. Ende)*: s. MoE I Kap. 62 (S. 253:
z.T. wörtlich)

DAS ENDE DER EINTRAGUNG – *AV*: in der Zeit treibt *(Abs. 1 – urspr.:*
fließt*); nicht exakt lesbar:* Ihm ist es *(ebd. – möglich:* Dem*); arR:* Das ist schon
Präformation des Sex.*[uellen] (Abs. 4 Anfang); MoE 1952:* Das Wort kommt *(Abs.
8 – statt:* stammt *[WB:* o]*); arR:* / Korr: Vielleicht hier die falschen Versuche der
Dichtung u des Lebens streifen, die U. kalt gelassen haben! / *(zu ebd. Mitte)*; Ev.
Wir Schm. 49ff S 5 / (Oder bei Wiederaufnahme) *(zu Abs. 11 Ende)*: Schmierblatt
zu Kap. 49ff., S. 5 (am Kopf: «Titel: Vision eines anderen Lebens. Us. Tagebuch /
Oder: Us Tagebuch») heißt es hierzu: «Eine Zusammenstellung ‹Wir›. Daraus
vielleicht auch hier: Nicht besitzen wollen, sondern mit ihr in der neuen Welt
leben L 21 *[ebd.:* «Man will die Geliebte nicht besitzen, sondern mit ihr in der neu
entdeckten Welt leben.»*]*: so denken sie sich die gegenseitig eingeräumte Freiheit.
Das nimmt der Schilderung dies allzu schon Coit-Tendenziöse.»

DIE DREI SCHWESTERN – Stark korr. Reinschrift-Entwurf; *vgl.* den Kap.-Gr.-
Entwurf $\dfrac{30-32}{IV}$ (S. 1523: «Wir sind 3 Schwestern, Ag, ich u dieser Zustand.»);
AV[?]: Gebrauchsgegenstands- *(Abs. 20 – statt:* eines Handtuches, eines Taschentuches, einer Tasse*); arR:* Das hätte ihnen als Warnung dienen können, denn auf
der Reise wiederholt es sich. *(drittl. Abs. Mitte – zu:* Und unabwendbar kam dann
der Augenblick, [...]*); Also müßte man mit historischer Kraft Leitvorstellungen
bilden? *(letzter Abs. Mitte – zu:* daß des einen Morgenwolke des anderen Kameel
sei, [...]*; MoE 1952:* herausgetreten *(ebd. – statt:* hinausgetreten *[WB:* o]*) –
[Anm.-Nachtrag:]* Korr.: unwiderruflich *(Abs. 20 – statt:* unwiederruflich*)*

Weiterentwickelte und neue Entwürfe 1930/31 – 1933/34

EINE EINSCHALTUNG ÜBER KAKANIEN [...] – Reinschrift-Entwurf *[korr.
Abs. 2:* Aber dem – *zuerst:* Dem*]*, daran anschließend der weitere Vor-Entwurf mit
der Chiffre: (II R Fr 5, Blge 3.) (Studienblatt zu *[Kap.]* 32 → z T. *[Kap.]* 42) S. 9.;
unter dem Titel (vor Abs. 4): Wenn nicht eingeschobenes Kapitel, so ist I' = VI /
Einschiebung wäre dann für 42 zu prüfen *[Hinweise, daß der Platz für dieses Kap.
noch nicht fixiert war]); arR:* Feuer – Doppelsinn [...] ?? *(Hinweisstrich zu:*
Feuermaul*)*; II R Fr 1 Blge 12 Pkt 1) Beschluß. (Eingeschaltetes Kapitel) *(vor
Textbeginn):* «Versuch einer Zusammenfassung oder Variabler ‹Nächster Block›.» /
«3. VI 32̄. Aktueller Anlaß: Unterbrechung durch Abreise von Berlin.»; unter «Versuch der Bestandaufnahme» heißt es: «1) Steckengeblieben bei: II R Fr 5, Blge 3
S 9ff. Erprobung von ‹Eine Einschaltung [...]› / Dazu OF 15) *[*= Offengelassene
Fragen u Stellen: II R Fr 1, Blge 11 Ziff. 1–15; unter 15): «Beschluß: Nach II R Fr
1 Blge 12, Pkt. 12) gehört Zeitschilderung vorgezogen. Als Zentrum der Zeitschilderung ‹Der Mensch ist gut› wählen, eine Zeitströmung die damals auftrat.»*]*:
Gründe, die dafür sprechen, es in *[Kap.]* 32 einzuschalten. / Gegengrund: Der Versuch der Ausführung geht zu sehr, zu Jean Paulisch, in die Breite. Außerdem
enthält sein Material Dinge, die ausgeführt so tief in die Soziale Fragestellung
[arR: «Auf Grund von II R Fr. 26. *[*s. Studienblätter [...] S. 1861–71] ist die
weitere Überlegung anzustellen.»*]* führen, daß die Einschaltung in *[Kap.]* 42 wahrscheinlich besser am Platz ist.», dazu (do. *arR)* der schon nach «OF 15)» (s. o.)
zitierte «Beschluß».; Einfach: Es sind immer die Bilder, aus denen die Kriege entstehn. *(zu: Erprobung Abs. 1 Anfang – Hinweispfeil)*; Das bildliche Leben! *(ebd. – do.*

Pfeil); AV: gesagt sein *(ebd. – urspr.:* gesagt werden*);* hinterlassen *(ebd. – urspr.:* gelassen*);* für ihre Geschichte *(ebd. Abs. 2 – urspr.:* in ihr *[zuerst AV:* für sie*]);* *arR:* PduG *[* = Prinzip des unzureichenden Grundes: s. MoE I Kap . 35 «Direktor Leo Fischel und das Prinzip des unzureichenden Grundes»*] (ebd. – zu:* hat ja einen zureichenden Grund*);* Seinesgl. geschieht *(ebd.);* Genie? Vgl die Erzählung von Us Werdegang in II$_I$ . . *[* = MoE II Teil 1 1932/33*] (ebd. geg. Ende);* /Hier knüpft an: *[. . .] [bis:]* Vorhaben/ *(ebd. Abs. 3);* Beides bedeutet das gleiche. *(ebd. Abs. 4 Ende);* Die Beschreibung nach II$_{III}$ 24 u. 25. *(ebd. vorl. Abs. – s.* den nachfolgenden Entwurf «Beschreibung [. . .]»; II$_{III}$ = II. Bd. III. Kap.-Gr.*)*

NATIONEN-KAPITEL – Weitere Stichworte für diesen Entwurf: Kap. Gn–U–Ag *[* General von Stumm – Ulrich – Agathe*],* Beschreibung einer kknischen Stadt; es ist vermutlich der späteste der parallel zum Abschluß von MoE II (1932/33) weiterentwickelten Entwürfe. Vorangestellt ist hier das «Schm./ierblatt*]* Nationen-Kapitel»; RM verweist zu Beginn des bereits reinschriftartig angelegten Kap.-Entwurfs nachdrücklich auf die ersten beiden von neun Seiten, «wo der gleiche Anfang besser ist!» Er gibt auch auf diesem «Schm.» pointierte Hinweise auf die diesem Kap. zugedachte Essenz. Aufschlußreich schließlich ist dort der Hinweis auf S. 3 des «Studienblatt Soziale Fragestellung» (II R Fr 26 – s. S. 1862 ff.) mit dem Datum «4. Aug. 33̄.»; so könnte der Entwurf nur danach entstanden sein.

Schm./ierblatt*]* – Für-In, Mg, Lds. Weltbild, Gn., Mus. ev. Dr Pf. *(Abs. 1): s.* (S. 1634–36) s$_3$ + 8, s$_3$ + /9., Meingast, Lindners [. . .], General Stumm, Museum-Vor-Kapitel, eventuell Dr. Pfeifer (s. «*[* Besuch im Irrenhaus*]*»: S. 1358 ff.), auch Dr. Pfeifenstrauch in den Entwürfen s$_5$ + b + 1, s$_5$ + c, s$_5$ + c + 1 (S. 1684 ff.); II R Fr 26 *(Abs. 2):* Studienblatt Soziale Fragestellung *(s.o.);* Schm. Üp. *(ebd. – auch:* Schm. ÜP*):* Schmierblätter «zur Überarbeitung nach Problemen» (auf S. 2 ist auch auf II R Fr 26 verwiesen, Titel entsprechend auch dort: «Soziale Fragestellung», dazu, als Rückverweis, «S. auch II R Fr 26.»), auf denen (4 Seiten) RM im wesentlich Stichworte aus MoE II notierte («Die Seitenzahlen beziehen sich auf das Exzerpt II R Fr 27», eine «Rekapitulation» über 8 Seiten zum Komplex «Gott u ä.» – s. S. 1873/74). Unter diesem Hinweis auf II R Fr 27 vermerkte RM: «? Entstanden bei Krisis u Entscheidung *[* s. den Entwürfe-Komplex S. 1478–87*]* u. Traum Kapitel *[* s. S. 1500–02: II. Bd. III. Kap.-Gr. 22*]* ?»; II R Fr 1, Blge 11 *(Abs. 4):* «Offen gelassene Fragen [. . .]» *[* s. Anm. zu: «Eine Einschaltung [. . .]»*]* *[* Hierher verweisende Frage:*]* Ziff. «3) Konv 38 sub VI ist gesagt, wie dem Durchschnittsmenschen das Extreme noch eher sympathisch ist als die strenge Wahrheit. Quelle wo? Beziehungen zu andren Stellen?» (Kein Datum; Beilage 10 datiert: 17. – 27. IV. 1932, Beilage 12 *[* s. auch Anm. zu «Eine Einschaltung [. . .]»*]*: 3. VI. 1932*);* *arR:* /Soll sein: Nach Üp S 3 [. . .] *[bis:]* Soz. Fragestellung. *(Abs. 5 –* Der Hinweis bezieht sich auf diese Notiz: «Beginn: Während U – Ag immer regloser . . . Beschreibung der Reaktion auf //. / Se Erl Gf L hatte nach U. verlangt, u dieser hatte Gn St. hingeschickt. Gespräch über Rassen, Ursache . . (anknüpfend an Gespräch über Juden u Sitzung) Aber anderseits steht das besser im Endteil u hier darf nicht zuviel eingeschoben werden. Wie also teilen? Oder doch ganz? Es ist nur ein Bild. Aus unzähligen solchen Bildern integriert sich das Weltgeschehen. *[Hinweisstrich zu* «Wie also teilen?»: B*[* rünn?*]* hier. Nationen zT. Ernste Unruhen wegen // auch in B. *[* rünn*]* / Gf L. war auf einem seiner Güter Darum hat er jetzt Eile*];* /Vielleicht besser Cl.? / *(Abs. 6);* So werden sie auch gemalt *(Abs. 7 Text – zu* Satz 1, 2*);* nicht anders als in einer Fabrik Bleche gewalzt u. Bleche geschrotet *[?]* werden *(ebd. zu Satz 2:* das ein Riesendampfer ausdrückt [. . .]*);* hilflose Fülle *(zu ebd.);* Bilderbuch. Naives u *[. ? .] (ebd. zu Satz 3);* ? liegt über der heutigen Entwertung das Individuelle? *(ebd. zu:* Das ist ein Wort, das zu den Vorstellungen der heutigen Physik paßt, [. . .]*);* Dazu auch das aufdämmernde Wissen, daß sich

Liebe statistisch betrachten lasse, Typenpsychologie usw. Vgl R Fr 7. *[Zum Auf-bau Ag-U. Rückblick.] (zu ebd.); lies:* contrat social *(ebd.:* contract sozial*); korr.:* jedem seiner Triebe *(ebd. – statt:* seinen Trieben *[vorher:* wenn er seinen Trieben folgen wollte]);* nach Schm Üp S 3 *(Abs. 9): s.o.;* II R Fr 1 Blge 15 S 4 *(zu ebd. – Hin-weiszeichen zu:* Weltzustand des Und*):* Studien- u. Leitblatt zum Abschluss des II. (Liefer-)Bandes u. ev. Weiterleitung in den Schlussband (S. 4 Beilage 15 heißt es: «Vorsatz: an den Weltzustand des Und, den Vergleich mit individueller Imbezilli-tät, anzuknüpfen.»)*;* jener junge Schriftst. Fm. *(Abs. 11): s.* der Dichter Feuermaul in «Eine Einschaltung über Kakanien»*; arR: ?* Erst bis: die Geistlichen [. . .] *[bis:]* (Offze. u Einj*[ährige?]) (Abs. 12–14);* Kknien ist der Staat [. . .] *(letzter Abs.):* auf S. 3 (mit Blaustift angestrichen)*;* B. u B. *(ebd. Z. 3):* Besitz und Bildung

Gn-U-Ag – Der Titelkopf (bis: «Titel: Beschreibung [. . .]») steht auf einem Vor-blatt vor dem Entwurf*;* Schm. Ü P. S 3 *(ebd.):* der Randvermerk «Gleichschaltung!» bezieht sich auf eine Reihe kurzer Exzerpte aus dem Schlußkap. 38 des MoE II mit Seitenhinweisen*;* à l h – à l b. *(ebd.):* à la hausse – à la baisse*;* Sch V + B S 7 Rd *(ebd.):* Schmierblatt Vergewaltigung + Besuch im Atelier *[s.* Anm. zu: «V:» = Vergewaltigung*]* S. 7 Rand-Vermerk; es heißt dort hierzu: «h–b ist aber noch mit Nat. Kap. (ist dort beinahe das Wichtigste) u U/Ag. zu vgl.»*;* NR 2, II R Fr 1 Blge 13. usf.*:* diese weiteren Hinweise beziehen sich auf die jeweils auch dort verzeich-neten Stichworte*;* Rotbart *(Vornotizen Abschn. 3):* Ulrich durch Graf Leinsdorf zu-geteilter Sekretär (vgl. TB S. 359: «Der Rotbart. Verwendbare Figur. ‹Historiker›. (Ohne Dr.) Irgend ein freigeistiger Sektionschef des alten Regimes hat sich ihn geleistet. Der Sektionschef ging und der Rotbart blieb als Relikt. Repräsentiert den Geist unter dem alten regime. Charakteristisch, daß er das einzige Opfer der soziali-stischen Neuerung ist.» – Hier freilich, in typologischer Entsprechung, als Nach-kriegsfigur konzipiert)*; arR:* Vgl. noch einmal mit Blatt Schm. Nat. Kap., wo der gleiche Anfang besser ist! *(zu Text Abs. 4 – s.* das voranstehende «Schm. Nationen-Kapitel» sowie Anm.-Hinweis hierher)*; ?* Ist nicht der Sinn: Wie kommt es, daß Dörfer u Städte friedlich unberührt leben, während sich das Historische ballt? *(zu ebd.);* Besserer Sinn: Und so geschieht alles in der Welt seelig .. füllig .. u. muß doch nach einem Gesetz geschehn, sonst führt es zu Katastrophen wie in der B.*[rünn] (ebd. zu Satz 2);* Bilderbuchzustand der Welt ist das Entscheidende! *(zu ebd. – Hin-weislinie zur vorl. Randnotiz:* das Historische)*; AV:* ein noch größeres neues Leben *(Abs. 8 – urspr.:* etwas Neues)*; arR:* Der Beschluß ist nicht reassumiert worden, wie es Gn.II589: verlangt hat! *(zu Abs. 9 – s.* MoE II Kap. 38 (S. 1030/31)*; AV:* .. sich in einer ganz alltäglichen Weise reden zu hören . . . *(Abs. 10 – urspr.:* den Blick auf die alltägliche Welt zu richten)*; eV:* fing er zu plaudern an *(ebd. – urspr.:* fing er von neuem an)*; AV:* /Spielberg, Gnadenberg, Freudenberg/ *(Abs. 11 – statt:* Lachberg)*;* /Das ist aber ein netter.. ! ../ *(Abs. 12 – urspr.:* «Ein netter Lach-Berg!»)*; arR:* Ein paarmal [. . .] *[bis:]* durchstreift *(Abs. 13 zu Satz 2 Ende); AV:* sah [. . .] wieder *(ebd. – urspr.* vor sich)*;* Fahrbahnen *(ebd. – statt[?]:* Straßen)*;* nicht *exakt lesbar:* Bauern *(ebd. – Nachtrag, zuerst nur:* ins Land *[korr.:* Bauernland])*; eV:* sondern in solchen *(ebd. – urspr. –* Farben)*;* städtische Geschäftigkeit *(ebd. – statt:* Industrie)*; AV:* ergaben sich schwierige Verhältnisse *(Abs. 14 – urspr.:* Daraus ergab sich eine große Schwie-rigkeit)*; arR:* Eigentlich kommt es davon, daß die Geschichtsbücher von 49%gen geschrieben werden. *(zu ebd. Mitte); AV:* /Kkn. hatte immer eine Ahnung [. . .] *[bis:]* u daß .. / *(ebd. – usrpr.:* denn Kakanien [. . .] hatte wohl immer geahnt, daß das Weltende nahe ist, wenn es einmal so weit kommt, daß)*;* ausgetragen werden müsse *(ebd. – urspr.:* soll)*; arR:*, oder noch lieber mit weisester Mäßigung *(ebd. – [Zusatz?] urspr.:* oder noch lieber das Weder – noch)*; AV:* also *(ebd. – statt:* darum auch)*;* die schon viel hatten *(ebd. – urspr.:* schon etwas)*; arR:* / D i. Forts. von Weltprosperität im Ld-Kapitel. s. Schm. M-K-II S 3./ *(zu Abs. 15 Anfang – s.* Schmierblatt Museum-Krisis *[zu:* Museum-Vor-Kap., Krisis und Entscheidung])*;*

AV: oder aus Singapore *(Abs. 16 – urspr.:* aus den Pyrenäen *[zuerst, gestr.:* aus Trouville]; /denn die Polizei war nur mit der rechten *[zuerst AV:* einen] Hand die der Gerechtigkeit, mit der andern mußte sie ihren Säbel festhalten / *(Abs. 17 – urspr.:* denn mit einer Hand mußte die Polizei immer ihren Säbel festhalten, damit er ihr nicht zwischen die Beine komme, und konnte nur mit der anderen nach Missetätern fahnden.); *arR:* /einfügen richtiger: sie ist sozusagen schon ihrem Wesen nach in Ordg./ *(ebd. – zu:* denn Ordnung kann [...]); *eV:* ebensolange *[Säbel]* – wieder .. bekommen / wie sie die .. schon hatten *(ebd. – urspr.:* hätten [...] auch noch die Geistlichen lange Säbel bekommen, da nach den Finanzräten [...] schon die Universitätsprofessoren welche hatten); Richtern / Fischinspektoren *(ebd. – statt:* Finanzräten); *arR:* Vielleicht hinzufügen: Geglaubt hat man, das geschieht aus Eifersucht auf Deutschland. Und die fremden Staaten haben geglaubt, aus Militarisierung. Der Stelle etwas faktische Bedeutung geben. *(zu ebd. – Ende); eV:* /? Weltveränderung zu ../ *(ebd. – urspr.:* eine Weltunordnung mit ganz [...]); *AV:* die sie [...] begleiteten *(Abs. 18 – urspr.:* ihn); *[hat mir]* gezeigt *(Abs. 20 – urspr.:* erzählt); /.. Kürasse. Er ist halt .. geärgert .. u hat sich erinnert .. Schloßkapellen .. / *(ebd. – urspr.:* Meß-Kürasse; in einer seiner Schloßkapellen bewahrt er so ein Gewand noch auf.); kehrt *[* zurückgekehrt] *(Abs. 22 – urspr.:* zurückgekommen); *korr.:* ‹Nieder mit den Deutschen!› [...], [...] ‹Nieder mit den Tschechen!› *(ebd. – statt:* «Nieder [...] Deutschen!»[...], «[...] Tschechen!»; *AV:* ihm anzubieten *(ebd. – urspr.:* zu antworten); kommen wird *(Abs. 25 – urspr.:* kommen sollte); *arR:* Aber vorderhand sind wir doch erst bei der Nationalen Revolution? *(Abs. 26); AV:* .. Truppenübungsplatz ..*(Abs. 28 – urspr.:* Exerzierplatz); *arR:* Das hat man seit dem Jahr 48 versucht, aber .. *(Abs. 32 – zu:* «Ich meine halt so [...]»); Richtiger wäre es aber so: / Solange es einem gut geht, bleibt alles in Ordnung Wenn es einem schlecht geht, gewinnen Ideen über einen die Macht. / Und die das benutzen, poussieren dann ihre unzureichenden Ideen usw. entsteht ein Zirkel. (D.i. auch U's. Gedanke, daß man in Zeiten der Zufriedenheit od. Blüte die Welt umbauen muß!) *(zu ebd. Mitte); AV:* habe tun müssen *(Abs. 34 – urspr.:* getan habe); daß man [...] brauchen möchte *(ebd. – urspr.:* daß es [...] brauchen täte); bewährt *(Abs. 37 – statt:* zur Verfügung stellt)

UNTERHALTUNGEN MIT SCHMEISSER – Korr. Reinschrift-Entwurf; *Titel zunächst (gestr.):* Warum die Menschen nicht gut, schön u. wahrhaftig sind, sondern es lieber sein wollen; *nicht exakt lesbar [korr.]:* hinstellte *(Abs. 1); AV:* weiter entwickeln mochte *(ebd. – urspr.:* konnte); *korr.:* wollen Sie *(Abs. 3 – statt:* sie); *AV:* gehenden *[weitergehenden] (Abs. 8 – urspr.:* weitergeführten)

WARUM ... SIND ... WOLLEN – *Lies:* Warum die Menschen nicht gut, schön und wahrhaftig sind, sondern es lieber sein wollen *[s.o.:* den gestr. Titel vor «Unterhaltungen mit Schmeißer»]; *arR* (am Kopf S. 1): N.*[ächster]* Bl*[ock]* III nach Konv*[olut]* Unterhaltungen mit Schm.*[eißer]*; *Ev:* In das gemeinsame Kapitel [...] *(Abschn. 1 – zu* «Text:» Abs. 1); *Nachtrag:* [...] *(Abschn. 2 – zu ebd.); Nachtrag:* NR 32 begonnen *(zu ebd.):* NR 32 Chiffre für «Studienblatt ›Für – In‹» (s. S. 1634/35: «s_3 + 8»); der «Text:» ist nach Abs. 1 über etwa 2 Seiten von «Material zu Gespräch mit Ag*[athe]*:» unterbrochen, danach neu als «Text:» angezeigt; *AV:* .. vollends nicht mehr. *(ebd. Abs. 7 – urspr.:* wohl überhaupt nicht mehr.); *eV:* ev: .. vom Nachläufer zum Vorgänger *(ebd. Abs. 9 – statt:* vom Neuling zum Nestor, Patriarchen oder Pionier); *arR:* /Kommt es aber auch nicht darauf an, wofür man lebt? Gerade darin sehen die Menschen den Unterschied. Verneint man es, so muß man aber vermeiden, daß es auf die «liberale» Leugnung der Entschlossenheit u.ä. hinauskommt/ *(ebd. zu:* Kommt es für die menschliche Zufriedenheit weniger darauf an, [...]); *Nachtrag:* Eigentlich lebt der Mensch nur in Revolutionen In. Darum z T. macht er sie auch. *(ebd. zu:* dieses Leben «Für etwas» [...]*); (*Setzt auch «Pkte» fort. I$_{21}$,ff) *(ebd. zu:* wer dagegen ein Notizbuch hat, [...] – *s.* MoE I Kap. 37 S. 140*); AV:* ... und wurde für ihn in diesem Augenblick zu einer ... *(Abs. 10 – urspr.:* und vielleicht war sie wirklich eine von jenen*); |* ..., einer gehe .. in etwas *[darunter, Hinweisstrich:* So könnte Gf L. das aus Amt herleiten.*]* .. lebe u webe ...*| (ebd. – urspr.:* sagt: «er geht ganz darin auf», oder: «er lebt und webt darin»*); eV:* .. in einem als Ideal bezeichneten Zustand .. *(ebd. – statt:* «Sich im Zustand seines Ideals [...]»*); AV:* In dagegen immer das *(ebd. – urspr.:* In dagegen ist das*); jenes zu leben (ebd. – urspr.:* es*); arR:* S. Bd I: Wenn ich Herrscher der Welt wäre... */" ":* Kompromisse */" " Tzi u D. [Tuzzi und Diotima]* u die Paradoxie der Ideale *(zu ebd. etwa Mitte); AV: |* .. die Ideen seines Gegners ..*| (ebd. – statt:* das Verbrechen*); verabscheut (ebd. – urspr.:* haßt*); arR: |*das spönne also schon von «Der Mensch ist gut» her!?*| (zu ebd. Ende); korr.:* oder, mit andern Worten, *(Abs. 11 – statt:* oder mit*); arR:* oft nur noch ein beruhigendes Summen *(ebd. – zu:* von dem Etwas noch ein wenig weiter entfernt [...]*); AV:* nicht zuletzt *(Abs. 12 – urspr.:* nicht zum mindesten*); arR:* Im Namen der Einheit der Nation 49% von ihr vergewaltigen *(ebd. – zu:* So etwa: [...]*); AV: |*Scheinzugeständnis*| (ebd. – urspr.:* Zugeständnis*); arR: |*Also Für hängt auch mit Glauben zusammen!*| (Abs. 13 – zu* letztem Satz*); AV: |*alles Lebens*| (vorl. Abs. – urspr.:* aller Moral*); arR:* Für u Gleichschaltung! *(zu ebd. Ende)*

AG BEI LD. – *Lies:* Agathe bei Lindner. Dieses Titel-Stichwort steht auf dem Vorblatt zu einer Folge von Notizen und Skizzen. Zugrunde liegt hier ein Reinschrift-Versuch, der sich daraus entwickelte: drei Seiten und daran anschließend vier weitere Seiten «Aufbau», auf denen RM diese Neufassung eines älteren Kap.-Entwurfs fortsetzte. Auf diesen über 10 Seiten gehenden Entwurf («II. Bd. III.

Kap.-Gruppe $\frac{30-32}{II}$» – s. dazu auch S. 1503–09: II/III 30–32 / I «... Seit dem Traum ...», S. 1523–29: $\frac{30-32}{IV}$ $\frac{30-32}{V}$ $\frac{30-32}{VI}$ jeweils mit Agathe im Mittelpunkt) ist in der Aufbau-Skizze wiederholt verwiesen. Genaue Seiten- und Anschlußangaben kennzeichnen die Textstellen, die aus dem alten Entwurf übernommen werden. Lindner (Ld.) heißt auch dort noch Meingast (Mg.), die direkte Rede ist noch in Striche, nicht schon in Anführungszeichen gesetzt; der Name wurde bei den übernommenen Passagen der definitiven Lesart gemäß geändert, nicht aber auch die ältere Interpunktion.

AV: Zu dieser Zeit *(Abs. 1 – statt:* In dieser ganzen Zeit*); mutmaßte Ld. streng (Abs. 9 – urspr.:* warf ihr Ld. vor.*); erwiderte Ag. (Abs. 10 – urspr.:* erwiderte Agathe einfach.*); läßt eben [...] befürchten (Abs. 11 – urspr.:* läßt aber*); scheinbar (Abs. 19 – urspr.:* einfach*); Denn diese (Abs. 20 – statt:* solche*); wie Magerkeit [...] (ebd. – MoE 1952* hier ohne RM-Hinweis Rückgriff auf die ältere Vorlage: wie wenn man sich schlank fühlt und mit einem Riemen eng umgürtet.*); kränkendes Müdwerden (Abs. 23 – urspr.:* greinendes*); Vorliebe (ebd. – urspr.:* Festigkeit); .. dem Aufsteigen von .. Dämpfen (Abs. 24 – urspr. nur:* Dämpfen*); Pkt. 1) u 2): ausgeführter Text (Aufbau Abs. 2 – s.* den Entwurf bis hier*); AV:* in jenem Stil *[zunächst:* Barockstil*] (ebd. Abs. 3 – urspr.:* in einem*); eV:* ist nicht weit von .. Fetischismus *(ebd. – urspr.:* das hat etwas von Fetischismus in sich*); AV:* zum Erlebnis bringen *(ebd. Abs. 5 – urspr.:* zur Darstellung*); mit denen sie .. gefüllt haben (ebd. Abs. 10 – urspr.:* die unsere Museen u. Ausstellungen füllen*); begrüßen und mitmachen (ebd. Abs. 13 – urspr.:* oder*); nahm den Gegner an (ebd. Abs. 15 – urspr.:* den Angriff*); wirklich (ebd. Abs. 16 – urspr.:* wahrhaft*); AV [?Zusatz?]:* er zog sich zurück *(ebd. Abs. 19 – zu [? statt?]:* schränkte Ld. ein*); AV:* immer versucht worden *(ebd. Abs. 21 – urspr.:* geschehn*); eV: |* Wie kommen Sie darauf, daß es .. sein soll?! Wie können Sie behaupten, daß ... *| (ebd. Abs.*

24 – statt: Und überhaupt: was denken Sie von mir?!*); AV: [*über einen*]* krabbelnden Käfer *(ebd. Abs. 25 – urspr.:* über eine Maus*);* der [...] Hörigkeit *(ebd. – urspr.:* des [...] Machtspiels*); korr.:* u Dienen ..» *(ebd. Abs. 28 – statt:* u Dienen ..*); AV:* verteidigte er sich *(ebd. Abs. 32 – urspr.:* entschuldigte*);* Überdies erfordert [...] *[bis:]* neuen Anlauf: *(ebd. – urspr.:* Freundschaft zw. Mann u Frau [...] erfordert überdies eine Höhe der Gesinnung, die sich damit gar nicht vergleichen läßt*);* .. also eine Art ewige Freundschaft ... *(ebd. Abs. 33 – urspr.:* Ihre Freundschaft*);* von bösen Einfällen *(ebd. Abs. 34 – urspr.:* tollen*); arR:* .. also (oder) irgendetwas [...] *[bis:]* ausgestoßen wird?! *(ebd. Abs. 36); eV: |* ängstlich empörten*| (ebd. Abs. 39 – urspr.:* ängstlichen*); AV:* unter einer unsäglichen Angst *(ebd. Abs. 46 – urspr.:* unaussprechlichen*);* wohl nur *(ebd. – urspr.:* gewiß nur*); eV: |*Erregung von der Stelle vertrieb, wo sie ausbrechen wollte*| (ebd. – urspr.:* von ihrem angemaßten Angriffspunkte*); AV:* denn während *(ebd. – urspr.:* u. während*)*

BEIM RECHTSANWALT – *Zuerst:* Museum-Kapitel *(Vor-: nachträglich eingefügt); arR:* Titel: Beim Rechtsanwalt *(darunter* «Material»*-Hinweise); links:* N*[*ächster*]* Bl*[*ock*]* III vor II~III~ Konv. 22; *vor Textbeginn:* I. (Nach Konv. II III 4) ∼; *AV:* eine causa *(Abs. 1 – statt:* eine «Sache»*); korr.:* Ihrem Herrn Gemahl *(Abs. 3 – statt:* ihrem*); AV:* jenes [...] Beschwerden *(Abs. 7 – statt:* dessen*); eV:* das A.. *[*uf klärungsbedürftigste*] (ebd. – urspr.:* die auf klärungsbedürftigste*); korr.:* die seither *(ebd. – statt [versehentlich?]:* sie*); eV:* ev: *|*als sie sich gewissenlos aussprechen ließen*| (ebd. – urspr.:* als sie gewissenlos auszusprechen wären*); AV:* diesen Plan *(Abs. 8 – urspr.:* seinen*); arR:* Nachtrag: [...] *[bis:]* unerwünscht. *(zu Abs. 19 Ende – Hiernach eine Zäsur?* Die nachfolgenden beiden letzten Seiten sind *überschrieben:* Mus. Kap.*); nicht eindeutig lesbar:* mit [...] heftiger Stimme *(Abs. 27:* hastiger *[?]* – *zuerst, gestr.:* leidenschaftlicher*); AV:* schlimm *(Abs. 28 – urspr.:* ausweglos*); arR:* Habe ich das gesagt? *(zu Abs. 30);* ? Aber anderseits [...] *[bis:]* verschleppen. *(zu letztem Abs.); Zusatz:* Als sie dann [...] *[bis:]* zaudern noch usw. *– [*Anm.-Nachträge:*] AV:* als sie *(Abs. 1 – urspr.:* als diese*); MoE 1952:* nachdenklich *(Abs. 30 – statt:* nachdrücklich *[WB:* o*])*

KRISIS UND ENTSCHEIDUNG – Der «Studie», die hier voransteht, ist ein noch provisorischer Kap.-Entwurf angeschlossen. Vgl. hierzu auch den frühen Entwurf s₃ + ... A-Ag. *[*Anders-Agathe*]* IV. (S. 1646–48)

Studie – 49 j 50: Kap. 49 jetzt Kap. 50 *(Abs. 1);* Mpe. N. Bl. III: : Mappe Nächster Block III *(ebd.); AV:* aus dem Zimmer *(Abs. 3 – urspr.:* fort*);* Pet.*[*er*]* ist vorangegangen *(ebd.): s.* II. Bd. III. Kap.-Gr. $\frac{30-32}{V}$ (S. 1525–27); Vorangegangen ist Traum *(Abs. 6): s.* II. Bd. III. Kap.-Gr. 22 (S. 1500–02); M K I *(Abs. 7):* Schmierblatt M(useum) – K(risis) I$^{\underline{te}}$ Reihe; II R Fr 6, Blge 10 *(ebd.):* Komplex «Ag.-U, fortlaufend.»*; AV:* Ahnen *(Abs. 9 – urspr.:* aZ *[*anderer Zustand*]*); Sua 3 S 2 *(Abs. 10): s.* Studienblätter [...] S. 1841/42; II R Fr 22₁ *(Abs. 15): s.* ebd. S. 1856; Sch. M K I S 6. *(Abs. 16):* «RA. schlägt vor, Ag. krank zu erklären (nicht nervenkrank!), aber Ag. erschrickt über die Maßen, U. redet ihr zu usw.»*; arR (abgetrennt):* Es muß zu [...] *[bis:]* Mus. Kap. mit Gn! *(Abs. 20/21); arR:* Nachtrag: [...] *[bis:]* Ahnen. *(vorl. Abs.); nicht exakt lesbar:* Selbstmordgründe *(letzter Abs. – möglich auch:* -zweck?*)*

Entwurf (49 jetzt 50) – II III A-Ag VI. Kap. *(Abs. 2):* vgl. II. Bd. III. Kap.-Gr. (Von Ag's. Ankunft bis zur gemeinsamen Reise) / .. A-Ag. *[*Anders-Agathe*]* / Sechstes gemeinsames Kapitel (S. 1535); *lies:* ein Kapitel Bo – [...] *(ebd.);* Aus 39 j. 41 (II~III~$\frac{30-32}{IV}$) *(Abs. 4): s.* diesen Entwurf II. Bd. III. Kap.-Gr. (S. 1523–25);

Sua 3 *(Abs. 23): s.* S. 1841–44; M/Gesellschaft *(Abs. 25):* Moosbrugger / [. . .];
AV: auf einige Zeit *(Abs. 26 – urspr.:* auf kurze Zeit [nachträglich eingekl.*]);*
arR: od. ähnl. *(zu ebd. Ende); AV:* /schien sie nicht erraten zu können,
ehe . ./ *(Abs. 28 – urspr.:* wollte sie nicht wissen, ehe*); arR:* Unter diesen
Gedanken [. . .] *[bis:]* 2) . . *(Abs. 29); AV:* /aber die Reue war schon ganz
weit in ihm / oben durchgekommen *(Abs. 30 – statt:* aber die Reue brach über ihm
zusammen*); arR:* Beschluß: s. nächste Seite: Aufbau mit Einbeziehung *(zwischen
Abs. 31 u. 32.* In die hier große Lücke setzte RM zunächst plakativ untereinander:
Nein. / Besser: [strich beide Vermerke, ein nach unten gerichteter Pfeil sollte die
getrennten Absätze offenbar zusammenrücken; vom Randvermerk zeigen je ein
Pfeil nach oben wie nach unten*]);* Grund s. Schm M–K.–II Reihe [. . .] *(Abs. 33):*
Schmierblatt M[useum] – K[risis], II Reihe; der Hinweis bezieht sich auf diese
Notiz S. 1 unten: «? ? Ag. soll nicht wieder zu Ld. laufen, dieses Aus dem Haus
laufen wiederholt sich zu oft.»; *arR:* ? Gott in der Hauptsache [. . .] *(drittl. Abs.);*
Aus hier rot [. . .] *(letzter Abs.): s. o.* Abs. 12 (Es ist unser Schicksal: [. . .]) Satz 2
(rot unterstr.: Wir werden uns aber nicht töten, [. . .]); rot unterstr. ist auch der
Anfang von Abs. 15 (Einsamkeit: [. . .]). Hiernach *(letzter Abs.)* folgen z.T.
variierende Notizen, Überlegungen. – [Anm.-Nachtrag:] *Korr.:* mit emporgestrecktem Arm *(Abs. 30 – statt:* emporgestreckten*)*

II. Teil – Dieser weitere Entwurf-Text beginnt auf einer neuen Seite; *arR:* Ist
das nicht eine Wiederholung der Mondnachtszene? *(zu Abs. 1 Anfang);* Pierrot:
Schm M K II Reihe S 1. *(zu Abs. 5 Anfang):* Pierrot bei Selbstmordszene. [. . .]»; ?
Das u Selbstmordbeschluß, ist es nicht nur so markiert u. in Wahrheit Abtun des
früheren Lebens?! s. auch u.[nten] *(zu ebd.);* Vielleicht aber schon U. in Mus.!
(zu ebd. etwa Mitte – Hinweispfeil zu nächstem Randvermerk*);* /Das berührt auch
die Paradoxien der Ordnung – ∼ Gn. – daß rationale O. dürftig ist, emotionale Einheitlichkeit aber maniakalisch. Das eine ist Gefühlsarmut, das andere Übergewicht/
(zu ebd. Mitte); II R Fr 27, S 8, 599 *(ebd.): s.* Studienblätter [. . .] S. 1873/74
(«Gott u ä.»: Anfang), der Hinweis bezieht sich auf eines der sich daran anschließenden zahlreichen Exzerpte aus MoE II (vgl. S. 1037): «Vom Genie zum Kitsch, die
moral. Phantasie, einfacher das Gefühl: bloß dauernde Gärung. Mensch kann nicht
ohne Begeisterung auskommen. Begeisterung = Eingeistigkeit (d. i. wohl das
gleiche wie das halb als Einwand erwähnte Hingerissensein) Die Stärke eines
solchen Gefühls ist ohne Halt. Dauer gewinnen Gefühle u Gedanken nur aneinander, in ihrem Ganzen, gleichgerichtet, sich gegenseitig mitreißend. 599»;
arR: Zieht sich um! *(zu ebd.:* «Ohne einen Augenblick [. . .]»*);* Vgl. II 304/5.
(ebd.): s. MoE II Kap. 21 S. 854/55; *AV:* verdunkelt *(Abs. 6 – urspr.:* verlegt*);* . .
als etwas, das sich in Ordnung befand . . . damit zu tun . . *(ebd. – urspr.:* erschienen ihr [. . .] in Ordnung, jetzt, wo sie gar nichts mehr mit ihnen zu tun
haben sollte.*); arR:* Abneigung geg. die Kategorien der Welt: [. . .] *(zu Abs. 8);*
Fr 5 Blge 1 *(ebd.):* «Frage 5.» = «Hauptgruppierung von U/Ag in II$_{III}$. [II. Band
III. Kap.-Gr.] ?», auf S. 1 von «Frage 5, Beilage 1.» s. hierzu die Notiz: «Man mag
psychopathisch od. verbrecherisch handeln, in einer anderen Welt wäre das gut.
– Man geht wie in einer anderen Geistesrasse umher.» *(Hiernach folgen, unten
durch eine Linie abgetrennt, wieder, eingeleitet offenbar von den do. schon abgetrennten Abs. 7/8, Notizen, Überlegungen); AV:* Geschehen *(Abs. 9 – urspr.:*
Gebiet*); arR:* Die Reise beginnt dann mit einer Erschöpfung wie nach einem Anfall, worin sie alles dankbar hinnimmt. *(zu ebd.);* Ohne Gott [. . .] *(Abs. 11):*
neuer Seitenanfang (nochmals darüber: II Teil*); arR:* Oder: ⤳ [Tilgungszeichen]
Wir werden uns nicht töten, ehe wir nicht alles versucht haben! *(zu Abs. 18 Ende –
je ein Hinweispfeil zu:* u fragte: «Reicht es für beide?», Ag. riß es ihm [. . .]*); eV:*
Ich habe doch nie etwas [. . .] Oder: kein Wort [. . .] *(zu ebd. – zunächst nur : . . . ?);*
arR: Das hieße [. . .] *[bis:]* zu Gott. *(letzter Abs.)* – [Anm.-Ntr.: s. S. 2129]

VIELLEICHT AN STELLE DER [...] EIFERSUCHTSKAPITEL – Mob-Zeit *(Abs. 1)*: Mobilisierungszeit; *lies:* Gartenterrasse *(Abs. 2)*; *korr.*: Denn genau *(Abs. 4 – statt:* Denn *[Zusatz]* Genau)

EINSCHIEBUNG R*[ACHEL]*-REUE – Reinschrift-Entwurf; vor dem Titel-Stichwort: Kap.-Nr. 26; *arR:* Korr. [...] *[bis:]* unterzubringen ist. *(auf der Höhe der Titelzeile)*; Fr. 5. Blge 2 *(ebd.)*: zu «Frage 5.» *s.* Anm. zu «Krisis und Entscheidung» / «II. Teil», (S. 1485), auf dem Blatt «Frage 5. Beilage 2.» *[*«Überlegung, als II_III 9 steckenblieb (1. XI. *[?]*)»*] s.* hierzu die Notiz: «II_I 26 R. vielleicht lassen / von ›Einstweilen‹ aber wäre es falsch‹ an ist der Text zu streichen u. gehört in II III 9 → Das halb bekleidet sehn ist dort auch unverfänglicher als hier im Totenhaus.» *[vgl.* die letzte Anm.*]; AV:* / .. von einem Orkan, in dem .. */(Abs. 2 – urspr.:* etwas von einer schiefen Platte, auf der*); eV:⟨ [Tilgungszeichen] (Abs. 3* Anfang*); arR:* /Anm: Wie ist das in Wahrheit? Springt hier à 1 b. ein? / *(zu ebd.* Ende*)*; Korr.: Dieser Abschnitt *[s. o.:* ›Einstweilen [...]‹*]* ist hier zu streichen. Wurde hauptsächlich in II_III 9 eingeflochten. *(zu Beginn weiterer* zwei MS-Seiten; zum nächsten Abs. do. *arR:* Korr: Von hier bis Ende gleichfalls streichen [...]*)*

V*[ERGEWALTIGUNG]* – Stark korr. Entwurf; Sch. V + B (= Schmierblatt Vergewaltigung und Besuch im Atelier*)*; *arR:* (Das Präsens gilt nur der Skizze.) *(zu Abs. 1); MoE 1952:* Er ist erregt *(Abs. 2 – statt:* gereizt *[WB:* o]*)*; *arR:* Das ändert also den Entwurf S 4. (Läßt sich aber unschwer einfügen. Etwa Ende 5): und plötzlich hat sie ihren Entschluß: M.*[*oosbrugger*]* muß aus dem Irrenhaus geholt werden, W. muß dadurch lernen. M. ist in diesem Augenblick nichts weiter für sie als der dämonische Unbekannte u Geheimnisvolle. Und in dem Augenblick, wo sie das beschließt, ist eine Schuld ... *(zu Abs. 3ff.); AV:* faßte [...] Cl. kräftig zu *(Abs. 7 – urspr.:* an*); arR:* Hier ev. noch eine Zwischenfrage Ws. u. Cl: .. Schicksal eines großen Menschen .. S 1. *(zu Abs. 11 – Hinweiszeichen [vor Satz 2]); AV:* / .. sie nun mit plötzlichem Schwung .. / *(ebd. – urspr.:* schleuderte sie plötzlich*)*; beobachtete die Wirkung auf W. u brach in Lachen aus *(ebd. – urspr.:* Clarisse lachte dazu – *Hinweiszeichen)*; Und plötzlich war sie *(ebd. – urspr.:* Dann wurde sie*)*; ruhig *(ebd. – urspr.:* ernst*)*; zum Genialen *(ebd. – urspr.:* zum Genie!*)*; *arR:* /An der [...] gewiesenen Stelle heißt es: .. gleichzustellen, aber sich etwas Unheimlichem gleichzustellen, ist die Entscheidung zum Genialen! / *(zu ebd. etwa Ende); AV:* zu etwas *(ebd.–urspr.:* zu uns*); arR:* (II R Fr 23, 14) S 2) *(zu ebd.)*: «Studienblatt zu *[Kap.] 38 [*Laubumkränzter Waffenstillstand*]*»; auf S. 2 Notiz fast wörtl. wie die nachfolg. Abs.; II_399 *(zu Abs. 14 Anfang): s.* MoE II S. 913; *korr.*: wollte, was noch schlimmer ist, auf *(ebd. – statt:* schlimmer ist auf*)*; Dem Erstarrenden *(ebd. – statt:* Den Erstarrende *[zuerst:* Der Erstarrende*])*; à 1. b. contra à 1 h. *(Abs. 15):* à la baisse contra à la hausse; *arR:* h–b *[hausse-baisse]* ist aber noch mit Nat. Kap. *[s.* «Gn-U-Ag Nationen Kap.»*]* (ist dort beinahe das Wichtigste) u U/Ag. zu vgl. *(zu ebd.)*; hier S I *(ebd.)*: Schmierblatt-Notizen (der Entwurf hier beginnt «S 5.»); II R Fr 23, 15) S I *(ebd.)*: «Studienblatt zu *[Kap.] 46*» *[*«Überfall Ws.»*]*, S. 1 heißt es hierzu: «à 1. h. u à 1. b. – Dieses zurückgetretene Problem ist jetzt latent wieder zw. U. u Ag. gegeben; die spezielle Form für W. lautet etwa: Gott anrufen? Den Wahnsinn mitmachen? Cl. zu einem im weitesten Sinn bürgerlichen Leben zwingen oder mit ihr aus diesem Leben hinaus fliehn? – Die Stelle ist geeignet das durchschnittliche, theoretisch indefinite, praktisch desto entschlossenere, Lebensgefühl gegen das geniale abzugrenzen. Beides in W. / Und auch er fühlt den Druck des Lebens / eingeklemmt wie in gespaltenem Holzblock Genie ist: das Unruhige, Unduldsame, Gewagte, Experimentierende. Was Genie ist u daß Cl. Genie ist, wenn auch in einer privativen Form, u. daß er keines ist –: das könnte W. hier erkennen, wenn auch nicht mit völligem Eingeständnis.»; II R Fr 23, 2) *(ebd.)*: «Vorstudie zu *[Kap.] 26*» (Anfang Januar 1932) heißt es hierzu: «D. h.

aber auch: unentwegt, intransingent *[!]* sein (Völkerwanderung!), vielleicht so, wie es Cl. verlangt. Es stünden dann gegeneinander Radikalismus des Durchschnittsmenschen u des Wahnsinnigen. *[...]»; atR:* Ab hier nach: II R Fr 23, 15) u. 2) u. II$_V$ Cl. VII/II S 3 ff. *(zu Abs. 16 Anfang): s. o.* sowie übernächste Anm.; D. i. auch «Tat» So geht es bei einer Tat zu! *(zu ebd.);* II V Cl VII/II *(ebd.): s.* II. Bd. V. Kap.-Gr. Cl VII/II *(S.* 1562/63: der Text dort ist hier eingefügt*); AV:* / u wenn sie wieder zu sich kam, berauschte sie das durch die Überzeugung ... / *(Abs. 19 – urspr.:* und das hatte sie vollends berauscht, so daß sie überzeugt war,*);* Umso mehr entsetzte es sie, als ... *(ebd. – urspr.:* Zu ihrem Entsetzen mußte sie aber mit der Zeit bemerken *[zuerst AV:* Umso entsetzter war sie, als ..*]);* ihre Welt *(ebd. – urspr.:* die*)*

Entwürfe zu den «Kapitelgruppen» III–VIII

Die Kapitelgruppen waren für RM ein Instrument seiner Arbeitstechnik beim Aufbau des MoE; sie halfen den Roman strukturieren. Sie waren die vermutlich letzte Vorstufe vor den Reinschrift-Versuchen, deren einzelne Teile (Kapitel) nicht mehr unmittelbar in dieses Gliederungsprinzip eingebunden erscheinen. Im Werk selbst natürlich trat diese Gruppierung erst recht nicht mehr in Erscheinung. Die Kap.-Gr.-Entwürfe haben zwar im einzelnen schon den Kapitel-Umriß, aber noch keine Titel (Titel-Stichworte sind die Ausnahme). Verschiedentlich ist vermerkt: Ort unbestimmt. Dem entspricht, daß über dem Textbeginn rechts, wo in einigen Fällen bereits eine Nummer notiert ist, etwa bei den Entwürfen der Kap.-Gr. VII, an dieser Stelle nur ein eingeklammerter breiter Strich, für wahrscheinlich solche Numerierung, steht. Das könnte den Schluß nahelegen, von Kapiteln auf Abruf, von einem Kapitel-Reservoir zu sprechen.

Im Nachlaß fanden sich Kap.-Gr.-Entwürfe allein zum MoE II. Man wird davon auszugehen haben, daß es diese Phase oder Vorstufe auch beim Aufbau des MoE I gab, aber RM wird diese MS, als er emigrierte, als abgeschlossen in Wien zurückgelassen haben, wo sie wie die übrigen dort verbliebenen Materialien und Arbeiten gegen Ende des Krieges verlorengingen bzw. vernichtet wurden. Ein Teil der noch erhaltenen Kap.-Gr.-Entwürfe beziehen sich auf die bereits gedruckten oder in Druck gegebenen Kapitel. Auch einige der hier zusammengefaßten 31 Entwürfe wurden schon in den Roman (MoE II$_1$) eingearbeitet; insgesamt aber fallen sie, da die zunächst geplante weitere Entwicklung ohne die bereits verwerteten Entwürfe nicht hinreichend motiviert, letztlich auch unverständlich bliebe, in den Bereich der noch offenen (noch nicht abgeschlossenen) Dispositionen. Das betrifft vorrangig den Clarisse-Komplex. Die Entwürfe dazu basieren durchweg auf den – als Einheit konzipierten und natürlich entsprechend auch so gelassenen – s$_5$ + ...– und +s$_6$ ...– Entwürfen, die, anschließend an die Kapitelgruppen-Entwürfe, mit den s$_4$ + ... – und Teilen aus den s$_2$ + ... – sowie s$_3$ + ... -Entwürfen, zusammengefaßt sind. Die weiteren Komplexe: Agathe-Ulrich – zu «II. Bd. III. Kapitelgruppe» heißt es eingeklammert auch: «Von Ag's. Ankunft bis zur gemeinsamen Reise *[ins Paradies]»* – , Leo Fischel-Gerda-Hans Sepp; ein Nebenkomplex ist noch einmal Diotima am Ende ihrer Illusionen. Die Verteilung: 10 Entwürfe Kap.-Gr. III, 5 Kap.-Gr. IV, 8 Kap.-Gr. V, 2 Kap.-Gr. VI, 5 Kap.-Gr. VII, 1 Kap.-Gr. VIIII. Über jedem Kap.-Gr.-Entwurf steht stereotyp der entsprechende Gruppierungshinweis. Die Reihenfolge innerhalb einer Kap.-Gruppe richtet sich, soweit sie gegeben ist, nach der Zahlen- und auch Buchstaben-Numerierung. Die Entwürfe haben zum großen Teil bereits Reinschrift-Charakter.

II/III 17 – *MM-Korr.* (nicht berücksichtigt)*:* beim Sprechen *(Abs. 12 – statt:* Hören*);* anbieten ließe *(Abs. 19 – statt:* würde*);* bieten möchte *(Abs. 20 – statt:* würde*);*

arR: Verfrüht? *(zu Abs. 1 Anfang); AV:* geblieben; er arbeitete *(ebd. – urspr.:* geblieben. Er); *arR:* Ich habe durch Sie .. *(zu Abs. 19 Mitte – Bezug wozu: nicht erkennbar);* Beziehung geben auf Ges *[Gerdas]* Depression. *(zu Abs. 27:* «Der Brief begann: [...]»); *korr.:* Er, der [...] gewesen war, hatte *(letzter Abs. – statt:* Er hatte, der [...] gewesen war,) – *[* Anm.-Nachträge:*] Korr. [RM? MM?]:* eingewandt hätte *(Abs. 1 – statt:* haben würde); *AV:* genug war *(ebd. – urspr.:* genügt hat)

II/III 22 – MM auf einem Titel-Vorblatt: Traumkapitel; der Anfang *(Abs. 1–5)* ist sehr stark korr., ein Vor-Entwurf dazu hat die Überschrift: A-Ag. *[* Anders-Agathe*]* III *[vgl. S.* 1639-51: A.-Ag. III–VI*]; AV [MM]:* Ld. *[*Lindner*] (Abs. 1 – statt:* Mg. *[*Meingast: früherer Name für Lindner, erst später der des mit Clarisse und Walter befreundeten «Philosophen» M.*]); AV:* gesteigert *(ebd. – urspr.:* hervorgerufen); weiter fort *(Abs. 3 – urspr.:* weiter weg); *arR:* Diesen Text weiter so verändern, wie wenn ein wirkliches Erlebnis beschrieben wird! *(zu Abs. 4/5* vermutlich vor der Korr.); Beilage «Traum Kap. Forts.» (am Fuß von *S. 1 – Hinweispfeil* von Ende Abs. 5); Traum Kap. Forts.: ab hier nur wenig korrr., reinschriftartig; *arR:* An der höchsten Stelle: daß sie eine so starke Wollust wie diese alle Glieder erfassende nie im Leben kennen gelernt hat. *(zu vorl. Abs. Mitte:* «Von diesem Feuer [...]»)

II/III (Seit dem Traum) – Masch. (MM): von RM nicht korr. ; Die Wolke des Polonius [...] *(Abs. 2):* vgl. den Entwurf «Die drei Schwestern» (S. 1434 unten); *korr.:* daß des einen Morgenwolke *(ebd. – statt:* daß des Morgenwolke); die Reize des Lebens *(Abs. 3 – statt:* die Reize debens)

II/III 23 – «Überlegung:»: ohne Hinweise auf andere Notizen, Studien; *nicht exakt lesbar:* vergielt *(Abs. 3 – lies:* vergilt? vergiebt?); Mg. *(Abs. 12):* Meingast (hier auch noch früherer Name für Prof. Lindner); *AV:* den .. *[* = an den Brief, den*] (Text Abs. 6 – statt:* die Briefe); *eV:* die Webe *(ebd. Abs. 7 – statt:* das Gewebe); *AV:* fügte – hinzu *(ebd. Abs. 13 – urspr.:* sagte Ge); hinweggehen *(ebd. – urspr.:* hinausführen); angesichts seines Alters *(ebd. Abs. 14 – urspr.:* bei seinem Alter); *nicht exakt lesbar:* Vybiral *(ebd. Abs. 15); arR:* HS. fühlte sich [...] *[bis:]* aber nicht der Sinn. *(ebd. Abs. 16/17 – Hinweispfeil); AV:* der große u ernste Vorteil *(ebd. Abs. 18 – statt [?]:* der kleinere u. weniger ernste Vorteil); aus der Welt ein gutes Nest macht *(ebd. – urspr.:* sich sehr viel Arbeit erspart); eine der Erscheinungen *(ebd. – statt:* eines der Romane); u. geht *(ebd. – urspr.:* oder); diesen Vorteil *(ebd. – urspr.:* den); *arR:* Die Augen zuschließen [...] *[bis:]* haben kann. *(ebd. Abs. 19); AV:* Es gibt sodann *(ebd. Abs. 20 – urspr.:* Es gibt jedoch *[zuerst eV:* Denn es gibt*]); korr.:* Weltanschauung. *(ebd. – statt:* Weltanschauung, *[*der weitere Satz ist gestr., das Komma blieb unkorr.*]); AV:* von allem, was uns erdrückt *(ebd. – urspr.:* von allem Bedrückenden *[zuerst AV:* bedrückt*]);* Stütze *[?]* des Nationalismus *(ebd. Abs. 22 – statt:* Natur) ˙ Prof. Aug. Mg. *[*Professor August Meingast = Lindner*] (ebd. Abs. 24):* s.o.; *arR:* Ge jetzt zugänglicher *(zu ebd. Abs. 26:* Man kann nicht sagen [...]); nach Unger *(letzter Abs.):* Eckhard U., österr. Archäologe, Orientalist

II/III 27 – Der Anfang dieses (wenig korr., reinschriftartigen) Entwurfs ist bereits verwertet, RM merkte es mit dem Hinweis auf «14.» (vgl. MoE II Kap. 14) an; Ld. *(Abs. 1ff.):* Lindner *(später:* Meingast – wie umgekehrt: Meingast = Lindner!); */s. d. Ende 14/15. / (do. Abs. 1):* das bezieht sich auf den Vor-Entwurf («14/15.») zu MoE II Kap. 14 *(gestr. Titel:* Der Exhibitionist – *daneben:* Exhibit. $\cong$ Partizipation!); *arR:* sie diente ihm u schützte *[zuerst:* ihn*]* seine Arbeit *(zu Abs. 3 Ende); AV:* brennen gesehn *(Abs. 4 – statt [?]:* im Sonnenschein gesehn); glühend *[*im glühendblauen Meer*] (Abs. 5 – urspr.:* dunkelblauen); *nicht eindeutig lesbar:*

feiges Lächeln *(ebd. – WB:* o)*; AV:* geklebter Sätze *(ebd. – urspr.:* klebender)*; arR:* s. I Bd. *(zu ebd. unter Mitte:* W. war eifersüchtig auf Ld. *[=* Meingast*]);* Aber eigentlich muß Mg. *[späterer Nachtrag – nun:* Meingast statt Ld. = Lindner*]* sehr auf den Gn. *[General]* spitzen. Überhaupt schmeichelt seine Anwesenheit allen (wenn auch nicht in Uniform) *(zu ebd. Ende);* Fühlt auch: geg. Demokratie. *(zu Abs.* 13 *Anfang); lies:* arhythmisch, rhythmisch *(ebd. Satz 6); korr.:* Oder ein Gedicht *(ebd. – versehentlich:* ein ein)*; arR:* Vgl. Shaw's Behauptung [...] *[bis:]* vergeblich. *(ebd. Mitte – Hinweispfeil); korr.:* kann man das aber auch *(ebd. – versehentlich:* aber aber)*; eV:* sich nichts Späteres vergleichen läßt *(ebd. – statt:* sich nichts Späteres mehr)*; korr.:* Höchstens in Homer *(ebd. – statt:* Höchstens *[Zusatz]* In Homer)*; arR:* Wille gehört [...] *[bis:]* Erscheinungen. *(ebd.);* Tätigkeit ohne Unterbrechung *(zu Abs.* 14*:* Aber das innere Brennen [...])*;* Standen im weiteren Umkreis *(zu ebd.);* Zu W.*[alter]* in Beziehung setzen. *(zu ebd.:* Sommermittage, [...])*;* = Wille ohne Leistung (eine moderne Erscheinung!) *(zu ebd.);* Jubelnde Weltschräge *[?] (zu ebd.:* Die Füße lösten sich [...])*;* Vielen jungen Leuten fallen solche Sachen ein, u es ist immer bedeutsam. *(zu ebd. gegen Ende – Hinweispfeil* zu nächstem Randvermerk)*;* Vielleicht ihr ethymolog. Seitenstück zu knight Innerlich Forts. von Grausamkeit *(zu ebd. – Hinweiskreuz zu:* Ichsuche)*; Ev[*entuell*]* die Blätter u der Exhib.*[itionist?]* ist auch irgendwie dabei *(zu ebd.);* / L 49 einiges mehr darüber Juvenil. Beim Durchschnitt verlängert / *(zu Abs.* 15 *geg. Ende):* Leitlinien zu «W. *[alter]*» *(s.* Anm. zu «Insel II»), s. hierzu Ziff. 5: «W. will seine Geschichte spielen (s. später Insel) Jeder Mensch will es. Beim Durchschnitt dauert das länger. (ist juveniles Stadium) Die dramatische Situation solcher Gespräche; er als Figur darin, beschäftigt W.»*; AV:* die Welt *(Abs.* 19 *– urspr.:* der Sozialismus) *– [*Anm.-Nachträge:*] Korr.:* Ihrer Partei *(Abs.* 11 *– statt:* ihrer)*;* und ihre Erregung *(Abs.* 14 *– statt:* und u.)*;* richten Sie *(Abs.* 22 *– statt:* sie)

II/III $\frac{30-32}{IV}$ – Älteres Vorblatt zu einem fragmentarischen Kap.-Versuch im Anschluß an Notizen, Überlegungen*; Zusatz (mit Hinweispfeil zu:* Traumerlebnis, [...] usf.*):* Nur *[?]* P.*[eter]* hat gehorcht, dazwischen; das Rohe, die Schwächen der gläubigen Erziehung konstatiert gut gegen *(zu:* P.*[eter]* s. den nachfolgenden Entwurf $\frac{30-32}{V}$, *zu:* Traumerlebnis s. II/III 22 *[*S. 1500–02*]);* Liebende Angst *(ebd.):* s. «A.-Ag. III.», «s₃ +... A.-Ag. IV.», «s₃ + A.-Ag. V. und VI.» (S. 1639–51)*;* Zerstörung des Klaviers *(ebd.):* s. den Entwurf $\frac{30-32}{VI}$ (S. 1528/29)*;* (nach Frage 4) *(ebd. Ende):* Frage 4 = «Stellung der A/Ag u. Ag/Mg *[*Meingast: später = Lindner*]* Kapitel zu einander in II_III» (zu Anfang heißt es: «Nach ‹Letztem vorgefundenen Entwurf des Aufbaus› und ‹Aufbau s₃ + ..., A u Ag›: 6 Kapitel A-Ag / Dagegen nach Umschlägen auf Grund von L 54–58: 8 Kapitel Ag-Mg. Die genauere Teilung aus dem Bedürfnis genauerer Überarbeitung ist aber noch ganz offen. / Es wird sich vorläufig nur um die Hauptwendepunkte handeln. / Da zeigt sich: / 1. Eine gewisse Wirkung der Vorgänge um D auf A und Enttäuschung Ag's. muß vorausgehen vor Ag-Mg I (Begegnung) / 2. Ag-Mg. II – 1 u 2 u. III d i. Schilderungen Mg's. u. Peters kann beliebig eingeflochten werden. / 3. In Ag-Mg IV. erscheint Ag bei Mg. / Ist in ‹Aufbau s₃ + .., A u Ag› als vor A-Ag III liegend bezeichnet. D. h. vor dem Traumerlebnis, Austritt der Seele / Liebender Angst / Zerstörung des Klaviers / Ernstes Gespräch über aZ u Zynismus / Entdeckung des Paradieses *[dazu – gemeinsam verklammert:]* Dieses A-Ag. Kapitel verlangt nach Teilung. Steht mit Teilen viel zu früh! / [...]»)*;* Den Traum ausgehoben *(Abs.* 2)*: s.o.; AV:* Zustandes *(Text Abs.* 1 *– urspr.:* Erlebnisses)*;* Wir sind 3 Schwestern [...] *(ebd.):* s. «Die 3 Schwestern» (S. 1429–35)*; arR:* Oder: Aber U. dachte [...] *[bis:]* Eingebungen. *(ebd. Abs.* 2–4)*;* Eine Reaktion darauf die lesboïd gekleideten Frauen beim

Gartenfest *(zu ebd. Abs. 5 Satz 2/3): s.* II. Bd. VII. Kap.Gr. *[«Skizze zu ‹Garten-fest›»])* (S. 1615/16); *AV:* nicht einen Stein fühllos aufheben *(ebd. – statt:* Stuhl)*;* an diesem geistigen Sein *(ebd. – urspr.:* Vorgang)*; arR: s.* dazu nächste Seite *(zu ebd. Abs. 6 Anfang – Hinweispfeil zu drittl. Abs.:←* Vorseite)*;* So leben Schwestern miteinander. *(zu ebd. unten);* Gott *(zu ebd. Abs. 8);←* Vorseite *(drittl. Abs. – s.* Hinweis hierher zu Beginn Abs. 6); *AV:* kommen – davon *(vorl. Abs. – urspr.:* Sie hängen alle damit zusammen)

II/III $\frac{30-32}{V}$ – *Korr.:* alles zu zertrümmern *(Abs. 1 – statt:* alles zertrümmern *[zuerst, gestr.:* als wolle er alles zertrümmern])*; nicht exakt lesbar:* nutzsüchtig *(Abs. 7); korr.:* Hat er Sie [...]? *(Abs. 10 – statt:* sie)*; arR:* Anm.: Wenn andere Kap. entlastet werden, kann das Gespräch hier ein wenig erweitert werden. Das ist vorgemerkt L 58₉ *[?]. (zu Abs. 18)*

II/III $\frac{30-32}{VI}$ – *arR:* Ev[entuell] Schuß [...] *(neben der Überschrift:* Titel-Erwägung)*;* Verknüpfung [...] Blge 1, S 2, Rand *(Vornotizen):* das bezieht sich auf diese Notiz: «Du darfst mit mir zufrieden sein. Jeden Tag wird das Ich u. Du neu aufgenommen es ist nie zu Ende. Dann gibt es aber auch nichts absolut Böses. [...]»*;* Fr. 7 *(ebd.):* Frage 7 = «Notizen zum Ablauf von U/Ag.» (2 S.)

II/III 36/I–II – Exerptiert Fr. 11.: *«Frage 11.»* zu «II. Bd. III. Kapitelgruppe.», Stichwort «Konv. *[olut]* Vorlesung Feuermaul.» mit einer Sammlung kurzer Exzerpte aus den L- und Br-Notizen; R/S. *(Abschn. 1):* Rachel/Soliman; Irrsinn mit II IV ff. *(ebd.): s.* die Clarisse-Entwürfe S. 1537–50, 1558ff.; Ah. *[*Arnheim*] der* Große [...] *(ebd.): s.* II/III 23 (S. 1509–14); Fm. *(Abschn. 2):* Feuermaul; Musikszene *(ebd.): vgl.* s₅ + d + 1 (S. 1711–15), s₅ + f*[?]* (S. 1723–26); Gehört eigentlich 23 *(Abschn. 3): s.o.* den Entwurf II/III 23; *arR:* → Später *(Abschn. 4);* D's. Haus *(Text Abs. 1):* Diotimas Haus *[*nach der Sitzung der Parallelaktion: s. MoE II Kap. 36–38*]; AV:* dort *(ebd. – urspr.:* dann wieder); / spielten hoch [...] *[bis:]* in ihrer Mitte *(ebd. – urspr.:* die Wolken jagten mit dem blassen Feuer des Monds über die Dächer.)*; nicht exakt lesbar:* schwere *[*Abneigung*] (ebd. Abs. 2); AV:* / . . . ist größer. Sie nannte ihren Lieblingsdichter / *(ebd. Abs. 4 – urspr.:* George ist größer. –)*; korr.:* Verbiageration *[?] (vorl. Abs. – statt:* Verbigeration)*;* verbesserte sie H. Aber *(36/II Abs. 6 – statt:* verbesserte sie H., *[gestr.:* den ihr Verrat tief erschütterte.*]* Aber)*; arR:* ? Anm: Der Terminus ist aus Br 105; aber vielleicht durch einen zentraleren der H'schen *[*Hans Sepp'schen*]* Terminologie u. in Beziehung auf Fm, U/Ag. usw. zu ersetzen. *(zu ebd. Mitte); AV:* zur großen Wahrheit *(ebd. Abs. 9 – urspr.:* zu unserer Wahrheit)

II/III .. A-Ag. – *Vgl.* die späteren Entwürfe zu «Krisis und Entscheidung» (S. 1478ff.) sowie die frühen Entwürfe s₃ +...A-Ag. IV–VI (S. 1646ff.); P. = Peter, Mg (Meingast) = später Lindner, Ld. (Lindner) = später Meingast

II/IV (Die Reise ins Paradies) – Dieses (Umschlag-)Blatt, ähnlich den voranstehenden beiden (Umschlag-)Blättern zu «Ag-Ag.», belegt, daß der umfangreiche, in diesen Umschlag eingelegte und ihm bereits zugeordnete frühe Entwurf s₄ + 1–16 (S. 1651–75) auch als Kap.-Studie anzusehen ist und als Teil der IV. Kapitelgruppe disponiert war.

II/IV 1 – *arR:* Nachtrag: [...] *[bis:]* Männerbund aufnehmen. *(zwischen Titelzeile und Text* [Cl. Index: *s.* S. 1821–23*]); AV:* Ihr Herz *(Abs. 1 – urspr.:* Cl.*[*arisse*]); arR:* Vielleicht Wiederkehr von Szenen wie in der Brautzeit. *(zu Abs.*

2); ? Ergänzen zur Verneinung der Zivilisation. *(zu Abs. 3)*; Befreiung von Todes-
schreck durch Dienst an der Gattung *(zu ebd.)*; *AV:* ist die Liebe in Waffen *(ebd. –
urspr.:* fordert*)*; Man hat heute aus den Männertugenden das Zerrbild einer allgemeinen Wehrpflicht gemacht *(ebd. – urspr.:* Man hat heute eine tote moralische
Disziplin daraus gemacht*)*; waren sie *(ebd. – urspr.:* war es*)*; vereinte Kraft *(ebd. –
urspr.:* Vereinen der Kraft*)*; Wenn ein Mann eine Frau liebt *(Abs. 4 – urspr.:* Wenn
ein Mann bei einer Frau stehen bleibt*)*; überzeugt *(ebd. – urspr.:* auf ihre Weise*)*;
korr.: – D.i. ausgeschlossen! *(Abs. 9 – statt:* D.i. *[Zusatz]* Ausgeschlossen!*)*; *eV:*
mit einem stillen nach innen gerichteten Lächeln *(ebd. – urspr.:* mit einem stillen?
[zuerst AV: ~ versonnenen*]* Lächeln*)*; *AV:* Ich will mit dir hinaus! *(Abs. 11 –
urspr.:* Ich will hinaus!*)*; kann – werden *(Abs. 12 – urspr.:* Die Liebe wird [...]*)*;
arR: Ev. Übertrag Lichtgestalt *(zu Abs. 15)*; Zu Mgs. Antwort ziehen, ergänzen aus
E 21 Mg. umreißt, was das Weib leisten kann. Aber die Verdoppelung der Lebens-
aktion bringt es nicht. Man kann eine Frau lieben wie seine Eingeweide, aber nicht
wie eine Vergrößerung des Mutes, der Kraft usw. *(zu Abs. 17 – punktierte Hinweislinie)*; *AV:* Lüftung *[?]* *(Abs. 18 – statt:* Durchstreichung*)*; *arR:* Das mit U. erscheint ihr daneben blaß, unausgefüllt, sozusagen literarisch. *(zu:* Ergänzung Hermaphrodit:*)*; Und ich bin manchmal Mann [...] *[bis:]* ich stoße! *(ebd. – urspr. nur:*
Ich .. nie .. vergangen .. stoße *[die ergänzenden Sätze stehen arR 3 Abs. höher])*;
AV: /.. glaube .. stark genug bin, daß .. / *(ebd. – statt:* ich bin so stark, daß ich
[...] *[bis:]* haben könnte.*)*; *arR:* Eine Frau liebt wie ein großer Topf der alles Feuer
in sich zieht *(ebd.)*; Kein Glied rühren können vor Übermacht. *(zu ebd.)*; Sie möchte
Coit. [...] *[bis:]* (Zuweilen) *(zu «Ergänzung* [...]*»* Abs. 2/3*)*; *AV:* Scheu *(drittl.
Abs. – urspr.:* Angst *[zuerst AV:* Ehrfurcht*])*; *arR:* s_5 + a [...] Die Frau hat
weibl. [...] *(vorl. Abs.)*

II/IV Cl. II – Ort: [...] *(zuerst, korr.:* in der zweiten Trennungsgruppe*)*; Fr 10:
Frage 10 *(s.* Anm. zu «Cl. Rom u Insel», S. 2 oben skizzierte RM (28. XI,
2. XII. *[1928])* dis Dispositionen für Cl. I. – Cl. VI. mit den Stichworten zu diesem,
dem vorangehenden und den sich anschließenden Entwürfen *[Cl. I.:* Männerbünde
= III/IV., Cl II: Forderung Besuch = 1. Trennungsgruppe, Cl III: Siegfr.*[ied]* u
Beschluß = 1. Trennungsgruppe, Cl IV.: Besuch = 2 Tr Gr., Cl. V.: = 3 Tr.
Gr., Cl VI zw.*[ischen]* II$_{IV}$ u II$_V$ (Besuch bei Dr F.*[riedenthal])*; *arR (wechselnd):*
Frei, H 7 *(vgl.* MoE II Kap. 7*)*; Ld's *(Abs. 1):* Lindner's *(später:* Meingast's*)*; *arR:*
Dürfte in Bd. I. aber nicht vorgekommen sein. *(zu Abs. 2:* Hatte sie diese Schienen-
stränge [...]*)*? – *Hinweiskreuz zum Schluß des Satzes)*; Wieviele Menschen durch
Autos getötet? ... *(zu ebd.:* Nie lassen die Führer ihre Lokomotiven [...]*)*; Ein
früherer Abschnitt (U) eröffnet sich wieder *(zu Abs. 10 Anfang)*; «Ich bin ein
Lustmörder, wenn ich W. nachgebe» *(zu ebd. unten)*; (Bd. I, t u. ?) *(zu letztem
Abs. Ende)*

II/IV Cl. III – Ort: [...] *(do. zuerst, korr.:* Cl in der zweiten Trennungsgruppe
[vgl. Anm. zu: Cl II.*])*; *eV:* /Aber ich bin weder nicht musikal./ *(Abs. 1 – statt:*
«Aber ich bin weder Jude, noch musikalisch.» *[zuerst AV:* «Aber ich bin auch Jude
nicht, noch [...]*»])*; *AV:* gesehn *(ebd. – urspr.:* gefühlt*)*; Er – – keinesfalls *(ebd. –
urspr.:* Jedenfalls zeigte es er nicht*)*; u puffte ihn *(Abs. 2 – urspr.:* oder*)*; schließlich
mußte sie *(ebd. – urspr.:* u. mußte*)*; *arR:* Ein andermal mehr davon *(zu Abs. 3)*; *AV:*
Du mußt es (ihn) mitmachen! *(Abs. 5 – statt[?]:* – Wenn du es selbst innerlich
machst! –*)*; selbst handelst wie er. Nicht du in ihn hinein, sondern ihn in dich
hinaus D.i. die starke Form. Wir können uns nur .. hinaus er-lösen! *(ebd. – urspr.:*
selbst bist wie er! Wir er-lösen uns hinaus!*)*; *arR:* Man darf nicht [...] *[bis:]*
anzugreifen. *(Abs. 6/7)* *[Vgl. auch hierzu MoE II Kap. 7 (RM do. mehrmals arR:*
Frei, H 7), vgl. ferner S. 1677–80: s_5 + a + α*]*

II/IV C. IV – Ort: [. . .] *(zuerst, korr.: 3. Trennungsgruppe): vgl.* Anm. zu: Cl. II,
Cl. III*]; arR:* s₅ + a + β, S. 3. *(zu Abs. 1 Anfang – s.* ebd. *arR* zu S. 1682 oben
[Hinweis hierher]: II, IV, 3. Trennungsgruppe verwendet.*); AV:* So hatte . . . *(ebd. –*
urspr.: Cl. hatte*); arR:* hat er gesagt *(zu Abs. 3 Satz 3);* Es war ganz hübsch . . .
(zu ebd.); s₅ + b.*/*s₅ + b + 1.*(zu Abs. 5): s.* S. 1682–94; Forts. eingetragen: s₅ + b + 1.
(Abs. 7): s. S. 1684/85; S. 4/1 *(Abs. 8):* = Bogen 4 S. 1 *(vgl.* s₅ + b + 1 S. 1686:
Wie im fürchterliches Glissando [. . .]*); arR:* Mit ihm betrat sie das erste Haus . . .
(am Kopf von S. 2 – zu Abs. 8); Ansatz des Irrenhausvorsatzes /Aber vgl. Vorwärts zu M! / Wir alle sind Doppelwesen *(zu ebd.);* Ihre Idee Doppelw. ordnete
sich das plötzlich unter /Es ist kein Denken, sondern Dispositionelles äußerlich
erfüllt u. seelisch nun *[?]* «verdichtet»*/ (zu ebd. Satz 4); AV:* daß dieses Zimmer
voll von Doppelwesen *(ebd. – urspr.:* daß das Doppelwesen*);* Es schien ihr möglich
zu sein . . . *(ebd. – urspr.:* Sie sagte sich, daß*); korr.:* Fußboden *(ebd. – zuerst:* Boden
[Zusatz: Fuß*]); AV:* hinab *[hinabhängenden] (ebd. – urspr.:* vorhängenden*);*
korr.: Unterkiefern *(ebd. – zuerst:* Kiefern *[Zusatz:* Unter*]); AV:* tierisch *(ebd. –*
urspr.: gewaltsam*); korr. (Umstellung):* mit [. . .] Unterkiefern Bewegungen [. . .]
ausführend *(ebd. – urspr.:* mit [. . .] Unterkiefern u. [. . .] malmenden Bewegungen
[. . .]; *AV:* dieser Blödsinnigen *(ebd. – urspr.:* Krüppel*);* der die Wirkung wieder
bemerkt hatte *(ebd. – urspr.:* der ihren Schreck bemerkt hatte*);* S 4/2 . . *(vorl.*
Abs.): = s₅ + b + 1 Bogen 4 S. 2 *(s.* S. 1687 Mitte: Anschluß hieran*);* Cl VII
(letzter Abs.): s. II. Bd. V. Kap.-Gr. Cl. VII/I. (S. 1558–61) – *[Anm.-Nachtrag:]*
RM do. hierzu *arR:* H 7 *(zu Abs. 1 – s.* MoE II Kap. 7), Frei *(zu Abs. 5 mit*
Hinweis auf: s₅ + b, s₅ + b + 1)

II/IV Cl. V – Cl. bei M. *(Inhalt:):* Clarisse bei Moosbrugger *(vgl.* S. 1357–71:
«*[Besuch im Irrenhaus]*», sowie S. 1700–06: s₅ + c + 1, s₅ + c + 2, worauf RM
hier mehrfach unmittelbar verweist*);* Ort: Fr 10, S 2 ▨*:* das bezieht sich auf
diese, do. mit schraffiertem Quadrat markierte Notiz *(dazu Hinweispfeil von:* Cl
VI): «Beschluß: in eins ziehn. Gehört aber dann hinter M.*[oosbrugger]* / Hat aber
dann den Effekt, daß U. überhaupt nicht M. sieht, nur ein einzigesmal bei R.*[achel]*
Aus dieser Not muß natürlich eine Tugend gemacht werden. Cl. hat sich in der Klinik
unmöglich gemacht; es besteht keine Aussicht für U. Ist für sie ein Motiv zum
anderen.»*; arR:* Pf – Schw – Zurf. Volle Zur. U/Ag *[darüber: ?] [lies:* Pfeifenstrauch – Prof. Schwung – Zurechnungsfähigkeit Volle Zurechnungsfähigkeit
Ulrich/Agathe*] (zu Abs. 8 Anfang); korr.:* Straßenanzug *(ebd. – zuerst:* Anzug *[Zu-*
satz:] Straßen*);* vernachlässigte *(ebd. – urspr.:* hergenommene*); arR:* Fr. stellte
vor u Cl lernte – kennen *(zu ebd.);* Chicago *(zu ebd. unten:* Paris*);* ‹s₅ + c + 1
(9/4)› *(Abs. 9 Ende): s.* S. 1700; *arR:* . . . aus seiner Gefängniszeit Von ‹ › das mit
den «Herrn» *(zu ebd.): s.* ebd.; ib. 10₁, ib. 10₂ *(Abs. 10): s.* do. s₅ + c + 1 (S. 1700
Abs. 2: «Wenn er sich [. . .]»*); arR:* M.*[oosbrugger]* ist gerade so wie die beiden
verschieden, je nach der Schaltung, dem Zusammenhang. Sie sind Freunde u
Henker, er lieb u Bestie. *(zu ebd.); AV:* geflissentlich *(ebd. – urspr.:* aufmerksam*);*
das er für wahrsch *[zuerst:* möglich*]* hielt *(ebd. – statt[?]:* das er [. . .] zu entwerfen
gedachte.*); arR:* Zu vergl: Dr. Fr. in Cl. VI. *(zu ebd.:* Das Entgegengesetzte tat
[. . .] – *s.* den nachfolgenden Entwurf II. Bd. V. Kap.-Gr. Cl. VI. *[gestr.]:* Cl. bei
Dr. F.*); AV:* die ihn dazu anhielten *(ebd. – urspr.:* antrieben*);* weil es ihnen an der
[. . .] Kenntnis über die Beziehungen [. . .] fehlt *(ebd. – urspr.:* weil es ihnen an
der [. . .] Kenntnis fehlt, um die Beziehungen [. . .] festzustellen*);* und so seien
solche Fragen . . . *(ebd. – urspr.:* und so sei das Ganze*); AV:* wiederholte er sich *(ebd. –*
urspr.: dachte er*);* aber das stört*[e]* nicht, solange *(vorl. Abs. – urspr.:* auf dem
Spiel stand. Es störte dabei nicht im geringsten, denn jeder war voll mit dem
beschäftigt*);* ‹s₅ + c + 2 (11₁)› *(letzter Abs.): s.* S. 1703 (Anfang)

II/V Cl. VI – Die Chiffre Cl. VI. ist gestrichen; Cl. bei Dr. F. *(Inhalt):* Clarisse
bei Dr. Fried*[?* Friedenthal*?]* (vgl. do. S. 1357ff.: «*[*Besuch im Irrenhaus*]*»,
Ort: Fr 10, S 2 ▨▨▨ : u. a. «Besuche bei Dr F. in eins ziehn»;
ebd. Hauptsachen [. . .]: «6. XII: Hauptsachen für Cl: *[arR:* «Cl.: Die Bürde
[darüber: Problematik*]* des Genies, ohne Genie das ist ihr Hauptmotiv.»*]* / Der
Streit um Kind – schließlich das Kind von U. [. . .] / Cl. hat von Zeitgeist: Man.
sex. Antriebe u. Zeiten, wo sie sich in ganz moderner Weise von Sex. abwendet,
(Reisenotiz, Lampe *[?]*) / Von Weltgeist: Das manisch Optimistische u. die Depression. / Erlösen [. . .] sagt Cl. Ich, du, M sind Narren; das erste so gezeugte Kind
wird Welt erlösen. / [. . .] Genie = Großes, alles mit ganzer Seele tun. / Geg. den
ungenialen u geg. den theoret. Menschen. Darum: Man muß anfangen mit dem
Bessermachen. / Leidenschaftliche Auflehnung geg. das gewöhnliche Leben, das uns
allen bevorsteht. / Genie: Bedürfnis, sich mit sich selbst zu beschäftigen. Unter einer
Idee handeln. Durch Erzählen sich zur Ideologie heben. / [. . .] In ihren Wahnsinn
wirkliches Genie legen *[?]*, in einem zu zarten Gefäß»; Mat*[*erial*]*: : *s.* die hier
angezeigten s_6 + . . . -Entwürfe mit den dort einbezogenen beiden Br-Notizen;
3/105: TBh 3 Hs 105 (s. TB S. 87/88: «Die Frauen:», «Der Bruder:»); Abs. 1,
Abs. 2 etwa Mitte: *korr. Masch.* der ersten von 2 MS-Seiten (ein wohl vorangegangener Entwurf mit den selben Vorlage-Hinweisen, «1.» numeriert, basiert –
nach dem gemeinsamen Anfang – unmittelbar auf den angezeigten, großenteils
wörtl. übernommenen s_6 + . . . -Entwürfen; er wurde hier darum nicht auch
berücksichtigt); *AV:* Und in jenen Jahren gab es noch *(Abs. 2 – urspr.:* In verflossenen Jahrzehnten hat es [. . .] gegeben); Aber in der Ph. stand damals gerade noch
die alte Mode in der Blüte *(ebd. – statt[?]:* gab es noch Photographen, die); Rumpfbeuge machen *(ebd. – urspr.:* müllern); Später *(ebd. – urspr.:* Damals); *korr.:* Nicht-
nur-Fach-Menschen *[*nach Handschrift*]* *(ebd. – statt:* Nicht nur Fach Menschen
[Masch.]); *AV:* gestrigen *(ebd. – urspr.:* zeitfremden); viele von uns *(ebd. – urspr.:*
unter uns); *[*der*]* Optimismus *(ebd. – urspr.:* das Hochgefühl); von allen *(ebd. –*
urspr.: von denen)

II/V 2 WERDEN EINES TATMENSCHEN – *arR:* Werden eines Tatmenschen
(neben der Titelzeile); *AV:* *[*seine*]*s gesetzten Alters *(Abs. 1 – urspr.:* seiner 50 Jahre);
arR: Aber am Ende hätten Leute mit schlechtem Gedächtnis das dann mit seiner
Tochter Ge verwechselt! *(zu ebd.);* . . . aus Bd. I. *(zu ebd.:* auf der Speisekarte
Polmone [. . .] ein anderer . . . sagt. – *s.* MoE I Kap. 6 S. 24: die ausge-
lassenen Satzteile sind von dort, eckig eingeklammert, hier eingefügt); *korr.:* kein
Übergeben *(ebd. – statt:* Übergehen *[Schreibversehen?]);* *arR:* —> dazu u. ob das ein
eigenes Kapitel sein sollte, s. Fr 1, S. 3. *(zu ebd.:* in Gesellschaft Tzi's. *[Tuzzis]* zu
einem Auftreten Le's. *[Leonas]);* *AV:* Anekdoten bekanntlich hoch im Wert stehn.
(ebd. – urspr.: geschätzt sind *[zuerst AV:* werden*]);* erreichen *(ebd. – urspr.:* vollziehen); *RM-Korr.[?]:* Fünktchen *[=* Fünkchen*]* *(ebd. – statt:* Pünktchen); *lies:*
jedermann *(ebd.:* jederman); *AV [MM?]:* sich einbilden möchte *(ebd. – statt:*
würde); *AV:* trat L F als Retter auf. *(ebd. Ende – urspr.:* war L F *[*Satz nicht
abgeschlossen*]);* *lies:* Königinnen *(Abs. 2:* Königinen); *korr.:* in dem sie
damals auftrat, was ganz *(ebd. – statt:* auftrat. *[zuerst:* auftrat. Er hatte gehört*]);*
AV: begann gerade damals ein [. . .] Spekulant zu werden. *(ebd. – urspr.:* war [. . .]
geworden.); *arR:* Anm. Das korrespondiert irgendeiner ausgeführten oder unaus-
geführten Bemerkung über Moral als Ausdruck der herrschenden Klasse? *(zu ebd.:*
in Wahrheit hatte ihn nur sein Idealismus zum Untergebenen gemacht [. . .]); *AV:*
zugezogen *(Abs. 3 – urspr.:* eingetragen); nach jahrelanger Treue *(Abs. 4 – urspr.:*
Ehe); *arR:* im Mittelstand eines der verläßlichsten Zeichen *(zu ebd. Ende);* / Wenn
das breiter ausgeführt werden muß, so ist dafür geeignet: S 55 . . funktioniert auch
[. ? .] *(zu letztem Abs. Anfang)*

II/V Cl. VII/I – *Vgl. (ab Abs. 3)* den Kap.-Entwurf «Frühspaziergang» S. 1283–96) ;
Ld. *(Abs. 1):* Lindner *(später: – Meingast); AV:* t *[könnte] (ebd. – urspr.:*
könne*);* daß es sehr schwer sein werde *(ebd. – urspr.:* daß [. . .] war*);* gelten
müßte *(ebd. – urspr.:* sollte*); arR:* Sie hat eine furchtbare Angst vor dem Irrenhaus
(ebd. zu: vergewaltigt oder erwürgt zu werden*); AV:* gezwungen sei *(ebd. – urspr.:*
werde*);* wie sie [. . .] steigen u. [. . .] vorwärtsschreiten werde *(Abs. 2 – urspr.:*
steige u. [. . .] vorwärtsschreite*);* zu einem grauenvollen Zusammenstoß *(ebd. –*
urspr.: zu dieser *[zuerst AV:* der*]* Vorstellung*); korr.:* bedeuten solle. *(ebd. – statt:*
solle *[korr., zuerst:* bedeute.*]);* innig leid *(Abs. 3 – urspr.:* schmerzlich leid*);* hörte
sich gerufen *(ebd. – urspr.:* fühlte*);* Irgendwann bildete sich [. . .] *[bis:]* erlöste:
(ebd. – urspr.: Mit einemmal bildete sich aber ein erlösender Gedanke.*);* Und sie
wurden von denen verhöhnt, die [. . .] geblieben waren. Sie waren nun unfähig
geworden, sich denen zu erklären, für die sie früher nur Verachtung gehabt hatten.
(ebd. – urspr.: Verhöhnt von denen, die [. . .] geblieben waren, die sie immer verachtet hatten, aber unfähig geworden, sich ihnen zu erklären.*); korr.:* Und was
(ebd. – statt: Und *[Zusatz]* Was*); AV:* ja daß sie *(ebd. – urspr.:* u. daß sie*);*
leuchtete ihr jetzt langsam als ein Zeichen *(ebd. – urspr.:* nun als ein Symbol *[zuerst*
AV: / Ausdruck . . *]]); nicht exakt lesbar:* den widerlichen Wärtern *(ebd. – oder:*
li[e]derlichen?*); AV:* auferlegt sein werde *(ebd. – urspr.:* sein mußte*);* die engen
Hänge *(ebd. – urspr.:* Wände*);* von seinen Jüngern verlangte *(ebd. – urspr.:* die
Nietzsche sich zugeschrieben habe.*); arR:* Antisozial *(zu ebd.); AV:* verlangte. Sie
staunte darüber, denn sie hatte nicht [. . .] *[bis:]* Sie konnte . . *(ebd. – urspr.:* verlangte. Alles Große war widermoralisch. Das hob sie augenblicklich empor, fast
etwas über den Boden hinaus. ›Nachfolge Nietzsches‹ sagte sie halblaut. Sie konnte*);*
konnte sich auch vorstellen, daß M. das Leid N's. auf sich genommen habe u. N. in
seiner Sündengest. sei. Aber darauf hatte sie [. . .] *[bis:]* Sie fühlte es . . *(ebd. –*
urspr.: vorstellen, daß M. das Leid N's. auf sich genommen habe, wie man sagen
könnte, N. in seiner Sündengestalt sei. Das war nicht die Vorstellung einer Beziehung oder eines Vorgangs, sondern gegeben war ihr in diesem Augenblick einfach das Leid. Nun mußte sie das Leid *[zuerst AV:* «d. L»*]* . . auf sich nehmen. Sie
fühlte*);* von ihren Schultern aufragte. Aber sie überlegte sich etwas u ging . .
(ebd. – urspr.: aufragte. So ging Cl. nachhause. *[vorher auch eV:* Cl. konnte sich
einbilden . . . Sie sagte sich halblaut . . . Sie konnte sich auch vorstellen . .*])*

II/V Cl VII/II – *arR:* Erinnerung *(zu Abs. 1:* Es staute sich wie eine Menschenmenge [. . .] – *s.* MoE I Kap. 120 S. 626/27, sowie TB S. 821: Straßenszene*);*
eV: So kam . . *(Abs. 2 – statt[?]:* Nun war S. ganz folgerichtig*); korr.:* betrogen
wurde. Nun war S. *(ebd. – statt:* betrogen wurde, Nun war *[korr.:* betrogen wurde,
u. S. war*]); lies:* du Faulenzer! *(Abs. 3 Satz 1); AV:* ihre freie Hand *(ebd. – urspr.:*
ihre andere Hand*);* Und als ihn *(ebd. – urspr.:* Aber als ihn*); arR:* Töte U? *(zu*
ebd.: Er überließ sich diesem Zorn [. . .]*);* Sie wußte nicht, was sie tat *(zu ebd.:*
Sie hätte ihn morden mögen.*); AV:* Ihr Musk.*[el] (ebd. – urspr.:* Ihr Fleisch*);*
arR: Unmöglich! Etwas anderes. *(zu ebd.:* Schrei [. . .] wie eine Lokomotive*);*
So saß der Tobsüchtige? *(zu Abs. 4:* Cl. saß mit finsterem Gesicht [. . .]*); AV:*
Ich werde alles den anderen erzählen! *(vorl. Abs. – statt:* alles U.*)*

II/V Cl. VII/III – *AV:* keine Nachricht von ihr *(Abs. 2 – urspr.:* von Ag.*);* die das
ganze Leben lang *(Abs. 3 – urspr.:* die vordem*);* was er zu wollen gezwungen
wurde *(ebd. – urspr.:* gewollt hatte*); arR:* ? In diesem Augenblick wird er von Cl
via W. erinnert, daß wir eine Utopie in uns tragen. *(zu ebd.:* der Schimmer des
Denkens [. . .]*);* – Und Ld.? – *(Abs. 7):* Und Lindner *(später:* Meingast*); AV:*
nicht verändert werden kann. Du bist doch [. . .] *[bis:]* ausdenken können. Es ist
übrigens *(Abs. 11 – urspr.:* verändert wird. Es ist*);* nicht loskommen können
(Abs. 15 – urspr.: abstrahieren*);* ein [. . .] Eigentums Vorurteil *(ebd. – statt:* ein [. . .]

(privatrechtliches) Vorurteil*)*; *arR:* ? Die Erinnerung überwältigte ihn augenblicklich. *(drittl. Abs. – Hinweiszeichen); seiner* Freunde – das wäre – später – eine Erklärung für die Notwendigkeit seiner Homosexualität! *(vorl. Abs. – Hinweiszeichen zu:* aller Menschen*)*

II/V Cl. VII/IV – *AV:* Ihr erster Antrieb war .. *(Abs. 1 – statt [?]:* Cl. hatte nach dem Auftritt [...]*); /* Sie wollte sich hinter ... verkriechen */ (ebd. – statt:* Die blaue Linie des Waldrandes zog sie an; sie wollte sich verkriechen.*);* Als sie sich näherte, sah sie zurück, sie sah gerade in .. *(ebd. – statt:* Aber als sie im Wald angelangt war, blieb sie gleich zwischen den ersten Stämmen hinter den Randbüschen liegen. Sie sah von da gerade in*);* Kräuter- *[Kräuterduft] (ebd. – urspr.:* Erdbeerenduft*);* Das Wort Opfer *(ebd. – urspr.: Es); arR:* d.h. verleugnen, wenn und weil ich im Irrenhaus bin. *(zu ebd.:* daß W. sie wirklich verleugnen lernen müsse, [...]*);* Vielleicht [...], wie U. sich nähert, ohne sie zu bemerken? *(zu ebd.:* Erst wenn ihr alle mündig [...]*); AV:* u höheres Wesen *(ebd. – urspr.:* göttliches*);* ihre Lichtgestalt *(ebd. – urspr.:* ein in ihr wohnendes Wesen*); arR:* Das ist aber nicht nur so ein Tun, sondern ein Fund, eine Entdeckung! *(zu Abs. 2);* U. muß das doch etwas sonderbar finden. *(zu Abs. 3); AV:* Von dem heißen Morgen .. *(Abs. 4 – urspr.:* In seiner städtischen Kleidung von der Hitze*);* von unbekanntem Geziefer *(Abs. 7 – urspr.:* von unbekannten Insekten*); arR:* warm von der Sonne u dem Körper u den Erdbeeren *(zu ebd.:* von ihrem warmen Körper*); AV:* verliebt gewesen bist *(ebd. – urspr.:* warst*);* vorhanden war *(ebd. – urspr.:* gewesen bin!*); arR:* Wenn Cl. so etwas sagte, erinnerte es an Totem *(zu Abs. 17:* – Ich bin ein Bock [...] – *)*

II/V Cl. VIII – Unkorr. Masch.; *alR:* oder als einer, den sie in Gold gefaßt kaufen können *(zu Abs. 5 etwa Mitte:* ein Stein, der ihnen auf den Kopf fällt – *Hinweiszeichen* Bleistift-Nachtrag*); nicht eindeutig lesbar:* den*[?* die?*]* Menschen [...] aufzulösen *(ebd. Ende)*

II/V 9 – *AV:* eindringlich *(Abs. 3 – urspr.:* deutlich*);* stimmen *[bestimmen] (Abs. 6 – urspr.:* beschwören*)*

II/VI (I) – *arR:* Sagen: Greift zurück. *(zu Abs. 1 Anfang?); korr. [RM? MM?]:* hingenommen hätte *(Abs. 1 – statt: haben würde); nicht exakt lesbar:* beim Speisen *(ebd. – korr. [möglich auch:* beim speisen*]); AV:* ausströmte *(Abs. 4 – urspr.:* besaß*); korr. [RM? MM?]:* ließe *(ebd. – statt:* lassen würde*); korr.:* als Ihren Mann *(Abs. 9 – statt:* ihren*); korr.: [RM? MM?]:* wohnen könnte *(drittl. Abs. – statt:* würde*)*

II/VI (II) – *arR:* Sagen: Während dessen (Siena) Greift wieder zurück. [...] *(zu: Siena – vgl.* S. 1736–38: s$_6$ + a + 1*); korr.:* Und das Heutige *(Abs. 1 – zuerst:* Und *[Zusatz]* Das*); korr. [RM? MM?]:* Meingast *(Abs. 3 – statt:* Ld. *[* = Lindner*]);* hätte [...] verstanden *(ebd. – statt:* würde [...] haben*); AV:* kehren *[wiederzukehren] (Abs. 5 – urspr.:* wiederzukommen*); korr. [RM? MM?]:* beneiden möchten *(Abs. 7 – statt:* würden*);* Sie übersah nicht das Fürchterliche *(ebd. – statt:* keineswegs*); AV: /* .. galt so eine Frage für eine unerlaubte Vertraulichkeit bei flüchtiger Bekanntschaft */ (Abs. 14 – urspr.:* galt es für unerlaubt, gleich eine solche Vergünstigung zu verlangen.*);* wie eine Tochter gehalten *(Abs. 25 – urspr.:* behandelt*); korr.:* Schon von *(Abs. 33 – statt:* Schon *[Zusatz* Von*);* einer lauernden Katze *(Abs. 34 – statt [versehentlich]:* eine lauernde*); korr. [RM? MM?]:* machen möchte *(Abs. 52 – statt:* würde*); korr.:* somnambulen *(viertl. Abs. – statt* somnabulen*); korr. [RM? MM?]:* reizen könnte *(ebd. – statt:* würde*); nicht exakt lesbar:* tut alles das *[?* dies ?*]* doch *(ebd.);* aufhalte *(drittl. Abs. – möglich auch:* aufhielte*); korr. [RM? MM?]:* sich mit ihm zu verständigen *(ebd. – statt:* als daß er sich [...] verständigen würde); *korr.*: noch ehe sie *(letzter Abs. – statt:* Noch *[Zusatz und Satzumstellung:* Noch ehe sie die Augen öffnete wußte sie*])*; *korr.* *[RM? MM?]*: belieben sollte *(ebd. – statt: würde)*; kommen sollte *(ebd. – statt:* würde*)*

II/VII m – *Nicht exakt lesbar:* Zielfläche *(Abs. 1)*; *korr.*: betrachten *(ebd. – statt versehentlich:* betrachen*)*; *AV:* Offenbar war seinem Ruf *(Abs. 2 – statt:* Vielleicht*)*; *korr.*: u. jeder Nichtdeutsche *(Abs. 3 – statt:* Jeder *[zuerst:* abgetrennt zu sein. Jeder*])*; *auR:* Er hatte dieses junge Mädchen beinahe vergessen. *(zu ebd. Satz 2 – Bezug nicht erkennbar)*; Ende bei Aussteigen *[?]* Warum sprechen Sie kein Wort Ge ging die Treppe hinan streifte den Hut ab. *(ebd. – do. Bezug nicht erkennbar)*; *aoR:* Vgl. Offzsmentalität in Gn – U. *(zu ebd.)*; *AV:* z. großen Teil – u soweit sie es nicht waren, bewunderten sie das deutsche Heer *(ebd. – urspr.:* Sie waren meistens Deutsche*)*; *arR:* Sie waren auch alle antidemokratisch u latent revolutionär. *(zu ebd.)*; *AV:* / für den mit einer gewissen Leibesfülle verbundenen Rang des Feldbischofs ... / *(ebd. – urspr.:* für ihren braven, aber etwas korpulenten *[zuerst AV:* beleibten*]* Feldbischof*)*; *arR:* Das kommt noch hinaus auf gb. Menschen. Einiges darüber II R Fr 10 A *[Haupt-Index A) U u. Ag.]* *(zu Abs. 4 Anfang)*; Krieg u Frieden das sind 2 ganz verschiedene Zustände, was noch nicht deutlich genug verstanden wird! *(zu ebd. Satz 2)*; *korr.*: Weltzivilisation *(ebd. – statt:* Welt *[Zusatz]* Zivilisation*)*; *arR:* Die Gedanken, die man im Kopf hat, u die Gedanken, die außerhalb seiner deponiert sind. *(zu ebd. Mitte)*; Das ginge nur in Verbindung mit ungewöhnlichen Eindrücken, die die Stadt vermittelt *(zu ebd.:* Überall, [...] im Antlitz der Häuser in der Stadt [...]*)*; Wiederholt das bei Meinung Gesagte. *(zu ebd.:* Das ist natürlich nicht mehr als [...]*)*; *AV:* sind darunter die *(ebd. – urspr.:* sind das*)*; was für Gefühle *(ebd. – urspr.:* daß alle Tage Gefühle*)*; *arR:* U fühlt all das in der Luft u kann sich HS gut vorstellen, den Narren, der noch viel weniger Kraft hatte als er *(zu Abs. 6 Anfang)*; Vielleicht auch ein wenig: vom Erstarren zur Begrifflichkeit. *(zu ebd. Ende)*; Ge befragt: *(zu letztem Abs. Anfang)*

II/VII n – *Korr.*: Sie sind *(Abs. 1 – statt:* sie*)*; *AV:* Chef *[Chefbewußtsein]* *(ebd. – urspr.:* Selbstbewußtsein*)*; tragen *[betragen]* *(Abs. 9 – urspr.:* benommen*)*; Annäherung Ah's. *[Arnheims]* an La. [...] *(Abs. 15 – s.* den nachfolgenden Entwurf II/VII *[Skizze zu «Gartenfest»])*; *korr.*: sie wird *(Abs. 18 – statt:* Sie*)*; Sie *(Abs. 24 – statt:* sie*)*; Gemahlin *(drittl. Abs. – statt:* Gemalin*)*; ein großes T. *(letzter Abs.)*: im MS «T» auch *groß* geschrieben; *korr.*: die neue Frau *(ebd. – statt:* die neu Frau*)*

II/VII o – *arR:* Hg. u Mg! *[Hagauer und Meingast = Lindner]* *(zu Abs. 1 Satz 2)*; *lies:* Freundinnen *(Abs. 2:* Freundinen*)*; *AV:* seine Tochter *(ebd. – urspr.:* Ge.*[rda])*; *[sich nicht]* ruhig *(Abs. 3 – urspr.:* wohl*)*; *korr.*: durch den sie ihn *(ebd. – statt:* durch *[Zusatz-Korr.]* den sie für ihn*)*; *AV:* der glücklichen Jahre *(ebd. – urspr.:* der ersten*)*; legen wird *(Abs. 11 – urspr.:* legt*)*; *arR:* Anm: Es steht noch nicht ganz fest, was von dieser neuen Denkweise hier kommt u. was in Schlußsitzung (od. unmittelbar davor). Einstweilen das Zweite im Material (s. Fr 12.) als *[Kap.-Gr.]* VIII. bezeichnet. *(zu vorl. Abs. Anfang)*; *AV:* aber schloß *(ebd. – urspr.:* u. *[gestr.?]* schloß*)*; Sachgrößen *(ebd. – urspr.:* Vorgängen*)*; *arR:* Anm: / Wenn die àlb. *[à la baisse]-*Philosophie zu sehr hineingestopft hier ist, so gäbe ein solches Verhältnis zu Ge.*[rda]* – ev. Aussprache – Gelegenheit zu einer zwangloseren Entwicklung. *(zu ebd. Ende – Hinweiskreuz)*

II/VII p – *arR:* Im Bereich [...] *(parallel zu Vornotizen)*; Ält Konv. *[Älteres Konvolut]* II III A. Ag letzs. Kap. *(Vornot.):* s. II/III .. A-Ag. (S. 1535/36); *AV:* nur in der freien Natur – *(Abs. 2 – urspr.:* im Freien*)*; *arR:* Das fordert den Vergleich heraus mit Ags. Selbstmord-Versuchen *(zu ebd.)*; Das Gewehr haßte er *(zu Abs. 3*

Satz 3–5); AV: methodisch *(ebd. – urspr.:* logisch*); arR:* es verdroß ihn *(letzter Abs. etwa Mitte:* Aber es kam ihm unsinnig vor *– Hinweispfeil); korr.:* sich der Zug näherte *(ebd. – statt:* näherten*)*

II/VII *[«Gartenfest»] – MM-Titel:* Skizze zu «Gartenfest» *(unter der Titelzeile);* Frage 2, S 4 [...]*:* «D, Ah in II$_{II}$ u III.» (s. auch Anm. zu «Studie zu D-U-Fest» vom 14. II. 36: S. 1396/97), auf S. 4 (Ende) heißt es: «Beschluß 1. Hinrichtung M. am Morgen. Coit. D. am Abend / 2. Ort zw. Fr 14 Reflexion Geschlechtsproblem = Kampf um menschliche Form – u. Doppelgänger. / Das erste schließt an RA., also auch Coit. – Darum: / 3. Dämpfen.»; Mat*[*erial*]:* Br. 146, [...]*: s.* auch hierzu Anm. zu «Studie zu D-U-Fest», in der RM ebenfalls auf diese B-Notizen «Coitus:», «Alternde Frau:» usf. hinweist; Fr 2, S 4 ›Zusatz‹ usf.: nach dem «Beschluß 1–3 heißt es noch: «Zusatz: (aus lauf. Notizen) Coit. D. gar nicht sexuell machen, ganz nur Reiz, einen Menschen sichtbar zu machen / [...] D – a ö K. fortführen bis Bruch mit Ah u Coit U. / [...] Im Coit. Stoßen u Vergehn (E 21 *[*«Liebe:» *– s.* Bd. 7: «Motive – [...]»*]*) wieder erlebt. Macht U so bös. / Material außerdem: Br 146, 189, 190, 192. / Nachtrag: Oder: Ort als Einleitung zur Mob. *[*ilisierung*]*?»; *[*Fr 2*]* S 3, 28. XII ›Ort‹: «28. XII Coit: Ort: Nach Konv. II$_{VII}$ Mimetus des Coit. soll den Eifersuchtsvorstellungen Material liefern. / Nach Fr 5 *[*«Frage 5» =* «Hauptgruppierung von U/Ag in II$_{III}$?»*]*, S 3 ist ein Motiv für Ag. Die schlechte Theatralik d. Liebe. Liebes- u Lebensmarken. / Ferners: Ah / La *[*Leona*]* wird II$_V$ beschrieben, also schon da ist D. reif. *[*dazu – verklammert:*]* Das wäre am besten zw. Fr 14 Zusammentreffen U/Ag u. Problem Doppelgänger; denn dieses mündet schon in gemeinsames Verbrechen, eine Stimmung, zu der das kaum mehr paßt.»; *arR: s.* Fr 2, S 4, Beschl. 1. ↑Hinrichtung M. u Coit. D. am gleichen Tag) *(Abs. 1 Anfang – Hinweiskreuz zu:* Am gleichen Abend*); AV:* Der größere Teil der Besucher *(ebd. – urspr.:* Man hatte*);* Das lautlos über den Häuptern schwebende *(ebd. – urspr.:* das lautlos schwebende *[zuerst AV:* lautlose*]* Blätterdach*); arR:* Vielleicht auch die erregte Zeit? *(zu ebd. Mitte:* Die vor nicht langer Zeit [...]*]); AV:* nirgends traf *(ebd. – urspr.:* sah*);* vorüber *(Abs. 6 – urspr.:* vorbei*); aoR:* ∼ besser ausdrücken! *(zu Abs. 10:* des in den Wiesen [...] *– Hinweisstrich); arR:* ←? Gleich hier ein Kuß? *(zu ebd. Ende – Hinweispfeil); AV:* bemeistert *(Abs. 11 – urspr.:* geglättet*); korr.:* gemacht hatte, sondern *(ebd. Ende – statt:* hatte sondern*); AV [RM? MM?]:* sollte *(Abs. 14 – statt:* geben würde*);* w *[*wollten*] (Abs. 15 – statt:* heiraten sollten*);* hätte *(Abs. 16 – statt:* benommen haben würde*); arR: s.* die Liebesschule! *(zu Abs. 24);* von 3 Töchtern *(Abs. 25): über* «3»?; *arR:* Das könnte höchstens ein Nachhutgefecht der Auflehnung sein. *(zu ebd.:* wie ein kleines Mädchen, das der Tod zu Gott dem Vater entführt.*);* Mimetus der Liebe u des Todes? Das ewige Spiel? *(zu viertl. Abs.:* Schon spiegelte ihm seine Erwartung das Brechen dieser Augen vor [...] *– vgl.* auch TB S. 408: «Coitus:», *s.* ebd. anschließend auch: «Alternde Frau:»*); eV:* aufgedunsene Gefühle *(drittl. Abs. – statt:* die [...] in ihm aufgehäuften Gefühle*); korr.:* in ihrem Gesicht *(ebd. – statt:* Gesicht*); AV:* nach *(ebd. – urspr.:* seit ihrem zwölften Lebensjahr*) – [*Anm.-Nachträge:*] Korr.:* widerfahren *(Abs. 12 – statt:* wiederfahren*);* zwischen Ihnen *(Abs. 15 – statt:* ihnen*);* Hat sie *(Abs. 22 – statt:* Hat Sie*)*

II/VIII – Ausgangspunkt [...] *(Vornotiz): s.* die «Anm:» zu dem Entwurf II/VII o (vorl. Abs. Anfang*); eV:* was aus .. dieser Sache *(Abs. 3 – statt:* wie diese Sache*); korr.:* Sie hofft, daß die Roheit *(Abs. 9 – statt:* der Roheit *[*zuerst, gestr.: der Antisemitismus*]); eV: /*? Deiner Mutter hat es so wenig gepaßt, wie ... / *(Abs. 13 – urspr.:* So wenig, wie es*); AV:* fragte sie *[*F.*]* prophetisch *(Abs. 15 – urspr.:* fuhr F. fort*); aoR:* Nachtrag: Und trotz allem Idealist! einfügen *(zu ebd. Mitte); arR:* (Schw.*[*arzes*]* Heft Essay vergleichen!) *(zu Abs. 19 Mitte – s.* TBh 25: TB S. 643 ff.*); AV:* die Ursache unserer Ichsucht *(Abs. 21 – urspr.:* Ursache unserer Fehler*)*

Die «Kapitelgruppen»-Entwürfe fußten z.T. (Clarisse) auf Entwürfen der Folgen $s_5 + \ldots, s_6 + \ldots$, die im Gesamtkomplex des MoE-Nachlasses einen sehr breiten Raum einnehmen. RM hat sie, allerdings bis über die Mitte der dreißiger Jahre, wie wir sahen, nur partiell weiterentwickelt; große Bereiche (die weiteren Stadien von Clarisses Weg in den Wahnsinn, das weitere Geschick Moosbruggers zwischen dem Irrenhaus-Gastspiel als Versuchsobjekt und seiner plötzlich wiedergefundenen problematischen Freiheit) ließ er, wie es auf den ersten Blick erscheinen könnte, auf dem schon etwa Mitte der zwanziger Jahre gefundenen Entwicklungsstand. Doch gleichgültig, ob und inwieweit er, was – nach der Zahl überwiegend – noch nicht (nicht mehr) verwertet worden war, lediglich zurückgestellt, aufgespart oder womöglich doch bereits abgeschrieben haben sollte, auch diese wieder früheren Entwürfe sind als Teil des unausgenutzt gebliebenen (oder gelassenen) Potentials ein wesentliches und entgegen einer gewissen MoE-Ideologie keinesfalls noch wegdenkbares Stück des Fragments. Ihr Stellenwert ist der des Textes, so wie er vorliegt, wie der einer bestimmten Entwicklungsstufe bei einem permanent, bis zuletzt, in Entwicklung begriffenen Werk. Testfall dafür war – ungleich mehr als die nicht zu Ende geführte, niemanden irritierende Clarisse- plus Moosbruggergeschichte – die erheblich weniger umfangreiche Folge der $s_4 + \ldots$-Entwürfe, die als mit dem späten RM nicht mehr vereinbar angesehen, da und dort augenscheinlich eher weggewünscht wurde: die «A.-Ag. [Anders-Agathe] Reise.», die RM immerhin auch schon für die «IV. Kapitelgruppe» vorgesehen hatte und die schließlich «Die Reise ins Paradies» heißen sollte. Bei der Polemik gegen die MoE-Ausgabe 1952, die sich auch an diesem Entwurf, und wie er dargeboten wurde, entzündete,- ging es wesentlich darum, daß Anders auch da schon der definitive Name Ulrich zugesprochen wurde, sodann daß spätere Rand- und Korrekturvermerke – editorisch so unorthodox wie anfechtbar – in Klammern gesetzt in den Text integriert wurden. Es war für die Kritiker, die in Rom jahrelang am Nachlaß arbeiteten, unschwer einsehbar, daß dies bereits die Konzeption von MM gewesen war, die diesen Text – eindeutig mit dem Titel «Die Reise ins Paradies » – exakt so transkribiert (und offenbar zunächst auch für ihre Nachlaß-Auswahl 1943 disponiert) hatte, wie er 1952 erschienen ist. Es wurde, wohl als Modell für eine wissenschaftlich korrekte Edition, 1964 (WB, «Studien [. . .]») eine Neu-Ausgabe vorgelegt, und da ist dann freilich für den normalen, auf philologische Erkundungsgänge weniger trainierten Leser nicht leicht erkennbar, daß der Entwurf «A.-Ag. Reise.» überschrieben ist und daß für die nächste Bearbeitungsphase stattdessen der Titel «Die Reise ins Paradies» beschlossen und fixiert war, daß auch für RM, bei seinen Korrektur-Anmerkungen, aus dem Anders der frühen zwanziger Jahre unterdes selbstverständlich der Ulrich seines MoE geworden war, ja es wird, um das Bild des ein für allemal als Frühstufe ad acta gelegten Entwurfs nicht in Frage zu stellen, unerwähnt gelassen (polemisch hieße es: unterschlagen), daß der Noch-nicht-Ulrich Anders in einem wieder früheren Vor-Entwurf, auf den RM zurückgriff und den er – ausdrücklich mit dem Hinweis auf die «Quelle» – in seinen neuen Entwurf hineinnahm, sogar noch – wie im frühen «Spion»-Entwurf, wie Anfang der zwanziger Jahre auch im Tagebuch – Achilles hieß, nun indes ohne jede Erklärung zum Alibi-Anders avancierte. Natürlich wurden auch die Änderungen als solche, ins Gitterwerk des «Apparats» gesperrt, dem Leser nicht nahegebracht, deutlich gemacht und damit de facto, da es doch das Gegenbeispiel für den richtigen (sprich: wahren) Text sein sollte, ein Entwurf der «Reise» präsentiert, wie er für RM selbst nicht mehr existiert hatte. So sehr das, für den Bereich der Institute und Seminare, wissenschaftlich legitim und zu motivieren sein mag, so wenig scheint es zu vertreten und zu rechtfertigen zu sein, wenn im Zuge solcher Prinzipien Stil, Ausdrucksweise, die persönliche Handschrift des Autors entweder umfunktioniert oder ignoriert werden. WB entwickelte als Akzent seiner Polemik die These, RM habe in den frühen Entwürfen der s + ...-Folgen durchweg («alle diese Texte») bei direkter Rede Gedankenstriche statt Gänsefüßchen gesetzt und sich erst seit April 1930 – nach dem ihm vom Verlag übermittelten Einspruch des Druckers (Jakob Hegner) – anders bequemt. Eine Rüge an den Editor 1952, er habe die Gedankenstriche, die doch ein so unmißverständlicher Anhaltspunkt für die Datierung der frühen gegenüber den späteren Entwürfen seien, eliminiert und pauschal in Gänsefüßchen verwandelt. Thesen stehen mit der Wirklichkeit bisweilen auf Kriegsfuß. Da nicht sein kann, was nicht sein darf, werden bei WB, da RM in den s + ...-Entwürfen wiederholt im selben Text beides, den Gedankenstrich wie das Gänsefüßchen, bei den Dialogen verwendet, die Gänsefüßchen zu Gedankenstrichen (wobei es, zu kleinen, den Leser verwirrenden Staus echter und falscher Gedankenstriche kommen kann und kommt). Wie wenig der Wille des Autors zählt, wird – noch drastischer – vor allem an dem frühen Clarisse-Entwurf s$_5$ + b + 1 (S. 1684–94) demonstriert. Er liegt, wie einige dieser Texte, als Maschinenabschrift vor. RM hat ihn besonders intensiv korrigiert, Worte, Sätze gestrichen, umgestellt, neue Worte, Sätze eingefügt, also nicht bloß mögliche Varianten notiert, erwogen, aber der Leser, dem ja wieder das korrekte Gegenbeispiel zugedacht ist, wird – ohne jede aufs Problem verweisende Begründung – mit einem Text konfrontiert, den es so für RM nicht im mindesten mehr gegeben, von dem er sich unübersehbar distanziert hatte. Ein streng eingehaltenes Prinzip entbehrt am Ende nicht der Suggestion, aber es muß eben verläßlich sein. Indes, mal – d.h. im Durchschnitt – werden Korrekturen im Text selbst nicht sichtbar, wird einer Variante, als der vom Autor als besser erkannten Lösung, nicht der Vorzug gegeben, mal – es sind die Glückssekunden des Lesers – ist der Korrektur doch Rechnung getragen, die Variante respektiert. (Wollte man auf diese Differenzen und Selbstwidersprüche jeweils einzeln verweisen, es ergäbe ein stattliches Kompendium.)

Der Sinn des Kennzeichens «s» (kleines s mit tiefgestellter Indexzahl) ließ sich bislang nur mutmaßen. Da es Entwürfe aus der Zeit sind, in der RM den Roman, an dem er schreibe, noch – in einem Brief an die Wiener Zeitschrift «Die Bühne» (2. IV. 1925) wie ja auch genau ein Jahr später in seinem OMF gegebenen Interview (s. Bd. 7: «Was arbeiten Sie?») – «Die Zwillingsschwester» nannte, konnte es als naheliegend erscheinen, dieses «s», wie es auch geschah, als Kürzel von «Schwester» zu verstehen, aber die beherrschende Figur zum Beispiel der s$_5$ + ...- und s$_6$ + ...-Folgen ist Clarisse, die Frau des Jugendfreundes Walter, nicht Agathe. Man las «s» auch als Sigel für «Skizze», aber es ist wenig wahrscheinlich, daß RM, der so entschiedene Anti-Impressionist, das damit sagen wollte. Vorstellbar eher, daß «s» für ihn «Studie» – im Sinne von Experiment, Versuchsreihe – hieß. Der Weg dieser Chiffre begann schon in dem dritten Umriß-Versuch zum Roman, in dem Entwurf «Der Erlöser», dem die Versuche «Spion», «Der Spion» vorangegangen waren. Der Aufbauplan für Teil «III./ Die Schwester» (S. 1998–2007) ist – vermutlich nachträglich – von s$_1$ + 1 bis s$_1$ + 6 untergliedert, und wäre es dabei geblieben, so ließe sich das in der Tat entsprechend assoziieren.

Die Entwürfe der Folgen s$_1$ + ... bis s$_3$ + ... sind großenteils als verwertet oder als ins Werk umgesetzt anzusehen. Genaue Grenzen lassen sich nicht ziehen. Auch hier blieben, wie in den weiteren Folgen, wie in den Entwürfen der Kap.-Gruppen III ff., noch unverbrauchte Motive oder Vorstufen zu Motiven übrig, die RM noch bis über die Kap.-Gr.-Entwürfe hinaus beschäftigten. Fünf dieser also auch noch früheren Entwürfe sind hier, wie dieser ganze Komplex in der Reihenfolge seiner Numerierung, an den Anfang gestellt: drei zu der auch schon Mitte der zwanziger Jahre konzipierten Figur des jungen Sozialisten Schmeisser (bzw. Schmeißer), einer zur noch unerschlüsselten Jugendgeliebten «Valerie», hier der Name für die «Gattin eines Majors» (s. MoE I Kap. 32), im «Spion»-Entwurf Synonym für die «sentimentale Geliebte», die spätere Bonadea, und schließlich der vermutlich erste Entwurf zu dem geplanten Kapitel «Krisis und Entscheidung», das RM, wie «Die Reise ins Paradies», auch bereits als «Material» für den entsprechenden Kap.-Gr.-Entwurf bereitgelegt hatte (dann aber offensichtlich diese Zwischenstufe doch ausließ, Motiv wie Text aus dieser weiteren Gruppierung herauslöste und isoliert weiterentwickelte). Diese «A-Ag [Anders-Agathe]»-Szene war nach dem s + ...-Plan die letzte Etappe vor der «Reise».

Die s + ...-Entwürfe werden hier in ihrer letzten Bearbeitung durch den Autor mitgeteilt. Das besagt: a) Die Unterschiedlichkeit der Zeichensetzung bei direkter Rede ist nicht verdeckt, sondern deutlich sichtbar, b) wo RM «Anders» in «U.» (Ulrich) umbenannte, wird das auch nicht verdeckt, wie auch «Achilles», der einstige «Spion»-Held, wo er durch den Rückgriff auf eine ältere Notiz wieder als Roman-Figur auftaucht, nicht in «Anders» (oder doch etwa gleich in «Ulrich»?) umgetauft wird («Meingast» im übrigen ist auch hier natürlich noch der Name für den späteren «Professor Lindner», und «Ld.» = Lindner als «Meingast» zu lesen; Clarisses Bruder Siegried heißt auch noch Wotan, Leo Fischel anfänglich noch Fischer, der Irrenhausarzt Dr. Friedenthal noch Dr. Fried), die Namen stehen austauschbar und damit auch entzaubert nebeneinander, c) korr. Text bleibt korr., Varianten sind, soweit nur möglich, berücksichtigt, d) zusätzliche Vermerke, da sie auch den Prozeß der Textveränderung indizieren, sind, sofern der Sinnzusammenhang nicht gestört wird, integriert, auf jeden Fall möglichst unmittelbar als weiterer Beitrag zum Text erkennbar gemacht. Der Antwort auf die – gelegentlich programmatisch vorschnell beantwortete oder abgetane – Frage, ob RM die zumindest in seinen letzten Jahren beiseite gelegten Entwürfe aus den zwanziger Jahren unwiderruflich hatte verkarsten lassen wollen, soll damit nicht vorgegriffen sein. Aber es war eben nicht zuletzt auch zu dokumentieren, daß RM an Teilen dieser Entwürfe sichtlich noch Jahre später arbeitete, die mit ihnen gegebenen Möglichkeiten prüfte, sich mit ihnen auseinandersetzte. Die Hypothese, daß er xmal neu ansetzte, die jeweils vorangegangene Stufe quasi verleugnete, sich jedenfalls jeweils zu einem völlig neuen Versuch von ihr abstieß, ist nirgends und durch nichts belegbar.

Zu den Vor-Studien und -Notizen, auf die RM bei den s + ...-Entwürfen, so wie auf diese bei den Kap.-Gr.-Entwürfen, zurückgriff und auch ausdrücklich verwies, gehören neben einigen Eintragungen vornehmlich in den TB-Heften 6 und 21 (doch auch in den Heften 3, 8), neben etlichen «B» – bzw. «Br.»-Vermerken, die WB, wohl zutreffend und im Blick auf Novalis, als Abkürzung für «Brouillon» (vorläufiger oder Rohentwurf, Konzept) las, neben einigen Textstellen im «Spion»-Heft 22, vor allem – für den Bereich der frühen Clarisse-Entwürfe – eine Reihe von «C-»-Blättern, die er z.T. ähnlich exzerpierte und wörtlich einflocht wie die Ausschnitte aus dem Druckfahnenkapitel 48 («Liebe macht blind. Oder [...]») in die versuchte Kap.-Variante «Das Pferdchen und der Reiter». Für ein vorgesehenes Clarisse-Schlußkapitel «(Nach Internierung)», das 1952 schon andeutend mitgeteilt wurde, das WB lediglich, ohne die einzufügenden Voraustexte, im «Apparat» erwähnt, ist dezidiert auf die «C-»-Notizen oder -Studien verwiesen, aus denen RM es zu montieren gedachte. Diese «C-»-Blätter wie auch nahezu alle, die außerdem als Vorlage vermerkt wurden, sind den s₆ + ...-Entwürfen angeschlossen.

Einige der bei den «s + ...»-Entwürfen herangezogenen B- bzw. Br.-Notizen (oder Vor-Entwürfe) verdienen besondere – bisher, soweit der Hrgb. es übersieht, (auch bei EK in seinem Versuch «Die Entstehungsgeschichte» des MoE) noch nicht gefundene – Aufmerksamkeit. Zu den Entwürfen $s_5 + a + \beta$ bis $s_5 + e$ verweist RM am Rande wiederholt, z.T. fortlaufend, auf die Texte B 89–94, 121–23, darunter nachdrücklich zu den Entwürfen mit Clarisses existentiell passionierter Bemühung um Moosbrugger, mit dem für sie desillusionierenden Schauspiel der Kartenpartie in der Irrenhauszelle. In diesen durchweg reinschriftartigen Teilstücken gibt es Clarisse überhaupt noch nicht. Ihren Part hat dort – noch distanziert? – Agathe («Anders stellte» – bei der Tarockpartie – «seine Schwester vor»): «Agathe *[darüber später:* Clarisse*?]* will M. sehn. Es ist nicht Neugierde, sondern das Bedürfnis nach sinnlicher Wahrnehmung eines Wesens, für das man seine Seele einsetzen will.» (B 89), «Als dies *[die* Vorstellung, das Besuchergeschenk: «Tabak» «oder eine Wurst*]* vorbei war und die Geschwister dem weitergehenden Spiel zusahen, an dem Anders mit Scherzen teilnahm, wußte Agathe, wie sie Moosbrugger hätte begegnen sollen. Wie eine Fee, dachte sie sich. Sie war die erste Frau, welche – schön und rein – Anteil an ihm nahm. So hätte sie ihm auch entgegentreten müssen: als Schwester.» (B 92) WB registriert die Hinweise auf diese Chiffren, aber er erschlüsselt nicht, welchen Text jeweils sie kennzeichnen. Auch bei den – freilich so knapp wie nur möglich reduzierten – Verweisen auf diese, jene Seite in den Tagebuchheften (3/105; 7/2, 17 usf.) zeigt er eher befangenen Respekt vor der Chiffre, vermutet er jeweils «Heft» nur mit eingeklammertem Fragezeichen. Eine vergleichende Kontrolle an der deutlich erkennbaren TB-Eintragung in nur einem Falle hätte ihn der Sache sicher gemacht. (Die Hinweise auf die C-Blätter, also auf Clarisse ohne Vorgeschichte, dominieren und summieren sich erst bei den s₆ + ...-Entwürfen.)

s₂ + 4 *[ZU: SCHMEISSER]* – Reinschriftartiger, wenig korr. Entwurf; Bankdirektor *Leo Fischel* heißt *hier noch:* Fischer; *aorR:* Via Askese [...] *[bis:]* Einsprengungen zeichnen.» *(Abs. 1);* P v A *(Abs. 3):* Paul von Arnheim = Dr. Paul A.; *AV:* eine kleine Lohnerhöhung *(Abs. 5 – urspr.:* eine einfache*);* oder dem Bewußtsein *(ebd. – urspr.:* und*); arR:* Wenn ich – es so wäre ich würde in die Luft springen. Sie haben keine Ahnung, worauf es ankommt. Sie sind ein romantischer Bürger. *(zu Abs. 6);* Sie verraten die Sache, der Sie dienen! *(zu ebd.);* Die Karriere Sch's. ist in *[Kap.]* 27 nicht erzählt. Der Schuhmacher aber erwähnt. Also hier bringen! *[Pfeil zu:]* Gewerkschaftsblatt *(zu ebd.);* [Siehe auch Lindner]: = Meingast *(zu ebd. – zuerst* gestr.: Meingast *[darüber:* Lindner*]);* Ist gleichzeitig Gewährenlassen, Indirektheit PduG *[Prinzip des unzureichenden Grundes]* usw. d.h. es wäre die Notwendigkeit des anders Handelns als man denkt zu zeigen. *(zu ebd.); korr.:* Ehrenpräsident *(ebd. – statt:* Ehren *[Zusatz]* Präsident*);* Programm *(ebd. – statt:* Program*); RM-Korr.:* Cand. ing. *(ebd. – zuerst:* Cand. phil.*); arR:* (Z 68) *(zu Abs. 7);* Aber auch: jeder Intention gehorchende Apparat *(zu Abs. 9); AV:* gemacht wird *(ebd. – urspr.:* werden kann*); arR:* Ev. Weshalb A. [...] *[bis:]* streifen. *(Abs. 12 – Hinweisstrich);* mit breiten Schultern [...] *[bis:]* finnigem Gesicht *(Abs. 13);* (Z 68.) *(zu Abs. 14 – s.o.);* Später: /Und ihn auch imstich lassen/ *(Abs. 16); AV (? do. arR)* u.a.: notwendig geworden / gleich bei den ersten Anzeichen / war die scharfe Brille *(zu Abs. 17 Ende); arR:* 8/44, 60 *[darunter do.:* 8/60*]:* TBh 8 Hs 44, 60 = TB S. 372 («Gewerkschaftspfaffen»:), S. 381 («Gewerkschaftsbeamter.») *(zu Abs. 18 Anfang); AV:* im 6. Jahr *(ebd. – urspr.:* im fünften*);* /oder Feinde, deren Vergehen .. usw./ *(Abs. 19 – urspr.:* oder grundsätzlich Feinde, welche*); arR:* Grundsätzlich [...] *[bis:]* degeneriert. *(ebd. – Hinweispfeil); nicht exakt lesbar:* vom Weiten *(Abs. 21); arR:* Ev: (B's. *[Bonadeas]* Ideale u. der Polizeikordon [...]) *(zu ebd. vorl. Satz); Nbs.:* Man kann heute heute [...] *[bis:]* Fassungsvermögen. *(Abs. 23/24 – Hinweispfeil zu Abs. 22); arR:* Es wurde jetzt viel [...] *[bis:]* Idee *(vorl. Abs. – Hinweisstrich);* (einschließlich [...] *[bis:]* Arnh's. sein.) *(ebd.);* einige *AV*– sowie *arR*–Vermerke blieben *unberücksichtigt.* – *[Nachtr.:]* Z 68 *(zu Abs. 7, 14):* s. S. 1815

s₂ + 8 FÜR UND IN – *arR:* Höchstens als Begründung, warum Schm. der Einladung folgt mitzugehn *(zu Abs. 1 Anfang – s.* den Kap.-Gr.-Entwurf II/III 27: Ulrich lädt Sch. zum Besuch bei Clarisse, Walter, Lindner = Meingast ein*); AV:* auf den geglätteten Rand *(Abs. 2 – urspr.:* glatten*);* / u. hatte das feste Gleichgewicht einer Bewegung, welche nicht schwankt. / *(Abs. 3 – urspr.:* und erhielt dadurch die Festigkeit einer Ordnung.*)*; Prof. Mg.: = Prof. Lindner *(ebd.)*; *AV:* ein Ziel *(ebd. – urspr.:* etwas*)*; Zwischenzielen *(ebd. – urspr.:* Befriedigungen*)*; welcher von den anderen Menschen verlangt, daß sie sich so benehmen ... *(ebd. – statt:* daß man sich so benimmt wie einer, welcher [...]*)*; *arR:* Ev. Tätigkeit bei Versammlungen usw. fortsetzen *(zu ebd.)*; Er sagte ihr [...] *[bis:]* Welt sei. *(Abs. 4)*; *eV:* cand ing. *(ebd. – statt:* cand. phil.*)* – *[*Anm.-Ntr.: s. S. 2129*]*

s₃ + 9 *[FÜR UND IN]* – *Korr.:* Unterproletarier *(Abs. 1 – statt:* Unter *[Zusatz]* Proletarier*)*; *AV: [D]*as Tennis *(ebd. – über:* Den Fußball*)*; *arR:* ... Andere Bspl.: [...] *[bis:]* mit Fächern. (C–71) *(Abs. 2)* – *[*Anm.-Ntr.: s. S. 2130*]*

s₃ + *[*Zu: VALERIE*]* – *AV:* wäre *(vorl. Abs. – urspr.:* ist*)*; *korr.:* wenn man es jemandem *(ebd. – statt:* jemanden*)*; *arR:* /Später: [...] *[bis:]* zu gehn/ *(letzter Abs.)*; eine längere *Folge von* davor aus Arbeitsnotizen übertragenen *Randvermerken* ist hier *unberücksichtigt* gelassen

s₃ + ... A.-Ag. (III) IV–VI – Diese Entwürfe–Gruppe ist eine frühe Vorstufe zu dem Kap.-Gr.-Entwurf II/III $\frac{30-32}{VI}$ («Ev Schuß als Heilmittel [...]») wie vor allem zu dem Kap.-Versuch «Krisis und Entscheidung» im Bereich der 1930–34 weiterentwickelten Entwürfe aus den zwanziger Jahren. Die hier generelle Einreihung unter s₃ + ... trifft nur partiell zu. So gekennzeichnet (und rubriziert) sind, streng genommen, allein die Entwürfe A-Ag. IV–VI. Der Entwurf A-Ag. III erscheint bereits herausgelöst; zudem ist so auch der Vor-Entwurf zum sog. «Traumkapitel» (s. Kap.-Gr.-Entwurf II/III 22) etikettiert. Auf den Traum-Kapitel-Versuch verweist auch der dem Abschnitt a gegebene Titel «Die liebende Angst» (wie «Ag. spielt Klavier» für den Abschn. b auf den entsprechenden Kap.-Gr.-Entwurf: s.o.). Vorangestellt ist hier, als eine Art Einleitung zu der Folge A-Ag. III–VI, «Block 2 letztes Blatt», auf das RM zu Beginn Bezug nimmt; der Stichwort-Anschluß («solche Vorgänge») ist eindeutig.

Block B – Masch. mit handschriftl. Zusätzen (auch die Einführungszeile ist dazugesetzt); *arR:* Das Wesentliche [...] *[bis:]* Notwendigkeit dahinter. *(Abs. 2)*; Vgl. E 12 Das «brutale Wort». *(zu ebd.)*: E 11 / E 12 = 4 S. «Bergson.»-Exzerpte aus dem «Essai sur les Données immédiates de la Conscience» (1889; dt. «Zeit und Freiheit» 1911), der Hinweis bezieht sich auf dieses Zitat (S. 3): «.. Das Wort mit seinen fest bestimmten Umrissen, das brutale Wort, das in sich aufspeichert, was an Stabilität, an Gemeinsamem und folglich Unpersönlichem in den Eindrücken der Menschheit liegt, vernichtet oder verdeckt wenigstens die zarten und flüchtigen Eindrücke unsres individuellen Bewußtseins.» (*[S.]* 103); «Reden ist mehr [...] *[bis:]* Kräfte der Seele.» *(ebd.)*; Tieck 11/5 *(Abs. 3):* s. das Zitat aus einem Brief Tiecks an Philipp Otto Runge nach Ricarda Huch («Blütezeit der Romantik») in TBh 11 Hs 5 (s. TB S. 140); 11/2 *(Abs. 5):* TBh 11 Hs 2 (s. TB S. 138) do. nach Ricarda Huch; *alR:* S. Z. 68 Hauchähnliche Masse! *(zu Abs. 6 – Hinweispfeil [*Vgl. die Hinweise zu: s₂ + 4 Schmeißer Anm.; s. Studienblätter [...] S. 1815*])*; Man muß aber [...] *[bis:]* ansetzt. *(letzter Abs.)*

A.-Ag. III. – Korr. Entwurf, gut ein Drittel (etwa Mitte) *Masch.*; *AV:* wie *[?]* von der Philosophie *(a. letzter Abs. – statt:* statt*)*; *arR:* Ließe sich verwenden zur Beschreibung des Wesens einer Idee *(b Abs. 3 – zu Abs. 4 Anfang)*; E 2 ·/· *(do. zu ebd. Abs. 4):* Hinweis auf die Rückseite der Notiz E 2 («Erlebnis u Gedanke.»: s. TB II S. 851/52) mit dem wörtl. selben Zitat aus «Emerson in dem Essay ‹Kreise›» (in: Essays 1. Folge; Leipzig 1902 S. 107), nicht bei den «Belegstellen aus Emerson,

Kreise» (s. u.); *AV:* «Ja; um zu verzweifeln, ist es». *(ebd. Abs. 6 – urspr.:* «Nein; [. . .]»); kam ihr der Gedanke, er sei wahnsinnig geworden[,] nicht erschreckend vor *(ebd. Abs. 8 – urspr.:* verstand sie es sogleich*); korr.:* fragte Ag. «Bevor *(c. Abs. 1 – statt:* fragte Ag.; «Bevor*); arR:* [Es ist aber auch möglich [. . .] *[bis:]* Geschehnischarakter.] *(ebd. Abs. 3 – zu ebd. Abs. 2); Zusatz:* Essays *(ebd. Abs. 11); AV:* 5 *(ebd. – urspr.:* vier Dinge*); arR:* N. M. 495. *(zu ebd. Abs. 13):* Neuer Merkur S. 495 – Hinweis auf den März 1925 in der Münchner Monatsschrift Der Neue Merkur (S. 488 ff.) erschienenen Essay «Ansätze zu neuer Ästhetik» (zu Béla Balázs, «Der sichtbare Mensch»: s. Bd. 8); die nachfolgenden Abs. sind z.T. wörtlich aus Abschn. V (S. 495/96) exzerpiert; *AV:* -armen *[seelenarmen] (ebd. Abs. 14 – urspr.:* seelenlosen *[davor:* mechanischen]*); eV:* Was würdest du sagen, wenn ich behaupte . . *(ebd. Abs. 20 – urspr.:* Ich bin endlich darauf gekommen:*); arR:* Er müßte es eigentlich [. . .] *[bis:]* prälogisch usw. erklärt. *(Abs. 22);* Ü 64 *(zu ebd. Abs. 27):* Blatt mit Notizen zu «(A-Ag. III.) (c)», von dort ist dieser Abs. fast wörtl. experziert; Es sind Buchten [. . .] *(ebd. Abs. 28);* Mg. *(ebd. Abs. 29):* Meingast *(später:* Lindner); Ü 64 *(zu ebd. Abs. 29 f.): s. o.* (diese Abs. sind do. von dort, sinngemäß, exzerpiert); *AV:* weil du [. . .] ahnst *(ebd. Abs. 33 – urspr.:* obgleich*); Eckehardt, Europa 237/38 (ebd.): s.* den Essay «Das hilflose Europa oder [. . .]» (Ganymed 1922 S. 217/39) Abschn. 18 (s. Bd. 8) mit Hinweis auf Meister «Eckehart»; E 18 *(ebd.):* Exzerpte aus demselben Essay-Abschn. (Europa 237, 237/38); E 3r *(ebd. Abs. 35):* «Für etwas Leben und in etwas leben:» (s. TB II S. 840 Fn. f); E 14 *(ebd.):* «Verhältnis des andren Zustands zu Moral, Idealen udgl.» (s. TB II S. 897/98); E 38 *(ebd. Abs. 36):* «Schöpferische Moral» (s. TB II S. 1101/02: E 38,1 – Der weitere Text auf dem Blatt E 38,2, auf den der Hinweis hier sich bezieht, ist dort nicht gebracht: «Ich fühlte mich emporgehoben / Emporgehobenwerden passiert unter den praktischen Erlebnissen nur im Ringkampf als unangenehmes Erlebnis (oder Kindheitserlebnis?) Stammt also mit angenehmem Gefühlston (Erhebung) aus dem ekstatischen Sprachschatz. Oder Traum? / Solche Schätze bewahrt Sprache. / Sie verhalten sich zu ihrem Ursinn wie Ideologie zu andrem Zustand? Denn Ideologie arbeitet mit der abgeschwächten Wortbedeutung. / Eine Funktion des Dichters: Die Worte mit der Seele schaun.»); *arR:* Das Gesetz [. . .] *[bis:]* (Ü 63) *(ebd. Abs. 37/38);* E 5 *(ebd. Abs. 37):* «Belegstellen aus Emerson, Kreise» (Forts.: E 6 – *s. o.* : zu dem, auf der Rückseite von Blatt E 2 notierten, Exzerpt «In gewöhnlichen Stunden [. . .]»); E 5 r *(ebd. Abs. 38):* E 5 Rückseite (do. «Belegstellen aus Emerson, Kreise»); E 22 *(ebd.):* «Kirche als Ruin des andren Zustands: [. . .]» (s. Bd. 7: Motive – [. . .]); Ü 63 *(ebd.):* 2 Blätter mit Notizen zu «A-Ag. V u. VI.»; *arR:* Ü 65 *(zu ebd. Abs. 39 ff.):* 2 Blätter mit Notizen zu «A-Ag III» (S. 2 u.a.: «Unstillbares Streben, die Dinge *[darüber:* Erlebnisse] wiederholbar zu machen. Im Augenblick, wo sie es sind, ist die Welt materiell u. langweilig. / Ich ertrage nicht die Unsicherheit. Ich muß arbeiten ... / Aber es kommt nichts dabei heraus.»); E 16 *(ebd. Abs. 44):* «Nachträge:»*):* 2 Blätter mit Exzerpten «Aus Spengleraufsatz:» («Geist und Erfahrung»: Der Neue Merkur März 1921 S. 841–58); der Hinweis bezieht sich auf den dort letzten Auszug (S. «850/51.») aus Abschn. VII «(Das Wort bezeichnet nichts Fixiertes. Lebendiges Wort voll Bedeutung [. . .]» – vgl. Bd. 8); E 5, E 6 *(ebd. Abs. 45/46): s.o.* («Belegstellen aus Emerson, [. . .]»); Ü 65 *(zu ebd. Abs. 47–49): s.o.* (zu «A-Ag III» u. u. a.: «Gott braucht das Böse, Not, Gewalt, Eigennutz, Niedrigkeit, Geld, um die Welt bewegen zu können. [. . .] / Ein bücherner [?] ⟨Wille⟩. Nimm einen Menschen, der nur in Göthezitaten sprechen würde. Oder wie G. schreiben. Die tun das mit Bibel- u Evangelienworten. / Sonderbare Sicherheit, mit der Gut u Bös verteilt wird. / Das Gestaltlose ist hier hart- u. breitgewalzt; eine ungeheure Blasphemie eigentlich.»); U 65 r *(ebd. letzter Abs.): s.* ebd. S. 2 («Das Besonderste, was ich getan u gedacht habe, war nichts als Vorbereitung auf . . .»)

s₃ + ... A-Ag. IV. – *arR (vertikal):* Notiz zur [...]; *Lies (Notiz Abs. 1):* schenkendes Dreieck; *21/83, 82, 52 (Notiz Ende):* = TBh 21 Hs 83 usf. (s. TB S. 605/06:
«Ag[athe]», «Motiv:», «Ag.»; S. 593: «Agathe»); *arR:* Entwurf der Ausführung
(zum Anfang); AN 351 *[auch:* G 99] *(zu vorl. Abs.):* «Mann, 2 Frauen, Jünglings-
knabe. / Mit seiner Erlaubnis erbittet sich der Knabe eine der Frauen. Eine
schwesterlich bereit. / Frau Auflösung ... gerät in, im letzten Augenblick. / Wie
falsch die Ursache dem Mann zu introjizieren. Die menschliche Fragwürdigkeit äußert sich in diesem Augenblick; Seligkeit durch einen mechanischen
Reiz plötzliches Verändert-, vom Gott ergriffen werden. Wie vor und nach einer
schweren Verletzung. / Der Mann darf es sich ebenso wenig selbst zuschreiben.
Darf sich nur als Werkzeug eines Größeren fühlen. / Nur möglich in einer Habsucht freien Gesellschaft. Wo man auch die Gedanken nicht als eigene reklamiert
usw.»; Hält ihre Hand – [...] *(zu ebd. Ende);* *MoE 1952:* Frauenheftigkeit *(letzter
Abs. – statt:* Frauenhaftigkeit *[WB:* o])

s₃ + A.-Ag. V. und VI. – *Masch.* (handschriftl. korr. und ergänzt); Ld. *(Abs. 2):*
Lindner *(später:* Meingast); *arR:* Ohne Überlegung [...] *(Abs. 15);* E 6 *(ebd.):* s.o.
(Anm. zu «A-Ag. III.»: «Belegstellen aus Emerson [...]» – Hinweis auf ein Wort
Cromwells); *arR:* Dominante: [...] *(Abs. 18);* Also Ancona [...] *(Abs. 19 – s.*
den sich anschließenden Entwurf s₄ + 1 – 16 *[«Die Reise ins Paradies»]);* Unfähig
[...] *[bis:]* Ge. *(Abs. 26–28);* A. in III.! *(Abs. 27):* s. «A.-Ag. III.»; *arR:* Alle
Dinge [...] *(Abs. 30);* Nächstes Kapitel [...] *(Abschluß)* – *[*Anm.-Ntr.: s. S. 2130]

s₄ + ... A-Ag. Reise – Korr. Entwurf *(Masch.:* Abschn. 6 Ende, Abschn. 7,
s₄ + 8 zwei Drittel, s₄ + 15, s₄ + 15, s₄ + 16 Abs. 1–4/5 – Die Abschn. 1–7 sind
einfach, ohne die Chiffre s₄ + ..., numeriert *[*vgl. die zu Beginn falsche Numerierung bei WB*]); arR:* Dunkler Asphaltglanz in a[llen] Farben *(zu 1. Abs. 1 Anfang);* s. Umschlag *(zu ebd. Abs. 2 – s.* das Dispositionsblatt zu den Kap.-Gr.-
Entwürfen «II. Bd. IV. Kapitelgruppe» mit dem eingeklammerten Kap.-Titel «Die
Reise ins Paradies» und dem Hinweis «Inliegend 1–16 (s₄ + 1. – 16)»); s. Seekrankheit Suag 2. *(zu ebd.):* Sua 2 / Reise Ag-U: (Studienblätter [...]:
S. 1839); Br. 197 *(zu 2. Abs. 1 Anfang):* s. ebd. S. 1827/28 («2. Reise
mit Agathe» – B 197 ist auf der anderen Seite des Blattes mit diesem Entwurf *[*mit
dem Titel und dem eckig eingeklammerten Zusatz «Clarisse»*]* plakativ in den Entwurf zu einem Brief *[*«Berlin, am 23. Februar 1914.»*]* an eine Wiener Spedition
hineingesetzt; über dem Entwurf selbst steht neben dem Titel, ohne «Clarisse», nur
die Chiffre AN 327); *RM-Korr.* (+ *Umstellung):* Ancona auf ihrer Irrfahrt [...]
(ebd. – zuerst: Durch Ancona waren sie gekommen auf ihrer Irrfahrt, das stand in
der Erinnerung fest. Sie waren); *AV:* die roten u gelben Segel .. waren schrill
wie dahinschwebende Pfiffe *(2 Abs. 1 – urspr.:* die farbigen *[*erste *AV:* schrill-
farbigen*]* Segel [...] wiegten sich wie das heiße Gefieder großer fremder Vögel.);
arR: Die Erinnerung an A.*[*ncona*]* [...] *(ebd. Abs. 2 – zu Abs. 1);* Freundliches
Schauspiel des Lebens *(zu ebd.);* ein letto matrimoniale *(ebd. Abs. 4);* Zusatz: Nach
den Leiden [...] *(ebd.);* *arR:* Im Vergleich [...] *[bis:]* durchmessend. *(ebd. Abs.
6–9);* Es ist von Seele [...] *(ebd. Abs. 10);* auch gegen sich selbst nicht *(3.);* Die
Erschöpfung [...] *(ebd. Abs. 2);* *AV:* /die ungeheure Einöde der lebensfremden
Farbe Dunkelblau?/ *(5. Abs. 2 – urspr.:* die mit einer ungewöhnlichen Farbe gefüllte
Einöde des Blaus?); *arR:* Gespräch bei Tisch, umgeben von Kellnern. *(zu ebd. Abs.
3 [gestr.]* Anfang – Hinweispfeil *zu* nächstem *Abs.);* Wozu also [...] *[bis:]* etwas
nicht *(ebd. Abs. 4);* Sie haben 2 Zimmer verlangt. *(ebd. Ende);* *AV:* am nächsten
Morgen *(6. Abs. 2 – urspr.:* am zweiten Tag); u. dann wieder hinab! eine weiße
winzige Sandbucht zw. Felsen *(ebd. – urspr.:* eine Stelle, oben in den Felsen, [...]
usf.); kein Mensch mehr *(ebd. – urspr.:* keines Menschen Auge); *arR:* Sie schämten
sich beide [...] *(ebd. Abs. 3);?* Es war wie eine Pein [...] *(7. Abs. 5);* L 33/1

(ebd.):?; arR: ? Eine seltsame, ganz übernatürliche Annehmlichkeit. *(zu ebd. Abs. 7 Satz 2 Hinweiszeichen – vgl.* denselben Satz in dem *arR*-Vermerk vorher: *Abs. 5);* Ursprünglich [...] *(ebd. vorl. Abs.);* L 33/2, 3, 6 *(ebd.):?; AV:* ohne etwas zu verabreden *(s₄ + 8. Abs. 1 – urspr.:* das*); arR:* Kann man sich [...] *(ebd. Abs. 3); AV:* Sie schieben [...] zur Seite *(ebd. Abs. 4 – urspr.:* Sie heben [...] auf*); korr.:* Zauberspiegel *(s₄ + 9 Abs. 2 – statt:* Zauber *[Zusatz]* Spiegel*); AV:* Wie herrlich *(ebd. Abs. 3 – urspr.:* wundervoll*); arR:* Ev. ergänzen aus Br. 161. *(zu ebd. den letzten 3 Sätzen):* «Traum: [...]» (s. TB II S. 883: B 161 = AN 64*);* Das gehört zu den Prinzipien [...] *(ebd. Abs. 4 – zu ebd. Ende);* Eine versuchte, nicht zu Ende geführte Umstellung *(ebd. Abs. 11)* blieb unberücksichtigt; *AV:* tat es dann Ag *(s₄ + 10. Abs. 1 – urspr.:* jetzt*);* aber man möchte [...] kennen *(ebd. Abs. 2 – urspr.:* haben*); arR:* Haß gegen [...] *(ebd. Abs. 3); eV:* in einem Blumenkorb zwischen Karstwand Meer u Himmel *(s₄ + 11. Abs. 1 – urspr.:* zwischen Meer, Himmel und der Wand eines Blumenkorbs *[Hinweiszeichen]); arR:* Ganz leichte Andeutung [...] *(ebd. Abs. 2);* ? – jedesmal nachher. Weil die Verbindung nicht funktioniert 21/52 *(zu ebd. Abs. 3:* Oder es kamen Stunden [...] – *s.* TBh 21 Hs 52 = TB S. 593: «Agathe»; vgl. auch den Hinweis S. 1646: s₃ + ... A-Ag. IV.*); 21/82,83. (zu ebd. – s.* TBh 21 Hs 82, 83 = TB S. 605/06: «Ag», «Motiv:», «Ag.»; vgl. hierzu do. S. 1646*);* Besonders, wenn [...] *(ebd. letzter Abs.);* Jedesmal wenn [...] *[bis:]* ansahen: *(s₄ + 12. Abs. 5);* Es war der Schreck: [...] *(ebd. drittl. Abs.);* Hier: Südseeinsel *(zu s₄ + 13. Abs. 1:* Satz 4 – Hinweispfeil*); AV:* /welchen man empfängt, solange [...] *[bis:]* widersprechen muß,/ *(ebd. – urspr.:* welchen ein phantasievoller Mensch dadurch empfängt, daß er sich vom Alltag losreißt,*); eV:* war .. nicht zu ertragen, ohne daß es etwas langweilig wurde. *(ebd. Abs. 2 – urspr.:* war – ein wenig langweilig.*); arR:* ? Besser: Sie fangen an, auf diesen Ton zu warten, wie Erlösung von einer Schulstunde *(zu ebd. Abs. 4); AV:* aber sich *(ebd. – urspr.:* und sich*);* begannen damals in auffallender Weise [...] zu quälen *(ebd. – urspr.:* quälten A*); korr.:* mit Recht Vergessenes *(ebd. – statt:* vergessenes*); AV:* die Menschen *(ebd. Abs. 8 – urspr.:* welche wir [...]*);* Bitterkeit *(ebd. Abs. 9 – urspr.:* Angst*);* ohne Speisen *(ebd. Abs. 12 – urspr.:* allein in großen Mengen*); arR:* Die Zeit ist [...] *[bis:]* Br. 175. *(ebd. Abs. 16 – zu ebd. Abs. 15:* Und jede List [...] *[Der Satz steht so wörtl. auf dem Blatt B 175 = AN 61 unter einer kurzen «Motiv»-Notiz zu J. P. Jacobsens Erzählung «Mogens» – s. auch Bd. 9: Entwurf einer «Mogens»-Rezension]);* Hier Sexualität [...] *[bis:]* Anerotik? *(ebd. Abs. 17/18 zu ebd. gegen Ende – Pfeil zu:* Das Lied vom Schwesterlein [...]*);* – Normalfall? *(s₄ + 14. zu Abs. 1 Satz 1); AV:* strebenden *(ebd. – urspr.:* fahrenden*); korr.:* spottete A. – Nein. Er gebe zu, *(ebd. Abs. 4 – statt:* spottete A. – «Nein*); arR:* Es wird ihnen zum Kotzen *(ebd. Abs. 9);* Eigentlich [...] *(ebd. vorl. Abs.);* Br. 154 *(ebd.):* B 154 steht, als Chiffre, unter der Masch.-Notiz «2. Tag, 2. Teil, 9.» (in einer Folge von frühen Vor-Entwürfen, Reflexionen usf. zu Anders und Agathe – s. auch die Hinweise zu s₅ + d + 1, C – 8 sowie dem frühen Roman-Entwurf «Der Erlöser»); es heißt dort (Abs. 1) hierzu: «Wie ist das, wenn einem etwas sehr nahe geht? Zum Beispiel die Natur. Man sitzt dann da, hat alles in sich aufgenommen und ist höchstens von Ungeduld erfüllt. Man könnte sich nur nochmals vorerzählen, was man sieht. Die Steine sind von einem ganz eigentümlichen Steingrün und ihr Spiegelbild im Wasser spiegelt und sie haben Formen wie aus Karton .. Aber man sitzt, weiß, daß solches Feststellen gar nichts nützt und ist schon ungeduldig wegzugehn, so schön ist es. / [...]» (Zu den vorangehenden Abs. 5 ff. vgl. die Notiz B 153, «2. Tag, 2.Teil, 11»: Zitat daraus s. Anm. zu «C – 8»*); arR:* ? u darin treibenden Veilchen *(s₄ + 15. Abs. 5);* Das endet [...] *[bis:]* erstickt wird. *(ebd. Abs. 6/7);* Idee: [...] *(ebd. letzter Abs.); AV:* härter *(s₄ + 16 Abs. 4 – urspr.:* stärker *[WB nur:* stärker und wilder!*]);* die Schlucht – hinab .. *(ebd. – urspr.:* den Berg [...] hinankletternd*);* weiß man doch: es war *(ebd. – urspr.:* war es doch*); WB nur:* Nein! Süße! Verschworene! – – Nein, – wehrte Agathe leise ab – ich [...] *(ebd. – nicht auch:* A. suchte Worte der

Begeisterung usw. *[do. üdZ wie:* Nein – wehrte Ag. leise ab *–]); AV:* sofort eifer-süchtig *(ebd. Abs. 6 – urspr.:* warf A. ein*); arR:* Es endet [...] *(ebd. Abs. 7);* Töten! *(ebd. Abs. 8 zu:* als ob sie den Tod erwartete.*); WB:* – Ja – sagte Anders. *(ebd. Abs. 9 gestr.* – *stattdessen neu:* A zuckte die Achseln.*); korr.:* mit den Händen an den Schläfen *(ebd. Abs. 16 – statt:* an die Schläfen *[zuerst, gestr.:* Griff [...] an die]); arR:* Nun sprechen sie [...] *(ebd. Abs. 20); Zusatz:* Noch einmal [...] *(ebd. fünftl. Abs.* – *Hinweispfeil, -kreuz); Nachtrag:* Forts: [...] *(Ende)* – *[* Anm.-Nach-träge]: Korr.:* am Tyrrhenischen Meer *(1. Abs. 2 – statt:* Tyrhennischen *[nach WB statt:* Tyrhenischen!]); WB:* gerade schon genug, um von ihm getragen zu wer-den ...!! *(s₄ + 8 Abs. 4 – statt:* [so do. MoE 1952]: gerade schwer genug, [...]); AV:* das Entzücken eines Liebhabers ist *(s₄ + 11 Abs. 3 – statt:* eines Lächelns); WB:* verdichtet, [...] zu trennen sind. [...], tritt hervor; [...] löst sich [...] auf. *(s₄ + 12 Abs. 5 – statt:* verdichtete, [...] zu trennen waren. [...], trat hervor; [...] löste sich [...] auf. *[* Spekulative Korrektur der hier von RM angeblich inkonsequent geänderten Tempora]) – *[* 2 Anm.-Ntr.: s. S. 2130]

Frühe Entwürfe zu Clarisse

s₅ + a – *arR:* C–33: A. dachte nicht [...] *(Abs. 1: neuer Anfang 2 Abs.* – *WB:* 1 Abs. !); C 3 *(zu Abs. 3); AV:* Einfach, seine Zeit *(Abs. 9 – urspr.:* Ach, seine Zeit); arR:* C–39 *(zu ebd.);* Besser: à la das neue Zeitgefühl – Wir sind der letzte Dreck Auch das will W nicht er will das Th M'sche. *[* Thoman Mann'sche] *(zu Abs. 12);* Du würdest ihre Rolle [...] *[bis:]* deine dazu. *(ebd.);* 30 Jahre! Es hängt nicht mehr alles in der Luft. Man ist – man hat *(zu ebd.);* Vorausgesetzt, daß keine Eifersucht da ist. *(ebd. Hinweiszeichen);* ⸹ *[* Tilgungszeichen]: Der Gott auf 6 Beinen. *(zu ebd.:* letzter z. T. eingeklammerter Satz); AV:* und war selbst *(Abs. 13 – urspr.:* er war); und W. *(ebd. – urspr.:* und er); RM-Korr.:* die verlangt hatte daß man U. *[* lrich] einweihe. *(ebd. – statt:* die nach A. verlangt hatte.*); AV:* Sie hatte W. [...] gestanden, *(ebd. – urspr.:* Sie habe ihm [...]); lies:* die von W. *[* die W's] (ebd); arR:* U. zuckte die Achseln – Doch, mit Recht! *(ebd. – statt:* und ganz mit Recht); Die Liebe machte ihn blind, indem sie ihn durch-sehend machte (hellsichtig) *(zu ebd.* – *Vgl.* den Kap.-Gr.-Entwurf II/V Cl. VII/III: S. 1568); Besser: / für die der anderen. Denn Ld so groß *(zu ebd.:* er habe die Sünden und die *[* von] W. auf sich genommen); Nun, du hast doch selbst [...] *(vorl. Abs); AV:* am nächsten Vormittag *(letzter Abs.* – *urspr.:* gegen Abend)

s₆ + a + α – Dieser Entwurf ist großenteils schon MoE II Kap. 7 verwertet; *AV:* Er fühlte daß ihm [...] *[bis:]* zuwider geworden war. Er *(Abs. 1 – urspr.:* Er fühlte sich schuldig, an M. nicht mehr gedacht zu haben und war neugierig auf das, was Cl. wollte; es war ihr dadurch mit einemmal gelungen, sich mit einer feinen Kralle in ihn festzuhaken, obgleich sie ihm schon ganz gleichgültig, ja zuwider gewesen war.*);* Als A. kam, stand sie am Fenster, *(ebd. – urspr.:* Sie war, als A. kam, am Fenster gestanden,*); RM-Korr.:* dir erzählt? begann sie. U. erwiderte, daß er nicht recht verstanden habe, was W. wolle. Ich muß M. sehn! sagte Cl *(Abs. 2 [bei WB:* Abs. 1, 2 = 1 Abs.!] – *urspr.:* W. hat Dir erzählt?: Ich muß M. sehn!); AV:* Schicksale – fügte sie [...] hinzu. *(ebd. – urspr.:* Dinge – sagte sie); gestalten *[* Ideengestalten] *(Abs. 3 – urspr.:* Ideenkonglomerate *[* zuerst AV:* Ideengruppen]); AV:* Ihr Bruder sei schon *(Abs. 4 – urspr.:* war); Weil er *(ebd. – urspr.:* Da); – Wotan! *(ebd. – urspr.:* Siegfried); gehalten zu werden *(ebd. – urspr.:* zu gelten); AV (+ Zusatz):* Er hatte noch eine Besonderheit. Da er [...] *[bis:]* mit Alpenvereinspoesie entstanden. *(ebd. – urspr.:* Und da er, mit den andren

[WB: andern] Freunden aufgewachsen, sich [...] gezwungen gefühlt hatte, Baudelaire [...] zu lesen, hatte es die Zeit, wo dieser Schliff etwas abstumpfte, fertig gebracht, ein Gemisch von diesen etwa mit Alpenvereinspoesie aus ihm zu machen.); AV: antwortete er (ebd. – urspr.: dieser); schien das (ebd. – urspr.: es); sie versuchte (ebd. – urspr.: verstand); es ist gewiß schade, daß er uns stört (ebd. – urspr.: ja schade, daß er da ist); Sei vernünftig: – sagte U: warum willst du M. sehn? (ebd. – urspr.: Warum willst du das überhaupt?! – fragte A.); stellte sie eine Frage: Verstehst du die Unglücke [...] (Abs. 5 – urspr.: antwortete sie: Ganz plötzlich sind mir die Unglücke [...] eingefallen); führt) Nun, alle entstehn dadurch daß in diesem verwirrenden Netz (ebd. – urspr.: führt; alle entstehn, weil in diesem verworrenen Netz); die Kraft des Gewissens verliert. Er hätte bloß noch einmal prüfen brauchen (ebd. – urspr.: verliert, mit der er noch einmal hätte prüfen sollen); korr.: Also alles (Abs. 7 – statt: Also [Zusatz] Alles); AV: das sehe ich (ebd. – urspr.: habe ich [...] gesehn); So? – sagte U. – (Abs. 8 – urspr.: – Ihr – –? Du – –?); Zusatz: zog die Reißnägel wieder heraus (Abs. 9 – urspr. nur: blitzte ihn aus den Augen an); arR: Verstehst du, er will [...] [bis:] keine Antwort ab – (Abs.10); AV: fest [festzuhalten] (ebd. – urspr.: anzuhalten); es klingt so einfach (ebd. – urspr.: so einfach es klingt); Wenn du dich [...] so machst wie er (ebd. – urspr.: Wenn du [...] selbst bist wie er); So. Das ist der Ausdruck (ebd. – urspr.: – den Ausdruck); arR (+ AV): U mußte wohl [...] [bis:] natürlich üben, aber schließlich wird alles pfeilgleich leicht (ebd. – urspr.: Wundervoll steckt schon in dem Wort er-lösen beides, das Aktive und die Erlösung. Verstehst du, man muß das üben, und schließlich, wenn ich mir u W. dazu verhelfe, wird alles, was jetzt nicht möglich ist, pfeilgleich leicht); arR: Liebste Cl – bat U – [...] [bis:] Der Mörder/ (Abs. 11/12) – [Anm.-Ntr.: s. S. 2130]

$s_8 + a + \beta$ – Wotan (Abs. 1): = Siegfried (vgl. den voranstehenden Entwurf: Siegfried bzw. S., Siegfr. blieb dort – bis auf den Randvermerk zu Abs. 4 – un-korr.); arR: Vgl. Br 89, 90 (zu ebd.): = B 89, B 90 – 2 Bl. zu Agathe [!] [Zu Beginn von B 89 später darüber: Clarisse?] und Anders bei Überlegungen für einen gemeinsamen Besuch bei Moosbrugger im Irrenhaus (s. Vorbemerkung zu diesen s + ... – Anmerkungen); 3/105 (zu ebd.): TBh 3 Hs 105 (s. TB S. 88: «Der Bruder:»); AV: aus unbefriedigtem Gemüt (Abs. 2 – urspr.: in unbefriedigtem Gemütsehrgeiz); arR: II V, Cl. VI. (zu Abs. 3 – Hinweispfeil zu Satz 1); s. den Kap.-Gr.-Entwurf II/V Cl. VI. (S. 1550–52); 1. Gefühl unverwendet / 2. Nur kleine Schritte [WB: Schnitte] gegeben. (zu ebd. Mitte); Frage: Wie ist dieser Künstler in der Kunst? (zu Abs. 4 Satz 2); II, V, Cl. VI. (zu ebd. – Hinweispfeile von Satz 2 bis Absatzende: s.o.); AV: -anteil [der Kunstanteil] (ebd. – urspr.: die Kunstkomponente); korr.: mit dem Unbegreiflichen und (ebd. – statt: Unbegreiflichen, und [zuerst, z.T. gestr.: Unbegreiflichen, Grauenvollen und]); AV: sträuben müßten (ebd. – urspr.: könnten); arR: II, IV, 3. Trennungsgruppe verwendet. (zu Abs. 5: Cl. war Frau und keine Medizinerin, [...] – s. S. 1546–50 den Kap.-Gr.-Entwurf II/IV Cl. V: Vor-Entwurf zu dem Kap.-Entwurf oT «[Besuch im Irrenhaus]»)

$s_5 + b$ – arR: Br. 89, 90, 91–94. (zum Anfang): s. Anm. zu $s_5 + a + \beta$ (B 91–94: ein über 4 kleine Seiten durchgehender Entwurf zum Besuch wieder von Agathe [statt: Clarisse] und Anders bei Moosbrugger im Irrenhaus – Es ist die Tarock-partie-Szene mit dem ihr Versuchsobjekt beobachtenden Gut-achter Dr. Pfeifenstrauch und dem Anstaltsgeistlichen); 7/2, 17 (ebd.) = TBh 7 Hs 2, 17 (s. TB S. 265: «30. März 1913: Ich wartete [...] in einem Korridor der psychiatrischen Klinik auf Dr. Pötzl, [...]», S. 278 ff.: «2. Oktob. [1913] / Besuch [...] im [römischen Irrenhaus] Manicomio. [...]»); II IV. 3. Trennungsgrpe. (zu Abs. 2 Satz 1 – s.o. Anm. zu $s_5 + a + \beta$: Notiz zu Abs. 5); II IV Cl V (Pfeil zu Abs. 3 f.); – Ich glaube, daß ich [...] (Abs. 3 – Hinweispfeil); Es bestärkte [...]

(Abs. 6 – Hinweispfeil [bei WB: zu Abs. 5]); Er hatte sich übrigens [...] (Abs. 12 – Hinweispfeil [bei WB: zu Abs. 11]); arR: C–29,30. (zu drittl. Abs. – vgl. zu diesem Abs. auch den Kap.-Entwurf «Frühspaziergang»: S. 1283/84; Man muß sich vorstellen, [...] (vorl. Abs. zu ebd. – vgl. den Kap.-Gr.-Entwurf II/V Cl. VII/I S. 1559 unten); verschiedene weitere arR-Vermerke (zum drittl. Abs.) sind nicht berücksichtigt – [Anm.-Nachtrag:] WB: wenn solche Gedanken (vorl. Abs. – statt: solche ungewöhnliche Gedanken)

s 5 + b + 1 – Sehr stark korr. Entwurf *(Masch.); arR:* Dr. Friedmann! *(vor Anfang – Vorgesehener anderer Name für Dr. Fried [später: Friedenthal]); korr.:* lehnte er sich [...] an ihren Stuhl *(Abs. 1 – statt: ihrem);* in einem solchen Kloster *(ebd. – urspr.:* in diesem); *korr.:* Aber in dem *(Abs. 2 Anfang – statt:* Aber *[Zusatz]* In); *eV:* Gebäude trug *(ebd. – urspr.:* enthielt); *AV:* u saßen *(ebd. – urspr.:* oder); *korr.:* Aber als *(ebd. – statt:* Aber *[Zusatz]* Als); *AV:* führte Dr F. die Besucher *(ebd. – urspr.:* durchschritten *[*die Besucher*]); korr.:* Geliebter, wann *(ebd. – statt [*vor RM-Korr.*]:* Wann); vor einem alten Herrn *(Abs. 3 – statt:* Herr *[*zuerst: ein paralytischer Herr*]); AV:* sein Bett *(ebd. – urspr.:* dessen Bett); entwendete *(ebd. – urspr.:* stiebitzte); stück *[*Weibsstück*] (ebd. – urspr.:* Weibsbild); in ihrer Hand *(ebd. – statt:* vor sich); *AV:* weitere Bilder *(ebd. – urspr.:* seine Bilder); hing schon ein Idiot *(ebd. – urspr.:* lag); *eV:* solchen Doppelwesen *(Abs. 4 – statt:* vielen); *AV:* mit Berühren *(ebd. – urspr.:* Blumen *[WB:* mit Blumen Berühren!*]);* Nun steigerte sich das *(ebd. – urspr.:* Das steigerte sich); den vor den Zeichnungen [...] nicht die leiseste Ahnung davon beunruhigte *(ebd. – urspr.:* berührte *[*zuerst *AV:* der von den Zeichnungen [...] nicht die leiseste Ahnung hatte*]);* beraubte *(ebd. – urspr.:* verleugnete); *arR:* C–30 *(zu ebd.);* Es war *[AV:* geschah so*]* wie ein stummer Trommelwirbel *(zu Abs. 5 Anfang); AV:* den Lärm *(Abs. 6 – urspr.:* Chor); hervorbringen konnte *(Abs. 9 – urspr.:* herausbrachte); *korr.:* beharrte der. *(Abs. 10 – statt:* der); «Du Hund», rief der Mensch ihr zu. «Du *(ebd. – statt:* «Du Hund, rief der Mensch ihr zu. Du); *AV:* schienen nun hinter ihr dreinzuschreien *(ebd. – urspr.:* schrien [...] drein); *eV:* [als ob sie ein grotesker Bildhauereinfall [...]*] .*. angebracht habe *(Abs. 11 – statt:* als ob sie ein [...] angebrachter Bildhauereinfall wären); *korr.:* Sonntagskleidung, nur ohne Kragen, *(ebd. – statt:* Sonntagskleidung nur); *AV:* zu quengeln *(ebd. – urspr.:* querulieren); *korr.:* «Darüber [...] nicht ich» *(ebd. – statt:* Darüber [...]); *arR:* auch! noch einmal *(zu ebd.:* Seine Bitten wiederholten sich, [...]); *AV:* Abstand [...] zu wahren *(Abs. 12 – urspr.:* zu halten); *korr.:* Fast lauter Mörder, erklärte Dr Fr. *(ebd. – statt:* Mörder. erklärte); *»*Was die Ärzte nicht verstehn», sagte sie sich, «ist *(ebd. – statt:* verstehn, sagte sie); *AV:* Zahnreihen, die in einer bedenklichen Weise an 2 Grabreihen erinnerten *(ebd. – urspr.:* die zum Steineknacken waren *[*zuerst *AV:* die ohneweiters wie 2 Grabreihen aussah*[*en*]]);* wünschte *[*Cl*]* daß *..* *(ebd. – urspr.:* erwartete Cl *[*zuerst *AV:* hoffte*]);* aber da kam irgendwie mit dem immer härter gewordenen Trommeln der Antwort*[*en*]* wieder dieser Wunsch über Cl. sich einzumengen *(ebd. – urspr.:* aber da konnte Cl nicht mehr an sich halten und mengte sich ein.); geschehn zuweilen noch Wunder, wenn auch mit Vorliebe in Irrenhäusern *(ebd. – urspr.:* Und wirklich schien ein Wunder zu geschehn.); *arR:* mit dem Ehrgeiz des kleinen Manns der seine Phrasen kennt. *(ebd.);* Ich gratuliere Ihnen *(ebd.); *AV:* aber für Cl. war das sehr wichtig *(ebd. – urspr.:* aber Clarisse wurde von brennender Röte übergossen.); *arR:* Und nun wollen wir zu M. sagte F *(Abs. 13);* Ev. → nächstes Kap., Cl. verarbeitet die nicht stimmenden Erlebnisse. *(zu Abs. 14 – Hinweislinie zu Satz 3); *AV:* glanzlos helle *(ebd. – urspr.:* hellbraune); wer sind die Herrschaften *(ebd. – urspr.:* wer ist die Dame?); *eV:* Als sie die Tobsuchtszellen verlassen hatten, führte der Weg ... *(Abs. 15 – urspr.:* Der Weg führte); *AV:* die Führung bald enden sollte *(ebd. – urspr.:* beendet war); lies: Fliesengang *(ebd. – statt:* Fliessengang); *AV:* das *[*Empfind*]*-en *(ebd. – urspr.:* die Empfindung); *korr.:* an ihrem Ausgangspunkt waren, in einem [...] Raum, *(Abs. 16 – statt:* waren. in einen [...] Raum,*)*; *arR:* immerhin *(Abs. 17 Anfang)*; Br 91, Br 92, Br 93: von hier ab nacheinander zu den beiden letzten (handschriftl.) Abs.(s. Anm. zu $s_5 + a + \beta$, $s_5 + b$); *AV:* vernachlässigte Kleidung *(ebd. – urspr.:* verschmierte Sutane*)*; w*[eißgekleidete] (ebd. – urspr.:* Weißgekleidete*)*; *arR:* Zum Zweck der Beobachtung [...] *[bis:]* erklärt es vor M. *(Abs. 18/19)*; Kranker! *[WB:* Kranken*!] (zu letztem Abs.:* sein Schutzbefohlener*)*; einige *arR*-Vermerke sind *nicht berücksichtigt*

$s_6 + c$ – *aoR:* Fachliches Können [...] *(Abs. 1)*; *AV:* kahler Schädel [...] *[bis:]* herunterhingen [...] *(ebd. – urspr.:* Schädel, die Bart- und Haarstummel, welche an dem Mann hingen*)*; *arR:* 22/12ff. *(zu Abs. 2)* = Heft 22 Hs 12ff. *(s.* die frühen Entwürfe: «Spion.» S. 1946: «Das Problem der Zurechnungsfähigkeit als Grenzproblem [...]»*)*; *korr.:* Bescheid wissen, wie ein [...] Hofhund, der [...] duldet, über *(Abs. 4 – statt:* Hof *[Zusatz]* Hund, der [...] duldet über*)*; Das wäre der Kern! *(zu ebd. do. etwa Anfang)*; *AV:* eine wunderliche Anlage *(Abs. 5 – urspr.:* sonderbare *[zuerst AV:* sonderliche*])*; *arR:* Ev: Cl zu Fr. Retten / Fr: Wenn das Pf. wüßte! *[AV zu Pf.:* Pfeiffer – *statt:* Pfeifenstrauch (s. auch Dr. Pfeifer in «*[*Besuch im Irrenhaus*]*»*)] (zu Abs. 6)*; *AV:* übertreiben *(ebd. – urspr.:* unterstreichen*)*; *eV:* das Abnormale *(Abs. 7 – urspr.:* das Böse*)*; *arR:* 22/20 *(zu Abs. 10)* = Heft 22 Hs 20 *(s.* «Spion.» S. 1947: «Nur der Einzelne ist stark [...]»*)*; 22/8 *(zu Abs. 12):* = ebd. Hs 8 *(s.* «Spion.» S. 1945: Zurechnungsfähigkeit*)*; *AV:* die schweren Fälle *(ebd. – urspr.:* exemplarischen*)*; *korr.:* wie unsren Gesetzgebern nur den Eindruck [...] macht, *(ebd. – statt:* Gesetzgebern, nur*)*; ausbalancierten *(ebd. – statt:* ausbalanzierten*)*; *AV:* vergiftung *[Alkoholvergiftung] (ebd. – urspr.:* Alkoholreizung*)*; *arR:* 22/7 *(zu Abs. 14)* = Heft 22 Hs 7 *(s.* «Spion.» S. 1944/45*)*; *AV:* Mit welchem Recht .. *(Abs. 16 – urspr.:* Weshalb*)*; *arR:* 22/10 *(zu Abs. 17)* = Heft 22 Hs 10 *(s.* «Spion.» S. 1945: «Die Frage, welche man dem Psychiater vorzulegen hat, [...]»*)*; Ev. / Und was das bedeutet [...] *(Abs. 20)*; *eV:* geniert *(Abs. 23 – urspr.:* unbequem*)*; *arR:* Viell. Fr. erzählt [...] *(Abs. 24)*; 22/20 *(zu vorl. Abs.):* s.o. – *[*Anm.-Nachträge:*] WB:* Hausgang *(Abs. 3 – statt:* Hauseingang*)*; übrig gelassen haben: *(Abs. 5 – statt:* haben;*)*; *korr.:* Daß unser *(Abs. 9 – statt:* Das*)*

$s_6 + c + 1$ – *AV:* hatte sich der Mörder *(Abs. 1 – urspr.:* hatte er sich*)*; *korr.:* Aber der Kommissär *(ebd. – statt:* Aber *[Zusatz]* Der*)*; deutete eine elegante Verbeugung an wie in einem Tanzlokal. *(ebd. Ende – statt:* deutete eine [...] Verbeugung wie in einem Tanzlokal. *[zuerst, gestr.:* machte ins Leere *[eine]* [...]*]* – so auch bei WB*])*; geleugnet *(Abs. 2 – statt:* geläugnet*)*; daß M. ein Geisteskranker sei. Als junger Arzt ... *(ebd. Mitte – statt:* ein Geisteskranker sei. Die Strittigkeit des Falles rief in ihm Als junger Arzt [...] *[Der weggelassene Satzteil verweist auf den Schluß der weiteren Satzfolge:* geradezu ein Gefühl der wissenschaftlichen Solidarität mit M. hervor. – *RM sah anscheinend eine Textumstellung vor])*; *arR:* Br 121 *[= B 121] (zu ebd. etwa Ende):* 2 S. Entwurf zu einer Diskussion zwischen Assistensarzt, Dr. Pfeifenstrauch und Geistlichem über Moosbrugger und seine Zurechnungsfähigkeit; *AV:* sei dessen fähig *(ebd. – urspr.:* ist*)*; *korr.:* volkstümlichen *(letzter Abs. [bei WB:* 2 Abs.*]* – *statt:* volktümlichen*)*; *AV:* zu entscheiden sein würde *(ebd. – urspr.:* war*)*; *korr.:* Wortgefecht *(ebd. – statt:* Wort *[Zusatz]* Gefecht*)* – *[*Anm.-Nachtrag:*] WB:* Er hatte es gern *(ebd. – statt:* Er hatte es auch gern*)*

$s_5 + c + 2$ – *Korr.:* das diesen Sieg bestätigte *(Abs. 1 – statt:* dieser *[zuerst, gestr.:* seinen*])*; *arR:* Br 93., Br.92. *(zu Abs. 1 [gestr. Textstück], Abs.2:* Wie ein Engel! [...] *[s.* Anm. zu $s_5 + b$, $s_5 + b + 1$ sowie Schluß der Vorbemerkungen zu diesen Anmerkungen*])*; *AV:* Leere des Morgens *(Abs. 2 – urspr.:* in der Luft der Straße*)*; das hoch [...] aufragte *(ebd. – urspr.:* groß*)*; *arR:* So ging Cl. nachhause *(Abs. 3)*; Cl VII *(zu Abs. 4):* II/V Cl. VII/I (S. 1558–61); *AV:* für die Wissenschaft *(Abs. 8 –*

urspr.: Psychiatrie*); korr.*: Epileptiker *(Abs. 13 – statt:* Epilleptiker*); arR:* Er ist
höchstens ein Grenzfall *(ebd.);* Sie haben es ja gehört. *(Abs. 17); AV:* diesen Versuch
(Abs. 18 – urspr.: Gedanken*);* etwas das er nur dem Mitschuldigen zeigt *(drittl. Abs. –*
urspr.: eine Perverison *[zuerst AV:* einen Irrsinn*]); [gegen]* alles Derartige *[zuerst:*
derartige*]* wappnen *(ebd. – urspr.*: gegen alle Anwandlungen schützen *[zuerst, gestr.*:
Schwächen*]);* wir müssen uns aber innerhalb unserer Grenzen halten *(ebd. – urspr.*:
für uns dürfen es aber nur physiologische Vorgänge sein*:) – [*Anm.-Nachträge*:]*
WB: Clarissens *(Abs. 1 – statt:* Clarisses*); korr.*: unter seinem Schnurrbart *(ebd. –*
statt: unter seinen *[zuerst:* um seinen*]); WB:* Br. 23? *(zu Abs. 2 – statt:* Br 93*)*

s$_6$ + d – *aoR:* Zwischen c + 2 u d [...] *(Abs. 1); arR:* Ev. von W. aus [...]
[bis:] etwas besser!) *(Abs. 3); WB:* Wasserspitzen *(Abs. 5 – statt:* Messerspitzen*);*
6/6 *(ebd.)*: = TBh 6 Hs 6 *(gemeint ist* Anfang der nächsten Hs 8 – *s.* TB S. 253*:*
«Mir eignet eine vollkommen unheimliche Reizbarkeit des Reinlichkeits-Instinkts,
[...]» *[Exzerpt aus Nietzsche, «Ecce homo»]); korr.*: in diesen [...] Müll wühlen
(ebd. – statt: zu wühlen *[zuerst, gestr.*: Käferglück W's., [...] zu wühlen*]);* Und
das Überraschende *(Abs. 6 – statt:* daß*); AV:* konnte er von ihr [...] *[bis:]* Gedanken. *(Abs. 7 – urspr.*: werde er befreit sein, fiel ihr vorerst ein, und um diese klare
Einsicht begann der strahlende Kranz ähnlicher sichtbar zu werden.*); arR:* Zwar
U, aber U. wird ebenso sein. *(zu ebd.*: Alle werden mich verleugnen.*); AV:* wenn
sie mich alle [...] haben *(ebd. – statt:* wenn Ihr [...] habt*); arR:* Damit war aber
[...] *[bis:]* sie finden werde *(ebd.); üdZ:* [war] alles *[das.] (ebd. – urspr.*: war das.*);*
arR: Bei Kreuz! *(zu ebd.*: Golgathalied*); korr.*: «so würde ich *(ebd. – statt:* so*); arR:*
6/2 *(zu ebd.*: Seit sie M. kennen gelernt hatte*):* = TBh 6 Hs 2 *(s.* TB S. 251: «13. 12.
*[*1911*]* Ecce homo: In die Augen springend die Parallele mit Alice *[Modell zu*
Clarisse]. Wie sie als Karrikatur wörtlich nach den persönlichen Erkenntnissen u.
Rezepten Nietzsches lebt.»*); AV:* Cl. hatte ihn kommen gesehn *(Abs. 8 – urspr.*:
Sie sah ihn kommen*); arR:* Als er sich näherte [...] *[bis:]* dort liegen *(ebd.); AV:*
U hielt erst [...] an, als er sie fast unter sich gewahrte, den Blick lächelnd zu ihm
emporgehoben *(ebd. – urspr.*: er hielt [...] an, als er sie fast unter sich liegend, den
Blick [...] emporgestreckt, entdeckte*); arR:* Sie war nicht im mindesten häßlich.
(ebd.); AV: dieser [...] Wille war wie die in der Sonne dunstenden Brombeerranken *(Abs. 10 – urspr.*: verstrickte ihn wie die Brombeerranken*); WB:* Abs. 14/15
= 1 Abs.*; korr.*: bist du viel glücklicher *(Abs. 15 – statt:* bist du *[Zusatz]* Viel
glücklicher*); arR:* u. mit einiger Scheu *(letzter Abs. – Hinweisstrich)*

s$_6$ + d + ... – Am Kopf eines Blattes, auf dem RM – im Anschluß an mehrere
gestr. und vom fortlaufenden Text abgetrennte Versuche – den voranstehenden
Entwurf s$_6$ + d weiterschrieb (auch diese kleine Stichworte-Skizze ist vom unten
weiterlaufenden Text wie von den gestr. Versuchen abgetrennt*); WB zu:* 1 ff
(Abs. 2) «nicht gedeutete Ziffer» *(gemeint ist* offensichtlich: Punkt, Abschn. oder
Ziff. 0, 1 ff.*)*

s$_6$ + d + 1 – *AV:* Das nächstemal traf U. [...] *[bis:]* u Musik machten *(Abs. 1 –*
urspr.: Die Freunde Cl's., zu denen sie A. begleitete, hatten in ihrer kleinen Atelier-
wohnung einen Kreis von Menschen versammelt und es wurde Musik gemacht.*);*
*[*Die Rolle des Sonderlings*]* fiel in dieser Umgebung eher U. zu. / Verzückt [...]
(Abs. 1/2 – urspr.: während die Rolle des Sonderlings darin eigentlich ihm zufiel. /
Es wurde Musik gemacht. Verzückt [...]*);* wie das Treiben [...] *[bis:]* abwechselt.
(Abs. 2 – urspr.: wie nur irgendein jäher Übergang von Freude zu Trauer oder
Zorn, aus dem man im gewöhnlichen Leben zumindest auf einen schlecht er-
zogenen, wenn nicht auf einen mit krankhaft beweglichen Gefühlen schließt.*);*
arR: Unter Verwendung von C-68 *(zu ebd.*: Sie haben weder [...] – *Pfeil nach*
*unten [*Die Chiffre Cl 68 findet sich auf einem von zwei – isoliert hinterlassenen –

Blättern aus einem reinschriftartigen Kap.-Entwurf mit Korr.- und Randvermer-
ken (Ulrich, Walter mit Clarisse über ihren Wunsch nach Hilfe für Moosbrugger);
RM bezog sich bei dem Hinweis offensichtlich hierauf]); Br 91 *(zu Abs. 3):* Agathe,
Anders bei Moosbrugger (Kartenspielpartie); s. Anm. zu s₅ + b, s₅ + b + 1;
AV: aber das *[*was im Durchschnitt für große Musik gilt*], (Abs. 4 – urspr. [z.T.
gestr.]:* aber die *[*Seelen der*]* Durchschnitt*[*lichen*])*; alle Laden *(ebd. – urspr.:* die
Laden*);* nicht oft *(Abs. 5 – urspr.:* sonst nie*); aoR:* weder über sich […] *[bis:]*
das Persönliche *(ebd.); AV:* einige kleine Magnete […], von denen einer *(ebd. –
urspr.:* einen kleinen Magnet […], der*);* Es war zwischen ihnen etwas «los» *(ebd. –
statt:* Er wußte seit seiner Rückkehr, daß […]*); arR:* Und es ist so angenehm
[…] *(Abs. 6);* Aber W. war ein ›ganzer‹ Mensch. […] *[bis:]* der herrschenden
Meinung *(Abs. 8–10); aoR:* Hinter dem jetzigen Bild W's. […] *(Abs. 12); arR:*
Wie sonderbar, […] *(Abs. 14); AV:* wird vielleicht zwischen Cl. und U. […]
[bis:] brandete. *(Abs. 15 – urspr.:* wird zwischen Cl. und mir etwas geschehn, das
ihn, wenn er es erführe, in einen Aufruhr versetzen würde, als ob der ganze Ozean
der Geistesgeschichte brandete*); arR (+ AV):* Er spürt es so wenig […] *[bis:]*
beneidete ihn beinahe. *(ebd. – urspr.:* Und mir ist eigentlich alles wurst *[zuerst AV:*
doch […] gleichgültig*].); AV:* war sie ihm beinahe unangenehm wie .. […] auf
die Empfindung des Genialen, Revolutionären, Aktivistischen, daß *(ebd. – urspr.:*
ist eigentlich wie eine Karrikatur auf meine Empfindung, daß*); arR:* Und zum
Schluß […] *[bis:]* Tausch machen. *(Abs. 16/17); AV:* In der Pause *(Abs. 18 – urspr.:*
In einer*); WB:* In-sich-Gehn *(Abs. 21 – statt:* Insichgehn*); AV:* gerade deshalb
(Abs. 24 – urspr.: aber deshalb*);* Wir müssen unser Alles einsetzen. *(Abs. 26 – WB:*
o*); B 153 (drittl. Abs.):* steht unter der Masch.-Notiz «2. Tag, 2. Teil, 11.» (s.
Anm. zu s₄ + 14: S. 1669); es heißt dort (Abs. 5: zu Clarisses «falscher Verehrung
der Kraft»): «Obwohl er selbst ganz gewiß eine Kraftnatur war, hatte er eine Ab-
neigung gegen solche. Sie widersprachen seinem Intellekt, der schon damals die
Welt als ein Gewebe von Widersprüchen zu sehen begann, das eine dezidierte
Stellungnahme nur auf Kosten des Geistes erlaubt.»; *AV:* Dunkelblau *[*wandernde
Wolken*] (vorl. Abs. – urspr.:* Graue*); arR:* Das Auge mußte sich erst wieder an
das Grau draußen gewöhnen *(zu ebd.); C–11 (zu ebd. Mitte):* S. 1774/75

s₅ + d + 2 – *arR:* C–36 *(zum Anfang);* Sie sorgt auf diese Weise für Kind / u s.
nächstes Kap. – M *(ebd.); korr.:* im nächsten Augenblick *(Abs. 2 Ende – statt:* ihm*);
arR:* Doch netter machen […] *(Abs. 3 – zu Abs. 4)*

s₅ + e – RM greift hier *(Abs. 12:* «– Haben Sie einen Freund? – […]*»,
Abs. 15:* «Als er sich mit dem Namen Moosbrugger einführte […]*»)* auf die
älteren Vor-Notizen B 124, B 125, B 130 zurück, verweist jeweils nur auf sie,
die auszufüllenden Stellen sind außer durch diese Chiffren durch … markiert
(die hier nicht gestr. sind); *arR:* Ev. Reste aus B 89ff / besonders *[B]* 123. *(zu
Abs. 5/6):* zu B 89ff s. Anm. zu s₅ + a + β, s₅ + b; B 123: «Agathe […] zum
zweitenmal zum Assistenten» (s. den Schluß der Vorbemerkungen zu diesen Anmerkungen); *AV (B 125):* mit niedrigen Neigungen *(Abs. 12 – urspr.:* verbrecherischen*); arR:* Das tut nun Cl.! *(zu Abs. 14);* Frl. Hörnlicher *(vorl. Abs. – B
130)*

s₅ + e + 1 – Dieser Entwurf ist erst nachträglich *(arR)* beziffert worden, der
Entwurf s₅ + e lief hier zunächst ohne Zwischenabstand weiter (dieser Text
basiert auf den Vor-Notizen B 131, B 127, B 128, B 129, auf die z.T. do. *arR,*
einmal auch im Text, verwiesen ist); *korr.:* diese Suggestivkraft *(Abs. 3 – statt:*
dieses*)*

s₅ + e + 2 – Das Gros dieses Entwurfs basiert wörtlich auf den Vor-Notizen

B 131, 132 *(Vermerk arR – neuer Text:* nur vier Zeilen*); arR* (B 131*):* u. der
ebenso [...] *[bis:] Eleganz [WB:* o*]. (Abs. 2); AV* (do. B 131*):* heran *[heran-*
zurücken] (ebd. – urspr.: hinzurücken*);* in gleicher Haltung *(ebd. – urspr.:* mit*);*
arR: Aus irgendeinem Grund [...] *[bis:]* erfindet. *(ebd. [WB:* o*]);* Herr B. interessierte sich [...] *[bis:]* beschrieb. *(ebd. – WB:* diesmal interpol.*)*

s₅ + f – Bei diesem Entwurf greift RM auf die Vor-Notiz *(Masch.)* B 73 zurück
(arR zu Abs. 2), der spätere Ulrich des MoE heißt hier noch Achilles (wie in dem
frühen «Spion.»-Entwurf), die zu füllenden Stellen sind jeweils nur noch durch
... markiert (die wieder nicht gestr. sind*); AV* (B 73*):* hervor *(Abs. 3 – urspr.:*
heraus*); WB (nach Masch!):* schlugen *[!]* sich [...] ihre Finger so fest wie Reben
um seine Hand *(ebd. – statt:* schlangen*);* .. Der Händedruck wie Reben *(ebd. – So*
schließt bei RM der in solchen Fällen immer verbindliche Rahmentext*); AV:* ihm
etwas entgegen *(Abs. 9 – urspr.:* ihm trotzig entgegen*); arR:* Vergleiche Gespräche
[...] *[bis:]* B 153. *(Abs. 11/12 zu Abs. 10 [*RM verweist hier nochmals auf B 153 –
s. s₅ + d + 1 (S. 1714), sowie die Anm. dazu*]);* C–33 *(zu Abs. 14);* Sie klagte
[...] *(Abs. 15); 6/10 (ebd.):* = TBh 6 Hs 10 (s. TB S. 255: «Ein Andres ist die
schauerliche Stille, die man um sich hört ..» *[*Nietzsche-Exzerpt*]);* Nach einer
offiziellen engl. Statistik [...] *[bis:]* 21/133 *(Abs. 25/26);* 21/133 *(Abs. 26)* = TB*:*
21 Hs 133 *(s.* TB S. 639*: wörtl. exzerpiert); AV:* Gegenwart *(Abs. 28 – urspr.*
Bewegung*);* sperrt sich dagegen *(ebd. – urspr.:* ist dagegen abgeriegelt*); arR:* Vgl.
ev: [...] *(Abs. 31)*

s₅ + g – Dieser Entwurf *(Rahmentext:* 4 Zeilen*)* basiert wörtlich auf den korr.
Vor-Notizen (besser: Vor-Entwürfen) B 133–138 *(Hinweis arR); WB:* schlenderte,
die Hände in den Taschen in die Nacht *(Abs. 5 [*B 134*] – statt:* Taschen, in die*);*
AV (B 135*):* nach einem stärkeren Bruder *(Abs. 9 – urspr.:* göttlichen Führer *[erste*
AV: älteren Bruder*]);* (ganz ohne Überlegungen, [...] *[bis:]* Schmerzen) *(ebd. –*
urspr.: (eine moralische Überwindung, das muß vorher schon betont werden!)*);*
korr.: alte in Vergessenheit geratene Vorschriften *(Abs. 11 [*ebd.*] – statt:* alte *[zuerst,*
gestr., korr.: alle*]* in Vergessenheit geratenen *[*alten*]* Vorschriften*);* der Doppelposten, welcher *(ebd. [*B 135/36*] – statt:* welche *[zuerst:* die Doppelpatrouille,
welche*]); AV:* pfiff gellend *(ebd. [*B 136*] – urspr.:* pfiff, daß es gellte*);* in den Arm
(Abs. 12 – urspr.: Schenkel*);* ließ Anders zurück *(ebd. – urspr.:* imstich*); Korr.:*
weder das geringste Verlangen an, Herrn Biziste [...] wiederzusehn, noch *(ebd.*
*[*B 137*] – zuerst:* nicht das geringste Verlangen an weder *[versehentlich nicht*
gestr.] [...]*); AV:* hinter Biziste dreinstürzen *(ebd. – urspr.:* Biziste nachstürzen*);*
arR: Er wurde für einen Arzt gehalten, der Studien in der Klinik macht. *(ebd.);*
Immerhin unangenehme Ungewißheit [...] *(Abs. 13 – Gehört zum,* mit Hinweiskreuz angeschlossenen, *Satz davor [WB:* o*]);* Enthält: [...] *(Abs. 15 bis Ende):*
Zusätze zum Rahmentext *(im Anschluß daran,* auf dem selben letzten Blatt der
s₅+-Entwürfe, gestr. und mit dem Vermerk «Grösstenteils verbraucht», «Material»-*Hinweise* «Zu s₆ + ...:»*)*

s₆ + a – *aoR/arR:* Nach L 5 [...] *[bis:]* depressiver Zykel *(Abs. 1–3 [WB zu*
Notiz 3: Das wäre in Mauer im Krieg Dauernder depressiver Zykel – *statt:* in
Manie ein kurz dauernder!*]* – L 5 ist ein Leitblatt zu «Cl.» mit bezifferten kurzen
Exzerpten aus TBh 3 (s. TB II S. 862–64), nach dem vertikalen Plan-Schema am
Anfang war Moosbruggers Hinrichtung *[*«bildet entscheidendes Ereignis für sie*]*
vor «Italien» placiert; B 197 = «2. Reise mit Agathe *[*Clarisse*]*» (s. Studienblätter
[...] / Phase Achilles – [...]) S. 1827/28 («Was ist eine Hinrichtung [...]» *[s.*
auch Anm. zu: s₄ + ... A.-Ag. Reise / (2.) S. 1652*]); arR:* Sie hat die erste
Etappe [...] *(Abs. 6);* Litt, als ob [...] *(Abs. 8); korr.:* Weltideen *(Abs. 9 – statt:*
Welt *[Zusatz]* Ideen*); arR:* Also hat sie [..] *(Abs. 10);* Vorher [...] *[bis:]* frag-

würdig vor. *(Abs. 12/13); AV:* Ursprünglichkeit *(Abs. 15 – urspr.:* Originalität*);*
arR: Also sind Ld. U u Cl. dasselbe, ein Mensch! *(zu ebd. Satz 4);* Wenn so etwas
über Genie bleibt, dann wohl höchstens in Beziehung zur vorbereitenden Zeit-
stimmung: Es muß etwas geschehen od. ähnl. zw. Gf L u Gn *(zu ebd. Mitte); AV:*
hergeben *(ebd. – urspr.:* verstehen*);* die Einbildung vom Originalitätscharakter
des Genies *(ebd. – urspr.:* das Originale*); arR:* /D. h.: Statt original sein zu wollen,
sollten die Leute an-eignen lernen!/ *(zu Abs. 16 Anfang);* Seitenstück: der Mann
mit der gefälschten Dissertation. *(zu ebd.);* C–53 *(zu ebd.):* dieser Abs. wie auch
Abs. 18 f. sind z.T. wörtlich aus dieser (längeren) Notiz exzerpiert *(Hauptchiffre:*
AN 1 – *s.* auch TB II S. 977–80); *korr.:* Sieneser *(Abs. 18 – statt:* Seiseneser*[?]);*
arR: Wenn der gesunde Mensch [. . .] *(Abs. 19);* Gefühl der Einsamkeit [. . .] *[bis:]*
zusammen./ *(Abs. 23/24);* Dieser Zusammenhang [. . .] *[bis:]* ihre Reise. *(letzte
3 Abs.)*

s₆ + a + 1 – *arR:* . . . einige Zeit [. . .] *[bis:]* dazwischen!) *(Abs. 1 –* R-M:
Rachel-Moosbrugger *[s.* S. 1579–97 die 2 Kap.-Gr.-Entwürfe II/VI*]); AV:* Es gibt
heute *(ebd. – urspr.:* Es gibt ja*);* an dem magischen Kreuz *(ebd. – urspr.:* mit ihrem*);*
nach neuem *(ebd. – urspr.:* anderem*); arR:* und Träume von unten *(zu ebd.:* Tränen
von oben*);* .. Sie hatte das Gefühl [. . .] *[bis:]* zu tun.. *(ebd.); AV:* diese Untersuchung *(ebd. – urspr.:* ihre*);* was immer geschehn mag *(ebd.–urspr.:* geschehe*); arR:*
d.s. die Menschen [. . .] *[bis:]* entsprechen *(ebd.); AV:* der Faden *(ebd. – urspr.:* die
Fäden*);* die Entspannung, die jede Bestimmtheit mit sich bringt, *(ebd. – urspr.:* die
Entspannung einer großen Aufklärung*); arR:* Sie hätte ihm nicht folgen [. . .] *[bis:]*
gefolgt *(Abs. 2); AV:* Erkrankung ist eine falsche Auffassung *(Abs. 3 – urspr.:*
ihre Erkrankung kam ihr wie eine falsche Moral vor*);* einer höheren Moral *(ebd. –
urspr.:* Gesundheit*);* die zunächst stark korr. und verwirrend umgestellten beiden
letzten Abs. *(arR:* C–17/5, C 17/2, C–17/3, 7*)* formulierte RM auf einem neuen
Blatt («Zu s₆ + a + 1») im Rahmen dieses Entwurfs völlig neu *(vgl.* die do. späteren
«Cl.»-Versuche S. 1372–77: «Cl. Rom u Insel:», «Cl. in Rom», «Cl – Insel»*); AV:* Die
[. . .] feindlichen Könige *(letzter Abs. – urspr.:* Die [. . .] ungeheuren Feinde*); korr.:*
Sie waren der gekrönte König *(ebd. – statt:* Sie waren *[Zusatz]* Der*)*

s₆ + b – *AV:* Es dünkte sie, sie müsse, wenn sie sich anstrenge, eine [. . .] Melodie
hören können *(Abs. 1 – urspr.:* Ihr war, sie müßte, wenn sie sich anstrengte, eine
[. . .] Melodie hören*);* Dagegen *(ebd. – urspr.:* Statt dessen*); lies:* Bäurinnen *(ebd. –
statt:* Bäurinen*); AV:* grün *[grünbraunen] (Abs. 3 – urspr.:* graubraunen*);* Es gefiel
ihr [. . .] *[bis:]* nicht täuschen lassen! *(ebd. – urspr.:* Aber sie hatte etwas unausdrückbar Schönes erwartet und war etwas enttäuscht, im Grunde nicht mehr als
die betriebsame, bepflanzte toskanische Landschaft zu finden.*);* Und plötzlich stand
[. . .] *[bis:]* heftig zu schlagen. *(Abs. 4 – urspr.:* Plötzlich aber stand irgendein [. . .],
und ihr Herz begann einige Minute später [. . .]*);* hatte endgültig aufgehört *(ebd. –
urspr.:* hörte hier auf*); arR:* Zum erstenmal [. . .] *[bis:]* über Nacht. *(Abs. 5 – Hinweispfeil); AV:* mit seinen Palmen *(ebd. – urspr.:* den*); arR:* C–49 (spätere Reise
nach Rom fiel weg) *(zu bzw. vor den letzten 4 Abs.)*

s₆ + b + 1 – *Zusatz (über:* Märznacht): 20 V.! *(Abs. 1); arR:* C–37 *(zu ebd. Anfang);*
WB: flammend kalt *(ebd. – statt:* flimmernd*); arR:* C–32 *(zu Abs. 2 Anfang); AV:*
Blechbecken *(zu ebd. Ende – urspr.:* Tschinellen*); WB:* die Insel der Gesundheit
(Abs. 4 – statt: Die*); arR:* C–40 *(zu Abs. Satz 3); AV:* als wäre es bloß eine
Spiegelung *(ebd. – urspr.:* wie eine unwirkliche Spiegelung*); arR:* C–32 *(zu Abs.
5);* Anders! / Spion. *(zu ebd. – untereinander: jeweils unterstrichen); arR:* Ich liege
im Sand [. . .] *(ebd. Ende);* sie stand beim .. [. . .] *(Abs. 6 [AV-Versuch] – Hinweis-
zeichen zu Abs. 5 Mitte:* Cl. schlief wenig; sie stand manchmal [. . .] *[bis:]* Zwei
Steine [. . .]*);* / S. später das Modellieren im Irrenhaus./ *(Abs. 7);* Bei Cl. nicht so

kompliziert, naiver, wie Hirtenroman *(zu Abs. 8 Mitte)*; Aktuell: Sie standen davor. *(zu ebd.)*; *AV*: auf dem Licht *(ebd. – urspr.*: mit*)*; wieder Wirklichkeit *[oder?*: wieder wie die] *(ebd. – urspr.*: wie die Wirklichkeit*)*; *arR*: ? Fortsetzung der doppelt-bedeutenden Stadt Rom. *(zu ebd.*: zu gestr. vorher letzten Satz*)*; Szenisch, aktualiter! *(zu ebd. [?] zu Abs. 9 Anfang [?])*; *korr.*: bedrückte, und *(Abs. 9 – statt:* bedrückte und*)*; *arR*: Genau so [...] *[bis:]* ein Genie. *(ebd.)*; C–42 *(zu Abs. 10 Satz 4)*; Man sieht viele unsichtbare Dinge. *(ebd.)*; Szenisch! [...] *[bis:]* erfahren hat. *(Abs. 11/12 – zu Abs. 10 etwa Ende)*; C–41 *(zu ebd.)*; *AV*: /konnte man sich ... fühlen / *(Abs. 13 – urspr.*: fühlte er sich [...] leben.*)*; *arR*: Er lag [...] *[bis:]* so kommen können. *(ebd.)*; *WB*: Hinausklettern *(ebd. – statt:* Herausklettern*)*; einer andren Seite *(ebd. – statt:* andern*)*; *arR*: Hieher: [...] *(Abs. 14 – zu Abs. 13 Satz 3/4)*; / Das Gestaltlose! [...] *[bis:]* zu können! *(Abs. 15/16 – zu ebd. etwa Mitte)*; *korr.*: war sogar dieses [...] Gebilde *(Abs. 17 – statt:* war sogar *[Zusatz]* Dieses*)*; *AV*: von dem gemeinsamen Willen vieler Menschen *(ebd. – urspr.*: von der Willensausbildung der Menschen*)*; *arR*: E 15 *(ebd.)*: «Tun» *(s.* TB II S. 896/97*)*; / Dieses Emersonzitat [...] *(ebd.)*: aus dem Essay «Der Dichter» (Essays 1. Folge; Leipzig 1902 *[s.* Anm. zu: «A.-Ag. III.»*]*); mit ihm beginnt die Notiz E 15 / «Tun»; Br 87 *(ebd.)*: «Zu Ricarda Huch.», Blatt *(Masch.)* mit diesem – aus Ricarda Huchs «Blütezeit der Romantik» exzerpierten – hier wie in dieser Abschrift und auch im Tagebuch («3. IV. *[1905]*»: s. TB S. 137) fälschlich Novalis zugeschriebenen Tieck-Zitat (s. auch TBh 11 Anm. 5: TB II S. 81/82*)*; *arR*: Hier eine Stimmungsabrechnung [...] *(Abs. 18 – zu Abs. 17 Satz 3)*; Der Hund, der [...] *[bis:]* fort zu dürfen. *(Abs. 19/20 – zu ebd.*: Spuren hinterlassen [...] *[darüber nochmals arR*: E 15])*; / der ihn von Ag. [...] *[bis:]* Extase Cl's. *(Abs. 21–23 – zu Abs. 17 Ende, Abs. 24 Anfang)*; *AV*:～wie ein flatterndes Tuch *(Abs. 24–urspr.*: wie einen Schleier*)*; *korr.*: Auch das tat sie *(ebd. – statt:* Auch *[Zusatz]* Das*)*; *arR*: 3/134, 135 *(zu ebd.*: Alle Liebenden [...]*)*) = TBh 3 Hs 134, 135 *(s.* TB S. 104/05: «Einiges vom wirklichen Walter», «Treue:» und wohl vor allem «Illusion: Clarissa meint im Theater: wir sollten unsere Geschichte spielen. [...]»*)*; E 13 A. 4. *(zu ebd.*: / erhöhte Korrespondenz /*)*: 2 S. «Anmerkungen zu E 11 u. 12.» *[zu den «Bergson.»-Exzerpten auf den Blättern E 11 / E 12 – s. Anm. zu «Block B»], Anm. 1–11; Anm. 4: «Danach könnte das im andern Zustand lebende Ich eins mit Verschmelzung u. Organisation sein. Tatsächlich trifft diese Charakteristik auf den ‹andern› Gedanken zu. So ähnlich auch das Gefühl, daß wir in diesem Zustand überhaupt nichts Unbedeutendes tun können. Jeder Eindruck ‹bedeutet› etwas. Erhöhte Korrespondenz mit der Umwelt. Übergehend bis in ekstatische u. manische Zustände. Das spricht für Bergson. Aber wir wollen uns metaphysischer Hypothesen enthalten u. lassen offen, ob es sich um ein ursprünglicheres (zweites) Ich handelt oder um einen Ichzustand wie ihn (matter) die Schulpsychologie konstatiert.»; s$_0$ + .., Frage Cl zu A: Du willst kein Kind. [...] *(Abs. 25 – zu Abs. 24 Mitte)*; L 21$_{ru}$ *(zu Abs. 26 Anfang)*: «Nachträge: I.», unten rechts notierte RM: «Das Ich erscheint unnatürlich, eingeschoben zwischen einwirkender Welt u Welt auf die ich wirke; in der Extase, zerreißt, verlöscht es.»; / Vgl. Klavierszene [...] *[bis:]* Zerreißen. / *(Abs. 26)*: s. MoE I Kap. 14 S. 48: «Es war diesmal Beethovens Jubellied der Freude; die Millionen sanken, wie es Nietzsche beschreibt, schauervoll in den Staub, [...]»; Zum Folgenden: A. 77, 78. *(Abs. 27 – zu Abs. 28 Anfang)*: s. TB II S. 927–34 (Hinweis darauf TB S. 229/30: «21. September *[1910]*, Lido. / Das Hospital, in das Alice *[* = Clarisse*]* gebracht wurde, [...] / Mir fiel heute [...] auf, wie man diese Bemerkungen über Apperceptor udgl. *[A* 77, 78*]* direkt von Alice sprechen lassen könnte.»*)*; Cl es sagen lassen *(zu ebd. – s.o.)*; *AV*: ins Unermeßliche *(Abs. 28 – urspr.*: Unerhörte*)*; von einem geheimen Antrieb *(ebd. – urspr.*: von einer geheimen Feder*)*; *korr.*: Oder vielmehr, es war *(ebd. – statt:* Oder vielmehr, *[Zusatz]* Es*)*; *arR*: 6/4: / Das Schmerzlichste [...] *[bis:]* Bedürfnis. *(Abs. 29/30*: s. TBh 6 Hs 4 = TB S. 252: do. wörtl. übernommenes Exzerpt aus Nietzsche,

«Ecco homo»); *AV*: / wurde diese «Sinnfarbe» der Welt [...] *(Abs. 31 Ende – urspr.:* wurde die Welt hartbraun*.); arR*: C–46 *(zu Abs. 35 Anfang); ∼* C–11 *(zu ebd. Mitte);* A 63: Tatsächlich unterliegen wir [...] *[bis:]* den Kopf» AN 253 r *(Abs. 36–42 – zu Abs. 35);* A 63 *(Abs. 36):* wörtl. übernommene isolierte Notiz (auf einer Druckseite mit wissenschaftl. französ. Text und einem kurzen Brief-Entwurf: «Lieber Herr Kerr.»), weiter heißt es *(zu* Clar.)*:* Sie in *[?]* Erschöpfungspsychose nach Trüber *[?]* (manchmal wochenlang. Verwirrtheit) Ein Zusammensein von Erregung od. Stimmung mit Sinnestäuschung od. Wahn*; lies:* Prinzip des unzureichenden Grundes! *(Abs. 41);* AN 253 r *(Abs. 42):* do. wörtl. übernommen aus einer kleinen Notizenfolge auf der Rückseite des Blatts mit dem Entwurf AN 253 («Sommer in der Stadt»: s. Bd. 7 / Prosa-Fragmente), weiter heißt es dazu: «Man erwäge demgegenüber die Lebensstimmungen, die epochenweise platzgreifen*[?]*.»*; arR:* C–46 *(zu Abs. 43); AV:* vorteilhaft *(ebd. – urspr.:* notwendig*); arR:* Über, und; ganz gut B 13/4 *(zu ebd. Mitte):* Hinweis auf «Motive» in den TBh 4, 3, 11 *[B 13 /* AN 124: vgl. TB II S. 822/23*]?; AV:* mehrere Worte *(Abs. 44 – urspr.:* zwei Zeilen*);* zusammenzusetzen *(ebd. – urspr.:* untereinanderzusetzen*);* Cl. nahm [...] voraus *(Abs. 46 – urspr.:* daraus*); arR:* C–46 *(zu ebd.);* C–43 *(zu Abs. 48);* Leo Tolstoj: [...] *[bis:]* Tagebuch Gorkis. *(Abs. 49–51 – zu ebd.);* C–44 *(zu Abs. 52);* Sie sagt: bisher [...] *(Abs. 53);* Töte ihn! *(viertl. Abs. – zum Abs. davor);* Noch ein Kapitel: [...] *(vorl. Abs. – Hinweispfeil zum Abs. davor) –* [Anm.-Nachträge:] *WB:* in der Nähe der Küste *(Abs. 2 – statt:* in der Nähe an der Küste*); nicht eindeutig lesbar:* reitet *[ihr Herz] (Abs. 9 [MoE 1952:* weitet*])*

s₆ + b + 2 – G 54 *(Abs. 1):?;* G 22 *(ebd.):* «Verbrechen» (s. Studienblätter [...] / Phase Achilles [...] S. 1813); B 194 *(Abs. 2):* s. Anm. *zu* «Insel II» (II Abs. 1, 2 – S. 1383: Entwurf Januar 1936); *nicht exakt lesbar:* feine Privatreaktionen *(Abs. 6 – Vgl.* im Satz vorher: kommt sich gewöhnlich vor *[WB:* seine*]);* mit einer giftigen Hellsichtigkeit *(ebd. – [WB:* heftigen!*]); arR:* C–52: (bei Ag) *(über Abs. 8/9:* do. arR*);* C–10 *(Abs. 11):* Hinweis auf den dort zu ergänzenden Text, WB greift indes nicht unmittelbar auf die C-Notiz, sondern – seltsam bei seiner sonstigen Reserve gegenüber weiterentwickelten Texten – auf den späten Entwurf «Insel II» *(s. o.:* Januar 1936) zurück, da RM sich dort auf diesen Entwurf s₆ + b + 2 u. C–10 bezogen habe, übersah aber, daß die Motivation zum letzten Satz des Abs. («ist das um so viel besser als Alleinsein») sich nur unmittelbar auf Blatt C–10 findet, der Hinweis auf das (gezeichnete) Dreieck Anders-Clarisse-Walther, auf die Möglichkeit einer Ehe zu dritt *(Abs. 11* ist hier allein *nach C–10* ergänzt*);* Mg 3.r. *(ebd.):* irrtümlicher Hinweis? «Mg. 3.» *(auch: L 56)* ist, do. rückseitig, ein früher Entwurf zu Meingast *(später:* Lindner) und Agathes Besuch bei ihm*; arR:* C–4 *(zum drittl. Abs.);* C–51 *(zum vorl. Abs.) –* [Anm.-Nachtrag:] *WB:* Dieser [...] Egoist, den sein Leben *(Abs. 9 – statt:* der sein Leben*)*

s₆ + c .. – *WB:* als er gewohnt war *(Abs. 2 – statt:* er es*); AV:* da man *[ihr]* ihre [...] Überreizung [...] ansah *(Abs. 3 – urspr.:* an eine [...] Überreizung [...] glaubte*); arR:* C–56 *(zu ebd.); AV:* beruhigte *(ebd. – urspr.:* beschäftigte*); arR:* 6/6 (Nietzschezitat!) *(Abs. 4 – zu Abs. 3 Ende):* = TBh 6 Hs 6 *(s.* TB S. 252: wörtl. übernommenes Exzerpt aus Nietzsche, «Ecce homo» / «Vorwort»*);* 6/6 *(zu Abs. 6 Anfang)* = ebd. *(s.* TB S. 253: «Mein Blut läuft langsam. [...]» – do. wörtl. übernommenes Exzerpt aus «Ecce homo»*);* C–56 *(zu Abs. 8 Anfang); eV:* zunehmen *[aufzunehmen] (Abs. 10 – urspr.:* aufgenommen*); arR:* u. vor sich selbst [...] *[bis:]* auskosten müsse, aber ... *(Abs. 11); AV:* berührt werden *(ebd. – urspr.:* worden sind*); korr.:* Cl.'s Leben *(Abs. 14 – statt:* Cl. Leben *[Zusatz]);* 21/112 *(zu ebd.:* «Gott selbst ist homosexuell» – sagte sie dem Griechen*)* = TBh 21 Hs 112 *(s.* TB S. 626: «Priester: Homosexuelles in der Religion: Gott überwältigt, [...]»*);* C–31/4, C–69 *(zu ebd.:* Sündigkeitswahn*); lies:* galoppierend *(Abs. 16 – statt:* galloppierend*); AV:*

in seinem Zimmer *(viertl. Abs. – urspr.:* auf*); arR:* / Oder: ein fremder Mann [...]
[bis:] schon fort.*?/ (ebd.);* Vgl. Faszination C–38 *(zu ebd. Ende);* 6/6 *(zu drittl. Abs.:*
«Irrtum ist nicht Blindheit» [...]) = TBh 6 Hs 6 *(s.* TB S. 252: do. das wörtl.
übernommene Nietzsche-Exzerpt*); AV:* /traf sie wieder mit Schmerz u Scham
[...] *[bis:]* zusammen/ *(ebd. – urspr.:* faßten sie wieder der Schmerz und die Scham*);*
arR: /Ähnlich erkennt A [...] *[bis:]* gibt./ *(zu vorl. Abs.);* Alle waren gegen sie
[...] *(letzter Abs. – zu drittl. Abs.) –* [Anm.-Nachtrag:] WB: [fängt und] belastet
(Abs. 15 – statt: betastet*)*

s$_6$ + d *– AV:* gerieten *(Abs. 1 – urspr.:* standen*); korr.:* unter den [...] Einfluß [...]
(ebd. – statt: dem*); lies:* galoppierten *(Abs. 2 – statt:* gallopierten*); arR:* (Vgl. C–50)
(zu Abs. 5); C–47, C–49 *(zu ebd.);* Hier ev auch [...] *[bis:]* 6/8 f *(Abs. 6 – zu Abs. 5
Mitte): s.* TBh 6 Hs 8 = TB S. 254: «Kaffee verdüstert .. Thee [...]»*);* /Außerhalb
des Romans [...]/ *(Abs. 8 – zu Abs. 7 Anfang);* Notiz wo? Weder C–8 noch C–11
(zu ebd.: Ausdruck des Lebens [...], welcher Worte und Formen schafft*);* Vgl.
Spuren hinterlassen ... *(Abs. 9 – zu ebd. Ende);* C–57 *(zu vorl. Abs. Anfang);*
C–57 u 59 *(zu ebd. Mitte);* Sie hatte keine Zeit [...] *[bis:]* nachzusinnen *(ebd.)*

NACH INTERNIERUNG *– arR:* C–31–1 *(zu Abs. 1);* C–31–2 *(zu Abs. 4);*
mit Fließenboden [...] *[bis:]* Wasserbecken *(ebd. – lies:* Fliesenboden*);* C–31–1
(zu Abs. 5 Anfang); AV: wollte schlüpfen *(ebd. – urspr.:* schlüpfte*); arR:* C–31–2
(zu Abs. 6 Anfang); AV: wurde gestürzt *(ebd. – urspr.:* stürzte*);* stürzte [...] in den
[...] Schoß *(ebd. – urspr.:* barg [...] in dem*);* einen Gesang *(ebd. – urspr.:* den
Führergesang*); lies:* Fliesen *(vorl. Abs. – statt:* Fließen *[? Fleißen?]); korr.:* jedem
Fremden wie Tiere, und *(ebd. – statt:* Fremden, wie Tiere *[Zusatz])*

(NACH INTERNIERUNG) – Die C-Notizen, auf die RM zu den Stichworten
für ein abschließendes Clarisse-Kapitel hinweist, sind hier mit den übrigen C-
Blättern, die zu den s$_5$ + ... und s$_6$ + ...-Entwürfen angemerkt sind und soweit
sie sich ermitteln ließen, in der Reihenfolge ihrer Nummern angefügt (s. auch den
Beginn der Anmerkungen zu diesen «s + ... »-Entwürfen).

C-Notizen zu den Clarisse-Entwürfen

C–3 – Das Verhältnis G–A: Gustl [Gustav Donath = Walter] – Alice [seine
Frau = Clarisse] (s. auch TB II S. 868)

C–4 – Kleines Blatt (Vorder-, Rückseite), Briefpapier (Bleistift), vermutlich von
Alice [= Clarisse], der Frau von Gustl (Gustav) Donath [= Walter]; *nicht exakt
lesbar:* Kufette *(1* Okt.*);* Ödipus in R *(2.* Okt.*):* in Rundschau? *;* «Kosmos» *(ebd.):*
vermutlich die gleichnamige (1904 gegr.) «Zeitschrift für Naturfreunde»

C–7 – Klages *(Abs. 2):* Ludwig. K. (1872–1956), Freund von Gustl Donath und
Alice, Modell zum «Philosophen» Meingast (zuerst: Lindner); s. auch TB II S.
57 (TBh 3 Anm. 152); *korr.:* Manicomio *(Abs. 4 – statt:* Manicombio *[*vgl. auch
TB S. 278: «Besuch [...] im Manicomio», «2. Oktob.» 1913*])*

C–8 – Münsterbergblatt *(Abs. 1): s.* Hugo Münsterberg (1863–1916), Begründer
der Psychotechnik, auf den RM auch im Tagebuch verschiedentlich hinweist*;* 2
Tg 2 Tl. 7 *[*2. Tag 2. Teil. *[*Notiz*]* 7*] (Abs. 2): s.* Anm. zu s$_4$ + 14 *(*vorl. Abs.*);*
Thema der Notiz 7 ist Anders als «ein Mann ohne Gewissen»*;* 2 Tg 2 Tl 9 *[*2. Tag
2. Teil *[*Notiz*]* 9*] (auch:* B 154 – Abs. 6*):* «Solche Menschen nennt man Phantasten

[«Ich habe sie die dynamischen Menschen genannt.»], [...] Sie sind untreu, weil sie sich immer erst nachher verlieben oder es schon lange vor dem wirklichen Geschehen getan haben.»; 2 Tg 2 Tl 11 *[2. Tag 2. Teil [Notiz] 11] (auch: B 153 – Abs. 7):* «Die dynamischen sind die Menschen unsrer Gesellschaft; die Wehmütigeren, die sich immer Losreißenden, Vor- und Zurückblickenden, Schaffenden, aus sich heraus Rollenden – erklärte Anders.» (1. Abs.), «Es könnten aber – im Prinzip – auch Menschen doppelt so groß sein. Schließlich ist es doch das Ziel allen ethischen Lebens unsre Handlungen immer mit dem Höchsten in uns zu vereinen. *[handschriftl. alR:* «Ein großer Hintergrund, Gott odgl.»] Ich glaube nicht, daß dies theoretisch so leicht zu widerlegen ist. Aber die dynamischen Menschen müssen die statischen überwinden, weil sie ihnen hemmend und ungesund sind, bloß Episoden.» (letzter Abs.)

C–12 – Öhl *(vorl. Abs.): vgl.* MoE I Kap. 81 («Kurzschriftsystem ‹Öhl»»), auch TB S. 442 («Öl, Sektionsrat:»), dazu TB II S. 283 (TBh 9 Anm. 123); Hilthy *(ebd.):* gemeint ist der Schweizer «Evangelisator» Carl Hilty (s. auch den Hinweis auf ihn und sein 3bändiges Hauptwerk «Glück» 1891–99: TB S. 584)

C–17 – Eine Kollektion von Eintragungen in TBh 4 durchweg im Zusammenhang mit Nietzsche-Exzerpten *(s.* auch TB II S. 833–36); Volunt. *(7.):* Voluntarismus, Voluntaristisches *(s.* die nachfolgenden Notizen C–35 «Voluntar.», C–36 «Das Voluntaristische:»); Talma *(8.):* François-Joseph T. (1763–1826), französ. Schauspieler

C–27 – Die Notiz bricht mitten im Satz ab, das Anschlußblatt ist nicht ermittelt. *Lies:* beeinflussen

C–28 – 2 Tg 2 Tl. 11.: *s.* Anm. zu C–8; der Text hier wie dort (Abs. 5/6: etwa Mitte) stimmen fast wörtl. überein

C–31/1 – *Korr.:* manicomio *(Titel – statt:* manicombio *[vgl. Anm. zu:* C–7])

C–31/2 – modo Kisch, Bonn: s. Anm.-Ntr. S. 2130

C–31/6 – p. 5. 10 *(Ende):* s. pagina = Blatt 5 (C–31/7), 10 (C–31/12)

C–31/7 – cf. S. 6. *(Ende):* vgl. Seite (= Blatt) 6 (C–31/8); p. 3. / p. 4. *(ebd.):* Hinweise *auf* Blatt 3 (C–31/5), 4 (C–31/6)

C–31/8 – p. 5. *(vorl. Abs.): Hinweis auf* C–31/7

C–31/12 – cf. 4, 5 *(vorl. Abs.): Hinweise auf* C–31/6, C–31/7

C–33/34 – AN. 243 *(Abs. 1):* s. C–36; *AV:* in einer sogleich auffallenden, eigenartigen hysterischen Aufregung *(Abs. 3 – urspr.:* in einer Art hysterischen Aufregung*)*

C–35 – *Korr.:* Voluntar. *(Titel – statt [Masch.]:* Volutar.*);* Klagesepisode: die Episode mit Ludwig Klages *(s.* Anm. zu: C–7)

C–36 – Im C. [...] *(Vornotiz):* Im Coitus; *AV:* Er kehrte sich um *(Abs. 3 – urspr.:* dreht sich*);* Schweig.*[en?] (ebd. – statt:* schweigt*);* Sonderbar. Will sie [...] *[bis:]* Opfer spüren. *(ebd. – urspr.:* Er weiß, sie will vom Stuhl heruntergerissen werden.*);* brennt ihm unverständliche Worte ... ins Gesicht *(ebd. – urspr.:* brennt ihm den Satz: Herr, Herr, Herr! in die Brust.*);* Er sagt auch etwas, das sinnlos ist «Walther verdient dich nicht!»; es paßt [...] *(ebd. – urspr.:* «Walther verdient dich nicht!» sagt er; es paßt [...]*)*

C–37 – *AV:* gelähmt vor Schicksal *(Abs. 1 – urspr.:* vor Kälte*)*

C–38 – Zunächst kürzere Notiz: «Dialog»; die zweite Notiz («Der fascinirende Moment») bricht mitten im Satz ab

C–39 – *Vgl.* TB II S. 945/46; Mornas zu Maria *(Abs. 2 – Nachtrag):* Dr. Anselm Mornas, Maria (s. «Die Schwärmer»: Bd. 6); Abs. 4, 5: do. *Nachträge (dazu:* Spion *[über:* eine neue Gesellschaft*]);* W. begreift die kranke Cl. [...] *(Abs. 4 –* TB II S. 945 Fn. g *irrtümlich:* begrüßt*);* C–23 *(Abs. 5):* Hinweise und Stichworte zu «Clarisse» *(Hinweis hierher:* «Teils ist es *[*Clarisses «Empfinden für K.*[*lages*]»]* die Kombination: Inferiorität – myst. Ton AN 265. Es war die einzige Möglichkeit, für W. stark zu empfinden, wenn sie so handelte! Befremdlicher aber unverstandener erster Vorton der späteren Manie»); Der Rabe *(Abs. 8):* Chiffre für MM als Figur einer autobiographischen Erzählung *(s.* auch TB S. 238: «12. 7. 1911. / Roman: Wie eine Autobiographie. [...] Rabe ist vorletzte Phase.», sowie TBh 5 Anm. 152)

C–40 – Lavigne in Rom *(Abs. 2):* Hotel L., um 1910 Via Sistina 72 oberhalb der Spanischen Treppe *(vgl.* TB S. 230: die fast textgleiche Notiz vom 21. IX. 1910)

C–41 – Vgl. Synthese Seele-Ratio 2. *(Ende):* diese Notiz schließt sich hier an *(s. auch* «Synthese Seele-Ratio.»: TB II S. 1148)

Synthese [...] – Apperceptortheorie: *s. den Hinweis* (S. 1748) *auf* A 77, A 78 (TB II S. 927–34) zum Clarisse-Entwurf s_6 + b + 1 (Anm.); AN 180, 185: *s.* C–42, C–41

C–46 – Délire à deux: *s.* auch «das Délire à deux, der Wahnsinn zu zweien» (S. 1307: «6 .. Atemzüge [...]», S. 1326: «61. Atemzüge [...]»), sowie S. 2053 (zu «Beginn einer Reihe [...]») Anm. mit Hinweis auf Scipio Sighele, «Le crime à deux»

C–49 – *Korr.:* wie aus einem [...] Lehmklotz *(Abs. 4 – statt:* aus einen *[zuerst, gestr. (do.:* aus*):* in einen*]);* beständig *(letzter Abs. – statt:* beständigt*)*

C–50 – Förster *(Abs. 2, 3):* später Prof. Lindner

C–51 – Herrn v. H. gegenüber: *von Hoffingott? (vgl.* TB II S. 1005–07: MM-Notizen*)*

C–52 – *Vgl.* TB II S. 957/58; M. *(2.):* MM; *C.:* Martin Carbe (ein Bekannter von MM in Berlin vor ihrem Kontakt mit RM)

C–53 – *s.* auch TB II S. 977–80); (Perugia?) *(Abs. 1 – TB II S. 977:* (Perugia)*);* unter uns *(ebd. – TB II S. 978:* unter und*);* sie erschienen *(Abs. 4 – TB II S. 979:* die*); korr.:* Denn in Summa *(Abs. 5 – statt:* Denn *[Zusatz]* In*); nicht eindeutig lesbar:* Uneinheitlich-dämmernde Reaktion *(vorl. Abs. – oder:* -dominierende?*);* Eucken *(letzter Abs.):* Rudolf E. (1846–1926), dt. Philosoph (s. auch Anm. zu Bd. 8: «Anmerkung zu einer Metapsychik»)

C–56 – bei Lahmann *(Abs. 1):* Sanatorium in Dresden; Faszination C–38 *(drittl. Abs.):* s. C–38

C–58 – Klages *(Abs. 1)*: s. *Anm. zu* C–7; Mob. *(vorl. Abs.)*: Mobilisierung

C–60/61 – Kräpelin *(jeweils Abs. 1)*: Emil K. (1856–1926), Psychiater in München

C–62–64 – *Masch.*-Auszüge mehrerer Briefe von Alice Donath *(vgl.* C–4 Anm.*)*; *korr.*: Synonym *(Abs. 2 – statt:* Synonim*)*; Reclam *(III Abschn. 3 – statt:* Reclame*)*; «Mein Mann» *(letzter Abschn.)*: handschriftl. Kommentar

Studienblätter und Notizen

Eine Auswahl aus den «Studienblättern» zum MoE, wie RM selbst einen Teil der methodisch die Arbeit am Roman vorbereitenden Resumees und Zwischenresumees bezeichnete, kann nur ein Versuch sein. Der Blick ist dabei natürlich auf die Pläne und Überlegungen zu dem unvollendet gebliebenen großen Schlußkomplex gerichtet. Sie gehen bis in die Zeit zurück, zu der die in dieser Ausgabe vorgelegten frühen Kapitel-Versuche und Kapitel-Entwürfe entstanden, das Gros stammt indes aus den Jahren seit etwa 1930.
Diese Studien sollen auch den Einblick in die Arbeitsmethode vermitteln, die in der modernen Literatur unverwechselbar sein dürfte. Sie zu kommentieren, die in ihnen zusammenlaufenden und von ihnen ausgehenden Wege minuziös zu verfolgen, würde leicht ein Mehrfaches an Raum beanspruchen als schon diese Blätter. Sie sollen selbst Studienmaterial sein, und darum erschien es auch nur konsequent, die mit ihnen gegebenen Schwierigkeitsgrade nicht zu reduzieren. Die Chiffren sind im Register, soweit möglich, aufgeschlüsselt.

G 22 Verbrechen – *AV [?]*: eine Quelle über die gebeugt, man *(vorl. Abs. – statt:* eine Quelle des Guten, [...]*)*; *AV:* Er wird vielleicht *(ebd. – urspr.:* würde*)*; aber dann wie *(ebd. – urspr.:* aber so wie*)*; Und *[?]* wer kann *(ebd. – statt:* Wer kann*)*

AN 276 – Tage wie in Seis *(drittl. Abs.)*: Seis am Schlern (Südtirol) war für die Freunde RM, «Gustl» Donath und Alice mit einer besonderen Erinnerung verbunden. Gustl und Alice heirateten dort, RM war Trauzeuge. Ins Gästebuch der Familie Charlemont trug RM bei diesem Anlaß ein: «Von der stilvollen Haltung dieses Hauses entzückt, danke ich, daß es mir vergönnt war, die Gastfreundschaft eines großen Künstlers *[*Alices Vater war Maler*]* und einer geistvoll liebenswürdigen Hausfrau zu genießen. Robert Musil Villa Ausserer 3/9 1907»

Fragment (1926) – *Korr.*: Stürme *(Abs. 2 – statt:* Stürne*[?])*

Vermerke zu einem «Vorwort» [...] – Fall Haarmann *(Abschn. 6)*: Fritz H. (Hannover), 19. XII. 1924 wegen 24fachem Mord zum Tode verurteilt, 15. IV. 1925 hingerichtet; Eucharistischer Kongreß *(Abschn. 8)*: vor 1914 fast in jedem Jahr, RM dachte vermutlich an den Kongreß in La Valetta (Malta) 24.–28. IV. 1913; *21/133 (Abschn. 19)*: = TBh 21 Hs 133 (TB S. 639), s. auch den frühen Entwurf «Der Spion»: S. 1963; L 42 *(Abschn. 21)*: 4 Bl. «Aufbau Arnh.», auf S. 1 hierzu: «A. lebt elementare Gefühle. Fühlt das Gespenstische der trivialen. Sucht die sentimentalen.»; Odysseus-Fischer *(viertl. Abschn.)*: Leo Fischel (MoE) hieß zunächst Fischer (vgl. den Entwurf $s_2 + 4$ *[*Zu: Schmeißer*]*: S. 1628, «Der Erlöser»: S. 2007)

Clarisse. Index – Cromwell-Mann *(Abschn. 8 Abs. 2)*: bezieht sich auf ein Emerson-Zitat (E 6: «Ein Mann», sagte Cromwell, «[...]», s. S. 1649: s_3 + A.-Ag. V. und VI.*)*; *3/105 [verwischt: 106?] (viertl. Abschn. Abs. 4)*: = TBh 3 Hs 105 *[*106?*]* (s.

TB S. 88: «Der Bruder:»); *korr.:* Nietzschesche *(ebd. letzter Abs. – statt:* Nitzschesche)

Aufbau II. – *AV:* undeutlich wie Spiegelbild in Wasser *(Abschn. 1 Abs. 3 – statt:* in undeutlichem Spiegel*);* -schoben oder -streift *[*geschoben oder gestreift*] (ebd. Abs. 4 – urspr.:* geschlagen*);* Dämpfung / Streuung *(ebd. vorl. Abs. – statt [?]:* Handlungsspielraum*);* der ungeheure Reiz dieser *(ebd. letzter Abs.):* der Anschluß an diesen Textteil ließ sich nicht ermitteln; *AV:* Sie faßte .. u sollte ... *(2. / Traum: – statt:* ich sollte dich *[...]* herüberziehn*);* u kamst langsam *[dazu AV:* lose*]* näher. Dann ... *(ebd. – urspr.:* Blumen. Du bist durch mich *[...]*); nicht exakt lesbar: [*holst du es wie*]* holt *[*heran*] (fünftl. Abschn.)*

Studie zu Schluss – *AV:* schwerer Zerrung *(Abs. 7 – urspr.:* gezerrtes Bein*);* 22/52 *(vorl. Abs.):* Heft 22 Hs 52 (s. den frühen «Spion»-Entwurf *[*Weitere – spätere – Notizen*]* S. 1953: «Anders reißt sich von Clarisse los, *[...]*»)

Fragment III/10 – Oder: Ich hatte *[...] (Abs. 4):* handschriftl. Nachtrag über der *Masch.*-Abschrift (Ende Abs. 2 und der hier nicht abgeschl. Abs. 3: do. handschriftl.)

AZ. u. Ag/U. – *Nicht exakt lesbar:* aZ. – Ahnung *(Abs. 83/I);* 21/39, 41 *(Abs. 15. XI. / 1.):* TBh 21 Hs 39, 41 (s. TB S. 587/88: «Seele», S. 589: «Ag.»); 21/41 *(ebd. / 2.): s. o.;* 21/43 *(ebd.):* TBh 21 Hs 43 (s. TB S. 590: «Ag.»)

Sua 2 – *Zusatz:* der Krippensz.*[*ene*] (Abschn. 1 Abs. 6 – zu:* zb. Entdeckung gleichen Geschmacks wäre eine Szene. *[...]*); arR:* Aber besser später als *3 (zu Abschn. 4 – Pfeil von dort); korr.:* Schiffskabine *(Reise Ag – U Abschn. 1 Abs. 3 – statt:* Schifskabine*);* Zetern *(ebd. Abschn. 9 – statt:* Zettern*)*

Sua 3 – Eingefallen bei 831 *(Abschn. 4 Abs. 2):* = MoE I S. 831 (519/20); auch die weiteren Seitenhinweise beziehen sich auf MoE I: 773 (S. 483/84), 782 (S. 489), 383 (S. 241), 405? (S. 254/55?), 616/17 (S. 386); Guillemins Fragen *(vorl. Abschn.):* Bernard G. (s. TB II S. 437–41: TBh 21 Anm. 443)

II R Fr 1 – *Nicht exakt lesbar:* Liebesversuche *(Abschn. 3);* Abbruchblatt Row *(Abs. II R Fr 1 Blge 4):* = Notizenblatt «Abbruch – Rowohlt» zum MoE II₁ (s. TB II S. 1206 «Dazwischen Row. Affaire», dazu Fn. m); 400, 500, Zw. 400 u 500 *(Abschn. Kapitelfolge:):* Zahl jeweils der Handschrift-Seiten MoE II

II R Fr 9 – K 1–5, 6, 8, 7 usf. *(Abschn. 2): s.* S. 1651–75 die K*[*apitel*]* s₄ + 1–16 (Die Reise ins Paradies*); lies:* Mises-Rede *(Abschn. 22: Vielleicht [...]* – *statt:* Mieses-Rede*):* vermutlich Ludwig v. Mises (Wirtschaftswissenschaftler; 1934– 40 in Genf, dort Kontakt mit RM), möglich auch sein Bruder Richard v. M. (Mathematiker, in Berlin schon früh Kontakt mit RM – s. auch TB II S. 571/72: TBh 30 Anm. 653)

II R Fr 22 – Adler *(Abschn. 18: Der Verdacht [...] Abs. 2):* der Individualpsychologe Alfred A.; Moral – Loch – *[...] (Abschn. 22: II R Fr 6 Blge 6.)* verweist auf diese Notiz: Moral: auf das Loch in der Moral abstellen. Wird immer durch Setzung gestopft. In reifen Kulturzuständen reißt es dann auf. Und da gäbe es nur Wsekr. u. demütig-induktiven Sinn*)*

II R Fr 26 – Stichworte, Hinweise zu MoE II von 1932/33 *(Abschn. 12): [S.]* 131– 603 (Erstdruck: 606 S.); II R Fr 27₃₉₀ *(Abschn. Bemerkung 3):* dieser und die nach-

folgenden Hinweise beziehen sich auf eine hier nicht auch aufgenommene umfangreiche Folge von Stichwort-Exzerpten, ebenfalls aus MoE II, die sich an den
Beginn dieses Studienblatts (II R Fr 27) «Gott u ä.» anschließt; Ährenthal Kurs
(Abschn. II R Fr 1, Blge 12): Alois Lexa Graf Ä. (s. auch MoE II S. 809: «Unser
unvergeßlicher Baron Ährenthal» – dazu Anm. II/16); Bleuler *(Abschn. II R Fr 5 Blge
5):* Eugen B. (1857–1939), Schweizer Psychiater (im Nachlaß fand sich ein Exzerpt
aus Bleulers «Lehrbuch der Psychiatrie»)

II R Fr 27 – Vgl. Anm. zu II R Fr 26: über 7 der 8 Seiten sind (hier nicht auch abgedruckte) Stichwort-Exzerpte aus MoE II

NR 31 – F 14u *(Abschn. 9):* = Fahne 14 unten (s. S. 1045–1203: Druckfahnen-
Kapitel 39–58 von 1937/38), s. Kap. 42 Abs. 1 (S. 1061/62); *AV:* Ausgangs- [Ausgangsfall] *(drittl. Abschn. – urspr.:* Hauptfall*)*

II R Fr 29 – Notizen zu Moor *(Abschn. 3):* s. Anm. zu II R Fr 30; 820 *(Abschn. 4):*
MoE I S. 820 (S. 513), s. auch die weiteren Stichworte, Hinweise zum MoE I
(Abschn. Zusammenfassung: ff.); AV: potentielle [Valenzen] *(Utopie d. Exaktheit
Abschn. 12 – statt:* moralisch-chemische V.*); korr.:* Es geht nicht an, das [anzusehn.]
(ebd. Abschn. 21 – statt: daß*);* Knickerbocker, Die Schwarzhemden in England
(Abschn. Also nächste Aufgabe Abs. 7): H.[ubert] R.[enfro] K., «Blackshirts, British
recovery», dt. Untertitel (1934) «und Englands wirtschaftlicher Aufstieg» (Knickerbockers größter Erfolg, zumindest bis um, 1932: «Deutschland so oder so?» «German Crisis»); gg, gb, bg, .. *(ebd. Abs. 9):* = gut gut, gut bös, bös gut, bös bös;
nicht exakt lesbar: Terrorgruppe *(Abschn. Zusatz 7 Abs. 1);* nach Bleuler *(ebd.):*
bezieht sich auf Eugen Bleuler, «Lehrbuch der Psychiatrie» (s. do. Anm. zu: II R
Fr 26, sowie zu: Entwurf I zur Utopie des motivierten Lebens*);* Dazu: Heft:
Dichtung/Phil. 17) ff, besonders 24) *(letzter Abschn. Abs. 3):* s TB S 970/71 (TBh
32 Ziff. 17ff., 24: *Hinweis hierher)* – [Anm.-Ntr.: s. S. 2130]

II R Fr 30 – Bei den Notizen aus Moór *(Abschn. 1):* Gyula (Julius) Moór
(vgl. TB S. 851, TB II S. 636/37: TBh 34 Anm. 144 zu dem Exzerpt aus Moórs
Schrift «Zum ewigen Frieden. Grundriß einer Philosophie des Pazifismus und des
Anarchismus», Leipzig 1930); Kellogg Vertrag *(ebd.):* eigentl. Briand-Kellogg-Pakt
(August 1928) zur internationalen Ächtung des Krieges nach dem französ. Außenminister Aristide B. und dem amerikan. Außenminister Frank Billings K.; *korr.:*
Konstituentien *(Abschn. 10 Abs. 2 – statt:* Konstituentien*);* Rudolf Wahl, K. d. Gr.
(Abschn. 11 Abs. 2): Rudolph W., «Karl der Große / Der Vater Europas / Eine
Historie» (Berlin 1934); das Zitat aus Karls Brief an seine vierte Frau Fastrada ist
exzerpiert aus dem Abschn. «Seine Frauen, Töchter und Söhne»; *korr.:* [S.] 717
(vorl. Abschn. Abs. 10: Die Schleimspur [...] *– statt:* 707 *[s. MoE I S. 449]);* geschützt hat *(ebd. siebtl. Abs.:* Die Ursache [...]*):* vgl. MoE I S. 527 (gestützt hat)

Schm. Aufbau – Suttner, Suttnerprojekt *(Abschn. 4 Gf L: Abs. 1, 4):* Bertha Suttner
(s. Bd. 9: Anm. zu «Essaybücher» mit Hinweis auf MoE I Kap. 57); *nicht exakt lesbar:*
noch nicht [korr.: nich?] Saison *(Nachtrag: – S. 1899)* – [Anm.-Ntr. s. S. 2130]

NR 33 – Die Seiten- und Ziffernhinweise «S 3,7», «S 3,19» oder «S 4,601» usf. *(Abschn.
2ff.:* Zur Hierarchie der Probleme) beziehen sich auf II R Fr 26 (Studienblatt Soziale
Fragestellung «Bemerkung 1–3»): S. 1864); Entdeckung Gottes à la Köhler
(Schlußteil drittl. Abs.): Wolfgang K. (1887–1967), einer der Begründer der Berliner Schule der Gestaltpsychologie (s. Bd. 8: «Das hilflose Europa [...]» Abschn.
13 – Hinweis auf Köhlers Hauptwerk); I_{121} (1017ff) *(ebd. letzter Abs.):* MoE I
Kap. 121 S. 1017ff (s. S. 634ff.); $I_{830/31}$ *(Nachtrag 2):* MoE I Kap. 108 S. 830/31

(s. S. 521/22); I$_{67-69}$ *(Nachtrag 3):* MoE I Kap. 67–69 (S. 276–91); I$_{1024}$ *(ebd.):*
MoE I (S. 638) – *[*Nachtrag:*]* 15. II $\overline{36}$. *[verschrieben: $\overline{38}$. ?]*

Korr III. zu Band II$_2$ – Bei der Korrektur von F 42 .. *(Abschn. 11):* Fahne 42
(der Druckfahnen-Kap.) Beginn von «Wandel unter Menschen» (S.1095/96); *lies:*
Mohammed *(ebd. letzter Abs. – statt:* Mohamed *[möglich auch:* Muhamed*])*

Entwurf I zur Utopie des motivierten Lebens – Und [...] hatte ich [...] einen
berühmten Klavierspieler gehört *(2 Abs. 1):* Ignacy Ian Paderewski *(vgl.* TB II S.
826/27: «Reiseblätter», S. 828 ff.: «Paderewski-Phantasie»); *AV: /*.. aber sie waren
so nichtssagend gewesen wie ../ *(ebd. Abs. 2 – urspr.:* aber sie hatten mir so wenig
gesagt); Solche Gedanken *(3 Abs. 2 – urspr.:* Diese); Es ließe sich *(ebd. – urspr.:*
läßt); *arR:* Ausgleich mit Blatt Papier *(zu ebd. Abs. 3); AV:* im weiteren Verlauf
meines Lebens *(ebd. Abs. 5 – urspr.:* alsbald); Mich hat das andere Extrem interessiert: es entstand dann, wenn ... *(ebd. – urspr.:* Der extreme Fall davon ist der, daß
[...)]; *arR: /* besser: Als theoretische Bedingung, die er sich jetzt stellt, wenn
auch in Übereinstimmung mit Lebensgang. / *(zu ebd.); AV:* Oh wie verständlich!
(Abschn. 3 Abs. 2 – urspr.: fesselnd! ...); Die Utopie des Erfahrungszeitalters
(Abschn. 9 – urspr.: der indukt. Gesinnung); Gewiß *[*Gewißheiten*] (Abschn. 11
Abs. 1 – urspr.:* Sicherheiten); –stunde *[*Schulstunde*] (Abschn. 12 Abs. 2 – urspr.:*
Schulaufgabe) – *[*Anm.-Nachträge:*]* s. Blge. China [...] *(Abschn. 2):* s. Hinweis
hierher TBh 30 (TB S. 810): «Utopie der Höflichkeit: Chinesische diplomatische-
Konfutianische Höflichkeit: Zeitungsausschnitt beigelegt Mpe. U$_6$ (S U$_6$–4), S. 2/3»
(zu dem beigelegten Artikel «Der Standpunkt Chinas», NZZ vom 30. XI. 1941» –
s. TB II S. 591 (TBh 30 Anm. 739); Sch 52 S 1 → Sch 49 S 11: [...] *(Abschn.
«Ein lebender Gedanke [...]» Abs. 9ff.):* auf dem Schmierblatt 49 S. 11 verweist
RM *(arR)* auf «Kretschmer» S. 24, 34; das bezieht sich auf Ernst Kretschmers
«Medizinische Psychologie» I. Teil «Die Seele und ihre Entwicklungsgeschichte»
(zur «Entwicklung der Abbildungsvorgänge», «der Affektivität», «Katathymie»
usf.); Bl. 27 *(ebd. Abs.* Sch 49 S 1*)* = Eugen Bleuler, «Lehrbuch der Psychiatrie»
S. 27 («Die zentrifugalen Funktionen»)

Entwurf II [...] – *AV:* Meine früheste Erfahrung ... [...] u ich habe weder
damals [...] *(2 – urspr.:* [...] Ich habe es seither für ausgemacht gehalten, daß
[...] Und soeben habe ich «nachgesehen» (wie man alle Schränke durchwühlt), und
und bin wegen des Ergebnisses etwas betroffen.); Ich finde auf die Frage, wie [...]
(3 – urspr.: Wie bin ich denn dazu gekommen, der Unterscheidung zw. lebenden
u toten Gedanken soviel zuzutrauen? Ich erinnere mich:)

Entwurf III – *AV:* zum voraus *(2 – urspr.:* gleich); Herkunft *(ebd. – urspr.:* Ursprung
[zuerst AV: Entstehung*]);* sollte hinreichen *(3 – urspr.:* reicht hin); ist unverläßlich
wie ein Mann, der *(4 a letzter Abs. – urspr.:* gleicht einem Mann, der); diese
Privatlegende *(5 – urspr.:* das *[weitere AV: /* Vielleicht habe ich übrigens diese ... /*]);*
an ihr *(ebd. Abs. 2 – urspr.:* an dieser Privatlegende); I$_{406}$ ff *(4 b Abs. 1):* MoE I
S. 406ff. (s. S. 255ff.); I$_{388-410}$ *(5 letzter Abs.):* ebd. S. 244–57

Ü$_6$ – 5) Entwurf III Forts. – *AV:* Aufschrift *(Abs. 1 – urspr.:* Überschrift)

Gf L bei U – Suttner *(Vornotiz):* s. Anm. zu «Schm. Aufbau»

Studie zur Schluß-Sitzung [...] – Wie lautet die Notiz [...]: Du gehst durch dieses
Volk [...] *(Abschn. 5 Abs. 2):* vgl. (TB S. 283) «*[*Rom*]* November *[*1913*]:* / Entsetzlich: Daß du hier schwanger warst. Deinen Leib durch diese Straßen getragen
hast. Anerkennend, daß du mit diesem Volk lebst.»; Hinweise auf MoE I von

1930/31 *(Abschn. 26. I. 36 Abs. 2 usf.): [S.]* 1019 usf. (Bd. I der Erstausgabe endete
S. 1068)

Zum Anfang – *AV:* als schöpferisch *(Abs. 3 – urspr.:* als neu*)*

Vielleicht doch [...] Vorrede? – *AV: [*eine Schichte*]* weiter unten *(Abschn. 1
Abs. 1 – urspr.:* tiefer*);* Grimm *(Abschn. 4 Abs. 1):* Adolf Grimme (1889–1963),
1930–33 sozialdemokr. preuß. Kultusminister (s. auch TB S. 708, TB II S. 510:
TBh 30 Anm. 192 – *Hinweis hierher); Bruckner (ebd.):* Ferdinand B. (Ps. für
Theodor Tagger), 1891–1958 (s. auch TB S. 842, TB II S. 630: TBh 34 Anm. 37*);*
Schäfer *(ebd.):* Karl S. (1910–76), mehrmals Weltmeister im Eiskunstlauf (s. auch
TB S. 837, TB II S. 626: TBh 34 Abm. 6*);* Jeritza *(ebd.):* Maria J. (geb. 1897),
berühmte österr. Sopranistin (s. auch TB S. 837, TB II S. 626: TBh 34 Anm. 7) –
*[*Anm.-Nachtrag:*]* Denke an die Rede von Grimm (Tageb. 3. III). *(Abschn. 5):*
in seinem Kommentar («Tagebuch der Zeit») vermerkte Das Tagebuch (Berlin)
bereits am 15. II. 1930 Grimmes Einführungsrede als neuer preußischer Kultusminister im preußischen Landtag; RM bezieht sich offensichtlich auf dieses wörtl.
zitierte «programmatische Bekenntnis» Grimmes: «Fort von der Persönlichkeit!
die politische Persönlichkeit kann heute nur solange wirken, wie sie von einem
Machtverband getragen wird! es ist vorbei mit dem auf sich gestellten Individualisten!»

*[*Selbstanzeige*]* – *AV:* (+ *Korr.):* stellen sich bei einem Buch mit .. [...]
solche Hindernisse entgegen *(Abs. 1 – urspr.:* ist bei einem Buch von .. [...]
[danach zuerst: stellt [...] dar*])* – *[*Anm.-Ntr.: s. S. 2130*]*

Vermächtnis – *Korr.:* Einen Trottel *(Abs. 2 – statt:* einen*);* Kerschensteiner *(Abs.
10):* Georg K. (1854–1932), wegweisender Schulreformer, Modell zu Gottlieb
Hagauer, Agathes Ehemann; Ah. *(ebd.):* das bezieht sich auf Walther Rathenau, Modell zu Arnheim im MoE; Lazarsfeld *(ebd.):* Sophie v. L., einem Exzerpt aus ihrer
Schrift «Wie die Frau den Mann erlebt» gab RM das Stichwort «Diotima – Lazarsfeld» (s. auch TB II S. 1202 Fn. b – *Hinweis hierher);* Förster *(ebd.):* s. Friedrich
Wilhelm Foerster (1869–1966), Modell zu Professor August Lindner im MoE;
F 103 *(Abs. 13):* Fahne 103 (der Druckfahnen-Kap.): Kap. 55 «Fühlen und Ver-
halten. Die Unsicherheit des Gefühls» (S. 1163–74), das RM stark umarbeitete.

Zum Nachwort (u. Zwischenvorwort) – Kurt Lewin *(Abschn. 1):* s. auch TB II
S. 583 (TBh 30 Anm. 693), S. 683/84 (TBh 33 Anm. 41 – *Hinweis hierher);* H. F.
Amiel *(Abschn. 14):* Henri Frédéric A. (1821–81) westschweizer Philosoph,
Essayist, Hauptwerk sein posthum erschienenes, über 30 Jahre geführtes selbstanaly-
tisches Tagebuch; Csokor *(ebd.):* Franz Theodor C.; S.*[*ally*]* Salminen *(Abschn.
15 Abs. 1):* der Roman «Katrina», das Hauptwerk der (1906 geb.) finn.-schwed.
Erzählerin, erschien 1936 (dt. 1937*); AV:* mit [...] aufregendem Mund *(ebd.
– urspr.:* schönem*);* in der Folge *(Abschn. 16 – urspr.:* gegen Mob.*[*ilisierung*]*
zu*);* Voyage en Autriche par M. Cadet-Gassicourt *(vorl. Abschn.):* Charles Louis
Cadet de Gassicourt, seine «Voyage [...]» erschien (Paris) 1818

U's. Nachwort, Schlusswort – Hexners Frage *(Abs. 2):* Ervin P. Hexner (1894–
1968), mit RM befreundet (s. TB II S. 720–22: TBh 33 Anm. 316*);* Mpe Rp. I. /
Auf. 3 → K XI, S 2 rot *(ebd.):* auf die rot eingerahmten Notizen auf S. 1 der
Korrektur XI verwies RM im Tagebuch (s. TB S. 964: TBh 33 Ziff. 192) wie an
der bezeichneten Stelle (s. Bd. 7: Stichworte zu den «Aufzeichnungen eines Schrift-
stellers» – «Auf 3.»: «Hinter den Spiegel zu stecken!»)*;* K XIII, S I$_{ru}$ blei *(Abs. 3):*
die bezeichnete Bleistift-Notiz unten rechts auf S. 1 der «Korr XIII.» ist in der

Kopie – diese Blätter gehören zu den beiden 1970 in Verlust geratenen Mappen (s. den Beginn dieser Anm.) – nur noch bruchstückhaft zu entziffern («Fürs Ganze einzutragen bliebe bei der Wahrheit *[?]* (daß bald Sogleich Vielleicht – plötzlich *[.?.]* Museum) Du weißt nicht, wie du bist, er weiß es nicht! Sie *[.?.]* nicht Gescheitheit. Überzeugung die Wahrheit zu sagen. [...] Sie ist eine Art kürzester Linie.») ; Abd dul Hasan Sumnum u. der Sufismus *(letzter Abs. – unter der* Notiz größer und deutlich *wiederholt:* Abd'dul Hasan Summun u. der Suphismus*):* hierzu fand sich im Nachlaß der nicht lokalisierte Zeitungsausschnitt «Un mystique arabe du Xe siècle», der knapp eingeleitete Abdruck einer Studie von Emile Dermenghem (Titel dieser Arbeit über «Aboû'l Hasan Soumnoûn»: «Soumnoun l'amoureux / Soumnoun le menteur») aus den Cahiers du Sud (Oktober 1941, Nr. 239 S. 456–64). Der Nachdruck erschien am 20. Januar 1942 (vgl. das Datum der Notiz: Mitte Jänner 42) in La Tribune de Genève (Rubrik : En feuilletant les Revues). – *[Anm.-Ntr.: s. S. 2130]*

Die frühen Entwürfe

Am 30. August 1970 stand im Annoncenteil der römischen Tageszeitung «Il Messaggero» in der Rubrik der kleinen Verlustanzeigen (Smarrimenti) ein – damals und bis heute wirkungslos gebliebener – Appell an den möglichen Finder zweier Mappen mit Manuskripten in deutscher Sprache und von «tre piccoli quaderni scritti medesima lingua», die in der «zona Via Garibaldi o Aventino» abhanden gekommen seien. Aufgegeben war die Anzeige von EK (Ernst Kaiser). In den beiden Mappen lag ein großer Teil der späten Korrektur-Notizen zum MoE, in den drei kleinen Heften hatte RM den geplanten großen Roman erstmals zu konturieren und schließlich auch schon zu strukturieren versucht. Es sind die Hefte mit den in der Musil-Diskussion mit der Zeit legendär gewordenen frühen Entwürfen «Spion», «Der Spion», «Der Erlöser». Sie werden hier, für das Bild von der Entstehung des MoE unentbehrlich, aus seiner Genesis nicht wegdenkbar, zum erstenmal vorgelegt (nur einige kürzere Auszüge erschienen im Anhang zur TB-Neuausgabe).

Bislang war man davon ausgegangen, daß die Chronologie der Numerierung der Hefte entspreche: Heft 16 («Der Spion»), danach Heft 22 «(Spion»); dem dritten und tatsächlich späteren Heft «Der Erlöser» wurde wohl erst nach dem Tod von RM, und offenbar im Anschluß an das zuletzt begonnene TBh 35, die Nummer 36 gegeben (wie endlich, in dieser Sequenz, einem ebenfalls unnumerierten Heft mit einem bis in die zwanziger Jahre reichenden Stichwort-Register die Erkennungszahl 37). Diese auch von EK/EW angenommene Reihenfolge erscheint indes nicht haltbar und damit auch nicht die Schlußfolgerung, daß der spätere Ulrich zuerst Alexander Unrod (oder auch: Unold), danach Achilles geheißen habe, ehe der Name Anders auch zum Programm-Ausdruck des Roman-Projekts wurde. Für Heft 22 vor Heft 16 sprechen eine Reihe von Argumenten : In Heft 22 verweist RM gleich zu Beginn auf eine späte «Spion»-Eintragung in TBh 8 in der Nähe von Exzerpten von 1919/20, auf Seite 24 des nur kurzen ersten Entwurfs mittelbar nochmals auf eine Eintragung im letzten Teil des Hefts (wo im übrigen der prä-sumtive Romanheld noch oder schon nur Achilles heißt). Irritiert hatte womöglich, daß in den Anschlußnotizen schon nur von Anders die Rede ist; sie sind ohne Zweifel in einem gewissen Abstand zu datieren. In Heft 16 nun, in dem der Titel kaum zufällig schon dezidierter «Der Spion» heißt (der umgekehrte Weg vom Artikel zum Verzicht auf ihn wäre auch wenig logisch), vollzieht sich, in der nahezu, wenn nicht de facto gleichen Schrift, die Verwandlung in Anders in aller Form, zudem entschieden motiviert («Weshalb Anders?»), der Entwurf als solcher wird auch weit intensiver, auch wesentlich detaillierter weitergeführt. Es wird überdies alsbald auf TBh 21, und zwar in die Nähe von Eintragungen Anfang 1925 (ein Jahr nach dem Tod der Mutter Hermine M. Januar 1924) und unmittelbar auf dieselbe Statistik-Meldung zum Jahr 1924 (s. S. 1963) verwiesen, die dann auch zu dem Clarisse-Entwurf s_5 + f (S. 1725) angemerkt ist. Schließlich ist in Heft 16, wieder in derselben Schrift, einmal ausdrücklich auf Heft 22 hingewiesen; bedenkenswert vor allem auch der Hinweis auf «22/2» schon ziemlich zu Beginn von TBh 21, etwa Ende 1920 Anfang 1921.

Die Entwürfe «Der Spion», «Der Erlöser» basieren auch wieder, wie die Kap.-Gr.- und die s + ...-Entwürfe, auf vorangegangenen Niederschriften (Vor-Entwürfen, Notizen). Die Überlegung, die in den Text hineingesetzten Orientierungsvermerke zu streichen, wurde, wie durchweg auch bei den Zwischen-Entwürfen der zwanziger Jahre, wie bei den späteren Versuchen, fallengelassen. Einmal demonstrieren sie jeweils den technischen Aufbau des Entwurfs, und außerdem entstünden, nähme man sie prinzipiell – ob der Optik – weg, Sinnlücken, wenn auch natürlich die notierte Chiffre zu dem einzumontierenden Vortext dem Leser, abgesehen von der erkennbaren Funktion dieser Hinweise, nichts mitteilen kann. Die gleiche Situation ergab sich bei den späteren Anschluß-Notizen zu Heft 22. Einige der auch dort bezeichneten Vor-Entwürfe, die dem Heft beigelegt waren, sind auch hier (wie die C-Blätter zu den s_5 + ... -, s_6 + ... -Entwürfen) beigefügt, desgleichen die im Entwurf selbst angezeigten AN-Aufzeichnungen.

In allen drei Heften steht der Entwurf durchweg auf der rechten Seite; auf der linken (Neben-) Seite trug RM Zusätze, Randvermerke, auch Alternativ-Varianten *(AV)* ein, ließ dort den Text auch gelegentlich umlaufen. Diese ergänzenden, korrigierenden, kommentierenden Notizen, die ohnehin vielfach durch Hinweiszeichen unmittelbar angeschlossen sind, sind – bis auf wenige Auslassungen – auch hier in den Textablauf eingefügt. Das auch diesmal jeweils nachzuweisen, würde die Anmerkungen ungemein erweitern. Die hineingenommenen Zusätze und Nachträge sind wieder deutlich abgesetzt. Sind sie unmittelbar in den Text integriert, so eben aufgrund entsprechender Zeichen oder eines unstrittigen Sinnzusammenhangs. Varianten sind wieder im einzelnen vermerkt.

SPION – *MM-Vermerk* (auf dem Blatt vor dem Titelblatt)*:* Vorarbeiten zum Mann o E. Anders oder Achilles = Ulrich; Vorstadtgasthof (AN 257) *(Abs. 1): s.* Bd. 7 Verstreute Kleine Prosa / Erzählungen sowie (S. 1981/82) den Anfang des Entwurfs «Der Erlöser» («Ein grauenvolles Kapitel / Der Traum»: eine frühere Fassung des 1924 erstmals veröffentl. Vorstadtgasthof-Fragments); 8/135 *(Abs. 2):* = TBh 8 Hs 135 *(s.* TB S. 420: «Spion: Könnte auch so anfangen: Ich erzähle AN 257 (Vorstadtgasthof) / Sage dann: Genau so, mit allen Einzelheiten hat es Ach. geträumt.»); cf. p. 8, 7, 10, 9 p 12 *(Abs. 12):* Hinweis auf Seiten in diesem Heft (bei Hs 8 *[S.* 1945] Rückverweis hierher: «Zurechnungsfähigkeit (zu p.*[*agina*]* 3)*)*; Vgl. 8/107 *(Zurechnungsfähigkeit drittl. Abs.):* = TBh 8 Hs. 107 *(s.* TB S. 405: «Spion Möglicher Anfang: Moosbrugger: Achill. in Verbindung mit einem Menschen, dessen Spezialität wissenschaftl. Bearbeitung des patholog. Verbrechens ist. [. . .]»)*;* V.*[ide]* Atelier AN 317 *(Agathe – [. . .]): s.* S. 1957/58*;* AN 330 *(ebd.): s.* S. 1958*;* AN 188 *(Ach. [. . .]): s.* S. 1958/59*;* AN 135 *(Erweiterung [. . .] Abs. 3): s.* S. 1959*;* Fängt an mit Diotimakreis. [. . .]: *Ende des Entwurfs* (die nachfolgenden späteren Notizen – Anders hier = Achilles – sind der Rest aus seitenweise gestr. Versuchen, Überlegungen usf.; die P-Notizen sind großenteils nicht erhalten – s. aber auch P 1–5 = «Erlöser»-Anfang sowie unter den sich S. 1948 ff. anschließenden Notizen P 20 *[* = AN 188*]*, P 21, P 35, P 36, P 37 z.T. mit Hinweisen auf dieses Heft)*;* *AV:* ihre Abneigung . . . *[*gegen das Denken*]* ist doch . . [. . .] begründet *(Weitere Notizen Abschn. 14 –* statt: sie hat in eine in so großen Plänen begründete Abneigung gegen das Denken.)*; SP* 29 *(ebd. Abschn. 17):* = Spion-Heft S. 29 (S. 1948: «Die M.geschichte [. . .]» Abs. 2)*;* P 17, 18, 24 (Tempo) *(ebd. Abschn. 18):*

P 17 = An 35 «Tempo: [...]» *(s.* TB II S. 1097), P 18 = An 36, P 24 = An 32 «Tempo:» *(s.* TB II S. 1062) *[Auf* die P-Notizen, soweit sie sich noch ermitteln ließen und von denen einige ebenfalls An-Chiffren haben – P 18 = An 36, P 25 = An 31, P 43 = An 37 –, wie auch auf die, die als «Beilagen» nachfolgen, wird nicht jeweils im einzelnen verwiesen]; An 1 *(ebd. vorl. Abschn.):* «Wie sieht Anders aus?» *(s.* TB II S. 1102); An 3 *(II. 5.):* «Anders II» *(auch:* II U 15 – *s.* TB II S. 1100/01); 2 Tg. 2 Tl. 5·09, 2 Tg. 2 Tl. 5·1 *(ebd. 17.* | *18.):* zum «Verbrechen» der Geschwister *(vgl.* Anm. zu «C–8»); An 7 18 *(ebd. 23. Abs. 2):* An 7 («Ein wohlausgebildeter Sohn der Zeit [...]»), An 18 («Wie denkt er sich den Dichter?» – *s.* TB II S. 1063); An 16 *(ebd. Abs. 3):* «Anders muß sein oder werden: Gegner des Patriotismus (Regionalismus).»; An 5 *(II. Abschn. 3:* Gegen Pflichtmoral): «Nur individuelle Angelegenheiten sind des geistigen Menschen würdig. [...]»; An 12 *(ebd. Abschn. 4):* «Alles wird falsch gemacht. [...]»; An 10 *(ebd.):* s. TB II S. 1102; An 4, 13 *(ebd. Abschn. 5):* An 4 («(Zu 8/2» *[TBh 8 Hs 2]:* «Anders eigene Philosophie [...]» – *s.* TB II S. 1069), An 13 = AN 332 («Ach Der Mensch ohne Gewissen [...]»); Gegensatz zu Förster *(ebd. Abschn. 6):* noch früherer Name – als Meingast – für Lindner; 41/14, 15, 18 usf. *(ebd. Abschn. 13):* Hinweise auf die Hs 39–42, die Zahlen nach dem Schrägstrich verweisen auf die Ziffern des Übersichtsplans II/ 1–23 (S. 1950/51); 43/Pflichtmoral *(ebd.):* = Hs 43 mit der Notiz «Gegen Pflichtmoral. [...]» (S. 1951/52); 44/Sehnsucht *(ebd.):* = Hs 44 (s. S. 1952 «Sehnsucht nach [...]»); Die stoßweisen Anfälle 29 *(ebd.):* = Hs 29 *(s.* S. 1948 «Das Alleinsein [...]»); 39/4, 40/11, 12 *(ebd.):* s. do. Plan II 1–23; 29 (nicht mehr arbeiten) *(ebd.):* = Hs 29 *(s.* S. 1948 «Anders mag nicht mehr weiterarbeiten.») – *[Nachtr.:] AV:* Zeichen *(Weit. Not. Abschn. 17 – statt:* Regulativ)

AN –, P-Blätter (zu: Spion) – 22/8 usf. *(P 35 viertl. Abs.):* Hinweise auf «Spion»-Heft 22 Hs 8 usf., der Entwurf endet Hs 26 *(s. auch* die Hinweise zu: P 36, P 37); A 123, 124 *(ebd.):?;* Pfeifenstrauchgebüsch *(AN 317 Abs. 12):* vgl. TB S. 3 («M.*[onsieur]* l.*[e]* v.*[ivisecteur]* als Erzieher.*/* Es war ein dichtes Pfeifenstrauchgebüsch [...]»), S.᾽39 («Vorarbeit zum Roman.»: «wo *[*«im untersten Teil des stark abfallenden Gartens»*]* die Lattichblätter u. Pfeifenstauden üppig wucherten.»); mit dem Po im Pfeifenstrauch *(ebd. vorl. Abs.):* vgl. TB S. 41 (ebd.: «Als er die Knöpfe an dem weißen Höschen öffnete, war ihnen beiden *[*Robert und Bertha = Clarisse*]* blutheiß.»); Referat des Liszt Seminars *(AN 330 Abs. 7):* s. Franz von Liszt (1851–1919), Begr. der soziolog. Strafrechtsschule (Strafe nicht als Vergeltung, sondern zur Erziehung und Sicherung); die Photographin *(AN 135 Abs. 1):* s. AN 317; Hanka-Motive *(ebd.):* Hanka = Tonka *(s.* TB S. 180: «Zur Hanka:», S. 185: «Hanka»); Dl. Variéte *(ebd. Abs. 2):* Durchlaufer *[durchlaufendes Thema?]* Varieté; S. 350 u 351 *(ebd.):* Seiten der Roman-Niederschrift (Reinschrift?); p 362–464 *(ebd. letzter Abs.):* s. o.

DER SPION – *MM-Vermerk* über dem Titel: (Vorarbeiten zum Mann ohne Eigenschaften) früherer Titel; Abs. 1–4: *Notizen auf Nbs.* zu S. 1 (Abs. 1); *korr.:* Abendsonne *(Abs. 5 – statt:* Abend *[Zusatz]* Sonne); *AV:* ihn [...] an *[*angehört*] (Abs. 9 – urspr.:* ihm [...] zugehört); Um zwölf Uhr, ohne Unterschied der Nacht [...] *(Abs. 16):* vgl. Bd. 7 den Beginn des «Vorstadtgasthof» sowie des «Erlöser»-Entwurfs (S. 1981); Kapitel- und Seitenüberschriften *(auf der selben Seite):* abgesetzt, isoliert; Vorrede [...] usf. *(ebd.):* do. isoliert *auf* wieder *neuer Seite;* Statistik 21/133 *(nach:* Weshalb Anders?*):* = TBh 21 Hs 133 *(s.* TB S. 639: «Nach einer offiziellen engl. Statistik [...]»); *AV:* dürfte [...] sein *(2.b. Abs. 1 – urspr.:* Das ist); pachtet *[*gepachtet*] (3 a Abs. 1 – urspr.:* gemietet); sinn *[*Wirklichkeitssinn*] (ebd. Abs. 7 – urspr.:* Wirklichkeitsehrgeiz); aber ↑ *(ebd. Abs. 9):* Pfeil bezieht sich auf den (nicht identifizierten) Seitenverweis vor der Klammer; *AV:* dieser anstrengenden Tätigkeit neben seinem Lehr u Forscheramt *(ebd. Abs. 10 – urspr.:* dieses Nebenberufs); verdroß *(ebd.*

Abs. 12 – urspr.: schmerzte*)*; zweifellos *(ebd. – urspr.*: immerhin*)*; von einem ungewöhnlich entwickelten Sinn für soz Gleichgewicht *(ebd. – urspr.*: von einem ungewöhnlichen Gleichgewichtsorgan*)*; legte – wie schon erwähnt worden ist – *(ebd. –*
urspr.: (mit Hilfe dieses Organs)*)*; Wie ein durch irgendeine Fabrikation [. . .] *(ebd. –*
urspr.: – Fabrikation – Wasser – Bach – *[*Stichworte für den aus einem gestr. Abs.
übernommenen Satzteil*])*; Geist des aufstrebenden Bürgertums *(Vom Hauslehrer*
[. . .] Abs. 2 – urspr.: der Freisinn*)*; Verläßlichkeit *(ebd. – urspr.*: Ergebenheit*)*;
bei fast allen *(Talent [. . .] – urspr.*: bei vielen*)*; jede Behauptung mehrfach durchstrichen, keine ausgelöscht *(3. d Abs. 1 – statt*: Es ist eben eine [. . .] mehrfach
durchstrichene Welt*)*; ein Haus *(Sage mir [. . .] Abs. 3 – urspr.*: eine Wohnung*)*;
Grundsätze der Anwendung *(ebd. – urspr.*: Anwendungsprinzipien*)*; *eV*: A.
wünschte sich manchmal . . und beneidete die, welche [. . .] *(ebd. – statt*: Jemand der
die Möbel [. . .])*; (19/35) *(ebd. Abs. 4)*: = TBh 19 Hs 35 *(s.* TB S. 553: «Jahresbericht»
des Buchhändler-Börsenvereins für 1920*)*; *AV*: also zunächst *(ebd. Abs. 5 – urspr.*:
deshalb*)*; Aber wenn er *(ebd. – urspr.*: Aber als er*)*; sich ausdachte *(ebd. – urspr.*:
entwarf*)*; zu einer wichtigen *(ebd. – statt*: kam er zu der Einsicht*)*; herumschieben
(ebd. – urspr.: quälen*)*; So war er endlich zu *[*einem*]* mutigen Entschluß gekommen
(Das Schloß [. . .] Abs. 1 – urspr.: Immerhin kam er endlich zu einem bedeutsamen
Entschluß.*)*; alles *(ebd. – urspr.*: vieles*)*; *korr.*: durch [. . .] sittliche Lieder *(Weshalb*
Leona? Abs. 2 – statt: sittlichen*)*; *eV*: ev: ja sie kam ihm eben so künstlich u verschollen vor wie diese. *(ebd. – statt*: Sie erinnerte ihn sofort an ..*)*; auf eine
kleine [. . .] Bühne *(Langsamkeit und [. . .] Abs. 2 – urspr.*: auf die*)*; *AV*: davon
nicht nur *(ebd. Abs. 5 – urspr.*: davon noch*)*; Achtung *(Was L. nicht tat – urspr.*:
Bewertung*)*; Extreme besitzt *(ebd. – urspr.*: hat*)*; ein lebloses Phantom *(Klassisches*
[. . .] Abs. 1 – urspr.: halbes*)*; Formlosigkeit *(ebd. – urspr.*: Urform*)*; deshalb fast
(ebd. – urspr.: zuweilen*)*; 22/40 *(ebd. Abs. 3)*: Heft 22 («Spion») Hs 40 (s. S. 1951 die
Anders-Notizen II 1–23 Ziff. 10*)*; *AV*: Denn als A. *(Lebendinventar II. Abs. 5 –*
urspr.: Als A.*)*; zu sich gekommen war *(ebd. – urspr.*: zu sich kam*)*; das Geschehene
(Theologie [. . .] Abs. 1 – urspr.: solche Erlebnisse*)*; wie Europa, die auf dem Stier
saß *(ebd. – urspr.*: wie Europa von dem Stier*)*; er meine *(ebd. – urspr.*: nämlich*)*; der
Box- udgl Sport, die das in [. . .] gebracht hätten *(ebd. – urspr.*: das Boxen und dgl.,
das daraus [. . .] gemacht hätten*)*; den Wert der Sporttätigkeit *(ebd. – urspr.*: des
Sports*)*; hatte . . benutzt *(Gewiß auch [. . .] Abs. 1 – urspr.*: benutzte*)*; wenngleich
A. auch keineswegs *(ebd. Abs. 2 – urspr.*: auch ohne daß A.*)*; *eV*: zu kennen *(Der*
Vogel [. . .] – urspr.: tadeln*)*; böse Streiche *(ebd. – urspr.*: dumme*)*; *AV*: neigt *(ebd. –*
urspr.: vermag*)*; zuweilen auf Reize *(ebd. – urspr.*: auf irgendeinen Reiz*)*; unheimliche *(ebd. – peinliche*)*; hielt *(Streiche [. . .] Abs. 1 – urspr.*: hatte [. . .] gehalten*)*;
noch nachdachte, wie er . . sie wieder auffinden könnte *(ebd. Abs. 2 – urspr.*: sich an
der Erinnerung ergötzte*)*; 2 Wochen später [. . .] *(ebd. – urspr.*: Sehr kurze Zeit danach war Bonadea*)*; fand *(Bonadea Abs. 4 – urspr.*: sah*)*; Heimlichkeiten *(Das Teufel-*
chen [. . .] Abs. 1 – urspr.: Ehebrecherin*)*; *korr.*: das es [. . .] gibt *(ebd. Abs. 2 –*
statt: daß*)*; durch das Sakrament verbunden *(Lage [. . .] Abs. 1 – urspr.*: unter feierlichen und staatlich beaufsichtigten Umständen*)*; ist es wohl *(ebd. Abs. 2 – urspr.*:
könnte es sein*)*; Diese beiden *(ebd. – urspr.*: Sie*)*; konnte *(ebd. – urspr.*: mußte*)*;
Säfte *(ebd. Abs. 3 – urspr.*: Kräfte*)*; läßt *(Gleichnis [. . .] – urspr.*: ließe*)*; muß man
[. . .] damit rechnen, daß er [. . .] gelten wird *(ebd. – urspr.*: müßte er wohl [. . .]
gelten*)*; 22/40 *(Schule [. . .] Abs. 3)*: = «Spion»-Heft 22 Hs 40 *(s.* S. 1950 die Anders-
Notizen II Ziff. 5*)*; *AV*: wobei das Zivil [. . .] ist *(ebd. Abs. 4 – urspr.*: u das Zivil
war*)*; *eV*: Es war eine sonderbare Schule *(ebd. Abs. 5 [neuer Abs.] – urspr.*: (u so
blieb es.) Es war*)*; *AV*: glanz *[*Männerglanz*]* *(ebd. – urspr.*: alten Männeridealen*)*;
eV: zur Substanz des Lebens *(ebd. – urspr.*: zum Mittelpunkt*)*; *AV*: Ritter *[*Rittergemeinschaft*]* *(ebd. – urspr.*: Männergemeinschaft*)*; zeigte *(Ein wirklicher [. . .]*
Abs. 2 – urspr.: entwickelte*)*

DER ERLÖSER – *MM-Vermerk* zum Titel: (Alte Fassung: Mann o. E.) Anders =
Ulrich; zu «Der Traum.», womit die Eintragungen rechts beginnen, ist vermerkt:
P 1–5 (auf den Blättern mit diesen ersten P-Nummern steht eine frühe von mehre-
ren Fassungen des hier nicht «Der Vorstadtgasthof» überschriebenen Fragments:
korr. Masch.; sie ist hier unter dem Titel «Der Traum» eingefügt), die Hinweis-
zahl 1) dahinter verweist auf den Abs. «An den Stellen [. . .]», der sich hier an den
P-Text anschließt, auf der Nebenseite (Nbs.), der Obertitel «I. / Ein grauenvolles
Kapitel» steht dort abgesetzt darunter; *korr.:* Aber da steht *(Traum Abs. 9 – statt:*
Aber *[Zusatz]* Da*); AV:* eingangs *[eingangslose] (ebd. – urspr.:* fensterlose*);*
mir zürnen wird *(ebd. – urspr.:* bis man *[gestr.:* in Wut*]* das Ganze zerschlägt
[zuerst AV: sie erzürnt sein wird*]); Seine Augen stürzten wie Fische im Dunkel
hin u her. *(ebd. 10 – urspr.:* gingen *[zuerst AV:* zerrten*]* wie Hunde an einer
Kette hin und her.*);* fühlte er *(ebd. Abs. 13 – urspr.:* hingen ihre Arme*); RM-Korr.:*
Willst Du lieber Kungfutse machen oder magst du Walzel? *(ebd. Abs. 14 – urspr.:*
Willst Du *[gestr.:* Musil? Musil-musil?*]* Oder magst Du lieber Walzel . . ? *[s.*
Oskar Walzel, 1864–1944, österr. Literaturhistoriker, Lehrstühle Bonn, Bern, Dres-
den*]); das wusste sie *(ebd. – urspr.:* wusste er da*); AV:* Noch einmal *(ebd. – statt:*
Und sie sagte [. . .]*?); Lieber Walzel *(ebd. – urspr.:* walzeln*); auR* (u.a.)*:* Eine
Mahnung sagte ihr die Zunge . . Kind *[?]* war Die Erde hat mich wieder, sagte der
Fremde. Noch einmal! Das Licht der Welt ruhte auf ihm; die Welt kroch um ihn –
er trennte die Verbindung durch Jetzt wollte er die Verbindung für immer durch-
trennen nabeln Ziehst du K vor oder magst du lieber W Liebst du – Findest du
angenehmer Sollen wir Willst du K machen oder Buddha'n Sie sagte: Das mit
Kung. Sie hielt . . heimelte sie an. Daß sie diese Worte je in einem andern Zusammenhang gehört hatte, kam ihr nicht in den Sinn. Seine Zungenspitze . . Klangverknüpfung*; AV:* ihre Berichterstatter u Redakteure *(Ein grauenvolles [. . .] vorl.
Abs. – urspr.:* sie*); darf man *(ebd. letzter Abs. – urspr.:* darf ich*); korr.:* die unvorhergesehensten *(II. Es wird heller Abs.. 3 – statt:* die unvorhergesehendsten*); AV:*
Fächer *(1. Das Haus [. . .] Abs. 2 – urspr.:* Ausschnitt*); Augenausschnitt *(ebd. –
urspr.:* Fächer des Blicks*); heroischen *(ebd. Abs. 5 – urspr.:* abnormen); [21], [22]
(ebd. Abs. 7): Hinweis auf die Seiten 21, 22 in diesem Heft «Der Erlöser» (diese
Textstelle: Nbs. zu S. 16), die dort angezielten Textstellen sind entsprechend durch
spitze, eckige Klammern herausgehoben (sie stehen – s. S. 1993/94 – in nach-
folgendem Abschnitt «Logiker und Boxer»); *korr.:* ob sie *[Brieftasche, Uhr]* [. . .]
gestohlen worden waren *(2. Logiker [. . .] Abs. 2 – statt:* worden war.*); AV:* hart
angefaßt *(ebd. – urspr.:* gefaßt*); merkwürdigerweise *(ebd. Abs. 5 – urspr.:* eigentlich*); nicht eindeutig lesbar:* uvzüglich *[unverzüglich] (ebd. Abs. 7 – Zusatz [AV?]
zu:* rasche*); AV:* müßte *(ebd. – urspr.:* muß*); Es ist ganz unmöglich *(ebd. – urspr.:*
Man kann sie nicht*); [19, 20] *(ebd.):* wieder eckig einklammerte Hinweise auf
anscheinend vorgesehene Textumstellungen, diesmal innerhalb dieses Abschnitts,
der Hs 17 beginnt; [22] *(ebd. Abs. 8, 10):* s. o.; *lies:* Wohlgefallen *(ebd. Abs. 12 –
statt:* Wolgefallen*); Biedermeierpalais *(ebd. Abs. 15 – statt:* Biedermaier [. . .]*);*
Freundinnen *(ebd. Abs. 16 – statt:* Freundinen*); Cohenäer *(3. Die Geliebten Abs. 1):*
nach dem Neukantianer Hermann Cohen (1842–1918)?; *AV:* das hat aber soweit
den Zusammenhang mit der Seele verloren *(ebd. – urspr.:* mit der Seele nichts mehr
zu tun*); dieser beiden Frauen *(ebd. Abs. 3 – urspr.:* der*); statt Liebe Ideal *(Abs. 6 –
statt:* Essen*); Es ist ja ein irriger Glaube *(4. Äusseres [. . .] Abs. 4 – urspr.:* Denn es
ist*); (27.) *(ebd. Abs. 7):* Hinweis auf den übernächsten Abs.: (Diese schwierigen Systeme [. . .] *[bis:]* umspannt) *(ebd. Abs. 8):* s. wieder «Lyriker und Boxer»
S. 1992 (Aber ein Bankbeamter [. . .] besaß nicht nur [. . .] *[bis:]* eingestoßen hat.*);*
(S. 20/21) *(ebd. Abs. 10):* s. ebd. S. 1993 (Er war sogar einmal Fähnrich [. . .] als er
in der Wirklichkeit [. . .] *[bis:]* in seiner Existenz liegenden neuen Gedanken); ‹21›
(ebd.): s. ebd. (Anders warf sein schon [. . .] Jahren, da er [. . .] *[bis:]* Privatdozent
der Philosophie,*); Exzerpt: S. 39ff. *(II. Die Parallelaktion): s. S. 2007

«II. / A. Gf B. u sein Sekretär [...]»; *AV:* Unmittelbarer Eindruck, eine andre seelische Struktur *(III. Die Schwester. 2. – urspr.:* Es ist eine andre Härte*);* Br. 155 *(ebd. s_1 + 1 Ende):* Chiffre zu dem Blatt «2. Tag, 2. Teil, 3.» (vgl. Anm. zu: C–8), der Hinweis bezieht sich auf den Randvermerk «Siehe den Ag gemachten Vorwurf, daß sie nichts lieben u verehren könne. Eine Eigenschaft der Menschen des aZ.»; *AV:* Er erzählt*[?te?] (s_1* + 4 / 7. Abs. 1 – urspr.: Er muß [...] erzählen*); AV:* L. war gekommen. ($\frac{s_1 + 5}{1}$ 6 d – urspr.: da gewesen*);* spricht *(ebd. 7. Abs. 2 – urspr.:* sagt*);* lies: geschwisterlich ($\frac{s_1 + 5}{3}$ Abs. 3: geschw.*);* III S. 30. ff *(Aufbau IIIff.): s.* S. 1998 ff.

«III. Die Schwester / s_1 + 1 [...]»; cf 39 *(Ende: IV. Abs. 3):* s. S. 2007 «II. / A. Gf B. [...]» Abschn. 3 Abs. 4 (Als Gegensatz: Tuzzi à la baisse)

Schema (zum: Erlöser) – Diese Skizze schließt sich (auf der nächsten Seite 49) an den Entwurf an (RM hat wiederholt ähnlich Pläne skizziert):

	März–April	Motto: Alles fließt.	
A =	Testament = III.		April/Mai
B =	Reaktion *[Hagauers]*		Mai–Juli
	Meingast *[= später:* Lindner*]*		
C =	Italien I (Dalmatien Gebirge)		Juli–Sept.
D =	Zwischenzeit		Okt–Jänner
E =	Clar.*[isse]* Ital.*[ien]*		Jänner
F =	Zwischenzeit II	Wien!	Febr.–Mai
G =	Italien II		
H =	Totalabstieg		Mai–Aug.
J =	Ende.		Aug.

Ende D muß // *[Parallelaktion]* schon entschiedene Richtung auf Krieg haben.
„ B „ „ „ zur vollen Isolierung von A u Ag. geführt haben.

I, II	II	III	IV	V	VI	VII	VIII	IX	X
(A	B	C	D	E	F	G	H	J	K)
Ein-	Bis	Test.	Rück-	Reise	Allein	Reise	Mit	Gal.	Schluss.
leitung	Tod		kehr	Ag.	in	Cl.	Ag.		
	d.		bis		Wien		Wien		
	Va-		Reise		Cl.		bis		
	ters						Gal.		
							[izien]		
		II_I	II_{II}	II_{IV}	II_V	II_{VI}	II_{VII}		
			u $_{III}$				*[= Kapitelgruppen?]*		

In der zweiten Hälfte des Hefts (Hs 50–95) legte RM ein weiteres alphabetisch geordnetes Stichwort-Register zu Personen und Themen des Romans sowie zu einigen allgemeinen Begriffen und Überlegungen (wie Darstellungsart, Einschübe, Geistige, Große Ideen, Krieg, Ressentiment usf.) mit Hinweisen auf Vor-Notizen. unter B, G, Z, aber auch schon auf die TB-Hefte bis Heft 21 an (vgl. TB II S. 215: TBh 8 Anm. 14a). – *[Anm.-Ntr.:* s. S. 2130*]*

1921–33 veröffentlichte frühe Kapitel-Entwürfe

LEONA – Literaria-Almanach (Wien) 1921; *Wiederdruck:* EG 1973 *(früher Entwurf zu MoE I Kap. 6). Korr.:* wie das Mädchen *(Abs. 5 – statt:* das Märchen*)*

DIE BEIDEN GELIEBTEN – PT 9. V. 1923 *(früher Entwurf zu MoE I Kap. 6, 7)*; *korr.*: Familienblätter; er bemerkte *(Abs. 2 – statt*: Familienblätter er*)*; es gibt zu allen Zeiten *(ebd. – statt*: er*)*; Polmone à la Georgette *(Abs. 4 – statt*: Palmone *[vgl.* II. Bd. V. Kap.-Gr. 2 S. 1552 sowie MoE I Kap. 6 S. 24*])*; unter seinen Willen und böse Lust *(vorl. Abs. – statt*: bösen Lust*)*; schmecken *(letzter Abs. – statt*: schmcken*)*

DIE ENTDECKUNG DER FAMILIE – BT 11. IV., MZ 19. IX., TAG 31. X. 1926; *Wiederdruck*: TE 1955 *(vgl. MoE I Kap. 99)*; *korr.*: zum Schöntun *(Abs. 3 – statt*: Schöntum*)*

BRUCHSTÜCK – DLW 30. IV. 1926 *(früher Entwurf zu MoE I Kap. 24)*; *lies*: Gattinnen *(viertl. Abs. – statt*: Gattinen*)*

EIN HERAUSGERISSENES BLATT – PP 15. VIII. 1926 *(weiterer Entwurf zu MoE I Kap. 6)*

MONDRAUSCH – VOSS 16. IV. 1933. *Vgl. zu Abs. 1*: MoE II₂ Kap. 47 (Wandel unter Menschen) Abs. 1 (S. 1095/96), *zu Abs. 2 bis Ende*: ebd. Kap. 45 (Beginn einer Reihe wundersamer Erlebnisse) S. 1081–87. Die Geschwister Ulrich und Agathe sind in diesem frühen Entwurf «nach ihrer Hochzeit» «gegen ihre Absicht verheiratete Verliebte», die Schwester «die junge Frau», «seine junge Frau», «seine Frau», «die Freundin», «seine Geliebte», der Bruder «ihr Freund», «ihr Gatte», «ihr Schicksalsgefährte», «die Jungvermählten» «beide zu einem besonderen Schicksal Bestimmte». Der vor allem mit dem späteren, 1937 in Druck gegebenen Kapitel-Entwurf «Beginn einer Reihe wundersamer Erlebnisse» großenteils bis ins Wort identische über vier Jahre vordem veröffentlichte Text liegt anscheinend fernab der Problematik der «Geschwisterliebe» und aller damit verbundenen Diskussion um den ursprünglich dem Roman vorgezeichneten weiteren Weg.

NACHTRÄGE

EINE [. . .] AUSSPRACHE – *Korr.*: «Sie werden sich wundern,» *(Abs. 14 S. 1076*: «[. . .] wundern»,*)*

FRÜHSPAZIERGANG / IIter Teil (Beilage 2) [s. Abs. 45–47 S. 1292 Mitte] – MM *1943 S. 325*: «Auch schwarz angezogen [. . .]?» fragte der General. / (Der General sieht [. . .]».)

61. ATEMZÜGE [. . .] – Wesf. *[all] (arR zu Abs. 30 S. 1327 unten* – s. S. 2071 Mitte*)*: gestr.

KRISIS U. ENTSCHEIDUNG / II. TEIL – Konv. S 2 ○ *(Abs. 1 S. 1483)*: Hinweis-zeichen zu «Hätten sie nun getan, [. . .]» (S. 1481 Abs. «Über allem ein Hauch von [. . .]»)

s₂ + 8 – *Korr.*: sicher ist. *(Abs. 3 S. 1634*: sicher ist,*)*

s₃ + 9 – C 71 *(Abs. 2 S. 1635):* .2 S. Leitlinien zu «W[alter] – Cl[arisse] –
L.[indner = Meingast]» (S. 1 heißt es hierzu: «Einen Hirnkasten, wo alle Möglichkeiten der Welt ihre Fächer und Ordnung haben, in denen sie leicht zu finden
sind. Und dazu kommt noch, daß der Kasten, der ja sonst unendlich groß sein
müßte, nach einem besondern Einfall konstruirt ist, der eben seine Unterbringung
in einem Menschenschädel erlaubt.»

s₃ + A.-Ag. V. UND VI. – *Korr.:* und die Suggestion, daß *(S. 1650 Mitte:* und
die Suggestion, das*)*

s₄ + ... A-AG. REISE – *arR:* B 200 *(zu: 3. Abs. 1 S. 1653):* auch AN 191
(Zettel mit Notizen zu: Rom, Ancona); Br 175. *(s₄ + 13 Abs. 16 S. 1667): s.*
TB II S. 950/51

s₅ + a + α – *AV:* Stelle *(Abs. 1 S. 1677 – urspr.:* Rolle*)*

C–31/2 – modo Kisch, Bonn *(Abs. 4 S. 1781):* Egon Erwin Kisch, sowie vermutlich
Moritz Julius Bonn (1873–1965), Nationalökonom

II R Fr 29 / MORAL UND KRIEG – Nach Kaufmann *(S. 1879: Zu diesem Abschnitt: – S. 1880 Abschn. 2):* Vermutlich Felix Kaufmann (1895–1949), Rechts-
philosoph, seit 1938 in New York (New School for Social Research). Vgl. Robert
Musil, «Briefe 1901–1942» I S. 1000, II S. 565/66

SCHM. AUFBAU *(S. 1899 Nachtrag):* (der schießende Kellner): österr. ugs. = hin-
und herschießende Leute, Kellner, Sekretäre, Angestellte

SELBSTANZEIGE *(S. 1939):* Der Anlaß zu diesem Entwurf war eine Einladung
der Buchhandlung Moritz Perles, Wien I Seilergasse 4 «nächst Graben», die in der
«Frühjahrs-Nummer des Jahres 1931» ihres Hauskatalogs «Wiener Literarische Signale» einige «Selbstanzeigen von Autoren» veröffentlichte. Seine kurze Absage auf
die «Aufforderung» schrieb RM am 19. III. 1931 (s. «Briefe 1901–1942», Bd. I
S. 505)

U'S. NACHWORT, | . . . | – Shdanow *(Abs. 3 S. 1943 – RM:* Shnadow*!):* Andrei
Alexandrowitsch S. *[auch:* Schdanow*]* (1896–1948), doktrinärer sowjet. Politiker;
nach ihm die sogen. Schdanowschtschina, die Zeit des Kampfes gegen Internationalismus und Objektivismus, für Sowjetpatriotismus

DER ERLÖSER / 4. Äusseres und inneres Leben *(S. 1996/97)* – M 49, M 50,
M 50–51 usf.: Manuskript-Seiten 49 ff. = Hinweise auf ein Typoskript, dessen
Seiten 50–79 sich im Nachlaß fanden. Die hier exzerpierten Satzteile und Stichworte entsprechen wörtlich dem dort bereits maschinegeschriebenen vorangegangenen Entwurf, der gelegentlich irrtümlich als der 1925 schon an den Verlag
gegebene Roman-Reinschrift-Beginn verstanden worden war, den RM aus Sorge,
er habe dem Verleger Ernst Rowohlt mißfallen, von Grund auf umgearbeitet bzw.
von Grund auf neu geschrieben habe. (s. do. Frisé, «Plädoyer für Robert Musil»,
1980 S. 174 ff.)

Abkürzungen

NFP	Neue Freie Presse (Wien)
NM (= DNM)	
NZZ	Neue Zürcher Zeitung
PP	Prager Presse
PT	Prager Tagblatt
TAG	Der Tag (Wien)
VOSS	Vossische Zeitung (Berlin)

RM-Chiffren / Werkfiguren

A	Alice (= Clarisse)
A, Ach.	Achilles
A (A.)	Anders
And., And	Anders
Ag (Ag.)	Agathe
A-Ag (A. Ag.)	Anders-Agathe
Ah (Ah.)	Arnheim
Arnh.	Arnheim
Ans.	Anselm
Bo (Bo., B.)	Bonadea
C (C.)	Clarisse
Cl (Cl.)	Clarisse
D (D., Diot.)	Diotima
Dah	Diotima-Arnheim
Dr. Fr. (Dr Fr)	Dr. Fried, Friedenthal, Friedmann
Dr. P. (P)	Dr. Pfeifer
Dr. Pf.	Dr. Pfeifer, Dr. Pfeifenstrauch
F.	Fischel (Fischer – später: Fischel)
FF (FF.)	Friedl Feuermaul
Fm (Fm.)	Feuermaul
Fr. Mjr.	Frau Major
G (G.)	Gustl (Gustav) Donath
Ge (Ge.)	Gerda Fischel
Gf B	Graf Bühl (später: Leinsdorf)
Gf L (Ldf.)	Graf Leinsdorf
Gf. St.	Graf Stallburg
GHS	Gerda Hans Sepp
Gn (Gn.)	General Stumm von Bordwehr
H. (H)	Hans (Sepp)
Hg (Hg.)	Prof. Gottlieb Hagauer
HS (HS.)	Hans Sepp
Kl	Klementine Fischel
Kl.	Klages (= Meingast; vorher auch: = Lindner)
Gf L	Graf Leinsdorf
L.	Leona
La (La., Le, Lea)	Leona
Ld (Ld.)	Prof. August Lindner
LF (LF.)	Leo Fischel
M (M.)	Moosbrugger
Mg (Mg.)	Meingast (später auch: Lindner)
M.-affäre	Moosbrugger-Affäre
M.-Gericht	Moosbrugger-Gericht
M.geschichte (Mgeschichte)	Moosbrugger-Geschichte

M.-Problem	Mossbrugger-Problem
M.sache (M-sache)	Moosbrugger-Sache
Meh (phonet. für: May)	Török, Gräfin May (s. TB II S. 163: TBh 7 Anm. 10)
Mo (Mo., Moosbr.)	Moosbrugger
P (P.)	Peter Lindner
PvA	Paul von Arnheim
R (R.)	Rachel
R/S	Rachel / Soliman
RmH (Ho.)	Rittmeister von Horn (später: General Stumm von Bordwehr)
S (S.)	Siegfried, Siegmund
S (S.)	Soliman
Sch.	Professor Schwung
Schm (Schm.)	Schmeißer
Schw., Schwg.	Professor Schwung
So (So.)	Soliman
St (St v. B.)	Stumm von Bordwehr
Stbg	Stallburg
T (T.)	Tuzzi
Tp (Tp.)	Hans Teppen (= Hans Sepp)
Tz (Tz.)	Tuzzi
Tzi. (Tzi)	Tuzzi
U (U.)	Ulrich
V (V.)	Valerie
Val (Val.)	Valerie
W (W., Wa.)	Walther, Walter
Wo (Wo.)	Wotan (später: Siegfried)

RM-Chiffren/Text-Sigel u. a.

A	Aufsätze und Notizen dazu
AE	Anders-Einzelblatt
Af	Aufbau
Ag (Ag.)	Agein
aH	alte Handschrift?
alb	à la baisse
alh	à la hausse
An	Anders-Notiz
AN	Anfänge und Notizen
aöK	alte österr. Kultur?
Aphor.	Aphorismus
Auf (Aufb, Aufb.)	Aufbau
aZ	anderer Zustand
aztoïd	dem anderen Zustand ähnlich
B	Brouillon?
B u B (B. u B.)	Besitz und Bildung
bb	bös-bös
bg	bös-gut
Bem.	Bemerkung
Bemn.	Bemerkungen
Bl.	Blatt
Blge(n)	Beilage(n)

Bolsch. (Bolschw.)	Boschewismus
Br (= B)	Brouillon?
Bspl. (Bsp.)	Beispiel
C – 1 usf.	Clarisse-Notiz 1 usf.
C., Coit. (Coit)	Coitus
Conj. pot.	Conjunctivus potentialis (s. S. 19)
Curr	Curriculum? (MoE-Stichworte)
D.	Deutschland (Deutschtum)
Dél. a. d.	Délire à deux
dh	daher
Dl.	Durchlaufer (durchlaufendes Thema?), Durchlaufstellen
D u Dm	Durchschnitt und Durchschnittsmensch
Dm.	Dienstmädchen (Rachel)
D. M. o. E.	Der Mann ohne Eigenschaften
Dud.	Duden
dzt.	derzeit
E	Exzerpt (Essay?)
Ess.	Essay, Essayismus
Esss.	Essayismus
ev.	eventuell
F	Fahne (Druckfahnen 1937/38 zu MoE II$_2$)
Fasch.	Faschismus
Fhr	Fähnrich
Fr	Frage
Frühsp.	Frühspaziergang
G	?
Gal.	Galizien
gb	gut-bös
Gd. (GD, GD., G. D.)	Generaldirektor
geschl.	geschlechtlich
gg	gut-gut
Gs (Gs.)	Generalsekretariat der Genauigkeit und Seele
H	Handschrift
h	hier
h u b	hausse und baisse
HM	Handmaterial
HS.	Handschriftseiten
IE	Ideen-Einzelblatt
Iron	Ironisch
31 j 32	Kapitel 31 jetzt Kapitel 32
K I usf.	Korrektur I (zum MoE II) usf.
Kap.	Kapitel
Kap.-Gr. (Kp Gr, KG)	Kapitelgruppe
Kknien (Kkanien, Kkn.)	Kakanien (= k. k.)
Koit.	Koitus
Konv.	Konvolut (e)
Korr (Korr.)	Korrektur
L	Leitlinie
Laub	Laubumkränzter Waffenstillstand
Lc	?
LdN (L. d. N.)	Liebe deinen Nächsten wie dich selbst
Lib.	Liberalismus
L + H	Laubumkränzter Waffenstillstand + Hermaphrodit
Lit.	Literatur

M	Manuskript
M^a	Maximum
M. a. W.	Mit anderen Worten
M. e. a. W. (m.e.a.W.)	Mit einem anderen Wor
Mg	Meingast-Notiz (Meingast = Lindner)
M$_i$	Minimum
mor. (moral.)	moralisch
Mpe (Mpe., Mp., Mppe)	Mappe
Mpt	Manuskript
M – K (MK)	Museum – Krisis (und Entscheidung)
Mob.	Mobilisierung
Möglsinn	Möglichkeitssinn
MR	Ministerialrat
MS	Manuskriptseite
Mum.	Museum
Mus. (Mus. Kap.)	Museum-Kapitel
MW	Machen wir
N	Notiz?
N.	Nationalsozialismus
nat.	national
Nat.-Kap.	Nationen-Kapitel
Nationals.	Nationalsozialismus
Nats. (Ns.)	Nationalsozialismus
Naturw.	Naturwissenschaft
N. Bl. (N Bl, N.B)	Nächster Block
Not	Notiz
nr	nicht-ratioïd
NR	Notizen zur Reinschrift
ns	nationalsozialistisch
nZ	normaler Zustand
Offz. (Offze.)	Offizier(e)
OM	Orange Mappe
Or	Orange
P	?
p. (p)	pagina
p.d.	pro domo
//	Parallelaktion
//-Aktion	Parallelaktion
Path.	Pathein
PduG (p.d.u.G., Pduzg)	Prinzip des unzureichenden Grundes
Phil.	Philautia
Phil.	Philosoph, Philosophie
Pkt.	Punkt
Pol.	Politik
Pol. Dir.	Polizeidirektor
Pol. Präs.	Polizeipräsident
polit.	politisch
PP	Polizeipräsident
Psa.	Psychoanalyse
Psych. (Psychol.)	Psychologie
pu (p. u., PU)	politisch unverläßlich
r	ratioïd
R (R.)	Reinschrift
II R Fr 1 usf	Fragen zur Reinschrift von MoE II (1 usf.)

RA (RA.)	Rechtsanwalt
Rd (Rd.)	Rand (Randvermerk, Randnotiz)
Rp.	Rapial
Rgt	Regiment
Rgtskmdt	Regimentskommandant
S 10°	Seite 10 oben
S 10$_r$	Rückseite zu Seite 10
S 10$_{ur}$	Seite 10 unten rechts
Sch	Schmierblatt
Sch R	Schmierblatt zur Reinschrift
Sch zu Korr (Sch. Korr.)	Schmierblatt zur Korrektur
SCh	Sektionschef
Schm (Schm.)	Schmierblatt
Schm Ü P (Üp., Üp)	Schmierblätter zur Überarbeitung nach Problemen
Schreibt. Ungeordn.	Schreibtischmaterial ungeordnet
Sex (Sex.)	Sexus, Sexualität
sex.	sexuell
Sl.	Selbstliebe
Sm.	Selbstmord
Sp.	Spion, Spionage
Sua	Sammelmappe Ulrich-Agathe
Suag	Sammelmappe Ulrich-Agathe
Tb (Tb.)	Tagebuch
Test.	Testament
2. Tg., 2. Tl. l ff.	2. Tag, 2. Teil Notiz l ff. (Anders-Agathe)
U (Ü)	Überlegung
Ug u Nv (Ug + Nv)	Die Ungetrennten und Nichtvereinten
unzur. Grund	unzureichender Grund
V + B	Vergewaltigung + Besuch (im Atelier)
Verbdg. m. gr. D.⸍	Verbindung mit großen Dingen
Volunt.	Voluntarismus
Wandel	Wandel unter Menschen
Welts.	Weltsekretariat (= Generalsekretariat der Genauigkeit und Seele)
Wfk	Weltfriedenskongreß
Wiss.	Wissenschaft
Wof WofF (Woff) }	Welt ohne feste Form
Ws. Wsekr. }	Weltsekretariat
Z	Zeitungsausschnitt (Zettel?)
zb. (zb)	zum Beispiel
Zur.	Zurechnungsfähigkeit
Zurf.	Zurechnungsfähigkeit
zw.	zwischen
∼	etwa, ungefähr, annähernd
☐	rechteckig gerahmte Notiz
1000j. R.	Tausendjähriges Reich

Abr.	Abraham
Bl.	Bleuler (Eugen)
FvA	Franz von Assisi
F. J. Ära	Franz-Joseph-Ära
Kepp.	Kepler (Johannes)
KM (KM.)	Kriegsministerium
KP	Kommunistische Partei
KPD	Kommunistische Partei Deutschlands
KPQ	Kriegspressequartier
Min. d. Auss.	Ministerium des Äußeren
Newt.	Newton (Isaac)
N.	Nietzsche
Row.	Rowohlt (Ernst)
Th M	Thomas Mann
UM.	Unterrichtsministerium

Editorisches

Abfz.	Abführungszeichen
Abs.	Absatz
Abschn.	Abschnitt
alR	am linken Rand
aluR	am linken unteren Rand
Anfz.	Anführungszeichen
Anh.	Anhang
aoR	am oberen Rand
Aphor.	Aphorismus
aR	am Rand
arR	am rechten Rand
auR	am unteren Rand
AV	Alternativ-Variante
Bl.	Blatt
do.	ebenfalls, desgleichen
drittl. (Abs.)	drittletzter (Absatz)
ebd.	ebenda
eV	erwogene Variante
Fn.	Fußnote
gerT	gereinigter Text
gestr.	gestrichen
hgg.	herausgegeben
Hrgb.	Herausgeber
Hs	Heftseite
Interp.-Diff.	Interpunktionsdifferenz(en)
korr.	korrigiert
masch.	maschinenschriftlich
Masch.	Maschinenabschrift
MS	Manuskript
MS-S.	Manuskriptseite
Nbs.	Nebenseite
oT	ohne Titel
Ps.	Pseudonym

RM–Korr.	Korrektur von Robert Musil
sign.	signiert
Sp.	Spalte
Str.	Strophe
TBh	Tagebuch-Heft (in: TB II)
üdZ	über der Zeile
urspr.	ursprünglich
vorl. (Abs.)	vorletzter (Absatz)
WB: o	Wilhelm Bausinger: kein Vermerk (Fehlanzeige)
Z.	Zeile
zdA	zwischen den Absätzen
zw.	zwischen
[?]	nicht exakt (eindeutig) lesbar
[.?.]	nicht lesbares (lesbarer) Wort (Wortteil)

Editorisches (Nachtrag zu S. 2046)

ED	Erstdruck

REGISTER

Namen

Abd' ul Hasan Sumnun (Aboû'l Hasan Soumnoûn)	1943, 2123
Adler, Alfred	1479, 1857, 2120
Ährenthal, Alois Lexa Graf	809, 1868, 2045, 2119
Äschylus	2063
Alexander der Große	1263
Alexander II. von Rußland	595
Alkibiades	1979
Al Schîrasî	399
Altenberg, Peter	56, 437, 1543, 1678
Amiel, Henri Frédérique	1942, 2122
d'Annunzio, Gabriele	2055
Archimedes	105, 1862, 1885
Aristoteles	865, 1141, 1142, 1352, 1850, 1888, 2077
Augustinus	1470, 1866, 2057
Augustus	970
Babenberg, Leopold III. von	846
Bach, Johann Sebastian	52, 1263
Balázs, Béla	2102
Balzac, Honoré de	123, 197
Baudelaire, Charles	385, 1543, 1678, 2106
Bausinger, Wilhelm (WB)	2041–46, 2049, 2051, 2054–56, 2058–60, 2062, 2063, 2066–72, 2077, 2078, 2083, 2088, 2097–2100, 2103, 2105–15
Beardsley, Aubrey Vincent	1615
Beethoven, Ludwig van	48, 101, 313, 407, 425, 426, 483, 514, 1495, 1605, 1748, 1808, 2019, 2029, 2113
Bergson, Henri	193, 1834, 1949, 2101, 2113
Bermann Fischer, Gottfried (Verlag)	2047, 2048, 2055
Bernini, Gian Lorenzo	1465
Beyle, Henri (s. Stendhal)	
Billroth, Theodor	232
Bismarck, Otto Fürst	139, 347, 450, 809
Blériot, Louis	402
Bleuler, Eugen	1869, 1873, 1887, 2120, 2121
Bohr, Niels	214
Bonn, Moritz Julius	1781, 2116, 2130
Brahms, Ludwig	1808
Brecht, Bertolt	1837, 1850
Briand, Aristide	2120
Bruckner, Ferdinand	1938, 2122
Buber, Martin	2077
Buddha (Buddhismus)	198, 353, 372, 392, 1372, 1507, 1532, 1785, 1807, 2127
Byron, George Gordon Noel Lord	456, 2026
Cadet des Gassicourt, Charles Louis	1943, 2122
Calman-Lévy, Librairie	185
Carbe, Martin	2117

Cardano, Geronimo 299
Cardanus, Hieronymus
  (s. Cardano, Geronimo)
Carlyle, Thomas 1937
Casanova, Giovanni Giacomo 1819
Cäsar, Gaius Julius 410, 463, 645, 1263, 1468
Chamberlain, Houston Stewart (H. St.) 372
Chaplin, Charlie 2024
Charlemont, Alice (s. Donath, Alice)
Christus, Christentum (s. Jesus Christus)
Cincinnatus 937
Claudius, Matthias 1069
Clemenceau, Georges 808, 2045
Cohen, Hermann 2127
Comte, Auguste 1068
Corneille, Pierre 1263
Cromwell, Oliver 89, 1822, 2103, 2118
Csokor, Franz Theodor 1942, 2122
Cusanus (s. Kues, Nikolaus von)

Dante Alighieri 986, 1733, 1734, 1800, 1801
Darwin, Charles (Darwinismus) 1782
Daun, Leopold Graf 463
Debussy, Claude 1605
Demosthenes 1176
Dermenghem, Émile 2123
Dewey, John 2046
Dickens, Charles 1958
Disraeli, Benjamin 808
Donath, Alice 1807–10, 2109, 2113, 2115, 2118
Donath, Gustav (Gustl) 1807, 1808, 2115, 2118
Dostojewski, Fjodor M. 56, 197, 326, 511, 734, 1543, 1712, 1754, 1828, 1943
Drake, Sir Francis 399
Dumas, Alexandre 97, 221
Dupré, Dietlind 2057
Dupré, Wilhelm 2057

Eckehart, Meister 121, 1645, 2102
Einstein, Albert 1262
Elisabeth von Österreich 25, 1497, 1783, 1786, 1971, 2032
Emerson, Ralph Waldo 38, 1559, 1640, 1746, 2101, 2102, 2103
Eucken, Rudolf 2123, 1802, 2117, 2119
Eugen, Prinz 180, 425, 463
Euler, Leonhard 299

Fastrada 1890, 2120
Ferdinand I., Kaiser 158
Fichte, Johann Gottlieb 87, 88, 433, 434
Flaubert, Gustave 197
Foerster, Friedrich Wilhelm 1940, 2122
Fontana, Oskar Maurus (OMF) 2098
Franz von Assisi 66, 1732–35, 1800, 1801
Franz Joseph I. 173, 187, 354, 1447, 1867

Freud, Sigmund	197, 1734, 1800, 1917
Friedrich der Große	1777
Galilei, Galileo	302
Ganghofer, Ludwig	372
Gauß, Carl Friedrich	299
George, Stefan	313, 478, 1531, 2089
Goethe, Johann Wolfgang von	36, 54, 59, 63, 191, 198, 203, 210, 217, 233, 299, 326, 334, 372, 388, 424, 430, 433, 434, 469, 470, 483, 541, 650, 770, 775, 1018, 1052–55, 1203, 1258, 1259, 1263, 1462, 1495, 1518, 1628, 1645, 1753, 1797, 1807, 1829, 1886, 1889, 2009, 2062, 2102
Gogh, Vincent van	59, 511, 752
Gorki, Maxim	1754, 2114
Greco, El	88
Grillparzer, Franz	461
Grimm, Jacob	1257
Grimm, Wilhelm	1257
Grimme, Adolf	1938, 2122
Grossmann, Walter	2047
Guillemin, Bernard	1844, 2119
Haarmann, Fritz	1818, 2118
Haubst, Rudolf	2057
Hawkins, Sir John	399
Haydn, Joseph	101, 102, 425, 2008, 2014, 2029
Hebbel, Friedrich	57, 483
Hegel, Georg Wilhelm Friedrich	699, 1911
Hegner, Jakob	2098
Heine, Heinrich	405, 434
Hexner, Ervin P.	1943, 2122
Hilty, Carl	1775, 2116
Hitler, Adolf (H.)	1888
Hölderlin, Friedrich	200, 1258
Homer	197, 198, 208, 392, 503, 550, 1014, 1520, 1521, 2009, 2014, 2088
Huch, Ricarda	2045, 2101, 2113
Hus, Jan (Hussiten)	1444
Huysmans, Joris-Karl	1543, 1678
Immermann, Karl Leberecht	1258
Ingres, Jean Auguste Dominique	52
Innozenz X.	1374
Jacobsen, Jens Peter	2104
Jean Paul	2078
Jeanne d'Arc	1040
Jeritza, Maria	1938, 2122
Jesus Christus (Christentum)	89, 121, 198, 232, 353, 372, 384, 410, 411, 503, 562, 563, 614, 764, 873, 913, 915, 1187, 1317, 1351, 1352, 1521, 1532, 1613, 1737, 1755, 1768, 1780, 1783, 1784, 1786, 1787, 1813, 1816, 1866, 1873, 1890, 1988, 1994

Johannes von Capestrano	1444
Johnson, J. A.	359, 2043
Joseph II.	1545, 1684
Jouhoux (Höhenflug-Weltrekord)?	359, 2043
Judas Ischarioth	1786
Jung, C. G.	2068
Jünger, Friedrich Georg	2062
Kaiser, Ernst (EK)	2051, 2069, 2072, 2099, 2123
Kant, Immanuel	198, 347, 434, 464, 1141, 1203, 1258, 1259, 1820, 1851, 1888, 1889
Kaplan, Viktor	1978
Kapristan (s. Johannes von Capestrano)	
Karl der Große	1890, 2120
Katharina von Rußland	1783
Kaufmann, Felix (?)	1879, 1880, 2130
Kellogg, Frank Billings	1888, 2120
Kepler, Johannes	2011
Kerr, Alfred	2114
Kerschensteiner, Georg	1938, 1940, 2046, 2122
Kierkegaard, Sören	1911
Kisch, Egon Erwin	1781, 2116, 2130
Klages, Ludwig	1773, 1790, 1806, 1999, 2009, 2014, 2015, 2115, 2116, 2117, 2118
Klopstock, Friedrich Gottlieb	1808
Knickerbocker, Hubert Renfro	1886, 2120
Köhler, Wolfgang	1904, 2120
Konfuzius	1982, 2121, 2127
Kopernikus, Nikolaus	140
Kraepelin, Emil	1805, 1806, 2118
Kretschmer, Ernst	2121
Krupp, Friedrich	96
Kues, Nikolaus von	2057
Kungfutse (s. Konfuzius)	
Lagerlöf, Selma	714, 1545, 1682
Lahmann (Sanatorium in Dresden)	1802, 2117
Laotse	372, 1943
Laurentius	936
Lavoisier, Antoine Laurent de	299
Lazarsfeld, Sophie von	1940, 2122
Leibniz, Gottfried Wilhelm	217, 1888
Lessing, Gotthold Ephraim	1521
Lewin, Kurt	1941, 2122
Lionardo da Vinci	1785
Liszt, Franz (Komponist)	455, 2026
Liszt, Franz von (Strafrechtler)	1958, 2125
Ludwig, Emil	1938
Ludwig von Bayern	1768, 1780, 1783, 1786
Lukas der Evangelist	2001
Lukrezia Borgia	1053
Luther, Martin	26, 121, 299, 372, 1513

Machiavelli, Niccolò 121
Maeterlinck, Maurice 103, 193, 804, 1950
Makart, Hans 563, 2017
Mann, Thomas 1721, 1940, 2105
Marcovaldi, Gaetano 2041
Maria Theresia 209, 223, 277, 843, 1615
Marmont, Auguste Viesse de 848
Marx, Karl (Marxismus) 1019, 1518
Matthäus 1957
Maxwell, James Clerk 299
Menzel, Roderich 2043
Michelangelo 299, 1468, 1668
Mieses (s. Mises)
Mises, Ludwig von 1854, 2119
Mises, Richard von 1854, 2119
Mohammed 1910, 2121
Moltke, Helmuth Graf 779, 1153
Moór, Guylia 1876, 1888, 1889, 2120
Mozart, Wolfgang Amadeus 101, 425, 495, 1263, 2029
Mucius Scaevola, Quintus 1053
Münsterberg, Hugo 1773, 2115
Murillo, Bartolomé Esteban 1187, 1465
Musil, Hermine 2124
Musil, Martha (MM) 1837, 2047–51, 2053, 2055, 2056, 2058 –
60, 2063, 2066–69, 2072, 2073, 2082,
2087, 2092, 2094–97, 2117, 2124
Musil, Robert (RM) 2041–51, 2055–59, 2062, 2065, 2067–69
2073, 2076, 2079, 2082, 2084, 2086,
2087, 2090, 2092, 2094–2101, 2103,
2105, 2107–15, 2118, 2119, 2121–24,
2127, 2128

Napoleon I. 35, 198, 299, 365, 380, 410, 434, 459,
470, 483, 542, 551, 592, 741, 1259, 1263,
1519, 1616, 1620, 1777, 1784, 1890,
1979
Newton, Isaac 112, 140, 2011
Nietzsche, Friedrich 46, 48, 49, 56, 57, 123, 223, 226, 352,
353, 354, 356, 368, 435, 440, 442, 484,
606, 607, 609, 614, 794, 915, 980, 1046,
1141, 1285, 1303, 1304, 1374, 1440,
1451, 1516, 1560, 1561, 1571, 1683,
1703, 1704, 1706, 1735, 1737, 1739,
1748, 1758, 1768, 1773, 1775, 1778–80,
1783, 1784, 1786–88, 1790, 1795, 1798,
1803, 1816, 1821, 1823, 1871, 1873,
1890, 1895, 1949, 1950, 1988, 2008,
2045, 2093, 2109, 2111, 2113–16, 2119
Nikolai I. von Rußland 595
Novalis 103, 313, 857, 2045, 2099, 2113

Oesterreich, Konstantin 2057

Paderewski, Ignacy 2121

Paulus (Paulinisch)	1092, 13 2q, 1909
Petrarca, Francesco	1815
Picasso, Pablo	681
Pindar	704
Pirandello, Luigi	1943
Platon	325, 903, 970, 1124, 1255, 1520, 1526, 1779, 1888, 2057
Plotin	1255
Poincaré, Raymond	809
Polgar, Alfred	1937
Pötzl, Otto	2106
Pufendorf, Samuel Frhr. von	77
Puschkin, Alexander S.	1943
Radetzky, Joseph Wenzel Graf	173
Raffael	1465, 1468
Raleigh, Sir Walter	399
Rathenau, Walther	1938, 2122
Reclam Verlag, Philipp	1808, 2118
Rembrandt	1957
Reuter, Fritz	197, 2009
Rilke, Rainer Maria	752
Rosegger, Peter	197, 208
Rossetti, Dante Gabriel	142, 2042
Rousseau, Jean-Jacques	834, 866, 1007, 1808
Rowohlt, Ernst	1848, 1937, 2047, 2119
Rubens, Peter Paul	101, 2029
Runge, Philipp Otto	2101
Salminen, Sally	1942, 2122
Scaevola (s. Mucius)	
Schäfer, Karl	1938, 2122
Schaffrecht	1964
Scheffel, Joseph Victor von	24, 1971, 2017, 2032
Schiller, Friedrich	54, 210, 358, 424, 1364, 1495, 1555, 1628, 1983
Schlegel, August Wilhelm	704
Schleiermacher, Friedrich Ernst Daniel	1258, 1478, 1479
Schnitzler, Arthur	1820
Schönwiese, Ernst	2055
Schopenhauer, Arthur	1223, 1469, 2025
Schubert, Franz	1032
Scott, Walter	221
Shakespeare, William	59, 221, 326, 451, 704, 1091
Shaw, George Bernard	1519, 1552, 2088
Schdanow (Shdanow), Andrei Alexandrowitsch	1943, 2130
Shelley, Percy Busshe	2026
Sighele, Scipio	2053, 2117
Sokrates	770
Sophokles	1262, 2063
Spengler, Oswald	2102
Spinoza, Baruch	1141, 1808

Stein, Charlotte von   299, 334, 880/81, 886, 1807, 1808
Steinach, Eugen   359
Stendhal   97, 197, 734, 754, 1943
Stifter, Adalbert   52, 1806, 2009
Strauß, Richard   681
Strindberg, August   197, 729
Suttner, Bertha   229, 1895, 1931, 2120, 2121
Swedenborg, Emanuel   1203

Tagger, Theodor
  (s. Bruckner, Ferdinand)
Talma, François-Joseph   1776, 2116
Thomas von Aquin   59
Thomas a Kempis   1923
Tieck, Ludwig   1639, 2045, 2101, 2113
Tintoretto   292
Tizian   292, 1465, 1468
Tolstoi, Leo N.   229, 1068, 1754, 2114
Treitschke, Heinrich von   180, 267

Unger, Eckhard   1514, 2087

Velázquez, Diego Rodríguez de Silva y   101, 1374, 2029
Voltaire   211, 1521
Vulpius, Christiane von   881, 886

Wagner, Richard   49, 52, 61, 67, 615, 713, 1543, 1678, 1775, 1776, 1779, 1780, 1782, 1783, 1786, 2008
Wahl, Rudolf   1890, 2120
Wallenstein, Albrecht von   90, 233, 590
Walzel, Oskar   1982, 2127
Werfel, Franz   1802
Wieland, Christoph Martin   1258
Wilhelm II.   1627
Wildgans, Anton   2063
Wilkins, Eithne (EW)   2051, 2123
Willard, J.   2043

Xerxes   1698

Zola, Émile   1682

Titelverzeichnis

d'Annunzio, Gabriele
  Il piacere (dt. Lust) 2055

Balázs, Béla
  Der sichtbare Mensch oder Die Kultur des Films 2102
Baudelaire, Charles
  Les Fleurs du Mal 713, 1543, 1678
Bergson, Henri
  Essai sur les Données immédiates de la Conscience (dt.: Zeit und Freiheit) 2101

Bibel, Die 19, 197, 208, 335, 439, 467, 507, 776, 1124, 1233, 1241, 1282, 1323, 1645, 1810, 1909, 1913, 1922, 1924, 2009, 2014, 2065, 2077, 2103
Bleuler, Eugen
  Lehrbuch der Psychiatrie 2120, 2121
Buber, Martin (Hrgb.)
  Ekstatische Konfessionen 2077

Cadet de Gassicourt, Charles Louis
  Voyage en Autriche 1943, 2122
Cervantes Saavedra, Miguel de
  Don Quichote 1278
Cusanus (s. Kues, Nikolaus von)

Dermenghem, Émile
  Soumnoun l'amoureux – Soumnoun le menteur 2123
Dostojewski, Fjodor M.
  Puschkin-Rede 1943

Edda 1532
Emerson, Ralph Waldo
  Kreise (in: Essays I) 2101, 2102
  Der Dichter (ebd.) 2113

Freud, Sigmund (und Breuer, Josef)
  Studien über Hysterie 1734, 1800

Goethe, Johann Wolfgang von
  Götz von Berlichingen 1807
  Faust II 1768, 1781
  Wilhelm Meister 541, 1940
  Stella 1481, 1509, 1536, 1829, 1949
Gorki, Maxim
  Tagebuch 1754
Grimm, Jacob und Wilhelm
  Deutsches Wörterbuch 1257

Hilty, Carl
  Glück 2116
Homer
  Ilias 335
Huch, Ricarda
  Die Blütezeit der Romantik 2045, 2101, 2113

Jacobsen, Jens Peter
  Mogens 2104

Kant, Immanuel
  Kritik der reinen Vernunft 361, 414
Kerschensteiner, Georg
  Wesen und Wert des naturwissenschaftlichen Unterrichtes 2046
Klopstock, Friedrich Gottlieb
  Der Messias 1781, 1808
Knickerbocker, Hubert Renfro
  Blackshirts. British Recovery (dt.: Die Schwarzhemden in England und Englands wirtschaftlicher Aufstieg) 1886, 2120
  German Crisis (dt.: Deutschland so oder so?) 2120
Koran 1808

Kretschmer, Ernst
    Medizinische Psychologie 2121
Kues, Nikolaus von
    De visione dei 2057

Lazarsfeld, Sophie von
    Wie die Frau den Mann erlebt 2122
Lewin, Kurt
    Untersuchungen zur Handlungs- und Affektpsychologie 1941

Moór, Gyula (Julius)
    Zum ewigen Frieden. Grundriß einer Philosophie des Pazifismus und des Anarchismus 2120

Nietzsche, Friedrich
    Also sprach Zarathustra (Übermensch) 1781
    Der Wille zur Macht 1871
    Ecco homo 2109, 2114, 2115
    Jenseits von Gut und Böse 2045

Oesterreich, Konstantin
    Die religiöse Erfahrung als philosophisches Problem 2057
    Die Phänomenologie des Ich in ihren Grundproblemen 2057

Pirandello, Luigi
    Sechs Personen suchen einen Autor 1943

Rousseau, Jean-Jacques
    Du contrat social 2080
    Émile 1808

Salminen, Sally
    Katrina 1942, 2122
Scheffel, Joseph Victor von
    Ekkehard 24, 1971, 2017, 2032
Schiller, Friedrich
    Die Räuber 646
Shakespeare, William
    Hamlet 1712
    König Lear 720
Sighele, Scipio
    Le crime à deux 2053, 2117
Stendhal
    De l'amour 1943

Tieck, Ludwig
    Geschichte des Herrn William Lovell 2045

Wagner, Richard
    Tristan und Isolde 914, 1561
Wahl, Rudolf
    Karl der Große. Der Vater Europas / Eine Historie 1890, 2120

Vorausdrucke (auch Nachdrucke) 1928–1938

MoE I

Kakanien. Ein Fragment	TAG 8. IV. 1928	Vgl. Kap. 8 (Kakanien) S. 31–35
Ein Gerichtssaalbericht	Das Buch des Gesamtverbandes Schaffender Künstler Österreichs Wien 1921	Vgl. Kap. 18 (Moosbrugger) S. 69 ca. Mitte –74 unten
Kakanien	DZ Bohemia 13. X. 1929	Vgl. Kap. 8 (Kakanien) S. 31–35
Es wird Musik gemacht	TAG 20. IV. 1930	Vgl. Kap. 38 (Clarisse und ihre Dämonen) S. 142–44
Der Mädchenmörder	Das Tagebuch 7. VI. 1930	Vgl. Kap. 18 (Moosbrugger) S. 67–76
Kleine Szene	BT 8. VI. 1930	Vgl. Kap. 29 (Erklärung und Unterbrechungen eines normalen Bewußtseinszustandes) S. 114–17 Vgl. Kap. 31 (Wem gibst du recht?) S. 119 Abs. 3 – 120 Ende
In einem Zustand von Schwäche zieht sich Ulrich eine neue Geliebte zu	PP 1. XI. 1930	Vgl. Kap. 7 (In einem Zustand von Schwäche zieht sich Ulrich eine neue Geliebte zu) S. 25–30
Aus «Der Mann ohne Eigenschaften»	DWT 7. XI. 1930	
Streit im Hause Fischel		Vgl. Kap. 102 (Kampf und Liebe im Hause Fischel) S. 482 Z. 3 – Mitte 482/83 Abs. 1 483 Mitte – etwa Ende
Man führt Moosbrugger in ein neues Gefängnis		Vgl. Kap. 53 (Man führt Moosbrugger in ein neues Gefängnis) S. 211–13
Der Mann ohne Eigenschaften	BBC 7. XI. 1930	Vgl. Kap. 5 (Ulrich) S. 18–21

Ulrich zieht sich eine neue Geliebte zu	Morgenzeitung und Handelsblatt (Mährisch-Ostrau) 9. XI. 1930	Vgl. Kap. 7 (In einem Zustand von Schwäche zieht sich Ulrich eine neue Geliebte zu) S. 25–30
Soliman liebt	PP 23. XI. 1930	Vgl. Kap. 79 (Soliman liebt) S. 335–40
Der Mann ohne Eigenschaften	PP 6. XII. 1930	Vgl. Kap. 5 (Ulrich) S. 18–21 (Abbruch im vorl. Abs.)
Es wird Musik gemacht	PP 31. V. 1931	Vgl. Kap. 38 (Clarisse und ihre Dämonen) S. 142–44
Das verlorene Paradies	Deutsche Prosa seit dem Weltkriege. Dichtung Denken. Eine Anthologie von Otto Forst-Battaglia 1933	Vgl. Kap. 8 (Kakanien) S. 32 Abs. 3–35 Ende

*MoE II*₁

Morgen in einem Trauerhaus	FZ 16. VIII. 1931	Vgl. Kap. 3 (Morgen in einem Trauerhaus) S. 686–90 (vorl. Z.)
Begegnung und Vertrauen	FZ 3. VII. 1932	Vgl. Kap. 1 (Die vergessene Schwester) S. 675 ca. Mitte – Ende Vgl. Kap. 2 (Vertrauen) S. 676 – Ende
Morgen in einem Trauerhaus	PP 14. VIII. 1932	Vgl. Kap. 3 (Morgen in einem Trauerhaus) S. 686–90 (vorl. Z.)
Agathe möchte Selbstmord begehen und macht eine Herrenbekanntschaft	FZ 11. IX. 1932	Vgl. Kap. 31 (Agathe möchte Selbstmord begehn und macht eine Herrenbekanntschaft) S. 961–973
Das Strumpfband. Eine Episode	DWT 8. XII. 1932	Vgl. Kap. 5 (Sie tun Unrecht) S. 705 unten – 707 vorl. Abs.
Gesprächsteil	DLW 16. XII. 1932	Vgl. Kap. 36 (Ein großes Ereignis ist im Entstehen. Wobei man Bekannte trifft) S. 1009 letzte Z. – 1012 Abs. 4

Ulrich und Agathe	PT 1. I. 1933	Vgl. Kap. 24 (Agathe ist wirklich da) S. 892 Abs. 1, 2 896 Z. 10 v. u. – 898 Z. 2 v. u.
Ein Helfer	Hannoversche Landes-zeitung 8. I. 1933	Vgl. Kap. 31 (Agathe möchte Selbstmord begehn und macht eine Herrenbe-kanntschaft) S. 965 ca. Mitte – 968 Z. 9 v. u.
	Tägliche Rundschau (Berlin) 8. I. 1933	,, ,, ,,

MoE II$_2$

General von Stumm läßt eine Bombe fallen Der Weltfriedenkongreß	das silberboot (Wien) Oktober 1935	Vgl. Kap. 49 (General von Stumm läßt eine Bombe fallen. Weltfriedens-kongreß) S. 1113–22
Frühspaziergang	DWT 25. XII. 1936	(Laubumkränzter Waffen-stillstand zwischen Walter und Clarisse) S. 1296–99
Mondstrahlen bei Tage	Mass und Wert (Zürich) Januar–Februar 1938	Vgl. Kap. 46 (Mondstrahlen bei Tage) S. 1087–95

Nachlaß-Text mit AE-Chiffre

AE 9 Az. u. Ag./U.   1831–35

Nachlaß-Texte mit AN-Chiffre

AN 1 C – 53   1800–02
AN 18 C – 38   1792
AN 22 C – 27 Willensmenschen 1777
AN 37 B 139 Moosbruggers Ge-
   ständnis: 1954
AN 40 C – 54   1802
AN 91 C – 3   1772
AN 135 Motiv. Das gepfändete
   Mädchen, [...]   1959
AN 177 C – 43   1795
AN 180 C – 42   1794/95
AN 185 C – 41   1794
AN 188 P 20 An 33 Auch dies ist eine
   der Vorbedingungen: [...] (oT)
                                      1958/59
AN 194 C – 37 Die Entführung 1792
AN 198 C – 44   1795
AN 243 C – 36   1790–92
AN 246 C – 51   1799
AN 250 C – 52 Motive   1799/1800
AN 253r   1752
AN 265 C – 39   1793
AN 276 Achilles erinnert sich [...] (oT)
                                      1814/15
AN 279 C – 49 Notizen zum Roman
   u. Novelle   1797/98
AN 317 N 63 Das Atelier: [...] (oT)
                                      1957/58
AN 327 B 197 2. Reise mit Agathe
                                      1827/28
AN 330 Dieses Problem der Zu-
   rechnungsfähigkeit: [...] (oT) 1958
AN 331 C – 50   1799
AN 336 C – 33/34   1788–90
AN 351 G 99   2103

Nachlaß-Text mit An-Chiffre

An 33 P 20 AN 188 Auch dies ist eine
   der Vorbedingungen: [...] (oT)
                                      1958/59

Nachlaß-Texte mit B (Br.)-Chiffre

B 73 [Achilles – Clarisse – Walther]1723

B 121–38 [Befreiung Moosbruggers]
      1718/19, 1721/22, 1727–31
B 139 AN 37 Moosbruggers Geständ-
   nis: 1954
B 193 Synthese Seele – Ratio 2.) 1794
B 194 [Clarisse in Venedig]   2075
B 197 AN 327 2. Reise mit Agathe
   [Moosbruggers Hinrichtung] 1827/28

Nachlaß-Texte mit C-Chiffre

C – 3   1772
C – 4   1772
C – 7   1773
C – 8   1773/74
C – 10   1774
C – 11   1774/75
C – 12   1775
C – 17 Zu Clarisse nach [TBh]4 / [Hs]
   66 ff.   1775–77
C – 27 AN 22 Willensmenschen 1777
C – 28 AN 260 zT. 2 Tg 2 Tl. 11.
                                      1777/78
C – 29/30 Clarisse   1778/79
C – 31/1 Die Tage im manicomio in
   V.   1780
C – 31/2 Klinik München   1780–82
C – 31/3 Clarissens Gedankenwelt im
   Wahnsinn 1   1782
C – 31/4 Clarissens Gedankenwelt im
   Wahnsinn 2   1783
C – 31/5 Clarissens Gedankenwelt im
   Wahnsinn 3   1783/84
C – 31/6 Clarissens Gedankenwelt im
   Wahnsinn 4   1784
C – 31/7 Clarissens Gedankenwelt im
   Wahnsinn 5   1784/85
C – 31/8 Clarissens Gedankenwelt im
   Wahnsinn 6   1786
C – 31/9 Clarissens Gedankenwelt im
   Wahnsinn 7   1786/87
C – 31/10 Clarissens Gedankenwelt im
   Wahnsinn 8   1787
C – 31/11 Clarissens Gedankenwelt im
   Wahnsinn 9   1787
C – 31/12 Clarissens Gedankenwelt im
   Wahnsinn 10   1788
C – 33/34 (Nach AN. 336.) 1788–90
C – 35 Voluntar.   1790
C – 36 AN 243   1790–92

C – 37 AN 194 Die Entführung 1792
C – 38 AN 18 1792
C – 39 AN 265 1793
C – 40 1794
C – 41 AN 185 1794
C – 42 AN 180 1794/95
C – 43 AN 177 1795
C – 44 AN 198 1795
C – 46 1796/97
C – 47 1797
C – 49 AN 279 Notizen zum Roman
u. Novelle 1797/98
C – 50 AN 331 1799
C – 51 AN 246 1799
C – 52 AN 250 Motive 1799/1800
C – 53 AN 1 1800–02
C – 54 AN 40 1802
C – 56 1802/03
C – 57 1803/04
C – 58 1804/05
C – 59 1805
C – 60 1805/06
C – 61 1806
C – 62–64 Kopie eines Briefes v. Alice
1807–10
C – 69 Clarisse 1810
C – 70 1816

Nachlaß-Text mit E-Chiffre

E 38$_2$ 2102

Nachlaß-Texte mit G-Chiffre

G 22 Verbrechen 1813
G 99 AN 351 2103

Nachlaß-Texte mit NR-Chiffre

NR 16 Tagebuchgruppe und Zu viel
Süße. Material 1921–23
NR 17 Tagebuchgruppe und Zuviel
Süße. Zum Aufbau 1923–27
NR 31 Studienblatt ›Gott‹ 1874–76
NR 33 Studie zum Problem-Aufbau
1900–07
NR 34 Studie zu Cl, ausgehend vom
Schlußteil 1379–82
NR 36 U's. Nachwort, Schlusswort
1943
NR ω Zum Nachwort (u. Zwischen-
wort) 1940–43

Nachlaß-Texte mit P-Chiffre

P 1–5 Ein grauenvolles Kapitel.
Der Traum 1981/82
P 20 AN 188 AN 33 Auch dies ist eine
der Vorbedingungen: [...] (oT)
1958/59
P 21 Anders (Dreizimmerwohnung)
1955
P 35 Anders meditiert über Moosbrugger 1955/56
P 36 Anders sucht Dr. Pfeifenstrauch
auf 1956
P 37 Am Rückweg von Dr. Pfeifenstrauch 1956/57

Nachlaß-Text mit Z-Chiffre

Z 68 Eine große Idee: [...] / Die Seele
des Menschen [...] 1815

Hinweise in den Studienblättern u. a. auf:

AE 2   Anders-Einzelblatt 2. Moral (auch ohne Rücksicht auf Anders)

AE 4   Anders-Einzelblatt 4. Ordnung, Nichtbindende

AE 7   Anders-Einzelblatt 7. Spion

AE 8   Anders-Einzelblatt 8. Agathe

AE 10–1   Anders-Einzelblatt 10–1. Der Mann ohne Eigenschaften / Der Welt ohne feste Form: Neuaufnahme. M. o. E. dominiert / ist Zeittypus. / WofF. ist die gelegentliche, aber weniger sichere philosophische Vertiefung. Immerhin ist es das eigentliche Abenteuer und Erlebnis des M. o. E. Desgleichen ist seine Aktivität = Bemühung um eine feste Form. (Vgl. dazu AE 18–1.) Der Schluß also: Verzicht auf diese.

AE 18   Anders-Einzelblatt 18. Aktivismus

AE 18–1   Anders Einzelblatt 18–1. Ausgangspunkt: Zur letzten Überarbeitung

AE 19   Anders-Einzelblatt 19. Leben wie man liest, ohne bestimmtes Gesetz, ohne bestimmtes Ergebnis u. doch gelenkt – u zw. nicht durch «Phantasie» gelenkt! – hat sich die Überlegung von [. ? .] als die Hauptsache herausgestellt. Es ist der Beschluß, der I mit II verbindet, u. soll das eigentliche Problem werden. Pendant dazu: Seinesgleichen geschieht.

AE 20   Anders-Einzelblatt 20. Moral in II. (aber nicht Moral im aZ.)

AE 22   Anders Einzelblatt 22. Genauigkeit und Liebe / Ausgang: Finale von Bd. I.

AE 23   Anders Einzelblatt 23. Problem der Tat bei U/Ag.

AE 24   Anders Einzelblatt 24. Ahnen – Glauben – Wissen. (24. IV. $\overline{3}$1. bis 4. IX. $\overline{3}$2)

AE 25   And Einzelblatt 25. Geschwisterliebe (23. – 27. X. $\overline{3}$1.)

IE 2 L 66   Ideen-Aufbau

IE 4 L 68   Gott und der funktionale Mensch

IE 6   Ideen-Einzelblatt 6. Ohnmacht. Ihr Gegensatz zu Beginn ist: Moral der Kraft AE 2. Er weicht dem Gefühl der Ohnmacht durch die Reise in den a.Z. aus. AE 4.

IE 8   Ideen-Einzelblatt 8. Gleichnis und Symbol

IE 9   Ideen-Einzelblatt 9. Gewährenlassen u. Prinzip des unzur. Grundes. Verwandt mit dem Problem Weltzwang, Weltfreiheit

IE 9–1   Ideen-Einzelblatt 9–1. (Gewährenlassen u PduG.) (21. I. 1930)

IE 14   Ideen Einzelblatt 14. Hypothetisch leben / ohne Moral, ohne Grundsätze / ohne Eigenschaften / eigentlich auch ohne Erlebnisse

IE 18   Ideen-Einzelblatt 18. Genie und Geheimnis des Ganzen. (29. XII $\overline{3}$1 / 30. I. 34 / 1. XI 31)

IE 19   Ideen-Einzelblatt 19. Funktion großer Ideen. (14. XI., 24. XI. $\overline{2}$9)

IE 30   Ideen-Einzelblatt 30. Seinesgleichen geschieht. Hauptthema neben Leben, wie man liest. Vgl. AE 19

IE 35   Ideen-Einzelblatt 35. Problem der Kultur.

IE 36   Ideen-Einzelblatt 36. Für – In. (25. X. – 11. XI. 1928)

IE 37   Ideen-Einzelblatt 37. Realpolitik.

NR 2   Zu den Kapiteln 39 u 40: / Zu erinnern aus Bd. II: Ld. ist schon dort sehr auf Hg. eingegangen, u. das Wort Scheidung ist bereits gefallen u. hat gewirkt. Ld. hat schon da Wille geg. zu freie Sitten gesetzt / Ag: die stolze Tonart des Herzens, Wille, Härte, Zuversicht, Stolz erfrischt sie. Was wird daraus?

NR 5   Beginn einer Reihe … [wundersamer Erlebnisse] ([Kap.] 45) Forts. NR 7.

NR 6   Vorstudie I zur Fortsetzung der ersten Kapitelgruppe U–Ag. (Forts. NR 8) / Titel von 46: Mondstrahlen bei Tage. [NR 8: Vorstudie II zur Fortsetzung der ersten Kapitelgruppe]

NR 7   Erste Kapitelgruppe U–Ag, mitlaufende Notizen. «Mondstrahlen...» s. NR 5

NR 9   Erste Kapitelgruppe U–Ag, mitlaufende Notizen. «Wandel...»

NR 10   Zusammenfassung zur Einheit [Kap.] 47 – 59. u. Überarbeitung

NR 11   Probleme der zweiten Kapitelgruppe u des Restes der ersten. Zuteilung: 48. Die Sonne scheint ... / 49. Liebe ist etwas Unheimliches / 50... Gartengitters.

NR 13   Studie zu Schönheit u. ihrer Behandlung

NR 14   Bild u Gleichnis, Studie

NR 15   Dominanten und Determinanten der (im erweiterten Sinn) ersten Kap. Grppe.

NR 18   Vorüberlegung zur Gruppe Zurück zur Wirklichkeit bis Stumm u. die Propheten [Hinweis auf: Rud. Wahl, Karl d. Gr. 1934]

NR 19   Zurück zur Wirklichkeit oder Der Tugut singt / Skizze der jetzigen Gestalt:

NR 20   Studie zum Aufbau / Anm. 10. In Frühsp. Neufassung [...]

NR 25   Studie zur ekstat. Sozietät. (Tb.)

NR 26   Zur Verwendung des Begriffs der Ekstatik.

NR 35   Ah. in Schlußband. 21. I. 1936.

NACHWORT

Diese Ausgabe – Robert Musils bei seinem Tode Mitte April 1942 unabgeschlossen hinterlassenes Hauptwerk, mit neu geordnetem, erheblich erweitertem, eingehend kommentiertem Nachlaßteil – wurde zum erstenmal vor drei Jahren, im Mai 1978, vorgelegt: in *einem* Band, auch als Dünndruck, sowie, zeitgleich, in den Bänden 1–5 der neunteiligen Taschenbuch-Kassette mit Musils insgesamt neu herausgegebenen Gesammelten Werken. Sie wurde, in nunmehr zwei, wieder durchpaginierten, Bänden, nochmals sorgfältig durchgesehen; unbemerkt gebliebene wie neu unterlaufene Fehler wurden korrigiert, Hinweise und Informationen, wie sie sich unterdes ergaben, noch eingearbeitet.

Auf die Anlage dieser Neu-Edition – nach nahezu dreißig Jahren seit dem ersten, damals mit dem «Mann ohne Eigenschaften» begonnenen, Ansatz zu einer Musil-Gesamtausgabe – ist im Rahmen der «Anmerkungen» verwiesen. In ihnen ist auch Auskunft gegeben über den Weg zu dieser Edition, ihre Vorgeschichte, die Entwicklung der einzelnen Texte, ihre Einordnung, Aufeinanderfolge, die verschiedenen Textkomplexe, die wechselseitigen Bezüge, Musils spezifische Termini. Lediglich sechs der ihnen eingeräumten neunzig Seiten betreffen die 1930/31, 1932/33 von Musil selbst veröffentlichten 161 Kapitel des Romans, die hier Band 1 zusammenfaßt: das Erste Buch (Erster Teil: Eine Art Einleitung – Zweiter Teil: Seinesgleichen geschieht) und das Fragment des Zweiten Buchs (Dritter Teil: Ins Tausendjährige Reich / Die Verbrecher). Das Gros bezieht sich auf den Nachlaß in Band 2: die über siebenhundert Seiten mit den Kapitel-Entwürfen aus den letzten zehn Jahren bis zurück in die zwanziger Jahre (S. 1045–1771), weitere hundertsiebzig Seiten mit einer Auswahl aus den Notizen und Studienblättern zum Roman (S. 1772–1943), die ersten großen Umriß-Skizzen «Spion», «Der Spion», «Der Erlöser» (S. 1944–2016), sechs Vorausdrucke seit 1921 (S. 2017–36). Die prinzipiellen Überlegungen und Erläuterungen stehen für Band 1 auf Seite 2041, für Band 2 auf den Seiten 2047–51, 2073, 2086, 2097–2100, 2118, 2123/24. Den Anmerkungen fügen sich an: eine differenzierte Liste der Abkürzungen des Autors, des Herausgebers, ausführliche Register (Namen, Titel, Vorausdrucke, die chiffrierten Nachlaßtexte).

Ein erneuter Versuch, den Torso gebliebenen Roman, wie 1951/52, mit den frühen wie späteren Entwürfen, Skizzen und Notizen auf verschiedenen Studienblättern, in einer gleichsam organisch voranschreitenden Handlung weiterzuführen, ja, ihn zu Ende zu erzählen, schloß sich diesmal von vorneherein aus. Das Gewicht der nach 1932 bis zum Frühjahr 1942 niedergeschriebenen Texte zum Roman, ob Musil sie womöglich fürs erste als definitiv angesehen, ob er sie nur zurückgestellt, ob er sie schon zu überarbeiten angefangen hatte, ob er sie noch überarbeiten wollte, gebot andererseits, die formale wie die innere (auch thematische) Verbindung dieser reichen Hinterlassenschaft aus den zehn letzten Lebensjahren mit dem Fragment des Zweiten Buches zu wahren, diese Texte keinesfalls davon abzulösen, sie nicht aus dem Gefüge des Spätwerks herauszureißen. Der Nachlaßteil beginnt demgemäß, in umgekehrter Chronologie, mit den Kapitel-Entwürfen, die Musil, 1937/38, zeitweilig, als zwar nicht ohne Bedenken abgetrennte, aber von ihm als in sich abgerundet verstandene Fortsetzung des zweiten Bandes von 1932/33, schon aus der Hand und in Druck gegeben hatte. An diese in Fahnen erhaltenen Texte, die sogenannten «Druckfahnenkapitel», die hier erstmals geschlossen, als Einheit, stehen, schließen sich an die daraus entwickelten oder sie fortführenden Kapitel, an denen Musil bis in den Vormittag des Tages, an dem er starb, gearbeitet hatte, und danach, Phase um Phase, rückwärts die Mitte, Anfang der dreißiger Jahre entstandenen Entwürfe bis zu denen aus den späteren, mittleren, ersten zwanziger Jahren.

Der derart von Grund auf revidierten Disposition hatte auch die Edition im einzelnen zu entsprechen. Die aus dem Nachlaß hier wieder wie die neu abgedruckten Entwürfe, Studien sind nun textgetreu transkribiert, Musils Korrekturen respektiert, die von ihm vermerkten oder als erwogen notierten Varianten berücksichtigt, in jedem Fall mit einem Hinweis erkennbar gemacht. Eingeschlossen sind darin auch die Korrekturen der auf den Druckfahnen hinterlassenen Kapitel wie die Varianten dazu, ferner die Korrekturen und Varianten, die Musil in seinen Handexemplaren der ersten beiden Bände des «Mann ohne Eigenschaften» von 1930/31, 1932/33 nachgetragen oder, ohne Zweifel für ihn selbst verbindlich, bereits angezeigt hatte. An den Rand oder zwischen die Zeilen gesetzte nicht schon interpolierte Zusätze, Ergänzungen wurden, sofern der ihnen zugedachte Platz als gesichert zu verstehen ist, in den Text inkorporiert oder ihm, als Textzusatz deutlich abgehoben, beigefügt. Auch das ist – in den Anmerkungen – jeweils nachgewiesen. Randvermerke, die den Text nicht variieren oder ergänzen, ihn nur kommentieren, sind, auch textgetreu, mit Verweis auf den Absatz, Satz oder das Wort, auf das sie sich beziehen, in die Anmerkungen aufgenommen. Das gilt ebenso für bloß chiffrierte Hinweise auf Eintragungen in einer anderen Studie:

die fast immer auffindbaren Notizen sind dort desgleichen textgemäß wie textgetreu placiert. Verwiesen ist endlich auch auf die – relativ vereinzelten – Irrtümer, Transkriptionsfehler Martha Musils in der von ihr schon 1943 vorgelegten ersten Auswahl aus dem Nachlaß zum «Mann ohne Eigenschaften», auf von ihr ausgelassene Textstellen, die der Textkritik noch entgangen waren, wie auch auf Abweichungen bei anderen Transkriptionen. Der Text ist nirgends mit Hinweiszeichen belastet. Die Anmerkungen sind als ein informativ wie wissenschaftlich fortlaufender, für den Leser disponibler, Kommentar zu verstehen. Dadurch daß im Text nicht auf sie hingelenkt wird, sollen sie auch nicht die Lektüre unterbrechen und sie so erschweren, von ihm ablenken. Sie sind, wo sie gesucht wird, eine – letztlich unentbehrliche – Hilfe, den Text zu interpretieren, mit ihm gegebene und ihm zuzuordnende Zusammenhänge sowie seine Genese zu erkennen. Bei längeren Texten war in Kauf zu nehmen, daß der auf den Satz, aufs Wort gerichtete Verweis und die dadurch bedingte Präzisierung nicht schon mit der Angabe der Seite, sondern zuverlässig allein mit der, wenn auch bisweilen umständlicheren, Angabe exakt des Absatzes (auch der betreffenden Stelle in einem Absatz) möglich waren.

Etwa parallel zu dieser Neu-Ausgabe wie zu der der Werke im ganzen, der, Anfang 1977, die zweibändige komplettierte Neu-Edition der Tagebücher vorangegangen war, rückte Musil aufs neue, eher noch stärker als bei seiner Wiederentdeckung in den fünfziger Jahren, in den Brennpunkt der Diskussion. Anstöße dazu gab zuletzt auch das Datum seines 100. Geburtstags am 6. November 1980. In Wien, Berlin, Barcelona, Madrid, London, Warschau, Rom waren er, das Singuläre seines Werks Thema mehrtägiger Symposien. In Italien erschien, mit nachhaltiger publizistischer Resonanz, eine erste Übersetzung der Tagebücher. Zeitungen, Zeitschriften aller Lager charakterisierten den Autor des «Mann ohne Eigenschaften» wieder, wie vor dreißig Jahren, als sein Name plötzlich neu ins Gespräch kam, als eine Zentralgestalt der Literatur im 20. Jahrhundert. Statt des Vergleichs mit Proust, auch Joyce, von dem schon um 1930 zu lesen war, hieß es nun sogar, sein großer Roman stehe über der «Recherche», dem «Ulysses», auch über Kafkas «Prozeß», Thomas Manns «Zauberberg», «Doktor Faustus». Die Frage nach den der Wirkung eines so problemvollen, wenn nicht vermeintlich extrem schwierigen Werks gesetzten Grenzen, die bei uns gelegentlich aufgeworfen wurde, scheint sich in Italien, Frankreich (wo ebenfalls, noch in diesem Jahr, die Tagebücher übersetzt herauskommen), bei Musil in diesen Jahren intensiver als sonstwo zugewandter Aufmerksamkeit, gar nicht erst zu stellen. Es wäre zum Teil auch die Frage nach der stets dem Fragment innewohnenden Problematik, oder, vereinfacht, die Frage, ob es den Zugang zu diesem Werk sogar zusätzlich blockiere, eben weil es unvollendet, sein Ausgang, seine erzählerische wie gedankliche Lösung offen blieben. Entschiede die Antwort auf diese Frage, ob die Mitteilbarkeit des «Mann ohne Eigenschaften», kurzweg seine Lesbarkeit, auch die der unabgeschlossenen, nicht mehr oder noch nicht integrierten Texte, am Ende doch nicht so unumstritten sei wie der Ruhm, der ihm nun, von seinem Autor fraglos erahnt, anhaftet, es hieße, Musil falsch kategorisieren, an ihm vorbeisprechen.

Zu einer Spekulation, daß sich vielleicht, um den «Mann ohne Eigenschaften» müheloser konsumierbar zu machen, eine, wie auch begrenzte, Selektion empfehle, gab es den Hinweis auf einen schon 1962 versuchten «Querschnitt» unter dem Stichwort «Utopie Kakanien». In seinem Begleitwort hatte der Herausgeber der auf knapp hundert Seiten beschränkten Auswahl aus nur zwölf Kapiteln des Romans bedauert, daß er nicht «Die Reise ins Paradies», «den Höhepunkt und Abschluß der Ulrich-Agathe-Handlung», und auch nicht, als weiteres Beispiel, die «Atemzüge eines Sommertags» in sein schmales Taschenbuch habe aufnehmen können. Nicht weniger also als zwei, zudem, schon nach ihrer Entstehungszeit, weit auseinanderliegende Nachlaßkapitel, das eine etwa Mitte der zwanziger Jahre entworfen, das zweite noch an seinem Todestag auf Musils Arbeitstisch, die er für seine so radikal reduzierte Auslese auch noch wenigstens genannt wissen wollte. Wie diese beiden kraß unterschiedlichen, jeder für sich exemplarischen Entwürfe aus den frühen wie aus den späteren Jahren sind auch die übrigen weiteren Texte zu den Geschwistern Ulrich und Agathe, zu dem Prostituiertenmörder Moosbrugger, zum Wahnsinn Clarisses, sind die Entwürfe, in denen erst wir dem jungen Sozialisten Schmeißer, dem österreichischen Deutschlandschwärmer und potentiellen Nationalsozialisten Hans Sepp begegnen, aus dem Personenkreis wie dem Problembereich des Romans nicht mehr wegdenkbar. Und ohne den Blick auf die in den hinterlassenen Entwürfen und Studien wieder und wieder versuchten Wege wäre uns die Vielfalt der in dem Roman, wann immer, angelegten und bis zuletzt in der Schwebe gelassenen Möglichkeiten verborgen, die erregende Widersprüchlichkeit seiner sich schon abzeichnenden, auch noch vorstellbaren, aber wohl nie auf ein Ziel festzulegenden Perspektiven verschlossen geblieben.

April 1981   Adolf Frisé

INHALT

Aus dem Nachlaß

Zwanzig 1937/38 in Druck gegebene, in den Korrekturfahnen indes weiterbearbeitete und wieder zurückgezo-
gene Kapitel, die Band 2 von 1932/33 (II₁) fortsetzen
(II₂), aber noch nicht abschließen sollten   1043

39 Nach der Begegnung   1045
40 Der Tugut   1049
41 Die Geschwister am nächsten Morgen   1056
42 Auf der Himmelsleiter in eine fremde Wohnung   1061
43 Der Tugut und der Tunichtgut. Aber auch Agathe   1066
44 Eine gewaltige Aussprache   1072
45 Beginn einer Reihe wundersamer Erlebnisse   1081
46 Mondstrahlen bei Tage   1087
47 Wandel unter Menschen   1095
48 Liebe macht blind. Oder Schwierigkeiten, wo sie
   nicht gesucht werden   1104
49 General von Stumm läßt eine Bombe fallen.
   Weltfriedenskongreß   1113
50 Agathe findet Ulrichs Tagebuch   1123
51 Große Veränderungen   1130
52 Agathe stößt zu ihrem Mißvergnügen auf einen
   geschichtlichen Abriß der Gefühlspsychologie   1138
53 Die Referate D und L   1147
54 Naive Beschreibung, wie sich ein Gefühl bildet   1156
55 Fühlen und Verhalten. Die Unsicherheit des Gefühls   1163
56 Der Tugut singt   1174
57 Die Wirklichkeit und die Ekstase   1189
58 Ulrich und die zwei Welten des Gefühls   1196

Sechs Kapitel-Entwürfe in korrigierter Reinschrift (Varianten zu den «Druckfahnen-Kapiteln»), an denen Musil
in den beiden letzten Lebensjahren bis zu seinem Tode
am 15. April 1942 arbeitete   1204

47 Wandel unter Menschen   1204
48 Liebe deinen Nächsten wie dich selbst   1211
49 Gespräche über Liebe   1219
50 Schwierigkeiten, wo sie nicht gesucht werden   1220
51 Es ist nicht einfach zu lieben   1223
52 Atemzüge eines Sommertags   1232

Weitere Entwürfe aus den letzten Lebensjahren
(1939-41):
Letzte Vorstufe zur Reinschrift der «Atemzüge eines
Sommertags»
Varianten zu den «Druckfahnen-Kapiteln»   1240

52 Atemzüge eines Sommertags   1240
50 Das Pferdchen und der Reiter   1250
48 Eine auf das Bedeutende gerichtete Gesinnung und
    beginnendes Gespräch darüber   1253
49 Gn. v. Stumm über die Genialität   1259
50 Genialität als Frage   1268

Versuche zur Fortsetzung der «Druckfahnen-Kapitel»
(mit ersten Entwürfen zu «Atemzüge eines Sommertags») 1938 und später   1272

59 Nachtgespräch (dazu: Zum Nacht- und Gartengespräch)   1272
    Frühspaziergang (mit: II^{ter} Teil von Frühspaziergang)   1283
    Laubumkränzter Waffenstillstand zwischen Walter
    und Clarisse   1296
6.. Atemzüge eines Sommertags   1306
61 Atemzüge eines Sommertags   1324
62 Das Sternbild der Geschwister Oder Die Ungetrennten
    und Nichtvereinten   1337
63 Versuche, ein Scheusal zu lieben   1349

Vermutlich um 1936   1357

[Besuch im Irrenhaus]   1357

Anfang 1936 wieder aufgegriffene und neue Überlegungen   1372

Zum Komplex Clarisse – Walter – Ulrich   1372

Cl. Rom u Insel   1372
Cl. in Rom   1372
Cl – Insel   1375
Clarisse umgruppiert (II. R. Fr. 2.)   1377
Studie zu Cl, ausgehend vom Schlußteil   1379
Insel I   1382
Insel II   1383

Zum Komplex Leo Fischel – Gerda – Hans Sepp   1387

Schm./ierblatt/ Werden eines Tatmenschen (LF)
(Ü₆–s + 1)   1387
(U u Ge.) / Titel: Politisch unerläßlich (Was auch
mitbedeutend sein soll) (Ü₆ s + 2)   1390
Ge bei U. (Ü₆ s + 3)   1395

Zu Diotima – Ulrich   1396

Schm./ierblatt/ 2 Kapitel D – U   1396
Studie zu D – U – Fest   1396

Drei Entwürfe vermutlich von 1934   1398

48 Die Sonne scheint auf Gerechte und Ungerechte   1398
49 Sonderaufgabe eines Gartengitters   1405
49 Nachdenken   1411

Vier Entwürfe etwa 1932   1416

49 Ulrichs Tagebuch   1416
50 Eine Eintragung   1420
51 Das Ende der Eintragung   1424
52 Die drei Schwestern   1429

Weiterentwickelte Entwürfe zu Versuchen aus den
zwanziger Jahren sowie neue Entwürfe 1930/31–1933/34   1436

Zu Kakanien   1436

Eine Einschaltung über Kakanien. Der Herd des
Weltkriegs ist auch der Geburtsort des Dichters
Feuermaul   1436
Schm./ierblatt/ Nationen-Kapitel   1439
Gn – U – Ag (Nationen-Kap.)   1442

Zu dem jungen Sozialisten Schmeißer   1454

Unterhaltungen mit Schmeißer   1454
Warum … sind .. wollen /Warum die Menschen
nicht gut, schön und wahrhaftig sind, sondern es
lieber sein wollen/   1458

Zu Agathe 1462

Ag bei Ld. 1462
Museum-Vor-Kapitel / Titel: Beim Rechtsanwalt 1472
1. Studie zu Krisis und Entscheidung 1478
Krisis u. Entscheidung 1480
Vielleicht an Stelle der gestrichenen Eifersuchtskapitel 1487

Zu Rachel (und Moosbrugger) 1488

(Einschiebung R – Reue) 1488

Zu Clarisse – Walter 1490

V.*[ergewaltigung]* 1490

Entwürfe zu den «Kapitel-Gruppen» III–VIII (für MoE II)
aus den späten zwanziger Jahren 1495

II. Bd. III. Kapitelgruppe / *17.* 1495
II. Bd. III. Kapitelgruppe / *22.* 1500
II. Bd. III. Kapitelgruppe / ... Seit dem Traum ... 1503
II. Bd. III. Kapitelgruppe / *23.* 1509
II. Bd. III. Kapitelgruppe / *27.* 1514
II. Bd. III. Kapitelgruppe / (Von Ag's. Ankunft bis zur
gemeinsamen Reise) / *14. A-Ag.* / Fünftes gemeinsames
Kapitel $\left(\frac{30-32}{IV}\right)$ 1523
II. Bd. III. Kapitelgruppe / $\frac{30-32}{V}$ 1525
II. Bd. III. Kapitelgruppe / $\frac{30-32}{VI.}$ 1528
II. Bd. III. Kapitelgruppe / *36/I.* 1529
II. Bd. III. Kapitelgruppe / *36/II.* 1533
II. Bd. III. Kapitelgruppe / (Von Ag's. Ankunft bis zur
gemeinsamen Reise) / .. *A-Ag.* / Sechstes gemeinsames
Kapitel 1535
II. Bd. III. Kapitelgruppe / (Von Ag's. Ankunft bis zur
gemeinsamen Reise) / ...*A-Ag.* (letztes Kapitel) 1535

II. Bd. IV. Kapitelgruppe (Die Reise ins Paradies) / Inliegend
1–16 (s$_4$ + 1. – 16) 1536
II. Bd. IV. Kapitelgruppe / *1.* 1537
II. Bd. IV. Kapitelgruppe / Cl. II. 1540
II. Bd. IV. Kapitelgruppe / Cl. III 1543

II. Bd. IV. Kapitelgruppe / C. IV   1545
II. Bd. IV. Kapitelgruppe / Cl. V   1546

II. Bd. V. Kapitelgruppe / Cl. VI   1550
II. Bd. V. Kapitelgruppe / Werden eines Tatmenschen / 2   1552
II. Bd. V. Kapitelgruppe / Cl. VII/I.   1558
II. Bd. V. Kapitelgruppe / Cl. VII/II   1561
II. Bd. V. Kapitelgruppe / Cl. VII/III   1564
II. Bd. V. Kapitelgruppe / Cl. VII/IV.   1568
[II. Bd. V. Kapitelgruppe] II. V. Cl. VIII.   1573
II. Bd. V. Kapitelgruppe / 9.   1577

II. Bd. VI. Kapitelgruppe / I. Teil   1579
II. Bd. VI. Kapitelgruppe / II. Teil   1584

II. Bd. VII. Kapitelgruppe / m   1597
II. Bd. VII. Kapitelgruppe / n.   1602
II. Bd. VII. Kapitelgruppe / o.   1606
II. Bd. VII. Kapitelgruppe / p. / Im Bereich eines Tat-
    menschen (LF) gibt es auch Selbstmord oder Mord   1611
II. Bd. VII. Kapitelgruppe / [Skizze zu «Gartenfest»]   1615

II. Bd. VIII. Kapitelgruppe   1621

Aus den Folgen $s_2 +$ bis $s_4 +$
Mit der A-Ag. Reise (Die Reise ins Paradies)
Etwa Mitte der zwanziger Jahre   1627

$s_2 + 4$ [Zu: Schmeißer]   1627
$s_3 + 8$ / Für und in   1634
$s_3 + $ / 9. [Zu: Für und In]   1635
$s_3 + $ /n-1 [Zu: Valerie]   1636
$s_3 + \ldots$ [Die liebende Angst] A-Ag. III–VI   1638
$s_4 + \ldots$ A-Ag. Reise 1–16   1651

Frühe Entwürfe zu Clarisse
$s_5 + a$ bis $s_5 + g$
$s_6 + a$ bis $s_6 + d$
Etwa Mitte der zwanziger Jahre   1676

$s_5 + a$ 1676
$s_5 + a + \alpha$ 1677

$s_5 + a + \beta$	1680
$s_5 + b$	1682
$s_5 + b + 1$	1684
$s_5 + c$	1694
$s_5 + c + 1$	1700
$s_5 + c + 2$	1703
$s_5 + d$	1706
$s_5 + d + \ldots$	1711
$s_5 + d + 1$	1711
$s_5 + d + 2$	1715
$s_5 + e$	1717
$s_5 + e + 1$	1719
$s_5 + e + 2$	1721
$s_5 + f$	1723
$s_5 + g$	1726
$s_6 + a$	1731
$s_6 + a + 1$	1736
$s_6 + b$	1738
$s_6 + b + 1$	1739
$s_6 + b + 2$	1755
$s_6 + c$	1757
$s_6 + d$	1764
Nach Internierung	1767
C-Notizen zu den frühen Clarisse-Entwürfen (s. Nachlaß-Texte mit C-Chiffre: S. 1772-1810)	1772
Studienblätter und Notizen	1813
Phase Achilles – Anders bis Ulrich (etwa 1921–1929)	1813
G 22 Verbrechen	1813
AN 276	1814
Z 68	1815
C 70	1816
[Durchstrichenes Fragment (1926)]	1816
[Vermerke zu einem «Vorwort» und andere Stichworte]	1817
[Die Insel – Galizien]	1821
Clarisse. Index	1821
Aufbau II.	1823

2. Reise mit Agathe (AN 327 / B 197)   1827
Studie zu Schluß   1828
[Fragment] III / 10   1829
D. M. o. E., konsequent durchgeführt   1830

Vorwiegend zu Ulrich – Agathe   1831

AZ. u. Ag / U. (AE 9)   1831
[Fahrt über See]   1835
A. Zugleich Sammelmappe U/Ag 1. / Sua 1   1836
[Sua 1 r]   1837
B. Zugleich Sammelmappe U/Ag 2. / Sua 2   1837
II. Band – C. Zugleich Sammelmappe U/Ag 3. / Sua 3   1841

Fragen zu Band II 1930–1938/39   1844

Exposé des II. Bdes «MoE»   1844
II R. Fr. [Fragen zur Reinschrift von Bd. II]   1845
II R. Fr. 1 / Zum Aufbau von Bd. II   1846
II R Fr 1, Blge 8   1850
II R Fr. 9. / Zum Aufbau Ag-U Vorblick   1851
II R Fr. 22. / Problemaufbau   1855
II R Fr 26. / Studienblatt Soziale Fragestellung   1861
Beilage zu II R Fr 26, S 10   1871
II R Fr 27 / Gott u ä.   1873
NR 31 / Studienblatt ›Gott‹   1874
II. R. Fr. 29. / Moral und Krieg. Studienblatt   1876
II. R. Fr. 30. / Zeit und Krieg. Studienblatt   1888
Schm.[ierblatt] Aufbau   1893
NR 33 / Studie zum Problem-Aufbau   1900
Korr III. zu Band II$_2$ 1907

Kapitel-Studien (1932/33–1941)   1912

Traum-Kapitel   1912
Traum-Kapitel. Studie I   1913
Entwurf I–III zur Utopie des motivierten Lebens   1914
NR 16 / Tagebuchgruppe und Zu viel Süße / Material   1921
NR 17 / Tagebuchgruppe und Zuviel Süße / Zum Aufbau   1923
[Kap.] 43 jetzt [Kap.] 44 / (Museum)   1927
Studie zum Museumskapitel   1931

Studie zum Prophetenkapitel 1931
Gf L bei U [Graf Leinsdorf bei Ulrich] 1931
Studie zur Schluß-Sitzung u. anschließendem U-Ag. 1932

Allgemeine Überlegungen (etwa 1930–1942) 1935

Zum Anfang 1935
Aus zerrissenen Blättern 1936
Vorrede 1te Forts. 1937
Vielleicht doch nachgestellte Vorrede? Eine verschobene
  Vorr. 1938
[Selbstanzeige] 1939
Vermächtnis. Notizen 1939
NR ω / Zum Nachwort (u. Zwischenvorwort) 1941
NR 36 / U's. Nachwort, Schlusswort 1943

Die frühen Entwürfe (1919/20 – 1924/25) 1944

Spion (Heft 22 – vermutlich 1919/20) 1944
Der Spion (Heft 16 – vermutlich 1923/24) 1959
Der Erlöser. Aufbau (Vermutlich 1924/25) 1981

1921–33 (voraus) veröffentlichte frühe Kapitel-Entwürfe 2017

Leona (Aus der Vorarbeit zu einem Roman – 1921) 2017
Die beiden Geliebten (Bild aus einem Roman – 9. Mai 1923) 2020
Die Entdeckung der Familie (11. April 1926) 2023
Bruchstück (Ein Kapitel aus einem Roman – 30. April 1926) 2026
Ein herausgerissenes Blatt (15. August 1926) 2030
Mondrausch (16. April 1933) 2032

Anhang 2037
Anmerkungen / Abkürzungen / Register 2039

Anmerkungen 2041

Anmerkungs-Nachträge 2046, 2129–30

Abkürzungen   2131
  Personen   2131
  Werke (RM)   2131
  Sekundärliteratur   2131
  Zeitungen – Zeitschriften   2131
  RM-Chiffren / Werkfiguren   2132
  RM-Chiffren / Text-Sigel u. a.   2133
  RM-Chiffren / Eigennamen, Institutionen   2137
  Editorisches   2137

Register   2139
  Namen   2139
  Titelverzeichnis   2145
  Vorausdrucke (auch Nachdrucke) 1928–1938   2148
  Nachlaß-Texte   2151
    mit AE-Chiffre   2151
      AN-Chiffre   2151
      An–Chiffre   2151
      B-Chiffre   2151
      C-Chiffre   2151
      E-Chiffre   2152
      G-Chiffre   2152
      NR-Chiffre   2152
      P-Chiffre   2152
      Z-Chiffre   2152
  Hinweise in den Studienblättern auf AE-, IE- und
  NR-Blätter   2153

Nachwort   2155